S H
KWANTO
(DIE ACHT PROVINZEN)
SHIMOZUKE
KOZUKE
HIDACHI
SHINANO
KOSHU-KAIDO-STRASSE
Yedo
(Tokio)
MUSASHI
SHIMOSA
KAI
MT. FUJI
Yokohama
SAGAMI
KAZUSA
Mishima
Odawara
Atami
AWA
SURUGA
Numazu
Anjiro
Yokose
ASSE
IZU
O Z E A N
S C H E R
0
50
100
Meilen

JAMES
CLAVELL

# Shōgun

Der Roman Japans

Deutsch von Werner Peterich

Droemer Knaur

1. bis 60. Tausend


Die Originalausgabe »Shōgun«
erschien bei Atheneum, New York

Umschlaggestaltung: Atelier Blaumeiser
Satz: IBV Lichtsatz KG, Berlin
Druck und Bindung: May & Co., Darmstadt
Printed in Germany
ISBN 3-85886-049-2

*Für zwei Seeleute, Kapitäne der Royal Navy,*
*die ihre Schiffe mehr liebten als ihre Frauen –*
*wie man es von ihnen erwartete.*

An dieser Stelle möchte ich all jenen – Toten wie Lebenden – danken, die mir, in Asien wie in Europa, geholfen haben, diesen Roman möglich zu machen.

*Lookout Mountains, Kalifornien*

# Shō
# gun

# *Prolog*

Der Sturmwind zerrte an ihm. Er spürte, wie die Kälte sich tief in ihm ausbreitete, und er wußte: wenn sie nicht binnen drei Tagen Land sichteten, würden sie alle tot sein. Zu viele Todesfälle auf dieser Fahrt, dachte er; ich bin Hauptpilot einer toten Flotte. Ein Schiff übrig von fünf, achtundzwanzig Mann Besatzung von ursprünglich einhundertsieben – von denen allerdings nur zehn sich noch auf den Beinen halten können, während der Rest dem Tode nahe ist, darunter unser Generalkapitän. Kein Proviant, fast kein Wasser mehr, und das, was wir noch haben, brackig und faulig.

Er hieß John Blackthorne, und er war allein an Deck – bis auf den Ausguck am Bugspriet, Salamon, der Stumme, der sich im Lee des Schanzkleides hingekauert hatte und die See vor ihnen absuchte.

In einer plötzlichen Bö krängte das Schiff, und Blackthorne hielt sich an der Armlehne seines auf dem Achterdeck nahe dem Steuerrad festgezurrten Seestuhls fest, bis es sich ächzend wieder aufrichtete. Es handelte sich um die *Erasmus*, ein zweihundertsechzig Tonnen großes, dreimastiges, schwer bewaffnetes Kauffahrteischiff aus Rotterdam, mit zwanzig Kanonen bestückt und als einziges übriggeblieben von der ersten Expeditionsflotte, die von den Niederlanden ausgesandt worden war, dem Feind in der Neuen Welt vernichtende Schläge zu versetzen: den ersten holländischen Schiffen überhaupt, die den Geheimnissen der Magellanstraße mit Gewalt auf den Grund gingen. Vierhundertundsechsundneunzig Männer, durch die Bank Freiwillige und allesamt Holländer – bis auf drei Engländer: zwei Piloten und einen Offizier. Ihre Orders: die spanischen und portugiesischen Besitzungen in der Neuen Welt zu plündern und hinterher in Brand zu stecken; ständige Handelsniederlassungen zu eröffnen; neue Inseln im Stillen Ozean zu entdecken, die als dauernde Stützpunkte dienen konnten, und das Land für die Niederlande zu beanspruchen; und schließlich nach drei Jahren wieder nach Hause zurückzukehren.

Die protestantischen Niederlande hatten seit über vier Jahrzehnten mit dem katholischen Spanien im Krieg gelegen und kämpften darum, das Joch ihrer verhaßten spanischen Herren abzuschütteln. Rein juristisch gesehen bildeten die Niederlande, manchmal auch Holland oder Duitsland genannt, immer noch einen Teil des spanischen Reiches. England, ihr einziger Verbündeter, das erste Land der Christenheit, welches mit dem Heiligen Stuhl in Rom gebrochen und vor nunmehr rund siebzig Jahren protestantisch geworden war, hatte in den vergangenen zwanzig Jahren gleichfalls Krieg gegen Spanien geführt und bekannte sich seit einem Jahrzehnt offen als Bundesgenosse der Holländer.

Der Wind frischte noch mehr auf, und das Schiff schlingerte. Es lief unter gerefften Segeln – nur die Sturm-Marssegel waren gesetzt, doch selbst mit diesem wenigen an Leinwand trugen Strömung und Wind sie machtvoll auf den dunkelnden Horizont zu.

Dort droht noch mehr Sturm, sagte Blackthorne sich, und noch mehr Riffe und noch mehr Untiefen. Und unbekannte See. Herrgott! Mein Leben lang hab' ich der See die Stirn geboten und bin immer Sieger geblieben. Ich werde immer Sieger bleiben!

Der erste englische Pilot, der die Magellanstraße durchfahren hat! Jawohl, der erste – und der erste Pilot, der über diese asiatischen Meere segelt – bis auf ein paar Hunde von Portugiesen oder mutterlose Spanier, die sich immer noch einbilden, die Welt gehöre ihnen! Der erste Engländer in diesen Gewässern... In so vielen Dingen der erste! Jawohl. Und so viele Tote hatten diese Ersttaten gekostet!

Abermals schmeckte er den Wind und schnupperte, aber nichts deutete auf die Nähe von Land hin. Er suchte das Wasser ab, aber das war nur grau und aufgewühlt. Kein Fleck Seetang und kein Farbtupfer, der auf eine Sandbank oder einen Küstensaum hätte schließen lassen. Zwar sah er steuerbords noch den Rükken eines Riffs, doch das verriet ihm nichts. Seit einem Monat schon bedrohten Unterwasserfelsen sie; nirgends jedoch eine Spur von Land. Dieser Ozean ist endlos, dachte er. Mein Gott! Dazu bist du doch ausgebildet worden – über das unbekannte Meer zu segeln, es kartographisch aufzunehmen und wieder nach Hause zurückzukehren. Wie viele Tage jetzt fern von daheim? Ein Jahr, elf Monate und zwei Tage. Das letzte Mal hatten sie in Chile Land gesichtet: vor hundertdreiunddreißig Tagen, am anderen Ende jenes Ozeans, den als erster Magellan vor achtzig Jahren befahren und den er den *Stillen* genannt.

Der Hunger nagte an Blackthorne, und sein Mund und sein ganzer Körper schmerzten vom Skorbut. Er zwang seine Augen, den Kompaßstand zu registrieren, und seinen Verstand, die Position annähernd zu berechnen. Sobald er ihren Standort erst einmal in seine Kurskarte – seinen *roteiro*, wie die Portugiesen ihre geheimen Karten nannten – eingetragen hatte, war er sicher auf diesem Punkt des Ozeans. Und dann war auch sein Schiff sicher, und vielleicht gelang es ihnen gemeinsam, die japanischen Inseln zu entdecken oder gar das Gülden Reich des Priesters Johannes, von dem die Legende berichtete, daß es nördlich von Kathay gelegen sei – wo immer dieses Kathay auch liegen mochte.

Und mit meinem Anteil an den Reichtümern werde ich dann wieder in See stechen und gen Westen segeln – nach Hause, der erste englische Pilot, der den Erdball umschifft; und dann werde ich die Heimat nie wieder verlassen. Niemals! Beim Haupt meines Sohnes!
Der schneidende Wind setzte dem Schweifen seiner Gedanken ein Ende und hielt ihn wach. Jetzt zu schlafen wäre töricht. Aus diesem Schlaf würde ich nie wieder aufwachen, dachte er, reckte die Arme, um die verkrampften Rückenmuskeln zu entspannen, und zog seinen Rock fester um sich. Er sah, daß die Segel gebraßt und das Steuerrad sicher festgezurrt war. Der Ausguck auf dem Vordersteven war wach. Daher lehnte er sich geduldig zurück und betete um Land.
»Geht nach unten, Pilot. Diese Wache übernehme ich, wenn Ihr einverstanden seid.« Der Dritte Steuermann, Hendrik Specz, schleppte sich den Niedergang herauf, das Gesicht grau vor Erschöpfung, die Augen eingesunken, die Haut fleckig und gelblich. Schwerfällig lehnte er sich gegen das Kompaßhaus, um nicht das Gleichgewicht zu verlieren. »Heiliger Herr Jesus, scheiß auf den Tag, an dem ich Holland verlassen.«
»Wo ist der Erste Steuermann, Hendrik?«
»In seiner Koje. Kann nicht rauskommen aus seiner Koje voll Schiet! Und wird's auch nie wieder tun – bis vorm Jüngsten Gericht!«
»Und der Generalkapitän?«
»Stöhnt nach Essen und Wasser.« Hendrik spuckte aus. »Ich hab' ihm gesagt, ich brat' ihm 'n Kapaun und servier' ihm den auf'm silbernen Tablett, zusammen mit 'ner Flasche Brandy, ihn runterzuspülen. *Schiet-huis! Coot!*«
»Halt deine Zunge im Zaum!«
»Mach ich ja, Pilot! Aber er ist ein madenzerfressener Narr – und seinetwegen werden wir alle ins Gras beißen!« Der junge Mann rülpste und würgte schillernden Schleim hervor. »Heiliger Herr Jesus, steh mir bei!«
»Geh nach unten und komm gegen Morgengrauen wieder!«
Unter Schmerzen ließ Hendrik sich auf einem Seestuhl nieder. »Unten riecht's nach Tod! Ich werde diese Wache übernehmen, wenn Ihr nichts dagegen habt. Welchen Kurs laufen wir?«
»Wo immer der Wind uns hinträgt.«
»Wo ist das Land, das Ihr uns versprochen habt? Wo sind sie denn jetzt – diese japanischen Inseln, frag' ich Euch?«
»Voraus.«
»Immer voraus! Gott im Himmel – Ihr hattet keine Orders, ins Unbekannte hinauszufahren. Wir sollten längst zurück sein, in Sicherheit, uns unsre Bäuche vollschlagen und nicht hinterm Sankt-Elms-Feuer herjagen.«
»Geh unter Deck, und hüte deine Zunge!«
Verbissen wandte Hendrik den Blick von dem großen bärtigen Mann. Wo sind wir jetzt? hätte er fragen wollen. Warum darf ich diesen *roteiro*, die geheime Kurskarte, nicht sehen? Aber er wußte, daß man einem Piloten derlei Fragen

nicht stellt, insbesondere diesem nicht. Trotzdem, dachte er, wünschte ich, ich wäre noch so kräftig und gesund, wie ich es war, als ich Holland verließ. Dann würde ich jetzt nicht warten, sondern dir deine graublauen Augen zerquetschen, dieses wahnsinnig machende überhebliche Lächeln aus deinem Gesicht vertreiben und dich zur Hölle schicken, wo du ja hingehörst. Dann wäre ich Hauptpilot, und wir hätten einen Niederländer, der dieses Schiff befehligt – und keinen Ausländer –, und die Geheimnisse wären uns sicher. Denn gewiß werden wir bald Krieg gegen euch Engländer führen. Es geht uns um dieselbe Sache: um die Beherrschung der Meere, darum, alle Handelswege zu kontrollieren, die Neue Welt zu beherrschen und Spanien die Luft abzudrücken.

»Vielleicht gibt es diese japanischen Inseln gar nicht«, brummelte Hendrik plötzlich, »und das Ganze ist nichts weiter als ein *gottbewondenes* Märchen.«

»Es gibt sie. Zwischen dem dreißigsten und vierzigsten Grad nördlicher Breite. Und jetzt halt den Mund, oder geh nach unten!«

»Unten lauert der Tod«, brummelte Hendrik, schaute geradeaus und schweifte mit seinen Gedanken ab.

Blackthorne rückte sich in seinem Seestuhl zurecht. Heute schmerzte sein Körper schlimmer als sonst. Du bist glücklicher dran als die meisten, dachte er. Glücklicher jedenfalls als Hendrik. Nein, nicht glücklicher. Nur vorsichtiger. Du hast dein Obst aufbewahrt, wohingegen die anderen das ihre bedenkenlos aufgegessen haben. Und zwar entgegen deinen ausdrücklichen Warnungen. Deshalb ist dein Skorbut noch verhältnismäßig leicht, wohingegen die anderen ständig unter Blutstürzen leiden, ihnen ihre Eingeweide davonlaufen, die Augen schwären und weh tun und die Zähne im Zahnfleisch wackeln. Wie kommt es nur, daß Menschen nie klug werden?

Er wußte, daß sie alle Angst vor ihm hatten, sogar der Generalkapitän – und die meisten ihn haßten. Aber das war normal; denn auf See war der Pilot es, der das Kommando führte; er war es, der den Kurs bestimmte und das Schiff befehligte, der sie von Hafen zu Hafen brachte.

Jede Fahrt war gefährlich heutzutage, denn die wenigen Seekarten, die es gab, waren so unzuverlässig, daß sie nahezu nutzlos waren. Überdies gab es absolut keine Möglichkeit, die geographische Länge zu bestimmen, auf der man sich befand.

»Finde eine Möglichkeit, die Länge zu bestimmen, und du bist der reichste Mann auf der Welt«, hatte sein alter Lehrer, Alban Caradoc, zu ihm gesagt. »Die Königin, Gott beschütze sie: ›Ich gebe dir zehntausend Pfund für die Antwort auf das Rätsel, und ein Herzogtum obendrein.‹ Die mistfressenden Portugiesen werden dir noch mehr geben – eine goldene Galeone. Und die mutterlosen Spanier – zwanzig? Sobald kein Land mehr in Sicht ist, bist du immer verloren, mein Junge. Es sei denn...«

»Es sei denn, man ist im Besitz eines *roteiro!*« hatte Blackthorne fröhlich ausgerufen, weil er wußte, daß er seine Lektion gelernt hatte. Dreizehn war er damals gewesen und seit einem Jahr Lehrjunge bei Alban Caradoc, Pilot und

Schiffsbaumeister, der die Stelle seines Vaters für ihn übernommen hatte, den er verloren, und ihn nie geschlagen, sondern ihm wie den anderen Jungen die Kunst des Schiffsbaus beigebracht und ihn eingewiesen in die Geheimnisse der Seefahrt.
Ein *roteiro*, das war ein kleines Buch mit den ins einzelne gehenden Eintragungen eines Piloten, *der schon einmal dort gewesen war*. Er enthielt Aufzeichnungen über die magnetischen Kompaßkurse zwischen den einzelnen Häfen und Kaps, Landzungen und Kanälen. Des weiteren die Ergebnisse der Lotmessungen, Wassertiefen und Farbe des Wassers und die Beschaffenheit des Meeresbodens. Es war daraus ersichtlich, *wie wir hingekommen sind und wie wir wieder zurückkehrten*; wie viele Tage man für einen bestimmten Schlag brauchte, wie der Wind gewesen war, wann und aus welcher Richtung er geweht, welche Strömungen man gewärtigen mußte, die Zeit der Stürme und die Zeit günstiger Winde; wo man ein Schiff kielholen und reinigen und wo man Wasser übernehmen konnte, wo es Freunde gab und wo Feinde; Sandbänke, Riffe, Tiden, Häfen; kurz, sofern es ein guter *roteiro* war, *alles*, was für eine sichere Reise notwendig war.
Die Engländer, Holländer und Franzosen besaßen Kurskarten für ihre eigenen Gewässer, doch die Meere der übrigen Welt waren nur von Kapitänen aus Portugal und Spanien befahren worden, und diese beiden Länder betrachteten sämtliche *roteiros* als Staatsgeheimnis. *Roteiros*, die die Seewege zur Neuen Welt oder die Geheimnisse der Magellanstraße oder des Kaps der Guten Hoffnung enthielten – beides portugiesische Entdeckungen und folglich die Seewege nach Asien –, wurden von Portugiesen wie Spaniern eifersüchtig gehütet und von ihren holländischen und englischen Feinden mit gleichem Eifer gesucht. Allein, ein *roteiro* war nur so gut wie der Pilot, der ihn angelegt, der Schreiberling, der ihn mit der Hand kopiert, oder die äußerst seltenen Drucker, die sie gedruckt. Ein *roteiro* konnte daher Fehler enthalten – selbst solche, die absichtlich hineingebracht worden waren. Ganz sicher konnte ein Pilot immer erst dann sein, *wenn er selbst dagewesen war*. Zumindest einmal.
Auf See war der Pilot der Führer, derjenige, dem das letzte Wort über Schiff und Mannschaft zustand. Er allein führte vom Achterdeck aus das Kommando. Solch ein Wein kann einem zu Kopf steigen, sagte Blackthorne sich. Und wenn man einmal an ihm genippt, konnte man ihn nie wieder vergessen, brauchte man ihn unentwegt. Das ist eins von den Dingen, die einen am Leben halten, wenn die anderen sterben.
Er raffte sich hoch und verrichtete seine Notdurft ins Speigatt. Später lief der Sand im Stundenglas beim Kompaßhäuschen aus, und er drehte es um und schlug die Glasen.
»Kannst du noch wach bleiben, Hendrik?«
»Ja. Ja, ich glaub' schon.«
»Ich werde jemand raufschicken, der den Ausguck am Vordersteven ablöst. Paß auf, daß er im Wind steht und nicht in Lee. Das hält ihn wenigstens wach, und

seine Sinne bleiben geschärft.« Einen Augenblick überlegte er, ob er das Schiff nicht in den Wind drehen und für die Nacht treiben lassen sollte, doch dann entschied er dagegen, stieg den Niedergang hinunter und machte die Tür zur Back auf. Der Niedergang führte hinab ins Mannschaftslogis. Die Kammer ging über die gesamte Breite des Schiffes und bot Platz für Kojen und Hängematten von einhundertundzwanzig Mann. Wärme umfloß ihn, und er war dankbar dafür und nahm den ständig vorhandenen beißenden Gestank aus den Bilgen unten einfach nicht wahr. Keiner von den rund zwanzig Männern kam aus seiner Koje heraus.

»Geh an Deck, Maetsukker«, sagte er auf holländisch, der *Lingua franca* der Niederlande, die er neben Portugiesisch, Spanisch und Latein vollkommen beherrschte.

»Ich bin am Sterben«, sagte der kleine Mann mit den scharfgeschnittenen Zügen und drückte sich tiefer in die Koje hinein. »Mir ist übel. Seht, der Skorbut hat mir die ganzen Zähne genommen. Herr Jesus Christ, hilf uns, wir werden alle zugrunde gehen! Wenn Ihr nicht wäret, säßen wir jetzt alle daheim, gesund und munter. Ich bin Kaufmann, kein Seemann. Ich gehöre nicht zur Mannschaft... Nehmt einen anderen. Johann dort ist...« Er schrie auf, als Blackthorne ihn mit einem Ruck aus der Koje herausriß und gegen die Tür schleuderte. Blut rann ihm aus dem Mund, und er war wie benommen. Ein brutaler Tritt in die Seite ließ ihn aus seiner Benommenheit wieder erwachen.

»Schaff jetzt deine Visage an Deck und bleib dort, bis du tot umfällst oder wir Land sichten.«

Der Mann riß die Tür auf und floh in panischer Angst.

Blackthorne blickte die anderen an – sie starrten zurück.

»Wie fühlst du dich, Johann?«

»Ganz gut, Pilot. Vielleicht bleib' ich doch am Leben!«

Johann Vinck war dreiundvierzig, Oberkanonier und Bootsmannsmaat, der älteste an Bord. Er hatte weder Haare noch Zähne mehr, war von der Farbe abgelagerten Eichenholzes und ebenso stark. Vor sechs Jahren hatte er zusammen mit Blackthorne an der Suche nach der Nordostpassage teilgenommen, und beide Männer wußten voneinander, was dem anderen zuzumuten war und was nicht.

»In deinem Alter sind die meisten Menschen bereits tot, folglich bist du uns allen ein Stück voraus.« Blackthorne war erst sechsunddreißig.

Vinck setzte ein freudloses Grinsen auf. »Das macht der Brandy, Pilot, der und das Nöcken und das heiligmäßige Leben, das ich geführt hab'.«

Keiner lachte. Dann wies jemand auf eine bestimmte Koje. »Pilot, der Bootsmann ist tot.«

»Dann bringt die Leiche an Deck! Wascht sie und schließt ihm die Augen! Du, du und du!«

Diesmal waren die Männer im Handumdrehen aus ihrer Koje heraus, und mit vereinten Kräften schleiften sie die Leiche aus dem Mannschaftslogis heraus.

»Du übernimmst die Morgenwache, Vinck. Und Ginsel, du den Ausguck.«
»*Aye, aye*, Sir!«
Blackthorne kehrte an Deck zurück.
Er sah, daß Hendrik noch nicht eingeschlafen und das Schiff in Ordnung war. Der abgelöste Ausguck, Salamon, torkelte mehr tot als lebendig an ihm vorüber, die Augen aufgedunsen und gerötet vom schneidenden Wind. Blackthorne ging hinüber zu der anderen Tür und stieg nach unten. Der Gang führte in die große Achterkabine, die das Quartier des Generalkapitäns sowie die Vorratskammern beherbergte. Seine eigene Kammer lag an Steuerbord, und die andere, an Backbord, bildete für gewöhnlich die Unterkunft der drei Steuerleute. Jetzt teilten sie Baccus van Nekk, der oberste der Kaufleute, Hendrik, der Dritte Steuermann, und Croocq, der Schiffsjunge. Alle drei waren sterbenskrank.
Er trat in die große Kabine. Der Generalkapitän, Paulus Spillbergen, lag halb bewußtlos in seiner Koje. Er war ein gedrungener Mann in den besten Jahren, normalerweise sehr fett, jetzt jedoch ausgemergelt, so daß die Hautfalten seines Wanstes schlaff in Falten herunterhingen. Blackthorne holte aus einem Geheimfach einen Deckelkrug mit Wasser und half ihm, ein wenig zu trinken.
»Danke«, sagte Spillbergen mit schwacher Stimme. »Wo ist Land – wo ist Land?«
»Voraus«, erwiderte er, ohne es jetzt freilich selbst mehr zu glauben, stellte den Krug zurück, verschloß seine Ohren vor dem Gejammer, ging und haßte ihn aufs neue.
Vor fast genau einem Jahr hatten sie Tierra del Fuego oder Feuerland erreicht, und die Winde waren günstig gewesen für einen Vorstoß ins Unbekannte der Magellanstraße. Doch der Generalkapitän hatte befohlen, an Land zu gehen und nach Gold und Schätzen zu suchen.
»Himmelherrgott, Generalkapitän, seht Euch dies Land doch an! In diesen Wüsteneien gibt es keine Schätze!«
»Es heißt, das Land sei reich an Gold, und wir können es für die glorreichen Niederlande in Besitz nehmen.«
»Die Spanier sind seit fünfzig Jahren mit großer Stärke hier.«
»Vielleicht – aber vielleicht doch nicht so weit südlich, Hauptpilot.«
»So tief im Süden sind die Jahreszeiten anders als bei uns. Im Mai, Juni, Juli und August herrscht hier tiefster Winter. Aus dem *roteiro* geht hervor, daß der rechte Zeitpunkt äußerst wichtig ist, um durch die Magellanstraße hindurchzukommen. In ein paar Wochen schlagen die Winde um, und dann müßten wir hierbleiben und vielleicht monatelang überwintern.«
»In wieviel Wochen, Pilot?«
»Laut *roteiro* in acht. Aber die Jahreszeiten sind nicht immer gleich.«
»Wir werden das Land ein paar Wochen lang erforschen. Dann bleibt uns immer noch reichlich Zeit, und falls notwendig, segeln wir wieder gen Norden und plündern noch ein paar Städte, was, meine Herren?«
»Wir müssen es jetzt versuchen, Generalkapitän. Die Spanier haben nur wenige

Kriegsschiffe im Stillen Ozean. Hier hingegen wimmelt es von ihnen, und sie halten Ausschau nach uns. Ich sage, wir müssen weiter.«
Doch der Generalkapitän hatte sich über ihn hinweggesetzt und die Frage durch eine Abstimmung unter den anderen Kapitänen entschieden – nicht durch die anderen Piloten, einem Engländer und drei Holländern –, und die fruchtlosen Beutezüge an Land waren unter seiner Führung weitergegangen.
In diesem Jahr waren die Winde früh umgeschlagen, und sie hatten dort unten überwintern müssen, da der Generalkapitän wegen der spanischen Flotte Angst hatte, weiter nach Norden hinaufzusegeln. Vier Monate waren verstrichen, ehe sie hatten weitersegeln können. Und mittlerweile waren einhundertundsechsundfünfzig Mann verhungert, erfroren, und sie hatten die Kalbsfelle gegessen, mit denen das Tauwerk zugedeckt gewesen war. Die furchtbaren Stürme innerhalb der Meerenge hatten die Flotte auseinandergetrieben, und die *Erasmus* war das einzige Schiff gewesen, das den vorbestimmten Treffpunkt vor der Küste von Chile erreicht hatte. Einen vollen Monat hatten sie dort auf die anderen gewartet, doch waren die Spanier immer näher herangekommen, und dann, als die Spanier drohten, sie in die Zange zu nehmen, hatten sie die Segel gesetzt und waren ins Unbekannte hinausgefahren. Bei Chile hatte der geheime *roteiro* aufgehört. Weiter war er nicht gegangen.
Blackthorne ging den Gang entlang, schloß die Tür zu seiner eigenen Kammer auf und drehte den Schlüssel hinter sich wieder um. Die Balkendecke war niedrig, die Kammer war klein und aufgeräumt, und er mußte sich bücken, als er hinübertrat, um sich an seinen Schreibtisch zu setzen. Er schloß eine Schublade auf und wickelte bedächtig den letzten der Äpfel aus, die er die ganze Fahrt von der Insel Santa Maria vor der chilenischen Küste bis hierher so sorgsam aufbewahrt hatte. Er war angestoßen und sehr klein; dort, wo er anfing zu faulen, war er von einer weißlichen Schimmelschicht bedeckt. Er schnitt ein Viertel heraus. Im Gehäuse waren ein paar Würmer. Er aß sie jedoch mit, eingedenk der alten Seemannsweisheit, daß Würmer genausogut gegen den Skorbut wären wie der Apfel selbst, ja, daß sie das Ausfallen der Zähne verhinderten, wenn man sie am Gaumen zerrieb. Er kaute vorsichtig, denn seine Zähne taten ihm weh, und die Mundhöhle war entzündet und wund. Dann trank er etwas Wasser aus einem Weinschlauch. Es schmeckte brackig. Zuletzt wickelte er den Rest des Apfels wieder ein und schloß ihn fort.
Eine Ratte huschte durch die Schatten, die von der über seinem Kopf hängenden Öllampe geworfen wurden. Die Holzplanken knarrten angenehm. Kakerlaken krochen zuhauf über den Boden.
Ich bin müde, ach so müde!
Er warf einen Blick auf seine lange schmale Koje mit dem einladenden Strohsack darauf.
Ach, bin ich müde!
Schlaf doch diese eine Stunde lang, riet ihm der Teufel in ihm. Und wenn es nur für zehn Minuten ist – dann bist du wieder frisch für eine Woche! Tagelang

hast du jetzt nur ein paar Stunden geschlafen, und den größten Teil davon auch noch oben an Deck in der Kälte. Du mußt schlafen. Schlaf! Sie sind auf dich angewiesen...

»Ich werde nicht schlafen! Das tue ich morgen«, sagte er laut und zwang seine Hände, seine Kommode aufzuschließen und seine Kurskarte herauszunehmen. Er sah, daß die andere, der portugiesische *roteiro*, sicher und unberührt dalag, und das erfreute ihn. Er nahm einen sauberen Federkiel und hob an zu schreiben: »21. April A.D. 1600. Fünfte Stunde. Abenddämmer. Den 133. Tag von Santa Maria, Chile, entfernt, auf dem 32. Grad nördlicher Breite. Die See immer noch hoch, der Wind kräftig, das Schiff getakelt wie bisher. Die Farbe der See ein mattes Graugrün und bodenlos. Wir laufen immer noch auf einem Kurs von 270 Grad vorm Wind, drehen leicht nach Nordwest ab, kommen rasch voran, laufen zur Zeit etwa zwei *Leguas* von je drei Seemeilen. Wie ein Dreieck geformte große Riffe zur halben Stunde gesichtet in einer Entfernung von einer halben *Legua* Nordost bei Nord.

Heute nacht sind drei Männer am Skorbut gestorben: Joris, der Segelmacher, Reiss, der Kanonier, und de Haan, Zweiter Steuermann. Nachdem wir ihre Seelen Gott anempfohlen hatten und da der Generalkapitän immer noch darniederliegt, übergab ich sie ohne Leichentücher der See, denn es war niemand da, der sie hätte einnähen können. Heute starb der Bootsmannsmaat Rijckloff.

Konnte heute die Höhe der Sonne mittags nicht messen, denn der Himmel war wieder überzogen. Aber ich schätze, wir befinden uns immer noch auf dem richtigen Kurs, und die japanischen Inseln müßten bald auftauchen...«

»Aber wie bald?« fragte er die Schiffslaterne, die über seinem Kopf baumelte und mit dem Rollen des Schiffes hin und her schwankte. Wie jetzt eine Karte zeichnen? Es muß einen Weg geben, sagte er sich wohl zum tausendsten Mal. Wie den Längengrad bestimmen? Es muß einen Weg geben! Wie das Gemüse frisch erhalten? Was *ist* Skorbut...?

»Man sagt, es sei die Seepest, mein Junge«, hatte Alban Caradoc gesagt. Er war ein Mann mit einem mächtigen Bauch, einem großen Herzen und einem zotteligen grauen Bart gewesen.

»Aber könnte man das Gemüse nicht kochen und die Brühe aufheben?«

»Sie verdirbt, mein Junge. Kein Mensch hat es je geschafft, sie aufzuheben.«

»Man sagt, Francis Drake wird bald auslaufen.«

»Nein, du kannst nicht mitfahren, mein Junge!«

»Ich bin fast vierzehn. Ihr habt Tim und Watt erlaubt, bei ihm anzumustern, und er braucht noch Piloten-Lehrlinge.«

»Die sind schon sechzehn. Und du bist kaum dreizehn.«

»Es heißt, er soll versuchen, die Magellanstraße zu durchfahren und dann die Küste entlang in unerforschte Gebiete vorzustoßen – bis nach Kalifornien –, um die Straße von Anian zu finden, welche den Stillen Ozean mit dem Atlantik verbindet. Von Kalifornien bis ganz hinauf nach Neufundland, die Nordwestpassage schließlich...«

»Von der man *annimmt*, daß es sie gibt, diese Nordwestpassage, mein Junge! Bis jetzt hat kein Mensch bewiesen, daß es sie wirklich gibt.«
»Er wird es schaffen. Er ist jetzt Admiral, und wir werden das erste englische Schiff sein, das die Magellanstraße durchfährt, das erste auf dem Stillen Ozean, das erste... nie wieder wird sich mir eine solche Chance bieten...«
»Aber selbstverständlich wird das geschehen, und er wird niemals hinter Magellans Geheimnis kommen, es sei denn, es gelingt ihm, einen *roteiro* zu stehlen oder einen portugiesischen Piloten gefangenzunehmen, der ihn hindurchlotst. Wie oft muß ich es dir noch sagen – ein Pilot muß Geduld haben! Lerne, dich in Geduld zu fassen, mein Junge, du hast noch viele...«
»Bitte!«
»Nein!«
»Warum?«
»Weil er zwei, drei Jahre fortbleiben wird, vielleicht noch länger. Die Schwachen und die Jungen werden das schlechteste Essen bekommen und am wenigsten vom Wasser. Und von den fünf Schiffen, die auslaufen, wird nur seines zurückkommen. Du würdest es niemals überleben, mein Junge, niemals würdest du...«
»Dann werde ich nur auf seinem Schiff anheuern. Ich bin kräftig. Er nimmt mich bestimmt!«
»Hör zu, mein Junge. Ich bin unter Drake auf der *Judith* gefahren, seinem Fünfzigtonner, bei San Juan de Ulua, wo wir und Admiral Hawkins – er fuhr auf der *Minion* – uns durch die dreckfressenden Spanier den Weg aus dem Hafen herauskämpften. Wir hatten Sklaven von Guinea zum spanischen Festland gebracht, aber wir besaßen keine spanische Handelslizenz und sie überlisteten Hawkins und lockten unsere Flotte in die Falle. Sie hatten dreizehn große Schiffe, wir nur sechs. Drei der ihren versenkten wir, und sie schickten unsere Schiffe *Swallow, Angel, Caravelle* und die *Jesus of Lubeck* in die Tiefe. O ja, Drake hat uns aus dieser Falle herausgehauen und nach Hause gebracht. Mit elf Mann an Bord, die die Geschichte erzählen konnten. Hawkins hatte fünfzehn. Von vierhundertundacht lustigen Teerjacken. Drake ist erbarmungslos, mein Junge. Was er will, ist Ruhm und Gold, aber nur für Drake; zu viele Männer sind tot, das zu beweisen.«
»Aber ich werde nicht sterben. Ich werde einer von den...«
»Nein! Du bist für zwölf Jahre unter Lehrvertrag. Zehn davon fehlen dir noch, und dann erst bist du frei. Doch bis dahin, bis 1588, wirst du lernen, Schiffe zu bauen und sie zu befehligen – wirst du Alban Caradoc gehorchen, Schiffsbaumeister und Pilot und Mitglied des *Trinitiy House* – sonst bekommst du niemals deine Lizenz. Und wenn du keine Lizenz hast, wirst du nie ein Schiff durch englische Gewässer lotsen, nie ein einziges englisches Schiff vom Achterdeck her auf irgendeinem Meer befehligen; denn so lautete das Gesetz des guten Königs Harry, Gott sei seiner Seele gnädig! So lautete das Gesetz der großen Hure Mary Tudor, möge ihre Seele in der Hölle schmoren, und so lautet das Gesetz

der Königin, möge sie immer und für alle Zeit regieren – so lautet das Gesetz Englands, und es ist das beste Schiffahrtsgesetz, das es jemals gegeben hat!« Blackthorne wußte noch, wie er seinen Herrn und Meister und das *Trinity House* gehaßt hatte, jenes von Heinrich VIII. im Jahre 1514 für die Ausbildung sämtlicher englischer Piloten und Kapitäne geschaffene Gesetz, und die zwölf Jahre halber Leibeigenschaft gehaßt, ohne die er, wie er wohl wußte, niemals das einzige in der Welt bekommen würde, um das es ihm ging. Und wie er Alban Caradoc womöglich noch mehr gehaßt, als – zum ewigen Ruhm – Drake und seine Hunderttonnen-Schaluppe, die *Golden Hind*, wie durch ein Wunder nach England zurückgekommen war, nachdem sie drei Jahre hindurch als verschollen gegolten – das erste englische Schiff, das den Erdball umfahren –, und an Bord die reichste Ausbeute an Raubgut heimgebracht, die jemals hier an Land geschafft worden war: die unglaubliche Summe von anderthalb Millionen Pfund Sterling in Gold, Silber, Gewürzen und Gerät aus Edelmetall.

Daß vier von den fünf Schiffen verlorengegangen waren und acht von zehn Mann ihr Leben gelassen und Tim und Watt gestorben und ein gefangengenommener portugiesischer Pilot Drakes Expedition durch die Magellanstraße hindurchgelotst und in den Stillen Ozean geführt, hatte seinen Haß nicht besänftigen können; daß Drake einen Offizier hatte aufknüpfen lassen, Kaplan Fletcher exkommuniziert wurde und er es nicht geschafft hatte, die Nordwestpassage zu finden, nahm kein Jota von der Bewunderung, die ihm in ganz England entgegengebracht worden war. Die Königin hatte fünfzig Prozent der Schätze für sich beansprucht und ihn zum Ritter geschlagen. Der niedere Adel und die Kaufleute, die das Geld für die Expedition aufgebracht hatten, machten dreihundert Prozent Profit und drängten ihn, seine nächste Freibeuterfahrt ausrüsten zu dürfen. Und alle Seeleute baten, wieder mit ihm fahren zu dürfen, denn er hatte Beute heimgebracht, er war zurückgekehrt, und mit dem ihnen zustehenden Anteil am Raub waren die wenigen Glücklichen, die das Abenteuer überlebt hatten, reich bis an ihr Lebensende.

Ich hätte zu den Überlebenden gehört, hatte Blackthorne sich gesagt. Ganz bestimmt. Und mein Anteil an dem Schatz hätte ausgereicht, um...

»*Rotz voruiiit!* – Riff voraus!«

Anfangs spürte er den Ruf mehr, als daß er ihn gehört hätte. Dann, unter dem Heulen des Sturms, vernahm er den klagenden Ruf ein zweites Mal.

Im Nu war er draußen aus seiner Kammer, den Niedergang hinauf und auf dem Achterdeck; sein Herz hämmerte, seine Kehle war wie Pergament. Es war dunkle Nacht, es regnete, und einen Moment frohlockte er, denn er wußte, daß die Regensammler, die vor so vielen Wochen aufgespannt worden waren, bald zum Überlaufen voll sein würden. Er riß den Mund auf und hielt ihn dem nahezu waagerecht fallenden Regen entgegen, schmeckte seine Süße und kehrte dann dem heftigen Wind den Rücken zu.

Er sah, daß Hendrik wie gelähmt war vor Schrecken. Der Ausguck am Vordersteven, Maetsukker, kauerte nahe der Bugschanze, schrie Unzusammenhän-

gendes und wies voraus. Dann richtete auch er die Augen über das Schiff hinaus. Das Riff war kaum zweihundert Yard entfernt: große schwarze Felsklauen, gegen welche die hungrige See anrannte. Die schäumende Gischtlinie erstreckte sich von Steuerbord nach Backbord und war nur hier und da unterbrochen.
»Alle Mann an Deck!« schrie Blackthorne und schlug heftig die Glocke.
Der Lärm riß Hendrik aus seiner Benommenheit. »Wir sind verloren!« schrie er auf holländisch. »Ach, Herr Jesus, steh uns bei!«
»Hol die Mannschaft an Deck, du Scheißkerl! Du hast geschlafen! Beide habt ihr geschlafen!« Blackthorne schob ihn auf den Niedergang zu, klammerte sich am Steuerrad fest, ließ die schützende Lasche von den Griffen herunterrutschen, stemmte sich gegen die Speichen und riß das Rad hart nach Backbord herum.
Er mußte alle Kraft aufwenden, als das Ruder sich gegen die Strömung legte. Das ganze Schiff erbebte. Dann, als der Wind es packte, begann der Bug sich immer schneller zu wenden, und bald darauf lagen sie *dwars* vor Strömung und Wind. Die Sturmsegel bauschten sich und versuchten lahm, das gesamte Gewicht des Schiffes zu tragen, und alle Taue strafften sich und heulten. Die heranrauschende See türmte sich über ihnen, und sie gaben nach, liefen querab vom Riff, als er die große Woge heranrollen sah. Er rief den aus dem Vorschiff heraufkommenden Männern eine Warnung zu und kämpfte mit dem Steuerrad, als ginge es um sein Leben.
Die See stürzte sich auf das Schiff. Es legte sich auf die Seite, und er dachte schon, es wäre um sie geschehen, doch es schüttelte sich wie ein nasser Terrier und schwang sich aus dem Wellental heraus. In mächtigen Schwallen lief das Wasser durch die Speigatts ab, und er rang nach Atem. Er sah, daß die Leiche des Bootsmanns, die sie zur Bestattung an Deck gebracht hatten, verschwunden war und daß die nachfolgende Welle womöglich noch gewaltiger war als die vorige. Sie packte Hendrik und hob ihn in die Höhe; nach Luft ringend und ins Leere greifend verschwand er überm Schanzkleid im Meer. Eine weitere Woge wälzte sich brüllend übers Deck, und Blackthorne hakte sich mit einem Arm in den Speichen des Steuerrads fest – das Wasser floß an ihm vorbei. Jetzt trieb Hendrik fünfzig Yard backbords auf der See. Der Sog des Wassers führte ihn wieder neben das Schiff, dann schleuderte eine gigantische Sturzsee ihn hoch übers Schiff, hielt ihn eine Weile dort – er schrie –, riß ihn dann weiter fort, zerschmetterte ihn auf dem Kamm eines Riffs und verschlang ihn.
Das Schiff hielt aufs offene Meer zu und versuchte Fahrt zu machen. Eine weitere Rah riß, und das Fall samt Talje flatterten wie wild, bis sie sich in der Takelage verhedderten.
Vinck und noch jemand kämpften sich bis aufs Achterdeck hinauf und stemmten sich in die Speichen des Steuerrads, um ihm zu helfen. Blackthorne konnte das bedrohliche Riff steuerbords erkennen – es lag zum Greifen nahe. Voraus und backbords ragten weitere Klippen aus der See, doch hier und dort erkannte er auch Lücken dazwischen.

»Den Besan hinauf, Vinck! *Backgasten ho!*« Handbreit um Handbreit zogen Vinck und zwei Matrosen sich in den Fetzen der Takelage des Hauptmasts empor, während andere weiter unten sich in die Taue legten, um ihnen behilflich zu sein.

»Achtung, voraus!« schrie Blackthorne.

Die See schäumte übers Deck, riß einen weiteren Mann mit sich und trug die Leiche des Bootsmanns wieder an Bord. Der Bugspriet ragte steil aus dem Wasser, schlug dann abermals auf eine Woge und schickte noch mehr Wasser an Bord. Vinck und die anderen lösten unter Flüchen die Bändsel, mit denen das Segel festgezurrt war. Unversehens öffnete es sich dann, knatterte, als wären es Kanonenschläge, als es sich mit Wind füllte, und das Schiff machte einen Satz vorwärts.

Vinck und seine Helfer hingen schwankend über dem Wasser, begannen dann jedoch ihren Abstieg.

»Riff – Riff voraus!« kreischte Vinck.

Blackthorne und der andere Mann wirbelten das Steuerrad nach Steuerbord herum. Das Schiff zögerte, wendete dann und schrie auf, als die kaum vom Wasser überspülten Felsen an seinem Rumpf entlangkratzten. Aber es war nur ein Schrammer, und die Felsnase zerkrümelte unter der Wucht des Anpralls. Die Planken hielten, und die Männer an Bord atmeten auf.

Blackthorne erspähte eine Lücke in den Riffen voraus und hielt mit dem Schiff darauf zu. Der Wind blies jetzt heftiger, die See war noch aufgewühlter als zuvor. Die *Erasmus* schlingerte unter dem Ansturm einer Bö, das Steuerrad wurde den Männern aus den Händen gerissen und drehte sich wild. Gemeinsam packten sie es wieder und brachten das Schiff auf Kurs, doch es bockte und hüpfte wie verrückt. Wasser überflutete das Deck und wälzte sich ins Vorschiff, schmetterte einen Mann gegen das Schott; das ganze Unterdeck stand unter Wasser, genauso wie das Oberdeck.

»An die Lenzpumpen!« schrie Blackthorne. Er sah, wie zwei Männer hinabgerissen wurden.

Der Regen peitschte ihm ins Gesicht, und er mußte die Augen zusammenkneifen. Das Licht des Kompaßhauses sowie die Hecklaterne waren längst erloschen. Als dann eine neuerliche Bö das Schiff noch weiter vom Kurs abbrachte, rutschte ein Matrose aus, und abermals drehte das Steuerrad sich wie wild, und sie mußten es fahren lassen. Der Mann schrie auf, als die eine Speiche ihm gegen den Kopf schlug und er der See preisgegeben dalag. Blackthorne riß ihn hoch und ließ ihn nicht mehr los, bis die brodelnde Sturzsee abgelaufen war. Dann erkannte er, daß der Mann tot war und ließ ihn auf den Seestuhl fallen; die nächste Woge spülte ihn vom Achterdeck hinunter.

Der Einschnitt im Riff lag jetzt drei Strich in Luv, doch so sehr er sich auch abmühte, Blackthorne konnte die *Erasmus* nicht dazu bringen, sich darauf zuzubewegen. Verzweifelt hielt er nach einem anderen Kanal Ausschau, wußte jedoch, daß keiner vorhanden war, und so ließ er das Schiff vorübergehend vom

Wind abfallen, um Fahrt zu gewinnen, und drehte es dann wieder hart in Luv. Ein kleines Stück kam es voran und hielt den Kurs.
Es ging ein Aufstöhnen und ein gequältes Erzittern durch den Rumpf, als der Kiel über die rasiermesserscharfen Zacken der Felsen hinwegrutschte, und alle an Bord glaubten bereits, die Eichenbohlen und Planken würden auseinanderbersten und das Wasser hereinfluten. Jetzt schoß das Schiff, völlig außer Kontrolle, schlingernd voran.
Blackthorne rief um Hilfe, doch niemand hörte ihn, und so kämpfte er abermals allein mit dem Steuerrad – und der See. Einmal wurde er beiseite geschleudert, doch bekam er es wieder zu fassen und klammerte sich daran fest, wobei er sich in seiner zunehmenden Benommenheit die Frage stellte, wieso das Ruder eigentlich überhaupt so lange gehalten habe.
An der engsten Stelle der Durchfahrt wurde die See zu einem Mahlstrom: der Sturm preßte das Wasser vorwärts, und die Felsen engten es ein. Gewaltige Brecher stürzten sich auf das Riff, um wieder zurückzurauschen und sich gegen das herankommende Schiff zu werfen, bis die Wogen untereinander kämpften und aus allen Richtungen der Windrose angriffen. Das Schiff lief *dwars* und wurde völlig hilflos in einen Wirbel hineingerissen.
»Scheiß auf dich, Sturm!« wütete Blackthorne. »Laß deine dreckigen Hände von meinem Schiff!«
Abermals drehte das Steuerrad sich wie rasend, und das Deck legte sich erschreckend auf die Seite. Der Bugspriet geriet gegen einen Felsen und wurde losgerissen; ein Teil der Takelage ging mit über Bord. Der Fockmast bog sich durch wie ein Bogen und brach. Mit Äxten fielen die Männer an Deck über die Taue her, um sie zu kappen, während das Schiff den brodelnden Kanal entlangtorkelte. Sie hackten den Mast frei; er ging über Bord, und ein Mann mit ihm, der sich in das Gewirr von Tauen und Segeln verstrickt hatte. Der dergestalt Gefesselte schrie auf, aber es gab nichts, was sie hätten tun können, und so sahen sie nur hilflos zu, wie der Mast neben dem Schiff verschwand und noch einmal auftauchte, um dann nie wiederzukommen.
Vinck und die anderen, die verschont geblieben waren, blickten zurück zum Oberdeck, wo Blackthorne dem Sturm wie ein Wahnsinniger trotzte. Sie bekreuzigten sich und verdoppelten ihre Gebete; einige weinten vor Angst, doch alle hofften sie, mit dem Leben davonzukommen.
Für einen Augenblick verbreiterte sich die Durchfahrt, und das Schiff verlangsamte seine Fahrt, doch vor ihnen verengte sie sich wieder, und die Felsen zu beiden Seiten schienen zu wachsen und über sie hinauszuragen. Die Strömung wurde auf der einen Seite zurückgeworfen, nahm das Schiff mit sich, drehte es wieder, daß es erneut *dwars* lag, und warf es dann seinem Geschick entgegen.
Blackthorne hörte auf, den Sturm zu verfluchen, versuchte das Ruder mit Gewalt nach Backbord herumzureißen. Doch das Schiff verleugnete sein Ruder, und auch die See kümmerte sich nicht darum.

»Dreh dich, du Höllenhure!« keuchte er. Seine Kraft verließ ihn zusehends. »Helft mir doch!«

Die See lief rascher und rascher, und er meinte, sein Herz zerspringe; trotzdem kämpfte er gegen den Druck des Wassers an. Er versuchte, die Augen auf ein bestimmtes Ziel gerichtet zu halten, doch alles um ihn herum drehte sich; die Farben gingen durcheinander und verblaßten. Das Schiff war tot, und genau in diesem Augenblick rutschte der Kiel über eine Schlickbank. Die *Erasmus* fuhr herum. Das Ruder griff in die See. Und dann vereinten Wind und Wasser sich, dem Schiff zu helfen; gemeinsam drehten sie es vorm Wind herum, und es rauschte durch den Engpaß hindurch in Sicherheit – in die Bucht, die dahinter lag.

# *Erstes Buch*

# 1. Kapitel

Blackthorne war plötzlich wach. Einen Augenblick vermeinte er zu träumen, weil er an Land war und der Raum unfaßlich: klein und sehr sauber und mit weichen Matten ausgelegt. Er selbst lag auf einer dicken wattierten Decke; eine andere war über ihn gebreitet. Die Zimmerdecke bestand aus poliertem Zedernholz und die Wände aus Zedernrahmen, die mit einem durchscheinenden Papier bespannt waren, welches das Licht angenehm dämpfte. Neben ihm stand ein leuchtend rotes Tablett mit kleinen Schalen darauf. In der einen befand sich kaltes gegartes Gemüse, das er heißhungrig hinunterschlang, ohne des pikanten Geschmacks recht gewahr zu werden. In einer anderen war Fischsuppe – auch diese Schale leerte er. Eine dritte enthielt einen dicken Gerstenbrei, den er gleichfalls rasch aufaß, wobei er sich seiner Finger bediente. Das Wasser in einem eigenartig geformten Trinkgefäß war warm und schmeckte sonderbar – leicht bitter, aber durchaus nicht unangenehm.

Dann bemerkte er das Kruzifix in der Nische.

Dann bin ich also in einem spanischen oder portugiesischen Haus, dachte er und der Schreck fuhr ihm in die Glieder. Bin ich hier auf den japanischen Inseln? Oder in Kathay?

Ein Rahmen der Wand glitt beiseite. Eine nicht mehr ganz junge gedrungene Frau mit rundem Gesicht kniete neben der Tür und verneigte sich lächelnd. Ihre Haut war golden, ihre Augen dunkel und schmal, und ihr langes schwarzes Haar war auf dem Kopf hochgetürmt. Sie trug eine graue Seidenrobe nebst kurzen weißen Socken mit dicker heller Sohle und eine breite violette Schärpe um den Leib.

»*Goshujinsama, gokibun wa ikaga desu ka?*« sagte sie. Als er sie verständnislos anstarrte, wartete sie – dann sagte sie es noch einmal.

»Bin ich hier in Japan?« fragte er. »In Japan? Oder in Kathay?«

Diesmal war es an ihr, ihn verständnislos anzustarren, und dann sagte sie etwas anderes, was er nicht verstehen konnte. Plötzlich ging ihm auf, daß er nackt war. Seine Kleidung war nirgends zu sehen. Mittels Zeichensprache gab er ihr zu

verstehen, daß er sich anzuziehen wünsche. Dann zeigte er auf die leeren Schalen, und sie begriff, daß er noch Hunger hatte.
Lächelnd verneigte sie sich und schob die Tür wieder zu.
Erschöpft legte er sich zurück. Die noch ungewohnte Bewegungslosigkeit des Bodens war schuld, daß sich in seinem Kopf alles drehte, doch raffte er sich zusammen, um sich wieder zu fangen. Ich erinnere mich, daß wir den Anker warfen, dachte er. Zusammen mit Vinck. Ja, ich glaube, es war Vinck. Wir befanden uns in einer Bucht. Die *Erasmus* war auf eine Schlickbank aufgelaufen und bewegte sich nicht mehr. Zwar konnten wir hören, wie die Wellen sich am Ufer brachen, aber es bestand keine Gefahr mehr. Am Ufer waren Lichter zu erkennen, dann lag ich in meiner Kammer, und es wurde Nacht um mich. An etwas anderes erinnere ich mich nicht mehr. Dann kamen Lichter durch die pechschwarze Nacht und sonderbare Stimmen. Ich redete englisch, dann portugiesisch. Einer von den Eingeborenen sprach ein wenig portugiesisch. Oder war er vielleicht sogar Portugiese? Nein, ich glaube, er war Eingeborener. Habe ich ihn gefragt, wo wir wären? Ich weiß es nicht mehr. Dann waren wir wieder im Riff, und die große Woge kam abermals herangerauscht, ich wurde hinausgerissen auf die See und war am Ertrinken – nein, die See war warm und wie ein ellendickes Seidenbett. Sie müssen mich an Land getragen und hierhergebracht haben.
»Es muß dieses Bett hier gewesen sein, das sich so weich und warm anfühlte«, sagte er laut. »Ich habe noch nie zuvor auf Seide geschlafen.« Die Schwäche übermannte ihn, und er verfiel in einen traumlosen Schlaf.
Als er wieder erwachte, fand er mehr Essen in den irdenen Schalen und seine Kleider waren ordentlich neben ihm abgelegt. Man hatte sie gewaschen, gebügelt und mit winzigen, sehr feinen Stichen ausgebessert.
Aber sein Messer war fort – desgleichen fehlten seine Schlüssel.
Ich verschaff' mir besser ein Messer, und zwar rasch, dachte er. Oder eine Pistole.
Seine Augen wanderten zum Kruzifix. Trotz seiner Furcht packte ihn immer stärkere Erregung. Sein Leben lang hatte er unter Piloten und Fahrensleuten Erzählungen über die unerhörten Reichtümer gehört, die Portugals unbekanntes Reich im Osten bergen sollte; daß es den Portugiesen mittlerweile gelungen sei, die Heiden zum Katholizismus zu bekehren und auf diese Weise an sich zu fesseln; wo das Gold so billig war wie rohes Eisen, und wo es Smaragde, Rubine, Diamanten und Saphire gab wie Sand am Meer.
Wenn das mit den Katholiken stimmt, sagte er sich, dann stimmt alles andere vielleicht auch. Was die Reichtümer betrifft. Jawohl. Aber je schneller er wieder bewaffnet war und sicher hinter den Stückpforten der *Erasmus* stand, desto besser.
Er aß die Speisen, kleidete sich an, stand ein wenig unsicher auf den Beinen und fühlte sich nicht in seinem Element, wie übrigens immer an Land. Seine Stiefel fehlten. Er ging zur Tür hinüber, wobei er leicht schwankte, so daß er die Hand

ausstreckte, um sich festzuhalten; aber die leichten Leisten der Rahmen konnten sein Gewicht nicht tragen und zerbrachen; das Papier riß entzwei. Er richtete sich auf. Die entsetzte Frau im Korridor starrte zu ihm hinauf.
»Tut mir leid«, sagte er, und in seiner Unbeholfenheit kam er sich merkwürdig unsicher vor. Die Reinheit des Raumes war irgendwie besudelt.
»Wo sind meine Stiefel?«
Verständnislos starrte die Frau ihn an. Folglich faßte er sich in Geduld und machte ihr durch Zeichensprache sein Begehr begreiflich, woraufhin sie einen Gang entlangeilte, niederkniete, eine weitere Schiebetür aufschob und ihn heranwinkte. Stimmen ließen sich in der Nähe vernehmen und das Geräusch rinnenden Wassers. Er trat durch die Schiebetür und befand sich in einem anderen, nahezu kahlen Raum. Dieser ging auf eine Veranda hinaus, deren Stufen zu einem kleinen Garten hinunterführten, der von einer hohen Mauer eingefaßt war. Neben diesem Haupteingang standen zwei alte Frauen, drei in leuchtendrote Gewänder gekleidete Kinder und ein alter Mann, offensichtlich ein Gärtner, denn er trug einen Rechen in der Hand. Augenblicklich verneigten sich alle ehrerbietig und hielten die Köpfe gesenkt.
Zu seiner Verwunderung sah Blackthorne, daß der alte Mann nackt war bis auf ein kurzes, schmales Lendentuch, das kaum seine Geschlechtsteile bedeckte.
»Morgen«, sagte er, da er nicht wußte, was er sonst sagen sollte.
Sie blieben regungslos stehen, die Köpfe immer noch gesenkt.
Befremdet starrte er sie an; dann erwiderte er unbeholfen die Verneigung. Erst daraufhin richteten sie sich alle auf und lächelten ihn an. Der alte Mann verneigte sich noch einmal und machte sich wieder an seine Arbeit. Die Kinder starrten ihn an, brachen dann unvermittelt in Lachen aus und stoben davon. Die alten Frauen verschwanden in der Tiefe des Hauses, aber er spürte, daß sie ihn nicht aus den Augen ließen.
Unten an der Treppe sah er seine Stiefel stehen. Ehe er sie aufheben konnte, hatte sich die nicht mehr ganz junge Frau davor hingekniet, und zu seiner Verlegenheit half sie ihm, die Stiefel anzuziehen.
»Vielen Dank«, sagte er. Er überlegte einen Augenblick, dann deutete er auf sich selbst. »Blackthorne«, sagte er mit Bedacht. »Blackthorne.« Dann wies er auf sie. »Und wie heißt du?«
Ohne zu begreifen, sah sie ihn an.
*»Black-thorne«*, wiederholte er langsam, zeigte wieder auf sich und dann auf sie. »Wie heißt du?«
Sie runzelte die Stirn, dann schien ihr etwas zu dämmern, denn sie zeigte auf sich und sagte: *»Onna! Onna!«*
*»Onna!«* wiederholte er, genauso stolz auf sich, wie sie auf sich war. *»Onna.«*
Sie lächelte glücklich. *»Onna!«*
Der Garten war mit nichts zu vergleichen, was er je gesehen hatte: ein kleiner Wasserfall, ein Bach mit einer kleinen Brücke, sorgsamst gepflegte Kieswege und Felsen und Blumen und Sträucher.

»Unglaublich!« sagte er.
»*Unaubich?*« wiederholte sie hoffnungsvoll.
»Nichts«, sagte er. Doch dann, da er nicht wußte, was sonst tun, schickte er sie mit einer Handbewegung fort. Gehorsam und höflich verneigte sie sich und ging.
Blackthorne saß gegen einen Pfosten gelehnt in der warmen Sonne. Wo die anderen wohl sind? Ob der Generalkapitän noch lebt? Wie viele Tage habe ich geschlafen? Ich erinnere mich, daß ich aufgewacht bin, gegessen und wieder weitergeschlafen habe; das Essen war genauso unbefriedigend wie die Träume.
Die Kinder wirbelten aufgeregt vorbei, spielten Haschen, und er war verlegen ob der Nacktheit des Gärtners, denn wenn der Mann sich bückte oder vornüberbeugte, konnte man alles sehen, und Blackthorne war verwundert, daß die Kinder das gar nicht zu bemerken schienen. Über der Mauer sah er ziegel- und strohgedeckte andere Gebäude, und weiter weg hohe Berge. Ein frischer Wind fegte über den Himmel und ließ den Häufchenwolken keine Ruhe. Bienen summten auf der Suche nach Nektar – es war ein herrlicher Frühlingstag. Sein Körper verlangte nach mehr Schlaf, doch er raffte sich auf und ging auf die Gartentür zu. Der Gärtner lächelte und eilte herbei, ihm die Tür aufzuhalten, verneigte sich und schloß sie hinter ihm.
Das Dorf war um den halbmondförmigen, nach Osten sich öffnenden Hafen herum gebaut; zweihundert Häuser vielleicht. Sie drängten und duckten sich am flachen Hang des Berges, der sich bis ans Ufer hinunterzog. Darüber waren terrassenförmig Felder und Feldwege angelegt, die nach Norden und Süden führten. Die Uferstraße unten war gepflastert, eine steinerne Rampe führte von dort ins Wasser hinein. Ein guter sicherer Hafen mit steinerner Mole; Männer und Frauen, die Fische säuberten und Netze knüpften; am Nordende ein im Bau befindliches Boot von eigentümlicher Form. Weit draußen auf See erblickte er Inseln, im Osten ebenso wie im Süden. Die Riffe lagen also dort oder hinter dem Horizont.
Im Hafen lag eine Menge weiterer sonderbar gebauter Boote, die wohl zumeist dem Fischfang dienten, einige davon mit einem großen Segel, viele mit zwei Riemen ausgestattet – wobei die Ruderer standen und sich mit den Riemen gegen die Strömung anstemmten und nicht sitzend pullten, wie er es getan hätte. Ein paar von den Booten sollten gerade auslaufen, andere waren mit dem Bug am hölzernen Pier vertäut, während die *Erasmus* fünfzig Yard vom Ufer entfernt wohlverankert in ruhigem Wasser dalag. Wer hat das getan, fragte er sich. Es lagen Boote längsseits seines Schiffes, und er konnte Eingeborene an Bord erkennen. Nur niemand von seinen eigenen Leuten.
Er sah sich im Dorf um und wurde sich der vielen Augen bewußt, die ihn beobachteten. Sobald die Leute sahen, daß er sie bemerkte, verneigten sie sich, woraufhin er die Verneigung erwiderte, wobei er immer noch recht verlegen war. Daraufhin gingen sie fröhlich weiter ihrer Beschäftigung nach, eilten hin und her, blieben stehen, schienen seine Anwesenheit gar nicht zu bemerken.

Was ist es nur, was so sonderbar an ihnen ist, fragte er sich. Es sind doch nicht nur ihre Kleider und ihr Benehmen. Es ist – sie tragen keine Waffen, schoß es ihm fassungslos durch den Sinn. Weder Schwerter noch Handfeuerwaffen! Wie kommt das nur?
Offene Läden mit einem kunterbunten Angebot von Waren sowie zu Ballen verpackte Güter säumten die kleine Straße. Der Estrich der Läden war etwas erhöht, und Käufer wie Verkäufer knieten oder hockten auf den reinlichen Bodenbrettern. Blackthorne bemerkte, daß die meisten Holzschuhe oder Bastsandalen trugen, einige von ihnen mit den gleichen dicksohligen weißen Socken, die einen Einschnitt zwischen großem Zeh und dem danebenliegenden aufwiesen, um die Riemen der Fußbekleidung hineinzuschieben; allerdings ließen sie Holzschuhe wie Sandalen draußen auf der Erde stehen. Diejenigen, die barfuß liefen, säuberten ihre Füße und schlüpften in saubere Haussandalen. Sehr vernünftig, wenn man sich's überlegt, sagte er sich im höchsten Maße verwundert. Dann sah er den Mann mit der Tonsur auf sich zukommen, und Furcht stieg aus seinen Hoden in seine Eingeweide, so daß ihm übel wurde. Offensichtlich war dieser Priester Portugiese oder Spanier. Er trug eine wallende orangefarbene Robe, und weder Rosenkranz und Kruzifix waren an seinem Gürtel zu übersehen – noch die kalte Feindseligkeit, die ihm ins Gesicht geschrieben stand. Sein Gewand war schmutzig von der Reise und seine europäischen Stiefel schlammverkrustet. Er schaute zum Hafen hinaus und zur *Erasmus* hinüber, und Blackthorne wußte, daß er sie als holländisches oder englisches Schiff einordnen mußte, das neu war auf den meisten Meeren, schlanker und schneller, ein bewaffnetes Kauffahrteischiff, entworfen und verbessert nach den englischen Kaperschiffen, die auf den spanischen Meeren soviel Verheerung anrichteten. Den Priester umgaben zehn Eingeborene, schwarzhaarig und mit schwarzen Augen, einer so gewandet wie er, nur daß er Riemensandalen trug. Die anderen hingegen waren in vielfarbene Gewänder oder weite Hosen gekleidet oder trugen nur einfach Lendentücher. Bewaffnet aber war keiner von ihnen.
Alles in ihm drängte Blackthorne davonzulaufen, solange noch Zeit war, doch er wußte, daß er nicht die Kraft dazu hatte und daß es auch keinen Ort gab, an dem er sich hätte verbergen können. Die Größe seiner Gestalt und die Farbe seiner Augen machten ihn zum Fremden in dieser Welt. Er lehnte sich mit dem Rücken an die Wand.
»Wer seid Ihr?« fragte der Priester auf portugiesisch. Er war ein beleibter, dunkler Mann Mitte zwanzig mit einem langen Bart.
»Wer seid *Ihr?*« Blackthorne starrte ihn seinerseits an.
»Das da ist ein niederländischer Pirat! Ihr seid ein ketzerischer Holländer. Ihr seid Seeräuber! Gott sei Euch gnädig!«
»Wir sind keine Seeräuber. Wir sind friedliche Kaufleute – nur unseren Feinden gegenüber nicht. Ich bin Pilot dieses Schiffes. Wer seid Ihr?«
»Pater Sebastio. Wie seid Ihr hierhergekommen? Wie?«

»Wir sind an Land getrieben worden. Wo sind wir hier? Ist dies hier Japan?«
»Ja. Japan. Nippon«, erklärte der Priester ungeduldig und wandte sich an einen der Männer, der älter schien als die anderen, dabei klein von Statur und hager, aber mit kräftigen Armen und schwieligen Händen, den Scheitel geschoren und das Haar zu einem dünnen Pinsel zusammengebunden, der genauso grau war wie seine Augenbrauen. Bedächtig redete der Priester auf japanisch auf ihn ein und wies dabei wiederholt auf Blackthorne. Alle schienen entsetzt, und einer von ihnen bekreuzigte sich rasch, als wollte er sich beschützen.
»Holländer sind Ketzer, Aufrührer und Piraten. Wie heißt Ihr?«
»Ist das hier eine portugiesische Niederlassung?«
Die Augen des Priesters waren hart und blutunterlaufen. »Der Dorfschulze sagt, er habe die Behörden von Eurer Ankunft verständigt. Wo ist der Rest Eurer Mannschaft?«
»Wir sind vom Kurs abgetrieben worden. Wir brauchen nur Proviant und etwas Zeit, um unser Schiff auszubessern. Dann werden wir weitersegeln. Wir bezahlen für alles...«
»Wo ist der Rest Eurer Mannschaft?«
»Das weiß ich nicht. An Bord. Ich nehme an, sie sind an Bord.«
Abermals holte der Priester Auskünfte beim Dorfschulzen ein, der Antwort gab, auf das andere Ende des Dorfes wies und umständliche Erklärungen von sich gab. Der Priester wandte sich wieder Blackthorne zu. »Verbrecher werden hierzulande gekreuzigt, Pilot. Ihr werdet sterben. Der *Daimyo* mit seinen Samurai ist bereits auf dem Weg hierher. Gott sei Eurer Seele gnädig!«
»Was ist ein *Daimyo?*«
»Ein Lehnsherr. Ihm gehört diese ganze Provinz. Wie seid Ihr hierhergekommen?«
»Und *Samurai?*«
»Krieger – Soldaten – Angehörige der Kriegerkaste«, sagte der Priester zunehmend irritiert. »Woher kommt Ihr, und wer seid Ihr?«
»Eure Aussprache ist mir fremd«, sagte Blackthorne, um ihn zu verunsichern. »Seid Ihr Spanier?«
»Ich bin Portugiese!« erklärte der Priester hochfahrend. Er hatte tatsächlich nach dem Köder geschnappt. »Ich habe Euch doch schon gesagt, ich bin Pater Sebastio aus Portugal. Wo habt Ihr so gut Portugiesisch sprechen gelernt, eh?«
»Aber Portugal und Spanien sind heute doch ein und dasselbe Land«, erklärte Blackthorne spöttisch. »Sie haben ein und denselben König.«
»Wir sind ein eigenes Land. Wir sind ein eigenständiges Volk. Das ist immer so gewesen. Wir führen unsere eigene Flagge. Unsere überseeischen Besitzungen haben mit den spanischen nichts gemein. König Philipp hat uns das zugestanden, als er unser Land an sich riß.« Mit sichtlicher Mühe gelang es Pater Sebastio, sich zu beherrschen; seine Finger zitterten. »Er hat meine Heimat vor zwanzig Jahren mit Waffengewalt in seine Hand gebracht! Seine Soldaten und diese Ausgeburt des Teufels, der spanische Tyrann, der Herzog von Alba – sie

haben uns unseren rechtmäßigen König genommen. *Que va!* Jetzt regiert Philipps Sohn, aber auch er ist nicht unser richtiger König. Bald werden wir unseren eigenen König wieder haben.« Und giftig fügte er dann noch hinzu: »Ihr wißt, daß das die Wahrheit ist! Was dieser Teufel Alba Eurem Land angetan hat, hat er auch meinem Land angetan.«
»Das ist eine Lüge. Alba war eine Pest in den Niederlanden, aber erobert hat er sie nie. Sie sind immer noch frei. Und werden es immer bleiben. Aber in Portugal hat er eine kleine Armee zerschlagen, und Euer ganzes Land hat die Waffen gestreckt. Kein Mut! Ihr könntet die Spanier hinauswerfen, wenn Ihr wolltet, doch das werdet Ihr nie tun. Keine Ehre. Keine *cojones*.«
»Möge Gott Euch für alle Ewigkeit in der Hölle schmoren lassen«, brauste der Priester auf.
Blackthorne konnte nicht anders – er spürte, wie der Schrecken der Religion in ihm hochstieg. »Priester besitzen nicht das Ohr Gottes, und sie sprechen auch nicht mit seiner Stimme. Wir sind frei von Eurem stinkenden Joch und werden es auch weiterhin bleiben!«
Es war kaum vierzig Jahre her, daß Maria die Blutige aus dem Hause Tudor Königin von England gewesen war und der Spanier Philipp II., Philipp der Grausame, ihr Gemahl. Diese fromme Tochter Heinrichs VIII. hatte katholische Priester, Inquisitoren und Ketzerprozesse sowie die Oberherrschaft des römischen Papstes wieder nach England gebracht und das, was ihr Vater getan und der Kirche von Rom in England an Wandel gebracht, wieder rückgängig gemacht – gegen den Willen der Mehrheit. Fünf Jahre hindurch hatte sie regiert, und das Reich war zerrissen gewesen vor Haß und Zorn und Blutvergießen. Doch dann war sie gestorben, und mit vierundzwanzig Jahren war Elizabeth Königin geworden.
Bewunderung erfüllte Blackthorne und eine tiefe kindliche Liebe, wenn er an Elizabeth dachte. Vierzig Jahre hindurch hatte sie mit der Welt in Konflikt gelegen. Sie hatte Päpste, das Heilige Römische Reich, Frankreich und Spanien mit Schläue überlistet und erfolgreich bekämpft. Exkommuniziert, bespien, im Ausland verleumdet, hat sie uns in einen sicheren Hafen geführt – uns stark und unabhängig gemacht.
»Wir sind frei«, sagte Blackthorne zu dem Priester. »Ihr seid unterjocht. Wir haben heute unsere eigenen Schulen, unsere eigenen Bücher, unsere eigene Bibel, unsere eigene Kirche. Ihr Spanier seid alle gleich! Abschaum! Und Ihr Mönche seid einer wie der andere: Götzenanbeter!«
Der Priester hielt sein Kruzifix in die Höhe, reckte es zwischen sich und Blackthorne wie einen Schild. »O Gott, befreie uns von diesem Übel! Ich bin kein Spanier, habe ich Euch gesagt! Ich bin Portugiese! Und ich bin kein Mönch! Ich bin ein Bruder der Gesellschaft Jesu!«
»Oh, einer von denen! Ein Jesuit!«
»Jawohl! Möge Gott Eurer Seele gnädig sein!« Pater Sebastio zischte etwas auf japanisch, und die Männer stürzten auf Blackthorne zu. Er trat zurück gegen

die Wand und traf einen Mann, aber die anderen fielen über ihn her, und ihm war, als müßte er ersticken.

»*Nanigoto da?*«

Augenblicklich hörte das Handgemenge auf.

Der junge Mann stand zehn Schritt entfernt. Er trug Hosen und Holzschuhe, einen leichten Kimono; zwei Schwerter in Scheiden staken in seinem Gürtel: das eine kurz wie ein Dolch, das andere ein leicht gebogenes zweihändiges Langschwert.

»*Nanigoto da?*« fragte er scharf, und als niemand sofort antwortete, noch einmal: »*Nanigoto da?*«

Die Japaner fielen auf die Knie, die Köpfe im Schmutz. Nur der Priester blieb stehen. Er verneigte sich und fing an, stockend zu erklären, doch der Mann fiel ihm verächtlich ins Wort und wies auf den Dorfschulzen. »Mura!«

Mura, der Dorfschulze, ließ den Kopf unten und begann zu erklären. Wiederholt zeigte er auf Blackthorne, einmal auf das Schiff und zweimal auf den Priester. Jetzt herrschte keinerlei Bewegung auf der Straße. Alle, die zu sehen waren, lagen auf den Knien und hielten den Kopf gesenkt. Der Dorfschulze kam zum Ende. Der Bewaffnete stellte ihm noch ein paar Fragen; die Antworten kamen unterwürfig und rasch. Dann sagte der Soldat etwas zu dem Dorfschulzen und machte eine geringschätzige Handbewegung in Richtung auf den Priester und auf Blackthorne; der grauhaarige Mann sagte dem Priester schlicht, was das zu bedeuten hätte. Der Priester errötete.

Der Bewaffnete, der einen Kopf kleiner und wesentlich jünger war als Blackthorne und der ein leicht pockennarbiges hübsches Gesicht hatte, starrte den Fremdling an. »*Onushi ittai doko kara kitanoda? Doko no kuni no monoda?*«

Nervös sagte der Priester: »Kasigi Omi-san sagt: ›Woher kommt Ihr, und von welcher Nationalität seid Ihr?‹ «

»Ist Herr Omisan der *Daimyo*?« fragte Blackthorne, der Angst vor den Schwertern hatte.

»Nein. Er ist Samurai und verantwortlich für dieses Dorf. Sein Familienname ist Kasigi – Omi lautet sein Vorname. Hier nennt man den Familiennamen immer an erster Stelle. ›San‹ bedeutet ›ehrenwert‹ oder ›hochwohlgeboren‹. Man hängt es aus Höflichkeit an jeden Namen an. Ihr tätet gut daran, Euch größter Höflichkeit zu befleißigen – und bald zu zeigen, daß Ihr Manieren besitzt.« Seine Stimme wurde schneidend. »Und jetzt beeilt Euch zu antworten!«

»Aus Amsterdam. Ich bin Engländer.«

Pater Sebastio vermochte seine Betroffenheit nicht zu verbergen. Er sagte: »Engländer. Aus England« zum Samurai und hob zu einer umständlichen Erklärung an, doch Omi unterbrach ihn und stieß eine Flut von Wörtern hervor.

»Omi-san fragt, ob Ihr der Anführer seid. Der Schulze sagt, es leben nur wenige von Euch Ketzern, und die meisten seien auch noch krank. Gibt es einen Generalkapitän?«

»Der Anführer bin ich«, erwiderte Blackthorne, obgleich jetzt, da sie an Land waren, in Wahrheit dem Generalkapitän der Oberbefehl zustand. »Ich führe das Kommando«, fügte er hinzu, denn er wußte, daß Generalkapitän Spillbergen weder an Bord noch an Land etwas zu sagen hatte, selbst dann nicht, wenn er nicht krank war.

Abermals kam ein Wortschwall vom Samurai. »Omi-san sagt, da Ihr der Anführer seid, erlaube er Euch, Euch bis zur Ankunft seines Herrn frei im Dorf zu bewegen. Sein Herr, der *Daimyo*, wird über Euer Schicksal entscheiden. Bis dahin gestatte er Euch, als Gast im Haus des Dorfschulzen zu wohnen und zu kommen und zu gehen, wie es Euch beliebt. Nur das Dorf dürft Ihr nicht verlassen. Eure Mannschaft ist auf ihr Haus beschränkt und darf es nicht verlassen. Habt Ihr verstanden?«

»Ja. Wo ist meine Mannschaft?«

Pater Sebastio wies unbestimmt auf ein Gewirr von Häusern in der Nähe des Landeplatzes – Omis Entschiedenheit und Ungeduld hatten ihn offenbar tief getroffen. »Also! Genießt Eure Freiheit, Pirat! Eure Missetaten werden schon ihren Lohn finden...«

»*Wakarimasu ka?*« wandte Omi sich direkt an Blackthorne.

»Er sagt: ›Habt Ihr verstanden?‹ «

»Was heißt ›ja‹ auf japanisch?«

Pater Sebastio sagte zum Samurai: »*Wakarimasu.*«

Mit verächtlicher Gebärde entließ Omi sie. Alle verneigten sich sehr tief. Bis auf einen Mann, der sich offensichtlich mit Bedacht noch höher reckte und sich nicht verneigte.

Wie ein Blitz beschrieb das Langschwert einen silbernen Bogen. Der Kopf des Mannes flog von seinen Schultern, und eine Blutfontäne spritzte auf den Boden. Ein paarmal zuckte der Leichnam noch, dann lag er regungslos da. Unwillkürlich war der Priester einen Schritt zurückgewichen. Niemand sonst auf der Straße hatte auch nur mit einem Muskel gezuckt. Die Köpfe blieben tief gesenkt und regungslos. Blackthorne war vor Entsetzen wie erstarrt.

Achtlos setzte Omi seinen Fuß auf den Leichnam.

»*Ikanasai!*« sagte er und scheuchte sie fort.

Die Männer vor ihm verneigten sich noch einmal bis auf den Erdboden. Dann erhoben sie sich und gingen ohne eine Regung davon. Die Straße leerte sich. Pater Sebastio sah auf den Toten hinab. Ernst schlug er das Zeichen des Kreuzes über ihm und sagte: »*In nomine Patris et Filii et Spiritus Sancti!*« Ohne Furcht starrte er den Samurai jetzt an.

»*Ikanasai!*« Die Spitze des blanken Schwerts ruhte auf dem Leichnam.

Nach einem langen Augenblick wandte der Priester sich ab und ging davon. Aus schmalen Augen sah der Samurai ihm nach. Dann wandte er den Blick Blackthorne zu. Blackthorne entfernte sich, Schritt um Schritt rückwärtsschreitend; dann, nachdem er sich in sicherer Entfernung wähnte, bog er rasch um eine Ecke und entschwand.

Omi brach in ein dröhnendes Gelächter aus. Die Straße war jetzt wie leergefegt.

Als sein Lachen sich erschöpft hatte, packte er sein Schwert mit beiden Händen und hackte die Leiche methodisch in kleine Stücke.

Blackthorne saß in einem kleinen Boot, und der Ruderer wriggte ihn fröhlich zur *Erasmus* hinüber. Er hatte keinerlei Schwierigkeiten gehabt, das Boot zu bekommen, und auf dem Hauptdeck sah er Männer – ausnahmslos Samurai. Manche von ihnen trugen stählerne Brustharnische, die meisten jedoch einfache Kimonos, wie ihre Gewänder genannt wurden, und die beiden Schwerter. Frisiert waren sie alle gleich: der Scheitel rasiert, und das Haar an den Seiten und hinten zu einem Strang zusammengenommen, geölt, dann hochgenommen und zurückgebogen und sorgsam oben festgesteckt. Nur Samurai durften das Haar so tragen, ja, für sie war es Vorschrift, das zu tun. Nur Samurai auch durften die beiden Schwerter tragen – immer das zweihändige Langschwert und ein kurzes, dolchartiges –, auch diese Schwerter zu tragen war für sie Vorschrift. Die Samurai versammelten sich entlang dem Schanzkleid seines Schiffes und beobachteten ihn.
Voller Unruhe stieg er die Gangway hinauf und gelangte an Deck. Einer der Samurai – er war auffälliger gekleidet als die anderen – trat auf ihn zu und verneigte sich. Blackthorne hatte inzwischen gelernt und verneigte sich gleichfalls, woraufhin alle an Deck gutmütig strahlten. Immer noch saß ihm der Schock von vorhin in den Gliedern, und ihr Lächeln besänftigte seine bösen Vorahnungen keineswegs. Er ging auf den Niedergang zu und blieb unversehens stehen. Quer über die Tür war ein breites Band aus roter Seide geklebt, daneben war ein kleines Zeichen mit sonderbarer, krakeliger Schrift angebracht. Ein ähnliches Zeichen war an das Schott genagelt.
Er streckte die Hand aus, um das Seidenband abzunehmen.
»*Hotté oké!*« Um dem, was er sagen wollte, unmißverständlich Nachdruck zu verleihen, schüttelte der Samurai den Kopf. Das Lächeln aus seinem Gesicht war verschwunden.
»Aber dies hier ist mein Schiff, und ich möchte...« Blackthorne drängte seine Angst zurück. Seine Augen ruhten auf den Schwertern. Ich muß nach unten, dachte er. Ich muß die Kurskarten an mich bringen – meine und den geheimen *roteiro*. Herrgott, wenn sie die gefunden und den Priestern gegeben haben oder den Japanern, sind wir verloren. Jeder Gerichtshof auf der Welt – außerhalb Englands und der Niederlande – würde uns mit dem Beweismaterial als Piraten verurteilen. In meiner Segelanweisung sind Daten, Orte und Größe der Beute eingetragen, die Zahl der Toten, die es bei unseren drei Landungen in Amerika gegeben hat und der einen in Spanisch-Afrika, die Anzahl der Kirchen, die wir geplündert, und wie wir die Städte und Hafenanlagen niedergebrannt haben. Und der portugiesische *roteiro?* Der ist so gut wie unser Todesurteil, denn selbstverständlich ist er gestohlen. Zumindest hat man ihn einem portugiesischen Verräter abgekauft. Und nach ihren Gesetzen muß jeder Ausländer, der im Besitz eines ihrer *roteiros* ist, ganz zu schweigen von einem, der die Durch-

fahrt durch die Magellanstraße erschließt, vom Leben zum Tode befördert werden.

»*Nan no yoda?*« sagte einer der Samurai.

»Sprecht Ihr Portugiesisch?« fragte Blackthorne in dieser Sprache.

Der Mann zuckte die Achseln. »*Wakarimasen.*«

Ein anderer trat vor und sprach unterwürfig auf den Anführer ein, der durch Nicken sein Einverständnis zu erkennen gab.

»Portugieso Freund«, sagte der Samurai mit schwerfälliger portugiesischer Aussprache. Er nestelte am Ausschnitt seines Kimonos herum und wies auf ein kleines hölzernes Kruzifix, das um seinen Hals hing.

»Christ.« Er zeigte auf sich und lächelte. »Christ.« Dann zeigte er auf Blackthorne. »Christ *ka?*«

Blackthorne zögerte, nickte dann jedoch. »Christ.«

»Portugieso?«

»Engländer.«

Der Mann redete raschzüngig mit dem Führer; dann zuckten beide mit den Achseln und sahen wieder ihn an. »Portugieso?«

Blackthorne schüttelte den Kopf, wiewohl es ihm unbehaglich war, in irgend etwas nicht einer Meinung mit ihnen zu sein. »Meine Freunde? Wo?«

Der Samurai wies auf das Ostende des Dorfes. »Freunde.«

»Dies hier ist mein Schiff. Ich möchte nach unten gehen.« Blackthorne erklärte dies auf mehr als eine Weise, machte die entsprechenden Zeichen, und sie verstanden.

»*Ah, so desu! Kinjiru*«, erklärten sie mit Nachdruck, zeigten auf die Notiz und strahlten.

Es war nicht mißzuverstehen: Er durfte nicht nach unten. *Kinjiru* – das muß »verboten« heißen, überlegte Blackthorne irritiert. Ach, zum Teufel damit! Er drückte die Klinke und öffnete die Tür einen Spalt.

»*Kinjiru!*«

Er wurde herumgerissen und stand dem Samurai Aug' in Auge gegenüber. Die Schwerter hatten sie halb aus den Scheiden gezogen. Regungslos warteten die Männer, zu welchem Entschluß er kam.

Blackthorne wußte, daß ihm keine andere Möglichkeit blieb, als einen Rückzieher zu machen, daher hob er die Schultern hoch, entfernte sich und prüfte das Tauwerk des Schiffes, so gut es ging. Die zerfetzten Segel waren heruntergeholt und an den Rahmen festgebunden worden. Doch die Belege waren ganz anders als alle, die er jemals kennengelernt hatte, und so nahm er an, daß die Japaner das Fahrzeug sicher gemacht hatten. Er schickte sich an, die Gangway hinabzugehen, doch blieb er stehen. Er spürte, wie ihm der kalte Schweiß ausbrach, als er sie alle bösartig auf sich herabstarren sah, und dachte: Herrgott, wie kann ich nur so unbedacht sein! Höflich verneigte er sich, und sogleich verflog die Feindseligkeit; alle verneigten sich ihrerseits und lächelten wieder. Trotzdem spürte er noch, wie der Schweiß ihm das Rückgrat hinunterrann; er haßte alles, was mit diesem Japan zu tun hatte, und wünschte, er und seine Mannschaft wären wieder an Bord, bewaffnet und draußen auf See.

»Beim Herrn Jesus Christus, ich glaube, Ihr habt unrecht, Pilot«, sagte Vinck. Sein zahnloses Grinsen war breit und hatte etwas Unanständiges. »Wenn Ihr mit dem Fraß zurechtkommt, den sie Essen nennen, ist dies hier der schönste Ort, an dem ich je gewesen bin. Wirklich! Ich hab' in diesen drei Tagen zwei Frauen gehabt; die sind wie die Karnickel. Die tun alles, man muß ihnen bloß zeigen, wie.«
»Stimmt schon. Aber ohne Fleisch oder Schnaps kannst du nichts tun. Jedenfalls nicht für lange Zeit. Ich bin noch völlig zerschlagen, und ich hab's auch nur einmal gekonnt«, sagte Maetsukker, wobei es in seinem schmalen Gesicht zuckte. »Diese gelben Hunde wollen einfach nicht begreifen, daß wir Fleisch und Bier und Brot brauchen. Und Brandy oder Wein.«
»Das ist das schlimmste! Herrgott, ein Königreich für einen Grog!« Baccus van Nekk war es anzusehen, daß er Trübsal blies. Er kam herüber, stellte sich dicht vor Blackthorne hin und blickte aus schmalen Augen zu ihm hinauf. Er war sehr kurzsichtig, und seine letzte Brille war während des Sturms verlorengegangen. Er war der oberste der Kaufleute, Schatzmeister und Vertreter der Holländischen Ostindien-Gesellschaft, die das Geld für die Reise aufgebracht hatte. »Wir sind an Land und in Sicherheit, und trotzdem hab' ich bis jetzt noch keinen Schluck zu trinken gekriegt. Nicht einen einzigen Tropfen! Schrecklich! Habt Ihr einen bekommen, Pilot?«
»Nein!« Blackthorne war es zuwider, jemand so nahe vor sich zu haben, doch Baccus war ein Freund und noch dazu nahezu blind, und deshalb trat er nicht zurück. »Nur heißes Wasser mit Kräutern darin.«
»Nichts zu trinken als heißes Wasser mit Kräutern darin – der Himmel steh uns bei! Wenn es in diesem ganzen Land nun überhaupt keinen Schnaps gibt?« Seine Augenbrauen schossen in die Höhe. »Ihr müßt mir einen großen Gefallen tun, Pilot! Bittet um was zu trinken für uns, ja?«
Blackthorne hatte das Haus, das man ihnen zugewiesen, am östlichen Rand des Dorfes entdeckt. Die Samurai-Wache hatte ihn hineingelassen, doch seine Männer hatten ihm bestätigt, daß es ihnen nicht erlaubt sei, durch das Gartentor hinauszugehen. Wie in seinem, gab es auch in diesem Haus viele Räume, nur war es wohl größer, und es war vollgestopft mit vielen Dienern jeden Alters, Männern wie Frauen.
Es waren elf von seinen Leuten, die noch lebten. Die Toten hatten die Japaner fortgeschafft. Mit großen Mengen frischen Gemüses hatte man den Skorbut zurückgedrängt, und bis auf zwei von ihnen befanden sich alle sichtlich auf dem Weg der Besserung. Diese beiden hatten Blut im Stuhl, und in ihren Eingeweiden schwärte es. Vinck hatte sie zwar zur Ader gelassen, doch das half nichts. Er nahm an, daß sie gegen Abend sterben würden. Der Generalkapitän befand sich in einem anderen Raum und war noch immer sehr, sehr krank.

Sonk, der Smutje, ein stämmiger kleiner Kerl, sagte unter Lachen: »Es ist gut hier, wie Johann sagt, Pilot, bis auf das Essen, und daß es keinen Grog gibt. Und mit den Eingeborenen kommt man auch gut zurecht, solange man im Haus keine Schuhe trägt. Wenn man die nicht vorher auszieht, geraten die kleinen Gelben schier außer sich.«
»Hört zu«, sagte Blackthorne. »Es gibt hier einen Priester, einen Jesuiten.«
»Gütiger Himmel!« Alles muntere Scherzen verging ihnen, als er ihnen von dem Priester und der Köpfung erzählte.
»Warum hat er denn dem Mann den Kopf abgeschlagen, Pilot?«
»Das weiß ich nicht.«
»Wir gehen besser wieder zurück an Bord. Wenn wir an Land hier Papisten in die Hände fallen...«
Furcht machte sich jetzt breit. Salamon, der Stumme, ließ Blackthorne nicht aus den Augen. Sein Mund arbeitete, Speichelbläschen erschienen in seinen Mundwinkeln.
»Nein, Salamon, da ist jeder Irrtum ausgeschlossen«, sagte Blackthorne freundlich und beantwortete damit die stumme Frage. »Er hat gesagt, er sei ein Jesuit.«
»Himmelherrgott, ob Jesuit oder Dominikaner oder sonstwas, ist doch völlig egal«, sagte Vinck. »Wir gehen besser wieder zurück an Bord, Pilot, Ihr bittet den Samurai darum, ja?«
»Wir sind in Gottes Hand«, erklärte Jan Roper. Er war einer von den Kaufleuten, ein junger Mann mit hoher Stirn und dünner Nase, dessen Augen eng beisammenstanden. »Er wird uns vor den Götzendienern schützen.«
Vinck sah wieder Blackthorne an. »Und wie steht's mit Portugiesen, Pilot? Habt Ihr von denen welche gesehen?«
»Nein. Hier im Dorf deutet nichts darauf hin, daß es welche gibt.«
»Sobald die von uns hören, kommen die bestimmt in hellen Scharen.« Maetsukker war es, der dies für alle aussprach, und Croocq, dem Schiffsjungen, entfuhr ein dumpfes Aufstöhnen.
»Richtig. Und wo es einen Priester gibt, da müssen auch noch andere sein.« Ginsel fuhr sich mit der Zunge über die trockenen Lippen. »Und dann sind auch ihre gottverfluchten Konquistadoren niemals weit.«
»Das stimmt«, fügte Vinck voller Unbehagen hinzu. »Sie sind wie die Läuse.«
»Herrgott! Papisten!« sagte jemand. »Und Konquistadoren!«
»Aber immerhin sind wir in Japan, Pilot?« fragte Nekk. »Hat er Euch das ausdrücklich gesagt?«
»Ja. Warum?«
Van Nekk trat näher an ihn heran und senkte die Stimme. »Wenn es hier Priester gibt und einige von den Eingeborenen tatsächlich Katholiken sind, vielleicht stimmt dann der Rest auch – das mit den Reichtümern, dem Gold und Silber und den kostbaren Steinen.« Schweigen senkte sich über sie alle. »Habt Ihr was davon gesehen, Pilot? Gold vielleicht? Und geschnittene Steine, bei den Eingeborenen, oder Goldschmuck?«

»Nein. Nichts dergleichen.« Blackthorne dachte einen Moment nach. »Ich kann mich nicht erinnern, etwas gesehen zu haben. Weder Halsketten noch Perlen oder Armreife. Aber hört, da ist noch etwas, was ich euch sagen muß. Ich bin an Bord der *Erasmus* gewesen – die ist versiegelt.« Er berichtete, was geschehen war, und ihre Angst wurde noch größer.
»Jesus, wenn wir nicht zurückkönnen an Bord und es hier an Land Priester gibt und Papisten... Wir müssen weg von hier.« Maetsukkers Stimme begann zu zittern. »Pilot, was sollen wir nur tun? Sie werden uns verbrennen! Konquistadoren! Diese Hunde sind leicht mit dem Schwert bei der Hand...«
»Wir stehen unter Gottes Schutz!« rief Jan Roper zuversichtlich. »Er wird uns vor dem Antichrist beschützen. Das hat Er versprochen. Wir haben nichts zu befürchten.«
Blackthorne sagte: »Die Art, wie dieser Samurai Omi-san den Priester angefaucht hat – ich bin sicher, daß er ihn haßt. Das ist immerhin was Gutes, nicht? Ich möchte bloß wissen, warum der Priester nicht die übliche Kutte getragen hat. Warum ein orangefarbenes Gewand? So etwas habe ich noch nie gesehen.«
»Ja, das ist sonderbar«, sagte van Nekk.
Blackthorne blickte zu ihm hinauf. »Vielleicht ist ihre Stellung hier gar nicht so stark. Das könnte uns von großem Nutzen sein.«
»Was sollen wir nur tun, Pilot?« fragte Ginsel.
»Uns in Geduld fassen und abwarten, bis ihr Häuptling, dieser *Daimyo*, kommt. Der wird uns ziehen lassen. Warum sollte er nicht? Wir kommen mit Waren, mit denen wir Handel treiben können. Wir sind schließlich keine Piraten. Wir haben nichts zu befürchten.«
»Sehr richtig. Und vergeßt nicht: Der Pilot sagt, nicht alle Wilden sind Papisten«, meinte van Nekk, mehr um sich selbst Mut zu machen als den anderen.
»Jawohl. Es ist gut, daß der Samurai den Priester haßt. Und dann sind ja auch nur die Samurai bewaffnet. Das ist doch gar nicht so schlecht, oder? Seht zu, daß wir unsere Waffen zurückbekommen. Wir kommen wieder an Bord, ehe wir's uns versehen.«
»Und was passiert, wenn dieser *Daimyo* ein Papist ist?« fragte Jan Roper.
Niemand antwortete darauf. Dann sagte Ginsel: »Pilot, der Mann mit dem Schwert? Hat er den anderen Gelben tatsächlich in Stücke gehackt, nachdem er ihm den Kopf abgeschlagen hatte?«
»Ja.«
»Herr Jesus Christ! Das sind ja Barbaren! Wahnsinnige!« Ginsel war ein großgewachsener, gut aussehender junger Mann mit kurzen Armen und besonders krummen Beinen. Der Skorbut hatte ihm alle Zähne genommen. »Und nachdem er ihm den Kopf abgeschlagen hatte, sind die anderen einfach weggegangen? Ohne ein Wort?«
»Ja.«
»Herrgott, ein unbewaffneter Mann, ermordet, einfach so? Warum hat er das getan? Warum hat er ihn getötet?«

»Ich weiß es nicht, Ginsel. Aber eine solche Geschwindigkeit hast du noch nicht gesehen. Eben war das Schwert noch in der Scheide, und gleich darauf rollte der Kopf.«
»Der Herr beschütze uns!«
»Lieber Herr Jesus«, murmelte van Nekk. »Wenn wir nicht zurückkönnen aufs Schiff... Dieser verdammte Sturm! Ich komme mir so hilflos vor ohne meine Brille.«
»Wie viele Samurai waren denn an Bord, Pilot?« fragte Ginsel.
»An Deck zweiundzwanzig. Aber an Land waren noch mehr.«
»Der Zorn Gottes wird sich über alle Heiden und Sünder ergießen, und sie werden für alle Ewigkeit in der Hölle schmoren.«
»Dessen wäre ich gern ganz sicher, Jan Roper«, sagte Blackthorne, und seine Stimme hatte etwas Schneidendes bekommen, als ob er fürchtete, die Rache Gottes könne herniederfahren in diesen Raum.
»Da könnt Ihr ganz sicher sein, Pilot, wirklich. Ich bin es. Ich bete darum, daß Eure Augen aufgetan werden für Gottes Wahrheit. Daß Ihr erkennt, daß wir alle nur Euretwegen hier sind – diejenigen von uns, die noch übriggeblieben sind.«
»Was?« sagte Blackthorne mit drohender Stimme.
»Welchen Grund habt Ihr wirklich gehabt, den Generalkapitän zu überreden, Japan zu erreichen? In Euren Orders stand das nicht. Wir sollten die Neue Welt brandschatzen, den Krieg in den Bauch des Feindes tragen und dann zurückkehren nach Hause.«
»Südlich und nördlich von uns waren spanische Schiffe, und es blieb uns keine andere Wahl. Hast du zusammen mit deinem Verstand auch dein Erinnerungsvermögen verloren? Wir mußten gen Westen segeln – das war unsere einzige Chance.«
»Ich habe die ganze Zeit auf See nie ein feindliches Schiff gesehen, Pilot. Keiner von uns.«
»Aber nun hör mal, Jan«, sagte van Nekk müde. »Der Pilot hat getan, was er für das beste hielt. Selbstverständlich waren die Spanier da.«
»*Aye*, das ist die reine Wahrheit. Immerhin waren wir in feindlichen Gewässern und tausend Leguas von unseren Freunden entfernt.« Vinck spie das förmlich heraus. »Das ist Gottes Wahrheit – und Gottes Wahrheit ist auch, daß wir darüber abgestimmt haben. Wir haben alle ja gesagt.«
»Ich nicht.«
Sonk sagte: »Mich hat niemand gefragt.«
»Oh, Jesus Christus!«
»Beruhige dich, Johann«, sagte van Nekk und versuchte, die Spannung zu lösen. »Wir sind die ersten, die jemals nach Japan gekommen sind. Erinnert ihr euch nicht mehr, was alles darüber erzählt worden ist? Wir sind reich, wenn wir jetzt nur einen kühlen Kopf behalten. Wir haben Waren, mit denen wir Handel treiben können, und es gibt Gold hier – es muß Gold hier geben! Wo sonst könnten

wir unsere Ladung verkaufen? Nicht dort in der Neuen Welt, wo man uns jagte und hetzte. Sie waren hinter uns her, und die Spanier wußten, daß wir vor Santa Maria kreuzten. Wir mußten Chile verlassen, und zurück durch die Magellanstraße konnten wir auch nicht – selbstverständlich lagen sie dort, uns aufzulauern, selbstverständlich haben sie das getan! Sie konnten ja gar nicht anders! Nein, dies hier war unsere einzige Chance. Denkt doch an den Gewinn, den wir machen. Wir sind auf den Gewürzinseln. Ihr wißt doch von den Schätzen von Japan und Kathay – ihr habt doch von jeher davon reden hören, das haben wir doch alle! Warum sonst haben wir denn alle angemustert? Wir werden reich, wartet nur ab!«

»Wir sind tote Männer, wie die anderen. Wir sind im Land des Teufels!«

Voller Zorn sagte Vinck: »Halt den Mund, Roper! Der Pilot hat ganz richtig gehandelt! Es ist nicht seine Schuld, daß die anderen gestorben sind!«

Jan Ropers Augen waren gefleckt, die Pupillen hatten sich verengt. »Jawohl, Gott sei ihrer Seele gnädig! Mein Bruder war einer von ihnen.«

Blackthorne blickte in die fanatischen Augen und haßte Jan Roper. Bei sich überlegte er, ob er wirklich gen Westen gesegelt war, um den Schiffen des Feindes auszuweichen. Oder war es gewesen, weil er der erste englische Pilot war, der die Magellanstraße durchfahren, der erste, der in der Lage war, nach Westen vorzustoßen, und damit der erste, der die Gelegenheit hatte, den Erdball zu umrunden?

Jan Roper zischte: »Sind die anderen nicht durch Euren Ehrgeiz zugrunde gegangen, Pilot? Gott wird Euch strafen!«

»Jetzt halt deine Zunge im Zaum!« Leise und endgültig kamen Blackthornes Worte.

Jan Roper starrte ihn immer noch mit demselben gefrorenen Gesicht an, das schmal und scharf war wie ein Beil, hielt jedoch den Mund geschlossen.

»Gut!« Müde setzte Blackthorne sich auf den Boden und lehnte sich gegen einen der Pfosten.

»Was sollen wir tun, Pilot?«

»Abwarten und sehen, daß wir wieder auf die Beine kommen. Ihr Häuptling kommt bald – dann wird alles in unserem Sinne geregelt werden.«

Vinck blickte in den Garten hinaus, wo der Samurai regungslos auf seinen Fersen am Tor saß. »Seht euch den Kerl an! Sitzt jetzt schon seit Stunden da, bewegt sich nie, redet kein Wort, bohrt nicht mal in der Nase.«

»Er hat uns aber keinerlei Ungelegenheiten gebracht, nicht die geringste, Johann«, sagte van Nekk.

»Richtig, aber wir haben nichts weiter getan als geschlafen und gevögelt und den Fraß gegessen.«

»Pilot, er ist nur ein Mann, wir hingegen sind zehn«, erklärte Ginsel ruhig.

»Daran habe ich auch schon gedacht. Aber bis jetzt sind wir noch nicht wieder genug bei Kräften. Es dauert eine ganze Woche, bis der Scharbock ganz geheilt ist«, erwiderte Blackthorne beunruhigt. »An Bord des Schiffes sind ihrer zu

viele; ich möchte es ohne Speer oder Büchse nicht einmal mit einem einzigen von ihnen aufnehmen. Werdet ihr auch des Nachts bewacht?«
»Ja. Die Wachen werden drei- oder viermal abgelöst. Hat jemand einen Wachmann schlafen sehen?« fragte van Nekk.
Sie schüttelten den Kopf.
»Wir könnten heut nacht an Bord sein«, sagte Jan Roper.
»Klaub dir doch den Dreck aus den Ohren. Der Pilot hat es dir doch eben gesagt! Hörst du denn überhaupt nicht zu?« Verächtlich spuckte Vinck aus.
»Das stimmt«, pflichtete Pieterzoon, ein Kanonier, ihm bei. »Hör jetzt auf, auf dem alten Vinck rumzuhacken.«
Jan Ropers Augen wurden noch schmaler. »Hütet Eure Seele, Johann Vinck. Und du auch, Hans Pieterzoon. Der Tag des Jüngsten Gerichts ist nahe!« Damit entfernte er sich und setzte sich auf der Veranda nieder.
Van Nekk brach das Schweigen. »Alles wird sich wieder einrenken. Ihr werdet es sehen!«
»Roper hat recht. Habgier ist es, die uns hierhergebracht hat«, ließ Croocq sich mit zitternder Stimme vernehmen. »Es ist Gottes Strafe, die uns...«
»Halt den Mund!«
Der Junge fuhr zusammen. »Jawohl, Pilot. Tut mir leid, aber... nun ja...« Maximilian Croocq war der jüngste von ihnen, gerade eben sechzehn geworden, und hatte sich für die Reise anheuern lassen, weil sein Vater Kapitän eines der Schiffe gewesen war und sie ihr Glück machen wollten. Aber er hatte mitansehen müssen, wie sein Vater qualvoll zu Tode gekommen war, als sie die spanische Stadt Santa Magdellana in Argentinien gebrandschatzt. Die Beute war gut gewesen, und er hatte gesehen, was Vergewaltigung war, hatte es selbst versucht und sich gehaßt dabei, übel war ihm gewesen von dem Blutgeruch und dem Töten. Später hatte er noch mehr von seinen Freunden sterben sehen, erlebt, wie von den fünf Schiffen nur noch eines übriggeblieben war, und jetzt kam er sich vor, als wäre er der älteste von ihnen. »Tut mir leid. Tut mir wirklich leid.«
»Wie lange sind wir bereits an Land, Baccus?« wollte Blackthorne wissen.
»Heute ist der dritte Tag.« Van Nekk trat näher heran; er hockte auf seinen Fersen. »Erinnere mich an die Ankunft nur ganz undeutlich, aber als ich wieder zu mir kam, waren die Wilden überall auf dem Schiff. Waren allerdings äußerst höflich und freundlich. Gaben uns zu essen und heißes Wasser. Ich glaube, sie haben uns bis zu einem sicheren Ankerplatz geschleppt. Als sie Euch an Land brachten, wart Ihr im Delirium. Wir wollten Euch bei uns behalten, aber das wollten sie nicht zulassen. Einer von ihnen sprach ein paar Worte Portugiesisch. Scheint ihr Anführer gewesen zu sein, hatte graues Haar. ›Hauptpilot‹ verstand er nicht, wohl aber ›Käpt'n‹. War ganz klar, daß er für unseren ›Käpt'n‹ ein anderes Quartier haben wollte, aber er sagte uns, wir sollten uns keine Sorgen machen, man werde sich schon gut um Euch kümmern. Um uns übrigens auch. Dann führten sie uns hierher, trugen uns mehr, als daß wir gingen, und sagten,

wir sollten hier drinnen bleiben, bis *ihr* Käpt'n käme. Wollten nicht zulassen, daß sie Euch fortbrächten, konnten aber nichts dagegen tun. Werdet Ihr den Anführer um Wein oder Brandy bitten, Pilot?« Van Nekk leckte sich durstig die Lippen und fügte dann noch hinzu: »Jetzt, wo ich drüber nachdenke, meine ich, daß er auch den *Daimyo* erwähnte. Was wird geschehen, wenn der *Daimyo* kommt?«

»Hat irgendeiner von euch ein Messer oder eine Pistole?«

»Nein«, sagte van Nekk und kratzte sich wie abwesend den verlausten Kopf. »Haben uns alle Kleidung weggenommen, um sie zu waschen. Die Waffen haben sie behalten. Damals hab' ich mir nichts weiter dabei gedacht. Und sie haben mir nicht nur meine Pistole abgenommen, sondern auch meine Schlüssel. Trug alle Schlüssel an einem Bund. Den für den Tresorraum, den Geldschrank und die Pulverkammer.«

»An Bord ist alles abgeschlossen. Keine Ursache, sich Sorgen zu machen.«

»Gefällt mir aber nicht, meine Schlüssel nicht bei mir zu haben. Macht mich nervös. Verflucht will ich sein, wenn ich nicht auf der Stelle einen Brandy gut gebrauchen könnte! Und wenn's nur 'ne Flasche Bier wäre!«

»Himmelherrgott! Der ›Samrei‹ hat ihn in Stücke gehackt, nicht wahr?« sagte Sonk zu niemand im besonderen.

»Um der Liebe Gottes willen, halt den Mund. ›Samurai‹ heißt es. Du kannst einen schon zur Verzweiflung bringen!« sagte Ginsel.

»Ich hoffe nur, dieser Schweinehund von Priester kommt nicht hierher«, sagte Vinck.

»Wir alle ruhen in Gottes Hand.« Van Nekk versuchte immer noch, zuversichtlich zu klingen. »Wenn der *Daimyo* kommt, wird man uns freilassen. Werden unser Schiff und unsere Kanonen wieder zurückbekommen. Werdet's schon sehen. Werden alle unsere Waren verkaufen und als reiche Leute sicher nach Holland zurückkehren. Die Katholiken werden zur Hölle fahren, und damit hat sich's!«

»Nichts hat sich«, erklärte Vinck. »Papisten jagen mir eine Gänsehaut über den Rücken. Ich kann nichts dagegen machen. Das und der Gedanke an die Konquistadores. Meint Ihr, die kommen in großer Zahl hierher, Pilot?«

»Ich weiß es nicht, glaube aber, ja. Ich wünschte, unser ganzes Geschwader wäre hier.«

»Die armen Kerle!« sagte Vinck. »Wir zumindest sind mit dem Leben davongekommen!«

Maetsukker meinte: »Vielleicht sind sie längst wieder daheim. Vielleicht haben sie in der Magellanstraße kehrtgemacht, als der Sturm uns auseinanderriß.«

»Hoffen wir, daß du recht hast«, sagte Blackthorne.

»Ich glaube aber, daß sie mit Mann und Maus untergegangen sind.«

Ginsel erschauerte. »Wir sind jedenfalls am Leben.«

»Wo hier die Papisten sind und diese Heiden mit ihrem aufbrausenden Wesen, würd' ich nicht den Schlitz von 'ner alten Hure für unser Leben geben!«

»Verflucht sei der Tag, an dem ich Holland verlassen habe«, sagte Pieterzoon. »Verflucht aller Grog! Wär' ich nicht betrunkener gewesen als die Schlampe eines Fiedelbogenstreichers, würd' ich heute noch auf beiden Beinen in Amsterdam stehen und bei meiner Alten sein.«

»Verfluch, was du willst, Pieterzoon, aber verfluch den Schnaps nicht! Er ist das Lebenselixier.«

»Ich sag', wir sitzen bis zum Hals drin, und das Wasser steigt und steigt!« Vinck rollte mit seinen Augen. »Und zwar sehr schnell.«

»Ich hab' nie daran geglaubt, daß wir jemals noch Land erreichen würden«, erklärte Maetsukker. Er sah aus wie ein Frettchen, nur daß er keine Zähne mehr hatte. »Niemals. Und am allerwenigsten die japanischen Inseln. Diese lausigen, stinkenden Papisten! Wir werden nie lebendig von hier wegkommen. Ich wünschte, wir hätten ein paar Kanonen. Was für eine gotterbärmliche Landung! Ich will damit gar nichts sagen, Pilot«, fügte er noch rasch hinzu, als Blackthorne ihn ansah. »Haben eben Pech gehabt, das ist alles.«

Später brachten Diener ihnen wieder etwas zu essen: Gemüse – in gekochtem und rohem Zustand – mit ein bißchen Essig darüber, Fischsuppe und Weizen- oder Gerstengrütze. Alle verschmähten sie die kleinen Stücke rohen Fischs und baten um Fleisch und Schnaps. Doch man verstand sie nicht. Gegen Sonnenuntergang verabschiedete Blackthorne sich von ihnen. Er war ihrer Ängste und ihres Hasses und ihrer Flüche überdrüssig. Nach Sonnenaufgang werde er wiederkommen, sagte er ihnen.

In den Läden auf den kleinen Straßen herrschte geschäftiges Treiben. Er fand seine Gasse und das Tor seines Hauses. Die Blutflecken auf der Erde waren fortgefegt worden, der Leichnam war verschwunden. Fast ist es, als ob ich alles nur geträumt hätte, dachte er. Die Gartenpforte öffnete sich, ehe er die Hand darauf hätte legen können.

Der alte Gärtner, der trotz des empfindlichen kalten Windes immer noch nichts weiter trug als sein Lendentuch, strahlte und verneigte sich. »*Konbanwa!*«

»Hallo«, sagte Blackthorne, ohne weiter darüber nachzudenken. Er stieg die Stufen hinauf, blieb stehen, dachte an seine Stiefel. Er zog sie aus, ging dann barfuß auf die Veranda und betrat den ersten Raum. Von dort ging er den Gang entlang, konnte jedoch sein Zimmer nicht finden.

»Onna!« rief er laut.

Eine alte Frau erschien. »*Hai?*«

»Wo ist Onna?«

Die alte Frau runzelte die Stirn, zeigte auf sich und sagte: »Onna!«

»Ach, um der Liebe Gottes willen«, sagte Blackthorne gereizt. »Wo ist mein Zimmer? Und wo ist Onna?« Er schob eine weitere Holzrahmentür auf. Vier Japaner saßen auf dem Boden um einen niedrigen Tisch herum und aßen. In einem von ihnen erkannte er den grauhaarigen Alten, den Dorfschulzen, den er in Begleitung des Priesters gesehen hatte. »Verzeihung!« sagte er und schob die Tür wieder zu.

»Onna!« rief er nochmals.
Die alte Frau dachte einen Augenblick nach, dann winkte sie ihm, ihr zu folgen. In einem anderen Gang schob sie eine Tür beiseite, und am Kruzifix erkannte er seinen Raum wieder. Die weichen Schlafdecken waren bereits adrett entrollt worden.
»Vielen Dank«, sagte er. »Und jetzt hole Onna!«
Die Alte watschelte davon. Er setzte sich. Kopf und Körper schmerzten, und er wünschte, er hätte einen Stuhl, und überlegte, wo sie die Stühle wohl aufbewahrten. Wie an Bord kommen? Wie an ein paar Büchsen herankommen? Es muß eine Möglichkeit geben. Er hörte Schritte, und dann standen drei Frauen da: die Alte, eine junge mit einem runden Gesicht und die Frau mittleren Alters. Die Alte wies auf das junge Mädchen, das sich ein wenig zu fürchten schien. *»Onna.«*
»Nein.« Mißgelaunt erhob Blackthorne sich, stieß mit dem Finger vor und wies auf die nicht mehr ganz junge Frau.
»Das hier ist Onna, um Gottes willen! Kennt ihr ihren Namen denn nicht? Onna! Ich habe Hunger. Könnte ich etwas zu essen bekommen?« Er rieb sich den Bauch, übertrieb dabei und meinte, dadurch zu verstehen zu geben, daß er Hunger habe. Die drei sahen einander an. Dann zuckte die nicht mehr ganz junge Frau die Achseln, sagte etwas, was die anderen lachen machte, trat hinüber ans Bett und fing an, sich auszuziehen. Erwartungsvoll und mit großen Augen hockten die anderen sich nieder.
Blackthorne erschrak. »Was tust du da?«
*»Ishimasho!«* sagte sie, legte ihren breiten Gürtel beiseite und öffnete ihren Kimono. Ihre Brüste waren flach und verschrumpelt, ihr Bauch gewaltig.
Es war klar, daß sie in sein Bett steigen wollte. Er schüttelte den Kopf und bedeutete ihr, sie solle sich anziehen. Alle schnatterten und gestikulierten durcheinander. Sie stieg aus ihrem langen Unterhemd und versuchte nackt, wieder ins Bett zu steigen.
Ihr Geschnatter hörte augenblicklich auf, und sie alle verneigten sich, als der Dorfschulze still den Gang herunterkam. *»Nanda? Nanda?«* fragte er.
Die alte Frau erklärte, was los sei. »Ihr wollt diese Frau?« fragte er ungläubig in unbeholfenem Portugiesisch und wies auf die nackte Frau.
»Nein. Nein. Ich wollte bloß, daß Onna mir etwas zu essen holt.« Ungeduldig wies Blackthorne auf sie. »Onna!«
»*Onna* heißt ›Frau‹.« Der Japaner wies auf sie alle: *»Onna – Onna – Onna. Ihr wollt Onna?«*
Müde schüttelte Blackthorne den Kopf. »Nein. Nein. Vielen Dank. Ich habe einen Fehler gemacht. Tut mir leid. Wie heißt sie?«
»Bitte?«
»Wie sie heißt.«
»Ah! Name ist Haku. Haku«, sagte er.
»Haku?«

»*Hai,* Haku.«
»Tut mir leid. Verzeihung, Haku-san. Ich hatte gedacht, du heißt *Onna.*«
Der Mann erklärte Haku das, und sie erschien alles andere als erfreut. Aber Mura sagte etwas, und sie alle blickten auf Blackthorne und kicherten hinter vorgehaltenen Händen und gingen.
»Ich danke Euch«, sagte Blackthorne, wütend über seine eigene Begriffsstutzigkeit.
»Dies ist mein Haus. Mein Name Mura.«
»Mura-san. Mein Name ist Blackthorne.«
»Wie bitte?«
»Mein Name ist Blackthorne.«
»Ah! Brr-rakk-fon.« Mura versuchte mehrmals, den Namen auszusprechen, doch es gelang ihm nicht. Schließlich gab er es auf und fuhr fort, den Koloß vor ihm zu studieren. Dies war der erste Barbar, den er je gesehen, außer Pater Sebastio und dem anderen Priester, aber das war schon so viele Jahre her. Trotzdem, dachte er, die Priester haben dunkle Haare und dunkle Augen und sind von normaler Größe. Dieser Mann jedoch, er ist groß, hat goldenes Haar und einen goldenen Bart und blaue Augen – und seine Haut ist dort, wo sie bedeckt ist, von unheimlicher Blässe. Erstaunlich! Ich hatte gedacht, alle Menschen hätten schwarzes Haar und schwarze Augen. *Wir* haben das jedenfalls. Und die Chinesen auch. Und ist China nicht die ganze Welt, ausgenommen das Land der südlichen portugiesischen Barbaren? Und warum haßt Pater Sebastio diesen Mann so sehr? Weil er ein Teufelsanbeter ist? Ich glaube das eigentlich nicht, denn Pater Sebastio kann ja den Teufel austreiben, wenn er will. Eee, noch nie habe ich den guten Pater so zornig gesehen, so außer sich! Niemals! Erstaunlich!
Sind blaue Augen und goldenes Haar das Zeichen des Satans?
Mura blickte zu Blackthorne hinauf und erinnerte sich, wie er versucht hatte, ihn an Bord des Schiffes auszufragen, und dann, als der Kapitän das Bewußtsein verlor, hatte er beschlossen, ihn in sein eigenes Haus zu bringen, denn er war der Anführer und verdiente besondere Zuvorkommenheit. Sie hatten ihn auf die Schlafdecke gelegt und ihn entkleidet, mehr als nur ein bißen neugierig.
»Seine unvergleichlichen Teile sind ganz gewiß eindrucksvoll, *neh?*« hatte Muras Mutter, Saiko, gesagt. »Möcht' wissen, wie groß er wird, wenn er ganz aufgerichtet ist.«
»Gewaltig«, hatte er erwidert, und alle hatten sie gelacht, seine Mutter und seine Frau, ihre Freunde und die Diener und der Doktor.
»Ich nehme an, ihre Frauen müssen – müssen entsprechend wohl ausgestattet sein«, sagte seine Frau Niji glücklich.
»Unsinn, Mädchen«, sagte seine Mutter. »Jede von unseren Kurtisanen wäre imstande, ihn aufzunehmen.« Voller Erstaunen schüttelte sie den Kopf. »So etwas wie ihn hab' ich mein Lebtag noch nicht gesehen.«
Sie hatten ihn gewaschen, und er war aus seinem Koma nicht erwacht. Der Dok-

tor hatte es nicht für richtig befunden, ihn in einen richtigen Badezuber zu stekken, ehe er wach sei. »Wer weiß, ob wir ihn nicht umbringen, wenn wir einen Fehler machen«, hatte er gesagt. »Offensichtlich ist er an der Grenze seiner Kraft angelangt. Wir sollten uns in Geduld fassen.«

»Und was ist mit den Läusen in seinem Haar?« hatte Mura gefragt.

»Die müssen fürs erste bleiben. Soviel ich weiß, haben alle Barbaren Läuse.«

»Glaubt Ihr nicht, wir könnten ihm zumindest den Kopf einseifen und waschen?« hatte seine Frau gefragt. »Wir würden sehr behutsam vorgehen. Dem Barbaren müßte das guttun, und wir hielten unser Haus sauber.«

»Ich bin einverstanden. Wascht ihm den Kopf«, hatte seine Mutter kategorisch erklärt. »Aber ich wüßte wirklich zu gern, wie groß er in erigiertem Zustand ist.«

Jetzt wanderte Muras Blick unwillkürlich zu Blackthornes Mitte herunter. Dann fiel ihm ein, was der Priester ihm über diese Teufelsanhänger und Piraten erzählt hatte. Gottvater, bewahre uns vor diesem Übel, dachte er. Hätte ich gewußt, daß er so gewaltig ist, ich würde ihn nie in mein Haus gebracht haben. Nein, sagte er sich dann. Es wäre deine Pflicht gewesen, ihn als bevorzugten Gast zu behandeln, bis Omi-san etwas anderes befiehlt. Aber es war klug von dir, den Priester zu benachrichtigen und gleichzeitig Omi-san Nachricht zukommen zu lassen. Sehr klug sogar. Du bist Dorfschulze, du hast das Dorf beschützt, und du allein trägst die Verantwortung.

Jawohl, und Omi-san wird dich zur Rechenschaft ziehen wegen dieses Todesfalles heute morgen und für die Unverfrorenheit des Toten – und das durchaus zu Recht.

»Sei nicht dumm, Tamazaki! Setzt du nicht den guten Namen des ganzen Dorfes aufs Spiel, *neh*?« hatte er seinen Freund, den Fischer, immer wieder gewarnt. »Hör auf mit deiner Unduldsamkeit. Omi-san bleibt nichts anderes übrig, als sich lustig zu machen über die Christen und sie zu verunglimpfen. Verachtet nicht unser *Daimyo* die Christen? Was bleibt Omi-san schon anderes übrig?«

»Nichts, da stimme ich Euch zu, Mura-san, bitte, verzeiht mir.« Tamazaki hatte immer so förmlich geantwortet. »Aber Buddhisten sollten duldsamer sein, *neh*? Sind sie nicht beide Zen-Buddhisten?« Zen-Buddhismus war gleichbedeutend mit Selbstzucht. Die meisten Samurai gehörten der Sekte der Zen-Buddhisten an, da diese einem stolzen Krieger wohl anstand, ja wie geschaffen schien für ihn.

»Jawohl, der Buddhismus lehrt die Duldsamkeit. Aber wie oft muß ich dich noch daran erinnern, daß sie Sumarai sind und dies Izu ist und nicht Kyushu, und selbst wenn wir hier in Kyushu wären, hättest du immer noch unrecht. Immer. *Neh*?«

»Ja. Bitte, verzeiht mir. Ich weiß, daß ich unrecht habe. Aber manchmal bringe ich es nicht fertig, mit dieser Schande in meinem Innern zu leben, wenn Omi-san sich so beleidigend über den wahren Glauben äußert.«

Und jetzt, Tamazaki, bist du tot; weil du selbst es so gewollt hast; weil du Omi-san beleidigt hast, indem du dich nicht verneigtest; und das nur, weil er sagte: »...dieser stinkende Priester einer fremden Religion.« Und das, obwohl der Priester wirklich stinkt, und der wahre Glaube wirklich etwas Fremdes ist. Mein armer Freund. Diese Wahrheit wird weder deine Familie ernähren, noch mein Dorf von dieser Schande reinwaschen.

Ach, heilige Mutter Gottes, segne meinen alten Freund, und schenke ihm die Freuden Deines Himmels.

Habe viel Scherereien zu erwarten von Omi-san, sagte Mura sich. Und als ob das noch nicht schlimm genug wäre, kommt jetzt auch noch unser *Daimyo*. Es erfüllte ihn stets mit Furcht, wenn er an seinen Lehnsherrn dachte, Kasigi Yabu, den *Daimyo* von Izu und Onkel von Omi – die Grausamkeit des Mannes und seinen Mangel an Ehre, die Art, wie er alle Dörfer um den ihnen zustehenden Teil des Ertrags ihrer Arbeit brachte, und das drückende Gewicht seiner Herrschaft. Wenn es zum Krieg kommt, fragte Mura sich – auf wessen Seite wird Yabu sich dann stellen? Auf Herrn Ishidos? Wir sitzen in der Zwickmühle, sind Schachfiguren für die Mächtigen dieser Erde.

Im Osten Toranaga, der mächtigste lebende Heerführer, Herr von Kwanto, der Acht Provinzen, der bedeutendste *Daimyo* im ganzen Reich, Oberster Befehlshaber der Armeen des Ostens; und im Westen die Herrscher von Ishido, Herrn der Burg von Osaka, Eroberer von Korea, Beschützer des Thronerben, Oberster Befehlshaber der Armeen des Westens. Und im Norden verband die Tokaido, die Große Küstenstraße, Toranagas Hauptstadt Yedo mit Ishidos Hauptstadt Osaka – und das sind dreihundert Meilen gen Westen, über welche ihre Legionen marschieren müssen.

Wer wird den Krieg gewinnen?

Keiner.

Denn ihr Krieg wird das gesamte Reich in Mitleidenschaft ziehen: Bündnisse werden zerfallen, Provinzen gegen Provinzen aufstehen, bis es soweit ist, daß Dorf gegen Dorf kämpft, wie es schlimmer nie gewesen ist. Die vergangenen zwölf Jahre hindurch hatte eine Zeit ohne Krieg geherrscht, die im ganzen Reich Frieden genannt wurde – und das zum erstenmal in der Geschichte.

Ich hatte schon angefangen, Gefallen am Frieden zu finden, dachte Mura.

Aber der Mann, der diesen Frieden geschaffen hat, ist tot. Jener Bauernsoldat, der zum größten General aufstieg und schließlich Taikō wurde, unumschränkter Herr und Beschützer Japans. Er ist tot seit einem Jahr, und sein sieben Jahre alter Sohn ist viel zu jung, um diese Macht auszuüben. Er ist Spielball und Faustpfand der Giganten. Und Krieg ist unvermeidlich. Jetzt kann nicht einmal der Taikō selbst seinen geliebten Sohn beschützen, seine Dynastie, sein Erbe oder sein Reich.

Vielleicht ist es jetzt, wie es sein sollte. Der Taikō hat das Land unterdrückt, den Frieden geschaffen, sämtliche *Daimyos* im Land gezwungen, auf dem Bauch vor ihm zu kriechen wie die Bauern, hatte Lehen neu verteilt, wie es ihm beliebte – manche erhoben, manche erniedrigt – und war dann gestorben. Ein Gigant unter Zwergen war er gewesen. Aber vielleicht ist es richtig, daß seine Größe und alles, was er geschaffen, mit ihm untergehen sollte. Ist der Mensch nicht nur eine Blüte, die da fortgetragen wird vom Wind, und nur die Berge und das Meer, die Sterne und dieses Land der Götter wirklich und von ewiger Dauer?

Bald wird es zum Krieg kommen, das ist eine Tatsache; Yabu allein wird entscheiden, auf wessen Seite wir stehen, und auch das ist eine Tatsache; das Dorf wird immer ein Dorf bleiben, denn seine bewässerten Felder sind fruchtbar, das Meer ist voll von Fischen, auch das ist eine Tatsache.

Mura gab sich innerlich einen Ruck und konzentrierte sich wieder auf den barbarischen Piraten vor ihm. Du bist ein Teufel, gesandt, uns zu plagen, dachte er. Bis jetzt hast du uns nichts als Scherereien gebracht. Warum hast du dir nicht ein anderes Dorf aussuchen können?

»Kapitän-san wollen *Onna?*« fragte er, um ihm weiterzuhelfen. Auf seinen Vorschlag hin hatte der Dorfrat Sorge dafür getragen, daß die anderen Barbaren Frauen bekamen, wenn sie danach verlangten – einmal aus Zuvorkommenheit, aber auch, weil es ein einfaches Mittel war, sie beschäftigt zu halten, bis die Obrigkeit kam.

*»Onna?«* wiederholte er, wobei er ganz selbstverständlich davon ausging, daß der Pirat, jetzt, wo er wieder auf den Beinen war, genauso gern auf seinem Bauche läge und seinen Himmlischen Speer warm umfangen ließe, bevor er schlafen ging.

»Nein!« Blackthorne wollte nichts weiter als schlafen. Aber da er wußte, daß er diesen Mann auf seiner Seite brauchte, zwang er sich zu einem Lächeln und wies auf das Kruzifix. »Ihr seid ein Christ?«

Mura nickte. »Christ.«

»Ich bin auch ein Christ.«

»Pater sagt, nein. Ihr nicht Christ.«

»Doch bin ich Christ. Kein Katholik, aber ein Christ.«

Doch das konnte Mura nicht begreifen. Und genausowenig gab es für Blackthorne eine Möglichkeit, es zu erklären, so sehr er es auch versuchte.

»Wollt *Onna*?«

»Der – Dimyo – wann kommt?«

»Dimyo – eh?«

»Ich meine *Daimyo*.«

»Ah, *Daimyo! Hai. Daimyo!*« Mura zuckte die Achseln. »*Daimyo* kommt, wann kommt. Schlafen. Erst reinigen. Bitte!«

»Was?«

»Reinigen! Bitte!«

Er versuchte Blackthorne mit Gesten klarzumachen, was er meinte.

»Stinken! Schlecht. Wie alle Portugiesen. Baden! Dies reinliches Haus!«

»Ich werde baden, wann ich will, und ich stinke nicht!« Blackthorne schäumte.

»Jeder weiß, daß Baden eine gefährliche Sache ist. Wollt Ihr, daß ich mir eine Krankheit hole? Meint Ihr, ich wäre so gottverflucht dumm? Jetzt macht, daß Ihr hier rauskommt, und laßt mich schlafen.«

»Baden!« befahl Mura, entsetzt über den offen gezeigten Zorn des Barbaren – das war der Gipfel schlechter Manieren! Und nicht nur, daß der Barbar stank. Er hatte seit drei Tagen schon nicht ordentlich gebadet, und die Kurtisane würde durchaus zu Recht sich weigern, das Lager mit ihm zu teilen, mochte das Entgelt dafür auch noch so groß sein. Diese schrecklichen Ausländer, dachte er. Erstaunlich! Man wird dir Manieren beibringen! Du wirst baden, wie es sich geziemt, und Mutter wird erfahren, was sie so liebend gern wissen möchte. »Baden!«

»Jetzt aber raus hier, oder ich reiße Euch in Stücke!« Finster blickte Blackthorne ihn an, gab ihm durch Handbewegungen zu verstehen, er solle sich trollen. Einen Augenblick lang herrschte Schweigen, und die drei anderen Japaner erschienen mit dreien von den Frauen. Bündig erklärte Mura, worum es ging, und befahl dann in einem Ton, der keine Widerrede zuließ: »Baden! Bitte!«

»Raus!«

Allein trat Mura vor, in das Zimmer. Blackthorne hob einen Arm, nicht, um den Mann etwa anzugreifen, sondern nur, um ihn fortzuschieben. Unversehens stieß er einen Schmerzensschrei aus. Irgendwie hatte Mura ihm mit der Handkante einen Schlag gegen den Ellbogen versetzt, und jetzt hing Blackthornes Arm für einen Augenblick wie gelähmt herab. Zornentbrannt ging er zum Angriff über. Aber das Zimmer drehte sich um ihn, er lag auf dem Gesicht, verspürte wieder einen brennenden, lähmenden Schmerz in seinem Rücken und konnte sich nicht bewegen. »Bei Gott...«

Er versuchte sich zu erheben, doch seine Knie gaben unter ihm nach. Ruhig streckte Mura seinen kleinen, aber eisenharten Finger aus und berührte ein Nervenzentrum in Blackthornes Nacken. Der Schmerz machte ihn förmlich blind.

»Lieber Herr Jesus...«

»Baden? Bitte?«

»Ja – ja.« Blackthorne keuchte in seinem Schmerz, fassungslos, daß er so mühelos von so einem winzigen Mann hatte überwältigt werden können und jetzt hilflos dalag wie ein Kind.

Vor Jahren hatte Mura nicht nur die Kunst von Judo und Karate erlernt, sondern auch den Umgang mit Schwert und Speer. Das war, als er als Krieger für Nakamura gekämpft hatte, den Bauern-General, den Taikō – als Bauern noch Samurai hatten sein können, und Samurai Bauern oder Handwerker, ja sogar niedrige Kaufleute, und dann wieder Krieger. Merkwürdig, dachte Mura wie abwesend, fast das erste, was der Taikō tat, als er allmächtig wurde, war, den Befehl zu erteilen, daß alle Bauern aufzuhören hätten, Krieger zu sein, und sofort alle Waffen abzuliefern. Der Taikō hatte ihnen das Waffentragen für immer untersagt und ein unverrückbares Kastensystem aufgestellt, das jetzt alles

Leben im Reich in Regeln zwängte: Die Samurai standen über allen, unter ihnen die Bauern, und dann kamen die Handwerker, unter ihnen die Kaufleute und noch unter diesen die Schauspieler, Ausgestoßenen und Banditen; ganz zuletzt, auf der alleruntersten Stufe, standen die *Eta*, die Nicht-Menschen, diejenigen, die mit Leichen umgingen, Gerber und Abdecker, die gleichzeitig die Scharfrichter sein mußten, die Brandmarker und Verstümmler. Es verstand sich von selbst, daß ein Barbar nicht in Betracht kam, irgendwo in dieser Pyramide seinen Platz zu finden.

»Bitte, verzeiht, Käpt'n-san«, sagte Mura und verneigte sich tief, voller Scham darüber, daß der Barbar das Gesicht verloren. Jawohl, dachte er, es tut mir außerordentlich leid, aber es mußte sein. Ihr habt mich über jedes Maß herausgefordert. Ihr schreit wie ein Wahnsinniger, erschreckt meine Mutter, stört den Frieden meines Hauses, bringt die Diener durcheinander, und meine Frau hat bereits eine neue *Shoji*-Tür einsetzen müssen. Ich habe es einfach nicht zulassen dürfen, daß Ihr in meinem Haus meinem Willen zuwiderhandelt. Es ist nur zu Eurem eigenen Besten. Freilich, so schlimm ist es eigentlich auch wieder nicht; denn schließlich habt ihr Barbaren ja gar kein Gesicht, das ihr verlieren könntet. Bis auf die Priester – die sind anders. Zwar riechen sie immer noch fürchterlich, aber sie sind die Gesalbten des Herrn, und folglich besitzen sie ein Gesicht. Aber Ihr – Ihr seid nicht nur ein Lügner, sondern auch noch ein Pirat. Keine Ehre! Behauptet doch tatsächlich, Christ zu sein! Unglücklicherweise hilft Euch das kein bißchen! Unser *Daimyo* haßt den wahren Glauben, duldet die Barbaren nur, weil er muß. Aber Ihr seid weder Portugiese noch Christ und daher nicht geschützt durch das Gesetz, *neh*? Aber es ist meine Pflicht, dafür zu sorgen, daß Ihr Eurem Schicksal sauber entgegentretet. »Bad sehr gut!«

Er half den anderen Männern, den immer noch benommenen Blackthorne aus dem Haus zu tragen, hinaus in den Garten und den überdachten Gang entlang, auf den er so stolz war, und hinein in das Badehaus. Die Frauen folgten ihnen.

Das Bad sollte zu einer der großen Erfahrungen in Muras Leben werden. Er konnte damals kaum ahnen, daß er seinen ungläubigen Freunden später über Strömen von heißem Saké, wie der japanische Reiswein genannt wurde, die Geschichte immer und immer wieder erzählen sollte; seinen Vorgesetzten, Fischern, den Leuten aus dem Dorf, seinen Kindern, die ihm anfangs nicht glauben wollten. Doch sie ihrerseits sollten es ihren Kindern erzählen, und der Name von Mura, dem Fischer, sollte für alle Ewigkeit lebendig bleiben im Dorf Anjiro, das in der Provinz Izu an der Südostküste der Hauptinsel Honshu lag. Und das alles, weil er, Mura, der Fischer, das Glück gehabt hatte, im ersten Jahr nach dem Tod des Taikō Dorfschulze zu sein und daher vorübergehend verantwortlich für den Anführer jener seltsamen Barbaren, die aus dem östlichen Meer gekommen waren.

# 2. *Kapitel*

»Der *Daimyo*, Kasigi Yabu, Herr von Izu, wünscht zu erfahren, wer Ihr seid, woher Ihr kommt, wie Ihr hierhergekommen seid und welche Seeräuberstücke Ihr verübt habt«, dolmetschte Pater Sebastio.

»Wie oft soll ich Euch noch sagen, daß wir keine Seeräuber sind?« Der Morgen war klar und warm, und Blackthorne kniete vor dem Podest auf dem Dorfplatz; sein Kopf schmerzte immer noch von dem Schlag, den er empfangen hatte. Bewahre jetzt die Ruhe, und bring deinen Verstand dazu, wieder zu arbeiten, sagte er sich. Du bist der Sprecher. Du hast für euer aller Leben einzustehen! Der Jesuit ist uns feindlich gesonnen, aber der einzige Dolmetsch weit und breit. Es besteht keine Möglichkeit, zu erfahren, was er sagt – nur kannst du Gift darauf nehmen, daß er dir nicht hilft... »Nimm jetzt allen Grips zusammen, Junge«, glaubte er fast, den alten Alban Caradoc sagen zu hören. »Wenn der Sturm am schlimmsten tobt und die See am furchtbarsten ist, dann brauchst du deinen ganzen Verstand. Der hält dich und dein Schiff am Leben – wenn du Pilot an Bord bist. Streng deinen Verstand an, und preß den Saft aus jedem Tag, mag er auch noch so schlecht gewesen sein...«

Der Saft des heutigen Tages ist Galle, dachte Blackthorne voller Ingrimm. Warum höre ich Albans Stimme so deutlich?

»Als erstes erzählt dem *Daimyo* einmal, daß *wir* im Krieg miteinander liegen, daß wir Feinde sind«, sagte er. »Erklärt ihm, daß England und die Niederlande Krieg führen gegen Spanien und Portugal.«

»Ich lege Euch nochmals nahe, Euch einer einfachen Sprache zu befleißigen und die Tatsachen nicht zu verdrehen. Die Niederlande – oder Holland, Zeeland, die Vereinigten Provinzen oder wie immer ihr dreckigen holländischen Aufrührer es nennt – sind eine kleine rebellische Provinz des spanischen Reiches. Eure Anführer sind Verräter, die sich gegen ihren König erhoben haben.«

»England führt Krieg, und die Niederlande haben sich losgesagt...« Blackthorne sprach nicht weiter, denn der Priester hörte ihm nicht mehr zu, sondern übersetzte bereits.

Der *Daimyo* saß auf dem Podest, untersetzt, breitschultrig und gebieterisch. Die Füße unter das Gesäß geschoben, kniete er bequem da, flankiert von vier Lieutenants, einer von ihnen Kasigi Omi, sein Neffe und Vasall. Sie alle trugen seidene Kimonos und darüber reichgeschmückte Überwürfe mit gewaltigen, gestärkten Schultern und breiten Gürteln, die sie in der Taille einschnürten – und die unvermeidlichen Schwerter.

Mura kniete im Schmutz des Dorfplatzes. Er war der einzige aus dem Dorf, der anwesend war, und die einzigen anderen Zuschauer waren die fünfzig Sumurai, die mit dem *Daimyo* gekommen waren. Schweigend und in zuchtvollen Reihen saßen sie da. Die Schiffsmannschaft lag hinter Blackthorne – gleich ihm auf den Knien, die Wachen standen daneben. Den Generalkapitän hatten sie hertragen müssen, denn er war immer noch sehr krank. Ihm hatte man erlaubt, sich auf dem Boden niederzulegen. Er war halb bewußtlos. Blackthorne hatte sich mit allen gemeinsam verneigt, als sie vor den *Daimyo* getreten waren, doch das hatte nicht genügt. Die Samurai hatten sie auf die Knie gestoßen und ihnen den Kopf in den Staub gedrückt. Er hatte versucht, sich zu widersetzen und dem Priester zugerufen, er solle erklären, dies sei nicht Sitte bei ihnen, er sei der Anführer und ein Sendbote seines Landes und habe Anspruch darauf, wie ein solcher behandelt zu werden. Doch ein Speerschaft hatte ihn hinstürzen lassen. Seine Männer hatten sich zusammengedrängt und impulsiv zum Angriff übergehen wollen, doch er hatte ihnen zugerufen, Ruhe zu bewahren und niederzuknien. Glücklicherweise hatten sie gehorcht. Der *Daimyo* hatte mit kehliger Stimme etwas gesagt, und der Priester hatte das als Warnung für ihn übersetzt, die Wahrheit zu sagen, und zwar rasch. Blackthorne hatte um einen Stuhl gebeten, doch der Priester hatte ihm erklärt, Japaner benutzten keine Stühle und es gäbe keine in Japan.

Blackthorne konzentrierte sich auf den Priester, wie er zu dem *Daimyo* sprach, und suchte nach einem Hinweis, einem Weg durch dieses Riff.

Es liegen Hochmut und Grausamkeit im Gesicht des *Daimyo*, dachte er. Ich möchte wetten, er ist ein hundsgemeiner Kerl. Das Japanisch des Priesters ist keineswegs fließend. Ah, hast du das gesehen? Gereiztheit und Ungeduld. Hat der *Daimyo* nach einem anderen, einem eindeutigeren Ausdruck verlangt? Ich würde meinen, ja. Warum trägt dieser Jesuit ein orangefarbenes Gewand? Ob der *Daimyo* wohl Katholik ist? Sieh nur, wie unterwürfig der Jesuit ist und wie sehr er schwitzt! Ich wette, der *Daimyo* ist nicht katholisch. Aber ob so oder so, von ihm hast du kein Pardon zu erwarten. Wie kann man sich dieses bösen Bastards nur bedienen? Wie bringst du es fertig, dich direkt an ihn zu wenden? Wie sollst du den Priester behandeln? Wie schaffst du es, ihn als unglaubwürdig erscheinen zu lassen? Denk nach! Du weißt genug über Jesuiten...

»Der *Daimyo* sagt, Ihr sollt Euch beeilen und Antwort auf seine Fragen geben.«

»Ja, selbstverständlich. Verzeihung! Mein Name ist John Blackthorne. Ich bin Engländer und Hauptpilot einer niederländischen Flotte. Unser Heimathafen ist Amsterdam.«

»Flotte? Was für eine Flotte? Ihr lügt! Es gibt keine Flotte. Wie kommt es, daß ein Engländer Pilot ist auf einem holländischen Schiff?«
»Alles zu seiner Zeit. Zunächst übersetzt, was ich gesagt habe.«
»Wieso fahrt Ihr als Pilot auf einem holländischen Piratenschiff? Macht schnell!«
Blackthorne beschloß, alles auf eine Karte zu setzen. Unversehens bekam seine Stimme eine Schärfe, die durch die morgendliche Wärme schnitt. »*Que va!* Erst übersetzt, was ich gesagt habe, *Spanier!* Auf der Stelle!«
Dem Priester schoß die Röte ins Gesicht. »Ich bin Portugiese. Das habe ich Euch schon einmal gesagt. Gebt Antwort auf die Fragen!«
»Ich bin hier, um mit dem *Daimyo* zu reden, nicht mit Euch! Dolmetscht, was ich gesagt habe, Ihr mutterloser Abschaum!« Blackthorne sah, daß all dies dem *Daimyo* nicht entgangen war. Sei vorsichtig, ermahnte er sich selbst. Dieser gelbe Hund reißt dich schneller in Stücke als ein Schwarm von Haifischen. »Sagt es dem Herrn *Daimyo*!« Blackthorne verneigte sich sehr tief vor dem Podest, und er fühlte, wie eisiger Schweiß ihm den Rücken herunterlief, als er sich unwiderruflich dieser Verfahrensweise verschrieb.
Pater Sebastio fühlte sich verraten und verkauft. Als Muras Bote die Nachricht von der Ankunft des Schiffes in seine Mission in der Nachbarprovinz gebracht hatte, hatte er sich Sorgen gemacht, was das zu bedeuten habe. Es kann kein englisches oder holländisches Schiff sein, hatte er gedacht. Bis jetzt hat es nie ein Ketzerschiff im Stillen Ozean gegeben, es sei denn das des Erzteufels Drake – aber niemals hier in Asien. Die Schiffsrouten waren geheim und wurden bewacht. Er war sofort aufgebrochen und hatte eine besonders schnelle Brieftaube an seinen Ordensoberen in Osaka abgeschickt; er wünschte, er hätte sich zuvor mit ihm beraten können, denn er war neu, erst seit zwei Jahren hier in Japan und noch nicht zum Priester geweiht und nicht zuständig für einen solchen außerordentlichen Fall. In aller Eile war er nach Anjiro gereist, hatte gehofft und darum gebetet, daß die Nachricht nicht wahr sein möchte. Aber es handelte sich tatsächlich um ein holländisches Schiff und um einen englischen Piloten, und sein abgrundtiefer Haß gegen die teuflischen Irrlehren Luthers, Calvins, Heinrichs VIII. und seiner erzbösen, gottlosen Tochter Elizabeth hatten ihn überwältigt.
»Priester, übersetzt, was der Pirat gesagt hat«, hörte er den *Daimyo* befehlen. Heilige Mutter Gottes, hilf mir, Deinen Willen zu tun! Hilf mir, stark zu sein vor dem *Daimyo*, verleih mir die Gabe der Zungen und laß mich ihn zum wahren Glauben bekehren!
Pater Sebastio nahm allen Verstand zusammen und fing an, mit größerer Zuversicht zu sprechen.
Blackthorne lauschte aufmerksam. Der Pater benutzte das Wort »England« und sagte »Blackthorne« und zeigte zu dem Schiff hinüber, das schmuck im Hafen vor Anker lag.
»Wie seid Ihr hierhergekommen?« sagte Pater Sebastio.

»Durch die Magellanstraße. Seither sind genau einhundertundsechsunddreißig Tage vergangen. Sagt dem *Daimyo*...«
»Ihr lügt. Die Magellanstraße ist geheim. Ihr seid um Afrika herumgesegelt und über Indien gekommen. Zuletzt werdet Ihr doch die Wahrheit sagen müssen. Hier wird gefoltert.«
»Die Magellanstraße *war* geheim. Ein Portugiese hat uns einen *roteiro* verkauft. Ein Landsmann von Euch hat euch für einen Judaslohn verkauft. Ihr seid alle Abschaum! Jetzt kennen alle englischen – und holländischen – Kriegsschiffe den Weg durch den Stillen Ozean. In diesem Augenblick ist eine Flotte dabei, Manila anzugreifen – zwanzig englische Linienschiffe, mit je sechzig Kanonen bestückt. Es ist aus mit eurem Reich!«
»Ihr lügt!«
Ja, dachte Blackthorne, denn er wußte, daß es keine Möglichkeit gab, ihn der Lüge zu überführen, es sei denn, man führe nach Manila. »Diese Flotte wird eure Schiffahrtswege heimsuchen und eure Kolonien ausradieren. Von heute an kann jede Woche ein weiteres holländisches Geschwader hier aufkreuzen. Das spanisch-portugiesische Schwein ist zurückgejagt in seinen Schweinekoben, und der Schwanz eures Jesuitengenerals steckt in seinem Arsch – wo er auch hingehört!« Er wandte sich ab und verneigte sich vor dem *Daimyo*.
»Gott verfluch Euch und Euer Schandmaul!«
*»Ano mono wa nani o moshite oru?«* ließ sich der *Daimyo* ungeduldig vernehmen.
Der Priester sprach rascher, härter und sagte »Magellan« und »Manila«, doch Blackthorne hatte den Eindruck, daß der *Daimyo* und seine Lieutenants ihn nicht allzu gut verstünden.
Yabu wurde dieses Verhörs müde. Er schaute zum Hafen hinüber, zu dem Schiff, von dem er wie besessen war, seit ihn Omis Geheimbotschaft erreicht, und abermals fragte er sich, ob es wohl jenes Geschenk von den Göttern wäre, auf das er so sehr gehofft.
»Habt Ihr die Ladung schon inspiziert, Omi-san?« hatte er heute morgen gleich bei seiner Ankunft seinen Neffen gefragt.
»Nein, Herr. Ich hielt es für das beste, das Schiff zu versiegeln, bis Ihr persönlich herkämt; aber die Laderäume sind bis zum Bersten voll mit Ballen und Kisten. Hier sind die Schlüssel – ich habe sie beschlagnahmt.«
»Gut.« Yabu war aus Yedo gekommen, Toranagas Hauptstadt, die über hundert Meilen entfernt lag, und zwar auf schnellstem Wege, heimlich und unter großem persönlichem Risiko. Es war von größter Wichtigkeit, daß er so schnell wie möglich zurückkehrte. Die Reise hatte beinahe zwei Tage gedauert, über schlammige Straßen und durch frühjahrshohe Flüsse, teils zu Pferd und teils in Sänften. »Ich werde sofort zum Schiff gehen.«
»Ihr solltet die Fremdlinge sehen, Herr«, hatte Omi unter Lachen gesagt. »Sie sind unglaublich. Die meisten von ihnen haben blaue Augen – wie Siamkatzen – und goldenes Haar und vor allem – es handelt sich um Piraten.«

Omi erzählte ihm von dem Priester und was der Priester über diese Korsaren erzählt, was der Pirat gesagt hatte und was geschehen war, und seine Erregung hatte sich verdreifacht. Yabu hatte seine Ungeduld, an Bord gehen und die Siegel aufbrechen zu wollen, gezügelt. Statt dessen hatte er ein Bad genommen, sich umgekleidet und befohlen, daß man die Barbaren zu ihm bringe.
»He, Priester«, sagte er mit scharfer Stimme; von dem schlechten Japanisch des Priesters hatte er kaum etwas verstanden. »Warum ist er so böse auf Euch?«
»Er ist von Übel, ein Pirat. Er betet den Teufel an.«
Yabu neigte sich hinüber zu Omi. »Könnt Ihr verstehen, was er sagt, Neffe? Ob er wohl lügt?«
»Ich weiß nicht, Herr. Wer weiß, was die Barbaren wirklich glauben? Ich könnte mir vorstellen, daß der Priester *glaubt*, der Pirat sei ein Teufelsanbeter. Aber das ist selbstverständlich alles Unsinn.«
Yabu wandte sich wieder dem Priester zu. Er verachtete ihn. Er wünschte, er könne ihn noch heute kreuzigen und das ganze Christentum ein für allemal aus seinem Herrschaftsbereich tilgen. Aber das ging nicht. Wiewohl er und all die anderen *Daimyos* die absolute Herrschaft in ihrem Herrschaftsgebiet innehatten, unterstanden sie dennoch der Oberherrschaft des Rats der Regenten, der regierenden Militärjunta, in deren Hände der Taikō seine Macht während der Minderjährigkeit seines Sohnes gelegt, und mußten sich außerdem an Edikte halten, die der Taikō noch zu seinen Lebzeiten hatte ergehen lassen und die immer noch in Kraft waren. In einem von diesen Edikten ging es um die portugiesischen Barbaren. Sie alle stünden unter seinem besonderen Schutz, ihre Religion sei zu dulden und ihren Priestern erlaubt, in vernünftigen Grenzen Anhänger zu sammeln und zu bekehren.
»He, Priester! Was sonst hat der Pirat noch gesagt? Was hat er zu Euch gesagt? Habt Ihr Eure Zunge verloren?«
»Pirat sagen schlimme Dinge. Über noch mehr Piraten-Kriegsschiffe.«
»Was meint Ihr mit ›Piraten-Kriegsschiffe‹?«
»Verzeiht, Herr, ich verstehe nicht.«
»Piraten-Kriegsschiffe – das ergibt keinen Sinn, *neh*?«
»Ah. Pirat sagen, andere Schiffe sind in Manila, auf den Philippinen.«
»Omi-san, versteht Ihr, wovon er redet?«
»Nein, Herr! Seine Aussprache ist schaurig, fast unverständlich. Ob er wohl sagt, daß weitere Piratenschiffe östlich von Japan stehen?«
»He, Priester! Stehen diese Schiffe vor unserer Küste? Im Osten? Eh?«
»Jawohl, Herr. Ich glaube, er lügt. Er sagt, in Manila.«
»Ich verstehe Euch nicht. Wo liegt Manila?«
»Im Osten. Viele Tagesreisen von hier.«
»Wenn irgendwelche Piratenschiffe hierherkommen sollten, werden wir ihnen einen angenehmen Empfang bereiten, wo immer dieses Manila liegen mag.«
»Bitte, verzeiht mir, aber ich verstehe nicht.«
»Ist auch egal«, sagte Yabu. Er war mit seiner Geduld am Ende. Er hatte bereits

beschlossen, daß die Fremden sterben sollten. Offenbar fielen diese Männer nicht unter das Edikt des Taikō, in dem ja ausdrücklich von »portugiesischen Barbaren« die Rede war; und außerdem handelte es sich um Seeräuber. Solange er denken konnte, hatte er die Barbaren gehaßt, ihren Körpergeruch und ihren Schmutz, ihre abscheuliche Angewohnheit, Fleisch zu essen, ihre dumme Religion und ihren Hochmut und ihre abstoßend schlechten Manieren. Mehr noch, er schämte sich, wie jeder *Daimyo*, daß sie dieses Land der Götter in ihrem Würgegriff hielten. Seit Jahrhunderten herrschte Kriegszustand zwischen Japan und China. China wollte keinen Handel mit Japan erlauben. Chinesische Seide war jedoch unabdingbar nötig, um die heißen und feuchten japanischen Sommer erträglich zu machen. Seit Generationen war nur Schmuggelware durch das Netz hindurchgekommen und das zu ungeheuren Preisen. Dann, vor rund sechzig Jahren, waren die Barbaren nach Japan gekommen. Der chinesische Kaiser in Peking hatte ihnen in Macao, im südlichen China, eine ständige Niederlassung zugestanden und ihnen gestattet, Seide gegen Silber einzutauschen. Japan besaß Silber in Menge! Bald blühte der Handel, und beide Länder prosperierten. Die Mittelsmänner, die Portugiesen, wurden reich, und ihre Priester – vornehmlich Jesuiten – wurden bald unabdingbar für diesen Handel. Nur Priester schafften es, chinesisch und japanisch sprechen zu lernen und vermochten daher als Mittler und Dolmetscher zu fungieren. Jetzt war der jährliche Warenumschlag gewaltig. Deshalb mußte man die Priester und die Ausbreitung ihrer Religion dulden; sonst würden die Barbaren fortsegeln, und der Handel würde aufhören.

Mittlerweile gab es eine ganze Reihe von sehr wichtigen christlichen *Daimyos* und viele Hunderttausende von Bekehrten, die meisten von ihnen in Kyushu, der Südinsel, die China am nächsten gelegen war und den portugiesischen Hafen Nagasaki barg. Jawohl, dachte Yabu, wir müssen die Priester und die Portugiesen dulden, nicht jedoch diese Barbaren. Seine Erregung wuchs. Jetzt endlich konnte er seine Neugier befriedigen, wie gut ein Barbar zu sterben verstand, wenn er der Folter unterworfen wurde. Und noch dazu hatte er elf Männer, elf verschiedene, mit denen er experimentieren konnte. Niemals hatte er sich gefragt, warum die Qual anderer ihm Vergnügen bereitete. Er wußte nur, daß dem so war.

Yabu sagte: »Dieses Schiff, fremd, nicht portugiesisch und ein Piratenschiff, ist mit allem, was es enthält, beschlagnahmt. Alle Piraten werden verurteilt, augenblicklich...« Der Mund blieb ihm offenstehen, als er sah, wie der Anführer dieser Piraten plötzlich auf den Priester zusprang, das hölzerne Kruzifix von seinem Gürtel abriß, es entzweibrach und dann mit größter Lautstärke etwas schrie! Der Pirat kniete daraufhin sofort wieder nieder und verneigte sich tief vor ihm, während die Wachen mit erhobenen Schwertern vorsprangen.

»Halt! Bringt ihn nicht um!« Yabu war verwundert, daß jemand die Stirn haben sollte, einen derartigen Mangel an Manieren vor ihm an den Tag zu legen. »Diese Barbaren sind unmöglich!«

»Jawohl«, sagte Omi, und er überlegte, was ein solches Verhalten wohl zu bedeuten habe.
Der Priester lag immer noch auf den Knien, die Augen starr auf das zerbrochene Kreuz geheftet. Sie beobachteten, wie seine Hand zitternd danach griff und das geschändete Holz aufhob. Er sagte etwas zu dem Piraten, mit leiser, fast sanfter Stimme. Mit geschlossenen Augen legte er die Hände zusammen, und langsam begannen seine Lippen sich zu bewegen. Regungslos blickte der Piratenführer zu ihnen auf; keine Wimper zuckte über seinen blauen, katzenhaften Augen.
Yabu sagte: »Omi-san. Zuerst möchte ich auf das Schiff gehen. Dann werden wir beginnen.« Seine Stimme wurde schwerfällig, als er über das Vergnügen nachdachte, das er sich versprochen hatte. »Anfangen möchte ich mit dem Rothaarigen am Ende der Reihe, dem Kleinen da.«
Omi neigte sich näher und senkte die erregte Stimme. »Bitte, verzeiht mir. Aber dergleichen ist nie zuvor geschehen, Euer Gnaden! Nicht, seit die portugiesischen Barbaren hierhergekommen sind. Ist nicht das Kruzifix ihr heiliges Zeichen? Sind sie ihren Priestern gegenüber nicht immer ehrerbietig? Genauso wie unsere Christen? Besitzen die Priester nicht die absolute Macht über sie?«
»Worauf wollt Ihr hinaus?«
»Wir alle verachten die Portugiesen, Euer Gnaden. Bis auf die Christen unter uns. Vielleicht können diese Barbaren Euch lebendig mehr nützen als tot.«
»Wieso?«
»Weil sie einzigartig sind. Sie sind gegen die Christen eingestellt! Sie sind Euer Eigentum, mit dem Ihr machen könnt, was Ihr wollt.«
Ja. Und ich will, daß sie gefoltert werden, dachte Yabu. Jawohl, doch das Vergnügen kannst du dir jederzeit leisten. Hör auf Omi! Sein Rat ist gut. Aber, kann man ihm jetzt trauen? Hat er einen heimlichen Grund, dies zu sagen? Überlege!
»Ikawa Jikkyu ist ein Christ«, hörte er seinen Neffen sagen und den Namen seines gehaßten Feindes nennen – einen von Ishidos Verwandten und Verbündeten –, der an seiner westlichen Grenze herrschte. »Ist nicht dieser dreckige Priester dort zu Hause? Vielleicht geben diese Barbaren Euch den Schlüssel in die Hand, der Euch Ikawas gesamte Provinz aufschließt. Vielleicht sogar Ishidos. Möglicherweise sogar die des Herrn Toranaga«, fügte er vorsichtig hinzu.
Yabu versuchte zu ergründen, was sich hinter Omis Stirn abspielte. Dann sah er zu dem Schiff hinüber. Jetzt zweifelte er nicht mehr daran, daß es ihm von den Göttern geschickt worden war. Ja. Aber war es nun ein Geschenk oder eine Plage?
Er beschloß, sein eigenes Verhalten hintanzusetzen hinter der Sicherheit seines Klans. »Ich stimme Euch zu. Aber zunächst brecht diese Piraten. Bringt ihnen Manieren bei. Insbesondere ihm.« Er deutete auf Blackthorne.

»Beim Tode unseres lieben Herrn Jesus!« brummelte Vinck.
»Wir sollten ein Gebet sprechen«, sagte van Nekk.

»Ich hab' grad' eins gesprochen.«
»Vielleicht ist es besser, wir sprechen noch eins. Herr im Himmel, ich könnt' einen tüchtigen Schluck Brandy gebrauchen!«
Man hatte sie in einen tiefen Keller gezwängt, eine von den vielen Gruben, welche die Fischer benutzten, um sonnengetrocknete Fische darin zu lagern. Samurai hatten sie wie eine Herde Schafe über den Platz getrieben und die Leiter hinuntergestoßen, und jetzt waren sie unter der Erde eingeschlossen. Die Grube war fünf Schritt breit und vier Schritt tief; Boden und Wände bestanden aus Erde. Die Decke bestand aus Planken mit einer Schicht von einem Fuß Erde darüber; in der Mitte befand sich eine Falltür.
»Geh von meinem Fuß runter, du gottverfluchter Affe!«
»Halt die Klappe, Scheißwühler!« sagte Pieterzoon gutmütig. »He, Vinck! Rutsch mal ein bißchen, du zahnloser alter Furzer! Mein Gott, würd' mir jetzt ein kühles Bier guttun! Rutsch schon!«
»Ich kann nicht. Es ist enger hier als im Arschloch einer Jungfrau.«
»Das macht nur der Generalkapitän! Der macht sich hier breit. Gib ihm doch mal 'n Schubs! Weck ihn auf«, sagte Maetsukker.
»Eh? Was ist denn? Laßt mich doch in Ruhe. Ich bin krank. Ich muß mich hinlegen! Wo sind wir?«
»Laßt ihn in Ruhe! Komm, Maetsukker, steh auf, um Christi willen.« Wütend riß Vinck Maetsukker hoch und stieß ihn gegen die Wand. Es war nicht genug Platz, daß alle gleichzeitig sich hätten hinlegen können. Der Generalkapitän, Paulus Spillbergen, lag lang ausgestreckt direkt unter der Falltür; dort war die beste Luft, und sie hatten seinen Kopf auf eine Joppe gebettet. Blackthorne lehnte in einer Ecke und starrte zur Falltür hinauf. Die Mannschaft hatte ihn in Ruhe gelassen und hielt sich voller Unbehagen so gut von ihm fern wie nur möglich; aus langer Erfahrung kannten sie seine Stimmung und wußten um die explosive Gewalt, die unter seiner ruhigen Oberfläche lauerte.
Maetsukker verlor die Beherrschung und rammte Vinck die Faust in die Lenden. »Laß mich in Ruhe, oder ich bring' dich um, du Hund!«
Vinck wollte sich auf ihn stürzen, doch Blackthorne packte sie beide und rammte beider Köpfe gegen die Wand.
»Haltet den Mund, alle!« sagte er leise, und sie taten, wie ihnen befohlen. »Wir werden Wachen einteilen. Eine Wache schläft, eine sitzt, und die andere steht. Spillbergen bleibt liegen, bis er wieder stehen kann. Die Ecke da dient als Latrine.« Er teilte sie ein. Nachdem Ordnung in sie gekommen war, wurde es erträglicher.
Wenn wir nicht innerhalb eines Tages hier ausbrechen, sind wir zu schwach, es jemals zu schaffen, überlegte Blackthorne. Sobald sie die Leiter zurückbringen, um uns Wasser und Essen zu bringen, tun wir's. Entweder heute abend oder morgen abend. Warum mögen sie uns hier eingepfercht haben? Wir stellen doch keine Bedrohung für sie dar! Wir könnten dem *Daimyo* behilflich sein. Ob er das wohl begreift? Es war für mich die einzige Möglichkeit, ihm zu zeigen,

daß unser wahrer Feind der Priester ist. Wird er das begreifen? Der Priester hat es getan!
»Gott mag Euch Euer Sakrileg vielleicht verzeihen, doch ich kann es nicht«, hatte Pater Sebastio sehr leise gesagt.
Schweiß tröpfelte Blackthorne von Wangen und Kinn herunter. Wie abwesend wischte er ihn fort; die Ohren ganz auf die Grube eingestellt; immer gerade so wach, daß er die Gefahr hörte, ehe sie richtig da war.
Wir werden ausbrechen und das Schiff in unsere Hand bringen müssen. Was wohl Felicity treibt? Und die Kinder? Mal überlegen: Tudor ist sieben und Elisabeth... Wir sind jetzt ein Jahr, elf Monate und sechs Tage fort von Amsterdam; kommen noch siebenunddreißig Tage Proviantübernahme und die Fahrt von Chatham bis dort hinzu, und schließlich noch die elf Tage, ehe wir von Chatham lossegelten. Da war sie noch am Leben. Ja, genauso alt ist sie – falls alles gutgegangen ist. Aber was soll schon passiert sein? Felicity wird kochen und aufpassen und saubermachen und mit ihnen plappern, und die Kinder werden wachsen und genauso kräftig und tapfer werden wie ihre Mutter. Wie schön es sein wird, wenn ich erst einmal wieder zu Hause bin und am Strand oder im Wald spazierengehen kann.
Im Laufe der Jahre hatte er es sich angewöhnt, sie als Figuren in seinem Theaterstück zu betrachten, Menschen, die man liebte und für die man blutete, während das Stück nie ein Ende nahm. Sonst würde der Trennungsschmerz einfach zuviel sein. Die Tage, die er in den elf Jahren seiner Ehe daheim gewesen war, konnte er fast zählen: es waren nur wenige, dachte er, allzu wenige. »Es ist ein hartes Leben für eine Frau, Felicity«, hatte er vorher zu ihr gesagt. Und sie hatte geantwortet: »Für eine Frau ist das Leben immer hart.« Damals war sie siebzehn, groß, mit langem Haar und sinn...
Seine Ohren mahnten ihn aufzupassen.
Die Männer saßen da, lehnten sich gegen die Wand oder versuchten zu schlafen. Vinck und Pieterzoon, gute Freunde, unterhielten sich leise. Van Nekk starrte zusammen mit den anderen ins Leere.
Unvermittelt herrschte Schweigen, als sie die Schritte über sich hörten. Die Schritte hielten an. Gedämpfte Laute einer schrillen, seltsam klingenden Sprache. Blackthorne glaubte, die Stimme des Samurai zu erkennen – Omi-san? Ja, so hieß er – aber ganz sicher konnte er nicht sein. Gleich darauf verstummten die Stimmen, die Schritte entfernten sich.
»Glaubt Ihr, die geben uns was zu essen, Pilot?« fragte Sonk.
»Ja.«
»Ich könnt' was zu trinken gebrauchen. Kaltes Bier, bei Gott«, sagte Pieterzoon.
»Halt den Mund«, sagte Vinck. »Du kannst einen zum Schwitzen bringen.«
Blackthorne spürte, wie sein Hemd sich immer mehr mit Schweiß vollsaugte. Bei Gott, ich könnte ein Bad gebrauchen, dachte er und mußte unwillkürlich lächeln, als er daran zurückdachte.
Mura und die anderen hatten ihn an diesem Tag in den warmen Raum getragen

und ihn auf eine Steinbank gelegt; seine Glieder waren immer noch wie betäubt und ließen sich nur mit Mühe bewegen. Unter der Anleitung der Alten hatten die drei Frauen angefangen, ihn auszuziehen, und er hatte versucht, sie davon abzuhalten, doch jedesmal, wenn er sich bewegte, hatte einer der Männer einen Nerv von ihm getroffen, und er war ohnmächtig gewesen, sich zu wehren, so sehr er auch wütete und fluchte, sie hatten ihn weiter ausgezogen, bis er splitterfasernackt gewesen war. Nicht daß er sich geschämt hätte, nackt vor einer Frau zu liegen, es war nur, daß er es gewohnt war, sich allein und in seinen eigenen vier Wänden auszuziehen. Außerdem mochte er sich nicht von jemand anderem entkleiden lassen, und schon gar nicht von unzivilisierten Eingeborenen. Aber in aller Öffentlichkeit wie ein hilfloses Kind ausgezogen und gewaschen werden, und zwar überall, mit warmem wohlduftendem Wasser, während sie alle miteinander plapperten und lächelten – das war zuviel gewesen! Dann hatte er eine Erektion bekommen, und als er versuchte, dagegen anzukämpfen, war es nur um so schlimmer geworden. Zumindest glaubte er das, wenn auch die Frauen offenbar nicht. Ihre Augen wurden immer größer, und er fing an zu erröten. Herrgott, es darf doch nicht passieren, daß ich rot werde – aber er wurde es doch, und damit schien er noch immer größer zu werden; und die Alte hatte voller Bewunderung in hellem Entzücken in die Hände geklatscht und etwas gesagt, worauf sie alle genickt hatten; sodann hatte sie voller Ehrfurcht den Kopf geschüttelt und noch etwas gesagt, worauf sie noch eifriger genickt hatten.
Unter dem Vorwand größter Würde hatte Mura gesagt: »Käpt'n-san, Muttersan dankt Euch, die beste in ganzes Leben, jetzt sterben glücklich!« Und er und alle anderen hatten sich wie ein Mann verneigt, und dann hatte er, Blackthorne, erkannt, wie komisch das alles war und hatte angefangen zu lachen. Zuerst waren sie erschrocken, doch dann hatten auch sie gelacht, und sein Lachen nahm seine Kraft fort, und die Alte war etwas traurig und sagte das auch, was ihn wiederum noch mehr zum Lachen reizte und die andern auch. Dann hatten sie ihn vorsichtig in die große Hitze des tiefen Wassers gleiten lassen, und bald darauf hatte er es nicht mehr aushalten können, worauf sie ihn, der nach Luft schnappte, wieder auf die Bank legten. Die Frauen hatten ihn abgetrocknet, und dann war ein alter blinder Mann gekommen. Massage war für Blackthorne etwas völlig Unbekanntes gewesen. Anfangs hatte er versucht, den tief tastenden Fingern Widerstand entgegenzubringen, doch dann hatte ihr Zauber ihn verführt, und bald darauf hatte er geschnurrt wie eine Katze.
Dann hatte man ihm ins Bett geholfen, merkwürdig schwach, halb im Traum, und das Mädchen war dagewesen. Sie war geduldig mit ihm, und nachdem er geschlafen und wieder die Kraft dazu hatte, hatte er sie mit großer Behutsamkeit genommen. Er hatte sie nicht nach ihrem Namen gefragt, und am Morgen war sie verschwunden gewesen.
Blackthorne seufzte. Das Leben ist herrlich, dachte er.
Im Keller war Spillbergen wieder quengelig. Maetsukker hielt sich den Kopf und stöhnte, nicht vor Schmerzen, sondern aus Angst; der Junge Croocq war nahe

am Zusammenbrechen, und Jan Roper sagte: »Was gibt's denn da zu lächeln, Pilot?«

»Fahr doch zur Hölle...«

»Bei allem Respekt, Pilot«, sagte van Nekk vorsichtig und sprach aus, was sie alle am meisten beschäftigte, »es war höchst unklug, den Priester vor den Augen dieses verdammten gelben Bastards anzugreifen!«

Sie alle stimmten, wenn auch mit größter Vorsicht, zu.

»Wenn Ihr das nicht getan hättet – ich glaube nicht, daß wir dann in diesem Drecksloch säßen.«

Er wartete auf eine Antwort, doch Blackthorne gab keine, sondern wandte sich wieder der Falltür zu. Es war, als ob nichts gesagt worden wäre. Das allgemeine Unbehagen wuchs.

Paulus Spillbergen richtete sich unter Mühen auf einen Ellbogen auf. »Wovon redet ihr, Baccus?«

Van Nekk ging zu ihm hinüber und erklärte die Sache mit dem Priester und dem Kreuz und was geschehen war und warum sie hier wären und daß seine Augen ihn heute mehr schmerzten als sonst.

»Ja, das war gefährlich, Pilot«, sagte Spillbergen. »Ja, ich würde sagen, grundverkehrt. Jetzt werden die Jesuiten uns nicht mehr in Ruhe lassen.«

»Ihr hättet ihm den Hals brechen sollen, Pilot. Die Jesuiten werden uns sowieso nicht in Ruhe lassen«, sagte Jan Roper. »Sie sind dreckige Läuse, und wenn wir hier in diesem stinkenden Loch sind, so ist das eine Strafe Gottes.«

»Das ist Unsinn, Roper«, sagte Spillbergen. »Wir sind hier, weil...«

»Es ist die Strafe Gottes. Wir hätten in Santa Magdellana alle Kirchen niederbrennen sollen – nicht bloß zwei!«

Kraftlos schlug Spillbergen nach einer Fliege. »Die spanischen Truppen waren dabei, sich wieder zu sammeln, und wir standen einer fünfzehnfachen Übermacht gegenüber. Gebt mir etwas Wasser! Wir haben die Stadt geplündert und unsere Beute geholt. Wären wir geblieben, wir würden alle umgekommen sein. Um der Liebe Gottes willen, gebt mir Wasser, irgendwer. Wir wären alle umgebracht worden...«

»Was spielt das für eine Rolle, wenn man Gottes Willen tut? Wir haben ihn enttäuscht.«

»Vielleicht sind wir hier, um Gottes Willen zu tun«, sagte van Nekk beschwichtigend, denn Roper war ein guter, aber fanatischer Mann, ein gerissener Kaufmann und der Sohn seines Kompagnons. »Vielleicht können wir den Eingeborenen hier klarmachen, wie falsch die Wege dieser Papisten sind. Vielleicht könnten wir sie zum wahren Glauben bekehren.«

»Richtig«, sagte Spillbergen. Er fühlte sich immer noch schwach, doch die Kraft kehrte allmählich in seinen Körper zurück. »Ich glaube, Ihr hättet Baccus erst um Rat fragen sollen, Pilot. Schließlich ist er der oberste der Kaufleute. Er versteht sich trefflich darauf, mit Eingeborenen zu reden. Reicht mir Wasser, hab' ich gesagt.«

»Wir haben kein Wasser, Paulus.« Van Nekks Stimme verdüsterte sich noch mehr. »Sie haben uns weder Essen noch Wasser gegeben. Wir haben nicht mal ein Gefäß, um reinzupissen.«
»Nun, dann bittet um eines. Um das Wasser. Gott im Himmel, ich habe Durst. Bittet um Wasser! Du da!«
Vinck blickte zu Blackthorne hinüber, doch Blackthorne blickte nur völlig selbstvergessen zur Falltür hinauf; daher stellte Vinck sich unter die Öffnung und rief: »He! Ihr da oben! Gebt uns, Gott verdammt nochmal, Wasser. Wir brauchen zu essen und Wasser!«
Keine Antwort. Er rief noch einmal. Keine Antwort. Daraufhin fingen die anderen an, nacheinander zu rufen – bis auf Blackthorne. Bald drückte sich ihre Panik und der Abscheu vor dem Eingepferchtsein in ihren Stimmen aus, sie heulten wie die Wölfe.
Die Falltür ging auf. Omi-san blickte herab. Neben ihm stand Mura. Und der Priester.
»Wasser! Und was zu essen! Bei Gott, laßt uns hier raus.« Bald schrien sie alle wieder durcheinander.
Omi gab Mura ein Zeichen, der nickte und ging. Gleich darauf kehrte Mura mit einem anderen Fischer zurück – zwischen sich trugen sie ein großes Faß. Den Inhalt, verwesende Fischreste und Seewasser, leerten sie auf die Köpfe der Gefangenen.
Die Männer im Keller stoben auseinander und versuchten zu entkommen, aber allen gelang das nicht. Spillbergen schluckte und prustete. Er wäre fast ertrunken und würgte. Einige der Männer rutschten aus, andere trampelten über sie hinweg. Blackthorne hatte sich nicht aus seiner Ecke herausbewegt. Er stand nur da und starrte zu Omi hinauf. Er haßte ihn.
Dann fing Omi an zu reden. Betretenes Schweigen herrschte, das nur unterbrochen wurde durch das Husten und Würgen von Spillbergen. Als Omi geendet hatte, trat der Priester nervös an die Öffnung.
»Also lauten Kasigi Omis Befehle: Ihr fangt jetzt an, euch zu benehmen wie anständige Menschen. Ihr werdet keinen Krach mehr machen. Ansonsten werden das nächstemal fünf Fässer in den Keller geschüttet. Dann zehn, danach zwanzig. Man wird euch zweimal täglich zu essen und Wasser bringen. Sobald ihr gelernt habt, euch zu benehmen, wird man euch erlauben, in die Welt der Menschen heraufzukommen. Der Herr Yabu war so gnädig, euch allen das Leben zu schenken, vorausgesetzt, ihr dient ihm ergeben. Allen bis auf einem. Einer von euch muß sterben. Sobald es Abend wird. Ihr habt selbst zu wählen, wer es sein soll. Ihr allerdings« – damit wies er auf Blackthorne – »Ihr dürft nicht derjenige sein, der ausgewählt wird.«
Omi lugte hinunter in die Grube. Er konnte Blackthornes Augen sehen und erkannte den Haß darin. Es wird viel dazu gehören, den Geist dieses Mannes zu brechen, dachte er. Gleichviel. Wir haben Zeit.
Die Falltür klappte zu.

# *3. Kapitel*

Yabu aalte sich im heißen Bad; er war zufriedener und zuversichtlicher als je zuvor in seinem Leben. Das Schiff hatte seinen ganzen Reichtum enthüllt, und dieser Reichtum verlieh ihm eine Macht, auf die er nicht im Traum zu hoffen gewagt hätte.

»Ich will, daß morgen alles an Land gebracht wird«, hatte er gesagt. »Packt die Musketen wieder in die Kisten. Versteckt alles unter Netzen und Sackleinen.«

Fünfhundert Musketen, dachte er frohlockend. Und mehr Pulver und Kugeln, als Toranaga in seinen gesamten acht Provinzen hat. Zwanzig Kanonen, fünftausend Kanonenkugeln und eine Fülle von Geschossen. Fünf Pfeile pro Kiste, alle von bester europäischer Qualität. »Mura, du stellst die Träger. Igurashi-san, ich will, daß all diese Waffen samt den Kanonen in meine Burg nach Mishima gebracht werden, und zwar heimlich.«

»Jawohl, Euer Gnaden.« Sie hatten im Hauptladeraum des Schiffes gestanden, und jeder hatte ihn offenen Mundes angestarrt: Igurashi, ein großer, geschmeidiger Mann, der nur ein Auge hatte, sein Hauptvasall – Zukimoto, sein Quartiermeister, zusammen mit zehn schweißüberströmten Leuten aus dem Dorf, die unter Muras Aufsicht die Kisten geöffnet hatten – und seine aus fünf Samurai bestehende Leibgarde. Er wußte, daß sie nicht begriffen, weshalb er so über die Maßen glücklich war.

Als die Portugiesen 1542 nach Japan gekommen waren, hatten sie Musketen und Schießpulver mitgebracht. Innerhalb von achtzehn Monaten stellten die Japaner beides selbst her. Die Qualität der japanischen Feuerwaffen war zwar bei weitem nicht so gut wie die der europäischen, aber das spielte keine Rolle, denn Gewehre galten nur als modische Spielerei und wurden lange Zeit hindurch nur zur Jagd benutzt. Weit wichtiger jedoch war es, daß die japanische Kriegführung fast so etwas wie ein Ritual war: Man kämpfte in Einzelkämpfen Mann gegen Mann, wobei das Schwert die ehrenvollste Waffe war. Die Benutzung von Feuerwaffen galt als feige und unehrenhaft und verstieß gegen den Samurai-Kodex, das *Bushido* oder den ›Weg des Kriegers‹. Dieser Kodex verpflichtete die Samurai, ehrenhaft zu kämpfen, zu leben und zu sterben; dem Lehnsherrn bedingungslos die Treue zu halten; den Tod nicht zu fürchten – ja, ihn im Dienst des Lehnsherrn zu suchen; und stolz auf den eigenen Namen zu sein und ihn nicht zu besudeln.

Jahrelang hatte Yabu insgeheim einer Theorie nachgehangen. Endlich, dachte er jetzt, kannst du sie verwirklichen: fünfhundert Samurai, mit Musketen bewaffnet, *jedoch als eine Einheit ausgebildet*, als Vorausabteilung deiner zwölfhundert konventionellen Krieger, unterstützt von zwanzig Kanonen, die auf ganz bestimmte Weise von besonders gedrillten Leuten bedient wurden, die gleichfalls als *eine Einheit ausgebildet waren*. Eine neue Kunst der Kriegführung in einem neuen Zeitalter.

Und was ist mit dem *Bushido?* hatten die Geister seiner Ahnen ihn stets gefragt. Ja, was ist mit dem *Bushido?* hatte seine Gegenfrage immer gelautet.

Sie hatten nie eine Antwort darauf gegeben.

Niemals, nicht einmal in seinen kühnsten Träumen, hatte er geglaubt, jemals über fünfhundert Feuerwaffen verfügen zu können. Doch jetzt hatte er sie. Aber für welche Seite? Toranagas oder Ishidos? Oder sollte er abwarten – und vielleicht selbst als der große Gewinner aus allem hervorgehen?

»Igurashi-san. Ihr werdet bei Nacht reisen und strikte Sicherheitsvorkehrungen treffen.«

»Jawohl, Euer Gnaden.«

»Diese Sache muß geheim bleiben, Mura, sonst wird das Dorf vernichtet.«

»Es wird nichts durchsickern, Euer Gnaden. Für mein Dorf kann ich geradestehen, nicht jedoch für die Reise oder für andere Dörfer. Von uns wird jedenfalls niemand ein Sterbenswort erfahren.«

Als nächstes war Yabu in den Tresorraum gekommen. Er enthielt Piratenbeute: Silber und Gold, Becher, Leuchter und kunstvoll gearbeitete Gerätschaften. Eine Truhe enthielt Frauenkleider, reich mit Goldfäden bestickt und mit Edelsteinen besetzt.

»Das Silber und das Gold werde ich schmelzen und in die Schatzkammer bringen«, hatte Zukimoto gesagt. Zukimoto war ein adretter, pedantischer Mann in den Vierzigern, der nicht dem Samurai-Stand angehörte. Vor vielen Jahren war er buddhistischer Mönchs-Krieger gewesen, doch der Taikō hatte sein Kloster während eines Feldzugs gegen gewisse militante buddhistische Ritterorden und -sekten, die seine absolute Oberherrschaft nicht hatten anerkennen wollen, dem Erdboden gleichgemacht. Durch Bestechung war Zukimoto einem so frühen Tod entkommen, war Trödler geworden und hatte schließlich einen bescheidenen Reishandel aufgemacht. Vor nunmehr zehn Jahren war er in Yabus Verwaltung eingetreten, wo er jetzt unentbehrlich war. »Was die Kleider betrifft, so sind die Goldfäden vielleicht von einigem Wert. Mit Eurer Erlaubnis werde ich sie packen und nach Nagasaki schicken lassen.« Der Hafen Nagasaki an der Südküste der Südinsel Kyushu war der den Portugiesen zugewiesene Lager- und Handelsplatz. »Vielleicht zahlen die Barbaren gut für diesen Plunder.«

»Gut. Und wie steht es mit den Ballen im anderen Laderaum?«
»Sie enthalten alle schwere Tuche. Für uns sind sie völlig wertlos, Euer Gnaden.« Zukimoto hatte die Schatztruhe aufgemacht. Sie enthielt zwanzigtausend geprägte Silberstücke. Spanische Dublonen von der besten Qualität.
Yabu räkelte sich in seinem Bade. Mit einem kleinen weißen Handtuch wischte er sich den Schweiß von Stirn und Hals und ließ sich noch tiefer in das Wasser hineingleiten. Wenn dir vor drei Tagen, sagte er sich, ein Wahrsager geweissagt hätte, daß all dies geschehen würde – du hättest ihm befohlen, seine eigene Zunge zu fressen, weil er dir derart unglaubliche Lügen auftischte.
Vor drei Tagen war er in Yedo gewesen, Toranagas Hauptstadt. Omis Nachricht war im Morgengrauen eingetroffen.
Kein Zweifel: Das Schiff mußte sofort untersucht werden. Doch Toranaga weilte wegen der Auseinandersetzung mit Herrn Ishido noch in Osaka. Und für die Dauer seiner Abwesenheit hatte er Yabu sowie sämtliche ihm freundlich gesonnenen *Daimyos* aus der Umgebung eingeladen, seine Rückkehr in seinem Schloß abzuwarten. Einer derartigen Aufforderung konnte man sich nicht entziehen, ohne die schlimmsten Folgen zu gewärtigen. Yabu wußte sehr wohl, daß er und die anderen unabhängigen *Daimyos* nichts weiter darstellten als ein zusätzliches Faustpfand für Toranagas Sicherheit. Im Grunde waren sie Geiseln, welche die sichere Rückkehr Toranagas aus der feindlichen Festung in Osaka gewährleisten sollten, wo das Treffen stattfand. Toranaga war Vorsitzender des Regentschaftsrates, den der Taikō noch auf seinem Sterbelager bestimmt hatte, damit er während der Minderjährigkeit seines inzwischen sieben Jahre alten Sohnes Yaemon das Reich regierte. Er bestand aus fünf Regenten, hochbedeutende *Daimyos*, doch echte Macht übten einzig Toranaga und Ishido aus.
Yabu hatte sämtliche Gründe für seine Reise nach Anjiro reiflich überlegt. Dann hatte er nach seiner Gemahlin und seiner Lieblingsgattin geschickt. Eine Gattin war eine gesetzlich anerkannte Geliebte mit dem formalen Status einer Nebenfrau; ein Mann konnte sich so viele Gattinnen leisten, wie er wollte, aber nur eine einzige Gemahlin oder Ehefrau.
»Mein Neffe Omi hat mir heimlich Nachricht zukommen lassen, daß in Anjiro ein Barbarenschiff gelandet ist.«
»Eines von den Schwarzen Schiffen?« hatte seine Gemahlin aufgeregt gefragt. Das waren die gewaltigen, unglaublich reichen Handelsschiffe, die Jahr für Jahr mit den Monsunwinden zwischen Nagasaki und der portugiesischen Kolonie Macao hin- und herfuhren, die fast tausend Meilen südlich auf dem chinesischen Festland gelegen war.
»Das nicht. Aber es könnte sehr wertvoll sein. Ich werde sofort hingehen. Ihr müßt sagen, ich sei erkrankt und dürfe unter gar keinen Umständen gestört werden. Binnen fünf Tagen bin ich wieder zurück.«
»Das ist aber unerhört gefährlich«, warnte seine Gemahlin ihn. »Herr Toranaga hat uns strikte Befehle gegeben hierzubleiben. Wir könnten niemals völlig sicher sein, daß nicht doch irgendwer die Wahrheit argwöhnt – es wimmelt von

Spionen. Falls Toranaga zurückkäme und Euch nicht vorfände, würde er Eure Abwesenheit falsch auslegen.«

»Jawohl«, ergänzte seine Lieblingsgattin. »Bitte, verzeiht, aber Ihr müßt Eurer Gemahlin schon Gehör schenken. Sie hat recht. Herr Toranaga würde es Euch niemals glauben, daß Ihr seinen Befehlen zuwidergehandelt habt, nur um ein Barbarenschiff anzusehen. Bitte, schickt jemand andern.«

»Aber es handelt sich nicht um ein gewöhnliches Barbarenschiff. Es ist *kein* portugiesisches. Omi berichtet, es komme aus einem anderen Land. Diese Männer sprechen eine Sprache, die sich ganz anders anhört als Portugiesisch; außerdem haben sie *blaue Augen* und *goldenes Haar.*«

»Omi-san hat den Verstand verloren. Oder er hat zuviel Saké getrunken«, erklärte seine Frau.

»Diese Angelegenheit ist zu wichtig, um darüber zu spaßen – zu wichtig für ihn und für euch.«

Seine Gemahlin hatte sich verneigt, sich entschuldigt und erklärt, er habe völlig recht, sie eines Besseren zu belehren, doch habe sie diese Bemerkung nicht im Spaß gemacht. Sie war eine kleine, schlanke Frau, zehn Jahre älter als er, und hatte ihm acht Jahre hindurch Jahr für Jahr ein Kind geboren, bis ihre Gebärmutter ausgetrocknet war; und fünf von diesen Kindern waren Söhne gewesen. Drei davon waren Krieger geworden und im Krieg gegen China eines heldenhaften Todes gestorben. Der vierte war buddhistischer Mönch geworden, und den letzten, jetzt neunzehn Jahre alt, verachtete er.

Seine Gemahlin, die Dame Yuriko, war die einzige Frau, vor der er je Angst gehabt hatte; aber auch die einzige, der er größte Hochachtung entgegenbrachte – bis auf seine inzwischen verstorbene Mutter. Sie regierte sein Haus mit einer seidenen Peitsche.

»Verzeiht abermals«, sagte sie. »Hat Omi-san Einzelheiten über die Ladung mitgeteilt?«

»Nein. Er hat sie nicht untersucht, Yuriko-san. Er schreibt, er habe das Schiff sofort versiegelt. Schließlich hat es nie zuvor ein nichtportugiesisches Schiff gegeben, *neh?* Außerdem handele es sich um ein Kriegsschiff. Mit zwanzig Kanonen an Deck.«

»Ah. Dann muß in der Tat sofort jemand hin!«

»Ich werde selbst hingehen.«

»Bitte, überlegt es Euch noch einmal! Schickt Mizuno. Euer Bruder ist gewitzt und weise.«

»Mizuno ist ein Schwächling, man kann ihm nicht trauen.«

»Dann befehlt ihm, *Seppuku* zu begehen, dann seid Ihr ihn ein für allemal los«, sagte sie rauh. *Seppuku*, bisweilen auch *Harakiri* genannt, die rituelle Form des Selbstmords durch Entleibung, war die einzige Möglichkeit für einen Samurai, ehrenhaft für eine Schande, eine Sünde oder einen Fehler zu sühnen; sie stellte das allerhöchste Privileg des Samurai-Standes dar. Alle Samurai – Frauen wie Männer – waren von frühester Kindheit an darauf vorbereitet, sowohl selbst

*Seppuku* zu begehen als auch als Sekundant am *Seppuku* eines anderen teilzunehmen.

»Später, nicht jetzt«, erklärte Yabu.

»Dann schickt Zukimoto. Ihm kann man gewißlich vertrauen.«

»Wenn Toranaga nicht befohlen hätte, daß sämtliche Frauen und Nebengattinnen gleichfalls hierzubleiben hätten, würde ich *Euch* hinschicken. Nein, ich muß schon selbst gehen. Es bleibt keine andere Wahl. Yuriko-san, Ihr sagt mir, meine Schatzkammer sei leer. Ihr sagt, ich besäße keinerlei Kredit mehr bei den elenden Geldverleihern. Zukimoto sagt, wir holten das Äußerste an Steuern aus den Bauern heraus. Ich brauche mehr Pferde, Rüstungen, Waffen und noch mehr Samurai. Vielleicht gibt mir das Schiff mit seiner Ladung die Mittel dazu an die Hand.«

»Die Befehle des Herrn Toranaga waren unmißverständlich. Falls er zurückkehrt und Euch nicht hier...«

»Gewiß. *Falls* er zurückkehrt. Ich bin immer noch der Meinung, er ist in eine Falle gegangen. Herr Ishido hat achtzigtausend Samurai in der Nähe der Burg von Osaka aufgestellt. Daß Toranaga nur mit ein paar hundert Samurai hingegangen ist, war eine Wahnsinnstat.«

»Er ist viel zu schlau, um sich unnötig in Gefahr zu bringen«, sagte sie zuversichtlich.

»Wenn ich Ishido wäre und ihn in der Hand hätte, ich würde ihn sofort umbringen.«

»Ja«, sagte Yuriko. »Aber noch ist die Mutter des Erben als Geisel in Yedo. Herr Ishido wird es nicht wagen, Hand an Toranaga zu legen, bis sie sicher wieder in Osaka ist.«

»Ich würde ihn umbringen. Ob die Dame Ochiba am Leben bleibt oder stirbt – was spielt das für eine Rolle? Der Erbe ist sicher in Osaka. Wenn Toranaga tot wäre, wäre die Nachfolge gesichert. Toranaga stellt die einzige echte Bedrohung des Erben dar, die einzige, der die Möglichkeit innewohnt, sich des Regentschaftsrats zu bedienen, die Macht des Taikō an sich zu reißen und den Knaben zu beseitigen.«

»Bitte, verzeiht mir, Euer Gnaden, aber vielleicht gelingt es Herrn Ishido, die anderen drei Regenten mitzureißen und Toranaga seines Amtes zu entheben, und das wäre dann das Ende von Toranaga, *neh?*« sagte seine Nebengattin.

»Gewiß, wenn Ishido könnte, würde er das tun, aber ich glaube nicht, daß er schon soweit ist – Toranaga übrigens auch nicht. Dafür hat der Taikō die fünf Regenten allzu klug ausgewählt. Sie verachten sich gegenseitig so sehr, daß es nahezu unmöglich ist, auch nur in einem einzigen Punkt zu einer Einigung zu gelangen.« Ehe ihnen die Macht übertragen worden war, hatten die fünf *Daimyos* dem sterbenden Taikō und seinem Sohn und dessen Nachkommen in aller Öffentlichkeit ewige Treue gelobt. Des weiteren hatten sie in aller Öffentlichkeit heilige Eide geschworen, im Rat nur durch einhellige Beschlüsse zu regieren, und gelobt, Yaemon das Reich an seinem fünfzehnten Geburtstag unange-

tastet zu übergeben. »Herrschaft aufgrund einhelliger Beschlüsse bedeutet, daß im Grunde nichts geändert werden kann, bis Yaemon sein Erbe antritt.«
»Aber eines Tages, Euer Gnaden, werden vier Regenten sich gegen einen zusammentun – *neh?* Diese vier werden die Befehle des Taikō eben so weit zurechtbiegen, daß es zum Krieg kommt, *neh?*«
»Gewiß. Aber das wird nur ein kleiner Krieg sein, und der eine wird zermalmt und seine Lehen unter den anderen aufgeteilt werden, die dann einen fünften Regenten werden ernennen müssen; und wenn die Zeit gekommen ist, werden wieder vier gegen einen stehen – genauso, wie der Taikō es vorausgeplant hat. Ich bin mir nur nicht im klaren darüber, wer es diesmal sein wird – Ishido oder Toranaga.«
»Toranaga wird derjenige sein, der auf sich allein gestellt dastehen wird. Die anderen fürchten ihn zu sehr, denn sie *wissen* alle, daß er insgeheim wünscht, Shōgun zu werden, und wenn er noch so sehr das Gegenteil beteuert.«
Shōgun war der höchste Rang, zu dem ein Sterblicher in Japan sich aufschwingen konnte. Er war der oberste Militärdiktator. Nur ein *Daimyo* konnte jeweils diesen Titel führen. Und einzig und allein Seine Kaiserliche Hoheit, der regierende Kaiser, der Göttliche Sohn des Himmels, der mit den Mitgliedern der kaiserlichen Familie in der Abgeschiedenheit des Schlosses von Kyoto lebte, konnte den Titel verleihen.
Mit dem Titel Shōgun war uneingeschränkte Macht verbunden: Der Shōgun regierte im Namen des Kaisers. Alle Macht ging vom Kaiser aus, weil er unmittelbar von den Göttern abstammte. Jeder *Daimyo*, der sich gegen den Shōgun stellte, stand in offener Rebellion gegen den Thron, galt als Ausgestoßener und ging seiner Lehen verlustig.
Der regierende Kaiser wurde als göttlich verehrt, weil er in ungebrochener Linie von der Sonnengöttin Amaterasu Omikami abstammte, eines der Kinder des Götterpaares Izanagi und Izanami, welche die japanischen Inseln aus dem Firmament geschaffen. Gemäß göttlichem Recht war das gesamte Land Eigentum des Kaisers. In der Praxis jedoch hatte über sechs Jahrhunderte hindurch die eigentliche Macht hinter dem Thron gestanden.
Vor sechshundert Jahren hatte es ein Schisma gegeben: Zwei der großen rivalisierenden, halbköniglichen Samurai-Familien, die Minowara und die Takashima, erhoben Anspruch auf den Thron und stürzten das Reich in einen Bürgerkrieg. Nach sechzig Jahren siegten die Minowara, und die Fujimoto, die dritte Familie, warteten ihre Zeit ab.
Von da an beherrschten die Minowara-Shōgune, eifersüchtig über ihre Macht wachend, das Reich, erklärten ihr Shōgunat als erblich und fingen an, ihre Töchter mit Nachkommen des Kaiserhauses zu verheiraten. Der Kaiser mit seinem gesamten Hof wurde in völliger Isolation in den Palästen und Gärten einer kleinen Enklave in Kyoto gehalten; die meiste Zeit über wurde er außerordentlich knapp gehalten, daß es fast schon an Armut grenzte, und die Aufgaben des Hofes beschränkten sich ausschließlich darauf, die Pflichten als oberste Priester

des Schintoismus zu versehen; außerdem durften sie sich intellektuelle Freuden wie der Kalligraphie, der Malerei, Philosophie und Dichtkunst hingeben.
Der Hof des Sohns des Himmels war deshalb so mühelos zu beherrschen, weil er über keinerlei Einnahmen verfügte. Nur die *Daimyos*, also Samurai, besaßen Einkünfte und das Recht, Steuern zu erheben. Und so kam es, daß, wiewohl sämtliche Mitglieder des Kaiserlichen Hofes rangmäßig über den Samurai standen, sie dennoch auf Zuwendungen angewiesen waren, die dem Hof je nach Laune des Shōgun, des *Kwampaku* – des zivilen Obersten Ratgebers – oder der jeweils regierenden Militärjunta gewährt wurden. Nur wenige zeigten sich großzügig. Und oft war nicht einmal genug Geld vorhanden, die Krönungsfeierlichkeiten zu bezahlen.
Endlich verloren die Minowara ihre Macht an andere, die Abkömmlinge der Takashima oder Fujimoto. Und während die Bürgerkriege über die Jahrhunderte unvermindert weitergingen, wurden die Kaiser immer mehr zu Kreaturen desjenigen *Daimyo*, der stark genug war, Kyoto in seine Hand zu bringen. In dem Augenblick, da der Eroberer von Kyoto den regierenden Shōgun und seinen Klan abgeschlachtet, pflegte er dem Thron demütig Treue zu geloben und den machtlosen Kaiser in aller Bescheidenheit zu ersuchen, ihm den nunmehr vakanten Rang des Shōgun zu verleihen. Sodann versuchte er wie seine Vorgänger seine Herrschaft über Kyoto hinaus auszudehnen, bis er seinerseits von einem anderen aufgefressen wurde. Kaiser heirateten, dankten ab oder traten, einer Laune des jeweiligen Shōgun gehorchend, vom Thron ab, doch die Blutlinie des regierenden Kaisers blieb stets ungebrochen erhalten.
Also war der Shōgun allmächtig – bis er gestürzt wurde.
Viele wurden im Laufe der Jahrhunderte gestürzt, und das Reich zerfiel derweil in immer kleinere Parteiungen. In den vergangenen hundert Jahren hatte kein einziger *Daimyo* Macht genug, um Shōgun zu werden. Vor zwölf Jahren hatte der Bauerngeneral Nakamura diese Macht besessen und vom damaligen Kaiser, Go-Nijo, dieses Mandat erhalten. Nur konnte Nakamura nicht der Shōgunsrang selbst verliehen werden, denn er war kein Samurai, sondern bäuerlicher Abstammung. Er hatte sich mit dem wesentlich niedrigeren zivilen Titel eines *Kwampaku*, eines Obersten Ratgebers, begnügen müssen. Und später, als er diesen Titel seinem noch minderjährigen Sohn Yaemon übertragen hatte, hatte er sich den Titel Taikō zugelegt. Kraft überkommener Gepflogenheit hatten einzig die Abkömmlinge der weitverzweigten uralten, halbgöttlichen Familien der Minowara, Takashima oder Fujimoto ein Anrecht auf den Rang und den Titel eines Shōgun.
Toranaga entstammte der Familie der Minowara. Yabu konnte seine Ahnenreihe bis zu einem nicht ganz eindeutigen Nebenzweig der Takashima zurückverfolgen, was genügte, Anspruch auf das Shōgunat zu erheben, falls es ihm gelang, jemals ganz bis an die Spitze aufzusteigen.
»Eeeee, Yuriko«, sagte Yabu. »Selbstverständlich will Toranaga Shōgun werden, nur wird er es nie schaffen. Die anderen Regenten verachten und fürchten

ihn. Sie isolieren ihn.« Er lehnte sich vor und blickte seine Gemahlin eindringlich an. »Ihr sagt, Toranaga wird gegenüber Ishido verlieren?«
»Er wird isoliert werden, jawohl. Aber letzten Endes, so glaube ich, Euer Gnaden, wird er nicht verlieren. Ich bitte Euch, Herrn Toranaga nicht den Gehorsam zu verweigern und Yedo nicht zu verlassen. Schickt Zukimoto nach Anjiro.«
»Und wenn das Schiff Gold- und Silberbarren birgt? Würdet Ihr diese Zukimoto oder irgendeinem anderen hohen Beamten anvertrauen?«
»Nein«, hatte seine Gemahlin gesagt.
Und so hatte er sich in jener Nacht in aller Heimlichkeit aus Yedo hinausgestohlen, nur von fünfzehn Männern begleitet, und jetzt besaß er Reichtum und Macht über alle Maßen und ganz einzigartige Gefangene, von denen einer heute nacht sterben sollte. Er hatte angeordnet, daß später eine Kurtisane und ein Knabe zu seiner Verfügung stünden. Morgen bei Tagesanbruch würde er nach Yedo zurückkehren.
Die Musketen fielen ihm ein und er frohlockte. Diese Feuerwaffen in Verbindung mit meinem Plan werden mir die Macht geben, Ishido – oder Toranaga – gewinnen zu lassen, je nachdem, für wen ich mich entscheide. Und ich werde Regent anstelle des Verlierers, *neh?* Dann der mächtigste der Regenten! Warum nicht sogar Shōgun?
Wohlig ließ er sich treiben. Wozu sollte er die zwanzigtausend Silberstücke benutzen? Ich kann den Bergfried des Schlosses neu aufbauen lassen. Und Zugpferde für die Kanonen kaufen. Und unser Spionagenetz ausweiten. Und was ist mit Ikawa Jikkyu? Ob wohl tausend Silberstücke ausreichen, den Koch von Ikawa Jikkyu zu bestechen, seinen Herrn zu vergiften? Mehr als genug! Fünfhundert, ja, hundert Silberstücke, gab man sie nur in die richtige Hand, würden mehr als genug sein. Aber in wessen Hand?
Die Strahlen der Nachmittagssonne fielen schräg durch das kleine Fenster in der Steinwand. Das Badewasser war sehr heiß; es wurde durch eine draußen an die Mauer gebaute Feuerstelle erhitzt. Dies hier war Omis Haus, und es lag auf einem kleinen Hügel, der über das Dorf und den Hafen hinwegblickte.
Die Tür des Baderaums öffnete sich. Der blinde Mann verneigte sich. »Kasigi Omi-san schickt mich, Euer Gnaden. Ich bin Suwo, sein Masseur.« Er war großgewachsen, sehr dünn und alt, das Gesicht voller Runzeln.
»Gut!« Yabu hatte immer große Angst gehabt, jemals blind zu werden. Solang er zurückdenken konnte, hatten ihn Träume verfolgt, in denen er in völliger Dunkelheit aufwachte und doch wußte, daß die Sonne schien, deren Wärme er spürte, wiewohl er sie nicht sah; dann pflegte er den Mund aufzureißen und zu schreien, sehr wohl wissend, daß es unehrenhaft war zu schreien, geschweige denn, *so* zu schreien. Dann das richtige Erwachen, in Schweiß gebadet.
Doch der Schrecken vor der Blindheit schien nur das Vergnügen zu vergrößern, sich von jenen massieren zu lassen, die das Augenlicht verloren hatten.
Er konnte die zerfurchte Narbe an der rechten Schläfe des Mannes und die tiefe Einkerbung im Knochen darunter sehen. Das rührt von einem Schwertstreich

her, sagte er sich. Ob er dadurch erblindet ist? Ist er früher einmal Samurai gewesen? Ist er ein Spion?

Yabu wußte, daß seine Wachen diesen Mann sehr gründlich durchsucht hatten, und deshalb hatte er keine Angst vor einer verborgenen Waffe. Sein eigenes Langschwert lag in Reichweite: Die uralte Schneide stammte aus der Hand des Meister-Schwertschmieds Murasama. Er sah zu, wie der alte Mann seinen baumwollenen Kimono ablegte und aufhängte, ohne nach dem Kleiderhaken dafür zu suchen. Auf seiner Brust gab es noch mehr Schwertnarben. Sein Lendentuch war sehr reinlich. Er kniete nieder und wartete geduldig.

Yabu stieg aus dem Bad und legte sich auf die Steinbank. Der alte Mann trocknete ihn sorgfältig ab, goß duftendes Öl in seine Handflächen und fing an, die Rücken- und Halsmuskeln des *Daimyo* kräftig durchzukneten.

Yabus Angespanntsein schwand, als die kräftigen Finger des Alten über seinen Körper dahinwanderten. »Das tut gut, sehr gut«, sagte er nach einer Weile.

»Ich danke Euch, Yabu-sama«, sagte Suwo. »Sama« bedeutete soviel wie »Herr« und war die obligatorische höfliche Anrede Höhergestellten gegenüber.

»Dienst du Omi-san schon lange?«

»Seit drei Jahren, Euer Gnaden. Er ist sehr freundlich mir altem Mann gegenüber.«

»Und davor?«

»Ich bin von Dorf zu Dorf gewandert. Hier ein paar Tage, dort ein halbes Jahr, wie ein Schmetterling im lauen Sommerwind.« Suwos Stimme war genauso beschwichtigend wie seine Hände. Er war zu dem Schluß gekommen, daß der *Daimyo* wollte, daß er redete, und so wartete er geduldig auf die nächste Frage, dann würde er beginnen. Zu seiner Kunst gehörte es, genau zu wissen, was wann erforderlich war. Manchmal sagten ihm seine Ohren, was das sei, doch meistens waren es seine Finger, die die geheimen Wünsche eines Mannes oder einer Frau zutage brachten. Seine Finger warnten ihn, auf der Hut zu sein vor diesem Mann, daß er gefährlich sei und unberechenbar, ein guter Reiter und ausgezeichneter Schwertkämpfer; des weiteren, daß mit seiner Leber etwas nicht in Ordnung war und er innerhalb von zwei Jahren sterben würde. Saké und Aphrodisiaka würden ihn wahrscheinlich ruinieren. »Ihr seid kräftig für Euer Alter, Yabu-sama.«

»Du aber auch. Wie alt bist du, Suwo?«

Der alte Mann lachte, aber seine Finger hörten nicht auf zu walken. »Ich bin der älteste Mann auf Erden – auf mein Wort. Jeder, den ich gekannt habe, ist längst tot. Es muß mehr als achtzig Jahre her sein. Ich habe Herrn Yoshi Chikitada gedient, dem Großvater von Herrn Toranaga, als das Lehen der Sippe nicht größer war als dieses Dorf. Ich war sogar im Lager an jenem Tag, da er ermordet wurde. Das war ein böser Tag. Ich weiß nicht, wie alt ich damals war – aber den Stimmbruch hatte ich noch nicht hinter mir. Der Mörder hieß Obaka Hiro und war der Sohn seines mächtigsten Verbündeten. Vielleicht kennt Ihr die Geschichte, wie der Jüngling Herrn Chikitada mit einem einzigen Schwertstreich den Kopf abschlug. Es war eine Klinge von Murasama, und darauf gründet sich der Aberglaube, daß alle Murasama-Klingen der Sippe der Yoshi nur Unglück bringen.«

Erzählt er mir das wegen meines eigenen Murasama-Schwertes? fragte Yabu sich. Oder ist er nichts weiter als ein alter Mann, der sich an einen besonderen Tag in seinem langen Leben erinnert? »Wie war Toranagas Großvater denn?« fragte er und tat so, als interessierte ihn das alles nicht sonderlich; er wollte Suwo auf die Probe stellen.

»Groß, Yabu-sama. Größer als Ihr und viel schlanker. Er war fünfundzwanzig an dem Tag, da er starb.« Suwos Stimme wurde wärmer. »Eeee, Yabu-sama, er war schon mit zwölf ein Krieger und wurde mit fünfzehn, als sein Vater einem Hinterhalt zum Opfer fiel, unser Lehnsherr. Damals war Herr Chikitada verheiratet und hatte bereits einen Sohn. Ein Jammer, daß er sterben mußte! Obaka Hiro war sein Gefolgsmann und sein Freund. Er war damals siebzehn, aber irgendwer hatte die Gedanken des jungen Obaka vergiftet und ihm eingeredet, Chikitada habe vor, seinen Vater zu verraten und ihn zu töten. Das waren selbstverständlich lauter Lügen, aber damit wurde Chikitada noch lange nicht wieder lebendig, uns zu führen. Der junge Obaka kniete vor dem Leichnam nieder und verneigte sich dreimal. Er sagte, er habe diese Tat aus kindlicher Hochachtung vor seinem Vater getan, wünsche jetzt jedoch, für die Beleidigung, die er uns und unserer Sippe angetan, zu sühnen, indem er *Seppuku* beging. Die Erlaubnis dazu wurde erteilt. Zuerst wusch er Chikitadas Haupt mit eigenen Händen und setzte es voller Hochachtung an die richtige Stelle. Dann jedoch schlitzte er sich den Bauch auf und starb wie ein Mann – einer von unseren Leuten machte den Sekundanten und trennte ihm das Haupt mit einem Schwerthieb vom Rumpf. Später kam der Vater, um den Kopf seines Sohnes sowie das Murasama-Schwert heimzuholen. Daraufhin nahmen die Dinge für uns eine Wendung zum Schlechteren. Herrn Chikitadas einziger Sohn wurde irgendwo als Geisel festgehalten, und für unseren Zweig der Sippe brachen böse Zeiten an. Das war...«

»Du lügst, alter Mann. Du warst niemals dabei.« Yabu hatte sich umgedreht und starrte zu dem Mann hinauf, der augenblicklich erstarrt war. »Das Schwert wurde nach Obakas Tod zerbrochen und vernichtet.«

»Nein, Yabu-sama. So heißt es zwar in der Legende. Aber ich sah den Vater kommen und Kopf und Schwert heimholen. Wer sollte schon ein solches Kunstwerk vernichten wollen? Das wäre Frevel gewesen. Sein Vater kam persönlich es holen.«

»Und was tat er damit?«

»Er warf es ins Meer.«

»Hast du das selbst gesehen?«

»Nein.«

Yabu legte sich wieder hin, und die Finger nahmen ihre Arbeit wieder auf. Der Gedanke, noch jemand wisse, daß das Schwert nicht zerbrochen worden war,

erregte ihn eigentümlich. Du solltest Suwo umbringen, sagte er sich. Warum? Wie sollte ein Blinder die Klinge erkennen? Sie ist wie jede andere Murasama-Klinge, und Griff und Scheide sind im Laufe der Jahre oft erneuert worden. Kein Mensch kann wissen, daß dein Schwert *jenes* Schwert ist, das, je größer Toranagas Macht wurde, mit immer größerer Heimlichkeit von einer Hand zur anderen gegangen ist. Wozu Suwo umbringen? Die Tatsache, daß er lebt, macht die Sache nur um so reizvoller. Laß ihn am Leben – du kannst ihn ja jederzeit töten.
Diese Vorstellung gefiel Yabu, und abermals ließ er voller Behagen seine Gedanken schweifen. Eines Tages, und zwar bald, so gelobte er sich, werde ich mächtig genug sein, mein Murasama-Schwert in Toranagas Gegenwart zu tragen. Vielleicht werde ich ihm sogar die Geschichte meines Schwertes erzählen.
»Und was geschah dann?« fragte er. Er hatte das Verlangen, sich von der Stimme des Alten einlullen zu lassen.
»Für uns kamen böse Zeiten. Das war das Jahr der großen Hungersnot. Da mein Herr jetzt tot war, wurde ich ein *Ronin.*« *Ronin* waren land- oder herrenlose Bauernkrieger oder Samurai, die aufgrund von Ehrverlust oder weil sie ihren Herrn verloren, gezwungen waren, durch das Land zu streifen, bis ein anderer Herr sie in seine Dienste nahm. Es war schwierig für einen *Ronin,* eine neue Anstellung zu finden. Die Lebensmittel waren knapp, fast jeder Mann war Soldat, und Fremden traute man nur selten. Die meisten Mitglieder der Räuberbanden oder Korsaren, die das Land oder die Küsten unsicher machten, waren *Ronin.* »Die folgenden zwei Jahre waren besonders schlimm. Ich kämpfte für jeden – für nichts weiter als das Essen. Dann hörte ich, in Kyushu gäbe es reichlich zu essen, und so begab ich mich auf die Wanderschaft in den Westen. Ich wurde von einem buddhistischen Kloster als Wächter gedungen. Ein halbes Jahr hindurch beschützte ich das Kloster und seine Felder vor Banditen. Das Kloster befand sich in der Nähe von Osaka. Damals gab es Banditen wie Moskitos in den Sümpfen. Eines Tages gerieten wir in einen Hinterhalt, und ich blieb wie ein Toter zurück. Ein paar Mönche fanden mich und heilten meine Wunden. Aber mein Augenlicht konnten sie mir nicht zurückgeben.«
Seine Finger tasteten sich tiefer und tiefer vor. »Sie brachten mich mit einem blinden Mönch zusammen, der mich lehrte zu massieren und mit meinen Fingern zu sehen. Jetzt sehe ich mit meinen Fingern mehr, als ich je mit meinen Augen gesehen habe.
Das letzte, was ich mit meinen Augen gesehen habe, waren das weitaufgerissene Maul eines Banditen und seine verfaulten Zähne, das Schwert nichts als ein Blitz, und dann, nach dem Hieb, der Duft von Blumen. Ich sah Düfte in allen Farben, Yabu-sama. All das ist lange, lange her, geschah lange, ehe die Barbaren in unser Land kamen – vor fünfzig, sechzig Jahren. Ich sah das Nirwana, und für einen Bruchteil eines Augenblicks schaute ich das Antlitz Buddhas. Blindheit ist ein geringer Preis, den man für eine solche Gabe zahlt. Meint Ihr nicht auch?«

Er erhielt keine Antwort, und Suwo hatte auch keine erwartet. Yabu schlief, wie Suwo es geplant hatte. Es stimmte alles – bis auf eines. Das Kloster hat nicht in der Nähe von Osaka gelegen, sondern westlich deiner Westgrenze. Der Name des Mönchs? Su, Onkel deines Feindes, Ikawa Jikkyu.
Wie leicht könnte ich dir jetzt das Genick brechen, dachte er. Omi-san würde ich damit einen großen Gefallen tun, und dem Dorf einen noch größeren. Und ein ganz klein wenig würde ich damit meinem Gönner für die Gaben zurückzahlen. Soll ich es jetzt tun? Oder später?

Spillbergen hielt ein Bündel von Reisstrohhalmen in die Höhe. Sein Gesicht hatte er vorgereckt. »Wer möchte zuerst wählen?«
Niemand antwortete. Blackthorne lehnte sich in die Ecke, aus der er seit geraumer Zeit nicht herausgekommen war.
Es war kurz vor Sonnenuntergang.
»Irgend jemand muß den Anfang machen«, sagte Spillbergen mit krächzender Stimme. »Kommt schon, wir haben nicht viel Zeit.«
Man hatte ihnen Essen, Wasser und ein Fäßchen gegeben, in das hinein sie ihre Notdurft verrichten sollten. Und dann waren die Fliegen gekommen. Die Luft war ekelhaft, der Boden schlammig und kotig. Die meisten Männer waren nackt bis zur Hüfte; sie schwitzten in der Hitze. Und aus Angst.
Spillbergen sah von einem zum anderen. Schließlich kehrte er zurück zu Blackthorne. »Warum – warum seid Ihr ausgenommen? Warum?«
Die Augen öffneten sich, und sie blickten eisig. »Zum letzten Mal: Ich – weiß – es – nicht.«
»Das ist nicht gerecht. Nicht gerecht.«
Blackthorne gab sich wieder seinen Träumereien hin. Es mußte einen Weg geben, hier auszubrechen. Diese Hunde werden uns zuletzt alle umbringen, das ist so gewiß, wie es einen Polarstern gibt. Es bleibt nicht mehr viel Zeit. Und mich haben sie ausgenommen, weil sie mit mir einen besonders tückischen Plan verfolgen.
Als die Falltür zugeklappt war, hatten alle ihn angesehen, und irgendwer hatte gesagt: »Was werdet Ihr tun?«
»Ich weiß es nicht«, hatte er erwidert.
»Warum dürft Ihr nicht gewählt werden?«
»Ich weiß es nicht. – Schafft den Dreck beiseite«, hatte er befohlen. »Kehrt das Zeugs hier auf einen Haufen zusammen.«
»Wir haben keinen Besen und...«
»Benutzt eure Hände!«
Sie taten, wie er ihnen geheißen, und er half ihnen und säuberte den Generalkapitän, so gut es ging.
»Wie – wie sollen wir denn jemanden auswählen?« hatte Spillbergen gefragt.
»Wir werden es nicht tun! Wir kämpfen gegen sie. Wollt Ihr Euch etwa wie ein Schaf zur Schlachtbank führen lassen? Ausgerechnet *Ihr?*«

»Macht Euch nicht lächerlich. Mich wollen sie ja nicht, dabei wäre es richtig, wenn ich es wäre.«
»Warum?« fragte Vinck.
»Weil ich der Generalkapitän bin.«
»Mit Respekt, Euer Gnaden«, hatte Vinck ironisch gesagt, »vielleicht solltet Ihr Euch freiwillig melden.«
»Ein sehr guter Vorschlag«, sagte Pieterzoon. »Ich stimme diesem Antrag zu, bei Gott.«
Man gab allgemein seine Zustimmung, und jeder einzelne dachte: Lieber Herr Jesus, jeden anderen, bloß nicht mich!
Spillbergen hatte angefangen zu toben und Befehle zu schreien, blickte jedoch in nichts weiter als in mitleidlose Augen. Übelkeit war in ihm aufgestiegen. Dann hatte er gesagt: »Nein. Es – es wäre nicht richtig, wenn einer sich freiwillig meldete. Es – wir – wir werden das Los ziehen. Mit Strohhalmen. Von denen einer kürzer ist als die anderen. Wir werden unser Geschick – in die Hand Gottes legen. Pilot – Ihr haltet die Lose.«
»Das werde ich nicht. Ich habe nichts damit zu tun. Ich sage, wir kämpfen.«
»Sie werden uns alle umbringen. Ihr habt doch gehört, was der Samurai sagte: Man schenkt uns das Leben – bis auf einen von uns. Es ist besser, einer von uns stirbt, als daß wir alle sterben.«
»Wir sind elf – Ihr eingeschlossen, Paulus«, sagte van Nekk. »Die Chancen stehen gut.«
»Sehr gut – es sei denn, das Los fiele auf dich.« Vinck warf einen Blick zu Blackthorne hinüber. »Können wir gegen diese Schwerter etwas ausrichten?«
»Kannst du schicksalsergeben zu deinem Folterer gehen, wenn du es bist, auf den das Los fällt?«
»Ich weiß nicht.«
Van Nekk sagte: »Wir werden losen. Lassen wir Gott entscheiden.«
»Armer Gott«, sagte Blackthorne.
»Wie sonst sollen wir wählen?« rief jemand.
»Wir werden tun, was Paulus gesagt hat. Er ist der Generalkapitän«, sagte van Nekk. »Wir ziehen Strohhalme. Für die Mehrheit ist es das beste. Alle dafür?«
Alle hatten sie ja gesagt. Bis auf Vinck. »Ich denke wie der Pilot. Zur Hölle mit diesen Scheißdingern von Strohhalmen!«
Zuletzt hatte man auch Vinck überredet. Jan Roper, der Calvinist, hatte die Gebete vorgesprochen. Spillbergen hatte zehn gleichgroße Strohhalme gebrochen. Und dann einen von ihnen halbiert. Strohhalme für sie alle – außer für Blackthorne: Van Nekk, Pieterzoon, Sonk, Maetsukker, Ginsel, Jan Roper, Salamon, Maximilian Croocq und Vinck.
»Woher sollen wir wissen, daß derjenige, der den kürzeren zieht, auch wirklich geht? Woher sollen wir das wissen?« Vincks Stimme zitterte vor Entsetzen.
»Das können wir nicht wissen. Jedenfalls nicht mit Sicherheit. Und wir sollten es doch wissen«, sagte Croocq, der Schiffsjunge.

»Das ist nicht schwer«, sagte Jan Roper. »Laßt uns schwören, daß wir es tun – im Namen Gottes. Das gesalbte Lamm Gottes tritt geradewegs in die ewige Herrlichkeit ein.«
Alle stimmten sie zu.
»Mach schon, Vinck! Tu, was Roper sagt.«
»Na gut.« Vincks Lippen waren trocken wie Pergament. »Wenn – wenn ich es bin – so schwöre ich beim Herrgott, daß ich mit ihnen gehen werde – falls ich das schlechte Los ziehe. In Gottes Namen!«
Alle folgten sie seinem Beispiel.
Sonk zog als erster. Dann kam Pieterzoon. Dann Jan Roper und nach ihm Salamon und Croocq. Spillbergen war, als stürbe er, denn er hatte sich bereit erklärt, nicht zu ziehen, daß der letzte Strohhalm seiner sein sollte, und jetzt wurde die furchtbare Wahrscheinlichkeit immer größer.
Ginsel war außer Gefahr. Noch vier.
Maetsukker weinte vor aller Augen, aber er stieß Vinck beiseite und zog den Strohhalm und konnte es kaum fassen, daß es ihn nicht getroffen hatte.
Spillbergens Faust fing an zu zittern, und Croocq half ihm, den Arm zu stützen. Kot lief ihm unbemerkt die Beine herunter.
Welchen ziehe ich? fragte van Nekk sich verzweifelt. O Gott, hilf mir! Wegen seiner Kurzsichtigkeit konnte er die Strohhalme kaum erkennen. Wenn ich nur sehen könnte, vielleicht wüßte ich dann, welchen ich ziehen soll.
Er traf seine Wahl und brachte den Strohhalm dicht vor seine Augen, um das Urteil klar zu sehen. Er hatte keinen kurzen Halm gezogen.
Vinck sah seinen Fingern zu, wie sie den vorletzten Halm auswählten; und er fiel zu Boden, doch jeder sah, daß es bis jetzt der kürzeste war. Spillbergen öffnete die geschlossene Faust, und jeder sah, daß der Strohhalm darin lang war. Spillbergen fiel in Ohnmacht.
Alle starrten sie Vinck an. Hilflos sah er sie an und sah doch keinen von ihnen. Halb zuckte er mit den Achseln, halb stahl sich ein Lächeln auf sein Gesicht, und wie abwesend verscheuchte er die Fliegen. Dann sackte er in sich zusammen. Sie machten Platz für ihn, hielten sich von ihm fern, als wäre er ein Aussätziger.
Blackthorne kniete im Kot neben Spillbergen.
»Ist er tot?« fragte van Nekk mit fast unhörbarer Stimme.
Vinck kreischte vor Lachen. Dann hörte er ebenso abrupt auf, wie er angefangen hatte. »Ich – ich bin derjenige, der tot ist«, sagte er. »Ich bin tot.«
»Wir waren alle damit einverstanden«, sagte Jan Roper mit zuversichtlicher Stimme. »Hab keine Furcht! Du bist der Gesalbte des Herrn! Du bist in Gottes Hand!«
»Ihr habt gut reden jetzt, nicht wahr?« Vincks Augen wanderten von Gesicht zu Gesicht, doch niemand wollte seinem Blick begegnen. Nur Blackthorne sah nicht beiseite.
Vinck starrte ihn an. Dann nahm er das Trinkgefäß, füllte es mit Wasser und

reichte es erst Blackthorne. »Allmächtiger Gott, Herr Jesus, Pilot«, sagte er, »was soll ich bloß tun?«
»Zunächst hilf mir mal mit Paulus, Vinck! Tu, was ich dir sage! Kommt er wieder in Ordnung?«
Vinck fegte seine Todesangst beiseite. Blackthornes Ruhe half ihm dabei. Spillbergens Puls ging nur noch schwach. Vinck lauschte seinem Herzschlag, zog sein Augenlid hoch und blickte einen Moment in die Pupille. »Ich weiß nicht, Pilot! Herrgott, ich kann nicht richtig denken. Sein Herz ist in Ordnung, glaube ich. Er müßte zur Ader gelassen werden – aber ich kann nicht – ich kann mich nicht darauf konzentrieren... Gebt mir...« Erschöpft hielt er inne, setzte sich zurück, lehnte sich gegen die Wand. Schauder schüttelte ihn.
Die Falltür ging auf.
Wie in Holz geschnitten stand Omi vorm Himmel, sein Kimono blutrot von der sinkenden Sonne.

## *4. Kapitel*

Vinck versuchte sich zum Aufstehen zu zwingen, aber er schaffte es nicht. Oft in seinem Leben hatte er dem Tod ins Auge gesehen, niemals jedoch so wie jetzt – verzagt. Das Los hatte gegen ihn entschieden. Warum ich? Ich bin nicht schlechter als die anderen. Herrgott im Himmel, warum ausgerechnet ich?

Eine Leiter war heruntergelassen worden. Omi gab durch Gesten zu verstehen, der Mann, den sie bestimmt hatten, solle heraufkommen, und zwar rasch! Van Nekk und Jan Roper beteten schweigend und mit geschlossenen Augen. Pieterzoon konnte nicht hinsehen. Blackthorne starrte zu Omi und seinen Männern hinauf.

»*Isogi!* – Beeilt Euch!« bellte Omi.

Noch einmal versuchte Vinck sich aufzurichten. »Helft mir! Helft mir aufstehen!«

Pieterzoon, der ihm am nächsten stand, beugte sich hinunter, schob ihm eine Hand unter die Achsel und half ihm, sich aufzurichten.

Dann stand plötzlich Blackthorne am Fuß der Leiter, beide Füße fest in den Schlamm gedrückt.

»*Kinjiru!*« rief er und benutzte das Wort, das er an Bord der *Erasmus* gelernt hatte. Allen in der Grube blieb die Luft weg. Omi packte seinen Schwertgriff fester und trat an die Leiter heran.

»*Kinjiru!*« rief Blackthorne noch einmal.

Omi hielt inne.

»Was ist los?« fragte Spillbergen ängstlich.

»Ich hab' ihm gesagt, es ist verboten! Keiner geht in den Tod, ohne daß vorher um ihn gekämpft wird.«

»Aber – wir hatten uns doch geeinigt...«

»Ich nicht!«

»Ihr habt den Verstand verloren.«

»Schon gut, Pilot«, flüsterte Vinck. »Ich – wir haben uns geeinigt, und es ist nur recht so. Es ist der Wille Gottes. Ich gehe...« Er machte einen unbeholfenen

Schritt vorwärts auf die Leiter zu, doch Blackthorne stand unerschütterlich im Weg und sah Omi an.
»Du gehst nicht kampflos! Keiner tut das.«
»Geht von der Leiter weg, Pilot! Ich befehle Euch wegzugehen!« Am ganzen Leibe zitternd drückte Spillbergen sich in die äußerste Ecke, so weit von der Falltür entfernt wie nur möglich. Seine Stimme klang schrill, als er rief: »Pilot!« Doch Blackthorne hörte nicht auf ihn. »Macht euch bereit!«
Omi trat einen Schritt zurück und rief seinen Leuten krächzend Befehle zu. Sofort schickte ein Samurai mit zwei anderen im Gefolge sich an, die Leiter herunterzuklettern – mit blanken Schwertern. Blackthorne drehte die Leiter mit einem Ruck und packte den ersten Samurai, taumelte unter seinen heftigen Schwerthieben und versuchte, den Mann zu erdrosseln.
»Helft mir! Kommt! Es geht um euer *Leben!*«
Blackthorne wandte einen anderen Griff an, um den Mann von den Sprossen herunterzuzerren. Er wurde in die Enge getrieben, als der zweite Mann herunterstieg. Vinck erwachte aus seiner Erstarrung und warf sich wie ein Berserker auf den Samurai. Er fing den Schwerthieb ab, der Blackthorne sonst zweifellos das Handgelenk durchtrennt hätte, hielt sich den bebenden Schwertarm vom Leib und schmetterte dem Mann die andere Faust in die Leisten. Der Samurai schnappte nach Luft und trat wütend um sich. Vinck schien die Tritte kaum zu spüren. Er kletterte die Sprossen empor und rang mit dem Mann, um in den Besitz seines Schwertes zu gelangen. Die anderen Samurai konnten wegen der Enge und wegen Blackthorne kaum etwas ausrichten, doch da traf ein Fußtritt Vinck ins Gesicht, und er kippte hintenüber. Der Samurai auf der Leiter hackte auf Blackthorne los, verfehlte ihn, und dann stürzte sich die gesamte Mannschaft auf die Leiter.
Croocq hämmerte dem Samurai mit der Faust auf den Spann und spürte, wie ein kleiner Knochen zerbrach. Der Mann schaffte es, sein Schwert durch die Öffnung der Falltür nach draußen zu befördern, und sprang dann schwerfällig in den Schlamm hinunter. Vinck und Pieterzoon fielen über ihn her. Wütend wehrte er sich. Blackthorne entriß ihm seinen Dolch und fing an, die Leiter hinaufzuklettern. Croocq, Jan Roper und Salamon folgten. Die beiden anderen Samurai zogen sich zurück und bauten sich rings um die Falltür auf. Blackthorne wußte, daß sein Dolch machtlos war gegen diese Schwerter. Trotzdem stürmte er weiter und ging zum Angriff über, die anderen dicht hinter ihm. In dem Augenblick, da er den Kopf über dem Boden hatte, verfehlte ihn eines der Schwerter nur um Haaresbreite. Ein heftiger Fußtritt von einem der Samurai zwang ihn zurück in die Tiefe.
Er drehte sich um und sprang hinunter, wobei er die wogende Masse der kämpfenden Männer vermied, die versuchte, dem Samurai den Kopf in den stinkenden Schlamm zu drücken.
»Bringt ihn nicht um – wir können ihn als Geisel benutzen!« schrie Blackthorne, riß verzweifelt an der Leiter und versuchte, sie in den Keller hineinzu-

ziehen. Aber sie war zu lang. Oben an der Falltür warteten unbewegt Omis andere Samurai.
»Um Gottes willen, Pilot, hört auf!« kreischte Spillbergen. »Sie werden uns alle umbringen – *Ihr* bringt uns alle um! Bringt ihn zur Ruhe, irgendwer!«
Omi schrie weitere Befehle. Und drei Samurai, nur mit Messern bewaffnet und in Lendentüchern, sprangen behende in die Grube hinunter. Die beiden ersten warfen sich, der eigenen Gefahr nicht achtend, auf Blackthorne, so daß er hilflos zu Boden ging; dann griffen sie wütend an.
Blackthorne wurde vom Gewicht der Männer schier erdrückt. Er konnte seinen Dolch nicht benutzen, spürte, wie sein Kampfeswille nachließ, unternahm jedoch einen allerletzten Versuch und riß einen Arm frei. Ein grausamer Schlag von einer felsharten Faust traf ihn am Kopf, daß er dröhnte, und ein weiterer ließ ein buntes Feuerwerk in seinem Gehirn explodieren – trotzdem kämpfte er weiter.
Vinck drückte einem der Samurai die Daumen in die Augenhöhlen, ein dritter sprang von oben herab auf ihn herunter, und Maetsukker schrie auf, als ein Dolch ihm den Arm aufschlitzte. Van Nekk schlug blindwütig um sich und Pieterzoon sagte: »Um Christi willen, schlag sie, nicht mich!« Aber der Kaufmann hörte nichts, kannte nichts als sein Entsetzen.
Blackthorne packte einen der Samurai bei der Gurgel, seine Hand rutschte von der schweiß- und schlammnassen Haut ab – dann ereilte ihn ein letzter Schlag, und er sank ins Nichts. Die drei Samurai kämpften sich mit Dolchstößen den Weg frei, und die jetzt führerlose Mannschaft zog sich vor ihren Klingen zurück. Jetzt beherrschten die Samurai mit ihren Waffen die Grube – sie trieben mit ihren Dolchen die keuchenden, verängstigten Männer an die Wand zurück, wo Blackthorne und der erste Samurai bereits bewußtlos am Boden lagen.
Arrogant stieg Omi in die Grube herab und packte sich den ihm Nächststehenden. Es war Pieterzoon. Mit einem Ruck stieß er ihn an die Leiter.
»Himmel, helft mir. Ich bin es nicht, der gehen sollte...« Pieterzoon hatte bereits beide Füße auf der Sprosse, wich vor den drohenden Klingen ängstlich nach oben zurück und rief dann: »Helft mir. Um Himmels willen!« schrie er ein letztes Mal. Dann machte er kehrt und entfloh schreiend das letzte Stück nach oben.
Ohne sich im geringsten zu beeilen, folgte Omi ihm.
Ein Samurai zog sich zurück, dann ein weiterer. Der dritte nahm den Dolch an sich, den Blackthorne benutzt hatte. Verächtlich drehte er sich um, trat über den hingestreckten Körper seines besinnungslosen Kameraden hinweg und kletterte nach oben.
Die Leiter wurde hochgezogen. Riegel rasteten ein. Jetzt herrschte nur Finsternis.
Für einen Augenblick regte sich keiner. Jan Roper hatte eine kleine Wunde an der Wange, Maetsukker blutete schlimm, die anderen befanden sich zumeist in einem Zustand der Erstarrung. Bis auf Salamon. Der tastete sich bis zu Blackthorne hinüber und riß ihn vom gleichfalls bewußtlosen Samurai herunter. Er

brachte wortähnliche Laute hervor und zeigte auf das Wasser. Croocq schöpfte etwas mit einem Trinkgefäß, half ihm, Blackthorne aufzurichten und ihn gegen die Wand zu lehnen. Gemeinsam fingen sie dann an, ihm den Schmutz von seinem Gesicht zu wischen.
»Als die Hunde – als sie auf ihn runterstürzten, glaubte ich zu hören, wie sein Genick oder seine Schulterknochen brachen«, sagte der Knabe schwer atmend. »Er sieht aus wie ein Toter, Herr Jesus!«
Sonk zwang sich aufzustehen und ertastete sich über sie hinweg seinen Weg. Behutsam bewegte er Blackthornes Kopf von einer Seite auf die andere, tastete ihm die Schulter ab. »Scheint aber alles in Ordnung. Müssen warten, bis er wieder zu sich kommt und reden kann.«
»Oh, Herr Jesus Christ«, begann Vinck zu wimmern. »Armer Pieterzoon – ich bin verdammt – ich bin verdammt...«
»Wolltest ja gehen. Der Pilot hat dich dran gehindert. Du warst bereit zu gehen, wie du es gelobt hattest. Ich hab's gesehen, bei Gott!« Sonk schüttelte Vinck, doch der kümmerte sich nicht darum. »Ich hab's gesehen, Vinck!« Damit wandte er sich an Spillbergen, scheuchte die Fliegen fort und sagte: »Stimmt es etwa nicht?«
»Ja, er war bereit zu gehen. Vinck, hör auf zu jammern! Es war die Schuld des Piloten! Gebt mir etwas Wasser!«
Jan Roper schöpfte mit dem Becher noch etwas Wasser und netzte damit die Wunde an seiner Wange. »Vinck hätte gehen sollen. Er war das Lamm Gottes! Er war auserwählt. Und jetzt ist seine Seele der ewigen Verdammnis anheimgefallen.«
»Gebt mir Wasser!« winselte der Generalkapitän.
Van Nekk nahm Jan Roper das Trinkgefäß ab und reichte es Spillbergen. »Es war nicht Vincks Schuld«, sagte van Nekk erschöpft. »Er konnte nicht hochkommen. Er bat jemand, ihm zu helfen. Ich hatte solche Angst, daß ich mich auch nicht rühren konnte, und dabei hatte ich noch nicht mal was zu befürchten.«
»Alle Engländer sind verrückt«, sagte Sonk. »Habt ihr jemals einen gekannt, der nicht verrückt war?«
»Schweinehunde und Seeräuber – durch die Bank, alle!« sagte Ginsel.
»Nein, nicht alle«, sagte van Nekk. »Der Pilot hat doch nur getan, was er für richtig hielt. Er hat uns beschützt und hat uns zehntausend Leguas weit geführt!«
»Uns beschützt – daß ich nicht lache! Fünfhundert waren wir, als wir losfuhren, und fünf Schiffe. Jetzt sind wir nur noch neun!«
»War ja nicht seine Schuld, daß das Geschwader auseinandergerissen wurde. Was konnte er dafür, daß die Stürme uns...«
»Wär' er nicht gewesen, wir säßen heut noch in der Neuen Welt, bei Gott! Er war es doch, der behauptete, er könne die japanischen Inseln erreichen. Und um des lieben Herrn Jesus willen – seht euch doch mal um, wo wir sind!«

»Wir waren alle einverstanden, daß wir versuchen sollten, Japan zu erreichen – alle«, sagte Nekk müde. »Wir waren alle dafür!«
»Schon! Aber trotzdem war er es, der uns dazu überredet hat.«
»Aufpassen!« rief van Nekk und wies auf den Samurai, der sich regte und stöhnte. Sonk war wie der Blitz über ihm und rammte ihm die Faust ans Kinn.
»Beim Tod Christi! Wozu haben die Hunde ihn bloß hiergelassen? Hätten ihn doch leicht mitnehmen können. Was hätten wir schon dagegen tun wollen!«
»Glaubt ihr, sie haben ihn für tot gehalten?«
»Keine Ahnung! Gesehen haben müssen sie ihn. Beim lieben Herrn Jesus – könnt ich jetzt ein Bier gebrauchen!« sagte Sonk.
»Schlag ihn nicht noch mal, Sonk! Bring ihn nicht um! Er ist eine Geisel.«
Croocq sah zu Vinck hinüber, der in sich zusammengekauert an der Wand hockte, und was er sah, war winselnder Selbsthaß. »Gott steh uns allen bei! Was werden sie wohl mit Pieterzoon machen? Und was mit uns?«
»Der Pilot ist schuld«, sagte Jan Roper. »Er allein!«
Mitleidig linste van Nekk zu Blackthorne hinüber. »Das spielt doch jetzt keine Rolle mehr, oder?«
Wie von der Tarantel gestochen schoß plötzlich Maetsukker auf. Das Blut rann ihm immer noch den Unterarm herunter. »Ich bin verwundet! Helft mir!«
Aus einem Fetzen Hemd drehte Salamon eine Adernpresse und staute das Blut. Der Schnitt in Maetsukkers Bizeps ging zwar tief, aber es waren keine Venen oder Arterien durchtrennt. Die Fliegen fingen an, sich auf der Wunde niederzulassen.
Oben ließen sich Schritte vernehmen. Die Falltür ging auf. Dorfbewohner fingen an, ganze Fässer von Fischabfällen und Meerwasser in den Keller hinunterzugießen. Als der Boden drei Handbreit damit bedeckt war, hörten sie auf.

Die ersten Schreie kamen, als der Mond hoch stand.
Yabu kniete im geschlossenen Garten von Omis Haus. Regungslos. Er beobachtete das Mondlicht auf dem Blütenbaum – die Zweige kohlschwarz vor dem helleren Himmel, die Blütendolden blaß überhaucht. Ein Blütenblatt schwebte kreiselnd herab, und er dachte:

*Schönheit*
*wird nicht geringer,*
*weil sie im linden Wind*
*herabtaumelt.*

Ein zweites Blütenblatt sank hernieder. Aufseufzend nahm der Wind noch eines mit. Der Baum war kaum mannshoch und eingebettet zwischen bemoosten Felsen, die aus der Erde hervorzuwachsen schienen, so geschickt hatte man sie hingesetzt.
Nur mit äußerster Willensanstrengung konnte Yabu sich auf den Baum und die

Blüten konzentrieren, auf den Himmel und die Nacht, darauf, das linde Fächeln des Windes zu spüren und die Meeressüße darin zu riechen, an Gedichte zu denken – und gleichzeitig die Ohren zu spitzen und den Todesschreien zu lauschen. Sein Rückgrat fühlte sich weich an. Einzig seine Willenskraft machte ihn starr wie Fels. Sein Bewußtsein machte seine Sinne unaussprechlich wach. Und heute abend war dieses Erlebnis mächtiger und heftiger als je zuvor.
»Omi-san, wie lange wird unser Herr hierbleiben?« hatte Omis Mutter angstvoll im Inneren des Hauses geflüstert.
»Ich weiß es nicht.«
»Die Schreie sind furchtbar. Wann werden sie aufhören?«
Sie saßen hinter einem Wandschirm im zweitbesten Raum. Das beste Zimmer war Yabu überlassen worden, und beide Räume gingen auf den Garten hinaus, den er mit viel Mühe und Überlegung angelegt. Durch das Gitterwerk konnten sie Yabu erkennen: Der Baum zeichnete ein dunkles Muster auf sein Gesicht, der Mondschein schimmerte auf den Griffen seiner Schwerter. Er trug einen dunklen *Haori*, einen langen Überwurf, über seinem dunkelfarbenen Kimono.
»Ich möchte schlafen gehen«, sagte die Frau zitternd. »Aber bei diesen Schreien kann ich nicht schlafen. Wann wird er aufhören?«
»Ich weiß es nicht. Seid geduldig, Mutter«, sagte Omi leise. »Morgen wird Herr Yabu nach Yedo zurückkehren. Bitte, habt Geduld.« Dabei wußte Omi, daß sich die Folter bis zum Morgengrauen hinziehen würde. So war es geplant.
Er versuchte sich zu konzentrieren. Weil sein Lehnsherr sich bei diesen Schreien in der Versenkung übte, versuchte er, es ihm gleichzutun. Doch schon der nächste Schrei riß ihn zurück in die Wirklichkeit, und er dachte, ich kann nicht, ich bringe es einfach nicht fertig, noch nicht. Ich besitze einfach nicht dieses Maß an Kraft wie er.
Ist es wirklich Kraft? Ist es wirklich Willensstärke?
Er konnte Yabus Gesicht klar erkennen. Er versuchte, den sonderbaren Ausdruck in den Zügen seines *Daimyo* zu lesen: die leichte Biegung in den schlaffen Lippen, die Speichelbläschen an den Mundwinkeln, die Augen, die dunkel in den Schlitzen lagen und einzig den herniederschwebenden Blütenblättern folgten. Es ist fast so, als ob er einen sexuellen Höhepunkt erreicht habe – oder gerade erreiche –, ohne sich selbst zu berühren. Ist das möglich?
Es war das erstemal, daß Omi in so engem Kontakt mit seinem Onkel war, denn er war nur ein sehr unbedeutendes Mitglied innerhalb des Klans, und sein Lehen, Anjiro, sowie das umliegende Land waren arm. Omi war der jüngste von drei Söhnen seines Vaters, und sein Vater, Mizuno, hatte noch sechs weitere Brüder. Yabu war der älteste und damit das Oberhaupt des Kasigi-Klans. Omis Vater der zweitälteste. Omi war einundzwanzig und hatte einen kleinen Sohn.
»Wo ist deine unbedeutende Frau?« quengelte die alte Frau. »Ich will, daß sie mir Rücken und Schultern massiert.«
»Sie mußte ihren Vater besuchen gehen, wißt Ihr nicht mehr? Er ist sehr krank, Mutter. Laßt mich es für Euch tun.«

»Nein. Du kannst gleich nach einer Magd schicken. Deine Frau ist sehr rücksichtslos. Sie hätte ein paar Tage warten sollen. Ich habe die ganze Reise von Yedo hierher gemacht, um dich zu besuchen, und was passiert? Kaum bin ich eine Woche hier, reist sie fort. Sie taugt zu nichts, ja. Du solltest ihr befehlen, für immer fortzubleiben – trenne dich ein für allemal von dieser nichtsnutzigen Person. Zumindest solltest du sie einmal richtig übers Knie legen! Diese entsetzlichen Schreie! Warum hören sie nicht auf?«
»Sie werden aufhören. Sehr bald schon!«
»Du solltest ihr eine tüchtige Tracht Prügel verabreichen!«
»Ja.« Omi dachte an seine Frau Midori, und sein Herz machte einen Satz. Sie war so schön, so zart, so behutsam und klug, ihre Stimme so rein, und ihre Musik konnte es mit der jeder Kurtisane in Izu aufnehmen.
»Midori-san, Ihr müßt sofort abreisen«, hatte er unter vier Augen zu ihr gesagt.
»Omi-san, so krank ist mein Vater nicht, und mein Platz ist hier, Eurer Mutter zu dienen, *neh?*« hatte sie geantwortet. »Falls unser Herr *Daimyo* kommt, muß das Haus bereit sein. Ach, Omi-san, dies ist der wichtigste Augenblick in Eurem ganzen Dienst, *neh?* Wenn Herr Yabu beeindruckt ist, gibt er Euch vielleicht ein besseres Lehen! Dies ist doch die erste Gelegenheit für Euch, Euch auszuzeichnen, und das muß einfach gelingen! Er *muß* kommen! Bitte, es ist soviel zu tun!«
»Gewiß. Trotzdem möchte ich, daß Ihr sofort geht, Midori-san. Bleibt nur zwei Tage und dann eilt wieder heim!«
Sie hatte ihn angefleht, aber er hatte darauf bestanden, und so war sie fortgereist. Er hatte gewollt, daß sie fort sei aus Anjiro, ehe Yabu kam. Nicht daß der *Daimyo* es gewagt hätte, sie ohne seine Erlaubnis anzurühren – das war unvorstellbar, denn dann würde er, Omi, das Recht und nach dem Gesetz sogar die Pflicht haben, den *Daimyo* zu töten. Aber ihm war aufgefallen, wie Yabu sie angesehen hatte, unmittelbar nach ihrer Hochzeit in Yedo. Und jetzt wollte er jede Quelle einer möglichen Irritation verstopfen, alles, was seinen Herrn während seines Aufenthaltes hier beunruhigen oder in Verlegenheit bringen konnte. Es war wichtig, daß er mit seiner kindlichen Ergebenheit, seiner Weitsicht und seinem Rat Eindruck machte. Und bis jetzt war alles auch besser gelaufen, als er gehofft hatte.
»Ich habe zu unserem Haus-*Kami* gebetet, über Euch zu wachen«, hatte Midori kurz vor ihrer Abreise gesagt, wobei sie auf jenen Schinto-Geist anspielte, dessen Fürsorge ihr Haus anvertraut war. »Und ich habe eine Opfergabe an das Buddhistenkloster geschickt, damit man dort Gebete für Euch spricht. Ich habe Suwo gesagt, er solle sein Bestes tun, und habe Kiku-san eine Nachricht zukommen lassen. Ach, Omi-san, laßt mich doch bleiben!«
Er hatte gelächelt und sie auf den Weg geschickt; die Tränen hatten ihr Make-up verwüstet.
Omi war traurig ohne sie, gleichzeitig jedoch froh, daß sie gegangen war. Die Schreie hätten ihr sehr weh getan.

Seine Mutter krümmte sich unter den Folterschreien, die der Wind herübertrug; sie wiegte sich leise, um den Schmerz in ihren Schultern zu lindern; das Reißen in ihren Gliedern war heute nacht besonders schlimm. Der Westwind von See her ist es, dachte sie.

Die weichen Umrisse von Yabus Gestalt im Garten konnte sie gerade eben wahrnehmen. Insgeheim haßte sie ihn und wünschte, er wäre tot. Sobald Yabu tot war, würde Mizuno, ihr Gatte, *Daimyo* von Izu werden und den Klan anführen. Dann würden sämtliche anderen Brüder und ihre Frauen und Kinder ihr dienen müssen, und selbstverständlich würde Mizuno-san Omi-san bei Yabus Tod zu seinem Erben einsetzen.

Ein neuerlicher Schmerz in ihrem Nacken ließ sie leicht zusammenfahren.

»Ich rufe Kiku-san«, sagte Omi. Er sprach von der Kurtisane, die zusammen mit dem Knaben im Nebenzimmer geduldig auf Yabu wartete. »Sie ist sehr, sehr geschickt.«

»Mir fehlt nichts, ich bin bloß müde, *neh?* Ach, warum nicht? Sie kann mich massieren.«

Omi ging in den Nebenraum hinüber. Das Bett war bereitet. Es bestand aus Ober- und Unterdecken, die man *Futons* nannte und die direkt auf die Bodenmatten gelegt wurden. Kiku verneigte sich, versuchte zu lächeln und murmelte, es sei ihr eine Ehre, der höchst ehrenwerten Mutter des Hauses ihr bescheidenes Können angedeihen zu lassen.

Als die Schreie begannen, hatte Omi alle Überredungskunst aufbieten müssen, um Kiku zum Bleiben zu bewegen. »Ach, Omi-san, ich kann es nicht ertragen – es ist schrecklich. Verzeiht, es tut mir leid, aber laßt mich gehen – ich möchte mir die Ohren zuhalten, doch die Laute dringen durch meine Hände. Der arme Mann – es ist zu schrecklich!« hatte sie gesagt.

»Bitte, Kiku-san, bitte habt Geduld. Yabu-san hat dies befohlen, *neh?* Man kann nichts dagegen tun. Bald wird es zu Ende sein.«

»Es geht über meine Kraft, Omi-san. Ich kann es nicht ertragen.«

Mit Geld konnte man ein Mädchen nicht kaufen, wenn sie oder ihr Arbeitgeber einen Kunden ablehnte, wer immer er auch sein mochte. Kiku war eine Kurtisane der Ersten Kategorie, die berühmteste in ganz Izu. Und wiewohl Omi überzeugt war, daß sie den Kurtisanen selbst der Zweiten Kategorie in Yedo, Osaka oder Kyoto nicht das Wasser reichen könne, stellte sie hier eine einsame Spitze dar, war sie zu Recht stolz und wählerisch. Obwohl er mit ihrer Arbeitgeberin, der Mama-san Gyoko, übereingekommen war, das Fünffache des üblichen Preises zu zahlen, war er sich immer noch nicht sicher, daß Kiku bleiben würde.

Jetzt sah er zu, wie ihre geschickten Finger den Nacken seiner Mutter bearbeiteten. Sie war wunderschön, sehr zierlich, ihre Haut nahezu durchsichtig und weich. Für gewöhnlich war sie überschäumend vor Lebensfreude. Aber wie konnte ein solches Spielzeug glücklich sein unter dem Druck der Schreie, fragte er sich. Es bereitete ihm Vergnügen, ihr zuzusehen, er genoß das Wissen um ihren Körper und um ihre Wärme... Unversehens hörten die Schreie auf.

Omi horchte mit halboffenem Mund und wartete. Er bemerkte, daß auch Kikus Finger aufgehört hatten zu arbeiten, ohne daß seine Mutter sich darüber beschwert hätte. Auch sie lauschte angestrengt.
»Omi-san!« rief Yabu schließlich.
Omi erhob sich, trat auf die polierte Veranda hinaus und verneigte sich. »Ihr habt gerufen, Herr?«
»Seht nach, was geschehen ist!«
Abermals verneigte Omi sich, schritt dann durch den Garten und trat auf den säuberlich gepflasterten Pfad, der vom Hügel zum Dorf hinunterführte und weiterging bis ans Ufer. Weit unten konnte er in der Nähe eines der Landeplätze ein Feuer erkennen und daneben Männer. Und auf dem Dorfplatz, der auf das Wasser hinausging, die Falltür zum Keller mit den vier Wächtern.
Während er zum Dorf hinunterging, sah er, daß das Schiff der Barbaren sicher vor Anker lag und Öllampen auf den Decks und den Booten drum herum brannten. Die Leute vom Dorf waren immer noch dabei, die Ladung an Land zu bringen, und Fischerboote und kleinere Kähne pendelten hin und her wie Glühwürmchen.
Er erschauerte. Dabei war die Luft durchaus nicht kalt. Normalerweise pflegten die Leute aus dem Dorf bei ihrer Arbeit zu singen, einmal, weil sie glücklich waren, dann aber auch, damit sie im Gleichklang ruderten. Heute abend jedoch waren sie ungewöhnlich still, obgleich jedes Haus wach und jede Hand beschäftigt war. Die Leute eilten hin und her, verneigten sich und eilten wieder fort. Schweigend. Sogar die Hunde waren verstummt.
So ist es noch nie zuvor gewesen, dachte er, und seine Hand umklammerte ganz unnötig fest den Schwertgriff. Es ist fast so, als ob unser Dorf-*Kami* uns verlassen hätte.
Mura kam vom Ufer herauf auf ihn zu, um ihn abzufangen. Man hatte ihn vorsorglich von seinem Kommen unterrichtet, kaum daß Omi das Gartentor verlassen hatte. Er verneigte sich. »Guten Abend, Omi-sama. Bis Mittag wird das Schiff entladen sein.«
»Ist der Barbar tot?«
»Ich weiß es nicht, Omi-sama. Ich werde sofort hingehen und mich erkundigen.«
»Du kannst mit mir kommen.«
Gehorsam folgte Mura ihm mit einem halben Schritt Abstand. Omi war merkwürdig froh über seine Gesellschaft.
»Bis Mittag, hast du gesagt?« fragte Omi. Die Stille behagte Omi durchaus nicht.
»Jawohl. Alles läuft gut.«
»Und wie ist es mit der Tarnung?«
»Die Kanonenrohre können wir von ihren Blocklafetten abnehmen und sie einfach einwickeln. Um eines zu tragen, brauchen wir mindestens zehn Mann. Igurashi-san hat im Nachbardorf weitere Träger angefordert.«

»Gut.«
»Ich mache mir Sorgen um die Geheimhaltung der Sache, Euer Gnaden.«
»Igurashi-san wird ihnen doch wohl klarmachen, wie notwendig das ist, *neh?*«
»Omi-sama, wir müssen all unsere Reissäcke, unser gesamtes Garn und alle unsere Netze sowie unser Flechtstroh hergeben.«
»Ja, und?«
»Wie sollen wir denn Fische fangen oder unsere Ernte einbringen?«
»Ihr werdet schon einen Weg finden.« Omis Stimme gewann an Schärfe. »Eure Steuer ist diesmal wieder um die Hälfte heraufgesetzt. Yabu-san hat das heute abend befohlen.«
»Wir haben die Steuern für dieses und nächstes Jahr bereits bezahlt.«
»Das ist ein Vorrecht der Bauern, Mura. Zu fischen und zu pflügen, zu ernten und Steuern zu zahlen, stimmt's nicht?«
Unbewegt sagte Mura: »Jawohl, Omi-sama.«
»Ein Dorfschulze, der sein Dorf nicht fest in der Hand hat, taugt nichts, *neh?*«
»Jawohl, Omi-sama.«
»Dieser Mann aus dem Dorf – er war nicht nur beleidigend, sondern auch ein Narr. Gibt es noch andere wie ihn?«
»Keinen, Omi-sama.«
»Das hoffe ich. Schlechte Manieren sind unverzeihlich. Seine Familie hat zur Strafe den Gegenwert von einem *Koku* Reis zu zahlen – in Form von Fisch, Reis, Korn oder was auch immer. Zahlbar binnen drei Monden.«
Sowohl Mura, der Bauer und Fischer, als auch Omi, der Samurai, wußten, daß diese Summe die Möglichkeiten der Familie bei weitem überstieg. Es waren ja nur das Fischerboot und das eine Reisfeld von einem halben Morgen vorhanden, von denen die drei Tamazaki-Brüder – jetzt freilich nur noch zwei – mit ihren Frauen, vier Söhnen und drei Töchtern, Tamazakis Witwe und seinen drei Kindern lebten. Ein *Koku* Reis entsprach etwa der Menge, die eine Familie brauchte, um sich ein Jahr am Leben zu erhalten. Es waren etwa fünf Scheffel oder dreihundertundfünfzig Pfund Reis. Sämtliche Einnahmen im ganzen Reiche wurden nach *Koku* gemessen, die Steuern desgleichen.
Mura überlegte bereits, woher sie diesen *Koku* Reis nehmen sollten, denn wenn die Familie nicht zahlen konnte, mußte das Dorf dafür aufkommen. Und woher jetzt neue Reissäcke, Netzgarn und neue Netze nehmen? Ein paar ließen sich vielleicht nach der Reise wieder beschaffen. Man würde sich Geld borgen müssen. Der Dorfschulze vom Nachbardorf war ihm noch einen Gefallen schuldig. Ah! Ist nicht Tamazakis älteste Tochter mit ihren sechs Jahren schon eine Schönheit – und ist nicht gerade dieses Alter das beste, sie zu verkaufen? Und ist nicht die beste Kinderhändlerin in ganz Izu eine Base dritten Grades meiner Mutter? – Diese abscheuliche alte Hexe, die so geldgierig ist, daß einem die Haare zu Berge stehen? Mura seufzte. Aber wie dem auch sei, dachte er. Vielleicht bringt das Kind sogar zwei *Koku*. Wert ist sie bestimmt noch viel mehr.

»Ich bitte Euch Tamazakis schlechten Benehmens wegen um Verzeihung. Bitte, vergebt uns«, sagte er.

»Schließlich war er es, der es an gutem Benehmen hat fehlen lassen, nicht du«, erwiderte Omi höflich.

Dennoch wußten beide, daß Mura dafür verantwortlich war und daß es besser keine Vorkommnisse dieser Art mehr geben würde. Trotzdem waren beide zufrieden. Einer hatte um Verzeihung gebeten – sie war angenommen, gleichzeitig aber auch zurückgewiesen worden. Der Ehre beider Männer war Genüge getan.

Beim Pier bogen sie um die Ecke und blieben stehen. Omi zögerte, gab Mura dann mit einer Handbewegung zu verstehen, er solle verschwinden. Der Dorfschulze verneigte sich und trollte sich voller Dankbarkeit.

»Ist er tot, Zukimoto?«

»Nein, Omi-san. Er ist nur wieder ohnmächtig geworden.«

Omi trat an den riesigen Eisenkessel heran, den das Dorf benutzte, um den Speck jener Wale zu Tran zu verarbeiten, die sie bisweilen während der Wintermonate weit draußen auf dem Meer fingen, oder um aus Fischresten den Grundstoff für die Leimgewinnung zu kochen, was einen besonderen Erwerbszweig des Dorfes bildete.

Der Barbar war bis zu den Schultern in das dampfende Wasser getaucht. Sein Gesicht war rotviolett, und er bleckte die halbverfaulten Zähne.

Bei Sonnenuntergang hatte Omi Zukimoto zugeschaut, wie er voller Stolz überwachte, wie der Barbar – die Arme um die Knie gebunden, die Hände locker zu den Füßen weisend – in das kalte Wasser gesteckt wurde. Die ganze Zeit über hatte der kleine rothaarige Barbar abwechselnd gebrabbelt, gelacht und geweint, wobei der christliche Priester seine Laute anfangs freilich mit seinen verfluchten Gebeten übertönt hatte.

Dann war das Feuer unter dem Kessel entfacht worden. Yabu war nicht unten am Strand gewesen, doch seine Befehle lauteten unmißverständlich und wurden mit größter Gewissenhaftigkeit ausgeführt. Der Barbar hatte angefangen zu schreien und zu wüten, dann versucht, sich den Kopf am Kesselrand zu Brei zu schlagen, bis man ihn daran gehindert hatte. Dann kamen weitere Gebete, war er abwechselnd ohnmächtig geworden, hatte geweint, war wieder zu sich gekommen und hatte geschrien, ehe die Schmerzen dann später richtig eingesetzt hatten. Omi hatte versucht, dem zuzusehen, wie man dem Quälen einer Fliege zusieht, hatte dabei jedoch den Mann nicht angesehen. Aber er hatte es nicht durchgestanden und war bei der ersten Gelegenheit fortgegangen. Dabei hatte er entdeckt, daß ihm Folterungen kein Vergnügen bereiteten. Es lag keine Würde in so einer Folter. Er war aber froh gewesen, eine Gelegenheit gehabt zu haben, diese Wahrheit zu erkennen. Es war nicht nur für den Gefolterten unwürdig, sondern ebenso auch für den Folterknecht. Dem Tod selbst wurde die Würde genommen, und ohne Würde – was war ohne sie schon der Sinn des Lebens?

Ungerührt stocherte Zukimoto im halbgegarten Fleisch an den Beinen des Mannes herum, nicht anders, als man es bei einem gesottenen Fisch machen würde, um nachzusehen, ob er schon fertig sei. »Er wird gleich wieder zu sich kommen. Erstaunlich, wie lange er es durchgehalten hat. Ich glaube nicht, daß sie gemacht sind wie wir. Sehr interessant, nicht wahr?« sagte Zukimoto.
»Nein«, sagte Omi. Er verabscheute ihn. »Herr Yabu ist sehr zufrieden, daß Ihr es so gut gemacht habt. Man muß schon sehr geschickt sein, nicht zuviel, gleichzeitig aber doch genug Feuer zu machen.«
»Zu gütig, Omi-san.«
»Ihr habt bereits Übung darin?«
»Nicht in dieser Art. Aber Herr Yabu pflegt mich mit solchen Gunstbeweisen zu beehren. Ich versuche nur, ihm zu gefallen.«
»Er möchte wissen, wie lange dieser Mann noch leben wird.«
»Wenn wir vorsichtig sind, bis zum Morgengrauen.«
Gedankenverloren betrachtete Omi den Kessel. Dann ging er den Strand entlang bis zum Dorfplatz. Alle Samurai erhoben und verneigten sich.
»Alles ist ruhig da unten, Omi-san«, sagte einer von ihnen lachend und wies mit dem Daumen auf die Falltür. »Zuerst haben sie geredet – offenbar waren sie aufgebracht. Und eine kleine Schlägerei hat es auch gegeben. Später dann haben zwei oder auch mehrere von ihnen gewimmert wie Kinder, die sich fürchten. Jetzt aber herrscht schon lange Zeit Ruhe dort unten.«
Omi strengte seine Ohren an. Er vernahm das Schwappen von Wasser und fernes Gemurmel. Gelegentlich auch ein Aufstöhnen. »Und Masijiro?« fragte er. Masijiro war der Samurai, den man auf seinen Befehl hin unten gelassen hatte.
»Keine Ahnung, Omi-san. Gerufen hat er jedenfalls nicht. Wahrscheinlich ist er tot.«
Wie konnte Masijiro sich nur von unbewaffneten Männern überwältigen lassen! Abscheulich! Hoffentlich ist er tot! »Morgen kein Essen und kein Wasser. Gegen Mittag holt die Toten rauf, wenn welche da sind, *neh?* Und den Anführer will ich auch heraufhaben – allein.«
»Jawohl, Omi-san.«
Omi kehrte zum Feuer zurück und wartete, bis der Barbar die Augen wieder aufmachte. Dann ging er in den Garten und berichtete, was Zukimoto gesagt hatte. Neuerlich wurden die durchdringenden Schreie vom Wind herangetragen.
»Ihr habt dem Barbaren in die Augen gesehen?«
»Jawohl, Yabu-sama.«
Omi kniete jetzt hinter dem *Daimyo*, etwa zehn Schritt entfernt. Yabu war regungslos sitzengeblieben. Das Mondlicht warf Schatten auf seinen Kimono und ließ seinen Schwertgriff ragen wie einen Phallus.
»Was – was habt Ihr gesehen?«
»Wahnsinn! Das Wesen des Wahns. Ich habe nie zuvor solche Augen gesehen. Und so grenzenloses Entsetzen.«

Sanft schwebten drei Blütenblätter herab.
»Macht ein Gedicht über ihn!«
Omi versuchte, seinen Geist zum Arbeiten zu zwingen. Dann, wohl wünschend, daß diese Worte angemessener ausgefallen wären, sprach er:

*»Seine Augen*
*waren wie Höhlen der Hölle.*
*Nichts als Qual –*
*sprechende Qual.«*

Schreie wurden heraufgetragen, schwächer zwar, doch wirkten sie wegen der großen Ferne nur um so schneidender.
Nach einem Moment sprach Yabu:

*»Wenn man*
*ihrer Qual erlaubt,*
*ganz tief in einen einzudringen,*
*wird man eins mit ihnen –*
*sprachlos eins.«*

Lange dachte Omi in der Schönheit der Nacht über den Sinn dieser Worte nach.

# *5. Kapitel*

Kurz bevor sich das erste Licht des Morgens zeigte, hatten die Schreie aufgehört. Jetzt schlief Omis Mutter. Und Yabu auch.

Im Dorf hingegen herrschte im Morgengrauen immer noch große Geschäftigkeit. Vier Kanonen mußten noch an Land gebracht werden, fünfzig weitere Pulverfässer und tausend Kanonenkugeln.

Kiku lag unter der Decke und beobachtete die Schatten an der *Shoji*-Wand. Sie hatte kein Auge zugemacht, obgleich sie erschöpft war wie noch nie. Durchdringendes Schnarchen von der alten Frau nebenan überdeckte den tiefen leisen Atem des *Daimyo* neben ihr. Der Knabe schlief ohne jeden Laut auf dem anderen *Futon*. Einen Arm hatte er über die Augen gelegt, um das Licht abzuwehren. Ein leichtes Zittern ging durch Yabu, und Kiku hielt den Atem an. Aber er schlief weiter, und darüber freute sie sich, denn sie wußte, bald würde sie ihn verlassen können, ohne ihn zu stören.

In Gedanken verweilte sie bei dem sinnlichen Vergnügen, welches das Bad, das sie gleich nehmen würde, ihr gewiß bereitete; das würde ihr die Erinnerung an diese Nacht vertreiben. Hinterher würde sie sich dann den entspannenden Zärtlichkeiten von Suwos Händen hingeben. Sie dachte daran, wie sie zusammen mit den anderen Mädchen und Gyoko-san lachen würde, während sie Geschwätz und Gerüchte und Geschichten austauschten, und an den Kimono, den sie heute abend anlegen würde, den goldenen mit den gelben und grünen Blüten darin, und an die Haarbänder, deren Farbe genau dazu paßte. Nach dem Bad würde sie sich frisieren, und mit dem Geld, das sie für die vergangene Nacht erhielt, würde sie einen sehr großen Teil ihrer Schulden bei ihrer Arbeitgeberin Gyoko-san abbezahlen können; etwas davon würde sie durch den Geldwechsler ihrem Vater schicken, der ein Bauer war, und trotzdem könnte sie einiges für sich selbst behalten. Bald würde sie sich mit ihrem Geliebten treffen, und es würde ein vollkommener Abend werden.

Das Leben ist sehr gut, dachte sie.

Jawohl. Aber schwierig, sehr schwierig, die Schreie zu vergessen. Unmöglich!

Die anderen Mädchen werden genauso unglücklich sein, und Gyoko-san auch. Morgen werden wir alle Anjiro verlassen und heimkehren in unser schönes Haus in Mishima, der größten Stadt der Provinz Izu, die um das größte Schloß des *Daimyo* in Izu herumgebaut war, von wo alle Impulse ausgehen und wo das wahre Leben sich abspielt.
Ich bedaure, daß die Dame Midori nach mir geschickt hat.
Nun sei aber ehrlich, Kiku, wies sie sich scharf zurecht. Es sollte dir durchaus nicht leid tun. Es tut dir nicht leid, *neh*? Schließlich war es eine Ehre, unserem Herrn zu dienen. Jetzt, da du von ihm geehrt worden bist, bist du Gyoko-san mehr wert denn je zuvor, *neh*? Es war eine große Erfahrung, und jetzt wird man dich »Dame der Nacht der Schreie« nennen. Und wenn du Glück hast, schreibt sogar jemand eine Ballade über dich, und wer weiß, möglicherweise singt man diese Ballade dann selbst in Yedo! Ach, zu schön wäre das! Dann wird dein Geliebter bestimmt deinen Vertrag lösen, und du bist sicher und zufrieden und kannst Söhne gebären!
Sie lächelte. Ach, was für Geschichten die Sänger über diese Nacht singen werden – Geschichten, die man sich in jedem Teehaus in ganz Izu erzählen wird. Von dem Herrn *Daimyo*, der regungslos diesen Schreien zuhörte und dem dabei der Schweiß in Strömen über das Antlitz lief. Was hat er gemacht im Bett? werden sie alle wissen wollen. Und warum den Knaben? Wie war er, als ihr das Kopfkissen miteinander teiltet? Was sagte die Dame Kiku und was Herr Yabu? War sein unvergleichlicher Schaft unbedeutend oder voll erblüht? Hat er es einmal oder zweimal oder überhaupt nicht geschafft? Ist wirklich gar nichts geschehen?
Tausend Fragen, und doch keine jemals direkt gestellt und niemals mit einer Antwort beehrt. Das ist klug, Kiku, dachte sie. Verschwiegenheit war das A und das O in der Welt der Weidenruten. Nie etwas von einem Kunden oder seinen Angewohnheiten oder der Höhe der Bezahlung erzählen – und sich auf diese Weise als völlig vertrauenswürdig erweisen. Wenn eine andere es erzählte, nun, das war ihre Sache. Wo die Wände aus Papier bestehen und die Häuser so klein sind und die Menschen so, wie sie nun einmal sind, gehen Bettgeschichten flugs in Balladen ein – niemals jedoch die Wahrheit, stets nur Übertreibungen; denn Männer sind nun mal Männer, *neh*? Niemals jedoch ein Wort von *der* Dame! Eine in die Höhe geschobene Braue vielleicht oder ein zögerndes Achselzucken – mehr war nicht gestattet. Und reichte immer, wenn ein Mädchen klug beraten war.
Als die Schreie aufgehört hatten, war Yabu statuengleich im Mondlicht sitzen geblieben, eine halbe Ewigkeit, so schien es. Dann erst hatte er sich erhoben. Augenblicklich war sie zurückgehuscht in das Nebenzimmer. Der Knabe hatte Angst gehabt, jedoch versucht, es sich nicht anmerken zu lassen. Er hatte die Tränen fortgewischt, die die Folter ihm in die Augen getrieben hatte. Aufmunternd hatte sie ihm zugelächelt, sich zu einer Gelassenheit gezwungen, die sie gar nicht besaß.

Dann war Yabu an der Tür gewesen: in Schweiß gebadet, das Gesicht straff und die Augen halb geschlossen. Kiku hatte ihm geholfen, die Schwerter abzulegen, dann seinen schweißnassen Kimono und das Lendentuch. Danach hatte sie ihm in einen sonnenfrischen Kimono geholfen und ihm den Seidengürtel zugeknöpft. Einmal hatte sie versucht, ihn zu begrüßen, doch sanft hatte er ihr einen Finger vor die Lippen gelegt.

Dann war er zum Fenster hinübergetreten und hatte zum blasser werdenden Mond hinübergeblickt, wie in Trance, und er hatte leicht geschwankt. Sie hatte die Ruhe bewahrt, wovor jetzt sich fürchten? Er war ein Mann und sie eine Frau, die angelernt worden war, auch wirklich eine Frau zu sein und Lust zu schenken, auf welche Weise auch immer. Nicht jedoch Schmerz zuzufügen oder zu empfangen. Es gab andere Kurtisanen, die sich spezialisiert hatten auf diese Art der Lust. Einen blauen Fleck hier oder da, vielleicht von einem Biß, nun, das gehörte zum Schmerz und der Lust des Gebens und Nehmens, blieb jedoch immer in vernünftigen Grenzen, denn schließlich ging es um die Ehre, und sie war eine Dame der Ersten Kategorie in der Welt der Weidenruten, jemand, den man niemals leichtfertig behandeln durfte, sondern stets zu ehren hatte. Freilich, zu ihrer Ausbildung hatte es auch gehört zu lernen, wie man einen Mann – in Grenzen – zahm hielt. Manchmal schlug ein Mann doch über die Stränge, und das war schrecklich. Denn die Dame war allein, ohne alle Rechte.

Sie war makellos frisiert, nur ein paar winzige Locken hingen über ihren Ohren herab, um so etwas wie erotische Auflösung anzudeuten. Den rotschwarz karierten äußeren Kimono, der mit dem reinsten Grün gesäumt war, um das Weiß ihrer Haut auch richtig zur Geltung kommen zu lassen, hatte sie eng um die schmale Taille gezogen und mit einem breiten, gestreiften Gürtel aus grün schillernder Seide, einem *Obi*, zusammengeschnürt. Jetzt vernahm sie das Rauschen, mit dem die Wellen unten auf den Strand liefen; ein leichter Wind brachte die Blätter im Garten zum Rascheln.

Endlich hatte Yabu sich umgewandt und zuerst sie, dann den Knaben angesehen.

Der Knabe war fünfzehn. Er war Lehrjunge eines buddhistischen Mönchs in einem nahe gelegenen Kloster, eines Malers und Buchillustrators. Der Knabe gehörte zu jenen, denen es Freude macht, Geld von denen zu empfangen, die gern mit Knaben schliefen und nicht mit Frauen.

Yabu machte ihm ein Zeichen. Gehorsam lockerte der Knabe mit geübter Eleganz seine Schärpe. Er trug kein Lendentuch, sondern einen gefältelten Frauenunterrock, der bis auf den Boden ging. Sein Körper war glatt und sanft gerundet und nahezu unbehaart.

Kiku erinnerte sich, wie still es im Raum gewesen war. Sie und der Knabe warteten darauf, daß Yabu zwischen ihnen wählte, und er blickte von einem zum anderen.

Endlich hatte er ihr ein Zeichen gegeben. Anmutig löste sie den Knoten ihres *Obi*, wickelte ihn langsam auf und ließ ihn fallen. Die Falten ihrer drei hauchzarten Kimonos raschelten, als sie sich öffneten und den Blick freigaben auf einen spinnwebfeinen Unterrock, der die Schönheit ihrer Schenkel noch unterstrich. Yabu legte sich auf den *Futon,* und auf sein Zeichen hin streckten sich beide links und rechts von ihm aus. Er legte ihre Hände auf seinen Leib und hielt sie gleichermaßen an sich gepreßt. Er wurde rasch warm, zeigte ihnen, wie sie ihre Nägel in seine Flanken zu schlagen hätten, trieb sie zur Eile an, sein Gesicht immer noch zur Maske erstarrt, schneller, schneller, und dann sein markerschütternder Schmerzensschrei. Einen Augenblick lag er keuchend da, die Augen fest geschlossen, der Brustkorb hob und senkte sich. Dann drehte er sich um und war fast augenblicklich eingeschlafen.

Sie beide hielten in der Stille die Luft an. »Waren wir denn nicht gut, Kiku-san? Ich meine, alles ist so schnell gegangen«, flüsterte der Knabe.

»Wir haben alles so gemacht, wie er es wünschte«, beruhigte sie ihn.

»Kein Zweifel – er hat das Spiel der Wolken und des Regens gespielt«, sagte der Knabe. »Ich glaubte schon, das ganze Haus bricht zusammen. Zuerst hatte ich schreckliche Angst. Es tut gut, jemand gefällig zu sein.«

Gemeinsam hatten sie Yabu mit großer Behutsamkeit abgetrocknet und die Decke über ihn gebreitet. Dann hatte der Knabe sich schmachtend und halb auf den Ellbogen gestützt hingelegt und ein Gähnen unterdrückt.

»Warum schläfst du nicht auch?« hatte sie gesagt.

Der Knabe zog seinen Kimono fester um sich und veränderte seine Lage dergestalt, daß er jetzt vor ihr kniete. Sie saß neben Yabu und streichelte ihm sanft den Arm, um ihn in seinem unruhigen Schlaf zu beschwichtigen.

»Ich bin noch nie mit einem Mann und einer Dame gleichzeitig zusammengewesen, Kiku-san«, flüsterte der Knabe.

»Ich auch nicht.«

Der Knabe legte die Stirn in Falten. »Ich bin überhaupt noch nie mit einem Mädchen zusammengewesen. Ich meine, ich habe noch nie mit einer das Kopfkissen geteilt.«

»Möchtest du mich?« hatte sie höflich gefragt. »Wenn du noch ein bißchen wartest – ich bin sicher, unser Herr wacht nicht auf.«

Der Knabe runzelte abermals die Stirn. Dann sagte er: »Ja, bitte«, und hinterher hatte er dann gesagt: »Das war sehr komisch, Kiku-san.«

Insgeheim mußte sie lächeln. »Was ziehst du vor?«

Lange dachte der Knabe nach, und nachdem sie schließlich gelöst einer in den Armen des anderen dalagen, meinte er: »Auf diese Weise ist es ziemlich harte Arbeit.«

Sie barg ihren Kopf an seiner Schulter und küßte ihm den Halsansatz, um ihr Lächeln zu verbergen. »Du bist ein wunderbarer Liebhaber«, flüsterte sie. »Aber jetzt mußt du schlafen – nach so harter Arbeit.« Sie streichelte auch ihn in den Schlaf und erhob sich.

Der andere *Futon* war kalt. Sie wollte sich nicht in Yabus wärmende Nähe begeben, weil sie fürchtete, ihn zu wecken. Bald war ihre Seite warm.

Die Konturen der Schatten auf den *Shoji* wurden klarer. Männer sind wie kleine Kinder, dachte sie. So erfüllt von unsinnigem Stolz. Die ganze Qual dieser Nacht für etwas so Vergängliches. Für eine Leidenschaft, die an sich nichts ist als eine Illusion, *neh*?

Der Knabe rührte sich im Schlaf. Warum hast du dich ihm angeboten? fragte sie sich. Um seiner Lust willen – seiner, nicht meiner, dachte sie, obgleich es mich amüsiert hat und mir die Zeit vertrieb und ihm den Frieden gab, den er brauchte. Warum schläfst du nicht ein bißchen? Später werde ich schlafen, später, sagte sie sich.

Als es Zeit war, schlüpfte sie aus der weichen Wärme heraus und erhob sich. Rasch machte sie ihre Gewänder zurecht und schlang den *Obi* zum Knoten. Eine flinke Handbewegung, um ihre Frisur und ihr Make-up zu richten.

Leise ging sie hinaus.

Der Samurai, der vor der Verandatür Wache stand, verneigte sich; sie erwiderte die Verneigung und stand dann im ersten Schein der Morgensonne da. Ihre Zofe wartete auf sie.

»Guten Morgen, Kiku-san.«

»Guten Morgen.«

Sie schlüpfte in die Sandalen, spannte den lackroten Sonnenschirm auf, durchquerte den Garten und trat hinaus auf den Pfad, der zum Dorf hinunterführte ins Teehaus, wo sie vorübergehend ihre Wohnung aufgeschlagen hatte. Ihr Mädchen folgte ihr.

»Guten Morgen, Kiku-san«, rief Mura und verneigte sich. Er ruhte sich für ein Weilchen auf der Veranda seines Hauses aus und trank *Cha*, den blaßgrünen Tee Japans. Seine Mutter wartete ihm auf. »Guten Morgen, Kiku-san«, kam es wie ein Echo von ihr. »Wie geht es Euch?« Ihre Augen sahen das Mädchen mit durchdringendem Blick an. »Was für eine schreckliche Nacht. Bitte, leistet uns beim Tee Gesellschaft. Ihr seht blaß aus, Kind!«

»Vielen Dank, aber bitte entschuldigt mich. Ich muß jetzt nach Hause. Ihr tut mir zuviel Ehre an. Vielleicht später.«

»Selbstverständlich, Kiku-san. Ihr ehrt unser Dorf durch Eure Anwesenheit.«

Das wird die Runde durchs Dorf machen, dachte sie glücklich, als sie sich verneigte. Die Falten ihres Kimonos schwankten vollendet hin und her. Den Sonnenschirm hatte sie gerade so weit geneigt, daß er sie im vorteilhaftesten Licht erscheinen ließ. Bei vollem Tageslicht wäre die Wirkung bei weitem nicht so aufregend gewesen.

»Ach, armes, armes Kind! Sie ist so schön, *neh*? Was für eine Schande! Schrecklich!« sagte Muras Mutter und seufzte herzerweichend auf.

»Was ist so schrecklich, Saiko-san?« erkundigte sich Muras Frau, die gerade auf die Veranda trat.

»Hast du nicht die Seelenqual des armen Mädchens gesehen? Hast du nicht bemerkt, wie tapfer sie versuchte, es zu verbergen? Armes Kind. Erst siebzehn, und schon all dies durchmachen zu müssen!«

»Sie ist achtzehn«, sagte Mura trocken.
»Was alles, Herrin?« sagte atemlos eines der Mädchen, das sich ihnen zugesellte.
Die alte Frau sah sich um, um sich zu vergewissern, daß auch alle zuhörten, und dann flüsterte sie vernehmlich: »Ich habe gehört« – hier senkte sie die Stimme – »ich habe gehört, sie soll drei Monate lang nicht zu gebrauchen sein... drei Monate lang.«
»O nein! Arme Kiku-san! Ach! Aber warum nur?«
»Er hat seine Zähne gebraucht. Ich hab's aus allererster Quelle.«
»Aber wozu braucht er denn noch den Knaben, Herrin? Ganz gewiß macht es ihm doch keine...«
»Ach! Mach, daß du vorankommst. Geht wieder an eure Arbeit, ihr Nichtsnutze! Fort mit euch! Der Herr und ich haben zu reden.«
Sie scheuchte sie von der Veranda. Selbst Muras Frau. Und schlürfte ihren *Cha*.
Mura brach das Schweigen. »Seine Zähne?«
»Seine Zähne. Es heißt, die Schreie lassen ihn gewaltig anschwellen, denn als er noch klein war, ist er von einem Drachen erschreckt worden«, berichtete sie und überstürzte sich fast beim Reden. »Er hat immer einen Knaben dabei, der ihn daran erinnern soll, wie er selbst ein Knabe war und wie erstarrt, aber in Wahrheit ist der Knabe nur zu seiner Lust da, um ihn zu erschöpfen – sonst würde er ihr alles abbeißen, dem armen Mädchen!«
Mura seufzte. Er ging in das kleine Haus im Garten und mußte furzen, als er anfing, seine Notdurft in den kleinen Eimer zu verrichten. Ich möchte wissen, was wirklich geschehen ist, fragte er sich, als es angenehm prickelte. Warum war Kiku-san so gequält? Vielleicht benutzte der *Daimyo* wirklich die Zähne! Er ging wieder nach draußen und schüttelte sich, um sicherzugehen, daß er nicht sein Lendentuch beschmutzte. Dann ging er tief in Gedanken versunken zum Dorfplatz hinunter. Eeeee, wie gern ich einmal eine einzige Nacht mit der Dame Kiku verbringen würde! Wieviel Omi-san wohl hat zahlen müssen – was *wir* schließlich werden bezahlen müssen? Zwei *Koku*? Man erzählt sich, ihre Mama-san, Gyoko-san, habe das Zehnfache des üblichen Preises gefordert. Ob sie fünf *Koku* für eine einzige Nacht bekommt? Es geht das Gerücht, sie sei so erfahren wie eine Frau, die doppelt so alt ist wie sie. Sie soll es fertigbringen, alles hinauszuzögern und in die Länge zu ziehen... Eeee, muß sie eine Freude sein!
Er war mit den Gedanken ganz woanders, als er vom Dorfplatz aus den Pfad zum Friedhof betrat.
Der Scheiterhaufen war bereits gerichtet, die aus fünf Männern bestehende Abordnung aus dem Dorf schon da.
Dies hier war die schönste Stelle im ganzen Dorf: Hier waren die Winde vom Meer her im Sommer am kühlsten, und von hier aus hatte man den schönsten Blick. In der Nähe stand der *Schinto*-Dorfschrein, ein winziges, strohgedecktes Dach über einer Plattform für den *Kami*, den Geist, der hier wohnte. Ein knor-

riger Wacholderbaum, der jung gewesen war, längst ehe man das Dorf angelegt hatte, neigte sich im Wind.
Später ging Omi den Pfad hinauf. Zusammen mit ihm kamen Zukimoto und fünf Wachen. Er stand etwas abseits. Als er sich förmlich vor dem Scheiterhaufen und dem in Tücher gehüllten, nahezu völlig zerkochten Leichnam, der darauf lag, verbeugte, verneigten sie sich alle mit ihm, um einen Barbaren zu ehren, der gestorben war, damit seine Kameraden weiterleben konnten.
Auf sein Zeichen hin trat Zukimoto vor und setzte den Scheiterhaufen in Brand. Um dieses Vorrecht und um diese Ehre hatte Zukimoto Omi gebeten.
Er verneigte sich ein letztes Mal. Und dann, als das Feuer richtig loderte, gingen sie fort.

Blackthorne tauchte den Becher in den Rest Wasser, der noch im Fäßchen war und reichte ihn Sonk. Sonk versuchte so zu trinken, daß es möglichst lange reichte. Seine Hand zitterte dabei. Erschöpft suchte er dann mit den Händen die Wand hinter sich und stieg über jene hinweg, die mit dem Liegen an der Reihe waren. Der Boden war jetzt ein einziger Morast, Gestank und Fliegen wurden unerträglich. Durch die Latten der Falltür drang schwaches Sonnenlicht.
Vinck kam als nächster mit dem Trinken an die Reihe, er starrte den Becher an. Er saß neben dem Fäßchen – Spillbergen auf der anderen Seite. »Danke«, brummelte er matt.
»Beeil dich!« sagte Jan Roper, dessen Wangenwunde bereits schwärte. »Beeil dich, Vinck, um des lieben Heilands willen!«
»Verzeihung! Hier, nimm du!«, brummelte Vinck und reichte ihm den Becher.
»Trink es, sei kein Narr! Es gibt sonst nichts bis Sonnenuntergang! Trink's aus!« Jan Roper drückte ihm den Becher wieder in die Hand. Vinck sah ihn nicht an, sondern gehorchte niedergeschlagen und versank abermals in seiner ganz persönlichen Hölle. Der Becher gab kaum zwei Schluck her.
Jetzt, da alle anderen ihre Zuteilung bekommen hatten, nahm sich Blackthorne einen Becher mit Wasser und nippte dankbar daran. Sein Mund und seine Zunge waren ausgedörrt und wund und brannten. Seine Brust und sein Rücken wiesen Schrammen und Quetschungen auf.
Er beobachtete den Samurai, der im Keller zurückgelassen worden war. Der Mann kauerte zwischen Sonk und Croocq an der Wand. Seit Stunden hatte er sich schon nicht mehr geregt. Blicklos starrte er in die Dunkelheit, nackt bis auf das Lendentuch; auch sein Körper war von blauen Flecken und Quetschungen bedeckt, um den Hals herum hatte er einen dicken Striemen.
Als Blackthorne wieder zu sich gekommen war, hatte der ganze Keller in Dunkelheit gelegen. Die Schreie erfüllten die Grube, und er glaubte, er sei tot und befinde sich in den tiefsten Tiefen der Hölle. Er hatte das Gefühl, in den Schlamm hinabgezogen zu werden, der feucht und kalt war. Er hatte aufgeschrien und voller Entsetzen um sich geschlagen, unfähig, einen Atemzug zu

tun, bis er nach einer Ewigkeit gehört hatte: »Ist ja alles in Ordnung, Pilot. Ihr seid nicht tot, es ist ja alles in Ordnung. Wacht auf, um Christi willen, das hier ist nicht die Hölle, wenn's einem auch so scheinen möchte.«
Dann erzählten sie ihm von Pieterzoon und den Fässern mit Seewasser.
»O Herr Jesus, bring uns hier raus!« wimmerte irgendwer.
»Was tun sie dem armen alten Pieterzoon bloß an? Was machen sie mit ihm? O Gott, hilf uns. Ich kann die Schreie nicht mehr ertragen!«
Die Grube und Pieterzoons Schreie waren für sie alle zuviel gewesen, hatten sie gezwungen, in sich zu gehen und in sich hineinzuschauen. Und keinem von ihnen hatte gefallen, was er dort gesehen.
Die Dunkelheit macht es nur noch schlimmer, hatte Blackthorne gedacht. Endlos war die Nacht gewesen in dieser Grube.
Als der Tag heraufdämmerte, hörten die Schreie auf, und als das Morgenlicht zu ihnen hinuntersickerte, entdeckten sie den vergessenen Samurai.
»Was fangen wir nur mit ihm an?« fragte van Nekk.
»Ich weiß es nicht. Er scheint genausoviel Angst zu haben wie wir«, sagte Blackthorne, und sein Herz schlug ihm bis zum Hals.
»O Herr Jesus, bring mich hier raus...« Croocqs Stimme schwoll in einem Crescendo an. *»Hiiilllffffeee!«*
Van Nekk, der dicht bei ihm stand, schüttelte ihn und beruhigte ihn. »Ist doch alles in Ordnung, Junge! Wir sind in Gottes Hand. Er wacht über uns!«
»Seht euch meinen Arm an«, stöhnte Maetsukker. Die Wunde hatte bereits zu schwären begonnen. Daraufhin erhob Blackthorne sich mit zitternden Knien. »Wir alle werden in ein, zwei Tagen wie Tobsüchtige sein, wenn wir hier nicht rauskommen«, sagte er.
»Es ist kaum noch Wasser da«, stellte van Nekk fest.
»Den Rest werden wir rationieren. Etwas jetzt, heute mittag wieder ein wenig. Wenn wir Glück haben, reicht es für dreimal. Zum Teufel mit diesen Fliegen!«
Dann hatte er den Becher gesucht und ihnen allen ihre Ration zugeteilt, und jetzt saß er da und trank und versuchte, das Naß so lang wie möglich im Mund zu behalten.
»Was ist mit dem Japaner?« sagte Spillbergen. Der Generalkapitän hatte die Nacht besser überstanden als alle anderen, denn er hatte sich die Ohren vor den Schreien mit ein wenig Schlamm verstopft. Da er außerdem direkt neben dem Wasserfäßchen saß, hatte er sich heimlich immer wieder den Durst gelöscht. »Was machen wir mit ihm?«
»Er müßte auch etwas Wasser bekommen«, sagte van Nekk.
»Die Pest soll er!« erklärte Sonk. »Ich sage, er bekommt keins.« Sie stimmten darüber ab und kamen überein, daß er nichts bekommen sollte.
»Ich bin anderer Ansicht«, sagte Blackthorne.
»Ihr seid nie unserer Meinung«, sagte Jan Roper. »Er ist der Feind. Er ist ein Heidenteufel und hat Euch beinahe umgebracht.«
»Du hast mich auch fast umgebracht, und zwar ein dutzendmal! Wenn deine

Muskete in Santa Magdellana losgegangen wäre, hättest du mir den Kopf abgeschossen!«
»Ich hab' aber nicht auf Euch gezielt, sondern auf die Spanier!«
»Das waren wehrlose Priester. Und wir hatten reichlich Zeit! Mit deiner gottverfluchten Wut, deiner gottverfluchten Bigotterie und deiner gottverfluchten Dummheit hast du mich ein dutzendmal fast umgebracht!«
»Blasphemie ist eine Todsünde! Wir sind in seiner Hand, nicht in Eurer! Ihr seid kein König, und dies hier ist kein Schiff. Ihr führt hier nicht das...«
»Aber du wirst tun, was ich sage!«
Jan Roper sah sich im Keller um, suchte jedoch vergebens nach Unterstützung.
»Tut, was Ihr wollt«, sagte er plötzlich verstockt.
»Das werde ich auch tun.«
Dem Samurai war die Kehle genauso ausgetrocknet wie ihnen, doch er schüttelte den Kopf, als sie ihm den Becher mit Wasser anboten. Blackthorne zögerte, setzte dem Samurai den Becher an die geschwollenen Lippen, aber der Mann schlug ihn fort, verschüttete das Wasser und stieß rauh ein paar Wörter aus. Blackthorne wappnete sich gegen den nächsten Schlag, doch der kam nie. Der Mann machte keine Bewegung, sondern starrte ins Nichts.
»Er ist wahnsinnig! Sie sind alle wahnsinnig!« sagte Spillbergen.
»Desto mehr Wasser bleibt uns. Gut«, sagte Jan Roper. »Soll er doch zur Hölle fahren, wo er ja auch hingehört!«
»Wie heißt du? *Namu?*« fragte Blackthorne. Er wiederholte das auf alle möglichen Arten, aber der Samurai schien es nicht zu hören.
Sie ließen ihn in Ruhe, behielten ihn jedoch im Auge, als wäre er ein giftiger Skorpion. Er seinerseits beobachtete sie überhaupt nicht. Blackthorne war überzeugt, daß der Mann versuchte, zu einem Entschluß zu kommen, hatte jedoch keine Ahnung, worum es wohl gehen mochte.
Was denkt er bloß? fragte sich Blackthorne. Weshalb verschmäht er das Wasser? Warum haben sie ihn hier zurückgelassen? War das ein Fehler von Omi? Unwahrscheinlich! Absicht? Auch unwahrscheinlich! Könnten wir uns seiner bedienen, um hier herauszukommen? Kaum! Alles ist unwahrscheinlich bis auf das, daß es wahrscheinlich ist, daß wir hierbleiben, bis sie uns rauslassen... falls sie uns jemals rauslassen.
Es war heiß, und die Fliegen schwirrten.
O Gott, ich wünschte, ich könnte mich hinlegen... ich wünschte, ich könnte in jenes Bad steigen... diesmal brauchten sie mich nicht mit Gewalt hinzuschleppen. Jener alte Mann mit seinen Stahlfingern! Stundenlang könnte ich das jetzt aushalten!
»Pilot!« Van Nekk schüttelte ihn. »Ihr habt geschlafen. Es ist seinetwegen – er verneigt sich jetzt schon eine Minute vor Euch, vielleicht sogar noch länger.« Er wies auf den Samurai, der, die Stirn im Schlamm, vor ihm auf den Knien lag. Blackthorne rieb sich die Erschöpfung aus den Augen. Unter Anstrengungen erwiderte er die Verbeugung.

»*Hai?*« fragte er barsch. Das japanische Wort für »ja« war ihm wieder eingefallen. Der Samurai packte die Schärpe seines zerfetzten Kimonos und schlang sie sich um den Hals. Immer noch kniend, reichte er das eine Ende Blackthorne und das andere Sonk, hielt den Kopf weiterhin tief gesenkt und gab ihnen durch Handbewegungen zu verstehen, sie sollten zuziehen.
»Er hat Angst, wir erwürgen ihn«, sagte Sonk.
»Himmelherrgott, nein, ich glaube, gerade das ist es, wozu er uns auffordert.« Blackthorne ließ die Schärpe fallen und schüttelte den Kopf. »*Kinjiru!*« sagte er. Wie nützlich doch dieses eine Wort war! Wie einem Mann, der deine Sprache nicht versteht, erklären, daß es gegen deine Grundsätze verstößt, jemanden umzubringen? Daß wir keine Henker sind, daß Selbstmord eine Sünde ist? Der Samurai wiederholte seine Aufforderung, flehte ihn ganz offensichtlich an, doch abermals schüttelte Blackthorne den Kopf. »*Kinjiru.*« Wild blickte der Mann um sich. Plötzlich sprang er auf und rammte seinen Kopf tief in den Latrineneimer und versuchte, sich zu ersticken. Jan Roper und Sonk rissen ihn sofort zurück; er würgte und wehrte sich.
»Laßt ihn los«, befahl Blackthorne. Er wies auf den Latrineneimer. »Samurai, wenn es das ist, was du willst, dann mach nur!«
Der Mann rülpste, doch er verstand. Er sah zu dem Eimer hin und wußte, daß er nicht die Kraft hatte, den Kopf lange genug hineinzustecken. Elend und niedergeschlagen kehrte der Samurai an seinen Platz an der Wand zurück.
»Jesus!« murmelte einer.
Blackthorne schöpfte einen halben Becher Wasser aus dem Fäßchen, stand mit steifen Gelenken auf, ging zu dem Japaner hinüber und bot ihn ihm an. Der Samurai blickte am Becher vorbei.
»Ich möchte mal wissen, wie lange er es aushalten kann«, sagte Blackthorne.
»Ewig«, sagte Jan Roper. »Das sind Tiere. Das sind keine Menschen!«
»Um Himmels willen, wieviel länger werden sie uns hier noch drin behalten?« fragte Ginsel.
»Solange es ihnen gefällt. Wir müssen alles tun, was sie wollen«, sagte van Nekk. »Es bleibt uns gar nichts anderes übrig, wenn wir am Leben bleiben wollen. Hab' ich nicht recht, Pilot?«
»Jawohl.« Dankbar registrierte Blackthorne die Länge der Schatten. »Es ist Mittag, wir müssen uns ablösen.«
Als alle ihre neuen Plätze eingenommen hatten, legte auch er sich dankbar nieder. Der Schlamm roch scheußlich, und die Fliegen waren schlimmer denn je; trotzdem war die Freude, sich der Länge nach ausstrecken zu können, unbeschreiblich.
Was mögen sie Pieterzoon angetan haben? fragte er sich. Mein Gott, hilf uns, hier herauszukommen. Ich habe solche Angst!
Oben ließen sich Schritte vernehmen. Die Falltür ging auf. Der Priester stand da, Samurai neben sich.
»Pilot! Ihr sollt heraufkommen! Und zwar allein«, sagte er.

# 6. Kapitel

Aller Augen in der Grube wandten sich Blackthorne zu.

»Was wollen sie mit mir?«

»Das weiß ich nicht«, erklärte Pater Sebastio ernst. »Aber Ihr müßt sofort heraufkommen.«

»Was ist mit Pieterzoon geschehen?«

Der Priester sagte es ihm. Blackthorne übersetzte es für diejenigen, die kein Portugiesisch konnten.

»Der Herr sei ihm gnädig«, unterbrach van Nekk das entsetzte Schweigen. »Der Ärmste. Der Ärmste!«

»Es tut mir leid. Ich habe nichts für ihn tun können«, sagte der Priester mit großer Trauer in der Stimme. »Ich glaube nicht, daß er mich oder sonst jemand erkannt hat, als sie ihn ins Wasser steckten. Er war ohnmächtig geworden. Ich erteilte ihm die Absolution und betete für ihn. Vielleicht gelingt es ihm durch die Gnade Gottes... *In nomine Patris et Filii et Spiritus Sancti. Amen!*« Er schlug das Zeichen des Kreuzes über der Grube. »Ich bitte euch alle, der Ketzerei zu entsagen und zurückzukehren zum wahren Glauben. Pilot, Ihr müßt heraufkommen!«

»Verlaßt uns nicht, um des lieben Heilands willen!« schrie Croocq auf.

Vinck schickte sich an, die Leiter hinaufzuklettern. »Sie können mich nehmen – nicht den Piloten. Mich, nicht ihn. Sagt ihm...« Er blieb stehen, hilflos, beide Füße auf den Sprossen. Ein langer Speer drohte eine Handbreit von seinem Herzen entfernt vor seiner Brust. Er versuchte, den Speerschaft zu packen, aber der Samurai war auf der Hut, und wenn Vinck nicht zurückgesprungen wäre, würde er aufgespießt worden sein.

Dieser Samurai zeigte auf Blackthorne und winkte ihn barsch herauf. Noch bewegte Blackthorne sich nicht. Ein zweiter Samurai schob eine lange, mit Widerhaken bewehrte Stange in den Keller und versuchte, Blackthorne festzuhaken. Keiner bewegte sich, um Blackthorne zu helfen – bis auf den Samurai in der Grube. Mit einem raschen Griff hatte er die Stange mit den Widerhaken gepackt und rief in scharfem Ton etwas nach oben, woraufhin der Samurai oben zögerte. »Was hat er gesagt?«

Der Priester erwiderte: »Das ist ein japanisches Sprichwort: ›Das Schicksal eines Menschen ist sein Schicksal, und das Leben ist nichts als eine Illusion!«

Blackthorne nickte dem Samurai zu, trat an die Leiter heran und stieg sie hinauf. Als er in das volle Sonnenlicht hinaustrat, mußte er der großen Helligkeit wegen anfangs die Augen zusammenkneifen. Seine Knie gaben nach, und er sank auf den sandigen Boden.

Omi stand auf der einen Seite, der Priester und Mura bei den vier Samurai. Aus der Ferne sahen ein paar Leute aus dem Dorf einen Moment zu, wandten sich dann jedoch ab.

O Gott, gib mir Kraft, betete Blackthorne. Ich muß einfach auf die Füße kommen und so tun, als ob ich stark wäre. Das ist das einzige, was ihnen Achtung abringt. Stark sein! Keine Furcht zeigen! Bitte, hilf mir!

Er biß die Zähne zusammen, stützte sich auf und erhob sich, wobei er leicht schwankte. »Was zum Teufel willst du von mir, du pockennarbiger kleiner Teufel?« wandte er sich direkt an Omi, um dann, für den Priester bestimmt, hinzuzufügen: »Sagt dem Kerl, in meinem Land bin ich selbst ein *Daimyo*, und was das für eine Behandlung ist! Sagt ihm, wir haben keinen Streit mit ihm. Er soll uns rauslassen oder es wird ihm schlecht bekommen! Sagt ihm, ich bin ein *Daimyo*, so wahr ich hier stehe, Erbe von Sir William of Micklehaven, möge der Hund längst tot sein. Sagt ihm das!«

Die Nacht war furchtbar gewesen für Pater Sebastio. Doch während seiner Vigil hatte er angefangen, Gottes Gegenwart zu spüren, und so hatte er einen Zustand erhabener Gelassenheit erlangt, wie er ihn zuvor noch nie kennengelernt. Jetzt wußte er, daß er ein Werkzeug Gottes gegen die Heiden sein konnte, daß Er seinen Schild über ihn hielt vor den Heiden und ihn auch vor der Schläue des Piraten beschützte. Irgendwie wußte er, daß diese Nacht eine Vorbereitung für ihn gewesen war, eine Wende für sein ganzes weiteres Leben.

»Sagt es ihm!«

Auf japanisch sagte der Priester: »Der Pirat erklärt, er sei ein hoher Herr in seinem eigenen Land.« Er lauschte auf Omis Antwort. »Omi-san sagt, es sei ihm gleichgültig, ob Ihr ein König in Eurem eigenen Land seid. Hier lebt Ihr nach Willen und Laune des Herrn Yabu – Ihr und alle Eure Männer.«

»Sagt ihm, er ist ein Scheißkerl!«

»Ihr solltet Euch hüten, ihn zu beleidigen!«

Omi begann wieder zu reden.

»Omi-san sagt, man wird Euch baden. Dann bekommt Ihr zu essen und zu trinken. Wenn Ihr Euch benehmt, werdet Ihr nicht zurückgebracht in die Grube.«

»Und was ist mit meinen Männern?«

Der Priester fragte Omi. »Sie bleiben unten.«

»Dann sagt ihm, er soll sich zum Teufel scheren.« Blackthorne ging hinüber zur Leiter und schickte sich an, wieder hinunterzusteigen. Zwei der Samurai

hielten ihn zurück, und obgleich er sich gegen sie wehrte, war es ihnen ein leichtes, ihn festzuhalten.
Omi redete mit dem Priester. Dann wandte er sich an seine Leute. Sie ließen ihn los, und Blackthorne wäre ums Haar hingeschlagen.
»Omi-san sagt, falls Ihr Euch nicht benehmt, wird noch einer von Euren Männern heraufgeholt. Feuerholz und Wasser seien genügend vorhanden.«
Wenn ich jetzt nachgebe, überlegte Blackthorne, haben sie eine Handhabe, mich zu gefügig zu machen, und ich bin für immer in ihrer Gewalt. Aber was soll's – ich bin sowieso in ihrer Gewalt, und letzten Endes werde ich tun müssen, was sie wollen. Van Nekk hat recht.
»Was will er denn von mir? Und was heißt ›benehmen‹?«
»Omi-san sagt, es heißt gehorchen. Das zu tun, was man Euch sagt. Kot zu fressen, falls nötig.«
»Sagt ihm, er soll zur Hölle fahren. Sagt ihm, ich scheiß auf ihn und sein ganzes Land – und seinen *Daimyo*.«
»Ich empfehle Euch, Euch mit dem einver...«
»Sagt ihm, was ich gesagt habe, und zwar Wort für Wort, bei Gott!«
»Nun denn – aber ich warne Euch, Pilot.«
Omi hörte sich an, was der Priester sagte. Die Knöchel von Omis Hand, mit der er sein Schwert gepackt hatte, wurden weiß. Dann erteilte er einen leisen Befehl.
Wie Wiesel kletterten zwei Samurai in die Grube und brachten Croocq herauf. Sie schleppten ihn zum Kessel hinüber und schnürten ihn zusammen, während andere Holzscheite und Wasser herbeibrachten. Sie steckten den völlig entgeisterten Jungen in den beinahe überfließenden Kessel und zündeten das Feuer an.
Blackthorne sah, daß der Junge lautlose Worte formte, erkannte, daß er nichts anderes war als das schiere Entsetzen. Leben bedeutet diesen Menschen überhaupt nichts, dachte er. Sie werden Croocq bei lebendigem Leibe sieden, so wahr ich auf dieser gottverfluchten Erde stehe.
Rauchfäden trieben über den Strand. Seemöwen umkreisten kreischend die Fischerboote. Ein Holzscheit fiel aus dem Feuer und wurde von einem der Samurai mit einem Fußtritt wieder an seinen Platz befördert.
»Sagt ihm, er soll endlich Schluß machen«, sagte Blackthorne. »Bittet ihn aufzuhören.«
»Omi-san fragt, ob Ihr versprecht, Euch zu benehmen? Ob Ihr allen Befehlen gehorcht?«
»Soweit ich kann, ja.«
Omi sprach abermals. Pater Sebastio stellte eine Frage, und Omi nickte.
»Er will, daß Ihr ihm direkt antwortet. Das japanische Wort für ›ja‹ ist *hai*. Er fragt, werdet Ihr allen Befehlen gehorchen?«
»Soweit ich kann, *hai!*«
Das Wasser wurde warm, und ein schauerliches Stöhnen entfuhr dem Mund

des Knaben. Die Flammen des Holzfeuers, das zwischen Ziegeln unter dem eisernen Kessel entfacht worden war, züngelten an dem Metall empor.
»Omi-san sagt, Ihr sollt Euch hinlegen. Sofort.«
Blackthorne tat, wie ihm geheißen.
»Omi-san sagt, er habe Euch nicht persönlich beleidigt, folglich sei auch kein Grund vorhanden gewesen, ihn zu beleidigen. Da Ihr ein Barbar seid und es noch nicht besser wißt, werdet Ihr nicht getötet. Aber man wird Euch Manieren beibringen. Versteht Ihr?«
»Ja.«
»Er will, daß Ihr ihm direkt antwortet.«
Ein herzzerreißender Schrei kam von dem Jungen. Er nahm und nahm kein Ende, und dann schwanden Croocq die Sinne. Einer der Samurai achtete darauf, daß sein Kopf nicht unter Wasser geriet.
Blackthorne sah zu Omi hinauf. Denk daran, sagte er sich, denk daran, daß das Leben des Jungen einzig in deiner Hand liegt, das Leben deiner gesamten Mannschaft. Ja, aber es gibt keine Garantie, begann der Teufel in ihm, daß der Schweinehund auch seine Seite des Handels einhält.
»Habt Ihr verstanden?«
»*Hai.*« Er sah Omi seinen Kimono hochraffen und sein Glied aus dem Lendentuch hervorholen. Er hatte erwartet, daß er ihm ins Gesicht pissen würde, doch das tat Omi nicht. Er pißte ihm auf den Rücken. Bei Gott, schwor Blackthorne sich, diesen Tag werde ich nie vergessen, und irgendwie und irgendwann wird Omi dafür büßen.
»Omi-san sagt, es seien schlechte Manieren zu sagen, daß Ihr auf jemanden scheißt. Sehr schlechte Manieren. Und nicht nur das, es ist dazu auch noch sehr dumm zu sagen, man scheiße auf jemanden, wenn man unbewaffnet ist, wehrlos und nicht bereit zuzugeben, daß die Freunde oder Familie oder wer auch immer zuerst sterben.«
Blackthorne sagte nichts. Er wandte die Augen nicht von Omi.
»*Wakarimasu ka?*« sagte Omi.
»Er sagt: Habt Ihr verstanden?«
»*Hai.*«
»*Okiro.*«
»Er sagt, Ihr sollt aufstehen.«
Blackthorne erhob sich. Sein Kopf schmerzte. Er ließ die Augen nicht von Omi, und Omi starrte zurück.
»Ihr geht jetzt mit Mura und werdet seinen Befehlen gehorchen.«
Blackthorne gab keine Antwort.
»*Wakarimasu ka?*« sagte Omi schneidend.
»*Hai.*« Blackthorne maß die Entfernung zwischen sich und Omi. Er spürte förmlich, wie seine Finger sich um den Hals dieses Mannes legten. »Was ist mit dem Jungen?« fragte er.
Zögernd sprach der Priester zu Omi.

Omi blickte zum Kessel. »Holt ihn heraus«, befahl er. »Und holt einen Arzt, falls er einen braucht.«
Seine Männer gehorchten. Blackthorne ging zu dem Jungen hinüber und horchte sein Herz ab.
Omi winkte dem Priester. »Sagt ihm, daß der Junge heute nicht mehr in den Keller zurückbraucht. Wenn der Führer sich benimmt und der Junge auch, darf *vielleicht* einer von den anderen Barbaren morgen aus der Grube herauskommen. Und dann wieder einer. Vielleicht. Oder auch mehr als einer. Das hängt ganz vom Benehmen derer ab, die schon draußen sind. Ihr aber« – er sah Blackthorne direkt an – »Ihr seid verantwortlich für den kleinsten Verstoß gegen Regeln und Befehle. Versteht Ihr?«
Nachdem der Priester dies übersetzt hatte, hörte Omi den Barbaren sagen: »Ja.« Und er sah etwas von der unbändigen Wut aus seinen Augen schwinden. Doch der Haß blieb. Wie närrisch! dachte Omi, und wie naiv, seine Gefühle so offen zu zeigen. »Priester, wie heißt er noch? Sagt es langsam.«
Er hörte den Priester seinen Namen etliche Male aussprechen, doch es hörte sich immer noch völlig unverständlich an.
»Kannst du das sagen?« wandte er sich an einen seiner Männer.
»Nein, Omi-san.«
»Priester, sagt ihm, von jetzt an heißt er *Anjin* – Pilot – *neh?* Wenn er es verdient, wird er Anjin-san genannt werden. Erklärt ihm, daß es in unserer Sprache keine Laute gibt, seinen richtigen Namen auszusprechen.« Trocken fügte Omi noch hinzu: »Macht ihm deutlich, daß dies keine Beleidigung sein soll. Auf Wiedersehen, Anjin, bis bald.«
Alle verneigten sich vor ihm. Höflich erwiderte er den Gruß und ging dann fort. Als er den Dorfplatz ein gutes Stück hinter sich hatte und er sicher war, daß niemand ihn beobachtete, erlaubte er sich, in ein breites Grinsen auszubrechen. Das Oberhaupt dieser Barbaren so rasch gezähmt zu haben!
Wie außerordentlich merkwürdig, diese Barbaren, dachte er. Eee, je schneller der Anjin unsere Sprache spricht, desto besser. Dann werden wir wissen, wie wir die christlichen Barbaren ein für allemal vernichten können.

»Warum habt Ihr ihm nicht ins Gesicht gepißt?« fragte Yabu.
»Zuerst hatte ich das vor, Herr. Aber der Pilot ist noch ein ungezähmtes Tier, in jeder Hinsicht gefährlich. Ihm ins Gesicht zu pissen – nun, das Gesicht eines Mannes zu berühren, gilt bei uns als die schlimmste Beleidigung, *neh?* Ich hätte ihn vielleicht allzu tief gekränkt, und er hätte möglicherweise alle Beherrschung verloren.«
Sie saßen auf der Veranda seines Hauses auf seidenen Kissen. Omis Mutter reichte ihnen mit allen Förmlichkeiten den *Cha*. Mit einer Verneigung bot sie Yabu die Schale dar, der selbstverständlich mit einer noch tieferen Verneigung ablehnte; dann nahm er sie an, schlürfte mit größtem Behagen und fühlte sich vollkommen.

»Ich bin beeindruckt von Euch, Omi-san«, sagte er. »Eure Überlegungen sind außerordentlich scharfsinnig. Wie Ihr die ganze Sache geplant und ins Werk gesetzt habt, das war großartig.«
»Ihr seid zu gütig, Euer Gnaden. Ich hätte mir viel mehr Mühe geben sollen.«
»Wo habt Ihr es gelernt, den Geist der Barbaren so gut zu verstehen?«
»Als ich vierzehn war, hatte ich ein Jahr lang einen Lehrer, der war Mönch und hieß Jiro. Er war christlicher Priester gewesen, oder zumindest Priesteranwärter, doch glücklicherweise sah er ein, welchen Fehler er gemacht hatte. Eines, was er mir sagte, habe ich nie vergessen. Er sagte, die christliche Religion sei deshalb so verwundbar, weil sie lehre, ihre oberste Gottheit, Jesus, habe gesagt, alle Menschen sollten einander ›lieben‹ – nicht Pflicht oder Ehre lehrte er, sondern einzig Liebe. Und auch, daß das Menschenleben heilig sei – ›Du sollst nicht töten!‹ – *neh?* Diese Barbaren behaupten jedenfalls, Christen zu sein, obwohl der Priester das abstreitet. Und deshalb dachte ich mir, daß sie vielleicht einer anderen Sekte angehören und daß das der Grund ist für ihre Feindschaft, genauso, wie manche buddhistischen Sekten einander hassen. Ich dachte, wenn sie ›einander lieben‹, könnten wir uns ihren Führer dadurch gefügig machen, daß wir drohten, einem seiner Männer das Leben zu nehmen.« Omi wußte, daß dieses Thema heikel war wegen des Foltertods, des besudelten Sterbens. Er spürte, wie die unausgesprochene Warnung seiner Mutter den Raum zwischen ihnen überbrückte.
»Wollt Ihr noch *Cha*, Yabu-sama?« fragte seine Mutter und gab der Unterhaltung dadurch eine andere Richtung.
»Ich meine«, fuhr Omi fort, »er sollte so schnell wie möglich unsere Sprache lernen. Das ist äußerst wichtig. Vermutlich werdet Ihr noch einen oder zwei von ihnen töten müssen, um ihn und die anderen unter Kontrolle zu halten, aber nach und nach wird er lernen, sich zu benehmen. Sobald Ihr Euch direkt mit ihm unterhalten könnt, Yabu-sama, könnt Ihr Euch sein Wissen zunutze machen. Wenn das stimmt, was der Priester sagt – daß er das Schiff über zehntausend *Ri* hergeführt hat –, dann muß er schon mehr als gescheit sein.«
»Auch Ihr seid sehr gescheit.« Yabu lachte. »Die Tiere werden Euch anvertraut, Omi-san, Abrichter der Männer.«
Omi fiel in sein Lachen ein. »Ich werde es versuchen, Herr.«
»Euer Lehen wird von fünfhundert *Koku* auf dreitausend erhöht. Ihr bekommt Oberherrschaft über zwanzig *Ri*.« Ein *Ri* war ein Längenmaß, das etwa einer Meile entsprach. »Als weiteres Zeichen meiner Huld werde ich Euch zwei Pferde, zwanzig Seidenkimonos, eine Rüstung, zwei Schwerter und genügend Waffen für weitere hundert Samurai schicken. Und kommt es zu einem Krieg, stoßt Ihr augenblicklich als *Hatamoto* zu meinem persönlichen Stab.« Yabu fühlte sich in überschwenglicher Geberlaune: Ein *Hatamoto* war ein persönlicher Gefolgsmann eines *Daimyo*, der ungehinderten Zugang zu seinem Herrn hatte und dem das Recht zustand, in seiner Gegenwart Schwerter zu tragen. Yabu war entzückt von Omi und kam sich wie neugeboren vor. Er hatte köstlich

geschlafen. Beim Erwachen war er allein gewesen. Er hatte ein wenig Tee getrunken und eine karge Portion Reisschleim zu sich genommen. Dann das Bad und Suwos Massage.

Das war ein wunderbares Erlebnis, dachte er. Niemals habe ich mich der Natur so nahe gefühlt, den Bäumen und der Erde, der unermeßlichen Traurigkeit des Lebens und seiner Vergänglichkeit.

»Omi-san, in meinem Garten in Mishima habe ich einen Felsen, und ich möchte, daß Ihr auch den annehmt zum Gedenken an diese hinreißende Nacht und unser Glück. Ich werde ihn mit den anderen Dingen herschicken«, sagte er. »Der Stein stammt aus Kyushu, und ich habe ihn den ›Wartstein‹ genannt, weil wir darauf warteten, daß der Herr Taikō den Befehl zum Angriff geben sollte, als ich ihn fand. Das ist fünfzehn Jahre her. Ich war damals in seiner Armee, die die Aufständischen zermalmte und die Insel unterwarf.«

»Ihr erweist mir eine große Ehre.«

»Ihr könnt ihn hier in Euren Garten stellen und ihm einen Namen geben. Nennt ihn den ›Stein des Barbarenfriedens‹! Zum Gedenken an diese Nacht und das endlose Warten auf den Frieden.«

»Vielleicht gestattet Ihr, daß ich ihn den ›Glücksstein‹ nenne, um mich und meine Nachkommen an die Ehren zu erinnern, die Ihr mir erwiesen, Onkel?«

»Nein – besser nennt Ihr ihn einfach den ›Wartenden Barbaren‹. Ja, das gefällt mir. Das verbindet uns noch mehr – ihn und mich. Er wartete genauso, wie ich wartete. Ich lebte, er starb.« Gedankenverloren blickte Yabu über den Garten hinweg. »Gut, ›Der wartende Barbar‹. Das gefällt mir. Der Fels weist eigentümliche Flecke auf der einen Seite auf, die mich an Tränen und blaue Adern erinnern, gesprenkelt mit rötlichem Quarz, der mich an Fleisch erinnert – die Vergänglichkeit des Fleisches.« Yabu seufzte. Er genoß diese melancholische Stimmung.

Omi verlieh seinem von Herzen kommenden Dank in vielen Worten Ausdruck und erklärte, eine solche Fülle an Gaben habe er nicht verdient. Yabu wußte, daß er diese Fülle verdient hatte. Er hätte mit Leichtigkeit noch mehr geben können, doch war er der alten Maxime eingedenk, daß man zwar jederzeit ein Lehen vergrößern könne, jede Verkleinerung hingegen Feindseligkeit gebiert. Und Verrat.

»Oku-san«, sagte er zu der Frau, gab ihr also die Ehre, sie mit »ehrenwerte Mutter« anzureden, »mein Bruder hätte mir früher von den außerordentlichen Fähigkeiten seines Jüngsten berichten sollen. Dann wäre Omi-san weit mehr gefördert worden. Mein Bruder ist zu verschlossen, zu gedankenlos.«

»Mein Gatte ist zu sehr von Rücksichtnahme Euch gegenüber erfüllt, mein Herr, und er fürchtet, Euch Ungelegenheiten zu bereiten«, erwiderte sie, sich sehr wohl der in diesen Worten mitschwingenden Kritik bewußt. »Ich freue mich. Mein Sohn hat nur seine Pflicht getan, *neh?* Es ist unsere Pflicht, Euch zu dienen.«

Pferdehufe kamen den Bergpfad heraufgeklappert. Igurashi, Yabus Gefolgs-

mann, kam durch den Garten geschritten. »Alles ist bereit, Euer Gnaden. Wenn Ihr so schnell wie möglich zurückwollt nach Yedo, sollten wir bald abreiten.«
»Gut. Omi-san, Ihr und Eure Männer reitet mit dem Transport und helft Igurashi-san, daß er unbehelligt und sicher ins Schloß gelangt.« Yabu sah, wie ein Schatten über Omis Gesicht ging. »Was ist?«
»Ich dachte gerade an die Barbaren.«
»Laßt ein paar Wachen für sie zurück. Verglichen mit dem Transport sind sie unwichtig. Macht mit ihnen, was Ihr wollt. Falls Ihr etwas Nützliches aus ihnen herausbringt, laßt es mich wissen.«
»Jawohl, Herr«, erwiderte Omi. »Ich werde zehn Samurai zurücklassen und Mura strikte Anweisungen geben – in fünf oder sechs Tagen wird schon nichts passieren. Und was wollt Ihr, daß mit dem Schiff selbst geschieht?«
»Behaltet es hier, und sorgt für seine Sicherheit. Ihr seid selbstverständlich dafür verantwortlich. Zukimoto hat Briefe an einen Händler in Nagasaki geschickt und es den Portugiesen zum Verkauf angeboten. Die Portugiesen können kommen und es sich abholen.«
Omi zögerte. »Vielleicht solltet Ihr das Schiff behalten, Euer Gnaden, und die Barbaren dazu bringen, ein paar von unseren Seeleuten auszubilden, damit umzugehen.«
»Wozu brauche ich Barbarenschiffe?« Yabu stieß ein höhnisches Lachen aus. »Soll ich etwa ein dreckiger Händler werden?«
»Selbstverständlich nicht, Euer Gnaden«, beeilte Omi sich zu sagen. »Ich dachte nur, Zukimoto könnte ein solches Schiff vielleicht gut gebrauchen. Der Priester sagte, es sei ein Kriegsschiff, Euer Gnaden. Er schien Angst davor zu haben. Wenn es Krieg gibt, könnte ein Kriegsschiff...«
»Unser Krieg wird an Land ausgetragen. Das Meer ist für die Händler, die samt und sonders Wucherer, Piraten oder erbärmliche Fischer sind.« Yabu erhob sich und schickte sich an, die Treppe zum Gartentor hinunterzusteigen, wo ein Samurai den Zügel seines Pferdes hielt. Er blieb stehen und starrte hinaus aufs Meer. Seine Knie gaben unter ihm nach.
Omi folgte seinem Blick.
Ein Schiff kam um die Landzunge herumgefahren – eine große Galeere mit einer Vielzahl von Riemen, das schnellste aller japanischen Küstenschiffe, das weder von der Strömung noch vom Wind abhängig war. Die Flagge am Mast trug das Wappen Toranagas.

# *7. Kapitel*

Toda Hiro-matsu, Herr über die Provinzen Sagami und Kozuke, der Feldherr und Ratgeber, dem Toranaga am meisten vertraute, Oberkommandierender aller seiner Streitkräfte, schritt die Laufplanke vom Schiff auf dem Pier hinunter. Er war groß für einen Japaner, nicht ganz einsachtzig, ein Stier von einem Mann mit mächtigen Kiefern, der seine siebenundsechzig Jahre mit Kraft trug. Sein Uniform-Kimono war aus brauner Seide, schmucklos bis auf die fünf kleinen Wappenzeichen Toranagas – drei miteinander verflochtene Bambussprossen. Er trug einen glänzend polierten Brustharnisch mit stählernem Armschutz. Nur das Kurzschwert stak in seinem Gürtel. Das Langschwert trug er locker in der Hand. Er war bereit, es augenblicklich aus der Scheide zu ziehen und auf der Stelle damit zu töten, wenn es darum ging, seinen Lehnsherrn zu beschützen. So hatte er es gehalten, seit er fünfzehn Jahre alt war.

Vor einem Jahr, beim Tode des Taikō, war Hiro-matsu Toranagas Vasall geworden. Toranaga hatte ihm Sagami und Kozuke gegeben, zwei seiner insgesamt acht Provinzen; dazu fünfhunderttausend *Koku* im Jahr – und hatte ihm auch seine Gewohnheit gelassen. Hiro-matsu verstand sich aufs Töten.

Jetzt hatte das ganze Dorf am Ufer Aufstellung genommen – Männer, Frauen und Kinder auf den Knien, die Köpfe auf der Erde. Die Samurai knieten in sauberen, geordneten Reihen vor ihnen. Allen voran Yabu mit seinen Stellvertretern.

Wäre Yabu ein Weib oder ein schwächerer Mann gewesen, dann – das wußte er – würde er sich jetzt an die Brust schlagen und laut jammern und sich die Haare raufen. Dies konnte kein Zufall sein. Daß der berühmte Toda Hiro-matsu hier war, an diesem Tag, bedeutete, daß Yabu verraten worden war – entweder in Yedo, von einem Angehörigen seines Hofstaates, oder von einem der Leute aus dem Dorf. Man hatte ihn bei einer Unbotmäßigkeit ertappt.

Er kniete und verneigte sich, die Samurai folgten seinem Beispiel, und er verfluchte das Schiff und alle, die mit ihm gesegelt waren.

»Ah, Yabu-sama«, hörte er Hiro-matsu sagen und sah ihn auf der Matte niederknien, die man eigens für ihn dort ausgebreitet hatte, damit er seine Verneigung erwidern könne. Aber seine Verneigung war nicht tief genug, und Yabu wartete auch nicht, daß er den Rücken abermals krümmte, und so wußte er, ohne daß man es ihm erst hätte sagen müssen, daß er in einer bösen Klemme steckte. Er sah, wie der General sich auf seine Fersen zurücksetzte. »Eisenfaust« wurde er hinter seinem Rücken genannt. Warum einen so wichtigen General ausschicken, um mich dabei zu ertappen, daß ich mich aus Yedo fortbegeben habe?

»Ihr ehrt mich, daß Ihr in eines meiner armseligen Dörfer kommt, Hiro-matsu-sama«, sagte er.

»Unser Herr und Gebieter hat es mir befohlen.« Hiro-matsu besaß weder Verschlagenheit noch Schläue, sondern nur das absolute Vertrauen seines Lehnsherrn.

»Ich fühle mich geehrt und bin sehr froh«, sagte Yabu. »Ich bin wegen dieses Barbarenschiffes von Yedo aus hergeeilt.«

»Herr Toranaga hat alle mit ihm verbündeten *Daimyos* ersucht, bis zu seiner Rückkehr aus Osaka in Yedo auf ihn zu warten.«

»Wie geht es unserem Gebieter? Ich hoffe, gut?«

»Je früher Herr Toranaga wieder in seinem Schloß in Yedo ist, desto besser. Je rascher es zu einem offenen Bruch mit Ishido kommt und wir unseren Armeen befehlen, sich den Weg zurück nach dem Schloß von Osaka zu bahnen und es bis auf die Grundmauern niederzubrennen, desto besser.« Der Taikō hatte die Burg von Osaka zu einer uneinnehmbaren Festung ausgebaut. Es war die größte Festung im ganzen Reich, eine Verschachtelung von Türmen, Wehrtürmen, Wällen und Gräben, kleineren Burgen, Türmchen und Brücken, und in seinen Mauern hatten achtzigtausend Krieger Platz. Und rings um seine Mauern und um die riesige Stadt standen weitere Armeen, alle fanatische Parteigänger von Yaemon, dem Erben des Taikō. »Ich habe ihm hundertmal gesagt, daß es wahnsinnig sei, sich in Ishidos Gewalt zu begeben. Heller Wahnsinn!«

»Herr Toranaga mußte gehen, *neh?* Ihm blieb keine andere Wahl.« Der Taikō hatte befohlen, daß der Regentschaftsrat zweimal jährlich mindestens zehn Tage lang zusammentrete, und zwar immer in der Burg von Osaka, wozu die Regenten äußerstenfalls fünfhundert Getreue mit in die Mauern bringen durften. Und alle anderen *Daimyos* waren gleichermaßen gehalten, zweimal im Jahr mit ihren Familien der Burg einen Besuch abzustatten und Yaemon ihre Aufwartung zu machen. So hielt man alle unter Kontrolle, waren sie wenigstens für einen Teil des Jahres wehrlos. »Das Treffen war angesetzt, *neh?* Wenn er nicht gegangen wäre, wäre das Verrat gewesen, *neh?*«

»Verrat gegen wen? Ishido versucht, unseren Herrn zu isolieren. Hört, wenn ich Ishido in meiner Hand hätte, wie er jetzt Herrn Toranaga, ich würde nicht einen Augenblick zögern – egal, wie groß das Risiko. Ishido trüge seinen Kopf schon lange nicht mehr auf den Schultern und sein Geist würde die Wiedergeburt erwarten.« Unwillkürlich bog der General die Scheide seines Schwerts, das

er in der linken Hand trug. Seine Rechte lag auf seinem Schoß bereit. Er blickte zur *Erasmus* hinüber. »Wo sind denn die Kanonen?«
»Ich habe sie an Land bringen lassen. Aus Sicherheitsgründen. Wird Toranaga-sama nochmals zu einem Kompromiß mit Ishido gelangen?«
»Als ich Osaka verließ, war alles ruhig. Der Rat soll in drei Tagen zusammentreten. Mir wäre ein offener Bruch nur recht. Aber mein Gebieter, wenn er einen Kompromiß eingehen will, wird er einen Kompromiß eingehen.« Hiro-matsu sah Yabu an. »Er hatte befohlen, daß alle *Daimyos* in Yedo auf ihn warteten. Bis zu seiner Rückkehr. Dies hier ist nicht Yedo.«
»Jawohl. Ich war der Meinung, das Schiff sei wichtig genug für unsere Sache. Ich wollte es unverzüglich in Augenschein nehmen.«
»Dazu bestand keinerlei Grund, Yabu-san. Ihr hättet mehr Vertrauen haben sollen. Nichts geschieht, ohne daß unser Herr davon weiß. Er hätte ohnehin jemand hergeschickt, es zu untersuchen. Zufällig hat er mich beordert. Wie lange seid Ihr schon hier?«
»Einen Tag und eine Nacht.«
»Dann habt Ihr also zwei Tage von Yedo bis hierher gebraucht? Ihr seid sehr schnell gereist. Ich muß Euch beglückwünschen.«
Um Zeit zu gewinnen, fing Yabu an, Hiro-matsu von seinem Gewaltmarsch zu berichten.
Mit seinen Gedanken war er jedoch bei wichtigeren Dingen. Wer war der Spion? Und wer hatte Toranaga von seiner Abreise aus Yedo unterrichtet? Wie sollte er jetzt taktisch klug vorgehen?
Hiro-matsu hörte ihn bis zu Ende an, dann sagte er spitz: »Herr Toranaga hat das Schiff samt Inhalt beschlagnahmt.«
Jäh legte sich Schweigen über das Ufer. Dies hier war Izu, Yabus Lehen, und Toranaga hatte hier keine Rechte. Genausowenig hatte Hiro-matsu das Recht, hier irgendwelche Befehle zu erteilen. Yabus Hand packte sein Schwert fester. Hiro-matsu wartete mit erprobter Gelassenheit. Er hatte genau das getan, was Toranaga ihm aufgetragen, und jetzt war er festgelegt. Unerbittlich hieß es: töten oder getötet werden.
Auch Yabu wußte, daß er sich jetzt entscheiden mußte. Er durfte nicht noch länger warten. Wenn er es ablehnte, das Schiff herauszurücken, mußte er Hiro-matsu-Eisenfaust töten. An Bord der Galeere befanden sich vermutlich rund zweihundert Elite-Samurai. Auch sie würden dann sterben müssen. Er konnte versuchen, sie an Land zu locken; binnen weniger Stunden würde es ihm zweifellos gelingen, genug Samurai nach Anjiro zu werfen, um sie alle zu überwältigen; in Überfällen war er ein Meister. Das jedoch würde Toranaga zwingen, seine Armeen gegen Izu vorzuschicken. Dabei wirst du geschluckt werden, sagte Yabu sich, es sei denn, Ishido käme dir zu Hilfe. Warum aber sollte Ishido dir helfen, wo doch dein Feind, Ikawa Jikkyu, ein Verwandter Ishidos ist und ohnehin ein Auge auf Izu geworfen hat? Hiro-matsu umzubringen würde bedeuten, die Feindseligkeiten zu eröffnen, denn die Ehre gebietet es Toranaga

dann, gegen dich vorzugehen, was wiederum Ishido zum Handeln zwänge, und damit würde Izu zum offenen Schlachtfeld.

Seine Hand lag auf seinem Murasama-Schwert, und er spürte das Blut in seinem Schwertarm und den Drang zuzuschlagen. Wie nur war Toranaga so schnell benachrichtigt worden? Durch eine Brieftaube? Das ist die einzig mögliche Antwort. Von Yedo aus oder von hier? Wer hier hat Brieftauben? Warum verfüge ich nicht über einen solchen Dienst? Das ist Zukimotos Schuld! Er hätte daran denken müssen, *neh?*

Entscheide dich. Krieg oder nicht Krieg?

Yabu beschwor den Groll Buddhas, sämtlicher *Kamis* und aller bekannten und unbekannten Götter auf das Haupt jenes Mannes oder jener Männer herab, die ihn verraten hatten, auf die Häupter seiner Ahnen und ihrer Abkömmlinge bis ins zehntausendste Glied. Und dann gab er klein bei.

»Herr Toranaga kann das Schiff gar nicht beschlagnahmen, denn es ist ein Geschenk an ihn. Ich habe einen diesbezüglichen Brief bereits diktiert.« Yabu war erfreut, daß seine Stimme so sachlich klang. »Er wird beglückt sein über die Schätze darin.«

»Ich danke Euch im Namen meines Herrn und Gebieters.« Abermals bewunderte Hiro-matsu Toranagas Weitblick. Toranaga hatte vorausgesagt, daß genau dies geschehen und es nicht zu einem Kampf kommen würde. »Ich glaub' es einfach nicht«, hatte Hiro-matsu erklärt. »Kein *Daimyo* würde es sich gefallen lassen, daß man sich ein solches Recht über ihn anmaßt. Das nimmt Yabu nicht hin. *Ich* würde es bestimmt nicht tun. Nicht einmal von Euch, Euer Gnaden.«

»Ihr aber hättet meine Befehle auch befolgt und mir von dem Schiff berichtet. Yabu muß man gängeln, *neh?* Ich brauche seine Rücksichtslosigkeit und seine Schläue – er neutralisiert Ikawa Jikkyu und schützt meine Flanken.«

Hier auf dem Strand und unter einer warmen Sonne zwang Hiro-matsu sich zu einer höflichen Verneigung; dabei haßte er das Doppelspiel, das er spielte.

»Herr Toranaga wird entzückt sein über Eure Großzügigkeit.«

Yabu beobachtete ihn sehr eingehend. »Es ist kein portugiesisches Schiff.«

»Ja. Das haben wir gehört.«

»Und es ist ein Freibeuter.« Er sah, wie die Augen des Generals schmal wurden.

»Eh?«

Während er erzählte, was er von dem Priester erfahren hatte, dachte Yabu: Wenn das neu ist für dich, wie es für mich neu war, bedeutet das dann nicht, daß Toranaga denselben Informanten gehabt hat wie ich? Wenn du aber über die Ladung des Schiffes im Bilde bist, dann ist der Spion Omi, einer seiner Samurai oder jemand aus dem Dorf. »Es gibt viele Tuche. Ein paar Schätze. Musketen, Pulver und Kanonenkugeln.«

Hiro-matsu zögerte. Dann sagte er: »Bei den Tuchen handelt es sich um chinesische Seidenstoffe?«

»Nein, Hiro-matsu-san.« Er benutzte das »san«, denn sie waren gleichrangige

*Daimyos.* Denn jetzt, wo er das Schiff großmütig »verschenkte«, fühlte er sich sicher genug, die weniger ehrerbietige Höflichkeitsfloskel zu gebrauchen. Es freute ihn, daß sie von dem Älteren nicht unbemerkt aufgenommen worden war. »Es ist ein dickes, schweres Tuch, gänzlich unbrauchbar für uns«, sagte er. »Ich habe bereits alles, was wertvoll genug war, es fortzuschaffen, an Land bringen lassen.«

»Gut! Bitte, schafft alles an Bord meines Schiffes.«

»Was?« Yabus Eingeweide wollten förmlich platzen.

»Alles. Und zwar auf der Stelle. – Es tut mir leid, aber Ihr versteht, daß ich so bald als möglich nach Osaka zurückkehren möchte.«

»Jawohl, aber – aber habt Ihr denn auch Laderaum genug für alles?«

»Bringt die Kanonen zurück auf das Barbarenschiff und versiegelt es. Binnen drei Tagen werden Boote hier sein, die es dann nach Yedo abschleppen. Was die Musketen betrifft, das Pulver und die Kanonenkugeln, so ist...« Hiro-matsu hielt inne, entging noch einmal der Falle, die sich vor ihm auftat.

»Es ist gerade eben Platz für fünfhundert Musketen«, hatte Toranaga ihm gesagt. »Das Pulver und die zwanzigtausend Silberdublonen kommen auf die Galeere. Die Kanonen laßt an Deck des Schiffes und die Tuche im Laderaum. Überlaßt Yabu das Reden und erteilt ihm Anweisungen, laßt ihm keine Zeit zum Nachdenken. Aber laßt Euch von ihm nicht ins Bockshorn jagen oder ungeduldig machen. Hütet Euch, denn bestimmt will er Euch verleiten, ihm zu enthüllen, warum Ihr ganz genau wißt, woraus die Ladung besteht; er darf nicht dahinterkommen, wer unser Spion ist.«

Hiro-matsu verfluchte sich innerlich, daß er unfähig war, derlei Spiele zu spielen. »Was den Laderaum betrifft, den wir benötigen«, sagte er daher bündig, »vielleicht sagt Ihr mir, wieviel wir brauchen. Und erzählt mir genau, worin die Ladung besteht! Wie viele Musketen, wie viele Kanonenkugeln und so weiter. Und bei dem Edelmetall – handelt es sich da um Barren oder Münzen, um Silber oder Gold?«

»Zukimoto! Holt die Liste!« Mit dir rechne ich später ab, dachte Yabu.

Zukimoto eilte fort.

»Ihr müßt abgespannt sein, Hiro-matsu-san. Möchtet Ihr vielleicht etwas *Cha?* Die Unterkunft für Euch ist vorbereitet – so gut es hier geht. Die Badegelegenheiten sind völlig unangemessen, aber vielleicht...«

»Vielen Dank. Ihr seid sehr liebenswürdig. Etwas *Cha* und ein Bad wären ausgezeichnet. Später. Zunächst erzählt mir alles, was seit der Ankunft des Schiffes geschehen ist.«

Yabu berichtete ihm die Tatsachen, ließ nur das Zwischenspiel mit der Kurtisane und dem Knaben aus, denn das war unwichtig. Auf Yabus Befehl hin trug Omi seine Geschichte vor – bis auf das persönliche Gespräch mit Yabu. Und Mura erzählte die seine – und ließ seinerseits nur das mit der Erektion des Anjin aus, was Hiro-matsu hätte kränken können, dessen eigene Manneskraft in seinem hohen Alter sich vielleicht selten regte und nachließ.

Hiro-matsu sah zu den dünnen Rauchfäden hinüber, die immer noch vom Scheiterhaufen aufstiegen. »Wie viele von den Piraten sind noch übrig?«
»Zehn, Euer Gnaden – den Führer mitgerechnet«, sagte Omi.
»Und wo ist der Führer jetzt?«
»In Muras Haus.«
»Was hat er getan? Was war das erste, was er getan hat, nachdem er aus der Grube herauskam?«
»Er ist sofort ins Badehaus gegangen«, berichtete Mura rasch. »Jetzt schläft er, Euer Gnaden – wie ein Toter.«
»Diesmal braucht Ihr ihn nicht zu tragen? – Er scheint schnell zu lernen.« Hiro-matsu wandte den Blick zu Omi. »Ihr meint, man könnte ihm beibringen, sich zu benehmen?«
»Nein. Jedenfalls nicht mit Sicherheit, Hiro-matsu-sama.«
»Könntet Ihr den Urin eines Feindes von Eurem Rücken tilgen?«
»Nein, Herr!«
»Das könnte ich auch nicht. Niemals! Barbaren sind sonderbare Menschen.« Hiro-matsu wandte seinen Geist in Gedanken wieder dem Schiff zu. »Wer überwacht das Beladen?«
»Mein Neffe Omi-san.«
»Gut, Omi-san. Ich möchte noch vor Sonnenuntergang fort. Mein Kapitän wird Euch helfen, daß alles rasch geht. Binnen drei Stäbchen.« Damit ist die Zeit gemeint, die es brauchte, daß ein Standard-Räucherstäbchen abbrannte – annähernd eine Stunde.
»Jawohl, Herr!«
»Warum kommt Ihr nicht mit mir nach Osaka, Yabu-san?« sagte Hiro-matsu, als wäre das ein Einfall, der ihm gerade gekommen war. »Herr Toranaga wäre entzückt, all diese Geschenke aus Eurer Hand zu empfangen. Bitte, wir haben Raum genug.« Als Yabu anfing, diese Ehre abzulehnen, ließ er ihn eine Weile gewähren, genauso, wie Toranaga es ihm aufgetragen hatte, doch dann erklärte er, gleichfalls auf Toranagas Geheiß: »Ich bestehe darauf. Im Namen unseres Herrn Toranaga bestehe ich darauf! Eure Großzügigkeit muß belohnt werden.« Yabu wußte, daß ihm nichts anderes übrigblieb, als dankbar anzunehmen. »Ich danke Euch. Es wird mir eine Ehre sein.«
»Gut. Das wäre also erledigt.« Eisenfaust fiel offensichtlich ein Stein vom Herzen. »Jetzt etwas *Cha* und ein Bad.«
Höflich geleitete Yabu ihn den Hügel zu Omis Haus hinauf. Der alte Mann wurde gewaschen und geschrubbt, und hinterher lag er dankbar in der dampfenden Hitze. Später machten Suwos Hände wieder einen neuen Menschen aus ihm. Er schlürfte seinen Tee aus guten Porzellanschalen und machte dann ein kurzes, traumloses Nickerchen.
Nach Ablauf von drei Stäbchen glitt die *Shoji*-Tür auf.
»Yabu-sama wartet draußen, Euer Gnaden. Er sagt, das Schiff sei beladen.«
»Ausgezeichnet!«

Hiro-matsu trat auf die Veranda hinaus und erleichterte sich in einen bereitgestellten Eimer. »Eure Männer sind sehr tüchtig, Yabu-san.«
»Eure Leute haben auch geholfen, Hiro-matsu-san. Sie sind mehr als tüchtig.«
Jawohl, und bei der Sonnengöttin, sie tun gut daran, es zu sein! dachte Hiro-matsu, um dann jovial zu sagen: »Es geht doch nichts darüber, eine volle Blase in Ruhe zu entleeren, solange noch genug Kraft hinter dem Strahl sitzt. *Neh?* Da fühlt man sich wieder richtig jung!« Er richtete gemächlich sein Lendentuch in der Erwartung, daß Yabu ein paar zustimmende Bemerkungen machen würde, doch wartete er vergebens. »Laßt den Führer der Piraten auf mein Schiff bringen!«
»Was?«
»Ihr wart so großmütig, unserem Herrn das Schiff samt Inhalt zum Geschenk zu machen. Die Mannschaft gehört zum Inhalt. Deshalb bringe ich den Piratenführer nach Osaka. Herr Toranaga wünscht ihn zu sehen. Mit dem Rest könnt Ihr selbstverständlich verfahren, wie Ihr wollt. Aber macht bitte Euren Gefolgsleuten klar, daß die Barbaren Eigentum meines Herrn und Gebieters sind, daß sie bei guter Gesundheit gehalten werden, am Leben bleiben und hier sind, wenn er sie will.«

Yabu eilte an die Mole, wo er Omi vermutete.
Zuvor – nachdem er Hiro-matsu in sein Bad geleitet hatte – war er jenen Pfad hochgestiegen, der am Friedhof vorbeiführte. Dort hatte er sich kurz vor dem Scheiterhaufen verneigt, war jedoch weitergegangen und war dann auf einer kleinen Plattform angekommen, die hoch über dem Dorf gelegen war. Ein uralter Baum spendete Schatten und Ruhe. Hierher hatte er sich zurückgezogen, um seinen Zorn verrauchen zu lassen und um nachzudenken. Er hatte es nicht gewagt, sich dem Schiff oder Omi oder seinen Leuten zu nähern, denn er wußte, er hätte den meisten, wenn nicht gar allen, befohlen, *Seppuko* zu begehen, und das wäre eine große Verschwendung gewesen! Er hätte dann ein ganzes Dorf abgeschlachtet, und er wußte, daß das dumm gewesen wäre.
Während er allein dasaß, innerlich schäumte und versuchte, Klarheit in seine Gedanken zu bringen, neigte sich die Sonne dem Horizont zu und vertrieb den Dunst überm Meer. Die Wolken, die im Westen die fernen Berge verhüllten, teilten sich für einen Augenblick, und er hatte die Schönheit der schneebedeckten Gipfel geschaut. Dieser Anblick hatte ihn wieder zur Ruhe gebracht, und so hatte er angefangen, sich zu entspannen, nachzudenken und Pläne zu schmieden.
Setz deine Spione an, damit sie Toranagas Spion finden, sagte er sich. Dem, was Hiro-matsu gesagt hat, ist nicht zu entnehmen, ob der Verrat von hier oder von Yedo ausging. In Osaka besitzt du mächtige Freunde, unter anderem sogar Herrn Ishido. Vielleicht kann einer von denen den Schuft auskundschaften. Schick sofort eine persönliche Nachricht an deine Frau, falls der Verräter dort sitzt. Wie steht es mit Omi? Soll er den Verräter hier ausfindig machen? Ist

er selbst der Verräter? Das ist zwar nicht wahrscheinlich, aber auch nicht unmöglich. Wahrscheinlicher ist, daß der Verrat von Yedo ausgeht. Man muß den Zeitplan ansehen. Falls Toranaga in Osaka die Nachricht von dem Schiff erhielt, als es ankam, wäre Hiro-matsu vor mir hiergewesen. Du hast Spitzel in Yedo – sollen sie einmal beweisen, daß sie ihr Geld wert sind.
Und wie steht es mit den Barbaren? Jetzt stellen sie den einzigen Vorteil dar, den du von dem Schiff hast. Hat nicht Omi dir eine Antwort gegeben? Du könntest dir ihr Wissen um die See und die Schiffahrt zunutze machen und mit Toranaga um Feuerwaffen feilschen. *Neh?*
Eine andere Möglichkeit: sich mit Haut und Haar Toranaga verschreiben. Ihn in deinen Plan einweihen. Bitte ihn darum, das Regiment der Feuerwaffen anführen zu dürfen – zu *seinem* Ruhm. Aber: *Ein Vasall sollte niemals erwarten, daß sein Lehnsherr seine Dienste belohnt oder sie auch nur mit Worten zur Kenntnis nimmt: Dienen ist Pflicht, Pflicht ist Samurai, Samurai ist Unsterblichkeit.* Das wäre die beste Lösung, die allerbeste, dachte Yabu. Kann ich wirklich sein Vasall sein? Oder Ishidos?
Nein, das ist undenkbar. Verbündeter ja, Vasall nie!
Er kochte, als er die Mole erreichte.
»Omi-san!«
»Jawohl, Yabu-sama?«
»Schafft den Führer der Barbaren herbei! Ich bringe ihn nach Osaka. Und was die anderen betrifft, so sorgt dafür, daß man sich während meiner Abwesenheit gut um sie kümmert. Ich will, daß sie gesund und bei Kräften sind und sich zu benehmen wissen. Werft sie wieder in die Grube, wenn es sein muß.«
Seit die Galeere gelandet war, hatte es einen Aufruhr in Omis Geist gegeben, und er war höchst besorgt gewesen um Yabus Sicherheit. »Laßt mich Euch begleiten, Herr. Vielleicht kann ich Euch von Nutzen sein!«
»Nein, jetzt will ich, daß Ihr Euch um die Barbaren kümmert.«
»Bitte! Vielleicht kann ich Eure Freundlichkeit mir gegenüber ein wenig wiedergutmachen.«
»Das ist nicht nötig«, sagte Yabu freundlicher, als er beabsichtigt hatte. Ihm fiel ein, daß er Omis Gehalt auf dreitausend *Koku* erhöht hatte und sein Lehen vergrößert wegen des Goldes und der Kanonen – die jetzt seinem Zugriff entzogen waren. Aber die Besorgnis im Gesicht des jungen Mannes war ihm nicht entgangen, und es war ihm unwillkürlich warm ums Herz geworden. Mit Vasallen wie diesem kann ich ein ganzes Imperium schaffen, sagte er sich. »Wenn es zum Krieg kommt – nun, ich habe einen Auftrag von höchster Bedeutung für Euch, Omi-san. Jetzt geht und schafft den Barbaren herbei.«
Omi nahm vier Wachen mit. Und Mura, um zu dolmetschen.

Blackthorne wurde aus dem Schlaf gerissen. Er brauchte eine volle Minute, ehe er wieder einen klaren Kopf hatte. Als der Nebel sich verzog, sah er Omi auf sich herniederstarren.

Einer der Samurai hatte ihm die Zudecke heruntergerissen, ein anderer ihn wachgerüttelt. Die anderen beiden trugen tückisch aussehende Bambusstöcke. Mura hatte ein kurzes Stück aufgeschossener Schnur in der Hand.
Mura lag auf den Knien und verneigte sich, woraufhin Blackthorne sich hochraffte, sich gleichfalls hinkniete und, wiewohl nackt, die Verneigung ebenso höflich erwiderte.
Es ist nur ein Ausdruck von Höflichkeit, dachte Blackthorne. So ist es nun einmal bei ihnen Sitte. Und Nacktheit übersieht man. Auch das ist bei ihnen Sitte, und Nacktsein ist gleichfalls keine Schande.
»Anjin! Bitte, kleidet Euch an!« sagte Mura.
Anjin? Ah, jetzt erinnere ich mich. Der Priester sagte, sie könnten meinen Namen nicht aussprechen und hätten mich deshalb Anjin getauft. Und man werde mich ›Anjin-san‹ nennen, wenn ich mich dessen als würdig erwiese.
Schau Omi nicht an, ermahnte er sich. Noch nicht. Denk an den Dorfplatz und Omi und Croocq und Pieterzoon. Immer eines zur Zeit. Du hast vor Gott geschworen, es zu tun: eins zur Zeit. Die Rache wird mein sein – bei Gott!
Blackthorne erkannte, daß man seine Kleider abermals gereinigt hatte, und er segnete denjenigen, der es getan hatte, wer immer es war. Im Bad war er aus seinen Kleidern gestiegen, als ob die Pest daran säße. Dreimal hatte er sich den Rücken von ihnen schrubben lassen – mit dem rauhesten Schwamm und mit Bimsstein. Trotzdem fühlte er noch jetzt den Urin dort brennen.
Er wandte den Blick von Mura und sah Omi an. Es beherrschten ihn gemischte Gefühle, seinen Feind lebendig und so nahe zu wissen.
Er verneigte sich, wie er Gleichgestellte sich vor Gleichgestellten hatte verneigen sehen, und ging nicht tiefer. »*Konnichi wa,* Omi-san«, sagte er. Es ist keine Schande, ihre Sprache zu sprechen, und auch keine Schande, »Guten Tag« zu sagen oder sich als erster zu verbeugen, wie es bei ihnen Sitte ist.
Omi erwiderte die Verneigung.
Blackthorne entging nicht, daß sie nicht ganz so tief ausfiel wie die seine, aber für den Augenblick genügte es.
»*Konnichi wa,* Anjin«, sagte Omi.
Das klang zwar höflich, aber nicht höflich genug.
»Anjin-*san!*« Blackthorne sah ihm direkt in die Augen. Beider Wille rang mit dem anderen.
»*Konnichi wa,* Anjin-*san*«, sagte Omi schließlich und lächelte kurz.
Blackthorne beeilte sich mit dem Ankleiden. Er trug weite Hosen mit Hosenlatz, Strümpfe, Hemd und Rock, das lange Haar zu einem säuberlichen Schwanz zusammengenommen; den Bart hatte er sich mit der Schere gestutzt, die der Barbier ihm geliehen hatte.
»*Hai,* Omi-san?« fragte Blackthorne, nachdem er fertig war.
»Bitte, Hand«, sagte Mura.
Blackthorne begriff nicht und gab das durch Zeichen zu verstehen. Mura streckte die eigenen Hände vor und vollführte eine Parodie des Händefesselns.

»Hand, bitte.«
»Nein«, sagte Blackthorne direkt an ihn gewandt und schüttelte den Kopf. »Das ist nicht nötig«, sagte er auf englisch, »überhaupt nicht nötig. Ich habe mein Wort gegeben.« Er achtete darauf, daß seine Stimme nicht laut wurde, sondern vernünftig klang, und dann fügte er betont hinzu, wobei er Omi nachmachte: »*Wakarimasu ka*, Omi-san? – Versteht Ihr?«
Omi lachte. Dann sagte er: »*Hai*, Anjin-san. *Wakarimasu*.« Damit drehte er sich um und ging.
Fassungslos sahen Mura und die anderen ihnen nach. Blackthorne folgte Omi in die Sonne hinaus. Seine Stiefel waren gereinigt worden. Bevor er hineinschlüpfen konnte, war die Magd »Onna« schon auf den Knien und half ihm, sie anzuziehen.
»Ich danke Euch, Haku-san«, sagte er, da ihm ihr richtiger Name wieder einfiel. Wie mag wohl »Danke schön« heißen? überlegte er.
Er schritt durchs Tor, Omi voran.
Ich will dir an den Kragen, du gottverfluchter... Augenblick! Was hast du dir geschworen? Und warum ihn verfluchen? Fluchen, das ist etwas für Schwächlinge und Narren.
Eins zur Zeit. Es reicht, daß ich ihm an den Kragen will. Du weißt es genau, und er weiß es auch genau.

Die vier Samurai gingen ihm zur Seite, als er den Hügel hinunterschritt. Der Hafen war seinen Blicken noch entzogen. Mura blieb höflich zehn Schritt hinter ihnen, Omi ging voraus.
Ob sie mich wieder in die Grube werfen wollen? überlegte er. Warum haben sie mir wohl die Hände fesseln wollen? Hat Omi gestern nicht gesagt: »Wenn Ihr Euch benehmt, braucht Ihr nicht wieder in die Grube! Wenn Ihr Euch morgen benehmt, darf einer von den Männern aus der Grube heraus. Vielleicht. Und noch mehr, vielleicht.« Hat er das nicht gesagt? Habe ich mich »benommen«? Wie es Croocq wohl geht? Der Junge lebte noch, als sie ihn forttrugen.
Blackthorne ging es heute wesentlich besser. Das Bad und der Schlaf und das frische Gemüse hatten ihn wieder aufleben lassen. Er wußte, wenn er vorsichtig war und ruhen und essen und schlafen konnte, dann würde er binnen einem Monat wieder soweit sein, daß er eine ganze Meile laufen und schwimmen, ein Kriegsschiff befehligen und sie um die Erde herumführen konnte.
Der Gang den Hügel hinunter und durch das Dorf ermüdete ihn. Du bist doch schwächer, als du gedacht hast... Nein, du bist *stärker*, als du gedacht hast, redete er sich selbst ein.
Die Masten der *Erasmus* reckten sich über die ziegelgedeckten Dächer, und sein Herz schlug rascher. Die Straße vor ihm machte, dem Lauf des Hügels folgend, eine Biegung und senkte sich zum Dorfplatz, wo sie auch endete. Eine mit Vorhängen versehene Sänfte stand in der Sonne. Vier Träger in kurzen Lendentüchern hockten daneben und stocherten gedankenverloren in ihren Zähnen.

Kaum daß sie Omis ansichtig wurden, warfen sie sich auf die Knie und verneigten sich tief.
Omi nickte ihnen flüchtig zu, als er an ihnen vorüberging, doch dann kam eine Dame aus einem schönen Tor, um auf die Sänfte zuzugehen, und er blieb stehen.
Blackthorne hielt den Atem an und blieb gleichfalls stehen.
Ein junges Mädchen lief mit einem grünen Sonnenschirm herbei, um die Dame zu beschatten. Omi verneigte sich, und die Dame verneigte sich, dann plauderten sie unbeschwert miteinander, und alle großspurige Arroganz fiel von Omi ab.
Die Dame trug einen pfirsichfarbenen Kimono und eine breite Schärpe aus goldener Seide sowie Sandalen mit goldenen Riemen. Blackthorne bemerkte, daß sie zu ihm herübersah. Offensichtlich redeten Omi und sie über ihn. Er wußte nicht, wie er reagieren oder was er tun sollte, und tat deshalb gar nichts, sondern wartete geduldig und genoß ihren Anblick, die Reinheit und die Wärme, die ihre Gegenwart ausstrahlte. Ob sie und Omi wohl ein Liebespaar sind? fragte er sich. Ist sie wirklich kein Traum?
Omi fragte sie irgend etwas, sie antwortete und betätigte ihren grünen Fächer, der im Sonnenlicht schimmerte und aufglänzte; ihr Lachen klang harmonisch, und die Zartheit ihrer ganzen Person war einfach köstlich. Auch Omi lächelte, dann drehte er sich um und stolzierte davon – ganz wieder der Samurai.
Blackthorne folgte ihm. Ihre Augen lagen auf ihm, als sie an ihm vorüberging, und er sagte: »*Konnichi wa.*«
»*Konnichi wa,* Anjin-san«, entgegnete sie, und ihre Stimme ging ihm zu Herzen. Sie war kaum einsfünfzig groß, aber alles an ihr war vollkommen.
Das Parfüm der Dame war noch um ihn, als er um die Ecke bog. Er sah die Falltür und die *Erasmus.* Und die Galeere. Er dachte nicht mehr an die Dame.
Warum sind die Stückpforten leer? Wo sind alle unsere Kanonen, und was in Gottes Namen tut eine Sklavengaleere hier, und was ist in der Grube geschehen?
Immer eins zur Zeit!
Zunächst die *Erasmus:* Der Stumpf des Vormastes, den der Sturm davongetragen hatte, ragte häßlich aus dem Rumpf. Das spielt keine Rolle, dachte er. Wir könnten trotzdem leicht in See stechen. Die Haltetaue könnten wir abwerfen – die nächtliche Brise und die Strömung würden uns lautlos davontragen, und morgen könnten wir schon hinter der Landzunge dort an die Ausbesserung gehen. Einen halben Tag, um den Ersatzmast einzusetzen, und dann alle Segel setzen und hinaus auf die weite See!
Woher kommt dieses Sklavenschiff? Und warum liegt es hier?
Er erkannte Gruppen von Samurai und Matrosen unten auf dem Pier. Der Sechzigruderer – dreißig Riemen an jeder Seite – war sauber und sehr gepflegt, die Riemen sorgsam hochgenommen, aber bereit, jederzeit in See zu stechen – ihn schauderte insgeheim. Das letzte Mal, daß er eine Galeere gesehen, war vor der

Goldküste gewesen, vor zwei Jahren, als sein Geschwader auf der Fahrt in die Neue Welt war, noch alle fünf Schiffe zusammen im Verband. Es war ein reiches Küstenhandelsschiff gewesen, ein Portugiese, und es war vor dem Wind vor ihnen geflohen. Die *Erasmus* hatte es nicht einholen können, um es zu erbeuten oder zu versenken.

Blackthorne kannte die nordafrikanische Küste sehr gut. Zehn Jahre hindurch war er als Pilot und Kapitän für die *London Company of Barbary Merchants* gefahren, jener Aktiengesellschaft, die bewaffnete Kauffahrteischiffe ausrüstete, die die spanische Blockade durchbrechen und an der Barbareskenküste Handel treiben sollten. Er hatte seine Schiffe nach West- und Nordafrika geführt, im Süden bis nach Lagos hinunter und ostwärts durch die tückische Straße von Gibraltar – welche die Spanier beherrschten – bis nach Salerno im Königreich Neapel. Das Mittelmeer war gefährlich für die britische und holländische Schiffahrt. Die spanischen und portugiesischen Feinde waren dort sehr stark und, was noch schlimmer war, die Ottomanen, die ungläubigen Türken, machten mit ihren Sklaven-Galeeren und ihren Kriegsschiffen das Meer unsicher.

Diese Fahrten hatten sich für ihn als höchst ertragreich erwiesen, und so hatte er sein eigenes Schiff erstanden, eine Hundertfünfzig-Tonnen-Brigg, um auf eigene Rechnung mit ihr Handel zu treiben. Nur war sie versenkt worden, und er hatte alles verloren. An einem windstillen Tag waren sie in Lee von Sardinien überrascht worden, als die türkische Galeere aus der Sonne auf sie zugelaufen war. Der Kampf war grausam gewesen, und gegen Sonnenuntergang hatte der Feind sie am Bug gerammt und war im Handumdrehen geentert. Niemals würde er den kreischenden Kriegsruf *Allaaahhhhh!* vergessen, als die Korsaren über das Schanzkleid gesprungen kamen. Mit Schwertern und Musketen waren sie bewaffnet. Er hatte seine Leute um sich geschart, und der erste Angriff war auch abgeschlagen worden, doch beim zweiten hatte man sie überwältigt und befohlen, daß die Pulverkammer in Brand gesteckt würde. Das Schiff hatte in Flammen gestanden, und er war zu dem Schluß gekommen, daß es besser sei zu sterben, als an die Ruder geschmiedet zu werden. Er hatte stets eine Heidenangst gehabt, einmal zum Galeerensklaven gemacht zu werden.

Als die Pulverkammer in die Luft ging, riß die Explosion nicht nur den Rumpf seines eigenen Schiffes auf, sondern zerstörte auch noch einen Teil der Freibeutergaleere. Auf jeden Fall gelang es ihm, in der allgemeinen Verwirrung zum Beiboot zu schwimmen und mit vier Mann seiner Besatzung zu entkommen. Diejenigen, die sie schwimmend nicht erreichen konnten, hatten sie zurücklassen müssen, und noch heute erinnerte er sich an ihre Hilfeschreie. Von Blackthorne und seinen vier Männern hatte Gott an jenem Tag sein Antlitz nicht abgewandt, und so hatten sie den Hafen von Cagliari auf Sardinien erreicht. Von dort aus waren sie später völlig mittellos nach Hause zurückgekehrt.

Das war vor nunmehr acht Jahren gewesen, in demselben Jahr, da in London Pest und Hungersnot und Aufstände der hungernden Erwerbslosen geherrscht

hatten. Sein jüngerer Bruder samt Familie war umgekommen. Desgleichen sein erstgeborener Sohn. Im Winter jedoch war die Pest abgeklungen, er hatte mühelos ein anderes neues Schiff gefunden und war in See gestochen, um abermals sein Glück zu suchen. Zunächst hatte er für die *London Company of Barbary Merchants* gearbeitet. Dann eine Reise nach Westindien, um Spanier zu jagen. Danach war er unter dem Holländer Kees Veerman zu dessen zweiter Reise auf der Suche nach der legendären Nordostpassage nach Kathay und den Gewürzinseln Asiens aufgebrochen, die im Eismeer nördlich des zaristischen Rußland gelegen sein sollte. Zwei Jahre hatten sie die Suche nicht aufgegeben, dann war Kees Veerman mit achtzig Prozent seiner Mannschaft in der arktischen Ödnis zugrunde gegangen, und Blackthorne hatte kehrtgemacht und die restlichen Männer nach Hause gebracht. Vor drei Jahren war man dann von der neugegründeten Holländischen Ostindischen Kompanie an ihn herangetreten und hatte ihn aufgefordert, ihre erste Expedition in die Neue Welt als Pilot zu leiten. Insgeheim teilten sie ihm hinter vorgehaltener Hand mit, sie hätten unter ungeheuren Kosten einen geschmuggelten portugiesischen *roteiro* erworben, der die Geheimnisse der Magellanstraße enthalte – und sie wollten dessen Richtigkeit überprüfen. Selbstverständlich wäre es den holländischen Handelsherren lieber gewesen, sie hätten einen ihrer eigenen Piloten nehmen können, aber es gab nun einmal keinen, der sich, was das Können betraf, mit den Engländern vergleichen konnte; und so hatte der geradezu erschreckende Wert des *roteiro* sie gezwungen, auf Blackthorne zu setzen. Sie hätten in der Tat keinen Besseren wählen können: Er war der hervorragendste protestantische Pilot überhaupt, seine Mutter war Holländerin gewesen, und er beherrschte das Niederländische vollkommen. Blackthorne hatte begeistert zugestimmt und sich mit den üblichen fünfzehn Prozent Anteil an allen Einnahmen einverstanden erklärt, hatte der Gesellschaft feierlich vor Gott Treue gelobt und geschworen, ihr Geschwader hinauszuführen und wieder nach Hause zurückzubringen.
Und bei Gott, ich *werde* die *Erasmus* wieder zurückbringen! Und zwar mit soviel Mann, wie Gott bis dahin am Leben läßt.
Sie überquerten jetzt den Dorfplatz. Er wandte den Blick von der Sklavengaleere ab und den drei Samurai zu, die die Falltür bewachten.
»Omi-san!« Durch Zeichen erklärte er, daß er an die Falltür heranzugehen wünsche, um seinen Freunden etwas zuzurufen. Nur für einen Moment. Doch Omi schüttelte den Kopf und sagte etwas, was er nicht verstand, und dann ging er weiter über den Dorfplatz, den Strand hinunter, am Kessel vorbei und dann auf die Mole. Blackthorne folgte ihm gehorsam. Eines zur Zeit, sagte er sich. Fasse dich in Geduld.
Sobald sie auf der Mole waren, wandte Omi sich um und rief den Wachen an der Falltür etwas zu. Blackthorne sah, wie sie die Falltür aufmachten und hinuntersahen. Einer von ihnen winkte Leuten aus dem Dorf, welche die Leiter sowie ein Fäßchen mit frischem Wasser holten und es nach unten brachten. Das leere Fäßchen brachten sie mit nach oben. Desgleichen den Latrineneimer.

Da! Wenn du geduldig bist und ihr Spiel nach ihren Regeln spielst, kannst du deiner Mannschaft helfen, dachte er voller Zufriedenheit.

Gruppen von Samurai versammelten sich in der Nähe der Galeere. Ein hochgewachsener alter Mann stand etwas abseits. Der Ergebenheit nach zu urteilen, die der *Daimyo* Yabu ihm entgegenbrachte, und nach der Promptheit, mit der die anderen auf seinen kleinsten Wink hin sprangen, erkannte Blackthorne, wie wichtig er sein mußte. Ob das wohl ihr König ist? überlegte er.

Omi warf sich demütig auf die Knie. Der alte Mann machte die Andeutung einer Verneigung, wandte dann jedoch den Blick Blackthorne zu.

So anmutig, wie nur irgend möglich, kniete Blackthorne nieder, setzte die Hände flach auf den Boden der Mole, wie Omi es getan hatte, und verneigte sich genauso tief wie dieser.

»*Konnichi wa, Sama*«, sagte er höflich.

Er sah, wie der alte Mann sich abermals leicht verneigte.

Es entspann sich eine Unterhaltung zwischen Yabu, dem alten Mann und Omi. Yabu wandte sich an Mura.

Mura wies auf die Galeere. »Anjin-san, bitte, dort!«

»Warum?«

»Gehen! Jetzt! Gehen!«

Blackthorne packte das schiere Entsetzen. »Warum?«

»*Isogi!*« befahl Omi und wies mit einer Handbewegung auf die Galeere.

»Nein, ich will nicht, nicht auf die Galeere...«

Wie aus der Pistole geschossen kamen ein paar abgehackte Befehle von Omi, und vier Samurai fielen über Blackthorne her und hielten ihm die Hände fest. Mura zog eine Schnur hervor und fesselte ihm die Hände auf den Rücken.

»Ihr Hurensöhne!« schrie Blackthorne. »Ich werde nicht an Bord dieses gottverfluchten Sklaventreibers gehen!«

»Madonna, laßt ihn los! He, ihr pissesaufenden Affen, laßt den armen Kerl in Ruh! *Kinjiru, neh?* Ist es der Pilot? Der Anjin, *ka?*«

Blackthorne mochte seinen Ohren kaum trauen. Dieser Schwall von portugiesischen Flüchen kam vom Deck der Galeere. Dann sah er einen Mann die Laufplanke heruntereilen: so groß wie er und etwa in seinem Alter, aber schwarzhaarig und mit dunklen Augen und in der saloppen Kleidung eines Seemanns. Ein juwelenbesetztes Kruzifix hing ihm um den Hals. Er trug eine flotte Mütze, und ein Lächeln ging über sein ganzes Gesicht.

»Seid Ihr der Pilot? Der Pilot dieses Holländers?«

»Ja«, hörte Blackthorne sich antworten.

»Gut! Gut! Ich bin Vasco Rodrigues, der Pilot dieser Galeere!« Er wandte sich dem alten Mann zu und sprach einen Mischmasch aus Japanisch und Portugiesisch, nannte ihn Affen-sama und bisweilen Toda-sama. Zweimal holte er seine Pistolen heraus und wies leidenschaftlich auf Blackthorne, steckte sie sich dann wieder in den Gürtel, und die ganze Zeit über würzte er sein Japanisch mit saftigen Seemannsflüchen.

Hiro-matsu sprach kurz, die Samurai ließen Blackthorne los, und Mura löste ihm die Fesseln.

»So ist es besser. Hört zu, Pilot, dieser Mann ist wie ein König. Ich habe ihm gesagt, ich übernähme die Verantwortung für Euch, würde Euch den Kopf vom Hals blasen, wenn es sein müßte! – Seid Ihr wirklich der Pilot?«

»Ja, doch.«

»Wie ist der Längengrad der Eidechsen?«

»Neunundvierzig Grad sechsundfünfzig Minuten Nord – und paßt auf die Riffe auf, die von Süden nach Südwesten verlaufen.«

»Ihr *seid* der Pilot, bei Gott!« Rodrigues schüttelte Blackthorne mit großer Herzlichkeit die Hand. »Kommt an Bord! Dort gibt's Essen und Brandy und Wein und Grog, und alle Piloten sollten alle anderen Piloten lieben, denn sie sind der Samen der Erde! Amen! Stimmts?«

»Ja«, sagte Blackthorne schwach.

»Als ich hörte, daß wir einen Piloten mit zurücknehmen, sag' ich zu mir: Gut, Vasco! Ist schon Jahre her, daß ich das Vergnügen hatte, mit einem richtigen Piloten zu reden. Kommt an Bord. Wie habt Ihr Euch an Malakka vorbeigeschlichen? Wie seid Ihr den Patrouillenschiffen auf dem Indischen Ozean ausgewichen, eh? Wessen *roteiro* habt Ihr geklaut?«

»Wohin bringt Ihr mich?«

»Nach Osaka. Seine Exzellenz, der Groß-*Daimyo*, in höchsteigener Person will Euch sehen.«

Blackthorne spürte, wie ihm wieder die Haare zu Berge standen. »Wer?«

»Toranaga! Der Herr der Acht Provinzen, wo zum Teufel die auch immer liegen mögen! Der Ober-*Daimyo* von Japan – ein *Daimyo* ist wie ein König oder ein Feudalherrscher, nur noch mehr! Sie sind alle Despoten!«

»Was kann er denn nur von mir wollen?«

»Das weiß ich nicht, aber deshalb sind wir ja hier, und wenn Toranaga Euch sehen will, Pilot, dann wird er Euch sehen. Man behauptet, er habe eine Million von diesen schlitzäugigen Fanatikern, die sterben würden für die Ehre, ihm den Arsch abzuwischen, wenn er das verlangte. Ach ja, Pilot, es ist alles beschlagnahmt, wie ich höre, Euer Schiff und alles, was darin ist.«

»Beschlagnahmt?«

»Möglicherweise ist das aber nur ein Gerücht. Diese Japse beschlagnahmen manchmal was mit der einen Hand und geben es dir mit der anderen zurück – oder tun so, als hätten sie den Befehl dazu nie gegeben.«

Blackthorne spürte, wie die kalten Augen des Japaners ihn förmlich durchbohrten, und er tat sein möglichstes, um sich seine Angst nicht anmerken zu lassen.

Rodrigues folgte seinem Blick. »Ja, sie werden schon ganz fickerig. Wir haben Zeit genug, uns zu unterhalten. Kommt an Bord!« Er wandte sich zum Gehen, doch Blackthorne hielt ihn zurück. »Was ist mit meinen Freunden, meiner Mannschaft?«

»Eh?«
In wenigen Worten erklärte Blackthorne ihm die Sache mit der Grube. In seinem japanischen Kauderwelsch befragte Rodrigues Omi. »Er sagt, es geht alles in Ordnung mit ihnen. Hört, es gibt nichts, was Ihr oder ich jetzt tun könnte. Ihr müßt abwarten – bei den Japsen weiß man nie genau, woran man ist. Sie haben sechs Gesichter und drei Herzen.« Rodrigues verneigte sich wie ein europäischer Höfling vor Hiro-matsu. »So machen wir es in Japan. Als ob wir am Hof des ehebrecherischen Philipp wären – Gott möge diesen Spanier früh in sein Grab schicken.« Er führte die Reihe zum Deck hinauf an. Zu Blackthornes Verwunderung gab es dort weder Ketten noch Sklaven.
»Was ist? Seid Ihr krank?« fragte Rodrigues.
»Nein, ich hatte nur gedacht, das hier wäre eine Sklavengaleere.«
»In Japan gibt's keine Sklaven. Nicht mal in den Bergwerken. Vollkommen irre, aber da habt Ihr's mal wieder. Solche Irren habt Ihr noch nie gesehen. Unsere Ruderer hier sind Samurai. Das sind Soldaten, die persönlichen Gefolgsleute von dem alten Kacker – und Sklaven rudern bestimmt nicht so gut wie die hier. Und bessere Kämpfer gibt es auch nirgends.« Rodrigues lachte. »Die kneifen die Arschbacken zusammen und rudern und rudern! Manchmal heiz' ich ihnen extra ein, um zu sehen, ob die Kerle durchhalten. Aber da macht keiner schlapp. Wir sind die ganze Strecke von Osaka heruntergekommen – das sind dreihundert und 'n paar Seemeilen – in vierzig Stunden. Kommt unter Deck. Wir werden bald ablegen. Fehlt Euch auch wirklich nichts?«
»Nein. Nein, ich glaube nicht.« Blackthorne blickte zur *Erasmus* hinüber, die nur hundert Schritt von ihnen vertäut dalag. »Pilot, es gibt wohl keine Möglichkeit, an Bord zu gehen, oder? Sie haben mich nicht wieder an Bord gelassen, dabei hab' ich keine Kleidung. Und bei unserer Ankunft haben sie alles gleich versiegelt. Bitte!«
Rodrigues sah abschätzend zum Schiff hinüber.
»Wann habt Ihr den Vormast verloren?«
»Kurz bevor wir hier landeten. Wir haben noch einen Ersatzmast an Bord.«
»Was ist ihr Heimathafen?«
»Rotterdam.«
»Ist sie da auch gebaut worden?«
»Ja.«
»Bin mal dagewesen. Gefährliche Untiefen, aber ein idealer Hafen. Hat phantastisch schnittige Linien, Euer Schiff. Neu – hab' diese Art vorher noch nie gesehen. Madonna, muß das ein Renner sein! Verdammt schwer, es mit ihr aufzunehmen.«
Rodrigues sah zu ihm hin. »Könnt Ihr Euer Zeug schnell holen?« Er drehte das Halbglas um, das neben dem Stundenglas stand; beide waren am Kompaßhaus befestigt.
»Ja.« Blackthorne versuchte, sich die keimende Hoffnung nicht anmerken zu lassen.

»Aber nur unter einer Bedingung, Pilot. Keine Waffen – nichts im Ärmel oder sonstwo verstecken. Euer Wort als Pilot darauf!«
»Einverstanden«, sagte Blackthorne und beobachtete, wie der feine Sand lautlos durch die Wespentaille des Zeitmessers rann.
»Ich blas Euch den Kopf von den Schultern, ob Ihr nun Pilot seid oder nicht, falls Ihr mich auch nur im geringsten hinters Licht zu führen versucht.«
»Ich gebe Euch mein Wort, von Pilot zu Pilot, bei Gott! Und die Pest über die Spanier!«
Rodrigues lächelte und klopfte ihm kameradschaftlich auf den Rücken. »Ihr fangt an, mir zu gefallen, Ingeles!«
»Woher wißt Ihr denn, daß ich Engländer bin?« fragte Blackthorne, der sehr wohl wußte, daß sein Portugiesisch tadellos war und nichts von dem, was er gesagt, ihn von einem Niederländer hätte unterscheiden können.
»Ich bin ein Wahrsager. Sind das nicht alle Piloten?« Rodrigues lachte.
»Habt Ihr mit dem Priester gesprochen? Hat Pater Sebastio es gesagt?«
»Ich rede nicht mit Priestern, wenn es sich vermeiden läßt.« Verächtlich spuckte Rodrigues in die Bilgen und ging zur Backbord-Laufplanke hinüber, von der aus man die Mole überblicken konnte. »Toda-sama! *Ikimasho ka?*«
»*Ikimasho,* Rodrigu-san. *Ima!*«
»*Ima* also.« Nachdenklich blickte Rodrigues Blackthorne an. »*Ima* bedeutet ›jetzt, auf der Stelle‹. Wir stehen im Begriff abzufahren, Ingeles.«
Der Sand hatte bereits einen kleinen, ebenmäßigen Hügel unten auf dem Boden des Stundenglases gebildet.
»Ob Ihr ihn wohl bitten könntet? Bitte! Ob ich an Bord meines Schiffes dürfte?«
»Nein, Ingeles. Ich werde ihn auch nicht um die kleinste Kleinigkeit bitten!«
Blackthorne empfand plötzlich eine große Leere in sich. Und kam sich uralt vor. Er sah Rodrigues nach, wie er zur Reling des Achterdecks ging und einen Seemann anbellte, der auf dem erhöhten Teil des Vorderstevens stand. »He, Käpt'n-san. *Ikimasho?* Ruft die Samurai an Bord, *ima! Ima, wakarimasu ka?*«
»*Hai,* Anjin-san.«
Gleich darauf schlug Rodrigues sechsmal laut die Schiffsglocke an, und der Kapitän begann, den Matrosen und Samurai an Bord und am Ufer Befehle zuzurufen. Die Matrosen eilten von unten aufs Deck, um sich zum Ablegen bereitzumachen, und in dem scheinbaren Durcheinander nahm Rodrigues still Blackthornes Arm und schob ihn auf das Fallreep an Backbord, der dem Ufer abgewandten Seite des Schiffes.
»Da unten liegt ein Beiboot, Ingeles. Bewegt Euch nicht zu rasch, seht Euch nicht um, und gebt auf niemand acht außer auf mich. Wenn ich Euch sage, Ihr sollt zurückkommen, kommt schnell.«
Blackthorne überquerte das Deck und kletterte das Fallreep hinunter zu einem kleinen Boot. Hinter sich hörte er zornige Stimmen und spürte, wie sich ihm die Nackenhaare sträubten.
»Ihr braucht keine Angst um ihn zu haben, Käpt'n-san. Ich hab' die Verantwor-

tung für ihn übernommen. Ich, Rodrigu-san, *ichi ban* Anjin-san, bei der heiligen Jungfrau! *Wakarimasu ka?*« Diese Worte hörte er über dem Durcheinander der anderen Stimmen, doch wurden diese immer wütender.
Jetzt war Blackthorne fast schon im Beiboot, da erkannte er, daß es keine Ruderdollen aufwies. Ich kann nicht so skullen, wie sie es tun, sagte er sich. Ich kann das Boot nicht benutzen. Und zum Schwimmen ist es zu weit, oder?
Er zögerte, schätzte die Entfernung ab. Wenn er voll bei Kräften gewesen wäre, würde er keinen Augenblick gezögert haben. Aber so?
Füße klapperten über ihm das Fallreep herunter, und er mußte sich zusammennehmen, um nicht der Versuchung nachzugeben, sich umzudrehen. »Setzt Euch nach vorn«, hörte er Rodrigues drängen. »Beeilt Euch!«
Er tat, wie ihm geheißen, und Rodrigues sprang behende ins Boot, packte die Riemen und handhabte im Stehen mit großer Geschicklichkeit die Riemen.
Ein Samurai stand oben am Fallreep, sah verstört aus, und zwei andere Samurai mit schießbereiten Bogen standen neben ihm. Der Kapitän-Samurai rief etwas; unzweifelhaft forderte er sie auf zurückzukommen.
Wenige Armlängen von der Galeere entfernt drehte Rodrigues sich um. »Fahren nur schnell rüber«, rief er und wies auf die *Erasmus*. »Holt die Samurai an Bord!« Er wandte dem Schiff entschlossen den Rücken zu und fuhr fort zu skullen. »Sagt mir, ob sie Pfeile auf die Sehnen setzen, Ingeles! Gebt gut acht auf sie. Was machen sie jetzt?«
»Der Käpt'n ist schrecklich aufgeregt. Ihr bekommt doch nicht etwa Schwierigkeiten, oder?«
»Wenn wir nicht mit dieser Tide auslaufen, hätte der alte Toda vielleicht Grund, sich zu beklagen. Was machen die Bogenschützen?«
»Nichts. Sie hören ihm zu. Er scheint unentschlossen. Nein. Jetzt holt einer von ihnen einen Pfeil aus dem Köcher.«
Rodrigues zögerte. »Madonna, sie sind verdammt gut im Bogenschießen. Hat er ihn schon auf die Sehne gesetzt?«
»Ja, aber er wartet. Der Käpt'n – jemand ist zu ihm gekommen. Sieht aus, als ob er ihn was übers Schiff fragte. Der Käpt'n sieht zu uns rüber. Jetzt hat er was zu dem Mann mit dem Bogen gesagt. Jetzt steckt der Mann den Pfeil weg. Der Matrose weist auf irgendwas auf Deck.«
Rodrigues wagte einen verstohlenen Blick zurück, um sich zu vergewissern, dann atmete er erleichtert auf. »Das ist einer von den Maten. Der braucht mindestens eine halbe Stunde, bis er seine Ruderer alle klar hat.«
Blackthorne wartete, die Entfernung vergrößerte sich. »Der Käpt'n sieht wieder zu uns her. Jetzt ist alles in Ordnung. Er ist weggegangen. Dafür beobachtet ein Samurai uns.«
»Soll er!« Rodrigues entspannte sich, ohne indes die Bewegung des Skullens im mindesten zu verlangsamen oder zurückzublicken. »Hab's gar nicht gern, wenn ich einem Samurai den Rücken zudreh', jedenfalls nicht, wenn er Waffen in den Händen hält. Es sind alle Schweinehunde!«

»Warum?«
»Weil es ihnen Spaß macht zu töten, Ingeles. Bei ihnen ist es Sitte, sogar mit den Schwertern zu schlafen. Japan ist ein großartiges Land, aber die Samurai sind gefährlich wie die Vipern.«
»Warum?«
»Das weiß ich nicht, Ingeles, aber sie sind es nun mal«, entgegnete Rodrigues, froh darüber, einen Europäer zu haben, mit dem er reden konnte. »Die Japse sind alle anders als wir – sie empfinden Schmerz oder Kälte nicht so wie unsereiner –, aber bei den Samurai ist es noch schlimmer. Die fürchten nichts, am wenigsten den Tod. Wenn ihre Vorgesetzten ihnen befehlen: ›Tötet‹, töten sie, und wenn sie sagen: ›Stirb‹, dann stürzen sie sich in das eigene Schwert oder schlitzen sich den Bauch auf. Die töten und sterben so leicht, wie wir pissen. Frauen sind auch Samurai, Ingeles. Die töten, um ihren Herrn zu beschützen, oder sie bringen sich selbst um, wenn man es ihnen befiehlt. Dann schneiden sie sich einfach die Kehle durch. Jesus, Madonna, die Frauen hier sind schon etwas Besonderes, Ingeles, nichts auf Erden, was ihnen gleichkäme, aber die Männer... Samurai sind Reptile, und am sichersten fährt man damit, wenn man sie wie Giftschlangen behandelt. – Alles in Ordnung mit Euch?«
»Ja, vielen Dank. Ein bißchen schwach noch, aber sonst in Ordnung.«
»Wie war Eure Fahrt?«
»Rauh! Was die Samurai betrifft – wie wird man das eigentlich? Nehmen die sich einfach zwei Schwerter und lassen sich die Haare auf diese besondere Art scheren?«
»Als Samurai wird man geboren. Selbstverständlich gibt es alle möglichen Ränge unter ihnen, von den *Daimyos* oben bis hinab zu den Dreckskerlen, die wir Fußsoldaten nennen würden. Meistens ist es erblich, wie bei uns. In alter Zeit, so hat man mir gesagt, war es genauso wie heute in Europa – Bauern konnten Soldaten werden und Soldaten Ritter, wobei es einen Erbadel gab, von den Rittern bis zu den Königen. Manche Bauern sind bis zum höchsten Rang aufgestiegen. Der Taikō war einer von ihnen.«
»Wer?«
»Der Großdespot, der Beherrscher Japans, der Großschlächter aller Zeiten... Später werde ich Euch von ihm erzählen. Vor einem Jahr ist er gestorben, und jetzt schmort er in der Hölle.« Rodrigues spuckte über Bord. »Heutzutage muß man schon als Samurai geboren werden. Sonst kann man es nicht werden. Der Samuraistand ist erblich, Ingeles. Madonna, Ihr habt ja keine Ahnung, wieviel Wert die auf Erbe, Familie, Rang und so weiter legen! Ihr habt ja gesehen, wie dieser Omi vor dem Teufel katzbuckelt, und wie sie beide vor dem alten Todasama auf dem Bauch kriechen. ›Samurai‹ kommt von dem japanischen Wort für ›dienen‹. Aber wenn sie vor Höhergestellten auch alle den Rücken krümmen und ihren Kratzfuß machen, sind sie als Samurai doch alle gleich und genießen alle dieselben Privilegien. Was tut sich an Bord?«
Blackthorne sah zum Schiff hinüber.

»Der Käpt'n redet auf einen anderen Samurai ein und zeigt auf uns. Was ist denn so Besonderes an ihnen?«
»Hierzulande beherrschen die Samurai alles und besitzen alles. Sie haben ihren eigenen Ehrenkodex und müssen ganz bestimmte Regeln beachten. Hochmütig? Madonna, Ihr habt ja keine Ahnung! Noch der niedrigste von ihnen darf laut Gesetz jeden Nicht-Samurai töten, ob Mann, Frau oder Kind, und das ohne jeden Grund. Nach dem Gesetz dürfen sie sogar jemand umbringen, bloß um die Schärfe ihres Schwertes zu prüfen – ich hab' das erlebt – und ihre Schwerter sind die besten der Welt. Besser als Damaszenerklingen! Was macht der Kacker jetzt?«
»Sieht bloß zu uns rüber. Den Bogen hat er jetzt auf dem Rücken. »Ich hasse diese Kerle – noch mehr als die Spanier.«
Abermals lachte Rodrigues beim Skullen lauf auf. »Ehrlich gesagt, bringen sie meine Pisse auch zum Gerinnen! Aber wenn Ihr rasch reich werden wollt, müßt Ihr mit ihnen zusammenarbeiten, denn ihnen gehört alles. Ist auch wirklich alles in Ordnung mit Euch?«
»Ja. Danke. Was habt Ihr gesagt? Daß den Samurai alles gehört?«
»Ja. Das ganze Land ist in Burgen aufgeteilt, wie in Indien. Oben die Samurai, und dann kommen die Bauern.« Rodrigues spuckte über Bord. »Nur Bauern können Land *besitzen!* Kapiert? Den Samurai dagegen gehört alles, was sie erzeugen! Der ganze Reis – einen Teil geben sie den Bauern zurück. Nur Samurai dürfen Waffen tragen. Wenn ein Nicht-Samurai einen Samurai angreift, so ist das gleichbedeutend mit Rebellion, die durch augenblicklichen Tod geahndet werden muß. Und wenn jemand so etwas beobachtet und es nicht meldet, ist auch er haftbar. Seine ganze Familie wird umgebracht. Madonna, ist das eine Satansbrut, diese Samurai! Ich hab' selbst mit angesehen, wie Kinder zu Hackfleisch gemacht wurden.« Rodrigues räusperte sich und spuckte aus. »Und trotzdem – wenn man sich nur ein bißchen auskennt, ist dieses Land der Himmel auf Erden.« Er blickte zur Galeere zurück, um sich zu vergewissern, dann grinste er. »Na, Ingeles, es geht doch nichts über 'ne kleine Spazierfahrt durch 'n Hafen, was?«
Blackthorne lachte. Die Jahre fielen von ihm ab, als er das vertraute Schwappen der Wellen hörte, den salzigen Geruch des Wassers wahrnahm, die Schreie der kreisenden Möwen hörte; das Gefühl der Freiheit erfüllte ihn, das Gefühl, nach langer, langer Zeit heimzukehren. »Ich dachte, Ihr würdet mir nicht helfen, auf die *Erasmus* zu kommen.«
»Das ist das Schlimme mit allen Ingeles! Keine Geduld! Merkt Euch, hier bittet man keinen Japs um irgendwas – weder einen Samurai, noch sonst jemand. Fragt man erst lange, zögern sie und suchen dann bei ihrem Vorgesetzten um Erlaubnis nach. Hier muß man *handeln!* Natürlich«, sein herzhaftes Lachen drang über die Wellen, »manchmal wird man eben umgebracht, wenn man falsch handelt. Wie heißt Ihr?«
»Blackthorne. John Blackthorne.«

»Seid Ihr jemals in den Norden gefahren, Ingeles? In den hohen Norden?«
»Ich bin unter Kees Veerman in *Der Lifle* mitgefahren. Vor acht Jahren. Das war seine zweite Fahrt, um die Nordostpassage zu finden. Warum?«
»Das müßt Ihr mir unbedingt erzählen! Auch von den Orten, wo Ihr sonst gewesen seid. Glaubt Ihr, man wird diese Passage jemals finden? Den Nördlichen Seeweg nach Asien, in westlicher oder östlicher Richtung.«
»Ja. Ihr und die Spanier blockiert ja die südlichen Routen, also bleibt uns gar nichts anderes übrig. Doch, durchaus – entweder wir oder die Holländer. Warum?«
»Und an der Barbareskenküste seid Ihr auch als Pilot gefahren?«
»Ja. Warum?«
»Und Ihr kennt Tripolis?«
»Die meisten Piloten sind doch schon dort gewesen. Warum?«
»Mir ist so, als hätte ich Euch dort einmal gesehen. Ja, es muß in Tripolis gewesen sein. Man hat mich auf Euch aufmerksam gemacht: Das da, das ist der berühmte englische Pilot, der den holländischen Forschungsreisenden Kees Veerman ins Eismeer begleitet hat – und einmal auch unter Drake als Käpt'n gefahren ist, stimmt's? Als es gegen die Armada ging? Wie alt seid Ihr da gewesen?«
»Vierundzwanzig. Und was habt Ihr in Tripolis gemacht?«
»Ich war Pilot auf einem englischen Freibeuter. Mein Schiff wurde von diesem Piraten – Morrow hieß er, Henry Morrow – in der Karibischen See gekapert. Nachdem er es geplündert hatte, steckte er es in Brand, und mir bot er den Posten eines Piloten an – sein Mann tauge nichts, sagte er –, Ihr wißt ja, wie das so geht. Er wollte von dort – wir nahmen vor Hispaniola gerade Wasser an Bord, als er uns aufbrachte – am Festland entlangsegeln und dann zurück über den Atlantik, weil er das jährliche spanische Goldschiff in der Nähe der Kanarischen Inseln abfangen wollte. Er machte mir das übliche Angebot: meine Kameraden freizulassen und ihnen, falls ich bei ihm bliebe, Verpflegung und Boote zu geben. Ich sagte: ›Klar. Warum nicht? Vorausgesetzt, wir greifen nicht gerade Portugiesen an und Ihr setzt mich in der Nähe von Lissabon an Land und klaut mir nicht meine *roteiros*.‹ Es ging bei diesem Handel hin und her – Ihr wißt ja, wie so was geht. Dann schwor ich bei der Madonna, und wir beide schworen bei Gott, und damit hatte es sich. Wir machten eine gute Reise, und es fielen uns ein paar fette spanische Kauffahrteischiffe in die Hände. Vor Lissabon forderte er mich auf, an Bord zu bleiben, übermittelte mir die übliche Nachricht von Königin Elizabeth: daß sie eine fürstliche Belohnung für jeden portugiesischen Piloten ausgesetzt habe, der sich ihr anschlösse, und außerdem fünftausend Guineen für den *roteiro* durch die Magellanstraße oder ums Kap der Guten Hoffnung zahlen würde.« Sein Gesicht verzog sich zu einem breiten Grinsen, und seine Zähne leuchteten weiß und kräftig. »Die besaß ich aber nicht. Zumindest hab' ich ihnen das weisgemacht. Morrow hielt Wort, wie es eigentlich alle Piraten tun sollten, und setzte mich mitsamt meiner *roteiros* an Land – selbst-

verständlich nicht, ohne sie vorher kopieren zu lassen, und er zahlte mir sogar meinen Anteil am Prisengeld aus. Seid Ihr jemals unter ihm gefahren, Ingeles?«
»Nein. Die Königin hat ihn vor ein paar Jahren zum Ritter geschlagen. Ich hab' aber nie auf einem seiner Schiffe gedient. Freut mich, daß er Euch gegenüber fair war.«
Sie näherten sich der *Erasmus*. Unschlüssig starrten Samurai auf sie herab.
»Das war das zweite Mal, daß ich den Piloten für die Ketzer gemacht habe. Beim ersten Mal hatte ich nicht soviel Glück.« Rodrigues nahm seine Riemen ins Boot hinein, das Boot ging elegant längsseits, und er hängte sich an die Entertaue. Er verneigte sich wie ein Höfling. »*Konnichi wa* allen kotfressenden *Samas*.«
Es waren vier Samurai an Deck. In einem von ihnen erkannte Blackthorne eine der Wachen von der Falltür wieder. Völlig verdutzt verneigten sie sich steif vor dem Portugiesen. Der ging schnurstracks auf den Niedergang zu. Die Siegel waren unbeschädigt. Einer der Samurai hielt ihn auf.
»*Kinjiru, gomen nasai.* Es ist verboten, tut mir leid.«
»*Kinjiru,* eh?« sagte der Portugiese, ohne sich im geringsten beeindrucken zu lassen. »Ich bin Rodrigu-san, Anjin-san von Toda Hiro-matsu-sama. Dieses Siegel«, sagte er und wies auf den roten Klecks mit den seltsamen Schriftzeichen darauf, »Toda Hiro-matsu-sama, *ka?*«
»*Iyé*«, sagte der Samurai kopfschüttelnd. »Kasigi Yabu-sama.«
»*Iyé?*« fragte Rodrigues. »Kasigi Yabu-sama? Ich gehöre zu Toda Hiro-matsu-sama, der ein größerer König ist als euer Knabenschänder. Er gehört zu Toranaga-sama, der der größte Knabenschänder-sama auf der Welt ist. *Neh?*« Er riß das Siegel von der Tür, legte eine Hand an eine seiner Pistolen. Die Schwerter waren halb aus der Scheide, und er sagte eiskalt zu Blackthorne: »Macht Euch bereit, das Schiff zu verlassen« – und zu den Samurai barsch: »Toranaga-sama!« Mit der Linken wies er auf die Flagge, die an seinem eigenen Mast flatterte. »*Wakarimasu ka?*«
Die Samurai zögerten, die Schwerter immer noch bereit. Blackthorne schickte sich an, mit einem Kopfsprung über das Schanzkleid zu hechten.
»Toranaga-sama!« Rodrigues trat mit voller Wucht gegen die Tür. Der Riegel zerbrach, und die Tür sprang auf.
»*Wakarimasu*, Anjin-san.« Die Samurai steckten rasch ihre Schwerter ein, verneigten und entschuldigten sich, verneigten sich abermals, und Rodrigues sagte: »Das gefällt mir schon besser«, und ging nach unten voraus.
»Herrgott, Rodrigues«, sagte Blackthorne, als sie auf dem Unterdeck standen. »Macht Ihr das immer so, und kommt Ihr immer damit durch?«
»Nein, das tue ich nur höchst selten«, sagte der Portugiese und wischte sich den Schweiß von der Stirn, »und selbst dann wünschte ich, ich hätte nie damit angefangen. Aber es ist die einzige Möglichkeit. Man muß sich aufführen wie ein König. Doch selbst dann weiß man bei einem Samurai nie, woran man ist. Die sind genauso gefährlich wie ein reingelegter Priester, der mit einer Kerze im Arsch auf einem halbvollen Pulverfaß sitzt.«

»Was habt Ihr zu ihnen gesagt?«
»Toda Hiro-matsu ist Toranagas Oberster Ratgeber – er steht hoch über dem hiesigen *Daimyo*. Deshalb haben sie klein beigegeben.«
»Wie ist er denn, dieser Toranaga?«
»Das ist eine lange Geschichte, Ingeles.« Rodrigues setzte sich auf die unterste Stufe, zog einen Stiefel aus und rieb sich die Zehen. »Ich hab' mir an Eurer wanzenzerfressenen Tür fast den Fuß gebrochen.«
»Sie war nicht verschlossen. Ihr hättet sie ja aufmachen können.«
»Ich weiß, aber das wäre weit weniger wirkungsvoll gewesen. Bei der Heiligen Jungfrau, Ihr müßt noch viel lernen.«
»Werdet Ihr es mir beibringen?«
Rodrigues zog den Stiefel wieder an. »Kommt drauf an«, sagte er. »Bis jetzt hab' nur ich geredet, wogegen nichts zu sagen ist – schließlich bin ich in Ordnung, und Ihr seid es nicht. Bald werdet aber Ihr an der Reihe sein. Welches ist Eure Kammer?«
Blackthorne sah ihn eine Weile forschend an. Hier unter Deck roch es muffig. »Vielen Dank, daß Ihr mir geholfen habt, an Bord zu kommen.«
Er ging nach hinten. Seine Tür war aufgebrochen, die Kammer gründlich durchstöbert und alles Bewegliche fortgeschafft worden: Weder Bücher noch Kleider noch Instrumente oder Federkiele waren zu sehen. Auch seine Seekiste hatte man aufgebrochen. Weiß vor Wut ging er in die Große Kammer hinüber. Rodrigues ließ ihn nicht einen Moment aus den Augen. Selbst das Geheimfach hatten sie aufgebrochen. Es war leer.
»Sie haben alles mitgenommen – diese Hunde!«
»Was hattet Ihr denn erwartet?«
»Das weiß ich nicht. Ich dachte – wo das Schiff doch versiegelt war...« Blackthorne ging zum Tresorraum. Er war leer. Desgleichen die Pulverkammer. In den Laderäumen befanden sich lediglich die Tuchballen. »Verfluchte Japse!«
»Wo sind sie?« fragte Rodrigues. »Wo sind Eure *roteiros?*«
Durchdringend sah Blackthorne ihn an.
»Wegen seiner Kleidung würde sich doch kein Pilot Sorgen machen. Ihr seid wegen der *roteiros* hergekommen, stimmt's?«
»Ja.«
»Warum seid Ihr so überrascht, Ingeles? Warum wohl, glaubt Ihr, bin ich mit an Bord gekommen? Um Euch zu ein paar Kleidern zu verhelfen? Eure sind ohnehin zerschlissen, und Ihr braucht neue. Ich hab' mehr als genug für Euch. Aber wo sind Eure *roteiros?*«
»Verschwunden! Sie waren in meiner Seekiste.«
»Ich werde sie Euch nicht stehlen, Ingeles. Ich möchte sie bloß lesen und kopieren, falls nötig.« Seine Stimme wurde hart. »Bitte, holt sie, Ingeles. Wir haben nicht mehr viel Zeit.«
»Das kann ich nicht. Sie sind verschwunden. Sie waren in meiner Seekiste.«
»Dort würdet Ihr sie doch nicht gelassen haben – zumindest nicht beim Einlau-

fen in einen fremden Hafen. Ihr würdet doch nicht die oberste Regel eines Piloten vergessen – sie sorgsam zu verstecken und nur die falschen unbeschützt liegenzulassen. Beeilt Euch!«
»Sie sind gestohlen!«
»Ich glaube Euch nicht. Allerdings will ich gern zugeben, daß Ihr sie sehr gut versteckt habt. Ich habe zwei Stunden lang nach ihnen gesucht, und hab' nicht den kleinsten Hinweis auf sie gefunden.«
»Was?«
»Warum so überrascht, Ingeles? Habt Ihr solche Angst? Selbstverständlich bin ich von Osaka aus hergekommen, um einen Blick in Eure *roteiros* zu werfen.«
»Ihr seid bereits an Bord gewesen?«
»Madonna«, sagte Rodrigues, dem allmählich die Geduld riß. »Ja, selbstverständlich, vor zwei oder drei Stunden, zusammen mit Hiro-matsu, der sich auch hier umsehen wollte. Er erbrach die Siegel, und als wir gingen, hat dieser Yabu das Siegel erneuert. Jetzt beeilt Euch, bei Gott!« fügte er noch hinzu. »Der Sand läuft aus.«
*»Sie sind gestohlen!«* Blackthorne berichtete ihm, wie sie hier angekommen wären und wie er an Land wieder zu sich gekommen sei. »Sie sind gestohlen! Alle meine Karten! Alle meine *roteiros!* In England habe ich Kopien von einigen von ihnen, aber der *roteiro* von dieser Reise ist weg, genauso wie der...« Er hielt inne.
»...wie der portugiesische *roteiro?* Nun macht schon, Ingeles, es konnte kein anderer als ein portugiesischer sein.«
»Jawohl, und der portugiesische, der ist auch weg.« Reiß dich jetzt zusammen, dachte er. Sie sind fort, und das ist das Ende. Wer mag sie haben? Die Japaner? Ob die sie dem Priester übergeben haben? Ohne die Karten und die *roteiros* kannst du das Schiff nicht wieder zurückbringen nach Rotterdam. Dann kommst du nie nach Hause... Nein, stimmt nicht ganz. Mit aller Vorsicht und einer gehörigen Portion Glück schaffst du es auch so... Sei nicht albern! Du bist halb um die Erde gesegelt, befindest dich in Feindesland und in Feindeshand, und jetzt hast du weder *roteiros* noch Karten. »Oh, Herrgott, verleihe mir Kraft!«
Rodrigues ließ ihn nicht einen Moment aus den Augen.
Endlich sagte er: »Tut mir leid für Euch, Ingeles. Ich weiß, wie Euch zumute ist – mir ist das auch einmal passiert. Der war auch ein Ingeles, der Dieb – möge sein Schiff sinken und er für immer in der Hölle schmoren! Kommt, gehen wir zurück!«

Omi und die anderen warteten auf der Mole, bis die Galeere die Landspitze umrundet hatte und verschwand. Im Westen legte sich bereits nächtliches Dunkel über den blutigen Himmel. Im Osten verschmolzen Nacht und Meer miteinander; man sah keinen Horizont.
»Mura, wie lange wird es dauern, bis die Kanonen alle wieder an Bord sind?«

»Wenn wir die Nacht durcharbeiten, bis morgen mittag, Omi-san. Wenn wir bei Sonnenaufgang anfangen, würden wir längst vor Sonnenuntergang fertig sein. Es wäre sicherer, bei Tag zu arbeiten.«
»Arbeitet die Nacht durch! Bringt den Priester sofort zu der Grube!«
Omi warf einen Blick auf Igurashi, Yabus Hauptstellvertreter, der noch immer zur Landspitze hinübersah, die Gesichtshaut straff, das wäßrige Narbengewebe über seiner leeren Augenhöhle unheimlich im Schatten. »Ihr seid willkommen, bei mir zu wohnen, Igurashi-san. Mein Haus ist zwar bescheiden, aber vielleicht könnten wir es doch behaglich für Euch machen.«
»Ich danke Euch«, sagte der ältere Mann, indem er sich ihm zuwandte, »aber Yabu-sama hat uns befohlen, ungesäumt nach Yedo zurückzukehren. Das werden wir auch tun.« Seine Besorgnis kam noch deutlicher zum Vorschein. »Ich wünschte, ich wäre auf der Galeere. Mir ist der Gedanke, Yabu-sama mit nur zwei Männern auf der Galeere zu wissen, unerträglich!« Er wies auf die *Erasmus.* »Ein Teufelsschiff. Erst ein solcher Reichtum, und dann mit leeren Händen dazustehen!«
»Wirklich alles? Wird Herr Toranaga sich nicht unbändig freuen über Yabu-samas Geschenk?«
»Dieser geldgierige Provinzenschlucker ist dermaßen von seiner eigenen Wichtigkeit überzeugt, daß er nicht mal merken wird, wieviel Gold und Silber er unserem Herrn gestohlen hat! Habt Ihr denn keinen Verstand?«
»Ich nehme an, nur Eure Angst vor einer möglichen Gefahr für unseren Herrn hat Euch zu einer solchen Bemerkung hinreißen lassen.«
»Ihr habt recht, Omi-san. Ich habe niemanden beleidigen wollen. Ihr habt sehr klug gehandelt und unserem Herrn sehr geholfen. Vielleicht habt Ihr recht, auch was Toranaga betrifft«, erklärte Igurashi, blieb jedoch nachdenklich. Genieße deinen neugefundenen Reichtum, du armer Tropf, dachte er bei sich. Ich kenne meinen Herrn besser als du, und daß dein Lehen vergrößert worden ist, wird dir nichts nützen. Deine Beförderung wäre der gerechte Lohn für das Schiff, das Gold und die Waffen gewesen. Aber jetzt ist alles dahin! Und deinetwegen schwebt mein Herr jetzt in größter Gefahr. Du bist es gewesen, der ihm die Nachricht geschickt hat, und du hast ihn dadurch in Versuchung gebracht. Gestern schon hätten wir fortreiten sollen. Jawohl, dann wäre mein Herr längst mit den Waffen und dem Geld in Sicherheit. Bist du nicht ein Verräter? Arbeitest du für dich selbst oder für deinen Dummkopf von Vater oder gar für Toranaga? Es spielt keine Rolle. Du und dein Zweig des Kasigi-Klans, ihr werdet nicht mehr lange auf dieser Erde weilen. Ich würde es dir ja ins Gesicht sagen, aber dann müßte ich dich umbringen – und hätte das Vertrauen meines Herrn mißbraucht. An ihm ist es, zu sagen, wann, nicht an mir!
»Dank für Eure Gastfreundschaft, Omi-san«, sagte er laut. »Ich freue mich, Euch bald wiederzusehen, aber jetzt muß ich fort.« Er hob die Hand zu einem freundlichen Gruß, winkte seine Leute heran und führte dann die Phalanx der Reiter aus dem Dorf hinaus.

Omi ging zur Grube. Der Priester war bereits da. Omi sah, daß er wütend war, und er hoffte, er würde etwas offenkundig Feindseliges tun, damit er ihn durchprügeln lassen könnte.
»Priester, sagt den Barbaren, sie sollen einer nach dem anderen heraufkommen. Sagt ihnen, Herr Yabu hat angeordnet, sie dürften jetzt wieder in der Welt der Menschen leben.« Omi drückte sich absichtlich einfach aus. »Jedoch die kleinste Verletzung einer Regel, und zwei werden wieder in die Grube geworfen. Sie haben sich zu benehmen und allen Befehlen zu gehorchen. Ist das klar?«
Wie schon zuvor ließ Omi sich die Worte von dem Priester wiederholen. Dann ließ er ihn in die Grube hineinsprechen.
Die Männer kamen herauf, einer nach dem anderen. Alle waren sie eingeschüchtert. Manchen mußte geholfen werden. Einer von ihnen litt große Schmerzen und schrie jedesmal, wenn jemand ihn am Arm berührte.
»Es sollten acht sein.«
»Einer ist tot. Seine Leiche liegt unten in der Grube.«
Omi überlegte einen Moment. »Mura, verbrennt die Leiche, und bewahrt seine Asche zusammen mit der des anderen Barbaren auf. Bringt diese Männer in demselben Haus unter wie zuvor. Gebt ihnen viel Gemüse und Fisch zu essen. Dazu Buchweizensuppe und Obst. Laßt sie sich waschen.«
Omi beobachtete und lauschte aufmerksam. Er sah sie alle dankbar reagieren, und voller Verachtung dachte er: Wie dumm! Zwei Tage lang nur lasse ich sie darben, dann gebe ich ihnen eine Kleinigkeit, und schon fressen sie mir aus der Hand. »Mura, bringt ihnen bei, sich anständig zu verneigen, und dann führt sie weg.«
Dann wandte er sich dem Priester zu. »Nun?«
»Ich gehe jetzt. Gehe in mein Haus. Verlassen Anjiro.«
»Das beste ist, Ihr geht und bleibt für immer weg, Ihr und jeder Priester. Wenn nächstesmal einer von euch in *mein* Leben kommt, so deshalb, weil einige von *meinen* Bauern und Lehnsleuten auf Verrat sinnen«, sagte er und bediente sich der verschleierten Drohung und der klassischen List, welche die antichristlichen Samurai anwandten, um der unkontrollierten Ausbreitung der fremden Religion in ihrem Lehnsgebiet vorzubeugen; denn wenn auch fremde Priester gesetzlich geschützt waren, ihre japanischen Konvertiten waren es nicht.
»Christen gute Japaner. Immer. Nur gute Lehnsleute. Haben nie schlechte Gedanken gehegt. Niemals!«
»Das freut mich zu hören. Vergeßt nicht, mein Lehen erstreckt sich zwanzig *Ri* in jeder Richtung. Verstanden?«
»Ich verstehe. Ja, ich verstehe sehr gut.«
Er sah zu, wie der Mann sich steif verneigte und dann ging.
»Omi-san?« sagte einer seiner Samurai. »Bitte, verzeiht mir, ich weiß, Ihr habt es nicht vergessen, aber Masijiro-san ist noch in der Grube.« Omi trat an die Falltür heran und starrte auf den Samurai hinunter. Augenblicklich lag der Mann auf seinen Knien und verbeugte sich unterwürfig.

Die zwei Tage hatten ihn altern lassen. Omi wog seinen Dienst in der Vergangenheit und seinen möglichen künftigen Nutzen ab. Dann zog er dem jungen Samurai den Dolch aus der Schärpe und ließ ihn in die Grube fallen.
Unten am Fuß der Leiter starrte Masijiro ungläubig auf den Dolch. Tränen begannen ihm die Wangen herunterzulaufen. »Ich habe diese Ehre nicht verdient, Omi-san«, sagte er zerknirscht.
»Doch.«
»Ich danke Euch!«
Der junge Samurai neben Omi sagte: »Darf ich darum bitten, daß ihm gestattet wird, hier auf dem Strand *Seppuku* zu begehen?«
»In der Grube hat er versagt, und in der Grube bleibt er. Gebt den Leuten aus dem Dorf den Auftrag, sie zuzuwerfen. Jede Spur hat zu verschwinden. Die Barbaren haben sie besudelt.«
Er wandte sich ab und ging davon.

Kiku lachte und schüttelte den Kopf. »Nein, Omi-san, tut mir leid, bitte keinen Saké mehr für mich, sonst geht mir die Frisur auf und ich falle hin – und wo bleiben wir dann?«
»Ich würde mit Euch hinfallen, wir würden das Kopfkissen teilen und im Nirwana sein, außerhalb unseres Ich«, sagte Omi glücklich. Der Kopf schwamm ihm vom Wein.
»Ah, aber ich würde schnarchen, und Ihr könnt mit einem schnarchenden, abscheulich betrunkenen Mädchen nicht das Kopfkissen teilen. Ganz gewiß nicht, tut mir leid. Oh, nein, Omi-sama mit dem großen neuen Lehen, Ihr habt Besseres verdient.« Abermals schenkte sie einen Fingerhut voll von dem warmen Wein in die winzige Porzellanschale und reichte sie ihm mit beiden Händen, wobei Zeigefinger und Daumen ihrer Linken die Schale hielten, während Zeigefinger und Daumen ihrer Rechten sie anmutig von unten stützten. »Hier, denn Ihr seid wunderbar!«
Er nahm die Schale entgegen und nippte, genoß die Wärme und das milde Aroma. »Ich war so froh, Euch überreden zu können, einen Tag länger zu bleiben, *neh?* Ihr seid so wunderschön, Kiku-san.«
»Ihr seid es, der schön ist, und es ist mir ein Vergnügen.« Ihre Augen leuchteten im Schein der in einer Papierhülle steckenden Kerze, die vom Zedernbalken herunterhing. Dies waren die besten Zimmer im Teehaus in der Nähe des Dorfplatzes. Sie beugte sich vor, um ihm noch ein wenig von dem Reis aus der einfachen Holzschale zu geben, die auf dem niedrigen, schwarzlackierten Tisch vor ihnen stand, doch er schüttelte den Kopf.
»Nein, nein, vielen Dank! Ich bin gesättigt, wirklich!«
Sie selber hatte von ihrem bißchen Salat nur ganz wenig gegessen – winzig geschnittene Gurken, kunstvoll zugeschnittene Radieschen, alles in süßem Essig eingelegt –, das einzige, was sie als volle Mahlzeit zu sich nehmen wollte. Scheiben rohen Fisches hatten auf Kügelchen von klebrigem Reis gelegen; es hatte

Suppe gegeben, den Salat und ein paar frische Gemüse, die mit einer pikanten Sauce aus Soja und Ingwer angemacht waren. Und Reis.
Sanft klatschte sie in die Hände, und der *Shoji* wurde augenblicklich von ihrer persönlichen Bedienerin beiseite geschoben.
»Ihr wünscht, Herrin?«
»Suisen, trag all dies fort, und bringe mehr Saké und eine Kanne frischen *Cha*. Den Saké etwas heißer bitte. Beeil dich, du Nichtsnutz!« Sie bemühte sich, daß ihre Stimme gebieterisch klang.
Suisen war vierzehn, süß, begierig zu gefallen und ein Kurtisanenanlernling. Sie diente Kiku jetzt seit zwei Jahren, und Kiku war verantwortlich für ihre Ausbildung.
Während sie Suisen kritisch beobachtete und ihr Können ermaß, erzählte sie Omi Geschichten, um ihn zum Lachen zu bringen, damit er die Welt draußen vergaß. Das junge Mädchen kniete neben Omi, ordnete, wie man es sie gelehrt, die kleinen Schalen und Eßstäbchen auf dem Lacktablett so an, daß sie ein gefälliges Muster ergaben. Dann nahm sie das leere Saké-Kännchen, hielt es mit der Öffnung nach unten, um sich zu vergewissern, daß es auch wirklich leer sei, erhob sich dann mitsamt dem Tablett und trug es lautlos zur *Shoji*-Tür hinüber, kniete nieder, setzte das Tablett ab, machte die *Shoji*-Tür auf, kniete sich abermals hin, nahm das Tablett, trug es hinaus, setzte es genauso lautlos wieder nieder und schob die Tür ganz zu.
»Ich muß mich wirklich nach einer anderen Zofe umsehen«, sagte Kiku, keinesfalls unangenehm berührt. Diese Farbe steht ihr, dachte sie. Ich muß aus Yedo noch mehr von dieser Seide kommen lassen. Was für eine Schande, daß sie so teuer ist! Aber wie dem auch sei, bei all dem Geld, das Gyoko-san für die zwei Nächte bekommen hat, bleibt mir von meinem Anteil genug, um der kleinen Suisen zwanzig Kimonos zu kaufen. Sie ist ein so liebes Kind, wirklich sehr anmutig. »Sie macht soviel Lärm!«
»Ich habe sie gar nicht bemerkt. Nur Euch«, sagte Omi und trank seinen Wein aus.
Kiku fächelte mit ihrem Fächer, und ihr Lächeln erhellte ihr Gesicht. »Ihr macht, daß ich mich sehr wohl fühle, Omi-san. Ja. Und geliebt.«
Rasch brachte Suisen den Saké. Und den *Cha*. Ihre Herrin schenkte Omi etwas Wein ein und reichte ihm die Schale. Unauffällig füllte das Mädchen die Teeschalen. Dann setzte sie sich erleichtert zurück auf ihre Fersen und wartete.
Kiku erzählte eine unterhaltsame Geschichte, die sie von einer ihrer Freundinnen in Mishima gehört hatte, und Omi lachte. Während sie es tat, nahm sie eine der kleinen Orangen und öffnete sie mit ihren langen Fingernägeln, als ob sie eine Blume wäre – die Fruchtsegmente, die Blütenblätter, die Schale, die Blätter am Fruchtansatz. Sie zupfte etwas weißes Mark herunter und so bot sie die Orange mit beiden Händen dar – als ob das die übliche Art wäre, mit der eine Dame ihrem Gast eine Frucht reichte.
»Möchtet Ihr eine Orange, Omi-san?«

Omis erste Reaktion war: Ich kann so etwas Schönes nicht zerstören. Aber das wäre ungehörig, dachte er, ganz benommen von ihrer kunstvollen Fertigkeit. Wie kann ich ihr ein Kompliment machen, ihr und ihrer ungenannten Lehrerin? Wie kann ich das Glück zurückgeben, das sie mir schenkt, indem sie mir erlaubte, ihr zuzusehen, wie ihre Finger etwas so Köstliches und so Vergängliches schufen?

Er hielt die geöffnete Blume einen Moment in der Hand, nahm dann geschickt vier Scheiben heraus, die alle gleich weit voneinander entfernt waren, und verspeiste sie mit Vergnügen. Auf diese Weise war ein neuer Blütenkelch entstanden. Hierauf entfernte er noch weitere vier Scheiben und schuf auf diese Weise ein weiteres Blumenstück. Dann nahm er eine Scheibe und rückte eine zweite dergestalt zurecht, daß die verbleibenden immer noch eine Blüte ergaben. Sodann entnahm er ihr zwei Scheiben und legte die letzte auf den Boden der Orangenschale, genau in die Mitte, und es sah aus wie ein zunehmender Mond in einer Sonne.

Er aß eine Schnitte sehr langsam. Nachdem er geendet hatte, legte er die zweite in die Mitte seiner Handfläche und bot sie ihr dar. »Die müßt Ihr haben, denn es ist die vorletzte. Das ist mein Geschenk an Euch!«

Suisen wagte kaum zu atmen. Für wen war die letzte?

Kiku nahm die Scheibe und verspeiste sie. Es war die beste, die sie je gekostet.

»Das hier ist die letzte«, sagte Omi und setzte den Fruchtkelch ernst auf die Handfläche seiner Rechten. »Sie ist mein Geschenk an die Götter, wer immer sie sein mögen und wo immer sie weilen. Ich werde nie wieder von dieser Frucht essen, es sei denn, sie käme aus Euren Händen.«

»Das ist zuviel, Omi-sama«, sagte Kiku. »Ich entbinde Euch von Eurem Gelöbnis! Das habt Ihr unter dem Einfluß des *Kami* gesagt, der in allen Saké-Kännchen wohnt.«

»Ich weigere mich, entbunden zu werden.«

Sie waren sehr glücklich zusammen.

»Suisen«, sagte sie. »Jetzt laß uns allein.«

»Jawohl, Herrin.« Das junge Mädchen begab sich in den Nachbarraum und vergewisserte sich, daß die *Futons* makellos ausgebreitet waren, die Liebesinstrumente und die Lustperlen griffbereit und die Blumen vollkommen. Eine kaum wahrnehmbare Falte in der Decke wurde glattgestrichen. Dann setzte Suisen sich, seufzte erleichtert auf, fächelte sich die Hitze mit ihrem fliederfarbenen Fächer aus dem Gesicht und faßte sich in Geduld.

Im Raum nebenan, dem besten des ganzen Teehauses, dem einzigen, der auf einen eigenen Garten hinausging, nahm Kiku die Samisen mit dem langen Griffbrett. Drei Saiten waren darüber gespannt, ähnlich wie bei einer Gitarre. Akkorde erfüllten den Raum. Dann fing Kiku an, zu dem Instrument zu singen. Leise anfangs, dann trillernd, wieder leise, dann laut, leiser und sanft seufzend, sang sie von Liebe und unerwiderter Liebe und von Beseligung und von Trauer.

»Herrin?«
Das ganz leise hingehauchte Wort hätte auch den Mann mit dem leichtesten Schlaf nicht geweckt, aber Suisen wußte, daß ihre Herrin es vorzog, nach dem Spiel der Wolken und des Regens nicht zu schlafen, so erschöpfend es auch gewesen sein mochte. Sie liebte es, sich halb wachend in völliger Stille auszuruhen.
»Ja, Sui-chan?« flüsterte Kiku und fügte dem Namen Sui die Koseform *chan* an, als wäre sie ein geliebtes Kind.
»Omi-sans Gattin ist zurückgekehrt. Ihre Sänfte ist soeben den Pfad zu seinem Haus hinaufgetragen worden.«
Kiku blickte zu Omi. Sein Hals ruhte bequem auf dem hölzernen Polster, die Arme hatte er verschränkt. Sein Körper war kräftig und ohne jeden Makel, seine straffe Haut schimmerte golden. Sanft streichelte sie ihn, dann schlüpfte sie unter der Decke hervor und zog ihre Kimonos fest um sich.
Es kostete Kiku nur einen kurzen Augenblick, ihr Make-up zu erneuern, während Suisen ihr das Haar kämmte und bürstete und es ihr im Shimoda-Stil aufsteckte. Dann huschten Herrin und Dienerin geräuschlos hinaus auf die Veranda und eilten zum Dorfplatz. Glühwürmchen gleich pendelten Boote zwischen Barbarenschiff und Mole hin und her, wo immer noch sieben Kanonenrohre an Bord zurückgeschafft werden mußten. Es war noch tiefe Nacht, lange vor Morgengrauen.
In Schweiß gebadete und erschöpfte Sänftenträger nahmen oben auf dem Hügel vor Omis Haus noch einmal alle Kräfte zusammen. Kiku klopfte nicht an die Gartenpforte. Kerzen brannten im Haus, und Diener eilten geschäftig hin und her. Sie gab Suisen einen Wink, die sogleich zur Veranda in der Nähe der Haupttür ging, klopfte und wartete. Gleich darauf wurde die Tür geöffnet.
Im Bett von Omis Mutter hatte niemand geschlafen. Regungslos saß sie aufrecht da neben der kleinen Nische, in der das Blumengesteck stand. Ein kleines Fenster zum Garten hinaus stand offen. Midori, Omis Frau, kniete vor ihr.
Kiku kniete sich gleichfalls hin. War es erst gestern, daß ich von Entsetzen gepackt hier die Nacht der Schreie erlebte? Sie verneigte sich, zuerst vor Omis Mutter, dann vor seiner Frau. Sie spürte die Spannung zwischen den beiden Frauen und fragte sich: Warum ist stets Zank und Streit zwischen Schwiegermutter und Schwiegertochter? Wird nicht aus einer Schwiegertochter nach Ablauf der Zeit immer eine Schwiegermutter? Und warum tut die junge Frau dann später wieder das gleiche? Lernt denn kein Mensch?
»Verzeiht, daß ich Euch störe, Herrin.«
»Ihr seid sehr willkommen, Kiku-san«, erwiderte die alte Frau. »Ich hoffe, es gibt keine Schwierigkeiten?«
»O nein. Aber ich wußte nicht, ob ich Euren Sohn wecken sollte oder nicht«, sagte sie zu ihr und wußte bereits die Antwort. »Ich hielt es für besser, Euch zu fragen, da Ihr, Midori-san« – sie wandte sich um, lächelte und verneigte sich leicht vor Midori, da sie sie sehr gern mochte – »da Ihr zurückgekehrt seid.«

Die alte Frau sagte: »Ihr seid sehr gütig und sehr rücksichtsvoll. Nein, laßt ihn in Ruhe.«
»Tut mir leid, es war entsetzlich«, sagte Midori. »Ich bin froh, wieder hier zu sein, und es war mir schrecklich, fort zu sein. Geht es meinem Gatten gut?«
»Jawohl, sehr gut. Er hat viel gelacht heute abend und schien äußerst glücklich. Er hat nur wenig gegessen und getrunken, und jetzt schläft er tief.«
»Die Herrin-san war gerade dabei, mir von den entsetzlichen Dingen zu erzählen...«
»Du hättest nicht fortgehen sollen. Du wurdest hier gebraucht«, unterbrach die alte Frau sie, Gift in der Stimme. »Oder vielleicht hättest du für immer fortbleiben sollen. Vielleicht hast du zusammen mit deinem Bettleinen einen bösen *Kami* in unser Haus gebracht.«
»Das würde ich nie tun, Herrin-san«, sagte Midori geduldig. »Bitte, glaubt mir, ich würde mich eher umbringen, als Euren Namen auch nur im geringsten zu beflecken. Bitte, seht mir meine Fehler nach und daß ich fort war. Es tut mir leid...«
»Seit das Teufelsschiff herkam, haben wir nichts als Ungelegenheiten. Das ist der böse *Kami*. Und du bist in Mishima gewesen, um zu tratschen, dich mit Essen vollzustopfen und Saké zu trinken.«
»Mein Vater ist gestorben, Herrin. An dem Tag, ehe ich ankam.«
»Was? Nicht einmal soviel Höflichkeit oder die Weitsicht hast du besessen, am Sterbelager deines eigenen Vaters zu erscheinen! Je früher du für immer unser Haus verläßt, desto besser für uns alle. Ich möchte etwas *Cha*. Wir haben einen Gast bei uns, und du vergißt deine guten Manieren und bietest ihm nicht einmal eine Erfrischung an.«
»Die wurde augenblicklich bestellt, kaum daß Kiku-san...«
Die *Shoji*-Wand wurde aufgeschoben. Ein Mädchen brachte nervös *Cha* und süßes Gebäck. Als erstes bediente Midori die alte Frau, die keifte, zahnlos auf ihrem Gebäck herumknabberte und das heiße Getränk schlürfte. »Ihr müßt dem Mädchen verzeihen, Kiku-san«, sagte die alte Frau. »Der Tee ist fade und siedend heiß. Aber etwas anderes kann man in diesem Haus wohl kaum erwarten.«
»Hier, bitte, nehmt meinen«, sagte Midori und blies sanft auf den Tee, um ihn zu kühlen.
»Was haltet Ihr von alledem?« fragte Midori Kiku. »Von dem Schiff und Yabu-sama und Toda Hiro-matsu-sama?«
»Ich weiß nicht, was ich davon halten soll. Was die Barbaren betrifft – wer weiß? Sie sind zweifellos merkwürdige Menschen. Und der große *Daimyo*, Eisenfaust? Es ist schon eigenartig, daß er fast zur gleichen Zeit angekommen ist wie Yabu-sama, *neh?* Nun ja, Ihr müßt mich jetzt entschuldigen. Nein, ich finde schon allein hinaus.«
»Aber nein, Kiku-san. Das kann ich nicht zulassen.«
»Da siehst du's, Midori-san«, unterbrach die alte Frau sie ungeduldig. »Unser Gast fühlt sich hier nicht wohl, und der *Cha* ist abscheulich.«

»Ach, für mich war der *Cha* durchaus genügend, Herrin-san, wirklich. Nein, wenn Ihr mich entschuldigt – aber ich bin ein wenig müde. Vielleicht gestattet Ihr mir, ehe ich morgen abreise, Euch noch einmal meine Aufwartung zu machen. Es ist immer ein solches Vergnügen, mit Euch zu plaudern.«
Die alte Frau ließ sich diese Schmeichelei gefallen, und Kiku folgte Midori hinaus auf die Veranda und dann in den Garten.
»Kiku-san, Ihr seid so rücksichtsvoll«, sagte Midori und hielt sie am Arm. »Es war sehr freundlich von Euch, und ich danke Euch.«
Kiku blickte zurück zum Haus und erschauerte. »Ist sie immer so?«
»Heute abend war sie noch sanft. Wäre es nicht um Omis und meines Sohnes willen, ich würde den Staub von meinen Füßen schütteln, mir den Kopf scheren und Nonne werden. Aber ich habe Omi und meinen Sohn, und das versöhnt mich mit allem. Dafür kann ich nur allen *Kami* danken. Glücklicherweise zieht Herrin-san Yedo Anjiro vor und kann nie sehr lange von dort fortbleiben.« Midori setzte ein trauriges Lächeln auf. »Man lernt, nicht hinzuhören, Ihr wißt ja, wie das ist.« Sie seufzte – zauberhaft sah sie im Mondlicht aus. »Aber das ist unwichtig. Erzählt mir, was geschehen ist, seit ich fort war.«
Das war es, weshalb Kiku ursprünglich so dringlich hergekommen war, denn offensichtlich wollten weder seine Mutter noch Midori, daß Omis Schlaf gestört würde. Sie war gekommen, der reizenden Midori alles zu erzählen, damit sie half, über Kasigi Omi zu wachen, wie sie selbst versuchen würde, über ihn zu wachen. Sie erzählte ihr alles, was sie wußte, bis auf das, was im Zimmer mit Yabu geschehen war. Sie fügte noch die Gerüchte hinzu, die sie gehört, und die Geschichten, die sie von den anderen Mädchen hatte oder die sie erfand. Und alles, wovon Omi ihr berichtet hatte – seinen Hoffnungen, Ängsten und Plänen–, alles von ihm, außer dem, was heute nacht im Zimmer geschehen war. Sie wußte, daß das für seine Frau nicht wichtig war.
»Ich habe Angst, Kiku-san, Angst um meinen Gatten.«
»Alles, wozu er geraten hat, war klug, Midori-san. Ich glaube, alles, was er tat, war korrekt. Herr Yabu belohnt nicht jemand nur aus einer Laune heraus, und dreitausend *Koku* ist schon ein schöner Zuwachs an Einkommen.«
»Aber jetzt gehört das Schiff und das ganze Geld Herrn Toranaga.«
»Gewiß, aber daß Yabu-sama das Schiff ihm als Geschenk antrug, das war ein Geniestreich. Omi-san hat Yabu den Gedanken eingeflüstert – muß nicht das allein schon belohnt werden, *neh?* Omi-san muß fürderhin als einer der wichtigsten Gefolgsleute von Yabu-sama angesehen werden.« Kiku bog die Wahrheit nur ein ganz klein wenig zurecht, denn sie wußte, daß Omi und seine Familie in großer Gefahr schwebten. Was sein soll, wird sein, sagte sie sich. Aber es schadet nichts, die Brauen einer netten Frau zu glätten.
»Ja, das sehe ich«, sagte Midori. Laß die Wahrheit Wahrheit sein, betete sie. Bitte, laß sie Wahrheit sein!
Sie umarmte das Mädchen, und ihre Augen füllten sich mit Tränen. »Ich danke Euch. Ihr seid so gütig, Kiku-san, so gütig.« Sie war siebzehn Jahre alt.

# 8. Kapitel

»Was meint Ihr, Ingeles?«
»Ich glaube, es gibt Sturm. Und zwar noch ehe die Sonne untergeht.«
Es war kurz vor Mittag, und unter einem graubezogenen Himmel standen sie auf dem Achterdeck der Galeere. Es war der zweite Tag, den sie jetzt auf hoher See waren.
»Wenn dies hier Euer Schiff wäre – was würdet Ihr tun?«
»Wie lange dauert es noch, bis wir landen?« fragte Blackthorne.
»Bis nach Sonnenuntergang – und bis zur nächsten Küste sind es vier oder fünf Stunden, Pilot. An der Küste Schutz suchen, kostet uns einen halben Tag; das kann ich mir nicht leisten.«
Blackthorne dachte einen Moment nach. In der ersten Nacht war die Galeere an der Ostseite der Halbinsel Izu nach Süden gerauscht; ein riesiges Segel, das am Mittschiffsmast gesetzt worden war, hatte ihre Geschwindigkeit beträchtlich erhöht. In der Höhe des südlichsten Kaps, dem Kap Ito, hatte Rodrigues einen westsüdwestlichen Kurs eingeschlagen und die Sicherheit der Küstennähe zugunsten der offenen See eingetauscht; jetzt liefen sie auf das zweihundert Meilen entfernte Kap Shinto zu.
»Normalerweise würden wir uns mit einem Schiff wie diesem immer in Küstennähe aufhalten«, hatte Rodrigues gesagt, »aber das würde zu lange dauern. Toranaga bat mich, Toda-sama nach Anjiro und wieder zurück zu bringen. Und zwar schnell. Es gibt eine Extrabelohnung, wenn wir es sehr schnell schaffen. Auf einer kurzen Strecke wie dieser wäre einer ihrer Piloten genauso gut wie ich, aber diese armen Tröpfe würden vor Angst schlottern, wenn sie einen so hochmächtigen *Daimyo* an Bord hätten, und dann auch noch auf hoher See, ohne Land im Rücken. Die Japse sind großartige Küstensegler, aber vor der offenen See haben sie Angst. Der alte Taikō hat sogar ein Gesetz erlassen, daß die Hochseeschiffe immer einen portugiesischen Piloten an Bord haben müssen. Das Gesetz gilt hier immer noch.«
»Warum hat er das getan?«

Rodrigues zuckte die Achseln. »Vielleicht hat jemand ihm das vorgeschlagen. – Der *roteiro*, der Euch gestohlen worden ist, Ingeles, der portugiesische – wem hat der gehört?«
»Das weiß ich nicht. Es stand kein Name drin – keine Unterschrift.«
»Und woher habt Ihr ihn?«
»Vom Vorsteher der Holländischen Ostindischen Kompanie.«
»Und woher hat der ihn?« Rodrigues' Lachen klang nicht gerade gutmütig. »Nun, ich hab' nie erwartet, daß Ihr es mir sagen würdet – aber wer auch immer ihn gestohlen und verschachert hat, ich hoffe, er schmort in der Hölle.«
»Ihr steht in Diensten dieses Toranaga, Rodrigues?«
»Nein. Wir lagen nur gerade zufällig in Osaka, mein Käpt'n und ich. Das war nichts weiter als ein Gefallen, den er Toranaga erweisen wollte. Mein Käpt'n hat mich von sich aus vorgeschlagen. Ich bin Pilot der ...« Rodrigues hatte nicht weitergesprochen. »Ich vergess' immer wieder, daß Ihr ein Feind seid, Ingeles.«
»Portugal und England sind jahrhundertelang Verbündete gewesen.«
»Aber jetzt nicht mehr. Geht nach unten, Ingeles. Ihr seid müde, und ich bin es übrigens auch, und müde Männer machen Fehler. Kommt wieder an Deck, wenn Ihr Euch ausgeruht habt.«
So war Blackthorne unter Deck gegangen in die Pilotenkammer und hatte sich in die Koje gelegt. Rodrigues' *roteiro* von dieser Reise hatte auf dem Kartentisch gelegen, der am Schott festgeschraubt war wie der Pilotenstuhl auf dem Achterdeck. Das Buch war ledergebunden und sah abgegriffen aus, doch Blackthorne hatte es nicht angerührt.
»Warum ihn hier herumliegen lassen?« hatte er vorher gefragt.
»Wenn ich es nicht täte, würdet Ihr danach suchen. Hier werdet Ihr ihn jedoch nicht anrühren – nicht einmal einen Blick hineinwerfen. Ihr seid ein Pilot – kein schmerbäuchiger Handelsherr oder Soldat.«
»Ich werde ihn lesen. Ihr würdet es auch tun.«
»Nicht ohne Aufforderung, Ingeles. Kein Pilot würde das tun. Nicht mal ich.«
Nachträglich hatte Blackthorne das Buch einen Moment betrachtet und dann die Augen geschlossen. Er fiel in einen tiefen Schlaf und verschlief den ganzen Tag und einen Teil der Nacht. Erst kurz vor Morgengrauen erwachte er, wie immer. Es dauerte eine Weile, bis er sich an die ungewohnten Bewegungen der Galeere und an den Trommelschlag gewöhnt hatte, der die vielen Riemen sich im Gleichtakt bewegen ließ. Behaglich lag er in der Dunkelheit auf dem Rücken, die Arme unterm Kopf. Er dachte an sein eigenes Schiff und versuchte, sich keine Sorgen darüber zu machen, was wohl passierte, wenn sie landeten und Osaka erreichten. Eins zur Zeit. Denk an Felicity und Tudor. Du bekommst bestimmt ein Schiff nach Hause. Piloten sind unter sich keine Feinde, und die Pest über alles andere! Aber das kannst du auch nicht sagen, Junge! Du bist Engländer, ein verhaßter Ketzer und Antichrist. Den Katholiken gehört diese Welt. *Hat* ihnen gehört. Jetzt werden wir und die Holländer es ihnen zeigen!
Dann war er nach oben gegangen an Deck. Rodrigues saß in seinem Stuhl, die

Augen rotgerändert vor Schlaflosigkeit; zwei japanische Matrosen standen in der Ruderpinne wie zuvor.
»Soll ich diese Wache für Euch übernehmen?«
»Wie fühlt Ihr Euch, Ingeles?«
»Erholt. Kann ich die Wache für Euch übernehmen?« Blackthorne sah, wie Rodrigues ihn abschätzend musterte. »Ich weck' Euch, wenn der Wind umschlägt – wann Ihr wollt.«
»Vielen Dank, Ingeles. Jawohl, ich werde ein bißchen schlafen. Behaltet diesen Kurs bei. Nach Ablauf der Wache geht auf vier Strich westlicher, und bei der nächsten sechs Strich. Ihr werdet dem Rudergasten den neuen Kurs auf dem Kompaß zeigen müssen. *Wakarimasu ka?*«
»*Hai!*« Blackthorne lachte. »Also vier Strich westlicher. Geht unter Deck, Pilot, Eure Koje ist sehr gemütlich.«
Aber Vasco Rodrigues ging nicht nach unten. Er zog nur seinen Decksrock dichter um sich und kuschelte sich in den Seestuhl. Kurz bevor das Stundenglas umgedreht wurde, wachte er für einen Augenblick auf, beobachtete, ohne sich zu regen, den Kurswechsel und verfiel augenblicklich wieder in Schlaf. Einmal, als der Wind umsprang, wachte er auf, und als er sah, daß keinerlei Gefahr drohte, schlief er weiter.
Hiro-matsu und Yabu erschienen im Laufe des Vormittags an Deck. Blackthorne bemerkte, wie überrascht sie waren, daß er das Schiff lenkte und Rodrigues schlief.
Gegen Mittag hatte Rodrigues sich von seinem Seestuhl erhoben und gen Nordost geschaut, am Wind geschnuppert und sich mit allen Sinnen darauf konzentriert. Beide Männer beobachteten die See und den Himmel und die sich zusammenballenden Wolken.
»Was würdet Ihr tun, Ingeles, wenn dies Euer Schiff wäre?« hatte Rodrigues abermals gefragt.
»Ich würde die Küste aufsuchen, wenn ich wüßte, wo sie liegt – und zwar die nächstgelegene. Dieses Schiff kann nicht viel Wasser aufnehmen, und da hinten braut sich zweifellos ein Sturm zusammen. In spätestens vier Stunden geht's los.«
»Es kann kein *Tai-fun* sein«, murmelte Rodrigues.
»Was?«
»*Tai-fun.* ›Der Große Wind‹ – die schlimmsten Wirbelstürme, die Ihr je erlebt habt. Aber wir sind nicht in der *Tai-fun*-Zeit.«
»Wann ist die?«
»Jedenfalls nicht jetzt, Feind.« Rodrigues lachte. »Nein, nicht jetzt. Trotzdem könnte es schlimm genug werden, und deshalb werd' ich mich nach Eurem Rat richten. Geht auf Nord bei West!«
Während Blackthorne den neuen Kurs anzeigte und die Rudergasten das Schiff säuberlich auf ihn einschwenken ließen, trat Rodrigues an die Reling und rief zum Kapitän hinunter: »*Isogi!* Käpt'n-san. *Wakarimasu ka?*«

»*Isogi, hai!*«
»Was heißt das? Beeilt Euch?«
In Rodrigues' Augenwinkeln vertieften sich vor Belustigung die Krähenfüße. »Macht schließlich nichts, wenn Ihr ein bißchen Japanisch lernt, eh? Klar, Ingeles, *isogi* bedeutet ›sich beeilen‹. Was Ihr hier braucht, das sind rund zehn Wörter, und wenn Ihr die beherrscht, könnt Ihr die Kerle auf Befehl kacken lassen, wenn Euch dran liegt. Falls es die richtigen Wörter sind, versteht sich, und wenn sie der Atmosphäre angemessen sind. Ich werde jetzt nach unten gehen und mir was zu essen holen.«
»Kochen tut Ihr auch?«
»In Japan hat jeder gebildete Mann seinen eigenen Koch, oder muß einem von den Affen persönlich das Kochen beibringen, sonst verhungert man hier. Die essen nichts weiter als rohen Fisch und in süßen Essig eingelegtes rohes Gemüse. Trotzdem kann das Leben hier eine Wonne sein, wenn man es versteht, man muß es nur verstehen!«
Rodrigues ging nach unten. Er verriegelte seine Kammertür und prüfte das Schloß an seiner Seekiste mit größter Aufmerksamkeit. Das Haar, das er so sorgsam dort befestigt hatte, war noch da. Und ein zweites, nur für sein Auge sichtbar, das er auf den Deckel seines *roteiro* gelegt, war gleichfalls unberührt. Man kann in dieser Welt nicht vorsichtig genug sein, dachte er. Ist es denn schlimm, wenn er erfährt, daß du der Pilot der *Nao del Trato* bist, dem diesjährigen Schwarzen Schiff aus Macao? Vielleicht. Denn dann würdest du ihm erklären müssen, daß sie ein Riesenschiff ist, eines der reichsten und größten Schiffe auf der ganzen Welt, über sechzehnhundert Tonnen groß. Vielleicht kämst du in Versuchung, ihm von der Ladung zu erzählen, über den Handel und von Macao und von allen möglichen aufschlußreichen Dingen, die sehr, sehr privat und sehr, sehr geheim sind. Immerhin liegen wir im Krieg miteinander – wir mit den Holländern und Engländern.
Er schloß das Schloß auf und nahm seinen privaten *roteiro* heraus, um einige der Peilungen zum nächstgelegenen Hafen nachzusehen, und da erblickten seine Augen das versiegelte Paket, das der Priester, Pater Sebastio, ihm kurz vor ihrer Abfahrt aus Anjiro übergeben hatte.
Ob es wohl die *roteiros* des Engländers enthält? fragte er sich zum hundertsten Mal.
Er wog das Paket in der Hand, betrachtete die Jesuitensiegel und war in größter Versuchung, sie zu erbrechen und mit eigenen Augen nachzusehen. Blackthorne hatte ihm nur erzählt, daß das niederländische Geschwader durch die Magellanstraße gekommen sei, mehr eigentlich nicht. Der Ingeles stellt viele Fragen und erzählt von sich aus nichts, dachte Rodrigues. Er ist ein gerissener Hund, klug und gefährlich.
Sind es nun seine *roteiros* oder sind sie es nicht? Und wenn sie es sind, was nützen sie dann den frommen Vätern?
Ihn schauderte, als er an die Jesuiten und Franziskaner, die Dominikaner und

alle anderen Mönche und Priester und an die Inquisition dachte. Es gibt gute und schlechte Priester. Die meisten sind zwar schlecht, aber immerhin sind auch sie Priester. Ach, Madonna, bewahr uns vor dem Übel und vor den schlechten Priestern!

Im Hafen von Anjiro war Rodrigues zusammen mit Blackthorne in seiner Kammer gewesen, als die Tür aufgegangen und Pater Sebastio unangemeldet hereingetreten war. Sie hatten gegessen und getrunken, und die Reste ihrer Mahlzeit standen noch in hölzernen Schalen auf dem Tisch.

»Ihr brecht das Brot mit Ketzern?« hatte der Priester ihn gefragt. »Es ist gefährlich, den Tisch mit ihnen zu teilen. Hat er Euch gesagt, daß er ein Seeräuber ist?«

»Es ist christlich, sich seinen Feinden gegenüber ritterlich zu verhalten, Pater. Als ich in ihrer Hand war, waren sie auch anständig zu mir. Was ich tue, ist nichts anderes, als ihre Barmherzigkeit erwidern.« Er war niedergekniet und hatte das Kreuz des Priesters geküßt. Dann hatte er sich erhoben, dem Priester ein Glas Wein angeboten und gesagt: »Wie kann ich Euch behilflich sein?«

»Ich möchte nach Osaka. Mit diesem Schiff.«

»Ich werde mich sofort erkundigen.« Er war hinausgegangen, hatte den Kapitän gefragt, und von ihm war die Bitte an Toda Hiro-matsu weitergeleitet worden, der sagen ließ, Toranaga habe nichts davon gesagt, daß man einen fremden Priester aus Anjiro mitbringen solle, und deshalb bedaure er, den Priester nicht mitnehmen zu können.

Pater Sebastio hatte unter vier Augen mit Rodrigues reden wollen, und deshalb hatte dieser den Engländer an Deck geschickt, und dann, in der Verschwiegenheit der Kammer, hatte der Priester das versiegelte Paket hervorgezogen.

»Ich möchte, daß Ihr dies dem Pater Visitator übergebt.«

»Ich weiß nicht, ob Seine Eminenz noch in Osaka sein werden, wenn ich ankomme.« Rodrigues gefiel es durchaus nicht, ein Überbringer jesuitischer Geheimnisse zu sein.

»Vielleicht muß ich zurück nach Nagasaki. Vielleicht hat mein Generalkapitän Befehle für mich hinterlassen.«

»Dann übergebt es Pater Alvito. Und sorgt dafür, daß Ihr es nur ihm persönlich übergebt.«

»Sehr wohl«, hatte er daraufhin gesagt.

Jetzt, in seiner Kammer, legte Rodrigues das Paket wieder zurück in seine Seekiste, obwohl die Versuchung groß war. Warum ausgerechnet Pater Alvito? Pater Martin Alvito war der Haupt-Handelsmittler. Er war viele Jahre hindurch der persönliche Dolmetsch des Taikō gewesen und aus diesem Grund ein Intimus der einflußreichsten *Daimyos*. Pater Alvito pendelte regelmäßig zwischen Nagasaki und Osaka hin und her und war einer der sehr wenigen Männer, vor allem aber der einzige Europäer, die jederzeit Zutritt beim Taikō gehabt hatten – ein enorm kluger Mann, der perfekt Japanisch sprach und mehr über die Japaner und ihre Lebensweise wußte als irgendwer sonst. Jetzt war er der einfluß-

reichste Vermittler der Portugiesen beim Regentschaftsrat im allgemeinen und zwischen Ishido und Toranaga im besonderen.
Man kann Gift drauf nehmen, daß die Jesuiten einen der ihren in eine so überaus wichtige Stellung hineinbringen, dachte Rodrigues voller Schrecken. Wäre nicht die Gesellschaft Jesu gewesen, so hätte die Flut der Ketzerei gewiß niemals aufgehalten werden können. Möglicherweise wären Portugal und Spanien dann protestantisch geworden, und dann wären unsere unsterblichen Seelen für immer verloren gewesen, Madonna!
»Warum denkst du eigentlich dauernd über Priester nach?« fragte Rodrigues sich laut. »Du weißt doch, daß dich das unruhig macht!« Jawohl. Und trotzdem: Warum Pater Alvito? Wenn das Paket die *roteiros* enthält – ist das Paket dann für einen der christlichen *Daimyos* bestimmt oder für Ishido oder Toranaga, oder einfach für Seine Eminenz, den Pater Visitator persönlich? Oder für meinen Generalkapitän? Oder sollen die *roteiros* nach Rom geschickt werden, für die Spanier? Warum ausgerechnet Pater Alvito?
Und warum ist Toranaga so versessen auf den Ingeles?
In meinem Herzen weiß ich, daß ich Blackthorne umbringen sollte. Er ist ein Feind, ein Ketzer. Und da ist noch etwas anderes. Ich hab' das Gefühl, daß dieser Ingeles eine Gefahr für uns alle darstellt. Wieso? Er ist ein Pilot – und zwar ein besonders tüchtiger! Stark, intelligent, ein guter Mann. In der Beziehung brauchte man sich keine Sorgen zu machen. Warum also habe ich dann Angst? Ich habe das Gefühl, ich sollte ihn rasch töten, je schneller, desto besser. Nicht im Zorn. Nur, um uns selbst zu schützen. Warum?
Ich habe Angst vor ihm.
Was tun? Es der Hand Gottes überlassen? Der Sturm zieht herauf, und es wird ein schlimmer Sturm werden.

Der Orkan brach vor Sonnenuntergang los und überraschte sie, als sie noch auf hoher See waren. Das Land war zehn Meilen entfernt. Die Bucht, auf die sie zurasten, würde Schutz genug bieten. Sie hatten zwischen sich und der Sicherheit des Ankerplatzes zwar keinerlei Untiefen und Riffe zu befürchten, aber zehn Meilen waren zehn Meilen, die See ging immer höher, getrieben von einem regenpeitschenden Wind.
Der Sturm blies aus Nordosten und sprang ständig um, wenn Böen unversehens aus östlicher oder nördlicher Richtung über sie herfielen, und die See war aufgewühlt. Sie liefen einen nordwestlichen Kurs, so daß sie den Wogen fast die volle Breitseite boten und mal unten auf der Talsohle, mal oben auf dem Kamm der Wellen dahinflogen. Die Galeere hatte kaum Tiefgang, war auf Geschwindigkeit und ruhiges Wasser getrimmt, und obgleich die Ruderer sich ins Zeug legten und sehr diszipliniert waren, war es schwierig, ihre Riemen im Wasser zu halten und sie gleichmäßig durchziehen zu lassen.
»Ihr müßt die Riemen einziehen und vorm Wind segeln«, schrie Blackthorne. Beide Männer wußten, wenn sie in den Wind drehten, konnten sie niemals ge-

gen den Sturm anlaufen, und Strömung und Wind würden sie vom sicheren Hafen fort auf die hohe See hinaustragen. Und liefen sie vorm Wind, würden Strömung und Wind sie genauso vom sicheren Ankerplatz fort und hinausführen auf die hohe See, nur in diesem Fall noch schneller.
Bis jetzt hatte das Schiff noch kein Wasser übernommen. Die Galeere war schwer beladen und lag tiefer im Wasser, als ihnen beiden lieb war. Rodrigues hatte während der Wache alles ordentlich vorbereiten lassen. Alles war festgezurrt, die Luken verschlossen, die Männer gewarnt. Hiro-matsu und Yabu hatten gesagt, sie würden fürs erste unter Deck bleiben und später hinaufkommen. Rodrigues hatte mit den Achseln gezuckt und ihnen unverblümt gesagt, daß es sehr gefährlich werden würde. Er war jedoch sicher, sie hatten es nicht verstanden.
»Was werden sie tun?« hatte Blackthorne ihn gefragt.
In der Hölle des Hauptdecks arbeiteten die Ruderer mit aller Kraft. Normalerweise war jeder Riemen mit zwei Mann besetzt, doch Rodrigues hatte befohlen, daß aus Gründen der Zugkraft, der Sicherheit und der Schnelligkeit drei Mann an jeden Riemen kamen. Unten warteten andere, diese Ruderer abzulösen, sobald er den Befehl dazu gab. Der Rudermeister auf dem Vordeck war ein erfahrener Mann, seine Trommelschläge kamen langsam, immer auf die Wellen abgestimmt. Die Galeere machte immer noch recht gute Fahrt, obgleich der Gegendruck sich zunehmend bemerkbar machte und sie immer länger brauchten, ehe sie wieder vorankamen. Dann sprang der Wind um, und der Rudermeister geriet aus dem Takt.
»Aufpassen, voraus!« schrien Blackthorne und Rodrigues fast wie aus einem Mund. Die Galeere schlingerte, daß einem übel werden konnte, vierundzwanzig Riemen rissen an der Luft statt am Wasser, und es herrschte ein Chaos an Bord. Der erste Brecher kam über sie, und das Backbordschanzkleid stand unter Wasser. Sie drehten sich und kamen nicht voran.
»Geht nach vorn!« befahl Rodrigues. »Sie sollen auf jeder Seite die Hälfte der Riemen einziehen! Madonna, beeilt Euch!«
Blackthorne wußte, daß er ohne seine Rettungsleine leicht über Bord gehen konnte. Aber die Riemen mußten eingezogen werden, sonst waren sie verloren. Er löste den Knoten und kämpfte sich das sich hebende und senkende schlüpfrige Deck entlang, den kurzen Niedergang hinunter aufs Hauptdeck. Unversehens krängte die Galeere, und er wurde auf die Seite geworfen. Er stolperte über einige Ruderer, die ihrerseits ihre Sicherheitsleinen angelegt hatten und mit aller Macht versuchten, wieder Ordnung in ihre Riemen zu bekommen. Das Schandeck lag unter Wasser, und ein Mann ging über Bord. Blackthorne fühlte sich ebenfalls fortgerissen. Mit der Hand packte er das Schanzkleid, seine Sehnen wurden gestreckt, aber er konnte sich halten, und dann packte seine zweite Hand die Reling, und Wasser schluckend zog er sich wieder an Bord. Seine Füße fanden das Deck, er schüttelte sich, dankte Gott und dachte, jetzt ist dein siebentes Leben dahin. Alban Caradoc hatte immer gesagt, ein guter Pilot müsse

zählebig sein wie eine Katze, nur, daß ein Pilot mindestens zehn Leben haben müsse, wohingegen sich eine Katze mit neun begnügen müsse.
Ein Mann wurde ihm vor die Füße geschwemmt, und er rettete ihn vor dem Zugriff der See, hielt ihn fest und half ihm dann auf seinen Platz. Er sah zum Achterdeck zurück und verfluchte Rodrigues, daß er die Ruderpinne hatte losreißen lassen. Rodrigues fuchtelte mit den Armen, wies auf etwas und schrie, doch der Wind riß ihm die Worte vom Mund. Blackthorne erkannte, daß sie jetzt einen anderen Kurs liefen. Sie lagen fast im Wind, und da wußte er, daß das Halsen geplant gewesen war. Klug gemacht, dachte er. Das gibt uns eine Atempause, damit wir wieder Ordnung ins Schiff kriegen, aber der Schuft hätte mich auch warnen können. Ich hasse es, unnütz Menschenleben aufs Spiel zu setzen.
Er winkte zurück und warf sich dann auf die Aufgabe, die Ruderer neu einzuteilen. Alle hatten aufgehört zu rudern, bis auf die Ruderer an den beiden Riemen ganz vorn, was sie befähigt hatte, säuberlich im Wind zu bleiben. Durch Zeichen und Schreien gelang es Blackthorne, daß die Riemen eingeholt und die Bemannung an den verbliebenen verdoppelt wurde. Dann ging er wieder nach achtern. Die Männer waren stoisch, und obgleich einige seekrank waren, verließen sie ihre Posten nicht, sondern warteten auf den nächsten Befehl.
Die Bucht war zwar näher gekommen, schien aber immer noch tausend *Leguas* entfernt. Im Nordwesten war der Himmel schwarz. Regen peitschte hernieder, und die Windstärke nahm zu. Auf der *Erasmus* hätte Blackthorne sich keine besonderen Sorgen gemacht. Sie war für schwerstes Wetter gebaut und getakelt, diese Galeere hingegen nicht.
»Was meint Ihr, Ingeles?«
»Ihr werdet ja doch tun, was Ihr wollt, was immer ich auch meinen mag«, schrie er gegen den Wind an. »Aber sie kann nicht viel Wasser übernehmen, und wir werden absaufen wie ein Stein. Und wenn ich wieder nach vorn gehe, dann sagt mir vorher, daß Ihr halsen wollt. Oder noch besser, tut das, solange ich noch an meiner Leine bin, dann erreichen wir beide den Hafen.«
»Das war Gottes Hand, Ingeles. Eine Woge hat ihr den Rumpf herumgerissen.«
»Und ich bin dabei fast über Bord gegangen.«
»Ich hab's gesehen!«
Blackthorne schätzte ihre Drift ab. »Wenn wir diesen Kurs beibehalten, erreichen wir die Bucht nie. Dann werden wir in einer Entfernung von einer Meile oder mehr an der Landzunge vorbeigetrieben.«
»Ich bleibe trotzdem unterm Wind. Wenn der richtige Zeitpunkt gekommen ist, halten wir dann gerade aufs Ufer zu.« Rodrigues erschauerte unwillkürlich. »Madonna, bewahre mich vor einem nassen Grab! Dieser Fettwanst von Kahn muß heute abend noch vor Anker gehen! Meine Nase sagt mir, wenn wir wenden und wenig Fahrt machen, beißen wir uns fest! Wir sind zu schwer beladen!«
»Dann macht sie leichter. Schmeißt die Ladung über Bord!«
»Damit würde Herr Toda sich nie einverstanden erklären. Entweder er kommt

mit der Ladung zurück – oder er braucht sich gar nicht erst blicken zu lassen.«
»Fragt ihn immerhin!«
»Madonna, seid Ihr denn taub? Er würde nie einverstanden sein.« Rodrigues trat zu den Rudergasten und vergewisserte sich, daß sie begriffen hatten, sie müßten unbedingt weiter in den Wind hineinlaufen.
»Laßt sie nicht aus den Augen, Ingeles! Ihr führt das Kommando!« Er knüpfte sich von der Rettungsleine los und stieg sicheren Fußes den Niedergang hinunter. Die Ruderer wandten kein Auge von ihm, als er zum Käpt'n-san auf dem Vorschiff ging, um ihm mit Zeichen und Worten den Plan zu erklären, den er verfolgte. Hiro-matsu und Yabu kamen an Deck. Der Käpt'n-san erklärte ihnen den Plan. Beide Männer waren leichenblaß, bewahrten jedoch ihren Gleichmut, und keiner von ihnen übergab sich. Durch den Regen hindurch blickten sie zum Ufer, zuckten mit den Achseln und gingen wieder nach unten.
Blackthorne starrte auf die backbords liegende Bucht. Er wußte, daß der Plan gefährlich war. Sie würden warten müssen, bis sie gerade eben an der Landzunge vorüber waren, dann vom Wind abfallen, wieder in nordwestliche Richtung drehen und um ihr Leben rudern. Das Segel würde ihnen nichts nützen. Sie würden ganz allein auf ihre eigene Kraft angewiesen sein. Die Südseite der Bucht starrte von Riffen und Felsen. Wenn sie den richtigen Zeitpunkt verpaßten, würden sie an Land getrieben werden und stranden.
»Ingeles, kommt her!« Der Portugiese winkte ihm.
Er ging nach vorn.
»Wie steht's mit dem Segel?« schrie Rodrigues.
»Nein! Das schadet mehr, als es hilft.«
»Dann bleibt hier! Falls der Käpt'n aus dem Takt gerät oder wir ihn verlieren, nehmt Ihr seine Stelle ein! Einverstanden?«
»Ich bin noch nie auf so einem Schiff gefahren... hab' noch nie Rudermeister gespielt. Aber ich werd's versuchen!«
Rodrigues blickte zum Land hinüber. Die Landspitze tauchte im herniederprasselnden Regen auf und verschwand wieder. Bald würden sie halsen müssen. Die Wellen türmten sich immer höher. Das Rennen zwischen den Landspitzen sah bös aus. Diesmal geht's um alles, dachte er. Dann spuckte er aus und traf seine Entscheidung.
»Geht nach achtern, Ingeles. Übernehmt die Pinne. Wenn ich das Zeichen gebe, dreht auf West-Nord-West und lauft auf jenen Punkt dort zu. Seht Ihr ihn?«
»Ja.«
»Säumt nicht, und haltet diesen Kurs. Laßt mich nicht aus den Augen. Dies hier bedeutet hart Backbord, dies hier hart Steuerbord, dies hier Kurs beibehalten.«
»Na schön!«
»Bei der Heiligen Jungfrau, Ihr wartet doch auf meine Zeichen, und Ihr werdet meine Befehle befolgen?«
»Soll ich die Pinne übernehmen oder nicht?«
Rodrigues wußte, daß er nicht mehr zurück konnte. »Ich muß Euch vertrauen,

Ingeles, und es geht mir wider den Strich, Euch trauen zu müssen. Geht nach achtern!« sagte er. Er sah, daß Blackthorne die Gedanken hinter seiner Stirn zu ergründen suchte und dann nach achtern ging. Dann besann er sich eines Besseren und rief hinter ihm her: »He, Ihr arroganter Pirat! Geht mit Gott!«
Dankbar drehte Blackthorne sich um. »Ihr auch, Spanier!«
»Scheiß auf alle Spanier, und lang lebe Portugal!«
»Kurs beibehalten!«

Sie schafften es bis zum Ankerplatz, allerdings ohne Rodrigues. Als seine Sicherheitsleine riß, wurde er über Bord gespült.
Das Schiff war gewissermaßen schon in Sicherheit, als die große Woge aus dem Norden kam, und obgleich sie bereits vorher viel Wasser genommen und den japanischen Kapitän verloren hatten, waren sie flott und wurden auf die klippenstarrende Küste zugetrieben.
Blackthorne sah Rodrigues über Bord gehen und mußte zusehen, wie er nach Luft rang und in der brodelnden See kämpfte. Der Wind und die Strömung hatten sie weit auf die Südseite der Bucht getrieben, bis kurz vor die Felsen; alle an Bord wußten, daß das Schiff verloren war.
Als Rodrigues an Blackthorne vorübergeschwemmt wurde, warf dieser ihm einen hölzernen Rettungsring zu. Seine Arme waren wie Windmühlenflügel, als er versuchte, ihn zu ergreifen, doch das Wasser schwemmte ihn aus seiner Reichweite. Ein Riemen sauste auf ihn hernieder, und er versuchte, sich daran festzuklammern. Das letzte, was Blackthorne von ihm sah, war ein Arm und der abgebrochene Riemen, während unmittelbar vor ihnen die brodelnden Wogen gegen das gequälte Ufer anrannten. Er hätte über Bord hechten und zu ihm hinschwimmen können, vielleicht; vielleicht wäre er auch noch rechtzeitig hingekommen, aber seine erste Pflicht galt seinem Schiff und seine letzte Pflicht galt seinem Schiff, und *sein* Schiff war in Gefahr.
Die Woge hatte einige Ruderer mitgerissen, und andere versuchten verzweifelt, ihre Stelle zu übernehmen. Ein Maat hatte mutig seine Sicherheitsleine gekappt. Er sprang aufs Vorderdeck, schnallte sich an und nahm das Taktschlagen wieder auf. Der Vorsänger fing gleichfalls wieder an, und die Ruderer versuchten, Ordnung in das heillose Durcheinander zu bringen.
»*Isogiii!*« schrie Blackthorne, dem Gott sei Dank das richtige Wort einfiel. Er stemmte sich mit seinem ganzen Gewicht gegen die Ruderpinne, um den Bug mehr in den Wind zu bringen, dann ging er an die Reling und gab den Takt mit an, indem er *eins-zwei, eins-zwei* rief und versuchte, der Mannschaft Mut zu machen.
»Macht schon, Kerle, legt euch in die Riemen: puuullllt!«
Die Galeere saß praktisch auf den Felsen, oder zumindest drohten die Felsen steuerbords wie backbords voraus. Die Riemen tauchten ein und fuhren zurück, aber immer noch machte das Schiff keine Fahrt. Wind und Strömung waren übermächtig und drückten es sichtlich zurück.

»Macht schon, pullt, ihr Teufel!« schrie Blackthorne abermals und schlug mit der Faust den Takt.
Den Ruderern wuchs daraus neue Kraft. Zuerst zogen sie mit der See gleich. Und dann bekamen sie die Oberhand.
Das Schiff entfernte sich von den Felsen, Blackthorne hielt Kurs auf das in Lee gelegene Ufer. Bald waren sie in ruhigerem Wasser. Zwar blies immer noch der Wind, aber in größerer Höhe über ihnen. Der Sturm wütete immer noch, aber weiter draußen auf der See.
»Werft den Backbordanker!«
Keiner verstand seine Worte, aber alle Matrosen wußten, was er wollte, und stürmten, dem Befehl zu folgen. Aufspritzend ging der Anker über Bord. Er ließ das Schiff leicht abfallen, um festzustellen, ob der Ankergrund hielt, und der Steuermann und die Ruderer begriffen sein Manöver.
»Werft den Steuerbordanker!«
Als das Schiff zur Ruhe gekommen war, blickte er nach achtern. Die grausame Küste war im Regen kaum zu erkennen. Er erwog seine Möglichkeiten.
Der *roteiro* des Portugiesen ist unten, dachte er. Du kannst also das Schiff nach Osaka bringen, könntest es aber auch zurück nach Anjiro führen. Aber war es richtig von dir, ihm nicht zu gehorchen? Ich *habe* Rodrigues' Befehlen nicht zuwidergehandelt. Schließlich stand ich auf dem Achterdeck und führte das Kommando. Und zwar allein.
»Steuert gen Süden«, hatte Rodrigues geschrien, als Wind und Wellen sie gefährlich an die Felsen herandrückten. »Halst und lauft vorm Wind!«
»Nein!« hatte er zurückgeschrien, denn er war überzeugt, daß ihre einzige Rettung darin bestand zu versuchen, koste es, was es wolle, zum Ankerplatz zu kommen, und daß sie auf offener See ein Spielball der Elemente werden würden.
»Wir schaffen es!«
»Gott verdammt Euch, Ihr bringt uns alle um!«
Aber ich konnte niemanden umbringen, überlegte Blackthorne. Rodrigues, du wußtest genausogut wie ich, daß ich die Verantwortung für die Entscheidung trug – falls überhaupt Zeit war, sich zu entscheiden! Und ich hatte recht! Das Schiff ist in Sicherheit, alles andere zählt nicht.
Er winkte dem Steuermann, der vom Vorschiff herübergeeilt kam. Beide Männer an der Ruderpinne waren zusammengebrochen – ihre Arme und Beine fast aus den Gelenken gerissen. Auch die Ruderer waren wie die Leichen einfach übereinander- und über die Riemen gefallen. Andere kamen mit weichen Knien auf Deck, um zu helfen. Hiro-matsu und Yabu, beide arg mitgenommen, wurden halb an Deck getragen. Aber als sie erst einmal oben waren, standen sie wieder aufrecht da.
»*Hai*, Anjin-san?« sagte der Steuermann, ein Mann wohl in den Dreißigern mit blendend weißen Zähnen und einem breiten, wettergegerbten Gesicht. Eine dunkelrote, wäßrige Schramme lief ihm über die Wange; dort war er von der See gegen das Schott geschleudert worden.

»Ihr habt Euch prächtig gehalten«, sagte Blackthorne, und es war ihm gleichgültig, daß der Japaner seine Worte nicht verstand. Er wußte, daß der Tonfall und sein Lächeln für sich sprachen. »Jawohl! Jetzt seid Ihr Käpt'n-san. *Wakarimasu?* Ihr! Käpt'n-san!«
Offenen Mundes starrte der Mann ihn an und verneigte sich, um sowohl seine Verwunderung als auch seine Freude zu verbergen.
»*Wakarimasu*, Anjin-san. *Hai. Arigato goziemashita.*«
»Hört, Käpt'n-san«, sagte Blackthorne. »Laßt die Leute jetzt was essen und trinken. Wir bleiben über Nacht hier!« Durch Zeichen machte Blackthorne ihm klar, was er meinte.
Stehenden Fußes drehte der neue Kapitän sich um und rief mit frischgewonnener Autorität seine Befehle. Augenblicklich liefen die Matrosen. Voller Stolz blickte der neue Kapitän zurück aufs Achterdeck. Ich wünschte, ich könnte Eure Barbarensprache sprechen, dachte er glücklich. Eure Zauberkraft hat uns allen neuen Mut verliehen. Ohne sie hätten wir uns wie ein Kreisel gedreht und wären hilflos hin und her geworfen worden. Mögt Ihr auch ein Pirat sein – auf jeden Fall seid Ihr ein großer Seemann, und während Ihr der Pilot seid, werde ich Euch mit allen Fasern gehorchen. »Was wollt Ihr, daß ich jetzt tue?« fragte er.
Blackthorne blickte über das Schanzkleid. Als er sah, daß die Anker nicht ausgerauscht waren und die See sicher war, sagte er: »Laßt das Beiboot zu Wasser. Und verschafft mir einen guten Skuller!«
Abermals machte Blackthorne sich mit Zeichen und Worten verständlich. Das Beiboot wurde zu Wasser gelassen und augenblicklich bemannt.
Blackthorne trat an das Schanzkleid und wollte das Fallreep hinunterklettern, da hielt eine barsche Stimme ihn zurück. Er blickte sich um: Hiro-matsu stand da, Yabu neben ihm.
Der alte Mann wies böse Schrammen auf an Hals und Schultern, trug jedoch immer noch sein Langschwert. Yabu hatte Nasenbluten; auch sein Gesicht war zerschunden, und sein Kimono blutbefleckt. Beide Männer hatten undurchdringliche Mienen aufgesetzt; die Verletzungen und der schneidende Wind schienen ihnen nichts auszumachen.
Höflich verneigte Blackthorne sich. »*Hai*, Toda-sama?«
Wieder diese barsche Stimme. Der alte Mann zeigte mit seinem Schwert auf das Boot und schüttelte den Kopf.
»Rodrigu-san dort!« Blackthorne zeigte aufs Südufer. »Ich gehe hin, um nachzusehen.«
»*Iyé!*« Abermals schüttelte Hiro-matsu den Kopf und gab eine längere Erklärung von sich; es war offenkundig, daß er seine Einwilligung wegen der großen Gefahr verweigerte.
»Ich bin der Anjin-san dieses gottverdammten Kahns, und wenn ich an Land will, dann gehe ich an Land.« Blackthorne befleißigte sich ausgesuchter Höflichkeit im Ton, war gleichzeitig aber sehr entschieden. »Ich weiß selbst, daß

diese Nußschale draußen auf der See nicht halten würde. *Hai!* Aber ich gehe ja dort an Land – bei dem kleinen Felsen dort. Seht Ihr ihn, Hiro-matsu-sama? Ich werde mich bis zur Landspitze vorarbeiten. Ich will nur Rodrigu-sans Leiche.« Er schwang ein Bein über das Schanzkleid. Das Schwert wurde um ein weniges hervorgezogen. Folglich erstarrte er. Aber seine Augen hielten denen Hiro-matsus stand, sein Gesicht war unbewegt.

Hiro-matsu befand sich in einer Zwickmühle. Zwar hatte er begriffen, daß der Pirat versuchen wollte, Rodrigu-sans Leiche zu finden, aber es war gefährlich, dorthin zu gelangen, selbst zu Fuß, und Herr Toranaga hatte ihm aufgetragen, den Barbaren sicher nach Osaka zu bringen. Genauso klar war es jedoch auch, daß der Mann entschlossen war zu gehen.

Er hatte sie sicher durch den Sturm gebracht, hatte wie ein böser Meeres-*Kami* an Deck gestanden, furchtlos und ganz in seinem Element, gewissermaßen Teil des Sturms.

Er las die Ungeduld im Gesicht des Piraten. Wie beleidigend sie immer sind, dachte er. Trotzdem sollte ich ihm danken. Alle sagen sie, es sei einzig ihm zu verdanken, daß das Schiff sicher vor Anker hat gehen können, daß Rodrigu-san die Nerven verlor und uns von Land wegbringen wollte, wohingegen er unseren Kurs gehalten hat. Jawohl! Wären wir hinausgelaufen aufs Meer, wären wir mit Sicherheit untergegangen.

Alle Gelenke schmerzten ihn, und seine Hämorrhoiden waren entzündet. Er war erschöpft, und es kostete ihn übermäßige Kraft, vor seinen Leuten, Yabu, der Mannschaft und selbst vor diesem Barbaren stoisch zu bleiben. Ach, Buddha, bin ich erschlagen! Ich wünschte, ich könnte in ein Bad steigen und mich von den Schmerzen erholen. Ach was – gebiete deinen weibischen Gedanken Einhalt! Schmerzen erleidest du seit fast sechzig Jahren. Sich Schmerzen nicht anmerken lassen, daran zeigt sich ein Mann! Danke Buddha, daß du noch lebst und deinen Herrn und Gebieter beschützen kannst, wo du doch schon hundertmal hättest sterben sollen! Ich danke Buddha!

Aber die See, die hasse ich. Und die Kälte. Und den Schmerz!

»Bleibt, wo Ihr seid, Anjin-san«, sagte er und zeigte mit seiner Schwertscheide auf das Deck, damit es unmißverständlich sei. Dann blickte er zum Steuermann hinüber. »Wo sind wir? Wessen Lehen ist hier?«

»Ich weiß es nicht, Euer Gnaden. Ich glaube aber, irgendwo in der Provinz Ise. Wir sollten jemand an Land und zum nächsten Dorf schicken.«

»Könnt Ihr uns nach Osaka bringen?«

»Vorausgesetzt, daß wir uns nahe der Küste halten, ja, Euer Gnaden, und sofern wir uns sehr vorsichtig vorwärtsbewegen. Ich kenne diese Gewässer nicht, und für Eure Sicherheit könnte ich nicht garantieren. Es ist niemand an Bord, Euer Gnaden, der dazu in der Lage ist, bis auf diesen Piloten. Wenn es mir überlassen wäre, würde ich Euch raten, an Land weiterzureisen. Wir könnten Euch Pferde und Sänften verschaffen.«

Zornig schüttelte Hiro-matsu den Kopf. An Land weiterzureisen kam überhaupt nicht in Frage. Das würde viel zu lange dauern – die Gegend war gebirgig, und es gab nur wenige Straßen –, und außerdem würden sie durch so viele Gebiete hindurch müssen, die von Verbündeten Ishidos beherrscht wurden. Zu allem Überfluß würden auch noch die zahlreichen Räuberbanden eine zusätzliche Gefahr bilden, denn sie beobachteten sämtliche Pässe. Also würde er alle seine Männer mitnehmen müssen. Gewiß konnte er sich seinen Weg durch die Räuberbanden hindurch erkämpfen, niemals jedoch freien Durchzug, falls Ishido oder seine Verbündeten beschlossen, ihn daran zu hindern.

»Falls wir der Küstenlinie folgen – wie lange würde es dauern?«

»Ich weiß es nicht, Euer Gnaden. Vier oder fünf Tage, vielleicht noch länger. Ich hätte ein sehr ungutes Gefühl dabei – ich bin kein Kapitän, tut mir leid!«

Das bedeutet, überlegte Hiro-matsu, daß ich auf die Zusammenarbeit mit diesem Barbaren angewiesen bin. Um ihn daran zu hindern, an Land zu gehen, würde ich ihn in Fesseln legen müssen. Und wer weiß, ob er dann zur Zusammenarbeit bereit ist?

»Wie lange werden wir hierbleiben müssen?«

»Der Pilot sagt, nur über Nacht.«

»Wird der Sturm dann vorüber sein?«

»Man sollte es meinen, Euer Gnaden, aber wissen kann man es nie.«

Hiro-matsu ließ den Blick übers Ufer schweifen, sah dann den Piloten an und zögerte.

»Dürfte ich einen Vorschlag machen, Hiro-matsu-san?« sagte Yabu.

»Ja, ja, selbstverständlich«, sagte er mürrisch.

»Da wir doch offensichtlich auf die Hilfe des Piraten angewiesen sind, damit er uns nach Osaka bringt, warum ihn nicht an Land gehen lassen, ihm allerdings Männer mitgeben, die ihn beschützen, und ihnen den Befehl erteilen, vor Dunkelheit zurück zu sein?«

Widerstrebend nickte Hiro-matsu. »Sehr gut.« Er winkte einen Samurai herbei. »Takatashi-san! Nehmt sechs Mann und begleitet den Piloten. Bringt die Leiche des Portugiesen zurück, falls Ihr sie findet. Aber wenn dieser Barbar auch nur eine Augenwimper einbüßt oder ihm ein einziges Haar gekrümmt wird, werdet Ihr und Eure sechs Männer auf der Stelle *Seppuku* begehen.«

»Jawohl, Herr!«

»Mit Eurer Erlaubnis, Hiro-matsu-san, würde ich gern die Gruppe an Land führen«, sagte Yabu. »Falls wir ohne den Piraten in Osaka ankämen, würde ich mich dermaßen schämen, daß ich mich verpflichtet fühlen würde, mich zu entleiben. Es wäre mir eine Ehre, Eure Befehle auszuführen.«

Hiro-matsu nickte, insgeheim verwundert, daß Yabu sich in eine solche Gefahr begeben wollte. Er ging nach unten.

Als Blackthorne erkannte, daß Yabu zusammen mit ihm an Land gehen würde, ging sein Puls rascher. Ich habe weder Pieterzoon noch meine Mannschaft noch die Grube vergessen – weder die Schreie noch Omi, nichts von allem. Sei auf der Hut, du Hund!

# 9. Kapitel

Sie waren bald an Land. Blackthorne beabsichtigte, die Führung zu übernehmen, doch hatte Yabu sich sogleich an die Spitze gesetzt und ein rasches Tempo angeschlagen. Die anderen sechs Samurai ließen Blackthorne nicht aus den Augen. Wohin sollte ich denn schon, wenn ich versuchen wollte zu fliehen, ihr Narren, dachte er, der die Beweggründe für ihre Besorgnis falsch deutete; mit den Augen suchte er mechanisch die Bucht ab, hielt nach Untiefen und verborgenen Riffen Ausschau, schätzte Entfernungen ab und speicherte alles im Gehirn, um es später schriftlich festzuhalten.

Zunächst führte ihr Weg sie den steinigen Strand entlang, dann ging es mit einer kurzen Kletterpartie über glatte Felsen hinauf zu einem Pfad, der das Steilufer entlang- und gefährlich um die südliche Landspitze herumführte. Zwar hatte es aufgehört zu regnen, aber der Sturmwind blies immer noch heftig. Je näher sie der ungeschützten Landzunge kamen, desto höher flog der Gischt der Wellen, die unten gegen die Felsen brandeten. Bald waren sie alle naß bis auf die Haut.

Über ihnen stieg das Steilufer fünfzig Meter in die Höhe – fünfzig Meter unter ihnen lag das Ufer. Hinter ihnen und um sie herum waren nichts als Berge – kein Haus und keine Hütte im gesamten Gebiet der Bucht. Das war allerdings nicht verwunderlich, denn es war nirgends Raum für Felder. Aus den kleinen Kieseln am Strand wurden bald Felsblöcke und dann massives Granitgestein mit Bäumen in den höhergelegenen Bereichen.

Der Pfad hob und senkte sich an der Felswand. Er war höchst unsicher, die oberste Schicht lockeres Geröll. Vorm Wind stapfte Blackthorne voran und bemerkte, wie kräftig und muskulös Yabus Beine waren. Rutsch doch aus, du Kanaille, dachte er. Rutsch aus und brich dir den Hals auf den Felsen da unten! Er gab sich einen Ruck, löste den Blick von Yabu und wandte sich wieder der Aufgabe zu, den Ufersaum unten abzusuchen: jeden Einschnitt, jeden Spalt und jede vom Wasser ausgewaschene Rinne. Der Gischt hochreißende Wind blies heftig und trieb ihm die Tränen aus den Augenwinkeln. Die See rauschte heran und flutete wieder zurück, es brodelte und kochte. Er wußte, daß nur eine ganz geringe Hoffnung bestand, Rodrigues zu finden, denn es mußte zu viele Höhlen und verborgene Stellen geben, die sie niemals einsehen konnten. Aber er hatte einfach ans Ufer kommen und es zumindest versuchen müssen. Das war er Rodrigues schuldig.

Sie umrundeten die Landspitze und blieben dankbar in Lee stehen. Es hatte keinen Sinn, noch weiter zu gehen. Wenn die Leiche nicht hier angetrieben war, dann war sie entweder untergegangen oder bereits ins tiefe Meer hinausgeschwemmt worden. Ein letzter Blick, dann wischte Yabu sich den Regen aus dem Gesicht, sah zu Blackthorne hinauf und gab ihm zu verstehen umzukehren. Blackthorne nickte, und sie setzten sich wieder in Bewegung. Wieder ging Yabu voran, während die Samurai Blackthorne weiterhin nicht aus den Augen ließen. Dann, als sie den Rückweg halb geschafft hatten, entdeckten sie Rodrigues.

Die Leiche hatte sich in einem Spalt zwischen zwei Felsen verfangen, oberhalb der Wasserlinie zwar, aber immerhin so, daß sie noch umspült wurde. Sein einer Arm lag ausgestreckt vor ihm, der andere klammerte sich immer noch an den abgebrochenen Riemen, der sich im Kommen und Gehen des Wassers hob und senkte.

Der einzige Weg hinunter führte über das kurze Steilufer. Zwar ging es nur fünfundzwanzig oder dreißig Meter hinunter, dafür aber senkrecht in die Tiefe – offenbar gab es kaum eine Möglichkeit, irgendwo sicher Fuß zu fassen.

Wie steht es mit dem Hochwasser? fragte Blackthorne sich. Es ebbt nicht, es flutet. Das bedeutet, daß er wieder hinausgeschwemmt werden wird auf die See. Himmel, sieht das böse aus da unten! Was jetzt?

Er trat näher an den Abgrund heran, und augenblicklich stellte Yabu sich ihm in den Weg, schüttelte den Kopf, während die anderen Samurai ihn in die Mitte nahmen.

»Ich versuch' doch nur, besser sehen zu können, um Christi willen!« sagte er. »Ich versuch' doch nicht zu fliehen. Wohin sollte ich denn schon?«

Er trat ein wenig zurück und spähte in die Tiefe. Sie folgten seinem Beispiel und schnatterten untereinander, wobei Yabu am meisten redete.

Hier ist keine Chance, zu dem Schluß kam Blackthorne. Es ist zu gefährlich. Wir müssen bei Tagesanbruch noch einmal mit Seilen zurückkommen. Wenn er dann noch da ist, werde ich ihn an Land begraben. Widerstrebend machte er kehrt, und während er das tat, löste sich Geröll unter ihm am Rand der Klippe und er drohte abzurutschen. Sofort packten Yabu und die anderen ihn und rissen ihn zurück, und da ging ihm mit einemmal auf, daß sie überhaupt nur um seine Sicherheit besorgt waren. Sie versuchen nur, mich zu beschützen.

Warum ist ihnen soviel daran gelegen? Wegen Tora... Wie lautete sein Name doch gleich? Toranaga? Seinetwegen? Ja, aber wohl auch, weil sonst niemand an Bord ist, das Schiff sicher zu führen. Ist das der Grund, warum sie mich an Land gelassen haben? Ja, so muß es sein. Ich besitze Macht über das Schiff, über den alten *Daimyo* und diesen Halunken hier! Wie kann ich das ausnutzen?

Er entkrampfte sich, dankte ihnen und ließ den Blick nach unten in die Tiefe schweifen. »Wir müssen ihn raufholen, Yabu-san! *Hai!* Dies ist die einzige Möglichkeit – über die Klippe. Ich werde ihn heraufholen, ich, der Anjin-san!« Abermals trat er vor, als ob er hinunterklettern wolle, und abermals hielten sie ihn davon ab, und er sagte mit gespielter Angst: »Wir müssen Rodrigu-san holen! Seht, es bleibt nicht mehr viel Zeit. Das Licht schwindet.«

»*Iyé*, Anjin-san«, erklärte Yabu.

Hoch ragte er über Yabu auf. »Wenn Ihr mich nicht lassen wollt, Yabu-san, dann schickt einen Eurer Männer. Oder klettert selbst runter! Ihr!«

Der Wind zerrte an ihm und fuhr aufstöhnend an der Steilwand entlang. Er sah Yabu hinunterblicken, den Abstieg und das schwindende Licht abschätzen, und er wußte, daß Yabu angebissen hatte. Du sitzt in der Falle, du Schuft, und dein Stolz ist es, der dich hat hineinstolpern lassen. Wenn du es wagst runterzuklettern, wirst du es nicht heil schaffen. Aber brich dir nicht das Genick, bitte, sondern nur deine Beine oder die Knöchel! Und dann ersauf!

Ein Samurai schickte sich an, den Abstieg zu wagen, doch Yabu beorderte ihn zurück. »Lauf zum Schiff zurück und hol ein paar Seile«, sagte Yabu. Der Mann nahm die Beine in die Hand.

Yabu schüttelte seine Riemensandalen ab, zog seine Schwerter aus dem Gürtel und brachte sie in Sicherheit. »Gebt auf sie acht, und paßt auf den Barbaren auf. Wenn einem von beiden irgendwas passiert, werdet ihr auf euren eigenen Schwertern Platz nehmen.«

»Bitte, laßt mich hinuntersteigen, Yabu-sama«, sagte Takatashi. »Wenn Euch was passiert oder gar ...«

»Du glaubst, dir gelingt, was ich nicht schaffe?«

»Nein, Euer Gnaden! Aber dann wartet zumindest, bis die Seile kommen. Ich werde es mir nie verzeihen, wenn Euch etwas zustößt.« Takatashi war kurz und gedrungen und trug einen dichten Bart.

Warum nicht auf die Seile warten? fragte Yabu sich. Es wäre doch das vernünftigste. Er sah zu dem Barbaren hinauf und nickte kurz. Er war sich darüber im klaren, daß er herausgefordert worden war. Das hatte er erwartet, gehofft, daß es so kommen würde. Deshalb habe ich mich ja freiwillig für diese Aufgabe gemeldet, Anjin-san, sagte er sich, insgeheim amüsiert. Ihr seid wirklich leicht zu durchschauen, Omi hatte schon recht.

Yabu zog seinen völlig verschwitzten Kimono aus, trat, nur mit seinem Lendentuch bekleidet, an den Klippenrand und prüfte ihn mit den Sohlen seiner baumwollenen *Tabi* – seiner Strumpfschuhe. Besser, sie anbehalten, dachte er, während sein Wille und sein Körper, gestählt durch eine lebenslange Zucht, wie sie jeder Samurai sich ihr unterziehen mußte, über die Kälte obsiegten. Du brauchst alle deine Kraft und Geschicklichkeit, um unten anzukommen. Ist es die Sache wert?

Während des Sturms und bei dem Versuch, die Bucht zu erreichen, war er, unbemerkt von Blackthorne, nach oben an Deck gekommen und hatte einen Platz

als Ruderer eingenommen. Mit Freuden hatte er sich zusammen mit den anderen ins Zeug gelegt. Er war zu dem Schluß gekommen, daß es besser sei, in der frischen Luft zu sterben, als unter Deck zu ersticken.
Während er gemeinsam mit den anderen in der Kälte arbeitete, fing er an, die Piloten zu beobachten. Es wurde ihm völlig klar, daß auf See das Schiff und alle an Bord diesen beiden Männern auf Gedeih und Verderb ausgeliefert waren. Die Piloten waren hier in ihrem Element. Keiner der Japaner an Bord konnte sich darin mit ihnen messen – weder was ihr Können, ihren Mut noch was ihr Wissen betraf. Und nach und nach hatte sein Bewußtsein einen grandiosen Plan ersonnen: moderne Barbarenschiffe, bemannt mit Samurai, mit Samurai als Piloten und Kapitänen. *Seinen* Samurai.
Wenn ich für den Anfang erst einmal drei Barbarenschiffe hätte, müßte es mir ein leichtes sein, die Schiffahrtsstraßen zwischen Yedo und Osaka zu beherrschen. Von Izu aus könnte ich alle Schiffe anhalten oder passieren lassen. Damit würde ich nahezu den gesamten Reis- und den Seidenhandel kontrollieren. Könnte ich dann nicht als Schiedsrichter zwischen Toranaga und Ishido auftreten? Oder zumindest den Ausschlag zwischen ihnen geben?
Kein *Daimyo* hatte sich jemals hinausgewagt aufs Meer, hatte jemals Schiffe besessen und Piloten gehabt. – Außer mir.
Ich habe ein Schiff – gehabt –, und jetzt bekomme ich mein Schiff möglicherweise wieder – wenn ich nur klug vorgehe. Ich habe einen Piloten, der als Lehrer andere Piloten ausbilden könnte, wenn ich ihn von Toranaga frei bekomme. Wenn es mir gelingt, ihn zu beherrschen!
Sobald er einmal von sich aus mein Vasall wird, wird er meine Männer ausbilden. Und Schiffe für mich bauen.
Aber wie einen getreuen Vasallen aus ihm machen? Die Grube jedenfalls hat seinen Geist nicht gebrochen.
Zunächst einmal muß ich ihn allein in die Hand bekommen und isoliert halten – hat Omi das nicht auch gesagt? Sodann könnte man diesem Piloten Manieren beibringen und ihn Japanisch lehren. Jawohl! Omi ist schon sehr gescheit! Was hat er noch gesagt? »Ihnen gilt das Leben als kostbarstes Gut.« Könnte ich dafür sorgen, daß er mir sein Leben verdankt? Ihm das Leben retten – ja, das wäre sehr gut.
Yabu hatte sich von seiner Vision dermaßen beflügeln lassen, daß er die Bewegungen des Schiffes und der See kaum noch wahrgenommen hatte. Eine Sturzsee war über ihn dahingegangen. Er sah, wie sie auch den Piloten einhüllte, doch der Mann hatte nicht die geringste Furcht gezeigt. Yabu war wie vor den Kopf geschlagen! Wie konnte jemand, der kleinmütig einem Feind erlaubt hatte, ihm auf den Rücken zu pissen, um das Leben eines unbedeutenden Untergebenen zu retten – wie konnte ein solcher Mann nur die Kraft aufbringen, eine durch nichts zu tilgende Entehrung zu ertragen, auf dem Achterdeck zu stehen und die See zum Kampf herauszufordern gleich einem legendären Helden – um dieselben Feinde zu erretten? Und dann, als die große Sturzsee den Portugiesen

hinweggeschwemmt hatte und sie hin und her geworfen worden waren, hatte der Anjin-san dem Tod ins Gesicht gelacht und ihnen die Kraft verliehen, sich mittels Riemenschlägen von den Felsen zu entfernen.

Ich werde sie nie begreifen, dachte er.

Am Rande der Klippe sah Yabu ein letztes Mal zurück. Ach, Anjin-san, ich weiß, du denkst, ich stürze jetzt in mein sicheres Verderben, ich bin dir in die Falle gegangen. Ich weiß, du selbst würdest es nicht wagen, dort hinunterzusteigen. Dazu habe ich dich viel zu genau beobachtet. Aber ich bin in den Bergen aufgewachsen, und Bergsteigen ist hier in Japan eine Sache des Stolzes und des Vergnügens. Also spiele ich jetzt nach meinen eigenen Regeln, nicht nach deinen. Ich werde es versuchen, und wenn ich sterbe, so hat das nichts weiter zu bedeuten.

Wenn ich es jedoch schaffe, dann wirst du wissen, daß ich besser bin als du mit deinen Spielregeln. Außerdem wirst du in meiner Schuld stehen, wenn ich die Leiche heraufbringe.

*Du wirst mein Vasall werden, Anjin-san.*

Mit größter Behendigkeit kletterte er an der Klippenwand hinunter. Als er es halb geschafft hatte, rutschte er aus. Mit der linken Hand krallte er sich an einem kleinen Vorsprung fest. Das verhinderte, daß er ganz abstürzte, und jetzt hing er da, zwischen Leben und Tod. Tief bohrten seine Finger sich in das Gestein, und er fühlte, wie seine Kraft in den Händen erlahmte. Mit den Zehen drückte er sich in eine Spalte in dem verzweifelten Versuch, noch weiteren Halt zu finden. Als seine linke Hand dann weggerissen wurde, fanden seine Zehen einen Riß im Gestein, fanden Halt, und verzweifelt preßte er sich an den Felsen. Obgleich es ihm gelang, einen neuen Buckel zu finden, den er diesmal mit beiden Händen packte und an dem er sich momentan festklammerte, hielt auch dieser Buckel nicht. Er stürzte mindestens sieben Meter in die Tiefe.

Er war darauf gefaßt gewesen und hatte sich darauf vorbereitet, so gut es ging, landete auf den Füßen, wie eine Katze, federte sich von der allmählich in einen sanften Abhang übergehenden Steilwand ab, um dem Aufprall entgegenzuwirken, und kam dann als rollende Kugel weiter nach unten. Die geschundenen Arme hatte er schützend über den Kopf gelegt. Unten schüttelte er den Kopf, um Klarheit in seine Gedanken zu bringen, und erhob sich. Den einen Fuß hatte er sich verstaucht. Ein bohrender Schmerz fuhr ihm die Beine herauf in die Eingeweide, und der Schweiß brach ihm aus.

Ich spüre keinen Schmerz! Du wirst keinen Schmerz spüren! Bleib jetzt aufrecht stehen! Der Barbar sieht zu.

Eine Gischtsäule hüllte ihn ein, und das half, den Schmerz zu bewältigen. Unter Aufbietung aller Vorsicht glitt er über die tangbewachsenen Felsen, schob er sich über die Felsspalten, und dann war er bei der Leiche.

Jäh ging ihm auf, daß der Portugiese noch lebte. Er vergewisserte sich und setzte sich dann einen Moment zurück. Will ich ihn tot oder lebendig? Was ist besser? Ein Krebs kroch unter einem Felsen hervor und plumpste ins Wasser. Wellen

spülten heran. Das Salz brannte in seinen Hautabschürfungen. Was ist besser: tot oder lebendig?
Unsicher richtete er sich auf und rief: »Takatashi-san! Dieser Pilot lebt noch! Geh aufs Schiff und hol eine Tragbahre und einen Arzt, falls einer an Bord ist!«
Schwach drangen Takatashis Worte durch den Wind. »Jawohl, Herr!« Als er davoneilte, schärfte er seinen Leuten ein: »Paßt gut auf den Barbaren auf, daß ihm nichts zustößt.«
Yabu spähte zu der sanft an ihren Ankern treibenden Galeere hinüber. Der andere Samurai, den er der Seile wegen zurückgeschickt hatte, war bereits bei den Beibooten. Er sah, wie er in eines hineinsprang und abstieß. Yabu lächelte in sich hinein und blickte zurück. Blackthorne war an den Klippenrand getreten und rief ihm dringlich etwas zu.
Was versucht er mir zu sagen? fragte Yabu sich. Er sah, wie der Pilot hinauszeigte aufs Meer, doch das bedeutete ihm nichts. Die See war rauh und aufgewühlt, nicht anders als zuvor auch.
Schließlich wandte Yabu seine Aufmerksamkeit Rodrigues zu. Unter größten Mühen zog er den Mann auf die Felsen hinauf, heraus aus dem Wasser. Der Atem des Portugiesen ging stockend, doch sein Herz schien kräftig. Er wies viele Schrammen und blaue Flecken auf. Ein zersplitterter Knochen stieß durch die Haut seiner linken Wade. Der rechte Arm schien ausgerenkt. Yabu untersuchte ihn auf Blutgesicker aus irgendwelchen klaffenden Wunden, entdeckte jedoch keine. Wenn er sich nicht innerlich verletzt hat, wird er am Leben bleiben, dachte er.
Ja, ich will, daß dieser Mann am Leben bleibt. Wenn er nicht mehr laufen kann, was macht das schon? Vielleicht wäre das sogar besser. Dann hätte ich noch einen Ersatzpiloten – zweifellos verdankt dieser Mann mir sein Leben. Wenn der Pirat sich nicht zur Zusammenarbeit bequemt, läßt sich vielleicht dieser Mann hier einsetzen. Ob es sich lohnen würde, zum Schein Christ zu werden? Ob ich sie damit für mich gewinnen könnte?
Was würde Omi tun? Omi durchschaut die Dinge viel zu rasch. Wenn er so weitsichtig ist, muß er erkennen, daß sein Vater den Klan anführen würde, falls ich stürbe – mein Sohn ist noch viel zu unerfahren, als daß er ohne Hilfe überleben könnte –, und nach seinem Vater, Omi selbst, *neh?*
Nimm mal an, du überantwortetest den Barbaren Omi. Als ein Spielzeug. Was würde dann geschehen?
Von oben hörte er aufgeregte Schreie. Dann erkannte er, worauf der Barbar gezeigt hatte. Die Flut kam rasch. Schon umspülte das Wasser diesen Felsen. Mühselig richtete er sich auf, ein heftiger Schmerz fuhr ihm vom Fußgelenk ins Bein, und er krümmte sich. Jede Fluchtmöglichkeit das Ufer entlang war ihm durch das Wasser abgeschnitten. Er sah, daß die Hochwasserlinie am Steilhang mannshoch über ihm lag.
Er sah sich nach dem Beiboot um. Das war dem Schiff jetzt nahe. Takatashi lief immer noch. Die Seile werden nicht rechtzeitig eintreffen, sagte er sich.

Gehetzt suchte er seine Umgebung ab. Nirgends eine Möglichkeit, den Felsen hinaufzukommen. Nirgends ein Zufluchtsort. Nirgendwo eine Höhle. Draußen auf dem Wasser ragten zwar ein paar Felsen in die Höhe, aber die waren für ihn unerreichbar. Er konnte nicht schwimmen, und es gab nichts, was er als Floß hätte benutzen können.

Die Männer oben beobachteten ihn. Der Barbar zeigte auf die Felsen draußen im Wasser und machte Schwimmbewegungen, doch er schüttelte den Kopf.

Es gibt kein Entkommen, dachte er. Jetzt bist du dem Tod preisgegeben. Bereite dich darauf vor!

*Karma,* sagte er sich und wandte sich von ihnen ab, setzte sich hin, genoß die letzte Klarheit, die ihm geschenkt wurde. Der letzte Tag, das letzte Meer, das letzte Licht, die letzte Freude – von allem das letzte. Wie schön die See und der Himmel und die Kälte und das Salz. Er begann an ein letztes Gedicht oder ein letztes Lied zu denken, das er jetzt, wie die Sitte es erheischte, verfassen sollte. Er kam sich glücklich vor. Er hatte Zeit, klar zu denken.

Blackthorne rief etwas. »Hör zu, du Halunke. Such dir einen Felsvorsprung – da muß doch irgendwo ein Felsvorsprung sein!«

Die Samurai standen ihm jetzt im Weg und starrten ihn an wie einen Wahnsinnigen. Für sie war es klar, daß es kein Entrinnen gab und daß Yabu sich einfach auf einen würdigen Tod vorbereitete.

»Seht doch hinunter, ihr alle! Vielleicht gibt's dort doch einen Vorsprung.«

Einer von ihnen trat an den Abgrund und spähte hinunter, zuckte mit den Achseln und redete mit seinen Kameraden, die gleichfalls mit den Achseln zuckten. Jedesmal, wenn Blackthorne versuchte, näher an den Rand heranzutreten, um nach einem Ausweg zu suchen, hinderten sie ihn daran. Es wäre ihm ein leichtes gewesen, sie über den Rand zu stoßen, und die Versuchung, es zu tun, war groß. Aber er begriff sie und ihre Probleme. Zerbrich dir den Kopf, diesem Schuft zu helfen. Du mußt ihn retten, um Rodrigues zu retten.

»He, du verkalkte alte Sause von Japs! He! *Kasigi Yabu!* Wo bleiben deine *cojones!* Gib nicht auf! Nur Feiglinge geben auf! Bist du ein Mann oder eine Memme?« Aber Yabu achtete nicht auf ihn. Er war so unbewegt wie der Fels, auf dem er saß.

Blackthorne hob einen Stein auf und schleuderte ihn in Richtung auf Yabu. Unbemerkt fiel er ins Wasser, nur die Samurai fuhren Blackthorne wütend an. Er wußte, sie konnten jetzt jeden Augenblick über ihn herfallen und ihn fesseln. Aber wie sollten sie das machen? Sie hatten ja keine Taue...

Taue! Beschaff dir Taue! Kannst du welche machen?

Sein Blick fiel auf Yabus Kimono. Er fing an, ihn in Streifen zu reißen, prüfte, ob sie halten würden. Die Seide war sehr kräftig. »Kommt schon!« befahl er den Samurai und zog sich das eigene Hemd über den Kopf. »Ein Seil machen! *Hai?*«

Sie begriffen. In Windeseile wickelten sie sich ihre Schärpen vom Leib, zogen ihre Kimonos aus und machten es ihm nach. Er fing an, die Enden zusammenzuknoten, die Schärpen dazu.

Während sie das Seil zu Ende knüpften, legte Blackthorne sich vorsichtig auf den Bauch und schob sich Hand über Hand nach vorn, wobei er sich von zwei Samurai an den Beinen festhalten ließ. Er brauchte ihre Hilfe zwar nicht, wollte sie aber beruhigen.

Er war sich ihrer Besorgnis sehr wohl bewußt, als er den Kopf so weit vorreckte wie nur irgend möglich. Dann suchte er die Felswand ab, wie er sonst die See absuchte – methodisch, Stück für Stück.

Einmal von einer Seite zur anderen – nichts! Noch einmal! Nichts! Nochmal! – Was ist das? Gerade eben oberhalb der Flutlinie? War das ein Spalt im Felsen? Oder nur ein Schatten?

Blackthorne versuchte es in einer anderen Lage, war sich aber völlig klar darüber, daß die See den Felsen, auf dem Yabu saß, fast schon ganz überspült hatte, desgleichen nahezu alle Felsen zwischen ihm und dem Fuß der Felswand. Jetzt konnte er besser sehen und zeigte nach unten.

»Da! Was ist das?«

Einer von den Samurai war gleichfalls auf Hände und Füße niedergegangen und folgte Blackthornes ausgestrecktem Finger, sah jedoch nichts.

»Da! Ist das kein Sims?« Mit den Händen deutete er einen Felsvorsprung an, mit zwei Fingern einen Menschen, den er auf diesen Sims stellte. »Schnell! *Isogi!* Macht es ihm begreiflich – Kasigi Yabu-sama! *Wakarimasu ka?*«

Ein Mann rappelte sich hoch und redete raschzüngig auf die anderen ein, und auch sie spähten hinunter. Jetzt sahen alle den Vorsprung und fingen an zu rufen. Trotzdem, Yabu schien wie aus Stein. Sie machten weiter, und Blackthorne schloß sich ihnen an. Trotzdem war es, als ob sie überhaupt nicht geschrien hätten.

Einer redete kurz mit den anderen, und dann nickten alle und verneigten sich. Er erwiderte die Verneigung. Dann, mit einem laut hinausgeschrienen *»Bansaiiii!«* stürzte er sich über den Klippenrand in den Tod. Heftig wurde Yabu aus seiner Trance herausgerissen, fuhr herum und blickte in die Höhe.

Die anderen Samurai schrien und zeigten, doch Blackthorne hörte nichts und sah nichts als den zerschmetterten Körper, der unten lag und bereits von der See fortgespült wurde. Was für Menschen sind das? Dieser Mann hatte Selbstmord begangen, bloß auf die geringe Chance hin, die Aufmerksamkeit eines anderen zu erregen, der aufgegeben hatte.

Er sah, wie Yabu sich schwankend erhob. Er erwartete, daß er versuchen würde, sich torkelnd in Sicherheit zu bringen, und Rodrigues zurückließ. Ich jedenfalls hätte das getan. Oder etwa nicht? Ich weiß es nicht. Yabu jedenfalls kroch und rutschte und zog den Bewußtlosen mit sich durch das schäumende seichte Wasser bis an den Fuß der Klippe. Er fand den Sims, der kaum dreißig Zentimeter breit war. Unter großen Schmerzen schob er Rodrigues hinauf, fast wäre er einmal seinen Händen entglitten; dann schwang er sich selbst hinauf.

Das Seil war fünf bis sechs Meter zu kurz. Kurzerhand banden die Samurai noch ihre Lendentücher daran. Wenn Yabu sich aufrichtete, konnte er das Ende jetzt gerade eben erreichen.
Sie riefen ihm Mut zu und begannen zu warten.
Trotz seines Hasses mußte Blackthorne die Kaltblütigkeit von Yabu bewundern. Fünf-, sechsmal wurde er von Brechern nahezu umgerissen. Zweimal drohte Rodrigues zu entschwinden, doch jedesmal zog Yabu ihn zurück und hielt seinen Kopf aus dem sie bedrängenden Wasser heraus. Wo nimmst du nur deinen Mut her, Yabu? Bist du eine Ausgeburt des Teufels? Seid ihr alle so?
Schon hinunterzuklettern, hatte Mut gekostet. Anfangs hatte Blackthorne gedacht, daß er es aus reiner Tollkühnheit täte. Bald war ihm dann jedoch aufgegangen, daß der Mann seine Kräfte und sein Können an dieser Klippe maß und ums Haar den Sieg davongetragen hätte. Dann hatte er seinen Sturz nach Kräften abgefedert, und schließlich hatte er mit großer Würde aufgegeben.
Himmelherrgott, ich bewundere den Hund – und ich verabscheue ihn!
Fast eine ganze Stunde lang wehrte Yabu sich gegen die See und gegen das Schwinden der eigenen Körperkräfte, und dann, als es fast schon dunkel war, kam Takatashi mit den Seilen zurück. Sie knüpften eine Art Wiege und schlidderten die Felswand hinunter wie Affen – und zwar mit einer Geschicklichkeit, wie Blackthorne sie an Land noch nie erlebt hatte.
Rasch wurde Rodrigues nach oben gebracht. Blackthorne hätte versucht, ihm zu helfen, doch ein Japaner mit kurzgeschorenem Haar lag bereits auf den Knien neben ihm. Er sah zu, wie dieser Mann, offenbar ein Wundarzt, sich das gebrochene Bein ansah. Dann hielt ein Samurai Rodrigues an den Schultern fest, während der Arzt sich mit seinem ganzen Gewicht auf den Fuß legte – und der Knochen glitt zurück unters Fleisch. Mit den Fingern tastete er die Bruchstelle ab, schob die Knochen zurecht, bis sie wieder zusammenpaßten, und legte ihm dann eine Schiene an. Er begann, widerwärtig aussehende Kräuter um die böse Wunde herum aufzulegen, und dann wurde Yabu heraufgebracht.
Der *Daimyo* wies mit einer verächtlichen Gebärde alle Hilfe von sich, schickte den Arzt wieder zu Rodrigues und wartete.
Blackthorne sah ihn an. Yabu spürte seinen Blick. Die beiden Männer starrten sich gegenseitig an.
»Danke«, sagte Blackthorne schließlich und wies auf Rodrigues. »Ich danke Euch, daß Ihr ihm das Leben gerettet habt. Danke, Yabu-san!« Er verneigte sich betont. Das gilt deinem Mut, du schwarzäugiger Sohn einer Dreckshure!
Yabu erwiderte die Verneigung genauso steif. Aber in seinem Inneren lächelte er.

# *Zweites Buch*

# 10. Kapitel

Die Fahrt von der Bai nach Osaka verlief ohne besondere Zwischenfälle. Rodrigues' *roteiros* erwiesen sich als ebenso ausführlich wie genau. In der ersten Nacht kam der Portugiese wieder zu Bewußtsein. Anfangs bildete er sich ein, er sei tot, doch dann belehrte der Schmerz ihn eines Besseren.
»Sie haben Euer Bein wieder zusammengefügt und es verbunden«, sagte Blackthorne. »Und Eure Schulter ist bandagiert. Ihr hattet Euch den Arm ausgekugelt. Zur Ader lassen wollten sie Euch nicht, so sehr ich auch versuchte, sie dazu zu bringen.«
»Das können die Jesuiten tun, sobald wir in Osaka sind.« Rodrigues' gequälte Augen schauten ihn eindringlich an. »Wie bin ich hierhergekommen, Ingeles? Ich erinnere mich, daß ich über Bord ging, aber an weiter nichts.«
Blackthorne erzählte es ihm.
»Dann verdanke ich Euch mein Leben. Gott verfluch Euch!«
»Vom Achterdeck aus sah es aus, als ob wir es bis in die Bucht schaffen könnten. Vom Bugsprit aus, wo Ihr wart, muß Euer Blickwinkel um ein paar Grad anders gewesen sein. Und das mit der Sturzsee war einfach Pech!«
»Darüber mach' ich mir keine Sorgen. Ihr hattet das Achterdeck unter Euch, und die Ruderpinne. Das wußten wir beide. Nein, ich verfluche Euch nur, weil ich Euch mein Leben verdanke – Madonna, mein Bein!« Tränen des Schmerzes stiegen ihm in die Augen, und Blackthorne reichte ihm einen Becher Grog und hielt den Rest der Nacht über Wache bei ihm. Der Sturm ließ allmählich nach. Der japanische Arzt kam mehrmals und zwang Rodrigues, Medizin zu nehmen, legte ihm heiße Handtücher auf die Stirn und ließ die Bullaugen öffnen.
Gegen Morgengrauen ging Blackthorne an Deck. Hiro-matsu und Yabu standen beieinander. Er verneigte sich wie ein Höfling. »Guten Morgen. Osaka?«
Sie erwiderten die Verneigung. »Osaka. *Hai*, Anjin-san«, sagte Hiro-matsu.
»*Hai, Isogi*, Hiro-matsu-sama. Käpt'n-san! Lichtet die Anker!«
Er mußte Yabu unwillkürlich anlächeln; Yabu erwiderte das Lächeln, humpelte dann fort, und Blackthorne dachte: Dieser Mann ist wahrhaftig ein toller Bur-

sche – und dabei doch ein Teufel und ein Mörder. Bist du nicht auch ein Mörder? – Ja – aber nicht so, sagte er sich.
Die Reise dauerte den ganzen Tag und die Nacht. Kurz nach der Morgendämmerung des nächsten Tages waren sie in der Straße von Osaka. Ein japanischer Lotse kam an Bord, um das Schiff zu seinem Liegeplatz zu bringen, und auf diese Weise von seiner Verantwortung entbunden, ging Blackthorne froh nach unten und schlief.
Später rüttelte der Kapitän ihn wach, verneigte sich und gab ihm zu verstehen, daß er sich bereithalten solle, mit Hiro-matsu zu gehen, sobald sie festgemacht hätten.
»*Wakarimasu ka,* Anjin-san?«
»*Hai.*«
Der Kapitän zog sich zurück. Blackthorne reckte sich, sein Rücken schmerzte ihn – da sah er, daß Rodrigues ihn beobachtete.
»Wie fühlt Ihr Euch?«
»Gut, Ingeles. Nur das Bein brennt wie das höllische Feuer, mein Schädel platzt, ich muß pissen, und meine Zunge schmeckt wie ein Kübel Schweinescheiße.« Blackthorne reichte ihm den Nachttopf und leerte ihn hinterher durch das Bullauge. Dann füllte er den Humpen wieder mit Grog.
»Ihr würdet eine miserable Krankenpflegerin abgeben, Ingeles. Das kommt, weil Ihr ein schwarzes Herz habt.« Rodrigues lachte und es tat wohl, ihn wieder lachen zu hören. Seine Augen wanderten zu dem *roteiro*, der aufgeschlagen auf dem Tisch lag, dann zu seiner Seekiste. Er sah, daß sie geöffnet worden war. »Hab' ich Euch den Schlüssel gegeben?«
»Nein. Ich hab' Euch durchsucht. Ich brauchte die echten *roteiros*. Das hab' ich Euch auch gesagt, als Ihr die erste Nacht aufgewacht seid.«
»Schön. Ich erinnere mich zwar nicht mehr, aber es ist in Ordnung. Hört zu, Ingeles, kommt und besucht mich in Osaka – dann könnt Ihr meinen *roteiro* kopieren, wenn Ihr wollt.«
»Danke, aber das habe ich bereits besorgt. Das heißt, ich habe ihn so weit kopiert, wie ich konnte, und den Rest sehr sorgfältig durchgelesen.«
»*Vuestra madre!*« fluchte Rodrigues. Dann fuhr er auf portugiesisch fort: »Jedesmal, wenn ich spanisch rede, kommt es mir hoch, obgleich man auf spanisch besser fluchen kann als in jeder anderen Sprache. Da ist ein Paket in meiner Seekiste. Bitte, gebt es mir.«
»Das mit den Jesuitensiegeln?«
Er reichte es ihm. Rodrigues betrachtete es von allen Seiten, fingerte an den unversehrten Siegeln herum, schien es sich dann jedoch anders zu überlegen und steckte das Paket unter die rauhe Wolldecke, unter der er lag, und legte den Kopf wieder zurück. »Ach, Ingeles, das Leben ist schon merkwürdig! Wenn ich noch lebe, so nur wegen der Gnade Gottes, zu der ein Ketzer und ein Japs das Ihre beigetragen haben. Schickt doch den Kacker mal runter, damit ich ihm danken kann, eh?«

»Gleich?«
»Später. – Doch was diese Flotte betrifft – von der Ihr behauptet, daß sie Manila angreift, von der Ihr dem Pater erzählt habt – war das die Wahrheit, Ingeles?«
»Eine Kriegsflotte von uns wird Euer Reich in Asien zerschlagen, oder?«
»Gibt es eine solche Flotte?«
»Selbstverständlich.«
»Wie viele Schiffe hattet Ihr in Eurem Geschwader?«
»Fünf. Die anderen sind draußen auf See. Ich bin vorausgeeilt, um mal zu sehen, wie es in Japan ist, und dabei bin ich in einen Sturm geraten.«
»Auch wieder Lügen, Ingeles. Aber was soll's – ich habe meinen Häschern auch so manchen Bären aufgebunden. Es gibt keine anderen Flotten oder Schiffe.« Rodrigues nahm einen gewaltigen Schluck.
Blackthorne streckte sich und trat ans Bullauge. Er wollte dieser Unterhaltung ein Ende setzen und sah zur Küste und zur Stadt hinüber. »Ich hatte immer gedacht, London wäre die größte Stadt der Welt, aber verglichen mit Osaka ist es eine Kleinstadt.«
»Sie haben Dutzende solcher Städte«, sagte Rodrigues, gleichfalls froh, mit diesem Katz-und-Maus-Spiel aufzuhören. »Miyako, die Hauptstadt, oder Kyoto, wie sie bisweilen auch genannt wird, ist die größte Stadt des Reiches, mehr als doppelt so groß wie Osaka. Dann Yedo, Toranagas Hauptstadt. Ich bin zwar nie dort gewesen, und auch kein Priester oder sonst ein Portugiese – Toranaga hält seine Hauptstadt verschlossen, Yedo ist eine Verbotene Stadt. Ganz Japan ist uns offiziell verboten, bis auf die Häfen von Nagasaki und Hirado. Doch unsere Priester kümmern sich mit Recht nicht sonderlich um diese Anordnungen, sie kommen und gehen, wie es ihnen beliebt. Aber wir Seeleute und die Kaufleute können das nicht, es sei denn, wir hätten einen besonderen Paß. Außerhalb von Nagasaki oder Hirado kann jeder *Daimyo* sich unserer Schiffe bemächtigen – so lautet ihr Gesetz.«
»Wollt Ihr Euch jetzt nicht ausruhen?«
»Nein, Ingeles! Reden ist besser. Reden hilft einem, nicht an die Schmerzen zu denken. Madonna, brummt mir der Schädel! Laßt uns noch reden, bis Ihr an Land geht. Und kommt zurück, und besucht mich – es gibt noch soviel, was ich Euch fragen möchte. Gebt mir noch ein bißchen von dem Grog. Danke, danke, Ingeles.«
»Warum ist es Euch nicht gestattet hinzugehen, wohin Ihr wollt?«
»Was? Ach, hier in Japan? Das war der Taikō – bei ihm hat es mit den ganzen Schwierigkeiten angefangen. Seit wir 1542 hierherkamen, um Gottes Werk zu beginnen und ihnen die Zivilisation zu bringen, konnten wir und unsere Priester uns frei bewegen, doch als der Taikō die Macht ganz in Händen hatte, gab es Beschränkungen. Viele glauben... Könntet Ihr mein Bein etwas anders hinlegen und die Wolldecke vom Fuß nehmen, er brennt... Ja – ach, Madonna! – Ja, so ist's gut, vielen Dank, Ingeles. Ja, wo war ich doch noch? Ach so... viele glauben, daß der Taikō ein Werkzeug des Satans war. Vor zehn Jahren erließ

er das Edikt gegen die frommen Väter und gegen alle, die versuchen wollten, Gottes Wort zu verbreiten. Er hat alle aus dem Reich verbannt, bis auf die Kaufleute. Das war vor zehn, zwölf Jahren, noch bevor ich in diese Breiten kam – ich bin mit Unterbrechungen jetzt sieben Jahre hier. Die frommen Väter sagen, das sei wegen der Heidenpriester, der Buddhisten, die den Taikō gegen unsere frommen Väter einnahmen und ihm Lügen über Lügen auftischten, obgleich der Großmörder kurz davor stand, sich zu bekehren. Ja, ums Haar hätte er seine Seele gerettet. Aber er hat seine Chance verspielt. Ja. Aber, wie dem auch sei, auf jeden Fall ordnete er an, daß alle unsere Priester Japan verlassen sollten... Hab' ich schon gesagt, daß das vor zehn Jahren war?«

Blackthorne nickte, froh, daß er redete, froh, ihm zuzuhören, verzweifelt darauf bedacht, etwas zu lernen.

Der Taikō ließ alle Patres in Nagasaki zusammentreiben. Sie sollten sämtlich nach Macao abgeschoben werden, und zwar mit der schriftlichen Drohung, sich bei Todesstrafe nie wieder in Japan blicken zu lassen. Dann, von einem Tag auf den anderen, ließ er sie alle frei und unternahm nichts weiter. Bald darauf war alles wieder so wie früher, mit der einen Ausnahme, daß die meisten Patres in Kyushu blieben, wo wir wohlgelitten sind. Hab' ich Euch schon erzählt, daß Japan aus drei großen Inseln besteht: Kyushu, Shikoku und Honshu? Und Tausenden von kleineren? Weit im Norden gibt es noch eine Insel – manche sagen, sie sei das Hauptland –, die heißt Hokkaido, aber dort leben unzivilisierte Eingeborene.

In Japan steht die Welt kopf, Ingeles. Pater Alvito erzählte mir, es sei fast so, als ob nie etwas gewesen wäre. Der Taikō war so freundlich wie vorher, dabei ist er nie bekehrt worden. Er hat kaum eine Kirche geschlossen, und nur zwei oder drei von den christlichen *Daimyos* verbannt – aber auch das lediglich, um seine Hand auf ihre Ländereien zu legen. Vor drei Jahren drehte er wieder einmal durch und machte sechsundzwanzig Patres zu Märtyrern. Er war ein Wahnsinniger, Ingeles. Aber nachdem er sie hingeschlachtet hatte, rührte er weiter keinen Finger. Bald danach starb er. Das war die Hand Gottes. Der Fluch Gottes lag auf ihm und liegt jetzt auf seinen Nachkommen, dessen bin ich gewiß.«

»Gibt es hier denn viele Bekehrte?«

Aber Rodrigues schien nicht zu hören, ließ sich in seiner halben Bewußtlosigkeit treiben. »Sie sind Tiere, diese Japaner. Hab' ich Euch von Pater Alvito erzählt? Er ist der Dolmetsch – Tsukku-san nennen sie ihn. Früher war er der Dolmetsch des Taikō, und jetzt ist er der offizielle Dolmetsch beim Regentschaftsrat. Er spricht besser japanisch als die meisten Japaner und weiß mehr über sie als sonst ein Sterblicher. Er erzählte mir, in Miyako – das ist die Hauptstadt – gibt es einen Hügel, etwa fünfzehn Meter hoch. Der Taikō ließ die Nasen und Ohren aller im Krieg gefallenen Koreaner sammeln und hier bestatten – Korea gehört zum Festland und liegt westlich von Kyushu. Das ist die reine Wahrheit. Bei der gebenedeiten Jungfrau – einen Mordbrenner wie den hat es

noch nie gegeben, und schlimm sind sie weiß Gott alle.« Rodrigues hatte die Augen geschlossen, auf seiner Stirn stand flammende Röte.
»Gibt es hier denn viele Bekehrte?« fragte Blackthorne vorsichtig noch einmal, denn es war ihm sehr daran gelegen zu erfahren, mit wie vielen Feinden er hier rechnen mußte.
Es traf ihn daher wie ein Kolbenschlag, als Rodrigues sagte: »Hunderttausende, und jedes Jahr kommen neue hinzu. Seit dem Tod des Taikō bekennen sich mehr denn je zum Christentum, und diejenigen, die vorher nur heimlich Christen waren, gehen jetzt offen in die Kirche. Der größte Teil der Insel Kyushu ist heute katholisch. Auch die meisten *Daimyos* dort. Nagasaki ist eine katholische Stadt, die die Jesuiten beherrschen, die Verwaltung, den Handel. Wir haben eine Kathedrale, ein Dutzend Kirchen, und Dutzende sind über ganz Kyushu verstreut. Hier in Honshu hingegen sind nur wenige und...« Der Schmerz ließ ihn abermals innehalten. Nach einer Weile fuhr er fort: »Allein in Kyushu leben drei bis vier Millionen Menschen – und alle werden sie bald katholisch sein. Auf den Inseln leben rund weitere zwanzig Millionen, und bald...«
»Das ist unmöglich!« entfuhr es Blackthorne, ärgerte sich jedoch sogleich, den Fluß der Information unterbrochen zu haben.
»Warum sollte ich lügen? Vor zehn Jahren gab es hier eine Volkszählung. Nach Pater Alvito wurde sie auf Anordnung des Taikō vorgenommen.« Rodrigues' Augen glänzten fiebrig, und jetzt floß ihm wahrhaftig der Mund über. »Das ist mehr als die Bevölkerung von Portugal, Spanien, Frankreich, der spanischen Niederlande und England zusammengenommen; man könnte fast die gesamte Bevölkerung des Heiligen Römischen Reiches noch dazurechnen, um auf eine ähnliche Zahl zu kommen.«
Herrgott, dachte Blackthorne. Ganz England hat nicht mehr als drei Millionen Einwohner, Wales eingeschlossen. Wenn es so viele Japaner gibt, wie dann mit ihnen fertig werden? Dann bedeutet das, daß sie mühelos eine Armee aufstellen können, die größer wäre als unsere gesamte Bevölkerung. Und wenn sie alle so wild und bedenkenlos sind wie diejenigen, die ich gesehen habe, dann wären sie unschlagbar. Und wenn sie schon zum Teil katholisch und die Jesuiten hier stark vertreten sind, dann wird ihre Zahl immer größer werden, und es gibt keinen, der so fanatisch ist wie ein frisch Bekehrter – welche Chancen haben wir und die Holländer dann in Asien?
»Wenn Ihr glaubt, das wäre viel«, sagte Rodrigues gerade, »dann wartet, bis Ihr nach China kommt. Dort leben nur Gelbe – alle mit schwarzem Haar und schwarzen Augen. Ach, Ingeles, ich sag' Euch, Ihr habt noch so viel zu lernen. Ich war vergangenes Jahr in Kanton, bei den Seidenverkäufen. Kanton ist eine mauerbewehrte Stadt in Südchina. Sie liegt am Perlfluß, nördlich von Macao. Allein innerhalb dieser Stadt leben eine Million hundefressende Heiden. China hat mehr Menschen als der Rest der Welt zusammen!« Rodrigues wurde von einem überwältigenden Schmerz geschüttelt, und seine unversehrte Hand legte sich auf seinen Leib. »Ist irgendwo Blut aus mir rausgelaufen? Irgendwo?«

»Nein, ich hab' nachgesehen. Es sind nur Euer Bein und die Schulter. Innerlich seid Ihr nicht verletzt, Rodrigues – zumindest glaub' ich das nicht.«
»Wie schlimm sieht es mit dem Bein wirklich aus?«
»Das Seewasser hat die Wunde gewaschen und gereinigt. Der Bruch war sauber, und die Wunde ist im Augenblick auch sauber.«
»Gut. Ja. Von China und Kanton sprachen wir. Vielleicht hab' ich schon zuviel erzählt. Wir haben Zeit genug, darüber zu reden.«
Blackthorne sah, wie die unversehrte Hand des Portugiesen mit dem versiegelten Päckchen spielte, und er dachte abermals darüber nach, was für eine Bewandtnis es damit wohl haben mochte. »Euer Bein kommt schon wieder in Ordnung. In einer Woche wißt Ihr das selbst.«
»Ja, Ingeles.«
»Ich glaube nicht, daß es brandig wird – es ist ja kein Eiter da – und da Ihr klar denkt, wird auch mit Eurem Gehirn alles in Ordnung sein.«
»Trotzdem verdanke ich Euch mein Leben.« Ein Schauer durchlief ihn. »Als ich am Ertrinken war, konnte ich an nichts anderes denken als daran, daß die Krebse sich durch meine Augenhöhlen hindurchfräßen. Es ist das dritte Mal, daß ich über Bord gegangen bin, und es ist jedesmal noch furchtbarer.«
»Ich bin viermal auf See versenkt worden, dreimal davon von Spaniern.«
Die Kammertür ging auf, der Kapitän verneigte sich und winkte Blackthorne nach oben.
»*Hai!*« Blackthorne erhob sich. »Ihr seid mir nichts schuldig, Rodrigues«, sagte er freundlich. »Ihr habt mir Leben und Mut eingeflößt, als ich verzweifelt war, und dafür danke ich Euch. Wir sind quitt.«
»Vielleicht. Hört trotzdem eine Wahrheit, die Ihr als Teilbegleichung meiner Schuld nehmt: Vergeßt nie, daß die Japse sechs Gesichter haben und drei Herzen. So lautet ein Sprichwort, das sie haben: Ein Mann trägt ein falsches Herz in seinem Mund, für alle Welt zu sehen, ein anderes in seiner Brust, das er nur ganz besonders guten Freunden und seiner Familie offenbart, und dann das echte, das eigentliche, das geheime, das kein Mensch kennt außer ihm selbst, und das ist verborgen, Gott allein weiß, wo. Sie sind hinterhältig, daß man es nicht für möglich hält, und so lasterhaft, daß sie nie der Erlösung teilhaftig werden können.«
»Warum will Toranaga mich sehen?«
»Das weiß ich nicht. Bei der gebenedeiten Jungfrau, ich habe keine Ahnung. Kommt wieder her, und besucht mich, wenn Ihr könnt.«
»Jawohl. Und Mast- und Schotbruch, Spanier!«
»*Esperma vuestra!* – Trotzdem, geht mit Gott!«
Blackthorne erwiderte das Lächeln, rückhaltlos, und dann war er an Deck. In seinem Geist drehte es sich, so überwältigend war der Eindruck von Osaka, der riesigen Ausdehnung der Stadt, den Straßen, in denen es wimmelte wie in einem Ameisenhaufen, und der gewaltigen Schloß-Burg, die die Stadt beherrschte. Aus der Mitte des riesigen Bauwerks ragte trutzig der Bergfried oder

Hauptturm: sieben oder acht Stockwerke hoch, Spitzgiebel mit geschwungenen Dächern an jedem Stock, die Dachziegel alle vergoldet, die Mauern blau. Darin also wird Toranaga sein, dachte er, der unvermittelt das Gefühl hatte, einen Eisklumpen im Magen zu haben.

Eine verhängte Sänfte brachte ihn zu einem großen Haus. Dort wurde er gebadet und bekam zu essen: die unvermeidliche Fischsuppe, rohen und gedünsteten Fisch, Essiggemüse und das heiße Kräuterwasser. Statt der Buchweizengrütze gab es in diesem Haus eine Schale Reis. Er hatte bereits in Neapel einmal Reis gesehen. Er mochte weiß und gesund sein, doch für seinen Geschmack war er fade. Sein Magen verlangte heftig nach Fleisch und Brot, frischgebackenem Brot mit röscher Kruste und Butter darauf, und einem anständigen Stück Rindfleisch und Pasteten, Geflügel und Bier und Eier.

Am nächsten Tag kam ein Mädchen zu ihm. Die Kleider, die er von Rodrigues hatte, waren gewaschen und gebügelt. Sie sah zu, als er sich anzog, und half ihm in die neuen *Tabi* – die Strumpfschuhe. Draußen stand ein neues Paar Riemensandalen, von seinen Stiefeln keine Spur. Sie schüttelte den Kopf und wies erst auf die Sandalen und dann auf die verhangene Sänfte. Eine Phalanx von Samurai stand um sie herum. Der Anführer gab ihm zu verstehen, sich zu beeilen und einzusteigen.

Es ging sofort los. Die Vorhänge waren dicht zugezogen. Nach einer Ewigkeit blieb die Sänfte stehen: Das gigantische steinerne Tor der Burg ragte vor ihm auf. Es war in die zehn Meter hohe Mauer mit den ineinander verschachtelten Zinnen, Bollwerken und Außenwerken eingelassen. Die eisenbeschlagenen Torflügel standen offen; das schmiedeeiserne Fallgitter war hochgezogen. Dahinter überspannte eine zwanzig Schritt breite, hundert Schritt lange Brücke den Wallgraben und endete in einer gewaltigen Zugbrücke vor einem ebenso gewaltigen Tor, das in die zweite Ringmauer eingelassen war.

Überall standen Hunderte von Sumurai. Alle trugen sie die gleiche düstere graue Uniform: von Schärpen gehaltene Kimonos, deren jeder mit vier kleinen runden Wappenzeichen verziert war, eines auf jedem Arm, eines auf der Brust und eines mitten auf dem Rücken. Das Zeichen war blau und stellte offenbar eine Blume oder Blüten dar.

»Anjin-san!«

Hiro-matsu saß wie eine Statue in einer nichtverhängten Sänfte, die von vier livrierten Trägern getragen wurde. Sein Kimono war braun und steif, als wäre er gestärkt. Auch ihre Kimonos wiesen Wappenzeichen auf, aber diese waren scharlachrot, genauso wie dasjenige, das an der Mastspitze der Galeere geflattert hatte: Toranagas Wappenzeichen. Diese Samurai trugen lange, mit kleinen Wimpeln besetzte schimmernde Speere.

Ohne nachzudenken verneigte Blackthorne sich. Hiro-matsus Erhabenheit überwältigte ihn. Der alte Mann erwiderte die Verneigung förmlich und gab ihm durch eine Geste zu verstehen, er solle ihm folgen.

Der Offizier am Tor trat auf sie zu. Zeremoniell wurde das Papier gelesen, das

Hiro-matsu vorwies, dann gab es viele Verneigungen und Blicke auf Blackthorne, erst dann durften sie weiter auf die Brücke, wobei eine Eskorte von Grauen links und rechts von ihnen einfiel.
Der Wasserspiegel des Grabens lag fünfzehn Meter unter ihnen und erstreckte sich zu beiden Seiten an die dreihundert Schritt, um dann den Mauern zu folgen, die nach Norden und Süden abbogen, und Blackthorne mußte unwillkürlich denken: Herrgott, wenn ich hier jemals versuchen müßte, einen Angriff vorzutragen! Die Verteidiger konnten ohne weiteres die äußere Garnison untergehen lassen und die Brücke hinter sich verbrennen, dann würden sie drinnen sicher sein. Die äußere Mauer muß mindestens eine Meile lang sein – und sieh doch nur, sieben bis zehn Meter dick – und die innere desgleichen. Sie besteht aus riesigen Steinquadern, die vollendet bearbeitet, ohne Mörtel miteinander verbunden und ineinandergefügt sind. Sie müssen mindestens fünfzig Tonnen wiegen. Belagerungsgeschütze? Sicherlich könnten die die äußeren Mauern zerschmettern, aber die Kanonen drinnen könnten das verhindern. Müßte ungeheuer schwierig sein, sie dort hinaufzubringen, und es gibt auch nirgends einen höhergelegenen Punkt, von dem man Feuerbrände in die Festung hineinschleudern könnte. Aber selbst wenn man hier Belagerungskanonen aufstellen könnte und gegen die zweite Mauer richtete – man konnte ihnen kaum etwas anhaben. Sie könnten zwar das zweite Tor nehmen, aber was wäre damit gewonnen? Wie sollte man über den Wallgraben hinwegsetzen? Die Festung muß uneinnehmbar sein – falls im Inneren genug Soldaten stehen. Wie viele Bewohner der Stadt könnten drinnen Zuflucht finden?
Daneben wirkt der Londoner Tower wie ein kleiner Schweinekoben! Ganz Hampton-Court würde ja hier in eine Ecke passen!
Am zweiten Tor wurden die Papiere wieder auf höchst zeremonielle Weise geprüft. Hinter ihm bog die Straße nach links ab und mündete in eine von schwerbefestigten Häusern hinter leicht zu verteidigenden größeren und kleineren Mauern gesäumte Allee ein, die wiederum in ein Labyrinth von Treppen und Gassen überging. Abermals gelangten sie vor ein Tor, wieder wurden die Papiere überprüft, wieder ein Fallgitter und ein neuer mächtiger Wallgraben, und wieder drehte und wand sich der Weg, bis Blackthorne sich in dem bewußt angelegten Wirrwarr überhaupt nicht mehr zurechtfand. Und die ganze Zeit über starrten unzählige Graue von Böschungen und Wällen und Zinnen und Brustwehren und Bastionen auf sie herab. Andere standen Wache, marschierten, exerzierten oder versorgten Pferde in offenen Stallungen.
Er verfluchte sich, nicht mehr aus Rodrigues herausgeholt zu haben. Abgesehen von der Information über den Taikō und die zum Katholizismus Bekehrten – an sich ja schon überwältigend genug – war Rodrigues verschlossen gewesen, verschwiegen, wie ein Mann es sein sollte.
Konzentriere dich! Halt nach irgendwelchen Anhaltspunkten Ausschau! Was ist so besonders an dieser Burg? Daß sie so riesengroß ist? Nein, etwas anderes. Aber was?

Stehen die Grauen den Braunen feindselig gegenüber? Ich kann es nicht sagen, sie sind alle so ernst.
Blackthorne beobachtete sie mit höchster Aufmerksamkeit, wandte seinen Blick Einzelheiten zu. Linkerhand erstreckte sich ein sorgsam gepflegter farbenfroher Garten mit kleinen Brücken und einem kleinen Bach. Hier standen die Mauern dichter beisammen, wurden die Straßen enger. Sie näherten sich dem Hauptturm. Leute aus der Stadt waren keine zu sehen, dafür Hunderte von Dienern – und: *Es gibt nirgendwo Gewehre!* Das ist es, was hier so anders ist. Du hast nicht eine einzige Muskete zu Gesicht bekommen. Nicht eine!
Guter Gott im Himmel, keine Muskete – und folglich natürlich auch keine Belagerungsgeschütze. – Wenn man moderne Waffen hätte und die Verteidiger keine, könnte man dann die Mauern zusammenschießen, die Tore zerschmettern, Feuerbälle auf die Burg niederprasseln lassen, sie in Brand setzen und dann erstürmen?
Man würde trotzdem nicht über den ersten Wallgraben hinüberkommen!
Mit Belagerungsgeschützen könnte man den Verteidigern das Leben sauer machen – trotzdem könnten sie eine Ewigkeit durchhalten –, sofern die Besatzung entschlossen und zahlreich genug war, ausreichend Vorräte besaß, genug Wasser und Munition!
Im Geist ersann er einen Plan, als die Sänfte stehenblieb. Hiro-matsu wurde niedergesetzt. Sie befanden sich in einer engen Sackgasse. Ein hohes, eisenbewehrtes Tor aus dicken Holzbohlen war in die sechs Meter hohe Mauer eingelassen, die mit den Außenwerken des schwerbefestigten Kernstücks der ganzen Anlage verschmolz, vom Hauptturm aber immer noch weit entfernt war. Im Gegensatz zu den anderen Toren wurde dieses hier von Braunen bewacht, den einzigen, die Blackthorne bislang in der Burg gesehen hatte. Es war unschwer zu erkennen, daß sie überglücklich waren, Hiro-matsu zu sehen.
Die Grauen machten kehrt und zogen sich zurück. Blackthorne bemerkte die feindseligen Blicke, die sie von den Braunen erhielten.
Also sind sie Feinde!
Das Tor schwenkte auf, und er folgte dem alten Mann ins Innere. Allein. Die anderen Samurai blieben draußen.
Der Innenhof wurde von weiteren Braunen bewacht, desgleichen der Garten dahinter. Sie durchquerten diesen Garten und betraten die Festung. Hiro-matsu schüttelte die Riemensandalen von den Füßen, und Blackthorne tat desgleichen. Der Gang drinnen war üppig mit *Tatamis* ausgelegt, den gleichen Rohrmatten, die so sauber und angenehm unter den Füßen waren und in fast allen Häusern auslagen. Schon früher war Blackthorne aufgefallen, daß sie alle gleich groß waren, etwa zwei mal drei Meter. Sind nicht alle Räume, die ich bisher betreten habe, entweder quadratisch oder rechteckig gewesen? Selbstverständlich! Das bedeutet, daß sämtliche Häuser – alle Räume – so gebaut sind, daß eine ganz bestimmte Anzahl von Matten hineinpaßt. Sie weisen also alle ein Standardmaß auf. Wie außerordentlich merkwürdig!

Sie stiegen gewundene, leicht zu verteidigende Treppen hinauf, gingen weitere Gänge entlang und dann wieder Treppen hinauf. Auch hier waren viele Wachen – sämtlich in braunen Kimonos. Sonnenstrahlenbündel warfen verworrene Muster durch die Schießscharten. Blackthorne erkannte, daß sie sich jetzt hoch über den drei großen Umfassungsmauern befanden. Die Stadt und der Hafen unten bildeten ein schachbrettartiges Muster.
Der Gang führte im rechten Winkel um die Ecke und endete fünfzig Schritt weiter.
Dicht gedrängte Samurai, allen voran ein junger Offizier, schützten die letzte Tür – jeder hatte die Rechte auf dem Schwertgriff, die Linke an der Scheide; reglos und bereit loszuschlagen, standen sie da und starrten den beiden näherkommenden Männern entgegen.
Hiro-matsu war ob ihrer Bereitschaft offensichtlich erleichtert. Er persönlich hatte diese Wachen ausgesucht. Er haßte die Burg und dachte abermals, wie gefährlich es für Toranaga war, sich in die Höhle des Löwen zu wagen. Kaum, daß er gestern gelandet, war er zu Toranaga geeilt, um ihm zu berichten, was geschehen war, und um zu erfahren, ob sich während seiner Abwesenheit irgend etwas Unvorhergesehenes ereignet hätte. Aber noch war alles ruhig, wiewohl ihre Spione von gefährlichen Truppenansammlungen im Norden und im Osten zu berichten wußten und daß ihre Hauptverbündeten, die Regenten Onoshi und Kiyama, die bedeutendsten der christlichen *Daimyos*, im Begriff stünden, zu Ishido überzugehen. Er hatte die Wache ausgewechselt, eine neue Parole ausgegeben und Toranaga abermals, freilich vergebens, gebeten fortzugehen.
Zehn Schritt vor dem Offizier blieb er stehen.

# *11. Kapitel*

Yoshi Naga, der Wachoffizier, war ein gefährlicher und listiger junger Mann von siebzehn Jahren. »Guten Morgen, Euer Gnaden! Willkommen daheim!«
»Danke. Herr Toranaga erwartet mich.«
»Jawohl.« Selbst wenn Hiro-matsu nicht erwartet worden wäre, hätte Naga ihn dennoch vorgelassen. Toda Hiro-matsu gehörte zu den drei Männern auf der Welt, die Tag und Nacht bei Toranaga Zutritt hatten.
»Durchsucht den Barbaren«, sagte Naga. Er war Toranagas fünfter Sohn von einer seiner Nebengattinnen und bewunderte seinen Vater grenzenlos.
Gelassen unterzog Blackthorne sich der Durchsuchung, denn ihm war klar, was sie tun mußten.
Naga gab dem Rest seiner Leute einen Wink, und sie traten beiseite. Die dickwandige Tür öffnete er selbst.
Hiro-matsu betrat die riesige Audienzhalle. Gleich nach Überschreiten der Schwelle kniete er nieder, legte seine Schwerter vor sich hin, setzte die Hände flach auf den Boden, senkte den Kopf, so tief es ging, und verharrte in dieser unterwürfigen Stellung.
Naga gab Blackthorne zu verstehen, er solle seinem Beispiel folgen.
Blackthorne trat ein. Der Saal maß vierzig Schritt im Geviert und zehn in der Höhe; die *Tatamis* waren von der besten Qualität, vier Finger dick und makellos. Die hintere Wand wies zwei Türen auf. In der Nähe der niedrigen Plattform stand in einer Wandnische eine kleine Tonvase mit einem einzelnen, voll erblühten Kirschblütenzweig, der den Raum mit Duft und Farbe erfüllte.
Beide Türen waren bewacht. Zehn Schritt von der Estrade entfernt, rings um sie herum, saßen mit untergeschlagenen Beinen zwanzig weitere Samurai und schauten nach außen, hatten also das Gesicht den Wänden zugekehrt. Toranaga saß auf einem einzelnen Kissen mitten auf der Estrade. Er war dabei, die gebrochene Schwungfeder eines verkappten Jagdfalken zu richten und ging dabei so feinfühlig vor wie ein Elfenbeinschnitzer.
Weder er noch irgend jemand sonst im Raum ließ erkennen, daß man die An-

wesenheit Hiro-matsus oder den nähertretenden und neben dem alten Mann stehenbleibenden Blackthorne wahrgenommen hätte. Blackthorne verneigte sich nun, wie Rodrigues es ihn gelehrt hatte, holte dann tief Atem, setzte sich mit gekreuzten Beinen nieder und starrte Toranaga unverwandt an.
Aller Augen wandten sich aufblitzend Blackthorne zu. An der Tür fuhr Nagas Hand ans Schwert. Hiro-matsu hatte das seine bereits gepackt, wiewohl er den Kopf immer noch tief gesenkt hielt.
Blackthorne kam sich wie nackt vor, aber er hatte nun einmal einen Entschluß gefaßt. Rodrigues hatte gesagt: »Den Japsen gegenüber muß man sich aufführen wie ein König.« Wenn er sich auch nicht gerade wie ein König aufführte – dies sollte genügen.
Langsam schaute Toranaga auf.
Eine Schweißperle rann Blackthorne die Schläfe herab, als er alles, was Rodrigues ihm über die Samurai berichtet, in diesem einen Mann kristallisiert sah. Er fühlte, wie ihm der Schweiß über die Wangen zum Kinn herunterlief. Er zwang seine blauen Augen, fest zu blicken und mit keiner Wimper zu zucken; er setzte ein unbewegtes Gesicht auf.
Toranagas Gesicht war gleichermaßen unbewegt.
Blackthorne spürte, wie die nahezu überwältigende Macht, die von diesem Mann ausging, ihn beinahe körperlich berührte. Er zwang sich, langsam bis sechs zu zählen, dann senkte er den Kopf, machte abermals eine leichte Verneigung und setzte ein feines, ruhiges Lächeln auf.
Steinernen Gesichts betrachtete Toranaga ihn kurz, dann blickte er nieder und konzentrierte sich wieder auf seine Aufgabe. Die Spannung im Raum löste sich. Bei dem Falken handelte es sich um ein voll ausgereiftes, aber noch junges Wanderfalkenweibchen. Der Wärter, ein knorriger alter Samurai, kniete vor Toranaga und hielt es auf seiner behandschuhten Faust wie zerbrechliches Glas. Toranaga trennte mit einem einzigen Schnitt den Federkiel an der Bruchstelle, tauchte einen winzigen Bambusspan in Leim, führte ihn bis zur Hälfte in die nun freiliegende Röhre des Federkiels und steckte das abgetrennte Federstück auf die sichtbare andere Hälfte des Bambusspans. Er drückte die beiden Federteile behutsam zusammen, bis sie ganz fest saßen, und wand dann einen Seidenfaden um die Trennstelle. Die winzigen Glöckchen an ihren Krallen klingelten, und er beschwichtigte das beunruhigte Tier.
Yoshi Toranaga, Herr des Kwanto, der Acht Provinzen, Oberhaupt des Yoshi-Klans, Oberster Heerführer der Armeen des Ostens und Vorsitzender des Regentschaftsrats, war ein kleiner Mann mit einem mächtigen Bauch und einer langen Nase. Seine Brauen waren dicht gewachsen, Schnurrbart und Kinnbart grau-gesprenkelt und schütter. Die Augen beherrschten sein Gesicht. Er war achtundfünfzig und für sein Alter kräftig. Sein Kimono war schlicht und uniform-braun, seine Gürtelschärpe aus Baumwolle. Seine Schwerter hingegen waren die besten der ganzen Welt.
»Nun, meine Schöne«, sagte er mit der Zärtlichkeit eines Liebhabers, »jetzt bist

du wieder gesund.« Er streichelte das Falkenweibchen mit einer Feder, während dieses verkappt auf der Faust ihres Wärters saß. Sie schüttelte sich und putzte sich dann zufrieden. »In einer Woche lassen wir sie wieder fliegen.«
Der Wärter verneigte sich und zog sich zurück.
Toranaga wandte sich den beiden Männern an der Tür zu.
»Willkommen, Eisenfaust. Ich freue mich, Euch zu sehen«, sagte er. »Das also ist Euer berühmter Barbar?«
»Jawohl, Herr.« Hiro-matsu kam näher, ließ aber, wie es sich geziemte, seine Schwerter liegen, doch Toranaga bestand darauf, daß er sie mitbringe. Hiro-matsu dankte ihm. Trotzdem setzte er sich respektvoll fünf Schritt von ihm entfernt nieder. In der vordersten Reihe der Wachen saß Usagi, Hiro-matsus Lieblingsschwiegersohn, dem er kurz zunickte. Der junge Mann verneigte sich tief; er fühlte sich geehrt und freute sich, daß man seine Anwesenheit wahrgenommen hatte. Vielleicht sollte ich ihn adoptieren, sagte Hiro-matsu sich glücklich; Wärme überflutete ihn bei dem Gedanken an seine Lieblingsenkelin und seinen ersten Urenkel, den sie ihm vergangenes Jahr gebracht.
»Was macht Euer Rücken?« erkundigte Toranaga sich besorgt.
»Es geht schon, vielen Dank, Herr. Aber ich muß sagen, ich bin heilfroh, von diesem Schiff herunter und wieder an Land zu sein.«
»Eure Gesundheit ist mir sehr wichtig. Gestattet, daß ich ein Zeichen meines Dankes sende?«
»Ach, Toranaga-sama, Ihr seid so gütig.« Dann wurde Hiro-matsu ernst. »Ihr könntet uns alle belohnen, Euer Gnaden, indem Ihr dieses Hornissennest sofort verlaßt und zurückkehrt in Euer Schloß in Yedo, wo Eure Vasallen Euch beschützen können. Hier sind wir nackt. Ishido könnte jeden Augenblick...«
»Das werde ich auch. Sobald die Sitzung des Regentschaftsrats vorüber ist.« Toranaga drehte sich um und winkte einem schmalgesichtigen Portugiesen, der geduldig in seinem Schatten saß. »Seid Ihr bereit, jetzt für mich zu dolmetschen, mein Freund?«
»Selbstverständlich, Euer Gnaden.« Der Priester mit der Tonsur trat vor und kniete mit geübter Anmut neben der Estrade nieder. Sein Körper war genauso schmal wie sein Gesicht, seine Augen dunkel und schimmernd; er strahlte ernste Gesammeltheit aus. Er trug *Tabi* und ein wallendes Gewand. Ein Rosenkranz und ein goldenes Kreuz hingen von seinem Gürtel herab. Er grüßte Hiro-matsu wie einen Gleichgestellten, um dann seinen Blick freundlich Blackthorne zuzuwenden.
»Ich heiße Martin Alvito und bin von der Gesellschaft Jesu, Käpt'n-Pilot. Herr Toranaga hat mich gebeten, für ihn zu dolmetschen.«
»Dann sagt ihm als erstes, daß wir Feinde sind und daß...«
»Alles zu seiner Zeit«, fiel ihm Pater Alvito nicht unfreundlich ins Wort. »Wir können portugiesisch, spanisch oder auch lateinisch miteinander reden – was Euch am liebsten ist.«

Blackthorne hatte den Priester erst bemerkt, als dieser vorgetreten war. Die Estrade und die anderen Samurai hatten ihn seinem Blick entzogen. Allerdings hatte er ihn erwartet, Rodrigues hatte ihn ja vorgewarnt – und was er sah, erfüllte ihn mit Abscheu: die ungezwungene Eleganz, die Aura von Stärke und natürlicher Macht der Jesuiten. Er hatte sich den Priester in dieser einflußreichen Stellung und nach der Art, wie Rodrigues von ihm gesprochen hatte, viel älter vorgestellt. Praktisch waren sie jedoch gleichaltrig. Höchstens, daß der Pater ein paar Jahre älter war als er.
»Portugiesisch«, sagte er in der ingrimmigen Hoffnung, daß ihm das einen leichten Vorteil verschaffen könne. »Ihr seid Portugiese?«
»Ich habe diese Ehre.«
»Ihr seid jünger, als ich erwartet habe.«
»Senhor Rodrigues ist sehr gütig und traut mir mehr zu, als ich es verdiene. Euch hat er aufs Haar genau beschrieben. Und von Eurer Tapferkeit gesprochen.«
Blackthorne sah, wie er sich umdrehte und fließend und ungezwungen eine Weile mit Toranaga redete, und das verstörte Blackthorne noch weiter. Von allen Männern im Raum hörte einzig Hiro-matsu aufmerksam zu und ließ ihn keinen Moment aus den Augen. Alle anderen starrten steinern vor sich hin.
»Jetzt, Käpt'n-Pilot, werden wir anfangen. Ihr werdet bitte alles genau anhören, was Herr Toranaga fragt, und nicht unterbrechen«, begann Pater Alvito. »Dann erst werdet Ihr antworten. Von jetzt an werde ich fast gleichzeitig übersetzen, was Ihr sagt; überlegt also genau, was Ihr sagt.«
»Wozu? Ich traue Euch nicht.«
Augenblicklich dolmetschte Pater Alvito für Toranaga, was er gesagt hatte; der *Daimyo* schien ungehalten.
Nimm dich in acht, dachte Blackthorne. Er spielt mit dir wie mit einem Fisch! Zehn Goldguineen gegen einen abgewetzten Penny, daß er dich überall hinbringt, wo er dich haben will. Ob er genau dolmetscht oder nicht, du mußt auf Toranaga den richtigen Eindruck machen! Vielleicht ist dies die einzige Chance, die du jemals bekommst!
»Ihr könnt mir vertrauen, daß ich nach bestem Vermögen alles genauso dolmetsche, was Ihr sagt.« Die Stimme des Priesters klang sanft und völlig beherrscht. »Wir sind hier am Hof von Herrn Toranaga. Ich bin offiziell bestallter Dolmetsch des Regentschaftsrats, und zwar von Herrn General Toranaga und Herrn General Ishido. Herr Toranaga beehrt mich seit vielen Jahren mit seinem Vertrauen. Ich rate Euch, wahrheitsgetreu zu antworten, denn ich versichere Euch, er ist ein sehr scharfblickender Mann. Vielleicht sollte ich Euch auch darauf hinweisen, daß ich nicht Pater Sebastio bin, der ein wenig übereifrig ist, das Japanische nicht besonders gut beherrscht und unglücklicherweise auch noch nicht viel Erfahrungen in Japan hat.« Er lächelte wohlwollend. »Das japanische Wort für ›Feind‹ ist *teki*! Ihr könnt es verwenden, falls Ihr wünscht. Wenn Ihr auf mich zeigt und dieses Wort aussprecht, wird Herr Toranaga klar verstehen,

was Ihr meint. Jawohl, ich bin Euer Feind, Kapitän-Pilot John Blackthorne. Bis ins Mark. Aber ich bin nicht Euer Mörder. Umbringen werdet Ihr Euch selbst.«
Blackthorne sah, wie er Toranaga erklärte, was er gesagt hatte, hörte verschiedene Male das Wort *teki* heraus und überlegte, ob es wohl wirklich Feind hieß. Selbstverständlich heißt es das, sagte er sich dann. Dieser Mann ist nicht wie der andere.
»Bitte, vergeßt für einen Augenblick völlig, daß ich da bin«, wandte Pater Alvito sich wieder an ihn. »Ich bin nichts weiter als ein Werkzeug, Herrn Toranaga Eure Antworten zu übermitteln, genauso, wie ich *seine* Fragen *Euch* übermittle.«
Pater Alvito setzte sich bequem zurecht, wandte sich dann Toranaga zu und verneigte sich höflich.
Toranaga sprach im barschen Ton. Des Priesters Stimme spiegelte untrüglich Toranagas Tonfall und die tiefere Bedeutung seiner Worte.
»Warum seid Ihr ein Feind von Tsukku-san, meinem Freund und Dolmetsch?«
Zur Erklärung fügte Pater Alvito noch hinzu: »*Tsukku-san* ist mein japanischer Spitzname, denn meinen richtigen können sie genausowenig aussprechen wie Euren. Sie kennen in ihrer Sprache kein ›L‹ und keine Labiale. Tsukku ist eine Verballhornung des japanischen Wortes *tsuyaku* – dolmetschen. Bitte, antwortet auf die Frage.«
»Wir sind Feinde, weil unsere Länder im Krieg miteinander liegen.«
»So? Aus welchem Land stammt Ihr?«
»Aus England. England ist ein Königreich, eine Insel, tausend Meilen nördlich von Portugal in Europa.«
»Führt Ihr schon lange Krieg gegen Portugal?«
»Seitdem Portugal ein Vasallenstaat Spaniens geworden ist. Das war 1580, vor zwanzig Jahren. Spanien hat Portugal erobert. Eigentlich liegen wir im Krieg mit Spanien, und zwar schon seit fast dreißig Jahren.«
Blackthorne bemerkte den Ausdruck der Verwunderung auf Toranagas Gesicht sowie den forschenden Blick, mit der er Pater Alvito betrachtete, der seinerseits ungerührt in die Ferne sah.
»Ihr sagt, Portugal ist ein Teil Spaniens?«
»Jawohl, Herr Toranaga. Ein Vasallenstaat. Spanien hat Portugal erobert. Doch im allgemeinen gelten die Portugiesen den Spaniern gegenüber in den meisten Teilen der Erde als unterlegen, und ihre Anführer werden im spanischen Reich als unbedeutend behandelt.«
Es folgte ein langes Schweigen. Dann wandte Toranaga sich direkt an den Jesuiten, der lächelte und ausführlich antwortete.
»Was hat er gesagt?« fragte Blackthorne scharf.
Pater Alvito würdigte ihn keiner Antwort, sondern dolmetschte wie zuvor, fast gleichzeitig, äffte dabei seinen Tonfall nach und führte ein virtuoses Beispiel des Dolmetschens vor.
Toranaga antwortete Blackthorne direkt; seine Stimme klang hartherzig und

grausam. »Was ich gesagt habe, geht Euch nichts an. Wenn ich möchte, daß Ihr etwas erfahrt, werde ich es Euch sagen.«

»Verzeihung, Herr Toranaga, ich wollte nicht ungehobelt sein.« Fehler Nummer eins, sagte sich Blackthorne. Nimm dich in acht! Du kannst es dir nicht erlauben, Fehler zu machen.

»Warum führt Ihr Krieg gegen Spanien? Und Portugal?«

»Zum Teil, weil Spanien darauf aus ist, die Welt zu erobern, und wir Engländer und unsere Verbündeten, die Niederländer, uns nicht unterwerfen wollen. Und zum Teil wegen unserer Religion.«

»Ah. Ein Religionskrieg? Welches ist Eure Religion?«

»Ich bin Christ. Unsere Kirche...«

»Portugiesen und Spanier sind Christen! Ihr habt gesagt, Eure Religion sei anders. Welches ist Eure Religion?«

»Sie ist christlich. Es ist schwierig, das einfach und in wenigen Worten zu erklären, Herr Toranaga. Sie sind beide christlich.«

»Ihr braucht Euch nicht zu beeilen, Senhor Pilot, wenn Ihr nur präzise seid. Wenn Ihr vom Wesentlichen abweicht, werde ich Euch daran erinnern. Ihr sagtet gerade?«

»Meine Religion ist christlich. Es gibt zwei christliche Konfessionen, die protestantische und die katholische. Die meisten Engländer sind protestantisch.«

»Ihr verehrt denselben Gott, die Madonna und das Kind?«

»Nein, Euer Gnaden, zumindest nicht so, wie die Katholiken es tun.« Worum geht es ihm wohl? fragte Blackthorne sich. Ist er Katholik? Ist er antichristlich eingestellt? Hat er den Jesuiten nicht »mein Freund« genannt? Steht Toranaga dem Katholizismus wohlwollend gegenüber, oder ist er gar im Begriff, zum Katholizismus überzutreten?

»Glaubt Ihr, daß Jesus Gott ist?«

»Ich glaube an Gott«, sagte er vorsichtig.

»Weicht einer direkten Frage nicht aus! Glaubt Ihr, der Jesus ist Gott? Ja oder nein.«

Blackthorne wußte, daß er an jedem katholischen Hof in der Welt längst der Ketzerei bezichtigt worden wäre, an den meisten protestantischen Höfen desgleichen. Selbst ein Zögern bei der Beantwortung einer solchen Frage stellte bereits ein Eingeständnis des Zweifels dar. Zweifel jedoch war Ketzerei! »Wenn es um Gott geht, kann man nicht einfach mit ›Ja‹ oder ›Nein‹ antworten. Alles weiß man über Gott nie, solange man noch nicht tot ist. Ja, ich glaube, daß Jesus Gott war; aber wiederum auch nein; ich werde es nicht mit Gewißheit wissen, bevor ich tot bin.«

»Warum habt Ihr bei Eurer Ankunft in Japan das Kreuz des Priesters zerbrochen?«

Diese Frage hatte Blackthorne nicht erwartet. Weiß Toranaga denn alles, was sich zugetragen hat, seit ich hier bin? »Ich – ich wollte dem *Daimyo* Yabu begreiflich machen, daß der Jesuit, Pater Sebastio, der einzige Dolmetsch dort, daß er mein Feind war, daß man ihm nicht trauen könne, zumindest meiner Meinung nach nicht. Denn ich war überzeugt, daß er nicht unbedingt korrekt dolmetschen würde, nicht so, wie Pater Alvito es jetzt tut. Zum Beispiel beschuldigte er uns, wir wären Piraten. Wir sind aber keine Piraten, wir sind in friedlicher Absicht gekommen.«

»Ah ja, Piraten! Davon später. Ihr sagt, eure beiden Sekten wären christlich und beide verehrten Jesus, den Christus? Besteht nicht das Wesen seiner Lehre darin, ›einander zu lieben‹? Wie könnt ihr dann Feinde sein?«

»Ihr Glaube – ihre Art des Christentums beruht auf einer falschen Auslegung der Heiligen Schrift.«

»Ah! Jetzt bekommen wir endlich etwas in die Hand. Ihr bekriegt einander also wegen einer Meinungsverschiedenheit darüber, was Gott ist und was nicht Gott ist?«

»Ja.«

»Das ist ein sehr törichter Grund, Krieg zu führen.«

Blackthorne sagte: »Dem pflichte ich bei.« Er sah zum Priester hinüber. »Ja, dem stimme ich mit ganzem Herzen zu.«

»Aus wie vielen Schiffen besteht Eure Flotte?«

»Fünf.«

»Und Ihr wart der Hauptpilot? – Wo sind die anderen?«

»Auf See«, sagte Blackthorne vorsichtig und spann damit seine Lüge weiter. »Wir wurden durch einen Sturm auseinandergerissen. Wo genau sie sind, weiß ich nicht, Euer Gnaden.«

»Bei Euren Schiffen handelt es sich um englische Fahrzeuge?«

»Nein, Euer Gnaden. Um holländische. Aus den Niederlanden.«

»Wieso kommt es, daß ein Engländer holländische Schiffe befehligt?«

»Daran ist nichts Ungewöhnliches, Euer Gnaden. Wir sind Verbündete – manchmal führen auch portugiesische Piloten spanische Schiffe und Flotten. Wenn ich richtig unterrichtet bin, werden doch auch einige von Euren Hochseeschiffen von Portugiesen befehligt.«

»Dann gibt es keine holländischen Piloten?«

»Sogar viele. Aber für eine so lange Fahrt bringen die Engländer mehr Erfahrung mit.«

»Aber warum ausgerechnet Ihr? Warum wollten sie, daß Ihr ihre Schiffe führtet?«

»Vermutlich, weil meine Mutter Holländerin ist und ich ihre Sprache fließend spreche und einschlägige Erfahrungen habe. Es war für mich die erste Chance, diese Gewässer kennenzulernen. Hier bot sich eine Gelegenheit, die ganze Welt zu umsegeln.«

»Ihr persönlich, Pilot, habt Ihr Euch der Flotte Eurer Religion wegen angeschlossen und um gegen Eure Feinde, Spanien und Portugal, Krieg zu führen?«

»Ich bin Pilot, Euer Gnaden, zunächst und vor allem Pilot. Kein Engländer oder Holländer hat bisher diese Meere befahren. Wir sind vor allen Dingen eine

Handelsflotte, obgleich wir mit Kaperbriefen ausgestattet sind, um den Feind in der Neuen Welt anzugreifen. Nach Japan sind wir gekommen, um Handel zu treiben.«

»Was sind das: Kaperbriefe?«

»Offiziell von der Krone – unserer Regierung – ausgestellte Briefe, mit denen wir ermächtigt werden, Krieg gegen unsere Feinde zu führen.«

»Ah. Und Eure Feinde sind hier. Also habt Ihr vor, hier gegen sie Krieg zu führen?«

»Wir wußten nicht, was uns erwarten würde, als wir hierherkamen, Euer Gnaden. Wir sind einzig gekommen, um Handel zu treiben. Euer Land ist bei uns nahezu unbekannt – eine Legende. Spanier und Portugiesen sind äußerst verschlossen, was diese Weltgegenden betrifft.«

»Antwortet auf meine Frage: Eure Feinde sind hier. Habt Ihr vor, hier Krieg gegen sie zu führen?«

»Falls sie uns angreifen, ja.«

Toranaga rutschte ärgerlich hin und her. »Was Ihr auf See oder in Euren eigenen Ländern macht, ist Eure Sache. Aber hier gibt es nur ein Gesetz für alle, und Ausländer dürfen sich nur mit besonderer Erlaubnis in unserem Land aufhalten. *Jede* öffentliche Missetat wird augenblicklich mit dem Tod geahndet. Unsere Gesetze sind klar. Habt Ihr verstanden?«

»Jawohl, Euer Gnaden. Aber wir sind in friedlicher Absicht gekommen. Wir möchten Handel treiben. Könnten wir uns darüber unterhalten, Euer Gnaden? Ich muß mein Schiff unbedingt von Muschelbewuchs befreien und es reparieren – wir können für alles bezahlen...«

»Wenn ich wünsche, mit Euch über Handel zu reden, werde ich es Euch sagen. Bis dahin beschränkt Euch bitte darauf, meine Fragen zu beantworten. Ihr seid also zu dieser Flotte gestoßen, um Handel zu treiben, um des Gewinns willen, nicht aus Gründen der Pflicht oder der Loyalität?«

»Jawohl. So ist das bei uns üblich, Euer Gnaden. Um entlohnt zu werden und um einen Anteil an der gesamten Beu... am Handel und allen Waren zu bekommen.«

»Dann seid Ihr also ein Söldner?«

»Ich bin als Hauptpilot eingestellt worden, um die Expedition zu leiten. Jawohl.«

Blackthorne spürte förmlich Toranagas Feindseligkeit, begriff aber nicht, warum er ihm so feindselig gesonnen war. Was habe ich Falsches gesagt? »Das ist bei uns so üblich und völlig normal, Toranaga-sama«, wiederholte er.

Toranaga fing an, sich mit Hiro-matsu zu unterhalten. Es war offenkundig, daß sie in ihren Ansichten übereinstimmten. Blackthorne meinte, Abscheu in ihren Mienen zu lesen. Warum? Offensichtlich hat es etwas mit dem »Söldner« zu tun, dachte er. Was ist daran falsch?

»Ihr habt vorhin gesagt, Ihr wäret in der friedlichen Absicht gekommen, Handel zu treiben«, sagte Toranaga gerade. »Warum ist Euer Schiff dann mit so vielen Kanonen bewaffnet und führt Pulver, Musketen und Munition mit sich?«

»Unsere spanischen und portugiesischen Feinde sind sehr mächtig und stark, Herr Toranaga. Wir müssen uns schützen und...«

»Wollt Ihr behaupten, Eure Waffen seien nur zur Verteidigung da?«

»Nein. Wir benutzen sie nicht nur, um uns zu verteidigen, sondern auch, um unsere Feinde anzugreifen. Außerdem stellen wir sie in großen Mengen her, um damit zu handeln – es sind die besten Waffen der Welt. Vielleicht könnten wir mit diesen Waffen mit Euch ins Geschäft kommen.«

»Was ist ein Pirat?«

»Ein Gesetzloser. Ein Mensch, der vergewaltigt oder aus persönlicher Habgier plündert.«

»Ist das nicht dasselbe wie ein Söldner? Ist es nicht das, was Ihr seid? Ein Pirat und ein Anführer von Piraten?«

»Nein. Die Wahrheit ist, daß meine Schiffe mit offiziellen Kaperbriefen ausgestattet sind, mit denen wir ermächtigt sind, den Krieg auf alle Meere und bis jetzt von unseren Feinden beherrschte Gebiete zu tragen. Und Märkte für unsere Waren zu erschließen. In den Augen der Spanier – und der meisten Portugiesen – ja, da sind wir Piraten und religiöse Ketzer, aber ich wiederhole: In Wahrheit sind wir das nicht.«

Pater Alvito hörte auf zu dolmetschen, dann begann er, gelassen, aber nachdrücklich auf Toranaga direkt einzureden.

»Tsukku-san sagt, dieses ›Holland‹ sei bis vor wenigen Jahren Vasallenstaat des Königs von Spanien gewesen. Stimmt das?«

»Jawohl.«

»Folglich befinden die Niederlande – Eure Verbündeten – sich im Zustand der Rebellion gegen ihren rechtmäßigen König?«

»Sie kämpfen gegen die Spanier, ja. Aber...«

»Ist nicht Aufruhr Rebellion? Ja oder nein.«

»Ja. Aber es gibt da mildernde Umstände. Ernste mildernde...«

»Es gibt keine ›mildernde Umstände‹, wenn es um Rebellion gegen einen souveränen Herrscher geht.«

»Es sei denn, man gewinnt.«

Eindringlich sah Toranaga ihn an. Dann brach er in schallendes Gelächter aus. Lachend sagte er etwas zu Hiro-matsu, und Hiro-matsu nickte.

»Jawohl, Senhor Fremder mit dem unmöglichen Namen, jawohl. Ihr habt *den einen ›mildernden Umstand‹* genannt.« Er gluckste noch einmal, dann war alle Heiterkeit aus seinem Gesicht verschwunden. »Werdet Ihr gewinnen?«

»*Hai!*«

Toranaga sagte noch etwas, doch der Priester übersetzte nicht sofort. Ein eigentümliches Lächeln umspielte seinen Mund, als er Blackthorne fest anblickte. Er seufzte auf und sagte: »Seid Ihr dessen ganz sicher?«

»Fragt *Ihr* das, oder fragt *er* das?«

»Herr Toranaga fragt das. Mein... Er hat die Frage gestellt.«

»Ja. Sagt ihm: Ja! Dessen bin ich ganz sicher. Dürfte ich bitte erklären, warum?«

Pater Alvito wandte sich viel länger an Toranaga, als es brauchte, diese einfache Frage zu übersetzen. Bist du wirklich so sicher, wie du vorgibst? hätte Blackthorne ihn gern gefragt. Wo liegt der Schlüssel, mit dem ich an dich herankomme?

Toranaga sprach und zog einen Fächer aus seinem Ärmel.

Pater Alvito begann abermals mit der gleichen unheimlichen und höchst ironischen Art zu übersetzen. »Jawohl, Pilot, Ihr mögt mir erzählen, warum Ihr glaubt, daß Ihr diesen Krieg gewinnen werdet.«

Blackthorne war sich bewußt, daß der Priester ihn an der Kandare hatte. »Im Augenblick beherrschen wir die Meere in Europa – zumindest die meisten europäischen Meere«, sagte er, indem er sich berichtigte. Laß dich zu nichts hinreißen. Sag die Wahrheit! Stutze sie ein wenig zurecht, wie es der Jesuit bestimmt auch tut, aber sag grundsätzlich die Wahrheit. »Wir Engländer haben zwei riesige spanische und portugiesische Armadas vernichtet, und es ist unwahrscheinlich, daß sie in der Lage sein werden, noch weitere auszurüsten. Unsere kleine Insel ist eine Festung, und jetzt sind wir sicher darauf. Unsere Kriegsflotte beherrscht die See. Unsere Schiffe sind schneller, moderner und besser ausgerüstet als ihre. Trotz fünfzig Jahre Terror, Inquisition und Blutvergießen haben die Spanier die Holländer nicht geschlagen. Unsere Verbündeten sind nicht mehr unmittelbar bedroht. Wir werden gewinnen, weil die Meere uns gehören und weil der spanische König in seinem eitlen Hochmut einem fremden Volk nicht seine Freiheit zugestehen will.«

»Euch gehören die Meere? Auch unsere Meere?«

»Nein, selbstverständlich nicht, Toranaga-sama. Ich habe die europäischen Meere gemeint, obwohl...«

»Gut. Es freut mich, daß das klar ist. Was wolltet Ihr noch sagen?«

»Obwohl wir den Feind von *allen* Meeren hinwegfegen werden«, sagte Blackthorne klar und deutlich.

»Ihr habt gesagt ›den Feind‹. Vielleicht sind auch wir Eure Feinde? Was dann? Werdet Ihr versuchen, unsere Schiffe zu versenken und unsere Gestade zu verwüsten?«

»Ich kann mir nicht vorstellen, Euer Feind zu sein. Wenn Ihr gegen mein Land vorginget, würde ich Euch angreifen und versuchen, Euch zu schlagen«, sagte Blackthorne.

»Und wenn Euer Herrscher Euch den Befehl gäbe, uns hier anzugreifen?«

»Würde ich ihr raten, es nicht zu tun. Sehr nachdrücklich. Unsere Königin würde auf diesen Rat hören. Sie ist...«

»Ihr werdet von einer Königin regiert und nicht von einem König?«

»Jawohl, Herr Toranaga. Unsere Königin ist eine sehr kluge Frau. Sie würde einen so törichten Befehl nicht geben.«

»Und wenn sie es doch täte? Oder Euer rechtmäßiger Herrscher?«

»Dann würde ich meine Seele Gott empfehlen; denn dann würde ich mit Gewißheit sterben. So oder so.«

»Ja, das würdet Ihr. Ihr und alle Eure Legionen.« Toranaga hielt einen Augenblick inne. Dann: »Wie lange habt Ihr gebraucht, um hierherzukommen?«
»Fast zwei Jahre. Genau ein Jahr, elf Monate und zwei Tage. Es handelt sich um eine Fahrt von schätzungsweise viertausend *Leguas*.«
Pater Alvito dolmetschte und fügte dann eine kurze Erläuterung hinzu. Toranaga und Hiro-matsu befragten den Priester, der nickte und Antwort gab. Nachdenklich betätigte Toranaga seinen Fächer.
»Ich habe«, sagte der Priester höflich, »die Zeit und die Entfernung in ihre Maße umgerechnet, Kapitän-Pilot Blackthorne.«
Dann wandte Toranaga sich wieder direkt an ihn. »Wie seid Ihr hierhergekommen? Auf welcher Route?«
»Durch die Magellanstraße. Wenn ich meine Karten und *roteiros* hätte, könnte ich Euch das klar zeigen, aber sie wurden gestohlen – sie sind zusammen mit meinen Kaperbriefen und all meinen Papieren von meinem Schiff entwendet worden. Wenn Ihr...«
Blackthorne hielt inne, als Toranaga sich in schroffem Ton mit Hiro-matsu besprach, der gleichermaßen verstört schien.
»Ihr behauptet, alle Eure Papiere wurden entwendet – gestohlen? Das ist, falls es stimmt, unverzeihlich! Wir hier in Nippon – Japan – verabscheuen Diebstahl. Auf Diebstahl steht die Todesstrafe. Die Angelegenheit wird augenblicklich untersucht werden. Es erscheint unglaublich, daß ein Japaner so etwas tun würde, obgleich es hier wie wohl überall Banditen und Piraten gibt.«
»Vielleicht sind sie nur irgendwo in Sicherheit gebracht worden«, sagte Blackthorne. »Aber sie sind wertvoll, Herr Toranaga. Ohne meine Seekarten würde ich wie ein Blinder im Nebel umhertappen.«
»Erzählt mir, *warum* Ihr diese lange Reise unternommen habt.«
»Um friedlichen Handel zu treiben«, wiederholte Blackthorne und zähmte seine Ungeduld. »Um Handel zu treiben und wieder nach Hause zu fahren. Um Euch reicher zu machen und uns reicher zu machen.«
»Euch reicher und uns reicher? Was von beidem ist wichtiger?«
»Selbstverständlich müssen beide Partner profitieren, Handel muß ehrlich und gerecht sein. Worauf es uns ankommt, das sind langfristige Handelsbeziehungen. Wir bieten bessere Bedingungen als die Portugiesen und Spanier und leisten bessere Dienste. Unsere Kaufleute...« Blackthorne sprach nicht weiter, als er laute Stimmen vor dem Audienzsaal vernahm. Hiro-matsu und ein Teil der Wachen waren augenblicklich bei den Eingängen, und die anderen bildeten sogleich einen dichten Ring um die Estrade herum. Die Samurai an den beiden anderen Türen machten sich gleichfalls bereit.
Toranaga hatte sich nicht bewegt. Er unterhielt sich mit Pater Alvito.
»Ihr sollt hierherkommen, Kapitän Blackthorne, weg von der Tür«, sagte Pater Alvito mit sorgsam beherrschter Dringlichkeit. »Wenn Euch Euer Leben lieb ist, dann bewegt Euch nicht plötzlich und sagt kein Wort.« Gemessen schritt er auf die linke innere Tür zu und setzte sich in ihrer Nähe nieder.

Blackthorne verneigte sich voller Unruhe vor Toranaga, der seiner überhaupt nicht achtete, und ging vorsichtig auf den Priester zu. »Was geht hier vor?« flüsterte er, als er saß.
Die Wachen in der Nähe erstarrten, und der Priester sagte rasch etwas zu ihnen, was sie beruhigte. »Wenn Ihr noch einmal den Mund aufmacht, seid Ihr ein toter Mann«, sagte er zu Blackthorne. Mit gemessener Langsamkeit zog er ein Taschentuch aus dem Ärmel und wischte sich den Schweiß von den Händen. Die Unterhaltung mit dem Ketzer hatte einen noch schlimmeren Verlauf genommen, als er und Pater Visitator befürchtet hatten.
»Müßt Ihr denn unbedingt dabeisein?« hatte der Pater Visitator ihn gestern abend gefragt. »Ich meine, das ist für Euch wie für uns alle sehr gefährlich. Vielleicht könntet Ihr eine Erkrankung vorschützen. Wenn Ihr dort seid, müßt Ihr alles übersetzen, was der Pirat sagt – und nach dem, was Pater Sebastio schreibt, ist er ein Teufel auf Erden, gerissen wie ein Jude.«
»Es ist wesentlich besser, wenn ich dabei bin, Euer Eminenz.«
»Warum ist er hierhergekommen? Warum ausgerechnet jetzt, wo sich alles wieder zum Besseren gewendet hat? Haben sie wirklich noch andere Schiffe im Pazifik? Ist es möglich, daß sie eine Flotte gegen das spanische Manila ausgeschickt haben? Nicht daß ich auch nur einen Pfifferling für dieses Sündenbabel gebe oder irgendeine andere der spanischen Kolonien auf den Philippinen, aber man stelle sich vor – eine feindliche Flotte im Pazifik! Und wenn es ihm gelänge, sich Toranagas Ohr zu verschaffen oder das eines der einflußreicheren *Daimyos* – nun, es würde ungeheuer schwierig werden.«
»Blackthorne ist nun mal hier. Glücklicherweise sind wir in der Lage, mit ihm fertig zu werden.«
»Gott sei mein Zeuge, aber wenn ich es nicht besser wüßte, würde ich fast meinen, daß die Spanier – oder noch wahrscheinlicher ihre irregeleiteten Lakaien, die Franziskaner und die Benediktiner – ihn absichtlich hierhergebracht haben, um uns das Leben sauer zu machen.«
»Vielleicht haben sie das, Euer Eminenz. Es gibt nichts, was die Mönche nicht tun würden, um uns zu vernichten. Aber das ist nur die Eifersucht, weil wir Erfolg haben, wo sie versagen. Vielleicht schaufelt der Engländer sich selbst das Grab, ehe er irgendwelchen Schaden anrichtet. Seine *roteiros* beweisen, was er ist: ein Pirat und ein Anführer von Piraten.«
»Lest sie Toranaga vor, Martin. Jene Passagen, in denen er beschreibt, wie er die wehrlosen Siedlungen von Afrika bis Chile gebrandschatzt hat, und die Liste mit all der Beute und den Umgebrachten.«
»Vielleicht sollten wir damit noch warten, Euer Eminenz. Mit den *roteiros* können wir immer noch kommen. Hoffen wir zu Gott, daß er sich selbst auch ohne sie das Urteil spricht.«
Pater Alvito wischte sich abermals den Schweiß von den Händen. Er spürte, daß Blackthornes Augen auf ihn gerichtet waren. Gott erbarme sich deiner, dachte er. Nach dem, was du Toranaga heute gesagt hast, ist dein Leben keinen falschen

Centavo mehr wert. Du wirst gekreuzigt werden, auch ohne den Beweis, den deine *roteiros* enthalten. Ob wir sie wohl an Pater Sebastio zurückschicken sollten, damit der sie Mura wieder aushändigt?

Bebend sprang die äußere Tür auf.

»Herr Ishido wünscht, Euch zu sprechen, Euer Gnaden«, verkündete Naga. »Er ist – er ist hier auf dem Flur und begehrt, Euch zu sehen. Und zwar sofort, sagt er.«

»Ihr alle geht wieder an eure Plätze«, sagte Toranaga zu seinen Leuten. Sein Befehl wurde augenblicklich befolgt.

Allerdings wandten die Samurai ihre Gesichter jetzt der Tür zu, Hiro-matsu an ihrer Spitze, die Schwerter locker in den Scheiden. »Naga-san, sagt Herrn Ishido, er ist immer willkommen. Bittet ihn herein.«

Ein hochgewachsener Mann schritt in den Saal. Zehn seiner Samurai – Graue – folgten ihm, blieben jedoch an der Tür stehen und nahmen auf seinen Wink hin mit untergeschlagenen Beinen dort Platz.

Toranaga verneigte sich äußerst förmlich, was Ishido genauso förmlich erwiderte.

Pater Alvito dankte seinem guten Stern, daß er hier war. Der drohende Zusammenstoß zwischen den beiden miteinander rivalisierenden Regenten konnte die Richtung eines ganzen Reiches und die Zukunft der Mutter Kirche in Japan völlig verändern, und deshalb war jede Information oder jeder Hinweis von größter Bedeutung für die Jesuiten. Ishido war Zen-Buddhist und fanatisch antichristlich eingestellt. Toranaga war gleichfalls Zen-Buddhist, brachte den Christen jedoch ein gewisses Wohlwollen entgegen. Die meisten christlichen *Daimyos* hingegen unterstützten Ishido, weil sie einen Aufstieg Toranagas fürchteten. Die christlichen *Daimyos* fühlten, wenn Toranaga Ishidos Einfluß im Regentschaftsrat ausschaltete, daß Toranaga dann alle Macht für sich selbst beanspruchen würde. Einmal an der Macht, würde er die Ausweisungsedikte des Taikō durchsetzen und den wahren Glauben auslöschen. Wurde jedoch Toranaga ausgeschaltet, war die Nachfolge gesichert – eine schwache Nachfolge zwar, aber die Mutter Kirche würde aufblühen.

So wie die Treue der christlichen *Daimyos* schwankte, erging es auch allen anderen *Daimyos* im Land, und das Gleichgewicht der Macht zwischen den beiden Führern war ständig in Bewegung, so daß niemand mit Gewißheit wußte, welche Seite denn in Wahrheit die mächtigere war.

Er ließ kein Auge von Toranaga, als dieser die Sicherheit der ihn umgebenden Samurai verließ und von der Estrade herabstieg.

»Willkommen, Herr Ishido. Bitte, nehmt dort Platz.« Toranaga wies auf das einzige Kissen auf der Estrade. »Ich möchte, daß Ihr es bequem habt.«

»Vielen Dank, nein, Herr Toranaga.« Ishido Kazunari war hager, von dunkler Hautfarbe und sehr zäh, ein Jahr jünger als Toranaga. Sie waren alte Feinde. Achtzigtausend Samurai in und um die Burg von Osaka gehorchten dem kleinsten seiner Winke, denn er war Oberbefehlshaber der Garnison – und damit

Hauptmann der Leibwache des Erben – Oberster Heerführer der Armeen des Westens, Eroberer von Korea, Mitglied des Regentschaftsrats und formell Generalinspekteur sämtlicher Truppen des verstorbenen Taikō, was dem Gesetz nach bedeutete, sämtlicher Streitkräfte aller *Daimyos* im ganzen Reich.

»Vielen Dank, aber nein«, wiederholte er. »Es wäre mir peinlich, wenn ich bequem säße und Ihr nicht, *neh*? Eines Tages werde ich Euer Kissen einnehmen, aber nicht heute.«

Eine Woge des Zorns ging bei Ishidos versteckter Drohung durch die Reihen der Braunen, doch Toranaga erwiderte liebenswürdig: »Ihr kommt in einem höchst geeigneten Augenblick. Ich bin gerade damit fertig, den neuen Barbaren zu befragen. Tsukku-san, bitte, sagt ihm, er möge sich erheben.«

Der Priester tat, wie ihm geheißen. Er spürte Ishidos Feindseligkeit durch den ganzen Raum. Abgesehen von seiner antichristlichen Einstellung hatte Ishido alle Europäer immer verdammt und wollte, daß das Reich ihnen vollständig verschlossen bliebe.

Voller Abscheu betrachtete Ishido Blackthorne. »Ich hatte zwar gehört, daß er häßlich ist, aber ich war mir nicht darüber klar, wie häßlich. Es geht das Gerücht, er sei ein Pirat. Stimmt das?«

»Könnt Ihr das bezweifeln? Und außerdem ist er ein Lügner.«

»Dann überlaßt ihn mir einen halben Tag, ehe Ihr ihn kreuzigen laßt. Es könnte den Erben amüsieren, ihn zuerst mit dem Kopf auf den Schultern zu sehen.«

Ishido stieß ein rauhes Lachen aus. »Oder vielleicht sollte man ihm beibringen, zu tanzen wie ein Bär, dann könntet Ihr ihn im ganzen Reich als ›Die Mißgeburt aus dem Osten‹ zur Schau stellen.«

Wiewohl es stimmte, daß Blackthorne – und das war etwas Unerhörtes – aus dem östlichen Meer gekommen war, ganz anders als die Portugiesen, die immer aus dem Süden kamen und daher »Südliche Barbaren« genannt wurden, gab Ishido mit dieser Bemerkung durch die Blume zu verstehen, daß Toranaga, der Herrscher über die östlichen Provinzen, die eigentliche Mißgeburt sei.

Aber Toranaga lächelte nur, als ob er nicht verstehe. »Ihr seid ein Mann von großem Humor, Herr Ishido«, sagte er. »Aber ich stimme Euch zu: Je eher der Barbar verschwindet, desto besser. Er redet um alles herum, ist hochmütig und großmäulig, ja, gewiß ein Kuriosum, aber von geringem Wert und ohne alle Manieren. Naga-san, schickt ein paar Leute herein, und steckt ihn zu den gewöhnlichen Verbrechern. Tsukku-san, sagt ihm, er soll ihnen folgen.«

»Kapitän-Pilot, Ihr sollt diesen Männern folgen.«

»Wohin denn?«

Pater Alvito zögerte. Er war so froh, daß er gewonnen hatte, doch sein Gegner war mutig und besaß eine unsterbliche Seele. Noch konnte sie gerettet werden.

»Man setzt Euch fest«, sagte er.

»Für wie lange?«

»Das weiß ich nicht, mein Sohn. Bis Herr Toranaga eine Entscheidung trifft.«

# *12. Kapitel*

Nachdem Toranaga den Barbaren den Saal hatte verlassen sehen, riß er sich nur ungern von der hochinteressanten Unterhaltung los und befaßte sich mit dem dringlicheren Problem: Ishido.

Toranaga hatte beschlossen, den Priester nicht fortzuschicken, denn er wußte, seine Anwesenheit würde Ishido noch weiter erbosen. Andererseits dachte er bei sich, je weniger überhaupt jemand weiß, desto besser. Wird Tsukku-sans Einfluß auf die christlichen *Daimyos* sie für mich oder gegen mich einnehmen? Bis heute hätte ich ihm ohne weiteres getraut. Aber es hat da einige merkwürdige Momente zwischen ihm und dem Barbaren gegeben, über die ich mir noch nicht klar bin.

Ishido ließ absichtlich die üblichen Höflichkeitsfloskeln beiseite und kam direkt zur Sache. »Ich muß Euch abermals fragen: Wie lautet Eure Antwort an den Regentschaftsrat?«

»Und ich wiederhole abermals: Als Vorsitzender des Regentschaftsrats glaube ich, daß eine Antwort sich erübrigt. Ich habe ein paar geringfügigere Familienbande geknüpft, die völlig unbedeutend sind. Es bedarf keiner Antwort.«

»Ihr verlobt Euren Sohn, Naga-san, mit der Tochter von Herrn Masamune – verheiratet eine Eurer Enkelinnen mit Herrn Zatakis Sohn und Erben – und eine andere Enkelin mit dem Sohn von Herrn Kiyama. Bei all diesen Heiraten handelt es sich um Verbindungen mit Feudalherren oder deren nächsten Angehörigen; sie sind daher nicht geringfügig und stehen in krassem Gegensatz zu den Anordnungen unseres Herrn.«

»Unser verstorbener Herr und Gebieter, der Taikō, ist jetzt ein Jahr tot. Ich bedaure den Tod meines Schwagers, und ich würde es lieber sehen, er weilte unter den Lebenden und könnte das Geschick des Reiches noch selbst lenken.« Mit diebischem Vergnügen stocherte Toranaga in einer alten Wunde herum, indem er hinzufügte: »Wenn mein Schwager noch am Leben wäre, er hätte diese Familienverbindungen zweifellos gutgeheißen. Seine Anweisungen betreffen Eheschließungen, die die Erbfolge *seines* Hauses bedrohen könnten. Ich be-

drohe weder sein Haus noch meinen Neffen Yaemon, den Erben. Ich gebe mich damit zufrieden, Herr von Kwanto zu sein. Ich lebe mit meinen Nachbarn im Frieden, und ich wünsche, daß dieser Friede bleibt.«
Sechs Jahrhunderte hindurch war das Reich durch ständige Bürgerkriege verheert worden. Vor fünfunddreißig Jahren hatte ein kleinerer *Daimyo* namens Goroda sich Kyotos bemächtigt – vornehmlich mit Toranagas Unterstützung. Innerhalb der nächsten beiden Jahrzehnte hatte dieser Krieger wie durch ein Wunder fast halb Japan unter seine Herrschaft gebracht, einen Berg von Schädeln aufgetürmt und sich zum Diktator aufgeworfen – war allerdings immer noch nicht mächtig genug gewesen, den regierenden Kaiser zu ersuchen, ihm den Titel Shōgun zu verleihen, wiewohl er, wenn auch vielleicht nicht ganz eindeutig, einem Seitenzweig der Familie Fujimoto entstammte. Dann, vor sechzehn Jahren, war Goroda von einem seiner Generale ermordet worden, und seine Macht war in die Hände seines Hauptvasallen und bedeutendsten Heerführers, des Bauern Nakamura, übergegangen.
Binnen vier kurzer Jahre hatte General Nakamura mit Hilfe von Toranaga, Ishido und anderen die Nachkommen Gorodas ausgerottet und ganz Japan unter seine Kontrolle gebracht – das erstemal in der Geschichte, daß ein einziger Mann sich das gesamte Reich unterworfen hatte. Im Triumph war er nach Kyoto gezogen, um sich vor Go-Nijo, dem Sohn des Himmels, zu verneigen. Dort hatte Nakamura, da er dem Bauernstand entstammte, sich damit begnügen müssen, vom Kaiser den nicht ganz so erhabenen Titel eines *Kwampaku* oder Obersten Ratgebers verliehen zu bekommen, den er dann später auf seinen Sohn übertragen ließ, um sich selber den Titel *Taikō* zuzulegen. Jeder *Daimyo* hatte sich vor ihm gebeugt, selbst Toranaga. Unglaublich, aber zwölf Jahre hindurch hatte vollkommener Friede geherrscht. Und dann, letztes Jahr, war der Taikō gestorben.
»Bei Buddha«, sagte Toranaga, »ich werde nicht der erste sein, der den Frieden stört.«
»Aber Ihr werdet in den Krieg ziehen?«
»Ein weiser Mann ist auf Verrat vorbereitet, *neh?* In jeder Provinz gibt es böse Männer. Wir beide kennen das grenzenlose Ausmaß, das der Verrat im Herzen der Menschen annehmen kann.« Toranaga erstarrte. »Wo der Taikō ein Erbe der Einheit hinterlassen hat, sind wir jetzt in meinen Osten und in Euren Westen gespalten. Der Regentschaftsrat ist uneins. Die *Daimyos* liegen im Streit miteinander. Je schneller der Erbe des Taikō großjährig wird, desto besser. Je schneller es wieder einen Kwampaku gibt, desto besser.«
»Oder vielleicht einen Shōgun?« meinte Ishido vielsagend.
»Ob Kwampaku, Shōgun oder Taikō, die Macht ist dieselbe«, sagte Toranaga. »Welchen Wert besitzt schon ein Titel? Das einzig Wichtige ist die *Macht*. Goroda ist niemals Shōgun geworden, Nakamura war als Kwampaku und später als Taikō mehr als zufrieden. Er hat *geherrscht* – das ist es, worauf es ankommt. Was spielt es für eine Rolle, daß meine Familie einen uralten Stammbaum be-

sitzt oder daß Ihr niedriggeboren seid? Ihr seid ein Heerführer, ein Lehnsherr, sogar Mitglied des Regentschaftsrats.«

Und was für eine Rolle es spielt, dachte Ishido. Jeder *Daimyo* weiß das. Selbst der Taikō hat es gewußt. »Yaemon ist sieben. In sieben Jahren wird er Kwampaku. Bis dahin...«

»In *acht* Jahren, General Ishido. Wenn mein Neffe fünfzehn ist, wird er volljährig und tritt sein Erbe an. Und bis dahin regieren wir fünf Regenten in seinem Namen. Denn so lautete der Wille unseres verstorbenen Herrn und Gebieters!«

»Jawohl. Und er hat gleichfalls angeordnet, daß von einem Regenten keine Geiseln gegen einen anderen genommen werden dürfen. Die Dame Ochiba, die Mutter des Erben, ist Geisel in Eurem Schloß in Yedo – auch damit wird sein Wille vergewaltigt. Ihr habt in aller Form gelobt, seine Verträge einzuhalten. Ihr habt die Verträge sogar mit Eurem eigenen Blut unterschrieben.«

Toranaga seufzte. »Die Dame Ochiba weilt zu Besuch in Yedo, wo ihre einzige Schwester in den Wehen liegt. Ihre Schwester ist mit meinem Sohn und Erben vermählt. Was ist natürlicher, als daß eine Schwester ihre Schwester zu einer solchen Stunde besucht? Gereicht ihr das nicht zur Ehre? Vielleicht bekomme ich meinen ersten Enkelsohn, *neh?*«

»Die Mutter des Erben ist die wichtigste Dame im Reich. Sie sollte nicht in« – Ishido wollte sagen: In der Hand des Feindes, besann sich aber eines Besseren – »in einer ungewöhnlichen Stadt weilen.« Er hielt inne, um dann klar hinzuzufügen: »Der Rat möchte, daß Ihr sie heute noch heimbeordert.«

Toranaga ging der Falle aus dem Weg. »Ich wiederhole, die Dame Ochiba ist keine Geisel, untersteht daher nicht meiner Befehlsgewalt und hat ihr nie unterstanden.«

»Dann laßt es mich anders sagen. Der Rat verlangt ihre augenblickliche Anwesenheit in Osaka.«

»Wer verlangt das?«

»Ich, Herr Sugiyama, Herr Onoshi und Herr Kiyama. Außerdem sind wir alle übereingekommen, so lange zu warten, bis sie wieder in Osaka ist. Hier sind die Unterschriften.«

Toranaga war leichenblaß geworden. Bisher hatte er den Rat stets so lenken können, daß zwei gegen drei gestimmt hatten. Niemals war es ihm oder Ishido gelungen, eine Abstimmung vier gegen eins herbeizuführen. Vier zu eins, das bedeutete Isolation! Warum hatte Onoshi ihn im Stich gelassen? Und Kiyama? Beides unversöhnliche Gegner! Und welche Macht besaß Ishido jetzt über sie? Ishido wußte, daß er seinen Feind bis ins Mark getroffen hatte. Ein einziger Schachzug fehlte noch, um den Sieg vollständig zu machen. Folglich setzte er jenen Plan ins Werk, auf den er und Onoshi sich geeinigt hatten. »Wir Regenten sind übereingekommen, Schluß zu machen mit denjenigen, die versuchen, die Macht meines Herrn an sich zu reißen und den Erben umzubringen. Verräter werden abgeurteilt und auf der Straße zur Schau gestellt werden wie gemeine

Verbrecher, zusammen mit all ihren Angehörigen, und dann werden sie exekutiert werden. Fujimoto, Takashima, niedriggeboren, hochgeboren – ganz gleich, wer. Selbst ein Minowara!«
Usagi, ein junger Samurai, Hiro-matsus Schwiegerenkelsohn, war zornentflammt aufgesprungen. Er riß sein Langschwert aus der Scheide und sprang auf Ishido zu, bereit, mit zwei Händen den tödlichen Streich zu führen.
Ishido machte keinerlei Versuch, sich zu verteidigen. Genau dies hatte er geplant, sich erhofft, und seine Leute waren angewiesen, erst dann einzugreifen, wenn er tot war. Falls er, Ishido, hier getötet wurde, von einem Toranaga-Samurai, konnte die gesamte Garnison von Osaka mit vollem Recht über Toranaga herfallen und ihn erschlagen. Dann wären die noch verbleibenden Regenten gezwungen, gemeinsam gegen den Klan der Yoshi vorzugehen, der, nunmehr isoliert, ausgerottet werden würde. Nur dann würde der Erbe auch wirklich sein Erbe antreten können, und er, Ishido, hätte dem Taikō gegenüber seine Pflicht getan.
Aber der Todesstreich kam nicht. Im allerletzten Augenblick kam Usagi zur Vernunft und steckte bebend das Schwert ein.
»Verzeihung, Herr Toranaga«, sagte er und fiel unterwürfig auf die Knie. »Ich konnte die Schande nicht ertragen – daß Ihr solche – solche Beleidigungen anhören mußtet. Ich bitte um die Erlaubnis – ich bitte um Verzeihung und um die Erlaubnis – augenblicklich *Seppuku* begehen zu dürfen.«
Wiewohl Toranaga sich nicht gerührt hatte, war er doch bereit gewesen, den Schlag abzufangen, und er wußte, daß auch Hiro-matsu dazu bereit gewesen war. Er begriff auch, warum Ishido dermaßen beleidigend und erhitzt gewesen war. Das werde ich dir tausendfach zurückzahlen, Ishido, schwor er sich insgeheim.
Toranaga wandte seine Aufmerksamkeit dem vor ihm knienden jungen Mann zu. »Wie konntet Ihr wagen anzunehmen, daß irgend etwas, was Herr Ishido sagte, als Beleidigung für mich gemeint sein könnte? Selbstverständlich wäre er nie so unhöflich gewesen. Wie könnt Ihr es wagen, Unterhaltungen zu lauschen, die Euch nichts angehen? Nein, ich gestatte Euch nicht, *Seppuku* zu begehen. Das ist eine Ehre. Ihr besitzt weder Ehre noch Selbstzucht. Ihr werdet heute wie ein gemeiner Verbrecher gekreuzigt werden. Eure Schwerter werden zerbrochen und im Dorf der *eta* verscharrt. Euer Sohn wird im *eta*-Dorf bestattet werden. Euren Kopf wird man auf eine Lanze stecken und daran wird ein Schild hängen, auf dem steht: ›Dieser Mann wurde durch Versehen als Samurai geboren. Sein Name hat aufgehört zu sein.‹ «
Mit schier übermenschlicher Anstrengung beherrschte Usagi seinen Atem, doch der Schweiß tropfte ihm von der Stirn, und die Schande, die das bedeutete, quälte ihn. Er verneigte sich vor Toranaga und nahm sein Schicksal äußerlich ruhig hin.
Hiro-matsu trat vor und riß beide Schwerter aus dem Gürtel seines Schwiegerenkelsohnes.

»Herr Toranaga«, sagte er feierlich, »mit Eurer Erlaubnis werde ich persönlich dafür sorgen, daß Eure Befehle ausgeführt werden.«
Der junge Mann verneigte sich ein letztes Mal und stand dann auf, doch Hiromatsu stieß ihn wieder zu Boden. »Samurai gehen«, sagte er, »Männer desgleichen. Du aber bist weder das eine noch das andere. Du wirst auf allen vieren zu deiner Hinrichtung kriechen!«
Allen im Saal ging das Herz auf angesichts der Selbstbeherrschung, der der junge Mann sich jetzt unterwarf, und des ungeheuren Muts, der dazu gehörte. Er wird als Samurai wiedergeboren werden, sagten sie sich voller Genugtuung.

# *13. Kapitel*

In dieser Nacht konnte Toranaga nicht schlafen. Das kam selten bei ihm vor, denn für gewöhnlich verstand er es, die dringlichsten Probleme bis auf den nächsten Tag zu verschieben. Er war längst dahintergekommen, daß ein friedlicher Schlaf die Antwort auf die meisten Rätsel brachte, und falls nicht – was bedeutete das schon? War nicht das Leben nichts weiter als ein Tautropfen in einem Tautropfen?

Aber heute nacht gab es zu viele bestürzende Fragen, über die er nachdenken mußte: Was soll ich wegen Ishido unternehmen? – Warum ist Onoshi zum Feind übergegangen? – Wie verhalte ich mich dem Regentschaftsrat gegenüber? – Haben die christlichen Priester wieder die Hand im Spiel? – Wann sollte man sich mit Yabu befassen? – Und was soll ich mit dem Barbaren tun? – Hat er die Wahrheit gesprochen?

Merkwürdig, daß der Barbar ausgerechnet jetzt aus dem östlichen Meer auftauchte! Ob das ein Omen ist? Ob es wohl sein *Karma* ist, jener Funke zu sein, der das Pulverfaß zur Explosion bringt?

*Karma* war ein indisches Wort, das die Japaner übernommen hatten und das zu jener buddhistischen Philosophie gehörte, die sich mit dem Schicksal des Menschen befaßte – seinem Schicksal, das unumstößlich feststand wegen der im früheren Leben begangenen Taten, wobei gute Taten einem in diesem Leben einen besseren Ausgangspunkt verschafften, böse Taten einen schlechteren. Genauso wie alles, was man in diesem Leben tat, sich auf die nächste Wiedergeburt auswirkte. Der Mensch wurde immer wieder hineingeboren in diese Welt der Tränen, bis er nach unendlichem Erdulden und Leiden und Lernen im Verlauf vieler Wiedergeburten Vollkommenheit erlangte und ins Nirwana einging, den Ort des vollkommenen Friedens, wo er niemals wieder eine Wiedergeburt zu erleiden hatte.

Merkwürdig, daß Buddha oder irgendein anderer Gott oder vielleicht auch bloß das *Karma* dafür gesorgt hat, den Anjin-san in Yabus Lehen landen zu lassen. Merkwürdig auch, daß er ausgerechnet in jenem Dorf an Land kam, wo Mura,

das Oberhaupt des Izuer Spionagesystems, vor vielen Jahren direkt vor der Nase des Taikō und bei Yabus pockenkrankem Vater untergebracht worden war! Und daß der Oberpriester der Christen hier in Osaka ist, desgleichen der Generalkapitän der Portugiesen. Merkwürdig auch, daß der Pilot, Rodrigues, gerade zur Verfügung stand, um Hiro-matsu rechtzeitig nach Anjiro zu bringen. Außerdem ist da Kasigi Omi, der Sohn des Mannes, der mir Yabus Kopf zu Füßen legen würde, wenn ich nur den kleinen Finger krümmte.
Wie wunderschön das Leben ist und wie traurig! Wie sehr im Fluß, ohne Vergangenheit und ohne Zukunft, nur ein grenzenloses *Jetzt*.
Toranaga seufzte. Eines ist gewiß: Der Barbar wird niemals wieder fortkommen. Weder tot noch lebendig. Fürderhin gehört er zum Reich!
Seine Ohren hörten nahezu geräuschlose Schritte sich nähern, und sein Schwert war bereit. Jede Nacht wechselte er aufs Geratewohl den Schlafraum, die Wachen und die Parole, um sich vor Meuchelmördern zu schützen. Die Schritte verhielten vor dem *Shoji*. Dann hörte er Hiro-matsus Stimme und den Anfang der Parole: »Wenn die Wahrheit bereits klar ist, wozu dann meditieren?«
»Und wenn die Wahrheit verborgen ist?« sagte Toranaga.
»Sie ist bereits klar«, gab Hiro-matsu richtig zur Antwort. Das Zitat stammte vom alten Lehrer des Tantrischen Buddhismus, Saraha.
»Tretet ein!«
»Ich hörte, daß Ihr noch wach wart, und da dachte ich, Ihr brauchtet vielleicht irgend etwas.«
»Nein, vielen Dank.« Toranaga bemerkte die vertieften Runzeln um die Augen des alten Mannes. »Ich freue mich, daß Ihr da seid, alter Freund«, sagte er.
»Seid Ihr sicher, daß auch wirklich alles in Ordnung ist?«
»Aber ja.«
»Dann werde ich Euch verlassen. Verzeiht, daß ich gestört habe, Herr!«
»Nein, bitte, kommt herein. Ich bin froh, daß Ihr da seid. Nehmt Platz.«
Der alte Mann setzte sich neben die Tür, den Rücken kerzengerade. »Ich habe die Wachen verdoppelt.« Nach einer Weile fuhr er fort: »Was den Wahnsinnigen betrifft – es ist alles geschehen, wie Ihr es befohlen habt. Alles.«
»Ich danke Euch.«
»Seine Frau – sobald sie von dem Urteil hörte, suchte meine Enkelin um meine Einwilligung nach, ihrem Leben ein Ende setzen zu dürfen, um ihrem Mann und ihrem Sohn in das Große Nichts zu folgen. Ich verweigerte sie ihr und befahl ihr abzuwarten, ob auch Ihr einverstanden seid.« Hiro-matsu blutete das Herz.
»Ihr habt richtig gehandelt.«
»Ich bitte Euch in aller Form um die Erlaubnis, mich zu entleiben. Was er tat, hat Euch in Todesgefahr gebracht, aber es war meine Schuld. Ich hätte diesen Mangel an Selbstbeherrschung früher an ihm erkennen sollen.«
»Ihr dürft kein *Seppuku* begehen.«
»Bitte! Ich ersuche Euch in aller Form, es mir zu gestatten.«

»Nein. Ich brauche Euch lebendig.«
»Ich werde gehorchen. Aber nehmt bitte meine Entschuldigung an!«
»Eure Entschuldigung ist angenommen.«
Nach einer Weile sagte Toranaga: »Was macht der Barbar?«
»Dazu gibt es vieles zu sagen, Euer Gnaden. Erstens: Hättet Ihr heute nicht auf den Barbaren gewartet, würdet Ihr bei Tagesanbruch zur Falkenjagd aufgebrochen sein, und Ishido hätte Euch niemals in ein derart abscheuliches Treffen verwickeln können. Jetzt bleibt Euch keine andere Wahl, als ihm den Krieg zu erklären – sofern Ihr aus dieser Burg herauskommt und zurückkehren könnt nach Yedo.«
»Und zweitens?«
»Und drittens und viertens und hundertstens und hundertunddrittens? Ich bin bei weitem nicht so klug wie Ihr, Herr Toranaga, aber selbst ich habe durchschaut, daß das, was die Südlichen Barbaren uns weisgemacht haben, nicht alles stimmt.« Hiro-matsu war froh, daß er reden konnte. Es half ihm, über den Schmerz in seinem Inneren hinwegzukommen. »Wenn es jedoch *zwei* christliche Religionen gibt, die sich gegenseitig hassen, und wenn die Portugiesen Teil der größeren spanischen Nation sind und wenn das Land dieses neuen Barbaren – mag es heißen, wie es wolle – Krieg gegen beide führt und sie schlägt, dieses Land, das ein Inselreich ist wie unseres, und wenn er die Wahrheit gesprochen und der Priester genau wiederholt hat, was der Barbar sagte... Nun, Ihr könnt alle diese ›Wenns‹ zusammennehmen und versuchen, schlau daraus zu werden. Ich kann das nicht. Ich weiß nur, was ich in Anjiro und an Bord des Schiffes gesehen habe: Daß dieser Anjin-san sehr stark ist in seinem Kopf – schwach im Körper für den Augenblick, aber das rührt vermutlich von der langen Reise her – und auf See jedem überlegen. Mir ist er völlig unbegreiflich. Mir schwirrt der Kopf vor so vielen Fragen, als ob ich zuviel Saké getrunken hätte.« Hiro-matsu war sehr abgespannt. »Allerdings meine ich, wir sollten ihn an Land behalten und ihn, genauso wie alle anderen, die vielleicht noch nach ihm kommen, rasch beseitigen.«
»Und was ist mit Yabu?«
»Befehlt ihm noch heute nacht, *Seppuku* zu begehen.«
»Warum?«
»Er hat keine Manieren. Ihr habt vorausgesagt, was er tun würde in Anjiro. Er war dabei, Euer Eigentum zu stehlen. Außerdem ist er ein Lügner. Erspart Euch die Mühe, mit ihm zu reden. Laßt mich ihm Euren Befehl übermitteln. Früher oder später müßt Ihr ihn doch umbringen. Besser jetzt, wo wir ihn in der Hand haben und keiner von seinen Gefolgsleuten um ihn ist. Ich rate Euch, nicht lange zu fackeln.«
Behutsam wurde an die innere Tür gepocht.
»Tora-chan?«
Toranaga lächelte, wie er es stets tat, wenn er diese ganz besondere Stimme ihn mit seinem Kosenamen anreden hörte. »Ja, Kiri-san?«

»Ich habe mir erlaubt, Euch und Eurem Gast *Cha* zu bringen, Herr! Darf ich bitte eintreten?«

»Ja.«

Beide Männer erwiderten ihre Verneigung. Kiri schloß die Tür und schenkte Tee ein. Sie war dreiundfünfzig und dick, die älteste von Toranagas Nebenfrauen, Kiritsubo-noh-Toshiko, Kiri gerufen. Ihr Haar wies graue Strähnen auf, in der Taille war sie dick, aber ihr Gesicht strahlte stets vor Munterkeit. »Ihr solltet nicht mehr wach sein, nein, nicht um diese Zeit, Tora-chan! Bald graut der Morgen, und ich nehme an, dann werdet Ihr mit Euren Falken zur Beize in die Berge ziehen, *neh?* Ihr braucht Schlaf.«

»Ja, Kiri-chan!« Toranaga klopfte ihr liebevoll auf das ausladende Hinterteil.

»Bitte, nennt mich nicht Kiri-chan!« Kiri lachte. »Ich bin eine alte Frau, und ich brauche Berge von Respekt. Eure anderen Damen bereiten mir schon Ungelegenheiten genug. Kiritsubo-Toshiko-san, wenn ich bitten darf, mein Herr Yoshi Toranaga-noh-Chikitada!«

»Da habt Ihr's, Hiro-matsu. Nach zwanzig Jahren versucht sie immer noch, mich unterm Daumen zu halten!«

»Verzeiht, aber es sind über dreißig Jahre, Tora-sama«, sagte sie stolz. »Und Ihr wart damals schon genauso leicht zu gängeln, wie Ihr es heute seid.«

Mitte zwanzig war auch Toranaga einmal Geisel gewesen, und zwar am Hof des despotischen Ikawa Tadazuki, des Herrn von Suruga und Totomi, dem Vater von Ikawa Jikkyu, Yabus Feind. Der für Toranagas Wohlverhalten zuständige Samurai hatte damals gerade Kiritsubo zu seiner zweiten Gattin gemacht. Siebzehn war sie damals gewesen. Dieser Samurai und Kiri hatten Toranaga in allen Ehren behandelt, ihn weise beraten und waren dann, als Toranaga sich gegen Tadazuki aufgelehnt und Goroda angeschlossen hatte, mit vielen Kriegern zu ihm gestoßen und hatten tapfer an seiner Seite gekämpft. Später, beim Kampf um die Hauptstadt, war Kiris Mann gefallen. Toranaga hatte sie gebeten, eine seiner Nebenfrauen zu werden, und sie hatte froh zugestimmt. Neunzehn war sie gewesen, er vierundzwanzig, und seither bildete sie den Mittelpunkt seines Haushalts. Kiri war sehr schlau und äußerst fähig. Jahrelang hatte sie seinem Haushalt vorgestanden und allen Streit daraus ferngehalten.

»Du wirst fett«, sagte er, obgleich er im Grunde gar nichts dagegen hatte, daß sie fett war.

»Herr Toranaga! Und das vor Herrn Toda! Ach, tut mir leid, ich werde Selbstmord verüben müssen – oder mir zumindest den Kopf scheren und Nonne werden, hab' ich doch gedacht, ich wäre jung und schlank!« Sie brach in Lachen aus. »Im Ernst, Ihr habt recht. Ich hab' ein fettes Hinterteil, aber was soll ich machen? Ich esse nun mal gern, und das ist Buddhas Problem und mein *Karma, neh?*« Sie reichte ihnen den *Cha*. »So. Ich gehe jetzt. Gute Nacht, Tora-sama. Süße Traumlosigkeit!« Sie verneigte sich vor ihm und Hiro-matsu, und dann war sie verschwunden.

Dankbar schlürften sie ihren Tee.

Toranaga sagte: »Ich habe es immer bedauert, daß wir nie einen Sohn bekommen haben, Kiri-san und ich. Einmal hatte sie empfangen, aber dann ist es leider zu einer Fehlgeburt gekommen. Das war, als wir in der Schlacht bei Nagakudé waren.«

Das war kurz nach der Ermordung Gorodas gewesen, als General Nakamura – der künftige Taikō – versuchte, alle Macht in seiner Hand zu vereinen. Damals war noch nicht sicher gewesen, wie alles ausgehen würde, denn Toranaga hatte einen von Gorodas Söhnen, den gesetzlichen Erben, unterstützt. Nakamura kämpfte, ging bei dem kleinen Dorf Nagakudé gegen Toranaga vor, und seine Truppen mußten tüchtige Prügel einstecken und wurden zerschlagen. Klugerweise zog Toranaga sich zurück, verfolgt von einer neuen Armee Nakamuras unter dem Befehl von Hiro-matsu. Aber Toranaga ging nicht in die Falle, sondern entkam in seine eigenen Provinzen, seine ganze Streitmacht intakt und bereit, sich wieder zu schlagen. Fünfzigtausend fielen bei Nagakudé, und nur wenige davon waren Toranagas Männer. In seiner Weisheit brach der künftige Taikō den Krieg gegen Toranaga ab, obgleich er ihn gewonnen hätte. Nagakudé war die einzige Schlacht, die der Taikō jemals verlor, und Toranaga war der einzige Heerführer, der ihn jemals geschlagen hatte.

»Ich bin froh, daß wir nie gegeneinander gekämpft haben, Euer Gnaden«, sagte Hiro-matsu. »Ihr hättet gewonnen.«

»Nein. Der Taikō war der größte Heerführer und der klügste und weiseste Mann, den es je gegeben hat.«

Hiro-matsu lächelte. »Außer Euch.«

»Nein. Da irrt Ihr Euch. Deshalb bin ich ja sein Vasall geworden.«

»Es ist ein Jammer, daß er tot ist! Und Goroda – das war auch ein prachtvoller Mann, *neh?* So viele prachtvolle Männer sind tot!« Unbewußt spielte Hiro-matsu mit seiner arg mitgenommenen Schwertscheide. »Ihr werdet gegen Ishido vorgehen müssen. Dann ist jeder *Daimyo* gezwungen, Farbe zu bekennen, ein für allemal! Letzten Endes werden wir den Krieg gewinnen. Dann könnt Ihr den Regentschaftsrat auflösen und Shōgun werden.«

»Diese Ehre suche ich nicht«, versetzte Toranaga scharf. »Wie oft muß ich Euch das noch sagen?«

»Verzeihung, Euer Gnaden. Ich weiß. Aber ich finde, es wäre das beste für Japan.«

»Das ist Hochverrat!«

»An wem, Euer Gnaden? Am Taikō? Der ist tot. An seinem Vermächtnis und Testament? Das ist nichts als ein Stück Papier. An dem Knaben Yaemon? Yaemon ist der Sohn eines Bauern, der die Macht und das Erbe eines Heerführers angetreten hat, dessen Erben er ausgelöscht hat. Wir waren Gorodas Verbündete, dann die Vasallen des Taikō. Gewiß. Aber sie sind beide sehr, sehr tot...«

»Würdet Ihr dazu auch raten, wenn Ihr einer der Regenten wäret?«

»Nein. Aber schließlich bin ich kein Regent, und darüber bin ich heilfroh. Ich

bin nur Euer Vasall. Vor einem Jahr habe ich mich entschieden, auf wessen Seite ich mich stellen wollte. Ich habe das aus freien Stücken getan.«
»Warum?« Toranaga hatte ihn das noch nie zuvor gefragt.
»Weil Ihr ein Mann seid, ein Minowara, und weil Ihr das Richtige tun und weise handeln werdet. Was Ihr zu Ishido gesagt habt, war richtig: Wir sind kein Volk, das von mehreren regiert werden kann. Wir brauchen einen Führer! Wen von den fünf Regenten hätte ich wählen sollen, um ihm zu dienen? Herrn Onoshi? Gewiß, er ist ein sehr kluger Mann und ein fähiger General. Aber er ist Christ und ein Krüppel, und sein Fleisch ist so von der Lepra zerfressen, daß er aus fünfzig Schritt Entfernung stinkt! Herrn Sugiyama? Er ist der reichste *Daimyo* im Land, seine Familie so alt wie die Eure. Aber er hängt sein Mäntelchen nach dem Wind und hat keinen Mumm – Ihr und ich, wir kennen ihn doch zur Genüge! Herrn Kiyama? Klug, tapfer, ein großer General und ein alter Waffengefährte. Aber auch er ist Christ, und ich glaube nun mal, daß wir in diesem Land schon Götter genug haben. Ishido? Diesen verräterischen Bauernlümmel habe ich von jeher verachtet, und der einzige Grund, warum ich ihn nie umgebracht habe, ist, daß er dem Taikō blind ergeben war.« Sein ledernes Gesicht zersprang in tausend Lachfältchen. »Ihr seht also, Yoshi Toranaga-noh-Minowara, Ihr habt mir keine andere Wahl gelassen.«
»Und wenn ich gegen Euren Rat handelte? Wenn ich den Regentschaftsrat manipuliere, sogar Ishido, und Yaemon an die Macht bringe?«
»Was immer Ihr tut, es ist weise getan. Freilich würden sämtliche Regenten Euch lieber tot sehen als lebendig. Das ist die Wahrheit! Ich bin dafür, sofort den Krieg zu erklären. *Sofort!*«
Toranaga dachte über seine Feinde nach. Sie waren mächtig und groß an der Zahl. Es würde ihn drei Wochen kosten, nach Yedo zurückzukehren – und zwar auf der Tokaido-Straße, jener großen, der Küste folgenden Hauptverbindungsstraße zwischen Yedo und Osaka. Zu Schiff wäre es gefährlicher und würde möglicherweise noch länger dauern, es sei denn, er nähme eine Galeere, die gegen Wind und Strömung anlaufen konnte.
Abermals ging Toranaga in Gedanken den Plan durch, zu dem er sich entschlossen hatte. Er konnte nirgends einen schwachen Punkt darin entdecken.
»Man hat mich gestern insgeheim wissen lassen, daß Ishidos Mutter ihren Enkel in Nagoya besucht«, sagte er, und Hiro-matsu war augenblicklich gespannteste Aufmerksamkeit. Nagoya war ein riesiger Stadt-Staat, der sich bis jetzt noch auf keine Seite geschlagen hatte. »Die Dame sollte vom Abt ›eingeladen‹ werden, den Johji-Tempel zu besuchen und sich die Kirschblüte anzusehen.«
»Sofort«, sagte Hiro-matsu. »Durch Brieftauben.« Der Johji-Tempel war für dreierlei berühmt: seine Allee von Kirschbäumen, die kriegerische Haltung seiner Zen-buddhistischen Mönche und seine unbedingte Ergebenheit Toranaga gegenüber. »Die Blüte wird schon halb vorüber sein, aber sie wird morgen dort eintreffen. Ich zweifle nicht daran, daß die ehrenwerte Dame ein paar Tage bleiben wird, es ist so beruhigend dort. Ihr Enkel sollte auch hingehen, *neh?*«

»Nein – nur sie. Sonst würde die ›Einladung‹ des Abts zu durchsichtig sein. Sodann: Schickt meinem Sohn Sudara ein geheimes Kennwort: ›Ich werde Osaka verlassen, sobald der Regentschaftsrat seine Sitzung beendet – in vier Tagen.‹ Schickt das per Brieftaube, und bestätigt es vorsichtshalber noch einmal durch Brieftauben.«

Hiro-matsus Mißbilligung war deutlich zu erkennen. »Dann kann ich also gleich zehntausend Mann herbefehlen? Nach Osaka?«

»Nein. Die Männer hier genügen. Danke, alter Freund. Ich glaube, ich lege mich jetzt schlafen.«

Hiro-matsu erhob sich und reckte seine Schultern. Dann, an der Tür, sagte er noch: »Darf ich Fujiko, meiner Enkelin, die Erlaubnis geben, sich den Hals durchzuschneiden?«

»Nein.«

»Es ist ihr innigster Wunsch, ihrem Leben ein Ende zu setzen. Bitte!«

»Sagt Eurer Enkelin, sinnloser Tod finde nicht meine Billigung. Die Erlaubnis wird nicht erteilt.«

Endlich verneigte Hiro-matsu sich und schickte sich an zu gehen.

»Wie lange kann der Barbar es in dem Gefängnis aushalten?« fragte Toranaga.

Hiro-matsu drehte sich nicht um. »Das kommt drauf an, ein wie harter Kämpfer er ist.«

»Ich danke Euch. Gute Nacht, Hiro-matsu.«

Als er sicher war, daß er allein war, rief er leise: »Kiri-san?«

Die innere Tür glitt auf, sie trat ein und kniete nieder.

»Schick Sudara sofort eine Nachricht: ›Alles in Ordnung!‹ Schick sie durch Brieftaube. Laß drei Stück bei Morgengrauen fliegen. Und mittags nochmal drei.«

»Jawohl, Euer Gnaden.« Sie ging.

Eine jedenfalls wird durchkommen, dachte er. Mindestens vier werden Pfeilen, Spionen oder Falken zum Opfer fallen. Wenn Ishido noch nicht hinter unseren Code gekommen ist, sagt ihm die Nachricht überhaupt nichts.

Dieser Code war sehr geheim. Nur vier Menschen kannten ihn. Sein ältester Sohn, Noboru; sein zweiter Sohn und Erbe, Sudara; Kiri und er selbst. Entschlüsselt hieß die Nachricht: ›Übersieh alle anderen Mitteilungen. Setze Plan fünf ins Werk.‹ Wie vorher abgesprochen, enthielt Plan fünf den Befehl, alle Führer des Yoshi-Klans samt ihren vertrauenswürdigsten Ratgebern unverzüglich in seiner Hauptstadt Yedo zusammenzuholen und sich auf den Krieg vorzubereiten. Das Codewort, das Krieg bedeutete, lautete ›Blutiger Himmel‹. Fiel er einem Meuchelmord zum Opfer oder geriet er in Gefangenschaft, wurde ›Blutiger Himmel‹ automatisch ins Werk gesetzt, das heißt, es gab Krieg – einen Angriff *aller* Legionen unter Sudaras Führung auf Kyoto, um sich in den Besitz dieser Stadt zu bringen und den Marionetten-Kaiser in die Gewalt zu bekommen. Damit Hand in Hand ging ein seit Jahren für diesen Fall insgeheim bis ins Detail vorbereiteter Aufstand in fünfzig Provinzen. Sämtliche strategi-

schen Ziele, Pässe, Städte, Burgen und Brücken waren längst ausgewählt. Es mangelte nicht an Waffen und Männern und der Entschlossenheit, diese Aufstände durchzuführen.
Der Plan ist gut, dachte Toranaga. Aber er wird trotzdem fehlschlagen, wenn ich ihn nicht persönlich durchführe. Sudara wird es nicht glücken. Nicht, weil er es an Mut oder Klugheit mangeln ließe oder weil er mich verriet, sondern einzig und allein, weil Sudara bis jetzt weder Wissen noch Erfahrung genug mitbringt und nicht genug von den abseits stehenden, noch nicht festgelegten *Daimyos* mitreißen wird. Und dann auch noch deshalb, weil die Burg von Osaka und der Erbe, Yaemon, unerschütterlich im Wege stehen werden – Osaka, wo sich aller Haß und aller Neid und alle Eifersucht sammeln, die ich in zweiundfünfzig Jahren Krieg auf mich gezogen habe.
Toranagas Krieg hatte begonnen, als er sechs gewesen war – als er als Geisel in das Lager des Feindes gebracht worden, dann herausgeholt, wieder von anderen Feinden gefangengesetzt und als Faustpfand benutzt worden war, um abermals als Faustpfand benutzt zu werden – bis zu seinem dreizehnten Lebensjahr. Mit zwölf hatte er seinen ersten Stoßtrupp geführt und seine erste Schlacht gewonnen.
So viele Schlachten! Keine verloren! Aber so viele Feinde! Und jetzt tun sie sich zusammen!
Sudara wird es nicht gelingen. Du bist der einzige, der ›Blutiger Himmel‹ gewinnen könnte, vielleicht. Der Taikō hätte es gekonnt, das ist gar keine Frage. Aber es wäre besser, er würde ›Blutiger Himmel‹ nicht ins Werk setzen müssen.

# *14. Kapitel*

Für Blackthorne war es ein höllischer Morgen. Er war in einen Kampf auf Leben und Tod mit einem Mitgefangenen verstrickt. Es ging dabei um nichts weiter als eine Schale Grütze. Beide Männer waren nackt. Jedesmal, wenn ein Verurteilter in diesen riesigen, einstöckigen Zellenblock aus Holz gesteckt wurde, nahm man ihm alle Kleider weg.

Der düstere, übelriechende Raum war fünfzig Schritt lang und zehn breit und vollgestopft mit schwitzenden nackten Japanern. So gut wie kein Licht kam durch die Planken und Bohlen, die die Wände und die niedrige Decke bildeten. Blackthorne konnte kaum aufrecht darin stehen. Seine Haut war von den abgebrochenen Fingernägeln des Mannes und von den rauhen Wänden aufgeschürft und zerkratzt. Zuletzt rammte er seinem Gegner den Kopf ins Gesicht, packte ihn bei der Kehle und hämmerte den Kopf des Mannes gegen die Balken, bis er das Bewußtsein verlor. Dann stürmte er durch die schwitzenden Leiber zu dem Eckplatz, den er für sich beanspruchte und bereitete sich auf einen neuen Angriff vor.

Der frühe Morgen war die Zeit der Essensausgabe, und die Wachen fingen an, die Schalen mit Grütze durch die kleine Öffnung hindurchzuschieben. Es war das erste Mal, daß er zu essen und zu trinken bekommen sollte, seit man ihn gestern abend hier hineingesteckt hatte. Das Aufstellen zum Essensempfang war ruhig verlaufen. Ohne Zucht würde keiner etwas bekommen. Dann hatte dieser affenähnliche Mann ihm eins in die Nieren gegeben und ihm seine Ration weggenommen, während die anderen darauf warteten, was jetzt geschehen würde. Aber Blackthorne hatte allzu viele Schlägereien an Bord erlebt, als daß er sich durch einen einzigen tückischen Hieb geschlagen gegeben hätte. Deshalb tat er so, als wäre er hilflos und versetzte dem anderen einen ebenso tückischen Fußtritt, und der Kampf hatte begonnen. Jetzt, wo Blackthorne wieder in seiner Ecke hockte, sah er zu seinem Erstaunen, daß einer der Männer ihm die Schale Grütze und das Wasser reichte. Er nahm beides und dankte dem Mann.

Die Ecken waren die bevorzugten Plätze. Ein Balken ging der Länge nach über den gestampften Boden und teilte den Raum in zwei Abteilungen. In jedem Abteil saßen drei Reihen von Männern, wobei zwei Reihen einander ansahen und die Leute sich entweder gegen die Wand oder den Balken lehnten; die andere Reihe befand sich zwischen ihnen. Nur die Schwachen und Kranken hockten in der Mittelreihe. Wenn die stärkeren Männer der Außenreihen die Beine ausstrecken wollten, mußten sie sie über die Beine der in der Mitte Hockenden legen.

Blackthorne sah zwei aufgeschwollene und von Fliegen bedeckte Leichen in einer der Mittelreihen.

Weit sehen konnte er in dem heißen Halbdämmer nicht. Schon jetzt sengte die Sonne das Holzdach. Zwar gab es Kübel für die Notdurft, doch der Gestank war schrecklich, weil die Kranken sich und den Boden beschmutzt hatten.

Von Zeit zu Zeit öffneten die Wachen die eisernen Türen, und es wurden Namen aufgerufen. Die Männer verneigten sich vor ihren Leidensgenossen und gingen, doch bald schon nahmen andere die freigewordenen Plätze wieder ein. Einer der Männer an der Wand fing an sich zu erbrechen. Sogleich wurde er in die Mittelreihe geschoben, wo er unter dem Gewicht der Beine zusammenbrach und beinahe erstickt wäre.

Blackthorne mußte die Augen schließen, um sein Entsetzen zu überwinden. Du Hund, Toranaga! Ich bete darum, dich einmal in dieses Loch hier stecken zu können!

Diese Halunken von Wachen. Gestern abend, als sie ihm befohlen hatten, sich seiner Kleider zu entledigen, hatte er sich in bitterer Hoffnungslosigkeit mit ihnen herumgeschlagen; und dann hatten sie ihn durch die Tür gestoßen.

Es gab vier solcher Zellenblöcke. Sie lagen am Stadtrand auf einem gepflasterten Areal, das von hohen Steinmauern umschlossen war. Draußen gab es am Flußufer ein durch Seile abgegrenztes Geviert aus gestampfter Erde. Fünf Kreuze waren dort aufgerichtet. Nackten Männern und einer Frau hatte man jeweils Fuß- und Handgelenk zusammengebunden und sie dann über das Querholz geschoben. Als Blackthorne hinter seinen Samurai hergegangen war, hatte er die Henker mit langen Lanzen den Opfern kreuzweise die Brust aufschlitzen sehen, während die Menge dazu gejohlt hatte. Dann waren die fünf heruntergenommen worden, und Samurai hatten die Leichen mit ihren langen Schwertern in Stücke gehackt.

Unbemerkt kam der Mann, mit dem Blackthorne gekämpft hatte, wieder zu sich. Er lag in der Mittelreihe. Blut war ihm über die Schläfe geronnen und die Nase eingeschlagen. Unvermittelt sprang er Blackthorne an.

Blackthorne sah ihn gerade noch im allerletzten Moment, parierte mit einem Ruck den Anprall und schlug ihn zusammen. Die Gefangenen, auf die der Mann schließlich fiel, verfluchten ihn, und einer von ihnen, ein gedrungener Bursche, versetzte ihm mit der Handkante einen Schlag in den Nacken. Es gab ein trockenes Knirschen, und der Kopf des Mannes sackte herab.

Der Bursche zog den halbrasierten Schädel am Haarschopf in die Höhe und ließ

ihn wieder fallen. Dann sah er zu Blackthorne auf, sagte etwas mit kehliger Stimme, setzte ein zahnloses Grinsen auf und zuckte mit den Achseln.
»Danke«, sagte Blackthorne, nach Atem ringend, dankbar, daß sein Angreifer nicht Muras Können im unbewaffneten Kampf besessen hatte.
Blackthorne kam sich dreckig, widerlich und dem Tode nahe vor. Keine Angst, sagte er sich, du mußt noch einen langen Weg zurücklegen, ehe du stirbst... Nein, ich kann es in diesem Höllenloch nicht lange aushalten. Lange kann ich es... Oh, mein Gott, laß mich hier raus! Warum schwimmt denn der Raum, wogt es auf und ab? Und ist das nicht Rodrigues, der mit diesen Fühlern statt Augen auf mich zukommt? Ich bekomme keine Luft. Ich muß raus hier. Bitte, bitte, legt kein Holz mehr nach. Und was tust du hier, Croocq? Junge, ich dachte, sie hätten dich laufen lassen. Ich dachte, du wärest im Dorf. Aber wir sind hier ja im Dorf. Wie bin ich denn hierhergekommen – es ist so kalt, und da ist dies Mädchen, so hübsch, unten an der Landestelle, aber warum schleppen sie sie fort ans Ufer, die nackten Samurai, und warum lacht Omi? Warum hinunter über den Strand, wozu überall diese Blutspuren im Sand, alle nackt, ich nackt, alte Weiber und Bauern aus dem Dorf und Kinder, und da ist der Kessel, und wir sitzen im Kessel, und – nein, nein, kein Holz mehr nachlegen, kein Holz. Ich ertrinke in diesem flüssigen Dreck. O Gott, o Gott, o Gott, o Gott, o Gott, o Gott, ich sterbe, sterbe, sterbe. *»In nomine Patris et Filii et Spiritus Sancti.«* Das ist das Letzte Sakrament, und du bist Katholik, und wir alle sind katholisch, und du wirst verbrennen oder in Pisse ertrinken und verbrennen, verbrennen, verbrennen...
Mit einem Ruck riß er sich aus diesem Alptraum heraus, und in seinen Ohren explodierte es mit der friedlichen, erderschütternden Endgültigkeit des Letzten Sakraments. Einen Augenblick wußte er nicht, ob er wachte oder schlief, denn er traute seinen Ohren nicht, als er den lateinischen Segensspruch abermals vernahm und seine ungläubigen Augen in das Antlitz einer alten Vogelscheuche von einem Europäer starrten, der sich fünfzehn Schritt weiter über die Reihe der in der Mitte sitzenden Häftlinge beugte. Der zahnlose Alte hatte langes schmutziges Haar, einen verfilzten Bart, abgebrochene Nägel und trug einen übelriechenden, fadenscheinigen Kittel. Er hob eine Hand und reckte ein hölzernes Kreuz über den halbverborgenen Körper. Dann schloß der Alte dem Toten die Augen, murmelte ein Gebet und blickte auf. Er sah, wie Blackthorne ihn anstarrte.
»Heilige Mutter Gottes, seid Ihr Wirklichkeit?« krächzte der Mann in rauhem Bauernspanisch und bekreuzigte sich.
»Ja«, antwortete Blackthorne auf spanisch. »Wer seid Ihr?«
Der alte Mann bahnte sich einen Weg herüber, indem er immer noch vor sich hinbrummelte. Durch wässerige Augen aus warzenbesetztem Gesicht heraus starrte er Blackthorne an. »Oh, gebenedeite Jungfrau, der Señor ist kein Trugbild! Wer seid Ihr? Ich... ich bin Bruder... Bruder Domingo... Domingo... Domingo vom... vom Orden des heiligen Franziskus... dem Orden...«, und

dann kam für eine Weile ein Kauderwelsch aus Japanisch und Latein und Spanisch. In seinem Gesicht zuckte es ständig, und er wischte die unentwegt herunterrinnenden Speichelfäden fort. »Der Señor ist wirklich Fleisch und Blut?«
»Jawohl, ich bin aus Fleisch und Blut.« Blackthorne raffte sich mühsam hoch. Der Priester murmelte ein weiteres *Ave Maria*, und die Tränen liefen ihm über die Wangen. Wiederholte Male küßte er das Kreuz, und er wäre auf die Knie gesunken, wenn Platz vorhanden gewesen wäre.
»Beim seligen und heiligen Franziskus, meine Gebete sind erhört worden! Ihr, Ihr, Ihr... ich dachte, ich hätte eine Erscheinung, Señor, sähe ein Gespenst. Jawohl, einen bösen Geist. Ich habe so viele gehabt – so viele – wie lange ist der Señor schon hier? Es ist schwer für jemand, in diesem Dämmer zu sehen, und mein Augenlicht ist schwach... Wie lange?«
»Seit gestern. Und Ihr?«
»Ich weiß es nicht, Señor. Lange jedenfalls schon. Man hat mich im September hier hineingesteckt – es war im Jahre des Herrn fünfzehnhundertachtundneunzig...«
»Und jetzt haben wir Mai – Anno sechzehnhundert.«
»Sechzehnhundert?«
Ein unterdrückter Schrei entrang sich dem Mönch. Er raffte sich hoch, bahnte sich einen Weg über die anderen wie eine Spinne, ermutigte hier einen Mann, berührte dort einen anderen. Da er den Sterbenden nicht finden konnte, brummelte er die Worte der Letzten Ölung in die entsprechende Richtung im Raum, segnete einen jeden, und keiner verwahrte sich dagegen.
»Kommt mit mir, mein Sohn!«
Ohne zu warten, schlurfte der Mönch den Käfig entlang, durch die Masse der Männer, hinein ins Dunkel. Blackthorne zögerte, da er seinen Platz nicht aufgeben wollte. Doch dann stand er auf und folgte ihm. Nach zehn Schritten blickte er zurück. Sein Platz war nicht mehr frei, sondern von jemand anderem eingenommen.
Er durchmaß die ganze Länge der Hütte. In der äußersten Ecke gab es – unglaublich! – einen offenen Platz, gerade Raum genug für einen kleinen Menschen, sich dort niederzulegen. Er enthielt ein paar Töpfe und Schalen und eine uralte Strohmatte.
Pater Domingo stelzte über die anderen hinweg, auf diesen Platz zu und winkte Blackthorne. Die Japaner ringsum sahen schweigend zu und ließen ihn vorbei.
»Das ist meine Herde, Señor. Sie alle sind meine Söhne in Christo. Ich habe hier so viele bekehrt – das hier ist Juan, und das Marco, und Methusalem...« Der Priester hielt inne, um Atem zu schöpfen. »Ich bin so müde. Ich... muß, ich muß...« Seine Worte erstarben, und dann war er auch schon eingeschlafen.
Als der Abend kam, gab es wieder zu essen. Als Blackthorne sich anschickte aufzustehen, gab ihm ein Japaner durch Zeichen zu verstehen, er solle bleiben, und brachte ihm dann eine gefüllte Schale. Ein anderer rüttelte den Priester sanft wach und bot ihm zu essen an.

»*Iyé*«, sagte der alte Mann, schüttelte lächelnd den Kopf und schob dem Japaner die Schüssel wieder zurück.
»*Iyé, Farddah-sama.*«
Der Priester ließ sich überreden und nahm ein wenig zu sich, dann stand er auf, seine Gelenke krachten, und reichte seine Schale einem in der Mittelreihe.
»Ich freue mich ja so, einen Menschen meiner Art zu sehen«, sagte der Mönch und ließ sich neben Blackthorne nieder. Er sprach unbeholfen wie ein Bauer, und er lispelte. Matt wies er hinüber auf das andere Ende des Zellenblocks. »Einer aus meiner Herde sagte, der Señor habe das Wort Pilot – *Anjin* – benutzt. Der Señor ist ein Pilot?«
»Ja.«
»Sind noch andere von der Mannschaft des Señor hier?«
»Nein, ich bin allein. Warum seid Ihr hier?«
»Wenn der Señor allein ist – ist der Señor dann vielleicht aus Manila gekommen?«
»Nein. Ich bin noch nie in Asien gewesen«, sagte Blackthorne vorsichtig in ausgezeichnetem Spanisch. »Dies war meine erste Fahrt als Pilot. Ich war... Wir sind gen Westen gesegelt. Warum seid Ihr hier?«
»Die Jesuiten haben mich hierhergebracht, mein Sohn. Die Jesuiten mit ihren dreckigen Lügen. Der Señor ist gen Westen gesegelt? Ihr seid kein Spanier, nein, und auch nicht Portugiese...« Argwöhnisch betrachtete der Mönch ihn aus schmalen Augen, und Blackthorne hatte seinen übelriechenden Atem im Gesicht. »War es ein portugiesisches Schiff? Sagt die Wahrheit, bei Gott!«
»Nein, Pater. Es war kein Portugiese, bei Gott!«
»Oh, gebenedeite Jungfrau, Euch gebührt Dank! Bitte, verzeiht, Señor, ich hatte Angst – ich bin alt und töricht und krank. Euer Schiff war also ein spanisches und kam von wo? Ich bin ja so froh – woher stammt der Señor ursprünglich? Aus Spanisch-Flandern? Oder dem Herzogtum Brandenburg vielleicht? Irgendwo aus unserem Herrschaftsbereich in Alemania? Ach, es tut so wohl, wieder einmal in meiner gesegneten Muttersprache reden zu können! Ist der Señor gestrandet gleich uns? Dann unter falsche Anklage gestellt von diesen Teufeln, den Jesuiten?« Seine Augen glühten. »Der Señor hat gesagt, er sei niemals zuvor in Asien gewesen?«
»Nein.«
»Wenn der Señor niemals zuvor in Asien gewesen ist, dann wird er sein wie ein Kind in der Wildnis. Weiß der Señor, daß die Jesuiten nichts sind als Händler, Waffenschmuggler und Wucherer? Daß sie hier den gesamten Seidenhandel in Händen haben und den Handel mit China beherrschen? Daß das jährlich kommende Schwarze Schiff eine Million in Gold wert ist? Daß sie Seine Heiligkeit, den Papst, gezwungen haben, ihnen uneingeschränkte Macht in Asien einzuräumen, ihnen und ihren schurkischen Hörigen, den Portugiesen? Daß alle anderen Religionen hier verboten sind? Daß die Jesuiten mit Gold handeln und es nur um des Gewinns willen kaufen und verkaufen? Daß sie den christlichen

Fürsten hier heimlich Musketen ins Land schmuggelten und sie zum Widerstand aufwiegelten? Daß sie sich in die Politik einmischen und die Kuppler spielen? Daß ihr Pater Superior höchstpersönlich eine geheime Botschaft an unseren spanischen Vizekönig in Luzon schickte und ihn um Konquistadores bat, um mit ihrer Hilfe das Land hier zu erobern – sie baten um eine spanische Invasion, um noch mehr portugiesische Fehler zu vertuschen! Die Jesuiten sind es, die gelogen und betrogen und Gift über Spanien und unseren geliebten König Philipp verbreitet haben! Um ihrer Lügen willen sitze ich hier, und sie sind es, die dafür gesorgt haben, daß sechsundzwanzig fromme Väter hier in Japan zu Märtyrern wurden! Sie halten das für gerecht, weil ich einst ein schlichter Bauer war und ja ohnehin nichts verstehe... Aber ich kann lesen und schreiben, Señor, kann lesen und schreiben! Einst war ich einer der Sekretäre Seiner Exzellenz, des Vizekönigs. Sie glauben, wir Franziskaner verstünden nichts...«
An dieser Stelle brach abermals ein Schwall von Spanisch und Latein aus ihm heraus.
Blackthornes Lebensgeister waren wieder erwacht. Was für Musketen? Was für Gold? Was für einen Handel? Was für ein Schwarzes Schiff? Eine Million? Was für eine Invasion? Was für christliche Fürsten?
Ist denn nicht das, was du mit dem alten Mann machst, schierer Betrug? fragte er sich. Er hält dich für einen Freund, nicht für einen Feind.
Angelogen habe ich ihn aber nicht! Ich habe ihm unmittelbar auf seine Fragen geantwortet. Von dir aus hast du gar nichts preisgegeben? Das ist nicht fair! Freilich, das ist Regel Numero eins, wenn man in feindlichen Gewässern überleben will: Nichts von sich aus preisgeben.
Die Erregung des Priesters steigerte sich immer mehr. Die Japaner um ihn herum wurden nachgerade besorgt. Einer von ihnen erhob sich und schüttelte den Priester liebevoll und redete auf ihn ein. Nach und nach wurde Pater Domingo wieder ruhig, klärte sich sein Blick.
»Tut mir so leid, Señor«, sagte er atemlos. »Sie dachten – sie dachten, ich wäre zornig auf den Señor. Gott verzeih mir mein törichtes Wüten! Es war doch nur – *que va*. Die Jesuiten sind eine Ausgeburt der Hölle! Wieviel ich dem Señor von ihnen erzählen könnte.« Der Franziskaner wischte sich den Speichel vom Kinn und versuchte, sich zu beruhigen. Er drückte die Hand auf die Brust, um den Schmerz darin zu beschwichtigen. »Wobei war der Señor gerade? Euer Schiff, es wurde also an Land geworfen?«
»Ja. Gewissermaßen. Jedenfalls liefen wir auf Grund«, erwiderte Blackthorne. Vorsichtig versuchte er, seine Beine auszustrecken. Die Männer, die ihn beobachteten, machten ihm Platz dafür. »Danke«, sagte er sofort. »Vielen Dank. Wie heißt er?« Blackthorne zeigte auf einen Mann, der für ihn aufgestanden war.
»Das ist Gonzales.«
»Und sein japanischer Name?«
»Ach so. Akabo. Aber das heißt nichts weiter als ›Träger‹, Señor. Sie haben keine Namen. Nur Samurai haben richtige Namen.«

»Wie bitte?«
»Nur Samurai haben Namen – Vor- und Familiennamen. So ist es bei ihnen Gesetz. Alle anderen müssen sich nach dem benennen, was sie sind – Träger, Fischer, Koch, Henker, Bauer und so weiter. Söhne und Töchter werden meistens einfach Erste Tochter, Zweite Tochter, Erster Sohn, Zweiter Sohn und so weiter gerufen. Manchmal rufen sie einen Mann ›Fischer, der beim Ulmenbaum wohnt‹ oder ›Fischer mit den schlechten Augen!‹« Der Mönch zuckte die Achseln und unterdrückte ein Gähnen. »Gewöhnliche Japaner dürfen keine richtigen Namen tragen. Huren geben sich Namen wie ›Karpfen‹ oder ›Mond‹ oder ›Blütenblatt‹ oder ›Aal‹ oder ›Stern‹. Wir geben ihnen christliche Namen, richtige Namen, wenn wir sie taufen, ihnen das Heil und das Wort Gottes bringen...« Seine Worte wurden immer leiser, und dann schlief er wieder.
»*Domo*, Akabo-san«, sagte Blackthorne zu dem Träger.
Der Mann lächelte schüchtern, verneigte sich und saugte vernehmlich die Luft ein.
Später wachte der Mönch wieder auf, sprach ein kurzes Gebet und kratzte sich. »Erst gestern, sagte der Señor? Ihr seid erst gestern hergekommen? Was ist dem Señor zugestoßen?«
»Als wir landeten, war dort ein Jesuit«, sagte Blackthorne. »Aber Ihr, Pater. Sagtet Ihr nicht, sie hätten Euch angeklagt? Was ist denn mit Euch und Eurem Schiff geschehen?«
»Unser Schiff? Hat der Señor nach unserem Schiff gefragt? Kommt der Señor vielleicht aus Manila wie wir? Oder – ach, wie töricht von mir! Der Señor ist ja gen Westen gesegelt und war nie zuvor in Asien. Es tut so gut, sich mit einem gebildeten Herrn wieder einmal in meiner geliebten Muttersprache zu unterhalten. *Que va*, wie lange ist das schon her! Mein Kopf schmerzt mich, Señor, er schmerzt. Unser Schiff? Wir wollten endlich wieder nach Hause segeln. Von Manila nach Acapulco, das liegt im Lande von Cortes, in Mexiko, und von dort über Land nach Vera Cruz. Und dort in ein anderes Schiff und über den Atlantik, und dann endlich, endlich *nach Hause*. Mein Heimatdorf liegt außerhalb von Madrid, Señor. Santa Veronica heißt es. Vierzig Jahre bin ich fort von daheim. In der Neuen Welt, in Mexiko und auf den Philippinen. Immer zusammen mit unseren glorreichen Konquistadores! Ich war auf Luzon, als wir ihren Eingeborenenkönig Lumalon vernichteten und das Wort Gottes auf die Philippinen brachten. Viele von unseren japanischen Bekehrten fochten damals schon für uns, Señor, sind das Kämpfer! Das war Anno 1575. Kein einziger dreckiger Jesuit oder Portugiese läßt sich dort blicken. Ich kam für rund zwei Jahre auf die japanischen Inseln und sollte dann wieder nach Manila abreisen, als die Jesuiten uns verrieten.«
Der Mönch sprach nicht weiter und schloß die Augen. Offensichtlich schlief er wieder ein. Später kam er wieder zu sich, und wie alte Leute es bisweilen tun, fuhr er fort, als ob er nie geschlafen hätte. »Mein Schiff war eine große Galeone, die *San Felipe*. Wir hatten eine Fracht Gewürze geladen, Gold und Silber und

Spezereien im Wert von anderthalb Millionen Silberpesos. Wir gerieten in einen der großen Stürme, der warf uns an der Küste von Shikoku an Land. Unser Schiff brach auf einer Sandbank auseinander – am dritten Tag war's –, aber bis dahin hatten wir das Gold und das Silber sowie fast die gesamte andere Ladung an Land geschafft. Dann wurde uns mitgeteilt, es sei alles vom Taikō persönlich beschlagnahmt, wir seien Piraten und...« Er hörte auf zu sprechen, als unvermittelt ein großes Schweigen sich im Zellenblock ausbreitete.

Die Eisentür des Zellenkäfigs war aufgeschwungen.

Wachen fingen an, Namen von einer Liste abzulesen. Akabo, einer der Männer um sie herum, gehörte zu den Aufgerufenen: Er kniete vor dem Mönch nieder, der ihn segnete, das Kreuzeszeichen über ihn schlug und ihm dann die Letzte Ölung erteilte. Der Mann küßte das Kreuz und ging hinaus.

Die Tür schloß sich wieder.

»Werden sie ihn jetzt hinrichten?« fragte Blackthorne.

»Ja. Sein Leidensweg beginnt draußen. Möge die hochheilige Madonna seine Seele schnell zu sich nehmen und ihn seines ewigen Lohns teilhaftig werden lassen!«

»Was hat der Mann denn getan?«

»Er hat gegen das Gesetz verstoßen – ihr Gesetz, Señor. Die Japaner sind ein einfaches Volk. Und sehr streng. Eigentlich gibt es bei ihnen überhaupt nur eine einzige Strafe – die Todesstrafe. Durch Kreuzigung, Erhängen oder Kopfabschlagen. Auf das Verbrechen des Giftmords steht Tod durch Verbrennen. Andere Strafen kennen sie so gut wie nicht – gelegentlich Verbannung, bisweilen Haarabschneiden bei den Frauen. Aber« – der alte Mann seufzte – »sonst steht auf fast allem die Todesstrafe.«

»Ihr habt die Kerkerhaft vergessen.«

Wie abwesend kratzte der Mönch an dem Schorf auf seinen Armen. »Das gehört nicht zu den Strafen, mein Sohn. Für die Japaner ist ein Kerker nichts weiter als ein Ort, jemand bis zur Verurteilung festzuhalten. Hierher kommen nur die Schuldigen. Und immer nur für kurze Zeit.«

»Das ist doch Unsinn! Wie steht es denn mit Euch selbst? Ihr seid doch schon ein Jahr hier, zwei Jahre fast.«

»Eines Tages werden sie auch mich holen. Dies hier ist nichts weiter als ein Ruheplatz zwischen der Hölle auf Erden und dem ewigen Leben.«

»Ich glaube Euch nicht.«

»Habt keine Angst, mein Sohn. Es ist der Wille Gottes. Ich bin ja hier und kann dem Señor die Beichte abnehmen und ihn vollkommen machen – die Glorie des ewigen Lebens liegt kaum hundert Schritte und wenige Augenblicke von jener Tür entfernt. Möchte der Señor, daß ich ihm die Beichte abnehme?«

»Nein – nein, vielen Dank. Nicht jetzt.« Blackthorne blickte auf die Eisentür. »Hat jemals jemand versucht, hier auszubrechen?«

»Warum sollten sie das tun? Es gibt ja für sie nichts, wo sie hinkönnten – wo sie sich verstecken könnten. Jeder, der einem Entsprungenen hilft oder auch nur

einem Mann, der ein Verbrechen verübt...« Er wies mit unbestimmter Geste auf die Tür. »Gonzales – Akabo –, der Mann, der uns – der uns verlassen hat. Er ist ein *Kaga*-Mann. Er hat mir erzählt...«
»Was ist ein *Kaga*-Mann?«
»Ach, nur einer von den Trägern, Señor, den Leuten, die die Sänften tragen, oder die kleinere Zwei-Mann-*Kaga*, die wie eine Hängematte ist, die man an einer Stange aufhängt. Er erzählte uns, sein Mitträger habe einem Kunden ein Seidentuch gestohlen, der Ärmste, und weil er selbst den Diebstahl nicht meldete, war auch sein Leben verwirkt.«
»Dann geht also jeder zur Hinrichtung wie ein Schaf zur Schlachtbank?«
»Es bleibt ihnen keine andere Wahl. Es ist der Wille Gottes!«
Reg dich jetzt nicht auf, und gerate nicht in Angst! sagte Blackthorne sich. Fasse dich in Geduld! Du wirst schon einen Weg finden! Nicht alles, was der Priester dir erzählt hat, ist wahr. Er ist nicht mehr ganz klar im Kopf. Wer wäre das schon, nach so langer Zeit!
»Diese Gefängnisse sind eine Neuerung bei ihnen, Señor«, sagte der Mönch gerade. »Der Taikō soll sie erst vor wenigen Jahren hier in Japan eingeführt haben. Wenn früher einer erwischt wurde, gestand er sein Verbrechen und wurde auf der Stelle hingerichtet.«
»Und wenn er nicht gestand?«
»Jeder gesteht – man fährt besser damit, es gleich zu tun, Señor!«
Der Mönch döste ein wenig, kratzte sich im Schlaf und brummelte vor sich hin. Als er erwachte, sagte Blackthorne: »Bitte, Pater, sagt mir, wie die verfluchten Jesuiten einen Mann Gottes in dieses Pestloch stecken konnten!«
»Da gibt es nicht viel zu erzählen. Nachdem die Männer des Taikō gekommen waren und all unser Gold und Silber mitgenommen hatten, bestand unser Generalkapitän darauf, in die Hauptstadt zu gehen und Protest einzulegen. Es bestand ja keinerlei Grund für die Beschlagnahme. Waren wir nicht Diener Seiner Katholischen Majestät, König Philipps von Spanien, des mächtigsten Herrschers in der ganzen Welt? Waren wir nicht Freunde? Hatte der Taikō nicht das spanische Manila gebeten, direkt mit Japan Handel zu treiben und das drekkige Monopol der Portugiesen zu brechen? Die ganze Beschlagnahme mußte ein Versehen sein.
Ich begleitete unseren Generalkapitän, weil ich ein wenig japanisch sprach – damals allerdings noch nicht sonderlich viel, Señor. Die *San Felipe* wurde im Oktober 1597 an Land geworfen. Die Jesuiten – einer von ihnen hieß Pater Martin Alvito – wagten es, sich zu erbieten, sich für uns einzusetzen, dort in Kyoto, der Hauptstadt. Welch eine Unverfrorenheit! Unser franziskanischer Superior, Pater Braganza, weilte in der Hauptstadt, und zwar als Gesandter – als rechtmäßig bestallter Gesandter Spaniens am Hof des Taikō! Der selige Bruder Braganza war seit nunmehr fünf Jahren in der Hauptstadt gewesen, Señor! Und der Taikō persönlich hatte unseren Vizekönig in Manila gebeten, Franziskanermönche sowie einen Gesandten nach Japan zu schicken. Daraufhin war der Bru-

der Braganza hingereist. Und wir, Señor, wir von der *San Felipe*, wußten, daß man ihm trauen konnte, anders als den Jesuiten.
Nach tagelangem Warten kam es endlich zu einer Unterredung mit dem Taikō. Er war ein kleiner, häßlicher Mann, Señor. Wir forderten unsere Waren zurück, baten um ein anderes Schiff oder die Passage auf einem anderen Schiff, für die unser Generalkapitän eine erhebliche Summe gezahlt hätte. Die Unterredung verlief unserer Meinung nach gut, und der Taikō entließ uns. Wir gingen in unser Kloster in Kyoto, dort warteten wir. Während wir seiner Entscheidung harrten, fuhren wir fort, den Heiden Gottes Wort zu predigen. Wir trugen unser Habit, unsere Kutte – wir liefen nicht als eingeborene Priester verkleidet herum wie die Jesuiten. Wir brachten den Menschen das Wort Gottes, und zwar den Mühseligen und Beladenen, den Kranken und Armen, nicht wie die Jesuiten, die immer nur mit den Mächtigen verkehrten und es mit den Fürsten halten. Unsere Gemeinde wuchs. Wir unterhielten ein Hospital für Leprakranke, unsere eigene Kirche, und unserer Herde erging es wohl, Señor! Und dann, eines Tages, wurden wir schnöde hintergangen.
Eines Tages im Januar wurden wir Franziskaner alle vor den Magistrat gezerrt und als Gesetzesübertreter angeklagt, wurden der öffentlichen Ruhestörung bezichtigt und zum Tod durch Kreuzigung verurteilt. Wir waren dreiundvierzig. Unsere Kirchen im ganzen Land sollten zerstört werden, alle unsere Gemeinden auseinandergerissen – die franziskanischen Gemeinden, Señor, nicht die der Jesuiten! Man hatte uns fälschlich bezichtigt. Die Jesuiten hatten dem Taikō Gift ins Ohr geträufelt, behauptet, wir wären Konquistadores, wollten in dieses Land einfallen, wo es doch die Jesuiten gewesen waren, die unseren Vizekönig ersucht hatten, von Manila aus ein Heer zu schicken. Ich habe diese Briefe mit eigenen Augen gesehen! Von ihrem Pater Superior! Sie sind Teufel! Ihr Gelüst steht nur auf Macht – koste es, was es wolle. Sie verbergen sich hinter einem Schleier von Armut und Frömmigkeit, aber darunter mästen sie sich wie die Könige und raffen ganze Vermögen zusammen. *Que va, Señor,* die Wahrheit ist schlicht und einfach, daß sie uns unsere Gemeinden neideten, eifersüchtig waren auf unsere Kirche, auf unsere Wahrheit und unsere Lebensführung. Der *Daimyo* von Hizen, Dom Francisco – sein japanischer Name lautet Harima Tadao –, setzte sich für uns ein. Er ist wie ein großer Fürst – alle *Daimyos* sind große Fürsten, und er ist Franziskaner, er legte Fürsprache für uns ein, doch es half alles nichts.
Am Schluß wurden sechsundzwanzig zu Märtyrern gemacht. Sechs Spanier, siebzehn von unseren japanischen Neubekehrten, und drei andere. Der selige Braganza war unter ihnen, und unter den Neubekehrten drei Knaben. Die Gläubigen zählten damals nach Tausenden! Fünfzig-, hunderttausend Menschen waren Zeugen des heiligen Martyriums in Nagasaki, hat man mir erzählt. Es war ein bitterkalter Februartag und ein schlimmes Jahr. Es war das Jahr der Erdbeben, Taifune, Springfluten, Stürme und Feuer, das Jahr, in dem die Hand Gottes sich schwer auf den Großschlächter legte und selbst seine große Burg

zusammenbrechen ließ, in Fushimi, als Er die Erde beben machte. Es war furchtbar, gleichzeitig aber auch wunderbar mitanzusehen, wie der Finger Gottes die Heiden und die Sünder strafte.
Sie starben also den Märtyrertod, Señor, sechs gute Spanier. Unsere Herde und unsere Kirche wurden verwüstet und das Hospital geschlossen.« Aus dem Gesicht des alten Mannes war alles Blut gewichen. »Ich – ich war einer von jenen, die für den Märtyrertod ausersehen waren, aber – aber ich sollte dieser Ehre nicht teilhaftig werden. Sie setzten uns von Kyoto aus in Marsch. Doch als wir nach Osaka kamen, brachten sie ein paar von uns hier in unseren Missionen unter. Und dem Rest – dem Rest wurde ein Ohr abgeschnitten, und dann wurden sie wie gemeine Verbrecher auf den Straßen zur Schau gestellt. Später mußten die Brüder weitermarschieren nach Westen. Einen ganzen Monat lang. Ihre unglückliche Wanderschaft endete auf einem Hügel namens Nishizaki, von dem aus man den großen Hafen von Nagasaki überschaut. Ich flehte den Samurai an, mit ihnen ziehen zu dürfen, Señor, doch der befahl mir, in der Mission in Osaka zurückzubleiben. Und dann, Monate später, wurden wir in diese Zelle geworfen. Wir waren drei – ja, ich glaube, es waren drei, aber ich war der einzige Spanier. Die anderen waren Neubekehrte, unsere Laienbrüder, Japaner. Ein paar Tage später riefen die Wachen ihre Namen auf. Meinen riefen sie jedoch nie auf. Vielleicht ist es Gottes Wille, Señor, vielleicht aber haben die dreckigen Jesuiten mich am Leben gelassen, um mich zu foltern... Es fällt schwer, Señor, sich in Geduld zu üben. Unendlich schwer...«
Der alte Mönch schloß die Augen, betete und weinte sich dann in den Schlaf. So sehr er es sich auch wünschte, Blackthorne konnte keinen Schlaf finden, wiewohl die Nacht gekommen war. Sein ganzer Körper juckte von den Bissen der Läuse. In seinem Kopf kamen und gingen die Schreckensbilder.
Mit furchtbarer Klarheit wußte er, daß es keine Möglichkeit gab auszubrechen. Die Sinnlosigkeit eines solchen Unterfangens überwältigte ihn, und er vermeinte, am Rande des Todes zu stehen. Als die Nacht am dunkelsten war, ließ er sich in einen Morast des Schreckens hineinziehen, und zum ersten Mal in seinem Leben gab er auf und überließ sich den Tränen.
»Ja, mein Sohn?« flüsterte der Mönch. »Was ist?«
»Nichts, nichts«, sagte Blackthorne, und sein Herz schlug ihm bis zum Hals hinauf. »Schlaft weiter!«
»Ihr braucht Euch nicht zu fürchten. Wir ruhen alle in Gottes Hand«, sagte der Mönch und schlief wieder ein.
Der große Schrecken ebbte ab, und was blieb, war ein Schrecken, mit dem er wohl leben konnte. Irgendwie werde ich doch hier herauskommen, versuchte er sich immer wieder einzureden.
Bei Morgengrauen gab es wieder Essen und Wasser. Blackthorne fühlte sich mittlerweile gestärkt. Wie dumm, sich gehenzulassen wie heute nacht, sagte er sich. Dumm und schwach und gefährlich. Laß das nicht noch einmal geschehen, sonst zerbrichst du und wirst verrückt, und es ist dein sicherer Tod. Sie werden

dich dann in die Mittelreihe abschieben, und du wirst sterben. Fasse dich in Geduld, und sei auf der Hut.
»Wie geht es Euch, Señor?«
»Gut, vielen Dank. Und Euch, Pater?«
»Ganz gut, vielen Dank.«
»Wie sage ich das auf japanisch?«
*»Domo, genki desu.«*
»*Domo, genki desu.* Gestern habt Ihr von den portugiesischen Schwarzen Schiffen gesprochen, Pater. Was sind das für Schiffe? Habt Ihr jemals welche gesehen?«
»Aber gewiß doch, Señor. Es sind die größten Schiffe der Welt, fast zweitausend Tonnen groß. Bis zu hundert Männer und Jungen sind nötig, ein einziges zu segeln. Und Mannschaft und Passagiere zusammengenommen, käme man fast auf tausend Seelen. Man hat mir gesagt, diese Karacken segeln vorzüglich vorm Wind, sollen aber schwerfällig schlingern, wenn der Wind von der Seite kommt.«
»Mit wieviel Geschützen sind sie bestückt?«
»Manchmal mit zwanzig oder dreißig, auf drei Decks.«
Pater Domingo freute sich, ihm die Fragen zu beantworten, zu reden und ihn zu belehren, und Blackthorne war ebenso froh, zuzuhören und zu lernen. Das weitschweifig vom Mönch vorgetragene Wissen war unbezahlbar und erstreckte sich auf viele Gebiete.
»Nein, Señor«, sagte er gerade, »*domo* heißt danke, und *dozo* bitte. Wasser heißt *mizu.* Vergeßt nie, daß die Japaner äußersten Wert auf gute Manieren und auf Höflichkeit legen. Einmal, in Nagasaki... Ach, hätte ich doch nur Tinte, einen Federkiel und Papier! Aber ich weiß... Hier, ich schreib's auf den Boden, das wird Euch helfen, Euch die Wörter einzuprägen...«
»*Domo*«, sagte Blackthorne. Und dann, nachdem er noch ein paar weitere Wörter gelernt hatte, fragte er: »Seit wann sind die Portugiesen denn hier?«
»Oh, entdeckt wurde das Land 1542, Señor, im selben Jahr, in dem ich geboren wurde. Es waren drei Männer, da Mota und Peixoto – an den Namen des dritten erinnere ich mich nicht mehr. Sie waren alle portugiesische Kaufleute, die mit einer chinesischen Dschunke Handel an der chinesischen Küste trieben, und zwar von einem Hafen in Siam aus. Kennt der Señor Siam?«
»Nein.«
»Ach, es gibt soviel zu sehen in Asien! Diese drei Männer trieben Handel, gerieten aber in einen Taifun und wurden von ihrem Kurs abgebracht, hatten jedoch das Glück, in Tanegashima auf der Insel Kyushu zu landen. Das war das erste Mal, daß Europäer ihren Fuß auf japanischen Boden setzten, und der Handel entwickelte sich sofort. Ein paar Jahre später kam Franz Xaver, einer der Gründerväter des Jesuitenordens, hierher. Das war Anno 1549... ein schlimmes Jahr für Japan, Señor. Es hätte einer unserer Brüder zuerst hierherkommen sollen, dann wäre uns dieses Reich zugefallen und nicht den Portugiesen. Franz Xaver

starb drei Jahre später in Kathay, allein und verlassen... Hab' ich dem Señor bereits gesagt, daß es am Hofe des Kaisers von China bereits einen Jesuiten gibt, in einer Stadt namens Peking? Ach, Ihr solltet Manila sehen, Señor, und die Philippinen. Wir haben fünf Kathedralen, und beinahe dreitausend Konquistadores und an die sechstausend japanische Soldaten überall auf den Inseln und dreihundert Brüder...«
Blackthornes Kopf füllte sich mit Fakten und japanischen Wörtern und Ausdrücken. Er stellte Fragen über das Leben in Japan, die *Daimyos* und die Samurai, den Handel und Nagasaki, über Krieg und Frieden, über die Jesuiten und Franziskaner und Portugiesen in Asien und über Spanisch-Manila, und immer wieder über das Schwarze Schiff, das Jahr für Jahr von Macao auslief. Drei Tage und drei Nächte lang hockte Blackthorne bei Pater Domingo, fragte ihn aus und hörte zu, lernte und verbrachte die Nächte in einem Alptraum, um wieder zu erwachen, neue Fragen zu stellen und sich neues Wissen anzueignen.
Und dann, am vierten Tag, wurde sein Name aufgerufen.
»Anjin-san!«

# *15. Kapitel*

Es herrschte tiefstes Schweigen, als Blackthorne sich erhob. »Eure Beichte, mein Sohn – legt sie schnell ab!«

»Ich... ich glaube... ich glaube nicht...« Durch den Nebel hindurch, in dem er sich zu bewegen meinte, ging Blackthorne auf, daß er englisch gesprochen hatte; folglich preßte er die Lippen aufeinander und ging davon. Der Mönch rappelte sich hoch. Er nahm an, daß Blackthorne holländisch oder deutsch gesprochen hatte, packte ihn am Handgelenk und humpelte mit ihm dahin.

»Schnell, Señor. Ich werde Euch die Absolution erteilen. Denkt an Eure unsterbliche Seele. Sagt rasch, was Ihr zu sagen habt, beichtet dem Herrn alle Missetaten, die Ihr in der Vergangenheit und in der letzten Zeit begangen...«

Mittlerweile näherten sie sich der eisernen Tür, und der Mönch klammerte sich mit erstaunlicher Kraft an Blackthorne fest.

»Sagt es jetzt! Die gebenedeite Jungfrau wird über Euch wachen!«

Blackthorne riß seinen Arm los und sagte mit rauher Stimme: »Gott sei mit Euch, Pater!« Die Tür hinter ihm fiel zu.

Der Tag war unglaublich kühl und frisch, und die Wolken wurden von einem Südostwind über den Himmel getrieben.

Er sog die herrliche reine Luft tief in die Lungen, und das Blut floß brausend durch seine Adern. Die Lebensfreude packte ihn.

Eine Reihe von nackten Gefangenen stand vor einem Beamten; Gefängnisaufsehern mit Speeren, *Etas*, und eine Gruppe von Samurai daneben. Der höhere Beamte trug einen dunklen Kimono und einen Überwurf mit gestärkten, flügelähnlichen Schultern. Dazu trug er einen kleinen Hut. Dieser Mann stand vor dem ersten Gefangenen und las aus einer säuberlich geschriebenen Schriftrolle etwas vor. Nachdem er geendet, setzte jeder einzelne sich hinter den Gefängnisaufsehern in Bewegung und ging auf die großen Tore des Hofes zu. Blackthorne war der letzte. Im Gegensatz zu den anderen gab man ihm ein Lendentuch, einen baumwollenen Kimono und Riemensandalen für seine Füße. Und seine Wächter waren Samurai.

Er war entschlossen gewesen, um sein Leben zu laufen, sobald sie das Tor passiert hätten, doch als er sich der Schwelle näherte, bildeten die Samurai sogleich einen dichten Ring um ihn und nahmen ihn in die Mitte. Zusammen erreichten sie das Mauertor. Eine große Menschenmenge sah zu. Einen der Männer hatte man bereits ans Kreuz gebunden, das jetzt aufgerichtet wurde. Neben jedem Kreuz wachten mit Speeren, die in der Sonne funkelten, zwei *Etas*.
Blackthorne verlangsamte den Schritt. Sogleich drängten die Samurai sich noch näher an ihn und trieben ihn zur Eile an. Wie benommen dachte er, daß es besser sei, jetzt gleich zu sterben, und zwar rasch. Deshalb zwang er seine Hand, nicht mehr zu zittern und schickte sich an, dem nächsten das Schwert aus der Scheide zu reißen. Doch dann kam es gar nicht dazu, denn die Samurai wandten sich von der Hinrichtungsstätte weg auf die äußerste Stadtmauer zu, in Richtung auf die Straßen, die in die Stadt und auf die Burg zuführten.
Noch konnte Blackthorne es nicht fassen: Er wagte kaum zu atmen, wollte erst richtig sicher sein. Sie gingen durch die Menge hindurch, die beiseite trat und sich verneigte, und dann standen sie auf der Straße, und es war kein Zweifel mehr möglich.
Blackthorne fühlte sich wie neugeboren.
Als er wieder sprechen konnte, sagte er: »Wohin gehen wir?« Abermals war es ihm gleichgültig, daß niemand ihn verstand, daß er wieder englisch gesprochen hatte. Seine Füße schienen den Boden kaum zu berühren, und die Riemen seiner Sandalen empfand er nicht als unangenehm, genausowenig wie das Gefühl, einen Kimono zu tragen. Im Gegenteil, es ist sogar sehr angenehm, dachte er. Ein bißchen zu eng vielleicht, aber an einem schönen Tag wie diesem ... genau das richtige fürs Achterdeck.
»Bei Gott, es ist herrlich, wieder englisch zu sprechen«, wandte er sich an einen der Samurai. »Himmel, ich hatte schon mit dem Leben abgeschlossen. Damit ist mein achtes Leben vorbei. Ist dir das klar, alter Freund? Jetzt hab' ich nur noch eines. Na, macht nichts! Piloten haben zehn Leben – mindestens –, das hat jedenfalls Alban Caradoc immer gesagt.« Der Sumurai schien zunehmend gereizt von seinem unverständlichen Gerede.
Reiß dich zusammen, sagte er sich. Mach sie nicht noch empfindlicher, als sie es ohnehin schon sind.
Jetzt ging ihm auf, daß alle Samurai Graue waren, Ishidos Männer also. Bei Pater Alvito hatte er sich nach dem Namen des Mannes erkundigt, der Toranagas Gegenspieler zu sein schien. Pater Alvito hatte »Ishido« gesagt, kurz bevor man ihm befohlen hatte aufzustehen und ihn fortgebracht hatte. Sind alle Grauen Ishidos Männer? Und alle Braunen Toranagas?
»Wohin gehen wir denn? Dorthin?« Er zeigte auf die Burg, die wie eine Glucke über der Stadt zu brüten schien. »Dorthin, *hai?*«
»*Hai.*« Der Anführer der Samurai nickte mit seinem kugelrunden Kopf. Sein Bart fing an, grau zu werden.
Was mag wohl Ishido von mir wollen? fragte Blackthorne sich.

Der Anführer bog in eine andere Straße ein; sie entfernten sich immer weiter vom Hafen. Dann sah er sie – eine kleine portugiesische Brigg, deren blauweiße Flagge in der Brise flatterte. Zehn Geschütze auf dem Hauptdeck, an Bug und Heck Zwanzigpfünder. Die *Erasmus* würde im Handumdrehen mit ihr fertigwerden, sagte Blackthorne sich. Was wohl meine Mannschaft macht? Was sie wohl in dem Dorf treiben? Beim Blute Christi, ich würd' was drum geben, sie zu sehen!
Blackthorne und die Samurai eilten durch eine sich windende Gasse: keine Geschäfte, nur Wohnhäuser links und rechts, jedes auf eigenem Grund und Boden, versteckt hinter hohen Zäunen, und Häuser und Zäune und Gärten überraschend sauber.
Die Leute, an denen sie vorüberkamen, verneigten sich höflich. Manche knieten sogar nieder. Gruppen von Samurai – immer nur Graue, niemals Braune – schlenderten sorglos die Straßen entlang.
Sie gingen gerade in einer von Läden gesäumten Straße, als ihm die Beine versagten. Er stürzte hin und landete auf Händen und Füßen.
Die Samurai halfen ihm auf, aber vorübergehend hatte er überhaupt keine Kraft mehr, und er konnte nicht weitergehen.
»*Gomen nasai, dozo ga matsu* – Tut mir leid! Wartet bitte!« sagte er. Seine Wadenmuskeln hatten sich verkrampft.
Der Anführer der Samurai blickte auf ihn hernieder und redete lange auf ihn ein.
»*Gomen nasai, nihon go ga hanase-masen* – Tut mir leid, aber ich spreche kein Japanisch«, entgegnete Blackthorne langsam, aber deutlich. »*Dozo ga matsu.*«
»*Ah! So desu,* Anjin-san. *Wakarimasu*«, sagte der Mann, der ihn verstanden hatte. Er erteilte einen kurzen Befehl, und einer der Samurai eilte davon.
Bald darauf kam er mit vier halbnackten *Kaga*-Männern und ihrer *Kaga* wieder. Die Samurai zeigten Blackthorne, wie er sich in der Hängematte zurücklehnen und an der Schlaufe festhalten sollte, die von der Tragestange herunterhing.
Jetzt stiegen sie breite Stufen hinauf und gelangten in ein neues Wohngebiet, das an einen dichten Wald aus hohen Bäumen grenzte. Blackthorne genoß es sehr, keine Straßen mehr zu sehen; die gepflegte Grasnarbe unter den Füßen war weich, und der Pfad wand sich durch die Bäume hindurch.
Als sie ein Stück in den Wald eingedrungen waren, tauchte hinter einer Wegbiegung plötzlich ein anderer Trupp von Grauen auf. Nachdem die beiden Anführer einander förmlich begrüßt hatten, wandten aller Augen sich Blackthorne zu. Rede und Widerrede gingen hin und her, und dann, als die Männer sich anschickten weiterzugehen, zog ihr Anführer unversehens das Schwert und rammte es dem Anführer von Blackthornes Samurai in den Leib! Nach kurzem Gemetzel waren alle Grauen tot. Es hatte kein einziger die Zeit gefunden, auch nur sein Schwert zu ziehen.
Die entsetzten *Kaga*-Männer lagen auf den Knien und drückten die Köpfe auf den Boden. Blackthorne stand neben ihnen. Der Anführer der Samurai, ein un-

tersetzter Mann mit gewaltigem Bauch, schickte Schildwachen aus, die am Anfang und Ende des Wegs Posten bezogen. Die anderen sammelten die Schwerter der Getöteten ein.
Auf ein Kommando hin rissen diese neuen Grauen ihre Uniformen vom Leib. Darunter trugen sie zusammengewürfelte Fetzen und alte Kimonos. Alle banden sich Masken vors Gesicht, Tücher, die sie bereits um den Hals getragen hatten. Einer von ihnen sammelte die grauen Kimonos ein und verschwand mit ihnen im Gebüsch.
Das müssen Banditen sein, dachte Blackthorne. Wozu sonst die Gesichtsmasken? Was haben sie mit mir vor?
Die Banditen redeten leise miteinander, beobachteten ihn und wischten ihre Schwerter an den Kleidern der toten Samurai sauber.
»Anjin-san? *Hai?*« Die Augen des Anführers über dem vorgebundenen Tuch waren rund, tiefschwarz und durchdringend. Der Mann zeigte auf den Boden, gab Blackthorne zu verstehen, sich nicht von der Stelle zu rühren. »*Wakarimasu ka?*«
»*Hai.*«
Sie betrachteten ihn von oben bis unten. Dann kam einer von den in einiger Entfernung postierten Wachen – auch er nicht mehr in der grauen Uniform, sondern maskiert wie alle anderen – für einen Augenblick aus den Büschen. Er winkte und verschwand wieder.
Augenblicklich bildeten die Männer einen Kreis um Blackthorne und schickten sich an weiterzugehen. Der Bandit gab durch ein Zeichen zu verstehen, sie würden jetzt in die Stadt zurückgehen.
Hilflos ging er mit ihnen. Es gab kein Entrinnen.
Beinahe hatten sie schon den Waldrand erreicht, da hielten sie plötzlich an. Vor ihnen vernahm man Lärm, und ein weiterer Trupp von etwa dreißig Samurai kam um die Wegbiegung. Braune und Graue, die Braunen an der Spitze, ihr Führer in einer Sänfte; ein paar Packpferde bildeten den Schluß. Sie blieben augenblicklich stehen. Beide Trupps stellten sich zum Kampf auf und betrachteten einander aus siebzig Schritt Entfernung mit feindseligen Blicken. Der Banditenführer trat vor; seine Bewegungen hatten etwas Ruckartiges, und zornig redete er auf die anderen Samurai ein, wies auf Blackthorne und dann weiter zurück, wo die Überrumpelung stattgefunden hatte. Er riß sein Schwert aus der Scheide und hielt es drohend hoch; offenbar verlangte er von dem anderen Trupp, den Weg freizumachen.
Klirrend zogen auch seine Männer die Schwerter. Auf einen Befehl hin nahm einer von ihnen hinter Blackthorne Aufstellung, das Schwert schlagbereit erhoben; und abermals redete der Anführer zornig auf die Gegner ein.
Geraume Zeit geschah überhaupt nichts. Dann sah Blackthorne den Mann in der Sänfte aussteigen – es war Kasigi Yabu. Yabu schrie den Banditenführer nun seinerseits an, doch dieser fuchtelte wütend mit dem Schwert und befahl ihnen, den Weg freizumachen. Eine letzte Aufforderung, und er brach seine Rede ab.

Dann gab Yabu einen kurzen Befehl und stürmte mit schrillem Kriegsgeschrei vor, seine Männer hinter ihm drein, die Grauen dicht hinter ihnen.
Blackthorne ließ sich fallen, um dem Schwerthieb zu entgehen, der ihn zweifellos halbiert haben würde, doch der Hieb kam zu spät, der Banditenführer machte kehrt und floh ins Unterholz, seine Männer im Gefolge.
Braune wie Graue umringten sofort Blackthorne, der wieder aufstand. Einige der Samurai verfolgten die Banditen in die Büsche, andere folgten dem Pfad, und der Rest verteilte sich, um Blackthorne zu schützen. Yabu blieb am Rand des Gebüschs stehen, rief herrisch Befehle und kehrte dann um. Jetzt war sein Hinken deutlicher zu sehen.
»*So desu,* Anjin-san«, sagte er keuchend.
»*So desu,* Kasigi Yabu-san«, erwiderte Blackthorne und benutzte eine Redewendung, die etwa soviel bedeutete wie: »Nun ja, das ist die Wahrheit.« Er wies in die Richtung, in der die Banditen verschwunden waren. *»Domo.«* Höflich verneigte er sich wie ein Ebenbürtiger vor ihm und dachte dankbar an Pater Domingo, als er sagte: »*Gomen nasai, nihon go ga hanase-masen* – Tut mir leid, aber ich spreche kein Japanisch.«
»*Hai*«, sagte Yabu, kein bißchen beeindruckt, um dann noch etwas hinzuzufügen, was Blackthorne nicht verstand.
»*Tsuyaku ga imasu ka?*« fragte Blackthorne. »Habt Ihr einen Dolmetsch?«
»*Iyé*, Anjin-san, *gomen nasai.*«
Blackthorne atmete etwas erleichtert auf. Jetzt konnte er sich unmittelbar an jemand wenden. Sein Wortschatz war zwar noch gering, aber es war ein Anfang.
Eeeee, hätte ich doch bloß einen Dolmetsch, dachte Yabu fieberhaft, bei Buddha! Ich wüßte brennend gern, was passiert ist, als Ihr mit Toranaga zusammentraft, Anjin-san, was für Fragen er Euch stellte, wie Eure Antworten lauteten, was Ihr ihm über das Dorf und die Musketen und die Ladung und das Schiff und die Galeere und über Rodrigues gesagt habt. Alles, was gesprochen wurde, wüßte ich gern, und wo Ihr gesteckt habt, und warum Ihr jetzt hier seid. Dann wüßte ich, was ich ihm heute zu sagen hätte. So, wie die Dinge jetzt stehen, tappe ich im dunkeln.
Warum hat Toranaga *dich* sofort nach unserer Ankunft empfangen und nicht *mich?* Warum kein Wort und kein Befehl von ihm, seit wir ankamen – bis auf heute? Nichts weiter als die üblichen höflichen Grüße? Warum hat er ausgerechnet heute nach mir geschickt? Warum wurde unser Treffen zweimal verschoben? Ist der Grund dafür in irgend etwas zu suchen, was du gesagt hast? Oder Hiro-matsu? Oder handelt es sich nur um eine ganz normale Verschiebung, weil Toranaga zuviel zu tun hat?
Warum hast du ausgerechnet heute nach mir schicken lassen, Toranaga? Welcher gute *Kami* hat mich hierhergebracht, um das Leben des Anjin-san zu retten – und um mich dann zu quälen, wo ich ja doch nicht direkt mit ihm reden kann? Warum hast du ihn ins Gefängnis werfen lassen, wo er ohne Zweifel zugrunde gegangen wäre? Warum wollte Ishido, daß er aus dem Gefängnis befreit werde?

Warum haben die Banditen versucht, sich seiner zu bemächtigen? Und warum lebt der Anjin-san überhaupt noch? Dieser Bandit hätte ihm doch mit Leichtigkeit den Garaus machen können!
Yabu bemerkte die tief eingegrabenen Runen, die noch nicht in Blackthornes Gesicht gewesen waren, als er ihn kennengelernt. Er sieht ausgehungert aus, dachte Yabu. Er ist wie ein wilder Hund. Aber nicht irgendeiner aus dem Rudel, der Leithund des Rudels, *neh?* O ja, Pilot, ich würde tausend *Koku* für einen vertrauenswürdigen Dolmetsch geben.
Ich werde dein Herr sein. Du wirst Schiffe für mich bauen und meine Männer ausbilden. Irgendwie muß ich Toranaga dazu bringen, daß er dich mir überläßt.
»Guter Hund!« sagte Yabu laut zu Blackthorne und setzte ein Lächeln auf. »Du brauchst nichts weiter als eine feste Hand, ein paar Knochen und ab und zu eine Tracht Prügel! Zunächst einmal werde ich dich Herrn Toranaga übergeben – nachdem du gebadet worden bist. Ihr stinkt, Herr Pilot!«
Blackthorne verstand die Wörter zwar nicht, spürte jedoch eine gewisse Freundlichkeit darin und sah Yabus Lächeln. Er erwiderte es. »*Wakarimasen* – ich verstehe nicht.«
»*Hai*, Anjin-san.«
Der *Daimyo* wandte sich ab und sah hinter den Banditen her. Er legte die Hände trichterförmig um den Mund und rief etwas. Augenblicklich kehrten alle Braunen zu ihm zurück. Der Anführer der Grauen stand mitten auf dem Weg und blies seinerseits die Jagd ab. Keiner von den Banditen wurde gefangen.
Als der Hauptmann der Grauen zu Yabu trat, wurde viel hin und her geredet, auf die Stadt und die Burg gezeigt; offensichtlich herrschte zwischen beiden alles andere als Eintracht.
Zuletzt setzte Yabu sich durch. Er hatte die Hand am Schwert und gab Blackthorne zu verstehen, er solle in die Sänfte steigen.
*»Iyé«*, befahl der Hauptmann.
Die beiden Männer gingen in Kampfposition, und Graue wie Braune traten unruhig von einem Fuß auf den anderen.
»Anjin-san *desu shunjin* Toranaga-sama...«
Blackthorne verstand hier ein Wort und dort eines. In stockendem Japanisch, wohlwissend, daß er fehlerhaft und kindisch sprach, gleichwohl jedoch hoffend, daß sie ihn verstünden, sagte er: »Ich Freund. Kein Gefangener. Bitte, verstehen! Freund. Verzeihung, Freund will Bad, verstehen? Müde, hungrig, Bad.« Er zeigte auf den Bergfried der Burg. »Dorthin gehen. Jetzt, bitte. Herr Toranaga eins, Herr Ishido zwei. Gehen *jetzt!*« Und wie ein Herrscher bestieg er die Sänfte, ließ sich in die Kissen sinken und die Füße weit hinausstehen.
Yabu lachte, und plötzlich stimmten alle in sein Lachen ein.
»*Ah so*, Anjin-sama«, sagte Yabu und verneigte sich spöttisch.
»*Iyé*, Yabu-sama. Anjin-*san*!« berichtigte Blackthorne ihn zufrieden. Jawohl, du Halunke, ein bißchen verstehe ich jetzt. Aber glaube nicht, daß ich dich vergessen hätte. Bald wirst du in deinem Grab aufwachen.

# *16. Kapitel*

»Vielleicht hättet Ihr vorher mit mir Rücksprache nehmen sollen, ehe Ihr *meinen* Gefangenen *meiner* Gerichtsbarkeit entzogt, Herr Ishido«, sagte Toranaga gerade.
»Der Barbar steckte unter dem gemeinen Volk im allgemeinen Gefängnis. Selbstverständlich nahm ich an, Ihr hättet weiter kein Interesse an ihm. Sonst hätte ich ihn dort nicht herausgeholt.« Äußerlich war Ishido die Ruhe und Ehrerbietung selbst, innerlich jedoch kochte er. Er wußte, daß er sich zu einer Voreiligkeit hatte hinreißen lassen. Es stimmte, daß er Toranaga erst hätte fragen müssen. Das war einfach ein Gebot der Höflichkeit. Aber auch das würde keine Rolle spielen, wenn er den Barbaren noch in der Hand hätte; dann hätte er den Gefangenen Toranaga schlicht ausgeliefert, wenn und wann er es verlangt haben würde. Daß jedoch einige seiner Männer abgefangen und schändlich umgebracht worden waren und sich dann der *Daimyo* Yabu und einige von Toranagas Männern des Barbaren bemächtigt hatten – aus den Händen seiner Leute, veränderte die Lage grundsätzlich. Er hatte an Gesicht verloren, wohingegen seine ganze Strategie darauf abgezielt hatte, Toranaga in den Augen der Öffentlichkeit an Gesicht verlieren zu lassen. »Ich bitte nochmals um Verzeihung.«
Toranaga blickte zu Hiro-matsu hinüber. Die Entschuldigung war Musik in seinen Ohren. Beide Männer wußten, wieviel Überwindung es Ishido innerlich gekostet hatte. Sie befanden sich in der großen Audienzhalle. Wie zuvor vereinbart, hatten die beiden Gegenspieler nur je fünf Wachen bei sich – Männer von erprobter Verläßlichkeit. Die anderen warteten draußen. Auch Yabu. Und der Barbar wurde gebadet. Gut, dachte Toranaga, innerlich höchst zufrieden mit sich. Er überlegte einen Augenblick und kam dann zu dem Entschluß, Yabu trotz allem heute doch nicht zu empfangen, sondern fortzufahren, mit ihm Katz und Maus zu spielen. Deshalb beauftragte er Hiro-matsu, ihn wieder fortzuschicken, und wandte sich dann Ishido zu. »Selbstverständlich nehme ich Eure Entschuldigung an. Glücklicherweise ist ja nichts weiter geschehen.«
»Dann darf ich also dem Erben den Barbaren vorführen?«

»Ich werde ihn hinschicken, sobald ich mit ihm fertig bin.«
»Darf ich fragen, wann das sein wird? Der Erbe erwartete ihn heute vormittag.«
»Darüber brauchen wir uns weiter keine Gedanken machen, Ihr und ich, *neh?* Yaemon ist doch erst sieben, und mit sieben Jahren kann man sich schon einmal gedulden. *Neh?* Geduld gehört zur Selbstzucht und will geübt sein, nicht wahr? Ich werde ihm das selbst erklären. Ich erteile ihm heute morgen wieder Schwimmunterricht.«
»So?«
»Ja. Ihr solltet gleichfalls schwimmen lernen, Herr Ishido. Es ist eine treffliche Übung und könnte einem im Krieg sehr zustatten kommen. Alle meine Samurai lernen schwimmen. Ich bestehe darauf.«
»Meine verbringen ihre Zeit damit, sich im Bogenschießen zu üben, im Schwertkampf, Reiten und Schießen.«
»Die meinen vervollkommnen sich außerdem in der Töpferei, im Schreiben, im Blumen-Stecken und in der *Cha-no-yu*-Zeremonie. Ein Samurai sollte sich in den Künsten des Friedens üben, um Kraft daraus zu ziehen für die Künste des Krieges.«
»Samurai sind zum Krieg geboren. Ich verstehe mich ausgezeichnet auf den Krieg. Das genügt mir fürs erste. Das und der Gehorsam gegenüber dem Willen unseres Herrn und Gebieters.«
»Der Schwimmunterricht für Yaemon findet in der Stunde des Pferdes statt.« Tag und Nacht waren in je sechs gleiche Teile eingeteilt. Der Tag begann mit der Stunde des Hasen – von fünf bis sieben; es folgte die Stunde des Drachen – von sieben bis neun –, dann die Stunden der Schlange, des Pferdes, der Ziege, des Affen, des Hahns, des Hundes, des Bären, der Ratte und des Ochsen, und der Kreis endete mit der Stunde des Tigers zwischen drei und fünf Uhr in der Frühe. »Hättet Ihr Lust, am Unterricht teilzunehmen?«
»Vielen Dank, nein. Ich bin zu alt, um mich jetzt noch zu ändern«, sagte Ishido lahm.
»Wie ich höre, hat der Hauptmann Eurer Leute Anweisung bekommen, *Seppuku* zu begehen.«
»Selbstverständlich. Die Banditen hätten dingfest gemacht werden müssen.«
»Es verwundert mich maßlos, daß solcher Abschaum in solcher Nähe der Burg vorgehen konnte.«
»Ich stimme Euch zu. Vielleicht könnte der Barbar sie beschreiben.«
»Was könnte ein Barbar schon wissen?« Toranaga lachte. »Und was die Banditen betrifft – nun, es handelte sich um *Ronin, neh?* Und da es unter Euren Leuten viele *Ronin* gibt, wäre es vielleicht angebracht, unter ihnen Nachforschungen anzustellen.«
»Diese Untersuchungen werden mit großer Dringlichkeit durchgeführt. Sie erstrecken sich in viele Richtungen.« Ishido ging gar nicht ein auf die versteckte hämische Bemerkung über die *Ronin*, jene herrenlosen, fast ausgestoßenen Söldner-Samurai, die sich zu Tausenden um das Banner des Erben geschart hat-

ten, nachdem Ishido hatte ausstreuen lassen, daß er im Namen des Erben und der Mutter des Erben ihre Treue annehmen würde und ihnen – das war wirklich unerhört – ihr Versagen oder ihre Vergangenheit verzeihen und vergessen würde, ja, im Laufe der Zeit ihre Treue mit der Großzügigkeit eines Taikō zu belohnen gedenke. Damit stand ihm ein unausschöpfliches Reservoir an ausgebildeten Samurai zur Verfügung. Ishido wußte, daß das ein brillanter Einfall gewesen war. An ihrer Treue war nicht zu zweifeln, denn die *Ronin* waren sich im klaren, daß eine solche Gelegenheit sich ihnen nie wieder bot. Auf diese Weise stießen alle jene zu ihm, die irgendwie verärgert waren und von denen viele durch Toranagas Eroberungen zu *Ronin* geworden waren. Außerdem befreite er das Reich dadurch von einer weiteren Zunahme des Banditenwesens – denn der einzig gangbare Weg für einen Samurai, der das Unglück hatte, *Ronin* zu werden, bestand darin, Mönch oder Bandit zu werden.
»Es kommen bei diesem Überfall viele Dinge zusammen, die ich nicht verstehe«, sagte Ishido, und seine Stimme war sehr giftig. »Jawohl. Warum sollten zum Beispiel Banditen versuchen, einen Barbaren zu entführen, um ein Lösegeld für ihn zu fordern? Es gibt noch viele andere Barbaren in Osaka, die von weit größerer Bedeutung sind. Hat der Bandit das nicht gesagt? Was er verlangte, war ein Lösegeld. Lösegeld von wem? Welchen Wert besitzt dieser Barbar denn? Überhaupt keinen. Und woher wußten sie, wo sie ihn finden würden? Ich habe schließlich erst gestern Befehl gegeben, ihn vor den Erben zu bringen. Höchst merkwürdig.«
»Ja, höchst merkwürdig«, sagte Toranaga.
»Und dann noch der Zufall, daß Herr Yabu gerade mit einigen von Euren Leuten in der Nähe war – und einige von meinen Leuten auch, zu genau derselben Zeit. Äußerst merkwürdig.«
»Ja, sehr. Selbstverständlich war er dort, weil ich nach ihm geschickt hatte.«
»Sonderbar ist auch, daß die Banditen nicht gekämpft oder den Barbaren sofort in die Berge verschleppt haben, sondern – und das ist der Gipfel der Dummheit! – auf dem Hauptpfad zur Burg geblieben sind? Sehr sonderbar!«
»Sehr sonderbar. Ich werde auf jeden Fall meine Wachen verdoppeln, wenn ich morgen auf die Beiz gehe. Für alle Fälle. Es ist sehr bedenklich zu wissen, daß Banditen sich in unmittelbarer Nähe der Burg herumtreiben. Vielleicht wollt Ihr auch auf die Jagd gehen? Wollt Ihr nicht einen Eurer Falken gegen meinen antreten lassen? Ich werde in den nördlichen Bergen jagen.«
»Vielen Dank, nein. Ich habe morgen zu tun. Vielleicht übermorgen? Ich habe Befehl gegeben, daß zwanzigtausend Mann innerhalb der nächsten zehn Tage sämtliche Wälder, Forste und Haine im Umkreis von zwanzig *Ri* durchkämmen. Das kann ich Euch versprechen.«
Toranaga wußte, daß Ishido die Banditen als Vorwand benutzte, um noch mehr Truppen in der Umgebung zusammenzuziehen. Wenn er zwanzig sagt, meinte er fünfzig. Die Falle schließt sich, sagte er sich. Warum diese Eile? Was für eine neue Teufelei wird hier ausgeheckt? Warum gibt Ishido sich so zuversichtlich?

»Gut. Dann übermorgen, Herr Ishido. Ihr werdet doch Eure Männer vom Jagdgebiet fernhalten? Ich möchte nicht, daß mein Wild aufgestört wird«, fügte er durchsichtig hinzu.
»Selbstverständlich. Und der Barbar?«
»Er ist mein Eigentum, und sein Schiff auch. Aber Ihr könnt ihn haben, wenn ich mit ihm fertig bin. Dann könnt Ihr ihn hinterher zum Richtplatz schicken, wenn Ihr wollt.«
»Vielen Dank. Ja, das werde ich tun.« Ishido klappte seinen Fächer zusammen und ließ ihn im Ärmel seines Kimonos verschwinden. »Er ist unwichtig. Was wichtig ist und der Grund meines Kommens – ach, übrigens, ich hörte, daß die Dame, meine Mutter, das Johji-Kloster besucht?«
»Ach? Ich würde meinen, zur Betrachtung der Kirschblüte ist es bereits ein wenig spät, *neh?* Sie muß doch schon fast vorüber sein.«
»Das meine ich auch. Aber wenn sie sie unbedingt sehen will, warum nicht? Bei den älteren Leuten ist man sich nie ganz sicher, sie denken auf ihre Weise und sehen manche Dinge anders als wir, *neh?* Aber um ihre Gesundheit ist es nicht allzugut bestellt. Ich mache mir Sorgen um sie. Sie muß sehr vorsichtig sein – denn sie holt sich nur allzu leicht eine Erkältung.«
»Das ist bei meiner Mutter ganz genauso.« Toranaga merkte sich, daß er sofort eine Nachricht an den Abt schicken müsse, dem Gesundheitszustand der alten Dame größte Aufmerksamkeit zu schenken. Falls sie im Kloster stürbe, würde das die schrecklichsten Auswirkungen haben. Im ganzen Reich würde man ihn dafür verantwortlich machen.
Ishido war vor Wut fast wahnsinnig geworden, als er hörte, daß seine verehrte Mutter sich in der Toranaga-Hochburg Nagoya befinde. Köpfe waren gerollt. Er hatte sofort Pläne zur Vernichtung Toranagas hervorgeholt und sich feierlich geschworen, Nagoya einzuschließen und den *Daimyo* Kazamaki, in dessen Obhut sie offensichtlich gewesen war, in demselben Augenblick über die Klinge springen zu lassen, da die Feindseligkeiten begannen. Ishido wußte, solange seine Mutter in Toranagas Hand war, mußte er vorsichtig sein. Aber er wollte zum Ausdruck bringen, daß er die Fackel des Krieges ans Reich legen würde, wenn seine Mutter nicht sofort freigelassen würde. »Wie geht es der Dame, Eurer Mutter, Herr Toranaga?« erkundigte er sich höflich.
»Es geht ihr sehr gut, vielen Dank.« Toranaga gestattete sich, sich sein Glück anmerken zu lassen. »Für ihre vierundsiebzig Jahre ist sie noch bemerkenswert gut beieinander. Ich kann nur hoffen, daß ich noch genauso bei Kräften sein werde, wenn ich einmal so alt bin wie sie.«
Du bist achtundfünfzig, Toranaga, aber du wirst niemals neunundfünfzig werden, schwor Ishido sich. »Bitte, übermittelt ihr meine besten Wünsche für ein glückliches weiteres Leben. Vielen Dank noch einmal, und verzeiht, daß ich Euch gestört habe.« Er verneigte sich außerordentlich höflich, und dann, seine Freude nur mit Mühe zurückhaltend, fügte er noch hinzu: »Ach ja, noch etwas Wichtiges, weswegen ich Euch sprechen wollte: Das letzte formelle Treffen der

Regenten ist verschoben worden. Wir treffen uns heute bei Sonnenuntergang nicht.«
Toranaga zwang sich, sein Lächeln beizubehalten, aber im Inneren war er schwer angeschlagen. »Ach? Warum?«
»Herr Kiyama ist erkrankt, und Herr Sugiyama und Herr Onoshi fanden, wir sollten verschieben. Ich teile ihre Ansicht. Ein paar Tage spielen keine Rolle, nicht wahr? Wo es doch um Dinge von so großer Wichtigkeit geht.«
»Wir könnten das Treffen auch ohne Herrn Kiyama abhalten.«
»Wir sind übereingekommen, es nicht zu tun.« Ishidos Augen lachten höhnisch.
»In aller Form?«
»Hier sind unsere vier Siegel.«
Toranaga kochte. Jede Verzögerung brachte ihn in größte Gefahr. Konnte er Ishidos Mutter einsetzen gegen ein sofortiges Treffen? Nein, die Anweisungen würden zu lange hin und her gehen, und dann hätte er einen sehr großen Vorteil für nichts preisgegeben. »Wann wird das Treffen stattfinden?«
»Soweit ich höre, dürfte es Herrn Kiyama morgen oder vielleicht übermorgen wieder besser gehen.«
»Gut. Ich werde ihm meinen Leibarzt schicken.«
»Ich bin sicher, er wüßte das zu schätzen. Aber sein eigener hat alle Besuche untersagt. Die Krankheit könnte ansteckend sein, *neh?*«
»Was für eine Krankheit?«
»Das weiß ich nicht, mein Herr. Jedenfalls hat man mir das gesagt.«
»Handelt es sich bei dem Arzt um einen Barbaren?«
»Ja, soviel ich weiß, um den Hauptarzt der Christen. Unsere sind nicht gut genug für so – so einen wichtigen *Daimyo*«, sagte Ishido, und es klang wie reiner Hohn.
Toranagas Besorgnis wuchs. Würde es sich um einen japanischen Arzt handeln, hätte sich schon etwas machen lassen. Aber bei einem christlichen Arzt – einem Jesuiten –, nun ja, gegen einen von denen anzugehen oder ihm ins Handwerk zu pfuschen, könnte bedeuten, daß er sich sämtliche christlichen *Daimyos* zu Feinden machte – und das konnte er nicht riskieren. Toranaga wußte, daß ihm seine Freundschaft mit dem Tsukku-san gegen die christlichen *Daimyos* Onoshi oder Kiyama nichts half. Es lag im Interesse der Christen, eine einheitliche Front zu bilden. Bald würde er an sie herantreten müssen, an die Barbaren-Priester, um sich mit ihnen über eine Zusammenarbeit zu einigen. Falls Ishido Onoshi und Kiyama wirklich auf seine Seite gezogen hat – und alle christlichen *Daimyos* würden ihrem Beispiel folgen, wenn diese beiden gemeinsam handelten –, dann stehe ich allein da, dachte er. Dann bleibt mir als einziger Weg nur noch »Blutroter Himmel«.
»Ich werde Herrn Kiyama übermorgen einen Besuch abstatten«, sagte er und nannte damit einen klaren Termin.
»Aber die Ansteckungsgefahr? Ich würde es mir nie verzeihen, wenn Euch wäh-

rend Eures Aufenthaltes hier in Osaka etwas zustieße, mein Herr. Ihr seid unser Gast und meiner Obhut anvertraut. Ich muß darauf bestehen, daß Ihr das nicht tut.«

»Ihr könnt ganz beruhigt sein, Herr Ishido. Die Ansteckung, die mich zu Fall bringt, gibt es noch nicht, *neh?* Ihr vergeßt die Prophezeiung des Wahrsagers.«

Als die chinesische Gesandtschaft vor sechs Jahren zum Taikō gekommen war, um den Japanisch-Koreanisch-Chinesischen Krieg beizulegen, war ein berühmter Astrologe unter ihnen gewesen. Dieser Chinese hatte vielerlei Dinge vorhergesagt, die sich seither bewahrheitet hatten. Anläßlich eines der unglaublich üppigen Gastmähler des Taikō hatte dieser den Wahrsager ersucht, ihm den Tod einiger seiner Ratgeber vorherzusagen. Der Astrologe hatte geweissagt, daß Toranaga in mittleren Jahren durch das Schwert umkommen würde. Ishido, der berühmte Eroberer von Korea – oder *Chosen*, wie die Chinesen dieses Land nannten –, würde ohne jede Krankheit als alter Mann sterben, die Füße noch fest auf der Erde, als der berühmteste Mann seiner Zeit. Der Taikō selbst würde im Bett sterben, geachtet und verehrt, an Altersschwäche, und einen gesunden Sohn hinterlassen, der seine Nachfolge antreten werde. Diese Prophezeiung hatte den damals noch kinderlosen Taikō dermaßen beglückt, daß er beschlossen hatte, die Gesandtschaft nach China zurückkehren zu lassen und sie ihrer vorherigen Dreistigkeit wegen nicht umzubringen, wie er es vorgehabt hatte. Statt der erwarteten Friedensverhandlungen hatte der Kaiser von China durch seine Gesandtschaft nur angeboten, ihn »als den König des Landes Wa« anzuerkennen, wie die Chinesen Japan nannten.

»Nein, das habe ich nicht vergessen, Herr Toranaga«, sagte Ishido, der sich sehr wohl erinnerte. »Aber eine Ansteckung kann höchst unangenehm sein. Warum sich Unannehmlichkeiten aussetzen? Ihr könntet Euch die Pocken holen wie Euer Sohn Noboru, verzeiht – oder die Lepra wie Herr Onoshi. Er ist zwar noch jung, aber er leidet. Und wie er leidet!«

Für den Augenblick war Toranaga aus dem Gleichgewicht gebracht. Wie verheerend sich beide Krankheiten auswirken konnten, wußte er nur allzu gut. Noboru, sein ältester lebender Sohn, hatte sich mit siebzehn die Pocken geholt – das war vor zehn Jahren gewesen – und sämtliche Kuren, welche die japanischen, chinesischen, koreanischen und christlichen Ärzte anwandten, hatten ihn von der Krankheit nicht heilen können. Wenn ich einmal allmächtig sein werde, schwor Toranaga sich, dann kann ich diese Krankheit vielleicht ganz ausrotten. Ob sie wohl wirklich von den Frauen kommt? Wie kann man sie heilen? Armer Noboru, dachte Toranaga.

»Bei Buddha, keine von beiden möchte ich bekommen«, sagte er.

»Ganz Eurer Meinung«, sagte Ishido in dem Bewußtsein, daß Toranaga ihm beide wünschen würde, wenn er nur könnte. Er verneigte sich noch einmal und ging.

Toranaga brach das Schweigen. »Nun?«

Hiro-matsu sagte: »Ob Ihr bleibt oder geht – jetzt ist es gleich –, es ist ein Un-

glück, denn Ihr seid verraten worden, und jetzt steht Ihr ganz allein da, Euer Gnaden. Wenn Ihr bis zur Ratsversammlung bleibt – vor einer Woche wird es bestimmt nicht dazu kommen –, wird Ishido seine Legionen um Osaka herum mobilisiert haben, und es gibt für Euch kein Entkommen, was immer auch mit der Dame Ochiba in Yedo geschieht. Ganz offensichtlich hat Ishido beschlossen, sie aufs Spiel zu setzen, um Euch zu bekommen. Gleichermaßen offenkundig ist es, daß Ihr verraten worden seid und die vier Regenten ihre Entscheidungen gegen Euch fällen. Mit einer Abstimmung vier gegen einen enthebt der Rat Euch Eurer Stellung. Wenn Ihr geht, werden sie alles unterschreiben, was Ishido will. Ihr müßt eine Vier-zu-eins-Abstimmung unbedingt verhindern. Ihr habt geschworen, das zu tun. Ihr könnt Euer feierliches Wort als Regent nicht brechen.«
»Ihr habt recht.«
Das Schweigen lastete auf ihnen. Hiro-matsu wartete, und seine Besorgnis wuchs. »Was wollt Ihr nun unternehmen?«
»Zunächst einmal werde ich schwimmen«, sagte Toranaga mit überraschender Unbekümmertheit. »Und dann werde ich mit dem Barbaren reden.«

Still durchquerte die Frau Toranagas Privatgarten in der Burg von Osaka und strebte der kleinen strohgedeckten Hütte in einem Ahornhain zu. Ihr seidener Kimono und der Obi waren bei aller Schlichtheit so elegant, wie einzig die berühmtesten Handwerker in China sie weben und nähen konnten. Das Haar trug sie nach der letzten Kyotoer Mode hoch aufgesteckt, und es wurde mit langen Silbernadeln festgehalten. Ein farbenfroher Sonnenschirm schützte ihre auffallend helle Haut. Sie war ausgesprochen klein, maß kaum einsfünfzig, war jedoch von makellosem Wuchs. Um den Hals trug sie eine dünne goldene Kette mit einem kleinen goldenen Kruzifix daran.
Kiri wartete bereits auf der Veranda der Hütte. Plump saß sie im Schatten, und ihr ausladendes Gesäß quoll über den Rand ihres Sitzkissens. Sie sah die Frau über die Trittsteine näher kommen, die so sorgsam ins Moos gebettet waren, daß es schien, als wären sie dort gewachsen.
»Ihr seht schöner und jünger aus denn je, Toda Mariko-san«, sagte Kiri neidlos, als sie ihre Verneigung erwiderte.
»Ich wünschte, Ihr hättet recht, Kiritsubo-san«, entgegnete Mariko lächelnd. Sie kniete auf einem Kissen und ordnete wie abwesend die Falten ihrer Röcke.
»Es stimmt aber! Wann haben wir uns das letzte Mal gesehen? Vor zwei, drei Jahren? Ihr habt Euch in den letzten zwanzig Jahren nicht verändert. Es muß fast zwanzig Jahre her sein, daß wir uns kennenlernten. Wißt Ihr noch? Es war bei einem Festmahl, das Herr Goroda gab. Ihr wart damals vierzehn, erst seit kurzem verheiratet und ausnehmend schön!«
»Und hatte schreckliche Angst.«
»Nein, Ihr nicht! Keine Angst!«
»Es war vor sechzehn Jahren, Kiritsubo-san, nicht vor zwanzig. Gewiß, ich

erinnere mich noch sehr gut.« – Allzu gut, dachte sie, und das Herz wurde ihr schwer. Es war der Tag gewesen, an dem ihr Bruder ihr ins Ohr geflüstert, er glaube, daß ihr verehrter Vater an seinem Lehnsherrn, dem Diktator Goroda, Rache üben und ihn umbringen werde. *Seinen Lehnsherrn!*

O ja, Kiri-san, ich erinnere mich sehr wohl an jenen Tag und jenes Jahr und jene Stunde. Damals fing der ganze Schrecken an. Nie habe ich auch nur einem einzigen Menschen gestanden, daß ich wußte, was geschehen würde, ehe es geschehen war. Ich habe weder meinen Gatten gewarnt noch Hiro-matsu, seinen Vater, die beide treue Vasallen des Diktators waren – sie nicht gewarnt, daß einer seiner bedeutendsten Generale auf Verrat sinne. Ja, noch schlimmer, ich habe auch Goroda, meinen Lehnsherrn, nicht gewarnt. Also vergaß ich meine Pflicht meinem Lehnsherrn, meinem Gatten und seiner Familie gegenüber, die aufgrund meiner Heirat die einzige Familie war, die für mich zu zählen hatte. Ach, Madonna, vergib mir meine Sünden, hilf mir, mich reinzuwaschen! Ich schwieg, um meinen geliebten Vater nicht in Gefahr zu bringen, ihn, der die Ehre von tausend Jahren verriet. Ach, mein Gott, o Herr Jesus von Nazareth, bewahre diesen Sünder vor der ewigen Verdammnis...

»Es war vor sechzehn Jahren«, sagte Mariko ernst.

»Ich trug damals gerade Herrn Toranagas Kind«, sagte Kiri und dachte, wenn Herr Goroda nicht von deinem Vater hintergangen und hinterrücks ermordet worden wäre – vielleicht hätte Herr Toranaga dann nie die Schlacht bei Nagakudé schlagen müssen, ich mich nicht erkältet und möglicherweise mein Kind austragen können. Vielleicht, sagte sie sich. Vielleicht aber auch nicht. Es war eben *Karma*, mein *Karma*, was auch geschehen ist, *neh?* »Ach, Mariko-san«, sagte sie, und es lag nicht die Spur von Groll in ihrer Stimme, »das ist jetzt schon so lange her – es kommt einem fast vor wie in einem anderen Leben. An Euch aber geht die Zeit vorbei. Warum kann ich nicht Eure Figur und Euer bezauberndes Haar und Euren zierlichen Gang haben?« Kiri lachte.

»Was spielt das für eine Rolle? Ihr genießt die Gunst des Herrn Toranaga, *neh?* Was also begehrt Ihr mehr? Ihr seid klug und gütig und ruht heil und glücklich in Euch selbst.«

»Mir wäre es freilich lieber, ich wäre schlank, könnte trotzdem nach Herzenslust essen und mich seiner Gunst erfreuen«, sagte Kiri. »Aber seid Ihr denn nicht glücklich?«

»Ich bin nichts als ein Instrument meines Herrn Buntaro, wenn er darauf zu spielen beliebt. Wenn der Herr, mein Gatte, glücklich ist, bin selbstverständlich auch ich glücklich. Seine Freude ist meine Freude. Darin bin ich genauso wie Ihr«, erklärte Mariko.

»Gewiß. Aber es ist trotzdem etwas anderes.« Kiri betätigte ihren Fächer, und die Nachmittagssonne schimmerte auf der goldenen Seide. – Ich bin ja so froh, daß ich nicht in deiner Haut stecke, Mariko, trotz all deiner Schönheit, deinem Witz, deinem Mut und deiner Gelehrsamkeit. Nein! Es wäre mir unerträglich, auch nur einen Tag mit diesem häßlichen und gewalttätigen Mann verheiratet

zu sein – geschweige denn seit siebzehn Jahren! Er ist das genaue Gegenteil von seinem Vater, Herrn Hiro-matsu. Buntaro? Wie kommen Väter zu so schrecklichen Söhnen? Es scheint unmöglich, daß nicht ein Schatten von all diesem Leid in deinen Zügen oder in deiner Seele zurückgeblieben sein soll! »Ihr seid eine erstaunliche Frau, Toda Buntaro Mariko-san.«
»Verbindlichen Dank, Kiritsubo Toshiko-san. Ach, Kiri-san, es tut wohl, Euch zu sehen.«
»Und Euch! Wie geht es Eurem Sohn?«
»Wunderbar – wunderbar! Saruji ist jetzt schon fünfzehn, könnt Ihr Euch das vorstellen? Groß und stark, genauso wie sein Vater. Und Herr Hiro-matsu hat Saruji ein eigenes Lehen gegeben und – er wird bald heiraten, wußtet Ihr das?«
»Nein, wen denn?«
»Sie ist eine Enkelin von Herrn Kiyama. Herr Toranaga hat alles so trefflich eingefädelt. Eine sehr gute Partie. Ich wünschte nur, das Mädchen wäre – wäre aufmerksamer meinem Sohn gegenüber, wäre seiner würdiger. Wißt Ihr, daß sie...« Mariko kicherte ein wenig verlegen. »Seht, ich bin doch schon die Schwiegermutter, wie sie im Buche steht. Aber ich glaube, Ihr würdet mir zustimmen. Sie ist wirklich noch nicht richtig erzogen.«
»Ihr habt Zeit, das zu tun.«
Regungslos lagen Marikos Hände in ihrem Schoß. Sie schaute einer Libelle zu, die sich darauf niederließ und gleich darauf wieder davonschwirrte. »Mein Gatte hat mich herbefohlen. Herr Toranaga wünscht, mich zu sehen?«
»Jawohl. Er möchte, daß Ihr für ihn dolmetscht.«
Mariko erschrak. »Für wen?«
»Den neuen Barbaren.«
»Ach! Und was ist mit Pater Tsukku-san? Ist er krank?«
»Nein.« Kiri fingerte an ihrem Fächer herum. »Ich nehme an, es bleibt uns überlassen, darüber nachzudenken, warum Herr Toranaga Euch hier wünscht und nicht den Priester. Ich denke, daß es sich hier um eine höchst geheime Angelegenheit handelt, die niemand etwas angeht. Deshalb müßt Ihr bei Eurem christlichen Gott schwören, niemandem etwas von dieser Unterhaltung zu erzählen. Keinem Menschen!«
Der Tag schien seine Wärme zu verlieren.
»Selbstverständlich«, sagte Mariko voller Unbehagen. Sie hatte klar verstanden, was Kiri meinte: daß sie weder ihrem Mann, noch seinem Vater, noch ihrem Beichtvater ein Sterbenswörtchen sagen dürfe. Und warum sollte *sie* dolmetschen und nicht Pater Tsukku-san? Sie spürte, daß sie wieder einmal gegen ihren Willen in jene Art von politischem Ränkespiel hineingezogen wurde, das ihr das Leben immer wieder zur Hölle machte, und abermals wünschte sie, sie gehörte keiner alten Familie an, wäre keine Fujimoto und niemals mit der Gabe der Zungen geboren worden.
Es ist dein *Karma*, Mariko, sagte sie sich traurig, nichts als dein *Karma*! »Sehr wohl, Kiri-san.« Und voller böser Ahnungen fügte sie dann noch hinzu: »Ich

schwöre beim Herrn, meinem Gott, daß ich nie ein Sterbenswörtchen über die Lippen bringen werde, was heute hier gesagt wird, noch zu irgendeiner Zeit, da ich für meinen Lehnsherrn dolmetsche.«

»Ich könnte mir im übrigen vorstellen, daß Ihr einen Teil Eurer Gefühle nicht werdet hochkommen lassen dürfen, sondern genau das dolmetscht, was gesagt wird. Dieser neue Barbar ist sehr merkwürdig und sagt sonderbare Dinge.«

»Ich stehe ganz zu Diensten von Herrn Toranaga. Er hätte sich meiner Loyalität wegen nie Gedanken zu machen brauchen.«

»Eure Treue hat nie in Frage gestanden, Dame! Ich habe Euch nicht kränken wollen.«

Ein Frühlingsregen setzte ein und netzte Blüten, Moos und Blätter – und hinterher prangte alles in noch größerer Schönheit.

»Ich möchte Euch um einen Gefallen bitten, Mariko-san. Würdet Ihr bitte Euer Kruzifix unter Euren Kimono stecken?«

Wie um es zu beschützen fuhren Marikos Finger nach dem Kreuz. »Warum? Herr Toranaga hat niemals etwas gegen meinen Übertritt zum Christentum eingewendet, genausowenig wie Herr Hiro-matsu, das Oberhaupt unseres Klans! Mein Gatte hat... mein Gatte gestattet mir, es zu behalten und es zu tragen.«

»Gewiß. Aber Kruzifixe bringen *diesen* Barbaren außer sich, und mein Herr Toranaga wünscht ihn nicht außer sich, sondern im Gegenteil ganz besonders ruhig!«

Eine so winzige Person hatte Blackthorne noch nie gesehen. »*Konnichi wa*«, sagte er. »*Konnichi wa*, Toranaga-sama!« Er verneigte sich wie ein Höfling, nickte dem Knaben zu, der mit weit aufgerissenen Augen neben Toranaga kniete, und der fetten Frau, die hinter ihm stand. Sie saßen alle auf der Veranda, die um die kleine Hütte herumführte. Diese Hütte bestand nur aus einem einzigen kleinen Raum mit roh behauenen Balken und einem Strohdach sowie einem rustikalen Wandschirm darin, und dahinter eine kleine Feuerstelle zum Kochen. Sie war auf Holzpfählen errichtet und erhob sich etwa einen Fuß über einem Teppich aus reinstem weißem Sand. Es handelte sich um ein Teehaus für die *Cha-no-yu*-Zeremonie und war unter beträchtlichen Kosten aus erlesenem Material einzig zu diesem Zweck erbaut worden. Bisweilen freilich wurden solche Häuser, die im allgemeinen für sich allein in Hainen standen, auch für ein Stelldichein und für vertrauliche Gespräche benutzt.

Blackthorne raffte den Kimono hoch und nahm auf dem Kissen Platz, das auf dem Sand vor ihnen hingelegt worden war. »*Gomen nasai*, Toranaga-sama, *nihon go ga hanase-masen. Tsu-yaku go imasu ka?*«

»*Ich* bin Euer Dolmetsch, Senhor«, sagte Mariko sogleich in nahezu makellosem Portugiesisch. »Aber Ihr sprecht japanisch?«

»Nein, Senhorita, nur ein paar Worte und Redewendungen«, erwiderte der wie vor den Kopf geschlagene Blackthorne. Er hatte Pater Alvito als Dolmetsch erwartet, ferner, daß Toranaga von Samurai und vielleicht auch von dem *Daimyo* Yabu begleitet wäre. Aber es waren keine Samurai in der Nähe, wiewohl viele den Garten abschirmten.

»Mein Herr Toranaga möchte wissen... Aber vielleicht sollte ich Euch zunächst einmal fragen, ob Ihr lieber lateinisch sprecht.«

»Wie es Euch beliebt, Senhorita.« Wie jeder Gebildete konnte Blackthorne Latein lesen, schreiben und sprechen; denn Latein war in der ganzen abendländischen Welt die Sprache der Gelehrsamkeit.

Wer ist diese Frau? Wo hat sie so vorzüglich portugiesisch gelernt? Und Latein? Wo sonst, als bei den Jesuiten, dachte er. Sie hat es in einer ihrer Schulen gelernt. Das erste, was sie tun, ist immer, eine Schule bauen!

Es war erst siebzig Jahre her, daß Ignatius von Loyola die Gesellschaft Jesu gegründet, und jetzt waren die Schulen der Gesellschaft, die besten in der gesamten Christenheit, über die ganze Welt verstreut, und ihr Einfluß vermochte Könige zu stützen und zu stürzen. Die Jesuiten besaßen das Ohr des Papstes. Sie hatten die Woge der Reformation aufgehalten und waren im Begriff, gewaltige Gebiete für ihre Kirche zurückzuerobern.

»Dann sprechen wir also portugiesisch«, sagte sie. »Mein Herr und Gebieter wünscht zu wissen, wo Ihr Eure ›paar Worte und Redewendungen‹ gelernt habt?«

»Es war ein Mönch in dem Gefängnis, Senhorita, ein Franziskanermönch, und der hat sie mich gelehrt. Dinge wie ›Essen, Freund, Bad, kommen und gehen, falsch und richtig, hier und dort, ich, Ihr, bitte, danke sehr, möchte, möchte nicht, Gefangener, ja und nein‹ und so weiter. Ich bin jetzt besser darauf vorbereitet, Herrn Toranagas Fragen zu beantworten.«

Blackthorne ließ sie nicht aus den Augen, als sie sich abwandte und zu Toranaga sprach. Er wußte, daß er sich einfach ausdrücken mußte, möglichst in kurzen Sätzen, und sehr behutsam zu sein hatte, denn im Gegensatz zu dem Priester, der nahezu gleichzeitig übersetzt hatte, wartete diese Frau, bis er geendet hatte, und übermittelte dann eine Zusammenfassung oder eine Umschreibung dessen, was er gesagt. Das Bad und die anschließende Massage, das Essen und die zwei Stunden Schlaf hatten ihm unendlich gut getan. Die Bademeisterinnen hatten ihn durchgeknetet und ihm das Haar gewaschen, es dann säuberlich zu einem Zopf geflochten, und der Barbier hatte ihm den Bart gestutzt. Man hatte ihm ein sauberes Lendentuch und Kimono sowie Schärpe, *Tabis* und Riemensandalen für seine Füße gegeben. Die *Futons*, auf denen er geschlafen, waren so sauber gewesen wie das ganze Zimmer. Alles war ihm vorgekommen wie im Traum, und als er erwacht war, hatte er sich im ersten Augenblick gefragt, was denn nun der Traum war: dies hier oder das Gefängnis.

Ungeduldig hatte er gewartet. Er hatte gehofft, daß man ihn vor Toranaga führen würde, hatte sich zurechtgelegt, was er sagen und was er enthüllen wolle, wie er Pater Alvito überspielen und sich über ihn aufschwingen könne. Und über Toranaga auch. Denn er wußte nach dem, was Pater Domingo ihm über

die Portugiesen, den japanischen Handel und die japanische Politik erzählt, zweifelsfrei, daß er Toranaga jetzt helfen könnte – der ihm wiederum zu jenen Reichtümern verhelfen könnte, nach denen sein Herz begehrte.
Und jetzt war er womöglich noch zuversichtlicher als zuvor. Ich brauche nichts weiter als ein bißchen Glück und Geduld.
Aufmerksam lauschte Toranaga der puppenhaften Dolmetscherin.
Blackthorne dachte: Die könnte ich mit einer Hand hochheben, und wenn ich ihr beide Hände um die Taille legte, würden meine Finger sich berühren. Wie alt mag sie wohl sein? Gerade richtig. Verheiratet? Ehering ist keiner zu sehen. Oh, das ist interessant. Sie trägt überhaupt kein Geschmeide – nichts als die Silbernadeln im Haar. Die andere Frau, die dicke, übrigens auch nicht.
Er suchte in seiner Erinnerung. Die beiden anderen Frauen im Dorf hatten auch keinerlei Schmuck getragen, und in Muras Haus hatte er auch keinen zu Gesicht bekommen. Warum wohl?
Und wer mag die Dicke sein? Toranagas Frau? Oder die Kinderfrau des Knaben? Ob der wohl Toranagas Sohn ist? Oder vielleicht auch sein Enkel? Pater Domingo hatte gesagt, die Japaner hätten zwar immer nur eine Gemahlin zur Zeit, jedoch so viele Nebenfrauen – gesetzlich anerkannte Geliebte –, wie sie nur wollten.
Und wer mochte die Dolmetscherin sein? Eine von Toranagas Nebenfrauen? Wie das wohl wäre – eine solche Frau im Bett zu haben? Ich hätte Angst, sie zu zerbrechen. Nein, zerbrechen würde sie nicht.
Der Knabe war klein und saß mit großen Augen aufrecht da. Sein volles schwarzes Haar war zu einer kurzen Quaste zusammengenommen, der Scheitel nicht rasiert. Seine Neugierde schien unersättlich.
Ohne weiter darüber nachzudenken, zwinkerte Blackthorne ihm zu. Der Knabe sprang auf, lachte dann, unterbrach Mariko und zeigte und sagte etwas, und sie hörten ihm nachsichtig zu; keiner brachte ihn zum Schweigen. Als er geendet hatte, wandte Toranaga sich kurz an Blackthorne.
»Herr Toranaga fragt, warum Ihr das getan habt, Senhor?«
»Ach, nur um den Jungen zu amüsieren. Er ist ein Kind wie jedes andere auch, und in meiner Heimat würden Kinder anfangen zu lachen, wenn ich ihnen zuzwinkerte. Mein Sohn muß etwa in seinem Alter sein. Er ist sieben.«
»Der Erbe ist auch sieben«, sagte Mariko nach einer Pause, um dann zu dolmetschen, was er gesagt hatte.
»Der Erbe? Soll das heißen, der Junge ist Herrn Toranagas einziger Sohn?« erkundigte Blackthorne sich.
»Herr Toranaga hat mich angewiesen, Euch zu sagen, Ihr möchtet Euch bitte im Augenblick darauf beschränken, nur seine Fragen zu beantworten«, sagte sie, um gleich darauf hinzuzufügen: »Ich bin sicher, wenn Ihr Euch geduldet, Kapitän Blackthorne, wird man Euch Gelegenheit geben, alles zu fragen, was Ihr wollt.«
»Sehr wohl.«

»Mein Gebieter fragt, ob Ihr noch mehr Kinder habt.«
»Noch eine Tochter. Sie kam gerade auf die Welt, bevor ich England verließ. Sie ist jetzt also um die zwei.«
»Habt Ihr eine Frau oder mehrere.«
»Eine. Das ist so Sitte bei uns, genauso wie bei den Portugiesen und Spaniern. Wir haben keine Nebenfrauen.«
»Bitte, wie alt seid Ihr?«
»Sechsunddreißig.«
»Wo in England lebt Ihr?«
»Am Rand von Chatham, einer kleinen Hafenstadt in der Nähe von London, unserer Hauptstadt.«
»Er fragt, wie viele Sprachen Ihr sprecht.«
»Englisch, Portugiesisch, Spanisch, Holländisch und selbstverständlich Lateinisch.«
»Was ist Holländisch?«
»Das ist eine Sprache, die in Europa in den Niederlanden gesprochen wird. Sie ist dem Deutschen sehr ähnlich.«
Sie runzelte die Stirn. »Dann ist es eine heidnische Sprache? Und Deutsch auch?«
»Beides sind nichtkatholische Länder«, sagte er vorsichtig.
»Verzeiht mir, aber ist das nicht das gleiche wie heidnisch?«
»Nein, Senhorita. Das Christentum ist in zwei klar unterschiedene und höchst verschiedene Bekenntnisse aufgeteilt: den Katholizismus und den Protestantismus. Die Sekte hier in Japan ist katholisch. Im Augenblick stehen beide Sekten sich sehr feindselig gegenüber.«
Er spürte, wie überrascht sie war; auch Toranagas wachsende Ungeduld entging ihm nicht. Nimm dich in acht, sagte er sich. Sie ist katholisch. Bring sie auf bestimmte Dinge. Und befleißige dich großer Einfachheit. »Vielleicht wünscht Herr Toranaga nicht, sich über die Religion zu unterhalten, Senhorita; denn zum Teil haben wir das bereits bei unserer ersten Unterhaltung getan.«
»Ihr seid ein protestantischer Christ – und die katholischen Christen sind Eure Feinde?«
»Die meisten Katholiken würden mich als einen Ketzer und als ihren Feind betrachten, ja.«
Sie zögerte, wandte sich an Toranaga und redete mit ihm.
Rings um den Garten waren viele Wachen aufgestellt – alle weit weg, und alles Braune. Dann bemerkte Blackthorne zehn Graue, die als gesonderte Gruppe im Schatten saßen – und die Augen nicht von dem Knaben ließen. Was hat das zu bedeuten? fragte er sich.
Toranaga hakte ein paarmal bei Mariko nach, und dann wandte er sich direkt an Blackthorne.
»Mein Gebieter möchte gern mehr über Euch und Eure Familie erfahren«, begann Mariko. »Über Euer Land, seine Königin und frühere Herrscher, seine Sit-

ten und Gebräuche und seine Geschichte. Desgleichen über alle anderen Länder, insbesondere über Portugal und Spanien. Über Eure Schiffe, über Waffen, Nahrung und Handel. Über Eure Kriege und Schlachten, und wie man ein Schiff navigiert, wie Ihr Euer Schiff hierher geführt habt, und was auf Eurer Reise passiert ist. Er möchte gern verstehen – verzeiht, warum lacht Ihr?«
»Nur deshalb, Senhorita, weil das bedeutet, so ziemlich über alles zu reden, was ich weiß.«
»Das ist genau das, was mein Herr zu erfahren wünscht.« Ihr Fächer flatterte ein wenig. »Jawohl, mein Gebieter wünscht, die *Wahrheit* über alles zu erfahren, die Tatsachen, und wie Eure persönliche Meinung dazu ist.«
»Ich werde mit Freuden erzählen, aber es könnte länger dauern.«
»Mein Herr hat Zeit, sagt er.«
Blackthorne blickte Toranaga an. »*Wakarimasu.*«
»Ihr werdet bitte verzeihen, Senhor, aber mein Gebieter sagt, Eure Aussprache sei nicht ganz richtig.« Mariko sprach ihm vor, wie man es richtig sagte, er wiederholte es und dankte ihr. »Ich bin übrigens Senhora Mariko Buntaro – keine Senhorita.«
»Verzeihung, Senhora.« Blackthorne warf einen Blick auf Toranaga. »Wo, möchte er, daß ich beginne?«
Sie fragte ihn. Ein flüchtiges Lächeln breitete sich über Toranagas kräftige Züge. »Er sagt, ganz zu Beginn.«
Blackthorne wußte, daß er abermals auf die Probe gestellt wurde. Womit beginnen, wo es doch unendlich viele Möglichkeiten gab? An wen sollte er das Wort richten? An Toranaga, den Knaben oder an die Frau? Warum waren die Frauen und der Knabe zugegen? Das mußte irgendeine Bedeutung haben.
Er beschloß, sich auf den Knaben und die Frauen zu konzentrieren. »In alter Zeit wurde mein Land von einem großen König beherrscht, der ein Zauberschwert besaß. Das hieß Excalibur. Seine Gemahlin, die Königin, war die schönste Frau im ganzen Land. Sein oberster Ratgeber war ein Zauberer, Merlin genannt. Der König jedoch hieß Arthur«, begann er zuversichtlich und berichtete die Legende, die sein Vater ihm in seiner Kindheit erzählt. »König Arthurs Hauptstadt hieß Camelot, und es war eine glückliche Zeit: keine Kriege, gute Ernten und...« Plötzlich ging ihm auf, welch ungeheuerlichen Fehler er zu begehen im Begriff war. Schließlich ging es bei dieser Geschichte im Grunde um Guinevere und Lancelot, eine ehebrecherische Königin und einen ungetreuen Vasallen, um Mordred, Arthurs illegitimen Sohn, der sich verräterisch im Krieg gegen seinen Vater wendet, und um einen Vater, der seinen Sohn im Kampf erschlägt, dabei jedoch seinerseits tödlich von diesem verwundet wird. Ach, Herr Jesus, wie konnte ich nur so dumm sein! Ist Toranaga nicht wie ein großer König? Sind nicht dies hier seine Damen? Und ist der Knabe da nicht sein Sohn?
»Ist Euch nicht wohl, Senhor?«
»Nein... nein... tut mir leid, es war nur...«
»Ihr spracht gerade von diesem König, Senhor, und von der guten Ernte.«

»Ja. Es ist... wie bei den meisten Ländern gibt es über unsere Vergangenheit Mythen und Legenden, von denen viele ziemlich unwichtig sind«, sagte er und versuchte, Zeit zu gewinnen.
Verwundert starrten sie ihn an. Toranagas Blick wurde noch durchdringender, und der Knabe gähnte.
»Was wolltet Ihr sagen, Senhor?«
»Ich... nun ja...« Plötzlich hatte er einen Einfall. »Vielleicht wäre es gut, wenn ich einmal eine Karte von der Welt zeichnen würde, soweit sie uns bekannt ist.« Seine Worte überstürzten sich fast. »Wäre Euch das recht, wenn ich das täte?«
Sie dolmetschte, was er gesagt hatte, und er sah einen Funken von Interesse in Toranaga aufleuchten.
»Mein Gebieter sagt, ja. Ich werde nach Papier schicken.«
»Vielen Dank. Aber im Augenblick geht es auch so.«
Blackthorne erhob sich von seinem Kissen und kniete sich hin. Mit dem Finger fing er an, eine grobe Karte zu zeichnen – und zwar auf dem Kopf gewissermaßen, damit sie es besser sehen konnten. »Die Erde ist rund wie eine Orange. Aber diese Karte ist wie die Orangenschale, die man zu Ovalen aufschneidet, von Norden nach Süden, flach ausbreitet und unten und oben ein bißchen glättet. Ein Holländer namens Mercator hat vor zwanzig Jahren ein solches Verfahren entwickelt. Es war die erste genaue Weltkarte. Wir können sogar danach navigieren – oder nach seinem Globus.« Kühn zeichnete er die Erdteile ein. »Hier ist Norden, und dies hier Süden, dies Osten und das Westen. Japan liegt hier. Mein Land ist auf der anderen Seite der Erde gelegen – da. All dies hier ist unbekannt und unerforscht...« Mit der Hand wischte er alles fort, was sich in Nordamerika nördlich der von Mexiko nach Neufundland führenden Linie befand, desgleichen fast ganz Südamerika, bis auf Peru und einen schmalen Küstenstreifen rund um den Kontinent. Des weiteren alles nördlich und östlich von Norwegen, alles östlich vom Moskowiterreich, fast ganz Asien, das Innere Afrikas und alles, was südlich von Java und der Südspitze Südamerikas lag. »Wir kennen fast nur die Küstenbereiche. Das Innere von Afrika, Amerika und Asien ist für uns immer noch ein Geheimnis.« Er hielt inne und ließ Mariko nachkommen mit dem Dolmetschen.
Sie dolmetschte jetzt flüssiger, und er fühlte, wie ihr Interesse wuchs. Auch der Junge bewegte sich und rückte ein wenig näher.
»Der Erbe wünscht zu erfahren, wo wir auf dieser Karte sind?«
»Hier. Das hier ist Kathay, China, glaube ich. Ich weiß nicht, wie weit wir von der Küste entfernt sind. Ich habe zwei Jahre gebraucht, um von hier bis hier zu segeln.« Toranaga und die dicke Frau reckten den Hals, um besser sehen zu können.
»Der Erbe fragt, warum wir denn so klein auf der Karte sind.«
»Das ist nur eine Frage des Maßstabs, Senhora. Auf diesem Erdteil, von Neufundland – hier – bis nach Mexiko – dort – sind es tausend *Leguas*, jede *Legua* zu drei Meilen. Von hier bis Yedo sind es rund hundert *Leguas*.«

Es herrschte Schweigen, und dann redeten sie untereinander.
»Herr Toranaga wünscht, daß Ihr ihm auf der Karte zeigt, wie Ihr nach Japan gekommen seid.«
»Auf dieser Route. Das hier ist die Magellanstraße – hier, an der äußersten Spitze von Südamerika. Ihren Namen hat sie von dem portugiesischen Seefahrer, der sie entdeckt hat. Seither haben die Spanier und die Portugiesen diese Route geheimgehalten. Wir waren die ersten Außenseiter, die sie durchfahren haben. Ich hatte einen ihrer *roteiros*, und trotzdem mußte ich sechs Monate warten, um die Straße passieren zu können, weil wir widrige Winde hatten.«
Sie dolmetschte, was er gesagt hatte. Ungläubig blickte Toranaga auf.
»Mein Gebieter sagt, Ihr müßt Euch irren. Alle Bar... alle Portugiesen kommen aus dem Süden. Das ist ihre Route, die einzige Route.«
»Ja. Es stimmt, daß die Portugiesen diesen Weg vorziehen – den Weg um das Kap der Guten Hoffnung herum, wie wir es nennen –, weil sie an dieser Küste Dutzende von Forts haben, in Afrika und Indien und auf den Gewürzinseln, wo sie Proviant übernehmen und überwintern können. Und ihre Kriegsgaleonen bewachen die Schiffahrtswege. Die Spanier hingegen fahren durch die Magellanstraße, um zu ihren an der Küste des Pazifik gelegenen Kolonien und zu den Philippinen zu gelangen. Oder sie gehen hier über Land, an der Landenge von Panama, um sich monatelange Fahrten zu ersparen. Für uns war es sicherer, durch die Magellanstraße zu segeln, sonst hätten wir die portugiesischen Küstenbefestigungen entlang Spießruten laufen müssen. Bitte, sagt Herrn Toranaga, daß ich die Lage der meisten dieser Befestigungsanlagen jetzt kenne. Viele haben übrigens japanische Truppen angeworben«, fügte er mit Nachdruck hinzu. »Der Pater, der mir im Gefängnis diese Informationen gab, war Spanier und ist allen Portugiesen und allen Jesuiten feindlich gesonnen.«
Blackthorne bemerkte eine heftige Reaktion auf ihrem Gesicht, als sie übersetzte, desgleichen bei Toranaga. Laß ihr Zeit, und mach es einfach, schärfte er sich ein.
»Japanische Truppen? Samurai, meint Ihr?«
»Ich nehme an, man könnte sie als *Ronin* bezeichnen.«
»Eine ›geheime‹ Karte, sagtet Ihr! Mein Gebieter möchte wissen, wie Ihr an sie gekommen seid.«
»Ein Mann namens Pieter Suyderhof aus Holland war Privatsekretär des Primas von Goa – so lautet der Titel des obersten katholischen Würdenträgers dort, und Goa ist die Hauptstadt von Portugiesisch-Indien. Ihr wißt selbstverständlich, daß die Portugiesen versuchen, sich diesen Erdteil mit Gewalt zu unterwerfen. Als Privatsekretär seines Erzbischofs, der damals gleichzeitig portugiesischer Vizekönig war, gingen alle möglichen Schriftstücke durch seine Hand. Nach vielen Jahren bekam er einige von ihren *roteiros* in die Finger und kopierte sie. Sie waren der Schlüssel zum Geheimnis nicht nur der Magellanstraße, sondern auch des Seewegs um das Kap der Guten Hoffnung – und der Untiefen und Riffe von Goa über Macao nach Japan. In meinem *roteiro* war die Magellanstraße be-

schrieben. Bei seiner Rückkehr nach Holland verkaufte Suyderhof die Aufzeichnungen der Gesellschaft der Ostindien-Kaufleute, welcher das Monopol für die Erforschung des Fernen Ostens erteilt wurde.«
Kalt sah sie ihn an. »Dieser Mann war ein bezahlter Spion?«
»Man hat ihm die Karten bezahlt, gewiß. Das ist so üblich bei ihnen; auf diese Weise belohnt man einen Menschen. Nicht mit einem Titel oder mit Landbesitz, sondern nur mit Geld. Holland ist eine Republik. Es versteht sich, Senhora, daß mein Land und unser Verbündeter, Holland, mit Spanien und Portugal schon seit vielen Jahren im Krieg liegen. Ihr begreift, Senhora, daß es im Krieg von äußerster Wichtigkeit ist, hinter die Geheimnisse des Gegners zu kommen.«
Mariko wandte sich ab und sprach des längeren mit Toranaga.
»Mein Gebieter fragt, wieso dieser Erzbischof einen Feind beschäftigen konnte.«
»Die Geschichte, die Pieter Suyderhof erzählte, war folgende: Sein Erzbischof, der ein Jesuit war, habe sich ausschließlich für den Handel interessiert. Suyderhof verdoppelte ihre Einkünfte, und deshalb genoß er großes Ansehen. Er war als Kaufmann außerordentlich geschickt – darin sind die meisten Holländer den Portugiesen überlegen –, und deshalb hat man seine Beglaubigungsschreiben nicht sehr sorgfältig überprüft. Außerdem sind viele Menschen mit blauen Augen und blondem Haar katholisch.« Blackthorne wartete, bis sie gedolmetscht hatte, dann wählte er seine Worte sehr sorgfältig und fügte hinzu: »Er war der oberste Spion für Holland in Asien, ein Soldat seines Landes. Es gelang ihm, einige von seinen Leuten auf portugiesischen Schiffen unterzubringen. Bitte, sagt Herrn Toranaga, daß Portugiesisch-Indien ohne den Handel mit Japan nicht lange lebensfähig ist.«
Toranaga wandte, während Mariko redete, die Augen nicht von der Karte. Es war keine Reaktion zu erkennen auf das, was sie gesagt hatte, so daß Blackthorne sich fragte, ob sie auch alles gedolmetscht hätte.
Dann: »Mein Gebieter hätte gern eine Weltkarte, auf der alle portugiesischen Befestigungen eingezeichnet sind, und die Zahl der *Ronin*, die dort Dienst tun. Er sagt, Ihr möget bitte fortfahren.«
Blackthorne wußte, daß er einen gewaltigen Schritt vorwärtsgekommen war. Aber der Knabe gähnte, so daß er beschloß, einen anderen Kurs einzuschlagen.
»Unsere Welt ist nicht immer das, was sie scheint. So sind zum Beispiel südlich dieser Linie, die wir den Äquator nennen, die Jahreszeiten umgekehrt. Wenn wir Sommer haben, ist es bei ihnen Winter; wenn wir Sommer haben, frieren sie.«
»Wieso das?«
»Ich weiß es nicht, aber es ist so. Nun ja, der Weg nach Japan führt einzig über einen dieser beiden Wasserwege. Wir Engländer versuchen, eine nördliche Route zu finden, entweder in nordöstlicher Richtung über Sibirien, oder in nordwestlicher Richtung über Amerika. Bis hierher bin zum Beispiel ich in den Norden gekommen. Das ganze Land ist von ewigem Eis und Schnee bedeckt;

daher ist es die meiste Zeit über so kalt, daß einem binnen kurzem die Finger abfrieren würden. Die Menschen, die hier leben, heißen Lappländer. Ihre Kleidung besteht aus Fellen und Pelzen. Die Männer gehen auf die Jagd, alle andere Arbeit wird von den Frauen verrichtet. Zur Aufgabe der Frauen gehört es, alle Kleider anzufertigen. Um das zu tun, müssen sie ihre Pelze meistens lange durchkauen, um sie so geschmeidig zu machen, daß sie mit ihren Nadeln hindurchkommen.«

Mariko lachte laut auf.

Blackthorne lächelte mit ihr; sein Zutrauen war größer geworden. »Es stimmt, Senhora. Es ist *honto*.«

»*Sorewa honto desu ka?*« fragte Toranaga ungeduldig. »Was ist wahr?«

»Ich habe fast ein ganzes Jahr unter ihnen gelebt. Wir waren im Eis eingeschlossen und mußten warten, bis das Tauwetter einsetzte. Ihre Nahrung besteht aus Fischen, Seehunden, gelegentlich einem Eisbären und Walen, die sie roh verzehren. Roher Walspeck gilt bei ihnen als größte Delikatesse.«

»Aber, aber, Anjin-san!«

»Es stimmt. Leben tun sie übrigens in runden Hütten, die ganz aus Schnee bestehen. Außerdem baden sie nie.«

»Was, nie?« brach es aus ihr heraus. Sie dolmetschte dies. Toranaga schüttelte ungläubig den Kopf.

»Mein Gebieter sagt, das sei nun doch übertrieben. Kein Mensch könnte leben, ohne zu baden. Selbst unzivilisierte Menschen nicht.«

»Es stimmt aber – ist *honto*«, sagte er ruhig und hob die Hand. »Ich schwöre bei Jesus von Nazareth und bei meiner unsterblichen Seele, daß es die reine Wahrheit ist.«

Schweigend sah sie ihn eine Weile an. »Alles?«

»Jawohl. Herr Toranaga wollte die Wahrheit. Warum sollte ich lügen? Mein Leben liegt in seiner Hand. Er kann sich darauf verlassen, daß ich ihm die Wahrheit sage.«

Mariko überlegte einen Augenblick. Dann übersetzte sie peinlichst genau, was er gesagt hatte. Nach einer Weile zu ihm:

»Herr Toranaga meint, es sei unglaubhaft, daß ein Mensch leben könnte, ohne zu baden.«

»Gewiß. Aber man muß bedenken, daß es sich um kalte Länder handelt. Sie haben andere Lebensgewohnheiten als Ihr und als ich. In meiner Heimat zum Beispiel glaubt jeder, Baden sei schädlich. Meine Großmutter pflegte immer zu sagen: ›Ein Bad, wenn man auf die Welt kommt, und noch eines, wenn man auf dem Totenbett liegt, damit man durch die Pforten des Paradieses eingehen kann.‹«

»Es hält sehr schwer, das zu glauben.«

»Dafür sind etliche von Euren Sitten und Gebräuchen für uns schwer zu verstehen. Aber es stimmt, daß ich in der kurzen Zeit, da ich in Eurem Land weile, öfter gebadet habe als in vielen Jahren davor in meinem Lande. Ich gebe aber

gern zu, daß ich mich jetzt aus diesem Grunde bedeutend wohler fühle.« Er grinste. »Ich glaube nicht mehr, daß Baden gefährlich ist.«
Kiri sagte: »Er ist erstaunlich – erstaunlich, *neh?*«
»Wie lautet Euer Urteil über ihn, Mariko-san?« fragte Toranaga.
»Ich bin überzeugt, daß er die Wahrheit spricht. Es ist außerdem leicht einzusehen, daß er für Euch von größtem Wert sein könnte, Euer Gnaden. Wir wissen nur so wenig von der Außenwelt. Ist Euch das wertvoll? Ich weiß es nicht. Aber es ist geradezu so, als ob er von den Sternen herniedergestiegen wäre oder aus dem Meer gekommen. Wenn er ein Feind der Portugiesen und der Spanier ist, dann könnte sein Wissen lebenswichtig für Eure Interessen sein, *neh?*«
»Der Meinung bin ich auch«, sagte Kiri.
»Was meint Ihr, Yaemon-sama?«
»Ich, Onkel? Ach, ich meine, er ist häßlich. Sein goldenes Haar und seine Katzenaugen gefallen mir gar nicht; er sieht überhaupt nicht wie ein Mensch aus«, sagte der Knabe atemlos. »Bin ich froh, daß ich nicht als Barbar auf die Welt gekommen bin, sondern als Samurai wie mein Vater. Können wir jetzt weitermachen mit dem Schwimmen, bitte?«
»Morgen, Yaemon«, sagte Toranaga – ärgerlich, daß er sich nicht unmittelbar mit dem Piloten unterhalten konnte.
»Mein Gebieter fragt, warum Ihr so hoch im Norden wart«, fuhr Mariko fort.
»Ich war Pilot auf einem Schiff. Wir versuchten, die Nordostpassage zu entdekken. Vieles, das ich Euch erzähle, wird Euch zum Lachen reizen, ich weiß es«, begann er. »So unterzeichneten zum Beispiel vor siebzig Jahren die Könige von Spanien und Portugal ein feierliches Abkommen, in dem sie den Besitz der Neuen Welt unter sich aufteilten – der noch unentdeckten Welt also. Da Euer Land in die portugiesische Hälfte fällt, gehört es offiziell zu Portugal – Herr Toranaga, Ihr, jeder hier, diese Burg und alles darin gingen an Portugal.«
»Ach, ich bitte Euch, Anjin-san. Verzeiht, aber das ist doch Unsinn.«
»Ich bin ganz Eurer Meinung, daß solche Überheblichkeit ungeheuerlich ist. Aber es ist so. Es ist schriftlich in rechtskräftigen Dokumenten niedergelegt worden, die beiden Königen das Recht geben, jedes von ihren Untertanen entdeckte nichtkatholische Land für sich zu beanspruchen, die existierende Regierung zu beseitigen und sie durch eine katholische Herrschaft zu ersetzen.« Auf der Karte zog er mit dem Finger eine von Norden nach Süden verlaufende Linie, die mitten durch Brasilien ging. »Alles, was östlich dieser Linie liegt, gehört zu Portugal, und alles westlich davon zu Spanien. Pedro Cabral hat 1500 Brasilien entdeckt, und folglich gehört Brasilien jetzt Portugal, haben die Portugiesen die dortige Eingeborenenkultur und ihre rechtmäßigen Herrscher vernichtet und sind sie durch das Gold und das Silber, das sie aus den brasilianischen Bergwerken und aus den geplünderten einheimischen Tempeln herausgeholt haben, reich geworden. Das gesamte übrige Amerika, das man bis heute entdeckt hat, gehört jetzt Spanien – Mexiko, Peru, fast dieser ganze Südkontinent. Sie haben die Inkavölker ausgelöscht, ihre Kultur zerstört und Hunderttausende von ih-

nen zu Sklaven gemacht. Die Konquistadores sind mit modernen Feuerwaffen ausgestattet – die Eingeborenen nicht. Zusammen mit den Konquistadores kamen die Priester. Bald hatte man ein paar einheimische Fürsten zum Christentum bekehrt und machte sich bestehende Feindschaften zunutze. Fürst wurde gegen Fürst gehetzt und nach und nach das ganze Reich geschluckt. Jetzt ist Spanien durch das Inka-Gold und das mexikanische Silber zum reichsten Land unserer Erde geworden.«

Mariko war ernst geworden. Sie hatte die Bedeutung von Blackthornes Lektion schnell begriffen. Toranaga desgleichen.

»Mein Gebieter sagt, dies sei eine wertlose Unterhaltung. Wie konnten sie einander derartige Rechte zugestehen?«

»Die Könige selbst haben das nicht getan«, erklärte Blackthorne mit allergrößtem Ernst. »Das hat der Papst getan, der Stellvertreter Christi auf Erden. Und zwar als Belohnung dafür, daß sie das Wort Gottes verbreiteten.«

»Das glaube ich nicht«, rief sie aus.

»Bitte, dolmetscht, was ich gesagt habe, Senhora. Es ist *honto.*«

Sie gehorchte und sprach lange.

Offensichtlich war sie zutiefst beunruhigt.

»Mein Gebieter – mein Gebieter sagt, Ihr – Ihr versuchtet nur, ihm das Herz zu vergiften und ihn gegen Eure Feinde einzunehmen. Was ist die Wahrheit? Bei Eurem eigenen Leben, Senhor?«

»Die erste Scheidelinie legte Papst Alexander VI. im Jahre 1493 fest. Anno 1506 gab Papst Julius II. dem Vertrag von Tordesillas, den Spanien und Portugal unterzeichnet hatten und demzufolge die Scheidelinie ein wenig verändert wurde, seinen Segen, indem eine zweite Scheidelinie hier gezogen wurde«, sein Finger zeichnete einen Längengrad in den Sand, der durch die Südspitze Japans hindurchging. »Damit erhielt Portugal das ausschließliche Recht auf Euer Land und alle diese Länder – von Japan und China bis nach Afrika –, und zwar so, wie ich es gesagt habe. Um es – als Belohnung für die Verbreitung des Katholizismus – auszubeuten, *und zwar mit allen Mitteln.*« Abermals wartete er, und die Frau zögerte, so sehr war sie innerlich in Aufruhr. Er meinte förmlich, Toranagas wachsenden Zorn zu spüren, daß er so lange auf die Übersetzung warten mußte. Mariko zwang sich, zu wiederholen, was er gesagt hatte. Dann lauschte sie wieder Blackthorne, und was sie hörte, erfüllte sie mit Abscheu. Ist denn das wirklich möglich? fragte sie sich. Wie konnte Seine Heiligkeit nur solche Dinge sagen! Unser Land den Portugiesen zu geben? Es *muß* eine Lüge sein.

»Der Pilot sagt, Euer Gnaden«, begann sie, »in – in der Zeit, da diese Entscheidungen von Seiner Heiligkeit, dem Papst, gefällt wurden, sei ihre ganze Welt, selbst das Land des Anjin-san, christlich-katholisch gewesen. Zu der Spaltung war es noch nicht gekommen. Folglich waren diese päpstlichen Entscheidungen bindend für alle Welt – für alle Völker. Wie dem auch sei, er sagt noch, daß, wiewohl die Portugiesen das ausschließliche Recht hätten, Japan *auszubeuten*, Spanien und Portugal ständig miteinander im Streit liegen darüber, wem nun das Eigentumsrecht wirklich zusteht, da der Handel mit China so unerhört ertragreich sei.«

»Was haltet Ihr davon, Kiri-san?« sagte Toranaga, genauso erschüttert wie die anderen. Nur der Knabe zeigte kein Interesse mehr und spielte mit seinem Fächer.

»Er glaubt zweifellos, daß er die Wahrheit spricht«, sagte Kiri. »Ja, das glaube ich. Aber wie das beweisen – zumindest teilweise?«

»Wie würdet Ihr das beweisen, Mariko-san?« fragte Toranaga, im höchsten Maße verstört durch Marikos Reaktion auf das, was gesagt worden, jedoch gleichzeitig froh, daß er zugestimmt hatte, sie als Dolmetsch zu nehmen.

»Ich würde Pater Tsukku-san fragen«, sagte sie. »Aber außerdem würde ich jemanden hinausschicken in die Welt, damit er sich überzeuge. Vielleicht mit dem Anjin-san!«

Kiri sagte: »Wenn der Priester diese Behauptungen nicht unterschreibt, so muß das nicht notwendigerweise heißen, daß der Anjin-san lügt, *neh?*«

Kiri sah den Knaben abermals gähnen, und darüber war sie froh. Je weniger das Kind versteht, desto besser, sagte sie sich. Dann erklärte sie: »Warum nicht nach dem obersten der christlichen Priester schicken und ihn über diese Tatsachen ausfragen? Mal sehen, was er sagt. Ihre Mienen sind meistens durchsichtig; sie besitzen so gut wie gar kein Geschick zur Verstellung!«

Die Augen auf Mariko, nickte Toranaga. »Nach Eurer Kenntnis der Südlichen Barbaren, Mariko-san, würdet Ihr meinen, daß die Befehle eines Papstes befolgt werden würden?«

»Ohne jeden Zweifel.«

»Würden alle katholischen Christen seinen Befehlen gehorchen?«

»Ja. Selbst unsere Christen hier. Selbst ich, Euer Gnaden. Sofern es sich um einen direkten Befehl Seiner Heiligkeit an mich persönlich handelte. Jawohl, um der Rettung meiner Seele willen.« Ihr Blick hielt dem seinen stand. »Aber bis dahin werde ich niemandem gehorchen außer meinem Lehnsherrn, dem Oberhaupt meiner Familie oder meinem Gatten. Ich bin Japanerin, Christin zwar, zuerst jedoch Samurai.«

»Dann, meine ich, wäre es gut, wenn Seine Heiligkeit sich von unseren Küsten fernhielte.« Toranaga dachte einen Moment nach. Dann beschloß er, was er mit dem Barbaren, Anjin-san, machen wollte. »Sagt ihm ...« Er sprach nicht weiter. Aller Augen wandten sich dem Gartenweg zu und einer betagteren Frau, die sich näherte. Sie war in das Kapuzenhabit einer buddhistischen Nonne gekleidet. Vier Graue begleiteten sie. Die Grauen blieben stehen, und sie ging allein weiter.

# 17. Kapitel

Alle verneigten sich sehr tief. Toranaga entging nicht, daß der Barbar es ihm gleichtat, statt sich zu erheben und die Näherkommende schamlos anzustarren, wie es bei ihnen Sitte war. Der Pilot lernte rasch, dachte er; er war noch ganz erregt von dem, was er gehört hatte. Zehntausend Fragen hätte er stellen mögen, doch schob er sie beiseite, um sich ganz auf die unmittelbar vor ihm liegende Gefahr zu konzentrieren.

Kiri hatte sich hochgerafft, um der alten Frau ihr Kissen zu überlassen, und kniete sich dann hinter ihr nieder: regungslos und bereit, jeden ihrer Wünsche zu erfüllen.

»Vielen Dank, Kiritsubo-san«, sagte die Frau, nachdem sie alle Verneigungen erwidert hatte. Es war Yodoko, die Witwe des Taikō – seit seinem Tode buddhistische Nonne. »Es tut mir leid, daß ich unangemeldet komme und Euch störe, Herr Toranaga.«

»Ihr seid immer willkommen und stets eingeladen, Yodoko-sama.«

»Ich danke Euch, vielen Dank.« Sie sah zu Blackthorne hinüber und verengte die Augen, um besser sehen zu können. »Aber ich glaube, ich störe. Ich kann zwar nicht sehen, wer... Oh, ist das ein Barbar? Mit meinen Augen wird es immer schlechter. Es ist aber nicht der Tsukku-san, nicht wahr?«

»Nein, der neue Barbar«, sagte Toranaga.

»Ach, der!« Yodoko strengte ihre Augen an. »Sagt ihm bitte, ich kann nicht gut sehen. Daher meine Unhöflichkeit.«

Mariko tat, wie ihr geheißen. »Er sagt, in seinem Land sind viele Menschen kurzsichtig, Yodoko-sama, doch trügen sie Augengläser. Er fragte, ob wir auch Brillen kännten. Und ich sagte ihm, ja, einige – die sie von den Südlichen Barbaren haben. Daß auch Ihr sie früher getragen habt, es jetzt jedoch nicht mehr tut.«

»Ja. Ich ziehe den Nebel um mich herum vor. Es mißfällt mir vieles, was ich heutzutage sehen muß.« Yodoko wandte sich ab, sah zu dem Knaben hinüber und tat so, als habe sie ihn eben erst entdeckt. »Ach, mein Sohn! Hier also

steckst du. Ich hatte schon nach dir gesucht. Wie gut es tut, den Kwampaku zu sehen.« Ehrerbietig verneigte sie sich.
»Ich danke Euch, Erste Mutter.« Yaemon strahlte und erwiderte die Verneigung. »Ach, Ihr hättet den Barbaren hören sollen! Er hat uns eine Weltkarte aufgezeichnet und uns komische Dinge erzählt von Menschen, die nie baden! Und daß sie in Schneehäusern leben und Felle tragen wie böse *Kami*!«
Die alte Dame schnaubte verächtlich. »Je weniger von ihnen sich hier bei uns blicken lassen, desto besser, glaube ich. Ich habe nie verstanden, wie der Herr Taikō, dein Vater, sie hat dulden können. Aber schließlich war er ein Mann, und auch du bist ein Mann und bringst mehr Geduld auf als ein unbedeutendes Weib. Du hast einen trefflichen Lehrer, Yaemon-sama.« Ihre Augen wandten sich wieder Toranaga zu. »Herr Toranaga bringt mehr Geduld auf als irgendein Mensch im Reich.«
»Geduld ist wichtig, und für einen Führer lebensnotwendig«, sagte Toranaga. »Auch Wissensdurst ist etwas Gutes, nicht wahr, Yaemon-sama?«
»Jawohl, Onkel«, sagte Yaemon. »Er hat recht, nicht wahr, Erste Mutter?«
»Ja, ja, ich finde auch. Aber ich bin doch froh, daß ich eine Frau bin und mich nicht mit diesen Dingen herumplagen muß, *neh?*« Yodoko schloß den Knaben, der sich neben sie gesetzt hatte, liebevoll in die Arme. »So, mein Sohn. Warum ich hier bin? Um den Kwampaku zu holen. Weil es für den Kwampaku schon spät ist: Das Essen und die Schreibstunde warten.«
»Ich hasse Schreibstunden und gehe jetzt schwimmen.«
Mit gespieltem Ernst sagte Toranaga: »Als ich so alt war wie du, habe ich das Schreiben auch gehaßt. Aber dann, als ich zwanzig war, mußte ich aufhören, Schlachten zu schlagen, und ich ging wieder zurück in die Schule. Das war noch ärger. Jemand, der andere führen will, muß gut schreiben können, Yaemon-sama. Nicht nur klar, sondern auch schön, und ein Kwampaku noch besser als alle anderen. Ein Führer muß viele Dinge tun, die schwierig sind.«
»Jawohl, Onkel. Es ist nicht leicht, Kwampaku zu sein.« Yaemon setzte eine ernste Miene auf. »Ich glaube, ich gehe jetzt doch lieber zum Unterricht.«
Alle waren unbändig stolz auf ihn. »Du bist sehr weise, mein Sohn«, sagte Yodoko.
»Ja, Erste Mutter. Ich bin weise wie mein Vater, sagt meine Mutter. Wann kommt Mutter wieder zurück?«
Yodoko blickte zu Toranaga hinüber. »Bald.«
»Ich hoffe, sehr bald«, sagte Toranaga. Er wußte, daß Ishido Yodoko geschickt hatte, den Knaben zu holen. Toranaga hatte ihn und die Wachen direkt in den Garten gebracht, um seinen Feind noch weiter zu reizen.
»Es ist sehr beschwerlich, die Verantwortung für meinen Sohn zu tragen«, sagte Yodoko. »Es wäre schon sehr gut, wenn die Dame Ochiba wieder daheim in Osaka wäre, dann könnte ich zurück in den Tempel, *neh?* Wie geht es ihr, und wie geht es der Dame Genjiko?«
»Beide erfreuen sich bester Gesundheit«, berichtete Toranaga, wobei er inner-

lich frohlockte. Vor neun Jahren hatte der Taikō ihm in einer ganz besonderen Aufwallung von Freundschaft nahegelegt, die Dame Genjiko zu heiraten, die jüngere Schwester der Dame Ochiba, seiner Lieblingsgattin. »Dann werden unsere Häuser für immer verbunden sein, *neh?*« hatte der Taikō gesagt.

»Jawohl, Euer Gnaden, ich werde gehorchen, obwohl ich diese Ehre nicht verdiene«, hatte Toranaga ehrerbietig erwidert; dabei war es ihm sehr um diese Verbindung mit dem Taikō zu tun gewesen. Aber er hatte auch gewußt, daß seine Nebengattin, Ochiba, ihn deswegen hassen und allen ihren Einfluß auf den Taikō aufbieten würde, um diese Ehe zu verhindern. Außerdem wäre es klüger gewesen, Ochibas Schwester möglichst nicht zu heiraten, denn das hätte ihr eine gewaltige Macht über ihn eingeräumt, von der die Schlüsselgewalt in seinem Haus noch die geringste gewesen wäre. Sollte sie jedoch seinen Sohn, Sudara, heiraten, würde Toranaga als Oberhaupt der Familie seine beherrschende Stellung unangetastet bewahren. Er hatte alle Klugheit aufbieten müssen, auf eine Heirat zwischen Sudara und Genjiko hinzusteuern, es war ihm gelungen, und jetzt hatte er in ihr eine unschätzbare Waffe gegen Ochiba, denn Ochiba liebte ihre Schwester sehr.

»Bis jetzt haben die Wehen bei meiner Schwiegertochter noch nicht eingesetzt – sie sollten gestern kommen –, aber ich könnte mir vorstellen, daß die Dame Ochiba sofort wieder abreist, sobald keine Gefahr mehr besteht.«

»Nach drei Mädchen wird es Zeit, daß Genjiko Euch einen Enkelsohn schenkt, *neh?* Ich werde für sie beten.«

»Ich danke Euch«, sagte Toranaga; er hatte sie immer gern gemocht, und er wußte, daß sie es aufrichtig meinte, wiewohl er eine ständige Gefahr für ihr Haus bedeutete.

»Wie ich höre, erwartet die Dame Sazuko ein Kind?«

»Ja. Ich bin zu beglückwünschen.« Toranaga sonnte sich in dem Gedanken an seine neueste Gattin, an ihre Jugend, ihre Kraft und ihre Leidenschaft. Ich hoffe, es wird ein Sohn, sagte er sich. Ja, das wäre sehr gut. Siebzehn Jahre sind ein gutes Alter, zum erstenmal ein Kind zu bekommen. »Ja, ich bin sehr zu beglückwünschen.«

»Buddha hat Euch gesegnet.« Yodoko spürte den Schmerz des Neides in ihrem Herzen. Es schien so ungerecht, daß Toranaga fünf lebende Söhne, vier Töchter und bereits fünf Enkelinnen hatte, und wenn Sazuko ihr Kind jetzt bald bekam und er immer noch viele gesunde Jahre vor sich hatte und so viele Gattinnen in seinem Haus, konnte er noch viele Söhne zeugen. Bei ihr hingegen waren alle ihre Hoffnungen auf dieses eine siebenjährige Kind gerichtet, das ebensosehr ihr Kind war wie das Ochibas. Ja, er ist durchaus mein Sohn, dachte sie. Wie ich Ochiba zu Anfang gehaßt habe...

Sie bemerkte, daß alle sie erwartungsvoll anstarrten, und sagte: »Ja?«

Yaemon runzelte die Stirn. »Ich habe gesagt, könnten wir jetzt wohl zum Unterricht gehen, Erste Mutter? Ich habe es bereits zweimal gesagt.«

»Tut mir leid, mein Sohn. Ich war ein wenig abwesend. Das passiert einem im

Alter häufiger. Ja, komm, laß uns gehen.« Kiri half ihr auf, und Yaemon lief voraus.
»Begleitet mich noch ein Stückchen, Herr Toranaga, ja? Ich brauche einen starken Arm, mich darauf zu stützen.«
Toranaga war mit erstaunlicher Behendigkeit auf den Beinen. Sie nahm seinen Arm, ohne freilich seiner Stärke zu bedürfen. »Jawohl, ich brauche einen starken Arm. Und Yaemon auch. Das ganze Reich braucht einen starken Arm.«
»Ich stehe Euch immer zu Diensten«, sagte Toranaga.
Als sie außer Hörweite von den anderen waren, sagte sie leise: »Ihr solltet alleiniger Regent werden. Übernehmt die Macht, und regiert selbst. Bis Yaemon großjährig wird.«
»Das Testament des Taikō verbietet das – selbst wenn ich es wollte. Seine Vorkehrungen schließen die Machtübernahme eines einzelnen Regenten aus.«
»Tora-chan«, sagte sie und gebrauchte den Kosenamen, den der Taikō ihm vor so vielen Jahren gegeben, »wir haben doch nur wenige Geheimnisse voreinander, Ihr und ich! Ihr könntet es schon, wenn Ihr wolltet. Was die Dame Ochiba betrifft, so überlaßt das nur mir. Übernehmt die Herrschaft bis an Euer eigenes Lebensende. Werdet Shōgun und...«
»Yodoko-sama, was Ihr da sagt, ist Hochverrat. *Ich trachte nicht nach der Shōgunswürde.*«
»Selbstverständlich nicht. Aber bitte, hört mich ein letztes Mal an! Schwingt Euch zum Shōgun auf, und macht Yaemon zu Eurem *Alleinerben!* Nach Euch könnte er Shōgun werden. Entstammt er nicht der Familie Fujimoto – durch die Dame Ochiba über ihren Großvater Goroda und durch ihn zurück bis in die graue Vorzeit? Ein Fujimoto!«
Toranaga starrte sie an. »Meint Ihr, daß die *Daimyos* sich mit einem solchen Anspruch einverstanden erklären würden – oder daß Seine Hoheit, der Sohn des Himmels, einer solchen Ernennung zustimmen würde?«
»Nein. Nicht, wenn es allein um Yaemon ginge. Aber wenn zuerst Ihr Shōgun würdet und ihn adoptiertet, könntet Ihr sie dazu bewegen – alle. Wir würden Euch unterstützen – die Dame Ochiba und ich.«
»Sie hat ihr Einverständnis dazu gegeben?« fragte Toranaga völlig verblüfft.
»Nein. Wir haben nie darüber gesprochen. Es ist meine Idee. Aber sie wird sich einverstanden erklären... Ich gebe Euch mein Wort für sie – im voraus.«
»Dies ist ein unmögliches Gespräch, Dame.«
»Mit Ishido werdet Ihr schon fertig werden – und mit allen anderen auch. Ich habe Angst vor dem, was ich höre, Tora-chan: Kriegsgerüchte, daß man sich entscheiden müsse, auf wessen Seite man sich stellen will. Wenn es zum Krieg kommt, wird er kein Ende nehmen und Yaemon verschlingen.«
»Ja, das glaube ich auch.«
»Dann reißt die Macht an Euch! Yaemon wäre ein würdiger Nachfolger für Euch. Ich weiß, Ihr mögt ihn. Er besitzt den Geist seines Vaters, und unter Eurer Führung hätten wir alle nur Gutes davon. Er sollte sein Erbe antreten.«

»Ich stelle mich weder ihm noch seinem Erbantritt in den Weg. Wie oft muß ich das noch sagen?«

»Der Erbe wird zugrunde gehen, wenn Ihr ihn nicht tatkräftig unterstützt!«

»Das tue ich ja!« sagte Toranaga. »Und zwar in jeder Beziehung. So habe ich es mit dem Taikō, Eurem verstorbenen Gatten, abgemacht!«

Yodoko seufzte und zog ihr Habit fester um sich. »Diese alten Knochen frieren. So viele Geheimnisse und Kämpfe, Verrat und Tod und Siege, Tora-chan! Ich bin nur eine Frau und sehr allein. Ich bin froh, daß ich mein Leben jetzt Buddha geweiht habe und daß der größte Teil meiner Gedanken nur um ihn und um mein nächstes Leben kreist. Ich hoffe, Ihr vergebt mir meine Zudringlichkeit.«

»Euer Rat ist mir stets teuer, ich werde ihn immer suchen.«

»Ich danke Euch!« Sie hielt den Rücken etwas gerader. »Hört: Solange ich lebe, wird weder der Erbe noch die Dame Ochiba jemals etwas gegen Euch unternehmen! Ihr werdet über meinen Vorschlag noch einmal nachdenken?«

»Der letzte Wille meines Herrn und Gebieters verbietet das! Ich kann weder gegen seinen Willen handeln noch meinen Schwur als Regent brechen.«

Schweigend gingen sie weiter. Dann seufzte Yodoko. »Warum nehmt Ihr sie nicht zur Frau?«

Toranaga blieb wie vor den Kopf geschlagen stehen. »Ochiba?«

»Warum nicht? Politisch gesehen könntet Ihr keine bessere Wahl treffen. Sie ist schön, jung, kräftig, aus bester Familie, zum Teil eine Fujimoto und zum Teil eine Minowara, die Sonne tanzt in ihr, und sie ist von einer unendlichen Lebensfreude. Im Augenblick seid Ihr ohne offizielle Gemahlin – warum also nicht? Damit wäre die Frage der Nachfolge beantwortet, und das Reich wäre nicht länger zerrissen. Ihr könntet ohne Zweifel noch Söhne von ihr bekommen. Yaemon könnte Euer Nachfolger werden, dann seine Söhne oder ihre anderen Söhne. Ihr könntet Shōgun werden. Ihr würdet in Euch die Macht über das Reich und die väterliche Gewalt vereinigen, und damit könntet Ihr Yaemon so erziehen, wie Ihr ihn Euch wünscht. Ihr könntet ihn adoptieren, und damit wäre er genauso Euer Sohn wie Eure anderen Söhne. Warum heiratet Ihr die Dame Ochiba nicht?«

Weil sie eine Wildkatze ist, eine tückische Tigerin mit dem Antlitz und dem Leib einer Göttin, die sich für eine Kaiserin hält und sich auch so aufführt, dachte Toranaga. Du könntest ihr nie vertrauen, nicht einmal im Bett. Sie könnte dir im Schlaf ebensogut eine Nadel durch die Augen fädeln wie dich liebkosen. O nein, die nicht! Selbst wenn ich sie nur dem Namen nach heiratete – womit sie niemals einverstanden wäre – o nein! Es ist unmöglich!

Selbst damals schon, mit siebzehn, hat sie alles darangesetzt, mich zu vernichten. Ach, so sanft nach außen hin wie der erste reife Pfirsich des Sommers und genauso wohlduftend. Aber im Innern, da ist sie hart wie Schwertstahl und ihr Geist ebenso, da webt sie ihren Zauberfaden, machte den Taikō verrückt nach ihr, so daß er für keine andere mehr ein Auge hatte. Jawohl, den Taikō hat sie sich gefügig gemacht, seit sie fünfzehn war, als er sie zu seiner Gattin machte.

Ochiba hat immer gewußt, was sie wollte – und mit welchen Mitteln sie es durchsetzen konnte. Und dann das Wunder, daß sie dem Taikō endlich einen Sohn schenkte: Sie allein von den vielen Frauen, die er in seinem Leben gehabt hat. Mindestens hundert, dieser Hengst, der mehr Freudensaft in mehr Himmlische Höhlen hineinschoß als zehn gewöhnliche Männer! Jawohl! Und diese Frauen jeden Alters und jeder Kaste, von Zufallseroberungen bis zu legitimen Gattinnen, von einer Prinzessin aus dem Hause Fujimoto bis zur Kurtisane Vierter Kategorie. Und keine wurde je schwanger, obgleich später viele von ihnen von anderen Männern Kinder bekamen. Keine – bis auf die Dame Ochiba. Sie jedenfalls schenkte ihm, als er dreiundfünfzig Jahre alt war, seinen ersten Sohn: ein armseliges, kränkliches Geschöpf, das dann bald sterben sollte; die Kleider hat der Taikō sich vor Gram zerrissen, ist fast wahnsinnig geworden, hat alle Schuld sich gegeben und nicht ihr. Und dann, vier Jahre später, gebar sie wie durch ein Wunder noch einmal einen Sohn, und wunderbarerweise auch noch einen kerngesunden! Dreiundzwanzig war sie damals. Ochiba die Unvergleichliche, wie der Taikō sie genannt hat.
Ob der Taikō Yaemon wohl wirklich gezeugt hat? Eeeee, ich würd' was drum geben, die Wahrheit zu wissen! Ob wir sie wohl jemals erfahren werden? Wahrscheinlich nicht!
Merkwürdig, daß der Taikō, in allen anderen Dingen so klug, was Ochiba betraf, alle Klugheit fahren ließ und bis zum Irrsinn an ihr und Yaemon hing! Merkwürdig, daß von allen Frauen ausgerechnet sie die Mutter seines Erben werden sollte, sie, deren Vater und Stiefvater und Mutter wegen des Taikō hatten sterben müssen.
Ob sie wohl so verwegen ist, das Kissen mit einem anderen Mann zu teilen und diesen Mann dann beseitigen zu lassen, um sich selbst abzusichern? Nicht einmal, sondern sogar zweimal?
Ob sie solchen abgrundtiefen Verrats wohl fähig wäre? O ja!
Ochiba heiraten? Niemals!
»Es gereicht mir zur Ehre, daß Ihr einen solchen Vorschlag macht«, sagte Toranaga.
»Ihr seid ein *Mann*, Tora-chan. Ihr könntet mit einer solchen Frau fertig werden. Ihr seid der einzige Mann im ganzen Reich, der das könnte, *neh?* Sie wäre eine glänzende Partie für Euch! Überlegt doch nur einmal, wie sie kämpft, um die Interessen ihres Sohnes zu wahren, und dabei ist sie nur ein wehrloses Weib! Sie wäre eine würdige Frau für Euch!«
»Ich glaube nicht, daß sie es jemals in Betracht ziehen würde.«
»Und wenn sie es doch täte? Viele Menschen glauben, daß nur Ihr Yaemon und dem Antritt seines Erbes im Wege steht.«
»Es gibt viele Narren auf der Welt!«
»Ja. Aber Ihr seid keiner, Toranaga-sama! Und die Dame Ochiba auch nicht.«
Aber Ihr auch nicht, meine Dame, dachte er.

# 18. Kapitel

Im Schutz der Dunkelheit kletterte der Mörder über die Mauer in den Garten. Er trug enganliegende dunkle Kleider, und seine Tabis waren schwarz, genauso schwarz wie die Kapuze und die Maske, die er vors Gesicht gebunden hatte. Er war ein kleiner Mann und lief geräuschlos dahin, um unmittelbar vor den steil ragenden Mauern stehenzubleiben. Geschickt warf er einen stoffumwickelten Haken mit einer dünnen Seidenschnur daran in die Höhe. Der Haken blieb am Steinsims der Brustwehr hängen. Er kletterte das Seil hinauf, zwängte sich durch einen schmalen Fensterspalt und verschwand im Inneren.
Der Gang war von Kerzen erhellt. Kein Mensch war zu sehen. Er schlich den Gang entlang, öffnete eine Tür, die nach draußen führte, und trat auf die zinnenbewehrte Brustwehr hinaus. Nochmals ein geschickter Wurf, ein kurzer Aufstieg, und er befand sich in dem darübergelegenen Gang. Die Wachen, die an den Ecken der Brustwehr standen, hörten nichts.
Er drückte sich in eine Mauernische, als Braune still auf ihrem Rundgang vorüberkamen. Dann lief er den ganzen Gang hinunter. Leise lugte er um die Ecke. Ein Samurai bewachte die Tür am anderen Ende. Die Flammen der Kerzen flakkerten in der Stille. Mit gekreuzten Beinen saß die Wache da, gähnte, lehnte sich gegen die Mauer und streckte sich. Für einen kurzen Moment schloß er die Augen. Sofort schoß der Mörder vor. Lautlos. Seine Hände hatten das seidene Seil zu einer Schlinge zusammengelegt, er warf sie der Wache über den Kopf und zog sie mit einem Ruck zu. Ein kurzer Stich mit dem Dolch zwischen die Nackenwirbel und die Wache regte sich nicht mehr.
Behutsam drückte der Mann die Tür auf. Die Audienzhalle war leer, die inneren Türen unbewacht. Er schleifte die Leiche hinein und machte die Tür wieder zu. Ohne auch nur einen Augenblick zu zögern, durchmaß er die weite Halle und entschied sich für die linke innere Tür. Sie bestand aus Holz, war aber dick mit Eisen beschlagen. Sein Krummdolch glitt in seine rechte Hand. Leise klopfte er. »In den Tagen des Kaisers Shirakawa...« sagte er. Es waren die ersten Worte der Parole.

Von der anderen Seite der Tür vernahm man, wie ein Schwert aus der Scheide gezogen wurde, dann kam die Antwort: »... lebte ein weiser Mann namens Enraku-ji...«

»... Welcher die einunddreißigste Sutra schrieb. – Ich habe dringende Nachrichten für Herrn Toranaga.«

Die Tür schwenkte auf, und der Mörder warf sich vorwärts. Der Dolch fuhr hinauf in die Gurgel des ersten Samurai, war aber im selben Augenblick schon wieder draußen und grub sich an der gleichen Stelle in die des zweiten Wächters. Eine leichte Drehung, und schon war sie auch hier wieder draußen. Beide Männer waren bereits tot, noch ehe sie zusammenbrachen. Einen fing er auf und ließ ihn sanft zu Boden gleiten; der andere fiel ungestützt, machte jedoch keinerlei Geräusch. Blut rann auf den Boden, und ihre Körper zuckten.

Der Mann eilte diesen inneren Gang hinunter, der nur schwach beleuchtet war. Dann glitt eine *Shoji*-Tür auf. Er erstarrte und wandte ganz langsam den Kopf.

Zehn Schritt von ihm entfernt starrte Kiri ihn mit einem Tablett in den Händen an. Dann fiel das Tablett zu Boden, fuhr Kiri mit der Hand in den Obi und zog einen Dolch hervor. Ihr Mund machte Sprechbewegungen, doch sie brachte keinen Laut hervor, und er rannte bereits auf die Ecke zu. Am anderen Ende ging eine Tür auf, und ein völlig verdatterter, noch schlaftrunkener Samurai spähte heraus.

Der Mörder fuhr auf ihn los und erkannte zu seiner Rechten die *Shoji*-Tür, die er suchte. Kiri schrie auf und schlug Alarm, gleichzeitig entwich er in die Dunkelheit, durch diesen Vorraum, hinweg über die aus dem Schlaf schreckenden Frauen und ihre Zofen, und verschwand im hintersten Korridor auf der anderen Seite.

Hier war es stockdunkel, doch er tastete sich unbeirrt vorwärts, um in dem zunehmenden Durcheinander die richtige *Shoji*-Tür zu finden. Er glitt durch sie hindurch und warf sich auf die Gestalt, die auf dem *Futon* lag. Doch der Arm, der den Dolch führte, wurde wie von einem Schraubstock gepackt. Er riß sich los und schlug noch einmal zu, verfehlte sein Ziel jedoch und verfing sich in der Oberdecke. Die schüttelte er ab und stürzte sich dann auf die Gestalt, den Dolch zum Todesstoß erhoben. Doch mit völlig unerwarteter Behendigkeit warf der Mann sich herum, und ein Fußtritt traf ihn mit unerhörter Kraft in den Schritt. Der Schmerz explodierte in ihm, während sein Opfer sich in Sicherheit brachte.

Dann drängten sich an der Tür Samurai mit Laternen, und Naga, nur mit einem Lendentuch bekleidet und mit zerzaustem Haar, warf sich zwischen ihn und Blackthorne, das Schwert hoch in der Luft.

»Ergebt Euch!«

Einmal täuschte der Mörder ihn durch eine unerwartete Bewegung, rief: »*Namu Amida Butsu* – Im Namen des Buddha Amida«, richtete dann den Dolch gegen sich selbst und stieß ihn sich mit beiden Händen in die Gurgel. Das Blut

schoß hervor, und er sank in die Knie. Naga schlug zu, und der Kopf rollte am Boden.
Im allgemeinen Schweigen hob Naga den Kopf auf und riß ihm die Maske herunter. Es war ein ganz gewöhnliches Gesicht, die Augenlider zuckten noch. Er hielt den Kopf am Haarknoten fest, wie er für Samurai vorgeschrieben war.
»Kennt ihn jemand?«
Niemand antwortete. Naga spuckte in das Gesicht, warf den Kopf dann wütend einem seiner Männer zu, riß das schwarze Gewand auf, hob den rechten Arm des Mannes in die Höhe und fand, was er suchte. Das chinesische Zeichen für Amida, den Buddha, der die ihm blind ergebenen Anhänger sofort nach dem Tode in sein Paradies aufnimmt, war ihm in die Achselhöhle tätowiert.
»Wer hat die Wache unter sich gehabt?«
»Ich, Euer Gnaden.« Der Mann war kreideweiß vor Schreck.
Naga sprang auf ihn zu, die anderen fuhren auseinander. Der Offizier machte keinen Versuch, dem wütenden Schwerthieb auszuweichen, der seinen Kopf, einen Teil der Schulter und einen Arm von seinem Rumpf trennte.
»Hayabusa-san, alle Samurai dieser Wache haben sich unten im Hof zu versammeln«, wandte Naga sich an einen anderen Offizier. »Verdoppelt die neue Wache! Schafft die Leiche von hier fort! Und ihr anderen seid...« Er sprach nicht weiter, denn Kiri kam durch die Tür, den Dolch immer noch in der Hand. Erst betrachtete sie den Leichnam, dann Blackthorne.
»Der Anjin-san ist nicht verletzt?« fragte sie.
Naga sah zu dem Barbaren auf, der ihn um Haupteslänge überragte und schwer nach Atem rang. Er konnte weder Wunden noch Blut entdecken, sondern sah nur einen Mann, der jählings aus dem Schlaf gerissen und ums Haar ermordet worden wäre. Er war zwar bleich, zeigte aber nach außen hin keinerlei Furcht.
»Seid Ihr verletzt, Anjin-san?«
»Nein«, hörte er den Riesen sagen und sah ihn den Kopf schütteln.
»Gut«, sagte er. »Er scheint unverletzt, Kiritsubo-san.«
»Der Mörder, er trug das Zeichen Amidas, *neh?*« fragte Kiri.
»Jawohl, Kiritsubo-san.«
»Teufel – Teufel!«
Naga verneigte sich vor ihr und sah dann einen der erschrockenen Samurai an.
»Du folgst mir! Nimm den Kopf!« Damit stapfte er davon und überlegte, wie er das seinem Vater beibringen sollte. O Buddha, Dank sei dir, daß du meinen Vater beschützt hast.

»Es war ein *Ronin*«, sagte Toranaga barsch. »Ihr werdet nie dahinterkommen, wer er war, Hiro-matsu-san.«
»Gewiß. Aber dahinter steckt Ishido. Sich solcher dreckfressender Meuchelmörder zu bedienen! Ich bitte Euch jetzt, laßt mich alle Eure Truppen zu den Waffen rufen! Ich werde dem ein für allemal ein Ende setzen.«
»Nein, Hiro-matsu-san. Sämtliche Samurai dieser Wache werden wegen

Pflichtvergessenheit degradiert! Es wird ihnen ausdrücklich verboten, *Seppuku* zu begehen. Sie haben vor allen meinen Leuten als Soldaten der untersten Klasse mit ihrer Schande zu leben! Laßt die toten Wachen an ihren Füßen durch die Burg und die Stadt zur Hinrichtungsstätte schleifen. Sollen die Hunde sie fressen.«

Jetzt sah er seinen Sohn Naga an. Am frühen Abend war eine dringliche Botschaft vom Johji-Kloster in Nagoya an ihn gelangt, in der von einer Bedrohung Nagas die Rede gewesen war. Toranaga hatte sofort angeordnet, daß Naga sich stark bewacht in größter Abgeschlossenheit aufzuhalten habe. Die anderen Mitglieder seiner Familie in Osaka – Kiri und die Dame Sazuko – sollten genauso bewacht werden. In der Botschaft hatte es weiterhin geheißen, er, der Abt, habe es für klüger gehalten, Ishidos Mutter sofort freizulassen und sie samt ihren Zofen zurückzuschicken in die Stadt. »Ich wage es nicht, das Leben eines Eurer erlauchten Söhne töricht aufs Spiel zu setzen. Ja, noch schlimmer, um ihre Gesundheit ist es nicht gut bestellt. Sie hat sich erkältet. Das beste ist, sie stirbt in ihrem eigenen Haus und nicht hier.«

»Naga-san, du bist gleichermaßen verantwortlich dafür, daß dieser Mörder hat eindringen können«, sagte Toranaga mit kalter Stimme. »Jeder Samurai ist dafür verantwortlich, ob er nun gerade Wache hatte oder nicht, ob er schlief oder wachte. Die Hälfte deines Jahreseinkommens wird beschlagnahmt.«

»Jawohl, Euer Gnaden«, sagte der junge Mann, überrascht, daß ihm erlaubt wurde, überhaupt etwas zu behalten, seinen Kopf eingeschlossen. »Bitte, degradiert mich gleichfalls«, sagte er. »Ich kann mit dieser Schande nicht weiterleben.«

»Wenn ich dich degradieren wollte, hätte ich das getan. Du hast sofort nach Yedo zurückzukehren. Du reitest noch heute nacht mit zwanzig Männern ab und erstattest deinem Bruder Bericht! Und zwar auf allerschnellstem Wege! Geh schon!« Naga verneigte sich und trat mit kreideweißem Gesicht ab. An Hiro-matsu gewendet sagte Toranaga genauso schroff: »Vervierfacht meine Wachen. Sagt die Jagd für heute und morgen ab. Am Tag nach der Zusammenkunft der Regenten werde ich Osaka verlassen. Ihr werdet alle Vorbereitungen dafür treffen, und bis es soweit ist, werde ich mich nicht von hier fortbewegen. Ich werde niemand ungeladen empfangen. Niemand!«

Mit einer ärgerlichen Handbewegung entließ er sie. »Ihr könnt jetzt alle gehen! Hiro-matsu, Ihr bleibt hier!«

Der Raum leerte sich. Hiro-matsu war froh, daß er nicht in aller Öffentlichkeit abgekanzelt werden sollte, denn als Kommandeur der Leibwache war vor allen anderen er für die Sicherheit seines Herrn verantwortlich. »Ich habe keine Entschuldigung, Euer Gnaden. Keine einzige.«

Toranaga stand gedankenverloren da. Von irgendwelchem Zorn war ihm nichts mehr anzumerken. »Wenn Ihr die Dienste der geheimen Amida Tong in Anspruch nehmen möchtet – an wen würdet Ihr Euch da wenden? Wie würdet Ihr versuchen, an sie heranzutreten?«

»Ich weiß es nicht, Euer Gnaden. Aber vielleicht könnte Kasigi Yabu da helfen.«
Toranaga schaute über die Brustwehr hinweg. Ein erster Hauch von Morgendämmerung zeigte sich im sonst noch nachtdunklen Osten. »Bringt ihn zum Sonnenaufgang her.«
»Ihr haltet ihn für verantwortlich?«
Toranaga würdigte ihn keiner Antwort, sondern hing weiterhin seinen Gedanken nach.
Zuletzt konnte der alte Haudegen das Schweigen nicht mehr ertragen. »Bitte, Euer Gnaden, gestattet, daß ich aus Eurem Angesicht verschwinde. Unser Versagen erfüllt mich mit Scham! Ich selbst halte mich für verantwortlich. Außerdem ist da etwas, was ich Euch sagen muß, Euer Gnaden, denn schließlich trage ich hier die Verantwortung für Eure Sicherheit. Es wird noch mehr Attentatsversuche auf Euch geben, und alle unsere Spione berichten von verstärkten Truppenbewegungen. Ishido macht mobil.«
»Ja«, sagte Toranaga wie beiläufig. »Nach Yabu möchte ich Tsukku-san sehen, und dann Mariko-san. Verdoppelt die Wachen für den Anjin-san.«
»Heute nacht sind Meldungen eingetroffen, daß Herr Onoshi dabei ist, mit hunderttausend Leuten die Befestigungsanlagen in Kyushu zu verbessern«, sagte Hiro-matsu, besessen von seiner Sorge um Toranagas Sicherheit.
»Ich werde ihn danach fragen, wenn wir uns sehen.«
Da ging Hiro-matsus Temperament mit ihm durch. »Ich kann Euch überhaupt nicht verstehen! Ich muß Euch sagen, daß Ihr alles leichtfertig aufs Spiel setzt. Jawohl, leichtfertig. Es ist mir gleichgültig, ob Ihr deswegen meinen Kopf verlangt, aber es ist die Wahrheit. Wenn Onoshi und Kiyama ihre Stimme mit der von Ishido vereinigen, werdet Ihr Eures Amtes enthoben! Flieht, solange Ihr noch könnt. Dann tragt Ihr jedenfalls noch Euren Kopf auf den Schultern.«
»Noch bin ich nicht in Gefahr.«
»Bedeutet dieser Attentatsversuch heute Eurer Meinung nach denn gar nichts? Wenn Ihr Euer Zimmer nicht wieder gewechselt hättet, wärt Ihr jetzt ein toter Mann!«
»Gewiß, es könnte sein, aber es ist nicht wahrscheinlich«, sagte Toranaga. »Vor *meiner* Tür standen heute nacht mehr als eine Wache und gestern auch. An mich könnte kein Meuchelmörder herankommen. Nicht einmal dieser. Er kannte den Weg, ja, sogar die Parole, *neh?* Daher glaube ich, daß er auch wußte, in welchem Zimmer ich war. Aber er hatte es gar nicht auf mich abgesehen, sondern auf den Anjin-san.«
»Den Barbaren?«
»Ja.«
Nach den außerordentlichen Enthüllungen heute morgen hatte Toranaga geahnt, daß dem Barbaren noch weitere Gefahr drohte. Ganz offensichtlich war der Anjin-san für einige zu gefährlich, als daß sie ihn am Leben lassen konnten. Allerdings hatte Toranaga nicht gedacht, daß ein solcher Angriff in seinen eigenen Privatgemächern und schon so bald stattfinden würde. Wer verrät mich?

Daß Kiri oder Mariko geplaudert haben könnten, hielt er für ausgeschlossen. Aber Burgen und Gärten haben immer Verstecke, von denen aus man belauscht werden kann, dachte er. Ich befinde mich mitten in einer Hochburg des Feindes, und wo ich einen Spion habe, hat Ishido zwanzig! Vielleicht war es bloß ein Spion.

Nachdem die Dame Yodoko sich heute morgen verabschiedet hatte, war er in das Teehaus im Garten zurückgekehrt, wo ihm sofort die Schwäche des Anjin-san aufgefallen war, seine glänzenden Augen und seine Müdigkeit. Daher hatte er seine eigene Erregung und seine vielen weiteren Fragen hintangestellt und ihn entlassen. Er hatte gesagt, sie würden die Unterhaltung morgen fortsetzen. Der Anjin-san war Kiris Obhut anvertraut worden; er hatte ihr gesagt, sie solle sofort einen Arzt holen und ihm jenen Raum zuweisen, in dem Toranaga meistens selbst die Nacht verbrachte. »Gebt ihm alles, was Ihr für nötig haltet, Kiri-san«, hatte er ihr ans Herz gelegt. »Ich brauche ihn.«

Dann hatte der Barbar gebeten, Toranaga möchte heute noch den Mönch aus dem Gefängnis freilassen, denn er sei alt und krank. Er hatte erwidert, er würde es sich überlegen, und dann hatte er dem Barbaren gedankt und ihn fortgeschickt, ohne ihm zu verraten, daß er bereits Befehl gegeben hätte, diesen Mönch herauszuholen.

Toranaga hatte von diesem Priester schon des längeren gewußt: daß er Spanier sei und den Portugiesen feindlich gesonnen. Allerdings war der Mann auf Befehl des Taikō ins Gefängnis geworfen worden, und folglich war er ein Gefangener des Taikō; Toranaga besaß hier in Osaka über niemanden die Gerichtsbarkeit. Er hatte den Anjin-san bewußt und mit Absicht in dieses Gefängnis gesteckt, nicht nur, um Ishido vorzuspiegeln, daß der Fremde wertlos sei, sondern auch in der Hoffnung, daß es dem Piloten gelingen würde, etwas aus dem Mönch herauszuholen.

Der erste tölpelhafte Versuch, dem Anjin-san im Gefängnis ans Leben zu gehen, war fehlgeschlagen. Toranaga hatte seinen Vasallen und Spion Minikui, einen *Kaga*-Mann, damit belohnt, daß er ihn herausholte und ihm vier *Kagas* zum Geschenk machte. Außerdem hatte er ihn am ersten Tag aus Osaka fortgeschickt. Im Laufe der folgenden Tage hatten seine anderen Spione Berichte gesandt, nach denen die beiden Männer sich jetzt angefreundet hätten, der Mönch rede und der Anjin-san Fragen stelle und zuhöre. Die Tatsache, daß Ishido in diesem Zellenblock wahrscheinlich gleichfalls Spione sitzen hatte, hatte ihn nicht weiter gekümmert. Der Anjin-san war sicher und beschützt. Dann hatte Ishido völlig unerwartet versucht, ihn verschwinden zu lassen.

Toranaga erinnerte sich, welchen Spaß er und Hiro-matsu gehabt hatten, als sie die »Überrumpelung« geplant hatten. Die *Ronin*-Banditen waren nur eine von den kleinen Gruppen seiner eigenen Elite-Samurai, die er heimlich in und um Osaka herum stehen hatte. Auch das Auftauchen von Yabu hatten sie exakt geplant. Er war völlig ahnungslos und hatte schließlich die »Rettung« bewerkstelligt. Sie hatten vor Vergnügen richtig gegluckst in dem Bewußtsein, daß sie

Yabu abermals als Marionette benutzten, die Ishido die Nase tüchtig in den eigenen Dreck steckte.
Alles war wunderbar glatt verlaufen. Bis auf heute.
Heute war der Samurai, den er ausgeschickt hatte, den Mönch zu holen, mit leeren Händen zurückgekehrt. »Der Priester ist tot«, hatte er berichtet. »Als sein Name aufgerufen wurde, kam er nicht, Euer Gnaden. Ich bin reingegangen, um ihn persönlich zu holen, aber er war schon tot. Die Verbrecher um ihn herum sagten, als die Gefängnisaufseher seinen Namen gerufen hätten, sei er einfach zusammengebrochen... Ich wußte nicht, ob Ihr seinen Kopf wolltet oder ob er den Kopf noch auf dem Rumpf tragen sollte, denn schließlich war er ein Barbar, deshalb habe ich die Leiche samt Kopf hergebracht. Sie stinkt und ist von Maden zerfressen, aber sie liegt draußen im Hof, Euer Gnaden.«
Warum mochte der Mönch wohl gestorben sein? fragte Toranaga sich abermals. Dann sah er, daß Hiro-matsu ihn fragend anblickte. »Ja?«
»Ich habe nur gefragt, wer denn den Tod des Anjin-san wünschen könnte.«
»Christen.«

Kasigi Yabu folgte Hiro-matsu den Gang entlang. Daß er so früh am Morgen geholt wurde, schmeichelte ihm ganz besonders. Er war froh, daß er jetzt endlich Toranaga sehen sollte und die Warterei vorüber war. Die letzten Briefe an seine Gattin und seine Mutter waren geschrieben und sein Testament versiegelt, falls das Gespräch sich als negativ für ihn erweisen sollte. Heute trug er die Murasama-Klinge in seiner Scheide, die schon so viele Schlachten mitgemacht hatte.
Sie bogen abermals um eine Ecke, und dann öffnete Hiro-matsu plötzlich eine eisenbeschlagene Tür und stieg eine Steintreppe hinan, die zum Hauptturm dieser Befestigungsanlage hinaufführte. Es standen viele Wachen herum, und Yabu witterte Gefahr.
Die Treppe endete auf einer leicht zu verteidigenden Redoute. Samurai öffneten die eisenbeschlagene Tür. Er trat auf den Wehrgang hinaus. Hat Hiro-matsu Befehl erhalten, mich hier herunterzustoßen, oder wird man mir den Befehl geben, mich selbst in den Tod zu stürzen? fragte er sich ohne besondere Angst. Zu seiner Überraschung befand sich Toranaga persönlich auf dieser Redoute, ja, so unfaßlich es war, aber Toranaga erhob sich sogar und begrüßte ihn mit einer herzlichen Zuvorkommenheit. Sitzkissen waren sorgsam hingelegt worden. Eine Teekanne wurde unter einem seidenen Teewärmer warm gehalten. Eine reichgekleidete Frau mit einem eckigen Gesicht, das keine besondere Schönheit aufwies, verneigte sich sehr tief. Sie hieß Sazuko und war die siebte von Toranagas Nebengattinnen, die jüngste von allen und offensichtlich schwanger.
»Wie schön, Euch zu sehen, Kasigi Yabu-san. Es tut mir leid, daß ich Euch so lange habe warten lassen.«
Jetzt war Yabu überzeugt, daß es Toranaga so oder so um seinen Kopf ging;

denn nach allgemeiner Gepflogenheit ist der Feind eines Mannes nie zuvorkommender, als wenn er dessen Vernichtung plant oder bereits geplant hat. Er zog beide Schwerter aus dem Gürtel und legte sie auf die Steinplatten des Bodens.
»Ich habe gedacht, es müßte schön sein, den Sonnenaufgang zu erleben, Yabu-san. Ich glaube, der Blick, den man von hier oben hat, ist erlesen schön – schöner sogar noch als der vom Turm des Erben.«
»Ja, er ist wunderschön«, stimmte Yabu rückhaltlos zu, denn noch nie war er in dieser Burg so hoch gekommen; der Bemerkung Toranagas über »den Erben« entnahm er, daß seine geheimen Verhandlungen mit Ishido bekannt waren. »Es ist mir eine Ehre, das Erlebnis des Sonnenaufgangs mit Euch teilen zu dürfen.«
Unter ihnen lag die noch schlafende Stadt, der Hafen und die vorgelagerten Inseln, während im Osten die Küste im Dunst verschwand und das stärker werdende Licht am östlichen Horizont blutrote Flecken auf die Wolken kleckste.
»Dies hier ist meine Gattin Sazuko. Sazuko, dies hier ist mein Verbündeter, der berühmte Kasigi Yabu, Herr von Izu, der *Daimyo*, der uns den Barbaren und das Schatzschiff gebracht hat!« Sie verneigte sich und beglückwünschte ihn, woraufhin er sich verneigte, was sie ihrerseits mit einer letzten Verneigung erwiderte. Sie bot Yabu die erste Schale Tee an, eine Ehre, die er jedoch dankend ablehnte, was ebenso zum Ritual gehörte wie die Tatsache, daß er sie bat, sie Toranaga zu reichen, der ablehnte und sie ihm aufnötigte. Zuletzt ließ er sich, wie die Sitte es gebot, als Ehrengast doch dazu herbei, die erste Schale anzunehmen. Hiro-matsu nahm die zweite; seine knotigen Finger hielten das zarte Porzellan nur mit Mühe; die andere Hand hatte er um das Heft seines Schwertes gelegt, das locker auf seinem Schoß lag. Toranaga empfing die dritte Schale und nippte an seinem *Cha*. Dann überließen sie sich gemeinsam der Betrachtung der Natur und beobachteten im großen Schweigen des Himmels den Sonnenaufgang.
Möwen kreischten. Die Stadt erwachte. Der Tag war geboren.
Die Dame Sazuko seufzte, die Augen voll von Tränen. »In so großer Höhe und angesichts von soviel Schönheit komme ich mir vor wie eine Göttin. Wie traurig, daß es jetzt für immer vorbei ist, Euer Gnaden. So unendlich traurig, *neh?*«
Als der Sonnenball halb über den Horizont heraufgekommen war, verneigte sie sich und zog sich zurück. Zu Yabus Verblüffung zogen sich auch die Wachen zurück. Jetzt waren sie allein – die drei.
»Es war mir ein Vergnügen, Euer Geschenk zu empfangen, Yabu-san. Es war mehr als großzügig«, sagte Toranaga.
»Was immer mein ist, ist auch Euer«, erklärte Yabu, immer noch tief vom Schauspiel des Sonnenaufgangs berührt. »Ich danke Euch für diesen Sonnenaufgang.«
»Ja«, sagte Toranaga. »Es war an mir, Euch ein Gegengeschenk zu machen, und ich freue mich, daß Ihr es genauso genossen habt wie ich das Eure.«
Es folgte Schweigen.

»Yabu-san, was wißt Ihr über die Amida Tong?«
»Nur das, was die meisten Menschen wissen – daß es sich um eine Geheimgesellschaft handelt, die in Einheiten von jeweils zehn Mitgliedern organisiert ist, einem Führer und niemals mehr als neun Angehörigen in einem Gebiet – Frauen und Männer. Sie haben dem Buddha Amida, dem Spender ewiger Liebe, beim heiligsten aller Eide Gehorsam, Keuschheit und den Tod geschworen; sie widmen ihr ganzes Leben ausschließlich der Aufgabe, sich zum Werkzeug für *einen* Mord zu machen; auf Befehl ihres Führers einen Mord zu begehen, oder, falls es ihnen nicht gelingt, ihrem eigenen Leben augenblicklich ein Ende zu setzen. Sie sind Fanatiker! Man hat noch nie einen von ihnen lebend erwischt.«
Yabu wußte um den Mordversuch an Toranaga. Ganz Osaka wußte inzwischen darum, wußte aber auch, daß der Herr der Acht Provinzen sich sicher in einer Burg aus Stahlreifen eingeschlossen hatte. »Sie töten nur ganz selten, und ihre Verschwiegenheit ist vollkommen. Es ist ausgeschlossen, sich an ihnen zu rächen, denn niemand weiß, wer sie sind, wo sie leben, noch wo sie üben.«
»Wenn Ihr Euch ihrer Dienste versichern wolltet, wie würdet Ihr das anstellen?«
»Ich würde es an drei Orten herumflüstern – im Heinan-Kloster, an den Pforten des Amida-Schreins und im Johji-Kloster. Sofern man als Auftraggeber akzeptiert wird, würde nach zehn Tagen ein Mittelsmann an einen herantreten. All das geschieht in einer solchen Heimlichkeit und auf so ausgefallene Weise, daß es unmöglich wäre, sie jemals hereinzulegen oder sie zu fassen. Am zehnten Tag fordern sie eine bestimmte Summe Geld in Silber, dessen Höhe von der zu ermordenden Person abhängt. Handeln kann man mit ihnen nicht, man zahlt im voraus, was gefordert wird. Sie garantieren nichts weiter, als daß eines ihrer Mitglieder innerhalb der nächsten zehn Tage versuchen wird, den Mord auszuführen.«
»Dann glaubt Ihr also, wir könnten niemals herausfinden, wer für den Überfall heute nacht gezahlt hat?«
»Nein.«
»Glaubt Ihr, es wird zu noch einem kommen?«
»Vielleicht. Vielleicht aber auch nicht. Die Abmachung gilt jeweils für einen Versuch zur Zeit, *neh?* Trotzdem wärt Ihr gut beraten, besser für Eure Sicherheit zu sorgen – sowohl unter Euren Samurai als auch unter Euren Frauen.«
»Habt Ihr ihre Dienste jemals in Anspruch genommen?«
»Nein.«
»Wohl aber Euer Vater?«
»Das weiß ich nicht mit Gewißheit. Soviel ich gehört habe, hat der Taikō ihn einmal ersucht, an sie heranzutreten.«
»Und war dieser Versuch erfolgreich?«
»Alles, was der Taikō unternahm, war erfolgreich – so oder so.«
Yabu meinte, jemand hinter sich zu spüren, und nahm an, es seien die Wachen, die heimlich zurückkämen. Er schätzte die Entfernung zwischen sich und seinen

Schwertern ab. Versuche ich jetzt, Toranaga umzubringen? fragte er sich abermals. Eigentlich hatte ich das vorgehabt, und jetzt weiß ich es nicht mehr so recht. Warum wohl?
»Wieviel würdet Ihr ihnen für meinen Kopf zahlen müssen?«
»Es gibt in ganz Asien nicht genug Silber, mich in Versuchung zu führen, sie dafür gewinnen zu wollen.«
»Was würde ein anderer zu zahlen haben?«
»Zwanzigtausend *Koku* – fünfzigtausend – hunderttausend – vielleicht noch mehr, ich weiß es nicht.«
»Würdet Ihr hunderttausend *Koku* bezahlen, um Shōgun zu werden? Euer Stammbaum geht zurück auf die Takashima, *neh?*«
Stolz erklärte Yabu: »Nichts würde ich dafür bezahlen! Geld ist Schmutz – ein Spielzeug für Frauen, etwas für kotfressende Kaufleute. Wenn das jedoch möglich wäre, so würde ich mein Leben und das meiner Frau und Mutter und aller meiner Verwandten dafür geben – ausgenommen das meines einzigen Sohnes – und alle meine Samurai in Izu samt ihren Frauen und Kindern, um eines Tages Shōgun zu werden.«
»Und was würdet Ihr für die Acht Provinzen geben?«
»Alles, wie zuvor, bis auf das Leben meiner Frau, meiner Mutter und meines Sohnes.«
»Und für die Provinz Sugara?«
»Nein«, sagte Yabu verächtlich. »Ikawa Jikkyu ist nicht soviel wert. Wenn ich mir nicht in diesem Leben seinen und seiner ganzen Sippe Kopf hole, dann in einem anderen. Ich pisse auf ihn und seinen Samen für fünftausend Leben.«
»Und wenn ich ihn Euch geben würde? Und Sugara dazu – und vielleicht auch noch die nächste Provinz, Totomi?«
Plötzlich war Yabu des Spiels und des Geredes über die Amida müde. »Ihr habt beschlossen, meinen Kopf zu nehmen, Herr Toranaga – gut, ich bin bereit. Bringen wir es hinter uns!«
»Aber, ich habe keineswegs beschlossen, Euch Eures Kopfes zu berauben, Yabu-san«, sagte Toranaga. »Wieso kommt Ihr auf den Gedanken? Hat ein Feind Euch Gift ins Ohr geträufelt? Ishido vielleicht? Glaubt Ihr etwa, ich würde Euch hier ohne Wachen bewirten, wenn ich meinte, Ihr wäret mir feindlich gesonnen?«
Langsam drehte Yabu sich um. Er hatte erwartet, Samurai mit erhobenem Schwert hinter sich zu sehen. Niemand war da. Er wandte den Blick wieder Toranaga zu. »Ich verstehe nicht.«
»Ich habe Euch hierhergebeten, damit wir vertraulich miteinander reden können. Würdet Ihr gern die Provinzen Izu, Sugara und Totomi regieren – falls ich diesen Krieg nicht verliere?«
»Jawohl, sehr gern sogar«, sagte Yabu, und seine Hoffnungen lebten stürmisch wieder auf.
»Ihr würdet mein Vasall werden? Mich als Euren Lehnsherrn anerkennen?«

Yabu zögerte keinen Augenblick. »Niemals«, sagte er. »Als Verbündeten, ja. Als meinen Führer, ja. *Unter* Euch, immer und jederzeit. Mein Leben und alles, was ich besitze, auf Eure Seite werfen, ja. Aber Izu gehört mir. Ich bin der *Daimyo* von Izu, und die Macht über Izu werde ich niemals an jemand anderen abtreten. Das habe ich meinem Vater geschworen, und dem Taikō, der uns bestätigt hat, daß unser Lehen erblich ist – erst meinem Vater, und dann mir. Der Taikō hat bestätigt, daß Izu mir und meinen Nachfolgern für alle Ewigkeit zu eigen sein soll.«

Hiro-matsu drehte sein Schwert verspielt in der Hand. Warum läßt Toranaga mich der Sache nicht ein für allemal ein Ende bereiten? Wir waren uns doch einig darin! Wozu dieses ganze ermüdende Gerede? Mir tut alles weh, und ich möchte pissen und mich hinlegen.

Toranaga kratzte sich im Schritt. »Was hat Ishido Euch versprochen?«

»Jikkyus Kopf – im selben Augenblick, da Ihr Euren verloren hättet. Und seine Provinz.«

»Als Belohnung für was?«

»Für meine Unterstützung, wenn der Krieg ausbricht. Dafür, daß ich Eure Südflanke angreife.«

»Habt Ihr angenommen?«

»Dazu kennt Ihr mich doch zu gut!«

Toranagas Spione an Ishidos Hof hatten ihm zugetragen, daß dieses Abkommen besiegelt worden sei, ja, daß auch die Ermordung seiner drei Söhne Noboru, Sudara und Naga darin eingeschlossen war. »Weiter nichts? Nur Eure Unterstützung?«

»Mit allen mir zur Verfügung stehenden Mitteln«, erklärte Yabu vorsichtig.

»Mord eingeschlossen?«

»Ich habe die Absicht, den Krieg, sobald er ausbricht, mit aller Macht zu betreiben. Für meinen Verbündeten. Alles zu tun, was in meiner Macht steht, um den Erfolg zu garantieren. Solange Yaemon minderjährig ist, brauchen wir einen alleinigen Regenten. Der Krieg zwischen Euch und Ishido ist unvermeidlich.«

Yabu versuchte Toranagas Gedanken zu lesen. Er war überzeugt, daß er selbst der bessere Mann von beiden, daß Toranaga auf seine Unterstützung angewiesen sei und er ihn letzten Endes vernichten würde. Was aber tun, bis es soweit war? fragte er sich und wünschte sich, Yuriko, seine Frau, wäre hier, ihn zu leiten. Sie würde wissen, welches der klügste Weg wäre. »Ich kann von größtem Wert für Euch sein. Ich kann Euch helfen, alleiniger Regent zu werden«, sagte er und beschloß, alles auf eine Karte zu setzen.

»Warum sollte ich den Wunsch haben, alleiniger Regent zu werden?«

»Wenn Ishido angreift, kann ich Euch helfen«, sagte Yabu. Er weihte sie in seinen Plan mit den Musketen ein.

»Ein Regiment von fünfhundert Samurai mit Musketen?« brach es aus Hiromatsu heraus.

»Jawohl. Stellt Euch nur die Feuerkraft vor! Alles Elite-Samurai, dazu ausgebildet, wie ein Mann zu handeln. Alle zwanzig Musketen gleichzeitig.«
»Das ist ein schlechter Plan. Widerwärtig!« erklärte Hiro-matsu. »Ihr könntet ihn niemals geheimhalten. Wenn wir anfingen, würde der Feind es uns nachmachen. Es liegt weder Ehre noch Zukunft darin.«
»Herr Toranaga braucht nur die eine große Schlacht zu gewinnen. Damit wäre das Leben aller seiner Feinde verwirkt – und er hielte die Macht in Händen. Ich behaupte, wenn er so vorgeht, ist ihm der Sieg sicher.«
»Nein. Es ist ein abscheulicher Plan, der keinerlei Zukunft hat.«
Yabu wandte sich an Toranaga. »Ein neues Zeitalter macht es nötig, sich über die Bedeutung der Ehre einmal gründlich klarzuwerden.«
»Was hat Ishido zu Euren Plänen gesagt?« fragte Toranaga.
»Ich habe nicht mit ihm darüber gesprochen.«
»Warum? Sofern Ihr meint, daß dieser Plan für mich wertvoll ist, dann wäre er doch für ihn genauso wertvoll. Möglicherweise sogar noch wertvoller.«
»Ihr habt mir einen Sonnenaufgang geschenkt. Ihr seid kein ungehobelter Bauer wie Ishido. Ihr seid der klügste und erfahrenste Heerführer im Reich.«
Welches sind seine wirklichen Gründe? fragte Toranaga sich. Oder hat er es Ishido doch schon erzählt? »Wenn wir diesen Plan verfolgen – abgemacht, daß dann die Hälfte der Männer Eure, die andere Hälfte meine Männer wären?«
»Abgemacht. Aber befehligen würde ich sie.«
»Ein Mann meiner Wahl würde Euer Stellvertreter sein?«
»Abgemacht. Ich würde den Anjin-san bekommen, meine Leute zu Musketenschützen auszubilden.«
»Dabei bliebe er aber trotzdem mein Eigentum, und Ihr würdet ihn hüten wie Euren Augapfel? Ihr wäret voll und ganz für ihn verantwortlich und würdet genau das mit ihm machen, was ich sage?«
»Abgemacht.«
Einen Augenblick versank Toranaga in der Betrachtung der blutroten Wolken. All dieses Pläneschmieden ist Unsinn, dachte er. Ich muß einfach »Blutigen Himmel« selbst erklären und durch einen schnellen Vorstoß Kyoto in meine Hand bringen. Hunderttausend Mann gegen eine zehnfache Übermacht. Nach einer Pause sagte Toranaga: »Wie würdet Ihr das alles während der Ausbildungszeit geheimhalten?«
»Izu ist eine Halbinsel, deshalb ist die Sicherheit dort größer als anderswo. Das Ausbildungslager würde ich in der Nähe von Anjiro aufschlagen, möglichst weit weg von Mishima und der Grenze, das ist sicherer.«
»Gut. Wir werden sofort eine Brieftaubenverbindung zwischen Anjiro, Osaka und Yedo aufbauen.«
»Ausgezeichnet. Ich brauche nur fünf oder sechs Monate, und...«
»Wenn wir Glück haben, bleiben uns noch sechs Tage«, schnaubte Hiro-matsu. »Ihr wollt doch nicht etwa behaupten, daß Euer berühmtes Spionagesystem weggefegt worden ist, Yabu-san? Ihr habt doch gewiß Berichte bekommen?

Macht Ishido nicht mobil? Macht nicht Onoshi mobil? Sind wir hier nicht eingeschlossen?«

Yabu schwieg. Nach einer Weile sagte er: »Aus den Berichten geht hervor, daß all dies in der Tat geschieht und noch mehr. Wenn es wirklich nur noch sechs Tage sind, dann sind es eben nur sechs Tage, und das ist *Karma.* Aber ich glaube, Ihr seid viel zu gerissen, als daß Ihr hier hilflos in der Falle säßet. Oder Euch dazu hinreißen ließet, verfrüht loszuschlagen.«

»Wenn ich mich mit Eurem Plan einverstanden erklärte – würdet Ihr mich dann als Euren Führer anerkennen?«

»Ja. Und wenn Ihr gewinnt, wäre es mir eine Ehre, Sugara und Totomi für immer meinem Lehen einverleiben zu dürfen.«

»Einverstanden.«

»Ihr werdet mir gehorchen? Mit all Eurer Ehre?«

»Ja. Beim *Bushido,* bei Buddha, beim Leben meiner Frau und meiner Mutter und bei meinem zukünftigen Nachfahren.«

»Gut«, sagte Toranaga. »Pissen wir auf diesen Handel!«

Er trat an die Zinnen heran, stieg auf sie hinauf und von dort aus auf den Sims. Zwanzig Meter unter ihnen lag der innere Garten. Hiro-matsu hielt den Atem an, entsetzt über seines Herrn Tollkühnheit. Er sah ihn sich umdrehen und Yabu bedeuten, sich neben ihn zu stellen. Yabu gehorchte. Die geringste Berührung, und sie würden in die Tiefe stürzen.

Toranaga lockerte seinen Kimono und schob sein Lendentuch beiseite. Das gleiche tat Yabu. Gemeinsam schlugen sie ihr Wasser ab, mischten es und sahen zu, wie es unten den Garten netzte.

»Den letzten Handel, den ich auf diese Weise besiegelte, schloß ich mit dem Taikō selbst ab«, sagte Toranaga, höchst erleichtert darüber, daß er seine Blase entleeren konnte. »Das war, als er beschloß, mir den Kwanto, die Acht Provinzen, zum Lehen zu geben.« Mühelos kletterte er zurück auf die Zinnen und schob sein Lendentuch in aller Ruhe wieder zurecht, als stünde er im Garten selbst und nicht wie ein Adler in so gefährlicher Höhe. »Der Handel damals erwies sich für uns beide als äußerst vorteilhaft. Wir besiegten die Hojo, und innerhalb eines Jahres rollten fünftausend Köpfe. Er und sein gesamter Stamm wurden ausgerottet. Vielleicht habt Ihr recht, Kasigi Yabu-san. Vielleicht könnt Ihr mir helfen, wie ich dem Taikō geholfen habe. Ohne mich wäre der Taikō niemals Taikō geworden.«

»Ich kann Euch helfen, alleiniger Regent zu werden, nicht aber Shōgun.«

»Das versteht sich von selbst. Das ist die einzige Ehre, nach der ich nicht strebe, so sehr meine Feinde das auch behaupten.« Toranaga sprang auf die sicheren Steinplatten der Redoute hinab. Dann drehte er sich um und sah zu Yabu hinüber, der immer noch auf den schmalen Zinnen stand und seine Schärpe ordnete. Er war in größter Versuchung, ihm seiner Unverschämtheit wegen einen Stoß zu versetzen. Statt dessen setzte er sich und furzte vernehmlich. »So, das tut gut. Wie steht es mit Eurer Blase, Eisenfaust?«

»Die ist schlaff, Euer Gnaden, sehr schlaff.« Der alte Mann trat beiseite und erleichterte sich gleichfalls über die Zinnen hinweg, stellte sich jedoch nicht an dieselbe Stelle, wo Toranaga und Yabu gestanden hatten. Er war heilfroh, daß er diesen Handel nicht seinerseits hatte mit Yabu besiegeln müssen. Das ist ein Handel, den ich nie anerkennen werde. Niemals!
»Yabu-san. All dies muß unter uns bleiben. Ich meine, Ihr solltet innerhalb der nächsten zwei bis drei Tage abreisen«, sagte Toranaga.
»Jawohl. Mit den Musketen und dem Barbaren, Toranaga-sama?«
»Ja. Ihr nehmt das Schiff.« Toranaga blickte zu Hiro-matsu hinüber. »Sorgt dafür, daß die Galeere abfahrtbereit ist.«
»Das Schiff ist bereit. Die Musketen und das Pulver sind noch in den Laderäumen«, erwiderte Hiro-matsu. Sein Gesicht spiegelte seine ganze Mißbilligung.
»Gut.«
Du hast es geschafft, wollte Yabu rufen! Du hast die Musketen, den Anjin-san, alles! Und du hast deine sechs Monate bekommen. Toranaga wird niemals überstürzt einen Krieg vom Zaun brechen. Aber auch, wenn Ishido ihn in den nächsten paar Tagen ermordet, behältst du trotzdem noch alles. O Buddha, beschütze Toranaga, bis ich auf See bin! »Ich danke Euch«, sagte er, und seine Aufrichtigkeit war grenzenlos. »Ihr werdet einen getreuen Verbündeten haben!«
Als Yabu fort war, fuhr Hiro-matsu herum und stellte sich vor Toranaga hin. »Das war eine böse Sache! Ich schäme mich für diesen Handel. Ich schäme mich, daß mein Rat so wenig bei Euch zählt. Offenbar ist die Zeit vorbei, da ich Euch nützlich sein konnte, und ich bin es leid! Dieser kleine Dreckskerl von *Daimyo* weiß, daß er Euch nach seiner Pfeife hat tanzen lassen wie eine Marionette. Ich glaube, die Götter haben Euch verhext, Himmel! Ihr fegt eine derartige Beleidigung einfach beiseite und laßt zu, daß er sich vor Euren Augen ins Fäustchen lacht! Ihr laßt unwidersprochen zu, daß Ishido Euch vor unser aller Augen auf das schändlichste behandelt! Ihr hindert mich und alle anderen daran, Euch wirklich zu beschützen. Ihr verweigert meiner Enkelin, einer Samurai, die Ehre und den Frieden des eigenhändigen Todes. Ihr habt den Regentschaftsrat nicht mehr in Eurer Gewalt, Euer Gegenspieler hat Euch ausmanövriert, und jetzt pißt Ihr auch noch feierlich auf einen Handel, dem der abscheulichste Plan zugrunde liegt, und das mit einem Mann, dessen Geschäft ebensosehr das Gift wie der Verrat ist!« Er bebte vor Empörung. Toranaga würdigte ihn keiner Antwort, sondern starrte nur gelassen vor sich hin, als ob er kein Wort gesagt hätte. »Bei allen *Kamis*, lebenden wie toten, Ihr seid verhext.« Es brach nur so aus Hiro-matsu heraus: »Ich zweifle Euch an – ich schreie Euch an und beleidige Euch, und Ihr – Ihr starrt mich bloß an. Einer von uns beiden muß den Verstand verloren haben! Ich bitte Euch um die Erlaubnis, *Seppuku* zu begehen! Und wenn Ihr mir diesen Frieden verweigert, dann werde ich mir den Kopf scheren und Mönch werden – alles, irgendwas, bloß, laßt mich gehen!«
»Ihr werdet keins von beiden tun. Aber Ihr werdet jetzt nach dem Barbaren-Priester schicken – Tsukku-san.« Und dann lachte Toranaga.

# *19. Kapitel*

An der Spitze seines üblichen Trosses von Jesuiten ritt Pater Alvito von der Burg herunter. Sie waren gekleidet wie buddhistische Priester, bis auf den Rosenkranz und das Kruzifix im Gürtel. Es waren vierzig Berittene, Japaner, alle edelgeborene Söhne christlicher Samurai, Studenten des Seminars zu Nagasaki, die ihn nach Osaka begleitet hatten. Alle saßen auf rassigen Pferden.
Ohne an die heiße Sonne zu denken, schlug er einen flotten Trab an und ritt durch die Haine und die Straßen der Stadt zur Jesuitenmission hinunter, einem großen steinernen Gebäude im europäischen Stil, das in der Nähe der Schiffsländen errichtet worden war und sich inmitten der dazugehörigen niedrigeren Anbauten – Schatzkammern und Lagerhäuser, in denen sämtliche Seide von Osaka verhandelt und bezahlt wurde – in die Höhe reckte.
Sein Gefolge ritt durch die hohen eisernen Tore in den Steinmauern in den gepflasterten Innenhof ein und hielt vor dem Haupteingang. Bedienstete warteten bereits darauf, Pater Alvito beim Absitzen zu helfen. Seine Sporen klirrten auf den Steinen, als er den überdachten Kreuzgang des Hauptgebäudes entlangging, um die Ecke bog, an der kleinen Kapelle vorüberging und durch einige Bögen hindurch in den allerinnersten Hof, der einen Brunnen und einen friedlichen Garten beherbergte.
Die Tür zum Vorzimmer stand offen. Er schüttelte seine bedrückenden Gedanken ab, faßte sich wieder und trat ein.
»Ist er allein?« fragte er.
»Nein, nein, das ist er nicht«, sagte Pater Soldi. Er war ein kleiner, gütiger, pokkennarbiger Mann aus Neapel, seit fast dreißig Jahren Sekretär des Paters Visitator, davon fünfundzwanzig im Fernen Osten. »Generalkapitän Ferriera ist bei Seiner Eminenz. Jawohl, der eitle Pfau macht ihm die Aufwartung. Aber Seine Eminenz haben gesagt, Ihr sollt nur gleich reingehen. Was ist schiefgegangen, Martin?«
»Nichts.«
Soldi knurrte und wandte sich wieder dem Anspitzen seines Federkiels zu.

»Nichts, behauptet der kluge Pater. Nun, ich werde es schon früh genug erfahren.«
»Ja«, sagte Alvito, der den älteren Mann gern mochte. Er ging auf die Tür am anderen Ende des Raumes zu. Ein Holzfeuer brannte im Kamin und warf einen freundlichen Schimmer auf die schönen schweren, mit der Zeit gedunkelten und von liebevoller Hand glänzend geriebenen Möbel. Ein kleiner Tintoretto, eine Madonna mit Kind, den der Pater Visitator aus Rom mitgebracht und der Alvito schon immer gefallen hatte, hing über dem Kamin.
Carlo dell'Aqua, Pater Visitator für Asien, persönlicher Vertreter seines Ordensgenerals, der oberste Jesuit und damit der mächtigste Mann im ganzen Fernen Osten, maß einen Meter neunundachtzig. Seine Robe war orangegelb, sein Kreuz eine erlesene Arbeit. Er trug eine Tonsur, der Haarkranz war weiß; der gebürtige Neapolitaner war einundsechzig Jahre alt.
»Ach, Martin, tretet ein! Etwas Wein?« sagte er in seinem Portugiesisch, das von wunderbarer italienischer Leichtigkeit war. »Ihr habt den Ingeles gesehen?«
»Nein, Eminenz. Nur Toranaga.«
»Schlimm?«
»Ja.«
»Wie schlimm?« fragte Ferriera. Der Soldat saß neben dem Kamin auf einem Sessel, stolz wie ein Falke und ebenso geputzt – der Generalkapitän der *Nao del Trato*, des diesjährigen Schwarzen Schiffes. Er mochte etwa Mitte dreißig sein, war hager, zartgliedrig und furchtgebietend.
»Ich fürchte, sehr schlimm, Generalkapitän. Toranaga hat zum Beispiel gesagt, die Sache mit dem Schwarzen Schiff dies Jahr könne warten.«
»Nun, offensichtlich kann der Handel nicht warten, und ich auch nicht«, sagte Ferriera. »Ich muß die Strömung ausnutzen.«
»Ihr habt aber noch keine Hafenpapiere. Ich fürchte, Ihr müßt Euch gedulden.«
»Ich dachte, das wäre schon vor Monaten geregelt worden. Wir sollten uns doch nicht durch dumme Vorschriften die Hände binden lassen. Ich dachte, bei diesem Treffen handelte es sich nur um eine reine Formalität – um die Papiere abzuholen.«
»So hätte es auch sein sollen, aber ich habe mich geirrt. Vielleicht sollte ich Euch erklären...«
»Ich muß sofort zurück nach Macao, um das Schwarze Schiff vorzubereiten. Wir haben bereits letzten Februar für eine Million Dukaten allerfeinste Seidenstoffe auf dem Seidenmarkt in Kanton eingekauft, und außerdem führen wir mindestens hunderttausend Unzen chinesisches Gold mit uns. Ich dachte, ich hätte es deutlich genug gesagt, daß jeder Heller baren Geldes in Macao, Malakka und Goa und jeder Centavo, den die Kaufleute und die frommen Väter in Macao haben borgen können, in das diesjährige Abenteuer investiert worden ist. Und auch jeder Centavo, den Ihr habt erübrigen können.«
»Wir sind uns der Bedeutung des Unternehmens nicht weniger bewußt als Ihr«, sagte dell'Aqua spitz.

»Tut mir leid, Generalkapitän, aber Toranaga ist Vorsitzender des Regentschaftsrats, und es ist hier Sitte, zu ihm zu gehen«, sagte Alvito. »Er wollte weder vom diesjährigen Handel noch von Euren Papieren etwas hören. Gleich zu Beginn sagte er, er habe etwas gegen Meuchelmord.«
»Wer nicht, Pater?« fragte Ferriera.
»Wovon redet Toranaga denn, Martin?« fragte dell'Aqua. »Soll das irgendeine Falle sein? Meuchelmord? Was haben wir damit zu tun?«
»Er sagte: ›Warum habt ihr Christen meinen Gefangenen, den Piloten, umbringen wollen?‹ «
»Wie bitte?«
»Toranaga glaubt, der Anschlag heute nacht hätte dem Ingeles gegolten und nicht ihm. Außerdem, sagt er, habe es im Gefängnis schon einen Mordversuch gegeben.«
Alvito hielt die Augen unbewegt auf den Soldaten gerichtet.
»Wessen wollt Ihr mich beschuldigen, Pater?« sagte Ferriera. »Eines Mordversuchs? Mich? In der Burg von Osaka? Ich bin doch zum allerersten Mal in Japan!«
»Ihr weist jedes Wissen darum von Euch?«
»Was ich nicht bestreite, ist, daß, je früher der Ketzer tot ist, desto besser«, sagte Ferriera kalt. »Wenn die Holländer und Engländer anfangen, ihren Schmutz hier in Asien zu verbreiten, geraten wir in Teufels Küche.«
»Wir sind bereits in Teufels Küche«, sagte Alvito. »Toranaga fing damit an, daß er sagte, er habe durch den Ingeles von den unglaublichen Gewinnen gehört, die das portugiesische Monopol auf den Handel mit China uns einbringe – daß wir Portugiesen die Seide, die nur Portugiesen in China kaufen könnten, wobei sie auch noch mit dem einzigen Zahlungsmittel bezahlen, das die Chinesen annehmen wollen, nämlich japanischem Silber, das die Portugiesen wiederum zu einem viel zu niedrigen Preis einkauften –, daß wir Portugiesen diese Seide also viel, viel zu teuer wieder verkauften. Toranaga sagte: ›Da zwischen China und Japan Feindseligkeit herrscht, uns aller direkter Handel untersagt ist und nur die Portugiesen von ihnen die Erlaubnis haben, diesen Handel auszuführen, verlange ich, daß die Portugiesen sich *schriftlich* zu dem Vorwurf des Piloten äußern, sie machten Wuchergeschäfte.‹ Er ›ersucht‹ Euch, Eminenz, den Regenten einen Bericht über die Tauschwertraten von ›Silber gegen Seide, Seide gegen Silber und Gold gegen Silber‹ vorzulegen. Er fügte noch hinzu, selbstverständlich habe er nichts dagegen, daß wir einen großen Gewinn einstrichen – vorausgesetzt, wir erzielen ihn auf chinesischer Seite.«
»Ein derartig arrogantes Verlangen werdet Ihr selbstverständlich ablehnen«, sagte Ferriera.
»Das dürfte äußerst schwierig sein.«
»Dann legt einen falschen Bericht vor.«
»Damit würden wir unsere gesamte Lage hier gefährden, die auf Vertrauen beruht«, sagte dell'Aqua.

»Kann man einem Japs vertrauen? Selbstverständlich nicht. Unser Gewinn muß geheim bleiben. Dieser gottverfluchte Ketzer!«
»So bedauerlich es ist, aber ich muß Euch sagen, daß Blackthorne wohlinformiert zu sein scheint.« Alvito sah dabei dell'Aqua bedeutsam an.
Der Pater Visitator schwieg.
»Was hat der Japs denn sonst noch gesagt?« fragte Ferriera und tat so, als hätte er nicht bemerkt, wie die beiden einen Blick getauscht hatten; zu gern hätte er gewußt, wieviel sie wußten.
»Toranaga bat mich, ihm bis morgen mittag eine Weltkarte zu bringen, auf der die Demarkationslinie zwischen Portugal und Spanien eingezeichnet ist, und die Namen der Päpste aufzuschreiben, die die Verträge gutgeheißen hätten. Binnen drei Tagen ›ersucht‹ er uns, ihm eine schriftliche Erklärung über unsere ›Eroberungen‹ in der Neuen Welt vorzulegen und über die Menge an Gold und Silber, die wir nach Spanien und Portugal geschafft hätten. Außerdem verlangt er eine Karte, aus der die Grenzen des spanischen und portugiesischen Reiches vor hundert Jahren, vor fünfzig Jahren und heute hervorgehen, und zwar zusammen mit der genauen Lage unserer Niederlassungen von Malakka bis Goa – er zählte sie genau auf, sie waren auf ein Stück Papier geschrieben –, und die Zahl der in jeder Niederlassung beschäftigten japanischen Söldner.«
Dell'Aqua und Ferriera war der Schreck in die Glieder gefahren. »Das muß auf jeden Fall zurückgewiesen werden!« brauste der Soldat auf.
»Einem Toranaga kann man nichts abschlagen«, sagte dell'Aqua.
»Ich glaube, Euer Eminenz, Ihr meßt seiner Bedeutung allzu großes Gewicht bei«, fuhr Ferriera fort. »In meinen Augen ist Toranaga nur ein despotischer Fürst unter anderen, nichts weiter als ein mordgieriger Heide. Sie betteln um unsere chinesische Seide. Ohne Seide keine Kimonos. Sie sind auf unseren Handel angewiesen. Die Pest über diesen Toranaga! Warum treiben wir denn nicht mit den christlichen Fürsten Handel – wie hießen sie doch noch, Onoshi und Kiyama?«
»Das können wir nicht tun, Kapitän«, sagte dell'Aqua. »Ihr seid zum ersten Mal in Japan, Ihr habt völlig falsche Vorstellungen von unseren Problemen hier. Jawohl, sie brauchen uns, aber wir brauchen sie noch mehr. Ohne Toranagas Gunst – und Ishidos – verlieren wir jeden Einfluß auf die christlichen *Daimyos*. Wir setzen Nagasaki und alles aufs Spiel, was wir in fünfzig Jahren aufgebaut haben. Habt *Ihr* den Anschlag auf diesen Ketzer angezettelt?«
»Ich habe Rodrigues gegenüber und allen, die es hören wollten, von Anfang an offen erklärt, daß der Ingeles ein gefährlicher Pirat sei, den man beseitigen müsse, gleichgültig, auf welche Weise. Ihr, Eminenz, habt mit anderen Worten dasselbe gesagt. Und Ihr auch, Pater Alvito.«
»Ja. Aber...«
»Pater, verzeiht, aber manchmal müssen Soldaten das Werk Gottes auf ihre Weise verrichten. Ich muß Euch sagen, daß ich wütend auf Rodrigues war, daß er während des Sturms keinen ›Unfall‹ herbeiführte. Ausgerechnet er hätte es

doch besser wissen müssen! Beim Leib unseres Herrn, seht Euch doch einmal an, was dieser Teufel von Ingeles allein bei Rodrigues angerichtet hat! Der arme Tropf ist ihm auch noch dankbar dafür, daß er ihm das Leben gerettet hat – wo das doch der durchsichtigste Trick auf der Welt ist, sich in das Vertrauen von jemand einzuschleichen. Was nun den Mordversuch in der Burg betrifft – wer weiß, was geschehen ist? Das muß schon ein Eingeborener eingefädelt haben, das ist doch ein typischer Japsen-Trick. Wenn *ich* jedenfalls so etwas plane, könnt Ihr Gift drauf nehmen, daß er dann auch wirklich beseitigt wird.«
Alvito nippte an seinem Wein. »Toranaga sagte, er schicke Blackthorne jetzt nach Izu.«
»Zu Land oder mit dem Schiff?« fragte Ferriera.
»Mit einem Schiff.«
»Gut. Dann bedaure ich, Euch sagen zu müssen, daß die gesamte Mannschaft in einem Sturm umkommen kann.«
Kalt hielt Alvito dem entgegen: »Und ich bedaure, Generalkapitän, Euch mitteilen zu müssen, daß Toranaga gesagt hat – ich wiederhole seine Worte: ›Ich lasse den Piloten von einer Leibwache umgeben, Tsukku-san, und falls ihm zufällig etwas zustoßen sollte, und falls zufällig ein Christ dafür verantwortlich sein sollte oder irgend jemand, der auch nur entfernt etwas mit den Christen zu tun hat, ist es durchaus möglich, daß das Ausweisungsedikt noch einmal überprüft wird, und sehr wahrscheinlich, daß alle christlichen Kirchen, Schulen und Begräbnisstätten in meinem Herrschaftsbereich sofort geschlossen werden.‹ «
Dell'Aqua sagte: »Gott bewahre, daß das jemals geschieht!«
»Bluff!« schnaubte Ferriera verächtlich.
»Ihr irrt Euch, Generalkapitän. Toranaga ist genauso gerissen wie Machiavelli und so bedenkenlos wie Attila.« Alvito sah dell'Aqua an. »Es wäre ein leichtes, uns die Schuld zuzuschieben, wenn dem Ingeles etwas zustieße.«
»Ja.«
»Vielleicht solltet Ihr Euch auf die Ursache Eures Problems konzentrieren«, sagte Ferriera rundheraus. »Beseitigt Toranaga!«
»Jetzt ist nicht die Zeit, Späße zu machen«, sagte der Pater Visitator.
»Womit man in Indien und Malaya, Brasilien, Peru, Mexiko, Afrika und in den spanischen Kolonien so glänzend fertig geworden ist, damit wird man doch auch hier zurechtkommen. In Malakka und in Goa habe ich es mit Hilfe der japanischen Söldner selbst ein dutzendmal gemacht, und dabei verfügte ich bei weitem nicht über Euren Einfluß und Euer Wissen. Wir könnten uns der christlichen Fürsten bedienen. Wir helfen einem von ihnen, Toranaga zu beseitigen, wenn er das Problem ist. Ein paar hundert Konquistadores sollten reichen! *Divide et impera !* Ich werde mit Kiyama reden, Pater Alvito, wenn Ihr den Dolmetsch macht...«
»Ihr könnt die Japaner nicht mit Indern oder gar mit unwissenden Wilden wie den Inkas gleichsetzen. Hier ist mit »teilen und herrschen« nichts zu machen.

Die Japaner sind nicht wie andere Völker. Ganz und gar nicht«, erklärte dell'Aqua verdrossen. »Ich muß Euch in aller Form ersuchen, Generalkapitän, Euch nicht in die inneren Angelegenheiten dieses Landes einzumischen.«

»Einverstanden. Bitte, vergeßt, was ich gesagt habe. Es war plump und naiv, so offen zu sein. Glücklicherweise sind Stürme in dieser Jahreszeit etwas Normales.«

»Wenn es einen Sturm gibt, dann ist das Gottes Sache. Aber Ihr werdet dem Piloten kein Haar krümmen! Und auch niemand sonst beauftragen, es zu tun!«

»*Meinem* König gegenüber habe ich die Pflicht, die Feinde meines Königs zu vernichten. Der Ingeles ist ein Feind der ganzen portugiesischen Nation! Ein Schmarotzer, ein Pirat, ein Ketzer. Ich bin Generalkapitän des diesjährigen Schwarzen Schiffes, und deshalb in diesem Jahr gleichzeitig Gouverneur von Macao, ausgestattet mit den vizeköniglichen Rechten auf dem Meer.«

»Dann werdet Ihr Euch über meine Befehle direkt hinwegsetzen müssen und riskiert es, exkommuniziert zu werden.«

»Diese Sache liegt außerhalb Eurer Gerichtsbarkeit. Es handelt sich um eine weltliche, nicht um eine geistliche Angelegenheit.«

»Die Lage der Kirche in diesem Lande ist bedauerlicherweise so sehr mit der Politik und dem Seidenhandel verquickt, daß alles die Sicherheit der Kirche berührt. Und solange ich lebe, wird bei der Hoffnung auf die Rettung meiner Seele niemand die Zukunft der Kirche in Japan gefährden!«

»Vielen Dank, daß Ihr so deutlich wart, Eminenz. Ich werde es mir angelegen sein lassen, mehr über die Verhältnisse der Japaner zu erfahren.«

»Ich rate Euch, das zu tun – um unser aller willen! Das Christentum wird hier geduldet, weil alle *Daimyos* fest davon überzeugt sind, daß – wenn sie uns hinauswerfen und den wahren Glauben ausrotten – die Schiffe niemals wiederkommen. Wir Jesuiten besitzen einen gewissen Einfluß, weil nur wir allein des Japanischen mächtig sind, dolmetschen und für sie in Handelsangelegenheiten zur Verfügung stehen. Hinsichtlich der Schwarzen Schiffe befinden sich die *Daimyos* im Irrtum. Ich bin überzeugt, daß der Handel fortgesetzt werden würde, gleichgültig, wie die Lage der Kirche hier ist, denn die portugiesischen Kaufleute sind mehr an ihren eigennützigen Geschäften interessiert als daran, Gott zu dienen.«

»Vielleicht sind die Interessen des Klerus, der uns gern zwingen möchte, Häfen seiner Wahl anzulaufen, ohne dabei der Gefahren zu achten, genauso eigennützig.«

»Ihr vergeßt Euch, Generalkapitän!«

»Ich vergesse keineswegs, daß das Schwarze Schiff vergangenes Jahr zwischen hier und Malakka mit Mann und Maus verlorenging: mit über zweihundert Tonnen Gold an Bord und Silberbarren im Wert von fünfhunderttausend Cruzados, und das, nachdem es unnötigerweise aufgehalten wurde, bis es in die Schlechtwetterperiode hineingeriet, und zwar auf Eure persönlichen Bitten hin.«

»Das war notwendig wegen des Ablebens des Taikō und der daraus sich ergebenden Nachfolgeprobleme.«
»Ich habe auch nicht vergessen, daß Ihr den Vizekönig in Goa vor drei Jahren gebeten habt, das Schwarze Schiff ganz zu streichen; es nur dann absegeln zu lassen, wenn Ihr es sagtet; den Hafen anzulaufen, den Ihr nennen würdet.«
»Damit wollten wir den Starrsinn des Taikō brechen, ihn während seines dummen Krieges in Korea und China in eine Wirtschaftskrise stürzen, und zwar wegen der Priester, die aufgrund seines Befehls in Nagasaki zu Märtyrern wurden, wegen der Ausweisungsedikte, die er gerade erlassen hatte und mit denen er uns alle aus Japan vertreiben wollte. Wenn Ihr mit uns zusammenarbeitet und unserem Rat folgt, könnte Japan in einer einzigen Generation christlich werden. Was ist wichtiger – der Handel oder die Rettung der Seelen?«
»Meine Antwort lautet: die Seelen. Aber da Ihr mich über die Angelegenheiten der Japaner aufklärt, laßt mich sie ins richtige Licht rücken. Nur mit dem japanischen Silber kommen wir an die chinesische Seide und das chinesische Gold heran. Mit den gewaltigen Gewinnen, die wir machen und über Malakka und Goa nach Lissabon bringen, unterhalten wir unser gesamtes Reich in Asien: sämtliche Forts, sämtliche Missionen und Handelsniederlassungen. Damit finanzieren wir unsere Entdeckungsfahrten und decken den größten Teil der Kosten für unsere Verpflichtungen in Europa, was die Ketzer daran hindert, uns zu überrennen und nach Asien zu kommen, was ihnen den Reichtum bringen würde, den sie brauchen, um uns und die Kirche daheim zu zerstören. Was ist wichtiger, Pater – die spanische, portugiesische und italienische Christenheit, oder die japanischen Christen?«
Dell'Aqua funkelte den Soldaten an: »Ein für allemal: Ihr werdet Euch hier nicht in die inneren Angelegenheiten einmischen!«
Ein Stück Kohle fiel aus dem Kamin auf den Teppich. Ferriera, der dem Kamin am nächsten saß, stieß sie zurück.»Und wenn ich mich schon Euren Wünschen beugen soll – was, schlagt Ihr vor, soll mit dem Ketzer geschehen? Oder mit Toranaga?«
Dell'Aqua setzte sich. Er glaubte, gewonnen zu haben. »Im Augenblick weiß ich das noch nicht. Aber Toranaga beseitigen zu wollen, ist lächerlich. Er steht uns sehr wohlwollend gegenüber, und einer Ausweitung des Handels nicht minder. Und das bedeutet« – hier senkte er die Stimme, die fast zu einem Flüstern wurde – »daß auch Eure Gewinne steigen.«
»Und *Eure*«, sagte Ferriera, der sich nicht ins Bockshorn jagen ließ.
»Unsere Gewinne dienen dazu, das Werk Gottes zu vollbringen, wie Ihr wohl wißt.« Müde schenkte dell'Aqua noch Wein nach. »Nun kommt schon, Ferriera, hören wir doch auf, uns so zu streiten. Diese Sache mit dem Ketzer – sie ist schrecklich, gewiß. Aber darüber zu diskutieren, führt zu nichts. Wir brauchen Euren Rat, Eure Intelligenz und Eure Stärke. Toranaga ist lebensnotwendig für uns. Ohne seine Mitwirkung fällt dieses ganze Land wieder zurück in die Anarchie!«

»Ja, das ist richtig, Generalkapitän«, sagte Alvito. »Was ich nicht verstehe, ist, warum er sich immer noch in der Burg aufhält. Es ist einfach nicht zu glauben, daß man ihn schachmatt gesetzt haben soll. Er weiß doch, daß Osaka gründlicher abgeriegelt ist als der Keuschheitsgürtel eines eifersüchtigen Kreuzritters.«
Ferriera sagte: »Wenn er lebensnotwendig ist, warum dann Kiyama und Onoshi unterstützen? Haben die beiden sich nicht gegen ihn entschieden und sich auf Ishidos Seite geschlagen? Warum habt Ihr ihnen nicht davon abgeraten? Die Sache ist doch erst vorgestern durchgesprochen worden.«
»Sie haben uns von ihrer Entscheidung in Kenntnis gesetzt, Ferriera. Wir haben nicht darüber diskutiert.«
»Vielleicht hättet Ihr das tun sollen, Euer Eminenz. Wenn die Sache so wichtig ist, warum ihnen dann nicht einfach befehlen, sich anders zu verhalten? Mit Androhung der Exkommunikation?«
Dell'Aqua seufzte. »Ich wünschte, die Sache wäre so einfach! So etwas macht man in Japan nicht. Sie sind äußerst empfindlich gegen jede Einmischung in ihre inneren Angelegenheiten.«
Ferriera leerte seinen Silberkelch, schenkte sich Wein nach und zwang sich zur Ruhe. Er brauchte die Jesuiten auf seiner Seite. Ohne sie als Vermittler war er hilflos. Diese Reise *muß* zu einem Erfolg werden, sagte er sich. Elf Jahre hindurch hast du dich im Sold des Königs abgerackert und Soldat gespielt, und jetzt hast du dir den größten Preis verdient, den er zu vergeben hat, den Posten des Generalkapitäns des diesjährigen Schwarzen Schiffes und den zehnten Teil des Gewinns, der mit dieser Ehre verbunden ist: ein Zehntel aller Seide, allen Goldes, allen Silbers und aller Gewinne, die dabei herausspringen. Du wirst reich sein bis an dein Lebensende, und zwar nur durch diese eine Reise. Falls sie klappt.
Ferrieras Hand suchte den Griff seines Rapiers und das Silberkreuz, das in das Silberfiligran eingearbeitet war. »Beim Blute Christi, mein Schwarzes Schiff wird rechtzeitig von Macao nach Nagasaki in See stechen, und dann – das reichste Schatzschiff aller Zeiten – im November mit dem Monsun nach Goa laufen und von dort aus nach Hause! Christus ist mein Zeuge, daß das geschehen wird!« Und für sich setzte er dann noch hinzu: Und wenn ich ganz Japan, Macao und ganz China dafür in Brand stecken müßte, bei der Madonna!
»Unsere Gebete begleiten Euch«, erwiderte dell'Aqua, und das war ganz ehrlich gemeint. »Wir wissen, wie wichtig Eure Reise ist.«
»Was schlagt Ihr dann vor? Ohne Hafenpapiere und Geleitbriefe sind mir die Hände gebunden. Kann man die Regenten denn nicht einfach übergehen?«
»Tut mir leid, aber das ist nicht möglich«, sagte Alvito. Er hatte den erregten Wortwechsel sehr genau verfolgt und vor Abscheu innerlich gekocht. Aufgeblasener, mutterloser Krüppel ohne die geringsten Manieren, hatte er gedacht. Und dann sogleich: O Gott, laß mich nicht die Geduld verlieren, denn ohne diesen Mann und andere wie ihn ist die Kirche hier zum Untergang verurteilt. »Ich bin fest überzeugt, Generalkapitän, in ein, zwei Tagen wird alles besiegelt wer-

den. In einer Woche längstens! Toranaga hat im Augenblick ganz besondere Probleme. Es kommt schon in Ordnung, da bin ich ganz sicher.«

»Ich werde also eine Woche warten, länger nicht!« Der drohende Unterton in Ferrieras Stimme war erschreckend. »Ich wünschte, ich bekäme diesen Ketzer mal zwischen die Finger! Ich würde schon die Wahrheit aus ihm herausquetschen! Hat Toranaga irgend etwas von dieser Flotte verlauten lassen, die hier kreuzen soll? Eine feindliche Flotte?«

»Nein.«

»Ich wüßte gern, ob da was dran ist, denn auf dem Herweg wird mein Schiff schlingern wie eine trächtige Sau. Ihre Laderäume werden mit mehr Seidenstoffen vollgepfropft sein, als jemals auf einmal hierhergeschickt worden sind. Wir haben keinen Geleitschutz. Wenn uns nur eine einzelne feindliche Fregatte auf See erwischt – oder diese holländische Hure, die *Erasmus* –, dann wären wir ihr auf Gnade und Ungnade ausgeliefert. Der Ingeles soll sich hüten, sein Schiff so bald wieder auf See zu bekommen, mit Kanonen und Munition und Pulver an Bord. Wann wird er nach Izu gebracht?«

»Das hat Toranaga nicht gesagt«, erwiderte Alvito. »Ich hatte allerdings den Eindruck, schon sehr bald.«

»Heute noch?«

»Ich weiß es nicht. Die Regenten halten ihre Sitzung in vier Tagen ab. Ich würde meinen, danach.«

Ferriera stand auf. »Ich gehe jetzt wieder auf mein Schiff. Wollt Ihr bei uns speisen? Beide? Sobald es dunkel wird? Es gibt einen prächtigen Kapaun, eine Rinderlende und Madeira-Wein, sogar frisches Brot.«

»Vielen Dank, das ist zu freundlich von Euch.« Ein leichtes Strahlen huschte über dell'Aquas Gesicht. »Jawohl, wieder einmal etwas Richtiges zu essen, das wäre wunderbar. Sehr freundlich von Euch.«

»Ich werde Euch benachrichtigen, sobald ich etwas von Toranaga höre, Generalkapitän«, sagte Alvito.

Als Ferriera gegangen und der Pater Visitator sicher war, daß niemand sie belauschte, sagte er drängend: »Martin, was hat Toranaga sonst noch gesagt?«

»Er verlangt eine schriftliche Erklärung über die Sache mit dem Musketen-Schmuggel und der Anforderung der Konquistadores.«

»*Mamma mia*...«

»Toranaga war freundlich, ausnehmend liebenswürdig sogar, aber – nun, jedenfalls habe ich ihn noch nie so erlebt.«

»Was genau hat er gesagt?«

»›Soweit ich gehört habe, Tsukku-san, hat der frühere Obere Eures Ordens, Pater da Cunha, an die Gouverneure von Macao und Goa und an den spanischen Vizekönig in Manila, Don Sisco y Vivera, im Juli 1588 nach eurer Zeitrechnung geschrieben und um die Entsendung von Hunderten mit Feuerwaffen bewaffneter spanischer Soldaten gebeten, um einige der christlichen *Daimyos* bei einem Aufstand zu unterstützen, den der oberste Priester der Christen hier gegen

ihren rechtmäßigen Lehnsherrn, meinen verstorbenen Gebieter, den Taikō, schüren wollte. Wer waren diese *Daimyos?* Stimmt es, daß zwar keine Soldaten entsendet wurden, dafür aber große Mengen Musketen von Macao aus unter Eurem Siegel nach Nagasaki geschmuggelt wurden? Stimmt es, daß der Pater Riese sich ihrer bei seinem zweiten Besuch hier in Japan als Gesandter von Goa im März oder April 1590 nach eurer Zeitrechnung bemächtigte und sie auf dem portugiesischen Schiff, der *Santa Cruz*, wieder aus Nagasaki herausschmuggelte und nach Macao zurückbrachte?‹ « Alvito wischte sich den Schweiß von der Stirn.
»Hat er noch irgend etwas gesagt?«
»Nichts von Belang, Eminenz. Ich hatte keine Gelegenheit, etwas zu erklären – er hat mich sofort entlassen. Höflich zwar, aber immerhin entlassen.«
»Woher bezieht dieser verfluchte Engländer seine Informationen? Wenn ich das nur wüßte! Diese Daten und Namen. Ihr habt Euch nicht geirrt? Er hat sie so genannt?«
»Ja, Eminenz. Die Namen waren auf ein Stück Papier geschrieben. Er hat es mir gezeigt.«
»Von Blackthornes Hand?«
»Nein, die Namen waren phonetisch auf japanisch geschrieben. In *Hiragana*.«
»Wir müssen unbedingt herausbekommen, wer für Toranaga dolmetscht!«
»Es ist die Dame Maria«, sagte Alvito und benutzte Toda Marikos Taufnamen.
»Hat Toranaga Euch das gesagt?«
»Nein, Euer Eminenz. Aber ich weiß zufällig, daß sie in der Burg weilt und zusammen mit dem Ingeles gesehen wurde.«
»Seid Ihr da ganz sicher?«
»An unserer Information ist nicht zu zweifeln.«
»Gut«, sagte dell'Aqua. »Vielleicht hilft Gott uns auf seine unerforschliche Weise. Laßt sie sofort holen.«
»Ich habe bereits mit ihr gesprochen. Ich habe es mir angelegen sein lassen, sie ›rein zufällig‹ zu treffen. Sie war bezaubernd und höchst ehrerbietig wie immer, wies jedoch, ehe ich überhaupt die Gelegenheit hatte, sie zu fragen, ausdrücklich darauf hin: ›Selbstverständlich sind die Belange des Reiches etwas sehr Geheimes, Pater, und einige Dinge müssen nach alter Sitte sehr geheim bleiben. Es ist hier genauso wie in Portugal oder innerhalb der Gesellschaft Jesu.‹ «
»Ihr seid doch aber ihr Beichtvater!«
»Ja. Aber sie wird nichts sagen. Ganz offensichtlich ist sie vorgewarnt worden. Man hat ihr verboten, über das, was gesagt wurde, zu sprechen. Dazu kenne ich die Japaner zu gut! In dieser Beziehung ist Toranagas Einfluß größer als unserer.«
»Ist ihr Glaube denn so schwach? Hat unsere Erziehung bei ihr so wenig gefruchtet? Eines Tages wird sie Nonne werden – vielleicht sogar die erste japanische Äptissin!«
»Gewiß. Trotzdem wird sie in dieser Angelegenheit nichts sagen.«

»Die Kirche ist in Gefahr. Diese Sache ist wichtig, vielleicht sogar zu wichtig«, sagte dell'Aqua. »Das muß sie doch begreifen.«
»Ich bitte Euch, ihren Glauben in dieser Sache nicht auf die Probe zu stellen! Wir würden nur den kürzeren ziehen.«
»Ich werde über Maria nachdenken. Jawohl«, sagte dell'Aqua. Er ließ seine Augen zum Kaminfeuer hinüberwandern; die Bürde seines Amtes lastete auf ihm. Arme Maria! Dieser verfluchte Ketzer! Wie gehen wir dem allem aus dem Weg? Wie bringen wir es fertig, die Sache mit den Musketen für uns zu behalten? Wie konnten ein Pater Superior und ein Vizeprovinzial wie da Cunha, der so geschult und so erfahren war und sieben Jahre praktisches Wissen in Macao und Japan erwerben konnte – wie konnten sie nur einen solchen Fehler begehen! Ich kann es mir schon denken, sagte er sich. Es ist nur allzu leicht. Entweder man bekommt es plötzlich mit der Angst, oder man läßt sich vom Stolz verführen oder wird überheblich oder starr. Wer wäre das unter solchen Umständen nicht geworden? Die besondere Gunst zu genießen, vom Taikō zum Sonnenuntergang empfangen zu werden, vom Taikō, der kurz davor zu stehen schien, zum Glauben überzutreten. Und dann in der gleichen Nacht mit den Ausweisungsedikten des Taikō in der Hand aufzuwachen, die besagen, daß alle religiösen Orden angewiesen werden, innerhalb von zwanzig Tagen aus Japan zu verschwinden; daß alle japanischen Christen zu widerrufen hätten, weil sie sonst des Landes verwiesen oder zum Tode verurteilt würden.
Von Verzweiflung getrieben hatte der Pater Superior den christlichen *Daimyos* von Kyushu – Onoshi, Misaki, Kiyama und Harima von Nagasaki unter anderen – töricht geraten, sich zu erheben, um die Kirche zu retten, und dann in seiner Not um Konquistadores gebeten, die die Revolte unterstützen sollten. Die Scheite knisterten, und die Flammen tanzten auf dem Eisenrost. Gewiß, es stimmt alles, dachte dell'Aqua. Wenn ich bloß eine Ahnung gehabt hätte – wenn da Cunha mich zuvor nur um Rat gefragt hätte! Aber wie hätte er das tun sollen? Ein Brief nach Goa braucht sechs Monate; im übrigen hatte da Cunha sofort geschrieben.
Und obwohl dell'Aqua sofort abgesegelt war, als Gesandter des Vizekönigs von Goa mit den in aller Eile beschafften Beglaubigungsschreiben ausgestattet, hatte es Monate gedauert, ehe er in Macao angekommen war, wo er erfahren mußte, daß da Cunha tot war und daß es ihm und den anderen Patres bei Todesstrafe verboten war, japanischen Boden zu betreten.
Aber die Musketen waren bereits unterwegs gewesen.
Dann, Wochen später, war die Nachricht eingetroffen, daß die Kirche in Japan doch nicht aufgelöst worden war, daß der Taikō seine neuen Gesetze nicht mit Gewalt durchsetzte. Es seien nur etwa fünfzig Kirchen niedergebrannt worden. Nur Takayama war vernichtet worden. Und dann war die Nachricht durchgesikkert, daß der Taikō, obwohl die Ausweisungsedikte offiziell gültig blieben, jetzt bereit sei, die Dinge auf sich beruhen zu lassen, vorausgesetzt, die Patres gingen bei ihren Bekehrungen diskreter vor als bisher und die Neubekehrten verhielten

sich unauffälliger und bewiesen Wohlverhalten; der Gottesdienst würde nicht mehr spektakulär in aller Öffentlichkeit abgehalten, es käme zu keinen Demonstrationen mehr und es würden auch keine buddhistischen Tempel von Eiferern niedergebrannt.
Dann, nachdem die Gefahr gebannt schien, war es dell'Aqua eingefallen, daß Wochen zuvor die Musketen unter dem Siegel des Paters Superior da Cunha ausgeladen worden waren und immer noch in den Lagerhäusern der Jesuiten in Nagasaki warteten.
Wochen voller Angst waren gefolgt, bis die Musketen dann endlich aus dem Hafen herausgeschmuggelt und wieder nach Macao zurückgebracht worden waren – jawohl, diesmal unter meinem Siegel, erinnerte dell'Aqua sich.
Wieviel mochte der Ketzer wissen?
Über eine Stunde lang saßen Ihre Eminenz in dem Ledersessel und starrten blicklos ins Feuer. Pater Alvito wartete geduldig in der Nähe des Bücherschrankes, die Hände auf dem Schoß. Gebündeltes Sonnenlicht tanzte auf dem silbernen Kruzifix an der Wand hinter dem Pater Visitator. An der einen Seitenwand hing ein kleines Ölbild des venezianischen Malers Tizian, das dell'Aqua in seiner Jugend in Padua gekauft hatte, wohin sein Vater ihn geschickt, um die Jurisprudenz zu studieren. An der gegenüberliegenden Wand standen seine Bibeln und seine lateinischen, portugiesischen, italienischen und spanischen Bücher. Außerdem zwölf Regale voll mit japanischen Büchern und Traktaten, gedruckt auf der Druckerpresse mit beweglichen Lettern, die der Gesellschaft Jesu gehörte und die dell'Aqua vor zehn Jahren unter großen Kosten aus Goa hatte kommen lassen: Es handelte sich um Erbauungsbücher und Katechismen aller Art, die die Jesuiten peinlichst genau ins Japanische übersetzt hatten; und um zwei kleine Bücher von unschätzbarem Wert: die vor sechs Jahren gedruckte erste portugiesisch-japanische Grammatik, das Lebenswerk von Pater Sancho Alvarez, und das dazugehörige portugiesisch-lateinisch-japanische Wörterverzeichnis, das vergangenes Jahr sowohl in römischen Lettern als auch in der japanischen *Hiragana*-Schrift gedruckt worden war.
Pater Alvito nahm das Buch zur Hand und strich liebevoll darüber hin. Er wußte, daß es sich um ein einzigartiges Kunstwerk handelte. Achtzehn Jahre lang hatte er selbst ein solches Werk zusammengestellt, und es war bei weitem noch nicht vollendet. Bei seiner Arbeit sollte es sich um ein weit detaillierteres Wörterbuch nebst erklärenden Zusätzen handeln – fast so etwas wie eine Einführung in das japanische Leben und die japanische Sprache; und wenn man seinen Namen nie vergessen würde, dann um dieses Buches willen und wegen der Druckerpresse des Paters Visitator, der für ihn wie ein Vater war; einen anderen hatte er nie gekannt.
»Du möchtest Portugal verlassen, mein Sohn, und in den Dienst Gottes treten?« hatte der riesenhafte Jesuit gefragt, als er ihn kennengelernt.
»O ja, bitte, Pater«, hatte er erwidert und den Kopf in den Nacken gelegt, um mit verzweifelter Sehnsucht zu ihm hinaufsehen zu können.

»Wie alt bist du, mein Sohn?«
»Ich – weiß es nicht, Pater, vielleicht zehn, vielleicht elf, aber ich kann lesen und schreiben; die Priester haben es mir beigebracht; und ich stehe ganz allein da, habe niemanden, der zu mir gehört, und gehöre zu niemanden...«
Dell'Aqua hatte ihn mit nach Goa genommen und von dort aus nach Nagasaki, wo er in das Seminar der Gesellschaft Jesu eingetreten war – als jüngster Europäer in Asien. Endlich hatte er einen Platz gehabt, wo er hingehörte. Dann war das Wunder der Zungen gekommen und die Vertrauensstellung als Dolmetsch und Handelsberater, zunächst beim *Daimyo* Harima Tadao, dem Lehnsherrn von Hizen in Kyushu, und schließlich beim Taikō selbst. Ein paar Jahre später war er zum Priester geweiht worden, und noch später war ihm sogar die Ehre widerfahren, das Vierte Gelübde ablegen zu dürfen. Dabei handelte es sich um ein ganz besonderes Gelübde, das über die üblichen Gelübde der Armut, Keuschheit und des Gehorsams hinausging und das abzulegen nur einer Elite der Jesuiten gestattet wurde: das Gelübde des persönlichen Gehorsams dem Papst gegenüber – sich zu seinem persönlichen Werkzeug für die Arbeit Gottes zu machen, hinzugehen, wohin der Papst persönlich einen schickte, und zu tun, was er zu tun einem persönlich auftrug; kurz, wie es dem Gründer der Gesellschaft, dem baskischen Soldaten Loyola, vorgeschwebt hatte, einer von den *Regimini Militantis Ecclesiae*, einer der Professen, der Soldaten Gottes, für Seinen auserwählten General auf Erden, den Stellvertreter Christi.
Ich bin schon sehr vom Glück begünstigt gewesen, dachte Alvito.
Endlich stand dell'Aqua auf, streckte sich und trat ans Fenster. Die Sonne funkelte auf den vergoldeten Ziegeln des hochragenden Mittelturms der Burg, dessen unvergleichliche Anmut nicht vermuten ließ, von wie massiver Wehrhaftigkeit und Bauweise er war. Turm des Bösen, dachte er. Wie lange wird er noch dort stehen und jedem von uns ein Menetekel sein? Erst fünfzehn – nein, siebzehn Jahre ist es her, daß der Taikō vierhunderttausend Mann für den Bau und die Ausschachtungsarbeiten eingesetzt hatte. Er hatte das Land ausgesaugt, um das Geld für sein Denkmal zusammenzubekommen, und dann, binnen zweier kurzer Jahre, war die Burg von Osaka fertig gewesen. Ein unglaublicher Mann! Ein unglaubliches Volk! Jawohl. Und jetzt steht sie da – unzerstörbar! Für alle, bis auf die Hand Gottes. Er könnte sie im Handumdrehen zertrümmern, wenn Er nur wollte.
O Gott, hilf mir, Deinen Willen zu tun!
»Nun, Martin, es sieht ganz danach aus, als käme Arbeit auf uns zu.« Dell'Aqua fing an, auf und ab zu gehen; seine Stimme war jetzt genauso fest wie seine Schritte. »Zunächst zu dem englischen Piloten: Wenn wir ihn nicht beschützen, wird er umgebracht werden, und damit verscherzen wir uns Toranagas Wohlwollen. Wenn es uns gelingt, ihn zu beschützen, wird er sich über kurz oder lang selbst ans Messer liefern. Aber können wir es wagen zu warten? Sein Vorhandensein stellt für uns eine Bedrohung dar, und es ist nicht abzusehen, was für Schaden er uns noch zufügen kann. Oder wir könnten Toranaga helfen, ihn

zu beseitigen. Oder – letzte Möglichkeit – wir könnten versuchen, ihn zu bekehren.«
Alvito rieb sich die Augen. »Wie bitte?«
»Er ist intelligent und besitzt ein großes Wissen über den Katholizismus. Sind die meisten Engländer im Grunde ihres Herzens nicht katholisch? Sie nehmen es mit der Religion nicht so genau. Im Augenblick stehen sie uns mit fanatischer Feindseligkeit gegenüber, aber ist das nicht nur wegen der Armada?
Was Toranaga betrifft: Wir werden ihm die Karten geben, die er haben will. Ihm erklären, was es mit den ›Einfluß-Sphären‹ auf sich hat. Wurden die Demarkationslinien nicht letzten Endes zu diesem Zweck geschaffen, um den Einfluß der Portugiesen und Spanier, die im Grunde ja Freunde sind, nicht kollidieren zu lassen? *Si, é vero.* Sagt ihm, was die andren wichtigen Dinge betreffe, so würde ich es mir zur Ehre anrechnen, sie für ihn vorzubereiten, nur was die Fakten betrifft, so müsse ich in Macao nachfragen. Und im selben Atemzug sagt ihm, es sei Euch eine besondere Freude, ihm mitteilen zu können, daß das Schwarze Schiff drei Wochen früher absegelte, und zwar mit der größten Ladung von Gold und Seide, die jemals herübergeschafft worden sei, und daß unser gesamter Anteil an der Ladung... daß mindestens dreißig Prozent der Ladung durch persönlich für ihn bestellte Makler verkauft werden würden.«
»Euer Eminenz, der Generalkapitän würde es gar nicht gern sehen, früher absegeln zu müssen, und er...«
»Wir werden es uns zu unserer persönlichen Aufgabe machen, die Hafenpapiere für Ferriera so schnell wie möglich von Toranaga zu bekommen. Sucht ihn sofort noch einmal auf und überbringt ihm meine Antwort. Beeindrucken wir ihn mit unserer Tüchtigkeit – ist das nicht eines von den Dingen, die er bewundert? Wenn Ferriera die Hafenpapiere sofort bekommt, wird er schon in dem weniger wichtigen Punkt, etwas früher anzukommen, nachgeben. Und was den Makler betrifft, was soll es dem Generalkapitän schon ausmachen, ob dieser oder jener Eingeborene das besorgt? Er bekommt seinen Provisionsanteil ohnehin.«
»Sonst aber haben Onoshi und Kiyama den Makleranteil zwischen sich geteilt. Ich weiß nicht, ob sie einverstanden sein werden.«
»Dann löst dieses Problem. Für ein Zugeständnis wird Toranaga sich mit einem späteren Termin einverstanden erklären. Die einzigen Zugeständnisse, die er braucht, sind Macht, Einfluß und Geld. Was können wir ihm geben? Schließlich können wir ihm nicht die christlichen *Daimyos* zuführen. Wir...«
»Trotzdem«, sagte Alvito.
»Selbst wenn wir es könnten, ich weiß nicht, ob wir es tun sollten. Die einzigen Zugeständnisse, die wir Toranaga machen könnten, liegen auf dem Gebiet des Handels. Der Handel interessiert ihn sehr. Deshalb könnte ein Zugeständnis diesbezüglich ihn in Versuchung führen, uns eine Fristverlängerung zu gewähren – die sich vielleicht in eine dauernde umwandeln läßt. Ihr wißt doch, wieviel Sinn die Japaner für diese Art einer Lösung haben – den Stock drohend erhoben halten, wobei beide Seiten so tun, als ob es ihn nicht gäbe, eh?«

»Meiner Meinung nach ist es im Augenblick politisch alles andere als ratsam, daß Onoshi und Kiyama sich gegen Toranaga stellen. Ich könnte ihnen vorschlagen, Toranaga fünfundzwanzig Prozent anzubieten, dann hätte jeder einen gleichen Anteil: Onoshi, Kiyama, Harima und Toranaga – damit wäre dem Schlag, daß sie sich ›vorübergehend‹ gegen ihn auf Ishidos Seite stellen, viel von seinem Gewicht genommen.«
Dell'Aqua bedachte einen Moment Vorzüge und Nachteile dieses Plans. »Ausgezeichnet«, sagte er schließlich. »Macht das so. Und jetzt zu dem Ketzer: Übergebt Toranaga heute noch seine *roteiros*. Geht sofort noch einmal zu ihm. Sagt ihm, die *roteiros* seien uns insgeheim zugeschickt worden.«
»Und wie soll ich erklären, daß wir sie ihm erst jetzt aushändigen?«
»Das braucht Ihr doch gar nicht. Sagt ihm einfach die Wahrheit: daß Rodrigues sie mitgebracht hat, keiner von uns jedoch erkannt habe, daß das Paket die fehlenden *roteiros* enthielte. Die *roteiros* beweisen, daß Blackthorne ein Pirat, Dieb und Verräter ist. Seine eigenen Worte werden ihn überführen und ein für allemal unschädlich machen; wenn darin keine göttliche Gerechtigkeit liegt? Sagt Toranaga die Wahrheit – daß Mura sie Pater Sebastio übergeben habe, was ja der Wahrheit entspricht, der sie uns geschickt hat. Damit wären alle von irgendwelcher Schuld frei: Mura, Pater Sebastio, alle. Wir sollten Mura per Brieftaube unterrichten, was wir getan haben. Ich bin sicher, Toranaga wird erkennen, daß wir mehr seine Interessen im Sinn hatten als die Yabus. Weiß er eigentlich, daß Yabu sich mit Ishido verständigt hat?«
»Ich würde sagen, ganz bestimmt, Euer Eminenz. Es heißt jedoch, Yabu und Toranaga seien jetzt Freunde.«
»Ich würde diesem Höllenhund nicht trauen.«
Plötzlich wurden sie abgelenkt. Draußen gab es Aufregung. Die Tür wurde aufgerissen, ein Mönch in Kapuze stürmte barfuß herein und schüttelte Pater Soldi ab. »Die Gnade Jesu Christi sei mit Euch«, sagte er, und seine Stimme klang rauh vor Feindseligkeit. »Möge Gott Euch Eure Sünden verzeihen!«
»Pater Perez – was macht Ihr hier?« entfuhr es dell'Aqua.
»Ich bin in diesen Sündenpfuhl von einem Land zurückgekehrt, um den Heiden wieder das Wort Gottes zu bringen.«
»Aber das Edikt verbietet Euch ausdrücklich und bei Todesstrafe, jemals wieder zurückzukehren. Nur durch ein Wunder seid Ihr in Nagasaki dem Märtyrertod entgangen, und Ihr hattet strikte Anweisung...«
»Das war der Wille Gottes, und was schert mich das Edikt eines dreckigen toten Heiden?« sagte der Mönch. Er war ein kleiner, hagerer Spanier mit einem langen, ungepflegten Bart. »Ich bin hier, das Werk Gottes fortzusetzen und zu vollenden.« Er sah Pater Alvito an. »Was macht der Handel, Pater?«
»Glücklicherweise entwickelt er sich für Spanien sehr gut«, sagte Alvito eisig. »Ich verbringe meine Zeit nicht im Kontorhaus, Pater, sondern bei meiner Herde.«
»Das ist sehr löblich«, erklärte dell'Aqua scharf. »Aber verbringt sie dort, wo

der Papst gesagt hat – außerhalb von Japan. Dies hier ist ausschließlich *unsere* Domäne. Außerdem ist dies hier portugiesisches Territorium, nicht spanisches. Muß ich Euch daran erinnern, daß drei Päpste alle Orden außer der Gesellschaft Jesu aus Japan fortbefohlen haben? Und König Philipp hat das gleiche angeordnet.«

»Spart Euch Euren Atem, Eminenz. Das Werk Gottes steht über irdischen Befehlen. Ich bin wieder hier, und ich werde die Türen der Kirchen aufstoßen und die Menschen anflehen, sich gegen die Gottlosen zu erheben.«

»Wie oft müßt Ihr eigentlich gewarnt werden? Ihr könnt Japan nicht wie ein Inkaprotektorat behandeln, das von Wilden aus dem Urwald bevölkert wird, die weder Geschichte noch Kultur besitzen. Ich verbiete es Euch zu predigen, und ich bestehe darauf, daß Ihr die Befehle des Papstes befolgt.«

»Wir werden die Heiden bekehren. Hört zu, Eminenz, in Manila warten noch hundert meiner Brüder auf Schiffe; gute Spanier und eine Menge von unseren Konquistadores, die uns beschützen werden, falls es notwendig sein sollte. Wir werden offen predigen, auch unser Habit öffentlich tragen und nicht in gotteslästerlichen Seidenhemden herumlaufen wie die Jesuiten.«

»Ihr dürft die Obrigkeit hier nicht erzürnen, sonst macht Ihr unsere Heilige Mutter, die Kirche, hier zu Asche.«

»Und ich sage Euch ins Gesicht, daß wir nach Japan zurückkehren und auch hier bleiben werden. Wir werden das Wort Gottes predigen, trotz Euch – trotz irgendwelcher Prälaten, Bischöfe, Fürsten, und auch trotz des Papstes – zum Ruhme Gottes.« Der Mönch warf die Tür hinter sich ins Schloß,

Zornrot im Gesicht, goß dell'Aqua sich noch ein Glas Madeira ein. Ein wenig von dem Wein tropfte auf die polierte Oberfläche seines Schreibtisches. »Diese Spanier werden noch unser Untergang sein.« Langsam trank dell'Aqua und versuchte, sich wieder zu fassen. Schließlich sagte er: »Martin, schickt ihm ein paar von unseren Leuten nach und laßt ihn beobachten.«

»Jawohl, Eminenz.« An der Tür zögerte Alvito. »Erst Blackthorne und jetzt auch noch Perez. Da möchte man doch daran zweifeln, daß es sich wirklich nur um einen Zufall handelt. Als ob die Spanier in Manila von Blackthorne gewußt hätten und ihn hätten hierherkommen lassen, um uns das Leben sauer zu machen.«

»Möglich, aber nicht wahrscheinlich.« Dell'Aqua trank sein Glas aus und setzte es vorsichtig nieder. »Aber wie dem auch sei – mit Gottes Hilfe und Eurer Emsigkeit wird keinem von beiden gestattet werden, unserer Heiligen Mutter, der Kirche, Schaden zuzufügen – koste es, was es wolle.«

# 20. Kapitel

»Ich will ein gottverdammter Spanier sein, wenn das hier kein Leben ist!« Selig lag Blackthorne auf dem Bauch auf dicken *Futons*, nur zum Teil in seinen Baumwollkimono gehüllt, den Kopf auf die Arme gelegt. Das Mädchen ließ seine Hände über seinen Rücken laufen, walkte hier und da einen Muskel durch und beschwichtigte seine Haut wie seinen Geist, daß er vor Behagen am liebsten geschnurrt hätte. Ein anderes Mädchen schenkte Saké in eine winzige Porzellanschale. Ein drittes stand wartend mit einem Lacktablett da, auf dem ein geflochtenes Bambuskörbchen stand mit rösch gebackenem Fisch darin, noch einem Kännchen Saké und einigen Eßstäbchen.

»*Nan desu ka*, Anjin-san – Was habt Ihr gesagt, ehrenwerter Pilot?«

»Ich kann das nicht auf *Nihon-go* sagen, Rako-san.« Er lächelte das Mädchen an, das ihm den Saké reichte. Statt dessen wies er auf die Schale. »Wie heißt die – *namae ka?*«

»*Sabazuki!*« Sie sprach es dreimal vor, er wiederholte es, und dann nötigte das andere Mädchen, Asa, ihn, noch von dem Fisch zu nehmen, doch er schüttelte den Kopf. »*Iyé, domo.*«

Er wußte nicht, wie er sagen sollte: »Ich bin jetzt satt«, und so versuchte er es mit: »Ich bin jetzt nicht hungrig.«

»*Ah! Ima hrawa hette wa oranu*«, erklärte Asa und berichtigte ihn. Er wiederholte den Satz immer wieder, und alle lachten über seine Aussprache, doch schließlich gelang es ihm, es einigermaßen hinzubekommen.

»Ich bin hungrig – *hara ga hetta.*« – Und: »Ich bin nicht hungrig – *Ima hrawa hette wa oranu!*« Ich werde diese Sprache nie lernen, lachte er. Sie läßt sich zu nichts in Beziehung setzen, was wir im Englischen, Portugiesischen oder auch im Lateinischen haben.

»Anjin-san?« Asa bot ihm das Tablett abermals dar.

Er schüttelte den Kopf und legte die Hand bedeutungsvoll auf den Bauch. Den Saké hingegen nahm er an. Sono, das Mädchen, das ihm den Rücken massierte, hatte einen Augenblick damit aufgehört, und so ergriff er ihre Hand, legte sie

sich auf den Nacken und tat so, als stöhnte er vor Behagen. Sie verstand und fuhr fort, ihn zu massieren.
Sobald er die kleine Schale Saké ausgetrunken hatte, wurde sie wieder vollgeschenkt. Es ist besser, du siehst dich etwas vor; dies ist schon die dritte Kanne, dachte er, und die Wärme geht mir schon bis in den großen Zeh.
Die drei Zofen, Asa, Sono und Rako, waren beim Morgengrauen gekommen und hatten ihm *Cha* gebracht, den die Chinesen, wie Pater Domingo ihn belehrt, bisweilen auch *T'ee* nannten und der das Nationalgetränk der Japaner und Chinesen war. Nach dem Zusammenstoß mit dem Mörder hatte er sehr unruhig geschlafen, aber das heiße aromatische Getränk hatte angefangen, ihm gutzutun. Sie hatten kleine heiße, leicht parfümierte aufgerollte Tücher gebracht, und als er nicht wußte, was damit anfangen, hatte Rako, welche über den beiden anderen stand, ihm gezeigt, sie sich um die Hände zu schlingen und sie vors Gesicht zu pressen.
Dann hatten sie ihn samt seinen vier Samurai-Wachen zu den dampfenden Bädern auf der anderen Seite dieses Flügels der Burg gebracht und ihn dem Badewärter überantwortet. Die vier Wächter hatten stoisch geschwitzt, während er gebadet, seinen Bart gestutzt, sein Haar gewaschen und er massiert wurde. Hinterher hatte er sich wie neugeboren gefühlt – ein wahres Wunder. Sie reichten ihm einen frischen Baumwollkimono sowie frische *Tabis*, und die Zofen bedienten ihn weiter. Sie führten ihn in einen anderen Raum, wo Kiri und Mariko waren. Mariko sagte, Herr Toranaga habe beschlossen, den Anjin-san in den nächsten Tagen in eine seiner Provinzen zu schicken, wo er sich wieder erholen sollte, und daß Herr Toranaga höchst angetan von ihm sei und es nicht nötig sei, sich irgendwelche Sorgen zu machen; denn jetzt stehe er unter Herrn Toranagas persönlichem Schutz. Ob der Anjin-san wohl die Güte besitzen wolle, mit der Zeichnung der Karten zu beginnen, wozu sie ihm sogleich Material schicken werde. Bald werde es zu einem weiteren Treffen mit ihrem Gebieter kommen, und außerdem habe er ihr versprochen, sich bald bereitfinden zu wollen, ihm jede Frage zu beantworten. Herrn Toranaga sei sehr daran gelegen, daß Blackthorne alles über die Japaner erfahre, genauso wie er begierig sei, etwas über die Welt draußen zu erfahren, über die Navigation und über die Schiffahrt.
Dann hatte man Blackthorne zum Arzt gebracht. Im Gegensatz zu den Samurai trugen die Ärzte das Haar kurzgeschoren und ohne Quaste.
Blackthorne haßte die Ärzte. Aber dieser hier war ganz anders. Dieser Arzt war behutsam und unglaublich sauber. Die Wundärzte in Europa – das waren zumeist Barbiere und Feldscher, grob und ungehobelt und verlaust wie alle Welt sonst auch. Dieser Arzt hingegen faßte ihn mit allergrößter Behutsamkeit an, betrachtete ihn höflich und fühlte Blackthorne den Puls, schaute ihm in Augen, Mund und Ohren und klopfte ihm sanft den Rücken und gegen die Knie und unter die Fußsohlen, wobei er in seinem ganzen Gehaben höchst beruhigend wirkte. In Europa wollte ein Arzt sich immer nur die Zunge ansehen und begnügte sich damit zu fragen: »Wo tut's denn weh?« Dann ließ er einen zur

Ader, um die schlimmen Säfte aus dem Blut herauszuholen, und gab einem ein starkes Abführmittel, um die Eingeweide von allen Verunreinigungen zu entleeren.
Dieser Arzt kam ohne Skalpell und Blutschale; außerdem hatte er nicht diesen üblen Geruch an sich, und so hatte Blackthorne angefangen, sich zu beruhigen, und er entspannte sich ein wenig.
Fragend berührten die Finger des Arztes die Narben an seinem Oberschenkel. Blackthorne machte den Knall eines Gewehrs nach, weil ihm vor vielen Jahren eine Musketenkugel durch das Fleisch geschlagen war. Der Arzt sagte: »*Ah so desu*« und nickte. Weiteres Abtasten, tiefgehend, aber schmerzlos, über seine Lenden und seinen Leib. Zuletzt wandte der Arzt sich an Rako, sie nickte, verneigte sich und dankte ihm.
»*Ichi ban?*« hatte Blackthorne gefragt, weil er wissen wollte, ob auch alles in Ordnung sei.
»*Hai*, Anjin-san.«
»*Honto ka?*«
»*Honto* – Ja, es ist wahr.«
Blackthorne bedankte sich. Die Mädchen geleiteten ihn wieder zurück, und erst als er auf den *Futons* lag, sein Baumwollkimono gelockert wurde und das Mädchen Sono ihm über den Rücken fuhr, fiel ihm ein, daß er sich, ohne sich um die Mädchen zu kümmern, vor dem Arzt und den Samurai nackt ausgezogen hatte – und daß er sich nicht im geringsten geschämt hatte.
»*Nan desu ka*, Anjin-san?« fragte Rako. »Was gibt's, ehrenwerter Pilot? Warum lacht Ihr?« Ihre weißen Zähne blitzten, ihre Augenbrauen waren ausgezupft und halbmondförmig nachgezogen. Sie trug das schwarze Haar hochgesteckt und dazu einen rosa geblümten Kimono mit einem graugrünen *Obi*.
»Ich lächle, weil ich glücklich bin, Rako-san. Aber wie soll ich Euch das erklären? Wie sagen, daß ich lache, weil ich glücklich bin und zum ersten Mal, seit ich die Heimat verlassen habe, alle Last von mir genommen ist. Weil ich Toranaga-samas Ohr besitze und drei fette Breitseiten in die gottverfluchten Jesuiten und weitere sechs in die pockennarbigen Portugiesen hineingefeuert habe.« Und dann sprang er auf und fing an, eine *Hornpipe* – einen englischen Matrosentanz – hinzulegen und dazu einen *Shanty* zu singen.
Rako und den anderen fielen die Augen aus dem Kopf. Die *Shoji*-Tür war aufgeglitten, und jetzt quollen auch den Samurai die Augen. Blackthorne tanzte und sang nach Leibeskräften, bis er einfach nicht mehr konnte, dann stieß er ein schallendes Gelächter aus und brach zusammen. Die Mädchen klatschten in die Hände, und Rako versuchte, es ihm gleichzutun, was ihr jedoch kläglich mißlang, da ihr über den Boden schleppender Kimono sie daran hinderte. Die anderen erhoben sich und brachten ihn dazu, ihnen zu zeigen, wie es gehe. Aber sie konnten es nicht, und bald plapperten sie alle durcheinander, kicherten und fächerten sich Kühlung zu.
Unversehens setzten die Wachen feierliche Mienen auf und verneigten sich tief.

Toranaga, Mariko und Kiri und die unvermeidlichen Samurai-Wachen neben sich, stand auf der Schwelle. Alle Mädchen wandten sich der Tür zu, die Hände flach auf dem Boden, den Kopf geneigt, aber das Lachen wich nicht von ihren Gesichtern, und irgendwelche Angst schienen sie auch nicht zu haben. Auch Blackthorne verneigte sich höflich, wenngleich nicht ganz so tief wie die Frauen.
»*Ohayo*, Toranaga-sama«, sagte Blackthorne.
»*Ohayo*, Anjin-san«, erwiderte Toranaga, um dann eine Frage zu stellen.
»Mein Gebieter fragt, was Ihr getan habt, Senhor?« dolmetschte Mariko.
»Es war nur ein kleiner Tanz, Mariko-san«, erklärte Blackthorne und kam sich ein wenig albern vor. »Man nennt das eine *Hornpipe*. Wir tanzen sie zu Seemannsshantys. Ich bin nur glücklich – vielleicht hat der Saké das gemacht. Es tut mir leid. Ich hoffe, ich habe Toranaga-sama nicht gestört.«
»Mein Gebieter sagt, er würde den Tanz gern sehen und das Lied hören.«
Gleichzeitig ließ Toranaga sich mit untergeschlagenen Beinen nieder, sein kleiner Hofstaat verteilte sich über den Raum, und alle blickten Blackthorne erwartungsvoll an.
Da hast du es, du Narr, sagte Blackthorne sich. Das kommt davon, wenn du dich gehenläßt. Jetzt mußt du vortanzen und vorsingen, dabei weißt du, daß du nicht bei Stimme bist und daß du sehr unbeholfen tanzt.
Dennoch zog er den Kimono fest um sich und fing schwungvoll an: drehte sich und ließ die Beine vorschnellen, hüpfte und sprang und ließ seine Stimme laut erschallen.
»Mein Gebieter sagt, so etwas habe er in seinem ganzen Leben nocht nicht gesehen.«
»*Arigato goziemashita!*« sagte Blackthorne und schwitzte, teilweise vor Anstrengung, teilweise aber auch vor Verlegenheit.
Dann legte Toranaga seine Schwerter beiseite, raffte den Kimono hoch, stopfte ihn sich in den Gürtel und stellte sich neben ihn. »Herr Toranaga wünscht, Euren Tanz zu tanzen«, sagte Mariko. »Bitte, Ihr möchtet es ihm beibringen, sagt er.«
Und so fing Blackthorne an. Er führte die Grundschritte vor und wiederholte sie ein paarmal. Toranaga lernte sie rasch, und Blackthorne war nicht schlecht beeindruckt von der Beweglichkeit des dickbäuchigen Mannes mit dem ausladenden Hinterteil.
Dann begann Blackthorne zu singen, und Toranaga fiel unter den aufmunternden Zurufen der Zuschauer zunächst versuchsweise ein. Dann streifte Toranaga seinen Kimono ab, kreuzte die Arme vor der Brust und begann mit Begeisterung neben Blackthorne zu tanzen, der gleichfalls seinen Kimono fortwarf, lauter sang und schneller wurde. Schließlich vollführte Blackthorne eine Art von Freudensprung, strampelte in der Luft mit den Beinen, kam wieder auf die Füße und blieb still stehen. Er klatschte, verneigte sich vor Toranaga, und alle um sie herum klatschten für ihren Gebieter in die Hände, der sehr glücklich schien. Toranaga nahm mitten im Raum Platz; sein Atem ging heftig. Sofort sprang

Rako hinzu und fächelte ihm Kühlung zu, und die anderen liefen, seinen Kimono herbeizubringen. Aber Toranaga nötigte Blackthorne seinen eigenen Kimono auf und zog statt dessen seinen schlichten an.
Mariko erklärte: »Mein Gebieter sagt, es würde ihm Freude machen, wenn Ihr dies Geschenk annähmet«, um dann noch hinzuzufügen: »Hier in Japan gilt es als eine ganz große Ehre, auch nur einen alten, abgetragenen Kimono von seinem Lehnsherrn zu empfangen.«
»*Arigato goziemashita*, Toranaga-sama.« Blackthorne verneigte sich ganz besonders tief und sagte dann zu Mariko: »Jawohl, ich verstehe durchaus, welche Ehre er mir damit erweist, Mariko-sama. Bitte, dankt Herrn Toranaga mit den formal korrekten Worten, die ich leider noch nicht kenne, und sagt ihm, ich würde ihn in Ehren halten; noch höher aber schätzte ich die Ehre, die er mir erwiesen, indem er meinen Tanz mit mir tanzte.«
Voller Hochachtung halfen Kiri und die Mädchen Blackthorne in den Kimono ihres Herrn und zeigten ihm, wie man die Schärpe zum Knoten schlang. Der Kimono war aus brauner Seide und trug die fünf scharlachroten Zeichen; die Schärpe bestand aus weißer Seide.
»Herr Toranaga sagt, er hat den Tanz genossen. Eines Tages wird er Euch vielleicht einen von unseren Tänzen zeigen. Er möchte, daß Ihr so schnell wie möglich Japanisch lernt.«
»Das möchte ich auch.« Aber noch lieber, dachte Blackthorne, würde ich meine eigenen Kleider tragen, in meiner eigenen Kammer auf meinem eigenen Schiff mein eigenes Essen essen, die Kanonen kampfbereit, meine Pistolen im Gürtel, und das Achterdeck schräg unter der Gewalt des Windes in den Segeln. »Würdet Ihr Herrn Toranaga bitte fragen, wann ich mein Schiff zurückbekommen kann?«
»Senhor?«
»Mein Schiff, Senhora. Bitte, fragt ihn, wann ich mein Schiff wiederbekommen kann. Und meine Mannschaft. Die ganze Ladung ist ausgeräumt worden – es waren zwanzigtausend Dukaten in der Schatztruhe. Ich bin überzeugt, er begreift, daß wir Kaufleute sind, und wenn wir auch seine Gastfreundschaft zu schätzen wissen, so würden wir doch noch lieber Handel treiben – mit den Waren, die wir mitgebracht haben – und uns dann wieder auf die Heimreise begeben. Es wird uns beinahe achtzehn Monate kosten, wieder nach Hause zu kommen.«
»Mein Gebieter sagt, Ihr braucht Euch keine Sorgen zu machen. Alles wird so bald wie möglich geschehen. Aber zunächst müßt Ihr gesund werden und wieder zu Kräften kommen. Ihr sollt heute abend abreisen.«
»Senhora?«
»Herr Toranaga hat gesagt, Ihr werdet heute bei Sonnenuntergang abreisen, Senhor. Habe ich es falsch gesagt?«
»Nein, nein, durchaus nicht, Mariko-san. Aber vor einer Stunde oder so habt Ihr mir gesagt, ich sollte in ein paar Tagen abreisen.«

»Ja, aber jetzt sagt er, Ihr reist heute abend.« Sie dolmetschte all dies für Toranaga, der abermals etwas dazu sagte.
»Mein Gebieter sagt, es sei besser und bequemer, wenn Ihr heute noch reist. Er schickt die Dame Kiritsubo nach Yedo, damit sie alles für seine Rückkehr vorbereitet. Ihr werdet sie begleiten.«
»Bitte, dankt ihm in meinem Namen. Und – dürfte ich bitte fragen, ob meine Mannschaft...« Er sprach nicht weiter, als er Toranaga den Blick abwenden sah. Ein junger Samurai kam hereingeeilt, verneigte sich vor Toranaga und wartete. Toranaga sagte: »*Nan jah?*«
Blackthorne verstand nichts von dem, was gesagt wurde, höchstens, daß er meinte, Pater Alvitos Namen Tsukku-san herauszuhören. Er bemerkte, wie Toranaga zu ihm hinblickte, und ihm entging nicht, daß sich ein flüchtiges Lächeln auf seine Lippen stahl, und so fragte er sich, ob Toranaga wohl wegen dem, was er ihm berichtet, nach dem Priester geschickt hatte. Hoffentlich, dachte er, und hoffentlich sitzt Alvito bis zur Nase in der Tinte. Ob er das wohl tut? Blackthorne beschloß, Toranaga nicht danach zu fragen, wiewohl er sehr versucht war, es zu tun.
»*Kare ni matsu yoni*«, sagte Toranaga barsch.
»*Gyoi.*« Der Samurai verneigte sich und eilte davon. Toranaga wandte sich wieder Blackthorne zu. »*Nan jah*, Anjin-san?«
»Ihr sagtet gerade, Anjin-san?« dolmetschte Mariko. »Von Eurer Mannschaft?«
»Ja. Ob Toranaga-sama sie wohl gleichfalls unter seinen besonderen Schutz nehmen könnte? Und dafür sorgen, daß es ihnen an nichts mangelt? Werden sie auch nach Yedo geschickt werden?«
Sie fragte ihn, und Toranaga steckte seine Schwerter in den Gürtel seines kurzen Kimonos. »Mein Gebieter sagt, selbstverständlich, das Entsprechende ist bereits angeordnet worden. Ihr braucht Euch ihretwegen keine Gedanken zu machen. Und um Euer Schiff auch nicht. Es sei bereits in Yedo.«
Toranaga erhob sich und marschierte hinaus. Kiri und seine Leibwache folgten ihm.
»Anjin-san?« Rako reichte ihm eine Schale Saké.
Er dankte ihr und trank sie aus, woraufhin sie sie augenblicklich wieder füllte. Dann nahm er die Schale und reichte sie gutmütig Mariko dar. »Ich weiß zwar nicht, ob Höflichkeit und Sitte das erlauben, aber möchtet Ihr vielleicht etwas Saké? Ist das gestattet? Oder muß ich mir die Stirn auf dem Boden blutig schlagen?«
Sie lachte. »O ja, das entspricht durchaus der Höflichkeit, und bitte, verletzt Euch nicht die Stirn. Es ist nicht nötig, daß Ihr Euch mir gegenüber entschuldigt, Kapitän! Ein Mann entschuldigt sich einer Frau gegenüber nie. Was immer er tut, es ist richtig. Zumindest glauben wir Damen das.« Sie erklärte den anderen, was sie gesagt hatte, und diese nickten sehr ernst, wiewohl in ihren Augen der Schalk tanzte. »Ihr konntet es ja nicht wissen, Anjin-san«, fuhr Mariko fort, nippte dann ein ganz klein wenig an dem Saké und reichte ihm die Schale zu-

rück. »Vielen Dank, aber nein, ich möchte keinen Saké mehr. Saké steigt mir gleich in den Kopf und geht mir in die Knie. Aber Ihr lernt rasch – es muß sehr schwer für Euch sein. Macht Euch keine Sorgen, Anjin-san. Herr Toranaga hat mir anvertraut, er finde Eure Auffassungsgabe ganz außergewöhnlich. Er hätte Euch diesen Kimono nie geschenkt, wenn er nicht außerordentlich erfreut gewesen wäre.«

»Hat er nach dem Tsukku-san geschickt?«

»Ihr hättet ihn fragen sollen, Kapitän. Mir hat er es nicht gesagt. Und das war weise gehandelt, denn Frauen ermangelt es nun einmal in politischen Dingen an Einsicht.«

»*Ah, so desu ka?* Ich wünschte, unsere Frauen würden sich der gleichen Weisheit befleißigen.«

Mariko betätigte ihren Fächer.

Die Beine unter sich, kniete sie bequem da. »Euer Tanz war sehr schön, Anjin-san. Tanzen Eure Damen genauso?«

»Nein. Das war ein Männertanz – ein Matrosentanz.«

»Darf ich mir erlauben, eine Frage zu stellen, bevor ich Euch Eure Fragen, die Ihr sicher noch habt, beantworte?«

»Gewiß.«

»Wie ist die Dame, Eure Gattin?«

»Sie ist neunundzwanzig Jahre alt. Mit Euch verglichen ist sie groß. Nach unserem Maß bin ich einsfünfundachtzig, und sie mißt einszweiundsiebzig. Ihr hingegen seid schätzungsweise einsfünfzig. Also ist sie größer als Ihr und auch voller. Ihr Haar hat die Farbe von…«, er zeigte auf die makellos polierten Zedernholzbalken, »ungefähr so wie das Holz da. Blond mit einem Hauch von Rot. Ihre Augen sind blau – von einem viel intensiveren Blau als meine, blaugrün. Sie trägt ihr Haar meistens lang und offen.«

Mariko dolmetschte all das für die anderen, und alle saugten sie vernehmlich die Luft ein, sahen zu den Zedernholzbalken hinauf und dann wieder zu ihm hin; selbst die Samurai-Wachen lauschten sehr gespannt. Eine Frage kam von Rako. Dann fragte Asa etwas, und aller Interesse stieg merklich.

»Asa will wissen, ob – was das Kopfkissen-miteinander-Teilen betrifft – wie Ihr Eure Frauen im Vergleich zu den unseren findet.«

»Tut mir leid, aber ich verstehe nicht.«

»Oh, Verzeihung. Das Kopfkissen-miteinander-Teilen – so nennen wir die körperliche Vereinigung von Mann und Frau, *neh?*«

Blackthorne unterdrückte seine Verlegenheit und sagte: »Ich habe, nun ja, ich habe bisher nur eine Kopfkissenerfahrung hier gehabt – und das war, hm, in dem Dorf – und ich erinnere mich nicht mehr allzu lebhaft daran, denn ich war von der Reise so erschöpft, daß ich träumte und halb wach war. Aber ich glaube, hm, es war sehr zufriedenstellend.«

Mariko runzelte die Stirn. »Ihr habt seit Eurer Ankunft nur ein einziges Mal das Kopfkissen geteilt? Dann müßt Ihr ja völlig verkrampft sein, *neh?* Jede von diesen Damen wäre entzückt, das Kopfkissen mit Euch zu teilen, Anjin-san. Alle, falls Ihr das wünscht.«

»Eh?«

»Selbstverständlich. Falls Ihr jedoch keine von ihnen wollt, so braucht Ihr Euch deshalb auch weiter keine Gedanken zu machen, sie wären gewiß nicht beleidigt. Sagt mir nur, was für eine Dame Ihr wünscht, und wir werden schon für alles Weitere sorgen.«

»Vielen Dank«, sagte Blackthorne, »aber jetzt nicht.«

»Seid Ihr auch ganz sicher? Bitte, verzeiht, aber Kiritsubo-san hat ausdrücklich angeordnet, daß Eure Gesundheit geschützt und gebessert werden solle. Wie könnt Ihr gesund werden, ohne das Kopfkissen zu teilen? Es ist doch sehr wichtig für einen Mann, *neh?*«

»Vielen Dank, aber ich bin... vielleicht später«, sagte Blackthorne, völlig vor den Kopf geschlagen darüber, wie unverblümt und ohne jedes Feingefühl sie diesen Vorschlag machte.

»Es wäre ihnen eine Ehre, Euch gefällig zu sein, Anjin-san. Oh! Vielleicht – vielleicht wäre ein Knabe Euch lieber?«

»Eh?«

»Ein Knabe. Das ist ganz einfach, falls Ihr es wünscht.« Ihr Lächeln war ohne Arg, ihre Stimme ganz sachlich.

»Eh? Bietet Ihr mir allen Ernstes einen Knaben an?«

»Aber gewiß, Anjin-san. Was habt Ihr denn? Ich habe doch nichts weiter gesagt, als daß ich einen Knaben herschicken würde, falls Ihr einen wünschtet.«

»Ich wünsche es durchaus nicht!« Blackthorne spürte, wie ihm das Blut in den Kopf stieg. »Sehe ich etwa aus wie ein gottverfluchter Sodomit?«

Seine Worte sausten wie Peitschenhiebe hernieder. Alle starrten ihn völlig entgeistert an. Mariko verneigte sich bestürzt und behielt die Stirn auf dem Boden. »Bitte, verzeiht mir. Ich habe einen schrecklichen Fehler begangen. Oh, ich habe Euch mit etwas verletzt, was nur freundlich gemeint war. Ich habe nie mit einem anderen – eh – Fremden gesprochen als mit den frommen Vätern, und deshalb habe ich keine Ahnung von Euren – eh – intimen Gepflogenheiten. Man hat mich in dieser Beziehung nie belehrt, Anjin-san – die Väter haben nie mit mir darüber gesprochen. Hier möchten manche Männer bisweilen Knaben – Priester vergnügen sich bisweilen mit Knaben, unsere und einige von Euren auch –, und da habe ich törichterweise angenommen, Eure Sitten und Gebräuche seien genauso wie die unseren.«

»Ich bin kein Priester, und es ist auch keineswegs allgemein üblich bei uns.« Der Führer der Samurai, Kazer Oan, schien erheblich beunruhigt. Er war für die Sicherheit des Barbaren und für seine Gesundheit verantwortlich, und er hatte mit eigenen Augen gesehen, welch ungeheure Ehre Herr Toranaga dem Anjin-san erwiesen hatte. Und jetzt war der Anjin-san wütend. »Was ist denn los mit ihm?« fragte er drängend, denn offensichtlich hatte dieses törichte Weib etwas gesagt, was seinen sehr wichtigen Gefangenen verletzt hatte.

Mariko erklärte, was gesagt worden war und was der Anjin-san darauf erwidert hatte.
»Es muß daran liegen, daß er so lange nicht das Kopfkissen geteilt hat. Ihr«, befahl er Sono, »Ihr holt frischen Saké, heißen Saké und – eh – heiße Tücher. Und Ihr, Rako, reibt dem Teufel den Nacken.« Die Mädchen stoben davon, seinen Befehlen nachzukommen. Plötzlich hatte er einen Einfall. »Ob er wohl impotent ist? Die Geschichte, daß er in dem Dorf das Kopfkissen geteilt hat, klang schon unwahrscheinlich genug, *neh?* Vielleicht regt der arme Kerl sich auf, weil er nicht das Kopfkissen teilen kann und Ihr jetzt das Thema angeschnitten habt. Wenn er impotent wäre – nun, das würde alles erklären, *neh?* Da würde ich an seiner Stelle auch losschreien. Ja, fragt ihn...«
Mariko tat sogleich, wie ihr geheißen, und Oan war entsetzt, als er sah, daß dem Barbaren das Blut wieder in den Kopf schoß und ein ganzer Schwall von drohend klingendem Barbarisch den Raum erfüllte.
»Er hat ›nein‹ gesagt.« Marikos Stimme ging kaum über ein Flüstern hinaus.
»All diese vielen Wörter bedeuten nichts weiter als ›nein‹?«
»Sie – sie benutzen eine ganze Menge von sehr bilderreichen Flüchen, wenn sie sich erregen.«
Oan trat nachgerade der Schweiß aus, denn er war verantwortlich. »Beruhigt ihn doch nur!«
Einer von den anderen Samurai, ein älterer Soldat, wollte helfen und sagte daher: »Oan-san, vielleicht ist er einer von denen, die Hunde mögen, *neh?* Wir haben in Korea ein paar merkwürdige Geschichten über die Knoblauchfresser gehört. Ja, sie mögen Hunde und... Jetzt fällt es mir wieder ein, ja: Hunde und Enten. Vielleicht sind diese Goldköpfe wie die Knoblauchfresser, schließlich stinken sie genauso wie die, *neh?* Vielleicht möchte er eine Ente.«
Oan sagte: »Mariko-san, fragt ihn! Nein, vielleicht besser doch nicht. Beruhigt ihn ein...« Er brach mitten im Wort ab. Hiro-matsu näherte sich aus der fernsten Ecke. »Seid gegrüßt«, sagte er spröde beim Versuch, seine Stimme nicht zittern zu lassen, denn Eisenfaust, ein Mann, der sich sonst stets zu beherrschen verstand, war die letzte Woche hindurch wie ein wilder Tiger umhergeirrt, und heute war es womöglich noch schlimmer: Zehn seiner Leute waren wegen Liederlichkeit degradiert worden, die gesamte Nachtwache marschierte in ihrer Schande durch die Burg, zwei Samurai hatten Befehl erhalten, *Seppuku* zu begehen, weil sie zu spät zu ihrer Wache gekommen waren, und vier Latrinenreiniger waren von den Zinnen gestoßen worden, weil aus dem Kotbehälter etwas in den Burggarten übergeschwappt war.
»Benimmt er sich, Mariko-san?« hörte Oan zu seinem Entsetzen Eisenfaust fragen. Er war überzeugt, daß dieses dumme Weibsstück, das für diesen ganzen Schlamassel verantwortlich war, jetzt auch noch die Wahrheit heraussprudeln würde, woraufhin sie allesamt einen Kopf kürzer gemacht werden würden.
Zu seiner Erleichterung hörte er, wie sie sagte: »Jawohl, Herr, alles ist in Ordnung, vielen Dank.«

»Ihr habt Befehl, zusammen mit Kiritsubo-san die Burg zu verlassen.«
»Jawohl, Herr.« Als Hiro-matsu seinen Kontrollgang fortsetzte, verfiel Mariko in Gedanken und überlegte, warum sie wohl fortbefohlen wurde. Sollte sie nur den Dolmetsch zwischen Kiri und dem Barbaren spielen? *So* wichtig wäre das doch gewiß nicht. Reisten Toranagas andere Damen auch ab? Die Dame Sazuko? Ist eine Fahrt übers Meer für Sazuko in ihrem schwangeren Zustand nicht gefährlich? Reise ich allein mit Kiri, oder begleitet mein Gatte uns? Warum müssen wir mit dem Schiff reisen? Die Tokaido-Straße ist doch bestimmt noch sicher? Ishido will uns doch gewiß nichts antun? Doch, das würde er – überleg mal, welchen Wert wir als Geiseln in seiner Hand hätten, die Dame Sazuko, Kiritsubo und die anderen? Ist das der Grund, warum wir Befehl erhalten haben, mit dem Schiff zu reisen?
Mariko hatte das Meer immer gehaßt. Allein der Anblick bereitete ihr Übelkeit. Aber wenn ich gehen soll, muß ich gehen, und damit Schluß. *Karma.*
Als Eisenfaust um die Ecke verschwunden war, hob Oan den Kopf, und alle atmeten erleichtert auf. Asa kam eilends den Gang herunter, ein Sakékännchen in der Hand. Sono folgte ihr mit heißen Tüchern.
Sie sahen zu, wie sie sich um den Barbaren bemühten. Sie sahen die gespannte Maske seines Gesichts, und die Art, wie er den Saké und die Tücher ohne Freude nur mit kaltem Dank entgegennahm.
»Oan-san, warum nicht eine der Damen nach einer Ente schicken?« flüsterte der alte Samurai gutmütig. »Wir setzen sie einfach hin. Wenn er sie will, ist alles gut, und wenn nicht, wird er so tun, als hätte er sie nicht gesehen.«
Mariko schüttelte den Kopf. »Vielleicht würden wir damit alles nur noch schlimmer machen. Es scheint, Oan-san, dieser Barbar hat etwas dagegen, sich über das Kopfkissen-miteinander-Teilen zu unterhalten, *neh?*«
»Ihr habt recht«, sagte Oan. »Er war doch ganz verträglich, bis Ihr davon anfingt.« Böse funkelte er Asa an.
»Tut mir leid, Oan-san. Ihr habt ganz recht, es ist ausschließlich meine Schuld«, sagte Asa sogleich und verneigte sich, so daß ihr Kopf beinahe den Boden berührte.
»Jawohl. Ich werde diesen Vorfall Kiritsubo-san melden.«
»Oh.«
»Ich bin wirklich der Meinung, die Herrin sollte sich hüten, jemals über das Kopfkissen-miteinander-Teilen mit diesem Mann zu reden«, sagte Mariko diplomatisch. »Ihr seid sehr klug, Oan-san. Ja. Aber vielleicht ist Asa ein glückliches Instrument gewesen, der Dame Kiritsubo-san und vielleicht sogar Herrn Toranaga eine große Verlegenheit zu ersparen! Denkt nur, was hätte passieren können, wenn die Dame Kiritsubo selbst diese Frage im Beisein von Herrn Toranaga gestellt hätte! Wenn der Barbar sich vor ihm derart aufgeführt hätte...«
Oan wand sich innerlich. »Dann wäre Blut geflossen. Ihr habt recht, Mariko-san. Man sollte Asa dankbar sein. Ich werde Kiritsubo-san erklären, daß sie Glück gehabt hat.«

Mariko bot Blackthorne noch mehr Saké an.
»Nein, vielen Dank.«
»Verzeiht nochmals meine Dummheit. Ihr wolltet mir ein paar Fragen stellen?«
Blackthorne hatte beobachtet, wie sie alle miteinander geredet hatten; es irritierte ihn, daß er sie nicht verstehen konnte, und er war wütend, daß er sie ihrer Beleidigungen wegen nicht laut beschimpfen oder den Wachen die Köpfe zusammenstoßen konnte.
»Ja. Ihr sagt, Sodomie sei hier in Japan etwas Normales?«
»Oh, verzeiht, aber könnten wir vielleicht von anderen Dingen sprechen?«
»Gewiß, Senhora. Aber zuerst laßt uns dieses Thema zu Ende bringen, damit ich Euch verstehen kann. Sodomie ist etwas Normales hier, sagtet Ihr?«
»Alles, was mit dem Kopfkissen-miteinander-Teilen zu tun hat, ist normal«, sagte sie trotzig, gereizt durch seinen Mangel an Manieren und seine offenkundige Beschränktheit. Sie erinnerte sich, daß Toranaga ihr aufgetragen hatte, ihm in allem, was nicht gerade die Politik betraf, offen Rede und Antwort zu stehen, ihm jedoch später zu berichten, worüber gesprochen worden sei. Außerdem brauchte sie sich von ihm keinen solchen Unsinn gefallen lassen! »Das Kopfkissen-miteinander-Teilen ist etwas Normales. Und wenn ein Mann einem anderen Mann oder einem Knaben beiliegt, so geht das keinen andern etwas an. Sie schaden damit weder sich noch anderen – weder Euch noch mir. Keinem Menschen!« Wer bin ich denn, dachte sie – eine ungebildete Person oder eine hirnlose Henne? Ein dummer Kaufmann, der sich von einem Barbaren einschüchtern läßt? Nein, ich bin eine Samurai! Jawohl, das bist du, Mariko, aber außerdem bist du sehr töricht. Du bist eine Frau und hast ihn zu behandeln wie jeden anderen Mann, den man beherrschen will: Schmeichle ihm und schmiere ihm Honig um den Bart. Du vergißt deine weiblichen Waffen. Woher kommt es, daß du dich ihm gegenüber benimmst wie ein zwölfjähriges Mädchen? Bewußt gab sie ihrem Ton dann etwas Sanftes. »Aber wenn Ihr glaubt...«
»Sodomie ist eine schlimme Sünde, etwas Böses, eine gottverfluchte Verruchtheit, und die Halunken, die sie betreiben, gehören zum Abschaum der Menschheit!« schnitt Blackthorne ihr das Wort ab; immer noch brannte die Kränkung, die sie ihm angetan. Beim Blute Christi! Wie konnte sie nur? Jetzt reiß dich aber zusammen, sagte er sich, du führst dich ja auf wie einer von diesen blindfanatischen Puritanern oder wie ein Calvinist! Und warum gibst du dich ihnen gegenüber so fanatisch? Liegt es daran, daß diese Dinge auf See vorkommen, weil die meisten Seeleute es damit probiert haben – wie könnten sie es sonst aushalten auf einer so langen Reise, ohne den Verstand zu verlieren? Liegt es nicht daran, daß du selbst in Versuchung gewesen bist und dich deswegen gehaßt hast? Liegt es nicht daran, daß du, als du jung warst, kämpfen mußtest, um dich zu beschützen – und du einmal festgehalten wurdest und dir ums Haar Gewalt angetan worden wäre, wenn es dir nicht gelungen wäre, dich loszureißen und einem von diesen Hunden das Messer in die Kehle zu stoßen, du, zwölf Jahre alt damals, und er der erste Tote auf deiner langen Liste von Toten seither?

»Es ist eine gottverfluchte Sünde – und verstößt absolut gegen das göttliche und menschliche Gesetz.«
»Das sind doch gewiß christliche Worte, die sich auf etwas anderes beziehen?« hielt sie ihm bissig entgegen, außer sich wegen seiner Ungehobeltheit. »Sünde? Was soll daran sündig sein?«
»Ihr solltet das wissen. Schließlich seid Ihr Katholikin, nicht wahr? Ihr seid doch von den Jesuiten erzogen worden, oder?«
»Ein frommer Pater lehrte mich lateinisch und portugiesisch zu sprechen und zu schreiben. Ich weiß nicht, was *Ihr* unter katholisch versteht, aber ich bin Christin, bin es seit nunmehr fast zehn Jahren. Nein, über das Kopfkissen-miteinander-Teilen hat man nie mit mir gesprochen. Aber, wie kann irgend etwas, was einem Menschen Vergnügen bereitet, Sünde sein?«
»Fragt Pater Alvito.«
Ich wünschte, ich könnte das, dachte sie aufgewühlt. Aber man hat mir strengstens befohlen, über das, was hier gesprochen wird, außer mit Kiri und Herrn Toranaga mit keinem Menschen zu reden. Ich habe Gott und die Madonna gebeten, mir zu helfen, aber sie haben nicht zu mir gesprochen. Ich weiß nur, daß ich seit Eurer Ankunft nichts als Verdruß gehabt habe. »Wenn es eine Sünde ist, wie Ihr sagt, warum tun dann so viele von Euren Priestern es und haben es immer getan? Manche buddhistischen Sekten empfehlen es sogar als eine Art von Gottesverehrung. Ist man nicht beim Spiel der Wolken und des Regens dem Himmel so nahe, wie man ihm nur irgend kommen kann? Priester sind keine bösen Menschen, jedenfalls nicht alle. Und von einigen der frommen Väter weiß man, daß sie gern das Kopfkissen mit Knaben teilen. Sind sie deshalb böse? Selbstverständlich nicht. Warum sollten sie einem harmlosen Vergnügen entsagen, wo sie doch nicht heiraten dürfen?«
»Sodomie ist ein Verstoß gegen jedes Gesetz! Fragt Euren Beichtvater.«
Ihr seid es, der verrucht ist – Ihr, Kapitän-Pilot, wollte Mariko schreien. Wie könnt Ihr nur so taktlos und so schwachsinnig sein! Gegen Gott, sagt Ihr? Was für ein Unsinn! Vielleicht gegen Euren bösen Gott. Ihr behauptet, Christ zu sein, aber dabei seid Ihr das ganz offensichtlich nicht. Ihr seid vielmehr ein Lügner und Betrüger. Möglich, daß Ihr über ganz ungewöhnliche Dinge Bescheid wißt, seltsame Weltgegenden kennengelernt habt, aber ein Christ seid Ihr nicht. Was Ihr sagt, ist gotteslästerlich! Hat der Satan Euch geschickt? Sünde! Wie ungeheuerlich!
Ich möchte Euch sagen, daß ich Euch und alle Barbaren verachte. Jawohl, Barbaren waren es, die mich mein Leben lang bedrängt haben. Haben sie nicht meinen Vater gehaßt, weil er ihnen mißtraute und den Diktator Goroda öffentlich aufforderte, sie allesamt aus unserem Land hinauszujagen? Haben nicht Barbaren dem Diktator das Gemüt vergiftet, so daß er anfing, meinen Vater zu hassen, seinen getreuesten Heerführer, den Mann, der ihm mehr geholfen hat als General Nakamura oder Herr Toranaga? Sind es nicht Barbaren gewesen, die den Diktator veranlaßt haben, meinen Vater zu beleidigen, so daß mein armer Vater

fast den Verstand verlor, und ihn zu zwingen, das Undenkbare zu tun und damit zum Quell all meiner Qualen zu werden?
Jawohl, all das haben sie getan. Freilich haben sie mir auch das unvergleichliche Wort Gottes gebracht, und in den dunklen Stunden, als ich dessen am meisten bedurfte, als ich aus einem schrecklichen Exil zurückkehrte in ein noch schrecklicheres Leben, war es der Pater Visitator, der mir den Weg zeigte und mir die Augen öffnete, meine Seele aufschloß und mich taufte. Und dieser Weg verlieh mir die Kraft durchzuhalten, füllte mein Herz mit grenzenlosem Frieden, entließ mich aus ewiger Qual und segnete mich mit dem Versprechen der ewigen Erlösung.
Was auch geschehen mag – ich ruhe in der Hand Gottes. O Madonna, gib mir meinen Frieden, und hilf mir armen Sünderin, Deinen Feind zu überwinden!
»Ich bitte um Vergebung für meine Grobheit«, sagte sie. »Ihr habt allen Grund, zornig zu sein. Ich bin nur ein törichtes Weib. Bitte, habt Geduld, und verzeiht mir meine Dummheit, Anjin-san.«
Augenblicklich verflog Blackthornes Zorn. »Auch ich bitte um Verzeihung, Mariko-san«, sagte er ein wenig beschwichtigt, »aber bei uns gilt es als schwerste Beleidigung, anzudeuten, ein Mann sei ein Knabenschänder, ein Sodomit.«
Dann seid ihr alle kindisch; ja, nicht nur kindisch und töricht, sondern auch gemein und taktlos, ihr besitzt keine Manieren – aber was kann man schon von einem Barbaren erwarten, sagte sie sich, um, nach außen hin reumütig, laut zu sagen: »Selbstverständlich habt Ihr recht. Ich habe nichts Böses beabsichtigt, Anjin-san, bitte, nehmt meine Entschuldigung an. O ja«, seufzte sie, und ihre Stimme klang so honigsüß, daß selbst ihr Gatte in einer seiner schlimmsten Launen beschwichtigt worden wäre, »o ja, es war ganz und gar meine Schuld. *Gomen nasai!*«

Die Sonne berührte bereits den Horizont, und noch immer wartete Pater Alvito, die *roteiros* schwer in seiner Hand, in der großen Audienzhalle.
Dieser verdammte Blackthorne, dachte er.
Es war das erste Mal, daß Toranaga ihn warten ließ, das erste Mal in vielen Jahren, daß er überhaupt auf einen *Daimyo* warten mußte. Selbst der Taikō hatte ihm das nie zugemutet. Während der letzten acht Jahre seiner Herrschaft hatte man ihm das unglaubliche Vorrecht des sofortigen Zutritts zugestanden – und bei Toranaga war es genauso gewesen. Beim Taikō jedoch hatte er sich dieses Vorrecht wegen seiner japanischen Sprachkenntnisse und wegen seiner Tüchtigkeit in geschäftlichen Dingen redlich verdient. Wiewohl der Taikō fast ein Analphabet gewesen war, war seine Sprachbegabung groß gewesen und sein politisches Verständnis enorm. Daher hatte Alvito glücklich zu Füßen des Despoten gesessen, um zu lehren und zu lernen und, sofern es Gott gefallen sollte, ihn zu bekehren. Das war seine besondere Aufgabe, auf die er von dell'Aqua mit äußerster Sorgfalt vorbereitet worden war. Alvito war zu einem Vertrauten

des Taikō geworden, und er war eine der vier Personen – und zwar der einzige Ausländer unter ihnen –, die je die Schatzkammern mit den persönlichen Schätzen des Taikō betreten hatten.
Nur ein paar hundert Schritt weiter stand der Hauptturm der Burg. Sieben Stockwerke ragte er in die Höhe, umringt von einer großen Zahl von Mauern und Befestigungen. Im vierten Stock befanden sich sieben Räume mit Eisentüren davor. Jeder dieser sieben Räume war bis zum Bersten voll mit Goldbarren und Kisten mit Goldstücken. In dem Stockwerk darüber befanden sich die Silberkammern, die überquollen von gemünztem und ungemünztem Silber. Und noch ein Stockwerk höher lagerten die erlesensten Seidenstoffe und Töpferwaren, die Schwerter und Rüstungen – der Schatz des ganzen Reiches.
Nach unserer gegenwärtigen Rechnung, dachte Alvito, muß es sich um den Gegenwert von mindestens fünfzig Millionen Dukaten handeln, mehr als die Jahreseinnahmen des spanischen Reiches, des portugiesischen Reiches und ganz Europas. Der größte Schatz an Barvermögen auf Erden.
Der Taikō hatte die Macht geliebt, und das Gold hatte er geliebt wegen der Macht, die es ihm über die Menschen verlieh. Der Schatz war die Ernte von sechzehn Jahren unbestrittener Macht, der gewaltigen Geschenke, die die *Daimyos* ihm nach alter Sitte zu machen verpflichtet waren, und der Einkommen aus seinen eigenen Lehen. Kraft der Eroberung gehörte dem Taikō ein Viertel allen Landes. Sein persönliches Einkommen überstieg bei weitem fünf Millionen *Koku*. Und weil er im Auftrag des Kaisers Herr über ganz Japan war, standen ihm theoretisch die Einkommen aus sämtlichen Lehen zu. Er besteuerte niemand. Aber alle *Daimyos*, alle Samurai und alle Bauern, alle Handwerker, Kaufleute, Räuber und Ausgestoßenen, alle Barbaren und sogar die *Eta* trugen freiwillig beträchtlich zur Mehrung seines Reichtums bei.
Solange der Schatz unangetastet ist, Osaka unangetastet, und Yaemon *de facto* der Verwalter, sagte Alvito sich, wird Yaemon regieren, sobald er großjährig wird – und zwar trotz Toranaga, Ishido oder wem auch immer.
Ein Jammer, daß der Taikō tot ist! Trotz all seiner Fehler wußten wir, mit was für einem Teufel wir es zu tun hatten. Ein Jammer auch, daß Goroda ermordet wurde, denn er war unser wahrer Freund. Aber er ist tot, der Taikō auch, und jetzt gilt es, neue Heiden gefügig zu machen – Toranaga und Ishido.
Pater Alvito erinnerte sich an den Abend, an dem der Taikō gestorben war. Er war eingeladen und aufgefordert worden, die Nachtwache bei ihm zu halten – zusammen mit Yodoko-sama, seiner Gemahlin, und der Dame Ochiba, seiner Gattin und der Mutter seines Erben. Sie hatten gewacht und lange gewartet in der linden Luft der endlosen Sommernacht.
Dann hatte der Taikō das Zeitliche gesegnet.
»Sein Geist ist entschwunden. Er ist jetzt in der Hand Gottes«, hatte er sanft gesagt, als er ganz sicher war. Er hatte das Kreuzzeichen über ihm geschlagen und den Toten gesegnet.
»Möge Buddha meinen Herrn in seine Hut nehmen und ihm eine rasche Wie-

dergeburt zuteil werden lassen, auf daß er die Zügel des Reiches wieder in seine Hand nehmen kann«, hatte Yodoko unter stummen Tränen gesagt. Sie war ein gütiger Mensch, eine Patrizierin und Samurai, die ihm eine gute Frau und eine gute Beraterin gewesen war – vierundvierzig Jahre ihrer neunundfünfzig Lebensjahre hindurch. Sie hatte ihm die Augen zugedrückt und den Toten würdig hergerichtet, wie es ihr zustand. Trauervoll hatte sie ihm dreimal ehrerbietig gehuldigt, und dann hatte sie ihn und die Dame Ochiba allein gelassen.
Das Sterben war nicht schwer gewesen. Monatelang war der Taikō krank gewesen, und für diese Nacht war das Ende erwartet worden. Ein paar Stunden zuvor hatte er die Augen aufgeschlagen, Ochiba und Yodoko angelächelt und ganz leise geflüstert: »Hört, dies hier ist mein Sterbegedicht:

*Wie Tau wurde ich geboren,*
*Wie Tau geh' ich dahin.*
*Die Burg von Osaka und alles, was ich getan,*
*Ist nur ein Traum*
*In einem Traum.*«

Ein letztes Lächeln, so zärtlich – vom Despoten für sie, und von ihnen für ihn. »Gebt acht auf meinen Sohn – Ihr alle!« Und dann waren seine Augen für immer trüb geworden.
Pater Alvito erinnerte sich auch, wie gerührt er gewesen war von diesem letzten Gedicht, das so typisch war für den Taikō. Da man ihn geladen, hatte er gehofft, daß der Herr von ganz Japan noch auf der Schwelle zur Ewigkeit nachgeben und das Sakrament der Taufe empfangen würde, ein Gedanke, mit dem er so viele Jahre hindurch gespielt hatte. Aber es hatte nicht sollen sein. »Das Königreich Gottes hast du für immer verloren, armer Mann«, hatte er traurig gemurmelt, denn als militärisches und politisches Genie hatte er den Taikō bewundert.
»Der Herr, mein Gebieter ist tot – genauso wie Euer Einfluß auf ihn tot ist«, hatte die Dame Ochiba voller Bosheit gesagt. »Er hat Euch hier gewollt, sehr wohl, das war sein gutes Recht. Aber jetzt weilt er im Großen Nichts und hat nichts mehr zu befehlen. Jetzt befehle ich. Priester, Ihr stinkt, habt immer gestunken, und Eure Verderbtheit verpestet die Luft. Jetzt schert Euch fort aus meiner Burg, und überlaßt uns unserer Trauer!«
Der Schein heller Kerzen war über ihr Gesicht gehuscht. Sie war eine der schönsten Frauen im Land. Er hatte sich unwillkürlich bekreuzigt, um sich gegen das Böse in ihr zu wehren.
Ihr Lachen ließ ihm das Blut in den Adern gerinnen. »Geht fort, Priester, und kommt nie wieder! Eure Tage sind gezählt.«
»Genauso wie Eure. Ich ruhe in der Hand Gottes, Dame. Es wäre besser, Ihr nähmt Euch vor ihm in acht: Ihr könntet der ewigen Erlösung teilhaftig werden, wenn Ihr nur glaubtet.«
»Was? In der Hand Gottes – Ihr? Des Christengottes, *neh?* Vielleicht seid Ihr

das, vielleicht auch nicht. Was würdet Ihr tun, Priester, wenn Ihr stürbet und hinterher entdecken müßtet, daß es weder einen Gott noch eine Hölle gibt und daß Eure ewige Erlösung nichts weiter ist als ein Traum in einem Traum?«

»Ich glaube! Ich glaube an Gott und die Auferstehung und an den Heiligen Geist!« erklärte er laut. »Die Verheißungen des Christentums sind wahr – ich glaube!«

»*Nan ja,* Tsukku-san?«

Einen Moment hörte er bloß das Japanisch, und es sagte ihm nichts.

Toranaga, von seinen Wachen umgeben, stand in der Tür.

Pater Alvito verneigte sich und sammelte sich. Schweiß stand ihm auf der Stirn und auf dem Nacken. »Verzeiht, daß ich ungebeten vorspreche. Ich – ich hing gerade Tagträumen nach, weiter nichts. Ich erinnerte mich, viele gute Dinge hier in Japan miterlebt zu haben. Mir ist, als hätte ich mein ganzes Leben hier verbracht und nirgends sonst.«

»Für uns ist es ein Gewinn gewesen, Tsukku-san.«

Toranaga ging müde auf die Estrade zu und nahm auf dem einfachen Sitzkissen Platz. Schweigend bildeten die Wachen einen schützenden Ring um ihn.

»Ihr seid im dritten Jahr des *Tensho* hergekommen, nicht wahr?«

»Nein, Euer Gnaden, im vierten. Im Jahr der Ratte«, erwiderte er und bediente sich ihrer Zeitrechnung, die zu begreifen ihn Monate gekostet hatte. Alle Jahre wurden von einem bestimmten Jahr an gezählt, das der jeweils regierende Kaiser auswählte. Eine Katastrophe oder ein Glücksfall konnten nach seiner Laune das Ende einer Ära oder den Beginn einer neuen bedeuten. Gelehrte wurden beauftragt, einen besonders glückverheißenden Namen aus den alten Schriften Chinas für das neue Zeitalter auszuwählen, das dann ein Jahr, aber auch fünfzig Jahre dauern konnte. *Tensho* bedeutete soviel wie ›Himmlische Gerechtigkeit‹. Das Jahr davor war die Zeit der großen Flutkatastrophe gewesen, in der zweihunderttausend ihr Leben gelassen hatte. Außer dem Namen bekam jedes Jahr auch noch ein Attribut – genauso wie die aufeinanderfolgenden Stunden des Tages: Ratte, Ochse, Tiger, Hase, Drache, Schlange, Pferd, Ziege, Affe, Hahn, Hund und Eber. Das erste Jahr des *Tensho* war in das Jahr des Hahns gefallen, und daraus ergab sich, daß das Jahr 1576 das Jahr der Ratte im vierten Jahr des *Tensho* war.

»Es ist viel geschehen in diesen vierundzwanzig Jahren, *neh,* alter Freund?«

»Jawohl, Euer Gnaden.«

»Ja. Der Aufstieg Gorodas und sein Tod. Der Aufstieg des Taikō und sein Tod. Und jetzt?« Seine Worte hallten von den Wänden wider.

»Das liegt in der Hand des Unendlichen.« Alvito bediente sich eines Ausdrucks, der ebensogut Gott wie Buddha bedeuten konnte.

»Ach, Tsukku-san, Ihr seid ein weiser Mann. Wie kann jemand, der so jung ist, schon so weise sein?«

»Ich wünschte aufrichtig, ich wäre es, Euer Gnaden. Dann könnte ich von größerer Hilfe sein.«

»Ihr wolltet mich sprechen?«
»Jawohl. Ich hielt es für wichtig genug, auch unaufgefordert zu kommen.« Alvito holte Blackthornes *roteiros* hervor, legte sie vor ihm auf den Boden und gab dazu jene Erklärung ab, die dell'Aqua vorgeschlagen hatte. Er sah Toranagas Züge sich verhärten, und darüber war er froh.
»Beweis für sein *Piratentum?*«
»Jawohl, Euer Gnaden. Die *roteiros* enthalten sogar den genauen Wortlaut der Befehle. Unter anderem heißt es darin: ›Falls nötig, gewaltsam zu landen und jedes erreichte oder neuentdeckte Land in Besitz zu nehmen.‹ Wenn Ihr es wünscht, könnte ich eine genaue Übersetzung aller wichtigen Passagen anfertigen.«
»Übersetzt mir alles, und zwar rasch«, sagte Toranaga.
»Und da ist noch etwas, was Ihr, wie der Pater Visitator meint, wissen solltet.« Alvito erzählte Toranaga alles über die Karten und Berichte und das Schwarze Schiff, wie es abgesprochen worden war, und er freute sich darüber, wie Toranaga reagierte.
»Ausgezeichnet«, sagte Toranaga. »Ihr seid sicher, daß das Schwarze Schiff frühzeitig eintrifft? Ganz sicher?«
»Jawohl«, versicherte Alvito ihm fest. O Gott, mach, daß es so geschieht, wie wir hoffen.
»Gut. Übermittelt Eurem Herrn, daß ich mich auf seine Berichte freue.«
»Er hat gesagt, er werde sie so rasch wie möglich fertigstellen. Wir werden Euch die Karten wie gewünscht schicken. Wäre es wohl möglich, daß der Generalkapitän seine Hafenpapiere bald erhält? Das würde sehr hilfreich sein, wenn das Schwarze Schiff frühzeitig eintreffen soll, Toranaga-san.«
»Ihr garantiert, daß das Schiff frühzeitig eintrifft?«
»Kein Mensch kann für Wind und Sturm und See garantieren. Auf jeden Fall aber wird das Schiff frühzeitig aus Macao auslaufen.«
»Ihr werdet sie noch vor Sonnenuntergang in Händen haben. Noch etwas? Ich werde drei Tage lang nicht zu sprechen sein – bis zum Abschluß der Sitzung des Regentschaftsrats.«
»Nein, Euer Gnaden. Ich danke Euch. Ich bete, daß der Unendliche seine Hand über Euch hält.«
Alvito verneigte sich und wartete darauf, entlassen zu werden, doch statt dessen schickte Toranaga seine Wachen weg.
Es war das erste Mal, daß Pater Alvito einen *Daimyo* unbewacht erlebte. »Kommt und setzt Euch hierher, Tsukku-san.« Toranaga deutete auf den Platz neben sich auf der Estrade.
Alvito war noch nie zuvor aufgefordert worden, auf der Estrade Platz zu nehmen. Ist das jetzt ein Zeichen des Vertrauens – oder ein Todesurteil?
»Es wird Krieg geben«, sagte Toranaga. »Die christlichen *Daimyos*, die Herren Onoshi und Kiyama, haben seltsamerweise etwas gegen meine Wünsche.«
»Ich kann für keinen *Daimyo* sprechen, Euer Gnaden.«

»Es laufen böse Gerüchte um, *neh?* Über sie und über die anderen christlichen *Daimyos.*«
»Wer klug ist, dem wird das Interesse des Reiches stets am Herzen liegen.«
»Ja, gewiß. Aber inzwischen wird das Reich – gegen meinen Willen – in zwei Lager auseinandergerissen. Meines und Ishidos. Es gibt keinen Mittelweg. Wo liegen die Interessen der christlichen *Daimyos?*«
»Auf der Seite des Friedens, Euer Gnaden. Das Christentum ist eine Religion, Euer Gnaden, und keine politische Ideologie.«
»Euer Pater Riese ist das Oberhaupt Eurer Kirche hier in Japan. Ich höre Euch sprechen – Ihr könnt im Namen dieses Papstes sprechen.«
»Es ist uns untersagt, uns in Eure Politik einzumischen, Euer Gnaden.«
»Glaubt Ihr etwa, Ishido würde Euch günstig gesonnen sein?« Toranagas Stimme bekam etwas Hartes. »Er steht Eurer Religion äußerst feindlich gegenüber. Ich habe Euch immer meine Gunst gewährt. Ishido möchte die Ausweisungsedikte des Taikō sofort durchsetzen und das Land für alle Barbaren verschließen. Ich hingegen möchte, daß der Handel ausgeweitet wird.«
»Wir besitzen keinerlei Macht über die christlichen *Daimyos.*«
»Wie beeinflußt Ihr sie dann?«
»Darüber weiß ich nicht genug, Euch einen Rat zu erteilen.«
»Ihr wißt aber genug, alter Freund, um zu begreifen, daß, falls Onoshi und Kiyama sich auf Ishidos Seite stellen, es ihnen alle anderen christlichen *Daimyos* bald nachtun werden – dann stehen zwanzig Mann von ihnen gegen einen der meinen.«
»Falls es zu einem Krieg kommt, werde ich beten, daß Ihr gewinnt.«
»Es braucht aber mehr als Beten, wenn zwanzig von ihnen gegen einen der meinen stehen.«
»Gibt es keine Möglichkeit, den Krieg zu vermeiden? Er wird nie ein Ende nehmen, wenn er erst einmal angefangen hat.«
»Das glaube ich auch. Dann verlieren alle – wir und die Barbaren und die christliche Kirche. Wenn jedoch alle christlichen *Daimyos* sich auf meine Seite stellten, dann würde es keinen Krieg geben. Damit wäre Ishidos Ehrgeiz ein für allemal die Spitze genommen. Selbst wenn er seine Standarte flattern ließe und sich erhöbe, könnten die Regenten ihn zertreten wie eine Reismade.«
Alvito spürte, wie sich die Schlinge um seinen Hals immer enger zuzog. »Wir sind nur hier, um das Wort Gottes zu verbreiten. Nicht, um uns in Eure Politik einzumischen, Euer Gnaden.«
»Euer vorhergehender Führer hat dem Taikō die Hilfe der christlichen *Daimyos* aus Kyushu angeboten, bevor wir jenen Teil des Reiches unterworfen hatten.«
»Er muß im Irrtum befangen gewesen sein, als er das tat. Er war weder von der Kirche noch von den *Daimyos* selbst dazu ermächtigt.«
»Er bot dem Taikō Schiffe an, portugiesische Schiffe, mit denen wir unsere Truppen nach Kyushu bringen sollten, und bot uns portugiesische Soldaten an, uns mit ihren Gewehren zu helfen. Selbst gegen Korea und gegen China.«

»Auch da war er in einem Irrtum befangen, Euer Gnaden, ohne von irgend jemand dazu ermächtigt gewesen zu sein.«
»Bald wird jeder sich entscheiden müssen, auf wessen Seite er sich stellt, Tsukku-san. Jawohl, sehr bald.« Er verschob seine Schwerter ein wenig. Dann neigte er sich vor. »Wenn Onoshi und Kiyama sich innerhalb der nächsten vierzig Tage für mich verpflichten, wird der Regentschaftsrat die Ausweisungsedikte des Taikō zurückziehen.«
Wie weit kann ich mich vorwagen? fragte Alvito sich ohnmächtig. Wie weit?
»Wir können sie nicht so beeinflussen, wie Ihr denkt.«
»Vielleicht sollte Euer Führer es ihnen befehlen. *Ihnen befehlen!* Ishido wird sie und Euch hereinlegen! Ich weiß, wie er ist. Und die Dame Ochiba auch! Beeinflußt sie den Erben nicht schon jetzt gegen Euch?«
Ja, wollte Alvito schreien. Aber Onoshi und Kiyama haben sich insgeheim von Ishido bereits das schriftliche Versprechen geben lassen, daß sie sämtliche Lehrer des Erben bestimmen dürfen, von denen einer ein Christ sein soll. Und außerdem haben Onoshi und Kiyama einen heiligen Eid geschworen, sie seien überzeugt, Ihr würdet die Kirche verraten, sobald Ihr Ishido beseitigt habt. »Der Pater Visitator kann ihnen nichts befehlen, Euer Gnaden. Das wäre eine unverzeihliche Einmischung in Eure Politik.«
»Onoshis und Kiyamas Wort in vierzig Tagen, und das Ausweisungsedikt wird zurückgenommen – und nichts mehr von den dreckigen Priestern. Die Regenten werden ihnen verbieten, nach Japan zu kommen.«
»Wie bitte?«
»Nur Ihr und Eure Priester. Keiner von den anderen – den übelriechenden, bettelnden Schwarzkutten –, den barfüßigen Mönchen. Diejenigen, die dumme Bedrohungen herausschreien und nichts als überall Schwierigkeiten bringen. Von denen rede ich. Ihr könnt alle ihre Köpfe haben, wenn Ihr wollt – die von denen, die noch hier sind.«
Bedenke, was Toranaga dir da anbietet! Das ausschließliche Recht im gesamten Reich! Das einzige, was die Reinheit und Sicherheit der Kirche gewährleistet, unter dem sie stark werden kann. Das Unbezahlbare! Das eine, was niemand beschaffen kann – nicht einmal der Papst! Niemand – es sei denn, Toranaga! Niemals hätte Pater Alvito es für möglich gehalten, daß Toranaga so rückhaltlos reden würde – noch solches Angebot machen! Konnte man Onoshi und Kiyama nicht doch noch dazu bringen, anderen Sinnes zu werden? Die beiden sind sich spinnefeind. Aus Gründen, die nur ihnen beiden bekannt sind, haben sie sich jetzt zusammengetan, um sich gegen Toranaga zu stellen. Warum?
»Ich bin nicht befugt, Euch zu antworten, Euer Gnaden, noch über solche Angelegenheiten zu sprechen, *neh?* Ich kann Euch nur sagen, daß es unser Ziel ist, Seelen zu retten«, sagte er.
»Soweit ich höre, interessiert mein Sohn Naga sich für Euren christlichen Glauben.«
Soll das jetzt eine Drohung sein oder ein Angebot? fragte Alvito sich. Will er

damit sagen, er werde Naga gestatten, zum Christentum überzutreten – was für ein ungeheurer Schritt vorwärts das wäre! – oder gibt er mir zu verstehen: Wenn ihr nicht mit mir zusammenarbeitet, werde ich ihm befehlen, damit aufzuhören? »Euer Sohn ist einer von vielen Edelleuten, die der Religion unvoreingenommen gegenüberstehen, Euer Gnaden.«
Unversehens ging Alvito auf, wie ungeheuerlich das Dilemma war, in dem Toranaga steckte. Er sitzt in der Falle – er muß sich mit uns verständigen, dachte er frohlockend. Er muß es versuchen! Was wir auch verlangen, er wird es uns geben müssen – sofern *uns* an einer Verständigung mit *ihm* etwas gelegen ist. Endlich, endlich gibt er offen zu, daß die christlichen *Daimyos* das Zünglein an der Waage der Macht sind. Was wir wollen! Was könnten wir uns mehr wünschen? Nichts, gar nichts. Bis uf...
Bewußt senkte er den Blick und ließ die Augen auf den *roteiros* ruhen, die er vor Toranaga hingelegt hatte. Er sah seine Hand nach ihnen greifen und die *roteiros* sicher in den Ärmel seines Kimonos verschwinden.
»O ja, Tsukku-san«, sagte Toranaga. Seine Stimme klang unheimlich und verriet große Erschöpfung. »Und dann ist da auch noch der neue Barbar – der Pirat. Der Feind Eures Landes. Sie werden bald herkommen, und zwar in großer Zahl, nicht wahr? Man könnte sie davon abhalten – oder sie ermuntern. Wie diesen Piraten – *neh?*«
Pater Alvito wußte, daß sie jetzt alles hatten. Sollte ich darum bitten, Blackthornes Kopf auf einem silbernen Tablett überreicht zu bekommen wie weiland Salome das Haupt Johannes des Täufers, um diese Abmachung zu besiegeln? Sollte ich um die Erlaubnis bitten, in Yedo eine Kathedrale zu bauen? Oder eine innerhalb der Burg von Osaka? Zum ersten Mal in seinem ganzen Leben war er unsicher – und das, wo alle Möglichkeiten greifbar nahe vor ihm lagen! Wir wollen nicht mehr, als uns geboten wird! Ich wünschte, ich könnte die Abmachung besiegeln! Wenn es nur an mir allein läge! Ich würde alles auf eine Karte setzen! Ich kenne Toranaga und würde auf ihn setzen! Ich würde mich einverstanden erklären, es zu versuchen, und einen heiligen Eid darauf schwören. Ja, ich würde Onoshi oder Kiyama exkommunizieren, wenn sie ihrerseits sich nicht einverstanden erklärten. Zwei Seelen für Zehntausende! Für Hunderttausende, ja Millionen! Daran ist nichts Unrechtes! Ja, das würde ich meinen. Ja, ja, ja – um des Ruhmes Gottes willen! Aber ich kann keine Abmachung treffen. Ich bin nur ein Bote und Teil einer Botschaft.
»Ich brauche Hilfe, Tsukku-san. Und ich brauche sie jetzt!«
»Ich werde alles tun, was in meiner Macht steht, Toranaga-sama. Das verspreche ich Euch.«
Dann sagte Toranaga, und das hatte etwas Endgültiges: »Ich werde vierzig Tage warten. Jawohl, vierzig Tage.«
Alvito verneigte sich. Ihm entging nicht, daß Toranaga die Verneigung tiefer und förmlicher erwiderte, als er es ihn je hatte tun sehen – fast so, als ob er sich vor dem Taikō selbst verneigte. Dem Priester zitterten die Knie, als er sich

erhob. Dann war er draußen auf dem Gang... Er beschleunigte seinen Schritt, eilte nur so dahin.
Toranaga sah dem Jesuiten vom Söller aus nach, wie er tief unten den Garten durchquerte. Die *Shoji*-Tür glitt ein Stück auf, doch er scheuchte seine Wachen mit einem Fluch davon und befahl ihnen, ihn bei Strafe des Todes allein zu lassen. Gebannt folgte er dem Pater Alvito, durch das befestigte Tor hinaus in den Vorhof, bis der Priester sich im Gewirr der inneren Befestigungsanlagen verlor. Und dann, in dem Schweigen und in der Einsamkeit um ihn herum, fing Toranaga an zu lächeln. Er schürzte seinen Kimono, steckte ihn sich in den Gürtel und fing an zu tanzen. Es war eine *Hornpipe*.

# *21. Kapitel*

Kurz nach Sonnenuntergang kam Kiri, zwei Zofen hinter sich, die Treppe heruntergewatschelt und ging auf ihre verhangene Sänfte zu, die neben der Hütte im Garten stand. Ein weiter Reisemantel hüllte sie und ihren Kimono ein und ließ sie womöglich noch unförmiger erscheinen, als sie in Wirklichkeit war. Einen großen, breitrandigen Hut hatte sie mittels Bändern unterm Kinn befestigt. Auf der Veranda wartete geduldig die hochschwangere Dame Sazuko auf sie. Mariko stand in der Nähe, und Blackthorne lehnte sich neben dem befestigten Tor an die Wand. Er trug Kimono und Schärpe der Braunen, dazu *Tabis* und militärische Riemensandalen. Im Vorhof, auf der anderen Seite des Tors, hatte eine Eskorte von sechzig schwerbewaffneten Samurai Aufstellung genommen; jeder dritte von ihnen trug eine Fackel. An der Spitze dieser Einheit sprach Yabu mit Buntaro – Marikos Gatten –, einem kurzen und gedrungenen, zur Fülle neigenden Mann, der so gut wie keinen Hals zu haben schien. Beide trugen Kettenpanzer, Bogen und Pfeilköcher über der Schulter, Buntaro noch dazu einen stählernen Helm. Träger und *Kaga*-Männer hockten geduldig neben einem Riesenberg Gepäck.

Blackthorne spürte etwas von der Spannung, unter der sie alle standen. Außerdem war er sich schmerzlich bewußt, daß er der einzige war, der keine Waffen trug.

Kiri schlurfte schwerfällig über die Veranda. »Ihr solltet nicht hier draußen warten, Sazuko-san. Ihr könntet Euch eine Erkältung holen! Ihr dürft das Kind jetzt nicht vergessen. Diese Frühlingsnächte sind feucht.«

»Mir ist nicht kalt, Kiri-san. Es ist ein herrlicher Abend, und es ist mir ein Vergnügen.«

»Ist alles in Ordnung?«

»O ja, es ist alles vollkommen.«

»Trotzdem wünschte ich, ich brauchte jetzt nicht abzureisen.«

»Ihr braucht Euch keine Sorgen zu machen«, versuchte Mariko ihr zuzureden. Sie trug einen ähnlichen breitrandigen Hut wie sie, aber der ihre leuchtete far-

benprächtig, wohingegen der von Kiri dunkel war. »Ihr werdet froh sein, wieder nach Yedo zurückzukehren. Euer Gebieter wird in wenigen Tagen nachfolgen.«
»Wer weiß, was der Morgen uns bringt, Mariko-san.«
»Morgen wird ein herrlicher Tag sein«, sagte Sazuko. »Wer kümmert sich schon um morgen? Wir alle werden Euch vermissen, Kiri-san, und Euch auch, Mariko-san.« Sie blickte zum Bogeneingang hinüber, wo Buntaro zornig einen Samurai anfuhr, der seine Fackel hatte fallen lassen.
Yabu, der rangmäßig über Buntaro stand, war nominell der Führer des Zuges. Er hatte Kiri kommen sehen und stapfte zurück durch das Tor. Buntaro folgte ihm.
»Ach, Herr Yabu und Herr Buntaro«, sagte Kiri und verneigte sich aufgeregt, »verzeiht, daß ich Euch habe warten lassen. Herr Toranaga wollte herunterkommen, aber zuletzt hat er es sich doch anders überlegt. Ihr könnt jetzt aufbrechen, hat er gesagt. Bitte, nehmt meine Entschuldigung an.«
»Ihr braucht Euch nicht zu entschuldigen.« Yabu wollte die Burg so schnell wie möglich hinter sich bringen, den Staub von Osaka von seinen Füßen schütteln und bald wieder in Izu sein. Er konnte es eigentlich immer noch nicht fassen, daß er ungeschoren davonkam – und noch dazu mit dem Barbaren, den Kanonen, ja, mit allem! »Seid Ihr bereit?«
Tränen glänzten in Kiris Augen. »Laßt mich nur verschnaufen, dann steige ich in meine Sänfte. Ach, ich wünschte, ich brauchte nicht fort!« Sie sah sich um, suchte Blackthorne, und schließlich, als sie ihn sah, versuchten ihre Augen die Schatten zu durchdringen. »Wer trägt die Verantwortung für den Anjin-san? Bis wir zum Schiff kommen?«
Buntaro erklärte mürrisch: »Ich habe ihm befohlen, sich neben der Sänfte meiner Gattin zu halten. Wenn sie ihn unter Kontrolle behält – ich kann es nicht.«
»Vielleicht könntet Ihr, Herr Yabu, die Dame Sazuko begleiten...«
»*Wachen!*«
Der Warnruf war im Vorhof erschollen. Yabu und Buntaro eilten durch das eisenbeschlagene Tor. In heller Aufregung drängten die anderen nach, und noch andere strömten aus den inneren Befestigungsanlagen herbei.
Ishido kam an der Spitze von zweihundert Grauen die Allee zwischen den Burgwällen herunter. Er blieb im Vorhof außerhalb des Tores stehen, und obgleich niemand die Hand am Schwertgriff hatte, waren doch alle bereit.
Ishido verneigte sich überschwenglich. »Ein herrlicher Abend, Herr Yabu!«
»Ja, ja, wunderschön!«
Ishido nickte Buntaro mechanisch zu, der sich genausowenig förmlich zeigte und die Verneigung nur mit einem Minimum an Höflichkeit erwiderte. Beide waren sie in Korea Lieblingsgenerale des Taikō gewesen. Gegenseitig hatten sie sich des Verrats beschuldigt. Nur das persönliche Eingreifen und ein direkter Befehl des Taikō hatte Blutvergießen und Blutrache verhindern können.
Ishido betrachtete die Braunen. Dann entdeckten seine Augen Blackthorne. Er sah den Mann sich leicht verneigen und nickte ihm in Erwiderung des Grußes

zu. Durch den Torweg konnte er die drei Frauen sowie die andere Sänfte sehen. Seine Augen ruhten wieder auf Yabu. »Man würde meinen, Ihr wolltet in die Schlacht ziehen, Yabu-san, statt eine geziemende Eskorte für die Dame Kiritsubo zu bilden.«
»Hiro-matsu hat diesbezügliche Befehle erteilt – wegen des Amida-Mörders...«
Er hörte auf zu sprechen, als Buntaro streitsüchtig vorwärtsgestapft kam und seine gewaltigen Beine mitten unter dem Tor aufpflanzte. »Wir sind immer bereit zum Kampf. Mit und ohne Waffen. Wir nehmen es jeder mit zehn von Euch auf, und mit fünfzig von den Knoblauchfressern.«
Ishidos Lächeln war voller Verachtung, und seine Stimme klang aufreizend. »Ach? Vielleicht werdet Ihr bald Gelegenheit dazu bekommen – gegen richtige Männer zu kämpfen, nicht gegen Knoblauchfresser!«
»Wie bald? Warum nicht heute abend? Warum nicht hier?«
Yabu trat vorsorglich zwischen sie. Auch er hatte in Korea gestanden, und er wußte, daß die Wahrheit auf beiden Seiten lag und man keinem von beiden trauen konnte, Buntaro noch weniger als Ishido. »Nicht heute abend, denn da sind wir unter Freunden, Buntaro-san«, legte er sich beschwichtigend ins Mittel; es ging ihm darum, einen Zusammenstoß um jeden Preis zu vermeiden, denn sonst würden sie nie aus dieser Burg herauskommen. »Wir sind schließlich unter Freunden, Buntaro-san.«
»Was für Freunden? Ich kenne unsere Freunde – und unsere Feinde!« schleuderte Buntaro Ishido entgegen. »Wo ist denn dieser Mann, von dem Ihr gesprochen habt, Ishido-san? Eh? Oder die Männer? Laßt ihn – laßt sie doch aus ihren Löchern herauskriechen und sich vor mich hinstellen – Toda Buntaro, Herrn von Sakura –, wenn jemand von ihnen den Mumm dazu hat!«
Alle machten sich kampfbereit.
Böse funkelte Ishido ihn an.
Yabu sagte: »Das ist jetzt nicht der richtige Zeitpunkt, Buntaro-san. Freunde oder Fein...«
»Freunde? Wo? In diesem Misthaufen?« Buntaro spie auf den Boden.
Einer der Grauen fuhr mit der Hand an seinen Schwertgriff, zehn Braune taten es ihm gleich, und fünfzig Graue kamen um den Bruchteil einer Sekunde zu spät, und alle warteten darauf, daß Ishido sein Schwert zog und das Zeichen zum Angriff gab.
Da trat Hiro-matsu aus den Schatten des Gartens heraus und marschierte, das Langschwert halb aus der Scheide gezogen, durch den Torweg in den Vorhof. »Manchmal findet man einen Freund im Mist, mein Freund«, sagte er gelassen. Hände ließen die Schwertgriffe los. Samurai auf den sich gegenüberliegenden Festungswällen – Graue wie Braune – entspannten ihre Bogensehnen mit den Pfeilen darauf. »Wir haben überall in der Burg Freunde. In ganz Osaka. Jawohl. Unser Herr Toranaga sagt uns das immer wieder.« Wie ein Fels stand er vor seinem einzigen lebenden Sohn, sah die Mordgier in seinen Augen. Hiro-matsu

hatte sich am inneren Tor zum Kampf aufgestellt. Dann, nachdem die erste Gefahr vorüber war, war er katzengleich in die Schatten getreten. Er starrte Buntaro in die Augen. »Ist das nicht so, mein Sohn?«
Unter größten Mühen brachte Buntaro es fertig zu nicken; dann trat er einen Schritt zurück, blockierte aber immer noch den Weg in den Garten.
Hiro-matsu wandte seine Aufmerksamkeit Ishido zu. »Wir haben Euch heute abend nicht erwartet, Ishido-san.«
»Ich bin gekommen, mich von der Dame Kiritsubo zu verabschieden. Man hat mir erst vor wenigen Augenblicken mitgeteilt, daß sie abreist.«
»Hat mein Sohn recht? Sollten wir uns doch Sorgen machen müssen, daß wir nicht unter Freunden sind? Sind wir Geiseln, die um einen Gefallen bitten müssen?«
»Nein. Aber Herr Toranaga und ich haben uns für die Zeit seines Aufenthalts hier auf ein Protokoll geeinigt. Einen Tag vor Ankunft oder Abreise einer hochgestellten Persönlichkeit Nachricht zu geben, damit ich entsprechend meine Aufwartung machen kann.«
»Es war ein plötzlicher Entschluß von Herrn Toranaga. Er hielt die Tatsache, daß er eine von seinen Damen nach Yedo zurückschickt, nicht für so wichtig, als daß er Euch hätte stören wollen«, sagte Hiro-matsu zu ihm. »Jawohl, Herr Toranaga trifft nur Vorbereitungen für seine eigene Abreise.«
»Hat er sich dazu entschlossen?«
»Ja. Sobald das Treffen der Regenten stattgefunden hat. Ihr werdet protokollgemäß rechtzeitig davon unterrichtet.«
»Wir hoffen, noch lange das Vergnügen zu haben, Herrn Toranaga in unserer Mitte zu wissen, *neh?* Wird er morgen mit mir auf die Jagd gehen?«
»Ich habe ihn ersucht, alle Jagdausflüge bis zum Treffen abzusagen. Ich halte es nicht für sicher. Ich halte die ganze Gegend hier nicht mehr für sicher. Wenn dreckige Meuchelmörder so leicht durch Eure Wachtposten hindurchschlüpfen können, wieviel leichter wäre Verrat dann außerhalb der Burg?«
Ishido überhörte die Beleidigung. Er wußte genau, daß solche Affronts seine Männer nur um so mehr entflammen würden, aber er hielt den Zeitpunkt noch nicht für gekommen, die Lunte ans Pulverfaß zu legen. Er war froh, daß Hiro-matsu dazwischengetreten war, denn ums Haar hätte er die Beherrschung verloren. »Alle Wachkommandeure jener Nacht haben bereits Befehl bekommen, in die Große Leere einzugehen. Das wißt Ihr ganz genau. Die Amidas kennen nur ihr eigenes Gesetz, leider. Aber sie werden sehr bald ausgerottet werden. Man wird die Regenten ersuchen, ein für allemal mit ihnen Schluß zu machen. Darf ich jetzt vielleicht Kiritsubo-san meine Aufwartung machen?«
Ishido ging voran. Seine persönliche Leibwache faßte hinter ihm Tritt. Wie ein Mann blieben sie alle unversehens stehen. Buntaro hatte einen Pfeil auf die Bogensehne gesetzt, und wenn auch die Pfeilspitze noch auf den Boden wies, war die Sehne doch bis zum äußersten gespannt. »Graue dürfen nicht durch das Tor. So ist es protokollarisch vereinbart.«

»Ich bin Gouverneur der Burg von Osaka und Kommandeur der Leibgarde des Erben! Ich habe das Recht, zu gehen, wohin ich will.«
Abermals rettete Hiro-matsu die Situation. »Stimmt, Ihr seid Kommandeur der Leibgarde des Erben, und Ihr habt das Recht, zu gehen, wohin Ihr wollt. Aber nur fünf Eurer Männer dürfen Euch durch das Tor begleiten. War es nicht so abgemacht zwischen Euch und meinem Gebieter?«
»Fünf oder fünfzig, was macht das schon für einen Unterschied? Diese Beleidigung ist unerträg...«
»Beleidigung? Mein Sohn hat Euch nicht beleidigen wollen! Er hält sich nur an Abmachungen, die Ihr mit seinem Lehnsherrn vereinbart habt. Fünf Männer! Fünf!« Das Wort war ein Befehl, Hiro-matsu drehte Ishido den Rücken zu und sah seinen Sohn an. »Herr Ishido erweist uns die Ehre, der Dame Kiritsubo seine Aufwartung machen zu wollen.«
Das Schwert des alten Mannes war fünf Finger breit aus seiner Scheide herausgezogen, und niemand war sich sicher, ob das Ishido galt, um auf ihn loszuschlagen, falls der Kampf losbrach, oder aber seinem Sohn, ihm den Kopf abzuschlagen, falls er den Bogen hob. »Nun, mein Sohn, was sagst du zu dem Kommandeur der Leibwache des Erben?«
Schweiß rann Buntaro des Gesicht herunter. Dann trat er beiseite und entspannte die Bogensehne. Den Pfeil nahm er jedoch nicht herunter.
Viele Male hatte Ishido Buntaro als Teilnehmer beim Wettschießen auf zweihundert Schritt Entfernung gesehen, bei denen er sechs Pfeile abschoß, ehe der erste das Ziel erreichte, und nach ihm alle folgenden fünf ins Schwarze trafen. Nur zu gern hätte er jetzt den Befehl zum Angriff gegeben und diese beiden aus dem Weg geschafft – den Vater und den Sohn – und natürlich alle anderen auch. Aber er wußte auch, daß es sehr töricht von ihm wäre, mit ihnen zu beginnen und nicht mit Toranaga. Und außerdem: Man konnte ja nie wissen. Vielleicht ließ sich Hiro-matsu, wenn es wirklich zum Krieg kam, doch in Versuchung führen, Toranaga zu verlassen und sich auf seine Seite zu schlagen. Die Dame Ochiba hatte versprochen, sich an Eisenfaust heranzumachen, wenn es soweit wäre. Sie hatte geschworen, daß er den Erben nie im Stich lassen und sie Eisenfaust auf ihre Weise bewegen würde, ihn möglicherweise sogar dazu zu bringen, Toranaga zu beseitigen und dadurch überhaupt jeden offenen Konflikt überflüssig zu machen.
Er schritt durch den Torweg in den Garten. Hiro-matsu und Yabu begleiteten ihn. Fünf Wachen folgten. Er verneigte sich höflich und wünschte Kiritsubo alles Gute. Dann, befriedigt, daß alles so gelaufen war, wie vorgesehen, machte er kehrt und entfernte sich.
Hiro-matsu stieß einen Seufzer aus und kratzte sich an seinen Hämorrhoiden. »Jetzt marschiert Ihr besser ab, Yabu-san. Diese Reismade wird Euch keinen Knüppel mehr zwischen die Beine werfen.«
»Jawohl. Sofort.«
Kiri tupfte sich den Schweiß von der Stirn. »Er ist ein Teufels-*Kami!* Ich habe

solche Angst um unseren Gebieter!« Die Tränen rannen ihr über die Wangen. »Ich will nicht fort!«

»Herrn Toranaga wird nichts zustoßen, das verspreche ich Euch, Dame«, sagte Hiro-matsu. »Ihr müßt jetzt gehen.«

Kiri versuchte, ihr Schluchzen zu unterdrücken und lüftete den Schleier, der von der breiten Krempe ihres Hutes herunterhing. »Ach, Yabu-sama, würdet Ihr wohl die Dame Sazuko hineinbegleiten? Bitte!«

»Selbstverständlich.«

Sazuko verneigte sich und eilte davon. Yabu folgte ihr. Die junge Frau lief die Treppe hinauf. Als sie die oberste Stufe fast erreicht hatte, rutschte sie aus und schlug hin.

»Das Baby!« kreischte Kiri. »Ist ihm was passiert?«

Aller Augen wandten sich der auf den Stufen liegenden jungen Frau zu. Mariko lief zu ihr, doch Yabu war als erster da und hob sie auf. Sazuko war mehr erschrocken als verletzt. »Es ist nichts passiert«, sagte sie ein wenig atemlos. »Macht Euch keine Sorgen, es ist alles in Ordnung. Es war töricht von mir.«

Nachdem er sich überzeugt hatte, daß wirklich nichts passiert war, kehrte Yabu zurück in den Vorhof und bereitete alles zum Abmarsch vor.

Unendlich erleichtert kehrte auch Mariko zurück. Blackthorne sah offenen Mundes zum Garten hinüber.

»Was ist?« fragte sie.

»Nichts«, sagte er nach einer Pause. »Was hat die Dame Kiritsubo gerufen?«

»›Das Baby! Ist ihm was passiert?‹ Die Dame Sazuko ist nämlich schwanger«, erklärte sie. »Wir hatten alle Angst, sie könnte sich bei dem Sturz etwas getan haben.«

Kiri saß jetzt hinter den geschlossenen, halb durchsichtigen Vorhängen, den Schleier etwas gelockert. Arme Frau, dachte Mariko, die wußte, daß sie nur versuchte, ihre Tränen zu verbergen. Mir wäre es an ihrer Stelle ganz genau so arg, meinen Gebieter zu verlassen. Ob wir sie wohl je wiedersehen werden?

»Was hat Ishido denn gewollt?« fragte Blackthorne.

»Er wollte – mir fehlt das richtige Wort! Er wollte nachsehen – ein Inspektionsgang ohne vorherige Anmeldung.«

»Warum?«

»Er ist der Kommandant der Burg«, sagte sie, die ihm den wahren Grund nicht verraten wollte.

Yabu an der Spitze der Marschkolonne schrie Befehle und setzte sich in Bewegung. Mariko stieg in ihre Sänfte und ließ die Vorhänge teilweise offen. Buntaro gab Blackthorne zu verstehen, er möge beiseite treten. Er gehorchte.

Sie warteten, daß Kiris Sänfte vorbeigetragen wurde. Blackthorne starrte die tiefverhüllte Gestalt an und vernahm ihr ersticktes Schluchzen. Die beiden verängstigten Zofen, Asa und Sono, gingen nebenher. Dann warf er einen letzten Blick zurück. Hiro-matsu stand auf sein Schwert gestützt allein neben der kleinen Hütte. Jetzt wurde der Garten seinen Blicken entzogen, denn Samurai war-

fen die riesigen eisenbeschlagenen Torflügel zu. Der große hölzerne Querriegel wurde vorgelegt. Es waren jetzt keine Wachen mehr im Vorhof. Sie standen alle auf den Mauern der Befestigungsanlagen.
»Was geht hier vor?« fragte Blackthorne.
»Wie bitte, Anjin-san?«
»Es sieht so aus, als ob sie belagert würden. Die Braunen von den Grauen. Erwarten sie denn Schwierigkeiten? Noch mehr Schwierigkeiten?«
»Ach, tut mir leid. Aber es ist üblich, die Tore über Nacht zu schließen«, sagte sie.
Als ihre Sänfte sich in Bewegung setzte, ging er nebenher. Buntaro und die Nachhut nahmen hinter ihnen Aufstellung. Blackthorne beobachtete die Sänfte vor ihnen, den schwankenden Gang der Träger und die verhüllte Gestalt darin. Er war zutiefst verstört, wiewohl er versuchte, sich das nicht anmerken zu lassen. Als Kiritsubo plötzlich aufschrie, hatte er sofort zu ihr hingeblickt. Die Augen aller anderen waren auf die auf der Treppe hingestreckte junge Frau gerichtet gewesen. Auch er war versucht, dort hinzublicken, doch da sah er Kiritsubo wie ein Wiesel in der kleinen Hütte verschwinden. Einen Moment glaubte er, es sei eine Sinnestäuschung, weil ihr dunkler Reisemantel, der dunkle Kimono, der dunkle Hut und der dunkle Schleier sie in der Nacht nahezu unsichtbar machten. Er sah die Gestalt für einen Augenblick verschwinden, dann wieder hervorkommen, auf die Sänfte zuschießen und die Vorhänge dicht verschließen. Den Bruchteil einer Sekunde kreuzten sich ihre Blicke. Es war Toranaga.

# *22. Kapitel*

Der kleine Zug mit den beiden Sänften bewegte sich langsam durch das Labyrinth der Burg und durch die verschiedenen Kontrollstationen. Jedesmal gab es förmliche Verneigungen, die Dokumente wurden immer wieder peinlichst genau studiert, ein neuer Hauptmann und eine neue Gruppe von Grauen lösten diejenigen, die sie bisher eskortiert hatten, ab, und dann durften sie passieren. An jeder Kontrollstelle beobachtete Blackthorne mit wachsendem Unbehagen, wie der Hauptmann der Wache nahe herantrat, um die vorgezogenen Vorhänge von Kiritsubos Sänfte genau in Augenschein zu nehmen. Jedesmal verneigte der Betreffende sich vor der nur undeutlich erkennbaren Gestalt, vernahm das erstickte Schluchzen und winkte ihnen nach gebührender Wartezeit weiterzugehen.

Wer sonst weiß es noch? fragte Blackthorne sich verzweifelt. Die Zofen mußten es wissen – das würde auch erklären, warum sie einen so verängstigten Eindruck machten. Und Hiro-matsu war bestimmt eingeweiht; desgleichen selbstverständlich die Dame Sazuko, die das Ablenkungsmanöver übernommen hatte. Und Mariko? Ich glaube nicht. Yabu? Ob Toranaga ihm genug traute? Und dieser halslose Wahnwitzige, Buntaro? Vermutlich nicht.

Offensichtlich handelt es sich um einen hochgeheimen Fluchtversuch. Aber warum sollte Toranaga sein Leben außerhalb der Burg aufs Spiel setzen? Ist es in der Burg nicht sicherer für ihn? Warum diese Heimlichkeit? Vor wem mag er fliehen? Vor Ishido? Etwaigen Meuchelmördern? Vermutlich vor allen, dachte Blackthorne und wünschte, sie wären sicher auf der Galeere und bereits auf hoher See. Wenn Toranaga entdeckt wird, gibt es einen Riesenaufruhr, dann wird bestimmt auf Leben und Tod gekämpft und kein Pardon gegeben. Ich bin unbewaffnet, aber selbst wenn ich zwei gute Pistolen hätte oder einen Zwanzigpfünder und hundert dicke Kanonenkugeln, würden die Grauen uns doch den Garaus machen.

»Werdet Ihr auch schon müde, Anjin-san?« fragte Mariko geziert. »wenn Ihr wollt, könnt Ihr einsteigen, und ich gehe zu Fuß.«

»Danke, nein, nicht nötig«, entgegnete er säuerlich, denn ihm fehlten seine Schuhe, er kam mit den Riemensandalen noch nicht so gut zurecht. »Meine Beine sind in Ordnung. Ich wünschte nur, wir wären schon auf See und in Sicherheit.«
»Ist es denn auf See jemals sicher?«
»Manchmal schon, Senhora. Aber nicht oft.« Er hörte ihr kaum zu. Bei Gott, dachte er, hoffentlich verrate ich Toranaga nicht! Das wäre entsetzlich! Für mich wäre es einfacher, wenn ich ihn nicht gesehen hätte. Nun, das war Pech, einer von diesen Zufällen, die einem bei einem vollkommenen Plan dazwischenkommen können. Ich bin auf das ganze abgekartete Spiel nur deshalb nicht hereingefallen, weil ich nicht verstand, was sie rief. Pech, daß ich Toranaga gesehen habe – mit Perücke, Make-up, Kimono und Reisemantel –, genauso wie Kiritsubo, und doch Toranaga.
Beim nächsten Kontrollpunkt kam der Hauptmann der Wache noch näher; die Zofen verneigten sich mit Tränen in den Augen und standen im Weg, ohne daß es so ausgesehen hätte, als täten sie es vorsätzlich. Der Hauptmann spähte zu Blackthorne hinüber und trat dann an die Sänfte heran. Nach unglaublich forschendem Blick richtete er das Wort an Mariko, die ihm kopfschüttelnd antwortete. Der Mann knurrte und ging zu Yabu hinüber, reichte die Pässe zurück und ließ den Zug weitergehen.
Wie es wohl Rodrigues geht? dachte Blackthorne, als sie weiterzogen. Ob er wohl ein brandiges Bein bekommen hat? Inzwischen müßte er wissen, ob er in Zukunft mit einem oder mit zwei Beinen leben muß – falls er eine Amputation überhaupt übersteht – oder ob er sterben muß. Herrgott im Himmel, bewahre mich vor allen Wunden und Ärzten! Und Priestern!
Wieder eine Kontrollstelle. Blackthorne konnte ums Verrecken nicht begreifen, wieso sie alle so höflich und geduldig blieben, sich ständig verneigten und zuließen, daß die Pässe übergeben und wieder zurückgereicht wurden, immer dazu lächelten und auf keiner Seite auch nur eine Spur von Verärgerung zu bemerken war. Sie sind so anders als wir!
Er warf einen Blick auf Marikos Gesicht, das teilweise vom Schleier und dem breitrandigen Hut verhüllt war. Schön ist sie, dachte er, und ich bin froh, daß das Mißverständnis zwischen uns aufgeklärt ist. Jedenfalls werde ich mir solchen Unsinn nicht noch einmal gefallen lassen müssen. Diese verdammten Knabenschänder – alle sind sie verdammte Knabenschänder!
Nachdem er heute morgen ihre Entschuldigung angenommen, hatte er sie nach Yedo, japanischen Sitten und Gebräuchen, nach Ishido und der Burg ausgefragt. Das Thema Sex hatte er gemieden. Und sie hatte ausführlich geantwortet, ihrerseits jedoch alle politischen Erklärungen ausgespart, und so waren ihre Antworten aufschlußreich, aber harmlos gewesen. Bald darauf war sie mit ihren Zofen gegangen, um sich auf die Abreise vorzubereiten, und er war mit seinen Samurai-Wachen allein zurückgeblieben.
Ständig gewissermaßen in Tuchfühlung mit anderen zu leben, machte ihn reiz-

bar. Sie sind wie die Ameisen. Ich wünschte, ich genösse zur Abwechslung mal den Frieden einer verriegelten Eichentür – und zwar mit dem Riegel auf meiner Seite. Ich kann es nicht abwarten, wieder an Bord zu sein, in der frischen Luft, draußen auf See. Und selbst wenn es nur auf dieser Galeere wäre, die einen Rumpf hat so dick wie der Bauch einer trächtigen Sau.
Während er jetzt durch die Burg von Osaka zog, ging ihm auf, daß er Toranaga dann in seinem eigenen Element gegenüberstehen würde – auf See, wo *er* König war. Wir werden viel Zeit haben, uns zu unterhalten. Mariko wird dolmetschen, und dann werde ich schon alles unter Dach und Fach bringen. Handelsabkommen, das Schiff, die Herausgabe unseres Silbers und Bezahlung, falls er uns die Musketen und das Pulver abkaufen will. Ich werde vereinbaren, daß ich nächstes Jahr mit einer ganzen Schiffsladung voll Seide komme. Ich werde mit der *Erasmus* den Perlfluß hinauffahren bis nach Kanton und die portugiesisch-chinesische Blockade durchbrechen. Gib mir nur mein Schiff wieder, und ich bin reich! Reicher noch als Francis Drake! Wenn ich wieder nach Hause komme, werde ich von Plymouth bis zur Zuider See alle alten Seebären zusammentrommeln, und dann werden wir den ganzen Asienhandel übernehmen. Wo Drake Philipp bloß den Bart versengt hat, werde ich ihm die Eier abschneiden. Ohne Seide geht Macao ein, stirbt Malakka und dann Goa. Wir könnten das gesamte portugiesische Reich aufrollen wie einen Teppich. »Ihr wollt den Handel mit Indien, Majestät? Afrika? Asien? Den japanischen Inseln? Ich mache Euch einen Vorschlag, wie Ihr den binnen fünf Jahren fest in der Hand haben könnt!«
»Erhebt Euch, Sir John!«
Jawohl, die Erhebung in den Adelsstand war in Reichweite. Und vielleicht sogar noch mehr. Kapitäne und Navigatoren wurden Admirale, Ritter, Lords, sogar Grafen. Der einzige Weg für einen Engländer, einen schlichten Bürgersmann, Sicherheit zu erlangen, die Sicherheit, wie sie eine angesehene Stellung im Reich verlieh, führte über die Königin – über ihre Gunst, Gott möge sie beschützen! Und ihrer Gunst versicherte man sich, indem man ihr Schätze brachte, die ihr halfen, den Krieg gegen das stinkende Spanien und den Schurken, den Papst, zu finanzieren.
Drei Jahre, das wären drei Reisen und drei Schiffsladungen, überlegte Blackthorne, und es wurde ihm ganz warm dabei. Oh, ich weiß Bescheid über die Monsunwinde und die Stürme, aber die *Erasmus* kann hart am Wind laufen, und dann werden wir auch nicht ganz soviel Ladung übernehmen. Moment – warum die Sache nicht gleich richtig anpacken? Nichts da von wegen kleiner Ladung! Warum nicht das diesjährige Schwarze Schiff kapern? Dann hättest du doch alles!
Und wie?
Das ist ein Kinderspiel – wenn es nicht unter Geleitschutz fährt und du es überrumpelst. Dafür habe ich allerdings nicht genug Leute. Warte: Seeleute soll es doch in Nagasaki geben. Ist das nicht der Hafen, wo all die Portugiesen sitzen? Hat Pater Domingo nicht gesagt, dort gehe es zu wie in einem portugiesischen

Hafen? Fahren nicht auf jedem Schiff Leute, die an Bord gepreßt, mit Gewalt zum Dienst gezwungen wurden – Leute, die stets bereit wären, für einen raschen Gewinn das Schiff zu wechseln, gleichgültig unter welchem Kapitän und unter welcher Flagge sie segeln müßten? Mit der *Erasmus* und unserem Silber könnte ich es mir schon erlauben, eine vollständige Mannschaft anzuheuern. Ich werde reich sein, und berühmt. Und dann ade, Meer, endlich ade! Und zwar für immer.

Der Schlüssel zu allem ist Toranaga. Wie ihn anpacken?

Sie passierten einen weiteren Kontrollpunkt und bogen um eine Ecke. Vor ihnen lag das letzte Tor und das letzte Fallgitter der eigentlichen Burg, und dahinter die letzte Zugbrücke und der letzte Wallgraben. Auf der anderen Seite befand sich das allerletzte Außenwerk. Zahllose Fackeln machten die Nacht zum blutroten Tag.

Dann trat Ishido aus dem Schatten.

Die Braunen sahen ihn fast im selben Augenblick. Eine Welle der Feindseligkeit ging durch die Reihen. Buntaro schoß geradezu an Blackthorne vorüber, um näher an der Spitze des Zuges zu sein.

Yabu blieb stehen. Wie wenn nichts geschehen wäre, reichte er dem Hauptmann am Tor die Pässe und trat dann auf Ishido zu. »Ich habe nicht erwartet, Euch noch einmal zu sehen. Eure Wachen sind sehr gründlich.«

»Vielen Dank.« Ishido beobachtete Buntaro und die geschlossene Sänfte hinter ihm.

»Einmal unsere Papiere zu kontrollieren, sollte genügen«, sagte Buntaro und rasselte unheilverkündend mit seinen Waffen. »Zweimal höchstens. Was sind wir denn – im Krieg? Es ist beleidigend.«

»Es ist keinerlei Beleidigung beabsichtigt, Buntaro-san. Aber wegen der Mörder habe ich strengere Sicherheitsvorkehrungen angeordnet.« Ishido ließ den Blick kurz auf Blackthorne ruhen und überlegte nochmals, ob er ihn eigentlich ziehen lassen oder zurückhalten sollte, wie Onoshi und Kiyama es wollten. Dann blickte er wieder zu Buntaro hin. Auswurf, dachte er. Dein Kopf wird bald auf einer Lanze stecken. Wie kann eine so bezaubernde Frau wie Mariko es nur mit einem Affen wie dir aushalten?

Der neue Hauptmann unterzog die Papiere einer peinlich genauen Durchsicht. »Alles in Ordnung, Yabu-sama«, sagte er, als er an die Spitze des Zuges zurückkehrte. »Ihr braucht die Pässe nicht mehr. Wir behalten sie hier.«

»Gut.« Yabu wandte sich an Ishido. »Bis bald.«

Ishido zog eine Pergamentrolle aus dem Ärmel. »Ich wollte die Dame Kiritsubo bitten, dies für mich mit nach Yedo zu nehmen. Für meine Nichte. Es ist sehr unwahrscheinlich, daß ich in der nächsten Zeit nach Yedo komme.«

»Gewiß.«

Yabu streckte die Hand aus.

»Bemüht Euch nicht, Yabu-san. Ich werde sie selbst bitten.« Ishido ging auf die Sänfte zu.

Gehorsam fingen die Zofen ihn ab. Asa streckte die Hand aus. »Erlaubt, daß ich die Botschaft nehme, Herr. Meine Gebieterin...«
»Nein!«
Zu Ishidos und auch zu aller anderen Verwunderung gaben die Zofen den Weg nicht frei.
»Aber meine Gebiet...«
»Aus dem Weg!« knurrte Ishido.
Beide Zofen wichen unterwürfig zur Seite; Angst stand ihnen ins Gesicht geschrieben.
Ishido verneigte sich vor dem zugezogenen Vorhang. »Kiritsubo-san, ob Ihr wohl so freundlich sein würdet, dieses Schreiben für mich mit nach Yedo zu nehmen? Und es meiner Nichte zu übergeben?«
Zwischen den Schluchzern war so etwas wie Zögern zu erkennen, und die Gestalt verneigte sich zustimmend.
»Vielen Dank!« Ishido hielt die dünne Pergamentrolle eine Handbreit vor dem Vorhang hin, damit sie ihm abgenommen werde.
Das Schluchzen hörte auf. Blackthorne ging auf, daß Toranaga in der Falle saß. Die Höflichkeit verlangte, daß Toranaga das Schriftstück entgegennehme; seine Hand aber würde ihn verraten.
Jeder wartete darauf, daß die Hand zum Vorschein kam.
»Kiritsubo-san?«
Immer noch rührte sich nichts. Da trat Ishido rasch einen Schritt vor, riß den Vorhang beiseite, und im selben Augenblick stieß Blackthorne ein ohrenbetäubendes Geheul aus und fing an, auf und ab zu hüpfen wie ein Wahnsinniger. Wie vom Donner gerührt fuhren Ishido und die anderen herum.
Für einen Moment war Toranaga hinter Ishido in voller Größe zu sehen. Blackthorne dachte: Aus zwanzig Schritt Entfernung mag er für Kiritsubo durchgehen, aber hier, aus der Nähe, ist das unmöglich, obwohl der Schleier sein Gesicht verhüllt. Und in der unendlich sich dehnenden Sekunde, ehe Toranaga die Vorhänge wieder vorgezogen hatte, wußte Blackthorne, daß Yabu ihn erkannt haben mußte, Mariko bestimmt auch, Buntaro wahrscheinlich und möglicherweise sogar einige von den anderen Samurai. Er machte einen Satz vorwärts, ergriff die Pergamentrolle, steckte sie durch den Schlitz zwischen den Vorhängen, drehte sich dann um und brabbelte einfach drauflos: »In meiner Heimat bringt es Unglück, wenn ein Prinz eine Botschaft persönlich überreicht wie ein ganz gewöhnlicher Mensch... es bringt Unglück.«
All das war so unerwartet und so blitzschnell geschehen, daß Ishido sein Schwert erst aus der Scheide hatte, als Blackthorne sich vor ihm verneigte und zappelte wie ein Flaschenteufelchen. Da erst funktionierten seine Reflexe wieder, und das Schwert sauste durch die Luft, um seine Kehle zu treffen.
Blackthornes verzweifelte Augen fanden Mariko: »Um Christi willen, helft – bringt Unglück... *bringt Unglück!*«
Sie schrie auf. Die Klinge verhielt um Haaresbreite vor seinem Hals. Mariko

stieß einen Schwall von Erklärungen hervor, was Blackthorne gesagt, Ishido senkte das Schwert, hörte einen Augenblick zu, fiel ihr wütend ins Wort, schrie immer aufgebrachter und schlug Blackthorne dann mit dem Handrücken hart ins Gesicht. Blackthorne wütete wie ein Berserker. Er ballte seine Fäuste und stürzte sich auf Ishido.

Wäre Yabu nicht geistesgegenwärtig genug gewesen, Ishidos Schwertarm festzuhalten – Blackthornes Kopf wäre in den Staub gerollt. Den Bruchteil einer Sekunde später packte Buntaro Blackthorne, der die Hände bereits um Ishidos Hals hatte. Es bedurfte mehrerer Brauner, ihn von Ishido wegzureißen, dann versetzte Buntaro ihm einen harten Schlag in den Nacken, und das benebelte ihm die Sinne. Graue sprangen ihrem Herrn zu Hilfe, doch Braune umringten Blackthorne und die Sänfte, und einen Augenblick standen sich alle nur kampfbereit und drohend gegenüber. Mariko und die Zofen hoben ein jämmerliches Geschrei an und brachen in Tränen aus, was dazu beitrug, weiteres Durcheinander zu schaffen.

Yabu redete beschwichtigend auf Ishido ein, Mariko wiederholte unter Tränen immer wieder in übertriebener Hysterie, der verrückte Barbar versuche nur, Ishido, den großen Heerführer – den er für einen Prinzen hielt –, vor einem bösen *Kami* zu bewahren. »Und sie ins Gesicht zu schlagen, ist bei ihnen die schlimmste Beleidigung – genauso wie bei uns, und da ist er momentan einfach außer sich. Er ist zwar ein unwissender Barbar, aber er ist in seiner Heimat auch ein *Daimyo* und hat nur versucht, Euch zu helfen, Herr!«

Blackthorne erkannte, daß die Aufmerksamkeit aller auf ihn gerichtet war, wußte jetzt aber auch, daß er Verbündete hatte.

Ishido fuhr wieder zu ihm herum, kam näher und schrie ihn an. Er spürte förmlich, wie die Braunen ihre Schwerter fester packten, und wußte, daß der Schlag unausweichlich war, doch diesmal, statt zu versuchen, sich ihnen zu entwinden, wie sie es erwarteten, tat er so, als breche er zusammen, richtete sich dann jedoch blitzschnell wieder auf, brach aus, stieß ein irrsinniges Gelächter aus und fing an, eine groteske *Hornpipe* hinzulegen. Pater Domingo hatte ihm erklärt, in Japan glaube jeder, Irrsinn werde durch einen *Kami* hervorgerufen, weshalb Wahnsinnige wie kleine Kinder und Greise als nicht verantwortlich galten für das, was sie taten, und sich deshalb alles mögliche erlauben könnten. Also wirbelte und sprang er herum und sang gleichzeitig Mariko zu: »Hilfe... Ich brauche Hilfe, um Gottes willen... ich halt' das nicht mehr lange durch... Hilfe...«, zappelte verzweifelt wie ein Wahnsinniger, denn er wußte, das war das einzige, was ihn möglicherweise retten könnte.

»Er ist verrückt... er ist besessen«, kreischte Mariko, sobald sie Blackthornes List durchschaut hatte.

»Ja«, sagte Yabu, der noch dabei war, sich von dem Schock zu erholen, Toranaga zu sehen, sich gleichzeitig aber auch nicht sicher war, ob der Anjin-san nur spielte, oder ob er wirklich den Verstand verloren hatte.

Mariko wußte nicht, wo ihr der Kopf stand. Sie wußte nicht, was tun. Der An-

jin-san hatte zwar Herrn Toranaga gerettet – woher aber hatte er gewußt? fragte sie sich immer wieder.
Alles Blut war aus Blackthornes Gesicht gewichen, bis auf die scharlachroten Flecken, die von Ishidos Hand herrührten. Er tanzte und tanzte und wartete verzweifelt auf Hilfe, die nicht kam. Dann, Yabu und Buntaro stumm als erbärmliche Feiglinge beschimpfend und Mariko als eine dumme Gans, brach er den Tanz unvermittelt ab, verneigte sich wie eine ungelenkte Marionette vor Ishido und bewegte sich halb gehend und halb tanzend auf den Torweg zu. »Folgt mir, folgt mir!« rief er mit fast erstickter Stimme und versuchte, voranzugehen wie der Rattenfänger von Hameln.
Die Grauen versperrten ihm den Weg. Mit aufgesetzter Wut schrie er sie an und gebot ihnen herrisch, aus dem Weg zu gehen, um gleich darauf wieder in hysterisches Gelächter auszubrechen.
Ishido griff nach Pfeil und Bogen. Die Grauen bildeten eine Gasse, und Blackthorne war fast durch den Torweg hindurch. In seiner Not drehte er sich um, denn er wußte, daß es keinen Sinn hatte, davonlaufen zu wollen.
Hilflos nahm er wieder zu seiner irren Tanzerei Zuflucht.
»Er ist verrückt, ein tollwütiger Hund!« Ishidos Stimme verriet äußerste Wut. Er setzte den Pfeil auf die Sehne und zielte.
Augenblicklich verließ Mariko ihre beschützerische Verteidigungsstellung vor Toranagas Sänfte und ging auf Blackthorne zu. »Keine Sorge, Herr Ishido«, rief sie. »Nur keine Angst – es ist nur ein vorübergehender Anfall – erlaubt...« Als sie näherkam, erkannte sie, wie erschöpft Blackthorne war, was für ein wahnsinniges Grinsen er aufgesetzt hatte, und bekam es wider Willen doch mit der Angst zu tun. »Jetzt kann ich helfen, Anjin-san.« Ihre Worte überstürzten sich fast. »Wir müssen versuchen – rauszukommen. Ich werde Euch folgen. Keine Angst – er wird nicht schießen. Hört jetzt bitte auf zu tanzen!«
Blackthorne hörte von einem Augenblick zum anderen auf, drehte sich um und betrat ganz ruhig die Brücke. Sie folgte einen Schritt hinter ihm, wie die Sitte es verlangte, erwartete die Pfeile, vermeinte bereits, sie heranschwirren zu hören.
Tausend Augen folgten dem hühnenhaften Irren und der winzigen Frau, wie sie über die Brücke gingen und verschwanden.
Jetzt kam Leben in Yabu. »Wenn Ihr ihn tot wollt, laßt mich das besorgen, Ishido-sama. Es wäre ungehörig, wenn Ihr es tätet. Ein General tötet nicht mit eigener Hand. Das sollten andere für ihn tun.« Er trat ganz nahe an ihn heran und flüsterte: »Laßt ihn laufen. Der Wahnsinn kam von Eurer Ohrfeige. Er ist ein *Daimyo* bei sich daheim, und die Ohrfeige – es ist so, wie Mariko-san gesagt, *neh?* Glaubt mir, wir brauchen ihn lebend.«
»Was?«
»Wir brauchen ihn lebend! Glaubt mir! Tot haben könnt Ihr ihn jederzeit. Aber wir brauchen ihn lebend.«
Ishido las die Verzweiflung in Yabus Gesicht – und daß er die Wahrheit sprach.

Er senkte den Bogen. »Nun denn. Aber eines Tages brauch' *ich* ihn lebend! Ich werde ihn an den Füßen über der Grube aufhängen.«
Yabu schluckte und verneigte sich leicht. Nervös winkte er dem Zug, sich in Bewegung zu setzen; er hatte eine Heidenangst, daß Ishido plötzlich wieder die Sänfte und »Kiritsubo« einfallen könnte.
Buntaro, der äußerste Ehrerbietung hervorkehrte, machte den Anfang, und so setzten sich die Braunen in Bewegung. Er hatte bemerkt, daß Ishido die Augen nicht einen Moment von Mariko und dem Anjin-san ließ; trotzdem verneigte er sich höflich vor ihm und faßte hinter Toranagas Sänfte Tritt, um seinen Herrn vor Pfeilen zu beschützen, falls es jetzt zu einem Kampf kam.
Jetzt näherte der Zug sich dem Tor. Yabu setzte sich gleichfalls in Bewegung – er bildete die einsame Nachhut. Er erwartete jeden Augenblick, daß der Zug neuerlich angehalten werden würde. Ganz bestimmt müssen doch einige von den Grauen Toranaga erkannt haben, dachte er. Wie lange wird es dauern, bis sie es Ishido berichten? Muß er nicht annehmen, daß ich das meine zu diesem Fluchtversuch beigetragen habe? Bin ich damit nicht für immer und ewig erledigt?
Als sie halb über der Brücke waren, schaute Mariko sich für einen Augenblick um. »Sie folgen uns, Anjin-san. Beide Sänften haben jetzt das Tor passiert und sind schon auf der Brücke.«
Blackthorne erwiderte nichts und blickte sich auch nicht um. Er mußte seine ganze Willenskraft aufbieten, jetzt nicht zusammenzubrechen. Seine Sandalen hatte er verloren, das Gesicht brannte ihm von dem Schlag Ishidos, und in seinem Schädel hämmerte der Schmerz. Die letzten Wachen ließen ihn durch das Fallgitter hindurch. Auch Mariko ließen sie durch, ohne sie aufzuhalten. Und dann die Sänften.
Blackthorne ging den Hügel hinunter voran, dann eine leichte Anhöhe hinauf, über den offenen Platz hinweg und über die ferne Brücke. Erst als sie im Wald waren und von der Burg aus niemand sie mehr sehen konnte, brach er endgültig zusammen.

# 23. Kapitel

»Anjin-san! Anjin-san! Hier!«
Halb ohnmächtig erlaubte er Mariko, ihm etwas Saké einzuflößen. Der Zug hielt.
Die Braunen bildeten sofort einen undurchdringlichen Ring um die Sänfte mit den vorgezogenen Vorhängen; die Eskorte der Grauen war vor und hinter ihnen. Buntaro hatte einer der Zofen etwas zugerufen, die sogleich eine Flasche aus einem der Gepäckstücke hervorholte; er wies seine Wachen an, niemand an »Kiritsubo-sans Sänfte« heranzulassen, und eilte dann zu Mariko. »Ist mit dem Anjin-san auch alles in Ordnung?«
»Ja, ja, ich glaube schon«, sagte Mariko. Yabu gesellte sich zu ihnen.
Um den Hauptmann der Grauen abzuwimmeln, sagte Yabu unbekümmert: »Wir können jetzt weiter, Hauptmann. Wir lassen ein paar Männer und Mariko-san zurück. Sobald der Barbar wieder ein bißchen bei Kräften ist, können sie mit den Männern nachkommen.«
»Mit Verlaub, Yabu-san, aber es ist besser, wir warten. Ich habe den Auftrag, euch alle heil und sicher bis an die Galeere zu bringen. Und zwar zusammen«, erklärte der Hauptmann.
Alle schauten auf Blackthorne hernieder, als dieser sich an dem Wein etwas verschluckte. »Danke«, krächzte er. »Sind wir jetzt sicher? Wer weiß sonst noch, daß ...«
»Keine Angst«, fiel sie ihm hastig ins Wort. Sie hatte dem Hauptmann den Rükken zugewandt und blickte Blackthorne warnend an. »Anjin-san, Ihr seid jetzt in Sicherheit und es ist kein Grund vorhanden, Euch Sorgen zu machen. Versteht Ihr? Ihr habt eine Art Anfall gehabt. Aber seht Euch nur um – Ihr seid sicher.«
Blackthorne tat, wie sie ihm geheißen. Er sah den Hauptmann der Grauen und hatte begriffen. Seine Kraft kehrte rasch in ihn zurück, der Wein mag dabei mitgeholfen haben. »Tut mir leid, Senhora. Das war nur die panische Angst. Ich glaube, ich werde allmählich alt. Ich drehe oft durch und kann mich hinterher

an nichts mehr erinnern. Portugiesisch sprechen strengt an, nicht wahr?« Er wechselte zum Lateinischen über. »Hat Sie verstanden?«
»Er kann versichert sein, ja.«
»Geht es in dieser Sprache ›leichter‹?«
»Vielleicht«, sagt sie. Ihr war ein Stein vom Herzen gefallen, daß er die Notwendigkeit, vorsichtig zu sein, begriffen hatte, selbst wenn sie lateinisch sprachen, für Japaner eine nahezu völlig unverständliche und unerlernbare Sprache – bis auf eine Handvoll Männer im Reich, die von den Jesuiten erzogen worden und dem Priesterstand geweiht waren. Sie war die einzige Frau in ihrer Welt, die portugiesisch *und* lateinisch lesen und schreiben konnte. »Beide Sprachen sind schwierig – jede birgt ihre Gefahren.«
»Wer sonst kennt die ›Gefahren‹?«
»Mein Gatte und der, der uns führt.«
Der Hauptmann der Grauen trat unruhig von einem Fuß auf den anderen und sagte etwas zu Mariko.
»Der Zenturio fragt, ob Er noch gefährlich sei, ob man Seine Hände und Füße binden solle. Ich habe nein gesagt. Er ist jetzt von Seiner Schwäche genesen.«
»Ja«, sagte er und fiel wieder ins Portugiesische. »Ich habe oft solche Anfälle. Wenn jemand mich ins Gesicht schlägt! Tut mir leid. Kann mich hinterher nie erinnern, was passiert ist. Das ist die Hand Gottes.« Er sah, daß der Hauptmann sich auf seine Lippen konzentrierte, und dachte: Hab' ich dich doch erwischt, du Halunke! Wetten, daß du portugiesisch verstehst?
Sono, die Zofe, hielt an der Sänfte den Kopf lauschend gesenkt. Gleich darauf kam sie zu Mariko.
»*Gomen nasai,* Mariko-san, aber meine Gebieterin läßt fragen, ob der Wahnsinnige jetzt soweit wiederhergestellt ist, daß wir weiter können? Sie bittet, ob Ihr ihm nicht Eure Sänfte überlassen könntet, denn wegen der Flut sei Eile geboten. Sobald wir an Bord sind, werde sie ihm persönlich eine Medizin geben.« Mariko dolmetschte.
»Ja, es ist jetzt alles wieder in Ordnung mit mir«, sagte Blackthorne, raffte sich auf und stand mit zitternden Knien da.
Yabu bellte ein Kommando.
»Yabu-san sagt, Ihr sollt in der Sänfte getragen werden, Anjin-san.« Mariko lächelte, als er sich dagegen sträubte. »Ich bin wirklich sehr kräftig, und Ihr braucht Euch keine Sorgen zu machen. Ich werde neben Euch hergehen, und dann können wir uns unterhalten, wenn Ihr das wünscht.«
Er gestattete, daß sie ihm in die Sänfte halfen. Gleich darauf ging es weiter. Das Geschaukel der Sänfte wirkte beruhigend, und er lehnte sich erschöpft zurück. Er wartete, bis der Hauptmann der Grauen sich an die Spitze der Kolonne gesetzt hatte, und dann flüsterte er, lateinisch, und warnte sie: »Dieser Zenturio versteht die andere Sprache.«
»Jawohl. Und etwas Latein auch, glaube ich«, flüsterte sie genauso leise zurück. »Im Ernst, Er ist ein tapferer Mann. Ich danke Ihm, daß Er ihn gerettet hat.«

»Ihre Kühnheit übersteigt die meine.«
»Nein, der Herrgott hat meine Füße auf die Erde gepflanzt, und ich habe mich nur ein wenig nützlich gemacht. Nochmals, ich danke Ihm.«
Bei Nacht sah die Stadt märchenhaft aus. Die Häuser der Reichen waren von vielerlei bunten Laternen erleuchtet – von Öllampen und solchen mit Kerzen darin; sie hingen in den Torbogen und in den Gärten. Die *Shoji*-Wände schimmerten warm und anheimelnd. Selbst die Häuser der Armen bekamen durch die *Shoji* etwas Behagliches.
»Wir brennen in den Häusern Öllämpchen und Kerzen, doch gehen die meisten Menschen bei Einbruch der Dunkelheit zu Bett«, erklärte Mariko, als sie durch die sich windenden Straßen der Stadt gingen. Die Fußgänger verneigten sich vor ihnen, und die ganz Armen blieben auf den Knien liegen, bis sie vorüber waren. Das Meer lag schimmernd im Mondschein da.
»Das ist bei uns genauso. Wie kocht ihr? Über einem Holzfeuer?« Blackthorne hatte sich rasch wieder erholt, und seine Knie waren nicht mehr weich. Sie hatte sich geweigert, wieder die Sänfte zu besteigen, und so lag er da, genoß die Luft und die Unterhaltung.
»Wir benutzen Holzkohlenbecken. Wir leben von anderen Speisen wie ihr, bei uns ist das Kochen einfacher. Nur Reis und etwas Fisch gibt es, den zumeist roh oder über Holzkohlenglut gegart. Dazu eine scharfe Sauce und eingelegtes Gemüse und vielleicht ein wenig Suppe. Kein Fleisch – nein, Fleisch niemals. Wir sind ein sehr genügsames Volk – nur etwa ein Fünftel unseres Bodens kann für den Ackerbau genutzt werden, und wir sind unserer doch so viele. Bei uns gilt Genügsamkeit als Tugend.«
»Sie war mutig. Ich danke Ihr. Die Pfeile kamen nur des Schildes Ihres Rückens wegen nicht.«
»Nein, Schiffskapitän. Das war der Wille Gottes!«
»Sie ist mutig, und Sie ist schön!«
Schweigend ging sie einen Augenblick dahin. Kein Mensch hat mir je gesagt, daß ich schön sei – niemand, dachte sie. »Ich bin nicht mutig, und ich bin nicht schön. Schwerter sind schön. Ehre ist schön.«
»Auch Unerschrockenheit ist etwas Schönes; und Sie hat davon im Überfluß.«
Mariko erwiderte nichts. Sie mußte an heute morgen denken und an die bösen Worte und die bösen Gedanken. Wie kann ein Mann nur so kühn und gleichzeitig so dumm sein, so zartfühlend und so grausam, so herzerwärmend und so verachtenswert – und das alles gleichzeitig? Der Anjin-san hat unerhörten Mut bewiesen, als er Ishidos Aufmerksamkeit von der Sänfte ablenkte; und er hätte nichts Klügeres tun können. Aber gib acht, Mariko, warnte sie sich. Denk an Toranaga und nicht an diesen Fremden. Halt dir vor Augen, daß er auch böse ist, und gebiete der feuchten Wärme in deinen Lenden, die du noch nie zuvor gespürt hast, Einhalt – jener Wärme, von der die Kurtisanen reden und wie sie in den Geschichten und Kopfkissen-Büchern beschrieben wird.
»Jawohl«, sagte sie. »Unerschrockenheit ist etwas Schönes, und Er hat davon

im Übermaß.« Dann kehrte sie zum Portugiesischen zurück. »Latein ist so anstrengend.«
»Ihr habt es in der Schule gelernt?«
»Nein, Anjin-san, erst viel später. Nachdem ich geheiratet hatte, lebte ich lange Zeit hoch im Norden. Ich war allein und hatte nur die Dienerschaft und die Leute aus dem Dorf, und die einzigen Bücher, die ich besaß, waren portugiesische und lateinische Bücher – ein paar Grammatiken, religiöse Schriften und die Bibel. Mit dem Erlernen der Sprache vertrieb ich mir die Zeit.«
»Und wo war Euer Gatte?«
»Im Krieg.«
»Wie lange wart Ihr allein?«
»Bei uns heißt es, Zeit läßt sich nicht nur auf eine Weise messen; Zeit kann sein wie der Frost oder wie ein Blitz oder eine Träne, wie ein Sturmwind, ein Orkan oder ein Sonnenuntergang, ja sogar wie ein Fels.«
»Das ist ein sehr tiefsinniger Gedanke«, sagte er. Und dann fügte er hinzu: »Euer Portugiesisch ist sehr gut, Senhora. Und Euer Latein auch. Besser als meins.«
»Ihr habt eine Honigzunge, Anjin-san.«
»Das ist *honto!*«
»*Honto* ist ein gutes Wort. *Honto* ist es, daß eines Tages ein christlicher Priester in unser Dorf kam. Wir waren wie zwei verlorene Seelen. Er blieb vier Jahre und hat mir sehr geholfen. Ich bin froh, daß ich es gut sprechen kann«, sagte sie ohne jede Eitelkeit. »Mein Vater wollte, daß ich Sprachen lerne.«
»Warum?«
»Er meinte, wir sollten den Teufel kennen, mit dem wir es zu tun hätten.«
»Er war ein kluger Mann.«
»Nein. Klug nicht. Eines Tages werde ich Euch die Geschichte erzählen. Es ist eine sehr traurige Geschichte.«
Sie schwiegen. Nach einer Weile fuhr er fort: »Warum wart Ihr für einen ganzen Fels von Zeit allein?«
»Mein Gatte hatte mich fortgeschickt. Mein Dasein stellte eine Beleidigung für ihn dar. Er tat mir die Ehre an, sich nicht von mir scheiden zu lassen. Und dann tat er mir noch mehr Ehre an, indem er mich und meinen Sohn wieder bei sich aufnahm.« Mariko sah ihn an. »Mein Sohn ist heute fünfzehn. Ich bin eigentlich schon eine alte Dame.«
»Ich glaube Euch nicht, Senhora. Wie alt wart Ihr, als Ihr geheiratet habt?«
»Alt, Anjin-san. Uralt.«
»Bei uns heißt es: Alter ist wie Frost, wie ein Sturmwind, ein Sonnenuntergang oder manchmal sogar wie ein Fels.« Sie lachte. Alles an ihr ist so anmutig, dachte er, völlig gebannt von ihr. »Euch, hochedle Dame, steht das Alter jedenfalls sehr gut zu Gesicht.«
»Einer Frau, Anjin-san, steht das Alter niemals gut zu Gesicht.«
»Sie ist ebenso weise wie schön.« Das Latein kam allzu leicht, und wiewohl es

förmlicher und edler klang, hatte es doch auch etwas Innigeres. Paß auf, sagte er sich!

Niemand hat mich je zuvor schön genannt, dachte sie abermals. Wäre es doch wahr! »Hier gilt es nicht als klug, die Frau eines anderen Mannes wahrzunehmen«, sagte sie. »Unsere Sitten sind da sehr streng. Wenn zum Beispiel eine verheiratete Frau allein mit einem Mann in einem Zimmer überrascht wird, dessen Tür geschlossen ist – sie brauchen bloß allein zu sein und sich zu unterhalten –, hat ihr Mann oder sein Bruder oder sein Vater nach dem Gesetz das Recht, sie augenblicklich zu töten. Und wenn ein Mädchen noch unverheiratet ist, kann ihr Vater selbstverständlich jederzeit mit ihr tun, was ihm beliebt.«

»Das ist aber weder recht und billig noch zivilisiert.« Er bedauerte diesen Schnitzer sofort.

»Wir halten uns selbst für sehr zivilisiert und anständig, Anjin-san.« Mariko war froh, daß sie wieder beleidigt wurde, denn damit war der Zauber gebrochen und die Wärme vertrieben. »Unsere Gesetze sind sehr weise. Es gibt viele freie und ungebundene Frauen, so daß ein Mann sich keine Frau nehmen muß, die einem andern gehört. In Wahrheit werden die Frauen dadurch ja geschützt. Die Pflicht einer Frau richtet sich einzig auf ihren Gatten. Frauen haben ihren Platz, und Männer haben ihren Platz. Ein Mann darf zwar offiziell immer nur eine Gemahlin haben, selbstverständlich aber viele Nebengattinnen – dabei genießen die Frauen bei uns viel mehr Freiheiten als die spanischen oder portugiesischen Damen. Wir können ungehindert gehen, wohin wir wollen und wann wir wollen. Wir können unsere Männer verlassen, wenn wir uns von ihnen scheiden lassen möchten. Zunächst einmal können wir uns aber vor allen Dingen weigern, überhaupt zu heiraten. Wir sind selber Herr über unser Vermögen, unseren Körper und unseren Geist. Wir üben große Macht aus, wenn wir wollen. Wer kümmert sich in Eurem Haushalt um Euer Vermögen und um Euer Geld?«

»Ich selbstverständlich.«

»Hier kümmert sich die Frau um all das. Geld ist nichts für einen Samurai. Sich damit zu befassen, ist unter der Würde eines richtigen Mannes. Ich kümmere mich um all diese Angelegenheiten meines Gatten. Die Entscheidungen trifft alle er. Ich erfülle nur seine Wünsche und bezahle die Rechnungen. Damit ist er vollkommen frei, seine Pflicht seinem Lehnsherrn gegenüber zu erfüllen, was seine einzige Aufgabe ist. O ja, Anjin-san, Ihr müßt noch sehr viel Geduld haben, ehe Ihr kritisiert.«

»Das war nicht als Kritik gedacht, Senhora. Nur, daß ich an die Heiligkeit des Lebens glaube – und daß niemand leichtfertig getötet werden darf, sofern nicht ein Gericht seine Zustimmung gibt.«

Sie wollte sich nicht beschwichtigen lassen. »Aber darin liegt doch Kritik, *neh?* Ihr dürft nicht vergessen, unsere Zivilisation, unsere Kultur ist Tausende von Jahren alt. Dreitausend davon lassen sich belegen. Wie viele Jahre reicht eure Kultur zurück?«

»Nicht sehr weit, Senhora.«

»Unser Kaiser, Go-Nijo, ist der einhundertundsiebte; sein Stammbaum geht direkt auf Jimmu-tenno zurück, den ersten Erdenmenschen, der von den fünf Generationen irdischer Geister abstammt, und vor ihnen noch von sieben Generationen himmlischer Geister, die von Kunitoko-tachi-noh-Mikoto abstammen, dem ersten Geist, der erschien, als Himmel und Erde sich trennten. Nicht einmal China kann sich einer so langen Geschichte rühmen. Wie viele Generationen lang regieren eure Könige jetzt euer Land?«
»Unsere Königin ist die dritte aus dem Hause Tudor, Senhora. Aber sie ist jetzt alt, und da sie keine Kinder hat, wird sie die letzte sein.«
»Einhundertundsieben Generationen, Anjin-san – bis zurück zu den Göttern«, wiederholte sie stolz.
»Wenn Ihr das glaubt, Senhora, wie könnt Ihr dann gleichzeitig Katholikin sein?« Er sah, wie sie irritiert war und dann mit den Achseln zuckte.
»Ich bin erst seit zehn Jahren Christin, also noch ein Neuling, und obgleich ich mit ganzem Herzen an den christlichen Gott glaube, ist unser Kaiser doch ein direkter Nachkomme der Götter oder Gottes. Er ist göttlich. Es gibt viele Dinge, die ich nicht verstehen und auch nicht erklären kann. Aber die Göttlichkeit meines Kaisers ist über jeden Zweifel erhaben. Gewiß, ich bin Christin, aber zunächst einmal bin ich Japanerin.«
Liegt da der Schlüssel zu euch allen? fragte er sich. Ihre Gebräuche sind ja wahnsinnig! Geld bedeutet *einem echten Mann* nichts? Das könnte eine Erklärung dafür sein, daß Toranaga so verächtlich reagierte, als ich bei unserem ersten Gespräch Geld erwähnte. Hundertundsieben Generationen? Unmöglich! Augenblicklicher Tod, bloß weil eine Frau sich in einem geschlossenen Raum allein mit einem Mann befindet? Sie treten für Mord ein und halten ihn in hohem Ansehen! Hat Rodrigues das nicht gesagt? Und hat nicht Omi-san danach gehandelt? Hat er jenen Bauern nicht einfach ermordet? Beim Blute Christi – ich habe seit Tagen nicht an Omi gedacht! Und an das Dorf auch nicht. Vergiß ihn, hör ihr zu, sei geduldig, stelle ihr Fragen, denn damit wird sie dir die Mittel in die Hand geben, Toranaga unseren Plänen geneigt zu machen! Jetzt steht Toranaga unbestreitbar in deiner Schuld. Du hast ihn gerettet. Er weiß das, jeder weiß das.
Der Zug bewegte sich durch die Stadt auf den Hafen zu. Er sah, daß Yabu das Tempo beibehielt, und plötzlich hallten Pieterzoons Schreie furchtbar in seinem Kopf wider. »Eines zur Zeit«, murmelte er halb zu sich selbst.
»Ja«, sagte Mariko gerade. »Es muß sehr schwer für Euch sein. Unsere Welt ist so ganz anders als eure. Ganz anders, und doch sehr weise.« Sie konnte Toranagas Umrisse verschwommen in der Sänfte vor ihnen erkennen, und sie dankte Gott nochmals für sein Entrinnen. Wie dem Barbaren erklären, was wir empfinden, wie ihn zu seiner Kühnheit beglückwünschen? Toranaga hatte ihr aufgetragen, es zu erklären – aber jetzt?
Sie sah ihn an, und ohne es zu wollen, durchlebte sie noch einmal den Augenblick, da er Toranaga gerettet – und durch Toranaga auch ihren Gatten. Vergiß

niemals, daß sie beide in der Falle saßen und beide jetzt tot wären, wenn dieser Mann nicht gewesen wäre!
Sie vergewisserte sich, daß niemand in der Nähe war. »Warum habt Ihr das getan?«
»Ich weiß es nicht. Vielleicht, weil...« Es gab so vieles, was er hätte sagen können. Vielleicht, weil Toranaga hilflos war und ich selbst auch nicht einen Kopf kürzer gemacht werden wollte... Denn wenn man ihn entdeckt hätte, hätten wir doch alle mit dringehangen... Weil ich wußte, daß kein Mensch außer mir eine Ahnung hatte, und es an mir lag zu spielen... Weil ich nicht sterben wollte – es gibt für mich noch so viel zu tun, und ich wollte mein Leben nicht einfach hinwerfen. Und Toranaga ist der einzige, der mir mein Schiff und meine Freiheit wiederschenken kann. Statt dessen sagte er auf lateinisch: »Weil ER gesagt hat: Gebt dem Kaiser, was des Kaisers ist.«
»So«, sagte sie und fuhr in derselben Sprache fort: »Das ist doch genau das, was ich zu sagen versucht habe. Dem Kaiser, was des Kaisers ist, und Gott, was Gottes ist. Bei uns ist es genauso. Gott ist Gott, und der Kaiser stammt von Gott. Und der Kaiser ist Kaiser und muß als Kaiser geehrt werden.« Und dann, gerührt von seinem Verständnis und von der Zärtlichkeit in seiner Stimme, sagte sie noch: »Er ist weise. Manchmal denke ich, Er versteht mehr, als Er zugibt.«
Tust du nicht genau das, was du geschworen hast, nie zu tun? fragte Blackthorne sich. Spielst du nicht den Heuchler? Ja und nein. Ich schulde ihnen nichts. Ich bin ein Gefangener. Sie haben mir mein Schiff und meine Ladung gestohlen und einen von meinen Leuten ermordet. Sie sind Heiden – jedenfalls einige von ihnen, und der Rest ist katholisch. Heiden und Katholiken bin ich nichts schuldig. Aber du begehrst sie, möchtest mit ihr ins Bett gehen, und drechselst Komplimente für sie, oder?
Gott verfluche mein Gewissen!
Das Meer war nur noch etwa eine halbe Meile weit entfernt. Er konnte viele Schiffe erkennen und die portugiesische Fregatte mit ihren Positionslaternen. Gäbe keine schlechte Prise ab! Mit zwanzig dicken Kanonen könntest du sie in deine Gewalt bringen. Er wandte den Blick wieder Mariko zu. Merkwürdige Frau aus einer merkwürdigen Familie! Warum sie Buntaro wohl gekränkt haben mag – diesen Pavian! Wie konnte sie bloß mit diesem Mann ins Bett gehen und ihn sogar heiraten? Was sollte das mit der ›Traurigkeit‹?
Mariko merkte auf einmal, wie erschöpft sie war. Ich bin es leid, Latein und das schrecklich klingende Portugiesisch zu sprechen, bin es leid, Lehrmeisterin zu spielen, sagte sie sich. Ich bin nur eine Frau, die ihre Pflicht kennt und sie in Frieden erfüllen möchte. Ich begehre diese Wärme nicht wieder und will nichts von diesem Mann, der mich so sehr aus dem Gleichgewicht bringt. Gar nichts will ich von ihm.
Sie beschleunigte ihren Schritt und ging etwas voraus, näher an die andere Sänfte heran. Die beiden Zofen lächelten nervös.
»Ist es noch weit, Mariko-san?« fragte Sono.

»Wohl nicht allzu weit«, beruhigte sie sie.
Plötzlich tauchte auf der anderen Seite der Sänfte der Hauptmann der Grauen auf. Wieviel er wohl von dem mitbekommen haben mag, was ich mit dem Anjin-san gesprochen habe?
»Möchtet Ihr eine *Kaga*, Mariko-san? Seid Ihr müde?« fragte der Hauptmann.
»Nein, vielen Dank.« Sie ging absichtlich langsamer, um ihn von Toranagas Sänfte wegzuziehen. »Ich bin überhaupt nicht müde.«
»Und der Barbar benimmt sich? Er macht Euch weiter keine Ungelegenheiten?«
»O nein. Er scheint jetzt ganz ruhig zu sein.«
»Worüber habt Ihr gesprochen?«
»Über alles mögliche. Ich habe versucht, ihm einige unserer Sitten und Gebräuche zu erklären.« Sie zeigte zurück auf den Hauptturm der Burg, der sich klar am Nachthimmel abzeichnete. »Herr Toranaga hat mich gebeten, ihm etwas Vernunft beizubringen.«
»Ah ja, Herr Toranaga.« Der Hauptmann sah kurz nach der Burg und dann zurück zu Blackthorne. »Warum interessiert Herr Toranaga sich so sehr für ihn, Dame?«
»Ich weiß es nicht. Vielleicht, weil er ein Ungeheuer ist.«
Sie bogen um die Ecke in eine andere Straße; die Häuser hier waren hinter Gartenzäunen versteckt, und es waren nur wenige Menschen unterwegs. Weiter hinten lag die Schiffslände und das Meer. Masten ragten über den Gebäuden auf, und es roch nach Tang. »Worüber habt Ihr noch geredet?«
»Sie haben ein paar sehr merkwürdige Vorstellungen. Sie denken zum Beispiel dauernd an Geld.«
»Es heißt, sein ganzes Volk bestehe aus dreckigen Händlern und Piraten. Kein einziger Samurai unter ihnen. Was will Herr Toranaga mit ihm?«
»Tut mir leid, aber ich weiß es nicht.«
»Es geht das Gerücht, er sei Christ. Jedenfalls behauptet er, Christ zu sein. Ist er das?«
»Kein Christ wie wir, Hauptmann. Ihr seid doch Christ, Hauptmann?«
»Mein Herr ist Christ, und folglich bin auch ich Christ. Mein Herr ist Kiyama-san.«
»Ich habe die Ehre, ihn gut zu kennen. Er hat meinem Gatten die Ehre gegeben, meinem Sohn eine seiner Enkelinnen zu verloben. Geht es Herrn Kiyama jetzt besser? Ich habe gehört, die Ärzte erlauben nicht, daß er Besuch empfängt.«
»Ich habe ihn schon über eine Woche nicht zu Gesicht bekommen. Keiner von uns. Vielleicht hat er die chinesische Krankheit. Gott bewahre ihn davor, und Gott verdamme alle Chinesen!« Er funkelte Blackthorne mit blitzenden Augen an. »Die Ärzte sagen, diese Barbaren hätten die Pest nach China gebracht, erst nach Macao und dann zu uns.«
»*Sumus omnes in manu Dei*«, sagte sie. – Wir alle ruhen in Gottes Hand.
»*Ita. Amen*«, erwiderte der Hauptmann gedankenlos und ging in die Falle.

Blackthorne hatte das mitbekommen, und jetzt sah er, wie Zorn sich auf dem Gesicht des Hauptmanns zeigte und wie er Mariko anzischte, die errötete und stehenblieb. Er ließ sich aus der Sänfte gleiten und ging zu ihnen zurück. »Wenn Er lateinisch spricht, Zenturio, dann wäre es sehr freundlich, wenn Er sich ein wenig mit mir unterhielte. Ich bin begierig, etwas mehr über Sein Land zu erfahren.«
»Jawohl, ich spreche Seine Sprache, Fremder!«
»Es ist nicht meine Sprache, Zenturio, sondern die der Kirche und aller Gebildeten in meiner Welt. Er spricht gut Latein. Wie und wann hat Er es gelernt?«
Die Kolonne zog an ihnen vorüber, und alle Samurai, Braune wie Graue, beobachteten sie. Buntaro, der sich in der Nähe von Toranagas Sänfte gehalten hatte, blieb stehen und kehrte zurück. Der Hauptmann zögerte, dann ging er weiter, und Mariko war froh, daß Blackthorne sich zu ihnen gesellt hatte. Schweigend gingen sie eine Weile dahin.
»Der Zenturio spricht fließend Latein, nicht wahr?« sagte Blackthorne zu Mariko.
»Ja, in der Tat. Hat Er es im Seminar gelernt, Zenturio?«
»Und Er, Fremder«, sagte der Hauptmann kalt und ohne auf sie einzugehen, denn er haßte die Erinnerung an das Seminar in Macao, in das er auf Befehl Kiyamas eingetreten war, damit er die Sprachen erlerne. »Jetzt, wo wir direkt miteinander sprechen können, sage Er mir, warum Er diese Dame gefragt: ›Wer weiß noch…‹ Wer weiß noch – was?«
»Ich erinnere mich nicht. Ich war nicht ganz bei mir.«
»Ah, nicht ganz bei sich? Warum hat Er dann gesagt: ›Gebt dem Kaiser, was des Kaisers ist‹?«
»Das war nichts als ein Scherz. Ich habe mich mit der Dame unterhalten, die aufschlußreiche Geschichten erzählt, die bisweilen nicht ohne weiteres zu verstehen sind.«
»Ja, es gibt viel zu verstehen. Was hat Ihn denn am Tor verrückt spielen lassen? Und warum ist Er so schnell von Seinem Anfall wieder genesen?«
»Das verdanke ich nur der Güte Gottes.«
Sie schritten jetzt wieder neben der Sänfte einher, der Hauptmann erbost, daß er sich so leicht hatte hereinlegen lassen. Sein Herr, Kiyama-san, hatte ihn schon im voraus gewarnt, daß diese Frau schlau sei wie drei Füchse: »Vergeßt nicht, daß ihr ganzes Wesen mit dem Makel des Verrats behaftet ist und der Pirat eine Ausgeburt des Teufels. Beobachtet, sperrt die Ohren auf, und berichtet mir! Vielleicht gräbt sie sich selbst das Grab, und wir können sie noch als Zeugin gegen Toranaga bei den Regenten vorführen. Bringt den Piraten um, sobald der Überfall beginnt.«
Die Pfeile kamen aus der Nacht, und der erste fuhr dem Hauptmann in die Kehle; als er fiel, füllten seine Lungen sich mit geschmolzenem Feuer und erstickten ihn. Als letztes dachte er verwundert: Wieso findet der Überfall schon hier statt? Er sollte doch erst eine Straße weiter verübt werden – weiter unten,

in der Nähe der Schiffslände; und außerdem sollte er nicht uns gelten, sondern dem Piraten.
Ein zweiter Pfeil bohrte sich in den Pfosten der Sänfte, keine zwei Finger breit von Blackthornes Kopf entfernt. Zwei Pfeile waren durch die Vorhänge der Sänfte von Kiritsubo gedrungen, und ein weiterer hatte die Zofe in der Hüfte getroffen. Sie fing an zu schreien, die Träger ließen die Sänfte nieder und flüchteten in die Dunkelheit der Nacht. Blackthorne rollte über den Boden, suchte Deckung und riß Mariko mit sich hinter die Sänfte. Graue und Braune stoben auseinander. Ein Hagel von Pfeilen ging über beide Sänften nieder. Einer bohrte sich genau an jener Stelle in den Boden, wo Mariko eben noch gestanden hatte. Buntaro deckte Toranagas Sänfte mit seinem Körper, so gut er konnte. Ein Pfeil stak bereits im Rücken seines aus Leder, Ketten und Bambus bestehenden Harnischs. Als alle Pfeile niedergegangen waren, sprang er vor und riß die Vorhänge auseinander. Die beiden Pfeile saßen in Toranagas Brust, doch ihm selbst war nichts geschehen; er riß die Pfeile aus dem Harnisch, den er unter dem Kimono trug, dann schleuderte er den breitkrempigen Hut und die Perücke von sich. Buntaro spähte in die Finsternis und suchte nach den Feinden, stets einen Pfeil auf der Sehne seines Bogens, während Toranaga sich aus all den Vorhängen herauswickelte, sein Schwert unter der Oberdecke hervorzog und aufsprang. Mariko schickte sich an, ihm zu Hilfe zu eilen, doch Blackthorne riß sie mit einem warnenden Ruf zurück, da wieder ein Hagel von Pfeilen auf die Sänften herniederging und zwei Braune und einen Grauen niederstreckte. Ein weiterer Pfeil streifte Blackthornes Wange. Ein anderer heftete den Schoß seines Kimonos in die Erde. Dann schrie Yabu seinen Schlachtruf hinaus, zeigte vorwärts und ging zum Angriff über. Auf einem der ziegelgedeckten Häuser waren undeutliche Gestalten zu sehen. Ein letzter Pfeilhagel kam aus der Dunkelheit herangerauscht. Buntaro und die anderen Braunen stellten sich schützend hin, um die Pfeile vor Toranaga abzufangen. Einer starb. Ein Pfeilschaft drang durch das Gelenk von Buntaros Schulterpanzer, und er stieß vor Schmerz ein Grunzen aus. Yabu, einige Braune und Graue waren jetzt in der Nähe des Zauns und nahmen die Verfolgung der Angreifer auf, die jedoch in der Dunkelheit verschwanden. Blackthorne rappelte sich hoch und half auch Mariko auf. Sie zitterte, doch war sie unverletzt geblieben.
»Danke«, sagte sie und eilte zu Toranaga hinüber, um zu helfen, ihn von den Grauen abzuschirmen. Buntaro rief einigen seiner Leute etwas zu; offenbar sollten sie die Fackeln in der Nähe der Sänfte ausmachen. Dann zischte einer von den Grauen: »*Toranaga!*«
Einer von den Offizieren der Grauen verneigte sich hastig! Unfaßbar, aber da war der Feind seines Herrn und Gebieters, frei, den Mauern der Burg entronnen. »Ihr werdet hier warten, Herr Toranaga! Und du«, fuhr er einen seiner Männer an, »meldest Herrn Ishido sofort, was geschehen ist.« Der Mann eilte davon.
»Haltet ihn zurück!« befahl Toranaga ganz ruhig. Buntaro schickte zwei Pfeile

hinter ihm her, und der Mann brach tödlich getroffen zusammen. Der Offizier riß sein zweihändiges Schwert heraus und sprang mit schrillem Schlachtschrei auf Toranaga zu, aber Buntaro war bereit und parierte den Hieb. Zur gleichen Zeit zogen alle Braunen und Grauen, die heillos durcheinander standen, ihre Schwerter und sprangen auseinander, um Raum zum Kämpfen zu haben. Buntaro und der Offizier gaben einander nicht viel nach. Sie machten Ausfälle, schlugen zu. Plötzlich löste ein Grauer sich von seinen Kameraden und stürmte auf Toranaga zu, doch Mariko hatte ihn gesehen; sie ergriff eine Fackel, lief vor und rammte sie dem Offizier ins Gesicht. Buntaro hackte seinen Angreifer in zwei Hälften, fuhr dann herum und zerteilte noch einen anderen Grauen, der versucht hatte, an ihn heranzukommen. Toranaga wie Mariko wichen zurück, um nicht ins Gedränge zu geraten; sie hatte jetzt gleichfalls ein Schwert in der Hand, und sie ließ weder Toranaga noch Buntaro auch nur einen Moment aus den Augen.

Viele Graue bildeten eine Phalanx und stürmten auf Blackthorne zu, der immer noch wie angewurzelt neben der Sänfte stand. Hilflos sah er sie auf sich zustürmen. Doch Yabu und ein Brauner sprangen vor, um sie abzufangen; sie fochten wie die Berserker. Blackthorne sprang beiseite, packte eine Fackel und wirbelte sie wie einen Streitkolben um sich, was die Angreifer für einen Augenblick verwirrte. Yabu tötete einen und verstümmelte einen anderen, dann stürmten vier Braune herbei, um die letzten beiden Grauen zu erledigen. Blackthorne sprang vor, ergriff eine lange Waffe, halb Schwert, halb Speer, und drang bis zu Toranaga vor. Toranaga als einziger stand regungslos, das Schwert in der Scheide, mitten in dem Schlachtgewühl.

Die Grauen hielten sich tapfer. Vier taten sich noch einmal zu einem selbstmörderischen Angriff auf Toranaga zusammen. Doch die Braunen hielten sie auf und nützten ihren Vorteil. Die Grauen formierten sich erneut und gingen nochmals zum Angriff vor. Dann befahl einer ihrer Offiziere drei von ihnen, sich zurückzuziehen und Hilfe herbeizuholen; und dem Rest der Eskorte, ihren Rückzug zu decken. Die drei Grauen rissen sich los, und obgleich sie verfolgt wurden und Buntaro einen erschoß, entkamen zwei.

Die anderen starben.

# *24. Kapitel*

Sie eilten durch die einsamen Seitengassen, um einen Bogen zu schlagen und zur Schiffslände und zur Galeere zu gelangen. Sie waren zu zehnt – Toranaga ging an der Spitze, dann folgten Yabu, Mariko, Blackthorne und sechs Samurai. Die anderen hatten den Befehl erhalten, unter Buntaros Kommando mit den Sänften und dem Gepäck die ursprüngliche Route weiter zu verfolgen. Die Leiche der Zofe Asa lag in einer der Sänften. Toranaga hatte sie als Lockvogel in der verhangenen Sänfte gelassen, und einer von den Verwundeten war in die zweite Sänfte gesetzt worden – gleichfalls als Lockvogel.
Von den fünfzig Braunen, die die Eskorte gebildet hatten, waren fünfzehn gefallen und elf hatten schwere Verwundungen davongetragen. Die elf waren rasch und ehrenvoll in die Große Leere befördert worden – drei durch eigene Hand und acht mit Hilfe von Buntaro, den sie ausdrücklich darum gebeten hatten. Dann hatte Buntaro die übrigen um die beiden Sänften versammelt und war losgezogen.
Achtundvierzig Graue lagen im Staub.
Toranaga wußte, daß er gefährlich schutzlos war, aber er war trotzdem zufrieden. Alles ist gutgegangen, dachte er, besonders wenn man bedenkt, was alles hätte passieren können. Wie aufregend das Leben ist! Zuerst hatte ich gedacht, es sei ein böses Omen, daß der Pilot sah, wie ich mit Kiri den Platz tauschte, doch dann hat dieser Pilot mir das Leben gerettet; seinetwegen sind wir Ishido nun entwischt. Schließlich hatte ich nicht erwartet, daß Ishido am Haupttor noch einmal auftauchen würde. Warum war Ishido da? Eigentlich ist er gar nicht so übervorsichtig. Wer mag es ihm geraten haben? Kiyama? Onoshi? Oder Yodoko? Eine so praktisch denkende Frau könnte eine solche Irreführung schon argwöhnen.
Der Plan war gut gewesen – sich klammheimlich davonzumachen – und seit Wochen vorbereitet; denn es war ja vorauszusehen gewesen, daß Ishido versuchen würde, ihn in der Burg festzuhalten, die anderen Regenten durch alle möglichen Versprechungen für sich zu gewinnen und alles daranzusetzen, ihn

bis zur endgültigen Sitzung des Regentschaftsrats, auf dem er in die Enge getrieben und abgesetzt werden sollte, ständig unter Bewachung zu halten.
»Aber sie werden Euch trotzdem absetzen!« hatte Hiro-matsu gesagt, als Toranaga ihn gestern abend kurz nach Sonnenuntergang hatte kommen lassen, um ihm zu eröffnen, was er vorhatte. »Selbst wenn Ihr entkommt, werden die Regenten Euch hinter Eurem Rücken absetzen – genauso bedenkenlos, wie sie es in Eurem Beisein tun würden. Dann werdet Ihr gezwungen, *Seppuku* zu begehen – und sie werden den Befehl dazu bestimmt geben.«
»Ja«, hatte Toranaga gesagt. »Als Vorsitzender des Regentschaftsrats bleibt mir nichts anderes übrig, als das zu tun, wenn sie gegen mich stimmen. Aber hier« – damit hatte er ein zusammengerolltes Pergament aus dem Ärmel gezogen – »hier ist meine offizielle Rücktrittserklärung. Sobald meine Flucht bekannt geworden ist, übergebt Ihr die Ishido.«
»Wie bitte?«
»Wenn ich einmal zurückgetreten bin, bin ich auch nicht mehr an meinen Eid als Regent gebunden. *Neh?* Zurückzutreten hat der Taikō mir niemals verboten, *neh?* Und gebt auch dies hier Ishido.« Damit hatte er Hiro-matsu auch noch sein offizielles Siegel als Vorsitzender des Regentschaftsrats übergeben.
»Aber dann steht Ihr völlig allein da! Dann ist Euer Schicksal besiegelt!«
»Da irrt Ihr. Hört zu: Der Taikō hat das Reich in seinem Testament einem aus *fünf* Regenten bestehenden Rat unterstellt. Jetzt werden es nur vier sein. Um legal den Auftrag des Kaisers durchführen zu können, müssen die vier ein neues Mitglied wählen oder ernennen – einen fünften Regenten. Folglich müssen Ishido, Kiyama, Onoshi und Sugiyama sich *auf einen Mann* einigen, *neh?* Muß der neue Regent nicht allen vieren gleichermaßen genehm sein? Nun, auf wen in aller Welt wollen sich diese vier Feinde einigen? Eh? Und während sie sich herumstreiten, können keine Entscheidungen und ...«
»Wir bereiten uns auf den Krieg vor, und Ihr seid nicht länger gebunden, könnt hier ein bißchen Honig fallen lassen und dort etwas Galle, und inzwischen werden diese hämorrhoidengeplagten Dreckfresser sich gegenseitig umbringen!« hatte Hiro-matsu atemlos hervorgestoßen. »Ach, Yoshi Toranaga-noh-Minowara – Ihr seid ein Mann unter Männern! Ich will meinen Arsch fressen, wenn Ihr nicht der weiseste Mann im Lande seid!«
Jawohl, der Plan war gut, dachte Toranaga, und alle hatten sie ihre Rolle ausgezeichnet gespielt: Hiro-matsu, Kiri und meine bezaubernde Sazuko.
Unbeirrbar führte er den kleinen Trupp an, mit raschem, aber gleichbleibendem Schritt, so wie er es auf der Jagd tat, genau mit dem Tempo, das er, wenn es sein mußte, zwei Tage und eine Nacht beibehalten konnte. Er trug immer noch den Reisemantel und Kiris Kimono, seine militärische Beinbekleidung darunter wollte so gar nicht dazu passen.
Sie überquerten wieder eine verlassen daliegende Straße und eilten jetzt eine enge Gasse hinunter. Er wußte, bald würde Ishido Alarm schlagen, und dann würde die Jagd auf sie erst richtig losgehen.

Ja, der Plan war gut. Allerdings habe ich diesen Hinterhalt nicht einkalkuliert. Der kostet mich jetzt drei Tage Sicherheit. Kiri war überzeugt, daß sie die Täuschung drei Tage lang würde aufrecht erhalten können. Aber jetzt ist die Katze aus dem Sack, und ich kann nicht heimlich an Bord und mich aufs Meer hinausschleichen. Wem mag der Überfall gegolten haben? Mir oder dem Piloten? Natürlich dem Piloten. Aber ging der Pfeilhagel nicht auf beide Sänften hernieder? Stimmt, aber die Bogenschützen waren ziemlich weit weg und die Sicht war schlecht; da war es schon ratsamer, beide umzubringen – für alle Fälle.
Wer mag diesen Überfall befohlen haben – Kiyama oder Onoshi? Oder die Portugiesen? Oder die christlichen Patres?
Toranaga wandte sich nach dem Piloten um. Er sah, daß seine Kräfte ihn nicht verließen – genauso, wie die Frau nicht, die neben ihm ging; dabei waren beide ziemlich erschöpft. Vorm Himmel sah er die gedrungene Masse der Burg und den ragenden Phallus des Hauptturms. Heute nacht ist es schon das zweite Mal, daß ich ums Haar dort umgekommen wäre, dachte er. Soll diese Burg mir wirklich zum Schicksal werden? Der Taikō hat mir mehr als einmal gesagt: »Solange die Burg von Osaka steht, wird mein Stamm nicht aussterben, und Euer Epitaph, Toranaga, wird an ihre Mauern geschrieben werden. Osaka wird Euer Tod sein, mein getreuer Vasall!« Und dazu immer dieses zischende, ködernde Lachen, das ihn immer so nervös gemacht hatte.
Ob der Taikō in Yaemon lebt? Jedenfalls ist Yaemon sein legaler Erbe.
Nur mit Mühe riß Toranaga sich von der Burg los, bog um eine Ecke und floh in ein Gewirr von Gassen. Zuletzt blieb er vor einem ziemlich mitgenommenen Tor stehen. Die Umrisse eines Fisches waren ins Holz eingeritzt worden. Er klopfte das vereinbarte Zeichen. Das Tor ging auf. Augenblicklich verneigte sich ein verwildert aussehender Samurai: »Euer Gnaden?«
»Nehmt Eure Männer und folgt mir«, sagte Toranaga und machte sich wieder auf den Weg.
»Mit Freuden!« Dieser Samurai trug nicht den braunen Uniform-Kimono, sondern nur den buntgescheckten Aufzug eines *Ronin;* er gehörte einer Eliteeinheit der Geheimtruppen an, die Toranaga für einen solchen Notfall nach Osaka hineingeschmuggelt hatte. Fünfzehn ähnlich gekleidete Männer, die allerdings vorzüglich bewaffnet waren, folgten ihm und teilten sich sogleich: Ein Teil bildete die Vorhut, ein anderer die Nachhut, während ein dritter Teil ausgeschickt wurde, den Alarm an andere Geheimeinheiten weiterzugeben. Bald hatte Toranaga fünfzig Soldaten um sich. Hundert weitere deckten seine Flanken. Und falls er sie brauchte, konnten bis zum Morgengrauen noch tausend Männer bereitstehen.

Toranaga stand im Schatten eines Lagerhauses und erkundete die Galeere, die Anlegestelle und den Strand. Yabu und ein Samurai standen neben ihm. Die anderen waren als dichtgedrängter Trupp hundert Schritt hinter ihnen in einer der Gassen zurückgeblieben.

Ein Trupp von hundert Grauen wartete neben dem Fallreep der Galeere, und zwar auf der anderen Seite eines großen festgetretenen Platzes von einigen hundert Schritt Tiefe, der jede Überrumpelung ausschloß. Die Galeere selbst war an Pollern längsseits am Pier vertäut, der in westlicher Richtung rund hundert Meter ins Meer hineinführte. Die Riemen waren hochgenommen und ordentlich festgelascht; undeutlich konnte er an Deck Seeleute und Krieger erkennen.

»Sind das nun ihre Leute oder unsere?« fragte er leise.

»Die Entfernung ist viel zu groß, um das genau erkennen zu können«, erwiderte der Samurai.

Die Flut hatte ihren Höhepunkt erreicht. Hinter der Galeere sah man Fischerboote ein- und auslaufen; Lampen dienten ihnen als Positionslaternen und zum Anlocken der Fische. Nach Norden, am Strand, lagen Reihen von an Land gezogenen Fischerbooten der unterschiedlichsten Größe; ein paar Fischer machten sich an ihnen zu schaffen. Fünfhundert Schritt weit im Süden, an einem steinernen Pier, hatte die portugiesische Fregatte *Santa Theresa* festgemacht. Im Schein flackernder Fackeln waren ganze Trupps von Trägern damit beschäftigt, sie mit Fässern und Ballen zu beladen. Ein weiterer starker Trupp von Grauen hielt sich in ihrer Nähe auf. Daran war nichts Ungewöhnliches, da alle portugiesischen, ja überhaupt alle ausländischen Schiffe in den Häfen dem Gesetz nach unter ständiger Bewachung zu stehen hatten. Nur in Nagasaki war die portugiesische Schiffahrt von diesen Auflagen frei, konnten die Schiffe den Hafen verlassen und in ihn einlaufen, wie sie wollten.

»Wenn Ihr gestattet, Euer Gnaden, würde ich sofort angreifen«, flüsterte der Samurai.

»Ich rate davon ab«, sagte Yabu. »Wir wissen nicht, ob unsere Leute an Bord sind. Außerdem könnten sich Tausende versteckt halten. Die Männer dort« – er wies auf die Grauen in der Nähe des portugiesischen Schiffes – »würden sofort Alarm schlagen. Es würde uns niemals gelingen, das Schiff im Handstreich zu nehmen und auf See zu entkommen.«

»General Ishido wird bald informiert sein«, sagte der Samurai. »Dann wimmelt es in ganz Osaka von feindlichen Soldaten. Mit den Leuten an unserer Flanke verfüge ich über hundertundfünfzig Mann. Das wird genügen.«

»Nicht, wenn wir ganz sicher gehen wollen. Nicht, wenn unsere Seeleute nicht an den Riemen sitzen. Es wäre besser, ein Ablenkungsmanöver durchzuführen, das die Grauen fortlockt – und alle, die sich hier möglicherweise versteckt halten. Und die dort auch.« Yabu deutete abermals auf die Männer in der Nähe der Fregatte.

»Was für ein Ablenkungsmanöver?« fragte Toranaga.

»Die Häuserzeile in Brand setzen.«

»Das ist unmöglich«, protestierte der Samurai entsetzt. Brandstiftung wurde mit der öffentlichen Verbrennung der gesamten Familie des Schuldigen bestraft: ungeachtet des Alters der Familienangehörigen. Feuer war die schlimmste Bedrohung, der sich jedes japanische Dorf, jeder größere Ort und jede Stadt im ganzen Reich ausgesetzt sah. Bis auf die Dachziegel auf manchen Häusern war alles aus Holz und Papier gebaut. Jedes Wohnhaus, jedes Lagerhaus, jede ärmliche Hütte und jeder Palast war eine Zunderbüchse und konnte im Handumdrehen lichterloh in Flammen stehen. »Wir können unmöglich die Häuserreihe anstecken.«

»Was ist wichtiger«, fragte Yabu ihn, »die Vernichtung einiger Straßenzüge oder der Tod unseres Herrn und Gebieters?«

»Das Feuer würde sich ausbreiten, Yabu-san. Wir können doch nicht ganz Osaka niederbrennen.«

»Ist das Eure Antwort auf meine Frage?«

Aschgrau im Gesicht wandte der Samurai sich an Toranaga: »Euer Gnaden, ich tue alles, was Ihr befehlt. Ist es das, was ich tun soll?«

Toranaga blickte nur Yabu an.

Verächtlich wies der *Daimyo* auf die Stadt. »Vor zwei Jahren ist halb Osaka durchs Feuer vernichtet worden. Nun, seht Euch die Stadt jetzt an. Vor fünf Jahren hat hier eine riesige Feuersbrunst gewütet. Hunderttausende sind dabei umgekommen. Was spielt es schon für eine Rolle? Es sind doch nur Ladenbesitzer, Händler, Handwerker und *Eta*. Schließlich ist Osaka keine Stadt, die von Bauern bewohnt wäre!«

Toranaga hatte inzwischen längst den Wind abgeschätzt. Er war nicht stark, und ein Feuer würde sich nicht rasch ausbreiten. Vielleicht! Aber trotzdem konnte aus einem kleinen Feuer bald ein Flammenmeer werden, dem die ganze Stadt zum Opfer fallen würde. Ach, wenn damit auch die Burg in Flammen unterginge – nicht einen Augenblick würde ich zögern!

Er machte kehrt und ging zurück zu den anderen. »Mariko-san, nehmt den Piloten und unsere sechs Samurai und geht zu der Galeere. Tut so, als schwebtet Ihr in Todesangst. Erzählt den Grauen, wir wären in einen Hinterhalt geraten – von Banditen oder *Ronin*, was genau, wüßtet Ihr nicht. Sagt ihnen, wo er stattgefunden hat und daß der Hauptmann unserer Eskorte von Grauen Euch vorausgeschickt habe, Verstärkung herbeizuholen, daß der Kampf noch im Gange sei, daß Ihr glaubt, Kiritsubo sei getötet oder verwundet – daß sie sich bitte beeilen möchten. Wenn Ihr überzeugend wirkt, werden die meisten von ihnen abgezogen werden.«

»Ich verstehe genau, Euer Gnaden.«

»Und dann geht Ihr zusammen mit dem Piloten an Bord – egal, wie sie reagieren. Wenn unsere Männer und Matrosen da sind und das Schiff sicher ist, kommt zurück ans Fallreep und täuscht einen Ohnmachtsanfall vor. Das soll das Signal für uns sein. Macht das genau oben am Fallreep.« Toranaga ließ seinen Blick auf Blackthorne ruhen. »Weiht ihn in das ein, was Ihr vorhabt – nur vom Ohnmächtigwerden sagt ihm nichts.« Damit wandte er sich ab und erteilte Befehle an den Rest seiner Männer. Die sechs Samurai bekamen Sonderinstruktionen.

Als Toranaga geendet hatte, zog Yabu ihn beiseite. »Warum denn den Barbaren hinschicken? Wäre es nicht sicherer, wir ließen ihn hier?«
»Vielleicht sicherer für ihn, Yabu-san, aber nicht für mich. Er ist ein nützlicher Köder.«
Toranaga dachte, daß es besser sei, Yabu an seiner Seite zu haben und ihn nicht auf Ishidos zu wissen. Ich bin froh, daß ich ihn gestern nicht vom Söller habe herabspringen lassen.
Blackthorne hätte Mariko lieber zurückgelassen, aber er erkannte, daß es keinen Sinn hatte zu streiten. Gott verfluch ihre verbohrte Arroganz, sagte er sich. Aber bei Gott – Mut haben sie! Die Männer und diese Frau!
Er hatte Mariko während des Überfalls nicht aus den Augen gelassen; mit dem Langschwert in der Hand, das fast so groß war wie sie selber, hatte sie dagestanden, bereit, bis zum Tod für Toranaga zu kämpfen. An ihrem Kimono war noch Blut; teilweise war er zerrissen, und ihr Gesicht war schmutzig.
»Wo habt Ihr gelernt, mit einem Schwert umzugehen?« hatte er sie gefragt, als sie zum Hafen hinabgeeilt waren.
»Ihr solltet wissen, daß allen weiblichen Samurai von klein an beigebracht wird, mit dem Dolch ihre Ehre und die ihrer Herren zu verteidigen«, hatte sie ganz sachlich gesagt und ihm gezeigt, daß sie in ihrem Obi verborgen ein Stilett trug, das zu benutzen sie jederzeit bereit war. »Aber einige von uns, nur ganz wenige, lernen auch den Umgang mit dem Schwert und dem Speer, Anjin-san. Manche Väter meinen, ihre Töchter müßten genau wie ihre Söhne bereit sein, sich für ihren Herrn zu schlagen. Mein Vater und meine Mutter fanden, ich sollte lernen, mit Schwert und Speer umzugehen.«
»Hätte der Hauptmann der Grauen nicht im Weg gestanden, würde Euch der erste Pfeil durchbohrt haben«, hatte er gesagt.
»Euch, Anjin-san«, berichtigte sie ihn fest. »Aber Ihr habt mir das Leben gerettet, indem Ihr mich beiseite gerissen habt.«
Als er sie jetzt ansah, wußte er, daß es ihm unerträglich wäre, wenn ihr etwas zustieße. »Laßt mich mit den Samurai gehen, Mariko-san. Bleibt Ihr hier, bitte!«
»Das ist nicht möglich, Anjin-san.«
»Dann brauche ich aber ein Messer. Noch besser, gebt mir zwei.«
Sie gab seine Bitte an Toranaga weiter, der sich einverstanden erklärte. Blackthorne steckte eines unter die Schärpe in seinen Kimono. Das andere befestigte er mit dem Griff nach unten mit einem Streifen Seide an seinem Unterarm. Er sah, wie Toranaga und Yabu ihn aufmerksam beobachteten, er spürte, daß sie ihn nicht gern bewaffnet sahen. Gut, dachte er. Vielleicht kann ich die Waffen behalten.
Abermals kreisten Blackthornes Gedanken um Toranaga. Nachdem der Überfall abgeschlagen und die Grauen getötet worden waren, hatte Toranaga ihm durch Mariko vor allen Braunen für seine »Treue« gedankt. Nichts weiter, keine Versprechen, keine Zugeständnisse, keine Belohnung. Aber Blackthorne wußte,

daß die später kommen würden. Der alte Mönch hatte ihm gesagt, Treue sei das einzige, was sie belohnten. »Treue und Pflichterfüllung, Señor«, hatte er gesagt, »das gehört zu ihrem Kult, dem *Bushido*. Wo wir unser Leben für Gott hingeben, da schlagen diese Tiere ihr Leben für ihren Herrn in die Schanze und sterben wie ein Hund. Vergeßt nicht, Señor, um Eurer unsterblichen Seele willen, sie sind Tiere.«

Nein, das sind sie nicht, dachte Blackthorne. Und viel von dem, was du gesagt hast, Pater, war falsch, war eine Übertreibung des Eiferers.

Zu Mariko sagte er: »Wir müssen ein Signal verabreden – ob das Schiff sicher ist oder nicht.«

Wieder dolmetschte sie, in aller Unschuld diesmal. »Herr Toranaga sagt, einer von unseren Soldaten wird das übernehmen.«

»Ich halte es nicht für tapfer, eine Frau auszuschicken, die Tat eines Mannes zu vollbringen.«

»Bitte, habt Geduld mit uns, Anjin-san. Es gibt keinen Unterschied zwischen Mann und Frau. Als Samurai ist die Frau dem Mann gleichgestellt. Für ein Vorhaben wie dieses ist eine Frau sogar wesentlich besser geeignet als ein Mann.«

Toranaga sprach kurz mit ihr.

»Seid Ihr bereit, Anjin-san? Wir gehen jetzt.«

»Der Plan taugt zwar nichts und ist sehr gefährlich, aber bitte – ich bin bereit.«

Sie lachte, verneigte sich noch einmal vor Toranaga und lief davon, Blackthorne und die sechs Samurai hinter ihr drein.

Sie lief außerordentlich gleichmäßig, und sie holten sie erst ein, als es um die Ecke ging und sie auf den großen freien Platz einbogen. Er war sich nie so nackt vorgekommen. Kaum, daß sie den Platz betreten, hatten die Grauen sie auch schon entdeckt und stürmten ihnen entgegen. Bald waren sie von ihnen umringt; Mariko redete fieberhaft auf die Samurai und die Grauen ein. Dann trug auch er noch das seine zu dem babylonischen Sprachgewirr bei, indem er ein Mischmasch aus Englisch, Portugiesisch und Holländisch hervorstieß, sie zur Eile antrieb, nach dem Fallreep tastete, sich dagegenlehnte und es gar nicht nötig hatte, ihnen groß vorzuspielen, daß er ziemlich am Ende seiner Kräfte war. Er versuchte, ins Schiff hineinzusehen, konnte Genaues jedoch nicht erkennen, denn es waren nur viele Köpfe oberhalb des Schanzkleids zu sehen. Die Farbe ihrer Kimonos konnte er nicht erkennen.

Mariko redete atemlos auf den ranghöchsten Offizier der Grauen ein. Der Offizier trat zum Schiff zurück und rief laut ein paar Befehle. Augenblicklich strömten über hundert Samurai – alles Graue – aus dem Schiff heraus. Ein paar von ihnen schickte er nach Norden, damit sie am Ufer entlanggingen und die Verwundeten abfingen. Einer wurde eilends zu jenen Grauen hinübergeschickt, die sich in der Nähe des portugiesischen Schiffes aufhielten. Zehn Mann ließ er zur Bewachung des Fallreeps zurück, den Rest führte er auf die Gassen zu, die sich vom Hafen hinaufwanden zu der eigentlichen Stadt.

Mariko trat an Blackthorne heran. »Meint Ihr, das Schiff macht einen sicheren Eindruck?« fragte sie.
»Zumindest ist es seetüchtig.« Unter größter Anstrengung zog Blackthorne sich an den Sprossen des Fallreeps hinauf und schwang sich an Deck. Mariko folgte ihm. Zwei Braune kamen hinter ihr her.
Die Seeleute, die das Schandeck an Steuerbord umdrängten, wichen zurück. Vier Graue bewachten das Achterdeck, zwei weitere standen auf dem Vorschiff. Alle waren sowohl mit Pfeil und Bogen als auch mit Schwertern bewaffnet.
Mariko fragte einen der Seeleute aus. Der Mann gab ihr bereitwillig Auskunft. »Es sind alles Seeleute, die angeheuert wurden, um Kiritsubo-san nach Yedo zu bringen«, berichtete sie Blackthorne.
»Fragt ihn...« Blackthorne sprach nicht weiter, als er den gedrungenen, vierschrötigen Steuermann erkannte, den er nach dem Sturm zum Kapitän der Galeere gemacht hatte. »*Konbanwa*, Käpt'n-san.«
»*Konbanwa*, Anjin-san. *Watashi Iyé* Käpt'n-san, *ima*«, erwiderte der Steuermann mit einem breiten Grinsen und schüttelte den Kopf. Er wies auf einen gertenschlanken Seemann mit eisengrauem, borstigem Haarschopf, der allein auf dem Achterdeck stand. »*Imasu* Käpt'n-san.«
»*Ah, so desu? Halloa*, Käpt'n-san«, rief Blackthorne laut hinauf, verneigte sich und senkte dann seine Stimme: »Mariko-san, findet heraus, ob noch Graue unten sind.«
Noch ehe sie etwas hatte sagen können, erwiderte der Kapitän seine Verneigung und rief dem Steuermann ein paar Worte zu. Der Steuermann nickte und erklärte lang und breit etwas.
Einige Matrosen stimmten beifällig zu. Der Kapitän und alle an Bord schienen sehr beeindruckt.
»*Ah, so desu*, Anjin-san!« Und dann rief der Kapitän laut: »*Keirei!*« – und alle verneigten sich grüßend vor Blackthorne – nur die Samurai nicht.
Mariko sagte: »Dieser Steuermann hat dem Kapitän erklärt, Ihr seid es gewesen, der das Schiff während des Sturms gerettet habe, Anjin-san. Von dem Sturm und von der Fahrt habt Ihr überhaupt nichts erzählt.«
»Da gibt's auch nicht viel zu erzählen. Ein Sturm wie jeder andere. Bitte, dankt dem Kapitän, und sagt ihm, ich sei glücklich, wieder an Bord zu sein. Fragt ihn, ob er bereit ist, abzulegen, sobald die anderen eintreffen.« Und leise fügte er dann noch einmal hinzu: »Und findet heraus, ob noch andere Graue unter Deck sind.«
Sie tat wie geheißen.
Der Kapitän kam herunter, und sie zog weitere Erkundigungen ein, und nachdem sie vom Kapitän noch einmal gehört hatte, wie ehrenvoll Blackthornes Anwesenheit an Bord sei, verneigte sie sich vor ihm. »Anjin-san, er dankt Euch für die Rettung seines Schiffes und sagt, sie seien bereit.«
Blackthorne sah zum Ufer hinüber. Weder von Buntaro noch von dem Trupp im Norden war etwas zu sehen. Der Samurai, den man nach Süden zu den

Grauen bei der *Santa Theresa* geschickt hatte, war immer noch ein paar hundert Meter von seinem Ziel entfernt. »Und jetzt?« fragte er, als er das Warten überhaupt nicht mehr aushalten konnte.
Sie fragte sich: Ist das Schiff sicher? Entscheide dich!
»Der Mann wird gleich bei ihnen sein«, sagte er und blickte zur Fregatte hinüber.
»Was?«
Er zeigte hinüber. »Der da – der Samurai!«
»Was für ein Samurai? Verzeiht, aber so weit kann ich nicht sehen, Anjin-san. Ich kann alles auf dem Schiff erkennen, die Grauen davor aber nur sehr verschwommen. Was für ein Mann?«
Er sagte es ihr und fügte dann auf lateinisch hinzu: »Er ist jetzt kaum noch fünfzig Schritt von ihnen entfernt. Jetzt haben sie ihn entdeckt. Wir brauchen unbedingt Verstärkung. Wer gibt das Zeichen? Es ist überaus wichtig, man sollte es gleich geben.«
»Mein Gatte – ist von ihm nichts zu sehen?« fragte sie auf portugiesisch.
Er schüttelte den Kopf.
Sechs Graue stehen zwischen meinem Gebieter und seiner Sicherheit, sagte sie sich. O Madonna, beschütze ihn!
Dann empfahl sie Gott ihre Seele, voller Angst, die falsche Entscheidung zu treffen, stieg mit weichen Knien bis zum Fallreep hinauf und tat oben so, als fiele sie in Ohnmacht.
Für Blackthorne kam das völlig unerwartet. Er sah, wie sie mit dem Kopf auf die hölzernen Sprossen aufschlug. Matrosen umringten sie, Graue kamen vom Ufer und von den Decks herunter. Er hob sie auf und trug sie durch die Männer hindurch zum Achterdeck hinauf.
»Holt Wasser – Wasser, *hai?*«
Verständnislos starrten die Matrosen ihn an. Verzweifelt suchte er nach dem japanischen Wort. Der alte Mönch hatte es ihm wohl an die fünfzig Mal gesagt. Himmelherrgott – wie heißt es noch? »Oh – *mizu, mizu, hai?*«
»*Ah, mizu! Hai*, Anjin-san.« Ein Mann lief, Wasser zu holen. Plötzlich erscholl ein Alarmruf.
Am Ufer stürmten dreißig von Toranagas als *Ronin* verkleidete Samurai aus der engen Gasse hervor. Die Grauen, die angefangen hatten, den Pier zu verlassen, fuhren auf dem Fallreep herum. Die auf dem Achterdeck und auf dem Vorschiff reckten den Hals, um besser sehen zu können. Plötzlich schrie einer Befehle heraus. Die Bogenschützen setzten Pfeile auf die Sehnen. Alle Samurai, Braune wie Graue unten auf dem Deck, zogen ihre Schwerter.
»Banditen!« schrie einer der Braunen und gab damit das Stichwort. Augenblicklich trennten sich die beiden Braunen an Deck – einer ging nach vorn, einer nach achtern. Die vier an Land schwärmten fächerförmig aus und mischten sich unter die Grauen.
»Halt!«

Toranagas *Ronin*-Samurai griffen an. Ein Pfeil traf einen Mann in die Brust, er sank zu Boden. Augenblicklich tötete der Braune auf dem Vorschiff den grauen Bogenschützen, der andere Samurai aber war zu schnell, und so klirrten ihre Schwerter gegeneinander. Der Graue rief den anderen warnend etwas von Verrat zu. Der Braune auf dem Achterdeck hatte einen der Grauen schwer verletzt, doch wurden die anderen drei im Handumdrehen mit ihm fertig und liefen auf das Fallreep zu. Die Matrosen stoben auseinander. Die Samurai unten auf dem Pier kämpften bis zum Tod. Die Grauen überwältigten die vier Braunen, denn jetzt wußten sie, daß sie hinters Licht geführt worden waren und daß sie jeden Augenblick von den Angreifern niedergemacht werden konnten. Der Anführer der Grauen an Deck, ein großer, zäher Bursche mit einem stachligen Bart, stellte sich Blackthorne und Mariko entgegen.
»Bringt die Verräter um!« rief er gellend und stürzte sich dann mit ihrem Schlachtruf auf sie.
Blackthorne hatte gesehen, wie sie alle, Mordlust in den Augen, auf Mariko herabgesehen hatten, die noch wie entseelt dalag, und er wußte, wenn sie jetzt nicht bald Hilfe bekamen, dann war es um sie beide geschehen – und er wußte auch, daß von den Matrosen keine Hilfe zu erwarten war. Ihm fiel ein, daß ja nur Samurai gegen Samurai kämpften.
Er ließ sein Messer in die Hand gleiten und schleuderte es in weitem Bogen. Es traf den Samurai in die Kehle. Die beiden anderen Grauen sprangen mit hocherhobenen Langschwertern auf Blackthorne zu. Er hielt das zweite Messer gepackt und versuchte, seine Stellung über Mariko zu halten; er wußte, daß er sie unmöglich schutzlos allein lassen konnte. Aus den Augenwinkeln heraus sah er, daß der Kampf um das Fallreep fast gewonnen war. Nur noch drei Graue hielten die Brücke unten, und nur diese drei verhinderten, daß Hilfe an Bord geströmt kam. Wenn er noch eine Minute am Leben blieb, war er gerettet und sie auch. Bringt sie um, bringt sie um, die Hunde!
Er spürte das Schwert mehr herniedersausen, als daß er es gesehen hätte, und sprang zurück, um ihm aus dem Weg zu gehen. Einer der Grauen stieß nach ihm, der andere blieb mit erhobenem Schwert über Mariko stehen. In diesem Augenblick sah Blackthorne Mariko hochschnellen. Sie stieß den ahnungslosen Samurai vor die Beine, und er stürzte zu Boden. Dann sprang sie zu dem toten Grauen, riß ihm das Schwert aus der noch zuckenden Hand und stürzte sich mit einem Schrei auf die Wache. Der Graue kam wieder auf die Beine und stürzte auf sie zu. Sie wich ihm aus und schlug zu, aber Blackthorne wußte, daß sie verloren war, denn der Mann war zu stark. Irgendwie gelang es Blackthorne, einem weiteren Todeshieb seines eigenen Widersachers zu entgehen, stieß ihn fort und wirbelte sein Messer auf den Grauen, der Mariko angriff. Es traf den Mann im Rücken; sein Hieb sauste ungezielt hernieder, und dann stand Blackthorne hilflos auf dem Achterdeck oben, denn ein anderer Grauer kam hinter ihm her den Niedergang heraufgeklettert; derjenige, der gerade das Vorschiff erobert hatte, lief das ganze Schiff entlang zu ihnen. Blackthorne sprang zum

Schanzkleid hinüber und wollte sich im Wasser in Sicherheit bringen, doch rutschte er auf dem vom Blut schlüpfrigen Deck aus.

Ganz weiß im Gesicht starrte Mariko herauf, immer noch von dem hünenhaften Samurai bedrängt, der zwar wankte, aber noch nicht zu Boden ging, da das Leben zu langsam aus ihm entwich. Sie schlug mit aller Macht auf ihn ein, doch er parierte die Schläge, hielt ihr Schwert und riß es ihr aus der Hand. Seine letzte Kraft zusammennehmend, sprang er vor, als die *Ronin*-Samurai über die toten Grauen das Fallreep heraufgestürmt kamen. Einer prallte gegen den Angreifer von Mariko, ein anderer schoß einen Pfeil auf das Achterdeck ab.

Der Pfeil drang dem Grauen in den Rücken und brachte ihn aus dem Gleichgewicht. Sein Schwert fraß sich neben Blackthorne in das Schanzkleid. Blackthorne versuchte, sich davonzumachen, doch der Mann bekam ihn zu fassen, brachte ihn aufs Deck und versuchte, ihm die Augen auszukratzen. Ein weiterer Pfeil traf den zweiten Grauen in der Schulter, und mit einem Schmerzensschrei ließ er das Schwert fallen und zerrte vergeblich am Schaft. Ein dritter Pfeil ließ ihn herumwirbeln. Blut schoß ihm aus dem Mund, und erstickend und mit aus den Höhlen quellenden Augen tappte er auf Blackthorne zu und fiel über ihn, als der letzte Graue kam, ihm mit einem kurzen Messer den Garaus zu machen. Er ließ das Messer herniedersausen. Blackthorne konnte sich nicht wehren, doch da ergriff ihn eine freundliche Hand am Arm, mit dem er das Messer gepackt hielt, und dann war der Kopf seines Feindes plötzlich vom Rumpf getrennt. Ein Blutschwall aus dem Hals schoß in die Höhe. Beide Leichen wurden von Blackthorne heruntergezerrt – er selbst auf die Beine gestellt. Sich das Blut aus dem Gesicht wischend, sah er, daß Mariko, von *Ronin*-Samurai umgeben, ausgestreckt auf dem Deck lag. Er schüttelte seine Helfer ab und stolperte auf sie zu, doch gaben seine Beine unter ihm nach, und er brach zusammen.

# *25. Kapitel*

Es kostete Blackthorne zehn Minuten, bis er wieder so bei Kräften war, daß er sich ohne Hilfe auf den Beinen halten konnte. Mittlerweile hatten die *Ronin*-Samurai alle Schwerverwundeten von ihrer Qual erlöst und sämtliche Leichen über Bord geworfen. Sie hatten das Schiff gesäubert und bereiteten alles zum sofortigen Ablegen vor. Sämtliche Fackeln waren gelöscht worden. Ein paar Samurai marschierten nach Norden Buntaro entgegen. Die Mehrheit von Toranagas Leuten eilte nach Süden zu einer Buhne, einem steinernen Wellenbrecher, der zweihundert Schritt weiter ins Wasser hinausging. Dort bezogen sie eine starke Verteidigungsstellung gegen die hundert Grauen von der Fregatte, die jetzt, nachdem sie den Überfall mitangesehen hatten, rasch näherkamen.

Als alles an Bord geprüft und nochmals überprüft worden war, legte der Anführer die Hände trichterförmig um die Lippen und ließ landwärts einen langgedehnten Ruf erschallen. Daraufhin kamen augenblicklich weitere als *Ronin* verkleidete Samurai unter Yabu aus der Nacht und nahmen fächerförmig Verteidigungsstellungen nach Norden und nach Süden ein. Dann erschien Toranaga ganz allein und ging gemessenen Schritts auf das Fallreep zu. Er hatte den Frauenkimono und den dunklen Reisemantel abgelegt und die Schminke abgewischt. Er trug seine Rüstung, darüber nur einen einfachen Uniform-Kimono; die beiden Schwerter staken in seiner Schärpe. Die Lücke hinter ihm wurde von den letzten seiner Leute geschlossen – würdevoll näherte die Phalanx sich dem Pier.

Du Hund, dachte Blackthorne. Du bist ein gnadenloser, kaltblütiger und herzloser Hund – allerdings besitzt du etwas Majestätisches, das muß ich zugeben. Zuvor hatte er gesehen, wie Mariko unter Deck gebracht worden war. Eine junge Frau hatte sich ihrer angenommen, und er glaubte, sie sei verwundet worden, allerdings nicht schlimm.

Seine Hände waren sehr schwach, doch packte er trotzdem die Ruderpinne und zog sich hoch. Matrosen halfen ihm, und er fühlte sich sogleich wohler, da eine leichte Brise den Rest der Übelkeit, die ihn befallen hatte, wegzufegen schien.

Schwankend und immer noch ein wenig benommen, beobachtete er Toranaga. Plötzlich blitzte vom Hauptturm der Burg her ein grelles Licht auf, und das schwache Echo von Alarmglocken ließ sich vernehmen. Dann stiegen von den Burgwällen Lichter zu den Sternen auf. Signalfeuer!
Herr Jesus – jetzt müssen sie die Nachricht bekommen haben, jetzt wissen sie, daß Toranaga entkommen ist.
In dem großen Schweigen sah Toranaga sich um und blickte in die Höhe. Überall in der Stadt flackerten Lichter auf. Ohne jede Hast drehte Toranaga sich um und kletterte an Bord.
Vom Norden her wurden vom Wind schwache Rufe heruntergetragen. Buntaro! Das mußte er sein, mit dem Rest des Zugs. Blackthorne versuchte, mit den Augen die Dunkelheit zu durchdringen, konnte jedoch nichts erkennen. Im Süden schloß sich die Lücke zwischen den angreifenden Grauen und den verbissen Widerstand leistenden Braunen zusehends. Er schätzte die Stärke beider Seiten ab. Ziemlich gleich im Augenblick. Aber wie lange noch?
»*Keirei!*« Alle an Bord knieten nieder und verneigten sich tief, als Toranaga das Deck betrat. Toranaga gab Yabu, der ihm folgte, einen Wink. Sofort übernahm Yabu das Kommando und erteilte den Befehl zum Ablegen. Fünfzig Samurai der Phalanx hasteten das Fallreep herauf, um Verteidigungsstellungen einzunehmen. Sie schauten zum Land hinaus und setzten die Pfeile auf ihre Bogensehnen.
Blackthorne fühlte, wie jemand ihn am Ärmel zupfte.
»Anjin-san!«
»*Hai!*« Er starrte in das Gesicht des Kapitäns. Der Mann stieß einen Schwall von Worten hervor und zeigte auf die Ruderpinne. Blackthorne ging auf, daß der Kapitän meinte, er führe das Kommando und bäte um die Erlaubnis, ablegen zu dürfen.
»*Hai,* Käpt'n-san«, erwiderte er. »Legt ab! *Isogi!*«
Die Galeere entfernte sich vom Pier. Der Wind half, und die Ruderer gaben ihr Bestes. In diesem Augenblick erkannte Blackthorne, daß die Grauen die Buhne und das Ufer erstürmten, und dann wogte der Kampf hin und her. Im selben Moment brachen im Handgemenge mit neun Grauen hinter ein paar in der Nähe auf Strand gezogenen Booten drei Männer und eine Frau hervor. Blackthorne erkannte Buntaro und die Zofe Sono.
Buntaro führte wütend um sich schlagend den Rückzug auf den Pier an. Sein Schwert war von Blut gerötet, und mehrere Pfeile ragten ihm aus Brust- und Rückenharnisch. Die Zofe war mit einem Speer bewaffnet, doch strauchelte sie – sie konnte nicht mehr. Einer von den Braunen blieb tapfer stehen, um ihnen beim Rückzug Deckung zu geben. Die Grauen umringten ihn. Buntaro flog die Stufen herauf, die Zofe mit dem letzten Braunen neben sich, dann machte er kehrt und warf sich gleich einem wütenden Stier auf die Grauen. Die ersten beiden wirbelten von dem vier Meter hohen Pier durch die Luft; der eine zerschmetterte unten mit dem Rücken auf den Steinen, und der andere stieß im

Fallen einen mörderischen Schrei aus – ihm war der rechte Arm abgetrennt worden. Der letzte Braune raste an seinem Herrn vorbei und warf sich mit dem Kopf zuerst auf den Feind. Die Grauen machten ihn nieder und gingen dann mit geballter Kraft zum Angriff über.

Die Bogenschützen auf dem Schiff feuerten eine Salve nach der anderen ab und töteten oder verletzten alle heranstürmenden Grauen bis auf zwei. Mit dem kettenbewehrten Unterarm schlug Buntaro dem Grauen unters Kinn und brach ihm das Genick. Dann stürzte er sich auf den letzten.

Auch dieser starb.

Die Zofe war jetzt auf den Knien und rang keuchend nach Atem. Buntaro verschwendete keine Zeit, sich erst davon zu überzeugen, daß die Grauen auch wirklich tot wären. Er schlug ihnen einfach mit gezielten Hieben die Köpfe ab, und dann, als der Pier völlig sicher war, wandte er sich um und winkte Toranaga erschöpft, aber glücklich zu. Toranaga rief zurück – auch er war glücklich. Die Galeere war jetzt zwanzig Meter von dem Pier entfernt, und die Entfernung zwischen ihnen vergrößerte sich immer mehr.

»Käpt'n-san, legt nochmal an. *Isogi!*« rief Blackthorne und machte ihm dringende Zeichen.

Gehorsam rief der Kapitän seine Befehle. Alle Riemen hörten auf zu pullen und stemmten sich jetzt gegen die Strömung. Augenblicklich kam Yabu über das Achterdeck geeilt und sprach erbost auf den Kapitän ein. Der Befehl war klar. Das Schiff sollte nicht noch einmal umkehren.

»Wir haben doch noch reichlich Zeit!« Blackthorne wies auf den leeren Platz aus gestampfter Erde und auf die Buhne, wo die *Ronin* die Grauen in Schach hielten.

Aber Yabu schüttelte den Kopf.

Jetzt waren es dreißig Meter, und Blackthorne tobte innerlich und schrie Yabu und die Mannschaft an: »Ihr könnt ihn doch nicht sterben lassen, er ist einer der Euren!« Er fuhr herum zum Kapitän. »Nochmal zurück! *Isogi!*« Doch diesmal schüttelte der Seemann hilflos den Kopf, hielt den Kurs, und der Rudermeister fuhr fort, auf seiner dumpfen Trommel den Takt anzugeben.

Verzweifelt lief Blackthorne ans Schanzkleid und lehnte sich darüber: »Schschschwiiiimmmmttt!« schrie er und machte Schwimmbewegungen. »Schwimmt doch, um Christi willen!«

Buntaro verstand. Er half der Zofe auf, redete auf sie ein und schob sie halb an den Rand des Piers, doch sie kreischte vor Angst und fiel vor ihm auf die Knie. Offenbar konnte sie nicht schwimmen.

Verzweifelt suchte Blackthorne das Deck ab. Es war zu spät, noch ein kleines Boot zu Wasser zu lassen. Rettungsringe gab es nicht. Als letztes Mittel lief er zu den nächstgelegenen Ruderern und hielt sie an. Alle Riemen an Steuerbord gerieten vorübergehend aus dem Takt, und Riemen krachte gegen Riemen. Gemeinsam mit vier Matrosen schleuderte Blackthorne den Riemen wie einen gigantischen Pfeil über Bord. Er segelte eine Weile durch die Luft und schlug dann auf dem Wasser auf, doch die Schubkraft trieb ihn bis an den Pier heran. In diesem Augenblick erscholl von der Buhne her ein Siegesgeschrei. Verstärkungen der Grauen strömten von der Stadt herunter, und obgleich die *Ronin*-Samurai die ersten Angreifer noch abwehrten, war der Durchbruch bereits abzusehen.

»Macht schon!« schrie Blackthorne, »*Isogiiii!*«

Buntaro riß die Zofe hoch und zeigte erst auf den Riemen und dann auf das Schiff. Halbherzig verneigte sie sich. Sie rief einmal zum Schiff hinüber. Eine Frauenstimme antwortete, und sie sprang. Mit dem Kopf voraus tauchte sie ins Wasser. Sie drosch mit den Armen drauflos, erreichte den Riemen und packte ihn. Der Riemen trug sie mühelos, und sie strampelte, um die Galeere zu erreichen. Eine kleine Welle packte sie, sie hielt sich fest und wurde nahe an die Galeere herangetrieben. Dann, in der Angst, entglitt ihr der Riemen. Endlos ließ sie die Arme wie Windmühlenflügel wirbeln, dann versank sie.

Sie kam nie wieder an die Oberfläche.

Buntaro war jetzt auf dem Pier allein, stand da und beobachtete den Kampf. Weitere Verstärkungen eilten den Grauen zu Hilfe, Berittene kamen von Süden herauf und stießen zu den anderen; er wußte, daß die Buhne bald von einer Woge von Leibern überschwemmt werden würde. Sorgfältig suchte er den Norden, den Westen und den Süden ab. Dann wandte er dem Kampf den Rücken zu und ging auf die äußerste Spitze des Piers hinaus. Dort legte er Helm, Bogen, Köcher und Brustharnisch ab und stapelte alles neben seinen Schwertscheiden auf den Boden. Dann, bis zum Gürtel nackt, nahm er seine Ausrüstung und warf alles ins Wasser. Das Langschwert betrachtete er ehrfürchtig, dann schleuderte er es weit hinaus ins Tiefe. Es gab kaum einen Spritzer, als es verschwand.

Förmlich verneigte er sich in Richtung auf die Galeere vor Toranaga, der sogleich auf das Achterdeck hinaufstieg, wo man ihn weithin sehen konnte. Dort erwiderte er die Verneigung.

Buntaro kniete nieder und legte seinen Dolch ordentlich vor sich auf den Boden. Für einen Augenblick schimmerte der Mond auf der blanken Klinge. Regungslos, wie ins Gebet versunken, saß er da, die Augen auf die Galeere gerichtet.

»Er bereitet sich vor, *Seppuku* zu begehen.«

Auf eine junge Frau gestützt, stand Mariko in der Nähe.

»Jesus, Mariko-san, ist Euch nichts passiert?«

»Nein, nichts«, sagte sie, seiner kaum achtend. Ihr Gesicht war eingefallen, jedoch nicht weniger schön.

Er sah den rohen Verband an ihrem linken Arm in der Nähe der Schulter, wo der Ärmel des Kimonos abgeschnitten worden war. Der Verband war blutig, und Blut rann ihr am Arm herunter.

»Ich bin ja so froh.« Dann ging ihm auf, was sie gesagt hatte. »*Seppuku?* Er will sich umbringen? Warum? Es ist doch noch Zeit genug, sich in Sicherheit zu bringen.«

Plötzlich gab es am Ufer wieder eine Aufregung. Ein paar Musketenschüsse gingen los, und die Reihe der Verteidiger der Buhne wurde durchbrochen. Einige der *Ronin*-Samurai wichen zurück, und erneut ging der Kampf Mann gegen Mann weiter. Aber noch einmal wurde der Keil der Feinde aufgehalten und zurückgeworfen.

»Sagt ihm doch, er soll schwimmen, um Gottes willen!«

»Er wird es nicht tun, Anjin-san. Er bereitet sich darauf vor zu sterben.« Mariko ließ die Augen nicht vom Pier. Sie stützte sich auf die junge Frau. »Ein Samurai kann nicht in Gefangenschaft geraten und Samurai bleiben. Das ist die schlimmste Schande – lebend in die Hände des Feindes zu geraten. Daher tut mein Gatte, was *ein Mann*, ein Samurai, tun muß. Ein Samurai stirbt mit Würde. Leben ist Leiden, *neh?* Es ist sein Recht und seine *Pflicht*, vor Zeugen und in allen Ehren zu sterben.«

»Das ist ja heller Wahnsinn«, sagte Blackthorne durch die zusammengepreßten Zähne hindurch. Diese Gleichgültigkeit dem Leben gegenüber flößte ihm Abscheu ein. Er brauchte Schlaf und Ruhe, hatte Hunger auf sein eigenes Essen und sein eigenes Trinken, sehnte sich nach seinem eigenen Schiff und nach Menschen seiner Art. »Ihr seid alle Tiere«, sagte er auf englisch, wußte dabei jedoch ganz genau, daß sie es nicht waren – und ging weg.

»Ich beneide Euren Gatten, Mariko-san«, sagte die junge Frau nach einer Weile, die ihren Abscheu über Blackthorne kaum verhehlen konnte. Sie war einen halben Kopf größer als Mariko, hatte gröbere Knochen und ein kantiges Gesicht mit kleinen, nadelscharfen Zähnen. Es war Usagi Fujiko, Marikos Nichte, und sie war neunzehn Jahre alt.

»Ja«, entgegnete Mariko traurig. »Ich wünschte nur, er hätte jemanden, der ihm beistünde.« Der Sitte gemäß halfen andere Samurai stets bei einem *Seppuku*. Sie standen seitlich hinter dem Knienden, um ihm mit einem einzigen Hieb den Kopf abzuschlagen, wenn der Todesschmerz unerträglich war und dem Mann in diesem höchsten Augenblick seines Lebens Schande zu bringen drohte. Ganz allein brachten nur wenige Männer es fertig, ohne Schande zu sterben.

»*Karma*«, sagte Fujiko.

»Ja. Er tut mir leid. Das ist das einzige, wovor er immer Angst gehabt hat – einmal ohne Beistand sterben zu müssen.«

»Da sind wir besser daran als die Männer, *neh?*« Weibliche Samurai begingen *Seppuku*, indem sie sich einen Dolch in die Kehle stießen und daher keiner Sekundanten bedurften.

»Ja«, sagte Mariko.

Schreie und Schlachtrufe wurden vom Wind herangetragen und lenkten sie ab. Die Stellung an der Buhne wurde abermals durchbrochen. Eine kleine Gruppe von fünfzig *Ronin*-Samurai, ein paar Berittene darunter, eilten in den Norden, um den anderen zu Hilfe zu kommen. Auch diesmal wurde die Lücke nach erbittertem Kampf wieder geschlossen; es wurde gnadenlos gekämpft. Die Angreifer wurden zurückgeschlagen, und wieder waren ein paar Minuten Zeit gewonnen.

Zeit für was? fragte Blackthorne sich verbittert. Toranaga ist doch jetzt gerettet. Er ist auf See.

Der dumpfe Schlag der Trommel setzte wieder ein.

Die Riemen tauchten ins Wasser, der Bug senkte sich und begann durch die Wellen zu schneiden; achteraus bildete sich ein Kielwasser. Die Signalfeuer auf den Burgwällen brannten immer noch. Die ganze Stadt war auf den Beinen. Die Hauptmacht der Grauen prallte gegen die Buhnenstellungen. Blackthornes Augen wanderten zu Buntaro hinüber. »Armes Luder!« sagte er auf englisch. »Du armes, dummes Luder!«

Die Ruderer pullten wie ein Mann, und das Schiff gewann an Fahrt. Das Wasser war glatt, der Wind freundlich. Blackthorne schmeckte das Salz, und sein Herz schlug höher. Dann entdeckte er, daß anderthalb *Leguas* voraus Boote die Hafeneinfahrt versperrten. Fischerboote, gewiß, aber mit Samurai bemannt!

»Wir sitzen in der Falle!« rief er laut in die Stille hinein. Irgendwie wußte er, daß es Feinde waren.

Ein Ruck ging durch das gesamte Schiff. Alle, die dem Kampf an Land gefolgt waren, drehten sich wie ein Mann um.

Blackthorne schaute zurück. Die Grauen säuberten in aller Ruhe die Buhne, während andere gemächlich dem Pier zustrebten, wo Buntaro saß, doch da kamen von Norden her vier Berittene – Braune – im Galopp über die gestampfte Erde herangeprescht, ein fünftes Pferd am Zaum mit sich führend. Ein Mann ritt mit dem ledigen Pferd zum Pier hinauf, während die drei anderen auf die näherkommenden Grauen zustürmten. Auch Buntaro hatte sich umgedreht, blieb jedoch auf den Knien hocken und packte seinen Dolch mit beiden Händen, die Spitze auf sich selbst gerichtet. Augenblicklich legte Toranaga die Hände um den Mund und rief: »Buntaro-san! Geht jetzt mit ihnen – versucht zu entkommen!«

Der Ruf drang über die Wellen, und er wurde noch einmal wiederholt; dann hörte Buntaro ihn unmißverständlich. Er zögerte erschrocken, den Dolch stoßbereit vor sich aufgepflanzt. Nochmals derselbe Ruf, dringlich und gebieterisch. Unter Aufbietung seiner ganzen Willenskraft riß Buntaro sich vom Tode los und erwog das Leben und die Flucht, die ihm befohlen wurden. Das Risiko war schrecklich. Besser jetzt hier sterben, sagte er sich. Weiß Toranaga das denn nicht? Dies hier ist ein ehrenvoller Tod. Dort droht dir die Gefangennahme. Wohin fliehen? Dreihundert *Ri* bis Yedo? Sie schnappen dich bestimmt!

Er spürte die Kraft in seinen Armen, hatte den stählernen, nadelscharfen Dolch fest auf seinen Leib gerichtet, und er sehnte sich, endlich durch den Tod erlöst zu werden. Endlich der Tod, die Schande zu sühnen – die Schande, daß sein Vater vor Toranagas Standarte niedergekniet war, statt, wie sie es geschworen, fest zu Yaemon zu halten, dem Erben des Taikō, die Schande, so viele Männer getötet zu haben, die in Ehren die Sache des Taikō gegen den Usurpator Toranaga verteidigt hatten; die Schande seiner Gattin, Mariko, und seines einzigen Sohnes, beide für immer gezeichnet, der Sohn wegen der Mutter und die Mutter wegen des Vaters, des ungeheuerlichen Mörders Akechi Jinsai. Und die Schande, darüber zu wissen, daß ihretwegen sein eigener Name für immer befleckt war.

Seine Seele schrie nach dem Vergessen, das so greifbar nahe und leicht und ehrenvoll vor ihm lag. Das nächste Leben wird besser sein; wie könnte es schlimmer sein?

Trotzdem legte er den Dolch beiseite und warf sich dem Leben wieder in die Arme. Sein Lehnsherr hatte ihm das allerletzte Opfer abverlangt und beschlossen, seinem Versuch, Frieden zu erlangen, ein Ende zu setzen. Was gibt es für einen Samurai anderes, als zu gehorchen?

Er erhob sich, schwang sich in den Sattel, rammte dem Pferd die Fersen in die Flanken, und dann floh er an der Seite des anderen Mannes. Weitere Angehörige der *Ronin*-Kavallerie kamen aus der Nacht hervorgeprescht, ihren Rückzug zu decken und die Spitze der Grauen niederzumachen. Dann waren auch sie verschwunden, und nur ein paar Graue setzten im Galopp hinterher.

Dröhnendes Gelächter stieg von der Galeere auf.

Toranaga hieb vor Freude mit der Faust auf das Schanzkleid, und Yabu und die Samurai brüllten vor Lachen. Selbst Mariko lachte.

»Ein Mann ist noch einmal davongekommen – aber was ist mit all den Toten?« rief Blackthorne. »Seht doch – es müssen drei-, vierhundert Leichen das Ufer bedecken. Seht sie doch an, um Christi willen!«

Aber er drang mit seiner Stimme nicht durch das Gelächter hindurch.

Dann ein Alarmruf vom Ausguck am Vordersteven. Und das Lachen erstarb.

# *26. Kapitel*

Toranaga sagte ruhig: »Können wir durch sie hindurchstoßen, Kapitän?« Er beobachtete die dichtgedrängten Fischerboote fünfhundert Meter vor ihnen und die verlockende Durchfahrt, die sie in der Mitte freigelassen hatten.
»Nein, Euer Gnaden.«
»Es bleibt uns aber sonst nichts übrig«, sagte Yabu. »Wir können nichts anderes tun.« Er warf einen funkelnden Blick zurück auf die dichtgedrängten Grauen, die jetzt am Ufer und auf dem Pier warteten, ahnte die höhnischen Beleidigungen, die schwach vom Wind herübergetragen wurden.
Toranaga und Yabu standen auf dem Vorschiff. Die Trommel war längst verstummt, und die Galeere schaukelte sanft auf dem glatten Wasser. Alle an Bord warteten darauf, welche Entscheidung getroffen werden würde. Sie wußten, daß sie in einer Falle saßen. Das Netz würde sich immer dichter um sie zusammenziehen, und dann würden sie gefangengenommen werden.
Yabu kochte. Wenn wir gleich auf die Hafeneinfahrt zugelaufen wären, ohne über Buntaro unnütz Zeit zu verlieren, wären wir jetzt längst auf See und in Sicherheit, sagte er sich. Toranaga muß den Verstand verloren haben. Ishido wird denken, daß ich ihn verraten habe. Und mir sind die Hände gebunden – es sei denn, wir kommen hier heraus, und selbst dann bin ich gezwungen, an Toranagas Seite gegen Ishido zu kämpfen. Ich kann nichts tun – es sei denn, ich bringe Ishido Toranagas Kopf. *Neh?* Dann würdest du automatisch Regent und Herr des Kwanto, *neh?* Und in einem halben Jahr mit Hilfe der Musketenregimenter vielleicht sogar Vorsitzender des Regentschaftsrats. Warum nicht? Aber warum dann nicht gleich aufs Ganze gehen? Ishido beseitigen und Oberster General des Erben werden, Reichsverweser und Kommandant der Burg von Osaka.
Oder womöglich noch höher hinaus: Shōgun werden! Beseitige Yaemon, und du bist Shōgun.
Yabu wurden die Knie weich, je höher er sich in seinem Ehrgeiz verstieg. So leicht zu bewerkstelligen, dachte er – und doch noch keine Möglichkeit, Tora-

naga den Kopf abzuschlagen und ungeschoren davonzukommen – noch nicht.
»Gebt Befehl: Alles auf Gefechtsstation«, sagte Toranaga schließlich.
Als Yabu den Befehl erteilte und die Samurai sich aufstellten, wandte Toranaga seine Aufmerksamkeit dem Barbaren zu, der auf dem Hauptdeck stand und sich gegen den kurzen Mast lehnte.
Wenn ich ihn nur verstehen könnte, dachte Toranaga. Eben noch so tapfer, und im nächsten Augenblick so schwach. Überaus brauchbar, dann wieder völlig unnütz. Eben noch ein wütender Tiger, und gleich darauf ein Hasenfuß. Im Moment noch fügsam, und im nächsten Augenblick gefährlich. Er ist Mann und Frau, Yin und Yang. Er besteht aus nichts weiter als aus Gegensätzen und ist unberechenbar.
Toranaga hatte ihn während der Flucht aus der Burg nicht aus den Augen gelassen; und auch nicht hinterher. Von Mariko, dem Kapitän und anderen hatte er gehört, was sich während des Kampfes hier an Bord zugetragen hatte. Vor wenigen Augenblicken war er Zeuge gewesen, wie er sich wegen Buntaro erregte. Und dann, als er hätte lachen sollen, wieder nichts als Zorn.
Warum nicht lachen, wenn ein Feind überlistet worden ist? Warum nicht lachen, um die Tragödie von sich abzuschütteln, wenn das *Karma* den erhabenen Tod eines echten Samurai verhindert, wenn das *Karma* den Tod eines schönen Mädchens fordert? Werden wir durch Lachen nicht eins mit den Göttern und können wir durch Lachen nicht all den Schrecken, die Vergeblichkeit und das Leiden hier auf Erden überstehen? So heute nacht, als ich zusehen mußte, wie all diese tapferen Männer hier am Ufer ihr Schicksal ereilte, ausgerechnet an diesem milden Abend – durch ein *Karma*, das schon vor tausend Leben angelegt worden ist, vielleicht aber auch nur vor einem Menschenleben!
Warum begreift der Pilot nicht, daß er vom *Karma* regiert wird, genauso wie ich, wie wir alle, selbst sein Jesus, der Christus; denn wenn man der Sache auf den Grund geht, dann war es doch sein *Karma*, das ihn diesen ehrlosen Tod eines gemeinen Verbrechers zusammen mit anderen gemeinen Verbrechern sterben ließ auf dem Hügel?
Wie barbarisch, einen Menschen an ein Holzkreuz zu nageln und dann zu warten, bis er langsam stirbt! Sie sind schlimmer als die Chinesen, die ihr Vergnügen am Foltern haben.
»Fragt ihn, Yabu-san«, sagte Toranaga. »Fragt ihn, was man tun soll. Den Piloten. Geht es hier nicht um einen Kampf auf See? Habt Ihr mir nicht gesagt, auf See sei er ein Genie? Gut, laßt uns sehen, ob Ihr recht habt! Soll er es beweisen!«
Yabus Mund war ein schmaler, grausamer Strich. Toranaga spürte, welche Angst dieser Mann hatte, und das genoß er.
»Mariko-san«, bellte Yabu. »Fragt den Piloten, wie wir hier herauskommen sollen – wie man durch diese Schiffe hindurchbricht.«
Gehorsam löste Mariko sich vom Schanzkleid. Das Mädchen stützte sie immer noch. »Nein, es geht mir schon besser, Fujiko-san«, sagte sie. »Vielen Dank.«
Fujiko ließ sie los und sah ihr nach, wie sie zu Blackthorne ging.

»Er sagt: ›Mit Kanonen!‹« erklärte Mariko.
»Sagt ihm, er müsse sich schon etwas anderes einfallen lassen, wenn er seinen Kopf auf den Schultern behalten will!«
»Wir müssen Geduld mit ihm haben, Yabu-san«, mischte Toranaga sich ein. »Mariko-san, sagt ihm in aller Höflichkeit: ›Bedauerlicherweise haben wir keine Kanonen. Gibt es keine andere Möglichkeit auszubrechen? An Land geht es nicht.‹ Und dolmetscht genau, was er antwortet. Wort für Wort.«
Mariko tat es. »Verzeiht, Herr, aber er sagt: ›Nein!‹ Einfach so: ›Nein!‹ Nicht möglich.«
Toranaga ruckte an seiner Schärpe. »Nun dann«, sagte er jovial, »der Anjin-san sagt, mit Kanonen, und er muß es wissen. Also müssen es Kanonen sein. Kapitän, fahrt dorthin!« Sein schwieliger Finger zeigte listig auf die portugiesische Fregatte. »Eure Männer sollen sich bereithalten, Yabu-san. Wenn die Südlichen Barbaren mir ihre Kanonen nicht leihen, müssen wir sie ihnen fortnehmen. Würdet Ihr das nicht auch tun?«
»Mit allergrößtem Vergnügen«, sagte Yabu leise.
»Ihr hattet recht! Er ist ein Genie!«
»Aber Ihr seid es ja doch gewesen, der die Lösung gefunden hat, Toranaga-san.«
»Eine Lösung zu finden ist leicht, sobald man weiß, worum es geht, *neh?* Worum geht es bei der Burg von Osaka, Waffengefährte?«
»Da gibt es keine Lösung. Darin war der Taikō vollkommen!«
»Ja. Und worum geht es bei Verrat?«
»Selbstverständlich um schändlichen Tod. Aber ich verstehe nicht, warum Ihr mich das fragt.«
»Ach, nur so ein Gedanke – Waffengefährte!« Toranaga warf einen Blick auf Blackthorne.
»Jawohl, er ist ein kluger Mann. Ich brauche dringend kluge Männer. Mariko-san, werden die Barbaren mir ihre Kanonen geben?«
»Selbstverständlich. Warum sollten sie nicht?« Es war ihr nie in den Sinn gekommen, daß sie sich weigern könnten. Sie hatte immer noch Angst um Buntaro. Es wäre besser gewesen, ihm zu erlauben, sich selbst den Tod zu geben. Warum seine Ehre aufs Spiel setzen?
»Und wenn sie es nicht tun? Seid Ihr bereit, Christen zu töten, Mariko-san?« fragte Toranaga. »Ist das nicht ihr unmißverständliches Gebot: Du sollst nicht töten?«
»Ja, das ist es. Aber für Euch, Herr, würde ich mit Freuden in die Hölle gehen, mein Gatte und mein Sohn und ich.«
»Ja. Ihr seid eine echte Samurai, und ich werde es Euch nie vergessen, daß Ihr das Schwert ergriffen habt, um mich zu verteidigen.«
»Bitte, dankt mir nicht. Es war nichts weiter als meine Pflicht. Wenn es jemand gibt, an den man sich erinnern sollte, dann laßt es meinen Gatten oder meinen Sohn sein. Sie sind wichtiger als ich.«

»Im Augenblick seid Ihr für mich wichtig. Ihr könntet mir sogar noch wichtiger werden.«
»Sagt mir wie, Euer Gnaden, und es wird geschehen.«
»Denkt nicht an den fremden Gott.«
»Euer Gnaden?« Ihr Gesicht erstarrte.
»Denkt nicht an Euren Gott! Eure Treue gilt zu vielen.«
»Meint Ihr, ich sollte eine Abtrünnige werden, Euer Gnaden? Das Christentum aufgeben?«
»Jawohl – es sei denn, Ihr könntet diesen Gott dort sehen, wo er hingehört, im Hintergrund Eures Geistes, nicht im Vordergrund.«
»Bitte, verzeiht, Euer Gnaden«, sagte sie bebend, »aber meine Religion hat meiner Ergebenheit zu Euch nie im Wege gestanden. Wo hätte ich Euch gegenüber meine Pflicht vergessen?«
»Bis jetzt noch nicht. Aber Ihr werdet es tun.«
»Sagt mir, was ich tun soll, um Euch zu gefallen.«
»Es ist möglich, daß die Christen meine Feinde werden, *neh?*«
»Eure Feinde sind auch meine Feinde, Euer Gnaden.«
»Im Augenblick widersetzen die Priester sich mir. Es ist möglich, daß sie allen Christen befehlen, gegen mich in den Krieg zu ziehen.«
»Das können sie nicht, Euer Gnaden. Sie sind Männer des Friedens.«
»Und wenn sie sich doch gegen mich stellen? Wenn sie mich bekriegen?«
»Um meine Treue braucht Ihr niemals besorgt zu sein. Nie!«
»Nun denn, Mariko-san«, sagte Toranaga. »Ich will das gern glauben. Ich befehle Euch, Euch mit diesem Barbaren anzufreunden, alles zu erlernen, was er weiß, über alles zu berichten, was er sagt, denken zu lernen, wie er denkt, nichts von dem, was Ihr tut, zu ›beichten‹, allen Priestern mit größtem Argwohn zu begegnen, alles zu berichten, was die Priester Euch fragen oder zu Euch sagen.«
Mariko strich sich eine Haarsträhne aus dem Gesicht. »All das kann ich durchaus tun, Euer Gnaden, und dennoch Christin bleiben. Ich schwöre es.«
»Gut. Schwört es bei Eurem Christengott!«
»Ich schwöre es bei Gott!«
»Gut.« Toranaga drehte sich um und rief: »Fujiko-san! Habt Ihr Zofen mitgebracht?«
»Jawohl, Euer Gnaden. Zwei.«
»Überlaßt eine Mariko-san. Und die andere schickt nach *Cha*.«
Das Licht brach sich in dem kleinen goldenen Kreuz, das Mariko um den Hals trug, sie sah, wie Toranaga darauf starrte. »Ihr... Ihr wünscht, daß ich es nicht trage, Euer Gnaden? Daß ich es wegwerfe?«
»Nein«, sagte er. »Tragt es zur Mahnung an Euren Eid.«
Alle beobachteten die Fregatte. Toranaga spürte, daß jemand ihn ansah, und er blickte sich um. Er sah das harte Gesicht und die kalten blauen Augen und spürte den Haß – nein, Haß nicht, wohl aber Mißtrauen. Wie kann der Barbar es wagen, mir gegenüber mißtrauisch zu sein, dachte er.

»Fragt den Anjin-san, warum er mir nicht gleich gesagt hat, daß das Barbarenschiff mit genug Kanonen ausgerüstet ist. Bringt ihn dazu, daß er uns aus dieser Falle herausholt.«
Mariko dolmetschte. Blackthorne antwortete.
»Er sagte...« Mariko zögerte, und dann sprudelte es nur so aus ihr heraus: »Bitte, verzeiht, er hat gesagt: ›Es tut ihm gut, seinen eigenen Kopf zu gebrauchen!‹ «
Toranaga lachte. »Dankt ihm dafür. Sein Kopf ist mir äußerst nützlich gewesen. Ich hoffe, er kann ihn behalten. Sagt ihm, wir sind jetzt quitt.«
»Er sagt: ›Nein, wir sind nicht quitt, Toranaga-sama. Gebt mir mein Schiff und meine Mannschaft, und ich werde die Meere säubern. Von jedem Feind!‹ «
»Mariko-san, meint Ihr, er hat mich genauso gemeint wie die anderen – die Spanier und die Südlichen Barbaren?«
Die Brise trieb ihr Haarsträhnen in die Augen. Müde strich sie sie fort. »Ich weiß es nicht, verzeiht! Vielleicht – vielleicht aber auch nicht. Soll ich ihn fragen? Es tut mir leid, aber er ist... er ist so ganz anders als wir. Ich fürchte, ich verstehe ihn nicht. Überhaupt nicht.«
»Wir haben viel Zeit. Jawohl. Wenn es soweit ist, wird er sich uns schon erklären.«

Blackthorne hatte gesehen, wie die Fregatte ohne viel Aufhebens im selben Augenblick die Taue losgemacht hatte, als die Wache der Grauen davongeeilt war; er hatte gesehen, wie sie ihr Langboot zu Wasser ließ, die das Schiff rasch von seinem Liegeplatz am Pier abgeschleppt und ein gutes Stück hinaus in den Strom gebracht hatte. Jetzt lag sie ein paar Kabellängen weiter draußen in tiefem Wasser. Ein leichter Buganker hielt sie; ihre Breitseite bot sie dem Ufer dar. Das war ein ganz normales Manöver für alle europäischen Schiffe in fremden Häfen, sobald von Land her Gefahr drohte. Er wußte auch, daß längst alle Kanonen bemannt waren, daß man Musketen ausgegeben hatte, daß Schrot, Kugeln und Kettenschuß reichlich vorhanden waren und die Hellebarden in ihren Ständern warteten. Bestimmt hatte man wahrgenommen, daß die Galeere den Kurs geändert hatte. Die beiden Dreißigpfünder auf dem Achterdeck waren auf sie gerichtet. Die portugiesischen Kanoniere galten – nach den englischen – als die besten der Welt.
Und was Toranaga betrifft, so wissen sie bestimmt auch längst Bescheid, sagte er sich verbittert. Zumindest werden die gottverfluchten Jesuiten, die ja das Gras wachsen hören, ihnen eine Nachricht über Toranagas und meine Flucht haben zukommen lassen.
Er spürte, wie sich ihm die kurzen Nackenhaare sträubten. Jede von diesen Kanonen kann uns das Licht ausblasen. Sicher sind wir nur deshalb, weil Toranaga an Bord ist. Gott sei Dank, daß er das ist.
Mariko sagte gerade: »Mein Gebieter fragt, was man bei Euch tut, wenn man sich einem Kriegsschiff nähern will.«

»Wenn man eine Kanone hätte, würde man einen Salutschuß abfeuern. Oder man kann mit Flaggen signalisieren und um Erlaubnis bitten, längsseits gehen zu dürfen.«
»Mein Gebieter sagt: Und wenn Ihr nun keine Flaggen habt?«
Wiewohl sie noch nicht in Reichweite der Kanonen waren, hatte Blackthorne das Gefühl, auf einem Pulverfaß zu sitzen; dabei waren die Stückpforten noch geschlossen. Das Schiff war an jeder Seite mit acht Kanonen bestückt; zwei weitere drohten am Bug und auf dem Achterschiff. Die *Erasmus* könnte es ohne weiteres mit ihr aufnehmen, sagte er sich, vorausgesetzt, er hatte die richtige Mannschaft.
Wir sind nicht an Bord der *Erasmus*, sondern an Bord dieser Galeere, die dickbäuchig ist wie eine trächtige Sau, und dieses portugiesische Schiff ist unsere einzige Hoffnung. Wenn wir Kanonen haben, kann uns nichts passieren.
»Sagt dem Kapitän, er soll Toranagas Stander setzen. Das wird reichen, Senhora. Damit genügen wir der Form, und jeder weiß, wer an Bord ist. Dabei würde ich wetten, sie wissen es längst.«
Man beeilte sich, es zu tun. Alle schienen jetzt von Zuversicht erfüllt. Blackthorne war bedeutend wohler unter Toranagas Flagge.
»Mein Gebieter fragt, wie wir ihnen sagen sollen, daß wir längsseits gehen möchten?«
»Sagt ihm, ohne Signalflaggen haben wir zwei Möglichkeiten: Wir warten außerhalb der Reichweite ihrer Kanonen und schicken in einem Boot eine Abordnung an Bord, oder wir gehen direkt bis auf Rufnähe heran.«
»Mein Gebieter will wissen, wozu Ihr ratet?«
»Direkt längsseits zu gehen. Es besteht kein Grund, übertrieben vorsichtig zu sein. Immerhin ist Herr Toranaga an Bord – der mächtigste *Daimyo* im Reich. Selbstverständlich werden sie uns helfen und... O mein Gott!«
»Senhor?«
»Mir ist plötzlich aufgegangen, daß er sich ja jetzt mit Ishido im Kriegszustand befindet. Stimmt das nicht? Also könnte die Fregatte geneigt sein, ihm nicht zu helfen.«
»Selbstverständlich werden sie ihm helfen.«
»Nein. Welche Seite nützt den Portugiesen mehr? Herr Toranaga oder Ishido? Wenn sie glauben, Ishido, werden sie uns in die Luft jagen! Ich wette, diese Fregatte läßt uns nicht längsseits kommen. Herrgott im Himmel!« Blackthorne starrte zum Ufer hinüber.
Die schmähenden Grauen hatten den Pier jetzt verlassen und zogen sich am Ufer auseinander. Dort haben wir keinerlei Chance, dachte er.
Toranaga überlegte, dann gab er einen Befehl. »Wir werden bis auf Rufnähe herangehen, Anjin-san!«
»Dann sagt ihm, er soll sich ihr direkt von achtern nähern. Auf die Weise bieten wir ihnen das kleinste Ziel. Sagt, man müßte mit allem rechnen – ich weiß, wozu sie imstande sind, wenn ihre Interessen bedroht werden. Wenn die Fregatte To-

ranaga zur Flucht verhilft, dann wird Ishido das an allen Portugiesen auslassen, und das werden sie nicht herauszufordern wagen.«

»Mein Gebieter sagt, das werden wir gleich wissen.«

»Wir sind wehrlos, Senhora. Gegen diese Kanonen haben wir keine Chance. Wenn das Schiff uns feindlich gesonnen ist – selbst wenn es nur neutral bleibt, sind wir verloren.«

»Mein Gebieter sagt, ja; aber es sei Eure Aufgabe, sie zu bewegen, uns wohlgesonnen zu sein.«

»Wie soll ich das machen? Ich bin ihr Feind.«

»Mein Gebieter sagt, in Krieg und Frieden kann ein guter Feind mehr wert sein als ein schlechter Verbündeter. Er sagt, Ihr kennt ihre Denkweise – Ihr werdet schon auf eine Möglichkeit sinnen, sie zu überreden.«

»Die einzige sichere Art ist Gewalt.«

»Gut, dem stimme ich zu. Wie würdet Ihr dieses Schiff entern? Wie es in Eure Gewalt bringen? Ich bin auf ihre Kanonen angewiesen. Tut mir leid, aber ist das nicht klar, Anjin-san?«

»Und ich wiederhole noch einmal: Ich werde sie versenken«, erklärte Ferriera, der Generalkapitän.

»Nein«, erklärte dell'Aqua und ließ die Galeere vom Achterdeck aus nicht aus den Augen.

»Weshalb sollte sie auf uns zulaufen, wenn nicht in feindseliger Absicht, Eminenz? Warum flieht sie denn nicht einfach? Der Weg ist frei.« Die Fregatte lag weit von der Hafeneinfahrt entfernt, und niemand an Bord konnte die dort auf Lauer liegenden Fischerboote sehen.

»Wir haben nichts zu verlieren, Eminenz, wohl aber alles zu gewinnen«, sagte Ferriera. »Wir tun einfach so, als wüßten wir nicht, daß Toranaga an Bord ist. Wir hätten gedacht, die Banditen – Banditen unter dem ketzerischen Piraten – wollten uns angreifen. Keine Angst, es wird eine Kleinigkeit sein, sie herauszufordern, sobald sie einmal in Reichweite sind.«

»Nein«, befahl dell'Aqua.

Pater Alvito trat vom Schanzkleid zurück. »Die Galeere hat Toranagas Stander gesetzt, Generalkapitän.«

»Das ist doch nur eine Finte«, sagte Ferriera zynisch. »Darauf fällt doch kein Seemann rein. Wir haben Toranaga nicht gesehen. Vielleicht ist er gar nicht an Bord. Beim Tod Jesu Christi, Krieg könnte eine Katastrophe für uns sein! Damit wäre die ganze Fahrt des Schwarzen Schiffes dies Jahr in Frage gestellt. Das kann ich mir nicht leisten. Ich werde nicht zulassen, daß mir irgend etwas dazwischenkommt.«

»Unsere Finanzen sind in einem noch schlimmeren Zustand als Eure, Generalkapitän«, versetzte dell'Aqua bissig. »Wenn wir dies Jahr keinen Gewinn machen, ist die Kirche ruiniert. Wir haben seit drei Jahren keinerlei Zuschüsse aus Goa oder Lissabon bekommen, und dazu der Ausfall des Gewinns voriges

Jahr... Gott gebe mir Geduld! Ich weiß, was auf dem Spiel steht. Meine Antwort lautet: Nein!«

Rodrigues saß mit bösen Schmerzen auf dem Seestuhl, der in der Nähe des Kompaßhauses festgezurrt war. »Der Generalkapitän hat recht, Euer Eminenz. Warum sollte sie auf uns zulaufen, wenn sie nicht etwas im Schilde führte? Warum nicht das Weite suchen, eh? Eminenz, wir haben eine Riesenchance!«

»Jawohl. Außerdem ist es eine militärische Entscheidung«, stänkerte Ferriera weiter.

Alvito fuhr zu ihm herum. »Nein, den Ausschlag gibt in diesem Fall Seine Eminenz, Generalkapitän. Wir dürfen Toranaga auf keinen Fall etwas antun, wir müssen ihm helfen.«

»Wie oft habt Ihr gesagt, wenn dieser Krieg erst mal losbricht, dann nimmt er kein Ende«, fuhr Rodrigues fort. »Und es ist Krieg, oder? Wir haben es doch gesehen! Das muß dem Handel schaden. Wenn Toranaga stirbt, ist der Krieg vorbei und wir haben unsere Interessen gewahrt. Ich sage: Jagt diese Galeere in die Luft!«

»Sogar den Ketzer wären wir damit los!« sagte Ferriera und ließ Rodrigues dabei nicht aus den Augen. »Zum Ruhme Gottes verhindert Ihr einen Krieg, und es gibt wieder einen Ketzer weniger.«

»Es wäre eine durch nichts zu begründende Einmischung in ihre inneren Angelegenheiten«, erwiderte dell'Aqua, ohne den eigentlichen Grund zu nennen. »Solange ich an Bord bin, werdet Ihr dieses Schiff nicht versenken.«

»Dann habt die Freundlichkeit und geht an Land.«

»Je eher der Großschlächter tot ist, desto besser, Euer Eminenz«, meinte Rodrigues. »Ob er oder Ishido – wo ist da der Unterschied? Heiden sind sie beide, und trauen kann man keinem von ihnen. Der Generalkapitän hat recht, eine solche Gelegenheit bietet sich uns nie wieder. Und was ist mit dem Schwarzen Schiff?« Rodrigues war als Pilot mit fünfzehn Prozent an allen Gewinnen beteiligt. Der eigentliche Pilot des Schwarzen Schiffes war vor drei Monaten in Macao an den Pocken gestorben, und Rodrigues war seines Postens auf seinem eigenen Schiff, der *Santa Theresa*, enthoben worden. Dafür war er zu seiner grenzenlosen Freude Pilot auf dem Schwarzen Schiff geworden. Bei Gott, dies ist die Chance meines Lebens. Und ich werde nicht zulassen, daß mir irgendwas in die Quere kommt.

»Ich übernehme die volle Verantwortung«, sagte Ferriera gerade. »Es handelt sich um eine militärische Entscheidung. Wir sind in einen Krieg der Eingeborenen hineingezogen worden. Mein Schiff ist in Gefahr.« Er wandte sich an den Oberkanonier. »Ist die Galeere in Reichweite?«

»Hm, Don Ferriera, das kommt ganz drauf an, was Ihr wollt.« Der Oberkanonier blies auf das Ende der Lunte, die aufglühte und Funken sprühte. »Ich könnte sie jetzt am Bug oder am Heck oder auch mittschiffs erwischen, wo Ihr wollt. Aber wenn Ihr wollt, daß ein ganz bestimmter Mann getroffen wird, dann müßt Ihr noch einen Augenblick warten.«

»Ich möchte Toranaga tot. Und den Ketzer.«
»Den Japs muß mir jemand zeigen. Den Piloten, den Ketzer, erkenne ich bestimmt auch so.«
Rodrigues sagte: »Wenn der Pilot sterben muß, damit wir Toranaga erledigen und damit den Krieg beendigen, dann sei's, Generalkapitän. Sonst sollte man ihn am Leben lassen.«
»Er ist ein Ketzer, ein Feind unseres Landes, eine Schande, und er hat uns schon mehr Ärger gebracht als ein Vipernnest.«
Vom Ausguck am Mast war ein Ruf zu vernehmen. »Ho, Achterdeck! Die Galeere ändert ihren Kurs!« Die Galeere war geradewegs auf sie zugelaufen, doch jetzt war sie ein paar Strich nach Backbord ausgeschert und lief weiter in den Hafen hinein.
Augenblicklich rief Rodrigues: »Alles auf Gefechtsstation! Steuerbordwache in den Wanten! Alle Segel hissen! Anker lichten!« Sofort eilten die Matrosen, die Befehle auszuführen.
»Was ist denn los, Rodrigues?«
»Ich weiß es nicht, Generalkapitän, aber wir laufen jetzt auf die offene See hinaus. Diese dickbäuchige Hure geht in Luv von uns.«
»Was macht das schon? Wir können sie doch jederzeit hochgehen lassen«, sagte Ferriera. »Es muß noch Ladung an Bord gebracht werden, und die Patres müssen zurück nach Osaka.«
»*Aye*. Aber niemand, der mit feindseligen Absichten kommt, geht mir in Luv von meinem Schiff. Diese Hure ist unabhängig vom Wind, sie kann sogar gegen ihn anlaufen. Womöglich halst sie noch und läuft uns vor den Bug, wo wir nur eine einzige Kanone haben, und entert uns!«
Ferriera stieß ein verächtliches Lachen aus. »Wir haben zwanzig Kanonen an Bord! Und sie keine! Glaubt Ihr etwa, das dreckige Heidenschiff würde es wagen, uns anzugreifen? Ihr seid nicht mehr ganz richtig im Kopf!«
»Doch, Generalkapitän – deshalb sitzt er ja noch auf meinen Schultern. Die *Santa Theresa* läuft jetzt aufs offene Meer hinaus!«
Die Segel rauschten aus Gaffeln und Spieren heraus und füllten sich mit Wind. Die Masten knarrten leise. Beide Wachen waren auf Gefechtsstation. Die Fregatte machte Fahrt, kam aber vorerst nur langsam voran. »Nun mach schon, du Hexe!« drängte Rodrigues sie.
»Wir sind bereit, Don Ferriera«, sagte der Oberkanonier. »Ich hab' sie jetzt im Visier. Lange kann ich sie aber nicht mehr halten. Wer ist denn dieser Toranaga? Zeigt ihn mir!«
Es brannten keine Fackeln an Bord der Galeere; die einzige Beleuchtung kam vom Mondlicht. Die Galeere war immer noch ein paar hundert Meter achteraus, wendete jetzt jedoch nach Backbord und lief auf das gegenüberliegende Ufer zu. Die Riemen tauchten regelmäßig ein und kamen wieder heraus. »Ist das der Pilot? Der Große hinten auf dem Achterdeck?«
»Ja«, sagte Rodrigues.

»Manuel und Perdito! Nehmt ihn und das Achterdeck aufs Korn!« Die Geschütze wurden ausgerichtet. »Wer ist dieser Toranaga? Schnell! Rudergasten: Zwei Strich Steuerbord.«
»Zwei Strich Steuerbord, Kanonier!«
Sich der Sandbänke und der Untiefen in der Nähe wohl bewußt, beobachtete Rodrigues die Takelage, jederzeit bereit, dem Kanonier in die Parade zu fahren; nach alter Gepflogenheit übernahm er bei einer Kanonade von achtern aus das Kommando. »Ho, Kanonen auf dem Backbord-Hauptdeck!« rief der Kanonier. »Sobald wir gefeuert haben, drehen wir etwas bei. Öffnet alle Stückpforten, und macht alles für eine Breitseite bereit!« Die Geschützmannschaften gehorchten, ihre Augen auf ihren Offizier auf dem Achterdeck gerichtet. Und auf die Priester. »Um der Liebe Christi willen, Don Ferriera, wer ist nun dieser Toranaga?«
»Wer ist es, Pater?« Ferriera hatte ihn noch nie gesehen.
Rodrigues hatte Toranaga deutlich auf dem Vorschiff erkannt, umgeben von einem Kreis von Samurai, aber er wollte nicht derjenige sein, der mit dem Finger auf ihn zeigte. Laß das die Priester tun, dachte er. Macht schon, Pater. Spielt den Judas! Warum sollen wir immer all die Drecksarbeit machen!
Beide Priester schwiegen.
»Schnell, welcher ist dieser Toranaga?« fragte der Kanonier noch einmal.
Ungeduldig zeigte Rodrigues auf ihn. »Da vorn, am Bug. Der kurze Dicke in der Mitte!«
»Ich sehe ihn, Senhor Pilot.«
Die Bedienungsmannschaften an den Kanonen nahmen letzte kleine Zielkorrekturen vor.
Ferriera nahm dem Kanonier die Lunte aus der Hand. »Habt Ihr den Ketzer aufs Korn genommen?«
»Jawohl, Generalkapitän. Seid Ihr bereit? Wenn ich die Hand runternehme, ist das das Signal.«
»Du sollst nicht töten!« Das kam von dell'Aqua.
Ferriera fuhr zu ihm herum. »Es sind Heiden und Ketzer!«
»Es sind auch Christen unter ihnen, und selbst wenn sie es nicht wären...«
»Kümmert Euch nicht um ihn, Kanonier!« knurrte der Generalkapitän. »Wir feuern, sobald Ihr bereit seid.«
Dell'Aqua trat vor und stellte sich vor die Geschützmündung. Seine große Gestalt beherrschte das Achterdeck und die bewaffneten Matrosen, die sich hinterm Schanzkleid verbargen. Die Hand hatte er auf seinem Kruzifix. *»Du sollst nicht töten!«*
»Was soll jetzt sein, Generalkapitän? Jetzt ist der richtige Augenblick!« rief der Oberkanonier. »Jetzt!«
Ferriera kehrte den Priestern verbittert den Rücken zu, warf die Lunte hin und trat an die Reling. »Macht Euch bereit, einen Angriff zurückzuschlagen«, rief er. »Wenn die Galeere ohne Erlaubnis näher als fünfzig Schritt herankommt, habt Ihr Befehl, sie in die Luft zu jagen, egal, was die Priester sagen!«

Auch Rodrigues war außer sich, wußte aber, daß er den Priestern gegenüber genauso hilflos war wie der Generalkapitän. Du sollst nicht töten? Gelobt sei Jesus Christus! Und was ist mit der Inquisition? Denk an die zweitausend Hexen, die allein in dem Jahr, da ich nach Asien gesegelt bin, in Portugal auf den Scheiterhaufen gebracht wurden!
Er tat Furcht und Haß beiseite und konzentrierte sich auf die Galeere. Er konnte jedoch nur Blackthorne erkennen und dachte, ah, Ingeles, wie gut, dich wiederzusehen, wie du da stehst und das Kommando führst, so groß und so dreist! Ich hatte schon Angst, du wärest auf dem Hinrichtungsplatz gelandet! Ich bin froh, daß du dem entronnen bist, aber du kannst auch von Glück sagen, daß du nicht die kleinste Kanone an Bord hast, denn sonst würde ich dich jetzt in die Luft gehen lassen – egal, was die Priester dazu sagen!
Heilige Muttergottes, beschütze mich vor den falschen Priestern!

»Ahoi, *Santa Theresa!*«
»Ahoi, Ingeles!«
»Seid Ihr das, Rodrigues?«
*»Aye!«*
»Und Euer Bein?«
*»Vuestra madre!«*
Rodrigues freute sich über das Gelächter, mit dem der Ingeles ihn reizte und das jetzt über die See herüberkam, die sie voneinander trennte.
Eine geschlagene halbe Stunde lang hatten die beiden Schiffe versucht, in die richtige Position zu kommen, vorzustoßen, zu halsen, näherzukommen und wieder abzufallen, wobei die Galeere versuchte, in Luv zu kommen und die Fregatte unter Lee eines Ufers zu drücken, wo sie manövrierunfähig gewesen wäre; die Fregatte hingegen, aus dem Hafen herauszusegeln, wie sie es gern gewollt hätte. Aber keiner von beiden hatte den anderen abhängen können, und während dieses Katz-und-Maus-Spiels hatten die Männer an Bord der Fregatte dann die Fischerboote gesichtet, die sich an der Hafeneinfahrt drängten; und es war ihnen aufgegangen, was das bedeutete.
»Deshalb also kommt sie zu uns! Weil sie Schutz braucht!«
»Um so mehr Grund für uns, sie zu versenken, jetzt, wo er in der Falle sitzt. Ishido wird uns ewig dankbar sein«, sagte Ferriera.
Dell'Aqua blieb unbeugsam. »Toranaga ist viel zu wichtig. Ich bestehe darauf, daß wir erst mit Toranaga sprechen. Versenken kann man ihn immer noch. Schließlich hat er keine Kanonen.«
So hatte es Rodrigues zu einem Patt kommen lassen, das ihnen einen Aufschub und Zeit zum Überlegen gab. Beide Schiffe lagen in der Mitte des Hafenbeckens, sicher vor Fischerbooten und sicher voreinander, die Fregatte bebend im Wind, bereit, jeden Augenblick abzufallen; und die Galeere mit ihren hochgenommenen Riemen in Rufweite längsseits. Erst nachdem Rodrigues sich überzeugt hatte, daß die Galeere alle Riemen hochgenommen hatte und ihnen die Längs-

seite für seine Kanonen zukehrte, erst da hatte er sich auf die nächsten Schritte vorbereitet. Herrgott, Jesus, Maria und Joseph sei Dank, daß wir Kanonen haben und der Scheißkerl keine, dachte Rodrigues abermals. Der Ingeles ist zu gerissen.

»Erlaubnis, an Bord zu kommen?«

»Wer, Ingeles?«

»Herr Toranaga, seine Dolmetscherin und Wachen.«

Ferriera sagte leise: »Keine Wachen!«

Alvito mischte sich ein: »Ein paar muß er mitbringen – sonst verliert er das Gesicht.«

»Die Pest über sein ›Gesicht‹. Keine Wachen!«

»Ich will keine Samurai an Bord«, stimmte Rodrigues ihm zu.

»Wäret Ihr mit fünf einverstanden?« fragte Alvito. »Nur seine Leibwache? Ihr begreift doch das Problem, Rodrigues.«

Rodrigues dachte einen Moment nach, dann nickte er. »Fünf geht in Ordnung, Generalkapitän. Wir werden fünf von unseren Leuten zu Eurer ›persönlichen Leibwache‹ abstellen und ihnen jeweils zwei Pistolen in die Hand drücken. Pater, einigt Euch jetzt über die Einzelheiten. Das überlassen wir lieber dem Pater, Generalkapitän, der kennt sich da aus. Macht schon, Pater, aber berichtet uns, was gesagt wird.«

Alvito trat ans Schanzkleid und rief: »Mit Euren Lügen gewinnt Ihr nichts! Bereitet Eure Seelen auf die Hölle vor – Ihr und Eure Banditen. Ihr habt zehn Minuten, dann wird der Generalkapitän Euch alle in die ewige Verdammnis schikken!«

»Wir haben Toranagas Stander gesetzt, bei Gott!«

»Das ist doch nur eine Finte, Pirat!«

Der Wind seufzte in der Takelage, die Spieren ächzten leise. Auf dem Achterdeck wurden Fackeln angezündet, und jetzt konnten sie Toranaga deutlich erkennen. Seine Stimme drang über die Wellen.

»Tsukku-san! Wie könnt Ihr es wagen, meiner Galeere auszuweichen! Hier sind keine Piraten an Bord – nur dort in den Fischerbooten an der Hafeneinfahrt. Ich verlange, jetzt augenblicklich längsseits zu kommen.«

Überraschung heuchelnd rief Alvito auf japanisch zurück: »Aber, Herr Toranaga! Verzeiht, wir hatten ja keine Ahnung! Wir haben das für eine Finte gehalten! Die Grauen sagten, Banditen-*Ronin* hätten sich mit Gewalt der Galeere bemächtigt. Wir dachten, die Banditen segelten unter dem Kommando des englischen Piraten unter falscher Flagge. Ich komme sofort.«

»Nein. Ich werde jetzt sofort längsseits kommen.«

»Ich bitte Euch, Herr Toranaga, mir zu erlauben, hinüberzukommen, um Euch das Geleit zu geben. Mein Gebieter, der Pater Visitator, ist gleichfalls hier; desgleichen der Generalkapitän. Sie bestehen darauf, daß wir unseren Fehler wiedergutmachen! Bitte, nehmt unsere Entschuldigungen an!« Gleich darauf fiel Alvito wieder ins Portugiesische und rief dem Bootsmann laut zu: »Laßt das

Langboot zu Wasser!«, um sich dann wieder auf japanisch Toranaga zuzuwenden. »Das Boot wird schon zu Wasser gelassen, Euer Gnaden!«
Rodrigues fiel die widerliche Unterwürfigkeit in Alvitos Stimme auf, und er dachte, wieviel schwieriger es doch ist, mit Japanern umzugehen als mit Chinesen. Die Chinesen verstanden sich auf die Kunst des Verhandelns, des Kompromisses, der Zugeständnisse und der Gegengaben. Die Japaner hingegen platzten vor Stolz, und wenn der Stolz eines Mannes verletzt wurde, dann war der Tod noch ein geringer Preis, eine solche Kränkung zu sühnen. Nun macht schon, bringt es hinter euch, wollte er rufen.
»Generalkapitän, ich gehe sofort«, sagte Alvito. »Eminenz, wenn Ihr mitkämet, würde das viel dazu beitragen, ihn zu beschwichtigen.«
»Einverstanden.«
»Ist das nicht gefährlich?« fragte Ferriera. »Er könnte Euch beide als Geiseln benutzen.«
Dell'Aqua sagte: »In demselben Augenblick, da es nach Verrat aussieht, befehle ich Euch in Gottes Namen, die Galeere und alle, die darauf sind, in die Luft zu jagen – ob wir an Bord sind oder nicht.« Er kletterte vom Achterdeck hinunter auf das Hauptdeck, ging an den Kanonen vorüber, und die Schöße seines Gewandes schwangen majestätisch. Am Fallreep drehte er sich noch einmal um und schlug das Zeichen des Kreuzes. Dann kletterte er hinunter ins Boot. Der Bootsmann legte ab. Alle Matrosen waren mit Pistolen bewaffnet.
Ferriera lehnte sich über das Schanzkleid und rief leise hinunter: »Eminenz, bringt den Ketzer mit!«
»Was? Was habt Ihr gesagt?« Es amüsierte dell'Aqua, den Generalkapitän zu hänseln, dessen ständige Dreistigkeit ihn beleidigte, denn selbstverständlich hatte er längst beschlossen, sich Blackthornes zu bemächtigen.
Auf dem Achterdeck hatte Rodrigues das gedämpfte »Jawohl, Generalkapitän« gehört und dachte: Was für eine Gemeinheit heckst du da wieder aus, Ferriera? Unruhig rutschte er auf seinem Seestuhl hin und her; alles Blut war aus seinem Gesicht gewichen. Der Schmerz in seinem Bein war mörderisch. Die Knochen wuchsen gut wieder zusammen, und – die Madonna sei gepriesen! – die Wunde war nicht brandig geworden. Allerdings war der Bruch immer noch ein Bruch, und selbst das leichte Dümpeln des Schiffes bereitete ihm Schmerzen. Er nahm einen Schluck Grog aus dem vielgebrauchten Wasserschlauch, der an einem Haken vom Kompaßhaus herabhing.
Ferriera beobachtete ihn. »Euer Bein tut weh?«
»Es geht schon ganz gut.« Der Grog betäubte den Schmerz.
»Wird es auch so weit hergestellt sein, daß Ihr die Reise von hier nach Macao machen könnt?«
»Jawohl. Ich kann mich sogar die ganze Reise über mit Feinden herumschlagen. Und im Sommer zurückkommen, falls es das ist, was Ihr meint.«
»Jawohl, das ist es, was ich meine, Pilot.« Seine Lippen waren ein dünner Strich, er lächelte höhnisch. »Ich brauche einen gesunden Piloten.«

»Ich bin ja gesund. Das Bein heilt gut.« Rodrigues schüttelte die Schmerzen ab. »Der Ingeles wird nicht aus freien Stücken zu uns an Bord kommen. Ich jedenfalls würde das nicht tun.«
»Ich wette hundert Guineen, daß Ihr Euch irrt.«
»Das ist mehr, als ich in einem Jahr verdiene.«
»Zahlbar nach dem Einlaufen in Lissabon – aus dem Gewinn, den wir mit dem Schwarzen Schiff machen.«
»Abgemacht! Es wird ihn nichts bewegen können, an Bord zu kommen. Jedenfalls nicht freiwillig. Bei Gott, ich bin schon jetzt um hundert Guineen reicher!«
»Nein, um hundert Guineen ärmer! Ihr vergeßt, daß die Jesuiten ihn noch dringlicher an Bord haben möchten als ich.«
»Warum sollten sie das wünschen?«
Ferriera blickte ihn durchdringend an, gab ihm aber keine Antwort. Er trug nur das gleiche verzerrte Lächeln zur Schau wie vorher. Dann, um Rodrigues aus der Reserve zu locken, sagte er: »Ich würde Toranaga aus dem Hafen herauseskortieren – wenn er mir den Ketzer dafür überläßt.«
»Ich bin froh, daß ich Euer Waffengefährte bin und Ihr und das Schiff auf mich angewiesen seid«, sagte Rodrigues. »Euer Feind möchte ich nicht gern sein.«
»Freut mich, daß wir uns verstehen, Pilot! Das wird auch Zeit!«

»Ich brauche Geleitschutz aus dem Hafen heraus. Und zwar schnell«, ließ Toranaga dell'Aqua über den Dolmetsch Alvito erklären. Mariko stand dabei und hörte zusammen mit Yabu aufmerksam zu. Toranaga stand oben auf dem Achterdeck, dell'Aqua unten auf dem Hauptdeck, Alvito neben sich; trotzdem waren ihre Augen nahezu auf gleicher Ebene. »Oder, wenn Ihr wünscht, könntet Ihr auch die Fischerboote vertreiben.«
»Verzeiht, aber das wäre ein unverantwortlicher feindseliger Akt, eine Einmischung in Eure inneren Angelegenheiten, und das könntet Ihr – werdet Ihr – der Fregatte nicht zumuten, Herr Toranaga«, sagte dell'Aqua direkt zu ihm, da ihm Alvitos gleichzeitige Übersetzung wie immer nicht ganz geheuer war. »Das wäre unmöglich – ein offener feindseliger Akt.«
»Was schlagt Ihr dann vor?«
»Bitte, kommt zu uns auf die Fregatte. Laßt uns den Generalkapitän fragen. Er ist ein Militär, wir nicht.«
»Bringt ihn her.«
»Es würde schneller gehen, wenn Ihr dorthin ginget, Euer Gnaden. Ganz abgesehen davon, was für eine große Ehre Ihr uns damit erwieset.«
Toranaga wußte, wie die Dinge standen. Erst vor wenigen Augenblicken hatten sie weitere mit Bogenschützen beladene Fischerboote vom Südufer ablegen sehen, und wenn sie auch im Augenblick nichts zu befürchten hatten, so war es doch klar, daß die schmale Hafeneinfahrt von Feinden starrte.
»Verzeiht, Euer Gnaden«, hatte der Anjin-san im Lauf des zermürbenden Manövers mit der Fregatte gesagt, »ich kann nicht näher an sie herankommen.

Dazu ist Rodrigues viel zu gerissen. Ich kann ihn am Auslaufen hindern, falls der Wind nicht umschlägt, aber ich kann ihn nicht völlig in die Enge treiben, es sei denn, er macht einen Fehler. Wir müssen verhandeln.«
»Wird er einen Fehler machen, und wird der Wind halten?« ließ er durch Mariko fragen.
Sie hatte erwidert: »Der Anjin-san sagt, ein weiser Mann verläßt sich nie auf den Wind. Und der Pilot, Rodrigues, wird keinen Fehler begehen.«
Toranaga hatte erlebt, wie die beiden Piloten sich gegenseitig an Können überboten hatten, und er wußte, daß sie beide Meister auf ihrem Gebiet waren. Außerdem war ihm aufgegangen, daß weder er noch seine Provinzen noch das Reich jemals sicher sein würden ohne moderne Barbaren-Schiffe. Diese Erkenntnis hatte ihn in den Grundfesten erschüttert.
»Aber wie kann ich mit ihnen verhandeln? Was für eine Entschuldigung wäre denkbar, daß sie sich mir gegenüber dermaßen feindselig verhalten? Jetzt ist es meine Pflicht, sie um der Kränkung willen ein für allemal zu vernichten.«
Daraufhin hatte Blackthorne ihm den Trick mit der falschen Flagge erklärt: daß alle Schiffe sich seiner bedienten, um möglichst nahe an ein feindliches Schiff heranzukommen – oder aber um zu versuchen, einem Feind zu entwischen, und Toranaga war ein Stein vom Herzen gefallen, daß es vielleicht doch eine annehmbare Möglichkeit gab, das Gesicht zu wahren.
Jetzt sagte Alvito: »Ich meine, wir sollten sofort hinübergehen, Euer Gnaden.«
»Nun denn«, sagte Toranaga. »Yabu-san, übernehmt Ihr das Kommando über das Schiff. Mariko-san, sagt dem Anjin-san, er soll auf dem Achterdeck bleiben und das Ruder bedienen, und dann kommt mit mir.«
»Jawohl, Euer Gnaden.«
Schon aufgrund der geringen Größe des Langbootes war es Toranaga klar gewesen, daß er nicht mehr als fünf Wachen mitnehmen könne. Aber auch darauf war er vorbereitet gewesen, und der endgültige Plan war ganz einfach: Sollte er die Fregatte nicht bewegen können, ihm zu helfen, dann würden er und seine Wachen den Generalkapitän, den Piloten und die Priester töten und sich in einer der Kammern verbarrikadieren. Gleichzeitig sollte die Galeere sich dann vor den Bug der Fregatte legen, genauso, wie der Anjin-san es vorgeschlagen hatte, und dann würden sie gemeinsam versuchen, die Fregatte im Sturm zu nehmen. Entweder sie nahmen sie oder sie nahmen sie nicht – auf jeden Fall würde es rasch zu einer Lösung kommen.
»Euer Gnaden«, sagte Alvito, »erlaubt, daß ich den Anjin-san einlade, uns zu begleiten?«
»Warum?«
»Mir ist eingefallen, daß er vielleicht gern seinen Kollegen, den Anjin Rodrigues, begrüßen würde. Der Mann hat ein Bein gebrochen und kann nicht hierherkommen. Rodrigues würde ihn gern wiedersehen und sich dafür bedanken, daß er ihm das Leben gerettet hat, wenn Ihr nichts dagegen habt.«
Toranaga sah keinen Grund, warum der Anjin-san nicht mitkommen sollte. Der

Mann stand unter seinem Schutz und war daher unantastbar. »Wenn er es möchte, gut. Mariko-san, begleitet Tsukku-san.«
Mariko verneigte sich. Sie wußte, daß es ihre Aufgabe war, zuzuhören und zu berichten und zu gewährleisten, daß alles, was gesagt wurde, richtig berichtet wurde und nichts ausgelassen. Sie fühlte sich jetzt besser, ihre Frisur und ihr Gesicht waren gerichtet. Von der Dame Fujiko hatte sie sich einen frischen Kimono geliehen, und den linken Arm trug sie in einer ordentlichen Schlinge. Einer der Steuermänner, der ein wenig von der Heilkunst verstand, hatte ihr die Wunde verbunden. Beim Schnitt in ihren Oberarm waren keine Sehnen durchtrennt worden, und die Wunde schwärte auch nicht. Ein Bad würde sie restlos wieder hergestellt haben, aber an Bord zu baden war nicht möglich.
Gemeinsam ging sie mit Alvito zurück zum Achterdeck. Er sah den Dolch in Blackthornes Schärpe und bemerkte, wie gut der etwas beschmutzte Kimono ihm zu passen schien. Wie weit hat er sich schon in Toranagas Vertrauen eingeschlichen, fragte er sich. »Gutgemacht, Kapitän-Pilot Blackthorne.«
»Mögt Ihr in der Hölle schmoren, Pater!« erwiderte Blackthorne gutgelaunt.
»Vielleicht treffen wir uns dort wieder, Anjin-san. Sehr gut möglich sogar. Toranaga sagt, Ihr könnt mit an Bord der Fregatte kommen.«
»Ist das ein Befehl von ihm?«
»Falls Ihr es wünscht, hat er gesagt.«
»Ich will aber nicht.«
»Rodrigues möchte sich noch einmal bei Euch bedanken und würde sich freuen, Euch wiederzusehen.«
»Übermittelt ihm meine Grüße und sagt, wir sehen uns in der Hölle wieder. Oder hier!«
»Sein Bein macht ihm das unmöglich.«
»Was macht sein Bein denn?«
»Es heilt. Durch Eure Hilfe und mit der Gnade Gottes wird er wieder gehen können. Allerdings wird er wohl immer hinken.«
»Sagt ihm, ich wünsche ihm alles Gute. Ihr geht jetzt besser, Pater, es ist nur Zeitverschwendung.«
»Rodrigues würde Euch gern sehen. Er hat den Grog schon bereitgestellt und einen schönen gebratenen Kapaun mit frischem Gemüse, Sauce und frisches Brot und heiße zerlassene Butter. Es wäre schade, ein so gutes Mahl verkommen zu lassen, Pilot.«
»Was?«
»Wir haben goldenes Brot, Kapitän-Pilot, frischen Zwieback und eine Rinderlende. Frische Orangen aus Goa und selbst eine Gallone Madeira zum Runterspülen – oder Brandy, falls Ihr den vorzieht. Es gibt sogar Bier. Und der Macao-Kapaun ist knusprig gebraten und zergeht auf der Zunge. Der Generalkapitän ist ein Epikuräer.«
»Gott schick Euch in die Hölle.«
»Das wird Er tun, wenn es Ihm gefällt. Ich sage Euch nur, was es gibt.«

Der plötzliche Wandel im Gesichtsausdruck Blackthornes war Pater Alvito nicht entgangen. Er vermeinte fast, seine Speicheldrüsen arbeiten zu sehen und zu spüren, wie sich Blackthorne der Magen zusammenzog. Als er heute abend gesehen hatte, wie in der Offiziersmesse der Tisch gedeckt worden war, das schimmernde Silber und das weiße Tischtuch, und die Stühle, richtige ledergepolsterte Stühle, war ihm selbst ganz schwach im Magen geworden vor Hunger. Es ist so einfach, einen Menschen zu fangen, sagte er sich. Man braucht nur den richtigen Köder auszuwerfen. »Auf Wiedersehen, Kapitän-Pilot!« Pater Alvito wandte sich zum Gehen – und Blackthorne folgte ihm.

»Was fehlt Euch, Ingeles?« fragte Rodrigues.
»Wo ist das Essen? Dann können wir uns unterhalten. Erst aber das Essen, das Ihr mir versprochen habt.« Blackthorne stand mit zitternden Knien auf dem Hauptdeck.
»Bitte, folgt mir«, sagte Alvito.
»Wohin bringt Ihr ihn, Pater?«
»Selbstverständlich in die Offiziersmesse. Blackthorne kann essen, während Herr Toranaga und der Generalkapitän sich unterhalten.«
»Nein. Er kann in meiner Kammer essen. Bootsmann! Sorgt dafür, daß der Pilot sofort was zu essen kriegt – alles, was er braucht, und zwar in meiner Kammer – alles, was auf dem Tisch in der Messe steht. Ingeles, wollt Ihr Grog, Wein oder Bier?«
»Erst Bier und hinterher Grog.«
»Bootsmann, sorgt dafür. Bringt ihn nach unten. Und hört zu, Pesaro, gebt ihm was zum Anziehen aus meiner Kiste, und Schuhe – alles, was er braucht. Und bleibt bei ihm, bis ich Euch rufen lasse.«
Wortlos folgte Blackthorne dem Bootsmann Pesaro, einem beleibten Burschen, den Niedergang hinunter. Alvito schickte sich an, zu dell'Aqua und Toranaga zurückzugehen, die sich mit Mariko als Dolmetsch in der Nähe des Niedergangs unterhielten, doch Rodrigues hielt ihn zurück.
»Augenblick, Pater. Was habt Ihr zu ihm gesagt?«
»Nur, daß Ihr ihn gern sehen würdet und daß wir zu essen an Bord hätten.«
»Daß ich ihn zum Essen einlüde?«
»Nein, Rodrigues, das habe ich nicht gesagt. Aber würdet Ihr nicht einem hungrigen Kollegen zu essen anbieten?«
»Der arme Hund ist nicht hungrig – sondern schon am Verhungern. Wenn er in dem Zustand ißt, wird er alles heißhungrig in sich hineinschlingen, und dann wird er alles wieder rauskotzen wie eine besoffene Hure. Nein, wir würden es nicht gern sehen, daß einer von uns, und selbst wenn er ein Ketzer ist, vor Toranaga wie ein Tier frißt und wie ein Tier kotzt, nicht wahr, Pater? Nicht vor so einem Hurensohn – ganz besonders nicht vor jemand, der so lauter denkt wie ein Hurenloch voll Eiterschleim!«
»Ihr müßt lernen, Eure Zunge im Zaum zu halten und nicht so zu fluchen, mein

Sohn«, sagte Alvito. »Sonst kommt Ihr in die Hölle. Ihr tätet gut daran, tausend Ave-Marias zu sprechen und zwei Tage lang zu fasten. Nur Brot und Wasser! Als Buße!«

»Vielen Dank, Pater, das werde ich tun. Mit Freuden. Und wenn ich niederknien könnte, würde ich auch das tun und Euer Kreuz küssen.«

Ferriera rief vom Niedergang her: »Rodrigues, kommt Ihr herunter?«

»Ich bleib' an Deck, solange diese Hexe von Galeere da ist, Generalkapitän. Wenn Ihr mich braucht – ich bin hier.« Alvito schickte sich an zu gehen. »Moment noch, Pater. Wer ist denn die Frau?«

»Das ist Donna Maria Toda. Eine von Toranagas Dolmetschern.«

Rodrigues pfiff lautlos durch die Zähne. »Ist sie gut?«

»Sehr gut sogar.«

»Dumm, sie an Bord zu lassen. Warum habt Ihr ›Toda‹ gesagt? Ist sie eine von Toda Hiro-matsus Nebenfrauen?«

»Nein, sie ist die Gemahlin seines Sohnes.«

»Dumm, sie an Bord kommen zu lassen.« Rodrigues winkte einem der Matrosen. »Sag überall Bescheid, daß diese Frau portugiesisch spricht.«

»Jawohl, Senhor.« Der Mann eilte davon, und Rodrigues wandte sich wieder Pater Alvito zu.

Der Priester ließ sich von Rodrigues Zorn nicht im mindesten beeindrucken. »Die Dame Maria spricht auch lateinisch – und zwar genauso gut. Noch etwas, Pilot?«

»Nein, vielen Dank. Vielleicht ist es besser, ich fange jetzt gleich mit meinen Ave-Marias an.«

»Ja, tut das nur!« Der Priester schlug ein Kreuz und ging. Rodrigues spuckte ins Speigatt, und einer der Rudergasten zuckte zusammen und bekreuzigte sich.

»Nagel dich doch an deiner grünschillernden, verrotteten Vorhaut an den Mast!« zischte Rodrigues.

»Jawohl, Käpt'n-Pilot, Verzeihung, Senhor. Aber die frommen Väter machen mich immer ganz nervös. War nicht bös gemeint.« Der junge Mann sah, wie die letzten Sandkörner durch den Hals des Stundenglases rannen, und drehte es um.

»In einer halben Stunde geh nach unten, nimm einen verdammten Eimer Wasser und einen Schrubber und beseitige den Schmutz in meiner Kammer. Sag dem Bootsmann, er soll den Ingeles heraufbringen, und du machst meine Kammer sauber. Und zwar blitzsauber, rate ich dir, sonst laß ich dir die Scheiße aus dem Leib prügeln. Und während du das tust, sprich ein paar Ave-Marias zum Heil deiner gottverdammten Seele.«

»Jawohl, Senhor Pilot«, sagte der junge Mann eingeschüchtert. Rodrigues war ein Fanatiker, was die Sauberkeit betrifft, und seine Pilotenkammer war wie der Heilige Gral des Schiffes. Alles mußte immer makellos sauber sein, egal, was für Wetter sie hatten.

# 27. Kapitel

»Es muß doch eine Lösung geben, Generalkapitän«, sagte dell'Aqua geduldig. »Wollt Ihr, daß wir einen feindlichen Akt gegen eine befreundete Nation begehen?«

»Selbstverständlich nicht.«

Alle im großen Messeraum wußten, daß sie in einer Zwickmühle saßen. Ein feindseliger Akt stellte sie fraglos an Toranagas Seite gegen Ishido, was sie auf alle Fälle vermeiden mußten, falls am Ende doch Ishido als Sieger aus allem hervorging. Im Augenblick beherrschte Ishido Osaka, die Hauptstadt Kyoto und die Mehrheit der Regenten. Und jetzt kontrollierte Ishido durch die *Daimyos* Onoshi und Kiyama auch noch den größten Teil der südlichen Insel Kyushu, und mit Kyushu den Hafen Nagasaki, das Zentrum des gesamten Handels, und mit dem Handel das Schwarze Schiff dieses Jahres.

Toranaga sagte über Pater Alvito: »Was ist denn so schwierig? Ich will doch weiter nichts, als daß Ihr die Hafeneinfahrt von Piraten säubert.«

Toranaga thronte voller Unbehagen auf dem Ehrenplatz, einem hochlehnigen Sessel am großen Tisch. Neben ihm saß Alvito, der Generalkapitän ihm gegenüber, dell'Aqua neben dem Generalkapitän. Mariko stand hinter Toranaga, und die Samurai-Wachen warteten neben der Tür, den bewaffneten Matrosen gegenüber.

Dell'Aqua beugte sich vor. »Vielleicht solltet Ihr Boten an Land schicken für Herrn Ishido, Euer Gnaden. Vielleicht liegt die Lösung im Verhandeln. Wir könnten dieses Schiff als neutralen Ort für die Verhandlungen zur Verfügung stellen. Vielleicht könnte man auf diese Weise den Krieg beendigen.«

Toranaga lachte verächtlich. »Was für einen Krieg? Wir sind nicht im Krieg, Ishido und ich.«

»Aber, Euer Gnaden, wir haben die Schlacht an Land gesehen.«

»Seid doch nicht kindisch! Wer ist denn getötet worden? Ein paar wertlose *Ronin*. Wer hat wen angegriffen? Nur *Ronin*, Banditen und im Irrtum befangene Eiferer.«

»Und der Hinterhalt? Wir haben gehört, daß Graue gegen Braune gekämpft haben.«
»Die Banditen haben uns beide angegriffen, Braune wie Graue. Meine Leute haben nur gekämpft, um mich zu beschützen. Bei nächtlichen Scharmützeln kommt es oft zu einem Versehen. Wenn Braune Graue getötet haben oder Graue Braune, dann war das ein bedauerlicher Irrtum. Wir führen keinen Krieg.«
Toranaga sah ihre ungläubigen Mienen und fügte noch hinzu: »Tsukku-san, sagt ihnen, diese lächerlichen Scharmützel und Mordversuche sind doch nichts weiter als Versuche, abzuschätzen, wie weit man gehen kann – und die man sofort vergißt, wenn sie fehlschlagen. Das heute nacht ist nicht weiter von bleibender Bedeutung. Keiner von Euch versteht etwas vom Reich und von unserer Politik. Wie solltet Ihr auch? Selbstverständlich versucht Ishido, mich umzubringen. Das versuchen aber viele andere *Daimyos* auch. Sie haben es in der Vergangenheit getan, und sie werden es auch in Zukunft wieder versuchen. Hört, wenn ich getötet werde, dann würde das die Dinge für Ishido, den wahren Feind, zwar vereinfachen, aber nur vorübergehend. Ich sitze jetzt in seiner Falle, und wenn ich nicht aus dieser Falle herauskomme, so bringt ihm das nicht mehr als einen momentanen Vorteil. Aber eines solltet Ihr wissen, alle, und zwar unmißverständlich: Mein Tod würde weder die Ursache des Krieges beseitigen noch weitere Konflikte verhindern. Nur wenn Ishido stirbt, wird es keinen Konflikt mehr geben. Keinen einzigen!« Er rutschte auf seinem Sessel hin und her; der Geruch der mit Öl zubereiteten Speisen und ungewaschenen Leiber bereitete ihm Unbehagen. »Wir haben es jedoch mit einem unmittelbar vor uns liegenden Problem zu tun. Ich brauche Eure Kanonen. Und zwar sofort. Piraten lauern mir an der Hafeneinfahrt auf. Ich habe vor kurzem zu Euch gesagt, jeder müsse sich entscheiden, auf welche Seite er sich stellen will, Tsukku-san. Also: Wo steht Ihr und Euer Führer und die gesamte christliche Kirche? Sind meine portugiesischen Freunde für mich oder gegen mich?«
Dell'Aqua sagte: »Ihr könnt versichert sein, Herr Toranaga, daß wir für Eure Interessen eintreten.«
»Gut! Dann räumt die Piraten sofort aus dem Weg!«
»Aber das wäre ein kriegerischer Akt, und darin liegt kein Gewinn. Vielleicht könnten wir einen Handel abschließen, eh?« sagte Ferriera.
Alvito dolmetschte seine Worte nicht, sondern sagte statt dessen: »Der Generalkapitän sagte, wir versuchten nur, uns nicht in Eure Politik einzumischen, Herr Toranaga. Wir sind Kaufleute.«
Auf japanisch wandte sich Mariko an Toranaga: »Verzeiht, Euer Gnaden, aber das war nicht richtig. Das hat er nicht gesagt.«
Alvito seufzte. »Ich habe nur einige seiner Wörter etwas umgestellt, Euer Gnaden. Der Generalkapitän kennt sich in puncto Höflichkeit nicht aus, denn er ist ein Fremder.«
»Aber Ihr wohl, Tsukku-san?« frage Toranaga.

»Ich bemühe mich, Euer Gnaden.«
»Was hat er denn wirklich gesagt?«
Alvito sagte es ihm.
Nach einer Pause meinte Toranaga: »Der Anjin-san hat mir erzählt, die Portugiesen wären am Handel sehr interessiert, bewiesen dabei aber weder Manieren noch Witz. Ich verstehe und nehme Eure Erklärung an, Tsukku-san. Aber von jetzt an dolmetscht bitte alles, wie es gesagt wurde!«
»Jawohl, Euer Gnaden.«
»Sagt dem Generalkapitän: Sobald der Konflikt beendet ist, werde ich den Handel ausweiten. Ich trete *für* den Handel ein, Ishido nicht.«
Dell'Aqua war der Wortwechsel nicht entgangen, und er hoffte nur, daß Alvito Ferrieras Dummheiten hatte vertuschen können. »Wir sind keine Politiker, Euer Gnaden; wir sind Diener Gottes und vertreten den Glauben und die Gläubigen. Wir unterstützen Eure Interessen. Gewiß!«
»Ich stimme zu. Ich habe nur gedacht...« Alvito unterbrach sich beim Dolmetschen. Sein Gesicht hellte sich auf, und er ließ Toranagas Japanisch für einen Augenblick außer acht. »Tut mir leid, Eminenz, aber Herr Toranaga hat gesagt: Ich habe daran gedacht, Euch aufzufordern, einen Tempel, einen großen Tempel in Yedo zu bauen als Zeichen meines Vertrauens in Eure Absichten.«
Jahrelang, schon seitdem Toranaga Herr der Acht Provinzen geworden war, hatte dell'Aqua auf dieses Zugeständnis hingearbeitet. Es jetzt zu bekommen, in der drittgrößten Stadt des Reiches, das war unschätzbar. Der Pater Visitator wußte, daß er jetzt nicht drum herumkam, die Frage nach den Kanonen zu beantworten. »Dankt ihm, Martin Tsukku-san«, sagte er und benutzte das Stichwort, auf das er sich vorher mit Pater Alvito geeinigt hatte, um sein Einverständnis zu erkennen zu geben und ihre Marschroute festzulegen. »Und sagt ihm, ich werde ihm stets zu Diensten sein. Ach ja, und fragt ihn, was er sich in bezug auf die Kathedrale gedacht hat.« Letzteres war für den Generalkapitän bestimmt.
»Vielleicht darf ich mich im Moment direkt an Euch wenden, Euer Gnaden«, wandte Alvito sich an Toranaga. »Mein Gebieter dankt Euch und sagt, was Ihr begehrt, lasse sich vielleicht machen. Er wird sich bemühen, Euch beizustehen.«
»Sich bemühen ist ein abstraktes Wort und ungenügend.«
»Jawohl, Euer Gnaden.« Alvito warf einen Blick auf die Wachen, die selbstverständlich zuhören konnten. »Aber ich erinnere mich, daß Ihr früher einmal gesagt habt, bisweilen sei es weise, abstrakt zu sein.«
Toranaga verstand augenblicklich, was er sagen wollte. Er gab seinen Wachen einen Wink, sich zurückzuziehen. »Wartet draußen, alle!«
Voller Unbehagen gehorchten sie. Alvito wandte sich an Ferriera. »Wir brauchen Eure Wachen im Moment nicht, Generalkapitän.«
Nachdem die Samurai gegangen waren, schickte auch Ferriera seine Männer hinaus und sah zu Mariko hinüber. Er trug seine Pistolen im Gürtel und hatte eine dritte in seinem Stiefel versteckt.

Alvito sagte zu Toranaga: »Vielleicht möchtet Ihr, daß die Dame Mariko sitzt, Euer Gnaden?«

Abermals begriff Toranaga. Er überlegte einen Moment, nickte dann halb und sagte, ohne sich umzudrehen: »Mariko-san, nehmt eine von meinen Wachen und sucht den Anjin-san. Bleibt bei ihm, bis ich Euch rufen lasse.«

»Jawohl, Euer Gnaden.«

Die Tür schloß sich hinter ihr. Jetzt waren die vier allein.

»Wie lautet das Angebot?« wollte Ferriera wissen.

»Geduld, Generalkapitän«, erwiderte der Pater Visitator, trommelte mit den Fingern auf sein Kreuz und betete um Erfolg.

»Euer Gnaden«, begann Alvito, an Toranaga gewandt, »mein Gebieter sagt, daß er versuchen wird, alles zu tun, was Ihr verlangt habt. Innerhalb der vierzig Tage. Er wird Euch zwischendurch heimlich Nachricht über die Fortschritte zukommen lassen. Der Kurier werde ich sein, wenn Ihr gestattet.«

»Und wenn er keinen Erfolg hat?«

»Dann liegt das bestimmt nicht daran, daß er nicht versucht hätte, sie zu überreden. Er gibt Euch sein Wort.«

»Vor dem Christengott?«

»Jawohl. Vor Gott.«

»Gut. Ihr werdet mir das schriftlich geben. Mit seinem Siegel versehen.«

»Bisweilen sollten Übereinkommem – heikle Übereinkommen – nicht schriftlich festgehalten werden, Euer Gnaden.«

»Wollt Ihr damit sagen, daß, falls ich mich nicht schriftlich festlege, Ihr es auch nicht zu tun gedenkt?«

»Ich erinnere mich nur daran, daß Ihr einmal selbst gesagt habt, das Wort eines Samurai sei gewißlich mehr wert als ein Stück Papier. Der Pater Visitator gibt Euch sein Wort vor Gott. Euer Ehrenwort genügt dem Pater Visitator vollauf. Ich dachte nur, es würde ihn traurig machen, wenn man ihm so wenig traute. Wünscht Ihr, daß ich ihn um seine Unterschrift bitte?«

Schließlich sagte Toranaga: »Schon gut. Sein Wort vor Gott Jesus, *neh*? Sein Wort vor seinem Gott?«

»Ich gebe es Euch in seinem Namen. Er hat beim heiligen Kreuz geschworen, es zu versuchen.«

»Und Ihr auch, Tsukku-san?«

»Mein Wort habt Ihr gleichfalls, vor meinem Gott – daß ich alles tun werde, um ihm zu helfen, die Herren Onoshi und Kiyama zu bewegen, Eure Verbündeten zu werden.«

»Als Dank dafür werde ich tun, was ich versprochen habe. Am einundvierzigsten Tag könnt Ihr den Grundstein für den größten Christentempel im ganzen Reich legen. – So. Und was ist mit den Piraten? Den Piraten in den Fischerbooten? Ihr werdet sie sofort vertreiben?«

»Wenn Ihr Kanonen hättet, würdet Ihr das dann selbst getan haben, Euer Gnaden?«

»Selbstverständlich, Tsukku-san.«
»Verzeiht, daß ich abschweife, Euer Gnaden, aber wir müssen uns auf einen Plan festlegen. Die Kanonen gehören nicht uns. Bitte, gebt mir einen Augenblick Zeit.« Alvito wandte sich an dell'Aqua. »Was die Kathedrale betrifft, so ist alles abgemacht, Eminenz.« Dann wandte er sich an Ferriera und sagte entsprechend der Art des Vorgehens, auf die sie sich geeinigt hatten: »Ihr könnt von Glück sagen, daß Ihr ihn nicht versenkt habt, Generalkapitän. Herr Toranaga läßt Euch fragen, ob Ihr, wenn Ihr mit dem Schwarzen Schiff wieder nach Goa zurückkehrt, wohl zehntausend Dukaten in Gold für ihn mitnehmen könntet, um es auf dem indischen Goldmarkt anzulegen? Wir würden Euch gern behilflich sein, die Transaktion durch unsere üblichen Kanäle durchführen zu lassen. Herr Toranaga sagt, die Hälfte des Gewinns könntet Ihr einstreichen.« Alvito und dell'Aqua waren sich einig darin, daß, wenn das Schwarze Schiff kam, Toranaga entweder längst wieder als Vorsitzender des Regentschaftsrats eingesetzt wäre und daher mit Freuden diesem gewinnträchtigen Unternehmen zustimmen würde, oder aber tot. »Für Euch sollte dabei mühelos ein Gewinn von viertausend Dukaten herausspringen. Ohne jedes Risiko.«
»Als Gegenleistung für welches Zugeständnis? Das ist schließlich mehr als der Zuschuß, den der König von Spanien Eurer ganzen Gesellschaft Jesu in Asien in einem Jahr gewährt. Also als Gegenleistung für was?«
»Herr Toranaga sagt, die Piraten hinderten ihn am Verlassen des Hafens. Er sollte es schließlich besser wissen als wir, ob es sich um Piraten handelt oder nicht.«
Ferriera antwortete in genau dem gleichen sachlichen Ton, doch beide wußten, daß der nur für Toranagas Ohren bestimmt war. »Ihr seid schlecht beraten, Euer Vertrauen auf diesen Mann zu setzen. Seine Feinde sind es, die alle Trümpfe in der Hand halten. Sämtliche christlichen Fürsten sind gegen ihn. Zumindest die beiden bedeutendsten. Sie haben gesagt, dieser Japs sei ihr eigentlicher Feind. Ich glaube ihnen und nicht diesem mutterlosen Krüppel.«
»Ich bin sicher, Herr Toranaga weiß besser, was Piraten sind und was nicht«, hielt ihm dell'Aqua ungerührt vor. Er kannte den Ausweg aus dem Dilemma genausogut wie Alvito. »Ich nehme an, Ihr habt nichts dagegen, wenn Herr Toranaga es selbst mit den Piraten aufnimmt?«
»Selbstverständlich nicht.«
»Ihr habt reichlich überflüssige Kanonen an Bord, die Ihr nicht benötigt«, sagte der Pater Visitator. »Warum gebt Ihr ihm nicht heimlich ein paar davon? Ihr könnt sie ihm sogar verkaufen. Schließlich verkauft Ihr auch sonst dauernd Waffen. Vier Kanonen sollten mehr als genug sein. Es wäre ein leichtes, sie im Langboot hinüberzuschaffen. Damit wäre die Sache erledigt.«
Ferriera seufzte. »Mit Kanonen, Eminenz, ist an Bord der Galeere nichts anzufangen. Sie haben keine Stückpforten, keine Kanonenseile und keine Lafetten.«
Beide Priester waren bestürzt. »Nicht zu gebrauchen?«
»Vollkommen unbrauchbar.«

»Aber sie könnten doch die entsprechenden Vorrichtungen schaffen, Generalkapitän...«
»Um diese Galeere entsprechend umzubauen, brauchte man mindestens eine Woche.«
»*Nan ja?*« sagte Toranaga argwöhnisch. Er war sich bewußt, daß irgend etwas nicht stimmte, so sehr sie sich auch bemühten, das zu verbergen.
»Wie steht es denn? Toranaga drängt«, sagte Alvito.
Dell'Aqua wußte, daß die Zeit auslief. »Generalkapitän, bitte helft uns. Bitte. Ich bitte Euch offen. Wir haben für die Kirche enorme Zugeständnisse bekommen. Ihr müßt mir glauben, und Ihr müßt uns trauen. Ihr müßt Herrn Toranaga irgendwie aus dem Hafen heraushelfen. Ich bitte Euch im Namen der Kirche.«
Ferriera gestattete sich nicht, seine Gefühle über seinen Sieg offen zu zeigen. Ja, er sprach noch ernsthafter als sonst: »Da Ihr mich im Namen der Kirche um Hilfe bittet, Eminenz, werde ich selbstverständlich tun, was Ihr verlangt. Ich werde ihm aus dieser Falle heraushelfen. Aber dafür verlange ich den Posten des Generalkapitäns für das Schwarze Schiff im nächsten Jahr, gleichgültig, ob die Reise dieses Jahr klappt oder nicht.«
»Das ist eine persönliche Gnade des Königs von Spanien. Ich kann sie Euch nicht gewähren.«
»Weiter: Ich nehme das Angebot mit seinem Gold an, verlange aber die Garantie von Euch, daß der Vizekönig von Goa mir keine Schwierigkeiten macht – und mir auch hier keine gemacht werden.«
»Ihr wagt es zu verlangen, daß ich und die Kirche dafür haften?«
»Es handelt sich um nichts weiter als um eine geschäftliche Abmachung zwischen mir und Euch und diesem Affen.«
»Er ist kein Affe, Generalkapitän. Vergeßt das bitte nicht!«
»Und weiter: Fünfzehn Prozent von der diesjährigen Ladung, und nicht zehn.«
»Unmöglich!«
»Weiter: Um keine Mißverständnisse aufkommen zu lassen, Eminenz, Euer Wort vor Gott – auf der Stelle –, daß weder Ihr noch einer von den Priestern, die Eurer Gerichtsbarkeit unterstehen, mich jemals mit Exkommunikation bedrohen wird, es sei denn, ich begehe in Zukunft ein Sakrileg, was all dies hier nicht ist. Darüber hinaus Euer Wort, daß Ihr und die frommen Väter mir tatkräftig mit diesen beiden Schwarzen Schiffen helfen werdet – auch das vor Gott.«
»Und noch was, Generalkapitän? Das kann doch nicht alles sein? Ihr wollt doch bestimmt noch etwas.«
»Als letztes: Ich verlange den Ketzer.«

Mariko starrte von der Kammertür auf Blackthorne hinunter. Er lag halb bewußtlos auf dem Boden und erbrach sich. Der Bootsmann lehnte sich gegen die Koje und sah sie mit lüsternen Augen und gebleckten gelben Zähnen an.

»Ist er vergiftet, oder ist er betrunken?« fragte sie Totomi Kana, den Samurai neben ihr, und versuchte ohne Erfolg, ihre Nasenlöcher vor dem Gestank des häßlichen Seemanns vor ihr zu schließen – und gegen die immer gegenwärtigen Dünste aus den Bilgen, die das ganze Schiff verpesteten. »Es sieht fast so aus, als ob er vergiftet worden wäre, *neh*?«
»Vielleicht ist er das, Mariko-san. Seht Euch nur diesen Schmutz an!« Der Samurai wies voller Ekel auf den Tisch. Der war mit Holztellern übersät, auf denen die Reste einer blutigroten Rinderlende lagen, ein halbes gebratenes Hähnchen, Brotreste, Käse, übergelaufenes Bier, Butter, eine Schüssel mit Specktunke und eine halbgeleerte Brandyflasche.
Keiner von beiden hatte jemals zuvor Fleisch auf einem Tisch gesehen.
»Was wollt Ihr?« fragte der Bootsmann. »Affen haben hier nichts zu suchen, *wakarimasu*? Keine Affen-sans in dieser Kammer.« Er sah den Samurai an und wollte ihn mit einer Handbewegung fortscheuchen. »Raus! Verpißt Euch!« Seine Augen kehrten zu Mariko zurück. »Wie heißt Ihr? Wie ist Euer Name? *Namu, eh?*«
Mariko mußte sich von dem Anblick des Tisches förmlich losreißen und konzentrierte sich auf den Bootsmann. »Verzeihung, Senhor, aber ich habe Euch nicht verstanden. Was habt Ihr gesagt?«
»Eh?« Dem Bootsmann fiel die Kinnlade herunter. Er war ein großer, dicker Bursche, mit allzu dicht beisammenstehenden Augen, großen Ohren und einem geteerten Rattenschwanz am Hinterkopf. Ein Kruzifix hing von den Speckrollen um seinen Hals herab, und die Pistolen hatte er locker im Gürtel. »Was, Ihr sprecht portugiesisch? Eine Japse, die portugiesisch spricht? Wo habt Ihr denn gelernt zu sprechen wie zivilisierte Menschen?«
»Die – christlichen Väter haben es mich gelehrt.«
»Ich fress'n Besen! Madonna, eine Blumen-san, die reden kann wie ein zivilisierter Mensch!«
Blackthorne erbrach sich aufs neue und machte schwache Anstalten, sich zu erheben.
»Könntet Ihr – bitte, könntet Ihr den Piloten nicht dorthin legen?« Sie zeigte auf die Koje.
»Klar, wenn dieser Affe mitanfaßt.«
»Wer? Verzeihung, was habt Ihr gesagt? Wer?«
»Der da. Der Japs. Er.«
Seine Worte trafen sie wie ein Schlag, und nur unter Aufbietung ihrer ganzen Selbstbeherrschung vermochte sie ruhig zu bleiben. Sie winkte dem Samurai. »Kana-san, würdet Ihr bitte dem Barbaren helfen? Der Anjin-san sollte dort hineingelegt werden.«
»Mit Vergnügen, Mariko-san.«
Gemeinsam hoben die beiden Männer Blackthorne hoch, und er fiel rücklings in die Koje; sein Kopf war ihm zu schwer, und er brabbelte nur Unverständliches.

»Man müßte ihn waschen«, sagte Mariko auf japanisch.
»Jawohl, Mariko-san. Befehlt dem Barbaren, er soll nach Dienern schicken.«
»Ja.« Ihre fassungslosen Augen kehrten wieder zum Tisch zurück. »Essen sie das wirklich?«
Der Bootsmann folgte ihrem Blick. Sogleich beugte er sich vor, riß ein Hühnerbein ab und bot es ihr an.
»Habt Ihr Hunger? Hier, kleine Blumen-san, das ist gut. Ganz frisch – ein echter Macao-Kapaun.«
Sie schüttelte den Kopf.
Das mit grauen Stoppeln übersäte Gesicht des Bootsmanns verzog sich zu einem Grinsen, dann tunkte er das Hühnerbein in die Specksauce und hielt es ihr unter die Nase. »Mit Tunke schmeckt es sogar noch besser. Macht schon, das wird Euch stärken – für das, worauf es ankommt! Es ist ein Macao-Kapaun, sag' ich Euch.«
»Nein – nein, vielen Dank. Fleisch zu essen – Fleisch zu essen, ist verboten. Es verstößt gegen das Gesetz – gegen den Buddhismus und den Shintoismus.«
»In Nagasaki aber nicht!« Der Bootsmann lachte. »Viele Japse essen dauernd Fleisch. Wann immer sie es kriegen – und unseren Grog saufen sie auch. Ein Mann kann nicht ohne Fleisch leben. Macht einen kräftig, daß man stoßen kann wie ein Stier. Hier...« Er bot Kana von dem Kapaun an. »Willst du?«
Kana schüttelte gleichfalls angewidert den Kopf. »*Iyé*.«
Der Bootsmann zuckte mit der Achsel und warf das Hühnerbein achtlos wieder auf den Tisch. »*Iyé* – dann also nicht. Was wolltet Ihr eigentlich hier, Donna Senhorita, eh?«
»Den Anjin... Den Piloten aufsuchen. Herr Toranaga hat mich hergeschickt. Ist der Pilot betrunken?«
»Ja, das und das Essen. Der arme Hund hat zu hastig gefressen und gesoffen. Eine halbe Flasche auf einen Schluck. Diese Ingeles sind alle gleich. Können keinen Grog vertragen und haben keinen Mumm.« Seine Augen tasteten ihren ganzen Körper ab. »Hab' noch nie 'ne Blume geseh'n, die so klein war wie Ihr. Und noch nie mit'm Japs wie mit einem zivilisierten Menschen gesprochen.«
»Nennt Ihr alle japanischen Damen und Samurai Japse und Affen?«
Der Seemann lachte kurz auf. »He, Senhorita, das ist mir nur so rausgerutscht. Das ist für die gewöhnlichen, wißt Ihr, die Hurenweiber in Nagasaki. Hab's nicht bös gemeint. Hab' noch nie mit einer zivilisierten Senhorita gesprochen, hab' nicht mal gewußt, daß es sowas überhaupt gibt.«
»Ich auch nicht, Senhor. Ich habe noch nie mit einem Portugiesen gesprochen außer den frommen Vätern. Wir sind Japaner, *neh*, und keine Japse. Und Affen sind Tiere, oder?«
»Klar.« Der Bootsmann zeigte seine Zahnstummel. »Ihr sprecht wie eine Donna. Ja. War nicht bös gemeint, Donna Senhorita.«
Blackthorne brummelte etwas. Sie trat zur Koje hinüber und schüttelte ihn sanft. »Anjin-san! Anjin-san!«

»Ja? – Ja?« Blackthorne öffnete die Augen. »Ach – hallo – tut mir leid – ich...« Aber der Druck des Schmerzes und die Kammer, die sich um ihn drehte, zwangen ihn, sich wieder hinzulegen.
»Bitte, schickt nach einem Diener, Senhor. Er müßte gewaschen werden.«
»Wir haben zwar Sklaven – aber nicht für sowas, Donna Senhorita. Laßt den Ingeles nur... Was macht 'ne kleine Kotzerei einem Ketzer schon aus?«
»Keine Diener?« fragte sie verblüfft.
»Wir haben Sklaven – Schwarze, aber die sind stinkfaul... mit denen hat man mehr Scherereien, als daß sie einem nutzen. Würd' mich von keinem waschen lassen«, fügte er unter einem verzerrten Grinsen hinzu.
Mariko wußte, daß ihr keine andere Wahl blieb. Möglicherweise brauchte Herr Toranaga den Anjin-san gleich, und es war ihre Pflicht. »Dann brauche ich etwas Wasser«, sagte sie, »um ihn zu waschen.«
»Wir haben ein Faß im Treppenschacht, ein Deck tiefer.«
»Bitte, holt mir was für den Senhor.«
»Schickt ihn doch.« Der Bootsmann zeigte mit dem Finger auf Kana.
»Nein. Ihr werdet es bitte holen. Und zwar sofort.«
Der Bootsmann sah zurück zu Blackthorne. »Seid Ihr seine Geliebte?«
»Nein. Nein, Senhor, ich bin nicht seine Geliebte.«
»Dann seine? Von diesem Aff... diesem Samurai? Oder vielleicht die von dem Fürsten, der grad an Bord gekommen ist? Diesem Tora-was-weiß-ich? Seid Ihr eine von seinen?«
Sie schüttelte den Kopf. »Bitte, würdet Ihr etwas Wasser holen?«
Der Bootsmann nickte und ging hinaus.
»Das ist der häßlichste und übelriechendste Mann, dem ich jemals begegnet bin«, sagte der Samurai. »Was hat er gesagt?«
»Er... der Mann fragte mich, ob... ob ich eine der Gattinnen des Anjin-san sei.«
Der Samurai wollte auf die Tür zustürzen.
»Kana-san!«
»Ich verlange das Recht, im Namen Eures Gatten diese Beleidigung zu rächen. Und zwar auf der Stelle! Als ob Ihr einem Barbaren beiwohnen würdet! Ihr seid Toda Mariko-san! Wie kann er es wagen, Euch so zu beleidigen? Die Beleidigung muß gerächt werden!«
»Das wird sie auch, Kana-san, und vielen Dank. Ja. Ich gestehe Euch das Recht zu. Aber wir sind auf Toranaga-samas Befehl hier! Bis er seine Zustimmung dazu gibt, wäre es nicht recht von Euch, es zu tun.«
»Ihr habt recht. Aber ich bitte Euch in aller Form, Herrn Toranaga noch vor Verlassen dieses Schiffes darum zu ersuchen.«
»Ja. Ich danke Euch für Eure Sorge um meine Ehre.« Was würde Kana wohl tun, wenn er alles wüßte, was gesagt worden ist, fragte sie sich erschrocken. Und was würde Herr Toranaga tun? Oder Hiro-matsu? Oder mein Gatte? Affen? Ach, Madonna, hilf mir, daß ich einen klaren Kopf behalte. Um Kanas Zorn zu beschwichtigen, sprach sie rasch von etwas anderem. »Der Anjin-san sieht

so hilflos aus. Wie ein Baby. Es scheint, Barbaren vertragen keinen Wein. Genauso wie einige von unseren Männern.«
»Ja. Aber das ist nicht der Wein. Es muß an dem liegen, was er gegessen hat.«
Blackthorne wälzte sich unruhig herum, kämpfte damit, das Bewußtsein wiederzuerlangen.
»Sie haben keine Diener auf dem Schiff, Kana-san, deshalb muß ich einspringen.«
Sie fing an, Blackthorne auszukleiden, was wegen ihres Arms nicht ganz leicht war.
»Kommt, laßt mich Euch helfen.« Kana erwies sich als sehr geschickt darin. »Das hab' ich früher auch immer bei meinem Vater gemacht, wenn der Saké ihn überwältigt hatte.«
»Es ist gut für einen Mann, wenn er sich ab und zu betrinkt. Das vertreibt all die bösen Geister.« Mariko sah sich in der Kammer um. »Ich kann es nicht begreifen, wie sie in solchem Schmutz leben können. Das ist ja schlimmer als bei den ärmsten unserer Leute. In der anderen Kammer bin ich vor Gestank fast ohnmächtig geworden.«
»Es ist ekelhaft. Ich bin noch nie zuvor auf einem Barbarenschiff gewesen.«
Die Tür ging auf, und der Bootsmann setzte einen Eimer nieder. Er war schokkiert, Blackthorne nackt daliegen zu sehen, riß eine Wolldecke unter der Koje hervor und breitete sie über ihn. »Der holt sich ja den Tod. Ganz abgesehen von... es ist schändlich, einem Mann *das* anzutun, selbst ihm!«
»Wie bitte?«
»Nichts. Wie heißt Ihr, Donna Senhorita?« Seine Augen glitzerten begehrlich.
Sie antwortete nicht. Sie stieß die Wolldecke beiseite und wusch Blackthorne ab, froh, etwas zu tun zu haben. Sie haßte die Kammer und die widerwärtige Anwesenheit des Bootsmanns. Was sie in der anderen Kammer wohl reden mochten? Ob unser Gebieter sicher ist?
Nachdem sie fertig war, machte sie aus dem Kimono und dem beschmutzten Lendentuch ein Bündel. »Kann das bitte gewaschen werden, Senhor? Könntet Ihr wohl nach einem Sklaven schicken, bitte?«
»Diese Schwarzen sind faule Hunde, das hab' ich Euch doch schon gesagt. Schmeißt sie einfach weg, Donna Senhorita, die Fetzen sind sowieso nichts wert. Unser Pilot-Kapitän Rodrigues hat mir gesagt, ich soll ihm was Anständiges zum Anziehen geben. Hier.« Er machte eine Seekiste auf. »Er hat mir gesagt, ich soll ihm was von seinen Sachen geben.«
»Ich weiß nicht, wie man einen Mann damit kleidet.«
»Er braucht ein Hemd und 'ne Hose und 'n Hosenlatz, Stiefel und 'ne Seejacke.«
Der Bootsmann holte alles heraus und zeigte es ihr. Dann fingen sie und der Samurai gemeinsam an, Blackthorne anzuziehen, der noch immer halb bewußtlos dalag.
»Wie trägt er dies hier?« Sie hielt den dreieckigen, wie einen Beutel gearbeiteten Hosenlatz mit den Bändern daran in die Höhe.

»Madonna, natürlich vorn, so«, sagte der Bootsmann verlegen und fingerte an seinem eigenen Hosenlatz herum. »Das bindet Ihr ihm an der richtigen Stelle über der Hose fest, wie ich gesagt habe. Über seinem Schwengel.«
Fragend betrachtete sie den Hosenlatz des Bootsmanns. Er spürte ihren Blick, und sein Glied begann sich zu regen.
Sie band Blackthorne den Hosenlatz vor und richtete alles sorgfältig, damit sein Geschlecht auch richtig lag. Zu dem Samurai sagte sie leise: »Das ist die lächerlichste Art, sich zu kleiden, die ich jemals erlebt habe.«
»Das muß höchst unbequem sein«, sagte Kana.
Mariko strich sich eine Haarsträhne aus den Augen. »Senhor? Ist der Pilot jetzt richtig angezogen?«
»*Aye*. Bis auf die Stiefel. Hier. Aber das hat noch Zeit.«
Der Bootsmann trat zu ihr herüber, und ihre Nasenlöcher verengten sich. Er senkte die Stimme und wandte dem Samurai den Rücken zu, als er sagte: »Wie wär's mit einem auf die schnelle?«
»Wie bitte?«
»Ihr gefallt mir, Senhorita, eh? Was sagt Ihr dazu? Nebenan ist auch 'ne Koje. Schickt doch Euren Freund nach oben. Der Ingeles ist bestimmt noch über 'ne Stunde kampfunfähig. Ich zahle das übliche.«
»Wie bitte?«
»Ihr könnt Euch 'n Kupfer verdienen – meinetwegen auch drei, wenn Ihr Euch Mühe gebt; dafür bekommt Ihr auch den besten Gockel zwischen hier und Lissabon, eh? Was sagt Ihr dazu?«
Der Samurai sah das Entsetzen in ihren Augen. »Was ist, Mariko-san?«
Mariko schoß an dem Bootsmann vorbei, weg von der Koje. Ihre Worte kamen nur zitternd: »Er... er hat gesagt...«
Kana hatte augenblicklich sein Schwert herausgerissen, doch da starrten ihm schon die Mündungen von zwei gespannten Pistolen entgegen. Trotzdem wagte er einen Sprung.
»Halt, Kana-san!« schrie Mariko. »Herr Toranaga hat jede Feindseligkeit verboten.«
»Komm schon, Affe, mach schon, trau dich, du Miststück! Ihr da! Sagt diesem Affen, er soll sein Schwert wegstecken, sonst ist er ein toter Mann, eh er auch nur furzen kann.«
Mariko stand nur eine Armlänge von dem Bootsmann entfernt. Die Rechte hatte sie noch in ihrem Obi, der Griff des Stiletts lag in ihrer Hand. Doch dann erinnerte sie sich ihrer Pflicht, und sie zog die Hand zurück. »Kana-san, steckt Euer Schwert ein. Bitte. Wir müssen Herrn Toranaga gehorchen! Wir müssen ihm gehorchen!«
Unter größter Selbstbeherrschung tat Kana, wie ihm geheißen.
»Am liebsten würd' ich dich zum Teufel schicken, Japs!«
»Bitte, verzeiht ihm und mir, Senhor«, sagte Mariko und versuchte, möglichst höflich zu bleiben. »Es war ein Mißverständnis, ein Miß...«

»Der Hurensohn mit einem Affengesicht hat blankgezogen! Das war kein Mißverständnis, bei Jesus!« Der Bootsmann leckte sich die Lippen. »Wenn Ihr nett zu mir seid, will ich's nochmal vergessen, kleine Blume! In die Kammer nebenan mit dir, und sag diesem Affen – sag ihm, er soll hierbleiben, dann werd' ich's vergessen.«
»Wie heißt Ihr, Senhor?«
»Pesaro. Manuel Pesaro, warum?«
»Ach, nichts. Verzeiht das Mißverständnis, Senhor Pesaro.«
»Komm jetzt nach nebenan. Mach schon!«
»Was geht da vor? Was...« Blackthorne wußte nicht, ob er wach war oder immer noch träumte; aber er spürte, daß Gefahr drohte. »Was geht hier vor, bei Gott?«
»Dieser stinkende Japs hat blankgezogen.«
»Es war ein – ein Versehen, Anjin-san«, sagte Mariko. »Ich habe mich doch entschuldigt, Senhor Pesaro.«
»Mariko? Seid Ihr das – Mariko-san?«
»*Hai*, Anjin-san. *Honto. Honto.*« Sie trat näher. Die Pistolen des Bootsmanns waren immer noch auf Kana gerichtet. Sie mußte an ihm vorüber, und jetzt kostete es sie noch mehr Überwindung, das zu tun, ohne das Stilett zu ziehen. In diesem Augenblick öffnete sich die Tür. Der noch sehr junge Rudergast trat mit einem Eimer Wasser in die Kammer, riß beim Anblick der gezogenen Pistolen die Augen auf und entfloh.
»Wo ist Rodrigues?« sagte Blackthorne und versuchte, wieder Klarheit in seine Gedanken zu bringen.
»An Deck, wo ein Pilot hingehört«, sagte der Bootsmann mit krächzender Stimme. »Dieser Japs hat es gewagt, blankzuziehen, bei Gott!«
»Helft mir an Deck!« Blackthorne packte die Seiten der Koje. Mariko nahm seinen Arm, konnte ihm jedoch nicht hochhelfen.
Der Bootsmann winkte mit seiner Pistole Kana. »Sagt ihm, er soll mitanfassen. Und sagt ihm, wenn es einen Gott im Himmel gibt, wird er noch vor Sonnenuntergang vom Mastbaum baumeln!«

Der Erste Steuermann Santiago nahm sein Ohr von dem geheimen Astloch in der Wand der großen Offiziersmesse. Das »Nun, das wäre also abgemacht« des Paters Visitator hallte noch in seinem Schädel wider. Lautlos durchquerte er die abgedunkelte Kammer, trat hinaus auf den Gang und schloß die Tür leise hinter sich. Hastig kletterte er den Niedergang hinauf und lief übers Hauptdeck zum Achterdeck, wo Rodrigues mit Mariko sprach. Der Steuermann entschuldigte sich, neigte sich vor, brachte seinen Mund sehr nahe an Rodrigues' Ohr und begann, ihm haarklein zu berichten, was er gehört.
Blackthorne hockte ganz hinten und lehnte sich gegen das Schanzkleid, den Kopf auf die hochgezogenen Knie gebettet. Mariko saß kerzengerade vor Rodrigues, wie es Japanerinnen tun, und Kana, der Samurai, stand bleich daneben.

Bewaffnete Matrosen schwärmten übers Deck, saßen im Krähennest oben, und zwei weitere hatten die Pinne besetzt. Das Schiff trieb immer noch im Wind. Die Nachtluft war frisch, der Hof um den Mond deutlich erkennbar und der Regen nicht sehr fern.
Mariko beobachtete Rodrigues und den Steuermann. Was sie flüsterten, konnte sie nicht hören, doch selbst wenn sie es gekonnt hätte – ihre Erziehung hätte es ihr verboten zu lauschen. Die Wahrung der Privatsphäre in einem Papierhaus war unmöglich ohne Höflichkeit und ohne Rücksichtnahme, und so waren alle Japaner von klein auf gewohnt, zu hören und doch nicht zu hören – zum Wohle aller.
Als sie mit Blackthorne an Deck gekommen war, hatte Rodrigues sich die Ausreden des Bootsmanns angehört sowie ihre zögernde Erklärung, alles sei ihre Schuld, sie habe die Worte des Bootsmanns mißverstanden, und das habe Kana dazu gebracht, sein Schwert zu ziehen, um ihre Ehre zu verteidigen. Der Bootsmann hatte grinsend zugehört; seine Pistolen waren immer noch auf den Rükken des Samurai gerichtet.
»Ich hab' bloß gefragt, ob sie die Geliebte von dem Ingeles ist, wo sie ihn doch ungeniert gewaschen und ihm sein Ding in den Hosenlatz gestopft hat.«
»Steckt die Pistolen weg, Bootsmann!«
»Er ist gefährlich, sag' ich Euch! Laßt ihn in Eisen legen! Dieser Affe hätt' mich glatt abgemurkst, wenn ich nicht schneller gewesen wäre. Knüpft ihn am Mast auf – so machen wir's mit ihnen in Nagasaki.«
»Wir sind nicht in Nagasaki – geht jetzt nach vorn.«
Und als der Bootsmann gegangen war, hatte Rodrigues gefragt: »Was hat er zu Euch gesagt, Senhora? Wirklich gesagt?«
»Es... nichts, Senhor. Bitte!«
»Ich entschuldige mich für die Unverschämtheit dieses Mannes Euch und dem Samurai gegenüber. Ich bitte Euch beide in aller Form, die Beleidigungen des Bootsmanns zu vergessen. Es hilft weder Eurem noch meinem Lehnsherrn, wenn wir hier Scherereien an Bord kriegen. Ich verspreche Euch, daß ich zu gegebener Zeit auf meine Weise mit ihm abrechnen werde.«
Sie hatte mit Kana gesprochen, und nach langem Hin und Her hatte er sich schließlich zögernd einverstanden erklärt.
»Kana-san sagt, es sei in Ordnung, aber falls er dem Bootsmann Pesaro jemals an Land begegnet, werde er seinen Kopf nehmen.«
»Das ist nur fair, bei Gott. *Domo arigato*, Kana-san«, sagte Rodrigues lächelnd, »und *domo arigato goziemashita*, Mariko-san.«
»Ihr sprecht japanisch?«
»O nein, nur das eine oder andere Wort. Denn ich habe eine Frau in Nagasaki.«
»Ach! Dann seid Ihr also schon lange in Japan?«
»Dies ist meine zweite Reise von Lissabon hierher. Alles in allem bin ich jetzt sieben Jahre in diesen Gewässern – zwischen hier und Nagasaki, Macao und

Goa. Meine Frau spricht ein bißchen portugiesisch, wenn auch bei weitem nicht so gut wie Ihr. Ihr seid natürlich Christin, oder?«
»Ja.«
»Meine Frau ist Konvertitin. Ihr Vater ist ein Samurai, wenn auch kein bedeutender. Sein Lehnsherr ist Herr Kiyama.«
»Eure Gattin ist zu beglückwünschen zu einem solchen Gatten«, sagte Mariko höflich, fragte sich jedoch erschrocken, wie es nur möglich sei, mit einem Barbaren zu leben oder ihn gar zu heiraten? Trotz aller guten Manieren konnte sie nicht umhin zu fragen: »Ißt – ißt Eure Gattin auch Fleisch, wie... wie das in der Kammer?«
»Nein«, erwiderte Rodrigues lachend und entblößte seine kräftigen weißen Zähne. »Und in meinem Haus in Nagasaki esse ich auch kein Fleisch. Nur auf See oder in Europa. Es ist nun mal so Sitte bei uns. Tausend Jahre vor dem Erscheinen Buddhas war es auch hier Sitte, *neh?* Ehe Buddha kam, das Tao aufzuzeigen, aßen alle Menschen Fleisch.«
Mariko dachte darüber nach. Dann sagte sie: »Nennen alle Portugiesen uns Affen? Und Japse? Hinter unserem Rücken?«
Rodrigues zupfte an dem Ohrring, den er trug. »Nennt Ihr uns nicht Barbaren? Selbst ins Gesicht hinein? Wir sind zivilisiert – zumindest bilden wir uns das ein, Senhora. In Indien, dem Land Buddhas, nennen sie die Japaner ›Östliche Teufel‹ und gestatten ihnen nicht, an Land zu gehen, wenn sie bewaffnet sind. Ihr dagegen nennt die Inder ›Schwarze‹ und ›Nichtmenschen‹. Wie nennen die Chinesen die Japaner? Wie nennt Ihr die Chinesen? Und wie die Koreaner? Knoblauchfresser, *neh?*«
»Ich glaube nicht, daß Herrn Toranaga das gefallen würde. Oder Herrn Hiromatsu – oder auch dem Vater Eurer Gattin.«
»Jesus hat gesagt: ›Zieh zuerst den Splitter aus deinem Auge, ehe du den Balken aus meinem Auge ziehst!‹«
Darüber sann sie nach, während sie den Ersten Steuermann dem portugiesischen Piloten so dringlich etwas ins Ohr flüstern sah. Es stimmt: Wir rümpfen die Nase über andere Völker. Aber schließlich sind wir die Bewohner des Landes der Götter und daher besonders auserwählt von den Göttern. Wir allein unter allen Völkern werden von einem göttlichen Kaiser beschützt. Sind wir daher nicht einzigartig und allen anderen überlegen? Ach Madonna, dieser Rodrigues-Anjin ist genauso merkwürdig wie der englische Anjin. Was ist bloß an ihnen? Macht das ihre Erziehung? Was sie tun, ist unglaublich, *neh*? Wie können sie nur um die Erde herumsegeln und so sicher übers Wasser ziehen wie wir übers Land?
Der Erste Steuermann senkte die Stimme noch mehr.
»Was hat er gesagt?« entfuhr es Rodrigues unwillkürlich. Dann sah Mariko, wie die beiden zu Blackthorne hinüberblickten.
»Was ist sonst noch passiert?« fragte Rodrigues vorsichtig. Plötzlich ging ihm auf, daß Mariko sie beobachtete.

Der Steuermann berichtete ihm hinter vorgehaltener Hand. »Wie lange werden sie unten bleiben?«
»Sie prosten sich zu und trinken auf den Handel.«
»Diese Hunde!« Rodrigues packte den Steuermann bei seinem Hemd. »Kein Wort über dies alles, bei Gott! Und bei Eurem Leben!« Er sah zu Blackthorne hinüber. »Weckt ihn auf!«
Der Steuermann ging hinüber und rüttelte ihn unsanft.
»Was is'n, he?«
»Schlagt ihm ins Gesicht!«
Santiago gab ihm eine Maulschelle.
»Jesus Christus, ich...« Blackthorne war augenblicklich auf den Beinen, das Gesicht brennend rot, doch schwankte er und fiel hin.
»Verdammt, wacht auf, Ingeles!« Wütend stieß Rodrigues mit dem ausgestreckten Finger auf die beiden Rudergasten. »Werft ihn über Bord!«
»Eh?«
»Sofort! Macht schon!«
Die beiden Männer beeilten sich, ihn aufzuheben. Mariko fuhr dazwischen: »Pilot Rodrigues, Ihr dürft nicht...« Doch noch ehe sie oder Kana reagieren konnten, hatten die beiden Männer Blackthorne über die Reling geworfen. Er fiel sieben Meter, klatschte mit dem Bauch auf, daß es nur so spritzte, und verschwand. Gleich darauf kam er prustend und schluckend wieder an die Oberfläche und drosch auf das Wasser ein, dessen eisige Kälte ihm wieder einen klaren Kopf machte.
Rodrigues raffte sich aus seinem Seestuhl heraus. »Madonna, helft mir!« Einer von den Rudergasten sprang herbei, ihm behilflich zu sein, während der Erste Steuermann ihn bereits unterm Arm gepackt hatte. »Herrgott, gebt acht, denkt an meinen Fuß, ihr Böcke!«
Sie halfen ihm, an die Reling hinüberzugehen. Blackthorne schluckte und prustete immer noch, doch jetzt schwamm er auf den Schiffsrumpf zu und schickte denen, die ihn über Bord geworfen hatten, einen Schwall von Flüchen zu.
»Zwei Strich Steuerbord!« befahl Rodrigues. Das Schiff fiel leicht vom Wind ab und entfernte sich von Blackthorne. Dann rief, schrie Rodrigues hinunter: »Bleibt von meinem Schiff weg, Teufel nochmal!« Und dann eindringlich zu seinem Ersten Steuermann: »Nehmt das Langboot, fischt ihn raus, und bringt ihn an Bord der Galeere. Schnell! Sagt ihm...« Und dann senkte er die Stimme zu einem leisen Flüstern.
Mariko war froh, daß Blackthorne nicht ertrinken mußte. »Pilot, der Anjin-san steht unter Herrn Toranagas Schutz! Ich verlange, daß er sofort herausgefischt wird!«
»Gleich, Mariko-san!« Rodrigues fuhr fort, eindringlich auf Santiago einzureden, der nickte und dann fortlief. »Tut mir leid, Mariko-san, *gomen kudasai*, aber es war dringend. Der Ingeles mußte aufgeweckt werden. Ich wußte ja, daß er schwimmen kann. Es ist wichtig, daß er einen klaren Kopf kriegt.«

»Warum?«
»Ich bin sein Freund. Hat er Euch das nicht erzählt?«
»Doch. Aber England und Portugal führen Krieg miteinander.«
»Stimmt! Aber Piloten sollten über dem Krieg stehen!«
»Wem gilt dann Eure Pflicht?«
»Der Flagge!«
»Bedeutet das nicht, Eurem König?«
»Ja und nein, Senhora. Ich war dem Ingeles ein Leben schuldig.« Rodrigues beobachtete das Langboot. »Gleichen Kurs weiterlaufen – und jetzt dreht wieder in den Wind«, befahl er dem Rudergast.
Er wartete, beobachtete immer wieder den Wind, paßte auf Untiefen auf und ließ das ferne Ufer nicht aus den Augen. Der Mann mit dem Bleilot meldete die Wassertiefe. Die Matrosen hatten Blackthorne aus dem Wasser gezogen und legten sich jetzt mit aller Macht in die Riemen, um die Galeere zu erreichen. Mariko konnte ihre Gesichter schon nicht mehr deutlich erkennen. Jetzt verschmolz der Anjin-san mit dem anderen Mann, der dicht neben ihm stand, jener, der Rodrigues zugeflüstert hatte.
»Was habt Ihr zu ihm gesagt, Senhor? Zu dem, den Ihr hinter dem Anjin-san hergeschickt habt.«
»Ach, nur, daß ich dem Ingeles alles Gute wünsche – und Mast- und Schotbruch!« Die Antwort kam gleichmütig und unverbindlich.
Als Rodrigues das Langboot neben der Galeere längsseits gehen sah, atmete er wieder ruhiger. »Gegrüßet seist du, Maria.«
Der Generalkapitän und die Jesuiten kamen von unten herauf. Toranaga und seine Wachen folgten ihnen.
»Rodrigues! Laßt das Langboot zu Wasser. Die Patres gehen an Land«, sagte Ferriera.
»Und dann?«
»Und dann stechen wir in See. Nach Yedo.«
»Warum nach Yedo? Ich dachte, wir wollten nach Macao«, sagte Rodrigues, ein Bild der Unschuld.
»Zuerst bringen wir Toranaga zurück nach Yedo.«
»Was tun wir? Und die Galeere?«
»Die bleibt – oder sie kämpft sich ihren Weg frei.«
Rodrigues schien noch ernster und sah erst zur Galeere hinüber, dann auf Mariko. Er sah ihre vorwurfsvollen Augen.
»*Matsu*«, sagte der Pilot leise zu ihr.
»Was?« fragte Pater Alvito. »Geduld? Warum Geduld, Rodrigues?«
Ferriera starrte auf die Galeere? »Was macht denn unser Langboot dort?«
»Ich hab' den Ketzer zurückgeschickt an Bord.«
»Ihr habt *was*?«
»Ich hab' den Ingeles zurückgeschickt. Er hat mich beleidigt, und da hab' ich den Kerl über Bord werfen lassen. Ich hätt' ihn ja auch absaufen lassen können,

aber er konnte schwimmen, und da hab' ich den Steuermann geschickt, ihn rauszufischen und ihn zurückzubringen zur Galeere, denn er scheint ja das Wohlwollen des Herrn Toranaga zu besitzen. Ist was?«
»Holt ihn zurück an Bord.«
»Dann müßte ich schon ein bewaffnetes Prisenkommando rüberschicken, Generalkapitän. Wollt Ihr das? Er hat geflucht und Gift und Galle auf uns gespuckt. Freiwillig kommt er diesmal nicht.«
»Ich will ihn aber wieder hier an Bord haben.«
»Worum geht es denn? Habt Ihr nicht gesagt, die Galeere soll sowieso hierbleiben und sich freikämpfen oder sonstwas? Also, was soll's? Damit steckt der Ingeles doch bis zum Hals in der Scheiße. Soll er! Wer braucht den Scheißkerl denn überhaupt? Die Patres sind doch gewiß heilfroh, daß er ihnen aus den Augen ist, eh, Pater?«
Dell'Aqua gab keine Antwort. Und Alvito auch nicht. Damit war der Plan durchkreuzt, den Ferriera aufgestellt und den sie und Toranaga gebilligt hatten: daß die Priester sofort an Land gehen und Ishido, Kiyama und Onoshi beruhigen sollten; sie sollten so tun, als hätten sie Toranagas Redereien über die Piraten geglaubt und nicht gewußt, daß er aus der Burg »entkommen« sei. Inzwischen würde die Fregatte auf die Hafeneinfahrt zulaufen und es der Galeere überlassen, die Fischerboote auf sich zu ziehen. Sollte es zu einem offenen Angriff auf die Fregatte kommen, würde der mit Kanonen abgeschlagen werden, und damit wären die Würfel gefallen.
»Aber die Fischerboote werden uns nicht angreifen«, hatte Ferriera gemeint. »Sie müssen ja die Galeere nehmen. Ihr, Eminenz, müßt Ishido klarmachen, daß uns keine andere Wahl blieb. Schließlich ist Toranaga Vorsitzender des Regentschaftsrats. Und zuletzt: Der Ketzer bleibt an Bord.«
Keiner der Priester hatte gefragt, warum. Und Ferriera hatte seine Gründe selbstverständlich nicht freiwillig preisgegeben. Jetzt wollte er am liebsten schreien. Ich wollte ihn ertrinken sehen. Mann über Bord – auf hoher See – kurz vor Morgengrauen – keine Spuren, keine Zeugen – einfach so. Toranaga würde die Wahrheit nie erfahren; ein tragischer Unglücksfall. Und es war das Schicksal, das Blackthorne verdient hätte. Der Generalkapitän wußte genau, daß ein Pilot nichts auf Erden mehr fürchtete als den Tod durch Ertrinken.
»*Nan ja?*« fragte Toranaga.
Pater Alvito erklärte ihm, daß der Pilot auf der Galeere sei und warum. Toranaga wandte sich an Mariko, die nickte und noch hinzufügte, was Rodrigues vorher gesagt hatte.
Toranaga trat an die Reling und starrte hinaus in die Dunkelheit. Er wußte, daß der Anjin-san ein politisches Ärgernis war und dies eine einfache Möglichkeit, von den Göttern herbeigeführt, ihn loszuwerden. Will ich das? Die christlichen Priester werden selbstverständlich glücklich sein, wenn der Anjin-san verschwindet, dachte er.
Es ist *Karma*, daß der Anjin-san jetzt auf der Galeere ist und nicht hier. *Neh?*

Also wird der Anjin-san mit dem Schiff, mit Yabu, den anderen und den Musketen untergehen, und auch das ist *Karma*. Die Musketen kann ich entbehren, Yabu kann ich entbehren – aber den Anjin-san?
Doch, auch ihn.
Schließlich habe ich noch acht weitere von diesen sonderbaren Barbaren. Vielleicht kommt ihr gemeinsames Wissen dem seinen gleich oder übertrifft es sogar noch. Wichtig ist nur, daß ich so schnell wie möglich wieder in Yedo bin, um mich auf den Krieg vorzubereiten, der jetzt unvermeidlich ist. Kiyama und Onoshi? Wer weiß, ob sie mich unterstützen werden. Aber ein Stück Land und ein paar Versprechungen sind nichts im Vergleich zu dem Gewicht, das die christlichen *Daimyos* darstellen würden, wenn sie in vierzig Tagen auf meiner Seite stünden.
»Es ist *Karma*, Tsukku-san, *neh?*«
»Jawohl, Euer Gnaden.« Alvito warf höchst zufrieden einen Blick auf den Generalkapitän. »Herr Toranaga schlägt vor, daß nichts unternommen wird. Es ist der Wille Gottes!«
»Wirklich?«
Plötzlich drangen dumpfe Trommelschläge von der Galeere herüber. Die Riemen tauchten mit großer Kraft ins Wasser.
»Was, in Gottes Namen, hat er vor?« bellte Ferriera.
Und dann, während sie zusahen, wie die Galeere sich immer weiter von ihnen entfernte, wurde dort Toranagas Stander vom Mast heruntergeholt.
Rodrigues sagte: »Sieht ganz so aus, als wollten sie jedem gottverfluchten Fischerboot im Hafen unter die Nase reiben, daß Herr Toranaga sich nicht mehr an Bord befindet.«
»Was mag er vorhaben?«
»Ich weiß es nicht.«
»Wirklich nicht?« fragte Ferriera.
»Nein. Aber wenn ich an seiner Stelle wäre, würde ich aufs offene Meer hinauszukommen versuchen und uns in der Scheiße stecken lassen. Der Ingeles hat jetzt mit dem Finger auf uns gezeigt. Was soll geschehen?«
»Ihr habt Befehl, nach Yedo zu segeln.« Gern hätte der Generalkapitän noch hinzugefügt: »Und wenn Ihr dabei die Galeere rammt, um so besser«, doch das tat er nicht. Denn Mariko hörte zu.
Die Priester gingen dankbar im Langboot an Land.
»Alle Segel hissen!« rief Rodrigues. In seinem Bein pochte der Schmerz. »Süd bei Südwest! Alle Mann an die Fallen!«
»Senhora, bitte, sagt Herrn Toranaga, das beste wäre, er ginge nach unten. Dort ist er sicherer«, sagte Ferriera.
»Er läßt Euch danken, sagt aber, er bleibt hier.«
Ferriera zuckte mit den Achseln und trat an den Rand des Achterdecks. »Macht alle Kanonen feuerbereit! Ladet mit Kartätschen! Alle auf Gefechtsstation!«

# *28. Kapitel*

*»Isogi!«* schrie Blackthorne und drängte den Rudermeister, ein schnelleres Tempo anzugeben. Er sah zur Fregatte hinüber, die gebraßt und unter vollen Segeln auf sie zugelaufen kam, und dann wieder auf das Wasser, um den nächsten Schlag abzuschätzen, den sie laufen mußte. Er fragte sich, ob seine Schätzung wohl richtig sei, denn hier, in der Nähe der Klippen, nur wenige Meter zwischen Untergang und Rettung, blieb ihr nur wenig Raum zum Manövrieren. Weil sie auf den Wind angewiesen war, mußte die Fregatte kreuzen, um zur Hafeneinfahrt zu gelangen, wohingegen er mit der Galeere manövrieren konnte, wie er wollte. Dafür war die Fregatte schneller. Und auf dem letzten Schlag hatte Rodrigues ihm klar und unmißverständlich zu verstehen gegeben, daß die Galeere ihr besser aus dem Weg ging, wenn die *Santa Theresa* Raum zum Kreuzen brauchte.

Yabu redete wieder auf ihn ein, aber er beachtete ihn nicht. »Nicht verstehen – *wakarimasen*, Yabu-san! Ich bin jetzt Kapitän! *Wakarimasu ka*, Yabu-san?« Er wies dem japanischen Kapitän auf dem Kompaß den Kurs, und der Kapitän zeigte mit beiden Armen auf die Fregatte, die jetzt kaum fünfzig Meter achteraus lag und sie rasch auf einem anderen Kurs überholte, wobei es leicht zu einem Zusammenstoß kommen konnte.

»Haltet den Kurs, bei Gott!« sagte Blackthorne, und der Wind kühlte seine nassen Kleider, was ihn zwar frösteln ließ, ihm aber auch dazu verhalf, einen klaren Kopf zu bekommen. Er sah forschend zum Himmel hinauf. In der Nähe des hellen Mondes waren keine Wolken, und der Wind war nicht besonders stark. Von daher droht also keine Gefahr, dachte er. Gott, laß den Mond leuchten, bis wir hindurch sind.

»He, Käpt'n«, rief er, »schickt jemand nach Saké! Saké! *Wakarimasu ka?*«

»*Hai*, Anjin-san.«

Ein Matrose wurde eiligst nach unten geschickt. Im Laufen blickte der Mann sich um, verängstigt von der im Näherkommen immer größer werdenden Fregatte und ihrer Geschwindigkeit. Blackthorne hielt den Kurs weiter bei und versuchte, die Fregatte zum Halsen zu zwingen, ehe sie den gesamten ihr zur Verfügung stehenden Raum in Luv ausgenutzt hatte. Doch sie wich keine Handbreit von ihrem Kurs ab und kam geradenwegs auf sie zugelaufen. Erst im allerletzten Augenblick ging er ihr aus dem Weg, und dann, als ihr Vordersteven fast über ihrem Achterdeck aufragte, hörte er Rodrigues' Kommando: »Jetzt den Backbordschlag! Klüverschoten fiert! Und Kurs halten!« – und dann, wie er ihm auf spanisch zurief: »Deine Fresse in des Teufels Arsch, Ingeles!« Dann drehte sich die Fregatte aus dem Wind, um auf das andere Ufer zuzufliegen, wo sie abermals halsen mußte, in den Wind gehen und den Schlag bis auf diese Seite absegeln mußte, ehe sie ein letztes Mal wieder halsen und dann auf die Hafeneinfahrt zulaufen konnte.

Für einen kurzen Augenblick waren die beiden Schiffe einander so nahe, daß er die Fregatte fast hätte berühren können und deutlich Rodrigues, Toranaga, Mariko und den Generalkapitän auf ihrem schräggeneigten Achterdeck stehen sah. Dann war die Fregatte fort, und sie drehten sich in ihrem Kielwasser.

»*Isogi, isogi*, um Gottes willen!«

Die Ruderer verdoppelten ihre Kräfte, und Blackthorne befahl auch die letzten Ersatzleute an die Riemen. Entweder er erreichte die Hafeneinfahrt vor der Fregatte oder sie waren verloren.

Die Galeere fraß die Entfernung, doch die Fregatte nicht weniger. Auf der anderen Seite des Hafens drehte sie sich wie eine Tänzerin, und er erkannte, daß Rodrigues zusätzlich Topp- und Bramsegel gesetzt hatte.

Der Saké kam. Er streckte die Hand aus und nahm große Schlucke direkt aus dem Kännchen, begierig, die Wärme in seinem Körper sich ausbreiten zu spüren. Er konzentrierte sich auf den neuen Kurs die Klippen und Untiefen entlang, von denen Santiago ihm auf Rodrigues' Befehl hin erzählt hatte. Noch einmal überprüfte er den Kompaßstand im Verhältnis zu der äußersten Landspitze, eine Peilung, die es ihnen erlaubte, frei und ungehindert auf die Hafeneinfahrt zuzulaufen. Dabei trank er das Kännchen leer und überlegte flüchtig, warum der Wein wohl angewärmt sei, warum sie ihn überhaupt immer warm und nur in kleinen Mengen servierten.

Er hatte jetzt wieder einen klaren Kopf und fühlte sich kräftig genug; nur mußte er vorsichtig sein. Er wußte, daß er keine Reserven mehr hatte – genauso, wie das Schiff keine Reserven mehr hatte.

Auf dem Luv-Schlag kam die Fregatte allzu schnell voran, kreuzte ihren Kurs gut hundert Schritt voraus und lief auf das Ufer zu. Der Wind trug Flüche an sein Ohr, aber er bemühte sich gar nicht erst, sie zu erwidern; er wollte seine Energie aufsparen.

»*Isogi!* Bei Gott! Wir fallen zurück!«

Die Erregung des Wettlaufs und das erhebende Gefühl, wieder allein das Kommando zu führen – und das mehr aufgrund seiner Willenskraft als von seiner Position her –, gesellte sich noch zu dem unbändigen Vergnügen, Yabu in seiner Gewalt zu haben. »Wenn nicht das ganze Schiff dabei zugrunde ginge und ich mit ihm, würd' ich es geradenwegs auf die Klippen zurasen lassen, bloß um zuzusehen, wie du ersäufst, du Schweinehund! Als Vergeltung für den alten Pieterzoon!«

Aber hatte Yabu nicht Rodrigues gerettet, als du es nicht konntest? Ist er nicht auf die Banditen losgegangen wie ein wütender Stier, als wir überfallen wurden? Und hat er sich heute nacht nicht tapfer gehalten? Jawohl, er ist ein Schweinehund – allerdings ein tapferer Schweinehund, das muß man ihm lassen.

Das Saké-Kännchen wurde ihm gefüllt wieder gereicht. »*Domo*«, sagte er.

Die Fregatte halste mit gebraßten Segeln – es war eine Freude, es mitanzusehen.

»Das könnte ich auch nicht besser«, sagte er laut in den Wind hinein. »Aber wenn ich sie unter meinem Kommando hätte, ich würde durch die Fischerboote hindurchbrechen, auf die offene See hinauslaufen und nie wieder zurückkommen. Irgendwie würd' ich sie nach Hause segeln und die japanischen Inseln den Japanern und dieser Pest von Portugiesen überlassen.« Er sah, daß Yabu und der Kapitän ihn anstarrten. »Nein, in Wirklichkeit würd' ich es eben doch nicht tun! Schließlich gibt es ein Schwarzes Schiff zu kapern und reiche Beute zu machen! Und Rache zu nehmen, was, Yabu-san?«

»*Nan desu ka*, Anjin-san? *Nan ja?*«

»*Ichi-ban!* Nummer eins!« erwiderte er und wies auf die Fregatte. Dann trank er das Kännchen leer. Fujiko nahm es ihm ab.

»Saké, Anjin-san?«

»*Domo, iyé.*«

Die beiden Schiffe waren jetzt in der Nähe der vielen Fischerboote, wobei die Galeere geradenwegs auf die Durchfahrt zuhielt, die absichtlich freigelassen worden war, während die Fregatte ihren letzten Schlag machte, um danach zu halsen und ihrerseits auf die Hafeneinfahrt zuzusegeln. Hier draußen, wo die schützenden Vorgebirge in die flachen Landzungen im Osten und Westen übergingen und eine halbe Meile offene See sich vor ihnen auftat, frischte der Wind beträchtlich auf. Böen blähten die Segel der Fregatte, und die Wanten knallten wie Pistolenschüsse. Ihre Bugwelle und das Kielwasser schäumten.

Die Ruderer waren in Schweiß gebadet; ihre Kräfte ließen nach. Ein Mann kippte um. Gleich darauf ein zweiter. Rund fünfzig *Ronin*-Samurai kauerten in Deckung. Die Bogenschützen in den Fischerbooten vor ihnen fingen an, ihre Pfeile auf die Sehnen zu legen. Blackthorne erkannte kleine Kohlenbecken auf vielen Booten, und da wußte er, daß die Pfeile brennen würden, wenn sie kamen.

Er hatte sich auf den Kampf vorbereitet, so gut er konnte. Yabu hatte begriffen, daß sie würden kämpfen müssen, und hatte auch sofort »Feuerpfeile« verstanden. Blackthorne hatte zusätzliche Schutzwände um die Pinne errichten lassen. Dann hatte er einige von den Kisten mit den Musketen aufgebrochen und an diejenigen, die mit den Feuerwaffen umgehen konnten, Pulver und Kugeln austeilen lassen. Außerdem hatte er ein paar kleine Pulverfäßchen aufs Achterdeck heraufbringen und sie mit Zündschnüren versehen lassen.

Als Santiago, der Erste Steuermann, ihm ins Langboot hineingeholfen hatte, hatte er ihm gesagt, Rodrigues werde ihm helfen, so Gott es zulasse.
»Warum?« hatte er gefragt.
»Weil – er hat mir aufgetragen, Euch zu sagen, daß Euch an Bord der *Santa Theresa* Gefahr gedroht habe, Senhor Pilot.«
»Was für eine Gefahr?«
»Ihr müßt Euch selbst heraushauen, läßt er Euch sagen, wenn Ihr es könnt. Aber er wird Euch helfen.«
Dann hatte der Steuermann ihm von den Untiefen und Riffen berichtet, ihm gesagt, welchen Kurs er laufen solle, ihm den Verlauf der Fahrrinne gezeigt und ihm den Plan erklärt. Ihm schließlich noch zwei Pistolen zugesteckt. »Ein wie guter Schütze seid Ihr, fragt mein Pilot?«
»Ein mäßiger«, hatte er gelogen.
»Geht mit Gott, hat mein Pilot mir aufgetragen, soll ich Euch zuletzt noch sagen.«
»Er auch – und Ihr.«
»Was mich betrifft – so könnt Ihr zur Hölle fahren!«
Die Fäßchen hatte Blackthorne vorsorglich mit Zündschnüren versehen lassen, falls die Kanonen doch zu feuern anfingen, es doch keinen Plan gab oder der Plan sich als falsch erwies – aber auch gegen Feinde, die allzu nahe kämen. Selbst so ein kleines Fäßchen Pulver würde, wenn die Zündschnur brannte und es gegen die Bordwand der Fregatte trieb, sie mit genauso großer Gewißheit versenken wie eine Breitseite aus siebzig Rohren. Egal, wie klein das Fäßchen, dachte er, Hauptsache, es reißt ein genügend großes Leck.
»*Isogi*, um Euer Leben!« rief er und übernahm die Pinne.
Er dankte Gott für Rodrigues – und dafür, daß der Mond so hell schien in dieser Nacht.

Hier an der Hafeneinfahrt verengte sich der Zugang auf dreihundertfünfzig Meter. Allerdings erstreckte sich das tiefe Wasser von einem Ufer zum anderen, und die felsigen Landzungen stiegen steil aus dem Meer auf.
Der Abstand zwischen den Fischerbooten zu beiden Seiten betrug hundert Meter.
Die *Santa Theresa* fraß sich jetzt diese Strecke voran; der Wind war achterlich, der Mast neigte sich nach Steuerbord, das Kielwasser rauschte kräftig, und sie kam ihnen rasch näher. Blackthorne hielt genau auf die Mitte des Kanals zu und gab Yabu durch ein Zeichen zu verstehen, sich bereitzumachen. Alle *Ronin*-Samurai hatten Befehl erhalten, sich hinter das Schanzkleid zu kauern und sich nicht blicken zu lassen, bis Blackthorne das Zeichen gab, daß sich alle Mann – mit Musketen oder mit Schwert – auf die Steuer- oder Backbordseite werfen sollten, je nachdem, wo sie gebraucht wurden. Yabu sollte den Kampf befehligen. Der japanische Kapitän wußte, daß seine Ruderer der Trommel zu folgen hatten, und der Rudermeister an der Trommel wiederum wußte, daß er dem

Anjin-san zu gehorchen hatte. Der Anjin-san allein wollte die Pinne bedienen, also das Schiff lenken.
Die Fregatte lag vierzig Meter achteraus in der Mitte des Kanals, lief geradenwegs auf sie zu und ließ keinen Zweifel daran, daß sie die Fahrrinne in der Mitte des Kanals für sich beanspruchte.

An Bord der Fregatte flüsterte Ferriera Rodrigues leise zu: »Rammt sie!« Die Augen hatte er auf Mariko gerichtet, die zusammen mit Toranaga zehn Schritt von ihnen entfernt an der Reling stand.
»Das können wir uns nicht leisten – mit Toranaga und der Frau da als Zeugen!«
»Senhora!« rief Ferriera. »Senhora – Ihr und Euer Gebieter geht jetzt besser unter Deck. Es ist sicherer für ihn auf dem Kanonendeck.«
Mariko dolmetschte für Toranaga, der einen Moment überlegte und dann den Niedergang zum Kanonendeck hinunterkletterte.
»Meine Fresse!« sagte der Oberkanonier. »Mich juckt's, eine Breitseite abzufeuern und was zu versenken. Es ist schon wieder ein gottverfluchtes Jahr her, daß wir einen Piraten auf den Meeresboden geschickt haben!«
Auf dem Achterdeck wiederholte Ferriera: »Rammt die Galeere, Rodrigues!«
»Warum Euren Feind umbringen, wenn andere es für Euch besorgen?«
»Madonna! Ihr seid genauso schlimm wie der Priester! Ihr habt kein Blut in den Adern!«
»Stimmt – jedenfalls nichts von Eurem Mörderblut!« entgegnete Rodrigues gleichfalls auf spanisch. »Aber Ihr! Und spanisches Blut vielleicht sogar?«
»Rammt Ihr sie jetzt oder nicht?« fragte Ferriera auf portugiesisch; die Nähe seiner Beute erregte ihn.
»Wenn sie bleibt, wo sie ist, ja.«
»Dann, Madonna, laß sie bleiben, wo sie ist.«
»Was hattet Ihr denn mit dem Ingeles vor? Warum wart Ihr so wütend, daß er nicht mehr an Bord war?«
»Ihr gefallt mir nicht, und ich trau' Euch auch nicht mehr über den Weg, Rodrigues. Zweimal schon habt Ihr Euch auf die Seite des Ketzers geschlagen und Euch gegen mich gestellt. Gäb es in ganz Asien noch einen anderen annehmbaren Piloten, dann würd' ich Euch irgendwo an Land setzen und mit meinem Schwarzen Schiff auf und davon segeln.«
»Dann werdet Ihr ertrinken. Der Geruch des Todes liegt über Euch, nur ich allein kann Euch vorm Tod bewahren.«
Abergläubisch bekreuzigte Ferriera sich. »Madonna, Ihr und Euer Schandmaul! Was für ein Recht habt Ihr überhaupt, so zu mir zu sprechen?«
»Meine Mutter war eine Zigeunerin und das siebte Kind eines siebten Kindes, genauso wie ich.«
»Lügner!«
Rodrigues lächelte. »Ach, mein Herr und Generalkapitän, vielleicht bin ich das.« Er legte die Hände trichterförmig um den Mund und rief: »Alles auf Ge-

fechtsstation!« und dann zum Rudergast: »Genau diesen Kurs halten, und wenn die dickbäuchige Hure nicht bald aus dem Weg geht, ramm sie!«

Blackthorne hielt die Pinne fest gepackt. Seine Arme und Beine schmerzten. Der Rudermeister haute auf die Trommel und holte das Letzte aus den Ruderern heraus.

Jetzt lief die Fregatte zwanzig Meter hinter ihnen, dann fünfzehn, dann zehn. Da erst scherte Blackthorne hart nach Backbord aus. Die Fregatte hätte sie ums Haar gestreift, krängte nach Backbord, und dann lief sie längsseits mit ihnen. Blackthorne ging hart nach Steuerbord, um parallel mit der Fregatte zu laufen, nur in zehn Meter Abstand von ihr. Und dann – Seite an Seite – waren sie bereit, zwischen den feindlichen Fischerbooten Spießruten zu laufen.

»Pppuuullllttttt, ppuulltt, ihr Hunde!« schrie Blackthorne, dem es darauf ankam, genau längsseits zu bleiben, weil sie auf Steuerbord durch den Rumpf der Fregatte und durch ihre Segel geschützt wurden. Ein paar Musketenschüsse, dann ein Hagel von brennenden Pfeilen, der über sie niederging, jedoch keinen ernstlichen Schaden anrichtete. Dafür bohrten sich durch Versehen ein paar in die unteren Segel der Fregatte, die sofort Feuer fingen.

Sämtliche Offiziere der Samurai in den Fischerbooten hielten ihre Bogenschützen entsetzt zurück – noch nie zuvor hatte jemand es gewagt, ein Schiff der Südlichen Barbaren anzugreifen. Sind sie es nicht, die die Seidenstoffe bringen, die jede Sommerschwüle und jede Winterkälte erträglich machen? Stehen die Südlichen Barbaren nicht ausdrücklich unter kaiserlichem Schutz? Würde es sie nicht in helle Wut versetzen, wenn eines ihrer Schiffe ausbrannte, sie dermaßen erbosen, daß sie nie wieder zurückkommen würden?

Folglich hielten die Offiziere ihre Männer zurück, solange Toranagas Galeere gewissermaßen unter den Fittichen der Fregatte dahinschoß. Und erst als die Matrosen auf der Fregatte die Flammen erstickt hatten, atmeten sie wieder auf. Als keine neuen Pfeile kamen, fiel auch Blackthorne ein Stein vom Herzen. Und Rodrigues nicht minder, denn sein Plan klappte. Rodrigues hatte vorausgesehen, daß die Galeere in Lee seines Schiffes eine Chance haben könnte durchzukommen – die einzige Chance. »Aber mein Pilot läßt ausrichten, Ihr müßt auf das Unerwartete gefaßt sein, Ingeles«, hatte Santiago gesagt.

»Drückt den Hund doch beiseite, zerquetscht ihn«, schrie Ferriera. »Verdammt nochmal, ich hab' Euch befohlen, ihn abzudrängen, mitten hinein in die Affen.«

»Fünf Strich Backbord!« befahl Rodrigues ihm zu Gefallen.

»Fünf Strich Backbord!« wiederholte der Rudergast.

Blackthorne hörte das Kommando. Augenblicklich ging auch er fünf Strich nach Backbord und betete. Wenn Rodrigues diesen Kurs zu lange beibehielt, würde er mitten in die Fischerboote hineinrasen und wäre damit verloren. Verlangsamte er die Fahrt und fiel er zurück, würden die feindlichen Boote ihn einkreisen und ihn versenken. Er mußte längsseits bleiben.

»Fünf Strich Steuerbord!« befahl Rodrigues in letzter Minute. Auch er war

nicht scharf auf weitere Brandpfeile; dazu hatten sie zuviel Pulver an Deck. »Mach schon, du Hurenbock!« murmelte er dem Wind zu.
Abermals war auch Blackthorne auf fünf Strich Steuerbord gegangen. Seite an Seite flogen die beiden Schiffe nebeneinander her. Die Steuerbordriemen der Galeere berührten fast den Rumpf der Fregatte, und die Backbordriemen streiften fast die Fischerboote. Jetzt hatte der Kapitän begriffen, worum es ging, und der Rudermeister und die Ruderer nicht minder. Sie legten ihre letzte Kraft in die Riemen. Yabu schrie einen Befehl, die *Ronin*-Samurai legten ihre Waffen nieder und packten mit an – auch Yabu selbst half mit.
Vordersteven an Vordersteven. Nur noch ein paar hundert Meter!
»Geht mehr nach Backbord!«
»Das wage ich nicht, Generalkapitän. Toranaga ist kein Narr, und außerdem ist da ein Riff voraus!«
Auch Ferriera erkannte die Riffspitzen in der Nähe der letzten Fischerboote. »Madonna, dann treibt ihn darauf zu!«
»Zwei Strich Backbord!«
Abermals ging die Fregatte leicht von ihrem bisherigen Kurs ab; Blackthorne folgte ihrem Beispiel. Beide Schiffe liefen jetzt geradenwegs auf einen Pulk von Fischerbooten zu. Auch Blackthorne hatte die Felsen erkannt. Der Bug der Galeere zersplitterte eines der Fischerboote, und ein Pfeilhagel ging an Bord nieder. Er hielt den Kurs, solange es ging, dann rief er, um Rodrigues zu warnen: »Fünf Strich Steuerbord!« und legte die Pinne um.
Rodrigues wich aus, blieb jedoch diesmal leicht auf Kollisionskurs, was nicht zu dem verabredeten Plan gehörte.
»Mach schon, du Bastard!« sagte Rodrigues, angespornt durch die Jagd und durch die Angst. »Zeig, ob du Mumm hast!«
Blackthorne mußte zwischen den Felszacken und der Fregatte wählen. Er segnete die Ruderer, die immer noch an ihren Riemen saßen, die Mannschaft und überhaupt alle an Bord, die ihm – da sie so unerhört diszipliniert waren – überhaupt die Möglichkeit gaben zu wählen. Und er traf seine Entscheidung.
Er ging noch weiter nach Steuerbord, zog seine Pistole und zielte. »Macht Platz, bei Gott!« schrie er und drückte ab. Die Kugel pfiff über das Achterdeck der Fregatte, genau zwischen dem Generalkapitän und Rodrigues hindurch.
Während der Generalkapitän sich duckte, zuckte Rodrigues zusammen. Oh, Ingeles, Sohn einer milchlosen Hure! War das Glück, ein gekonnter Schuß, oder hast du versucht, jemand umzubringen?
Er sah die zweite Pistole in Blackthornes Hand – und sah, wie Toranaga ihn anstarrte. Um Toranaga kümmerte er sich nicht – der war jetzt unwichtig.
Heilige Mutter Maria, was soll ich tun? Mich an den Plan halten oder ihn ändern? Ist es nicht besser, den Ingeles sterben zu lassen? Zu unser aller Vorteil? Beantworte das selbst, Rodrigues – bei deiner unsterblichen Seele! Bist du denn kein Mann?
Hör also: Andere Ketzer werden diesem Ingeles folgen. Sie werden kommen

wie die Läuse, ob dieser getötet wird oder nicht. Ich bin ihm ein Leben schuldig, und ich schwöre, ich hab' nicht dieses Mörderblut in mir – jedenfalls nicht, um einen Piloten umzubringen.
»Hart Steuerbord!« befahl er und gab den Weg frei.

»Mein Gebieter läßt fragen, warum Ihr die Galeere ums Haar gerammt habt?«
»Das war nur ein Spiel, Senhora, ein Spiel, wie Piloten es spielen. Um die Nerven des anderen auf die Probe zu stellen.«
»Und der Pistolenschuß?«
»Auch nur ein Spiel – um *meine* Nerven auf die Probe zu stellen. Vielleicht habe ich den Ingeles zu sehr bedrängt. Wir sind schließlich Freunde.«
»Mein Gebieter sagt, es sei töricht, solche Spiele zu spielen.«
»Bitte, sagt ihm, daß ich mich entschuldige. Wichtig ist doch nur, daß er in Sicherheit ist und die Galeere auch, und daß ich froh darüber bin. *Honto.*«
»Ihr habt diesen Fluchtplan, diese List, mit dem Anjin-san verabredet?«
»Er ist nun mal sehr klug und hat im richtigen Augenblick immer das Richtige getan. Der Mond hat ihm den Weg erleuchtet, die See war günstig, und keiner hat einen Fehler gemacht. Aber warum die Piraten ihn nicht versenkt haben, weiß ich nicht. Gott hat es wohl so gewollt.«
Sie hatten die Hafeneinfahrt jetzt bereits ein ganzes Stück hinter sich gelassen, segelten sicher in der Straße von Osaka, die Galeere ein paar Kabellängen hinter ihnen, und keines der beiden Schiffe hatte es besonders eilig. Die Galeere hatte vorübergehend die meisten Riemen hochgenommen und nur so viele unten gelassen, als nötig waren, um ruhig durchs Wasser zu laufen, während die meisten Ruderer sich ausruhten.
Rodrigues kümmerte sich nicht um Generalkapitän Ferriera. Dazu war er viel zu sehr mit Herrn Toranaga beschäftigt. Ich bin froh, daß wir auf Toranagas Seite stehen, sagte er sich. Während des Wettrennens hatte er ihn genau beobachtet. Die Augen des Mannes waren überall gewesen, hatten die Kanoniere und die Kanonen beobachtet, die Segel und den Feuerlöschtrupp, und mit unersättlicher Neugier Fragen über Fragen gestellt – sie vielmehr über Mariko an die Matrosen und den Steuermann gerichtet: Wozu dient das? Wie wird eine Kanone geladen? Wieviel Pulver nimmt man? Wie zündet man? Wozu dienen diese Taue?
»Mein Gebieter sagt, vielleicht war es *Karma*. Ihr versteht doch, *Karma*?«
»Ja.«
»Er dankt Euch, daß er Euer Schiff hat benutzen dürfen. Jetzt möchte er auf sein eigenes zurück.«
»Was?« Ferriera fuhr wie der Blitz herum. »Wir sind viel früher in Yedo als die Galeere. Herr Toranaga ist auch weiterhin an Bord willkommen.«
»Mein Gebieter sagt, es bestehe kein Grund, Eure Gastfreundschaft noch weiter zu beanspruchen. Er wird auf sein eigenes Schiff gehen.«
»Bittet ihn zu bleiben. Seine Gesellschaft ist mir ein Vergnügen.«

»Herr Toranaga dankt, möchte aber sofort auf sein eigenes Schiff.«
»Sehr wohl. Tut, wie er sagt, Rodrigues. Gebt der Galeere ein Signal, und laßt das Langboot zu Wasser.« Ferriera war enttäuscht. Er hatte Yedo und auch Toranaga besser kennenlernen wollen, jetzt, wo ihre Zukunft so sehr mit der seinen verbunden war. Er glaubte nicht an das, was Toranaga darüber gesagt hatte, daß man den Krieg vermeiden könne. Wir sind im Krieg, und zwar auf der Seite dieses Affen, ob es uns nun gefällt oder nicht. »Es tut mir leid, Herrn Toranagas Gesellschaft entbehren zu müssen.« Er verneigte sich höflich.
Toranaga erwiderte die Verneigung und sagte ein paar Worte.
»Mein Gebieter dankt Euch.« Und an Rodrigues gerichtet, sagte sie: »Mein Gebieter sagt, er werde Euch für die Galeere belohnen, wenn Ihr mit dem Schwarzen Schiff wiederkommt.«
»Ich habe nichts weiter getan. Ich habe nur meine Pflicht erfüllt. Bitte entschuldigt mich bei ihm, daß ich nicht aufstehe – mein Bein, *uh?*« erwiderte Rodrigues und verneigte sich. »Geht mit Gott, Senhora.«
»Vielen Dank, Kapitän-Pilot. Ihr auch!«
Als sie müde hinter Toranaga das Fallreep hinunterkletterte, bemerkte sie, daß der Bootsmann Pesaro das Langboot unter sich hatte. Sie bekam eine Gänsehaut; ums Haar hätte sie sich übergeben.
»Guten Wind und gute Heimfahrt!« rief Ferriera ihnen von oben her nach. Er winkte, sie winkten zurück, und dann legte das Langboot ab.
»Abtreten, sobald das Langboot zurück ist und diese verdammte Galeere außer Sicht!« befahl er dem Oberkanonier.
Auf dem Achterdeck pflanzte er sich vor Rodrigues auf, wies auf die Galeere und sagte: »Ihr werdet es noch bereuen, daß Ihr ihn am Leben gelassen habt!«
»Das liegt ganz in Gottes Hand! Der Ingeles ist ein ganz annehmbarer Pilot, wenn man von seiner Religion absieht, Generalkapitän.«
»Das habe ich in Betracht gezogen.«
»Und?«
»Je früher wir in Macao sind, desto besser. Schafft es in Rekordzeit, Rodrigues!« Ferriera verschwand unter Deck.
In Rodrigues' Bein klopfte es. Er nahm einen tüchtigen Schluck aus dem Grog-Schlauch. Soll Ferriera doch zum Teufel gehen, sagte er sich. Aber, bitte, lieber Gott, nicht ehe wir Lissabon erreichen.
Der Wind drehte ein wenig, und eine Wolke schob sich vor den Mondhof. Der Regen wird nicht lange auf sich warten lassen, und der Morgen graut. Er konzentrierte sich ganz auf sein Schiff und auf die Segel. Als er ganz zufrieden war, beobachtete er das Langboot. Und zuletzt die Galeere.
Er nahm noch einen Schluck Rum, von Herzen froh, daß sein Plan so gut geklappt hatte. Selbst der Pistolenschuß, der das Ganze abgeschlossen hatte. Und er war heilfroh über seine Entscheidung.
»Trotzdem, Ingeles«, sagte er mit großer Wehmut, »der Generalkapitän hat schon recht. Mit dir hat die Ketzerei Einzug ins Paradies gehalten.«

# 29. Kapitel

»Anjin-san?«
»*Hai?*« Blackthorne fuhr aus tiefstem Schlaf hoch.
»Hier kommt etwas zu essen! Und *Cha*.«
Im ersten Augenblick wußte er nicht, wo er war, noch, wer er war. Dann erkannte er seine Kammer an Bord der Galeere. Ein Bündel Sonnenlicht durchbohrte die Dunkelheit. Er fühlte sich unendlich ausgeruht. Die Trommel des Rudermeisters schwieg, und selbst in seinem tiefsten Schlaf hatten ihm seine Sinne gesagt, daß der Anker geworfen und sein Schiff bei ruhigem Seegang in Ufernähe und in Sicherheit war.
Er sah eine Zofe ein Tablett hereintragen. Mariko stand neben ihr – sie trug den Arm nicht mehr in der Schlinge –, und er lag in der Pilotenkoje, derselben, die er während der Rodrigues-Reise von Anjiro nach Osaka benutzt hatte und die ihm mittlerweile fast so vertraut war wie seine eigene Koje und Kammer auf der *Erasmus*. *Erasmus!* Herrlich wird es, wenn ich erst wieder an Bord bin und die Jungs wiedersehe!
Wohlig streckte er sich und nahm die Schale *Cha* entgegen, die Mariko ihm anbot.
»Danke! Er schmeckt köstlich. Was macht Euer Arm?«
»Dem geht es wesentlich besser, danke.« Mariko beugte den Arm, um es ihm zu zeigen. »Es war nur eine Fleischwunde.«
Als sie bei Morgengrauen zusammen mit Toranaga an Bord der Galeere zurückgekommen war, hätte nicht viel gefehlt, und sie hätte das Bewußtsein verloren. »Es ist besser, Ihr bleibt an Deck«, hatte Blackthorne ihr gesagt, »dann vergeht die Übelkeit schneller.«
»Mein Gebieter fragt – fragt, wozu der Pistolenschuß?«
»Das war nur ein Spiel, wie Piloten es spielen«, hatte er ihr geantwortet.
»Mein Gebieter beglückwünscht Euch zu Eurem seemännischen Können.«
»Wir haben eben Glück gehabt. Der Mond hat geholfen, und die Mannschaft war großartig. Mariko-san, würdet Ihr den Käpt'n-san fragen, ob er sich in die-

sen Gewässern auskennt? Verzeiht, aber sagt Herrn Toranaga, ich kann mich nicht mehr lange auf den Beinen halten. Ich muß unbedingt schlafen.«
Undeutlich erinnerte er sich, daß sie ihm gesagt hatte, Toranaga habe ihm erlaubt, nach unten zu gehen; der Kapitän sei der Sache durchaus gewachsen, da sie ja in Küstennähe bleiben und nicht aufs offene Meer hinausgehen würden.
Blackthorne streckte sich und machte ein Bullauge auf. Ein felsiges Ufer war in etwa zweihundert Meter Entfernung zu erkennen. »Wo sind wir?«
»Vor der Küste der Provinz Totomi, Anjin-san. Herr Toranaga wollte schwimmen und den Ruderern ein paar Stunden Ruhe gönnen. Morgen sind wir in Anjiro.«
»In dem Fischerdorf? Das ist unmöglich. Es muß gleich Mittag sein, und wir haben Osaka erst bei Morgengrauen verlassen. Das ist unmöglich.«
»Ah, aber das war gestern, Anjin-san. Ihr habt einen Tag und eine Nacht und noch einen halben Tag geschlafen«, erwiderte sie. »Toranaga-san hat gesagt, wir sollten Euch schlafen lassen. Jetzt meint er, es würde Euch guttun, ein wenig zu schwimmen, deshalb sollten wir Euch wecken. Nach dem Essen.«
Das Essen bestand aus zwei Schalen Reis, auf Holzkohle gegartem Fisch mit jener dunklen, salzig-bitteren, süß-sauren Sauce, von der man ihm gesagt hatte, sie werde aus vergorenen Sojabohnen gemacht.
»Vielen Dank – ja, ich würde gern schwimmen. Fast sechsunddreißig Stunden? Kein Wunder, daß ich mich prächtig fühle.« Heißhungrig nahm er der Zofe das Tablett ab, machte sich jedoch nicht sogleich übers Essen her.
Mariko zeigte auf den niedrigen Tisch auf dem Boden. »Dort findet Ihr Zahnpulver, eine Bürste und frisches Wasser sowie Handtücher«, und auf lateinisch fügte sie noch hinzu: »Es erfreut mein Herz, zu sehen, daß es Ihm gutgeht. Es ist genauso, wie man uns auf der Fahrt berichtet hatte: Er ist von großer Unerschrockenheit.«
Ihre Blicke senkten sich ineinander, und dann ließen sie es dahingehen. Sie verneigte sich höflich. Die Zofe verneigte sich, und die Tür schloß sich hinter ihnen.
Denk nicht an sie, befahl er sich. Denk lieber über Toranaga und Anjiro nach. Warum halten wir morgen in Anjiro? Um die Ladung an Land zu bringen? Um Yabu abzusetzen? Wir können froh sein, wenn wir ihn los sind!
In Anjiro wird Omi sein. Was ist mit Omi?
Warum nicht Toranaga um Omis Kopf bitten? Er ist dir mehr als einen Gefallen schuldig. Oder warum nicht bitten, gegen Omi-san anzutreten? Mit Pistolen oder mit Schwertern? Mit dem Schwert hättest du keine Chance ihm gegenüber, und wenn du eine Pistole hättest, wäre es glatter Mord. Besser, überhaupt nichts zu tun und abzuwarten. Es wird sich schon eine Chance bieten, und dann kannst du an beiden Rache nehmen. Im Augenblick sonnst du dich in Toranagas Gunst. Gedulde dich! Bald werden wir in Yedo sein, also hast du gar nicht viel Zeit. Wie steht es mit Toranaga?
Blackthorne bediente sich der Eßstäbchen, wie er es den Gefangenen im Gefängnis abgeguckt hatte. Er war darin immer noch nicht geschickt genug, und

so half er mit den Fingern nach, froh, daß er allein aß, denn er wußte, mit den Fingern zu essen, das wäre vor Mariko oder Toranaga, ja überhaupt vor jedem Japaner, im höchsten Maße unhöflich gewesen.
Nachdem er auch den letzten Krümel aufgegessen hatte, verspürte er immer noch einen Bärenhunger. »Muß mir mehr zu essen holen«, sagte er laut. »Herrgott im Himmel, was gäb' ich für frisches Brot und Spiegeleier und Butter und Käse...«
Er kam an Deck. Fast alle waren sie nackt. Einige der Männer trockneten sich ab, andere lagen in der Sonne, und ein paar hüpften über Bord. Im Meer neben dem Schiff schwammen Samurai und Matrosen und planschten und spritzten wie die Kinder.
»*Konnichi wa*, Anjin-san.«
»*Konnichi wa*, Toranaga-sama«, sagte er.
Der splitternackte Toranaga kam das Fallreep heraufgeklettert, das ins Wasser hinuntergelassen worden war. »*Sonata wa oyogitamo ka?*« sagte er, zeigte auf die See und klopfte sich das Wasser von seinem Bauch und den Schultern. In der strahlenden Sonne war es sehr warm. Dann rief er nach Mariko, damit sie dolmetsche. Mariko kam vom Vorderdeck herunter, den Kopf von einem blutroten Sonnenschirm geschützt, den weißen Baumwollkimono nur nachlässig geschlossen.
»Toranaga-sama sagt, Ihr seht sehr ausgeruht aus, Anjin-san. Das Wasser ist sehr belebend. Ihr sollt schwimmen.«
Toranaga lehnte sich ungezwungen gegen das Schanzkleid und tupfte sich mit einem kleinen Handtuch das Wasser aus den Ohren. Blackthorne sah, daß er sehr muskulös und straff war – bis auf seinen Bauch. Ein wenig verlegen und sich Marikos Anwesenheit sehr bewußt, streifte er erst sein Hemd ab, um dann auch Hosenlatz und Hosen abzulegen, bis er ebenfalls nackt war.
»Herr Toranaga fragt, ob alle Engländer so behaart seien wie Ihr? Von so blondem Haar?«
»Manche ja«, sagte er.
»Wir – unsere Männer haben keine Haare auf der Brust und auf den Armen. Zumindest nur sehr wenig. Er sagt, Ihr seid sehr gut gewachsen.«
»Er doch auch. Bitte, dankt ihm.« Blackthorne entfernte sich von ihr und ging hinüber zu dem Fallreep; er war sich wohl bewußt, daß sowohl sie als auch Fujiko, die auf dem Vorschiff unter einem gelben Sonnenschirm kniete, ihm nachsahen. Dann, unfähig, den ganzen Weg über nackt zurückzulegen und dabei seine Würde zu bewahren, hechtete er über die Bordwand ins blaßblaue Wasser. Es war ein schöner Kopfsprung, und die Kälte des Meerwassers drang prickelnd in ihn ein. Der sandige Grund lag drei Faden unter ihm, Wasserpflanzen wogten hin und her, und ganze Schwärme von Fischen schossen ohne Angst vor den Schwimmern hin und her. Kurz vor dem Boden hörte sein Abtrieb auf, und er kehrte um und spielte mit den Fischen, tauchte auf und schwamm aufs Ufer zu. Die kleine Bucht lag verlassen da – viele Felsen, ein kleiner steiniger Strand,

nirgends ein Zeichen von Leben. Berge reckten sich wohl dreihundert Meter in den grenzenlosen blauen Himmel.
Er streckte sich auf einem Felsen aus und sonnte sich. Vier Samurai hatten ihn begleitet und warteten in einiger Entfernung. Sie lächelten und winkten. Später schwamm er zurück, und sie folgten ihm. Toranaga beobachtete ihn noch immer. Er kam wieder an Deck. Seine Kleider waren verschwunden. Fujiko, Mariko und die zwei Zofen waren immer noch da. Eine von den Zofen verneigte sich und reichte ihm ein lächerlich kleines Handtuch, das er nahm, um sich abzutrocknen, wobei er sich geniert dem Schanzkleid zuwandte.
Ich befehle dir jetzt, dich nicht zu genieren, sagte er sich. Das tust du doch nur in der Öffentlichkeit, wenn Frauen dabei sind – wenn *sie* dabei ist – oder? Warum? Nacktheit fällt ihnen gar nicht auf, und das ist eigentlich sehr vernünftig. Du bist in Japan – also mach's wie sie.
»Mein Gebieter sagt, Ihr schwimmt vorzüglich. Würdet Ihr ihm diesen Stil beibringen?« sagte Mariko.
»Mit Vergnügen«, sagte er und zwang sich, sich umzudrehen und sich gegen das Schanzkleid zu lehnen, wie Toranaga es auch tat. Mariko lächelte ihn von unten her an – wie hübsch sie aussieht, dachte er.
»Die Art, wie Ihr ins Wasser gesprungen seid. Das... so was haben wir noch nie gesehen. Wir lassen uns immer einfach hineinfallen. Er möchte lernen, es so zu machen wie Ihr.«
»Ich kann es ihm beibringen... zumindest kann ich es versuchen.«
Eine Zofe hielt Blackthorne einen Baumwollkimono hin. Dankbar schlüpfte er hinein und knotete die Schärpe zu. Völlig entspannt erklärte er jetzt, wie man einen Kopfsprung macht: Den Kopf zwischen den hochgenommenen Armen, dann in die Höhe und möglichst weit hinausspringen, dabei jedoch aufpassen, daß man nicht flach auf dem Bauch landet.
»Am besten versucht man es oben vom Fallreep aus; man läßt sich gewissermaßen mit dem Kopf zuerst hineinfallen, ohne zu springen und ohne Anlauf. So bringen wir es den Kindern bei.«
Toranaga lauschte, stellte Fragen, und dann, nachdem er glaubte, alles zu wissen, ließ er durch Mariko sagen: »Gut, ich denke, ich habe es verstanden.« Er trat oben ans Fallreep, und noch ehe Blackthorne ihn hätte zurückhalten können, hatte er sich kopfüber in das vier Meter tiefer gelegene Wasser gestürzt. Es wurde ein tückischer Bauchklatscher. Niemand lachte. Toranaga kam prustend zurück an Deck und versuchte es noch einmal. Und wieder landete er auf dem Bauch. Anderen Samurai erging es nicht besser.
»Es ist gar nicht so einfach«, sagte Blackthorne. »Ich habe lange dazu gebraucht, es zu lernen.« Er legte den Kimono ab und machte es noch einmal vor. Etliche Samurai probierten es, aber es gelang ihnen nicht. Toranaga erging es genauso: sechsmal.
Nachdem Blackthorne noch einmal gesprungen war, kletterte er auf die unterste Stufe des Fallreeps und erblickte Mariko über sich: Nackt schickte sie sich an,

sich in die Fluten hinabzustürzen. Sie hatte einen köstlichen Körper, und der Verband an ihrem Oberarm war neu. »Wartet, Mariko-san! Das erste Mal ist es besser, es von hier unten zu versuchen.«
»Sehr wohl, Anjin-san.«
Sie kam zu ihm herab. Das winzige Kreuz unterstrich nur noch ihre Schönheit. Er zeigte ihr, wie man sich vorbeugte und sich mit dem Kopf zuerst ins Wasser fallen ließ, und packte sie an der Hüfte, um sie hochzureißen, damit sie auch wirklich mit dem Kopf zuerst eintauchte.
Daraufhin versuchte auch Toranaga es noch einmal aus nicht ganz so großer Höhe, und diesmal schaffte er es einigermaßen. Auch Mariko wiederholte den Sprung. Die Berührung ihrer Haut erregte ihn, und so spielte er den Clown und ließ sich ins Wasser fallen, von wo aus er sie dann dirigierte, bis er wieder abgekühlt war. Dann kletterte er auf Deck hinauf, stellte sich oben aufs Schanzkleid und zeigte ihnen den Kopfsprung ohne Anlauf, weil er meinte, der sei eventuell leichter; er wußte, wie außerordentlich wichtig es für Toranaga war, es zu schaffen und Erfolg zu haben. »Aber Ihr müßt Euch ganz steif machen und dürft nicht einknicken, *hai?* Wie ein Schwert. Dann kann es nicht schiefgehen.« Er ließ sich einfach vornüberfallen, tauchte glatt ein, trat Wasser und wartete.
Etliche Samurai traten vor, doch Toranaga schickte sie zurück. Er reckte die Arme hoch, den Rücken kerzengerade. Brust und Schenkel waren krebsrot von den Bauchklatschern. Dann ließ er sich vornüberfallen, wie er es bei Blackthorne gesehen hatte. Er tauchte mit dem Kopf zuerst ein, und wenn er auch ein wenig mit den Beinen strampelte, so war es doch ein richtiger Köpfer, war er der erste, der es geschafft hatte, und rauschender Beifall begrüßte ihn, als er wieder auftauchte. Er wiederholte den Sprung, der diesmal noch besser gelang. Andere machten es ihm nach, teils mit, teils ohne Erfolg. Dann versuchte Mariko es. Blackthorne sah die straffen kleinen Brüste und ihre winzige Taille, den flachen Bauch und die gerundeten Beine. Ein Zucken des Schmerzes ging über ihr Gesicht, als sie die Arme über den Kopf reckte, doch sie hielt sich wie ein Pfeil und ließ sich mutig nach vorn fallen. Sauber wie ein Speer tauchte sie ins Wasser. Kaum jemand außer ihm sah es überhaupt.
»Das war ein schöner Sprung. Wirklich sehr schön.« Sie stand neben ihm, reichte ihm kaum bis zur Schulter und war sehr zufrieden mit sich. »Das ist ein köstliches Gefühl, sich nach außen fallen zu lassen und ganz steif bleiben zu müssen; vor allem aber, daß man seine Angst bezwingen muß. Jawohl, das ist ein ganz herrliches Gefühl.« Sie kletterte das Fallreep hinauf und schlüpfte in den Kimono, den die Zofe bereithielt. Dann trocknete sie sich anmutig das Gesicht und ging nach unten.
Herrgott, ist das eine Frau, dachte er!

Als an diesem Abend die Sonne unterging, schickte Toranaga nach Blackthorne. Er saß auf sauberen *Futons* auf dem Vorderdeck. In der Nähe stand ein kleines Holzkohlenbecken, auf dem kleine Stücke wohlriechenden Holzes schwelten.

Sie parfümierten die Luft und hielten Schnaken und Moskitos fern. Sein Kimono war gebügelt und blütenrein, und die gewaltigen, flügelähnlichen Schultern seines gestärkten Überwurfs verliehen ihm etwas Gebieterisches und Furchteinflößendes. Auch Yabu war sehr korrekt gekleidet. Mariko und Fujiko waren gleichfalls da, und zwanzig Samurai saßen schweigend als Wache um ihn herum. Fackeln waren gesteckt worden, und die Galeere lag immer noch vor Anker in der Bucht und dümpelte sanft.
»Saké, Anjin-san?«
»*Domo*, Toranaga-sama.« Blackthorne verneigte sich und empfing von Fujiko eine kleine Schale, hob sie grüßend vor Toranaga und trank sie aus. Blackthorne trug einen braunen Uniform-Kimono und fühlte sich darin ungezwungener und behaglicher als in seinen eigenen Kleidern.
»Herr Toranaga sagt, wir bleiben über Nacht hier. Morgen werden wir Anjiro erreichen. Er würde gern mehr über Euer Land und die Welt draußen hören.«
»Selbstverständlich, gern. Was möchte er wissen? Es ist ein wunderbarer Abend, nicht wahr?« Blackthorne setzte sich bequem hin. Er war sich ihrer Weiblichkeit durchaus bewußt. Allzu bewußt vielleicht.
»Ja, wunderbar. Bald wird es schwül werden, Anjin-san. Der Sommer ist keine gute Zeit.« Sie berichtete Toranaga, was sie gesagt hatte. »Mein Gebieter meint, ich solle Euch sagen, daß Yedo sumpfig ist. Die Moskitos sind dort im Sommer eine Plage. Frühling und Herbst hingegen sind bezaubernd – das Erwachen und das Absterben des Jahres sind unvergleichlich schön.«
»England hat ein gemäßigtes Klima. Streng ist nur etwa jeder siebte Winter. Und bei den Sommern ist es ähnlich. Hungersnöte kommen etwa einmal in sechs Jahren, obgleich wir manchmal auch zwei schlechte Jahre hintereinander haben...«
»Hungersnöte haben wir auch. Hungersnöte sind immer schlimm. Wie steht es jetzt in Eurem Land?«
»In den letzten zehn Jahren haben wir dreimal schlechte Ernten gehabt. Aber das ist die Hand des Allmächtigen. Jetzt ist England sehr stark. Es ergeht uns wohl. Meine Landsleute arbeiten hart. Wir stellen alle Stoffe und alle Waffen, die wir brauchen, selbst her – die meisten Wollstoffe in ganz Europa. Aus Frankreich kommen ein paar Seidenstoffe, aber sie sind von minderer Qualität und nur für die ganz Reichen erschwinglich.«
Blackthorne beschloß, ihnen nichts über die Pest oder die Aufstände und auch nichts von der Landflucht zu erzählen, die durch die Einzäunung der Gemeindeanger hervorgerufen wurde. Statt dessen schwärmte er von den guten Königen und Königinnen, dem weisen Parlament und den erfolgreichen Kriegen.
»Herr Toranaga möchte es ganz klar wissen. Ihr behauptet, einzig die Überlegenheit auf See schütze England vor Spanien und Portugal?«
»Ja, nur die. Daß wir das Meer um uns herum beherrschen, macht uns frei. Ihr seid auch ein Inselvolk. Seid nicht auch Ihr, wenn Ihr die Meere um Euch nicht beherrscht, Feinden von außen schutzlos ausgesetzt?«

»Mein Gebieter stimmt Euch zu.«
»Oh, seid Ihr auch schon von Fremden besetzt worden?« Blackthorne bemerkte das leichte Stirnrunzeln, als sie sich an Toranaga wandte, und er nahm sich vor, sich darauf zu beschränken, die Fragen zu beantworten und selbst keine zu stellen.
Als sie das Wort wieder an ihn richtete, klang ihre Stimme ernster als zuvor. »Herr Toranaga sagt, er wolle Eure Frage beantworten, Anjin-san. Jawohl, wir sind zweimal besetzt worden. Vor über dreihundert Jahren überzogen die Mongolen des Kublai Khan, der gerade China und Korea unterworfen hatte, unser Land mit Krieg. Ein paar tausend Mann landeten in Kyushu, aber es gelang unseren Samurai, sie aufzuhalten, und nach einiger Zeit zog der Feind sich wieder zurück. Sieben Jahre später kamen sie allerdings wieder – diesmal mit fast tausend chinesischen und koreanischen Schiffen und einem zweihunderttausend Mann starken Heer – Mongolen, Chinesen und Koreanern, fast alle beritten. Wieder landeten sie in der Hakata-Bucht auf Kyushu, doch ehe sie alle ihre Armeen ausschiffen konnten, zog aus dem Süden ein *Tai-fun* herauf und vernichtete die gesamte Flotte mit allem, was darauf war. Diejenigen, die bereits an Land waren, wurden schnell getötet. Es war ein *Kamikazi*, ein Göttlicher Wind, Anjin-san«, sagte sie mit großer Überzeugung, »ein von den Göttern geschickter *Kamikazi*, um dieses Land der Götter vor den fremden Eindringlingen zu schützen. Die Mongolen ließen sich nie wieder blicken, und nach achtzig Jahren etwa wurde die Chin-Dynastie aus China vertrieben«, fügte Mariko voller Genugtuung hinzu.
Blackthorne dachte über die gewaltige Zahl von Schiffen und Menschen nach, die an dieser Invasion beteiligt gewesen waren – im Vergleich damit nahm sich die spanische Armada geradezu bedeutungslos aus. »Uns hat auch ein Sturm geholfen, Senhora«, sagte er genauso ernst wie sie. »Auch bei uns glauben viele, er sei von Gott geschickt.« Er blickte auf das Holzkohlenbecken, in dem ein Stück Kohle knisterte und die Flammen tanzten. Dann sagte er: »Ums Haar hätten die Mongolen uns übrigens auch in Europa überrannt«, und er erzählte ihnen, wie die Horden des Dschingis Khan, des Großvaters von Kublai Khan, fast bis vor die Tore von Wien gelangt waren, ehe ihrem Vorstoß hatte Einhalt geboten werden können. »Damals glaubten die Menschen, Dschingis Khan und seine Krieger seien von Gott geschickt, damit er die Welt für ihre Sünden bestrafe.«
»Herr Toranaga sagt, er sei nichts weiter gewesen als ein Barbar, der sich nur unglaublich gut auf das Kriegführen verstanden habe.«
»Gewiß. Trotzdem sind wir in England glücklich darüber, daß wir eine Insel sind. Wir danken Gott dafür und für den Ärmelkanal. Und für unsere *Navy*. Wo China doch so nahe ist – und Ihr mit China im Krieg liegt –, wundere ich mich, daß Ihr keine große Kriegsflotte habt. Habt Ihr denn keine Angst vor einem neuerlichen Angriff?« Mariko antwortete nicht, sondern dolmetschte für Toranaga, was er gesagt. Nachdem sie fertig war, richtete Toranaga das Wort

an Yabu, der zustimmend nickte und gleichfalls mit großem Ernst antwortete. Die beiden Männer redeten eine Weile miteinander, Mariko beantwortete eine weitere Frage von Toranaga und wandte sich dann abermals an Blackthorne.
»Um Eure Meere zu beherrschen, Anjin-san – wie viele Schiffe braucht Ihr da?«
»Das weiß ich nicht genau, aber im Augenblick verfügt die Königin etwa über hundertundfünfzig Kriegsschiffe – das heißt Schiffe, die ausschließlich für den Krieg gebaut wurden.«
»Mein Gebieter fragt, wie viele Schiffe Eure Königin jedes Jahr baut.«
»Zwanzig bis dreißig Kriegsschiffe, die besten und wendigsten der Welt. Aber diese Schiffe werden in der Regel von Kaufleuten gebaut, die sie dann an die Krone verkaufen.«
»Mit einem Gewinn?«
Blackthorne dachte an die Einstellung der Samurai Geld und Gewinnstreben gegenüber. »Die Königin gibt großzügigerweise mehr als die tatsächlichen Baukosten, um die Forschung und die Entwicklung neuer Baustile zu fördern. Ohne die königliche Großzügigkeit wäre das kaum möglich. Die *Erasmus* zum Beispiel stellt einen neuen Schiffstyp dar – ein englischer Entwurf, unter Lizenz in den Niederlanden gebaut.«
»Könntet Ihr ein solches Schiff auch hier bauen?«
»Ja. Wenn ich Zimmerleute, Dolmetscher und alles nötige Baumaterial sowie die erforderliche Zeit hätte. Aber zuerst müßte ich ein kleineres Fahrzeug bauen. Da ich selbst noch nie ein ganzes Schiff gebaut habe, müßte ich experimentieren ... aber selbstverständlich«, fügte er hinzu und versuchte dabei, sich seine Begeisterung nicht anmerken zu lassen, als dieser Gedanke bei ihm Gestalt annahm, »selbstverständlich, wenn Herr Toranaga ein solches Schiff haben möchte, oder auch mehrere, dann könnte man vielleicht zu einem Handel kommen. Vielleicht könnte er eine Reihe von Schiffen in England in Auftrag geben. Wir könnten sie für ihn herbringen – nach seinen Wünschen getakelt und bewaffnet.«
Mariko dolmetschte. Toranagas Interesse wurde sichtlich größer. »Er fragt, ob man unsere Seeleute lehren könne, solche Schiffe zu segeln.«
»Wenn man genug Zeit zur Verfügung hat – selbstverständlich. Wir könnten vereinbaren, daß die Kapitäne ein Jahr lang in unserer Flotte Dienst machen. In ein paar Jahren könntet Ihr dann Eure eigene Kriegsmarine haben. Eine moderne Kriegsflotte, die anderen Flotten in nichts nachsteht.«
Mariko sprach eine ganze Weile. Toranaga und Yabu fragten mehrmals neugierig nach. Toranaga ließ sich von der Vorstellung offensichtlich beflügeln, wiewohl er versuchte, sich das nicht anmerken zu lassen.
»Mein Gebieter fragt, ob Ihr sicher seid, daß sich das arrangieren ließe.«
»Ja.«
»Und wie lange würde das dauern?«
»Ich selbst brauchte zwei Jahre, um nach Hause zu segeln. Zwei weitere Jahre würde es dauern, ein oder mehrere Schiffe zu bauen. Und zwei, um sie hierher-

zusegeln. Die Hälfte der Kosten müßte im voraus bezahlt werden, die andere Hälfte bei Ablieferung.«
Toranaga beugte sich nachdenklich vor und legte noch ein paar aromatische Hölzer auf die Glut. Alle beobachteten ihn und warteten. Dann besprach er sich des längeren mit Yabu. Mariko dolmetschte nicht, was gesagt wurde, und Blackthorne wußte, daß er gut daran tat, nicht nachzufragen.
»Anjin-san, wie viele Schiffe könntet Ihr hierherbringen?«
»Am besten jeweils eine kleine Flotte von fünf Schiffen. Man müßte darauf gefaßt sein, daß mindestens eins von diesen Schiffen einem Sturm oder den Spaniern und Portugiesen zum Opfer fiele. In zehn Jahren könnte Herr Toranaga über eine Kriegsflotte von zehn bis fünfzehn Einheiten verfügen.« Er ließ sie erst dolmetschen und fuhr dann langsam fort: »Mit der ersten Flottille könnten ausgebildete Zimmerleute, Schiffsbaumeister, Kanoniere, Seeleute und Kapitäne herkommen. In zehn bis fünfzehn Jahren könnte England Herrn Toranaga dreißig moderne Kriegsschiffe liefern, mehr als genug, um Eure Meere zu beherrschen.
Und wenn ihr wolltet, könntet Ihr bis dahin soweit sein, Eure eigenen Schiffe hier zu bauen. Wir...« – *verkaufen* wollte er sagen, wählte dann jedoch einen anderen Ausdruck. »Meine Königin würde es als eine Ehre betrachten, Euch beim Aufbau einer eigenen Flotte zu helfen, und wenn Ihr wünscht, könnten wir die Ausbildung der Mannschaften und die Ausrüstung übernehmen.« O ja, dachte er begeistert, als er die Krönung des ganzen gigantischen Plans vor sich sah: Wir könnten die Offiziere stellen und den Admiral, und die Königin bietet Euch ein dauerhaftes Bündnis an – und dann, Freund Toranaga, werden wir gemeinsam den spanischen und den portugiesischen Hund von diesem Meeren vertreiben. Das könnte der größte Handelsvertrag werden, den je ein Land abgeschlossen hat, dachte er frohlockend. Und wenn eine anglo-japanische Flotte diese Meere sauberfegt, haben wir Engländer den Seidenhandel zwischen China und Japan in der Hand. Das wird uns jedes Jahr Millionen bringen!
Wenn ich das schaffte, würde ich den Gang der Weltgeschichte verändern. Ich werde mehr Reichtümer besitzen und mit mehr Ehren überhäuft werden, als ich es mir je hätte träumen lassen!
»Mein Gebieter sagt, es ist ein Jammer, daß Ihr nicht unsere Sprache sprecht.«
»Stimmt. Aber ich bin gewiß, Ihr dolmetscht vorzüglich.«
»Er meint das nicht als Kritik an mir, Anjin-san; es war nur eine Bemerkung. Und es stimmt. Es wäre viel besser für meinen Herrn, er könnte direkt mit Euch reden, so wie ich mit Euch rede.«
»Habt Ihr irgendwelche Wörterbücher, Mariko-san? Und Grammatiken – portugiesisch-japanische oder lateinisch-japanische? Wenn Herr Toranaga mir mit Büchern helfen würde, würde ich versuchen, Eure Sprache zu erlernen.«
»Wir haben solche Bücher nicht.«
»Aber die Jesuiten. Das habt Ihr mir selbst erzählt.«
»Ah.« Sie wandte sich an Toranaga, und Blackthorne sah, wie es sowohl in sei-

nen als auch in Yabus Augen aufleuchtete und wie ein Lächeln sich über ihre Züge breitete.
»Mein Gebieter sagt, er werde Euch helfen, Anjin-san.«
Auf Toranagas Wink hin schenkte Fujiko Blackthorne und Yabu Saké nach. Toranaga selbst trank ausschließlich *Cha*, genauso wie Mariko. Unfähig, sich noch länger zu beherrschen, fragte Blackthorne: »Was sagt er zu meinen Vorschlägen? Wie lautet seine Antwort?«
»Anjin-san, es wäre besser, sich in Geduld zu fassen. Er wird Euch antworten, wenn es soweit ist.«
»Bitte, fragt ihn jetzt gleich.«
Zögernd wandte Mariko sich an Toranaga. »Bitte, verzeiht, Euer Gnaden, aber der Anjin-san fragt mit großer Ehrerbietung, was Ihr von seinem Plan haltet? Er bittet sehr demütig und in aller Höflichkeit um eine Antwort.«
»Er wird meine Antwort zur rechten Zeit erfahren.«
Mariko sagte zu Blackthorne: »Mein Gebieter sagt, er werde sich Euren Plan überlegen und sorgfältig darüber nachdenken, was Ihr gesagt habt. Er bittet Euch, Euch zu gedulden.«
»*Domo*, Toranaga-sama.«
»Ich gehe jetzt schlafen. Bei Morgengrauen brechen wir auf.« Toranaga erhob sich. Alle folgten ihm nach unten, bis auf Blackthorne. Er blieb allein zurück.

Beim ersten Morgengrauen ließ Toranaga vier Brieftauben fliegen. Sie kreisten zweimal überm Schiff und flogen dann in verschiedene Richtungen davon: zwei nach Osaka und zwei nach Yedo. Die beiden verschlüsselten Nachrichten für Kiritsubo enthielten den – an Hiro-matsu weiterzugebenden – Befehl, daß sie versuchen sollten, sofort in Frieden nach Hause zu kommen. Sollte man sie daran hindern, sollten sie sich einschließen. Sobald man versuchen würde, das Tor mit Gewalt aufzubrechen, sollten sie Feuer an diesen Teil der Burg legen und *Seppuku* begehen.
Mit der verschlüsselten Nachricht an seinen Sohn Sudara in Yedo teilte er ihm die geglückte Flucht mit und befahl ihm, die Kriegsvorbereitungen in aller Heimlichkeit fortzusetzen.
»Und jetzt auf See, Kapitän!«
»Jawohl, Herr.«
Gegen Mittag hatten sie die Bucht hinter sich, welche die Provinzen Totomi und Izu voneinander trennte. Der Wind war günstig, der Seegang mäßig, und das einzelne Hauptsegel half ihnen, rasch voranzukommen.
Dann, als sie in Ufernähe in einen tiefen Kanal zwischen dem Festland und einigen kleineren Felseilanden hindurchliefen und nach Norden abbogen, vernahmen sie von Land ein drohendes Grollen.
Alle Riemen ruhten.
»Was in Gottes Namen ...« Blackthornes Augen waren auf das Ufer gerichtet. Unvermittelt sprang ein riesiger Spalt die Klippen hinauf, und Millionen Ton-

nen Felsgestein stürzten sich wie eine Lawine ins Meer. Einen Augenblick schien das Wasser zu kochen. Eine Welle lief auf die Galeere zu, ging vorüber, und dann lief die Lawine aus. Dann nochmals das Grollen, dumpfer diesmal und länger anhaltend, aber freilich aus größerer Ferne. Felsen brachen von den Klippen herunter. Alle lauschten gespannt, warteten und ließen das Steilufer nicht aus den Augen. Möwengekreisch, dann wieder der Trommelschlag des Rudermeisters. Die Riemen bewegten sich wieder im Takt, und das Leben an Bord ging weiter.

»Was war das?« fragte Blackthorne.

»Ach, nur ein Erdbeben.« Mariko war verblüfft. »Ihr habt keine Erdbeben?«

»Nein, nie. Ich habe noch nie eins erlebt.«

»Ach, bei uns bebt die Erde häufig, Anjin-san. Dies war nur ein kleines Beben. Ihr habt Glück gehabt, daß Ihr nur ein kleines erlebt habt.«

»Es war aber so, als ob die ganze Erde zitterte. Ich hätte schwören mögen, ich habe gesehen, wie das ganze Steilufer sich schüttelte.«

»Das hat es auch, Anjin-san. An Land ist es das furchtbarste Gefühl, das man sich denken kann. Es gibt keinerlei Warnungen, Anjin-san. Die Stöße kommen in Wellen, manchmal von der Seite, manchmal auf und ab, manchmal drei oder vier rasche Stöße hintereinander. Bisweilen folgt einem kleineren Beben ein großes – einen Tag später. Es gibt darin keine Gesetzmäßigkeit. Das schlimmste, das ich erlebt habe, war vor sechs Jahren in Osaka, bei Nacht, am dritten Tag des Monats der Fallenden Blätter. Unser Haus stürzte über unserem Kopf zusammen, Anjin-san. Verletzt wurden wir nicht. Mein Sohn und ich, wir gruben uns wieder heraus. Die Erschütterungen gingen etwa eine ganze Woche weiter. Die große neue Burg in Fujimi wurde völlig zerstört. Hunderttausende von Menschen kamen bei diesem Erdbeben und in den Feuersbrünsten, die ihm folgten, um. Das ist das Gefährlichste, Anjin-san – die Feuersbrünste, die hinterher immer ausbrechen. Unsere Städte und Dörfer werden so leicht vernichtet. Manchmal kommt es draußen auf See zu einem schlimmen Erdbeben, und es geht die Sage, daß es die Geburt der Großen Wogen auslöst. Die sind drei oder sogar sechs Meter hoch. Sie kommen ohne jede vorherige Warnung und zu jeder Jahreszeit. Eine Große Woge rollt einfach aus dem Meer auf unsere Küsten zu und ergießt sich weit bis ins Land hinein. Dabei können ganze Städte verschwinden. Yedo wurde vor ein paar Jahren von einer solchen Woge halb zerstört.«

»Und das ist für Euch normal? Kommt jedes Jahr vor?«

»O ja. In diesem Land der Götter erleben wir Jahr für Jahr Erdbeben. Feuersbrünste, Fluten, Große Wogen und die ungeheuerlichen Stürme – die *Tai-fune.* Die Natur ist bei uns sehr mächtig.« Tränen sammelten sich in ihren Augenwinkeln. »Vielleicht ist das der Grund, warum wir das Leben so sehr lieben, Anjin-san. Versteht Ihr, es bleibt uns gar nichts anderes übrig. Der Tod ist Teil unserer Luft, unserer See und unserer Erde. Ihr müßt wissen, Anjin-san, in diesem Land der Tränen ist der Tod unser Erbe.«

# Drittes Buch

# 30. Kapitel

»Seid Ihr auch sicher, daß alles bereit ist, Mura?«
»Ja, Omi-san, ja, ich glaube schon. Wir haben Eure Befehle und die Anordnungen Igurashi-sans peinlichst genau befolgt.«
»Ihr gebt besser acht, daß nichts schiefgeht, sonst hat das Dorf bei Sonnenuntergang einen neuen Schulzen«, erklärte Igurashi, Yabus Stellvertreter. Eines seiner Augen war vor Überanstrengung blutunterlaufen. Er war gestern mit dem ersten Kontingent von Samurai und mit besonderen Instruktionen aus Yedo eingetroffen.
Mura erwiderte nichts, sondern nickte nur ehrerbietig und hielt die Augen gesenkt.
Sie standen am Ufer in der Nähe der Mole vor den knienden Reihen schweigender, verängstigter und gleichfalls ausgepumpter Dorfbewohner – jeder Mann, jede Frau und jedes Kind, bis auf die Bettlägerigen, alle waren da. Sie trugen ihre besten Kleider und warteten auf die Ankunft der Galeere. Ihre Gesichter waren saubergeschrubbt, das ganze Dorf gefegt und blitzblank und schön herausgeputzt wie zum Vorabend des Neujahrsfestes, zu dem das gesamte Reich nach alter Sitte gesäubert wurde. Die Fischerboote lagen in peinlichster Ordnung nebeneinander aufgereiht am Strand, die Netze säuberlich aufgerollt.
»Es wird nichts schiefgehen, Igurashi-san«, sagte Omi. Auch er hatte während der vergangenen Woche nur wenig geschlafen, seit mit Toranagas Brieftauben Yabus Befehle aus Osaka eingetroffen waren. Er hatte sofort das gesamte Dorf mobilisiert und jeden gesunden Mann im Umkreis von zwanzig *Ri* aufgeboten, um Anjiro für die Ankunft Yabus vorzubereiten. Und jetzt hatte Igurashi ihm auch noch das ganz große, nur für seine Ohren bestimmte Geheimnis zugeflüstert, daß der große *Daimyo*, Toranaga, seinen Onkel begleite und Ishidos Falle erfolgreich entgangen sei; jetzt freute er sich um so mehr, daß er soviel Geld ausgegeben hatte. »Ihr braucht Euch keinerlei Sorgen zu machen, Igurashi-san. Dies hier ist mein Lehen, und die Verantwortung für alles liegt ganz bei mir.«
»Ihr habt recht. Ja, das stimmt.« Igurashi scheuchte Mura mit einer verächtli-

chen Handbewegung fort. Und dann setzte er leise hinzu: »Ihr tragt zwar die Verantwortung. Aber bitte, verargt es mir nicht, wenn ich Euch sage, Ihr habt unseren Herrn noch nicht erlebt, wenn etwas schiefgeht. Wenn wir auch nur eine Kleinigkeit vergessen, dann verwandelt unser Gebieter Euer gesamtes Lehen in einen Misthaufen.« Er trat einen Schritt zurück und stellte sich wieder an die Spitze seiner Männer.

Heute vormittag waren die letzten Kompanien von Samurai zu Pferd aus Mishima, Yabus Hauptstadt im Norden, eingetroffen. Jetzt hatten auch sie zusammen mit den anderen in dichtgedrängten militärischen Formationen am Strand, auf dem Dorfplatz und auf dem Hügel Aufstellung genommen: dreitausend Samurai, die Elite von Yabus Armee, darunter fünfhundert Berittene.

Omi hatte keine Angst. Er hatte das Menschenmögliche getan und persönlich alles beaufsichtigt. Wenn jetzt trotzdem etwas schiefging, dann war das *Karma*. Fünfhundert *Koku* hatte er für die Vorbereitungen ausgegeben – mehr als sein gesamtes Jahreseinkommen, ehe Yabu sein Lehen vergrößert hatte. Ihm war bei der Höhe dieser Ausgaben schwindlig geworden, doch Midori, seine Frau, hatte gesagt, sie sollten an nichts sparen; im Verhältnis zu der Ehre, die Herr Yabu ihnen antue, seien die Kosten gering. »Und wo auch noch Herr Toranaga kommen soll – wer weiß, was für große Möglichkeiten sich Euch eröffnen?« hatte sie geflüstert.

Noch einmal ließ er seinen Blick prüfend über das Ufer und den Dorfplatz schweifen. Alles schien vollkommen. Midori und seine Mutter warteten unter einem Sonnensegel, das man aufgespannt hatte, um Yabu und seinen Gast, Toranaga, darunter zu empfangen. Omi bemerkte, daß seine Mutter nörgelnd auf Midori einredete, und er wünschte, er könnte ihr das ständige Gekeife ersparen. Er strich eine Falte in seinem bereits makellosen Kimono nach, rückte seine Schwerter zurecht und schaute hinaus aufs Meer.

*Oh ko*, dachte Mura verdrossen – hoffentlich haben wir wirklich nichts vergessen. Er warf einen Blick den Hügel hinauf auf die Bambuspalisade, welche das provisorische Fort umschloß, das sie mit solchem Schweiß und in aller Eile errichtet hatten. Dreihundert Mann hatten daran gebaut, gegraben und das Material herangeschleppt. Mit dem anderen neuen Gebäude war es leichter gewesen. Es stand auf der Kuppe unmittelbar unter Omis Haus. Er konnte es von hier aus sehen. Es war kleiner als Omis Haus, aber mit Ziegeln gedeckt, einem behelfsmäßig angelegten Garten und einem freistehenden Badehaus daneben. Ich nehme an, Omi wird dort hinziehen und Herrn Yabu sein Haus zur Verfügung stellen, dachte Mura.

Sein Blick schweifte hinüber zu der Landspitze, hinter der jetzt jeden Augenblick die Galeere auftauchen konnte. Bald würde Yabu an Land kommen, und dann lag alles in der Hand der *Kami*.

Fujiko kniete unterwürfig vor Toranaga in der Hauptkammer, die er während der Überfahrt bewohnt; sie waren allein.

»Ich bitte Euch, Euer Gnaden«, flehte sie ihn an, »nehmt dieses Urteil von meinem Haupt.«
»Es ist kein Urteil, sondern ein Befehl!«
»Ich werde selbstverständlich gehorchen. Aber ich kann nicht...«
»Könnt nicht?« brauste Toranaga auf. »Wie könnt Ihr es wagen, mit mir zu streiten! Ich sage Euch, Ihr sollt die Gattin des Anjin-san werden, und Ihr habt die Stirn, mit mir darüber zu rechten?«
»Ich bitte um Verzeihung, Euer Gnaden«, beeilte Fujiko sich zu sagen, und ihre Worte überstürzten sich. »Ich habe nicht rechten wollen. Ich habe nur sagen wollen, daß ich es nicht so tun kann, wie Ihr es wünscht. Ich bitte Euch um Verständnis. Verzeiht mir, Euer Gnaden, aber es ist mir nicht möglich, glücklich zu sein – so zu tun, als ob ich glücklich wäre.« Sie senkte ihre Stirn auf den *Futon*. »Ich bitte Euch in aller Demut, *Seppuku* begehen zu dürfen.«
»Ich habe Euch schon einmal gesagt, daß ich für sinnloses Sterben nichts übrig habe. Ich habe eine Aufgabe für Euch.«
»Bitte, Euer Gnaden, ich möchte sterben. Ich bitte in aller Demut. Ich möchte mich mit meinem Gatten und meinem Sohn vereinigen.«
Toranagas Stimme kam wie ein Peitschenknall und übertönte das Geräusch der Galeere: »Ich habe Euch diese Ehre bereits verweigert. Ihr habt sie nicht verdient, *noch* nicht. Und nur um Eures Großvaters willen, weil Herr Hiro-matsu mein ältester Freund ist, habe ich mir bis jetzt Eure ungezogenen Äußerungen angehört. Schluß jetzt mit solchem Unsinn, Weib! Hört auf, Euch zu benehmen wie ein Strohkopf von Bauer!«
»Ich bitte demütig um die Erlaubnis, mir die Haare abschneiden und Nonne werden zu dürfen, Buddha wird...«
»Nein. Ich habe Euch einen Befehl gegeben. Gehorcht ihm! Ihr vergeßt Eure Stellung, Ihr vergeßt Euer Erbe, Ihr vergeßt Eure Pflicht! Ich bin entsetzt über Euch!«
»Ich möchte sterben, bitte, laßt mich zu ihnen, Euer Gnaden.«
»Euer Gatte wurde durch ein Versehen als Samurai geboren. Er war wirr im Kopf, und folglich war auch seine Nachkommenschaft wirr im Kopf. Dieser Narr hätte mich ums Haar ruiniert. Euch ihnen beigesellen? Was für ein Unsinn! Ich verbiete Euch, *Seppuku* zu begehen! Jawohl, ich verbiete es Euch. Und jetzt hinaus!«
Aber sie rührte sich nicht.
»Vielleicht sollte ich Euch besser zu den *Eta* schicken. In eines ihrer Häuser. Vielleicht lehrt Euch das Manieren und Pflichterfüllung!«
Ein Schauder ließ sie erbeben, doch trotzig zischte sie zurück: »Die wären jedenfalls Japaner!«
»*Ich bin Euer Lehnsherr!* Ihr werdet tun, was ich befohlen habe!«
Fujiko zögerte. Dann zuckte sie mit den Achseln. »Jawohl, Euer Gnaden. Ich bitte wegen meiner schlechten Manieren um Verzeihung!« Sie legte ihre Hände flach auf den *Futon* und senkte den Kopf tief, die Stimme reuevoll. Aber in ih-

rem Herzen war sie nicht überzeugt. »Euer Gnaden, ich bitte aufrichtig um Verzeihung, daß ich Euch beunruhigt habe – und wegen meiner schlechten Manieren. Ihr hattet recht. Es war unrecht von mir.« Sie stand auf und ging still auf die Kammertür zu.
»Wenn ich Euch gewähre, was Ihr begehrt«, sagte Toranaga, »werdet Ihr dann tun – mit ganzem Herzen tun –, was ich verlange?«
Langsam sah sie sich um. »Für wie lange, Euer Gnaden? Ich bitte fragen zu dürfen, wie lange ich Nebengattin eines Barbaren sein muß?«
»Ein Jahr.«
Sie drehte sich um und griff nach dem Türknauf.
»Ein halbes Jahr«, sagte Toranaga.
Fujikos Hand hielt inne. Zitternd lehnte sie die Stirn gegen die Tür. »Ja. Vielen Dank, Euer Gnaden. Ich danke Euch.«
Toranaga erhob sich und ging zur Tür. Sie öffnete sie für ihn, verneigte sich, als er hindurchschritt, und schloß sie wieder hinter ihm. Dann überließ sie sich schweigend ihren Tränen.
Sie war eine Samurai.

Als Toranaga jetzt an Deck kam, war er sehr zufrieden mit sich. Er hatte erreicht, was er wollte, und das mit dem geringsten Aufwand an Schwierigkeiten. Hätte er die junge Frau allzu sehr gezwungen, würde sie nicht gehorcht, sondern ihrem Leben auch ohne seine Einwilligung ein Ende gesetzt haben. Jetzt aber würde sie sich besonders viel Mühe geben zu gefallen, denn es war wichtig, daß die Gattin des Piloten glücklich war, zumindest nach außen hin, und sechs Monate würden mehr als ausreichen. Mit Frauen ist soviel leichter umgehen als mit Männern, dachte er froh. So sehr viel leichter – in manchen Dingen wenigstens.
Dann erblickte er die dichtgedrängte Masse von Samurai, die Yabu rings um die Bucht hatte aufmarschieren lassen, und sein Gefühl wohliger Zufriedenheit schwand.
»Willkommen in Izu, Herr Toranaga«, sagte Yabu. »Ich habe ein paar meiner Männer herbeordert, damit sie Euch als Eskorte dienen.«
Die Galeere war immer noch zweihundert Meter vom Pier entfernt, glitt langsam näher, und sie konnten Omi und Igurashi, die *Futons* und das Sonnensegel erkennen.
»Es ist alles getan worden, wie wir es in Osaka besprochen haben«, sagte Yabu. »Aber warum bleibt Ihr nicht ein paar Tage bei mir? Ich selbst würde es mir zur Ehre anrechnen, und außerdem könnte es sehr nützlich sein. Ihr könntet sagen, ob Ihr mit der Auswahl der zweihundertfünfzig Mann für das Musketenregiment einverstanden seid, und könntet gleichzeitig seinen Kommandeur kennenlernen.«
»Nichts würde mir mehr gefallen, aber ich muß nun einmal so schnell wie möglich nach Yedo, Yabu-san.«

»Zwei oder drei Tage? Bitte. Ein paar Tage ohne Sorgen würden Euch guttun, *neh?* Ein bißchen Ruhe, gutes Essen und die Jagd.«

Toranaga suchte verzweifelt nach einer Ausrede. Mit nur fünfzig Wachen hierzubleiben – daran war nicht zu denken. Damit wäre er vollkommen in Yabus Hand, und das wäre noch schlimmer als die Situation in Osaka. Yabu war so verräterisch wie ein Hai, und Haie bringt man nicht in Versuchung, sagte er sich. Wenn Yabu Ishido Toranagas Kopf auf einem Holzteller präsentierte, würde ihm das bestimmt weit mehr einbringen, als Toranaga zu bieten bereit war.

Ihn umbringen oder an Land gehen? Das waren die beiden Möglichkeiten.

»Zu gütig«, sagte er, »aber ich muß nach Yedo.« Nie hätte ich es für möglich gehalten, daß Yabu in so kurzer Zeit so viele Truppen hierherbringen könnte. Ob er wohl unseren Code geknackt hat?

»Bitte, erlaubt mir, daß ich darauf bestehe, Toranaga-sama. Die Jagd in der Umgebung ist sehr gut. Ich habe Falken mitbringen lassen. Ein bißchen Jagd nach dem Eingesperrtsein in Osaka würde Euch guttun, *neh?*«

»Ja, es wäre schön, heute auf die Jagd zu gehen. Ich bedauere, meine Falken verloren zu haben.«

»Aber sie sind doch nicht verloren. Hiro-Matsu wird sie bestimmt mit zurückbringen nach Yedo?«

»Ich habe ihm befohlen, sie freizulassen, sobald wir in Sicherheit sind. Bis sie wieder in Yedo gewesen wären, hätten sie alles verlernt und wären verkümmert. Das ist eines von den wenigen Dingen, die ich mir zur Regel gemacht habe: Nur mit Falken zu jagen, die ich selbst angelernt habe, und ihnen keinen anderen Herrn zu erlauben. Auf diese Weise machen sie wenigstens nur meine Fehler.«

»Das ist eine gute Regel. Ich würde gern auch die anderen kennen. Vielleicht heute abend beim Essen?«

Ich brauche diesen Hai, dachte Toranaga verbittert.

Zwei Taue wurden an Land gerudert, dort aufgefangen und festgemacht. Die Taue strafften sich und knarrten unter der Anspannung, als die Galeere elegant anlegte. Die Riemen wurden hochgenommen. Die Laufplanke wurde hinausgeschoben, dann trat Yabu hinaus.

Wie aus einem Mund stießen die Samurai ihren Schlachtruf aus: »*Kasigi! Kasigi!*«, der Lärm ließ die Möwen kreischend und krächzend in den Himmel steigen. Wie auf ein Kommando verneigten sich alle Mann um die Bucht.

Yabu erwiderte die Verneigung, drehte sich dann nach Toranaga um und winkte ihm mit weitausladenden Gesten. »Laßt uns an Land gehen.«

Toranaga ließ den Blick über die dichtgedrängten Samurai und die im Staub liegenden Bewohner des Dorfes schweifen und fragte sich dabei: Ist dies der Ort, wo ich nach dem Astrologen sterben soll? Der erste Teil seiner Weissagung ist zweifellos in Erfüllung gegangen: Mein Name steht jetzt an die Mauern von Osaka geschrieben.

Er schüttelte diesen Gedanken ab. Von der Laufplanke aus rief er laut und gebie-

terisch seinen fünfzig Samurai zu, die jetzt genauso wie er ihre braunen Uniform-Kimonos trugen: »Ihr alle bleibt hier! Ihr, Kapitän, bereitet die sofortige Abfahrt vor! Mariko-san, Ihr werdet drei Tage lang in Anjiro bleiben. Bringt den Piloten und Fujiko-san augenblicklich an Land und erwartet mich auf dem Dorfplatz.« Dann blickte er zum Ufer hinüber und sprach zu Yabus Verwunderung noch lauter: »Und jetzt, Yabu-san, werde ich Eure Regimenter inspizieren!« Augenblicklich schritt er an ihm vorbei und stapfte mit der ganzen lässigen Arroganz des großen Heerführers die Laufplanke hinunter.
Kein Heerführer hatte mehr Schlachten gewonnen als er, und keiner war listiger als er, mit Ausnahme des Taikō, und der war tot. Keiner hatte so wenige Männer verloren. Und niemals, niemals war er geschlagen worden.
»Ah, Igurashi-san«, sagte er mit einer Herzlichkeit, die er keineswegs empfand. »Freut mich, Euch wiederzusehen. Kommt mit, wir werden Eure Männer gemeinsam inspizieren.«
»Jawohl, Herr!«
»Und Ihr müßt Kasigi Omi-san sein. Euer Vater ist ein alter Waffengefährte von mir. Ihr kommt auch mit.«
»Jawohl, Herr«, sagte Omi, der angesichts der Ehre, die ihm widerfuhr, noch größer wurde, als er ohnehin schon war. »Ich danke Euch.«
Toranaga schlug eine rasche Gangart ein. Er hatte sie mitgenommen, um zu verhindern, daß sie hinter seinem Rücken auch nur einen Moment heimlich mit Yabu redeten; er wußte, daß sein Leben davon abhing, weiterhin die Initiative zu behalten.
»Habt Ihr nicht bei Odawara zusammen mit uns gefochten, Igurashi-san?« fragte er, wußte jedoch, daß Igurashi in dieser Schlacht sein Auge verloren hatte.
»Jawohl, Euer Gnaden. Ich habe zusammen mit Herrn Yabu gekämpft, auf der rechten Flanke des Taikō.«
»Dann habt Ihr den Ehrenplatz eingenommen – denn dort herrschte das dichteste Kampfgetümmel. Ich habe Euch und Eurem Herrn viel zu verdanken.«
»Wir haben den Feind zerschmettert, Herr. Wir haben nur unsere Pflicht getan.« Obgleich Igurashi Toranaga haßte, war er doch stolz, daß dieser sich an jenen Kampf erinnerte und ihm jetzt dankte.
Jetzt standen sie vor dem ersten Regiment. Toranagas Stimme war weithin zu hören. »Jawohl, Ihr und die Männer aus Izu haben uns mächtig geholfen. Vielleicht hätte ich ohne Euch den Kwanto nie errungen! Eh, Yabu-sama?« fügte er noch hinzu und ehrte Yabu öffentlich mit diesem Ehrentitel.
Abermals brachte diese Schmeichelei Yabu völlig aus dem Gleichgewicht.
Das war vor zehn Jahren gewesen, als nur noch der ungeheuer mächtige und uralte Klan der Beppu unter der Führung von Beppu Genzaemon sich den Streitkräften von Nakamura, dem Taikō, und Toranaga widersetzt hatte – das letzte größere Hindernis, das Nakamuras vollständiger Beherrschung des Reiches im Wege gestanden hatte. Jahrhundertelang hatten die Beppu die Acht

Provinzen, den Kwanto, besessen. Hundertundfünfzigtausend Mann hatten ihre Burg-Feste Odawara umzingelt, die den Paß durch die Berge zu den unglaublich reichen Reisebenen dahinter beherrschte. Elf Monate hatte die Belagerung gedauert. Nakamuras Nebengattin, die strahlende und kaum achtzehn Jahre alte Dame Ochiba, war damals in das Haus ihres Herrn gekommen, das neugeborene Kind auf dem Arm, und Nakamura war völlig vernarrt gewesen in seinen erstgeborenen Sohn. Und zusammen mit Ochiba war ihre jüngere Schwester gekommen, Genjiko, die Nakamura Toranaga zur Frau hatte geben wollen.

»Euer Gnaden«, hatte Toranaga gesagt, »es wäre mir ganz gewiß eine Ehre, unsere beiden Häuser noch enger miteinander zu verbinden, aber statt daß ich die Dame Genjiko eheliche, wie Ihr vorschlagt, laßt sie meinen Sohn und Erben heiraten, Sudara.«

Es hatte Toranaga viele Tage gekostet, ehe er Nakamura die Zustimmung dazu abgerungen hatte. Und als dieser Entschluß der Dame Ochiba eröffnet wurde, hatte sie augenblicklich erklärt: »In aller Demut, Euer Gnaden, aber ich bin gegen diese Heirat.«

Nakamura hatte gelacht. »Ich auch, Sudara ist erst zehn und Genjiko dreizehn. Trotzdem, sie sind jetzt verlobt, und an seinem fünfzehnten Geburtstag werden sie heiraten.«

»Aber Euer Gnaden, Herr Toranaga it doch bereits Euer Schwager, *neh?* Das reicht doch. Ihr braucht engere Bindungen mit den Fujimoto und den Takashima – selbst mit dem Kaiserlichen Hof.«

»Bei Hofe sind sie alle Mistköpfe und allesamt verpfändet«, hatte Nakamura mit seiner lauten Bauernstimme erklärt. »Hört zu, O-chan: Toranaga gebietet über siebzigtausend Samurai. Wenn wir die Beppu zerschlagen haben, wird der Kwanto ihm gehören, er wird damit über noch mehr Männer verfügen. Mein Sohn braucht Generale wie Yoshi Toranaga. Jawohl, und eines Tages wird mein Sohn auf Yoshi Sudara angewiesen sein. Es ist besser, Sudara ist der Onkel meines Sohnes. Eure Schwester ist mit Sudara verlobt, aber Sudara wird ein paar Jahre bei uns leben, *neh?*«

»Selbstverständlich, Euer Gnaden.« Toranaga hatte sich sofort einverstanden erklärt, seinen Sohn und Erben als Faustpfand herzugeben.

»Gut. Aber hört: Zuvor werdet Ihr und Sudara meinem Sohn ewige Treue schwören.«

Und so war es geschehen. Dann, während des zehnten Monats der Belagerung, war Nakamuras erstgeborener Sohn einem Fieber, schlechtem Blut oder bösen *Kami* erlegen.

»Mögen alle Götter Odawara und Toranaga verfluchen«, hatte Ochiba gewütet. »Es ist Toranagas Schuld, daß wir hier sind – er begehrt den Kwanto. Er ist Euer eigentlicher Feind. Er will, daß Ihr sterbt und daß ich sterbe! Bringt ihn um – oder gebt ihm was zu tun! Laßt ihn den Angriff führen, laßt ihn bezahlen für das Leben unseres Sohnes! Ich verlange Rache...«

Und so hatte Toranaga den Angriff angeführt. Er hatte die Burg von Odawara genommen, indem er die Mauern unterminiert und dann einen Frontalangriff vorgetragen hatte. Dann hatte der gramgebeugte Nakamura die Stadt dem Erdboden gleichgemacht. Mit ihrem Fall war das Reich unterjocht, war Nakamura zuerst Kwampaku und dann Taikō geworden. Aber viele hatten ihr Leben gelassen in Odawara.

Zu viele, dachte Toranaga, als er jetzt hier am Ufer von Anjiro stand. Er beobachtete Yabu. »Ein Jammer, daß der Taikō tot ist, *neh?*«

»Ja.«

»Mein Schwager war eine große Führergestalt – und ein großer Lehrer. Auch er konnte nie einen Freund vergessen – oder einen Feind.«

»Bald wird Herr Yaemon großjährig sein. In ihm lebt der Geist des Taikō weiter. Herr Toranaga...« Aber ehe Yabu die Inspektion abbrechen konnte, war Toranaga bereits weitergegangen, und es blieb ihm kaum etwas anderes übrig, als ihm zu folgen.

Herzlichkeit und beste Laune ausstrahlend, schritt Toranaga die Formationen ab, suchte hier einen Mann aus und dort einen anderen, erinnerte sich an einige, hielt die Augen nie still, während er in seiner Erinnerung nach Namen und Gesichtern grub. Er besaß jene seltene Gabe inspizierender Offiziere, jedem Mann zumindest für einen Augenblick das Gefühl zu geben, daß der General nur ihn und ihn allein angesehen habe. Toranaga tat, wozu er geboren war: Männer kraft seines Willens beherrschen.

Als sie den letzten Samurai passiert hatten, waren Yabu, Igurashi und Omi erschöpft. Toranaga hingegen nicht – und abermals, ehe Yabu ihn daran hindern konnte, war er rasch zu einem höhergelegenen Punkt geeilt, wo er gut sichtbar und ganz allein dastand: »Samurai von Izu, Vasallen meines Freundes und Verbündeten, Kasigi Yabu-sama!« rief er mit weittragender, sonorer Stimme. »Es ist mir eine Ehre, in eurer Mitte zu weilen. Es ehrt mich, einen Teil der Streitkräfte meines großen Verbündeten von Izu zu sehen. Hört, Samurai, dunkle Wolken sammeln sich über dem Reich und bedrohen den Frieden des Taikō. Es gilt, die Gaben des Taikō an uns davor zu bewahren, daß sie an höchster Stelle verraten werden. Jeder einzelne Samurai soll bereit sein! Jede Waffe sei scharf! Gemeinsam werden wir sein Erbe verteidigen! Und wir werden obsiegen! Mögen die Götter Japans, die großen wie die kleinen, wohl achtgeben! Mögen sie erbarmungslos alle dahinfegen, die sich den Anordnungen des Taikō widersetzen!« Dann reckte er beide Arme in die Höhe und stieß ihren Schlachtruf aus: »*Kasigi!*« Und – unfaßlich – dann verneigte er sich vor den Legionen und hielt den Rücken gekrümmt.

Alle starrten sie ihn an. Und dann: »*Toranaga!*« scholl es ihm wieder und wieder von den Regimentern entgegen. Und die Samurai erwiderten seine Verneigung.

Selbst Yabu verneigte sich, überwältigt von der Kraft des Augenblicks.

Ehe Yabu sich wieder aufrichtete, war Toranaga in raschem Tempo den Hügel

heruntergekommen. »Geht mit ihm, Omi-san«, befahl Yabu. Es wäre unziemlich gewesen, wäre er selbst hinter Toranaga hergelaufen.
Als Omi fort war, wandte sich Yabu an Igurashi: »Was gibt es Neues aus Yedo?«
»Eure Gemahlin, die Dame Yuriko, trug mir auf, Euch als erstes zu sagen, daß im ganzen Kwanto eine gewaltige Mobilmachung im Gange sei. An der Oberfläche ist nicht viel davon zu spüren, aber darunter brodelt es. Sie glaubt, Toranaga bereite sich auf Krieg vor – auf einen plötzlichen Überraschungsangriff, vielleicht sogar gegen Osaka selbst.«
»Und was ist mit Ishido?«
»Nichts vor unserer Abreise. Das war vor fünf Tagen. Auch nichts über Toranagas Entkommen. Ich habe erst gestern davon erfahren, als Eure Gemahlin von Yedo aus eine Brieftaube schickte.«
»So, dann hat Zukimoto also bereits den Kurierdienst eingerichtet?«
»Jawohl, Euer Gnaden. Ihre Nachricht lautete: ›Toranaga gemeinsam mit unserem Gebieter auf einer Galeere aus der Burg von Osaka entkommen. Trefft Vorbereitungen, sie in Anjiro willkommen zu heißen.‹ Ich hielt es für das beste, das vor Omi-san geheimzuhalten, aber wir sind vorbereitet.«
»Inwiefern?«
»Ich habe ein Manöver angeordnet, Euer Gnaden – in ganz Izu. Innerhalb von drei Tagen könnten jede Straße und jeder Paß besetzt werden, falls es das ist, was Ihr wünscht, Euer Gnaden. Im Norden kreuzt eine Flotte mit unseren Leuten – als Piraten verkleidet –, die jedes Schiff, das nicht unter Geleitschutz fährt, abfangen könnte, falls es das ist, was Ihr wünscht. Und außerdem ist hier Platz für Euch und einen Gast, gleichgültig, wie wichtig er sein mag, falls es das ist, was Ihr wünscht.«
»Gut. Sonst noch was? Irgendwelche anderen Nachrichten?«
Igurashi zögerte, Nachrichten weiterzugeben, deren Bedeutung er nicht begriff. »Heute morgen kam eine verschlüsselte Nachricht aus Osaka: ›Toranaga vom Regentschaftsrat zurückgetreten.‹«
»Unmöglich. Warum sollte er?«
»Das weiß ich nicht. Ich werde einfach nicht schlau daraus. Aber es muß stimmen.«
»Die Dame Sazuko?« fragte Yabu vorsichtig und nannte Toranagas jüngste Nebengattin, deren Zofe als Spionin in seinen Diensten stand.
Igurashi nickte. »Ja. Aber ich begreife das überhaupt nicht. Jetzt werden die Regenten ihn doch absetzen, nicht wahr? Sie werden ihm befehlen, *Seppuku* zu begehen. Es wäre Wahnsinn zurückzutreten, *neh?*«
»Ishido muß ihn dazu gezwungen haben. Aber wie? Von sich aus würde Toranaga nie zurücktreten. Das kann wirklich nur die Tat eines Wahnsinnigen sein. Die Nachricht muß falsch sein.«
Yabu eilte den Hügel hinunter; er war in heller Aufregung. Er sah, wie Toranaga den Dorfplatz überquerte und auf Mariko und den Barbaren zuging. Fujiko stand in der Nähe. Jetzt ging Mariko neben Toranaga, und die anderen warteten

auf dem Platz. Toranaga redete eindringlich und rasch auf sie ein. Dann sah Yabu, wie er ihr eine kleine Pergamentrolle übergab. Was heckt Toranaga nun schon wieder aus? fragte er sich und wünschte, er hätte seine Frau Yuriko hier, damit sie ihm mit ihrem klugen Rat beistehe.
Am Pier blieb Toranaga stehen. Er bestieg nicht das Schiff, begab sich also nicht zurück in den Schutz seiner Männer. Er wußte, daß die letzte Entscheidung hier am Ufer gefällt werden mußte. Entkommen konnte er nicht. Bis jetzt war noch nichts entschieden. Er sah Yabu und Igurashi näherkommen. Yabus trotziger Gleichmut verriet ihm sehr viel.
»Nun, Yabu-san?«
»Ihr bleibt also ein paar Tage, Toranaga-san?«
»Es wäre besser für mich, wenn ich sogleich abführe.«
Yabu befahl, daß alle sich außer Hörweite zurückzögen. Gleich darauf standen die beiden Männer allein am Ufer.
»Ich habe beunruhigende Nachrichten aus Osaka erhalten. Ihr seid vom Regentschaftsrat zurückgetreten?«
»Jawohl, ich bin zurückgetreten.«
»Dann habt Ihr Euch selbst das Grab geschaufelt, all Euren Vasallen, all Euren Verbündeten, all Euren Freunden. Ihr habt Izu begraben und mich ermordet.«
»Der Regentschaftsrat kann Euch selbstverständlich Euer Lehen wegnehmen und Euer Leben, wenn es ihm gefällt. Richtig.«
»Bei allen Göttern, lebenden, toten und noch zu gebärenden...« Yabu mußte an sich halten. »Ich bitte meiner schlechten Manieren wegen um Verzeihung, aber Eure... Eure unglaubliche Haltung... Jawohl, ich bitte um Verzeihung.« Es hatte keinen Sinn, und es war auch nichts damit gewonnen, seinen Gefühlen freien Lauf zu lassen, denn das war unziemlich und ließ ihn nur das Gesicht verlieren. »Jawohl, es ist dann besser für Euch, wenn Ihr hierbleibt, Herr Toranaga.«
»Ich glaube aber, ich ziehe es vor, sofort abzufahren.«
»Hier oder in Yedo – was macht das schon für einen Unterschied? Die Befehle der Regenten werden nicht lange auf sich warten lassen. Ich nehme an, Ihr wollt sofort *Seppuku* begehen. Mit Würde. In Frieden. Es wäre mir eine Ehre, Euch als Sekundant zu dienen.«
»Vielen Dank. Aber bis jetzt sind noch keine Befehle eingetroffen, und so wird mein Kopf bleiben, wo er ist.«
»Was spielen ein oder zwei Tage schon für eine Rolle? Daß der Befehl kommt, ist gewiß. Ich werde alles Nötige veranlassen, ja, es wird an nichts fehlen. Ihr könnt Euch auf mich verlassen!«
»Vielen Dank. Ja, ich kann verstehen, warum Euch so an meinem Kopf gelegen ist.«
»Ich selbst werde ja meinen Kopf auch verloren haben. Wenn ich Ishido Euren Kopf schicke oder ihn nehme und um Vergebung bitte, könnte ihn das vielleicht begütigen, aber ich zweifle daran, *neh?*«

»Wenn ich in seiner Position wäre, würde ich nicht zögern, Euren Kopf zu verlangen. Aber zuvor wird er Euch Izu abnehmen. O ja – Izu seid Ihr los, sobald er an die Macht kommt.«

»Ködert mich nicht! Ich weiß selbst, was passieren wird.«

»Aber ich ködere Euch doch nicht, mein Freund!« erklärte Toranaga ihm und genoß es, zu sehen, wie Yabu sein Gesicht verlor. »Ich habe doch nur gesagt: *Wenn* Ishido an der Macht ist, seid Ihr verloren und Izu dazu, weil sein Verwandter Ikawa Jikkyu ein Auge auf Izu geworfen hat, *neh?* Aber, Yabu-san, Ishido besitzt diese Macht nicht. Noch jedenfalls nicht.« Und dann erzählte er ihm, wie ein Freund dem anderen, warum er zurückgetreten war.

»Der Rat ist beschlußunfähig und gelähmt!« Yabu konnte es nicht fassen.

»*Es gibt überhaupt keinen Regentschaftsrat!* Und zwar so lange nicht, bis er wieder aus fünf Mitgliedern besteht.« Toranaga lächelte. »Überlegt einmal, Yabu-san! Ich bin jetzt stärker denn je, *neh?* Ishido ist kaltgestellt – Jikkyu ebenfalls. Und jetzt habt Ihr Zeit genug, Eure Musketenregimenter auszubilden. Jetzt sind Suruga und Totomi Euch gewiß. Und jetzt gehört Euch auch Jikkyus Kopf. In ein paar Monaten werdet Ihr feierlich im Triumphzug in Eure neuen Besitzungen einreiten.« Abrupt fuhr er herum und rief: »Igurashi-san!« – und fünfhundert Männer hörten seinen Befehl!

Igurashi schickte sich an herbeizulaufen, doch noch ehe er drei Schritte getan hatte, rief Toranaga ihm zu: »Bringt Eure Ehrengarde mit! Fünfzig Mann. Auf der Stelle!« Er ließ Yabu auch nicht einen Moment Zeit zum Überlegen, der ja den gewaltigen Fehler in einer Beweisführung hätte entdecken können: daß nämlich – wo Ishido im Augenblick die Hände gebunden waren – Toranagas Kopf für Ishido von unschätzbarem Wert sein würde, und damit selbstverständlich auch für Yabu. Oder noch besser: Toranaga gefesselt wie ein gemeiner Verbrecher und lebend an den Toren der Burg von Osaka abgeliefert – das würde Yabu Unsterblichkeit und die Schlüssel zum Kwanto eintragen.

Während die Ehrengarde vor ihm Aufstellung nahm, erklärte Toranaga vernehmlich: »Vielleicht nehmt Ihr, Yabu-sama, zu Ehren des heutigen Tages dies hier als Zeichen meiner Freundschaft an.« Damit zog er sein Langschwert hervor, legte es flach auf beide Handflächen und bot es Yabu dar.

Yabu empfing das Schwert wie im Traum. Es war unbezahlbar, denn es gehörte zu den Minowara-Kleinodien und war berühmt im ganzen Land. Toranaga besaß dies Schwert erst fünfzehn Jahre lang. Damals war es ihm von den erlauchtesten *Daimyos* des ganzen Reiches mit Ausnahme von Beppu Genzaemon überreicht worden – als Teilbelohnung für ein heimliches Abkommen.

Das war kurz nach der Schlacht von Nagakudé. Toranaga hatte gerade den General Nakamura geschlagen, der damals noch nichts weiter war als ein Emporkömmling, ohne jedes Mandat vom Kaiser, und sein Griff nach der absoluten Macht war noch keineswegs entschieden. Statt eine ungeheure Streitmacht zu versammeln und Toranaga zu vernichten, hatte Nakamura sich zu einem versöhnlichen Schritt entschieden. Er hatte Toranaga ein Freundschaftsbündnis und eine Allianz angetragen und dazu – um beides unauflösbar zu machen – die Hand seiner Halbschwester. Diese Frau war bereits verheiratet und über die Blüte ihrer Jugend hinaus, doch das kümmerte weder Nakamura noch Toranaga. Toranaga erklärte sich mit diesem Pakt einverstanden. Kaum daß der Gatte dieser Frau, einer von Nakamuras Vasallen, sie ihrem Halbbruder zurückgeschickt hatte, heiratete Toranaga sie mit großem Aufwand – und schloß am gleichen Tage einen geheimen Freundschaftspakt mit dem unendlich mächtigen Beppu-Klan, den Hauptfeinden Nakamuras, der zu dieser Zeit in Toranagas Rücken, im Kwanto, saß.

Dann war Toranaga mit seinen Falken auf die Beiz gegangen und hatte auf Nakamuras Angriff gewartet. Doch dazu war es nicht gekommen. Statt dessen hatte – und das war unerhört – Nakamura seine verehrte und geliebte Mutter als Geisel in Toranagas Lager geschickt und hatte Toranaga, im Gegenzug gewissermaßen, zu einer großen Versammlung sämtlicher *Daimyos* eingeladen, die er in Osaka zusammengerufen. Toranaga hatte lange nachgedacht. Dann hatte er die Einladung angenommen und zu seinem Beppu Genzaemon gesagt, daß es unklug wäre, wenn sie beide hingingen. Sodann hatte er heimlich sechzigtausend Samurai in Richtung Osaka in Marsch gesetzt, um sich gegen Nakamura abzusichern, und seinen ältesten Sohn Noboru in der Obhut seiner neuen Gemahlin und ihrer Mutter überlassen. Noboru hatte sofort wie Zunder brennendes Reisig in ihrem Haus gestapelt – bis unter die Decke – und ihnen unverhohlen erklärt, er werde es in Brand stecken, wenn seinem Vater etwas zustoße.

Toranaga lächelte in Erinnerung an diese Ereignisse. An dem Abend, bevor er in Osaka einreiten sollte, hatte Nakamura – unkonventionell wie immer – ihm allein und unbewaffnet einen heimlichen Besuch abgestattet.

»Seid gegrüßt, Tora-san.«

»Seid gegrüßt, Herr Nakamura.«

»Hört mich an«, hatte er gesagt, »wir haben zu viele Schlachten zusammen geschlagen, wir kennen zu viele Geheimnisse, und wir haben zu viele Male in denselben Topf geschissen, als daß es sinnvoll wäre, wenn wir uns jetzt gegenseitig oder auf die eigenen Füße pißten.«

»Das ist richtig«, hatte Toranaga vorsichtig geantwortet.

»Dann hört mich weiter an: Die Herrschaft über das gesamte Reich liegt bis auf Schwertlänge greifbar vor mir. Um alle Macht zu bekommen, brauche ich den Respekt der alten Familien mit den erblichen Lehen, der Oberhäupter der Fujimoto, der Takashima und der Minowara. Sobald ich wirklich an der Macht bin, kann jeder *Daimyo* für sich oder alle drei zusammen Blut pissen – das ist mir egal.«

»Ihr besitzt meinen Respekt – habt ihn immer besessen.«

Der kleine Mann mit dem Affengesicht hatte laut aufgelacht. »Ihr habt bei Nagakudé gesiegt. Ihr seid der beste Heerführer, den ich jemals gekannt habe, der größte *Daimyo* im Reich. Aber jetzt wollen wir mal aufhören, Katz und Maus miteinander zu spielen, Ihr und ich. Hört zu: Ich möchte, daß Ihr morgen *vor allen Daimyos und als Vasall* das Haupt vor mir beugt. Ich möchte, daß Ihr, Yoshi Toranaga-noh-Minowara, mein treuer Vasall werdet! In aller Öffentlichkeit. Nicht, um mir den Arsch auszulecken, sondern in aller Höflichkeit und in geziemender Demut und Hochachtung. Wenn Ihr mein Vasall seid, wird der Rest furzen, so eilig werden sie es haben, ihre Stirn in den Staub zu drücken und ihre Ärsche in die Höhe zu recken. Und die paar, die es nicht tun – nun ja.«

»Das macht Euch zum Herrn über ganz Japan. *Neh?*«

»Ja. Zum ersten in der gesamten Geschichte. Und Ihr werdet es mir in die Hand geben. Aber hört: Wenn Ihr das für mich tut, werdet Ihr den ersten Platz nach mir einnehmen. Ihr könnt jede Ehre verlangen, die Ihr wollt.«

»Wirklich?«

»Jawohl. Zunächst werde ich Japan nehmen. Dann Korea. Dann China. Ich habe Goroda gesagt, das sei mein Ziel, und ich werde es erreichen. Dann könnt Ihr Japan haben – eine Provinz meines chinesischen Reiches.«

»Aber jetzt, Herr Nakamura? Jetzt müßte ich mich unterwerfen, *neh?* Ihr steht mit überwältigender Übermacht vor mir – und die Beppu bedrohen mich im Rücken.«

»Mit ihnen werde ich mich schon sehr bald beschäftigen«, hatte der General gesagt. »Dieses hämische Aas hat meine Einladung, morgen hierherzukommen, brüsk abgelehnt – er hat mir meine Pergamentrolle mit Vogeldreck besudelt zurückgeschickt. Ihr wollt ihre Länder? Den gesamten Kwanto?«

»Ich will nichts von ihnen und überhaupt von keinem was«, hatte er gesagt.

»Schwindler«, hatte Nakamura unbekümmert entgegnet. »Hört, Tora-san: Ich gehe auf die Fünfzig zu. Keine von meinen Frauen hat jemals geboren. Dabei besitze ich Saft im Überfluß, im Verlauf meines Lebens habe ich das Kopfkissen mit hundert, zweihundert Frauen geteilt, Frauen jeden Alters, auf jede nur denkbare Weise, aber keine einzige hat mir ein Kind geschenkt, nicht einmal ein totgeborenes. Ich besitze alles – nur Söhne nicht, und werde wohl nie welche haben. Das ist mein *Karma*. Ihr habt vier lebende Söhne und eine Menge Töchter. Ihr seid dreiundvierzig und könnt noch so viele Söhne zeugen, wie Ihr wollt – so leicht, wie Pferde scheißen, und das ist Euer *Karma*. Überdies seid Ihr ein Minowara, und auch das ist Euer *Karma*. Was würdet Ihr dazu sagen, wenn ich einen von Euren Söhnen adoptierte und zu meinem Erben machte?«

»Jetzt?«

»Bald. Sagen wir, in drei Jahren. Früher war es für mich nie wichtig, einen Erben zu haben, aber jetzt sehen die Dinge anders aus.«

»Ihr werdet unser Abkommen in zwei Jahren offiziell besiegeln – in aller Öffentlichkeit?«

»Einverstanden. In zwei Jahren, öffentlich. Und wir stimmen uns ab, welchen Sohn. Die Zukunft unserer vereinigten Dynastie ist gesichert. Der Gewinn wird gewaltig sein. Zunächst mal der Kwanto, eh?«

Toranaga überlegte.

»Also, wie lautet Eure Antwort?« setzte Nakamura nach. »Zunächst einmal der Kwanto – der ist für Euch bestimmt; dann ganz Japan für mich. Dann Korea – ein Kinderspiel. Dann China – schwierig, aber nicht unmöglich. Ich weiß, ein Bauer kann nicht Shōgun werden, *aber ›unser‹ Sohn wird Shōgun werden*, und warum sollte er nicht auch den chinesischen Drachenthron besteigen, oder sein Sohn! So, das ist jetzt das Ende unseres Gesprächs. Wie lautet Eure Antwort, Yoshi Toranaga-noh-Minowara: Vasall oder nicht? Alles andere ist für mich ohne Wert.«

»Pissen wir auf den Handel«, hatte Toranaga gesagt, nachdem er alles bekommen hatte, was er gewollt oder sich vorgenommen hatte. Und so hatte er am nächsten Tag diesem Emporkömmling und Bauerngeneral vor den murrenden *Daimyos* in aller Demut sein Schwert und seine Ländereien, seine Ehre und sein Erbe geopfert. Er hatte um die Erlaubnis gebeten, Nakamura und seinem Haus für immer dienen zu dürfen. Er, Yoshi Toranaga-noh-Minowara, hatte unterwürfig die Stirn in den Staub gebeugt. Der zukünftige Taikō war großmütig gewesen und hatte seine Provinzen übernommen und ihm dafür auf der Stelle den Kwanto als Lehen versprochen, sobald er erobert sei – und den totalen Krieg gegen die Beppu erklärt wegen der Beleidigungen, die sie dem Kaiser zugefügt. Außerdem hatte er Toranaga sein Schwert geschenkt, das er selbst erst vor kurzem aus einer der kaiserlichen Schatzkammern erworben. Die Klinge dieses Schwertes war vor Jahrhunderten von dem Schwertschmied Miyoshi-Go geschmiedet worden und hatte einst dem berühmtesten Krieger der japanischen Geschichte gehört – Minowara Yoshitomo, dem ersten der Minowara-Shōgune.

Toranaga erinnerte sich an diesen Tag. Und erinnerte sich anderer Tage, vier Jahre später, da die Dame Ochiba einem Knaben das Leben geschenkt; und jenes Tages acht Jahre darauf, da sie, nachdem der Erstgeborene des Taikō gestorben, Yaemon, seinen zweiten Sohn, geboren hatte. Damit war der gesamte Plan hinfällig. *Karma.*

Toranaga sah, wie Yabu das Schwert seines Ahnen voller Ehrfurcht in Händen hielt.

»Ist es so scharf, wie erzählt wird?« fragte Yabu.

»Ja.«

»Ihr erweist mir eine große Ehre. Ich werde Euer Geschenk zu schätzen wissen.« Yabu verneigte sich – wohl wissend, daß dieses Geschenk ihn zum ersten Mann im Land nach Toranaga machte.

Toranaga erwiderte die Verneigung und ging dann unbewaffnet auf die Laufplanke zu. Es kostete ihn seine ganze Willenskraft, seinen Zorn zu verbergen und jetzt nicht zu straucheln – und er hoffte inständig, daß Yabus Habgier ihn noch ein paar Minuten länger wie hypnotisiert auf das Schwert würde starren lassen.

»Legt ab!« befahl er, als er an Deck kam; dann drehte er sich um und winkte fröhlich.

Irgend jemand durchbrach die Stille und rief seinen Namen, dann nahmen an-

dere den Ruf auf. Es herrschte ein allgemeiner Jubel über die Ehre, die er ihrem Herrn erwiesen. Willige Hände schoben das Schiff hinaus ins Wasser. Die Ruderer legten sich hart in die Riemen. Die Galeere machte Fahrt.
»Kapitän – auf schnellstem Wege nach Yedo.«
»Jawohl, Euer Gnaden.«
Toranaga blickte achteraus, ließ seine Augen das Ufer absuchen, jeden Augenblick darauf gefaßt, daß doch noch irgendwo Gefahr drohte. Yabu stand in der Nähe der Mole, immer noch wie verzaubert von dem Schwert. Mariko und Fujiko warteten zusammen mit anderen Frauen neben dem Sonnensegel. Der Anjin-san stand am Rand des Dorfplatzes, wo man ihm zu warten befohlen hatte – steif, alles überragend und ohne jeden Zweifel bebend vor Wut. Ihre Blicke trafen sich. Toranaga lächelte und winkte.
Das Winken wurde erwidert – allerdings sehr eisig, und das amüsierte Toranaga sehr.

Freudlos marschierte Blackthorne auf den Pier zu.
»Wann kommt er zurück, Mariko-san?«
»Das weiß ich nicht, Anjin-san.«
»Und wie kommen wir nach Yedo?«
»Wir bleiben hier. Ich jedenfalls für drei Tage. Dann habe ich mich dort einzufinden.«
»Und ich?«
»Ihr sollt hierbleiben.«
»Warum?«
»Ihr habt Interesse gezeigt, unsere Sprache zu erlernen. Und außerdem wartet hier Arbeit auf Euch.«
»Was für Arbeit?«
»Ich weiß es nicht, verzeiht! Herr Yabu wird es Euch sagen. Mein Gebieter hat mich für drei Tage zum Dolmetschen zurückgelassen.«
Böse Ahnungen beschlichen Blackthorne. Seine geladenen Pistolen trug er zwar noch im Gürtel, aber er hatte weder Dolche noch genügend Pulver und Munition. All das war in seiner Kammer auf der Galeere zurückgeblieben.
»Warum habt Ihr mir nichts gesagt, daß wir hierbleiben?« fragte er. »Ihr habt mir nur gesagt, ich solle mit an Land kommen.«
»Ich wußte auch nicht, daß Ihr hierbleiben solltet«, erwiderte sie. »Herr Toranaga hat es mir erst vor wenigen Augenblicken dort auf dem Dorfplatz eröffnet.«
»Warum hat er es mir nicht gesagt? Warum nicht er selbst?«
»Ich weiß es nicht.«
»Ich sollte doch nach Yedo fahren. Dort ist meine Mannschaft, und dort ist auch mein Schiff. Was ist mit ihnen?«
»Er hat nur gesagt, Ihr sollt hierbleiben.«
Blackthorne konnte Toranaga auf dem Achterdeck stehen sehen, wie er das Ufer

absuchte. »Ich glaube, er hat die ganze Zeit über gewußt, daß ich hierbleiben soll, oder?«

Sie gab ihm keine Antwort. Wie kindisch es ist, sagte sie sich, seine Gedanken laut auszusprechen. Und wie außerordentlich geschickt von Toranaga, diesem Fallstrick hier zu entgehen.

Fujiko und ihre beiden Zofen standen neben ihr, warteten geduldig im Schatten mit Omis Mutter und Frau; über sie hinweg sah sie zur Galeere hinüber. Das Schiff nahm jetzt richtig Fahrt auf, war aber mit Pfeilen immer noch leicht zu erreichen. Jetzt, das wußte sie, mußte es jeden Augenblick losgehen. Ach, Madonna, verleihe mir Kraft, betete sie und richtete ihre ganze Aufmerksamkeit auf Yabu.

»Stimmt das? Stimmt das?« fragte Blackthorne sie.

»Was? Es tut mir leid, Anjin-san. Ich kann Euch nur sagen, daß Herr Toranaga sehr klug ist. Was auch immer für Gründe er gehabt haben mag – glaubt mir, es waren gute Gründe.« Sie forschte in den blauen Augen und dem harten Gesicht, denn sie wußte, daß Blackthorne keine Ahnung von dem hatte, was sich hier abgespielt hatte. »Bitte, geduldet Euch, Anjin-san. Ihr habt nichts zu befürchten. Ihr seid sein bevorzugter Vasall und steht unter seinem beson...« Das war der Augenblick, da sie sah, wie Yabu das Blut ins Gesicht schoß.

»Die Musketen... die Musketen sind noch auf der Galeere!« rief er aus.

Mariko wußte, daß die Zeit gekommen war. Sie eilte zu ihm, als er sich umdrehte, um Igurashi Befehle zuzurufen.

»Verzeihung, Herr Yabu«, sagte sie, indem sie ihm einfach ins Wort fiel, »wegen der Musketen braucht Ihr Euch keine Sorgen zu machen. Herr Toranaga hat mich gebeten, Euch in seinem Namen um Verzeihung zu bitten wegen seiner Eile, aber er habe für Euer beider Sache dringende Geschäfte in Yedo zu erledigen. Er sagte, er werde die Galeere sofort zurückschicken. Mitsamt den Musketen. Und mit noch mehr Pulver. Sie werden in fünf oder sechs Tagen hier sein.«

»Was?«

Geduldig und höflich, wie Toranaga es ihr aufgetragen, setzte sie es ihm noch einmal auseinander. Dann, als Yabu endlich begriff, zog sie noch eine Pergamentrolle aus dem Ärmel. »Mein Gebieter bittet Euch, dies hier zu lesen. Es betrifft den Anjin-san.« Förmlich überreichte sie ihm die Rolle.

Aber Yabu nahm sie nicht. Seine Augen folgten der Galeere. Sie war jetzt ein beträchtliches Stück vom Ufer entfernt und entfernte sich mit großer Geschwindigkeit. Auch für Bogenschützen war sie jetzt unerreichbar. Aber was macht das schon, dachte er, der jetzt über seine eigene Angst hinweg war. Ich bekomme die Musketen ja rasch wieder; Ishidos Falle bin ich entronnen, und ich besitze Toranagas berühmtestes Schwert, und die *Daimyos* im ganzen Reich werden sich bald über meinen neuen Rang in den Armeen des Ostens im klaren sein! Yabu konnte Toranaga immer noch sehen, winkte, und das Winken wurde erwidert. Dann verschwand Toranaga vom Achterdeck.

Yabu nahm die Pergamentrolle und richtete sein Denken auf die Gegenwart. Und auf den Anjin-san.

Blackthorne sah aus dreißig Schritt Entfernung zu und spürte, wie seine Nakkenhaare sich unter Yabus durchdringendem Blick sträubten. Er hörte Mariko mit ihrer fröhlichen Stimme sprechen, aber das gab ihm auch keine größere Sicherheit.

Heimlich schloß sich seine Hand um die Pistolengriffe.

»Anjin-san«, rief Mariko. »Würdet Ihr wohl bitte hierherkommen?«

Während Blackthorne sich näherte, sah Yabu von dem Pergament auf und nickte freundlich. Nachdem er zu Ende gelesen, reichte er das Pergament Mariko zurück und sprach kurz ein paar Worte – teils an ihn, teils an sie gerichtet. Ehrerbietig überreichte Mariko Blackthorne das Pergament. Er nahm es und betrachtete die für ihn unerklärlichen Schriftzeichen.

»Herr Yabu sagt, Ihr seid in seinem Dorf willkommen. Dieses Pergament trägt das Siegel von Herrn Toranaga, Anjin-san. Ihr müßt es aufheben, denn er erweist Euch eine sehr seltene Ehre. Herr Toranaga hat Euch zu einem *Hatamoto* ernannt, Euch zur Position eines besonderen Gefolgsmanns in seinem persönlichen Stab erhoben. Damit genießt Ihr seinen uneingeschränkten Schutz, Anjin-san. Herr Yabu erkennt das selbstverständlich an. Welche Vorrechte Euch daraus erwachsen, werde ich Euch später erklären. Außerdem hat Herr Toranaga Euch auch noch ein monatliches Einkommen von zwanzig *Koku* zugestanden. Das sind ungefähr...«

Yabu unterbrach sie, wies mit weitausholender Gebärde auf das Dorf und auf Blackthorne und sprach dann eine ganze Weile. Mariko dolmetschte. »Herr Yabu wiederholt, daß Ihr hier hochwillkommen seid. Er hofft, daß Ihr zufrieden sein werdet, daß alles getan wird, um Euch Euren Aufenthalt so angenehm wie möglich zu gestalten. Man wird Euch ein Haus zur Verfügung stellen. Und Lehrer. Ihr möchtet bitte so rasch als möglich Japanisch lernen, sagt er. Heute abend würde er gern ein paar Fragen an Euch richten und Euch dann von einer besonderen Aufgabe erzählen.«

»Bitte, fragt ihn, was für eine Aufgabe?«

»Darf ich Euch bitten, Euch noch ein wenig zu gedulden, Anjin-san? Jetzt ist nicht der richtige Augenblick, glaubt mir.«

»Nun, schön.«

»*Wakarimasu ka,* Anjin-san?« sagte Yabu. »Versteht Ihr?«

»*Hai,* Yabu-san. *Domo.*«

Yabu gab Igurashi Befehl, die angetretenen Samurai zu entlassen, und stapfte dann hinüber zu den Dorfbewohnern, die noch immer kniend im Sand lagen. Toranagas herrliches Schwert in der Hand, stand er an diesem schönen Frühlingsnachmittag breitbeinig vor ihnen. Seine Worte prasselten wie Hiebe auf sie hernieder. Yabu zeigte auf das Schwert und auf Blackthorne, redete einige Zeit großsprecherisch auf sie ein und hielt dann unvermittelt inne. Ein Zittern ging durch die Reihen. Mura verneigte sich und sagte mehrmals »*Hai*«, wandte

sich dann den Dorfbewohnern zu, stellte ihnen eine Frage, und aller Augen richteten sich auf Blackthorne.
»*Wakarimasu ka?*« rief Mura, und sie alle antworteten: »*Hai.*« Ihre Stimmen vereinigten sich mit dem Aufseufzen der Wellen, die an den Strand liefen.
»Was geht da vor?« fragte Blackthorne Mariko, doch Mura rief: »*Keirei!*«, und abermals senkten die Dorfbewohner die Stirn, einmal vor Yabu und einmal vor Blackthorne. Ohne zurückzublicken, stapfte Yabu davon.
»Was geht da vor? Mariko-san?«
»Er – Herr Yabu, hat ihnen gesagt, Ihr seid hier sein geehrter Gast. Und daß Ihr auch Herrn Toranagas hochgeehrter Gefolgsmann seid. Daß Ihr vornehmlich hier seid, um unsere Sprache zu erlernen. Damit ist dem Dorf die Ehre und die Aufgabe zuteil geworden, sie Euch beizubringen. Das Dorf ist dafür verantwortlich, Anjin-san. Jedermann hat Euch zu helfen. Er hat ihnen gesagt, wenn Ihr unsere Sprache nicht binnen sechs Monaten zufriedenstellend gelernt habt, wird das Dorf niedergebrannt; doch zuvor wird jeder Mann, jede Frau und jedes Kind gekreuzigt werden.«

# *31. Kapitel*

Der Tag neigte sich jetzt dem Ende zu: Die Schatten waren lang, das Meer rot, und es wehte ein freundlicher Wind.

Blackthorne kam den Weg vom Dorf herauf und ging auf das Haus zu, das Mariko ihm zuvor gezeigt hatte und das er jetzt bewohnen sollte. Sie hatte ihn begleiten wollen, doch hatte er dankend abgelehnt und war an den auf den Knien liegenden Dorfbewohnern vorbei auf die Landspitze zugegangen, um allein zu sein und um nachzudenken.

Nichts schien zusammenzupassen. Er hatte sich Salzwasser über den Kopf geschüttet, um Klarheit in seine Gedanken zu bringen, aber auch das hatte nicht geholfen.

Aber schließlich hatte er es aufgegeben und war das Ufer entlang zurückgegangen, an der Mole vorbei, über den Dorfplatz und durch das Dorf zu diesem Haus, in dem er jetzt leben sollte und das, wie er sich erinnerte, zuvor nicht gestanden hatte. In noch größerer Höhe, den Hügel auf der anderen Seite beherrschend, ragte ein weiteres, langgezogenes, teils mit Stroh, teils mit Ziegeln gedecktes Gebäude, das er gleichfalls noch nicht kannte. Es war von einem hohen Palisadenzaun umgeben, und vor dem befestigten Eingangstor standen viele Samurai.

Blackthorne blieb vor dem Tor stehen. Auf dem Türsturz prangten eigenartige Schriftzeichen, und das Tor selbst war in klug ersonnenen Mustern gearbeitet, die den dahinterliegenden Garten verbargen, gleichzeitig aber auch erst richtig zur Geltung brachten.

Noch ehe er das Tor öffnen konnte, schwenkte es auf, und ein verängstigter alter Mann verneigte sich und forderte ihn auf einzutreten.

»*Konbanwa*, Anjin-san.« Seine Stimme zitterte mitleiderregend.

»*Konbanwa*«, entgegnete er. »Hört zu, alter Mann, er... *o namae ka?*«

»*Namae watashi wa*, Anjin-sama? *Ah, watashi* Ueki-ya... Ueki-ya.« Der alte Mann sabberte förmlich vor Erleichterung.

Blackthorne wiederholte den Namen mehrmals, um ihn sich einzuprägen, und

fügte das ›san‹ hinten an, woraufhin der Alte heftig den Kopf schüttelte. »*Iyé, gomen nasai! Iyé* ›san‹, Anjin-sama. Ueki-ya. Ueki-ya.«
»Na schön, dann nur Ueki-ya.« Aber warum denn bei dir kein ›san‹ wie bei allen anderen? dachte Blackthorne.
Ein Mädchen trat ängstlich durch einen geöffneten *Shoji* auf die Veranda und verneigte sich tief.
»*Konbanwa*, Anjin-san.«
»*Konbanwa*«, erwiderte er und erinnerte sich undeutlich, sie schon an Bord des Schiffes gesehen zu haben. Er schickte sie mit einer Handbewegung fort.
Raschelnde Seide. Fujiko trat aus dem Inneren des Hauses. Mariko war bei ihr.
»Habt Ihr einen angenehmen Spaziergang gehabt, Anjin-san?«
»O ja, es war sehr schön, Mariko-san.« Er nahm weder sie und Fujiko noch das Haus und den Garten richtig wahr.
»Möchtet Ihr vielleicht *Cha?* Oder lieber Saké? Oder ein Bad? Das Wasser ist heiß.«
»Saké, bitte. Zuerst etwas Saké, Mariko-san.«
Mariko sprach mit Fujiko, die wieder im Inneren des Hauses verschwand. Ein Mädchen brachte schweigend drei Sitzkissen und zog sich zurück. Mariko nahm anmutig auf einem Platz.
»Bitte, setzt Euch, Anjin-san. Ihr müßt müde sein.«
»Vielen Dank.«
Er setzte sich auf die Verandastufen und zog seine Riemensandalen nicht aus. Fujiko brachte zwei Kännchen Saké und eine Teeschale, wie Mariko ihr gesagt hatte, und nicht die winzigen Porzellanschälchen, die eigentlich dazu gehörten.
»Am besten gibt man ihm rasch eine ganze Menge Saké zu trinken«, hatte Mariko gemeint. »Am besten wäre es sogar, ihn völlig betrunken zu machen, nur braucht Herr Yabu ihn leider heute abend noch. Ein Bad und Saké bringen ihn vielleicht wieder zur Ruhe.«
Blackthorne trank die dargereichte Schale, dann eine zweite. Und noch eine dritte.
Sie hatten ihn durch die einen Spalt weit aufgeschobene *Shoji*-Tür den Hügel heraufkommen sehen.
»Was hat er denn nur?« fragte Fujiko erschrocken.
»Er ist beunruhigt und bedrückt von dem, was Herr Yabu gesagt hat – der Drohung, die er gegen das Dorf ausgesprochen hat.«
»Warum beunruhigt ihn das? Die Bedrohung gilt schließlich nicht ihm.«
»Barbaren sind ganz anders als wir, Fujiko-san. Der Anjin-san hält die Leute aus dem Dorf für Menschen wie andere Menschen auch, wie Samurai.«
Fujiko hatte ungläubig aufgelacht. »Aber welch ein Unsinn, *neh?* Wie könnten Bauern auf einer Stufe mit Samurai stehen?«
Mariko hatte nichts darauf erwidert, sondern den Anjin-san beobachtet. »Armer Mann«, hatte sie gesagt.
»Armes Dorf!« Fujikos kurze Oberlippe hatte sich verächtlich aufgestülpt. »Wie

kann man nur Bauern und Fischer so sinnlos verschwenden. Kasigi Yabu-san ist ein Narr. Wie kann ein Barbar unsere Sprache in einem halben Jahr erlernen? Wie lange hat der Tsukku-san dazu gebraucht? Über zwölf Jahre, *neh?* Und ist er nicht der einzige Barbar, der einigermaßen annehmbar japanisch spricht?«
»Nein, der einzige nicht; aber er spricht es am besten. Ja, es ist sehr schwer für sie. Aber der Anjin-san ist ein intelligenter Mann, und Herr Toranaga meint, in einem halben Jahr wird er, wenn er keine anderen Barbaren sieht, unser Essen ißt, lebt wie wir, *Cha* trinkt und jeden Tag badet, beinahe so sein wie wir.«
Fujikos Gesicht wurde starr. »Seht ihn Euch an, Mariko-san... wie häßlich. Wie ungeheuerlich und so ganz anders. Merkwürdig, wenn ich mir vorstelle, daß er, sosehr ich auch die Barbaren verabscheue, nur durch das Tor zu treten braucht, und ich kann nicht mehr zurück und er ist mein Herr und Gebieter.«
»Er ist mutig, sehr mutig, Fujiko-san. Er hat Herrn Toranaga das Leben gerettet und ist sehr wertvoll für ihn.«
»Ja, ich weiß, und das sollte eigentlich bewirken, daß ich ihn etwas lieber mag – aber so leid es mir tut, es ist nicht so. Trotzdem werde ich nach Kräften dazu beitragen, ihn in einen von uns zu verwandeln. Ich bete darum, daß Buddha mir dabei hilft.«
Mariko hätte ihre Nichte gern gefragt, woher dieser plötzliche Sinneswandel komme. Was hat Herr Toranaga gesagt, daß du plötzlich so ganz anders denkst, Fujiko?
Aber Mariko hatte sich gehütet, sie zu fragen. Toranaga hatte sie nicht ins Vertrauen gezogen, und Fujiko würde es ihr nicht erzählen. Dazu war sie viel zu gut von ihrer Mutter, Buntaros Schwester, erzogen worden, die ihrerseits von ihrem Vater, Hiro-matsu, erzogen worden war.
Ob es Herrn Hiro-matsu wohl gelingen wird, aus der Burg von Osaka zu entkommen? fragte sie sich. Sie mochte ihren Schwiegervater sehr gern. Und Kiri-san und die Dame Sazuko? Wo mag mein Gatte Buntaro sein? Ob er wohl die Zeit gehabt hat, sich das Leben zu nehmen?
Mariko sah zu, wie Fujiko den Rest des Saké einschenkte. Auch diese Schale wurde hinuntergegossen wie die anderen – ohne jeden Ausdruck.
»*Dozo*, Saké«, sagte Blackthorne.
Mehr Saké wurde gebracht und hinuntergegossen. »*Dozo*, Saké.«
»Mariko-san«, sagte Fujiko, »der Anjin-san sollte nicht mehr trinken, *neh?* Sonst wird er betrunken. Bitte, fragt ihn, ob er jetzt sein Bad nehmen möchte. Ich werde nach Suwo schicken.«
Mariko fragte ihn, aber er wollte erst später baden.
Geduldig ließ Fujiko noch mehr Saké bringen, und Mariko trug dem Mädchen gelassen auf, auch auf Holzkohle gegarten Fisch zu bringen.Das neue Kännchen wurde mit der gleichen schweigenden Verbissenheit geleert. Der Fisch sprach ihn nicht an, und nur auf Marikos anmutiges Drängen hin nahm er ein Stück – aß es jedoch nicht.
Noch mehr Reiswein wurde gebracht, und er trank noch zwei Kännchen aus.

»Bittet den Anjin-san für mich um Entschuldigung«, sagte Fujiko, »aber wir haben keinen Saké mehr im Haus. Bittet ihn deswegen um Verzeihung. Ich habe dem Mädchen bereits aufgetragen, noch welchen aus dem Dorf zu holen.«
»Gut. Er hat mehr als genug gehabt, obgleich ihm das nichts auszumachen scheint. Warum laßt Ihr uns jetzt nicht allein, Fujiko-san? Das wäre eine gute Gelegenheit, in aller Form Euer Angebot zu unterbreiten.«
Fujiko verneigte sich vor Blackthorne und zog sich zurück, froh darüber, daß die Sitte verlangte, wichtige Angelegenheiten sollten unter vier Augen von einem Dritten vorgetragen werden. Diese Gepflogenheit erlaubte es, daß beide Seiten Würde bewahrten.
Mariko erklärte Blackthorne die Sache mit dem Reiswein.
»Wie lange dauert es, bis neuer herbeigeschafft wird?«
»Nicht lange. Vielleicht möchtet Ihr jetzt baden? Ich werde dafür sorgen, daß Euch der Saké gebracht wird, sobald er kommt.«
»Hat Toranaga vor seiner Abfahrt irgendwas zu meinem Plan gesagt? Über die Kriegsflotte?«
»Nein, tut mir leid, er hat darüber nichts gesagt.« Mariko hielt nach den ersten Anzeichen von Trunkenheit Ausschau, doch zu ihrer Verwunderung bemerkte sie keine: nicht einmal eine leichte Röte im Gesicht. Bei der Menge Saké wäre jeder Japaner längst betrunken gewesen. »Der Wein schmeckt Euch nicht, Anjin-san?«
»Nicht richtig. Er ist zu schwach. Er wirkt nicht.«
»Ihr sucht Vergessen?«
»Nein – eine Lösung.«
»Alles, was wir tun können, um Euch zu helfen, wird getan werden.«
»Ich brauche Bücher, Papier und Schreibfedern.«
»Morgen werde ich anfangen, all das für Euch zu besorgen.«
»Nein, heute abend noch, Mariko-san. Ich muß jetzt anfangen.«
»Herr Toranaga hat gesagt, er werde Euch die Bücher schicken – die Grammatik und die Wörterbücher der frommen Väter.«
»Wie lange wird das dauern?«
»Das weiß ich nicht. Aber ich bin noch drei Tage hier. Vielleicht hilft Euch das. Außerdem ist Fujiko hier, um Euch zu helfen.« Um seinetwillen glücklich, lächelte sie ihn an. »Es ist mir eine Ehre, Euch mitteilen zu können, daß sie Euch zur Gattin gegeben wurde und daß sie...«
»*Was?*«
»Herr Toranaga hat sie gebeten, Eure Gattin zu werden; sie hat gesagt, es werde ihr eine Ehre sein, und sie hat zugestimmt. Sie wird...«
»Aber *ich* habe nicht zugestimmt.«
»Wie bitte? Verzeihung, aber ich verstehe nicht.«
»Ich will sie nicht. Weder als Gattin noch überhaupt. Ich finde sie häßlich.«
Mariko starrte ihn offenen Mundes an. »Aber was hat das mit einer Gattin zu tun? Aber Anjin-san. Ihr könnt sie doch nicht zurückweisen! Das wäre eine

furchtbare Beleidigung für Herrn Toranaga, sie, ja, überhaupt jeden! Was hat sie Euch getan? Überhaupt nichts. Usagi Fujiko erklärt sich einverstanden...«
»Jetzt hört mir mal zu!« Blackthornes Worte hallten durch die Veranda und durch das ganze Haus. »Sagt ihr, sie soll verschwinden! Geht es... geht es denn nicht in Euren Schädel hinein, daß ich es satt bin, nichts als eine Marionette zu sein? Ich will diese Frau nicht um mich haben. Ich will mein Schiff und meine Mannschaft! Ich werde keine sechs Monate hierbleiben, und ich verabscheue Eure Sitten und Gebräuche! Es ist eine gottverfluchte Schande, daß ein Mann das Recht haben soll, ein ganzes Dorf auszurotten, bloß um mir Japanisch beizubringen! Und was diese ›Gattinnen‹ betrifft – das ist ja schlimmer als Sklaverei! Und überdies ist es eine gottverfluchte Kränkung, darüber zu verfügen, ohne mich auch nur zu fragen!«
Was ist denn jetzt los? fragte sich Mariko hilflos. Wie kann er nur so unbegreiflich reagieren? Da fiel ihr Toranagas Ermahnung ein: »Mariko-san, Ihr seid mir persönlich verantwortlich: Erstens dafür, daß Yabu uns keine Schwierigkeiten bei der Abfahrt macht, und zweitens seid Ihr mir in jeder Beziehung verantwortlich dafür, daß der Anjin-san sich fügsam in Anjiro niederläßt.«
»Ich werde es versuchen, Euer Gnaden, aber ich fürchte, mit dem Anjin-san werde ich nicht fertig.«
»Behandelt ihn wie einen Falken. Darin liegt das ganze Geheimnis. Ich mache einen Falken in zwei Tagen locke, Ihr habt drei!«
Sie blickte beiseite und ließ ihren Verstand arbeiten. Wenn er zornig ist, gleicht er einem Falken, dachte sie.
»Ganz Eurer Meinung. Ihr habt völlig recht. Man hat Euch schrecklich überfahren, und Ihr habt allen Grund, böse zu sein«, sagte sie beschwichtigend. »Jawohl, und Herr Toranaga hätte Euch fragen müssen, obwohl er Eure Sitten und Gebräuche nicht kennt. Aber es wäre ihm nicht im Traum eingefallen, daß Ihr es ablehnen könntet. Er hat nur versucht, Euch zu ehren wie einen bevorzugten Samurai. Er hat Euch zu einem *Hatamoto* gemacht. Im ganzen Kwanto gibt es höchstens tausend *Hatamoto*. Und was die Dame Fujiko betrifft, so versucht er nur, Euch zu helfen. Die Dame Usagi Fujiko würde... bei uns, Anjin-san, gilt das als große Ehre.«
»Warum?«
»Weil sie einer altehrwürdigen Familie entstammt und außerordentlich tüchtig ist. Ihr Vater und ihr Großvater sind *Daimyos*. Selbstverständlich ist sie eine Samurai, und selbstverständlich«, fügte Mariko feinfühlig hinzu, »würdet Ihr ihr eine Ehre erweisen, wenn Ihr sie akzeptiert. Außerdem braucht sie ein Zuhause und ein neues Leben.«
»Warum?«
»Sie ist seit kurzem verwitwet. Sie ist erst neunzehn, Anjin-san, das arme Mädchen, aber sie hat einen Gatten und einen Sohn verloren und ist voll von Bitterkeit. Formal Eure Gattin zu sein, würde für sie ein neues Leben bedeuten.«
»Was ist ihrem Gatten und ihrem Sohn denn zugestoßen?«

Mariko zögerte, verzweifelt über Blackthornes unhöfliche Direktheit. »Sie wurden getötet, Anjin-san. Solange Ihr hier seid, braucht Ihr jemand, der sich um Euer Haus kümmert. Die Dame Fujiko wird...«

»Warum wurden sie getötet?«

»Ihr Gatte hätte ums Haar Herrn Toranagas Tod verursacht. Bitte...«

»Toranaga hat ihren Tod angeordnet?«

»Jawohl. Aber er hatte recht. Fragt sie... sie wird mir zustimmen, Anjin-san.«

»Toranaga hat ein Kind zum Tode verurteilt für etwas, was sein Vater getan hat?«

»Ja. Das ist Sitte bei uns. Bitte, habt Geduld! Unsere Sitten sind anders als die euren. Seht, dem Gesetz nach gehören wir unserem Lehnsherrn. Dem Gesetz nach ist ein Vater Herr über das Leben seiner Kinder, seiner Gemahlin und seiner Gattinnen wie seiner Diener. Dem Gesetz nach gehört sein Leben wiederum seinem Lehnsherrn. So ist es bei uns.«

»Dann kann also ein Vater jedermann in seinem Haus töten?«

»Ja.«

»Dann seid ihr ein Volk von Mördern.«

»Das sind wir nicht!«

»Aber eure Sitte spricht einen Mörder frei. Ich dachte, Ihr wäret Christin!«

»Das bin ich auch, Anjin-san. Aber ich bin Christin, Samurai und Japanerin, und diese drei Elemente vertragen sich miteinander. Das eine ist sehr wohl mit dem anderen zu vereinbaren. Bitte, habt Geduld mit mir und mit uns. Bitte!«

»Ihr würdet also Eure eigenen Kinder umbringen, wenn Herr Toranaga das fordert?«

»Ja. Ich glaube, ich würde es tun. Ganz gewiß wäre es meine Pflicht, es zu tun. So lautet das Gesetz – sofern mein Gatte einverstanden ist.«

»Ich hoffe, Gott kann Euch verzeihen – euch allen!«

»Gott versteht das, Anjin-san. Gewiß. Er hat Verständnis dafür. Vielleicht wird er Euch die Augen öffnen, daß auch Ihr es versteht. Verzeihung, ich kann es nicht gut erklären, *neh?*« Sie beobachtete ihn, er schwieg, und das beunruhigte sie. »Ich verstehe Euch ja auch nicht, Anjin-san. Ihr bringt mich völlig durcheinander. Eure Sitten und Gebräuche verwirren mich. Wenn wir beide die nötige Geduld aufbringen – vielleicht können wir beide voneinander lernen. Zum Beispiel, was die Dame Fujiko betrifft. Als Gattin kümmert sie sich um Euer Haus und um Eure Diener – und um Eure Bedürfnisse – gleich welcher Art. Ihr braucht jemand, der das für Euch tut. Selbstverständlich braucht Ihr nicht das Kopfkissen mit ihr zu teilen, falls es das ist, was Euch beunruhigt. Ihr braucht ihr gegenüber nicht einmal höflich zu sein, wiewohl sie es verdienen würde. Sie wird Euch dienen, wie Ihr es wünscht, in jeder Beziehung.«

»Ich könnte sie behandeln, wie ich wollte? Kann das Kopfkissen mit ihr teilen, brauche es jedoch nicht zu tun?«

»Selbstverständlich. Sie wird jemand finden, der Euch gefällt und Eure körperlichen Bedürfnisse befriedigt, falls Ihr das wünscht.«

»Ich kann sie wie eine Dienerin behandeln? Wie eine Sklavin? Kann ich sie auch fortjagen? Ihr befehlen fortzugehen?«
»Falls sie Euch beleidigt, ja.«
»Was würde dann mit ihr geschehen?«
»Normalerweise würde sie in Schande in das Haus ihrer Eltern zurückkehren, die sie wieder bei sich aufnehmen können, es aber nicht unbedingt müssen. Jemand wie die Dame Fujiko würde es vermutlich vorziehen, sich das Leben zu nehmen. Aber sie... ach, Ihr solltet wissen, daß ein echter Samurai sich nicht ohne die Erlaubnis seines Herrn umbringt. Ich würde meinem Leben nie ein Ende setzen, und wäre die Schande, die ich zu tragen hätte, noch so groß, wenn ich dazu nicht die Erlaubnis von Herrn Toranaga und meinem Gatten hätte. Herr Toranaga hat ihr verboten, sich selbst den Tod zu geben. Wenn Ihr sie also fortschickt, würde sie eine Ausgestoßene werden.«
»Warum? Warum würde ihre Familie sie denn nicht wieder bei sich aufnehmen?«
Mariko seufzte. »Verzeihung, Anjin-san, aber wenn Ihr sie fortschicktet, wäre die Schande zu groß.«
»Weil sie so nahen Umgang mit einem Barbaren gehabt hätte?«
»Aber nein, Anjin-san, nur weil sie ihrer Pflicht Euch gegenüber nicht genügt hätte«, sagte Mariko sofort. »Sie ist jetzt Eure Gattin – Herr Toranaga hat es so befohlen, und sie hat sich damit einverstanden erklärt. Ihr seid jetzt Herr eines Hauses.«
»Bin ich das?«
»Aber ja, glaubt mir, Anjin-san, Ihr erfreut Euch großer Privilegien. Herr Toranaga hat Euch ein Einkommen von zwanzig *Koku* im Monat zugestanden. Für einen solchen Betrag müßte ein Samurai für seinen Lehnsherrn ein ganzes Jahr über sich selbst und zwei andere Samurai bewaffnen, verpflegen und dazu noch für ein Pferd sorgen, und für seine Familie selbstverständlich auch. Aber Ihr braucht das nicht. Ich bitte Euch, betrachtet Fujiko als einen Menschen, Anjin-san. Sie ist eine gute Frau. Verzeiht ihr ihre Häßlichkeit. Sie wird Euch eine würdige Gattin sein.«
»Sie hat kein Zuhause?«
»Doch. Dies hier ist ihr Zuhause.« Mariko nahm allen Mut zusammen. »Ich bitte Euch, sie in aller Form anzuerkennen. Sie kann Euch sehr helfen und Euch viel lehren, wenn Ihr lernen wollt. Wenn Euch das lieber ist, seht in ihr nichts als einen hölzernen Pfeiler, eine *Shoji*-Tür oder einen Felsen in Eurem Garten – was Ihr wollt. Nur: Erlaubt ihr zu bleiben! Akzeptiert sie, und dann bringt sie um, wozu ihr als Oberhaupt dieses Hauses nach unserem Gesetz das Recht habt.«
»Das ist die einzige Antwort, die ihr habt, was? Umbringen!«
»Nein, Anjin-san. Aber Leben und Tod gelten hier als ein und dasselbe. Wer weiß, vielleicht erweist Ihr Fujiko sogar einen Gefallen, wenn Ihr ihr das Leben nehmt.«

»Also sitze ich wieder in der Falle, kann ich wieder weder ein noch aus«, sagte Blackthorne. »Umgebracht wird sie so oder so. Und wenn ich Eure Sprache nicht erlerne, wird ein ganzes Dorf abgeschlachtet. Wenn ich nicht tue, was Ihr wollt, wird immer ein Unschuldiger umgebracht. Daran führt kein Weg vorbei.«
»Dafür gibt es eine sehr einfache Lösung, Anjin-san. Sterbt! Ihr braucht das Unerträgliche nicht zu ertragen.«
»Selbstmord ist Wahnsinn – und eine Todsünde. Ich dachte, Ihr wäret Christin!«
»Das habe ich Euch ja gesagt. Aber für Euch, Anjin-san, gibt es ja viele Möglichkeiten, ehrenhaft zu sterben, ohne Selbstmord zu begehen. Ihr habt meinen Gatten verachtet, weil er nicht im Kampf sterben wollte, *neh?* Das ist bei uns nicht üblich, offenbar jedoch bei Euch. Warum tut Ihr das nicht? Ihr habt eine Pistole. Bringt Herrn Yabu um. Ihr haltet ihn ja ohnedies für ein Ungeheuer, *neh?* Selbst, wenn Ihr nur versucht, ihn umzubringen, seid Ihr heute noch im Himmel oder in der Hölle.«
Er sah sie an, haßte den Ausdruck der Gelassenheit auf ihren Zügen, erkannte aber trotz seines Hasses die Schönheit in ihr. »Es ist ein Zeichen von Schwäche, ohne jeden Grund zu sterben. Dummheit wäre wohl das richtigere Wort.«
»Ihr behauptet, Ihr seid Christ. Der Tod sollte nichts Beängstigendes für Euch haben. Und was das ›ohne jeden Grund‹ betrifft, so liegt es ganz bei Euch, den Wert oder Unwert zu ermessen. Vielleicht habt Ihr einen Grund zu sterben.«
»Ich bin in eurer Macht.«
Mariko neigte sich vor und legte ihm mitfühlend die Hand auf den Arm. »Anjin-san, vergeßt das Dorf. Tausend Dinge können passieren, ehe diese sechs Monate vorüber sind. Eine Flutwelle oder ein Erdbeben, oder Ihr bekommt Euer Schiff wieder und segelt nach Hause, oder Yabu stirbt, oder wir alle sterben, wer weiß? Überlaßt Gottes Probleme getrost Gott und das *Karma* dem *Karma.* Heute seid Ihr hier, und daran kann nichts etwas ändern. Heute seid Ihr hier – geehrt und lebendig und vom Glück begünstigt. Seht Euch diesen Sonnenuntergang an – ist er nicht wunderschön? Dieser Sonnenuntergang *ist.* Das Morgen ist nicht! Es gibt nur das *Jetzt.* Bitte, seht hin! Er ist so wunderschön und wird niemals wiederkommen – jedenfalls dieser Sonnenuntergang nicht, in alle Ewigkeit nicht. Verliert Euch in ihn, werdet eins mit der Natur, und macht Euch keine Sorgen um das *Karma.*«
Er merkte, daß ihre gelassene Heiterkeit und ihre Worte ihn betörten. Er wandte den Blick gen Westen. Große violette und schwarze Streifen zogen sich über den Himmel.
Er betrachtete die Sonne, bis sie untergegangen war.
»Ich wünschte, Ihr wäret meine Gattin«, sagte er.
»Ich gehöre aber Herrn Buntaro, und solange er lebt, kann ich nicht einmal daran denken, geschweige denn einen solchen Gedanken aussprechen.«
*Karma,* dachte Blackthorne. Nehme ich das *Karma* an? Meins? Ihres? Und das der anderen?

Der Abend ist bezaubernd.
Und sie auch. Und sie gehört einem anderen. Jawohl, sie ist wunderschön. Und sehr weise: Die Probleme Gottes Gott überlassen, und das *Karma* dem *Karma*.
Er hörte Schritte. Ein paar Fackeln kamen den Hügel herauf. Zwanzig Samurai. Omi an ihrer Spitze.

»Verzeiht, Anjin-san, aber Omi-san befiehlt, daß Ihr ihm Eure Pistolen gebt.«
»Sagt ihm, er soll sich zum Teufel scheren!«
»Das kann ich nicht, Anjin-san. Ich wage es nicht.«
Eine Hand locker am Pistolengriff, sah Blackthorne Omi an. Er war absichtlich auf den Verandastufen sitzen geblieben. Zehn Samurai standen hinter Omi im Garten, die anderen in der Nähe der wartenden Sänfte. Als Omi unaufgefordert eingetreten war, war Fujiko aus dem Innern des Hauses herausgekommen und stand jetzt mit kreideweißem Gesicht auf der Veranda hinter Blackthorne.
»Herr Toranaga hat nie etwas dagegen gehabt. Ich bin tagelang um ihn und um Yabu-san herumgewesen.«
Mariko sagte nervös: »Gewiß, Anjin-san, aber versteht doch, was Omi sagt, stimmt. Es ist Sitte bei uns, daß man sich einem *Daimyo* nicht mit Waffen in den Händen nähert. Ihr braucht keine A... braucht Euch keine Gedanken zu machen. Yabu-san ist Euer Freund. Ihr seid hier sein Gast.«
»Sagt Omi-san, daß ich ihm meine Waffen nicht geben werde.« Und dann, als sie schwieg, ging sein Temperament mit Blackthorne durch, und er schüttelte den Kopf. *»Iyé,* Omi-san! *Wakarimasu ka? Iyé!«*
Omis Gesicht erstarrte. Er schnarrte einen Befehl. Zwei Samurai traten vor, und Blackthorne riß die Pistolen heraus. Die Samurai blieben stehen. Beide Pistolen waren unmißverständlich auf Omi gerichtet.
*»Iyé«*, sagte Blackthorne warnend. Und dann zu Mariko: »Sagt ihm, er soll seine Leute zurückrufen, sonst drücke ich ab.«
Sie tat es. Keiner bewegte sich. Langsam stand Blackthorne auf; seine Pistolen wichen nicht einen Augenblick von ihrem Ziel. Omi stand regungslos da; nur seine Augen verfolgten Blackthornes katzenhafte Bewegungen.
»Bitte, Anjin-san! Das ist sehr gefährlich. Ihr müßt Herrn Yabu besuchen. Mit Pistolen ist das unmöglich. Ihr seid *Hatamoto*, steht also unter besonderem Schutz; und außerdem seid Ihr Herrn Yabus Gast.«
»Sagt Omi-san, wenn er oder einer seiner Männer bis auf vier Schritt herankommt, dann werde ich ihm den Kopf durchballern!«
»Omi-san sagt höflich: ›Zum letzten Mal, Anjin-san; Ihr habt den Befehl, mir Eure Pistolen zu geben. Jetzt!‹«
*»Iyé!«*
»Warum sie nicht hierlassen, Anjin-san? Ihr habt nichts zu befürchten. Niemand wird sie be...«
»Haltet Ihr mich für einen Narren?«
»Dann gebt sie Fujiko-san. Sie ist Eure Gattin. Wenn Ihr es ihr befehlt, wird

sie die Pistolen mit ihrem Leben verteidigen. Das ist ihre Pflicht. Ich sage es Euch zum letzten Mal: Toda-noh-Usagi Fujiko ist eine Samurai!«
Blackthorne konzentrierte sich ganz auf Omi und hörte ihr kaum zu. »Sagt Omi-san, ich mag keine Befehle. Ich bin Herrn Toranagas Gast, und ich bin Herrn Yabus Gast. Gäste bittet man – man erteilt ihnen keine Befehle. Außerdem betritt man das Haus eines Mannes nicht ungeladen.«
Mariko dolmetschte. Omi hörte ausdruckslos zu und antwortete dann, ohne die starr auf ihn gerichteten Pistolen aus den Augen zu lassen.
»Er sagt: ›Ich, Kasigi Omi, ich würde Euch um Eure Pistolen bitten und Euch bitten, mit mir zu kommen, weil Kasigi Yabu-sama Euch zu sich befiehlt. Aber Kasigi Yabu-sama hat mir befohlen, Euch zu befehlen, mir Eure Waffen zu geben. Tut mir leid, Anjin-san, zum letzten Mal: Ich befehle Euch, sie mir zu geben.«
Blackthorne schnürte es die Kehle zu. Er wußte, daß er angegriffen werden würde, und er war wütend über seine eigene Dummheit. Aber es kommt ein Zeitpunkt, wo das Maß einfach voll ist und man eine Pistole oder ein Messer zieht, und dann fließt Blut, nur weil man so gottverflucht stolz ist. Meistens ist solcher Stolz Dummheit. Wenn ich sterben muß, dann nehme ich Omi mit! Er fühlte sich sehr stark und unbeschwert. Dann kamen ihm die Worte Marikos wieder in den Sinn: »Fujiko-san ist eine Samurai – sie ist Eure Gattin.« Und endlich begann sein Gehirn zu funktionieren. »Augenblick, Mariko-san, bitte, sagt dies zu Fujiko-san, und zwar wortwörtlich: ›Ich werde Euch jetzt meine Pistolen geben. Ihr habt sie zu beschützen. Keiner hat sie anzurühren außer mir!‹«
Mariko tat, wie ihr geheißen, und hinter sich hörte er Fujiko sagen: »*Hai!*«
»*Wakarimasu ka,* Fujiko-san?« fragte er sie.
»*Wakarimasu,* Anjin-san«, erwiderte sie mit dünner, unsicherer Stimme.
»Mariko-san, bitte, sagt Omi-san, ich werde jetzt mit ihm gehen. Es tut mir leid, daß es ein Mißverständnis gegeben hat. Jawohl, sehr leid.«
Blackthorne machte einen Schritt zurück und drehte sich um. Fujiko nahm die Pistolen. Schweißperlen standen ihr auf der Stirn. Dann drehte er sich nach Omi um: »Wollen wir jetzt gehen?«
Omi sprach mit Fujiko, streckte die Hand aus. Sie schüttelte den Kopf. Er gab einen kurzen Befehl. Die beiden Samurai schickten sich an, auf sie zuzugehen. Augenblicklich schob sie eine Pistole in ihren Obi, hielt die andere mit beiden Händen auf Armeslänge vor sich hin und richtete sie auf Omi. Der Abzug wurde ganz leicht zurückgezogen, und der Hahn bewegte sich. »*Ugoku na!*« sagte sie. »*Dozo!*«
Die Samurai gehorchten. Sie blieben stehen.
Zornig und raschzüngig sprach Omi, und sie hörte zu; als sie antwortete, klang ihre Stimme leise und höflich, doch die Pistole hielt sie immer noch auf sein Gesicht gerichtet, der Hahn halb gespannt. »*Iyé, gomen nasai,* Omi-san«, schloß sie. »Nein, tut mir leid, Omi-san.«

Blackthorne wartete.
Ein Samurai machte eine Bewegung.
»*Ugoku na!*« befahl sie.
Keiner bezweifelte, daß sie abdrücken würde, nicht einmal Blackthorne. Omi sagte wenige Worte zu ihr, dann zu seinen Männern. Sie kamen zurück. Sie senkte die Pistole, hielt sie aber immer noch bereit.
»Was hat er gesagt?« fragte Blackthorne.
»Nur, daß er diesen Zwischenfall Yabu-san berichten werde.«
»Gut. Sagt ihm, ich werde das auch tun.« Blackthorne wandte sich ihr zu: »*Domo,* Fujiko-san.« Und dann, als ihm einfiel, wie Toranaga und Yabu mit Frauen sprachen, fuhr er Mariko herrisch an: »Kommt jetzt, Mariko-san... *ikamasho!*« und schickte sich an, auf die Gartenpforte zuzugehen.
»Anjin-san!« rief Fujiko.
»*Hai?*« Blackthorne blieb stehen. Fujiko verneigte sich und sprach rasch auf Mariko ein.
»Was ist los?«
Fujiko rief laut, und aus dem Inneren des Hauses kam eine Zofe auf die Veranda. In den Händen hatte sie zwei Schwerter: Samurai-Schwerter.
Ehrfürchtig nahm Fujiko sie, reichte sie Blackthorne und sagte leise etwas.
Mariko erklärte: »Eure Gattin weist zu Recht darauf hin, daß einem *Hatamoto* selbstverständlich das Recht zustehe, die beiden Schwerter des Samurai zu tragen. Ja, es sei seine Pflicht, das zu tun. Es wäre nicht korrekt, wenn Ihr ohne Schwerter zu Herrn Yabu ginget – das wäre unhöflich. Nach unserem Gesetz ist es Pflicht, die Schwerter zu tragen.«
Blackthorne starrte erst sie an, dann Fujiko und dann wieder sie. »Heißt das, ich bin ein Samurai? Daß Herr Toranaga mich zum Samurai gemacht hat?«
»Ich weiß es nicht, Anjin-san. Aber es hat noch nie einen *Hatamoto* gegeben, der nicht Samurai gewesen wäre. Niemals!« Mariko wandte sich Omi zu. Ungeduldig schüttelte der den Kopf und antwortete. »Omi-san weiß es auch nicht. Zweifellos gehört es zu den Vorrechten eines *Hatamoto,* immer Schwerter zu tragen. Das ist seine Pflicht, denn er ist ein überaus vertrauenswürdiger Vasall. Außerdem hat nur ein *Hatamoto* das Recht, jederzeit beim Gebieter vorsprechen zu dürfen.«
Blackthorne nahm das Kurzschwert und steckte es sich in den Gürtel, dann das andere, das Langschwert, das zum Töten da war – er trug sie genauso, wie Omi die seinen trug. Jetzt, wo er bewaffnet war, war ihm wesentlich wohler zumute.
»*Arigato goziemashita,* Fujiko-san«, sagte er ruhig.
Sie senkte die Augen und antwortete leise. Mariko dolmetschte.
»Fujiko sagt, wenn Ihr gestattet, Herr, da Ihr unsere Sprache richtig und rasch lernen müßt, möchte sie demütig darauf hinweisen, daß *domo* für einen Mann mehr als genug ist. *Arigato* mit oder ohne *goziemashita* ist eine überflüssige Höflichkeit, deren sich nur Frauen bedienen.«
»*Hai. Domo. Wakarimasu,* Fujiko-san.« Zum ersten Mal sah er sie mit seinem

neugewonnenen Wissen klar und offen an. Er bemerkte die Schweißperlen auf ihrer Stirn und die feine Schweißschicht auf ihren Händen. Die schmalen Augen und die spitzen Zähne. »Bitte, übermittelt meiner Gattin, daß ich *arigato goziemashita* in diesem Falle nicht als überflüssige Höflichkeit betrachte.«

Yabu blickte nochmals zu den Schwertern hin. Blackthorne saß mit untergeschlagenen Beinen auf einem Sitzkissen auf dem Ehrenplatz vor ihm, Mariko auf der einen, Igurashi auf der anderen Seite. Sie befanden sich im Hauptraum der Festung.
Omi hörte auf zu reden.
Yabu zuckte die Achseln. »Das habt Ihr nicht gut gemacht, Neffe. Selbstverständlich gehört es zu den Pflichten einer Gattin, den Anjin-san und seinen Besitz zu schützen. Selbstverständlich hat er jetzt das Recht, Schwerter zu tragen. Ich habe keinen Zweifel daran gelassen, daß der Anjin-san mein geehrter Gast ist. Entschuldigt Euch bei ihm!«
Sofort stand Omi auf, kniete vor Blackthorne nieder und verneigte sich. »Ich bitte meines Fehlers wegen um Verzeihung, Anjin-san.« Er hörte Mariko sagen, der Barbar nehme seine Entschuldigung an. Daraufhin verneigte er sich nochmals, kehrte ruhig an seinen Platz zurück und setzte sich wieder. Im Innern war er alles andere als ruhig: Er kannte nur noch einen Gedanken – Yabu zu töten. Er hatte beschlossen, das Undenkbare zu tun: seinen Lehnsherrn und das Oberhaupt seines Klans zu beseitigen.
Nicht jedoch, weil dieser ihn gezwungen hatte, öffentlich bei dem Barbaren Abbitte zu leisten. Da hatte Yabu völlig recht gehabt. Omi wußte, daß er unangemessen gehandelt hatte. Denn wenn auch Yabu ihm dummerweise befohlen hatte, dem Barbaren heute abend die Waffen wegzunehmen, hätte er wissen müssen, daß man ihn nur mit List dazu hätte bringen können, sie hätten zum Beispiel gestohlen und zerbrochen werden können.
Außerdem hatten der Anjin-san und Fujiko-san völlig richtig gehandelt. Ganz ohne jeden Zweifel hätte sie abgedrückt. Omi wußte auch, hätte er nicht heute morgen den Entschluß gefaßt, Yabu umzubringen, wäre er in den Tod gegangen, und dann hätten seine Männer ihr die Pistolen mit Gewalt genommen. Er hätte einen ehrenhaften Tod gefunden, genauso, wie ihr befohlen worden wäre, sich ehrenhaft den Tod zu geben – und Männer wie Frauen hätten diese tragische Geschichte noch ihren Kindern und Kindeskindern erzählt.
Nein, mit dieser öffentlichen Entschuldigung hatte Omis Entschluß nichts zu tun; höchstens, daß die Ungerechtigkeit jetzt noch zu dem Haß beitrug, der ihn beherrschte. Der Hauptgrund war, daß Yabu heute Omis Mutter und Frau in aller Öffentlichkeit und vor den Bauern beleidigt hatte, indem er sie stundenlang in der Sonne hatte warten lassen wie niedrige Bauern, und sie dann wie Bauern ohne ein Wort der Anerkennung weggeschickt hatte.
»Es macht nichts, mein Sohn«, hatte seine Mutter gesagt. »Es ist sein gutes Recht, das zu tun.«

»Er ist unser Lehnsherr«, hatte Midori, seine Frau, gesagt, wobei ihr die Tränen der Scham über die Wangen gelaufen waren. »Bitte, verzeiht ihm...«
»Und er hat auch keine von Euch aufgefordert, ihm und seinen Offizieren im Fort Eure Aufwartung zu machen«, hatte Omi fortgefahren. »Und das Mahl, das Ihr vorbereitet hattet! Das Essen und der Saké allein haben mich einen *Koku* gekostet.«
»Es ist unsere Pflicht, mein Sohn. Es ist unsere Pflicht zu tun, was Herr Yabu wünscht.«
»Und die Sache mit Vater? Er sagt, er habe gehört, Yabu wolle ihm befehlen, sich entweder das Haupt zu scheren und Priester zu werden oder sich den Bauch aufzuschlitzen. Yabus Frau brüste sich insgeheim schon damit.«
»Das wurde deinem Vater von einem Spion gesteckt. Man kann sich nur bedingt auf Spione verlassen. Und, verzeih, dein Vater ist nicht immer besonders klug, mein Sohn.«
»Und was geschieht mit Euch, Mutter, wenn es mehr als ein Gerücht ist?«
»Was auch geschieht, es ist *Karma*, und mit dem *Karma* muß man sich abfinden.«
»Nein, diese Kränkungen sind unerträglich.«
»Bitte, mein Sohn, finde dich damit ab.«
»Ich habe diesem Strohkopf von Yabu den Schlüssel zum Schiff, den Schlüssel zum Anjin-san und den neuen Barbaren gegeben. Meine Hilfe hat ihm gewaltiges Prestige eingebracht. Er ist jetzt zweiter Mann nach Toranaga in den Armeen des Ostens. Und was haben wir als Gegengabe erhalten? Nichts als unverschämte Beleidigungen.«
»Finde dich mit deinem Los ab.«
»Ihr müßt, mein Gatte! Ich bitte Euch in aller Demut, hört auf die Dame, Eure Mutter.«
»Das werde ich nicht tun. Ich kann mit dieser Schande nicht leben. Ich will Rache, und dann werde ich mich töten, und diese Schande wird von mir genommen werden.«
»Zum letzten Mal, mein Sohn, finde dich mit deinem *Karma* ab! Ich bitte dich!«
»Mein *Karma* ist es, Yabu zu vernichten.«
Die alte Dame hatte geseufzt. »Nun gut. Du bist ein Mann. Was geschehen soll, wird geschehen. Bloß Yabu zu töten, nutzt gar nichts. Sein Sohn muß gleichfalls beseitigt werden, und desgleichen Igurashi. Der ganz besonders. Dann wird dein Vater Oberhaupt des Klans, wie es ihm zusteht.«
»Wie machen wir das, Mutter?«
»Wir werden Pläne schmieden, du und ich. Und fasse dich in Geduld. *Neh?* Wir werden uns mit deinem Vater besprechen.«
»Was ist mit Herrn Toranaga? Er hat Yabu schließlich sein Schwert gegeben.«
»Ich glaube, Herrn Toranaga geht es nur darum, daß Izu als sein *Vasallenstaat* stark ist. Als seine Vasallen wird es unserem Klan wohlergehen. *Oder als Ishidos Vasallen?*«

Omi erinnerte sich an die Welle freudiger Erregung, die ihn durchströmte, nachdem der Entschluß einmal gefaßt war.
Er spürte sie auch jetzt wieder. Doch nichts davon war in seinem Gesicht zu lesen, als der *Cha* und der Reiswein von den sorgfältig ausgewählten und für Yabu eigens aus Mishima herbeigeschafften Zofen dargeboten wurde. Er beobachtete Yabu und den Anjin-san, Mariko und Igurashi. Alle warteten sie darauf, daß Yabu begann.
Der Raum war groß und luftig, so groß, daß dreißig Offiziere bequem darin speisen und sich unterhalten konnten. Es waren noch viele andere Räume und Küchen für die Leibwache und die Dienerschaft vorhanden, daran anschließend ein Garten.
Omi schaute durch die offene *Shoji*-Tür hinaus. Viele Wachen im Vorhof. Ein Pferdestall. Geschützt wurde die Festung durch einen Graben. Die Palisade war aus gewaltigen, durch Seile eng verbundenen Bambusstangen errichtet. Mächtige Pfeiler in der Mitte trugen das ziegelgedeckte Dach. Die Wände bestanden aus leichten verschiebbaren *Shoji*, von denen manche mit jalousieartigen Latten versehen, die meisten jedoch mit dem üblichen Ölpapier bezogen waren. Gute Dielen für den Fußboden lagerten auf Holzpfeilern, die man in die gestampfte Erde eingelassen hatte; und darauf wiederum lagen die Tatamis.
Auf Yabus Befehl hin hatte Omi vier Dörfer geplündert, um dieses Gebäude und das andere Haus zu bauen, und Igurashi hatte *Futons* von bester Qualität mitgebracht, wie sie hier in Anjiro nicht zu haben waren.
Omi war stolz auf seine Leistung. Das Lager für dreitausend Samurai war auf dem Plateau oberhalb des Hügels vorbereitet worden, welcher die Straßen beherrschte, die zum Dorf und zur Küste hinunterführten. Jetzt war das Dorf von Land aus abgeriegelt und geschützt. Von See her würden Warnungen genug kommen, damit ein Lehnsherr notfalls entkommen konnte.
Aber ich habe keinen Lehnsherrn. Wem soll ich jetzt dienen? fragte Omi sich. Ikawa Jukkyu? Oder Toranaga selbst? Ob Toranaga mir dafür gewähren würde, was ich erwarte? Oder Ishido?
Am Nachmittag hatte Yabu Igurashi, Omi und die vier Hauptleute zusammengerufen und ihnen den geheimen Ausbildungsplan für die fünfhundert mit Musketen bewaffneten Samurai erklärt. Den Oberbefehl sollte Igurashi übernehmen, Omi eine der Hundertschaften führen. Sie waren übereingekommen, wie sie Toranagas Männer in den Einheiten unterbringen würden, wenn sie kamen, und wie sie diese »Ausländer« neutralisieren würden, falls sie sich als gefährlich erwiesen.
Omi hatte vorgeschlagen, daß noch, hochgeheim, eine Einheit von drei weiteren Hundertschaften auf der anderen Seite der Halbinsel in aller Stille ausgebildet werden sollte – als Ersatz und als Vorsichtsmaßnahme gegenüber einem verräterischen Schachzug Toranagas.
»Wer wird Toranagas Leute befehligen? Wen wird er als stellvertretenden Kommandeur schicken?« hatte Igurashi gefragt.

»Das spielt keine Rolle«, hatte Yabu gesagt. »Ich ernenne seine fünf Adjutanten. Das Stichwort, auf das hin er und alle ›Ausländer‹ umgebracht werden, lautet ›Pflaumenbaum‹. Morgen, Igurashi-san, werdet Ihr die Leute aussuchen. Ich werde mich bei jedem einzelnen überzeugen, ob die Wahl richtig war; bis jetzt erfährt noch keiner von ihnen etwas.«
Jetzt, da Omi Yabu beobachtete, genoß er das neugefundene Hochgefühl der Rache. Yabu umzubringen, würde leicht sein; nur mußte seine Beseitigung auf alles andere abgestimmt sein. Nur dann würden sein Vater und sein älterer Bruder imstande sein, die Herrschaft über den Klan anzutreten – und über Izu.
Yabu kam zur Sache. »Mariko-san, bitte, sagt dem Anjin-san, ich möchte, daß er morgen anfängt, meinen Männern beizubringen zu schießen wie die Barbaren; und daß ich alles über die Kriegführung bei den Barbaren erfahren möchte.«
Mariko wandte sich an Blackthorne.
»Was möchte er denn über die Kriegführung wissen?« fragte dieser.
»Er hat gesagt: Alles.«
»Und was insbesondere?«
»Yabu-san fragt, ob Ihr schon an irgendwelchen Schlachten an Land teilgenommen habt.«
»Jawohl. In den Niederlanden. Und an einer in Frankreich.«
»Ausgezeichnet. Er möchte wissen, wie man in Eurem Land Schlachten schlägt. Und zwar in allen Einzelheiten.«
Blackthorne überlegte einen Augenblick. Dann sagte er: »Sagt Yabu-san, ich könnte so viel seiner Leute ausbilden, wie er will, und ich weiß genau, was er wissen möchte.« Von Pater Domingo hatte er eine ganze Menge über die Art der Kriegführung bei den Japanern erfahren. Der Franziskaner war Fachmann darin gewesen und erstaunlich daran interessiert. »Schließlich«, hatte er gesagt, »ist solches Wissen unumgänglich, nicht wahr, Señor – zu wissen, wie die Heiden Krieg führen? Es war meine Pflicht – und Gottes Wille –, daß ich ihre Kriegführung kennenlernte. Ich weiß, wie ihre Armeen vorgehen und wie man sie schlägt. Und wie sie uns schlagen könnten. Vergeßt nicht, Señor, ich vertraue Euch das Geheimnis unter dem Siegel der Verschwiegenheit an: Niemals japanische Wildheit mit modernen Waffen und modernen Methoden verbinden. Dann sind wir ihnen an Land hoffnungslos unterlegen.«
Blackthorne empfahl seine Seele Gott und begann: »Sagt Herrn Yabu, ich könnte ihm sehr helfen. Und Herrn Toranaga auch. Ich kann ihre Armeen unbesiegbar machen.«
»Herr Yabu sagt, falls Eure Informationen sich als nützlich erweisen, Anjin-san, wird er das Einkommen, das Ihr von Herrn Toranaga bezieht, nach einem Monat von zweihundertundvierzig *Koku* auf fünfhundert *Koku* aufbessern.«
»Dankt ihm. Aber sagt ihm, wenn ich all dies für ihn tue, dann erbitte ich einen Gefallen von ihm: Ich möchte, daß er seinen Beschluß bezüglich des Dorfes zurücknimmt – und außerdem möchte ich mein Schiff und meine Mannschaft in fünf Monaten zurückhaben.«

Mariko sagte: »Anjin-san, Ihr könnt nicht mit ihm feilschen wie mit einem dreckigen Händler.«
»Bitte, fragt ihn. Ich erbitte es in aller Demut als Gunstbeweis.«
Yabu runzelte die Stirn und sprach des längeren. Dann übersetzte Mariko: »Das Dorf ist ohne Bedeutung. Die Bauern brauchen Druck, damit sie sich ins Zeug legen. Ihr solltet Euch keine Sorgen um sie machen. Und was das Schiff angeht, so sei es in Herrn Toranagas Obhut. Er sei sicher, daß Ihr es bald zurückbekommt. Er bittet mich, Euer Anliegen bei meinem Eintreffen in Yedo sofort Herrn Toranaga vorzutragen. Das werde ich tun, Anjin-san.«
»Ich bitte Herrn Yabu um Verzeihung, aber ich muß ihn ersuchen, seine Drohung noch heute zurückzunehmen. Heute abend noch. Mir ist das außerordentlich wichtig... ein Bittgesuch.«
»Er sagt, Ihr müßt Euch gedulden.«
Blackthorne nickte. Dann traf er seine Entscheidung. »Danke, ich verstehe. Gewiß. Bitte, sagt Yabu-san, ich kann mit dieser Schande nicht leben.«
Mariko erbleichte. »Wie bitte?«
»Ich kann nicht mit der Schande leben, das Dorf auf meinem Gewissen zu haben. Ich bin entehrt, und das kann ich nicht ertragen. Es geht wider meine christlichen Überzeugungen. Ich werde auf der Stelle Selbstmord begehen müssen.«
»Selbstmord?«
»Jawohl. Das habe ich beschlossen.«
Yabu unterbrach. »*Nan ja,* Mariko-san?«
Stockend dolmetschte sie, was Blackthorne gesagt hatte. Yabu fragte nach, und sie antwortete. Dann sagte Yabu: »Wenn ich nicht sähe, wie Ihr reagiert, würde ich sagen: ›Das ist ein Scherz, Mariko-san.‹ Warum habt Ihr solche Angst? Warum glaubt Ihr, daß er es ernst meint?«
»Ich weiß es nicht, Euer Gnaden. Er scheint... ich weiß nicht...« Sie sprach nicht weiter.
»Omi-san?«
»Selbstmord verstößt gegen alle christlichen Überzeugungen, Euer Gnaden.«
»Igurashi-san, was meint Ihr dazu?«
»Er will uns nur hinters Licht führen. Er ist kein Christ. Erinnert Ihr Euch noch an den ersten Tag, Euer Gnaden? Wißt Ihr noch, wie er sich dem Priester gegenüber verhalten hat? Und was er Omi-san zu tun gestattete, bloß, um diesen Jungen zu retten?«
Yabu lächelte in Erinnerung an den Tag und die Nacht, die darauf gefolgt war. »Ja, ganz meine Meinung. Er ist kein Christ. Mariko-san.«
Yabu erzählte ihr, was sich an diesem ersten Tag zwischen Blackthorne und dem Priester abgespielt hatte.
Yabu nahm einen Schluck Saké. »Mariko-san, sagt ihm: Selbstmord ist bei den Barbaren nicht Sitte. Es verstößt gegen die Gebote des Christengottes. Wie kann er also Selbstmord begehen?«

Mariko dolmetschte.
Yabu beobachtete Blackthorne genau, als er antwortete.
»Der Anjin-san bittet in großer Demut um Verzeihung, aber er sagt, ob nun Sitte oder nicht, Gott oder nicht, die Schande des Dorfes sei zu schwer zu tragen. Er sagt, daß ... daß er in Japan sei, *Hatamoto* sei, und er damit ein Recht habe, nach unseren Gesetzen zu leben.« Ihre Hände zitterten.
»Barbaren haben keine Rechte.«
Sie sagte: »Herr Toranaga hat ihn zum *Hatamoto* gemacht. Damit hat er das Recht, *neh?*«
Der Wind rüttelte an den *Shoji.*
»Wie will er denn Selbstmord begehen? Eh? Fragt ihn.«
Blackthorne zog das kurze, nadelspitze Schwert hervor und legte es, die Spitze auf ihn gerichtet, sorgfältig vor sich hin.
Igurashi sagte schlicht: »Damit will er uns nur täuschen! Wer hätte je von einem Barbaren gehört, der wie ein zivilisierter Mensch gehandelt hätte?«
Yabu runzelte die Stirn; sein Herz ging vor lauter Erregung langsamer. »Er ist ein tapferer Mann, Igurashi-san. Daran gibt es nicht den geringsten Zweifel. Und merkwürdig. Aber dies?« Yabu wollte den Akt vollzogen sehen, wollte Zeuge sein, wie weit der Barbar gehen würde, wollte sehen, wie er in den Tod ging, mit ihm die Entrückung des Dahingehens erleben. Bewußt gebot er der in ihm aufsteigenden Woge der eigenen Lust Einhalt. »Was ratet Ihr, Omi-san?« fragte er mit kehliger Stimme.
»Ihr habt zum Dorf gesagt, Euer Gnaden: ›Falls der Anjin-san nicht zufriedenstellend lernt.‹ Ich rate Euch, eine leichte Abwandlung zuzugestehen. Sagt ihm, was immer er innerhalb der fünf Monate lernt, daß es ›zufriedenstellend‹ sein wird; dafür müsse er jedoch bei seinem Gott schwören, den Leuten im Dorf kein Wort davon zu sagen. Außerdem soll er schwören – wiederum im Namen seines Gottes –, daß er seine ganzen Geisteskräfte darauf wenden wird, zu lernen und uns in jeder Beziehung zu Diensten zu sein. Da er klug ist, wird er in fünf Monaten sogar sehr viel gelernt haben. Damit ist Eurer Ehre Genüge getan, und seiner – falls es die überhaupt gibt – auch. Es ist äußerst wichtig, daß er Euch aus freien Stücken treu ist.«
»Glaubt Ihr, daß er sich entleibt?«
»Ja.«
»Mariko-san?«
»Ich weiß nicht, Yabu-san. Es tut mir leid, aber ich kann Euch keinen Rat geben. Vor ein paar Stunden hätte ich noch gesagt, nein, er wird keinen Selbstmord begehen. Jetzt bin ich mir nicht mehr so sicher. Er ist ... seit Omi-san ihn heute abend abgeholt hat ... ist er so ganz anders.«
Mariko wußte, von ihnen allen sollte sie am ehesten imstande sein, den Anjin-san zu durchschauen. Aber sie vermochte es nicht. Einen Augenblick verstand sie ihn, gleich darauf war er für sie völlig unverständlich. Einen Augenblick mochte sie ihn, dann wieder haßte sie ihn. Warum?

Blackthornes gequälte Augen schauten in die Ferne. Jetzt jedoch bildeten sich Schweißperlen auf seiner Stirn. Ob das wohl Angst ist, überlegte Yabu? Angst davor, daß das Täuschungsmanöver mißlingt? Täuscht er wirklich?
»Mariko-san?«
»Ja, mein Gebieter?«
»Sagt ihm...« Yabus Mund war unversehens trocken, seine Brust schmerzte ihn. »Sagt dem Anjin-san, es bleibt für das Dorf bei dem, was ich gesagt habe.«
»Verzeiht, Euer Gnaden, aber ich ersuche Euch dringend, Euch nach Omis Rat zu richten.«
Yabu hatte kein Auge für sie, sondern nur für Blackthorne. Die Ader auf seiner Stirn klopfte. »Der Anjin-san sagt, er sei entschlossen. Sei es also! Laßt uns sehen, ob er ein Barbar ist – oder ein *Hatamoto*.«
Marikos Stimme war fast nicht mehr zu hören. »Anjin-san, Yabu-san sagt, es bleibe bei dem Urteil. Es tut mir so leid.«
Blackthorne hörte die Worte, aber sie berührten ihn nicht. Er fühlte sich stärker und von größerer Ruhe erfüllt, besaß ein größeres Bewußtseins des Lebens denn je zuvor.
Während er wartete, hatte er ihnen nicht zugehört und sie auch nicht beobachtet. Seine Entscheidung stand fest, alles andere überließ er Gott. Er war eingeschlossen gewesen in seinem eigenen Kopf, hatte dieselben Worte immer und immer wieder gehört, jene Worte, die ihm den Schlüssel für das Leben hier in die Hand gegeben hatten, die Worte, die ihm gewiß von Gott geschickt worden waren, durch Mariko als seinen Vermittler. »Es gibt eine einfache Lösung – sterbt. Um hier zu überleben, müßt Ihr Euch nach unseren Sitten und Gebräuchen richten.«
»...es bleibt bei dem Urteil.«
Also muß ich jetzt sterben.
Eigentlich müßte ich Angst haben. Aber ich habe keine. Warum nicht?
Ich weiß es nicht. Ich weiß nur, daß in dem Augenblick, da ich überzeugt war, daß die einzige Möglichkeit, hier als Mann zu bestehen, darin liegt, sich nach ihren Gebräuchen zu richten und riskieren zu sterben – vielleicht zu sterben –, daß da plötzlich die Angst vor dem Tod verflogen war. »Leben und Tod sind ein und dasselbe... Überlaßt das *Karma* dem *Karma*.«
Ich habe keine Angst vorm Sterben.
Es hatte ein sanfter Regen eingesetzt. Er senkte den Blick auf das Schwert.
Ich habe ein erfülltes Leben gehabt, dachte er.
Seine Augen richteten sich wieder auf Yabu. »*Wakarimasu*«, sagte er klar, und wiewohl er wußte, daß seine Lippen dies Wort geformt hatten, war es, als ob ein anderer gesprochen hätte.
Keiner rührte sich.
Er beobachtete, wie seine Rechte das Schwert ergriff. Dann packte er auch mit der Linken den Griff. Die Schneide zitterte nicht und war direkt auf sein Herz gerichtet. Jetzt vernahm er nur das Rauschen des Lebens, brausend und immer

brausender, lauter und immer lauter, bis er es nicht mehr hören konnte. Seine Seele schrie nach dem ewigen Schweigen.

Der Schrei setzte seine Reflexe in Bewegung. Seine Hände trieben das Schwert unbeirrt seinem Ziel zu.

Omi war zwar auf dem Sprung gewesen, ihm in den Arm zu fallen, doch auf die Plötzlichkeit und die Heftigkeit von Blackthornes Stoß war er nicht gefaßt, und als Omis Linke die Schneide und seine Rechte den Griff packten, biß der Schmerz zu, und das Blut schoß aus seiner linken Hand. Er kämpfte mit aller Macht gegen die Gewalt des Stoßes an. Er unterlag. Dann half Igurashi, und gemeinsam gelang es ihnen, den Stoß aufzuhalten. Das Schwert wurde Blackthorne abgenommen. Ein dünnes Blutrinnsal sickerte von der Haut über Blackthornes Herzen herunter, wo die Spitze des Schwertes eingedrungen war.

Mariko und Yabu hatten sich nicht gerührt.

Yabu sagte: »Sagt ihm, sagt ihm, was immer er lernt, es ist genug, Mariko-san. Befehlt ihm, nein, bittet ihn, bittet den Anjin-san zu schwören, wie Omi es gesagt hat. Alles, was Omi-san gesagt hat.«

Langsam kehrte Blackthorne ins Leben zurück. Ohne zu begreifen, starrte er wie aus unendlicher Ferne das Schwert an. Dann floß der Strom des Lebens rauschend wieder in ihn zurück, doch er konnte seine Bedeutung nicht begreifen. Er glaubte, tot und nicht lebendig zu sein.

»Anjin-san? Anjin-san?«

Er sah, wie ihre Lippen sich bewegten und hörte ihre Stimme, aber alle seine Sinne konzentrierten sich auf den Regen und den Wind.

»Ja?« Seine eigene Stimme kam wie aus unendlicher Ferne, aber er roch den Regen und hörte die Tropfen, schmeckte das Seesalz in der Luft.

Ich lebe, dachte er verwundert. Ich lebe, und das ist richtiger Regen draußen, und der Wind ist auch echt und kommt aus dem Norden. Dort steht ein Holzkohlenbecken, und wenn ich die Schale dort aufnehme, dann wird richtige Flüssigkeit darin sein, und sie wird einen ganz bestimmten Geschmack haben. Ich bin nicht tot. Ich lebe.

Die anderen saßen schweigend da, warteten geduldig, sehr rücksichtsvoll jetzt, um seine Unerschrockenheit zu ehren. Kein Mensch in Japan hatte jemals gesehen, was sie gesehen.

Schweigend brachte eine Dienerin Verbandszeug und verband Omis Hand, wo die Klinge tief eingedrungen war. Alles war sehr still. Von Zeit zu Zeit sagte Mariko wohl leise seinen Namen, während sie an *Cha* oder Saké nippten, jedoch nur ganz kleine Schlucke nahmen und das Abwarten, das Zusehen und die Erinnerung auskosteten.

Für Blackthorne schien dieses Nicht-Leben eine Ewigkeit zu dauern. Dann sahen seine Augen. Hörten seine Ohren.

»Anjin-san?«

»*Hai?*« antwortete er durch eine abgrundtiefe Müdigkeit hindurch.

Mariko legte dar, was Omi gesagt hatte. Sie mußte es mehrere Male wiederholen, ehe sie sicher war, daß er es auch klar verstanden hatte.
Blackthorne nahm den letzten Rest seiner Kraft zusammen. Er kostete den Sieg aus. »Mein Wort genügt, genauso wie seines genügt. Trotzdem will ich bei Gott schwören, wie er es wünscht. Ja. Genauso, wie Yabu-san bei seinem Gott schwören wird, daß er seinen Teil der Abmachung in allen Ehren einhalten wird.«
»Herr Yabu sagt, er schwört es bei seinem Gott.«
Und so schwor Blackthorne, wie Yabu wünschte, daß er es schwören solle. Er nahm etwas *Cha* an. Niemals hatte der ihm so köstlich geschmeckt. Die Schale schien unendlich schwer, und er konnte sie nicht lange halten.
»Der Regen ist schön, nicht wahr?« sagte er und beobachtete, wie die Regentropfen zerplatzten und verrannen, verwundert ob der unerhörten Klarheit dessen, was er sah.
»Ja«, bestätigte sie sanft. Sie wußte, daß seine Sinne sich auf einer Ebene befanden, die niemand je erreichen konnte, der sich nicht aus freien Stücken dem Tod gestellt und dann durch ein unbegreifliches *Karma* dem Leben zurückgegeben worden war.
»Wie wär's, wenn Ihr Euch jetzt ein wenig ausruhtet, Anjin-san? Herr Yabu sagt, er danke Euch, und er sagt, er werde morgen weiter mit Euch reden. Ihr solltet jetzt ruhen.«
»Ja. Vielen Dank. Das wäre gut.«
»Meint Ihr, Ihr könnt allein aufstehen?«
»Ja, ich denke schon.«
Am liebsten hätte er sich hingelegt und nach Hause tragen lassen, die Augen zugemacht und wäre sofort eingeschlafen. Gleichzeitig wußte er jedoch, daß er Angst hatte, schon zu schlafen, falls dies ein Traum nach dem Tode wäre und das Schwert nicht auf dem *Futon* lag, sondern eingedrungen war in sein wirkliches Ich, und dies hier die Hölle war oder zumindest der Anfang der Hölle.
Ganz langsam nahm er das Kurzschwert auf und betrachtete es; innerlich frohlockte er ob des Gefühls, wie *wirklich* es sich anfühlte. Dann steckte er es in die Scheide. Alles dauerte unendlich lange.
»Tut mir leid, daß es so langsam geht«, murmelte er.
»Es braucht Euch nicht leid zu tun, Anjin-san. Heute seid Ihr wiedergeboren worden. Das hier ist ein anderes, ein neues Leben«, sagte Mariko stolz, ganz erfüllt von der Ehre, die auch auf sie überstrahlte. »Es ist nur wenigen gegeben, wieder zurückzukehren. Also braucht es Euch nicht leid zu tun. Wir wissen, daß es größter Geisteskraft bedarf. Die meisten Menschen haben hinterher nicht einmal mehr Kraft genug, auch nur zu stehen. Erlaubt Ihr, daß ich Euch helfe?«
»Nein. Nein, vielen Dank.«
»Es ist nicht unehrenhaft, sich helfen zu lassen. Es wäre mir eine Ehre, Euch helfen zu dürfen.«
»Ich danke Euch. Aber ich – ich möchte es versuchen, jedenfalls versuchen.«

Aber er konnte sich nicht sogleich aufrichten. Er mußte sich seiner Hände bedienen, um auf die Knie zu kommen, und dann mußte er innehalten, erst Kräfte sammeln. Später raffte er sich hoch und wäre ums Haar hingeschlagen. Er schwankte, fiel aber dann doch nicht.

Yabu verneigte sich. Mariko, Omi und Igurashi verneigten sich.

Die ersten paar Schritte ging Blackthorne wie ein Betrunkener. Er umklammerte einen Pfeiler und hielt sich für einen Augenblick daran fest. Dann versuchte er es wieder. Ums Haar wäre er gestrauchelt, doch dann schaffte er es doch und ging allein hinaus. Wie ein Mann. Eine Hand am Griff seines Langschwertes, das Haupt hoch erhoben.

Yabu stieß seinen Atem aus und nahm einen großen Schluck Saké. Als er sprechen konnte, sagte er zu Mariko: »Bitte, geht ihm nach. Sorgt dafür, daß er heil nach Hause kommt.«

»Jawohl, Euer Gnaden.«

Dann wandte Yabu sich Igurashi zu: »Ihr seid ein Misthaufen von einem Narren!«

Augenblicklich senkte Igurashi reuevoll die Stirn auf die Matte.

»Ein Täuschungsmanöver, habt Ihr gesagt, *neh?* Eure Dummheit hätte mich fast um einen unbezahlbaren Schatz gebracht.«

»Jawohl, Euer Gnaden, Ihr habt recht, Euer Gnaden. Gestattet, daß ich meinem Leben auf der Stelle ein Ende setze.«

»Das wäre viel zu gut für Euch! Geht und lebt in den Stallungen, bis ich wieder nach Euch schicke. Schlaft bei den dummen Pferden. Ihr seid ein Narr und dumm wie ein Roß!«

»Jawohl, Euer Gnaden. Ich bitte um Verzeihung, Euer Gnaden.«

»Aus meinen Augen! Omi wird das Musketenregiment befehligen. Hinaus!«

Die Kerzen flackerten und zischten. Eines der Mädchen schüttete ein ganz klein wenig Saké auf das kleine Lacktischchen vor Yabu, und er ließ sie seine Zunge spüren. Augenblicklich entschuldigten die anderen sich. Er gestattete, daß sie ihn beruhigten, und gestattete gnädigst, daß sie ihm mehr Saké einschenkten.

»Ein Täuschungsmanöver? Das hat er gesagt! Dieser Narr! Warum bin ich nur von Dummköpfen umgeben!«

Omi schwieg, doch in seinem Herzen schrie er vor Lachen.

»Ihr jedoch seid kein Dummkopf, Omi-san. Euer Rat ist mir teuer. Euer Lehen ist mit dem heutigen Tage verdoppelt. Sechstausend *Koku.* Vom nächsten Jahr an. Betrachtet dreißig *Ri* um Anjiro herum als Euer Lehen.«

Omi verneigte sich auf dem *Futon.* Yabu verdient den Tod, dachte er verächtlich; er läßt sich um den kleinen Finger wickeln. »Ich habe nichts verdient, Euer Gnaden. Ich habe nichts weiter getan als meine Pflicht.«

»Jawohl, aber ein Lehnsherr sollte Treue und Pflichterfüllung belohnen.« Heute abend trug Yabu das Yoshitomo-Schwert. Es bereitete ihm inniges Vergnügen, es zu berühren.

»Wie bald wird es Krieg geben?« fragte Omi.
»Noch dieses Jahr. Vielleicht habt Ihr sechs Monate Zeit, vielleicht aber auch nicht. Warum?«
»Vielleicht sollte die Dame Mariko länger bleiben als nur drei Tage. Um Euch zu schützen.«
»Eh? Warum?«
»Sie ist der Mund des Anjin-san. In einem halben Monat könnte er – mit ihrer Hilfe – zwanzig Männer ausbilden, die ihrerseits hundert Männer ausbilden können, die dann den Rest ausbilden. Dann spielt es keine Rolle mehr, ob er stirbt oder nicht.«
»Warum sollte er sterben?«
»Ihr werdet den Anjin-san wieder rufen lassen, Euer Gnaden. Nächstes Mal könnte es anders ausgehen, wer weiß? Es könnte sein, daß Ihr wollt, daß er stirbt. Es könnte sein, daß Ihr ihn unter Druck setzen möchtet. Sobald Ihr wißt, was Ihr wissen wollt – wieviel ist da die Leiche wert?«
»Nichts.«
»Ihr müßt die Kriegführung der Barbaren erlernen, aber es muß schnell geschehen. Herr Toranaga könnte nach ihm schicken, und daher braucht Ihr die Frau, solange es geht. Ein halber Monat sollte reichen, alles aus ihm herauszuholen, was er weiß, jetzt, wo Ihr sicher seid, daß er sich voll und ganz für Euch einsetzen wird. Ihr werdet experimentieren müssen, um ihre Methoden den unseren anzupassen. Ja, es wird mindestens einen halben Monat dauern, *neh?*«
»Und Toranaga-san?«
»Der wird sich einverstanden erklären, wenn man es ihm nur richtig schmackhaft macht. Er muß, Euer Gnaden. Er muß. Es sind seine Musketen so gut wie Eure. Außerdem ist Marikos Anwesenheit hier auch noch in anderer Hinsicht nützlich.«
»Ja«, sagte Yabu voller Genugtuung, denn der Gedanke, sie als Geisel zu behalten, war ihm schon auf dem Schiff gekommen. »Toda Mariko sollte beschützt werden, gewiß. Es wäre zu schlimm, wenn sie in böse Hände fiele.«
»Ja. Und vielleicht könnte sie Euch das Mittel sein, Hiro-matsu, Buntaro und ihren ganzen Klan zu beherrschen, sogar Toranaga.«
»Setzt ein Schreiben auf!«
Aufs Geratewohl sagte Omi: »Meine Mutter hat heute Nachricht aus Yedo bekommen, Euer Gnaden. Sie bittet mich, Euch zu sagen, daß die Dame Genjiko Toranaga seinen ersten Enkel geschenkt hat.«
Yabu war sogleich ganz Ohr. Toranagas Enkel? Konnte man Toranaga durch dieses Kind beherrschen? Der Enkel sichert den Bestand von Toranagas Dynastie, *neh?* Wie kann ich das Kind als Geisel in die Hand bekommen? »Und Ochiba, die Dame Ochiba?« fragte er.
»Sie hat Yedo mit ihrem ganzen Hofstaat verlassen. Vor drei Tagen. Jetzt ist sie gewiß schon sicher auf Herrn Ishidos Gebiet.«
Yabu dachte über die Dame Ochiba und ihre Schwester Genjiko nach. Wie

grundverschieden! Ochiba lebensprühend, schön, listig und erbarmungslos – die begehrenswerteste Frau im ganzen Reich und die Mutter des Erben. Genjiko, ihre jüngere Schwester, still, in sich gekehrt, unscheinbar, von einer Strenge, die von ihrer Mutter, einer von Gorodas Schwestern, auf sie vererbt worden war. Die beiden Schwestern liebten einander, aber Ochiba haßte Toranaga und seine Brut, wohingegen Genjiko den Taikō und Yaemon, seinen Sohn, verabscheute. Ob der Taikō wohl wirklich der Vater von Ochibas Sohn ist? fragte Yabu sich, wie sich alle *Daimyos* seit Jahren insgeheim gefragt hatten. Was gäbe ich nicht darum, die Antwort auf diese Frage zu erfahren! Was würde ich nicht dafür geben, diese Frau zu besitzen!

»Nun, daß die Dame Ochiba nicht länger eine Geisel in Yedo ist... das könnte gut und schlecht sein«, sagte Yabu unentschlossen. *»Neh?«*

»Gut, nur gut. Jetzt müssen Ishido und Toranaga sehr bald loslegen.«

Omi ließ absichtlich das ›sama‹ hinter diesen beiden Namen weg. »Die Dame Mariko sollte bleiben, zu Eurem Schutz.«

»Sorgt dafür. Setzt ein Schreiben dieses Inhalts an Toranaga auf.«

Dann wandte Yabu sich dem zu, was ihn schon den ganzen Abend über nicht losließ. »Der Anjin-san hat mich in Erstaunen versetzt. Euch nicht?«

»Aber gewiß doch, Euer Gnaden. Mehr noch als Euch. Aber es war klug von Euch, ihn sich festlegen zu lassen.«

»Ihr meint, Igurashi hat doch recht gehabt?«

»Ich habe nur Eure Weisheit bewundert, Euer Gnaden. Irgendwann hättet Ihr doch nein zu ihm sagen müssen. Ich glaube, es war sehr weise von Euch, es heute abend zu tun.«

»Ich habe gedacht, er bringt sich um. Ja. Ich bin froh, daß Ihr auf der Hut wart. Das hatte ich selbstverständlich einkalkuliert. Der Anjin-san ist ein außergewöhnlicher Mann – für einen Barbaren, *neh?* Schade, daß er Barbar und so naiv ist.«

»Ja.«

Yabu gähnte. Er ließ sich von Suzu Saké reichen. »Einen halben Monat, sagt Ihr? So lange sollte Mariko-san mindestens bleiben, Omi-san. Dann werde ich entscheiden, was mit ihr und was mit ihm zu geschehen hat. Es wird nötig sein, daß ihm bald noch eine Lektion erteilt wird, *neh?* Man sollte ihm beibringen, wie man korrekt *Seppuku* begeht. Das wäre etwas – dabei zuzusehen, *neh?* Sorgt dafür! Jawohl, ich teile Eure Meinung: Die Tage des Barbaren sind gezählt.«

# 32. Kapitel

Zwölf Tage darauf traf in Begleitung von zehn Samurai ein Kurier aus Osaka ein. Ihre Pferde waren schaumbedeckt und nahe am Zusammenbrechen. Die Wimpel an ihren Speeren trugen das Monogramm des allmächtigen Regentschaftsrats. Es war heiß und feucht, und der Himmel war bedeckt.

Der Kurier selbst war ein hagerer Samurai von hohem Rang, einer von Ishidos Stellvertretern. Er hieß Nebara Jozen und war seiner Härte wegen berüchtigt. Sein grauer Uniform-Kimono war zerfetzt und verdreckt, seine Augen rot vor Überanstrengung. Er wies Speise und Trank zurück und verlangte unhöflich, sofort von Yabu empfangen zu werden.

»Verzeiht meinen Aufzug, Yabu-san, aber ich habe einen eiligen Auftrag«, sagte er. »Jawohl, ich bitte Euch um Verzeihung. Mein Gebieter fragt zunächst, warum Ihr Toranagas Soldaten zusammen mit Euren exerzieren laßt, und zweitens, warum sie mit so vielen Musketen üben?«

Yabu stieg angesichts dieser rüden Direktheit das Blut zu Kopf, doch zügelte er seinen Zorn, denn er wußte, daß Jozen sich zweifellos an besondere Instruktionen hielt und daß ein solch rüdes Verhalten eine sehr starre Machtposition verriet. Außerdem war er wegen dieser neuen Lücke in seinem Sicherheitssystem zutiefst beunruhigt.

»Ihr seid mir sehr willkommen, Jozen-san. Ihr könnt Eurem Herrn versichern, daß mir seine Interessen stets am Herzen liegen«, erwiderte er mit einer Zuvorkommenheit, die freilich keinen der Anwesenden täuschte.

Sie saßen auf der Veranda des Forts. Omi saß direkt hinter Yabu. Igurashi, der vor wenigen Tagen in Gnaden wieder aufgenommen worden war, näher bei Jozen. Eine ausgesuchte Leibwache umgab sie.

»Was sagt Euer Herr sonst noch?«

Jozen erwiderte: »Mein Gebieter wird sich freuen, daß seine Interessen auch die Euren sind. Aber jetzt zu den Musketen und zu der Ausbildung: Mein Gebieter möchte wissen, warum Naga, Toranagas Sohn, Stellvertretender Kommandeur ist. Stellvertretender Kommandeur von was? Was ist so wichtig, daß

es die Anwesenheit eines Toranaga-Sohnes erfordert, begehrt Herr Ishido in aller Höflichkeit zu erfahren. Und wie kommt es, daß der Barbar die Ausbildung zu leiten scheint? Was für eine Ausbildung und wozu? Auch das scheint äußerst interessant.« Jozen schob seine Schwerter zurecht, um es bequemer zu haben, froh darüber, im Rücken seine eigenen Männer zu wissen. »Weiter: Der Regentschaftsrat tritt am ersten Tag des neuen Mondes erneut zusammen. In zwanzig Tagen also. Ihr werdet in aller Form ersucht, Euch in Osaka einzufinden, um Euren Treueeid zu erneuern.«
Yabus Magen verkrampfte sich. »Wenn ich richtig unterrichtet bin, ist Toranaga-sama zurückgetreten.«
»Das stimmt, Yabu-sama, ja, das stimmt. Aber Herr Ito Teruzumi nimmt seine Stelle ein. Neuer Vorsitzender des Rates wird mein Gebieter.«
Yabu wurde von Panik ergriffen. Toranaga hatte gesagt, daß die vier Regenten sich nie auf einen fünften einigen würden. Ito Teruzumi war ein weniger bedeutender *Daimyo*, Herr der Provinz Negato im westlichen Honshu, aber seine Familie wies einen altehrwürdigen Stammbaum auf und ging auf eine Seitenlinie der Fujimoto zurück; folglich war er als Regent annehmbar, wenn er auch nicht viel ausrichten konnte; er war verweichlicht und eine Marionette. »Es wäre mir eine Ehre, ihre Einladung entgegenzunehmen«, sagte Yabu ehrerbietig in dem Versuch, Zeit zu gewinnen.
»Mein Gebieter meinte, Ihr würdet wahrscheinlich gern gleich abreisen. Dann würdet Ihr rechtzeitig zur Sitzung in Osaka sein. Er hat mir befohlen, Euch zu sagen, daß alle *Daimyos* dieselbe Einladung erhalten. Also werden *alle* die Möglichkeit haben, rechtzeitig zum einundzwanzigsten Tag dort zu sein. Zu Ehren der Ratsversammlung hat Seine Kaiserliche Hoheit, Kaiser Go-Nijo, seine Zustimmung zu einem Ikebana-Wettbewerb gegeben.« Jozen überreichte die offizielle Pergamentrolle mit der Einladung.
»Aber sie trägt ja nicht das Siegel des Regentschaftsrats.«
»Mein Gebieter hat die Einladung bereits jetzt ausgestellt. Er vertraut darauf, daß Ihr als treuer Vasall des verstorbenen Taikō und seines Sohnes Yaemon davon ausgeht, daß der neue Rat sein Vorgehen selbstverständlich gutheißen wird, *neh?*«
»Selbstverständlich weiß ich das Vorrecht zu schätzen, Zeuge der Ratssitzung zu sein.« Yabu mußte sich zusammenreißen.
»Gut«, sagte Jozen. Er zog noch eine weitere Rolle hervor und hielt sie in die Höhe. »Dies hier ist eine Kopie der Ernennungsurkunde von Herrn Ito.«
Jozen bemühte sich nicht im mindesten, seinen triumphierenden Ausdruck zu verbergen, denn er wußte, daß sich der Ring um Toranaga und seine Verbündeten schloß.
Yabu nahm das Schriftstück entgegen. Seine Finger zitterten. An seiner Echtheit war nicht zu zweifeln. Es war gegengezeichnet von der Dame Yodoko, der Gemahlin des Taikō, was bestätigte, daß das Dokument echt und in ihrer Gegenwart unterzeichnet worden war; daß es sich um eine von sechs Kopien han-

delte und daß die vorliegende Kopie für die Herren von Iwari, Mikawa, Totomi, Sugura, Izu und dem Kwanto bestimmt seien.
»Die Herren von Iwari, Mikawa, Sugura und Totomi haben bereits ihr Erscheinen zugesagt. Hier sind ihre Siegel. Ihr seid der vorletzte auf meiner Liste. Der letzte ist Herr Toranaga.«
»Bitte, dankt Eurem Herrn, und sagt ihm, ich freue mich, ihn zu begrüßen und zu beglückwünschen.«
»Gut. Ich brauche das allerdings schriftlich. Wenn Ihr das jetzt gleich tun könntet, wäre das sehr befriedigend.«
»Heute abend, Jozen-san. Nach dem Abendessen.«
»Sehr wohl. Und jetzt können wir gehen und die Übungen ansehen.«
»Heute finden keine statt. Alle meine Leute machen heute Gewaltmärsche«, sagte Yabu. In dem Augenblick, da Jozen und seine Begleitung den Boden von Izu betreten hatten, war dies Yabu sofort mitgeteilt worden, der augenblicklich angeordnet hatte, daß alle Schießübungen eingestellt werden sollten. »Ihr könnt morgen mit mir kommen – gegen Mittag, wenn Euch das recht ist.«
Jozen blickte zum Himmel auf. Es war mittlerweile später Nachmittag. »Gut. Ein wenig Schlaf würde mir guttun. Aber wenn Ihr erlaubt, komme ich gegen Abend wieder. Dann werdet Ihr und Euer Kommandeur, Omi-san, sowie der Stellvertretende Kommandeur, Naga-san, mir im Interesse meines Gebieters über die Ausbildung, die Musketen usw. berichten. Und über den Barbaren.
»Er ist... selbstverständlich.« Yabu gab Igurashi einen Wink. »Sorgt für die Unterkunft unseres geehrten Gastes und seiner Leute.«
Jozen verneigte sich steif und entfernte sich, umgeben von seinen Männern. Alle waren bis an die Zähne bewaffnet. Zwei Bogenschützen waren bei den Pferden zurückgelassen worden.
Sobald sie fort waren, verzerrte sich Yabus Gesicht vor Wut. »Wer hat mich verraten? Wer? Wo ist der Spion?«
Genauso aschgrau im Gesicht gab Igurashi den Wachen zu verstehen, sich außer Hörweite zurückzuziehen. »Yedo, Euer Gnaden«, sagte er. »Es muß Yedo sein. Hier sind die Sicherheitsvorkehrungen lückenlos.«
»*Oh ko*«, entfuhr es Yabu. Fast hätte er sich den Kimono zerrissen. »Man hat mich betrogen. Wir sind isoliert. Izu und der Kwanto sind isoliert. Ishido hat gewonnen. Er hat gewonnen!«
Omi sagte rasch: »Nicht vor zwanzig Tagen, Euer Gnaden. Laßt Herrn Toranaga sofort Nachricht zukommen. Sagt ihm...«
»Narr!« zischte Yabu. »Selbstverständlich weiß Toranaga bereits alles. Wo ich einen Spion habe, hat er fünfzig. Er hat mich in die Falle gehen lassen...«
»Das glaube ich nicht, Euer Gnaden«, sagte Omi unerschrocken. »Iwari, Mikawa, Totomi und Sugura sind mit ihm verfeindet, *neh?* Die würden ihn nie warnen; vielleicht weiß er es also doch noch nicht. Gebt ihm Nachricht und schlagt ihm vor...«
»Habt Ihr denn nicht gehört?« schrie Yabu. »Alle vier Regenten haben sich auf

die Ernennung von Ito geeinigt. Damit ist der Regentschaftsrat wieder funktionsfähig und tritt in zwanzig Tagen zusammen.«
»Die Antwort darauf ist einfach, Euer Gnaden. Macht Toranaga den Vorschlag, er müsse sofort Ito Teruzumi oder einen der anderen Regenten beseitigen lassen.«
Yabu fiel die Kinnlade herunter. »Was?«
»Wenn Ihr das nicht tun möchtet, schickt mich; laßt es mich versuchen. Oder Igurashi-san. Wenn Herr Ito tot ist, sind Ishido wieder die Hände gebunden.«
»Habt Ihr den Verstand verloren, oder was?« sagte Yabu in ohnmächtiger Wut. »Wißt Ihr auch, was Ihr da eben gesagt habt?«
»Euer Gnaden, ich bitte Euch, Geduld mit mir zu haben. Der Anjin-san hat Euch unschätzbares Wissen verschafft, *neh?* Wenn wir Zeit genug gewinnen können, verleihen unsere fünfhundert Musketen und die dreihundert anderen uns absolute Überlegenheit – allerdings nur für eine Schlacht. Danach werden auch die anderen sehr schnell lernen, mit Musketen umzugehen. Eine Schlacht aber – wenn es die richtige ist – wird Toranaga den entscheidenden Sieg bringen können.«
»Ishido braucht keine Schlacht. In zwanzig Tagen hat er das Mandat des Kaisers.«
»Ishido ist ein Bauer. Er ist der Sohn eines Bauern, ein Lügner, und läßt seine Kameraden in der Schlacht im Stich. Jedenfalls hat er das in Korea getan. Ich war dabei. Ich habe es gesehen, mein Vater hat es gesehen. Ishido hat Buntaro-san und uns *wirklich* im Stich gelassen; wir mußten uns selbst herausschlagen. Er ist nichts weiter als ein verräterischer Bauer – ihm kann man nicht trauen. Toranaga hingegen ist ein Minowara. Ihm könnt Ihr trauen. Ich rate Euch, ausschließlich Toranagas Interessen zu berücksichtigen.«
Yabu schüttelte ungläubig den Kopf. »Seid Ihr denn taub? Habt Ihr Nebara Jozen nicht gehört? In zwanzig Tagen ist der Rat wieder voll funktionsfähig.«
»*Könnte* er möglicherweise wieder funktionsfähig sein.«
»Selbst wenn Ito... Wie könntet Ihr? Das ist nicht möglich.«
»Selbstverständlich könnte ich es versuchen, würde es aber nicht mehr rechtzeitig schaffen. Keiner von uns, wohl aber Toranaga.« Omi wußte, daß er sich in die Zähne des Drachen begeben hatte. »Ich bitte Euch, es Euch zu überlegen.«
Yabu fuhr sich mit der Hand durchs Gesicht, sein ganzer Körper war schweißnaß. »Wenn der Rat zusammentritt und ich bin nicht dabei, bin ich mit meinem ganzen Klan erledigt – Ihr inbegriffen. Ich brauche mindestens zwei Monate, um das Regiment auszubilden. Und auch dann könnten Toranaga und ich niemals gegen all die anderen gewinnen. Nein, ich muß Ishido unterstützen.«
Omi sagte: »Ihr braucht erst in zehn Tagen nach Osaka abzureisen – oder sogar erst in vierzehn, wenn Ihr Gewaltmärsche einlegt. Gebt Toranaga sofort Nachricht, was Nebara Jozen betrifft. Damit rettet Ihr Izu und das Haus Kasigi. Ich bitte Euch: Ishido wird Euch hereinlegen und Euch verschlingen. Schließlich ist Ikawa Jikkyu sein Verwandter, *neh?*«

»Und was ist mit Jozen?« rief Igurashi. »Eh? Und den Musketen? Wo bleibt unsere großartige Strategie? Er will über all das heute abend Bericht erstattet bekommen.«
»Tut das. In allen Einzelheiten. Er ist doch nichts weiter als ein Lakai!« sagte Omi, der anfing, sie alle nach seiner Pfeife tanzen zu lassen. Er wußte, daß er alles auf eine Karte setzte, aber er mußte versuchen, Yabu davor zu bewahren, sich auf Ishidos Seite zu stellen und sich damit alle Chancen zu verbauen, die sie hatten. »Eröffnet ihm alle Eure Pläne.«
Igurashi verwahrte sich mit ganzem Herzen dagegen. »Im selben Augenblick, wo Jozen erfährt, was wir hier machen, schickt er eine Nachricht nach Osaka. Ishido wird unsere Pläne stehlen, und dann sind wir erledigt.«
»Dann setzen wir uns eben auf die Spur des Boten und schaffen ihn beiseite.«
Yabu bekam einen puterroten Kopf. »Diese Schriftrolle wurde von der höchsten Autorität des Landes unterzeichnet! Jozen und seine Leute reisen unter dem Schutz der Regenten! Ihr müßt den Verstand verloren haben, daß Ihr so etwas vorschlagen könnt! Damit würde ich mich ja zu einem Gesetzlosen machen!«
Omi schüttelte den Kopf und machte weiterhin ein zuversichtliches Gesicht. »Ich glaube, daß Seine Kaiserliche Hoheit, Yodoko-sama und alle anderen von diesem Verräter hinters Licht geführt worden sind. Wir müssen die Musketen beschützen, Euer Gnaden. Wir dürfen nicht zulassen, daß ein Bote...«
»Schweigt! Wozu Ihr ratet, das ist heller Wahnsinn!«
Omi verneigte sich unter diesem Hieb. Doch dann sah er auf und sagte ruhig: »So erlaubt mir bitte, *Seppuku* zu begehen, Euer Gnaden. Doch zuvor gestattet, daß ich meinen Gedanken zu Ende führe. Ich würde meine Pflicht Euch gegenüber vergessen, wenn ich nicht versuchte, Euch zu beschützen. Ich bitte als Euer treuer Vasall um diesen letzten Gunstbeweis.«
»Redet!«
»Im Augenblick gibt es gar keinen Regentschaftsrat, also entbehrt dieser beleidigende Jozen mit seinen abscheulichen Manieren jeden gesetzlichen Schutzes. Sie können weder Euch noch irgendwem sonst irgend etwas ›befehlen‹. Sobald der Rat zusammengetreten ist, ja, dann können sie, und dann *müßt* Ihr gehorchen. Aber jetzt – wie viele *Daimyos* werden gehorchen, ehe nicht legale Befehle erteilt werden können? Nur Ishidos Verbündete, *neh?* Werden nicht Iwari, Mikawa, Totomi und Sugura allesamt von Verwandten von ihm regiert? Dieses Dokument bedeutet natürlich Krieg, aber, ich bitte Euch, führt ihn zu Euren Bedingungen und nicht zu Ishidos. Reagiert auf diese Drohung mit der gebührenden Verachtung. Toranaga ist noch nie auf dem Schlachtfeld geschlagen worden. Ishido aber wohl. Toranaga hat es verstanden, sich dem selbstmörderischen Angriff des Taikō auf Korea fernzuhalten. Ishido nicht. Toranaga tritt für Handel und Schiffahrt ein. Ishido nicht. Toranaga will – und habt Ihr ihm das nicht selbst geraten? – die Kriegsflotte des Barbaren. Ishido nicht. Ishido wird das Reich abriegeln, Toranaga hingegen es öffnen. Ishido wird Ikawa Jikkyu Euer erbliches Lehen Izu übertragen, sobald er gewinnt. Toranaga hingegen

wird Jikkyus sämtliche Provinzen Euch zuschlagen. Ihr seid Toranagas Hauptverbündeter. Hat er Euch nicht sein Schwert verehrt? Hat er Euch nicht die Musketen anvertraut? Gewährleisten diese Musketen nicht den Sieg durch einen Überraschungsangriff? Was hingegen hat dieser Bauer Ishido Euch zu bieten? Ich sage, Toranaga Minowara ist Eure einzige Wahl. Ihr müßt Euch auf seine Seite schlagen.« Er verneigte sich und wartete schweigend.

Yabu sah Igurashi fragend an. »Nun?«

»Ich bin ganz Omi-sans Meinung, Euer Gnaden.« Igurashis Gesicht spiegelte die Sorgen, die er sich machte. »Was das betrifft – den Boten umzubringen, so halte ich das für gefährlich. Außerdem – Brieftauben! Auf einem von Jozens Packpferden waren zwei Körbe mit Brieftauben.«

»Wir werden sie heute nacht vergiften müssen«, sagte Omi.

»Wie denn? Sie werden doch bewacht!«

»Igurashi-san, schickt augenblicklich Männer aus, die Jozen nicht aus den Augen lassen«, sagte Yabu. »Sie sollen aufpassen, ob er eine seiner Tauben losschickt – heute.«

»Ich rate Euch, alle Eure Falken und Falkner in den Osten zu schicken – gleichfalls sofort«, fügte Omi rasch hinzu.

Igurashi sah Yabu fragend an.

Yabu nickte resigniert. »Tut es!«

Als Igurashi zurückkam, sagte er: »Omi-san, wenn Ihr schon ratet, die Boten verschwinden zu lassen, warum dann überhaupt lange Federlesens mit Jozen machen? Warum sie nicht alle auf der Stelle umbringen?«

»Ja, warum eigentlich nicht? Es sei denn, es bereitete Yabu-sama Vergnügen... Ja, Euer Plan ist besser, Igurashi-san«, sagte Omi.

Beide Männer sahen Yabu fragend an. »Wie kann ich die Sache mit den Musketen geheimhalten?«

»Bringt Jozen und seine Leute um«, sagte Omi.

»Keine andere Möglichkeit?«

Omi schüttelte den Kopf. Igurashi schüttelte den Kopf.

»Vielleicht läßt Ishido sich auf ein Gegengeschäft ein«, sagte Yabu. Er war schwer angeschlagen und suchte nach einem Ausweg aus der Falle.

»Klug wäre es, so zu tun, als würdet Ihr nach Osaka gehen«, sagte Omi. »Aber was könnte es schaden, Toranaga sofort zu unterrichten, *neh?* Eine unserer Brieftauben könnte noch vor heute abend in Yedo sein. Schaden würde es jedenfalls nichts.«

Igurashi fügte hinzu: »Ihr könntet Herrn Toranaga von der Ankunft Jozens berichten und ihm sagen, daß der Regentschaftsrat in zwanzig Tagen zusammentritt. Aber etwas über die Ermordung von Herrn Ito zu schreiben, das wäre zu gefährlich, selbst wenn... Viel zu gefährlich, *neh?*«

»Ganz meine Meinung. Über Ito kein Wort. Auf den Gedanken sollte Toranaga von selbst kommen. Er liegt schließlich nahe, *neh?*«

»Jawohl, Euer Gnaden. Man darf ihn zwar nicht denken, aber er liegt nahe.«

Schweigend wartete Omi; erregt suchte sein Geist nach einer Lösung. Yabus Augen lagen auf ihm, doch er hatte keine Angst. Sein Rat war vernünftig, und er hatte ihn nur vorgebracht, um den Klan und Yabu, das augenblickliche Familienoberhaupt, zu schützen. Daß Omi bei sich beschlossen hatte, Yabu aus dem Weg zu räumen, hatte ihn nicht davon abgehalten, ihm einen scharfsinnigen Rat zu geben. Und jetzt war er bereit zu sterben. Wenn Yabu nicht einsah, daß er, Omi, mit seinen Vorstellungen recht hatte, dann würde es ohnehin bald keinen Klan mehr geben, den er hätte führen können. *Karma.*
Immer noch unentschlossen, beugte Yabu sich vor. »Gibt es eine Möglichkeit, Jozen und seine Männer zu beseitigen, ohne daß das eine Gefahr für mich bedeutet und so, daß ich noch zehn Tage lang Handlungsfreiheit behalte?«
»Naga. Man müßte eine Falle aufbauen und Naga als Köder benutzen«, sagte Omi schlicht.

Einen Troß von Berittenen hinter sich, ritten Blackthorne und Mariko gegen Abend zum Tor seines Hauses hinauf. Beide waren abgespannt. Sie ritt wie ein Mann, trug weite Beinkleider und darüber einen gegürteten Überwurf. Dazu hatte sie als Schutz vor der Sonne einen breitrandigen Hut sowie Handschuhe angezogen. Selbst Bäuerinnen versuchten, ihr Gesicht und ihre Hände vor den Sonnenstrahlen zu schützen. Seit unvordenklichen Zeiten galt die Regel: Je dunkler die Haut, desto gewöhnlicher der Mensch – und je weißer, desto vornehmer.
Diener ergriffen das Zaumzeug und führten die Pferde davon. Blackthorne entließ seine Begleiter in annehmbarem Japanisch und begrüßte Fujiko, die wie gewöhnlich stolz auf der Veranda saß.
»Darf ich Euch *Cha* bringen, Anjin-san«, pflegte sie förmlich zu fragen, woraufhin er für gewöhnlich antwortete: »Nein, zunächst möchte ich baden. Dann Saké und etwas zu essen.« Und wie gewöhnlich erwiderte er dann ihre Verneigung, begab sich durch den Korridor in den rückwärtigen Teil des Hauses, betrat den Garten und ging über den gewundenen Pfad zu dem aus Weidengeflecht und Lehm gebauten Badehaus. Dort nahm eine Dienerin ihm die Kleider ab, er trat ein und setzte sich nackt hin. Eine andere Dienerin schrubbte ihn ab und seifte ihn ein, wusch ihm die Haare und übergoß ihn dann mit Wasser, um Schmutz und Schaum fortzuspülen. Nachdem er dann ganz sauber war, ließ er sich nach und nach – denn das Wasser war heiß – in den riesigen, mit Eisenplatten ausgekleideten Badezuber hineingleiten und legte sich nieder.
»Himmel, tut das gut«, frohlockte er und ließ seine Muskeln in der Hitze entspannen. Er hatte die Augen geschlossen, und der Schweiß lief ihm über die Stirn.
Er hörte, wie die Tür aufging, dann Suwos Stimme und das »Guten Abend, Herr«, dem noch ein ganzer Schwall Japanisch folgte, den er nicht verstand. Heute abend war er jedoch zu müde, um sich noch mit Suwo zu unterhalten. Und das Bad war ja nicht, wie Mariko ihm auseinandergesetzt hatte, »nur dazu

da, die Haut zu reinigen. Das Bad hat Gott oder haben die Götter uns geschenkt; es ist ein gottgewolltes Vergnügen, das man genießen und als solches betrachten soll.«

»Nicht reden, Suwo«, sagte er. »Heute abend wünschen denken.«

»Jawohl, Herr. Verzeiht, aber Ihr solltet sagen: ›Heute abend wünsche ich zu denken.‹ «

»Heute abend wünsche ich zu denken«, wiederholte Blackthorne in richtigem Japanisch; er bemühte sich sehr, sich die nahezu unverständlichen Laute einzuprägen, und war im allgemeinen froh und dankbar, wenn man ihn korrigierte, doch allmählich wurde er es leid.

»Wo bleibt das Wörterbuch und die Grammatik?« hatte er heute morgen als erstes Mariko gefragt. »Hat Yabu-sama noch einmal dringlich nachgefragt?«

»Ja. Bitte, geduldet Euch, Anjin-san. Sie werden bald kommen.«

»Man hat mir versprochen, sie kämen mit der Galeere und den Truppen, doch waren sie nicht dabei. Truppen und Musketen wohl, aber keine Bücher. Ich kann froh sein, daß Ihr hier seid. Ohne Euch wäre es hoffnungslos.«

»Schwierig vielleicht, aber nicht unmöglich, Anjin-san.«

»Wie sage ich denn: ›Nein, das macht ihr verkehrt! Ihr müßt gemeinsam als Einheit vorstürmen, alle gleichzeitig stehenbleiben, zielen und wie ein Mann schießen?‹ «

»An wen sollen diese Worte gerichtet sein, Anjin-san?« hatte sie gefragt.

Das Gefühl der Enttäuschung war in ihm aufgestiegen: »Es ist sehr schwer, Mariko-san.«

»O nein, Anjin-san. Japanisch zu sprechen, ist sehr einfach, verglichen mit anderen Sprachen. Es gibt keine Artikel, weder ›der, die das‹ noch ›einer, eine, eines‹, keine Konjugation und keine Infinitive. Alle Verben sind regelmäßig und enden auf *masu*. Es läßt sich fast alles ausdrücken, indem man das Präsens benutzt. Um zu fragen, hängt man einfach ein *ka* an das Verb an. Bei der Verneinung verwandelt sich das *masu* in *masen*. Was könnte leichter sein? *Yukimasu* bedeutet ›ich gehe‹, gleichzeitig aber auch ›du gehst – er, sie, es geht, wir gehen, ihr geht und sie gehen‹, ja sogar: ›hätte gehen können‹. Selbst Singular und Plural kennen nur eine Form *Tsuma* heißt Frau oder Frauen. Sehr einfach.«

Er war froh, daß sie in Anjiro geblieben war. Ohne sie hätte er niemals mit der Ausbildung der Truppen beginnen können, geschweige denn die verzwickten Probleme der Strategie erklären. Er war froh über sie und froh über Pater Domingo und Alban Caradoc und seine anderen Lehrer.

Ich hätte nie gedacht, daß diese Schlachten mir je etwas nützen würden, dachte er abermals. Einmal, als sein Schiff eine Ladung englischer Wolle nach Antwerpen gebracht hatte, war eine spanische Armee über die Stadt hergefallen, und jeder Mann war auf die Barrikaden und auf die Deiche geeilt. Der tückische Angriff war abgeschlagen worden und die spanische Infanterie durch Musketen und geschickte Vorstöße vertrieben. Damals hatte er zum ersten Mal erlebt, wie Wilhelm von Oranien seine Regimenter wie Schachfiguren eingesetzt hatte.

Vorrücken, Rückzug, dann Neuaufstellung, abermals zum Angriff vorgehen, Musketensalven, daß es einem die Eingeweide zerriß und die Ohren betäubte, Durchbruch durch die »Unbesiegbaren«, die sterbend und schreiend zurückblieben und die man dem Gestank von Blut und Pulver, Urin und Pferden und Mist überantwortete, während einen selbst ein Rausch des Tötens beherrschte, so daß man die Kraft von zwanzig in den Armen spürte.

»Herrgott, es ist phantastisch, zu siegen«, sagte er laut in seiner Badewanne.

»Gebieter?« fragte Suwo.

»Ach, nichts«, erwiderte er auf japanisch. »Ich nicht sprechen – ich bloß denken laut.«

»Ich verstehe, Gebieter. Ja. Verzeihung.«

Blackthorne ließ seinen Gedanken freien Lauf.

Mariko. Ja, sie ist unschätzbar.

Nach dem ersten Abend, nachdem er ums Haar Selbstmord begangen, war kein Wort mehr darüber verloren worden. Was gab es auch schon darüber zu sagen? Ich bin froh, daß es soviel zu tun gibt, dachte er. Keine Zeit zum Nachdenken, außer hier diese paar Minuten im Bad. Keine Zeit, irgendwas zu tun. Man hat mir befohlen, mich ganz auf die Ausbildung zu konzentrieren, nicht auf das Lernen. Dabei möchte ich lernen, versuche ich zu lernen, und muß ich auch lernen, um mein Versprechen Yabu gegenüber einzulösen. Die Zeit reicht nie. Abends immer hundemüde, aber schon in aller Herrgottsfrühe wieder auf, um zur Hochebene hinaufzureiten. Den Vormittag über Ausbildung, dann ein kärgliches Mahl, das niemals richtig satt macht, niemals Fleisch. Und dann, am Nachmittag bis zum Abend und manchmal bis spät in die Nacht hinein, mit Yabu, Omi, Igurashi, Naga und Zukimoto und einigen anderen Offizieren über die Kriegführung reden und Fragen beantworten. Wie die Barbaren das machen und wie die Japaner. Zu Land und zur See. Wobei Sekretäre ständig Notizen machen – viele, viele Notizen.

Manchmal auch nur mit Yabu.

Aber immer Mariko dabei, ein Teil von ihm, für ihn sprechend. Und für Yabu. Mariko jetzt anders ihm gegenüber, er kein Fremder mehr.

An anderen Tagen lasen die Sekretäre die Notizen wieder vor, verwarfen vieles, revidierten und prüften alles noch einmal gewissenhaft, bis jetzt – nach zwölf Tagen und rund hundert Stunden mit bis ins einzelne gehenden und sehr erschöpfenden Erklärungen – aus diesen Notizen eine Art Kriegshandbuch zu entstehen begann. Genau. Und todbringend.

»Anjin-san?«

»*Hai,* Mariko-san?«

Sie verneigte sich vor ihm. »*Yabu ko wa kiden no goshusseki o kon-ya wa hitsuyo to senu to oserareru,* Anjin-san.«

Die Worte drangen nur langsam bis zu seinem Bewußtsein vor: »Herr Yabu benötigt Euch heute abend nicht.«

»*Ichi-ban*«, sagte er hocherfreut. »*Domo.*«

»*Gomen nasai*, Anjin-san. *Anatawa...*«
»Ja, Mariko-san«, unterbrach er sie. Das heiße Wasser machte ihn ganz schlaff. »Ich weiß, ich hätte es anders ausdrücken sollen, aber ich möchte jetzt nicht mehr japanisch sprechen. Heute abend nicht mehr. Ich komme mir vor wie ein Schuljunge, der Weihnachtsferien hat. Wißt Ihr eigentlich, daß dies die ersten freien Stunden sind, seit ich hierhergekommen bin?«
»Ja, das weiß ich sehr wohl.« Sie verzog ihr Gesicht zu einer Grimasse und lächelte dabei. »Und wißt Ihr auch, Senhor Kapitän-Pilot B'rack'fon, daß dies auch genauso für mich die ersten freien Stunden sind, seit ich hierhergekommen bin?«
Er lachte. Sie trug einen dicken baumwollenen Bademantel und um den Kopf herum ein Handtuch, um ihr Haar zu schützen. Abend für Abend, sobald er massiert wurde, pflegte sie ihr Bad zu nehmen, manchmal allein, manchmal zusammen mit Fujiko.
»Kommt, badet jetzt gleich«, sagte er und schickte sich an, aus dem Badezuber auszusteigen.
»Oh, bitte, nein, ich möchte Euch nicht stören.«
»Dann steigt mit ein. Es ist herrlich!«
»Vielen Dank. Ich kann es kaum erwarten, mich einseifen zu lassen und den Schmutz und den Schweiß herunterzuspülen.« Sie zog ihren Bademantel aus und nahm auf dem winzigen Hocker Platz. Eine Dienerin fing an, sie abzuseifen; Suwo wartete geduldig am Massagetisch.
»Es ist wirklich herrlich,« sagte sie glücklich.
Das erste Mal hatte Blackthorne sie nackt gesehen, als sie geschwommen hatten, und damals hatte ihr Anblick ihn beträchtlich verwirrt. Jetzt berührte ihre Nacktheit als solche ihn körperlich nicht mehr. Da er wie ein Japaner in einem japanischen Haus lebte, wo die Wände aus Papier waren und die Räumlichkeiten den verschiedensten Zwecken dienten, hatte er sie schon oft nackt oder nur halb bekleidet gesehen. Er hatte sie sogar ihre Notdurft verrichten sehen.
»Was gibt es Normaleres, Anjin-san? Körper sind etwas Normales, und die Unterschiede zwischen Männern und Frauen sind auch etwas völlig Normales, *neh?*«
Normal war es – wenn kein Abtritt vorhanden war oder keine Eimer – daß man sein Wasser in aller Öffentlichkeit abschlug oder seine Notdurft verrichtete. Man brauchte dazu nur seinen Kimono hochzuziehen und sich hinzuhocken – oder sich breitbeinig hinzustellen und den Kimono vorn auseinanderzunehmen, wobei alle anderen höflich warteten und nicht hinsahen. Irgendwelche Wandschirme gab es selten. Wozu brauchte man auch Ungestörtheit oder gar Heimlichkeit? Bald würde ein Bauer kommen, den Kot fortholen, ihn mit Wasser vermengen und die Felder damit düngen. Menschlicher Kot und menschlicher Urin bildeten die einzigen wichtigen Düngemittel im ganzen Reich. Pferde und Rinder gab es nur wenige, sonst überhaupt keine Haustiere.
Und wenn man einmal die Hochgeborenen wie die Niedriggeborenen den Ki-

mono hat lüften, sich breitbeinig hinstellen oder sich hinhocken sehen, gibt es nicht mehr viel, was einen in Verlegenheit bringen könnte.
»Gut«, hatte sie sehr zufrieden gesagt. »Bald werdet Ihr rohen Fisch und frischen Tang mögen, und dann seid Ihr wirklich ein *Hatamoto*.«
Die Zofe übergoß sie mit Wasser. Dann trat die völlig gereinigte Mariko in die Wanne und streckte sich ihm gegenüber mit einem langgezogenen, wohligen Seufzer aus. Ihr kleines Kruzifix baumelte zwischen ihren Brüsten.
»Wie macht Ihr das bloß?« fragte er.
»Was?«
»So schnell hereinsteigen. Es ist doch so heiß.«
»Ich weiß nicht, Anjin-san, aber ich habe noch Feuerholz nachlegen und das Wasser mehr erhitzen lassen. Für Euch läßt Fujiko das Wasser immer nur – nun ja, wir würden es lauwarm nennen.«
»Wenn das hier lauwarm ist!«
Das heiße Wasser machte sie schläfrig, und sie aalten sich eine Weile und schwiegen.
Später sagte sie: »Was würdet Ihr heute abend gern unternehmen, Anjin-san?«
»Wenn wir in London wären...« Blackthorne sprach nicht weiter. Ich will jetzt nicht an sie denken, sagte er sich. Und auch an London nicht. Das ist vorbei.
»Wenn...?« Ihr war die plötzliche Veränderung nicht entgangen.
»Dann würden wir ins Theater gehen und uns ein Stück ansehen«, sagte er, indem er sich zusammennahm. »Habt Ihr eigentlich auch Theaterstücke?«
»O ja, Anjin-san. Theaterstücke erfreuen sich bei uns sogar größter Beliebtheit. Unsere Schauspieler und Schauspielerinnen tragen Masken. Wir nennen die Stücke Nōh-Spiele. Sie bestehen zum Teil aus Musik, zum Teil aus Tänzen, und meist sind sie furchtbar traurig, in der Regel tragische historische Schauspiele. Manchmal auch Lustspiele. Würden wir uns eine Komödie oder vielleicht auch ein religiöses Stück ansehen?«
»Nein, wir würden ins Globe-Theater gehen und uns ein Stück von einem Dramatiker namens Shakespeare ansehen.«
»Und nach dem Theater – was würden wir da tun?«
»Ich würde Euch zum Essen ausführen. Wir würden in *Stone's Chop House* in der Fetter Lane gehen – oder ins *Cheshire Cheese* in der Fleet Street. Da ist das Essen ganz besonders gut.«
Mariko war jetzt ganz entspannt. »Fujiko hat heute abend übrigens etwas Besonderes für Euch zum Essen.«
»So?«
»Sie hat einen Vogel gekauft – ich glaube, Ihr nennt ihn Fasan. Einen großen Vogel jedenfalls. Einer der Falkner hat ihn ihr gebracht.«
»Ein Fasan? Ist das Euer Ernst? *Honto?*«
»*Honto*«, erwiderte sie. »Einer von den Soldaten hat gesehen, wie die Portugiesen sie zubereiten, und das hat er Fujiko-san erklärt. Sie bittet, nicht böse zu sein, wenn er nicht richtig zubereitet ist.«

»Aber wie macht sie es – wie machen die Köche es?« Er verbesserte sich, denn fürs Kochen und Saubermachen waren nur die Diener zuständig.
»Man hat ihr gesagt, erst würden alle Federn ausgerupft – und dann – ja dann die Eingeweide herausgenommen.« Mariko mußte sich bei dieser Vorstellung zusammennehmen, daß ihr nicht übel wurde. »Dann wird der Vogel entweder in kleine Teile zerteilt und in Öl gesotten oder aber mit Salz und Gewürzen gekocht.« Ihre Nase verzog sich. »Manchmal hüllen sie ihn auch in Lehm ein und legen ihn direkt in die Glut, um ihn zu backen. Wir haben ja keine Backöfen, Anjin-san. Also wird er gesotten. Ich hoffe, das ist richtig.«
»Ich bin überzeugt, er wird wunderbar sein«, sagte er, überzeugt, daß er ungenießbar sein würde.
Sie lachte. »Ihr seid so leicht zu durchschauen, Anjin-san. Manchmal jedenfalls.«
»Ihr wißt eben nicht, wie wichtig das Essen ist!« Wider Willen mußte er lächeln.
»Ihr habt recht. Ich sollte mich nicht so fürs Essen interessieren. Aber der Hunger ist einfach zu groß.«
»Ihr werdet das bald gelernt haben. Ihr werdet sogar lernen, *Cha* aus einer leeren Schale zu trinken.«
»Wie bitte?«
»Es ist nicht der Ort und die Zeit, das zu erklären, Anjin-san. Dazu müßt Ihr hellwach sein. Dazu gehört ein stiller Sonnenuntergang oder ein Abendrot. Eines Tages werde ich es Euch zeigen. Ach, es tut gut, hier zu liegen, nicht wahr? Ein Bad ist wirklich eine Gottesgabe.«
Er hörte, wie die Diener draußen das Feuer schürten. Er spürte die immer größer werdende Hitze; als er es nicht mehr aushalten konnte, tauchte er aus dem Wasser auf, ließ sich von Suwo helfen und legte sich schweratmend auf dem dicken Badehandtuch auf den Rücken. Die Finger des alten Mannes walkten ihn durch. Blackthorne hätte vor Lust aufschreien mögen. »Ach, tut das gut!«
»Ihr habt Euch sehr verändert in den letzten Tagen, Anjin-san.«
»Habe ich das?«
»Oh ja – seit Eurer Wiedergeburt – sehr sogar.«
Er versuchte sich an die erste Nacht zu erinnern, aber es wollte ihm kaum etwas einfallen. Irgendwie hatte er es geschafft, auf seinen eigenen Beinen zurückzukehren. Fujiko und die Zofen hatten ihm geholfen, sich hinzulegen. Nach einem traumlosen Schlaf war er bei Tagesanbruch aufgewacht und schwimmen gegangen. Nachdem er sich von der Sonne hatte trocknen lassen, hatte er Gott für die Kraft und das Verständnis gedankt, das Mariko ihm gegeben hatte. Später, auf dem Heimweg, hatte er die Leute aus dem Dorf gegrüßt, in dem heimlichen Bewußtsein, daß sie von Yabus Fluch befreit waren, wie auch er befreit worden war.
Dann, als Mariko gekommen war, hatte er nach Mura geschickt.
»Mariko-san, bitte, sagt Mura, ich möchte in die Dorfschule gehen. Um gemeinsam mit den Kindern sprechen zu lernen.«

»Sie haben keine Schule, Anjin-san. Mura sagt, ein paar *Ri* westlich gäbe es ein Kloster, und die Mönche könnten Euch lesen und schreiben lehren, wenn Ihr wollt. Aber dies hier ist ein Dorf, Anjin-san. Die Kinder müssen lernen, wie man Fische fängt, Netze knüpft, Reis pflanzt und Reis und Gemüse erntet. Für anderes bleibt kaum Zeit, höchstens zum Lesen und Schreiben. Und das bringen die Eltern und Großeltern den Kindern bei – so ist es immer gewesen.«
»Wie soll ich denn etwas lernen, wenn Ihr fort seid?«
»Herr Toranaga wird Euch Bücher schicken. Alles wird zufriedenstellend gelöst werden, Anjin-san.«
»Ja. Vielleicht. Aber sagt dem Dorfschulzen, immer, wenn ich einen Fehler mache, sollen alle – selbst Kinder – mich berichtigen. Sofort. Ich befehle es.«
»Er sagt, vielen Dank, Anjin-san.«
»Spricht irgend jemand hier portugiesisch?«
»Nein.«
»Mariko-san, ich brauche aber jemanden, wenn Ihr fortgeht.«
»Ich werde Yabu-san berichten, was Ihr gesagt habt.«
»Mura-san, Ihr...«
»Er sagt, Ihr dürftet bei ihm und bei den Leuten aus dem Dorf kein ›san‹ an den Namen anhängen. Sie stehen unter Euch. Es geziemt sich nicht, daß wir bei jemand, der unter uns steht, ›san‹ an den Namen anhängen.«
Auch Fujiko hatte sich an jenem ersten Tag bis auf den Boden vor ihm verneigt. »Fujiko-san heißt Euch willkommen daheim, Anjin-san. Sie sagt, Ihr habt ihr eine große Ehre erwiesen, und sie bittet um Verzeihung, daß sie auf dem Schiff so ungehobelt gewesen sei. Es gereicht ihr zur Ehre, Eure Gattin und das Oberhaupt Eures Hauses zu sein. Sie bittet, daß Ihr die Schwerter behalten möget; damit würdet Ihr ihr eine große Freude machen. Sie haben ihrem Vater gehört, der jetzt tot ist.«
»Dankt ihr, und sagt ihr, ich fühle mich geehrt, daß sie meine Gattin sei«, hatte er gesagt.
Auch Mariko hatte sich in aller Form verneigt. »Ihr seid jetzt in ein neues Leben eingetreten, Anjin-san. Wir sehen Euch mit anderen Augen an. Es ist bei uns Sitte, bisweilen sehr förmlich zu sein, und das mit großem Ernst. Ihr habt mir die Augen geöffnet. Sehr sogar. Früher wart Ihr für mich nur ein Barbar. Bitte, verzeiht meine Beschränktheit. Was Ihr getan habt, beweist, daß Ihr ein Samurai seid. Bitte, verzeiht, daß ich zuvor so schlechte Manieren bewiesen habe.«
An diesem Tag war er sich sehr groß vorgekommen. Aber daß er ums Haar selbst Hand an sich gelegt hatte, hatte ihn mehr verändert als ihm bewußt war – und ihn mehr geprägt als alle anderen Situationen, da er dem Tod mit knapper Not entronnen war.
Hast du dich auf Omi verlassen? fragte er sich. Darauf, daß Omi den Stoß abfangen würde? Hast du ihm es nicht mehr als genug zu verstehen gegeben?« Ich weiß es nicht. Ich weiß nur, ich war froh, daß er bereit war. Damit war abermals ein Leben dahin!

»Das ist mein neuntes Leben. Das letzte«, sagte er laut, und Suwos Finger hörten sofort auf, ihn zu kneten.
»Wie bitte?« fragte Mariko. »Was habt Ihr gesagt, Anjin-san?«
»Nichts. Es war nichts«, erklärte er verlegen.
»Habe ich Euch weh getan, Herr?« fragte Suwo.
»Nein.«
Suwo sagte noch etwas, was er nicht verstand.
*»Dozo?«*
Wie aus weiter Ferne hörte er Mariko sagen: »Er möchte Euch jetzt den Rücken massieren.«
Blackthorne drehte sich auf den Bauch und wiederholte die japanischen Worte, um sie gleich darauf wieder zu vergessen. Er konnte Mariko durch den Dampf hindurch erkennen. Sie atmete tief durch, hatte den Kopf leicht zurückgelegt. Ihre Haut schimmerte rosig.
Worüber hast du nachgedacht?
Über dein neuntes Leben, dein letztes; und du hattest Angst, als dir dieser Aberglaube wieder einfiel. Aber es ist hier im Land der Götter töricht, abergläubisch zu sein. Hier sind die Dinge anders, und dies hier ist für immer. Heute ist immer.
Morgen können viele Dinge passieren.
Heute werde ich mich an ihre Regeln halten.
Ich will.

Die Zofe brachte die zugedeckte Schüssel. Sie hielt sie hoch über ihren Kopf, wie es Sitte war, damit ihr Atem die Speisen nicht verunreinigte. Vorsichtig kniete sie nieder und setzte sie sorgfältig auf einen der niedrigen Tischchen vor Blackthorne. Auf jedem dieser kleinen Tische standen Schalen und Eßstäbchen, Saké-Schalen und Servietten sowie ein winziges Blumengesteck. Fujiko und Mariko saßen ihm gegenüber. Sie trugen Blumen und Silberkämme im Haar. Fujikos Kimono wies ein blaßgrünes Fischmuster auf weißem Grund auf; ihr Obi war goldfarben. Mariko trug Schwarz und Rot mit einem hauchfeinen Silbergespinst von Chrysanthemen darauf sowie einen rotsilberkarierten Obi. Beide hatten, wie immer, Parfüm benutzt. Weihrauch brannte, um die Nachtfalter fernzuhalten.
Blackthorne hatte sich längst gefaßt. Er wußte, daß jedes Zeichen von Mißvergnügen ihnen den Abend verderben würde. Wo man Fasanen jagen konnte, gab es gewiß auch anderes Wild, dachte er. Schließlich hatte er ein Pferd, Pistolen oder Flinten, also konnte er selbst auf Jagd gehen.
Fujiko lehnte sich vor und nahm den Deckel von der Schüssel. Die kleinen Stücke gesottenen Fleisches waren gebräunt und sahen appetitlich aus. Der Duft ließ ihm das Wasser im Mund zusammenlaufen.
Bedächtig nahm er ein Stück Fleisch mit seinen Stäbchen heraus und gab acht, daß es nicht hinunterfiel. Langsam kaute er. Es war zäh und trocken, aber er

hatte so lange kein Fleisch mehr gegessen, daß es trotzdem köstlich schmeckte. Noch ein Stück.

Er seufzte vor Behagen. »*Ichi-ban, ichi-ban*, bei Gott!«

Fujiko errötete und schenkte ihm Saké ein. Mariko fächerte sich Kühlung zu; ihr blutroter Fächer hatte die Gestalt einer Libelle. Blackthorne kippte den Saké, aß noch ein Stück Fleisch, schenkte sich noch mehr Reiswein ein und reichte das bis zum Rand gefüllte Schälchen sehr förmlich Fujiko. Sie lehnte ab, wie die Sitte es verlangte, doch heute abend nötigte er es ihr auf, und so trank sie das Schälchen aus und verschluckte sich ein wenig. Auch Mariko lehnte ab, trank auf sein Drängen hin aber gleichfalls. Dann machte er sich mit soviel Lust über den Fasan her, wie er aufbringen konnte – und das war nicht eben sehr viel. Die Frauen rührten ihre kleinen Portionen Gemüse und Fisch kaum an. Es gehörte zu ihren Gepflogenheiten, vorher oder hinterher zu essen, damit sie alle Aufmerksamkeit ihrem Herrn und Gebieter zuwenden konnten.

Er aß den ganzen Fasan und drei Schalen Reis und schlürfte dazu den Saké. Zum ersten Mal seit Monaten fühlte er sich gesättigt. Während des Mahls hatte er sechs der kleinen Saké-Kännchen mit dem heißen Reiswein getrunken, wobei Mariko und Fujiko freilich mitgehalten hatten. Jetzt waren ihre Wangen gerötet, sie kicherten und befanden sich in leicht angeheitertem Zustand.

Mariko gluckste vor Lachen und hielt sich die Hände vor den Mund. »Ich wünschte, ich könnte den Saké so trinken wie Ihr, Anjin-san. Ihr trinkt ihn besser als irgendein Mann sonst, den ich kenne. Ich wette, Ihr würdet der beste Saké-Trinker in ganz Izu sein! Dabei könnte ich viel Geld verdienen.«

»Ich dachte, Samurai hielten nichts vom Glücksspiel?«

»Ach, das tun sie auch nicht, wirklich, denn schließlich sind sie keine Händler oder Bauern. Aber nicht alle Samurai sind so standhaft, und manche wetten, was das Zeug hält.«

»Wetten Frauen denn auch?«

»O ja. Sehr viel sogar. Aber nur mit anderen Damen, und sie setzen auch nur vernünftige Summen und tun es immer so, daß ihre Männer nicht dahinterkommen!« Fröhlich dolmetschte sie für Fujiko, die mehr von Röte übergossen war als sie.

»Eure Gattin fragt, ob Engländer auch wetten? Wettet Ihr gern?«

»Die Wettleidenschaft ist eine Art Nationalsport bei uns.« Und dann erzählte er ihnen von Pferderennen, Kegeln, Stierhatz und Fuchsjagd, Hunderennen und Vogelbeize, Rasenkugelspiel und von den neuen Aktiengesellschaften, von Kaperbriefen, Wettschießen, Pfeilwerfen und Lotteriespiel, Boxen, Kartenspiel, Ringen und Würfeln, Schach und Domino und den Märkten, wo man kleinste Münzen auf Nummern setzt und das Glücksrad sich dreht.

»Aber wie findet Ihr da Zeit zu leben, Krieg zu führen und das Kopfkissen zu teilen? fragt Fujiko.«

»Dazu ist immer Zeit.« Ihre Augen trafen sich für einen Augenblick, doch vermochte er in den ihren nichts als Glücklichsein zu lesen.

Mariko bat ihn, das *Hornpipe*-Lied für Fujiko zu singen, was er tat und woraufhin sie ihm gratulierte und sagte, das sei das beste, was sie je gehört.
»Trinkt noch etwas Saké.«
»Oh, aber *Ihr* solltet nicht einschenken. Das ist Aufgabe der Frau, Anjin-san. Habe ich Euch das noch nicht gesagt?«
»Doch, trinkt noch etwas, *Dozo*.«
»Lieber nicht. Ich glaube, sonst falle ich um.« Mariko betätigte heftig ihren Fächer, und der Luftzug bewegte ein paar Haare, die sich von ihrer untadeligen Frisur gelöst hatten.
»Ihr habt hübsche Ohren«, sagte er.
»Ihr aber auch. Wir, Fujiko-san und ich, wir glauben, auch Eure Nase ist prachtvoll – wirklich eines *Daimyo* wert.«
Er grinste und verneigte sich vor ihnen. Sie erwiderten die Verneigung. Die Falten von Marikos Kimono fielen leicht von ihrem Hals und ließen den Rand ihres scharlachroten Unterkimonos sowie ihren Brustansatz erkennen, was ihn beträchtlich aufregte.
»Saké, Anjin-san?«
Er hielt ihr die Schale hin; seine Finger zitterten kein bißchen. Sie schenkte ein, und ihre Zungenspitze berührte ihre Lippen, als sie sich konzentrierte.
Auch Fujiko nahm noch etwas, wiewohl sie sagte, sie fühle ihre Beine schon nicht mehr. Heute abend war die stille Schwermut, die sonst über ihr lag, von ihr abgefallen, und sie schien wieder ganz jung. Blackthorne fiel auf, daß sie gar nicht so häßlich war, wie er einst gedacht hatte.

Jozen dröhnte der Schädel. Allerdings nicht vom Saké, sondern von der unglaublichen Kriegsstrategie, die Yabu, Omi und Igurashi ihm so rückhaltlos dargelegt hatten. Nur Naga, der Stellvertretende Kommandeur und Sohn des Erzfeindes, hatte nichts gesagt und hatte den ganzen Abend über kalt, arrogant und mit steifem Rücken und verbissenem Gesicht dagesessen.
»Erstaunlich, Yabu-sama«, sagte Jozen. »Jetzt verstehe ich die Notwendigkeit für die Geheimhaltung. Mein Gebieter wird das gleichfalls verstehen. Klug, äußerst klug. Und Ihr, Nagasan, habt den ganzen Abend über kein Wort gesagt. Ich würde gern Eure Meinung hören. Wie gefällt Euch diese neue Strategie?«
»Mein Vater meint, man solle alle Kriegstrategien in Betracht ziehen, Jozen-san«, entgegnete der junge Mann.
»Aber Ihr? Was haltet Ihr davon?«
»Ich bin nur hier um zu gehorchen, zuzuhören, zu lernen und zu prüfen. Nicht aber, meine Meinungen abzugeben.«
»Selbstverständlich. Aber als Stellvertretender Kommandeur – seht Ihr in dem Experiment einen Erfolg?«
»Yabu-sama oder Omi-san sollten Euch darauf antworten. Oder mein Vater.«
»Jeder kann frei seine Meinung sagen, Naga-san«, sagte Yabu. »Wie denkt Ihr darüber?«

»Ich meine, wenn man den Feind überrascht, kann man mit dieser Strategie ein Scharmützel oder vielleicht sogar eine Schlacht gewinnen. Aber nur, weil es sich um einen Überraschungsangriff handelt. Und sonst?« Nagas Stimme verlor nichts von ihrer Eisigkeit, als er weitersprach. »Sonst würden alle Seiten nach demselben Plan vorgehen, unzählige Krieger würden unnötig den Tod finden, ehrlos erschlagen von einem Angreifer, der nicht einmal weiß, wen er getötet hat. Ich bezweifle, daß mein Vater diese Kampfesweise für eine richtige Auseinandersetzung gutheißen würde.«
»Hat er das gesagt?« Yabu stellte diese Frage sarkastisch, ohne an Jozen zu denken.
»Nein, Yabu-sama. Ich habe nur meine eigene Meinung gesagt. Selbstverständlich.«
»Aber das Musketenregiment – Ihr haltet nichts davon? Ihr findet es abstoßend?« fragte Yabu mit dunkler Stimme.
Mit flachen Reptilienaugen sah Naga ihn an. »In größter Ehrerbietung, da Ihr mich um meine Meinung gefragt habt, ja, ich finde es widerwärtig. Unsere Vorväter haben immer gewußt, wen sie töteten oder von wem sie besiegt wurden. Das ist *Bushido*, unser Weg, der Weg des Kriegers, der Weg des echten Samurai. Es siegt derjenige, der besser ist, *neh?* Und jetzt? Wie wollt Ihr Eurem Herrn Eure Tapferkeit beweisen? Wie soll er Mut belohnen? Gegen einen Kugelhagel anzugehen, mag tapfer sein, gewiß, aber es ist auch bodenlos dumm. Worin liegt da die Tapferkeit? Musketen sind gegen unseren Samurai-Kodex. Barbaren kämpfen auf diese Weise. Seid Ihr Euch im klaren, daß sogar dreckige Händler und Bauern, ja sogar *Eta* auf diese Weise kämpfen könnten?«
Jozen lachte, woraufhin Naga noch verbissener fortfuhr: »Wenn sie genug Feuerwaffen hätten, könnten ein paar fanatische Bauern jede Menge Samurai töten! Jawohl, Bauern könnten jeden von uns töten, sogar Herrn Ishido, der an meines Vaters Stelle sitzen möchte.«
Jozen warf beleidigt den Kopf zurück. »Herr Ishido hat kein Auge auf das Land Eures Vaters geworfen. Er trachtet einzig, das Reich seinem rechtmäßigen Erben zu erhalten.«
»Mein Vater ist keine Bedrohung – weder für Herrn Yaemon noch für das Reich.«
»Selbstverständlich. Aber Ihr habt von Bauern gesprochen. Der Herr Taikō ist auch einmal Bauer gewesen. Mein Herr Ishido war Bauer. Und ich desgleichen. Und ein *Ronin.*«
Naga wollte keinen Streit. Er wußte, daß er für Jozen, dessen Geschicklichkeit mit Schwert und Streitaxt berühmt war, kein gleichwertiger Gegner war. »Ich wollte Euren Herrn nicht beleidigen – überhaupt niemand, Jozen-san. Ich wollte nur sagen, daß wir Samurai allesamt dafür sorgen müssen, daß die Bauern niemals Feuerwaffen in die Hand bekommen, sonst ist keiner von uns mehr seines Lebens sicher.«
»Händler und Bauern werden uns nie beunruhigen«, sagte Jozen.

»Ganz meine Meinung«, sagte Yabu. »Naga-san, einigem von dem, was Ihr gesagt habt, stimme ich zu. Jawohl. Aber Musketen sind modern. Bald werden alle Schlachten mit Feuerwaffen ausgetragen. Ich gebe zu, es ist widerwärtig. Aber so sind die Kriege nun mal. Und zuletzt wird es sein, wie es immer gewesen ist – der tapfere Samurai wird immer der Sieger bleiben.«
»Nein, tut mir leid, aber da irrt Ihr Euch, Yabu-sama! Was hat dieser verfluchte Barbar uns erzählt? Er gibt doch freimütig zu, daß alle ihre Armeen aus Söldnern und Zwangsausgehobenen bestehen. *Neh?* Söldner! Ohne jedes Pflichtgefühl ihrem Herrn gegenüber. Diese Soldaten kämpfen nur um Lohn und Beute, um zu vergewaltigen und sich die Bäuche vollzuschlagen. Wenn ich das Sagen hätte, würde ich dem Barbaren noch heute abend den Kopf nehmen und alle Feuerwaffen für immer gesetzlich verbieten.«
»Denkt Euer Vater auch so?« fragte nun auch Jozen.
»Mein Vater erzählt weder mir noch sonst jemandem, was er denkt, das wißt Ihr sicherlich. Ich spreche nicht für meinen Vater, niemand spricht für ihn«, erwiderte Naga, wütend, daß er sich dazu hatte hinreißen lassen, überhaupt den Mund aufzutun. »Ich bin hergeschickt worden, um zu gehorchen, zuzuhören, und nicht, um zu reden. Ich bitte um Verzeihung, daß ich gesprochen habe. Ich hätte auch geschwiegen, wenn Ihr mich nicht aufgefordert hättet, meine Meinung zu sagen. Wenn ich Euch gekränkt haben sollte, oder Euch, Yabu-sama, oder Euch, Omi-san, so bitte ich um Verzeihung.«
»Es ist kein Grund vorhanden, daß Ihr Euch entschuldigen müßtet. Ich habe Euch nach Eurer Ansicht gefragt«, sagte Yabu. »Warum sollte irgend jemand gekränkt sein? Dies ist eine Aussprache, *neh?* Unter Führern. Ihr würdet also Feuerwaffen verbieten?«
»Jawohl. Ich glaube, Ihr tätet gut daran, jede einzelne Muskete in Eurem Herrschaftsbereich sehr genau unter Kontrolle zu halten.«
»Den Bauern ist der Besitz von Waffen jeder Art verboten! Ich habe mein Volk und meine Bauern fest in der Hand.«
Jozen grinste den schlanken jungen Mann, den er nicht ausstehen konnte, an. »Aufschlußreich, Eure Ideen, Naga-san. Aber was die Bauern betrifft, so irrt Ihr. Sie sind für die Samurai nichts weiter als die Versorger. Sie stellen keine größere Bedrohung dar als ein Haufen Mist.«
»Im Augenblick!« sagte Naga. Sein Stolz ließ ihn nicht schweigen. »Deshalb würde ich die Feuerwaffen ja auch *jetzt* verbieten. Ihr habt recht, Yabu-sama, ein neues Zeitalter verlangt neue Kampfesweisen. Aber nach dem, was dieser Anjin-san erzählt hat, würde ich wesentlich weiter gehen, als unsere augenblicklichen Gesetze es vorschreiben. Ich würde ein Gesetz erlassen, demzufolge jeder Nicht-Samurai, bei dem eine Muskete gefunden wird oder der mit Feuerwaffen handelt, augenblicklich sein Leben verwirkt hat und sämtliche Familienangehörigen aller Generationen mit ihm. Ich würde es den Barbaren verbieten, sie zu tragen oder sie mit an Land zu bringen. Jawohl, wenn ich die Macht dazu hätte, würde ich die Barbaren überhaupt vollkommen aus unserem Land her-

aushalten, bis auf ein paar Priester und einen Hafen, um Handel zu treiben, den ich jedoch mit einem hohen Zaun und einem Ring von vertrauenswürdigen Kriegern umgeben würde.«
Jozen sagte: »Ach, Naga-san, es muß etwas sehr Schönes darum sein, noch so jung zu sein. Wißt Ihr, mein Gebieter stimmt mit vielem von dem, was Ihr sagt, überein. Ich habe ihn oft sagen hören: ›Haltet sie draußen – schmeißt sie hinaus – gebt ihnen einen Tritt in den Hintern, daß sie bis nach Nagasaki fliegen, und dort haltet sie unter Verschluß.‹ Und den Anjin-san, den würdet Ihr umbringen, eh? Interessant. Mein Gebieter mag den Anjin-san auch nicht. Aber wenn er nicht wäre...« Er unterbrach sich. »Ah, ja, Ihr vertretet, was die Feuerwaffen betrifft, eine gute Ansicht. Das sehe ich ganz klar. Gestattet Ihr, daß ich das meinem Gebieter berichte? Eure Ideen hinsichtlich neuer Gesetze?«
»Selbstverständlich.« Naga war ein wenig besänftigt und etwas ruhiger, jetzt, wo er ausgesprochen hatte, was sich seit dem ersten Tag hier in ihm angestaut hatte.
»Ihr habt Herrn Toranaga diese Meinung auseinandergesetzt?« fragte Yabu.
»Herr Toranaga hat mich nicht nach meiner Meinung gefragt. Ich hoffe, er erweist mir eines Tages die Ehre, mich danach zu fragen, wie Ihr es getan habt«, erwiderte Naga sofort mit größter Aufrichtigkeit und überlegte, ob wohl irgendeiner von ihnen die Lüge darin entdeckte.
Omi sagte: »Da jeder seine Meinung frei äußern darf, Euer Gnaden, möchte ich sagen, daß dieser Barbar ein wahrer Schatz für uns ist. Ich glaube, daß wir noch viel von ihm lernen müssen. Wir müssen etwas über Kanonen und Kriegsschiffe erfahren. Und wir müssen lernen zu denken, wie sie denken, daß wir sie eines Tages überflügeln können.«
Naga sagte zuversichtlich: »Was können sie schon wissen, Omi-san? Gewiß, sie verstehen etwas von Feuerwaffen und Schiffen. Aber was sonst? Wie könnten sie uns vernichten? Es gibt ja keinen einzigen Samurai unter ihnen. Gibt nicht dieser Anjin-san freimütig zu, daß selbst ihre Könige Mörder und religiöse Fanatiker sind? Wir sind Millionen, sie nur eine Handvoll. Wir könnten sie mit den bloßen Händen umbringen.«
»Dieser Anjin-san hat mir die Augen geöffnet, Naga-san. Ich habe entdeckt, daß unser Land und China nicht die ganze Welt sind, sondern nur ein kleiner Teil davon. Zuerst habe ich den Barbaren nur für ein Kuriosum gehalten. Jetzt nicht mehr. Ich meine, er hat uns gerettet, und ich weiß, daß wir viel von ihm lernen können. Schon jetzt verleiht er uns Macht über die Südlichen Barbaren – und über China.«
»Wie bitte?«
»Der Taikō hat eine Schlappe einstecken müssen, weil ihrer zu viele waren, um Mann gegen Mann, Pfeil gegen Pfeil gegen sie zu kämpfen, *neh?* Mit Feuerwaffen und mit dem Können des Barbaren könnten wir Peking erobern.«
»Mit barbarischem Verrat, Omi-san?«
»Mit barbarischem Wissen, Naga-san, könnten wir Peking nehmen. Wer im-

mer Peking erobert, wird schließlich China beherrschen. Und wer immer China beherrscht, kann die ganze Welt beherrschen.«
»Ich sage, wir brauchen nichts von draußen.«
»Es ist nicht bös gemeint, Naga-san, aber ich sagte, wir müssen dieses Land der Götter mit allen Mitteln verteidigen. Nur dies hier ist das Land der Götter, *neh?* Nur unser Kaiser ist göttlichen Ursprungs. Ich stimme zu, dieser Barbar sollte mundtot gemacht werden. Aber wir sollten ihn deswegen nicht umbringen. In ständiger Isolierung hier in Anjiro sollten wir ihn halten, bis wir alles erfahren haben, was er weiß.«
Nachdenklich kratzte Jozen sich. »Ich werde meinem Gebieter Eure Ansichten mitteilen. Ich stimme zu, dieser Barbar sollte isoliert werden. Und ich bin der Meinung, daß die Ausbildung sofort abgebrochen werden sollte.«
Yabu zog eine Schriftrolle aus dem Ärmel. »Hier ist ein vollständiger Bericht über dieses Experiment für Herrn Ishido. Sofern Herr Ishido wünscht, daß die Ausbildung abgebrochen werden soll – selbstverständlich, dann werden wir sie abbrechen.«
Jozen nahm die Schriftrolle entgegen. »Und Herr Toranaga? Was ist mit ihm?« Seine Augen richteten sich auf Naga. Naga sagte kein Wort, sondern starrte nur auf die Schriftrolle.
Yabu sagte: »Ihr werdet Gelegenheit haben, ihn direkt nach seiner Meinung zu fragen. Er hat einen ähnlichen Bericht bekommen. Ich nehme an, Ihr werdet morgen nach Yedo weiterreisen? Oder möchtet Ihr gern den Übungen beiwohnen? Aber ich brauche Euch ja wohl kaum zu sagen, daß unsere Leute noch nicht besonders geübt sind.«
»Ich würde gern einen Angriff sehen.«
»Omi-san, Ihr leitet alles Entsprechende in die Wege.«
»Jawohl, Euer Gnaden.«
Jozen wandte sich seinem Stellvertreter zu und reichte ihm die Schriftrolle. »Masumoto, bringt dies Herrn Ishido. Ihr reitet sofort ab.«
»Jawohl, Jozen-san.«
Igurashi verließ gemeinsam mit dem Samurai den Raum.
Jozen streckte sich und gähnte. »Bitte, verzeiht«, sagte er, »aber das macht die viele Reiterei in den letzten paar Tagen. Ich muß Euch für diesen außerordentlich aufschlußreichen Abend danken, Yabu-sama. Ihr habt sehr weitreichende Ideen. Und Ihr auch, Omi-san. Und Ihr, Naga-san. Ich werde Euch dem Herrn Toranaga und meinem Gebieter empfehlen. Aber wenn Ihr mich jetzt entschuldigen würdet – Osaka ist weit.«
»Selbstverständlich«, sagte Yabu. »Wie steht es in Osaka?«
»Wir haben in jener Nacht vierhundertundfünfzig Köpfe genommen. Viele von den Gefallenen trugen Toranaga-Uniformen.«
»*Ronin* haben keine Ehre. Überhaupt keine.«
»Einige *Ronin* sehr wohl«, begehrte Jozen auf, den diese Beleidigung schmerzte. Er kam nie darüber hinweg, daß er einmal *Ronin* gewesen war.

»Einige trugen sogar die Uniform unserer Grauen. Es ist kein einziger entkommen. Sie sind alle gefallen.«
»Und Buntaro-san?«
»Nein. Er...« Jozen hielt inne. Das ›Nein‹ war ihm so herausgerutscht, aber jetzt, wo es heraus war, machte es ihm auch nichts mehr aus. »Nein. Wir wissen es nicht sicher – seinen Kopf hat niemand gebracht. Ihr habt nichts von ihm gehört?«
»Nein«, sagte Naga.
»Er ist bestimmt in Gefangenschaft geraten. Vielleicht haben sie ihn einfach in Stücke gehauen und in alle Winde verstreut. Mein Gebieter würde es gern wissen, falls Ihr irgendwelche Nachrichten habt. Jetzt steht es sehr gut in Osaka. Die Vorbereitungen für die Sitzung gehen voran. Es wird großzügige Unterhaltungen geben, um das neue Zeitalter zu feiern, und selbstverständlich, um *alle* Daimyos zu ehren.«
»Und Herr Toda Hiro-matsu?« erkundigte Naga sich höflich.
»Die alte Eisenfaust ist so stark und brummig wie eh und je.«
»Ist er immer noch da?«
»Nein. Er ist mit allen Leuten Eures Vaters ein paar Tage vor mir abgereist.«
»Und die Damen meines Vaters?«
»Soviel ich hörte, haben die Dame Kiritsubo und die Damen Sazuko gebeten, bei meinem Gebieter bleiben zu dürfen. Ein Arzt hat der Dame geraten, sich einen Monat auszuruhen – ihre Gesundheit, wißt Ihr. Er meinte, die lange Reise könnte dem Kind schaden.« Und an Yabu gewandt, fügte er noch hinzu: »Sie stürzte an jenem Abend, da Ihr abreistet, nicht wahr?«
»Ja.«
»Ich hoffe, es ist nichts Ernsthaftes«, fragte Naga sehr besorgt.
»Nein, nichts Ernsthaftes, Naga-san«, sagte Jozen, um sich abermals Yabu zuzuwenden. »Ihr habt Herrn Toranaga von meiner Ankunft unterrichtet.«
»Selbstverständlich.«
»Gut.«
»Die Neuigkeiten, die Ihr uns gebracht habt, werden ihn gewiß sehr interessieren.«
»Ja. Ich sah eine Brieftaube kreisen und dann in nördlicher Richtung davonfliegen.«
»Wir haben diesen Brieftaubendienst jetzt eingerichtet«, sagte Yabu, ohne indes hinzuzufügen, daß man Jozens Brieftaube gleichfalls beobachtet hatte; noch daß Falken sie in der Nähe der Berge abgefangen hatten und die Botschaft entziffert worden war. »In Anjiro. Alles so, wie berichtet. Yabu, Naga, Omi und Barbar hier.«
»Ich werde, wenn Ihr gestattet, morgen gleich nach dem ›Angriff‹ aufbrechen. Ihr stellt mir doch frische Pferde zur Verfügung? Ich darf Herrn Toranaga nicht warten lassen. Ich freue mich, ihn zu sehen. Und mein Gebieter desgleichen. In Osaka. Ich hoffe, Ihr begleitet ihn, Naga-san?«

»Wenn ich den Befehl bekomme, hinzugehen, gehe ich hin.« Naga hielt die Augen gesenkt, doch innerlich brannte er vor Wut.
Jozen verabschiedete sich und ging mit seinen Wachen hinauf zu seinem Lager auf dem Hügel. Er stellte die Wachen um, befahl seinen Männern, schlafen zu gehen und kroch unter seinen kleinen, aus Zweigen errichteten Windschutz, den sie des drohenden Regens wegen für ihn gebaut hatten. Bei Kerzenlicht unterm Moskitonetz schrieb er seine frühere Botschaft auf einem winzigen hauchdünnen Stück Papier um und fügte dann noch hinzu: »Die Musketen sind tödlich. Massierte Überraschungsangriffe mit Musketen geplant – umfassender Bericht bereits mit Masumoto unterwegs.« Dann setzte er das Datum hinzu und erstickte die Kerze. In der Dunkelheit schlüpfte er unter seinem Netz hervor, holte eine von den Brieftauben aus den Körben und brachte die Botschaft in einem winzigen, am Fuß der Taube befestigten Behältnis unter. Dann näherte er sich verstohlen einem seiner Männer und übergab ihm die Taube.
»Bringt sie raus ins Gebüsch«, flüsterte er. »Verbergt sie irgendwo bis zum Morgengrauen. Aber seid vorsichtig, die Nacht hat überall Augen. Wenn Ihr abgefangen werdet, sagt, ich hätte Euch auf Patrouille geschickt. Aber vorher versteckt die Taube.«
Sehr mit sich zufrieden, betrachtete Jozen das Dorf unten. Im Fort waren Lichter zu sehen, desgleichen auf dem gegenüberliegenden Hang in dem Haus, das Omi gehörte. Ein paar Lichter waren auch in dem nur wenig darunter gelegenen Haus zu sehen – demjenigen, in dem augenblicklich der Barbar wohnte.
Naga, dieser junge Fuchs, hat recht, dachte Jozen und scheuchte mit der Hand einen Moskito fort. Der Barbar ist eine Pest.

»Gute Nacht, Fujiko-san.«
»Gute Nacht, Anjin-san.«
Die *Shoji*-Tür hinter ihr glitt zu. Blackthorne zog Kimono und Lendentuch aus und den leichteren Schlafkimono über, schlüpfte unter das Moskitonetz und legte sich nieder.
Er blies die Kerze aus. Tiefe Dunkelheit umgab ihn. Im Haus herrschte Ruhe. Die kleinen Fensterläden waren vorgelegt worden, und er konnte die Brandung hören. Wolken verdunkelten den Mond.
Der Wein und das Lachen hatten ihn schläfrig gemacht, ihn aber auch in beste Stimmung versetzt. Er lauschte auf das Geräusch der Brandung und fühlte sich von ihm davongetragen. Gelegentlich bellte unten im Dorf ein Hund. Ich sollte mir einen Hund zulegen, dachte er und mußte an seinen Bullterrier daheim denken. Ob er wohl noch lebt? Grog hieß er, aber Tudor, sein Sohn, hatte ihn immer ›Og-Og‹ gerufen.
Ach, Tudor, Bürschlein! Wie lange ist es schon her!
Wünschte, ich könnt' euch alle sehen – oder jedenfalls einen Brief schreiben und ihn euch schicken...
Der *Shoji* glitt auf. Seine Hand suchte nach der Pistole unter seinem Kopfkissen.

Er schob sich zurück und machte sich auf alles gefaßt. Dann vernahm er ein fast unhörbares Seidengeraschel und hatte einen Hauch von Parfüm in der Nase.
»Anjin-san?« Ganz leise geflüstert, voll von Versprechen.
»*Hai?*« fragte er leise, versuchte in die Dunkelheit hinauszuspähen, konnte jedoch nichts klar erkennen.
Schritte kamen näher. Es hörte sich an, wie wenn jemand niederkniete. Dann wurde das Netz beiseite geschoben, und sie kroch zu ihm hinein. Sie nahm seine Hand, hob sie an ihre Brust und dann an ihre Lippen.
»Mariko-san?«
Sofort hoben sich die Finger in der Dunkelheit, legten sich vor seine Lippen, geboten ihm Schweigen. Er nickte. Er wußte, was für ein Risiko sie eingingen. Er hielt ihre winzige Taille umfaßt und fuhr mit den Lippen darüber. Mit der anderen Hand streichelte er ihr in der stockfinsteren Nacht das Gesicht. Sie küßte seine Finger, einen nach dem anderen. Das Haar hatte sie aufgelöst. Es reichte ihr bis zur Hüfte. Seine Hände fuhren über ihren ganzen Leib. Das bezaubernde Gefühl von Seide, unter der sie nichts anhatte.
Sie schmeckte süß. Seine Zunge berührte ihre Zähne, fuhr dann ihre Ohrmuscheln entlang, entdeckten sie. Sie machte seinen Kimono auf, ließ ihren eigenen von den Schultern gleiten. Ihr Atem ging immer verlangender. Sie drängte sich an ihn, kuschelte sich in seine Arme und zog die Bettdecke über ihre Köpfe. Dann begann sie, ihn zu lieben – mit den Händen und mit den Lippen. Mit mehr Zärtlichkeit und Suchen und Wissen, als er es jemals erfahren hatte.

# *33. Kapitel*

Als der Morgen graute, erwachte Blackthorne. Allein. Zuerst dachte er, er hätte geträumt, doch hing ihr Parfüm noch im Raum, und da wußte er, daß es wirklich gewesen war.

Es klopfte leise.

»*Hai?*«

»*Ohayo*, Anjin-san. *Gomen nasai.*« Eine Zofe schob den *Shoji* für Fujiko auf, die ein Tablett mit *Cha*, einer Schale Reisbrei und süßem Reiskuchen trug.

»*Ohayo*, Fujiko-san, *domo*«, sagte er und dankte ihr. Das Frühstück brachte sie ihm immer persönlich, schlug dann das Moskitonetz zurück und wartete, während er aß und das Mädchen einen frischen Kimono, *Tabi* und das Lendentuch bereitlegte.

Er nippte am *Cha* und überlegte, ob Fujiko wohl Bescheid wisse über die vergangene Nacht. Ihrem Gesicht war jedoch nichts anzumerken.

»*Ikaga desu ka?* – Wie geht es Euch?« erkundigte Blackthorne sich.

»*Okagasama de genki desu,* Anjin-san. *Anata wa?* – Sehr gut, vielen Dank. Und Euch?«

Die Zofe entnahm seine frische Kleidung einem Schrank, der unauffällig mit dem Rest des aus Papierwänden bestehenden Raums verschmolz und ließ sie dann allein.

»*Anata wa yoku nemutta ka?* – Habt Ihr gut geschlafen?«

»*Hai,* Anjin-san, *arigato goziemashita!*« Sie lächelte, legte sich die Hand auf den Kopf, um ihm zu verstehen zu gegen, daß sie Kopfschmerzen habe, betrunken gewesen sei und geschlafen habe wie ein Stein.

»*Watashi wa yoku nemura.* – Ich habe sehr gut geschlafen.«

Sie verbesserte ihn. »*Watashi wa yoku nemutta.*«

»*Yoi. Taihenyoi.* – Gut. Sehr gut.«

Vom Korridor ließ sich Mariko vernehmen: »Fujiko-san?«

»*Hai,* Mariko-san?« Fujiko trat an den *Shoji* und schob ihn einen Spalt weit auf. Er konnte Mariko nicht sehen und verstand auch nicht, was sie sprachen.

Hoffentlich hat niemand etwas gemerkt, dachte er. Wenn es doch ein Geheimnis bliebe – zwischen ihr und mir. Vielleicht wäre es doch besser, wenn es nur ein Traum gewesen wäre.

Er begann sich anzuzuziehen. Fujiko kam zurück und kniete sich hin, um die Schließen der Tabi zu befestigen.

»Mariko-san? *Nan ja?*«

»*Nane mo*, Anjin-san. – Es war nichts Wichtiges«, erwiderte sie.

Fujiko trat an die *Takonama*, die Wandnische mit dem Rollbild und dem Blumengesteck darin, wo nachts seine Schwerter hingelegt wurden. Sie reichte sie ihm. Er steckte sie sich in die Schärpe. Jetzt kam er sich mit den Schwertern schon lange nicht mehr lächerlich vor, wünschte freilich, er könnte sie mit noch größerer Selbstverständlichkeit tragen.

Blackthorne trat auf die Veranda hinaus. Dort schlüpfte er in seine Riemensandalen und nickte seiner Dienerschaft zu, die in einer Reihe angetreten war, um ihn, wie es Sitte war, zu verabschieden.

Es war ein grauverhangener Tag. Der Himmel war bedeckt, und vom Meer her wehte ein warmer Wind. Die Trittsteine, die in den Kiespfad eingelassen waren, trugen noch die Spuren des Regens, der in der Nacht gefallen war.

Vor dem Tor standen die Pferde und seine zehn berittenen Samurai. Und Mariko.

Sie war bereits aufgesessen und trug einen blaßgelben Überwurf mit blaßgrünen Seidenhosen, einen breitrandigen Hut mit Schleier, der von gelben Bändern gehalten wurde, und Handschuhe. Ein Regenschirm steckte in ihrer Satteltasche.

»*Ohayo*«, grüßte er sie förmlich. »*Ohayo*, Mariko-san.«

»*Ohayo*, Anjin-san. *Ikaga desu ka?*«

»*Okagesama de genki desu. Anatawa?*«

Sie lächelte. »*Yoi, arigato goziemashita.*«

Durch nichts ließ sie erkennen, daß irgend etwas anders sei zwischen ihnen. Aber er erwartete das auch nicht, jedenfalls nicht in der Öffentlichkeit. Ihr Parfüm umgab ihn, und am liebsten hätte er sie vor allen geküßt.

»*Ikimasho!*« sagte er, schwang sich in den Sattel und winkte den Samurai vorauszureiten. Er ließ sein Pferd gemächlich dahingehen, und Mariko lenkte ihr Pferd neben ihm. Als sie allein waren, entspannte er sich.

»Mariko.«

»*Hai?*«

Dann sagte er auf lateinisch: »Sie ist schön, und ich liebe Sie!«

»Ich danke Ihm, aber der viele Wein gestern macht, daß sich mein Kopf heute morgen gar nicht schön anfühlt; und ›Liebe‹ ist ein christliches Wort.«

»Sie ist schön und ist Christin, und der Wein kann Ihr nichts anhaben.«

»Ich danke Ihm für die fromme Lüge, Anjin-san, ja, ich danke Ihm.«

»Nein, ich sollte Ihr danken.«

»Ach? Wieso?«

»Kein ›Wieso‹, kein ›Warum‹. Ich danke Ihr von Herzen.«
»Wenn Wein und Fleisch Ihn so warm und wohl und kühn machen«, sagte sie, »dann muß ich Seiner Gattin sagen, daß sie Himmel und Erde in Bewegung setzen sollte, Ihm all dies jeden Abend zu verschaffen.«
»Ja, ich würde alles gern genauso haben – immer.«
»Er ist heute morgen ganz ungewöhnlich glücklich«, sagte sie. »Gut. Sehr gut. Aber warum? Warum, ehrlich?«
»Wegen Ihr. Sie weiß genau, warum.«
»Ich weiß nichts, Anjin-san.«
»Gar nichts?« zog er sie auf.
»Gar nichts.«
Das bestürzte ihn, denn sie waren ganz allein, und niemand hörte zu.
»Warum nimmt das ›Gar nichts‹ das Herz aus Seinem Lächeln?« fragte sie.
»Dummheit! Reine Dummheit. Ich habe vergessen, daß die Klugheit es gebietet, vorsichtig zu sein. Es ist nur, daß wir allein waren und ich darüber reden wollte.«
»Er spricht in Rätseln. Ich verstehe Ihn nicht.«
Jetzt war er wie vor den Kopf geschlagen. »Sie möchte nicht darüber sprechen? Überhaupt nicht?«
»Worüber, Anjin-san?«
»Über das, was heute nacht geschehen ist?«
»Ich bin in der Nacht an Seiner Tür vorbeigegangen, als meine Zofe, Koi, bei Ihm war.«
»Was?«
»Wir, Seine Gattin und ich, wir dachten, sie wäre eine schöne Gabe an Ihn.«
Blackthorne versuchte, seine Fassung zurückzugewinnen. Marikos Zofe hatte ihre Statur, war jedoch jünger und bei weitem nicht so hübsch und schön – und doch, es war schließlich pechfinstere Nacht gewesen und sein Kopf benebelt vom Wein – aber nein, es war nicht die Zofe.
»Das ist unmöglich«, sagte er auf portugiesisch.
»Was ist nicht möglich, Senhor?« fragte sie in derselben Sprache.
Er nahm wieder zum Latein Zuflucht, denn ihre Begleiter waren nicht weit, und der Wind wehte in ihre Richtung. »Bitte, Sie möge nicht mit mir scherzen. Niemand kann uns hören. Ich erkenne Sie und Ihr Parfüm doch wieder.«
»Er glaubt, ich sei es gewesen? Oh, das stimmt aber nicht, Anjin-san. Es wäre mir zwar eine Ehre, aber es kann niemals sein ... sosehr ich es auch wünschte ... nein, Anjin-san. Es war nicht ich, sondern Koi, meine Zofe. Es wäre mir eine Ehre, aber ich gehöre einem anderen, selbst wenn er tot ist.«
»Gewiß, aber es war nicht Ihre Zofe.« Er mußte an sich halten. »Aber lassen wir es dabei, wie Sie es wünscht.«
»Es war meine Zofe, Anjin-san«, sagte sie beschwichtigend. »Wir beträufelten sie mit meinem Parfüm und schärften ihr ein: kein Wort, nur Berührungen! Wir haben keinen Augenblick gedacht, daß Er sie für mich halten würde! Wir

wollten Ihn nicht überlisten. Es geschah nur um Seines Seelenfriedens willen, denn wir wissen doch, daß über das Kopfkissen-miteinander-Teilen zu reden Ihn immer noch verlegen macht.« Mit großen unschuldigen Augen sah sie ihn an. »Sie hat Ihm Freude gemacht, Anjin-san? Und Er hat ihr Freude gemacht?«
»Witze über Dinge von großer Bedeutung entbehren bisweilen des Humors.«
»Dinge von großer Bedeutung werden immer mit der gebührenden Wichtigkeit behandelt werden. Aber ein Mädchen nachts bei einem Mann – das ist nicht von Belang.«
»Ich erachte Sie nicht als ohne Belang.«
»Ich danke Ihm. Das gleiche gilt für Ihn. Aber ein Mädchen nachts bei einem Mann – das ist zwar seine ureigenste Angelegenheit, aber nicht von Belang. Es ist ein Geschenk, das sie ihm macht, und manchmal er ihr. Weiter nichts.«
»Niemals?«
»Manchmal schon. Aber diese Kopfkissengeschichte ist nicht so unendlich ernst zu nehmen, wie Er sie zu nehmen beliebt.«
»Niemals?«
»Nur, wenn die Frau und der Mann sich gegen das Gesetz vereinigen. Hier bei uns.«
Er brachte sein Pferd zum Stehen. Endlich begriff er, warum sie alles abstreiten mußte. »Ich bitte um Verzeihung«, sagte er. »Jawohl, Sie hat recht, und ich habe sehr unrecht. Ich hätte nie ein Wort darüber verlieren sollen. Ich bitte um Verzeihung.«
»Warum sich entschuldigen? Wofür? Sage Er mir, Anjin-san, trug dieses Mädchen ein Kreuz?«
»Nein.«
»Ich trage es immer. Immer.«
»Ein Kreuz kann man abnehmen«, sagte er automatisch auf portugiesisch. »Das beweist gar nichts. Oder man hätte es ausleihen können wie das Parfüm.«
»Sagt mir noch eines: Habt Ihr das Mädchen wirklich gesehen? Wirklich *gesehen*, Anjin-san?«
»Selbstverständlich. Bitte, laßt uns vergessen, daß ich jemals...«
»Die Nacht war sehr dunkel, der Mond hinter Wolken versteckt. Bitte, die Wahrheit, Anjin-san. Denkt nach! Habt Ihr das Mädchen wirklich gesehen?«
Selbstverständlich habe ich sie gesehen, dachte er empört.
Verdammt, überleg doch mal genau! *Gesehen* hast du sie nicht. Und der Kopf war dir wirklich benebelt. Es hätte die Zofe sein können, aber du wußtest genau, daß es Mariko war, denn in deinem Kopf wolltest du Mariko und sahst nur sie; und glaubtest, Mariko begehre dich genauso. – Du bist ein Narr! Ein gottverdammter Narr!
»Ehrlich gesagt, nein. Ich sollte mich wirklich entschuldigen«, sagte er. »Wie soll ich mich entschuldigen?«
»Es ist kein Grund vorhanden, Euch zu entschuldigen, Anjin-san«, erwiderte sie gelassen. »Ich habe Euch schon oft gesagt, daß ein Mann sich niemals ent-

schuldigt, selbst dann nicht, wenn er unrecht hat. Ihr habt aber nichts Unrechtes getan.« Jetzt saß ihr der Schalk in den Augen. »Meine Zofe braucht Eure Entschuldigung nicht.«

»Vielen Dank«, sagte er und lachte. »Jetzt komme ich mir nicht mehr ganz so schafsköpfig vor.«

»Die Jahre fallen von Euch ab, wenn Ihr lacht. Dann wird der ernste Anjin-san wieder zu einem Knaben. Ihr lacht nicht sehr viel, nicht wahr, Anjin-san?«

»Dazu bin ich zu lange zur See gefahren. Seeleute sind immer ernst. Wir haben gelernt, die See zu beobachten. Wir sind immer auf der Hut und erwarten immer irgendein Unglück.«

»Ich fürchte mich vor dem Meer«, sagte sie.

»Ich auch. Ein alter Fischer hat mir einmal gesagt: ›Der Mann, der keine Angst vor der See hat, wird bald ertrinken, denn er wird an einem Tag auslaufen, an dem er es nicht tun sollte. Leben wir also in Furcht vor der See, dann werden wir jedenfalls nur ab und zu ertrinken.‹« Er sah sie an. »Mariko...«

»Ja?«

»Vor ein paar Minuten hattet Ihr mich überzeugt, daß... nun, sagen wir: Ich war überzeugt. Aber jetzt bin ich es nicht mehr. Was ist die Wahrheit? Ich muß es wissen.«

»Ohren sind zum Hören da. Selbstverständlich war es die Zofe.«

»Diese Zofe. Kann ich sie jederzeit fragen, wenn ich möchte?«

»Selbstverständlich. Ein kluger Mann würde es jedoch unterlassen.«

»Weil ich enttäuscht sein könnte? Nächstes Mal?«

»Vielleicht. Das Kopfkissen-miteinander-Teilen ist ein Vergnügen. Des Körpers. Weiter gibt es nichts darüber zu sagen.«

»Aber wie sage ich einer Zofe, einem Mädchen, daß es schön ist? Daß ich sie liebe? Daß sie mich mit Ekstase erfüllt hat?«

»Es ziemt sich nicht, eine Zofe so zu ›lieben‹. Bei uns nicht, Anjin-san. Eine solche Leidenschaft bringt man nicht einmal seiner Gattin entgegen.« Die Haut um ihre Augen herum legte sich plötzlich in tausend kleine Fältchen. »Das tut man nur jemandem wie Kiku-san, der Kurtisane, die so schön ist und das verdient.«

»Wo kann ich dieses Mädchen finden?«

»Im Dorf. Ich würde es mir zur Ehre anrechnen, Euch als Vermittlerin zu dienen.«

»Bei Gott, ich glaube, Ihr meint das ernst.«

»Selbstverständlich. Ein Mann braucht alle möglichen Leidenschaften. Diese Dame ist einer solchen tiefen Leidenschaft wert – falls Ihr sie Euch leisten könnt.«

»Was soll das heißen?«

»Sie wäre sehr teuer.«

»Aber Liebe kauft man doch nicht. Gekaufte Liebe taugt nichts. ›Liebe‹ hat keinen Preis.«

Sie lächelte. »Das Kopfkissen-miteinander-Teilen hat immer seinen Preis. Immer. Es muß nicht notwendigerweise Geld sein, Anjin-san. Aber man bezahlt, immer, ob man das Kopfkissen so oder so miteinander teilt. Wahre Liebe – wir nennen das Pflicht – ist die Liebe, die zwei Seelen miteinander verbindet; sie braucht sich nicht auf diese Weise auszudrücken – nicht auf körperliche Weise –, abgesehen vielleicht von dem Geschenk des Todes. – Also, Ihr wollt diese niedrige Zofe wieder haben?«

»Jawohl. Wißt Ihr, ich möchte...«

Mariko lachte fröhlich auf. »Dann wird man sie zu Euch schicken. Bei Sonnenuntergang. Wir werden sie begleiten, Fujiko und ich.«

»Herrgott – ich glaube fast, Ihr brächtet es fertig.« Er lachte mit ihr.

»Ach, Anjin-san, es tut so gut, Euch lachen zu sehen. Seit Ihr wieder in Anjiro seid, ist eine große Veränderung mit Euch vorgegangen. Eine sehr große Veränderung.«

»Ach, die ist gar nicht so groß. Aber heute nacht habe ich einen Traum gehabt. Und dieser Traum war die Vollkommenheit selbst.«

»Gott ist die Vollkommenheit. Und manchmal auch ein Sonnenuntergang oder ein Mondaufgang oder die ersten Krokusse im Jahr.«

»Ich verstehe Euch überhaupt nicht.«

Sie lüftete den Schleier und blickte ihn direkt an. »Einmal hat ein anderer Mann zu mir gesagt: ›Ich verstehe Euch überhaupt nicht‹, woraufhin mein Gatte sagte: ›Verzeihung, Euer Gnaden, aber kein Mann kann sie verstehen. Ihr Vater versteht sie nicht, genausowenig wie die Götter, auch ihr barbarischer Gott nicht, ja nicht einmal ihre Mutter versteht sie.‹ «

»War das Herr Toranaga?«

»O nein, Anjin-san. Das war der Taikō. Herr Toranaga versteht mich. Er versteht alles.«

»Sogar mich?«

»Euch sogar besonders.«

»Wird er den Krieg gewinnen?«

»Ja.«

»Wird er meine Kriegsflotte haben wollen?«

»Ja.«

»Wann werde ich mein Schiff zurückbekommen?«

»Das werdet Ihr nie.«

»Warum?«

Ihr Ernst verflüchtigte sich. »Weil Ihr Euer ›Mädchen‹ in Anjiro habt und so viel das Kopfkissen mit ihr teilen werdet, daß Ihr keine Kraft mehr habt fortzugehen.«

»Da haben wir es wieder! Eben noch so ernst, und dann gleich wieder verspielt.«

»Das tue ich nur, um Euch eine Antwort zu geben, Anjin-san, und um gewisse Dinge dorthin zu rücken, wo sie hingehören. Aber bevor Ihr uns wieder verlaßt, solltet Ihr die Dame Kiku kennenlernen. Sie ist einer großen Leidenschaft wert.

Sie ist so schön und so begabt! Für sie müßtet Ihr schon außergewöhnlich sein.«
»Ich bin versucht, diese Herausforderung anzunehmen.«
»Ich fordere niemand heraus. Aber wenn Ihr bereit seid, Samurai zu sein und nicht ein – kein Ausländer –, wenn Ihr bereit seid, das Kopfkissen-miteinander-Teilen als das zu betrachten, was es ist, dann würde ich es mir als Ehre anrechnen, die Vermittlerin für Euch zu sein.«
»Was bedeutet das?«
»Wenn Ihr guter Laune seid und bereit für ganz besondere Unterhaltung, dann sagt Eurer Gattin, sie soll mich bitten.«
»Warum Fujiko-san?«
»Weil es die Pflicht Eurer Gattin ist, für Euer Vergnügen zu sorgen. Fujiko ›liebt‹ Euch.«
»Das tut sie nicht.«
»Sie würde ihr Leben für Euch hingeben. Was mehr könnte sie geben?«
Endlich löste er seine Augen von ihr und blickte hinaus auf die See. Die Wellen am Ufer trugen Schaumkronen, denn der Wind frischte auf. Er wandte sich wieder ihr zu. »Dann gibt es zwischen uns nichts zu sagen?« fragte er.
»Nichts. Das ist weise.«
»Und wenn ich nicht einverstanden bin?«
»Ihr müßt Euch dazu bequemen. Ihr seid hier! Dies hier ist Euer Zuhause.«

Die fünfhundert »Angreifer« galoppierten als ungeordneter Haufen über den Rand des Hügels und kamen heruntergefegt auf die felsübersäte Talsohle, wo die zweitausend »Verteidiger« in Schlachtordnung Aufstellung genommen hatten. Jeder Reiter trug eine Muskete über dem Rücken und am Gürtel Beutel mit Kugeln und Feuersteinen sowie ein Pulverhorn. Wie bei den meisten Samurai war ihre Kleidung ein buntes Durcheinander von Kimonos und Fetzen, ihre Waffen jedoch waren das Beste, was sie sich leisten konnten. Nur Toranaga und Ishido bestanden darauf, daß ihre Truppen uniformiert waren. Alle anderen *Daimyos* betrachteten derlei äußerliche Extravaganz als lächerliche Geldverschwendung und als überflüssige Neuerung. Selbst Blackthorne hatte dem zugestimmt. Die Armeen in Europa waren nie uniformiert – welcher König konnte sich das schon leisten? – höchstens einmal eine Leibgarde.
Blackthorne stand mit Yabu und seinen Adjutanten, mit Jozen und seinen Leuten und mit Mariko auf einer Hügelkuppe. Was sich hier abspielte, war die erste Probe eines groß angelegten Angriffs. Er wartete voller Unbehagen. Yabu war ganz ungewöhnlich angespannt, und Omi und Naga beide fast bis zur Streitsucht gereizt, vor allem Naga.
»Was haben sie denn bloß alle?« hatte er Mariko gefragt.
»Vielleicht möchten sie vor ihrem Herrn und seinem Gast gut abschneiden.«
»Ist er denn auch ein *Daimyo?*«
»Das nicht, aber wichtig. Einer von Herrn Ishidos Generalen. Es wäre schon sehr gut, wenn heute alles klappte.«

»Ich wünschte, man hätte mir vorher gesagt, daß es sich um eine Probe handelt.«

Blackthorne beobachtete die fünfhundert Reiter. Von wirklichem Können kann noch keine Rede sein. Yabu weiß das bestimmt, wie alle anderen auch.

Die Angreifer beschleunigten ihre Gangart, und die Verteidiger standen abwartend unter den Bannern ihrer Hauptleute und überhäuften den »Gegner« mit Schmähungen, wie sie es im Ernstfall auch tun würden; in lockeren Formationen von drei bis vier Gliedern hatten sie weit auseinandergezogen Aufstellung genommen. Gleich würden die Angreifer – noch außerhalb der Reichweite ihrer Pfeile – absitzen. Dann würden die mutigsten Kämpfer beider Seiten nach vorn stapfen und den Handschuh werfen und ihre erlauchte Abstammung und ihre Überlegenheit mit den durchsichtigsten Beleidigungen herausstreichen. Daraufhin würde es hier und da zu Einzelkämpfen kommen, diese würden sich nach und nach mehren, bis der Kommandeur zuletzt das Zeichen zum allgemeinen Angriff geben würde, wobei jeder dann auf sich selbst gestellt war. Danach wurden die Reserven ins Feld geworfen, und abermals würde gekämpft werden, bis der Kampfgeist der einen Seite zusammenbrach und es zu einer heillosen Flucht kam. Verrat war nichts Ungewöhnliches. Manchmal gingen ganze Regimenter zur anderen Seite über. Manchmal flohen die geschlagenen Kommandeure nur, um ihre Truppen neu zu ordnen und danach den Kampf fortzusetzen. Manchmal harrten sie aus und kämpften bis zum letzten Blutstropfen. Oft begingen sie auch feierlich *Seppuku*. Gefangennehmen ließen sie sich nur höchst selten. Einige boten den Siegern ihre Dienste an. Tod war das Los der Geschlagenen – ein rascher Tod für die Tapferen, und ein schändlicher für die Feigen. Das war das althergebrachte Muster, nach dem sich in diesem Land alle kleinen Überfälle, aber auch die großen Schlachten abspielten.

Das Echo der Hufe hallte im Tal wider.

»Wo ist der Führer des Angriffs? Wo ist Omi-san?« fragte Jozen.

»Bei seinen Leuten. Wartet nur ab«, erwiderte Yabu.

»Aber wo sind denn seine Standarten. Und warum trägt er nicht Kampfrüstung und Federn? Wo ist die Standarte des Kommandeurs? Sie sehen ja aus wie ein dreckiger Haufen von Banditen.«

»Wartet nur ab! Alle Offiziere haben Befehl, sich unauffällig zurückzuhalten. Das habe ich Euch doch gesagt. Und bitte, vergeßt nicht, daß wir so tun, als ob eine große Schlacht tobte. Dies hier soll zu einer größeren Schlacht gehören, mit Reserven und...«

Jozen platzte jedoch förmlich. »Wo sind denn ihre Schwerter? Keiner von ihnen trägt ein Schwert! Samurai ohne Schwerter? Sie werden alle abgeschlachtet werden!«

»Abwarten!«

Jetzt saßen die Angreifer ab. Die ersten Krieger aus den Reihen der Verteidiger traten vor, um zu zeigen, wieviel Mut sie hätten. Eine gleiche Anzahl von Angreifern stellte sich ihnen entgegen. Dann stieß unvermittelt die zuvor unge-

ordnete Masse der Angreifer in fünf kompakten und zuchtvollen Phalangen von vier Gliedern von je fünfundzwanzig Mann vor – drei allen anderen voran, zwei in Reserve etwa vierzig Schritt hinter diesen. Wie ein Mann stürmten sie auf den Feind zu. In geballter Formation kamen sie auf ein Kommando hin zitternd zum Stehen, und das vorderste Glied schoß gleichzeitig eine ohrenbetäubende Salve ab. Schreie und sterbende Männer. Jozen und seine Leute duckten sich unwillkürlich und sahen erschrocken zu, wie das vorderste Glied niederkniete, wieder lud, während das zweite Glied über ihre Köpfe hinweg feuerte, und das dritte und vierte Glied es nach ihnen genauso machte. Bei jeder Salve fielen mehr »Verteidiger«, und das ganze Tal war angefüllt von Rufen und Geschrei und einem großen Durcheinander.
»Ihr tötet Eure eigenen Leute!« schrie Jozen über das Getümmel hinweg.
»Es sind keine richtigen Kugeln. Sie spielen alles nur. Aber stellt Euch vor, es wäre ein *richtiger* Angriff mit *richtigen* Kugeln! Paßt auf!«
Jetzt erholten sich die »Verteidiger« von dem ersten Schock. Sie stellten sich neu auf und trugen mit Schwung einen Gegenangriff vor. Mittlerweile hatten die ersten Glieder jedoch wieder geladen und feuerten auf einen Befehl hin eine neuerliche Salve ab, gleich darauf das zweite Glied aus dem Stand heraus, um seinerseits niederzuknien und zu laden, und dann das dritte und das vierte Glied. Wenngleich auch viele der Schützen sehr langsam und die einzelnen Glieder noch ziemlich ungeordnet waren, konnte man sich doch leicht vorstellen, was für entsetzliche Verheerungen eine gut ausgebildete Truppe unter ihren Feinden anrichten würde. Der Gegenangriff kam zum Erliegen, und die »Verteidiger« flüchteten sich in gespielter Auflösung den Hang hinauf, bis sie eben unterhalb der Zuschauer stehenblieben. Viele »Gefallene« bedeckten den Boden. Jozen und seinen Männern zitterten die Knie. »Mit diesen Feuerwaffen könnte man ja jede feindliche Linie durchbrechen!«
»Wartet. Die Schlacht ist noch nicht zu Ende.«
Abermals formierten sich die Verteidiger. Ihre Offiziere redeten beschwörend auf sie ein, warfen die Reserven heran und befahlen dann ihren letzten Gegenangriff. Die Samurai rannten mit ihrem Schlachtruf den Hügel hinunter, um sich auf den »Feind« zu stürzen.
»Jetzt werden sie in den Boden gestampft werden«, rief Jozen, genauso von der Wirklichkeitstreue des Kampfes gepackt wie seine Begleitung.
Und er hatte recht. Die Phalangen konnten der Wucht des Angriffs nicht widerstehen. Sie brachen auseinander. Sie flohen vor dem Schlachtgeschrei der echten Samurai mit ihren Schwertern und Speeren, und Jozen und seine Männer überhäuften sie mit ihren Schmähungen, als die Regimenter in den Tod getrieben wurden. Die Musketiere flohen wie die Knoblauchfresser: hundert Schritt, zweihundert Schritt, doch dann, auf einen plötzlichen Befehl hin, formierten ihre Phalangen sich neu, diesmal keilförmig. Abermals kamen die ohrenbetäubenden Salven. Der Angriff geriet ins Stocken, blieb dann ganz stecken. Die Gewehrsalven jedoch nahmen kein Ende. Endlich hörten auch sie auf. Das Spiel

war zu Ende. Alle auf der Hügelkuppe wußten, daß die zweitausend unter einem richtigen Angriff einem Massaker zum Opfer gefallen wären.
Jetzt, während die Waffen schwiegen, begannen »Angreifer« wie »Verteidiger« sich neu aufzustellen. Die »Gefallenen« erhoben sich. Waffen wurden eingesammelt. Gelächter und Stöhnen erhob sich. Viele der Männer humpelten, ein paar waren ernstlich verletzt.
»Ich gratuliere Euch, Yabu-sama«, erklärte Jozen mit großem Ernst. »Jetzt begreife ich, was Ihr alle gemeint habt.«
»Die Salven waren noch nicht einheitlich genug«, sagte Yabu, der innerlich entzückt war. »Es braucht Monate, sie richtig auszubilden.«
Jozen schüttelte den Kopf. »Ich möchte auch so keinen Angriff von ihnen erleben! Jedenfalls nicht, wenn sie mit echter Munition schössen. Einem solchen Schlag könnte keine Armee widerstehen – keine Schlachtreihe.« Er dankte allen *Kami*, daß er so schlau gewesen war, sich ein solches Übungsspiel anzusehen.
Die Verteidiger kehrten in ihre Lager auf der anderen Seite des Hügels zurück. Die fünfhundert Musketiere warteten unten in der Nähe des Pfades, der über die Anhöhe hinwegging und dann zum Dorf hinunterführte. Sie stellten sich zu Kompanien auf. Omi und Naga, beide wieder mit ihren Schwertern bewaffnet, standen vor ihnen.
Jozen nahm Yabu beiseite. »Und all dies ist dem Kopf des Anjin-san entsprungen?«
»Nein«, log Yabu. »Aber auf diese Art kämpfen die Barbaren. Er bringt den Leuten nur bei, wie man lädt und feuert.«
»Warum nicht Naga-sans Rat befolgen? Ihr seid jetzt im Besitz des Wissens des Barbaren. Er ist eine Pest, Yabu-sama. Naga-san hat doch recht gehabt – Bauern könnten wirklich so kämpfen. Mit Leichtigkeit. Schafft Euch den Barbaren vom Hals.«
»Wenn Herr Ishido seinen Kopf wünscht – er braucht bloß darum bitten.«
»Ich bitte darum. Jetzt.« Und wieder die ungezügelte Grausamkeit! »Ich spreche mit seiner Stimme.«
»Ich werde es mir überlegen, Jozen-san.«
»Und außerdem bitte ich gleichfalls in seinem Namen, daß den Truppen diese Feuerwaffen sofort wieder abgenommen werden.«
Yabu runzelte die Stirn und wandte seine Aufmerksamkeit den Angetretenen zu. Sie kamen den Hügel heran; ihre zuchtvoll geschlossenen Reihen wirkten irgendwie ein wenig lächerlich, was freilich nur daran lag, daß eine solche Ordnung etwas höchst Ungewohntes für sie war. Fünfzig Schritt vor ihnen hielten sie. Omi und Naga kamen allein auf sie zu und grüßten.
»Für eine erste Übung war es ganz gut«, sagte Yabu.
»Ich danke, Euer Gnaden«, sagte Omi. Er hinkte ein wenig, und sein Gesicht war verdreckt, wies ein paar Schrammen auf und war pulvergeschwärzt.
Jozen sagte: »In einer richtigen Schlacht würden eure Truppen Schwerter tragen müssen, Yabu-sama, *neh?* Sonst werdet Ihr vielleicht sehr schnell laufen

müssen, um Euren Hals zu retten, wenn Eure Muskete Ladehemmung hat oder Euer Pulver naß geworden ist.« Jozen lachte über seinen eigenen Witz. Yabu jedoch bewahrte ein ernstes Gesicht und verzog keine Miene.
»Omi-san. Zeigt es ihm!« befahl er.
Omi gab einen Befehl. Seine Männer rissen das kurze, in einer Scheide stekkende Seitengewehr, das nahezu unbemerkt an ihren Gürteln gehangen hatte, heraus und setzten es in die Halterung an der Mündung ihrer Büchsen.
*»Zum Angriff – vor!«*
Augenblicklich stürmten die Samurai mit ihrem Schlachtruf »*Kasigiiii!*« nach vorn.
Einen Schritt vor ihnen kam der Wald von blankem Stahl zum Stehen. Jozen und seine Begleitung lachten nervös ob der plötzlichen und unerwarteten Wildheit. »Gut, sehr gut«, sagte Jozen. Er streckte die Hand aus und berührte eines der Bajonette. Es war außerordentlich scharf. »Vielleicht habt Ihr recht, Yabu-sama. Hoffen wir, daß sie nie in einem Ernstfall ausprobiert werden.«
»Omi-san!« rief Yabu. »Laßt antreten. Jozen-san wird sie inspizieren. Dann kehrt zurück ins Lager. Mariko-san und Anjin-san, folgt mir!« Durch die Reihen der Angetretenen stapfte er den Hügel hinunter, und seine Adjutanten, Blackthorne und Mariko folgten ihm.
»Tretet am Pfad an! Nehmt die Seitengewehre ab!«
Die Hälfte der Angetretenen gehorchte augenblicklich, machte kehrt und marschierte wieder den Hügel hinunter. Naga und seine zweihundertundfünfzig Samurai blieben jedoch, wo sie waren, die Bajonette immer noch drohend erhoben.
Jozen sträubten sich die Haare. »Was geht hier vor?«
»Ich betrachte Eure Beleidigungen als unerträglich«, sagte Naga giftig.
»Das ist doch Unsinn. Ich habe weder Euch noch irgend jemand sonst beleidigt! Eure Bajonette beleidigen meinen Rang, Yabu-sama!«
Yabu drehte sich um. Er stand jetzt hinter Nagas Männern. »Naga-san«, rief er kalt. »Was soll das bedeuten?«
»Ich kann diesem Mann die Beleidigungen, die er meinem Vater und mir angetan hat, nicht verzeihen!«
»Er ist geschützt! Ihr könnt ihn jetzt nicht anrühren! Er reitet unter dem Banner des Regentschaftsrats.«
»Verzeihung, Yabu-sama, aber das hier geht nur Jozen-san und mich etwas an.«
»Nein, Ihr seid meinem Befehl unterstellt. Ich befehle Euch, daß Ihr Euren Männern gebietet, sofort ins Lager zurückzukehren.«
Niemand rührte sich. Regen setzte ein.
»Verzeihung, Yabu-san, bitte, verzeiht, aber das hier geht nur ihn und mich etwas an, und was auch geschieht, ich entbinde Euch von jeder Verantwortung für das, was ich oder meine Männer tun.«
Hinter Naga zog einer von Jozens Männern das Schwert und stürzte sich auf Nagas ungeschützten Rücken. Eine Salve von zwanzig Schüssen riß ihm den

Kopf vom Rumpf. Diese zwanzig Männer knieten und fingen sofort wieder an zu laden. Das zweite Glied machte sich schußbereit.
»Wer hat scharfe Munition befohlen?« fragte Yabu.
»Ich, Yabu-san. Ich, Yoshi Naga-noh-Toranaga.«
»Ja, Naga-san, ich befehle Euch, Nebara Jozen und seine Männer frei ziehen zu lassen. Ihr haltet Euch in Eurem Quartier auf, bis ich mit Herrn Toranaga über Eure Unbotmäßigkeit Rücksprache genommen habe.«
»Selbstverständlich werdet Ihr Herrn Toranaga benachrichtigen, und *Karma* ist *Karma*. Aber ich bedaure, Herr Yabu – zuerst muß dieser Mann sterben. Und zwar noch heute!«
Jozen zeterte: »Ich stehe unter dem Schutz des Regenten! Ihr gewinnt nichts dadurch, daß Ihr mich umbringt!«
»Doch, ich gewinne meine Ehre wieder, *neh?*« erklärte Naga. »Ich zahlte Euch nur die verächtlichen Bemerkungen über meinen Vater und die Beleidigungen meiner Person heim. Aber Ihr müßtet auch so sterben. Ich hätte gestern abend nicht deutlicher sein können. Ihr habt jetzt eine Angriffsübung gesehen. Ich kann es nicht darauf ankommen lassen, daß Ishido all diesen…«, seine Hand wies auf das Schlachtfeld…, »all diesen Schrecken erfährt!«
»Das weiß er bereits!« blubberte Jozen heraus und dankte für seine Vorausschau gestern abend. »Er weiß es bereits. Ich habe heute beim Morgengrauen heimlich eine Brieftaube abgeschickt. Ihr gewinnt nichts, wenn Ihr mich tötet, Naga-san!«
Naga gab einem seiner Männer, einem alten Samurai, einen Wink, der vortrat und Jozen die Brieftaube mit dem umgedrehten Hals vor die Füße warf. Dann wurde auch noch der Kopf eines Mannes vor ihn hingeschleudert – der Kopf des Samurai Masumoto, den Jozen gestern mit der Schriftrolle fortgeschickt hatte. Seine Augen waren noch nicht geschlossen, die Zähne in haßerfüllter Grimasse gebleckt. Der Kopf trudelte und rollte durch die Glieder der Samurai, bis er an einem Felsen zu liegen kam.
Ein Stöhnen entrang sich Jozens Lippen. Naga und seine Männer lachten. Selbst Yabu lächelte. Abermals sprang einer von Jozens Männern auf Naga zu. Zwanzig Musketenkugeln zerfetzten ihn und den neben ihm stehenden Mann, der sich gar nicht gerührt hatte; beide fielen tödlich getroffen.
Das Lachen erstarb.
Omi sagte: »Soll ich meinen Leuten den Befehl zum Angriff geben, Euer Gnaden?« Es war so einfach gewesen, Naga dorthin zu bringen, wo sie ihn hatten haben wollen.
Yabu wischte sich den Regen vom Gesicht. »Nein, damit wäre nichts gewonnen, Jozen-san und seine Männer sind bereits tot, was ich auch tue. Das ist sein *Karma*, so wie Naga-san das seine hat. Naga-san!« rief er dann mit erhobener Stimme. »Zum letzten Mal, ich befehle Euch, sie alle ziehen zu lassen!«
»Bitte, verzeiht, aber das muß ich ablehnen.«
»Sehr wohl. Wenn alles zu Ende ist, erstattet mir Bericht.«

»Jawohl. Aber es sollte ein offizieller Zeuge dabei sein, Yabu-sama. Für Herrn Toranaga und Herrn Ishido.«
»Omi-san, Ihr bleibt hier. Ihr unterzeichnet die Todesurkunden und setzt die Nachricht auf. Naga-san und ich werden sie gegenzeichnen.«
Naga zeigte auf Blackthorne. »Laßt ihn auch hierbleiben. Gleichfalls als Zeugen. Er trägt die Verantwortung für ihren Tod.«
»Anjin-san, geht dort hinauf! Zu Naga-san! Habt Ihr verstanden?«
»Ja, Yabu-san. Ich verstehe. Aber warum, bitte?«
»Um Zeuge zu sein!« Damit drehte Yabu sich um und ging.
Jozen kreischte: »Yabu-sama! Bitte! Yabuuuu-samaaaaa!«

Blackthorne sah zu. Als alles vorbei war, kehrte er nach Hause zurück. Schweigen lastete auf seinem Haus, und ein heiliger Schrecken lag über dem Dorf. Selbst nach dem Bad hatte er noch nicht das Gefühl, sauber zu sein. Der Saké vertrieb auch nicht den schlechten Geschmack in seinem Mund, und die Räucherstäbchen nicht den Pesthauch, den er in der Nase hatte.
Später schickte Yabu nach ihm. Der Angriff wurde sehr eingehend durchgesprochen, ein Schritt nach dem anderen. Omi und Naga waren anwesend, und Mariko desgleichen – Naga kalt wie immer, hörte nur zu und sagte selten etwas. Er war immer noch Stellvertretender Kommandeur. Keiner von ihnen schien berührt von dem, was geschehen war.
Sie arbeiteten bis nach Sonnenuntergang. Yabu befahl, daß das Tempo der Ausbildung vorangetrieben werde. Eine zweite Fünfhundertschaft sollte sofort, eine dritte eine Woche später aufgestellt werden.
Allein kehrte Blackthorne nach Hause zurück und aß auch allein, noch wie vor den Kopf geschlagen von der grausigen Entdeckung: *daß ihnen jedes Gefühl für Sünde abging und sie samt und sonders kein Gewissen hatten – nicht einmal Mariko.*
In dieser Nacht konnte er nicht schlafen. Er verließ das Haus. Der Wind zerrte an ihm. Heftige Böen bildeten Schaumkronen auf dem Wasser. Eine besonders starke Bö ließ Holz und Steine gegen eine Hütte prasseln. Hunde jaulten den Himmel an und stöberten nach Freßbarem. Fensterläden klapperten, und Männer und Frauen, schweigenden Geistern gleich, schlossen sie wieder und legten Querstangen vor. Die Flut kam mit Macht. Sämtliche Fischerboote waren viel höher als sonst den Strand hinaufgezogen und in Sicherheit gebracht worden. Alles Bewegliche war festgezurrt.
Er ging das Ufer entlang und kehrte dann zu seinem Haus zurück, wobei er heftig gegen den Wind ankämpfen mußte. Getroffen hatte er unterwegs niemanden. Es goß wie aus Kübeln, und bald war er bis auf die Haut naß.
Fujiko wartete auf der Veranda auf ihn. Der Wind zerrte an ihr und stieß die von einem Schirm geschützte Laterne um. Alle waren auf den Beinen. Diener schafften Wertvolles in das niedrige aus Lehmziegeln und Steinen errichtete Vorratshaus, das hinten im Garten stand.

Noch war der Sturm allerdings nicht bedrohlich.
Ein Dachziegel lockerte sich, als der Wind unter die Traufe fuhr, das ganze Dach erbebte. Der Ziegel fiel herunter und zerscherbte laut. Diener eilten durcheinander. Manche versuchten Wassereimer bereitzustellen, andere das Dach zu reparieren.
Der alte Gärtner, Ueki-ya, band mit Hilfe der Kinder zarte Sträucher und Bäume an Bambusstangen fest.
Ein neuer Windstoß ließ das ganze Haus erzittern.
»Es wird davongetragen werden, Mariko-san.«
Sie sagte nichts. Der Wind setzte ihr und Fujiko zu. Beide hatten vom Wind Tränen in den Augenwinkeln. Er sah zum Dorf hinunter. Jetzt wirbelten überall Trümmer durch die Luft. Dann drang der Wind durch einen Riß in einem der Papier-*Shoji*, und eine ganze Wand verschwand. Zurück blieb nur das Fachwerkgerippe. Die gegenüberliegende Wand wurde zerfetzt, und das Dach brach zusammen.
Hilflos drehte Blackthorne sich um, als die Wand seines eigenen Zimmers herausgerissen wurde. Sie verschwand in der Nacht, genauso wie die gegenüberliegende Wand. Bald waren sämtliche Wände nur noch Fetzen von geöltem Papier, und er konnte durch das Haus hindurchsehen. Bettzeug, Laternen und Matten wirbelten davon, Diener eilten hinterher.
Der Sturm zerstörte sämtliche Wände aller Häuser im Dorf, manche Hütten wurden völlig zertrümmert. Ernstlich verletzt wurde jedoch niemand. Gegen Morgen nahm der Wind ab, und Männer und Frauen machten sich daran, ihre Häuser wieder aufzubauen.
Bis zum Mittag waren die Wände von Blackthornes Haus wieder aufgerichtet, und für das halbe Dorf nahm das Leben seinen gewohnten Gang. Die leichten Fachwerkwände waren leicht zu reparieren. Bei den ziegel- und reisstrohgedeckten Dächern war es schon schwieriger, aber er sah, wie die Leute einander halfen – lächelnd, geschickt und sehr geübt. Rat erteilend, Anweisungen gebend und anspornend eilte Mura von einem Ende des Dorfs zum anderen. Er kam auch den Hügel herauf, um sich von den Fortschritten der Arbeit zu überzeugen.
»Mura, Ihr habt...« Blackthorne suchte nach den richtigen Worten. »Ihr macht, daß es mühelos aussieht.«
»Ah, vielen Dank, Anjin-san. Ja, vielen Dank. Wir hatten aber auch Glück, daß es nirgends einen Brand gegeben hat.«
»Ihr oft Feuer?«
»Verzeihung, es heißt: ›Habt Ihr oft Feuer?‹ «
»Habt Ihr oft Feuer?« wiederholte Blackthorne.
»Ja. Aber das Dorf war vorbereitet. Wenn diese Stürme kommen...« Mura wurde ganz steif und blickte über Blackthornes Schulter. Seine Verneigung fiel sehr tief aus.
Omi näherte sich mit seinem federnden, lässigen Schritt. Seine Augen hatte er

nur auf Blackthorne gerichtet, als ob Mura Luft wäre. »Morgen, Anjin-san«, grüßte er.
»Morgen, Omi-san. Euer Haus gut?«
»Ja, danke.« Omi blickte Mura an und sagte barsch: »Die Leute sollten fischen oder auf den Feldern arbeiten. Die Frauen auch. Yabu-sama will schließlich seine Steuern. Wollt Ihr mich mit Eurer Trägheit vor ihm beschämen?«
»Nein, Omi-sama. Bitte, verzeiht. Ich werde sogleich dafür sorgen.«
»Alles in Ordnung mit Euch heute?« wandte Omi sich wieder an Blackthorne. »Nichts Schlimmes heute nacht?«
»Gut heute. Danke. Und Ihr?«
Omi sprach des längeren. Blackthorne begriff nicht alles, was er sagte, genausowenig, wie er nicht alles verstanden hatte, was Omi zu Mura gesagt hatte, sondern nur hier und da ein paar Wörter.
»Verzeihung. Ich verstehe nicht.«
»Gefallen? Wie hat es Euch gestern gefallen? Der Angriff? Das Kampfspiel?«
»Ah, ich verstehe. Ja, ich denke, gut.«
»Und das Zeuge-Sein?«
»Ja. Die Wahrheit, Omi-san, nicht mögen Töten.«
»*Karma*, Anjin-san.«
»*Karma*. Heute Übungen?«
»Ja. Aber Yabu-sama möchte nur reden. Später. Versteht Ihr, Anjin-san? Nur reden, später«, wiederholte Omi geduldig.
»Nur reden. Ich verstehe. *Wakarimasu*.«
»Ihr fangt an, unsere Sprache sehr gut zu sprechen. Ja. Sehr gut.«
»Danke. Schwer. Kleine Zeit.«
»Ja. Aber Ihr seid ein guter Mann, und Ihr gebt Euch viel Mühe. Das ist wichtig. Wir werden Euch schon Zeit verschaffen, Anjin-san, nur keine Angst. Ich werde Euch helfen.« Omi erkannte, daß Blackthorne das meiste nicht verstand, doch das machte ihm nichts, solange der Anjin-san nur das Wesentliche mitbekam. »Ich möchte Euer Freund sein«, sagte er, um es dann noch einmal ganz deutlich zu wiederholen. »Versteht Ihr?«
»Freund? Ich verstehe ›Freund‹.«
Omi zeigte erst auf sich und dann auf Blackthorne. »Ich möchte Euer Freund sein.«
»Ah. Danke. Geehrt.«
Omi lächelte wieder, verneigte sich wie vor einem Ebenbürtigen und ging dann. »Sein Freund sein?« brummte Blackthorne. »Hat er es denn ganz und gar vergessen? Ich nicht!«
»Ah, Anjin-san«, sagte Fujiko und kam auf ihn zugeeilt. »Möchtet Ihr essen? Yabu-sama wird bald nach Euch schicken.«
»Ja, danke. Viele Brüche?« fragte er und zeigte auf das Haus.
»Verzeihung, aber Ihr solltet sagen: ›Ist viel zerstört worden?‹ «
»Ist viel zerstört worden?«

»Der Schaden ist nicht groß, Anjin-san. Und es wurde niemand verletzt.«
Unversehens war Blackthorne es leid, dauernd korrigiert zu werden, und so beendete er die Unterhaltung mit einem Befehl: »Ich bin Hunger! Essen!«
»Ja, sofort. Verzeiht, aber Ihr solltet sagen: ›Ich *habe* Hunger‹. Man hat Hunger, oder aber man ist hungrig.« Sie wartete, bis er es richtig wiederholt hatte, dann zog sie sich zurück.
Er saß auf der Veranda und beobachtete Ueki-ya, den alten Gärtner, der abgerissene Zweige und Laub zusammenfegte. Er konnte sehen, wie Frauen und Kinder das Dorf wieder in Ordnung brachten und unten am Strand Boote zu Wasser gelassen wurden. Andere Dorfbewohner machten sich zu den Feldern auf. Der Wind ließ merklich nach. Ich möchte mal wissen, wieviel Steuern sie bezahlen müssen, dachte er bei sich.
Beim Morgengrauen war er sehr niedergeschlagen gewesen, denn das Dorf war dem Anschein nach völlig zerstört. »Ein solcher Sturm hätte einem englischen Haus kaum etwas anhaben können«, hatte er zu Mariko gesagt. »Na schön, es war ein Orkan, aber kein besonders starker. Warum baut ihr eigentlich eure Häuser nicht aus Stein oder Ziegelsteinen?«
»Wegen der Erdbeben, Anjin-san. Jedes Steingebäude würde selbstverständlich auseinanderbersten und zusammenstürzen und möglicherweise die Bewohner verletzen oder sogar töten. Bei unserer Art des Häuserbaus bleibt der Schaden immer gering. Ihr werdet sehen, wie schnell alles wieder hergerichtet sein wird.«
»Ja, schon, aber dafür besteht immer die Gefahr der Feuersbrünste. Und was passiert, wenn die großen Winde kommen? Die Taifune?«
»Dann kann es sehr schlimm werden.«
Sie hatte ihm die Sache mit den Taifunen und mit der Jahreszeit der Taifune erklärt – von Juni bis September, manchmal früher, manchmal später. Und über die anderen Naturkatastrophen hatten sie ebenfalls gesprochen.
Vor ein paar Tagen war es wieder zu einem Erdstoß gekommen. Aber er war leicht gewesen. Ein Haus im Dorf hatte gebrannt. Nie zuvor hatte Blackthorne erlebt, wie das Löschen eines Feuers so gut geklappt hatte. Abgesehen davon – im ganzen Dorf schien sich niemand um den Erdstoß zu kümmern. Sie hatten nur gelacht.
»Warum lachen die Leute?«
»Bei uns gilt es als schändlich und unhöflich, starke Gefühlsregungen zu zeigen, insbesondere Angst. Deswegen verbergen wir sie hinter einem Lachen oder Lächeln. Selbstverständlich haben wir alle Angst. Nur dürfen wir uns das niemals anmerken lassen.«
Manche lassen es sich aber doch anmerken, dachte Blackthorne.
Nebara Jozen zum Beispiel hatte Angst gezeigt. Er war einen schändlichen Tod gestorben, hatte vor Angst geweint, um Gnade gewinselt, und dann war er eines langsamen, grausigen Todes gestorben. Man hatte ihm erlaubt wegzulaufen, um später unter Gelächter von Bajonetten verletzt zu werden; dann hatte man

ihn weiterlaufen lassen und ihm schließlich die Kniesehnen durchgeschnitten. Daraufhin hatte man ihm gestattet, weiterzukriechen und ihm langsam die Eingeweide herausgezerrt, während er schrie und das Blut mit dem Schleim herausfloß; dann hatte man ihn einfach liegen und krepieren lassen.
Hinterher hatte Naga seine Aufmerksamkeit den anderen Samurai zugewendet. Sofort waren drei von Jozens Männern niedergekniet, hatten die Bäuche entblößt und die Kurzschwerter vor sich auf den Boden gelegt, um rituell *Seppuku* zu begehen. Drei von ihren Kameraden hatten als Sekundanten mit ihren Langschwertern hinter ihnen Aufstellung genommen. Naga und seine Leute hatten sie nicht im geringsten dabei gestört. Als die knienden Samurai nach ihren Kurzschwertern griffen, reckten sie die Hälse vor, woraufhin die drei Langschwerter herniedersausten und ihnen mit einem einzigen Hieb die Köpfe vom Rumpf trennten. Die Zähne klapperten in den enthaupteten Köpfen. Dann war alles still, und die Fliegen kamen herbeigeschwirrt.
Sodann waren zwei weitere niedergekniet, der letzte hatte als Sekundant fungiert. Der erste der beiden war wie seine Kameraden vor ihm enthauptet worden, während er nach dem Kurzschwert griff. Der andere hatte gesagt: »Nein. Ich, Hirasaki Kenko, verstehe zu sterben – ich weiß, wie ein Samurai sterben sollte.«
Kenko war ein sehniger junger Mann, parfümiert und beinahe schön zu nennen, mit blasser Haut und wohlgeöltem, gepflegtem Haar. Ehrfürchtig packte er sein Schwert und umwickelte die Klinge zum Teil mit seiner Schärpe, um besser zupacken zu können.
»Ich verwahre mich gegen den Tod von Jozen-san und seinen Männern«, hatte er mit fester Stimme gesagt und sich vor Naga verneigt. Er blickte ein letztes Mal zum Himmel auf und lächelte seinem Sekundanten Mut zu. »*Sayonara*, Tadeo.« Dann hatte er sich das Schwert tief in die linke Seite des Leibes gestoßen, es mit eigener Hand quer durchgezogen, es wieder herausgerissen, es sich oberhalb der Leiste nochmals hineingestoßen und schweigend in die Höhe gerissen. Seine zerfetzten Eingeweide hatten sich in seinen Schoß ergossen, und sein schrecklich verzerrtes, vom Todesschmerz gezeichnetes Gesicht war gesenkt. In diesem Augenblick hatte sein Sekundant sein Langschwert herniedersausen lassen.
Naga persönlich packte den Kopf beim Haarschopf, wischte den Schmutz ab und schloß ihm die Augen. Dann befahl er seinen Leuten, dafür zu sorgen, daß der Kopf gewaschen, umhüllt und mit allen Ehren Ishido übersandt werde – zusammen mit einem vollständigen Bericht über Hirasaki Kenkos Todesmut.
Der letzte Samurai kniete nieder. Es war niemand mehr von seinen Kameraden da, der als sein Sekundant hätte fungieren können. Auch er war noch sehr jung. Seine Finger zitterten, und die Angst verzehrte ihn. Zweimal hatte er seinen Kameraden gegenüber seine Pflicht getan, zweimal sauber zugeschlagen und ihnen die Qual des Schmerzes und die Schande der Furcht erspart. Und dann hatte er noch darauf gewartet, daß sein liebster Freund als Samurai starb: durch

stolzerfüllte, schweigende Selbstentleibung – um nochmals zuzuschlagen und sein Ziel nicht um Fingersbreite zu verfehlen. Er hatte noch nie zuvor einen Menschen getötet.

Die Augen auf das eigene Kurzschwert gerichtet, entblößte er seinen Bauch und betete darum, genausoviel Mut aufzubringen wie sein Gebieter. Ihm wollten die Tränen kommen, doch ließ er unter Aufbietung seines ganzen Willens sein Gesicht zu einer lächelnden Maske erstarren. Er nahm seine Schärpe ab und umwickelte den oberen Teil seiner Klinge. Da der Jüngling seine Pflicht vorbildlich erfüllt hatte, gab Naga seinem Adjutanten einen Wink.

Dieser trat vor, verneigte sich und stellte sich in aller Form vor. »Osaragi Nampo, Hauptmann in der Neuen Legion von Herrn Toranaga. Es wäre mir eine Ehre, Euer Sekundant zu sein.«

»Ikomo Tadeo, Offizier und Vasall von Herrn Ishido«, erwiderte der Jüngling. »Ich danke Euch. Es ist mir eine Ehre, Euch als Sekundanten zu akzeptieren.«

Er fand einen raschen, schmerzlosen und ehrenhaften Tod.

Die Köpfe wurden eingesammelt. Später bäumte sich das Leben in Jozen noch einmal auf, und er schrie. Mit fahrigen Händen versuchte er, sich seine Eingeweide wieder in den Bauch zu stopfen.

Sie überließen ihn den Hunden, die vom Dorf heraufgekommen waren.

# *34. Kapitel*

Zehn Tage nach dem Tod von Jozen und aller seiner Männer umschiffte zur Stunde des Pferdes – elf Uhr morgens – eine Flottille von drei Galeeren die Landzunge von Anjiro. Sie waren gesteckt voll mit Truppen. Toranaga kam an Land. Neben ihm schritt Buntaro.

»Zuerst möchte ich eine Angriffsübung sehen, Yabu-san – mit den ersten fünfhundert«, sagte Toranaga. »Und zwar sofort.«

»Könnte es nicht morgen sein? Dann hätte ich Zeit, alles entsprechend vorzubereiten«, sagte Yabu freundlich, wiewohl er innerlich kochte über Toranagas völlig unerwartetes Erscheinen. Er hatte kaum Zeit gehabt, mit seiner Ehrengarde an den Strand herunterzukommen. »Ihr müßt müde sein...«

»Ich bin nicht müde, vielen Dank«, sagte Toranaga absichtlich brüsk. »Ich brauche keine ›Verteidiger‹ und keine Kulisse, keine Schreie und keine Leute, die tot spielen. Ihr vergeßt, alter Freund, daß ich oft genug in *Nōh*-Spielen mitgewirkt und bei vielen Regie geführt habe, um meine eigene Phantasie zu bemühen. Ich bin schließlich kein *Ronin*-Bauer. Bitte, gebt augenblicklich Befehl, daß der Angriff vorgeführt wird.«

Sie standen in der Nähe des Piers am Strand. Toranaga war von Elite-Wachen umgeben, und immer mehr strömten aus der festvertäuten Galeere heraus. Weitere tausend schwerbewaffnete Samurai waren in den beiden Galeeren zusammengepfercht, die noch auf der Reede vor Anker lagen. Es war ein warmer Tag, der Himmel wolkenlos, nur wenige Schaumkronen waren zu sehen. Der Horizont verschwamm im Dunst.

»Igurashi, veranlaßt alles Nötige.« Yabu unterdrückte seine Wut. Seit der ersten Nachricht, die er vor zehn Tagen über Jozens Ankunft geschickt hatte, war über sein eigenes Spionagenetz aus Yedo nur ein schwächliches Rinnsal nichtssagender Berichte eingetroffen – und nichts als unverbindliche Antworten von Toranaga auf seine immer dringlicheren Anfragen: »Eure Nachricht eingetroffen. Wird ernsthaft geprüft.« – »Entsetzt über Eure Nachricht bezüglich meines Sohnes. Bitte, wartet weitere Instruktionen ab.« Dann, vor vier Tagen: »Die

für Jozens Tod Verantwortlichen werden bestraft. Sie behalten ihren Posten, stehen jedoch weiterhin unter Arrest, bis ich mich mit Herrn Ishido besprechen kann.« Und gestern die Nachricht, die einen Zeitzünder enthielt: »Erhielt heute Einladung des neuen Regentschaftsrats zum Ikebana-Wettbewerb nach Osaka. Wann habt Ihr vor, abzureisen? Ich rate: Baldmöglichst.«
»Das kann doch unmöglich heißen, daß Toranaga vorhat hinzugehen?« hatte er völlig verdattert gefragt.
»Er zwingt Euch, Euch festzulegen«, hatte Igurashi gesagt. »Was Ihr auch sagt – Ihr sitzt in der Zwickmühle.«
Omi war der gleichen Meinung.
»Warum bekommen wir keinerlei Nachrichten aus Yedo? Es ist fast so, als ob Toranaga eine Decke über den gesamten Kwanto gebreitet hätte«, hatte Omi ihm gesagt. »Vielleicht kennt er Eure Spione?«
»Heute ist der zehnte Tag, Euer Gnaden«, hatte Igurashi ihn erinnert. »Alles ist für Eure Abreise nach Osaka vorbereitet. Wollt Ihr jetzt reisen oder nicht?«
Jetzt, hier am Strand, dankte Yabu seinem *Kami*, der ihn dazu gebracht hatte, sich nach Omis Rat zu richten, bis zum allerletzten Zeitpunkt hierzubleiben – also noch drei Tage.
»Was Eure letzte Nachricht betrifft, Toranaga-sama«, sagte er, »so geht Ihr doch bestimmt nicht nach Osaka, oder?«
»Geht Ihr?«
»Ich erkenne Euch als Führer an. Selbstverständlich habe ich Eure Entscheidung abgewartet.«
»Meine Entscheidung ist leicht, Yabu-sama. Aber Eure ist schwer. Falls Ihr geht, werden die Regenten Euch zweifellos vernichten, weil Ihr Jozen und seine Leute umgebracht habt.«
»Ich habe es nicht getan, Herr Toranaga. Wenn er es auch noch so sehr verdient hat – Jozen wurde gegen meinen ausdrücklichen Befehl getötet.«
»Nur gut, daß Naga-san es getan hat, *neh?* Sonst hättet Ihr es wohl selbst tun müssen. Über Naga-san sprechen wir später. Jetzt kommt, wir können uns unterhalten, während wir zum Übungslager hinaufgehen.« Toranaga setzte sich mit der ihm eigenen Geschwindigkeit in Bewegung, dicht umringt von seinen Wachen. »Ja, Ihr steckt wirklich in der Klemme, alter Freund. Selbstverständlich muß der gesamte Kasigi-Klan den Weg zum Hinrichtungsplatz antreten.« Er sah zu ihm hinüber. »Vielleicht tut Ihr das, was Ihr mir geraten habt, als ich das letzte Mal hier in Anjiro war. Ich würde mich glücklich schätzen, als Euer Sekundant zu fungieren. Vielleicht wird Euer Kopf Ishidos schlechte Laune verbessern, wenn ich ihn das nächste Mal sehe.«
Buntaro trat zwischen sie. »Verzeiht, Herr, aber wo wollt Ihr, daß unsere Männer Quartier nehmen?«
»Oben auf der Ebene. Sie können dort ihr Lager aufschlagen. Zweihundert Wachen bleiben bei mir im Fort. Wenn Ihr mit allem fertig seid, stoßt wieder zu mir. Ich möchte, daß Ihr die Übung mit anseht.« Buntaro eilte fort.

»Ein ständiges Lager? Ihr habt vor hierzubleiben?« fragte Yabu.
»Nein, nur meine Leute. Wenn der Angriff so gut ist, wie ich höre, stellen wir neun Sturmbataillone zu je fünfhundert Samurai auf. Ich habe bereits tausend ausgesuchte Samurai für Euch mitgebracht. Ihr stellt die anderen tausend.«
»Aber wir haben doch nicht genug Waffen, und die Ausbil...«
»Tut mir leid, aber Ihr irrt Euch. Ich habe tausend Musketen und reichlich Pulver und Munition mitgebracht. Der Rest kommt binnen einer Woche zusammen mit den anderen tausend Leuten.«
»Wir wollen neun Sturmbataillone aufstellen?«
»Jawohl. Sie werden ein richtiges Regiment ergeben. Die Führung übernimmt Buntaro.«
»Vielleicht wäre es besser, ich übernähme das. Er wird...«
»Ach, Ihr vergeßt, daß der Regentschaftsrat in wenigen Tagen zusammentritt. Wie wollt Ihr ein Regiment befehligen und gleichzeitig in Osaka sein?«
Yabu blieb stehen. »Wir sind Verbündete. Wir waren übereingekommen, daß Ihr der Führer seid, und auf diesen Handel haben wir gepißt. Jetzt frage ich Euch – was verfolgt Ihr für einen Plan? Ziehen wir in den Krieg oder nicht?«
»Bis jetzt hat mir noch niemand den Krieg erklärt. Bis jetzt noch nicht.«
Alles in Yabu verlangte danach, seine Yoshitomo-Klinge zu ziehen und den Boden mit Toranagas Blut zu tränken – ein für allemal – koste es, was es wolle. Er spürte förmlich den Atem der Toranaga-Wachen auf seiner Haut, aber im Augenblick war ihm alles egal. »Bedeutet die Ratssitzung nicht auch Euer Totengeläut? Ihr habt das selbst gesagt. Sobald sie zusammengetreten sind, müßt Ihr gehorchen, *neh?*«
»Selbstverständlich.« Toranaga winkte seinen Wachen zurückzubleiben und stützte sich unbekümmert auf sein Schwert.
»Zu welcher Entscheidung seid Ihr gekommen? Was schlagt Ihr vor?«
»Daß wir uns zunächst einmal den Angriff ansehen. – Und dann auf die Jagd gehen.«
»Geht Ihr nach Osaka?«
»Selbstverständlich.«
»Wann?«
»Wenn es mir gefällt.«
»Ihr meint, *nicht*, wenn es Ishido gefällt? Man wird uns isolieren«, sagte Yabu.
»Wir können nicht gegen ganz Japan Krieg führen, nicht einmal mit einem Sturmregiment. Und es ist unmöglich, das in zehn Tagen auszubilden.«
»Was hat sich eigentlich wirklich zwischen Jozen und Naga-san abgespielt?«
Yabu berichtete alles wahrheitsgetreu und ließ nur die Tatsache unerwähnt, daß Omi Naga dazu aufgestachelt hatte.
»Und mein Barbar? Wie benimmt der sich?«
»Gut. Sehr gut.« Yabu berichtete von dem *Seppuku*-Versuch am ersten Abend, und wie er dann den Anjin-san fein säuberlich so hingebogen hatte, daß es zu ihrer beider Vorteil war.

»Das war sehr klug«, sagte Toranaga langsam. »Ich hätte nie gedacht, daß er *Seppuku* begehen könnte.«
Ungeduldig wartete Yabu auf mehr, doch Toranaga blieb wortkarg. »Was diese Nachricht über die Ernennung von Herrn Ito zum Regenten betrifft«, sagte Yabu schließlich, »habt Ihr das bereits gewußt, ehe ich Euch die Nachricht schickte?«
Toranaga antwortete nicht sogleich. »Ich hatte Gerüchte gehört. Herr Ito ist die ideale Wahl für Ishido. Der arme Narr hat sich immer gern pfählen lassen, während er die Nase im Hintereingang eines anderen Mannes stecken hatte. Die beiden passen im Bett gut zusammen.«
»Seine Stimme wird Euch trotzdem vernichten.«
»Vorausgesetzt, es kommt zu einer Ratssitzung.«
Toranaga lächelte.

Mariko reichte Toranaga eine dicht mit Schriftzeichen bedeckte Pergamentrolle.
»Ist das alles?« fragte er.
»Ja, Euer Gnaden«, erwiderte sie. Sie hatte etwas gegen die Stickigkeit der Kammer und den Gedanken, überhaupt wieder auf einem Schiff zu sein, selbst wenn dies vertäut an einem Pier lag. »Vieles von dem, was im Kriegshandbuch enthalten ist, werdet Ihr hierin wiederfinden. Aber ich habe mir Abend für Abend Notizen gemacht und alles niedergeschrieben, was geschehen ist und wie es geschehen ist – zumindest habe ich das versucht. Es ist fast so etwas wie ein Tagebuch über alles.«
»Gut. Hat irgend jemand sonst es gelesen?«
»Meines Wissens nicht.« Sie betätigte ihren Fächer, um sich Kühlung zu verschaffen. »Die Gattin des Anjin-san und Diener haben mich schreiben sehen, aber ich habe es immer gut unter Verschluß gehalten.«
»Und was für Schlußfolgerungen zieht Ihr?«
Mariko zögerte. Sie ließ den Blick über die Kammer und das verschlossene Bullauge schweifen. »Die Musketentruppe wird *eine* Schlacht gewinnen. Barbaren könnten uns vernichten, wenn sie mit Musketen und Kanonen landeten. Ihr braucht also eine Kriegsflotte, wie sie sie haben. Bis jetzt hat sich das Wissen des Anjin-san als unglaublich wertvoll für Euch erwiesen – und zwar in einem Maße, daß man es geheimhalten sollte. Es sollte nur für Eure Ohren bestimmt sein. Wenn dieses Wissen in die falschen Hände gelangte, könnte es sich als tödlich für Euch erweisen.«
»Wer teilt dieses Wissen jetzt?«
»Yabu-san weiß viel – aber Omi-san weiß mehr, er besitzt eine erstaunliche Auffassungsgabe. Igurashi-san, Naga-san und die Truppen – und die Truppen begreifen zwar, worum es geht, nicht aber die Einzelheiten; außerdem haben sie keine Ahnung vom politischen und allgemeinen Wissen des Anjin-san. Ich habe alles aufgeschrieben, was er gesagt oder gefragt oder wozu er seine Ansicht abgegeben hat, Euer Gnaden. Nach bestem Vermögen. Selbstverständlich hat

er uns bloß bestimmte Dinge erzählt, aber sein Interessenbereich ist sehr weit gespannt, und sein Erinnerungsvermögen ist nahezu vollkommen.«

»Was haltet Ihr von Yabu?«

»Yabu-san ist ein gewalttätiger Mensch ohne alle Skrupel. Er kennt nichts außer seinen eigenen Interessen. Pflicht, Treue, Tradition gelten ihm nichts. Er ist verschlossen, kann aber bisweilen ausgesprochen brillant sein. Er ist als Feind wie als Freund gleichermaßen gefährlich.«

»All das sind löbliche Eigenschaften. Was läßt sich gegen ihn sagen?«

»Daß er ein schlechter Verwalter ist. Seine Bauern würden sich gegen ihn erheben, wenn sie Waffen hätten.«

»Warum?«

»Erdrückende Steuerlasten. Er beansprucht fünfundsiebzig von hundert Teilen Reis, Fisch und allen anderen Produkten. Er hat angefangen, eine Kopf-, Land- und Bootssteuer einzuführen – jeder Verkauf, jedes Faß Saké, alles in Izu wird besteuert.«

»Vielleicht sollte ich ihn zum Generalquartiermeister des Kwanto machen. Nun ja, was er hier macht, ist seine Sache. Seine Bauern werden die Waffen bekommen, also brauchen wir uns keinerlei Sorgen zu machen. Was gibt es sonst noch zu Yabu zu sagen?«

»Er ißt nur wenig und sein Gesundheitszustand scheint gut zu sein, aber Suwo, der Masseur, glaubt, daß er etwas mit den Nieren hat. Und dann hat er ein paar merkwürdige Eigenheiten.«

»Was?«

Sie erzählte ihm von der Nacht der Schreie.

»Yabus Vater pflegte seine Feinde gleichfalls zu kochen. Zeitverschwendung. Aber ich verstehe, daß er das gelegentlich braucht. Und sein Neffe, Omi?«

»Sehr schlau. Sehr klug und seinem Onkel treu ergeben. Ein höchst fähiger und beeindruckender Vasall.«

»Und Omis Familie?«

»Seine Mutter ist – sie führt ein straffes Regiment über Midori, seine Frau. Midori ist eine Samurai: sanft, stark und sehr gut. Alle sind treu ergebene Vasallen von Yabu-san. Im Augenblick hat Omi-san keine Nebengattinnen, wenngleich die berühmteste Kurtisane von Izu fast so etwas wie eine Nebengattin ist.«

»Würde er mir gegen Yabu helfen, wenn ich es von ihm verlangte?«

Sie erwog diese Möglichkeit, schüttelte dann jedoch den Kopf. »Nein, Euer Gnaden, das glaube ich nicht. Ich glaube, er ist der Vasall seines Onkels.«

»Und Naga?«

»Ein so guter Samurai, wie ein Mann nur sein kann. Er hat sofort erkannt, welche Gefahr Jozen und seine Männer für Euch darstellten, und ließ die Dinge in der Schwebe, bis man Euch fragen konnte. Sosehr er auch die Musketenbataillone haßt, exerziert er doch sehr hart mit seinen Kompanien.«

»Ich finde, es war sehr dumm von ihm – sich von Yabu als Marionette benutzen zu lassen.«

Sie zupfte eine Falte in ihrem Kimono zurecht und schwieg.
Toranaga fächelte sich Kühlung zu. »Und jetzt zum Anjin-san.«
Sie hatte diese Frage erwartet – und jetzt, wo sie gekommen war, waren alle klugen Beobachtungen, die sie hatte machen wollen, wie fortgewischt.
»Ihr müßt die Schriftrolle studieren und Euch selbst ein Urteil bilden, Euer Gnaden. Selbstverständlich hat seine ganze Erziehung und sein Erbe mit dem unseren nichts zu tun. Er ist sehr vielschichtig und entzieht sich unserem – *meinem* Verständnis. Anfangs war er sehr offen. Aber seit er den *Seppuku*-Versuch unternommen hat, ist er ein anderer geworden. Er ist jetzt viel verschlossener.« Sie berichtet ihm, was Omi in jener ersten Nacht gesagt und getan hatte. Und von Yabus Versprechen.
»Ah, dann hat also Omi ihn daran gehindert – und nicht Yabu? Und Yabu hat sich nach Omis Rat gerichtet?«
»So ist es, Euer Gnaden.«
»Dann ist also Omi der Ratgeber. Aufschlußreich. Aber der Anjin-san erwartet doch nicht etwa, daß Yabu-san sein Versprechen hält?«
»Doch. Absolut.«
Toranaga lachte. »Wie kindisch!«
»Verzeihung, aber sein christliches ›Gewissen‹ ist sehr ausgeprägt. Er kann seinem *Karma* nicht entgehen, und dazu gehört, daß er sich vollständig beherrschen läßt von seinem Haß auf das Sterben jener, die er ›Unschuldige‹ nennt. Selbst Jozens Tod hat ihn tief getroffen. Viele Nächte hindurch hat er nicht ruhig schlafen können, und tagelang hat er kaum mit jemandem gesprochen.«
»Und seine Gattin?«
Mariko erzählte alles.
»Gut.« Er war froh, daß seine Wahl auf Fujiko gefallen war und daß sein Plan sich so gut entwickelt hatte. »Sehr gut. Das mit den Pistolen hat sie ausgezeichnet gemacht. Wie steht es mit seinen Lebensgewohnheiten?«
»Die meisten sind ganz normal. Nur gerät er ganz erstaunlich in Verlegenheit, sobald es um das Kopfkissen-miteinander-Teilen geht.« Des weiteren berichtete sie von seinem ungewöhnlichen Bedürfnis, sich ständig Sorgen zu machen, und von seinem abscheulichen Geschmack, was das Essen betraf. »Sonst ist er in den meisten anderen Dingen sehr aufmerksam, vernünftig, scharfsinnig, ein sehr guter Schüler und von einer unersättlichen Wißbegier, was uns, unsere Sitten und Gebräuche betrifft. Ich habe ihm etwas von unserer Lebensweise erzählt, über uns und unsere Geschichte berichtet, habe vom Taikō und von den Problemen gesprochen, die das Reich im Augenblick hat.«
»Ah, und vom Erben?«
»Jawohl, Euer Gnaden. Sollte ich das nicht?«
»Doch. Ihr hattet ja den Auftrag, ihn zu erziehen. Was macht sein Japanisch?«
»Wenn man bedenkt – sehr gut. Mit der Zeit wird er unsere Sprache ausgezeichnet sprechen. Er ist ein guter Schüler, Euer Gnaden.«
»Und Kopfkissen-Teilen?«

»Eine von den Zofen«, sagte sie sofort. »Seine Gattin hat sie zu ihm geschickt.«
»Und?«
»Es verlief zur beiderseitigen Zufriedenheit, soviel ich weiß.«
»Ah, dann hat es bei ihr also keine Schwierigkeiten gegeben. Er ist seiner Größe entsprechend ausgestattet?«
»Das Mädchen hat gesagt: ›O ja, sehr.‹ – ›Verschwenderisch‹ war das Wort, das sie gebraucht hat.«
»Ausgezeichnet. Dann ist sein *Karma* jedenfalls darin gut. In dieser Beziehung haben viele Männer ihre Schwierigkeiten – Yabu zum Beispiel, und auch Kiyama. Allzu kleine Schäfte.« Er warf einen Blick auf die Schriftrolle und ließ dann seinen Fächer zuschnappen. »Und Ihr, Mariko-san? Wie steht es mit Euch?«
»Gut, vielen Dank, Euer Gnaden. Ich freue mich, daß Ihr so gut ausseht. Darf ich Euch zur Geburt Eures Enkelsohnes gratulieren?«
»Vielen Dank. Jawohl, ich freue mich. Der Knabe ist wohlgestaltet und scheint gesund.«
»Und die Dame Genjiko?«
Toranaga grunzte. »Sie ist genauso kräftig wie immer. Ja.« Er warf die Lippen auf und überlegte einen Augenblick. »Vielleicht könntet Ihr eine Stiefmutter für das Kind vorschlagen.« Es war Sitte, daß die Söhne bedeutender *Daimyos* Stiefmütter bekamen, damit die richtige Mutter sich ganz ihrem Mann und der Führung seines Hauses widmen konnte, wohingegen die Stiefmutter sich ausschließlich um die Erziehung des Kindes kümmerte. »Ich fürchte, es wird nicht leicht sein, jemand zu finden. Die Dame Genjiko ist nicht gerade die einfachste Herrin, *neh?*«
»Ich bin überzeugt, Ihr findet die richtige, Euer Gnaden. Ich will aber gern darüber nachdenken«, erwiderte Mariko.
»Vielen Dank. Aber Ihr, Mariko-san, wie steht es mit Euch? Was macht Euer christliches Gewissen?«
»Es gibt keinen Konflikt, Euer Gnaden. Nicht den geringsten. Ich habe alles Euren Wünschen gemäß ausgeführt. Wirklich.«
»Sind irgendwelche Priester hiergewesen?«
»Nein, Euer Gnaden.«
»Braucht Ihr einen?«
»Es wäre gut, zu beichten und das Sakrament zu nehmen. Ja, ehrlich gesagt, das wäre mir sehr lieb – zu beichten, was zu beichten gestattet ist, und des göttlichen Segens teilhaftig zu werden.«
Toranaga betrachtete sie eingehend. Ihre Augen waren ohne jedes Arg. »Ihr habt das sehr gut gemacht, Mariko-san. Bitte, macht weiter wie bisher.«
»Ja, Euer Gnaden, vielen Dank. Noch etwas – der Anjin-san benötigt dringend eine Grammatik und ein Wörterbuch.«
»Ich habe Tsukku-san darum bitten lassen.« Er bemerkte, daß sie die Stirn runzelte. »Ihr glaubt, er wird sie nicht schicken?«

»Selbstverständlich wird er gehorchen. Nur vielleicht nicht mit der gebührenden Schnelligkeit.«
»Das werden wir bald wissen«, fügte Toranaga vielsagend hinzu. »Ihm bleiben nur noch dreizehn Tage.«
Mariko war erschrocken. »Euer Gnaden?« fragte sie, die nicht begriff.
»Dreizehn? Ah«, sagte Toranaga ungezwungen und verschleierte damit seinen momentanen Lapsus, »als wir an Bord des portugiesischen Schiffes miteinander sprachen, bat er um die Erlaubnis, Yedo besuchen zu dürfen. Ich gestattete das, vorausgesetzt, er täte das innerhalb der nächsten zwanzig Tage. Dreizehn hat er noch. Sind es nicht vierzig Tage gewesen, die dieser *Bonze*, dieser Prophet Moses, auf einem Berg zubrachte, um die Gebote ›Gottes‹ entgegenzunehmen, die in Stein eingegraben waren?«
»Jawohl, Euer Gnaden.«
»Während Ihr auf dieses Wörterbuch wartet – habt Ihr selbst versucht, eines anzulegen?«
»Ja, Toranaga-sama. Ich fürchte nur, es ist nicht sehr gut. Leider hat man nur so wenig Zeit, und gibt es so viele Probleme. Hier, überall«, fügte sie hinzu, ohne etwas Bestimmtes im Auge zu haben.
Er nickte zustimmend. Er wußte, daß sie für ihr Leben gern viele Fragen an ihn gerichtet hätte – über den neuen Regentschaftsrat und die Ernennung von Herrn Ito, das Urteil über Naga und ob der Krieg unmittelbar bevorstehe. »Wir können von Glück sagen, daß Euer Gatte wieder bei uns ist, *neh?*«
Ihr Fächer hielt inne. »Ich hätte nie geglaubt, daß er mit dem Leben davonkommen würde. Niemals! Ich habe jeden Tag ein Gebet zu seiner Erinnerung gesprochen und Weihrauch für ihn verbrannt.« Buntaro hatte ihr heute morgen erzählt, wie ein weiterer Trupp von Toranagas Samurai seinen Rückzug vom Ufer gedeckt und er die Randbezirke von Osaka ohne Schwierigkeiten erreicht hatte. Dann hatte er sich mit fünfzig augesuchten Männern und Ersatzpferden als Banditen verkleidet eiligst in die Berge verzogen und auf unbekannten Wegen versucht, sich nach Yedo durchzuschlagen. Zweimal hatten seine Verfolger ihn eingeholt, nur waren sie zahlenmäßig nicht stark genug, ihn aufzuhalten, und so hatte er sich seinen Weg freigekämpft. Einmal war er in einen Hinterhalt geraten und hatte bis auf vier Mann alle seine Begleiter verloren, war jedoch abermals entkommen und tiefer in den Wald eingedrungen. Er war nur nachts weitergezogen und hatte tagsüber geschlafen. Beeren und Quellwasser und ein wenig Reis waren seine Nahrung gewesen – und dann war er weitergaloppiert, die Verfolger immer dicht auf den Fersen. Zwanzig Tage hatte er gebraucht, um Yedo zu erreichen. Nur zwei seiner Leute hatten überlebt.
»Es ist fast wie ein Wunder«, sagte sie. »Ich dachte, er sei ein *Kami*, als ich ihn neben Euch am Strand sah.«
»Er ist klug. Bärenstark und sehr klug.«
»Darf ich fragen, was es Neues von Herrn Hiro-matsu gibt, Euer Gnaden? Und aus Osaka? Und von den Damen Kiritsubo und Sazuko?«

Unverbindlich erzählte er ihr, daß Hiro-matsu einen Tag vor seiner Abreise in Yedo angekommen sei, daß seine Damen beschlossen hätten, in Osaka zu bleiben, und daß der Zustand der Dame Sazuko der Grund für ihr Bleiben sei. Sowohl er als auch Mariko wußte, daß dies nur eine Ausrede war, um das Gesicht zu wahren, und daß General Ishido niemals zwei so wertvollen Geiseln erlauben würde, abzureisen, jetzt, da Toranaga sich seinem Zugriff entzogen hatte.
»Es läßt sich nichts daran ändern. Das ist nun mal *Karma*, nicht wahr?«
Er nahm die Schriftrolle zur Hand. »Jetzt muß ich dies hier lesen. Ich danke Euch, Mariko-san. Ihr habt Eure Sache sehr gut gemacht. Bitte, bringt den Anjin-san zum Sonnenuntergang ins Fort.«
»Euer Gnaden, jetzt, wo mein Gebieter hier ist, werde ich...«
»Euer Gatte hat sich bereits einverstanden erklärt, daß Ihr, solange ich hier bin, bleibt, wo Ihr seid, und als Dolmetsch arbeitet und Eure Hauptpflicht für die nächsten paar Tage dem Anjin-san gilt.«
»Aber, Euer Gnaden. Ich muß meinem Gatten doch ein Haus bereiten. Er braucht Diener und ein Haus.«
»Das wäre im Moment nur Verschwendung von Zeit, Geld und Mühe. Er bleibt bei den Truppen – oder im Haus des Anjin-san – was ihm lieber ist.« Er bemerkte einen Hauch von Verwirrung.
*»Nan ja?«*
»Mein Platz sollte bei meinem Gebieter sein. Ihm zu dienen.«
»Euer Platz ist dort, wo ich Euch haben möchte, *neh?*«
»Ja, bitte, verzeiht. Selbstverständlich.«
Als sie gegangen war, las er den Bericht und das Kriegshandbuch. Hinterher brachte er beides sicher unter, stellte Wachen vor die Tür seiner Kammer und ging nach oben an Deck.
Der Tag graute. Er versprach warm und wolkig zu werden. Toranaga sagte das Treffen mit dem Anjin-san ab und ritt mit hundert Wachen auf die Ebene hinauf. Dort holte er seine Falkner und drei Falken und jagte im Umkreis von zwanzig *Ri*. Als es Mittag war, hatte er drei Fasanen, zwei große Waldschnepfen, zwei Hasen sowie ein paar Wachteln in der Jagdtasche. Einen Fasan und den Hasen schickte er dem Anjin-san, den Rest ins Fort. Einige seiner Samurai waren keine Buddhisten, und er duldete ihre Eßgewohnheiten. Er selbst nahm nur ein wenig kalten Reis mit Fischpaste sowie etwas eingelegten Tang mit etlichen Scheiben Ingwer zu sich. Dann zog er auf dem Boden die Beine hoch und schlief.

Es war später Nachmittag. Blackthorne machte sich in der Küche zu schaffen und pfiff fröhlich vor sich hin. Er war umringt vom Ersten Koch, dem Zweiten Koch, dem Gemüse-Zubereiter, dem Fisch-Zubereiter und ihren Helfern. Alle lächelten sie. Ihre Herrin hatte ihnen gesagt, ihr Gebieter werde sich beehren, ihnen zu zeigen, wie man das Essen auf seine Weise zubereite und koche.
Den Fasan hatte er bereits an die Sparren des Vorratshauses gehängt und ihnen

nachdrücklich eingeschärft, daß niemand, wirklich *niemand* außer ihm, ihn anzurühren habe.
»Jetzt zur holden Kochkunst«, sagte er. »Lektion Nummer eins.«
»*Dozo gomen nasai?*« fragte Fujiko.
»*Miru!* – Paßt auf!«
Mit dem Gefühl, wieder ganz jung zu sein – denn eine seiner ersten Aufgaben hatte darin bestanden, das Wild auszuweiden, das er und sein Bruder unter großen Gefahren auf den Gütern um Chatham herum heimlich gejagt hatten –, wählte er ein langes, gebogenes Messer. Der *Sushi*-Chef erbleichte, denn dies war sein Lieblingsmesser, das eine besonders scharfe Schneide aufwies, mit der sich der rohe Fisch wunderbar in glatte Stücke schneiden ließ. Alle Köche wußten das und sogen vernehmlich die Luft ein, lächelten aber gleichwohl, um ihre Verlegenheit zu verbergen.
Blackthorne schlitzte dem Hasen den Bauch auf und hob fein säuberlich Eingeweide und Magensack heraus. Eines der jüngeren Küchenmädchen mußte gegen ihre Übelkeit ankämpfen und entfloh schweigend.
Mit glasigen Augen sahen sie zu, wie er das Fell um die Pfoten der Vorderläufe herum einschnitt, dann die Vorderläufe durch das Fell hindurchschob und die Haut vom Fleisch löste. Das gleiche machte er mit den Hinterläufen, rollte das Fell herunter, um die nackten Hinterschenkel durch den Schnitt den Bauch entlang herauszuholen und dem Hasen dann mit einem heftigen Ruck das Fell über die Ohren zu ziehen. Das fast enthäutete Wild legte er auf einen Hackblock und trennte den Kopf vom Leib, so daß dieser mit seinen immer noch kläglich starrenden Augen am Fell haften blieb. Dann krempelte er das Fell um, so daß die Außenseite auch wirklich nach außen zeigte, und legte es beiseite. Ein Seufzer ging durch die Küche, doch er hörte ihn nicht, denn er war ganz darauf konzentriert, die Läufe und Gelenke abzutrennen und den Hasen zu vierteln. Ein zweites Küchenmädchen suchte unbemerkt das Weite.
»Jetzt brauche ich einen Topf«, sagte Blackthorne und grinste sie aufmunternd an.
Niemand antwortete ihm. Alle blickten sie ihn nur mit ihrem erstarrten Lächeln an. Er entdeckte einen großen Eisenkessel. Mit blutigen Händen nahm er ihn, füllte ihn aus einen Holzzuber mit frischem Wasser und hängte den Kessel über das Holzkohlenbecken, das in eine Grube im Boden eingelassen und von Steinen umgeben war. Er tat die Fleischstücke hinein.
»Und jetzt etwas Gemüse und Gewürze«, sagte er.
»*Dozo?*« fragte Fujiko heiser.
Da er die japanischen Namen nicht kannte, blickte er sich suchend um. In einem Korb entdeckte er ein paar Möhren sowie ein paar Schwarzwurzeln. Er säuberte und zerkleinerte sie und warf auch sie in den Kessel, um dann noch Salz und etwas von der dunklen Soja-Sauce hinzuzufügen.
»Eigentlich brauchten wir noch ein paar Zwiebeln, Knoblauch und Portwein.«
Blackthorne goß statt dessen eine Schale Saké hinein, dann noch eine zweite.

»Dieser Eintopf wird fabelhaft werden. *Ichi-ban, neh?*« Er zeigte auf den leise summenden Kessel.
»*Hai*«, sagte sie ohne Überzeugung.
»*Okuru tsukai arigato,* Toranaga-sama«, sagte Blackthorne. »Schickt einen Boten, um Herrn Toranaga zu danken.« Keiner verbesserte sein schauderhaftes Japanisch.
»*Hai.*« Kaum waren sie draußen, eilte Fujiko zum Abort, einer kleinen Hütte in der Nähe des Eingangstors. Ihr war entsetzlich übel.
»Ist alles in Ordnung, Herrin?« fragte ihre Zofe Nigatsu. Sie war eine füllige Frau mittleren Alters und sorgte schon ewig für Fujiko.
»Geh, bringe mir etwas *Cha.*«
Eine andere Zofe kam, um ihr Kühlung zuzufächeln. Fujiko wischte sich den Mund mit einem Papierhandtuch sauber und nahm dankbar auf einem Kissen auf der Veranda Platz. »Oh, das tut gut!« Und in der Tat – es tat ihr unendlich wohl, in der frischen Luft zu sitzen. Die Nachmittagssonne warf dunkle Schatten, und Schmetterlinge gaukelten umher.
»Was ist denn passiert, Herrin? Wir haben nicht einmal gewagt, auch nur verstohlen hineinzusehen.«
»Denkt nicht darüber nach! Der Herr – der Gebieter – ach, nichts. Seine Sitten sind höchst befremdlich, aber das ist nun einmal unser *Karma.*«
Sie wandte die Augen ab. Als sie ihren Ersten Koch trübselig durch den Garten auf sich zukommen sah, sank ihr das Herz noch ein wenig mehr. Er verneigte sich förmlich – ein zäher kleiner Mann mit riesigen Füßen und gewaltigen Hauern von Zähnen. Noch ehe er ein Wort sagen konnte, erklärte Fujiko mit einem verklemmten Lächeln: »Bestellt neue Messer im Dorf. Und einen neuen Reistopf. Einen neuen Hackblock und einen neuen Wasserzuber – alles, was Ihr für nötig erachtet. Die Geräte, die der Gebieter benutzt hat, werden zu seinem persönlichen Gebrauch beiseite gelegt. Entweder Ihr trennt ein Stück von der Küche ab oder Ihr baut eine neue an, wo der Gebieter kochen kann, falls er das wünscht – bis Ihr es richtig gelernt habt.«
»Vielen Dank, Fujiko-sama«, sagte der Koch. »Verzeiht, daß ich Euch gestört habe, aber – ich kenne einen guten Koch im Nachbardorf. Er ist nicht Buddhist und ist sogar mit der Armee in Korea gewesen, er versteht es gewiß besser als ich, für den Gebieter zu kochen.«
»Wenn ich einen anderen Koch wünsche, werde ich Euch das wissen lassen. Und wenn ich finde, daß Ihr Eure Sache nicht gut macht, werde ich Euch das gleichfalls sagen. Bis dahin bleibt Ihr hier Erster Koch. Ihr habt die Stelle für sechs Monate übernommen«, schloß sie.
»Jawohl, Herrin«, sagte der Koch, nach außen hin Würde bewahrend, im Innern jedoch zitternd, denn mit Fujiko-noh-Anjin als Herrin war nicht gut Kirschen essen. »Bitte, verzeiht, aber man hat mich zum Kochen eingestellt. Ich bin stolz auf mein Können als Koch. Aber ich habe mich nie bereit erklärt – nun ja –, Schlächter zu sein. *Eta* sind Schlächter.«

»Ihr werdet hier kochen, wie Ihr immer gekocht habt. Ich finde Eure Gerichte ausgezeichnet, würdig eines Meisterkochs in Yedo. Ich habe der Dame Kiritsubo in Osaka sogar eines Eurer Rezepte geschickt.«
»Oh? Danke. Ihr tut mir zuviel Ehre an.« Der kleine Mann blieb beherzt stehen. »Bitte verzeiht, Herrin, aber *oh ko*, in aller Demut, wenn der Gebieter – wenn der Gebieter...«
»Wenn der Gebieter Euch sagt, Ihr sollt kochen oder Wild zerlegen oder was auch immer, werdet Ihr Euch beeilen, seinen Wünschen nachzukommen. Und zwar ungesäumt. Wie es einem treuen Diener geziemt. Da es Euch jedoch eine Menge Zeit kosten kann, wirklich gut zu lernen, trefft ein vorübergehendes Übereinkommen mit dem anderen Koch, daß er Euch an jenen seltenen Tagen besucht, an denen der Gebieter den Wunsch haben könnte, auf seine Art zu speisen.«
Nun, da seine Ehre wiederhergestellt war, lächelte der Koch und verneigte sich. »Vielen Dank. Bitte verzeiht, daß ich um Erleuchtung gebeten habe.«
»Selbstverständlich bezahlt Ihr den Ersatzkoch aus Eurer eigenen Tasche.«
Als sie wieder allein waren, kicherte Nigatsu hinter vorgehaltener Hand. »Ach, Herrin, erlaubt, daß ich Euch zu Eurem Sieg und Eurer Weisheit beglückwünsche, Erster Koch hätte ums Haar einen fahren lassen, als Ihr ihm sagtet, daß er auch noch für die Kosten aufzukommen hätte.«
»Danke, Nanny-san.« Fujiko roch, daß der Hase allmählich kochte. Was mache ich nur, wenn er mich auffordert, zusammen mit ihm zu essen? überlegte sie und wäre am liebsten im Erdboden versunken. Und selbst wenn er das nicht tut, muß ich ihm immer noch aufwarten. Wie schaffe ich es nur, daß mir nicht übel wird? Du wirst keine Übelkeit aufkommen lassen, rief sie sich zur Ordnung. Es ist dein *Karma*. Du mußt in deinem früheren Leben schon reichlich niederträchtig gewesen sein. Ja. Aber denk daran, daß jetzt alles in Ordnung ist. Nur noch fünf Monate und sechs Tage! Vergiß alles andere, und denk nur an deinen Gebieter, der ein tapferer, starker Mann ist, wenn er auch abscheuliche Eßgewohnheiten hat...
Pferdehufe klapperten vorm Tor. Buntaro schwang sich aus dem Sattel und winkte seiner Begleitung zurückzubleiben. Nur von einem Leibwächter begleitet, durchmaß er staub- und schweißbedeckt den Garten. Er trug seinen riesigen Bogen, den Köcher mit den Pfeilen hatte er auf dem Rücken, Fujiko und ihre Zofe verneigten sich zuvorkommend, obwohl sie ihn haßten. Ihr Onkel war berüchtigt seiner wilden, ungezügelten Ausbrüche wegen, die ihn ohne jede Warnung Schimpfkanonaden ausstoßen oder mit jedem, der zufällig in der Nähe war, einen Streit vom Zaun brechen ließen.
»Bitte, tretet ein, Onkel. Wie freundlich von Euch, uns schon so bald einen Besuch abzustatten«, sagte Fujiko.
»Ah, Fujiko-san. Wo... Was ist das für ein Gestank?«
»Mein Gebieter kocht ein Wildbret, das Herr Toranaga ihm geschickt hat – er bringt meinen niedrigen Dienern bei, wie man kocht.«

»Wenn es sein Wunsch ist zu kochen, kann er das wohl tun...« Buntaro krauste voller Abscheu die Nase. »Jawohl, soweit das Gesetz es zuläßt, kann ein Mann in seinem eigenen Hause tun und lassen, was er will, wenn er nur die Nachbarn nicht damit belästigt.«
Rechtlich gesehen konnte ein solcher Geruch durchaus für eine Beschwerde ausreichen; und es galt als schlimm, Nachbarn zu belästigen. Untergebene taten nie etwas, was ihre Vorgesetzten hätte belästigen können, sonst wären die Köpfe gerollt. Aus diesem Grund lebten im ganzen Reich Samurai möglichst rücksichtsvoll und höflich neben Samurai gleichen Ranges, Bauern neben Bauern, Händler in ihren eigenen Straßen und die *Eta* abgeschlossen für sich außerhalb der Stadtmauern.
»Ich hoffe aufrichtig, es fühlt sich niemand belästigt«, sagte sie Buntaro voller Unbehagen und überlegte, was er jetzt wieder aushecken mochte. »Ihr wollt meinen Gebieter sprechen?« Sie wollte sich erheben, doch er wehrte mit einer Handbewegung ab.
»Nein, bitte, stört ihn nicht. Ich werde warten«, sagte er förmlich, und ihr sank das Herz. Buntaro war seiner Manieren wegen nicht gerade berühmt, und wenn er sich höflich zeigte, war das kein gutes Zeichen.
»Ich bitte um Verzeihung, daß ich unangemeldet komme und nicht zuvor einen Boten geschickt habe, um eine Verabredung zu erbitten«, sagte er gerade. »Aber Herr Toranaga hat mir gesagt, ich dürfte vielleicht das Bad hier benutzen und könnte hier schlafen. Von Zeit zu Zeit. Würdet Ihr den Anjin-sama wohl später bitten, seine Zustimmung zu geben?«
»Selbstverständlich«, sagte sie und spulte das übliche Muster der Etikette weiter ab, wiewohl sie den Gedanken haßte, Buntaro in ihrem Haus zu haben. »Ich bin sicher, daß es ihm eine Ehre sein wird, Onkel. Dürfte ich Euch *Cha* oder Saké anbieten, solange Ihr wartet?«
»Saké, vielen Dank.«
Nigatsu beeilte sich, ein Sitzkissen auf die Veranda zu legen, und verschwand dann im Haus, um Saké zu holen.
Buntaro reichte Bogen und Köcher seinem Leibwächter, schüttelte die staubbedeckten Sandalen von den Füßen und stapfte auf die Veranda hinauf. Er zog sein Langschwert aus der Schärpe, nahm mit untergeschlagenen Beinen Platz und legte sich das Schwert auf den Schoß.
»Wo ist meine Gattin? Beim Anjin-san?«
»Nein, Buntaro-sama, tut mir leid, es wurde ihr befohlen, ins Fort zu kommen, wo...«
»Befohlen? Von wem? Von Kasigi Yabu?«
»O nein, von Herrn Toranaga, Euer Gnaden – als er heute nachmittag von der Jagd heimkehrte.«
»So, von Herrn Toranaga?« Buntaro beruhigte sich etwas und blickte mit zusammengekniffenen Augen zum Fort hinüber. Toranagas Standarte flatterte neben der Yabus.

»Möchtet Ihr, daß ich jemand hinschicke, um sie holen zu lassen?«
Er schüttelte den Kopf. »Für sie bleibt mir immer noch Zeit genug.« Er stieß den Atem aus und wandte sich wieder seiner Nichte zu, der Tochter seiner jüngsten Schwester. »Ich bin zu beglückwünschen, daß ich eine so tüchtige Frau habe, *neh?*«
»Jawohl, Euer Gnaden. Ja, das seid Ihr. Sie ist unendlich wichtig gewesen, um all das Wissen des Anjin-san zu dolmetschen.«
Buntaro starrte auf das Fort. Dann schnupperte er, als der Wind abermals den Geruch des kochenden Hasen herübertrug. »Das ist fast, als wäre man wieder in Nagasaki oder in Korea. Dort kochen sie immerzu Fleisch – schmoren oder braten es. Dieser Gestank! Die Koreaner sind Tiere – wie die Kannibalen. Der Knoblauchgestank setzt sich sogar in ihren Haaren und in ihrer Kleidung fest.«
»Es muß schrecklich gewesen sein.«
»Der Krieg war gut. Wir hätten ihn ohne weiteres gewinnen und gleich weiter vorstoßen können bis nach China, um beide Länder zu zivilisieren.« Buntaros Gesicht überzog sich mit Röte, und seine Stimme bekam etwas Krächzendes. »Aber wir haben es nicht getan. Wir haben versagt und sind mit unserer Schande zurückgekehrt, weil wir verraten wurden.«
Die Ader auf Buntaros Stirn schwoll an, und es war fast, als ob er zu sich selbst spräche, als er sagte: »Aber sie werden dafür bezahlen. Alle! Diese Verräter! Es kommt nur drauf an, lange genug am Fluß zu sitzen und zu warten, bis die Leichen der Feinde vorbeigetrieben werden, *neh?* Ich werde warten und bald, sehr bald werde ich ihnen auf den Kopf spucken. Das habe ich mir fest vorgenommen!« Er sah sie an. »Ich hasse Verräter und Ehebrecher! Und alle Lügner!«
»Ja, ganz Eurer Meinung. Ihr habt ja so recht, Buntaro-sama«, sagte sie. Ein Schauder ging ihr über den Rücken, denn sie wußte, daß seine Ungezügeltheit keine Grenzen kannte. Als Buntaro sechzehn gewesen war, hatte er seine eigene Mutter getötet, eine von Hiro-matsus unbedeutenderen Nebengattinen, weil sie, während sein Vater, Hiro-matsu, für den Diktator Goroda Krieg führte, dem Vernehmen nach untreu gewesen sein soll. Dann, Jahre später, hatte er seinen eigenen ältesten Sohn zum Tode befördert, angeblich, weil seine Mutter ihn beleidigt hatte. Er hatte sie zu ihrer Familie zurückgeschickt, wo sie ihrem Leben durch eigene Hand ein Ende gesetzt hatte, da sie mit dieser Schande nicht leben konnte. Er hatte seinen Gattinnen und Mariko Furchtbares angetan. Außerdem hatte er mit Fujikos Vater gestritten und ihn der Feigheit in Korea bezichtigt und ihn beim Taikō unmöglich gemacht, der ihm sogleich befohlen hatte, sich den Kopf zu scheren und Mönch zu werden, um bald darauf, von seiner eigenen Schande verzehrt, zu sterben.
Es kostete Fujiko alle Überwindung, um nach außen hin Ruhe zu bewahren. »Wir waren so stolz auf Euch, als wir hörten, daß Ihr dem Feind entronnen wart«, sagte sie.
Der Saké kam. Buntaro fing sogleich an, stark zu trinken.

Nachdem sie geziemend gewartet hatte, erhob Fujiko sich. »Bitte, entschuldigt mich einen Augenblick.« Sie ging in die Küche, um Blackthorne zu warnen und seine Einwilligung einzuholen, daß Buntaro in seinem Haus Quartier nehmen könne, und um ihm und den Dienern zu sagen, was getan werden müsse.
»Warum hier?« fragte Blackthorne verunsichert. »Warum muß er ausgerechnet hier bleiben? Ist das wirklich nötig?«
Fujiko entschuldigte sich und versuchte ihm zu erklären, daß man Buntaro selbstverständlich nichts abschlagen könne. Mißmutig wandte Blackthorne sich wieder seiner Kocherei zu, und sie kehrte mit schmerzender Brust zu Buntaro zurück.
»Mein Gebieter sagt, es sei ihm eine Ehre, Euch hier zu beherbergen. Sein Haus ist Euer Haus.«
»Wie ist das – Gattin eines Barbaren zu sein?«
»Man sollte annehmen, entsetzlich. Aber die Gattin des Anjin-san, der schließlich *Hatamoto* ist und daher Samurai? Ich würde meinen, nicht anders als bei anderen Männern auch. Es ist für mich das erste Mal, daß ich Gattin bin. Gemahlin zu sein ziehe ich vor. Der Anjin-san ist genauso wie andere Männer, wenn auch – nun ja – manches an ihm befremdlich ist.«
»Wer hätte je gedacht, daß eine Frau aus unserem Hause Gattin eines Barbaren sein würde – und wenn er zehnmal *Hatamoto* ist.«
»Ich hatte keine Wahl. Ich habe nur Herrn Toranaga und Großvater, dem Oberhaupt unseres Klans, gehorcht. Es geziemt einer Frau zu gehorchen.«
»Ja.« Buntaro trank sein Schälchen Saké aus, und sie schenkte nach. »Gehorsam ist wichtig für eine Frau. Und Mariko-san ist auch gehorsam, oder?«
»Jawohl, Herr.« Sie blickte in sein häßliches Affengesicht. »Sie hat Euch nur Ehre gemacht, Euer Gnaden. Ohne die Dame, Eure Gemahlin, wäre Toranaga-sama niemals an das Wissen des Anjin-san herangekommen.«
Er verzog das Gesicht zu einem verschmitzten Grinsen. »Soviel ich gehört habe, habt Ihr Omi-san Pistolen ins Gesicht gehalten?«
»Ich habe nur meine Pflicht getan, Euer Gnaden.«
»Wo habt Ihr gelernt, mit Feuerwaffen umzugehen?«
»Ich hatte bis dahin noch nie eine Pistole in Händen gehalten... Ich wußte nicht einmal, ob sie geladen waren oder nicht. Aber immerhin hätte ich abgedrückt.«
Buntaro lachte. »Daran hat auch Omi-san nicht gezweifelt.«
Sie füllte sein Schälchen erneut. »Ich habe nie begriffen, warum Omi-san nicht versucht hat, sie mir wegzunehmen. Sein Herr hatte ihm befohlen, sie wegzunehmen – und er hat es nicht getan.«
»Ich hätte es getan.«
»Ja, Onkel. Ich weiß. Bitte verzeiht, aber ich hätte trotzdem abgedrückt.«
»Gewiß. Aber Ihr hättet mich verfehlt.«
»Ja, vermutlich. Seither habe ich gelernt, wie man schießt.«
»Warum?«
»Mein Vater wollte seinen Töchtern nie erlauben, mit Schwert und Speer um-

zugehen. Er meinte, daß wir unsere Zeit lieber dem Erlernen von edleren Dingen widmen sollten. Aber manchmal muß eine Frau ihren Gebieter in seinem Hause beschützen. Pistolen sind sehr gute Waffen für eine Frau. Man braucht nicht viel Kraft, und es bedarf nur wenig Übung. Jetzt kann ich meinem Gebieter ein wenig nützlicher sein, denn gewiß werde ich jedem Mann den Kopf herunterschießen, um ihn zu beschützen und für die Ehre unseres Hauses zu sorgen.«
Buntaro kippte das Schälchen Reiswein hinunter. »Ich war stolz auf Euch, als ich hörte, wie Ihr Omi-san entgegengetreten seid. Ihr habt völlig korrekt gehandelt. Herr Hiro-matsu wird gleichfalls stolz auf Euch sein.«
»Danke, Onkel. Aber ich habe ganz einfach meine Pflicht getan. Sie verneigte sich förmlich. »Mein Gebieter fragt, ob Ihr ihm die Ehre erweisen wollt, Euch zu ihm zu begeben.«
Er setzte das Ritual fort. »Bitte, dankt ihm – aber ob ich wohl zuvor baden dürfte? Wenn es ihm nichts ausmacht, werde ich ihn aufsuchen, sobald meine Gemahlin zurückkommt.«

# *35. Kapitel*

Blackthorne wartete im Garten. Er trug jetzt den braunen Uniform-Kimono, den Toranaga ihm geschenkt hatte, und dazu die Schwerter in der Schärpe sowie, darin verborgen, eine Pistole. Fujikos überstürzten Erklärungen und dem, was die Diener hinterher gesagt, hatte er entnommen, daß er Buntaro in aller Form willkommen heißen müsse, weil der Samurai ein wichtiger General, *Hatamoto* und darüber hinaus der erste Gast in seinem Hause sei. Folglich hatte er gebadet, sich rasch umgezogen und sich an jenen Ort begeben, der vorbereitet worden war.

Er hatte Buntaro gestern bei seiner Ankunft nur kurz gesehen. Buntaro war mit Toranaga, Yabu und Mariko den ganzen Rest des Tages über beschäftigt gewesen, und Blackthorne hatte allein vor der Aufgabe gestanden, in aller Eile eine Angriffsübung mit Omi und Naga auf die Beine zu stellen. Der »Angriff« war erfolgreich verlaufen.

Mariko war erst sehr spät nach Hause zurückgekommen. Sie hatte ihm kurz von Buntaros Flucht erzählt. »Es war sehr schwierig, aber vielleicht doch nicht allzu schwierig, Anjin-san. Mein Gatte ist sehr stark und sehr kühn.«

»Und was geschieht jetzt? Geht Ihr fort?«

»Herr Toranaga hat befohlen, daß alles so bleibt, wie es war.«

»Ihr seid verändert, Mariko. Das Feuer in Euch ist erloschen.«

»Nein, das bildet Ihr Euch nur ein, Anjin-san. Ich bin nur unendlich erleichtert, daß er lebt, wo ich doch schon überzeugt war, daß er tot sei.«

»Ja. Aber jetzt ist alles anders, nicht wahr?«

»Selbstverständlich. Ich danke Gott, daß mein Gebieter nicht in Gefangenschaft geraten ist – daß er weiterleben durfte, um Herrn Toranaga zu dienen. Würdet Ihr mich entschuldigen, Anjin-san?«

»Kann ich irgend etwas für Euch tun?«

»Was solltet Ihr tun, Anjin-san? Nichts hat sich geändert, wirklich. Nichts ist zu Ende, da nichts begonnen hat. Alles ist genauso, wie es war. Denn mein Gatte lebt.«

Wünschst du dir nicht, daß er tot wäre? fragte Blackthorne sich im Garten.
Nein.
Wozu dann aber die verborgene Pistole? Hast du Schuldgefühle? Nein. Es hat nichts begonnen. Wirklich nicht? Nein.
Er sah Mariko vom Haus her in den Garten kommen. Sie sah aus wie eine Porzellanminiatur, wie sie einen halben Schritt hinter Buntaro einhertrippelte. Seine Beleibtheit wollte ihm im Vergleich mit ihrer Zierlichkeit noch größer erscheinen. Fujiko und die Zofen begleiteten sie.
Er verneigte sich. »*Yokoso oide kudasareta*, Buntaro-san. – Willkommen in meinem Haus, Buntaro-san.«
Alle verneigten sich. Buntaro und Mariko nahmen ihm gegenüber auf dem Kissen Platz, Fujiko hinter ihm. Nigatsu und Koi, die Zofen, schenkten *Cha* und Saké aus. Buntaro nahm Saké, Blackthorne desgleichen.
»*Domo*, Anjin-san. *Ikaga desu ka?*«
»*Ii. Ikaga desu ka?*«
»*Ii. Kowa jozuni shabereru yoni natta na.* – Gut. Ihr fangt an, sehr gut Japanisch zu sprechen.«
Bald verlor Blackthorne den Faden, denn Buntaro sprach nachlässig und sehr schnell.
»Verzeiht, Mariko-san. Ich habe das nicht verstanden.«
»Mein Gatte wünscht Euch zu danken, daß Ihr versucht habt, ihn zu retten. Mit dem Riemen. Ihr erinnert Euch? Als wir aus Osaka flüchteten.«
»*Domo*. Sagt ihm, ich freue mich, daß er unverletzt davongekommen ist. Und daß er das Regiment befehligen soll. Und sagt ihm selbstverständlich auch, daß er hier in der Wohnung willkommen ist.«
»*Domo*, Anjin-san. Buntaro-sama sagt, ja, der Angriffsplan sei sehr gut. Doch was ihn selbst betrifft, so werde er stets seinen Bogen und seine Schwerter tragen. Er könne damit weiter, genauer und schneller schießen als mit einer Muskete.«
»Morgen werde ich gegen ihn schießen, und dann werden wir sehen, ob es ihm nicht doch gefällt.«
»Ihr werdet verlieren, Anjin-san, Verzeihung. Dürfte ich Euch raten, nicht darauf zu bestehen?« sagte sie.
Blackthorne sah, wie Buntaros Blick zwischen ihm und Mariko hin und her ging. »Danke, Mariko-san. Sagt ihm, ich würde ihn gern schießen sehen.«
»Er fragt, ob Ihr mit einem Bogen umzugehen versteht.«
»Schon, aber nicht wie ein richtiger Bogenschütze. Bogen werden bei uns kaum noch benutzt. Höchstens noch Armbrüste. Ich wurde für den Dienst auf See ausgebildet. Dort benutzen wir nur Kanonen, Musketen oder Entermesser. Manchmal schießen wir auch mit Brandpfeilen, doch das nur auf kurze Entfernung, um die gegnerischen Segel in Brand zu schießen.«
Blackthorne begann zu erzählen, und es kam zu den üblichen ermüdenden Unterbrechungen, den Nach- und Rückfragen.

Es ist nur mein Wissen, das mich vor der Grube bewahrt, sagte er sich immer wieder. Aber das ist kein Problem, weil es noch viel zu berichten und eine Schlacht zu gewinnen gilt. Eine richtige Schlacht! Bis dahin bist du sicher. Du mußt sogar noch eine ganze Kriegsflotte planen. Und dann nach Hause! Sicher!
Er sah Buntaros Schwerter, die Schwerter seiner Wachen, spürte seine eigenen und die beruhigende Nähe seiner Pistole und wußte doch mit Gewißheit, daß er in diesem Land niemals sicher sein würde. Weder er noch irgend jemand sonst war hier sicher. Nicht einmal Toranaga.
»Anjin-san, Buntaro-sama fragt, ob Ihr morgen seinen Männern zeigen könntet, wie man diese Pfeile macht, von denen Ihr gesprochen habt?«
»Wo können wir Pech herbekommen?«
»Ich weiß es nicht.« Mariko fragte, wo man dieses Pech für gewöhnlich finde, wie es aussähe, wie es rieche und ob es nicht Ersatz dafür gäbe. Dann redete sie des längeren mit Buntaro.
»Mein Gatte sagt, er werde mit Herrn Toranaga darüber reden. Vielleicht gibt es irgendwo im Kwanto Pech. Wir haben noch nie davon gehört. Wenn kein Pech, so haben wir dickflüssige Öle, die vielleicht als Ersatz dienen könnten. Er fragt, ob Ihr bisweilen auch Feuerwerksraketen mit Brandsätzen benutzt, wie die Chinesen.«
»Schon. Aber man mißt ihnen nicht sonderlich viel Wert bei, außer bei Belagerungen. Die Türken haben sie benutzt, als sie in Malta gegen die Johanniter kämpften. Sie werden zumeist benutzt, um Panik zu erzeugen oder um etwas in Brand zu stecken.«
»Er sagt, Ihr möchtet ihm bitte Einzelheiten über diese Schlacht berichten.«
»Es war vor vierzig Jahren, im größten...« Blackthorne sprach nicht weiter. Fieberhaft suchte er nach einem Ausweg. Bei der Schlacht um Malta hatte es sich um die wichtigste Belagerung in ganz Europa gehandelt. Sechzigtausend islamische Türken hatten gegen sechshundert christliche Ordensritter gekämpft, die nur über wenige maltesische Freiwillige verfügten und auf der kleinen Insel Malta im Mittelmeer in der ausgedehnten Burg von St. Elmo eingeschlossen gewesen waren. Die Johanniter-Ritter hatten eine sechsmonatige Belagerung erfolgreich überstanden und den Feind gezwungen, sich in Schande zurückzuziehen. Dieser Sieg hatte die gesamten Küsten des Mittelmeerraums gerettet und damit das gesamte Abendland davor bewahrt, von den Ungläubigen verwüstet zu werden.
Blackthorne war unversehens aufgegangen, daß diese Schlacht ihm den Schlüssel für die Eroberung der Burg von Osaka in die Hand gab: Wie man sie einschloß, ihr nach und nach die Luft abschnürte, wie man ihre Tore berannte und sie schließlich eroberte.
»Ihr sagtet gerade, Senhor?«
»Das war vor vierzig Jahren, im größten Binnenmeer, das wir in Europa haben, dem Mittelmeer. Es handelte sich um eine Belagerung wie jede andere, nicht wert, daß man viel darüber erzählt«, log er. Solches Wissen war unbezahlbar.

Das durfte er nicht leichtfertig preisgeben, auf keinen Fall jedoch jetzt. Mariko hatte immer wieder versichert, daß die Burg von Osaka unerbittlich zwischen Toranaga und dem Sieg stand.
Er bemerkte, daß Mariko besorgt dreinschaute. »Senhora?«
»Nichts, Senhor.« Sie fing an zu dolmetschen, was er gesagt hatte. Sie hatte bemerkt, daß er etwas verschwieg. Der Geruch des Essens lenkte ihn ab.
»Fujiko-san?«
»*Hai*, Anjin-san?«
»Wann gibt es Abendessen? Vielleicht sind die Gäste hungrig.«
*»Ah, gomen nasai, hi ga kurete kara ni itashimasu.«*
Blackthorne sah sie zur Sonne hinaufzeigen und begriff, daß sie gesagt hatte: »Wenn die Sonne untergegangen ist.« Er nickte und grunzte, was in Japan als ein höfliches »Dankeschön« galt.
Abermals wandte Mariko sich an Blackthorne. »Mein Gatte würde es gern hören, wenn Ihr von der Schlacht erzähltet, die Ihr mitgemacht habt.«
»Das steht doch alles im Kriegshandbuch, Mariko-san.«
»Er sagt, er lese es mit großem Interesse, doch enthalte es nur kurze Einzelheiten. Im Verlauf der nächsten Tage würde er gerne alles über Eure Schlachten erfahren. Und von einer Schlacht würde er gerne jetzt noch hören. Bitte, Anjin-san, würdet Ihr es noch einmal für meinen Gatten erzählen?«
Er spürte den sorgsam verhohlenen Nachdruck in ihrer Frage, und so lenkte er ein. »Selbstverständlich. Über welche, meint Ihr, würde er gern hören?«
»Über die in den Niederlanden. In der Nähe von ›Zeeland‹ – habe ich es so richtig ausgesprochen?«
»Ja«, sagte er.
Und so fing er an, die Geschichte dieser Schlacht zu erzählen, die sich kaum von irgendwelchen anderen Schlachten unterschied, in der Männer starben, meistens aufgrund der Fehler und der Dummheit der Offiziere, die sie anführten.
»Mein Gatte sagt, er werde Euch im Laufe der Tage von unseren Kriegen und unseren Führern erzählen, insbesondere vom Herrn Taikō. Eine gerechte Morgengabe für Eure Informationen«, sagte sie verbindlich.
*»Domo.«* Blackthorne verneigte sich leicht. Er spürte, daß Buntaros Augen ihn förmlich durchbohrten.
Was willst du nun eigentlich wirklich von mir, du Hund?

Das Essen war ein Reinfall. Für alle.
Noch ehe sie den Garten verlassen hatten, um sich zum Essen auf die Veranda zu begeben, war der Tag bereits erfüllt von bösen Omen.
»Verzeiht, Anjin-san, aber was ist das?« Mariko streckte den Finger aus. »Da drüben. Mein Gatte fragt, was das ist.«
»Wo? Ach, da. Das ist ein Fasan«, erklärte Blackthorne. »Herr Toranaga hat ihn mir zusammen mit einem Hasen geschickt, den wir heute zum Abendessen verspeisen – eine englische Mahlzeit. Jedenfalls denke ich, es ist genug für alle da.«

»Vielen Dank, aber... wir, mein Gatte und ich, wir essen nie Fleisch. Aber warum hängt der Fasan dort? Sollte man ihn in dieser Hitze nicht fortnehmen und zubereiten?«
»Nein, so wird ein Fasan erst richtig gut. Er muß gut abgehangen sein. Fasane haben trockenes Fleisch, Mariko-san, deshalb hängt man sie ein paar Tage auf, manchmal sogar ein paar Wochen, das kommt ganz aufs Wetter an. Dann erst wird er gerupft, ausgenommen und zubereitet.«
»Ihr laßt ihn – so in der Luft hängen? Damit er verwest? Ganz einfach wie...«
*»Nan ja?«* fragte Buntaro ungeduldig.
Sie redete beschwichtigend auf ihn ein, und er sog vernehmlich die Luft durch die Zähne, stand dann auf und betrachtete den Fasan genau.
»Manche Leute meinen, einen Fasan müßte man an den Schwanzfedern aufhängen, bis er von selbst herunterfällt, aber das ist ein Ammenmärchen«, fuhr Blackthorne fort. »Am Hals ist es schon richtig, dann bleiben die Säfte, wo sie hingehören. Manche Leute lassen ihn hängen, bis er vom Hals herunterfällt, aber ich persönlich mag Fleisch nicht mit so starkem Wildgeschmack. Wir haben ihn immer...« Er hielt inne, denn sie war leicht grün im Gesicht geworden.
*»Nan desu ka?* Mariko-san?« fragte Fujiko rasch.
Mariko erklärte es. Alle lachten nervös, und Mariko stand auf und wischte sich mit matter Hand den leichten Schweiß von der Stirn. »Verzeihung, Anjin-san, aber würdet Ihr mich wohl für einen Augenblick entschuldigen...«
Euer Essen ist für uns genauso merkwürdig, wollte er sagen. Was war das zum Beispiel gestern, dieser rohe Tintenfisch – weiß und schleimig, das zähe Fleisch geschmacklos und mit nichts als Sojasauce herunterzubringen? Oder die gehackten Krakenarme, roh, mit kaltem Reis und Seetang? Oder die frische Qualle mit gelbbraunem, suppigem *Torfu* – vergorener Bohnengallerte –, das aussah wie Erbrochenes vom Hund? O ja, gewiß, serviert in wunderschönen, hauchzarten Eßschalen – aber trotzdem.
Endlich begaben sie sich in das Verandazimmer, und nach den üblichen endlosen Verneigungen und dem leichten Geplauder, *Cha* und Saké, wurde das Essen aufgetragen. Kleine Schüsseln mit klarer Fischsuppe, Reis und rohem Fisch, wie immer. Und dann sein Eintopf.
Er hob den Deckel vom Topf. Der Dampf stieg auf, und goldene Fettaugen tanzten auf der schimmernden Oberfläche. Die dicke Suppe roch appetitlich, daß ihm das Wasser im Mund zusammenlief, und enthielt reichlich Fleischbrocken. Stolz bot er davon an, doch sie alle dankten kopfschüttelnd und baten ihn, er solle nur essen.
*»Domo«*, sagte er.
Es gehörte zu den guten Umgangsformen, die Suppe direkt aus den kleinen Lackschalen zu trinken und alles Feste mit den Eßstäbchen in den Mund zu schieben. Eine Kelle lag auf dem Tablett. Er konnte kaum an sich halten, als er seine Schale füllte und anfing zu essen. Dann sah er ihre Augen.
Mit einer an Ekel grenzenden Faszination, die sie ihm nur teilweise verhehlen

konnten, sahen sie ihm zu. Nicht lange, und es verschlug ihm den Appetit. Sein Magen knurrte. Seine Verwirrung verbergend, setzte er die Schale nieder, legte den Deckel wieder auf den Topf und erklärte ihnen muffig, es schmecke ihm nicht. Dann befahl er Nigatsu, den Topf fortzubringen.
»Soll es weggeworfen werden, möchte Fujiko-san gern wissen?« fragte Mariko hoffnungsvoll.
»Ja.«
Fujiko und Buntaro entspannten sich.
»Möchtet Ihr noch etwas Reis?« fragte Fujiko.
»Nein, vielen Dank.«
Mariko betätigte ihren Fächer, lächelte ihm ermunternd zu und füllte sein Saké-Schälchen. Aber Blackthorne ließ sich nicht betören und beschloß, in Zukunft allein draußen in den Bergen zu kochen, allein zu essen und selbst auf die Jagd zu gehen.
Zum Teufel mit ihnen, dachte er. Wenn Toranaga auf die Jagd gehen kann, dann kann ich das auch. Wann werde ich ihn sehen? Wie lange muß ich denn noch warten?
»Die Pest aufs Warten und die Pest über Toranaga!« sagte er laut auf englisch.
»Wie bitte, Anjin-san?« fragte Mariko auf portugiesisch.
»Ach, nichts«, erwiderte er. »Ich habe nur eben überlegt, wann ich wohl Herrn Toranaga sehen werde.«
Buntaro schlürfte Saké wie Suppe sehr laut, wie es Sitte war, was Blackthorne wiederum störte. Mariko unterhielt sich heiter mit ihrem Mann, der nur grunzte und ihr kaum Beachtung schenkte. Sie aß nichts, und es erboste ihn weiterhin, daß beide – sie und Fujiko – Buntaro offen umschmeichelten und sogar er selbst mit diesem unerwünschten Gast vorliebnehmen mußte.
»Sagt Buntaro-sama, daß bei mir daheim ein Gastgeber einem verehrten Gast zuprostet.« Er hob das Saké-Schälchen mit einem ingrimmigen Lächeln. »Ein langes Leben und viel Glück!« Dann trank er.
Buntaro hörte sich Marikos Erklärung an, worauf er zustimmend nickte und seinerseits das Schälchen erhob. Mit gebleckten Zähnen grinsend leerte er es auf einen Zug.
»Auf Eure Gesundheit!« prostete Blackthorne ihm erneut zu.
Und nochmals. Und nochmals.
Diesmal trank Buntaro nicht mit. Er setzte das vollgeschenkte Schälchen nieder und sah Blackthorne aus schmalen Augenschlitzen heraus an. Dann rief Buntaro einem der draußen Wartenden etwas zu. Augenblicklich glitt die *Shoji*-Tür auf. Sein stets gegenwärtiger Leibwächter verneigte sich und reichte ihm den gewaltigen Bogen nebst Köcher. Buntaro nahm beides und redete aufgeregt und raschzüngig auf Blackthorne ein.
»Mein Gatte... mein Gatte sagt, Ihr wolltet ihn schießen sehen, Anjin-san. Er meint, morgen sei viel zu fern. Jetzt sei eine gute Zeit. Das Tor Eures Gartens, Anjin-san. Er fragt, welchen Pfosten Ihr wählt.«

»Ich verstehe nicht«, sagte Blackthorne. Das Haupttor war gut vierzig Schritt weit entfernt, irgendwo auf der anderen Seite des Gartens, hinter der *Shoji*-Wand zu seiner Rechten.

»Den linken oder den rechten? Bitte, wählt!« Ihre Stimme verriet Drängen.

Auf diese Weise gewarnt, sah er Buntaro an. Der Mann schien wie abwesend, losgelöst von ihnen, ein in sich zusammengesunkener häßlicher Troll, der in die Ferne schaute.

»Den linken«, sagte er fasziniert.

»*Hidari*«, sagte sie.

Augenblicklich ließ Buntaro einen Pfeil aus seinem Köcher herausgleiten, legte ihn im Sitzen auf die Bogensehne, hob den Bogen, zog die Sehne bis zum Auge zurück und ließ den Pfeil mit wilder, geradezu eleganter Geschmeidigkeit abschwirren. Der Pfeil schoß auf Marikos Gesicht zu, berührte eine Haarsträhne und verschwand durch die *Shoji*-Tür. Ein zweiter Pfeil wurde abgeschossen, kaum daß der erste die Sehne verlassen, dann ein dritter, und jeder hätte ums Haar Mariko durchbohrt. Völlig gelassen und regungslos kniete sie da, wie sie es immer getan hatte.

Ein vierter Pfeil und dann ein letzter. Buntaro seufzte und kehrte nach und nach in die Wirklichkeit zurück. Er legte sich den Bogen über die Knie. Mariko und Fujiko saugten vernehmlich die Luft ein, lächelten, verneigten sich und beglückwünschten Buntaro, der seinerseits nickte und sich leicht verneigte. Dann wandten sich ihre Augen Blackthorne zu. Er wußte, daß das, was er soeben erlebte, an Zauberei grenzte. Sämtliche Pfeile waren durch dasselbe Loch in der *Shoji*-Wand gegangen.

Buntaro gab seinem Leibwächter den Bogen zurück und griff nach der winzigen Schale. Einen Moment starrte er sie an, hob sie grüßend zu Blackthorne, trank und sprach dann mit rauher Stimme, ganz wieder sein bärbeißiges Ich.

»Er – mein Gatte – bittet Euch in aller Höflichkeit nachzusehen.«

Blackthorne überlegte einen Augenblick und versuchte dabei, sein wild klopfendes Herz zu beschwichtigen. »Das ist nicht nötig. Selbstverständlich hat er sein Ziel getroffen.«

»Er sagt, es wäre ihm lieb, wenn Ihr Euch überzeugtet. Bitte, Anjin-san. Ihr würdet ihm damit eine große Ehre erweisen.«

»Ich brauche ihn nicht zu ehren.«

»Gewiß. Aber dürfte ich dennoch meine Bitte nochmals vortragen.« Abermals dieses Flehen in ihren Augen.

»Wie sage ich: ›Das war phantastisch mit anzusehen?‹«

Sie sagte es ihm. Er sprach die Worte nach und verneigte sich. Buntaro beugte seinerseits automatisch den Rücken.

Die Pfeile staken zwei Fingerbreit voneinander entfernt in der Mitte des linken Torpfostens. Blackthorne schaute zurück zum Haus und entdeckte rund vierzig Schritt entfernt das saubere Loch in der *Shoji*-Wand: ein Lichtpunkt in der Dunkelheit.

Es ist nahezu unmöglich, so genau zu sein, dachte er. Von dort, wo Buntaro saß, konnte er weder in den Garten sehen noch das Gartentor erkennen; außerdem herrschte finstere Nacht. Blackthorne wandte sich wieder dem Torpfosten zu und hob die Laterne höher. Mit einer Hand versuchte er, einen der Pfeile herauszuziehen, doch der Stahl der Pfeilspitze hatte sich tief ins Holz hineingebohrt. Zwar hätte er den hölzernen Schaft abbrechen können, doch wollte er das nicht.

»Mariko-san, bitte, sagt meiner Gattin, ich hätte es gern, wenn die Pfeile für immer in diesem Pfosten stecken blieben. Alle fünf. Um mich stets an einen Meister im Bogenschießen zu erinnern. Ein solch hervorragendes Können habe ich noch nie erlebt.« Er verneigte sich vor Buntaro.

»Danke, Anjin-san.«

Sie dolmetschte, woraufhin auch Buntaro sich verneigte und sich für das Kompliment bedankte.

»Saké!« befahl Blackthorne.

Sie tranken mehr. Viel mehr. Buntaro schüttete den Saké jetzt unbekümmert in sich hinein, und der Wein tat alsbald seine Wirkung. Insgeheim beobachtete Blackthorne ihn, ließ dann jedoch in seiner Aufmerksamkeit nach und überlegte, wie es diesem Mann nur möglich gewesen sei, seine Pfeile einen nach dem anderen mit so unglaublicher Genauigkeit abzuschießen. Es ist unmöglich, dachte er, und doch habe ich es mit eigenen Augen gesehen. Möcht' mal wissen, was Vinck und Baccus und die anderen in diesem Augenblick machen! Toranaga hatte ihm gesagt, seine Besatzung befinde sich jetzt in Yedo, ganz in der Nähe der *Erasmus*. Herrgott, würd' ich sie gern wiedersehen und wieder an Bord sein!

Er warf einen Blick zu Mariko hinüber, die gerade etwas zu ihrem Gatten sagte. Buntaro hörte zu, und dann sah Blackthorne zu seinem größten Erstaunen, wie das Gesicht des Samurai sich voller Haß verzerrte. Ehe er die Augen abwenden konnte, hatte Buntaro ihn angesehen.

Blackthorne konnte nicht umhin zu fragen: »Was ist denn los mit ihm? Was sagt er?«

»Ach, tut mir leid, Anjin-san. Mein Gatte hat sich nach Euch erkundigt, nach Eurer Gemahlin und Euren Gattinnen. Und Euren Kindern. Und danach, was geschehen ist, seit wir Osaka verlassen haben....« Sie wollte ablenken und sprach nicht weiter; dann sagte sie mit veränderter Stimme: »Er interessiert sich sehr für Euch und Eure Ansichten.«

»Ich interessiere mich auch für ihn und seine Ansichten, Mariko-san. Wie habt Ihr Euch kennengelernt, er und Ihr? Wann habt Ihr geheiratet? Hat...« Buntaro fiel ihm mit einem Schwall von ungeduldigem Japanisch ins Wort.

Sofort dolmetschte Mariko, was gesagt worden war. Buntaro griff hinüber und stürzte nacheinander zwei *Cha*-Schalen Saké hinunter, bot Blackthorne eine an und gab den Frauen mit einer Handbewegung zu verstehen, sie sollten sich bedienen.

»Er – mein Gatte sagt, manchmal sind Saké-Schalen zu klein.« Mariko schenkte die anderen *Cha*-Schalen voll. Sie nippte an einer, Fujiko an einer anderen. Dann folgte eine weitere streitsüchtige Tirade, und Mariko gefror das Lächeln in ihrem Gesicht. Fujiko desgleichen.

»*Iyé, dozo gomen nasai*, Buntaro-sama«, begann Mariko.

»*Ima!*« befahl Buntaro.

Schüchtern fing Fujiko an, etwas zu sagen, doch Buntaro gebot ihr mit einem Blick Schweigen.

»Was hat er gesagt, Mariko-san?«

Sie schien Blackthorne nicht zu hören. »*Dozo gomen nasai*, Buntaro-sama, *watashi*...«

Ihr Gatte lief puterrot an. »*IMA!*«

»Verzeiht, Anjin-san, aber mein Gatte befiehlt mir, Eure... Eure Fragen zu beantworten – Euch von mir selbst zu erzählen. Ich habe ihm gesagt, ich fände, man sollte Familienangelegenheiten nicht zu so später Stunde bereden, aber er befiehlt es. Bitte, habt Nachsicht.« Sie trank einen großen Schluck Saké. Dann noch einen. Die feinen Strähnen ihres Haars, die sich über den Ohren gelockert hatten, wogten im leichten Luftstrom von Fujikos Fächer. Sie trank die Schale aus und setzte sie nieder. »Mein Mädchenname lautet Akechi. Ich bin die Tochter von General Akechi Jinsai, dem Mörder. Mein Vater hat seinen Lehnsherrn, den Diktator Goroda, meuchlings ermordet.«

»Du lieber Gott im Himmel! Warum?«

»Aus welchen Gründen auch immer, Anjin-san – sie sind keine Rechtfertigung. Mein Vater beging das schlimmste Verbrechen, das in unserer Welt denkbar ist. Mein Blut ist mit einem Makel behaftet, genauso wie das Blut meines Sohnes...«

»Ja, warum...« Er sprach nicht weiter.

»Ja, Anjin-san?«

»Ich wollte nur sagen, daß ich begreife, was das heißt... seinen Lehnsherrn umzubringen. Es wundert mich, daß man Euch erlaubt hat weiterzuleben.«

»Mein Gatte erwies mir die Ehre...«

Abermals fiel Buntaro ihr grimmig ins Wort, woraufhin sie sich entschuldigte und erklärte, was Blackthorne gefragt hatte. Voller Verachtung gebot er ihr mit einer Handbewegung fortzufahren.

»Mein Gatte erwies mir die Ehre, mich wegzuschicken«, fuhr sie in genau derselben sanften Weise fort. »Ich bat darum, *Seppuku* begehen zu dürfen, aber diese Gunst hat er mir verweigert. Es war... Mein Gatte ehrt mich jeden Tag, jeden Augenblick, Anjin-san. Ich an seiner Stelle wäre nicht in der Lage, mit einer Person, die mit einem solchen... Makel behaftet ist, auch nur zu reden.«

»Ist das... ist das der Grund, warum Ihr die Letzte Eures Stamms seid?« fragte er und erinnerte sich daran, daß sie auf dem Marsch von der Burg von Osaka zum Strand von einer Katastrophe gesprochen hatte.

Mariko dolmetschte die Frage für Buntaro und wandte sich dann wieder an ihn.

»*Hai*, Anjin-san. Aber es war keine Katastrophe, jedenfalls nicht für meine Familie. Sie wurden in den Bergen gefaßt, mein Vater und seine Familie – von Nakamura, dem General, der später Taikō wurde. Es war Nakamura, der die Vergeltungsarmeen anführte und alle Streitkräfte meines Vaters abschlachtete: Zwanzigtausend Mann, keiner blieb am Leben. Mein Vater und seine Familie gingen in eine Falle, doch mein Vater fand die Zeit, ihnen allen zu helfen: all meinen vier Brüdern und drei Schwestern sowie meiner Mutter und seinen beiden Gattinnen. Dann beging auch er *Seppuku*. Schließlich war er ein Samurai und sie auch«, sagte sie. »Sie knieten tapfer vor ihm nieder, einer nach dem anderen, und er schlug einem nach dem anderen den Kopf ab. Sie starben in Ehren, und auch er starb ehrenvoll. Die beiden Brüder meines Vaters gerieten ebenfalls in eine Falle. Auch sie fanden einen ehrenhaften Tod. Kein einziger Akechi blieb übrig, nur ich – ein lebender Zeuge dreckigen Verrats. Ich, Akechi Mariko, blieb am Leben, weil ich bereits verheiratet war und daher zur Familie meines Gatten gehörte. Wir haben damals in Kyoto gelebt, als mein Vater starb. Sein Verrat und seine Rebellion dauerten nur dreizehn Tage, Anjin-san. Aber solange Menschen auf diesen Inseln leben, wird der Name Akechi besudelt sein.«
»Wie lange wart Ihr bereits verheiratet, als das geschah?«
»Zwei Monate und drei Tage, Anjin-san.«
»Und Ihr wart damals fünfzehn Jahre alt?«
»Ja. Mein Gatte erwies mir die Ehre, sich nicht von mir scheiden zu lassen oder mich zu verstoßen, wie er es hätte tun sollen. Ich wurde nur fortgeschickt. In ein Dorf im Norden. Dort war es kalt, Anjin-san, in der Provinz Shonai. Sehr kalt.«
»Und wie lange wart Ihr dort?«
»Acht Jahre. Herr Goroda war neunundvierzig, als mein Vater *Seppuku* beging, um sich der Gefangennahme zu entziehen. Das war vor fast sechzehn Jahren. Und die meisten seiner Nach...«
Und wieder fiel Buntaro ihr ins Wort – seine Stimme war wie ein Peitschenhieb.
»Bitte verzeiht, Anjin-san«, sagte Mariko. »Mein Gatte weist darauf hin, es genüge, Euch zu sagen, daß ich die Tochter eines Verräters bin. Lange Erklärungen erübrigten sich. Allerdings, manches muß man doch erklären«, fügte sie vorsichtig hinzu. »Bitte, verzeiht die schlechten Manieren meines Gatten. Verzeiht, Anjin-san, ich werde fortbefohlen. Ihr dürft erst gehen, wenn er aufgebrochen oder so betrunken ist, daß er das Bewußtsein verliert. Unternehmt nichts.« Sie verneigte sich vor Fujiko. *»Dozo gomen nasai.«*
*»Do itashimasité.«*
Mariko neigte den Kopf vor Buntaro und ging. Ihr Parfüm blieb zurück.
»Saké!« sagte Buntaro und lächelte böse.
Fujiko füllte die *Cha*-Schalen.
»Zum Wohl!« sagte Blackthorne völlig aufgewühlt.
Über eine Stunde lang prostete er Buntaro zu, bis er merkte, daß ihm selbst schwindlig wurde. Dann verlor Buntaro das Bewußtsein und lag zwischen den

heruntergefallenen *Cha*-Schalen. Augenblicklich öffnete sich die *Shoji*-Tür, und der Leibwächter kam mit Mariko herein. Mit Hilfe von Dienern, die wie aus dem Nichts auftauchten, hoben sie Buntaro hoch und trugen ihn in den Raum gegenüber, in Marikos Zimmer. Zusammen mit ihrer Zofe Koi machte sie sich daran, ihn zu entkleiden. Der Wächter schob die *Shoji*-Tür zu und hockte sich, die Hand am Griff des gelockerten Schwertes, davor nieder.
Fujiko wartete und ließ Blackthorne nicht aus den Augen. Zofen kamen, um die Unordnung zu beseitigen. Müde fuhr Blackthorne sich mit den Händen durch das lange Haar und schlang das Band, mit dem er seinen Zopf zusammenhielt, neu zu einem Knoten. Dann raffte er sich unsicher auf und trat, seine Gattin hinter sich, auf die Veranda hinaus.
Die Luft schmeckte gut und verschaffte seinem Kopf etwas Klarheit, doch nicht genug. Sinnend setzte er sich auf die Treppenstufen und trank die Nacht in sich hinein.
Fujiko, die hinter ihm kniete, lehnte sich vor. »*Gomen nasai*, Anjin-san«, flüsterte sie und wies kopfnickend auf das Haus. »*Wakarimasu ka?* – Versteht Ihr?«
»*Wakarimasu, shigata ga nai.*« Dann, als er die trotzige Furcht in ihren Augen las, strich er ihr übers Haar.
»*Arigato, arigato*, Anjin-sama.«
»*Anatawa suimin ima*, Fujiko-san«, sagte er. Es fiel ihm schwer, die richtigen Worte zu finden. »Schlaft jetzt.«
»*Dozo gomen nasai*, Anjin-sama, *suimin, neh*?« sagte sie kopfschüttelnd und wies mit flehentlichen Augen auf sein eigenes Zimmer.
»*Lyé. Watashi oyogu ima.* – Nein, ich gehe schwimmen.«
»*Hai*, Anjin-sama.« Gehorsam drehte sie sich um und rief. Zwei Diener kamen herbeigelaufen. Beides waren junge Männer aus dem Dorf, kräftig und als gute Schwimmer bekannt.
Blackthorne erhob keine Einwände. Heute, so wußte er, würden seine Einwände bedeutungslos sein.
»Nun«, sagte er laut, als er den Hügel hinunterschlurfte und die Männer ihm folgten und sein Geist vom Reiswein benebelt war, »jedenfalls hab' ich ihn zum Schlafen gebracht. Jetzt kann er ihr nichts tun.«

Blackthorne schwamm eine ganze Stunde lang, danach fühlte er sich besser. Als er zurückkam, wartete Fujiko auf der Veranda mit einer Kanne frischem *Cha*. Er trank eine Schale, ging dann ins Bett und war fast augenblicklich eingeschlafen.
Der Klang von Buntaros vor Wut zitternder Stimme weckte ihn. Seine Rechte hatte bereits den Griff der Pistole gepackt, und das Herz in seiner Brust hämmerte heftig, da er so plötzlich aus dem Schlaf gerissen war.
Buntaros Stimme verstummte, Mariko fing an zu reden. Blackthorne bekam zwar nur hier und da ein Wort mit, erkannte jedoch, daß sie vernünftig und

bittend klang, weder unterwürfig noch jammernd oder gar tränenerstickt – sie drückte nur ihren üblichen festen Gleichmut aus. Und wieder ein Ausbruch Buntaros.

Blackthorne gab sich Mühe, nicht hinzuhören.

»Unternehmt nichts«, hatte sie gesagt, und sie war weise. Er besaß keinerlei Rechte, Buntaro hingegen viele.

Gehorsam legte er sich zurück. Der Schweiß, der ihm ausgebrochen war, ließ ihn frösteln. Er zwang sich, über das nachzudenken, was sie gesagt hatte.

»Seht, Anjin-san«, hatte sie an jenem Abend gesagt, als sie bei dem letzten vieler letzter Saké-Kännchen saßen und über den Mangel an Zurückgezogenheit gescherzt hatten, der überall herrschte – überall Menschen, dünne Papierwände, überall spähende Augen und lauschende Ohren. »Hier müßt Ihr lernen, Eure eigene Privatsphäre zu schaffen. Man lehrt uns von klein auf, uns in uns selbst zurückzuziehen und undurchdringliche Mauern zu errichten, hinter denen wir leben. Wenn wir das nicht könnten, würden wir entweder den Verstand verlieren oder uns selbst oder andere umbringen.«

»Was für Mauern?«

»Ach, wir besitzen einen grenzenlosen Irrgarten, uns darin zu verbergen, Anjin-san: Rituale und Sitten und Gebräuche, Tabus jeder Art, o ja. Selbst unsere Sprache verfügt über Nuancen des Ausdrucks, die Ihr nicht kennt und die es uns erlauben, jeder Frage, die wir nicht beantworten wollen, höflich aus dem Weg zu gehen.«

»Aber wie verschließt Ihr Eure Ohren, Mariko-san? Das ist unmöglich.«

»Ach, wenn man es gelernt hat, ist es ganz leicht. Allerdings lernen Japaner das schon als kleine Kinder, und bald danach ist es uns zur zweiten Natur geworden – wie könnten wir sonst überleben? Zuerst entleert man seinen Geist von den Gedanken an andere *Menschen*, um eine andere Bewußtseinsebene zu erreichen. Einen Sonnenuntergang betrachten oder dem Regen zu lauschen ist da eine große Hilfe – Anjin-san, habt Ihr schon einmal den verschiedenen Geräuschen des Regens gelauscht? Wenn Ihr wirklich *lauscht*, dann verschwindet die Gegenwart, *neh*? Dem Fallen von Blütenblättern oder dem Wachsen eines Felsens zu lauschen ist eine ganz besonders vortreffliche Übung. Es versteht sich von selbst, daß man die Dinge nicht *sehen* soll – sie sind nichts weiter als Zeichen, Botschaften an Euer *Hara*, den Mittelpunkt Eures Ichs, um Euch an die Vergänglichkeit des Seins zu erinnern, um Euch zu helfen, *Wa* zu erlangen, innere Harmonie, Anjin-san, die vollkommene Ausgeglichenheit, nach der alles japanische Leben strebt, das Ziel aller Kunst, aller ...« Sie hatte gelacht. »Ja, seht nur, was zuviel Saké bei mir ausrichtet.« Mit der Zungenspitze berührte sie verführerisch ihre Lippen. »Ich werde Euch ein Geheimnis zuflüstern: Laßt Euch durch unser Lächeln und unsere Sanftheit nicht zum Narren halten – weder durch unsere Förmlichkeiten noch unsere Verneigungen, weder durch unser sanftes Wesen noch durch unsere Zuvorkommenheit. Unter alledem können wir Millionen *Ri* weit weg sein, unerreichbar und allein. Denn das ist es, wonach wir trachten – Vergessen. Eines unserer frühesten Gedichte – es steht im *Kojiko*, unserem ersten Geschichtswerk, das vor rund tausend Jahren geschrieben wurde – wird Euch vielleicht deutlich machen, was ich meine:

*Acht Haufenwolken ziehen herauf,*
*Auf daß Liebende sich darin verbergen.*
*Der Achtfältige Zaun der Provinz Izumo*
*Umringe diese Achtfältige Wolke –*
*Ach, wie wunderbar, dieser Achtfältige Zaun!*

Wir würden bestimmt den Verstand verlieren, hätten wir nicht diesen Achtfältigen Zaun, o ja, ganz gewiß.«

Denk an den Achtfältigen Zaun, sagte er sich, als Buntaros zischende Wut andauerte. Ich weiß ja in Wirklichkeit nichts von ihr – und von ihm. Denk an das Musketenregiment oder an Felicity zu Hause – oder an Baccus oder Toranaga oder Omi-san. Wie ist das eigentlich mit Omi? Brauche ich die Rache? Hat er mir nicht seine Freundschaft angetragen...

Der Klang eines Schlags fuhr ihm in die Glieder. Dann vernahm er wieder Marikos Stimme, einen zweiten Schlag, und damit war Blackthorne augenblicklich auf den Beinen und riß die *Shoji*-Tür auf. Unheilvoll stand der Leibwächter mit gezücktem Schwert vor Marikos Tür.

Blackthorne war drauf und dran, sich auf den Samurai zu stürzen, als die Tür am Ende des Korridors sich plötzlich öffnete. Fujiko mit gelöstem Haar über dem Schlafkimono näherte sich; der Klang von zerfetzendem Stoff und ein weiterer Hieb schien sie überhaupt nicht zu berühren. Höflich verneigte sie sich vor dem Wächter, stellte sich zwischen die beiden, verneigte sich zaghaft auch vor Blackthorne und winkte ihn zurück in seinen Raum. Er erkannte die angespannte Bereitschaft des Samurai. Im Augenblick hatte er nur eine Pistole mit nur einer Kugel darin, und so zog er sich zurück. Fujiko folgte ihm und schob die *Shoji*-Tür hinter ihnen zu. Dann schüttelte sie ängstlich warnend den Kopf, legte einen Finger vor die Lippen, schüttelte abermals den Kopf und sah ihn flehentlich an.

»*Gomen nasai, wakarimasu ka?*« hauchte sie.

Er jedoch konzentrierte sich auf die Wand des angrenzenden Raums, die so leicht einzudrücken war.

Auch sie sah zu dieser Wand hin und stellte sich dann zwischen sie und ihn, setzte sich und forderte ihn durch Zeichen auf, ihrem Beispiel zu folgen.

Aber er brachte es nicht fertig. Er stand da und bereitete sich, aufgestachelt von einem Wimmern, das auf einen weiteren Schlag folgte, auf den Angriff vor, der sie alle ins Unglück stürzen würde.

»*Iyé!*« Fujiko bebte vor Entsetzen.

»*Iyé, iyé!*« bettelte sie.

»*IMA!*«

Unverzüglich stand Fujiko auf und gab ihm zu verstehen, er solle warten, während sie lautlos auf die Schwerter zuglitt, die vor der *Takonama*, der kleinen Ehrennische, lagen. In diesem Augenblick setzte es einen letzten Hieb, und sie hörten einen Schwall von wütenden Flüchen. Die gegenüberliegende *Shoji*-Tür wurde heftig aufgeschoben und Buntaro stapfte, seinen Leibwächter hinter sich, davon. Einen Augenblick herrschte Schweigen im Haus, dann wurde das Gartentor zugeschlagen.
Blackthorne trat auf seine Tür zu. Fujiko kam ihm zuvor, doch er schob sie beiseite und stieß die Tür mit einem Ruck auf.
Mariko lag in einer Ecke des angrenzenden Raums noch auf den Knien, auf der Wange einen leuchtendroten, feuchten Striemen, das Haar zerzaust, der Kimono zerrissen, schlimme Schrammen auf den Hüften und ihrem Gesäß. Er eilte zu ihr, um sie aufzuheben, doch sie rief laut: »Geht weg, bitte, geht weg, Anjin-san!«
Er sah das Blutgerinnsel an ihrem Mundwinkel. »Jesus, wie seid Ihr...«
»Ich habe Euch gesagt, Ihr sollt Euch nicht einmischen! Bitte, geht fort.« Ihre ruhige Stimme strafte die Wildheit in ihren Augen Lügen. Dann erblickte sie Fujiko, die auf der Schwelle stehengeblieben war. An sie wandte sie sich. Fujiko packte gehorsam Blackthornes Arm, um ihn hinwegzuführen, doch er riß sich von ihr los. »Nicht! – *Iyé!*«
Mariko sagte: »Eure Anwesenheit raubt mir das Gesicht, läßt mich weder Ruhe noch Trost finden und bringt Schande über mich. Geht!«
»Ich möchte helfen! Versteht Ihr denn nicht?«
»Warum hört Ihr nicht zu, Anjin-san? Er kann mich zu Tode prügeln, wenn er will. Er hat das Recht dazu, und ich wünschte, er würde es tun – selbst das! Dann würde ich die Schande nicht mehr ertragen müssen.« Gewiß hätte Mariko hier aufgehört. Doch als sie aufblickte und sein Mitleid sah, seine Sorge und seine Liebe, und da sie wußte, wie sehr er die Wahrheit ehrte, ließ sie einige ihrer Schleier fallen.
»Heute abend hatte ich schuld, Anjin-san«, sagte sie. »Wenn ich weinte, wie er es verlangt, um Verzeihung bettelte, wie er es von mir will, mich wände, erstarrte und vor ihm auf dem Bauch läge, wie er es möchte, meine Beine in gespieltem Entsetzen breit machte, wie er es erwartet – wenn ich alle diese weiblichen Dinge täte, die die Pflicht von mir verlangt, dann wäre er wie ein Kind in meiner Hand. Aber ich will nicht.«
»Warum?«
»Weil das meine Rache ist. Um ihm heimzuzahlen dafür, daß er mich nach dem Verrat am Leben gelassen hat. Um ihm heimzuzahlen, daß er mich acht Jahre lang fortgeschickt hat. Und dafür, daß er mir befahl, zurückzukehren in die Welt und am Leben zu bleiben.« Unter Schmerzen setzte sie sich auf, ordnete ihren zerfetzten Kimono und zog ihn fester um sich. »Ich werde mich ihm nie wieder hingeben. Einst habe ich das aus freien Stücken getan, obgleich ich ihn vom ersten Augenblick an, da ich ihn sah, verabscheut habe.«

»Aber warum habt Ihr ihn dann geheiratet? Ihr habt doch gesagt, Frauen brauchten nicht gegen ihren Willen zu heiraten.«
»Ich habe ihn Herrn Goroda und meinem Vater zum Gefallen geheiratet. Ich war noch so jung und hatte damals von Goroda keine Ahnung, aber wenn Ihr die Wahrheit wissen wollt: Goroda war der grausamste Mensch, der je geboren wurde. Er trieb meinen Vater dazu, ihn umzubringen. Das ist die reine Wahrheit! Goroda!« Sie spie den Namen förmlich heraus. »Hätte es ihn nicht gegeben, führten wir alle jetzt ein ehrenvolles Leben. Ich bitte Gott, daß Goroda für alle Ewigkeit in der Hölle schmoren möge.« Vorsichtig bewegte sie sich, um den Schmerz an ihrer Seite zu lindern. »Zwischen mir und meinem Gatten besteht nichts als Haß, das ist unser *Karma*. Es wäre ein leichtes für ihn, mir zu gestatten, den kleinen Platz des Todes einzunehmen.«
»Warum läßt er Euch denn nicht? Oder läßt sich von Euch scheiden? Oder gewährt Euch, was Ihr begehrt?«
»Weil er ein Mann ist.« Ein Zittern des Schmerzes ging durch sie, und sie verzerrte das Gesicht. Blackthorne war auf den Knien neben ihr, schloß sie in die Arme. Sie stieß ihn fort, versuchte, sich freizukämpfen. Fujiko an der Tür sah unerschüttert zu.
»Mir fehlt nichts, Anjin-san. Bitte, laßt mich in Ruhe. Das dürft Ihr nicht! Ihr müßt vorsichtig sein.«
»Ich habe keine Angst vor ihm.«
Matt strich sie sich das Haar aus der Stirn und starrte nachdenklich zu ihm auf. Warum den Anjin-san nicht seinem *Karma* überlassen? fragte Mariko sich. Einzig Toranagas schützende Hand hat ihn bisher davor bewahrt. Yabu, Naga, Buntaro, Omi – es wäre ein leichtes, einen jeden von ihnen dazu zu bringen, ihn zu töten.
Was, wenn Buntaro die Wahrheit wüßte? Oder Toranaga? Daß sie das Kopfkissen mit ihm geteilt...
»Habt Ihr den Verstand verloren?« hatte Fujiko in jener ersten Nacht gesagt. »Warum wollt Ihr die Stelle der Zofe einnehmen?«
»Wegen des Saké, und weil es Spaß macht, Fujiko-chan – und aus Neugier«, hatte sie gelogen und ihre wahren Beweggründe verheimlicht: weil er sie erregte, weil sie ihn begehrte, weil sie noch nie einen Geliebten gehabt hatte. Wenn nicht heute nacht, dann nie – und entweder der Anjin-san oder niemand.
So war sie zu ihm gegangen und war hingerissen gewesen, und dann, als gestern die Galeere gelandet war, hatte Fujiko sie unter vier Augen gefragt: »Wäret Ihr auch hingegangen, wenn Ihr gewußt hättet, daß Euer Gatte noch lebt?«
»Nein, selbstverständlich nicht«, hatte sie gelogen.
»Aber jetzt werdet Ihr es Buntaro-sama sagen, *neh?* Daß Ihr das Kopfkissen mit dem Anjin-san geteilt habt?«
»Warum sollte ich das tun?«
»Ich dachte, das hättet Ihr vielleicht im Sinn. Wenn Ihr es Buntaro-sama im

richtigen Augenblick erzählt, wird sein Zorn über Euch hereinbrechen, und Ihr wäret tot, wie Ihr es Euch wünscht, ehe er begreift, was er getan hat.«
»Nein, Fujiko-san, er wird mich niemals töten. Leider! Zu den *Eta* schicken würde er mich, wenn er genug Gründe hätte, aber töten? Niemals!«
»Bitte, sagt es mir, falls Ihr jemals meint, daß Buntaro-sama argwöhnt, was geschehen ist. Während ich seine Gattin bin, ist es meine Pflicht, den Anjin-san zu beschützen.«
Ja, das ist es, Fujiko, hatte Mariko gedacht. Und damit hättest du den gewünschten Vorwand, Rache zu nehmen an dem Ankläger deines Vaters, nach der du so verzweifelt suchst. Aber dein Vater war ein Hasenfuß, Verzeihung, arme Fujiko. Hiro-matsu war dort, sonst wäre dein Vater heute am Leben und Buntaro tot, denn Buntaro wird weit mehr gehaßt, als man deinen Vater jemals verachtet hat. Selbst die Schwerter, die du so hoch in Ehren hältst, wurden ihm niemals als Auszeichnung nach einer Schlacht verliehen; er hat sie vielmehr einem verwundeten Samurai abgekauft. Tut mir leid, aber ich werde niemals diejenige sein, die dir das sagt, und wenn es noch so sehr die Wahrheit ist.
»Ich habe keine Angst vor ihm«, wiederholte Blackthorne.
»Ich weiß«, sagte sie schmerzgequält. »Aber, bitte, ich flehe Euch an: Fürchtet ihn um meinetwillen.«
Blackthorne ging zur Tür.

Hundert Schritt weiter unten, mitten auf dem Weg, der zum Dorf hinunterführte, wartete Buntaro auf ihn – massig, gewaltig und tödlich. Sein Leibwächter stand neben ihm. Der Himmel war bedeckt beim Morgengrauen. Die Fischer waren mit ihren Booten bereits draußen bei der Arbeit, die See war ruhig.
Blackthorne sah den Bogen locker in Buntaros Hand – und die Schwerter – und die Schwerter des Leibwächters. Buntaro schwankte leicht, und das gab ihm Hoffnung, daß Buntaro sein Ziel verfehlen würde und ihm Zeit blieb, nahe genug heranzukommen. Neben dem Pfad war nichts, wohinter er hätte Deckung nehmen können. Da ihm jetzt alles gleichgültig war, spannte er beide Pistolen und ging auf die beiden Männer zu.
Er war sich bewußt, daß es heller Wahnsinn war, daß er gegenüber dem weiterreichenden Bogen keinerlei Chancen hatte und daß er keinerlei Recht hatte, sich einzumischen. Und dann, während er noch außer Reichweite seiner Pistole war, beugte Buntaro langsam und tief den Rücken, sein Leibwächter desgleichen. Blackthorne blieb stehen. Er fürchtete eine Falle. Wie im Traum sah er Buntaro schwerfällig auf die Knie gehen, die Hände flach auf den Boden setzen und sich vor ihm verneigen. Der Leibwächter tat es ihm nach.
Wie benommen starrte Blackthorne sie an. Als er sicher war, daß seine Augen ihm keinen Streich spielten, kam er langsam näher, die Pistolen immer noch bereit, wenn auch nicht auf Buntaro gerichtet; immer noch erwartete er Verrat. Als er nahe bei ihnen war, blieb er stehen. Buntaro hatte sich nicht gerührt. Die Sitte gebot es, daß er sich gleichfalls verneigte, denn sie waren nun gleichen

oder zumindest fast gleichen Ranges; nur konnte er nicht verstehen, warum es zu einer dermaßen unterwürfigen Geste kommen könnte – in einer Situation, in der Blut fließen mußte.
»Steh auf, du Hund!« Blackthorne machte sich bereit, beide Finger am Abzug.
Buntaro sagte nichts und tat nichts, sondern hielt nur den Kopf gebeugt, die Hände flach auf dem Boden. Der Rücken seines Kimonos war schweißgetränkt.
»*Nan ja?*« Blackthorne bediente sich absichtlich der verletzendsten Art zu fragen: »Was gibt's?« Er wollte Buntaro zum Aufstehen verleiten, wohl wissend, daß er ihn nicht einfach so, den Kopf gesenkt und fast im Staub, niederknallen konnte.
Dann, als ihm aufging, wie rüde es war zu stehen, während sie knieten, und daß das »*Nan ja?*« eine fast unerträgliche und gewiß unnötige Beleidigung darstellte, kniete auch Blackthorne nieder und verneigte sich seinerseits.
Dann wippte er zurück und hockte sich auf seine Fersen. »*Hai?*« fragte er und zwang sich, höflich zu sein.
Sofort fing Buntaro an, etwas zu brummeln. Unterwürfig, Verzeihung heischend. Für was und warum, verstand Blackthorne nicht. Aber ganz offensichtlich handelte es sich um eine Entschuldigung. Lange ging das so fort. Dann schwieg Buntaro und neigte den Kopf wieder in den Staub.
Blackthornes Zorn war mittlerweile verraucht. »*Shigata ga nai*«, sagte er mit belegter Stimme, und das bedeutete: »Es läßt sich nicht ändern« – ohne freilich zu wissen, ob eine solche Entschuldigung nichts weiter als ein Ritual war, das einem Angriff voranging. »*Shigata ga nai. Hakkiri wakaranu ga shinpai surukotowanai.* – Es läßt sich nicht ändern. Ich verstehe zwar nicht genau, aber seid unbesorgt.«
Buntaro blickte auf und setzte sich zurück. »*Arigato, arigato,* Anjin-sama. *Domo gomen nasai.*«
»*Shigata ga nai*«, wiederholte Blackthorne, und jetzt, da es klar war, daß diese Entschuldigung ernst gemeint war, dankte er Gott, ihm wunderbarerweise Gelegenheit gegeben zu haben, einem Duell aus dem Weg zu gehen. Er wußte, daß er keine Rechte hatte, sich vielmehr wie ein Wahnsinniger aufgeführt hatte, und daß die einzige Möglichkeit, die Krise mit Buntaro zu lösen, darin bestand, sich an die Regeln zu halten. Und das bedeutete Toranaga.
Aber wozu eigentlich die Entschuldigung, fragte er sich fieberhaft. Es muß daran liegen, daß ich *Hatamoto* bin und Buntaro, der Gast, mein *Wa*, die Harmonie meines Hauses, gestört hat. Durch seinen Streit in *meinem* Haus hat er *mich* beleidigt, muß sich entschuldigen, ob er es aufrichtig meint oder nicht.
»*Nan desu ka,* Anjin-san?« fragte Buntaro mit blutunterlaufenen Augen.
»*Nani mo. Watashi no kashitsu desu.* – Nichts. Es war meine Schuld.«
Buntaro schüttelte den Kopf und sagte, nein, es sei einzig und allein seine Schuld. Und entschuldigte und verneigte sich abermals.
»Saké!« erklärte Blackthorne in einem Ton, der keine Widerrede zuließ, und zuckte mit den Achseln. »*Shigata ga nai.* Saké!«

Buntaro verneigte sich und dankte ihm abermals. Blackthorne erwiderte die Verneigung und erhob sich. Buntaro folgte seinem Beispiel, dann auch der Leibwächter. Abermals verneigten sie sich, und abermals erwiderte er die Verneigung.

Schließlich drehte Buntaro sich um und entfernte sich auf schwankenden Beinen. Blackthorne wartete, bis er außer Reichweite der Pfeile war; dann kehrte er zurück in sein Haus.

Fujiko saß auf der Veranda, wieder ganz eingesponnen in die Hülle ihrer Höflichkeit und ihres Lächelns. Was denkt sie eigentlich wirklich, fragte er sich, als er sie begrüßte und sie ihn wieder daheim willkommen hieß.

Marikos Tür war geschlossen. Ihre Zofe stand daneben.

»Mariko-san?«

»Ja, Anjin-san?«

Er wartete, doch die Tür blieb geschlossen. »Ist alles in Ordnung mit Euch?«

»Ja, vielen Dank.« Er hörte, wie sie sich räusperte und dann mit schwacher Stimme fortfuhr: »Fujiko-san hat Yabu-san und Herrn Toranaga benachrichtigt, daß ich heute unpäßlich bin und nicht dolmetschen kann.«

»Ihr tätet gut daran, einen Arzt zu rufen.«

Nach einer Pause sagte er: »Buntaro hat sich entschuldigt.«

»Ich weiß, Fujiko-san hat es vom Gartentor aus beobachtet. Ich danke Euch, daß Ihr seine Entschuldigung angenommen habt. Vielen Dank. Und, Anjin-san, es tut mir so leid, daß Ihr gestört wurdet – es ist unverzeihlich, daß Eure Harmonie... bitte, empfangt auch meine Entschuldigung. Ich hätte meinen Mund niemals mit mir durchgehen lassen dürfen. Das war sehr ungehörig – bitte, verzeiht auch mir. Der Streit war nur meine Schuld. Bitte, nehmt meine Entschuldigung an.«

»Dafür, daß Ihr geschlagen wurdet?«

»Dafür, daß ich fehlte, meinem Gatten zu gehorchen, daß es mir nicht gelang, ihn zufrieden schlafen zu lassen, dafür, daß ich ihn und meinen Gastgeber enttäuscht habe. Und für das, was ich gesagt habe.«

»Seid Ihr sicher, daß ich nichts tun kann?«

»Nein – nein, vielen Dank, Anjin-san. Es ist ja nur für heute.«

Blackthorne bekam sie acht Tage lang nicht zu Gesicht.

# 36. Kapitel

»Ich habe Euch nicht zur Jagd eingeladen, Naga-san, damit Ihr mir Ansichten vortragt, die ich schon gehört habe«, sagte Toranaga.
»Ich bitte Euch, Vater, zum letzten Mal: Brecht die Ausbildung ab, erklärt Feuerwaffen für ungesetzlich, vernichtet den Barbaren, erklärt das Experiment als mißlungen – und macht Schluß mit diesem widerwärtigen Treiben!«
»Nein, zum letzten Mal.« Der verkappte Falke auf Toranagas behandschuhter Faust trat unruhig vom einen Fuß auf den anderen, als er das ungewohnt Drohende in der Stimme seines Herrn vernahm, und stieß gereizt einen leise fauchenden Pfeifton aus. Sie befanden sich im Buschwald. Treiber und Wachen waren weit außer Hörweite. Der Tag war zwar grau, aber schwül und schweißtreibend.
Naga reckte das Kinn vor. »Sehr wohl. Aber trotzdem ist es meine Pflicht, Euch daran zu erinnern, daß Ihr Euch hier in Gefahr befindet, und Euch abermals mit aller gebotenen Höflichkeit aufzufordern, Anjiro noch heute zu verlassen.«
»Nein.«
»Dann nehmt meinen Kopf.«
»Euren Kopf habe ich bereits.«
»Dann nehmt ihn heute, jetzt, oder laßt mich meinem Leben selbst ein Ende setzen.«
»Lernt Euch in Geduld zu fassen, junger Mann!«
»Wie kann ich geduldig zusehen, wie Ihr Euch selbst vernichtet? Ihr jagt und verschwendet Eure Zeit, während Eure Feinde Euch die ganze Welt auf den Hals hetzen. Morgen treten die Regenten zusammen. Vier Fünftel aller *Daimyos* sind entweder bereits in Osaka oder auf dem Weg dorthin. Ihr seid der *einzige* von den bedeutenden *Daimyos*, der abgelehnt hat. Jetzt werdet Ihr abgesetzt werden, und dann kann Euch nichts mehr retten. Ihr solltet wenigstens in Yedo sein, umgeben von Euren Legionen. Hier seid Ihr nackt und verwundbar. Wir können Euch nicht schützen. Schließlich haben wir kaum tausend Mann hier, wohingegen Yabu in ganz Izu mobilgemacht hat. Ihr wißt, daß unsere Spione

berichtet haben, im Norden warte eine Flotte von ihm darauf, Euch abzufangen, falls Ihr versuchen solltet, auf einer Galeere zu entkommen. Ihr seid praktisch sein Gefangener! Eine Brieftaube von Ishido, und Yabu könnte Euch vernichten, wann immer er wollte. Woher wollt Ihr wissen, ob er nicht schon mit Ishido unter einer Decke steckt?«

»Ich bin fest überzeugt, daß er mit dem Gedanken spielt. Ich würde es jedenfalls, wenn ich an seiner Stelle wäre – Ihr etwa nicht?«

»Nein, ich nicht.«

»Dann werdet Ihr bald tot sein, und das hättet Ihr wohl verdient; aber nicht nur Ihr, sondern Eure ganze Familie, Euer ganzer Klan und alle Eure Vasallen, und das wäre unverzeihlich. Ihr seid ein Narr, widerspenstiger Tor! Ihr wollt Euren Verstand nicht gebrauchen, wollt nicht dazulernen und könnt weder Eure Zunge noch Euer Temperament zügeln! Ihr laßt Euch von anderen gängeln und bildet Euch ein, alles ließe sich mit der Schärfe Eures Schwertes lösen. Der einzige Grund, warum ich Euren Kopf nicht nehme, ist der, daß Ihr noch so jung seid – und weil ich glaube, daß Ihr doch einige Fähigkeiten besitzt und Eure Fehler nicht bösartig sind, daß Eure Treue über jeden Zweifel erhaben. Wenn Ihr jedoch nicht rasch lernt, Geduld und Selbstzucht zu üben, dann stoße ich Euch aus dem Samurai-Stand aus und versetze Euch und Eure Nachkommen für alle Zeiten in den Bauern-Stand!« Toranagas Rechte hieb auf seinen Sattel, und der Falke stieß einen durchdringenden nervösen Schrei aus. *»Habt Ihr verstanden?«*

Naga war bis ins Mark getroffen. Noch nie in seinem Leben hatte er seinen Vater vor Wut schreien hören oder ihn aus der Haut fahren sehen – ja, er hatte noch nicht einmal davon gehört, daß so etwas bei ihm möglich sei. Naga wußte, daß er viele Fehler gemacht hatte, doch immer hatte sein Vater es verstanden, die Sache, die er verbockt hatte, so hinzudrehen, daß sie nicht mehr ganz so dumm schien wie auf den ersten Blick. Als Toranaga ihm zum Beispiel gezeigt hatte, wie er Omi – oder Yabu – mit Jozen auf den Leim gegangen war, hatte man ihn mit Gewalt zurückhalten müssen, sonst wäre er sofort losgestürmt und hätte sie umgebracht. Doch Toranaga hatte seinen Leibwächtern befohlen, ihm kaltes Wasser über den Kopf zu schütten, bis er wieder zur Vernunft kam – und ihm dann in aller Ruhe erklärt, daß er, Naga, seinem Vater einen unschätzbaren Dienst erwiesen habe, indem er die Bedrohung durch Jozen beseitigte. »Allerdings wäre es besser gewesen, Ihr hättet gemerkt, daß man Euch heimlich dazu anstiftete. Geduld, mein Sohn, alles kommt mit der Geduld«, hatte Toranaga ihm ans Herz gelegt. »Bald werdet Ihr in der Lage sein, *sie* nach *Eurer* Pfeife tanzen zu lassen. Was Ihr getan habt, war sehr gut. Aber Ihr müßt lernen zu erkennen, was im Kopf eines anderen vorgeht. Was ich brauche, sind Führernaturen – Fanatiker habe ich genug.«

Immer war sein Vater vernünftig gewesen und hatte ihm verziehen – aber heute ...? Naga sprang vom Pferd und kniete zerknirscht nieder. »Bitte, vergebt mir, Vater. Ich habe Euch niemals zornig machen wollen ... Es kommt nur daher, weil ich fast umkomme vor Angst um Eure Sicherheit. Bitte verzeiht, daß ich Eure Harmonie...«

»*Haltet Eure Zunge im Zaum!*« fuhr Toranaga ihn laut an, so daß sein Pferd scheute.

Erschrocken hielt Toranaga sich mit den Knien fest und zog die Zügel mit der Rechten fester, doch das Pferd stieg. Unversehens aus dem Gleichgewicht geraten, begann der Falke mit den Flügeln zu schlagen, das Falkenweibchen war ganz außer sich von der ungewohnten und unerwünschten Aufregung um es herum.

»Aber, aber, meine Schöne, aber, aber...« Toranaga versuchte verzweifelt, sie wieder auf seine Faust zurückzulocken und gleichzeitig das Pferd unter Kontrolle zu bekommen, da machte Naga einen Sprung, bekam das Pferd am Zügel zu fassen und hinderte es daran davonzustieben. Der Falke fauchte wütend. Endlich ließ er sich zögernd wieder auf Toranagas behandschuhter Faust nieder und packte fest mit den Krallen zu. Seine Flügel zitterten jedoch immer noch nervös, und die Glöckchen an seinen Füßen klingelten schrill.

»Eek-eek-eek-eeeek«, kreischte er.

»Aber, aber, meine Schöne, ist ja schon alles gut«, sagte Toranaga beschwichtigend. Sein Gesicht war immer noch wutverzerrt, als er sich an Naga wandte, sich jedoch um des Falkens willen bemühte, den Zorn aus seiner Stimme herauszuhalten: »Wenn Ihr sie so durcheinandergebracht habt, daß sie heute nicht mehr jagt, dann werde ich Euch... werde ich Euch...«

In diesem Augenblick stieß einer der Treiber einen Warnruf aus. Im selben Moment nahm Toranaga dem Falkenweibchen mit der rechten Hand die Kappe ab, gestattete ihm, sich einen Moment an die Umgebung zu gewöhnen, und dann ließ er es fliegen.

Sie war mit herrlich weiten Schwingen ausgestattet: ein Wanderfalkenweibchen namens Tetsu-ko – Dame von Stahl. Mit rauschenden Schwingen stieg sie auf und schraubte sich bis zu zweihundert Meter über Toranaga in die Höhe. Alle ihre Erregung war vergessen, als sie flatternd in der Luft stand und darauf wartete, daß ihre Beute zum Vorschein kam. Dann ließ sie sich von einem Abwind tragen und sah, wie die Hunde losgelassen wurden und ein Fasanenvolk aufgeregt mit den Flügeln schlagend davonstob. Sie wählte sich ihr Opfer aus, kippte, legte die Flügel an und ging mit ausgestreckten Greifern erbarmungslos zum Sturzflug über.

Wie eine Faust kam sie hernieder, doch der alte Fasanenhahn, der doppelt so groß war wie sie, wich unversehens zur Seite und fuhr in Todesangst pfeilgerade auf den Schutz einer Baumgruppe zu, die zweihundert Schritt entfernt stand. Tetsu-ko fing sich ab, breitete die Schwingen aus und raste mit vorgestrecktem Kopf hinter ihrer Beute her. Sie gewann an Höhe, und als sie fast wieder waagerecht über dem Hahn dahinschoß, kippte sie abermals und stieß furchtlos zu, verfehlte ihr Ziel jedoch abermals. Vom Jagdfieber gepackt, rief Toranaga ihr aufmunternde Worte zu und warnte sie vor der Gefahr, die vor ihr lag. Naga war vergessen.

Unter panischem Flügelschlagen fuhr der Fasan auf die rettenden Bäume zu. Der Wanderfalke, schon wieder in beträchtlicher Höhe, setzte ein drittes Mal zum Sturzflug an und kam herniedergesaust. Aber es war zu spät. Der schlaue Fasanenhahn verschwand. Ohne der eigenen Gefahr zu achten, preschte der Falke durch die Blätter und Zweige und hielt wütend nach seinem Opfer Ausschau, fing sich dann jedoch, suchte das Freie, stieß ein wütendes Gekreisch aus und rauschte hoch über die Bäume hinaus.
In diesem Augenblick wurde eine Kette Rebhühner aufgescheucht, schwirrte davon, hielt sich dicht über dem Boden und schoß auf der Suche nach Unterschlupf hierhin und dorthin, wobei sie klug jeder Bodenwelle folgte. Tetsu-ko wählte sich eines aus, legte die Schwingen an und stürzte wie ein Stein herab. Diesmal verfehlte sie ihre Beute nicht. In einem Wirbel von Federn stürzte das Rebhuhn zu Boden. Doch statt ihm bis auf den Boden zu folgen, es mit den Krallen zu packen und zu ihrem Herrn zurückzubringen, schraubte sie sich abermals kreischend in den Himmel, höher und immer höher hinauf.
Besorgt holte Toranaga seinen Lockvogel heraus, einen kleinen, an einer dünnen Schnur befestigten toten Vogel, und ließ ihn um seinen Kopf kreisen. Aber Tetsu-ko ließ sich nicht zurücklocken. Jetzt war sie nur noch ein winziger Punkt am hohen Himmel, und Toranaga war überzeugt, daß sie ihn verlassen habe, um zurückzukehren in die Wildnis, um nach ihrer Laune Beute zu schlagen und nicht nach seiner, zu atzen, wann sie es wollte, und zu fliegen, wohin die Winde oder ihr Wille sie trugen, herrenlos und frei für immer.
Toranaga verfolgte sie mit den Augen. Er war eigentlich nicht traurig, sondern fühlte sich nur ein wenig verlassen. Sie war ein wildes Geschöpf, und Toranaga wußte wie alle Falkner, daß er nur vorübergehend ihr Herr auf der Erde war. Allein war er zu ihrem Horst in den Hakoné-Bergen hinaufgeklettert und hatte sie als noch nicht flügges Jungtier aus dem Nest genommen, hatte sie locke gemacht, sie geliebt und ihr ihre erste Beute erlaubt. Jetzt vermochte er sie kaum noch zu sehen. Unvergleichlich ließ sie sich von den warmen Luftströmungen dahintragen, und mit einem Stich im Herzen wünschte auch er, er könnte sich zum Firmament emporschwingen und den Ungerechtigkeiten der Erde entfliehen.
Doch da brach der Fasanenhahn aus dem Dickicht hervor, in dem er Schutz gesucht, um abermals auf Nahrungssuche zu gehen. Und Tetsu-ko kippte, stürzte aus schwindelnder Höhe hernieder, eine winzige, stromlinienförmige Todeswaffe, den Schnabel bereit für den Gnadenstoß.
Der Fasanenhahn war augenblicklich tot. Federn wirbelten auf, als er getroffen wurde, aber Tetsu-ko ließ ihn nicht fahren, sondern hielt ihn gepackt, sackte mit ihm herab und schlug in der allerletzten Sekunde wild mit den Schwingen. Dann faltete sie ihre Schwingen und ließ sich auf ihrer Beute nieder.
Sie hielt ihn in ihren Fängen und begann ihn mit dem Schnabel zu rupfen, ehe sie kröpfte. Noch ehe sie damit beginnen konnte, ritt Toranaga heran. Abgelenkt hielt sie inne. Ihre gnadenlosen braunen, von gelben Flecken umringten

Augen beobachteten ihn, als er absaß. Ihre Ohren lauschten seinen girrenden Lobesworten über ihre Geschicklichkeit und ihren Mut, und dann, da sie hungrig war und er derjenige, von dem sie immer ihre Nahrung bekommen hatte, aber auch, weil er geduldig war, nichts übereilte und keine plötzliche Bewegung machte, erlaubte sie ihm näherzukommen.

Mit leiser Stimme schmeichelte Toranaga ihr. Er zog sein Jagdmesser und brach den Kopf des Fasans auf, damit Tetsu-ko sich an seinem Hirn gütlich tun konnte. Als sie begann, sich an diesem Leckerbissen zu laben, schnitt er bewußt den Kopf ganz ab, und sie hüpfte mühelos auf seine Faust, wo sie zu kröpfen gewohnt war.

Die ganze Zeit über lobte Toranaga sie, und als sie mit dem Hirn fertig war, streichelte er sie sanft und überhäufte sie mit Lobsprüchen. Ruckartig bewegte sie sich auf und ab, dann zischte sie vor Behagen, froh darüber, wieder dort zu sein, wo sie fressen konnte, denn seit er sie aus dem Nest genommen, hatte sie niemals woanders kröpfen dürfen als auf seiner Faust, hatte Toranaga ihr ihre Atzung immer persönlich gereicht. Sie fing an, sich zu putzen, bereit, abermals den Tod zu geben.

Da sie so vorzüglich gejagt hatte, beschloß Toranaga, sie sich satt kröpfen und sie heute nicht mehr fliegen zu lassen. Er reichte ihr einen kleinen gerupften Vogel, den er bereits für sie zerteilt hatte. Als sie mit ihrer Mahlzeit halb fertig war, verkappte er sie wieder. Trotzdem fuhr sie zufrieden fort zu kröpfen. Als sie danach wieder angefangen hatte, ihr Gefieder zu putzen, hob er den Fasanenhahn auf, steckte ihn in die Jagdtasche und winkte seinen Falkner herbei, der in einiger Entfernung mit den Treibern wartete. Aufgeregt redeten sie über Tetsu-kos wunderbare Jagd und zählten den Inhalt der Jagdtasche: ein Hase, zwei Wachteln und der Fasan. Toranaga schickte den Falkner samt den anderen Jagdfalken und den Treibern zurück ins Lager.

Jetzt wandte er seine Aufmerksamkeit wieder Naga zu. »Nun?«

Naga kniete neben seinem Pferd und verneigte sich. »Ihr habt völlig recht, Euer Gnaden – mit dem, was Ihr zu mir gesagt habt. Ich bitte Euch um Vergebung, daß ich Euch gekränkt habe.«

»Und nicht dafür, mir einen schlechten Rat erteilt zu haben?«

»Ich bitte – bitte Euch, mich mit jemand zusammenzutun, der mich lehrt, auf daß ich das nie wieder tue. Ich habe Euch nie einen schlechten Rat geben wollen – niemals!«

»Gut. Einen Teil des Tages werdet Ihr mit dem Anjin-san verbringen und lernen, was er weiß. Er kann einer Eurer Lehrmeister sein.«

»Ausgerechnet der Anjin-san?«

»Ja. Vielleicht lehrt das Euch etwas Selbstzucht. Und wenn Ihr es fertigbringt, durch diesen Felsen hindurchzuhören, den Ihr immer in den Ohren stecken habt, dann werdet Ihr gewiß eine Menge lernen, was höchst nützlich für Euch ist. Möglich, daß Ihr sogar etwas lernt, was von Wert für *mich* ist!«

Naga starrte verstockt auf den Boden.

»Ich will, daß Ihr alles lernt, was er über Feuerwaffen wie Musketen und Kanonen und überhaupt alles über Kriegführung weiß. Ihr werdet darin mein Fachmann werden. Und ich will, daß Ihr ein ganz besonders guter Fachmann werdet.«
Naga schwieg.
»Und dann möchte ich, daß Ihr Euch um seine Freundschaft bemüht und sein Freund werdet.«
»Wie soll ich das anstellen, Euer Gnaden?«
»Warum benutzt Ihr zur Abwechslung nicht einmal Euren eigenen Kopf?«
»Ich werde es versuchen. Ich schwöre, daß ich es versuchen werde.«
»Ich verlange aber mehr als nur das. Ich befehle Euch, es zu schaffen. Bedient Euch irgendeiner ›christlichen Nächstenliebe‹. Das fertigzubringen, solltet Ihr inzwischen gelernt haben, *neh?*«
Naga machte ein finsteres Gesicht. »Das zu lernen, ist unmöglich, sosehr ich mich auch anstrenge. Das ist die Wahrheit! Der Tsukku-san hat von nichts weiter als von Dogmen geredet – da würde es jedem Mann hochkommen. Das Christentum ist was für Bauern, nicht für Samurai. Du sollst nicht töten, du sollst nicht mehr als eine Frau haben und lauter solche Dummheiten. Ich habe Euch gehorcht, und ich werde Euch auch jetzt gehorchen! Aber warum laßt Ihr mich nicht nur die Dinge tun, von denen ich etwas verstehe, Euer Gnaden? Ich werde Christ, wenn Ihr es wollt, aber glauben kann ich nicht daran – es ist alles Mist und... ich bitte dieser Worte wegen um Entschuldigung. Ich werde der Freund des Anjin-san werden! Ich werde es tun!«
»Gut. Und vergeßt nicht, daß er zwanzigtausendmal sein Gewicht in Rohseide wert ist und mehr Kenntnisse besitzt, als Ihr in zwanzig Leben erwerben werdet.«
Naga beherrschte sich und nickte pflichtschuldigst.
»Gut. Ihr werdet zwei von den Bataillonen führen, Omi-san eines, und eines bleibt in Reserve unter Buntaro.«
»Und die anderen vier, Euer Gnaden?«
»Für soviel haben wir noch nicht genug Musketen. Das war nur eine Finte, um Yabu von der Fährte abzubringen«, sagte Toranaga.
»Euer Gnaden?«
»Das war nur ein Vorwand, um weitere tausend Mann hierherzubringen. Kommen sie nicht morgen schon an? Mit zweitausend Mann kann ich Anjiro halten und entkommen, wenn Not am Mann ist, *neh?*«
Toranaga war es müde, immer nur geduldig zu sein. Er sah zum Himmel auf. »Ich glaube, ich schlafe jetzt eine Weile.«
Augenblicklich entsattelte Naga sein Pferd, nahm Sattel und Pferdedecke und breitete sie auf dem Boden aus: das Lager eines Samurai. Toranaga dankte ihm und sah zu, wie er Wachen verteilte. Als er überzeugt war, daß alles seine Richtigkeit hatte, und er sicher war, legte er sich nieder und schloß die Augen. Schlafen wollte er jedoch nicht – nur nachdenken. Er wußte, es war ein außeror-

dentlich schlechtes Zeichen, daß er die Geduld verloren hatte. Dabei hast du noch Glück gehabt, daß Naga der einzige Zeuge war. Wenn dir das vor Omi oder Yabu passiert wäre, hätten sie sofort gespürt, daß du halb wahnsinnig bist vor Sorge. Und das könnte sie leicht zu Verrat verleiten. Diesmal hat Tetsu-ko alles wieder ins richtige Lot gebracht.

Dieser herrliche Flug! Lerne von ihr! Naga muß behandelt werden wie ein Falke. Faucht er nicht und schlägt er nicht mit den Flügeln wie die besten von ihnen? Nagas einziges Problem besteht darin, daß er an das falsche Wild angeworfen wird. Worauf er sich versteht, das ist der Kampf und plötzlicher Tod, und den wird er bald genug bekommen.

Die Besorgnis kehrte zurück. Was geschieht in Osaka? Die *Daimyos* habe ich sträflich falsch eingeschätzt! Warum habe ich so lange nichts gehört? Hat man mich verraten?

Was ist mit dem Anjin-san? Auch er ist ein Falke. Nur ist er noch nicht an die Faust seines Herrn gewöhnt. Auf welche Beute ist er aus? Auf das Schwarze Schiff, den Rodrigues-Anjin und den häßlichen, hochnäsigen kleinen Generalkapitän, der nicht alt werden wird auf dieser Erde? Auf die Priester in ihren schwarzen Röcken? Auf alle Portugiesen und alle Spanier und die Türken und die Moslems? Nicht zu vergessen Omi und Yabu und Buntaro und Ishido und ich.

Toranaga suchte eine bequemere Lage und lächelte vor sich hin. Aber der Anjin-san ist kein Falke mit schlanken Schwingen, den man frei fliegen läßt, auf daß er sich auf eine ganz bestimmte Beute stürzt. Nein, er ist mehr wie ein Habicht mit kurzen Flügeln, den man direkt von der Faust anwirft, damit er alles schlägt, was sich bewegt; sagen wir, ein Hühnerhabicht, der Rebhühner oder Hasen schlägt, die dreimal so groß sind wie er selbst, Ratten, Katzen, Hunde, Waldschnepfen, Stare, Saatkrähen, die er mit phantastischen kurzen Flügen in ungeheurer Geschwindigkeit überholt und mit einem einzigen Schlag seiner Fänge tötet – jener Vogel, der die Kappe haßt, sich nie an sie gewöhnt, sondern nur auf deiner Faust sitzt, hochmütig, gefährlich, selbstzufrieden, erbarmungslos, mit gelben Augen – und ein guter Freund, der freilich sehr schlecht gelaunt sein kann, wenn ihm der Sinn danach steht.

Jawohl, der Anjin-san gehört zu den Kurzflüglern. An wen ihn anwerfen?

Omi? – Noch nicht.

Yabu? – Noch nicht.

Buntaro?

Warum mag der Anjin-san seine Pistolen wohl wirklich auf Buntaro gerichtet haben? Wegen Mariko natürlich. Haben sie das Kopfkissen miteinander geteilt? Ich nehme an, ja. Buntaro galt immerhin als tot – es muß nur ewig ein Geheimnis bleiben. Allerdings war es dumm vom Anjin-san, wegen der Frau eines anderen soviel aufs Spiel zu setzen. Gibt es nicht immer Tausende von anderen, die frei und ohne Bindung sind?

Nein, an Buntaro werde ich den Anjin-san nicht anwerfen. Den Narren brauche ich. Aber ob diese beiden nun das Kopfkissen miteinander geteilt haben oder nicht, ich hoffe, Buntaro kommt nie auf den Gedanken, daß sie es getan haben könnten. Dann würde ich ihn rasch beseitigen müssen.

In dem Augenblick, da Buntaro wieder nüchtern geworden war, hatte Toranaga ihn rufen lassen. »Wie könnt Ihr es wagen, Euren Interessen vor den meinen den Vorrang zu geben? Wie lange wird Mariko-san jetzt nicht dolmetschen können?«

»Der Arzt sagt, nur ein paar Tage lang, Euer Gnaden. Ich bitte um Verzeihung für die Ungelegenheiten, die ich verursacht habe.«

»Ich hatte es sehr deutlich ausgedrückt, daß ich für die nächsten zwanzig Tage auf ihre Dienste angewiesen bin. Habt Ihr das vergessen?«

»Nein, ich bitte um Verzeihung. Es tut mir so leid.«

»Wenn sie Euren Unwillen erregt hat, dann wären ein paar Hiebe aufs Gesäß mehr als genug gewesen. Alle Frauen brauchen das von Zeit zu Zeit, aber alles, was darüber hinausgeht, ist tölpelhafte Roheit. Ihr habt die Ausbildung der ganzen Musketeneinheiten in Gefahr gebracht! Ohne sie kann ich nicht mit dem Anjin-san sprechen.«

»Jawohl, ich weiß, Herr. Es tut mir leid. Es ist das erste Mal, daß ich sie geschlagen habe. Es ist nur... manchmal treibt sie mich dermaßen zum Wahnsinn, daß...«

»Warum laßt Ihr Euch dann nicht von ihr scheiden? Oder verstoßt sie? Oder bringt sie um oder befehlt ihr, sich die Kehle durchzuschneiden?«

»Ich bringe es nicht fertig, Herr«, hatte Buntaro gesagt. »Sie ist... ich habe sie vom ersten Augenblick an begehrt, da ich sie sah. Zu Anfang, kurz nachdem wir geheiratet hatten, war sie für mich alles, was ein Mann sich nur wünschen kann. Ich dachte, ich wäre von den Göttern gesegnet! Dann... dann schickte ich sie fort, nach diesem dreckigen Mord, und tat so, als sei ich angewidert von ihr, doch das geschah nur zu ihrer Sicherheit. Und Jahre später, als der Taikō mir befahl, sie zurückzuholen, regte sie mich noch mehr auf. Ehrlich gesagt, hatte ich erwartet, sie würde mir dankbar sein, und so nahm ich sie, wie ein Mann es tut, und kümmerte mich nicht um die kleinen Dinge, wie die Frauen sie wollen, wie Gedichte und Blumen. Aber sie hatte sich verändert. Treu war sie wie eh und je, aber wie Eis. Und immer wieder bat sie mich, daß sie sich umbringen dürfe oder daß ich sie tötete.« Buntaro war außer sich. »Ich kann sie nicht töten oder zulassen, daß sie selbst Hand an sich legt. Sie hat meinen Sohn besudelt und hat es fertiggebracht, daß ich alle anderen Frauen verachte, doch ich kann mich einfach nicht von ihr trennen. Ich habe... habe es mit Freundlichkeit versucht, aber immer ist das Eis da, und das treibt mich zum Wahnsinn. Als ich aus Korea heimkam und hörte, daß sie zum Christentum übergetreten sei, habe ich mich darüber nur amüsiert. Ich wollte sie damit aufziehen, doch ehe ich wußte, wie mir geschah, hatte ich ihr schon den Dolch an die Kehle gesetzt und drohte, sie umzubringen, wenn sie nicht abschwöre. Sie hat mich bloß mit diesen ihren Augen angesehen und gesagt: ›Bitte, schneidet

mir die Kehle durch, mein Gebieter! Ich will meinen Kopf weit zurückbiegen und bitte Gott, daß ich verblute‹, sagte sie. Aber ich hab' es nicht getan, Euer Gnaden. Ich nahm sie. Allerdings ließ ich einigen anderen Damen, die sie ermutigt hatten, Christin zu werden, die Haare und die Ohren abschneiden und warf sie aus der Burg hinaus. Das habe ich auch mit ihrer Stiefmutter getan, ja, der habe ich auch noch die Nase abschneiden lassen, dieser bösartigen und launischen alten Hexe! Und dann sagte Mariko-san, weil... ich ihre Hofdamen bestraft hätte, würde sie das nächste Mal, wenn ich mich unaufgefordert zu ihr legen würde, *Seppuku* begehen, auf irgendeine Art, und zwar auf der Stelle... trotz ihrer Pflicht Euch gegenüber, ihrer Familie gegenüber, und trotz der... der Gebote ihres Christengottes.« Tränen der Wut rannen ihm ungehemmt über die Wangen. »Ich kann sie nicht umbringen, so gern ich das auch möchte. Ich kann Akechi Jinsais Tochter nicht töten, so sehr er es auch verdient hätte...«
Toranaga ließ Buntaro wüten und schimpfen, bis er sich ausgetobt hatte, dann schickte er ihn fort und befahl ihm, sich so lange völlig von Mariko fernzuhalten, bis er entschieden habe, was zu tun sei.
Zu seiner eigenen Sicherheit, weil er Verrat witterte und der Sand der Zeit für ihn auslief, beschloß Toranaga, den Druck auf sie alle noch zu vergrößern. Er befahl, daß Mariko in Omis Haus umzog, damit sie sich erhole. Sie bekam strikte Anweisungen, sich nur innerhalb des Hauses zu bewegen und dem Anjin-san völlig aus dem Weg zu gehen. Dann ließ er den Anjin-san rufen, tat so, als rege er sich furchtbar auf, daß sie sich praktisch überhaupt nicht unterhalten konnten, und schickte ihn herrisch wieder fort. Die Ausbildung der Musketeneinheiten wurde verstärkt. Einzelne Truppen wurden auf Gewaltmärsche ausgeschickt. Naga bekam Befehl, den Anjin-san mitzunehmen und ihn so lange marschieren zu lassen, bis er nicht mehr könne. Doch Naga schaffte es nicht.
Jetzt lächelte Toranaga, als er unter dem bedeckten Himmel dalag und auf den Regen wartete. Nun gut, er ist ein Kurzflügler, der Anjin-san! Mariko ist genauso zäh, genauso intelligent, nur brillanter, und besitzt überdies eine rücksichtslose Härte, die er nie haben wird. Sie ist wie ein Wanderfalke, wie Tetsuko. Die beste! Woher kommt es, daß die Falkenweibchen immer größer und schneller und kräftiger sind als die Männchen, immer besser als die Männchen? Alle sind sie Falken – sie, Buntaro, Yabu, Omi, Fujiko, Ochiba, Naga und alle meine Söhne und Töchter und Frauen und Vasallen, und alle meine Feinde – Falken oder die Beute von Falken.
Naga muß ich hoch über seine Beute bringen, damit er auf sie herunterstößt. Wer soll es sein? Omi oder Yabu?
Was Naga über Yabu gesagt hatte, stimmte.
»Nun, Yabu-san, was habt Ihr beschlossen?« hatte er ihn am zweiten Tag gefragt.
»Ich gehe erst dann nach Osaka, wenn Ihr geht, Euer Gnaden. Ich habe für ganz Izu die Mobilmachung angeordnet.«
»Ishido wird Euch absetzen.«

»Dann wird er zuvor Euch absetzen, Euer Gnaden, und wenn der Kwanto fällt, fällt auch Izu. Ich habe einen feierlichen Handel mit Euch abgeschlossen. Ich stehe auf Eurer Seite. Die Kasigi stehen zu ihren Abmachungen.«
»Mir ist es genauso eine Ehre, Euch zum Verbündeten zu haben«, hatte er gelogen, erfreut darüber, daß Yabu abermals genau das tat, was er seinem Plan nach tun sollte. Am nächsten Tag hatte Yabu die Truppen zusammengerufen, hatte ihn gebeten, sie zu inspizieren, und war dann vor aller Augen förmlich vor ihm niedergekniet, um sich als seinen Vasallen anzubieten.
»Ihr erkennt mich als Euren Lehnsfürsten an?« hatte Toranaga gesagt.
»Jawohl. Und alle Männer von Izu. Und, Herr, empfang diese Gabe als Zeichen meiner Vasallenpflicht.« Immer noch auf den Knien, hatte Yabu ihm sein Murasama-Schwert gereicht. »Dies ist das Schwert, das Euren Großvater getötet hat.«
»Das ist nicht möglich!«
Yabu hatte ihm die Geschichte dieses Schwertes erzählt, wie es im Laufe der Jahre auf ihn gekommen war und wie er, erst vor kurzer Zeit, erfahren hatte, um welches Schwert es sich in Wirklichkeit handelte. Er hatte Suwo kommen lassen. Der alte Mann hatte berichtet, was er gesehen, als er selbst kaum mehr denn ein Knabe gewesen war.
»Es ist wahr, Herr«, sagte Suwo stolz. »Kein Mensch hat Obakas Vater das Schwert zerbrechen oder ins Meer werfen sehen. Und ich schwöre, daß ich unter Eurem Großvater gedient habe, Herrn Chikitada. Ich habe ihm treu bis zu dem Tag gedient, da er starb. Ich war dabei, ich schwöre es.«
Toranaga hatte das Schwert entgegengenommen. Es schien vor Feindseligkeit in seiner Hand förmlich zu zittern. Immer hatte er verächtlich alle Legenden abgetan, nach denen bestimmten Schwertern der Drang zum Töten innewohne, daß manche Schwerter einfach aus der Scheide springen und Blut trinken müßten, aber jetzt glaubte Toranaga es.
Ein Schauder durchlief ihn, als er sich an diesen Tag erinnerte. Warum mögen Murasama-Klingen uns wohl hassen? Eines hat meinen Großvater umgebracht, ein anderes hätte mir, als ich sechs war, ums Haar den Arm vom Rumpf getrennt – ein unerklärlicher Zufall. Niemand war in der Nähe gewesen, und trotzdem wurde mir mein Schwertarm aufgeschnitten und ich wäre fast verblutet. Ein drittes hat meinen ältesten Sohn enthauptet.
»Euer Gnaden«, hatte Yabu gesagt, »ein derart besudeltes Schwert sollte nicht weiterleben dürfen, *neh?* Laßt es mich hinausbringen aufs Meer und es dort versenken, auf daß dieses Schwert wenigstens weder Euch noch Euren Nachkommen jemals gefährlich werden kann.«
»Ja... ja«, hatte er gemurmelt, dankbar, daß dieser Vorschlag von Yabu kam. »Tut es gleich.« Und erst als das Schwert versunken war und niemand es mehr sehen konnte, weit draußen auf See, im Beisein seiner Männer, hatte sein Herz wieder normal geschlagen. Er hatte Yabu gedankt, befohlen, daß die Steuern endgültig auf sechzig Teile für die Bauern und vierzig für ihre Herrn festgesetzt

wurden, und ihm Izu als Lehen gegeben. So war alles wie früher, nur, daß alle Macht in Izu jetzt Toranaga gehörte, falls es ihm gefiel, sich ihrer zu bedienen.
Toranaga drehte sich um, um den Schmerz in seinem Schwertarm zu beschwichtigen, und legte sich bequemer hin, genoß die Nähe der Erde und zog Kraft daraus wie immer.
Diese Klinge ist fort und wird niemals wiederkommen. Gut, aber vergiß niemals, was der alte chinesische Wahrsager geweissagt hat; er meinte, daß du durch ein Schwert umkommen würdest. Aber durch wessen Schwert – durch meine eigene Hand oder die eines anderen?
Ich werde es schon erfahren, sagte er sich ohne Furcht.
Jetzt schlaf! *Karma* ist *Karma!* Sei du selbst durch Zen! Denk daran, und zwar in aller Ruhe, daß du das Absolute, das *Tao*, in dir trägst, daß keine Priester, kein Kult und kein Dogma oder Buch oder Lehrer, keine Lehre und keine Worte zwischen deinem Ich und Ihm stehen. Wisse, daß Gut und Böse nicht von Belang sind, ich und du nicht von Belang, Innen und Außen nicht von Belang und nicht das Leben und nicht der Tod. Tritt ein in die Sphäre, wo es weder Todesfurcht noch Hoffnung auf ein Leben nach dem Tod gibt, wo du frei bist von den Fesseln des Lebens oder den Bedürfnissen nach Erlösung. Du bist das Tao, bist es selbst. Sei du es selbst, *jetzt*, ein Fels, gegen das die Wogen des Lebens vergebens anrennen...
Ein schwacher Ruf riß Toranaga aus seiner Meditation heraus, und er sprang auf die Füße. Naga zeigte aufgeregt nach Westen. Aller Augen folgten seinem ausgestreckten Arm.
Die Brieftaube flog aus Westen kommend direkt auf Anjiro zu. Sie ließ sich auf einem fernen Baum nieder, um sich einen Moment dort auszuruhen, und flog dann, als der Regen einsetzte, weiter.
Weit, weit im Westen hinter ihr lag Osaka.

# 37. Kapitel

Der Aufseher am Taubenschlag hielt die Taube mit sanften, aber festen Händen, als Toranaga seine völlig durchnäßten Kleider abstreifte. Er war durch den heftigen Regen hergaloppiert. Naga und die anderen Samurai drängten sich aufgeregt um die enge Tür und achteten nicht auf den wie aus Kübeln herunterkommenden warmen Regen, der auf das ziegelgedeckte Dach trommelte.
Sorgfältig trocknete Toranaga sich die Hände. Der Mann reichte ihm die Taube. Zwei winzige Zylinder aus gehämmertem Silber waren an je eines der Beine befestigt. Normalerweise benutzte man nur einen. Toranaga nestelte die Zylinder los und trug sie hinüber ans Licht der Fensteröffnung, um die winzigen Siegel zu untersuchen. Er erkannte Kiris Geheimzeichen. Naga und die anderen beobachteten ihn angespannt. Sein Gesicht verriet nichts.
So sehr es ihn auch drängte, Toranaga erbrach die Siegel nicht sofort. Geduldig wartete er, bis ihm ein trockener Kimono gebracht wurde. Ein Diener hielt einen großen Regenschirm aus Ölpapier über ihn, und er ging zurück in sein Quartier im Fort. Suppe und *Cha* warteten bereits. Er nippte daran und lauschte dem Regen. Als er sich ruhig fühlte, stellte er die Wachen auf und betrat den inneren Raum. Als er ganz allein war, erbrach er die Siegel. Das Papier der vier Rollen war außerordentlich fein, die Schriftzeichen winzig und die Botschaft lang. Den Code umzusetzen war eine langwierige Arbeit. Als er damit fertig war, las er die Botschaft, und las sie hinterher noch zweimal. Dann ließ er seinen Gedanken freien Lauf.
Die Nacht brach herein, es hörte auf zu regnen. O Buddha, laß es eine gute Ernte werden, betete er. Es war die Zeit, da die eingefaßten Felder unter Wasser gesetzt und die blaßgrünen Reisschößlinge in den unkrautfreien, fast flüssigen Boden eingepflanzt wurden, um in vier oder fünf Monaten abgeerntet zu werden. Im ganzen Land betete arm und reich, *Eta* und Kaiser, Diener und Samurai, daß zum genau richtigen Zeitpunkt genau die richtige Menge Regen und Sonne und Feuchtigkeit kamen. Jeder Mann, jede Frau und jedes Kind zählten die Tage bis zur Ernte.

Wir brauchen eine besonders gute Ernte dies Jahr, dachte Toranaga.
»Naga! Naga-san!«
Sein Sohn kam gelaufen. »Ja, Vater?«
»In der ersten Stunde nach dem Morgengrauen bringt Yabu und seine Hauptratgeber aufs Plateau hinauf. Auch Buntaro und die drei obersten Hauptleute. Und Mariko-san. Ja. Ich möchte, daß der Anjin-san sich im Lager bereithält. Die Wachen sollen in zweihundert Schritt Abstand einen Kreis um uns bilden.«
»Ja, Vater.« Naga drehte sich um, um zu gehorchen. Doch unfähig, sich zurückzuhalten, platzte er mit der Frage heraus: »Gibt es Krieg, Vater? Oder?«
Und da Toranaga jemanden brauchte, der Zuversicht im Lager verbreitete, schalt er seinen Sohn diesmal nicht wegen seiner Vorwitzigkeit.
»Ja«, sagte er, »ja – aber zu meinen Bedingungen.«
Naga schob die *Shoji*-Tür zu und eilte davon. Toranaga wußte – auch wenn Nagas Gesicht und sein Verhalten nach außen hin gefaßt wirkten, die Erregung und das Feuer in seinen Augen konnte er nicht verbergen. Folglich würde sich Gerücht und Gegengerücht wie ein Lauffeuer in Anjiro verbreiten, von dort aus durch ganz Izu und noch weiter, sofern man die Feuer richtig schürte.
»Jetzt gibt es kein Zurück mehr«, sagte er laut zu den Blumen, die heiter in der *Takonama* standen. Schatten bewegten sich in dem milden Kerzenlicht.
Kiri hatte geschrieben: »Euer Gnaden, ich bete zu Buddha, daß es Euch wohlergehe und Ihr außer Gefahr seid. Dies ist unsere letzte Brieftaube, und so flehe ich Buddha auch noch an, daß er sie sicher zu Euch finden lassen möge – alle anderen haben Verräter gestern getötet, indem sie Feuer an den Taubenschlag legten, und auch diese hier ist nur entkommen, weil sie krank gewesen ist und ich sie in meinem Gemach pflegte.
Gestern morgen ist, wie geplant, Herr Sugiyama plötzlich zurückgetreten. Doch ehe er entkommen konnte, ging er in den Außenbezirken von Osaka Ishidos *Ronin* in die Falle. Unglücklicherweise wurden mit ihm auch einige Mitglieder der Familie Sugiyama gefaßt – soviel ich hörte, wurde er von einem seiner eigenen Leute verraten. Einem Gerücht zufolge soll Ishido ihm einen Kompromiß vorgeschlagen haben, wenn Herr Sugiyama seinen Rücktritt bis nach der Tagung der Regenten (morgen) aufschöbe. Sugiyama weigerte sich jedoch. Sie folterten seine Kinder, dann seine Gemahlin – vor seinen Augen, aber er wollte Euch trotzdem nicht verlassen. Allen wurde ein schlimmer Tod zuteil. Seiner, der letzte, war besonders scheußlich.
Selbstverständlich hat es für diesen Verrat keinen Zeugen gegeben, und was ich schreibe, beruht auf Hörensagen, aber ich glaube, es entspricht der Wahrheit. Selbstverständlich wies Ishido jedes Wissen um die Ermordung weit von sich und schwor, die ›Mörder‹ zu jagen. Zuerst behauptete Ishido, Sugiyama sei überhaupt nicht richtig zurückgetreten und deshalb könne der Rat seiner Meinung nach trotzdem zusammentreten. Ich schickte Kopien von Sugiyamas Rücktritt an die anderen Regenten, Kiyama, Ito und Onoshi, sandte eine weitere offen an Ishido und ließ vier weitere Kopien unter den *Daimyos* herumgehen.

(Wie schlau von Euch, Tora-chan, vorauszusehen, daß man noch Extrakopien benötigen werde.) Folglich gibt es, genauso, wie Ihr es mit Sugiyama vorausgeplant habt, seit gestern keinen Regentschaftsrat mehr – darin ist Euch ein voller Erfolg zuteil geworden.

Gute Nachricht: Herr Mogami kehrte noch vor der Stadt mitsamt seiner Familie und seinen Samurai um. Damit ist er jetzt offen Euer Verbündeter, und Eure Flanke hoch im Norden ist sicher. Die Herren Maeda, Kukushima, Asana, Ikeda und Okudiara haben gestern nacht klammheimlich die Stadt verlassen und sich in Sicherheit gebracht – desgleichen der christliche Herr Oda.

Schlechte Nachricht: Da den Familien von Maeda, Ikeda und Oda sowie einem Dutzend anderer bedeutender *Daimyos* die Flucht nicht gelang, sind sie jetzt praktisch Geiseln – genauso wie die Angehörigen von fünfzig oder sechzig anderen Herren, die sich nicht eindeutig festgelegt haben.

Schlechte Nachricht: Gestern hat Euer Halbbruder, Zataki, der Herr von Shinano, sich öffentlich für den Erben Yaemon und gegen Euch erklärt und Euch beschuldigt, zusammen mit Sugiyama den Regentschaftsrat stürzen zu wollen; damit ist in Eure nordöstliche Grenze jetzt eine Bresche geschlagen, und Ihr habt Zataki und seine fünfzigtausend Fanatiker gegen Euch.

Schlechte Nachricht: Fast ausnahmslos alle *Daimyos* haben die ›Einladung‹ des Kaisers angenommen.

Schlechte Nachricht: Eine ganze Reihe Eurer Freunde und Verbündeten hier sind außer sich darüber, daß Ihr sie nicht vorher von Eurer Strategie unterrichtet habt, damit sie sich eine Rückzugsmöglichkeit offenhielten. Euer alter Freund, der große Herr Shimazu, gehört zu ihnen.

Schlechte Nachricht: Die Dame Ochiba spinnt ihr Netz außerordentlich kunstvoll, verspricht bei Hofe denjenigen, die sich noch nicht festgelegt haben, Lehen und Titel und Posten. Tora-chan, es ist ein Jammer, daß sie nicht auf Eurer Seite steht – in ihr habt Ihr eine würdige Feindin. Die Dame Yodoko tritt als einzige dafür ein, zu beten und Ruhe zu bewahren, aber niemand hört auf sie, und die Dame Ochiba möchte den Krieg am liebsten jetzt vom Zaun brechen, da sie meint, Ihr stündet schwach und isoliert da.

Das schlimmste ist, daß jetzt die christlichen Regenten Kiyama und Onoshi unverhohlen zueinanderhalten und heftig gegen Euch stehen. Sie haben heute morgen eine gemeinsame Erklärung abgegeben, in der sie Sugiyamas ›Abfall‹ bedauern. Die Regenten trügen die oberste Verantwortung. Wir müßten bereit sein, gemeinsam jeden Lehnsfürsten oder jede Gruppe von Lehnsfürsten zu vernichten, die darauf hinarbeite, den Willen des Taikō außer acht zu lassen und die legale Nachfolge zu verhindern. (Bedeutet das, daß sie vorhaben, sich als aus vier Mitgliedern bestehender Regentschaftsrat zu etablieren?) Einer unserer christlichen Spione im Hauptquartier der Schwarzkutten hat uns wissen lassen, daß Tsukku-san Osaka vor fünf Tagen heimlich verlassen habe, aber wir wissen nicht, ob er sich nach Yedo oder Nagasaki begeben hat, wo das Schwarze Schiff erwartet wird.

Euer Gnaden: Ich habe immer gezögert, Euch gegenüber rasche, nur auf Hörensagen, Berichten von Spionen oder weiblichem Einfühlungsvermögen beruhende Ansichten von mir zu geben, aber diesmal ist die Zeit knapp, und es könnte sein, daß ich niemals wieder zu Euch sprechen kann. Zunächst einmal: Es werden zu viele Familien hier festgehalten. Ishido wird sie niemals ziehen lassen (uns selbstredend auch nicht). Diese Geiseln stellen eine ungeheure Gefahr für Euch dar. Viele Lehnsfürsten werden sich meiner Meinung nach wegen dieser Faustpfänder, wenn auch widerwillig, Ishido anschließen. Weiterhin glaube ich, daß Maeda Euch verraten wird, desgleichen vermutlich auch Asano. Ich würde meinen, von den insgesamt zweihundert *Daimyos* in unserem Land werden nur rund fünfundzwanzig Euch mit Bestimmtheit folgen, bei weiteren fünfzig mag das möglich sein. Das sind bei weitem nicht genug. Jetzt, wo auch noch Euer Halbbruder Zataki gegen Euch ist, ist Eure Lage schrecklich gefährlich geworden. Ich rate, daß Ihr ›Blutigen Himmel‹ befehlt.
Was die Dame Sazuko und mich selbst betrifft, so geht es uns gut. Das Kind regt sich mächtig, und wenn es sein *Karma* ist, geboren zu werden, so wird das auch geschehen. Wir sind in unserer Ecke der Burg sicher, das Tor ist fest verriegelt und das Fallgitter herabgelassen. Unsere Samurai sind Euch und Eurer Sache treu ergeben, und wenn es unser *Karma* ist, dieses Leben zu verlassen, dann werden wir es heiteren Gemütes tun. Was mich selbst betrifft, Tora-chan, so sehne ich mich danach, Euch zu sehen, mit Euch zu lachen und Euch lächeln zu sehen. Das einzige, was ich bedauern würde, wenn ich sterben müßte, wäre, daß ich diese Dinge dann nicht mehr werde tun können und nicht mehr über Euch werde wachen können. Wenn es ein Leben nach dem Tode gibt und Gott, Buddha oder die *Kami* existieren, dann, das verspreche ich Euch, werde ich sie alle irgendwie auf Eure Seite bringen... wenn ich sie vorher auch anflehen würde, mich wieder schlank und jung und fruchtbar für Euch zu machen, mir aber gleichzeitig meine Freude am Essen zu lassen. Ach, das müßte wirklich der Himmel sein: nach Herzenslust essen zu können und doch ewig jung und schlank zu bleiben!
Ich schicke Euch mein Lachen. Möge Buddha Euch und die Euren segnen!«

Toranaga las ihnen die Botschaft vor. Nachdem er geendet hatte, blickten sie ihn und sich untereinander ungläubig an – nicht so sehr wegen des Inhalts, sondern weil er sie so rückhaltlos in sein Vertrauen zog.
Sie saßen im Halbkreis vor ihm, mitten auf der Hochebene, ohne Wachen und ohne Lauscher. Buntaro, Yabu, Igurashi, Omi, Naga, die Hauptleute und Mariko. Die Wachen hatten zweihundert Schritt weiter entfernt Aufstellung genommen.
»Ich bitte Euch um Euren Rat«, sagte Toranaga. »Meine Ratgeber sitzen in Yedo. Die Angelegenheit drängt jedoch, und ich möchte, daß Ihr alle ihre Stelle einnehmt. Was wird geschehen, und was sollte ich tun. Yabu-san?«
Yabu war in heller Aufregung. Welchen Weg man auch einschlug, jeder schien

ins Verderben zu führen. »Zunächst einmal, Euer Gnaden, was bedeutet ›Blutiger Himmel‹ genau?«
»Das ist das Code-Wort für meinen letzten Schlachtplan – einen einzigen, machtvollen und sehr raschen Vorstoß auf Kyoto mit allen meinen Legionen, wobei es gälte, sich in den Besitz der Stadt zu bringen, die Person des Kaisers dem schmutzigen Zugriff jener zu entwinden, die ihn – unter Ishidos Führung – hinters Licht geführt haben. Alsdann den Sohn des Himmels zu ersuchen, das dem augenblicklichen Regentschaftsrat erteilte Mandat zu widerrufen und mich zu beauftragen, einen neuen Regentschaftsrat zu bilden, der sich die Wahrung der Interessen des gesamten Reiches und des Erben zur vornehmlichen Aufgabe macht, statt ausschließlich eigennützige Interessen zu verfolgen. Ich würde mich an die Spitze von achtzig- bis hunderttausend Mann stellen und meine eigenen Provinzen schutzlos zurücklassen. Meine Flanken wären nicht gedeckt und ein Rückzug nicht gesichert.« Toranaga sah, wie sie ihn bestürzt ansahen. Was er nicht erwähnte, das waren die Einheiten von Elite-Samurai, die er im Laufe der Jahre in vielen der wichtigen Burgen und Provinzen eingeschleust hatte und welche die Aufgabe hatten, sich gleichzeitig gewaltsam zu erheben, um das für das Gelingen des Plans notwendige Durcheinander zu schaffen.
»Aber da müßtet Ihr ja um jeden Fußbreit Weges kämpfen«, entfuhr es Yabu. »Ikawa Jikkyu hat die Tokaido-Straße auf hundert *Ri* fest in der Hand. Und auf dem Rest des Weges behindern uns weitere Hochburgen von Ishido!«
»Ja. Aber deshalb habe ich auch vor, auf der Koshu-kaido-Straße in nordwestlicher Richtung vorzustoßen, von dort aus auf Kyoto zuzugehen und den gesamten Küstenbereich links liegenzulassen.«
»Aber, Euer Gnaden, in der Botschaft heißt es, Euer Verwandter Zataki-san sei bereits zum Feind übergegangen! Damit wäre Euch auch die nördliche Route versperrt. Die Koshu-kaido führt doch mitten durch seine Provinz!«
»Dennoch ist das die einzige Möglichkeit – der einzige Weg, auf dem ich eine Chance habe. Ich stimme zu: Auf der Küstenstraße sind die Feinde zu zahlreich.«
Yabu blickte verstohlen zu Omi hinüber. Er wünschte, er könnte sich mit ihm beraten. Die ganze Botschaft und die böse Situation in Osaka war ihm zuwider, und es war ihm schrecklich, daß er als erster hatte sprechen müssen. Nichts ging ihm mehr wider den Strich als der Vasallenstatus, auf den er sich – auf Omis Rat hin – eingelassen hatte.
»Das ist Eure einzige Chance, Yabu-sama«, hatte Omi ihn gedrängt. »Die einzige Möglichkeit, Euch Toranagas Zugriff zu entziehen und noch Raum zu haben, selbst etwas zu unternehmen.«
Wütend war Igurashi ihm ins Wort gefallen. Doch Yabu hatte sie ihren Streit austragen lassen, und dann, am Ende, hatte er eingesehen, daß Omis Vorschlag der klügere war. »Sehr wohl! Ich stimme zu! Und ihm das Murasama-Schwert zur Besiegelung des Abkommens anzutragen, ist ein Geniestreich, Omi-san«, hatte er sich diebisch gefreut. Der schlau ersonnene Plan hatte ihn völlig hinge-

rissen. »Jawohl, ein Geniestreich! Mit seinem Yoshitomo-Schwert ist der Verlust mehr als wettgemacht. Und selbstverständlich bin ich Toranaga nützlicher denn je zuvor. Omi hat recht, Igurashi. Mir bleibt keine Wahl. Ich bin von Stund an auf Toranaga festgelegt. Bin sein Vasall!«
»Bis es zum Krieg kommt«, hatte Omi zutreffend hinzugefügt.
»Selbstverständlich. Dann könnte ich zur Gegenseite übergehen – oder auch noch ein halbes Dutzend anderer Dinge tun. Ihr habt den Nagel wieder einmal auf den Kopf getroffen, Omi-san.«
Omi ist der beste Ratgeber, den ich je gehabt habe, sagte er sich. Allerdings auch der gefährlichste. Omi ist schlau genug, Izu an sich zu reißen, wenn ich sterbe. Aber was spielt das für eine Rolle! Wir müssen alle sterben.
»Ihr seid vollkommen abgeschnitten«, sagte er Toranaga jetzt. »Ihr seid isoliert!«
»Gibt es noch eine andere Möglichkeit?« fragte Toranaga.
»Verzeiht, Euer Gnaden«, sagte Omi, »aber wie lange würde es dauern, diesen Angriff vorzubereiten?«
»Wir könnten heute noch losschlagen.«
»Izu ist gleichfalls bereit, Euer Gnaden«, sagte Yabu. »Eure hunderttausend und meine sechzehntausend und das Musketenregiment – reicht das?«
»Nein. ›Blutiger Himmel‹ ist ein Verzweiflungsplan – weil alles auf eine einzige Karte gesetzt wird.«
»Ihr müßt ihn riskieren – sobald die Regenzeit aufhört und wir Krieg führen können«, sagte Yabu verbissen. »Welche Wahl bleibt Euch sonst? Ishido wird sofort einen neuen Rat bilden – immerhin haben sie heute noch das Mandat des Kaisers. Also wird man Euch absetzen – heute oder morgen oder an einem der nächsten Tage. Warum warten, bis man aufgefressen wird? Hört, vielleicht könnte das Musketenregiment uns mit Gewalt einen Weg durch die Berge bahnen. Befehlt ›Blutigen Himmel‹. Alle Kräfte vereinigt auf einen einzigen geballten Angriff. Das ist der Weg des Kriegers – würdig eines Samurai, Toranaga-sama. Unsere Musketen werden Zataki aus dem Weg schießen, und ob Ihr durchkommt oder nicht – was spielt das schon für eine Rolle? Der Versuch wird für immer lebendig bleiben.«
Naga sagte: »Ja. Aber wir werden gewinnen – bestimmt gewinnen wir!« Einige der Hauptleute nickten zustimmend. Ihnen fiel ein Stein vom Herzen, daß es nun endlich Krieg geben würde. Omi schwieg.
Toranaga blickte Buntaro an. »Nun?«
»Herr, verzeiht, aber ich bitte, erspart mir, eine Ansicht vorzutragen. Ich und meine Männer tun, was immer Ihr beschließt. Das ist meine einzige Pflicht. Meine Ansicht ist für Euch wertlos, weil ich nur das tue, was Ihr beschließt.«
»Normalerweise würde ich das anerkennen, aber heute nicht.«
»Dann bin ich für den Krieg! Was Yabu-san sagt, stimmt. Stoßen wir auf Kyoto vor. Heute, morgen, oder wenn die Regenfälle aufhören. ›Blutiger Himmel‹! Ich bin des Wartens müde!«

»Omi-san?« fragte Toranaga.
»Yabu-sama hat recht, Euer Gnaden. Ishido wird sich über den Willen des Taikō hinwegsetzen und sehr bald einen neuen Rat ernennen. Dieser neue Rat wird das Mandat des Kaisers besitzen. Eure Feinde werden Beifall spenden, und die meisten Eurer Freunde werden zögern und Euch damit in den Rücken fallen. Der neue Rat wird Euch auf der Stelle absetzen. Und dann...«
»Dann heißt das ›Blutiger Himmel‹?« fiel Yabu ihm ins Wort.
»Wenn Herr Toranaga befiehlt, wird es Krieg geben. Aber ich glaube nicht, daß der Befehl zum Rücktritt irgendwelchen Wert besitzt. Ihr könnt ihn vergessen.«
»Warum?« fragte Toranaga. Die Aufmerksamkeit aller wendete sich Omi zu.
»Ich stimme Euch zu, Euer Gnaden. Ishido ist böse, *neh?* Und alle *Daimyos*, die sich dazu hergeben, ihm zu dienen, sind gleichfalls böse. Echte Männer sehen Ishido so, wie er ist, und erkennen auch, daß der Kaiser abermals hinters Licht geführt worden ist.« Vorsichtig arbeitete Omi sich durch den Treibsand vor, von dem er wußte, daß er ihn verschlingen konnte. »Ich meine, er hat einen großen Fehler begangen, als er Herrn Sugiyama ermordete. Denn wegen dieser gemeinen Morde werden meiner Meinung nach alle *Daimyos* jetzt argwöhnisch werden und von Ishido Verrat erwarten. Nur sehr wenige außer Ishidos engsten Verbündeten werden sich den Befehlen seines ›Rats‹ beugen. Ihr seid sicher. Fürs nächste jedenfalls.«
»Für wie lange?«
»Während der nächsten beiden Monate werden wir noch mit Regenfällen rechnen müssen. Hören die auf, wird Ishido gleichzeitig Ikawa Jikkyu und Herrn Zataki gegen Euch vorschicken, um Euch in die Zange zu nehmen. Ishidos Hauptarmee wird sie über die Tokaido-Straße unterstützen. In der Zwischenzeit, solange die Regenzeit währt, wird jeder *Daimyo*, der einen Groll gegen irgendeinen anderen *Daimyo* hegt, nur ein Lippenbekenntnis für Ishido ablegen, und zwar so lange, bis er den ersten Schritt macht; dann, glaube ich, werden sie sich nicht mehr um ihn kümmern, sich ihren Rachegelüsten hingeben oder Gebiete an sich reißen wollen, die ihnen in die Augen stechen. Das Reich wird wieder so zerrissen sein, wie es vor dem Taikō war. Ihr jedoch, Euer Gnaden, könntet zusammen mit Yabu-sama gemeinsam die Pässe des Kwanto und nach Izu gegen die erste Angriffswelle halten. Sobald Ishido und die anderen ihre Kräfte verschlissen haben, könnt Ihr zusammen mit Herrn Yabu vorsichtig hinter den Bergen hervorkommen und nach und nach das Reich in Eure Hand bringen.«
»Und wann würde das sein?«
»In der Zeit Eurer Kinder, Euer Gnaden.«
»Redet Ihr etwa einem Verteidigungskrieg das Wort?« fragte Yabu abschätzig.
»Ich meine, vereint seid Ihr beide hinter den Bergen sicher. Ihr wartet ab, Toranaga-sama. Ihr wartet, bis Ihr mehr Verbündete habt. General Ishido ist böse, aber er ist nicht dumm genug, alle seine Truppen in einer einzigen Schlacht aufs Spiel zu setzen. Schmollend wird er in Osaka sitzen bleiben. Wir müssen die

Sicherheitsvorkehrungen verstärken und die Geheimwaffe im Rückhalt haben – drohend erhoben und schlagbereit, bis Ihr hinter Euren Bergen hervorkommt.« Omi war sich der auf ihn gerichteten Augen aller durchaus bewußt. Er verneigte sich vor Toranaga. »Bitte, verzeiht, daß ich so lange gesprochen habe, Euer Gnaden.«
Toranaga ließ seinen Blick des längeren auf ihm ruhen, dann wandte er ihn seinem Sohn zu. Er erkannte des jungen Mannes mühsam gebändigte Erregung und wußte, daß der Zeitpunkt gekommen war, ihn an seine Beute anzuwerfen. »Naga-san?«
»Was Omi-san gesagt hat, ist richtig«, sagte Naga sofort überschäumend. »Zumindest das meiste davon. Ich jedoch meine, Ihr solltet die beiden Monate nutzen, Verbündete zu gewinnen, Ishido noch mehr zu isolieren und, wenn die Regenzeit aufhört, ohne vorherige Warnung zuschlagen – ›Blutiger Himmel‹!«
Toranaga fragte nach: »Ihr glaubt also nicht wie Omi-san an einen langwierigen Krieg?«
»Nein. Aber ist denn dies nicht...« Naga sprach nicht weiter.
»Weiter, Naga-san. Sprecht offen!«
Naga war kalkweiß geworden und hielt den Mund.
»Ich befehle Euch weiterzusprechen!«
»Nun, Euer Gnaden, mir ist eben aufgegangen, daß...« Abermals unterbrach er sich, um dann jedoch überstürzt herauszusprudeln: »Ist dies nicht die große Gelegenheit für Euch, Euch zum Shōgun aufzuschwingen? Wenn es Euch gelingt, Kyoto zu nehmen und Euch des Mandats des Kaisers zu versichern, wozu dann überhaupt erst einen Regentschaftsrat bilden? Warum nicht den Sohn des Himmels gleich ersuchen, Euch zum Shōgun zu machen? Es wäre sowohl für Euch als auch für das Reich das beste.« Naga bemühte sich, sich seine Angst nicht anmerken zu lassen, denn wem er das Wort redete, das war Verrat an Yaemon, und die meisten hier versammelten Samurai – Yabu, Omi, Igurashi und besonders Buntaro – bekannten sich unverhohlen als Loyalisten. Bereit, sich zu verteidigen, wandte er sich den anderen zu. »Wenn man diese Gelegenheit ungenutzt verstreichen läßt... Omi-san, Ihr habt recht mit dem, was Ihr über einen langen Krieg gesagt habt. Ich jedoch sage, Herr Toranaga muß die Macht übernehmen, damit die Macht nicht zerfällt! Ein langer Krieg würde das gesamte Reich ruinieren, es wieder in tausend kleine Fürstentümer aufsplittern! Wer möchte das? Herr Toranaga muß Shōgun werden. Um Yaemon das Reich zu übergeben, muß es zuvor gesichert werden. Eine solche Gelegenheit, das zu tun, bietet sich nie wieder...« Seine Worte verklangen. Er setzte sich kerzengerade hin – er hatte schreckliche Angst wegen dem, was er gesagt hatte, war aber auch froh, einmal öffentlich ausgesprochen zu haben, was er schon seit eh und je dachte.
Toranaga seufzte... »Ich habe nie danach getrachtet, Shōgun zu werden. Ich unterstütze meinen Neffen Yaemon und trete für das Testament des Taikō ein.« Einen nach dem anderen blickte er sie an. Zuletzt Naga. Der junge Mann wand

sich innerlich. Aber Toranaga rief ihn zu seinem Lockvogel zurück und sagte freundlich: »Einzig Euer Eifer und Eure Jugend entschuldigen Euch. Unglücklicherweise glauben auch viel ältere und klügere Männer, daß mein Ehrgeiz dahin geht. Aber das tut er nicht! Es gibt nur eine Möglichkeit, diesen Unsinn zu berichtigen – indem ich Yaemon an die Macht bringe. Und das habe ich vor.« Toranaga ließ seinen Blick zu Igurashi hinüberwandern. »Und wozu ratet Ihr?«
Der einäugige Samurai kratzte sich. »Ich... ich bin ja nur ein schlichter Soldat, kein Ratgeber. Trotzdem würde ich nicht zu ›Blutigem Himmel‹ raten – jedenfalls nicht, wenn es gälte, einen Krieg zu führen, wie Omi-san ihn beschrieben hat. Herr Ishido wird zwei-, dreihunderttausend Männer gegen Euch aufstellen und trotzdem noch hunderttausend in Osaka behalten. Selbst mit den Feuerwaffen wären wir nicht stark genug, um einen Angriff zu wagen. Aber hinter den Bergen und mit Hilfe der Musketen könntet Ihr unendlich lange ausharren, wenn es so kommt, wie Omi-san sagt. Ihr würdet sicher sein. Soll Herr Ishido und der Teufel Jikkyu doch gegen uns vorgehen – wenn, wie Omi-san sagt, die Feinde sich gegenseitig auffressen! Wenn nicht, haltet ›Blutigen Himmel‹ als letzten Ausweg bereit. Man kann nur einmal in seinem Leben für seinen Herrn sterben.«
»Hat irgend jemand noch etwas hinzuzufügen?« fragte Toranaga. Niemand meldete sich. »Mariko-san?«
»Es steht mir nicht an, hier das Wort zu ergreifen, Herr«, erwiderte sie. »Ich bin überzeugt, es ist alles gesagt worden, was gesagt werden muß. Erlaubt jedoch, daß ich Euch im Namen aller Ratgeber frage, was *Eurer* Meinung nach geschehen wird?«
Toranaga wählte seine Worte sehr bewußt. »Ich glaube, daß das eintreten wird, was Omi-san gesagt hat. Mit einer Ausnahme: Der Rat wird nicht ohnmächtig sein. Der Rat wird einflußreich genug sein, eine unbesiegbare Streitmacht von vielen Verbündeten zusammenzubringen. Wenn die Regenfälle aufhören, wird sie gegen den Kwanto vorgeschickt werden, und zwar unter Umgehung von Izu. Der Kwanto wird geschluckt werden, dann Izu. Erst wenn ich tot bin, werden die *Daimyos* sich gegenseitig bekämpfen.«
»Aber warum, Euer Gnaden?« wagte Omi zu fragen.
»Weil ich zu viele Feinde habe, weil ich den Kwanto besitze, weil ich seit über vierzig Jahren Krieg geführt und noch nie eine Schlacht verloren habe. Sie haben alle Angst vor mir. Ich *weiß*, zuerst werden die Geier sich zusammentun, um mich zu vernichten, wenn sie können. Ihr alle solltet ganz klar sehen, daß ich die einzige echte Bedrohung für Yaemon darstelle, obgleich ich im Grunde gar keine Bedrohung für ihn bin. Das ist ja gerade das Widersinnige an der Geschichte. Alle glauben, daß ich Shōgun werden will. Ich will es nicht. Auch dies wird wieder ein Krieg sein, der überhaupt nicht nötig wäre.«
Naga brach das Schweigen. »Ja, aber was werdet Ihr denn dann tun, Euer Gnaden?«
»Offenbar gilt doch wohl ›Blutiger Himmel‹«, sagte Toranaga.

»Aber Ihr habt doch gesagt, daß sie uns auffressen werden.«
»Das würden sie auch tun – wenn ich ihnen Zeit dazu ließe. Aber genau das werde ich nicht tun. Wir ziehen sofort in den Krieg!«
»Aber die Regenfälle – was ist mit den Regenfällen?«
»Wir werden durchnäßt in Kyoto ankommen. Erhitzt, stinkend und naß bis auf die Haut. Überraschungsangriff, Beweglichkeit, Wagemut und der richtige Zeitpunkt – das sind die Elemente, mit denen man einen Krieg gewinnt, *neh?* Yabu-san hatte recht. Die Musketen werden einen Weg durch die Berge freischießen.«

Eine ganze Stunde lang schmiedeten sie Pläne und wogen die Möglichkeiten eines großangelegten Kriegs in der Regenzeit ab – eine noch nie dagewesene Strategie. Dann schickte Toranaga sie bis auf Mariko alle fort und trug Naga auf, den Anjin-san herzuschicken. Er sah ihnen nach, als sie fortgingen. Nach außen hin waren sie alle begeistert gewesen, nachdem der Entschluß einmal verkündet worden war, ganz besonders Buntaro und Naga. Nur Omi war zurückhaltend und nachdenklich und nicht überzeugt. Igurashi zählte für Toranaga nicht, er würde doch nur das tun, was Yabu befahl – und Yabu tat er als Unterpfand ab – ein verräterisches zwar, aber immerhin ein Unterpfand. Omi ist der einzige, um den es sich lohnt nachzudenken, dachte er. Ich möchte mal wissen, ob er wohl schon dahintergekommen ist, was ich *wirklich* vorhabe?
»Mariko-san, versucht bitte mit äußerstem Takt herauszufinden, wieviel der Kontrakt der Kurtisane kosten würde.«
Sie zwinkerte. »Kiku-san, Euer Gnaden?«
»Ja.«
»Jetzt, Euer Gnaden? Sofort?«
»Heute abend wäre es sehr schön.« Mit ausdruckslosem Gesicht sah er sie an. »Dieser Vertrag soll nicht notwendigerweise für mich sein, vielleicht aber für einen meiner Offiziere.«
»Der Preis hängt davon ab, um wen es sich handelt, Euer Gnaden.«
»Das denke ich auch. Aber macht trotzdem einen Preis aus. Selbstverständlich hat Kiku-san das Recht, nein zu sagen, wenn sie den Namen des betreffenden Samurai erfährt, aber erklärt ihrer Gebieterin, der Mama-san, nur, ich erwartete, Kiku-san würde nicht die schlechten Manieren besitzen, einer Wahl, die ich für sie treffe, Mißtrauen entgegenzubringen.«
»Ja, Euer Gnaden, selbstverständlich.«
Toranaga bewegte die Schulter, um den Schmerz darin zu lindern, und steckte seine Schwerter zurecht.
»Dürfte ich Euch massieren, Euer Gnaden? Oder nach Suwo schicken?«
»Nein, vielen Dank. Suwo kommt später.« Toranaga erhob sich, erleichterte sich voller Behagen und nahm dann wieder Platz. Er trug einen kurzen leichten, blaugemusterten Seidenkimono und einfache Strohsandalen. Sein Fächer war ebenfalls blau und mit seinem Wappen geschmückt.

Die Sonne stand niedrig, und Regenwolken ballten sich zusammen.
»Es ist ungeheuerlich zu leben«, sagte er glücklich. »Ich kann förmlich hören, wie der Regen darauf wartet, geboren zu werden.«
»Ja«, sagte sie.
Toranaga überlegte einen Augenblick.
Dann sprach er ein Gedicht:

*»Der sonnengesengte*
*Himmel*
*weint*
*fruchtbringenden Regen.«*

Gehorsam setzte Mariko ihren Geist in Bewegung, um das Gedicht-Spiel mit ihm zu spielen, das sich bei den Samurai so großer Beliebtheit erfreut, wandelte die Wörter des Gedichts, das er gemacht hatte, ab und schuf ein neues daraus. Nach kurzem Überlegen kam ihre Antwort:

*»Doch der Wald,*
*verwundet vom Wind,*
*weint*
*totes Laub.«*

»Vortrefflich gesagt! Ja, ganz vortrefflich.« Zufrieden blickte Toranaga sie an, und was er sah, erregte sein Wohlgefallen. Sie war in einen blaß-grünen Kimono gekleidet und trug dazu einen dunkelgrünen *Obi* sowie einen orangefarbenen Sonnenschirm. Das unter dem breitrandigen Hut hochaufgetürmte Haar schimmerte blauschwarz. Voller Wehmut erinnerte er sich der Zeit, da sie alle – sogar der Diktator Goroda – sie begehrt hatten. Sie war dreizehn Jahre alt gewesen, als ihr Vater, Akechi Jinsai, sie, seine älteste Tochter, am Hof Goroda vorgestellt hatte. Und wie Nakamura, der zukünftige Taikō, den Diktator inständig gebeten hatte, sie ihm zur Frau zu geben, und wie Goroda da gelacht und ihn in aller Öffentlichkeit einen geilen kleinen Affengeneral genannt und ihm bedeutet hatte, er, der Bauer, solle »seine Nase in den Krieg stecken und nicht in die Löcher von adeligen jungen Damen«. Akechi Jinsai hatte Nakamura, seinen Rivalen im Kampf um die Gunst von Goroda, unverhohlen lächerlich gemacht, und das war später dann der Hauptgrund gewesen, warum es Nakamura ein Vergnügen gewesen war, ihn zu vernichten. Und warum Nakamura sich seinerseits ins Fäustchen gelacht hatte zu beobachten, wie Buntaro jahrelang weder aus noch ein wußte, Buntaro, dem das junge Mädchen dann von Goroda zur Frau gegeben worden war, um das Bündnis zwischen Toda Hiro-matsu und Goroda zu festigen. Ich möchte mal wissen, überlegte Toranaga schelmisch, als er sie betrachtete, ob sie wohl einverstanden wäre, eine meiner Gattinnen zu werden, wenn Buntaro tot wäre? Toranaga hatte erfahrene Frauen stets vorge-

zogen und immer Witwen oder geschiedene Frauen genommen, die jedoch niemals allzu hübsch oder allzu klug oder allzu jung oder allzu hochwohlgeboren sein durften – weil er sichergehen wollte, daß es nie zu Reibereien kam und sie ihm immer nur dankbar waren.
Er lachte stillvergnügt in sich hinein. Dabei würde ich sie ja nie bitten, denn sie besitzt wirklich alles, was ich an einer Gattin nicht will – nur altersmäßig paßt sie genau richtig.
»Euer Gnaden?« fragte sie.
»Ich habe über Euer Gedicht nachgedacht, Mariko-san«, sagte er noch gütiger, um dann hinzuzufügen:

*»Warum so winterlich?*
*Noch*
*steht der Sommer aus*
*und der goldene Herbst.«*

Woraufhin sie mit folgenden Versen antwortete:

*»Könnt' ich Wörter benutzen*
*wie fallendes Laub –*
*welch lustiges Feuer*
*ergäben meine Gedichte.«*

Er lachte und verneigte sich mit gespielter Unterwürfigkeit. »Ich gebe mich geschlagen, Mariko-sama. Ihr seid die Siegerin. Womit kann ich Euch belohnen? Mit einem Fächer? Oder einem Schal für Euer Haar?«
»Vielen Dank, Euer Gnaden«, erwiderte sie. »Was immer Euch beliebt!«
»Zehntausend *Koku* jährlich für Euren Sohn.«
»Oh, Euer Gnaden, einen solchen Gunstbeweis haben wir nicht verdient.«
»Ihr habt einen Sieg errungen. Und Siege wie Pflichterfüllung müssen belohnt werden. Wie alt ist Saruji jetzt?«
»Fünfzehn – fast.«
»Stimmt – er wurde ja vor kurzem mit einer der Enkelinnen von Kiyama verlobt, nicht wahr?«
»Jawohl, Euer Gnaden. Im zweiten Mond dieses Jahres. Er weilt im Augenblick in Osaka – bei Herrn Kiyama.«
»Gut. Zehntausend *Koku* – vom heutigen Tag an. Ich werde die Ermächtigung gleich morgen zustellen lassen. Aber jetzt genug gedichtet. Ich bitte um Eure Meinung.«
»Meine Ansicht, Euer Gnaden, ist, daß wir alle sicher sind in Eurer Hand – genauso wie das Land in Euren Händen sicher ist.«
»Nein, ernsthaft, bitte!«
»Oh, aber ich meine das durchaus ernst. Ich danke Euch für die meinem Sohn

erwiesene Gnade. Das macht alles vollkommen. Ich glaube, was immer Ihr tut, wird richtig sein.«

»Gut. Trotzdem möchte ich Eure Meinung hören.«

Augenblicklich begann sie, ohne die geringsten Bedenken, wie einem Gleichgestellten gegenüber: »Erstens solltet Ihr Herrn Zataki heimlich wieder auf Eure Seite bringen. Ich würde meinen, entweder Ihr wißt bereits, wir Ihr das anstellt, oder, was wahrscheinlicher ist, Ihr steckt mit Eurem Halbbruder unter einer Decke und habt diesen unwahrscheinlichen ›Abfall‹ nur inszeniert, um Herrn Ishido in Sicherheit zu wiegen. Zweitens: Ihr werdet niemals als erster angreifen. Das habt Ihr nie getan. Ihr habt immer zur Geduld geraten, und außerdem greift Ihr nur an, wenn Ihr auch sicher seid, daß Ihr gewinnt. Folglich kann es sich bei der öffentlichen Verkündigung von ›Blutigem Himmel‹ nur um ein weiteres Ablenkungsmanöver handeln. Drittens: der Zeitpunkt. Meiner Meinung nach solltet Ihr ruhig das tun, was Ihr vorhabt, nämlich so tun, als ob Ihr ›Blutigen Himmel‹ befehlt, jedoch niemals Ernst damit machen. Das wird Ishido verwirren, weil seine Spione hier oder in Yedo ihm das selbstverständlich berichten werden, so daß er gezwungen ist, seine Verbände weit zu verstreuen wie einen Flug Wachteln, um einer Bedrohung zu begegnen, die niemals Wirklichkeit werden wird. Die Zwischenzeit – das heißt, die nächsten beiden Monate – werdet Ihr nutzen, um Verbündete um Euch zu sammeln, Ishidos Bündnisse zu untergraben und seine Koalition platzen zu lassen. Und selbstverständlich müßt Ihr Ishido aus der Burg von Osaka herauslocken. Tut Ihr das nicht, Euer Gnaden, wird er gewinnen – oder zumindest entgeht Euch das Shōgunat. Ihr...«

»Was das betrifft, so habe ich meine Position klargestellt«, zischte Toranaga jetzt nicht mehr amüsiert. »Ihr habt Euch vergessen!«

Sorglos und glücklich sagte Mariko: »Ich muß heute einfach über Geheimnisse reden, Euer Gnaden, und zwar wegen der Geiseln. Sie sind der Stachel in Eurem Herzen.«

»Was ist mit ihnen?«

»Bitte, habt Geduld mit mir, Euer Gnaden. Es könnte ja sein, daß ich nie wieder Gelegenheit habe, kein Blatt vor den Mund nehmen zu müssen, wie der Anjin-san sagen würde – denn ich sehe Euch bestimmt nie wieder so allein wie jetzt. Ich bitte Euch, meine schlechten Manieren zu verzeihen.« Mariko nahm alle Geisteskraft zusammen und fuhr erstaunlicherweise auch jetzt noch fort zu sprechen wie zu einem Gleichgestellten: »Es ist meine ehrliche Überzeugung, daß Naga-san recht hat. Ihr müßt Shōgun werden, *sonst versäumt Ihr Eure Pflicht dem Reich und den Minowara gegenüber.*«

»Wie könnt Ihr es wagen, so etwas zu sagen!«

Mariko blieb heiter und gelassen – sein offenbarer Zorn berührte sie nicht. »Ich rate Euch, die Dame Ochiba zu heiraten. Es dauert noch acht Jahre, bis Yaemon sein Erbe wirklich antreten kann – das ist eine ganze Ewigkeit! Wer weiß, was in acht Monaten geschieht, geschweige denn in acht Jahren.«

»Eure ganze Familie kann binnen acht Tagen ausgerottet werden.«

»Gewiß, Euer Gnaden. Doch das hat nichts mit Euch und Eurer Pflicht dem Reich gegenüber zu tun. Naga-san hat recht. Ihr müßt diese Macht übernehmen, damit die Macht nicht zerfällt.« Mit gespielter Atemlosigkeit fügte sie dann noch hinzu: »Und dürfte Eure ergebene Ratgeberin jetzt *Seppuku* begehen oder soll sie das erst später tun?« Und dann tat sie so, als schwänden ihr die Sinne.

Toranaga glotzte sie ob ihrer unglaublichen Dreistigkeit nur an, doch dann brach er in schallendes Gelächter aus und hämmerte mit der Faust auf den Boden. Als er wieder sprechen konnte, erstickte er fast an den Worten: »Ich werde Euch nie begreifen, Mariko-san.«

»Oh, das tut Ihr sehr wohl, Euer Gnaden«, sagte sie und tupfte sich den Schweiß von der Stirn. »Ihr hattet die Güte, Eurer getreuen Vasallin zu gestatten, Euch zum Lachen zu bringen, Euch alle ihre Bitten anzuhören und zu sagen, was gesagt werden mußte. Verzeiht meine Dreistigkeit, bitte.«

»Warum sollte ich, eh? Warum?« Toranaga lächelte herzlich.

»Wegen der Geiseln, Euer Gnaden«, sagte sie schlicht.

»Ah, die!« Auch er wurde ernst.

»Ja, ich muß nach Osaka.«

»Ja«, sagte er. »Ich weiß.«

# *38. Kapitel*

Verbissen trottete Blackthorne neben Naga den Hügel hinunter auf die beiden Gestalten zu, die, von einem Ring von Wachen umgeben, auf ihren *Futons* saßen. Hinter den Wachen begannen die Ausläufer der Berge, die sich hoch hineinreckten in den wolkenbedeckten Himmel. Es war ein außerordentlich schwüler Tag. Sein Kopf schmerzte ihn vom Kummer der letzten Tage, vor Sorge um Mariko und davon, daß es ihm schwerfiel, so lange immer nur japanisch zu sprechen. Er erkannte sie, und ein wenig von seinem Unmut verflog. Viele Male hatte er bei Omis Haus angeklopft, um Mariko zu besuchen oder sich nach ihr zu erkundigen. Immer hatten die Samurai ihn wieder fortgeschickt, höflich zwar, aber unmißverständlich.

Dann hatte Toranaga nach ihm schicken lassen. Er hatte ihm soviel sagen wollen, doch da ihm die Worte fehlten, hatte er ihn nur unruhig gemacht. Fujiko war mehrere Male hingegangen, um Mariko zu besuchen, und wenn sie zurückgekehrt war, hatte sie immer gesagt, Mariko gehe es gut, und das unvermeidliche »*Shinpai suruna*, Anjin-san. *Wakarimasu?*« hinzugefügt: »Keine Sorge – Ihr versteht?«

Mit Buntaro war es so, als ob überhaupt nie etwas geschehen wäre. Trafen sie sich tagsüber, tauschten sie höfliche Grüße aus. Und abgesehen davon, daß er gelegentlich sein Badehaus benutzte, war Buntaro wie jeder andere Samurai in Anjiro – weder freundlich noch unfreundlich.

Von früh bis spät war Blackthorne von der forcierten Ausbildung in Anspruch genommen. Abends war er erschöpft: erhitzt, verschwitzt und völlig durchnäßt. Und allein. Noch nie war er jemals so allein gewesen.

Und dann dieses Grauenvolle, das vor drei Tagen angefangen hatte. Es war ein besonders langer, schwüler Tag gewesen. Als die Sonne unterging, war er müde nach Hause geritten und hatte augenblicklich gespürt, daß irgend etwas nicht stimmte. Nervös hatte Fujiko ihn begrüßt.

»*Nan desu ka?*«

Leise und ausgiebig hatte sie geantwortet, die Augen gesenkt.

»*Wakarimasen.* – Ich verstehe nicht. – *Nan desu ka?*« hatte er dann voller Ungeduld noch einmal gefragt. Die Müdigkeit machte ihn reizbar.
Dann hatte sie ihn in den Garten gebeten und auf den Dachüberstand gezeigt. Weitere Worte und Zeichen, und schließlich war ihm gedämmert, daß sie auf jene Stelle zeigte, wo der Fasan gehangen hatte.
»Ach, den hab' ich ganz vergessen. Ich verstehe. Was ist mit dem Fasan?«
Aus Fenstern und Türen spähten die Augen der Dienerschaft, die offensichtlich wie erstarrt war. Abermals sprach sie. Er konzentrierte sich darauf, doch ihre Worte ergaben für ihn keinen Sinn.
»*Wakarimasen,* Fujiko-san. – Ich verstehe nicht, Fujiko-san.«
Sie holte tief Atem und tat dann wie jemand, der angstschlotternd den Fasan abnahm, ihn forttrug und vergrub.
»Ahhhh! *Wakarimasu,* Fujiko-san. *Wakarimasu.* Er hat wohl angefangen zu stinken, wie?« fragte er. Da er das entsprechende japanische Wort nicht kannte, hielt er sich die Nase zu und spielte den Entsetzten.
»*Hai, hai,* Anjin-san. *Dozo gomen nasai, gomen nasai.*« Sie machte das Summen von Fliegen nach und malte mit der Hand das Bild einer schwirrenden Wolke von Schmeißfliegen.
»*Ah so desu. Wakarimasu.*« Früher hätte er sich entschuldigt, und wenn er die Worte gekannt hätte, würde er gesagt haben: Es tut mir leid, daß ich Euch Ungelegenheiten gemacht habe. Statt dessen hatte er nur mit der Achsel gezuckt und gebrummelt: »*Shigata ga nai*«, hatte er doch nur den sehnlichen Wunsch, sich den Wonnen des Bades und der Massage zu überlassen, den einzigen Freuden, die ihm das Leben erträglich machten. »Zum Teufel damit«, sagte er auf englisch und wandte sich ab.
»*Dozo,* Anjin-san?«
»*Shigata ga nai*«, wiederholte er lauter.
»*Ah so desu, arigato goziemashita.*«
»*Tare toru desu ka?* – Wer hat ihn denn abgenommen?«
»Ueki-ya.«
»Ach, der alte Bursche!« Ueki-ya, der Gärtner, der freundliche zahnlose Alte, der sich mit liebenden Händen um seine Pflanzen kümmerte und dafür sorgte, daß sein Garten schön war. »*Yoi. Motte kuru* Ueki-ya. – Gut, holt ihn.«
Fujiko schüttelte den Kopf. Sie war leichenblaß geworden.
»Ueki-ya *shinda desu, shinda desu!*« flüsterte sie.
»Ueki-ya *ga shindato? Donoyoni? Doshite? Doshite shindanoda?* – Wieso? Warum? Wie ist er denn gestorben?«
Sie wies mit der Hand auf die Stelle, wo der Fasan gehangen hatte, und sprach viele liebevoll klingende, unverständliche Worte. Dann spielte sie ihm vor, wie ein einzelner Schwerthieb herabgesaust war.
»Himmelherrgott! Habt Ihr den armen Kerl etwa bloß wegen dieses stinkenden, gottverfluchten Fasans umgebracht?«
Im selben Augenblick waren sämtliche Diener in den Garten herausgeeilt und

hatten sich vor ihm auf die Knie geworfen. Sie senkten die Stirn in den Schmutz und erstarrten. Sogar die Kinder des Kochs.
»Was in drei Gottes Namen geht hier vor?« Blackthorne wollte förmlich aus der Haut fahren.
Unerschütterlich wartete Fujiko, bis sie alle da waren, dann ließ auch sie sich auf die Knie nieder und verneigte sich, allerdings wie eine Samurai und nicht wie eine Bäuerin. »*Gomen nasai, Dozo gomen na...*«
»Die Pest über Euer dauerndes *gomen nasai!* Welches Recht hattet Ihr, das zu tun? Ehhh?« Und dann fing er an, sie mit wüsten Flüchen zu überhäufen. »Warum in Christi Namen habt Ihr mich nicht vorher gefragt?«
Er versuchte, sich zu fassen. Schließlich war er sich bewußt, daß er von Rechts wegen Fujiko und sie alle hier im Garten in Stücke hätte zerhacken können, einzig und allein, weil sie ihm soviel Mißvergnügen bereiteten, oder auch aus überhaupt keinem Grund. Er hielt sich an einem der Türpfosten fest, um wieder ruhig zu werden. »Es ist doch nicht eure Schuld«, kam es gepreßt heraus, und er merkte nicht einmal, daß er kein Japanisch sprach. »Schuld trägt doch nur sie! Sie allein – diese Mordkatze!«
Langsam blickte Fujiko auf. Sie sah den anklagenden Finger und den Haß in seinem Gesicht. Sie flüsterte ihrer Zofe Nigatsu einen Befehl zu.
Nigatsu schüttelte den Kopf und begann zu betteln.
»*Ima!*«
Die Zofe entfloh. Tränenüberströmt kehrte sie mit dem Schwert zurück. Fujiko nahm es ihr ab und bot es Blackthorne mit beiden Händen dar. Sie sprach, und wiewohl er nicht alle Wörter kannte, wußte er doch, daß sie sagte: »Ich bin verantwortlich, bitte, nehmt mir das Leben, da ich Euer Mißfallen erregt habe.«
»*IYE!*« Er nahm das Schwert und schleuderte es fort. »Glaubt Ihr etwa, damit machtet Ihr Ueki-ya wieder lebendig?«
Und dann ging ihm unversehens auf, was er angerichtet hatte.
Er verließ sie. Völlig verzweifelt stieg er zu den nackten Felsen oberhalb des Dorfes hinauf, wo neben einer uralten knorrigen Zypresse der Schrein stand, und weinte.
Er weinte, weil ein guter Mann gestorben war und er jetzt wußte, daß praktisch er der Mörder war. »Herr, vergib mir meine Schuld! Ich bin es, der die Verantwortung trägt – nicht Fujiko. Ich habe ihn umgebracht. Ich hatte befohlen, daß niemand außer mir den Fasan anrühren dürfte! Dabei kannte ich ihr Gesetz und ihre Sitten. Der alte Mann hat meinen dummen Befehl gebrochen – also, was blieb Fujiko-san anderes übrig? Ich bin schuld.«
Nach und nach versiegten seine Tränen. Es war jetzt stockfinstere Nacht, und er kehrte in sein Haus zurück.
Fujiko wartete auf ihn wie immer – allerdings allein. Das Schwert lag quer auf ihrem Schoß. Sie bot es ihm dar. »*Dozo – dozo*, Anjin-san!«
»*Iyé*«, sagte er und nahm das Schwert, wie man ein Schwert zu empfangen hatte. »*Iyé*, Fujiko-san. *Shigata ga nai, neh? Karma, neh?*« Verzeihung hei-

schend strich er ihr über die Wange. Er wußte, daß sie am schlimmsten an seiner Verbohrtheit zu tragen hatte.
Da schossen ihr die Tränen hervor. »*Arigato, arigato goziemashita,* Anjin-san«, sagte sie völlig gebrochen. »*Gomen nasai...*«
Sein Herz flog ihr zu.
Ja, dachte Blackthorne mit großer Traurigkeit, das tut es, aber das ist keine Entschuldigung für dich und tilgt auch nicht die ihr angetane Schmach – und macht selbstverständlich auch Ueki-ya nicht wieder lebendig. Schuld hast einzig und allein du. Du hättest es besser wissen müssen...

»Anjin-san?« sagte Naga.
»Ja? Ja, Naga-san?« Er riß sich aus seiner trüben Stimmung heraus und sah auf den jungen Mann hernieder, der neben ihm dahinschritt. »Verzeihung, aber was habt Ihr gesagt?«
»Ich habe gesagt, ich hoffe, Euer Freund zu sein.«
»Ah, vielen Dank!«
»Ja, und vielleicht könnt Ihr...« und dem folgte ein Schwall von Wörtern, die Blackthorne nicht verstand. »Beibringen, *neh?* Versteht Ihr ›beibringen – lehren‹? Über die Welt?«
»Ah, ja. Was soll ich Euch beibringen, bitte?«
»Über fremde Länder – die Welt draußen. Die Welt, *neh?*«
»Ah, jetzt verstehen. Ja, versuchen.«
Sie befanden sich mittlerweile in der Nähe der Wachen. »Beginnen morgen, Anjin-san. Freunde, *neh?*«
»Ja, Naga-san. Versuchen.«
»Gut!« Höchst zufrieden nickte Naga. Als sie zu den Samurai kamen, befahl Naga ihnen, den Weg freizugeben, und gab Blackthorne zu verstehen, er solle allein weitergehen. Er gehorchte und kam sich entsetzlich alleingelassen im Kreis dieser Männer vor.
»*Ohayo,* Toranaga-sama. *Ohayo,* Mariko-san«, grüßte er, als er zu ihnen trat.
»*Ohayo,* Anjin-san. *Dozu suwaru.* – Guten Tag. Bitte, setzt Euch!«
Mariko lächelte ihn an. »*Ohayo,* Anjin-san. *Ikaga desu ka?*«
»*Yoi, domo.*« Blackthorne wandte seinen Blick wieder ihr zu. Er war so froh, sie wiederzusehen. »Ihre Schönheit erfüllt mich mit großer Freude«, sagte er auf lateinisch.
»Es tut so gut, Ihn wiederzusehen. Aber es liegt ein Schatten über Seinem Antlitz. Was ist?«
»*Nun ja?*« fragte Toranaga.
Sie sagte ihm, was gesprochen worden war. Toranaga stieß einen Grunzlaut aus und fing dann an zu sprechen.
»Mein Gebieter sagt, Ihr sähet abgehärmt aus, Anjin-san. Dem kann ich nur beipflichten. Er fragt, was Ihr auf dem Herzen habt.«
»Es ist nichts. *Domo,* Toranaga-sama. *Nune mo.*«

»*Nan ja?*« fragte Toranaga direkt. »*Nan ja?*«
Gehorsam erwiderte Blackthorne sofort: »Ueki-ya«, sagte er hilflos. »*Hai*, Ueki-ya.«
»*Ah so desu!*« Toranaga besprach sich des längeren mit Mariko.
»Mein Gebieter sagt, es sei kein Grund vorhanden, traurig über Alten Gärtner zu sein. Er bittet mich, Euch zu sagen, daß alles ganz offiziell verlaufen sei. Alter Gärtner war sich völlig darüber im klaren, was er tat.«
»Das verstehe ich nicht.«
»Ja, es muß schon sehr schwierig für Euch sein, aber seht, Anjin-san, der Fasan verweste in der Sonne. Die Schmeißfliegen kamen in Schwärmen. Eure Gesundheit, die Gesundheit Eurer Gattin und die Eures ganzen Hauses waren bedroht. Außerdem, verzeiht, es waren ein paar sehr diskrete Beschwerden von Omi-sans oberstem Diener vorgetragen worden – und auch noch von anderen. Eine unserer wichtigsten Regeln besteht darin, daß ein einzelner niemals die *Wa* einer Gruppe stören darf, erinnert Ihr Euch? Folglich mußte etwas unternommen werden. Ich habe versucht, es Euch zu sagen – aber, nun ja, das ist eines von den Dingen, die uns alle ein wenig verrückt machen. Euer oberster Diener...«
»Warum ist denn nicht gleich jemand zu mir gekommen?« fragte Blackthorne. »Der Fasan war für mich doch ohne jede Bedeutung.«
»Was sollte man Euch sagen? Ihr hattet den Befehl gegeben. Ihr seid das Oberhaupt des Hauses. Sie konnten das Problem nur nach unseren Gepflogenheiten lösen.« Sie richtete für einen Augenblick das Wort an Toranaga und erklärte ihm, was Blackthorne gesagt hatte. Dann wandte sie sich wieder ihm zu. »Ist es qualvoll für Euch? Soll ich fortfahren?«
»Ja, bitte, Mariko-san.«
»Nun denn, Euer oberster Diener, Koch Kleiner Zahn, berief eine Versammlung Eurer Dienerschaft ein, Anjin-san. Mura, der Dorfschulze, wurde gebeten, offiziell daran teilzunehmen. Es wurde beschlossen, daß die *Eta* des Dorfes gebeten werden sollten, ihn wegzunehmen. Nur stellte das ein Problem für das Haus dar. Einer von den Dienern mußte den Fasan abnehmen und ihn vergraben, obgleich Ihr strikt befohlen hattet, daß er nicht angerührt werden dürfe. Eure Gattin aber hatte dafür zu sorgen, daß Eure Befehle befolgt würden. Alter Gärtner bat, man möge ihm erlauben, ihn fortzutragen. Er hatte in letzter Zeit große Schmerzen im Leib gehabt, nachts nicht schlafen können, fand das Unkrautjäten und Pflanzen als sehr mühsam und konnte seine Arbeit nicht mehr zu seiner eigenen Zufriedenheit verrichten. Wahrhaftig, es war ja eine große Ehre für Alten Gärtner, Anjin-san. Sie verneigten sich alle sehr feierlich vor ihm und er vor ihnen, und dann nahm er froh das Aas fort und vergrub es zur größten Erleichterung aller.
Als er zurückkam, ging er direkt zu Fujiko-san und sagte ihr, was er getan habe – daß er Eurem Gesetz zuwidergehandelt habe, *neh?* Sie dankte ihm dafür, daß er den Stein des Anstoßes fortgeräumt, und bedeutete ihm dann zu warten. Sie

kam zu mir, um sich Rat zu holen und mich zu fragen, was sie tun solle. Die Angelegenheit war in aller Form ausgetragen worden – folglich mußte auch jetzt der Form Genüge getan werden. Ich fragte Buntaro-san, auch der wußte keinen Rat. Die Sache war kompliziert – Euretwegen. Deshalb wandte er sich an Herrn Toranaga. Der besprach sich seinerseits mit Eurer Gattin.« Mariko wandte sich Toranaga zu und berichtete, wie er es verlangte, wie weit sie mit der Geschichte gekommen sei.

Toranaga sprach raschzüngig. Blackthorne ließ die beiden nicht aus den Augen: Sie war zierlich und klein, bezaubernd und ganz Aufmerksamkeit – er massig, dabei hart wie ein Fels, die Schärpe straff über dem mächtigen Bauch. Anders als die meisten anderen sprach Toranaga nie mit den Händen, sondern hielt sie still: die Linke ruhte auf seinem Schenkel, die Rechte umfaßte den Schwertknauf. »*Hai*, Toranaga-sama. *Hai.*« Mariko wandte sich wieder Blackthorne zu: »Unser Gebieter bittet mich, Euch zu erklären: Wenn Ihr Japaner gewesen wäret – Verzeihung! –, dann hätte es keinerlei Schwierigkeit gegeben, Anjin-san. Alter Gärtner wäre dann schlicht zur Begräbnisstätte gegangen und wäre dort der Erlösung teilhaftig geworden. Aber, bitte verzeiht: Ihr seid nun einmal Ausländer, obwohl Herr Toranaga Euch zu einem *Hatamoto* gemacht hat – zu einem seiner bevorzugten Vasallen –, und nun ging es darum zu entscheiden, ob Ihr auch dem Gesetz nach Samurai wäret oder nicht. Es ist mir eine Ehre, Euch zu sagen, daß er entschied, Ihr wäret Samurai und hättet somit auch Anspruch auf die Rechte eines Samurai. Damit war alles klar. Eine Missetat war begangen, es war Euren ausdrücklichen Befehlen bewußt zuwidergehandelt worden. Das Gesetz ist da eindeutig. Es gibt keine andere Wahl.« Sie war jetzt von einem tiefen Ernst beseelt. »Allerdings wußte Herr Toranaga um Eure Empfindlichkeit, wenn es ums Töten geht; und um Euch jeden Schmerz zu ersparen, befahl er einem seiner Samurai, Alten Gärtner in die Große Leere zu schicken.«

»Aber warum hat mich denn nicht zuvor jemand gefragt? Der Fasan hat mir doch nichts weiter bedeutet.«

»Der Fasan hat damit überhaupt nichts zu tun, Anjin-san«, erklärte sie. »Ihr seid Oberhaupt Eures Hauses. Das Gesetz sagt, kein Mitglied Eures Hauses dürfe Euch ungehorsam sein. Alter Gärtner hat dieses Gesetz mit vollem Bewußtsein übertreten. Die ganze Welt würde zusammenbrechen, wenn es den Leuten erlaubt würde, dem Gesetz Hohn zu sprechen und es zu mißachten. Euer...«

Toranaga mischte sich ein und sprach zu ihr. Sie lauschte und antwortete auf etliche Fragen, woraufhin er ihr zu verstehen gab, sie möge fortfahren.

»*Hai.* Herr Toranaga legt Wert darauf, Euch zu versichern, daß er persönlich dafür gesorgt habe, Altem Gärtner jenen schnellen, schmerzlosen und ehrenhaften Tod zu geben, den er verdient hatte. Er lieh dem Samurai sogar sein eigenes Schwert, das ganz besonders scharf ist. Und ich sollte Euch noch sagen, daß Alter Gärtner sehr stolz darauf war, selbst in seinem betagten Alter dazu beizu-

tragen, Euren Status als Samurai vor den Augen aller zu festigen. Vor allem aber war er stolz auf die Ehre, die ihm zuteil wurde. Ein öffentlicher Henker trat nicht in Funktion, Anjin-san. Herr Toranaga möchte, daß ich Euch das ganz klarmache.«
»Ich danke Euch, Mariko-san. Ich danke Euch, daß Ihr mir das so deutlich vor Augen geführt habt.« Dann wandte Blackthorne sich Toranaga zu und verneigte sich betont förmlich. »*Domo*, Toranaga-sama, *domo arigato, Wakarimasu. Domo*.«
Toranaga erwiderte die Verneigung sehr huldvoll. »*Yoi*, Anjin-san. *Shinpai suru monojanai, neh? Shigata ga nai, neh?* – Gut. Also seid unbesorgt, eh? Was hättet Ihr tun können?«
»*Nane mo*. – Nichts.«
Blackthorne beantwortete die Fragen, die Toranaga ihm über die Ausbildung der Musketenschützen stellte, doch nichts, was sie sagten, erreichte ihn wirklich. Sein Geist wankte unter der Wucht dessen, was sie ihm erzählt hatten. Er hatte Fujiko vor allen seinen Dienern gekränkt und beschimpft, hatte das Vertrauen seines gesamten Hauses mit Füßen getreten, wo Fujiko sich doch völlig korrekt verhalten hatte – genauso wie alle anderen auch.
Die Schwerter in der Schärpe, saß er mit untergeschlagenen Beinen vor Toranaga. Der Wind zerrte an seinem Kimono. Wie benommen hörte er zu, antwortete – und nichts war von Wichtigkeit. »Es wird Krieg geben«, sagte sie. »Wann?« fragte er. »Sehr bald«, sagte sie, »deshalb sollt Ihr sogleich zusammen mit mir abreisen; Ihr sollt mich einen Teil meines Weges begleiten, Anjin-san, denn ich reise nach Osaka, wohingegen Ihr an Land weiterreist nach Yedo, um Euer Schiff für den Krieg vorzubereiten...«
Großes Schweigen. Dann fing die Erde an zu beben.
Ihm war, als wollten seine Lungen platzen, und jede Faser seines Körpers schrie vor Entsetzen. Er versuchte aufzustehen, schaffte es jedoch nicht und sah, daß alle Wachen genauso hilflos waren. Toranaga und Mariko hielten sich mit Händen und Füßen verzweifelt am Boden fest. Das drohende, unheilschwangere Grollen kam aus der Erde und aus dem Himmel. Es umgab sie, wurde mächtiger und mächtiger, bis ihr Trommelfell zu platzen schien. Sie selbst wurden Teil des Aufruhrs. Dann hielt das Entsetzen für einen Augenblick den Atem an, wiewohl das Beben der Erde seinen Fortgang nahm. Er spürte, wie sich ihm der Magen umkehren wollte, und sein fassungsloser Geist schrie, daß dies hier Land sei, wo es fest und sicher war, und nicht die See, wo die Welt jeden Augenblick aus den Angeln gehoben werden konnte. Er spuckte aus, um den üblen Geschmack loszuwerden, krallte sich in der bebenden Erde fest, und immer wieder stieg Übelkeit in ihm auf.
Eine Steinlawine rollte von den Bergen im Norden hernieder und wälzte sich unter ohrenbetäubendem Getöse zu Tal. Ein Teil des Samurai-Lagers wurde fortgerissen. Er hörte Toranaga und Mariko schreien, doch schien sich seinen oder ihren Lippen kein Laut zu entringen.

Das Beben hörte auf.
Die Erde war wieder fest, fest, wie sie es immer gewesen war, fest, wie sie es immer sein sollte. Es war ihm unmöglich, das Zittern seiner Hände und Knie und seines ganzen Körpers zu beherrschen. Er biß die Zähne zusammen, holte tief Atem.
Dann schrie die Erde wieder auf. Der zweite Stoß setzte ein, noch machtvoller. Plötzlich spaltete sich am anderen Ende der Hochebene die Erde und ein gähnender Riß lief mit ungeheurer Geschwindigkeit auf sie zu, lief fünf Schritt an ihnen vorüber und fraß sich immer weiter. Fassungslos sah er, wie Toranaga und Mariko am Rand dieses Abgrunds hin und her wankten, wie Toranaga, der dem gähnenden Schlund am nächsten war, das Gleichgewicht verlor und in ihn hineinrutschte. Blackthorne wachte aus seiner Erstarrung auf und war mit einem Sprung bei ihm. Mit der rechten Hand packte er Toranagas Schärpe, während die Erde zitterte wie ein Blatt im Sturm.
Der Abgrund war zwanzig Schritt tief und zehn breit – und ein Todesgeruch entstieg ihm. Erde und Geröll rutschten hinunter und rissen ihn und Toranaga mit sich. Blackthorne suchte verzweifelt nach einem Halt für Hand oder Fuß, schrie Toranaga an, ihm zu helfen, wiewohl sie beide fast in den Abgrund hineingerissen wurden. Immer noch wie benommen, krallte Toranaga sich mit seinen Zehen in die steile Böschung, halb gezogen und halb getragen von Blackthorne, und arbeitete sich mit Händen und Füßen nach oben. Keuchend lagen sie beide am Rand des Abgrunds – in Sicherheit.
In diesem Augenblick kam es zu einem neuen Stoß.
Abermals riß die Erde auf. Mariko schrie, versuchte, wegzurennen, doch dieser neue Spalt verschlang sie. Von Entsetzen gepeitscht, kroch Blackthorne zum Rand hinüber; die Nachwirkungen des Stoßes brachten ihn völlig aus dem Gleichgewicht. Am Rand angekommen, starrte er in die Tiefe. Zitternd lag sie auf einem Vorsprung ein paar Fuß unter ihm, und die Erde schüttelte sich, während der Himmel ungerührt herabblickte. Dieser Erdriß war dreißig Schritt tief und zehn Schritt breit. Der Rand bröckelte unter ihm ab, und ihm wurde neuerlich übel. Er rutschte in die Tiefe, wobei Erdreich und Steine ihn fast blind machten, er bekam sie zu fassen und riß sie in die Sicherheit eines anderen Vorsprungs zu sich herauf. Gemeinsam suchten sie ihr Gleichgewicht wiederzufinden. Wieder ein Erdstoß. Der größte Teil des Simses rutschte ab, und sie schienen verloren. Da packte Toranagas eiserne Hand seine Schärpe und setzte ihrem Abrutschen in die Hölle ein Ende.
»Um Himmels willen...« schrie Blackthorne, als sein Arm fast aus den Gelenken gerissen wurde, während er sie festhielt und mit den Füßen und der einen freien Hand nach einem Halt suchte. Toranaga zog und zerrte an ihm, bis sie wieder auf einem schmalen Vorsprung waren. Da riß die Schärpe. Eine kleine Pause zwischen den Beben gab Blackthorne Zeit, auch Mariko auf den Sims heraufzuziehen. Ein Hagel von Geröll ergoß sich über sie. Toranaga schwang sich in Sicherheit und schrie ihn an, sich zu beeilen. Der Schlund brüllte auf und

begann sich zu schließen. Blackthorne und Mariko saßen noch tief unter der Lippe. Toranaga konnte nicht mehr helfen. Das schiere Entsetzen, das Blackthorne gepackt hatte, verlieh ihm übermenschliche Kraft, und irgendwie gelang es ihm, Mariko dem Grab zu entreißen und sie über den Rand nach oben zu schieben. Toranaga packte sie am Handgelenk und riß sie endgültig hinüber. Blackthorne kletterte von Entsetzen getrieben nach oben. Er lag auf dem geborstenen Rand. Seine Lungen rangen nach Luft. Die Beine im Abgrund, war es ihm unmöglich, sich weiter herauszuarbeiten.

Das Beben erstarb. Die Erde beruhigte sich. Schweigen legte sich über sie. Hilflos, auf Händen und Knien, warteten sie darauf, daß das Entsetzliche wieder losging. Blackthorne raffte sich hoch. Der Schweiß lief ihm übers Gesicht. »*Iyé!*« Toranaga bedeutete ihm, unten zu bleiben: Sein Gesicht war entstellt, eine böse Schramme zog sich über seine Schläfe, dort, wo er gegen einen Felsen geschmettert worden war.

Alle keuchten sie. Ihr Brustkorb hob und senkte sich, und sie hatten Galle im Mund. Die Wachen rafften sich eine nach der andern in die Höhe. Einige schickten sich an, auf Toranaga zuzulaufen.

»*Iyé!*« schrie er. »*Mate!* – Wartet!«

Sie gehorchten und ließen sich wieder auf Hände und Knie nieder. Das Warten schien kein Ende zu nehmen. Ein Vogel in einem Baum stieß seinen Ruf aus und schwang sich kreischend in die Luft. Ein anderer folgte seinem Beispiel. Blackthorne schüttelte den Kopf, um den Schweiß aus seinen Augen zu vertreiben. Dann bewegte eine Ameise sich im Gras. Und eine zweite, und noch eine. Sie fingen an, Futter zu sammeln.

Das Entsetzen immer noch in den Gliedern, hockte er sich auf seine Fersen. »Wann ist es sicher?«

Mariko gab ihm keine Antwort. Sie war wie hypnotisiert von dem Abgrund, der sich vor ihr auftat. Er rutschte zu ihr hinüber. »Alles in Ordnung mit Euch?«

»Ja... ja«, sagte sie atemlos. Ihr Gesicht war schmutzverschmiert, ihr Kimono zerrissen und verdreckt. Beide Sandalen und ein Tabi fehlten. Desgleichen ihr Sonnenschirm. Er half ihr, sich vom Rand des Abgrunds zu entfernen. Sie war immer noch wie gelähmt.

Dann sah er zu Toranaga hinauf. »*Ikaga desu ka?*« Toranaga rülpste vernehmlich, würgte dann, spuckte aus und rülpste abermals. Das half ihm, seine Stimme wiederzufinden, und ein Schwall von Flüchen ergoß sich über den Graben. Anklagend zeigte er mit dem Finger darauf, und es war klar, daß Toranaga sagte, was ein Japaner in einem solchen Falle wohl sagte: »Die Pest über das *Karma*, die Pest über das Erdbeben, die Pest über diesen Graben – ich hab meine Schwerter verloren –, die Pest auch darüber!«

Blackthorne brach in Lachen aus. Die Erleichterung, mit dem Leben davongekommen zu sein, und die Unsinnigkeit des Ganzen waren übermächtig. Gleich darauf brach auch Toranaga in Gelächter aus, und das wiederum wirkte ansteckend auf Mariko.

Toranaga stand auf. Höchst vorsichtig. Dann, als die Freude am Leben wieder in ihn einströmte, watschelte er wie ein Clown auf den Rand des Grabens zu, machte eine Burleske aus seinem Verhalten und dem Erdbeben. Dann blieb er stehen und winkte Blackthorne zu sich heran. Breitbeinig stellte er sich vor den Abgrund hin, lockerte sein Lendentuch und, als sie beide wieder das Lachen packte, bedeutete er Blackthorne, es ihm gleichzutun. Blackthorne tat, wie ihm geheißen, und beide Männer versuchten, in den Abgrund hineinzupissen. Nichts kam, nicht ein Tropfen. Sie bemühten sich sehr, was sie zu noch größerem Gelächter trieb, sie noch unfähiger machte, ihr Wasser abzuschlagen. Schließlich gelang es ihnen dennoch. Blackthorne setzte sich, um seine Kräfte zu sammeln, und stützte sich auf seine Hände. Als er sich einigermaßen wieder gesammelt hatte, wandte er sich Mariko zu. »Ist das Erdbeben jetzt endgültig vorüber, Mariko-san? Ist es immer so?«

»Nein. Manchmal nur ganz leicht. Manchmal kommt es nach einem Stäbchen Zeit zu einer weiteren Serie von Erdstößen, oder nach einem Tag. Manchmal gibt es überhaupt nur einen einzigen Stoß. Es ist vorbei, bis es wieder losgeht. *Karma, neh?*«

Regungslos beobachteten die Wachen sie. Sie warteten auf Toranagas Befehl. Im Norden wüteten Brände in den provisorisch aufgeschlagenen Unterkünften des Lagers. Samurai bekämpften das Feuer und gruben in der Steinlawine nach Verschütteten. Im Osten standen am äußersten Ende des Erdspalts Yabu, Omi und Buntaro. Ihnen war bis auf ein paar Schrammen nichts passiert. Auch sie warteten, daß man sie rufe. Igurashi war verschwunden. Die Erde hatte ihn verschluckt.

Blackthorne überließ sich seinen Gedanken. Seine Selbstverachtung war wie weggeweht. Ein unendlicher Frieden erfüllte ihn, und er fühlte sich wieder heil und ganz. Stolz sann er darüber nach, daß er jetzt wirklich ein Samurai war, daß er nach Yedo reisen würde, dachte an sein Schiff, den Krieg, das Schwarze Schiff – und wieder daran, daß er Samurai war. Er sah zu Toranaga hinüber, und am liebsten hätte er ihm ein Dutzend Fragen gestellt, bemerkte jedoch, daß der *Daimyo* seinen eigenen Gedanken nachhing, und wußte, daß es unhöflich wäre, ihn darin zu stören. Wir haben ja Zeit genug, dachte er zufrieden, und blickte zu Mariko hinüber. Da sie ihr Haar und ihr Gesicht in Ordnung brachte, sah er rasch wieder weg. Er streckte sich der Länge nach aus und schaute in den Himmel hinauf. Der Boden war warm unter ihm. Er wartete geduldig.

Toranaga sprach, jetzt mit großem Ernst. »*Domo*, Anjin-san, *neh? Domo.*«

»*Dozo*, Toranaga-sama. *Nane mo. Hombun, neh?* – Bitte, es war nichts, Toranaga-sama. Pflicht.«

Da ihm jedoch die Worte fehlten und es ihm darum ging, sich genau auszudrükken, wandte er sich an Mariko: »Ich glaube, ich verstehe jetzt, was Ihr und Herr Toranaga mit dem *Karma* meinte, und der Dummheit, sich um das zu sorgen, was *ist*. Mir ist vieles klarer geworden. Vielleicht, weil ich noch nie solches Entsetzen gespürt habe. Vor einem Augenblick waren wir alle so gut wie tot. Und daher waren alle Sorgen und alles Herzeleid überflüssig, nicht wahr? *Karma*. Ja, ich weiß jetzt, was *Karma* ist. Versteht Ihr?«

»Ja.« Sie dolmetschte für Toranaga.

»Er sagt: Gut, Anjin-san. *Karma* ist der Anfang des Wissens. Danach kommt die Geduld. Geduld ist außerordentlich wichtig. Die Starken sind immer geduldig, Anjin-san. Geduld, das heißt, seine Neigung zu zügeln, den sieben Gefühlen nicht nachzugeben: Haß, Verehrung, Freude, Angst, Zorn, Kummer und Furcht. Wenn man diesen sieben nicht nachgibt und sich in *Geduld* faßt, dann werdet Ihr bald das Wesen aller Dinge begreifen und in Harmonie mit der Ewigkeit sein.«

»Sagt ihm, ich danke ihm aufrichtig für das, was er für Alten Gärtner getan hat. Vorhin war ich noch nicht soweit – jedenfalls nicht mit ganzem Herzen.«

»Das ist nicht nötig. Er hat auch so gewußt, daß Ihr nur höflich wart.«

»Woher hat er das gewußt?«

»Ich habe Euch doch gesagt, er ist der weiseste Mann in der Welt.«

Er grinste.

»Seht«, sagte sie, »die Jahre sind wieder von Euch abgefallen«, um auf lateinisch noch hinzuzufügen: »Er ist wieder Sein Selbst – und besser als zuvor.«

»Sie aber ist schön – wie immer.«

Ihre Augen füllten sich mit Wärme, und sie wandte sie von Toranaga ab. Blackthorne bemerkte es und zollte ihrer Vorsicht Anerkennung. Er starrte hinunter in den klaffenden Graben. Vorsichtig sprang er hinein und verschwand darin. Mariko raffte sich gleichfalls auf. Plötzlich war die Angst über sie gekommen, doch Blackthorne kam rasch wieder zum Vorschein. In den Händen hielt er Fujikos Schwert. Es stak noch in der Scheide, war jedoch verdreckt.

Er kniete vor Toranaga nieder und bot ihm das Schwert dar, wie ein Schwert dargeboten werden muß. »Bitte, Herr Toranaga – wie von einem Samurai zum anderen, eh?«

»*Domo*, Anjin-san.« Der Herr des Kwanto empfing das Schwert und steckte es in seine Schärpe. Dann lächelte er, beugte sich vor und schlug Blackthorne fest auf die Schulter. »*Tomo, neh?* – Freund, nicht wahr?«

»*Domo*.« Blackthorne wandte sich ab. Sein Lächeln schwand. Eine Rauchfahne trieb über die Anhöhe, hinter der das Dorf lag. Augenblicklich fragte er Toranaga, ob er gehen dürfe, um festzustellen, daß Fujiko nichts passiert sei.

»Er sagt: Ja, Anjin-san. Und wir werden ihn beim Sonnenuntergang im Fort zum Abendessen sehen. Es gibt noch vieles, was er mit Euch besprechen möchte.«

Blackthorne kehrte ins Dorf zurück. Es sah bös aus. Der Verlauf der Straße war nicht wiederzuerkennen, die Erdoberfläche war überall verschoben. Aber den Booten war nichts passiert. Viele Brände wüteten immer noch. Leute aus dem Dorf waren damit beschäftigt, Zuber mit Sand und Wasser herbeizuschleppen. Er bog um die Ecke. Omis Haus lag wie trunken auf einer Seite. Sein eigenes war eine ausgebrannte Ruine.

# *39. Kapitel*

Fujiko hatte schwere Verbrennungen davongetragen, Nigatsu, ihre Zofe, war tot. Beim ersten Stoß war der Mittelpfeiler des Hauses zusammengebrochen, und die Kohlen des Küchenfeuers waren überall verstreut worden. Fujiko und Nigatsu hatte ein herabfallender Balken getroffen, die Flammen hatten Nigatsu in eine Fackel verwandelt. Fujiko hatte man im letzten Augenblick befreit. Eines der Kinder des Kochs hatte gleichfalls den Tod gefunden, aber der Rest seiner Dienerschaft hatte außer einigen Schrammen und ausgerenkten Gliedern keinen Schaden genommen. Alle zeigten sich überglücklich, daß Blackthorne lebendig und unverletzt davongekommen war.

Fujiko lag auf einem geretteten *Futon* in der Nähe des unversehrt gebliebenen Gartenzauns. Als sie sah, daß Blackthorne nichts geschehen war, brach sie fast in Tränen aus. »Ich danke Buddha, daß Euch nichts geschehen ist, Anjin-san«, sagte sie mit schwacher Stimme.

Noch benommen vom Schock, versuchte sie sich zu erheben, doch Blackthorne gebot ihr liegenzubleiben. An den Beinen und im Kreuz hatte sie starke Verbrennungen davongetragen. Ein Arzt war bereits um sie bemüht. Mit Bandagen, die zuvor mit *Cha* und anderen Kräutern getränkt worden waren, umwickelte er ihr die Beine. Blackthorne ließ sich seine Besorgnis nicht anmerken und wartete, bis der Arzt fertig war, dann fragte er ihn unter vier Augen: »Fujiko-san, *yoi ka?* – Wird Fujiko-san wieder genesen?«

Der Arzt zuckte mit den Achseln. »*Hai.*« Er entblößte dabei seine vorstehenden Zähne: »*Karma, neh?*«

»*Hai.*« Blackthorne hatte schon zu viele Seeleute mit Verbrennungen gesehen, um nicht zu wissen, daß jede größere Verbrennung gefährlich war, die offene Wunde schon nach wenigen Tagen zu schwären anfing und nichts die Ausbreitung der Entzündung aufhalten konnte. »Ich will nicht, daß sie stirbt.«

»*Dozo?*«

Er wiederholte es auf japanisch. Der Arzt schüttelte den Kopf und sagte, die Dame werde es bestimmt überstehen, sie sei ja noch jung und kräftig.

»*Shigata ga nai*«, sagte der Arzt und trug den Mädchen auf, die Verbände feucht zu halten. Dann gab er Blackthorne Kräuter für seine eigenen Abschürfungen, sagte, er werde bald wiederkommen, und stapfte dann zu Omis zerstörtem Haus hinauf.

Blackthorne stand am Haupttor seines Gartens, das verschont geblieben war. Buntaros Pfeile staken noch im linken Torpfosten. Abwesend strich er über sie hin.

*Karma*, dachte er traurig.

Dann kehrte er zu Fujiko zurück und befahl einer Zofe, *Cha* zu bringen. Er half ihr zu trinken und hielt ihre Hand, bis sie zu schlafen schien. Seine Diener brachten in Sicherheit, was noch zu retten war; sie arbeiteten rasch, und ein paar Leute aus dem Dorf halfen ihnen. Sie wußten, daß der Regen bald einsetzen würde. Vier Männer versuchten, einen vorübergehenden Schutz zu errichten.

Später kam ein Samurai den Hügel herauf und überbrachte eine Nachricht von Toranaga: Blackthorne und Fujiko sollten im Fort schlafen, bis ihr Haus wieder aufgebaut sei. Zwei Sänften trafen ein. Blackthorne hob Fujiko behutsam in die eine und schickte sie mit ihren Zofen fort. Die Sänfte für ihn selbst lehnte er dankend ab und sagte, er werde bald nachkommen.

Es fing an zu regnen, doch niemand kümmerte sich darum. Er saß auf einem Stein in seinem Garten, der ihm soviel Freude bereitet hatte und der jetzt verwüstet dalag. Die kleine Brücke war zerbrochen, der Teich ein Morast, und der kleine Bach war völlig verschwunden.

»Macht nichts«, sagte er, »die Felsen sind nicht tot.«

Ueki-ya hatte ihm erzählt, ein Garten müsse sich um die Felsen herum gruppieren, ein Garten ohne Felsblöcke sei leer, nichts weiter als ein Stück Land, auf dem etwas wachse.

Einer von den Felsen war sehr gezackt, sonst aber nicht ungewöhnlich, doch Ueki-ya hatte ihn so aufgestellt, daß kurz vor Sonnenuntergang die darin verborgenen Adern und Kristalle rötlich schimmerten und man eine ganze Bergkette vor sich zu sehen vermeinte mit langgestreckten Tälern und tiefen Seen und, weit in der Ferne, einen grünenden Horizont, über dem die Nacht sich sammelte.

Blackthorne legte die Hand auf den Felsen. »Ich gebe dir den Namen Ueki-ya-sama«, sagte er. Und er wußte, wenn Ueki-ya noch lebte, würde es dem Alten Gärtner sehr gefallen haben. Wenn er auch tot ist – vielleicht erfährt er es doch, sagte Blackthorne sich; vielleicht ist sein *Kami* hier anwesend. Die Anhänger des Shintoglaubens bezweifeln nicht, daß sie nach dem Tod zu einem *Kami* werden...

Blackthorne legte die Hand auf den Stein. »Bitte, *Kami* von Ueki-ya, bitte, verweile in meinem Garten!«

Seine Ohren sagten ihm, er müsse in die Gegenwart zurückkehren. Er blickte auf. Omi beobachtete ihn – er hockte geduldig auf seinen Fersen. Es regnete noch immer, und Omi trug unter seinem Reisstroh-Regenmantel und einem weiten, breiten, nach oben spitz zulaufenden Bambushut einen frisch gebügelten Kimono. Sein Haar war frisch gewaschen.

»*Karma*, Anjin-san«, sagte er und wies mit einer Kopfbewegung auf die schwelenden Reste des Hauses.

»*Hai. Ikaga desu ka?*« Blackthorne wischte sich den Regen aus dem Gesicht.

»*Yoi.*« Omi zeigte auf sein Haus. »*Watakushi no yuya wa hakaisarete imasen ostukai ni narimasen-ka?* – Mein Badehaus ist heil geblieben. Wenn Ihr es benutzen möchtet?«

»*Ah so desu! Domo*, Omi-san, *hai, domo.*« Dankbar folgte Blackthorne Omi den gewundenen Pfad hinauf bis zum Garten. Diener und Handwerker aus dem Dorf waren unter Muras Aufsicht bereits dabei, zu hämmern und zu sägen und das Haus wieder instand zu setzen. Die Mittelpfeiler standen bereits wieder, und das Dach war schon fast wieder gedeckt.

In ein, zwei Tagen, versuchte er Blackthorne klarzumachen, werde das Haus wieder richtig stehen, genausogut wie vorher. »Bei Eurem wird es etwas länger dauern, eine Woche vielleicht, Anjin-san. Aber seid unbesorgt. Fujiko-san versteht sich sehr gut auf diese Dinge. Sie wird sich rasch mit Mura über alle Kosten einigen, und Euer Haus wird besser sein als das erste. Wie ich gehört habe, hat sie Verbrennungen davongetragen? Ja, Anjin-san, es war ein schlimmes Erdbeben. Aber so schlimm nun auch wieder nicht. Die Reisfelder haben kaum gelitten, und die Bewässerungsanlagen sind verschont geblieben. Auch die Boote sind heil. Unter der Lawine sind nur hundertundfünfzig Samurai umgekommen, und das sind nicht viele, *neh?* Und was das Dorf betrifft – eine Woche, und Ihr werdet kaum noch etwas vom Erdbeben merken. Anjiro kann von Glück sagen, *neh?* Herr Toranaga hat gesagt, er habe Euer Schwert angenommen. Ihr seid zu beglückwünschen, denn das ist eine große Ehre. Ja. Ihr habt ein starkes, sehr gutes und sehr reiches *Karma.* Wir danken Euch sehr. Ich bin froh, Euch zum Freund zu haben.«

Omi rief nach den Bademeistern. »*Isogi!* – Beeilt Euch!«

Die Diener begleiteten Blackthorne zum Badehaus, das in einem kleinen Ahornhain stand und mit dem Haupthaus durch einen reizenden, gewundenen, sonst überdachten Gang verbunden war. Dies Bad war wesentlich luxuriöser ausgestattet als sein eigenes. Eine Mauer wies zwar beträchtliche Risse auf, doch das Dach hatte gehalten, es fehlten nur hier und da ein paar Ziegel, so daß es hereinregnete.

Blackthorne zog sich aus und nahm auf dem winzigen Hocker Platz. Die Diener seiften ihn ein und wuschen ihm im Regen das Haar. Nachdem alles abgespült war, ging er nach innen und ließ sich in das dampfende Bad sinken. Alle seine Sorgen schmolzen dahin.

Fujiko wird bald wieder hergestellt sein. Ich habe Glück – hatte auch Glück, Toranaga herausziehen zu können. Glück, Mariko zu retten, und Glück, daß er da war, uns herauszuziehen.

Suwos Zauberhände machten wie üblich wieder einen neuen Menschen aus ihm. Später ließ er sich von Suwo die Schrammen und Wunden verbinden, legte ein sauberes Lendentuch um und zog Kimono und Tabi an, die für ihn bereitgelegt worden waren. Dann ging er nach draußen. Der Regen hatte aufgehört. In einer Ecke des Gartens hatte man notdürftig ein Schutzdach errichtet. Den Boden darunter bildete eine niedrige Plattform, und darauf lagen saubere *Futons* und stand eine kleine Vase mit einem Blumengesteck. Omi harrte seiner bereits, und eine zahnlose Alte mit einem harten Gesicht wartete ihnen auf.
»Bitte, setzt Euch, Anjin-san«, sagte Omi.
»Danke. Und vielen Dank auch für die Kleidung«, erwiderte er in stockendem Japanisch.
»Bitte, nicht der Rede wert. Möchtet Ihr *Cha* oder lieber Saké?«
»*Cha*«, entschied Blackthorne. Er wollte für die Unterhaltung mit Toranaga einen klaren Kopf behalten. »Vielen Dank!«
»Das ist meine Mutter!« stellte Omi die Alte in aller Form vor. Es war unverkennbar, daß er sie vergötterte.
Blackthorne verneigte sich. Die alte Frau setzte ein einfältiges Grinsen auf und sog vernehmlich die Luft ein.
»Es ist mir eine Ehre, Anjin-san«, sagte sie.
»Vielen Dank, aber die Ehre ist auf meiner Seite«, setzte Blackthorne automatisch den Austausch förmlicher Höflichkeiten fort, wie Mariko es ihn gelehrt hatte.
»Anjin-san, es hat uns so leid getan, Euer Haus in Flammen aufgehen zu sehen.«
»Jawohl, *Karma.*« Die alte Frau blickte stirnrunzelnd beiseite und sagte: »Beeilt Euch. Der Anjin-san möchte seinen *Cha* warm!«
Die junge Frau neben der Zofe, die das Teebrett trug, raubte Blackthorne den Atem. Dann erinnerte er sich an sie. War das nicht die Frau, die er zusammen mit Omi gesehen hatte, damals, als er über den Dorfplatz zur Galeere hinuntergegangen war?
»Dies ist meine Frau«, sagte Omi wortkarg.
»Es ist mir eine Ehre«, sagte Blackthorne, als sie Platz nahm, niederkniete und sich verneigte.
»Ihr müßt verzeihen, daß sie so träge ist«, sagte Omis Mutter. »Ist der *Cha* auch warm genug für Euch?«
»Danke, er ist ausgezeichnet.« Blackthorne fiel auf, daß die alte Frau die junge nicht beim Namen genannt hatte, wie es sich geziemt hätte. Freilich überraschte ihn das nicht weiter, hatte Mariko ihm doch schon von der alles beherrschenden Stellung der Schwiegermutter in der japanischen Gesellschaft erzählt.
»Gott sei Dank, daß das in Europa anders ist«, hatte er zu ihr gesagt.
»Es ist schwer, eine gute Schwiegertochter zu sein – sehr schwer. Man kann nur hoffen, daß man lange genug lebt, um Söhne zu bekommen und selbst einmal Schwiegermutter zu werden.«

»Und Eure Schwiegermutter?«
»Ah, die ist tot, Anjin-san. Sie ist schon vor vielen Jahren gestorben. Ich habe sie nie kennengelernt. Und Herr Hiro-matsu hat in seiner Weisheit nie wieder eine andere Frau genommen.«
»Buntaro-san ist sein einziger Sohn?«
»Ja. Mein Gatte hat zwar noch fünf lebende Schwestern, aber keine Brüder. – In gewisser Weise sind wir jetzt miteinander verwandt, Anjin-san«, hatte sie gescherzt, »denn Fujiko-san ist eine Nichte meines Gatten... Was habt Ihr denn?«
»Es überrascht mich, daß Ihr mir das nie gesagt habt, das ist alles.«
»Nun ja, es ist schon sehr kompliziert, Anjin-san.« Mariko hatte gelacht und ihm gesagt, ja, japanische Familienverhältnisse seien äußerst verwickelt. Die Adoption sei gang und gäbe, und die Familien tauschten oft Söhne und Töchter aus, und Scheidungen, Wiederverheiratungen und Heiraten untereinander kämen sehr häufig vor.
»Um Herrn Toranagas Familienbande zu entwirren, brauchte es Tage, Anjin-san. Denkt nur an folgende Verwicklungen: Im Augenblick hat er sieben offizielle Gattinnen, die ihm fünf Söhne und drei Töchter geschenkt haben. Einige dieser Gattinnen waren Witwen oder vorher schon verheiratet und haben noch andere Söhne und Töchter – einige davon hat Toranaga-san adoptiert. In Japan kommt niemand auf den Gedanken zu fragen, ob man ein angenommenes oder natürliches Kind sei. Erben tut man immer nur je nach Laune des Familienoberhaupts, *neh?* Selbst Herrn Toranagas Mutter war geschieden. Später hat sie wieder geheiratet und bekam noch drei Söhne und zwei Töchter von ihrem zweiten Gatten, die inzwischen ihrerseits alle verheiratet sind! Ihr ältester Sohn aus zweiter Ehe ist Zataki, der Herr von Shinano.«
Blackthorne hatte darüber nachgegrübelt. Dann hatte er gesagt: »Bei uns gibt es keine Scheidung. Sie ist unmöglich.«
»Das wissen wir von den frommen Vätern. Tut mir leid, aber das ist nicht sehr vernünftig, Anjin-san. Man kann einen Fehler machen, die Menschen ändern sich, das ist *Karma, neh?* Warum sollte ein Mann sich mit einer bösen Frau abplagen oder eine Frau mit einem bösen Mann? Es ist doch töricht, sein Leben lang an einen Menschen gekettet zu sein, ob es nun eine Frau oder ein Mann ist, *neh?*«
»Ja.«
»Darin denken wir sehr weise. Das war einer der beiden Hauptgründe, warum der Taikō sich nicht entschließen konnte, Christ zu werden, dieser Unsinn wegen der Scheidungen – und dann noch: ›Du sollst nicht töten!‹ Der Pater Visitator hat eine Eingabe nach Rom gemacht, um für die Japaner einen Dispens für Ehescheidungen zu erwirken. Aber Seine Heiligkeit, der Papst, hat in seiner Weisheit ›nein‹ gesagt. Ich glaube, sonst wäre der Taikō übergetreten, würden die *Daimyos* jetzt dem christlichen Glauben angehören. Was das ›Töten‹ betrifft, so wäre das nicht weiter ins Gewicht gefallen, denn daran hält sich ja oh-

nehin niemand, die Christen am allerwenigsten. So kleine Zugeständnisse für so viel, *neh?*«
»Ja«, hatte Blackthorne gesagt und dann nach Toranagas Frau gefragt, denn es ging ihm darum, daß sie weiterredete. Zumeist hatte sie das Thema Toranaga umgangen, dabei war es für Blackthorne doch wichtig.
Ein Schatten war über Marikos Gesicht gehuscht. »Sie ist tot. Sie war seine zweite Gemahlin, und sie ist vor zehn oder elf Jahren gestorben. Sie war die Stiefschwester des Taikō. Herr Toranaga hat mit seinen Frauen nie viel Glück gehabt, Anjin-san.«
»Wieso?«
»Ach, die zweite war alt und müde, und goldgierig, ja, sie betete das Gold an wie ihr Bruder, der Taikō, wiewohl sie immer behauptete, es nicht zu tun. Sie war unfruchtbar und von höchst unangenehmem Wesen. Selbstverständlich handelte es sich um eine politische Heirat. Ich mußte damals zeitweilig eine ihrer Hofdamen sein. Sie war nie zufrieden, und keiner von den Jünglingen oder Männern konnte den Knoten in ihrem Goldenen Pavillon entwirren.«
»Was?«
»Ihr Jadetor, Anjin-san. Mit ihren Schildkrötenköpfen – ihren Dampfenden Schäften. Versteht Ihr nicht? Ihr... Ding.«
»Ach so. Ich verstehe. Ja.«
»Keiner konnte ihren Knoten entwirren... sie befriedigen.«
»Nicht einmal Toranaga?«
»Er hat nie das Kopfkissen mit ihr geteilt, Anjin-san«, hatte sie gesagt und war ganz entsetzt gewesen bei der Vorstellung. »Selbstverständlich hatte er nach der Eheschließung nichts weiter zu tun, als ihr ein Schloß zu geben, Gefolgsleute und die Schlüssel zu seiner Schatzkammer. Sie war schon recht alt und bereits zweimal verheiratet. Allerdings hatte ihr Bruder, der Taikō, diese Ehen gelöst. Eine höchst unangenehme Frau – alle Welt atmete erleichtert auf, als sie endlich in die Große Leere einging, sogar der Taikō.«
»Und Toranagas erste Gemahlin?«
»Ah, die Dame Tachibana. Das war auch eine politische Heirat. Herr Toranaga war damals achtzehn, sie fünfzehn. Als sie erwachsen wurde, wuchs sie zu einer schrecklichen Frau heran. Toranaga ließ sie vor zwanzig Jahren töten, weil er dahintergekommen war, daß sie insgeheim ein Komplott schmiedete, ihren Lehnsfürsten, den Diktator Goroda, den sie haßte, umzubringen. Mein Vater hat mir oft erzählt, daß er der Meinung sei, sie hätten alle Glück gehabt, ihren Kopf zu behalten – er, Toranaga, Nakamura und sämtliche Generäle –, denn Goroda kannte kein Mitleid und war ganz besonders seiner engsten Umgebung gegenüber unglaublich mißtrauisch. Diese Frau hätte sie alle ruinieren können, und wenn sie noch so unschuldig waren. Wegen ihres Komplotts gegen Herrn Goroda wurde auch ihr einziger Sohn, Nobunaga, dem Tod überantwortet. Sie tötete ihren eigenen Sohn. Der arme Nobunaga – er war Toranagas Lieblingssohn und sein offizieller Erbe – mutig, ein Heerführer aus eigener Kraft, und

von bedingungsloser Treue. Obwohl er unschuldig war, brachte sie es fertig, ihn in ihre Intrige hineinzuziehen. Er war erst neunzehn, als Toranaga befahl, daß er *Seppuku* beging.«

»Toranaga hat seinen eigenen Sohn sich umbringen lassen? Und seine Gemahlin?«

»Ja, er befahl, daß sie dahingingen, aber es blieb ihm gar keine andere Wahl. Hätte er es nicht getan, würde Herr Goroda angenommen haben, daß Toranaga selbst in das Komplott verwickelt wäre, und dann würde er ihm augenblicklich befohlen haben, sich den Bauch aufzuschlitzen. O ja, Toranaga hatte Glück, Gorodas Zorn zu entgehen – und war klug beraten, sie rasch in die Große Leere zu befördern. Als sie tot war, waren ihre Schwiegertöchter und Toranagas sämtliche Gattinnen überglücklich.«

Jetzt, als er Midoris Schwiegermutter ansah, welcher der *Cha* vom Kinn rann, wußte Blackthorne, daß diese alte Hexe Macht über Leben und Tod von Midori besaß und ihre Scheidung oder Verstoßung erzwingen konnte, vorausgesetzt, ihr Gatte, das Oberhaupt der Familie, stimmte zu.

Midori war in dem Maße anmutig und jugendlich, wie die Alte es nicht war. Sie hatte ein schön geschnittenes, ovales Gesicht und prachtvolles Haar. Sie war schöner als Mariko, nur, daß sie nicht von deren Feuer und Kraft beseelt war; sie war so biegsam wie ein Farnwedel und so zart wie ein Nebelgespinst.

»Wo bleiben die kleinen Leckereien? Der Anjin-san muß sehr hungrig sein, *neh?*« sagte die alte Frau.

»Ach, tut mir so leid«, beeilte Midori sich zu sagen. »Holt augenblicklich welche herbei«, befahl sie ihrer Zofe. »Beeilt Euch! Verzeihung, Anjin-san.«

»Ja, verzeiht, Anjin-san«, sagte die Alte.

»Bitte, entschuldigt Euch nicht«, sagte Blackthorne zu Midori und wußte noch im selben Moment, daß er damit einen Fehler begangen hatte. Die guten Manieren verlangten, daß er sich nur der Schwiegermutter widmete, ganz besonders dann, wenn sie einen schlechten Ruf hatte. »Tut mir leid«, sagte er. »Ich bin nicht hungrig. Heute abend muß ich bei Herrn Toranaga speisen.«

»*Ah so desu!* – Wir haben gehört, Ihr habt ihm das Leben gerettet. Ihr solltet wissen, wie dankbar wir alle sind. Omi-san und Herr Yabu bewundern Eure Tat, genauso wie wir anderen alle auch.«

Blackthorne sah, wie die alte Frau ihren Sohn anblickte. Ich wünschte, ich könnte dir hinter die Schliche kommen, alte Hexe, dachte er. Ob du wohl so abgrundböse bist wie die andere, Tachibana?

Omi sagte: »Mutter, ich bin zu beglückwünschen, den Anjin-san zum Freund zu haben.«

»Wir alle sind zu beglückwünschen.«

»Nein, ich bin es, der zu beglückwünschen ist«, sagte Blackthorne. »Ich darf mich glücklich schätzen, eine Familie wie die von Kasigi Omi-san zu meinen Freunden zu zählen.« Wir lügen alle, dachte Blackthorne, nur warum du es tust, begreife ich eigentlich nicht. Du lügst aus Selbstschutz und weil es so Sitte ist.

Aber ich habe niemals vergessen... Warte einen Augenblick. Wenn du ganz ehrlich bist... war das nicht *Karma?* Hättest du nicht das gleiche getan, was Omi getan hat? Das ist lange her – war in einem früheren Leben, *neh?* Jetzt ist es bedeutungslos.

Eine Reiterschar kam den Hügel heraufgesprengt. Naga ritt an der Spitze. Er stieg ab und schritt in den Garten.

»Tut mir leid, Euch zu stören, Omi-san, aber Herr Toranaga schickt mich.«

»Bitte, Ihr stört uns nicht. Bitte, gesellt Euch zu uns«, sagte Omi. Midori machte ihm sofort ihr Kissen frei und verneigte sich sehr tief. »Würdet Ihr gern *Cha* nehmen oder lieber Saké, Naga-sama?«

Naga nahm Platz. »Keins von beiden, vielen Dank. Ich habe keinen Durst.« Omi drängte ihn höflich und durchstand das unumgänglich nötige Ritual, wiewohl es klar war, daß Naga es eilig hatte. »Wie geht es Herrn Toranaga?«

»Sehr gut. Anjin-san, Ihr habt uns einen großen Dienst erwiesen. Ja. Ich möchte Euch ganz persönlich dafür danken.«

»Es war nur meine Pflicht, Naga-san. Ich habe doch nichts weiter getan. Herr Toranaga hat mich aus dem Abgrund... mich gleichfalls aus der Erde herausgezogen.«

»Gewiß. Aber das war hinterher. Ich danke Euch sehr.«

»Naga-san, gibt es etwas, was ich für Herrn Toranaga tun könnte?« erkundigte Omi sich, wobei die Etikette es ihm endlich erlaubte, zum Kern der Sache zu kommen.

»Er würde Euch gern nach dem Abendessen sehen. Es soll eine Besprechung mit allen Offizieren stattfinden.«

»Es ist mir eine Ehre.«

»Anjin-san, Ihr solltet mit mir kommen, wenn Ihr nichts dagegen habt.«

»Selbstverständlich. Es ist mir eine Ehre.«

Weitere Verneigungen und ein Austausch von Höflichkeiten, und dann saß Blackthorne auf einem Pferd, und sie trabten den Hügel hinunter. Als die Phalanx der Samurai den Dorfplatz erreichte, hielt Naga-san sein Pferd an.

»Anjin-san?«

*»Hai?«*

»Ich danke Euch von ganzem Herzen, daß Ihr Herrn Toranaga gerettet habt. Erlaubt mir, Euer Freund zu sein...«, und dann kamen einige Wörter, die Blackthorne nicht verstand.

»Verzeihung, aber ich habe nicht verstanden. *›Karite iru?‹*«

»Ah, tut mir leid. *›Karite iru‹*, – ein Mann *karite iru* einem anderen Mann etwas – wie ›Schuld‹. Versteht Ihr ›Schuld‹?«

Etwas schuldig sein, fuhr es Blackthorne durch den Kopf. *»Ah so desu. Wakarimasu.«*

»Gut. Ich habe nur gesagt, daß ich Euch etwas schuldig bin.«

»Ich habe nur meine Pflicht getan, *neh?*«

»Ja. Trotzdem: Ich bin Euch ein Leben schuldig.« Damit ritt er voraus ins Fort.

»Toranaga-sama sagt, alles Pulver für die Kanonen und die Kugeln sind wieder auf Euer Schiff zurückgebracht worden, Anjin-san. Er fragt Euch, wie lange es dauern würde, es wieder seeklar zu machen?«
»Das kommt ganz darauf an, in welchem Zustand es sich befindet, ob die Männer es kielgeholt und repariert und gereinigt haben. Weiß Toranaga-san, in welchem Zustand es sich befindet?«
»Das Schiff scheint in Ordnung zu sein, sagt er, aber er ist kein Seemann, und deshalb ist er sich nicht sicher. Angenommen, das Schiff ist seetüchtig, *neh?* Wie lange brauchtet Ihr dann, es kriegsfertig zu machen?«
Blackthornes Herz setzte einen Schlag aus. »Gegen wen soll ich Krieg führen, Mariko-san?«
»Er fragt, gegen wen möchtet Ihr gern Krieg führen?«
»Gegen das diesjährige Schwarze Schiff«, erwiderte Blackthorne, ohne zu zögern, und traf damit eine plötzliche Entscheidung. Hoffentlich ist das der richtige Augenblick, Toranaga den Plan zu entwickeln, den er die ganzen Tage über für sich gefaßt hatte, dachte er verzweifelt.
Mariko war völlig überrascht. »Was?«
»Das Schwarze Schiff. Sagt Herrn Toranaga, daß er mir nur meine Kaperbriefe zu geben braucht. Alles andere besorge ich schon. Mit meinem Schiff und ein bißchen Hilfe... die Ladung teilen wir uns: alles, die ganze Seide und das Edelmetall.«
Sie lachte. Toranaga dagegen nicht.
»Mein – mein Gebieter sagt, das wäre ein unverzeihlicher kriegerischer Akt gegenüber einer befreundeten Nation. Die Portugiesen sind für Japan wichtig.«
»Ja, das sind sie – im Augenblick. Ich aber glaube, daß sie genauso seine Feinde sind wie meine. Und welche Dienste sie auch leisten mögen – wir können das besser. Und nicht so teuer.«
»Er sagt, vielleicht. Er glaubt jedoch nicht, daß China mit Euch Handel treiben würde. Weder die Engländer noch die Niederländer sind bis jetzt stark in Asien vertreten. Wir aber brauchen die Seide jetzt und müssen laufend damit versorgt werden.«
»In einem oder zwei Jahren wird sich das ändern, dann wird er den Beweis dafür haben. Aber noch einen anderen Vorschlag. Ich befinde mich bereits im Kriegszustand mit den Portugiesen – außerhalb der Dreimeilenzone befinden wir uns in internationalen Gewässern. Dem Gesetz nach könnte ich sie mit meinen Kaperbriefen durchaus als Prise aufbringen und dann jeden Hafen mit ihr ansegeln und sie und ihre Ladung verkaufen. In ein paar Wochen oder Monaten könnte ich das Schwarze Schiff hier in Yedo abliefern. Ich könnte es hier verkaufen – die Hälfte des Erlöses bekommt er, als Hafensteuer.«
»Er sagt, was auf See zwischen Euch und Euren Feinden geschieht, kümmere ihn wenig. Das Meer gehört allen. Aber dies Land hier gehört uns; hier herrschen unsere Gesetze, und die dürfen nicht gebrochen werden.«
»Ja.« Blackthorne wußte, daß er einen gefährlichen Kurs eingeschlagen hatte,

aber sein sechster Sinn sagte ihm, daß der Zeitpunkt richtig gewählt war und daß Toranaga anbeißen würde. Und Mariko auch. »Es war ja nur ein Vorschlag. Er hat mich gefragt, gegen wen ich Krieg führen möchte. Und hier, meine ich, fallen meine und Herrn Toranagas Interessen zusammen.«
Mariko dolmetschte; Toranaga knurrte und sprach nur wenige Worte.
»Herr Toranaga schätzt vernünftige Vorschläge, Anjin-san – wie zum Beispiel das, was Ihr über eine Kriegsflotte gesagt habt. Aber dies hier ist absurd. Selbst wenn die Interessen zusammenfielen, was nicht der Fall ist – wie könntet Ihr und neun Männer ein so riesiges Schiff mit beinahe tausend Menschen an Bord angreifen?«
»Das würde ich auch nicht tun. Ich brauche eine neue Mannschaft, Mariko-san. Achtzig oder neunzig Mann, ausgebildete Seeleute und Kanoniere. Und die finde ich auf den portugiesischen Schiffen in Nagasaki.« Blackthorne sah geflissentlich darüber hinweg, daß sie merklich die Luft anhielt und ihr Fächer aufhörte, sich zu bewegen. »Ich brauchte nur einen Geleitbrief bis nach Nagasaki, ein bißchen Schutz sowie etwas Silber oder Gold. In den feindlichen Flotten dienen immer ein paar Seeleute, die für Geld bereit sind, das Schiff zu wechseln.«
»Mein Gebieter sagt, wer sich bei einem Angriff auf solchen Abschaum verlassen wollte, müßte verrückt sein. Er fragt, ob es wohl möglich sei, Samurai und Seeleute von uns zu Kanonieren und Matrosen auszubilden?«
»Ohne Schwierigkeit. Später. Aber dazu braucht man Monate. Nächstes Jahr könnten sie soweit sein. Aber dann wäre keine Gelegenheit mehr, sich des diesjährigen Schwarzen Schiffes zu bemächtigen.«
»Ich habe weder dies noch nächstes Jahr vor, das Schwarze Schiff der Portugiesen anzugreifen. Sie sind nicht meine Feinde, ich führe keinen Krieg gegen sie.«
»Ich weiß. Aber ich führe Krieg gegen sie. Bitte, verzeiht! Selbstverständlich unterhalten wir uns im Augenblick nur – aber auf jeden Fall brauche ich ein paar Leute, wenn ich auslaufen und Herrn Toranaga irgendwie von Nutzen sein soll, wie er es wünscht.«
Sie saßen in Toranagas Privatgemächern, die auf den Garten hinausgingen. Das Fort hatte unter dem Erdbeben kaum gelitten. Die Nacht war schwül, die Luft stand, und der Rauch von den Räucherstäbchen kräuselte sich träge, um die Moskitos zu vertreiben.
»Mein Gebieter glaubt einfach nicht, daß Ihr und neunzig Mann das Schwarze Schiff kapern könntet.«
»Ich bin mit der *Erasmus* weit schneller als jede Karavelle und könnte sie versenken. Wenn ich die Erlaubnis hätte, meinen Feind anzugreifen, würde ich in demselben Augenblick, da ich voll bemannt wäre, geradenwegs nach Nagasaki segeln. Ich würde draußen auf See auf das Schwarze Schiff warten; ich würde es entern und nach Yedo zurückbringen. Drei-, ja fast vierhundert Tonnen Goldbarren müßte es an Bord haben.«
»Aber wird denn ihr Kapitän sein Schiff nicht versenken, wenn er sich geschlagen sieht – und zwar, ehe Ihr an Bord kommen könnt?«

»Im allgemeinen...«, wollte er sagen, »im allgemeinen meutert die Mannschaft, wenn der Kapitän ein Fanatiker ist, aber ich kenne keinen, der solchen Wahnsinn begangen hätte. In den meisten Fällen trifft man mit dem Kapitän ein Abkommen – man schenkt ihnen das Leben, gibt ihnen einen kleinen Anteil und eine Koje bis zum nächsten Hafen. Diesmal werde ich es allerdings mit Rodrigues zu tun haben, den kenne ich, und ich weiß auch genau, was er tun wird.« Aber er besann sich eines Besseren und dachte nicht daran, seinen *ganzen* Plan aufzudecken. »Im allgemeinen gibt das geschlagene Schiff auf, Mariko-san«, sagte er daher. »Es ist üblich – eine unserer Gepflogenheiten bei der Seekriegführung –, unnützes Blutvergießen zu vermeiden.«
»Herr Toranaga sagt: Tut mir leid, Anjin-san, aber das ist eine ganz abscheuliche Sitte. Hätte er Schiffe, gäbe es keine Ergebung.«
Blackthorne wußte, daß sein Ziel greifbar nahe vor ihm lag. Er überlegte einen Augenblick, dann sagte er: »Wären wir in Europa, gäbe es noch eine andere Möglichkeit. Man könnte bei Nacht in den Hafen einlaufen und sie mit Gewalt in seine Hand bringen. Durch einen Überraschungsangriff.«
Toranagas Hand packte den Schwertgriff fester.
»Er sagt, Ihr würdet es wagen, auf *unserem* Territorium gegen *Eure* Feinde vorzugehen?«
Blackthornes Lippen waren trocken. »Nein. Selbstverständlich sind dies alles nur Überlegungen. Wenn Herr Toranaga sich jedoch im Krieg mit den Portugiesen befände und er wollte, daß ihnen Schaden zugefügt wird, dann würde sich ein solches Vorgehen empfehlen. Hätte ich zwei- oder dreihundert wohldisziplinierte Kämpfer, eine gute Mannschaft und die *Erasmus*, würde es ein leichtes sein, längsseits des Schwarzen Schiffes zu gehen, es zu entern und auf die hohe See hinauszuschleppen. Er könnte den Zeitpunkt für einen solchen Handstreich wählen – falls wir in Europa wären.«
Schweigen machte sich breit.
»Herr Toranaga sagt, wir sind hier nicht in Europa, es besteht kein Kriegszustand zwischen ihm und den Portugiesen.«
»Selbstverständlich. Noch etwas, Mariko-san: Nagasaki liegt außerhalb von Herrn Toranagas Herrschaftsbereich, nicht wahr?«
»Ja, Anjin-san. Der Hafen und das Hinterland gehören Herrn Harima.«
»Aber beherrschen denn nicht de facto die Jesuiten den Hafen und den gesamten Handel?« Blackthorne bemerkte, wie sie zögerte zu dolmetschen, und setzte sie daher noch weiter unter Druck. »Ist es nicht so, Mariko-san? Und ist Herr Harima nicht Katholik? Ist nicht der größte Teil von Kyushu katholisch? Und beherrschen die Jesuiten nicht in gewisser Weise die gesamte Insel?«
»Das Christentum ist eine Religion. Die *Daimyos* sind Herr über ihr eigenes Land, Anjin-san«, sagte Mariko von sich aus.
»Mir hat man aber erzählt, im Grunde sei Nagasaki portugiesisches Territorium. Hat Herrn Harimas Vater den Jesuiten das Land nicht verkauft?«
Marikos Stimme bekam etwas leicht Schrilles... »Jawohl. Aber der Taikō hat

das Land wieder an sich genommen. Heute dürfen Ausländer hier in Japan keinen Grund und Boden besitzen.«

»Aber ist es nicht so, daß der Taikō nicht auf der Einhaltung seiner Edikte bestanden hat? Beherrschen die Jesuiten denn nicht die gesamte Schiffahrt in Nagasaki? Wickeln sie nicht den gesamten Handel für euch ab und fungieren als Mittelsmänner?«

»Ihr seid sehr gut unterrichtet über Nagasaki«, sagte Mariko spitz.

»Vielleicht sollte Herr Toranaga dem Feind die Kontrolle über den Hafen nehmen. Vielleicht...«

»Sie sind *Eure* Feinde, Anjin-san, nicht unsere«, sagte sie und schnappte endlich ihrerseits nach dem Köder. »Die Jesuiten sind...«

*»Nan ja?«*

Sich entschuldigend, wandte sie sich Toranaga zu und erklärte, was zwischen ihnen gesprochen worden war. Als sie fertig war, klangen seine Worte hart – sie enthielten offensichtlich eine deutliche Rüge. »*Hai*«, sagte sie mehrmals und verneigte sich zerknirscht.

Zu Blackthorne sagte sie: »Herr Toranaga hat mich darauf hingewiesen, daß meine Ansichten ohne Belang seien und daß ein Dolmetsch nichts weiter tun solle als dolmetschen, *neh?* Verzeiht, bitte!«

Vor noch gar nicht langer Zeit hätte Blackthorne sich bei ihr entschuldigt, sie aufs Glatteis geführt zu haben, doch jetzt kam ihm das nicht mehr in den Sinn. Doch da er klar gesagt hatte, was er hatte klarstellen wollen, lachte er und sagte: »*Hai, kawaii Tsukkuko-sama!* – Ja, schöne Dame Dolmetsch!«

Mariko lächelte säuerlich, erbost darüber, daß sie in die Falle gegangen war; ihr Geist befand sich in Konflikt zwischen ihren geteilten Loyalitäten.

»*Yoi*, Anjin-san«, sagte Toranaga, jetzt wieder freundlich.

»Und Mariko-san ist soviel hübscher als der Tsukku-san, nicht wahr, und duftet auch viel lieblicher, oder?«

Toranaga lachte. »*Hai.*«

Mariko errötete und schenkte ein wenig besänftigt Tee nach. Dann sprach Toranaga. Ernst.

»Unser Gebieter sagt, warum Ihr so viele Fragen über Herrn Harima und Nagasaki stellt – oder Behauptungen aufstellt?«

»Nur, um zu zeigen, daß der Hafen von Nagasaki de facto von *Ausländern* kontrolliert wird. Von den *Portugiesen.* Und nach meinem Gesetz darf ich den Feind überall angreifen.«

»Aber hier ist nicht ›überall‹, sagt er. Dies hier ist das Land der Götter, und ein solcher Überfall ist undenkbar.«

»Dem stimme ich mit ganzem Herzen zu. Aber falls Herr Harima jemals zu seinem Feind wird, oder die Jesuiten, welche die Portugiesen anführen – dann wäre dies der Weg, sie empfindlich zu treffen.«

»Herr Toranaga sagt, weder er noch irgendein anderer *Daimyo* würde jemals dulden, daß eine fremde Macht eine andere auf japanischem Boden angreift.

Gegenüber den Feinden des Kaisers ist das etwas anderes. Was die Bereitstellung von Kriegern und das Anwerben von Kämpfern und einer Mannschaft betrifft, so wäre das leicht für jemanden, der japanisch spräche. In Kyushu gibt es so viele *Wako*, wie man nur will.«

»*Wako*, Mariko-san?«

»Oh, Verzeihung. Bei uns heißen alle Korsaren *Wako*, Anjin-san. Früher gab es an der Küste von Kyushu viele Seeräubernester, doch die meisten wurden vom Taikō ausgeräuchert. Überlebende lassen sich leicht finden – leider. Die *Wako* haben jahrhundertelang die Küsten Chinas terrorisiert. Ihretwegen hat China uns ja gerade alle Häfen gesperrt.« Sie setzte Toranaga auseinander, was gesprochen worden war. Dann ergriff wieder er das Wort, wesentlich angeregter jetzt. »Er sagt, er werde niemals zulassen, daß Ihr einen Angriff im Hafen unternehmt; allerdings sei nichts dagegen einzuwenden, wenn Ihr den Feinden Eurer Königin auf See zusetztet. Er wiederholt, hier sei nicht ›überall‹. Dies hier ist das Land der Götter. Ihr solltet Geduld haben, wie er es Euch schon einmal geraten hat.«

»Jawohl. Ich habe ja auch die Absicht, mich auf seine Weise in Geduld zu üben. Ich möchte den Feind nur deshalb schlagen, weil er wirklich der Feind ist. Ich bin von ganzem Herzen überzeugt, daß sie auch seine Feinde sind.«

»Herr Toranaga sagt, die Portugiesen erklärten ihm, *Ihr* wäret sein Feind, und Tsukku-san und der Pater Visitator seien sich dessen ganz sicher.«

»Wenn es mir gelänge, das Schwarze Schiff auf See aufzubringen und es als gesetzliche Prise nach Yedo zu überführen – unter englischer Flagge –, ob ich dann wohl die Erlaubnis bekäme, es samt ihrer Ladung nach eurer Sitte in Yedo zu verkaufen?«

»Herr Toranaga sagt, das kommt darauf an.«

»Falls es zum Krieg kommt – darf ich dann den Feind, Herrn Toranagas Feind, angreifen, so gut ich es kann?«

»Er sagt, das sei die Pflicht eines *Hatamoto*. Mein Gebieter legt Wert darauf, Euch mit aller Deutlichkeit klarzumachen, daß die Probleme in Japan einzig und allein auf japanische Weise gelöst werden können.«

»Ja. Das verstehe ich. Dürfte ich ihn wohl fragen, ob er gern über eine eigene Kriegsflotte verfügen würde? So, wie ich es ihm auf der Galeere vorgeschlagen habe?«

»Er hat bereits gesagt, daß er gern eine Kriegsflotte hätte – eine moderne Kriegsflotte, Anjin-san, bemannt mit seinen eigenen Leuten. Welcher *Daimyo* würde das nicht?«

»Dann sagt ihm: Wenn ich das Glück hätte, das feindliche Schiff zu kapern, würde ich es nach Yedo bringen, um es neu auszurüsten und die Beute zu sichten. Dann würde ich die Hälfte der Goldbarren auf die *Erasmus* umladen und das Schwarze Schiff entweder wieder an die Portugiesen verkaufen oder es Herrn Toranaga als Geschenk anbieten – oder es verbrennen, ganz wie er es wünscht. Danach würde ich heimsegeln. Nach Jahresfrist würde ich wieder herkommen und als Geschenk meiner Königin an Herrn Toranaga vier Kriegsschiffe mitbringen.«

»Er fragt, worin dann der Gewinn für Euch läge.«

»*Honto* – es würde noch genug für mich dabei herausspringen, Mariko-san, denn schließlich kämen die Schiffe von Ihrer Majestät. Weiterhin würde ich gern einen seiner vertrauenswürdigsten Ratgeber als Gesandten zu meiner Königin bringen. Ein Freundschaftsvertrag zwischen unseren Ländern könnte von Interesse für ihn sein.«

»Herr Toranaga sagt, das würde viel zu großzügig von Eurer Königin sein. Er fügt hinzu, wenn solches sich jedoch wunderbarerweise ergeben sollte und Ihr mit den neuen Schiffen zurückkämet – wer würde dann seine Seeleute und Samurai und Kapitäne ausbilden, um diese Schiffe zu bemannen?«

»Zu Anfang würde ich es tun, wenn er nichts dagegen hat. Es wäre mir eine Ehre – und dann könnten andere folgen.«

»Er sagt: ›Was heißt zu Anfang?‹ «

»Zwei Jahre.«

Toranaga lächelte flüchtig.

»Unser Gebieter sagt, zwei Jahre würden für den Anfang nicht genügen. Im übrigen sagt er: Das sei alles ein schöner Traum. Er liegt mit den Portugiesen oder Herrn Harima von Nagasaki nicht im Krieg. Er wiederholt: Was Ihr außerhalb japanischer Gewässer mit Eurem eigenen Schiff und mit Eurer eigenen Mannschaft tut, ist Euer eigenes *Karma.*« Mariko war sichtlich verstört. »Außerhalb unserer Gewässer seid Ihr ein Ausländer, sagt er. Hier jedoch seid Ihr Samurai!«

»Ja, ich weiß die Ehre zu schätzen, die er mir erwiesen hat. Dürfte ich wohl fragen, wie ein Samurai Geld borgt, Mariko-san?«

»Von einem Geldverleiher, Anjin-san. Von wem sonst? Von einem dreckigen Geldverleiher.« Sie dolmetschte für Toranaga. »Wozu braucht Ihr Geld?«

»Gibt es in Yedo Geldverleiher?«

»Aber ja. Geldverleiher sitzen überall, *neh?* Fragt nur Eure Gattin, Anjin-san, vielleicht ist sie imstande, Euch zu helfen. Das gehört zu ihren Pflichten.«

»Ihr sagt, wir brächen morgen nach Yedo auf?«

»Ja, morgen.«

»Leider wird Fujiko noch nicht soweit sein, daß sie reisen könnte.«

Mariko sprach mit Toranaga.

»Herr Toranaga sagt, er werde sie mit der Galeere hinbringen, sobald diese ausläuft. Er fragt, wozu Ihr Geld leihen müßtet?«

»Ich brauche doch eine neue Mannschaft – wenn ich überhaupt in See stechen und Herrn Toranaga dienen soll, auf welche Art er es auch immer wünscht. Ist das erlaubt?«

»Eine Mannschaft aus Nagasaki?«

»Ja.«

»Er wird Euch eine Antwort wissen lassen, sobald Ihr Yedo erreicht.« Es pochte an die innere Tür.

»Herein!«
Naga schob die *Shoji*-Tür auf und verneigte sich. »Verzeiht, Vater, aber Ihr wolltet, daß ich Euch Bescheid sage, sobald alle Offiziere versammelt sind.«
»Danke. Ich werde gleich da sein.« Toranaga überlegte einen Augenblick, dann gab er Blackthorne auf sehr freundliche Weise einen Wink. »Anjin-san, folgt Naga-san. Er wird Euch Euer Zimmer zeigen. Ich danke Euch für Eure Ansichten.«
»Ja, Euer Gnaden. Ich danke Euch, daß Ihr mir zugehört habt. Danke für das, was Ihr gesagt habt. Ja, ich werde mir Mühe geben, mich in Geduld zu üben und alles richtig zu machen.«
»Ich danke Euch, Anjin-san.« Toranaga sah zu, wie er sich verneigte und ging. Als sie allein waren, wandte er sich Mariko zu. »Was haltet Ihr von alledem?«
»Zwei Dinge, Euer Gnaden. Zunächst einmal ist sein Haß auf die Jesuiten grenzenlos und übersteigt noch seinen Haß auf die Portugiesen. Folglich stellt er die Geißel dar, die Ihr gegen die einen oder die anderen oder gar gegen beide gebrauchen müßtet, wenn Ihr eine solche Geißel wollt. Daß er tapfer ist, wissen wir, und deshalb ist er wohl jedem Angriff auf See gewachsen. Zweitens: Sein Haupttrachten gilt immer noch dem Gelderwerb. Zu seiner Entschuldigung muß dazu gesagt werden: Soweit ich erfahren habe, stellt Geld unter den Barbaren die einzige Möglichkeit dar, wirklich Macht auszuüben. Sie kaufen Land und Stellungen – selbst ihre Königin treibt Handel, und wahrscheinlich ›verkauft‹ sie ihren Lehnsfürsten Land und kauft ihrerseits Land und Schiffe.«
»Sind die Jesuiten meine Feinde?«
»Ich glaube es nicht.«
»Und die Portugiesen?«
»Ich glaube, denen geht es einzig um Gewinn, um Land – und um die Verbreitung des Wortes Gottes.«
»Und sind die Christen meine Feinde?«
»Nein, Euer Gnaden. Es könnte nur sein, daß einige Eurer Feinde Christen sind – katholische oder protestantische Christen.«
»Aha, dann glaubt Ihr also, der Anjin-san sei mein Feind?«
»Nein, Euer Gnaden, ich glaube, er ehrt Euch und wird mit der Zeit ein richtiger Vasall werden.«
»Und wie steht es mit unseren Christen? Wer sind unsere Feinde?«
»Die Herren Harima, Kiyama, Onoshi und alle anderen Samurai, die sich gegen Euch kehren.«
Toranaga lachte. »Gewiß, aber beherrschen die Priester sie, wie der Anjin-san es behauptet?«
»Das glaube ich nicht.«
»Werden diese drei sich gegen mich stellen?«
»Ich weiß es nicht, Euer Gnaden. In der Vergangenheit sind alle Euch sowohl feindlich als auch freundlich gesonnen gewesen. Wenn sie sich jetzt jedoch auf Ishidos Seite schlügen, dann wäre das sehr schlimm.«

»Das meine ich auch. Ja. Ihr seid eine wertvolle Ratgeberin. Es dürfte nicht leicht sein für Euch, als katholische Christin mit einem Feind befreundet zu sein und den Ideen eines Feindes zu lauschen.«
»Nein, Euer Gnaden.«
»Ihr seid ihm auf den Leim gegangen, *neh?*«
»Ja. Aber in Wahrheit hatte er ja das Recht dazu. Ich tat nicht, was Ihr befohlen hattet. Ich drängte mich zwischen seine reinen Gedanken und Euch. Bitte, verzeiht.«
»Es wird auch weiterhin schwierig bleiben. Vielleicht sogar noch schwieriger werden.«
»Jawohl, Euer Gnaden. Aber es ist besser, wenn man beide Seiten der Medaille kennt. Viel von dem, was er sagt, hat sich mittlerweile als richtig herausgestellt – wie zum Beispiel, daß die Welt unter Spaniern und Portugiesen aufgeteilt ist und daß die Priester Musketen nach Japan geschmuggelt haben – so unglaublich das auch klingt. Ihr braucht an meiner Loyalität nicht im geringsten zu zweifeln. Mag es auch noch so schlimm kommen, ich werde Euch gegenüber immer meine Pflicht tun.«
»Vielen Dank. Nun, es ist sehr aufschlußreich gewesen, was der Anjin-san gesagt hat, *neh?* Interessant, aber Unsinn. Ja, vielen Dank, Mariko-san, Ihr seid eine wertvolle Ratgeberin. Soll ich Befehl geben, daß Eure Ehe mit Buntaro geschieden wird?«
»Euer Gnaden?«
»Nun?«
Ach, frei sein, sang es in ihrem Geist. Ach, Madonna, frei sein!
Vergiß nicht, wer du bist, Mariko, vergiß das nie! Und vergiß auch nicht, daß ›Liebe‹ ein Barbarenwort ist.
Toranaga beobachtete sie in tiefstem Schweigen. Draußen verirrten sich Moskitos in die Spiralen des Räucherwerks und stoben davon, sich in Sicherheit zu bringen. Ja, sann er, sie ist ein Falke. Aber auf welches Wild werfe ich sie an?
»Nein, Euer Gnaden«, sagte Mariko schließlich. »Vielen Dank, Euer Gnaden, aber nein.«
»Der Anjin-san ist ein seltsamer Mann, *neh?* Sein Kopf steckt voll von Träumen. Lächerlich, auch nur in Betracht zu ziehen, unsere Freunde, die Portugiesen, auf ihrem Schwarzen Schiff anzugreifen! Es wäre unsinnig, an das zu glauben, was er über vier Schiffe sagt – oder über zwanzig.«
Mariko zögerte. »Wenn er sagt, daß es möglich wäre, eine Kriegsflotte aufzubauen, Euer Gnaden, dann glaube ich, daß es möglich ist.«
»Da bin ich anderer Meinung«, erklärte Toranaga nachdrücklich. »Allerdings habt Ihr recht, er stellt ein Gegengewicht gegen die anderen dar, er und sein Kampfschiff. Wie merkwürdig – und doch wie aufschlußreich! Es ist, wie Omi gesagt hat: Im Augenblick brauchen wir die Barbaren, um von ihnen zu lernen. Und es gibt viel zu lernen, insbesondere von *ihm, neh?*«
»Ja.«

»Es ist Zeit, die Tore des Reiches aufzustoßen, Mariko-san. Ishido wird sie fest zuschließen wie eine Auster. Wäre ich wieder Vorsitzender des Regentschaftsrats, würde ich mit jeder Nation Verträge abschließen, soweit es sich um friedliche Beziehungen handelt. Ich würde Männer von uns hinschicken, von diesen anderen Nationen zu lernen, ja, und auch Gesandte würde ich hinschicken. Die Königin dieses Mannes würde einen guten Anfang machen. Einer Königin sollte ich vielleicht eine Botschafterin schicken, falls sie klug genug wäre.«
»Sie müßte aber sehr stark und sehr klug sein, Euer Gnaden.«
»Ja. Es würde eine gefahrvolle Reise sein. Ja.« Und abermals kam Toranaga ohne Übergang auf etwas anderes zu sprechen. »Wenn der Anjin-san mit seinem mit Gold voll beladenen Schiff fortsegelte – würde er wiederkommen? Er persönlich, meine ich?«
Nach langer Zeit sagte sie: »Ich weiß es nicht.«
Toranaga beschloß, ihr nicht weiter zuzusetzen. »Ich danke Euch, Mariko-san«, sagte er und entließ sie freundlich. »Ich möchte, daß Ihr an der Besprechung teilnehmt, damit Ihr das, was ich sage, für den Anjin-san dolmetscht.«
»Alles, Euer Gnaden?«
»Ja. Und heute abend, wenn Ihr zum Teehaus geht, um Kikus Kontrakt zu kaufen, nehmt den Anjin-san mit. Sagt seiner Gattin, sie solle alles Entsprechende in die Wege leiten. Er hat sich eine Belohnung verdient, *neh?*«
»*Hai.*«
Als sie schon an der *Shoji*-Tür war, sagte Toranaga: »Sobald die Sache zwischen Ishido und mir geregelt ist, werde ich befehlen, daß Eure Ehe geschieden wird.«
Ihre Hand verkrampfte sich. Sie nickte leicht zustimmend. Aber sie sah sich nicht noch einmal um. Die Tür schloß sich hinter ihr.
Toranaga folgte dem Rauch einen Augenblick mit den Augen, dann erhob er sich, trat in den Garten hinaus und ging zum Abort, wo er sich niederhockte. Nachdem er fertig war und das Papier benutzt hatte, hörte er, wie ein Diener das Gefäß unter dem Loch fortnahm und ein sauberes an seine Stelle schob. Die Moskitos summten, er schlug wie abwesend nach ihnen. Er dachte über Falken und Habichte nach: Er wußte, daß auch die größten Falken Fehler machen – wie Ishido einen Fehler gemacht hatte, und Kiri, und Mariko, und Omi – und selbst der Anjin-san.

Die einhundertundfünfzig Offiziere waren in schnurgeraden Gliedern aufgestellt. Yabu, Omi und Buntaro standen vor ihnen. Mariko kniete neben Blackthorne. Toranaga marschierte mit seiner Leibwache herein und nahm auf dem Kissen ihnen gegenüber Platz. Er dankte ihnen für ihre Verneigungen, setzte sie dann kurz über den Inhalt der Botschaft in Kenntnis und erklärte ihnen – zum ersten Mal vor einem größeren Kreis – seinen Plan für die letzte Entscheidungsschlacht. Auch diesmal verschwieg er jenen Teil des Plans, bei dem es um die heimlichen und sorgsam geplanten Aufstände ging, und er ließ auch diesmal kein Wort darüber verlauten, daß er über die nördliche Straße vorzurücken ge-

denke und nicht über die weiter im Süden gelegene Küstenstraße. Unter allgemeinem Beifall – denn alle seine Krieger waren froh, daß die Ungewißheit endlich ein Ende hatte – erklärte er, daß er nach der Regenzeit das Codewort ›Blutiger Himmel‹ ergehen lassen, also das Zeichen zum Kampf geben würde.
»Ich erwarte, daß Ishido in der Zwischenzeit – freilich ohne die dafür nötigen gesetzlichen Grundlagen – einen neuen Regentschaftsrat einberufen wird. Ich erwarte – und auch das entbehrt jeder gesetzlichen Grundlage –, daß ich abgesetzt werde. Und ich erwarte, daß man mir – auch das entgegen dem Gesetz – den Krieg erklären wird.« Er lehnte sich vor, die eine Hand zur Faust geballt auf dem Schenkel, die andere auf dem Schwertgriff. »Hört: Ich trete rückhaltlos für das Testament des Taikō ein. Ich begehrte keinerlei Gebietserweiterungen und auch keine anderen Ehren. Wenn jedoch Verräter mich angreifen, muß ich mich verteidigen. Sollten Verräter Seiner Kaiserlichen Hoheit Sand in die Augen streuen und versuchen, die Macht im Land an sich zu reißen, gebietet mir meine Pflicht, den Kaiser zu verteidigen und das Böse zu zertreten. *Neh?*«
Ein allgemeiner Ruf der Zustimmung grüßte ihn. Die Schlachtrufe ›Kasigi!‹ und ›Toranaga‹ drangen aus dem Raum hinaus und verbreiteten sich im gesamten Fort.
»Das Sturmregiment mit den Musketen soll sich in fünf Tagen mit den Galeeren nach Yedo einschiffen. Die Führung übernimmt Toda Buntaro-san, und zu seinem Stellvertreter ernenne ich Kasigi Omi-san. Herr Kasigi Yabu: Ihr macht bitte ganz Izu mobil und besetzt mit sechstausend Mann die Grenzpässe, falls der Verräter Ikawa Jikkyu versuchen sollte, nach Süden vorzustoßen, um uns unsere Verbindungslinien abzuschneiden. Sobald die Regenfälle aufhören, wird Ishido den Kwanto angreifen...«
Omi, Yabu und Buntaro anerkannten stumm, wie klug es von Toranaga war, kein Wort über den heute nachmittag gefaßten Entschluß verlauten zu lassen, den Angriff schon jetzt, während der Regenzeit, vorzutragen.
Das wird eine Sensation, sagte Omi sich; seine Eingeweide zogen sich zusammen bei der Aussicht, während der Regenzeit mit Gewalt durch die Berge von Shinano vorzustoßen.
»Unsere Musketen werden den Durchzug erzwingen«, hatte Yabu heute nachmittag begeistert erklärt.
»Ja«, hatte Omi zugestimmt, der nicht viel von dem Plan hielt, jedoch auch keine andere Möglichkeit anzubieten hatte. Es ist Wahnsinn, sagte er sich, obgleich er sich selbstverständlich freute, zum Stellvertretenden Kommandeur ernannt worden zu sein. Ich begreife nicht, wieso Toranaga eine Erfolgschance sieht, wenn wir über die nördliche Route vorstoßen.
Und es gibt auch keine, sagte er sich abermals und hörte nur noch mit halbem Ohr zu, als Toranaga ihren Kampfeswillen anstachelte; statt dessen dachte er angestrengt darüber nach, wie er seine Rachepläne in die Tat umsetzen könne. Ganz bestimmt gibt dir der Angriff auf Shinano genug Gelegenheiten, Yabu zu bewegen, sich an die vorderste Front zu begeben. Du riskierst dabei gar nichts.

Krieg – jeder Krieg – kann nur vorteilhaft für dich sein, vorausgesetzt, daß man diesen Krieg nicht verliert...

Dann hörte er Toranaga sagen: »Heute bin ich fast zu Tode gekommen. Heute hat der Anjin-san mich dem Rachen der Erde entrissen. Es ist das zweite, vielleicht sogar das dritte Mal, daß er mir das Leben gerettet hat. Aber wenn es auch *Bushido* ist, daß ein Vasall niemals eine Belohnung für einen geleisteten Dienst erwarten sollte, so ist es doch die Pflicht eines Lehnsherrn, sich von Zeit zu Zeit erkenntlich zu zeigen.«

Unter allgemeinem Beifall sagte Toranaga: »Anjin-san, setzt Euch hierher! Und Ihr, Mariko-san, auch!«

Voller Neid sah Omi den riesengroßen Mann sich erheben und an jener Stelle niederknien, auf die Toranaga neben sich gezeigt; es gab keinen im Raum, der nicht gewünscht hätte, an des Barbaren Stelle zu stehen.

»Der Anjin-san erhält ein Lehen in der Nähe des Fischerdorfes Yokohama im Süden von Yedo im Wert von zweitausend *Koku* jährlich, das Recht, zweihundert Samurai-Gefolgsleute auszuheben, und er ist außerdem mit allen Rechten eines Samurai und *Hatamoto* des Hauses Yoshi-Toranaga-noh-Chikitada-Minowara ausgestattet. Des weiteren erhält er zehn Pferde, zwanzig Kimonos sowie die Kampfausrüstung für alle seine Vasallen. Ich ernenne ihn hiermit zum Rang des Obersten Admirals und Piloten des Kwanto.« Toranaga wartete, bis Mariko gedolmetscht hatte, dann rief er: »Naga-san!«

Gehorsam brachte Naga seinem Vater ein in Seide eingeschlagenes Paket. Toranaga riß die Verpackung ab, und zum Vorschein kamen zwei zueinander passende Schwerter, ein Kurzschwert und ein Langschwert. »Als der Anjin-san sah, daß die Erde meine Schwerter verschluckt hatte und ich daher waffenlos war, stieg er nochmals in den Rachen der Erde hinein, um seine eigenen Schwerter zu suchen. Anjin-san, diese beiden hier sind meine Gegengabe für Euer Schwert. Sie stammen aus der Werkstatt des Meisterschmieds Yori-ya und sind eigenhändig von ihm geschmiedet worden. Vergeßt nie: Das Schwert ist die Seele des Samurai. Wenn er sie verliert, so ist das unverzeihlich.«

Unter noch größerem Beifall und heimlichem Neid empfing Blackthorne die Schwerter, verneigte sich geziemend, steckte sie in seine Schärpe und verneigte sich nochmals.

»Ich danke Euch, Toranaga-sama. Ihr erweist mir zuviel Ehre. Danke!«

Er schickte sich an zu gehen, doch Toranaga gebot ihm zu bleiben. »Nein, nehmt hier Platz, neben mir, Anjin-san.« Toranaga sah in die kampfentflammten, fanatischen Gesichter seiner Offiziere.

Ihr Toren! hätte er ihnen am liebsten ins Gesicht geschrien. Begreift ihr denn nicht, daß jeder Krieg, ob jetzt oder später, mir nur zum Verhängnis werden kann? Jeder Krieg gegen Ishido-Ochiba-Yaemon und ihre augenblicklichen Verbündeten kann nicht anders enden als in einem Abschlachten aller meiner Armeen, von euch allen, und in der Ausrottung meiner Person und meiner Familie! Begreift ihr denn nicht, daß meine einzige Chance darin besteht, zu warten und darauf zu hoffen, daß Ishido sich selbst die Schlinge um den Hals legt? Statt dessen stachelte er sie nur noch weiter auf, denn er mußte alles daransetzen, seine Feinde aus dem Gleichgewicht zu bringen.

»Hört, Samurai: Bald werdet ihr beweisen können, was ihr könnt – im Kampf Mann gegen Mann, genauso, wie eure Ahnen es getan haben. Ich werde Ishido samt seinem Gezücht von Verrätern zerschmettern, und der erste wird Ikawa Jikkyu sein. Hiermit übertrage ich alle seine Ländereien samt den Provinzen Suruga und Totomi im Wert von dreihunderttausend *Koku* meinem getreuen Lehnsmann, Herrn Kasigi Yabu, und bestelle ihn und seine Familie zum obersten Lehnsfürsten von Izu und den angegliederten Provinzen.«

Donnernder Applaus! Yabu schwoll vor lauter Stolz die Brust.

Omi hämmerte mit der Faust auf den Boden und schrie genauso begeistert wie die anderen. Jetzt war der Preis, der ihm winkte, unermeßlich, denn nach der Sitte fielen Yabus Erben sämtliche Lehen zu.

Wie Yabu umbringen, ohne erst auf den Krieg zu warten?

Dann ruhten seine Augen auf dem Anjin-san, der fröhlich mitklatschte. Warum nicht den Anjin-san das für dich tun lassen? fragte er sich und lachte laut über diesen irrsinnigen Einfall. Buntaro neigte sich vor und schlug ihm freundlich auf die Schulter; denn er hielt dieses Lachen selbstverständlich für einen Ausdruck der Freude über Yabus Glück. »Auch Ihr werdet bald das Lehen bekommen, das Ihr verdient, *neh?*« rief er laut über den allgemeinen Tumult. »Auch Ihr habt Anerkennung verdient. Eure Ideen und Euer Rat sind viel wert!«

»Ich danke Euch, Buntaro-san.«

»Keine Sorgen – wir kommen durch jedes Gebirge hindurch.«

»Jawohl.« Buntaro war ein Draufgänger, und Omi wußte, daß sie ein gutes Gespann abgaben: Omi, der kühne Stratege, und Buntaro, der furchtlose Führer im Kampf.

Wenn es jemand schafft, uns durch diese Berge hindurchzubringen, dann er.

Nochmals wurde begeistert geklatscht, als Toranaga befahl, Saké zu bringen, was formal das Ende der Versammlung bedeutete.

Omi trank seinen Saké und beobachtete, wie Blackthorne gleich ein zweites Schälchen hinunterkippte. Sein Kimono war sauber, seine Schwerter staken korrekt in der Schärpe. Mariko redete immer noch. Du hast dich verändert, Anjin-san, seit jenem ersten Tag, dachte er zufrieden. Viele von deinen fremdartigen Vorstellungen sind zwar noch fest in dir verwurzelt, aber du fängst an, zivilisiert zu werden...

»Was habt Ihr, Omi-san?«

»Nichts... nichts, Buntaro-san...«

»Ihr habt gerade ausgesehen, als sei ein *Eta* Euch mit nacktem Arsch ins Gesicht gesprungen.«

»Nichts dergleichen... überhaupt nicht! Eeeee, ganz im Gegenteil. Mir kam gerade eine Idee. Trinkt! He, Pfirsich-Blüte, bringt mehr Saké, das Schälchen von Herrn Buntaro ist leer.«

# *40. Kapitel*

»Ich bin beauftragt worden, mich zu erkundigen, ob Kiku-san heute abend frei ist«, sagte Mariko.
»Ach, wie schade, Dame Toda, aber ich bin nicht ganz sicher«, sagte Gyoko, die Mama-san, mit einem gewinnenden Lächeln. »Dürfte ich erfahren, ob der geehrte Gast die Dame Kiku für den ganzen Abend, nur für einen Teil des Abends oder bis morgen früh beanspruchen würde – falls sie noch frei sein sollte?«
Die Mama-san war eine große elegante Frau Mitte fünfzig und lachte bezaubernd. Allerdings war sie dem Saké zu sehr zugetan, war ihr Herz eine Rechenmaschine und besaß sie eine Nase, die ein einziges Silberstück noch aus fünfzig *Ri* Entfernung roch.
Die beiden Damen befanden sich in einem Acht-Matten-Zimmer, das neben Toranagas Privatgemächern lag. Diesen Raum hatte man für Mariko reserviert; er ging auf der anderen Seite auf einen kleinen Garten hinaus, der von der ersten der inneren Verteidigungspalisaden umschlossen wurde. Es regnete wieder, und die feinen Regentropfen glänzten im Schein der Fackeln auf.
Mariko entgegnete mit ausgesuchter Höflichkeit: »Das zu entscheiden, ist Sache des Kunden. Vielleicht ließe es sich einrichten, daß alle Möglichkeiten berücksichtigt werden könnten.«
»Oh, verzeiht, daß ich nicht sofort in der Lage bin zu sagen, wie es mit ihren Verpflichtungen steht. Sie ist so sehr gesucht, Dame Toda. Ihr versteht gewiß.«
»Aber selbstverständlich. Wir können wirklich von Glück sagen, daß wir hier in Anjiro eine Dame von so erlesenen Qualitäten haben.« Sie hatte Gyoko kommen lassen, statt zu ihr zu gehen, was auch möglich gewesen wäre. Und als die Dame gerade mit der rechten Verspätung gekommen war, daß klar war, was sie damit sagen wollte, ohne indes als rüde zu gelten, war Mariko froh gewesen über die Gelegenheit, sich mit einer so würdigen Gegnerin messen zu können.
»Hat das Teehaus großen Schaden gelitten?« erkundigte sie sich.
»Nein, glücklicherweise nicht. Bis auf ein paar wertvolle Porzellane und ein paar Kleidungsstücke nichts weiter, wiewohl es freilich ein kleines Vermögen kosten

wird, das Dach neu zu decken und den Garten wieder herzurichten. Es ist immer so teuer, wenn man Dinge schnell gemacht haben will, findet Ihr nicht auch?«
»Ja, es ist schon sehr mißlich. Nicht nur in Yedo und Mishima, sondern sogar schon hier in diesem Dorf.«
»Dabei ist es so wichtig, eine ruhige Umgebung zu haben, *neh?* Würde der verehrte Gast uns vielleicht im Teehaus beehren? Oder wünscht er, daß Kiku-san ihn aufsucht – falls sie Zeit hat?«
Mariko schürzte die Lippen und überlegte. »Im Teehaus.«
*»Ah, so desu.«* Der richtige Name der Mama-san lautete Heiko-ichi – Erste Tochter des Zaunmachers. Ihr Vater und dessen Vater waren Spezialisten im Bau von Zäunen gewesen. Viele Jahre hindurch war sie Kurtisane in Mishima, der Hauptstadt von Izu, und zwar eine Kurtisane der Zweiten Kategorie. Aber die Götter waren ihr hold, und mittels Geschenken von ihrem Herrn und einem ausgeprägten Sinn für Geschäfte hatte sie genug Geld zusammengerafft, noch rechtzeitig vor dem Altern ihren eigenen Kontrakt aufkaufen zu können; dann war sie Kurtisanenvermittlerin geworden und besaß ihr eigenes Teehaus, nachdem sie ihres schönen Körpers und des derben Witzes wegen, mit denen die Götter sie ausgestattet, nicht mehr so gefragt gewesen war. Jetzt nannte sie sich Gyoko-san. Als blutjunge Kurtisane hatte man sie Tsukaiko – Schlangenbeschwörerin – geheißen. Ihr Besitzer hatte ihr auseinandergesetzt, daß jener bewußte Körperteil des Mannes, auf den es ganz besonders ankomme, mit einer Schlange verglichen werden könne, daß die Schlange eine Glücksbringerin sei – und sie, wenn sie es fertigbringe, in diesem Sinne eine Schlangenbeschwörerin zu werden, unerhörten Erfolg haben würde. Außerdem würde dieser Name die Kunden zum Lachen bringen, und Lachen sei unendlich wichtig in ihrem Beruf. Das mit dem Lachen hatte Gyoko niemals vergessen.
»Saké, Gyoko-san?«
»Vielen Dank, ja, Dame Toda. Zu liebenswürdig.«
Schweigend tranken sie eine Weile.
Mariko füllte die Schälchen.
»Welch bezauberndes Porzellan! Wie elegant«, sagte Gyoko.
»Es ist so armseliges Zeug. Es tut mir leid, Euch nichts Besseres vorsetzen zu können.«
»Falls sie sich freimachen könnte, wären fünf *Koban* Euch dann recht?« Ein *Koban* war eine Goldmünze im Gewicht von achtzehn Gramm. Ein *Koban* stellte den Gegenwert von drei *Koku* Reis dar.
»Verzeiht, aber vielleicht habe ich mich unklar ausgedrückt. Ich wollte nicht das ganze Teehaus in Mishima kaufen, sondern nur die Dienste einer der Damen für einen Abend.«
Gyoko lachte. »Ach, Dame Toda, Euer Ruf besteht zu Recht. Gestattet jedoch, Euch darauf hinzuweisen, daß Kiku eine Dame der Ersten Kategorie ist. Die Zunft hat ihr diese Ehre vergangenes Jahr erwiesen.«
»Gewiß, und ich bin überzeugt, daß sie diesen Rang wohl verdient hat. Aber

das war in Mishima. Selbst in Kyoto – aber selbstverständlich, Ihr habt einen Scherz gemacht. Verzeiht!«
Gyoko schluckte den Fluch hinunter, der ihr bereits auf der Zunge lag, und lächelte gewinnend. »Unglücklicherweise müßte ich einigen Kunden den Ausfall ersetzen, denn, wie mir jetzt eben gerade einfällt, ist sie für heute abend bereits vergeben. Die Ärmste! Vier ihrer Kimonos sind verdorben, als das Feuer gelöscht wurde. Es kommen schlimme Zeiten für das Land, Dame, ich bin überzeugt, Ihr versteht. Fünf wären nicht übertrieben.«
»Selbstverständlich nicht. Fünf wären gerechtfertigt – in Kyoto – für eine ganze Woche von Lustbarkeiten in Gesellschaft von zwei Damen der Ersten Kategorie. Aber wir sind nun einmal nicht in normalen Zeiten, und man muß Zugeständnisse machen. Einen halben *Koban*. Saké, Gyoko-san?«
»Danke, danke. Der Saké ist so gut – wirklich von der allerbesten Qualität. Nur noch ein Schälchen, wenn ich bitten darf, dann muß ich gehen. Sollte Kiku heute abend nicht frei sein, wäre es mir ein Vergnügen, Euch mit einer der anderen Damen zu dienen – mit Akeko vielleicht. Oder würde vielleicht auch ein anderer Abend passen? Übermorgen etwa?«
Mariko antwortete nicht sogleich. Fünf *Koban* – das war eine Frechheit! – so viel, wie man für eine berühmte Kurtisane der Ersten Kategorie in Yedo bezahlen würde. Ein halber *Koban* wäre mehr als genug für Kiku. Mariko kannte sich in den Preisen für Kurtisanen aus, denn Buntaro benötigte deren Dienste von Zeit zu Zeit, ja, hatte sogar den Kontrakt einer Dame aufgekauft, und sie hatte die Rechnungen bezahlen müssen, die – selbstverständlich zu Recht – ihr zugestellt worden waren. Mit den Augen versuchte sie Gyoko abzuschätzen. Die Frau trank ihren Saké ruhig, ihre Hand zitterte kein bißchen.
»Vielleicht«, sagte Mariko. »Aber ich glaube eigentlich nicht – weder eine andere Dame noch ein anderer Abend... Nein, falls es sich heute abend nicht einrichten ließe – übermorgen wäre zu spät, tut mir leid. Und was eine andere von Euren Damen betrifft...« Mariko lächelte und zuckte die Achseln.
Traurig setzte Gyoko ihr Schälchen nieder. »Ich habe gehört, daß unsere ruhmreichen Samurai uns bald verlassen werden. Welch ein Jammer! Die Nächte hier sind so angenehm. In Mishima müssen wir die frische Seeluft entbehren, die man hier hat. Es wird auch mir leid tun, wenn ich fort muß.«
»Vielleicht einen *Koban*. Falls der Abend zufriedenstellend verliefe, wäre ich geneigt, mich darüber zu unterhalten, wieviel ihr Kontrakt kosten würde.«
»Ihr Kontrakt?«
»Ja. Saké?«
»Vielen Dank, ja. Kontrakt – ihren Kontrakt? Nun, das ist selbstverständlich etwas ganz anderes. Fünftausend *Koku*.«
»Das ist ein Ding der Unmöglichkeit.«
»Ja«, stimmte Gyoko zu, »aber Kiku-san ist mir nun einmal wie eine leibliche Tochter. Sie *ist* meine Tochter, besser als meine leibliche Tochter. Seit sie sechs ist, habe ich sie ausgebildet. Sie ist die vielseitigste und begabteste Dame aus

der Welt der Weidenruten in ganz Izu. Ach, ich weiß selbstverständlich, in Yedo gibt es geistreichere und weltgewandtere Damen, aber das liegt nur daran, daß Kiku-san nicht das Glück gehabt hat, mit Menschen gleichen Niveaus Umgang zu pflegen. Aber auch so kann keine ihr in Gesang und Samisen-Spiel das Wasser reichen, das schwöre ich bei allen Göttern. Ein Jahr in Yedo unter dem richtigen Herrn und mit dem entsprechenden Umgang, und sie nimmt es ohne weiteres mit jeder Kurtisane im ganzen Reich auf. Fünftausend *Koku* sind doch nicht viel für eine solche Blume.« Schweißperlen bildeten sich auf ihrer Stirn. »Ihr müßt schon verzeihen, aber ich bin noch nie auf den Gedanken gekommen, ihren Kontrakt zu verkaufen. Sie ist kaum achtzehn, ohne jeden Makel, die einzige Dame der Ersten Kategorie, die zu lenken ich jemals die Ehre hatte. Ich glaube, ich kann einfach nicht daran denken, ihren Kontrakt zu verkaufen – nicht einmal zu dem genannten Preis. Nein, ich glaube, das muß ich mir noch einmal überlegen, tut mir leid. Vielleicht könnten wir uns morgen darüber unterhalten? Kiku-san verlieren? Meine kleine Kiku-chan?« Tränen stiegen ihr in die Augen, und Mariko dachte: Wenn das echte Tränen sind, Gyoko-san, dann habt Ihr selbst noch für keinen fürstlichen Schaft die Beine breit gemacht!

»Tut mir leid. *Shigata ga nai, neh?*« sagte Mariko höflich und ließ die Frau stöhnen und weinen und füllte ihr das Schälchen wieder und immer wieder. Wieviel mag der Kontrakt wirklich wert sein? Fünfhundert *Koku* überstiegen den gerechten Preis jedenfalls um ein Phantastisches. Kommt ganz darauf an, wie versessen der Betreffende auf sie ist – und welcher Mann würde nicht versessen auf sie sein? Für Herrn Toranaga ist sie gewiß nicht bestimmt. Für wen mag er sie kaufen wollen? Für Omi? Wahrscheinlich. Aber warum nur hat Toranaga befohlen, daß der Anjin-san herkommen soll?

»Seid Ihr einverstanden, Anjin-san?« hatte sie ihn heute abend über die lärmende Fröhlichkeit der betrunkenen Offiziere hinweg gefragt.

»Soll das heißen, daß Herr Toranaga mir eine Dame bereitstellt? Daß das zu meiner Belohnung gehört?«

»Ja. Kiku-san. Zurückweisen könnt Ihr diese Ehre schwerlich. Ich – ich habe Befehl, zu dolmetschen.«

»Den Befehl?«

»Oh, es wird mir ein Vergnügen sein, für Euch zu dolmetschen. Aber Ihr könnt wirklich nicht gut nein sagen, Anjin-san. Das wäre schrecklich unhöflich nach so vielen Ehrungen, *neh?*« Sie hatte zu ihm emporgelächelt, war seinem fragenden Blick mutig begegnet, so stolz und so glücklich über Toranagas unglaubliche Großzügigkeit war sie. »Bitte, ich habe ein Teehaus noch nie von innen gesehen – es wäre mir ein unendliches Vergnügen, es mit eigenen Augen zu sehen und mich mit einer echten Dame der Welt der Weidenruten zu unterhalten.«

»Wie bitte?«

»Ach, so nennt man sie, weil diese Damen so anmutig sein sollen wie Weiden. Bisweilen nennt man sie auch die Treibende Welt, weil man sie auch Lilien ver-

gleicht, die auf einem See treiben. Bitte, Anjin-san, sagt, daß Ihr einverstanden seid.«
»Und was ist mit Buntaro-sama?«
»Ach, der weiß selbstverständlich, daß ich das alles für Euch in die Wege leiten soll. Herr Toranaga hat es ihm gesagt. Es ist alles hochoffiziell. Ich habe den Befehl dazu. Ihr desgleichen! Bitte!« Und dann hatte sie auf lateinisch noch hinzugefügt, froh darüber, daß in Anjiro kein Mensch sonst diese Sprache verstand: »Es gibt noch einen anderen Grund, doch den sage ich Ihm später.«
»Ah – sage Sie ihn mir jetzt.«
»Später. Aber sage Er ›ja‹, heiteren Gesichts. Weil ich Ihn darum bitte!«
»Sie... wie könnte ich da nein sagen?«
»Aber heiteren Gesichts, ja? Er darf nicht schweren Herzens ja sagen. Habe ich Sein Versprechen?«
»Lachend. Ich verspreche es. Zumindest werde ich es versuchen. Ich verspreche Ihr nichts anderes, als daß ich mir alle Mühe geben werde, den Kamm schwellen zu lassen.«
Dann war sie gegangen, alles Nötige in die Wege zu leiten.
»Ach, allein der Gedanke daran, den Vertrag meiner Schönen zu verkaufen, macht mich ganz krank und stürzt mich in Verzweiflung«, sagte Gyoko jetzt unter Stöhnen. »Ja, vielen Dank, nur noch ein ganz klein wenig Saké, und dann muß ich wirklich gehen.« Sie trank das Schälchen aus und hielt es mit matter Hand wieder hin, damit sogleich nachgeschenkt werde. »Sagen wir zwei *Koban* für heute abend – zum Beweis dafür, daß ich einer so erlauchten Dame gern zu Diensten sein möchte?«
»Einen. Wenn Ihr damit einverstanden seid, könnten wir uns heute abend vielleicht weiter über den Preis für den Kontrakt unterhalten – im Teehaus. Verzeiht, daß ich dränge, aber die Zeit... Ihr versteht...« Mariko wies in Richtung Verhandlungsraum. »Staatsgeschäfte... Herr Toranaga... die Zukunft des Reiches... Ihr versteht, Gyoko-san.«
»Aber gewiß doch, Dame Toda, selbstverständlich.« Gyoko mühte sich hoch. »Wollen wir uns auf anderthalb für heute abend einigen? Gut, das wäre dann abge...«
»Einen.«
»*Oh ko*, Dame, der halbe *Koban* wäre doch nichts weiter als ein kleines Zeichen der Anerkennung, über das man kein Wort zu verlieren braucht«, sagte Gyoko wehleidig und dankte den Göttern für ihre Trinkfestigkeit sowie für die gespielte Seelenpein auf ihrem Gesicht. Anderthalb *Koban* war das Dreifache des normalen Preises. Aber ganz abgesehen vom Geld – dies war endlich, *endlich* die erste Aufforderung von seiten des echten japanischen Hochadels, nach dem sie schon so lange geangelt hatte und wofür sie Kiku mit Freuden gebeten haben würde, alles umsonst zu machen, und zwar zweimal! »Bei allen Göttern, Dame Toda, ich gebe mich ganz Eurem Erbarmen anheim; anderthalb *Koban!* Bitte, denkt auch an meine anderen Kindchen, die gekleidet und ausgebildet und jah-

relang gefüttert werden müssen – und trotzdem niemals so unbezahlbar werden wie Kiku-san, denen ich jedoch die gleiche liebende Fürsorge angedeihen lassen muß wie ihr.«
»Ein *Koban* in Gold – morgen. *Neh?*«
Gyoko hob das Porzellankännchen und schenkte nochmals zwei kleine Schalen voll. Eine reichte sie Mariko dar, die andere trank sie selbst, um sie augenblicklich noch ein letztes Mal zu füllen. »Einen«, sagte sie dann und wäre fast erstickt.
»Vielen Dank, Ihr seid so gütig und so verständnisvoll. Ja, wir leben in schlimmen Zeiten.« Reserviert trank Mariko ihr Schälchen aus. »Der Anjin-san und ich werden uns bald im Teehaus einfinden.«
»Eh? Was habt Ihr gesagt?«
»Daß der Anjin-san und ich uns bald im Teehaus einfinden werden. Ich werde für ihn dolmetschen.«

»Der Barbar?« Kiku konnte sich überhaupt nicht fassen.
»Der Barbar! Und er wird auch schon bald hier sein, wenn wir es nicht noch rückgängig machen – bei ihr, der hartherzigsten, geizigsten Geierin, die ich jemals kennengelernt habe! Möge sie als Hintereingang einer Hure der Fünfzehnten Kategorie wiedergeboren werden!«
Trotz ihrer Furcht mußte Kiku hemmungslos lachen. »Ach, Mama-san! Sie scheint doch eine so reizende Dame zu sein – und dann einen ganzen *Koban*! Ihr habt wirklich ein großartiges Arrangement getroffen! Aber, aber, laßt uns nicht noch mehr Zeit verlieren. Zunächst etwas Saké – das wird unseren ganzen Groll besänftigen. Ako, flink wie ein Kolibri!«
Ako verschwand.
»Jawohl, bei dem Kunden handelt es sich um den Anjin-san«, sagte Gyoko und drohte ums Haar zu ersticken.
Kiku fächelte ihr Kühlung zu, und Hana, das kleine Lehrmädchen, fächelte ihr gleichfalls zu und hielt ihr wohlriechende Kräuter unter die Nase. »Ich hatte gedacht, sie verhandelte vielleicht für Herrn Buntaro – oder für Herrn Toranaga persönlich. Als sie dann den Anjin-san nannte, habe ich sie selbstverständlich sofort gefragt, warum denn seine Gattin, Fujiko-san, nicht kommt, um die Verhandlung zu führen, wie der gute Ton es eigentlich verlangt, aber sie hat nichts weiter gesagt, als daß diese Dame mit schweren Verbrennungen darniederliege und Herr Toranaga persönlich ihr aufgetragen habe, es für sie zu übernehmen.«
»Ach, daß ich das Glück haben soll, jemals diesem großen Herrn zu dienen!«
»Ihr werdet, Kind, Ihr werdet – sofern wir alles klug einfädeln. Aber dem Barbaren? Was werden Eure anderen Kunden denken? Was werden sie sagen? Selbstverständlich habe ich alles in der Schwebe gelassen und der Dame Toda weisgemacht, ich wüßte nicht, ob Ihr frei wäret; also könnt Ihr immer noch ablehnen, wenn Ihr wollt, ohne jemand vor den Kopf zu stoßen.«
»Was können die anderen Kunden schon sagen? Der Befehl kommt ja direkt

von Herrn Toranaga. Dagegen kann man nichts machen, *neh?*« Kiku ließ sich ihre Besorgnis nicht anmerken.
»Ihr könntet ohne weiteres nein sagen. Nur müßt Ihr Euch rasch entscheiden, Kiku-chan. *Oh ko*, ich hätte es klüger anstellen sollen – wirklich!«
»Nur keine Angst, Gyoko-sama. Alles wird schon gut werden. Aber wir müssen klar überlegen. Es steht viel auf dem Spiel, *neh?*«
»Ja, sehr viel.«
»Zurück können wir nicht mehr, wenn wir einmal ja gesagt haben.«
»Ja, ich weiß.«
»Ratet mir!«
»Das kann ich nicht, Kiku-chan. Ich habe das Gefühl, ich wäre einem *Kami* auf den Leim gegangen. Die Entscheidung liegt ganz allein bei Euch.«
Kiku überlegte, was an Entsetzlichem alles auf sie zukommen könnte – und dann wägte sie die Vorteile dagegen ab.
»Setzen wir alles auf eine Karte! Nehmen wir ihn als Kunden an. Schließlich ist er Samurai und *Hatamoto* und einer von Herrn Toranagas bevorzugtesten Vasallen. Vergeßt nicht, was der Wahrsager gesagt hat – daß Ihr durch mich bis an Euer Lebensende reich und berühmt werdet. Ich bete darum, daß es mir vergönnt sein möge, Euch all Eure Güte zurückzuzahlen.«
Gyoko strich Kiku über das prachtvolle Haar. »Ach, Kind, Ihr seid so gut, ich danke Euch. Ja, ich glaube, Ihr habt klug entschieden. Ich bin einverstanden. Soll er uns besuchen.« Liebevoll zwickte sie ihr die Wange. »Ihr seid immer meine Lieblingsdame gewesen! Aber wenn ich gewußt hätte, daß es sich um den Barbaren-Admiral handelt, würde ich das Doppelte verlangt haben.«
Kiku tätschelte Gyokos Hand. »Keine Angst – das ist der Anfang Eures Glücks.«
»Ja, und es stimmt schon: Der Anjin-san ist kein gewöhnlicher Barbar, sondern ein Samurai, ein *Hatamoto*-Barbar. Die Dame Toda hat mir anvertraut, ihm sei ein Lehen von zweitausend *Koku* verliehen und er sei zum Obersten Admiral von Herrn Toranagas Schiffen gemacht worden. Außerdem badet er wie ein zivilisierter Mensch und stinkt nicht mehr...«
Ako kehrte atemlos zurück und schenkte den Wein ein, ohne auch nur einen Tropfen zu verschütten. Vier Schälchen wurden in rascher Folge ausgetrunken, und Gyoko wurde allmählich ein wenig wohler. »Heute abend darf nichts, aber auch gar nichts schiefgehen. Jawohl. Wenn Herr Toranaga es befohlen hat, dann muß es geschehen. Schließlich würde er es nicht persönlich befehlen, wenn es ihm nicht irgendwie am Herzen läge, *neh?* Und der Anjin-san ist im Grunde ein richtiger *Daimyo*. Zweitausend *Koku* im Jahr – bei allen *Kami!* Welch unerhörtes Glück für uns! Kiku-san, hört!« Sie neigte sich näher zu ihr, und auch Ako lehnte sich mit ganz großen Augen vor. »Da ich wußte, daß die Dame Toda die abscheuliche Sprache der Barbaren spricht, habe ich sie gefragt, ob sie von irgendwelchen merkwürdigen Sitten oder Verhaltensweisen, Geschichten oder Tänzen, Positionen, Liedern oder Hilfsmitteln oder männlichkeitsstärkenden Tränken wisse, auf die der Anjin-san vielleicht Wert legen könnte.«

»Ah, das wäre in der Tat sehr hilfreich«, sagte Kiku verängstigt und wünschte, sie wäre so klug gewesen abzulehnen.

»Sie hat mir nichts genannt. Sie spricht zwar ihre Sprache, weiß aber nichts über ihre Kopfkissengewohnheiten. Ich habe mich bei ihr erkundigt, ob sie ihn jemals danach gefragt habe, und sie sagte, ja, allerdings habe das entsetzliche Folgen gehabt.« Gyoko berichtete von dem Vorkommnis in der Burg von Osaka. »Könnt Ihr Euch vorstellen, wie peinlich die Sache gewesen sein muß?«

»Immerhin wissen wir, daß wir ihm auf keinen Fall Knaben vorschlagen dürfen – das ist schon etwas.«

»Aber sonst kann man sich auf nichts weiter verlassen als auf das, was die Zofe im Haus zu berichten weiß.«

»Haben wir noch soviel Zeit, daß wir sie kommen lassen könnten?«

»Ich bin sofort selbst zu ihr gegangen. Schnurstracks vom Fort aus. Ein läppischer Monatslohn, und das Mädchen hat den Mund aufgemacht – diese dumme kleine Metze.«

»Ist sie denn wenigstens annehmbar?«

»O ja, für eine Anfängerin war sie gar nicht mal so schlecht. Nur wollte sie allem anderen nichts weiter hinzufügen, als daß der Gebieter höchst männlich und nicht schwer sei und sie auf die ganz gewöhnliche Art bestiegen und sich verschwenderisch ergossen habe. Und daß er mit dem nötigen Werkzeug sehr großzügig ausgestattet sei.«

»Das hilft uns aber nicht viel weiter, Mama-san.«

»Ich weiß. Vielleicht ist es am besten, alles bereit zu haben, nur für alle Fälle, *neh?* Alles.«

»Ja, ich werde eben äußerst vorsichtig sein müssen. Es ist von größter Wichtigkeit, daß alles vollkommen verläuft. Immerhin dürfte es schwierig – sofern nicht gar unmöglich sein, ihn zu unterhalten, wie es sich geziemt, wo ich doch nicht mit ihm sprechen kann.«

»Die Dame Toda hat gesagt, sie werde heute abend für Euch und für ihn dolmetschen.«

»Oh, wie freundlich von ihr! Das ist wirklich sehr hilfreich, wenn es gewiß auch nicht dasselbe ist.«

»Stimmt. Stimmt. Noch etwas Saké, Ako – anmutig, Kind, du mußt den Saké mit Anmut ausschenken. Aber, Kiku-san, schließlich seid Ihr eine Kurtisane der Ersten Kategorie. Laßt Eure Phantasie spielen. Der Admiral hat Herrn Toranaga heute das Leben gerettet und sitzt in seinem Schatten. Unsere Zukunft liegt in Eurer Hand. Ich weiß, Ihr werdet Eure Sache wunderbar machen. Ako!«

»Jawohl, Herrin?«

»Sorge dafür, daß die *Futons* makellos sind – daß alles vollkommen ist. Sorge dafür, daß die Blumen... nein. Um die Blumen kümmere ich mich selbst. Und der Koch – wo ist der Koch?« Sie tätschelte Kikus Knie. »Zieht den goldenen Kimono an, und den grünen darunter. Wir müssen bei der Dame Toda heute abend den besten Eindruck hinterlassen.« Sie enteilte und schickte sich an, das

Haus in Ordnung zu bringen. Alle Kurtisanen, Dienerinnen, Anlernlinge und Zofen entwickelten höchste Geschäftigkeit, putzten glücklich und halfen, stolz darauf, daß ihrem Haus ein solches Glück widerfahren solle.
Als alles geregelt und die anderen Mädchen neu eingeteilt waren, zog Gyoko sich in ihr eigenes Gemach zurück, um einen Augenblick zu ruhen und Kräfte zu sammeln. Von dem Angebot, Kikus Kontrakt auszulösen, hatte sie noch kein Sterbenswörtchen verlauten lassen.
Abwarten, dachte sie! Wenn die Angelegenheit so geregelt wird, wie ich es mir wünsche, dann werde ich meine bezaubernde Kiku vielleicht ziehen lassen. Aber niemals, ehe ich nicht weiß, für wen sie bestimmt ist. Wie froh bin ich, daß ich so vorausschauend war, der Dame Toda das noch klarzumachen, ehe ich mich verabschiedete. Warum weinst du denn, du törichtes altes Weib? Bist du wieder betrunken? Jetzt reiß dich mal zusammen und überlege! Welchen Wert besitzt denn Unglücklichsein für dich?
»Hana-chan?«
»Ja, Mutter-sama?« Das Kind kam zu ihr gesprungen. Kaum sechs, mit großen braunen Augen und langem, wunderbarem Haar, trug sie einen neuen scharlachroten Kimono. Gyoko hatte sie erst vor zwei Tagen über den Kinderhändler und Mura gekauft.
»Wie gefällt dir dein neuer Name, Kind?«
»Oh, sehr, ja sehr. Ich fühle mich geehrt, Mutter-sama!«
Ihr Name bedeutete ›Kleine Blüte‹ – wie Kiku ›Chrysantheme‹ bedeutete –, und Gyoko hatte ihn ihr gleich gegeben, als sie zu ihnen gekommen war. »Ich bin jetzt deine Mutter«, hatte Gyoko ihr freundlich, aber bestimmt gesagt, nachdem sie den Preis bezahlt und das Kind in Besitz genommen hatte. Unbegreiflich, daß eine solch ungehobelte Fischerin wie die Frau von Tamasaki soviel Versprechen künftiger Schönheit hatte zur Welt bringen können. Nach einem harten Gefeilsche, das sich über vier Tage erstreckte, hatte sie einen *Koban* für die Dienste des Kindes bis zum Alter von zwanzig Jahren bezahlt – was ausreichte, die gesamte Familie Tamasaki zwei Jahre lang zu ernähren. »Bring mir etwas *Cha*, dann meinen Kamm und ein paar stark duftende Teeblätter, damit mein Atem nicht mehr nach Saké riecht.«
»Ja, Mutter-sama.« Blindlings und atemlos, einzig von dem Wunsch beseelt zu gefallen, sprang sie davon und verfing sich an der Tür in Kikus feinen Tüllröcken.
»Oh, oh, oh, tut mir sooo leid!«
»Du mußt achtgeben, Hana-chan.«
»Tut mir sooo leid, Ältere Schwester...« Hana-chan war den Tränen nahe.
»Warum bist du traurig, Kleine Blüte! Ist ja schon gut, schon gut«, sagte Kiku und wischte ihr zärtlich die Tränen fort. »In diesem Haus lassen wir Traurigkeit einfach nicht aufkommen. Vergiß nie, Kind, wir aus der Welt der Weidenruten können Traurigkeit nicht gebrauchen. Wozu sollte sie uns auch nützen? Traurigkeit ist etwas, was nie gefällt. Unsere Pflicht ist es, zu gefallen und fröhlich

zu sein. Nun lauf schon, Kind, aber niemals stürmisch, immer sanft und immer mit Anmut.« Kiku drehte sich um und wandte sich mit strahlendem Gesicht der älteren Frau zu. »Gefällt Euch das, Herrin?«

Blackthorne warf einen Blick auf sie und sagte unterdrückt: »Halleluja!«
»Das ist Kiku-san«, stellte Mariko sie vor. Blackthornes Reaktion ermunterte sie.
Unter Seidengeraschel betrat die Kurtisane den Raum, kniete nieder, verneigte sich und sagte etwas, was Blackthorne nicht mitbekam.
»Sie sagt, sie heiße Euch willkommen. Es sei eine Ehre für dies Haus.«
»*Domo*«, sagte er.
»*Do itashemasite.* Saké, Anjin-san?« sagte Kiku.
»*Hai. Domo.*«
Es entging seiner Aufmerksamkeit nicht, mit welch unbeirrbarer Sicherheit ihre vollendeten Hände das Kännchen fanden, sich davon überzeugten, daß der Wein genau die richtige Temperatur hatte, und ihm dann das Schälchen vollschenkten, welches er ihr entgegenhob, wie Mariko es ihm gezeigt hatte – sie tat das mit mehr Grazie, als er es jemals für möglich gehalten hätte.
»Versprecht Ihr wirklich, Euch zu verhalten wie ein Japaner?« hatte Mariko ihn gefragt, als sie das Fort verlassen hatten – sie in der Sänfte, er zu Fuß daneben, den Pfad hinunter, der sich bis zum Dorf und dem Dorfplatz am Ufer hinunterschlängelte. Fackelträger gingen voran und bildeten die Nachhut, und eine Ehrengarde von zehn Samurai begleitete sie.
»Ich werde mir Mühe geben, ja«, sagte Blackthorne. »Was muß ich tun?«
»Als allererstes müßt *Ihr* Euch aus dem Kopf schlagen, daß Ihr es seid, der etwas zu tun hätte; Ihr dürft nie vergessen, daß diese Nacht einzig und allein *Eurem* Vergnügen dienen soll.«
Der heutige Tag ist der beste meines Lebens gewesen, dachte er. Und heute abend ... was ist mit heute abend? Die Herausforderung erregte ihn, und er war entschlossen, alles zu tun, um zu versuchen, Japaner zu sein, alles zu genießen und sich durch nichts in Verlegenheit bringen zu lassen.
»Was ... was ... nun ja, kostet dieser Abend?« hatte er gefragt.
»Das ist sehr unjapanisch, Anjin-san«, hatte sie ihn zurechtgewiesen. »Was spielt das für eine Rolle? Fujiko-san war gleichfalls der Meinung, daß alles zufriedenstellend geregelt worden sei.«
Er hatte Fujiko besucht, ehe er das Haus verlassen hatte. Der Arzt war bei ihr gewesen, hatte ihre Verbände erneuert und ihr Kräutermedizin gegeben. Sie war stolz auf die Ehren, die ihm zuteil geworden waren, auf das neue Lehen, und hatte heiter geplaudert, sich nichts von ihren Schmerzen anmerken lassen und sich gefreut, daß er ins Teehaus ging. Selbstverständlich habe Mariko-san sich mit ihr besprochen und dann alles Nötige veranlaßt – wie gut Mariko-san sei! Wie leid es ihr tue, daß ihre Verbrennungen es ihr unmöglich machten, die Dinge für ihn persönlich zu regeln. Ehe er gegangen war, hatte er Fujiko

über die Hand gestrichen; sie gefiel ihm. Sie hatte ihm gedankt und sich entschuldigt und ihn dann fortgeschickt, in der Hoffnung, daß der Abend wunderbar für ihn werde.
Gyokos Dienerschaft hatte ihn am Tor des Teehauses mit allen Zeichen der Ehrerbietung empfangen.
»Das hier ist Gyoko-san – die Mama-san des Teehauses.«
»Es ist mir eine Ehre, Anjin-san, eine große Ehre.«
»Mama-san? Ihr meint ›Mama‹? ›Mutter‹? So heißt das auch bei uns – Mama – Mutter.«
»Ach? Ja, fast dasselbe, nur – Verzeihung – ›Mama‹ bedeutet nichts weiter als ›Stiefmutter‹ oder ›Adoptivmutter‹, Anjin-san. Mutter heißt *Haha-san* oder *Oba-san.*«
Gleich darauf hatte Gyoko sich entschuldigt und war enteilt. Blackthorne hatte Mariko angelächelt. Sie war wie ein Kind gewesen und hatte alles mit großen Augen betrachtet. »Ach, Anjin-san, mein Leben lang habe ich mir gewünscht, einmal ein Teehaus von innen zu sehen. Die Männer sind darin ja soviel besser daran als wir. Ist es nicht wunderschön? Ist es nicht bezaubernd – selbst in einem so kleinen Dorf schon? Gyoko-san hat es wohl von Meisterhandwerkern völlig neu ausstatten lassen! Seht nur, diese edlen Hölzer und... ach, es ist so freundlich von Euch, mir zu gestatten mitzukommen. Eine solche Gelegenheit bietet sich mir nie wieder... ach, diese Blumen... welch erlesenes Gesteck... und ach, seht nur den Garten!«
Blackthorne war sehr froh, gleichzeitig jedoch auch unendlich traurig, daß eine Zofe mit ihnen im Zimmer war und die *Shoji*-Tür offenstand; selbst hier, in einem Teehaus, wäre es undenkbar und selbstmörderisch für Mariko, allein mit ihm in einem Raum zu sein.
»Sie ist wunderschön«, sagte er lateinisch.
»Und Er auch.« Sie strahlte. »Ich bin sehr stolz auf Ihn, Schiffsadmiral. Und Fujiko – ach, sie war so stolz, daß sie kaum still liegen konnte.«
»Ihre Verbrennungen scheinen schlimm zu sein.«
»Keine Sorge. Unsere Ärzte kennen sich da gut aus, und sie ist noch jung und kräftig und zuversichtlich. Heute abend vergesse Er dies! Keine Fragen mehr über Ishido oder Ikawa Jikkyu, über Schlachten oder Geheimcode, Lehen oder Schiffe. Heute abend lasse Er alle Sorgen von Sich abfallen – der heutige Abend soll Ihn nur verzaubern.«
»Sie ist es, die mich verzaubert!«
Sie betätigte ihren Fächer, schenkte Saké ein und schwieg. Er beobachtete sie, dann lächelten sie beide. »Da andere hier sind und allzu rasch geklatscht wird, müssen wir immer noch vorsichtig sein. Aber ach – ich bin so glücklich für Ihn!«
»Sie! Welches war der andere Grund? Sie hat gesagt, da sei noch ein anderer Grund, warum Sie wünsche, daß ich heute abend hier sei.«
»O ja, der andere Grund.« Dasselbe schwere Parfüm hüllte ihn ein. »Es ist eine uralte Sitte bei uns, Anjin-san. Wenn eine Dame, die einem anderen gehört,

sich soviel aus einem anderen Mann macht und wünscht, ihm etwas wirklich Bedeutendes zu schenken, was zu geben ihr verboten ist – dann wird sie es einrichten, daß eine andere ihre Stelle einnimmt – ein Geschenk –, die vollendetste Kurtisane, die sie sich leisten kann.«

»Ihr sagtet: ›*Wenn eine Dame sich aus einem anderen Mann etwas macht.*‹ Meint Ihr damit – ihn liebt?«

»Ja. Aber nur heute nacht!«

»Sie!«

»Er, Anjin-san!«

»Warum ausgerechnet heute abend, Mariko-san – warum nicht schon vorher?«

»Der heutige Abend ist ein Zauberabend. *Kami* begleiten uns. Ich begehre Ihn.«

Und dann hatte Kiku unter der Tür gestanden. »Halleluja!« Und er wurde willkommen geheißen, und es wurde Saké gereicht.

»Wie sagt man, sage ich, daß die Dame ganz besonders reizend ist?«

Mariko sagte es ihm, und er wiederholte die Worte. Kiku lachte fröhlich, nahm die Schmeichelei entgegen und erwiderte sie.

»Kiku-san fragt, ob Ihr möchtet, daß sie für Euch singt oder Euch etwas vortanzt.«

»Was würdet Ihr vorziehen?«

»Diese Dame ist zu Eurem Vergnügen hier, Samurai, nicht zu meinem.«

»Und Sie? Ist Sie auch zu meinem Vergnügen hier?«

»Ja, in gewisser Weise – auf eine sehr persönliche Weise.«

»Dann bittet sie, etwas vorzusingen.«

Kiku klatschte leise in die Hände, und Ako brachte die Samisen: ein langes, mit drei Saiten bespanntes, gitarreähnliches Instrument. Ako setzte es vor sie auf den Boden nieder und reichte Kiku das elfenbeinerne Plektron.

Kiku sagte: »Dame Toda, bitte, erklärt unserem geehrten Gast, daß ich zuerst das ›Lied der Libelle‹ singen werde.«

»Kiku-san, ich würde es als eine Ehre betrachten, wenn Ihr mich heute abend Mariko-sama nennen würdet.«

»Zu gütig, Madame. Bitte verzeiht, aber ich kann unmöglich so unhöflich sein.«

»Bitte!«

»Wenn es Euch Freude macht.« Ihr Lächeln war bezaubernd. »Ich danke Euch, Mariko-sama.«

Sie zupfte einen Akkord. Von dem Augenblick, da die Gäste durch das Tor in ihre Welt eingetreten waren, waren Kikus Sinne einzig und allein auf sie abgestimmt. Sie hatte sie heimlich beobachtet, während sie mit Gyoko, aber auch, als sie allein zusammen gewesen waren, und hatte unausgesetzt auf Mittel und Wege gesonnen, ihm zu gefallen und die Dame Toda zu beeindrucken.

Auf das, was ihr bald klar werden sollte, war sie nicht vorbereitet gewesen: daß nämlich der Anjin-san die Dame Toda begehrte, wiewohl er das so gut verbarg, wie nur je ein zivilisierter Mensch seine Gefühle verbergen konnte. Diese Tatsache an sich war nicht weiter verwunderlich, denn die Dame Toda war wunder-

schön, begabt und – was wohl am wichtigsten war – sie allein konnte mit ihm sprechen. Was sie jedoch völlig überwältigte, war ihre wachsende Überzeugung, daß die Dame Toda ihn genauso, wenn nicht gar noch mehr begehrte.
Der Samurai-Barbar und die hochgestellte Dame, gleichfalls eine Samurai, die Tochter des Mörders Akechi Jinsai, Gemahlin von Herrn Buntaro! Eeeee! Armer Mann, armes Weib! So traurig. Das konnte nur in einer Tragödie enden.
Kiku war den Tränen nahe, als sie darüber nachsann, wie traurig das Leben sei und wie ungerecht es sein konnte. Ach, wäre doch auch ich als Samurai geboren und nicht als Tochter eines niedrigen Bauern; dann könnte ich sogar die Gattin von Omi-san werden und brauchte nicht nur sein Spielzeug für eine bestimmte Zeit sein. Als Gegengabe dafür würde ich mit Freuden auf meine Hoffnung auf eine Wiedergeburt verzichten.
Tu alle Traurigkeit von dir ab! Bereite Freude, das ist deine Pflicht.
Ihre Finger ließen einen zweiten Akkord erklingen – und ein schwermütiger Ton erfüllte den Raum. Dann bemerkte sie, daß zwar Mariko sich von ihrer Musik einlullen ließ, nicht jedoch der Anjin-san.
Warum? Kiku wußte, daß es nicht an der Art ihres Vortrags liegen konnte, denn sie war sicher, es im Samisen-Spiel zur Meisterschaft gebracht zu haben. So vollendet wie sie beherrschten nur wenige dieses Instrument.
Ein dritter, noch schönerer Akkord – versuchsweise. Es gibt keinen Zweifel, sagte sie sich hastig, es gefällt ihm nicht. Sie ließ die Töne verklingen und begann ohne Begleitung durch das Saitenspiel zu singen: Ihre Stimme schwang sich mit unvergleichlich raschem Wechsel der Tempi zu herrlichen Höhen auf – eine Technik, die zu beherrschen man Jahre brauchte. Wieder ließ Mariko sich verzaubern, er jedoch nicht, und so hörte Kiku unvermittelt auf. »Heute ist nicht der rechte Abend für Saitenspiel und Gesang«, verkündete sie. »Heute abend gilt es, glücklich zu sein, Mariko-san, wie sage ich in seiner Sprache: ›Bitte verzeiht‹?«
»*Per favor!*«
»*Per favor*, Anjin-san, heute abend dürfen wir nur lachen, *neh?*«
»*Domo*, Kiku-san. *Hai.*«
»Es ist zwar schwierig, ohne Worte unterhaltend zu sein, aber es ist nicht unmöglich, *neh?* Ah, ich weiß!« Sie sprang auf und schickte sich an, Pantomimen vorzuführen: *Daimyos*, Sänftenträger, Fischer, Falkner, einen hochfahrenden Samurai und sogar einen alten Bauern, der einen vollen Eimer schleppte – und all das machte sie dergestalt überzeugend und so lustig, daß Mariko und Blackthorne bald hingerissen lachten und Beifall klatschten. Dann hielt sie die Hand in die Höhe. Mutwillig spielte sie einen Mann, der sein Wasser abschlug, sein Glied nicht fand, an seinem Lendenschurz herumfingerte, auf der Suche nach dem Unbedeutenden oder wie erschlagen von dem Unfaßlichen, durch alle Phasen seines Lebens hindurch: zunächst als Kind, das gerade eben das Bett näßt und schreit, über einen jungen Mann, der es eilig hat, und über einen anderen, der sich zurückhalten muß, dann einen mit mächtigem Schwengel, und hinter-

her einen, dessen Schaft so klein war, daß er sich zu fragen schien: ›Wo kann er denn nur geblieben sein?‹ – und zuletzt einen sehr alten Mann, der stöhnte vor Lust, überhaupt imstande zu sein, seine Blase zu entleeren.
Kiku verneigte sich zu ihrem Beifall, trank ein wenig *Cha* und wischte sich den feinen Schweiß von der Stirn. Sie merkte, daß er die Schultern und seinen Rükken zu entspannen versuchte. *»Ah, per favor, Senhor!«* Mit diesem Ruf kniete sie sich hinter ihn und fing an, ihm den Nacken zu massieren.
Ihre wissenden Finger fanden augenblicklich die Lustknoten. »O Gott, das ist... *hai*... genau an der Stelle!«
Sie tat, wie ihr geheißen. »Euer Nacken wird bald wieder in Ordnung kommen. Ihr sitzt zuviel, Anjin-san.«
»Das sehr gut, Kiku-san. Suwo Vergleich fast schlecht.«
»Ah, vielen Dank. Mariko-san, die Schultern des Anjin-san sind zu breit – würdet Ihr mir wohl helfen? Übernehmt Ihr nur die linke, während ich seine rechte massiere? Tut mir so leid, aber meine Hände sind einfach nicht kräftig genug.«
Mariko ließ sich überreden und folgte ihrer Aufforderung. Kiku verbarg diebisch ihr Lächeln, als sie spürte, wie er sich unter Marikos Fingern verkrampfte; sie war sehr wohl zufrieden mit ihren Einfällen. Nach und nach durchzog ihren Kunden ein wohliges Behagen, überließ er sich ihrer Führung, wie es sein sollte.
»Geht es Euch jetzt besser, Anjin-san?«
»Gut, sehr gut, danke.«
»Oh, es ist mir ein Vergnügen. Aber die Dame Toda versteht sich viel besser auf diese Dinge als ich.« Kiku spürte, wie sie einander anzogen, wiewohl sie sich beide bemühten, es sich nicht anmerken zu lassen. »Und jetzt vielleicht ein wenig zu essen?« Die Speisen wurden sofort aufgetragen.
»Für Euch, Anjin-san«, sagte sie stolz. Die Schüssel enthielt einen kleinen, säuberlich zerteilten und über Holzkohlenfeuer gerösteten Fasan mit einer süßen Soja-Sauce. Sie füllte ihm seine Schale.
»Köstlich, köstlich«, sagte er. Und das war es in der Tat.
»Mariko-san?«
»Vielen Dank.« Mariko nahm ein Anstandsstück, aß es jedoch nicht. Kiku nahm ein winziges Stück mit ihren Eßstäbchen und kaute offenbar genüßlich daran. »Gut, *neh?*«
»Nein, Kiku-san, nicht gut – sehr gut! Sehr, sehr gut!«
»Bitte, Anjin-san, nehmt Euch doch noch.« Sie nahm einen zweiten Brocken. »Es ist ja reichlich da.«
»Danke. Bitte. Wie gemacht... dies hier?« Er zeigte auf die dicke braune Sauce. Mariko dolmetschte für sie. »Kiku sagt, sie besteht aus Zucker und Soja und ein wenig Ingwer. Sie fragt, ob man Zucker und Soja in Eurer Heimat kennt.«
»Aus Rüben gewonnenen Zucker, ja, aber keine Soja, Kiku-san.«
»Oh! Wie kann man ohne Soja leben?« Kiku setzte eine ernste, geradezu feierliche Miene auf. »Bitte, sagt dem Anjin-san, daß wir in Japan Zucker seit tausend Jahren kennen. Der buddhistische Mönch Ganjin hat ihn uns aus China her-

übergebracht. Die besten Dinge bei uns kommen fast alle aus China, Anjin-san. *Cha* zum Beispiel – vor fünfhundert Jahren. Der buddhistische Mönch Eisai brachte ein paar Schößlinge mit und pflanzte sie in der Provinz Chikuzen, aus der ich stamme. Er hat uns Japanern auch den Zen-Buddhismus gebracht.«
Mariko dolmetschte mit gleicher Förmlichkeit, und dann ließ Kiku ein perlendes Lachen erklingen. »Ach, verzeiht, Mariko-sama, aber Ihr beide habt so ernste Gesichter gemacht. Ich habe doch nur gespielt, als ich mit so großer Ernsthaftigkeit über den *Cha* sprach – als ob der eine so große Rolle spielte. Ich wollte Euch damit nur erheitern.«
Sie sahen zu, wie Blackthorne den Fasan aufaß. »Gut«, sagte er, »sehr gut. Bitte, dankt Gyoko-san.«
»Es wird ihr eine Ehre sein.« Kiku schenkte beiden Saké nach. Und dann, da sie wußte, daß jetzt der richtige Zeitpunkt war, sagte sie arglos: »Dürfte ich fragen, was heute beim Erdbeben geschehen ist? Soweit ich höre, hat der Anjin-san Herrn Toranaga das Leben gerettet? Es wäre mir eine große Ehre, alles darüber aus erster Hand zu erfahren.«
Geduldig setzte sie sich zurück und überließ Blackthorne und Mariko der Freude des Erzählens und Berichtens, fügte hier ein »Ah!« und ein »Was geschah dann?« ein, schenkte derweilen Saké aus, unterbrach den Fluß der Erzählung jedoch kein einziges Mal, denn sie verstand sich trefflich auf die Kunst des Zuhörens.
Nachdem sie geendet hatten, machte sie kein Hehl aus ihrer Bewunderung über ihre Unerschrockenheit und darüber, welch unerhörtes Glück Herr Toranaga gehabt habe. Sie plauderten noch eine Weile, dann erhob Blackthorne sich, und eine Zofe zeigte ihm den Weg.
Mariko brach das Schweigen. »Ihr habt noch nie zuvor Fleisch gegessen, nicht wahr, Kiku-san?«
»Meine Pflicht gebietet mir, alles zu tun, was ihm für eine Weile Freude bereiten könnte, *neh?*«
»Ich habe nie geahnt, welches Maß an Vollendung eine Dame besitzen kann. Jetzt begreife ich, warum es immer eine Treibende Welt geben muß, die Welt der Weidenruten, wie sehr von Glück begünstigt die Männer sind und wie armselig ich mit meinen Künsten.«
»Oh, das habe ich aber nicht gewollt, Mariko-sama. Das ist auch nicht der Zweck unseres Daseins. Wir sind nur dazu da, für einen verwehenden Augenblick Vergnügen zu bereiten.«
»Ja. Ich wollte auch nur sagen, wie sehr ich Euch bewundere. Euch würde ich gern zur Schwester haben.«
Kiku verneigte sich. »Einer solchen Ehre wäre ich nicht würdig.« Die Beziehung zwischen ihnen hatte etwas Herzliches. Dann sagte sie: »Dies ist ein sehr verschwiegenes Haus. Man kann jedem trauen, und es gibt keine spähenden Augen. Das Lustzimmer im Garten ist sehr dunkel, wenn man es dunkel haben möchte. Und die Dunkelheit schützt alle Geheimnisse.«
»Die einzige Möglichkeit, ein Geheimnis zu bewahren, besteht darin, allein zu

sein und es bei Vollmond einem leeren Brunnen anzuvertrauen, *neh?*« sagte Mariko leichthin – sie brauchte Zeit, sich zu einer Entscheidung durchzuringen.
»Zwischen Schwestern bedarf es keiner leeren Brunnen. Ich habe meine Zofe bis zum Morgen fortgeschickt. Unser Lustzimmer ist äußerst verschwiegen.«
»Dort müßt Ihr mit ihm allein sein.«
»Ich kann immer allein sein – immer.«
»Ihr seid sehr freundlich zu mir, Kiku-san, so unendlich zuvorkommend.«
»Es ist eine Zaubernacht, *neh?* Und zwar eine ganz besondere.«
»Zaubernächte enden zu früh, Kleine Schwester. Zaubernächte sind für kleine Kinder, *neh?* Ich bin kein Kind mehr.«
»Wer weiß, was in einer Zaubernacht geschieht? Das Dunkel umhüllt alles.« Traurig schüttelte Mariko den Kopf. Dann strich sie Kiku zärtlich über die Hand. »Ja. Aber für ihn, wenn sie Euch umhüllte, würde das alles sein.«
Kiku drängte nicht weiter. Dann sagte sie. »Ich soll ein Geschenk für den Anjin-san sein? Er hat nicht von sich aus nach mir verlangt?«
»Wenn er Euch vorher gesehen hätte – wie hätte er da nicht nach Euch verlangen können? In Wahrheit ist es ja so, daß es eine Ehre für ihn ist, wenn Ihr ihn willkommen heißt. Das begreife ich jetzt.«
»Aber er hat mich einmal gesehen, Mariko-san. Ich stand mit Omi-san zusammen, als er auf dem Weg zum Schiff vorüberkam, das ihn das erste Mal nach Osaka bringen sollte.«
»Ach – der Anjin-san hat mir aber gesagt, er habe Midori-san zusammen mit Omi-san gesehen. Dann wart Ihr das also? Neben der Sänfte?«
»Ja, auf dem Dorfplatz. O ja, das war ich, Mariko-san, nicht die Dame Midori, die Gemahlin von Omi-sama. Er sagte: *Konnichi wa* zu mir. Aber selbstverständlich kann er sich nicht mehr erinnern. Wie sollte er auch? Das war in einem früheren Leben, *neh?*«
»Ihr irrt. Er erinnert sich sehr wohl an sie – die wunderschöne junge Frau mit dem grünen Sonnenschirm. Er sagte, sie sei das schönste Mädchen gewesen, das er je gesehen. Wie oft hat er mir nicht von ihr erzählt!« Mariko betrachtete sie noch eingehender. »Jawohl, Kiku-san, man könnte Euch an einem solchen Tag und unter einem Sonnenschirm sehr leicht mit ihr verwechseln.«
Kiku schenkte Saké ein, und Mariko war hingerissen von ihrer Eleganz.
»Mein Sonnenschirm war seegrün«, sagte sie, hocherfreut, daß er sich noch an sie erinnerte.
»Wie hat der Anjin-san damals ausgesehen? Sehr anders? Die Nacht der Schreie muß furchtbar gewesen sein.«
»Ja, ja, das war sie. Und er war damals älter, die Haut über seinem Gesicht ganz verspannt... Aber wir werden zu ernst, Ältere Schwester. Ach, wenn Ihr wüßtet, wie geehrt ich mich fühle, Euch so nennen zu dürfen. Heute nacht soll nur Freude und Vergnügen herrschen. Nichts mehr von derlei ernsten Dingen, *neh?*«
»Ja, ganz Eurer Meinung. Bitte, verzeiht mir.«

»Reden wir jetzt von praktischeren Dingen. Würdet Ihr mir wohl bitte einen Rat geben?«
»Über alles, was Ihr wollt«, sagte Mariko genauso freundlich.
»Beim Kopfkissen-miteinander-Teilen – ziehen Angehörige seines Volkes da irgendwelche Hilfsmittel oder Positionen vor? Wißt Ihr das vielleicht? Verzeiht, daß ich frage, aber vielleicht könntet Ihr mich da beraten.«
Es erforderte ein äußerstes Maß von Selbstdisziplin von Mariko, bei dieser Frage nicht zu erbleichen. »Nein, nicht daß ich wüßte. Der Anjin-san ist äußerst heikel in allen Dingen, die mit dem Kopfkissen-miteinander-Teilen zu tun haben.«
»Könnte man ihn durch die Blume danach fragen?«
»Ich glaube nicht, daß man einen Barbaren so etwas fragen kann. Den Anjin-san jedenfalls nicht. Und – ach, tut mir leid, aber ich weiß nicht, um was für – errr – Hilfsmittel es sich handelt – bis auf die *Harigata* selbstverständlich.«
»Ah!« Abermals ließ Kiku sich von ihrer Eingebung leiten, und so fragte sie mit der größten Selbstverständlichkeit: »Möchtet Ihr sie gern einmal sehen? Ich könnte sie Euch alle zeigen, vielleicht zusammen mit ihm, drüben, dann brauchte man ihn nicht fragen. Wir würden es an der Art sehen, wie er auf sie reagiert.«
Mariko zögerte. Ihre eigene Neugier ließ sie wider ihr besseres Wissen handeln. »Wenn es sich mit Humor machen ließe...«
Sie hörten Blackthorne kommen. Kiku begrüßte ihn und schenkte Wein ein. Mariko stürzte ihr Schälchen hinunter, froh, daß sie nicht länger allein mit Kiku zusammen war – und sich voller Unbehagen bewußt, daß Kiku offenbar ihre Gedanken lesen konnte.
Sie plauderten, spielten harmlose Spiele und dann, als Kiku meinte, daß es an der Zeit sei, fragte sie sie, ob sie gern den Garten und die Lustzimmer sehen würden.
Sie traten hinaus in die Nacht. Der Garten glänzte dort, wo noch immer Regentropfen zu sehen waren, im Schein der Fackeln. Der gewundene Pfad führte um einen kleinen Teich und einen gurgelnden Wasserfall herum. Am Ende des Weges stand inmitten eines Bambushains ein kleines, alleinstehendes Haus. Es erhob sich über einem sorgsam gerechten Boden. Vier Stufen führten zu der Veranda hinauf, die drum herum gebaut war. Alles an dem kleinen, aus zwei Räumen bestehenden Haus zeugte von Geschmack und Reichtum. Man hatte die edelsten Hölzer verwendet, die besten Zimmerleute beschäftigt, es mit den besten Tatamis ausgestattet, mit den besten Seidenkissen und den elegantesten Rollbildern in der *Takonama.*
»Es ist hinreißend, Kiku-san«, sagte Mariko.
»Das Teehaus in Mishima ist noch viel schöner, Mariko-san. Bitte, macht es Euch bequem, Anjin-san. *Per favor,* gefällt es Euch, Anjin-san?«
»Ja, sehr sogar.«
Kiku merkte, daß er immer noch verwirrt und der Kopf ihm vom Wein benebelt war, sich dabei jedoch Marikos Anwesenheit ständig bewußt. Sie war in großer

Versuchung, aufzustehen und sich in das innere Gemach zurückzuziehen, wo die *Futons* aufgeschlagen waren, dort auf die Veranda hinauszutreten und fortzuschleichen. Aber wenn sie das tat, das wußte sie, würde sie damit gegen das Gesetz verstoßen. Mehr noch, sie spürte, daß ein solches Verhalten unverantwortlich wäre, denn sie wußte in ihrem Herzen, daß Mariko bereit war – so sehr bereit, daß sie keinerlei Hemmungen mehr gekannt hätte.

Nein, dachte sie. Ich darf sie nicht in eine solch tragische Unbesonnenheit stürzen, so sehr ich meiner eigenen Zukunft auch vielleicht damit diente. Ich habe es ihr angeboten, doch Mariko-san hat es gefallen, das Angebot abzulehnen. Sehr klug. Ob sie ein Liebespaar sind? Aber das ist ihr *Karma*.

Sie neigte sich vor und lachte verschwörerisch. »Hört, Ältere Schwester, bitte, erklärt dem Anjin-san, daß hier einige Liebesinstrumente sind. Und fragt, ob man sie auch in seiner Heimat kennt.«

»Er sagt, nein, Kiku-san. Aber er hat noch nie von dergleichen gehört.«

»Oh, vielleicht fände er es lustig, sie sich anzusehen? Sie befinden sich im Nebengemach. Ich könnte sie holen – sie sind wirklich sehr aufregend.«

»Möchtet Ihr sie gern sehen, Anjin-san? Sie sagt, sie seien sehr lustig.« Mariko verwandte bewußt ein anderes Wort.

»Warum nicht?« sagte Blackthorne. Seine Kehle war wie zugeschnürt, sein ganzer Körper erfüllt vom Bewußtsein ihres Parfüms und ihrer Weiblichkeit.

»Ah – Ihr benutzt Hilfsmittel, wenn Ihr das Kopfkissen miteinander teilt?«

»Kiku-san sagt, manchmal, Anjin-san. Sie sagt – und das stimmt –, es ist bei uns Sitte, den Augenblick der ›Wolken und des Regens‹ möglichst lange hinauszuzögern, weil wir glauben, daß wir Sterblichen in diesem kurzen Augenblick eins sind mit den Göttern.« Mariko ließ ihn nicht aus den Augen. »Deshalb ist es notwendig, ihn so lange wie möglich andauern zu lassen, *neh?* Das ist fast so etwas wie eine Pflicht, *neh?*«

»Ja.«

»Ja. Sie sagt, es sei von wesentlicher Bedeutung, eins zu sein mit den Göttern. Das ist ein guter Glaube, und meint Ihr nicht auch, daß es möglich ist, das zu glauben? Das Gefühl des Wolkenbruchs ist so unirdisch und göttlich, findet Ihr nicht auch? Also ist es unsere Pflicht, so lange eins zu bleiben mit den Göttern wie nur irgend möglich, *neh?*«

»Sehr. Jawohl, sehr sogar.«

»Noch etwas Saké, Anjin-san?«

»Vielen Dank.«

Sie fächerte sich Kühlung zu. »All dies über die Wolken und den Regen oder das Feuer und den Sturzbach, wie wir es bisweilen auch nennen, ist sehr japanisch, Anjin-san. Sehr wichtig, beim Kopfkissen-miteinander-Teilen japanisch zu sein, *neh?*«

Zu ihrer Erleichterung grinste er und verneigte sich vor ihr wie ein vollendeter Höfling. »Ja, sehr. Ich bin *Japaner*, Mariko-san. *Honto!*«

Kiku kehrte mit einem mit Seide ausgeschlagenen Kästchen zurück, klappte es auf und entnahm ihm einen mächtigen lebensgroßen Elfenbeinpenis sowie einen anderen, aus einem nachgiebigeren Material gearbeitet – beides hatte Blackthorne noch nie zuvor gesehen. Sorglos legte sie beides beiseite.

»Das sind nur ganz gewöhnliche *Harigata*, Anjin-san. Die haben Eure Frauen doch bestimmt auch«, sagte Mariko unbekümmert, die Augen wie gebannt auf die anderen Dinge gerichtet.

»Ganz bestimmt nicht! Nein, ganz bestimmt nicht«, fügte er hinzu und zerbrach sich den Kopf darüber, wie er nur die Fassung bewahren und nicht die Stimmung verderben sollte.

Mariko wollte es nicht glauben. Sie erklärte es Kiku, die gleichermaßen erstaunt war. Kiku sprach des längeren, und Mariko stimmte ihr zu.

»Kiku-san sagt, das sei aber sehr merkwürdig. Ich muß ihr zustimmen. Hier benutzt fast jedes Mädchen sie, um sich ganz normal Erleichterung zu verschaffen und ohne sich im geringsten etwas dabei zu denken. Wie sollte sie denn sonst gesund bleiben und nicht den Verstand verlieren, wenn ihr in dieser Beziehung Beschränkungen auferlegt würden? Seid Ihr dessen auch ganz sicher, Anjin-san? Versucht Ihr nicht, uns aufzuziehen?«

»Nein... ich bin – errr – sicher, daß unsere Frauen sie nicht haben. Das wäre ja... Himmel!, das... nun ja, wir kennen solche Dinge nicht.«

»Ohne sie muß das Leben sehr schwierig sein. Bei uns heißt es: Ein *Harigata* ist wie ein Mann, nur besser, weil er genauso ist wie der beste Teil an ihm ohne seinen schlechtesten Teil, *neh?* Und auch in mancher Beziehung besser, weil nicht alle Männer... das Glück haben, so wohlgestaltet zu sein, wie es ein richtiger *Harigata* ist. Außerdem besitzen sie Ausdauer, Anjin-san, und werden einer Frau niemals müde, wie es ein Mann leicht tut. Und außerdem können sie rauh oder glatt sein... Anjin-san, nicht vergessen? Mit Humor!«

»Ihr habt recht.« Blackthorne grinste. »Bei Gott, Ihr habt recht. Bitte, verzeiht mir!« Er nahm den *Harigata* zur Hand, betrachtete ihn eingehend und pfiff lautlos vor sich hin. Dann hielt er ihn in die Höhe. »Was habt Ihr gesagt, Lehrmeisterin? Es gibt sie auch rauh?«

»Ja«, sagte sie spitzbübisch. »Man kann sie so glatt oder so rauh haben, wie man möchte; und insbesondere besitzen *Harigata* eine Standhaftigkeit, die kein Mann besitzt. Sie erschlaffen nie.«

»Nun, das muß ich zugeben.«

»Ja. Vergeßt nicht: Nicht jede Frau hat das Glück, einen sehr virilen Mann zu haben. Ohne dieses Hilfsmittel, um gewöhnliche Triebe und normale Bedürfnisse zu befriedigen, wird sich im Körper einer normalen Frau bald Gift ansammeln, und das zerstört ihre Harmonie, und darunter leidet sowohl sie als auch ihre Umgebung. Frauen genießen nun mal nicht dieselben Freiheiten wie die Männer, *neh?*«

»Ja.« Er lächelte. »Und auch wieder: nein.«

»Verzeiht, aber Eure Frauen tun mir leid. Sie können doch nicht anders sein als unsere. Wenn Ihr wieder nach Hause kommt, müßt Ihr sie unterweisen, An-

jin-san. Ja, und erzählt es Eurer Königin – die wird Verständnis dafür haben. Wir sind in Dingen des Kopfkissen-miteinander-Teilens sehr vernünftig.«
»Ich werde es Ihrer Majestät gegenüber erwähnen.« Mit gespieltem Zögern legte Blackthorne den *Harigata* beiseite. »Und was gibt es noch?«
Kiku nahm eine Kette von vier großen runden weißen Jadekugeln zur Hand, die auf einer starken Seidenschnur aufgezogen waren. Mariko lauschte andächtig Kikus Erklärungen, und ihre Augen wurden noch größer als zuvor. Sie betätigte ihren Fächer und betrachtete aufmerksam die Kugeln, als Kiku zum Ende kam. »*Ah so desu!* Nun, Anjin-san«, begann sie mit fester Stimme, »diese hier heißen *Konomi-shinju* – Lustkugeln, und sowohl der Senhor wie die Senhora können sie gebrauchen. Saké, Anjin-san?«
»Danke.«
»Jawohl, Herren wie Damen können sie benutzen, denn sie werden sorgfältig in den Hintereingang geschoben, und dann, im Augenblick der Wolken und des Regens, werden die Kugeln langsam eine nach der anderen herausgezogen.«
»Wie bitte?«
»Ja.« Mariko legte die Kugeln auf einem Kissen vor ihm nieder. »Die Dame Kiku sagt, den richtigen Zeitpunkt abzupassen, sei von größter Wichtigkeit, und man müsse ein... ich weiß nicht, wie Ihr es nennt, ja, eine ölige Salbe müsse man benutzen... damit es nicht schmerzt, Anjin-san.« Sie sah zu ihm auf und fügte noch hinzu: »Sie sagt außerdem, Lustkugeln gäbe es in vielen Größen, und wenn richtig angewendet, könnten sie erstaunliche Wirkung haben.«
Er brach in schallendes Gelächter aus und fügte auf englisch hinzu: »Ich wett' ein Fäßchen Dublonen gegen einen Haufen Schweinekot, Ihr glaubt das auch noch!«
»Tut mir leid, Anjin-san, aber ich habe nicht verstanden.«
Als er wieder imstande war zu reden, sagte er auf portugiesisch: »Ich wette einen Haufen Gold gegen einen Grashalm, Mariko-san, daß das Ergebnis ganz außerordentlich ist.« Er nahm die Kugeln auf, betrachtete sie und pfiff dabei durch die Zähne, ohne es zu merken. »Lustkugeln, eh?« Nach einer Weile legte er sie hin. »Und was noch?«
Kiku war hocherfreut, daß ihr Experiment gelang. Als nächstes zeigte sie ihnen eine *Himitsu-kawa*, die »Versteckte Haut«. »Es handelt sich um einen Lustring, Anjin-san, den der Mann trägt, um seine Erektion weiter beizubehalten, nachdem er sich ergossen hat. Danach, sagt Kiku-san, könne der Mann die Frau befriedigen, nachdem er selbst seinen Höhepunkt erreicht oder sein Begehren nachgelassen hat.« Mariko beobachtete ihn.
»Wunderbar!« Blackthorne strahlte. »Der liebe Gott bewahre mich vor beidem – und davor, eine Frau nicht zu befriedigen. Bitte, ersucht Kiku-san, mir davon drei zu kaufen... für alle Fälle.«
Danach zeigte Kiku ihnen den *Hiro-gumbi*, die »Schlaffheitsrüstung«, dünne getrocknete Stengel einer Pflanze, die, wenn eingeweicht, um den »Unvergleichlichen« herumgewickelt werden, anschwellen und ihm ein strammes

Aussehen verleihen. Außerdem hatte sie noch alle möglichen Liebestränke – Tränke, die erregen oder die Erregung verstärken sollten – und alle möglichen Salben – Salben, um anzufeuchten, zum Anschwellen zu bringen und zu kräftigen.

»Und keine, den ›Unvergleichlichen‹ zu schwächen?« fragte er, womit er einen Sturm der Heiterkeit auslöste.

»O nein, Anjin-san, das wäre ja gräßlich.«

Dann breitete Kiku noch weitere Ringe vor ihnen aus, die der Mann überziehen sollte: aus Elfenbein oder elastischem Material, aus Seide oder mit Knötchen, Borsten, Bändern und vielen anderen Anhängseln ausgestattet, die aus Elfenbein oder Roßhaar, Samenkörnern und sogar aus winzigen Glöckchen bestanden.

»Kiku-san sagt, fast jedes dieser Hilfsmittel werde mit Sicherheit auch noch die scheueste Dame lüstern machen.«

O Gott, wie würde ich dich gern lüstern sehen, dachte er. »Aber diese Dinge trägt immer nur der Mann, *neh?*« fragte er.

»Je erregter die Dame, desto größer die Lust des Mannes, *neh?*«, sagte Mariko gerade. »Selbstverständlich ist es gleicherweise die Aufgabe des Mannes, der Frau Lust zu schenken, nicht wahr, und mit diesen Dingen hier kann er ihr, falls er das Unglück hat, zu klein oder zu schwach, zu alt oder zu matt zu sein, in allen Ehren immer noch Vergnügen bereiten.« Mariko betätigte ihren Fächer und erklärte Kiku, was gesprochen worden war. »Sie sagt, das sei in Eurer Welt doch gewiß genauso, oder? Daß es Pflicht des Mannes ist, der Dame Lust zu spenden, wie es Aufgabe der Frau ist, ihm Lust zu schenken?«

»Bitte, sagt ihr, leider ist das bei uns nicht genauso, sondern ganz im Gegenteil.«

»Sie sagt, das sei sehr schlecht. Saké?«

»Bitte. Sagt ihr, man erziehe uns dazu, daß wir uns unseres Körpers und der Fleischeslust schämten und der Nacktheit und ... aller möglichen törichten Dinge. Erst hier ist mir aufgegangen, daß dem so ist. Jetzt, wo ich ein zivilisierter Mensch bin, weiß ich das besser.«

Mariko dolmetschte. Er trank sein Schälchen aus, das augenblicklich von Kiku neu gefüllt wurde, die sich vorneigte und ihren langen Ärmel mit der linken Hand hielt, damit er, während sie mit der rechten Hand einschenkte, nicht das niedrige Lacktischchen berühre.

»*Domo.*«

»*Do itashimashite,* Anjin-san.«

»Kiku meint, es sei uns eine Ehre, daß Ihr uns derlei Dinge sagt. Ich stimme zu, Anjin-san. Ihr macht mich sehr stolz. Ich war heute sehr stolz auf Euch. Aber gewiß ist es nicht ganz so schlimm, wie Ihr sagt.«

»Noch viel schlimmer. Es ist schwer, das zu begreifen, ganz zu schweigen davon, es jemand zu erklären, der nie dagewesen ist und auch nicht dort erzogen wurde. Seht Ihr ... in Wahrheit ...« Blackthorne sah, wie sie ihn aufmerksam betrachteten und ihm zuhörten: so bezaubernd farbenprächtig und so sauber, der Raum

so schlicht, nicht mit Dingen vollgestopft, und still. »Was für ein Jammer!«
»*Nan desu ka,* Anjin-san?« sagten beide Frauen im selben Atemzug, und ihre Zufriedenheit war wie fortgeblasen.
»Verzeihung... es ist nur, daß wir... ihr seid alle so sauber, und wir sind schmutzig, und es ist ein solcher Jammer, unzählige Millionen, ich auch, mein Lebtag lang... und das alles nur, weil wir es nicht besser wissen! Himmelherrgott, war für ein Jammer! Das liegt an den Priestern... die sind die Gebildeten und unsere Lehrer, den Priestern gehören alle Schulen, sie sind es, die unsere Kinder erziehen, alles im Namen Gottes, Schmutz im Namen Gottes... Das ist die Wahrheit!«
»O ja, gewiß«, sagte Mariko begütigend, gerührt von seinem Schmerz. »Bitte, sorgt Euch jetzt nicht deswegen, Anjin-san. Das ist für morgen...«
Kiku lächelte zwar unentwegt, aber sie war erbost auf sich selbst. Du hättest vorsichtiger sein sollen, sagte sie sich. Dumm, dumm, dumm! Mariko-san hat dich gewarnt! Jetzt hast du dafür gesorgt, daß der Abend ruiniert ist und der Zauber verflogen...
Tatsächlich war die schwere, fast greifbare Sinnlichkeit, die sie alle berührt hatte, wie verflogen. Vielleicht ist das ebensogut, dachte sie. Dann sind jedenfalls Mariko und der Anjin-san abermals für eine weitere Nacht sicher.
Armer Mann, arme Dame! So traurig. Sie betrachtete sie, während sie sprachen, spürte einen Wechsel des Tons zwischen ihnen.
»Ich muß Ihn jetzt verlassen«, sagte Mariko auf lateinisch.
»Gehen wir doch zusammen.«
»Ich bitte Ihn zu bleiben! Um Seiner und um ihrer Ehre willen! Und um meiner Ehre willen, Anjin-san.«
»Aber ich will es nicht – Ihr Geschenk«, sagte er. »Was ich begehre, das ist Sie selbst.«
»Ich bin die Seine, glaube Er mir, Anjin-san. Bitte, bleibe Er, ich flehe Ihn an, und wisse, daß ich heute nacht die Seine sein werde.«
Er bestand nicht darauf, daß sie blieb.

Nachdem sie sich verabschiedet hatte, legte er sich auf den Rücken, verschränkte die Arme unterm Kopf und starrte durch das Fenster hinaus in die Nacht. Regen klatschte gegen die Dachziegel, und der Wind kam in sanften Böen vom Meer herüber.
Kiku kniete regungslos vor ihm. Ihre Beine waren steif. Zwar hätte auch sie sich gern hingelegt, doch wollte sie die Stimmung, in der er sich befand, nicht durch die leiseste Bewegung stören. Du bist nicht müde, und deine Beine tun auch nicht weh, sagte sie sich. Lausche auf den Regen, und denk an etwas Schönes. Denk an Omi-san und das Teehaus in Mishima, daran, daß du lebst und das Erdbeben gestern doch nur eines von vielen war. Denk an Toranaga-sama und den unerhört hohen Preis, den Gyoko-san zuerst die Stirn gehabt hat, für deinen Kontrakt zu fordern. Der Wahrsager hatte doch recht – du hast das Glück,

sie reicher zu machen, als sie es sich je hätte träumen lassen. Und wenn dieser Teil stimmt, warum alles andere dann nicht auch? Daß du eines Tages einen Samurai heiraten wirst, den du ehrst, und einen Sohn von ihm bekommst und sehr alt werden wirst, in seinem Haus, wohlhabend und verehrt, und, Wunder aller Wunder, daß dein Sohn von gleichem Stand sein wird wie er – ein Samurai – wie alle seine Söhne. Angesichts dieser unfaßlichen, wunderbaren Zukunft begann Kikus Gesicht sich zu röten.
Nach einer Weile streckte Blackthorne sich voller Behagen, erfüllt von einer angenehmen Mattigkeit. Er sah sie an und lächelte.
»*Nan desu ka*, Anjin-san?«
Freundlich schüttelte er den Kopf, erhob sich und schob die *Shoji*-Tür zum inneren Gemach auf. Dort kniete neben den *Futons* mit den Netzen darüber keine junge Zofe. Er und Kiku waren allein in dem bezaubernden kleinen Lusthaus. Er betrat den Schlafraum und begann, seinen Kimono auszuziehen. Sie eilte herbei, ihm zu helfen. Er kleidete sich vollständig aus und zog einen leichten seidenen Schlafkimono über, den sie ihm hinhielt. Dann öffnete sie das Moskitonetz, und er legte sich nieder.
Danach zog auch Kiku sich um. Er sah, wie sie ihren Obi und den ersten Kimono ablegte, dann den blaßgrünen Unterkimono mit den scharlachroten Borten daran und schließlich den Unterrock. Dann zog sie ihren pfirsichfarbenen Schlafkimono an, nahm die riesige Perücke ab und ließ ihr prachtvolles Haar offen herabfallen: blauschwarz war es, sehr fein und sehr lang.
Sie kniete draußen vorm Netz. »*Dozo*, Anjin-san?«
»*Domo*«, sagte er.
»*Domo arigato goziemashita*«, flüsterte sie.
Sie schlüpfte unters Netz und streckte sich neben ihm aus. Kerzen und Öllämpchen brannten hell. Er war froh, daß es so hell war, denn sie war wunderschön. Sein verzweifeltes Bedürfnis war verschwunden, wiewohl der Schmerz geblieben war. Ich begehre dich nicht, Kiku-chan, dachte er. Aber selbst wenn du Mariko wärest – es würde nichts ändern. Selbst wenn du die schönste aller Frauen wärest, die ich je gesehen habe, schöner noch als Midori-san, die ich schöner fand als eine Göttin – ich begehre dich nicht. Später vielleicht, aber nicht jetzt, so leid es mir tut...
Ihre Hand berührte ihn. »*Dozo?*«
»*Iyé*«, sagte er sanft und schüttelte den Kopf. Er hielt ihre Hand und legte ihr dann den Arm um die Schultern. Gehorsam kuschelte sie sich an ihn. Sie hatte sofort verstanden. Ihr Parfüm vermischte sich mit dem Duft der Laken und der *Futons*. So reinlich, dachte er, alles ist so unglaublich rein.
Was hat Rodrigues noch gesagt? ›Japan – das ist der Himmel auf Erden, Ingeles, man muß nur hinzuschauen wissen!‹ Oder: ›Das hier ist das Paradies, Ingeles.‹ Ich erinnere mich nicht mehr. Ich weiß nur, dort, jenseits des Meeres, wo ich gedacht hatte, daß es wäre, ist es nicht. Nein, dort nicht.
Der Himmel auf Erden ist hier!

# 41. Kapitel

Der Kurier galoppierte über die noch dunkle Straße zum schlafenden Dorf hinunter. Die ersten Andeutungen des Morgengrauens streiften den Himmel, und die Fischer, die in der Nacht in der Nähe der Klippen ihre Netze ausgeworfen hatten, kehrten gerade nach Hause zurück. Der Kurier war ohne Unterbrechung von Mishima her über die Bergpässe und schlechten Straßen geritten.
Die Hufe seines Pferdes klapperten durch die Dorfstraße – jetzt verfolgten ihn heimlich tausend Augen – über den Dorfplatz und zum Fort hinauf. Seine Standarte trug das Wappen Toranagas, und er kannte die augenblicklich geltende Parole. Trotzdem wurde er viermal angehalten und kontrolliert, ehe man ihn einließ und dem Wachoffizier vorführte.
»Dringende Nachrichten aus Mishima von Herrn Hiro-matsu, Naga-san.«
Naga nahm die Schriftrolle in Empfang und eilte ins Innere. Vor der schwerbewachten *Shoji*-Tür blieb er stehen. »Vater?«
»Ja?« Toranaga setzte sich unter seinem Moskitonetz auf und erbrach das Siegel. Vor zwei Wochen hatte er Hiro-matsu befohlen, mit einem Eliteregiment heimlich nach Mishima zu gehen, der an der Tokaido-Straße gelegenen Stadt und Burg, welche den Paß bewachten, der über die Berge zu den an der Ostküste gelegenen Städten Atami und Odawara führte. Atami bildete das Eingangstor zu dem weiter im Norden gelegenen Odawara, und Odawara wiederum bildete den Schlüssel zur Verteidigung des gesamten Kwanto.
Hiro-matsu schrieb: »Euer Gnaden – heute ist Euer Halbbruder Zataki, der Herr von Shinano, aus Osaka kommend hier eingetroffen und bat um sicheres Geleit, Euch in Anjiro aufzusuchen. Er reist mit einem Troß von hundert Samurai und Trägern unter dem Wappen des ›neuen‹ Regentschaftsrats. Leider muß ich Euch sagen, daß die Nachrichten von der Dame Kiritsubo den Tatsachen entsprechen. Zataki ist zum Verräter geworden und prahlt öffentlich mit seiner Treue zu Ishido. Was sie jedoch nicht wußte, ist, daß Zataki im Regentschaftsrat jetzt die Stelle von Herrn Sugiyama einnimmt. Er hat mir seine offizielle Ernennungsurkunde gezeigt; sie war vorschriftsmäßig von den Herren Ishido, Kiyama,

Onoshi und Ito unterzeichnet. Zusammen mit ihm reist der Barbarenpriester, Tsukku-san, der, zu Schiff von Nagasaki kommend, über den Hafen Numazu nach Mishima gekommen ist. Er bat um die Erlaubnis, Euch zu besuchen, und so habe ich ihm gestattet, mit derselben Gruppe weiterzureisen. Zweihundert meiner Männer geben ihnen das Geleit. Sie werden binnen zwei Tagen in Anjiro eintreffen. Wann kehrt Ihr nach Yedo zurück? Die Spione berichten, daß Ikawa Jikkyu heimlich mobil macht, und aus Yedo höre ich, daß die nördlichen Klans bereit sind, sich jetzt, wo Zataki abtrünnig geworden ist, auf Ishidos Seite zu schlagen. Ich bitte Euch, Anjiro sofort zu verlassen – zieht Euch auf dem Seeweg zurück. Laßt Zataki nach Yedo nachkommen, wo Ihr gebührend mit ihm umspringen könnt.«

Toranaga hieb mit der Faust auf den Boden.

»Naga-san. Holt sofort Buntaro-san, Yabu-san und Omi-san her.«

Sie kamen umgehend. Toranaga las ihnen den Brief vor. »Wir tun gut daran, die gesamte Ausbildung abzubrechen. Schickt das Musketenregiment – alle Mann – in die Berge. Wir können es uns nicht leisten, daß irgendwelche Nachrichten durchsickern.«

Omi sagte: »Bitte, verzeiht mir, Euer Gnaden, aber vielleicht tätet Ihr gut daran, den Trupp bei seinem Ritt über die Berge abzufangen. Sagen wir in Yokosé. Ersucht Herrn Zataki« – er wählte den Titel mit vollem Bedacht – »in einer der nahegelegenen Quellen die Kur zu gebrauchen. Das Treffen mit ihm sollte jedoch in Yokosé stattfinden. Sobald er seine Botschaft überbracht hat, könnten er und seine Männer von dort aus den Rückweg antreten, bis an die Grenze eskortiert oder vernichtet werden – je nachdem, wie Ihr es wünscht.«

»Ich kenne Yokosé nicht. Ließe es sich leicht verteidigen?«

Omi rasch: »Jawohl, Euer Gnaden. Da ist eine Brücke. Das Land fällt steil von den Bergen ab. Wer den Ort angreifen wollte, müßte sich eine gewundene Straße hinaufkämpfen. Beide Pässe lassen sich mit wenigen Leuten halten. Es ist unmöglich, daß Ihr in einen Hinterhalt geraten könntet. Wir haben mehr als genug Leute, um Euch zu verteidigen und selbst eine zehnfache Übermacht abzuschlachten – falls sich die Notwendigkeit ergäbe.«

»Abschlachten tun wir sie so oder so, *neh?*« erklärte Buntaro verächtlich. »Aber besser dort als hier. Euer Gnaden, bitte, laßt mich den Ort sichern. Fünfhundert Bogenschützen, keine Musketiere – alles nur Reiter. Wenn die Leute, die mein Vater mitgeschickt hat, hinzukommen, haben wir mehr als genug Krieger.«

Toranaga sah das Datum auf dem Brief nach. »Wann werden sie die Straßenkreuzung erreichen?«

Yabu blickte Omi an, damit dieser seine Ansicht bestätige: »Frühestens heute abend?«

»Ja. Vielleicht aber auch nicht vor Sonnenaufgang morgen früh.«

»Buntaro-san, reitet sofort los«, befahl Toranaga. »Haltet sie bei Yokosé auf, und laßt sie gar nicht erst über den Fluß herüberkommen. Ich werde morgen bei Sonnenaufgang mit weiteren hundert Männern nachkommen. Gegen Mit-

tag müßten wir da sein. Yabu-san, Ihr übernehmt zunächst das Oberkommando über unser Sturmregiment und deckt unseren Rückzug. Legt Euch an der Heikawa-Straße in den Hinterhalt, damit wir uns notfalls zurückziehen können.«
Buntaro schickte sich an zu gehen, blieb jedoch stehen, als Yabu etwas irritiert fragte: »Wie sollten sie Euch verraten, Euer Gnaden? Es sind schließlich nur hundert Mann.«
»Ich bin jedenfalls auf Verrat gefaßt. Herr Zataki würde ohne irgendeinen Plan nicht seinen Kopf in meine Hand legen; denn selbstverständlich werde ich, wenn möglich, seinen Kopf nehmen«, sagte Toranaga. »Wenn er nicht an der Spitze seiner ihm fanatisch ergebenen Leute steht, haben wir viel leichteres Spiel, durch seine Berge hindurchzukommen. Aber warum riskiert er alles – warum?«
Seiner selbst nicht ganz sicher, meinte Omi: »Wäre es denkbar, daß er bereit ist, wieder Euer Verbündeter zu werden?«
Alle wußten sie um die jahrzehntelange Rivalität zwischen den beiden Halbbrüdern, die bis jetzt freilich eine freundschaftliche Rivalität gewesen war.
»Nein, Zataki nicht. Ich habe ihm noch nie getraut. Würde irgend jemand von euch ihm jetzt trauen?«
Sie schüttelten den Kopf.
Yabu meinte: »Ihr habt doch ganz gewiß nichts zu befürchten, Euer Gnaden. Herr Zataki ist ein Regent, gewiß, aber im Augenblick ist er doch nichts weiter als ein Bote, *neh?*«
Du Narr, wollte Toranaga hinausrufen, begreifst du denn überhaupt nichts?
»Das werden wir bald erfahren. Brecht jetzt auf, Buntaro-san.«
»Jawohl, Euer Gnaden. Ich werde den Ort des Zusammentreffens sorgsam aussuchen, Zataki jedoch nicht näher als auf zehn Schritt herankommen lassen.«
Buntaro enteilte, dann sagte Yabu: »Vielleicht könnte man Zataki dazu bringen, Ishido zu verraten – wenn man ihm ein verlockendes Angebot machte? Was könnte ihn in Versuchung bringen? Selbst wenn er nicht an der Spitze seiner Truppen stünde – die Shinano-Berge sind sehr grausam.«
»Der Köder liegt doch auf der Hand«, sagte Toranaga. »Den Kwanto. Ist es das nicht, was er begehrt? Ist es nicht der Kwanto, auf den alle meine Feinde ihr Auge geworfen haben? Hat Ishido selbst es nicht auf den Kwanto abgesehen?«
Sie blieben ihm die Antwort schuldig. Sie brauchten nichts zu sagen.
Feierlich sagte Toranaga. »Möge Buddha uns beistehen! Der Frieden des Taikō ist zu Ende. Der Krieg beginnt.«

Blackthornes Pilotenohren hatten die Unruhe im näherkommenden Hufgeklapper sofort erkannt; sie hatte ihm drohende Gefahr signalisiert. Er war augenblicklich aus dem Schlaf hochgefahren und zum Kampf bereit – oder bereit, sich zurückzuziehen. Alle seine Sinne waren nur auf dieses eine gerichtet. Doch das Hufgeklapper wurde wieder schwächer; offenbar ritt der Reiter den Hügel zum Fort hinauf; bald war nichts mehr zu hören.

Es mußte kurz vor Sonnenaufgang sein. Jetzt konnte Blackthorne einen kleinen Ausschnitt des Himmels erkennen – er war grau verhangen und regenschwanger, die Luft warm mit einem salzigen Geschmack darin; von Zeit zu Zeit blähte sich das Moskitonetz über ihm. Genieße Sicherheit und Ruhe, solange beides andauert, sagte er sich.
Zusammengerollt wie ein Kätzchen schlief Kiku neben ihm. Jetzt, wo ihr Haar ein wenig vom Schlaf zerzaust war, erschien sie ihm noch schöner als zuvor. Rücksichtsvoll legte er sich zurück und genoß das Weiche der Decken.
Wieviel besser man so schläft als in einem Bett! Oder gar in einer Koje! – Mein Gott, wieviel besser! Aber bald wirst du wieder an Bord sein, *neh?* Und dann fällst du über das Schwarze Schiff her und kaperst es, *neh?* Ich glaube, Toranaga war einverstanden, wenn er es auch nicht ausdrücklich gesagt hat. Hat er sich nicht einfach auf japanische Weise einverstanden erklärt? ›In Japan läßt sich kein Problem anders lösen als auf japanische Weise.‹
Ich wollte besser Bescheid wissen. Hat er nicht Mariko beauftragt, alles zu übersetzen und mir die politischen Probleme zu erklären, mit denen er sich herumschlägt?
Ich wollte Geld, um eine neue Mannschaft anzuheuern. Hat er mir nicht zweitausend *Koku* gegeben?
Ich bat um zwei- bis dreihundert Korsaren. Hat er mir nicht zweihundert Samurai zugestanden und mich mit der Macht und der Autorität ausgestattet, die ich brauche? Sie werden mir bedingungslos gehorchen und für mich in den Tod gehen. Ich werde sie an Bord der *Erasmus* bringen, sie werden meine Entertruppe sein, und ich werde den Angriff befehligen.
Welch unglaubliches Glück! Ich habe jetzt alles, was mein Herz begehrt. Mit Ausnahme von Mariko. Aber selbst sie habe ich – zumindest bin ich ihres Geistes und ihrer heimlichen Liebe gewiß. Und heute nacht habe ich ihren Körper besessen – in der Zaubernacht, die es nie gegeben hat. Wir haben uns geliebt, ohne uns zu lieben. Aber was ändert das daran?
Zwischen Kiku und mir gibt es keine Liebe – nur ein Begehren, das hell aufflammte. Für mich war es herrlich! Hoffentlich auch für sie! Ich habe versucht, durch und durch Japaner zu sein und meine Pflicht zu tun, ihr Lust zu schenken, so wie sie mir Lust geschenkt hat.
Er erinnerte sich daran, wie er einen Lustring benutzt hatte. Das hatte ihn in große Verlegenheit versetzt, und er hatte sich abgewandt, um ihn überzustreifen, erstarrt nahezu vor Angst, daß seine Kraft schwinden könnte, doch das war nicht geschehen. Und dann, nachdem er richtig saß, hatten sie noch einmal das Kopfkissen miteinander geteilt. Ihr Körper war erschauert und hatte sich gewunden, und ihr Zittern hatte ihn zu einem noch nie erlebten Höhepunkt getrieben.
Hinterher, als sie wieder ruhig atmen konnten, hatte er angefangen zu lachen, und sie hatte geflüstert: »Warum lacht Ihr?« Worauf er geantwortet hatte: »Ich weiß es nicht – nur, daß Ihr mich so glücklich macht.«

Noch nie zuvor habe ich hinterher gelacht. Dieses Lachen war die Krönung des Ganzen gewesen. Lieben tue ich Kiku-san zwar nicht – aber ich habe sie gern. Rückhaltlos liebe ich Mariko-san, und Fujiko-san habe ich rückhaltlos gern! Würdest du das Kopfkissen mit Fujiko teilen? Nein. Jedenfalls glaube ich, ich könnte es nicht.
Aber ist es nicht deine Pflicht? Wenn du die Vorrechte eines Samurai genießt und erwartest, daß andere dich unbedingt als Samurai behandeln und alles tun, was dazu gehört, dann mußt du auch die Pflichten und Verantwortungen übernehmen, die das mit sich bringt, *neh?* Das ist doch nur gerecht, *neh?* Und aller Ehren wert, *neh?* Deine Pflicht gebietet dir, Fujiko einen Sohn zu schenken. Entscheide dich!
Jawohl. Ich werde die Entscheidung treffen, wenn es soweit ist!
Zunächst einmal gilt es, eine Mannschaft anzuheuern. Dann werde ich das Schwarze Schiff kapern. Und dann halb um die Erde zurücksegeln nach England. Und dort Kriegsschiffe kaufen und sie ausrüsten. Dann erst werde ich mich entscheiden. *Karma* ist *Karma.*
Kiku regte sich und kuschelte sich dichter an ihn. Er spürte die Wärme, die durch ihre Seidenkimonos hindurchdrang. Und sein Feuer entzündete sich abermals.
»Anjin-san«, murmelte sie halb verschlafen.
»*Hai?*«
Er weckte sie nicht. Er begnügte sich damit, sie in die Arme zu schließen und zu ruhen, hingerissen von der schönen Heiterkeit des Gemüts, mit der ihre Bereitschaft und ihre Hingabe ihn erfüllte. Ehe er sich wieder dem Schlaf überließ, dankte er Mariko für alles, was sie ihn gelehrt.

»Aber gewiß, Omi-sama«, sagte Gyoko. »Ich werde den Anjin-san sofort holen lassen. Bitte, entschuldigt mich. Ako, komm mit mir!« Gyoko befahl Ako, *Cha* zu holen, und durchquerte eilends den Garten. Welche dringlichen Nachrichten der reitende Bote heute nacht wohl gebracht haben mag, überlegte sie – denn auch sie hatte die klappernden Hufe gehört. Und warum ist Omi heute so merkwürdig, fragte sie sich. Warum so kalt, so unwirsch und so gereizt? Und warum ist er persönlich gekommen, einen so niederen Auftrag zu erledigen? Warum hat er nicht einfach irgendeinen Samurai geschickt?
Ah, wer weiß? Omi ist ein Mann. Wie die Männer jemals verstehen? Aber irgend etwas stimmt nicht, irgend etwas stimmt ganz und gar nicht. Ob der Kurier wohl eine Kriegserklärung überbracht hat? Vermutlich. Wenn Krieg ist, ist eben Krieg – das hat unserem Gewerbe noch nie geschadet. *Daimyos* wie Samurai werden immer noch der Unterhaltung bedürfen – im Krieg sogar noch mehr als sonst –, und in Kriegszeiten bedeutet Geld ihnen weniger denn je! Gut, gut, gut.
Sie lächelte still vor sich hin. Erinnere dich an die Kriegszeiten vor dreißig Jahren! Damals warst du siebzehn und die schönste Kurtisane von ganz Mishima. Denk daran, wie du gelacht und das Kopfkissen geteilt hast und wie die stolzen

Nächte unmerklich in die Tage übergegangen sind! Denk an den alten Glatzkopf, Yabus Vater, den reizenden alten Herrn, der Verbrecher zu kochen pflegte wie nach ihm sein Sohn! Wie hart du arbeiten mußtest, um ihn weich zu machen – er war ganz anders als sein Sohn! Drei Tage und drei Nächte hindurch haben wir immer wieder das Kopfkissen geteilt, und dann wurde er für ein ganzes Jahr hindurch mein Gönner! Gute Zeiten waren das – und er ein guter Mann!

Krieg oder Frieden – laß gut sein! Du hast genug investiert bei den Geldverleihern und den Reishändlern und hier ein bißchen und dort ein bißchen. Und dann hast du noch die Saké-Fabrik in Odawara, das Teehaus in Mishima – und heute wird auch noch Herr Toranaga Kikus Kontrakt aufkaufen!

Jawohl, interessante Zeiten, die vor uns liegen – und wie unvergleichlich aufschlußreich die vergangene Nacht gewesen ist! Kiku hat sich selbst übertroffen. Und dann, nachdem die Dame Toda gegangen war, hatte Kiku alles vollkommen gemacht, und die Nacht war überaus glücklich verlaufen.

Ach, Männer, ach, Frauen! Wie leicht zu durchschauen! Besonders die Männer. Immer wie kleine Kinder. Eitel, schwierig, mutwillig, wie Wachs in den Händen, schrecklich, nur höchst selten wirklich wunderbar – aber alle mit jenem einzigartigen, unglaublich liebenswerten Etwas geboren, das wir unter uns Kurtisanen als die Jadewurzel, den Schildkrötenkopf, den Yang-Gipfel, den Dampfenden Schaft, den Männlichen Stößel oder schlicht das »Stück Fleisch« nennen.

Wie beleidigend! Und doch – wie treffend!

Gyoko kicherte und fragte sich, was wir – bei allen Göttern, lebenden wie toten und zukünftigen – in dieser Welt wohl ohne das »Stück Fleisch« anfangen würden?

Sie eilte weiter. Ihre Schritte waren jetzt so laut, daß sie ihr Näherkommen verraten mußten. Sie stieg die Zedernstufen hinauf. Die Art, wie sie klopfte, zeugte von Übung.

»Anjin-san – Anjin-san – verzeiht, aber Herr Toranaga schickt nach Euch. Ihr sollt Euch augenblicklich im Fort melden.«

»Was? Was habt Ihr gesagt?«

Sie wiederholte es, drückte es diesmal jedoch einfacher aus.

»Ah! Verstehen. In Ordnung – ich dasein schnell«, hörte sie ihn mit seiner lustigen Aussprache sagen.

»Verzeihung, bitte, verzeiht mir! Kiku-san?«

»Ja, Mama-san?« Gleich darauf glitt die *Shoji*-Tür beiseite. Lächelnd blickte Kiku sie an. Ihr Kimono klebte an ihr, ihr Haar war zwar in Unordnung geraten, aber immer noch hübsch. »Guten Morgen, Mama-san, habt Ihr etwas Angenehmes geträumt?«

»Ja, ja, vielen Dank. Tut mir leid, daß ich Euch stören muß. Kiku-chan, begehrt ihr noch frischen *Cha*?«

»Oh!« Das Lächeln wich aus Kikus Gesicht. Diese so gestellte Frage war ein geheimes Stichwort, das Gyoko vor jedem Kunden gebrauchen konnte und das besagte, daß ihr bevorzugtester Kunde, Omi-san, im Teehaus weile. Dann konnte Kiku immer rasch ihre Geschichte, ihr Lied oder ihren Tanz beenden und sich zu ihm begeben, wenn sie wollte. Kiku teilte nur mit sehr wenigen das Kopfkissen, bewirtete jedoch sehr viele – falls sie den geforderten Preis zahlten. Nur sehr, sehr wenige konnten es sich leisten, ihre Dienste in Anspruch zu nehmen.

»Was ist?« fragte Gyoko mit zusammengekniffenen Augen.

»Nichts, Mama-san. Anjin-san«, rief Kiku fröhlich, »verzeiht, aber möchtet Ihr frischen *Cha*?«

»Ja, bitte.«

»Man wird ihn sofort bringen«, sagte Gyoko. »Ako! Beeil dich, Kind!«

»Ja, Herrin.« Ako brachte das Tablett mit dem Tee und den beiden Schalen und schenkte ein. Unter vielen nochmaligen Entschuldigungen, sie gestört zu haben, zog Gyoko sich zurück.

Kiku reichte Blackthorne höchstpersönlich die Schale. Er trank sie durstig aus, und sie half ihm, sich anzukleiden. Ako legte einen frischen Kimono für sie zurecht. Zwar befleißigte Kiku sich ihm gegenüber der ausgesuchtesten Höflichkeit, doch im Grunde war sie ganz und gar von dem Problem besessen, daß sie gleich den Anjin-san zum Tor hinausbegleiten mußte, um sich dort vor ihm zu verneigen, ehe er sich auf den Heimweg machte. Die guten Manieren verlangten das. Ja, mehr noch: das zu tun, war ihre Pflicht und ihr Vorrecht. Nur Kurtisanen der Ersten Kategorie durften die Schwelle des Teehauses überschreiten, um ihren Kunden diese ausgesuchte Ehre zu erweisen; alle anderen mußten sich drinnen im Hof von ihnen verabschieden.

Ich bringe es nicht fertig – nicht den Anjin-san vor Omi-san.

Warum?

Es liegt daran, daß ich mich heute nacht geschämt habe für das, was Omi-san ihm angetan! Wie wir uns dessen alle schämen sollten. Das hätte Omi nie tun dürfen. Jetzt ist der Anjin-san gebrandmarkt, und meine Finger spürten dieses Brandzeichen durch die Seide des Kimonos hindurch. Meine Scham darüber wird mich noch umbringen – denn er ist ein guter Mann, dem man so etwas niemals hätte antun dürfen.

Dann jedoch hörte sie irgendwo in ihrem Geist die Mama-san sagen: ›Kind, Kind, Männersachen überlaßt den Männern! Eure Waffe und Euer Balsam ist das Lachen; das hilft dagegen genauso wie gegen die Welt und die Götter, ja, sogar gegen das Alter.‹

»Kiku-san?«

»Ja, Anjin-san?«

»Ich werde jetzt gehen!«

»Ja. Laßt uns zusammen gehen«, sagte sie.

Zärtlich nahm er ihr Gesicht in die rauhen Hände und küßte sie. »Vielen Dank! Worte reichen nicht aus, Euch zu danken.«

»Ich bin es, die Euch zu danken hat. Bitte, erlaubt mir, Euch zu danken, Anjin-san. Und jetzt laßt uns gehen!«
Kiku schritt neben ihm, wie es ihr Vorrecht war – und nicht etwa ein paar Schritte hinter ihm, wie es sich für eine Gemahlin, Gattin oder Tochter oder eine Dienerin geziemt hätte. Für einen Augenblick legte er ihr die Hand auf die Schulter, was ihr höchst unangenehm war, denn schließlich waren sie nicht mehr allein in ihrem Zimmer. Dann fuhr ihr unversehens der Schrecken in die Glieder bei dem Gedanken, er könnte sie womöglich in aller Öffentlichkeit küssen – denn solches, so hatte Mariko berichtet, war offensichtlich Sitte unter den Barbaren – am Tor.
Ach, Buddha, mach, daß das nicht geschieht, dachte sie, und vor Angst wollten ihr schier die Sinne schwinden.
Blackthorne steckte seine Schwerter in die Schärpe. Unter Verneigungen geleitete Kiku ihn über die Veranda, wo er in seine Riemensandalen stieg. Gyoko und alle anderen versammelten sich, um sich zum Abschied vor ihm zu verneigen. Jenseits des Tors befand sich der Dorfplatz und die See. Dort wimmelte es von Samurai, unter ihnen Buntaro. Kiku konnte Omi zwar nirgends entdekken, doch sie war sicher, daß er sie von irgendwoher beobachtete.
Der Anjin-san machte neben ihr einen wirklich riesenhaften Eindruck. Jetzt durchquerten sie den Hof. Beide erblickten Omi zur selben Zeit. Er stand in der Nähe des Tors.
Blackthorne blieb stehen. »Guten Morgen, Omi-san«, sagte er als Freund und verneigte sich wie ein Freund, ohne zu wissen, daß Omi und Kiku mehr waren als Freunde. Woher sollte er es auch wissen, fragte sie sich. Niemand hatte es ihm erzählt – warum auch? Im übrigen, was spielt das für eine Rolle?
»Guten Morgen, Anjin-san.« Omis Stimme klang gleichfalls freundlich, doch sie bemerkte, daß er sich gerade noch eben zu einer knappen Verneigung zwang. Dann wandten seine kohlschwarzen Augen sich wieder ihr zu, und auch sie verneigte sich und setzte ein vollendetes Lächeln auf. »Guten Morgen, Omi-san. Das Haus betrachtet es als eine Ehre!«
»Vielen Dank, Kiku-san, vielen Dank!«
Zwar spürte sie seinen suchenden Blick, tat jedoch, als bemerke sie ihn nicht, und hielt die Augen züchtig gesenkt. Gyoko, die Zofen und die Kurtisanen, die frei hatten, sahen von der Veranda herunter zu.
»Ich gehen jetzt fort, Omi-san«, sagte Blackthorne gerade. »Alles in Ordnung?«
»Ja. Herr Toranaga hat nach Euch geschickt.«
»Jetzt gehen. Hoffen bald sehen.«
»Ja.«
Kiku blickte auf. Omi starrte sie immer noch an. Sie setzte ihr gewinnendstes Lächeln auf und sah dann den Anjin-san an, der Omi sehr eindringlich ansah; doch dann, als er ihren Blick spürte, wandte er sich ihr zu und erwiderte das Lächeln. Für ihre Begriffe war das ein etwas gewolltes Lächeln. »Tut mir leid, Kiku-san, Omi-san, müssen jetzt gehen.« Er verneigte sich vor Omi. Die Ver-

neigung wurde erwidert. Er trat durch das Tor. Sie folgte ihm und wagte kaum zu atmen. Alle Bewegung auf dem Dorfplatz erstarrte. Im allgemeinen Schweigen sah sie, wie er sich nach ihr umwandte, und einen entsetzlichen Atemzug lang glaubte sie, daß er sie jetzt umarmen würde – was er dann jedoch zu ihrer unendlichen Erleichterung nicht tat; er stand statt dessen nur abwartend da, wie eben ein zivilisierter Mensch abwartend dazustehen hatte.
Sie verneigte sich mit allem Zartgefühl, das sie nur aufbringen konnte, und spürte dabei, wie Omi sie mit seinem Blick förmlich durchbohrte.
»Vielen Dank, Anjin-san«, sagte sie und schenkte ihm ein Lächeln, das nur ihm allein galt. Ein allgemeines Aufseufzen ging über den Dorfplatz. »Vielen Dank. Bitte, beehrt uns wieder mit Eurem Besuch. Ich zähle die Stunden, bis wir uns wiedersehen.«
Er verneigte sich gerade mit dem nötigen Maß an gelassener Selbstverständlichkeit und stapfte hochmütig davon – genauso, wie ein selbstbewußter Samurai es tun sollte. Dann, weil er sich ihr gegenüber so überaus korrekt benommen hatte und um Omi die völlig überflüssige Kälte in seiner Verneigung heimzuzahlen, blieb sie, statt zurückzukehren ins Teehaus, stehen, wo sie stand und blickte dem Anjin-san nach, um ihm eine noch größere Ehre zu erweisen. Sie wartete, bis er an der Ecke war. Dort sah sie ihn sich umdrehen. Er winkte ihr zu. Sie verneigte sich ganz tief, genoß jetzt die allgemeine Aufmerksamkeit auf dem Dorfplatz, ohne sich indes anmerken zu lassen, daß sie das merkte. Erst als er vollends ihrem Blick entzogen war, kehrte sie zurück – stolz und mit großer Eleganz. Erst dann wurde das Tor geschlossen.
»Ihr seid so hübsch«, sagte Omi.
»Ich wünschte, das wäre die Wahrheit, Omi-san«, sagte sie und setzte ihr zweitbestes Lächeln auf. »Möchtet Ihr etwas *Cha*, Omi-sama? Oder vielleicht etwas zu essen?«
»Mit Euch, ja.«
Unterwürfig gesellte Gyoko sich zu ihnen. »Bitte, verzeiht meine schlechten Manieren, Omi-sama. Bitte, eßt einen Happen mit uns. Habt Ihr bereits Eure erste Mahlzeit zu Euch genommen?«
»Nein – noch nicht, aber ich habe keinen Hunger.« Omi blickte zu Kiku hinüber. »Habt Ihr bereits gegessen?«
Mit überschwenglichen Gesten mischte Gyoko sich abermals ein. »Gestattet, daß wir Euch etwas nicht allzu Unangenehmes vorsetzen, Omi-sama. Kiku-san, sobald Ihr Euch umgekleidet habt, gesellt Ihr Euch zu uns, *neh?*«
»Selbstverständlich. Bitte, entschuldigt, Omi-sama, daß ich in dieser Aufmachung vor Euch erscheine. Es tut mir so leid.« Sie eilte davon und trug dabei ein Glück zur Schau, das sie keineswegs empfand. Ako folgte ihr.
Ohne Umschweife sagte Omi: »Ich möchte gern heute abend mit ihr zusammen sein, um zu essen und mich zu unterhalten.«
»Aber selbstverständlich, Omi-sama«, erwiderte Gyoko und verneigte sich, wohl wissend, daß Kiku heute abend nicht frei sein würde. »Ihr tut uns und un-

serem Haus zuviel Ehre an. Kiku ist so zu beglückwünschen, daß Ihr sie allen anderen vorzieht.«

»Dreitausend *Koku*?« Toranaga war außer sich vor Empörung.
»Jawohl, Euer Gnaden«, sagte Mariko. Sie saßen auf seiner Veranda im Fort. Zwar hatte es angefangen zu regnen, doch war die Hitze des Tages nicht minder groß. Mariko war müde und sehnte sich nach der Kühle des Herbstes. »Tut mir leid. Ich konnte die Frau nicht weiter herunterhandeln, Euer Gnaden, aber Ihr hattet mir ja aufgetragen, den Handel gestern abend abzuschließen.«
»Aber dreitausend, Mariko-san! Das ist ja Wucher!« Dabei war Toranaga im Grunde froh darüber, ein Problem zu haben, das ihn von seinen anderen Sorgen ablenkte. Der christliche Priester, Tsukku-san, der in der Gesellschaft von Zataki reiste, sowie der Emporkömmling unter den Regenten verhießen nichts Gutes.
Wenn Ishido schnell handelt, bin ich verloren. Ich muß einfach Zeit gewinnen! Aber wie? Wenn ich Ishido wäre, würde ich jetzt beginnen – noch ehe die Regenzeit aufhört.
Ich würde Männer aufstellen, genauso wie der Taikō es getan, um die Beppu zu vernichten. Mit dem Plan gewinnt man immer – er ist ja so einfach! Ishido kann doch gar nicht so beschränkt sein, nicht auch zu sehen, daß die einzige Möglichkeit, den Kwanto zu verteidigen, darin besteht, sich Osakas und des gesamten Gebietes zwischen Yedo und Osaka zu bemächtigen. Solange Osaka gegen mich ist, ist der Kwanto in Gefahr. Der Taikō hat das gewußt, sonst hätte er ihn mir nicht gegeben. Ohne Kiyama, Onoshi und den Barbarenpriester...
Toranaga riß sich von den Problemen von morgen los und konzentrierte sich ganz auf die unerhörte Summe. »Dreitausend *Koku* kommt überhaupt nicht in Frage!«
»Ganz Eurer Meinung, Euer Gnaden. Ihr habt vollkommen recht. Es ist einzig und allein meine Schuld. Ich hatte gedacht, zweitausendfünfhundert wären noch reichlich, aber diese Gyoko wollte keinen einzigen *Koku* mehr heruntergehen. Allerdings gibt es eine Möglichkeit, den Preis niedriger zu halten.«
»Und zwar?«
»Gyoko bat um die Ehre, den Preis auf zweitausendfünfhundert senken zu dürfen, wenn Ihr ihr die Ehre erweisen wolltet, ihr ein Stäbchen Zeit zu gewähren.«
»Eine Mama-san ist bereit, fünfhundert *Koku* fahren zu lassen, bloß um mit mir zu sprechen?«
»Jawohl, Euer Gnaden.«
»Warum?« fragte er. Sein Argwohn war sofort wach.
»Den Grund dafür hat sie für sich behalten, Euer Gnaden. Sie bat demütig darum, ihn Euch persönlich auseinandersetzen zu dürfen. Ich bin erschrocken, daß es mir nicht gelungen ist, eine vorteilhaftere Abmachung zu treffen, wiewohl Kiku-san der Ersten Kategorie angehört und diesen Grad in jeder Beziehung verdient. Ich weiß, daß ich Euch keinen guten Dienst erwiesen habe...«

»Das meine ich auch«, sagte Toranaga säuerlich. »Selbst tausend wären noch zuviel... Immerhin sind wir hier in Izu und nicht in Kyoto.«
»Ihr habt ganz recht, Euer Gnaden. Ich habe der Frau gesagt, daß der Preis dermaßen übertrieben sei – ich konnte mich unmöglich einverstanden erklären, obgleich Ihr mir direkt aufgetragen hattet, den Handel gestern abend abzuschließen. Ich hoffe, Ihr seht mir meinen Ungehorsam nach, aber ich sagte, ich müßte mich erst mit der Dame Kasigi, Omi-sans Mutter, besprechen, die die ranghöchste Dame hier ist, ehe der Handel abgeschlossen werden könne.«
Toranagas Augen leuchteten auf. Seine anderen Sorgen waren vergessen. »Ah, dann ist er also abgeschlossen und doch nicht abgeschlossen?«
»Jawohl, Euer Gnaden. Nichts Bindendes ist abgemacht. Ich habe gesagt, ich würde sie bis heute mittag die Antwort wissen lassen. Bitte, verzeiht mir meinen Ungehorsam.«
»Ihr hättet den Handel abschließen sollen, wie ich es befohlen hatte!« Insgeheim war Toranaga entzückt, daß Mariko ihm Gelegenheit gegeben hatte, zuzustimmen oder seine Zustimmung zu verweigern, ohne dabei das Gesicht zu verlieren. Es wäre undenkbar gewesen, daß er persönlich um etwas so Niederes wie Geld gefeilscht hätte. Aber, *oh ko*, dreitausend *Koku*... »Ihr sagt, der Kontrakt des Mädchens sei den Reis wert, tausend Familien drei Jahre damit zu speisen?«
»Jedes einzelne Reiskorn wert – sofern sie für den richtigen Mann bestimmt wäre.«
Toranaga sah sie listig an. »Ach? Erzählt mir von ihr, und sagt, was geschehen ist.«
Sie erzählte alles – nur über ihr Gefühl für den Anjin-san ließ sie kein Wort verlauten. Und selbstverständlich auch nicht über das Angebot, das Kiku ihr gemacht.
»Gut, ja sehr gut. Das war klug. Ja«, sagte Toranaga. »Er muß ihr schon sehr gefallen haben, wenn sie schon beim allerersten Mal so lange am Tor gestanden und ihm nachgesehen hat. Fast ganz Anjiro hatte auf diesen Augenblick gewartet!«
»Ja«, stimmte Mariko zu, mehr als ein wenig stolz auf den Erfolg, den Blackthorne gehabt hatte. »Sie ist eine ganz außergewöhnliche Dame, Euer Gnaden.«
Toranaga freute sich zwar über die Genugtuung, mit der Mariko ihre Abmachung betrachtete, doch fünfhundert *Koku* für den Kontrakt wären ihm lieber gewesen. Fünfhundert *Koku* – das war mehr, als die meisten Mama-sans je in ihrem Leben verdienten; wenn also eine von ihnen bereit war, fünfhundert *Koku* herzugeben... »Jedes Reiskorn wert, sagt Ihr? Das kann ich kaum glauben.«
»Sofern es der richtige Mann ist, Euer Gnaden. Freilich wüßte ich nicht zu sagen, wer der richtige Mann wäre.«
Es wurde an die *Shoji*-Tür geklopft.
»Ja?«

»Der Anjin-san ist am Tor, Euer Gnaden.«
»Bringt ihn zu mir.«
Toranaga fächelte sich Kühlung zu. Er hatte Mariko verstohlen beobachtet, und das kurze Aufleuchten in ihrem Gesicht war ihm nicht entgangen. Er hatte sie absichtlich nicht davon unterrichtet, daß er ihn erwartete.
Was tun? Alles, was geplant war, trifft immer noch zu. Aber jetzt brauche ich Buntaro und den Anjin-san und Omi-san mehr denn je. Und Mariko – sehr sogar.
»Guten Morgen, Toranaga-sama.«
Er erwiderte Blackthornes Verneigung und bemerkte die plötzliche Wärme, die ihn erfüllte, als er so unerwartet Mariko erblickte. Es gab den üblichen förmlichen Austausch von Höflichkeiten, und dann sagte er: »Mariko-san, sagt ihm, daß er sich darauf vorbereiten soll, mich morgen früh zu begleiten. Und Ihr auch. Ihr werdet dann weiterreisen nach Osaka.«
Ein Kälteschauer durchrann sie. »Jawohl, Euer Gnaden.«
»Ich gehen Osaka, Toranaga-sama?« fragte Blackthorne.
»Nein, Anjin-san. Mariko-san, erklärt ihm, daß ich für ein oder zwei Tage die heißen Quellen von Shuzenji besuchen werde. Ihr beide werdet mich dorthin begleiten. Ihr reist dann weiter nach Osaka. Er wird bis zur Grenze mit Euch kommen und dann allein weiterreisen nach Yedo.«
Er ließ sie nicht einen Moment aus den Augen, als Blackthorne raschzüngig und eindringlich auf sie einredete.
»Tut mir leid, Toranaga-sama, aber der Anjin-san bittet in aller Demut, ob er mich für ein paar Tage ausleihen könnte. Er sagt – bitte, verzeiht mir –, daß meine Anwesenheit die Sache mit seinem Schiff wesentlich beschleunigen würde. Dann, wenn Ihr wollt, werde er sogleich eines Eurer Küstenschiffe nehmen, mich nach Osaka bringen und selber von dort aus nach Nagasaki weiterfahren. Er meint, damit lasse sich Zeit sparen.«
»Bis jetzt habe ich hinsichtlich seines Schiffes noch keine Entscheidung getroffen – und auch was die Mannschaft betrifft noch nicht. Vielleicht erübrigt es sich, daß er überhaupt nach Nagasaki geht. Macht ihm das unmißverständlich klar. Was jedoch seine Bitte betrifft, Euch an ihn auszuleihen, so werde ich mir das überlegen. Ihr werdet meine Entscheidung morgen hören.«
Blackthorne spielte nun ein anderes Blatt in dem Spiel aus, das er mit Toranaga angefangen hatte und von dem er hoffte, daß es zum Tod des Schwarzen Schiffes führen werde.
Mariko lauschte aufmerksam, ließ sich verschiedenes erklären und wandte sich dann Toranaga zu. »Euer Gnaden, der Anjin-san dankt Euch für die Gnade und die vielen Geschenke, die Ihr ihm gemacht habt. Er fragt, ob Ihr ihm die Ehre erweisen würdet, die zweihundert Vasallen für ihn persönlich auszusuchen. Er sagt, wenn Ihr ihn in dieser Hinsicht lenktet, wäre das ein Vermögen wert.«
»Ist es tausend *Koku* wert?« fragte Toranaga sofort. Er bemerkte die Überraschung auf ihrem und auf dem Gesicht des Anjin-san. Wie froh ich bin, daß

Ihr immer noch so leicht zu durchschauen seid, Anjin-san, trotz des ganzen Lacks der höheren Zivilisation, dachte er.
»*Hai*«, hörte er Blackthorne mit fester Stimme sagen.
»Gut«, erwiderte er spröde. »Da der Anjin-san so großzügig ist, nehme ich sein Angebot an. Tausend *Koku*. Sagt ihm, seine Männer warteten in Yedo auf ihn. Ich sehe Euch morgen bei Sonnenaufgang wieder, Anjin-san.«
»Ja. Vielen Dank, Toranaga-sama.«
»Mariko-san, besprecht Euch augenblicklich mit der Dame Kasigi. Da Ihr mit der Summe einverstanden wart, wird auch sie mit dem Handel einverstanden sein, so abscheulich er mir auch scheinen will. Allerdings glaube ich, sie braucht bis morgen früh, um sich eingehend mit einer so unerhörten Summe zu beschäftigen. Schickt irgendeinen Untergebenen, daß er Gyoko zum Sonnenuntergang hierher bestellt. Sie kann die Kurtisane mitbringen. Kiku-san kann singen, während wir uns unterhalten, *neh*.«

»Bleibt mir damit genug, eine Mannschaft anzuheuern?« fragte Blackthorne.
»Aber ja, Anjin-san. Freilich, bis jetzt hat Toranaga-sama noch nicht seine Zustimmung dafür gegeben, daß Ihr nach Nagasaki geht«, sagte Mariko. »Fünfhundert *Koku* sind mehr als genug, um ein ganzes Jahr davon zu leben, und die anderen fünfhundert bringen rund einhundertundachtzig Gold-*Koban*, um Seeleute anzuheuern. Das ist sehr viel Geld.«
Unter Schmerzen richtete Fujiko sich auf und sprach auf Mariko ein.
»Eure Gattin sagt, Ihr sollt Euch keine Sorgen machen, Anjin-san. Sie kann Euch mit Kreditbriefen für bestimmte Geldverleiher ausstatten, die Euch alles Nötige vorstrecken werden. Sie wird das Entsprechende in die Wege leiten.«
»Ja, aber muß ich denn nicht alle meine Gefolgsleute bezahlen? Wie bezahle ich für das Haus, Fujiko-san, für meinen Haushalt?«
Mariko war entsetzt. »Bitte, verzeiht, das ist selbstverständlich nicht Eure Sorge. Eure Gattin hat Euch gesagt, sie werde sich um alles kümmern. Sie...«
Fujiko fiel ihr ins Wort, und die beiden Frauen sprachen einen Augenblick miteinander.
»*Ah so desu*, Fujiko-san!« Mariko wandte sich wieder Blackthorne zu. »Sie sagt, Ihr dürft keine Zeit damit vergeuden, über so etwas nachzudenken. Sie bittet Euch, Euch einzig und allein mit Herrn Toranagas Problemen zu beschäftigen. Sie besitzt eigenes Geld, das sie angreifen könnte, falls es sich als nötig erweisen sollte.«
Blackthorne zwinkerte mit den Augen. »Sie will mir von ihrem Geld leihen?«
»Aber nein, selbstverständlich wird sie es Euch geben, falls Ihr es braucht, Anjin-san. Vergeßt nicht, daß Ihr derlei Probleme nur dieses Jahr habt«, erklärte Mariko. »Nächstes Jahr werdet Ihr reich sein, Anjin-san. Was Eure Gefolgsleute angeht, so bekommt jeder von ihnen zwei *Koku* im Jahr. Toranaga-sama hat Euch alle Waffen und Pferde für sie zur Verfügung gestellt – zwei *Koku* reichen, um sie und ihre Pferde und ihre Familien ein ganzes Jahr lang zu ernähren. Und

vergeßt auch nicht, daß Ihr Euer halbes Jahreseinkommen hingegeben habt, um sicherzugehen, daß sie in höchsteigener Person von ihm ausgesucht werden. Das ist eine ungeheure Ehre, Anjin-san.«
»Meint Ihr?«
»Aber gewiß!« Fujiko stimmte mit ganzem Herzen zu. »Es war außerordentlich klug von Euch.«
»Ich danke Euch.« Blackthorne ließ ein wenig von seiner Freude durchscheinen. Du wirst allmählich wieder so schlau wie früher und fängst an zu denken, wie sie denken, sagte er sich glücklich. Ja, es war sehr klug, Toranaga zu verpflichten. Jetzt bekommst du die bestmöglichen Männer, und das hättest du allein niemals geschafft. Was sind schon tausend *Koku* gegen ein Schwarzes Schiff? Wiewohl sich noch etwas als richtig herausgestellt hatte, was Mariko gesagt: daß nämlich eine von Toranagas Schwächen die Knauserei sei. Selbstverständlich hatte sie ihm das nicht so unverblümt gesagt; sie hatte nur angedeutet, daß Toranaga mit seinem unglaublichen Reichtum weiter komme als jeder andere *Daimyo* im Reich.
Dem Himmel sei Dank für Mariko und Pater Domingo!
Blackthornes Erinnerung versetzte ihn zurück ins Gefängnis; er mußte daran denken, wie nahe er dem Tod damals gewesen war, und wie nahe er dem Tod auch jetzt wieder war, trotz all der Ehren, mit denen er überhäuft worden war. Was Toranaga gibt, kann er auch wieder nehmen. Du denkst zwar, er ist dein Freund, aber wenn er eine seiner Frauen und seinen Lieblingssohn umzubringen imstande war – welchen Wert besitzt dann deine Freundschaft oder dein Leben? Nichts, sagte Blackthorne sich. Das ist *Karma*.
Fujiko sprach. Er beobachtete sie. Ihre Bandagen waren immer noch vom Blut gerötet. Immer noch lag sie mit Schmerzen auf den *Futons*, und eine Zofe fächelte ihr Kühlung zu.
»Sie wird bis zum Morgengrauen alles für Euch geregelt haben, Anjin-san«, sagte Mariko. »Eure Gattin schlägt vor, Ihr solltet zwei Pferde und ein Lasttier nehmen. Einen Diener und eine Zofe...«
»Ein Diener reicht.«
»Tut mir leid, aber die Zofe muß mit, um Euch persönlich zu bedienen. Und selbstverständlich ein Koch und ein Küchenhelfer.«
»Gibt es denn keine Garküchen, die wir... die ich benutzen kann?«
»Aber gewiß. Deshalb müßt Ihr aber trotzdem Euren eigenen Koch mitnehmen, Anjin-san. Ihr seid schließlich ein *Hatamoto*.«
Er wußte, daß es keinen Sinn hatte, darüber zu streiten. »Ich überlasse alles Euch.«
»Ah, das ist klug von Euch, Anjin-san, sehr klug. Jetzt muß ich aber gehen und packen, verzeiht.« Mariko ging glücklich davon. Sie hatten kaum miteinander gesprochen, nur so viel – auf lateinisch –, daß jeder vom anderen wußte, daß die »Zaubernacht« in ihrer beider Vorstellung ewig weiterleben würde.
»Sie!«

»Er!«
»Ich war so stolz, als ich hörte, daß sie so lange am Tor stehenblieb und Ihm nachsah. Sein Ansehen ist jetzt gewaltig groß, Anjin-san. Seine Meisterschaft steht außer aller Frage, und Er ist berühmt.«
»Ich kann Ihr nicht genug danken dafür, daß Sie mich gelehrt und geleitet und mir die Augen geöffnet hat«, sagte er. »Und mich geliebt«, wollte er noch hinzufügen, doch dann besann er sich eines Besseren und sagte: »Und überhaupt dafür, daß es Sie gibt!«
»Ich habe nichts getan. Er ist Er selbst.«
»Ich danke Ihr für alles – und für Ihr Geschenk.«
»Ich freue mich, daß Sein Vergnügen groß war.«
»Und ich bin traurig, daß Sie kein Vergnügen hatte. Aber – ich freue mich, daß auch Sie Order bekommen hat, die Quellen von Shuzenji aufzusuchen. Warum aber nach Osaka?«
»Oh, ich habe keine *Order*, nach Osaka zu gehen. Herr Toranaga *gestattet* mir dorthinzugehen. Wir haben Besitz dort, und ich muß mich um ein paar geschäftliche Dinge kümmern. Auch ist mein Sohn jetzt dort. Und außerdem kann ich ein paar Geheimbotschaften für Kiritsubo-san und die Dame Sazuko mitnehmen.«
»Ist das nicht gefährlich? Bedenke Sie, was Sie einmal gesagt: Es gibt Krieg, und der Feind heißt Ishido.«
»Ja. Aber noch ist kein Krieg, Anjin-san. Und Samurai führen keinen Krieg gegen ihre Frauen, es sei denn, diese Frauen führten Krieg gegen sie.«
»Und Sie? Wie war das in Osaka – mit dem Gang über die Zugbrücke am Burggraben? Ist Sie nicht hinter mir hergegangen, um Ishido zu irritieren? Er hätte mich sonst umgebracht. Und vergesse Sie nicht Ihr Schwert beim Kampf auf der Galeere.«
»Ach, dort ging es doch nur darum, das Leben meines Lehnsherrn zu beschützen, als es in Gefahr war. Das war meine Pflicht, Anjin-san, nichts weiter. Mir droht in Osaka keine Gefahr. Ich war einst Hofdame bei der Dame Yodoko, ja sogar bei der Dame Ochiba. Ich darf es mir zur Ehre anrechnen, beider Freundin zu sein. Ich habe dort nichts zu befürchten. Deshalb gestattet Herr Toranaga mir ja hinzugehen. Für Ihn freilich ist Osaka keineswegs sicher, weil Herr Toranaga entkommen ist – und wegen der Schmach, die Ishido durch Ihn widerfahren ist. Er darf niemals dort landen. Nagasaki hingegen ist sicher für Ihn.«
»Dann hat er also seine Zustimmung gegeben, daß ich hin darf?«
»Nein, noch nicht. Aber er übt großen Einfluß in Nagasaki aus.«
»Ich bete darum, Herr Toranaga möge Befehl geben, daß Sie zu Schiff nach Osaka fährt.« Er sah, wie sie leicht erschauerte. »Was bedrückt Sie?«
»Nichts... nur, nur, daß es mir auf dem Meer nicht gefällt.«
»Wird er es dann befehlen?«
»Ich weiß nicht. Aber...« Sie kehrte zum mutwillig hänselnden Ton zurück und sprach jetzt portugiesisch. »Doch um Eurer Gesundheit willen sollten wir

Kiku-san mitnehmen, *neh?* Werdet Ihr heute nacht wieder in die Rote Kammer gehen?«
Er lachte mit ihr. »Das wäre allerdings schön...« Doch dann hielt er inne – Omis Gesicht stand unversehens mit großer Klarheit vor seinen Augen. »Wißt Ihr, Mariko-san, als ich am Tor war, da hat Omi Kiku-san auf eine ganz besondere Art angesehen – wie ein Liebhaber sie ansehen würde, wie ein eifersüchtiger Liebhaber.«
»Soviel ich weiß, ist er dort nur ein Kunde – allerdings ein bevorzugter Kunde. Aber was hätte das mit Euch zu tun? Es steht ihr frei, zu empfangen und zurückzuweisen, wen sie will.«
Zuletzt dankte er ihr noch einmal und ließ es dabei bewenden. Doch sein Kopf und sein Herz gemahnten ihn, auf der Hut zu sein. So einfach, wie Ihr es darstellt, ist es nun auch wieder nicht, Mariko-san – selbst hier in Japan nicht. In Omis Augen ist Kiku-san etwas ganz Besonderes, selbst wenn sie ihm nicht die gleichen Gefühle entgegenbringt. Ich wünschte, ich hätte gewußt, daß sie seine Geliebte ist; denn ich habe Omi lieber zum Freund als zum Feind. Oder sollte Mariko wieder einmal recht behalten? Hat das Kopfkissen-miteinander-Teilen nichts damit zu tun, ob man jemanden liebt oder nicht?
»Anjin-san?«
»Ja, Fujiko-san?«
»Bitte, macht Euch des Geldes wegen keine Sorgen. Ich kann es nicht ertragen zu sehen, wie Ihr ein besorgtes Gesicht macht. Es tut mir so leid, daß ich nicht zusammen mit Euch nach Yedo reisen kann.«
»Wir sehen uns doch aber bald in Yedo wieder, *neh?*«
»Ja. Der Arzt sagt, die Wunden heilen gut, und Omis Mutter meint das auch.«
»Wann Arzt hier?«
»Bei Sonnenuntergang. Tut mir so leid, daß ich morgen früh nicht mit Euch reisen kann. Bitte, verzeiht mir!«
Abermals überlegte er, was seine Pflicht seiner Gattin gegenüber ihm eigentlich gebot. Dann tat er den Gedanken daran in jenes Fach zurück, wo er hingehörte, und ein neuer brach sich Bahn. Er bedachte diese Idee und befand sie für gut. Und dringend. »Ich jetzt gehen, kommen zurück bald. Ihr ruhen... *wakarimasu?*«
»Ja. Verzeiht, daß ich liegenbleibe und daß ich... Verzeihung.«
Er verabschiedete sich und ging in sein eigenes Zimmer. Dort holte er seine Pistole aus dem Versteck und sah nach, ob sie geladen sei. Dann steckte er sie unter seinen Kimono und machte sich allein nach Omis Haus auf. Omi war nicht da. Midori begrüßte ihn und bot ihm *Cha* an, den er jedoch höflich ablehnte. Sie trug ihr zweijähriges Söhnchen auf dem Arm. Ob der Anjin-san wohl warten wolle? Sie schien beunruhigt, wiewohl sie es ihm gegenüber in keiner Hinsicht an Höflichkeit oder Aufmerksamkeit fehlen ließ. Er werde später wiederkommen, sagte er, und stieg wieder zu seinem Haus hinunter.
Die Leute aus dem Dorf hatten bereits allen Schutt fortgeräumt und waren da-

bei, das Haus wieder aufzubauen. Gerettet war aus dem Feuer nichts bis auf ein paar Küchengeräte. Fujiko wollte ihm nicht sagen, was der Wiederaufbau kosten würde. Es sei sehr billig, hatte sie gesagt. »Bitte, macht Euch deswegen keine Gedanken.«

Blackthorne sah Omi den Hügel heraufkommen: starr und hart. Er ging ihm entgegen. Als Omi ihn sah, schien etwas von seiner Wut sich zu verflüchtigen. »Ah, Anjin-san«, sagte er in verbindlichem Ton. »Wie ich höre, reitet Ihr bei Sonnenaufgang zusammen mit Toranaga-san ab. Sehr gut, dann können wir zusammen reiten.«

Trotz Omis offenkundiger Freundlichkeit war Blackthorne sehr auf der Hut. »Hören, Omi-san, ich jetzt gehen dorthin.« Er zeigte zur Hochebene hinauf. »Bitte, Ihr mitkommen, ja?«

»Heute finden aber keine Übungen statt.«

»Verstehen. Bitte, mit mir gehen, ja?«

Omi sah, daß Blackthornes Hand auf dem Griff seines Langschwertes ruhte, um sie zu beruhigen. Dann bemerkten seine scharfen Augen den Wulst unter seiner Schärpe, und er erkannte, daß dort eine Pistole verborgen war. »Ein Mann, der das Recht hat, die beiden Schwerter zu tragen, sollte auch in der Lage sein, sie zu gebrauchen, und nicht nur, sie zu tragen, *neh?*« sagte er durchsichtig.

»Bitte? Nicht verstehen.«

Omi wiederholte es – diesmal mit schlichteren Worten.

»Ah, verstehen. Ja. Besser.«

»Ja. Herr Yabu sagte, jetzt, wo Ihr wirklich Samurai wäret, müßtet Ihr anfangen zu lernen, was wir für selbstverständlich halten. Wie man beim *Seppuku* als Sekundant fungiert, zum Beispiel, oder sogar, wie man sich selbst auf *Seppuku* vorbereitet. Ja, Anjin-san, Ihr solltet lernen, mit Schwertern umzugehen. Wichtig für einen Samurai, sein Schwert in Ehren zu führen, *neh?*«

Blackthorne verstand nicht einmal die Hälfte, wußte jedoch zumindest oberflächlich, wovon Omi sprach. »Ja. Wahr. Wichtig«, sagte er. »Bitte, ein Tag Ihr lehren... tut mir leid, aber Ihr lehren vielleicht? Bitte? Mir eine Ehre!«

»Ja... ich würde es Euch mit Vergnügen lehren, Anjin-san.«

Blackthornes Nackenhaare sträubten sich, als er sich der versteckten Drohung in Omis Worten gewahr wurde. Paß auf, sagte er sich. Fang nicht an, dir Hirngespinste einzubilden. »Vielen Dank. Jetzt dorthin gehen, bitte? Kleine Zeit. Ihr gehen mit? Ja?«

»Sehr wohl, Anjin-san. Aber wir reiten hin. Ich bin gleich wieder da.« Omi stieg den Pfad weiter hinauf bis zu seinem eigenen Anwesen.

Blackthorne befahl einem Diener, sein Pferd zu satteln, und saß linkisch von rechts auf, wie es in Japan und China Sitte war. Denk ja nicht, daß dir viel Zeit bliebe und er dich lehrte, mit dem Schwert umzugehen, sagte er sich und prüfte mit der Linken, ob die Pistole auch sicher verborgen sei. Die Berührung mit dem Stahl war beruhigend. Doch seine Zuversicht sank wieder, als er Omi zum Vorschein kommen sah: Vier berittene Samurai begleiteten ihn.

Gemeinsam trabten sie alle die aufgerissene Straße zur Hochebene hinauf. Als sie die Anhöhe erreicht hatten, sahen sie, daß das gesamte Musketenregiment vorm Lager in Marschformation Aufstellung genommen hatte. Ein Troß von Packpferden bildete die Nachhut. Yabu, Naga und ihre Offiziere bildeten die Spitze. Schwerer Regen setzte ein.
»Alle Truppen gehen?« fragte Blackthorne verstört und zügelte sein Pferd.
»Ja.«
»Gehen mit Toranaga-sama, Omi-san?«
»Ich weiß es nicht.«
Blackthornes Überlebensinstinkt warnte ihn, keine weiteren Fragen zu stellen. Auf eine jedoch mußte er unbedingt eine Antwort haben. »Und Buntaro-sama?« fragte er wie beiläufig. »Er mit uns morgen, Omi-san?«
»Nein. Er ist bereits abgeritten. Er war heute morgen auf dem Dorfplatz, als Ihr aus dem Teehaus kamt. Habt Ihr ihn nicht gesehen, in der Nähe des Teehauses?«
Blackthorne vermochte in Omis Gesicht keinerlei Trotz zu erkennen. »Nein. Nicht sehen. Verzeihung. Er gehen auch heiße Quellen Shuzenji?«
»Ich nehme es an, aber ich weiß es nicht genau.« Der Regen tropfte von Omis spitzer Kopfbedeckung herunter, die er unter dem Kinn festgebunden hatte. Seine Augen waren fast ganz unter dem breiten Rand verborgen. »Nun, warum wolltet Ihr, daß ich mit Euch hier heraufkomme?«
»Stelle zeigen, wie ich gesagt.« Ehe Omi noch etwas entgegnen konnte, trieb Blackthorne seinem Roß die Sporen in die Flanken und sprengte davon. Mit seinem nahezu untrüglichen Seemannsinstinkt richtete er sich nach besonderen Merkmalen der Landschaft und gelangte alsbald genau an die richtige Stelle am Rand des Erdspalts. Dort saß er ab und winkte Omi heran. »Bitte!«
»Was gibt's, eh?« Omis Stimme verriet eine gewisse Schärfe.
»Bitte, hierher, Omi-san. Allein.«
Omi bedeutete seinen Wachen zurückzubleiben und ritt weiter, bis er über Blackthorne aufragte. »*Nan desu ka?*« fragte er, wobei seine Hand den Schwertgriff sichtlich fester packte.
»Hier, an dieser Stelle, Toranaga-sama...« Blackthorne wollten die richtigen Wörter nicht einfallen, und so drückte er sich vornehmlich durch Handbewegungen aus. »*Wakarimasu?*«
»Hier habt Ihr ihn der Erde entrissen, *neh?* Also, was ist?«
Blackthorne blickte ihn an, dann ließ er den Blick merklich nach unten wandern zu seinem Schwert, um ihm dann wieder in die Augen zu sehen. Er sprach dabei kein Wort.
»*Nan desu ka?*« wiederholte Omi noch gereizter.
Immer noch gab Blackthorne keine Antwort. Omi starrte hinunter in den Abgrund, dann sah er Blackthorne forschend ins Gesicht. Endlich leuchtete es in seinen Augen auf.
»*Ah, so desu! Wakarimasu!*« Omi überlegte einen Augenblick, dann rief er

nach einer seiner Wachen. »Holt auf der Stelle Mura her. Mit zwanzig Mann und Schaufeln.«

Der Samurai galoppierte davon. Die anderen schickte Omi zurück zum Dorf, saß dann ab und stellte sich neben Blackthorne. »Ja, Anjin-san«, sagte er, »das ist ein guter Einfall. Ein vorzüglicher Einfall.«

»*Ah!* Nicht mein Einfall, Omi-san«, sagte Blackthorne. »Omi-sans Einfall.«

»Selbstverständlich. Ich danke Euch, Anjin-san. Ihr seid ein guter Freund, und Euer Geist ist sehr beweglich. Ich hätte selbst darauf kommen sollen. Jawohl, Ihr seid ein guter Freund, und in den nächsten paar Monaten werden wir alle gute Freunde brauchen. Der Krieg kommt jetzt über uns, ob wir wollen oder nicht.«

»*Hai.* Ihr sagen Krieg? Krieg jetzt?«

»Bald. Was können wir tun? Nichts. Keine Sorge, Toranaga-sama wird mit Ishido und seiner Bande von Verrätern schon fertig werden. Das ist die Wahrheit, verstehen? Keine Angst, *neh?*«

»Jawohl. Gehen jetzt mein Haus. In Ordnung?«

»Jawohl. Wir sehen uns morgen früh. Und nochmals: Vielen Dank!«

Blackthorne nickte, machte jedoch keine Anstalten zu gehen. »Sie ist hübsch, *neh?*«

»Was?«

»Kiku-san.« Blackthorne stand mit leicht gespreizten Beinen da, bereit, jeden Augenblick zurückzuspringen, die Pistole zu ziehen und abzudrücken. Er erinnerte sich, wie mühelos und mit welch unerhörter Schnelligkeit Omi vor so langer Zeit jenem Dörfler den Kopf abgeschlagen hatte, und war daher auf der Hut. Er meinte, die einzige Möglichkeit, wirklich sicherzugehen, bestehe darin, die Sache mit Kiku von sich aus zur Sprache zu bringen. Omi würde nie davon anfangen. Und voller Scham ob seiner eigenen Schwäche würde er seine höchst unjapanische Eifersucht irgendwo in einem Geheimfach seines Denkens verbergen. Diese Eifersucht würde weiterschwären, und später, in einem völlig unerwarteten Augenblick, würde Omi platzen und blindlings und wütend um sich schlagen.

»Kiku-san?« sagte Omi.

Blackthorne konnte sehen, daß Omi betroffen war. Trotzdem war er froh, den Ort und die Zeit für dieses Gespräch selbst gewählt zu haben. »Sie sehr schön, *neh?*«

Der Regen verstärkte sich. Die schweren Tropfen zerplatzten auf dem Lehm. Die Pferde zitterten – selbst ihnen war es unbehaglich. Beide Männer waren bis auf die Haut naß, aber der Regen war warm und rann an ihnen herunter.

»Ja«, sagte Omi. »Kiku-san ist sehr schön«, und ließ dem einen Schwall von Wörtern folgen, hinter deren Sinn Blackthorne nicht zu kommen vermochte.

»Glaube, verstehen. Ja. Gestern nicht wissen, daß Omi-san und Kiku-san gute Freunde«, sagte Blackthorne.

»Sie ist nicht mein Eigentum.«

»Jetzt wissen, Ihr und sie sehr Freunde. Jetzt...«
»Jetzt laßt uns gehen. Die Sache ist bereits abgeschlossen. Die Frau ist nichts. Nichts.«
Doch störrisch rührte Blackthorne sich nicht vom Fleck. »Nächstes Mal, ich...«
»Habt Ihr nicht gehört? Beendet.«
»*Iyé! Iyé!* Bei Gott!«
Omis Hand fuhr nach seinem Schwert. Blackthorne sprang unwillkürlich zwei Schritt zurück. Doch Omi zog sein Schwert nicht, und auch Blackthorne riß seine Pistole nicht hervor. Beide Männer waren bereit, und doch wollte keiner den Anfang machen.
»Was wolltet Ihr sagen, Anjin-san?«
»Nächstes Mal ich erst fragen – wegen Kiku-san. Omi-san. Verstehen? Freund, *neh?*«
Omi lockerte den Griff an seinem Schwertknauf. »Ich wiederhole – sie ist nicht mein Eigentum. Ich danke Euch, daß Ihr mir diese Stelle gezeigt habt, Anjin-san. Auf Wiedersehen.«
»Freund?«
»Ja, sicher.« Omi trat zu Blackthornes Pferd hinüber und hielt die Zügel. Blackthorne schwang sich in den Sattel.
Er blickte zu Omi hinunter. Wenn er sicher gewesen wäre, es zu schaffen, das wußte er, dann hätte er dem Samurai auf der Stelle den Kopf weggeblasen. Das wäre das sicherste gewesen. »Auf Wiedersehen, Omi-san. Und vielen Dank!«
»Auf Wiedersehen, Anjin-san.« Omi sah Blackthorne nach, wie er davonritt. Er drehte sich erst um, als dieser über dem Hügelkamm verschwunden war. Er markierte die Stelle am Erdspalt mit einigen Steinen und hockte sich dann völlig aufgewühlt und ungeachtet des Regens auf seine Fersen.
Bald kamen Mura und die Leute aus dem Dorf. Sie waren schlammbespritzt.
»Genau an dieser Stelle ist Toranaga-sama in den Erdspalt gefallen, Mura. Seine Schwerter sind dort unten begraben. Bringt sie mir vor Sonnenuntergang.«
»Ja. Omi-sama.«
»Wenn Ihr auch nur einen Funken Verstand hättet und Ihr Euch für mich, Euren Lehnsherrn, einsetztet, würdet Ihr es schon längst getan haben.«
»Bitte, entschuldigt meine Beschränktheit.«
Omi ritt davon. Sie sahen ihm kurz nach, bildeten dann einen etwas auseinandergezogenen Kreis um die Steine und machten sich an die Arbeit.
Mura flüsterte. »Uo, du wirst mit dem Gepäck reiten.«
»Ja, Mura-san, aber wie?«
»Ich werde dich dem Anjin-san anbieten. Der weiß es nicht anders.«
»Aber seine Gattin, *oh ko*, die schon«, flüsterte Uo zurück.
»Sie begleitet ihn nicht. Sie wird später mit dem Schiff nach Yedo reisen. Du weißt, was du zu tun hast?«
»Ich soll insgeheim den Priester aufsuchen und ihm alle Fragen beantworten.«
»Ja.« Mura entspannte sich und fing an, normal zu reden. »Du kannst mit dem

Anjin-san gehen, Uo. Er wird dich gut bezahlen. Mach dich nützlich, aber auch nicht zu nützlich, sonst nimmt er dich womöglich bis nach Yedo mit.«
Uo lachte. »He, hab' doch gehört, in Yedo sind alle so reich, daß dort jedermann in ein silbernes Nachtgeschirr pißt – selbst die *Eta.* Und die Frauen dort haben eine Haut, so weich wie Gischt, und überhaupt keine Schamhaare.«
»Ist das wahr, Mura-san?« fragte ein anderer Dörfler. »Sie haben überhaupt keine Haare am Körper?«
»Yedo war nichts weiter als ein stinkendes kleines Fischerdorf, bei weitem nicht so gut wie Anjiro, als ich das erste Mal dort war«, erzählte Mura ihnen, ohne indes mit dem Graben aufzuhören. »Damals war ich bei Toranaga-sama, wir spürten die Beppu auf. Wir haben mehr als dreitausend Köpfe genommen. Was jedoch die Schamhaare angeht – alle Mädchen, die ich hatte, waren dort behaart, bis auf eines, aber das stammte aus Korea und erzählte mir, man hätte sie ihm alle einzeln ausgerissen, eines nach dem anderen.«
»Was manche Frauen so anstellen, um uns zu gefallen, *neh?*« sagte jemand.
»Ja. Aber sehen würde ich's trotzdem gern«, sagte Ninjin zahnlos. »Ja, ich würd' was drum geben, ein Jadetor ohne Haarkranz drum herum zu sehen!«
»Ich wette eine Bootsladung Fisch gegen einen Zuber Scheiße, daß es weh getan hat, diese Härchen rauszureißen.« Uo pfiff durch die Zähne.
»Wenn ich mal ein *Kami* bin, dann nehme ich meinen Wohnsitz in Kiku-sans Himmlischem Pavillon. Es heißt, sie wurde bereits unbehaart und parfümiert geboren.«
Mitten im Gelächter fragte Uo: »War das denn anders als sonst, Mura-san, ein Jadetor ohne Haarkranz zu bestürmen?«
»So nah' bin ich sonst nie rangekommen! Eeeeh! Ich bin näher gekommen und tiefer eingedrungen als je zuvor, und das ist wichtig, *neh?* Deshalb weiß ich auch, daß es immer besser für das Mädchen ist, den Haarbusch zu entfernen, wenngleich manche in der Beziehung abergläubisch sind und sich darüber beklagen, daß es so juckt. Trotzdem: Du bist dichter dran, und sie ist dichter dran – und möglichst dicht heranzukommen, darum geht es doch, *neh?*« Sie lachten und setzten alle ihre Kraft daran zu graben. Die Grube vertiefte sich im Regen.
»Ich wette, der Anjin-san ist heute nacht ganz nahe rangekommen, sonst wäre sie nicht so lange am Tor stehengeblieben! Eeee, was würde ich nicht drum geben, an seiner Stelle dort bei ihr gewesen zu sein.« Uo wischte sich den Schweiß von der Stirn. Wie alle anderen trug er nur das Lendentuch und den spitz zulaufenden Hut aus Bambus – und war barfuß.
»Eeee, ich war da, Uo, unten auf dem Dorfplatz, und ich hab's mit eigenen Augen gesehen – alles. Ich sah sie lächeln, und das ging mir durch und durch, von meinem Stamm bis hinunter in die Zehen.«
»Ja«, sagte ein anderer, »ich muß gestehen, schon ihr Lächeln machte meinen Riemen steif.«
»Schon, nur nicht so groß wie den vom Anjin-san, Mura-san, *neh?*« Uo gluckste vor Vergnügen. »Macht schon, erzählt uns die Geschichte noch einmal.«

Glücklich tat Mura ihnen den Gefallen und erzählte von der ersten Nacht und dem Badehaus. Im Laufe der vielen Male, da er diese Geschichte zum besten gegeben, hatte er sie immer weiter ausgeschmückt, doch das störte niemanden.
»Oh, solch ein gewaltiges Ding zu haben!« Uo tat, als trüge er eine Riesenerektion vor sich her, und mußte dabei so lachen, daß er im Lehm ausrutschte.
»Wer hätte gedacht, daß der barbarische Fremdling jemals aus der Grube herauskommen und ins Paradies eingehen würde?« Mura lehnte sich einen Moment auf seine Schaufel, um Atem zu schöpfen. »Ich hätte das nie für möglich gehalten – es ist wie in einer alten Legende, *Karma, neh?*«
Ninjin nickte. »Ja, so muß es sein – denn nach dem, was der Priester sagte, hätte ich angenommen, daß er schon längst im Höllenfeuer des Teufels gesotten würde.« Er bekreuzigte sich rasch, doch die anderen bemerkten es kaum. »Aber der Jesus-Christus-Gott straft seine Feinde schon auf höchst merkwürdige Weise, wenn ihr mich fragt.«
Uo sagte: »Du weißt ja, ich bin selbst kein so guter Christ, aber so leid es mir tut, mir will scheinen, der Anjin-san ist ein braver Mann, bitte verzeiht – besser als der christliche Vater, der stank und fluchte und jedermann einen Schrecken einjagte. Und er ist sehr gut zu uns gewesen, *neh?* Er behandelt seine Leute anständig – manche sagen, er sei der Freund von Herrn Toranaga. Muß er ja sein, bei den vielen Ehren, mit denen der ihn überhäuft hat, *neh?* Und vergeßt nicht, daß Kiku-san ihn mit ihrem Honigtopf geehrt hat!«
»Dieser Honigtopf ist wahrhaftig Gold wert. Ich habe gehört, diese Nacht hat ihn fünf *Koban* gekostet.«
»Fünfzehn *Koku* für eine einzige Nacht?« Ninjin sprühte Speichel. »Er hat schon ein riesiges *Karma*!«
Mura sagte: »Er hat einen *Koban* dafür bezahlt, drei *Koku*. Aber wenn ihr glaubt, das wäre viel...« Er unterbrach sich und sah sich verschwörerisch um, um sich zu vergewissern, daß keine Lauscher da waren: »Man hat mir gerade gesteckt, daß sie Herrn Toranagas Gattin werden soll. Er hat heute morgen ihren Kontrakt aufgekauft. *Für dreitausend Koku.*«
Das war eine schwindelerregend hohe Summe, mehr als ihr gesamtes Dorf binnen zwanzig Jahren an Fisch und Reis einnahm. Ihre Achtung vor ihr erklomm neue Höhen, wenn das noch möglich gewesen wäre. Und der Anjin-san war demzufolge der letzte Mann auf Erden, der sie als Kurtisane der Ersten Kategorie hatte genießen dürfen.
»Eeee!« murmelte Uo, dem einfach die Worte fehlten. »Soviel Geld – ich weiß nicht, ob ich kotzen, pissen oder furzen soll.«
»Nichts dergleichen«, sagte Mura lakonisch. »Graben wir! Laßt uns die Schwerter finden.«
Sie gehorchten. Jeder hing seinen eigenen Gedanken nach. Unerbittlich vertiefte sich das Loch.
Doch bald konnte der von Sorgen geplagte Ninjin sich nicht mehr halten und hörte auf zu graben. »Mura-san, bitte verzeiht, aber zu welchem Entschluß seid

Ihr wegen der neuen Steuern gekommen?« fragte er. Auch alle anderen hörten auf zu arbeiten.

Mura jedoch grub methodisch und zäh weiter. »Was gibt's darüber zu entscheiden? Yabu-sama sagt: Bezahlt – also, was bleibt uns anderes übrig, als zu bezahlen, *neh?*«

»Aber Toranaga-sama hat die Steuern auf vier von zehn Teilen herabgesetzt, und er ist jetzt unser Lehnsherr.«

»Stimmt. Aber Izu ist wieder an Herrn Yabu zurückgegeben worden. Yabu-sama ist unser Lehnsherr, wie er es immer gewesen ist. Nichts hat sich geändert. Und wenn er die Steuern erhöht, bezahlen wir mehr Steuern. Schluß jetzt damit!«

»Aber damit sind wir unsere Wintervorräte los. Alle!« Ninjins Stimme war ein wütendes Winseln, und alle wußten, daß er die Wahrheit sprach. »Selbst mit dem Reis, den wir gestohlen haben...«

»Dem Reis, den wir uns *aufgespart* haben«, verbesserte ihn Uo zischend.

»Selbst der reicht nicht, uns durch den Winter zu bringen. Wir werden ein oder sogar zwei Boote verkaufen müssen...«

»Es werden keine Boote verkauft«, erklärte Mura. Er stieß seine Schaufel in den Lehm, wischte sich den Schweiß aus den Augen und band die Bänder seines Hutes fester unterm Kinn zusammen. Dann fing er wieder an zu graben. »Arbeite, Ninjin! Dann hast du keine Zeit, dir Sorgen zu machen.«

»Wie sollen wir nur den Winter überstehen, Mura-san?«

»Bis jetzt müssen wir erst einmal durch den Sommer!«

»Es gibt Krieg. Vielleicht bekommen wir dann einen gerechteren Herrn, *neh?*« meinte ein anderer.

»Schlimmer kann er jedenfalls nicht sein – das gibt's nicht!«

»Dafür würd' ich meine Hand nicht ins Feuer legen«, sagte Mura zu allen. »Ihr lebt... man kann sehr schnell tot sein, und dann gibt es keine Honigtöpfe mehr, mit oder ohne Haarkranz drum herum.«

Seine Schaufel stieß auf einen Felsen. »Hilf mir, Uo, alter Freund.« Gemeinsam hoben sie den Felsbrocken aus dem Boden. Uo flüsterte: »Mura-san, was ist, wenn der Priester jemals nach den Waffen fragt?«

»Sag's ihm! Und sag ihm, wir sind bereit – Anjiro ist bereit.«

# 42. Kapitel

Gegen Mittag erreichten sie Yokosé. Buntaro war bereits am Abend zuvor auf Zataki gestoßen und hatte ihn auf Toranagas Geheiß in aller Form willkommen geheißen. »Ich habe ihn gebeten, außerhalb des Dorfes zu lagern, Euer Gnaden, bis der Ort des Zusammentreffens vorbereitet wäre«, sagte Buntaro. »Die formelle Begegnung könnte heute nachmittag hier stattfinden, wenn Euch das recht ist, Euer Gnaden. Ich meinte, die Stunde der Ziege könnte Gutes verheißen.«

»Gut.«

»Er wollte Euch heute abend sehen, aber darauf habe ich mich nicht eingelassen. Ich habe ihm gesagt, Ihr würdet es als eine ›Ehre‹ ansehen, ihn heute oder morgen zu empfangen, was ihm lieber sei – aber nicht nach Einbruch der Dunkelheit.«

Toranaga grunzte seine Zustimmung, saß jedoch noch nicht von seinem schaumbedeckten Pferd ab. Er trug einen Brustharnisch, Helm und eine leichte Bambusrüstung. Abermals sah er sich aufmerksam um. Der freie Platz war gut gewählt – Möglichkeiten für einen Hinterhalt gab es nicht. Weder Bäume noch Häuser waren in der Nähe. Östlich vom Dorf war der Boden höher gelegen und flach. Norden, Westen und Süden wurden vom Dorf und von der hölzernen Brücke geschützt, die den raschfließenden Fluß überspannte. Hier, an der engsten Stelle, schäumte und brodelte das Wasser über die Felsbrocken dahin. Im Osten, hinter ihm und seiner erschöpften und verschwitzten Begleitung, stieg der Pfad steil bis zu den Pässen hinauf, die in fünf *Ri* Entfernung im Nebel verborgen irgendwo liegen mußten. Ringsum ragten die Berge, deren Gipfel in den Wolken schliefen. Inmitten des freien Platzes war auf einem eigens errichteten niedrigen Gerüst eine Plattform errichtet worden. Ein hoher, reisiggedeckter Baldachin überdachte ihn. Zwei Brokatkissen lagen einander auf den Tatamis gegenüber.

»Dort und dort drüben habe ich Männer postiert«, fuhr Buntaro fort und wies mit seinem Bogen auf zwei alles überragende Felspfeiler. »Man kann viele *Ri* in die Runde sehen, Euer Gnaden. Ausgezeichnete Verteidigungsstellungen – die Brücke und das ganze Dorf sind gedeckt. In Richtung Osten wird ein eventueller Rückzug von weiteren Truppen gedeckt. Selbstverständlich ist die Brücke von Wachen dicht abgeriegelt, und bei seinem Lager habe ich eine ›Ehrengarde‹ von hundert Mann zurückgelassen.«

»Herr Zataki ist jetzt dort?«

»Nein, Euer Gnaden. Ich habe am Nordrand des Dorfes ein Gasthaus für ihn und seine obersten Beamten ausgesucht. Das Gasthaus liegt ganz für sich und ist gut abgeschirmt. Ich habe durchblicken lassen, daß Ihr morgen die heißen Quellen von Shuzenji aufsuchen würdet und er Euer Gast wäre.« Dann wies Buntaro auf ein adrettes einstöckiges Gasthaus am Rand der Lichtung, das den besten Blick bot, sowie auf eine Quelle, die aus dem Felsen sprudelte und sich in ein natürliches Badebecken ergoß. »Das ist Euer Gasthaus, Euer Gnaden.« Vor dem Gasthaus lag eine Gruppe von Männern auf den Knien; sie hatten die Köpfe tief gesenkt und verneigten sich regungslos in ihre Richtung. »Das sind der Dorfschulze und die Dorfältesten. Ich wußte nicht, ob Ihr sie sofort sehen wolltet.«

»Später.« Toranagas Pferd wieherte matt und reckte den Kopf, so daß die Zügel klirrten. Er beruhigte es, und da er jetzt vollkommen zufrieden war mit den Sicherheitsvorkehrungen, gab er seinen Leuten einen Wink abzusitzen. Einer von Buntaros Samurai packte die Zügel seines Pferdes.

Dankbar streckte Toranaga sich und versuchte, die verkrampften Muskeln im Rücken und in den Beinen zu entspannen. Er hatte den ganzen Weg von Anjiro hierher in einem Gewaltritt zurückgelegt und nur angehalten, um die Pferde zu wechseln. Der Rest des Trosses mit dem Gepäck unter Omis Kommando war weit zurückgeblieben und dehnte sich auf der Straße, die den Hügel herunterkam. Der Berg Omura lag zu ihrer Rechten, und die Gipfel der vulkanischen Amagi-Kette zu ihrer Linken ragten fast fünfzehnhundert Meter in die Höhe.

»Gut. Ja, sehr gut«, sagte er über das allgemeine Gerede seiner Männer hinweg, die absaßen und durcheinanderschnatterten.

»Wenn Ihr mir eine Ehre erweisen wollt, so gestattet, daß ich Herrn Zataki und seine Männer sofort vom Leben zum Tode befördere.«

»Hat er Euch beleidigt?«

»Nein, im Gegenteil. Seine Manieren wären eines Höflings würdig gewesen, aber das Wappen, unter dem er reist, ist ein Zeichen des Verrats an Euch.«

»Geduld! Wie oft muß ich Euch das noch sagen?« erklärte Toranaga, allerdings nicht unfreundlich.

»Ich fürchte, immer wieder«, erwiderte Buntaro brummig. »Bitte, verzeiht mir!«

»Ihr seid doch früher sein Freund gewesen. Bei Odawara hat er Euch das Leben gerettet.«

»Bei Odawara haben wir alle auf derselben Seite gekämpft«, sagte Buntaro betrübt. Und dann brach es aus ihm heraus: »Wie kann er Euch das nur antun,

Euer Gnaden? Euer leiblicher Bruder! Habt Ihr ihn nicht Euer Leben lang immer bevorzugt und begünstigt und immer an seiner Seite gekämpft?«
»Die Menschen wandeln sich.« Toranaga richtete seine Aufmerksamkeit auf das Podest. »Beschafft vier Kissen, nicht nur zwei – aber einfache, die nur mit Häcksel gefüllt sind.«
»Jawohl, Euer Gnaden.«
Toranagas Blick fiel auf die heiße Quelle, und er ging dorthin. Das dampfende schweflige Wasser zischte, als es aus dem Spalt in den Felsen hervorsprudelte. Sein ganzer Körper verlangte nach einem Bad. »Und der Christ?« fragte er. »Tsukku-san, der christliche Priester?«
»Er ist irgendwo im Dorf untergekommen, aber auf der anderen Seite der Brücke. Ohne Eure Erlaubnis ist es ihm untersagt, hier herüberzukommen. Warum? Ist das von Wichtigkeit? Er sagte, daß es ihm eine Ehre wäre, Euch sprechen zu dürfen, wenn es Euch angenehm ist. Wollt Ihr ihn gleich hier haben?«
»Ist er allein gekommen?«
Buntaro stülpte die Lippen auf. »Nein. Er hatte eine Eskorte von zwanzig Priesterschülern, alles Männer aus Kyushu, Euer Gnaden, und alle wohlgeborene Samurai. Alle waren beritten. Waffen tragen sie allerdings keine. Ich habe sie gründlich durchsuchen lassen.«
»Und er?«
»Ihn selbstverständlich auch – noch gründlicher als die anderen. Er hatte vier Brieftauben in seinem Gepäck. Ich habe sie konfisziert.«
»Gut. Vernichtet sie... Irgendein Narr hat das dann irrtümlicherweise getan, tut uns so leid, *neh?*«
»Ich verstehe. Möchtet Ihr, daß ich ihn gleich kommen lasse?«
»Später. Ich werde ihn später empfangen.«
Toranaga schüttelte den Kopf und blickte gedankenverloren zum Kamm des Hügels hinauf. Dann sagte er: »Schickt ein paar absolut verläßliche Leute hin, damit sie das Sturmregiment beobachten.«
»Das ist bereits geschehen, Euer Gnaden.« Ein Leuchten ingrimmiger Genugtuung ging über Buntaros Gesicht. »Und in Herrn Yabus persönlicher Leibwache sind ein paar von unseren Augen und Ohren. Er wird nicht mal furzen können, ohne daß Ihr davon erfahrt, falls Ihr das wünscht.«
»Gut.« Die Spitze des Trosses mit dem Gepäck kam um eine Wegbiegung des gewundenen Pfades. Toranaga konnte die drei Sänften sehen – und Omi, der, wie befohlen, als erster voranritt, neben ihm der offensichtlich noch nicht ermüdete Anjin-san.
»Ich habe Eure Gattin mitgebracht.«
»Jawohl, Euer Gnaden.«
»Sie hat mich um Erlaubnis gebeten, nach Osaka gehen zu können.«
Buntaro starrte ihn an, schwieg jedoch. Dann kniff er die Augen zusammen und blickte zu den noch kaum erkennbaren Gestalten hinüber.

»Ich habe es ihr gestattet – Euer Einverständnis selbstverständlich vorausgesetzt.«
»Womit immer Ihr einverstanden seid, bin auch ich einverstanden, Euer Gnaden«, erklärte Buntaro.
»Ich könnte ihr gestatten, über Land von Mishima aus hinzureisen, oder sie könnte den Anjin-san nach Yedo begleiten und von dort aus mit dem Schiff nach Osaka fahren. Der Anjin-san hat sich erboten, die Verantwortung für sie zu übernehmen – vorausgesetzt, daß Ihr einverstanden seid.«
»Auf See wäre es sicherer.« Buntaro war innerlich aufgewühlt.
»Alles hängt davon ab, wie die Botschaft aussieht, die Herr Zataki bringt. Wenn Ishido mir förmlich den Krieg erklärt, kann ich sie natürlich nicht ziehen lassen. Ansonsten könnte Eure Gattin morgen oder übermorgen abreisen.«
»Ich bin mit allem einverstanden, was Ihr beschließt.«
»Heute nachmittag übertragt Ihr Eure Pflichten an Naga-san. Dies ist eine gute Gelegenheit, Frieden mit Eurer Gattin zu schließen.«
»Verzeiht bitte, Euer Gnaden, aber ich sollte besser bei meinen Männern bleiben.«
»Ihr werdet meinem Sohn Eure Pflichten übertragen. Und beim Abendessen werdet Ihr und Eure Gattin mir Gesellschaft leisten. Ihr werdet im Gasthaus bleiben. Und Ihr werdet Frieden schließen.«
Buntaro starrte zu Boden: »Jawohl, Euer Gnaden.«
»Ich befehle Euch, den Versuch zu machen, Frieden zu schließen«, sagte Toranaga. Er war müde und wollte ein Bad und Ruhe. »Jetzt holt den Dorfschulzen.«
Der Dorfschulze und die Dorfältesten purzelten in der Hast, sich vor ihm zu verneigen, fast durcheinander. Überschwenglich hießen sie ihn willkommen. Und unverblümt bedeutete Toranaga ihnen, sie sollten dafür sorgen, daß die Rechnung, die sie seinem Quartiermeister nach seiner Abreise vorlegen würden, gerecht und bescheiden ausfallen solle. »*Neh?*«
»*Hai*«, riefen sie demütig im Chor und dankten den Göttern für das unerwartete Glück und die fetten Brocken, die bei diesem Besuch ohne Zweifel trotzdem für sie abfielen. Katzbuckelnd, ihn umschmeichelnd und ihm immer wieder versichernd, wie stolz sie seien und welche Ehre es für sie alle sei, den bedeutendsten *Daimyo* des ganzen Reiches zu beherbergen, geleitete der koboldhafte alte Dorfschulze ihn in das Gasthaus.
Unter den unendlichen Verneigungen ganzer Scharen von lächelnden Zofen jeden Alters, den besten Frauen des Ortes, inspizierte Toranaga das ganze Anwesen. Das Gasthaus wies zehn Räume auf, die um einen gesichtslosen Garten mit einem kleinen *Cha*-Haus in der Mitte herum gebaut waren, dazu im Westen in den Felsen ein großes Badehaus, das von den heißen Quellen gespeist wurde. Das ganze Anwesen war von einem hübschen Zaun umgeben, und es war sehr leicht zu verteidigen.
»Ich brauche nicht das ganze Gasthaus, Buntaro-san«, sagte er, als er wieder auf der Veranda stand. »Drei Räume sind reichlich – einer für mich, einer für

den Anjin-san und einer für die Frauen. Ihr nehmt den vierten. Es ist nicht nötig, auch für die anderen zu bezahlen.«
»Mein Quartiermeister hat mir gesagt, er habe vorteilhafte Bedingungen für das ganze Gasthaus bekommen, Euer Gnaden. Ich habe mich um Eurer Sicherheit willen mit den Kosten einverstanden erklärt.«
»Nun gut«, sagte Toranaga schließlich. »Aber ich möchte die Rechnung sehen, ehe ich abreise. Und füllt die Räume dann wenigstens mit Wachen. Vier in jeden Raum.«
»Jawohl, Euer Gnaden.« Buntaro hatte ohnehin schon vorgehabt, das zu tun. Von zweien seiner Leibwächter sowie vier der hübschesten Zofen umgeben, sah er Toranaga davongehen und sich zu seinem Zimmer im Ostflügel begeben. Wie benebelt dachte er: Was für Frauen? Was für Frauen brauchen das Zimmer? Fujiko?
Ach, zerbrich dir nicht den Kopf, sagte er sich, du wirst es schon noch früh genug erfahren.
Ein Mädchen eilte aufgeregt an ihm vorüber. Sie lächelte ihn strahlend an, und er lächelte mechanisch zurück. Sie war jung und hübsch und hatte eine sanfte Haut, und heute nacht hatte er das Kopfkissen mit ihr geteilt. Aber die Vereinigung hatte ihm kein besonderes Vergnügen bereitet. Zuletzt hatte er, um die guten Manieren zu wahren, so getan, als erreiche er den Höhepunkt, genauso, wie auch sie es ihm vorgemacht hatte, und dann hatte sie ihn verlassen.
Immer noch vor sich hinbrütend trat er auf den Hof hinaus und starrte die Straße hinauf.
»Warum Osaka?«

Zur Stunde der Ziege traten die Schildwachen auf der Brücke beiseite. Der Zug setzte sich in Bewegung. Die Spitze bildeten die Herolde, Banner mit dem Wappen des allmächtigen Regentschaftsrats in der Hand, dann kam die reichgeschmückte Reisesänfte und schließlich die Leibgarde.
Die Leute aus dem Ort verneigten sich. Alle lagen auf den Knien und gafften offenen Mundes, überwältigt von soviel Reichtum und Gepränge. Der Dorfschulze hatte vorsichtshalber angefragt, ob er das gesamte Dorf zu Ehren des Tages zusammenholen solle. Toranaga hatte ihn wissen lassen, diejenigen, die nicht gerade arbeiteten, dürften, sofern ihre Herren dazu die Erlaubnis gäben, zuschauen. So ließ sich keiner, der es einrichten konnte, das Schauspiel entgehen, und viele sahen noch heimlich hinter Türen und Fenstern verborgen zu.
Saigawa Zataki, Herr von Shinano, war größer als Toranaga und um fünf Jahre jünger, wies jedoch die gleichen breiten Schultern und die weit vorspringende Nase auf. Sein Bauch jedoch war flach, seine Bartstoppeln schwarz und dicht, und seine Augen waren kaum mehr als schmale Schlitze in seinem Gesicht. Wiewohl zwischen den beiden Halbbrüdern eine geradezu unheimliche Ähnlichkeit zu bestehen schien, wenn man sie nicht zusammen sah, waren sie jetzt, wo sie nebeneinander standen, doch grundverschieden. Zataki trug einen reich-

bestickten Kimono; sein Harnisch blitzte, und seine Schwerter zeugten von vielem Gebrauch.
»Willkommen, Bruder!« Toranaga trat vom Podest herunter und verneigte sich. Er trug einen betont schlichten Kimono und den strohgeflochtenen Schulterschutz des einfachen Kriegers. Und seine Schwerter. »Bitte, verzeiht, daß ich Euch so wenig förmlich begrüße, aber ich bin so rasch wie möglich hierhergeeilt.«
»Verzeiht mir bitte, daß ich Euch störe. Ihr seht gut aus, Bruder. Sehr gut.« Zataki stieg aus der Sänfte, verneigte sich und machte den Anfang mit den endlosen, peinlichst genau zu beachtenden Förmlichkeiten des Zeremoniells, dem sie sich jetzt beide zu unterziehen hatten.
»Bitte, nehmt auf diesem Kissen Platz, Herr Zataki!«
»Bitte, verzeiht, aber es wäre mir eine Ehre, wenn Ihr zuerst Platz nehmen würdet, Herr Toranaga.«
»Zu freundlich. Aber, bitte, erweist mir doch die Ehre, Euch als erster hinzusetzen.«
Sie fuhren fort, jenes Spiel zu spielen, das sie beide schon ungezählte Male zuvor gespielt – miteinander, mit Freunden und Feinden beim Ringen um die Macht, und sie genossen dabei die Regeln, die jede Bewegung und jeden Satz bestimmten und ihre persönliche Ehre schützten, so daß keiner von ihnen einen Fehler begehen und sich und seinen Auftrag gefährden konnte.
Endlich saßen sie einander auf den beiden Kissen gegenüber, zwei Schwertlängen voneinander entfernt. Links hinter Toranaga saß Buntaro, links hinter Zataki sein Oberster Ratgeber, ein älterer, grauhaariger Samurai. Rings um das Podest, in zwanzig Schritt Entfernung, hatten Toranagas Samurai sich niedergelassen, absichtlich noch in derselben Aufmachung, mit der sie den Ritt bewältigt hatten – nur ihre Waffen waren in bestem Zustand. Omi saß am Rand des Podests auf der Erde, Naga auf der anderen Seite. Zatakis Männer waren reich gekleidet, ihre Überwürfe mit den flügelähnlichen breiten Schultern mittels silberner Spangen geschlossen. Freilich waren sie genauso vorzüglich bewaffnet wie Toranagas Leute. Sie nahmen gleichfalls zwanzig Schritt vom Podest entfernt Platz.
Mariko schenkte *Cha* aus, und jetzt entspann sich zwischen den beiden Brüdern eine harmlose, förmliche Unterhaltung. Als es an der Zeit war, verneigte Mariko sich und zog sich zurück. Buntaro war sich ihrer Gegenwart schmerzlich bewußt; großer Stolz ob ihrer Anmut und Eleganz erfüllte ihn. Und dann, ein wenig zu früh, sagte Zataki: »Ich überbringe Befehle vom Regentschaftsrat.«
Tiefstes Schweigen legte sich über den Platz. Alle, selbst seine eigenen Männer, waren entsetzt über Zatakis Mangel an guten Manieren und über die Unverfrorenheit, mit der er ›Befehle‹ gesagt hatte und nicht ›Botschaften‹ – sowie darüber, daß er es nicht hatte abwarten können, bis Toranaga die vom Zeremoniell vorgeschriebene Frage gestellt hatte: »Womit kann ich Euch dienlich sein?«
Naga blickte zu seinem Vater hinüber und sah, daß dessen Nacken sich rötete:

ein unfehlbares Zeichen, daß es gleich zu einem Ausbruch kommen würde. Doch Toranaga hatte sich in der Gewalt; Naga war überwältigt von seiner höflichen und beherrschten Erwiderung: »Verzeiht, Ihr habt Befehle? Für wen, Bruder? Ihr habt doch gewiß eine Botschaft?«
Zataki riß zwei kleine Pergamentrollen aus seinem Ärmel. Ums Haar wäre Buntaros Hand bei der unerwarteten Hektik der Bewegung nach seinem wartenden Schwert gefahren, denn das Ritual gebot, daß alle Bewegungen gemessen und höchst bewußt ausgeführt werden mußten. Toranaga hatte sich nicht gerührt.
Zataki erbrach das Siegel der ersten Rolle und las mit lauter Stimme, vor, daß einem das Blut in den Adern gefror: »Im Namen des Rats der Regenten sowie im Namen des Kaisers Go-niji, des Sohns des Himmels: Wir grüßen unseren erlauchten Vasallen Yoshi Toranaga-noh-Minowara und ersuchen ihn, uns unverzüglich in Osaka zu huldigen, ersuchen ihn weiterhin, daß er unserem erlauchten Gesandten, dem Regenten, Herrn Saigawa Zataki, kund und zu wissen tut, ob unsere Einladung angenommen oder abgelehnt wird – und zwar gleichfalls unverzüglich.«
Er sah auf und fuhr mit ebenso lauter Stimme fort. »Sie trägt die Unterschrift aller Regenten und das Großsiegel des Reiches.« Arrogant legte er die Rolle vor Toranaga nieder. Toranaga gab Buntaro einen Wink, der vortrat, sich tief vor Zataki verneigte, die Schriftrolle aufhob, sich Toranaga zuwandte und sich abermals verneigte. Toranaga nahm die Schriftrolle entgegen und gab Buntaro durch einen Wink zu verstehen, an seinen Platz zurückzukehren.
Toranaga studierte die Rolle eine halbe Ewigkeit lang.
»Sämtliche Unterschriften sind echt«, sagte Zataki. »Nehmt Ihr an, oder weist Ihr die Einladung zurück?«
Mit unterdrückter Stimme, so daß nur diejenigen auf dem Podest sowie Omi und Naga es verstehen konnten, sagte Toranaga: »Warum nehme ich Euch Eurer schlechten Manieren wegen nicht den Kopf?«
»Weil ich der Sohn Eurer Mutter bin«, erwiderte Zataki.
»Das wird Euch nicht schützen, wenn Ihr so weitermacht.«
»Dann wird sie vor ihrer Zeit sterben.«
»Wie bitte?«
»Die Dame, Eure Mutter, weilt in Takato.« Takato war die unzugängliche und uneinnehmbare Festung und Hauptstadt von Shinano. »Ich bedaure, daß ihr Körper dann für immer dort bleiben würde.«
»Ihr wollt mich ins Bockshorn jagen. Ihr verehrt sie genauso wie ich.«
»Bei ihrem unsterblichen Geist, Bruder – so sehr ich sie verehre, mein Abscheu vor dem, was Ihr im Reich tut, ist noch größer.«
»Ich trachte nicht nach irgendwelchen Gebietserweiterungen und nicht nach...«
»Ihr trachtet nach dem Sturz des Erben, das ist es, und deshalb, weil ich keine Lust habe zu sterben, habe ich beschlossen, Shinano und die Nordroute vor Euch

zu schließen, *koste es, was es wolle,* und zwar so lange, bis der Kwanto in freundlichen Händen ist – *koste es, was es wolle.*«

»In *Euren* Händen, Bruder?«

»Egal, in welchen, nur freundliche müssen es sein – und das schließt Euch aus, Bruder.«

»Ihr traut Ishido?«

»Ich vertraue niemandem, das habt Ihr mich gelehrt. Ishido ist Ishido, aber an seiner Treue dem Erben gegenüber besteht kein Zweifel. Das müßt selbst Ihr zugeben.«

»Ich will gern zugeben, daß Ishido versucht, mich zu vernichten und das Reich zu spalten, daß er die Macht an sich reißen will und dabei ist, dem Letzten Willen des Taikō Gewalt anzutun.«

»Ihr jedoch habt mit Herrn Sugiyama unter einer Decke gesteckt, um den Regentschaftsrat zu sprengen, *neh?*« Eine Ader auf Zatakis Stirn pulsierte wie ein dunkler Wurm. »Einer von seinen Ratgebern hat den Verrat zugegeben. Ich habe das Geständnis selbst gehört – Bruder.«

»Wart Ihr einer von Sugiyamas Mördern?«

Zataki lief puterrot an. »Übereifrige *Ronin* waren es, die ihn ermordet haben, nicht ich, noch irgendeiner von Ishidos Männern.«

»Merkwürdig, daß Ihr seinen Platz als Regent so schnell eingenommen habt, *neh?*«

»Nein. Mein Stammbaum ist ebenso alt wie der Eure. Aber ich habe diesen Tod nicht befohlen, noch hat dies Ishido getan – er hat es bei seiner Ehre als Samurai geschworen. Und das tue auch ich! *Ronin* waren es, die Sugiyama umgebracht haben – allerdings hatte er den Tod verdient.«

»Den Foltertod, entehrt in einem dreckigen Keller, während man seine Kinder und seine Gattinnen vor seinen Augen in Stücke hackte?«

»Das ist ein Gerücht, von Unzufriedenen in die Welt gesetzt – wer weiß, vielleicht sogar von *Euren* Spionen – um Herrn Ishido und damit die Dame Ochiba und den Erben in Mißkredit zu bringen. Dafür liegen keinerlei Beweise vor.«

»Seht Euch ihre Leichen an!«

»Die *Ronin* haben das Haus angezündet. Es gibt keine Leichen.«

»Das kommt Euch gelegen, *neh?* Wie könnt Ihr nur so leichtgläubig sein! Schließlich seid Ihr kein dummer Bauer!«

»Ich weigere mich, mir Eure schmutzigen Unterstellungen anzuhören. Gebt mir jetzt Eure Antwort. Und dann nehmt entweder meinen Kopf, oder laßt mich ziehen.« Zataki neigte sich vor. »Im Augenblick, da mein Kopf meine Schultern verläßt, werden zehn Brieftauben nach Takato unterwegs sein. Ich habe im Norden, Osten und Westen, einen Tagesmarsch von hier entfernt, vertrauenswürdige Männer stehen, die Eurem Zugriff entzogen sind, und wenn sie ausfallen, dann gibt es andere, jenseits Eurer Grenzen, denen nichts passieren kann. Wenn Ihr meinen Kopf nehmt oder mich meuchlings ermorden laßt, oder ich in Izu sterbe – *aus welchem Grund auch immer* –, stirbt auch sie. So, jetzt

nehmt entweder meinen Kopf, oder laßt uns die Übergabe der Schriftrollen zu Ende bringen. Dann verlasse ich Izu sofort. Wählt!«
»Ishido hat Herrn Sugiyama ermorden lassen! Wenn Ihr mir Zeit laßt, werde ich Euch die Beweise dafür bringen. Das ist wichtig, *neh?* Ich brauche nur ein bißchen...«
»Ihr habt keine Zeit mehr! ›Unverzüglich‹, heißt es in der Rolle. Selbstverständlich weigert Ihr Euch zu gehorchen, damit wäre das erledigt. Hier!« Zataki legte die zweite Pergamentrolle auf die Tatamis. »Sie enthält Eure formale Amtsenthebung und den Befehl, *Seppuku* zu begehen, doch werdet Ihr wohl beidem mit gleicher Verachtung begegnen – möge Buddha Euch verzeihen! Jetzt ist alles erledigt. Ich reise sofort ab, und wenn wir uns das nächste Mal treffen, dann wird das auf dem Schlachtfeld sein, und – bei Buddha – ich habe mir geschworen, daß ich Euren Kopf noch vor Sonnenuntergang dieses Tages auf einem Speer stecken sehen werde!«
Toranaga ließ seine Augen nicht von seinem Widersacher. »Herr Sugiyama war Euer Freund, wie er mein Freund war. Unser Waffengefährte, ein ehrenhafter Samurai, wenn es je einen gab. Die Wahrheit über seinen Tod sollte Euch nicht gleichgültig sein!«
»Die über Euren ist mir wichtiger, Bruder.«
»Ishido hat Euch eingesaugt wie ein halbverhungerter Säugling die Brust seiner Mutter!«
Zataki wandte sich an seinen Ratgeber. »Bei Eurer Ehre als Samurai: Habe ich Männer postiert? Und wie lautet die Botschaft?«
Dem würdigen, grauhaarigen alten Samurai, dem Ersten von Zatakis Beratern und Vertrauten, auch Toranaga als ehrenhafter Mann bekannt, war übel, und er schämte sich ob dieses hemmungslosen Zurschaustellens von Haß. »Verzeiht, Herr«, sagte er mit nahezu erstickter Stimme und verneigte sich vor Toranaga, »aber mein Gebieter spricht selbstverständlich die Wahrheit. Wie könnten Zweifel daran bestehen? Und, bitte, verzeiht mir, aber es ist meine Pflicht, Euch beide in aller Ehrerbietung und Demut darauf hinzuweisen, daß ein solcher... ein solch erstaunlicher Mangel an Höflichkeit zwischen Euch weder Eurem Rang noch dem Ernst der Sache geziemt. Bitte, verzeiht mir«, er verneigte sich vor beiden, »aber es mußte gesagt werden.« Dann fügte er noch hinzu: »Sämtliche Botschaften lauten gleich, Herr Toranaga, und tragen das offizielle Siegel von Herrn Zataki: ›Befördert die Dame, meine Mutter, augenblicklich vom Leben zum Tode!‹«
»Wie kann ich beweisen, daß ich nicht versuche, den Erben zu stürzen?« fragte Toranaga seinen Bruder.
»Entsagt augenblicklich allen Euren Titeln und Eurer Macht zugunsten Eures Erben, Herrn Sudara, und begeht noch heute *Seppuku*. Dann werde ich und alle meine Leute – bis zum letzten Mann – Sudara als Herrn des Kwanto unterstützen.«
»Ich werde überdenken, was Ihr gesagt habt.«

»Eh?«
»Ich werde überdenken, was Ihr gesagt habt«, erklärte Toranaga jetzt mit fester Stimme. »Wir treffen uns morgen um die gleiche Zeit, wenn Ihr einverstanden seid.«
Zatakis Gesicht verzerrte sich. »Ist das wieder einer von Euren Winkelzügen? Was gibt es auf einem weiteren Treffen zu besprechen?«
»Das, was Ihr gesagt habt, und dies hier.« Toranaga hielt die Schriftrolle in seiner Hand in die Höhe. »Ich werde Euch meine Antwort morgen wissen lassen.«
Argwöhnisch starrte Zataki ihn an. »Was für eine mögliche Ant...«
»Bitte, verzeiht, Herr«, fiel ihm der ehrwürdige alte Samurai mit größtem Ernst ins Wort und sprach wieder so leise, daß kaum einer etwas davon mitbekam, »es tut mir leid, aber Herr Toranaga hat alles Recht, diesen Vorschlag zu machen. Es ist eine sehr ernste Wahl, vor die Ihr ihn gestellt habt – eine Wahl, von der in den Schriftrollen nicht die Rede war. Es ist nur recht und billig und aller Ehren wert, ihm die Zeit zu geben, die er verlangt.«
Zataki hob die zweite Schriftrolle, die noch auf den Tatamis lag, auf und stopfte sie wieder in seinen Ärmel. »Sehr wohl, ich bin einverstanden, Herr Toranaga, bitte, verzeiht meine schlechten Manieren. Zuletzt sagt mir bitte, wo Kasigi Yabu ist? Ich habe eine Schriftrolle für ihn. In diesem Fall nur eine.«
»Ich werde ihn zu Euch schicken.«

Der Falke legte seine Schwingen zusammen und stürzte dreihundert Meter aus dem Abendhimmel herunter auf die flüchtende Taube. Federn stoben in alle Richtungen. Dann packte er sie mit seinen Greifern und trug sie ostwärts, fiel aber währenddessen immer noch wie ein Stein. Nur wenige Meter überm Boden ließ er die nunmehr tote Beute fahren, breitete seine Schwingen aus, um sich abzufangen, und landete direkt auf der Taube. *»Ek-ek-ek-ekkk!«* ließ er seinen Ruf vernehmen, plusterte stolz die Halsfedern und riß in seinem Siegestaumel der Taube mit den Greifern den Kopf ab.
Toranaga kam mit Naga als seinem Stallmeister herbeigesprengt. Der *Daimyo* glitt von seinem Pferd herab. Mit sanfter Stimme lockte er den Falken zurück auf seine Faust. Gehorsam hüpfte der auf seinen Handschuh und wurde augenblicklich mit einem Brocken von einer früheren Beute dafür belohnt. Toranaga verkappte ihn und zog die Schnüre mit den Zähnen fest. Naga hob die Taube auf und steckte sie in die bereits halbvolle Jagdtasche, die am Sattel seines Vaters befestigt war, drehte sich dann um und winkte die in der Ferne wartenden Treiber und Wachen heran.
Toranaga saß wieder auf, den Falken auf seinem Handschuh, an den er mittels eines ledernen Fußriemens gebunden war. Er blickte zum Himmel auf und schätzte ab, wieviel Tageslicht ihnen noch für die Jagd blieb.
Am Spätnachmittag war die Sonne durchgebrochen, und jetzt, wo der Tag sich rasch seinem Ende näherte und die Sonne längst hinter dem westlichen Höhenkamm verschwunden war, herrschte eine angenehme Kühle. Die Wolken waren

von dem vorherrschenden Wind in nördlicher Richtung abgedrängt worden und sammelten sich um die Gipfel der Berge.
»Morgen sollte es eigentlich einen schönen Tag geben, Naga-san. Wolkenlos, würde ich meinen. Ich glaube, ich gehe gleich bei Sonnenaufgang auf die Jagd.«
»Ja, Vater.« Naga beobachtete ihn. Er wußte nicht, wo ihm der Kopf stand, und wagte keine Fragen zu stellen, obwohl er vor Neugier brannte. Es war ihm unbegreiflich, wie sein Vater nach einem derart scheußlichen Treffen so gelassen bleiben konnte. Er hatte Zataki mit einer Verneigung verabschiedet, wie es sich geziemte, und dann sogleich seine Falken, Treiber und Wachen herbeibefohlen und sie in das hügelige Land jenseits des Waldes geschickt. All das wollte Naga wie ein geradezu übermenschliches Beispiel von Selbstbeherrschung erscheinen. Allein bei dem Gedanken an Zataki überlief Naga eine Gänsehaut.
Seine Augen machten die Reiter aus, die weiter unten aus dem Waldrain hervorbrachen und jetzt über die sanft gewellten Vorberge hinweg auf sie zugaloppiert kamen. Hinter dem Dunkelgrün des Waldes nahm sich der gewundene Fluß wie ein schwarzes Band aus. Die Lichter der Gasthäuser glimmten wie Glühwürmchen. »Vater!«
»Eh? Ach ja, ich sehe sie jetzt. Wer ist es?«
»Yabu-san, Omi-san und... acht Wachen.«
Ohne weiter darüber nachzudenken, fuhr Naga fort: »Ich hätte Yabu-san nicht allein zu Herrn Zataki gelassen, ohne...« Er hielt inne und wurde unsicher: »Bitte, verzeiht, Vater.«
»Warum hättet Ihr Yabu-san nicht allein hingeschickt?«
Jetzt verfluchte Naga sich, daß er den Mund aufgemacht hatte, und er wand sich unter dem forschenden Blick seines Vaters. »Verzeiht, aber weil ich dann niemals wissen würde, welche geheimen Abmachungen sie getroffen haben könnten. Er wäre dazu imstande, Vater, ohne weiteres. Ich hätte sie voneinander ferngehalten – bitte, verzeiht mir. Aber ich traue ihm nicht.«
»Wenn Yabu-san und Zataki-san hinter meinem Rücken Verrat planen, werden sie das tun, ob ich nun Zeugen mitschicke oder nicht. Manchmal ist es weise, einem Wild, hinter dem man her ist, noch etwas Leine zu geben – so fängt man Fische, *neh*?«
»Ja – bitte, verzeiht mir.«
Toranaga ging auf, daß sein Sohn es nicht begriff, es nie begreifen würde, er nie etwas anderes sein würde als ein Habicht, der sich bedenkenlos, unbeirrt und mit tödlicher Sicherheit auf seinen Feind stürzte.
»Ich bin froh, daß Ihr mich versteht, mein Sohn«, sagte er, um ihm Mut zu machen, denn er kannte ja seine guten Eigenschaften und schätzte sie durchaus. »Ihr seid ein guter Sohn«, fügte er noch hinzu, und das war aufrichtig gemeint.
»Vielen Dank, Vater«, sagte Naga, Stolz erfüllte ihn ob dieses seltenen Kompliments. »Ich hoffe nur, Ihr verzeiht mir meine Unzulänglichkeit und lehrt mich, wie ich Euch besser dienen kann.«
Ihr seid nicht dumm – dumm ist Yabu, hätte Toranaga ums Haar noch hinzuge-

fügt, dachte dann aber: Je weniger Bescheid wissen, desto besser. Es ist nicht nötig, daß du deinen Verstand besonders anstrengst, Naga. Du bist ja noch so jung, bist mein Jüngster, wenn ich deinen Halbbruder Tadateru nicht rechne. Wie alt ist der jetzt? Ah, sieben, ja er ist sieben.

Eine Weile beobachtete er die näherkommenden Reiter. »Wie geht es Eurer Mutter, Naga-san?«

»Wie immer, sie ist die glücklichste Dame der Welt. Aber immer noch gestattet sie mir nur ein einziges Mal im Jahr, sie zu besuchen. Könntet Ihr sie nicht dazu bewegen, es sich anders zu überlegen?«

»Nein«, sagte Toranaga. »Sie wird sich nie ändern.«

Es erfüllte Toranaga stets mit großer Wärme, wenn er an Chano-Tsuboné dachte, seine achte offizielle Gattin und die Mutter Nagas. Er mußte insgeheim lachen, wenn er sich an ihren deftigen Humor erinnerte, an die Grübchen in ihren Wangen und ihr saftiges Hinterteil, an die Art, sie sie sich unter ihm wand, und die Begeisterung, mit der sie dabei war, wenn es ums Kopfkissen-Teilen ging.

Sie war die Witwe eines Bauern in der Nähe von Yedo, die vor nunmehr zwanzig Jahren sein Begehren geweckt hatte. Drei Jahre war sie bei ihm geblieben, dann hatte sie um die Erlaubnis gebeten, aufs Land zurückkehren zu können. Jetzt lebte sie auf einem Bauernhof in der Nähe ihres Geburtsortes – fett und zufrieden, eine würdige Matrone und buddhistische Nonne, von allen verehrt und niemandem verpflichtet.

»Ah, sie ist eine gute Frau!« sagte Toranaga.

Yabu und Omi ritten heran und saßen ab. Zehn Schritt von ihnen entfernt blieben sie stehen und verneigten sich.

»Er hat mir eine Schriftrolle gegeben«, sagte Yabu außer sich und fuchtelte damit in der Luft herum. »›... Wir ersuchen Euch, heute noch Izu zu verlassen und Euch nach Osaka zu begeben und in der Burg zur Audienz einzufinden – sonst geht Ihr aller Eurer Lehen verlustig und werdet zum Geächteten erklärt.‹« Er knüllte das Dokument in der Faust zusammen und warf es auf den Boden. »Heute!«

»Dann tut Ihr gut daran, sofort abzureiten«, sagte Toranaga, der Yabus ungezügeltes Wesen und Dummheit plötzlich unerträglich fand.

»Euer Gnaden, ich bitte Euch.« Omis Worte überstürzten sich, und er warf sich zerknirscht auf die Knie. »Herr Yabu ist Euer ergebener Vasall, und ich bitte Euch demütig, ihn nicht zu verhöhnen. Verzeiht, daß ich so ungehobelt bin, aber Herr Zataki... Verzeiht mir meine Grobheit.«

»Yabu-san, bitte, verzeiht die Bemerkung... sie war freundlich gemeint«, sagte Toranaga und verfluchte, daß er sich zu einem solchen Fehler hatte hinreißen lassen. »Wir alle sollten uns von derlei Botschaften nicht die Laune verderben lassen, *neh*?« Er rief seinen Falkner herbei, übergab ihm den Vogel, der von seiner Hand auf dessen Faust hüpfte, und entließ seine Treiber. Dann schickte er alle Samurai mit Ausnahme von Naga außer Hörweite, ging in die Hocke

und forderte sie auf, es ihm gleichzutun. »Vielleicht erzählt Ihr mir erst einmal, was geschehen ist.«
Yabu sagte: »Da gibt es eigentlich gar nichts zu erzählen. Ich bin zu ihm gegangen, und er hat mich kaum mit dem Mindestmaß an Höflichkeit empfangen. Zunächst überbrachte er mir die ›Grüße‹ von Herrn Ishido, und dann kam von ihm unverblümt die Aufforderung, mich heimlich mit ihm zu verbünden, Eure Ermordung zu planen und jeden Toranaga-Samurai in Izu umzubringen. Selbstverständlich habe ich mich geweigert, ihn auch nur anzuhören. Dann überreichte er mir sofort – sofort! – und vollkommen formlos dies.« Sein Finger stieß auf die Schriftrolle hinab. »Hättet Ihr mir nicht ausdrücklich befohlen, ihn zu schonen, ich hätte ihn auf der Stelle in Stücke gehackt. Ich verlange, daß Ihr diesen Befehl zurücknehmt. Mit dieser Schande kann ich nicht weiterleben. Ich verlange Rache!«
»Ist das alles, was geschehen ist?«
»Ist das etwa nicht genug?«
Toranaga ging über Yabus rüdes Benehmen hinweg und blickte Omi finster an. »Die Schuld daran tragt allein Ihr, *neh*? Ihr wollt sein Berater sein? Ihr hättet Herrn Zataki locken und herauszufinden versuchen müssen, was Ishido wirklich im Sinn hat, womit er Euch bestechen wollte, welche Pläne sie verfolgten. Ihr sollt doch so ein wertvoller Ratgeber sein! Hier hattet Ihr endlich einmal Gelegenheit, Euer Können zu beweisen, und die laßt Ihr verstreichen wie ein Strohkopf.«
Omi senkte den Kopf. »Bitte, verzeiht, Herr!«
»Ich könnte das vielleicht noch, aber ich sehe eigentlich keine Möglichkeit, wie Herr Yabu Euch verzeihen sollte. Jetzt hat Euer Gebieter das Schriftstück entgegengenommen. Jetzt bleibt ihm keine Wahl. Jetzt muß er sich entscheiden.«
»Was?« sagte Yabu.
»Warum sonst, meint Ihr, hätte ich versucht, meine Antwort hinauszuschieben? Um Zeit zu gewinnen, selbstverständlich – um Zeit zu gewinnen«, sagte Toranaga.
»Aber einen Tag? Was soll mir ein Tag nützen?« fragte Yabu.
»Wer weiß? Ein Tag für Euch bedeutet einen Tag weniger für den Feind.« Toranagas Augen wandten sich ruckartig wieder Omi zu. »Wurde die Botschaft von Ishido nur mündlich vorgetragen, oder habt Ihr sie schriftlich bekommen?«
Yabu antwortete an seiner Stelle. »Nur mündlich, selbstverständlich.«
Toranaga wandte seinen durchdringenden Blick nicht von Omi. »Ihr habt Eure Pflicht Eurem Gebieter und mir gegenüber vergessen.«
»Bitte, verzeiht...«
»Was genau habt Ihr gesagt?«
»Nichts, Euer Gnaden. Ich habe nichts gesagt.«
»Wie bitte?«
Yabu tobte: »Er hat zu Zataki nichts gesagt, weil er gar nicht dabei war. Zataki wollte unbedingt allein mit mir reden.«

»Oh?« Toranaga verbarg seine hämische Freude darüber, daß Yabu offen zugeben mußte, was er schon vermutet hatte, und daß die Wahrheit jetzt jedenfalls zum Teil herauskam. »Bitte, verzeiht mir, Omi-san, ich hatte selbstverständlich angenommen, daß Ihr zugegen gewesen wäret.«
»Es war mein Fehler, Euer Gnaden. Ich hätte darauf bestehen sollen. Ich habe versagt, meinen Gebieter zu beschützen«, sagte Omi. »Ich hätte mich nicht so ohne weiteres damit abfinden sollen. Bitte, verzeiht mir, Yabu-sama, bitte verzeiht!«
Noch ehe Yabu antworten konnte, sagte Toranaga: »Selbstverständlich trifft Euch keine Schuld, Omi-san. Wenn Euer Gebieter sich darüber hinweggesetzt hat, so ist das sein gutes Recht. Ihr habt Euch doch über seinen Rat hinweggesetzt, nicht wahr, Yabu-sama?«
»Ja... ja, aber ich dachte, das spiele keine Rolle. Ihr glaubt, ich...«
»Nun, der Schaden ist geschehen. Was gedenkt Ihr jetzt zu tun?«
»Die Botschaft selbstverständlich als das behandeln, was sie ist, Euer Gnaden.«
Yabu war zutiefst beunruhigt. »Ihr meint, ich hätte es umgehen können, sie anzunehmen?«
»Aber selbstverständlich. Ihr hättet zumindest um einen Tag Aufschub feilschen sollen. Vielleicht sogar um noch mehr. Sogar um Wochen«, fügte Toranaga hinzu und drehte das Messer in der Wunde um. Er war diebisch entzückt, daß sich Yabu in seiner eigenen Dummheit ihm ans Messer geliefert hatte, und im Augenblick kümmerte ihn der Verrat, zu dem man Yabu ohne jeden Zweifel verlockt, zu dem man ihn durch Schmeicheleien oder die Androhung nackter Gewalt gebracht hatte, nicht im geringsten. »Tut mir leid, aber jetzt müßt Ihr Euch entscheiden. Aber keine Angst, denn es ist ja so, wie Ihr selbst gesagt habt: ›Je früher alle sich entscheiden, auf welche Seite sie gehören, desto besser.‹«
Er richtete sich auf. »Ihr braucht nicht noch heute abend zum Regiment zurück. Ihr beide leistet mir beim Abendessen Gesellschaft. Ich habe für Unterhaltung gesorgt.« Für jeden, fügte er unhörbar noch hinzu, und das zu sagen, tat ihm unendlich wohl.

Kiku ließ kunstfertig einen Akkord erklingen; sie hielt das Plektron fest zwischen den Fingern. Dann begann sie zu singen, und die Reinheit ihrer Stimme erfüllte die Stille der Nacht. Wie verzaubert saßen sie in dem großen Raum, der nach der Veranda und dem Garten hin offen war; völlig hingerissen von dem unvergleichlichen Bild, das sie im Schein der flackernden Fackeln bot. Die Goldfäden ihres Kimonos glänzten im Feuerschein, als sie sich über die Samisen beugte.
Toranaga sah sich um. An seiner einen Seite saß zwischen Blackthorne und Buntaro Mariko, auf der anderen nebeneinander Omi und Yabu. Der Ehrenplatz war immer noch leer. Zataki war geladen worden, hatte aber selbstverständlich unter dem Vorwand der Unpäßlichkeit abgesagt, wiewohl man ihn über die Hügel im Norden hatte galoppieren sehen und wiewohl er gerade im Augenblick

mit seiner geradezu legendären Manneskraft eine der Zofen beglückte. Naga und sorgfältig ausgewählte Wachen ringsum garantierten für Sicherheit, Gyoko kauerte irgendwo im Hintergrund. Kiku-san kniete auf der Veranda, das Gesicht ihnen, den Rücken dem Garten zugekehrt – winzig, allein und erhaben. Mariko hat recht, dachte Toranaga. Die Kurtisane ist das Geld wert. Sein Gemüt war von ihr betört, und seine Besorgnis wegen Zataki ein wenig beschwichtigt. Soll ich sie heute nacht noch einmal kommen lassen, oder soll ich allein schlafen? Sein Geschlecht rührte sich, als er sich der vergangenen Nacht erinnerte.
»Ihr wolltet mich also sprechen, Gyoko-san?« hatte er in seinen Privatgemächern im Fort gefragt.
»Jawohl, Euer Gnaden.«
Er entzündete das genau bemessene Räucherstäbchen. »Bitte beginnt!«
Gyoko hatte sich verneigt, doch er hatte kaum Augen für sie gehabt. Es war das erste Mal, daß er Kiku von nahem sah. Aus der Nähe gewannen ihre außerordentlich feinen Gesichtszüge noch; sie waren bis jetzt noch nicht von der Härte ihres Gewerbes gezeichnet. »Bitte, macht etwas Musik, während wir uns unterhalten«, sagte er, überrascht darüber, daß Gyoko nichts dagegen hatte, in ihrer Gegenwart zu reden.
Kiku hatte augenblicklich gehorcht, aber ihre Musik war nichts gewesen gegen das, was er heute abend zu hören bekam. Gestern abend hatte sie beschwichtigen sollen, eine Begleitung für den Handel, den es abzuschließen galt. Heute erregte ihre Musik, flößte sie Furcht ein und war dennoch verheißungsvoll.
»Euer Gnaden«, hatte Gyoko in aller Form angehoben, »dürfte ich Euch zunächst demütig für die Ehre danken, die Ihr meinem armen Haus und Kiku-san, der Ersten unter meinen Damen aus der Welt der Weidenruten, erweist. Der Preis, den ich für den Kontrakt verlangt habe, ist unverschämt hoch, ich weiß, und auch noch nicht akzeptiert, bis morgen früh zum Sonnenaufgang die Damen Toda und Kasigi in ihrer Weisheit darüber befinden. Wenn es um Euch persönlich ginge, würdet Ihr schon längst entschieden haben, denn was bedeutet so etwas Verächtliches wie Geld für einen Samurai, geschweige denn für einen der größten *Daimyos* in der Welt?«
Gyoko hatte eine Pause gemacht, um die Wirkung ihrer Worte abzuwarten. Er hatte jedoch nicht nach dem Köder geschnappt, sondern sich weiter Kühlung zugefächelt.
»Was ist Geld? Nichts weiter als ein Mittel, Beziehungen zu knüpfen«, war sie fortgefahren, »genauso wie Kiku-sans Musik. Was tun wir aus der Welt der Weidenruten anderes, als Beziehungen herzustellen und zu unterhalten, die Seele des Mannes zu erleuchten und ihm seine Bürden zu erleichtern...« Toranaga hatte eine bissige Bemerkung hinunterschlucken müssen, dachte jedoch daran, daß diese Frau ihm für fünfhundert *Koku* ein Stäbchen Zeit abgekauft hatte und ihr das das Recht gab, seiner ungeteilten Aufmerksamkeit sicher zu sein. Daher ließ er sie fortfahren und lauschte mit einem Ohr, während er mit dem anderen dem Fluß vollkommener Musik folgte, die sein innerstes Wesen

anrührte und ihn mehr und mehr in einen Zustand des Behagens brachte. Plötzlich jedoch fühlte er sich unversehens in die Wirklichkeit zurückgerufen durch etwas, was Gyoko gesagt hatte. »Wie bitte?«
»Ich habe nur vorgeschlagen, daß Ihr die Welt der Weidenruten unter Euren besonderen Schutz nehmen und den Gang der Geschichte verändern solltet.«
»Wie? Die Welt der Weidenruten? Was ist mit ihr?«
»Zweierlei, Euer Gnaden. Erstens: Die Welt der Weidenruten sollte von der realen Welt getrennt werden. Mein Teehaus in Mishima liegt an einer Straße im Süden. Andere sind über die ganze Stadt verstreut. Genauso ist es in Kyoto und Nara, ja überall im ganzen Reich. Sogar in Yedo. Aber ich dachte, in Yedo könnte für die ganze Welt ein neuer Maßstab gesetzt werden.«
»Wie?« Sein Herz setzte einen Schlag aus, als ein vollkommener Akkord erklang. Ein Hauch von Kikus Parfüm, eines, das er noch nie gekannt, trieb über ihn dahin. Es war von kundiger Hand eigens für diese Gelegenheit ausgewählt worden. Er blickte unwillkürlich zu ihr hinüber. Der Anflug eines Lächelns, das nur ihm ganz allein galt. Schmachtend senkte sie die Augen. Ihre Finger strichen über die Saiten dahin, und ihm war, als gingen sie über seinen Leib.
»Alle anderen Gewerbe haben klugerweise ihre eigenen Straßen, ihre eigenen Viertel. Man sollte auch uns unser eigenes Viertel gestatten, Euer Gnaden. Yedo ist eine neue Stadt; vielleicht seid Ihr geneigt, ein bestimmtes Areal für unsere Welt der Weidenruten zu reservieren. Bringt alle Teehäuser innerhalb der Mauern dieses Viertels unter, und verbietet alle Teehäuser außerhalb – auch die allerbescheidensten.«
Jetzt beschäftigte er sich ausschließlich mit diesem Vorschlag, denn der Einfall enthielt ungeahnte Möglichkeiten. Er war so gut, daß er erbost darüber war, nicht selbst schon auf diese Idee gekommen zu sein. Alle Teehäuser und alle Kurtisanen innerhalb bestimmter Mauern vereinigt – das bedeutete, daß der Behörde ihre Arbeit außerordentlich erleichtert wurde; sie zu überwachen, die Steuern einzutreiben, und auch sämtliche Kunden im Auge zu behalten und sie zu bespitzeln.
Doch sein Gesicht ließ nichts von seiner Begeisterung erkennen. »Welche Vorteile bringt das, Gyoko-san?«
»Wir sollten unsere eigene Zunft haben, Euer Gnaden – mit allem Schutz, auf die eine anerkannte, auf ein bestimmtes Viertel beschränkte Zunft Anspruch hat – eine Zunft, die gehorchen würde...«
»Gehorchen müßte...«
»Jawohl, Euer Gnaden – gehorchen müßte. Die Zunft hätte dafür zu sorgen, daß die Preise annehmbar und das Niveau gehalten würde.«
»Aber jene Eigentümer innerhalb dieser Mauern beherrschen alles. Sie halten ein Monopol, *neh*? Sie können Eintrittspreise verlangen, die reiner Wucher wären, *neh*? Können vielen die Tür vor der Nase zumachen, die genauso ein Recht darauf haben, in der Welt der Weidenruten zu arbeiten, *neh*?«
»Ja, das könnte so sein, Euer Gnaden. Und zweifellos wird das auch an einigen

Orten und zu manchen Zeiten vorkommen. Aber es könnten leicht Gesetze erlassen werden, die Ehrlichkeit und angemessene Preise garantieren, und dann würde es sich herausstellen, daß das Gute das Schlechte überwiegt – für uns genauso wie für die verehrten Kunden. Ihr, Euer Gnaden, hättet keinerlei Schwierigkeiten. Jedes Viertel wäre selbstverständlich für die Aufrechterhaltung von Ruhe und Ordnung verantwortlich. Und für die Steuern.«
»Ah ja, Steuern. Zweifellos würde das die Steuereintreibung erleichtern. Das wäre ein Punkt, der sehr dafür spräche.«
Gyokos Augen hafteten auf dem Räucherstäbchen. Die Hälfte war bereits verglimmt. »Ihr in Eurer Weisheit könntet auch verfügen, daß unsere Welt der Weidenruten die einzige in der Welt wäre, die einzige in der ganzen Welt, die für alle Zeiten von allen Steuern befreit sein sollte. Für immer und alle Ewigkeit.« Sie sah ihm offen in die Augen, und ihre Stimme klang durchaus nicht betörend. »Schließlich, Euer Gnaden, wird unsere Welt nicht auch die ›Treibende Welt‹ genannt, besteht nicht unser einziges Angebot in Schönheit und ist ein großer Teil der Schönheit nicht die Jugend? Ist nicht was so Fließendes und Vergängliches wie die Jugend ein Geschenk der Götter, das geheiligt ist?«
Die Musik erstarb. Seine Augen blickten unwillkürlich zu Kiku hinüber. Sie betrachtete ihn aufmerksam, ein kleines Stirnrunzeln über den Brauen.
»Ja«, sagte er aufrichtig, »ich weiß, wie vergänglich die Jugend sein kann.« Er nippte an seinem *Cha*. »Ich werde überdenken, was Ihr gesagt habt. Und zweitens?«
»Zweitens...« Gyoko nahm alle Geisteskraft zusammen. »Zweitens und letztens, Euer Gnaden, könntet Ihr der Welt der Weidenruten für alle Zeit Euren Stempel aufdrücken. Bedenkt, daß einige von unseren Damen – Kiku-san zum Beispiel – von ihrem sechsten Lebensjahr an Gesang, Tanz, Samisen-Spiel studiert haben. Jeden Augenblick hat sie hart daran gearbeitet, es in ihrer Kunst zur Vollendung zu bringen. Man muß zugeben, daß sie mit vollem Recht eine Dame der Ersten Kategorie geworden ist. Ihre einzigartige Kunstfertigkeit berechtigt sie dazu. Trotzdem ist sie immer noch eine Kurtisane, und manche Kunden erwarten, sie nicht nur in ihrer Kunst, sondern auch auf dem Kopfkissen zu genießen. Ich meine, man sollte zwei Klassen von Damen schaffen. Zunächst einmal die Klasse der Kurtisanen wie bisher – sie dienen dazu, zu amüsieren und glücklich zu machen, körperlich vor allem. Dann jedoch eine neue Klasse – vielleicht wäre die Bezeichnung *Gei-sha* zutreffend –, Kunst-Personen, Persönlichkeiten, die sich einzig der Kunst widmen. Bei Gei-shas sollte das Kopfkissen-miteinander-Teilen nicht zur Pflicht gehören. Sie sollten ausschließlich unterhalten, als Tänzerinnen, Sängerinnen und Musikerinnen – als etwas ganz Besonderes also –, und man sollte ihnen das ausschließliche Recht auf diesen Beruf einräumen. Die Gei-shas sollten Geist und Gemüt der Männer mit ihrer Schönheit, ihrer Anmut und ihrer Kunstfertigkeit erfreuen. Die Kurtisanen hingegen sollten die Bedürfnisse des Körpers mit ihrer Schönheit, ihrer Anmut und gleichermaßen mit ihrer Kunstfertigkeit befriedigen.«

Abermals war er überwältigt von der Einfachheit und den weitreichenden Möglichkeiten ihres Plans. »Und wie würdet Ihr eine Gei-sha aussuchen?«
»Nach ihrer Veranlagung und ihrer Begabung. Während der Reifezeit sollte ihr Besitzer darüber entscheiden, welchen Weg sie in der Zukunft einschlagen sollte. Und die Zunft könnte zustimmen oder dem Lehrling ihre Zustimmung verweigern, *neh*?«
»Das ist ein außerordentlicher, ein ungewöhnlicher Gedanke, Gyoko-san.«
Gyoko verneigte sich, und ein Schauder überlief sie. »Bitte, verzeiht meine Weitschweifigkeit, Euer Gnaden, aber auf diese Weise steht einer Frau, wenn die Schönheit schwindet und der Körper unförmig wird, immer noch eine Zukunft offen. Mir geht es vor allem um die Künstlerinnen unter ihnen – meine Kiku-san zum Beispiel. Ich ersuche Euch, den wenigen Begnadeten jene Zukunft und jene Position zu gewähren, die sie verdienen. Singen und tanzen und Samisenspielen zu lernen, das erfordert Üben und nochmals Üben – jahrelang. Beim Kopfkissen-miteinander-Teilen bedarf es nur der Schönheit, *neh*?«
Toranaga ließ sie nicht aus den Augen. »Und Gei-shas dürfen nicht das Kopfkissen teilen?«
»Nein, jedenfalls gehörte das nicht zu den Pflichten einer Gei-sha, soviel Geld man ihr auch immer dafür bieten mag. Sollte eine Gei-sha den Wunsch haben, mit einem bestimmten Mann das Kopfkissen zu teilen, wäre das ihre eigene Angelegenheit – oder vielleicht sollte das mit dem Einverständnis ihrer Herrin geregelt werden. Pflicht einer Kurtisane wäre es, beim Kopfkissen-miteinander-Teilen ein Höchstmaß an Kunstfertigkeit zu entfalten – Gei-shas und Gei-sha-Lehrlinge wären unberührbar. Bitte verzeiht, daß ich so lange gesprochen habe.« Gyoko verneigte sich. Kiku desgleichen. Nur noch ein ganz kleines Stück vom Räucherstäbchen war übrig.
Toranaga setzte ihnen noch weit über die vereinbarte Zeit hinaus mit Fragen zu. Es machte ihm Spaß, Gelegenheit zu haben, etwas von ihrer Welt zu erfahren und ihre Vorstellungen, Hoffnungen und Ängste auszuloten. Was er erfuhr, erregte ihn. Er verstaute dieses Wissen, um es später anzuwenden; dann schickte er Kiku in den Garten hinaus. »Gyoko-san, ich würde es begrüßen, wenn sie heute nacht bis zum Morgengrauen hierbliebe, wenn sie einverstanden ist – und falls sie frei ist. Schließlich hat sie so lange so hervorragend für uns gespielt, ich würde es durchaus verstehen. Aber vielleicht überlegt sie es sich doch. Ich wäre Euch dankbar, wenn Ihr sie fragtet.«
»Selbstverständlich, Euer Gnaden, aber ich weiß schon jetzt, daß Eure Einladung eine Ehre für sie wäre. Es ist unsere Pflicht, in jeder erdenklichen Weise gefällig zu sein, *neh*?«
»Jawohl. Trotzdem weist Ihr zu Recht darauf hin, daß sie etwas ganz Besonderes ist. Ich hätte durchaus Verständnis dafür, wenn sie zu müde ist. Bitte, fragt sie gleich.« Er überreichte Gyoko einen kleinen Lederbeutel mit zehn *Koban* darin, bedauerte die Protzerei, die darin lag, wußte jedoch, daß er das seiner Stellung schuldig war. »Vielleicht entschädigt Euch das ein wenig für einen so anstren-

genden Abend, und es ist ein kleines Zeichen meines Danks für Eure Ideen.«
»Es ist unsere Pflicht zu dienen, Euer Gnaden«, sagte Gyoko. »Ich danke Euch. Bitte entschuldigt mich – ich werde sie fragen.« Dann füllten sich ihre Augen sonderbarerweise und völlig überraschend mit Tränen. »Bitte, nehmt den Dank einer ganz gewöhnlichen alten Frau für Eure Zuvorkommenheit und Euer Zuhören entgegen. Es ist nur, daß bei allem Freudeschenken unser einziger Lohn in einem Strom der Tränen besteht. Ehrlich, Euer Gnaden, es ist nicht leicht zu erklären, wie eine Frau sich vorkommt... bitte, verzeiht mir!«
»Hört, Gyoko-san, ich habe Verständnis dafür. Keine Sorge, ich werde alles überdenken, was Ihr gesagt habt. Übrigens, Ihr werdet beide kurz nach Sonnenaufgang zusammen mit mir fortreisen. Ein paar Tage in den Bergen werden eine angenehme Abwechslung für Euch sein. Ich nehme an, daß der Preis für den Kontrakt Billigung finden wird, *neh*?«
Gyoko brachte ihren Dank durch eine neuerliche Verneigung zum Ausdruck, wischte dann die Tränen fort und sagte mit fester Stimme: »Dürfte ich daher den Namen der geehrten Person erfahren, für die ihr Kontrakt aufgekauft werden soll?«
»Yoshi Toranaga-noh-Minowara.«
Jetzt, unter dem Himmel von Yokosé, da die Nacht angenehm kühl war und Kiku-sans Musik und Stimme Besitz ergriffen hatte von ihren Gemütern und ihren Herzen, ließ Toranaga seine Gedanken schweifen. Er entsann sich des Ausdrucks des Stolzes, der plötzlich über Gyokos Gesicht gegangen war, und abermals dachte er verwundert über die Leichtgläubigkeit mancher Leute nach. Wie erstaunlich, daß selbst die mit allen Wassern Gewaschenen und Klügsten häufig nur das sehen, was sie sehen wollen, und nur in den seltensten Fällen darüber hinaussehen und das Fadenscheinige aller Fassaden durchschauen. Oder aber sie übersehen die Wirklichkeit, tun sie als Fassade ab. Und wenn dann ihre eigene Welt zusammenbricht und sie auf den Knien hocken und sich den Bauch aufschlitzen oder die Kehle durchschneiden oder sich der Eiseskälte der Großen Leere in die Arme werfen, dann raufen sie sich die Haare, zerreißen ihre Kleider und bejammern ihr *Karma*, schieben den Göttern die Schuld in die Schuhe, oder den *Kami*, dem Glück, ihren Herren und Gatten oder ihren Vasallen – allen möglichen Menschen, nur niemals sich selbst.
Wie außerordentlich bemerkenswert!
Er betrachtete seine Gäste und sah, daß sie alle immer noch gebannt Kiku-san beobachteten, eingelullt von ihrer Kunstfertigkeit – alle bis auf den Anjin-san, der höchst empfindsam und unruhig hin und her rutschte. Keine Sorge, Anjin-san, dachte Toranaga belustigt, das liegt nur daran, daß du immer noch kein zivilisierter Mensch bist. Keine Angst, das kommt noch. Aber selbst das spielt keine Rolle, solange du nur gehorchst. Im Augenblick brauche ich deine Empfindlichkeit, deinen Zorn und deine Gewalttätigkeit.
Jawohl, ihr alle hier. Du, Omi, Yabu, Naga und Buntaro, und auch du, Mariko, und Kiku-san und selbst Gyoko, alle meine Izuer Habichte und Falken, alle locke

gemacht und bereit, auf Beute angeworfen zu werden – nur allzu bereit. Alle hier bis auf einen – den christlichen Priester. Und bald bist auch du an der Reihe, Tsukku-san. Vielleicht sogar ich selbst.

Pater Martin Alvito von der Gesellschaft Jesu war außer sich vor Zorn. Ausgerechnet in dem Augenblick, da er sich auf seine Begegnung mit Toranaga vorbereitete, mußte er mit dieser neuerlichen Schändlichkeit fertig werden, die keinen Aufschub duldete. »Was habt Ihr zu Euren Gunsten vorzubringen?« fauchte er den japanischen Priesterschüler an, der unterwürfig vor ihm kniete. Die anderen Brüder standen im Halbkreis im kleinen Raum um ihn herum.
»Bitte, vergebt mir, Pater, aber ich habe gesündigt«, stotterte der völlig gebrochene Mann. »Bitte, vergebt...«
»Ich wiederhole: Gott dem Allmächtigen in seiner Weisheit ist es gegeben zu vergeben, nicht mir. Ihr habt eine Todsünde begangen. Ihr habt Euer heiliges Gelübde gebrochen. Nun?«
Die Antwort war kaum zu hören. »Ich bereue, Pater.« Der Mann war dünn und ausgemergelt. Getauft war er auf den Namen Joseph, und er war dreißig Jahre alt. Seine Mitschüler, allesamt Laienbrüder der Gesellschaft Jesu, zählten zwischen achtzehn und vierzig Jahren. Alle trugen sie die Tonsur, alle entstammten sie edlen Samurai-Geschlechtern aus sämtlichen Provinzen Kyushus, und alle waren sie streng auf das Priesteramt vorbereitet worden, wiewohl noch keiner von ihnen die heiligen Weihen empfangen hatte.
»Ich habe gebeichtet, Pater«, sagte Bruder Joseph und hielt das Haupt gesenkt.
»Und Ihr meint, das sei genug?« Ungeduldig wandte Alvito sich ab und trat ans Fenster. Er starrte in die Nacht hinaus, lauschte halb Kikus fernem Gesang, der sich hoch über das Rauschen des Flusses erhob. Alvito wußte, solange die Kurtisane nicht geendet hatte, würde Toranaga nicht nach ihm rufen lassen. »Drekkige Hure«, sagte er zu sich, und die klagenden Dissonanzen des japanischen Gesangs reizten ihn mehr als sonst, ja vertieften noch seinen Groll über Josephs Treuebruch.
»Hört mich an, Brüder«, sagte Alvito zu den anderen, indem er sich wieder ihnen zuwandte. »Wir sitzen zu Gericht über Bruder Joseph, der gestern abend zu einer Hure dieser Stadt gegangen ist und damit das heilige Gelübde der Keuschheit sowie das heilige Gelübde des Gehorsams gebrochen hat. Vor Gott frage ich jeden von Euch – habt Ihr desgleichen getan?«
Alle schüttelten den Kopf.
»Habt Ihr jemals desgleichen getan?«
»Nein, Pater!«
»Sünder, Ihr! Ihr gesteht vor Gott Eure Sünde ein?«
»Ja, Pater, ich habe bereits gebeichtet...«
»Bei Gott, ist dies das erste Mal?«
»Nein, dies war nicht das erste Mal«, sagte Joseph. »Vor... vor vier Nächten bin ich schon einmal zu einer gegangen... in Mishima.«

»Aber... aber gestern haben wir die heilige Messe gefeiert! Und was war mit Eurer Beichte gestern und vorgestern und vorvorgestern, da habt Ihr doch nicht... Gestern haben wir die heilige Messe gefeiert! Bei der Liebe Christi, Ihr habt das heilige Sakrament empfangen, ohne zuvor gebeichtet zu haben, mit vollem Bewußtsein, eine Todsünde begangen zu haben?«
Bruder Joseph war grau vor Scham. Seit seinem neunten Lebensjahr war er bei den Jesuiten. »Es war... es war das erste Mal, Pater. Erst vor vier Tagen. Ich bin mein ganzes Leben lang ohne Sünde gewesen. Ich geriet wieder in Versuchung... und, die hochheilige Madonna vergebe mir, diesmal bin ich ihr erlegen. Ich bin dreißig, ich bin ein Mann – wir alle sind Männer. Verzeiht, Pater, aber der Herr Jesus hat den Sündern verziehen... Warum könnt Ihr mir nicht verzeihen? Wir sind alle Männer...«
»Wir sind alle Priester.«
»Wir aber sind keine richtigen Priester. Wir haben die heiligen Weihen noch nicht empfangen, ja, wir sind nicht ordiniert! Wir können nicht das vierte Gelübde ablegen wie Ihr, Pater«, sagte Joseph verstockt. »Andere Orden ordinieren ihre Brüder, nur die Jesuiten nicht. Warum sollten wir nicht auch...«
»Haltet Eure Zunge im Zaum!«
»Das werde ich nicht tun!« begehrte Joseph auf. »Bitte, verzeiht mir, Pater, aber warum sollten nicht auch einige von uns zu Priestern geweiht werden?« Er zeigte auf einen der Brüder, einen großen, rundgesichtigen Mann, der gelassen zuschaute. »Warum wird Bruder Michael nicht ordiniert? Seit seinem dreizehnten Lebensjahr studiert er. Jetzt ist er sechsunddreißig und ein vollkommener Christ, beinahe ein Heiliger, Tausende hat er bekehrt, und trotzdem ist er noch nicht ordiniert, obgleich...«
»Im Namen Gottes, werdet Ihr...«
»Im Namen Gottes, Pater, warum darf nicht auch einer von uns die Priesterweihe empfangen? Irgend jemand muß es doch wagen, Euch das einmal zu fragen!« Joseph war aufgesprungen. »Seit über sechzehn Jahren widme ich mich den Studien, Bruder Matteo seit dreiundzwanzig, Juliao sogar noch länger. Wir kennen alle Gebete und den Katechismus und die Gesänge, und Michael und ich sprechen sogar ebensogut Latein wie Portu...«
»Haltet ein!«
»... Portugiesisch. Wir sind es, die vornehmlich vor den Buddhisten predigen und Streitgespräche mit ihnen und all den anderen Götzenanbetern führen und die meisten Bekehrungen vorzuweisen haben. *Wir* sind es, die diese Aufgaben wahrnehmen! Im Namen Gottes, Pater – warum gibt es keinen ordinierten japanischen Jesuiten?«
»Jetzt werdet Ihr aber Eure Zunge hüten!«
»Wir sind sogar in *Rom* gewesen, Michael, Juliao und ich«, brach es aus Joseph heraus.
»Was ein weiterer Grund ist, warum Ihr es besser wissen solltet, statt zu streiten. Ihr habt die Gelübde der Keuschheit, der Armut und des *Gehorsams* abge-

legt. Von vielen seid Ihr ausersehen worden, und jetzt habt Ihr Eure Seele derart dem Verderben anheimgegeben, daß...« Alvito sah die anderen an, die an der Wand standen, aufmerksam beobachteten und zuhörten. »Wenn es soweit ist, werdet Ihr alle ordiniert werden. Ihr aber, Joseph, vor Gott, Ihr werdet...«
»Vor Gott«, entfuhr es Joseph, »was heißt: Wenn es soweit ist?«
»Wenn es Gott gefällt!« schlug Alvito zurück, wie benommen von der offenen Auflehnung; sein Eifer loderte: »Auf die Knie!«
Bruder Joseph versuchte seinerseits, ihn mittels seines Blicks in die Knie zu zwingen, doch es gelang ihm nicht, und dann war sein Anfall vorüber. Er ließ die Luft aus den Lungen entweichen, sank in die Knie und beugte das Haupt.
»Möge Gott Eurer Seele gnädig sein! Ihr selbst habt Euch einer Todsünde schuldig bekannt – und habt Euch einer unglaublichen Anmaßung schuldig gemacht. Ihr habt das Heil Eurer unsterblichen Seele aufs Spiel gesetzt! Ihr seid eine Schande für Euren Gott, die Gesellschaft Jesu, Eure Kirche, Eure Familie und Eure Freunde. Bis auf weiteres werdet Ihr vom heiligen Abendmahl ausgeschlossen, wird niemand Euch die Beichte abnehmen und werdet Ihr selbst auch weder Beichte hören noch sonst an irgendeinem Gottesdienst teilnehmen...«
Josephs Schultern schüttelten sich unter dem Schmerz der Reue, der ihn überkam.
»Zunächst erlege ich Euch als Buße ein Redeverbot auf – werdet Ihr dreißig Tage lang bei Reis und Wasser fasten, werdet Ihr die nächsten dreißig Nächte auf den Knien liegend die hochheilige Madonna um Verzeihung bitten für Eure abscheulichen Sünden; des weiteren werdet Ihr gegeißelt. Dreißig Hiebe. Zieht Eure Kutte aus!«
Josephs Schultern hörten auf zu zucken. Er hob den Blick. »Alles werde ich hinnehmen, wie Ihr es befehlt, Pater«, sagte er, »und ich bitte aus ganzem Herzen um Verzeihung. Ich bitte Euch um Verzeihung, wie ich Ihn ewig um Verzeihung bitten werde. Aber auspeitschen, wie einen gemeinen Verbrecher lasse ich mich nicht.«
»Ihr werdet gegeißelt!«
»Bitte, verzeiht, Pater«, sagte Joseph. »Im Namen der gebenedeiten Jungfrau, es ist nicht der Schmerz. Schmerz bedeutet mir nichts, Tod bedeutet mir nichts. Möglich, daß es mein *Karma* ist, verdammt zu werden und in aller Ewigkeit im Feuer der Hölle zu schmoren – ich werde es auf mich nehmen. Aber ich bin Samurai, ich entstamme dem Geschlecht der Harima!«
»Euer Stolz bereitet mir Übelkeit. Nicht des Schmerzes wegen werdet Ihr gegeißelt, sondern damit Ihr lernt, Euren abscheulichen Stolz abzustreifen! Gemeiner Verbrecher! Wo bleibt Eure Demut? Unser Herr Jesus Christus hat jede Schmach auf sich genommen. Er ist zusammen mit gemeinen Verbrechern am Kreuz gestorben.«
»Ja, das ist ja gerade unser Hauptproblem hier, Pater.«
»Wie bitte?«
»Bitte, verzeiht, daß ich es so rundheraus sage, Pater, aber wäre der König der

Könige nicht wie ein gemeiner Verbrecher am Kreuz gestorben, könnten die Samurai den wahren Glauben leichter...«
»Schweigt!«
»... den wahren Glauben leichter annehmen. Die Gesellschaft Jesu ist gut beraten, in ihren Predigten nicht wie die anderen Orden darauf hinzuweisen, daß Christus gekreuzigt wurde...«
Wie ein Racheengel hielt Pater Alvito sein Kreuz vor sich hin, ein Schild, das ihn beschützen sollte. »Im Namen Gottes, schweigt und gehorcht, oder Ihr werdet exkommuniziert! Packt ihn und zieht ihn aus!«
Es kam Leben in die anderen. Sie traten vor, doch Joseph sprang auf. Ein unter der Kutte verborgener Dolch glitt in seine Hand. Mit dem Rücken zur Wand stand er da. Alle blieben stehen, wo sie waren, bis auf Bruder Michael. Bruder Michael trat langsam und ruhig vor und streckte die Hand aus. »Bitte, gebt mir das Messer, Bruder«, sagte er sanft.
»Nein! Bitte, verzeiht mir!«
»Dann betet für mich, wie ich Eurer im Gebet gedenke.« Mit unbeirrbarer Ruhe griff Michael nach der Waffe.
Joseph trat ein paar Schritte zurück, dann holte er zum Todesstoß aus. »Verzeiht mir, Michael.«
Michael kam immer näher.
»Halt, Michael! Laßt ihn in Ruhe!« befahl Alvito.
Michael gehorchte, nur noch eine Handbreit von dem drohend erhobenen Dolch entfernt.
Dann sagte Alvito, aschgrau im Gesicht: »Gott sei Eurer Seele gnädig, Joseph. Ihr seid exkommuniziert. Satan hat sich Eurer Seele hinieden bemächtigt. Hebt Euch fort von hier!«
»Ich entsage dem Christengott! Ich bin Japaner – hänge dem Shintoglauben an. Jetzt gehört meine Seele niemand anderem als mir selbst. Ich habe keine Angst!« schrie Joseph. »Jawohl, wir sind stolz – im Unterschied zu euch Barbaren.«
Feierlich schlug Pater Alvito zum Schutz aller das Kreuzeszeichen und kehrte dem Dolch unerschrocken den Rücken zu. »Lasset uns beten, Brüder, denn Satan weilt unter uns!«
Auch die anderen wandten sich ab. Manche trauervoll, andere noch ganz unter dem Eindruck des Schocks. Nur Michael blieb, wo er war, und sah Joseph an. Joseph riß sich Rosenkranz und Kruzifix herunter. Schon stand er im Begriff, beides fortzuschleudern, da streckte Michael abermals die Hand aus. »Bitte, Bruder, bitte, gebt es mir...«, sagte er.
Lange blickte Joseph ihn an, dann gab er sie ihm. »Bitte, verzeiht mir!«
»Ich werde für Euch beten«, sagte Michael.
»Habt Ihr nicht gehört? Ich habe Gott entsagt!«
»Ich werde darum beten, daß Gott Euch nicht entsagt, Uraga-noh-Tadamasasan.«

»Verzeiht mir, Bruder«, sagte Joseph. Er steckte den Dolch in seine Schärpe, riß die Tür auf und stürmte blind den Korridor hinunter und hinaus auf die Veranda. Neugierig sahen die Leute ihn an, unter anderem Uo, der Fischer, der geduldig im Schatten wartete. Joseph überquerte den Hof und ging auf das Tor zu. Ein Samurai stellte sich ihm in den Weg.
»Halt!«
Joseph blieb stehen.
»Wohin wollt Ihr, bitte?«
»Tut mir leid, bitte, verzeiht, ich... ich weiß es nicht.«
»Ich diene Herrn Toranaga. Verzeihung, aber ich konnte nicht umhin mit anzuhören, was dort drinnen vor sich ging. Das ganze Gasthaus muß es gehört haben. Erschreckend schlechte Manieren! Schockierend für Euren Führer, daß er so laut schrie und den Frieden störte. Und für Euch auch. Ich habe Dienst hier. Ich halte es für gut, Ihr sprecht mit meinem Wachoffizier.«
»Ich glaube... danke sehr, aber ich glaube, ich gehe lieber hier entlang. Bitte, verzeiht.«
»Ihr werdet nirgends hingehen. Tut mir leid. Es sei denn, meinen Wachoffizier zu sehen.«
»Wie bitte? O ja. Ja, tut mir leid, selbstverständlich.« Joseph versuchte, wieder richtig zu denken.
»Gut. Vielen Dank.« Der Samurai drehte sich um, als ein anderer Samurai sich von der Brücke her näherte und grüßte.
»Ich habe den Auftrag, den Tsukku-san zu Herrn Toranaga zu führen.«
»Gut. Ihr werdet erwartet.«

# 43. *Kapitel*

Toranaga sah den hochgewachsenen Priester über den freien Platz näherkommen. Der flackernde Schein der Fackeln ließ sein hageres Gesicht über der Schwärze seines Bartes noch deutlicher hervortreten als sonst. Seine orangefarbene buddhistische Robe war sehr elegant; Rosenkranz und Kreuz baumelten an seiner Hüfte herab.

Zehn Schritt vor dem Podest blieb Pater Alvito stehen, kniete nieder, verneigte sich ehrerbietig und begann mit den üblichen Förmlichkeiten.

Toranaga saß allein auf dem Podest. Die im Halbkreis um ihn herum sitzenden Wachen konnten nicht hören, was sie sprachen. Nur Blackthorne war näher bei ihm und lehnte sich nachlässig gegen das Podest, wie man es ihm aufgetragen hatte. Er durchbohrte den Priester geradezu mit seinen Blicken, doch Alvito schien das nicht zu bemerken.

»Es freut mich, Euch wiederzusehen, Euer Gnaden«, sagte Alvito, als die Höflichkeit ihm gestattete, das zu tun.

»Freut mich auch, Euch zu sehen, Tsukku-san.« Toranaga lud den Priester durch eine Handbewegung ein, es sich auf dem Kissen, das auf dem Boden vor dem Podest niedergelegt worden war, bequem zu machen. »Es ist lange her, daß ich Euch gesehen habe.«

»Ja, Euer Gnaden, und es gibt soviel zu erzählen.« Alvito war sich zutiefst bewußt, daß das Kissen auf der bloßen Erde und nicht auf dem Podest für ihn bereitgelegt war. Außerdem war ihm nicht entgangen, daß Blackthorne seine Samuraischwerter jetzt in unmittelbarer Nähe von Toranaga tragen und sich so formlos hinlümmeln durfte. »Ich bringe eine vertrauliche Botschaft von meinem Oberen, dem Pater Visitator, der Euch ehrerbietig grüßen läßt.«

»Vielen Dank. Aber zunächst erzählt von Euch selbst.«

»Ach, Euer Gnaden...«, sagte Alvito, der genau wußte, daß Toranaga ein viel zu scharfer Beobachter war, als daß ihm das Bedauern entgangen wäre, das ihn erfüllte, so sehr er sich auch bemüht hatte, es abzuschütteln. »Heute abend bin ich mir meiner eigenen Gefühle nur allzu sehr bewußt. Heute abend wünsche

ich mir, ich könnte meine irdischen Pflichten vergessen und mich in eine Einsiedelei zurückziehen, um zu beten und Gottes Gnade zu erflehen.« Er schämte sich ob seines eigenen Mangels an Demut.
»Worin besteht Eure Sorge, alter Freund?«
Alvito erzählte es ihm. Er wußte, daß es keinen Sinn hatte, ihm die Tatsachen verheimlichen zu wollen, denn selbstverständlich würde Toranaga sie ohnehin erfahren; außerdem war es weit besser, er erfuhr die Wahrheit, als daß er einen entstellten Bericht darüber aus zweiter oder dritter Hand zu hören bekam. »Es ist so unendlich traurig, einen Bruder zu verlieren, so schrecklich, ihn zu einem Ausgestoßenen zu machen, mag das Vergehen auch noch so furchtbar sein. Ich hätte mehr Geduld haben müssen. Es war meine Schuld.«
»Wo ist er jetzt?«
»Das weiß ich nicht, Euer Gnaden.«
Toranaga rief eine Wache herbei. »Sucht den abtrünnigen Christen und bringt ihn morgen mittag zu mir.« Der Samurai eilte davon.
»Ich bitte um Erbarmen für ihn, Euer Gnaden«, sagte Alvito rasch und meinte das ganz aufrichtig. Wieder einmal wünschte er, die Gesellschaft Jesu verfüge über einen weltlichen Arm, der die Macht hätte, Abtrünnige festzunehmen und zu bestrafen, wie sonst überall in der Welt. Er hatte wiederholt empfohlen, eine solche Institution zu schaffen, doch war er hier in Japan nie damit durchgekommen, und selbst in Rom war der General des Jesuitenordens dagegen gewesen.
»Warum gibt es denn keine geweihten japanischen Priester in Eurer Gesellschaft, Tsukku-san?«
»Weil noch keiner unserer Priesterschüler ausreichend darauf vorbereitet ist, Euer Gnaden. Zum Beispiel bildet die Kenntnis des Lateinischen eine Grundvoraussetzung. Und Latein ist nun unglücklicherweise sehr schwer zu erlernen.«
Ganz im Gegensatz zu seinem Pater Visitator war Alvito entschieden gegen einen geweihten japanischen Klerus. »Eminenz«, hatte er immer gesagt, »ich bitte Euch, laßt Euch nicht von ihrem bescheidenen und sittsamen äußeren Gehabe täuschen. In Wirklichkeit sind sie alle unzuverlässig, und letzten Endes werden ihr Stolz und ihr Japanertum immer wieder die Oberhand gewinnen. Sie werden nie wirkliche Diener der Gesellschaft oder verläßliche Soldaten Seiner Heiligkeit, des Stellvertreters Christi auf Erden, sein. Niemals!«
Alvito warf rasch einen Blick auf Blackthorne und wandte sich dann wieder Toranaga zu, der gerade sagte: »Aber zwei oder drei von diesen Priesterschülern sprechen doch Latein, *neh*? Warum hat man sie noch nicht zu richtigen Priestern gemacht?«
»Es tut mir leid, aber unser Ordensgeneral hält sie noch nicht für genügend vorbereitet. Vielleicht ist Josephs tragischer Fall ein gutes Beispiel.«
»Es ist schlimm, einen feierlichen Schwur zu brechen«, sagte Toranaga. Er entsann sich noch jenes Jahres, da die drei Knaben mit einem Schwarzen Schiff von Nagasaki abgesegelt waren, um am Hof des Königs von Spanien und am Hof

des Hohenpriesters der Christen gefeiert zu werden. Es war dasselbe Jahr, in dem Goroda ermordet worden war. Neun Jahre später waren sie zurückgekehrt. Als jugendlich-naive christliche Eiferer waren sie abgefahren, jedoch ebenso engstirnig und nahezu genauso unwissend wieder zurückgekommen. Ein Jammer, dachte Toranaga, hier war eine sich nie wieder bietende Gelegenheit verspielt worden; denn Goroda hatte sich geweigert, sie beim Schopfe zu packen, so sehr er, Toranaga, ihm auch dazu geraten hatte.

»Nein, Tora-san, wir brauchen die Christen gegen die Buddhisten«, hatte Goroda gesagt. »Laßt den Pater Riesen die drei Knaben haben – es sind doch nichts weiter als Kyushuer Dummköpfe, *neh*? Ich sage Euch: Unterstützt die Christen. Kommt mir nicht mit einem Zehn-Jahres-Plan, sondern brennt lieber jedes buddhistische Kloster in Reichweite nieder. Buddhisten sind wie Fliegen auf dem Aas, und Christen nichts weiter als ein Sack voll Fürze!«

Jetzt sieht man, daß sie das nicht sind, dachte Toranaga mit wachsender Gereiztheit. Jetzt sind sie ein Schwarm von Hornissen.

»Ja«, sagte er laut. »Sehr schlimm, einen Schwur zu brechen und zu schreien und die Harmonie eines Gasthauses zu stören.«

»Bitte, verzeiht, Euer Gnaden – und verzeiht, daß ich Euch mit meinen Problemen belästigt habe. Gestattet Ihr, daß ich den Piloten begrüße?«

Toranaga gestattete es.

Alvito wandte sich an Blackthorne.

»Ich muß Euch gratulieren, Pilot«, sagte Alvito auf portugiesisch. »Eure Schwerter stehen Euch gut.«

»Danke, Pater, ich lerne allmählich mit ihnen umzugehen«, entgegnete Blackthorne. »Leider muß ich jedoch gestehen, daß ich mich vorerst doch noch lieber an Pistolen, Hellebarden oder Kanonen halte, wenn ich kämpfen muß.«

»Ich bete darum, daß Ihr nie wieder zu kämpfen haben werdet, Pilot, und daß Eure Augen sich für Gottes unendliche Güte auftun.«

»Meine Augen sind offen. Eure sind es, die benebelt sind.«

»Um Eurer Seele willen, Pilot, haltet die Augen und den Geist offen. Vielleicht irrt Ihr Euch. Aber trotzdem danke ich Euch, Herrn Toranaga das Leben gerettet zu haben.«

»Wer hat Euch das erzählt?«

Alvito gab ihm keine Antwort. Er wandte sich wieder Toranaga zu.

»Was habt Ihr gesprochen?« brach dieser das Schweigen.

Alvito berichtete es ihm und fügte noch hinzu: »Obwohl er ein Feind meines Glaubens ist und ein Pirat, bin ich doch froh, daß er Euch gerettet hat, Euer Gnaden. Gottes Wege sind unerforschlich. Ihr habt ihm eine große Ehre erwiesen, indem Ihr ihn zu einem Samurai machtet.«

»Nicht nur zum Samurai, sondern auch zu einem *Hatamoto*.« Toranaga bereitete es ein inniges Vergnügen, für einen Moment ungläubiges Erstaunen in Alvitos Gesicht aufflammen zu sehen. »Habt Ihr ein Wörterbuch mitgebracht?«

»Jawohl, Euer Gnaden, und auch noch etliche von den Landkarten, die Ihr haben

wolltet. Das Buch befindet sich unter meinem Gepäck. Soll ich jemand hinschikken, es zu holen, oder darf ich es ihm später persönlich übergeben?«
»Gebt es ihm später. Heute abend oder morgen. Habt Ihr auch den Bericht mitgebracht?«
»Über die Musketen, die wir angeblich von Macao hergebracht haben sollen? Der Pater Visitator ist noch dabei, ihn zu schreiben, Euer Gnaden.«
»Und die Zahlen der in jeder Eurer neuen Besitzungen beschäftigten japanischen Söldner?«
»Der Pater Visitator braucht eine Aufstellung, die dem neuesten Stand entspricht, Euer Gnaden. Sobald sie fertig ist, wird er sie Euch zustellen.«
»Gut. Jetzt erzählt mir, wieso Ihr von meiner Rettung erfahren habt.«
»Es gibt kaum etwas, was Toranaga-noh-Minowara betrifft, über das nicht Gerüchte und Erzählungen umgehen. Auf dem Weg von Mishima hierher hörten wir, daß Ihr bei einem Erdbeben fast von der Erde verschluckt worden wäret, Euer Gnaden, daß jedoch der ›Goldene Barbar‹ Euch herausgerissen habe. Aber auch, daß Ihr Eurerseits ihn und eine Dame gerettet hättet – ich nehme an, es handelt sich um die Dame Mariko?«
Toranaga nickte kurz. »Ja. Sie ist hier in Yokosé.« Er überlegte einen Augenblick. »Sie würde morgen gern beichten, wie es Eure Sitte ist. Allerdings nur Dinge unpolitischer Natur. Ich würde meinen, das schließt alles aus, was mich und meine verschiedenen *Hatamoto* betrifft, *neh*?«
Alvito gab mit einer Verneigung sein Einverständnis zu erkennen. »Gestattet Ihr, daß ich für alle hier anwesenden Christen die Messe zelebriere, Euer Gnaden? Selbstverständlich würden wir kein Aufhebens davon machen. Morgen?«
»Ich werde es mir überlegen.« Toranaga fuhr fort, noch eine Weile weiter von belanglosen Dingen zu reden, doch dann sagte er: »Ihr habt eine Botschaft für mich? Von Eurem Oberpriester?«
»In aller Demut, Euer Gnaden, ich möchte darauf hinweisen, daß es sich um eine private Botschaft handelt.«
Toranaga gab vor, darüber nachzudenken, wiewohl er genau vorher festgelegt hatte, wie die Begegnung verlaufen sollte; der Anjin-san hatte genaue Anweisungen bekommen, wie er sich zu verhalten und was er zu sagen habe. »Nun gut.« Er wandte sich Blackthorne zu. »Anjin-san, Ihr könnt jetzt gehen. Wir reden dann später weiter.«
»Jawohl, Euer Gnaden«, erwiderte Blackthorne. »Verzeihung, aber Schwarzes Schiff erreichen Nagasaki?«
»Ach so, ja, vielen Dank«, erwiderte er, erfreut darüber, daß die Frage des Anjin-san nicht einstudiert wirkte. »Ja, Tsukku-san, ist es bereits eingelaufen?«
Alvito war wie vom Donner gerührt, als er Blackthorne japanisch sprechen hörte. Außerdem brachte die Frage ihn in größte Verlegenheit. »Jawohl, Euer Gnaden, es hat schon vor vierzehn Tagen festgemacht.«
»So, vor vierzehn Tagen«, sagte Toranaga. »*Wakarimasu*, Anjin-san?«
»Ja, ich verstehe. Vielen Dank.«

»Gut. Wenn Ihr sonst noch irgendwelche Fragen habt, könntet Ihr sie dem Tsukku-san ja später stellen, *neh?*«
»Jawohl, Euer Gnaden. Bitte, entschuldigt mich.« Blackthorne erhob sich, verneigte sich und ging.
Toranaga sah ihm nach. »Ein hochinteressanter Mann – für einen Piraten. Nun, dann erzählt mir zunächst einmal von dem Schwarzen Schiff.«
»Es ist ohne Zwischenfälle mit der größten Ladung Seide, die jemals befördert wurde, in Nagasaki angekommen.« Alvito gab sich Mühe, Begeisterung vorzutäuschen. »Die zwischen den Herren Harima, Kiyama, Onoshi und Euch getroffenen Vereinbarungen gelten also. Das Schiff war auch der Grund, weshalb ich erst so spät zu Euch komme. Der Pater Visitator hat mich in aller Eile nach Nagasaki geschickt, um dafür zu sorgen, daß auch alles seine Richtigkeit hat. Gerade als wir Nagasaki verlassen wollten, hörten wir, daß Ihr von Yedo nach Izu aufgebrochen wäret, deshalb bin ich so schnell als möglich mit einem unserer schnellsten Kutter nach Nimazu gesegelt und dann über Land weitergereist. In Mishima traf ich mit Herrn Zataki zusammen und bat um die Erlaubnis, mich ihm anzuschließen.«
»Euer Schiff wartet immer noch in Nimazu?«
»Jawohl, Euer Gnaden.«
»Gut.« Einen Augenblick überlegte Toranaga, ob er Mariko auf diesem Schiff nicht nach Nagasaki schicken solle, beschloß dann jedoch, die Entscheidung später zu fällen. »Die Abmachung über das diesjährige Schwarze Schiff ist also unter Dach und Fach?«
»Jawohl. Absolut.«
»Gut. Und jetzt zum anderen. Zum Wichtigen.«
Alvitos Hände wurden trocken. »Weder Herr Kiyama noch Herr Onoshi wollen sich bereit erklären, Herrn Ishido im Stich zu lassen. Es tut mir leid. Trotz unserer strengsten Vorhaltungen wollten sie sich nicht bereit erklären, sich um Euer Banner zu scharen.«
Toranagas Stimme wurde ganz leise und bekam etwas Drohendes. »Ich habe bereits darauf hingewiesen, daß es mehr erfordert, als Anregungen und Vorhaltungen zu machen.«
»Es tut mir leid, daß ich in dieser Hinsicht schlechte Nachrichten bringe, Euer Gnaden, aber keiner von ihnen war bereit, offen zu Euch...«
»Ach so, ›offen‹, sagt Ihr? Und was ist mit – unterderhand, heimlich?«
»Auch da ließen sich sich nicht erweichen und blieben hart wie...«
»Habt Ihr zusammen oder einzeln mit ihnen gesprochen?«
»Selbstverständlich sowohl mit beiden zusammen als auch einzeln, und zwar höchst vertraulich, aber nichts, was wir vorschlugen, wollte ihnen...«
»Ihr habt nur Vorschläge gemacht? Warum habt Ihr ihnen nicht einfach befohlen?«
»Es steht nicht in unserer Macht, irgendeinem *Daimyo* oder...«
»Ach – aber einem Eurer Brüder könnt Ihr wohl etwas befehlen? *Neh?*«

»Jawohl, Euer Gnaden.«
»Habt Ihr ihnen gleichfalls gedroht, sie aus der Kirche auszustoßen?«
»Nein, Euer Gnaden.«
»Warum nicht?«
»Weil sie sich keiner Todsünde schuldig gemacht haben.« Alvito sagte das mit fester Stimme, genau so, wie es zwischen ihm und dell'Aqua abgesprochen worden war. Aber sein Herz pochte dabei wie wild, und es war ihm schrecklich, Überbringer schlechter Nachrichten zu sein, die sogar noch schlimmer kommen sollten, da Herr Harima, dem Nagasaki gehörte, ihm vertraulich gesagt habe, er werde seinen gewaltigen Reichtum und seinen ganzen Einfluß Ishido zur Verfügung stellen. »Verzeiht bitte, Euer Gnaden, aber ich bin es nicht, der die göttlichen Gesetze macht, genausowenig, wie Ihr den Ehrenkodex der Samurai aufgestellt habt, den Weg des Kriegers. Wir... wir müssen uns nach dem richten, was...«
»Ihr macht einen armen Tropf wegen etwas so Natürlichem wie dem Kopfkissenteilen zu einem Geächteten – wenn jedoch zwei von Euren Anhängern sich völlig widernatürlich verhalten – jawohl, verräterisch sogar –, wenn ich um Eure Hilfe bitte, um dringende Hilfe – und ich bin schließlich Euer Freund –, dann macht Ihr nur ›Vorschläge‹. Ihr seid Euch hoffentlich über die Tragweite dieser Dinge im klaren, *neh?*«
»Tut mir leid, Herr. Bitte, verzeiht, aber...«
»Vielleicht werde ich Euch nicht verzeihen, Tsukku-san. Ich sage es nicht zum ersten Mal: Jeder muß sich jetzt entscheiden, auf wessen Seite er stehen will«, erklrrte Toranaga.
»Selbstvervtändlich stehen wir auf EurEr Seite, Euer Gnaden. Allerdings können wir Herrn Kiyama oder Herrn Onoshi nicht befehlen, irgend etwas zu tun.«
»Ich hingegen kann glücklicherweise meinem Christen befehlen.«
»Euer Gnaden?«
»Ich kann befehlen, daß der Anjin-san freigelassen wird. Samt seinem Schiff. Mit seinen Kanonen.«
»Hütet Euch vor ihm, Euer Gnaden. Der Pilot ist von teuflischer Schläue, und außerdem ist er ein Ketzer, ein Freibeuter, und man kann ihm nicht vertrauen...«
»Hier ist der Anjin-san ein Samurai und *Hatamoto.* Auf See mag er ein Freibeuter sein – vielleicht. Wenn er wirklich ein Pirat ist, so könnte ich mir vorstellen, daß er viele anderen Korsaren oder *Wako* anzieht... sehr viele. Was ein Ausländer auf hoher See tut, ist seine Sache, *neh?* So haben wir es immer gehalten, *neh?*«
Alvito bewahrte die Ruhe und setzte sein Gehirn in Tätigkeit. Niemand hatte vorausgesehen, daß der Ingeles ein solcher Intimus von Toranaga werden würde.
»Diese beiden christlichen *Daimyos* wollen sich nicht auf mich festlegen – nicht einmal insgeheim?«

»Nein, Euer Gnaden, wir haben alles vor...«
»Keine Zugeständnisse? Kein Tauschgeschäft, kein Entgegenkommen, kein Kompromiß? Nichts?«
»Nein, Euer Gnaden. Wir haben es auf jede nur denkbare Weise versucht. Bitte, glaubt mir!« Alvito wußte, daß er in der Klemme saß, und ganz konnte er seine Besorgnis doch nicht verhehlen. »Läge es bei mir, jawohl, ich würde ihnen mit der Exkommunikation drohen, wenn es sich auch nur um eine leere Drohung handeln würde, die ich nie in die Tat umsetzen würde.«
»Aber wenn sie gegen Euren Glauben gesündigt hätten, würdet Ihr sie ächten?«
»Ja. Ich möchte damit allerdings nicht andeuten, daß man das benutzen könnte, um sie auf Eure Seite zu bringen, Euer Gnaden. Verzeiht bitte, aber... im Augenblick sind sie völlig gegen Euch eingestellt. Bei Gott, ich bete darum, daß sie anderen Sinnes werden. Wir, der Pater Visitator und ich, haben Euch gegenüber unser Wort verpfändet, es zu versuchen, bei Gott. Wir haben unser Versprechen erfüllt. Und so wahr uns Gott helfe – es ist uns nicht gelungen.«
»Dann werde ich verlieren«, sagte Toranaga. »Das wißt Ihr doch, nicht wahr? Wenn sie sich mit Ishido gegen mich verbünden, dann werden alle christlichen *Daimyos* sich auf seine Seite schlagen. Das bedeutet: Zwanzig Samurai gegen einen von meinen. *Neh?*«
»Ja.«
»Welchen Plan verfolgen sie? Wann werden sie mich angreifen?«
»Das weiß ich nicht, Euer Gnaden.«
Toranaga blickte hinaus in die Nacht. Er glaubte, unter der Last seiner Sorgen schier zusammenzubrechen. Muß ich dann doch ›Blutiger Himmel‹ befehlen? fragte er sich hilflos. Den dummen Vorstoß auf Kyoto, der einfach fehlschlagen muß?
Er haßte die Zwickmühle, in der er steckte. Wie der Taikō und Goroda vor ihm, mußte er die christlichen Priester dulden, weil diese Priester von den portugiesischen Kaufleuten genausowenig wegzudenken waren wie Fliegen von einem Pferd. Ohne die Priester kein Handel. Ihr guter Wille als Vermittler bei der Operation des Schwarzen Schiffes war unbedingt nötig, weil sie beide Sprachen sprachen und beide Seiten ihnen vertrauten. Wollte man den Priestern das Reich jemals ganz verbieten, würden alle Barbaren gehorsam davonsegeln und niemals wieder zurückkehren. Er erinnerte sich, daß der Taikō einmal versucht hatte, die Priester loszuwerden, den Handel aber trotzdem weiterlaufen zu lassen. Zwei volle Jahre lang waren keine Schwarzen Schiffe gekommen. Spione hatten berichtet, der Oberpriester der Jesuiten, Pater Riese, sitze wie eine giftige schwarze Spinne in Macao und habe befohlen, als Vergeltungsmaßnahme gegen die Ausweisungsedikte des Taikō jeden Handel zu verbieten; denn er hatte gewußt, daß der Taikō am Ende zu Kreuze kriechen mußte. Im dritten Jahr hatte dieser sich dem Unabänderlichen gebeugt und die Priester aufgefordert zurückzukommen.
Der Wirklichkeit kann man nicht entrinnen, dachte Toranaga. Geschweige denn

der schlimmsten aller Wirklichkeiten, dem Schreckgespenst, das insgeheim Goroda und den Taikō gelähmt hatte und das jetzt wieder sein Schandhaupt erhebt: daß die fanatischen, furchtlosen christlichen Priester, wenn man sie zu weit trieb, ihren gesamten Einfluß und ihre ganze Handelsmacht und Überlegenheit auf See aufbieten würden, um sie zugunsten eines der großen christlichen *Daimyos* in die Waagschale zu werfen. Des weiteren würden sie dann eine Invasionsstreitmacht von eisengekleideten, nicht minder fanatischen, mit den modernsten Musketen ausgerüsteten Konquistadores auf die Beine stellen, um diesen einen christlichen *Daimyo* zu unterstützen – *wie sie es letztes Mal ums Haar getan hätten.* An sich stellen noch so viele landende Barbaren und ihre Priester unseren überwältigenden vereinigten Streitkräften gegenüber keine Bedrohung dar. Doch als Verbündete eines unserer eigenen christlichen *Daimyo* mit seinen Samurai-Armeen könnten sie zur absoluten Macht über uns alle verhelfen.
Kiyama oder Onoshi? Jetzt liegt es auf der Hand, daß das der Plan ist, welchen die Priester insgeheim verfolgen. Der Zeitpunkt, den sie sich dazu ausgesucht haben, ist genau richtig. Aber: welcher *Daimyo?*
Beide, wobei ihnen zunächst sogar noch Harima von Nagasaki helfen wird. Wer aber wird als letzter das Banner hochhalten? Kiyama – denn Onoshi ist leprakrank und wird nicht mehr lange auf dieser Erde weilen, und die Belohnung dafür, daß Onoshi seinen gehaßten Feind und Rivalen Kiyama unterstützt, ist offensichtlich das Versprechen eines schmerzlosen ewigen Lebens im christlichen Himmel, wo er zur Rechten des Christengottes thronen wird.
Gemeinsam gebieten sie jetzt über vierhunderttausend Samurai. Ihr großer Rückhalt ist Kyushu, und diese Insel ist vor meinem Zugriff sicher. – Gemeinsam könnten die beiden ohne weiteres die ganze Insel unterjochen, und dann stünden ihnen jede beliebige Zahl von Kriegern, unbeschränkte Mengen Nahrungsmittel und sämtliche für eine Invasion nötigen Schiffe, die gesamte Seide und Nagasaki zur Verfügung. Im ganzen Reich gibt es vielleicht fünf- oder sechshunderttausend Christen, über die Hälfte davon – die von den Jesuiten bekehrten – sind Samurai und gleichmäßig verstreut unter den Streitkräften aller *Daimyos*, ein grenzenloses potentielles Reservoir von Verrätern, Spionen und Mördern – *die Priester brauchten ihnen das nur zu befehlen.* Warum sollten sie das eigentlich nicht tun? Dann bekämen sie endlich, was ihnen wichtiger ist als das Leben selbst: die absolute Macht über alle unsere Seelen und damit über die Seelen des Landes der Götter – womit ihnen unsere Erde samt allem, was in ihr verborgen ist, in den Schoß fiele – was, wie der Anjin-san erklärt hat, in ihrer Neuen Welt schon hundertmal passiert ist... Sie bekehren einen König, bedienen sich seiner dann gegen sein eigenes Volk, bis sie das ganze Land geschluckt haben.
Es ist so leicht für sie, uns zu erobern – für diese Handvoll Barbarenpriester. Wie viele mögen es in ganz Japan sein? Fünfzig oder sechzig? Aber sie haben die Macht. Und sie *glauben.* Für ihren Glauben sind sie mit Freuden bereit, ihr

Leben hinzugeben, todesmutig zu sterben, den Namen ihres Gottes auf den Lippen. Das haben wir in Nagasaki erlebt, als das Experiment des Taikō sich als ein furchtbarer Fehlschlag herausstellte.
Was mich betrifft, so haben die Priester versagt – doch das hindert sie nicht daran, unbeirrbar an ihrem Kurs festzuhalten. Auch das ist Wirklichkeit.
Dann also Kiyama.
Steht der Plan bereits fest? Wobei Ishido und die Dame Ochiba und auch Yaemon letzten Endes das Nachsehen haben werden? Steckt Harima insgeheim schon unter einer Decke mit ihnen? Sollte ich den Anjin-san jetzt gleich auf das Schwarze Schiff und Nagasaki ansetzen?
Was soll ich tun?
Nichts anderes als sonst auch. Fasse dich in Geduld, sei höflich, schüttle alle Sorgen um Leben und Tod, Vergessen oder Leben nach dem Tode, Jetzt oder Später ab. Fasse einen neuen Plan, wollte er verzweifelt herausschreien. Es gibt keinen!
»Es macht mich unendlich traurig, daß diese beiden sich dem wahren Feind an die Seite stellen.«
»Ich schwöre, daß wir es versucht haben, Euer Gnaden.« Alvito betrachtete ihn voller Mitgefühl, denn er erkannte, wie bedrückt er war.
»Ja, das glaube ich. Ich glaube Euch, daß Ihr und der Pater Visitator Euer Versprechen gehalten habt, und deshalb werde auch ich das meine halten. Ihr könnt sofort mit dem Bau Eures Tempels in Yedo beginnen. Der Bauplatz ist bereits bereitgestellt. Zwar kann ich den anderen Priestern – den Schwarzkutten mit den langen Haaren – nicht verwehren, ins Land hereinzukommen, aber zumindest kann ich dafür sorgen, daß sie in meinem Herrschaftsbereich unwillkommen sind, falls sie sich jemals hier blicken lassen. Und was den Anjin-san betrifft...« Toranaga zuckte mit den Achseln. »Aber wie lange wird all das noch dauern... nun, das ist *Karma, neh?*«
Alvito dankte Gott inbrünstig für seine Gnade und dafür, daß sie so unerwartet mit heiler Haut davongekommen waren. »Ich danke Euch, Euer Gnaden«, sagte er, kaum imstande, überhaupt zu reden. »Ich weiß, Ihr werdet es nie bedauern. Ich bete darum, daß Eure Feinde verstreut werden wie Spreu im Wind und daß Ihr des Himmlischen Lehns teilhaftig werdet.«
»Es tut mir leid, daß ich so strenge Worte gebraucht habe. Sie wurden im Zorn gesprochen. Es stürmt soviel auf mich ein...« Nachdenklich erhob Toranaga sich. »Ihr habt meine Erlaubnis, morgen Euren Gottesdienst zu halten, alter Freund.«
»Ich danke Euch, Euer Gnaden.« Alvito verneigte sich ganz tief, voller Mitleid für den sonst so majestätischen Mann. »Ich danke Euch von ganzem Herzen. Möge die Göttlichkeit Euch segnen und ihre Hand über Euch halten.«
Toranaga ging schweren Schrittes zum Gasthaus hinüber. Seine Wachen folgten ihm. »Naga-san!«
»Jawohl, Vater«, sagte der junge Mann und eilte herbei.

»Wo ist die Dame Mariko?«
»Dort, Euer Gnaden, bei Buntaro-san.« Naga zeigte auf das kleine, von Laternen erhellte Teehaus in der Mitte des Gartens; drinnen waren schattenhaft Gestalten zu erkennen. »Soll ich die *Cha-no-yu* unterbrechen?« Bei der *Cha-no-yu* handelte es sich um die formale, bis in alle Einzelheiten ritualisierte Teezeremonie.
»Nein. Eine *Cha-no-yu* darf man niemals unterbrechen. Wo sind Omi und Yabu-san?«
»Sie sind in ihrem Gasthaus, Euer Gnaden.« Naga zeigte auf das breit hingelagerte Gebäude am Fluß, allerdings auf der anderen Seite.
»Und der Anjin-san?«
»Er ist in seinem Raum. Er wartet, falls Ihr ihn noch sehen wollt.«
Abermals schüttelte Toranaga den Kopf. »Ich spreche morgen mit ihm.« Nach einer Pause sagte er dann mit einer Stimme, die wie von weither zu kommen schien: »Ich werde jetzt ein Bad nehmen. Danach möchte ich nicht mehr gestört werden bis morgen früh, es sei denn...«
Voller Beklemmung wartete Naga, sah, wie sein Vater blicklos ins Leere hinausstarrte, und machte sich wegen seines merkwürdigen Verhaltens ernste Sorgen. »Fehlt Euch etwas, Vater?«
»Was? Ach so, nein, nein, mir fehlt nichts. Warum?«
»Nichts – verzeiht bitte. Wollt Ihr immer noch bei Morgengrauen auf die Jagd gehen?«
»Auf die Jagd? O ja, das ist ein guter Gedanke. Danke, daß Ihr mich daran erinnert, ja, das wäre schön. Veranlaßt alles Nötige. Also, gute Nacht... Ach, noch etwas: Der Tsukku-san hat meine Erlaubnis, morgen in kleinem Kreis einen Gottesdienst abzuhalten. Alle Christen können hingehen. Ihr geht auch hin. Am ersten Tag des neuen Jahres werdet Ihr Christ.«
»Ich?«
»Jawohl. Und zwar aus freien Stücken. Gebt es dem Tsukku-san unter vier Augen zu verstehen.«
»Euer Gnaden?«
Wie der Blitz fuhr Toranaga zu ihm herum. »Seid Ihr taub? Versteht Ihr die einfachsten Dinge nicht mehr?«
»Bitte, verzeiht, Vater. Ich verstehe.«
»Na also.« Toranaga verfiel wieder in seine wie abwesende Haltung und machte sich dann, seine Leibwache im Schlepptau, auf den Weg. Alle Samurai verneigten sich steif, doch er schien es nicht einmal zu bemerken.
Ein gleichfalls beunruhigter Offizier trat zu Naga heran. »Was hat unser Gebieter denn nur?«
»Ich weiß es nicht, Yoshinaka-san.« Naga warf einen Blick zurück auf den freien Platz. Alvito ritt davon auf die Brücke zu; nur ein einziger Samurai begleitete ihn. »Es muß irgendwie mit *ihm* zu tun haben.«
»Ich habe Herrn Toranaga noch nie so niedergedrückt gesehen. Noch nie. Viel-

leicht sollten wir Buntaro-san erzählen, daß mit Toranaga-sama etwas nicht stimmt? Er ist der ranghöchste Offizier hier?«

»Einverstanden – aber erst später. Mein Vater hat unmißverständlich gesagt, ich sollte die *Cha-no-yu* auf gar keinen Fall stören.«

In der friedlichen Stille des kleinen Teehauses öffnete Buntaro mit großer Behutsamkeit die kleine irdene Teedose aus der T'ang-Dynastie, nahm vorsichtig den Bambuslöffel zur Hand und eröffnete damit die letzte Phase der *Cha-no-yu*, der Teezeremonie. Gewandt häufte er genau die richtige Menge des grünen Pulvers auf den Löffel und schüttete sie in die henkellose Porzellanschale. Ein uralter gußeiserner Kessel summte über der Holzkohlenglut. Mit gelassener Anmut überbrühte er das Pulver mit kochendem Wasser, setzte den Kessel dann wieder auf den Dreifuß und verquirlte Pulver und Wasser mit einem kleinen Schneebesen aus Bambus.

Er fügte einen Löffel kalten Wassers hinzu, verneigte sich vor Mariko, die ihm gegenüber kniete, und reichte ihr die Schale. Sie verneigte sich ihrerseits und nahm sie in Empfang, bestaunte die grüne Flüssigkeit, nippte dreimal daran, hielt inne, nippte nochmals und trank sie aus. Dann reichte sie Buntaro die Schale zurück. Er wiederholte die einzelnen Stadien des feierlichen Tee-Überbrühens und bot ihr die Schale abermals an. Sie ersuchte ihn, den *Cha* selbst zu kosten, wie die Regel es erheischte. Er nippte einmal, dann noch einmal – und trank sie aus. Dann bereitete er eine dritte und auch noch eine vierte Schale. Vorsichtig spülte er die Schale, wie das Ritual es verlangte, und trocknete sie ab, wozu er ein ganz besonders feines Baumwolltuch benutzte, um dann beides an seinen Platz zu legen. Dann verneigte er sich vor seiner Frau, und sie verneigte sich vor ihm. Die *Cha-no-yu* war beendet.

Buntaro empfand Genugtuung, daß er sein Bestes getan hatte und daß jedenfalls jetzt für den Augenblick Frieden zwischen ihnen herrschte. Heute nachmittag war das keineswegs so gewesen.

Er hatte sie an ihrer Sänfte begrüßt. Wie immer war er sich angesichts ihrer zierlichen Gestalt grob und ungeschlacht vorgekommen. Alle wohlüberlegten Worte, die er hatte sagen wollen, waren wie weggewischt. Unbeholfen hatte er sie zu einer *Cha-no-yu* eingeladen, um dann hinzuzufügen: »Es ist viele Jahre her, daß wir ... Ich habe Euch nie eine bereitet, aber heute abend ist der richtige Zeitpunkt.« Und dann war es aus ihm herausgeplatzt, was er nie hatte sagen wollen, wohl wissend, daß es töricht, unelegant und ein großer Fehler war, das zu tun: »Herr Toranaga meint, es sei Zeit, daß wir uns aussprechen.«

»Ihr jedoch seid nicht dieser Ansicht, Euer Gnaden?«

Er wurde rot im Gesicht, und seine Stimme bekam etwas Krächzendes, als er sagte: »Ich möchte, daß Harmonie zwischen uns herrscht, und mehr. Ich habe mich nie geändert, *neh?*«

»Selbstverständlich, Euer Gnaden, warum solltet Ihr auch? Wenn jemand Schuld hat, so ich und nicht Ihr.«

»Ich verzeihe Euch«, sagte er und ragte gewaltig neben ihr in ihrer Sänfte auf; er war sich zutiefst bewußt, daß die anderen sie beobachteten, unter anderen der Anjin-san und Omi. »Ich habe das *Cha*-Haus für heute abend reservieren lassen«, sagte er ihr. »Für heute abend, nach dem Abendessen. Wir haben Befehl, zusammen mit Herrn Toranaga zu speisen. Ich würde es als eine Ehre betrachten, wenn Ihr hinterher mein Gast sein würdet.«

»Die Ehre ist ganz auf meiner Seite.« Sie verneigte sich und wartete, die Augen immer noch gesenkt. Und er hätte sie am liebsten auf der Erde zerquetscht, um dann fortzueilen, sich das Kurzschwert in den Leib zu stoßen und sich aufzuschlitzen, auf daß der ewige Schmerz ihn von seiner Seelenqual befreie.

Er bemerkte, wie sie ihn forschend anblickte.

»Hattet Ihr noch etwas, Euer Gnaden?« fragte sie mit sanfter Stimme.

Der Schweiß rann ihm den Rücken und an den Lenden herunter, daß sein Kimono sich dunkel färbte. Der Schmerz wollte ihm Brust wie Kopf sprengen. »Heute nacht... heute nacht wohnt Ihr im Gasthaus.« Dann hatte er sich von ihr verabschiedet und sich um den gesamten Troß und das Gepäck gekümmert. Danach war er ans Flußufer hinuntergeeilt, wo er sich nackt in die Fluten gestürzt und mit der Strömung gekämpft hatte, bis ihm im Kopf wieder klarer geworden und der hämmernde Schmerz verschwunden war.

Hinterher hatte er am Ufer ausgestreckt dagelegen und sich gesammelt. Jetzt, wo sie zugesagt hatte, mußte er sich ans Werk machen. Es blieb ihm nur noch wenig Zeit. Er nahm alle Kraft zusammen und ging in Gedanken sein Vorhaben noch einmal durch. Heute abend mußte alles gelingen. Das kleine *Cha*-Haus selbst war alles andere als vollkommen, genauso wie der Garten – die plumpe provinzielle Nachahmung eines richtigen Teehauses. Es muß trotzdem gelingen, dachte er. Die Nacht wird die gröbsten Mängel verbergen, und die Beleuchtung wird ausgleichen müssen, was an Form gebricht.

Er zog seinen Kimono aus, legte die Schwerter ab und machte sich an die Reinigung des *Cha*-Hauses. Zunächst den winzigen Empfangsraum, die Küche und die Veranda. Dann den gewundenen Pfad und die Trittsteine, die ins Moos eingebettet waren, schließlich die Felsbrocken und den Garten, der das Häuschen umgab. Er schrubbte, fegte und bürstete bis alles makellos sauber war, und stimmte sich auf diese Weise in jene demütige Gemütsverfassung ein, wie sie Handarbeit mit sich bringt und die den Beginn der *Cha-no-yu* bedeutete, bei der es einzig dem Gastgeber oblag, dafür zu sorgen, daß alles makellos war. Regel Nummer eins war absolute Sauberkeit.

Als die Dämmerung hereinbrach, war er mit den meisten Vorbereitungen fertig. Er badete sorgfältig und ließ das Abendessen und den Gesang über sich ergehen. Alsdann kleidete er sich wieder um, zog einen dunkleren Kimono über und eilte zurück in den Garten. Zunächst legte er Dochte in die Öllämpchen. Dann netzte er die Trittsteine und die Bäumchen sehr sorgsam mit Wasser, so daß sich hier und da der flackernde Schein der Lampen spiegelte, bis der ganze winzige Garten ein Märchenland aus Tautropfen war, die in der Wärme der

sommerlichen Nachtbrise glitzerten. Die sorgsam ausgesuchten Holzkohlenstücke, die er einzeln auf einer Fläche weißen Sandes zu einer schönen Pyramide im Vorraum aufgeschichtet hatte, brannten, wie sie sollten. An den Blumen in der *Takonama* war nichts auszusetzen. Der Kessel fing an zu singen, und das Summen, das durch kleine auf dem Kesselboden verteilte Eisenstückchen noch verstärkt wurde, fand sein Wohlgefallen.
Alles war bereit.
Er hörte ihre Schritte auf den Trittsteinen, das Geräusch, wie sie rituell die Hände in das Becken mit frischem Flußwasser tauchte und sie hinterher trocknete. Leise stieg sie die drei Stufen zur Veranda herauf. Zwei weitere Schritte, bis sie vor dem Eingang mit dem Vorhang davor stand. Selbst sie mußte sich bücken, wollte sie durch die winzige Tür, die mit Vorbedacht niedrig gehalten war, auf daß jeder, der eintrat, sich demütig erniedrigte. Bei einer *Cha-no-yu* waren alle gleich, Gastgeber wie Gäste, der höchste *Daimyo* ebenso wie der einfachste Samurai, ja, sogar ein Bauer, sofern er geladen wurde.
Als erstes versenkte sie sich in die Betrachtung des Blumengestecks, das ihr Gatte gemacht. Er hatte die einzelne Blüte einer wilden weißen Rose gewählt, einen einzelnen Wassertropfen auf das tiefgrüne Blatt tropfen lassen und den Stengel in einem Grund von roten Kieseln verankert. Herbst naht, wollte er damit andeuten; weine nicht über das Vergängliche, über die Zeit des Sterbens, da die Erde entschläft; genieße die Zeit des Neubeginns, und erlebe die herrliche Kühle der Herbstluft an einem Sommerabend... Bald wird die Träne verschwinden, auch die Rose, nur die Steine werden zurückbleiben...
Losgelöst von sich selbst, beobachtete er sie; er war jenem Grad der Entrücktheit nahe, den ein *Cha*-Meister bisweilen erlebte, und befand sich vollkommen im Einklang mit seiner Umgebung. Um ihm zu huldigen, verneigte sie sich vor der Blume und kniete ihm gegenüber nieder. Sie trug einen dunkelbraunen Kimono; ein feuervergoldeter Faden an den Nähten brachte die weiße Säule ihres Halses und ihr Gesicht vorteilhaft zur Geltung; der Obi, den sie trug, war von ganz besonders dunkelgrüner Farbe und paßte zu ihrem Unterkimono; das Haar trug sie schmucklos einfach hinten hochgesteckt.
»Willkommen«, sagte er, verneigte sich und eröffnete damit die Zeremonie.
»Es ist mir eine Ehre«, erwiderte sie, wie ihre Rolle es von ihr verlangte.
Er reichte den winzigen Imbiß auf einem makellos lackierten Tablett, auf dem scheinbar achtlos die Eßstäbchen hingelegt worden waren; die Fischscheiben auf Reis, die er vorbereitet, bildeten ein bezauberndes Muster, und um die Wirkung des Zufälligen noch zu erhöhen, hatte er ein paar wilde Blumen, die er am Flußufer gepflückt, wie unabsichtlich auf dem Tablett verteilt. Nachdem sie mit dem Essen fertig war und auch er etwas zu sich genommen hatte, nahm er mit streng vorgeschriebenen Bewegungen das Teebrett und trug es durch die niedrige Tür hinaus in die Küche.
Als sie allein war und eine große Ruhe über sie kam, wandte Mariko ihre Aufmerksamkeit dem Feuer zu: Die Holzkohle bildete unter dem Dreifuß auf einem

sorgsam geharkten Meer schneeweißen Sandes einen glühenden Berg; sie lauschte dem leisen Knistern der Glut, das mit dem Seufzen des gerade eben siedenden Kessels eine harmonische Einheit bildete. Nachdem sie alles in sich aufgenommen und ihre Seele daran gemessen hatte, trat sie wieder in den Garten hinaus, an das flache Becken, das seit unvordenklichen Zeiten die Natur in den Felsen gegraben. Abermals reinigte sie Hände und Mund mit dem kühlen frischen Wasser und trocknete beides mit einem neuen Handtuch.

Als sie sich im Inneren des Teehauses wieder hinkniete, sagte er: »Vielleicht möchtet Ihr jetzt Euren *Cha* nehmen?«

»Es wäre mir eine Ehre, aber bitte, macht meinetwegen nicht zu viele Umstände.«

»Es ist *mir* eine Ehre. Ihr seid mein Gast.«

So hatte er sie bedient. Und jetzt war er zum Ende gekommen.

Es herrschte Schweigen, und eine Weile blieb Mariko regungslos sitzen; große Ruhe erfüllte sie; sie wollte durch nichts zu erkennen geben, daß die Zeremonie zu Ende war, und auf gar keinen Fall den Frieden stören, der sie umgab. Freilich spürte sie zunehmend die Kraft seines Blicks. Die *Cha-no-yu* war zu Ende. Das Leben mußte weitergehen.

»Wie Ihr sie zelebriert habt – das war unübertrefflich«, flüsterte sie, und Wehmut überwältigte sie. Eine Träne rann ihr aus den Augen, und als sie herunterrollte, wollte ihr schier das Herz zerspringen.

»Nein... nein... Ihr seid es, die unübertrefflich war«, sagte er.

»Es war die schönste, die ich jemals erlebt habe«, sagte sie. »Alles war vollendet! Wie schade, daß andere, würdiger als ich, das zu beurteilen, sie nicht haben miterleben können!« Ihre Augen schimmerten im flackernden Licht.

»Ihr habt sie erlebt. Mehr bedurfte es nicht. Ich habe sie nur für Euch zelebriert. Andere hätten sie überhaupt nicht verstanden.«

Sie spürte jetzt, wie heiße Tränen ihr über die Wangen liefen. Für gewöhnlich hätte sie sich ihrer geschämt, doch jetzt bekümmerten sie sie nicht. »Danke! Wie kann ich Euch nur danken?«

Er nahm eine Ranke wilden Thymians zwischen zwei zitternde Finger, lehnte sich vor und fing sanft eine Träne damit auf. Schweigend betrachtete er diese Träne; die Ranke wirkte winzig in seiner gewaltigen Faust. »Mein Werk... jedes Menschenwerk... ist nichts, verglichen mit dieser Schönheit. Ich danke Euch.«

Beide gaben sich einer süßen Schwermut hin, welcher sich die Schlichtheit einer einzelnen Träne beigesellte; sie genossen es, gemeinsam still dazusitzen und sich in Demut verbunden zu wissen, daß das, was gegeben worden, in Reinheit wieder zurückgegeben worden war.

Später sagte er: »Wenn unsere Pflicht es uns nicht verböte, würde ich Euch fragen, ob wir nicht gemeinsam in den Tod gehen wollen. Jetzt.«

»Mit Freuden würde ich mit Euch gehen«, antwortete sie sogleich. »Laßt uns in den Tod gehen. Jetzt.«

»Das können wir nicht. Unsere Pflicht gebietet uns, bei Herrn Toranaga zu bleiben.«
Sie nestelte ihr Stilett aus dem Obi und legte es ehrfürchtig vor ihn hin. »Dann gestattet mir bitte, den Weg voranzugehen.«
»Nein. Das hieße, unsere Pflicht vergessen.«
»Was geschehen soll, wird geschehen. Ihr und ich, wir können die Waagschalen nicht dazu bringen, nach der einen oder der anderen Seite auszuschlagen.«
»Das ist richtig. Aber wir können unmöglich vor unserem Gebieter gehen. Weder Ihr noch ich.«
»Mit Freuden würde ich heute abend gehen. Ich bin bereit. Mehr noch, ich begehre nichts anderes, als hinüberzugehen. Ja. Meine Seele zittert vor Freude.« Ein scheues Lächeln. »Bitte, verzeiht mir meine Selbstsucht. Ihr habt vollkommen recht, was unsere Pflicht betrifft.«
Das rasiermesserscharfe Stilett blinkte im Schein der Kerzen. Tief in Gedanken versunken schauten sie zu. Dann brach er den Bann.
»Warum Osaka, Mariko-san?«
»Es sind dort Dinge zu erledigen, die nur ich allein tun kann.«
Sein Stirnrunzeln vertiefte sich, als er sah, wie der Widerschein von einem spühenden Docht in der Träne zuckte und sich in tausend Farben brach.
»Was für Dinge?«
»Dinge, welche die Zukunft unseres Hauses betreffen und die ich erledigen muß.«
»Wenn das der Fall ist, müßt Ihr gehen.« Forschend blickte er sie an. »Aber Ihr allein?«
»Jawohl. Ich möchte Sorge tragen, daß die Abmachungen zwischen uns und Herrn Kiyama für Sarujis Hochzeit in jeder Hinsicht erfüllt werden. Geld, Morgengabe, Ländereien und so fort. Die Vergrößerung seines Lehens muß aktenkundig gemacht werden. Herr Hiro-matsu und Herr Toranaga verlangen, daß das erledigt wird. Ich bin verantwortlich für das Haus.«
»Ja«, sagte er langsam, »das ist Eure Pflicht.« Sein Blick senkte sich tief in den ihren. »Freilich ist es nicht wahrscheinlich, daß man Euch nach Osaka hineinlassen wird. Aber wie dem auch sei ... Ihr müßt möglichst schnell zurückkehren. Sehr bald. Es wäre unklug, auch nur eine Stunde länger als unbedingt nötig in Osaka zu bleiben.«
»Ja.«
»Müßt Ihr bald dort sein?«
»Ich glaube nicht, daß ein halber Monat oder ein Monat eine Rolle spielen. Vielleicht, aber ich weiß es nicht. Ich finde nur, ich sollte so schnell wie möglich hinreisen.«
»Dann werden wir den Zeitpunkt der Abreise Herrn Toranaga überlassen – falls er Euch überhaupt die Reise gestattet. Daß Herr Zataki hier ist und die beiden Schriftrollen überbracht hat, kann nur Krieg bedeuten. Dann wird die Reise zu gefährlich sein.«

»Ja. Ich danke Euch.«

Froh, das jetzt hinter sich gebracht zu haben, schaute er sich zufrieden um. »Es ist ein schöner Raum geworden, besser, als ich zu hoffen gewagt hatte. Ich habe es genossen, hier zu sein, und ich danke Euch, daß Ihr hier seid. Wäret Ihr nicht gewesen, ich hätte nie eine *Cha-no-yu* zelebriert und mich niemals so eins gefühlt mit dem Unendlichen.«

Sie zögerte und nahm dann scheu die T'ang-*Cha*-Dose zur Hand: eine ganz schlichte Arbeit mit einem Deckel darauf und ohne alle Verzierungen. Die orangebraune Glasur lief nicht bis ganz nach unten, sondern bildete einen unregelmäßigen Rand aus rohem Porzellan über dem Boden. Buntaro hatte die Dose für zwanzigtausend *Koku* von Sen-Nakada gekauft, dem berühmtesten *Cha*-Meister, den es jemals gegeben hatte. »Wie wunderschön sie ist«, murmelte sie und genoß es, die Dose mit den Fingerspitzen zu berühren. »Und wie hinreißend sie für diese Zeremonie paßt.«

»Ja.«

»Ihr habt Euch heute wirklich übertroffen, Buntaro-san. Welches Glück Ihr mir geschenkt habt.« Ihre Stimme verriet ihre Rührung. Sie lehnte sich leicht vor. »Alles war vollkommen für mich: Der Garten, und wie geschickt Ihr Licht und Schatten eingesetzt habt, die Mängel auszugleichen. Und dies hier.« Abermals berührte sie die *Cha*-Dose. »Alles war von meisterhafter Vollkommenheit.« Wieder rannen ihr Tränen über die Wangen.

Verlegen ob solchen Lobs verneigte er sich. Um sich das nicht weiter anmerken zu lassen, fing er an, die Dose in ihre seidenen Hüllen einzuwickeln. Als er damit fertig war, legte er sie in ihren Kasten und setzte den behutsam vor sie hin. »Mariko-san, wenn unser Haus Geldschwierigkeiten hat, nehmt sie, und verkauft sie.«

»Niemals!« Sie stellte neben seinen Schwertern und dem überlangen Bogen den einzigen Besitz dar, der ihm im Leben etwas bedeutete. »Die Dose wäre das letzte, was ich jemals verkaufen würde. Nein, Buntaro-san, die T'ang-Dose gehört Euch.«

»Uns bleibt nicht mehr viel Zeit. Wem soll ich sie hinterlassen? Saruji?«

Sie ließ den Blick auf den Kohlen ruhen; das Feuer verzehrte den Vulkan – ein Sinnbild dafür, daß selbst ein Vulkan nichts war. »Nein. Nicht, ehe er selbst ein würdiger *Cha*-Meister geworden ist und es in dieser Kunst zu der gleichen Vollkommenheit bringt wie sein Vater. Ich würde Euch raten, die T'ang-Dose Herrn Toranaga zu hinterlassen – er ist ihrer würdig – und ihn gleichzeitig zu bitten, vor seinem Tode zu entscheiden, ob unser Sohn es verdient, sie zu besitzen.«

»Und wenn Herr Toranaga verliert und stirbt, noch ehe es Winter wird?«

»Wie bitte?«

»Hier, wo wir ganz allein sind, kann ich Euch ja ruhig die Wahrheit sagen, und zwar rückhaltlos. Jawohl, er wird verlieren, es sei denn, er könnte Kiyama und Onoshi auf seine Seite ziehen – *und* Zataki.«

»Wenn das so ist, macht eine Klausel in Eurem Testament, daß die T'ang-Dose in feierlichem Zug zu Seiner Kaiserlichen Hoheit geschickt werde, und ersucht Sie, sie anzunehmen. Die T'ang-Dose hat es wirklich verdient, einen göttlichen Besitzer zu haben.«

»Ja. Das wäre die beste Lösung.« Er betrachtete das Stilett und meinte dann umdüstert: »Ach, Mariko-san, für Herrn Toranaga kann man nichts mehr tun. Sein *Karma* ist geschrieben. Und ob er gewinnt, oder ob er verliert – ein furchtbares Töten wird in jedem Fall anheben.«

»Ja.«

Brütend löste er die Augen von ihrem Stilett und betrachtete die Ranke des wilden Thymians, an der immer noch die Träne haftete. Später sagte er: »Wenn er verliert – ehe ich sterbe, werde ich oder wird einer meiner Männer den Anjin-san töten.«

Ihr Antlitz schimmerte in der Dunkelheit. Der sanfte Wind bewegte ein paar Strähnen ihres Haars, was sie noch statuenhafter erscheinen ließ. »Verzeiht, bitte, aber dürfte ich fragen, warum?«

»Er ist zu gefährlich, als daß man ihn am Leben lassen dürfte. Sein Wissen, seine Vorstellungen, von denen ich ja nur aus fünfter Hand gehört habe... er wird das Reich ins Verderben stürzen und selbst Herrn Yaemon anstecken. Herr Toranaga steht bereits jetzt in seinem Bann.«

»Herr Toranaga erfreut sich seiner Kenntnisse«, sagte Mariko.

»In dem Augenblick, da Herr Toranaga stirbt, ist auch die letzte Stunde des Anjin-san gekommen. Freilich hoffe ich, daß unserem Gebieter vorher noch die Augen aufgehen.« Er hob die Augen zu ihr auf. »Steht Ihr in seinem Bann?«

»Er ist ein faszinierender Mann. Aber sein Geist arbeitet so ganz anders als der unsere... seine Wertvorstellungen... ja, sie sind von den unseren so grundverschieden, daß es bisweilen nahezu unmöglich ist, ihn überhaupt zu verstehen. Einmal habe ich versucht, ihm den Sinn der *Cha-no-yu* zu erklären, aber das ging über seinen Horizont.«

»Neulich, an jenem Abend in Anjiro, der dann so schlimm endete – in dieser Nacht spürte ich, daß Ihr an seiner Seite wart, gegen mich. Selbstverständlich war das ein böser Gedanke – aber ich habe es gespürt.«

Sie riß den Blick von der Klinge los. Unbeirrt sah sie ihn an, ohne etwas zu entgegnen. Ein Lämpchen sprühte kurz auf und erlosch. Jetzt blieb nur noch eine Lampe im Raum.

»Jawohl, ich habe ihn gehaßt in jener Nacht«, fuhr Buntaro mit derselben ruhigen Stimme fort. »Und ich habe ihn tot sehen wollen – und Euch und Fujiko-san auch. Mein Bogen flüsterte mir etwas zu, wie er es manchmal tut, und forderte mich auf zu töten. Und als ich ihn dann am nächsten Morgen mit diesen lächerlichen kleinen Pistolen in der Hand wie ein Feigling den Hügel herunterkommen sah, baten meine Pfeile, sein Blut trinken zu dürfen. Aber ich schob es auf, ihn umzubringen, und erniedrigte mich, haßte meine schlechten Manieren mehr als ihn, denn meine schlechten Manieren und der Saké hatten Schande über mich gebracht.« Jetzt zeigte sich, wie erschöpft er war. »Ach, die viele Schande, die wir zu tragen haben, Ihr und ich. *Neh?*«

»Ja.«

»Ihr möchtet nicht, daß ich ihn töte?«

»Ihr müßt das tun, was Ihr für Eure Pflicht anseht«, sagte sie. »Genauso wie auch ich immer meine Pflicht tun werde.«

»Wir bleiben heute nacht im Gasthaus«, sagte er.

»Ja.«

Da sie jedoch ein vollendeter Gast gewesen war und die *Cha-no-yu* die beste, die er je gefeiert, besann er sich eines Besseren und gab das Geschenk der Zeit und der inneren Ruhe in gleichem Maße an sie zurück, wie er es von ihr empfangen hatte. »Geht zum Gasthaus. Schlaft«, sagte er. Seine Hand nahm das Stilett und reichte es ihr. »Wenn der Ahorn keine Blätter mehr trägt – oder wenn Ihr aus Osaka zurückkehrt –, werden wir einen neuen Anfang machen. Als Mann und Frau.«

»Ja. Ich danke Euch.«

»Stimmt Ihr aus freiem Willen zu, Mariko-san?«

»Ja. Danke.«

Mariko verneigte sich, nahm das Stilett in Empfang und versteckte es wieder in ihrem Obi, verneigte sich nochmals und ging.

Ihre Schritte erstarben. Buntaro blickte auf die Thymianranke in seiner großen Hand, darin in einem winzigen Blatt immer noch die Träne festsaß. Seine Finger zitterten, als er die Ranke auf die letzte Glut legte. Die reinen grünen Blätter fingen an, sich zu krümmen und zu verkohlen. Zischend verging die Träne. Dann, im Schweigen, fing er an zu weinen – vor Zorn, plötzlich fest davon überzeugt, daß sie ihn mit dem Anjin-san betrogen hatte.

Blackthorne sah sie aus dem Garten kommen und den erleuchteten Hof durchqueren. Es verschlug ihm den Atem, als er die Schönheit ihres weißen Gesichts wahrnahm. Die Morgendämmerung kroch am östlichen Himmel herauf.

»Hallo, Mariko-san.«

»Oh – hallo, Anjin-san! Ihr ... verzeiht, Ihr habt mich erschreckt. Ich hatte Euch nicht gesehen. Ihr seid noch spät auf.«

»Nein. *Gomen nasai.* Es wird Zeit für mich.« Er lächelte und wies auf das schwache Licht, das den Morgen ankündigte. »Auf See habe ich es mir angewöhnt, immer kurz vor Morgengrauen aufzuwachen, gerade noch rechtzeitig, um an Deck zu gehen und die Sonne anzupeilen. Ihr seid es, die noch spät auf ist.«

»Ich habe gar nicht gemerkt, daß es ... daß die Nacht schon vorüber ist.« Samurai waren am Tor und überall an den Türen aufgestellt und blickten neugierig herüber. Naga befand sich unter ihnen. Ihre Stimme wurde zu einem kaum hörbaren Flüstern, als sie auf lateinisch sagte: »Halte Er die Augen offen, ich bitte Ihn darum! Selbst die Finsternis der Nacht kann zum Schicksal werden.«

»Ich bitte um Verzeihung.«
Sie blickten beiseite, als Pferde zum Haupttor geführt wurden – Falkner, die Jagdgesellschaft und die Wachen. Niedergeschlagen trat Toranaga aus dem Haus.
»Es ist alles bereit, Euer Gnaden«, sagte Naga. »Darf ich Euch begleiten?«
»Nein, nein, vielen Dank. Ihr müßt Euch jetzt ausruhen. Mariko-san, wie war die *Cha-no-yu*?«
»Unvergleichlich, Euer Gnaden. Unvergleichlich schön.«
»Buntaro-san ist darin ein Meister. Ihr seid zu beglückwünschen.«
»Jawohl, Euer Gnaden.«
»Anjin-san. Habt Ihr Lust, mit auf die Jagd zu reiten? Ich würde Euch gern zeigen, wie man mit einem Falken jagt.«
»Euer Gnaden?«
Mariko dolmetschte.
»Ja, vielen Dank«, sagte Blackthorne.
Mariko sah ihnen nach, als sie fortgingen. Nachdem sie den Pfad hinaufgeritten waren, ging sie auf ihr Zimmer. Ihre Zofe half ihr, sich auszuziehen, Schminke und Puder zu entfernen und das Haar zu öffnen. Dann gebot sie der Zofe, im Zimmer zu bleiben; sie wünsche vor Mittag nicht gestört zu werden.
»Jawohl, Herrin.«
Mariko legte sich nieder, schloß die Augen und genoß es, wie ihr Körper in den herrlichen weichen Decken versank. Sie war erschöpft, aber auch freudig erregt. Die *Cha-no-yu* hatte sie zu einem einsamen Gipfel des inneren Friedens emporgetragen, sie gereinigt – und von diesem Gipfel hatte die erhabene, freudebringende Entscheidung, in den Tod zu gehen, sie dann zu einem weiteren, nie zuvor gekannten Höhenflug emporgerissen. Daß sie jetzt von so schwindelerregender Höhe wieder zum Leben herabkam, erfüllte sie mit einem geradezu unheimlichen, unfaßlichen Bewußtsein, aus Fleisch und Blut und lebendig zu sein. Sie waren beide vollkommen gewesen. Sie rollte sich im Bett zusammen, so froh, daß jetzt Frieden herrschte... bis die Blätter fielen.
In aller Demut betete sie ein Ave Maria, bat um Vergebung und tat dann – wie es ihre Gepflogenheit war und im Gehorsam ihrem Lehnsherrn gegenüber – ihren Gott für einen weiteren Tag in das für ihn bestimmte Fach ihres Geistes.
Was hätte ich wohl getan, sann sie, ehe der Schlaf sie umfing, wenn Buntaro gebeten hätte, mein Bett mit mir zu teilen?
Ich hätte es ihm verweigert.
Und dann, wenn er darauf bestanden hätte, wie es sein Recht ist?
Dann hätte ich das Versprechen gehalten, das ich gegeben. O ja. Es hat sich nichts geändert.

# 44. Kapitel

Zur Stunde der Ziege kam der Zug ein zweites Mal über die Brücke. Alles war genauso wie am Tag zuvor, nur daß Zataki und seine Männer jetzt leichte Kleidung trugen – zum Reisen oder um Scharmützel zu fechten. Bewaffnet waren sie bis an die Zähne, und wenn sie auch äußerst zuchtvoll waren, insgeheim brannten alle auf den entscheidenden Kampf auf Leben und Tod – falls es dazu kommen sollte. Sie setzten sich Toranagas Streitkräften, die ihnen zahlenmäßig weit überlegen waren, gegenüber. Pater Alvito stand als Zuschauer auf der einen Seite, Blackthorne auf der anderen.

Toranaga hieß Zataki mit der gleichen gelassenen Förmlichkeit willkommen wie gestern, ja, er zog das Zeremoniell beim Platznehmen noch in die Länge. Heute saßen die beiden *Daimyos* allein auf dem Podest, die Kissen lagen weiter auseinander, und die Wolken hingen tiefer. Yabu, Omi, Naga und Buntaro saßen auf der Erde hinter Toranaga, und vier von Zatakis Beratern hinter ihm.

Als der richtige Zeitpunkt gekommen war, holte Zataki die zweite Schriftrolle aus dem Ärmel. »Ich bin gekommen, in aller Form Eure Antwort in Empfang zu nehmen.«

»Ich bin einverstanden, nach Osaka zu gehen und mich dem Willen des Rats zu beugen«, erwiderte Toranaga gelassen und verneigte sich.

»Ihr wollt Euch unterwerfen?« Zataki verzerrte ungläubig das Gesicht. »Ihr, Toranaga-noh-Minowara... Ihr wollt...«

»Hört«, unterbrach Toranaga ihn mit seiner volltönenden Stimme, die über den ganzen Platz hallte. »Dem Regentschaftsrat sind wir alle Gehorsam schuldig. Selbst wenn er dem Gesetz nach nicht voll funktionsfähig ist. Das Reich hat Vorrang. Wenn ein *Daimyo* sich auflehnt, dann gebietet es die Pflicht, ihn zu vernichten. Ich habe dem Taikō geschworen, niemals als erster den Frieden zu brechen. *Ich nehme die Einladung an. Ich breche noch heute auf.*«

Entgeistert versuchte jeder Samurai sich auszumalen, was diese unglaubliche Kehrtwende bedeuten mochte. Alle waren sich schmerzlich bewußt, daß den meisten von ihnen nichts anderes übrigbleiben würde, als *Ronin* zu werden, mit

allen Konsequenzen: Verlust ihrer Ehre, ihrer Einkünfte und ihrer Familien. Buntaro wußte, daß er Toranaga auf seiner letzten Reise begleiten und sein Schicksal teilen würde – es bedeutete den Tod seiner gesamten Familie bis ins jüngste Glied. Wer wollte schon weiterleben, wenn sein Lehnsherr auf so feige Weise den Kampf aufgab. *Karma*, dachte Buntaro bitter. Möge Buddha mir Kraft verleihen! Jetzt bleibt mir nichts anderes übrig, als Mariko und unserem Sohn das Leben zu nehmen, ehe ich meinem eigenen ein Ende setze. Wann? Sobald meine Pflicht getan ist und unser Gebieter ehrenvoll in die Große Leere eingegangen ist. Er braucht schließlich einen getreuen Sekundanten, *neh?* Alles vorbei, die ganze Zukunft und die Gegenwart. Vielleicht ist es besser so, *neh?* Jetzt wird Herrn Yaemon nichts mehr im Wege stehen, daß er sein Erbe antritt.
Naga war wie vor den Kopf geschlagen! Nicht »Blutiger Himmel«? Keinen Kampf auf Leben und Tod in den Bergen von Shinano oder auf den Ebenen um Kyoto? Keinen ehrenhaften Tod bei der heldenmütigen Verteidigung der Standarte seines Vaters, keine Berge von Toten, hinter denen man sich bei einem letzten Kampf verschanzte – oder bei einem gottgegebenen Sieg? Nicht einmal einen Überraschungsangriff mit den dreckigen Feuerwaffen? Nichts von alledem – nur *Seppuku*, und auch das wahrscheinlich nocht überstürzt, ohne jede Feierlichkeit und ohne äußere Ehren, sein Kopf hinterher auf eine Lanze gespießt, dem johlenden niederen Volk zum Ergötzen gezeigt! Nichts als der Tod und das Ende des Geschlechts der Yoshi. Denn selbstverständlich würde jeder von ihnen sterben. Seine Augen richteten sich auf Zataki. Blutdurst wallte in ihm auf...
Haß verzehrte Omi, als er Toranaga beobachtete. Unser Gebieter hat den Verstand verloren, dachte er. Wie kann er nur so dumm sein! Wir haben hunderttausend Mann und das Musketenregiment und noch weitere tausend Mann um Osaka herum! »Blutiger Himmel« ist tausendmal besser als ein einsames, stinkendes Grab.
Seine Hand krampfte sich um den Schwertgriff, und einen verzückten Augenblick sah er sich schon vorwärtsstürzen und Toranaga enthaupten, um seinen Kopf dem Regenten Zataki zu überreichen und dieser schändlichen Posse ein Ende zu bereiten. Was hatte es jetzt noch für einen Sinn weiterzuleben? Kiku war jetzt unerreichbar für ihn. Toranaga, der sie alle verraten, hatte ihren Kontrakt aufgekauft. Gestern abend hatte sein Körper in Flammen gestanden, als sie sang, und er hatte gewußt, daß ihr Lied insgeheim nur ihm gegolten hatte, ihm allein. Warte – warum nicht gemeinsam aus dem Leben gehen? Ach, wie herrlich das wäre! Unsere Seelen im Tod miteinander verschmelzen zu lassen, zum unvergänglichen Zeugnis, daß wir das Leben geliebt! – Aber zuerst den Verräter Toranaga, *neh?*
Unter Aufbietung seiner ganzen Willenskraft riß Omi sich vor dem Abgrund zurück.
Alles ist schiefgegangen, dachte er. Kein Friede in meinem Haus. Meiner Rache an Yabu um keinen Schritt näher! Kein heimlicher Pakt mit Zataki, mit oder

ohne Yabu – ein Pakt, über den sie gestern abend stundenlang gefeilscht hatten. Überhaupt keine Abmachung. Nichts stimmte mehr. Selbst als Mura die Schwerter schließlich gefunden hatte, waren sie durch die Gewalt des Erddrucks derart verbogen gewesen, daß Toranaga mich dafür gehaßt hat, als ich sie ihm zeigte, das weiß ich ganz genau. Und jetzt auch noch dies... dieses feige und verräterische Aufgeben...
Es ist fast so, als ob ich unter einem bösen Zauber stünde. Ob der vom Anjin-san ausgeht?
»Ihr wollt aufgeben? Wir werden nicht in den Krieg ziehen?« brüllte Yabu im vollen Bewußtsein, daß sein Tod und der Tod seines Klans jetzt gewiß waren.
»Ich nehme die Einladung des Rats an«, erwiderte Toranaga. »Genauso wie Ihr die Einladung des Rats annehmen werdet.«
»Ich werde die Einladung nicht...«
Omi wurde aus seinen Träumereien herausgerissen und besaß Geistesgegenwart genug, um zu wissen, daß er Yabu unterbrechen und ihn vor dem augenblicklichen Tod bewahren mußte, den ein Zusammenstoß mit Toranaga unvermeidlich machen würde. Doch absichtlich preßte er die Lippen zusammen, frohlockte innerlich ob dieses Himmelsgeschenks, wartete darauf, daß Yabus Verhängnis seinen Lauf nahm.
»Ihr werdet *was* nicht?« herrschte Toranaga Yabu an.
Yabus Seele schrie: *Gefahr!* Da brachte er es fertig zu krächzen: »Ich... ich... selbstverständlich werden Eure Vasallen gehorchen. Ja... wenn Ihr beschließt... was immer Ihr beschließt... Ich, ich werde gehorchen.«
Omi fluchte innerlich und bekam wieder die glasigen Augen wie zuvor; sein Gemüt war immer noch wie verdorrt.
Voller Zorn ließ Toranaga Yabu weiterstottern und ihn seine Entschuldigungen vorbringen. Dann erst schnitt er ihm voller Verachtung das Wort ab: »Gut.« Er wandte sich wieder Zataki zu, ohne indes in seiner Aufmerksamkeit nachzulassen. »Also, Bruder, Ihr könnt die zweite Rolle wegstecken. Es gibt nichts mehr...« Aus den Augenwinkeln heraus sah er, wie Nagas Gesichtsausdruck sich veränderte, und er fuhr zu ihm herum. »Naga!«
Der junge Mann fuhr erschrocken zusammen, doch seine Hand ließ den Schwertgriff fahren. »Ja, Vater?« stotterte er.
»Geht und holt mein Schreibgerät! Sofort!« Als Naga ein gutes Stück außer Reichweite der Schwerter war, seufzte Toranaga erleichtert auf, daß er den Angriff auf Zataki verhindert hatte. Aufmerksam betrachtete er Buntaro. Und dann Omi. Und zuletzt Yabu. Er meinte, die drei jetzt genügend unter Kontrolle zu haben, so daß sie keine törichte Bewegung machten, die nichts weiter auslösen konnte als einen furchtbaren Tumult und ein Blutbad ohnegleichen.
Abermals wandte er sich an Zataki. »Ich werde Euch sogleich schriftlich bestätigen, daß ich in aller Form annehme. Damit wird der Rat auf meinen Staatsbesuch vorbereitet sein.« Er senkte die Stimme und flüsterte nur für Zatakis Ohren allein vernehmlich: »Innerhalb von Izu seid Ihr sicher, Regent! Und auch

außerhalb von Izu! So lange, bis meine Mutter Eurem Zugriff entzogen und in Sicherheit ist. Aber nur bis dahin! Das Treffen ist vorüber.«
»Gut. ›Staatsbesuch?‹« Zataki zeigte offen seine Verachtung. »Welche Heuchelei! Ich hätte es nie für möglich gehalten, daß ich den Tag erleben würde, da Yoshi Toranaga-noh-Minowara vor General Ishido Kotau macht. Ihr wollt bloß...«
»Was ist wichtiger, Bruder?« sagte Toranaga. »Der Fortbestand meines Geschlechts – oder der Fortbestand des Reiches?«

Düsternis hing über dem Tal. Es regnete in Strömen. Die Wolken hingen kaum hundert Meter über der Talsohle und verhüllten den Weg zum Paß hinauf. Der freie Platz und der Hof des Gasthauses waren angefüllt mit mißgelaunten Samurai. Die Offiziere schrien ihre Befehle mit völlig überflüssiger Schroffheit hinaus. Verängstigte Träger schossen hin und her und bereiteten sich auf den Abmarsch der Kolonne vor. Es blieb kaum noch eine Stunde, bis die Dunkelheit einsetzte.
Toranaga hatte die blumige Botschaft geschrieben und dann per Boten Zataki überbringen lassen – trotz aller Bitten und Vorhaltungen von Buntaro, Omi und Yabu, die nach dem Treffen noch zusammengekommen waren. Schweigend hatte er sich ihre Einwände angehört.
Zum Abschluß sagte er: »Ich will nicht mehr darüber reden. Ich habe mich entschieden. Gehorcht!«
Er hatte ihnen gesagt, er werde zunächst nach Anjiro zurückkehren, um den Rest seiner Leute zu holen. Morgen werde er dann auf der Küstenstraße auf Atami und Odawara zumarschieren und von dort über die Bergpässe nach Yedo. Das Musketenregiment sollte sich in Anjiro auf die Galeeren einschiffen, in See stechen und ihn in Yedo erwarten. Das Kommando übertrug er Yabu. Am nächsten Tag sollte Omi mit allen zur Verfügung stehenden Truppen über die Hauptverkehrswege bis zur Grenze vorrücken und sich mit Hiro-matsu vereinigen, der das Oberkommando führe und die Aufgabe habe, dafür zu sorgen, daß Ikawa Jikkyu den normalen Verkehr nicht behindere. Omi sollte fürs erste in Mishima Quartier nehmen, jenen Teil der Tokaido-Straße bewachen und Sänften und Pferde in genügender Zahl für Toranaga und sein zahlreiches Gefolge bereitstellen, wie es für einen formellen Staatsbesuch nötig war. »Versetzt alle Stationen an der Straße in Alarmbereitschaft, und bereitet sie ebenfalls zum Abmarsch vor. Ihr versteht?«
»Jawohl, Euer Gnaden. Ihr könnt Euch auf mich verlassen.«
Als alles für den Abmarsch fertig war, trat Toranaga aus seinen Gemächern auf die Veranda heraus. Alle verneigten sich. Er ließ den Gastwirt kommen, der auf den Knien liegend seine Rechnung präsentierte. Toranaga überprüfte jeden einzelnen Posten und warf die Rechnung dann seinem Zahlmeister zum Begleichen hin. Nun ließ er Mariko und den Anjin-san zu sich bitten. Mariko erhielt die Erlaubnis, nach Osaka zu reisen. »Zunächst aber geht Ihr von hier direkt nach

Mishima. Übergebt diese vertrauliche Nachricht Hiro-matsu, und dann reist zusammen mit dem Anjin-san weiter nach Yedo. Nach Osaka werdet Ihr dann wahrscheinlich per Schiff fahren... doch das werde ich später entscheiden! Anjin-san. Habt Ihr das Wörterbuch von dem Priester erhalten?«
Mariko dolmetschte.
»*Gomen nasai.* Ja, Buch bekommen.«
»Wenn wir uns in Yedo wiedersehen, werdet Ihr besser japanisch sprechen als jetzt. *Wakarimasu ka?*«
»*Hai. Gomen nasai.*«
Niedergeschlagen stapfte Toranaga aus dem Hof hinaus. Ein Samurai hielt einen großen Regenschirm über ihn. Abermals verneigten sich alle vor ihm, doch er schenkte ihnen keinerlei Beachtung, sondern stieg einfach in seine überdachte Sänfte, die an der Spitze der Marschkolonne stand, und schloß die Vorhänge.
Augenblicklich schulterten die sechs halbnackten Träger die Tragstangen und fielen in eine schnelle Gangart. Samurai ritten voraus, andere umgaben die Sänfte. Ersatzträger und der Troß mit dem Gepäck folgten, alle in großer Eile, alle innerlich verkrampft und voller Furcht. Omi führte die Vorhut an, Buntaro die Nachhut. Yabu und Naga waren bereits vorher losgeritten, um zum Musketenregiment zu stoßen, das weiter hinten die Straße bewachte; sobald Toranaga kam, sollten sie sich dem Zug anschließen und eine weitere Nachhut bilden. »Nachhut gegen wen?« hatte Yabu knurrend hingeworfen, als sie ein paar Augenblicke allein gewesen waren.
Buntaro schritt auf das hohe, gewölbte Haupttor des Gasthauses zu, ohne des heftigen Regens zu achten. »Mariko-san!«
Gehorsam eilte sie zu ihm. Die schweren Regentropfen prasselten auf das orangefarbene Ölpapier ihres Regenschirms. »Ja, Euer Gnaden?«
Unter dem Rand seines Bambushutes hervor ließ er seine Augen hastig über ihre ganze Gestalt wandern und wandte sie dann Blackthorne zu, der auf der Veranda stand. »Sagt ihm...« Er sprach nicht weiter.
»Euer Gnaden?«
Er starrte auf sie herab. »Sagt ihm, er sei in meinen Augen verantwortlich für Euch.«
»Jawohl, Euer Gnaden«, sagte sie. »Aber, bitte, verzeiht, ich bin für mich selbst verantwortlich.«
Buntaro drehte sich um und schätzte die Entfernung bis zur Spitze der Kolonne ab. »Jetzt wird es keine fallenden Blätter für unsere Augen geben, *neh?*«
»Das liegt in Gottes Hand, Euer Gnaden.«
»Nein, das liegt in Toranaga-sans Händen«, sagte er voller Verachtung.
Sie blickte ihm fest in die Augen, ohne seinem Blick auszuweichen. Der Regen kam herniedergerauscht. Die Tropfen fielen vom Rand des Regenschirms wie ein Tränenschleier herunter. Der Schlamm spritzte gegen den Saum ihres Kimonos. Dann sagte er: »*Sayonara* – bis wir uns in Osaka wiedersehen.«

Sie erschrak. »Oh, verzeiht, aber sehen wir uns nicht in Yedo?«
»Gewiß. Aber in Osaka – wenn wir uns dort wiedersehen – werden wir einen neuen Anfang machen. Dann werde ich Euch *wirklich* wiedersehen, *neh?*«
»Ah, ich verstehe. Verzeiht.«
»*Sayonara*, Mariko-san«, sagte er.
»*Sayonara*, mein Gebieter.« Mariko verneigte sich. Herrisch erwiderte er die Verneigung und stapfte dann durch den Schlamm zu seinem Pferd. Er schwang sich in den Sattel und galoppierte davon, ohne noch einen einzigen Blick zurückzuwerfen.
»Geh mit Gott!« sagte sie und starrte hinter ihm her.

Blackthorne sah, wie ihre Augen Buntaro folgten. Er wartete im Schutz des Daches. Der Regen ließ allmählich etwas nach. Bald war die Spitze des Zuges in den Wolken verschwunden, dann auch Toranagas Sänfte, und sein Atem ging unbeschwerter. Trotzdem war er niedergedrückt an diesem Tag, der unter einem so unglücklichen Stern zu stehen schien.
Dabei hatte die Falkenjagd am Morgen so vielversprechend begonnen. Er hatte einen winzigen Falken mit langen Schwingen gewählt, der wie ein Zwergfalke aussah, und ihn mit Erfolg auf eine Lerche angeworfen: Der rauschende Sturzflug war in südlicher Richtung verlaufen, die Verfolgungsjagd bei auffrischendem Wind über einen Baumgürtel hinweggegangen. Es war sein Vorrecht, als erster hinter dem Falken herzusprengen, und so war er durch den Wald einen vielbenutzten guten Pfad entlanggerast, so daß fliegende Händler und Bauern auseinandergestoben waren. Nur ein wettergegerbter Öl-Verkäufer mit einem klapprigen Gaul stand ihm keifend im Weg und hatte nicht ausweichen wollen. Vom Jagdfieber gepackt, hatte Blackthorne den Alten rüde angefahren, doch der hatte sich nicht gerührt, und so hatte er ihn mit Flüchen überhäuft. Der Händler ließ sich nicht einschüchtern und hatte seinerseits Flüche ausgestoßen, und dann war plötzlich Toranaga aufgetaucht, hatte auf einen seiner Leibwächter gedeutet und gesagt: »Anjin-san, gebt ihm für einen Augenblick Euer Schwert« – und noch ein paar Worte, die er nicht verstand. Blackthorne hatte augenblicklich gehorcht. Ehe er überhaupt begriff, was sich abspielte, war der Samurai über den Händler hergefallen. Sein Schwerthieb war so heftig und so wohlgezielt, daß der Öl-Verkäufer noch einen Schritt weitergewankt war, ehe er – bis zur Hüfte gespalten – zusammenbrach.
Toranaga war so hingerissen, daß er vor Begeisterung seinen Sattelknauf mit der Faust bearbeitete, fiel dann jedoch, während die anderen Samurai in Hochrufe ausbrachen, wieder in seine schwermütige Stimmung zurück. »Herr Toranaga meint«, hatte Mariko ihm übersetzt, »Ihr solltet Eurem Schwert den Namen ›Öl-Verkäufer‹ geben, denn solch ein Hieb und diese Schärfe sollten in ehrenhafter Erinnerung gehalten werden. Euer Schwert ist jetzt zur Legende geworden, *neh?*«
Blackthorne erinnerte sich, wie er genickt und seine Seelenpein unterdrückt

hatte. Jetzt trug er ›Öl-Verkäufer‹! – so sollte das Schwert wirklich fürderhin heißen –, jenes Schwert, das Toranaga ihm einst geschenkt. Was blieb also anderes übrig? Blackthorne wußte, daß man nichts anderes hätte tun können. Trotzdem war ihm durch diesen Tod die Freude an der Jagd verdorben, wiewohl er sich das auf keinen Fall hatte anmerken lassen dürfen; Toranaga selbst war den ganzen Tag über launenhaft und schwierig gewesen.
Kurz vor Mittag waren sie nach Yokosé zurückgekehrt, dann hatte Toranagas Treffen mit Zataki stattgefunden, und nach dem dampfenden Bad und der Massage hatte plötzlich Pater Alvito – einem Rachegeist gleich und zwei feindselige Priesterschüler neben sich – in seinem Weg gestanden. »Jesus Christus, hebt Euch hinweg von mir!«
»Ihr braucht keine Angst zu haben, und Ihr braucht nicht gotteslästerlich zu fluchen«, hatte Alvito gesagt.
»Gott verfluch Euch und alle Priester«, sagte Blackthorne und mußte an sich halten, um nicht loszuschlagen, denn er wußte, daß er tief in Feindesland war. Zuvor hatte er gesehen, wie etwa fünfzig katholische Samurai einer nach dem anderen über die Brücke geschlichen waren, um der Messe beizuwohnen, die Pater Alvito im Vorhof seines Gasthauses zelebrierte.
»Möge Gott Euch Eure Lästereien verzeihen, Pilot. Jawohl. Möge er Euch verzeihen und Euch die Augen öffnen. Ich hege keinen Groll gegen Euch. Ich bin nur gekommen, Euch ein Geschenk zu überbringen. Hier, nehmt, ein Geschenk von Gott, Pilot.«
Argwöhnisch nahm Blackthorne das Paket entgegen. Nachdem er es aufgemacht und das Portugiesisch-Lateinisch-Japanisch-Wörterbuch nebst Grammatik erkannt hatte, überlief ihn ein heiliger Schauder. Er blätterte ein paar Seiten durch. Zweifellos handelte es sich um ein Meisterwerk der Druckkunst, und was den Inhalt betraf, so war das einfach überwältigend. »Jawohl, das ist wahrhaftig ein Gottesgeschenk – nur hat Herr Toranaga Euch befohlen, es mir zu geben.«
»Drei von unseren Brüdern haben siebenundzwanzig Jahre dazu gebraucht, es zu erstellen.«
»Warum gebt Ihr es mir dann?«
»Man hat uns darum gebeten.«
»Warum habt Ihr Euch denn nicht Toranagas Bitte entzogen? Es ist viel zu kostbar, um es zu verschenken. Was wollt Ihr dafür haben?«
»Er hat uns gebeten, es Euch zu geben. Der Pater Visitator war einverstanden, und so gehört es jetzt Euch. Es ist erst dieses Jahr gedruckt worden, endlich! Es ist wunderschön, nicht wahr? Wir bitten Euch nur, es zu hüten wie Euren Augapfel und es gut zu behandeln. Das Buch hat es verdient.«
»Es sollte mit dem Leben verteidigt werden; denn es birgt unschätzbares Wissen, wie Eure *roteiros*. Nur dies hier ist noch kostbarer. Was wollt Ihr dafür haben?«
»Wir verlangen nichts dafür.«

»Das glaube ich Euch nicht.« Blackthorne wog es in der Hand, noch mißtrauischer. »Schließlich müßt Ihr wissen, daß es mir all Eure Kenntnisse bietet und zehn, vielleicht zwanzig Jahre Arbeit erspart. Mit Hilfe dieses Buches werde ich bald so gut japanisch sprechen wie Ihr. Das hier ist ein Schlüssel zu Japan, *neh?* In sechs Monaten werde ich imstande sein, mich direkt mit Toranaga-sama zu unterhalten.«
»Ja, vielleicht werdet Ihr das. Falls Euch sechs Monate bleiben.«
»Was soll das heißen?«
»Nichts weiter als das, was Ihr ohnehin schon wißt. Herr Toranaga wird tot sein, längst ehe sechs Monate verstrichen sind.«
»Warum? Was für Nachrichten habt Ihr ihm überbracht? Seit er mit Euch gesprochen hat, ist er wie ein Stier, dem halb die Gurgel zerfetzt worden ist.«
»Es handelte sich um eine persönliche Botschaft – von Seiner Eminenz an Herrn Toranaga. Tut mir leid – ich bin bloß der Bote. Aber General Ishido beherrscht Osaka, wie Ihr sicherlich wißt, und wenn Toranaga-sama nach Osaka geht, dann ist alles für ihn zu Ende. Und für Euch auch.«
Blackthorne gefror das Mark in den Knochen. »Warum für mich auch?«
»Ihr könnt Eurem Schicksal nicht entgehen, Pilot. Ihr habt Toranaga gegen Ishido beigestanden. Habt Ihr das vergessen? Ihr habt Ishido die Hände um den Hals legen wollen. Ihr seid es, der den Fluchtweg aus dem Hafen von Osaka heraus gebahnt hat. Tut mir leid, aber auch Euer Samurai-Status wird Euch da nichts helfen. Vielleicht ist es jetzt, wo Ihr Samurai seid, nur noch schlimmer. Jetzt wird man Euch befehlen, *Seppuku* zu begehen, und wenn Ihr Euch weigert...«
»Das ist *Karma* – liegt in Gottes Hand – nennt es, wie Ihr wollt«, sagte Blackthorne. Er war gereizt. »Aber beim Allmächtigen, noch ist alles offen. Ich werde mein Schiff wiederbekommen, und dann, in ein paar Jahren, werde ich ein Geschwader von englischen Schiffen hier herausführen und Euch aus ganz Asien vertreiben und zur Hölle schicken.«
Und abermals sprach Alvito mit seiner unendlichen, rasend machenden Ruhe. »Das liegt in Gottes Hand, Pilot. Hier jedoch sind die Würfel gefallen, und nichts von dem, was Ihr sagt, wird eintreten. Nichts.« Alvito blickte ihn an, als sei er bereits tot. »Möge Gott Eurer Seele gnädig sein, denn, so wahr mir Gott helfe, Pilot, ich glaube, daß Ihr diese Inseln nie wieder verlassen werdet.«
Ein Schauer überrann Blackthorne. Er hatte nicht vergessen, mit welch tiefer Überzeugung Alvito so gesprochen hatte.
»Friert Ihr, Anjin-san?«
Mariko stand neben ihm auf der Veranda und schüttelte ihren Regenschirm aus. »Oh, Verzeihung, nein, mich friert nicht – ich habe nur gerade nachgedacht.« Er warf einen Blick zur Höhe des Passes hinauf. Die ganze Marschkolonne war in der Wolkenbank verschwunden. Der Regen hatte etwas nachgelassen und fiel jetzt sanft und warm. Der Hof des Gasthauses war leer. Keine Wachen standen mehr am Tor und an den Enden der Brücke.

»Nachts ist es viel schöner, nicht wahr?« sagte sie.
»Ja«, erwiderte er, ganz durchdrungen von dem Bewußtsein, daß sie allein waren und ihnen nichts passieren konnte, wenn sie vorsichtig zu Werke gingen und wenn sie wollte, was er wollte.
Eine Zofe kam, nahm ihr den Regenschirm ab und brachte ihr trockene *Tabi*. Sie kniete nieder und rieb Mariko die Füße trocken.
»Morgen bei Sonnenaufgang werden wir unsere Reise antreten, Anjin-san.«
»Wie lange werden wir brauchen?«
»Ein paar Tage, Anjin-san. Herr Toranaga hat gesagt...« Mariko wandte den Blick von ihm, als Gyoko unterwürfig aus dem Gasthaus herauskam. »Herr Toranaga hat mir gesagt, wir hätten viel Zeit.«
Gyoko verneigte sich sehr tief. »Guten Abend, Dame Toda, bitte, verzeiht, daß ich Euch unterbreche.«
»Wie geht es Euch, Gyoko-san?«
»Gut, vielen Dank. Ich wünschte nur, es würde aufhören zu regnen. Ich mag diese Schwüle nicht. Freilich, wenn die Regenzeit aufhört, kommt die Hitze, und das ist noch ärger, *neh?* Aber der Herbst ist nicht mehr weit... Ach, welch ein Glück, daß der Herbst noch vor uns liegt und wir uns auf ihn freuen können. Und dann auf den göttlichen Frühling, *neh?*«
Mariko antwortete nicht. Die Zofe schnürte die *Tabi* für Mariko fest und stand auf. »Vielen Dank«, sagte Mariko und entließ sie. »Nun, Gyoko-san, kann ich irgend etwas für Euch tun?«
»Kiku-san fragt, ob Ihr gern möchtet, daß sie Euch beim Abendessen aufwarten oder heute abend für Euch singen oder tanzen soll. Herr Toranaga hat ihr ausdrücklich aufgetragen, für Eure Unterhaltung zu sorgen, wenn Ihr das wünschtet.«
»Ja, das hat er mir gesagt, Gyoko-san. Das wäre sehr nett, aber vielleicht nicht heute abend. Wir wollen morgen früh aufbrechen, und ich bin sehr müde. Es gibt ja noch mehr Abende, *neh?* Bitte, entschuldigt mich bei ihr.« Toranaga hatte Mariko befohlen, die beiden Frauen auf der Reise mitzunehmen, und sie hatte ihm gedankt, erfreut darüber, jetzt zwei Anstandsdamen um sich zu haben.
»Zu freundlich von Euch«, sagte Gyoko mit honigtriefender Stimme. »Wir sollen immer noch nach Yedo?«
»Ja, selbstverständlich. Warum?«
»Nichts, Dame Toda. Aber in dem Fall – könnten wir nicht in Mishima ein oder zwei Tage Pause einlegen? Kiku würde gern ein paar Kleider holen – sie findet, sie sei für Herrn Toranaga nicht anständig genug gekleidet. Wir sollten ihre Garderobe abholen, so unangemessen sie auch sein mag.«
»Jawohl, selbstverständlich. Ihr werdet beide mehr als genug Zeit haben.«
Gyoko sah Blackthorne nicht an, wiewohl sie sich seiner Gegenwart sehr bewußt war. »Es ist... tragisch, das mit unserem Gebieter, *neh?*«
»*Karma*«, sagte Mariko ungerührt, um dann mit der spitzen Zunge einer Frau

hinzuzufügen: »Aber es hat sich nichts geändert, Gyoko-san. Ihr bekommt Euer Geld an dem Tag, da wir in Yedo ankommen – in Silber, wie es im Kontrakt abgemacht ist.«
»Oh, tut mir leid«, sagte Gyoko und tat ganz entsetzt, »tut mir leid, Dame Toda, aber Geld? An so etwas hätte ich im Augenblick überhaupt nicht gedacht! Nichts liegt mir ferner! Ich habe nur an die Zukunft unseres Gebieters gedacht.«
»Er ist Herr seiner eigenen Zukunft«, kam es Mariko leicht von den Lippen, aber sie glaubte es selbst nicht mehr. »Eure Zukunft hingegen sieht rosig aus, *neh?* Was auch geschieht, Ihr seid jetzt reich. Alle Eure weltlichen Sorgen sind vorbei. Bald werdet Ihr in Yedo mit Eurer neuen Zunft der Kurtisanen eine Macht darstellen, gleichgültig, wer dann im Kwanto regiert. Bald werdet Ihr die größte aller Mama-sans sein, *neh?*«
»Ich sorge mich einzig um Herrn Toranaga«, sagte Gyoko mit angemessenem Ernst. Ihr Schließmuskel zog sich zusammen bei dem Gedanken, daß bald zweitausendfünfhundert *Koku* in ihrer Schatztruhe liegen würden. »Wenn es eine Möglichkeit gäbe, ihm zu helfen, ich würde es tun...«
»Wie großmütig von Euch, Gyoko-san. Ich werde ihm von Eurem Angebot berichten. Ja, tausend *Koku* weniger würden ihm sehr helfen. Ich nehme in seinem Namen an.«
Gyoko betätigte nervös ihren Fächer, setzte ein gewinnendes Lächeln auf und brachte es gerade noch fertig, nicht laut loszuklagen über soviel Dummheit, wie ein vom Saké benebelter Neuling auf so etwas hereinzufallen. »O nein, Dame Toda, wie könnte Geld einem so großzügigen Gönner helfen? Nein, nein, Geld ist gewiß keine Hilfe für ihn«, brabbelte sie weiter und versuchte ihre Fassung wiederzugewinnen. »Nein, Geld hilft da nicht. Bessere Informationen oder ein Dienst, den ich ihm leisten könnte, oder...«
»Verzeiht, bitte, was für eine Information?«
»Keine, keine im Augenblick. Ich habe das nur im übertragenen Sinne gemeint, verzeiht, aber Geld...«
»Ah, verzeiht, nun ja. Ich werde ihm jedenfalls von Eurem Angebot berichten – und Eurer Großzügigkeit. Ich danke Euch in seinem Namen.«
Gyoko verneigte sich, nahm diese Worte als Zeichen, daß sie entlassen wäre, und schlurfte zurück ins Gasthaus.
Marikos leises Lachen verstummte.
»Worüber lacht Ihr, Mariko-san?«
Sie erzählte ihm, was sie gesprochen hatten. »Mama-sans gleichen sich vermutlich auf der ganzen Welt. Sie macht sich bloß Sorgen um ihr Geld.«
»Wird Herr Toranaga bezahlen, selbst wenn...« Blackthorne hielt inne. Mariko wartete ohne jedes Arg. Dann, unter ihrem erwartungsvollen Blick, fuhr er fort: »Pater Alvito sagt, wenn Herr Toranaga nach Osaka geht, sei er erledigt.«
»O ja, Anjin-san. Ja, das ist leider nur allzu wahr«, sagte Mariko mit einem Strahlen, das sie in keiner Weise empfand. »Aber Osaka ist viele *Leguas* weit entfernt und liegt zahllose Stäbchen Zeit in der Zukunft, und bis dahin wird

geschehen, was geschehen soll. Ishido weiß es nicht, der gute Pater weiß es auch nicht genau, wir wissen es nicht, niemand weiß, was wirklich geschehen wird. *Neh?* Bis auf den Herrgott. *Neh?*«

»*Hai.*« Er stimmte in ihr Lachen ein. »Ach, Ihr seid ja so weise.«

»Danke. Ich habe einen Vorschlag, Anjin-san. Laßt uns während der Reise alle äußeren Probleme vergessen. Alle!«

»Sie!« sagte er auf lateinisch. »Es tut so wohl, Sie zu sehen!«

»Und Ihn. Äußerste Vorsicht vor diesen beiden Frauen auf der Reise ist geboten, *neh?*«

»Sie kann sich darauf verlassen, Dame!«

»Das tue ich auch. Ehrlich gesagt, sehr sogar.«

»Nun sind wir fast allein, *neh?* Sie und ich.«

»Ja. Aber was war, ist nicht und ist nie gewesen.«

»Richtig. Ja. Sie hat wieder recht. Und Sie ist schön.«

Ein Samurai schritt durch das Tor und grüßte sie. Er hatte graues Haar, sein Gesicht war mit Narben übersät, und er hinkte leicht. »Bitte, verzeiht, Dame Toda, aber wir brechen bei Sonnenaufgang auf, *neh?*«

»Jawohl, Yoshinaka-san. Aber es macht auch nichts, wenn wir erst gegen Mittag fortkommen, falls Ihr es wünscht. Wir haben viel Zeit.«

»Ja, wie Ihr wünscht. Dann also gegen Mittag. Guten Abend, Anjin-san. Bitte, gestattet, daß ich mich vorstelle. Ich bin Akira Yoshinaka, Hauptmann Eurer Eskorte.«

»Guten Abend, Hauptmann.«

Yoshinaka wandte sich wieder Mariko zu. »Ich trage die Verantwortung für Euch und für ihn, Dame. Sagt ihm daher bitte, ich hätte zwei Männern Befehl gegeben, nachts als seine Leibwächter in seinem Zimmer zu schlafen. Außerdem werden jede Nacht zwei Schildwachen Wache stehen. Sie werden immer in Eurer Nähe sein. Alles in allem habe ich hundert Mann.«

»Sehr wohl, Hauptmann. Aber es wäre besser, keine Krieger im Zimmer des Anjin-san zu postieren. Eine ihrer strikten Gewohnheiten besteht darin, stets allein zu schlafen – oder allein mit einer Dame. Meine Zofe wird vermutlich bei ihm sein, also ist er ohnehin beschützt. Bitte, haltet die Wachen in der Nähe, aber nicht in allzu großer Nähe, dann wird er nicht beunruhigt.«

Yoshinaka kratzte sich am Hinterkopf und runzelte die Stirn. »Sehr wohl, Dame. Ja, ich bin damit einverstanden. Aber dann bittet ihn wenigstens, keinen von seinen nächtlichen Spaziergängen zu unternehmen.« Er verneigte sich steif und ging davon.

»Der Hauptmann bittet Euch, auf unserer Reise nicht nachts spazierenzugehen. Wenn Ihr nachts ausgeht, nehmt immer einen Samurai mit, Anjin-san. Er sagt, das würde ihm helfen.«

»Schön, dann werde ich ihm den Gefallen tun.« Blackthorne sah ihm nach, als er wegging. »Was hat er noch gesagt? Ich hörte irgend etwas von schlafen? Ich konnte ihn nicht besonders gut verstehen...« Er hielt inne. Kiku kam auf die

Veranda heraus. Sie trug einen Badekimono und hatte sich ein Handtuch um den Kopf gewickelt. Barfuß schlenderte sie zum Badehaus hinüber, dessen Bekken von den heißen Quellen gespeist wurde. Sie verneigte sich graziös und winkte fröhlich. Beide erwiderten den Gruß.
Blackthorne bemerkte ihre langen Beine und die Geschmeidigkeit ihres Ganges, bis sie verschwand. Er spürte, wie Mariko ihn beobachtete, und sah sie daraufhin an. »Nein«, sagte er sanft und schüttelte den Kopf.
Sie lachte. »Ich dachte, es könnte Schwierigkeiten geben – könnte unangenehm für Euch sein, sie nur zur Reisegefährtin zu haben, nachdem Ihr zuvor auf so ganz besondere Weise das Kopfkissen mit ihr geteilt habt.«
»Unangenehm, nein. Im Gegenteil, sogar sehr angenehm. Ich habe sehr angenehme Erinnerungen an sie. Aber jetzt bin ich froh, daß sie Herrn Toranaga gehört. Das erleichtert alles ein wenig, sowohl für sie als auch für ihn. Uns alle. Schließlich war sie für mich nur ein ganz besonders herrliches Geschenk. Nichts weiter. *Neh?*«
»Sie war ein Geschenk, ja.«
Er wollte Mariko berühren, aber er tat es nicht. Statt dessen drehte er sich um und starrte zum Paß hinauf. Nacht hatte sich jetzt über den Paß gelegt. Und Wolken. Wasser tröpfelte traut vom Dach. »Was hat der Hauptmann sonst noch gesagt?«
»Nichts von Bedeutung, Anjin-san.«

# 45. Kapitel

Sie brauchten neun Tage für ihre Reise nach Mishima, und jede Nacht verbrachten sie zumindest ein paar Stunden zusammen. Heimlich. Ohne es zu wollen, half Yoshinaka ihnen dabei. Selbstverständlich wählte er in jedem Gasthaus stets nebeneinanderliegende Räume für sie alle. »Ich hoffe, Ihr habt nichts dagegen, Dame, aber auf diese Weise sind die Sicherheitsvorkehrungen viel einfacher«, pflegte er immer zu sagen, woraufhin Mariko stets zustimmte und den Raum in der Mitte bezog, Kiku und Gyoko den auf der einen und Blackthorne den auf der anderen Seite. Im Dunkel der Nacht ließ sie dann ihre Zofe Chimmoko allein und kam zu ihm.

Mariko war darauf gefaßt, daß Gyoko, Kiku und die anderen Frauen irgendwann etwas mitbekommen würden, doch machte sie sich deswegen keine Sorgen. Sie war eine Samurai, die anderen nicht. Ihr Wort würde immer mehr gelten als das ihre, es sei denn, sie wurde auf frischer Tat ertappt. Doch kein Samurai, nicht einmal Yoshinaka, würde es normalerweise wagen, ihre *Shoji*-Tür bei Nacht unaufgefordert aufzuschieben. Für die anderen teilte Blackthorne also das Bett mit Chimmoko oder einer der Zofen des Gasthauses, und das ging niemand etwas an außer ihn selbst. Folglich konnte nur eine Frau sie verraten. Und wenn das wirklich geschah, dann würde die Verräterin samt allen Frauen ihrer Begleitung ihrer abscheulichen Tat wegen eines noch gewöhnlicheren Todes sterben als sie selbst. Außerdem konnte sie sie, ehe sie Mishima oder Yedo erreichten, bei der kleinsten Indiskretion, mochte sie nun echt oder nur angedichtet sein, oder weil ihr der Sinn danach stand, vom Leben zum Tode befördern – und darüber waren sie sich alle im klaren. Mariko war sich sicher, daß Toranaga gegen einen solchen Tod nichts einwenden würde.

Folglich fühlte sie sich vor den Frauen sicher. Nicht jedoch vor Blackthorne, sosehr sie ihn auch liebte. Er war kein Japaner. Er war nicht von klein auf dazu erzogen, jene undurchdringlichen Mauern um sich herum zu errichten, hinter denen er sich verstecken konnte. Sein Gesichtsausdruck, sein Benehmen oder sein Stolz konnten sie beide verraten.

»Endlich weiß ich, was Liebe ist«, murmelte sie in der ersten Nacht. Und da sie sich jetzt nicht mehr gegen ihre Gefühle wehrte, sondern ihnen rückhaltlos nachgab, verzehrte sie sich aus Angst um ihn. »Ich liebe Ihn, deshalb stehe ich Angst um Ihn aus«, flüsterte sie auf lateinisch, der Sprache der Liebenden, und schlang die Arme um ihn.

»Ich liebe Sie! Ach, wie ich Sie liebe!«

»Ich stürze Ihn ins Unglück, Geliebter, indem ich mir gestattete, Ihn zu lieben. Jetzt sind wir verloren. Ich bin Sein Untergang... das ist die Wahrheit.«

»Nein, Mariko, irgendwie wird irgendwas geschehen und alles wird glücklich enden.«

»Ich hätte es nie zulassen dürfen. Es ist ganz allein meine Schuld.«

»Mache Sie sich keine Sorgen, ich bitte Sie. *Karma* ist *Karma*.«

Schließlich tat sie so, als wäre sie überzeugt, und verging in seinen Armen. Doch war sie gewiß, daß er der Nemesis nicht entrinnen würde. Um sich selbst machte sie sich keine Sorgen.

Freudvolle Nächte waren das. Voller Zärtlichkeit. Die Tage waren leicht für sie, aber schwer für ihn. Um ihretwillen war er ständig auf der Hut. »Es wird keinen Fehler geben«, sagte sie, als sie außer Hörweite von den anderen nebeneinander herritten. Nachdem sie sich in der ersten Nacht ihre Angst hatte anmerken lassen, tat sie jetzt so, als sei sie durchaus zuversichtlich. »Er ist stark. Er ist Samurai, und Er wird keinen Fehler machen. Ich liebe Ihn.«

»Ja. Ich liebe Sie auch.«

»Warum dann so traurig?«

»Nicht traurig, Dame. Es ist nur, daß das Schweigen qualvoll ist. Ich wünschte, ich könnte meine Liebe von den Bergeshöhen herunterrufen.«

Sie sonnten sich in ihrer Zweisamkeit und der Gewißheit, bis jetzt vor spähenden Augen sicher zu sein.

»Was wird aus ihnen werden, Gyoko-san?« fragte Kiku am ersten Tag ihrer Reise in ihrer Sänfte leise.

»Es wird ein schlimmes Ende nehmen, Kiku-san. Ihre Zukunft ist hoffnungslos. Er verbirgt es gut, aber sie...? Ihre Leidenschaft steht ihr offen ins Gesicht geschrieben. Ach, wie töricht von ihr!«

»Gewiß, aber auch wie wunderschön, *neh?* Welch ein Glück, eine solche Erfüllung zu finden, *neh?*«

»Stimmt. Aber trotzdem würde ich meinem schlimmsten Feind nicht ihren Tod wünschen.«

»Was wird Yoshinaka tun, wenn er dahinterkommt?« fragte Kiku.

»Vielleicht kommt er nicht dahinter. Ich bete darum. Männer sind so dumm. Sie erkennen bei Frauen nicht die einfachsten Dinge, Buddha sei Dank dafür, gesegnet sei sein Name. Beten wir darum, daß man sie nicht entdeckt, bis wir in Yedo unseren Geschäften nachgehen. Laßt uns beten, daß man nicht noch uns dafür verantwortlich macht. Ach ja, laßt uns das unbedingt tun! Und wenn wir heute nachmittag anhalten, dann will ich den nächstgelegenen Schrein aufsuchen und zehn Weihrauchstäbchen entzünden, um die Götter geneigt zu stimmen. Ich werde auf zehn Jahre hinaus einem Tempel jährlich drei *Koku* aussetzen, wenn wir ungeschoren davonkommen und ich in den Besitz meines Geldes gelange.«

»Aber sie sind so schön zusammen, *neh?* Noch nie habe ich es erlebt, daß eine Frau derart aufgeblüht wäre.«

»Richtig, aber sie wird hinwelken wie ein abgebrochener Kamelienzweig, wenn sie als Schuldige vor Buntaro-san steht. Sie können ihrem *Karma* nicht entgehen, und wir können ihnen nicht helfen. Auch Herrn Toranaga nicht – und Omi-san. Weint nicht, Kind!«

»Armer Omi-san!«

Am dritten Tag hatte Omi sie überholt. Er war gleichfalls in ihrem Gasthaus abgestiegen, und nach dem Abendessen hatte er unter vier Augen mit Kiku gesprochen und sie in aller Form aufgefordert, sich für alle Ewigkeit mit ihm zu vereinigen.

»Von Herzen gern, Omi-san, von Herzen gern«, hatte sie sofort geantwortet und war in Tränen ausgebrochen, denn sie war Omi sehr, sehr zugetan. »Aber meine Pflicht gilt Herrn Toranaga, der mir seine Gunst schenkt, und Gyoko-san, die mich zu dem gemacht hat, was ich bin. Und diese Pflicht verbietet es.«

»Aber Herr Toranaga hat jedes Recht auf Euch verwirkt. Er hat die Waffen gestreckt. Er ist erledigt.«

»Nicht aber der Kontrakt, Omi-san, sosehr ich auch wünschte, das wäre der Fall. Der Kontrakt ist besiegelt und bindend. Verzeiht bitte, aber ich muß es Euch abschlagen.«

»Gebt mir Eure Antwort nicht jetzt, Kiku-san. Denkt darüber nach bis morgen. Ich bitte Euch darum«, hatte er gesagt und war gegangen.

Freilich, an ihrer Antwort hatte sich nichts geändert. »Ich kann nicht so selbstsüchtig sein, Omi-san. Bitte, verzeiht mir! Meine Pflicht gilt Herrn Toranaga und Gyoko-san. Ich kann nicht, sosehr ich auch möchte.«

Er hatte ihr Vorhaltungen gemacht. Noch mehr Tränen waren geflossen. Sie hatten sich ewige Liebe geschworen, und dann hatte sie ihn mit einem Versprechen fortgeschickt: »Wenn der Kontrakt aufgelöst wird oder Herr Toranaga stirbt und ich wieder frei bin, dann werde ich tun, was immer Ihr von mir verlangt.« Und so hatte er das Gasthaus verlassen und war von bösen Vorahnungen erfüllt nach Mishima vorangeritten. Und sie hatte ihre Tränen getrocknet und neue Schminke aufgetragen.

Yoshinaka führte den Zug in aller Gemächlichkeit an. Er erklärte sich mit allen Verzögerungen einverstanden, zu denen es immer wieder kam, und drängte in keiner Weise. Toranaga hatte ihm insgeheim gesagt, es sei nicht nötig, sich zu beeilen; die Hauptsache sei, er liefere seine Schützlinge heil in Yedo ab, wenn der neue Mond komme.

»Jawohl, Euer Gnaden«, hatte er erwidert. Jetzt segnete er seinen Schutz-*Kami*, daß er ihm diesen Aufschub gewährte. In Mishima würde er, wie es seine Pflicht gebot, Herrn Hiro-matsu und in Yedo Herrn Toranaga Bericht erstatten müssen – mündlich und schriftlich. Dann würde er entscheiden müssen, ob er sagen sollte, was er dachte. Eeee! sagte er sich erschrocken, es kann nicht anders sein, ich muß mich irren. Die Dame Toda? Sie und irgendein Mann... geschweige denn der Barbar!

Ist es nicht unsere Pflicht zu sehen? fragte er sich. Und Beweise herbeizuschaffen? Sie hinter verschlossenen Türen zu überraschen, wie sie nebeneinander auf den *Futons* liegen? Du selbst wirst wegen heimlichen Einverständnisses verurteilt werden, wenn du es nicht meldest, *neh?* Und es wäre so einfach, wenngleich sie sehr umsichtig sind.

Gewiß, aber nur ein Narr würde so etwas melden, dachte er. Ist es nicht klüger, einfach den Einfaltspinsel zu spielen und zu beten, daß niemand sie und damit dich verrät? Ihr Leben ist ohnehin verwirkt, unser aller Schicksal besiegelt – was spielt es also noch für eine Rolle? Wende deine Augen ab. Überlaß sie ihrem *Karma.*

»Ah, guten Morgen, Mariko-san. Was für ein schöner Tag heute ist«, sagte Pater Alvito, als er sich ihnen näherte. Sie standen vor dem Gasthaus, bereit aufzubrechen, jene Strecke zurückzulegen, die sie heute schaffen mußten. Er schlug das Kreuzzeichen über ihr. »Möge Gott Euch segnen und in alle Ewigkeit seine Hand über Euch halten.«

»Ich danke Euch, Pater.«

»Guten Morgen, Pilot. Wie geht es Euch?«

»Gut, vielen Dank. Und Euch?«

Ihr kleiner Zug und die Jesuiten hatten sich auf dem Weg immer wieder gegenseitig überholt. Manchmal waren sie in demselben Gasthaus abgestiegen und hatten bisweilen auch einen Teil des Weges gemeinsam zurückgelegt.

»Möchtet Ihr, daß wir heute zusammen reiten, Pilot? Es würde mir ein Vergnügen sein, den Japanisch-Unterricht fortzusetzen, wenn Ihr nichts dagegen hättet.«

»Danke. Ja, das wäre mir sehr recht.«

Am ersten Tag hatte Alvito sich erboten, Blackthorne etwas Japanisch beizubringen.

»Für welche Gegenleistung?« hatte Blackthorne wachsam gefragt.

»Für keine. Mir würde es helfen, die Zeit zu vertreiben. Und um die Wahrheit zu gestehen: Mich macht das Leben im Moment schrecklich traurig. Ich fühle mich alt. Und ein wenig auch, um mich für meine rauhen Worte zu entschuldigen.«

»Ich erwarte keine Entschuldigung von Euch. Ihr müßt tun, was Ihr für richtig haltet, und ich das, was ich für richtig halte. Zusammenkommen können wir nie.«

»Möglich – aber vielleicht konnten wir auf unserer Reise manches miteinander teilen, *neh?* Wir reisen auf derselben Straße. Ich würde Euch gern helfen.«

»Danke, aber ich traue Euch nicht.«
»Nun, wenn Ihr unbedingt wollt, dann erzählt mir dafür von Eurer Welt, was Ihr gesehen habt und wo Ihr überall gewesen seid. Aber wirklich nur das, was Ihr wollt. Wahrhaftig, das fände ich herrlich und wäre ein gerechter Austausch. Ich bin mit dreizehn oder vierzehn nach Japan gekommen und habe nichts von der übrigen Welt gesehen. Wir könnten sogar einen Waffenstillstand für die Dauer der Reise schließen, wenn Ihr wollt.«
»Aber keine Religion oder Politik, und nichts von päpstlichen Lehren! Ja?«
»Ich bin, was ich bin, Pilot, aber ich will's versuchen.«
So hatten sie vorsichtig angefangen, ihre Kenntnisse auszutauschen. Blackthorne schien das kein gerechter Handel zu sein. Alvitos Gelehrsamkeit war enorm, und er war ein meisterhafter Lehrer, wohingegen Blackthorne glaubte, daß er nur Dinge berichte, die jeder Pilot wußte. »Aber das stimmt nicht«, hatte Alvito gesagt. »Ihr seid ein einzigartiger Pilot, Ihr habt unglaubliche Dinge getan.«
Nach und nach entwickelte sich tatsächlich so etwas wie ein Waffenstillstand zwischen ihnen, und Mariko freute sich darüber.
»Das ist Freundschaft, Anjin-san, oder der Beginn einer Freundschaft«, sagte Mariko.
»Nein. Keine Freundschaft. Ich mißtraue ihm wie eh und je. Und er mir auch. Wir sind ewige Feinde. Weder habe ich etwas vergessen noch er. Ich verstehe ihn, und deshalb schadet das nichts – jedenfalls nicht, solange ich in meiner Wachsamkeit nicht nachlasse.«
Während er viel Zeit mit Alvito verbrachte, ritt sie gemächlich neben Kiku und Gyoko her und plauderte über Fragen des Kopfkissen-miteinander-Teilens, darüber, wie man Männern Lust bereitete, und über die Welt der Weidenruten. Als Entschädigung erzählte sie den beiden aus ihrer Welt, ließ sie teilnehmen an dem, was sie erlebt hatte, wozu sie beigetragen oder wovon sie gehört – über den Diktator Goroda, den Taikō und sogar über Herrn Toranaga, Geschichten über die Großen dieser Welt.
Ein paar *Leguas* südlich von Mishima bog der Fluß nach Westen ab, um dann gemächlich zur Küste hinunterzuströmen und dort den Hafen Numazu zu bilden; damit verließen sie das zerklüftete Gebiet und stießen zwischen flachen Reisfeldern auf der belebten breiten Straße weiter nach Norden vor. Es mußten viele Flüsse und Nebenflüsse überquert werden. Manche waren seicht, manche aber auch tief und sehr breit. Über die wenigsten führten Brücken hinweg. Für gewöhnlich wurden sie einfach huckepack von Trägern hinübergetragen.
Dies war der siebte Tag, seit sie Yokosé verlassen hatten. Die Straße gabelte sich, und Pater Alvito sagte, jetzt müsse er Abschied nehmen. Er würde die Straße nach Westen einschlagen, um für ein oder zwei Tage zu seinem Schiff zurückzukehren, freilich würde er sie wohl wieder einholen auf der Straße von Mishima nach Yedo, falls sie gestatteten. »Selbstverständlich seid Ihr willkommen, mich zu begleiten, wenn Ihr wollt.«

»Danke, nein, tut mir leid, aber ich habe in Mishima eine Menge zu erledigen«, sagte Mariko.
»Anjin-san? Wenn die Dame Mariko zu tun hat, so seid Ihr auch allein willkommen. Unser Koch ist sehr gut, und der Wein ist nicht schlecht. Es stünde Euch selbstverständlich frei zu kommen und zu gehen, wie es Euch beliebt. Rodrigues ist an Bord.«
Mariko erkannte, daß Blackthorne gern mitgegangen wäre. Wie kann er nur? fragte sie sich traurig. Wie kann er mich nur verlassen wollen, wo wir doch nur so wenig Zeit haben.
»Bitte, geht, Anjin-san«, sagte sie. »Es wäre schön für Euch... und so gut, Rodrigues wiederzusehen, *neh?*«
Aber Blackthorne tat es nicht, sosehr es ihn auch drängte. Er traute dem Priester nicht. Nicht einmal für Rodrigues würde er den Kopf in die Schlinge stecken. Er dankte Alvito, und sie sahen ihm nach, als er davonritt.
Die Pferde von Alvito und seinen Begleitern wanden sich gemächlich durch die anderen Reisenden. Einige Vorüberkommende verneigten sich vor dem kleinen Zug, manche knieten sogar demütig nieder, viele waren neugierig, und bei manchen verhärtete sich das Gesicht. Alle traten jedoch höflich beiseite.
Alvito war froh, Mariko und Blackthorne zu verlassen, froh darüber, daß sie sich hatten trennen müssen. Er mußte dem Pater Visitator dringend Nachrichten schicken, was er nicht hatte tun können, weil seine Brieftauben in Yokosé umgebracht worden waren. Es galt so viele Probleme zu lösen: Toranaga, Uo, der Fischer, Mariko und der Pirat. Und Joseph, der nicht von seiner Fährte ließ.
»Was macht er hier, Hauptmann Yoshinaka?« war es ihm unwillkürlich am ersten Tag entfahren, als er Joseph unter den Wachen bemerkte. Er trug jetzt den Uniform-Kimono und die Samurai-Schwerter – wenngleich letztere einigermaßen verlegen.
»Herr Toranaga hat mir befohlen, ihn nach Mishima mitzunehmen, Tsukku-san. Dort soll ich ihn Herrn Hiro-matsu übergeben. Tut mir leid, beleidigt sein Anblick Euch?«
»Nein... nein«, hatte er ohne rechte Überzeugung erklärt.
»Ach, Ihr wundert Euch über seine Schwerter? Keine Angst. Das sind nur Griffe, keine Klingen. Herr Toranaga hat das so befohlen. Es sieht so aus, daß es bei diesem Mann, da ihm in so jungen Jahren befohlen wurde, Eurem Orden beizutreten, nicht klar ist, ob er richtige Schwerter haben soll oder nicht. Aber wie dem auch sei – es geht nicht an, daß ein Samurai ohne Schwerter ist, *neh?* Unser Gebieter hat in seiner Weisheit einen Ausweg gefunden.«
»Was wird mit ihm geschehen?«
»Vielleicht wird er zu seinem Onkel zurückgeschickt, damit der über ihn zu Gericht sitzt, vielleicht bleibt er aber auch bei uns.«
Pater Alvito wollte mit Joseph reden, doch daran hatte Yoshinaka ihn höflich, aber bestimmt gehindert. »Tut mir leid, aber unser Gebieter hat angeordnet, daß er für sich bleiben soll. Fern von allen anderen. Ganz besonders von Chri-

sten. Bis Herr Harima sein Urteil gefällt hat, sagt mein Gebieter. Uraga-san ist Vasall von Herrn Harima, *neh?* Und Herr Harima ist auch Christ, *neh?* Herr Toranaga sagt, ein christlicher *Daimyo* solle über den christlichen Abtrünnigen entscheiden. Schließlich ist Herr Harima sein Onkel und das Oberhaupt seines Klans. Vor allen Dingen aber war er es, der ihn in Eure Obhut übergeben hat.«

Obgleich es ihm untersagt worden war, hatte Alvito am Abend nochmals versucht, unter vier Augen mit Joseph zu sprechen, ihn zu bitten, sein Sakrileg zurückzunehmen und reuig vor dem Pater Visitator niederzuknien, aber der junge Mann hatte sich kalt abgewandt, ohne ihn auch nur anzuhören, und danach war Joseph immer weit vorausgeschickt worden.

Was kann ich tun? fragte sich Alvito gequält. Vielleicht weiß der Pater Visitator einen Rat. Ja, und er wird auch wissen, wie wir mit Toranagas unfaßlicher Entscheidung fertig werden – eine solche Reaktion hatten sie in ihren geheimen Besprechungen als unmöglich ausgeschlossen. »Nein... das wäre ganz gegen Toranagas Charakter«, hatte dell'Aqua gesagt. »Er wird in den Krieg ziehen. Sobald die Regenzeit zu Ende geht, vielleicht sogar schon früher, wenn es ihm gelingt, Zataki zu bewegen, seinen Entschluß rückgängig zu machen und Ishido in den Rücken zu fallen. Er wird abwarten und versuchen, Ishido so lange zu reizen, bis er den ersten Schritt macht. Was auch geschieht, solange Kiyama und Onoshi Ishido und Osaka unterstützen, wird der Kwanto überrannt werden und Toranaga ist verloren.«

»Und Kiyama und Onoshi? Werden die um des gemeinsamen Ziels willen ihre Feindschaft begraben?«

»Ja. Sie sind vollkommen davon überzeugt, daß Toranagas Sieg für die Kirche das Totengeläut wäre. Jetzt, wo sich auch Harima auf die Seite von Ishido stellt, fürchte ich, ist Toranaga nicht mehr als eine schillernde Seifenblase, die platzt.«

Also wieder Bürgerkrieg, dachte Alvito. Bruder gegen Bruder, Vater gegen Sohn, Dorf gegen Dorf. Anjiro war bereit, sich zu erheben, hatte Uo, der Fischer, ihm zugeflüstert. Und die Nachricht, die ihnen allen die Angst in die Glieder fahren ließ: das Musketenregiment war fast fertig ausgebildet. Eine moderne Kavallerie nach europäischem Muster mit über zweitausend Musketieren – angepaßt an die japanische Art der Kriegführung. Ach, Madonna, beschütze die Gläubigen und verfluche diesen Ketzer...

Welcher Jammer, daß Blackthorne so falsch liegt. Er könnte ein überaus nützlicher Bundesgenosse sein. Ich hätte es zwar nie für möglich gehalten, aber es stimmt. Er versteht unglaublich viel von der Seefahrt und von der Welt. Mutig und listig, in den Grenzen seiner Ketzerei aufrichtig, geradeheraus und ohne Arg. Man braucht ihm nie etwas zweimal zu sagen, sein Gedächtnis ist geradezu unheimlich! Wieviel er mich über die Welt gelehrt hat. Und über sich selbst. Drei Tage, nachdem sie Yokosé verlassen, hatte Bruder Michaels Beobachtung ihn in den Grundfesten erschüttert.

»Ihr meint, sie wären ein Liebespaar?«

»Was ist Gott anderes als die Liebe? Waren das nicht die Worte des Herrn Je-

sus?« hatte Michael erwidert. »Ich habe nur erwähnt, daß ihre Augen sich liebkosten und daß es wunderschön war, das mitanzusehen. Was ihre Körper tun, weiß ich nicht, Pater, und ehrlich gesagt, kümmert mich das auch nicht. Ihre Seelen berühren einander und scheinen deshalb ein größeres Bewußtsein Gottes zu besitzen.«
»Ihr müßt Euch irren. Das würde sie nie tun. Das verstieße gegen ihr ganzes Erbe, gegen ihre Gesetze und gegen die Gesetze Gottes. Sie ist eine fromme Christin. Sie weiß, daß Ehebruch eine furchtbare Sünde ist.«
»Ja, so lehren wir wenigstens. Aber verheiratet ist sie nach shintoistischem Ritus, daher ist die Ehe von unserem Gott nicht gesegnet – ist es dann Ehebruch?«
Von Stund an hatte er ihnen noch mehr Aufmerksamkeit geschenkt. Daß der Mann und die Frau großen Gefallen aneinander fanden, war nicht zu übersehen. Warum auch nicht? Daran war nichts Schlimmes. Wo sie doch ständig miteinander umgehen mußten und von einander lernten. Beides starke, vitale Menschen, so schlecht sie auch sonst zusammenpassen mochten.
Bei der Beichte sagte sie nichts. Er bedrängte sie auch nicht. Ihre Augen verrieten ihm nichts und alles. Aber etwas Greifbares, worüber er hätte richten können, gab es nicht. Er hörte sich schon, wie er es dell'Aqua gegenüber erklärte:
»Bruder Michael muß sich irren, Eminenz.«
»Aber, haben sie Ehebruch begangen? Gibt es dafür Beweise?«
»Glücklicherweise nein, Eminenz.«
Alvito zügelte sein Pferd und drehte sich nochmals um. Er sah Mariko auf einer kleinen Anhöhe stehen. Der Pilot sprach mit dem Hauptmann, die alte Madam und ihre angemalte Hure lagen in ihrer Sänfte. Ihn quälte der fanatische Eifer, der in ihm aufwallte. Zum ersten Mal konnte er sich vorstellen, wie er sie fragte: Habt Ihr mit dem Piloten gehurt, Mariko-san? Hat der Ketzer Eure Seele für alle Ewigkeit um ihr Heil gebracht? Ihr, die Ihr auserwählt wurdet, im Leben eine Nonne zu sein und wahrscheinlich die erste japanische Äbtissin? Lebt Ihr in verruchter Sünde, ohne zu beichten, enthaltet Ihr Eurem Beichtvater Euer Sakrileg vor und seid Ihr deshalb schuldig vor Gott?«
Er sah sie winken. Diesmal winkte er nicht zurück, sondern kehrte ihr den Rükken zu, rammte seinem Pferd die Sporen in die Weichen und sprengte davon.

In dieser Nacht wurde ihr Schlaf gestört.
»Was ist Geliebter?«
»Nichts, Mariko-chan. Schlaft weiter.«
Doch sie tat es nicht. Und er auch nicht. Lange bevor sie eigentlich gehen mußte, schlüpfte sie zurück in ihr Zimmer, und er stand auf, setzte sich in den Hof und vertiefte sich im Schein einer Kerze bis zum Morgengrauen in das Wörterbuch. Mit dem Aufgehen der Sonne und dem sich erwärmenden Tag schwanden auch ihre nächtlichen Besorgnisse, und sie setzten die Reise friedlich fort. Bald, nur wenig östlich von Mishima, erreichten sie die große Hauptverkehrsader, die Tokaido-Straße, und es mehrten sich die Reisenden darauf. Die große Masse

ging, wie immer, zu Fuß, ihre Habseligkeiten auf dem Rücken. Sonst benutzten nur noch ein paar Tragtiere die Straße.
»Ich habe noch nie soviel Menschen unterwegs gesehen«, sagte Blackthorne.
»Oh, das ist doch gar nichts! Wartet, bis wir uns Yedo nähern. Wir reisen alle schrecklich gern, Anjin-san, aber nur selten allein. Wir lieben es, in Gruppen zu reisen.«
Allerdings stellten die Menschen sich ihrem Vorankommen nicht in den Weg. Das Toranagawappen, das ihr Standartenträger führte, Toda Marikos persönlicher Rang und die barsche Tüchtigkeit von Akira Yoshinaka sowie die Vorläufer, die ausriefen, wer ihnen folgte – all das trug dazu bei, daß sie im Gasthaus stets die besten Räume bekamen und daß sie überall ungehindert weiterkamen. Alle anderen Reisenden und Samurai traten rasch beiseite, verneigten sich tief und warteten, bis sie vorüber waren.
»Müssen sie eigentlich jedem gegenüber stehenbleiben und sich verneigen?«
»O nein, Anjin-san, nur den *Daimyos* und wichtigen Persönlichkeiten gegenüber. Und den meisten Samurai gegenüber – ja, wer nicht von Adel ist, tut gut daran, sich daran zu halten. Es ist höflich, das zu tun, Anjin-san, und notwendig, *neh?* Wenn das gewöhnliche Volk nicht die Samurai und sich selbst achtete – wie könnte dem Gesetz Geltung verschafft und das Reich regiert werden? Sind nicht auch wir stehengeblieben und haben uns verneigt, als der Kaiserliche Kurier vorüberkam? Jeder muß höflich sein, *neh?* Samurai von geringerem Rang müssen absteigen und sich vor höhergestellten verneigen. Rituale bestimmen unser Leben, aber das Reich ist gehorsam.«
»Wie ist es denn, wenn zwei *Daimyos* von gleichem Rang sich begegnen?«
»Dann würden beide absteigen, sich voreinander verneigen und weiterziehen.«
»Auch wenn zum Beispiel Herr Toranaga und General Ishido einander begegneten?«
Flugs wandte Mariko sich dem Lateinischen zu. »Wer sind sie, Anjin-san? Das sind Namen, die ich nicht kenne, jedenfalls heute nicht, wo Er und ich zusammen sind.«
»Sie hat recht. Bitte, verzeihe Sie mir.«
»Hört, mein Geliebter, geben wir uns gegenseitig das Versprechen, daß, wenn die Madonna uns hold ist und wir aus Mishima herauskommen, wir erst in Yedo, wenn wir gar nicht mehr anders können, unsere Welt verlassen, die nur uns beiden gehört. Bitte?«
»Was für eine besondere Gefahr droht denn in Mishima?«
»Dort muß unser Hauptmann Herrn Hiro-matsu einen Bericht vorlegen. Und dort muß auch ich ihn sprechen. Er ist ein kluger Mann, und ihm entgeht so leicht nichts. Es könnte so leicht geschehen, daß man uns verrät.«
»Wir sind sehr vorsichtig gewesen. Bitten wir Gott, daß Ihre Befürchtungen unbegründet sein mögen.«
»Um meinetwillen mache ich mir keine Sorgen – einzig um Seinetwillen.«
»Und ich um Ihretwillen.«

»Versprechen wir uns dann gegenseitig, in unserer kleinen Welt zu bleiben?«
»Ja. Tun wir so, als wäre es die wirkliche Welt – unsere einzige Welt.«

»Dort hinten liegt Mishima, Anjin-san.« Mariko wies auf das andere Ufer des letzten Flusses hinüber.
Die ausgedehnte, von einer Burg beherrschte Stadt, in der nahezu sechstausend Menschen lebten, lag zum größten Teil unter niedrig treibendem Morgennebel verborgen. Nur ein paar Häuserdächer und die steinerne Burg waren zu erkennen. Im Hintergrund ragte eine Bergkette, die sich nach Westen bis ans Meer erstreckte. Weit im Nordwesten ragte der herrliche Fuji-yama. Im Norden und im Osten verdeckten Gebirgszüge den Himmel. »Und was jetzt?«
»Jetzt hat Yoshinaka den Auftrag, den besten Gasthof in zehn *Ri* Umkreis zu finden. Wir werden zwei Tage hierbleiben. So lange brauche ich mindestens, um meine Obliegenheiten zu erledigen. Gyoko und Kiku-san werden uns für diese Zeit verlassen.«
»Und dann?«
»Dann reisen wir weiter. Was sagt Euer Gefühl für das Wetter Euch über Mishima?«
»Daß es freundlich und gefahrlos ist«, erwiderte er. »Und nach Mishima, was dann?«
Nicht recht überzeugt wies sie nach Nordosten. »Dann werden wir in dieser Richtung weiterziehen. Dort oben ist eine Paßstraße, die sich bis nach Hakoné hinschlängelt. Das ist der mühseligste Teil der ganzen Tokaido-Straße. Dahinter fällt sie dann sanft bis Odawara ab, das viel größer als Mishima ist, Anjin-san. Odawara liegt an der Küste. Von dort nach Yedo braucht man nur noch kurze Zeit.«
»Wieviel Zeit?«
»Nicht genug.«
»Ihr irrt, meine Liebe«, sagte er, »tut mir leid, aber wir haben alle Zeit der Welt.«

# *46. Kapitel*

General Toda Hiro-matsu nahm das persönliche Schreiben entgegen, das Mariko ihm reichte. Er erbrach Toranagas Siegel. In der Schriftrolle wurde kurz berichtet, was sich in Yokosé zugetragen hatte; Toranaga bestätigte seinen Entschluß, sich zu unterwerfen, und befahl Hiro-matsu, die Pässe zum Kwanto gegen *jeden* Eindringling zu schützen, bis er persönlich eintreffe (jedoch jeden Kurier von Ishido oder aus dem Osten zu ihm durchzulassen); außerdem enthielt sie Anweisungen, was den abtrünnigen Christen und den Anjin-san betraf.
Mißmutig las der alte Kämpe den Brief ein zweites Mal. »Und jetzt erzählt mir alles im Zusammenhang, was Ihr in Yokosé gesehen oder gehört habt.«
Mariko gehorchte.
»Was ist bei der *Cha-no-yu* zwischen Euch und meinem Sohn vor sich gegangen?«
Sie erzählte ihm alles, genauso, wie sie verlaufen war.
»Mein Sohn sagte, unser Gebieter werde verlieren? *Vor* dem zweiten Treffen mit Herrn Zataki?«
»Jawohl, Euer Gnaden.«
Lange herrschte Schweigen in dem hoch im Bergfried der Burg von Mishima gelegenen Raum, von dem aus man die ganze Stadt unter sich liegen sah. Hiro-matsu erhob sich und trat an die Brustwehr für die Bogenschützen, die um die dicken Steinmauern herumlief. Seine Glieder schmerzten ihn, er trug das Schwert locker in der Hand. »Das verstehe ich nicht.«
»Euer Gnaden?«
»Weder meinen Sohn – noch unseren Gebieter. Wir könnten durch jede Armee hindurchstoßen, die Ishido gegen uns ins Feld führt. Und was den Entschluß betrifft, sich zu unterwerfen...«
Sie spielte mit ihrem Fächer, beobachtete den herrlichen sternenübersäten Nachthimmel.
Hiro-matsu ließ sein Auge auf ihr ruhen. »Gut seht Ihr aus, Mariko-san, jünger denn je. Worin besteht Euer Geheimnis?«

»Ich habe keins, Euer Gnaden«, erwiderte sie, doch ihre Kehle war plötzlich wie ausgetrocknet. Sie wartete darauf, daß ihre Welt in Stücke sprang, doch der Augenblick ging vorüber, und der alte Mann wandte seine listigen Augen wieder der Stadt zu.

»Jetzt erzählt, was geschehen ist. Alles, was Ihr gehört und gesehen und was Ihr erlebt habt«, sagte er.

Die Nacht war weit vorgerückt, als sie endlich damit fertig war. Sie berichtete alles ganz klar, nur nicht, wie weit ihre Vertrautheit mit dem Anjin-san ging. Freilich machte sie auch keinerlei Hehl daraus, daß sie ihn sehr gern mochte und wie sehr seine Intelligenz und sein Mut ihr Achtung abnötigten.

Alles paßte für Hiro-matsu genau zueinander: zu Yoshinakas Bericht, zu Omis Bericht... und sogar zu Zatakis Worterguß, ehe dieser *Daimyo* im Eiltempo nach Shinano weitergeritten war. Jetzt begriff er vieles, was ihm zuvor unklar gewesen war. Einiges von dem, was sie erzählt, erregte seinen Abscheu. Manches ließ ihn seinen Sohn noch mehr hassen; zwar konnte er die Motive seines Sohnes verstehen, doch deshalb fand sein Verhalten noch lange nicht seine Billigung. Alles andere, was sie ihm berichtet, zwang ihn, zornig auf den Barbaren zu sein, ihn manchmal aber auch zu bewundern. »Ihr habt also selbst gesehen, wie er unseren Gebieter dem Tod entrissen hat?«

»Jawohl. Wäre er nicht gewesen, Herr Toranaga wäre nicht mehr am Leben, Euer Gnaden. Dreimal hat er unseren Gebieter vor dem sicheren Tod bewahrt: bei der Flucht aus der Burg, an Bord der Galeere im Hafen von Osaka und ohne Zweifel auch beim Erdbeben.«

»Glaubt Ihr, der Anjin-san hat es wirklich ernst gemeint, als er *Seppuku* begehen wollte?«

»Ja. Beim Gott der Christen, ich glaube, daß es sein Ernst war. Nur Omi-sans Eingreifen hat ihn daran gehindert. Und, Euer Gnaden, ich glaube, daß er ein würdiger Samurai ist – und ein würdiger *Hatamoto*.«

»Ich habe Euch nicht nach Eurer Meinung gefragt.«

»Bitte, verzeiht, Euer Gnaden. Ich habe mich im Ton vergriffen.«

»Ich weiß!« Hiro-matsu lachte. »Und trotzdem gibt es Augenblicke, wo wir auf die kalt berechnende, listige und handfeste Klugheit einer Frau angewiesen sind. Sie sind soviel klüger als wir, *neh?*«

»O nein, Euer Gnaden«, sagte sie und überlegte, worauf er wohl hinauswollte.

»Gut, daß wir ganz allein sind und uns niemand hören kann. Wenn das in der Öffentlichkeit die Runde machte, dann würde es heißen, die alte Eisenfaust sei mehr als reif, es würde Zeit, daß er sein Schwert ablegte, sich den Kopf rasierte und anfinge, zu Buddha zu beten für die Seelen jener, die er in die Große Leere geschickt hat. Und damit hätten sie recht.«

»Nein, Euer Gnaden. Es ist so, wie Euer Sohn sagte. Ehe das Schicksal unseres Gebieters nicht feststeht, dürft Ihr Euch nicht zurückziehen. Weder Ihr noch mein Gatte, noch ich.«

»Ja. Und trotzdem wäre ich froh, ich könnte mein Schwert niederlegen und um

meiner selbst als auch um der Toten willen, die ich in die Große Leere geschickt habe, meinen Frieden mit Buddha zu machen.«
Eine Weile starrte er hinaus in die Nacht. Sein Alter kam ihm zum Bewußtsein. Dann sah er sie an. Sie war eine Augenweide – mehr als je eine Frau, die er gekannt.
»Euer Gnaden?«
»Nichts, Mariko-san. Ich mußte nur gerade daran denken, wie ich Euch das erste Mal gesehen habe.«
Das war in der Zeit gewesen, da Hiro-matsu heimlich seine Seele an Goroda verpfändet hatte, um dieses Bild von einem Mädchen für seinen Sohn zu bekommen – diesen Sohn, der seine eigene Mutter umgebracht, die einzige Frau, die Hiro-matsu je wirklich geliebt. Warum habe ich ihm Mariko verschafft? Nur, um dem Taikō eins auszuwischen, der sie gleichfalls begehrte.
Ob meine Gattin mir wohl wirklich untreu gewesen ist? fragte sich der alte Mann und riß damit eine alte Wunde wieder auf. Ja oder nein? Ich verlange, die Wahrheit zu erfahren! Ich glaube, es war eine Lüge, aber Buntaro behauptete, sie sei allein mit diesem Mann im Raum gewesen, ihr Kimono in Unordnung, und es sollten ja auch noch Monate vergehen, ehe ich wiederkam. Immerhin *könnte* es eine Lüge sein, *neh?* Aber auch die Wahrheit, *neh?* Es muß die Wahrheit sein, denn wie sollte ein Sohn es sonst fertigbringen, seiner eigenen Mutter den Kopf abzuschlagen?
Mariko forschte in Hiro-matsus Zügen; seine Gesichtshaut war im Alter schlaff und faltig geworden. Dann dachte sie an die Bärenkraft in seinen Armen und Schultern. Woran mag er wohl denken, überlegte sie, denn sie mochte ihn gern. Hast du mich durchschaut? Weißt du über mich und den Anjin-san Bescheid? Weißt du, daß ich vor Liebe zu ihm zittere? Daß, wenn ich zwischen ihm und Toranaga und dir zu wählen hätte, ich mich für ihn entscheiden würde?
Hiro-matsu stand an der Brustwehr und blickte auf die Stadt hinab; seine Finger spielten mit der Scheide und dem Heft seines Schwertes; sie schien vergessen. Brütend dachte er über Toranaga nach und darüber, was Zataki vor ein paar Tagen voller Bitterkeit und Abscheu zu ihm gesagt – einem Abscheu, den er geteilt hatte.
»Ja, selbstverständlich möchte ich den Kwanto erobern, meine Standarte auf der Burg von Yedo aufpflanzen und beides an mich reißen«, hatte Zataki ihm gesagt. »Aber so? Darin liegt keine Ehre! Ehre weder für meinen Bruder noch für Euch, noch für mich! Nur für Ishido, aber der Bauer weiß es eben nicht besser.«
»Dann unterstützt Herrn Toranaga! Mit Eurer Hilfe könnte er...«
»Wozu? Damit mein Bruder Shōgun werden kann und den Erben auslöscht?«
»Er hat gesagt, daß er für den Erben eintritt. Ich glaube daran, daß er das tut. Außerdem hätten wir einen Minowara, der uns anführt, und nicht den Abkömmling eines Bauern und die Höllenkatze Ochiba, *neh?*«
»Kein Minowara würde jemals vor diesem Bauern die Knie beugen! Er hat auf seine und auf unser aller Ehre gepißt. Auf Eure und auf meine.«

So hatten sie unter vier Augen gestritten und sich gegenseitig verflucht, und es hätte nicht viel gefehlt, dann wären sie aufeinander losgegangen. »Macht schon«, hatte er Zataki herausgefordert, »zieht schon blank, Verräter! Ihr seid ein Verräter an Eurem Bruder, dem Oberhaupt Eures Klans.«
»Ich bin das Oberhaupt meines eigenen Klans. Wir haben zwar dieselbe Mutter, nicht aber denselben Vater. Toranagas Vater hat meine Mutter in Schande fortgeschickt. Ich helfe Toranaga nicht – aber wenn er zurücktritt und sich den Bauch aufschlitzt, werde ich Sudara unterstützen.«
Es wird nicht nötig sein, das zu tun, sagte Hiro-matsu sich an diesem Abend, immer noch außer sich. Solange ich lebe, ist es nicht nötig, das zu tun oder kleinmütig aufzugeben. Ich bin der Oberkommandierende. Es ist meine Pflicht, die Ehre meines Gebieters und seines Hauses zu beschützen – wenn es sein muß, sogar vor ihm selbst. Jetzt ist es an *mir*, mich zu entscheiden.
Hört, Euer Gnaden, verzeiht, aber diesmal werde ich nicht gehorchen. Diesmal werde ich Euch betrügen. Ich schließe mich jetzt Eurem Sohn und Erben, dem Herrn Sudara, an, und seiner Gemahlin, der Dame Genjiko; wir gemeinsam werden nach den Regenfällen ›Blutiger Himmel‹ befehlen, und dann führt kein Weg mehr am Krieg vorbei. Solange noch ein einziger Mann im Kwanto lebt, werde ich mich dem Feind entgegenstellen und Euch in Eurer Burg in Yedo beschützen, koste es, was es wolle, und was Ihr auch immer sagt.

Gyoko war entzückt, wieder daheim in Mishima zu sein, im Kreis ihrer Damen und Schreiber, ihre Frachtbriefe, ihre fälligen Zinsen, ihre Hypotheken und Schuldscheine vor sich zu haben.
»Das habt Ihr recht gut gemacht«, sagte sie ihrem Hauptbuchhalter.
Der runzelige kleine Mann verneigte sich zum Dank und schlurfte davon. Voller Gift und Galle fiel sie über ihren Oberkoch her: »Dreizehn Silber-*Chogin* und zweihundert Kupfer-*Momne* für die Lebensmittel einer Woche?«
»Bitte, verzeiht, Herrin, aber die Kriegsgerüchte haben die Preise bis in den Himmel hinein steigen lassen«, sagte der fette Mann gereizt. »Alles: Fisch, Reis und Gemüse – selbst der Preis für Soja hat sich seit letztem Monat verdoppelt, und beim Saké ist es noch schlimmer. Arbeiten, arbeiten und nochmals arbeiten – in dieser heißen Küche, in die nie etwas Luft hereinkommt und die ganz gewiß endlich einmal umgebaut werden muß. Teuer! Ha! In dieser einen Woche habe ich hundertundzweiundsiebzig Gäste bewirtet und zehn Kurtisanen gespeist, elf hungrigen Kurtisanen-Lehrlingen die Mäuler gestopft, vier Köchen, sechzehn Zofen und vierzig Dienern! Bitte, verzeiht, Herrin, tut mir leid, aber meine Großmutter ist schwer krank, und ich muß um zehn Tage Urlaub bitten, um ...«
Gyoko raufte sich die Haare und schickte ihn jammernd und klagend wieder fort.
Als sie dann wieder allein war, rechnete sie den Profit gegen die Verluste auf, und da war sie mit den Gewinnen zufrieden. Der Saké schmeckte ihr besser denn je. Und wenn die Lebensmittelpreise in die Höhe gingen, dann selbstverständ-

lich auch die Herstellungskosten für den Saké. Sofort schrieb sie einen Brief an ihren Sohn in Odawara, wo sich ihre Saké-Fabrik befand, und wies ihn an, die Erzeugung zu verdoppeln. Sodann schlichtete sie die unvermeidlichen Streitereien zwischen den Zofen, setzte drei von ihnen an die Luft, stellte vier neue dafür ein, ließ ihre Kurtisanen-Maklerin zu sich bitten und machte hohe Angebote für die Kontrakte von sieben weiteren Kurtisanen, die sie bewunderte.
»Und wann möchtet Ihr, daß die geehrten Damen eintreffen, Gyoko-san?« fragte die alte Frau und lächelte einfältig.
»Sofort. Sofort. Macht schon, eilt!«
Dann ließ sie ihren Zimmermann kommen und erteilte ihr Einverständnis für Pläne, das Teehaus zu vergrößern und Räume für die zu erwartenden neuen Damen zu schaffen.
»Endlich steht jetzt das Grundstück an der Sechsten Straße zum Verkauf, Herrin. Wollt Ihr, daß ich den Kauf für Euch tätige?«
Monatelang hatte sie darauf gewartet, dieses sehr gut gelegene Eckgrundstück erwerben zu können. Jetzt jedoch schüttelte sie den Kopf und schickte ihn mit Anweisungen fort, sich auf einem der Berge nördlich der Stadt das Vorkaufsrecht für vier Hektar brachliegenden Landes zu sichern. »Aber tut das nicht alles allein. Nehmt Mittelsmänner. Seid nicht so geldgierig. Und es darf unter keinen Umständen herauskommen, daß Ihr in meinem Auftrag kauft.«
»Aber vier Hektar? Das ist...«
»Mindestens vier, vielleicht sogar fünf, im Lauf der nächsten fünf Monate. Aber nur das Vorkaufsrecht... habt Ihr verstanden?«
Im Geist sah sie bereits die blühende Stadt innerhalb der Stadt, und sie gluckste vor Vergnügen.
Als das erledigt war, ließ sie jede Kurtisane einzeln kommen, lobte oder tadelte, schalt und weinte mit ihnen. Einige wurden befördert, andere zurückversetzt. Und dann, mitten in diesen Geschäften, wurde Omi gemeldet.
»Tut mir leid, aber Kiku-san ist unwohl«, sagte sie. »Nichts Ernstliches! Nur der Wetterumschwung, die Ärmste.«
»Ich weiß, wem sie gehört«, schrie Omi. »Ich möchte sie sprechen, das ist alles.«
»Ach, verzeiht, selbstverständlich habt Ihr jedes Recht zu schreien und zu fluchen, tut mir leid, verzeiht mir! Aber leider fühlt sie sich nicht wohl. Heute abend... oder vielleicht später... oder morgen... was soll ich machen, Omi-san? Wenn es ihr wieder bessergeht, könnte ich Euch vielleicht benachrichtigen lassen, wenn Ihr mir sagt, wo Ihr abgestiegen seid...«
Er sagte es ihr. Er wußte, daß er nichts daran ändern konnte, und stürmte davon. Am liebsten hätte er ganz Mishima in Stücke gehauen.
Gyoko dachte über Omi nach. Dann ließ sie Kiku kommen und sagte ihr, welche Abmachungen sie für die beiden Nächte in Mishima für sie getroffen hatte. »Vielleicht können wir unsere Dame Toda dazu bewegen, daß wir vier oder fünf Nächte in Mishima bleiben, Kind. Jetzt, wo der große *Daimyo* Euch gekauft hat, kann keiner Euch mehr anrühren, nie wieder, und deshalb braucht Ihr nur

zu singen und zu tanzen und Pantomimen aufzuführen und unsere erste *Geisha* zu sein.«
»Und der arme Omi-san, Herrin? Ich habe ihn noch nie so zornig erlebt. Verzeiht, daß er Euch angeschrien hat.«
»Ha! Was macht es schon, ein kleines bißchen angeschrien zu werden, wo wir doch jetzt endlich mit den *Daimyos* und den reichsten Reis- und Seidenhändlern verkehren. Heute abend werde ich Omi-san sagen, wo Ihr das letzte Mal singen werdet, aber allzu bald kommt die Zeit, da er wird warten müssen. Ich werde dafür sorgen, daß ein Raum nebenan freigehalten wird. Inzwischen wird er eine Menge Saké trinken... und Akiko wird ihn bedienen. Es wird nicht weh tun, wenn Ihr ihm hinterher ein oder zwei traurige Lieder vorsingt... schließlich sind wir immer noch nicht ganz sicher, was Toranaga-sama betrifft, *neh?* Bis jetzt haben wir noch nicht einmal eine Anzahlung bekommen, geschweige denn die ganze Summe.«
»Verzeiht, aber wäre Choko nicht eine bessere Wahl? Sie ist hübscher und jünger und liebenswürdiger. Ich bin sicher, daß sie ihm mehr Freude machen würde.«
»Gewiß, Kind. Aber Akiko ist kräftig und sehr erfahren. Wenn diese Art Wahnsinn die Männer befällt, dann neigen sie dazu, sehr grob zu sein. Auch Omi-san. Ich möchte nicht, daß Choko etwas zustößt. Akiko liebt die Gefahr und braucht ein bißchen Gewalttätigkeit, um ihr Bestes zu geben. Sie wird ihm seinen Prachtstachel schon brechen! Aber jetzt geht und zieht Euren hübschesten Kimono an und nehmt das beste Parfüm...«
Gyoko scheuchte Kiku fort und warf sich noch einmal mit Schwung in ihre Geschäfte. Dann, nachdem alles erledigt war – und die *Cha*-Einladung an die acht einflußreichsten Mama-sans von Mishima hinausgegangen war, um eine Angelegenheit von größter Wichtigkeit zu besprechen –, ließ sie sich dankbar in ein herrliches heißes Bad sinken. »Ahhhhhh!«
Nach genau der richtigen Zeit eine wohltuende Massage. Parfüm, Puder, Schminke und die Frisur. Einen neuen Kimono aus knisternder Seide. Dann, genau im richtigen Augenblick, traf ihr Günstling ein. Er war achtzehn, Student, der Sohn eines verarmten Samurai. Er hieß Inari.
»Ach, wie bezaubernd Ihr ausseht... ich bin sofort hergeeilt, als Euer Gedicht eintraf«, sagte er atemlos. »Hattet Ihr eine angenehme Reise? Und vielen, vielen Dank für die Geschenke – das Schwert ist wunderbar, und der Kimono auch. Ach, wie gut Ihr zu mir seid.«
Ja, das bin ich, sagte sie sich, wiewohl sie es ihm gegenüber abstritt. Bald lag sie schweißbedeckt und schmachtend neben ihm. Ah, Inari, dachte sie belustigt, dein Strammer Stößel ist nichts, verglichen mit dem des Anjin-san, aber was dir an Größe abgeht, das machst du mit deiner alles überschwemmenden Fülle wett.
»Worüber lacht Ihr?« fragte er schläfrig.
»Weil Ihr mich glücklich macht«, seufzte sie. Sie machte ihm überschwengliche

Komplimente und streichelte ihn in den Schlaf. Mit ihren Gedanken war sie woanders. Sie dachte an Mariko und ihren Geliebten, überlegte, welche Möglichkeiten sich ihr boten. Wie weit konnte sie Mariko unter Druck setzen? Oder an wen sie verraten, oder mit wem ihr drohen, durch die Blume selbstverständlich... Toranaga, Buntaro? Die christlichen Priester? Ob dabei etwas heraussprang? Oder Herrn Kiyama... ein Skandal um die vornehme Dame Toda und den Barbaren würde zweifellos jede Chance vereiteln, daß ihr Sohn die Enkelin von Herrn Kiyama heiratete. Könnte ich sie mir durch eine solche Drohung meinen Wünschen geneigt machen? Oder sollte ich gar nichts unternehmen? Leid tun konnte einem diese Mariko. So eine bezaubernde Dame! Ach, Buddha, gäbe die eine sensationelle Kurtisane ab! Der Anjin-san konnte einem gleichfalls leid tun. Ist das ein Durchtriebener... auch aus dem könnte ich ein Vermögen herausschlagen.

Wie mache ich mir dieses Geheimnis am besten zunutze?

Nimm dich in acht, Gyoko, rief sie sich zur Ordnung. Viel Zeit, um darüber zu entscheiden, bleibt dir nicht, und über die anderen Geheimnisse auch nicht: über die von den Bauern in Anjiro versteckten Musketen und anderen Waffen zum Beispiel, oder über dieses neue Musketenregiment – Mannschaftsstärke, Offiziere, Organisation und Zahl der Musketen; oder über Toranaga, der in der letzten Nacht in Yokosé sehr schwungvoll das Kopfkissen mit Kiku geteilt und sich dabei des klassischen »Sechs-seichte-und-fünf-tiefe-Stöße-Rhythmus« bedient hatte, insgesamt über hundert Stöße, und zwar mit der Kraft eines Dreißigjährigen, um hinterher zu schlafen wie ein Säugling. Das ist nicht die Leistung eines Mannes, der ihn vor Sorgen kaum hochkriegen kann, *neh?*

Und wie ist es mit der Todesangst dieses jungfräulichen Priesters mit der Tonsur, der nackt auf den Knien liegend erst heuchlerisch zu seinem Christengott um Vergebung der Sünde gefleht hatte, die er mit dem Mädchen erst begehen wollte – und dann jene andere Sünde, die er in Osaka begangen – merkwürdige Dinge aus dem »Beichtstuhl«, die ihm von einem Leprakranken zugeflüstert worden waren, um dann verräterisch an Herrn Harima weitergegeben zu werden. Was Toranaga wohl daraus machen würde?

Was ist mit Omis Zweitem Koch, der es einer Zofe anvertraut hatte, die es wiederum ihrem Liebhaber zugeflüstert, welcher es seinerseits Akiko ins Ohr flüsterte – daß er Omi und seine Mutter belauscht, wie sie den Tod von Kasigi Yabu beschlossen, ihres Lehnsherrn? Ha! Wenn man das verbreitete – dann wäre die Katze los unter den Kasigi-Tauben! Und Omis und Yabus heimliches Angebot an Zataki, wenn man es Toranaga ins Ohr träufeln könnte – oder die Worte, die Zataki im Schlaf sprach, die seine Kissengenossin sich eingeprägt und mir am nächsten Tag für einen ganzen Silber-*Chojin* verkauft, Worte, aus denen hervorging, daß General Ishido und die Dame Ochiba zusammen speisten und zusammen schliefen, daß Zataki sie hatte grunzen und keuchen hören und aufschreien, als das Yang das Yin bis weit hinab durchdrang. Selbstzufrieden lächelte Gyoko. Erschreckend, *neh*, so hochgestellte Persönlichkeiten!

Und was war mit jener anderen merkwürdigen Tatsache, daß Herr Zataki seine Kissengefährtin im Augenblick der Wolken und des Regens unbewußt Ochiba genannt? Gyoko gluckste vor Zufriedenheit. All diese herrlichen Geheimnisse erwärmten ihr das Herz. Wie unbezahlbar – oder vielmehr bezahlbar – sie sich machen würden, wenn man sie nur in die richtigen Ohren flüsterte – jene Worte, die Männer zusammen mit ihrem Freudensaft hinausschleuderten? »Er würde es sich anders überlegen«, murmelte sie voller Genugtuung. »O ja, und ob er das tun würde!«

»Was?«

»Nichts, nichts Inari-chan. Habt Ihr gut geschlafen?«

»Was?«

Sie lächelte und ließ ihn wieder in den Schlaf zurücksinken. Und dann, als er bereit war, setzte sie Hände und Lippen ein, um ihm Lust zu verschaffen. Und sich selbst auch.

»Wo ist der Ingeles jetzt, Pater?«

»Genau weiß ich das nicht, Rodrigues. Wahrscheinlich in einem der Gasthöfe südlich von Mishima. Ich habe einen Diener zurückgelassen, der das herausfinden soll.« Alvito tunkte den Rest der Sauce mit einer röschen Brotkruste auf.

»*Que va*, ich möchte ihn gern wiedersehen. Ist er wohlauf?« fragte Rodrigues verständig.

»Ja.« Die Schiffsglocke schlug sechs Glasen – drei Uhr nachmittags.

»Hat er Euch erzählt, was er seit Osaka alles erlebt hat?«

»Zum Teil weiß ich das. Von ihm und von anderen. Das ist eine lange Geschichte, und es gibt viel zu erzählen. Erst möchte ich mich allerdings mit meinen Meldungen befassen – hinterher können wir reden«.

Rodrigues lehnte sich auf dem Stuhl in der kleinen Heckkammer zurück. »Gut. Das wäre sehr schön.« Er sah die scharfen Züge des Jesuiten, die gelbgesprenkelten braunen Augen. Katzenaugen. »Hört, Pater«, sagte er, »der Ingeles hat mir mein Schiff und das Leben gerettet. Gewiß, er ist unser Feind, und selbstverständlich ist er ein Ketzer, aber vor allem ist er Pilot, einer der besten, die ich je kennengelernt habe.«

»Aber ich mag ihn ja auch. Zumindest verstehe ich ihn jetzt besser. Vergessen wir ihn im Augenblick.«

Rodrigues nickte zustimmend. Er bemerkte, daß der Teller des Priesters leer war, und so streckte er den Arm aus und schob die Schüssel näher an ihn heran.

»Hier, Pater, nehmt noch von dem Kapaun. Brot?«

»Danke. Ja, gern. Ich habe gar nicht gewußt, wie hungrig ich bin.« Dankbar riß der Priester noch einen Schlegel ab und nahm sich von der aus Salbei, Zwiebeln und Brot bestehenden Füllung. Zuletzt goß er den Rest der fetten Sauce darüber.

»Wein?«

»Ja, vielen Dank.«

»Wo sind denn Eure anderen Leute, Pater?«

»Ich habe sie in einem Gasthaus in der Nähe des Piers zurückgelassen.« Rodrigues schaute aus dem großen Heckfenster hinaus, von dem aus man Nimazu, die Werften und den Hafen und sogar die Mündung des Kano überblicken konnte. Eine Menge Fischerboote fuhren hin und her. »Dieser Diener, den Ihr zurückgelassen habt, Pater... ist der zuverlässig? Seid Ihr auch überzeugt, daß er uns findet?«
»Aber ja. Sie werden zweifellos mindestens zwei Tage in Mishima bleiben.« Alvito hatte bereits beschlossen, von dem, was Frater Michael argwöhnte, nichts zu sagen, und so fügte er nur hinzu: »Vergeßt nicht, daß sie mit großem Gefolge reisen. Bei Toda Marikos Rang und mit Toranagas Bannern erregen sie beträchtliches Aufsehen. Im Umkreis von vier *Leguas* weiß bestimmt jeder, wo sie abgestiegen sind.«
Rodrigues lachte. »Der Ingeles und soviel Gepränge? Wer hätte das gedacht? Wie einer von diesen vermaledeiten *Daimyos!*«
»Das ist noch nicht einmal die halbe Wahrheit, Pilot. Toranaga hat ihn zum Samurai und *Hatamoto* gemacht.«
»Was?«
»Hauptpilot Blackthorne trägt jetzt die beiden Schwerter – neben seinen Pistolen. Bis zu einem gewissen Grad ist er jetzt Toranagas Vertrauter und sein Schützling.«
»*Der Ingeles?* Wieso und weshalb?«
»Der Anjin-san hat Toranaga zum dritten Mal das Leben gerettet. Zweimal während der Flucht aus Osaka, und das letzte Mal in Izu während eines Erdbebens.« Alvito mampfte genüßlich an dem Kapaunenschlegel. Etwas Sauce rann ihm den schwarzen Bart herunter.
Rodrigues wartete, doch der Priester sagte nicht mehr. Nachdenklich wandte er die Augen dem Pokal zu, den er in den Händen hielt. Das Licht brach sich auf dem dunkelroten Wein. Nach einer langen Pause sagte er: »Das bedeutet nichts Gutes für uns, wenn dieser Ingeles in der Nähe von Toranaga ist. Nein, ganz und gar nicht. Bei dem nicht. Eh?«
»Ganz Eurer Meinung.«
»Trotzdem würd' ich ihn gern wiedersehen.« Der Priester schwieg. Rodrigues ließ ihn den Teller mit dem Brot sauberwischen. Der Priester nahm den Rest des Vogels mit dem letzten Flügel dankbar an, dazu noch einen Schluck Wein. Zum Abschluß genehmigte er sich einen feinen französischen Cognac, den Pater Alvito aus einem Wandschrank hervorholte.
»Rodrigues? Auch ein Glas?«
»Vielen Dank.« Der Seemann sah zu, wie Alvito den nußbraunen Trank in das Kristallglas goß. Der Wein nebst dem Cognac war ein Abschiedsgeschenk des Paters Visitator aus seinem eigenen Weinkeller.
»Selbstverständlich, Rodrigues, dürft Ihr gern zusammen mit dem Pater davon trinken«, hatte dell'Aqua gesagt. »Geht mit Gott, möge er über Euch wachen, Euch heil hingeleiten und Euch heil wieder zurückbringen.«

»Sehr verbunden, Eminenz.«
Jawohl, sehr verbunden, Eminenz, aber kein gottverfluchtes Dankeschön, dachte Rodrigues bitter – kein Dankeschön dafür, daß mein Generalkapitän mir befohlen hat, an Bord dieses Schweinekahns zu gehen, mich unter das Kommando dieses Jesuiten zu stellen und mich aus den Armen meiner Gracia zu reißen, der Ärmsten. Madonna, das Leben ist so kurz, viel zu kurz und auch viel zu gefährlich, um es dafür zu verschwenden, einem von diesen stinkenden Priestern das Geleit zu geben, nicht einmal Alvito, der immerhin ein richtiges Mannsbild ist, was man von den anderen nicht gerade behaupten kann, aber aus diesem Grund auch gefährlicher. Madonna, hilf mir doch!
»Das war ein ausgezeichnetes Mahl, Rodrigues«, sagte Alvito und spielte mit den Brotkrumen auf der Tischplatte. »Vielen Dank.«
»Gut.« Rodrigues war ganz ernst. »Was habt Ihr jetzt vor, Pater? Wir sollten...« Er hielt mitten im Satz inne und schaute zum Fenster hinaus. Dann, nicht zufrieden mit dem, was er sehen konnte, erhob er sich vom Tisch und humpelte unter Schmerzen an das Backbordbullauge heran.
»Was gibt es denn, Rodrigues?«
»Mir war, als ob die Gezeiten umschlügen. Wollte bloß nachsehen, wieviel Spielraum zum Manövrieren wir haben.« Er machte das Bullauge weiter auf und lehnte sich hinaus, konnte jedoch den Buganker immer noch nicht erkennen. »Entschuldigt mich einen Moment, Pater.«
Er stieg an Deck. Das Wasser fuhr leise glucksend um die Ankerkette, die in das schmutzige Wasser hinabführte. Keine Bewegung. Dann zeigte sich eine Andeutung von einem Kielwasser, und das Schiff begann nachzugeben, sich der Ebbe anzupassen und seinen neuen Liegeplatz zu finden. Er überzeugte sich, daß es richtig lag, dann inspizierte er den Ausguck. Alles war in Ordnung. Andere Schiffe waren nicht in der Nähe. Sie lagen rund ein Kabel vom Ufer entfernt, weit genug, um jeden überraschenden Überfall rechtzeitig zu bemerken, und auch weit genug von den Fahrrinnen entfernt, auf denen die Schiffe verkehrten.
Bei der *Santa Filipa* handelte es sich um eine Lorcha. Sie hatte also einen japanischen Rumpf und war mit modernen portugiesischen Segeln ausgestattet: ein Zweimaster mit der Takelage einer Schaluppe. Mittschiffs war sie mit vier Kanonen bestückt, und außerdem mit je zwei kleinen Bug- und Heckgeschützen. Sie hatte eine Besatzung von dreißig Mann. Sein Blick ging zur Stadt hinüber und über sie hinweg zu den Bergen. Dann ging er wieder nach unten.
»Na, alles in Ordnung?« fragte Alvito, als der Pilot die Kammer betrat. Er war jetzt gesättigt.
»Ja. Die Tide ist nur umgeschlagen. Wie sieht's denn jetzt aus, Pater? Stechen wir bei Sonnenaufgang in See?«
»Was machen die Brieftauben?«
»Sie sind gesund und munter. Wir haben noch sechs – vier für Nagasaki, und zwei für Osaka.«

Der Priester sah nach dem Sonnenstand. Vier oder fünf Stunden bis Sonnenuntergang. Reichlich Zeit also, die Tauben mit den ersten verschlüsselten Botschaften abzuschicken, die er schon längst vorbereitet hatte: »Toranaga unterwirft sich Befehlen des Regentschaftsrats. Gehe erst nach Yedo, dann nach Osaka. Werde Toranaga nach Osaka begleiten. Sagt, können Kathedrale in Yedo trotzdem bauen. Eingehender Bericht folgt mit Rodrigues.«

»Würdet Ihr bitte dem Taubenmeister sagen, er solle sofort zwei für Nagasaki und eine für Osaka vorbereiten?« sagte Alvito. »Dann können wir uns unterhalten. Ich werde nicht mit Euch zurücksegeln. Ich reise weiter nach Yedo, und zwar über Land. Ich brauche nur den größten Teil der Nacht und vielleicht morgen noch, um einen eingehenden Bericht zu schreiben, den Ihr bitte dem Pater Visitator übergeben wollt, aber nur ihm allein. Werdet Ihr in See stechen, sobald ich fertig bin?«

»Gern. Wenn es allerdings zu kurz vor Sonnenuntergang ist, werde ich bis zum Morgen warten. Man muß hier auf Untiefen und wandernde Sandbänke gefaßt sein.«

Alvito erklärte sich einverstanden. Die zwölf Stunden würden auch nichts ausmachen. Er wußte, daß es weit besser gewesen wäre, er hätte die Neuigkeiten gleich von Yokosé aus vermelden können. Gott verfluch den Heidenteufel, der mir dort meine Tauben umgebracht hat! Üb dich in Geduld, sagte er sich. Wozu die Eile? Wer abwarten kann, erreicht alles. Was bedeuten schon zwölf Stunden? Die verändern den Lauf der Geschichte auch nicht. Jedenfalls sind in Yokosé die Würfel gefallen.

»Ihr reist also mit dem Ingeles?« fragte Rodrigues. »Wie die letzten Tage auch?«

»Ja. Von Yedo werde ich allerdings allein nach Osaka zurückkehren. Ich werde mich Toranaga anschließen. Ich hätte gern, daß Ihr in Osaka mit einer Kopie meines Berichts Zwischenstation macht, falls der Pater Visitator dort ist oder Nagasaki verlassen hat, ehe Ihr dort eintrefft, oder er sich auf dem Weg dorthin befindet. Ihr könnt sie seinem Sekretär, Pater Soldi übergeben. Aber nur ihm allein – niemand anderem.«

»Gut. Ich bin froh, daß ich in See stechen kann. Wir werden hier zu sehr gehaßt.«

»Mit Gottes Hilfe werden wir all das ändern, Rodrigues. Mit Gottes Hilfe werden wir alle diese Heiden hier bekehren.«

»Dazu sag' ich: Amen! Ja.« Der großgewachsene Mann nahm das Gewicht von seinem Bein, und für einen Augenblick war der Schmerz nicht ganz so groß. Er starrte zum Fenster hinaus. Dann stand er ungeduldig auf. »Ich werde die Tauben selbst holen. Schreibt Ihr Euren Bericht, hinterher können wir uns unterhalten. Über den Ingeles.« Er stieg an Deck und holte die Tauben aus den Körben heraus. Als er zurückkehrte, hatte der Priester bereits den Federkiel und die Spezialtinte vor sich, um die verschlüsselte Nachricht auf winzige Papierstreifen zu schreiben. Alvito steckte sie in die gehämmerten Zylinder, versiegelte sie und ließ die Tauben fliegen.

»Wollen wir hier oben reden oder lieber unten?«
»Hier. Es ist kühler.« Rodrigues befahl der Wache auf dem Achterdeck, sich außer Hörweite zu begeben.
Alvito nahm auf einem Seestuhl Platz. »Zunächst zu Toranaga.«
Er berichtete dem Piloten, was in Yokosé geschehen war, unterschlug jedoch den Zwischenfall mit Frater Joseph und seinen Verdacht, was Mariko und Blackthorne betraf. Rodrigues war genauso schockiert wie alle anderen. »Kein Krieg? Das ist ein Wunder! Jetzt kann uns wirklich nichts mehr passieren, damit ist das Schwarze Schiff sicher und die Kirche reich, sind wir reich... Dank sei Gott und allen Heiligen und der Madonna! Eine bessere Nachricht hättet Ihr gar nicht mitbringen können, Pater. Wir sind gerettet.«
»So Gott es will, ja. Etwas, was Toranaga gesagt hat, beunruhigt mich allerdings. Er hat es so ausgedrückt: Ich kann befehlen, daß mein Christ freigelassen wird – der Anjin-san. Samt seinem Schiff und samt seinen Kanonen.«
Rodrigues Zuversicht war sofort wie weggeblasen. »Die *Erasmus* ist immer noch in Yedo? Befindet sich immer noch in seiner Gewalt?«
»Ja. Wäre es gefährlich, wenn der Ingeles freigelassen würde?«
»Gefährlich? Das Schiff würde uns das Licht ausblasen! Wir haben nur die kleine Fregatte, und die kann gegen die *Erasmus* nichts ausrichten. Wir selbstverständlich genausowenig. Die könnte um uns herumtanzen, und wir wären gezwungen, die Flagge zu streichen.«
»Seid Ihr da ganz sicher?«
»Ja, so wahr mir Gott helfe... der wären wir hilflos ausgeliefert.« Zornig ballte Rodrigues die Hand zur Faust. »Aber wartet einen Augenblick... Der Ingeles hat mir doch gesagt, er sei mit nicht mehr als zwölf Mann nach Japan gekommen, und davon wären noch nicht einmal alle Seeleute, und die meisten auch noch krank. Der einzige Ort, wo er eine neue Mannschaft anheuern könnte, wäre Nagasaki... oder Macao. Da gibt es doch viele, die... Man müßte ihn davon abhalten, nach Nagasaki oder nach Macao zu kommen!«
»Und was wäre, wenn er eine Mannschaft von Eingeborenen hätte?«
»Ihr meint, welche von Toranagas Halsabschneidern? Oder *Wako?* Wenn Toranaga sich ergibt, würden alle seine Samurai zu *Ronin, neh?* Wenn der Ingeles Zeit genug hätte, könnte er sie ausbilden. Mit Leichtigkeit... Himmelherrgott... bitte verzeiht mir, Pater, aber wenn der Ingeles Samurai oder *Wako* bekäme... Darauf dürfen wir es nicht ankommen lassen... dazu ist er zu gut. Man stelle sich vor: Er in Asien losgelassen auf diesem Kahn – mit einer Mannschaft von Samurai...«
Alvito ließ ihn nicht aus den Augen. Seine Besorgnis wuchs noch mehr. »Ich glaube, ich schicke lieber noch eine Nachricht an den Pater Visitator. Er sollte unterrichtet sein, wenn die Sache so drängt.«
»Ich weiß, was man tun muß.« Rodrigues ließ die Faust auf das Schanzkleid niedersausen. Er stand auf und wandte dem Jesuiten den Rücken zu. »Hört, Pater. Ich möchte beichten: In der ersten Nacht... der allerersten Nacht, als er auf der

Galeere neben mir stand, bei der ersten Fahrt von Anjiro... sagte mein Herz mir, ich sollte ihn umbringen. Dann während des Sturms noch einmal. Das war der Augenblick, wo ich ihn aufs Vorschiff schickte und absichtlich in den Wind drehte, ohne ihn zu warnen. Er trug keine Rettungsleine, ich wollte ihn umbringen, aber der Ingeles ging nun mal nicht über Bord, wie es jeder andere getan hätte. Ich dachte damals, Gott müßte seine Hand im Spiel haben, und dieser Glaube wurde später zur Gewißheit, als er gegen meinen Befehl anging und mein Schiff rettete, und dann, als mein Schiff sicher war und die Welle mich packte und ich ertrank, da glaubte ich, auch das sei Gottes strafende Hand. So etwas tut man einem Piloten nicht an... Er würde mir so etwas nie antun! Ich hab's damals verdient, und dann, als ich dann doch nicht ertrunken war und er sich über mich beugte und mir etwas zu trinken einflößte, war ich so beschämt, daß ich Gott um Vergebung bat und schwor, es wiedergutzumachen an ihm. Madonna!« brach es aus ihm heraus, »dieser Mann hat mich gerettet, obwohl er *gewußt* hat, daß ich ihn umbringen wollte. Das hab' ich in seinen Augen gelesen. Er hat mich gerettet und hat mir geholfen weiterzuleben, und jetzt muß ich ihn umbringen!«
»Warum?«
»Der Generalkapitän hatte recht: Gott steh uns allen bei, wenn der Ingeles mit der bewaffneten und halbwegs gut bemannten *Erasmus* wieder in See sticht.«

Blackthorne und Mariko schliefen im nächtlichen Frieden ihres kleinen Hauses im »Gasthaus zu den Kamelien«. Sie hatten drei Räume. Mariko hatte einen Raum für sich und Chimmoko genommen, Blackthorne den zweiten, und den dritten, mit einer Tür auf die Veranda, hatten sie leer gelassen, um darin zu leben, zu essen und sich zu unterhalten.
»Und das haltet Ihr hier für sicher?« hatte er besorgt gefragt, »ohne daß Yoshinaka oder wenigstens ein paar Zofen und Samurai hier schlafen?«
»Nein, Anjin-san. Richtig sicher ist es nirgends. Aber es wird sehr angenehm sein, niemand um sich zu haben und allein zu sein. Dieses Gasthaus gilt als das hübscheste und berühmteste von ganz Izu. Und Ihr müßt zugeben, es ist hübsch, *neh?*«
Das war es in der Tat. Jedes der kleinen Häuschen ruhte auf zierlichen Pfeilern. Eine Veranda, zu der vier aus dem edelsten Holz gearbeitete Stufen hinaufführten, ging drum herum; alles war poliert und schimmerte matt. Jedes Häuschen stand mindestens fünfzig Schritt vom nächsten entfernt und war umgeben von einem kleinen, sorgsam gepflegten Gärtchen, das innerhalb des von einer hohen Bambusmauer umgebenen Parks gelegen war. Da waren kleine Bäche, Lilienteiche, Wasserfälle und blühende Bäume, die nachts anders dufteten als tagsüber, süß und üppig. Säuberliche, gepflasterte und elegant überdachte Fußwege führten zu dem in der Mitte gelegenen Badehaus mit kalten, warmen und sehr heißen Quellen. Bunte Laternen, fröhliche Diener und Zofen und nie ein böses Wort, das die Harmonie der in den Bäumen aufgehängten Glöckchen, das Plät-

schern des Wassers und den Gesang der Vögel in ihren Volieren gestört hätte.
»Selbstverständlich habe ich zwei Häuser genommen, Anjin-san – eines für Euch und eines für mich. Leider war jedoch nur eines frei, tut mir leid. Yoshinaka-san dagegen ist keineswegs unglücklich darüber. Er war sogar erleichtert, da er jetzt seine Wachen nicht aufzuteilen braucht. Er hat Schildwachen auf jedem Weg aufgestellt, wir sind also ganz sicher, und man kann uns nicht so leicht stören.«
»Ich habe nie ein schöneres Anwesen gesehen. Wie klug Ihr seid, und wie wunderschön!«
»Ach, wie freundlich, Anjin-san. Erst einmal ein Bad, dann das Abendessen und hinterher viel, viel Saké.«
»Gut. Sehr gut.«
»Legt bitte das Wörterbuch beiseite, Anjin-san.«
»Aber sonst ermuntert Ihr mich doch immer, darin zu studieren.«
»Wenn Ihr das Buch jetzt weglegt, werde ich Euch... werde ich Euch ein Geheimnis verraten.«
»Wie bitte?«
»Ich habe Yoshinaka-san eingeladen, zusammen mit uns zu Abend zu speisen. Und ein paar Damen. Damit sie uns unterhalten.«
»Ah!«
»Ja. Und nachdem ich gegangen bin, werdet Ihr Euch eine aussuchen, *neh?*«
»Aber das könnte Euren Schlaf stören. Tut mir leid.«
»Ich verspreche, ich werde ganz fest schlafen, Geliebter. Im Ernst, eine Abwechslung könnte Euch nicht schaden.«
»Ja, aber erst nächstes Jahr, nicht jetzt.«
»Bleibt ernst.«
»Das bin ich doch.«
»Ach, in dem Fall, falls Ihr Euch freundlicherweise anders besinnen würdet und sie bald fortschicktet... *nachdem* Yoshinaka-san mit dem Mädchen seiner Wahl verschwunden ist... ah, wer weiß, was der Nacht-*Kami* vielleicht noch für Euch bereit hält?«
»Was?«
»Ich bin heute einkaufen gegangen.«
»Ah. Und was habt Ihr gekauft?«
Sie hatte eine Reihe von jenen Hilfsmitteln für das Kopfkissen-miteinander-Teilen erstanden, wie Kiku sie ihnen gezeigt, und viel später, nachdem Yoshinaka sich verabschiedet und Chimmoko auf der Veranda wachte, überreichte sie sie ihm mit einer tiefen Verneigung. Halb im Spaß nahm er sie genauso förmlich in Empfang, und gemeinsam wählten sie dann einen Lustring aus.
»Das sieht ziemlich stachlig aus, Anjin-san, *neh?* Seid Ihr auch sicher, daß Ihr nichts dagegen habt?«
»Nein, wenn Ihr nichts dagegen habt, bestimmt nicht. Aber hört auf zu lachen, sonst macht Ihr alles kaputt. Blast die Kerzen aus.«

»O nein, bitte! Ich möchte alles sehen!«
»Bei der Liebe Gottes, Mariko, hört auf zu lachen!«
»Aber Ihr lacht doch auch.«
»Egal. Macht das Licht aus oder... Ach, seht, was Ihr angerichtet habt.«
»Oh!«
Später war dann doch nicht alles glattgegangen.
»Mariko...«
»Ja, mein Geliebter?«
»Ich kann ihn nicht finden.«
»Oh, laßt mich suchen helfen.«
»Ah, so ist's richtig. Ich hab' ihn. Ich hab' drauf gelegen.«
»Oh. Seid Ihr... seid Ihr wirklich sicher, daß Ihr nichts dagegen habt?«
»Nein. Nur ist es, nun ja, nicht geradezu ›aufrichtend‹, all das viele Gerede darüber und das Warten. Oder?«
»Ach, mir macht das nichts. Es ist ja meine Schuld, daß ich gelacht habe. Ach, Anjin-san, ich liebe Euch so. Ich liebe es, Euch anzufassen.«
»Und ich wüßte nichts Schöneres, als von Euch angefaßt zu werden.«
»Was tut Ihr, Anjin-san?«
»Ich schiebe ihn drüber.«
»Ist es schwierig?«
»Ja. Hört auf zu lachen!«
»Bitte, verzeiht mir...«
Hinterher schlief sie völlig erschöpft ein. Er jedoch nicht. Für ihn war es zwar schön, aber nicht vollkommen gewesen. Er hatte zu sehr nur auf sie geachtet. Er hatte beschlossen, daß es diesmal vornehmlich um *ihre* Lust gehen sollte und nicht um seine.
Ja, das war für sie, dachte er liebevoll. Aber eines war doch großartig: Diesmal weiß ich, daß ich sie vollkommen befriedigt habe. Dieses eine Mal bin ich ganz, ganz sicher.
Er schlief. Später Stimmen und der Lärm von Gestreit; neben dem Japanisch begannen portugiesische Brocken in seinen Schlummer einzudringen. Einen Augenblick dachte er, ihm träumte, dann erkannte er die Stimme. »Rodrigues!«
Mariko murmelte etwas. Sie war immer noch vom Schlaf umfangen.
Beim Klang von Schritten auf dem Weg setzte er sich beherrscht, doch von Panik gepackt auf. Er nahm Mariko, als wäre sie eine Puppe, trat auf den *Shoji* zu und blieb stehen, als er von draußen aufgeschoben wurde. Es war Chimmoko. Die Zofe hatte den Kopf gesenkt und die Augen taktvoll geschlossen. Mariko in den Armen, eilte er an ihr vorüber und legte sie behutsam auf ihren eigenen *Futons* nieder und eilte dann lautlos wieder hinüber in sein Gemach. Der kalte Schweiß brach ihm aus, obwohl die Nacht warm war. Mit fahrigen Bewegungen zog er seinen Kimono über und trat dann wieder hinaus auf die Veranda. Yoshinaka hatte die zweite Stufe erreicht.
»*Nan desu ka*, Yoshinaka-san?«

»*Gomen nasai*, Anjin-san«, sagte Yoshinaka. Er zeigte auf die Fackeln am Tor des Gasthauses und fügte noch ein paar Worte hinzu, die Blackthorne nicht verstand. Das Wesentliche seiner Rede war jedoch, daß ein Mann draußen, ein Barbar, ihn sprechen wolle. Yoshinaka habe ihm gesagt, er solle warten, doch das wolle er nicht. Er führe sich auf, als wäre er ein *Daimyo*. Er behaupte, der Freund des Anjin-san zu sein. Ob das stimme?
»Hallo, Ingeles! Ich bin's, Vasco Rodrigues!«
»Hallo, Rodrigues!« rief Blackthorne glücklich zurück. »Bin gleich da. *Hai*, Yoshinaka-san. *Kare wa watashi no ichi yujin desu.* – Er ist mein Freund.«
Blackthorne flog die Stufen hinunter und eilte auf das Tor zu.
»Hallo, Rodrigues! Ist das aber eine Freude! Was macht Euer Bein? Und wie habt Ihr mich gefunden?«
»Madonna, Ihr seid ja noch gewachsen, Ingeles, und habt wieder Fleisch angesetzt! Jawohl, gesund und munter und hochfahrend, wie ein *Daimyo!*« Täppisch wie ein Bär umarmte Rodrigues ihn, und er umarmte ihn.
»Was macht Euer Bein?«
»Tut verdammt weh, aber ich kann gehen, und um Euch zu finden, brauchte ich nur zu fragen, wo denn der große Anjin-san wohne... der große Bandit und Schurke von Barbar mit den blauen Augen!«
Sie lachten, warfen sich gegenseitig Flüche an den Kopf, die nicht so gemeint waren, und scherten sich den Teufel um die Samurai und die Diener um sie herum. Dann schickte Blackthorne eine Zofe, Saké zu holen, und ging dann voran zurück zum Häuschen. Beide hatten den breitbeinigen Matrosengang, Rodrigues aus lauter Gewohnheit die Hand am Griff seines Rapiers, den Daumen der anderen Hand in der Nähe seiner Pistole in die Schärpe gesteckt. Blackthorne war eine Handbreit größer als Rodrigues, aber dafür hatte der Portugiese noch breitere Schultern, die eine unheimliche Kraft verrieten.
Yoshinaka erwartete sie auf der Veranda.
»*Domo arigato*, Yoshinaka-san«, sagte Blackthorne, bedankte sich abermals bei dem Samurai und forderte Rodrigues mit einer Handbewegung auf, auf dem Kissen Platz zu nehmen. »Unterhalten wir uns hier.«
Rodrigues setzte einen Fuß auf die Stufen, blieb dann jedoch stehen, als Yoshinaka sich vor ihm aufbaute, auf das Rapier und auf die Pistole zeigte und dann die Hand ausstreckte. »*Dozo*.«
Der Portugiese blickte stirnrunzelnd zu ihm hinauf. »*Iyé*, Samurai-sama, *domo ari*...«
»*Dozo!*«
»*Iyé*, Samurai-sama, *iyé!*« wiederholte Rodrigues diesmal in schärferem Ton. »*Watashi yujin*, Anjin-san, *neh?*«
Blackthorne tat noch einen Schritt vorwärts. Er konnte sich noch gar nicht fassen, so schnell waren die beiden aneinandergeraten. »Yoshinaka-san, *shigata ga nai*, neh?« sagte er lächelnd. »Rodrigues *yujin wata*...«
»*Gomen nasai*, Anjin-san. *Kinjiru!*« Yoshinaka stieß einen kurzen Befehl aus.

Augenblicklich sprangen Samurai vor, umringten Rodrigues drohend, und abermals streckte er die Hand aus. »*Dozo.*«
»Dieser Schurke von Hurenbock ist empfindlich wie eine Mimose, Ingeles«, sagte Rodrigues und ließ lächelnd seine Zähne sehen. »Ruft sie zurück. Ich hab' noch nie meine Waffen abgeben müssen.«
Blackthorne wandte sich nochmals an Yoshinaka: »*Domo, gomen nasai,* Rodrigues, *Yujin watash...*«
»*Gomen nasai,* Anjin-san. *Kinjiru.*« Um sich dann barsch wieder an den Portugiesen zu wenden: »*Ima!*«
Rodrigues erwiderte fauchend: »*Iyé! Wakarimasu ka?*«
Hastig trat Blackthorne zwischen sie. »He, Rodrigues, was soll's eigentlich, *neh?* Gebt sie doch her. Das hat weder mit Euch noch mit mir etwas zu tun, sondern nur mit der Dame Toda Mariko-sama. Sie ist dort drinnen. Ihr wißt doch, wie empfindlich sie darauf reagieren, wenn irgend jemand in der Umgebung eines *Daimyo* oder seiner Frau Waffen trägt. Sonst streiten wir uns die ganze Nacht, Ihr wißt doch, wie sie sind, eh?«
Der Portugiese zwang sich wieder zu lächeln. »Klar. Warum nicht? *Hai. Shigata ga nai,* Samurai-sama. *So desu!*«
Er verneigte sich wie ein Höfling, ohne es indes aufrichtig zu meinen, zog sein Rapier aus dem Gehänge und die Pistole aus dem Gürtel und reichte beides dem Samurai. Yoshinaka gab einem anderen einen Wink, der die Waffen nahm und mit ihnen zum Tor lief, wo er sie niederlegte und sich als Wache danebenstellte. Rodrigues schickte sich an, die Stufen emporzusteigen. Doch abermals forderte Yoshinaka ihn höflich, aber bestimmt auf stehenzubleiben. Andere Samurai traten vor, um ihn zu durchsuchen. Wütend sprang Rodrigues zurück. »*IYE! Kinjiro!* So wahr mir Gott helfe! Was zum Teu...«
Die Samurai stürzten sich auf ihn, hielten ihm die Arme fest und durchsuchten ihn gründlich. Sie fanden zwei Messer in seinen Stiefelschäften, ein weiteres, das er an seinem linken Oberarm festgebunden hatte, zwei kleine Pistolen – eine im Futter seines Rockes versteckt, die andere unter seinem Hemd – und eine kleine Taschenflasche aus Zinn.
Blackthorne untersuchte die Pistolen. Sie waren beide geladen, das Zündpulver aufgeschüttet. »War die andere auch geladen und das Pulver aufgeschüttet?«
»Ja. Selbstverständlich. In Japan muß man immer auf der Hut sein, habt Ihr das noch nicht bemerkt, Ingeles? Sagt ihnen, sie sollen mich loslassen.«
»Das ist nicht gerade die übliche Weise, einem Freund bei Nacht einen Besuch abzustatten, *neh?*«
»Ich sag' Euch doch, daß man hier von lauter Feinden umgeben ist. Ich bin immer so bewaffnet. Madonna, sagt diesen Hunden, sie sollen mich loslassen.«
»Ist das alles? Wirklich alles?«
»Selbstverständlich. Sagt ihnen, sie sollen mich loslassen, Ingeles!«
Blackthorne übergab die Pistolen an einen der Samurai und trat vor. Mit den Fingern tastete er sorgsam das Innere von Rodrigues' Ledergurt ab. Ein sehr

zierliches Stilett glitt aus seiner geheimen Scheide – sehr dünn, federnd, aus bestem Damaszenerstahl. Yoshinaka überschüttete die Samurai, die ihn durchsucht, mit Flüchen. Sie entschuldigten sich, doch Blackthorne hatte nur Augen für Rodrigues.
»Noch was?« fragte er, das Stilett lose in der Hand.
Steinern blickte Rodrigues ihn nur an.
»Ich werde ihnen sagen, wo sie suchen sollen... und wie sie suchen sollen, Rodrigues. Wie die Spanier es tun würden... einige von ihnen jedenfalls, eh?«
*»Me cago en la leche, che cabron!«*
»*Que va, leche!* Macht schon!« Immer noch keine Antwort. Blackthorne trat mit dem Stilett vor. »*Dozo*, Yoshinaka-san. *Watash...*«
Mit heiserer Stimme erklärte Rodrigues: »Unter meinem Hutband«, und Blackthorne brach mitten im Wort ab.
»Gut«, sagte er und griff nach dem breitrandigen Hut.
»Ihr würdet es ihnen nicht... Ihr würdet es ihnen nicht zeigen, oder?«
»Würdet Ihr es tun?«
»Geht vorsichtig mit der Feder um, Ingeles! Die lieb' ich nämlich!«
Das Hutband war breit und steif, die Feder keck wie überhaupt der ganze Hut. Unter dem Hutband versteckt war ein dünnes Stilett, noch kleiner als das andere, eine Spezialanfertigung, deren feine Stahlklinge sich mühelos der Rundung des Hutes anpaßte. Yoshinaka bellte die Samurai noch ein weiteres Mal vorwurfsvoll an.
»So wahr mir Gott helfe, ist das alles, Rodrigues?«
»Madonna... ich hab's Euch doch gesagt.«
»Schwört!«
Rodrigues tat ihm den Willen.
»Yoshinaka-san, *ima ichi-ban. Domo*«, sagte Blackthorne. »Jetzt ist alles in Ordnung mit ihm. Danke.«
Yoshinaka gab einen Befehl. Seine Männer ließen den Portugiesen los. Rodrigues rieb sich die Glieder. »Was dagegen, wenn ich mich setze, Ingeles!«
»Nein.«
Der Portugiese wischte sich mit einem roten Schnupftuch den Schweiß von der Stirn, griff nach der Zinnflasche und nahm mit untergeschlagenen Beinen auf einem der Kissen Platz. Yoshinaka blieb auf der Veranda in der Nähe. Bis auf vier gingen alle Samurai wieder auf ihre Posten. »Warum sind sie denn bloß so empfindlich? Und warum seid Ihr so empfindlich, Ingeles? Ich hab' noch nie im Leben meine Waffen abgeben müssen. Bin ich ein Mörder?«
»Ich habe Euch gefragt, ob das alle Waffen wären, und Ihr habt mich angelogen.«
»Ich hab' ja gar nicht richtig zugehört. Madonna. Möchtet Ihr... möchtet Ihr festgehalten werden wie ein gemeiner Verbrecher? He, aber wartet, Ingeles? Warum sollen wir uns eine so schöne Nacht vergällen lassen? Ich verzeih' ihnen. Und Euch auch, Ingeles. Ihr hattet recht und ich war im Unrecht. Ich bitte

um Verzeihung. Es tut gut, Euch wiederzusehen.« Er entkorkte die Flasche und bot sie ihm an. »Hier... hier, das ist guter Brandy!«

»Ihr zuerst.«

Der Portugiese tat, wie ihm geheißen, und wischte sich dann mit dem Handrükken den Mund ab. Blackthorne nahm die Flasche: »*Salud!*« Er kippte sie nach hinten und tat so, als ob er schlucke, hielt jedoch insgeheim die Zunge vor die Öffnung, um zu verhindern, daß etwas von dem Brandy in seinen Mund gelangte, so gern er auch getrunken hätte. »Ah!« sagte er. »Das hat gutgetan. Hier!«

»Behaltet sie! Es ist ein Geschenk, Ingeles!«

»Von dem Pater? Oder von Euch?«

»Von mir.«

»Bei Eurem Gott?«

»Bei Gott und der Hochheiligen Jungfrau, Ihr mit Eurem ›Bei Gott‹!« sagte Rodrigues. »Es war ein Geschenk von mir und dem Pater. Ihm gehört der ganze Schnaps an Bord der *Santa Filipa*, nur hat Seine Eminenz gesagt, ich dürfe mich bedienen, und es sind noch ein Dutzend mehr solcher Flaschen an Bord. Es ist ein Geschenk. Wo bleiben Eure Manieren?«

Blackthorne tat nochmals so, als ob er tränke, reichte ihm die Flasche aber dann doch zurück. »Hier, nehmt noch einen Schluck!«

Rodrigues spürte den Branntwein bis in die Zehenspitzen hinunter und war froh, daß er, nachdem er die volle Flasche von Alvito erhalten, sie insgeheim geleert, sorgfältig ausgewaschen und sie dann mit Brandy aus seiner eigenen Flasche gefüllt hatte. Madonna, vergebt mir, betete er, daß ich dem Pater mißtraue! Ach, Madonna, Gott und Herr Jesus Christ, um der Liebe Gottes willen, steigt nochmals zur Erde herab und verändert diese Welt, in der wir manchmal nicht einmal den Priestern trauen mögen.

»Was habt Ihr denn?«

»Nichts, Ingeles. Ich dachte nur gerade, daß diese Welt verdammt verrückt ist, wo man heutzutage fast niemandem mehr trauen kann. Ich bin als Freund gekommen, und jetzt hat die Welt ein Loch.«

»Wirklich?«

»Ja.«

»So bis an die Zähne bewaffnet?«

»Ich bin immer bis an die Zähne bewaffnet. Sonst wär' ich schon längst nicht mehr am Leben. *Salud!*« Mit düsterer Miene hob der große Mann die Flasche und nahm nochmals einen Schluck. »Scheiß auf die Welt, scheiß auf alles!«

»Wollt Ihr damit sagen: Scheiß auf mich?«

»Ingeles, das hier bin ich, Vasco Rodrigues, Pilot der Portugiesischen Flotte, nicht irgendein dreckiger Samurai. Ich hab' Euch einen Haufen Beschimpfungen an den Kopf geworfen, alle in Freundschaft. Heute abend bin ich hergekommen, einen Freund zu besuchen, und jetzt habe ich keinen Freund mehr. Ein Jammer!«

»Ja.«
»Eigentlich sollte ich nicht traurig sein, aber ich bin's trotzdem. Mit Euch befreundet zu sein, war außerordentlich schwierig für mich.« Rodrigues stand auf und streckte seinen Rücken, um dann wieder Platz zu nehmen. »Ich hasse es, auf diesen gottverfluchten Kissen zu hocken! Für mich sind Stühle das Richtige. Und jetzt zurück an Bord! *Salud*, Ingeles.«
»Als Ihr plötzlich in den Wind ginget und ich mittschiffs stand, da wolltet Ihr mich über Bord gehen lassen. Stimmt's?«
»Ja«, antwortete Rodrigues ohne zu zögern. Er stand wieder auf. »Ja. Ich bin froh, daß Ihr mich das gefragt habt, denn das hat mir mächtig auf der Seele gelegen. Ich bitte Euch um Verzeihung, so wie ich hier stehe, denn ich hätt's einfach nicht über mich gebracht, Euch das aus freien Stücken zu gestehen, Ingeles. Ja, Ingeles, ich bitte nicht um Verständnis oder sonst was. Aber ich bin froh, Euch diese Schande ins Gesicht hinein gestanden zu haben.«
»Glaubt Ihr, ich könnte Euch so etwas antun?«
»Nein. Aber wer weiß...«
»Ihr seid hergekommen, um mich umzubringen?«
»Nein. Ich glaube nicht. Ich glaube nicht, daß ich vor allem daran gedacht habe, wenn wir auch beide wissen, daß es für mein Volk und für mein Land besser wäre, wenn Ihr tot wäret.«
»Ich will Euch nicht tot sehen, Pilot. Ich will bloß Euer Schwarzes Schiff...«
»Hört zu, Ingeles«, sagte Rodrigues, ohne in die Luft zu gehen. »Wenn wir uns auf See begegnen, Ihr auf Eurem Schiff, bewaffnet, und ich auf meinem... dann gebt gut auf Euer Leben acht. Euch das zu sagen, bin ich vor allem hergekommen... nur das. Ich dachte, es wäre möglich, Euch das in aller Freundschaft zu sagen und auch hinterher noch Euer Freund zu bleiben. Bis auf den Augenblick, wo wir einander auf See begegneten. Ich stehe für immer in Eurer Schuld. *Salud!*«
»Ich hoffe, Euch Euer Schwarzes Schiff auf See wegzunehmen. *Salud*, Pilot!«
Rodrigues stolzierte davon. Yoshinaka und seine Samurai folgten ihm. Am Tor nahm der Portugiese seine Waffen vom Boden auf. Bald darauf hatte die Nacht ihn verschluckt.
Blackthorne nahm nochmals auf einem der Kissen Platz, und kurz darauf kam die Zofe, die er nach Saké geschickt hatte, glücklich mit dem Tablett herbei. Sie schenkte ihm eine Schale ein und wäre geblieben, ihm aufzuwarten, hätte er sie nicht fortgeschickt. Jetzt war er allein. Die Nachtgeräusche umgaben ihn abermals: das Rascheln der Blätter, das Rauschen des Wasserfalls und die Laute der Nachtvögel. Bewegungen. Alles war wie zuvor, und dennoch war alles anders.
Traurig griff er nach der Schale, um sich nochmals einzuschenken, da raschelte Seide, und Marikos Hand hielt das Kännchen. Sie schenkte erst ihm ein und dann sich selbst.
»*Domo*, Mariko-san.«

»*Domo itashimashite,* Anjin-san.« Sie setzte sich auf das andere Kissen. Sie tranken den heißen Wein.
»Er wollte Euch umbringen, *neh?*«
»Ich weiß nicht... Jedenfalls bin ich mir nicht sicher.«
»Was sollte das heißen: Ihn durchsuchen wie die Spanier es tun?«
»Von denen ziehen manche ihre Gefangenen splitternackt aus und untersuchen selbst ihren After. Und zwar nicht gerade zartfühlend. Sie nennen das *con significa,* jemand ›gründlich‹ filzen. Manchmal nehmen sie sogar Dolche zu Hilfe.«
»Oh.« Sie nippte abermals und lauschte dem Wasser, das über die Steine plätscherte. »Das ist hier genauso, Anjin-san. Manchmal. Deshalb ist man klug beraten, niemals in Feindeshand zu fallen. Wenn Ihr gefangengenommen werdet, habt Ihr Euch selbst so vollkommen entehrt, daß alles, was der Feind einem antut... Man sollte sich hüten, sich gefangennehmen zu lassen, *neh?*«
Er starrte auf die im kühlen Wind leise schwankenden Laternen. »Yoshinaka hatte recht... ich hatte unrecht. Die Durchsuchung war notwendig.«
Mariko trug einen Schlafkimono und hatte nur einen blauen Tageskimono darübergezogen. Sie hatte das Haar, das ihr bis auf die Hüften ging, locker geflochten. Sie sah zurück zu dem fernen Tor, das man durch die Bäume hindurch erkennen konnte. »Daß Ihr von dem Brandy nichts getrunken habt, war sehr klug von Euch, Anjin-san. Ich hätte mich umbringen können vor Zorn, daß ich vergessen hatte, Yoshinaka davor zu warnen. Ihr habt große Klugheit bewiesen, als Ihr ihn zweimal trinken ließet. Verwendet man in Euren Ländern viel Gift?«
»Manchmal. Manche Leute tun es. Abscheulich!«
»Ja, aber höchst wirkungsvoll. Es kommt auch hier vor.«
»Schrecklich, nicht wahr, daß man niemandem trauen kann?«
»Aber nein, Anjin-san, tut mir leid«, entgegnete sie. »Das ist doch nur eine der wichtigsten Lebensregeln... nicht mehr und nicht weniger.«

# Viertes Buch

# *47. Kapitel*

Die *Erasmus* lag am Pier von Yedo und schimmerte in der Mittagssonne. Sie war blitzsauber.

»Herrgott im Himmel, Mariko, seht sie Euch an! Habt Ihr so was schon mal gesehen? Seht doch, diese Linienführung!«

Sein Schiff lag hundert Schritt von ihnen entfernt, hinter einer Absperrung, mit neuen Tauen am Pier vertäut. Der Platz davor war schwer bewacht.

Die *Erasmus* war frisch gestrichen und geteert, die Decks sahen makellos sauber aus, der Rumpf war kalfatert und die Takelage ausgebessert. Selbst der Vormast, der während des Sturms abgebrochen und über Bord gegangen war, war durch den letzten Ersatzmast, den sie noch im Laderaum gehabt hatten, ersetzt worden. Sämtliche Tampen waren säuberlich zusammengerollt, und alle Kanonen hinter den Stückpforten schimmerten unter einer Schutzschicht von Öl. Über allem flatterte der zottelige englische Löwe.

»Ahoi!« rief er freudig auf der anderen Seite der Absperrung, aber ein Antwortruf war nicht zu vernehmen. Einer von den Wachen erzählte, heute seien keine Barbaren an Bord.

»*Shigata ga nai*«, sagte Blackthorne. »*Domo*.« Er zügelte seine Ungeduld, sofort an Bord zu gehen, und blickte Mariko strahlend an. »Als ob sie frisch überholt aus einer Werft in Portsmouth herauskäme, Mariko-san... die Burschen müssen wie die Teufel geschuftet haben. Ich kann es kaum noch erwarten, Baccus und Vinck und all die anderen wiederzusehen. Wer hätte gedacht, daß ich sie noch einmal wiedersehen würde. Himmelherrgott, ist sie schön, *neh?*«

Mariko sah forschend ihn an und nicht das Schiff. Sie wußte, jetzt war sie vergessen. Und ersetzt worden.

Aber es macht nichts, dachte sie. Unsere Reise ist vorüber.

Heute morgen waren sie am letzten Schlagbaum vor den Außenbezirken von Yedo angekommen. Ein letztes Mal waren ihre Reisepapiere geprüft, sie selbst ein letztes Mal höchst zuvorkommend hindurchgelassen worden; eine Ehrengarde hatte bereits auf sie gewartet.

»Sie sollen uns zur Burg bringen, Anjin-san. Ihr werdet dort Wohnung nehmen, und heute abend sind wir Gäste von Herrn Toranaga.«

»Gut, dann haben wir ja noch reichlich Zeit. Seht, Mariko-san, der Hafen kann doch gar nicht weit entfernt sein, *neh?* Dort muß irgendwo mein Schiff liegen. Würdet Ihr Hauptmann Yoshinaka fragen, ob wir dorthin gehen können, bitte?«

»Er sagt, es tut ihm leid, aber er habe keine Orders, das zu tun, Anjin-san. Er soll uns zur Burg bringen.«

»Bitte, sagt ihm... oder vielleicht versuche ich es lieber selber. *Taicho-san! Okashira, sukoshi no aida watakushi wa ikitai no desu. Watakushi no funega asoko ni arimasu.* – Hauptmann, ich möchte nur für einen kurzen Augenblick dorthin. Mein Schiff liegt dort.«

»*Iyé,* Anjin-san, *gomen nasai. Ima...*«

Mariko hatte wohlgefällig und belustigt zugehört, wie Blackthorne höflich, aber unnachgiebig seine Bitten vorgetragen hatte, und dann, zuletzt, hatte Yoshinaka ihnen diesen kleinen Umweg gestattet, aber nur für einen Augenblick, *neh?* Und überhaupt nur deshalb, weil der Anjin-san auf seinen Status als *Hatamoto* gepocht, der ihm unveräußerliche Rechte verlieh, und darauf hingewiesen hatte, daß eine rasche Inspektion für Herrn Toranaga wichtig sei.

»*Domo,* Taicho-san«, hatte Blackthorne überschwenglich gesagt, der sich nicht wenig darauf zugute tat, sich mittlerweile viel besser darauf zu verstehen, die richtigen Worte zu wählen, um zu erreichen, was er wollte, und überhaupt die Sprache wesentlich fließender zu beherrschen.

Die vergangene Nacht und den größten Teil des gestrigen Tages hatten sie in einem kaum zwei *Ri* von hier gelegenen Gasthaus verbracht. Yoshinaka hatte ihnen gestattet, auch hier noch zu säumen wie bisher.

Ach, war das eine herrliche Nacht, dachte sie.

Es hatte so viele herrliche Tage und Nächte gegeben. Alle vollkommen bis auf den ersten Tag, nachdem sie Mishima verlassen, der Tsukku-san sie eingeholt hatte und das Stillhalteabkommen zwischen den beiden Männern zerbrach. Ihr Streit war ganz plötzlich aufgeflammt und erbittert geführt worden, teilweise noch angefacht durch das Erlebnis mit Rodrigues und den übermäßigen Genuß von Brandy. Drohung und Gegendrohung hatten einander abgelöst, Flüche waren getauscht worden, und dann hatte Pater Alvito seinem Pferd die Sporen gegeben, war nach Yedo vorausgeritten, hatte die Ahnung von drohendem Unglück hinter sich zurückgelassen und der ganzen Reise die Freude genommen.

»Aber das dürfen wir nicht zulassen, Anjin-san.«

»Aber dieser Mann hat kein Recht...«

»Ja, gewiß. Und selbstverständlich habt Ihr recht. Aber, bitte, wenn Ihr zulaßt, daß dieser Zwischenfall Eure Harmonie stört, seid Ihr verloren und ich mit Euch. Bitte, ich flehe Euch an, seid Japaner. Tut diesen Zwischenfall ab... weiter ist es doch nichts. Ihr dürft nicht zulassen, daß Eure Harmonie dadurch gestört wird.«

»Wie? Wie sollte ich das tun? Seht Euch meine Hände an! Ich zittere vor Wut!«
»Seht Euch diesen Felsen an, Anjin-san! Horcht, wie er wächst.«
»Wie bitte?«
»Lauscht dem Wachsen des Felsens, Anjin-san. Konzentriert Euch ganz und gar darauf, auf die Harmonie des Felsens. Lauscht dem *Kami* des Felsens! Horcht, Geliebter, um Eures Lebens willen. Und um meines Lebens willen.«
Er hatte es versucht, und ein wenig war es ihm gelungen. Und am nächsten Tag, nachdem sie wieder Freunde, wieder ein Liebespaar geworden waren und wieder Friede zwischen ihnen herrschte, hatte sie fortgefahren, ihn zu lehren, ihn zu formen... freilich ohne daß er merkte... ihn zu lehren, den Achtfältigen Zaun zu errichten, jene inneren Mauern und Verteidigungsanlagen aufzurichten, welche für ihn der einzige Weg zur Harmonie waren. Und zum Überleben.
»Ich bin so froh, daß der Priester fort ist und nicht wiederkommen wird, Anjin-san.«
»Ja.«
»Besser wäre es gewesen, es hätte keinen Streit gegeben. Ich habe Angst um Euch.«
»Es hat sich ja nichts geändert... er ist immer mein Feind gewesen, und er wird es bleiben. *Karma* ist *Karma*. Aber vergeßt Ihr nicht, daß außerhalb von uns nichts existiert. Noch nicht. Weder er noch sonst jemand. Zumindest bis Yedo nicht. *Neh?*«
»Ja. Ihr seid so weise. Ich bin so glücklich mit Euch...«
Die von Mishima kommende Straße hatte das Flachland bald verlassen und führte den Berg zum Hakoné-Paß hinauf. Dort oben hatten sie fröhlich und zufrieden zwei Tage Pause gemacht. Der Fuji-yama bot ein herrliches Bild. Die oberste Spitze war von einem Wolkenkranz umringt.
»Sieht der Berg immer so aus?«
»Ja, Anjin-san. Er ist fast immer von einem Wolkenkranz umgeben. Das verleiht dem Fuji-san so etwas Reines und Erhabenes und macht ihn um so schöner, *neh?* Ihr könnt bis zum Gipfel hinaufsteigen, wenn Ihr wollt.«
»Laßt uns das jetzt tun.«
»Nicht jetzt, Anjin-san. Eines Tages werden wir es tun, im Herbst...«
Auf der Reise in den Kwanto hinunter war ein reizendes Gasthaus neben dem anderen gelegen. Immer wieder hatten sie Bäche, Flüsse und Ströme überqueren müssen. Das Meer sahen sie jetzt zu ihrer Rechten. Ihr kleiner Zug war die Tokaido-Straße entlang nach Norden gezogen, quer über die große Reisschale des Reiches. Die Luft war heiß und feucht, der beißende Geruch von menschlichem Kot hing darin, den die Bauern mit Wasser vermengten und jeder Pflanze liebevoll mit einer Kelle zuteilten.
»Reis liefert uns Nahrung, Anjin-san, Tatamis zum Schlafen, Sandalen zum Gehen, Kleidung, um Regen und Kälte abzuwehren, Stroh, um unsere Häuser damit warm zu halten, Papier, um darauf zu schreiben. Ohne Reis können wir nicht leben.«

»Aber dieser Gestank, Mariko-san!«
»Ist das nicht ein geringer Preis für einen solchen Segen? Macht es nur wie wir, öffnet Augen, Ohren und Gemüt. Hört den Wind und den Regen, die Insekten und Vögel, horcht, wie die Pflanzen wachsen, und im Geiste stellt Euch vor, wie Eure Generation bis ans Ende der Zeit geht. Wenn Ihr das tut, Anjin-san, werdet Ihr bald spüren, wie herrlich das Leben ist. Es bedarf großer Übung... aber erst dann werdet Ihr richtig zu einem Japaner *neh?*«
»Ah, vielen Dank, meine Dame! Allerdings gestehe ich, daß ich anfange, Reis gern zu mögen. Ja. Und wißt Ihr noch etwas... ich vermisse das Fleisch längst nicht mehr so wie früher. Ist das nicht merkwürdig?«
Drei Tage vor dem Hakoné-Paß hatte ihre Monatsregel eingesetzt, und sie hatte ihn gebeten, sich eine der Zofen des Gasthauses zu nehmen. »Das wäre sehr klug, Anjin-san.«
»Ich möchte aber lieber doch nicht, tut mir leid.«
»Bitte, ich bitte Ihn darum. Es ist eine Vorsichtsmaßnahme. Ein besonnener Mann würde es tun.«
»Wenn Ihr mich bittet, dann ja. Aber erst morgen, nicht heute nacht. Heute nacht laßt uns in Ruhe schlafen.«
Ja, dachte Mariko, in jener Nacht haben wir in Ruhe geschlafen, und der Tagesanbruch hinterher war so zauberhaft, daß ich seine Wärme verließ, mich zu Chimmoko auf die Veranda setzte und wir die Geburt eines neuen Tages beobachteten.
»Ah, guten Morgen, Dame Toda.« Gyoko hatte am Garteneingang gestanden und sich vor ihr verneigt. »Ein hinreißender Sonnenaufgang, *neh?*«
»Ja, wunderschön.«
»Erlaubt Ihr, daß ich Euch störe? Könnte ich Euch wohl unter vier Augen sprechen? Es geht um etwas Geschäftliches.«
»Selbstverständlich.« Mariko hatte die Veranda verlassen, weil sie den Schlaf des Anjin-san nicht stören wollte. Sie ließ Chimmoko *Cha* bringen und befahl, daß in der Nähe des kleinen Wasserfalls Sitzkissen bereitgelegt wurden.
»Ich habe überlegt, wie ich Toranaga-sama am besten behilflich sein könnte«, begann Gyoko.
»Die tausend *Koku* wären mehr als großzügig.«
»Drei Geheimnisse wären vielleicht noch großzügiger.«
»Eines könnte es sein, Gyoko-san, wenn es das richtige wäre.«
»Der Anjin-san ist ein guter Mann, *neh?* Seiner Zukunft muß auch geholfen werden, *neh?*«
»Der Anjin-san hat sein eigenes *Karma*«, erwiderte sie und wußte, daß die Zeit des Zahlens gekommen war. Sie überlegte, was sie wohl an Zugeständnissen machen müßte, wenn sie es überhaupt wagte, ein Zugeständnis zu machen. »Wir sprachen über Herrn Toranaga, *neh?* Oder betrifft eines der Geheimnisse den Anjin-san?«
»O nein, Dame. Es ist, wie Ihr gesagt habt. Der Anjin-san hat sein eigenes

*Karma* – wie er, davon bin ich überzeugt, auch seine eigenen Geheimnisse hat. Ich habe nur daran gedacht, daß der Anjin-san einer von Herrn Toranagas bevorzugtesten Vasallen ist und daß alles, was unseren Gebieter schützt, auch seinen Vasallen hilft, *neh?*«
»Dem stimme ich zu. Aber selbstverständlich ist es die Pflicht eines jeden Vasallen, *jede* Information weiterzugeben, die seinem Herrn helfen könnte.«
»Richtig, Dame, sehr richtig. Ah, es ist mir eine solche Ehre, Euch zu dienen. *Honto*. Dürfte ich Euch sagen, daß Eure Weisheit so groß ist wie Eure Schönheit und Euer Mut so hoch wie Euer Rang.«
»Ah, Gyoko-san, bitte verzeiht, Ihr seid zu gütig, zu rücksichtsvoll. Ich bin nichts weiter als die Gemahlin eines der Generale meines Gebieters. Was habt Ihr gesagt? Vier Geheimnisse?«
»Drei, Dame. Ich habe überlegt, ob Ihr wohl geneigt wäret, an meiner Stelle bei Herrn Toranaga vorzusprechen. Es wäre für mich unvorstellbar, ihm etwas zuzuflüstern, von dem ich weiß, daß es wahr ist. Das bewiese sehr schlechte Manieren, denn ich wüßte nicht die richtigen Worte zu wählen, und auf jeden Fall ist es, wenn es um Wichtiges geht, immer besser und entspricht auch unseren Gepflogenheiten, sich eines Mittelsmannes zu bedienen, *neh?*«
»Aber Kiku-san würde sich da doch viel besser eignen, *neh?* Ich habe keine Ahnung, wann ich zu ihm gerufen werde oder wie lange es dauern würde, bis er mir eine Audienz gewährt, oder ob er überhaupt interessiert wäre, sich etwas anzuhören, was ich ihm sagen könnte.«
»Bitte, verzeiht mir, aber Ihr wäret unendlich besser geeignet als Kiku. Ihr besitzt sein Ohr, sie andere Dinge.«
»Ich bin kein Ratgeber, Gyoko-san. Und auch nicht jemand, der solche Informationen beurteilen könnte.«
»Ich würde sagen, sie sind gut und gern ihre tausend *Koku* wert.«
*»So desu ka?«*
Gyoko vergewisserte sich, daß auch wirklich niemand lauschte, und dann berichtete sie, was der abtrünnige christliche Priester laut gesagt habe, was Herr Onoshi ihm im Beichtstuhl anvertraut und was er wiederum seinem Onkel, dem Herrn Harima, gesteckt; sodann, was Omis Zweiter Koch über Omis und seiner Mutter Komplott gegen Yabu mitangehört; und zuletzt alles, was sie über Zataki wußte, daß er sich offensichtlich nach der Dame Ochiba verzehrte, und über Ishido und die Dame Ochiba.
Mariko hatte sehr aufmerksam die Ohren gespitzt. Daß das Beichtgeheimnis verletzt worden war, entsetzte sie, aber trotzdem dröhnte ihr der Kopf von den vielen Möglichkeiten, die diese Informationen eröffneten. Dann nahm sie Gyoko nachdrücklich ins Gebet.
Als sie überzeugt war, alles zu wissen, was Gyoko im Augenblick preiszugeben bereit war – denn jemand, der sich so trefflich aufs Verhandeln verstand, würde immer noch irgend etwas in der Hinterhand behalten –, ließ sie frischen *Cha* kommen.

Sie schenkte Gyoko die Schale eigenhändig voll, und dann schlürften sie geziert. Beide waren äußerst wachsam, und beide zuversichtlich.
»Ich habe keine Ahnung, wie wertvoll diese Informationen sind, Gyoko-san. Ich könnte mir jedoch denken, daß sie Herrn Toranaga – nebst den tausend *Koku* – sehr willkommen wären.«
Gyoko schluckte den Fluch hinunter, der ihr auf der Zunge lag. Sie hatte einen beträchtlichen Nachlaß ihres ersten Gebots erwartet. »Tut mir leid, aber Geld ist für einen so großen *Daimyo* ohne Bedeutung; für eine Bäuerin wie mich hingegen ist es ein Vermögen... mich machen tausend *Koku* zu der Begründerin eines Hauses, *neh?* Man sollte immer wissen, was man ist, Dame Toda. *Neh?*« Ihre Stimme hatte etwas Schneidendes.
»Ja. Es ist gut zu wissen, was man ist und wer man ist, Gyoko-san. Das ist eine jener besonderen Eigenschaften, die eine Frau vor einem Mann auszeichnen. Eine Frau weiß das immer. Ich weiß glücklicherweise, was ich bin. O ja, sehr sogar. Bitte, kommt zur Sache.«
Gyoko zuckte unter der Drohung nicht zusammen, sondern schlug zurück, ohne freilich viel Worte zu machen. »Worum es dabei geht, ist, daß wir beide das Leben kennen und wissen, was der Tod bedeutet... und daß wir beide glauben... Ich habe bereits mein Todesgedicht geschrieben, Dame:

*Wenn ich sterbe,*
*Verbrennt mich nicht,*
*Vergrabt mich nicht,*
*sondern werft meine Leiche auf ein Feld, auf*
*daß ein hungriger Hund sich daran mäste.«*

»Das ließe sich einrichten. Ohne Schwierigkeit.«
»Ja. Aber ich habe lange Ohren und eine sichere Zunge, die wichtiger sein könnten.«
Mariko schenkte mehr *Cha* ein. Für sich. »*Gomen nasai*, aber habt Ihr das wirklich?«
»O ja, sehr sogar. Bitte, verzeiht, ich möchte ja nicht prahlen, aber ich habe eine ausgezeichnete Erziehung genossen, Dame – im Zuhören, in der Verschwiegenheit und in noch ein paar anderen Dingen. Ich habe keine Angst vorm Sterben. Ich habe mein Testament gemacht, und mit den Göttern habe ich schon lange meinen Frieden geschlossen.« Ihr Fächer ruhte. »Und deshalb kann ich es mir erlauben, nach dem Mond zu greifen, *neh?* Bitte, verzeiht, daß ich es erwähne, aber ich bin wie Ihr: Ich fürchte nichts. Nur habe ich im Gegensatz zu Euch in diesem Leben nichts zu verlieren.«
»Soviel Worte über soviel böse Dinge an einem so zauberhaften Morgen, Gyoko-san. Ist er nicht wunderschön?« Mariko machte sich bereit zuzuschlagen. »Ich würde es vorziehen, Euch ein ehrenhaftes Greisenalter erreichen zu sehen, als eine der Säulen Eurer neuen Zunft.«

»Ich danke Euch, Dame. Auch ich möchte Euch sicher und glücklich und in der Weise blühen sehen, wie Ihr es Euch wünscht. Mit allen Liebhabereien und Ehren, die Ihr begehrt.«
»Liebhabereien?« wiederholte Mariko, gefährlich jetzt.
Gyoko war wie ein gut abgerichteter Hund ihrer Beute auf der Spur. »Ich bin nur eine niedrige Bäuerin, Dame, und deshalb weiß ich selbstverständlich nicht, welche Ehren Ihr begehrt noch welche Spielereien Euch gefallen würden. *Oder Eurem Sohn.*«
Keine von beiden bemerkte, wie der schlanke hölzerne Griff von Marikos Fächer zwischen ihren Fingern zerbrach. Der leichte Wind hatte sich gelegt. Jetzt hing die heiße Luft im Garten, der auf das spiegelglatte Meer hinausging. Fliegen schwirrten auf, ließen sich nieder und schwirrten wieder auf.
»Was ... was für Ehren oder Spielereien wünschtet Ihr Euch? Für Euch selbst?«
Mariko starrte die ältere Frau boshaft fasziniert an; ihr war völlig klar, daß sie diese Frau vernichten mußte, wenn ihr Sohn nicht sterben sollte.
»Nichts für mich selbst. Herr Toranaga hat mich mit Ehren und Reichtümern überhäuft, von denen ich nicht einmal zu träumen gewagt hätte. Aber für meinen Sohn? O ja, der könnte eine hilfreiche Hand sehr wohl gebrauchen.«
»Was für eine hilfreiche Hand?«
»Zwei Schwerter.«
»Unmöglich.«
»Ich weiß, Dame. Tut mir so leid. So leicht zu gewähren, und dennoch so unmöglich. Es wird Krieg geben. Man wird viele brauchen, die kämpfen.«
»Es wird jetzt keinen Krieg geben. Herr Toranaga geht nach Osaka.«
»Zwei Schwerter. Das ist doch nicht zuviel verlangt.«
»Das ist unmöglich. So leid es mir tut, aber dazu bin ich nicht befugt.«
»Verzeiht, aber ich habe nicht *Euch* um irgend etwas gebeten. Allerdings wäre das das einzige auf der Welt, was mir Freude machen würde. Jawohl. Nichts sonst.« Ein paar Schweißtropfen rannen Gyoko übers Gesicht und fielen auf ihren Schoß. »Ich würde Herrn Toranaga gern fünfhundert *Koku* vom Kontrakt nachlassen, als Zeichen meiner Achtung in diesen schweren Zeiten. Die anderen fünfhundert gehen an meinen Sohn. Ein Samurai braucht ein Vermögen, *neh?*«
»Ihr fällt das Todesurteil über Euren Sohn. Alle Toranaga-Samurai werden bald sterben oder zu *Ronin* werden.«
»*Karma*. Mein Sohn hat bereits Söhne, Dame. Sie werden ihren Söhnen erzählen, daß wir einst Samurai gewesen wären. Alles andere ist doch ohne Bedeutung, *neh?*«
»Das zu gewähren, bin ich nicht befugt.«
»Richtig. Tut mir so leid. Aber das ist das einzige, was mich befriedigen würde.«

Gereizt schüttelte Toranaga den Kopf. »Was sie da erzählt hat, ist interessant – vielleicht; aber es ist nicht soviel wert, ihren Sohn deshalb zum Samurai zu machen.«

Mariko erwiderte: »Sie scheint eine treue Vasallin zu sein, Euer Gnaden. Sie hat gesagt, es wäre ihr eine Ehre, weitere fünfhundert *Koku* von ihrem Kontrakt für einen bedürftigen Samurai nachzulassen.«
»Aber das ist doch keine Großzügigkeit. Nein, höchstens der Ausdruck eines Schuldgefühls, daß sie ursprünglich einen solchen Wucherpreis gefordert hat.«
»Vielleicht lohnte es sich aber doch, darüber nachzudenken, Euer Gnaden. Ihre Idee von der Zunft der Kurtisanen und von den neuen Kurtisanenkategorien werden weitreichende Folgen haben, *neh?* Es könnte doch nichts schaden, vielleicht.«
»Da bin ich anderer Meinung. Nein. Warum sie belohnen. Es ist kein Grund vorhanden, ihr diese Ehre zu erweisen. Lächerlich! Sie kann Euch doch nicht im Ernst darum gebeten haben, oder?«
»Es wäre mehr als nur ein bißchen unverschämt gewesen, das zu tun, Euer Gnaden. Ich habe den Vorschlag nur gemacht, weil ich glaube, sie könnte nützlich für Euch sein.«
»Da muß sie schon mit ein bißchen mehr aufwarten. Wahrscheinlich sind ihre Geheimnisse auch noch erlogen.« Toranaga ließ eine kleine Klingel ertönen, und augenblicklich erschien ein Diener an der Tür.
»Euer Gnaden?«
»Wo ist die Kurtisane Kiku?«
»In Euren Gemächern, Euer Gnaden.«
»Ist dies Weib, die Gyoko, bei ihr?«
»Jawohl, Euer Gnaden.«
»Schickt sie beide aus der Burg hinaus! Auf der Stelle! Schickt sie zurück nach ... Nein, bringt sie in einem Gasthaus unter – einem drittklassigen Hotel –, und sagt ihnen, sie sollen dort warten, bis ich nach ihnen schicke.« Aufbrausend sagte Toranaga, als der Mann fort war: »Abscheulich! Der Sohn einer Kupplerin, und dann Samurai werden? Diese dreckigen Bauern wissen nicht mehr, wo sie hingehören.«
Mariko ließ ihn nicht aus den Augen. Sie war erschrocken über den Wandel, der mit ihm vorgegangen war. Niedergeschlagenheit, Gereiztheit und Verdrossenheit beherrschten diesen Mann, der zuvor immer nur Zuversicht ausgestrahlt hatte.
Zwar hatte er sich die Geheimnisse interessiert angehört, doch keineswegs voller Erregung, wie sie es erwartet hatte. Der Ärmste, dachte sie voller Mitgefühl, er hat aufgegeben. Vielleicht ist es weise von ihm, alle weltlichen Dinge von sich zu weisen und sich auf das Unbekannte vorzubereiten. Vermutlich tätest auch du gut daran, das zu tun, dachte sie, und starb innerlich noch ein bißchen mehr. Ja, allerdings kannst du das noch nicht, denn irgendwie mußt du deinen Sohn beschützen.
Sie befanden sich im sechsten Stockwerk des hochragenden Bergfrieds, und die Fenster gingen auf die Stadt hinaus. Der Sonnenuntergang war heute alles an-

dere als strahlend, und ein Strich des Mondes stand überm Horizont. Die Luft war zum Ersticken, wiewohl hier, fast dreißig Meter über den Festungswällen, der Raum jeden Lufthauch mitbekam.
Toranaga nahm die Botschaft zur Hand, die Hiro-matsu ihm durch Mariko geschickt hatte, und las sie nochmals durch. Sie bemerkte, daß seine Hand zitterte.
»Wozu will er hierherkommen nach Yedo?« Ungeduldig warf Toranaga die Schriftrolle beiseite.
»Ich weiß es nicht, Euer Gnaden. Tut mir leid. Er hat mich nur gebeten, Euch diesen Brief zu übergeben.«
»Habt Ihr mit dem christlichen Abtrünnigen gesprochen?«
»Nein, Euer Gnaden. Yoshinaka-san hat gesagt, Ihr hättet befohlen, niemand dürfe das tun.«
»Wie war Yoshinaka auf der Reise?«
»Sehr tüchtig, Euer Gnaden«, sagte sie geduldig; sie beantwortete diese Frage bereits zum zweiten Mal. »Sehr umsichtig. Er hat uns gut bewacht und genau zum richtigen Zeitpunkt abgeliefert.«
»Warum ist der Tsukku-san nicht den ganzen Rest der Reise mit Euch gereist?«
»Auf der Straße von Mishima haben er und der Anjin-san gestritten«, erklärte Mariko, ohne zu wissen, was Pater Alvito Toranaga bereits erzählt haben mochte, ja, nicht einmal, ob er ihn überhaupt schon empfangen hatte. »Der Pater beschloß daraufhin, allein weiterzureisen.«
»Worum ging es denn bei dem Streit?«
»Zum Teil um mich und meine Seele, Euer Gnaden. Hauptsächlich jedoch um ihre religiösen Ansichten.«
»Wer hat damit angefangen?«
»Sie tragen beide gleichermaßen Schuld. Angefangen hat es über einer Flasche Branntwein.« Mariko berichtete, was sich mit Rodrigues abgespielt hatte, und fuhr dann fort: »Der Tsukku-san hatte eine zweite Flasche als Geschenk mitgebracht und wollte damit, wie er sagte, ein gutes Wort für Rodrigues einlegen, woraufhin der Anjin-san mit schockierender Unverblümtheit sagte, er wolle keinen ›Papistenschnaps‹, sondern ziehe den Saké vor und traue Priestern nicht. Der... der Pater ging in die Luft, nahm ebensowenig ein Blatt vor den Mund und erklärte, er habe noch nie etwas mit Gift zu tun gehabt, würde es auch nie tun und könne so etwas nie verzeihen.«
»Ah, Gift? Benutzen sie Gift als Waffe?«
»Der Anjin-san sagte mir, einige von ihnen täten das, Euer Gnaden. Das führte zu einem weiteren Wortwechsel, und dann hackte jeder auf der Religion des anderen herum... Ich ging Yoshinaka-san holen, und der setzte dem Streit ein Ende...«
»Diese Barbaren bringen nichts als Ungelegenheiten. Christen bringen nichts als Ungelegenheiten. *Neh?*«
Sie blieb ihm die Antwort schuldig. Seine Verdrossenheit brachte sie ganz aus dem Gleichgewicht. Sie paßte so gar nicht zu ihm. Vielleicht ist der Schock, ge-

schlagen zu sein, zuviel für ihn, dachte sie. Ohne ihn sind wir alle erledigt, ist mein Sohn erledigt, der Kwanto wird bald in anderen Händen sein. In den Straßen und in der Burg hatte sie die Gedrücktheit gespürt, die über der ganzen Stadt lag – jener Stadt, die so berühmt war wegen ihrer Lebensfreude und ihrer unverwüstlichen guten Laune.
»Ich bin in dem Jahr geboren, da die ersten Christen landeten, und seither haben sie das Land durcheinandergebracht«, sagte Toranaga. »Seit achtundfünfzig Jahren nichts als Scherereien, *neh?*«
»Es tut mir leid, daß sie Euch ein Dorn im Auge sind, Euer Gnaden. Hattet Ihr noch etwas? Mit Eurer Erlaubnis...«
»Setzt Euch. Ich bin noch nicht fertig.« Toranaga klingelte abermals. Die Tür glitt auf. »Schickt Buntaro herein.«
Buntaro marschierte herein. Mit verbissener Miene kniete er nieder und verneigte sich. Wie benommen verneigte sie sich vor ihm, doch er erwiderte ihre Verneigung nicht.
Kurz zuvor waren sie mit ihrem Gefolge am Burgtor Buntaro begegnet. Nach einer kurzen Begrüßung hatte er ihr gesagt, sie solle sofort zu Herrn Toranaga gehen. Den Anjin-san werde man später rufen lassen.
»Buntaro-san, Ihr habt gebeten, mich so bald wie möglich im Beisein Eurer Gemahlin zu sprechen? Was habt Ihr auf dem Herzen?«
»Ich bitte demütig um die Erlaubnis, dem Anjin-san den Kopf zu nehmen, Euer Gnaden«, sagte Buntaro.
»Warum?«
»Verzeiht, bitte, aber... mir, mir gefällt die Art nicht, wie er meine Frau ansieht. Ich wollte... wollte es Euch in ihrem Beisein sagen. Außerdem hat er mich in Anjiro beleidigt, und ich vermag nicht länger mit dieser Schande zu leben.«
Toranaga blickte zu Mariko hinüber, die wie erstarrt schien. »Ihr beschuldigt sie, ihn ermutigt zu haben?«
»Verzeiht, bitte, aber wenn ich das glaubte, würde die Pflicht mir gebieten, im gleichen Augenblick auch ihren Kopf zu nehmen«, erwiderte Buntaro steinern, die Augen auf die Tatamis gesenkt. »Der Barbar bringt mich ständig durcheinander und stört meine Harmonie. Ich glaube, daß er eine ständige Belästigung auch für Euch darstellt. Laßt mich seinen Kopf nehmen, ich bitte Euch darum.« Er sah auf. Sein mächtiges Kinn war unrasiert. Tiefe Schatten lagen um seine Augen. »Oder laßt mich meine Frau jetzt nehmen, und heute abend werden wir Euch dann vorangehen... um Euch den Weg zu bereiten.«
»Was sagt Ihr dazu, Mariko-san?«
»Er ist mein Gatte. Was immer er beschließt, ich werde es tun... es sei denn, Ihr seid dagegen, Euer Gnaden. Es ist meine Pflicht.«
Von der Frau sah Toranaga zum Mann hinüber. Dann bekam seine Stimme etwas Hartes, und für einen Augenblick war er wieder der Toranaga von einst. »Mariko-san, Ihr werdet in drei Tagen nach Osaka abreisen. Ihr werdet *jenen* Weg für mich bereiten und dort auf mich warten. Buntaro-san, Ihr werdet mich

als Kommandeur meiner Leibwache begleiten, wenn ich abreise. Nachdem Ihr als mein Sekundant fungiert habt, könnt Ihr oder einer Eurer Leute das auch bei dem Anjin-san tun... mit oder ohne Erlaubnis.«

Buntaro räusperte sich. »Euer Gnaden, Ihr befehlt ›Blutigen Him...‹«

»Haltet Eure Zunge im Zaum! Ihr vergeßt Euch! Wenn Ihr das nächstemal die Stirn habt, mir ungefragt Euren Rat anzubieten, werdet Ihr Euch den Bauch in einer Yedoer Senkgrube aufschlitzen!«

Buntaros Stirn lag auf den Tatamis. »Ich bitte um Verzeihung für meine Unverschämtheit.«

Mariko war gleichermaßen erschrocken über Toranagas ungehörigen, beschämenden Ausbruch und verneigte sich gleichfalls tief, um ihre Scham zu verbergen. Nach einer Weile sagte Toranaga: »Verzeiht, daß ich mich habe hinreißen lassen. Eurer Bitte wird entsprochen, Buntaro-san, aber erst, nachdem Ihr als mein Sekundant fungiert habt.«

»Ich danke, Euer Gnaden. Bitte, verzeiht, daß ich Euch gekränkt habe.«

»Ich hatte Euch beiden befohlen, Frieden miteinander zu schließen. Habt Ihr das getan?«

Buntaro nickte kurz. Mariko desgleichen.

»Gut. Mariko-san, Ihr kommt heute abend zusammen mit dem Anjin-san wieder her, zur Stunde des Hundes. Ihr könnt jetzt gehen.«

Sie verneigte sich und ging.

Toranaga starrte Buntaro an. »Nun, beschuldigt Ihr sie oder nicht?«

»Es... es ist unvorstellbar, daß sie mich betrügen sollte, Euer Gnaden«, antwortete Buntaro verstockt.

»Ganz meine Meinung«, Toranaga scheuchte mit dem Fächer eine Fliege fort. Er schien sehr müde. »Nun, Ihr könnt den Kopf des Anjin-san bald haben. Nur brauche ich ihn noch für eine Weile auf seinen Schultern.« Toranaga lehnte sich vor. »Hört, ich möchte, daß Ihr sofort nach Mishima aufbrecht und Euren Vater für ein paar Tage ablöst. Er hat gebeten, sich mit mir zu beraten. Würdet Ihr bitte bei Morgengrauen aufbrechen... und zwar über Takato?«

»Euer Gnaden?« Buntaro sah, daß Toranaga nur unter Aufbietung aller Kräfte die Ruhe bewahrte und daß seine Stimme trotzdem zitterte.

»Ich habe eine geheime Botschaft für meine Mutter. Ihr sagt keinem Menschen, daß Ihr zu ihr geht. Aber sobald Ihr die Stadt hinter Euch habt, biegt nach Norden ab.«

»Ich verstehe.«

»Herr Zataki könnte Euch daran hindern, die Botschaft zu übergeben... er könnte es versuchen. Aber Ihr legt sie nur in ihre Hände persönlich. Ihr versteht? Nehmt zwanzig Mann, und reitet im Galopp hin. Ich werde meine Brieftaube schicken und um freies Geleit für Euch bitten.«

»Und wenn ich sie nicht übergeben kann, Euer Gnaden?«

»Ihr müßt, natürlich müßt Ihr. Deshalb habe ich ja gerade Euch ausgewählt. Aber... wenn Ihr betrogen werdet, wie man mich... dann vernichtet sie, ehe

Ihr *Seppuku* begeht. In dem Augenblick, da ich von dieser schrecklichen Tat höre, fliegt dem Anjin-san der Kopf von den Schultern. Und falls... wie steht es mit Mariko-san? Was ist mit Eurer Frau, wenn etwas schiefgeht?«
»Bitte, schickt sie in die Große Leere, ehe Ihr sterbt. Es wäre mir eine Ehre, wenn... Sie verdient einen würdigen Sekundanten.«
»Sie wird nicht ehrlos sterben, das verspreche ich Euch. Und jetzt... kommt morgen früh bei Sonnenaufgang her, um die Botschaft abzuholen... Und nur in die Hände meiner Mutter.«
Buntaro dankte ihm abermals und ging. Er schämte sich, weil Toranaga sich seine Furcht hatte anmerken lassen.
Jetzt, da er allein war, holte Toranaga ein Taschentuch hervor und wischte sich den Schweiß von der Stirn. Seine Finger zitterten. Es hatte ihn seine ganze Kraft gekostet, die ganze Zeit hindurch den beschränkten Einfaltspinsel zu spielen und seine ungeheure Erregung zu verbergen, in die diese Geheimnisse ihn versetzt, welche ihm – ach, es war phantastisch! – endlich die lang ersehnte Atempause verschafften.
»Vielleicht eine Atempause, vielleicht... wenn sie wahr sind«, sagte er laut. Er konnte kaum denken, denn diese überwältigend willkommene Information, die Mariko ihm von dieser Gyoko überbracht, machte ihn schwindeln.
Ochiba, dachte er schadenfroh... die Geierin ist also der Lockvogel, der meinen Bruder aus seinem Berghorst herunterstürmen läßt. *Mein Bruder begehrt Ochiba.* Aber jetzt ist es genauso sonnenklar, daß er mehr will als nur sie und mehr als nur den Kwanto. Er will das ganze Reich. Er verachtet Ishido, haßt die Christen und ist jetzt auch noch krank vor Eifersucht wegen Ishidos wohlbekannter Begierde auf Ochiba. Also wird er sich mit Ishido, Kiyama und Onoshi entzweien. Denn was mein verräterischer Bruder wirklich will, das ist das Shōgunat! Er ist ein Minowara, stammt also aus der richtigen Familie, ist vom Ehrgeiz der Minowara besessen, ohne indessen das Mandat zu besitzen. Oder den Kwanto. Erst muß er den Kwanto bekommen, dann alles andere.
Toranaga rieb sich vergnügt die Hände: Welche Fülle von Schachzügen dieses Wissen ihm seinem Bruder gegenüber in die Hand gab!
Und gegen Onoshi, den Leprakranken! Zur rechten Zeit ein Honigtropfen in Kiyamas Ohr, dachte er, den Mumm, den der Verrat des Abtrünnigen bewiesen, noch etwas anstacheln und in die richtige Richtung lenken, und es ist möglich, daß Kiyama seine Legionen nimmt und sofort mit Feuer und Schwert über Onoshi herfällt. »Gyoko ist ganz sicher, Euer Gnaden. Der Priesterschüler sagte, Herr Onoshi habe ihm im Beichtstuhl anvertraut, er habe mit Ishido einen Geheimvertrag gegen einen anderen christlichen *Daimyo* geschlossen, und bittet dieserhalb um Absolution. In diesem Vertrag ist folgendes feierlich festgelegt worden: Als Gegenleistung dafür, daß er ihn jetzt unterstützt, verspricht Ishido, daß sein Mitchrist an dem Tag, da Ihr tot seid, wegen Verrats abgesetzt und aufgefordert wird, in die Große Leere einzugehen, ihn, wenn nötig, sogar mit Gewalt dazu zu bringen. Damit würden Onoshis Sohn und Erben alle diese

Lehen zufallen. Der Name des Christen wurde nicht genannt, Euer Gnaden.«
Kiyama oder Harima? fragte Toranaga sich. Es spielt keine Rolle. Für mich muß es Kiyama sein.
Als er sich erhob, hatte er trotz seines Frohlockens weiche Knie. Er tastete sich zu einem der Fenster vor und lehnte sich schwer atmend gegen die hölzerne Fensterbank. Er sah blinzelnd zum Mond hinüber und in den Himmel dahinter. Die Sterne waren matt. Regenwolken ballten sich zusammen. »Buddha, alle Götter, wer Ihr auch immer seid, laßt meinen Bruder nach diesem Köder schnappen... und gebt, daß diese Geheimnisse, die diese Frau mir zugeflüstert hat, wahr sind!«
Es erschien keine Sternschnuppe, um zu bezeugen, daß diese Nachricht von den Göttern bestätigt würde. Weder erhob sich ein Wind, noch schob sich eine Wolke plötzlich vor die Mondsichel. Aber selbst, wenn ein himmlisches Zeichen dagewesen wäre, er hätte es als Zufall abgetan.
Er wußte, daß die ungeheure Spannung, unter der er stand, sich nach außen hin bemerkbar machte. Dabei war es von allergrößter Wichtigkeit, daß keiner aus seinem engsten Kreis oder von seinen Vasallen auch nur für einen Augenblick argwöhnte, daß er die Kapitulation und die Rolle des Geschlagenen nur spielte. In Yokosé hatte er blitzartig erkannt, daß die einzige, winzige Chance, doch noch mit dem Leben davonzukommen, darin bestand, jeden davon zu überzeugen, er hätte sich vollkommen mit der Niederlage abgefunden, wiewohl das in Wahrheit nur eine Tarnung war, um Zeit zu gewinnen und mit jenem lebenslangen Spiel weiterzumachen, das aus Verhandlungen, Verzögerungen und scheinbaren Rückziehern bestand, immer geduldig abzuwarten, bis sich ein Riß im Panzer über der Halsschlagader des Gegners auftat, um dann blitzschnell und tückisch mit dem Dolch zuzustoßen.
Seit Yokosé hatte er die Tage und Nächte in Einsamkeit verbracht, aber es war ihm immer schwerer geworden, allein zu bleiben. Keine Jagd und kein Lachen, kein Pläneschmieden, kein Schwimmen, keine Ausgelassenheit und kein Tanzen und Singen in den Nōh-Spielen, die er sein Leben lang geliebt. Immer nur dieselbe einsame Rolle, diejenige, die ihm im Leben am schwersten fiel: die des Niedergeschlagenen, Aufgebenden, Unentschlossenen, des offenkundig Hilflosen – und dazu noch das selbstauferlegte halbe Fasten.
Daß es ihm bisher so gut gelungen war, diese Rolle zu spielen, freute ihn, brachte ihn gleichzeitig aber auch zur Verzweiflung. Wie konnten die Menschen nur so leichtgläubig sein?
Dank den Göttern, daß die Menschen so leichtgläubig sind, sagte er sich. Dadurch, daß du die »Niederlage« anerkanntest, hast du einen Krieg vermieden. Du sitzt zwar immer noch in der Falle, aber jetzt endlich scheint deine Geduld Früchte zu tragen. Du hast eine Chance.
*Vielleicht* hast du eine Chance, verbesserte er sich.
Seine Brust fing an, ihn zu schmerzen. Er fühlte sich matt und schwindlig, daher setzte er sich nieder und holte tief Atem, wie seine Zen-Lehrer es ihn vor Jahren

gelehrt. »Zehn tiefe Atemzüge, zehn ganz langsame, zehn tiefe, zehn ganz langsame, schicke deinen Geist in die Leere. Es gibt weder Vergangenheit noch Zukunft, weder Heiß noch Kalt, weder Schmerz noch Freude... von nichts, in nichts...«

Bald darauf konnte er wieder klar denken. Er trat an seinen Schreibtisch heran und fing an zu schreiben. Er bat seine Mutter, als Vermittlerin zwischen ihm und seinem Halbbruder zu fungieren und ihm ein Angebot zu unterbreiten, das die Zukunft ihres Klans betreffe. Zunächst ersuchte er seinen Bruder, eine Heirat mit der Dame Ochiba zu erwägen: »... für mich wäre es selbstverständlich undenkbar, das zu tun, Bruder. Allzu viele *Daimyos* würden sich über meinen ›Ehrgeiz‹ empören, wohingegen eine solche Verbindung mit Euch den Frieden des Reiches festigen und die Nachfolge Yaemons bestätigen würde. Niemand würde Eure Treue anzweifeln, wohl aber – was ein Irrtum ist – die meine. Selbstverständlich könntet Ihr eine geeignetere Gemahlin bekommen, sie aber kaum einen besseren Gemahl. Sobald die Männer beseitigt sind, die Seine Kaiserliche Hoheit verraten haben, und ich den mir rechtmäßig zustehenden Platz als Vorsitzender des Regentschaftsrats wieder einnehme, werde ich den Sohn des Himmels bitten, um eine solche Ehe nachzusuchen, falls Ihr bereit wäret, eine solche Bürde auf Euch zu nehmen. Ich bin aufrichtig davon überzeugt, daß einzig dieses Opfer uns beiden die Möglichkeit eröffnet, die Frage der Nachfolge zu sichern und dem Taikō gegenüber unsere Pflicht zu tun, wie wir es geschworen haben. Zweitens trage ich Euch die Herrschaftsgebiete der christlichen Verräter Kiyama und Onoshi an, die im Augenblick gemeinsam mit den Barbarenpriestern einen verräterischen Krieg gegen alle nichtchristlichen *Daimyos* planen, und zwar unterstützt durch eine Landung von musketenbewaffneten Barbaren, *wie sie es schon einmal unserem Lehnsherrn, dem Taikō, gegenüber getan haben.* Des weiteren trage ich Euch die Lehen sämtlicher anderer Kyushuer Christen an, die in dieser letzten Schlacht auf Ishidos Seite gegen mich kämpfen.

Und als Gegenleistung für das oben Erwähnte nichts weiter als dies, Bruder: Ein Geheimbündnis zwischen uns jetzt, garantierter sicherer Durchzug meiner Armeen durch die Berge von Shinano sowie ein gemeinsamer Angriff unter meiner Führung auf Ishido, zu einem Zeitpunkt und auf eine Weise, die ich bestimme. Zuletzt, als Zeichen meines Vertrauens, werde ich sofort meinen Sohn Sudara, seine Gemahlin, die Dame Genjiko und ihre Kinder, darunter meinen einzigen Enkelsohn, zu Euch nach Takato schicken...«

Das ist nicht das Werk eines Geschlagenen, sagte Toranaga sich, als er die Schriftrolle versiegelte. Zataki wird das sofort erkennen. Aber was mache ich, wenn die Geheimnisse einen Köder darstellen, mich in die Falle zu locken?

Stimmt es auch wirklich, daß Zataki die Dame Ochiba begehrt? Könnte Gyoko zu ihrem eigenen Vorteil lügen, diese unverfrorene Blutsaugerin? Samurai! Das also ist der Schlüssel, an alle ihre Geheimnisse heranzukommen.

Sie muß Beweise gegen Mariko und den Anjin-san in der Hand haben. Warum

sonst sollte Mariko mit einem solchen Ansinnen an mich herantreten? Toda Mariko und der Barbar! Der Barbar und Buntaro! Eeeee, spielt das Leben sonderbar!
Ein weiterer stechender Schmerz über seinem Herzen ließ ihn zusammenfahren. Nach einer Weile schrieb er die Botschaft für die Brieftaube; dann kletterte er die Leiter zum Taubenschlag hinauf. Sorgsam wählte er eine Takato-Taube aus einem der vielen Verschläge und befestigte den winzigen Zylinder an ihrem Fuß. Dann setzte er die Taube auf die Stange vors Flugloch.
In dieser Botschaft bat er seine Mutter um die Zusicherung freien Geleits für Buntaro, der eine wichtige Nachricht für sie und seinen Bruder überbringe. Unterzeichnet hatte er sie genauso wie das Angebot an seinen Bruder mit *Yoshi Toranaga-noh-Minowara.*
»Fliege sicher und laß dich nicht beirren, kleiner Vogel«, sagte er und streichelte sie mit einer herausfallenden Feder. »Was du da trägst, ist ein Erbe für tausend Jahre.«
Abermals richtete er den Blick auf die Stadt unten. Am westlichen Horizont war nur noch ein ganz kleiner Streifen Licht zu erkennen. Unten im Hafen sah er die Fackeln, wie Nadelstiche so klein, die das Barbarenschiff umgaben.
Dort liegt noch ein Schlüssel, dachte er und begann abermals, über die drei Geheimnisse nachzudenken. Er wußte, daß ihm irgend etwas entgangen war.
»Ach, wäre doch nur Kiri hier«, sagte er zu der Nacht.

Mariko kniete vor ihrem polierten Metallspiegel. Sie wandte den Blick von ihrem Spiegelbild. In der Hand hielt sie ein Stilett, das im flackernden Licht der Öllampe schimmerte.
»Ich sollte dich benutzen«, sagte sie voll Kummer. Ihre Augen suchten die Madonna und das Kind in der *Takonama* und füllten sich mit Tränen. »Ich weiß, Selbstmord ist eine Todsünde, aber was soll ich tun? Wie soll ich diese Schande ertragen? Es ist besser für mich, ich tue es, ehe ich verraten werde.«
Das Zimmer war still wie das ganze Haus. Es war das Haus der Toda, erbaut innerhalb des letzten Befestigungsrings und des breiten Burggrabens, wo es nur den vertrauenswürdigsten *Hatamoto* gestattet war zu leben. Umgeben war das Haus von einem Garten, durch den ein winziger Bach floß.
Sie vernahm Schritte. Dann das Geräusch von Dienern, die herbeigelaufen kamen, um ihren Herrn zu begrüßen. Hastig steckte sie ihr Stilett wieder in den Obi und trocknete ihre Tränen. Die Schritte kamen näher, sie schob ihre *Shoji*-Tür auf und verneigte sich höflich.
Mürrisch berichtete Buntaro ihr, Toranaga habe es sich wieder anders überlegt, und er habe Befehl, vorübergehend nach Mishima zu gehen. »Ich werde in aller Frühe aufbrechen.« Er hielt inne und sah sie genauer an. »Warum weint Ihr?«
»Bitte, verzeiht, Euer Gnaden. Es ist nur, daß ich eine Frau bin und mir das Leben so unendlich schwer vorkommt. Und wegen Toranaga-sama.«
»Er ist wie ein gebrochenes Schilfrohr, sosehr ich mich schäme, das zu sagen.

Schrecklich, aber das ist nun aus ihm geworden. Wir sollten in den Krieg ziehen. Es wäre wirklich besser, als zu wissen, daß die Zukunft für mich aus nichts anderem besteht als daraus, mitansehen zu müssen, wie dieser Ishido mit seinem dreckigen Gesicht über mein *Karma* lacht.«
»Ja. Ich wünschte, es gäbe etwas, womit ich helfen könnte. Möchtet Ihr Saké oder *Cha?*«
Buntaro drehte sich um und bellte eine Zofe an, die draußen wartete. »Holt Saké! Beeilt Euch!«
Buntaro betrat ihr Zimmer. Mariko schloß die Tür. Jetzt stand er am Fenster, das auf den Burgwall und den dahinter gelegenen Bergfried hinausging. »Er sollte zugunsten von Herrn Sudara abdanken, wenn er nicht mehr den Mumm hat, selbst die Führung zu übernehmen. Herr Sudara ist sein Sohn und sein rechtlicher Erbe, *neh? Neh?*«
»Ja, Euer Gnaden.«
»Ja. Oder noch besser, er täte, was Zataki ihm vorgeschlagen hat. Er sollte *Seppuku* begehen. Dann hätten wir Zataki und seine Armeen auf unserer Seite. Gemeinsam mit ihnen und mit den Musketen könnten wir in einem einzigen Durchstoß bis Kyoto vordringen. Selbst wenn wir es nicht schafften, so wäre das immer noch besser, als aufzugeben wie dreckige feige Knoblauchfresser! Unser Gebieter hat sich aller Rechte begeben! *Neh?*« Er fuhr zu ihr herum.
»Bitte, verzeiht mir, aber es steht mir nicht zu, so etwas zu sagen. Er ist unser Lehnsfürst.«
Buntaro wandte sich wieder ab und starrte mit umdüsterter Stirn zum Bergfried hinüber. Auf allen Stockwerken flackerten Lichter. »Mein Ratschlag an den Regentschaftsrat wäre, ihn aufzufordern, aus dem Leben zu scheiden, und wenn er nicht will... nachzuhelfen. Es sind ihrer viele, die meine Meinung teilen. Bis auf Herrn Sudara – noch nicht. Vielleicht tut er es insgeheim, wer weiß schon, was er wirklich denkt? Wenn Ihr seine Gemahlin seht, die Dame Genjiko, redet mit ihr, *überredet* sie! Dann überredet sie vielleicht ihn... sie hat ihn doch ohnehin am Gängelband, *neh?* Ihr seid Freundinnen, auf Euch wird sie hören.«
»Ich hielte es für sehr schlecht, das zu tun, Euer Gnaden. Das ist Hochverrat.«
»Ich befehle Euch, mit ihr zu reden!«
»Ich werde gehorchen!«
»Jawohl, einem Befehl widersetzt Ihr Euch nicht, nicht wahr?« knurrte er. »Gehorchen? Warum seid Ihr immer so kalt und so verbittert? Eh?« Er nahm ihren Spiegel und hielt ihn ihr heftig vors Gesicht. »Seht Euch doch selbst an!«
»Bitte, verzeiht, wenn ich Euer Mißfallen errege, Euer Gnaden.« Ihre Stimme blieb gelassen, und am Spiegel vorbei starrte sie ihm ins Gesicht. »Ich möchte nicht Euren Zorn erregen.«
Er beobachtete sie einen Augenblick, dann warf er den Spiegel mißmutig zurück auf das Lacktischchen. »Ich habe Euch nicht beschuldigt. Wenn ich das dächte, würde ich... ich würde nicht zögern.«
Mariko hörte, wie sie etwas Unverzeihliches tat, sie zischte: »Würdet nicht zö-

gern, was zu tun? Mich umzubringen, Euer Gnaden? Oder mich weiter am Leben zu lassen und noch größerer Schande preiszugeben?«
»Ich habe nicht Euch beschuldigt, sondern ihn!« bellte Buntaro.
»Aber ich beschuldige Euch!« kreischte sie zurück. »Ihr habt mich doch beschuldigt!«
»Hütet Eure Zunge!«
»Ihr habt mich vor unserem Gebieter mit Schande überhäuft. Ihr habt mich beschuldigt, und jetzt wollt Ihr nicht Eure Pflicht tun. Ihr habt Angst. *Ihr* seid ein Feigling! Ein dreckiger, knoblauchfressender Feigling!«
Sein Schwert kam aus der Scheide, und sie sonnte sich in dem Bewußtsein, ihn endlich, endlich über den Rand gestoßen zu haben.
Aber er ließ das Schwert nicht herniedersausen. »Ich... ich habe Euer... ich habe Euer Versprechen bei Eurem Gott... in Osaka. Ehe wir... ehe wir in den Tod gehen... ich habe Euer Versprechen und... ich werde Euch nicht davon entbinden.«
Ihr aufreizendes Lachen klang schrill und bösartig. »O ja, mächtiger Herr, ich werde noch einmal, ein einziges Mal Euer Kissen sein, aber das Willkommen, das Euch erwartet, wird trocken, bitter und ranzig sein.«
Blind hieb er mit all seiner Kraft das Langschwert in den Eckpfosten, und die Klinge hätte ums Haar den fußdicken Balken durchschlagen. Er riß daran, doch das Schwert wollte sich nicht lockern. Wie ein Wahnsinniger riß und zerrte er daran, und dann brach die Klinge durch. Mit einem letzten Fluch schleuderte er den Schwertstumpf durch die Wand aus Papier und wankte dann wie ein Betrunkener auf die Tür zu. Die entgeisterte Zofe stand zitternd mit dem Tablett und dem Saké-Kännchen da. Buntaro schlug es ihr aus der Hand. Augenblicklich fiel die Zofe auf die Knie, beugte den Kopf auf die Tatamis und erstarrte.
Buntaro lehnte sich an den zerschmetterten Türrahmen. »Wartet... wartet bis Osaka.«
Mühselig schleppte er sich aus dem Haus.
Eine Weile blieb Mariko regungslos und, wie es schien, wie verzückt sitzen. Dann kehrte die Farbe in ihr Gesicht zurück. Ihre Augen stellten sich wieder auf den richtigen Fokus ein. Schweigend wandte sie sich wieder ihrem Spiegel zu und betrachtete einen Moment ihr Spiegelbild. Dann schminkte sie sich ganz ruhig zu Ende.

Blackthorne eilte, immer zwei Stufen auf einmal nehmend, die Treppe hinauf. Eine Wache begleitete ihn. Sie befanden sich im Hauptstiegenhaus des Bergfrieds, und er war froh, daß seine Schwerter ihn nicht behinderten. Die hatte er den ersten Wachen unten im Hof in aller Form übergeben. Treppen und Treppenabsätze waren von Fackeln erhellt. Auf dem vierten Treppenabsatz blieb er stehen, platzte förmlich vor lang aufgestauter Erregung und rief zurück: »Mariko-san, alles in Ordnung mit Euch?«
»Ja, Anjin-san, mir geht es gut. Ja.«

Daraufhin stieg er weiter hinauf. Er fühlte sich schwerelos und bärenstark, bis er den letzten Treppenabsatz auf dem sechsten Stock erklomm. Der war genauso schwer bewacht wie alle anderen. Der Samurai, der ihn begleitet hatte, ging zu denen hinüber, die vor der letzten eisenbewehrten Tür standen, und verneigte sich. Sie erwiderten die Verneigung und gaben Blackthorne durch Zeichen zu verstehen, er solle warten.

Sämtliche Arbeiten aus Schmiedeeisen und Holz in der ganzen Burg waren von ausgezeichneter Qualität. Hier im Bergfried weiteten sich sämtliche Fenster, auch wenn sie zierlich und sehr hoch waren, nach innen, zu einer Nische, in der Bogenschützen stehen konnten. Außerdem waren eisenbewehrte Fensterläden davor angebracht, die man schließen konnte, um noch mehr Schutz zu haben.

Mariko kam um die letzte Windung der leicht zu verteidigenden Treppe herum und trat zu ihm.

»Alles in Ordnung?« fragte er.

»O ja, vielen Dank«, antwortete sie ein wenig außer Atem. Trotzdem besaß sie immer noch die gleiche merkwürdige Heiterkeit und jene Distanziertheit, die ihm sofort an ihr aufgefallen war, als er sie im Hof getroffen, und die er noch nie zuvor an ihr wahrgenommen.

Macht nichts, sagte er sich zuversichtlich, das liegt nur an der Burg und an Toranaga und Buntaro und daß wir hier in Yedo sind. Ich weiß jetzt, was ich zu tun habe.

Von dem Augenblick an, da er die *Erasmus* erblickt, hatte eine unendliche Freude ihn erfüllt. Er hatte wirklich niemals geglaubt, sein Schiff in so ausgezeichnetem, sauberem und gepflegtem Zustand wiederzusehen – und bereit zum Auslaufen. Ich werde vorsichtshalber nur noch einen Blick in die Bilgen werfen und übers Schanzkleid hechten, um Rumpf und Kiel zu prüfen, und dann noch die Kanonen, die Pulverkammer, Kugeln und Musketenmunition und Segel begutachten.

»Anjin-san?« Der Samurai war wieder da.

Die gepanzerte Tür schwang lautlos auf. Toranaga saß am rückwärtigen Ende eines quadratischen Raums auf einem Podest mit Tatamis darauf. Allein. Blackthorne kniete nieder und verneigte sich tief, die Hände flach auf dem Boden. »*Konbanwa*, Toranaga-sama. *Ikaga dosu ka?*«

»*Okagasana de genki desu. Anata wa?*«

Toranaga schien gealtert und erschöpft und ausgemergelter als zuvor. *Shigata ga nai*, sagte Blackthorne sich. Toranagas *Karma* berührt die *Erasmus* nicht... sie wird ihn retten, so wahr mir Gott helfe!

Er gab Toranaga auf seine Standardfragen in schlichtem, aber gleichwohl gut ausgesprochenem Japanisch Antwort; er bediente sich einer vereinfachten Ausdrucksweise, die er mit Alvitos Hilfe entwickelt hatte. Toranaga machte ihm ein Kompliment zu seinen Fortschritten und begann dann schneller zu sprechen. Blackthorne brachte seine paar Standardsätze vor, die er zusammen mit Alvito

und Mariko ausgearbeitet hatte: »Bitte, verzeiht mir, Herr, aber mein Japanisch ist nicht gut, würdet Ihr bitte langsamer sprechen und schlichtere Wörter wählen, genauso wie ich mich schlichter Wörter bedienen muß... verzeiht, bitte, daß ich Euch soviel Mühe bereite.«
»Ja, gewiß, gern. Sagt mir, wie hat Euch Yokosé gefallen?«
Blackthorne konnte Toranaga folgen und antwortete stockend, da sein Wortschatz immer noch sehr beschränkt war.
Ob sein Schiff seeklar sei oder wie lange es dauern würde, es seeklar zu machen, hatte der Daimyo gefragt. Er erwiderte: »Ja, leicht. Halber Tag, Euer Gnaden.«
Toranaga überlegte einen Augenblick, dann sagte er, er solle das morgen tun und ihm am Nachmittag, um die Stunde der Ziege, Bericht erstatten. »*Wakarimasu?*«
»*Hai.*«
»Dann könnt Ihr Eure Leute sehen«, fügte Toranaga hinzu. »Eure Vasallen. Ich habe Euch kommen lassen, um Euch zu sagen, daß Ihr morgen Eure Vasallen bekommt.«
»Ah, Verzeihung. Ich verstehe. Samurai-Vasallen. Zweihundert Mann.«
»Jawohl. Gute Nacht, Anjin-san. Wir sehen uns morgen wieder.«
»Bitte, verzeiht, Euer Gnaden, dürfte ich mit aller Ehrerbietung drei Fragen stellen?«
»Welche?«
»Erstens: Möglich, meine Mannschaft jetzt sehen? Spart Zeit, *neh?* Bitte.«
Toranaga gab sein Einverständnis und erteilte einem der Samurai einen kurzen Befehl, Blackthorne zu ihnen zu führen. »Nehmt eine zehn Mann starke Leibwache mit. Bringt den Anjin-san hin und bringt ihn hinterher wieder zurück in die Burg.«
»Jawohl, Euer Gnaden.«
»Und weiter, Anjin-san?«
»Bitte, möglich reden allein? Nur kleine Zeit. Bitte, verzeiht meine Zudringlichkeit.« Blackthorne tat sein Möglichstes, sich seine Beklemmung nicht anmerken zu lassen, als Toranaga Mariko fragte, was das alles zu bedeuten habe. Sie antwortete wahrheitsgemäß, sie wisse nur, daß der Anjin-san etwas Vertrauliches zu sagen habe, sie ihn jedoch nicht gefragt habe, was.
»Sehr wohl, Anjin-san«, sagte Toranaga. »Bitte, wartet draußen, Mariko-san.« Sie verneigte sich und zog sich zurück. »Ja?«
»*Gomen nasai.* Hören, Herr Harima von Nagasaki jetzt Feind.«
Toranaga erschrak, denn er hatte von Harimas öffentlicher Parteinahme für Ishido selbst erst bei der Ankunft in Yedo gehört. »Woher habt Ihr diese Information?«
»Ah. Verstehen. Hören über Herrn Harima in Hakoné. Gyoko-san erzählen. Gyoko-san hören in Mishima.«
»Diese Frau ist wohlunterrichtet. Vielleicht allzugut unterrichtet«, murmelte Toranaga, dann wieder deutlicher: »Was ist mit Herrn Harima?«

»Euer Gnaden, erlaubt mit aller Ehrerbietung sagen: Mein Schiff große Waffe gegen Schwarzes Schiff, *neh?* Wenn ich Schwarzes Schiff schnell nehmen... Priester sehr wütend wegen kein Geld... kein Geld auch Portugiesen. Vergangenes Jahr kein Schwarzes Schiff hier, also kein Geld, *neh?* Wenn wir nehmen Schwarzes Schiff schnell, und auch nächstes Jahr, alle Priester große Angst. Glauben, Priester müssen nachgeben, wenn bedroht. Priester so für Toranaga-sama!«

Toranaga hatte aufmerksam zugehört und seine Lippenbewegungen verfolgt, genauso wie Blackthorne es bei ihm tat. »Ich folge Euch. Aber zu welchem Zweck, Anjin-san?«

»Euer Gnaden?«

Toranaga paßte sich seiner Ausdrucksweise an und benutzte seinerseits nur wenige Wörter. »Um was zu bekommen? Was zu kriegen? Was zu fangen?«

»Herrn Onoshi, Herrn Kiyama und Herrn Harima.«

»Dann wollt Ihr Euch also in unsere Politik einmischen genauso wie die Priester? Ihr glaubt also, Ihr wüßtet jetzt auch, wie Ihr uns beherrschen könntet, Anjin-san?«

»Verzeihung, bitte, Entschuldigung, ich verstehe nicht.«

»Es spielt keine Rolle.« Toranaga überlegte lange, dann sagte er: »Priester sagen, besitzen keine Gewalt, christlichen *Daimyos* Befehle zu erteilen.«

»Nicht wahr, Euer Gnaden, bitte, verzeiht. Geld *große* Macht über Priester. Ist Wahrheit, Euer Gnaden. Wenn kein Schwarzes Schiff dies Jahr und auch nächstes Jahr kein Schwarzes Schiff, ruiniert, erledigt. Sehr, sehr schlecht für Priester. Ist Wahrheit, Euer Gnaden. Geld *ist* Macht. Bitte, überlegen: Wenn ›Blutiger Himmel‹, selbe Zeit oder früher ich Nagasaki angreifen. Nagasaki jetzt Feind, *neh?* Ich nehme Schwarzes Schiff und greife Seewege zwischen Kyushu und Honshu an. Vielleicht Bedrohung genug, Feind zu Freund zu machen?«

»Nein. Die Priester werden den Handel unterbinden. Ich führe weder mit den Priestern noch mit Nagasaki Krieg. Ich gehe nach Osaka. Es wird nicht ›Blutiger Himmel‹ geben. *Wakarimasu?*«

»*Hai.*« Blackthorne blieb ungerührt. Er wußte, Toranaga hatte jetzt klar begriffen, daß dieses Vorgehen mit Sicherheit einen Großteil der Kiyama-Onoshi-Harima-Streitkräfte, die alle auf Kyushu standen, binden würde. Und die *Erasmus* konnte mit Sicherheit jeden größeren Truppentransport über See von einer Insel zum Festland zum Scheitern bringen. Üb dich in Geduld, sagte er sich. Laß Toranaga darüber nachdenken. Vielleicht kommt es doch so, wie Mariko sagt: Es ist noch eine lange Zeit zwischen heute und Osaka, und wer weiß, was noch alles geschieht?

»Anjin-san, warum sagt Ihr das nicht vor Mariko-san? Weil sie es den Priestern weitersagen würde? Glaubt Ihr das?«

»Nein, Euer Gnaden. Wollen nur direkt reden. Krieg nicht Frauensache. Eine letzte Frage, Toranaga-sama.« Blackthorne ging beherzt auf dem einmal eingeschlagenen Weg weiter voran. »Gepflogenheit, *Hatamoto* bittet um Gefallen, manchmal. Bitte, verzeiht, Euer Gnaden, darf ehrerbietig mögliche Bitte vortragen.«

Toranaga ließ den Fächer ruhen. »Was für eine Bitte?«

»Wissen, Scheidung leicht, wenn Herr sagen. Bitte Toda-Mariko-sama als Frau.« Toranaga war wie vom Blitz getroffen, und Blackthorne fürchtete, diesmal zu weit gegangen zu sein. »Bitte, verzeiht meine Zudringlichkeit«, fügte er noch hinzu.

Toranaga faßte sich rasch wieder. »Ist Mariko-san einverstanden?«

»Nein, Toranaga-sama. Geheimnis, *mein.* Nie zu ihr gesagt, kein Mensch. Geheimnis mein nur. Kein Wort zu Toda Mariko-san. Nie. Aber wissen, Streit zwischen Mann und Frau. Scheidung leicht in Japan. Nur Herrn Toranaga fragen. Sehr Geheimnis. Niemals Mariko-san. Bitte verzeiht, wenn ich Euch verletzt habe.«

»Das ist eine vermessene Bitte für einen Fremden... Noch nie dagewesen! Weil Ihr jedoch *Hatamoto* seid, ist es meine Pflicht, darüber nachzudenken, obgleich ich Euch verbiete, es jemals zu erwähnen, weder ihr noch ihrem Mann gegenüber. Ist das klar?«

»Bitte?« fragte Blackthorne, der überhaupt nichts verstand, ja kaum fähig war zu denken.

»Sehr schlechte Bitte und schlechter Gedanke, Anjin-san. Versteht Ihr?«

»Ja, Euer Gnaden. Bitte, verzeiht mein schlechtes Japanisch, tut mir leid.«

»Nicht mit ihr darüber reden, Anjin-san, über Scheidung. Mariko-san oder Buntaro-san. *Kinjiru, wakarimasu?*«

»Jawohl, Euer Gnaden. Ich verstehe.« Blackthorne verneigte sich vollendet und marschierte hinaus. Die Tür schloß sich hinter ihm. Auf dem Treppenabsatz sahen ihn alle forschend an.

Es drängte ihn, seinen Sieg mit Mariko zu teilen, er fühlte sich jedoch durch ihre distanzierte Gelassenheit und die Anwesenheit der Wachen gehemmt. »Tut mir leid, daß ich Euch habe warten lassen«, war alles, was er sagte.

»Es war mir ein Vergnügen«, sagte sie nichtssagend.

Sie schickten sich an, die Treppe wieder hinunterzusteigen. Dann, nachdem sie die erste Treppe hinter sich hatten, sagte sie: »Eure schlichte Art, Euch auszudrücken, ist merkwürdig, aber durchaus verständlich, Anjin-san.«

»Ich war viel zu oft völlig verloren. Das Bewußtsein, daß Ihr da wart, hat mir gewaltig geholfen.«

»Ich habe nichts getan.«

Schweigend gingen sie weiter, Mariko, wie es sich geziemte, ein kleines Stück hinter ihm. Auf jedem Stockwerk mußten sie durch einen Samurai-Kordon. Dann, als sie um eine Ecke auf der Treppe bog, verfing ihr Kimono sich im Geländer, und sie stolperte. Er fing sie auf, hielt sie fest, und die unerwartete nahe Berührung gefiel ihnen beiden.

Sie gingen weiter, einander viel näher, als sie es sonst heute abend gewesen waren.

Draußen im fackelerleuchteten Vorhof wimmelte es von Samurai. Wieder wurden ihre Pässe kontrolliert, und jetzt wurden sie mit ihren Fackelträgern durch das Haupttor hinausgeleitet, durch einen gewundenen Gang wie durch einen Irrgarten zwischen hohen, zinnenbewehrten Mauern hindurch bis zum nächsten Tor, das zum Burggraben führte und zu der innersten Holzbrücke. Insgesamt waren es sieben Burggräben innerhalb des Gesamtkomplexes der Befestigungsanlagen. Als sie auf das Haupttor zugingen, erklärte Mariko ihm, wenn der Bau der Burg beendet sein würde, im übernächsten Jahr, würden hunderttausend Samurai und zwanzigtausend Pferde samt allen nötigen Vorräten für ein Jahr darin Platz haben.

»Dann ist es die größte Festungsanlage der Welt«, sagte Blackthorne.

»Das hatte Herr Toranaga auch vor.« Ihre Stimme klang sehr ernst. Endlich kamen sie zu einer letzten Brücke. »Da, Anjin-san, jetzt könnt Ihr sehen, daß die Burg der Nabel von Yedo ist, *neh?* Der Mittelpunkt eines Netzes von Straßen, die sich verzweigen und die Stadt bilden. Vor zehn Jahren war hier nur ein kleines Fischerdorf. Und jetzt? Wer weiß? Dreihunderttausend Einwohner? Zwei? Vier? Herr Toranaga hat sein Volk bis jetzt noch nicht gezählt. Aber sie sind alle nur zu einem einzigen Zweck hier: Um der Burg zu dienen, die den Hafen und die Ebenen beschützt, von denen die Armeen leben.«

»Zu nichts sonst?«

»Nein.«

Am anderen Ende der fackelerhellten *Ichi-bashi* – der Ersten Brücke –, die zur eigentlichen Stadt hinüberführte, blieb sie stehen. »Ich muß mich jetzt von Euch verabschieden, Anjin-san.«

»Wann kann ich Euch wiedersehen?«

»Morgen. Um die Stunde der Ziege. Ich werde im Vorhof auf Euch warten.«

»Könnte ich Euch nicht noch heute abend sehen, wenn ich früh zurückkomme?«

»Nein, tut mir leid, bitte, verzeiht mir. Nicht heute abend.« Dann verneigte sie sich förmlich. »*Konbanwa*, Anjin-san.«

Er verneigte sich. Wie ein Samurai. Er sah ihr nach, wie sie über die Brücke zurückging. Einige der Fackelträger begleiteten sie: Insekten, welche die großen feststehenden Fackeln umkreisten, die in großen eisernen Halterungen steckten. Bald war sie von der Menge und der Nacht verschluckt.

Dann, als seine Erregung größer wurde, wandte er der Burg den Rücken zu und ging hinter seinem Führer her.

# 48. Kapitel

»Die Barbaren leben dort drüben, Anjin-san.« Der Samurai wies nach vorn. Blackthorne war unbehaglich zumute, als er versuchte, die Dunkelheit mit den Augen zu durchdringen. Die Luft stand, und es war sehr schwül. »Wo? In dem Haus da? In dem da?«

»Ja. Das ist richtig. Tut mir leid. Seht Ihr es?«

Auf der anderen Seite eines freien, sumpfigen Geländes sah er eine Ansammlung von Hütten, die von einem größeren Gebäude beherrscht wurde. Blackthorne versuchte, sich die Lage einzuprägen, um später wieder zurückzufinden, und wehrte mit dem Fächer die ihn bedrängenden Nachtinsekten ab. Bald nachdem sie die Erste Brücke hinter sich gelassen hatten, war er sich in dem Irrgarten verloren vorgekommen.

Ihr Weg hatte durch zahllose Straßen und Gassen hindurchgeführt, war ursprünglich in Richtung Hafen hinuntergegangen, über größere und kleinere Brücken hinweg, war dann wieder nach Norden abgebogen und hatte an wieder einem anderen Bach entlanggeführt, der sich durch die Außenbezirke hindurchwand. Je weiter sie sich von der Burg entfernten, desto schlechter wurden die Straßen und desto ärmlicher die Behausungen. Die Leute waren unterwürfiger, und immer weniger Öllämpchen schimmerten durch die *Shojis*. Yedo war eine sich weithin erstreckende Häusermasse, für seine Begriffe eine Ansammlung von kleinen Weilern, die nur durch Straßen oder Bäche voneinander getrennt waren.

Am Südostrand der Stadt war der Boden schon richtig morastig und die Straße ein stinkender Schlamm. Der Gestank wurde immer unerträglicher: Ein Pesthauch aus verwesendem Tang, Kot und aus Schlammlachen, und darüber ein süßsäuerlicher Geruch, der ihm irgendwie vertraut vorkam.

»Das stinkt ja wie Billingsgate bei Ebbe«, brummte er und schlug wieder ein Nachtgetier tot, das sich auf seiner Backe niedergelassen hatte. Sein ganzer Körper war klamm und verschwitzt.

Dann vernahm er ganz, ganz leise die Schunkelmelodie eines holländischen

Seemanns-Shantys, und all sein Unbehagen war vergessen. »Ist das Vinck?« Freudig erregt eilte er auf die Klänge zu. Träger leuchteten ihm fürsorglich den Weg, und seine Samurai folgten ihm.

Jetzt, da er näher herankam, erkannte er, daß das Gebäude teils im japanischen, teils im europäischen Stil erbaut worden war. Es stand auf Pfählen in einem eigenen Grundstück, das von einem Bambuszaun umgeben war, und war bedeutend jünger als die Hütten in der Nähe. Es befand sich keine Pforte im Zaun, sondern nur ein Loch. Das Dach war strohgedeckt, die massive Vordertür aus Holz, die Wände aus rohen Brettern. Vor den Fenstern waren Fensterläden wie in Holland. Der Gesang und der fröhliche Lärm wurden lauter, aber noch konnte er keine einzelnen Stimmen unterscheiden. Trittsteine führten durch einen verwahrlosten Garten direkt auf die Verandastufen zu. An das Tor war mit Stricken ein kurzer Flaggenmast festgebunden. Blackthorne blieb stehen und starrte zu ihm hinauf: Eine schlaff herabhängende, aus Fetzen zusammengenähte holländische Flagge hing daran. Als er sie erkannte, schlug sein Herz rascher.

Die Vordertür flog auf, und Licht ergoß sich auf die Veranda. Mit halb geschlossenen Augen stolperte Baccus van Nekk betrunken heraus, nestelte an seinem Hosenlatz herum und schlug dann in einem hohen Bogen sein Wasser ab.

»Ahhh«, stöhnte er erleichtert. »Gibt doch nichts Besseres, als zu pissen.«

»Damit habt Ihr recht«, rief Blackthorne vom Tor her auf holländisch. »Aber warum benutzt Ihr denn keinen Eimer?«

»Eh?« Kurzsichtig zwinkernd starrte van Nekk in die Dunkelheit hinaus und zu Blackthorne hinüber, der mit den Samurai unter den Fackeln dastand. »Jesus, Maria und Joseph, Samurai!« Mit einem Grunzlaut richtete van Nekk sich auf und knickte linkisch in die Hüfte ein, um eine Verneigung anzudeuten. »*Gomen nasai,* Samurai-sama. *Ichibon gomen nasai,* allen Affen-samas.« Er richtete sich wieder auf, setzte ein gezwungenes Lächeln auf und brummte mehr zu sich: »Muß doch besoffener sein, als ich dachte. Hab' doch glatt gedacht, der Hurenbock da hätt' holländisch gesprochen. *Gomen nasai, neh?*« rief er nochmals, torkelte dann zurück zum Haus, kratzte sich und machte sich an seinem Hosenlatz zu schaffen.

»He, Baccus, habt Ihr denn nichts Besseres zu tun, als Euer eigenes Nest zu beschmutzen?«

»Was?« Van Nekk fuhr ruckartig herum, starrte wie blind zu den Fackeln hinüber und versuchte verzweifelt, etwas zu erkennen. »Pilot?« rief er dann mit erstickter Stimme. »Seid Ihr das, Pilot? Meine verdammten Augen, ich kann nichts sehen. Pilot, um der Liebe Gottes willen, seid Ihr das?«

Blackthorne lachte. »Ja, ich bin's!« Dann, zu den Samurai gewandt, die ihn mit nur schlecht verhohlener Verachtung betrachteten: »*Matte kurasai!* – Wartet bitte auf mich!«

»*Hai,* Anjin-san.«

Blackthorne trat vor, und im Lichtschein, der durch die Tür herausdrang, er-

kannte er die Abfälle, die überall im Garten herumlagen. Angewidert stieg er aus den Holzschuhen und sprang die Stufen empor. »Hallo, Baccus, Ihr seid ja fetter als bei unserer Ausfahrt aus Rotterdam, *neh?*« Freundschaftlich klopfte er ihm auf die Schultern.
»Herrgott im Himmel, seid Ihr das wirklich?«
»Ja, selbstverständlich bin ich das.«
»Wir haben Euch längst aufgegeben.« Van Nekk streckte die Hand aus und berührte Blackthorne, um sich zu vergewissern, daß er auch wirklich nicht träume. »Lieber Herr Jesus, unsere Gebete sind erhört worden! Pilot, was ist mit Euch geschehen, wo kommt Ihr her? Ein Wunder! Seid das wirklich Ihr?«
»Ja. Aber jetzt bringt mal Euren Hosenlatz in Ordnung, und laßt uns reingehen«, sagte Blackthorne. Die Blicke der Samurai waren ihm peinlich.
»Was? Ach, entschuldigt... Ich...« Tränen liefen ihm über die Wangen. »Ach, Jesus, Pilot!... Und ich dacht' schon, die Schnapsteufel spielten mir wieder einen Streich. Kommt rein, laßt mich Euch ankündigen, ja?«
Er ging voran, hielt ihm die Tür auf und rief dann über das Gejohle hinweg: »Jungs! Seht, was der Weihnachtsmann uns gebracht hat!« Um eine noch größere Wirkung zu erzielen, warf er die Tür hinter Blackthorne zu.
Augenblicklich herrschte Schweigen.
Blackthorne brauchte einen Moment, um seine Augen an das Licht zu gewöhnen. Die verbrauchte, stickige Luft raubte ihm fast den Atem. Er sah, wie sie ihn offenen Mundes anstarrten, als wäre er ein Gespenst. Dann war der Bann gebrochen, und es prasselten Willkommensrufe und Freudenjauchzer auf ihn hernieder. Alle drückten ihm kräftig die Hand, schlugen ihm auf den Rücken und redeten gleichzeitig auf ihn ein. »Pilot, wo kommt Ihr her? – Hier, trinkt was! – Himmel, ist das möglich! – Piß in meinen Hut; tut das gut, Euch wiederzusehen. – Wir hatten Euch schon abgeschrieben. – Nein, uns geht's allen gut, ziemlich jedenfalls. – Raus aus dem Stuhl da, Hure, der Pilot-sama soll auf dem besten Scheißstuhl sitzen. – He, Grog, *neh,* aber 'n bißchen dalli! Verflucht, aus 'm Weg, ich muß ihm die Hand schütteln...«
Schließlich brüllte Vinck: »Immer einer nach dem anderen, Jungs! Erdrückt ihn doch nicht!«
Irgend jemand drückte Blackthorne einen hölzernen Trinkbecher in die Hand. Er setzte sich auf den Schaukelstuhl, alle hoben sie ihre Becher, und dann ging eine Flut von Fragen über ihn hernieder...
Der Raum war mit Bänken, ein paar roh zusammengezimmerten Stühlen und Tischen ausgestattet, die von Kerzen und Öllampen erhellt wurden. Ein riesiges Saké-Faß stand auf dem dreckigen Boden. Einer der Tische war voll von schmutzigen Tellern, einem noch halb rohen mächtigen Stück Fleisch, auf dem Fliegen saßen.
Sechs in verschmutzte Kimonos gehüllte Frauen kauerten mit dem Rücken zur Wand auf den Knien und verneigten sich vor ihm.
Alle seine Männer warteten darauf, daß er anfangen würde zu erzählen: Sonk,

der Smutje, Johann Vinck, Erster Steuermann und Oberkanonier, Salamon, der Stumme, Croocq, der Moses, Ginsel, der Segelmacher, Baccus van Nekk, Schatzmeister und oberster der Kaufleute, und schließlich Jan Roper, der andere Kaufmann, der wie immer abseits saß, immer noch das gleiche säuerliche Lächeln auf dem hageren, verkrampften Gesicht.
»Wo ist denn der Generalkapitän?« fragte Blackthorne.
»Tot, Pilot, er ist tot...« Sechs Stimmen antworteten und überschlugen sich in dem Versuch, ihm die Geschichte zu erzählen, bis er abwehrend die Hand hob. »Baccus?«
»Er ist tot. Er hat es nicht mal mehr geschafft, aus der Grube rauszukommen. Wißt Ihr noch, daß er krank war? Nachdem sie Euch weggebracht hatten, na ja, in der Nacht hörten wir ihn in der Dunkelheit würgen. Stimmt's, Jungs?« Ein Chor von »Ja, ja, ja« folgte, und dann fügte van Nekk hinzu: »Ich hab' neben ihm gesessen, Pilot. Er versuchte, ans Wasser ranzukommen, aber das war alle, und er würgte und stöhnte. Was eigentlich damals geschehen ist, weiß ich nicht mehr so genau... wir hatten ja alle eine Todesangst... aber zuletzt bekam er wohl keine Luft mehr, und da setzte das Todesröcheln ein. Schlimm war das, Pilot.«
Blackthorne schüttelte es.
»Sie haben ihn zusammen mit dem anderen in der Grube zurückgelassen, dem Japs... Ihr erinnert Euch? Dem, der versuchte, sich in dem Eimer mit Pisse zu ertränken? Später ließ dann Herr Omi Spillbergens Leiche rausholen, und sie haben ihn verbrannt... Aber das andere arme Luder haben sie einfach unten liegen lassen. Herr Omi gab ihm nur einen Dolch, und da hat er sich seinen gottverfluchten Bauch aufgeschlitzt, und sie haben die Grube zugeworfen. Ihr erinnert Euch noch an ihn, Pilot?«
»Ja. Und was ist mit Maetsukker?«
»Das erzählst besser du, Vinck.«
»Das kleine Rattengesicht ist einfach bei lebendigem Leibe verfault, Pilot«, begann Vinck, und die anderen riefen dazwischen und begannen ihrerseits zu erzählen, bis Vinck laut sagte: »Baccus hat mich gefragt, verdammt noch mal! Ihr kommt doch alle an die Reihe.«
Die Stimmen erstarben, und Sonk sagte aufmunternd: »Erzähl du, Johann.«
»Pilot, sein Arm war's, der zuerst brandig wurde. Er hatte doch im Kampf was abgekriegt... Ihr entsinnt Euch an den Kampf, in dem Ihr das Bewußtsein verlort? Mein Gott, wie lange das her ist! Na, wie dem auch sei, sein Arm fing jedenfalls an zu schwären. Am nächsten und übernächsten Tag hab' ich ihn zur Ader gelassen, und dann fing der Arm an schwarz zu werden. Ich sagte ihm, es wär' wohl besser, ich würd' ihm die Vene öffnen... aber er wollte nichts davon hören. Am fünften Tag fing die Wunde an zu stinken. Wir hielten ihn fest, und schnitten den größten Teil von dem fauligen Fleisch weg, aber das nützte nichts. Der gelbe Affen-Doktor kam ein paarmal, aber er konnte auch nichts tun.«

»Und was ist mit seiner Leiche passiert?« fragte Blackthorne.
»Die haben sie auch den Hügel raufgebracht und dort verbrannt. Wir wollten ihm und dem Generalkapitän zwar ein richtiges christliches Begräbnis bereiten, aber das wollten sie nicht zulassen. Sie haben sie einfach verbrannt.«
Schweigen legte sich über sie. »Ihr habt ja noch gar nichts getrunken, Pilot.«
Blackthorne hob den Becher an die Lippen und kostete. Der Becher war schmutzig, und beinahe hätte er sich übergeben. Der Gestank ungewaschener Körper und verschwitzter, verdreckter Kleider war fast zuviel für ihn.
»Wie ist der Grog, Pilot?« fragte van Nekk.
»Gut, gut.«
»Erzähl's ihm, Baccus, mach schon!«
»Ja, Pilot, ich hab' 'ne Schnapsbrennerei gebaut.« Van Nekk war sehr stolz, und auch die anderen strahlten. »Jetzt stellen wir den Schnaps faßweise her. Reis und Früchte und Wasser lassen wir gären, warten 'ne Woche oder so, und dann, mit Hilfe von 'n bißchen Zauberei...« Der kugelrunde Mann lachte und kratzte sich glücklich. »'türlich wär's besser, man würd' ihn 'n Jahr oder so ablagern, aber wir trinken schneller als...« Seine Worte verhallten. »Schmeckt er Euch nicht?«
»Oh, Entschuldigung, doch, er ist gut..., gut.« Blackthorne sah Läuse in van Nekks spärlichem Haar.
Herausfordernd sagte Jan Roper: »Und Ihr, Pilot? Euch geht's auch gut, oder? Wie steht's denn mit Euch?«
Abermals erstarb eine Flut von Fragen, als Vinck rief: »Ihr gebt ihm ja keine Möglichkeit!« Dann brach es fröhlich aus dem Mann mit dem ledrigen Gesicht heraus: »Himmel, als ich Euch da in der Tür stehen sah, dacht' ich erst, Ihr wärt einer von den Affen, ehrlich.«
Zustimmung von allen Seiten. Und dann sagte van Nekk: »Das kann man wohl sagen. Diese blödsinnigen Kimonos – Ihr seht aus wie 'n Weib, Pilot – oder wie einer von diesen Halbmännern, diesen warmen Brüdern, eh? 'n Haufen von diesen Japsen sind warme Brüder, weiß Gott! Einer war hinter Croocq her...«
Rufe flogen hin und her und zotige Hänseleien.
»Schwerter und Kimonos... wie ein richtiger Heide!« Jan Ropers schmallippiges Lächeln war der reine Hohn. »Vielleicht gefällt das Heidenleben Euch besser als unseres, Pilot, eh?«
»Ihre Kleidung ist kühl und besser als unsere«, entgegnete Blackthorne voller Unbehagen. »Ich habe schon ganz vergessen, daß ich früher anders gekleidet war. Es ist so viel geschehen. Ich hatte ja nichts anderes, und da hab' ich mich eben an sie gewöhnt. Viel darüber nachgedacht habe ich eigentlich nie. Auf jeden Fall sind sie bequemer.«
»Sind das richtige Schwerter?«
»Ja, selbstverständlich, warum?«
»Uns erlauben sie keine Waffen, egal, welche!« Mißbilligend runzelte Jan Roper die Stirn. »Wie kommt es, daß sie Euch welche erlauben?«

Blackthorne lachte kurz auf. »Ihr habt Euch nicht um ein Jota geändert, Jan Roper, nicht wahr? Immer noch frommer als fromm? Nun, alles zu seiner Zeit, auch, was meine Schwerter betrifft. Zunächst aber mal die beste Nachricht für euch alle. Hört zu, in einem Monat oder so sind wir wieder auf hoher See. Gewiß.«

»Herrgott, ist das Euer Ernst, Pilot?« fragte Vinck.

Ein Freudenruf ging durch den Raum, und es hagelte Fragen über Fragen, die er alle beantworten mußte. »Ich habe euch ja gesagt, daß wir es schaffen würden... Ich habe euch gesagt, Gott ist auf unserer Seite! Laßt ihn reden... Laßt den Piloten erzählen...« Zuletzt hielt Blackthorne die Hand hoch.

Er zeigte auf die Frauen, die immer noch regungslos auf den Knien lagen, jetzt, wo sich seine Aufmerksamkeit ihnen zuwandte, noch unterwürfiger als zuvor. »Wer sind sie?«

Sonk lachte. »Das sind unsre Liebchen, Pilot. Unsre Huren, und billig noch dazu, Herrgott! Nebenan haben wir 'n ganzes Haus voll von ihnen... und im Dorf gibt's sie haufenweise...«

»Die rammeln wie die Hasen«, fiel Croocq ihm ins Wort, und Sonk sagte: »Sicher sind sie klein und haben O-Beine, aber dafür sind sie ganz schön scharf und leiden vor allem nicht an der Spanischen Krankheit. Wollt Ihr eine, Pilot?«

»Ihr müßt unbedingt Riesenarsch ausprobieren, Pilot, die ist die richtige für Euch«, sagte Croocq.

»Der Pilot will keine von unseren Huren«, fuhr Jan Roper ihm über den Mund. »Der hat seine eigenen, was, Pilot?«

Ihre Gesichter glühten. »Stimmt das, Pilot? Ihr habt Weiber? He, das müßt Ihr uns erzählen, ja? Diese Äffinnen sind die besten Weiber, die wir je gehabt haben, findet Ihr nicht auch?«

»Es gibt furchtbar viel zu erzählen«, sagte Blackthorne. »Aber das ganz unter uns. Je weniger Ohren hören, desto besser, *neh?* Schickt die Frauen fort, dann können wir ungestört reden.«

Vinck zeigte mit dem Daumen über seine Schulter und sah zu ihnen hinüber. »Verpißt euch, *hai?*«

Die Frauen verneigten sich, murmelten Dankesworte und Entschuldigungen, entflohen und schlossen leise die Tür hinter sich.

»Erst einmal zum Schiff. Es ist nicht zu fassen. Ich möchte euch danken und euch gratulieren... die viele Arbeit. Wenn wir nach Hause kommen, werde ich dafür sorgen, daß euer Anteil an allen Prisengeldern verdreifacht wird, weil ihr euch so sehr ins Zeug gelegt habt, und ich kann euch sagen, da ist eine Prise, ihr könnt euch nicht vor...« Er bemerkte, daß sie einander verlegen ansahen. »Was habt ihr denn?«

Van Nekk meinte betreten: »Das waren nicht wir, Pilot. Das waren die Männer von Fürst Toranaga. Die haben das gemacht. Vinck hat ihnen gezeigt, wie man's macht; aber wir selbst haben keinen Handschlag dabei getan.«

»Was?«

»Uns haben sie nach dem ersten Mal nicht wieder an Bord gelassen. Es ist überhaupt keiner von uns jemals wieder an Bord gewesen, bis auf Vinck, und der geht alle zehn Tage oder so mal hin.«
»Aber wie hat er sich denn mit ihnen verständigt?«
»Einer von den Samurai spricht portugiesisch, und wir reden in der... na, jedenfalls verstehen wir einander. Dieser Samurai, er heißt Sato-sama, der mußte sich um uns kümmern, seit wir hier sind.«
Croocq und Sonk fielen ihm ins Wort, dann fuhr Vinck fort: »Sato-sama fragte mich, was denn mit dem Schiff los sei, und ich sagte ihm, es müsse kielgeholt und vom Muschelbewuchs befreit und völlig neu ausgebessert werden. Na, ich hab' ihm alles gesagt, was ich wußte, und dann haben sie losgelegt. Sie legten die *Erasmus* auf die Seite und säuberten die Bilgen, scheuerten drauflos, als ob's das Scheißhaus des Königs wär'. Die Oberaufsicht haben Samurai geführt, und die anderen Affen haben geschuftet wie die Teufel. Ich kann Euch sagen, Pilot, solche Arbeiter habt Ihr noch nie gesehen!«
»Das stimmt«, sagte Sonk. »Wie die Teufel!«
»Ich habe alles so gut wie möglich machen lassen für den Tag, da wir mal... Himmel, Pilot, glaubt Ihr wirklich, wir kommen von hier weg?«
»Ja, sofern wir nichts überstürzen und so...«
»Wenn es Gott gefällt, Pilot. Nur dann.«
»Ja. Vielleicht habt Ihr recht«, erklärte Blackthorne und dachte: Was macht es schon, daß Roper ein Fanatiker ist! Ich brauche ihn... sie alle. Und dazu Gottes Hilfe. Er wandte sich wieder Vinck zu. »In welchem Zustand befindet sich ihr Kiel?«
»Der ist heil und nicht verrottet, Pilot. Sie haben die *Erasmus* besser wieder hingekriegt, als ich je für möglich gehalten hätte. Diese Kerle verstehen sich auf so was. Die Takelage ist tipptopp. Nichts dran auszusetzen.«
»Und die Segel?«
»Sie haben einen Satz aus Seide genäht... das hält wie die beste Leinwand. Und dann noch einen Satz, für alle Fälle. Sie haben unsre runtergenommen und sie genau nachgemacht, Pilot. Die Kanonen sind gut im Schuß... übrigens sind sie alle wieder an Bord, und Pulver und Munition ist mehr als genug da. Sie könnt' bei jeder Flut auslaufen, heut' abend noch, wenn's sein muß.« Vinck machte eine Pause, um Atem zu holen. »Wann stechen wir in See?«
»Ich denke, so in etwa einem Monat.«
Sie stießen einander in die Seite, schäumten über vor Begeisterung und brachten auf den Piloten und das Schiff laute Trinsprüche aus.
»Wie sieht's denn mit der Schiffahrt der Feinde aus? Gibt's hier so was überhaupt? Wie steht's mit Prisen, Pilot?« fragte Ginsel.
»Eine ganze Menge... mehr, als wir uns je hätten träumen lassen. Wir sind reich.«
Und wieder ein Freudenruf. »Das wird aber auch Zeit!«
»Reich, eh? Ich kauf' mir 'n Schloß!«

»Allmächtiger Gott, wenn ich nach Haus komm'!«
»Reich! Ein Hoch auf den Piloten!«
»Wie sieht denn Euer Plan aus, Pilot?« fragte van Nekk, und sie alle hörten auf zu reden.
»Dazu komme ich gleich. Werdet ihr hier bewacht? Könnt ihr euch frei bewegen, wenn ihr wollt? Wie oft...«
Vinck sagte rasch: »Wir können uns hier im Dorf und im Umkreis von etwa einer halben *Legua* frei bewegen. Aber nach Yedo hinein dürfen wir nicht, und...«
»Nicht über die Brücke«, unterbrach Sonk ihn fröhlich.
»Abgesehen davon können wir hingehen, wohin wir wollen. Aber immer nur bis zu den Sperren. Diese Sperren sind überall im Umkreis von einer halben Meile. Grundgütiger Himmel... ist das zu fassen! Bald nach Hause!«
»Erzähl ihm von dem Arzt, eh, und über...«
»Die Samurai schicken ab und zu einen Doktor her, Pilot, und dann müssen wir uns ausziehen, er sieht sich unsere...«
»Ja. Da kann man schon das große Scheißen kriegen, wenn man es sich gefallen lassen muß, daß so ein Heidenlümmel einen begafft, wie man splitterfasernackt dasteht!«
»Abgesehen davon lassen sie uns eigentlich in Ruhe, Pilot, bis auf...«
»He, und vergiß nicht, daß dieser Bader uns irgendwelche gottverfluchten drekkigen gemahlenen Kräuter gibt, *Cha* oder so, nennen sie die, die sollen wir ins kochende Wasser legen, aber wir werfen sie einfach weg. Wenn einer von uns krank ist, läßt der gute alte Johann uns zur Ader, und dann geht es wieder.«
»Abgesehen davon...«
»Wir können ja auch von Glück sagen. Denn zuerst waren wir woanders, und da war's längst nicht so gut.«
»Ja, erzähl ihm von der Inspektion, Baccus!«
»Dazu wollte ich ja noch kommen... um Gottes willen, nicht so schnell... Wie soll ich überhaupt was erzählen, wenn ihr dauernd dazwischenredet. Gebt mir einen Grog!« sagte van Nekk und fuhr dann fort: »Alle zehn Tage kommen ein paar Samurai her, dann stellen wir uns draußen in einer Reihe auf, und er zählt uns. Dann geben sie uns Säcke mit Reis und Bargeld, Kupfergeld, mein' ich. Das ist für jeden reichlich, Pilot. Wir tauschen Reis gegen Fleisch und so... Früchte oder was weiß ich. Wir haben alles reichlich, auch Weiber und die Weiber tun, was wir wollen. Zuerst haben wir...«
»Zuerst war es aber durchaus nicht so. Erzähl ihm das, Baccus!«
Van Nekk setzte sich auf den Boden. »Gott gebe mir die Kraft dazu.«
»Ist dir nicht wohl, alter Junge?« fragte Sonk mitfühlend. »Dann trink besser nicht mehr, sonst kriegst du wieder das große Scheißen, he? Er kriegt das große Scheißen, Pilot, einmal in der Woche. Das kriegen wir alle.«
»Na ja, Pilot, zuerst haben sie uns in ein Haus gesteckt, das lag westlich von der Stadt...«

»In der Nähe der Reisfelder war das.«
»Verdammt noch mal, dann erzähl du die Geschichte doch, Johann!«
»Na schön. Himmel, Pilot, das war schrecklich. Kein Fleisch und nichts zu saufen, und diese gottverfluchten Papierhäuser, in denen sie wohnen, mitten auf einem Feld. Da kann man nicht pissen und nicht in der Nase bohren, nichts, ohne daß irgendwer dabei zusieht, eh? Beim kleinsten bißchen Lärm kommen gleich die Nachbarn angelaufen. Auf der Veranda immer Samurai, und wer mag die Kerle schon dauernd um sich haben, eh? Die fuchtelten dann drohend mit ihren gottverfluchten Schwertern rum und schrien einen an. Na ja, und dann hat eines Abends jemand 'ne Kerze umgeworfen, und da waren die Affen sauer auf uns. Herrgott, die hättet Ihr mal hören sollen! Mit ihren Eimern voll Wasser kamen die von überall her gelaufen, wie von Sinnen vor Angst, und zischten uns an und verbeugten sich und zischten und fluchten... Es wimmelte plötzlich von Japsen. Ihr hättet...«
»Erzähl nur weiter. Mach schon! Weiter!«
»Soll ich erzählen, oder willst du erzählen?«
»Mach weiter, Johann, kümmere dich doch nicht um ihn. Er ist doch nur der Scheißkoch!«
»Ach, halt's Maul! Um Gottes willen!« In aller Eile erzählte van Nekk weiter. »Am nächsten Tag haben sie uns dann hier in einem Haus unten am Hafen untergebracht. Da war es aber auch nicht besser. Und dann, ein paar Wochen später, entdeckt Johann rein zufällig dies Haus hier. Er war ja der einzige von uns, der rauskam. Wir sind nur ein paar hundert Meter vom Meer entfernt... Am besten erzählst du das, Johann.«
Blackthorne spürte es an seinem nackten Bein jucken und rieb die Stelle, ohne darüber nachzudenken. Doch wurde es nur um so schlimmer. Dann, während Vinck stolz weitererzählte, entdeckte er die Quaddel eines Flohstichs. »Wie Baccus schon gesagt hat, Pilot. Ich fragte Sato-sama, ob wir umziehen dürften, und er sagte ja, warum nicht. Das war meine Nase, die mich hierhergeführt hat, Pilot: Sie hatte Blut gerochen.«
Blackthorne sagte: »Ein Schlachthaus und eine Gerberei! Das ist ...« Er sprach nicht weiter und erbleichte.
»Was habt Ihr denn?«
»Ist das hier ein *Eta*-Dorf? Himmelherrgott, leben in diesem Dorf etwa *Eta?*«
»Was ist das denn Schlimmes?« fragte van Nekk. »Selbstverständlich sind sie *Eta*.«
Blackthorne verscheuchte einen von den Moskitos, die überall umherschwirrten. »Die verdammten Viecher! Sie sind... sie sind scheußlich, oder? Da ist irgendwo eine Gerberei, stimmt's?«
»Ja. Ein paar Straßen weiter, warum?«
»Nichts. Ich konnte bloß den Geruch nicht recht unterbringen, das ist alles.«
»Und was ist mit den *Eta?*«
»Ich... Mir war nur nicht klar gewesen... wie dumm von mir. Wenn ich einen

von ihnen gesehen hätte, dann hätte ich sie an den kurzgeschorenen Haaren erkannt. Bei den Frauen ist das nicht so leicht zu sehen. Tut mir leid. Aber fahrt fort, Vinck.«
»Nun, dann sagten sie...«
Jan Roper unterbrach ihn. »Augenblick mal, Vinck! Was ist denn los, Pilot? Was habt Ihr denn nur mit den *Eta?*«
»Ach, nur... Sie sind die Henker und Abdecker und gehen mit toten Tieren um.« Er spürte ihre Augen, insbesondere die von Jan Roper.
»*Eta* gerben Felle«, er versuchte, ganz normal weiterzusprechen, »und töten all die alten Pferde und Ochsen und gehen mit Leichen um.«
»Ja, aber was macht das, Pilot? Ihr habt doch selbst ein Dutzend begraben, sie gewaschen und in Leichentücher eingewickelt... das haben wir doch alle. Wir schlachten unsere eigenen Tiere, wie wir das immer getan haben. Ginsel hier ist Henker gewesen... Was soll denn da Schlimmes dran sein?«
»Nichts«, sagte Blackthorne. Er wußte, daß sie recht hatten, aber trotzdem fühlte er sich irgendwie besudelt.
Vinck schnaubte: »Diese *Eta* sind die besten Heiden, die wir hier erlebt haben. Die sind viel mehr so wie wir und nicht so wie die anderen Affen. Wir können von Glück sagen, daß wir hier sind, Pilot. Frisches Fleisch? Kein Problem. Und jede Menge Talg. Die machen uns keine Schwierigkeiten.«
»Himmel, der Pilot hat die ganze Zeit über mit den anderen Affen leben müssen! Wie wärs', wenn wir jetzt Riesenarsch-Mary holten, Sonk?«
»Oder Wackelarsch!«
»Ach, Scheiße, doch nicht die. Der Pilot braucht etwas Besonderes! Fragen wir die Mama-san.«
»Ich wette, er ist ausgehungert nach einem richtigen Stück Fleisch. Säbel ihm doch mal 'ne tüchtige Scheibe ab, Sonk!«
»Noch was zu trinken, Pilot?«
»Dreimal hoch! Es lebe der Pilot...«
Inmitten des glücklichen Durcheinanders schlug van Nekk Blackthorne auf die Schulter. »Ihr seid wieder daheim, alter Freund. Jetzt seid Ihr wieder da, alles ist in Butter! Ihr seid wieder da, alter Freund. Hört zu, nehmt meine Koje. Ich bestehe darauf.«

Fröhlich winkte Blackthorne ein letztes Mal. Von der anderen Seite der kleinen Brücke kam ein Abschiedsruf. Dann drehte er sich um, seine aufgesetzte Herzlichkeit verflüchtigte sich. Seine Samurai um sich, bog er um die Ecke.
Auf dem Rückweg zur Burg war er in größter Verwirrung. An sich war das mit den *Eta* nichts Schlimmes, und doch war alles schlimm. Die Burschen da, das ist meine Mannschaft, das sind meine Leute, und dies hier sind Feinde... Straßen, Gassen und Brücken, alles ging wie in einem Nebel an ihm vorüber. Er bemerkte, daß er mit der Hand unter den Kimono gefahren war und sich kratzte. Unvermittelt blieb er stehen.

»Diese gottverdammten dreckigen ...« Er knotete seine Schärpe auf, riß sich den verschwitzten Kimono vom Leib und schleuderte ihn in einen Graben, als wäre der Aussatz daran.

»*Dozo, nan desu ka*, Anjin-san?« fragte einer der Damurai.

»*Nani mo!* – Nichts, bei Gott!« Blackthorne marschierte weiter, die Schwerter in der Hand.

»*Ah! Eta! Wakarimasu, Gomen nasai!*« Die Samurai redeten untereinander, doch er achtete nicht darauf.

So ist es besser, dachte er unendlich erleichtert und merkte kaum, daß er so gut wie nackt war.

Herrgott! Ein Bad wär' jetzt recht!

Er hatte seiner Mannschaft von seinen Abenteuern erzählt, jedoch nichts davon gesagt, daß er Samurai und *Hatamoto* und einer von Toranagas Günstlingen war; nichts von Fujiko – ganz zu schweigen von Mariko. Und er hatte ihnen auch nicht gesagt, daß sie mit Gewalt in Nagasaki landen und das Schwarze Schiff im Sturm nehmen wollten, oder daß er an der Spitze einer Gruppe von Samurai das Schiff entern würde. Das hat Zeit, dachte er müde. Und alles andere auch.

Seine Holzschuhe klapperten über die Erste Brücke. Samurai-Wachen rekelten sich, bis sie ihn erkannten. Daraufhin verneigten sie sich höflich, während er vorüberging, und musterten ihn aufmerksam, denn das war ja der unglaubliche Barbar, der in Herrn Toranagas Gunst stand: Er hatte ihn zum Samurai und *Hatamoto* gemacht.

Am südlichen Haupttor der Burg erwartete ihn eine andere Wache. Er sollte in sein Quartier innerhalb der inneren Befestigungsanlagen gebracht werden.

»Erst Bad, bitte«, sagte er dem Samurai.

»Ah, ich verstehe. Das ist sehr rücksichtsvoll von Euch! Zum Badehaus geht es hier entlang, Anjin-san. Ja, eine sehr heiße Nacht heute, *neh?* Wie ich höre, seid Ihr unten bei den Dreckigen gewesen. Die anderen Gäste im Haus werden Euch Eure Rücksichtnahme danken. Ich danke Euch in ihrem Namen.«

Blackthorne verstand zwar nicht die einzelnen Wörter, begriff jedoch, was sie ausdrücken sollten. »Die Dreckigen.« Das paßt auf meine Leute und mich ... auf uns, nicht auf sie!

»Guten Abend, Anjin-san«, sagte der Oberbademeister, ein mächtiger Mann mittleren Alters mit einem enormen Bauch. Eine Zofe hatte ihn gerade geweckt, um ihm zu sagen, daß zu so später Stunde noch ein Gast gekommen sei. Er klatschte in die Hände. Bademädchen eilten herbei. Blackthorne folgte ihnen in den Bürstenraum, wo sie ihn einseiften und reinigten. Dann ging er hinüber zu dem in den Boden eingelassenen Badebecken, stieg in das dampfend heiße Wasser, kämpfte gegen die Hitze an und überließ sich dann der wohltuenden Umarmung des Wassers.

Nach einer Weile halfen ihm kräftige Hände heraus, rieben wohlduftendes Öl in seine Haut und lockerten seine Muskeln, führten ihn in ein Ruhezimmer und

gaben ihm einen gewaschenen, sonnenfrischen Kimono aus Baumwolle. Mit einem langgezogenen Seufzer des Behagens legte er sich nieder.
Er ließ sich *Cha* bringen und sagte der Zofe, er wolle heute nacht hier bleiben und nicht in sein eigenes Quartier zurückkehren. Dann, als er allein war, trank er in aller Ruhe seinen *Cha* und spürte förmlich, wie er ihn reinigte... *dreckige Cha-Kräuter*... dachte er angewidert.
»Hab Geduld, laß dir deine Harmonie nicht stören«, sagte er laut. »Sie sind doch nichts weiter als dumme Burschen, die es nicht besser wissen. Früher bist du doch genauso gewesen. Macht nichts. Jetzt kannst du es ihnen wenigstens zeigen, *neh?*«
Er bemühte sich, nicht mehr an sie zu denken, und blies die Kerze aus. Ich bin müde, sagte er sich.
Aber nicht zu müde, sich eine ganz einfache Frage zu beantworten, dachte er: Sind sie wirklich unwissende Narren, oder machst du dir nur etwas vor? Darauf werde ich später antworten, wenn es soweit ist. Im Augenblick weiß ich nur, daß ich sie nicht um mich herum haben möchte.

Erfrischt erwachte er. Ein sauberer Kimono nebst Lendentuch und Tabi waren bereitgelegt. Die Scheiden seiner Schwerter waren geputzt worden. Er zog sich rasch an. Draußen vorm Haus warteten Samurai. Sie erhoben sich von ihren Fersen und verneigten sich.
»Wir sind heute Eure Wache, Anjin-san.«
»Danke. Schiff gehen jetzt?«
»Ja. Hier ist Euer Paß.«
»Gut. Danke. Darf ich wissen, wie Ihr heißt?«
»Musashi Mitsutoki.«
»Vielen Dank, Musashi-san. Gehen jetzt?«
Sie gingen zum Hafen hinunter. Die *Erasmus* war drei Faden über dem sandigen Boden sicher vertäut. Die Bilgen waren blitzsauber. Er machte einen Kopfsprung über das Schanzkleid hinüber und tauchte unterm Kiel hindurch. Der Tangbewuchs war geringfügig, und nur ganz wenige Miesmuscheln hatten sich am Rumpf festgesetzt. Das Ruder war in bestem Zustand. In der Pulverkammer, die trocken und makellos sauber war, fand er einen Zündstein und ließ einen Funken in einen winzigen Berg Pulver springen. Es brannte sofort, wie es sich gehörte.
Hoch von der Spitze des Vormasts hielt er Ausschau nach möglichen Rissen: Nichts dergleichen, weder dort noch an den Sparren, an denen er entlangkletterte und die er sehen konnte. Viele von den Tauen, Fallen und Wanten waren verheddert, doch um das zu beheben, bedurfte es gewiß nicht länger als einer halben Wache.
Als er dann wieder auf seinem Achterdeck stand, gestattete er sich ein breites, wohlgefälliges Grinsen. »Du bist in einem fabelhaften Zustand wie ein... wie ein?« Es wollte ihm nichts Passendes einfallen, und so lachte er bloß und ging

wieder nach unten. In seiner Kammer kam er sich fremd vor. Und sehr allein. Seine Schwerter lagen in der Koje. Er berührte sie und zog dann »Öl-Verkäufer« aus der Scheide. Die Klinge war großartig gearbeitet und sehr scharf. Sein Schwert zu betrachten, bereitete ihm Vergnügen, denn es war wahrlich ein Kunstwerk. Allerdings ein tödliches.

Dann fiel ihm seine Seekiste in die Augen, die sich in der Klinge spiegelte, und das riß ihn aus seiner plötzlichen Schwermut heraus.

Er steckte »Öl-Verkäufer« sorgsam zurück in die Scheide und gab acht darauf, die Klinge nicht zu berühren – ein einziger Fingerabdruck, so sagten sie, könne solche Vollkommenheit stören.

Er lehnte sich gegen die Koje und betrachtete seine leere Seekiste.

Was ist mit den *roteiros?* Und den Navigationsgeräten? fragte er sein Spiegelbild in der kupfernen Schiffslampe, die blitzblank geputzt worden war wie alles andere auch. Und er sah sich selbst antworten: »Die kaufst du dir in Nagasaki – zusammen mit deiner Mannschaft. Und dann schnappst du dir Rodrigues. Ja. Du schnappst ihn dir vorm Angriff, *neh?*«

Er beobachtete, wie sein Lächeln breiter wurde. »Du bist dir ganz sicher, daß Toranaga dich ziehen läßt, was?«

»Ja«, antwortete er zuversichtlich. »Ob er nach Osaka geht oder nicht, ich werde bekommen, was ich will. Und Mariko werde ich auch bekommen.«

Zufrieden steckte er seine Schwerter in die Schärpe, stieg an Deck hinauf und wartete, bis alles wieder versiegelt war.

Als er zur Burg zurückkam, war es noch nicht einmal Mittag, und so begab er sich in das ihm zugewiesene Quartier, um dort zu essen. Er aß Reis und nahm sich zweimal von dem Fisch, den sein eigener Koch nach seinen Anweisungen über Holzkohle gegart und mit Soja-Sauce beträufelt hatte. Ein kleines Kännchen Saké und dann *Cha.*

»Anjin-san?«

»*Hai?*«

Die *Shoji*-Tür glitt auf. Fujiko lächelte scheu und verneigte sich.

# *49. Kapitel*

»Euch hätte ich fast vergessen«, sagte er auf englisch. »Ich fürchtete schon, Ihr wäret tot.«
»*Dozo goziemashita,* Anjin-san, *nan desu ka?*«
»*Nani mo*, Fujiko-san«, sagte er und schämte sich. »*Gomen nasai. Hai. Gomen nasai. Ma-suware odoroita honto ni mata aete ureshi.* – Bitte, verzeiht mir ... eine Überraschung, *neh?* Ich freue mich, Euch zu sehen. Bitte, nehmt Platz.«
»*Domo arigato goziemashita*«, sagte sie, um ihm dann mit ihrer hohen Stimme zu erklären, wie erfreut sie sei, ihn zu sehen, und wie überaus glücklich, hier zu sein.
Er sah, wie sie sich unter einigen Mühen ihm gegenüber auf dem Kissen niederließ. »Beine ...« er suchte nach dem Wort für »Verbrennungen«, doch da es ihm nicht einfiel, sagte er statt dessen: »Beine, Feuer weh tun. Schlimm?«
»Nein. Verzeiht. Es schmerzt nur noch ein wenig beim Hinknien«, sagte sie und konzentrierte sich darauf, seinen Lippenbewegungen zu folgen. »Beine Schmerzen, tut mir leid.«
»Bitte zeigen! Ihr Gattin, *neh?* Keine Schande. Jetzt zeigen.«
Gehorsam stand sie auf. Offensichtlich fiel ihr das nicht leicht, doch als sie erst einmal stand, fing sie an, den Knoten ihres Obi zu lösen.
Die *Shoji*-Tür glitt auf, und eine Zofe, die er nicht kannte, eilte herbei, ihr zu helfen.
Zuerst wurde der steife Obi abgenommen. Hana-ichi, so hieß die Zofe, legte Fujikos in der Scheide steckendes Stilett und den Obi beiseite.
Fräulein Erste Blüte – nun, das ist einmal ein hübscher Name, sonst hatten die Zofen Namen wie Fräulein Bürste, Kranich, Fisch oder Zweiter Besen oder Vierter Mond oder Stern oder Baum oder Zweig und so weiter – Erste Blüte stand in mittleren Jahren und schien echt besorgt. Ich möchte wetten, sie gehört zu den direkten Vasallen der Familie. Vielleicht die Frau eines Vasallen von Fujikos verstorbenem Mann.
Fujiko gestattete, daß ihr grüngemusterter Oberkimono locker zur Seite fiel.

Ihre Finger zitterten, als sie die dünne Seidenschärpe des gelben Unterkimonos aufknüpfte und auch den zur Seite fallen ließ. Sie hatte eine helle Haut, und ihre Brüste, die er unter den Seidenfalten mehr erahnte als sah, waren flach und klein, Hana-ichi kniete und schickte sich an, die Schlaufen des Unterrocks aufzunesteln, der ihr von der Hüfte bis auf den Boden ging, damit ihre Herrin heraussteigen könnte.
»*Iyé*«, befahl er. Er ging hinüber und hob den Saum. Die Brandwunden begannen hinten auf der Wade. »*Gomen nasai*«, sagte er.
Regungslos stand sie da. Ein Schweißtropfen rann ihr über die Wange und verwüstete ihr Make-up. Er hob den Rock höher. Die ganze Rückseite ihrer Beine war bis obenhin verbrannt, schien jedoch gut zu verheilen. Nur in den Kniekehlen war das neue Gewebe beim Knien offenbar wieder aufgesprungen, und es blutete ein wenig.
Er schob ihre Kimonos beiseite und lockerte das Hüftband ihres Unterrocks. Oben an ihren Beinen hörten die Verbrennungen auf und begannen erst wieder weiter oben im Kreuz. In der Taille war eine weitere Narbe zu erkennen, die jedoch nur eine halbe Handspanne breit war. Das Narbengewebe bildete bereits wieder richtige Falten, heilte aber offensichtlich gleichfalls gut.
»Arzt sehr gut. Beste Heilung, jemals gesehen!« Er ließ ihre Kimonos wieder fallen. »Sehr gut, Fujiko-san. Wollte sehen, damit sicher, ob gut oder nicht gut. Arzt sehr gut. Buddha halte Hand über Fujiko-san.« Er legte ihr die Hände auf die Schultern und blickte ihr in die Augen. »Jetzt keine Sorge mehr. *Shigata ga nai, neh? Wakarimasu?*«
Die Tränen liefen ihr über die Wangen. »Bitte, verzeiht mir, Anjin-san, ich bin so verlegen. Bitte, verzeiht meine Dummheit, daß ich dagestanden und mich habe erwischen lassen wie eine dumme *Eta!* Ich hätte bei Euch sein, Euch beschützen müssen – nicht bei den Dienern im Haus.«
Er ließ sie weiterreden, wiewohl er nur recht wenig von dem verstand, was sie sagte, hielt sie jedoch verständnisvoll bei den Schultern. Ich muß herausfinden, was der Arzt für Mittel benutzt hat, dachte er aufgeregt. Einen so raschen und vorzüglichen Heilungsprozeß habe ich noch nie erlebt. Warte – würde nicht jeder Kapitän dieses Geheimnis mit Gold aufwiegen? Damit könntest du ein Vermögen verdienen! Ja. Aber nicht auf diese Weise, sagte er sich, niemals so. Nie aus den Schmerzen eines Seemanns.
Sie kann immerhin von Glück sagen, daß es nur die Rückseite ihrer Beine und ihren Rücken erwischt hat und nicht ihr Gesicht. Er betrachtete ihr Antlitz. Es war immer noch eckig und flach wie eh und je, ihre Zähne immer noch genauso scharf und frettchenhaft; aber die Wärme, die ihre Augen austrahlten, machten die Häßlichkeit mehr als wett. Er drückte sie noch einmal an sich. »Aber, aber! Nicht weinen! Befehl!«
Er ließ die Zofe *Cha* und Saké und viele Kissen bringen und half Fujiko, sich darauf auszustrecken, sosehr es sie auch anfangs in Verlegenheit brachte, seinem Befehl zu gehorchen. »Wie kann ich Euch danken?« sagte sie.

»Kein Dank! Gebe nur zurück...« Blackthorne überlegte einen Augenblick, konnte jedoch nicht das japanische Wort für »Gefallen« und »sich erinnern« finden. Daher holte er das Wörterbuch hervor und schlug nach. »Gefallen: *O-negai*... sich erinnern: *omoi dasu.*«

»*Hai, mondoso o-negai! Omi desu ka?* – Mache gut – Gefallen. Ihr erinnert Euch?« Er hielt die Fäuste hoch, tat, als hielte er Pistolen darin, die nach vorn zielten. »Omi-san – Ihr erinnert Euch?«

»Ach, selbstverständlich«, rief sie. Und dann bat sie ihn völlig fassungslos, sich das Buch ansehen zu dürfen.

Bald darauf schlug die riesige Glocke des Bergfrieds die Stunde der Ziege, und die Tempel Yedos gaben mit ihrem Geläut gleichsam Antwort.

»Ich gehe jetzt. Gehe Toranaga-sama.« Er steckte das Buch in seinen Ärmel.

»Ich werde bitte hier warten, wenn Ihr erlaubt?«

»Wo wohnen?«

Sie streckte den Finger aus. »Ach, da, mein Zimmer nebenan. Bitte, verzeiht, daß ich so plötzlich hier aufgetaucht...«

»Langsam. Sprecht langsam. Einfache Wörter gebrauchen!«

Langsam wiederholte sie es und fügte noch mehr Entschuldigungen hinzu.

»Gut«, sagte er. »Gut. Wir sehen uns später.«

Sie wollte sich erheben, doch er schüttelte den Kopf und trat in den Hof hinaus. Der Himmel hatte sich mittlerweile bezogen, und die Luft war so drückend, daß man kaum atmen konnte. Die Wachen erwarteten ihn schon. Bald stand er im Vorhof des Bergfrieds. Mariko wartete bereits, schlanker denn je, noch ätherischer, und ihr Gesicht alabastern unter dem Rotgold ihres Schirms. Sie trug einen dunkelbraunen Kimono, dessen Säume grün abgesetzt waren.

»*Ohayo*, Anjin-san. *Ikaga desu ka?*« fragte sie und verneigte sich förmlich.

Er sagte ihr, daß es ihm gutgehe, und versuchte, möglichst lange japanisch zu sprechen; ins Portugiesische fielen sie nur dann, wenn er müde war oder wenn sie etwas besprechen wollten, was nur sie beide anging.

»Sie...«, sagte er vorsichtig, als sie die Treppen des Bergfrieds hinaufstiegen.

»Er«, kam es wie ein Echo von Mariko, und sie verfiel mit derselben Ernsthaftigkeit ins Portugiesische wie gestern. »Verzeiht, bitte, heute kein Latein, Anjin-san. Latein paßt heute nicht – das Lateinische kann jetzt nicht den Zweck erfüllen, für den es gemacht wurde, *neh?*«

»Wo kann ich Euch sprechen?«

»Das ist sehr schwierig, tut mir leid. Ich habe Pflichten...«

»Es ist doch hoffentlich alles in Ordnung?«

»O ja«, erwiderte sie. »Verzeiht, aber was sollte nicht in Ordnung sein? Es ist alles in Ordnung.«

Schweigend stiegen sie eine weitere Treppe hinauf. Ihre Pässe wurden kontrolliert wie immer. Wachen gingen ihnen voran und folgten ihnen. Der Regen setzte mit Macht ein, es goß wie aus Kübeln und machte die Luftfeuchtigkeit erträglicher.

»Jetzt wird es stundenlang regnen«, sagte er.
»Ja. Aber ohne den Regen gibt es keinen Reis. Bald werden die Regenfälle ganz aufhören, in zwei oder drei Wochen, und dann wird es bis zum Herbst nur heiß und feucht sein.«
Sie schaute zum Fenster hinaus in den Wolkenbruch. »Der Herbst wird Euch gefallen, Anjin-san.«
»Ja.« Er sah zu der in der Ferne gerade eben noch erkennbaren *Erasmus* hinüber. Dann hüllte der Wolkenbruch das Schiff ein, und er stieg ein paar Stufen weiter. »Wenn wir mit Herrn Toranaga fertig sind, werden wir das Ende des Regens abwarten müssen. Vielleicht könnten wir uns dann irgendwo unterhalten?«
»Das dürfte schwierig sein«, sagte sie unbestimmt, was ihm seltsam vorkam. »Bitte, verzeiht, Anjin-san, aber im Moment sind die Dinge für mich schwierig, und ich habe soviel zu tun.« Sie blieb stehen, nahm den Schirm in die andere Hand und raffte ihren Kimono. »Wie war es gestern abend? Wie geht es Euren Freunden, Eurer Mannschaft?«
»Gut. Es war alles gut«, sagte er.
»Aber doch nicht ›wirklich gut‹?« fragte sie.
»Doch, gut, wenn auch merkwürdig.« Er blickte sich nach ihr um. »Es entgeht Euch aber auch nichts, nicht wahr?«
»Doch, Anjin-san. Aber Ihr habt sie nicht erwähnt, und dabei habt Ihr in der letzten Zeit ziemlich viel über sie nachgedacht. Ich bin keine Zauberin. Tut mir leid.«
Nach einer Pause sagte er: »Ist auch wirklich alles in Ordnung? Ihr habt doch hoffentlich kein Problem mit Buntaro-san, oder?«
Seit Yokosé hatten sie nicht mehr über Buntaro gesprochen, ja, nicht einmal seinen Namen erwähnt. »Das ist meine einzige Bitte, Anjin-san«, hatte sie in jener ersten Nacht geflüstert. »Was auch auf unserer Reise nach Mishima geschieht, oder, wenn die Madonna will, bis nach Yedo – das hat nichts mit uns zu tun, *neh?* Wir wollen beide über nichts sprechen, was wirklich *ist, neh?* Kein Wort. Bitte!«
»Einverstanden. Ich schwöre es.«
»Und ich desgleichen. Endgültig – unsere Reise endet an der Ersten Brücke von Yedo.«
»Nein.«
»Irgendwo muß sie ein Ende haben, mein Geliebter. An der Ersten Brücke ist unsere Reise zu Ende. Bitte, sonst sterbe ich vor Schmerz oder aus Angst vor der Gefahr, in die ich Euch gebracht habe...«
Gestern morgen nun hatte er vor der Ersten Brücke gestanden, und das hatte ihn trotz seiner Erleichterung, was die *Erasmus* betraf, sehr niedergedrückt.
»Wir sollten jetzt über die Brücke hinübergehen, Anjin-san«, hatte sie gesagt.
»Ja, aber es ist nur eine Brücke. Eine von vielen. Kommt, Mariko-san. Geht neben mir über *diese* Brücke. An meiner Seite, bitte! Laßt uns gemeinsam hin-

übergehen«, um dann noch auf lateinisch hinzuzufügen: »Und glaube Sie, Sie würde getragen, und daß wir Hand in Hand einen neuen Anfang machen!«
Sie war aus ihrer Sänfte ausgestiegen und neben ihm hergegangen, bis sie die andere Seite erreicht hatten. Dort stieg sie wieder in die verhangene Sänfte, und dann war es die leichte Anhöhe hinaufgegangen. Am letzten Burgtor hatte Buntaro sie erwartet.
Blackthorne erinnerte sich, wie er gebetet hatte, daß ein Blitz auf ihn herniederfahren möge.
»Ihr habt doch hoffentlich kein Problem mit ihm?« fragte er, als sie den letzten Treppenabsatz erreichten.
Sie schüttelte den Kopf.

Toranaga sagte: »Schiff sehr bereit, Anjin-san? Irrtum ausgeschlossen?«
»Irrtum ausgeschlossen, Euer Gnaden. Schiff tadellos in Schuß.«
»Wie viele Leute außerdem... wie viele Männer braucht Ihr für das Schiff...?«
Toranaga blickte zu Mariko hinüber. »Bitte, fragt ihn, wie viele Leute er außerdem noch braucht, um das Schiff richtig segeln zu können.«
»Der Anjin-san sagt, um die *Erasmus* richtig zu segeln, brauche er mindestens dreißig Seeleute und zwanzig Kanoniere. Ursprünglich habe seine Mannschaft aus einhundertundsieben Mann bestanden, Köche und Kaufleute mitgerechnet. Um in diesen Gewässern voll manövrierfähig zu sein und mit ihr zu kämpfen, müsse die Besatzung auf zweihundert Samurai aufgestockt werden, das jedoch würde reichen.«
»Und er glaubt, die anderen Leute, die er braucht, könnte er in Nagasaki anheuern?«
»Jawohl, Euer Gnaden.«
Verächtlich sagte Toranaga: »Ich würde Söldnern nie trauen.«
Toranaga stand auf und sah zum Fenster hinaus. Von der Stadt war vor lauter Regen nichts zu sehen. Möchten die Götter doch dafür sorgen, daß es bis zum Neujahrsfest so weiterregnet. Wann wird Buntaro mit meinem Bruder sprechen? »Sagt dem Anjin-san, ich werde ihm morgen seine Vasallen geben. Heute wird es den ganzen Tag so weiterregnen.«
»Jawohl, Euer Gnaden«, hörte er sie sagen und lächelte ironisch vor sich hin. In seinem Leben hatte das Wetter ihn noch nie von irgend etwas abhalten können. Damit müßte jetzt auch sie überzeugt sein, daß es endgültig mit mir bergab gegangen ist. Er wußte, daß er es sich noch nicht erlauben konnte, von dem einmal eingeschlagenen Kurs abzuweichen. »Morgen oder übermorgen – was spielt es schon für eine Rolle? Sagt ihm, wenn ich bereit sei, würde ich ihn rufen lassen. Und bis dahin solle er in der Burg warten.«
Er hörte, wie sie seine Befehle an den Anjin-san weitergab.
»Gewiß, Herr Toranaga, ich verstehe«, sprach Blackthorne für sich selbst. »Dürfte ich jedoch in aller Ehrerbietung die Frage stellen: Ist möglich, schnell nach Nagasaki zu gehen? Halte für wichtig. Tut mir leid.«

»Darüber werde ich später entscheiden«, sagte Toranaga barsch und gab ihm zu verstehen, sich zurückzuziehen. Er bemerkte, wie der Mann seine Meinung noch deutlicher vertreten wollte, es dann jedoch aus Höflichkeit nicht tat. »Sagt dem Anjin-san, er brauche nicht auf Euch zu warten, Mariko-san. Auf Wiedersehen, Anjin-san.«
Mariko tat, wie ihr geheißen. Toranaga wandte sich wieder dem Fenster zu und sah in den Regen hinaus und auf die Stadt hinunter. Er lauschte dem Prasseln des Wolkenbruchs. Die Tür schloß sich hinter dem Anjin-san. »Worüber habt Ihr gestritten?« fragte Toranaga, ohne sich nach ihr umzusehen.
»Euer Gnaden?«
Seine Ohren, die er sehr aufmerksam gespitzt hatte, vermerkten, daß ihre Stimme ein ganz klein wenig zitterte. »Selbstverständlich Buntaro und Ihr, oder habt Ihr sonst noch einen Streit, der mich etwas anginge?« fügte er bissig hinzu. Ihm war daran gelegen, die Sache zu beschleunigen. »Etwa mit dem Anjin-san, mit meinen christlichen Feinden oder dem Tsukku-san?«
»Nein, Euer Gnaden, verzeiht, bitte. Angefangen hat es wie immer und wie bei den meisten Streitigkeiten, Euer Gnaden, die zwischen Eheleuten vorkommen. Und wenn Mann und Frau in der richtigen Stimmung sind, kommt alles wieder hoch.«
»Und Ihr wart in der richtigen Stimmung?«
»Jawohl. Bitte, verzeiht mir. Ich habe meinen Gatten rücksichtslos gereizt. Es war einzig und allein meine Schuld.« Sie war wie eine Hirschkuh, die man gestellt hatte. Ihr Gesicht war kreideweiß geworden. Sie wußte, daß Spitzel es ihm bereits alles zugetragen haben mußten.
Sie berichtete ihm, so gut sie sich erinnern konnte. Dann fügte sie noch hinzu: »Ich glaube, mein Gatte war außer sich, als er diese Dinge sagte, und die Schuld liegt ganz allein bei mir. Er ist treu... ich weiß, daß er treu ist. Wenn jemand bestraft werden muß, dann ich, Euer Gnaden. Ich habe seinen blinden Zorn herausgefordert.«
Toranaga setzte sich wieder auf das Kissen, den Rücken gerade wie einen Ladestock, das Gesicht steinern.
»Was hat die Dame Genjiko gesagt?«
»Ich habe noch nicht mit ihr gesprochen, Euer Gnaden.«
»Aber Ihr habt es vor oder hattet es vor, *neh?*«
»Nein, Euer Gnaden. Mit Eurer Erlaubnis würde ich gern sofort nach Osaka aufbrechen.«
»Ihr werdet dann aufbrechen, wenn ich es sage, und nicht früher, und Verrat ist ein böses Tier, wo immer es sich regt.«
Sie verneigte sich unter der Geißel seiner Zunge. »Jawohl, Euer Gnaden. Bitte, verzeiht mir. Es ist meine Schuld.«
Er ließ ein kleines Glöckchen ertönen. Die Tür ging auf. Naga stand da. »Ja, Euer Gnaden?«
»Befehlt Herrn Sudara und die Dame Genjiko augenblicklich hierher.«

»Jawohl, Euer Gnaden.« Naga wandte sich zum Gehen.
»Wartet. Und dann ruft meinen Rat zusammen. Er soll sich um Mitternacht hier versammeln. Und räumt dieses Stockwerk. Sämtliche Wachen werden abgezogen. Ihr kommt mit Sudara zurück.«
»Jawohl, Euer Gnaden.« Mit kalkweißem Gesicht schloß Naga die Tür hinter sich.
Toranaga hörte Männer die Treppen hinunterrasseln. Er trat an die Tür und machte sie auf. Der Treppenabsatz war leer. Er ergriff ein anderes Glöckchen und klingelte. Eine Innentür am anderen Ende des Raumes ging auf. Diese Tür war kaum zu sehen, so klug hatte man sie in die Holzvertäfelung hineingearbeitet. Eine zur Fülle neigende Frau mittleren Alters stand da. Sie trug das Kapuzenhabit einer buddhistischen Nonne. »Ja, großer Herr?«
»*Cha*, bitte, Chano-chan«, sagte er. Die Tür schloß sich. Seine Augen wandten sich wieder Mariko zu. »Ihr haltet ihn also für treu?«
»Ich weiß, daß er es ist, Euer Gnaden. Bitte, verzeiht mir, aber es war einzig und allein meine Schuld, nicht seine«, sagte sie in dem verzweifelten Bemühen, das richtige zu sagen. »Ich habe ihn gereizt.«
»Ja, das habt Ihr getan. Abscheulich! Unverzeihlich!« Toranaga holte ein Papiertuch hervor und tupfte sich die Stirn ab. »Aber wir können von Glück sagen, daß Ihr es getan habt. Wenn Ihr ihn nicht dazu gereizt hättet, würde ich vielleicht nie erfahren haben, daß Verrat im Schwange ist. Und wenn er das alles gesagt hätte, ohne herausgefordert zu sein, dann würden die Dinge womöglich ganz einfach ihren Lauf genommen haben. So wie die Dinge jetzt liegen«, fuhr er fort, »gebt Ihr mir die Möglichkeit einzugreifen.«
»Euer Gnaden?«
Er würdigte sie keiner Antwort. Er überlegte: Ich wünschte, Hiro-matsu wäre hier, dann wäre jedenfalls ein Mann da, dem ich voll und ganz vertrauen kann.
»Und wie steht es mit Euch? Wie ist es um Eure Treue bestellt?«
»Bitte, Euer Gnaden, Ihr wißt, daß ich Euch fraglos ergeben bin.«
Abermals sagte er nichts dazu, sondern sah sie nur durchdringend an.
Die Innentür ging auf, und Chano, die Nonne, betrat den Raum. »Hier, großer Herr, der *Cha* war schon bereit für Euch.« Sie kniete nieder wie eine Bäuerin und auch ihre Hände waren rauh wie die einer Bäuerin, doch ihre Selbstsicherheit war gewaltig, und daß sie innerlich zufrieden war, merkte man ihr an. »Möge Buddha Euch seinen Frieden schenken.« Dann wandte sie sich Mariko zu, verneigte sich und hockte sich dann wieder bequem hin. »Vielleicht erweist Ihr mir die Ehre, den *Cha* einzuschenken, Dame. Ihr würdet es jedenfalls tun, ohne zu tropfen, *neh?*« Ihre Augen glänzten vor innerer Heiterkeit.
Toranaga sagte: »Chano-chan, das hier ist die Dame Toda Mariko-noh-Buntaro.«
»*Ah, so desu*, verzeiht, aber ich dachte schon, Ihr wäret eine der geehrten Damen meines großen Herrn. Bitte, verzeiht mir, Dame Toda, möge die Gnade Buddhas über Euch walten.«

»Ich danke Euch«, sagte Mariko. Sie bot Toranaga eine Schale *Cha* dar, der sie entgegennahm und trank.
»Gießt für Euch und für Chano-san auch ein«, sagte er.
»Verzeiht, für mich bitte nicht, großer Herr, wenn Ihr gestattet. Meine Bakkenzähne können soviel *Cha* nicht vertragen, und der Kübel ist weit für diese alten Knochen.«
»Ein bißchen Bewegung würde Euch guttun«, sagte Toranaga, froh, daß er sie hatte kommen lassen, als er Yedo erreicht hatte.
»Ja, großer Herr, Ihr habt recht... wie immer.« Chano wandte ihre arglose Aufmerksamkeit wieder Mariko zu. »So, dann seid Ihr also Herrn Akechi Jinsais Tochter.«
Marikos Schale verharrte in der Luft. »Ja, bitte, verzeiht mir...«
»Ach, da gibt es nichts zu verzeihen, Kind.« Chano lachte freundlich auf. »Ohne Euren Namen konnte ich Euch nicht unterbringen, verzeiht, aber das letzte Mal, daß ich Euch sah, war bei Eurer Hochzeit.«
»Ach?«
»O ja, ich habe Euch bei Eurer Hochzeit gesehen. Ich habe hinter einem Wandschirm hervorgespäht: Auf Euch und all die Großen, den Diktator und Nakamura, den späteren Taikō, und alle großen Edelleute. Ach, mich in solch erlauchter Gesellschaft zu bewegen, dazu war ich viel zu schüchtern. Aber es war eine herrliche Zeit für mich. Die schönste meines Lebens. Das war im zweiten Jahr, da mein großer Herr mir seine Gunst geschenkt, und ich war hochschwanger...« Ihre Haut um die Augen herum legte sich in tausend Fältchen, und sie fügte hinzu: »Ihr habt Euch seit jener Zeit kaum verändert, Ihr seid immer noch eine von Buddhas Auserwählten.«
»Ach, ich wünschte, das wäre wahr, Chano-san.«
Toranaga sagte: »Sie ist Christin.«
»So, Christin... was spielt das bei einer Frau schon für eine Rolle, Christin oder Buddhistin? Wenngleich Frauen schon einen Gott brauchen, großer Herr, um mit den Männern fertig zu werden.« Chano gluckste fröhlich.
»Und wir Männer brauchen Geduld, göttergleiche Geduld, um mit den Frauen fertig zu werden, *neh?*«
Die Frau lachte, und es wurde freundlicher im Raum, und für einen Augenblick nahm sie Mariko etwas von ihren dunklen Vorahnungen. »Jawohl, großer Herr«, fuhr Chano fort, »und all das nur wegen eines Himmlischen Pavillons, der keine Zukunft hat, wenig Wärme, eher etwas von der Hölle.«
Toranaga grunzte: »Was sagt Ihr dazu, Mariko-san?«
»Die Dame Chano ist weise für ihr Alter«, sagte Mariko.
»Ach, Dame, Ihr versteht es, einer alten Närrin hübsche Dinge zu sagen«, erklärte die Nonne. »Ich erinnere mich noch so gut an Euch. Ihr trugt einen blauen Kimono mit dem schönsten Kranichmuster, das ich jemals gesehen habe. Silbern war das.« Ihre Augen suchten Toranaga. »Nun, großer Herr, ich wollte nur für einen Augenblick bleiben. Bitte, entschuldigt mich jetzt.«

Lautlos schloß sich die Tür hinter ihr. Mariko wartete, bis Toranagas Schale leer war, dann schenkte sie ihm erneut ein.
»Woran denkt Ihr?«
»Ich habe gewartet, Euer Gnaden.«
»Auf was, Mariko-san?«
»Herr, ich bin *Hatamoto*. Ich habe nie zuvor um einen Gefallen gebeten. Ich möchte einen Wunsch als *Hatamoto*...«
»Ich möchte nicht, daß Ihr einen Wunsch als *Hatamoto* äußert!« sagte Toranaga.
»Dann einen Lebenswunsch.«
»Ich bin nicht Euer Gatte, den zu erfüllen.«
»Bisweilen darf aber ein Vasall seinen Lehnsherrn...«
»Ja, manchmal, aber nicht im Augenblick! Ihr werdet jetzt Euren Mund halten und nicht von irgendwelchen Lebenswünschen oder Gefallen reden.« Ein Lebenswunsch war ein Gunstbeweis, um den einer uralten Sitte gemäß eine Frau ihren Mann bitten konnte oder ein Sohn seinen Vater – gelegentlich sogar ein Mann seine Frau –, ohne dabei das Gesicht zu verlieren; und zwar unter der stillschweigenden Voraussetzung, daß, wenn dem Wunsch entsprochen wurde, der oder die Betreffende damit einverstanden war, niemals wieder im Leben einen Wunsch zu äußern. Der Sitte entsprechend durften über derlei Bitten keine Fragen gestellt und die Bitte nie wieder erwähnt werden.
Es wurde höflich an die Tür gepocht.
»Entriegelt sie«, sagte Toranaga.
Sie gehorchte. Sudara trat ein. Seine Gemahlin, die Dame Genjiko, und Naga folgten ihm.
»Naga-san, geht hinunter auf den zweiten Treppenabsatz, und hindert jeden daran, ohne meinen ausdrücklichen Befehl heraufzukommen.«
Naga stolzierte davon.
»Ich habe Euch beide herbefohlen, weil es dringende Familienangelegenheiten zu besprechen gibt, die niemand etwas angehen.«
Sudaras Blick wanderte unwillkürlich zu Mariko und dann wieder zurück zu seinem Vater. Die Dame Genjiko blieb regungslos.
Toranaga sagte rauh: »Sie ist aus zwei Gründen hier, mein Sohn: Erstens, weil ich sie hier haben möchte; und zweitens, weil ich sie hier haben möchte.«
»Ja, Vater«, erwiderte Sudara und schämte sich ob der Unhöflichkeit, die sein Vater ihnen allen gegenüber an den Tag legte. »Dürfte ich bitte fragen, wieso ich Euch gekränkt hätte?«
»Gibt es einen Grund, weshalb ich gekränkt sein sollte?«
»Nein, Euer Gnaden, es sei denn, mein Eifer für Eure Sicherheit und mein Zögern, Euch zu gestatten, diese Erde zu verlassen, wären ein Grund, gekränkt zu sein.«
»Wie wäre es mit Verrat? Ich höre, Ihr wagt es, meinen Platz als Führer unseres Klans zu beanspruchen?«

Sudara erbleichte. Die Dame Genjiko desgleichen. »Ich habe das weder in Gedanken, Worten oder Taten jemals getan. Genausowenig irgend jemand in meiner Familie in meiner Gegenwart.«
»Das ist die lautere Wahrheit«, sagte die Dame Genjiko gleichermaßen unerschrocken.
Sudara war ein stolzer, hagerer Mann mit kalten, schmalen Augen und dünnen Lippen, die nie lächelten. Er war vierundzwanzig Jahre alt, ein ausgezeichneter General und der zweitälteste von Toranagas fünf lebenden Söhnen. Er liebte seine Kinder, hatte keine Nebenfrauen und war seiner Frau hingebungsvoll ergeben.
Genjiko war klein, drei Jahre älter als ihr Mann und durch die vier Kinder, die sie ihm geboren, bereits etwas auseinandergegangen. Sie hatte jedoch einen kerzengeraden Rücken und besaß den gleichen stolzen und rücksichtslosen Beschützerinstinkt für ihre Brut wie ihre Schwester Ochiba; daneben aber die unter der ruhigen Oberfläche lauernde Wildheit, die sie von ihrem Großvater Goroda hatte.
»Wer hat meinen Gatten der Lüge bezichtigt?« sagte sie.
»Mariko-san«, sagte Toranaga, »fragt die Dame Genjiko, was Euer Gatte Euch zu fragen befohlen hat.«
»Mein Gebieter, Herr Buntaro, bat mich, ja, befahl mir, Euch davon zu überzeugen, daß die Zeit für Herrn Sudara gekommen sei, die Macht zu übernehmen, daß andere im Rat die Ansicht meines Gatten teilten; daß sie ihm, falls unser Gebieter nicht willens sei, die Macht in andere Hände zu legen... mit Gewalt entrissen werden sollte.«
»Mit diesem Gedanken hat nie einer von uns gespielt, Vater«, sagte Sudara. »Wir sind Euch treu ergeben und würden niemals...«
»Wenn ich Euch die Macht übertrüge, was würdet Ihr tun?« fragte Toranaga.
Genjiko antwortete an seiner Stelle: »Woher soll Herr Sudara das wissen, wo er doch nie an eine solch ruchlose Möglichkeit gedacht hat? Verzeiht, Euer Gnaden, aber es ist ihm nicht möglich, auf diese Frage zu antworten. Und was Buntaro-san betrifft... offenbar haben die *Kami* Besitz von ihm ergriffen.«
»Buntaro behauptet, andere teilten seine Meinung.«
»Wer?« fragte Sudara giftig. »Sagt mir, wer, und sie sterben im selben Augenblick.«
»Ihr sagt mir, wer!«
»Ich weiß es nicht, Euer Gnaden, sonst hätte ich Euch davon berichtet.«
»Ihr hättet sie nicht vorher umgebracht?«
»Unser oberstes Gesetz ist, uns in Geduld zu fassen, unser unterstes Gesetz ist, uns in Geduld zu fassen. Ich habe Eure Befehle immer befolgt. Ich hätte gewartet und Euch zuvor davon berichtet. Wenn ich Euch beleidigt habe, befehlt mir, *Seppuku* zu begehen. Ich habe Euren Zorn nicht verdient. Herr, ich habe keinen Verrat geübt. Ich kann es nicht ertragen, daß Euer Zorn sich über mich ergießt.«
Die Dame Genjiko bestätigte die Worte ihres Gatten. »Jawohl, Euer Gnaden.

Verzeiht, bitte, wenn ich in aller Demut erkläre, daß ich einer Meinung mit meinem Gatten bin. Er hat sich nichts zuschulden kommen lassen. Wir sind Euch treu ergeben. Alles, was wir haben, ist Euer. Was immer Ihr befehlt, wir werden es tun.«

»So! Ihr seid also treue Vasallen? Gehorsam? Ihr gehorcht jedem Befehl?«

»Jawohl, Euer Gnaden.«

»Gut. Dann geht und tötet Eure Kinder. Sofort!«

Sudara löste seinen Blick von seinem Vater und sah seine Frau an.

Kaum merklich bewegte sie den Kopf und gab nickend ihr Einverständnis.

Sudara verneigte sich vor Toranaga. Seine Hand ballte sich um seinen Schwertgriff, und er erhob sich. Leise schloß er die Tür hinter sich. Ein großes Schweigen legte sich über die Zurückgebliebenen. Genjiko sah nur einmal Mariko an, dann starrte sie auf den Boden.

Glocken verkündeten die Mitte der Stunde der Ziege. Die Luft im Raum schien noch unerträglicher zu werden. Der Regen setzte kurz aus, gleich darauf regnete es noch heftiger als zuvor.

Nachdem die Glocke die nächste Stunde geschlagen, wurde an die Tür geklopft.

»Ja?«

Die Tür ging auf, Naga sagte: »Bitte, verzeiht, Euer Gnaden, mein Bruder... Herr Sudara möchte wieder heraufkommen.«

»Laßt ihn durch... und kehrt auf Euren Platz zurück.«

Sudara kam herein, kniete nieder und verneigte sich. Er war völlig durchnäßt, das Haar klebte an seinem Kopf. Seine Schultern zuckten kaum wahrnehmbar.

»Meine... meine Kinder sind... Ihr habt meine Kinder bereits genommen, Euer Gnaden.«

Genjiko wankte und wäre ums Haar vornübergefallen, doch bezwang sie ihre Schwäche und starrte ihren Mann an. »Ihr... Ihr habt sie nicht getötet?«

Sudara schüttelte den Kopf, und Toranaga sagte grimmig: »Eure Kinder sind in meiner Hut, sie befinden sich ein Stockwerk tiefer. Ich habe Chano-san aufgetragen, sie herzubringen, nachdem Ihr hierherbefohlen wart. Ich mußte Eurer unbedingt sicher sein. Böse Zeiten erfordern, Menschen auf böse Art auf die Probe zu stellen.« Er betätigte das Handglöckchen.

»Ihr... Ihr zieht Euren... Euren Befehl zurück, Euer Gnaden?« fragte Genjiko und versuchte verzweifelt, ihre Fassung wiederzugewinnen.

»Jawohl. Meine Befehle werden zurückgezogen. Für diesmal. Es war nötig, *Euch* zu erkennen. Und meinen Erben.«

»Danke, danke, Euer Gnaden.« Unterwürfig senkte Sudara den Kopf.

Die Innentür ging auf. »Chano-san, bringt meine Enkelkinder für einen Augenblick herein«, sagte Toranaga.

Gleich darauf brachten drei düster gekleidete Ziehmütter und die Amme die Kinder. Die Mädchen waren vier, drei und zwei Jahre alt, und das Baby, ein Sohn, erst wenige Wochen. Er schlief auf den Armen seiner Amme. Die Mädchen trugen alle scharlachrote Kimonos sowie scharlachrote Bänder im Haar.

Die Ziehmütter knieten nieder und verneigten sich vor Toranaga, ihre Zöglinge machten es ihnen ernst nach und berührten mit der Stirn die Tatamis – bis auf das jüngste Mädchen, dessen Kopf sanft, aber nachdrücklich nachgeholfen werden mußte.
Ernst erwiderte Toranaga ihre Verneigungen. Dann, nachdem der Pflicht Genüge getan, stürzten die Kinder sich in seine Arme – bis auf die jüngste, die auf unsicheren Beinen in die Arme ihrer Mutter wankte.

Um Mitternacht stolzierte Yabu arrogant über den fackelerhellten Vorhof des Bergfrieds. Toranagas Leibwachen standen überall herum. Der Mond war nur undeutlich zu erkennen, die Sterne waren kaum zu sehen.
»Ah, Naga-san, was hat all das zu bedeuten?«
»Ich weiß es nicht, Herr, aber es sollen sich alle in den Beratungssaal begeben. Bitte, verzeiht mir, aber Ihr müßt Eure Schwerter bei mir lassen.«
Yabu stieg bei diesem Bruch der Etikette die Röte ins Gesicht. »Seid Ihr...« Doch dann besann er sich eines Besseren. Er spürte die Eiseskälte im Ton des jungen Mannes sowie die Nervosität der Wachen in der Nähe. »Auf wessen Befehl hin, Naga-san?«
»Auf Befehl meines Vaters, Euer Gnaden. Tut mir leid. Aber ich muß Euch sagen, daß Ihr Befehl habt, Euch dort ohne Schwerter einzufinden. Verzeiht, aber Ihr habt keine Wahl.«
Yabu erblickte den Haufen Schwerter, der sich bereits am Wachhaus neben dem riesigen Haupttor türmte. Er wog die Gefahren ab, die eine Weigerung mit sich bringen würde, und entledigte sich widerwillig seiner Waffen.
Der riesige Saal war zinnenbewehrt, hatte einen Steinfußboden. Die Decke bestand aus mächtigen Holzbalken. Bald waren die fünfzig ranghöchsten Generäle versammelt, dreiundzwanzig Ratgeber und sieben befreundete *Daimyos* aus unbedeutenderen nördlichen Provinzen. Alle waren in höchstem Maße erregt und rutschten unbehaglich hin und her.
»Was hat das alles zu bedeuten?« fragte Yabu, als er verstimmt Platz nahm. Ein General zuckte mit den Achseln. »Wahrscheinlich geht es um den Marsch nach Osaka.«
Ein anderer blickte sich hoffnungsvoll um und sagte: »Vielleicht werden aber auch die Pläne geändert, *neh?* Und er befiehlt ›Blutiger...‹«
»Verzeiht, aber da habt Ihr den Kopf in den Wolken. Er ist entschlossen. Unser Gebieter hat seinen Entschluß gefaßt... Osaka und sonst nichts. Hallo, Yabu-sama, wann seid Ihr denn angekommen?«
»Gestern. Ich habe über zwei Wochen mit meinen Truppen in einem dreckigen Fischerdorf namens Yokohama festgesessen. Der Hafen ist ja gut, aber diese Insekten! Stinkende Moskitos und Falter!«
»Seid Ihr mit den Neuigkeiten auf dem laufenden?«
»Ihr meint, mit all den schlechten Neuigkeiten? Wir sollen immer noch in sechs Tagen abmarschieren, *neh?*«

»Ja, schrecklich! Eine Schande! Aber heute abend ist es noch schlimmer«, meinte ein anderer General grimmig. »Ich bin noch nie zuvor ohne meine Schwerter gewesen. Niemals!«
»Das ist eine Beleidigung«, sagte Yabu mit Bedacht. Alle in seiner Nähe sahen ihn an.
»Ganz meine Meinung«, sagte General Kiyoshio und brach damit sein Schweigen. Serata Kiyoshio war der grauhaarige zähe Kommandeur der Siebten Armee. »Ich bin noch nie zuvor ohne Schwerter öffentlich aufgetreten. Ich glaube... eeeee, Befehl ist Befehl, aber gewisse Befehle sollten nicht erteilt werden.«
»Das ist richtig«, sagte jemand. »Was wohl Eisenfaust getan hätte, wenn er hier wäre?«
»Der hätte sich eher den Bauch aufgeschlitzt, ehe er seine Schwerter abgegeben hätte«, sagte ein junger Mann, Serata Tomo, der älteste Sohn des Generals und Stellvertretender Kommandeur der Vierten Armee. »Ich wünschte, Eisenfaust wäre hier!«
General Kiyoshio räusperte sich vernehmlich. »Irgendwer müßte doch Verantwortlichkeit zeigen... und seine Pflicht tun! Irgend jemand müßte doch darauf aufmerksam machen, daß Lehnsherr sein gleichbedeutend ist mit Verantwortung und Pflicht!«
»Verzeiht, aber Ihr tätet gut daran, Eure Zunge im Zaum zu halten«, riet Yabu ihm.
»Wozu hat ein Samurai denn seine Zunge im Mund, wenn es ihm verboten ist, als Samurai zu reden?«
»Zu nichts«, erwiderte Isamu, ein alter Ratgeber. »Ganz meine Meinung. Es wäre besser, man wäre tot.«
»Tut mir leid, Isamu-san, aber etwas anderes steht uns ja ohnehin nicht bevor«, sagte der junge Serata Tomo. »Wir sind wie angebundene Tauben für einen gewissen entehrten Falken.«
»Bitte, hütet Eure Zunge!« sagte Yabu und ließ sich seine eigene Genugtuung nicht anmerken. Dann setzte er mit größtem Bedacht hinzu: »Er ist unser Lehnsherr, und bis Herr Sudara oder der Rat die Verantwortung übernimmt, bleibt er unser Lehnsherr, dem gehorcht werden muß. *Neh?*«
General Kiyoshio sah ihn forschend an, seine Hand suchte unwillkürlich nach seinem Schwertgriff. »Was habt Ihr gehört, Yabu-sama?«
»Nichts.«
»Buntaro-san hat gesagt, daß...«, begann der Ratgeber.
Ohne rechte Überzeugung unterbrach General Kiyoshio ihn. »Bitte, verzeiht, Isamu-san, aber was General Buntaro gesagt hat und was nicht, spielt keine Rolle. Was Yabu-sama sagt, stimmt. Ein Lehnsherr ist ein Lehnsherr. Trotzdem hat auch ein Samurai Rechte, hat selbst ein Vasall Rechte. Und auch *Daimyos, neh?*«
Yabu erwiderte den Blick und versuchte auszuloten, wie weit diese versteckte

Aufforderung gehen mochte. »Izu ist die Provinz von Herrn Toranaga. Ich bin nicht mehr *Daimyo* von Izu, sondern nur sein oberster Lehnsmann dort.« Er sah sich in dem riesigen Raum um. »Es scheinen alle da zu sein, *neh?*«
»Bis auf Herrn Noboru«, sagte ein General und erwähnte damit Toranagas ältesten Sohn, der allgemein gehaßt wurde.
»Ja. Um so besser. Keine Sorge, General, die Chinesische Krankheit wird ihn bald erledigen, und dann haben wir endlich Ruhe vor seiner schlechten Laune und seinem Gestank«, sagte jemand.
»Wann kommt er denn zurück?«
»Wer weiß? Wir wissen ja nicht einmal, warum Toranaga-sama ihn in den Norden geschickt hat. Am besten bleibt er gleich da, *neh?*«
»Wenn Ihr mit dieser Krankheit behaftet wäret, würdet Ihr auch so schlechter Laune sein wie er, *neh?*«
»Eeeee«, pfiff der Ratgeber durch die Zähne. »Heute abend scheinen Teufel durch die Luft zu fliegen, daß ihr alle so unbekümmert drauflos redet.«
»Wenn Herr Toranaga es sich nur mit Osaka anders überlegen würde!« sagte Yabu.
»Ich würd' mir den Bauch aufschlitzen, wenn ich ihn damit überzeugen könnte«, meinte der junge Mann.
»Ich will Euch ja nicht kränken, mein Sohn, aber Ihr tragt den Kopf in den Wolken. Er wird es sich niemals anders überlegen.«
Yabu schwieg. Sie hingen alle wieder ihren eigenen Gedanken nach.
Eine Seitentür ging auf. Toranaga trat ein. Sudara folgte ihm. Alle verneigten sich sehr steif. Toranaga erwiderte die Verneigung und setzte sich ihnen gegenüber, Sudara als sein mutmaßlicher Erbe ein wenig schräg vor ihn. Auch er hatte das Gesicht den anderen zugewandt. Naga trat durch die Haupttür ein.
Nur Toranaga trug Schwerter.
»Es ist mir zu Ohren gekommen, daß einige von euch von Verrat sprechen, auf Verrat sinnen und Verrat planen«, sagte er kalt. Alle schwiegen, keiner bewegte sich. Langsam und unnachsichtig blickte Toranaga von einem Gesicht zum anderen.
Noch immer waren alle wie gelähmt. Dann brach General Kiyoshio das Schweigen. »Dürfte ich in aller Ehrerbietung fragen, was Ihr unter Verrat versteht, Euer Gnaden?«
»Wann immer ein Befehl in Frage gestellt wird, oder eine Entscheidung, oder die Stellung eines Lehnsherrn, zu welcher Zeit auch immer – das ist Verrat«, erklärte Toranaga.
Der Rücken des Generals versteifte sich. »Dann bin ich des Verrats schuldig.«
»Dann geht hinaus und begeht *Seppuku*, augenblicklich.«
»Das werde ich tun, Euer Gnaden«, erklärte der Soldat stolz, »doch zuvor verlange ich das Recht der freien Rede vor Euren treuen Vasallen, Offizieren und dem Rat...«
»Ihr habt Euch aller Rechte begeben!«

»Sehr wohl. Dann erbitte ich es als Todeswunsch – als *Hatamoto* – und als Lohn für achtundzwanzig Jahre treuer Dienste.«
»Faßt Euch bitte kurz, sehr kurz!«
»Das werde ich«, erklärte General Kiyoshio eisig. »Nach Osaka zu ziehen und vor dem Bauern Ishido Kotau zu machen, ist Verrat an Eurer Ehre, der Ehre Eures Klans und der Ehre Eurer getreuen Vasallen, an Eurem ganz besonderen Auftrag, und es verstößt ganz und gar gegen das *Bushido*, den Weg des Kriegers. Zweitens: Ich bezichtige Euch dieses Verrats und erkläre, daß Ihr dieserhalb das Recht verwirkt habt, unser Lehnsherr zu sein. Drittens: Ich ersuche Euch, zugunsten von Herrn Sudara zurückzutreten und ehrenhaft aus diesem Leben zu scheiden – oder Euch den Kopf zu scheren und Euch in ein Kloster zurückzuziehen, was immer Ihr vorzieht.«
Der General verneigte sich steif und wippte dann zurück auf seine Fersen. Alle warteten und wagten kaum zu atmen, jetzt, wo das Unvorstellbare Wirklichkeit geworden war.
Unvermittelt zischte Toranaga: »Worauf wartet Ihr noch?«
General Kiyoshio starrte zurück. »Auf nichts, Euer Gnaden. Bitte, verzeiht mir!« Sein Sohn schickte sich an aufzustehen.
»Nein! Ich befehle Euch hierzubleiben!«
Der General verneigte sich ein letztes Mal vor Toranaga, erhob sich dann und schritt mit unendlicher Würde hinaus. Einige ruckten nervös, und eine untergründige Bewegung ging durch den Raum, doch gleich darauf gewann Toranagas Barschheit wieder die Oberhand über sie. »Ist noch jemand da, der zugibt, Verrat begangen zu haben? Noch jemand, der es wagt, gegen das *Bushido* zu verstoßen, noch jemand, der die Stirn hat, seinen Lehnsfürsten des Verrats zu bezichtigen?«
»Verzeiht, bitte, Euer Gnaden«, sagte Isamu, der alte Ratgeber, in aller Ruhe. »Ich bedaure, es sagen zu müssen, aber wenn Ihr nach Osaka geht, dann ist das Verrat an Eurem ererbten Auftrag.«
»An dem Tag, da ich nach Osaka ziehe, werdet Ihr diese Erde verlassen!«
Der grauhaarige alte Mann verneigte sich. »Jawohl, Euer Gnaden.«
Toranaga blickte über sie hinweg – erbarmungslos. Jemand bewegte sich voller Unbehagen, und es war, als ob er ihn mit den Augen erschlagen wollte. Der Samurai, ein Krieger, der vor Jahren seinen Wunsch zu kämpfen verloren und sich daher den Kopf geschoren hatte, um buddhistischer Mönch zu werden, und jetzt Mitglied von Toranagas Zivilverwaltung war, sagte zwar nichts, ließ jedoch aus trotziger Angst, die er verzweifelt zu verbergen trachtete, den Kopf hängen.
»Wovor habt Ihr Angst, Numata-san?«
»Vor nichts, Euer Gnaden«, sagte der Mann mit niedergeschlagenen Augen.
»Gut! Dann geht und begeht *Seppuku*, denn Ihr seid ein Lügner, und Eure Angst breitet sich aus wie ein Pesthauch.«
Der Mann stieß einen winselnden Ton aus und wankte hinaus. Angst beschlich sie alle. Toranaga ließ sie nicht aus den Augen und wartete.

Die Luft wurde noch drückender, das leichte Knistern der Fackeln kam ihnen unnatürlich laut vor. Dann, da er wußte, daß seine Pflicht und sein Verantwortungsbewußtsein es geboten, drehte Sudara sich um und verneigte sich. »Euer Gnaden, darf ich in aller Ehrerbietung eine Erklärung abgeben?«
»Was für eine Erklärung?«
»Euer Gnaden, ich glaube, es gibt keinen Verräter mehr unter uns...«
»Ich teile Eure Meinung nicht!«
»Bitte, verzeiht, Euer Gnaden, Ihr wißt, daß ich Euch gehorche. Wir alle werden Euch gehorchen. Wir trachten ja nur danach, das Beste für Eure...«
»Das Beste *ist*, was ich entscheide. Was ich entscheide, *ist* das Beste!«
Hilflos verneigte Sudara sich. Toranaga ließ die Augen nicht von ihm. Sein Blick war erbarmungslos. »Ihr seid mein Erbe nicht mehr!«
Sudara erblich. Dann brachte Toranaga die Spannung im Raum zur Entladung, indem er rief: *»Ich bin der Lehnsherr hier!«*
Er wartete einen Moment, und dann, in tödlichem Schweigen, erhob er sich und marschierte hochfahrend hinaus. Die Tür schloß sich hinter ihm. Ein großer Seufzer ging durch den Raum. Hände suchten ohnmächtig nach ihren Schwertgriffen. Aber niemand verließ seinen Platz.
»Heute morgen... heute morgen... hörte ich von unserem Oberkommandierenden«, hob Sudara zuletzt an. »Herr Hiro-matsu wird in ein paar Tagen hier sein... sprecht mit ihm. Seid ruhig, faßt euch in Geduld und bleibt unserem Lehnsherrn treu. Laßt uns gehen und General Serata Kiyoshio die letzte Ehre erweisen...«
Toranaga stieg die Treppen hinauf. Unendliche Verlassenheit drückte ihn nieder. Seine Schritte hallten in der Leere des Turms wider. Als er fast oben angelangt war, blieb er stehen und lehnte sich für einen Augenblick schwer atmend gegen die Mauer. Der Schmerz wollte seine Brust zerreißen, und er versuchte, ihn durch Reiben zu vertreiben.
Er ging weiter. Er wußte, daß er jetzt in größter Gefahr schwebte. Verrat und Angst waren ansteckend und mußten in demselben Augenblick, da sie sich zeigten, mitleidlos ausgemerzt werden. Aber selbst dann noch konnte man nicht sicher sein, ob man sie wirklich mit Stumpf und Stiel ausgerottet hatte. Der Kampf, auf den er sich eingelassen, war kein Kinderspiel. Die Schwachen mußten den Starken zum Fraß vorgeworfen werden, die Starken als Faustpfand für die Stärksten herhalten. Wenn Sudara jetzt in aller Öffentlichkeit seinen Titel verlangte, dann konnte er, sein Vater, ihn nicht daran hindern. Bis Zataki antwortete, mußte er warten.
Toranaga schloß die Tür hinter sich, verriegelte sie und trat dann ans Fenster. Unten konnte er seine Generäle und Ratgeber schweigend davongehen und ihre Häuser außerhalb der Mauern des Bergfrieds aufsuchen sehen. Jenseits der Burgwälle lag die Stadt, fast ganz und gar in Dunkelheit gehüllt. Der Mond am Himmel war blaß und von Dunst umflossen. Es war eine brütende, finstere Nacht. Ihm war, als ob das Unheil über den Himmel ging.

# 50. Kapitel

Blackthorne saß allein in der Morgensonne in einer Ecke des Gartens seines Gästehauses; er hatte das Wörterbuch auf dem Schoß und träumte offenen Auges. Es war ein schöner, wolkenloser Tag, der erste seit vielen Wochen – und der fünfte Tag, seitdem er Toranaga gesehen. Die ganze Zeit über hatte er die Burg nicht verlassen dürfen, hatte er weder Mariko noch sein Schiff, noch seine Mannschaft sehen oder auf Entdeckungsreisen durch die Stadt ziehen, auf die Jagd gehen oder ausreiten können. Einmal am Tag ging er zusammen mit anderen Samurai in einem der Wallgräben schwimmen, und um sich die Zeit zu vertreiben, hatte er einigen das Schwimmen und Tauchen beigebracht. Doch damit wurde ihm das Warten keineswegs leichter.

»Es tut mir so leid, Anjin-san, aber es geht allen so«, hatte Mariko gestern gesagt, als er sie zufällig in diesem Teil der Burg getroffen hatte. »Selbst Herr Hiro-matsu muß warten. Er ist schon seit zwei Tagen hier und hat immer noch nicht mit Herrn Toranaga gesprochen.«

»Aber es ist überaus wichtig, Mariko-chan. Ich dachte, er hätte begriffen, daß jeder Tag von größter Bedeutung ist. Gibt es denn keine Möglichkeit, ihm eine Nachricht zukommen zu lassen?«

»Aber ja, Anjin-san. Ihr braucht bloß zu schreiben. Wenn Ihr mir sagt, was, könnte ich es für Euch aufschreiben. Jeder muß schriftlich um Audienz nachsuchen, so lauten seine augenblicklichen Befehle.«

»Dann bittet ihn um eine Unterredung. Ich wäre Euch sehr dankbar...«

»Das macht keine Umstände. Es ist mir ein Vergnügen.«

»Wo habt Ihr gesteckt? Ich habe Euch schon vier Tage lang nicht gesehen.«

»Bitte, verzeiht mir, aber ich habe so viele Dinge zu erledigen. Es ist... es ist ein wenig schwierig für mich, es gibt so vieles, was ich vorbereiten muß...«

»Was geht hier denn vor? Die ganze Burg ist wie ein Bienenvolk vor dem Ausschwärmen... schon seit einer Woche.«

»Oh, tut mir leid, aber es ist alles in Ordnung, Anjin-san.«

»Ist es das wirklich? Ein General und einer der höchsten Verwaltungsbeamten

begehen im Vorhof des Bergfrieds *Seppuku.* Ist das üblich? Herr Toranaga schließt sich in seinem Elfenbeinturm ein und läßt die Menschen ohne ersichtlichen Grund warten... ist auch das üblich? Was ist denn mit Herrn Hiromatsu?«
»Herr Toranaga ist unser Gebieter. Was immer er tut, ist wohlgetan.«
»Wann reist Ihr nach Osaka ab?«
»Das weiß ich nicht. Eigentlich hätte ich schon vor drei Tagen aufbrechen sollen, aber Herr Toranaga hat meinen Paß noch nicht unterzeichnet. Ich habe alle Vorbereitungen getroffen und reiche jeden Tag meine Reisepapiere zur Unterschrift bei seinem Sekretär ein, doch bekomme ich sie immer zurück mit dem Vermerk: ›Reicht sie morgen wieder ein!‹«
»Ich dachte, ich sollte Euch mit dem Schiff hinbringen?«
»Ja, ja. Aber... nun, Anjin-san, bei unserem Gebieter kann man nie wissen. Er ändert seine Pläne dauernd.«
»Ist er immer so gewesen?«
»Ja und nein. Seit Yokosé ist er – wie sagt Ihr? – mit Melancholie erfüllt, *neh?* Ja, mit Melancholie. Und ist ganz anders als sonst.«
»Seit der Ersten Brücke seid *Ihr* voller Melancholie und ganz anders. Ja, Ihr habt Euch sehr verändert.«
»Die Erste Brücke war ein Ende und ein Anfang, Anjin-san, und unser Versprechen gilt, *neh?*«
»Ja, bitte, verzeiht mir.«
Traurig hatte sie sich verneigt und war gegangen, und dann, als sie ein, zwei Schritte fort war, hatte sie geflüstert: »Er...« Und das Wort hatte noch lange in der Luft gehangen – wie ihr Parfüm.
Beim Abendessen hatte er versucht, Fujiko auszufragen. Aber auch sie wußte nichts von Bedeutung.
Erbost ging er ins Bett. Er war außer sich vor Enttäuschung über die Verzögerungen und die Nächte ohne Mariko. Es war schlimm, stets das Bewußtsein zu haben, daß sie so nahe war, daß Buntaro die Stadt verlassen hatte – und jetzt noch besonders wegen dieses »Er...« Jetzt wußte er, daß ihr Verlangen genauso heftig brannte wie seines.
Vor ein paar Tagen war er unter irgendeinem Vorwand zu ihrem Haus gegangen. Der Samurai, der davor Wache stand, sagte ihm, es tue ihm leid, aber sie sei nicht daheim.
Die See lockte ihn. Es war mehr das Rund des Horizonts als die Tiefe des Wassers, das Bedürfnis, sich vom Wind durchpusten zu lassen, die Augen zukneifen zu müssen, weil er so stark wehte; er wollte das Salz darin schmecken, wieder fühlen, wie das Deck unter ihm sich hob und senkte und Sparren und Fallen über ihm knarrten und ächzten unter dem Druck der Segel, die von Zeit zu Zeit fröhlich knatterten, wenn die muntere Brise sich um ein oder zwei Strich drehte. Und mehr noch als der Horizont war es die Freiheit. Die Freiheit, bei jedem Wetter dorthin zu gehen, wonach einem der Sinn stand. Und auf seinem Ach-

terdeck zu stehen und derjenige zu sein, der die Entscheidungen traf, genauso wie hier Toranaga.
Vom Bergfried verkündete ein Gong die halbe Stunde. Zum erstenmal dachte er im Geiste, daß dies die Mitte der Stunde des Pferdes sei und nicht acht Glasen – zwölf Uhr Mittag.
Froh, daß es an der Zeit war, die erste Mahlzeit einzunehmen, steckte er sein Wörterbuch in den Ärmel. Heute gab es Reis und gesottene Garnelen, Fischsuppe und Essiggemüse.
»Möchtet Ihr noch etwas, Anjin-san?«
»Vielen Dank, Fujiko-san. Ja. Reis, bitte. Und etwas Fisch. Gut... sehr köstlich.«
Fujiko freute sich. »Vielen Dank. Dieser Fisch aus dem Norden. Wasser im Norden kälter, versteht Ihr? Er heißt *Kurima-ebi.*«
Er wiederholte den Namen und prägte ihn seinem Gedächtnis ein. Nachdem er fertig und das Geschirr fortgetragen worden war, schenkte sie ihm noch *Cha* ein und holte ein kleines Päckchen aus ihrem Ärmel.
»Hier, Geld, Anjin-san.« Sie zeigte ihm die Goldmünzen. »Fünfzig *Koban.* Sie sind hundertfünfzig *Koku* wert. Ihr braucht es, *neh?* Für Matrosen. Verzeiht, bitte, aber versteht Ihr?«
»Ja, vielen Dank.«
»Genug?«
»Ja. Ich denke. Woher bekommen?«
»Toranaga-samas Oberster...« Fujiko suchte nach einer einfachen Art, es auszudrücken. »Ich gehen wichtiger Toranaga-Mann. Obermann. Wie Mura, *neh?* Kein Samurai... nur Geldmann. Unterschreibe mein Name für Euch.«
»Ah, ich verstehe. Danke. Mein Geld? Mein *Koku?*«
»Aber ja.«
»Dies Haus. Essen. Dienerinnen. Wer bezahlt?«
»Oh, ich bezahle. Von Eurem... von *Koku* für ein Jahr.«
»Ist das genug, bitte? Genug *Koku?*«
»O ja, ich glaube«, sagte sie.
»Warum Sorgen? Sorgen in Gesicht?«
»O bitte, verzeiht, Anjin-san. Ich keine Sorgen. Keine Sorgen...«
»Schmerzen? Brandwunden?«
»Keine Schmerzen. Seht!« Fujiko erhob sich vorsichtig von den dicken Kissen, auf die er für sie bestanden hatte. Sie kniete sich direkt auf die Tatamis nieder, ohne jedes Zeichen, daß es ihr unangenehm sei, dann wippte sie zurück auf ihre Fersen und setzte sich wieder. »Seht, alles besser.«
»Eeee, sehr gut«, sagte er und freute sich für sie. Er bemerkte die leichte Veränderung in ihrer Stimme, sagte jedoch nichts dazu.
An diesem Abend schickte er sie nicht fort.
Das Kopfkissen-miteinander-Teilen war zufriedenstellend, aber mehr war es nicht. Für ihn gab es hinterher kein sanftes Glühen, keine freudige Mattigkeit,

in der er versank. Es war nichts weiter als eine Paarung. So verkehrt, dachte er, und doch wieder gar nicht verkehrt, *neh?*
Ehe sie ihn verließ, kniete sie nieder, verneigte sich abermals vor ihm und legte ihm die Hände auf die Stirn. »Ich danke Euch von ganzem Herzen. Jetzt schlaft, bitte, Anjin-san.«
»Ich danke Euch, Fujiko-san. Ich werde später schlafen.«
»Bitte, schlaft jetzt. Es ist meine Pflicht und würde mir große Freude bereiten.«
Die Berührung ihrer Hand war warm und trocken und nicht besonders angenehm. Nichtsdestoweniger tat er so, als ob er schliefe. Sie streichelte ihn etwas unbeholfen, aber mit großer Ausdauer. Dann zog sie sich still in ihr eigenes Gemach zurück. Jetzt, wo er allein war, stützte Blackthorne das Kinn in die Hand und blickte hinaus in die Dunkelheit.
Die Entscheidung hinsichtlich Fujikos hatte er auf der Reise von Yokosé nach Yedo getroffen. »Es ist Eure Pflicht«, hatte Mariko ihm gesagt, während sie in seinen Armen lag.
»Ich meine, das wäre ein Fehler, *neh?* Wenn sie nun ein Kind bekäme... Nun, ich brauchte vier Jahre, um nach Hause zu segeln und wieder zurückzukommen; was in dieser Zeit alles passieren könnte.« Er erinnerte sich, wie Mariko bei diesen Worten gezittert hatte.
»Ach, Anjin-san, das ist sehr viel Zeit.«
»Mit Fujiko könnten so viele schlimme Dinge geschehen. Ich glaube nicht, daß sie ein Kind von mir haben möchte.«
»Das wißt Ihr nicht. Ich verstehe Euch nicht, Anjin-san. *Es ist Eure Pflicht.* Sie könnte schließlich immer etwas dagegen unternehmen, um kein Kind zu bekommen, *neh?* Vergeßt nicht, sie *ist* Eure Gattin. Sie verliert ihr Gesicht, wenn Ihr sie nicht auffordert, das Kopfkissen mit Euch zu teilen. Schließlich hat Herr Toranaga persönlich ihr befohlen, in Euer Haus zu gehen. Sie hat nach bestem Vermögen ihre Pflicht getan, *neh?* Verzeiht bitte, aber meint Ihr nicht, jetzt solltet auch Ihr die Eure tun?«
»Genug mit Euren Vorhaltungen. Liebt mich, und redet jetzt nicht mehr.«
»Wie soll ich Euch lieben? Ah, wie Kiku-san mir heute gesagt hat?«
»Wie denn?«
»So.«
»Ach, das ist sehr gut... sehr, sehr gut!«
»Ach, ich habe vergessen, bitte, macht das Licht an, Anjin-san. Ich muß Euch etwas zeigen.«
»Später, jetzt will ich...«
»Ach, bitte, verzeiht mir, aber es sollte jetzt sein. Ich habe es für Euch gekauft. Ein Kopfkissen-Buch. Die Bilder darin sind sehr komisch.«
»Ich möchte mir jetzt aber kein Kopfkissen-Buch ansehen.«
»Ach, tut mir leid, Anjin-san, aber vielleicht könnte eines der Bilder Euch erregen.«
»Ich bin schon erregt.«

»Aber Kiku-san behauptet, es sei die allerbeste Art, die Positionen zu wählen. Es gibt siebenundvierzig Positionen. Einige davon sehen schon erstaunlich und äußerst schwierig aus, aber sie sagt, es sei wichtig, sie alle auszuprobieren... Warum lacht Ihr?«

»Ihr lacht... warum sollte ich da nicht auch lachen?«

»Aber ich habe doch nur gelacht, weil Ihr kichertet und ich spürte, wie Euer Bauch hüpft und Ihr mich nicht aufstehen lassen wollt. Bitte, laßt mich aufstehen, Anjin-san.«

»Ach, aber Ihr dürft nicht böse sein, Mariko, Geliebte. Keine Frau auf der ganzen Welt kann, wenn sie auch nur ein ganz kleines bißchen böse ist...«

»Aber, Anjin-san, bitte, Ihr müßt mich aufstehen lassen. Ich möchte Euch etwas zeigen.«

»Na schön. Wenn es unbedingt...«

»O nein, Anjin-san, bitte, Ihr wollt ja nicht... Ihr müßt nicht... Könnt Ihr nicht einfach dort hinübergreifen... Bitte, noch nicht... Ach, bitte, verlaßt mich nicht... Ach, wie sehr ich Euch liebe...«

Blackthorne erinnerte sich an dieses eine Mal ganz besonders. Mariko hatte ihn mehr erregt als Kiku, und Fujiko konnte es mit keiner von beiden aufnehmen. Und Felicity?

Ah, Felicity, dachte er und konzentrierte sich auf sein eines großes Problem. Es muß Wahnsinn sein, Mariko und Kiku zu lieben. Und doch... In Wahrheit ist es doch so, daß Felicity es jetzt nicht einmal mit Fujiko aufnehmen kann. Fujiko war sauber. Arme Felicity. Ich werde es nie fertigbringen, es ihr zu sagen. Aber wenn ich daran denke, wie wir beide wie die Karnickel im Heu lagen oder unter einer muffigen Decke, bekomme ich eine Gänsehaut. Jetzt weiß ich es besser. Jetzt könnte ich es ihr beibringen – aber ob sie es überhaupt lernen möchte? Und wie könnten wir jemals sauber werden, sauber leben?

»Denkt jetzt nicht an *das* Zuhause, Anjin-san«, hatte Mariko ihm einst gesagt, als trübe Gedanken ihn befallen hatten. »Das wirkliche Zuhause ist hier... das andere ist zehn Millionen Stäbchen Zeit weit weg. Dies hier ist die Wirklichkeit. Hört, wenn Ihr *Wa*, inneren Frieden, erlangen wollt, dann müßt Ihr lernen, aus einer leeren Schale *Cha* zu trinken.«

Sie hatte ihm gezeigt, wie man das macht. »Ihr *denkt* die Wirklichkeit in die Schale hinein, Ihr denkt, dort ist der *Cha*, der blaßgrüne Göttertrank. Wenn Ihr Euch sehr, sehr konzentriert... Ach, ein Zen-Lehrer könnte es Euch zeigen, Anjin-san. Dann könnten alle Dinge in der Welt Euch gehören, Ihr brauchtet nur zu wollen... selbst die unerreichbarste aller Gaben... vollkommene Ruhe.«

Er hatte es viele Male versucht, aber er hatte es nie geschafft, *Cha* zu trinken, wenn kein *Cha* da war.

»Macht nichts, Anjin-san. Es bedarf langer, langer Übung, aber irgendwann einmal werdet Ihr es lernen.«

»Gelingt es Euch?«

»Selten. Nur in Augenblicken großer Traurigkeit oder Einsamkeit. Aber der

Geschmack des *Cha*, der nicht ist, scheint dem Leben einen Sinn zu geben. Manchmal erlangt man die *Wa* einfach dadurch, daß man es versucht.«
Jetzt, wo er in der Dunkelheit der Burg dalag und der Schlaf so fern war, zündete er mit einem Feuerstein eine Kerze an und konzentrierte sich auf die kleine Porzellanschale, die Mariko ihm gegeben und die er fürderhin stets neben seinem Bett stehen hatte. Eine ganze Stunde lang versuchte er es. Aber er konnte seinen Geist nicht läutern. Er konnte es nicht verhindern, daß seine Gedanken einander jagten: Ich möchte fort, ich möchte bleiben. Ich habe Angst davor zurückzukehren. Ich habe Angst davor zu bleiben. Ich hasse beides und will doch beides. Und dann sind da die *Eta*.
Wenn es nur an mir läge, würde ich nicht fortwollen. Noch nicht. Aber es geht auch noch um andere, und sie sind keine *Eta*, und ich habe als Pilot angeheuert! Ich will Mariko, ich möchte das Land sehen, das Toranaga mir gegeben – ich muß einfach hierbleiben und die Frucht meines Glücks jedenfalls noch ein wenig länger genießen. Ja. Und außerdem geht es auch um die Pflicht, und die geht über alles, *neh?*
Als der Morgen graute, wußte Blackthorne, daß er, wiewohl er so tat, als ob er die Entscheidung wieder einmal hinausgeschoben hätte, sich in Wirklichkeit entschieden hatte. Unwiderruflich.
So wahr mir Gott helfe, zunächst und vor allem bin ich Pilot.

Toranaga rollte den winzigen Papierstreifen auseinander, der zwei Stunden nach Sonnenaufgang eingetroffen war. Die Nachricht von seiner Mutter lautete schlicht: »Euer Bruder ist einverstanden, mein Sohn. Sein eigenhändiger Bestätigungsbrief geht heute noch ab. Der Staatsbesuch von Herrn Sudara und seiner Familie muß binnen zehn Tagen vonstatten gehen.«
Toranaga waren die Knie ganz weich, und er mußte sich setzen. Die Tauben flatterten in ihren Schlägen, setzten sich dann jedoch wieder auf ihre Stangen. Die Morgensonne drang angenehm gefiltert in den hochgelegenen Raum, obgleich sich schon wieder Regenwolken zusammenballten. Er nahm alle Kraft zusammen und eilte die Stufen zu seinen eigenen Gemächern hinunter, um zu beginnen.
»Naga-san!«
»Jawohl, Vater?«
»Schickt Hiro-matsu her! Und hinterher meinen Sekretär.«
Der alte General ließ nicht lange auf sich warten. Das Schwert locker in der Hand, verneigte er sich tief. Sein Gesicht war wilder denn je, älter denn je, aber auch entschlossener denn je.
»Willkommen, alter Freund!«
»Danke, Euer Gnaden.« Hiro-matsu sah auf. »Es bedrückt mich, die Sorgen der Welt auf Eurem Gesicht zu sehen.«
»Und mich bedrückt es, soviel von Verrat zu sehen und zu hören.«
»Jawohl. Verrat ist etwas Furchtbares!«

Toranaga sah, wie die Augen des Alten ihn abschätzten.
»Verzeiht bitte, daß ich Euch habe warten lassen. Ihr könnt offen reden.«
»Verzeiht mir, daß ich Euch behellige. Was habt Ihr vor? Bitte, laßt mich Eure Entscheidung über die Zukunft Eures Hauses wissen. Heißt sie endgültig Osaka – Kotau machen vor diesem Haufen Mist?«
»Habt Ihr es jemals erlebt, daß ich eine endgültige Entscheidung getroffen hätte?«
Hiro-matsu legte die Stirn in Falten und drückte dann das Kreuz durch, um die Schmerzen in seinen Schultern zu lindern. »Ich kenne Euch seit jeher als geduldigen und entschlossenen Mann, und Ihr habt immer gesiegt. Das ist es ja gerade, weshalb ich Euch jetzt nicht begreifen kann. Es sieht Euch so gar nicht ähnlich aufzugeben.«
»Ist das Reich denn nicht wichtiger als *meine* Zukunft? Nach dem Willen des Taikō sind Ishido und die anderen Regenten immer noch die rechtmäßigen Führer.«
»Ich bin Vasall von Yoshi Toranaga-noh-Minowara und erkenne keinen anderen an.«
»Gut. Übermorgen ist der Tag, an dem ich nach Osaka aufbrechen will. Ihr werdet Kommandeur der Eskorte sein, Buntaro-san Euer Stellvertreter.«
Der alte General seufzte. »Das ist mir bekannt, Euer Gnaden. Aber seit ich zurück bin, habe ich mit Euren obersten Ratgebern und Generälen...«
»Ja, ich weiß. Und welcher Ansicht sind sie?«
»Daß Ihr Yedo nicht verlassen solltet. Daß Eure Befehle vorübergehend überstimmt werden sollten.«
»Von wem?«
»Von mir. Durch meine Befehle.«
»Ist es das, was sie wünschen? Und ist es das, was Ihr beschlossen habt?«
Hiro-matsu legte sein Schwert dicht vor Toranaga auf den Boden, und dann, wehrlos jetzt, blickte er ihn an. »Bitte, verzeiht mir, Euer Gnaden, ich möchte Euch fragen, was ich tun soll. Meine Pflicht scheint mir zu sagen, daß ich das Kommando übernehmen und Euch daran hindern sollte abzureisen. Das würde Ishido sofort zwingen, gegen uns vorzugehen. Ja, selbstverständlich werden wir verlieren, doch das scheint mir der einzig ehrenvolle Weg zu sein.«
»Aber dumm, *neh?*«
Die eisengrauen Brauen des Generals zogen sich zusammen. »Nein. Wir sterben auf dem Schlachtfeld, in Ehren.«
»Es hat mir nie Spaß gemacht, sinnlos Menschen zu opfern. Ich habe nie eine Schlacht verloren, und ich sehe keinen Grund, warum ich diesmal verlieren sollte.«
»Eine Schlacht zu verlieren ist nicht unehrenhaft, Euer Gnaden. Ist Waffenstrecken ehrenhaft?«
»Wißt Ihr Euch alle in diesem Verrat einig?«
»Euer Gnaden, bitte, verzeiht mir, ich habe die verschiedenen Leute nur nach

ihrer Ansicht als Militärs gefragt. Darin liegt weder Verrat noch Verschwörung.«
»Immerhin habt Ihr zugehört, als dem Verrat das Wort geredet wurde.«
»Bitte, verzeiht, aber wenn ich als Euer Oberkommandierender derselben Meinung bin, dann ist das nicht mehr Verrat, sondern legale Staatspolitik.«
»Seinem Lehnsfürsten die Entscheidungsgewalt zu nehmen, das ist Verrat.«
»Euer Gnaden, es gibt viele Präzedenzfälle, in denen ein Lehnsfürst abgesetzt wurde. Ihr selbst habt es getan, Goroda hat es getan, der Taikō... Wer Sieger bleibt, begeht niemals Verrat.«
»Dann habt Ihr also beschlossen, mich abzusetzen? Ihr seid der einzige Mensch, von dem ich gedacht habe, daß ich ihm voll und ganz vertrauen könnte.«
»Bei allen Göttern, ich wünsche nichts weiter, als der treueste Eurer Vasallen zu sein. Ich verdiene Euer Vertrauen. Wenn es hülfe, Euch zu überzeugen, daß Ihr kämpfen sollt, würde ich mit Freuden mein Leben und das meines Klans hergeben, heute noch – öffentlich oder heimlich, wie Ihr wollt. Tut mir leid, aber ich verstehe nicht, warum man zulassen sollte, daß Ihr das Bemühen eines ganzen Lebens in den Wind schlagt.«
»Dann weigert Ihr Euch also, meinem Befehl zu gehorchen und die Eskorte anzuführen?«
Eine Wolke trieb vor der Sonne dahin, und beide Männer blickten zum Fenster hinaus. »Bald wird es regnen«, sagte Toranaga.
»Ja, es hat zuviel geregnet dieses Jahr, *neh?* Wenn der Regen nicht bald aufhört, ist die Ernte gefährdet.«
Sie sahen einander an. »Nun?«
Eisenfaust sagte schlicht: »Ich bitte Euch in aller Form, Euer Gnaden: Gebt mir Befehl, Euch von Yedo aus zu eskortieren und übermorgen nach Osaka aufzubrechen.«
»Da alle meine Ratgeber zum Gegenteil raten, nehme ich ihren Rat an und werde die Abreise ein paar Tage hinausschieben.«
Darauf war Hiro-matsu überhaupt nicht vorbereitet. »Eh? Ihr wollt nicht fort?«
Toranaga lachte, die Maske fiel, und er war wieder der alte! »Ich hab' nie daran gedacht, nach Osaka zu gehen. Warum sollte ich so dumm sein?«
»Wie bitte?«
»Meine Zustimmung in Yokosé war nichts weiter als eine Finte, um Zeit zu gewinnen«, sagte Toranaga leutselig. »Ishido hat nach dem Köder geschnappt. Der Narr erwartet mich in ein paar Wochen in Osaka. Und Zataki hat gleichfalls angebissen. Und Ihr und alle meine kühnen, argwöhnischen Vasallen habt gleichfalls angebissen. Ohne das geringste echte Zugeständnis habe ich einen ganzen Monat gewonnen und Ishido und seine dreckigen Verbündeten in hellen Aufruhr versetzt. Wie ich höre, schlagen sie sich bereits um den Kwanto. Nicht nur Zataki hat ihn versprochen bekommen, Kiyama auch.«
»Ihr habt niemals die Absicht gehabt hinzugehen?« Hiro-matsu schüttelte den Kopf, und dann, als ihm der ganze Plan in aller Klarheit aufging, breitete sich

plötzlich ein gewaltiges Grinsen auf seinem Gesicht aus. »Alles nichts als eine List?«

»Selbstverständlich. Hört, ich mußte sie ja alle, alle täuschen, *neh?* Zataki, durch die Bank alle, sogar Euch. Sonst hätten die Spione Ishido alles berichtet, und er wäre sofort gegen uns vorgegangen; kein Glück auf Erden noch die Götter im Himmel hätten mich vor einer Katastrophe bewahren können.«

»Das ist wahr... Ach, Herr, verzeiht mir! Ich bin ja so dumm! Ich habe verdient, den Kopf zu verlieren. Dann war es also alles Unsinn. Ich bitte Euch, verzeiht mir, daß ich an Euch gezweifelt habe.«

»Was sollte ich Euch verzeihen, alter Freund? Ich brauchte Euch. Es war nötig für mich, daß Ihr tatet, was Ihr getan, und sagtet, was Ihr gesagt. Jetzt brauche ich Euch mehr denn je. Ich muß jemand haben, dem ich trauen kann. Deshalb ziehe ich Euch in mein Vertrauen. Alles muß ein Geheimnis zwischen uns beiden bleiben.«

»Ach, Euer Gnaden, Ihr macht mich so glücklich...«

»Ja«, sagte Toranaga. »Das ist das einzige, wovor ich Angst habe.«

»Euer Gnaden?«

»Ihr seid Oberkommandierender. Ihr allein könnt diese dumme, lauernde Meuterei aufhalten, während ich warte. Ich vertraue Euch. Mein Sohn kann meine Generäle nicht in Schach halten, obwohl er sich nach außen hin niemals Freude über ein Geheimnis anmerken lassen würde... falls er darum wüßte... Aber Euer Gesicht ist das Tor zu Eurer Seele, alter Freund.«

»Dann gestattet, daß ich mir das Leben nehme, nachdem ich mit den Generälen fertig bin.«

»Das hilft nichts. Ihr müßt sie, solange meine vorgebliche Abreise noch in der Schwebe ist, zusammenhalten, *neh?* Ihr müßt nur Euer Gesicht und Eure Zunge hüten. Ihr seid auf der ganzen Welt der einzige, der es weiß, der einzige, dem ich vertrauen kann, *neh?*«

»Vergebt mir meine Begriffsstutzigkeit. Ich werde Euch nicht enttäuschen. Erklärt mir, was ich zu tun habe.«

»Sagt den Generälen, was ja auch der Wahrheit entspricht... daß Ihr mich überredet hättet, Euren Rat anzunehmen, in dem sie sich ja einig sind, *neh?* Ich befehle in aller Form, daß meine Abreise um sieben Tage verschoben wird. Später werde ich sie dann nochmals verschieben, aus Krankheitsgründen.«

»Und dann? Dann also doch ›Blutiger Himmel‹?«

»Nicht so, wie ursprünglich geplant. ›Blutiger Himmel‹, das war immer ein allerletzter Ausweg, *neh?*«

»Wie könnten wir einen Keil zwischen Ishidos Leute treiben? Wie steht es mit Kiyama und Onoshi?«

»Nein, die beiden stehen unversöhnlich gegen mich. Alle Christen werden sich gegen mich stellen – bis auf *meinen* Christen, und ihn und sein Schiff gedenke ich demnächst sehr klug einzusetzen. Was ich aber vor allem brauche, ist Zeit... Ich habe Verbündete und heimliche Freunde im ganzen Reich, und wenn ich

Zeit habe... Jeder Tag, den ich gewinne, schwächt Ishido weiter. Das ist mein Schlachtplan. Jeder Tag Verzögerung ist wichtig. Hört, nach der Regenzeit wird Ishido gegen den Kwanto vorgehen und ihn in die Zange nehmen, wobei Ikawa Jikkyu nach Süden vorstößt und Zataki nach Norden. Wir halten Jikkyu in Mishima auf und ziehen uns dann bis zum Hakoné-Paß oder Odawara zurück, wo wir uns dann dem Entscheidungskampf stellen. Im Norden werden wir tief in den Bergen an der Koshu-kaido-Straße Zataki aufhalten, irgendwo in der Nähe von Mikawa. Die erste Angriffswelle können wir aufhalten, und dann sollte es eigentlich keine größere Invasion mehr geben: Wir kämpfen und warten hinter unseren Bergen. Und dann, wenn die Frucht reif ist – ›Blutiger Himmel‹.«

»Eeeee... möge der Tag bald kommen!«

»Hört zu, alter Freund: Nur Ihr allein könnt meine Generäle in Schach halten. Solange der Kwanto einig bleibt, können wir den ersten Angriff abwehren. Dann werden Ishidos Bündnisse schon anfangen auseinanderzufallen. Sobald das geschieht, ist Yaemons Zukunft gesichert und der Wille des Taikō durchgesetzt.«

»Ihr werdet nicht allein die Macht übernehmen, Euer Gnaden?«

»Zum allerletzten Mal: ›Das Gesetz mag die Vernunft ins Wanken bringen, niemals jedoch die Vernunft das Gesetz, sonst zerfällt unsere gesamte Gesellschaft wie ein abgewetzter Tatami. Das Gesetz kann dazu benutzt werden, die Vernunft zu erschüttern, aber die Vernunft darf nie dazu dienen, das Gesetz umzustoßen.‹ Der Wille des Taikō ist Gesetz.«

Hiro-matsu verneigte sich und gab sein Einverständnis zu verstehen. »Sehr wohl, Euer Gnaden. Ich werde es niemals wieder erwähnen. Bitte, verzeiht mir. Jetzt...« Ein Lächeln umspielte seinen Mund. »Und jetzt: Was soll ich tun?«

»Tut so, als ob *Ihr* mich dazu überredet hättet, die Abreise aufzuschieben. Haltet sie nur alle fest in Eurer eisernen Faust.«

»Wie lange muß ich den Schein aufrechterhalten?«

»Das weiß ich nicht.«

»Ich traue mir da selbst nicht, Euer Gnaden. Ich könnte, ohne es zu wollen, einen Fehler machen. Ein paar Tage lang, glaube ich, kann ich die Freude schon von meinem Gesicht verbannen. Wenn Ihr gestattet, könnten meine ›Schmerzen‹ so unerträglich werden, daß ich ans Bett gefesselt wäre – keine Besucher, *neh?*«

»Gut. Beginnt damit in vier Tagen. Laßt von heute an durchblicken, daß die Schmerzen schlimmer werden. Das dürfte nicht sonderlich schwierig sein, *neh?*«

»Nein, Euer Gnaden. Tut mir leid. Ich bin froh, daß die Schlacht noch dieses Jahr beginnt. Im nächsten... könnte sein, daß ich dann nicht mehr in der Lage sein werde zu helfen.«

»Unsinn. Aber es wird noch in diesem Jahr geschehen, ob ich will oder nicht. In sechzehn Tagen werde ich von Yedo aus nach Osaka aufbrechen. Bis dahin werdet Ihr ›zögernd‹ Euer Einverständnis dafür geben und den Marsch anfüh-

ren. Nur wir beide, Ihr und ich, wissen, daß es weitere Verzögerungen geben wird und daß ich lange, ehe ich meine Grenzen erreiche, wieder umkehre nach Yedo.«
»Bitte, verzeiht, daß ich an Euch gezweifelt habe.«
»Wenn Ihr nicht überzeugt gewesen wäret, alter Freund, hätten Ishido und Zataki die Finte durchschaut. Ach, übrigens, wie ging es Buntaro-san, als Ihr ihn saht?«
»Er kochte, Euer Gnaden. Es wird gut sein, wenn er endlich wieder eine Schlacht schlagen kann.«
»Hat er vorgeschlagen, mich als Lehnsfürsten abzusetzen?«
»Wenn er das auch nur angedeutet hätte, würde ich seinen Kopf genommen haben. Auf der Stelle.«
»Ich werde Euch in drei Tagen wieder rufen lassen. Bittet täglich um eine Audienz, aber bis dann werde ich sie immer ablehnen.«
»Jawohl, Euer Gnaden.« Der alte General verneigte sich unterwürfig. »Bitte, verzeiht einem alten Narren. Ihr habt meinem Leben wieder einen Sinn gegeben. Ich danke Euch.« Mit diesen Worten verabschiedete er sich.
Toranaga holte den kleinen Papierstreifen aus seinem Ärmel und las die Nachricht von seiner Mutter mit großer Genugtuung nochmals durch. Jetzt, wo die Nordroute ihm möglicherweise offenstand und Ishido dort verraten werden konnte, standen die Dinge schon wesentlich besser für ihn. Er überantwortete das Papier den Flammen. Der Streifen krümmte sich und wurde zu Asche. Zufrieden schlug er die Asche zu Staub. Und wer soll jetzt neuer Oberkommandierender werden? fragte er sich.

Um die Mittagstunde durchquerte Mariko den Vorhof des Bergfrieds, ging mitten hindurch durch die schweigenden Reihen umdüsterter Samurai und betrat das Gebäude. Toranagas Sekretär wartete in einem der Vorräume des Erdgeschosses auf sie. »Tut mir so leid, daß ich nach Euch habe schicken müssen, Dame Toda«, sagte er müde.
»Es ist mir ein Vergnügen, Kawanabi-san.«
Kawanabi war ein älterer Samurai mit scharfgeschnittenen Zügen und geschorenem Kopf. Früher war er einmal buddhistischer Priester gewesen, doch jetzt erledigte er seit Jahren Toranagas Korrespondenz. Normalerweise strahlte er und war voller Schwung, doch heute war er, wie die meisten in der Burg, sichtlich nervös. Er überreichte ihr eine kleine Schriftrolle. »Hier sind Eure Reisepässe für Osaka, rechtens unterschrieben. Ihr sollt morgen aufbrechen und Euch auf schnellstem Weg dorthin begeben.«
»Ich danke Euch.« Sie selbst hörte kaum, was sie sagte.
»Herr Toranaga sagt, er hätte ein paar persönliche Schreiben, die Ihr bitte für die Dame Kiritsubo und die Dame Koto mitnehmen wollt. Außerdem auch für General Ishido und die Dame Ochiba. Sie werden Euch bei Morgengrauen ausgehändigt werden.«

»Danke.«
Aus einer Reihe von Schriftrollen, die säuberlich auf seinem Tisch gestapelt waren, suchte Kawanabi ein offizielles Dokument heraus. »Ich bin ermächtigt, Euch dies hier zu übergeben. Es handelt sich um die Vergrößerung des Lehens Eures Sohnes, wie Herr Toranaga es versprochen hat. Zehntausend *Koku* jährlich.«
Sie nahm das Dokument in Empfang, las es und prüfte die offiziellen Siegel. Freilich machte sie das nicht glücklich. Beide hielten sie die Urkunde jetzt für ein völlig nutzloses Dokument. »Vielen Dank. Bitte, dankt Herrn Toranaga für die Ehre, die er uns erweist. Ist es gestattet, daß ich ihn vor meiner Abreise noch einmal sehe?«
»Aber ja. Wenn Ihr von hier fortgeht, möchtet Ihr Euch auf das Barbarenschiff begeben. Dort möchtet Ihr bitte auf ihn warten.« Der Sekretär machte die Augen klein und überflog eine Liste in seiner Hand. »Hauptmann Yoshinaka hat Befehl, Eure Eskorte bis Osaka zu befehligen, wenn Ihr nichts dagegen habt.«
»Es wäre mir eine Ehre, mich wieder seiner Obhut anzuvertrauen. Vielen Dank. Darf ich fragen, wie es Herrn Toranaga geht?«
»Eigentlich ganz gut, aber daß ein so aktiver Mann wie er sich tagelang einschließt... Was soll ich dazu sagen?« Hilflos breitete er die Hände aus. »Tut mir leid. Immerhin hat er heute Herrn Hiro-matsu empfangen und sich einverstanden erklärt, daß die Abreise verschoben wird. Außerdem war er bereit, sich mit ein paar anderen Dingen zu befassen... die Reispreise müssen festgeschrieben werden, falls es eine schlechte Ernte gibt... Es ist soviel zu tun, und... es sieht ihm sonst so gar nicht ähnlich, Dame Toda. Schreckliche Zeiten sind das, *neh?* Und so voll von bösen Vorbedeutungen: Die Wahrsager meinen, daß es dieses Jahr eine besonders schlechte Ernte geben wird...«
»Das glaube ich einfach nicht... nicht vorm Herbst.«
»Das ist weise, sehr weise. Allerdings werden nicht viele von uns die Erntezeit erleben. Ich soll mit ihm nach Osaka gehen.« Kawanabi lehnte sich nervös vor. »Ich habe gerüchteweise gehört, daß zwischen Kyoto und Osaka wieder die Pest ausgebrochen sein soll... Ob das wohl ein weiteres Zeichen dafür ist, daß die Götter sich von uns abwenden?«
»Das kennt man ja gar nicht von Euch, daß Ihr an Gerüchte und Himmelszeichen glaubt, Kawanabi-san. Ihr wißt, wie Herr Toranaga darüber denkt?«
»Nun ja, kein Mensch scheint normal in diesen Tagen, *neh?*«
»Vielleicht stimmen die Gerüchte nicht... Ich bete darum, daß sie nicht der Wahrheit entsprechen.« Sie schüttelte ihre bösen Ahnungen ab.
»Ich bin so froh, daß Herr Hiro-matsu wieder da ist, und ich freue mich, daß er Herrn Toranaga hat überzeugen können... Ich wünschte, diese ganze Reise würde überhaupt abgeblasen!«
»Ja«, stimmte sie ihm zu, denn auch sie beschäftigte sich vornehmlich mit dieser Frage. »Wenn jetzt Herr Hiro-matsu wieder da ist, sieht unser Gebieter vielleicht ein, daß das Waffenstrecken doch nicht die beste Lösung ist.«
»Dame, dies ist nur für Eure Ohren bestimmt: Herr Hiro-matsu...« Er hielt

inne, blickte auf und verzog sein Gesicht zu einem Lächeln. Yabu stapfte mit klirrenden Schwertern in den Raum. »Ah, Herr Kasigi Yabu, welche Freude, Euch zu sehen.«

Er verneigte sich, Mariko verneigte sich gleichfalls, und es kam zu einem Austausch von Höflichkeiten. Dann sagte Kawanabi: »Herr Toranaga erwartet Euch, Euer Gnaden. Bitte, geht nur gleich hinauf.«

»Gut. Weshalb will er mich sprechen?«

»Tut mir leid, Euer Gnaden, aber das hat er mir nicht gesagt – nur, daß er Euch zu sehen wünsche.«

»Wie geht es ihm?»

Kawanabi zögerte: »Unverändert, Euer Gnaden.«

»Seine Abreise... schiebt Herr Hiro-matsu sie noch weiter hinaus, *neh?*«

»Das liegt ganz bei unserem Gebieter, Euer Gnaden.«

»Selbstverständlich.« Yabu ging.

»Ihr spracht von Herrn Hiro-matsu?«

»Aber nur für Eure Ohren, Dame... da Buntaro-san nicht hier ist«, flüsterte der Sekretär. »Als Eisenfaust herunterkam von Herrn Toranaga, mußte er fast eine ganze Stunde lang ruhen. Er litt unter schrecklichen Schmerzen, Dame.«

»Oh! Wie entsetzlich, wenn ihm gerade jetzt etwas zustieße!«

»Ja. Ohne ihn würde es eine Revolte geben, *neh?* Mit dieser Verschiebung ist noch nichts getan, oder? Das eigentliche Problem... so, so leid es mir tut, aber seit Herr Sudara als formaler Sekundant bei General Kiyoshio fungiert hat, wird unser Gebieter jedesmal fuchsteufelswild, wenn Herrn Sudaras Name genannt wird... Nur Herrn Hiro-matsu ist es gelungen, ihn zu diesem Aufschub zu überreden, und das ist das einzige, was...«

Tränen liefen über die Wangen des Sekretärs. »Was ist denn nur los, Dame. Ihm sind die Zügel aus der Hand geglitten, *neh?*«

»Nein«, erklärte sie entschieden, aber ohne rechte Überzeugung. »Ich bin gewiß, alles wird sich zum besten wenden. Vielen Dank, daß Ihr es mir gesagt habt. Ich werde versuchen, Herrn Hiro-matsu zu sehen, ehe ich abreise.«

Voller Sorge über Hiro-matsu trat sie hinaus in die Sonne, dankte Gott jedoch gleichzeitig, daß die Warterei ein Ende hatte und sie morgen allem entrinnen konnte. Sie ging zu ihrer Sänfte, wo ihr Gefolge auf sie wartete.

»Ah, Dame Toda«, sagte Gyoko und trat aus dem Schatten.

»Oh, guten Morgen, Gyoko-san, wie reizend, Euch zu sehen. Ich hoffe, es geht Euch gut?« sagte sie leutselig, wiewohl ein eisiger Schauder sie überlief.

»Ach, überhaupt nicht gut, tut mir leid, verzeiht. Es scheint, daß wir uns nicht mehr der Gunst von Herrn Toranaga erfreun, Kiku-san und ich. Seit wir hierhergekommen sind, sind wir in einem drittklassigen Hotel untergebracht, in dem ich nicht mal eine männliche Kurtisane der Achten Kategorie unterbringen würde.«

»Oh, das tut mir aber leid. Ich bin überzeugt, das kann nur ein Mißverständnis sein.«

»Ah, ja, ein Mißverständnis. Das hoffe ich von Herzen, Dame. Heute endlich ist mir erlaubt worden, in die Burg zu kommen. Endlich eine Antwort auf mein Gesuch, den großen Herrn zu sehen, mich vor unserem großen Herrn zu verneigen – später.« Gyoko lächelte sie listig an. »Ich hatte gehört, daß Ihr gleichfalls herkommen solltet, um den Obersekretär zu sehen, und da dachte ich, ich warte hier auf Euch, um Euch begrüßen zu können. Ich hoffe, Ihr habt nichts dagegen?«

»Es ist mir ein Vergnügen, Euch zu sehen, Gyoko-san. Ich hätte Euch und Kiku-san gern einen Besuch abgestattet oder Euch zu mir gebeten, doch leider ist das nicht möglich gewesen.«

»Ja... so traurig. Traurige Zeiten sind das. Schwierig für die Edelleute, schwierig für die Bauern... Vielleicht könnten wir eine Schale *Cha* zusammen trinken, Dame Toda? Es wäre mir eine Ehre, Euch für einen Augenblick zu sprechen.«

»Ah, tut mir so leid, aber ich muß einen offiziellen Auftrag erledigen. Sonst wäre es mir eine Ehre gewesen.«

»Ja, ja, Ihr sollt jetzt zum Schiff des Anjin-san gehen. Ach ja, das hatte ich ganz vergessen. Wie geht es dem Anjin-san?«

»Ich glaube, gut«, sagte Mariko, erbost darüber, daß Gyoko um ihre Angelegenheiten wußte. »Ich habe ihn nur ein einziges Mal gesehen... und auch da nur für ein paar Augenblicke... seit wir angekommen sind.«

»Ein interessanter Mann. Ja, sehr. Traurig, wenn man seine Freunde nicht sehen kann, *neh?*«

Beide Frauen hatten ein Lächeln aufgesetzt, und ihre Stimmen klangen höflich und unbekümmert. Beide waren sie sich bewußt, daß die Wachen sie beobachteten und ihnen zuhörten.

»Soviel ich gehört habe, hat der Anjin-san seine Freunde besucht... seine Mannschaft. Wie hat er sie gefunden?«

»Das hat er mir nicht gesagt, Gyoko-san. Wie ich schon sagte, ich habe ihn nur einmal kurz gesprochen. Tut mir leid, aber ich muß jetzt gehen.«

»Traurig, seine Freunde nicht zu sehen. Vielleicht könnte ich Euch etwas von ihnen erzählen. Zum Beispiel, daß sie im *Eta*-Dorf wohnen.«

»Wie bitte?«

»Ja. Es scheint, daß seine Freunde um die Erlaubnis baten, dort zu leben. Offenbar gefiel es ihnen dort besser als in den Wohngebieten der zivilisierten Menschen. Merkwürdig, *neh?* Nicht wie der Anjin-san, der ganz anders ist. Wie es heißt, finden sie, daß es sie dort an zu Hause erinnert... im *Eta*-Dorf. Sonderbar, *neh?*«

Mariko erinnerte sich, wie merkwürdig der Anjin-san an jenem Tag auf der Treppe gewesen war. Das erklärt vieles, dachte sie. *Eta!* Madonna, der Ärmste! Wie er sich geschämt haben muß!

Gyokos Gesicht wurde im Schatten ihres Sonnenschirms noch trauriger, doch ihre Augen blieben kieselbraun wie ihr Kimono. »Bitte, verzeiht mir, aber ich nehme an, Ihr habt keine Ahnung, warum wir die Gunst von Herrn Toranaga verloren haben könnten?«

»Nein. Ich bin sicher, daß Ihr Euch täuscht. Der Kontrakt wurde erfüllt, *neh?* Wie abgemacht?«

»O ja, vielen Dank. Ich bin im Besitz eines Wechsels auf Reishändler in Mishima, zahlbar auf Sicht. Abzüglich der vereinbarten Summe. Aber was nützt Geld einem schon, wenn man die Gunst seines Gönners verloren hat, *neh?*«

»Ich bin überzeugt, daß Ihr seine Gunst wiedererlangen werdet.«

»Ah, Gunstbeweise! Ich hatte mir schon Sorgen gemacht, daß auch Ihr uns Eure Gunst entzogen hättet, Dame Toda.«

»Ihr könnt meines guten Willens stets gewiß sein. Und meiner Freundschaft, Gyoko-san. Vielleicht könnten wir ein andermal reden. Ich muß jetzt wirklich gehen, tut mir leid...«

»Ah, ja, wie liebenswürdig von Euch. Das würde mir ein Vergnügen sein«, fügte Gyoko mit ihrer honigtriefenden Stimme hinzu, als Mariko sich zum Gehen wandte. »Aber werdet Ihr auch Zeit dazu haben? Ihr verlaßt Yedo morgen, *neh?* Und fahrt nach Osaka?«

Mariko war, als ob ihr plötzlich ein Eiszapfen in die Brust gestoßen würde und die Falle sich schlösse.

»Ist irgend etwas, Dame?«

»Nein... nein, Gyoko-san. Würde... würde Euch die Stunde des Hundes heute abend passen?«

»Zu liebenswürdig, Dame. Aber ja, da Ihr jetzt unseren Gebieter sehen werdet, noch vor mir – würdet Ihr wohl ein gutes Wort für uns einlegen? Wir sind so sehr auf einen kleinen Gefallen angewiesen, *neh?*«

»Mit Vergnügen.« Mariko überlegte einen Augenblick. »Manche Gunstbeweise kann man erbitten, werden aber dennoch nicht gewährt.«

Gyoko versteifte sich ein wenig. »Ah, dann habt Ihr ihn also schon gebeten... ihn um seine Gunst für uns gebeten?«

»Selbstverständlich... warum hätte ich es nicht tun sollen?« sagte Mariko vorsichtig. »Genießt Kiku-san nicht seine besondere Gunst? Und seid Ihr nicht ein ergebener Vasall? Hat man Euch nicht auch in der Vergangenheit manchen Gefallen erwiesen?«

»Ich erbitte immer so wenig. Alles, was ich zuvor gesagt, trifft immer noch zu, Dame. Vielleicht sogar noch mehr.«

»Was die Hunde mit den leeren Bäuchen betrifft?«

»Was die langen Ohren und sicheren Zungen betrifft.«

»Ah ja. Und die Geheimnisse.«

»Es wäre ein leichtes, mich zufriedenzustellen... Die Gunst meines Gebieters... und die Eure... das ist doch nicht zuviel verlangt, *neh?*«

»Nein. Wenn sich eine Gelegenheit ergibt... Aber ich kann nichts versprechen.«

»Bis heute abend, Dame.«

Sie verneigten sich voreinander, und keinem Samurai fiel irgend etwas Besonderes auf. Mariko setzte sich unter weiteren Verneigungen in die Sänfte, verbarg ihr Zittern, und ihr Gefolge zog ab. Gyoko starrte hinter ihr her.
»Ihr, Weib!« rief ein junger Samurai barsch, als er vorüberging. »Worauf wartet Ihr noch? Kümmert Euch um Eure Angelegenheiten!«
»Ha!« stieß Gyoko zur Belustigung der anderen verächtlich aus. »Weib sagt Ihr, der Ihr noch nicht trocken hinter den Ohren seid? Wenn ich mich mal um Eure Angelegenheiten kümmerte, würde es mir vielleicht sehr schwerfallen, sie überhaupt zu finden, he, selbst wenn Ihr noch nicht Manns genug seid, einen Bart zwischen den Beinen zu haben.«
Die anderen lachten. Furchtlos den Kopf in den Nacken werfend, ging sie davon.

»Hallo«, sagte Blackthorne.
»Guten Tag, Anjin-san. Ihr seht glücklich aus.«
»Vielen Dank. Das macht nur der Anblick einer so bezaubernden Dame, *neh?*«
»Ah, ich danke Euch«, erwiderte Mariko. »Wie steht es mit Eurem Schiff?«
»Ausgezeichnet! Möchtet Ihr nicht einmal an Bord kommen? Ich würde Euch gern herumführen.«
»Ist das erlaubt? Ich wurde herbefohlen, um Herrn Toranaga zu treffen.«
»Ja. Wir warten jetzt alle auf ihn.« Blackthorne wandte sich um und sprach mit dem Samurai, der hier am Liegeplatz das Kommando führte. »Hauptmann. Ich nehme Dame Toda hier. Schiff zeigen. Wenn Herr Toranaga kommen... Ihr rufen, *neh?*«
»Wie Ihr wünscht, Anjin-san.«
Blackthorne ging voran. Zuerst ging er aufs Achterdeck. »Das hier ist mein Reich«, sagte er stolz. »Ganz allein mein Reich!«
»Sind denn Leute von Eurer Mannschaft hier?«
»Nein... keiner. Heute noch nicht, Mariko-san.« Er zeigte ihr alles, so rasch es ging, und führte sie dann nach unten. »Das hier ist die Hauptkammer.« Von den großen Heckfenstern konnte man das Ufer überblicken. Er schloß die Tür. Sie waren jetzt ganz allein.
»Das ist Eure Kammer?« fragte sie.
Er schüttelte den Kopf und ließ sie nicht aus den Augen. Sie flog in seine Arme. Er hielt sie fest umfangen. »Ach, wie ich Sie vermißt habe!«
»Und ich Ihn...«
»Es gibt soviel, was ich Ihr erzählen muß. Und Sie fragen«, sagte er.
»Ich habe Ihm nichts zu berichten. Außer, daß ich Ihn von ganzem Herzen liebe.« Sie zitterte in seinen Armen und versuchte den entsetzlichen Gedanken abzuschütteln. »Ich habe so große Angst um Ihn.«
»Keine Angst, Mariko, Liebling. Es wird schon alles gut werden. Ihr wart letztes Mal so unfaßbar fern.«
»Wir sind hier in Yedo, Geliebter. Auf der anderen Seite der Ersten Brücke.«
»Und es war *doch* wegen Buntaro-san, nicht wahr?«

»Ja«, sagte sie schlicht. »Das und Toranaga-samas Entschluß, sich zu ergeben. Es scheint alles so sinnlos und ehrlos!« Sie kuschelte sich schutzsuchend an ihn.
»Wenn er nach Osaka geht, dann seid auch Ihr erledigt?«
»Ja. Dazu ist der Klan der Toda zu mächtig und zu wichtig. Jedenfalls würde ich niemals am Leben bleiben.«
»Dann müßt Ihr mit mir kommen. Wir werden fliehen. Wir werden...«
»Tut mir leid, aber es gibt kein Entfliehen.«
»Es sei denn, Toranaga wäre damit einverstanden, *neh?*«
Rasch erzählte Blackthorne ihr, was er Toranaga vorgeschlagen, freilich ohne ein Wort davon zu sagen, daß er auch um sie gebeten hatte. »Ich weiß, daß ich die Priester zwingen kann, Kiyama und Onoshi zu befehlen, zu ihm überzugehen. Er muß mir nur erlauben, ihnen das Schwarze Schiff wegzunehmen«, erklärte er aufgeregt. »Und ich weiß, daß ich das tun kann.«
»Ja«, sagte sie, um der Sache der Kirche willen froh, daß ihm durch Toranagas Haltung die Hände gebunden waren. Nochmals ging sie die Logik seines Plans durch, vermochte jedoch keine schwache Stelle zu entdecken. »Es müßte klappen, Anjin-san. Jetzt, wo auch Harima zu seinen Feinden zählt, besteht eigentlich kein Grund, warum Toranaga-sama nicht einen Angriff befehlen sollte – falls wir in den Krieg ziehen und nicht aufgeben.«
»Hört, ich kann den Priestern die Luft abdrücken. Tut mir leid, aber sie *sind* nun einmal meine Feinde, wenn es auch Eure Priester sind. Ich kann sie ihm – und mir – gefügig machen. Wollt Ihr mir helfen?«
Starr blickte sie zu ihm auf. »Wie?«
»Helft mir, ihn zu überreden, mir eine Chance zu geben, und überredet ihn, den Aufbruch nach Osaka aufzuschieben.«
Vom Pier klangen Hufgeklapper und Rufe herauf. Abgelenkt traten sie an die Fenster heran. Samurai schoben eine der Absperrungen beiseite. Pater Alvito gab seinem Pferd die Sporen und sprengte auf den freien Platz.
»Was will er denn?« brummelte Blackthorne mißmutig.
Sie beobachteten, wie der Priester absaß, eine Schriftrolle aus seinem Ärmel zog und sie dem Wachoffizier überreichte. Der Mann las sie. Alvito blickte zum Schiff hinauf.
»Was immer es sein mag, es ist jedenfalls offizieller Natur«, sagte sie leise.
»Hört zu, Mariko-san. Ich bin nicht gegen die Kirche. Die Kirche an sich ist nicht böse – böse sind nur die Priester. Und auch sie nicht alle. Alvito zum Beispiel nicht, er ist bloß ein Fanatiker. Ich schwöre bei Gott, daß die Jesuiten sich Herrn Toranaga beugen werden, wenn ich ihr Schwarzes Schiff in die Hand bekomme; denn sie sind auf das Geld angewiesen. Werdet Ihr mir helfen?«
»Ja. Ja, ich werde Euch helfen. Anjin-san. Aber, bitte, ich kann nicht die Kirche hintergehen.«
»Ich verlange ja nichts weiter, als daß Ihr mit Toranaga sprecht oder mir helft, mit ihm zu sprechen, wenn Ihr das für richtiger haltet.«
In der Ferne ertönte ein Signalhorn. Abermals schauten sie zum Fenster hinaus.

Aller Augen waren nach Westen gerichtet. Die Spitze eines Samurai-Zugs mit einer verhangenen Sänfte näherte sich von der Burg her.
Die Tür zur Kammer ging auf. »Anjin-san, kommt jetzt, bitte«, sagte der Samurai.
Blackthorne ging voraus, sie stiegen an Deck und dann hinunter auf den Pier. Kalt, aber höflich, nickte er Alvito zu. Der Priester gab sich nicht minder eisig. Mariko gegenüber war Alvito jedoch freundlich. »Hallo, Mariko-san. Wie schön, Euch zu sehen.«
»Vielen Dank, Pater«, sagte sie und verneigte sich tief.
Alvito blickte zu Blackthorne hinüber. »Nun, Pilot, was macht Euer Schiff?«
»Ich bin sicher, das wißt Ihr bereits.«
»Jawohl, ich weiß es.« Alvito ließ seinen Blick über die *Erasmus* schweifen. »Möge Gott sie und alle verfluchen, die auf ihr segeln, wenn sie gegen unseren Glauben und gegen Portugal eingesetzt wird.«
»Ist das der Grund, weshalb Ihr hergekommen seid? Um noch mehr Gift zu verspritzen?«
»Nein, Pilot«, sagte Alvito. »Ich wurde gebeten, Herrn Toranaga zu treffen. Mir ist Eure Anwesenheit genauso widerwärtig wie Euch die meine.«
»Eure Gegenwart ist mir nicht widerwärtig, Pater. Widerwärtig ist mir nur, was Ihr repräsentiert.«
Alvito schoß die Röte ins Gesicht, und Mariko sagte rasch: »Bitte! Es ist schlimm, sich derart in der Öffentlichkeit zu streiten!«
»Ja. Bitte, verzeiht, Mariko-san.« Pater Alvito wandte sich ab und blickte zu der verhangenen Sänfte hinüber, die gerade durch die Absperrung kam. Toranagas Wimpel flatterte, und uniformierte Samurai davor und dahinter umgaben eine Gruppe von anderen Samurai.
Die Sänfte blieb stehen. Die Vorhänge gingen auseinander. Yabu stieg aus. Alle waren erschrocken. Dennoch verneigten sie sich. Hochmütig erwiderte Yabu die Begrüßung.
»Ah, Anjin-san«, sagte Yabu. »Wie geht es Euch?«
»Gut, danke, Euer Gnaden. Und Euch?«
»Gut, danke. Herr Toranaga ist unpäßlich. Er bat mich, an seiner Stelle herzukommen. Ihr versteht?«
»Ja. Verstehe«, erwiderte Blackthorne und versuchte, sich seine Enttäuschung darüber nicht anmerken zu lassen, daß Toranaga nicht selbst gekommen war. »Tut mir so leid, daß es Herrn Toranaga nicht gutgeht.«
Yabu zuckte die Achseln, begrüßte ehrerbietig Mariko, tat so, als wäre Alvito Luft für ihn, und ließ das Auge für einen Moment auf dem Schiff ruhen. Mit einem verzerrten Lächeln wandte er sich dann wieder Blackthorne zu. »*So desu*, Anjin-san. Heute sieht Euer Schiff anders aus als letztes Mal, da ich es gesehen habe, *neh?* Jawohl, das Schiff ist anders, Ihr seid anders, alles ist anders ... selbst unsere Welt hat sich verändert, *neh?*«
Blackthorne nickte und sagte langsam: »Ja, sehr anders, Yabu-sama.«

»Jawohl, sehr anders... Ihr seid jetzt kein Barbar mehr, sondern ein Samurai, und genauso ist es mit Eurem Schiff, *neh?*«
Blackthorne sah das Lächeln seine dicken Lippen umspielen, seine kampfeslustige Haltung, und plötzlich war er wieder in Anjiro, lag er am Strand auf den Knien, steckte Croocq im Kessel, hallten Pieterzoons Schreie in seinen Ohren wider, hatte er den Gestank der Grube in der Nase, und in seinem Geiste schrie er: Wie unnötig all das ist... all die Leiden und das Entsetzen!
»Ist Euch nicht wohl, Anjin-san?« fragte Mariko besorgt, als sie den merkwürdigen Ausdruck in seinen Augen sah.
»Was? Ach... ach nein. Nein. Mit mir ist alles in Ordnung.«
»Was hat er denn?« fragte Yabu.
Blackthorne schüttelte den Kopf und versuchte, wieder Klarheit in seine Gedanken zu bringen und den Haß abzuschütteln, der sich auf seinem Gesicht abzeichnete.
»Tut mir leid. Bitte, verzeiht mir... ich... ich, es ist nichts. Kopf schlecht... nicht geschlafen. So leid.« Er starrte Yabu in die Augen und hoffte, seine gefährliche Schwäche überwunden zu haben. »Tut mir leid, daß Toranaga-sama krank... hoffe, keine Ungelegenheiten, Yabu-sama.«
»Nein, keine Ungelegenheiten.« Doch dabei dachte Yabu: Jawohl, Ihr macht nichts als Schwierigkeiten, und ich habe nichts als Ungelegenheiten gehabt, seit Ihr und Euer dreckiges Schiff an meinem Gestade gelandet seid. Izu verloren, meine Waffen verloren, meine Ehre verloren und jetzt auch noch meinen Kopf verwirkt, bloß weil ein gewisser Jemand feige ist. »Keine Ungelegenheiten, Anjin-san«, sagte er betont freundlich. »Toranaga-sama bat mich, Euch Eure Vasallen zu übergeben, wie es versprochen worden ist.« Seine Augen fielen auf Alvito. »Also, Tsukku-san! Warum seid Ihr Toranaga-samas Feind?«
»Das bin ich nicht, Kasigi Yabu-sama.«
»Aber Eure christlichen *Daimyos* sind seine Feinde, *neh?*«
»Bitte, verzeiht, Euer Gnaden, aber wir sind nur Priester und nicht verantwortlich für die politischen Ansichten jener, die unserem Glauben angehören; auch üben wir keinerlei Macht über jene *Daimyos* aus, die...«
»Der *wahre Glaube* in diesem Land der Götter ist der Shinto-Glaube, zusammen mit dem Tao und dem Weg Buddhas.«
Alvito sagte nichts darauf. Verächtlich wandte Yabu sich ab und stieß einen barschen Befehl aus. Die abgerissene Gruppe von Samurai stellte sich in einer Reihe vor dem Schiff auf. Nicht ein einziger von ihnen war bewaffnet. Einigen waren sogar die Hände gefesselt.
Alvito trat vor und verneigte sich. »Vielleicht verzeiht Ihr, Euer Gnaden. Ich sollte Herrn Toranaga sehen. Wenn er nicht kommt...«
»Herr Toranaga wollte, daß Ihr hier wäret, um für den Anjin-san zu dolmetschen«, fiel Yabu ihm ins Wort und befleißigte sich mit voller Absicht schlechter Manieren, genauso, wie Toranaga es ihm eingeschärft hatte. »Jawohl, um zu dolmetschen, wie nur Ihr allein es so gut könnt, *neh?* Gewiß werdet Ihr nichts

dagegen haben, auch für mich zu tun, was Herr Toranaga von Euch verlangt, ehe Ihr geht?«
»Nein, selbstverständlich nicht, Euer Gnaden.«
Yabu stieß noch einen Befehl aus. Zwei Samurai traten an die Sänfte und kehrten mit der Schatztruhe des Schiffes zurück, die sie unter großen Mühen herbeischleppten. »Tsukku-san, jetzt fangen wir bitte an: Hört, Anjin-san. Zunächst trug Herr Toranaga mir auf, Euch dies hier zurückzugeben. Es ist Euer Eigentum, *neh?* Macht sie auf«, befahl er den Samurai. Die Truhe war bis zum Rand mit Silbermünzen gefüllt.
»Ich danke Euch!« Blackthorne mochte seinen Augen kaum trauen, denn dieses Geld gab ihm die Macht, sich nicht mit Versprechungen zu begnügen, sondern sich die allerbeste Mannschaft zu kaufen.
Yabu gab den beiden Samurai zu verstehen, die Truhe an Bord zu bringen. Dann fuhr er fort: »Des weiteren sagt Herr Toranaga, es stehe Euch frei, zu bleiben oder zu gehen. Wenn Ihr in unserem Land seid, seid Ihr Samurai und *Hatamoto* und steht unter Samurai-Gesetz. Auf See, außer Sichtweite unserer Küsten, seid Ihr, was Ihr immer gewesen seid, und steht unter Barbaren-Gesetz. Es wird Euch auf Lebenszeit das Recht zugestanden, jeden Hafen in Herrn Toranagas Herrschaftsbereich anzulaufen, ohne von den Hafenbehörden durchsucht zu werden. Und: Diese zweihundert Mann sind Eure Vasallen. Er bat mich, sie Euch samt ihren Waffen in aller Form zu übergeben, wie es versprochen war.«
»Ich kann in See stechen, wann und wie ich will?« fragte Blackthorne ungläubig. »Könnte ich morgen ablegen?«
»Jawohl, Anjin-san, wie Herr Toranaga es gesagt hat«, antwortete ihm Yabu. »Und nun zu diesen Männern. Sie sind alle *Ronin* und stammen aus den Provinzen des Nordens. Sie sind bereit, Euch und Euren Nachkommen ewige Treue zu schwören. Es sind alles gute Krieger. Keiner von ihnen hat ein Verbrechen begangen, das ihm hätte nachgewiesen werden können. Sie sind alle nur deshalb *Ronin* geworden, weil ihre Lehnsherrn getötet wurden, starben oder abgesetzt wurden. Viele haben auf Schiffen gegen die *Wako* gekämpft.« Yabu lächelte auf seine verschlagene Weise. »Einige von ihnen sind vielleicht sogar selbst *Wako* gewesen – Ihr versteht *Wako?*«
»Jawohl, Euer Gnaden.«
»Diejenigen, die Fesseln tragen, sind wahrscheinlich Banditen oder *Wako*. Sie sind als geschlossene Gruppe vorgetreten und haben sich freiwillig erboten, Euch furchtlos zu dienen, wenn ihnen dafür in der Vergangenheit begangene Missetaten verziehen werden. Das haben sie Herrn Noboru geschworen, der sie auf Herrn Toranagas Befehl hin höchstpersönlich ausgesucht hat. Ihr könnt sie einzeln oder als Gruppe akzeptieren oder aber zurückweisen. Ihr versteht?«
»Ich könnte jeden von ihnen zurückweisen?«
»Warum solltet Ihr das tun?« fragte Yabu. »Herr Noboru hat sie sehr sorgfältig ausgewählt.«
»Selbstverständlich, tut mir leid«, sagte Blackthorne mißmutig zu Yabu, denn

er spürte sehr wohl die wachsende schlechte Laune des *Daimyo.* »Ich verstehe durchaus. Aber diejenigen, die gefesselt sind – was geschieht, wenn ich sie zurückweise?«
»Dann wird ihnen der Kopf abgeschlagen. Selbstverständlich. Was hat das mit irgendwas zu tun?«
»Nichts. Verzeihung.«
»Folgt mir.« Yabu stapfte hinüber zur Sänfte.
Gehorsam eilte Blackthorne hinüber zu Yabu. Ein Schreiber hatte einen niedrigen Tisch aufgestellt, auf dem Schriftrollen lagen. Ein wenig weiter bewachten Samurai einen Haufen von Kurz- und Langschwertern, Speeren, Schilden, Streitäxten, Bogen und Pfeilen, die Träger von den Packpferden abluden. Yabu forderte Blackthorne auf, neben ihm Platz zu nehmen. Alvito stand ein wenig vor ihnen, Mariko auf seiner anderen Seite. Der Schreiber rief die Namen auf. Jeder einzelne Mann trat vor, verneigte sich mit großer Förmlichkeit, nannte seinen Namen und seine Abkunft, schwor Treue, unterzeichnete seine Schriftrolle und siegelte sie mit einem Blutstropfen, den der Schreiber rituell aus seinem Finger drückte. Jeder kniete vor Blackthorne, erhob sich dann und eilte zum Waffenmeister. Dort wurde ihm ein Langschwert ausgehändigt, dann das Kurzschwert und die anderen Waffen sowie ein Kriegsschild. Als die Männer wieder ihren Platz einnahmen, voll bewaffnet jetzt und wieder Samurai und nicht mehr *Ronin,* wirkten sie noch stärker, hielten sich gerader und sahen noch wilder aus als zuvor.
Zuletzt kamen die dreißig gefesselten *Ronin* an die Reihe. Blackthorne bestand darauf, einem jeden die Fesseln persönlich zu durchschneiden. Einer nach dem anderen schwor ihm Treue, genauso, wie die anderen es getan hatten. »Bei meiner Ehre als Samurai schwöre ich, daß Eure Feinde meine Feinde sind. Und ich schwöre bedingungslosen Gehorsam.«
Endlich hatte auch der letzte geschworen und nahm seine Waffen.
Da rief Yabu: »Uraga-noh-Tadamasa!«
Der Mann trat vor. Alvito sank das Herz. Uraga – Bruder Joseph – hatte in einer Gruppe von Samurai in der Nähe gestanden. Er war unbewaffnet und trug einen schlichten Kimono und einen Bambushut. Yabu grinste hämisch, als er sah, daß Alvito tief betroffen war, und wandte sich an Blackthorne.
»Anjin-san. Das hier ist Uraga-noh-Tadamasa. Samurai, jetzt aber *Ronin,* Ihr erkennt ihn? Versteht Ihr ›erkennen‹?«
»Ja. Verstehe. Ja, erkennen.«
»Gut. Früher christlicher Priester, *neh?* Jetzt nicht mehr, versteht Ihr? Jetzt *Ronin.*«
»Verstehen, Yabu-sama.«
Yabu ließ Alvito nicht aus den Augen. Der sah den Abtrünnigen wie versteinert an, der ihn seinerseits voller Haß anstarrte. »Ah, Tsukku-san, Ihr erkennt ihn auch?«
»Ja, ich erkenne ihn, Euer Gnaden.«

»Seid Ihr wieder bereit zu dolmetschen... oder habt Ihr nicht mehr den Mumm dazu?«
»Bitte, fahrt fort.«
»Gut.« Yabu wies mit einer Geste auf Uraga. »Hört, Anjin-san. Herr Toranaga gibt Euch diesen Mann, wenn Ihr ihn wollt. Früher war er ein christlicher Priester... ein Novizenpriester. Jetzt ist er das nicht mehr. Jetzt hat er dem falschen fremden Gott entsagt und ist wieder zurückgekehrt zum Shinto-Glauben und...« Er hielt inne: »Habt Ihr auch genau gedolmetscht, Tsukku-san? Zum *Shinto-Glauben?«*
Der Priester gab keine Antwort. Er seufzte tief auf, dolmetschte dann genau die Worte und fügte noch hinzu: »Das hat *er* gesagt, Anjin-san.« Mariko sagte nichts dazu. Sie haßte Yabu noch mehr und schwor sich, eines Tages Rache zu nehmen.
Yabu beobachtete sie und fuhr dann fort: »Also, Uraga-san ist ein ehemaliger Christ. Jetzt ist er bereit, Euch zu dienen. Er spricht die Barbarensprache und die Geheimsprache der Priester. Er war einer von den vier Samurai-Jünglingen, die in Euer Land geschickt wurden. Er hat sogar den Oberpriester aller Christen gesehen, heißt es... Doch jetzt haßt er sie alle genauso wie Ihr, *neh?«* Yabu ließ Alvito nicht aus den Augen, er reizte ihn absichtlich, und dann sah er zu Mariko hin, die aufmerksam lauschte, und wandte sich wieder ihm zu. »Ihr haßt die Christen, Anjin-san, *neh?«*
»Die meisten Katholiken sind meine Feinde, ja«, antwortete dieser, der sich Marikos Anwesenheit sehr wohl bewußt war. Mariko blickte steinernen Gesichts in die Ferne. »Spanien und Portugal sind die Feinde meines Landes. Ja.«
»Die Christen sind auch unsere Feinde. Eh, Tsukku-san?«
»Nein, Euer Gnaden. Und das Christentum ist der Schlüssel zum ewigen Leben.«
»Stimmt das, Uraga-san?« fragte Yabu.
Uraga schüttelte den Kopf. Seine Stimme klang rauh, als er sagte: »Ich glaube das nicht mehr, Euer Gnaden. Nein.«
»Sagt das dem Anjin-san.«
»Senhor Anjin-san«, sagte Uraga. Er sprach mit schwerem japanischem Akzent, doch sonst war sein Portugiesisch fehlerfrei und verständlich. »Ich glaube nicht, daß dieser Katholizismus das Schloß... Verzeihung, der Schlüssel zur Unsterblichkeit ist.«
»Ja«, sagte Blackthorne. »Das ist auch meine Meinung.«
»Gut«, fuhr Yabu fort. »Toranaga-sama bietet Euch also diesen *Ronin* an, Anjin-san. Er ist ein Abtrünniger, stammt aber aus einer edlen Samurai-Familie. Wenn Ihr ihn akzeptiert, wird er Euer Sekretär und Dolmetsch sein und alles tun, was Ihr wollt. Ihr müßtet ihm die Schwerter geben. Noch etwas, Uraga-san? Sagt es ihm.«
»Bitte, verzeiht mir, Senhor. Zunächst einmal...« Uraga nahm seinen Hut ab. Sein Haar bestand jetzt aus kurzen Stoppeln, doch der Scheitel war nach Samu-

rai-Art rasiert, aber der Zopf war noch nicht lang genug. »Zunächst einmal schäme ich mich, daß mein Haar noch nicht korrekt ist und ich nicht den Knoten trage, wie es einem Samurai geziemt. Aber mein Haar wird wachsen, und deswegen bin ich nicht weniger ein Samurai als andere.« Er setzte die Kopfbedekkung wieder auf. »Zweitens – verzeiht, aber ich kann nicht mit Schwertern umgehen, überhaupt mit keinen Waffen. Ich... ich habe das nie gelernt. Aber ich werde es lernen, glaubt mir, ich werde es lernen! Bitte, verzeiht diese meine Schande. Ich schwöre Euch bedingungslose Treue und bitte Euch, mich in Euren Dienst zu nehmen...« Schweiß rann ihm über Gesicht und Nacken.
Voller Mitgefühl erklärte Blackthorne: »*Shigata ga nai, ne? Ukeru anatawa desu,* Uraga-san. – Was spielt das für eine Rolle? Ich akzeptiere Euch, Uraga-san.«
Uraga verneigte sich und erklärte dann Yabu, was er gesagt hatte. Niemand lachte. Bis auf Yabu. Doch wurde sein Gelächter durch einen Streit unterbrochen, der sich unter den letzten beiden *Ronin* über die beiden letzten Schwerter entspann. »Ihr beide, hört auf!« rief er.
Beide fuhren herum, und der eine knurrte: »Ihr seid nicht mein Gebieter. Wo bleiben Eure Manieren? Sagt: Bitte, hört auf!«
Augenblicklich war Yabu aufgesprungen und stürzte sich mit hocherhobenem Schwert auf den *Ronin,* der ihn so beleidigt hatte. Die Männer fuhren auseinander, und der *Ronin* floh. In der Nähe des Piers riß er sein Schwert heraus, drehte sich blitzartig um und warf sich mit einem mörderischen Schrei in Kampfpositur. Augenblicklich sprangen alle seine Kameraden mit kampfbereiten Schwertern vor, ihm beizustehen und ihn zu retten, und Yabu war umzingelt. Der Mann griff an. Yabu verstand es, seinem wilden Schwerthieb zu entgehen, und hieb seinerseits zu, als die Meute sich auf ihn stürzte. Zu spät eilten Toranaga-Samurai herbei; sie wußten, daß Yabu ein toter Mann war.
»*Halt!*« rief Blackthorne auf japanisch. Jeder erstarrte, als er seine mächtige Stimme ertönen ließ. »*Geht dorthin!*« Er zeigte auf die Stelle, wo die Männer zuvor in einer Reihe gestanden hatten. »*Sofort! Befehl!*«
Einen Augenblick standen alle regungslos da. Dann kam Bewegung in sie. Der Bann war gebrochen. Yabu fuhr auf den Mann los, der ihn beleidigt hatte. Der *Ronin* sprang zurück, trat, das Schwert drohend über seinen Kopf haltend, einen Schritt beiseite und wartete furchtlos auf den zweiten Angriff. Seine Freunde zögerten.
»*Geht dorthin! Befehl!*«
Widerwillig, aber gehorsam, traten die Leute beiseite und steckten ihre Schwerter in die Scheiden. Lauernd umkreisten Yabu und der Mann einander.
»Ihr!« rief Blackthorne. »Aufhören! Schwert nieder! *Ich befehle!*«
Der Mann hatte die Augen wütend auf Yabu geheftet, hörte jedoch den Befehl und fuhr sich mit der Zunge über die Lippen. Er machte einen Ausfall links, dann rechts. Yabu zog sich zurück, der Mann sprang aus seiner Reichweite, kam näher an Blackthorne heran und legte das Schwert vor ihm nieder. »Ich gehor-

che, Anjin-san. Ich habe ihn nicht angegriffen.« Als Yabu vorschnellte, sprang er aus dem Weg und zog furchtlos den Rückzug an. Er war geschmeidiger und jünger als Yabu und reizte ihn.

»Yabu-san«, rief Blackthorne laut. »Tut mir leid... glaube Fehler, *neh?* Vielleicht...«

Aber Yabu stieß einen Schwall japanischer Worte hervor und rannte auf den Mann los, der abermals ohne Furcht auswich.

Alvito war kalt amüsiert. »Yabu-san sagt, es sei kein Fehler, Anjin-san. Dieser *Cabron* muß sterben, sagt er. Kein Samurai könne eine solche Beleidigung hinnehmen.«

Blackthorne spürte, daß aller Augen auf ihn gerichtet waren, während er verzweifelt zu entscheiden versuchte, was zu tun sei. Er beobachtete, wie Yabu auf den Mann zupirschte. Einer der Toranaga-Samurai nahm mit Pfeil und Bogen Ziel. Das einzige, was man hörte, war das Keuchen und Laufen der Männer, und wie sie sich gegenseitig anschrien. Der *Ronin* wich zurück, fuhr dann wie der Blitz herum und lief rund um den freien Platz, schlug Haken und stieß die ganze Zeit über einen zischenden Schwall von Beleidigungen aus.

Alvito sagte: »Er reizt Yabu, Anjin-san. Er sagt: ›Ich bin Samurai – ich bringe keine wehrlosen Männer um wie Euch... Ihr seid kein Samurai, Ihr seid ein miststinkender Bauer... ja, das ist es, Ihr seid kein Samurai. Ihr seid ein *Eta, neh?* Eure Mutter war eine *Eta*, Euer Vater war ein *Eta*, und...‹« Der Jesuit sprach nicht weiter, als Yabu ein Wutgeheul ausstieß, auf einen der Männer zeigte und ihm etwas zurief. »Yabu sagte: ›Ihr da, gebt ihm sein Schwert!‹« Der *Ronin* zögerte, sah zu Blackthorne herüber und erwartete offensichtlich einen Befehl von ihm.

Yabu wandte sich an Blackthorne und schrie: »Gebt ihm sein Schwert!«

Blackthorne hob das Schwert auf. »Yabu-san, bitte, nicht kämpfen...«

*»Gebt ihm das Schwert!«*

Ein zorniges Gemurmel ging durch Blackthornes Männer. Er hielt die Hand in die Höhe. »Ruhe!« Dann sah er seinen *Ronin*-Vasallen an. »Kommt bitte her!«

Der Mann beobachtete Yabu, machte links einen Ausfall, dann rechts, und jedesmal hieb Yabu in blinder Wut auf ihn ein, doch dem Mann gelang es, auszubrechen und zu Blackthorne zu laufen. Diesmal verfolgte Yabu ihn nicht. Er stand einfach da wie ein wahnsinniger Stier, der sich anschickt, blindlings loszustürmen. Der Mann verneigte sich vor Blackthorne und nahm das Schwert entgegen. Dann wandte er sich Yabu zu und stürzte sich mit einem ohrenbetäubenden Schlachtruf auf ihn. Die Schwerter krachten gegeneinander. Dann umkreisten die beiden Männer einander schweigend. Abermals ein blitzschnelles Klingenkreuzen. Dann stolperte Yabu, und der *Ronin* stürmte vor, weil er sich seiner Beute sicher wähnte. Doch geschickt wich Yabu aus und schlug zu. Die Hände des Mannes, die das Schwert noch gepackt hielten, wurden abgetrennt. Einen Augenblick stand der *Ronin* aufheulend da und starrte auf seine Armstümpfe. Dann schlug Yabu ihm den Kopf ab.

Schweigen. Dann erhob sich stürmischer Applaus für Yabu. Yabu hieb noch einmal auf den zuckenden Körper ein. Dann, nachdem seine Ehre wiederhergestellt war, packte er den Kopf beim Haarknoten, spuckte ihm gezielt ins Gesicht und warf ihn beiseite. Schweigend kam er dann auf Blackthorne zu und verneigte sich.
»Bitte, verzeiht meine schlechten Manieren, Anjin-san. Ich danke Euch, daß Ihr ihm sein Schwert gegeben habt«, sagte er mit höflicher Stimme. Alvito dolmetschte. »Ich bitte um Entschuldigung, daß ich so geschrien habe. Und ich danke Euch, daß Ihr mir gestattet habt, mein Schwert in allen Ehren in Blut zu tauchen.« Er betrachtete das Kleinod, das Toranaga ihm gegeben. Sorgsam prüfte er die Schneide. Es war ihr nichts geschehen. Er wand seine Schärpe ab, um das Blut abzuwischen. »Man darf eine Klinge niemals mit den Fingern berühren, Anjin-san, sonst geht sie kaputt. Eine Klinge darf niemals mit etwas anderem in Berührung kommen als mit Seide oder dem Körper eines Gegners.« Er hielt inne und sah auf. »Dürfte ich Euch höflich vorschlagen, daß Ihr Euren Vasallen erlaubt, ihre Klingen zu prüfen? Das wäre ein gutes Omen für sie.«
Blackthorne wandte sich an Uraga. »Sagt es ihnen.«

Als Yabu nach Hause zurückkehrte, war es bereits spät am Tag. Dienerinnen nahmen ihm die naßgeschwitzten Kleider ab, reichten ihm einen frischen bequemen Kimono und halfen ihm, saubere Tabi anzuziehen. In der Kühle der Veranda erwartete Yuriko, seine Gemahlin, ihn bereits mit *Cha* und Saké, der brühheiß war, so wie er ihn am liebsten trank.
»Saké, Yabu-san?« Yuriko war eine große Frau und hatte bereits graue Strähnen im Haar. Ihr dunkler Kimono von minderer Qualität brachte ihre helle Hautfarbe vorteilhaft zur Geltung.
»Danke, Yuriko-san.« Yabu trank dankbar seinen Wein und genoß das süße Brennen, als er ihm die ausgedörrte Kehle herunterrann.
»Es ist gutgegangen, soweit ich gehört habe.«
»Ja.«
»Wie unverschämt von diesem *Ronin!*«
»Er kam mir aber gerade recht, Dame. Mir ist jetzt wohler zumute. Ich habe Toranagas Schwert Blut zu trinken gegeben, und jetzt ist es wirklich mein Schwert.« Yabu trank das Schälchen aus, und sie goß nach. Seine Hand streichelte den Schwertgriff. »Allerdings hätte Euch der Kampf nicht gefallen. Er war solch ein Kind... fiel auf die erste Finte herein.«
Zärtlich berührte sie ihn.
Yabu lachte. »Den Priester allerdings hättet Ihr sehen sollen. Das hätte Euch das Herz erfreut... noch nie habe ich ihn so wütend gesehen. Dieser Kannibale! Sie sind alle Kannibalen! Ein Jammer, daß wir sie nicht alle ausrotten können, ehe wir von dieser Erde scheiden.«
»Meint Ihr, der Anjin-san könnte das?«
»Er wird es bestimmt versuchen. Mit zehn von seinen Schiffen und zehn Män-

nern wie ihm könnte ich das Meer von hier bis Kyushu beherrschen. Aber selbst wenn ich nur ihn hätte, könnte ich Kiyama, Onoshi und Harima empfindliche Schläge versetzen, Jikkyu vernichten und Izu behalten! Wir brauchen nur Zeit, und jeder *Daimyo* wird gegen seinen ganz speziellen Feind kämpfen. Dann wäre Izu sicher und würde wieder mir gehören! Ich begreife nicht, wieso Toranaga den Anjin-san ziehen läßt. Das ist wieder so sinnlos von ihm!« Er ballte die Hand zur Faust und hämmerte damit auf die Tatamis. Die Zofe zuckte zusammen, sagte jedoch kein Wort. Yuriko machte nicht die kleinste Bewegung. Ein Lächeln ging über ihr Gesicht.
»Wie hat der Anjin-san denn seine Freiheit und seine Vasallen hingenommen?«
»Er war so glücklich wie ein alter Mann, dem träumte, er hätte ein vierzinkiges Yang. – Er... o ja...« Yabu runzelte die Stirn, als er sich erinnerte. »Aber eines verstehe ich nicht. Als diese *Wako* mich umzingelt hatten, war ich praktisch ein toter Mann. Und doch hat der Anjin-san sie zurückgepfiffen und mir mein Leben geschenkt. Noch kurz davor habe ich gesehen, wie er vor Haß ganz weiß im Gesicht war. Wie kindisch, zu tun, als haßte er mich nicht... als ob ich ihm traute!«
Sie schickte die Zofe hinaus und fragte dann ruhig: »Was hat Herr Toranaga wirklich gewollt?«
Yabu lehnte sich vor und flüsterte: »Ich glaube, er will, daß ich Oberkommandierender werde.«
»Warum sollte er das tun? Liegt Eisenfaust im Sterben?« fragte Yuriko. »Und was ist mit Herrn Sudara? Oder Herrn Noboru?«
»Wer weiß, Dame? Er hat ihnen allen seine Gunst entzogen, *neh?* Toranaga ändert seine Meinung so oft, daß niemand vorhersagen kann, was er letztlich tut. Zuerst befahl er mir, an seiner Stelle zum Hafen hinunterzugehen, und sagte mir, wie alles ablaufen sollte, dann redete er von Hiro-matsu, daß er alt werde, und dann fragte er mich, was ich wirklich von dem Musketenregiment hielt.«
»Könnte es sein, daß er sich wieder auf ›Blutiger Himmel‹ vorbereitet?«
»Er könnte jederzeit losschlagen. Nur hat er nicht den Mumm, das zu tun. Er ist nur noch ein Schatten des Minowara, der er einst war. Ich war entsetzt, wie er aussah. Tut mir leid, ich habe einen Fehler gemacht. Ich hätte mich doch auf Ishidos Seite stellen sollen.«
»Ich glaube, Ihr habt Euch richtig entschieden. Doch zuerst badet einmal, danach, glaube ich, habe ich ein Geschenk für Euch.«
»Was für ein Geschenk?«
»Euer Bruder Mizuno kommt nach dem Abendessen.«
»Und das soll ein Geschenk sein?« Yabu nahm eine drohende Haltung ein. »Was soll ich mit dem Narren?«
»Besondere Informationen, selbst von einem Narren, können gut und wertvoll sein, *neh?*«
»Was für Neuigkeiten?«

»Erst einmal Euer Bad. Und etwas zu essen. Ihr braucht heute abend einen kühlen Kopf, Yabu-chan.«
Am liebsten hätte Yabu weitergebohrt, doch das Bad war verlockend; im Grunde war er von einer angenehmen Mattigkeit erfüllt. Zum Teil rührte die von Toranagas Zuvorkommenheit heute morgen her, teils von der Ehrerbietung, welche die Generäle ihm in den letzten Tagen entgegengebracht. Der Hauptgrund war jedoch die Tatsache, daß er heute morgen den *Ronin* besiegt hatte, war das Freudenzittern, das von seinem Schwertarm in seinen Kopf gefahren war. Ah, jemanden so sauber zu töten, von Mann zu Mann... vor anderen *Männern*... das ist ein Erlebnis, eine so erlesene Freude.
So verließ er seine Frau und gab sich noch weiter seiner gehobenen Stimmung hin. Er gestattete Händen, sich seines Körpers anzunehmen, und dann trat er wieder auf die Veranda hinaus. Die letzten Strahlen der untergehenden Sonne gingen über den Himmel. Eine seiner Zofen servierte ihm höchst delikat das Abendessen. Schweigend saß er da und nahm nur wenig zu sich: ein wenig Suppe, Fisch und Essiggemüse.
Die Zofe lächelte einladend. »Soll ich jetzt die *Futons* ausrollen, Euer Gnaden?«
»Später. Zunächst sagt meiner Gemahlin, ich würde sie gern sehen.«
Yuriko trat ein. Sie trug einen sauberen, aber alten Kimono.
*»So desu ka?«*
»Euer Bruder wartet. Wir sollten allein mit ihm sprechen. Empfangt zunächst Ihr ihn, Euer Gnaden, dann können wir gemeinsam mit ihm reden... aber allein. Bitte, habt Geduld, *neh?*«
Kasigi Mizuno, Yabus jüngerer Bruder und der Vater von Omi, war ein kleiner Mann mit vorquellenden Augen, hoher Stirn und schütterem Haar. Seine Schwerter schienen nicht zu ihm zu passen, er konnte kaum mit ihnen umgehen, und auf Pfeil und Bogen verstand er sich auch nicht besser.
Mizuno verneigte sich und gratulierte Yabu zu seinem Geschick, das er heute morgen bewiesen. Da ihm daran gelegen war zu gefallen, kam er rasch zur Sache. »Ich habe heute einen verschlüsselten Brief von meinem Sohn bekommen, Euer Gnaden. Die Dame Yuriko hielt es für das beste, daß ich ihn Euch persönlich übergebe.« Er reichte Yabu die Schriftrolle. In der Nachricht von Omi hieß es: »Vater, unterrichtet Herrn Yabu schnell und unter vier Augen: Zunächst einmal ist Herr Buntaro *heimlich über Takato* nach Mishima gekommen. Einer seiner Männer ließ das fallen, als sie sich bei einem Abendessen betranken. Zweitens: Während dieses heimlichen Besuchs in Takato hat Herr Buntaro zweimal mit Herrn Zataki gesprochen und dreimal mit der Dame, Zatakis Mutter. Drittens: Ehe Herr Hiro-matsu nach Yedo aufbrach, sagte er seiner neuen Gattin, der Dame Oko, sie solle sich keine Sorgen machen, denn ›solange ich lebe, wird Herr Toranaga den Kwanto niemals verlassen‹. Viertens, daß...«
Yabu blickte auf. »Woher will Omi-san denn wissen, was Eisenfaust unter vier Augen zu seiner Gattin gesagt hat? Wir haben doch keine Spitzel in seinem Haus.«

»Seit kurzem doch, Euer Gnaden. Lest weiter.«
»Viertens, daß Hiro-matsu entschlossen ist, *notfalls* Verrat zu begehen, und trotz Toranagas Weigerung und mit oder ohne Herrn Sudaras Zustimmung *notfalls* ›Blutiger Himmel‹ befehlen wird. Fünftens, daß dies Wahrheiten sind, die man nicht zu bezweifeln braucht. Die persönliche Zofe der Dame Oko ist die Tochter der Ziehmutter meiner Frau und wurde in Mishima in die Hofhaltung der Dame Oko eingeschleust. Sechstens: Buntaro führt sich auf wie ein Wahnsinniger... heute hat er ohne jeden Grund einen Samurai herausgefordert und umgebracht und dabei den Namen des Anjin-san verflucht. Und zuletzt: Unsere Spione berichten, Ikawa Jikkyu hat zehntausend Mann in Suruga zusammengezogen und ist bereit, über unsere Grenzen hinweg vorzustoßen. Bitte, grüßt Herrn Yabu...« Der Rest seines Schreibens enthielt nichts von Bedeutung.
»Jikkyu, Eh! Muß ich denn in den Tod gehen, ohne mich an diesem Teufel gerächt zu haben?«
»Bitte, geduldet Euch, Euer Gnaden«, sagte Yuriko. »Erklärt es ihm, Mizuno-san.«
»Euer Gnaden«, begann der Mann. »Seit Monaten haben wir versucht, Euren Plan zu verwirklichen – den Ihr faßtet, als der Barbar hier bei uns landete. Ihr erinnert Euch, beim Anblick all der vielen Silbermünzen erwähntet Ihr, daß vielleicht hundert oder auch fünfhundert, in die Hand des richtigen Kochs gegeben, genügen würden, Ikawa Jikkyu ein für allemal zu erledigen.« Mizunos Augen wurden noch froschähnlicher. »Es sieht so aus, als ob Mura, der Dorfschulze von Anjiro, einen Vetter hat, der seinerseits einen Vetter hat, dessen Bruder jetzt der beste Koch in Suruga ist. Ich hörte heute, daß Jikkyu ihn in seinen Haushalt aufgenommen hat. Er hat zweihundert als Anzahlung erhalten. Der Gesamtpreis beläuft sich auf fünfhun...«
»Soviel Geld haben wir nicht. Unmöglich. Wie soll ich fünfhundert aufbringen.«
»Verzeiht bitte, Euer Gnaden. Tut mir leid, aber das Geld ist bereits beiseite gelegt worden. Es sind nicht alle Münzen in der Schatztruhe des Barbaren geblieben. Tausend Münzen verschwanden, ehe der Inhalt offiziell gezählt wurde. Tut mir leid.«
Yabu glotzte ihn an. »Wie denn das?«
»Es scheint, daß Omi-san es in Eurem Namen zu tun befohlen wurde. Das Geld wurde jedenfalls heimlich hierher zur Dame Yuriko gebracht.«
Lange Zeit dachte Yabu darüber nach. »Wer hat den Befehl dazu gegeben?«
»Ich tat es. Nachdem ich um die Erlaubnis dazu nachgesucht hatte.«
»Ich danke Euch, Mizuno-san. Und Dank auch Euch, Yuriko-san.« Yabu verneigte sich vor beiden. »Also Jikkyu, eh? Endlich!« Er klopfte seinem Bruder herzlich auf die Schulter. »Das habt Ihr ausgezeichnet gemacht, Bruder. Ich werde Euch aus der Schatzkammer ein paar Ballen Seide schicken. Gut... gut! Und jetzt zum Rest des Berichts... wie denkt Ihr darüber?«

»Ich denke überhaupt nichts, Euer Gnaden. Es wäre höchst aufschlußreich zu erfahren, was Ihr davon haltet.«
»Zunächst einmal...« Yabu hielt inne, sprach nicht weiter, als er den Blick auffing, den seine Frau ihm zuwarf, und sagte statt dessen: »Zuvörderst und vor allem bedeutet das, daß Omi-san, Euer Sohn, ein treuer und äußerst brauchbarer Vasall ist. Er hat eine Beförderung verdient, *neh?*«
Mizuno troff vor Dankbarkeit. Yabu hatte Geduld mit ihm, plauderte mit ihm und beglückwünschte ihn, und als die Höflichkeit es gestattete, entließ er ihn. Yuriko ließ *Cha* kommen. Als sie wieder ganz allein waren, sagte er: »Und was bedeutet der Rest?«
Ihr Gesicht spiegelte jetzt ihre Erregung wider. »Bitte, entschuldigt mich, Euer Gnaden, aber ich möchte Euch etwas vortragen, was ich mir überlegt habe: *Toranaga hält uns alle zum Narren und hat nicht die geringste Absicht, nach Osaka zu gehen und sich zu ergeben – und hat diese Absicht nie gehabt.*«
»Unsinn!«
»Hört Euch die Tatsachen an... Beweisen läßt sich meine Theorie folgendermaßen: Buntaro-san, ein Vertrauter Toranaga-samas, wird heimlich zu Zataki geschickt. Warum? Offenbar doch wohl, um ihm ein neues Angebot zu unterbreiten. Was könnte Zataki in Versuchung führen? Der Kwanto... nur der. Also hat man ihm den Kwanto angeboten... als Morgengabe für seine Treue, sobald Toranaga wieder *Vorsitzender des Regentschaftsrats ist... eines neuen Regentschaftsrats mit einem neuen Mandat.* Dann könnte er es sich leisten, *neh?*« Sie wartete und fuhr dann pedantisch fort: »Wenn er Zataki überredet, Ishido in den Rücken zu fallen, hat er ein Viertel des Weges zur Hauptstadt Kyoto geschafft. Wie läßt sich dieser Pakt mit dem Bruder festigen? Durch Geiseln! Ich hörte heute nachmittag, daß Herr Sudara, die Dame Genjiko und ihre Töchter *samt* ihrem Sohn in den nächsten zehn Tagen ihre verehrte Großmutter in Takato besuchen werden.«
»Alle?«
»Ja. Weiterhin gibt Toranaga dem Anjin-san sein Schiff zurück, und zwar mit sämtlichen Kanonen und Pulver, zweihundert Fanatikern und dem gesamten Geld, das ausreicht, weitere barbarische Söldner anzuwerben, den *Wako*-Abschaum von Nagasaki. Warum? Um das Schwarze Schiff der Barbaren zu kapern. Kein Schwarzes Schiff, kein Geld – und unendliche Schwierigkeiten für die christlichen Priester, die Kiyama, Onoshi und die verräterischen christlichen *Daimyos* beherrschen.«
»Das würde Toranaga nie wagen! Der Taikō hat es versucht und eine Schlappe einstecken müssen – dabei war der allmächtig. Die Barbaren werden wutschäumend das Weite suchen, und wir werden niemals wieder Handel treiben.«
»Richtig. Wenn *wir* es täten. Aber diesmal würden Barbaren gegen Barbaren kämpfen. Man muß sich nur einmal vorstellen, der Anjin-san griffe Nagasaki an und steckte es in Brand... steckte noch ein paar andere Häfen in Kyushu in Brand, machte Jagd auf ihre Schiffe, während gleichzeitig...«

»Während Toranaga gleichzeitig ›Blutiger Himmel‹ befiehlt!« entfuhr es Yabu.
»Ja, ja, ja«, gab Yuriko ihm glücklich recht. »Würde diese Intrige nicht zu Toranaga passen wie eine zweite Haut? Täte er damit nicht das, was er immer getan hat? Einfach abwarten, auf Zeit spielen, einen Tag hier und dort noch einen Tag, und bald ist ein ganzer Monat vorüber, und wieder einmal hat er eine überwältigende Streitmacht zusammen, um seine Gegner beiseite zu fegen? Seit Zataki ihm in Yokosé die Aufforderung überbracht hat, vor den Regenten zu erscheinen, ist fast ein ganzer Monat verstrichen.«
Yabu spürte, wie das Blut in seinen Ohren rauschte. »Dann sind wir also gerettet?«
»Nein, aber immerhin nicht verloren. Ich glaube nicht an das Waffenstrecken.« Sie zögerte. »Und jeder hat sich hinters Licht führen lassen. Wir haben alle vergessen, was für ein großer Nōh-Schauspieler Toranaga ist, der sein eigenes Gesicht als Maske tragen kann, wenn es sein muß. *Neh?*«
Yabu versuchte, Ordnung in seine Gedanken zu bringen, was ihm jedoch nicht recht gelingen wollte. »Trotzdem hat Ishido immer noch ganz Japan gegen uns auf seiner Seite.«
»Ja. Mit Ausnahme von Zataki. Außerdem muß es noch andere geheime Bündnisse geben. Toranaga und Ihr könnt die Pässe halten.«
»Ishido hat Osaka, die Burg, den Erben und den Reichtum des Taikō in seiner Gewalt.«
»Stimmt. Aber er wird drinnen hocken bleiben und schmollen. Und dann wird irgend jemand ihn verraten.«
»Was soll ich tun?«
»Das Gegenteil von dem, was Toranaga tut. Mag er abwarten. Ihr hingegen müßt Euch beeilen. Zunächst einmal folgendes, Euer Gnaden. Toranaga hat eines übersehen, was Ihr heute nachmittag entdeckt habt. Die Weißglut des Tsukku-san. Der Anjin-san bedroht die Zukunft der Christen hier, *neh?* Deshalb müßt Ihr den Anjin-san unter Euren besonderen Schutz nehmen, denn diese Priester oder ihre Handlanger werden ihn binnen Stunden ermorden. Weiter: Der Anjin-san braucht Euch, Ihr müßt ihm helfen, in Nagasaki seine neue Mannschaft anzuheuern. Ohne Euch und Eure Männer muß ihm das mißlingen. Ohne ihn und sein Schiff wird Nagasaki nicht brennen, und das muß geschehen. Dann stößt Toranaga, den mittlerweile wie durch ein Wunder plötzlich Zataki unterstützt, durch die Pässe von Shinano vor und hinunter zu den Ebenen von Kyoto.«
»Ja. Ja, Ihr habt recht, Yuriko-chan! So muß es einfach sein! Ach, Ihr seid ja so klug, so klug.«
Er lächelte ihr zu.
»Klugheit und Glück genügen nicht, wenn man nicht auch die Mittel hat, einen Plan zu verwirklichen, Euer Gnaden. Und das könnt nur Ihr allein... Ihr seid der Anführer, der Kämpfer, den Toranaga einfach haben *muß!* Ihr müßt ihn unbedingt heute abend sprechen.«

»Ich kann schließlich nicht einfach zu Toranaga gehen und ihm erklären, ich hätte seine List durchschaut, *neh?*«
»Nein, aber Ihr könnt ihn sehr wohl um die Erlaubnis bitten, den Anjin-san zu begleiten und sofort aufzubrechen. Wir finden schon einen triftigen Grund dafür.«
»Aber wenn der Anjin-san Nagasaki und das Schwarze Schiff angreift, werden die Barbaren dann nicht sofort allen Handel unterbinden und fortsegeln?«
»Ja. Möglicherweise. Aber das ist erst nächstes Jahr. Und nächstes Jahr wird Toranaga längst wieder Regent sein, Vorsitzender des Regentschaftsrats. Und Ihr sein Oberkommandierender.«
Yabu kam aus den Wolken wieder auf die Erde herab. »Nein«, sagte er mit fester Stimme. »Sobald er an der Macht ist, wird er mir befehlen, *Seppuku* zu begehen.«
»Längst ehe das geschieht, werdet Ihr den Kwanto haben.«
Er zwinkerte. »Wieso das?«
»Toranaga wird seinem Halbbruder niemals wirklich den Kwanto geben. Zataki würde eine ständige Bedrohung für ihn darstellen. Er ist ein wilder, unberechenbarer und stolzer Mann, *neh?* Es wird Toranaga ein leichtes sein, Zataki dahin zu bringen, daß er ihn anfleht, einen Platz in der vordersten Reihe der Kämpfenden einzunehmen. Und wenn Zataki nicht fällt... wer weiß, eine Kugel oder ein Pfeil, der sich verirrt? Wahrscheinlich eine Kugel. Ihr müßt in der Schlacht das Musketenregiment anführen, Euer Gnaden.«
»Warum sollte mich nicht gleichfalls eine verirrte Kugel erwischen?«
»Das ist zwar möglich, Euer Gnaden. Aber Ihr seid ja nicht Toranagas Blutsverwandter und stellt damit keine Bedrohung seiner Macht dar. Ihr werdet sein ergebenster *Vasall* werden. Er braucht schließlich kämpfende Generäle. Ihr werdet Euch den Kwanto verdienen, und das sollte Euer einziges Ziel sein. Sobald Ishido verraten wird, wird Toranaga Euch den Kwanto antragen, weil er selbst Osaka für sich beanspruchen wird.«
»Vasall? Aber Ihr habt doch gesagt, ich solle nur warten, und ich würde niemals...«
»Jetzt dagegen rate ich Euch, ihn mit allen Mitteln zu unterstützen. Nicht seinen Befehlen blind zu folgen, wie der alte Eisenfaust, sondern mit viel Klugheit. Vergeßt nicht, Yabu-chan, in der Schlacht machen Soldaten Fehler, es gibt verirrte Kugeln. Solange Ihr das Regiment befehligt, könnt Ihr es Euch immer noch überlegen... jederzeit, *neh?*«
»Ja«, sagte er. Sie war ihm geradezu unheimlich.
»Vergeßt nie: Es ist die Sache wert, Toranaga zu folgen. Er ist ein Minowara. Ishido ist nichts weiter als ein Bauer. Der Narr, das ist Ishido. Das erkenne ich jetzt. Ishido sollte schon längst die Tore von Odawara bestürmen, Regen hin, Regen her. Hat Omi-san das nicht schon vor Monaten gesagt? Ist Odawara nicht unterbemannt? Ist Toranaga nicht isoliert?«
Yabu hämmerte voller Entzücken mit der Faust auf den Boden. »Dann also doch

Krieg! Wie klug Ihr seid, daß Ihr ihn durchschaut habt! Ah, er hat die ganze Zeit über den schlauen Fuchs gespielt, *neh?*«
»Ja«, sagte sie. Sie war sehr mit sich zufrieden.

Mariko war zu dem gleichen erstaunlichen Schluß gekommen, wenn auch nicht aufgrund derselben Tatsachen. Toranaga tut nur so, spielt ein heimliches Spiel, sagte sie sich. Das ist die einzige Erklärung für sein unglaubliches Verhalten – dafür, daß er dem Anjin-san vor dem Tsukku-san Schiff, Geld, sämtliche Kanonen und die Freiheit wiedergegeben hat. Jetzt wird der Anjin-san das Schwarze Schiff kapern, und er wird der Kirche größten Schaden zufügen und die Väter zwingen, Kiyama und Onoshi dazu zu bringen.
Aber warum? Wenn das der Wahrheit entspricht, dachte sie wie vor den Kopf geschlagen, dann kann er selbstverständlich nicht nach Osaka gehen, *neh?* Er muß... Ah! Es war von vorn bis hinten eine List!
Und warum? Um Zeit zu gewinnen.
Um was zu erreichen? Um abzuwarten und sein Netz noch dichter zu knüpfen. Es spielt ja auch gar keine Rolle! Wichtig ist einzig und allein, daß Toranaga wieder das ist, was er immer gewesen ist: Der Mann, der die Fäden zieht und die Puppen tanzen läßt.
Sie schwelgte in ihrem neugefundenen Wissen. Was aber tun in der Zwischenzeit? fragte sie sich. Nichts weiter als das, was du bereits getan... und zu tun entschlossen warst. *Neh?*
»Herrin?«
»Ja, Chimmoko?«
»Gyoko-san ist da. Sie ist mit Euch verabredet, sagt sie.«
»Ach ja. Ich hatte ganz vergessen, es Euch zu sagen. Erst macht Saké heiß, und dann bringt ihn – und sie – her.«
Mariko sann über die Ereignisse des Nachmittags nach. Sie erinnerte sich, wie er die starken Arme um sie geschlungen hatte. »Könnte ich Euch heute abend sehen?« hatte er mit größter Vorsicht gefragt, nachdem Yabu und der Tsukku-san gegangen waren.
»Ja«, hatte sie impulsiv gesagt. »Ja, mein Geliebter. Ach, wie glücklich ich für Euch bin! Sagt Fujiko-san... sagt ihr, sie solle mich um die Stunde des Ebers rufen lassen.«
In der Stille ihres Hauses hatte es ihr die Kehle zugeschnürt. Soviel Übermut und soviel Gefahr!
Sie prüfte im Spiegel den Sitz ihrer Frisur und versuchte, sich zur Ruhe zu zwingen. Schritte näherten sich. Die *Shoji*-Tür glitt auf. »Ah, Dame«, sagte Gyoko und verneigte sich tief. »Wie liebenswürdig von Euch, mich zu empfangen.«
»Ihr seid willkommen, Gyoko-san.«
Sie tranken Saké. Chimmoko bediente sie.
»Welch köstliches Porzellan, Dame! Wie überaus schön!«

Sie machten höfliche Konversation, und dann wurde Chimmoko fortgeschickt.
»Es tut mir so leid, Gyoko-san, aber unser Gebieter ist heute nachmittag nicht persönlich erschienen. Ich habe ihn nicht gesehen, hoffe aber, es zu tun, ehe ich abreise.«
»Ja, ich habe gehört, daß Yabu-san an seiner Stelle zum Hafen hinuntergekommen ist.«
»Sobald ich Toranaga-sama sehe, werde ich noch einmal ein Wort für Euch einlegen. Allerdings fürchte ich, seine Antwort wird wieder nein lauten.« Mariko schenkte Saké für sie beide ein.
»Ja, das glaube ich Euch. Jedenfalls nicht, wenn der Druck nicht groß genug ist.«
»Es gibt keinen Druck, den ich ausüben könnte. Tut mir leid.«
»Mir auch, Dame.«
Mariko setzte ihr Schälchen ab. »Dann habt Ihr also beschlossen, daß gewisse Zungen nicht mehr so sicher sind.«
Brüsk erklärte Gyoko: »Wenn ich Geheimnisse über Euch ausposaunen wollte, würde ich Euch das dann ins Gesicht sagen? Haltet Ihr mich für so naiv?«
»Vielleicht solltet Ihr jetzt besser gehen. Tut mir leid, aber ich habe viel zu tun.«
»Jawohl, Dame, ich auch!« erwiderte Gyoko immer noch mit rauher Stimme. »Herr Toranaga hat mich *ins Gesicht hinein* gefragt, was ich über Euch und den Anjin-san wüßte. Ich habe gesagt: ›O ja, Euer Gnaden. Mir sind diese üblen Gerüchte zu Ohren gekommen, aber es ist nichts Wahres daran. Das schwöre ich beim Haupt meines Sohnes und seiner Söhne. Wenn es jemand wüßte, dann bestimmt ich. Es sind nichts als boshafte Lügen... eifersüchtige Gerüchte, Euer Gnaden...‹« Gyoko trank den Saké auf einen Zug aus und sagte bitter: »Jetzt sind wir alle ruiniert, wenn er Beweise in die Hand bekommt... was nicht so schwierig sein dürfte, *neh?*«
»Wie?«
»Man unterwerfe den Anjin-san der Folter... nach chinesischer Art. Und Chimmoko... nach chinesischer Art. Mich... Kiku-san... Yoshinaka... verzeiht, aber sogar Euch, Dame, nach chinesischer Art...«
Mariko stockte der Atem. »Dürfte ich... dürfte ich fragen, warum Ihr ein solches Risiko auf Euch genommen habt?«
»Weil Frauen sich in gewissen Situationen gegen die Männer zusammentun müssen. Weil Ihr mir nichts Böses getan habt. Weil ich Euch und den Anjin-san mag und glaube, daß Ihr beide Euer eigenes *Karma* habt. Und weil es mir lieber ist, Ihr seid am Leben und ich habe eine Freundin an Euch, als Euch tot zu sehen. Außerdem ist es erregend zu beobachten, wie Ihr drei Motten die Flamme des Lebens umkreist.«
»Ich glaube Euch nicht.«
Gyoko lachte leise. »Ich danke Euch, Dame.« Dann faßte sie sich und sagte völlig aufrichtig: »Sehr wohl. Ich werde Euch den wahren Grund nennen. Ich brauche Eure Hilfe. Jawohl, Toranaga-sama will meiner Bitte nicht entsprechen. Vielleicht jedoch findet Ihr eine Möglichkeit. Ihr seid die einzige Chance, die ich

je gehabt habe, und ich werde sie nicht so ohne weiteres fahren lassen. Bitte, Dame, ich bitte Euch demütig, mir mit meinem Ersuchen weiterzuhelfen.« Sie legte beide Hände auf die *Futons* und verneigte sich ganz tief. »Bitte, verzeiht mir meine Unverfrorenheit, Dame Toda, aber wenn Ihr mir helft, werde ich alles, was ich habe, auf Eure Seite werfen.« Dann hockte sie sich wieder auf ihre Fersen, richtete die Falten ihres Kimonos und trank den Saké aus.
Mariko bemühte sich, geradlinig zu denken. Ihr Gefühl riet ihr, dieser Frau zu trauen, doch ihr Verstand war noch verworren. So beschloß sie, die Entscheidung zu verschieben: »Ja, ich will es versuchen. Ihr müßt mir nur Zeit lassen, bitte.«
»Da weiß ich Besseres für Euch. Hört Euch dies an: Hier eine Tatsache: Ihr kennt die Amida Tong? Die Mörder?«
»Was ist mit ihnen?«
»Erinnert Ihr Euch an den einen in der Burg von Osaka, Dame? Er hatte es auf den Anjin-san abgesehen und nicht auf Toranaga-sama. Herrn Kiyamas Oberster Verwalter hat für diesen Versuch zweitausend *Koku* springen lassen.«
»Kiyama? Aber warum?«
»Er ist Christ, *neh?* Der Anjin-san war auch damals schon ein Feind, *neh?* Und wie dann erst heute? Jetzt, wo er sein Schiff wiederbekommen hat?«
»Noch ein Amida? Hier?«
Gyoko zuckte die Achseln. »Wer weiß? Ich jedenfalls würde nicht das Lendentuch eines *Eta* für das Leben des Anjin-san geben, wenn er außerhalb der Burg nicht aufpaßt.«
»Ihr scheint alles zu wissen, was vorgeht, Gyoko-san.«
»Ich halte nur Augen und Ohren offen, Dame.«
Mariko bezähmte ihre Neugierde, was Blackthorne betraf. »Habt Ihr das Toranaga-sama gesagt?«
»Aber ja, ich habe es ihm erzählt.« Die Haut um Gyokos Augen herum legte sich in tausend Fältchen, und sie trank ihren Saké. »Übrigens glaube ich, daß es ihn nicht einmal überrascht hat. Das ist aufschlußreich, findet Ihr nicht auch?«
»Vielleicht habt Ihr Euch geirrt?«
»Vielleicht. In Mishima hörte ich gerüchteweise, daß eine Verschwörung im Gange sei, Herrn Kiyama zu vergiften. Schrecklich, *neh?*«
»Was für eine Verschwörung?«
Gyoko berichtete ihr die Einzelheiten.
»Unmöglich! Ein christlicher *Daimyo* würde das einem anderen nie antun!« Mariko füllte die Schälchen.
»Dürfte ich erfahren, was sonst noch gesagt wurde – von Euch und von ihm?«
»Zum Teil ging es um meine Bitte, seine Gunst zurückzugewinnen und aus dem Sack voll Flöhe herauszukommen, der dieser Gasthof ist. Damit erklärte er sich auch einverstanden, Dame. Jetzt sollen wir ein angemessenes Quartier innerhalb der Burg zugewiesen bekommen, in der Nähe des Anjin-san, in einem der

Gasthäuser. Und ich darf kommen und gehen, wie es mir beliebt. Er hat Kiku-san gebeten, ihm heute abend Gesellschaft zu leisten, und damit wären wir schon ein Stück weiter, wenn auch nichts ihn aus seiner Schwermut herauszureißen vermag. *Neh?*« Gyoko blickte Mariko fragend an, doch Mariko gab durch nichts zu erkennen, was sie dachte, und nickte nur. Gyoko seufzte tief und fuhr fort: »Ja, er ist sehr niedergeschlagen. Ein Jammer!«
O ja, war Mariko versucht zu sagen, die es drängte, ihre Freude mit Gyoko zu teilen. Wie nützlich Eure Information für unseren Gebieter gewesen sein muß. Er müßte Euch selbst zu einem *Daimyo* machen! Und wie phantastisch von Toranaga-sama, Euch scheinbar so unbeteiligt angehört zu haben! Wie großartig! Toda Mariko-noh-Buntaro schüttelte jedoch nur den Kopf und sagte ruhig: »Es tut mir leid, daß Eure Information ihn nicht aufgeheitert hat.«
»Nichts von dem, was ich sagte, hat sein Gemüt erheitert. Er war bedrückt... wie ein geschlagener Mann. Traurig, *neh?*«
»Ja, tut mir so leid.«
»Ja.« Gyoko zog vernehmlich Luft durch die Nase ein. »Noch etwas, ehe ich gehe, Dame. Etwas, was insbesondere Euch interessieren dürfte... um unsere Freundschaft zu festigen. Es ist gut möglich, daß der Anjin-san sehr fruchtbar ist.«
»Wie bitte?«
»Kiku-san bekommt ein Kind.«
»Vom Anjin-san?«
»Ja. Oder von Herrn Toranaga. Vielleicht aber auch von Omi-san. Alle drei haben sie sie während der fraglichen Zeit beehrt. Selbstverständlich hat sie nach Omi-sans Besuch die üblichen Vorsichtsmaßnahmen ergriffen, aber, wie Ihr ja wißt: Keine Methode ist ganz sicher, *neh?* Sie meint, nach dem Besuch des Anjin-san könnte sie es vergessen haben, aber sie ist sich nicht sicher. Das war der Tag, an dem der Kurier in Anjiro eintraf. Und in der Aufregung der Abreise nach Yokosé sowie darüber, daß Herr Toranaga ihren Kontrakt kaufte... verständlich, *neh?*« Gyoko hob verstört die Hände. »Nach Herrn Toranaga tat sie, auf meinen Vorschlag hin, das Gegenteil. Außerdem haben wir beide Räucherstäbchen entzündet und um einen Knaben gebetet.«
Mariko betrachtete das Muster auf ihrem Fächer. »Wer, wer, meint Ihr?«
»Das ist ja gerade das Schlimme, Dame. Ich weiß es nicht. Ich wäre für Euren Rat sehr dankbar.«
»Die Schwangerschaft muß sofort unterbrochen werden. Selbstverständlich. Für sie besteht dabei keinerlei Risiko.«
»Ganz meine Meinung. Aber leider teilt Kiku-san sie nicht.«
»Wie bitte? Da bin ich aber überrascht, Gyoko-san! Selbstverständlich muß sie. Oder man müßte es Herrn Toranaga sagen. Schließlich ist es passiert, ehe er...«
»*Vielleicht* ist es vorher passiert, Dame!«
»Herr Toranaga muß es jedenfalls unbedingt erfahren. Warum ist Kiku-san so ungehorsam und töricht?«

»*Karma*, Dame. Sie wünscht sich ein Kind.«
»Wessen Kind?«
»Das will sie nicht sagen. Sie hat nur gesagt, jeder von den dreien hätte seine Vorteile.«
»Sie wäre gut beraten, dieses gehen zu lassen und sich das nächste Mal ganz sicher zu sein.«
»Ganz meine Meinung. Ich dachte nur, Ihr solltet es wissen, falls... Es vergehen noch viele, viele Tage, ehe man ihr etwas ansieht oder ehe eine Fehlgeburt gefährlich für sie wäre. Vielleicht ändert sie ihre Meinung noch. Ich kann sie in dieser Beziehung jedenfalls zu nichts zwingen. Sie ist nicht mehr mein Eigentum, wiewohl ich mich vorerst noch um sie kümmere. Es wäre herrlich, wenn das Kind von Herrn Toranaga wäre. Aber angenommen, es hätte blaue Augen... Noch ein letzter kleiner Rat, Dame: Sagt dem Anjin-san, er soll diesem Uraga-noh-Tadamasa nur bedingt trauen, und auf keinen Fall in Nagasaki. Dort unter keinen Umständen. Die letzte Treue dieses Mannes wird immer seinem Onkel, Herrn Harima, gelten.«
»Wie erfahrt Ihr diese Dinge nur, Gyoko-san?«
»Männer haben das Bedürfnis, Geheimnisse auszuplaudern, Dame. Darin unterscheiden sie sich gewaltig von uns.. Sie *müssen* Geheimnisse einfach mit jemand teilen, wohingegen wir Frauen sie nur um eines Vorteils willen enthüllen.«

# *51. Kapitel*

In der Dunkelheit der Nacht wurde eines der Fallgitter von einem Seitentor der Burg geräuschlos hochgezogen, und zehn Männer überquerten eiligst die schmale Zugbrücke über den innersten Burggraben. Hinter ihnen ging das Eisengitter wieder herunter. Alle trugen dunkle Kimonos und dunkle Hüte und hielten ihre Schwerter fest gepackt: Naga, Yabu, Blackthorne, Uraga-noh-Tadamasa sowie sechs Samurai. Naga bildete zusammen mit Yabu die Spitze und führte sie unbeirrt durch einen Irrgarten von Gängen und Gassen, um Ecken herum und Treppen hinauf und hinab sowie durch wenig benutzte Bogengänge. Jedesmal, wenn sie auf Patrouillen und Schildwachen stießen, hielt Naga sein silbernes Geheimzeichen in die Höhe, und die zehn durften unbehindert und unbefragt hindurch.

Er führte sie an das südliche Haupttor, das man passieren mußte, wenn man über den breiten äußersten Wallgraben hinübergelangen wollte. Dort erwartete sie ein Trupp von Samurai. Schweigend nahmen diese Nagas Männer in die Mitte und eilten mit ihnen über die Brücke. Trotzdem wurden sie nicht angehalten. Sie eilten weiter, die leichte Anhöhe zur Ersten Brücke hinunter, wobei sie sich so weit wie möglich im Schatten der Fackeln hielten, von denen es hier in der Nähe der Burg so viele gab. Nachdem sie die Erste Brücke hinter sich hatten, wandten sie sich nach Süden und verschwanden in dem Labyrinth der Gassen, die zum Hafen, zum Liegeplatz der *Erasmus*, hinunterführten.

Naga zeigte den Weg durch die Absperrungen. Man ließ sie ohne zu fragen auf den Pier. Dort befanden sich noch mehr Fackeln und Wachen.

»Alles bereit?« fragte Yabu, der jetzt das Kommando übernahm.

»Jawohl, Euer Gnaden«, erwiderte der wachhabende Samurai.

»Gut, Anjin-san, habt Ihr verstanden?«

»Ja, ich danke, Yabu-san.«

»Gut. Dann beeilt Euch jetzt.«

Blackthorne sah seine eigenen Samurai auf der einen Seite in einem lockeren Haufen aufgestellt und schickte, wie verabredet, Uraga zu ihnen hinüber. Rasch

ließ er den Blick prüfend über das Schiff wandern, stieg dann an Bord und betrat mit einem unendlichen Hochgefühl *sein* Achterdeck. Der Himmel war immer noch dunkel. Vom Morgendämmer noch keine Spur. Alles wies darauf hin, daß es einen schönen Tag und eine ruhige See geben würde.
Er warf einen Blick hinüber zur Anlegestelle. Yabu und Naga waren in ein Gespräch vertieft. Uraga erklärte seinen Vasallen, was hier vor sich gehe. Dann wurden wieder die Absperrungen aufgemacht, und Baccus van Nekk und der Rest seiner Mannschaft stolperten argwöhnisch auf den freien Platz hinaus, umgeben von sarkastischen Wachen.
Blackthorne trat an das Schanzkleid und rief: »Hallo! Kommt an Bord!«
Als seine Männer ihn sahen, schien etwas von ihrer Furcht von ihnen abzufallen, und sie beeilten sich, doch die Wachen fluchten, und so blieben sie stehen.
»Uraga-san!« rief Blackthorne. »Sagt ihnen, sie sollen meine Männer an Bord lassen. Und zwar sofort!« Uraga gehorchte bereitwilligst.
Vinck kam als erster an Deck, Baccus als letzter. Den Männern saß immer noch die Angst in den Gliedern, doch kam keiner von ihnen auf das Achterdeck herauf, das allein Blackthorne gehörte.
»Du gütiger Jesus, Pilot«, ließ Baccus keuchend seine Stimme über das allgemeine Stimmengewirr hinweg vernehmen. »Was ist denn hier eigentlich los?«
»Was ist denn los, Pilot?« kam es wie ein Echo von Vinck und den anderen.
»Himmel, eben hab' ich noch geschlafen, bricht die Hölle los, fliegen die Türen auf, und die Affen treiben uns hierher...«
Blackthorne hob die Hand hoch. »Hört zu! Wir bringen die *Erasmus* in einen sicheren Hafen auf der anderen...«
»Dazu haben wir aber nicht genug Männer, Pilot«, brach es besorgt aus Vinck heraus. »Das schaffen wir...«
»Hör zu, Johann! Man wird uns abschleppen. Das andere Schiff muß jeden Augenblick hier sein. Ginsel, geh nach vorn... du nimmst das Bleilot. Vinck übernimmt das Ruder, Jan Roper und Baccus, ihr stellt euch neben die Vorwinsch, Salamon und Croocq an die Achterwinsch. Sonk, nach unten und überprüf unsere Vorräte. Und bring ein bißchen Grog rauf, wenn du welchen findest. Und jetzt an die Arbeit!«
»Augenblick, Pilot!« sagte Jan Roper. »Was soll diese ganze Eile bedeuten? Wohin gehen wir und warum?«
Blackthorne merkte, wie eine Welle von Abscheu in ihm hochstieg, als er sich ausgefragt fühlte, doch erinnerte er sich daran, daß sie immerhin ein Recht darauf hatten, es zu wissen. »Wir stehen unmittelbar vor der Zeit der schweren Unwetter, der *Tai-fune*. Dieser Ankerplatz hier ist nicht sicher. Auf der anderen Seite, ein paar *Leguas* südlich von hier, ist ihr bester und sicherster Ankerplatz.« Er wandte den Blick ab, als Yabu mit seinen sechs Wachen an Bord gestapft kam. Die Männer stoben vor ihm auseinander.
»Jesus!« würgte Vinck hervor. »Das ist er! Der Hund, der Pieterzoon auf dem Gewissen hat!«

Yabu kam bis zum Achterdeck heran. Er lächelte breit und schien von dem Schrecken, den er unter der Mannschaft verbreitete, nichts zu merken. Er zeigte aufs Meer hinaus. »Anjin-san, seht! Dort! Alles klappt wie geplant, *neh?*«
Lautlos kam aus dem Dunkel gleich einer monströsen Seeraupe eine Galeere auf sie zugeglitten.
»Gut, Yabu-sama. Ihr wollt hier stehen?«
»Später, Anjin-san.« Yabu ging zum Fallreep hinüber.
Blackthorne wandte sich wieder seinen Leuten zu. »An die Arbeit! Und haltet eure Zungen im Zaum! Nie was anderes reden als Gossen-Holländisch... wir haben einen an Bord, der auch Portugiesisch versteht. Und jetzt voran!«
Die Männer taten, wie ihnen geheißen, und waren froh, aus Yabus Nähe fortzukommen.
Uraga und zwanzig von Blackthornes Samurai kamen im Laufschritt an Bord. Die anderen formierten sich unten auf dem Pier, um an Bord der Galeere zu gehen.
»Dies hier ist Eure Leibwache, wenn Ihr einverstanden seid, Anjin-san«, sagte Uraga und schickte sich an, den Niedergang zum Achterdeck hinaufzukommen.
»Halt! Unten bleiben! Ohne meine ausdrückliche Genehmigung kommt niemand hier aufs Achterdeck! Sagt ihnen das.«
»Jawohl, Anjin-san! Bitte, verzeiht!«
Blackthorne trat an die Steuerbordreling heran, um zuzusehen, wie die Galeere westlich von ihnen anlegte. »Ginsel! Geh an Land und paß auf, wie sie unsere Taue übernehmen. Sperr überall die Augen auf!«
Nachdem er sich überzeugt hatte, daß mit dem Schiff alles in Ordnung war, sah Blackthorne sich die zwanzig Mann an. »Warum sind sie nur aus der Gruppe der Gefesselten ausgewählt worden, Uraga-san?«
»Sie gehören alle zu einem Klan, Anjin-san. Wie Brüder, Euer Gnaden. Sie bitten um die Ehre, Euch beschützen zu dürfen.«
»*Anatawa... anatawa... anatawa...*« Blackthorne zeigte wahllos auf zehn von ihnen und befahl ihnen, wieder zurück an Land zu gehen, damit sie durch andere Vasallen ersetzt würden, die Uraga gleichfalls wahllos bestimmte. Und, schärfte er Uraga ein, macht ihnen klar, daß *alle* meine Vasallen wie Brüder zu sein hätten, sonst könnten sie gleich *Seppuku* begehen.
»*Wakarimasu?*«
Bald waren die Trossen vom Vordersteven an Bord des anderen Fahrzeugs übernommen und festgemacht worden. Blackthorne sah sich alles genau an, prüfte den Wind und setzte seinen ganzen Seemannsinstinkt ein; denn er wußte, selbst in dem riesigen Hafenbecken von Yedo konnte ihre Reise gefährlich werden, wenn plötzliche Böen aufkamen.
»Legt ab!« schrie er. »*Ima*, Käpt'n-san!«
Der Kapitän der Galeere winkte und ließ sein Schiff langsam vom Pier ablegen. Die Galeere war bis auf den letzten Platz mit Samurai sowie mit Naga und dem Rest seiner eigenen Vasallen besetzt. Yabu stand neben Blackthorne auf dem

Achterdeck der *Erasmus.* Sie legte sich leicht auf die Seite, und ein Zittern durchlief sie, als die Strömung sie packte. Blackthorne und seiner Mannschaft wollte vor Lust schier das Herz zerspringen; das erregende Gefühl, wieder auf See zu sein, fegte alle Beängstigungen beiseite. Ginsel lehnte sich über den Rand eines kleinen, an Steuerbord vertäuten Korbs, warf das Lot aus und sang die Fadentiefe hinaus. Der Pier blieb mehr und mehr zurück.

»Ahoi voraus! *Yukkuri sei!* – Langsame Fahrt!«

»*Hai,* Anjin-san«, ertönte die Antwort. Gemeinsam krochen die beiden Schiffe durch die Hafenströmung hinaus. Lichter blitzten an ihren Mastspitzen.

»Gut, Anjin-san«, sagte Yabu. »Sehr gut!«

Yabu wartete, bis sie ein ganzes Stück weit draußen auf See waren, dann nahm er Blackthorne beiseite. »Anjin-san«, tastete er sich äußerst vorsichtig vor, »Ihr habt mir gestern das Leben gerettet. Versteht Ihr? Als Ihr diese *Ronin* zurückgepfiffen habt. Erinnert Ihr Euch?«

»Ja. Nur meine Pflicht.«

»Nein, nicht Pflicht. In Anjiro, Ihr erinnert Euch an jenen anderen Mann, den Matrosen, wißt Ihr noch?«

»Ja, ich erinnere mich.«

»*Shigata ga nai, neh? Karma, neh?* Das war vor Samurai oder *Hatamoto ...*« Yabus Augen glänzten im Licht der Seelaterne. Er berührte Blackthornes Schwert und sprach leise, aber sehr deutlich: »... vor ›Öl-Verkäufer‹, *neh?* Von Samurai zu Samurai bitte ich, vergeßt alles, was davor war. Machen neuen Anfang! Heute nacht! Bitte! Versteht Ihr?«

»Ja, ich verstehe.«

»Ihr braucht mich, Anjin-san... Ohne mich keine Barbaren-*Wako.* Nicht in Nagasaki. Niemals. Ich kann sie bekommen... Euch helfen. Jetzt kämpfen wir Seite an Seite. Auf Toranagas Seite. Ohne mich keine *Wako, wakarimasu?*«

Blackthorne schaute eine Weile schweigend zur Galeere vor ihnen hinüber, um dann einen prüfenden Blick über das Deck und seine Matrosen gleiten zu lassen. Dann sah er auf Yabu hinunter. »Ja, ich verstehe.«

»Ich fürchte Euch nicht. Ihr braucht mich nicht zu fürchten. Niemals wieder. Ich will, was Ihr wollt: Eure neuen Schiffe hier, Kapitän der neuen Schiffe. Ich kann Euch sehr viel helfen. Zuerst das Schwarze Schiff... ah ja, Anjin-san«, sagte er, als er sah, wie ein Ausdruck der Freude über Blackthornes Gesicht huschte, »ich werde Herrn Toranaga überzeugen. Ihr wißt, daß ich ein Kämpfer bin, *neh?* Ich werde den Angriff anführen. Ich greife das Schwarze Schiff für Euch von Land aus an. Zusammen, Ihr und ich, sind wir stärker als einer allein. *Neh?*«

»Ja. Möglich, mehr Männer zu bekommen? Mehr als meine zweihundert?«

»Wenn Ihr zweitausend Mann braucht... fünftausend! Keine Sorge, Ihr führt Schiff... ich führe den Angriff. Einverstanden?«

»Ja. Gerechter Handel. Ich bin einverstanden.«

»Gut, sehr gut, Anjin-san«, sagte Yabu zufrieden. Er wußte, daß diese gegen-

seitige Partnerschaft ihnen beiden zugute kommen würde, mochte der Barbar ihn auch noch so sehr hassen.
Wieder einmal hatte sich Yurikos Logik als richtig erwiesen. Früher am Abend hatte er mit Toranaga gesprochen und um die Erlaubnis gebeten, sofort nach Osaka zu gehen, um dort alles für ihn vorzubereiten. »Verzeiht, bitte, aber ich hielt die Angelegenheit für dringend genug, schließlich solltet Ihr«, hatte er ehrerbietig gesagt, wie er und seine Frau es geplant hatten, »dort jemanden von Rang haben, der dafür sorgt, daß alles so geschieht, wie Ihr es wollt, Euer Gnaden. Ishido ist ein Bauer und versteht nichts von Zeremonien, *neh?* Alles muß gründlichst vorbereitet werden, oder Ihr solltet gar nicht hingehen, *neh?* Es könnte Wochen dauern, *neh?*«
Er war überrascht gewesen, wie mühelos es ihm gelungen war, Toranaga zu überreden. »Außerdem ist da noch das Barbaren-Schiff, Euer Gnaden... Es wäre besser, es sofort nach Yokohama bringen zu lassen, falls es *Tai-fune* gibt. Wenn Ihr gestattet, werde ich die Überführung selbst überwachen, ehe ich abreise. Das Musketenregiment könnte das Schiff bewachen, dann hätte es jedenfalls etwas zu tun. Und ich fahre mit der Galeere direkt nach Osaka weiter. Zu Schiff geht es schneller und besser, *neh?*«
»Sehr wohl, ja, wenn Ihr das für richtig haltet, Yabu-san, dann tut das. Aber nehmt Naga-san mit. Übergebt ihm in Yokohama das Kommando.«
»Jawohl, Euer Gnaden.« Dann hatte Yabu Toranaga von der Wut erzählt, die den Tsukku-san bei der Übergabe des Schiffes an den Anjin-san gepackt hatte. »Der Priester schäumte vor Wut... ich meine, er war so wütend, daß er seine Anhänger auf den Anjin-san ansetzen könnte.«
»Seid Ihr sicher?«
»Ganz sicher, Euer Gnaden. Vielleicht sollte ich den Anjin-san unter meinen besonderen Schutz nehmen.« Und dann, als wäre ihm das ganz plötzlich eingefallen, fügte er noch hinzu: »Das einfachste wäre vielleicht überhaupt, ich würde den Anjin-san mitnehmen. Ich könnte mit den Vorkehrungen in Osaka beginnen... und führe dann weiter nach Nagasaki, um die neuen Barbaren anzuwerben, und bei meiner Rückkehr würde ich die Vorbereitungen für Euer Eintreffen abschließen.«
»Tut, was Ihr für richtig haltet«, hatte Toranaga gesagt. »Das zu entscheiden, überlasse ich ganz Euch, mein Freund. Was spielt es für eine Rolle, *neh?* Spielt überhaupt irgend etwas eine Rolle?«
Yabu beobachtete den Anjin-san... den großen Mann, der dort breitbeinig und arrogant dastand und sich leise den Bewegungen des Decks und dem Wellengang anpaßte, als wäre er ein Teil des Schiffes selbst: so groß und stark und so ganz anders. So ganz anders als an Land. Bewußt nahm Yabu eine ähnliche Haltung ein und äffte ihn aufmerksam nach.
»Ich begehre mehr als den Kwanto, Yuriko-san«, hatte er, kurz bevor er ihr Haus verlassen hatte, seiner Frau zugeflüstert. »Nur noch etwas mehr. Ich begehre das Oberkommando auf See. Ich will Großadmiral werden. Wir werden

das gesamte Einkommen des Kwanto in Omis Plan stecken, um den Barbaren nach Hause zu begleiten, mehr Schiffe zu kaufen, und sie zurückbringen. Omi soll ihn begleiten, *neh?*«
»Ja«, hatte sie genauso glücklich geantwortet. »Ihm können wir vertrauen.«

Die Anlegestelle in Yedo lag verlassen da. Die letzten der Samurai-Wachen verschwanden in den Gassen, die zurückführten zur Burg. Pater Alvito trat aus dem Schatten heraus. Frater Michael stand neben ihm. Alvito schaute aufs Meer hinaus. »Möge Gott sie verfluchen und alle, die auf ihr segeln.«
»Bis auf einen, Pater. Einer von unseren Leuten segelt mit auf dem Schiff. Und Naga-san. Naga-san hat geschworen, im ersten Monat des kommenden Jahres Christ zu werden.«
»Falls er das kommende Jahr überhaupt noch erlebt«, sagte Alvito, von düsteren Ahnungen erfüllt. »Bei Naga-san bin ich mir nicht ganz sicher. Vielleicht meint er es aufrichtig, vielleicht aber auch nicht. Dieses Schiff dort wird uns vernichten, und wir können nichts dagegen unternehmen.«
»Gott wird uns helfen.«
»Ja. Auf der anderen Seite sind wir aber die Soldaten Gottes. Der Pater Visitator muß sofort gewarnt werden. Habt Ihr immer noch keine Brieftaube für Osaka auftreiben können?«
»Nein, Pater, für Geld und gute Worte nicht. Nicht einmal eine für Nagasaki. Toranaga-sama hat schon vor Monaten angeordnet, daß *alle* an ihn abgeliefert werden.«
Alvitos düstere Gemütsverfassung wurde noch düsterer. »Irgend jemand muß doch noch eine haben! Zahlt jeden Preis, falls das nötig ist. Dieser Ketzer wird uns schreckliche Wunden zufügen, Michael.«
»Vielleicht doch nicht, Pater.«
»Warum verlegen sie das Schiff? Selbstverständlich aus Sicherheitsgründen, aber mehr noch, um es unserem Zugriff zu entziehen. Warum hat Toranaga dem Ketzer zweihundert *Wako* gegeben und dazu seinen ganzen Schatz? Selbstverständlich, um ihn als Waffe gegen uns einzusetzen, und das Geld, damit er weitere Piraten anheuern kann... Kanoniere und Matrosen. Warum Blackthorne die Freiheit schenken? Um uns durch das Schwarze Schiff zu treffen. Gott steh uns bei, jetzt hat auch Toranaga uns im Stich gelassen.«
»Wir sind es, die ihn im Stich gelassen haben, Pater.«
»Wir können nichts tun, um ihm zu helfen. Wir haben bei den *Daimyos* alles versucht. Wir sind hilflos.«
»Vielleicht findet der Anjin-san keine Kanoniere und Matrosen. Vielleicht kommt er niemals in Nagasaki an.«
»Mit dem Silber kann er sich alle Männer kaufen, die er braucht. Selbst Katholiken... sogar Portugiesen. Ja. Ich bete, daß Blackthorne nie dort ankommen möge. *Oder seine Abgesandten.* Man könnte die Männer kaufen und sie zu ihm bringen. Kommt, gehen wir nach Hause.« Niedergeschlagen schlug Pater Alvito

den Weg zur Jesuiten-Mission ein, die etwa eine Meile westlich vom Hafengebiet gelegen war.
Sie gingen eine Weile am Ufer dahin, dann blieb Alvito stehen und blickte wieder aufs Wasser hinaus. Der Morgen graute. Von den Schiffen war nichts mehr zu sehen. »Welche Chance besteht, daß unsere Botschaft eintrifft?« Gestern hatte Michael entdeckt, daß einer von Blackthornes neuen Vasallen Christ war. Alvito hatte in aller Eile eine verschlüsselte Nachricht für dell'Aqua vorbereitet und den Mann gebeten, sie heimlich abzugeben, falls er jemals Osaka erreichen sollte.
»Die Nachricht wird eintreffen«, hatte Frater Michael gelassen hinzugefügt. »Unser Mann weiß, daß er mit dem Feind segelt.«
»Möge Gott ihn beschützen und ihm Kraft verleihen! Und Uraga verfluchen!« Alvito blickte zu Frater Michael hinüber. »Warum? Warum nur ist er abtrünnig geworden?«
»Das hat er Euch doch gesagt, Pater. Er wollte Priester werden... ein geweihter Priester. Das war doch keine übertriebene Bitte für einen stolzen Diener Gottes?«
»Er war zu stolz, Bruder. Gott in seiner Weisheit hat ihn in Versuchung geführt und mußte erfahren, daß es ihm an Demut gebrach.«
»Ja. Und ich bitte, daß es mir nicht an Demut fehlen möge, wenn die Reihe an mich kommt.«
Alvito ging an der Mission vorüber zu dem großen Gelände weiter, das Toranaga ihnen für den Bau der Kathedrale zur Verfügung gestellt hatte. Im Geist sah er sie bereits vor sich: groß, majestätisch und doch zart, wie sie die Stadt beherrschte, die gewaltigen Bronzetüren weit für den rechtgläubigen Adel geöffnet. Er roch den Weihrauch und hörte die lateinischen Gesänge.
Aber der Krieg wird diesen Traum zerstören, sagte er sich. Es wird Krieg geben, und dann wird es wieder sein, wie es immer gewesen ist.
»Pater!« flüsterte Frater Michael und mahnte ihn zur Vorsicht.
Eine Frau stand vor ihnen und betrachtete den Grundriß, der bereits abgesteckt und zum Teil schon ausgehoben war. Sie hatte zwei Dienerinnen bei sich. Alvito wartete regungslos und starrte ins Zwielicht hinaus. Die Frau war verschleiert, aber vornehm gekleidet. Dann bewegte Frater Michael sich ein wenig. Sein Fuß berührte einen Stein, der laut gegen eine eiserne Grabschaufel klirrte, die er im Dämmerlicht nicht gesehen hatte. Die Frau drehte sich erschrocken um. Alvito erkannte sie.
»Mariko-san? Ich bin's, Pater Alvito.«
»Pater? Ach, ich bin gerade gekommen, Euch zu sehen. Ich reise bald ab, aber vor meiner Abreise wollte ich unbedingt noch mit Euch sprechen.«
Alvito ging auf sie zu. »Wie ich mich freue, Euch zu sehen, Mariko-san. Ja, ich hörte schon, daß Ihr abreist. Ich habe mehrmals versucht, Euch zu erreichen, aber im Augenblick darf ich immer noch nicht in die Burg hinein.« Wortlos blickte Mariko zurück auf den Grundriß der Kathedrale. Alvito warf Frater Mi-

chael einen Blick zu, der entsetzt war, eine so hochgestellte Dame mit so ungenügendem Schutz zu sehen.
»Seid Ihr nur hergekommen, um mich zu sehen, Mariko-san?«
»Ja. Und um das Schiff auslaufen zu sehen.«
»Was kann ich für Euch tun?«
»Ich möchte, daß Ihr mir die Beichte abnehmt.«
»Dann laßt uns das hier tun«, sagte er. »Möge Eure die erste an diesem Ort sein, wenngleich der Boden noch nicht geweiht ist.«
»Verzeiht, bitte, Pater, aber könntet Ihr hier eine Messe lesen?«
»Wir haben hier keine Kirche und keinen Altar. Ich kann das in der Kapelle tun, wenn Ihr mir fol...«
»Könnten wir nicht *Cha* aus leerer Schale trinken, Pater? Bitte«, fügte sie noch ganz leise hinzu. »Verzeiht meine Bitte. Aber mir bleibt so wenig Zeit.«
»Ja«, stimmte er zu. Er hatte sie augenblicklich verstanden.
Sie gingen hinüber, wo vielleicht eines Tages der Altar in einem großartigen Schiff unter gewölbtem Dach stehen würde. Heute bildete der heller werdende Himmel das Dach, und die Vögel und das Rauschen der Brandung waren der Chor. Er hob an, die feierlichen Worte der Messe zu sprechen, Frater Michael diente, und gemeinsam brachten sie das Unendliche herab auf die Erde.
Doch ehe er im Geiste das Sakrament an sie austeilte, hielt er inne und sagte: »Jetzt muß ich Eure Beichte hören, Maria.« Er gab Frater Michael einen Wink, sich zu entfernen, nahm dann auf einem Felsbrocken wie in einem Beichtstuhl Platz und schloß die Augen. Sie kniete nieder: »Vor Gott, wollt Ihr...«
»Ehe ich anfange, Pater, möchte ich Euch eine Bitte vortragen.«
»Mir oder Gott, Maria?«
»Ich bitte um einen Gefallen, vor Gott!«
»Worin besteht Eure Bitte?«
»Das Leben des Anjin-san für etwas, was ich weiß.«
»Es ist mir nicht gegeben, ihm das Leben zu geben oder vorzuenthalten.«
»Ja. Tut mir leid, aber es könnte ein Befehl an *alle* Christen ausgegeben werden, daß sein Leben nicht Gott geopfert werden solle.«
»Der Anjin-san ist unser Feind. Ein furchtbarer Feind unseres Glaubens und unserer Kirche.«
»Ja. Trotzdem bitte ich um sein Leben. Als Gegengabe... als Gegengabe könnte ich vielleicht von großer Hilfe sein.«
»Wie?«
»Werdet Ihr meiner Bitte entsprechen, Pater? Vor Gott?«
»Ich kann eine solche Gunst nicht gewähren. Es steht nicht in meiner Macht, Leben zu geben oder zu nehmen. Gott läßt nicht mit sich handeln.«
Mariko, die vor ihm auf der harten Erde kniete, zögerte. Dann verneigte sie sich und schickte sich an, sich zu erheben. »Sehr wohl. Dann verzeiht bitte...«
Alvito sagte: »Ich werde Eure Bitte dem Pater Visitator vortragen.«
»Das genügt nicht, Pater, bitte, verzeiht mir.«

»Ich werde sie ihm vortragen und ihn in Gottes Namen bitten, Eure Bitte in Erwägung zu ziehen.«
»Wenn das, was ich Euch anvertraue, sehr wertvoll für Euch ist, werdet Ihr dann bei Gott schwören, daß Ihr alles, was in Eurer Macht steht, tun werdet, um *ihm* beizustehen und *ihn* zu beschützen, vorausgesetzt, es richtet sich nicht direkt gegen die Kirche?«
»Ja. Wenn es sich nicht gegen die Kirche richtet.«
»Und... Verzeihung... meine Bitte dem Pater Visitator vortragen?«
»So wahr mir Gott helfe, ja.«
»Ich danke Euch, Pater. Dann hört...« Sie weihte ihn in ihre Überlegungen über Toranaga ein und daß er ihnen allen einen großen Bären aufgebunden hatte. Plötzlich wurde Alvito alles sonnenklar. »Ihr habt recht, Ihr *müßt* recht haben! Gott verzeih mir, wie konnte ich bloß so dumm sein?«
»Bitte, hört weiter, Pater, hier noch einige Tatsachen.« Sie flüsterte ihm die Geheimnisse ins Ohr, die Zataki und Onoshi betrafen.
»Das ist nicht möglich!«
»Es gibt Gerüchte, daß Herr Onoshi vorhat, Herrn Kiyama zu vergiften.«
»Unmöglich!«
»Bitte, verzeiht mir, aber es ist sehr wohl möglich. Sie sind alte Feinde!«
»Wer hat Euch all das erzählt, Maria?«
»Dem Gerücht zufolge soll Onoshi Herrn Kiyama während des Festes des heiligen Bernhard vergiften«, sagte Mariko müde, wohlweislich ohne direkt auf seine Frage einzugehen. »Onoshis Sohn soll der neue Herr sämtlicher Ländereien von Kiyama werden. General Ishido hat sich damit einverstanden erklärt, vorausgesetzt, mein Gebieter ist bis dahin in die Große Leere eingegangen.«
»Aber Beweise, Mariko-san? Wo sind die Beweise?«
»Das tut mir leid, die habe ich nicht. Aber Herr Harima weiß um all dies.«
»Woher wißt Ihr das? Woher soll Harima es wissen? Ihr meint, er gehört mit zu der Verschwörung?«
»Nein, Pater! Er weiß nur um das Geheimnis.«
»Unmöglich! Onoshi ist viel zu verschwiegen und viel zu klug. Wenn er das plante, würde nie jemand davon erfahren. Ihr müßt Euch irren. Von wem habt Ihr dies?«
»Das kann ich Euch nicht sagen, so leid es mir tut, bitte, entschuldigt mich. Ich glaube aber, daß es wahr ist.«
Alvito schossen sämtliche Möglichkeiten durch den Kopf. Und dann: »Uraga! Uraga war Onoshis Beichtiger... Heilige Muttergottes, Uraga hat das Beichtgeheimnis verraten und seinem Lehnsherrn erzählt...«
»Vielleicht entspricht dies Geheimnis nicht der Wahrheit, Pater.«
Mariko hatte den Schleier nicht gelüftet, und Alvito konnte ihr Gesicht nicht sehen. Oben am Himmel wurde es heller. Er blickte zum Meer hinaus. Jetzt konnte er am Horizont die beiden Schiffe erkennen, die gen Südwesten fuhren. Im Gleichklang tauchten die Ruder der Galeere ins Wasser, der Wind war sanft

und die See ruhig. Seine Brust schmerzte ihn, und in seinem Kopf hallte die Ungeheuerlichkeit dessen wider, was ihm enthüllt worden war.
»Ihr sagt, daß Herr Toranaga Ishido überlisten wird... und daß er Sieger bleiben wird?«
»Nein, Pater. Keiner wird der Sieger sein, aber ohne Eure Hilfe wird Herr Toranaga verlieren. Herrn Zataki ist nicht zu trauen. Zataki wird immer eine der größten Bedrohungen für meinen Gebieter darstellen. Das weiß Zataki auch. Und er weiß, daß alle Versprechungen von Toranaga leer sind, weil Toranaga versuchen muß, ihn am Ende zu beseitigen. Wenn ich Zataki wäre, würde ich sofort Toranagas nördliche Verteidigungslinien angreifen. Ich würde meine Legionen nach Norden werfen, was Ishido, Ikawa Jikkyu und all die anderen aus ihrer dummen Trägheit herausreißen würde. Toranaga ist zu leicht zu schlagen, Pater.«
Alvito wartete einen Augenblick. Dann sagte er: »Warum habt Ihr mir all dies erzählt?«
»Um dem Anjin-san das Leben zu retten.«
»Um seinetwillen begeht Ihr Verrat, Maria? Ihr, Toda Mariko-noh-Buntaro, Tochter des Generals Akechi Jinsai, Ihr verübt Verrat um eines Fremden willen? Und verlangt von mir, daß ich das glauben soll?«
»Nein, verzeiht, auch... um die Kirche zu beschützen. Vor allem, um die Kirche zu beschützen, Pater... Ich weiß nicht, was ich tun soll. Ich dachte, Ihr könntet vielleicht... Herr Toranaga ist die einzige Hoffnung für die Kirche. Vielleicht könnt Ihr ihm irgendwie helfen... um die Kirche zu beschützen. Herr Toranaga braucht jetzt Hilfe, denn er ist ein guter und kluger Mann, und unter ihm wird die Kirche aufblühen. Ich *weiß*, daß der wahre Feind der Kirche Ishido ist.«
»Die meisten christlichen *Daimyos* glauben, daß Toranaga die Kirche und den Erben beseitigen wird, sobald er Ishido besiegt und die Macht in Händen hat.«
»Das könnte er tun, aber ich bezweifle es. Er wird der Kirche Gerechtigkeit widerfahren lassen. Das hat er immer getan. Ishido ist ein fanatischer Christenfeind. Und die Dame Ochiba desgleichen.«
»Alle bedeutenden Christen sind gegen Toranaga.«
»Herr Toranaga ist immer Eurer Freund gewesen, und wenn Ihr es ehrlich mit ihm meint, wird er immer zu Euch stehen.« Sie wies auf die Fundamente. »Ist dies hier nicht ein Zeichen für seine Gerechtigkeit? Er hat Euch dieses Land aus freien Stücken gegeben... selbst als Ihr ihn fallenließet und er alles verlor... sogar Eure Freundschaft.«
»Vielleicht.«
Sein Blick löste sich von ihr. Ins Gebet vertieft kniete Frater Michael da, und die beiden Dienerinnen warteten weiter unten am Ufer. Der Jesuit war überwältigt und gleichzeitig erhoben, erschöpft und doch von einer ungeheuren Kraft erfüllt. »Ich bin froh, daß Ihr hergekommen seid und es mir erzählt habt. Ich danke Euch. Im Namen der Kirche und auch von mir aus, einem Diener der Kirche. Ich werde alles tun, was ich versprochen habe.«

Sie neigte schweigend das Haupt.
»Werdet Ihr eine Nachricht mitnehmen, Mariko-san? An den Pater Visitator?«
»Ja, wenn er in Osaka ist.«
»Eine Geheimbotschaft?«
»Ja.«
»Es handelt sich um eine mündliche Botschaft. Sagt ihm alles, was Ihr auch mir gesagt habt und was ich zu Euch gesagt habe. Alles.«
»Sehr wohl.«
»Ihr versprecht es? Bei Gott?«
»Es ist nicht nötig, mich das zu fragen, Pater. Ich habe zugestimmt.«
Fest und entschlossen sah er ihr in die Augen. »Bitte, verzeiht mir, Maria. Und jetzt laßt mich Eure Beichte hören.«
Sie ließ den Schleier wieder fallen. »Bitte, verzeiht, Pater, ich bin nicht einmal würdig, auch nur zu beichten.«
»Vor Gott ist jeder würdig.«
»Bis auf mich. Ich bin nicht würdig, Pater.«
»Ihr müßt beichten, Maria. Ich kann die Messe nicht weiter zelebrieren... Ihr müßt gereinigt vor Ihn treten.«
Sie kniete nieder. »Verzeiht, Pater, denn ich habe gesündigt, aber ich kann nur beichten, daß ich nicht würdig bin zu beichten«, flüsterte sie mit versagender Stimme.
Voller Mitgefühl legte Pater Alvito die Hand leicht auf ihr Haupt. »Tochter Gottes, laßt mich Gott um Vergebung Eurer Sünden bitten. Laßt mich Euch in seinem Namen freisprechen, damit Ihr heil und ganz vor Ihn hintreten könnt.« Er segnete sie, und dann fuhr er fort, in der imaginären Kathedrale unter dem dämmernden Himmel die Messe zu lesen... und diesmal war sie wirklicher und schöner, als sie es jemals gewesen war – für ihn genauso wie für sie.

Die *Erasmus* lag im sturmgeschütztesten Hafen, den Blackthorne je gesehen hatte, weit genug vom Ufer entfernt, um Platz zum Manövrieren zu haben, und dennoch nahe genug, daß nichts passieren konnte. Sechs Faden Wasser über einem festen Meeresboden, und bis auf die schmale Einfahrt rings von hochgelegenem Land umgeben, das jede Flotte vor dem Zorn des Ozeans Schutz gewähren konnte.
Die Tagesreise von Yedo war ohne Zwischenfall verlaufen, allerdings ziemlich anstrengend gewesen. Einen halben *Ri* weiter im Norden war die Galeere bei dem Fischerdorf Yokohama an einem Pier vertäut, und jetzt waren sie allein an Bord: Blackthorne und seine Leute, Holländer wie Japaner. Naga und Yabu waren an Land gegangen, um das Musketenregiment zu inspizieren, und ihm hatte man gesagt, er solle sich ihnen später zugesellen. Im Westen stand die Sonne niedrig überm Horizont, und das Abendrot versprach für morgen einen weiteren schönen Tag.
»Aber warum, Uraga-san?« fragte Blackthorne vom Achterdeck herunter. Er

hatte gerade befohlen, daß die Mannschaft und seine Vasallen unten antreten sollten, und Uraga hatte ihn gebeten, noch einen Augenblick zu bleiben, um herauszufinden, ob sich Christen unter seinen Vasallen befänden. »Hat das nicht Zeit bis morgen?«

»Nein, Euer Gnaden, tut mir leid.« Vor den versammelten Samurai-Vasallen stand Uraga da. Die holländische Mannschaft drängte sich nervös in der Nähe der Achterdeckreling. »Verzeiht, bitte, aber es ist von größter Wichtigkeit, das sofort festzustellen. Ihr seid ihr Hauptfeind. Deshalb müßt Ihr es wissen, zu Eurem eigenen Schutz. Ich möchte Euch ja nur schützen. Braucht nicht lange, *neh?*«

»Sind alle an Deck?«

»Jawohl, Euer Gnaden.«

Blackthorne trat näher an die Reling heran und rief auf japanisch: »Ist irgendeiner von euch Christ?« Keine Antwort. »Ich befehle, daß jeder, der Christ ist, vortrete.« Niemand bewegte sich. Deshalb wandte er sich an Uraga. »Teilt zehn Mann für die Deckwache ein, und dann entlaßt sie.«

»Mit Eurer Erlaubnis, Anjin-san.« Unter seinem Kimono holte Uraga ein kleines gemaltes Heiligenbild hervor, das er aus Yedo mitgebracht, und warf es mit dem Bild nach oben auf das Deck. Dann trat er mit voller Absicht darauf. Blackthorne und die Mannschaft waren beunruhigt über diese Entheiligung. Bis auf Jan Roper. »Bitte. Befehlt, daß jeder Vasall das tut!« sagte Uraga.

»Warum?«

»Ich kenne die Christen. Bitte, Euer Gnaden. Es ist wichtig, daß jeder das tut. Jetzt, heute abend.«

»Nun gut«, willigte Blackthorne widerstrebend ein.

Uraga wandte sich an die versammelten Vasallen. »Unser Gebieter befiehlt auf meine Bitte hin, daß jeder es mir nachtue.«

»Die Samurai murrten, und einer sagte: »Wir haben bereits erklärt, daß wir keine Christen sind, *neh?* Was soll es beweisen, auf das barbarische Gottesbild zu treten? Nichts.«

»Christen sind die Feinde unseres Gebieters. Christen sind verräterisch... Aber Christen sind Christen. Bitte, verzeiht mir. Zu meiner Schande habe ich unsere wahren Götter verleugnet. Tut mir leid, aber ich glaube, es ist nötig für die Sicherheit unseres Gebieters.«

Sofort erklärte einer der Samurai aus dem vordersten Glied: »In dem Fall bedarf es keiner weiteren Worte.« Er trat vor und trat auf das Bild. »Ich hänge keiner barbarischen Religion an.«

Einer nach dem anderen traten sie vor. Blackthorne sah zu. Er verabscheute die Zeremonie. Es dauerte doch länger als angenommen, und er bedauerte bereits, eingewilligt zu haben. Sein Blick wanderte hinüber zum Dorf und zum Vorgebirge. Es ging ihm darum, bald an Land zu kommen und sich in dem Lehen zu sonnen, das Toranaga ihm gegeben und zu dem auch Yokohama gehörte. Guter Gott im Himmel, sagte er sich, ich bin Herr eines der besten Häfen der Welt.

Unversehens sprang einer der Samurai über das Heiligenbild hinweg, riß sein Schwert heraus und stürzte auf Blackthorne zu. Ein Dutzend erschrockener Samurai stellte sich ihm mutig in den Weg und schirmte das Achterdeck ab, während Blackthorne herumfuhr, eine Pistole spannte und zielte. Andere stoben auseinander, rempelten sich an, stolperten und wurlten durcheinander. Der Samurai kam schliddernd zum Stehen, brüllte vor Wut auf, wandte sich dann ab und hieb auf Uraga ein, dem es irgendwie gelang, dem Schwerthieb zu entgehen. Der Mann fuhr herum, als andere Samurai sich auf ihn stürzten, wehrte sich heldenmütig, hielt sie sich für einen Moment wütend vom Leib, eilte dann auf das Schanzkleid zu und warf sich über Bord.
Vier oder fünf, die schwimmen konnten, ließen ihre Langschwerter fallen, nahmen ihr kurzes dolchartiges Kurzschwert zwischen die Zähne und sprangen hinter ihm her, während die anderen und die Holländer sich an der Reling drängten.
Blackthorne sprang auf das Schanzkleid hinauf. Er konnte unten nichts erkennen; dann endlich entdeckte er wirbelnde Schatten in der Tiefe des Wassers. Ein Mann kam nach oben, um Luft zu holen, und tauchte dann wieder. Bald durchbrachen vier Köpfe die Wasseroberfläche. Zwischen sich hatten sie eine Leiche mit einem Dolch in der Kehle.
»Tut mir leid, Anjin-san, es war sein eigener Dolch«, rief einer unter dem Gebrüll der anderen hinauf.
Als alle wieder an Deck waren, zeigte Blackthorne mit gespannter Pistole auf das Heiligenbild. »Alle Samurai... noch einmal!« Seinem Befehl wurde augenblicklich Folge geleistet, und er überzeugte sich, daß sich jeder der Prüfung unterzog.
»Uraga-san, Ihr geht mit mir an Land und bringt noch jemand zum Rudern mit. Ihr vier«, sagte Blackthorne, nachdem alles vorbei war, auf japanisch und wies auf die Männer, die über Bord gesprungen waren, »ihr vier jetzt Kapitäne, verstehen? Jeder nimmt sich fünfzig Mann.«
»*Hai*, Anjin-san.«
»Wie heißt Ihr?« fragte er einen von ihnen, einen großen, stillen Mann mit einer vernarbten Wange.
»Nawa Chisato, Herr.«
»Ihr seid heute der Kapitän. Ganzes Schiff. Bis ich zurückkomme.«
»Ja, Herr.«
Blackthorne trat ans Fallreep heran.
Unten war ein Ruderboot festgemacht.
»Wohin wollt Ihr, Pilot?« fragte van Nekk ängstlich.
»An Land. Ich komme später wieder an Bord.«
»Gut. Dann gehen wir alle.«
»Nein! Ich gehe allein!«
»Aber was um Gottes willen ist mit uns?« rief van Nekk. »Was sollen wir denn tun? Laßt uns nicht allein, Pilot! Was habt...«

»Ihr wartet einfach!« gebot Blackthorne ihnen. »Ich sorge dafür, daß ihr Essen und Trinken an Bord geschickt bekommt.«
Ginsel baute sich vor Blackthorne auf. »Ich dachte, wir führen heute nacht noch zurück. Warum tun wir das nicht?«
»Wie lange sollen wir denn hierbleiben, Pilot, und wie lange...«
»Pilot, was ist mit Yedo?« fragte Ginsel lauter. »Wie lange sollen wir mit diesen gottverfluchten Affen hierbleiben?«
»Jawohl, Affen, bei Gott«, erklärte Sonk fröhlich. »Was ist mit unseren Sachen und unseren Leuten?«
»Ja, was ist mit unseren *Eta*, Pilot? Unseren Leuten und unseren Weibern?«
»Die werden morgen hier sein.« Blackthorne schluckte seinen Abscheu herunter. »Geduldet euch, ich komme so schnell wie möglich zurück. Baccus, du übernimmst das Kommando.« Er wandte sich zum Gehen.
»Ich gehe mit Euch«, sagte Jan Roper trotzig und folgte ihm. »Wir sind in einem Hafen, also haben wir Vortritt, und ich brauche ein paar Waffen.«
Blackthorne wandte sich zu ihm um, und ein Dutzend Schwerter fuhren aus den Scheiden, bereit, Roper zu töten. »Noch ein Wort, und Ihr seid ein toter Mann.« Der große hagere Kaufmann bekam einen puterroten Kopf und blieb stehen. »Hütet Eure Zunge in der Nähe dieser Samurai, denn jeder von ihnen könnte Euch den Kopf abschlagen, ehe ich sie davon abhalten kann, und das bloß wegen Eurer gottverdammten schlechten Manieren... ganz zu schweigen von allem anderen! Sie sind äußerst empfindlich, und in Eurer Nähe werde auch ich empfindlich, und Waffen bekommt ihr, wenn ihr sie braucht, verstanden?«
Jan Roper nickte verdrossen und wich zurück. Die Samurai drohten immer noch, doch Blackthorne beruhigte sie und befahl ihnen bei Todesstrafe, seine Mannschaft in Ruhe zu lassen. »Ich bin bald wieder zurück.« Er kletterte das Fallreep hinunter und stieg in das Ruderboot. Uraga und ein weiterer Samurai folgten ihm. Chisato, der Kapitän, ging zu Jan Roper, der unter der Drohung verzagte, verneigte sich und zog sich dann zurück.
Als sie ein ganzes Stück vom Schiff entfernt waren, dankte Blackthorne Uraga dafür, daß er den Verräter gefaßt hatte.
»Bitte, nicht danken. Es war nur meine Pflicht.«
Blackthorne lobte ihn nochmals und machte es sich dann vorn im Boot bequem. Jetzt spürte er seine Müdigkeit. Er zwang sich, die Augen offenzuhalten, und warf noch einen Blick zurück auf sein Schiff, um sich zu vergewissern, daß es auch wirklich einen guten Liegeplatz hatte. Van Nekk und die anderen standen am Schanzkleid, und er bedauerte, sie überhaupt mitgenommen zu haben, wiewohl er wußte, daß ihm gar keine andere Wahl geblieben wäre. Ohne sie wäre die Reise nicht sicher gewesen.
Meuterischer Abschaum, dachte er. Was zum Teufel mache ich bloß mit ihnen? Alle meine Vasallen wissen selbstverständlich längst über das *Eta*-Dorf Bescheid, und sie sind genauso entsetzt wie... Himmelherrgott, wie komme ich da nur raus? Ach, *Karma*, neh?

Gestern abend hatte er, nachdem sie sich geliebt, im Halbschlaf dagelegen. Fujiko hatten sie das Liebesspiel zu verdanken, und Chimmoko hatte über sie gewacht, als Yabu und seine Samurai an den Türpfosten geklopft hatten. Fujiko hatte klugerweise auch Kiku eingeladen, und noch nie hatte er sie so schön und so strahlender Laune erlebt. Als das Glockengeläut das Ende der Stunde des Ebers ankündete, war, wie verabredet, Mariko gekommen. Sie waren ausgelassen gewesen, hatten Saké getrunken, doch dann hatte Mariko den Zauber gebrochen.

»Es tut mir so leid, Anjin-san, aber Ihr schwebt in großer Gefahr.« Sie erklärte, worum es ging, und nachdem sie wiederholt, was Gyoko über Uraga gesagt, daß er ihm nicht trauen solle, hatten auch Fujiko und Kiku sich besorgt gezeigt.

»Bitte, macht Euch keine Sorgen. Ich werde auf der Hut sein, keine Angst«, hatte er versichert.

Mariko war fortgefahren: »Vielleicht solltet Ihr Euch auch vor Yabu-san in acht nehmen, Anjin-san.«

»Was?«

»Heute nachmittag habe ich den Haß in Eurem Gesicht gesehen. Und er auch.«

»Macht nichts«, hatte er gesagt. *»Shigata ga nai, neh?«*

»Nein, Ihr müßt verzeihen. Es war ein Fehler. Warum habt Ihr Eure Männer zurückgerufen, als sie Yabu-sama umzingelt hatten? Sie hätten ihn rasch getötet.«

»Das wäre aber nicht recht gewesen, Mariko-san. So viele Männer gegen einen. Nein.«

Mariko hatte Fujiko und Kiku erklärt, was er gesagt hatte. »Verzeiht, bitte, Anjin-san, aber das ist eine höchst gefährliche Denkweise, und ich bitte Euch, sie Euch abzugewöhnen. Es ist falsch und naiv, so zu denken. Bitte, verzeiht, daß ich es so rundheraus sage. Yabu-san wird Euch vernichten.«

»Nein. Noch nicht. Noch bin ich wichtig für ihn. Und für Omi-san auch.«

»Kiku-san sagt, bitte, sagt dem Anjin-san, er soll sich vor Yabu in acht nehmen... und vor diesem Uraga. Es könnte sein, daß es dem Anjin-san schwerfällt, sich darüber klarzuwerden, was hier ›wichtig‹ ist und was nicht, *neh?*«

»Ja, ich kann Kiku-san nur zustimmen«, sagte Fujiko.

Später war Kiku dann gegangen, um Toranaga Gesellschaft zu leisten. Daraufhin störte Mariko den Frieden im Raum nochmals. »Heute abend muß ich *Sayonara* sagen, Anjin-san. Ich reise morgen früh ab.«

»Aber das ist doch jetzt nicht mehr nötig«, hatte er gesagt. »Das läßt sich doch alles noch ändern. Ich werde Toranaga morgen sprechen. Jetzt, wo ich die Erlaubnis habe wegzufahren, werde ich Euch nach Osaka bringen. Ich werde mir eine Galeere oder ein Küstenschiff besorgen. In Nagasa...«

»Nein, Anjin-san, tut mir leid. Ich muß abreisen, wie es mir befohlen wurde.«

Alle seine Überredungskunst hatte nichts genützt.

Er hatte gespürt, wie Fujiko ihn schweigend beobachtet hatte; sein Herz hatte sich schmerzlich zusammengezogen bei dem Gedanken, daß Mariko abreisen würde. Er hatte zu Fujiko hinübergesehen und sie gebeten, sie für einen Augenblick zu entschuldigen. Sie schob die *Shoji*-Tür wieder hinter sich zu, sie waren allein und wußten, daß Fujiko nicht wiederkommen, daß sie für eine kleine Weile ungestört sein würden. Ihr Liebesspiel war kurz und heftig gewesen. Dann waren die Stimmen und die Schritte nähergekommen, und es war ihnen kaum Zeit geblieben, sich zu fassen, ehe Fujiko durch die Innentür zu ihnen kam, Yabu hereinstapfte und Toranagas Befehl überbrachte, sofort und in aller Heimlichkeit aufzubrechen. »... Yokohama, dann eine kurze Zwischenlandung in Osaka, Anjin-san, und weiter nach Nagasaki, wieder zurück nach Osaka und von dort zurück hierher! Ich habe Eure Mannschaft angewiesen, sich am Schiff einzufinden.«

Erregung hatte ihn gepackt ob dieses vom Himmel geschickten Siegs. »Jawohl, Yabu-san. Aber Mariko-san... Mariko-san geht auch Osaka, *neh?* Besser mit uns... schneller, sicherer, *neh?*«

»Nicht möglich, tut mir so leid. Müssen uns beeilen. Kommt! Tide... versteht Ihr ›Tide‹, Anjin-san?«

»*Hai*, Yabu-san. Aber Mariko-san geht Osaka...«

»Tut mir leid, aber sie hat Orders, wir haben Orders. Mariko-san! Erklärt es ihm. Sagt ihm, er soll sich beeilen.«

Yabu war unbeugsam geblieben, und so spät in der Nacht war es unmöglich gewesen, noch zu Toranaga zu gehen und ihn zu bitten, seine Befehle zurückzunehmen. Es war ihm keine Zeit mehr geblieben, unter vier Augen mit Mariko oder Fujiko zu sprechen, und sie hatten sich nur förmlich verabschieden können. Freilich würden sie sich ja bald in Osaka wiedersehen. »Sehr bald, Anjin-san«, hatte Mariko gesagt...

»Herrgott, laß mich sie nicht verlieren«, sagte Blackthorne. Die Möwen kreischten über dem Strand, und ihre Schreie ließen ihn seine Einsamkeit noch schmerzlicher spüren.

»Wen verlieren, Euer Gnaden?«

Blackthorne kehrte in die Wirklichkeit zurück. Er zeigte auf das ferne Schiff. »Wir sprechen von Schiffen per *sie*... Schiffe sind für uns weiblich, nicht männlich. *Wakarimasu ka?*«

»*Hai.*«

Blackthorne konnte die winzigen Gestalten seiner Mannschaft noch erkennen, und das unlösbare Dilemma, in dem er steckte, kam ihm neuerlich zu Bewußtsein. Du brauchst sie nun mal an Bord, sagte er sich, und sogar noch mehr wie sie. Auch die neuen Leute werden den Samurai nicht gerade freundlich gegenüberstehen. Außerdem werden die meisten von ihnen vermutlich katholisch sein. Gott im Himmel, wie soll ich die nur alle unter meine Fuchtel bringen? Mariko hat recht. In der Nähe von Katholiken bin ich ein toter Mann.

»Selbst in meiner Nähe, Anjin-san«, hatte sie gestern abend gesagt.

»Nein, Mariko-chan. In Eurer Nähe nicht.«

»Ihr habt gesagt, wir seien Eure Feinde... heute nachmittag.«

»Ich habe gesagt, die meisten Katholiken sind meine Feinde.«
»Sie werden Euch umbringen, wenn sie können.«
»Ja, aber Sie... werden wir uns wirklich in Osaka wiedersehen?«
»Ja. Ich liebe Ihn. Und, Anjin-san, hütet Euch vor Yabu-san...«
Sie haben schon recht mit Yabu, dachte Blackthorne, trotz seiner Beteuerungen und Versprechungen. Ich habe einen schweren Fehler begangen, meine Leute zurückzupfeifen. Der Hund wird mir die Gurgel durchschneiden, sobald ich ihm nicht mehr nützlich bin, mag er noch so sehr das Gegenteil behaupten. Und trotzdem hat auch Yabu recht: Ich bin auf ihn angewiesen. Ohne seinen Schutz werde ich niemals nach Nagasaki kommen und den Hafen wieder verlassen. Er könnte mir zweifellos helfen, Toranaga zu überzeugen. Zusammen mit ihm an der Spitze von zweitausend weiteren Fanatikern könnten wir ganz Nagasaki verwüsten. Vielleicht sogar Macao...
Madonna! Allein bin ich hilflos!
Dann fiel ihm ein, was Gyoko Mariko über Uraga gesagt hatte, daß er ihm nicht trauen solle. In diesem Falle hatte Gyoko sich geirrt, dachte er. Worin hat sie sich noch geirrt?

# Fünftes Buch

# *52. Kapitel*

Nach der langen Fahrt mit der Galeere wieder in der vielbefahrenen Wasserstraße von Osaka, überfiel Blackthorne wie schon beim ersten Mal das alles erdrückende Gewicht dieser Stadt. Der *Tai-fun* hatte ganze Schneisen in die Häusermassen hineingerissen, und in manchen Gebieten war noch alles schwarz vom Feuer, aber das beeinträchtigte nicht die überwältigende Größe der Stadt, die von der Burg beherrscht wurde. Selbst aus dieser Entfernung – über einer *Legua* – vermochte er den gewaltigen Gürtel der ersten großen Mauer zu erkennen, die hochragenden Zinnen, was freilich alles neben der düsteren Trutzigkeit des Bergfrieds geradezu zwergenhaft wirkte.

»Herrgott«, sagte Vinck, der neben ihm am Bug stand: »Kann doch gar nicht angehen, daß die Stadt so groß ist. Dagegen ist Amsterdam ja ein Dorf.«

»Ja. Der Sturm hat die Stadt mitgenommen, aber nicht allzu schlimm. Der Burg hat er nichts anhaben können.«

Der *Tai-fun* war vor zwei Wochen von Südwesten kommend über sie hergefallen. Warnende Vorboten hatte es mehr als genug gegeben: Niedrig hängende Wolken, Böen und Regenschauer, und so hatten sie eiligst einen sicheren Hafen angelaufen. Fünf Tage hatten sie dort vor Anker liegen müssen. Jenseits des Hafens hatte das Meer gebrodelt und gekocht, und die Winde waren äußerst tükkisch und stark gewesen.

»Herrgott!« wiederholte Vinck. »Wären wir doch bloß zu Hause! Wir hätten schon vor einem Jahr wieder daheim sein sollen.«

Blackthorne hatte Vinck von Yokohama mitgenommen und die anderen nach Yedo zurückgeschickt. Die *Erasmus* war von Naga bewacht im Hafen von Yokohama zurückgeblieben. Die Holländer waren froh gewesen, wieder zurückzufahren... so wie er froh gewesen war, sie wieder los zu sein. An jenem Abend hatte es noch weitere Streitereien gegeben, die sich an hitzigen Auseinandersetzungen über den Inhalt der Schatztruhe entzündet hatten. Das Geld gehörte der Gesellschaft und nicht ihm. Van Nekk war Schatzmeister und oberster der Kaufleute der Expedition und hatte gemeinsam mit dem Generalkapitän das

Verfügungsrecht darüber. Nachdem das Geld gezählt und nochmals gezählt worden war, wobei sich herausstellte, daß bis auf tausend Silberstücke alles da war, hatte van Nekk mit der Unterstützung Jan Ropers darüber gestritten, wieviel er mitnehmen könne, um neue Seeleute anzuheuern.
»Ihr wollt viel zuviel, Pilot. Ihr müßt ihnen weniger bieten.«
»Himmelherrgott! Was sie auch verlangen, wir müssen es zahlen. Ich brauche Seeleute und Kanoniere.« Er hatte in der großen Kammer mit der Faust auf den Tisch geschlagen. »Wie sollen wir sonst jemals wieder nach Hause kommen?«
Zuletzt war es ihm gelungen, sie zu überreden. Am nächsten Tag hatte er sie dann nach Yedo zurückgeschickt. Ein Zehntel des Schatzes war als ausstehende Heuer unter sie aufgeteilt worden, der Rest sollte an Bord der *Erasmus* zurückbleiben.
Blackthorne war froh, sie endlich los zu sein. Vinck war einverstanden gewesen, ihn zu begleiten.
»Warum denn ausgerechnet er?« hatte van Nekk gefragt.
»Weil er Seemann ist und ich Hilfe brauche.«
Auf hoher See hatte er angefangen, Vinck daran zu gewöhnen, sich japanischen Sitten und Gebräuchen anzupassen. Vinck machte gute Miene zum bösen Spiel, denn er vertraute Blackthorne. Sie waren zu viele Jahre zusammengewesen, als daß er ihn nicht gut genug gekannt hätte. »Pilot, für Euch bade und wasch' ich mich jeden Tag, aber ich fress' 'n Besen, wenn ich eins von diesen verfluchten ›Nachthemden‹ anziehe!«
Nach zehn Tagen schwenkte Vinck fröhlich und halbnackt die Lotleine. Sein breiter Leibriemen spannte sich über seinem mächtigen Bauch, hinten steckte in einer Scheide ein Dolch, und in seinem sauberen, wenn auch ziemlich zerfetzten Hemd hatte er eine von Blackthornes Pistolen stecken.
»Wir müssen doch hoffentlich nicht zur Burg, Pilot, oder?«
»Nein.«
Es war ein prachtvoller Tag. Sonnenglanz lag auf der spiegelglatten See. Die Ruderer waren immer noch sehr gut bei Kräften und arbeiteten sehr diszipliniert.
»Vinck, da hinten ist der Überfall gewesen.«
»O du lieber Gott... seht Euch diese Klippen an!«
Blackthorne hatte Vinck erzählt, wie die Flucht aus dem Hafen um Haaresbreite geklappt, wie auf den Zinnen dort drüben die Signalfeuer gebrannt, wie die Toten sich am Ufer getürmt und die feindliche Fregatte auf ihn zugebraust war.
»Ah, Anjin-san.« Yabu gesellte sich zu ihnen. »Gut, *neh?*« Er zeigte auf die Verwüstungen, die der Sturm hinterlassen.
»Schlimm, Yabu-sama.«
»Aber es sind doch Feinde, *neh?*«
»Menschen keine Feinde. Ishido und Samurai Feinde, *neh?*«
»Die Burg ist der Feind«, erwiderte Yabu und ließ etwas von der Unruhe erkennen, die auch ihn gepackt hatte. »Hier ist alles Feind.«

Blackthorne sah Yabu nach, wie er nach achtern ging und der Wind seinen Kimono an seinen harten Oberkörper drückte.
Vinck senkte die Stimme. »Am liebsten würde ich dem Hund den Hals umdrehen, Pilot.«
»Ja. Auch ich hab' nicht vergessen, was er Pieterzoon angetan hat, keine Angst.«
»Ich auch nicht. Gott sei mein Zeuge! Wie geht es jetzt weiter, Pilot?«
»Wir machen fest und warten. Er geht für ein, zwei Tage an Land, und wir stekken am besten die Köpfe nicht raus und bleiben an Bord.« Blackthorne suchte das Wasser und die Schiffe nach Gefahren ab, entdeckte jedoch nichts Verdächtiges.
Yabu, der Vinck eine Weile beobachtet hatte, wie er das Lot auswarf, schlenderte zu Blackthorne zurück. »Anjin-san, vielleicht nehmt Ihr besser die Galeere und fahrt weiter nach Nagasaki. Nicht warten, eh?«
»In Ordnung«, sagte Blackthorne mit liebenswürdiger Stimme, ohne indes nach dem Köder zu schnappen.
Yabu lachte. »Ihr gefallt mir, Anjin-san! Aber allein würdet Ihr bald sterben. Nagasaki ist sehr schlecht für Euch.«
»Osaka schlecht... überall schlecht.«
»*Karma!*« Yabu lächelte wieder, und Blackthorne tat so, als teile er den Scherz. In der einen oder anderen Form hatten sie diese Unterhaltung auf der Fahrt viele Male durchgespielt. Blackthorne hatte eine Menge über Yabu erfahren. Er haßte ihn nur um so mehr, mißtraute ihm noch mehr, hatte aber auch größeren Respekt vor ihm und wußte, daß ihr *Karma* unlösbar miteinander verbunden war.
»Yabu-san hat recht, Anjin-san«, hatte Uraga gesagt. »Er kann Euch in Nagasaki beschützen. Ich kann es nicht.«
»Wegen Eures Onkels, Herrn Harima?«
»Ja. Vielleicht hat man mich bereits zu einem Geächteten erklärt, *neh?* Mein Onkel ist Christ... wenn auch, wie ich glaube, ein Reis-Christ.«
»Was ist denn das?«
»Nagasaki ist sein Lehen. Nagasaki hat einen großen Hafen an der Küste von Kyushu, aber nicht den besten. Aber er hat schnell seine Chance erkannt, *neh?* Er ist zum Christentum übergetreten und hat befohlen, daß alle seine Vasallen Christen würden. Er hat mir befohlen, Christ zu werden und die Jesuitenschule zu besuchen. Er hat den Jesuiten Land gegeben und umschmeichelt sie. In seinem Herzen ist er aber nichts weiter als Japaner.«
»Wissen die Jesuiten, wie Ihr darüber denkt?«
»Aber selbstverständlich.«
»Glauben sie auch, daß es viele Reis-Christen gibt?«
»Was sie wirklich denken, Anjin-san, sagen sie nicht. Meistens tun sie das nicht einmal untereinander. Sie sind darin geübt, Geheimnisse zu haben, sich der Geheimnisse zu bedienen, sich über sie zu freuen, sie aber niemals preiszugeben. Darin sind sie sehr japanisch.«
»Ihr bleibt wahrscheinlich besser hier in Osaka, Uraga-san.«

»Bitte, verzeiht, Euer Gnaden, ich bin Euer Vasall. Wenn Ihr nach Nagasaki geht, gehe ich auch hin.«
Blackthorne wußte, daß Uraga zu einer unschätzbaren Hilfe für ihn wurde. Der Mann enthüllte so viele Geheimnisse über die Jesuiten: Wie, wann und warum sie ihren Handel abwickelten, wie ihre Organisation beschaffen war und in was für unglaublichen internationalen Machenschaften sie ihre Finger hatten. Nicht weniger aufschlußreich erzählte er von Harima, Kiyama und von der Denkweise der christlichen *Daimyos*. Himmel, ich weiß jetzt vieles, was in London unschätzbar wäre, dachte er. Wie kann ich dieses Wissen nur weitergeben? Zum Beispiel, daß der chinesische Seidenhandel mit Japan jährlich zehn Millionen in Gold einbringt und daß die Jesuiten einen ihrer ordinierten Priester am Hofe des Kaisers von China haben, wo er ein Hofamt bekleidet, ein Vertrauter der Herrscher ist und perfekt chinesisch spricht. Könnte ich doch bloß einen Brief schreiben... wenn ich doch nur einen Boten hätte!
Als Gegenleistung für all das, was er erfuhr, unterwies Blackthorne Uraga in der Navigation, berichtete von dem großen religiösen Schisma und vom Parlament. Außerdem brachte er ihm und Yabu bei, wie man eine Kanone abfeuert. Beide erwiesen sich als ausgezeichnete Schüler. Uraga ist ein guter Mann, dachte er. Kein Problem.
Ein warnender Ruf ertönte vom Ausguck auf dem Vorschiff.
»Anjin-san!« Der japanische Kapitän zeigte nach vorn auf einen eleganten Kutter, der von zwanzig Mann gerudert wurde und sich von Steuerbord her näherte. Am Mast flatterte Ishidos Wappen, daneben das Wappen des Regentschaftsrates.
»Wer mag das sein?« fragte Blackthorne. Er spürte, welche Spannung über dem gesamten Schiff lag und daß aller Augen in die Ferne spähten.
»Ich kann es noch nicht erkennen, tut mir leid«, sagte der Kapitän.
Yabu zuckte mit den Schultern. »Irgendein Beamter.«
Als der Kutter näherkam, erkannte Blackthorne einen älteren Mann, der unter einem Baldachin auf dem Achterdeck saß. Er trug einen reichgeschmückten Kimono und den Überwurf mit den flügelgleichen Schultern. Schwerter trug er keine, und umgeben war er von Ishidos Grauen.
Der Trommelmeister hörte auf, den Rudertakt anzugeben, um dem Kutter Gelegenheit zu geben, längsseits zu kommen. Männer eilten, dem Beamten an Bord zu helfen.
Yabu und der ältere Mann begrüßten sich außerordentlich förmlich. Endlich saßen sie auf Kissen von unterschiedlichem Rang, wobei der Beamte den Ehrenplatz auf dem Vorschiff einnahm. Yabus Samurai und Graue saßen im Schneidersitz um sie herum. »Der Rat heißt Euch, Kasigi Yabu, im Namen Seiner Kaiserlichen Hoheit willkommen«, sagte der Mann. Er war klein und pummelig und wirkte irgendwie schwächlich, war einer der Hauptratgeber in Fragen des Protokolls beim Regentschaftsrat und bekleidete gleichzeitig ein Amt am Kaiserlichen Hof. Sein Name war Ogaki Takamoto, er war ein Prinz siebenten Gra-

des, und seine Aufgabe bestand darin, als Mittelsmann zwischen dem Hof Seiner Kaiserlichen Hoheit, dem Sohn des Himmels, und den Regenten zu fungieren. Wie alle Höflinge des Kaiserlichen Hofes hatte er sich die Zähne schwarz gefärbt, eine Sitte, die schon seit Jahrhunderten bestand.
»Ich danke Euch, Prinz Ogaki. Ich betrachte es als ein besonderes Vorrecht, für Herrn Toranaga hier sein zu dürfen«, sagte Yabu, der tief beeindruckt war von der Ehre, die ihm zuteil wurde.
»Ja, das ist es gewiß. Aber bestimmt seid Ihr doch auch Euretwegen hier, *neh?*« meinte Ogaki sarkastisch.
»Selbstverständlich«, erwiderte Yabu. »Wann trifft Herr Toranaga ein? Leider hat der *Tai-fun* mich fünf Tage lang festgehalten, und deshalb bin ich seit meiner Abreise ohne Nachrichten.«
»Ah ja, der *Tai-fun.*« Ogaki hustete. »Was Euren Gebieter betrifft, so muß ich Euch leider sagen, daß er bis jetzt noch nicht einmal Odawara erreicht hat. Es hat endlose Verzögerungen gegeben – und Krankheiten. Bedauerlich, *neh?*«
»O ja, sehr... nichts Ernsthaftes, hoffe ich?« fragte Yabu rasch, insgeheim froh, um Toranagas Geheimnis zu wissen.
»Nein, glücklicherweise nichts Ernstliches.« Wieder das trockene Husten. »Herr Ishido meint, daß er morgen Odawara erreicht.«
Yabu zeigte sich entsprechend überrascht. »Als ich vor einundzwanzig Tagen abreiste, war alles für seine Abreise bereit, doch da wurde Herr Hiro-matsu krank. Ich weiß, daß Herr Toranaga sich ernstlich Sorgen seinetwegen machte, gleichzeitig aber auch seine Reise antreten wollte... so wie ich mit den Vorbereitungen für seinen Empfang beginnen will.«
»Es ist alles vorbereitet«, sagte der kleine Mann.
»Selbstverständlich wird der Rat nichts dagegen haben, wenn ich alles noch einmal überprüfe, *neh?*« Yabu plusterte sich auf. »Es ist schließlich von größter Wichtigkeit, daß die Zeremonie dem Rat und dem Anlaß entsprechend würdig ausfällt, *neh?*«
»Seiner Kaiserlichen Hoheit, dem Sohn des Himmels, entsprechend würdig ausfällt. Er ist es jetzt, von dem die Einladung ausgeht.«
»Selbstverständlich, aber...« Yabus Hochstimmung verflüchtigte sich. »Ihr meint... Ihr meint, Seine Kaiserliche Hoheit wird hier sein?«
»Der Erhabene hat sich herabgelassen, der demütigen Bitte des Rats zu entsprechen und die Huldigung des neuen Rats, sämtlicher großer *Daimyos,* Herrn Toranagas, seiner Familie und seiner Vasallen in höchsteigener Person entgegenzunehmen. Die Zeremonie soll am zweiundzwanzigsten Tag dieses Monats in diesem, dem fünften Jahr des Zeitalters Keichō, stattfinden.«
Yabu war wie vor den Kopf geschlagen. »In... in *neunzehn* Tagen?«
»Um die Mittagsstunde.« Geziert zog Ogaki ein Papiertuch aus seinem Ärmel und putzte sich sehr elegant die Nase. »Bitte, verzeiht mir. Ja, um die Mittagsstunde. Die Zeichen stehen gut. Herr Toranaga wurde vor vierzehn Tagen durch einen kaiserlichen Kurier verständigt, und seine umgehende untertänige Zu-

sage erreichte die Regenten vor drei Tagen.« Ogaki holte eine kleine Schriftrolle hervor. »Hier ist *Eure* Einladung für die Zeremonie, Herr Kasigi Yabu.«
Yabu sank das Herz, als er das Kaiserliche Siegel mit der sechzehnblättrigen Chrysantheme erblickte, denn er wußte, daß sich *niemand*, auch ein Toranaga nicht, einer solchen Einladung entziehen konnte. Eine Weigerung würde eine unerhörte Beleidigung der Göttlichkeit darstellen, eine offene Rebellion, und würde, da *alles* Land dem regierenden Kaiser gehörte, die Rücknahme sämtlicher Lehen zur Folge haben sowie eine kaiserliche Aufforderung, sofort *Seppuku* zu begehen – eine Aufforderung, die in *seinem* Namen von den Regenten ausgehen und gleichfalls mit dem Großsiegel versehen sein würde.
Hastig versuchte Yabu, seine Fassung wiederzuerlangen.
»Tut mir leid, aber ist Euch nicht wohl?« fragte Ogaki fürsorglich.
»Tut mir leid«, stotterte Yabu, »aber ich wäre auch nicht in meinen kühnsten Träumen... Keiner hätte auf den Gedanken kommen können, daß der Erhabene uns... eine solche Ehre erweisen würde, *neh?* ...Daß Seine Kaiserliche Hoheit sich... sich herablassen würde, Kyoto zu verlassen und... und nach Osaka zu kommen.«
»Ganz meiner Meinung. Aber wie dem auch sei, der Erhabene und die Kaiserlichen Insignien werden am zweiundzwanzigsten Tag hier sein.« Die Insignien, ohne die keine Nachfolge rechtsgültig war, bestanden aus den Drei Heiligen Schätzen, die insofern als göttlich galten, als man annahm, der Gott Ninigi-noh-Mikoto habe sie auf die Erde gebracht und sie persönlich seinem Enkel, Jimmu Tenno, dem ersten menschlichen Kaiser, übergeben, und von diesem seien sie wiederum an seinen Nachfolger bis zum augenblicklichen Throninhaber, dem Kaiser Go-Nijo, weitergegeben worden: Das Schwert, der Juwel und der Spiegel. Das Schwert und der Juwel begleiteten in großem Pomp den Kaiser, wenn er einmal über Nacht dem Palast fernbleiben mußte, wohingegen der Spiegel im Allerheiligsten des Großen Shinto-Schreins von Ise aufbewahrt wurde. Schwert, Spiegel und Juwel gehörten dem Sohn des Himmels. Sie waren göttliche Symbole seiner legitimen Autorität, seiner Göttlichkeit und außerdem ein Sinnbild dafür, daß, wenn *er* auf Reisen war, der göttliche Thron mit *ihm* reiste und in *ihm* alle Macht repräsentiert wurde.
Yabu krächzte: »Es ist fast unmöglich zu glauben, daß man mit den Vorbereitungen rechtzeitig fertig wird.«
»Oh, nein. Erst die große Ehre, welche Euer Gebieter den Regenten erweist, hat sie veranlaßt, den Sohn des Himmels zu ersuchen, die Zeremonie mit seiner Anwesenheit zu ehren.« Wieder das trockene Husten. »Bitte, verzeiht, aber würdet Ihr mir Eure Zusage zum Erscheinen in aller Form schriftlich geben?«
»Erlaubt Ihr, daß ich das sofort tue?« fragte Yabu. Er fühlte sich sehr schwach.
»Ich bin überzeugt, die Regenten wüßten das sehr zu schätzen.«
Leise befahl Yabu, daß sein Schreibgerät herbeigebracht werde. *Neunzehn* hämmerte es immer wieder in seinem Kopf. Neunzehn Tage! Nur neunzehn Tage noch kann Toranaga es hinausschieben, aber dann muß auch er hier sein.

Zeit genug für mich, nach Nagasaki zu gehen und sicher wieder nach Osaka zurückzukehren, nicht jedoch Zeit genug, um einen Angriff zur See auf das Schwarze Schiff vorzutragen und es zu kapern, folglich also auch nicht Zeit genug, Harima, Kiyama oder Onoshi oder die christlichen Priester unter Druck zu setzen, und deshalb auch nicht Zeit genug, ›Blutiger Himmel‹ ins Rollen zu bringen... und damit ist Toranagas listiger Plan nichts weiter als eine Seifenblase, die platzt...

Oh! Oh! Oh!

Was tun?

Papier, Pinsel und Tinte kamen. Yabu tat seine Angst für einen Augenblick beiseite und konzentrierte sich darauf, so vollkommen und schön zu schreiben, wie er konnte. Nachdem er seine Zusage niedergelegt, faßte er den entscheidenden Entschluß: Er würde Yurikos Rat bis zuletzt in allem folgen. Augenblicklich fiel ihm eine Last von der *Wa*, und er fühlte sich wie neugeboren. Mit einem arroganten Schnörkel setzte er seinen Namen unter das Schriftstück.

Wie schaffe ich es, Toranagas bester Vasall zu sein? So einfach: Indem ich Ishido beseitige.

Und wie das anfangen und trotzdem Zeit haben davonzukommen?

Dann hörte er, wie Ogaki sagte: »Morgen seid Ihr zu einem Empfang eingeladen, den Herr General Ishido anläßlich des Geburtstags der Dame Ochiba zu geben sich beehrt.«

Von der Reise noch ganz zerschlagen, umarmte Mariko erst Kiri, um dann die Dame Sazuko in die Arme zu schließen, den Säugling zu bewundern und Kiri nochmals zu umarmen. Aufgeregt machten die Zofen sich um sie herum zu schaffen, brachten *Cha* und Saké und eilten mit Kissen und wohlduftenden Kräutern herbei.

Schließlich klatschte Kiri in die Hände, schickte die Zofen fort und griff überwältigt von Glück und Erregung schwerfällig nach ihrem Spezialkissen. Sie war hochrot im Gesicht. Hastig fächerten Mariko und die Dame Sazuko ihr Kühlung zu. Erst nachdem sie drei große Schalen Saké getrunken hatte, vermochte sie wieder ruhig zu atmen.

»Ah, das ist besser«, sagte sie. »Ja, dank Euch, Kind, ja, noch etwas! Ach, Mariko-chan, seid Ihr wirklich hier?«

»Ja, ja. Wirklich hier, Kiri-san.«

Sazuko, die mit ihren siebzehn Jahren sehr jung aussah, sagte: »Ach, wir haben uns ja solche Sorgen gemacht, wo wir doch bloß Gerüchte und...«

»Ja, nichts als Gerüchte«, fiel Kiri ihr ins Wort. »O ja, es gibt so viel, was ich wissen möchte. Mir ist ganz übel.«

»Arme Kiri-san, hier, nehmt noch etwas Saké«, sagte Sazuko fürsorglich. »Vielleicht solltet Ihr Euren Obi etwas lockern und...«

»Mir geht es schon wieder gut! Bitte, jetzt keine Aufregung mehr, Kind!« Kiri holte tief Luft und faltete die Hände über dem mächtigen Bauch. »Ach, Mariko-

san, wie gut es tut, wieder einmal ein vertrautes Gesicht von außerhalb der Burg zu sehen!«
»Ja«, kam es von Sazuko. Sie schmiegte sich enger an Mariko, und dann brach es aus ihr hervor: »Jedesmal, wenn wir unser Tor hinter uns lassen, werden wir von Grauen umschwärmt, als wären wir Bienenköniginnen. Ohne Erlaubnis des Rats dürfen wir die Burg nicht verlassen... keine von den Damen darf das, nicht einmal die von Herrn Kiyama... und da der Rat so gut wie nie zusammentritt, gibt es eine solche Erlaubnis nie, und der Arzt sagt, ich solle noch nicht reisen, obwohl es mir und dem Baby gutgeht... Aber zunächst einmal erzählt uns...«
Kiri fiel ihr abermals ins Wort: »Zunächst einmal sagt uns, wie es unserem Gebieter geht.«
Die junge Frau lachte, ließ ihrer Lebhaftigkeit keinen Dämpfer aufsetzen. »Das wollte ich ja gerade fragen, Kiri-san.«
Mariko beantwortete diese Frage, wie ihr Gebieter es ihr aufgetragen. »Er läßt sich von seinem Entschluß nicht abbringen... er ist voller Zuversicht.« Das hatte sie sich auf der Reise immer und immer wieder vorgesagt. Als sie jedoch merkte, was für eine Bedrücktheit ihre Worte auslösten, wäre sie am liebsten doch mit der Wahrheit herausgeplatzt. »Tut mir so leid«, sagte sie.
»Oh!« Sazuko gab sich Mühe, sich nicht anmerken zu lassen, welche Angst sie hatte.
Kiri fand mühselig eine noch bequemere Stellung. »*Karma* ist *Karma, neh?*«
»Dann... dann besteht also keine Aussicht auf eine Veränderung... besteht keine Hoffnung?« fragte Sazuko.
Kiri tätschelte ihr die Hand. »Glaubt nur, *Karma* ist *Karma*, Kind, und Herr Toranaga ist der größte, weiseste Mann, den es gibt. Das muß uns genügen, alles andere wäre Illusion. Mariko-chan, habt Ihr Briefe für uns?«
»Oh, Verzeihung, ja, natürlich, hier.« Mariko holte die drei Schriftrollen aus ihrem Ärmel. »Zwei für Euch, Kiri-chan... eine von unserem Gebieter, die andere von Herrn Hiro-matsu. Und die hier ist für Euch, Sazuko-san, von Eurem Gebieter, aber er hat mir aufgetragen, Euch zu sagen, daß er Euch sehr vermisse und darauf brenne, seinen jüngsten Sohn zu sehen.«
Tränen rannen der jungen Frau über die Wangen. Sie murmelte eine Entschuldigung und lief, die Schriftrolle in der Hand, aus dem Raum.
»Armes Kind! Es ist so hart für sie.« Kiri erbrach die Siegel ihrer Schriftrollen nicht. »Ihr wißt, daß Seine Kaiserliche Hoheit herkommt?«
»Ja.« Mariko war nicht minder ernst. »Ein Kurier von Herrn Toranaga hat uns vor etwa einer Woche eingeholt. Aus der Botschaft ging allerdings sonst nichts weiter hervor, nur der Tag, an dem er hier eintrifft. Habt Ihr Neues von unserem Gebieter gehört?«
»Nicht direkt... und auch unterderhand nichts... schon seit über einem Monat nicht. Wie geht es ihm? Wirklich?«
»Er ist zuversichtlich.« Sie nippte an ihrem Saké. »Oh, dürfte ich Euch nachschenken?«

»Vielen Dank.«
»Neunzehn Tage, das ist keine lange Zeit, nicht wahr, Kiri-chan?«
»Zeit genug, um nach Yedo zu reisen und wieder zurückzukommen, wenn man sich beeilt, Zeit genug, ein ganzes Leben zu leben, wenn Ihr wollt, und mehr als genug Zeit, eine Schlacht zu schlagen oder ein Reich zu verlieren... Zeit für tausend Dinge, nur nicht Zeit genug, all die erlesenen Speisen zu essen und den vielen Saké zu trinken...« Ein flüchtiges Lächeln ging über Kiris Gesicht. »Ach, bitte, verzeiht mir... da hört Ihr Euch mein Geplapper an und habt Euch noch nicht einmal umgekleidet und gebadet. Wir haben hinterher mehr als genug Zeit zum Reden.«
»Oh, bitte, macht Euch meinetwegen keine Sorgen. Ich bin nicht müde.«
»Aber Ihr müßt abgespannt sein. Ihr steigt in Eurem Hause ab?«
»Ja, dorthin zu gehen erlaubt mir mein Paß, den Herr Ishido mir hat ausstellen lassen. Aber, was gibt es Neues?«
»Nichts weiter. Ich weiß, daß er die Folterung und die Ermordung von Herrn Sugiyama befohlen hat, wenn ich auch keine Beweise dafür habe. Vorige Woche hat eine von Herrn Odas Gattinnen versucht, zusammen mit ihren Kindern Osaka heimlich zu verlassen. Sie waren als Straßenreiniger verkleidet. Die Wachen haben sie ›versehentlich‹ erschossen.«
»Wie schrecklich!«
»Selbstverständlich hagelte es Entschuldigungen über Entschuldigungen. Ishido behauptet, die Sicherheitsvorkehrungen gingen über alles! Angeblich hat es einen Mordversuch am Erben gegeben... damit entschuldigt er alles.«
»Warum reisen denn die Damen nicht ganz offen ab?«
»Der Rat hat befohlen, daß die Frauen und ihre Kinder auf ihre Männer warten, die ja zur Zeremonie zurückkehren *müssen*. Und die Burg ist dichter verschlossen als eine Auster.«
»Draußen ist es genauso, Kiri-san. Auf der Tokaido sind viel mehr Kontrollposten errichtet als sonst, und im Umkreis von fünfzig *Ri* sind Ishidos Sicherheitsvorkehrungen enorm. Es wimmelt nur so von Patrouillen.«
»Alle haben eine schreckliche Angst vor ihm, bis auf uns und unsere paar Samurai, aber wir machen ihm nicht mehr Sorgen als eine Pustel auf dem Leib eines Drachen.«
»Wäre die Dame Sazuko imstande zu reisen... und das Baby, Kiri-san?«
»Ja, das könnt Ihr doch selbst sehen. Und ich auch.« Kiri seufzte tief auf. Die seelischen Strapazen, unter denen sie litt, waren jetzt auf ihrem Gesicht zu erkennen, und Mariko fiel auf, daß sie viel mehr graue Haare hatte als zuvor. »Seit ich Herrn Toranaga nach Anjiro geschrieben habe, hat sich nichts geändert. Wie die anderen sind und bleiben wir Geiseln – bis zum entscheidenden Tag.«
»Jetzt, wo auch Seine Kaiserliche Hoheit herkommt... damit wird alles unausweichlich, *neh?*«
»Ja. Sieht so aus. Geht und ruht Euch aus, Mariko-chan, aber eßt heute mit uns zu Abend. Dann können wir uns weiter unterhalten, *neh?* Ach, übrigens, eine

Neuigkeit für Euch. Euer berühmter Barbaren-*Hatamoto* – er sei gesegnet, daß er unseren Gebieter gerettet hat, wir haben davon gehört – hat heute morgen angelegt, zusammen mit Kasigi Yabu-san.«

»Oh, ich hatte mir schon solche Sorgen um sie gemacht. Sie sind einen Tag vor mir per Schiff abgereist. Zwar sind auch wir in der Nähe von Nagoya in einen Ausläufer des *Tai-fun* geraten, aber für uns war es nicht weiter schlimm. Ich hatte Angst, auf See... Ach, da fällt mir aber ein Stein vom Herzen!«

»Hier war es auch nicht besonders schlimm, bis auf die Feuersbrünste. Viele tausend Häuser sind abgebrannt, aber es hat noch nicht einmal zweitausend Tote gegeben. Am stärksten heimgesucht war die Ostküste von Kyushu und ein Teil von Shikoku. Dort sind Zehntausende umgekommen.«

»Und die Ernte?« fragte Mariko rasch.

»Der meiste Reis liegt flachgedrückt auf dem Boden... Wenn es im Kwanto zu keinen größeren Schäden kommt, könnte es sein, daß er dieses und nächstes Jahr das ganze Reich mit Reis versorgen muß.«

»Es wäre wesentlich besser, wenn Herr Toranaga über diese Ernte wachte als Ishido. *Neh?*«

»Ja. Aber, verzeiht, neunzehn Tage reichen nicht, um die Ernte einzubringen.« Mariko trank ihren Saké aus. »Ja.«

»Und Buntaro-san? Geht es ihm gut?«

»Er ist im Augenblick Kommandant von Mishima und für die Grenze dort verantwortlich. Ich habe ihn kurz gesehen. Wißt Ihr, wo Kasigi Yabu-sama abgestiegen ist? Ich habe eine Botschaft für ihn.«

»In einem der Gästehäuser. Ich werde es Euch sofort mitteilen lassen.« Kiri ließ sich noch mehr Saké nachschenken. »Vielen Dank, Mariko-chan. Ich hörte, daß der Anjin-san noch auf der Galeere weilt.«

»Er ist ein sehr interessanter Mann, Kiri-san. Und er ist unserem Gebieter mehr als nur ein wenig nützlich geworden.«

»Das habe ich gehört... Ich möchte alles über ihn erfahren und über das Erdbeben und überhaupt alles, was Ihr zu berichten habt. O ja, morgen abend gibt es einen Empfang zu Ehren des Geburtstags der Dame Ochiba. Herr Ishido gibt ihn. Selbstverständlich werdet auch Ihr eine Einladung erhalten. Soviel ich hörte, hat auch der Anjin-san eine bekommen. Die Dame Ochiba möchte gern wissen, wie er aussieht. Ihr wißt ja, daß der Erbe ihn einmal kennengelernt hat. War das nicht, als auch Ihr ihn kennenlerntet?«

»Ja. Der arme Mann. Also wird er herumgezeigt werden wie ein gefangener Wal?«

»Ja«, erwiderte Kiri gelassen. »Zusammen mit uns anderen. Wir sind alle Gefangene, Mariko-chan, ob es uns gefällt oder nicht.«

Verstohlen eilte Uraga die Gasse zum Hafen hinunter. Die Nacht war sternklar, aber dunkel, die Luft angenehm. Uraga trug das wallende orangefarbene Gewand der buddhistischen Priester, seinen unvermeidlichen Hut und billige

Strohsandalen. Hinter ihm lagen die Lagerhäuser und der hochragende, fast europäisch anmutende Komplex der Jesuitenmission. Er bog um eine Ecke und beschleunigte seine Schritte. Es waren nur wenige Menschen unterwegs. Ein Trupp von Grauen mit Fackeln in den Händen patrouillierte am Strand. Höflich, wenn auch mit der Arroganz des Priesters, verlangsamte er seine Schritte. Die Samurai beachteten ihn kaum.

Unbeirrbar ging er den Strand entlang. Der laue Wind trug die Gerüche von See und Tang heran. Es war Ebbe. Über die ganze Bucht waren die Nachtfischer mit ihren Fackeln und Speeren auf der Jagd. Zweihundert Schritt weiter lagen die Piers und die muschelbewachsenen Molen. An einem der Piers war eine Lorcha der Jesuiten vertäut. An ihrem Heck flatterten die Fahnen Portugals und der Gesellschaft Jesu. Um das Fallreep herum waren weitere Graue mit Fackeln zu erkennen. Er schlug eine andere Richtung ein, um dem Schiff aus dem Weg zu gehen.

»Ihr da! Halt!«

Der Befehl kam aus dem Dunkel. Uraga blieb von Panik ergriffen stehen. Graue traten ins Licht heraus und umringten ihn. »Wohin des Wegs, Priester?«

»In den Osten der Stadt«, sagte Uraga stockend mit trockenem Mund. »Zu unserem Nichiren-Schrein.«

»Ach, dann gehört Ihr also zur Nichiren-Sekte? *Neh?*«

Rauh sagte ein anderer Samurai: »Zu denen gehöre ich nicht. Ich bin Zen-Buddhist wie unser General.«

»Zen ... ah, ja, Zen ist gut«, sagte ein anderer. »Ich wünschte, ich könnte es verstehen, aber das ist zu schwierig für meinen Kopf.«

»Der schwitzt aber ganz schön für einen Priester, oder? Warum schwitzt Ihr so?«

Ein paar lachten, und jemand hielt die Fackel näher an sein Gesicht heran.

»Warum sollten sie nicht schwitzen?« sagte der Mann mit der rauhen Stimme. »Sie tun doch nichts weiter als den ganzen Tag schlafen und die ganze Nacht das Kopfkissen teilen ... mit Nonnen, Knaben, Hunden und mit sich selbst, was sie gerade in die Finger bekommen ... und dabei stopfen sie sich die ganze Zeit über mit Essen voll, für das sie nie gearbeitet haben. Priester sind Parasiten, wie die Flöhe!«

»Ach, laß ihn doch in Ruhe, er ist bloß ...«

»Nehmt Euren Hut ab, Priester.«

Uraga wurde steif. »Warum? Und warum einen Mann belästigen, der sein Leben dem Dienste Buddhas geweiht hat? Buddha tut Euch keinen ...«

Streitsüchtig trat der Samurai einen Schritt vor. »Ich habe gesagt, nehmt Euren Hut ab!«

Uraga gehorchte. Er hatte den Kopf frisch rasiert, wie der eines Priesters sein sollte, und er dankte dem *Kami* oder Geist, der ihn veranlaßt hatte, diese Vorsichtsmaßnahme zu ergreifen – falls man ihn dabei erwischte, wie er die Ausgangssperre übertrat. Sämtliche Samurai des Anjin-san waren von den Hafenbehörden angewiesen worden, die Galeere nicht zu verlassen, solange von höherer Stelle keine anderen Befehle vorlägen. »Es ist kein Grund vorhanden, unhöflich zu sein«, sagte er hochfahrend mit dem unbewußten Stolz des Jesuiten, der ihm in Fleisch und Blut übergegangen war. »Der Dienst an Buddha ist ein ehrenvolles Leben, und Priester zu werden ist gleichfalls aller Ehren wert und sollte der letzte Schritt im Greisenalter eines jeden Samurai sein. Oder kennt Ihr das *Bushido* nicht? Wo bleiben Eure Manieren.«

»Was? Ihr seid Samurai?«

»Selbstverständlich bin ich Samurai. Wie würde ich es sonst wagen, einem Samurai zu sagen, er habe schlechte Manieren?« Uraga setzte den Hut wieder auf. »Ihr tätet besser daran, weiter Eure Patrouille zu gehen, statt harmlose Priester zu belästigen.« Hochmütig, aber mit weichen Knien schritt er davon.

Der Samurai sah ihm eine Weile nach, dann spuckte er aus. »Priester!«

Uraga folgte der Straße. Er war sehr stolz auf sich. Als er sich der Galeere näherte, wurde er wieder vorsichtig und drückte sich in den Schatten eines Gebäudes. Dann nahm er allen Mut zusammen und marschierte auf die von Fackeln beleuchtete Anlegestelle der Galeere zu.

»Guten Abend«, grüßte er die Grauen höflich, die sich neben dem Fallreep lümmelten, um dann noch den Segensspruch: »*Namu Amida Butsu!* – Im Namen des Buddha Amida!« hinzuzufügen.

»Vielen Dank. *Namu Amida Butsu.*« Die Grauen ließen ihn unbehindert durch. Ihre Orders lauteten, den Barbaren und seine Samurai nicht an Land zu lassen – nur Yabu und seine Ehrenwache. Von einem buddhistischen Priester, der mit dem Schiff gekommen war, hatte niemand etwas gesagt.

Erschöpft betrat Uraga das Hauptdeck.

»Uraga-san«, rief Blackthorne leise vom Achterdeck. »Hier!«

Uraga blinzelte, um seine Augen an die Dunkelheit zu gewöhnen. Er sah Blackthorne und roch den schalen, durchdringenden Körpergeruch und wußte, daß der zweite Schatten dort oben der andere Barbar mit dem unaussprechlichen Namen sein müsse.

»Ah, Anjin-san«, flüsterte er und tastete sich zu ihm hinüber, wobei er kurz den Wachen zunickte, die auf dem Deck verstreut waren.

»Wartet!« mahnte Blackthorne leise zur Vorsicht. »Seht ans Land hinüber. Dort drüben, in der Nähe des Lagerhauses. Seht Ihr ihn? Nein, etwas weiter nördlich... ja dort, seht Ihr ihn jetzt?« Ein Schatten bewegte sich kurz, um dann wieder mit der Dunkelheit zu verschmelzen.

»Wer war das?«

»Ich habe Euch nicht aus den Augen gelassen, seit Ihr wieder auf die Straße herausgekommen seid. Er hat Euch verfolgt. Ihr habt ihn nicht bemerkt?«

»Nein, Euer Gnaden«, erwiderte Uraga, und die bösen Ahnungen stellten sich wieder ein. »Ich habe niemanden gesehen, und es ist mir auch niemand aufgefallen.«

»Er trug keine Schwerter, also war es kein Samurai. Ein Jesuit?«

»Das glaube ich nicht... das glaube ich nicht... denn ich war sehr vorsichtig. Verzeiht, daß ich ihn nicht gesehen habe.«
»Na ja.« Blackthorne wandte sich wieder Vinck zu. »Geh jetzt nach unten, Johann. Ich übernehme diese Wache und wecke dich bei Sonnenaufgang.«
»Ich habe schon angefangen, mir Euretwegen Sorgen zu machen«, sagte Blackthorne zu Uraga. »Was ist passiert?«
»Yabu-samas Bote ließ auf sich warten, Anjin-san. Hier mein Bericht: Ich ging mit Yabu-sama und wartete von Mittag bis zum Einbruch der Dunkelheit vor der Burg, als...«
»Was genau habt Ihr die ganze Zeit über gemacht?«
»Genau, Euer Gnaden? Ich suchte mir ein Plätzchen in der Nähe des Marktes, von dem aus ich die Erste Brücke im Auge behalten konnte, und dann habe ich meditiert... das ist Jesuitenpraxis, Anjin-san. Allerdings habe ich nicht über Gott meditiert, sondern über Euch und über Yabu-sama und Eure Zukunft.« Uraga lächelte. »Viele Vorübergehende haben Münzen in meine Bettelschale geworfen. Ich ruhte meinen Körper aus und ließ meinen Geist schweifen, ohne freilich die Erste Brücke aus den Augen zu lassen. Yabu-samas Bote kam bei Einbruch der Dämmerung und tat so, als betete er zusammen mit mir, bis wir ganz allein waren. Dann flüsterte er mir folgendes zu: ›Yabu-sama läßt bestellen, er verbringt die Nacht in der Burg, kehrt aber morgen früh zurück. Morgen abend wird in der Burg ein offizieller Empfang stattfinden, zu dem auch Ihr geladen werdet. Er wird von Herrn Ishido gegeben. Schließlich solltet Ihr ›siebzig‹ bedenken.« Uraga blinzelte ihn an.
Blackthorne nickte, sagte jedoch nicht von sich aus, daß dies eine von den vielen zwischen Yabu und ihm abgesprochenen Vorsichtsmaßnahmen war. »Siebzig« bedeutete, er solle dafür sorgen, daß das Schiff zum Auslaufen bereit sei, um über See den Rückzug anzutreten. Da jedoch keiner der Samurai und Ruderer hatte von Bord gehen dürfen, war das Schiff jederzeit bereit. Und da alle Mann sich sehr bewußt waren, daß sie hier in feindlichen Gewässern lagen und alle sich größte Sorgen machten, wußte Blackthorne, daß es keine Mühe bereiten würde, das Schiff auf die hohe See hinauszusteuern.
»Fahrt fort, Uraga-san.«
»Das war alles. Nur noch eines: Mariko-san ist heute eingetroffen.«
»Ah, tatsächlich... Ist das nicht enorm schnell, um über Land von Yedo hierherzukommen?«
»Jawohl, Euer Gnaden. Tatsache aber ist, daß ich sie, während ich wartete, zur Stunde der Ziege mit ihrem Gefolge über die Erste Brücke kommen sah. Die Pferde waren schaumbedeckt und verdreckt und die Träger erschöpft. Angeführt wurden sie von Yoshinaka-san.«
»Wie viele waren es?«
»Mit Reitern, Trägern und Lasttieren alles in allem zweihundert Samurai. Die doppelte Anzahl von Grauen eskortierte sie allerdings. Auf einem der Packtiere waren Körbe mit Brieftauben.«

»Gut. Und was noch?«
»Sobald ich konnte, bin ich dann gegangen. In der Nähe der Mission ist eine Garküche, in der viele Kaufleute, Reis- und Seidenhändler und Leute aus der Mission essen. Ich bin ... bin dorthin gegangen und habe gegessen und die Ohren gespitzt. Der Pater Visitator ist wieder zurück in Osaka. Viele Bekehrungen im Gebiet von Osaka. – Außerdem ist die Erlaubnis erteilt worden, zu Ehren der Herren Kiyama und Onoshi in zwanzig Tagen ein Hochamt zu feiern.«
»Ist das wichtig?«
»Jawohl. Und es ist ganz erstaunlich, daß ein solches feierliches Hochamt in aller Öffentlichkeit gefeiert werden darf. Das Fest des heiligen Bernhard soll feierlich begangen werden. In zwanzig Tagen, das bedeutet: Einen Tag nach der Huldigungszeremonie vor dem Erhabenen.«
Yabu hatte Blackthorne durch Uraga vom Erscheinen des Kaisers erzählt. Die Nachricht war wie ein Lauffeuer durch das ganze Schiff gegangen, und die Ahnung von kommendem Unheil hatte sich noch verstärkt.
»Was noch?«
»Auf dem Marktplatz gehen viele Gerüchte um. Gerüchte, die nichts Gutes verheißen. Die Witwe des Taikō ist sehr krank. Das ist schlimm, Anjin-san, weil man auf ihren Rat immer hört und weil der immer vernünftig ist. Einige behaupten, Herr Toranaga sei bereits in Nagoya. Einig sind sich nur alle, daß es dies Jahr eine besonders schlechte Ernte geben wird. Die meisten Menschen glauben, daß es einen Bürgerkrieg gibt, sobald Herr Toranaga tot ist. Der Goldpreis ist enorm in die Höhe geschnellt, und der Zins beträgt siebzig Prozent, was ...«
»Das ist doch unmöglich, Ihr müßt Euch irren.« Blackthorne stand auf, um seinen Rücken zu strecken. Dann lehnte er sich müde gegen das Schanzkleid. Höflich erhoben sich Uraga und sämtliche Samurai gleichfalls.
»Bitte, verzeiht«, sagte Uraga gerade, »unter fünfzig Prozent liegt er nie; gewöhnlich schwankt er zwischen fünfundsechzig und siebzig Prozent, manchmal geht er sogar bis zu achtzig. Vor fast zwanzig Jahren machte der Pater Visitator beim Heiligen Va... beim Papst eine Eingabe, uns... der Gesellschaft Jesu... zu gestatten, Geld zu zehn Prozent Zins auszuleihen. Mit diesem Vorschlag hatte er sehr recht... und ihm wurde auch stattgegeben, Anjin-san. Denn zehn Prozent, das mußte dem Christentum Glanz und viele Konvertiten einbringen, denn selbstverständlich konnten nur Christen Darlehen bekommen, die allerdings immer bescheiden ausfielen. Ihr zahlt solche hohen Zinsen nicht in Eurem Land?«
»Selten. Das ist Wucher. Ihr versteht ›Wucher‹?«
»Das Wort verstehe ich schon, gewiß. Aber für uns würde unter hundert Prozent Zinsen niemand von Wucher reden.«
»Gut. Ihr habt Eure Sache ausgezeichnet gemacht.«
»Ich danke Euch, Euer Gnaden.«
Blackthorne überlegte einen Augenblick, dann fragte er ihn nach dem Empfang

aus, und Uraga beriet ihn, so gut er konnte. Zuletzt erzählte er Blackthorne auch noch, wie er der Samurai-Patrouille entkommen war.

»Hätte Eure Haartracht Euch denn verraten?« fragte Blackthorne.

»O ja. Jedenfalls hätte das genügt, mich vor ihren Offizier zu bringen.« Uraga wischte sich den Schweiß von der Stirn. »Tut mir leid, aber es ist sehr heiß, *neh?*«

»Sehr«, stimmte Blackthorne ihm höflich zu, während er im Geiste die Informationen verdaute. Er blickte zur See hinaus, überprüfte unbewußt den Himmel, die See und den Wind. Alles war gut und in Ordnung, die Fischerboote ließen sich nah und fern von der Strömung treiben. Vorn stand in jedem Boot ein Speerwerfer, der mit der Laterne leuchtete und von Zeit zu Zeit den Speer hinunterstieß und fast jedesmal eine schöne Brasse, Meeräsche oder eine Rote Meerschnepfe heraufbrachte, die sich um den Speerschaft wand und um sich schlug.

»Noch ein Letztes, Euer Gnaden. Ich bin zur Mission gegangen... das heißt, ich bin um sie herumgeschlichen. Die Wachen waren sehr auf der Hut, und hineingekommen wäre ich niemals... jedenfalls glaube ich das nicht. Nur, wenn ich an einer von ihnen vorübergegangen wäre. Ich habe eine Weile zugesehen, aber ehe ich fortging, sah ich Chimmoko, die Zofe der Dame Mariko, hineingehen.«

»Seid Ihr da ganz sicher?«

»Ja. Eine andere Zofe begleitete sie. Ich glaube...«

Blackthorne blickte abermals auf die See hinaus und murmelte halb für sich: »Was hat das nun wieder zu bedeuten?«

»Die Dame Mariko ist Christ... ist Katholikin, *neh?* Sie kennt den Pater Visitator sehr gut. Er war es, der sie zum Übertritt bewogen hat. Die Dame Mariko ist die wichtigste und berühmteste Dame im ganzen Reich... nach den drei allerhöchsten: der Dame Ochiba, der Dame Genjiko und Yodoko-sama, der Witwe des Taikō.«

»Vielleicht möchte Mariko-san beichten? Oder zur Messe gehen? Könnte sie nicht Chimmoko hingeschickt haben, das zu veranlassen?«

»Es ist alles möglich, Anjin-san. Alle Damen der *Daimyos* sind in ihrer Bewegungsfreiheit so ziemlich auf die Burg beschränkt, *neh?* Sind sie erst einmal drinnen, bleiben sie drinnen, wie Fische in einer goldenen Schale, die darauf warten, mit einem Speer aufgespießt zu werden.«

»Hört auf damit! Ich habe genug von diesem Geunke!«

»Tut mir leid. Trotzdem, Anjin-san, ich glaube, jetzt wird die Dame Toda nicht wieder herauskommen. Bis zum neunzehnten Tag.«

»Ich habe Euch gesagt, Ihr sollt aufhören! Ich weiß schon, was die Worte ›Geisel‹ und ›letzter Tag‹ zu bedeuten haben!« Es war sehr still an Deck, aller Stimmen waren gedämpft. Die Wachen standen lässig da und warteten darauf, irgendwann abgelöst zu werden. Das Wasser schwappte gegen den Schiffsrumpf, und die Taue knarrten beruhigend.

Nach einem Augenblick sagte Uraga: »Vielleicht hat Chimmoko den Pater Visitator gebeten, Mariko aufzusuchen. Als sie die Erste Brücke überquerte, stand sie zweifellos unter starker Bewachung. Ganz gewiß stand Toda Mariko-noh-Buntaro-noh-Jinsai vom ersten Augenblick, da sie Herrn Toranagas Grenzen überschritt, unter starker Bewachung. *Neh?*«
»Können wir herausbekommen, ob der Pater Visitator zur Burg geht?«
»Ja. Das ist leicht.«
»Und wie erfahren wir, was gesprochen wurde... oder was getan wird?«
»Das ist außerordentlich schwer. Tut mir sehr leid, aber sie würden portugiesisch oder lateinisch sprechen, *neh?* Und wer spricht beide Sprachen außer Euch und mir? Mich würden beide erkennen.« Uraga zeigte zur Burg und zur Stadt hinüber. »Es gibt viele Christen dort. Jeder von ihnen würde sich außerordentlich beliebt machen, wenn er Euch oder mich umbrächte... *neh?*«
Blackthorne antwortete ihm nicht. Es bedurfte auch keiner Antwort. Er sah ja den mächtigen, vorm bestirnten Himmel stehenden Umriß des Bergfrieds und erinnerte sich an alles, was Uraga ihm über die sagenhaften Schätze erzählt hatte, die er beschützte: die Beute und die Steuern, die der Taikō zusammengerafft und aus dem Reich herausgepreßt hatte. Jetzt jedoch überlegte er, was Toranaga wohl denken und planen mochte, wo genau Mariko sein mochte und was für einen Sinn es hatte, nach Nagasaki zu gehen. »Dann meint Ihr also, daß der neunzehnte Tag der letzte Tag ist, ein Todestag, Yabu-san?« hatte er wiederholt gefragt, nahezu krank von dem Bewußtsein, daß Toranaga jetzt endgültig in die Falle gegangen zu sein schien... und damit sein und der *Erasmus* Schicksal besiegelt war.
»*Shigata ga nai!* Wir fahren schnell nach Nagasaki und kommen rasch wieder zurück. Schnell, versteht Ihr? Uns bleiben nur vier Tage, um die Männer zu holen. Dann zurückkommen.«
»Aber wozu? Wenn Toranaga hier, alle sterben, *neh?*« hatte er geantwortet, doch Yabu war an Land gegangen und hatte ihm nur gesagt, daß sie übermorgen abfahren würden. Er hatte gewünscht, er wäre mit der *Erasmus* und nicht mit der Galeere hergekommen. Dann hätten sie Osaka irgendwie links liegenlassen und wären direkt nach Nagasaki gesegelt.
Du bist ein Narr, geißelte er sich selbst. Mit den wenigen Leuten, die du hast, hättest du nicht einmal hier unbeschadet festmachen können, ganz zu schweigen einen Hafen finden, in dem du diesen Teufelsorkan hättest abwarten können. Dann wärest du längst tot.
»Keine Sorge, Euer Gnaden. *Karma*«, sagte Uraga.
»*Aye, Karma.*« Dann spürte Blackthorne Gefahr vom Wasser her, und sein Körper reagierte, noch ehe sein Geist es befahl. Er duckte sich, als ein Pfeil vorbeipfiff, ihn ums Haar verfehlte und sich in die Aufbauten bohrte. Er sprang auf Uraga zu, um ihn zu Boden zu reißen, doch da traf ein anderer Pfeil diesen hinterm Schanzkleid. Uraga schrie und kreischte, und die Samurai schrien und spähten auf die See hinaus. Graue kamen von Land an Bord gestürmt. Eine

zweite Salve kam aus der Nacht, und alles spritzte auseinander, um Deckung zu suchen. Blackthorne kroch das Schanzkleid entlang und spähte durch ein Speigatt. Er sah gerade noch, wie ein Fischerboot in der Nähe seine Fackeln löschte und in der Dunkelheit verschwand. Alle Boote folgten seinem Beispiel, und für den Bruchteil einer Sekunde sah er Ruderer, die sich in die Riemen legten: Licht schimmerte auf ihren Schwertgriffen und Bogen.

Uragas Kreischen versiegte und ging unter in einem gurgelnden Todesschrei, der einem die Eingeweide zusammenzog. Das ganze Schiff war in Aufruhr. Vinck kam an Deck, die Pistole schußbereit in der Hand; gebückt kam er herbeigelaufen. »Himmel, was ist denn bloß los... alles in Ordnung mit Euch, Pilot?«

»Ja. Paß auf! Sie sitzen in den Fischerbooten!« Blackthorne kroch wieder zurück zu der Stelle, wo Uraga lag und am Pfeilschaft zerrte. Blut kam ihm aus Nase, Mund und Ohren.

»Himmelherrgott!« Vinck war fassungslos.

Blackthorne packte das gefiederte Ende des Pfeils mit einer Hand, legte die andere auf das warme, pulsierende Fleisch und riß mit aller Kraft. Der Pfeil kam zwar sauber heraus, aber jetzt spritzte das Blut stoßweise, und Uraga begann zu ersticken.

Mittlerweile hatten Graue und seine eigenen Samurai einen Kreis um sie gebildet. Einige hatten Schilde mitgebracht und hielten sie schützend über Blackthorne, ohne der eigenen Gefahr zu achten. Andere hielten sich weiterhin in Deckung, wiewohl die Gefahr vorüber war. Wieder andere brüllten ihren Zorn in die Nacht hinaus, schossen Pfeile ab und befahlen, daß die entschwindenden Boote zurückkämen.

Blackthorne hielt Uraga in den Armen. Der übelmachende, dicklich-süßliche Todesgeruch schnürte ihm die Kehle zu. Er sah Uragas flehende Augen, sah, wie sein Mund sich bewegte, ohne indes einen Laut hervorzubringen, sah, wie seine Brust sich hob und senkte, und dann sah er seine eigenen Finger sich bewegen und vor Uragas Augen das Kreuzzeichen schlagen, spürte, wie Uragas Körper erzitterte, sein Mund stumm heulte und ihn an einen der aufgespießten Fische erinnerte.

Uraga brauchte entsetzlich lange, ehe er tot war.

# *53. Kapitel*

Umgeben von seiner Ehrengarde von zwanzig Vasallen und einer zehnmal so großen Anzahl von Grauen, die seine Eskorte bildete, ging Blackthorne durch die Burg. Stolz trug er seine neue Uniform: den braunen Kimono mit den fünf Wappenzeichen Toranagas darauf, und – zum allerersten Mal – den Überwurf mit den riesigen, flügelgleichen Schultern. Das lockige goldene Haar hatte er zu einem sauberen Knoten hochgebunden. Die beiden Schwerter, die Toranaga ihm gegeben, sahen korrekt aus seiner Schärpe hervor.

An jeder Wegkreuzung standen Graue. Jede Zinne war von ihnen bemannt. Ishido entfaltete seine gesamte Macht, denn jeder *Daimyo* und General und jeder Offizier von einigem Rang in Osaka war heute abend in die große Halle geladen worden, die der Taikō innerhalb des innersten Befestigungsrings hatte errichten lassen. Die Sonne war untergegangen, und es wurde rasch dunkel.

Ein schreckliches Unglück, Uraga zu verlieren, dachte Blackthorne, der immer noch nicht wußte, ob dieser Überfall ihm oder Uraga gegolten hatte.

»Heute mittag Ihr geht Burg, Anjin-san«, hatte Yabu ihm heute morgen gesagt, nachdem er auf die Galeere zurückgekehrt war. »Graue kommen Euch abholen, Ihr versteht?«

»Jawohl, Yabu-sama.«

»Ganz sicher jetzt. Überfall tut mir leid. *Shigata ga nai!* Graue bewachen Euch. Heute nacht verbringt Ihr in der Burg. Im Toranaga-Teil der Burg. Tag darauf wir gehen Nagasaki.«

»Wir haben Erlaubnis?« hatte er gefragt.

Yabu schüttelte aufgebracht den Kopf. »Tun so, als gehen wir Mishima, um Herrn Hiro-matsu zu holen. Und Herrn Sudara mit Familie. Versteht Ihr?«

»Ja.«

»Gut. Schlaft jetzt, Anjin-san. Wegen Überfall keine Sorgen machen. Jetzt alle Boote Befehl, sich von Galeere fernzuhalten. Jetzt ist *kinjiru* hier.«

»Ich verstehe. Bitte, verzeiht, aber was geschieht heute abend? Warum ich zur Burg?«

Yabu setzte sein verzerrtes Lächeln auf und sagte ihm, er solle herumgezeigt werden, und Ishido sei begierig, ihn wiederzusehen. »Als Gast seid Ihr sicher«, und damit hatte er die Galeere abermals verlassen.
Blackthorne war nach unten gegangen und hatte Vinck die Wache überlassen, doch kaum lag er im Tiefschlaf, rüttelte Vinck ihn wieder wach, und er eilte an Deck.
Eine kleine, mit zwanzig Kanonen bestückte portugiesische Fregatte kam unter vollen Segeln in den Hafen hereingebraust.
»Der Hund hat's aber eilig«, sagte Vinck zitternd.
»Das muß Rodrigues sein. Kein Mensch sonst würde mit soviel Leinwand in den Hafen einlaufen.«
»Wenn ich Ihr wäre, Pilot, dann würd' ich machen, daß ich hier rauskomme – mit oder ohne Hochwasser. Du lieber Jesus, wir sind ja wie Motten in einer Grogflasche. Laßt uns sehen, daß wir hier raus...«
»Wir bleiben. Geht das nicht in deinen dicken Schädel rein? Wir bleiben, bis wir die Erlaubnis haben auszulaufen!«
Wieder war er nach unten gegangen, aber er konnte nicht schlafen. Gegen Mittag waren die Grauen gekommen. Schwer eskortiert zog er mit ihnen zur Burg. Noch einmal hatte er die Todesangst durchlebt, die er damals beim Überfall ausgestanden, und das Gefühl, die Hand am Schwertgriff zu haben und den Kimono um sich zu spüren und zu wissen, daß seine eigenen Vasallen ihn begleiten, beschwichtigte seine Furcht nicht.
Die Grauen hatten ihn bis zum Toranaga-Teil der Burg geleitet, den er bei seinem ersten Besuch kennengelernt hatte und wo Kiritsubo und die Dame Sazuko mit ihrem Baby immer noch zusammen mit den letzten Samurai von Toranaga eingepfercht waren. Dort hatte man ihn gebadet, und er hatte neue Kleider angezogen, die für ihn bereitgelegt worden waren.
»Ist die Dame Mariko hier?«
»Nein, Euer Gnaden«, hatte die Dienerin ihm bedeutet.
»Wo kann ich sie denn bitte finden? Ich habe eine dringende Nachricht für sie.«
Keiner der Diener wollte ihm helfen. Alle sagten nur: »Tut mir leid, ich weiß es nicht.«
Er hatte sich angezogen, sich dann mit seinem Wörterbuch beschäftigt und die Schlüsselwörter auswendig gelernt, die er gebrauchen würde. Dann war er in den Garten hinausgegangen, um die Felsen wachsen zu sehen. Aber sie waren nicht gewachsen.
Jetzt marschierte er gerade über die letzte Zugbrücke. Andere Gäste, auch sie von Grauen umringt, bewegten sich in derselben Richtung. Er merkte, wie sie ihn verstohlen beobachteten.
Seine Füße trugen ihn unter dem letzten Fallgitter hindurch, und die Grauen führten ihn weiter durch den Irrgarten bis zu einem gewaltigen Tor. Hier ließen sie ihn allein. Beherzt trat er in den fackelerleuchteten Schlund.
Es war ein riesiger Raum, die Balkendecke golden geschmückt. Fünfhundert Sa-

murai samt ihren Damen waren bereits versammelt. Ihre Kimonos schillerten in allen Regenbogenfarben, ihr Duft vermischte sich mit dem Wohlgeruch kostbarer Hölzer, die in kleinen Kohlebecken an den Wänden verglommen. Blackthornes Augen suchten eilig die Menge ab, ob er nicht Mariko entdecke oder Yabu oder irgendein freundliches Gesicht, doch er kannte niemand. Auf der einen Seite standen Gäste Schlange und warteten darauf, sich vor der erhöhten Plattform am anderen Ende zu verneigen. Der Höfling, Prinz Ogaki Takamoto, stand da. Blackthorne erkannte Ishido... groß, hager und selbstherrlich... auch er neben dem Podest, und er erinnerte sich lebhaft an die blind machende Gewalt, die hinter der Maulschelle dieses Mannes gesessen, und wie sich seine eigenen Finger um den Hals des Mannes gekrallt hatten.
Ganz allein auf dem Podest thronte die Dame Ochiba. Sie saß bequem auf einem Kissen. Selbst aus dieser Entfernung konnte er sehen, wie überaus prachtvoll ihr Kimono war: Goldfäden auf feinster schwarzblauer Seide. »Die Höchsterhabene«, hatte Uraga sie ehrfürchtig genannt, als er ihm auf der Reise viel von ihr erzählt hatte.
Sie war zierlich, fast mädchenhaft, und ihre Haut schimmerte hell. Ihre schlehenfarbenen Augen waren groß unter den künstlich nachgezogenen, wohlgerundeten Brauen, und ihr Haar war wie ein Flügelhelm frisiert.
Die Prozession der Gäste bewegte sich langsam vorwärts. Blackthorne stand auf der einen Seite in einem Lichtkreis und überragte die Umstehenden um Haupteslänge. Höflich trat er beiseite, um einige vorüberkommende Gäste vorbeizulassen, und er sah, wie Ochibas Augen sich auf ihn richteten. Jetzt sah auch Ishido ihn an. Sie tauschten ein paar Worte, und beider Augen wandten sich wieder ihm zu.
Voller Unbehagen trat er auf eine Wand zu, um etwas weniger aufzufallen, doch ein Grauer versperrte ihm den Weg. *»Dozo«*, sagte dieser Samurai höflich und wies auf die Schlange.
*»Hai, domo«*, sagte Blackthorne und reihte sich ein.
Die vor ihm verneigten sich, und diejenigen, die sich hinter ihm anstellten, verneigten sich gleichfalls vor ihm. Er erwiderte die Verneigungen. Bald erstarb jede Unterhaltung. Aller Augen waren auf ihn gerichtet.
Verlegen traten die Herren und Damen vor ihm beiseite. Jetzt war niemand mehr zwischen ihm und dem Podest. Einen Augenblick stand er steif aufgerichtet dar. Dann, unter vollkommenem Schweigen, marschierte er vorwärts.
Vor dem Podest kniete er nieder und verneigte sich förmlich, einmal vor ihr und einmal vor Ishido, wie er es bei den anderen gesehen. Dann erhob er sich, erstarrt vor Angst, daß seine Schwerter herunterfallen oder er ausrutschen und sich entehren könnte, doch alles ging gut, und er fing an, sich unter Verneigungen zurückzuziehen.
»Bitte, wartet, Anjin-san«, sagte sie.
Er blieb stehen. Er spürte die außerordentliche Sinnlichkeit, die von ihr ausging, ohne daß sie sich bewußt darum bemüht hätte.

»Man erzählt, daß Ihr unsere Sprache sprecht?« Ihre Stimme bekam etwas unerklärlich Persönliches.
»Bitte, verzeiht mir, Hoheit«, begann Blackthorne und brachte seinen wohlerprobten Standardsatz an, wobei er in seiner Aufregung ein wenig über die eigenen Worte stolperte. »Es tut mir leid, aber ich muß einfache Wörter benutzen und bitte Euch ehrerbietig, Euch mir gegenüber einer genauso schlichten Ausdrucksweise zu befleißigen, damit ich die Ehre habe, Euch zu verstehen.« Er wußte, daß ohne jeden Zweifel sein Leben von seinen Antworten abhängen konnte. Aller Aufmerksamkeit richtete sich jetzt auf ihn. Er bemerkte, wie Yabu sich vorsichtig durch die Menge vorschob und näherkam. »Dürfte ich Euch ehrerbietig zu Eurem Geburtstag gratulieren und die Bitte vortragen, daß Ihr noch tausend weitere solche Ehrentage erleben möget?«
»Das sind aber kaum schlichte Worte, Anjin-san«, sagte die Dame Ochiba sehr beeindruckt.
»Bitte, verzeiht mir, Hoheit. Ich gestern auswendig gelernt. Die richtige Weise zu sagen, *neh?*«
»Wer hat sie Euch gelehrt?«
»Uraga-noh-Tadamasa, mein Vasall.«
Sie runzelte die Stirn und warf Ishido einen fragenden Blick zu, der etwas sagte, freilich viel zu rasch, als daß Blackthorne etwas mitbekommen hätte.
»Ah, der abtrünnige Christenpriester! Der Mann... Samurai, der getötet wurde, *neh?* Gestern abend, auf dem Schiff. Versteht Ihr?«
»Ah, tut mir leid. Ja, er.« Blackthorne blickte zu Ishido hinüber und sah dann wieder sie an. »Bitte, verzeiht mir, Hoheit, Eure Erlaubnis, den Herrn General zu begrüßen?«
»Ja, es sei Euch gestattet.«
»Guten Abend, Herr General«, sagte Blackthorne betont höflich. »Letztes Mal, als wir uns treffen, ich sehr durcheinander. Tut mir leid.«
Ishido erwiderte die Verneigung mechanisch. »Ja, das wart Ihr. Und sehr unhöflich. Ich hoffe, Ihr werdet heute abend nicht wieder vom Wahn befallen.«
»Sehr von Wahn befallen in jener Nacht, bitte, verzeiht.«
»Dieser Wahn ist üblich unter Barbaren, *neh?*«
Sich in aller Öffentlichkeit derart rüde zu benehmen, und das noch einem Gast gegenüber, war unerhört. Blackthornes Augen gingen für einen Moment wie der Blitz zu der Dame Ochiba, und er merkte, daß sich Erstaunen auch auf ihrem Gesicht zeigte. Folglich setzte er alles auf eine Karte. »Ah, Herr General. Ihr habt damit höchst recht. Barbaren immer gleicher Wahn. Aber, tut mir leid, jetzt bin ich Samurai – *Hatamoto* – und das große, sehr große Ehre für mich. *Ich bin kein Barbar mehr!*« Er rief das laut mit seiner Achterdeckstimme hinaus, und sie drang bis in den letzten Winkel des Raums. »Jetzt verstehe ich Samurai-Manieren... und ein wenig *Bushido.* Und weiß, was *Wa* ist. Ich bin kein Barbar mehr, bitte, verzeiht. *Neh?*«
Ishido lachte. »Also, Samurai Anjin-san«, sagte er jetzt freundlicher. »Jawohl,

ich nehme Eure Entschuldigung an. Was man sich über Euren Mut erzählt, stimmt. Gut, sehr gut. Ich sollte mich meinerseits entschuldigen. Schrecklich, daß dreckige *Ronin* etwas so Abscheuliches getan haben, Ihr versteht? Überfall bei Nacht?«

»Jawohl, ich verstehe, Euer Gnaden. Sehr schlimm.«

»Hört, schlimm, sehr schlimm. Aber keine Sorge, Anjin-san. Jetzt nicht mehr.« Sinnend ließ Ishido seinen Blick durch den Raum schweifen. Alle verstanden ihn klar und deutlich. »Jetzt habe ich Wachen befohlen. Versteht Ihr? Sehr aufmerksame Wachen... Keine Mordüberfälle mehr. Völlig sicher hier in Burg.«

»Vielen Dank. Verzeiht die Mühe, die ich mache.«

»Keine Mühe. Ihr seid wichtig, *neh?* Ihr seid Samurai. Ihr nehmt eine besondere Samurai-Stellung bei Herrn Toranaga ein. Ich vergesse das nicht... keine Angst.«

Blackthorne dankte Ishido abermals und wandte sich dann der Dame Ochiba zu. »Hoheit, in meinem Land hat wir... *haben* wir eine Königin. Bitte, verzeiht mein schlechtes Japanisch... Ja, mein Land wird von Königin regiert. In meinem Land haben wir Sitte, einer Dame zum Geburtstag immer Geschenk zu machen. Selbst der Königin.« Aus der Tasche seines Ärmels holte er eine rosa Kamelienblüte hervor, die er von einem Strauch im Garten geschnitten. Behutsam legte er sie vor sie nieder, voller Angst, sich zu übernehmen. »Bitte, verzeiht, wenn keine guten Manieren zu geben.«

Sie blickte auf die Blüte. Fünfhundert Menschen warteten gespannt darauf, wie sie einer solchen Kühnheit und Artigkeit dieses Barbaren wohl begegnen mochte...

»Ich bin zwar keine Königin, Anjin-san«, sagte sie langsam, »sondern nur die Mutter des Erben und die Witwe des Herrn Taikō. Als Königin kann ich Euer Geschenk nicht annehmen, denn ich bin keine Königin.« Dann lächelte sie und sagte zu allen, die anwesend waren: »Aber als eine Dame, die Geburtstag hat, gestattet ihr vielleicht, daß ich dieses Geschenk des Anjin-san annehme?«

Alle applaudierten. Blackthorne verneigte sich und dankte ihr; er hatte immerhin so viel verstanden, daß sein Geschenk angenommen wurde. Als die Menge sich wieder beruhigt hatte, rief die Dame Ochiba: »Mariko-san, Euer Schüler macht Euch alle Ehre, *neh?*«

Mariko kam durch die Schar der Gäste, einen Jüngling an ihrer Seite. In ihrer Nähe erkannte er Kiritsubo und die Dame Sazuko. »Guten Abend, Dame Toda«, sagte Blackthorne. Und da ihm sein Erfolg zu Kopf gestiegen war, sagte er tollkühn auf lateinisch: »Dieser Abend wird durch Ihre Anwesenheit noch schöner!«

»Ich danke Euch, Anjin-san«, erwiderte sie auf japanisch, und ihre Wangen röteten sich. Sie trat bis an das Podest heran, während der Jüngling im Kreis der Zuschauer zurückblieb. Mariko verneigte sich vor Ochiba. »Ich habe nur wenig dazu beigetragen, Ochiba-sama. Das ist allein das Werk des Anjin-san und des Wörterbuchs, das die christlichen Väter ihm gegeben haben.«

»O ja, das Wörterbuch.« Ochiba ließ es sich von Blackthorne zeigen und mit Marikos Hilfe umständlich erklären. Sie war fasziniert. »Wir müssen auch welche bekommen, Herr General. Bitte, befehlt ihnen, uns hundert solcher Bücher zu geben. Damit könnten unsere jungen Männer bald Barbarisch lernen, *neh?*«
»Ja, das ist ein guter Einfall, Dame. Je rascher wir unsere eigenen Dolmetsche haben, desto besser!« Ishido lachte. »Sollen die Christen ihr eigenes Monopol brechen, *neh?*«
Ein eisengrauer Samurai in den Sechzigern, der vor den Gästen stand, sagte: »Die Christen halten kein Monopol, Herr General. Wir bitten die christlichen Väter... ja, wir bestehen sogar darauf, daß sie als Dolmetsche und Mittelsmänner fungieren, weil sie die einzigen sind, die mit beiden Seiten reden können und denen beide Seiten trauen. Herr Goroda hat damit angefangen, *neh?* Und der Taikō damit fortgefahren.«
»Selbstverständlich, Herr Kiyama. Meine Worte sollten keine Mißachtung von *Daimyos* oder Samurai bedeuten, die zum Christentum übergetreten sind. Ich habe nur von dem Monopol der christlichen Priester gesprochen«, sagte Ishido. »Es wäre besser für uns, wenn unsere eigenen Leute und nicht fremde Priester... oder überhaupt irgendwelche Priester... unseren Chinahandel kontrollierten.«
Kiyama sagte: »Es ist nicht ein einziger Fall von Betrug bekannt, Herr General. Die Preise sind gerechtfertigt, der Handel wird mühelos und sehr geschickt abgewickelt, und die Patres haben ihre eigenen Leute fest in der Hand. Ohne die Südlichen Barbaren gäbe es keine Seide und keinen Handel mit China. Bitte, verzeiht, daß ich es erwähnt habe.«
»Ah, Herr Kiyama«, sagte die Dame Ochiba. »Ich bin überzeugt, Herr Ishido betrachtet es als eine Ehre, daß Ihr ihn berichtigt habt, stimmt's nicht, Herr General? Was wäre der Regentschaftsrat ohne den Rat von Herrn Kiyama?«
»Selbstverständlich«, sagte Ishido.
Herr Kiyama verneigte sich steif, keineswegs unangenehm berührt. Ochiba warf einen Blick auf den Jüngling und setzte ihren Fächer in flatternde Bewegung. »Wie steht es mit Euch, Saruji-san? Vielleicht möchtet Ihr gern die Barbaren-Sprache lernen?«
Der junge Mann errötete unter ihrem eindringlichen Blick. Er war schlank und stattlich und gab sich viel Mühe, männlicher zu wirken, als seine fünfzehn Jahre es erlaubten. »Oh, ich hoffe, daß ich das nicht zu tun brauche, Ochiba-sama, o nein... aber wenn es mir befohlen würde, dann würde ich es versuchen. Ja, dann würde ich mich sehr darum bemühen.«
Sie lachten über seine Art, sich klug aus der Affäre zu ziehen, und Mariko sagte stolz auf japanisch: »Anjin-san, das hier ist mein Sohn Saruji.« Blackthorne verneigte sich vor Saruji, und die Verneigung wurde förmlich erwidert. »Er ist ein prachtvoller junger Mann, *neh?* Glücklich, so prachtvollen Sohn zu haben, Mariko-sama.« Aus den Augenwinkeln heraus betrachtete er die rechte Hand des Jünglings, die für immer verkrümmt war. Dann fiel ihm ein, daß Mariko

ihm einmal erzählt hatte, die Geburt ihres Sohnes sei äußerst langwierig und schwer gewesen. Armer Bursche, dachte er. Wie soll er jemals ein Schwert führen? Er wandte den Blick ab. Niemand hatte bemerkt, wohin sein Auge gegangen war, nur Saruji. Er erkannte Verlegenheit und Schmerz im Gesicht des Jünglings.
»Glücklich, so prachtvollen Sohn zu haben«, sagte er zu Mariko. »Aber das ist unmöglich, Mariko-sama, so großen Sohn zu haben ... nicht genug Jahre, *neh?*«
Ochiba sagte: »Seid Ihr immer so galant, Anjin-san? Sagt Ihr immer so kluge Dinge? Komplimente? Ihr versteht?«
»Nein, tut mir leid, bitte, verzeiht.« Blackthorne schmerzte der Kopf vor lauter Mühe, sich zu konzentrieren. Als Mariko ihm erklärte, was gesagt worden war, sagte er trotzdem mit gespielter Ernsthaftigkeit: »Oh, tut mir leid, Mariko-sama. Ich wußte gar nicht, daß die Damen hier bereits mit zehn heiraten.«
Sie dolmetschte und fügte dann noch etwas hinzu, was sie alle lachen machte.
»Was habt Ihr gesagt?«
»Ah!« Mariko bemerkte, daß Kiyama seine Augen unheilvoll auf Blackthorne gerichtet hatte. »Bitte, verzeiht, Herr Kiyama, darf ich Euch den Anjin-san vorstellen?«
Kiyama erwiderte Blackthornes förmliche Verneigung höflich. »Es heißt, Ihr behauptet, Christ zu sein?«
»Wie bitte?«
Kiyama ließ sich nicht herab, seine Feststellung zu wiederholen, und daher dolmetschte Mariko sie.
»Ah, tut mir leid, Herr Kiyama«, sagte Blackthorne auf japanisch. »Ja, ich bin Christ ... allerdings andere Sekte.«
»Eure Sekte ist in meinem Herrschaftsbereich nicht willkommen. Und auch in Nagasaki nicht ... ja, in ganz Kyushu nicht, nehme ich an ... in keinem Land irgendeines christlichen *Daimyo*.«
Mariko ließ nicht zu, daß ihr Lächeln erstarb. Sie überlegte, ob Kiyama wohl persönlich den Mordanschlag der Amida und auch den Überfall gestern abend befohlen hatte.
»Ich bin kein Priester, Euer Gnaden«, wandte Blackthorne sich unmittelbar an Kiyama. »Wenn in Eurem Land ... nur Handel. Keine Priesterlehren. Bitte ehrerbietig, nur Handel treiben.«
»Ich will *Euren* Handel nicht. Ich will *Euch* nicht in meinen Landen. *Euch* ist das Betreten meines Herrschaftsbereichs bei Todesstrafe verboten. Habt Ihr verstanden?«
»Jawohl, ich verstehe«, sagte Blackthorne. »Tur mir leid.«
»Gut.« Damit wandte Kiyama sich hochmütig an Ishido. »Wir sollten dieser Sekte und diesen Barbaren das gesamte Reich verbieten. Diesen Antrag werde ich bei der nächsten Ratssitzung stellen. Ich muß offen sagen, daß Herr Toranaga schlecht beraten war, einen Fremden, insbesondere *diesen* Mann, zum Samurai zu machen. Das ist ein höchst gefährlicher Präzedenzfall.«

»Das ist doch gewiß unwichtig! Alle Fehler, die der gegenwärtige Herr des Kwanto macht, werden sehr bald berichtigt werden, *neh?*«

»Jeder begeht Fehler, Herr General«, sagte Kiyama spitz. »Nur Gott sieht alles und ist vollkommen. Der einzige *echte* Fehler, den Herr Toranaga jemals gemacht hat, besteht darin, seine eigenen Interessen vor die des Erben gestellt zu haben.«

»Ja«, sagte Ishido.

»Bitte, verzeiht«, sagte Mariko. »Aber das stimmt nicht. Ihr irrt Euch beide, was meinen Gebieter betrifft.«

Kiyama wandte sich ihr zu. Mit aller Höflichkeit. »Es ist vollkommen in der Ordnung, daß Ihr diese Haltung einnehmt, Mariko-san. Aber, bitte, wollen wir darüber heute abend doch nicht streiten. Also, Herr General, wo weilt Herr Toranaga jetzt? Wie lauten Eure letzten Nachrichten?«

»Nach der gestrigen Brieftaube soll er in Mishima sein. Ich bekomme jetzt täglich Bericht. In zwei Tagen wird er seine eigenen Grenzen verlassen, und Herr Ikawa Jikkyu ist bereit, ihn dann zu empfangen, wie es seiner Stellung gebührt.«

»Gut.« Kiyama lächelte Ochiba an. Er mochte sie sehr gern. »Würdet Ihr den Erben wohl bitten, den Regenten zu gestatten, ihm an diesem Tag aus gegebenem Anlaß zu huldigen?«

»Es wird dem Erben eine Ehre sein, Euer Gnaden«, erwiderte sie unter Beifallsklatschen. »Und vielleicht seid Ihr und alle Anwesenden hinterher Gäste bei einem Dichterwettstreit? Vielleicht könnten die Regenten die Preisrichter spielen?«

Noch mehr Beifall erhob sich.

»Vielen Dank, aber, bitte, vielleicht könnten Prinz Ogaki und einige der Damen das Preisgericht bilden?«

»Sehr wohl, wenn Ihr wünscht?«

»Nun, Dame, wie soll das Thema lauten? Und die erste Verszeile?« fragte Kiyama höchst angenehm berührt, denn er war nicht nur seiner Fechtkunst und Unerschrockenheit im Kriege wegen berühmt, sondern auch seiner Gedichte wegen.

»Bitte, Mariko-san, könntet Ihr Herrn Kiyama antworten?« sagte Ochiba, und wieder bewunderten viele ihre Geschicklichkeit; denn sie war als Dichterin unbedeutend, wohingegen Mariko als solche glänzte.

Mariko überlegte einen Augenblick, dann sagte sie: »Es sollte sich auf den heutigen Tag beziehen, Dame Ochiba, und der erste Vers lautet: *Auf entlaubtem Zweig...*«

Ochiba und die Umstehenden beglückwünschten sie zu ihrer Wahl. Kiyama war jetzt die Freundlichkeit selbst und sagte: »Ausgezeichnet, aber wir müssen schon sehr gut sein, um es mit Euch aufzunehmen, Mariko-san.«

»Ich hoffe, Ihr verzeiht mir, Euer Gnaden, aber ich werde nicht am Wettstreit teilnehmen.«

»Selbstverständlich werdet Ihr das!« Kiyama lachte. »Ihr seid eine der glänzendsten Dichterinnen im ganzen Reich! Ohne Euch brächte es keinen Spaß.«
»Tut mir leid, Euer Gnaden, und verzeiht, aber ich werde nicht hier sein.«
»Ich verstehe nicht.«
Ochiba sagte: »Was meint Ihr damit, Mariko-chan?«
»Ach, verzeiht, Dame«, sagte Mariko, »aber ich verlasse Osaka morgen... zusammen mit der Dame Kiritsubo und der Dame Sazuko.«
Ishidos Lächeln schwand. »Um wohin zu gehen?«
»Um uns mit unserem Lehnsherrn zu treffen, Euer Gnaden.«
»Er... Herr Toranaga wird doch in ein paar Tagen hier eintreffen, *neh?*«
»Seit Monaten hat die Dame Sazuko ihren Gatten nicht gesehen, und mein Gebieter, Herr Toranaga, hat bis jetzt noch nicht das Vergnügen gehabt, seinen jüngsten Sohn zu betrachten. Selbstverständlich wird die Dame Kiritsubo uns begleiten. Es ist genauso lange her, daß er die Herrin seiner Damen zuletzt gesehen hat, *neh?*«
»Herr Toranaga wird bald hier sein, es ist unnötig, sich mit ihm zu treffen.«
»Aber *ich* halte es für nötig, Herr General.«
Ishido sagte spröde: »Ihr seid eben erst angekommen, und wir haben uns schon lange auf Eure Gesellschaft gefreut, Mariko-san. Insbesondere die Dame Ochiba. Und... selbstverständlich müßt Ihr am Dichterwettstreit teilnehmen.«
»Tut mir leid, aber ich werde nicht hier sein.«
»Ihr seid offensichtlich abgespannt, Dame. Dies ist ganz gewiß nicht der richtige Zeitpunkt, eine solche Privatangelegenheit zu besprechen.« Ishido wandte sich an Ochiba. »Vielleicht solltet Ihr, Dame Ochiba, jetzt die übrigen Gäste begrüßen?«
»Ja... ja, selbstverständlich«, sagte Ochiba nervös. Augenblicklich bildete sich wieder eine Schlange, setzte eine nervöse Unterhaltung ein, doch herrschte augenblicklich wieder Schweigen, als Mariko sagte: »Vielen Dank, Herr General. Ich stimme zu, doch handelt es sich nicht um eine Privatangelegenheit. Ich reise morgen ab, um meinem Lehnsherrn *mit* seinen Damen meine Aufwartung zu machen.«
Ishido sagte kalt: »Ihr seid aufgrund einer persönlichen Einladung des Sohns des Himmels hier, und der Rat heißt Euch willkommen. Bitte, geduldet Euch.«
»Ganz meine Meinung, Euer Gnaden. Aber die Einladung Seiner Kaiserlichen Hoheit bezieht sich auf den zweiundzwanzigsten Tag. Sie sagt nichts darüber, daß ich... oder irgend jemand sonst... bis dahin Befehl hätten, uns in Osaka aufzuhalten. Oder?«
»Bitte, geduldet Euch, Dame. Die Regenten haben Euch willkommen geheißen, und es gilt Vorbereitungen für die Ankunft des Erhabenen zu treffen, bei denen wir Euren Rat brauchen.«
»Mariko-san, lassen wir die Angelegenheit jetzt, bitte?« sagte Ochiba.
»Tut mir leid, Ochiba-sama, aber ich bin ein einfacher Mensch. Ich habe offen gesagt, daß ich Befehl von meinem Lehnsfürsten habe. Wenn ich ihn nicht be-

folgen kann, dann muß ich wissen, warum? Herr General, werde ich bis zum zweiundzwanzigsten Tag hier *festgehalten?* Und falls ja, auf wessen Befehl?«
Ishido durchbohrte sie förmlich mit seinen Augen. »Nein, Ihr werdet nicht festgehalten.«
»Ich danke Euch, Euer Gnaden. Bitte, verzeiht, daß ich so unverblümt gesprochen habe«, sagte Mariko. Viele der Damen im Raum wandten sich ihren Nachbarinnen zu, und manche flüsterte offen, was alle, die gegen ihren Willen hier in Osaka festgehalten wurden, dachten: Wenn sie gehen kann, kann ich das auch, *neh?* Dann könnt auch Ihr das, *neh?* Ich reise morgen ab... ach, wie herrlich!
Ishidos Stimme durchschnitt das unterschwellige Gemurmel. »Aber, Dame Toda, da Ihr Euch herausgenommen habt, auf so anmaßende Weise zu sprechen, halte ich es für meine Pflicht, die Regenten zu bitten, formell ihre Zustimmung zu versagen... andere könnten auf den Gedanken kommen, Euere bedauerliche Einstellung zu teilen.« Er lächelte erbarmungslos in das eisige Schweigen hinein. »Bis dahin werdet Ihr Euch bereithalten, ihre Fragen zu beantworten und ihre Entscheidung abzuwarten.«
Mariko sagte: »Es wäre mir eine Ehre, Euer Gnaden, aber meine Pflicht gilt meinem Lehnsherrn.«
»Ihr werdet Euch in Geduld üben, Dame! Es wird nicht lange dauern. Die Angelegenheit ist abgeschlossen. Jetzt, Herr Ki...«
»Tut mir leid, aber ich kann meine Abreise auch nicht um eine kurze Zeit verschieben.«
Ishido bellte: »Ihr weigert Euch, dem Regentschaftsrat zu gehorchen?«
»Nein, Euer Gnaden«, sagte Mariko stolz. »Jedenfalls nicht, solange er mich nicht in meiner Pflicht meinem Lehnsherrn gegenüber behindert.«
*»Ihr werdet Euch bereithalten, den Regenten mit geziemender Geduld Rede und Antwort zu stehen!«*
»Tut mir leid. Ich habe Befehl von meinem Lehnsfürsten, seine Damen zu ihm zu bringen. Und zwar sofort.« Sie holte eine Schriftrolle aus ihrem Ärmel und überreichte sie Ishido in aller Form.
Er riß sie auf und durchflog sie. Dann sah er auf und sagte: »Trotzdem werdet Ihr bleiben und die Entscheidung der Regenten abwarten.«
Voller Hoffnung sah Mariko zu Ochiba hinüber, doch auch auf ihrem Gesicht sah sie nichts als klare Mißbilligung. Sie wandte sich Kiyama zu, doch auch Kiyama schwieg.
»Bitte, verzeiht, Herr General, aber wir sind nicht im Krieg«, begann sie. »Mein Gebieter gehorcht dem Regentschaftsrat, und deshalb habe ich für die nächsten achtzehn Tage das...«
»Die Angelegenheit ist abgeschlossen.«
»Die Angelegenheit ist dann abgeschlossen, Herr General, wenn Ihr die Manieren habt, mich ausreden zu lassen. Ich bin Toda Mariko-noh-Buntaro-noh-Hiro-matsu, Tochter von Herrn Akechi Jinsai, ich stamme aus dem Hause Ta-

kashima, wir sind seit tausend Jahren Samurai, und ich sagte, ich werde mich nie gefangenhalten, als Geisel halten oder einsperren lassen. Für die nächsten achtzehn Tage und bis zu *dem Tag*, den der Erhabene festgesetzt hat, steht es mir frei, zu kommen und zu gehen, wie es mir beliebt... *genauso wie jeder andere!*«

»Unser... unser Gebieter, der Taikō, war einst ein Bauer. Viele... viele Samurai sind Bauern und waren Bauern. Jeder *Daimyo* war einst, in der Vergangenheit, ein Bauer. Selbst der erste Takashima. Jeder war einst ein Bauer. Hört gut zu: *Ihr werdet den Entscheid der Regenten abwarten!*«

»Nein. Tut mir leid, aber meine oberste Pflicht ist Gehorsam meinem Lehnsfürsten gegenüber.«

Außer sich vor Zorn ging Ishido auf sie zu.

Wiewohl Blackthorne kaum etwas von dem verstanden hatte, was gesagt worden war, stahl sich seine Rechte, ohne daß irgend jemand es merkte, in seinen linken Ärmel, um das dort verborgene Wurfmesser zu packen.

Ishido stand über ihr. »*Ihr werdet...*«

In diesem Augenblick entstand am Portal Bewegung. Eine tränenüberströmte Zofe schlängelte sich durch die Menge und lief zu Ochiba. »Bitte, verzeiht, Gebieterin«, wimmerte sie, »aber es ist Yodoko-sama... sie verlangt nach Euch, sie... Ihr müßt Euch eilen. Der Erbe ist bereits bei ihr.«

Voller Sorge warf Ochiba einen Blick zurück auf Mariko und Ishido. Halb verneigte sie sich vor ihren Gästen, dann enteilte sie. Ishido zögerte. »Ich werde mich später mit Euch befassen, Mariko-san«, sagte er, und dann folgte er Ochiba. Dumpf klangen seine Schritte auf den Tatamis.

Blackthorne ging zu Mariko hinüber. »Mariko-san«, fragte er, »was geht hier vor?«

Blicklos starrte sie weiter das Podest an. Kiyama nahm seine verkrampfte Hand von seinem Schwertknauf und lockerte sie. »Mariko-san!«

»Ja? Ja, Euer Gnaden?«

»Dürfte ich vorschlagen, daß Ihr in Euer Haus zurückkehrt? Vielleicht gestattet Ihr, daß ich später mit Euch spreche... sagen wir, zur Stunde des Ebers?«

»Ja, ja, selbstverständlich. Bitte... bitte, verzeiht mir, aber ich mußte...« Ihre Worte verhallten.

»Dies ist ein Tag voll böser Ahnungen, Mariko-san. Möge Gott Euch in seine Obhut nehmen.« Kiyama kehrte ihr den Rücken zu und wandte sich voller Autorität an die Anwesenden: »Ich schlage vor, wir kehren in unsere Häuser zurück, um zu warten und zu beten, daß der Unendliche die Dame Yodoko rasch und schmerzlos und in Ehren zu sich in seinen Frieden aufnehmen möge.« Er warf einen Blick auf Saruji, der immer noch wie vom Donner gerührt dastand. »Ihr kommt mit mir!« Er schritt hinaus. Saruji folgte ihm, wiewohl er seine Mutter sichtlich nicht gern allein ließ; doch der Befehl zwang ihn, und die Aufmerksamkeit, die sich ihm zuwandte, schüchterte ihn ein.

Mariko machte eine leichte Verneigung vor den Anwesenden und schickte sich

an hinauszugehen. Kiri nahm die Dame Sazuko bei der Hand, und gemeinsam folgten die beiden Frauen Mariko. Yabu schloß sich ihr zusammen mit Blackthorne an; er war sich schmerzlich bewußt, daß sie beide die einzigen Samurai waren, die Toranagas Uniform trugen.
Draußen erwarteten die Grauen sie.

»Aber was, in aller Götter Namen, ist in Euch gefahren, eine solche Haltung einzunehmen? Dumm, *neh?*« bestürmte Yabu sie.
»Tut mir so leid«, sagte Mariko und verbarg ihren wahren Beweggrund. Sie wünschte, Yabu ließe sie in Frieden, und sie war erbost über seine schlechten Manieren. »Es ist einfach geschehen, Euer Gnaden. Eben noch war es eine Geburtstagsfeier, und dann... ich weiß nicht. Bitte, verzeiht mir, Yabu-sama. Bitte, verzeiht mir, Anjin-san.«
Abermals fing Blackthorne an, etwas zu sagen, doch wieder fuhr Yabu ihm über den Mund, und so lehnte er sich, außerordentlich bedrückt, gegen den Fensterpfosten. Sein Kopf schmerzte ihn vor lauter Bemühen zu begreifen, was hier vor sich ging.
»Tut mir leid, Yabu-sama«, sagte Mariko und dachte: Wie ermüdend Männer doch sind. Sie müssen alles in allen Einzelheiten erklärt bekommen. Sie sehen nicht einmal die Haare an ihren eigenen Augenlidern.
»Ihr habt einen Sturm entfacht, der uns alle verschlingen wird! Dumm, *neh?*«
»Gewiß. Aber es ist auch nicht recht, daß wir hier alle eingesperrt sein sollen, und Herr Toranaga hat mir Befehl gegeben, daß...«
»Diese Befehle sind Wahnsinn! Teufel müssen von seinem Kopf Besitz ergriffen haben! Ihr werdet um Entschuldigung bitten und einen Rückzieher machen müssen. Jetzt werden die Sicherheitsvorkehrungen dichter sein als das Arschloch einer Mücke! Ishido wird mit Sicherheit unsere Erlaubnis zur Abreise streichen.«
Die drei waren gerade eben im Hauptempfangsraum von Marikos Haus eingetroffen, das innerhalb des äußersten Befestigungsringes gelegen war. Graue hatten sie dorthin begleitet, und draußen vor ihrem Tor standen viel mehr als sonst. Kiri und die Dame Sazuko waren mit einer anderen »Ehrengarde« von Grauen zu ihren eigenen Quartieren geleitet worden, und Mariko hatte ihnen versprochen, nach ihrer Unterredung mit Herrn Kiyama zu ihnen zu kommen.
»Aber die Wachen werden Euch nicht durchlassen, Mariko-san«, hatte Sazuko verzweifelt gesagt.
»Keine Angst«, hatte sie erklärt. »Es hat sich nichts geändert. Innerhalb der Burg können wir uns frei bewegen, wenn auch unter Bewachung.«
»Mariko-san hat recht, Kind«, hatte Kiri unerschrocken gesagt. »Es hat sich nichts geändert. Wir sehen Euch also bald, Mariko-chan.« Dann war Kiri vorangegangen in ihren Flügel der Burg, die Braunen hatten das gepanzerte Tor zugemacht, Mariko hatte aufgeatmet und war mit Yabu und Blackthorne zu ihrem eigenen Haus gegangen.

Jetzt fiel ihr wieder ein, wie sie, als sie dort auf einsamem Posten gestanden und das Banner hochgehalten, Blackthornes Hand nach seinem Wurfmesser hatte fahren sehen und wie ihr das neue Kraft verliehen hatte. Ja, Anjin-san, dachte sie, Ihr seid der einzige, von dem ich weiß, daß ich auf ihn zählen kann. Ihr wart da, als ich Euch brauchte.

Ihre Augen wandten sich wieder Yabu zu, der mit untergeschlagenen Beinen vor ihr saß und mit den Zähnen knirschte. Daß Yabu in aller Öffentlichkeit sich zu ihr bekannt, indem er ihr hinausgefolgt war, hatte sie überrascht. Deswegen und weil gar nichts damit gewonnen wäre, wenn sie ihrem eigenen Temperament die Zügel schießen ließ, sah sie über seine Unverschämtheit hinweg und begann, ihn zu beschwichtigen. »Bitte, verzeiht meine Dummheit, Yabu-sama«, sagte sie, und ihre Stimme klang reuevoll und verriet, daß sie den Tränen nahe war. »Selbstverständlich habt Ihr recht. Wie dumm, sich Ishido in seinem eigenen Nest zu widersetzen. Ja, tut mir leid, bitte, verzeiht! Dürfte ich Euch *Cha* oder Saké anbieten?« Mariko klatschte in die Hände. Augenblicklich glitt die innere *Shoji*-Tür beiseite, und Chimmoko erschien mit aufgelöstem Haar, verängstigtem Gesicht und vom Weinen aufgedunsenen Wangen. »Bringt *Cha* und Saké für meine Gäste. Und etwas zu essen.«

»Was ist mit Ishido? Eeeee, Dame... Euer Stich mit dem ›Bauern‹, der hat gesessen und den hochmögenden Herrn General ganz schön getroffen. Wenn Ihr jetzt einen Feind habt, dann ihn! Eeeee, das hat ihn bei den Eiern gepackt und sie ihm vor aller Welt gequetscht!«

»Ach, meint Ihr? Oh, bitte, verzeiht, ich wollte *ihn* ja nicht beleidigen!«

»Eh, er *ist* ein Bauer. Uns, die wir echte Samurai sind, hat er immer gehaßt. Dumm, Ishido vor den Augen aller anzugreifen«, sagte Yabu, freilich schon ein wenig beschwichtigt. »Wir stecken wegen Euch jetzt bis zur Nase in der Senkgrube!«

»Bitte, verzeiht mir. Ja, es ist allein meine Schuld.« Mariko tat so, als müsse sie tapfer ihre Tränen zurückhalten. Sie blickte zu Boden und flüsterte: »Ich danke Euch, Euer Gnaden, daß Ihr meine Entschuldigung annehmt. Ihr seid so großmütig.«

Yabu nickte. Er hielt dies Lob für verdient, ihre Unterwürfigkeit für notwendig und sich selbst für unvergleichlich. Sie entschuldigte sich nochmals und begütigte und umschmeichelte ihn. Bald war er wie Wachs in ihren Händen. »Dürfte ich bitte meine Dummheit dem Anjin-san erklären? Vielleicht weiß er einen Ausweg...« Reumütig ließ sie ihre Worte verhallen.

»Ja. Tut das nur!«

Mariko verneigte sich dankend, wandte sich dann an Blackthorne und sagte auf portugiesisch: »Bitte, hört zu, Anjin-san, hört zu, und stellt für den Augenblick keinerlei Fragen. Es tut mir so leid, aber zunächst mußte ich erst einmal diesen blindwütigen *Barstad*... heißt es so? Nein? Bastard... beruhigen.« Rasch setzte sie ihm dann auseinander, was gesagt worden und warum Ochiba fortgeeilt war.

»Das ist schlimm«, sagte er und sah sie forschend an. »*Neh?*«

»Ja. Herr Yabu bittet um Euren Rat. Was sollte getan werden, um aus der Misere herauszukommen, in die meine Dummheit uns alle gestürzt hat?«
»Was für eine Dummheit?« Blackthorne beobachtete sie, und seine Unruhe wuchs. Sie sah auf die Matten nieder. Er wandte sich direkt an Yabu. »Weiß noch nicht, Euer Gnaden. Jetzt erst verstehen... jetzt nachdenken!«
Yabu erwiderte säuerlich: »Was gibt es da nachzudenken? Wir sitzen im Mauseloch.«
Blackthorne wandte sich ab, um in die Nacht hinauszustarren. Fackeln waren in die Eisenhalterungen an den Mauern gesteckt worden, die den Vorgarten umgaben. Das Licht tanzte auf den Blättern und Pflanzen, die ausschließlich aus diesem Grunde mit Wasser besprengt worden waren. Im Westen lag das Gartentor mit den Eisenbändern daran; es wurde von nur wenigen Braunen bewacht.
»Sie«, hörte sie ihn sagen, ohne sich umzudrehen. »Ich muß Sie allein unter vier Augen sprechen.«
»Er. Ja, und ich Ihn«, erwiderte sie und hielt ihr Gesicht von Yabu abgewandt, da auch sie ihren eigenen Gefühlen nicht traute. »Ich werde Ihn heute nacht aufsuchen.« Sie sah zu Yabu auf. »Der Anjin-san pflichtet Euch bei, Yabu-sama, was meine Dummheit betrifft, tut mir so leid.«
»Was nützt uns das?«
»Anjin-san«, sagte sie jetzt mit ganz normaler Stimme. »Ich werde später zu Kiritsubo-san gehen. Ich weiß, wo Ihr wohnt, und ich werde Euch aufsuchen.«
»Ja. Vielen Dank.« Immer noch wandte er ihr den Rücken zu.
»Yabu-sama«, sagte sie sehr demütig, »ich gehe heute abend zu Kiritsubo-san. Sie ist weise... vielleicht weiß sie einen Ausweg.«
»Es gibt nur einen Ausweg«, sagte Yabu mit einer Stimme, die keinen Widerspruch zuließ, was ihr auf die Nerven ging. Seine Augen waren wie Kohlen. »Ihr werdet Euch morgen entschuldigen. Und hierbleiben.«

Kiyama erschien zur festgesetzten Stunde. Saruji begleitete ihn, und ihr sank das Herz. Nachdem die förmliche Begrüßung zu Ende war, sagte Kiyama mit ernster Stimme: »Und jetzt erklärt mir bitte, warum, Mariko-chan.«
»Wir befinden uns nicht im Krieg, Euer Gnaden. Wir dürfen nicht eingesperrt... oder wie Geiseln behandelt werden... und folglich kann ich gehen, wohin ich will.«
»Man braucht nicht miteinander im Krieg zu liegen, um Geiseln zu nehmen. Das wißt Ihr ganz genau. Die Dame Ochiba war in Yedo ein Faustpfand für die Sicherheit Eures Gebieters hier, und auch da hat niemand jemand bekriegt. *Neh?*«
Sie hielt die Augen gesenkt.
»Hier in Osaka sind viele, die als Geisel gewährleisten, daß ihre Herren dem Rat gegenüber schuldigst ihre Pflicht erfüllen, und der Rat ist der rechtmäßige Herrscher des Reiches. Es handelt sich um etwas durchaus Übliches. *Neh?*«

»Jawohl, Euer Gnaden.«
»Gut. Und jetzt nennt mir den wahren Grund.«
»Wie bitte?«
Kiyama sagte verdrießlich: »Führt mich nicht an der Nase herum. Ich bin schließlich auch kein Bauer! Ich will wissen, warum Ihr das heute abend getan habt.«
Mariko hob die Augen. »Tut mir leid, aber der Herr General hat mich mit seiner Arroganz einfach geärgert, Euer Gnaden. Ich habe meine Befehle. Und ein Samurai stellt die Befehle seines Lehnsherrn nicht in Frage.«
»Richtig. Ich aber stelle sie in Frage, weil sie unsinnig sind. Euer Gebieter macht aber keinen Unsinn und begeht auch keine Fehler. Außerdem habe ich Euch Euer Leben lang gekannt und Euch Euer Leben lang geehrt. Hiro-matsu ist mein ältester lebender Freund, und Euer Vater war ein geschätzter Freund und ein geehrter Verbündeter von mir, bis auf die letzten vierzehn Tage seines Lebens.«
»Ein Samurai stellt die Befehle eines Lehnsherrn nicht in Frage.«
»Nun, Ihr könnt nur eines von zwei Dingen tun, Mariko-chan. Euch entschuldigen und bleiben oder versuchen fortzukommen. Und wenn Ihr versucht fortzukommen, wird man Euch daran hindern.«
»Ja. Ich verstehe.«
»Ihr werdet Euch entschuldigen. Ich werde den Regentschaftsrat zusammenrufen, und er wird eine Entscheidung über die ganze Angelegenheit treffen. Dann wird man Euch erlauben, mit Kiritsubo und der Dame Sazuko in ein paar Tagen abzureisen.«
»Tut mir leid, aber ich habe diese paar Tage nicht. Ich habe Befehl, sofort abzureisen.«
»Seht mich an!« Sie gehorchte. »Ich, Kiyama Ukon-noh-Odanaga, Herr von Higo, Satsuma und Osumi, einer der Regenten Japans und aus dem Geschlecht der Fujimoto, oberster christlicher *Daimyo* von Japan – ich *ersuche* Euch zu bleiben.«
»Tut mir leid, aber mein Lehnsherr verbietet mir zu bleiben. Bitte, verzeiht mir!«
Er wies auf ihren Sohn. »Das Verlöbnis zwischen meiner Enkelin und Saruji ... Ich kann unmöglich zulassen, daß es bestehen bleibt, wenn Ihr in Schande fallt.«
»Ja, ja, Euer Gnaden«, erwiderte Mariko, ihre Augen voller Elend. »Das verstehe ich.« Sie sah, wie verzweifelt der Jüngling war. »Es tut mir so leid, mein Sohn, aber ich muß meine Pflicht tun.«
Saruji wollte etwas sagen, besann sich dann jedoch eines Besseren und sagte nach einem Augenblick: »Bitte, verzeiht, Mutter, aber ist... ist nicht Eure Pflicht dem Erben gegenüber wichtiger als Eure Pflichterfüllung Herrn Toranaga gegenüber? Euer eigentlicher Lehnsfürst ist der Erbe, *neh?*«
Sie dachte darüber nach. »Ja, mein Sohn. Wenn der Erbe ein großjähriger Mann wäre, Kwampaku, gesetzmäßiger Herrscher dieses Reiches, wie der Taikō, sein

Vater, es gewesen ist, dann würde ich in einem solchen Fall seinem Befehl den Vorrang vor einem von Herrn Toranaga geben. Aber Yaemon ist ein Kind, de facto und dem Gesetz nach, also nicht regierungsfähig. Dem Gesetz nach. Beantwortet das Eure Frage?«

»Aber... er ist trotzdem der Erbe, *neh?* Die Regenten hören auf ihn... Herr Toranaga ehrt ihn. Wenn Ihr Euch nicht ent... Bitte, verzeiht, aber ich habe Angst um Euch.« Der Mund des Jünglings zitterte.

Alles drängte Mariko, die Hand auszustrecken, ihn zu umarmen und ihn zu beschützen. Aber sie tat es nicht. »*Ich* habe keine Angst, mein Sohn. Ich fürchte nichts auf dieser Erde. Ich fürchte nur Gottes Urteil«, sagte sie und wandte sich wieder Kiyama zu.

»Ja«, sagte Kiyama. »Das weiß ich. Möge die Madonna Euch dafür segnen.« Er hielt inne. »Mariko-san, werdet Ihr Euch öffentlich beim Herrn General entschuldigen?«

»Jawohl, mit Freuden... vorausgesetzt, er zieht alle Truppen aus meinem Weg ab und gibt mir, der Dame Kiritsubo und der Dame Sazuko schriftlich die Erlaubnis, morgen abzureisen.«

»Werdet Ihr einem Befehl der Regenten gehorchen?«

»Bitte, verzeiht, Euer Gnaden, aber in dieser Angelegenheit nicht.«

»Würdet Ihr einer Bitte des Erben und der Dame Ochiba stattgeben?«

»Bitte, verzeiht, aber welcher Bitte?«

»Sie zu besuchen und bei ihnen zu bleiben, während wir diese Angelegenheit regeln?«

»Bitte, verzeiht, Euer Gnaden, aber was gibt es da zu regeln?«

Mit Kiyamas Zurückhaltung war es vorbei, und er schrie: »Es ist sonnenklar, daß der enge Kontakt mit dem Barbaren Euch vergiftet und Euch den Kopf verwirrt hat – wie ich es vorausgesehen habe.«

Mariko sagte nichts, sondern starrte ihn nur an.

Mit Mühe gelang es Kiyama, seine Fassung wiederzugewinnen.

»Bitte, verzeiht meinen... meinen Ausbruch. Und meine schlechten Manieren«, sagte er steif. »Meine einzige Entschuldigung ist, daß ich ernstlich besorgt bin.« Würdevoll verneigte er sich. »Ich bitte um Verzeihung.«

»Es war meine Schuld, Euer Gnaden. Bitte, verzeiht mir, daß ich Eure Harmonie gestört und Euch Ungelegenheiten gemacht habe. Aber mir bleibt keine Wahl.«

Die Luft im Raum wurde für alle zum Ersticken, obgleich die Nacht kühl war und die Winde die Fackeln flackern ließen.

»Sehr wohl, Mariko-san. Es braucht nichts mehr gesagt zu werden. Jedenfalls nichts weiter, als daß ich Euch befehle, die Sache nicht übers Knie zu brechen... und Euch darum bitte!«

Sie neigte ihr Haupt.

»Saruji-san, bitte, wartet draußen auf mich«, befahl Kiyama.

Der Jüngling war verzweifelt und konnte kaum sprechen. »Jawohl, Euer Gnaden.« Er verneigte sich vor Mariko. »Bitte, entschuldigt mich, Mutter.«

»Möge Gott Euch für alle Ewigkeit in seiner Hand halten.«
»Und Euch.«
»Amen«, sagte Kiyama.
»Gute Nacht, Mutter.«
Als sie allein waren, sagte Kiyama: »Der Pater Visitator macht sich größte Sorgen.«
»Meinetwegen, Euer Gnaden?«
»Ja. Und um die heilige Kirche. Und wegen des Barbaren.«
»Er ist ein einzigartiger Mann, sehr stark und sehr intelligent. Auf See ist er... er *gehört* einfach dorthin. Man hat den Eindruck, er würde eins mit dem Schiff und der See, und dort draußen auf See gibt es keinen, der ihm an Kühnheit und List gleichkäme.«
»Selbst Rodrigues-san nicht?«
»Nein.« Sie erzählte ihm, wie Rodrigues sie in der Nacht während ihres Aufenthaltes in der Nähe von Mishima aufgesucht, erzählte von den verborgenen Waffen und was sie alles mitangehört.
»Erzählt mir von seinem Schiff.«
Sie gehorchte.
»Erzählt mir von seinen Vasallen.«
Sie erzählte, was geschehen war.
»Warum sollte Herr Toranaga ihm sein Schiff, Geld, Vasallen und die Freiheit zurückgeben?«
»Das hat mein Gebieter mir nie erklärt, Euer Gnaden.«
»Bitte, sagt mir, weshalb Eurer Meinung nach.«
»Damit er den Anjin-san auf seine Feinde ansetzen kann«, sagte Mariko sofort, um dann, ohne sich zu entschuldigen, hinzuzufügen: »Da Ihr mich fragt, sind in diesem Falle die Feinde des Anjin-san genau dieselben wie die meines Gebieters: die Portugiesen, die frommen Väter und die Herren Harima, Onoshi und Ihr selbst, Euer Gnaden.«
»Warum sollte der Anjin-san uns als seine besonderen Feinde betrachten?«
»Wegen Nagasaki und wegen der Küstenherrschaft von Kyushu, Euer Gnaden. Und weil Ihr der oberste der katholischen *Daimyos* seid.«
»Die Kirche ist nicht der Feind von Herrn Toranaga. Und die Patres auch nicht.«
»Tut mir leid, aber ich glaube, Herr Toranaga meint, die Väter unterstützen General Ishido, genauso wie Ihr.«
»Ich unterstütze den Erben. Ich bin gegen Euren Gebieter, weil er es nicht tut und die Kirche vernichten wird.«
»Es tut mir leid, aber das stimmt nicht, Euer Gnaden, mein Gebieter ist dem Herrn General überlegen. Ihr habt zwanzigmal mehr als sein Verbündeter gekämpft denn gegen ihn, und Ihr wißt, daß man ihm trauen kann. Warum stellt Ihr Euch auf die Seite seines eingeschworenen Feindes? Herr Toranaga ist immer für den Handel eingetreten und ist einfach nicht gegen die Christen wie der General und die Dame Ochiba.«

»Bitte, verzeiht mir, Mariko-san, aber, so wahr mir Gott helfe, ich glaube, daß Herr Toranaga insgeheim unseren Christenglauben verabscheut und insgeheim alles daransetzen wird, die Nachfolge zu unterbinden und den Erben und die Dame Ochiba zu vernichten. Sein Endziel ist das Shōgunat... nichts anderes. Er will Shōgun werden, plant, Shōgun zu werden, alles deutet auf dieses eine Ziel hin.«
»So wahr mir Gott helfe, Euer Gnaden, das glaube ich nicht.«
»Ich weiß... aber damit habt Ihr noch lange nicht recht.« Er sah sie einen Augenblick forschend an und sagte dann: »Ihr habt selbst zugegeben, daß dieser Anjin-san und sein Schiff der Kirche sehr gefährlich werden können, *neh?*«
»Ja, das glaube ich, Euer Gnaden.«
»Und Ihr wollt der Kirche trotzdem nicht gegen diesen Mann helfen?«
»Er ist nicht gegen die Kirche, Euer Gnaden, und nicht wirklich gegen die Patres, wenn er ihnen auch nicht traut. Er ist nur gegen die Feinde seiner Königin. Und sein Ziel ist das Schwarze Schiff... um des Gewinns willen.«
»Aber er stellt sich gegen unseren Glauben und ist damit ein Ketzer, *neh?*«
»Ja. Aber ich glaube nicht, daß alles, was uns von den Patres erzählt worden ist, wahr ist. Vieles haben sie uns überhaupt nie erzählt. Der Tsukku-san hat vieles zugegeben. Mein Lehnsfürst hat mir befohlen, die Vertraute des Anjin-san zu werden, mich mit ihm anzufreunden und ihn unsere Sprache und unsere Sitten und Gebräuche zu lehren. Und dafür von ihm zu lernen, was für uns von Wert ist. Und ich habe herausgefunden...«
»Ihr meint, für Toranaga von Wert ist, *neh?*«
»Euer Gnaden, Gehorsam seinem Lehnsfürsten gegenüber ist das Höchste im Leben eines Samurai. Verlangt Ihr von Euren Vasallen nicht auch Gehorsam?«
»Ja. Aber Ketzerei ist schrecklich, und es scheint, daß Ihr Euch mit dem Barbaren gegen die Kirche gestellt habt und von ihm angesteckt worden seid. Ich bete darum, daß Gott Euch die Augen öffne, Mariko-san, ehe Ihr Euer Seelenheil verliert. Nun, zuletzt hat der Pater Visitator mir gesagt, Ihr hättet eine Geheimbotschaft für mich.«
»Euer Gnaden?« Diese Frage kam für sie völlig unerwartet.
»Er sagt, er hätte vor einigen Tagen eine Nachricht vom Tsukku-san bekommen. Durch einen Sonderkurier aus Yedo. Ihr hättet Neuigkeiten über... über meine Verbündeten für mich.«
»Ich habe gebeten, den Pater Visitator morgen früh zu sprechen.«
»Ja. Das hat er mir gesagt. Und?«
»Bitte, verzeiht mir, wenn ich ihn morgen früh gesprochen habe...«
»Nicht morgen, jetzt! Der Pater Visitator sagte, es hätte mit Herrn Onoshi zu tun und mit der Kirche, und Ihr solltet es mir sofort sagen. So wahr mir Gott helfe, das hat er mir gesagt. Haben sich die Dinge schon so abscheulich entwikkelt, daß Ihr nicht einmal mir mehr trauen wollt?«
Mariko erkannte, daß sie keine andere Wahl hatte. Die Würfel waren gefallen. Sie berichtete ihm von der Verschwörung gegen sein Leben. Alles, was sie

wußte. Und Kiyama hatte nur Hohn und Spott für das Gerücht übrig, bis sie ihm genau sagte, woher die Information stammte.
»*Von seinem Beichtvater?* Von ihm?«
»Ja. Tut mir leid...«
»Ich bedaure, daß Uraga tot ist«, sagte Kiyama, noch wütender jetzt, daß der nächtliche Überfall auf den Anjin-san ein solches Fiasko gewesen war... genauso wie der Überfall damals... und daß er jetzt den einzigen Mann umgebracht hatte, der beweisen konnte, daß sein Feind Onoshi ein Verräter sei. Kiyama blickte sie an. Er war plötzlich ein alter Mann. »Ich kann es einfach nicht glauben, daß Onoshi das tun würde. Oder daß Herr Harima dabei mitmacht.«
»Ja. Könntet Ihr... könntet Ihr Herrn Harima fragen, ob es stimmt?«
»Ja, aber er würde nie etwas zugeben, so etwas nicht. Ich würde es an seiner Stelle auch nicht, oder Ihr etwa?«
»Ja, schrecklich.«
»Ich kann es nicht glauben, Mariko-san. Uraga ist tot, deshalb werden wir es nie beweisen können. Ich werde Vorsichtsmaßnahmen ergreifen, aber... aber ich kann es nicht glauben.«
»Ja. Ein Gedanke, Euer Gnaden. Ist es nicht höchst merkwürdig, daß der Herr General den Anjin-san so streng bewachen läßt?«
»Warum merkwürdig?«
»Warum ihn beschützen? Wo er ihn doch verachtet? Höchst merkwürdig, *neh?* Könnte es sein, daß der Herr General im Anjin-san jetzt auch eine mögliche Waffe gegen die katholischen *Daimyos* sieht?«
»Ich kann Eurem Gedanken nicht folgen.«
»Falls Ihr – Gott bewahre! – stürbet, Euer Gnaden, dann würde Herr Onoshi oberster *Daimyo* in Kyushu, *neh?* Was könnte der General tun, um Onoshi unter seinen Willen zu zwingen? Nichts... außer, er bediente sich vielleicht des Anjin-san.«
»Das wäre denkbar«, sagte Kiyama langsam.
»Es gibt nur einen Grund, den Anjin-san zu beschützen... um sich seiner zu bedienen. Wo? Nur gegen die Portugiesen... und damit gegen die christlichen *Daimyos* von Kyushu. *Neh?*«
»Das ist möglich.«
»Ich glaube, daß der Anjin-san für Euch genauso nützlich sein könnte wie für Onoshi oder Ishido oder meinen Gebieter. Lebendig. Sein Wissen ist enorm. Nur Wissen kann uns vor den Barbaren schützen, selbst vor den Portugiesen.« Verächtlich sagte Kiyama: »Wir könnten sie vernichten, sie jederzeit, wenn wir wollten, hinauswerfen. Sie sind wie Bremsen auf einem Pferd, mehr nicht.«
»Wenn die Kirche siegt und alles Land christlich wird, wie wir es vom Himmel erbitten, was dann? Werden *unsere* Gesetze überleben? Wird das *Bushido* überleben? Gegenüber den Zehn Geboten? Ich würde meinen, nein... wie überall sonst in der katholischen Welt... jedenfalls nicht, wenn die Väter die oberste Macht bekommen, und nicht, wenn wir nicht darauf vorbereitet sind.«

Er gab ihr keine Antwort.
Dann sagte sie: »Euer Gnaden, ich bitte Euch, fragt den Anjin-san, was woanders in der Welt passiert ist.«
»Das werde ich nicht tun. Ich glaube, er hat Euch verhext, Mariko-san. Ich glaube den Jesuiten-Vätern. Ich glaube, Euer Anjin-san ist beim Satan in die Lehre gegangen, und ich flehe Euch an, erkennt, daß seine Ketzerei Euch bereits angesteckt hat. Dreimal habt Ihr jetzt schon ›katholisch‹ gesagt, wo Ihr doch christlich meintet. Beweist das nicht, daß Ihr einer Meinung mit ihm seid, daß es zwei Glauben gibt, zwei Richtungen desselben Glaubens? Ist Eure Drohung heute abend nicht ein Dolchstoß in den Bauch des Erben? Und gegen die Interessen der Kirche gerichtet?« Er erhob sich. »Ich danke für Eure Informationen.«
Mariko holte eine kleine versiegelte Schriftrolle aus ihrem Ärmel. »Herr Toranaga hat mich gebeten, Euch dies hier zu geben.«
Kiyama betrachtete das unversehrte Siegel. »Wißt Ihr, was darin steht?«
»Jawohl. Ich hatte Befehl, sie zu vernichten und sie mündlich an Euch zu übermitteln, falls ich abgefangen würde.«
Kiyama erbrach das Siegel. In dem Brief wiederholte Toranaga seinen Wunsch nach Frieden zwischen ihnen, daß er den Erben und die Nachfolge unterstütze, und gab dann kurz Bericht über Onoshi. Der Schluß lautete: »Ich habe keinen Beweis für Herrn Onoshis Vorhaben, doch Uraga-noh-Tadamasa hat ihn, und deshalb habe ich ihn Euch mit voller Absicht in Osaka zur Verfügung gestellt, damit Ihr ihn befragen könnt. Allerdings bin ich im Besitz von Beweisen, daß Ishido das Geheimabkommen zwischen Euch und ihm verraten hat, in dem es darum geht, Euren Abkommen den Kwanto zu geben, wenn ich erst einmal tot bin. Der Kwanto ist aber auch meinem Bruder heimlich versprochen worden, als Belohnung dafür, daß er mich verrät, wie er es bereits getan hat. Bitte, verzeiht mir, alter Kamerad, aber auch Euch hat man betrogen. Sobald ich tot bin, werdet Ihr und Euer Geschlecht isoliert und ausgerottet werden, genauso wie die ganze christliche Kirche. Ich bitte Euch, es Euch noch einmal genau zu überlegen. Bald werdet Ihr Beweise für meine Aufrichtigkeit haben.«
Kiyama las den Brief noch einmal durch, und sie beobachtete ihn genau, wie es ihr befohlen worden war. »Beobachtet ihn sehr sorgfältig, Mariko-san«, hatte Toranaga ihr eingeschärft. »Ich bin mir seines Abkommens mit Ishido über den Kwanto nicht ganz sicher. Die Spione haben zwar davon berichtet, aber sicher bin ich mir nicht. Ihr werdet es daran merken, was er tut... oder was er nicht tut... wenn Ihr ihm diesen Brief im richtigen Augenblick übergebt.«
Der alte *Daimyo* sah auf und sagte mit unbewegter Stimme: »Und der Beweis für seine Aufrichtigkeit seid Ihr, *neh?* Das Opfer, das Opferlamm?«
»Nein, Euer Gnaden.«
»Ich glaube Euch nicht. Und ihm auch nicht. Daß Onoshi mich verraten hat, vielleicht. Aber alles andere... Herr Toranaga spielt nur wieder den listigen Fuchs, wie er es immer getan hat, und vermischt Halbwahrheiten mit Honig und Gift. Ich fürchte, Ihr seid es, die betrogen worden ist, Mariko-san.«

# *54. Kapitel*

»Um Mittag brechen wir auf.«
»Nein, Mariko-san.« Die Dame Sazuko war den Tränen nahe.
»Doch«, sagte Kiri. »Ja, wir brechen auf, wie Ihr es sagt.«
»Aber sie werden uns nicht durchlassen«, brach es aus der jungen Frau heraus. »Es ist alles so sinnlos.«
»Nein«, erklärte Mariko, »da irrt Ihr Euch, Sazuko-chan. Es ist sogar unbedingt notwendig.«
Kiri sagte: »Mariko-san hat recht. Wir haben unsere Befehle.« Sie machte Vorschläge, wie sie abreisen sollten. »Wir brauchen nur wenige Dinge, *neh?*«
»Sehr wenige!« sagte Sazuko. »Tut mir leid, aber es ist alles so unsinnig. Sie werden uns nicht durchlassen.«
»Vielleicht tun sie das doch, mein Kind«, sagte Kiri. »Mariko-san sagt, sie lassen uns durch. Herr Toranaga glaubt, sie lassen uns durch. Also nehme ich an, sie tun es. Geht und ruht Euch aus. Ich muß noch mit Mariko-san reden.«
Tief bekümmert ließ die junge Frau sie allein.
Kiri faltete die Hände. »Ja, Mariko-san?«
»Ich schicke noch eine kurze Nachricht mit der Brieftaube und sage Herrn Toranaga, was sich heute abend abgespielt hat. Sie wird bei Morgengrauen abfliegen. Habt Ihr noch eine Botschaft, die Ihr abschicken möchtet?«
»Ja. Ich werde mich gleich hinsetzen und schreiben. Was wird geschehen?«
»Herr Toranaga ist überzeugt, daß sie uns ziehen lassen, wenn ich nur stark genug bin.«
»Der Meinung bin ich nicht. Und – verzeiht, bitte, aber ich glaube, auch Ihr seid nicht so recht vom Erfolg des Unternehmens überzeugt.«
»Ihr irrt. Selbstverständlich ist es gut möglich, daß sie uns aufhalten, und wenn sie das tun, wird es einen furchtbaren Kampf geben, werden Drohungen über Drohungen ausgestoßen werden, aber all das bedeutet gar nichts.« Mariko lachte. »Das wird den ganzen Tag und die ganze Nacht so weitergehen. Aber um die Mittagsstunde des nächsten Tages wird man uns ziehen lassen.«

Kiri schüttelte den Kopf. »Wenn man uns erlaubt zu entkommen, dann werden alle Geiseln hier in Osaka gleichfalls fortwollen. Damit wäre Ishido empfindlich geschwächt, und er verlöre das Gesicht. Das kann er sich nicht erlauben.«
»Ja.« Mariko war sehr zufrieden. »Trotzdem sitzt er in der Klemme.«
Kiri ließ sie nicht aus den Augen. »In achtzehn Tagen wird unser Gebieter hier sein, *neh? Muß* er hier sein. Warum ist es dann so wichtig, daß wir sofort aufbrechen?«
»Er hält es für sehr wichtig, Kiri-san. Für so wichtig, daß er es befohlen hat.«
»Ah, dann verfolgt er also einen Plan?«
»Hat er nicht immer viele Pläne?«
»In dem Augenblick, da der Erhabene sich bereit erklärte hierherzukommen, saß unser Gebieter in der Falle, neh?«
»Ja.«
Kiri blickte zur *Shoji*-Tür hinüber. Sie war geschlossen. Sie lehnte sich vor und sagte leise: »Warum hat er mich dann heimlich gebeten, der Dame Ochiba diesen Gedanken einzureden?«
Marikos Zuversicht begann zu wanken. »Er hat Euch gesagt, das solltet Ihr tun?«
»Ja. Von Yokosé aus, nachdem er Herrn Zataki gesehen hatte. Warum hat er die Falle selbst aufgestellt?« Kiri biß sich auf die Lippen. »Ich wünschte, ich wüßte es! Bald werden wir es erfahren. Aber deshalb mache ich mir doch so meine Gedanken, *neh?*«
»Für mich ist es leicht. Unser Gebieter hat gesagt, wir sollten abreisen.«
»Ich glaube, was wir tun, ist sehr gefährlich. Aber trotzdem, wie kann ich helfen?«
»Unterstützt mich!«
»Das tue ich. Habe ich immer getan.«
»Ich werde bis zum Sonnenaufgang hierbleiben, Kiri. Aber zuerst muß ich mit dem Anjin-san sprechen.«
»Ja. Da komme ich besser mit.«
Die beiden Frauen verließen Kiris Gemächer. Ein Trupp von Braunen begleitete sie. Sie gingen an anderen Braunen vorüber, die sich tief verneigten. Sie waren offensichtlich ungeheuer stolz auf Mariko. Kiri ging die Korridore entlang, durchquerte die große Audienzhalle und betrat den Korridor. Dort standen Braune Wache – und Graue. Als sie Mariko erblickten, verneigten sich alle. Sowohl Kiri als auch Mariko waren erschrocken, Graue in ihrem Teil der Burg vorzufinden, verbargen jedoch ihre Verwirrung und sagten nichts.
Kiri zeigte auf die Tür.
»Anjin-san?« rief Mariko laut.
»*Hai?*« Die Tür ging auf, und Blackthorne stand da. Hinter ihm im Raum befanden sich zwei weitere Graue. »Hallo, Mariko-san.«
»Hallo.« Mariko warf einen Blick auf die Grauen. »Ich muß unter vier Augen mit dem Anjin-san sprechen.«

»Bitte, sprecht mit ihm, Dame«, erklärte ihr Hauptmann höchst ehrerbietig. »Unglücklicherweise haben wir von Herrn Ishido persönlich Order bekommen, ihn bei Todesstrafe nicht allein zu lassen.«

Yoshinaka, der Offizier, der heute abend Wache hatte, kam herbei. »Verzeiht mir, Dame Toda, ich mußte mich mit diesen zwanzig Wachen für den Anjin-san einverstanden erklären. Es war eine persönliche Bitte von Herrn Ishido. Tut mir leid.«

»Da Herr Ishido so um die Sicherheit des Anjin-san besorgt ist, seien sie willkommen«, sagte sie, innerlich freilich alles andere als erfreut.

»Wir sollten aber auch die Sitten des Anjin-san achten, wenn wir können, Hauptmann«, sagte Yoshinaka. »Ich weiß vielleicht eine Lösung. Bitte, folgt mir.« Er führte sie zurück in die Audienzhalle. »Bitte, Dame, würdet Ihr mit dem Anjin-san vielleicht dort Platz nehmen?« Er zeigte auf das Podest am anderen Ende. »Die Wachen des Anjin-san können an den Türen Aufstellung nehmen und ihrem Lehnsherrn gegenüber ihre Pflicht tun, wir können die unsere tun, und Ihr könnt reden, wie Ihr wünscht und wie es den Sitten des Anjin-san entspricht. *Neh?*«

Mariko erklärte Blackthorne, was Yoshinaka gesagt hatte, und fuhr dann vorsichtshalber lateinisch fort: »Sie werden Ihn heute nicht allein lassen. Es bleibt uns nichts anderes übrig... es sei denn, Er will, daß ich Befehl gebe, sie zu töten.«

»Ich wünsche, allein mit Ihr zu sprechen«, erwiderte Blackthorne. »Aber nicht auf Kosten von Menschenleben. Ich danke Ihr, mich gefragt zu haben.«

Mariko wandte sich an Yoshinaka. »Sehr wohl, vielen Dank, Yoshinaka-san. Würdet Ihr wohl bitte jemand nach Räucherbecken schicken, damit die Moskitos ferngehalten werden?«

Mariko lächelte Blackthorne zu. »Wollen wir hinübergehen und uns setzen, Anjin-san?«

Er folgte ihr. Kiri begab sich wieder in ihre Gemächer, und die Grauen stellten sich an den Türen der Audienzhalle auf. Der Hauptmann der Grauen stand in der Nähe von Yoshinaka, ein paar Schritte von den anderen entfernt. »Das gefällt mir gar nicht«, flüsterte er mit rauher Stimme.

»Glaubt Ihr etwa, daß die Dame Toda ihm sein Schwert aus der Scheide reißt und ihn umbringt? Ich möchte Euch nicht kränken... aber wo bleibt Euer Verstand?«

Yoshinaka hinkte fort, um die anderen Posten zu inspizieren. Der Hauptmann sah zum Podest hinüber. Wohl beleuchtet vom Schein der Fackeln saßen Mariko und der Anjin-san einander gegenüber. Was sie sprachen, konnte er nicht hören. Er konzentrierte sich auf ihre Lippenbewegungen, was ihm jedoch nicht weiterhalf, wiewohl seine Augen sehr gut waren und er fließend portugiesisch sprach. Ich nehme an, sie reden wieder in der Sprache der Patres, sagte er sich. Abscheuliche Sprache, unmöglich zu erlernen.

Aber was macht es schon? Warum sollte sie sich nicht allein mit dem Ketzer unterhalten, wenn ihr das Vergnügen macht? Keiner von beiden wird noch lange auf dieser Erde weilen. Gebenedeite Madonna, nimm sie um ihrer Kühnheit willen für ewig in Euren Schutz!

»Latein ist sicherer, Anjin-san.« Ihr Fächer verscheuchte einen Moskito, der leise davonsurrte.
»Können sie uns von dort aus hören?«
»Nein, das glaube ich nicht, jedenfalls nicht, wenn wir leise sprechen.«
»Gut. Was war mit Kiyama?«
»Ich liebe Ihn.«
»Sie...«
»Er hat mir gefehlt.«
»Und Sie mir. Wie können wir allein zusammenkommen?«
»Heute nacht ist das nicht möglich. Morgen nacht wird es sich einrichten lassen, Geliebter. Ich habe einen Plan.«
»Morgen? Und was ist mit Ihrer Abreise?«
»Morgen werden sie mich wahrscheinlich aufhalten, Anjin-san... bitte, macht Euch keine Sorgen. Am Tag darauf werden wir alle frei sein. Morgen nacht, wenn man mich nicht durchgelassen hat, werde ich bei Ihm sein.«
»Wie?«
»Kiri wird mir helfen. Es wird nicht schwierig sein...« Sie hielt inne, als Zofen kleine Becken für die Räucherstäbchen brachten. Bald vertrieben die sich kräuselnden Rauchfäden das Nachtgetier. Als sie wieder allein waren, redeten sie über ihre Reise, waren einfach glücklich, beisammen zu sein, liebten sich, ohne sich zu berühren, mieden das Thema Toranaga und die Bedeutung des morgigen Tages. Dann sagte er: »Ishido ist mein Feind. Warum sind dann so viele Wachen um mich herum?«
»Um Ihn zu beschützen. Aber auch, um Ihn nicht entweichen zu lassen. Ich glaube, Ishido könnte gleichfalls wünschen, Ihn gegen das Schwarze Schiff, Nagasaki, Herrn Kiyama und Herrn Onoshi einzusetzen.«
»Ah, das hatte ich mir auch schon überlegt.«
Sie sah, wie seine Augen sie forschend betrachteten. »Was ist, Anjin-san?«
»Im Gegensatz zu dem, was Yabu sagt, glaube ich nicht, daß Sie dumm ist, sondern daß alles, was heute abend geschehen ist, beabsichtigt und geplant war... auf Toranagas Befehl.«
Sie glättete eine Falte in ihrem brokatenen Kimono. »Er hat mir Befehle gegeben, ja.«
Blackthorne verfiel ins Portugiesische: »Dann seid Ihr ihm auf den Leim gegangen. Ihr dient als Lockvogel. Seid Ihr Euch darüber im klaren?«
»Warum sagt Ihr das?«
»Ihr seid ein Köder. Ich bin es. Das liegt doch offen auf der Hand, oder? Yabu desgleichen. Toranaga hat uns alle hierhergeschickt, um uns zu opfern.«
»Nein, Ihr irrt, Anjin-san. Tut mir leid, aber da irrt Ihr Euch.«

Lateinisch fuhr er fort: »Ich sage Ihr, daß Sie schön ist und daß ich Sie liebe... Aber Sie ist eine Lügnerin.«
»Das hat noch nie jemand zu mir gesagt.«
»Sie hat auch gesagt, noch nie habe jemand ›Ich liebe Sie‹ zu Ihr gesagt.«
Sie senkte die Augen und betrachtete ihren Fächer. »Laßt uns von anderen Dingen reden.«
»Was gewinnt Toranaga, wenn er uns opfert?«
»Ich weiß es nicht.«
»Sie! Schwöre Sie bei Ihrer Liebe und bei Ihrem Gott!«
»Auch Er?« erwiderte sie bitter auf lateinisch. »Kommt auch Er mir jetzt mit Seinem ›Schwöre Sie vor Gott‹ und mit Fragen und Fragen und Fragen?«
»Es geht um Ihr Leben und um mein Leben, und *beide* sind mir teuer. Noch einmal: *Was gewinnt er?*«
Ihre Stimme wurde lauter. »Höre Er, ja, ich habe den Zeitpunkt gewählt, und, ja, ich bin keine dumme Frau, und...«
»Vorsicht, Mariko-chan, bitte, spreche Sie leise. Alles andere wäre mehr als dumm.«
»Tut mir leid. Jawohl, ich habe es mit voller Absicht und in aller Öffentlichkeit getan, wie Toranaga es gewünscht hat.«
»Warum?«
»Weil Ishido ein Bauer ist und er uns ziehen lassen *muß*. Ich mußte ihn herausfordern. Die Dame Ochiba ist dafür, daß wir gehen. Ich habe mit ihr gesprochen. Es ist nichts, worüber Er sich Sorgen zu machen brauchte.«
»Es gefällt mir nicht, das Feuer in Ihr zu sehen. Oder das Gift. Oder den Zorn. Wo bleibt Ihre Ruhe? Und wo bleiben Ihre Manieren? Vielleicht sollte Sie lernen zu beobachten, wie die Felsen wachsen, *neh?*«
Marikos Zorn schwand und sie lachte. »Ach, Er! Er hat ja so recht! Bitte, verzeihe Er mir.« Sie fühlte sich erfrischt, empfand sich wieder als die alte Mariko. »Ach, wie ich Ihn liebe und Ihn ehre; ich war so stolz auf Ihn heute abend und hätte Ihn fast geküßt, dort, vor aller Augen, wie es Sitte bei Ihm ist.«
»Madonna, wäre da aber der Funken ins Pulverfaß gesprungen, *neh?*«
»Wäre ich allein mit Ihm, ich würde Ihn küssen, bis Seine Gnadenschreie das Universum erfüllten!«
»Ich danke Ihr, Dame, aber Sie ist dort, und ich bin hier, und eine Welt liegt zwischen uns.«
»Aber nein, es liegt keine Welt zwischen uns. Mein Leben ist erfüllt durch Ihn.«
Nach einer Weile sagte er: »Und was ist mit Yabus Befehlen an Sie... um Verzeihung zu bitten und zu bleiben?«
»Es könnte sein, daß sie nicht befolgt werden. Tut mir so leid.«
»Wegen Toranagas Befehlen?«
»Ja. Aber im Grunde sind es gar nicht seine Befehle... es ist auch mein Wunsch. Ich habe ihm all dies vorgeschlagen. Ich war es, die ihn bat, hierherkommen zu dürfen, mein Geliebter. Das ist die Wahrheit, so wahr mir Gott helfe!«

»Was wird morgen geschehen?«
Sie sagte ihm, was sie auch schon Kiri gesagt, um jedoch noch hinzuzufügen: »Alles wird noch besser gehen, als ursprünglich geplant. Ist nicht Ishido *schon jetzt* Sein Gönner. Ich weiß nicht, woher Herr Toranaga diese Klugheit nimmt. Ehe ich abreiste, hat er mir gesagt, was geschehen würde, geschehen *könnte.* Er weiß, daß Yabu keine Macht in Kyushu ausübt. Dort könnten Ihn nur Ishido oder Kiyama beschützen. Wir sind keine Lockvögel. Wir stehen unter seinem Schutz. Wir sind ganz sicher.«
»Und was ist mit den neunzehn Tagen ... achtzehn jetzt noch? Dann *muß Toranaga hier sein, neh?* Ist es dann nicht wirklich Zeitverschwendung, wie Ishido sagt?«
»Ich weiß es nicht. Ich weiß nur, daß neunzehn, achtzehn, ja auch nur drei Tage eine ganze Ewigkeit sein können.«
»Oder der morgige Tag?«
»Auch der morgige Tag. Oder übermorgen.«
»Und wenn Ishido Sie morgen nicht ziehen läßt?«
»Es ist die einzige Chance, die wir haben. Wir alle. Ishido muß gedemütigt werden.«
»Ist Sie da auch ganz sicher?«
»Ja, so wahr mir Gott helfe, Anjin-san.«

Blackthorne machte sich mühsam von einem Alptraum frei, doch in dem Augenblick, da er richtig wach war, hatte sich der Traum auch schon verflüchtigt. Graue starrten ihn im Licht der frühen Morgendämmerung durch das Moskitonetz an.
»Guten Morgen«, sagte er zu ihnen. Es war ihm schrecklich, daß sie ihn beobachtet, während er geschlafen.
Er kroch unter dem Netz hervor, trat auf den Korridor hinaus, stieg die Treppe hinunter, bis er zur Gartentoilette kam. Eine aus Grauen wie Braunen bestehende Wache begleitete ihn. Er nahm sie kaum wahr.
Die Dämmerung war grau. Im Osten allerdings war der Himmel bereits vom Dunst freigefegt. Es roch nach Salz und nach Meer. Schon jetzt schwirrten Fliegen umher.
Heiß wird es heute werden, dachte er.
Es war nicht üblich, morgens schon heiß zu baden. Deshalb ging er jeden Morgen hin und übergoß sich mit kaltem Wasser. »Eeee, Anjin-san«, pflegten seine Bewacher zu sagen, »das ist gewiß sehr gut für Eure Gesundheit.«
Er kleidete sich an und stieg zu dem Söller hinauf, von dem aus man den Vorhof dieses Teils der Burg überschauen konnte. Er trug einen braunen Kimono und seine Schwerter; die Pistole hatte er unter der Schärpe verborgen. Braune, die gerade Wache hatten, begrüßten ihn freundlich, wenn sie auch sichtlich von den Grauen beunruhigt waren. Graue standen auch auf den Zinnen gegenüber, und selbstverständlich wimmelte es vor ihrem Tor von ihnen.

»Viele Graue, entschieden mehr als sonst. Versteht Ihr, Anjin-san?« sagte Yoshinaka, der auf den Söller hinaustrat.
»Ja.«
Der Hauptmann der Grauen trat zu ihnen. »Bitte, geht nicht zu nahe an den Rand heran, Anjin-san. Tut mir so leid.«
Die Sonne stand überm Horizont. Ihre Wärme tat Blackthorne gut. Der Himmel war wolkenlos, und der leichte Wind legte sich mehr und mehr.
Der Hauptmann der Grauen zeigte auf Blackthornes Schwert. »Ist das ›Öl-Verkäufer‹, Anjin-san?«
»Ja, Hauptmann.«
»Gestattet Ihr, daß ich mir die Klinge ansehe?«
Blackthorne zog das Schwert halb aus der Scheide. Die Sitte erheischte, daß man ein Schwert nie ganz zog, es sei denn, um es zu gebrauchen.
»Eeee, herrlich, *neh?*« rief der Hauptmann aus. Die anderen, Graue wie Braune, scharten sich gleichfalls tief beeindruckt um sie.
Blackthorne stieß das Schwert wieder bis ans Heft in die Scheide. Er war keineswegs unangenehm berührt. »Ehre, ›Öl-Verkäufer‹ zu tragen.«
»Versteht Ihr, ein Schwert zu gebrauchen, Anjin-san?« erkundigte sich der Hauptmann.
»Nein, Hauptmann. Nicht wie Samurai. Aber ich lerne.«
»Ah, ja. Das ist sehr gut.«
Im Vorhof, zwei Stockwerke unter ihnen und noch ganz im Schatten, exerzierten Braune. Blackthorne sah ihnen zu. »Wie viele Samurai hier, Yoshinaka-san?«
»Vierhundertunddrei, Anjin-san, zusammen mit den zweihundert, die mit mir angekommen sind.«
»Und da draußen?«
»Graue?« Yoshinaka lachte. »Viele... sehr, sehr viele.«
Der Hauptmann der Grauen zeigte grinsend die Zähne. »Fast einhunderttausend. Ihr versteht, Anjin-san: ›Einhunderttausend‹?«
»Ja. Vielen Dank.«
Alle wandten die Blicke ab, als in der Ferne ein Zug von Trägern und Packpferden samt drei Sänften um die Ecke kam und unter Bewachung in die Sackgasse hereinkam. Die Gasse lag immer noch dunkel zwischen den hohen, wachenbesetzten Mauern. Noch immer brannten Fackeln in den eisernen Halterungen. Selbst aus dieser Entfernung konnte man sehen, wie nervös die Träger waren. Die Grauen auf der anderen Seite schienen plötzlich nicht mehr soviel zu reden, sondern aufmerksam hinzusehen. Genauso verhielten sich die Braunen, die Wache standen.
Die mächtigen Torflügel schwenkten auf, um den Zug einzulassen; die Eskorte der Grauen blieb bei ihren Kameraden stehen. Dann fielen die Torflügel dumpf wieder in die Vertiefung in den Granitmauern. Dieses Tor wurde nicht durch ein Fallgitter geschützt.

Yoshinaka sagte: »Anjin-san, bitte, verzeiht, aber ich muß nachsehen, ob alles in Ordnung ist. Alles bereit, *neh?*«

»Ich werde hier warten.«

»Ja.« Yoshinaka ging.

Der Hauptmann der Grauen trat an die Zinnen heran und blickte hinunter. Himmelherrgott, dachte Blackthorne, hoffentlich hat sie recht und irrt auch Toranaga sich nicht. Jetzt wird's nicht mehr lange dauern, eh? Er begutachtete den Sonnenstand und brummelte dann mehr zu sich auf portugiesisch: »Nicht mehr lange.«

Unbewußt grunzte der Hauptmann seine Zustimmung, und Blackthorne erkannte, daß der Mann ohne Frage *Portugiesisch* verstand, daher Katholik war und ein möglicher Mörder. Erregt dachte er an gestern abend, überlegte, ob sie auch wirklich nur lateinisch gesprochen hatten. Wirklich nur lateinisch? Heilige Muttergottes, und wie war das, als sie sagte: »... es sei denn, Er will, daß ich Befehl gebe, sie zu töten?« Hatte sie das lateinisch gesagt? Spricht er womöglich auch lateinisch wie jener andere Hauptmann, der während der ersten Flucht aus Osaka den Tod gefunden hatte?

Die Sonne hatte jetzt mehr Kraft, und Blackthorne ließ die Augen von dem Hauptmann der Grauen. Wenn du mich heute nacht nicht umgebracht hast, tust du es vielleicht nie, dachte er.

Unten sah er Kiri auf den Vorhof kommen. Sie überwachte Zofen, die Körbe und Kisten für die Packpferde trugen. Winzig sah sie aus, wie sie da auf den Stufen stand, auf denen Sazuko so getan, als ob sie ausrutschte, um Toranaga Gelegenheit zur Flucht zu geben. Ein wenig weiter in nördlicher Richtung lag der bezaubernde kleine Garten mit der rustikalen Hütte, wo er Mariko das erste Mal begegnet war und auch Yaemon, den Erben, kennengelernt hatte. Im Geiste begleitete er den mittäglichen Zug durch den Irrgarten der Burg und hinaus, dann durch den Wald und sicher hinunter zum Meer an die See. Er betete, daß sie alle mit heiler Haut davonkommen möchten. Waren sie erst einmal fort, würde er mit Yabu die Burg verlassen, sich zu der Galeere begeben und aufs offene Meer hinauslaufen.

Vom Söller aus schien das Meer so greifbar nahe. Es lockte. Und der Horizont lockte.

»*Konbanwa*, Anjin-san.«

»Mariko-san!« Sie war strahlender denn je. »*Konbanwa!*« grüßte auch er, um dann unbekümmert lateinisch hinzuzufügen: »Hüte Sie sich vor dem Grauen dort... er versteht«, und fuhr im selben Atemzug auf portugiesisch fort, um ihr Zeit zu geben, sich zu fassen: »Ja, ich verstehe einfach nicht, wie Ihr nach so wenig Schlaf wieder so schön sein könnt.« Er nahm ihren Arm, kehrte dem Hauptmann den Rücken zu und führte sie näher an die Zinnen heran. »Seht, da unten ist Kiritsubo-san.«

»Danke. Ja... ja... ich bin... danke.«

»Warum winkt Ihr Kiritsubo-san nicht zu?«

Sie tat, wie ihr geheißen, und rief auch ihren Namen. Kiri erkannte sie und winkte zurück.
Nach einer Weile, als sie sich wieder in der Gewalt hatte, sagte Mariko: »Ich danke Euch, Anjin-san. Ihr seid sehr klug und sehr weise.« Sie grüßte den Hauptmann flüchtig, ging dann zu einem Granitsims und setzte sich darauf nieder. »Es wird ein schöner Tag werden, *neh?*«
»Ja. Wie habt Ihr geschlafen?«
»Überhaupt nicht, Anjin-san. Kiri und ich haben bis in die frühen Morgenstunden hinein geplaudert, und dann habe ich den Sonnenaufgang betrachtet. Ich liebe Sonnenaufgänge. Und Ihr?«
»Ich bin immer wieder aufgewacht, aber...«
»Ach, das tut mir aber leid.«
»Jetzt geht es mir gut. Ihr geht also jetzt.«
»Ja, und heute mittag komme ich wieder, um Kiri-san und die Dame Sazuko abzuholen.« Sie wandte das Gesicht von dem Hauptmann und sagte lateinisch: »Er! Erinnert Er sich an das ›Gasthaus zu den Blüten‹!«
»Aber gewiß. Wie könnte ich es vergessen?«
»Wenn es eine Verzögerung gibt... dann wird es heute nacht genauso werden... genauso vollkommen und friedvoll.«
»Ach, könnte das doch nur möglich sein! Ich wüßte Euch allerdings lieber heil unterwegs.«
Mariko fuhr auf portugiesisch fort: »Ich muß jetzt gehen, Anjin-san. Würdet Ihr mich bitte entschuldigen?«
»Ich bringe Euch bis ans Tor.«
»Nein, bitte, seht mir von hier oben aus nach. Ihr und der *Hauptmann* könntet von hier oben zusehen, *neh?*«
»Selbstverständlich«, sagte Blackthorne. »Geht mit Gott!«
»Ihr auch!«
Er blieb oben auf dem Söller. Während er wartete, füllte der Vorhof sich nach und nach mit Sonnenlicht und vertrieb die Schatten. Mariko erschien unten. Er sah, wie sie Kiri und Yoshinaka begrüßte und sich dann mit ihnen unterhielt. Graue waren nicht in der Nähe. Dann blickte sie zu ihm hinauf, legte die Hand schützend über die Augen und winkte fröhlich. Er winkte zurück. Die Torflügel wurden aufgestoßen. Von Chimmoko und ihrer Eskorte von zehn Braunen begleitet, schritt sie hinaus. Abermals schlossen sich die Torflügel. Für einen Moment war sie seinem Blick entzogen. Als sie wieder erschien, war sie von fünfzig Grauen aus dem Schwarm vor den Mauern umgeben, die eine weitere Ehrengarde bildeten. Der Zug entschwand in der dunklen, sonnenleeren Gasse. Er sah ihr nach, bis sie am äußersten Ende um die Ecke bog. Sie blickte nicht ein einziges Mal zurück.

Rodrigues prüfte das Schloß einer Muskete, die er aus dem Ständer neben der Heckkanone herausgenommen hatte, stellte fest, daß der Feuerstein abgenutzt

und von Pech verschmiert war und daher gefährlich. Ohne ein Wort warf er die Muskete dem Kanonier zu.
»Madonna, Senhor Pilot«, schrie der Mann auf, »Ihr braucht doch nicht gleich...«
»Hör zu, du mutterloses Stück Scheiße. Nächstes Mal, wenn ich feststelle, daß mit einer Muskete oder einer Kanone während deiner Wache etwas nicht in Ordnung ist, bekommst du fünfzig Stockhiebe und wird dir die Heuer für drei Monate abgezogen. Steuermann!«
»Ja, Pilot?« Pesaro, der Steuermann, trat herzu und blickte den jungen Kanonier finster an.
»Hol beide Wachen raus! Prüfe jede Muskete und Kanone einzeln. Gott allein weiß, wann wir sie brauchen werden.«
»Ich werde dafür sorgen, Pilot.« Der Steuermann schob sein Gesicht nahe vor das des Kanoniers. »Ich piss' dir heute abend in den Grog für all die Extraarbeit, die du mir aufgehalst hast, Gomez! Du tätest gut daran, ihn lächelnd aufzuschlabbern! Und jetzt: An die Arbeit!«
Auf dem Hauptdeck mittschiffs standen acht kleine Kanonen, vier an Steuerbord und vier an Backbord. Und außerdem noch das Buggeschütz. Genug, um Piraten ohne Kanonen in die Flucht zu jagen, nicht genug jedoch, um einen Angriff zurückzuschlagen. Die kleine Fregatte wies zwei Masten auf und hieß *Santa Luz.*
Rodrigues wartete, bis alle Mann bei der Arbeit waren, dann wandte er sich ab und lehnte sich übers Schanzkleid. Die Burg schimmerte matt in der Sonne. Bis auf den Bergfried mit seinen blauweißen Wänden und goldenen Dächern war alles grau wie altes Zinn. Er spuckte ins Wasser und sah dem Speichel nach. »Scheiße!« murmelte er vor sich hin und wünschte, er stünde an Deck seiner eigenen Fregatte, der *Santa Maria.* Gottverfluchtes Pech, daß sie gerade in Macao ist, wo wir sie hier so nötig brauchen.
»Was ist denn los, Generalkapitän?« hatte er vor ein paar Tagen in Nagasaki gefragt, als er aus seinem warmen Bett in seinem Haus herausgerissen worden war, von dem aus man die Stadt und den Hafen überblicken konnte.
»Ich muß augenblicklich nach Osaka«, hatte Ferriera gesagt, der selbst um diese frühe Stunde schon geschniegelt und befiedert war wie ein stolzer Gockel. »Der Pater Visitator hat uns das Codewort ›äußerst dringend‹ geschickt.«
»Was ist denn da los?«
»Das hat er nicht gesagt... nur, daß es von äußerster Wichtigkeit für das Schwarze Schiff sei.«
»Madonna, welche Bosheit haben die jetzt schon wieder ausgeheckt? Was ist von ›äußerster Wichtigkeit‹? Unser Schiff ist so seefest wie nur irgendein Kahn. Der Handel hat alle unsere Erwartungen übertroffen, und wir sind rechtzeitig angekommen. Die Affen benehmen sich! Schweinearsch Harima ist die Zuversicht selbst und...« Er hielt inne, als ein Gedanke in seinem Gehirn explodierte. *»Der Ingeles! Ist er in See gestochen?«*

»Ich weiß es nicht. Aber er ist...«
Rodrigues hatte auf die weite Hafenmündung hinausgestarrt und im Unterbewußtsein bereits erwartet, die *Erasmus* den Eingang blockieren zu sehen, die verhaßte Flagge Englands am Mast. »Jesus, Maria und alle Heiligen, laßt das nicht geschehen!«
»Wie kommen wir am schnellsten hin? Mit der Lorcha?«
»Mit der *Santa Luz*, Generalkapitän. Wir können in einer Stunde ablegen. Hört, ohne Leute ist der Ingeles aufgeschmissen. Vergeßt nicht...«
»Madonna, *Ihr* hört jetzt mal zu. Der spricht doch jetzt ihr Kauderwelsch, eh? Warum kann er dann nicht mit Affen arbeiten? Es laufen genug Japsen-Piraten herum.«
»Ja, aber keine Kanoniere und keine Seeleute, wie er sie braucht... er hat nicht die Zeit, die Japsen erst auszubilden. Nächstes Jahr vielleicht, aber nicht gegen uns.«
»Warum in der Madonna und aller Heiligen Namen diese Pfaffen ihm eines von ihren Wörterbüchern gegeben haben, werde ich nie begreifen. Diese Hunde mischen sich überall ein! Die müssen vom Teufel besessen gewesen sein. Es ist fast so, als ob der Ingeles vom Teufel selbst beschützt würde.«
»Und ich sage Euch, der ist bloß schlau!«
»Es gibt viele, die jetzt zwanzig Jahre hier draußen sind und kein Wort Japanisch können... der Ingeles aber wohl, eh? Ich sage Euch, der hat seine Seele dem Teufel verkauft, und dafür ist er in die Schwarzen Künste eingeweiht worden und wird beschützt. Wie erklärt Ihr Euch das sonst? Wie viele Jahre bemüht Ihr Euch schon, ihre Sprache zu sprechen... und Ihr lebt sogar mit einer von ihnen zusammen? *Leche*, er könnte ohne weiteres auf Japsen-Piraten zurückgreifen.«
»Nein, Generalkapitän, er braucht Männer von hier, und wir warten hier auf ihn, und Ihr habt bereits alle Verdächtigen in Eisen werfen lassen.«
»Mit zwanzigtausend Cruzados in Silber und dem Versprechen auf das Schwarze Schiff kann er alle Männer kaufen, die er braucht, die Gefängniswächter inbegriffen und das gottverfluchte Gefängnis um sie herum. *Cabron!* Da könnte er selbst Euch kaufen!«
»Haltet Eure Zunge im Zaum!«
»Ihr seid ein mutterloser, milchloser Spanier, Rodrigues! Es ist einzig Eure Schuld, daß er immer noch lebt, dafür seid Ihr verantwortlich. Zweimal habt Ihr ihn entwischen lassen!« Voller Zorn und breitbeinig hatte der Generalkapitän sich vor ihn aufgebaut. »Ihr hättet ihn töten sollen, solange er in Eurer Gewalt war!«

# *55. Kapitel*

Mariko kam die von Menschen wimmelnde Gasse auf das Tor am anderen Ende der Sackgasse herauf. Hinter ihr schritt eine Leibwache von zehn Braunen. Sie trug einen blaßgrünen Kimono, weiße Handschuhe und einen breitrandigen dunkelgrünen Reisehut, den sie mit einem goldenen Netz unter ihrem Kinn befestigt hatte. Außerdem schützte sie sich mit einem schillernden Sonnenschirm. Die Torflügel sprangen auf und blieben offen.

Es war sehr still in der Gasse. Graue standen zu beiden Seiten und überall auf den Zinnen. Auf ihren eigenen Zinnen konnte sie den Anjin-san erkennen. Yabu stand neben ihm, und unten der abmarschbereite Zug mit Kiri und der Dame Sazuko. Alle Braunen hatten sich in voller zeremonieller Ausrüstung unter Yoshinaka im Vorhof versammelt... bis auf zwanzig, die zusammen mit Blackthorne oben auf dem Söller standen: je zwei an jeder Scharte.

Im Gegensatz zu den Grauen trug keiner von den Braunen Rüstung oder Bogen. Die Schwerter waren ihre einzigen Waffen.

Viele Frauen, Samurai-Frauen, sahen gleichfalls zu, einige von den Fenstern anderer befestigter Häuser aus. Andere standen unter den Grauen am Rand der Gasse, darunter ein paar fröhlich gekleidete Kinder. Sämtliche Frauen trugen Sonnenschirme, einige aber auch Samurai-Schwerter, wie es ihr gutes Recht war.

Kiyama wartete mit einem halben Hundert Männer – keinen Grauen – in der Nähe des Tors.

»Guten Tag, Euer Gnaden«, sagte Mariko zu ihm, grüßte und verneigte sich. Er erwiderte die Verneigung, und sie durchschritt das Tor.

»Hallo, Kiri-chan, Sazuko-chan. Wie hübsch Ihr beide ausseht! Ist alles bereit?«

»Ja«, erwiderten sie mit aufgesetzter Fröhlichkeit.

»Gut.« Mariko stieg in ihre offene Sänfte und nahm mit sehr geradem Rücken darin Platz. »Yoshinaka-san! Bitte, gebt den Befehl zum Aufbruch.«

Sofort hinkte der Hauptmann vor und rief seine Befehle. Zwanzig Graue bildeten die Vorhut und setzten sich in Bewegung. Träger schulterten Marikos unverhangene Sänfte und folgten den Braunen hinaus durch das Tor. Kiris und Sazukos Sänften folgten dicht darauf. Die junge Frau hielt ihr Baby im Arm. Als Marikos Sänfte in das Sonnenlicht draußen vor den Mauern hinauskam, trat ein Hauptmann der Grauen zwischen Vorhut und Sänfte und stellte sich ihr direkt in den Weg. Die Vorhut blieb abrupt stehen, die Sänftenträger gleichfalls.

»Bitte, verzeiht«, wandte er sich an Yoshinaka, »aber dürfte ich Eure Papiere sehen?«

»Tut mir leid, Hauptmann, aber wir brauchen keine«, entgegnete Yoshinaka unter großem Schweigen.

»Tut mir leid, aber Herr General Ishido hat mit Zustimmung des Regentschaftsrats in der gesamten Burg Orders erlassen, die befolgt werden müssen.«

Mariko erklärte förmlich: »Ich bin Toda Mariko-noh-Buntaro und habe von meinem Lehnsfürsten, Herrn Toranaga, den Befehl erhalten, ihm diese Damen zuzuführen. Bitte, laßt uns vorbei.«

»Das würde ich mit dem größten Vergnügen tun, Dame«, sagte der Samurai stolz und stellte sich breitbeinig vor sie hin, »aber ohne Papiere, so erklärt *unser* Lehnsherr, darf keiner die Burg von Osaka verlassen. Bitte, verzeiht mir!«

Mariko sagte: »Hauptmann, wie heißt Ihr, bitte?«

»Sumiyori Danzenji, Dame, Hauptmann der Vierten Legion. Mein Geschlecht ist genauso alt wie das Eure.«

»Es tut mir so leid, Hauptmann Sumiyori, aber wenn Ihr nicht aus dem Weg geht, werde ich Befehl geben, Euch zu töten!«

»Ohne Papiere kommt Ihr nicht weiter!«

»Bitte, tötet ihn, Yoshinaka-san!«

Yoshinaka sprang ohne zu zögern vor. Sein Schwert wirbelte im Bogen durch die Luft und traf den aus dem Gleichgewicht geratenen Grauen. Sein Hieb trennte den Kopf ab, der noch ein paar Schritte durch den Schmutz kollerte. Yoshinaka wischte sein Schwert sauber und steckte es in die Scheide. »Weiter!« befahl er der Vorhut. »Beeilt Euch!« Die Vorhut formierte sich neu, und ihre Marschtritte hallten dumpf von den Mauern wider, als sie sich in Bewegung setzten. Dann bohrte sich ein Pfeil in Yoshinakas Brust. Der Zug kam abermals zum Stehen. Schweigend zerrte Yoshinaka eine Weile am Schaft, dann wurden seine Augen glasig und er kippte vornüber.

Leises Stöhnen löste sich von Kiris Lippen. Ein Windhauch zerrte an dem spinnwebfeinen Gewebe von Marikos Goldnetz. Irgendwo in der Gasse wurde ein schreiendes Kind zur Ruhe gebracht. Alle warteten atemlos.

»Miyai Kazuko-san«, rief Mariko. »Bitte, übernehmt Ihr das Kommando.«

Kazuko war jung und groß und sehr stolz, hatte tief eingefallene Wangen und löste sich aus der Mitte der Gruppe der Braunen, die in der Nähe von Kiyama am Tor gestanden hatten. Er stellte sich neben Marikos Sänfte auf und verneigte sich förmlich. »Jawohl, Dame, ich danke Euch!«

»Ihr!« rief er den Männern vorn zu. »Setzt Euch in Bewegung!« Verkrampft,

manche voller Furcht, alle aber nervös, gehorchten sie, und abermals zogen sie weiter. Kazuko schritt neben Marikos Sänfte einher. Dann, hundert Schritt weiter, lösten sich zwanzig Graue aus der geballten Masse der Samurai und nahmen quer über die Gasse Aufstellung. Die zwanzig Braunen kamen immer näher. Dann zögerte einer, und nach und nach kam die Vorhut zum Stehen.
»Schafft sie aus dem Weg!« rief Kazuko.
Augenblicklich sprang ein Brauner vor, die anderen folgten seinem Beispiel, und das Töten nahm rasch und grausam seinen Verlauf. Jedesmal, wenn ein Grauer fiel, trat in aller Ruhe ein anderer aus der Masse der Wartenden vor, um den Platz seines Kameraden einzunehmen. Immer ging es fair zu, stets kämpfte Mann gegen Mann, jetzt fünfzehn gegen fünfzehn, dann acht gegen acht, wobei ein paar verwundete Graue sich im Staub wanden, jetzt drei Braune gegen drei Graue, und schließlich war es einer gegen einen, der letzte Braune, blutüberströmt und verwundet, bereits Sieger in vier Einzelkämpfen. Der letzte Graue beförderte ihn mühelos in die Große Leere, stand dann allein unter den Leichen und sah Miyai Kazuko an.
Alle Braunen waren tot. Vier Graue lagen verwundet da, achtzehn waren tot. Kazuko trat vor und zog das Schwert.
»Wartet«, sagte Mariko. »Bitte, wartet, Kazuko-san!«
Er gehorchte, hielt jedoch die Augen auf den Grauen geheftet und wartete nur auf den Kampf. Mariko stieg aus der Sänfte und ging zurück zu Kiyama. »Herr Kiyama, ich bitte Euch, befehlt, daß diese Männer den Weg freigeben.«
»Tut mir leid, Toda-sama, aber die Befehle in der Burg müssen befolgt werden. Die Orders bestehen zu Recht. Aber wenn Ihr wünscht, werde ich den Regentschaftsrat einberufen und um eine Entscheidung bitten.«
»Ich bin Samurai. Meine Befehle sind klar, stehen im Einklang mit dem *Bushido*, sind geheiligt durch unseren Ehrenkodex. Sie müssen ausgeführt werden und haben Vorrang vor allen menschengemachten Anordnungen. Wenn man mir nicht gestattet zu gehorchen, sehe ich mich außerstande, mit dieser Schande weiterzuleben.«
»Ich werde sofort eine Versammlung einberufen.«
»Bitte, verzeiht, Euer Gnaden, was Ihr tut, ist Eure Sache. Mir geht es einzig um die Befehle meines Gebieters und um meine eigene Schande.« Sie drehte sich um und kehrte still zurück an die Spitze des kleinen Zugs. »Kazuko-san! Ich befehle Euch, bitte, führt uns aus der Burg heraus!«
Er trat vor. »Ich bin Miyai Kazuko, Hauptmann, aus dem Hause Serata, von der Dritten Armee von Herrn Toranaga. Bitte, geht aus dem Weg!«
»Ich bin Biwa Jiro, Hauptmann der Garnison von Herrn Ishido. Mein Leben gilt nichts, aber Ihr werdet trotzdem nicht durchkommen«, sagte der Graue.
Mit dem unversehens ausgestoßenen Schlachtruf »Toranagaaaa!« stürzte Kazuko sich in den Kampf. Die Schwerter klirrten, als Schläge und Gegenschläge pariert wurden. Die beiden Männer umkreisten einander. Der Graue war gut, sehr gut, aber Kazuko auch.

Kazuko blieb Sieger, war jedoch schwer verwundet, und schwankend stand er über seinem Feind, reckte mit seinem heilen Arm das Schwert in den Himmel, stieß seinen Kriegsschrei aus und sonnte sich in seinem Sieg. »Toranagaaaaa!« Niemand brachte ein Hoch auf seinen Sieg aus. Alle wußten, daß es sich nicht geziemt hätte.

Kazuko zwang einen Fuß vorwärts, dann den anderen, und im Dahintorkeln rief er mit brechender Stimme: »Folgt mir!«

Niemand sah, woher die Pfeile kamen, aber sie fällten ihn. Und die Stimmung der Braunen verwandelte sich von Fatalismus in äußerste Wut ob dieser Beleidigung. Kazukos Leben war fast schon zu Ende gewesen, und er wäre bald gefallen, allein, immer noch seine Pflicht erfüllend, sie immer noch aus der Burg hinausführend. Ein anderer Offizier der Braunen trat vor, um mit zwanzig weiteren Männern eine neue Vorhut zu bilden. Alle anderen umringten Mariko, Kiri und die Dame Sazuko.

»Vorwärts!« knurrte der Offizier.

Er setzte sich in Marsch, und zwanzig schweigende Samurai folgten ihm. Schlafwandlern gleich, schulterten die Träger ihre Sänften und stolperten über die Leichen hinweg. Dann, weiter vorn, formierten sich zwanzig Graue mit einem Offizier schweigend aus den Reihen der Wartenden heraus. Die Träger hielten inne. Die Vorhut beschleunigte ihren Schritt.

»Halt!« Die Offiziere verneigten sich leicht voreinander und sagten, wer sie seien und aus welchem Hause sie stammten.

»Bitte, geht aus dem Weg!«

»Bitte, zeigt mir Eure Papiere!«

Diesmal warfen sich die Braunen augenblicklich mit dem Schrei »Toranagaaaaa!« auf die Grauen, die mit ihrem »Yaemooooonnn!« antworteten, und das Blutbad nahm seinen Fortgang. Jedesmal, wenn ein Grauer fiel, trat kühl ein anderer an seine Stelle, bis alle Braunen tot waren.

Der letzte Graue wischte seine Klinge sauber, steckte das Schwert in die Scheide und stellte sich allein in den Weg. Ein anderer Offizier mit zwanzig Braunen trat hinter den Sänften vor.

»Wartet!« rief Mariko. Aschgrau im Gesicht stieg sie aus ihrer Sänfte, legte den Sonnenschirm beiseite, packte Yoshinakas Schwert, zog es aus der Scheide und ging allein vorwärts.

»Ihr wißt, wer ich bin. Bitte, geht mir aus dem Weg!«

»Ich bin Kojima Harutomo, Sechste Legion, Hauptmann! Bitte, verzeiht, aber Ihr dürft nicht durch, Dame«, sagte der Graue voller Stolz.

Sie stieß vor, doch ihr Schlag wurde abgewehrt. Der Graue ging einen Schritt zurück und blieb in der Defensive, wiewohl er sie mühelos hätte töten können. Langsam wich er die ganze Gasse hindurch zurück, und sie folgte ihm, doch er ließ sie um jeden Fußbreit Boden kämpfen. Zögernd setzte sich der Zug hinter ihr in Bewegung. Abermals versuchte sie, den Grauen zum Kampf zu zwingen, hieb zu, machte Ausfälle, griff unerbittlich an, aber der Samurai glitt zurück, wich ihren Hieben aus, hielt sie auf, griff sie jedoch niemals an, sondern ließ sie ihre Kräfte verbrauchen. Allerdings tat er das mit großem Ernst, mit großer Würde und erwies ihr jede Höflichkeit und jede Ehre, die ihr zustand. Abermals griff sie an, und wieder parierte er den Schlag, der einen geringeren Kämpfer überwältigt hätte, und wich nochmals einen Schritt zurück. Schweiß strömte ihr übers Gesicht. Ein Brauner stürzte vor, ihr zu helfen, doch sein Offizier befahl ihm leise stehenzubleiben, denn er wußte, daß niemand eingreifen durfte. Samurai auf beiden Seiten warteten auf das Signal. Sie fieberten danach zu töten.

In der Menge barg ein Kind seine Augen in den Röcken seiner Mutter. Sanft wehrte sie es ab und kniete nieder. »Bitte, sieh zu, mein Sohn«, murmelte sie. »Du bist Samurai!«

Mariko wußte, daß sie nicht viel länger durchhalten konnte. Sie keuchte vor Erschöpfung und spürte die brütende Feindseligkeit um sie herum. Dann begannen vor ihr und neben ihr Graue sich von den Mauern zu lösen, und der Kreis um die Marschsäule zog sich rasch zusammen. Ein paar Graue kamen herbei und versuchten, sie in die Mitte zu nehmen, und sie hörte auf, weiter voranzugehen. Jetzt näherten sich Braune, ihr zu helfen, und der Rest nahm um die Sänfte herum Aufstellung. Die Atmosphäre in der Gasse war voll von bösen Ahnungen, jeder Mann wußte, was er zu tun hatte, der süße Blutgeruch war in ihrer aller Nase.

»Wartet!« rief sie. Alle hörten auf. Sie verneigte sich halb vor ihrem Gegner, kehrte ihm dann hocherhobenen Hauptes den Rücken zu und marschierte zu Kiri zurück. »Tut... tut mir... so... leid, aber im Augenblick ist es unmöglich, sich durch diese Männer hindurchzukämpfen«, sagte sie mit wogender Brust. »Wir... wir müssen fürs erste zurück.« Schweiß rann ihr in Strömen übers Gesicht, als sie die Reihe der Männer entlang zurückging. Als sie zu Kiyama gelangte, blieb sie stehen und verneigte sich vor ihm. »Diese Männer haben mich daran gehindert, meine Pflicht zu erfüllen und meinem Lehnsfürsten zu gehorchen. Mit dieser Schande kann ich nicht länger leben, Euer Gnaden. Ich werde bei Sonnenuntergang *Seppuku* begehen und bitte Euch in aller Form, mein Sekundant zu sein.«

»Nein. Das werdet Ihr nicht tun.«

Ihre Augen blitzten, und furchtlos hallte ihre Stimme wider. »Wenn man uns nicht gestattet, unserem Gebieter zu gehorchen, *wie es unser Recht ist*, werde ich bei Sonnenuntergang *Seppuku* begehen!«

Sie verneigte sich und ging auf das Tor zu. Kiyama erwiderte die Verneigung, und seine Männer taten desgleichen. Und dann verneigten sie sich alle – auf der Gasse und auf den Zinnen und an den Fenstern. Alle verneigten sich vor ihr, um ihr zu huldigen. Sie durchschritt das Tor, überquerte den Vorhof und ging in den Garten. Ihre Schritte führten sie zu dem abgeschlossenen rustikalen kleinen Teehaus. Sie trat ein, und als sie allein war, weinte sie um alle Männer, die den Tod gefunden hatten.

# *56. Kapitel*

»Wunderschön, *neh?*« Yabu zeigte nach unten.
»Bitte?« fragte Blackthorne.
»Es war ein Gedicht. Ihr versteht ›Gedicht‹?«
»Ich verstehe das Wort, ja.«
»Es war ein Gedicht, Anjin-san. Seht Ihr das nicht?«
Hätte Blackthorne die entsprechenden Wörter gekannt, er hätte sagen können: Nein, Yabu-san. Ich habe nur zum ersten Mal klar erkannt, was sie überhaupt vorhat – von dem Augenblick an, da sie den ersten Befehl gab und Yoshinaka den ersten Grauen tötete. Ein Gedicht? Es war ein furchtbares, mutiges, sinnloses und ungeheuerliches Ritual, in dem der Tod ebenso in eine Form gebracht und unausweichlich ist wie bei der spanischen Inquisition – und alle diese Toten zu nichts weiter dienen als dazu, Marikos Tod vorzubereiten. Jeder ist jetzt festgelegt, Yabu-san – Ihr, ich, die Burg, Kiri, Ochiba, Ishido, alle –, und zwar, weil *sie* einen Entschluß gefaßt hat, von dem sie überzeugt ist, daß er notwendig ist. Und wann hat sie diesen Entschluß gefaßt? Schon vor langer Zeit, *neh?* Oder besser gesagt, Toranaga hat ihn für sie gefaßt.
»Tut mir leid, Yabu-san, aber nicht genug Wörter«, sagte er.
Yabu hörte ihn kaum. Grabesstille herrschte auf den Zinnen und in der Gasse. Alle standen regungslos da wie die Statuen. Die Sonne sengte auf sie herab, als sie aus ihrer Erstarrung erwachten.
Von Schwermut erfüllt, seufzte Yabu auf. »Es war ein Gedicht, Anjin-san«, sagte er noch einmal und verließ den Söller.
Als Mariko das Schwert gepackt und allein vorangegangen war, wäre Blackthorne am liebsten in die Arena hinuntergesprungen und hätte sich auf ihren Gegner gestürzt. Doch wie alle anderen hatte auch er gar nichts getan. Er hatte keine Angst mehr zu sterben.
Seine Augen suchten die Gefallenen unten in der Gasse. Ich hätte diesen Grauen für sie töten können, dachte er, und vielleicht noch einen oder gar mehrere von ihnen, aber es wäre immer ein anderer nachgerückt, und mein Tod hätte nichts

dazu beigetragen, daß die Waagschale sich gesenkt oder gehoben hätte. Ich habe keine Angst vorm Sterben, sagte er sich. Ich bin nur entsetzt darüber, daß es nichts gibt, womit ich sie schützen könnte.

Graue trugen die Toten fort, wobei Graue wie Braune mit derselben Würde behandelt wurden. Andere Graue verließen die Gasse, ebenso Kiyama und seine Männer; Frauen, Dienerinnen und Kinder gingen fort, und ihre Füße wirbelten unten in der Gasse den Staub auf. Er roch den beizenden, leicht übel machenden Todesgeruch, der sich mit der Meeresbrise vermischte, und in seinem Inneren frohlockte er über sie und ihre Kühnheit, und der Todesmut, den sie bewiesen, erfüllte ihn mit einer unbeschreiblichen Wärme. Er sah zur Sonne hinauf und schätzte ihren Stand. Sechs Stunden vor Sonnenuntergang.

Er ging auf die Treppe zu, die nach unten führte. »Gehen dorthin«, sagte er zu seinen Grauen und zeigte hinunter in den Vorhof.

Der Hauptmann der Grauen überlegte einen Augenblick und stimmte dann zögernd zu. »Nun schön. Bitte, Ihr folgt mir.«

Unten im Vorhof spürte Blackthorne die Feindseligkeit, mit der die Braunen seine Grauen betrachteten. Yabu stand neben dem Tor und sah den Männern entgegen, die zurückkamen. Kiri und die Dame Sazuko fächerten sich Kühlung zu, eine Amme nährte das Kind. Sie saßen auf hastig hingelegten Decken und Kissen, die man im Schatten einer Veranda ausgebreitet hatte. Die Träger bildeten um das Gepäck und die Lasttiere herum auf der anderen Seite einen dichten, verängstigten Knäuel.

Die Gasse leerte sich, kaum fünfhundert Graue blieben, machten es sich bequem, hockten oder saßen mit untergeschlagenen Beinen im Halbkreis da und hatten die Gesichter dem Tor zugewandt. Der letzte der Braunen schleppte sich unter dem Torbogen hindurch.

Yabu rief mit lauter Stimme: »Werft das Tor zu, und legt den Balken vor.«

»Verzeiht, bitte, Yabu-san«, sagte der Offizier, »aber die Dame Toda hat gesagt, es solle offenbleiben. Wir sollen keine Männer hereinlassen, aber die Tore sollen offenbleiben.«

»Stimmt das auch?«

»Verzeiht, bitte, aber selbstverständlich stimmt das.«

»Danke. Ich wollte Euch nicht beleidigen, *neh?* Führt Ihr jetzt das Kommando hier?«

»Die Dame Toda hat mich mit ihrem Vertrauen beehrt, ja. Selbstverständlich steht Ihr über mir.«

»Ich führe das Oberkommando, doch hier befehlt Ihr.«

»Danke, Yabu-san – aber die Dame Toda ist es, die hier die Befehle erteilt. Ihr seid Oberkommandierender. Ich würde es als eine Ehre betrachten, wenn ich Euer Stellvertreter sein dürfte. Falls Ihr damit einverstanden seid.«

Mit düsterer Miene sagte Yabu: »Selbstverständlich bin ich einverstanden. Ich weiß sehr wohl, wer hier die Befehle gibt. Wie heißt Ihr? Bitte?«

»Sumiyori Tabito.«

»War nicht der erste Graue auch ein Sumiyori?«
»Jawohl, Yabu-san. Er war mein Cousin.«
»Wenn Ihr fertig seid, Hauptmann Sumiyori, ruft bitte sämtliche Offiziere zusammen.«
»Gewiß, Euer Gnaden. Mit *ihrer* Erlaubnis.«
Beide Männer wandten den Blick ab, als eine alte Dame in den Vorhof hereingehumpelt kam. Sie war schon fast eine Greisin, war Samurai und stützte sich offensichtlich unter Schmerzen auf einen Stock. Ihr Haar war schlohweiß, aber den Rücken hielt sie kerzengerade.
»Ah, Kiritsubo-san«, sagte sie förmlich. »Ich bin Maeda Etsu, die Mutter von Herrn Maeda, und ich teile die Ansichten der Dame Toda. Mit ihrer Erlaubnis würde ich es mir als Ehre anrechnen, zusammen mit ihr hier zu warten.«
»Bitte, setzt Euch, Ihr seid willkommen«, sagte Kiri. Eine Zofe brachte noch ein Kissen, und beide Zofen halfen der alten Dame, sich niederzulassen.
Andere Samurai-Frauen lösten sich aus der Menge der Fortstrebenden und kehrten durch die Reihen der Grauen in den angenehmen Schatten zurück. Ein paar zögerten auch, und vier besannen sich zuletzt eines Besseren, doch immerhin waren bald vierzehn Damen auf der Veranda versammelt. Zwei von ihnen hatten Kinder mitgebracht.
»Bitte, verzeiht mir, aber ich bin Achiko, Kiyama Nagamasas Frau, und ich möchte auch nach Hause«, sagte schüchtern eine noch sehr junge Frau, die einen kleinen Sohn an der Hand führte.
»Aber Herr Kiyama wird fuchsteufelswild werden, wenn er das erfährt, Dame.«
»Ach, tut mir leid, Kiritsubo-san, aber Großvater kennt mich kaum. Ich bin ja nur die Frau eines ganz unbedeutenden Enkelsohns. Außerdem ist es mir egal, was sie sagen. Unsere Dame hat recht, *neh?*«
Kiri wischte eine Träne fort. »Hm, ich bin schon viel zu ernst gewesen, *neh?*« Sie gluckste in sich hinein. »Ach, meine Damen, ist es mir eine Ehre, Euch in *ihrem* Namen willkommen zu heißen. Ihr müßt ja alle halb verhungert sein.« Sie schickte Zofen, Essen und Trinken zu holen, und stellte jene Damen, die sich nicht kannten, einander vor, bewunderte hier einen besonders schönen Kimono und dort einen auffallend hübschen Sonnenschirm. Bald saßen sie alle da, plauderten glücklich und zwitscherten durcheinander wie eine Vogelschar.
»Verstehe einer die Frauen!« sagte Sumiyori fassungslos.
»Unmöglich!« erklärte Yabu.
»Eben noch verängstigt und in Tränen aufgelöst, und gleich darauf... Als ich sah, wie die Dame Mariko das Schwert packte, dachte ich, ich würde vor Stolz schier vergehen.«
»Ja. Schade, daß der Graue so gut war. Einen weniger guten Kämpfer hätte sie erledigt.«
»Es tut gelegentlich gut zu töten. Sehr gut sogar. Manchmal hat das was ganz Besonderes, und dann ist es besser als ein brünstiges Weib.«
»Ja.« Yabu sah sinnend zu den Damen hinüber.

»Wenn Ishido uns ziehen läßt, gut. Wenn jedoch die Dame Mariko umsonst *Seppuku* begeht... dann werden wir diesen Damen helfen, in die Große Leere einzugehen. Sie werden nicht am Leben bleiben wollen.«
»Einige vielleicht aber doch.«
»Darüber könnt Ihr später entscheiden, Yabu-sama. Für unseren Gebieter wäre es jedenfalls besser, wenn alle hier *Seppuku* begingen. Und die Kinder auch.«
»Ja.«
»Hinterher bemannen wir die Mauern und werfen dann bei Morgengrauen die Tore auf. Bis Mittag werden wir kämpfen. Dann ziehen sich diejenigen, die übriggeblieben sind, hierher zurück und setzen diesen Teil der Burg in Brand. Falls ich dann noch leben sollte, würde ich es als eine Ehre betrachten, wenn Ihr als mein Sekundant fungieren würdet.«
»Selbstverständlich.«
Sumiyori grinste. »Das hier wird das Reich in die Luft sprengen, *neh?* All diese Gefallenen und ihr *Seppuku!* Das wird sich wie ein Lauffeuer ausbreiten... und ganz Osaka auffressen, *neh?* Meint Ihr, das verzögert die Ankunft des Erhabenen? Ob das wohl der Plan ist, den unser Gebieter verfolgt?«
»Ich weiß es nicht. Hört, Sumiyori-san, ich kehre für einen Augenblick hinüber in mein Haus zurück. Holt mich, sobald die Dame wiederkommt.« Er ging zu Blackthorne, der nachdenklich auf den Stufen der Haupttreppe saß. »Hört, Anjin-san«, sagte Yabu leise, »vielleicht habe ich einen Plan. Geheim, *neh?* ›Geheim‹, Ihr versteht?«
»Ja. Ich verstehe.« Glocken läuteten die neue Stunde ein, und in aller Kopf hallte es wider: Die Stunde des Affen, sechs Glasen der Nachmittagswache, drei Uhr nachmittags.
»Was für einen Plan?« fragte Blackthorne.
»Darüber reden wir später. Bleibt in der Nähe. Und zu niemand ein Wort, verstanden?«
»Ja.«
Mit zehn Braunen stolzierte Yabu zum Tor hinaus. Zwanzig Graue gesellten sich zu ihnen, und gemeinsam marschierten sie die Gasse hinunter. Sein Gästehaus lag nicht weit um die erste Ecke. Die Grauen blieben draußen vor dem Tor seines Hauses stehen. Yabu sagte den Braunen, sie sollten im Garten warten, und ging dann allein hinein.

»Das ist unmöglich, Herr General«, sagte Ochiba. »Ihr könnt eine Dame von ihrem Rang nicht *Seppuku* begehen lassen. Tut mir leid, aber man hat Euch übertölpelt.«
»Ganz meine Meinung«, sagte Kiyama nachdrücklich.
»In aller Untertänigkeit, Dame«, sagte Ishido, »was ich gesagt habe oder nicht gesagt habe, war ohne Bedeutung für sie. Ihr Entschluß stand ja fest; zumindest hatte Toranaga ihn für sie gefaßt.«
»Selbstverständlich steht er dahinter«, sagte Kiyama. »Tut mir leid, aber er hat

Euch abermals hereingelegt. Trotzdem könnt Ihr sie nicht *Seppuku* begehen lassen.«
»Warum nicht?«
»Bitte, Herr General, tut mir leid, aber wir dürfen nicht so laut sprechen«, sagte Ochiba. Sie warteten im großen Vorraum vom Krankenzimmer der Dame Yodoko, das im Innern des Bergfrieds im zweiten Stock gelegen war. »Ich bin überzeugt, es war nicht Eure Schuld, und es muß einen Ausweg geben.«
Kiyama sagte: »Ihr könnt nicht zulassen, daß sie ihren Plan zu Ende führt, Herr General, denn damit reizt Ihr jede Dame in der Burg bis zum Äußersten.«
Ishido funkelte ihn an. »Ihr scheint zu vergessen, daß ein paar von ihnen durch Versehen erschossen wurden und daß da keine von ihnen aufgemuckt hat...«
»Das war ein schrecklicher Fehler, Herr General«, sagte Ochiba.
»Richtig. Aber wir haben Krieg, Toranaga ist noch nicht in unseren Händen, und solange er noch am Leben ist, schwebt Ihr und der Erbe in ständiger Gefahr.«
»Tut mir leid... um mich mache ich mir überhaupt keine Sorgen... nur um meinen Sohn«, sagte Ochiba. »Sie müssen in achtzehn Tagen wieder hier sein. Ich rate Euch, sie alle ziehen zu lassen.«
»Das ist ein unnötiges Risiko. Wir sind schließlich nicht sicher, ob sie es wirklich ernst meint.«
»Das tut sie«, wies Kiyama ihn verächtlich zurecht. Er haßte Ishidos aufreizende Anwesenheit in dem üppigen, überreich eingerichteten Raum, der ihn so deutlich an seinen Freund und verehrten Herrn, den Taikō, erinnerte. »Sie ist *Samurai!*«
»Ja«, sagte Ochiba. »Tut mir leid, aber da muß ich Herrn Kiyama zustimmen. Mariko-san wird tun, was sie sagt. Und dann ist da noch diese alte Hexe Etsu! Diese Maedas sind ein stolzes Gezücht, *neh?*«
Ishido trat ans Fenster und blickte hinaus. »Von mir aus können sie alle brennen. Diese Toda ist doch Christin, *neh?* Gilt Selbstmord nicht als besonders schlimme Sünde bei ihnen?«
»Ja, aber sie wird einen Sekundanten haben, also ist es kein Selbstmord.«
»Und wenn sie es nicht tut? Angenommen, sie wird entwaffnet und hat keinen Sekundanten?«
»Wie wolltet Ihr das anstellen?«
»Sie gefangennehmen. Sie mit sorgsam ausgesuchten Zofen festhalten, bis Toranaga unsere Grenzen überschritten hat.« Ishido lächelte. »Dann kann sie von mir aus machen, was sie will.«
»Wie wolltet Ihr sie gefangennehmen?« fragte Kiyama. »Sie würde immer noch Zeit finden, *Seppuku* zu begehen oder ihren Dolch zu gebrauchen.«
»Vielleicht. Aber mal angenommen, es gelänge, sie gefangenzunehmen und sie für ein paar Tage festzuhalten. Geht es hier nicht lediglich um ›ein paar Tage‹? Ist das nicht der Grund, warum sie darauf besteht, heute aufzubrechen – ehe Toranaga unsere Grenzen überschreitet und sich selbst kastriert?«

Kiyama dachte nach. »In achtzehn Tagen muß Toranaga hier sein. Er könnte seinen Übertritt an der Grenze höchstens noch um vier Tage aufschieben. Man müßte sie dann allerhöchstens eine Woche festhalten.«
»Oder für immer«, sagte Ochiba. »Toranaga hat immer wieder Ausflüchte gefunden, um sein weiteres Vorrücken zu verzögern, so daß ich manchmal glaube, er kommt überhaupt nicht.«
»Am zweiundzwanzigsten Tag *muß* er hier sein«, sagte Ishido. »Ah, Dame, das war ein glänzender, ein phantastischer Einfall!«
»Nun, der Einfall stammt doch wohl von Euch, Herr General?«
Ochibas Stimme klang begütigend, wiewohl sie eine schlaflose Nacht hinter sich hatte und sehr müde war. »Was ist mit Herrn Sudara und meiner Schwester? Sind sie jetzt bei Toranaga?«
»Nein, Dame, noch nicht. Sie werden per Schiff hierhergebracht.«
»Ihr darf nichts geschehen«, erklärte Ochiba. »Und ihrem Kind auch nicht.«
»Ihr Kind ist der direkte Erbe Toranagas, der wiederum Erbe der Minowara ist. Meine Pflicht *dem* Erben gegenüber gebietet es mir, noch einmal nachdrücklich darauf hinzuweisen.«
»Meiner Schwester darf kein Haar gekrümmt werden! Und ihrem Sohn auch nicht.«
»Wie Ihr wünscht.«
Sie sagte zu Kiyama: »Euer Gnaden, eine wie gute Christin ist sie?«
»Eine vorbildliche«, sagte Kiyama sofort. »Ihr meint, weil Selbstmord eine Todsünde ist? Ich... ich glaube, das würde sie respektieren, sonst würde sie der ewigen Verdammnis anheimfallen, Dame. Aber ich weiß nicht...«
»Dann gibt es doch eine viel einfachere Lösung«, sagte Ishido, ohne weiter darüber nachzudenken. »Befehlt dem Oberpriester der Christen, er soll ihr gebieten aufzuhören, den rechtmäßigen Herrschern des Reiches in die Quere zu kommen.«
»Dazu hat er nicht die Macht«, sagte Kiyama, um gleich darauf mit noch größerer Schärfe hinzuzufügen: »Das wäre eine direkte politische Einmischung... etwas, wogegen Ihr Euch – zu Recht – immer gewehrt habt!«
»Es scheint, daß die Christen sich immer nur dann einmischen, wenn es ihnen paßt«, sagte Ishido. »Es war ja nur ein Vorschlag.«
Die innere Tür ging auf, und ein Arzt stand da. Sein Gesicht war sehr ernst, und die Strapazen der Wache am Krankenbett hatten ihn sichtlich mitgenommen. »Tut mir leid, Dame, aber sie verlangt nach Euch.«
»Stirbt sie?« fragte Ishido.
»Sie ist dem Tode nahe, Herr General, ja, das ist sie, aber wann... das kann ich nicht sagen.«

Ochiba durchmaß diesen noch üppiger ausgestatteten Raum und kniete neben den *Futons* nieder. Zofen und Ärzte standen um sie herum. Sonnenlicht sickerte durch die Ritzen der Bambus-Fensterläden und blitzte auf dem goldenen und

roten Schnitzwerk der Balken, Säulen und Türen. Yodokos Bett war von Wandschirmen mit herrlicher Einlegearbeit umgeben. Sie schien zu schlafen, ihr blutleeres Gesicht war tief verborgen in der Kapuze des Habits der buddhistischen Nonne. Ihre Gelenke wirkten zerbrechlich, die Adern traten stark hervor, und Ochiba dachte, wie traurig es ist, alt zu werden. Die Götter mögen mich vor dem Greisenalter bewahren, betete sie. Buddha beschütze meinen Sohn, bringe ihn sicher an die Macht und beschütze mich nur so lange, wie ich in der Lage bin, über ihn zu wachen und ihm zu helfen.
Dann nahm sie Yodokos Hand und verneigte sich ehrfürchtig. »Dame?«
»O-chan?« flüsterte Yodoko und nannte sie bei ihrem Kosenamen.
»Ja, Dame?«
»Ach, wie hübsch Ihr seid, so hübsch, wie Ihr immer gewesen seid.« Ihre Hand hob sich, strich über das herrliche Haar, und Ochiba empfand keinen Widerwillen gegen diese Berührung, sondern genoß sie vielmehr, denn sie hatte sie immer besonders gern gemocht. »So jung und so schön und so wohlduftend. Welch ein Glück der Taikō gehabt hat!«
»Habt Ihr Schmerzen, Dame? Kann ich Euch irgend etwas holen?«
»Nichts... nichts, ich wollte bloß reden.« Die alten Augen waren eingesunken, hatten jedoch nichts von ihrer Listigkeit eingebüßt. »Schickt die anderen fort!«
Ochiba winkte ihnen, sie allein zu lassen, und als sie allein waren, sagte sie: »Ja, Dame?«
»Hört, mein Liebling, sorgt dafür, daß der Herr General sie ziehen läßt.«
»Das kann er nicht, Dame, sonst verlassen auch all die anderen Geiseln Osaka, und wir stehen geschwächt da. Darin sind sich die Regenten alle einig«, sagte Ochiba.
»Die Regenten!« sagte Yodoko mit einer Spur von Verachtung! »Seid *Ihr* denn auch dieser Meinung?«
»Ja, Dame, und gestern abend habt auch Ihr gesagt, sie dürfe nicht fort.«
»Jetzt müßt Ihr sie ziehen lassen, sonst begehen alle anderen gleichfalls *Seppuku*, und Ihr und Euer Sohn habt unter Ishidos Fehler schwer zu leiden.«
»Der Herr General ist uns treu ergeben, Dame. Und Toranaga ist es nicht, tut mir leid.«
»Ihr könnt Herrn Toranaga trauen... Ishido nicht.«
Ochiba schüttelte den Kopf. »Tut mir leid, aber ich bin überzeugt, daß Toranaga entschlossen ist, Shōgun zu werden und unseren Sohn zu vernichten.«
»Ihr irrt Euch. Andere *Daimyos* versuchen, ihn für ihre eigenen Zwecke einzuspannen. Das haben sie immer getan. Toranaga war der Liebling des Taikō. Toranaga hat den Erben immer geehrt. Toranaga ist ein Minowara. Laßt Euch nicht von Ishido oder den Regenten irremachen! Sie haben alle ihr eigenes *Karma*, ihre eigenen Geheimnisse, O-chan. Warum sie nicht ziehen lassen? Das macht doch alles soviel einfacher. Verbietet ihr, mit dem Schiff abzureisen, dann kann man sie innerhalb unserer Grenzen immer noch jederzeit aufhalten. Denkt, wie der Taikō denken würde oder Toranaga. Ihr und unser Sohn werdet

hineingerissen in...« Ihre Worte erstarben, und ihre Augenlider zuckten. Die alte Dame nahm alle Kraft, die ihr noch verblieben war, zusammen und fuhr fort: »Mariko-san könnte niemals etwas gegen eine Bewachung einwenden. Ich weiß, daß sie entschlossen ist zu tun, was sie sagt. Laßt sie gehen!«
»Selbstverständlich ist das erwogen worden, Dame«, sagte Ochiba sanft und geduldig. »Doch wenn man sie ziehen läßt, folgen alle anderen augenblicklich ihrem Beispiel – wir würden eine sehr gewichtige Karte aus der Hand geben. Ihr wart doch selbst dafür, Yodoko-chan, habt Ihr das vergessen?«
»Nein, keineswegs, Kind«, sagte Yodoko, und ihre Gedanken schweiften ab. »Ach, ich wünschte so sehr, der Herr Taikō wäre wieder hier, Euch zu leiten.« Das Atmen fing der alten Dame sichtlich an schwerzufallen.
»Soll ich Euch nicht etwas *Cha* oder Saké geben?«
»*Cha*, ja, etwas *Cha*, bitte.«
Sie half der alten Frau trinken. »Danke, Kind.« Yodokos Stimme klang jetzt schwächer, und die Anstrengung des Sprechens beschleunigte das Sterben. »Hört, Kind, Ihr müßt Toranaga trauen. Heiratet ihn, feilscht mit ihm über die Nachfolge.«
»Nein... nein!« Ochiba war entsetzt.
»Yaemon könnte nach ihm regieren, und dann, nach unserem Sohn, die Frucht Eurer neuen Ehe. Die Söhne unseres Sohnes können dieser neuen Toranaga-Linie in allen Ehren ewige Treue schwören.«
»Toranaga hat den Taikō stets gehaßt. Das wißt Ihr doch selbst, Dame. Toranaga ist die Quelle aller Schwierigkeiten. Seit Jahren schon, *neh?* Er allein! Er ist unser Feind.«
»Ihr habt zwei Feinde, Kind. Euren Stolz und das Bedürfnis, einen Mann zu haben, der dem Taikō in nichts nachsteht. Bitte, habt Geduld. Ihr seid jung und schön und fruchtbar und verdient einen guten Gatten. Toranaga ist Eurer wert und Ihr seiner. Toranaga ist die einzige Chance, die Yaemon hat.«
»Nein, er ist unser Feind.«
»Er war der beste Freund unseres Gatten und ein treu ergebener Vasall. Ohne... ohne Toranaga... begreift Ihr denn nicht... es war Toranagas Hilfe... seht Ihr das denn nicht? Ihr könntet... könntet mit ihm fertig werden...«
»Tut mir leid, aber ich hasse ihn... er widert mich an, Yodoko-chan.«
»Viele Frauen... Was wollte ich sagen? Ach, ja, viele Frauen heiraten Männer, die sie verabscheuen. Buddha sei gepriesen, daß ich das nie habe durchmachen müssen...« Ein flüchtiges Lächeln ging über die Züge der alten Frau. Dann entrang sich ihr ein Seufzer. Es war ein langgezogener, tiefer Seufzer, der kein Ende zu nehmen schien, und Ochiba glaubte bereits, das Ende sei gekommen. Doch dann öffneten sich ihre Augen wieder, und ein kleines Lächeln ging über ihre Züge. »Werdet Ihr das tun? Bitte!«
»Ich werde es mir überlegen.«
Die alten Finger versuchten, fester zuzugreifen. »Ich bitte Euch: Versprecht mir, Toranaga zu heiraten, und ich werde zu Buddha eingehen in dem Bewußt-

sein, daß das Haus des Taikō immer lebendig bleiben wird... so wie sein Name für immer...«
Tränen strömten Ochiba über die Wangen, als sie die schlaffe Hand in die ihre nahm.
Später zitterten die Lider, und die alte Frau flüsterte: »Ihr müßt Akechi Mariko ziehen lassen. Laßt nicht zu... laßt nicht zu, daß sie sich an uns rächt für das, was der Taikō ihrem Vater... ihrem Vater... angetan...«
Das hatte Ochiba nicht erwartet. »Wie bitte?«
Sie erhielt keine Antwort. Später begann Yodoko zu murmeln: »...lieber Yaemon, hallo, mein kleiner Liebling... wie... was für ein prachtvoller Junge, aber ach, so viele Feinde, so sinnlos, so... Bist nicht auch du nichts weiter als eine Illusion, ist nicht...«
Ein Krampf schüttelte sie. Ochiba hielt ihre Hand und liebkoste sie. »*Namu Amida Butsu*«, flüsterte sie verehrungsvoll.
Ein neuerlicher Krampf schüttelte Yodoko, und dann sagte die alte Frau mit klarer Stimme: »Verzeiht mir, O-chan.«
»Ich habe Euch nichts zu verzeihen, Dame.«
»Soviel zu verzeihen...« Ihre Stimme wurde immer schwächer, und das Licht in ihrem Gesicht begann zu schwinden. »Hört... ver... versprecht mir das mit... Toranaga, Ochiba-sama... wichtig... bitte... Ihr könnt ihm trauen...«
Die alten Augen flehten sie an, versuchten, sie ihrem Willen zu beugen.
Ochiba wollte nicht gehorchen und wußte doch, daß sie gehorchen sollte. Sie war ganz verstört von dem, was über Akechi Mariko gesagt worden war, und immer hörte sie im Geist die Worte, die der Taikō zehntausendmal wiederholt hatte: »Ihr könnt Yodoko-sama restlos vertrauen, O-chan. Sie ist die Weise... vergeßt das nie. Meistens hat sie recht. Ihr könnt Ihr Euer und meines und meines Sohnes Leben anvertrauen...«
Ochiba gab nach. »Ich verspre...« Unvermittelt sprach sie nicht weiter.
Das Licht in Yodoko-samas Antlitz flackerte ein letztes Mal auf und verlosch.
»*Namu Amida Butsu.*« Ochiba hob die Hand der Toten an die Lippen, verneigte sich, legte die Hand zurück auf die Decke und schloß die Augen. Sie dachte an den Tod des Taikō, den einzigen Tod, den sie aus solcher Nähe miterlebt. Damals hatte Yodoko ihm die Augen zugedrückt. Es war hier in diesem Raum gewesen, und Toranaga hatte draußen gewartet, wie Ishido und Kiyama jetzt draußen warteten und die Nachtwache fortsetzten, die gestern abend begonnen.
»Aber warum Toranaga kommen lassen, Herr?« hatte sie gefragt. »Ihr solltet ruhen.«
»Ruhen werde ich, wenn ich tot bin, O-chan«, hatte der Taikō gesagt, der Herr Japans, der auf dem Totenbett lag.
»Also, Tora-san«, hatte der Taikō ihn begrüßt und mit seinem Kosenamen angeredet, den Goroda ihm vor so langer Zeit gegeben. Seine tiefliegenden Augen schauten aus dem winzigen, faltigen Affengesicht hervor. »Ich sterbe. Ihr hingegen werdet leben, und mein Sohn ist hilflos.«

»Nicht hilflos, Euer Gnaden. Alle *Daimyos* werden Euren Sohn ehren wie sie Euch ehren.«
Der Taikō lachte. »Ja, das werden sie. Heute. Solange ich noch lebe... gewiß! Aber wie sorge ich dafür, daß Yaemon auch wirklich nach mir regiert?«
»Ernennt einen Regentschaftsrat, Euer Gnaden.«
»Regenten!« sagte der Taikō wegwerfend. »Vielleicht sollte ich Euch zu meinem Erben machen und es Euch überlassen, später zu entscheiden, ob Yaemon es wert ist, Euch nachzufolgen.«
»Dessen wäre ich nicht wert. Euer Sohn sollte Euer Nachfolger sein.«
»Ja. Auch Gorodas Söhne hätten seine Nachfolger sein sollen.« Der Taikō sah Toranaga an: »Es kommt äußerst selten vor, noch mit siebenundfünfzig Jahren einen Sohn zu bekommen, und es ist schlimm, dann mit dreiundsechzig zu sterben... wenn es der einzige Sohn ist, man sonst keine Anverwandten hat und man Herr von Japan ist. *Neh?*«
»Ja«, sagte Toranaga.
»Vielleicht wäre es besser gewesen, ich hätte nie einen Sohn bekommen, dann könnte ich das Reich in Eure Hände legen, wie es zwischen uns abgemacht war. Ihr habt mehr Söhne als Portugiesen Läuse.«
»*Karma.*«
Der Taikō lachte, und ein Speichelfaden mit etwas Blut darin rann ihm aus dem Mundwinkel. Behutsam wischte Yodoko den Speichel fort und lächelte Ochiba an. »Danke, Yo-chan, danke.« Dann wandten seine Augen sich Ochiba zu, und Ochiba lächelte zurück. Seine Augen lächelten jetzt nicht mehr, sondern blickten sie nur forschend und eindringlich an, erfüllt von der Frage, die er nie zu stellen gewagt hatte, von der sie jedoch überzeugt war, daß sie ihm für immer auf der Seele lag: Ist Yaemon mein Sohn?
»*Karma*, O-chan, *neh?*« Sanft sagte er das, doch Ochibas Angst, er könne sie womöglich doch direkt fragen, schüttelte sie, und Tränen glänzten in ihren Augen auf.
»Wozu weinen, O-chan? Das Leben ist nur ein Traum in einem Traum«, sagte der alte Mann. Sinnend spähte er zu Toranaga hinüber und sagte mit jener plötzlichen und unerwarteten Herzlichkeit, für die er berühmt war: »Eeeee, alter Freund, was für ein Leben wir gehabt haben, *neh?* All die Schlachten! Seite an Seite haben wir gekämpft... zusammen waren wir unbesiegbar. Wir haben das Unmögliche vollbracht, *neh?* Gemeinsam haben wir die Mächtigen gedemütigt und ihnen auf die hochgereckten Ärsche gespuckt, während sie auf dem Bauch kriechend um mehr bettelten. Das haben wir getan, ein Bauer und ein Minowara!« Der alte Mann gluckste in sich hinein. »Hört, noch ein paar Jahre, und ich hätte die Knoblauchfresser niedergeworfen. Dann mit den koreanischen Legionen und unseren eigenen japanischen Legionen ein rascher Vorstoß nach Peking, und ich auf dem Drachenthron Chinas. Ich hätte Euch Japan gegeben, das Ihr ja begehrt, denn ich hätte gehabt, was ich begehrte.« Die Stimme war kräftig und täuschte über die Hinfälligkeit des Körpers hinweg. »Auf den Dra-

chenthron kann sich auch ein Bauer setzen, in allen Ehren und ohne das Gesicht zu verlieren... nicht so wie hier. *Neh?*«
»Ja, China und Japan sind sehr unterschiedlich, Euer Gnaden.«
»Ja. In China sind sie weise. Dort ist der erste einer Dynastie immer ein Bauer oder der Sohn eines Bauern gewesen, und die haben sich des Throns immer mit blutigen Händen bemächtigt. Dort gibt es keine erblichen Kasten... liegt nicht darin Chinas Stärke?« Wieder sein Lachen. »Gewalt und blutige Hände und Bauer... das bin ich. *Neh?*«
»Ja, aber Ihr seid auch Samurai. Ihr habt die Bestimmungen geändert. Ihr seid der erste einer Dynastie.«
»Ich hab' Euch immer gern gemocht, Tora-san.« Zufrieden schlürfte der alte Mann seinen Tee. »Ja... stellt Euch vor: Ich auf dem Drachenthron... Stellt Euch das vor! Kaiser von China! Yodoko Kaiserin, und nach ihr Ochiba, die Schöne, und nach mir Yaemon, und China und Japan für alle Zeiten vereint. Ach, es wäre so einfach gewesen! Dann wäre ich mit unseren Legionen und den chinesischen Horden nach Nordwesten und Süden vorgestoßen, und die Reiche der Erde hätten wie Huren der Zehnten Kategorie keuchend im Staub gelegen, die Beine weit für uns gespreizt, auf daß wir uns nähmen, was wir wollten... Ihr und ich waren unbesiegbar... Wir wissen, worum es im Leben geht, *neh?*«
»Ja.«
Seine Augen glitzerten eigentümlich. »Und worum geht es?«
»Um Pflichterfüllung, Selbstzucht und den Tod«, erwiderte Toranaga.
Wieder sein Glucksen. Der alte Mann sah noch winziger aus als zuvor und faltiger denn je. Und dann, mit einer Plötzlichkeit, für die er gleichfalls berühmt war, war alle Herzlichkeit verschwunden. »Regenten?« fragte er mit fester, giftiger Stimme. »Wen würdet Ihr wählen?«
»Die Herren Kiyama, Ishido, Onoshi, Toda Hiro-matsu und Sugiyama.«
Das Gesicht des Taikō verzog sich zu einem boshaften Grinsen. »Ihr seid der klügste Mann im Reich... nach mir! Erklärt meinen Damen, warum Ihr diese fünf wählen würdet.«
»Weil sie sich untereinander zwar alle hassen, vereinigt aber eine Macht darstellen, Japan wirklich zu regieren und alle Widersacher hinwegzufegen.« Toranaga sah Ochiba an und richtete das Wort jetzt direkt an sie. »Bis Yaemon die Macht übernehmen kann, müßt Ihr noch neun volle Jahre ausharren. Bis dahin gilt es für Euch, den Frieden des Taikō aufrechtzuerhalten. Kiyama wähle ich, weil er der oberste christliche *Daimyo* ist, ein bedeutender Feldherr und ein treu ergebener Vasall. Sugiyama, weil er der reichste *Daimyo* im Land ist, seine Familie uralt, die Christen von Herzen verabscheut und am meisten zu gewinnen hätte, wenn Yaemon an die Macht kommt. Onoshi, weil er Kiyama haßt, seine Macht ein Gegengewicht für ihn darstellt und er gleichfalls Christ ist, allerdings ein Leprakranker, der sich ans Leben klammert, noch weitere zwanzig Jahre leben wird und alle anderen mit einer ungeheuerlichen Wildheit haßt, besonders Ishido. Ishido deshalb, weil er mögliche Verschwörungen herausschnüffelt...

weil er ein Bauer ist und heftig gegen die Christen eingestellt ist. Toda Hiromatsu, weil er aufrichtig, gehorsam und treu ist, ebenso beständig wie die Sonne und scharf wie das Meisterstück eines Meister-Schwertschmieds. Er sollte Vorsitzender des Rates sein.«

»Und Ihr?«

»Ich werde zusammen mit meinem ältesten Sohn Noboru *Seppuku* begehen. Mein Sohn Sudara ist mit der Schwester der Dame Ochiba verheiratet, folglich stellt er keine Bedrohung dar. Er könnte den Kwanto erben, wenn Ihr einverstanden seid.«

Keiner war überrascht, daß Toranaga anbot, was der Taikō offensichtlich vor allem im Sinn gehabt, denn Toranaga allein von allen *Daimyos* stellte eine echte Bedrohung dar. Dann hörte sie ihren Gatten sagen: »O-chan, wozu ratet Ihr?«

»All das zu tun, was Herr Toranaga gesagt hat, Euer Gnaden«, antwortete sie sofort, »nur solltet Ihr auch noch befehlen, daß Sudara sich von meiner Schwester scheiden läßt und gleichfalls *Seppuku* begeht. Herr Noboru sollte der Erbe von Herrn Toranaga sein und die beiden Provinzen Musashi und Shimosa erhalten. Der Rest des Kwanto sollte an Euren Erben, Yaemon, fallen. Ich rate, daß Ihr dieses heute noch befehlt.«

»Yodoko-sama?«

Zu ihrer Verwunderung sagte Yodoko: »Tokichi, Ihr wißt, daß ich Euch und O-chan von ganzem Herzen verehre – und Yaemon wie meinen eigenen Sohn. Ich sage: Macht Toranaga zum alleinigen Regenten!«

»Was?«

»Wenn Ihr ihm befehlt zu sterben, dann tötet Ihr damit unseren Sohn. Einzig Herr Toranaga ist klug und besitzt Ansehen genug, ja, ist auch verschlagen genug, *jetzt* das Erbe anzutreten. Übergebt Yaemon bis zu seiner Großjährigkeit seiner Obhut. Befehlt Toranaga, unseren Sohn in aller Form zu adoptieren. Und Yaemon soll *nach* Toranaga sein Erbe antreten.«

»Nein... das darf auf keinen Fall geschehen«, verwahrte Ochiba sich.

»Was sagt Ihr dazu, Tora-chan?« fragte der Taikō.

»Das muß ich in aller Ergebenheit ablehnen, Euer Gnaden. Ich kann das nicht akzeptieren und bitte darum, sogleich und hier vor Euch *Seppuku* zu begehen.«

»Ihr werdet alleiniger Regent!«

»Ich habe mich noch nie geweigert, Euch zu gehorchen, seit wir unseren Handel abgeschlossen haben. Aber diesen Befehl weise ich zurück.«

Ochiba erinnerte sich, wie sie versucht hatte, den Taikō mit allen Mitteln dazu zu bewegen, Toranaga sich entleiben zu lassen. Doch der Taikō akzeptierte zuletzt einen Teil dessen, wozu Yodoko geraten, und ging insofern einen Kompromiß ein, als er Toranaga zu einem der Regenten und zugleich zum Vorsitzenden des Regentschaftsrates machte. Toranaga hatte Yaemon ewige Treue geschworen, und trotzdem spann er immer noch an seinem Netz, in dem sie alle festsaßen. Dazu gehörte auch diese Krise, in die Mariko sie gestürzt. »Ich weiß, daß sie auf seinen Befehl handelt«, murmelte Ochiba.

Toranaga heiraten? Buddha bewahre mich vor dieser Schande... daß ich ihn willkommen heißen und sein Gewicht auf mir fühlen und sein zuckendes Leben in mir spüren muß!

Schande?

Was ist die Wahrheit, Ochiba? fragte sie sich. Die Wahrheit ist, daß du ihn einmal begehrt hast... noch vor dem Taikō, *neh?* Und auch noch, während du mit ihm verheiratet warst, *neh?* Yodoko hatte recht, als sie sagte, daß Stolz dein eigentlicher Feind sei und daß du einen Mann brauchst, einen Gatten. Warum nicht Ishido? Er ehrt dich und verzehrt sich nach dir und wird den Sieg davontragen. Ihn könntest du mit Leichtigkeit gängeln. *Neh?* Nein, nicht diesen ungehobelten Sumpfbauern! Ach, ich kenne die dreckigen Gerüchte, welche die Feinde ausstreuen... abscheuliche, unverfrorene Gerüchte! Sei ehrlich, Ochiba! Denk über Toranaga nach! Haßt du ihn nicht gerade deshalb, weil er dich an jenem Traumtag vielleicht doch gesehen hat?

Das war vor über sechs Jahren in Kyushu. Sie war zusammen mit ihren Damen, dem Taikō und Toranaga auf der Vogelbeize gewesen. Die Jagdgesellschaft war weit auseinandergezogen und sie hinter einem ihrer Falken hergaloppiert. Dabei war sie von den anderen getrennt worden. Sie war über einen bewaldeten Hügel geritten, und dabei war sie plötzlich auf diesen Bauern gestoßen, der am Rande des verlassenen Pfades Beeren suchte. Ihr erster kränklicher Sohn war seit fast zwei Jahren tot, und in ihrem Leib regte sich nichts, wiewohl sie jede Stellung, jeden Trick und jedes Hilfsmittel ausprobiert, jeden Aberglauben, jeden Liebestrank und jedes Gebet, verzweifelt darauf bedacht, den besessenen Wunsch ihres Gebieters nach einem Erben zu erfüllen.

Auf diesen Bauern war sie völlig unerwartet gestoßen. Er hatte fassungslos zu ihr hinaufgeglotzt, als wäre sie ein *Kami*, und sie auf ihn hinunter, denn er hatte dem Taikō geradezu lächerlich ähnlich gesehen: Klein und wie ein Affe... nur jünger war er gewesen, wesentlich jünger.

Das ist das Geschenk des Himmels, um das du so inbrünstig gebetet hast, frohlockte sie. Sie war abgesessen, hatte ihn bei der Hand genommen und war ein paar Schritte in den Wald hineingegangen. Und dort hatte sie sich gebärdet wie eine läufige Hündin.

Alles war wie im Traum gegangen: Diese Raserei, diese Glut, diese Rücksichtslosigkeit, wie sie auf dem Boden gelegen. Noch heute vermeinte sie, sein spritzendes Feuer zu spüren, seinen süßen Atem, seine Hände, die sie gepackt hielten. Unversehens hatte sie dann sein volles Gewicht auf sich gespürt, und genauso unversehens war sein Atem dann stinkend gewesen, alles an ihm widerwärtig und abstoßend bis auf die Feuchtigkeit zwischen ihren Lenden, und sie hatte ihn von sich gestoßen. Er hatte mehr gewollt, doch sie hatte ihn geschlagen, ihn verlacht und ihm gesagt, er solle den Göttern dankbar sein, daß sie ihn seiner Unverfrorenheit wegen nicht in einen Baum verwandle. Und da hatte der arme abergläubische Tölpel sich vor ihr auf die Knie geworfen und sie um Vergebung angefleht... denn selbstverständlich war sie ein *Kami*, wie

sonst sollte eine solche Schönheit sich unter einem wie ihm im Dreck winden?! Erschöpft war sie in den Sattel geklettert und hatte das Pferd fortgelenkt. Wie benommen war sie gewesen, der Mann und die Lichtung bald außer Sicht, und sie hatte sich bereits gefragt, ob nicht doch alles ein Traum gewesen. Und dann, auf der anderen Seite des Waldes, hatte Toranaga auf sie gewartet. Ob er sie gesehen hatte? Diese Frage fuhr ihr mit Schrecken in die Glieder.
»Ich hatte mir bereits Sorgen um Euch gemacht, Dame«, hatte er gesagt.
»Mir... mir fehlt nichts, ich danke Euch.«
»Aber Euer Kimono ist zerrissen... hinten an Eurem Rücken, und in Eurem Haar klebt ein Farnblatt.«
»Mein Pferd hat mich abgeworfen... weiter ist nichts.« Dann hatte sie ihn zu einem Rennen herausgefordert und war nach Hause galoppiert, um ihm zu beweisen, daß wirklich alles in Ordnung mit ihr sei. Wie ein Sturm war sie dahingebraust. Ihr Rücken schmerzte noch von den Dornenranken, doch süße Öle hatten den Schmerz bald gelindert, und noch in derselben Nacht hatte sie mit ihrem Herrn und Gebieter das Kopfkissen geteilt, und neun Monate später hatte sie zu seiner und zu ihrer eigenen ewigen Freude Yaemon das Leben geschenkt.
»Selbstverständlich ist unser Gatte Yaemons Vater«, hatte Ochiba mit völliger Gewißheit zu der schweigenden Yodoko gesagt. »Er hat meine beiden Kinder gezeugt... alles andere war ein Traum.«
Warum dir etwas vormachen? Es war kein Traum, dachte sie. Es ist geschehen. Der Mann war kein *Kami*. Du hast dich mit einem Bauern im Dreck gewälzt und dich von ihm besteigen lassen, damit er einen Sohn zeuge, den *du* genauso verzweifelt brauchtest wie der Taikō – um ihn an dich zu binden. Sonst hätte er sich noch eine neue Gattin genommen, *neh?*
Und wie war das mit dem Erstgeborenen?
»*Karma*«, sagte Ochiba und schüttelte diesen stets drohenden Schmerz gleichfalls ab.
»Trinkt dies, Kind«, hatte Yodoko zu ihr gesagt, als sie sechzehn gewesen war, ein Jahr, nachdem der Taikō sie in aller Form zur Gattin genommen. Und sie hatte den sonderbaren, wärmenden Kräuter-*Cha* getrunken, der sie so unendlich müde gemacht, und am nächsten Abend hatte sie sich nur an merkwürdige erotische Träume und sonderbare Farben und eine unheimliche Zeitlosigkeit erinnert. Yodoko war dagewesen, als sie erwacht. Neun Monate später hatte sie geboren... sie, die erste von allen Frauen des Taikō, die einem Kind das Leben geschenkt. Leider hatte dieses Kind gekränkelt und war bald darauf gestorben. *Karma*, dachte sie.
Nie war ein Wort darüber zwischen ihr und Yodoko gefallen. Darüber, was geschehen war oder hätte geschehen können während dieses langen, langen Schlafs. Nichts außer diesem »Verzeiht mir...« vor wenigen Augenblicken. Ihr habt Euch nichts vorzuwerfen, Yodoko-sama, es ist nichts geschehen, keine Heimlichkeiten, nichts! Und wenn doch... ruht in Frieden. Alte, jetzt, wo Ihr Euer Geheimnis mit Euch ins Grab genommen. Ochibas Augen ruhten auf dem

leeren Gesicht, das jetzt so durchscheinend und rührend war, genauso wie das des Taikō nach seinem Tod, auch er hatte *seine* Frage nie gestellt. *Karma*, daß er starb, dachte sie leidenschaftslos. Hätte er noch zehn Jahre länger gelebt, ich wäre Kaiserin von China geworden, aber jetzt... jetzt bin ich allein.
»Merkwürdig, daß Ihr gestorben seid, ehe ich es Euch versprechen konnte, Dame«, sagte sie. Weihrauchduft und der Moschusgeruch des Todes umgaben sie. »Ich hätte es Euch versprochen. Doch jetzt seid Ihr gestorben. Ist auch das mein *Karma?* Erfülle ich eine Bitte und ein ungesprochenes Versprechen? Was soll ich tun?
Mein Sohn, mein Sohn, wie hilflos ich bin!
Dann erinnerte sie sich an etwas, was die weise Yodoko gesagt: »Denkt so, wie der Taikō denken würde... oder Toranaga!«
Ochiba spürte, wie ihr neue Kraft in die Adern strömte. Sie setzte sich im großen Schweigen zurück, und dann, kühl überlegend, begann sie zu gehorchen.

Chimmoko trat durch die kleine Gartenpforte, ging zu Blackthorne hinüber und verneigte sich: »Bitte, verzeiht, Anjin-san, meine Herrin möchte Euch sprechen.«
Blackthorne, noch tief in seine Gedanken verloren und von bösen Ahnungen umfangen, erhob sich. Die Schatten waren längst lang geworden. Schon lag ein Teil des Vorhofes nicht mehr in der Sonne. Die Grauen bereiteten sich darauf vor, ihn zu begleiten.
Chimmoko ging zu Sumiyori hinüber. »Bitte, verzeiht, Hauptmann, aber meine Dame ersucht Euch, alles Entsprechende vorzubereiten.«
»Wo will sie, daß es stattfindet?«
Die Zofe wies auf den Platz vor dem Torbogen. »Dort, Euer Gnaden.«
Sumiyori erschrak. »Es soll in aller Öffentlichkeit geschehen?«
»Ja.«
»Aber... aber wenn es hier geschehen soll... Ihr... ihr... was ist mit ihrem Sekundanten?«
»Sie glaubt, Herr Kiyama wird ihr diese Ehre erweisen.« Chimmoko ging zur Veranda hinüber, um sich dort abermals zu verneigen: »Kiritsubo-san, meine Herrin, sagt, es tue ihr leid, aber sie werde bald wieder erscheinen.«
»Fehlt ihr auch nichts?«
»O nein«, erklärte Chimmoko stolz.
Alle sahen sie Chimmoko zur Gartenpforte zurückgehen und Blackthorne winken. Die Grauen schickten sich an, ihm zu folgen, doch Chimmoko schüttelte den Kopf und sagte, *sie* habe ihre Herrin nicht gebeten. Der Hauptmann gestattete Blackthorne, allein zu gehen.
Auf der anderen Seite der Pforte war es wie in einer anderen Welt: Grün und heiter, die Sonne noch in den Baumkronen, voller Vogelgezwitscher und summender Insekten, der Bach, der sich bezaubernd in den Lilienteich ergoß. Trotzdem vermochte Blackthorne seine Bedrücktheit nicht abzuschütteln.

Chimmoko blieb stehen und zeigte auf das kleine *Cha-no-yu*-Haus. Er ging allein weiter. Er trat aus seinen Riemensandalen und stieg die Stufen hinauf. Um durch die niedrige Tür zu gelangen, mußte er sich fast bis zu den Knien bücken. Dann war er drinnen.

»Er!« sagte sie.

»Sie!« sagte er.

Das frisch gepuderte Gesicht der Tür zugewandt, kniete sie da. Ihre Lippen leuchteten rot, sie war makellos frisiert und trug einen frischen dunkelblauen Kimono mit grünen Säumen, einen Obi aus hellerem Grün und ein dünnes grünes Band im Haar.

»Sie ist wunderschön!«

»Auch Er.« Ein zaghaftes Lächeln stahl sich auf ihre Züge. »Es tut mir so leid, daß es nötig für Euch war zuzusehen.«

»Es war meine Pflicht.«

»Keine Pflicht«, sagte sie. »So viele Gefallene... das hatte ich weder erwartet noch geplant.«

»*Karma.*« Blackthorne riß sich aus seiner Benommenheit heraus und hörte auf, lateinisch zu reden. »Ihr habt all dies seit langem geplant... Euren Selbstmord. *Neh?*«

»Mein Leben hat niemals mir gehört, Anjin-san. Es hat immer meinem Lehnsherrn gehört und nach ihm meinem Gatten. So lautet unser Gesetz.«

»Es ist ein schlechtes Gesetz.«

»Ich liebe Ihn«, sagte sie auf lateinisch.

»Ja, das weiß ich jetzt. Und ich liebe Sie. Aber Ihr Ziel ist der Tod, Mariko-san.«

»Ihr irrt, mein Geliebter. Mein Ziel ist das Leben meines Gebieters. Und Sein Leben. Und wahrlich, die Madonna verzeihe mir oder segne mich dafür, es gibt Augenblicke, da Sein Leben mir wichtiger ist als seines.«

»Jetzt gibt es kein Entkommen mehr. Für keinen.«

»Geduldet Euch. Noch ist die Sonne nicht untergegangen.«

»Ich traue dieser Sonne nicht, Mariko-san.« Er streckte den Arm aus und berührte ihr Gesicht. »*Gomen nasai.*«

»Ich habe Ihm versprochen, heute abend werde es sein wie im ›Gasthaus zu den Blüten‹. Gedulde Er sich. Ich kenne Ochiba, Ishido und die anderen.«

»*Que va*, die anderen«, sagte er auf portugiesisch. Seine Stimmung schlug um. »Wollt Ihr damit sagen, Ihr hättet Euch auf ein Spiel eingelassen, und Toranaga wüßte, was er tut. *Neh?*«

»*Que va*, Eure schlechte Laune«, hielt sie ihm liebevoll entgegen. »Dieser Tag ist zu kurz!«

»Verzeihung... Ihr habt recht. Heute haben wir keine Zeit für schlechte Laune.« Er ließ sie nicht aus den Augen. Über ihr Gesicht legten sich Schattenstreifen, die von den Streben der Bambusfensterläden herrührten. Die Schatten wanderten in die Höhe und wurden plötzlich ausgelöscht, als die Sonne hinter einer Zinne verschwand.

»Was kann ich tun, um Ihr zu helfen?« fragte er.
»Indem Er daran glaubt, daß es ein Morgen gibt.«
Für einen Augenblick nahm er etwas von dem Entsetzen wahr, das sie erfüllte. Seine Arme streckten sich ihr entgegen, er umfing sie, und das Warten war nicht mehr schrecklich.
Schritte näherten sich.
»Ja, Chimmoko?«
»Es ist Zeit, Herrin!«
»Ist alles bereit?«
»Ja, Herrin.«
»Wartet neben dem Lilienteich auf mich.« Die Schritte entfernten sich. Mariko wandte sich wieder Blackthorne zu und küßte ihn sanft.
»Ich liebe Ihn«, sagte sie.
»Ich liebe Sie«, sagte er.
Sie verneigte sich vor ihm und ging gebückt durch die Tür. Er folgte ihr. Neben dem Lilienteich blieb Mariko stehen, löste ihren Obi und ließ ihn fallen. Chimmoko half ihr, den blauen Kimono auszuziehen. Darunter trug sie einen Kimono von blendendstem Weiß und einen ebensolchen Obi. Es war der Todeskimono. Sie löste das grüne Band aus ihrem Haar, warf auch das fort, schritt dann – ganz in Weiß – aus und blickte sich kein einziges Mal nach Blackthorne um.
Hinter dem Garten hatten die Braunen mitten unter dem Haupttor um acht Tatamis ein nach einer Seite offenes Rechteck gebildet. Yabu, Kiri und alle anderen Damen saßen nebeneinander auf den nach Süden hingehenden Ehrenplätzen. In der Gasse hatten auch die Grauen Aufstellung genommen, und unter ihnen andere Samurai und Samurai-Frauen. Auf ein Zeichen von Sumiyori hin verneigten sich alle. Vier Samurai traten vor und breiteten eine scharlachrote Decke über die Tatamis.
Mariko ging zu Kiritsubo und begrüßte sie, desgleichen zu Sazuko und zu allen anderen Damen. Diese erwiderten ihre Verneigung und sprachen die förmlichste aller Begrüßungen. Blackthorne wartete am Tor. Er sah, wie sie sich von den Damen löste, zu dem scharlachroten Platz hinüberging und sich genau in die Mitte vor ein kleines weißes Kissen setzte. Mit der Rechten holte sie ihr Stilett aus ihrem weißen Obi und legte es auf das Kissen. Chimmoko trat vor und überreichte ihr kniend eine kleine weiße Decke und eine weiße Schnur. Mariko ordnete die Röcke ihres Kimonos, die Zofe half ihr, und dann band sie sich die Decke mit der Schnur um die Taille. Blackthorne wußte, daß sie dazu dienen sollte, daß ihre Röcke nicht mit Blut besudelt würden und bei ihren Todesstößen nicht durcheinandergerieten.
Dann, gesammelt und bereit, blickte Mariko zum Bergfried hinüber. Immer noch vergoldete die Sonne das oberste Stockwerk und wurde von den goldenen Ziegeln zurückgeworfen. Rasch kletterte das flammende Licht bis zur obersten Spitze. Dann erlosch es.

Wie klein sie aussah, als sie regungslos dasaß: Ein weißer Tupfen auf dem Scharlachrot.
Schon lag die Gasse im Dunkeln, und Diener setzten die Fackeln in Brand.
Sie streckte die Hand aus, berührte das Stilett und rückte es zurecht. Sodann wandte sie den Blick nochmals durch das Tor auf das Ende der Gasse, doch dort war es immer noch menschenleer wie zuvor. Sie senkte den Blick wieder auf das Stilett.
»Kasigi Yabu-sama!«
»Ja, Toda-sama?«
»Es scheint, Herr Kiyama lehnt es ab, mir beizustehen. Bitte, ich würde es als eine Ehre betrachten, wenn Ihr mein Sekundant sein wolltet.«
»Die Ehre liegt bei mir«, sagte Yabu. Er verneigte sich, erhob sich und stellte sich links hinter sie. Sein Schwert sang leise, als es aus der Scheide gezogen wurde. Er pflanzte die Füße fest auf den Boden, packte das Schwert mit beiden Händen und hob es in die Höhe. »Ich bin bereit, Dame«, sagte er.
»Bitte, wartet, bis ich meinen zweiten Schnitt gemacht habe.«
Ihre Augen lagen auf dem Stilett. Mit der Rechten schlug sie das Zeichen des Kreuzes vor ihrer Brust, dann neigte sie sich vor, nahm mit festen Händen das Stilett und berührte damit ihre Lippen, als wollte sie den glänzenden Stahl kosten. Dann packte sie den Griff anders und hielt die Schneide mit der rechten Hand an die linke Seite ihrer Kehle. In diesem Augenblick kamen Fackeln um die Ecke der Gasse gebogen. Ein Zug Samurai näherte sich, Ishido an ihrer Spitze.
Regungslos hielt sie das Stilett.
Yabu war wie eine angespannte Feder, seine Aufmerksamkeit ganz auf sein Ziel gerichtet. »Dame«, sagte er, »wartet Ihr, oder machen wir weiter? Ich möchte vollkommen für Euch sein.«
Mariko mußte sich vorm Abgrund zurückreißen. »Ich... wir warten... wir... ich...« Sie senkte das Stilett. Jetzt zitterte ihre Hand. Genauso langsam entspannte Yabu sich. Sein Schwert zischte leise, als er es wieder in die Scheide steckte, und er wischte sich die Hände an den Seiten ab.
Ishido stand am Tor. »Noch haben wir nicht Sonnenuntergang, Dame. Die Sonne steht noch überm Horizont. Seid Ihr so begierig zu sterben?«
»Nein, Herr General, nur meinem Gebieter zu gehorchen...« Sie hatte ihre Hände zusammengelegt, um das Zittern zu unterdrücken.
Eine Bewegung des Zorns und des Grolls ging durch die Braunen ob Ishidos arroganter Grobheit, und Yabu war schon im Begriff, auf ihn zuzuspringen, hielt dann jedoch an sich, als Ishido laut sagte: »Die Dame Ochiba hat die Regenten im Namen des Erben gebeten, in Eurem Falle eine Ausnahme zu machen. Wir haben ihrer Bitte entsprochen. Hier sind die Papiere, damit Ihr morgen früh abreisen könnt.« Er stopfte sie Sumiyori in die Hand, der in der Nähe stand.
»Euer Gnaden?« sagte Mariko. Sie verstand nicht. Ihre Stimme war nur ein Hauch.

»Es steht Euch frei, Osaka zu verlassen. Morgen früh.«
»Und... Kiritsubo-san und die Dame Sazuko?«
»Sind sie nicht Bestandteil Eurer ›Pflicht‹? Ihre Papiere sind gleichfalls hier.«
Mariko versuchte, sich zu konzentrieren. »Und... und ihr Sohn?«
»Für ihn auch, Dame.« Ishidos spöttisches Lachen hallte von den Mauern wider. »Und für alle Eure Männer!«
Yabu stotterte: »Alle haben freies Geleit?«
»Jawohl, Kasigi Yabu-san«, sagte Ishido. »Ihr seid der ranghöchste Offizier, *neh?* Bitte, geht sofort zu meinem Sekretär. Er ist dabei, alle Pässe für Euch auszustellen, obwohl ich nicht begreifen kann, warum geehrte Gäste den Wunsch haben sollten fortzugehen. Für siebzehn Tage lohnt es sich kaum. *Neh?*«
»Und ich, Herr General«, fragte die alte Dame Etsu, die herausfinden wollte, wie umfassend Marikos Sieg sei. Ihr Herz pochte heftig und bereitete ihr Schmerzen. »Darf ich... darf ich bitte auch gehen?«
»Selbstverständlich, Dame Maeda. Warum sollten wir irgendwen gegen seinen Willen hier festhalten? Sind wir denn Gefängniswärter? Selbstverständlich nicht. Wenn die Gastfreundschaft des Erben so beleidigend für Euch ist, daß Ihr lieber abreisen möchtet, dann reist ab, obgleich ich nicht begreife, wie Ihr vierhundert *Ri* nach Hause und vierhundert *Ri* wieder zurückreisen wollt, und das in siebzehn Tagen.«
»Bitte... verzeiht, aber... die Gastfreundschaft des Erben ist nicht beleidigend...«
Eisig fuhr Ishido ihr über den Mund. »Wenn Ihr abreisen wollt, beantragt ganz normal eine Erlaubnis. Es wird zwar einen Tag dauern, aber wir werden dafür sorgen, daß Ihr sicher abreisen könnt.« Dann wandte er sich an die anderen: »Jede Dame kann einen Antrag stellen, jede Samurai-Dame.« Sein erbarmungsloser Blick wandte sich wieder Mariko zu... »Mir ist nicht daran gelegen, Damen sterben zu sehen, nur die Feinde des Erben; wenn aber Frauen sich offen als seine Feinde bekennen, dann werde ich bald auch ihre Leichen bespucken.«
Ishido fuhr auf der Stelle herum, rief den Grauen einen Befehl zu und stapfte davon. Sämtliche Graue formierten sich und entfernten sich vom Tor, bis auf eine Handvoll, die zu Ehren der Braunen zurückblieb.
»Dame«, rief Yabu mit unterdrückter Stimme, »Dame, es ist vorüber. Ihr habt... Ihr habt gewonnen. Habt gewonnen!«
»Ja... ja«, sagte sie. Ihre kraftlosen Hände versuchten die Knoten der weißen Schnur zu lösen. Chimmoko trat vor und knüpfte sie auf, nahm die weiße Decke fort und trat dann von dem scharlachroten Viereck herunter. Aller Augen waren auf Mariko gerichtet. Alle warteten darauf, ob sie es wohl fertigbrachte, allein fortzugehen.
Mariko versuchte, auf die Füße zu kommen. Es gelang ihr nicht. Sie versuchte es ein zweites Mal. Abermals schaffte sie es nicht. Kiri schickte sich impulsiv an, ihr zu helfen, doch Yabu gebot ihr mit einem Wink Einhalt und sagte:

»Nein. Es ist ihr Vorrecht.« Daraufhin setzte Kiri sich wieder hin. Sie konnte kaum atmen.
Blackthorne, der immer noch am Tor stand, war überwältigt von seiner grenzenlosen Freude über ihr Entrinnen und erinnerte sich, wie sein eigener Wille sich an jenem Abend selbst übertroffen, als er so nahe daran gewesen war, *Seppuku* zu begehen, wie er sich trotz allem erhoben wie ein Mann und ohne Hilfe nach Hause gegangen war wie ein Mann. Und Samurai geworden war. Er beobachtete sie, hatte nichts als Verachtung übrig für die Notwendigkeit, soviel Mut aufzubringen, hatte aber gleichwohl Verständnis und größte Hochachtung vor ihr.
Er sah, wie ihre Hände sich wieder auf die scharlachrote Decke legten, sah, wie sie sich hochstemmte, und diesmal zwang Mariko sich aufzustehen. Sie wankte, und ums Haar wäre sie gefallen, dann setzten ihre Füße sich in Bewegung, trat sie langsam und schwankend aus dem scharlachroten Geviert heraus und torkelte hilflos auf das Haupttor zu. Blackthorne fand, jetzt habe sie genug getan, genug gelitten und genug bewiesen, und so trat er vor, fing sie in seinen Armen auf und hob sie in demselben Augenblick auf, da ihr die Sinne schwanden. Einen Augenblick stand er allein in der Arena, stolz darauf, daß er allein war und daß *er* es gewesen, der seinen Entschluß gefaßt hatte. Wie eine zerbrochene Puppe lag sie in seinen Armen. Dann trug er sie hinein, und niemand bewegte sich oder sperrte ihm den Weg.

# *57. Kapitel*

Der Überfall auf das Bollwerk der Braunen begann im dunkelsten Dunkel der Nacht – zwei, drei Stunden vor Morgengrauen. Die erste Welle von zehn *Ninja* – der berüchtigten »Verschwiegenen« – kam über die Dächer der gegenüberliegenden Befestigungsanlagen, die jetzt nicht mehr von Grauen bewacht wurden. Sie warfen mit Stoff umwickelte Greifhaken an Seilen zum anderen Dach hinüber und krochen wie die Spinnen über den Abgrund. Sie trugen enganliegende schwarze Anzüge, schwarze Tabi und schwarze Masken; Hände und Gesicht waren geschwärzt. Sie waren leicht bewaffnet, mit Kettenmessern und *Shuriken* – kleinen, sternförmigen, nadelscharfen und vergifteten Wurfscheiben von der Größe einer Männerhand. Auf den Rücken hatten sie sich Tragbeutel und kurze dünne Stäbe geschnallt.

*Ninja* waren käuflich. Sie waren Künstler der Heimlichkeit und Fachleute in allen Verruchtheiten – in Spionage, Infiltration und Meuchelmord.

Lautlos kamen die zehn Männer an. Vier von ihnen befestigten ihre Greifhaken an einem Mauervorsprung und kletterten lautlos zu einem sechs Meter darunter gelegenen Söller hinab. Die anderen schlichen über die Dachziegel, um in einen anderen Bereich des Bollwerks einzudringen.

Ein Ziegel knackte unter dem Fuß eines der Männer, alle erstarrten. Im Vorhof, drei Stockwerke oder beinahe zwanzig Meter unter ihnen, blieb Sumiyori bei seinem Rundgang stehen und blickte hinauf. Den Mund leicht geöffnet, suchte er mit den Augen die Dunkelheit zu durchdringen. Das Dach lag im Schatten, der Mond gab nur ein fahles Licht, und die Sterne verschwammen kaum wahrnehmbar in der dunstigen, feuchten Luft. Die Männer standen wie zu Standbildern erstarrt und atmeten kaum.

Sumiyori ließ seinen Blick nochmals schweifen und lauschte noch angestrengter. Da er immer noch nicht ganz sicher war, trat er weiter auf den Vorhof hinaus, um besser sehen zu können. Jetzt waren die vier *Ninja* auf dem Söller gleichfalls in seinem Gesichtsfeld, doch verhielten sie sich genauso reglos wie die anderen, und er bemerkte auch sie nicht.

»Ihr da«, rief er den Wachen am fest verriegelten Tor zu, »habt ihr was gesehen... oder gehört?«
»Nein, Hauptmann«, sagten die wachsamen Posten. »Die Dachziegel klappern immer ein bißchen und arbeiten... das liegt vermutlich an der Hitze oder an der Feuchtigkeit.«
Sumiyori sagte zu einem von ihnen: »Geht trotzdem vorsichtshalber hinauf und seht Euch um. Oder noch besser, sagt den Wachen im obersten Stock, sie sollen mal nachsehen... für alle Fälle.«
Der Soldat eilte davon. Sumiyori starrte nochmals hinauf, zuckte dann mit den Achseln und setzte seinen Rundgang beruhigt fort.
Die *Ninja* auf dem Dach und dem Söller verharrten immer noch regungslos wie Statuen. Dann gab ihr Anführer ihnen einen Wink, und sie bereiteten sich weiter auf den Überfall vor. Mit Greifhaken und Seilen gelangten sie hinunter zu einem weiteren Söller, von dem aus sie durch die schmalen Fenster des obersten Stockwerks hindurchschlüpfen konnten.
Beide Räume lagen im Dunkeln. Zehn Braune schliefen hier ordentlich einer neben dem anderen. Sie wurden rasch und nahezu geräuschlos zum Tode befördert. Bei den meisten genügte ein einziger wohlgezielter Dolchstoß in die Kehle. Nach wenigen Augenblicken schlug auch der letzte der Braunen verzweifelt um sich, und sein Warnschrei wurde erstickt, noch ehe er hatte laut werden können. Nachdem die Räume und die Türen gesichert waren, holte der Führer Zunder und Feuerstein heraus, zündete eine Kerze an, trug sie hinter sorgsam vorgehaltener Hand ans Fenster und schickte ein dreifaches Signal in die Nacht hinaus.
Alsdann nahmen die Männer die Tragebeutel ab und bereiteten ihre Angriffswaffen vor: kurze, sichelförmige, doppelschneidige Dolche mit einer Kette am Heft und mit einem Bleigewicht am Kettenende, und außerdem *Shuriken* und Wurfmesser. Auf einen Befehl hin holten bestimmte Männer die kurzen Stäbe aus ihren Umhüllungen: ineinander schiebbare Speere und Blasrohre, die mit erschreckender Geschwindigkeit zu voller Länge auseinandersprangen. Sobald auch der letzte seine Vorbereitungen abgeschlossen hatte, blies der Anführer die Kerze aus.
Als die Glocken in der Stadt die Mitte der Stunde des Tigers verkündeten – vier Uhr morgens, eine Stunde vor Sonnenaufgang –, drang die zweite Welle der *Ninja* ein. Zwanzig von ihnen glitten schweigend aus einer großen, nicht mehr benutzten Kanalröhre heraus, sie waren mit Schwertern bewaffnet. Schattengleich schwärmten sie aus, verteilten sich hinter Büschen und Sträuchern, erstarrten zur Regungslosigkeit und wurden nahezu unsichtbar. Gleichzeitig kam eine weitere Gruppe von zwanzig Mann mit Seilen und Greifhaken von unten, um den zinnenbewehrten Söller anzugreifen, der über den Vorhof und den Garten hinwegging.
Zwei Braune standen oben an den Zinnen und suchten sorgsam die leeren Dächer auf der anderen Seite der Gasse ab. Dann blickte einer der Braunen sich

um, sah die Greifhaken und zeigte aufgeregt darauf. Sein Kamerad riß den Mund auf, um einen Warnruf auszustoßen, als der erste *Ninja* die Zinnen erreichte und ihm einen mit Widerhaken versehenen *Shuriken* ins Gesicht und in den Mund schoß, womit der Alarmruf auf furchtbare Weise erstickt wurde. Dann sprang er auf den anderen Samurai zu.

Diesmal diente seine ausgestreckte Hand als Todeswaffe: Daumen und Zeigefinger vorgestreckt, stieß er nach der Halsschlagader. Der Aufprall lähmte den Samurai, ein zweiter tückischer Schlag brach ihm mit einem trockenen Knacken den Hals.

Mittlerweile waren sämtliche *Ninja* die Seile heraufgeklettert und standen an den Zinnen. Nachdem sie den gesamten Söller sicher in ihrer Hand hatten, öffnete ihr Anführer vorsichtig die eisenbeschlagene Tür, die ins Innere führte. In diesem Moment hörten sie Schritte näherkommen, augenblicklich gingen sie angriffsbereit in Deckung.

Sumiyori näherte sich mit zehn Samurai im Korridor dieses Flügels, des Westflügels. Zwei von seinen Leuten ließ er in der Nähe der Söllertür zurück, hielt sich jedoch nicht auf, sondern bog am Ende um die Ecke und stieg eine Wendeltreppe hinunter. Unten befanden sich zwei weitere Wachtposten, die beiden müden Samurai verneigten sich und wurden abgelöst.

Sumiyori stieg weiter nach unten und ließ die Wachen ablösen. Zuletzt blieb er vor einer Tür stehen und klopfte. Die beiden letzten Wachen standen hinter ihm.

»Yabu-san?«

»Ja?« kam es verschlafen von drinnen.

»Tut mir leid... die Wachablösung.«

»Ah, vielen Dank. Bitte, tretet ein.«

Sumiyori machte die Tür auf, blieb jedoch wachsam auf der Schwelle stehen. Yabu lag mit zerzaustem Haar auf seinen Decken und stützte sich mit der einen Hand auf, während er mit der anderen das Schwert gepackt hielt. Als er sich überzeugt hatte, daß es wirklich Sumiyori war, entspannte er sich und gähnte.

»Irgend etwas Neues, Hauptmann?«

»Alles ist ruhig. *Sie* schläft jetzt... zumindest hat ihre Zofe, Chimmoko, das gesagt.« Er hatte die Tür geschlossen und trat an eine niedrige Kommode heran, auf der ein Öllämpchen flackerte; aus einer Kanne goß er sich kalten *Cha* ein. Neben der Kanne lag ihr Paß, den Yabu gestempelt und unterschrieben von Ishidos Kanzlei mitgebracht hatte.

Yabu gähnte abermals und streckte sich wohlig. »Und der Anjin-san?«

»Der war noch wach, als ich das letzte Mal nachsah. Das war um Mitternacht. Er bat mich, bis zum Sonnenaufgang nicht wieder nachzusehen... das hat irgend etwas mit seinen Gewohnheiten zu tun. Auch bei Kiritsubo-san und den anderen Damen ist alles ruhig, obwohl sie, Kiritsubo-san, fast die ganze Nacht aufgewesen ist.«

Yabu erhob sich. Er trug nur ein Lendentuch. »Und was tat sie?«

»Sie saß einfach am Fenster und starrte hinaus. Ich sagte, es wäre besser, sie würde ein wenig schlafen, aber sie dankte mir nur höflich; sie werde es versuchen, sagte sie, blieb aber trotzdem dort sitzen. Frauen, *neh?*«
Yabu spannte und entspannte seine Schultern und Armmuskeln und kratzte sich kräftig, um seinen Blutkreislauf anzuregen. Dann fing er an, sich anzuziehen. »Sie sollte sich hinlegen. Sie hat heute noch eine lange Reise vor sich.«
Sumiyori setzte die Schale ab. »Ich halte das Ganze für eine Finte.«
»Was?«
»Ich glaube nicht, daß Ishido es ehrlich mit uns meint.«
»Wir haben unterzeichnete Pässe. Da liegen sie. Wie sollte er ein Versprechen, das er uns und der Dame Toda in aller Öffentlichkeit gegeben hat, nicht einhalten? Das geht doch nicht, *neh?*«
»Ich weiß nicht. Verzeiht, Yabu-san, aber ich halte es trotzdem für eine Finte.«
Langsam knüpfte Yabu seine Schärpe. »Was für eine Art Finte?«
»Man wird uns einen Hinterhalt legen.«
»Das würde er nicht wagen.«
»Doch. Entweder er legt uns einen Hinterhalt, oder er hält uns sonst irgendwie auf. Ich sehe es einfach nicht, daß er *sie* oder die Dame Kiritsubo oder die Dame Sazuko oder das Baby ziehen läßt.«
»Nein, da irrt Ihr Euch.«
Sumiyori schüttelte traurig den Kopf. »Ich glaube, es wäre besser gewesen, sie hätte ihren Schnitt gemacht und Ihr hättet zugeschlagen.«
Yabu nahm seine Schwerter und steckte sie sich in den Gürtel. Ja, dachte er, ganz meine Meinung. Damit ist noch nichts gewonnen, und sie hat auf ihre Pflicht vergessen. Hätte sie ihren Schnitt ausgeführt, dann wären wir alle mit dem Leben davongekommen. Aber wie die Dinge jetzt stehen... sie ist vorm Abgrund zurückgewichen, hat damit uns und sich selbst entehrt. *Shigata ga nai, neh?* Dummes Weib!
Zu Sumiyori sagte er jedoch: »Ich glaube, Ihr irrt Euch. Sie hat Ishido hereingelegt. Die Dame Toda hat gewonnen. Ishido wird es nicht wagen, uns einen Hinterhalt zu legen. Aber legt Euch jetzt schlafen, ich wecke Euch bei Sonnenaufgang.«
Doch abermals schüttelte Sumiyori den Kopf. »Nein, vielen Dank, Yabu-san, ich glaube, ich mache lieber noch einmal die Runde.« Er trat an die Schießscharte und starrte hinaus. »Irgendwas stimmt nicht.«
Yabu trat neben Sumiyori und tat so, als spähe er gleichfalls ins Dunkel hinaus und lausche, doch dann riß er ohne jede Warnung sein Kurzschwert heraus und bohrte es mit derselben schwungvollen Bewegung Sumiyori in den Rücken und hielt ihm mit der anderen Hand den Mund zu, um seinen Schrei zu ersticken. Der Hauptmann war auf der Stelle tot. Yabu trug den Leichnam zu den *Futons* hinüber und legte ihn so hin, daß er zu schlafen schien. Dann erst zog er sein Schwert aus dem leblosen Körper heraus, um es abzuwischen, wütend darüber, daß Sumiyoris Hellsicht ihn gezwungen hatte, ihn zu töten, was nicht vorgese-

hen war. Wie dem auch sei, dachte Yabu, ich kann es mir einfach nicht leisten, daß er hier herumlauert.

Früher am Abend, als Yabu mit den Geleitbriefen von Ishidos Kanzlei zurückgekehrt war, hatte ihn ein Samurai angesprochen, den er noch nie zuvor gesehen.

»Es wird um Eure Mitarbeit gebeten, Yabu-san.«

»Bei was und von wem?«

»Von jemand, dem Ihr gestern ein Angebot unterbreitet habt.«

»Was für ein Angebot?«

»Als Gegenleistung für freies Geleit für Euch und den Anjin-san wolltet Ihr dafür sorgen, daß *sie* während eines Überfalls auf Eurer Reise entwaffnet würde... Bitte, greift nicht nach Eurem Schwert, Yabu-san. Vier Bogenschützen in Eurem Rücken warten nur auf diese Bewegung.«

»Wie könnt Ihr es wagen, mich herauszufordern? Von was für einem Überfall redet Ihr?« hatte er zu bluffen gesucht. Dabei hatte er weiche Knie gehabt, denn es war kein Zweifel, daß es sich um Ishidos Mittelsmann handelte. Gestern nachmittag hatte er durch seine eigenen Mittelsmänner heimlich dieses Angebot gemacht. Gleichzeitig hatte er jedoch gewußt, daß es außerordentlich schwierig, wenn nicht gar unmöglich gewesen wäre, Mariko zu entwaffnen und selbst mit dem Leben davonzukommen. Es barg Gefahren für beide Seiten; als Ishido das Angebot abgeschlagen hatte, war er daher keineswegs überrascht gewesen.

»Ich weiß nichts von einem Überfall«, hatte er hervorgestoßen und gewünscht, Yuriko wäre da.

»Trotzdem werdet Ihr um Mitwirkung gebeten, wenn auch nicht so, wie Ihr es geplant hattet.«

»Wer seid Ihr?«

»Als Gegenleistung erhaltet Ihr Izu, den Barbaren und sein Schiff... und zwar im selben Augenblick, da der Kopf des Hauptfeindes im Staub liegt. Vorausgesetzt, selbstverständlich, sie gelangt lebendig in unsere Hände und Ihr bleibt bis *zu dem Tag* in Osaka und schwört Treue.«

»Wessen Kopf?« hatte Yabu gesagt und versucht, Ordnung in seine Gedanken zu bringen.

»Ja oder nein?« hatte der Samurai gefragt.

»Wer seid Ihr, und wovon redet Ihr?« Er hatte die Schriftrolle in die Höhe gehalten. »Hier sind die Papiere, die mir freies Geleit garantieren. Nicht einmal der Herr General kann die wieder zurückziehen.«

»Das sagen viele. Aber, verzeiht, eher scheißt ein Ochse Gold, als daß man Euch oder irgendwem gestattet, den Herrn Yaemon zu beleidigen... Bitte, nehmt die Hand von Eurem Schwert.«

»Dann haltet Eure Zunge im Zaum!«

»Selbstverständlich. Verzeihung. Ihr nehmt also an?«

»Ich bin auch jetzt Herr von Izu, und die Provinzen Totomi und Suruga sind

mir zugesagt«, hatte Yabu erklärt und zu feilschen begonnen; denn er wußte, auch Ishido saß in der Klemme.
»Ja, das seid Ihr«, hatte der Samurai geantwortet. »Aber ich bin nicht ermächtigt zu verhandeln. Die Bedingungen habt Ihr gehört. Entweder Ihr sagt ja oder nein...«
Yabu vergewisserte sich, daß er das Schwert auch ganz sauber abgewischt hatte, dann breitete er die Decke über Sumiyori. Hinterher wischte er sich mit einem Handtuch den Schweiß von Gesicht und Händen, schluckte seinen Zorn hinunter, blies die Kerze aus und machte die Tür auf. Die beiden Samurai hatten wenige Schritte weiter unten im Korridor Posten bezogen. Sie verneigten sich.
»Bei Sonnenaufgang weck' ich Euch, Sumiyori-san«, sagte Yabu ins dunkle Zimmer hinein. Dann befahl er einem der Samurai: »Ihr stellt Euch hier vor die Tür! Und laßt niemand hinein! Niemanden! Ihr seid dafür verantwortlich, daß der Hauptmann nicht gestört wird... er braucht Ruhe.«
»Jawohl, Euer Gnaden.«
Der Samurai bezog seinen neuen Posten, und Yabu schritt mit dem anderen den Korridor hinunter, stieg dann die Treppe hinauf und ging auf die Audienzhalle und die inneren Wohngemächer zu, die im Ostflügel gelegen waren. Bald gelangte er in den Korridor, der zur Audienzhalle führte. Die Wachen davor verneigten sich und ließen ihn eintreten. Andere Samurai öffneten die Tür zum Korridor und den verschiedenen Privatgemächern. Bei einer Tür klopfte er an.
»Anjin-san?« rief er leise.
Keine Antwort. Er schob die *Shoji*-Tür auf. Der Raum war leer, die innere *Shoji*-Tür stand offen. Yabu legte die Stirn in Falten und eilte durch dieses Gemach in den spärlich erleuchteten inneren Gang. Mit gezücktem Dolch stellte Chimmoko sich ihm entgegen. Ihr verwühltes Bett war im Gang vor einem der Gemächer aufgeschlagen.
»Ach, Verzeihung, Euer Gnaden«, entschuldigte sie sich und ließ den Dolch sinken. »Ich hatte gedöst.« Aus dem Weg ging sie ihm freilich nicht.
»Ich suche nach dem Anjin-san.«
»Er und meine Herrin unterhalten sich, Euer Gnaden, zusammen mit Kiritsubo-san und der Dame Achiko.«
»Bittet ihn, für einen Moment herauszukommen.«
»Gewiß, Euer Gnaden.« Chimmoko bedeutete Yabu höflich, wieder in das andere Gemach zurückzukehren, wartete, bis er dort war, und schob dann die *Shoji*-Tür zu. Die Wache auf dem Hauptkorridor sah neugierig zu.
Gleich darauf glitt die innere *Shoji*-Tür wieder beiseite, und Blackthorne trat ein. Er war angekleidet und trug sein Kurzschwert.
»Guten Abend, Yabu-san«, sagte er.
»Tut mir leid, daß ich Euch störe, Anjin-san. Ich wollte nur nachsehen... mich überzeugen, daß alles in Ordnung ist, Ihr versteht?«
»Ja, danke. Keine Sorge!«
»Die Dame Toda in Ordnung? Nicht krank?«

»Geht wieder besser. Sehr müde, aber besser. Bald Morgen, *neh?*«
Yabu nickte. »Ja. Ich wollte mich nur überzeugen, daß alles in Ordnung ist. Ihr versteht?«
»Ja. Heute nachmittag habt Ihr von ›Plan‹ gesprochen, Yabu-san. Bitte, was für ›Geheimplan?‹ «
»Nicht geheim, Anjin-san«, sagte Yabu und bereute bereits, daß er gestern abend so offen gewesen war. »Das habt Ihr mißverstanden. Ich sage nur, wir müssen einen Plan fassen... sehr schwer, aus Osaka herauszukommen, *neh?* Müssen fliehen, oder...«
»Ja. Aber jetzt haben Papiere, *neh?* Jetzt Osaka verlassen, *neh?*«
»Ja. Brechen bald auf. Auf Schiff sehr gut. Bald bekommen Männer, Nagasaki. Versteht Ihr?«
»Ja.«
Betont freundlich zog Yabu sich wieder zurück. Blackthorne schloß die Tür hinter ihm und kehrte in den inneren Gang zurück, ließ aber die *Shoji*-Tür hinter sich offen. An Chimmoko vorbei betrat er das andere Gemach. Mariko hatten sie *Futons* in den Rücken gestopft, was sie noch zierlicher, noch zarter und noch schöner erscheinen ließ. Kiri kniete auf einem Kissen. Achiko hatte sich zusammengerollt und schlief.
»Was wollte er, Anjin-san?« fragte Mariko.
»Bloß nachsehen, ob hier alles in Ordnung ist.«
Mariko dolmetschte für Kiri.
»Kiri sagt, ob Ihr ihn nach dem ›Plan‹ gefragt habt?«
»Ja. Aber er hat die Frage achselzuckend abgetan. Vielleicht hat er es sich anders überlegt. Ich weiß es nicht. Vielleicht habe ich mich auch geirrt, obwohl ich heute nachmittag dachte, er habe bereits einen Plan oder plane irgend etwas.«
»Um uns zu verraten?«
»Selbstverständlich. Aber ich weiß nicht wie.«
Mariko lächelte ihn an. »Vielleicht habt Ihr Euch wirklich geirrt. Wir sind jetzt sicher.«
Das junge Mädchen, Achiko, murmelte leise im Schlaf, und sie sahen zu ihr hin. Genauso wie die alte Dame Etsu, die in einem der angrenzenden Gemächer schlief, hatte sie gebeten, bleiben zu dürfen. Die anderen Damen waren nach Sonnenuntergang in ihre eigenen Häuser zurückgekehrt. Kiyama hatte nach Achiko, der Frau seines Enkels, geschickt, doch sie hatte sich geweigert, Mariko zu verlassen. Augenblicklich hatte der *Daimyo* sie verstoßen und das Kind verlangt. Sie hatte es ihm überlassen. Jetzt durchlebte die junge Frau gerade einen Alptraum, doch der ging vorüber, und sie schlief friedlich weiter.
»Ich bin ja so froh, daß Sie lebt, Mariko. Ich sah Sie bereits tot.«
»Ich mich auch. Ich kann es immer noch nicht fassen, daß Ishido nachgegeben hat. Nie werde ich das fassen... Ach, wie ich es liebe, Seine Arme um mich zu spüren und Seine Kraft.«
»Ich muß daran denken, daß ich heute nachmittag vom ersten Augenblick, da

Yoshinaka seinen Gegner herausforderte, nur den Tod gesehen habe... Euren, meinen, den Tod aller. Ich durchschaute plötzlich Euren Plan, den Ihr schon vor so langer Zeit gefaßt hattet, *neh?*«

»Ja. Seit dem Erdbeben, Anjin-san. Bitte, verzeiht mir, aber ich... ich wollte Euch nicht ängstigen. Ich hatte Angst, Ihr würdet es nicht verstehen. Ja, von dem Tag an wußte ich, daß es mein *Karma* sein würde, die Geiseln aus Osaka herauszuholen. Ich allein konnte das für Herrn Toranaga tun.«

Dann war Kiri gekommen, und sie konnten nicht mehr eng nebeneinander sitzen, doch das machte weder ihm noch ihr mehr etwas aus. Ein Lächeln, ein Blick, ein Wort genügten.

Kiri trat an die Schießscharten-Fenster. Draußen auf See waren die Lichter einiger Fischerboote zu sehen. »Bald tagt es«, sagte sie.

»Ja«, sagte Mariko. »Ich werde jetzt aufstehen.«

»Bald. Noch nicht, Mariko-sama«, sagte Kiri zu ihr. »Bitte, ruht Euch noch weiter aus. Ihr braucht alle Eure Kraft.«

»Ich wünschte, Herr Toranaga wäre hier!«

»Ja.«

»Habt Ihr noch einen Brief über unsere... unsere Abreise vorbereitet?«

»Ja, Mariko-sama. Sobald die Sonne aufgeht, wird eine Brieftaube abfliegen. Herr Toranaga wird so froh sein, wenn er von Eurem Sieg erfährt«, sagte Kiri. »Wie stolz er auf Euch sein wird!«

»Und ich bin so froh, daß er recht behalten hat.«

»Ja«, sagte Kiri. »Bitte, verzeiht mir, daß ich an Euch und an ihm gezweifelt habe.«

»Im Grunde meines Herzens habe ich selbst an ihm gezweifelt. Tut mir leid.«

Kiri kehrte zum Fenster zurück und blickte über die Stadt hin. Toranaga irrt sich, wollte sie schreien. Wir werden Osaka nie verlassen, und wenn wir uns das noch so sehr einreden. Es ist unser *Karma* hierzubleiben... und *sein Karma ist es zu verlieren.*

Im Wachraum des Westflügels blieb Yabu stehen. Die Ablösungen der Wachen waren bereit. »Ich mache nur noch einen kurzen Rundgang, um nachzusehen, ob alles in Ordnung ist.«

»Jawohl, Euer Gnaden.«

»Ihr anderen wartet hier. Und Ihr kommt mit mir.«

In Begleitung eines einzigen Samurai stieg er die Haupttreppe hinunter. Unten im Hauptvorraum hielten sich weitere Wachen auf. Ein flüchtiger Rundblick zeigte ihm, daß sich nichts Verdächtiges tat. Er trat zurück in den Festungsbau, schlug nach kurzem Überlegen jedoch eine andere Richtung ein. Zur Verwunderung des Samurai stieg er zum Quartier der Dienerschaft hinunter. Die Diener rissen sich mühsam aus dem Schlaf und legten eilfertig die Stirn auf die Fliesen. Yabu nahm sie kaum wahr. Er drang tiefer in den Bauch der Festung ein, stieg Treppen hinab und durcheilte kaum benutzte Gewölbegänge. Hier in den

Kellern standen nirgendwo Wachen, denn es gab nichts zu beschützen. Bald ging es wieder aufwärts. Sie näherten sich den äußeren Mauern.
Plötzlich blieb Yabu stehen. »Was war das?«
Der Braune blieb gleichfalls stehen, lauschte und starb. Yabu wischte sein Schwert sauber, schleppte den Leichnam in eine dunkle Ecke und eilte dann auf eine unscheinbare, schwer vergitterte kleine Eisentür in einer der Mauern zu, von der Ishidos Mittelsmann ihm erzählt. Es kostete ihn einige Mühe, die verrosteten Riegel zurückzustoßen. Die Tür schwenkte auf. Ein kühler Luftzug von draußen, dann schnellte ein Speer vor, hielt jedoch um Haaresbreite vor seiner Kehle inne. Yabu machte keine Bewegung, er war fast gelähmt. *Ninja* starrten ihm mit gezückten Waffen aus der tintigen Dunkelheit hinter der Tür entgegen. Mit zitternder Hand machte Yabu das Zeichen, wie man ihn angewiesen hatte. »Ich bin Kasigi Yabu«, sagte er.
Der schwarzgekleidete, fast unsichtbare Anführer nickte nur, hielt jedoch den Speer weiterhin stoßbereit erhoben. Gehorsam wich Yabu einen Schritt zurück. Dann trat der *Ninja* unter größter Umsicht in die Mitte des Ganges und spitzte aufs höchste gespannt die Ohren nach irgendwelcher Gefahr.
Endlich befriedigt, gab er seinen Leuten einen Wink, und augenblicklich quollen zwanzig Mann aus der Türöffnung hervor und sprangen auf die Treppe zu, zum rückwärtigen Zugang zu den höher gelegenen Stockwerken. Diese Männer waren mit Kettenmessern, Schwertern und *Shuriken* bewaffnet. Mitten auf ihren schwarzen Masken trugen sie einen roten Punkt.
Der Anführer sah ihnen nicht nach. Er wandte kein Auge von Yabu und begann langsam mit den Fingern zu zählen: »Eins ... zwei ... drei ...« Yabu spürte geradezu körperlich, daß vieler Männer Augen ihn aus dem Hinterhalt beobachteten. Sehen konnte er keinen einzigen.
Jetzt waren die Angreifer mit dem roten Punkt oben an der Treppe angekommen. Eine Tür versperrte ihnen den Weg. Sie warteten einen Moment, dann brachen sie sie leise auf. Dahinter gähnte ein weiterer Gang, den sie schweigend entlangeilten. An der nächsten Ecke blieben sie wieder stehen. Der erste spähte um die Ecke und winkte die anderen in den nächsten Gang hinein. Am anderen Ende drang ein schwacher Lichtschein durch ein Guckloch in der schweren Holztäfelung, die diese Geheimtür bedeckte. Er legte sein Auge an und konnte die ganze Weite der Audienzhalle überblicken. Er sah zwei braune und zwei graue Schildwachen, denen es oblag, die Tür zu den verschachtelten Wohngemächern zu bewachen. Er drehte sich um und nickte den anderen zu. Einer seiner Männer zählte immer noch mit den Fingern – genauso wie der Führer zwei Stock unter ihnen wartete er auf den verabredeten Zeitpunkt. Aller Augen verfolgten, wie er zählte.
Während der Anführer unten im Keller unbeirrt die Minuten gewissermaßen von den Fingern schnellen ließ, wandte er die Augen nicht einen Moment von Yabu. Yabu sah ihn seinerseits unverwandt an und wartete, den Geruch seines eigenen Angstschweißes beizend in der Nase. Die Finger hörten auf vorzu-

schnellen, und der Anführer ballte die Hand zur Faust. Er zeigte den Gang hinunter. Yabu nickte, drehte sich um und ging langsam den Weg voran, den er gekommen war. Hinter ihm begann das unhörbare Zählen der Zeit abermals: »Eins... zwei... drei...«

Yabu war sich über das unerhörte Risiko, das er eingegangen, völlig im klaren, aber es blieb ihm keine andere Wahl, und nochmals verwünschte er Mariko, daß sie ihn mit Gewalt auf Ishidos Seite gedrängt. Zu dem Handel, den er abgeschlossen hatte, gehörte es, ihnen diese Geheimtür zu öffnen.

»Wer ist hinter der Tür?« hatte er argwöhnisch gefragt.

»Freunde. Dies ist das Zeichen, und das Losungswort besteht darin, daß Ihr Euren Namen nennt.«

»Und daraufhin bringen sie mich um, *neh?*«

»Nein, dafür seid Ihr viel zu wertvoll, Yabu-san. Ihr habt dafür zu sorgen, daß unser Eindringen so lange wie möglich unentdeckt bleibt.«

Zwar hatte er zugestimmt, aber mit *Ninja* hatte er niemals gerechnet. Er fürchtete diese halblegendären käuflichen Geheimbündler, die einzig und allein ihren Geheimnissen und eng geknüpften Familienbanden gegenüber Treue kannten und ihre Geheimnisse nur an Blutsverwandte weitergaben: Wie man lange Strecken unter Wasser schwimmend schnell zurücklegte, nahezu senkrechte glatte Wände hochstieg, wie man sich unsichtbar machte und einen Tag und eine Nacht hindurch regungslos auf einem Fleck stehenblieb und wie man mit Händen und Füßen und sämtlichen Waffen tötete, unter anderem mit Gift, Feuer und Sprengstoffen. Für die *Ninja* war Töten das Lebensziel.

Es gelang Yabu, seine Ungeduld zu zügeln, als er sich vom *Ninja*-Anführer entfernte und den Korridor hinunterging. Seine Brust schmerzte ihn noch von dem Schock, daß es sich bei den Angreifern um *Ninja* handelte und nicht um *Ronin*. Ishido muß den Verstand verloren haben, sagte er sich. Alle seine Nerven zitterten, und er erwartete jeden Augenblick, einen Speer in den Rücken gestoßen oder ein Würgeisen übergeworfen zu bekommen. Jetzt hatte er die Ecke endlich erreicht. Als er abgebogen und noch einmal davongekommen war, nahm er drei Stufen auf einmal, als er die Treppe hinaufstürmte. Oben rannte er den Gewölbegang hinunter, bog abermals um eine Ecke und eilte auf die Quartiere der Diener zu.

Der Anführer der *Ninja* ließ immer noch die Minuten von den Fingern schnellen. Dann hielt er plötzlich inne. Er machte weitere dringliche Zeichen in die Dunkelheit hinein und rannte dann hinter Yabu her. Zwanzig *Ninja* folgten ihm aus dem Dunkel, und weitere fünfzehn bezogen Verteidigungsstellungen am Anfang und Ende des Korridors, um diesen Fluchtweg zu sichern.

Yabu lief jetzt so schnell er konnte, stolperte, ohne indes ganz zu stürzen, fuhr wie der Wirbelwind durch die Dienerquartiere, daß Töpfe und Pfannen, Trinkgefäße und Kannen durcheinanderkollerten.

»*Ninjaaaa!*« bellte er, was nicht zu seinen Abmachungen gehörte, sondern eine List war, um sich selbst zu schützen, falls er verraten wurde. Hysterisch stoben

Männer und Frauen auseinander, nahmen den Ruf auf und suchten unter Bänken und Tischen Schutz, als er hindurchfegte, am anderen Ende wieder verschwand und abermals eine Treppe hinaufstürmte, die in einen der Hauptkorridore mündete, wo er auf die erste Wache der Braunen stieß, die bereits die Schwerter gezogen hatten.
»Schlagt Alarm!« schrie Yabu. »*Ninja*... Es sind *Ninja* unter der Dienerschaft!«
Ein Samurai hetzte zum Haupttreppenhaus, der zweite stürmte mutig vorwärts, um sich mit erhobenem Schwert oben an der Wendeltreppe aufzustellen. Als die Diener ihn erblickten, blieben sie stehen, stöhnten vor Entsetzen auf und drückten sich, die Arme über den Köpfen verschränkt, an die Wände. Yabu rannte auf das Haupttor zu, stellte sich oben auf die Treppenstufen. »Alarm! Wir werden angegriffen!« schrie er wie vereinbart, um das Stichwort für das Ablenkungsmanöver draußen zu geben, durch das der Hauptvorstoß durch die Geheimtür in die Audienzhalle gedeckt werden sollte – um Mariko zu entführen und sie fortzuschaffen, ehe irgend jemand überhaupt begriff, was vor sich ging. Die Samurai am Tor und im Vorhof wirbelten herum. Sie wußten nicht, welcher Richtung ihre Wachsamkeit zu gelten hätte, und in diesem Augenblick schwärmten die Angreifer im Garten aus ihren Verstecken heraus und umzingelten die Braunen draußen. Yabu zog sich wieder in den Vorraum der Burg zurück, während andere Wachen aus dem Wachraum oben heruntergepoltert kamen, um den Männern draußen zu Hilfe zu eilen. Ein Hauptmann stürzte zu ihm. »Was ist los?«
»*Ninja*... draußen und unter der Dienerschaft. Wo ist Sumiyori?«
»Das weiß ich nicht... in seinem Zimmer.«
Yabu sprang auf die Treppe zu, während andere Männer noch herunterströmten. In diesem Augenblick stießen die ersten *Ninja* im Keller durch die verängstigten Diener hindurch und gingen zum Angriff über. Ein stachliger *Shuriken* machte dem einsamen Verteidiger den Garaus. Speere töteten die Diener. Dann füllte diese Gruppe der Angreifer den Hauptkorridor, sorgte durch lautes Geschrei für eine weitere Ablenkung, so daß die Braunen nicht wußten, woher der nächste Angriff kommen würde.
Im oberen Stockwerk hatten die wartenden *Ninja* beim ersten Alarm ihre Türen aufgerissen, stürmten hinter den letzten der Braunen her, die nach unten eilten, und brachten sie um. Mit Giftpfeilen und *Shuriken* trugen sie ihren alles überrennenden Ansturm vor. Die Braunen waren rasch überwältigt, und die Angreifer sprangen über die Leichen hinweg, um den Hauptkorridor des darunter gelegenen Stockwerks zu erreichen. Ein erbitterter Vorstoß, den die Verstärkungen der Braunen machten, wurde von den *Ninja* zurückgeschlagen. Die Braunen hier wurden niedergemacht. Zwar gingen auch ein paar *Ninja* zu Boden, doch krochen sie weiter wie rasende Tiere und hörten erst dann mit dem Angriff auf, wenn der Tod sie endgültig überwältigte.
Im Garten wurde der erste Vorstoß der Verteidiger, die aus dem Hauptein-

gangstor herausströmten, leicht abgeschlagen. Doch eine zweite Welle von Braunen kam kühn hervorgebrochen und trieb die Angreifer allein aufgrund ihrer zahlenmäßigen Überlegenheit zurück. Auf einen lauten Befehl hin zogen sich die Angreifer zurück. Ihre kohleschwarzen Anzüge bewirkten, daß sie als Ziele nicht leicht zu erkennen waren. Hochgemut setzten die Braunen nach, gerieten in einen Hinterhalt und wurden abgeschlachtet.

Die Angreifer mit dem roten Punkt auf der Maske lagen immer noch hinter der Audienzhalle in Bereitschaft. Ihr Anführer spähte durch das Guckloch. Er konnte die aufgeregten Braunen und Blackthornes Graue erkennen, die die gepanzerte Tür zum Korridor bewachten und dem immer größer werdenden Aufruhr unten lauschten. Die Tür ging auf, und andere Wachen, Braune wie Graue, drängten herein, vermochten zuletzt jedoch das Warten nicht mehr zu ertragen. Offiziere beider Gruppen befahlen ihren Leuten, die Audienzhalle zu verlassen und Verteidigungsstellungen am anderen Ende des Korridors zu beziehen. Jetzt war der Weg frei, die Tür zum inneren Korridor offen. Der Anführer der Männer mit dem roten Punkt sah eine Frau auf die Schwelle eilen, den großen Barbaren hinter sich, und er erkannte seine Beute, hinter der sich jetzt noch andere Frauen drängten.

Ungeduldig, seinen Auftrag zu Ende zu bringen und die Spannung von den Angehörigen seines Klans zu nehmen, aber auch getrieben von seiner Blutgier, gab der Anführer der Rot-Punkte den entscheidenden Befehl und brach einen ganz kleinen Augenblick zu früh durch die Tür.

Blackthorne sah ihn kommen, zog automatisch seine Pistole aus der Schärpe und feuerte. Der Hinterkopf des Anführers wurde weggerissen, und für einen Augenblick kamen die Männer hinter ihm zum Stehen. Gleichzeitig sprang der Hauptmann der Grauen zurück, griff mit einer unüberlegten Wildheit an und schlug einen *Ninja* nieder, bevor die Meute ihn erledigte. Doch diese wenigen Augenblicke gaben Blackthorne Zeit, Mariko in Sicherheit zu reißen und die Tür zuzuwerfen. Mit fliegenden Händen packte er den Eisenriegel und legte ihn im selben Augenblick vor, da die *Ninja* dagegen anrannten.

»Herrgott im Himmel, was geht denn hier...«

»*Ninjaaaa!*« schrie Mariko, als Kiri, die Damen Sazuko und Etsu sowie Achiko und Chimmoko und die anderen Zofen kopflos aus ihren Gemächern hervorstürzten und von draußen gegen die Tür gehämmert wurde.

»Rasch, hier entlang!« schrie Kiri über das Getöse hinweg und entfloh ins Innere der Wohngemächer.

Kopflos folgten die Frauen ihr. Zwei von ihnen halfen der alten Dame Etsu. Blackthorne sah die Tür unter den wütenden Schlägen der Brecheisen erbeben. Jetzt barst Holz. Er rannte zurück in sein Zimmer, um Pulverhorn und Schwerter zu holen.

»Beeilt euch!« schnarrte der neue Anführer der Rot-Punkte. Die Männer mit den Brecheisen brauchten nicht angetrieben zu werden. Einen Moment blieb der neue Anführer über der Leiche seines Bruders stehen, dann traktierte er ihn wütend mit Fußtritten; denn er wußte, daß seine Ungeduld diesen Überraschungsangriff vereitelt hatte. Dann trat er zu seinen Männern, die die Tür umringten.

Im Korridor lud Blackthorne rasch nach. Das Holz der Tür kreischte unter der Wucht der Brecheisen. Erst das Pulver, es sorgfältig festdrücken... *eine der Türfüllungen brach auf*... dann den Papierpfropfen, der die Ladung festhalten sollte... *eine der Türangeln sprang auf, und das Ende eines Brecheisens wurde sichtbar*... und zuletzt den Staub vorsichtig vom Feuerstein fortblasen.

»Anjin-san!« schrie Mariko irgendwo in den inneren Gemächern. »Beeilt Euch!«

Aber Blackthorne schenkte dem keine Beachtung. Er ging zur Tür, setzte die Mündung an die aufgesplitterte Ritze, nahm allen Mut zusammen und drückte ab. Von der anderen Seite der Tür erscholl ein Schrei, und der Angriff auf die Tür kam zum Stillstand. Blackthorne zog sich zurück und lud neu. Erst das Pulver, sorgfältig festdrücken... *und abermals wurde die ganze Tür erschüttert, als die Männer sich mit den Schultern dagegenwarfen und sie mit Füßen und Werkzeugen bearbeiteten*... dann Papier zum Festhalten, die Kugel und noch ein Papierpfropfen... *die Tür krachte und bebte*, einer der Riegel sprang...

Kiri eilte einen der Gänge im Inneren hinunter. Keuchend rang sie nach Atem. Die anderen schleiften die alte Dame Etsu, und Sazuko schrie: »Was hat es für einen Sinn, wir können nirgendwo hin...« Doch Kiri eilte weiter, stürzte in ein anderes Gemach, durchquerte es, stieß einen Teil der *Shoji*-Tür beiseite. Eine verborgene eisenbewehrte Tür war in die Steinwand gegenüber eingelassen. Sie riß sie auf. Die Angeln waren wohlgeölt.

»Dies... ist das geheime Schlupfloch... meines Gebieters«, stieß sie keuchend hervor, schickte sich an einzutreten, hielt dann jedoch inne. »Wo ist Mariko?«

Chimmoko drehte sich um und rannte zurück.

Im ersten Korridor blies Blackthorne sorgfältig den Staub vom Feuerstein und ging wieder nach vorn. Die Tür mußte jeden Moment aufbrechen, bot jedoch immer noch Schutz. Abermals zog er den Abzug durch. Wieder ein Schrei und ein Augenblick Ruhe, dann setzten die Schläge wieder ein, ein weiterer Riegel klirrte zu Boden, und die ganze Tür wankte. Blackthorne begann nochmals zu laden.

»Anjin-san!« Mariko stand am anderen Ende des Korridors und winkte ihm heftig, so daß er seine Waffen ergriff und auf sie zulief. Sie machte kehrt und entfloh und zeigte ihm den Weg. Die Tür gab nach, und die *Ninja* stürmten hinter ihnen her.

Mariko lief, was sie konnte. Blackthorne hinter ihr her. Sie eilte durch einen Raum, trat auf ihre Röcke und fiel. Er packte sie, und zusammen durchmaßen sie ein anderes Gemach. Chimmoko lief ihnen entgegen. »Eilt!« rief sie und wartete, bis sie vorbei wären, um ihnen sofort zu folgen. Sie folgte ihnen einen Augenblick, dann machte sie unbemerkt halt, drehte sich um, riß den Dolch heraus und versperrte den Weg.

*Ninja* drängten in das Gemach. Mit hochgerecktem Dolch warf Chimmoko sich auf den ersten Mann. Er fing den Stoß ab, schleuderte sie beiseite wie ein Spielzeug und rannte hinter Blackthorne und Mariko her. Der letzte brach Chimmoko mit einem Fußtritt das Genick und stürmte weiter.
Mariko rannte schnell, aber nicht schnell genug, denn ihre Röcke behinderten sie. Blackthorne versuchte, ihr zu helfen. Sie durchquerten einen Raum, bogen dann rechts in einen anderen ab, und er sah die Türöffnung. Entsetzt standen Kiri und Sazuko da und warteten. Achiko und Zofen zogen die alte Dame hinter sich her. Blackthorne schob Mariko in Sicherheit, dann fuhr er herum, die ungeladene Pistole in der einen, das Schwert in der anderen Hand, und wartete auf Chimmoko. Als sie nicht auftauchte, ging er zurück, doch da hörte er die näherstürmenden *Ninja*, blieb stehen und sprang erst in dem Augenblick in das Gelaß, als der erste *Ninja* auftauchte. Er warf die Tür zu, und Speere und *Shuriken* prallten vom Eisen ab.
Als er sah, wie stark die Tür war, wußte er, daß Brecheisen ihr nichts würden anhaben können, sie also fürs erste sicher waren. Immer noch keuchend sah er sich um. Mariko lag auf den Knien und rang ihrerseits nach Atem. Insgesamt waren es außer ihnen noch sechs Zofen, Achiko, Kiri und Sazuko sowie die alte Dame, die nahezu bewußtlos mit aschgrauem Gesicht auf dem Boden lag. Der Raum war klein, hatte Steinmauern und wies eine Seitentür auf, die auf einen kleinen zinnenbewehrten Söller hinausging. Er tastete sich zum Fenster hinüber und sah hinaus. Der Ecksöller ragte über den Vorhof und über die Gasse hinaus vor, und er konnte das Schlachtgetümmel von unten heraufdringen hören: Rufe und Schreie und ein paar erregte Kampfrufe. Etliche Graue und freie Samurai fingen bereits an, sich unten in der Gasse und auf den gegenüberliegenden Wehrgängen zu versammeln. Die Tore unten waren ihnen verschlossen und wurden von den *Ninja* gehalten.
»Was zum Teufel geht hier vor?« fragte Blackthorne mit schmerzender Brust. Niemand gab ihm Antwort. Er trat zurück, kniete neben Mariko und rüttelte sie sanft. »Was geht hier vor?« Aber sie konnte ihm noch nicht antworten.

Im Westflügel lief Yabu einen breiten Korridor zu seinem Schlafgemach entlang. Als er um eine Ecke bog, kam er rutschend zum Stehen. Vor ihm wurden Samurai von einem wütenden Gegenangriff der *Ninja*, die vom obersten Stockwerk heruntergekommen waren, arg bedrängt.
»Was geht hier vor?« rief Yabu über das Waffengeklirr hinweg, denn hier sollten ja keine Angreifer sein, nur unten.
»Sie haben uns in der Zange«, sagte ein Samurai keuchend. »Sie sind von oben gekommen...«
Yabu fluchte, denn er erkannte, daß man ihn übertölpelt und nicht in den ganzen Schlachtplan eingeweiht hatte. »Wo ist Sumiyori?«
»Er muß tot sein. Der Teil ist schon in ihrer Hand, Euer Gnaden. Wozu greifen diese *Ninja* denn bloß an?«

Am anderen Ende trugen Braune einen weiteren Gegenangriff vor; sie griffen aus der Deckung heraus mit Speeren an und drängten die *Ninja* zurück. Aber eine Wolke von *Shuriken* regnete auf sie herab, und bald schrien und verendeten sie, versperrten den Weg, und das Gift ließ sie in wilde Zuckungen verfallen. Augenblicklich zog der Rest der Braunen sich außer Reichweite der Wurfgeschosse zurück und formierte sich neu.

Yabu schrie unerschrocken: »Holt Bogenschützen!« Männer eilten fort, seinem Befehl zu gehorchen.

»Was hat dieser ganze Angriff denn zu bedeuten? Warum sind ihrer denn so viele?« fragte der Samurai abermals. Blut rann ihm aus einer Wangenwunde übers Gesicht. Für gewöhnlich griffen die gehaßten *Ninja* nur einzeln oder in kleinen Gruppen an.

»Ich weiß es nicht«, sagte Yabu. Dieser ganze Teil der Burg war jetzt in Aufruhr. Die Braunen hatten sich immer noch nicht wieder gesammelt und waren wegen der Schnelligkeit dieses Ansturms immer noch wie benommen.

»Wenn ... wenn Toranaga-sama hier wäre, könnte ich verstehen, daß Ishido einen Überraschungsangriff befehlen würde ... aber warum jetzt?« fragte der Samurai. »Es ist doch niemand und nichts ...« Er sprach nicht weiter, als ihm aufging, um was es ging. »Die Dame Toda!«

Yabu versuchte, ihn beiseite zu schieben, doch der Mann brüllte: »Sie sind hinter *ihr* her, Yabu-san! Sie müssen es auf sie, die Dame Toda, abgesehen haben!«

Er stürzte voran, um zum Ostflügel hinüberzugelangen. Yabu zögerte, dann setzte er hinter ihm her.

Sie mußten dazu über den Haupttreppenabsatz hinweg, den die *Ninja* inzwischen besetzt hielten. Überall lagen tote Samurai umher. Angespornt von dem Bewußtsein, daß ihre verehrte Anführerin in Gefahr schwebte, wagten die Samurai einen ersten Einbruch in die Reihen der *Ninja*, doch wurden sie im Handumdrehen niedergemacht. Jetzt hatten weitere Kameraden den Ruf aufgenommen, die Kunde verbreitete sich rasch, und die Braunen verdoppelten ihre Anstrengungen. Yabu kam herbeigeeilt, um den Kampf zu leiten. Ein *Ninja* riß seine Tragetasche auf und entzündete an einer an der Wand steckenden Fackel die Zündschnur eines Wurfgeschosses und schleuderte es mitten unter die Braunen. Die Explosion und der Gegenangriff der *Ninja* verwandelten die Braunen in einen völlig aufgelösten Haufen.

»Zieht euch zurück, und formiert euch neu!« rief Yabu in einem der Korridore, die vom Haupttreppenabsatz fortführten. Es ging ihm darum, ihren Durchbruch so lange wie möglich hinauszuzögern, da er annahm, daß Mariko sich bereits in ihrer Hand befand und nach unten in den Keller geschleppt und von dort aus der Burg hinausgebracht wurde. Er erwartete jeden Augenblick das Hornsignal, das den Erfolg des Unternehmens meldete und für die *Ninja* das Zeichen war, den Angriff abzubrechen und sich zurückzuziehen. Da stürzte eine Gruppe von Braunen in selbstmörderischem Angriff die Treppe hinunter und durchbrach die Reihen der *Ninja*. Auch sie fanden bald den Tod. Weitere Bomben wurden geworfen, und die Wandverkleidungen fingen Feuer. Flammen leckten die Wände hoch, Funken setzten die Tatamis in Brand. Die Flammen hüllten einen *Ninja* ein und verwandelten ihn in eine Fackel. Dann fing auch der Kimono eines Samurai Feuer, er warf sich auf einen *Ninja*, und bald brannten beide lichterloh. Einer der in Flammen stehenden Samurai benutzte sein Schwert wie eine Streitaxt, um sich durch die Reihe der Feinde hindurchzukämpfen. Zehn Samurai folgten ihm, und wenn auch zwei von ihnen fielen und drei mit tödlichen Verwundungen zu Boden gingen, so brachen die anderen doch durch und stürmten zum Ostflügel hinüber. Bald folgten ihnen weitere. Yabu führte den nächsten Durchstoß ziemlich gefahrlos, da die noch verbliebenen *Ninja* sich geordnet nach unten und zu ihrem Fluchtweg im Keller zurückzogen. Die Schlacht um den ausweglosen Ostflügel begann.

Im kleinen Raum starrten sie auf die Tür. Sie hörten, wie die Angreifer an den Angeln kratzten und unter der Tür die Brecheisen anzusetzen versuchten. Dann wurde plötzlich gegen die Tür gehämmert, und eine barsche, wiewohl gedämpfte Stimme drang von außen herein.
Zwei Zofen brachen in Schluchzen aus.
»Was hat er gesagt?« fragte Blackthorne.
Mariko fuhr sich mit der Zunge über die trockenen Lippen. »Er... er sagt, wir sollen die Tür aufmachen und uns ergeben, oder er... er sprengt sie auf.«
»Können sie das tun, Mariko-san?«
»Ich weiß nicht. Sie... sie können selbstverständlich Schießpulver benutzen und...« Marikos Hand fuhr in ihre Schärpe, kam jedoch leer wieder zum Vorschein. »Wo ist mein Stilett?«
Alle Frauen suchten nach ihren Dolchen, Kiri hatte keinen, Sazuko keinen, und auch Achiko und die Dame Etsu nicht.
Die gedämpfte Stimme wurde zorniger und fordernder, und aller Augen im Raum wandten sich Blackthorne zu. Aber Mariko wußte, daß sie verraten und ihre Zeit gekommen war.
»Er hat gesagt, wenn wir die Tür aufmachen und uns ergeben, können alle gehen bis auf Euch.« Mariko strich sich eine Haarsträhne aus den Augen. »Er sagt, sie wollten Euch als Geisel, Anjin-san. Das sei alles, was sie wollten...«
Blackthorne trat an die Tür, um sie zu öffnen, doch Mariko stellte sich ihm rührend in den Weg.
»Nein, Anjin-san, das ist eine Finte«, sagte sie. »Tut mir leid, aber sie wollen Euch nicht wirklich. Ich bin es, die sie wollen!«
Er lächelte sie an, strich ihr scheu übers Gesicht und griff dann nach den Riegeln.
»Sie wollen Euch gar nicht, sondern mich. Es ist alles nur eine Finte! Ich schwöre es. Glaubt ihnen nicht, bitte«, sagte sie und packte sein Schwert. Es war bereits halb aus der Scheide, ehe er begriff, was sie vorhatte, und sie am Handgelenk packte.

»Nein!« befahl er. »Laßt das!«
»Laßt mich ihnen nicht in die Hände fallen! Ich habe keinen Dolch! Bitte, Anjin-san!« Sie versuchte, sich seinem Griff zu entwinden, und er streckte die Hand nach dem obersten Riegel aus. *»Dozo!«* sagte er zu den anderen, während Mariko verzweifelt versuchte, ihn davon abzuhalten. Achiko trat vor und redete eindringlich auf sie ein, doch Mariko versuchte, sie beiseite zu stoßen, und rief laut: »Bitte, Anjin-san, es ist eine Finte... um der Liebe Gottes willen!«
Seine Hand stieß den obersten Riegel zurück.
»Sie wollen mich lebendig!« schrie Mariko außer sich. »Begreift Ihr das denn nicht? Um mich gefangenzunehmen, versteht Ihr nicht? Sie wollen mich lebendig, und dann wäre alles vergebens...«
Blackthorne schob den mittleren Riegel zurück.
»Um der Liebe Gottes willen, macht doch nicht all dies Sterben sinnlos! Helft mir! Denkt an Euren Schwur!«
Jetzt endlich ging ihm auf, was sie da sagte, und entsetzt schob er die Riegel wieder vor. »Warum sollten...«
Wütendes Gehämmer an der Tür unterbrach ihn, Eisen klirrte gegen Eisen, dann eine heftige Stimme, die immer mächtiger anschwoll. Jeder andere Laut draußen erstarb. Die Frauen flohen an die rückwärtige Wand und duckten sich dort nieder.
»Fort von der Tür!« rief Mariko und setzte ihnen nach. »Er will die Tür aufsprengen.«
»Haltet ihn hin, Mariko«, sagte Blackthorne und sprang auf die Seitentür zu, die auf den Söller hinausführte. »Unsere Leute müssen bald hier sein. Ruckt an den Riegeln herum, sagt, daß sie klemmen... irgendwas.« Er stemmte sich mit aller Macht gegen den obersten Riegel der Seitentür, aber der war festgerostet. Gehorsam rannte Mariko an die Tür, machte sich zum Schein am Mittelriegel zu schaffen und bettelte die ganze Zeit über die *Ninja* draußen an. Dann ratterte sie mit dem unteren Riegel. Abermals die Stimme, noch eindringlicher, und Mariko verdoppelte ihre tränenerstickten Bitten.
Blackthorne ließ seine Faust immer und immer wieder gegen den obersten Riegel sausen, doch der rührte sich nicht. Hilflos sahen die Frauen zu. Endlich ging dieser Riegel schnarrend auf und Blackthorne fing an, den letzten Riegel zu bearbeiten. Verzweifelt packte Blackthorne sein Schwert und benutzte den Griff als Schlegel, doch der Riegel schien wie festgeschweißt.
Draußen war der Führer der Rot-Punkte fast von Sinnen vor Wut. Dieses Geheimversteck war völlig unerwartet. Seine Orders vom Oberhaupt seines Klans lauteten, Toda Mariko lebendig gefangenzunehmen, sich zu vergewissern, daß sie keine Waffen hatte und sie den Grauen zu übergeben, die am Ende des Tunnels im Keller warteten. Er wußte, daß die Zeit auslief. Er hörte den Kampfeslärm draußen im Korridor vor der Audienzhalle und wußte, daß sie längst unten in Sicherheit hätten sein können. *Karma!*
Er hielt eine brennende Kerze in der Hand und hatte eine Pulverspur bis zu den

Fäßchen gelegt. Aber er saß in einer Zwickmühle. Die einzige Möglichkeit hineinzukommen, bestand darin, die Tür aufzusprengen. Bei dieser Explosion wurden aber gewiß alle drinnen getötet, und damit war der Auftrag zunichte, und alle ihre Verluste wären umsonst.

Schritte näherten sich. Es war einer seiner eigenen Leute. »Schnell!« flüsterte der Mann. »Wir können sie nicht länger aufhalten!« Er rannte wieder fort.

Der Anführer der Rot-Punkte fällte seine Entscheidung. Er winkte seinen Leuten, in Deckung zu gehen, und rief noch eine letzte Warnung durch die Tür. »Zieht euch zurück! Ich sprenge jetzt!« Dann hielt er die Flamme ans Pulver und sprang in Sicherheit. Das Pulver sprühte auf, fing Feuer, und die Feuerschlange fraß sich auf die Pulverfäßchen zu.

Blackthorne riß die Seitentür auf. Süße Nachtluft strömte herein. Die Frauen drängten auf den Söller hinaus. Die alte Dame Etsu fiel, doch er fing sie auf und schob sie nach draußen, fuhr herum und auf Mariko zu, doch die hatte sich an die Riegel geklammert und rief mit fester Stimme: »Ich, Toda Mariko, protestiere gegen diesen schändlichen Überfall mit meinem Tod...«

Er sprang auf sie zu, doch die Explosion fegte ihn beiseite, als die Tür aus ihren Angeln herausgerissen wurde, in den Raum hineinfuhr und an die gegenüberliegende Wand prallte. Die Detonation riß Kiri und die anderen draußen auf dem Söller zu Boden, doch blieben die meisten unverletzt. Rauch drang in den Raum ein, gleich darauf die *Ninja*.

Der Anführer der Rot-Punkte kniete neben Mariko, während andere schützend ausschwärmten. Er sah auf einen Blick, daß sie in den letzten Zügen lag. *Karma*, dachte er und sprang auf. Blackthorne lag in Bewußtlosigkeit da. Ein wenig Blut sickerte ihm aus Nase und Ohren.

Der Führer der *Ninja* machte noch einen Schritt vorwärts und blieb stehen. Achiko bewegte sich in der Tür.

Der *Ninja* sah sie an und erkannte sie. Dann starrte er auf Blackthorne hinab, voller Verachtung, daß der Barbar eine Feuerwaffe benutzte, feige durch die Tür geschossen und einen seiner Männer getötet hatte. Dann sah er wieder Achiko an und packte seinen Dolch. Sie griff blindlings an. Sein Dolch erwischte sie in der linken Brust. Sie war tot, als sie zusammenbrach, und er trat ohne Zorn vor und zog den Dolch aus dem noch zuckenden Körper heraus. Damit war der letzte Teil der Befehle von oben erfüllt – wie er annahm, von Ishido, wiewohl das nicht bewiesen werden konnte –, daß, wenn es schiefging und die Dame Toda es fertigbrachte, sich vorher umzubringen, sie sie unberührt liegenlassen und ihr nicht den Kopf abschlagen sollten; er sollte auch den Barbaren schützen und all den anderen Frauen nichts zuleide tun bis auf Kiyama Achiko. Warum er Befehl hatte, ausgerechnet sie zu töten, wußte er nicht.

Er gab das Zeichen zum Rückzug. Einer seiner Männer setzte ein gebogenes Horn an die Lippen und blies ein durchdringendes Signal, das durch die ganze Burg und durch die Nacht hallte. Der Anführer überzeugte sich noch, daß Mariko praktisch tot war, dann noch einmal, daß auch Achiko tot war, vergewisserte sich, daß der Barbar, den er so gern tot gesehen hätte, noch lebte, machte dann auf den Hacken kehrt und führte den Rückzug durch die Räume und Gänge der Privatquartiere bis in die Audienzhalle. Die *Ninja*, die die Haupttür verteidigten, warteten, bis alle Rot-Punkte den Fluchtweg erreicht hatten, dann warfen sie weitere Rauch- und Feuerbomben in den Korridor und brachten sich eiligst in Sicherheit.

In dem kleinen Raum war nichts weiter zu hören als Blackthornes Lungen, die nach Luft rangen. Draußen auf dem Söller raffte Kiri sich hoch. Ihr Kimono war zerfetzt, und an Händen und Armen hatte sie Hautabschürfungen davongetragen. Sie wankte vorwärts, sah Achiko, schrie auf, drehte sich dann suchend nach Mariko um und sank neben ihr auf die Knie. Eine zweite Explosion irgendwo in der Burg ließ den Staub erzittern, dann hörte man weitere Schreie und ferne Rufe: »Feuer!« Rauch quoll in den Raum herein. Sazuko und einige der Zofen rafften sich hoch. Sazuko hatte Schrammen im Gesicht und an den Schultern, und außerdem hatte sie sich das Handgelenk gebrochen. Sie erblickte Achiko, die Augen und Mund in Todesangst aufgerissen hatte, und sie brach in Tränen aus.

Benommen blickte Kiri sich im Raum um und zeigte auf Blackthorne. Die junge Frau kam wankend auf Kiri zu und sah Mariko. Sie riß sich zusammen, ging zu Blackthorne hinüber und versuchte, ihm zu helfen. Zofen eilten ihr zu Hilfe. Er hielt sich an ihnen fest und kam auch auf die Beine, doch schwankte er und fiel wieder hin. Er hustete und würgte, und das Blut lief ihm immer noch aus Nase und Ohren. Braune kamen hereingestürzt und blickten sich entsetzt um. Kiri blieb auf den Knien neben Mariko liegen. Ein Samurai hob sie hoch. Andere scharten sich um sie. Sie gingen auseinander, als Yabu aschgrau im Gesicht hereintrat. Als er sah, daß Blackthorne noch lebte, fiel ein Großteil seiner Angst von ihm ab.

»Holt einen Arzt! Rasch!« befahl er und kniete neben Mariko nieder. Sie lebte noch, aber die Sinne schwanden ihr immer mehr. Ihr Gesicht hatte kaum etwas abbekommen, doch am Körper war sie furchtbar zugerichtet. Yabu riß sich den Kimono herunter und deckte sie bis zum Hals zu.

Dann ging er zu Blackthorne hinüber und half ihm, sich gegen die Mauer zu lehnen.

»Anjin-san! Anjin-san!«

Blackthorne befand sich noch im Schock. In seinen Ohren brauste es, und sehen konnte er kaum etwas. Sein Gesicht war eine einzige Schramme und vom Pulver versengt. Dann klärte sich sein Blick etwas, und er sah Yabu, wenn das Bild vor ihm auch noch verschwamm, der Pulverdampf ihn husten ließ und er nicht wußte, wo und wer er war – nur, daß er an Bord eines Schiffes war, daß eine Schlacht tobte, daß sein Schiff einen Treffer abbekommen hatte und seine Hilfe brauchte. Dann sah er Mariko, und alles fiel ihm wieder ein.

Mühsam raffte er sich hoch. Yabu half ihm. Er ging schwankend zu ihr hinüber. Sie schien friedlich zu schlafen. Er kniete mühselig neben ihr nieder und nahm

ihr den Kimono fort, deckte ihn jedoch gleich wieder über sie. Ihr Puls ging kaum wahrnehmbar. Dann hörte er auf.
Lange blickte er sie nur an, schwankte und wäre ums Haar gefallen, dann kam ein Arzt, und der schüttelte den Kopf und sagte etwas, doch Blackthorne konnte weder hören noch irgend etwas verstehen. Er wußte nur, daß der Tod sie geholt hatte und daß auch er tot war.
Er schlug das Kreuzzeichen über ihr und sprach die heiligen lateinischen Worte, die nötig waren, sie zu segnen, und dann betete er für sie, wenn auch kein Laut von seinen Lippen kam. Die anderen sahen ihm zu. Als er getan hatte, was getan werden mußte, raffte er sich wieder hoch und stellte sich aufrecht hin. Dann schien rotes und violettes Licht in seinem Kopf zu explodieren, und er brach zusammen. Freundliche Hände fingen ihn auf, legten ihn auf den Boden und ließen ihn dort ruhen.
»Ist er tot?« fragte Yabu.
»Fast. Ich weiß nicht, wie es mit seinen Ohren aussieht, Yabu-san«, sagte der Arzt. »Vielleicht blutet er innerlich.«
Ein Samurai sagte nervös: »Wir sollten uns besser beeilen, sie hier herauszubringen. Das Feuer könnte sich ausbreiten, und dann sitzen wir hier fest.«
»Ja«, sagte Yabu. Ein anderer Samurai rief ihn dringlich vom Söller her, und er ging hinaus.
Die alte Dame Etsu lag neben den Zinnen und hatte den Kopf auf den Schoß einer Zofe gebettet. Ihr Gesicht war grau, die Augen feucht. Sie spähte zu Yabu hinauf und hatte Schwierigkeiten, ihn in den Fokus zu bekommen. »Kasigi Yabu-san?«
»Ja, Dame?«
»Seid Ihr der ranghöchste Offizier hier?«
»Ja, Dame.«
Die alte Dame sagte zu ihrer Zofe: »Hilf mir auf!«
»Aber Ihr solltet warten, der Arzt...«
»Hilf mir auf!«
Die Samurai auf dem überdachten Söller beobachteten, wie sie, von ihrer Zofe gestützt, aufstand. »Hört«, sagte sie, und ihre Stimme klang im großen Schweigen heiser und schwach. »Ich, Maeda Etsu, Gemahlin von Maeda Arinosi, Herrn von Nagato, Iwami und Aki, bezeuge, daß Toda Mariko-sama sich das Leben nahm, um sich davor zu schützen, ehrlos von diesen abscheulichen und schändlichen Männern gefangengenommen zu werden. Ich lege Zeugnis dafür ab, daß... daß Kiyama Achiko es vorzog, den *Ninja* anzugreifen und lieber ihr Leben zu verlieren, als ehrlos in Gefangenschaft zu geraten... daß, wäre nicht der Mut des Barbaren gewesen, die Dame Toda gefangengenommen und entehrt worden wäre wie alle anderen auch – und daß wir, die wir mit dem Leben davongekommen sind, ihm Dankbarkeit schulden, daß auch unsere Gebieter ihm Dankbarkeit schulden, uns vor dieser Schande bewahrt zu haben... Ich beschuldige Herrn General Ishido, diesen ehrlosen Überfall angezettelt... und den Er-

ben und die Dame Ochiba verraten zu haben...« Die alte Dame schwankte und wäre beinahe hingestürzt, und die schluchzende Zofe hielt sie noch fester. »Und... und... Herr Ishido hat sie und den Regentschaftsrat verraten. Ich rufe euch alle als Zeugen dafür auf, daß ich mit dieser Schande nicht mehr weiterleben kann...«

»Nein... nein, Herrin«, schluchzte ihre Zofe, »ich werde es nicht zulassen, daß Ihr...«

»Laß mich los! Kasigi Yabu-san, bitte, helft mir. Geh fort, Weib!«

Yabu stützte die Dame Etsu und befahl der Zofe fortzugehen. Sie gehorchte. Die Dame Etsu litt große Schmerzen und atmete mit Mühe. »Ich bezeuge die Wahrheit dessen, was ich gesagt habe, mit meinem eigenen Tod«, erklärte sie leise und blickte zu Yabu hinauf. »Ich würde es als eine Ehre betrachten, wenn Ihr... wenn Ihr mein Sekundant sein wolltet. Bitte, helft mir auf die Zinnen hinauf.«

»Nein, Dame. Es ist kein Grund zu sterben.«

Sie wandte ihr Gesicht von den anderen ab und flüsterte ihm zu: »Ich sterbe ja schon, Yabu-sama. Ich blute innerlich... irgend etwas ist drinnen gebrochen... die Explosion. Helft mir, meine Pflicht zu tun... ich bin alt und nutzlos, und ich leide schon seit zwanzig Jahren unter großen Schmerzen. Soll mein Tod unserem Gebieter wenigstens etwas nützen, *neh?*« Es blitzte in ihren alten Augen. *»Neh?«*

Behutsam hob er sie hoch und stand stolz neben ihr an den Zinnen. Tief unten lag der Vorhof. Er half ihr, sich hinaufzustellen. Alle verneigten sich vor ihr. »Ich habe die Wahrheit gesprochen. Und davon gebe ich Zeugnis mit meinem Tod«, sagte sie. Ganz allein stand sie da, und ihre Stimme zitterte. Dann schloß sie dankbar die Augen und ließ sich fallen, den Tod willkommen zu heißen.

# *58. Kapitel*

Die Regenten versammelten sich im zweiten Stock des Bergfrieds im Großen Saal: Ishido, Kiyama, Zataki, Ito und Onoshi. Die morgendliche Sonne warf lange Schatten, und der Geruch von Feuer hing noch schwer in der Luft. Die beträchtlich verstörte Dame Ochiba war gleichfalls anwesend.

»Tut mir leid, Herr General, dem kann ich nicht zustimmen«, sagte Kiyama mit seiner spröden Stimme. »Es ist unmöglich, über das *Seppuku* der Dame Toda, den Mut meiner Schwiegerenkeltochter sowie die Zeugenschaft und den förmlichen Tod der Dame Etsu einfach hinwegzugehen... und außerdem noch über hundertundvierundsiebzig Tote auf Toranagas Seite und darüber, daß jener Teil der Burg fast vollständig ausgebrannt ist.«

»Ganz meine Meinung«, erklärte Zataki. Er war gestern morgen von Takato kommend hier eingetroffen, und als er die Einzelheiten von Marikos Zusammenstoß mit Ishido hörte, hatte er sich heimlich ins Fäustchen gelacht. »Hätte man sie gestern ziehen lassen, wie ich geraten habe, dann säßen wir jetzt nicht in der Patsche!«

»Es ist alles nicht so ernst, wie ihr meint.« Ishidos Mund war ein Strich, und Ochiba verabscheute ihn in diesem Augenblick – verabscheute ihn, weil er versagt und sie alle in diese hochpeinliche Lage gebracht hatte. »Die *Ninja* waren bloß auf Beute aus«, sagte Ishido.

»Der Barbar soll die Beute sein?« sagte Kiyama verächtlich. »Nur wegen des Barbaren sollten sie einen so aufwendigen Überfall gemacht haben?«

»Warum nicht? Man könnte schließlich ein reiches Lösegeld herauspressen, *neh?*« Er funkelte Kiyama an, der zwischen Ito Teruzumi und Zataki stand. »Die Christen in Nagasaki würden ein Vermögen für ihn bezahlen, *neh?*«

»Das ist möglich«, stimmte Zataki zu.

Mit schmalen Lippen sagte Kiyama: »Wollt Ihr damit in aller Form behaupten, Christen hätten diesen heimtückischen Überfall geplant und für ihn bezahlt?«

»Ich habe gesagt, es ist möglich. Und es ist ja auch möglich.«

»Ja. Aber sehr unwahrscheinlich«, legte Ishido sich ins Mittel, der auf jeden Fall

verhindern wollte, daß das heikle Gleichgewicht unter den Regenten jetzt durch einen offenen Streit gestört wurde. Innerlich schäumte er immer noch vor Wut, daß die Spione ihm nichts von Toranagas heimlichem Schlupfwinkel berichtet hatten. »Ich sage, die *Ninja* waren auf Beute aus.«
»Das ist vernünftig und sehr richtig«, sagte Ito mit einem boshaften Funkeln in den Augen. Er war ein kleiner Mann in mittleren Jahren, schon zu dieser frühen Stunde prachtvoll angetan mit Galaschwertern, obgleich man ihn genauso wie die anderen aus dem Schlaf gerissen hatte. Er war geschminkt wie eine Frau und hatte geschwärzte Zähne. »Ja, Herr General. Aber vielleicht haben die *Ninja* gar nicht vorgehabt, ihn in Nagasaki gegen ein Lösegeld auszutauschen, sondern in Yedo, bei Herrn Toranaga. Ist er nicht immer noch sein Lakai?«
Ishidos Stirn umwölkte sich, als er den Namen seines Feindes hörte. »Ich stimme zu, wir sollten unsere Zeit lieber darauf verwenden, uns über Herrn Toranaga zu unterhalten. Vermutlich hat er den Überfall befohlen, *neh?*«
»Nein, er würde sich niemals der *Ninja* bedienen«, sagte Zataki. »Verrat meinetwegen, aber nicht etwas derartig Verruchtes. Kaufleute wären dazu imstande... oder Barbaren. Aber nicht Herr Toranaga.«
Kiyama betrachtete Zataki, und er haßte ihn. »Unsere portugiesischen Freunde könnten und würden sich eine solche Einmischung in unsere inneren Angelegenheiten niemals leisten. Niemals!«
»Haltet Ihr es für möglich, daß sie oder ihre Priester mit einem der christlichen *Daimyos* von Kyushu sich verschwörten, um Krieg gegen Nichtchristen zu führen... daß ein solcher Krieg durch eine Ladung fremder Truppen unterstützt würde?«
»Wer? Sagt es mir. Habt Ihr Beweise dafür?«
»Nein, noch nicht, Herr Kiyama. Aber die Gerüchte wollen nicht zum Schweigen kommen, und eines Tages werde ich den Beweis dafür herbeischaffen.« Zataki wandte sich wieder Ishido zu. »Was machen wir mit diesem Überfall? Wie ziehen wir uns aus der Affäre?« fragte er und sah dann Ochiba an. Die wiederum hatte Kiyama ins Auge gefaßt, ließ dann jedoch den Blick zu Ishido schweifen, um sogleich wieder Kiyama anzusehen. Niemals war sie Zataki begehrenswerter erschienen.
Kiyama sagte: »Wir alle waren einhellig der Meinung, daß wir von Toda Mariko-sama in eine Falle gelockt werden sollten, mag sie noch so viel Mut bewiesen haben, noch so pflichtbewußt gewesen sein und von noch so ehrenhaften Motiven beseelt. Gott sei ihrer Seele gnädig!«
Ito zupfte eine Falte am Schoß seines ohnehin makellos sitzenden Kimono zurecht. »Meint Ihr nicht, es wäre typisch für den listigen Toranaga, seine eigenen Vasallen anzugreifen? Ach, Herr Zataki, ich weiß, er würde sich niemals der *Ninja* bedienen, aber er versteht sich trefflich darauf, anderen seine Ideen einzupflanzen und sie glauben zu machen, es wären ihre eigenen. *Neh?*«
»Alles ist möglich. Aber *Ninja* – nein, das paßt nicht zu ihm. Er ist viel zu klug, sich ihrer zu bedienen. *Ninja* kann man nicht trauen. Und warum Mariko-sama

zu etwas zwingen? Da wäre es doch weit besser gewesen, abzuwarten und uns diesen Fehler machen zu lassen. Wir saßen schließlich in der Zwickmühle!«
»Ja. Und wir sitzen immer noch in der Zwickmühle.« Kiyama sah zu Ishido hinüber. »Und wer immer diesen Überfall befohlen hat – er war ein Narr und hat uns einen schlechten Dienst erwiesen.«
»Wir sitzen nicht in einer Zwickmühle.« Ishido hielt Kiyamas unerbittlichem Blick stand. »Und Mariko kann von Glück sagen, daß sie sich in dem Loch verkriechen konnte, sonst wäre sie womöglich diesem Gezücht lebend in die Hände gefallen.«
»Aber sie ist ihnen nicht in die Hände gefallen und hat eine Art von *Seppuku* begangen, Herr General, genauso wie die anderen; und jetzt werden – wenn wir nicht alle ziehen lassen – noch viele aus Protest sterben, und das können wir uns nicht leisten«, sagte Kiyama.
»Der Meinung bin ich nicht. Es sollten alle hierbleiben... zumindest so lange, bis Toranaga-sama unsere Grenzen überschreitet.«
Ito lächelte. »Das wird ein denkwürdiger Tag!«
»Ihr glaubt, er tut es nicht?« fragte Zataki.
»Was ich glaube, ist ohne Bedeutung, Herr Zataki. Wir werden bald genug erfahren, was er vorhat. Was, spielt dabei gar keine Rolle. Toranaga muß sterben, wenn Yaemon sein Erbe auch antreten soll.« Ito blickte zu Ishido. »Ist der Barbar schon tot, Herr General?«
Ishido schüttelte den Kopf und beobachtete Kiyama. »Es wäre ein Unglück, wenn er jetzt stürbe oder dauernden Schaden davontrüge... ein so mutiger Mann. *Neh?*«
»Ich glaube, er ist eine Plage, und je früher er stirbt, desto besser. Habt Ihr das vergessen?«
»Er könnte uns nützlich sein. Toranaga ist kein Dummkopf. Er muß gute Gründe haben, ihn so wohlwollend zu behandeln. *Neh?*«
»Ja, da habt Ihr recht«, sagte Ito. »Für einen Barbaren hat der Anjin-san sich gut gehalten, oder?« Er sah Ochiba an. »Als er Euch die Blüte überreichte, Dame, da fand ich, das sei eine poetische Geste, die eines Hofmanns würdig gewesen wäre.«
Alle fanden das.
»Wie steht es jetzt mit dem Dichterwettstreit, Dame?« fragte Ito.
»Den werden wir absagen müssen, tut mir leid«, sagte Ochiba.
»Ja«, pflichtete Kiyama ihr bei, »aber jetzt könnte ich das Gedicht folgendermaßen fortführen:

*Über entlaubtem Zweig*
*fiel der Sturm her...*
*Dunklen Sommers Tränen.*«

»Das sollte ihr Grabspruch sein. Sie war Samurai«, sagte Ito leise. »Ich teile diesen Sommers Tränen.«

»Was mich betrifft«, sagte Ochiba, »so hätte ich einen anderen Schluß gewünscht:

*Auf entlaubtem Zweig*
*lauschte der Schnee...*
*Schweigen des Winters.*

Aber Ihr habt recht, Herr Ito. Auch ich glaube, wir alle teilen diesen Sommers Tränen.«
»Nein, tut mir leid, Dame, aber Ihr irrt«, sagte Ishido. »Gewiß, es wird Tränen geben, aber Toranaga und seine Verbündeten werden es sein, die sie vergießen.« Er wollte die Sitzung zum Schluß bringen. »Ich werde den Überfall der *Ninja* sofort untersuchen lassen. Allerdings zweifle ich, daß wir jemals hinter die Wahrheit kommen werden. Inzwischen werden aus Gründen der Sicherheit sämtliche Pässe zurückgezogen, und es ist jedem verboten, Osaka vor dem zweiundzwanzigsten Tag zu verlassen.«
»Nein«, ließ Onoshi, der Leprakranke und letzte der Regenten, sich von seinem einsamen Platz am anderen Ende des Raums vernehmen, wo er hinter den undurchsichtigen Vorhängen seiner Sänfte lag. »Tut mir leid, aber genau das könnt Ihr nicht tun. Jetzt müßt Ihr jeden ziehen lassen. Jeden.«
»Warum?«
Onoshis Stimme bekam etwas Böses und Unerschrockenes. »Wenn Ihr das nicht tut, besudelt Ihr die Ehre der mutigsten Dame im ganzen Reich – und entehrt Ihr die Dame Kiyama Achiko sowie die Dame Maeda – Gott sei ihren Seelen gnädig!«
Ein Schauder durchlief Ochiba. Vor Jahresfrist, als Onoshi nach Osaka gekommen war, um dem sterbenden Taikō zu huldigen, hatten die Wachen darauf bestanden, daß die Vorhänge der Sänfte zurückgezogen würden, weil Onoshi Waffen versteckt halten könnte, und dabei hatte sie sein entstelltes Gesicht gesehen – ohne Nase, ohne Ohren, völlig zerfressen, die brennenden, fanatischen Augen, den Stumpf der linken Hand und die Rechte, mit der er das Kurzschwert gepackt hatte.
Die Dame Ochiba betete darum, daß weder sie noch Yaemon jemals die Lepra bekommen möchten. Auch ihr war an einem Ende dieser Sitzung gelegen, denn sie mußte sich schlüssig werden, was sie tun sollte – Toranaga oder Ishido.
»Zweitens«, sagte Onoshi, »wenn Ihr diesen niederträchtigen Überfall als Vorwand benutzt, um irgend jemand hier festzuhalten, gebt Ihr damit zu, daß Ihr in Wirklichkeit nie vorgehabt hattet, sie ziehen zu lassen. Drittens: Ihr...«
Ishido unterbrach ihn. »Der ganze Rat war einverstanden, die Pässe auszugeben.«
»Tut mir leid, aber der gesamte Rat stimmte dem Vorschlag der Dame Ochiba zu, freies Geleit anzubieten – und zwar in der Annahme, daß nur wenige von der Möglichkeit Gebrauch machen würden.«

»Wollt Ihr damit sagen, Toranagas Frauen und Toda Mariko würden abgereist sein und andere wären ihrem Beispiel nicht gefolgt?«
»Was mit diesen Frauen auch immer geschehen wäre ... Herrn Toranaga würde das nicht um so viel von seinem Ziel abbringen. Wir müssen uns unserer Verbündeten wegen Gedanken und Sorgen machen! Ohne den Überfall der *Ninja* und die drei *Seppuku* wäre dieser ganze Unsinn wirkungslos verpufft.«
»Der Meinung bin ich nicht!«
»Drittens und letztens: Wenn Ihr jetzt, nach dem, was die Dame Etsu öffentlich gesagt hat, nicht jedermann ziehen laßt, werden die meisten *Daimyos* Euch schuldig sprechen und – selbstverständlich nicht öffentlich – erklären, Ihr hättet diesen Überfall befohlen.«
»Ich habe es nicht nötig, mich auf *Ninja* zu verlassen.«
»Selbstverständlich nicht«, pflichtete Onoshi ihm mit Gift in der Stimme bei. »Ich auch nicht, auch sonst niemand von den Anwesenden. Trotzdem halte ich es für meine Pflicht, Euch darauf hinzuweisen, daß es zweihundertundvierundsechzig *Daimyos* gibt, die Stärke des Erben in einem Bündnis von vielleicht zweihundert von ihnen liegt und der Erbe es sich nicht leisten kann, daß man Euch, seinen getreuesten Standartenträger und Oberkommandierenden, solch schmutziger Machenschaften für fähig hält ... und obendrein auch noch für ungeheuerlich unfähig, denn schließlich ist der Überfall ein Schlag ins Wasser gewesen.«
»Wollt Ihr etwa behaupten, ich hätte den Überfall befohlen?«
»Selbstverständlich nicht, tut mir leid. Ich habe nur gesagt, daß man Euch, wenn Ihr nicht jedermann ziehen laßt, für den Schuldigen halten wird.«
»Ist hier jemand, der glaubt, daß ich den Überfall befohlen habe?« Niemand wagte es, Ishido offen herauszufordern. Beweisen ließ sich nichts. Aber alle wußten und waren gleichermaßen erbost darüber, daß er die Dummheit besessen, eine Schlappe zu riskieren – alle, bis auf Zataki. Trotzdem war Ishido immer noch Herr von Osaka und Hüter des Schatzes des Taikō. Folglich konnte man ihm nichts anhaben und ihn nicht beseitigen.
»Gut«, sagte Ishido, und das ließ keinen Widerspruch zu. »Die *Ninja* waren also auf Beute aus. Über die Pässe werden wir abstimmen. Ich bin dafür, daß sie zurückgezogen werden.«
»Ich bin anderer Meinung«, erklärte Zataki.
»Tut mir leid, aber ich bin auch dagegen«, sagte Onoshi.
Ito errötete, als alle ihn erwartungsvoll ansahen. »Ich muß Herrn Onoshi zustimmen, freilich, auf der anderen Seite, es ist alles sehr schwierig, *neh?*«
»Entscheidet Euch!« sagte Ishido grimmig.
»Ich stimme Euch zu, Herr General.«
Kiyama sagte: »Tut mir leid, aber ich nicht.«
»Gut«, sagte Onoshi. »Das wäre erledigt. Allerdings stimme ich Euch darin zu, Herr General, daß wir andere drängende Probleme haben. Wir müssen wissen, was Herr Toranaga jetzt tun wird. Wie ist Eure Meinung?«

Mit verbissenem Gesicht starrte Ishido Kiyama an. Dann sagte er: »Wie lautet Eure Antwort darauf?«
Kiyama versuchte, Ordnung in seine Gedanken zu bringen, um sich jetzt endgültig zu entscheiden: Ishido oder Toranaga. Lebhaft erinnerte er sich daran, wie Mariko über Onoshis vorgeblichen Verrat geredet hatte, über Ishidos vorgebliches Doppelspiel und Toranagas vorgeblichen Beweis für dieses Doppelspiel ihm gegenüber, über den Barbaren und sein Schiff... und darüber, was mit dem Erben und der Kirche geschehen könnte, falls Toranaga das Reich beherrschte, und was mit ihrem Gesetz geschehen würde, wenn die Jesuiten-Patres das Land beherrschten. Überdies mußte er an die Ängste des Paters Visitator denken, was den Ketzer und sein Schiff betraf, und an die Überzeugung des Generalkapitäns, der Anjin-san sei eine Ausgeburt des Teufels, Mariko verhext und auch Rodrigues verhext. Arme Mariko, dachte er traurig, nach solchen Leiden einen solchen Tod zu finden. Madonna, erbarme Dich ihrer! Diesen Sommers viele Tränen!
Und was war mit Achiko? Hatte der Anführer der *Ninja* es besonders auf sie abgesehen gehabt, oder war es ein Tod unter vielen? Aber warum ist der Barbar noch am Leben? Warum haben die *Ninja* ihn geschont? Eigentlich hätten sie Befehl haben müssen, ihn umzubringen, wenn Ishido der Urheber des dreckigen Überfalls war, wie er es selbstverständlich gewesen sein muß. Eine Schande für Ishido, dann auch noch nicht einmal zum Ziel zu kommen! Ah, welchen Mut dagegen Mariko bewiesen hat, und wie klug sie es verstanden hat, sie alle in ihr Netz zu verstricken! Und der Barbar!
Ohne Zweifel: Wären er und der geheime Schlupfwinkel nicht gewesen, würde die Dame Mariko in Gefangenschaft geraten sein. Sie alle. Meine Pflicht als Samurai gebietet es mir, den Anjin-san zu ehren dafür, daß er Samurai ist. *Neh?* Gott verzeih mir, daß ich nicht hingegangen bin, für Mariko als Sekundant zu fungieren, wie es meine Christenpflicht gewesen wäre. Der Ketzer hingegen half ihr, wie Christus anderen geholfen hat, wohingegen ich, Kiyama, sie im Stich gelassen habe. Wer ist der Christ?
Ich weiß es nicht. Trotzdem, *er* muß sterben.
»Was ist mit Herrn Toranaga, Herr Kiyama?« fragte Ishido nochmals. »Was ist mit dem Feind?«
»Was ist mit dem Kwanto?« stellte Kiyama die Gegenfrage und ließ ihn nicht aus den Augen.
»Sobald Toranaga vernichtet ist, schlage ich vor, daß der Kwanto an einen der Regenten fällt.«
»An welchen Regenten?«
»An Euch«, erwiderte Ishido schmeichelnd, um dann freilich hinzuzufügen: »Oder vielleicht an Zataki, den Herrn von Shinano.« Das zu sagen hielt Ishido für klug, denn solange Toranaga lebte, waren sie sehr auf Zatakis Hilfe angewiesen; und Ishido hatte ihm bereits vor einem Monat gesagt, Zataki habe als Gegenleistung für seine Unterstützung den Kwanto verlangt. Gemeinsam wa-

ren sie übereingekommen, daß Ishido ihn ihm versprechen sollte. Beide waren gleichermaßen der Meinung, daß Zataki um seiner Unverschämtheit willen bei nächster Gelegenheit sein Leben und seine Provinz verlieren müsse.
»Selbstverständlich habe ich kaum solche Ehre verdient«, sagte Kiyama und überlegte, wer im Raum für und wer gegen ihn war.
Onoshi versuchte, seine Mißbilligung für sich zu behalten. »Ja, aber das liegt in weiter Ferne. Was wird der gegenwärtige Herr des Kwanto unternehmen?«
Ishido sah Kiyama immer noch an. »Nun?«
Kiyama spürte Zatakis Feindseligkeit, wiewohl im Gesicht seines Feindes nichts davon zu sehen war. Zwei gegen mich, dachte er, und Ochiba, aber die hat ja keine Stimme. Ito wird immer für das gleiche stimmen wie Ishido, folglich gewinne ich... falls Ishido meint, was er behauptet. Tut er das? fragte er sich, forschte in dem harten Gesicht vor ihm und versuchte, der Wahrheit auf den Grund zu kommen. Dann traf er seine Entscheidung und verkündete offen: »Herr Toranaga wird niemals nach Osaka kommen.«
»Gut«, sagte Ishido. »Dann ist er isoliert, wird geächtet, und die kaiserliche Aufforderung, *Seppuku* zu begehen, braucht vom Erhabenen nur noch unterschrieben zu werden. Das wäre dann das Ende Toranagas und seines Geschlechts. *Ein für allemal!*«
»Ja. Falls der Sohn des Himmels nach Osaka kommt.«
»Was?«
»Ich teile Herrn Itos Meinung«, sagte Kiyama, der Ito lieber als seinen Verbündeten, denn als seinen Feind sehen wollte. »Herr Toranaga ist schlau wie ein Fuchs. Ich halte es durchaus für möglich, daß er es mit List und Tücke sogar fertigbringt zu verhindern, daß der Erhabene hierherkommt.«
»Unmöglich!«
»Und wenn seine Ankunft nur verschoben wird?« fragte Kiyama. Schadenfreude erfüllte ihn ob Ishidos Verlegenheit – und Verachtung, daß er versagt hatte.
»Der Sohn des Himmels wird, wie geplant, hier eintreffen.«
»Und wenn der Sohn des Himmels es nicht tut?«
Die Dame Ochiba fragte: »Wie sollte Herr Toranaga das anstellen?«
»Das weiß ich nicht. Aber wenn der Erhabene möchte, daß seine Ankunft um einen Monat verschoben wird... was sollten wir dagegen tun? Hat Herr Toranaga sich nicht auch schon früher als ein Meister der Unterwanderung erwiesen?«
Grabesstille herrschte im Raum. Die Ungeheuerlichkeit dieses Gedankens und seiner Auswirkungen hielt sie alle im Bann.
»Verzeiht, bitte, aber... wie reagieren wir darauf?« Ochiba sprach für sie alle.
»Mit Krieg!« erklärte Kiyama. »Wir machen heute noch mobil... Wir warten, bis der Besuch verschoben wird, was bestimmt geschehen wird. Das ist für uns dann das Signal, daß Toranaga den Allerhöchsten umgestimmt hat. Am selben Tag marschieren wir gegen den Kwanto.«

Plötzlich begann der Boden zu zittern.
Der erste Erdstoß war leicht und dauerte nur wenige Augenblicke, aber immerhin schrie das Gebälk auf.
Gleich darauf kam es zu einem zweiten, heftigeren Stoß. Ein Riß sprang in der Mauer hoch. Von den Sparren rieselte Staub herunter. Dielenbretter, Balken und Ziegel krachten, und einige Ziegel rutschten vom Dach herunter und zerscherbten unten im Vorhof.
Ochiba fühlte sich von Schwäche und Übelkeit übermannt und dachte unwillkürlich: Ob es wohl mein *Karma* ist, heute unter diesem Schutt begraben zu werden? Sie klammerte sich an den zitternden Boden und wartete wie jeder in der Burg, wie jeder in der Stadt und auf den Schiffen im Hafen, ob das große, das eigentliche Beben kommen würde.
Aber es blieb aus. Der Erdstoß endete. Das Leben nahm seinen Fortgang, die Lebensfreude kehrte wieder in sie zurück, und ihr Lachen hallte in der Burg wider. Jeder schien zu wissen, daß das Unglück für diese Stunde, für diesen Tag noch einmal an ihnen vorübergegangen war.
»*Shigata ga nei*«, sagte Ishido, der sich immer noch wand. »*Neh?*«
»Ja«, sagte Ochiba strahlend.
»Stimmen wir ab!« sagte Ishido, über die Maßen glücklich, noch einmal davongekommen zu sein. »Ich bin für Krieg!«
»Ich auch!«

Als Blackthorne wieder zu sich kam, wußte er nicht nur, daß Mariko tot war, sondern er wußte auch, wie und warum sie gestorben war. Er lag auf *Futons*. Graue bewachten ihn. Über ihm dehnte sich eine sparrenbedeckte Decke, blendender Sonnenschein tat seinen Augen weh, und das Schweigen war unheimlich. Ein Arzt untersuchte ihn. Die erste seiner großen Befürchtungen fiel von ihm ab.
Ich kann sehen.
Der Arzt lächelte und sagte etwas, aber Blackthorne konnte nichts hören. Er schickte sich an, sich zu erheben, doch ein wilder Schmerz löste ein ungeheures Sausen in seinen Ohren aus. Der bittere Geschmack von Pulver war immer noch in seinem Mund, und sein ganzer Körper schmerzte ihn.
Für einen Moment verlor er abermals das Bewußtsein. Unter großen Anstrengungen machte er die Augen wieder auf. Der Arzt sagte etwas, auch jetzt konnte er nichts hören, und wieder begann Entsetzen in ihm hochzukommen, doch gebot er ihm Einhalt. Er erinnerte sich an die Explosion und wie sie leblos vor ihm gelegen, und daran, wie er ihr die Absolution erteilt, die zu erteilen er überhaupt nicht berufen gewesen war.
Er erkannte die Länge der Schatten und die Tönung des Lichts. Es ist also kurz nach Sonnenaufgang, sagte er sich und dankte Gott nochmals, daß er mit heiler Haut davongekommen war. Kein Grund zur Sorge, sagte er sich. Noch nicht. Vorsichtig betastete er Gesicht, Mund und Kiefer. Kein Schmerz dort und keine

Wunden. Dann seinen Hals, die Arme und die Brust. Auch dort noch keine Wunden. Jetzt zwang er seine Hände tiefer, über seine Lenden und sein Geschlecht. Er war auch dort nicht verstümmelt.
Er ruhte sich aus. Sein Kopf schmerzte ihn furchtbar. Dann tastete er auch noch seine Beine und Füße ab. Alles schien in Ordnung. Vorsichtig legte er die Hände über die Ohren und drückte, öffnete dann halb den Mund, schluckte und versuchte zu gähnen in dem Versuch, seine Ohren freizumachen, doch das vergrößerte nur den Schmerz.
Du wirst einen Tag und einen halben Tag warten, befahl er sich, und dann noch einen Tag und noch einen, wenn es nötig ist – und bis dahin wirst du keine Angst haben!
Der Arzt berührte ihn. Seine Lippen bewegten sich.
»Kann nicht hören, tut mir leid«, sagte Blackthorne ruhig, hörte aber seine Worte nur im Geiste.
Der Arzt nickte und sprach wieder. Jetzt versuchte Blackthorne, die Lippenbewegungen des Mannes zu lesen. *Ich verstehe. Bitte, schlaft jetzt.*
Aber Blackthorne mußte Pläne schmieden. Er mußte aufstehen und Osaka verlassen und nach Nagasaki gehen ... um dort Kanoniere und Matrosen anzuheuern, um das Schwarze Schiff kapern zu können. Es gab nichts anderes, über das er nachzudenken, nichts anderes, an das er sich zu erinnern hätte. Es war kein Grund mehr vorhanden, Samurai zu spielen oder so zu tun, als wäre er Japaner. Er war jetzt von allem entbunden, alle Schulden und alle Freundschaften waren nichtig; denn sie war nicht mehr.
Abermals hob er den Kopf, und abermals dieser rasende Schmerz. Er biß die Zähne zusammen und setzte sich auf. Er zwang seine Augen zu sehen. Der Raum hörte auf zu kreisen und die Übelkeit schwand. »*Cha, dozo*«, sagte er. Der Geschmack nach Schießpulver war widerlich. Hände halfen ihm zu trinken, und dann streckte er die Arme aus, und sie halfen ihm aufzustehen. Ohne sie wäre er hingeschlagen. Sein ganzer Körper war ein einziger großer Schmerz, aber jetzt war er sicher, daß er sich nichts gebrochen und auch keine inneren Verletzungen davongetragen hatte – bis auf seine Ohren, doch das würde sich vielleicht mit der Zeit und mit Hilfe von Massage und viel Ruhe wieder geben. Nochmals dankte er Gott, daß er mit dem Leben davongekommen. Die Grauen halfen ihm, sich hinzusetzen, und er legte sich für einen Moment wieder hin. Er bemerkte nicht, daß die Sonne sich von dem Augenblick, da er sich auf den Rücken legte, bis zu dem Moment, da er die Augen wieder aufschlug, um einen Viertelkreis gedreht hatte.
Jemand berührte ihn, und er sah auf. Yabu blickte auf ihn hernieder und sagte etwas.
»Tut mir leid«, sagte Blackthorne schleppend. Yabu und der Arzt redeten miteinander, und dann machte Yabu Blackthorne durch Zeichen begreiflich, er werde bald wiederkommen, und er solle bis dahin nur schlafen. Dann verließ er ihn.

»Bad, bitte, und Massage«, sagte Blackthorne.
Hände hoben ihn hoch und trugen ihn. Unter den beruhigend knetenden Fingern schlief er ein, und sein Körper genoß die Herrlichkeit der Wärme, der zartfühlenden Behandlung und der süß duftenden Öle, die ihm in die Haut gerieben wurden.
Während er schlief, kamen Graue, hoben das Tragebett hoch und schafften ihn in die inneren Gemächer des Bergfrieds, doch er wachte nicht auf. Die Erschöpfung sowie ein schlafördernder Heiltrank taten ihre Wirkung.
»Jetzt ist er sicher, Dame«, sagte Ishido.
»Vor Kiyama?« fragte Ochiba.
»Vor allen Christen.« Ishido gab den Wachen zu verstehen, sie sollten ganz besonders auf ihn achtgeben, und ging durch den breiten Gang in den sonnenüberfluteten Garten hinaus.
»Ist das der Grund, warum die Dame Achiko getötet wurde? Weil sie Christin war?«
Ishido hatte ihren Tod befohlen, da sie von ihrem Großvater in Blackthornes Nähe geschleust sein konnte, um ihm ans Leben zu gehen. »Ich habe keine Ahnung«, sagte Ishido. »Aber sie werden bald alle hinweggefegt werden.«
»Wie, Herr General? Wie wollt Ihr das anstellen, wo doch so viel von ihrem guten Willen abhängt?«
»Durch Versprechungen... bis Toranaga tot ist. Dann werden sie übereinander herfallen. Wir teilen und herrschen. Ist das nicht, was Toranaga tut und was auch der Herr Taikō getan hat? Kiyama begehrt den Kwanto, *neh?* Um des Kwanto willen wird er gehorchen. Onoshi? Wer weiß, was dieser Wahnsinnige will...«
»Und was ist, wenn Kiyama dahinterkommt, was Ihr Onoshi versprochen habt... daß sämtliche Besitztümer von Kiyama an ihn fallen sollen... oder daß Ihr vorhabt, Euer Versprechen Zataki gegenüber zu halten und nicht ihm gegenüber?«
»Lügen, Dame, lauter Lügen, die der Feind ausgestreut hat.« Ishido sah sie an. »Onoshi will Kiyamas Kopf. Kiyama will den Kwanto. Und dasselbe will auch Zataki.«
»Und Ihr, General? Was wollt Ihr?«
»Dafür sorgen, daß der Erbe unbeschadet fünfzehn wird und danach Herrscher über das Reich. Und ihn und Euch bis dahin beschützen. Weiter nichts.«
Lügner, dachte Ochiba. Sie brach eine duftende Blüte ab, schnupperte daran, fand den Duft angenehm und reichte sie ihm. »Bezaubernd, *neh?*«
»Ja, bezaubernd«, sagte Ishido, als er sie entgegennahm. »Ich danke Euch. Vielen Dank.«
»Das Leichenbegängnis für Yodoko-sama war wunderbar. Dazu muß man Euch beglückwünschen, Herr General.«
»Es tut mir leid, daß sie tot ist«, sagte Ishido höflich. »Ihr Rat war immer wertvoll.«

Sie schlenderten eine Weile nebeneinander dahin. »Sind sie schon abgereist? Kiritsubo-san und die Dame Sazuko und ihr Sohn?« erkundigte Ochiba sich.
»Nein. Sie reisen morgen ab. Nach dem Leichenbegängnis für die Dame Toda. Aber das ist jetzt nicht mehr wichtig. Wir müssen bis zum zweiundzwanzigsten Tag warten. Dann marschieren wir los.«
»Warum warten? Könnt Ihr nicht schon jetzt losmarschieren?«
»Es braucht seine Zeit, unsere Heerscharen zusammenzuziehen.«
»Wie viele werden gegen Toranaga stehen?«
»Dreihunderttausend Mann. Toranaga hat höchstens hunderttausend.«
»Und meine Garnison?«
»Ich werde achtzigtausend innerhalb der Mauern zurücklassen und weitere fünfzigtausend an den Pässen.«
»Und Zataki?«
»Wird Toranaga in den Rücken fallen. Zuletzt wird er ihn verraten.«
»Findet Ihr es nicht merkwürdig, daß der Herr Sudara, meine Schwester und alle ihre Kinder nach Takato gereist sind?«
»Nein. Selbstverständlich tut Zataki so, als hätte er ein Geheimabkommen mit seinem Halbbruder getroffen. Aber das ist nur eine List, weiter nichts. Er wird ihn verraten.«
»Eigentlich müßte er es... schließlich fließt in seinen Adern dasselbe verräterische Blut«, sagte sie voller Abscheu. »Aber ich wüßte nicht, was ich täte, wenn meiner Schwester und ihren Kindern etwas zustieße.«
»Es wird ihnen nichts zustoßen, Dame. Da bin ich ganz sicher.«
»Wenn Zataki bereit war, seine eigene Mutter umzubringen... *neh?* Seid Ihr ganz sicher, daß er kein doppeltes Spiel mit Euch treibt?«
»Ja. Er wird es letzten Endes nicht tun. Und zwar deshalb, weil er Toranaga noch mehr haßt als mich, Dame. Außerdem verehrt er Euch und begehrt den Kwanto mehr als alles andere.« Ishido lächelte angesichts des Bergfrieds, der über ihnen in den Himmel ragte. »Solange die Burg unser ist und es den Kwanto gibt, den wir zu vergeben haben, haben wir nichts zu befürchten.«
»Heute morgen packte mich die Angst«, sagte sie und hielt eine Blüte an ihre Nase, sog den Wohlgeruch in sich hinein und wartete, daß er den Nachgeschmack der Angst vertrieb. »Ich wollte einfach davoneilen, doch dann erinnerte ich mich an den Wahrsager.«
»Eh? Ach den. Den hatte ich schon ganz vergessen«, sagte Ishido voll hämischen Ingrimms. Es war jener Wahrsager, der vorausgesagt hatte, daß der Taikō in seinem Bett sterben und einen gesunden Sohn hinterlassen werde, daß Toranaga in mittleren Jahren durch das Schwert umkommen werde und daß er, Ishido, als berühmtester Herrscher im ganzen Reich, während er die Füße fest auf die Erde gepflanzt hätte, in hohem Alter sterben werde. Und daß die Dame Ochiba ihr Leben in der Burg von Osaka beschließen werde.
»Ja«, wiederholte Ishido. »Den hatte ich ganz vergessen. Toranaga steht jetzt in seinen mittleren Jahren, *neh?*«

»Ja.« Abermals empfand Ochiba das Durchdringende seines Blicks, und ihre Lenden wurden feucht bei dem Gedanken, daß ein echter Mann über und in ihr sei, sie umfing, sie nahm und ihr ein neues Leben in den Leib pflanzte. Diesmal, um ehrenhaft zu gebären, nicht wie beim letzten Mal, wo sie sich voller Entsetzen gefragt, wie diese Frucht ihres Leibes wohl sein und aussehen mochte. Wie töricht du bist, Ochiba, dachte sie, als sie die schattigen und duftenden Pfade entlanggingen. Schüttle diese dummen Alpträume doch einfach ab...
Unvermittelt wünschte Ochiba, es wäre Toranaga, der hier neben ihr dahinging, und nicht Ishido; daß Toranaga Herr der Burg von Osaka und Hüter des Schatzes des Taikō, Beschützer des Erben und Oberster Heerführer der Armeen des Westens sei – und nicht Ishido. Dann würde es keine Probleme geben. Gemeinsam würden sie das Reich besitzen, ungeteilt, und jetzt, heute, in diesem Augenblick, würde sie ihn auffordern, das Kopfkissen mit ihr zu teilen oder einen schattigen Hain mit ihr aufzusuchen, und morgen oder am Tag danach würden sie heiraten.
Sie streckte die Hand aus, zog einen kleinen Ast zu sich heran und sog den süßen, schweren Duft der Gardenien ein.
Schieb die Träume beiseite, Ochiba, sagte sie sich. Sei Realist, wie der Taikō Realist gewesen ist... oder Toranaga.
»Was habt Ihr jetzt mit dem Anjin-san vor?« fragte sie.
Ishido lachte. »Ihn in sicherem Gewahrsam halten... ihn vielleicht das Schwarze Schiff kapern lassen... oder ihn als Bedrohung gegen Kiyama und Onoshi einsetzen. O ja, er ist wie ein Dolch, der ihnen an der Kehle sitzt... und an der ihrer dreckigen Kirche.«
»In dem Schachspiel des Erben gegen Toranaga, wie würdet Ihr da den Wert des Anjin-san einschätzen, Herr General? Als Bauern oder gar als Springer?«
»Ah, im königlichen Spiel wohl nicht einmal als Bauer«, sagte Ishido sogleich. »Aber in dem Spiel des Erben gegen die Christen ohne weiteres als Turm, vielleicht sogar als zwei Türme.«
»Und Ihr meint nicht, daß die beiden Spiele unlösbar miteinander verbunden sind?«
»Sie haben schon miteinander zu tun, aber im königlichen Spiel wird *Daimyo* gegen *Daimyo* entscheiden, Samurai gegen Samurai und Schwert gegen Schwert. Und selbstverständlich seid in beiden Spielen Ihr die Königin.«
»Nein, Herr General, bitte, verzeiht, nicht die Königin«, sagte sie, froh darüber, daß er es erkannt hatte. Dann, um sich nicht weiter aufs Glatteis zu begeben, wechselte sie das Thema. »Es gehen Gerüchte um, daß der Anjin-san und Mariko-san das Kopfkissen miteinander geteilt haben.«
»Ja, ja. Davon habe ich auch schon gehört. Ist Euch daran gelegen, die Wahrheit darüber zu erfahren?«
Ochiba schüttelte den Kopf. »Es wäre undenkbar, daß das geschehen sein soll.«
Lauernd sah Ishido sie an. »Seht Ihr irgendeinen Vorteil darin, ihre Ehre zu besudeln? Jetzt? Und damit auch die Ehre Buntaro-sans?«

»Ich habe gar nichts damit gemeint, nichts dergleichen. Ich habe mich nur gefragt... nur töricht gefragt, wie Frauen es tun. Aber was Buntaro-san betrifft, vielleicht wird weder er noch Herr Hiro-matsu bei *der* Schlacht für Herrn Toranaga kämpfen.«
»Steht das fest?«
»Nein, Herr General, fest steht es nicht, aber es ist möglich.«
»Immerhin gibt es da also etwas, was Ihr tun könntet?«
»Nichts weiter als sie vielleicht ersuchen, den Erben zu unterstützen... und alle von Herrn Toranagas Generalen, sobald die Schlacht beschlossene Sache ist.«
»Sie ist bereits beschlossen, eine Zangenbewegung von Norden und Süden, und die letzte Entscheidungsschlacht bei Odawara.«
»Ja, aber noch ist es nicht Wirklichkeit. Das ist es erst, wenn ein Heer dem anderen gegenübersteht.« Dann fragte sie: »Tut mir leid, aber seid Ihr sicher, daß es klug ist, wenn der Erbe die Heere anführt?«
»Ich werde die Heere anführen, aber der Erbe muß anwesend sein. Dann kann Toranaga nicht gewinnen. Nicht einmal Toranaga wird die Standarte des Erben angreifen.«
»Wäre es für den Erben nicht sicherer, er bliebe hier... wegen der Mörder, der Amidas... Wir dürfen sein Leben nicht aufs Spiel setzen. Toranaga hat einen langen Arm, *neh?*«
»Schon. Aber so lang ist er nun auch wieder nicht. Außerdem macht die persönliche Standarte des Erben unsere Seite gesetzlich und Toranagas ungesetzlich. Ich kenne Toranaga. Er wird das Gesetz respektieren. Und das allein wird dafür sorgen, daß sein Kopf auf eine Lanze gesteckt werden kann. Und sobald er tot ist, werde ich die christliche Kirche hinwegfegen... restlos. Dann werdet Ihr und der Erbe sicher sein.«
Ochiba blickte zu ihm hinauf, ein unausgesprochenes Versprechen in den Augen.
»Ich danke Euch, Dame, ich danke Euch«, sagte er, der sie sehr wohl verstand. »Ich werde Euch nicht enttäuschen.«
Sie verneigte sich und wandte sich zum Gehen. Was für eine Unverschämtheit, dachte sie. Als ob ich einen Bauern zum Gatten nehmen würde! Ja, sollte ich Toranaga wirklich abschreiben?

Im Gebet versunken kniete dell'Aqua vor dem Altar in den Ruinen der kleinen Kapelle. Der größte Teil des Dachstuhls und der Wände war eingestürzt, doch hatte der Erdstoß die Kanzel verschont. Auch die bezaubernde Glasmalerei des Fensters und die geschnitzte Madonna, die sein ganzer Stolz waren, waren unversehrt geblieben.
Schräg drang die Nachmittagssonne durch die zerbrochenen Dachsparren. Draußen waren Arbeiter bereits dabei, die Trümmer zu durchsuchen, zu reparieren, was zu reparieren war. Über dem Stimmengemurmel konnte dell'Aqua die Schreie der Möwen hören, die an Land geflogen kamen, und er roch den

Geruch des Meeres, den die Brise herübertrug: Salz und leichter Rauch, Seetang und Schlamm. Dieser Geruch erinnerte ihn an zu Hause, an sein Landgut vor den Toren von Neapel, wo neben dem Geruch vom Meer noch der Duft von Zitronen, Orangen und frischgebackenem Brot in der Luft hing, wo *Pasta* und Knoblauch und *Abbacchio* auf dem Herd standen und in der großen Villa die Stimmen seiner Mutter und Brüder und Schwestern und deren Kinder widerhallten.

Ach, Madonna, laß mich bald nach Hause zurückkehren, betete er. Ich bin jetzt zu lange weg von zu Hause. Madonna, nimm diese Last von meinen Schultern! Verzeih mir, aber ich habe es satt, immer nur mit Japanern zu tun zu haben, mit Ishido, Toranaga und Kiyama, immer nur Töten, rohen Fisch und Reis. Und bewahre uns vor den spanischen Bischöfen. Spanier begreifen Japan und die Japaner nicht. Sie werden zerstören, was wir zur Ehre Gottes aufgebaut. Und vergib Deiner Dienerin, der Dame Maria, und nimm sie in Deine Hut. Wache über...

Er hörte, wie jemand die Kirche betrat. Nachdem er sein Gebet beendet, stand er auf und drehte sich um.

»Verzeiht, daß ich Euch störe, Eminenz«, sagte Pater Soldi, »aber Ihr wolltet ja sofort Bescheid haben. Es ist ein verschlüsseltes Eilschreiben von Pater Alvito angekommen. Aus Mishima.«

»Und?«

»Er sagt, er werde Toranaga heute sehen. Gestern abend sei das unmöglich gewesen, weil Toranaga nicht in Mishima gewesen sei.«

Dell'Aqua versuchte, seine Enttäuschung zu unterdrücken, blickte nach den Wolken und dem Wetter und suchte darin Trost. Die Neuigkeiten vom Überfall der *Ninja* und dem Tod Marikos waren bei Morgengrauen an Alvito abgegangen.

»Sie werden die Nachricht inzwischen bekommen haben«, sagte Soldi.

»Ja. Ja, hoffentlich.«

Dell'Aqua verließ die Kapelle und begab sich mit Soldi in sein Arbeitszimmer.

»Und dann ist da noch etwas anderes von größter Wichtigkeit, Eminenz«, sagte Soldi. »Unsere Spitzel berichten, daß die Regenten heute kurz nach Morgengrauen für den Krieg gestimmt haben.«

Dell'Aqua blieb stehen. »Krieg?«

»Sie scheinen überzeugt zu sein, daß Toranaga niemals nach Osaka kommen wird, und der Kaiser auch nicht. Deshalb haben sie beschlossen, gegen den Kwanto vorzugehen.«

»Irrtum ausgeschlossen?«

»Ja, Eminenz. Es wird Krieg geben. Auch Kiyama hat uns durch Bruder Michael Bescheid gegeben. Michael sagt, man habe einstimmig dafür gestimmt.«

»Wie bald?«

»In dem Augenblick, da sie mit Sicherheit wissen, daß der Kaiser nicht hierherkommt.«

»Dieser Krieg wird nie ein Ende haben. Gott sei uns allen gnädig! Zumindest haben Kiyama und Onoshi rechtzeitig von Toranagas verruchtem Doppelspiel unterrichtet werden können.«
»Und was ist mit Onoshi, Eminenz? Was ist mit seinem verruchten Doppelspiel Kiyama gegenüber?«
»Dafür haben wir keine Beweise, Soldi. Ich kann es einfach nicht glauben.«
»Soll ich Pater Alvito benachrichtigen?« fragte Soldi noch.
»Nein. Noch nicht. Erst einmal muß ich mir darüber klarwerden, was ich tun soll. Toranaga wird früh genug durch seine eigenen Quellen davon erfahren.«
Soldi machte die Tür für den Pater Visitator auf. »Das einzige, was sonst noch von Belang ist, wäre, daß der Rat es abgelehnt hat, uns die sterblichen Überreste der Dame Maria zu überlassen. Sie erhält morgen ein offizielles Begräbnis, und wir sind nicht dazu geladen.«
»Das war zu erwarten. Aber immerhin ist es großartig, daß sie sie derart ehren. Schickt einen von unseren Leuten, daß er etwas von ihrer Asche holt. Die Asche soll in geweihtem Boden in Nagasaki beigesetzt werden.« Automatisch rückte er ein Bild gerade und nahm dann hinter seinem Schreibtisch Platz. »Ich werde hier ein Totenamt für sie lesen... ein feierliches Requiem. Als gesegnete Tochter der Kirche wird sie in der Kathedrale beigesetzt werden. Ihr gesegneter Mut und ihr Selbstopfer werden unserer Herde einen ungeheuren Auftrieb geben. Das ist sehr wichtig, Soldi.«
»Und Kiyamas Enkelin, Eminenz? Ihre Leiche können wir haben, sagen die Behörden. Kiyama hat darauf bestanden.«
»Gut. Dann sollten ihre Überreste sofort nach Nagasaki geschafft werden. Ich werde bei Kiyama nachfragen, wie prunkvoll er das Begräbnis haben möchte.«
»Werdet Ihr das Totenamt für sie zelebrieren, Eminenz? Herr Kiyama würde sich über diese Ehre bestimmt sehr freuen.«
»Ja... allerdings müssen wir achtgeben, daß das Requiem für sie nicht von der Dame Maria ablenkt. Maria ist politisch sehr, sehr wichtig.«
»Selbstverständlich, Eminenz. Ich verstehe durchaus.«
Dell'Aqua betrachtete forschend seinen Sekretär. »Warum traut Ihr Onoshi nicht?«
»Verzeihung, Eminenz... vielleicht liegt es daran, daß er ein Leprakranker ist und ich eine Heidenangst vor ihm habe. Ich bitte um Verzeihung.«
»Bittet ihn um Verzeihung, Soldi, er kann schließlich nichts für seine Krankheit«, sagte dell'Aqua. »Und was seine Verschwörung betrifft, so haben wir keinerlei Beweise dafür.«
Dell'Aqua schwenkte eine Glaskaraffe und beobachtete, wie das Licht sich darin brach. »Als ich betete, hatte ich den Geruch von Orangenblüten und frischgebackenem Brot in der Nase. Ach, wie sehr ich mich danach sehne, nach Hause zu kommen!«
Soldi seufzte. »Ich träume von *Abbacchio*, Eminenz, und von einer *Fleisch-Pizzaiola* und einer Flasche *Lacrimae Christi* und... Gott verzeih mir den Hunger

des Hungers! Bald können wir heimkehren, Eminenz. Nächstes Jahr. Bis dahin wird sich hier alles geklärt haben.«

»Nichts wird sich geklärt haben. Dieser Krieg wird uns großen Schaden zufügen... der Kirche und den Gläubigen.«

»Nein, Eminenz. Kyushu wird christlich bleiben, wer auch siegen mag«, sagte Soldi voller Zuversicht, denn er wollte seinen Oberen ein wenig aufmuntern. »Und in Kyushu haben wir mehr als genug zu tun, Eminenz. Es gilt, drei Millionen Seelen zu bekehren und einer halben Million Gläubigen zu dienen.«

»Ja. Gewiß. Aber leider ist es so, daß das, was in Osaka und Yedo geschieht, auch das Geschick von Kyushu bestimmt.« Dell'Aqua schüttelte seine Schwermut ab. »Was ist denn mit dem Ingeles? Wo ist der jetzt?«

»Immer noch unter starker Bewachung im Bergfried.«

»Laßt mich für eine Weile allein, alter Freund. Ich muß nachdenken. Ich muß zu einem Entschluß kommen. Die Kirche ist in großer Gefahr.« Dell'Aqua schaute durchs Fenster auf den Vorhof hinaus. Dann sah er Pater Perez näherkommen.

Soldi ging an die Tür, um den Mönch abzufangen. »Nein«, sagte der Pater Visitator. »Ich will ihn sprechen.«

»Ah, Eminenz, guten Tag«, sagte der Franziskanermönch und kratzte sich unwillkürlich. »Ihr wolltet mich sprechen?«

»Ja. Bitte, holt den Brief, Soldi.«

»Wie ich – gehört habe, wurde Eure Kapelle zerstört«, sagte der Mönch.

»Beschädigt. Bitte, nehmt doch Platz.« Dell'Aqua saß auf seinem Stuhl hinter dem Schreibtisch, der Mönch ihm gegenüber. »Verletzt wurde gottlob niemand. In ein paar Tagen wird alles wieder wie neu sein. Wie steht es denn mit Eurer Mission?«

»Nichts abbekommen«, sagte der Mönch mit unverhohlener Genugtuung. »Zwar hat es ringsum Feuersbrünste gegeben, aber wir wurden verschont. Das Auge Gottes wacht über uns.« Dann fügte er vielsagend hinzu: »Wie ich gehört habe, haben gestern nacht Heiden in der Burg Heiden umgebracht!«

»Ja. Eine unserer wichtigsten Anhängerinnen, die Dame Maria, wurde bei diesem Handgemenge getötet.«

»Ah, ja, ich habe auch Berichte bekommen. ›Bringt ihn um, Yoshinaka‹, sagte die Dame Maria und begann mit dem Blutbad. Soviel ich gehört habe, soll sie sogar selbst versucht haben, einige umzubringen, ehe sie dann Selbstmord beging.«

Dell'Aqua schoß die Röte ins Gesicht. »Ihr versteht die Japaner nicht, und das, obwohl Ihr schon so lange hier seid und sogar ihre Sprache ein wenig sprecht.«

»Was ich verstehe, das ist Ketzerei, Dummheit, Mord und politische Einmischung.«

Die Tür ging auf, Soldi reichte dell'Aqua das Schreiben des Papstes und ließ sie dann wieder allein.

Der Pater Visitator genoß seinen Triumph, als er dem Mönch das Schreiben

überreichte. »Das Schreiben kommt von Seiner Heiligkeit. Es ist gestern durch einen Sonderkurier aus Macao hier angekommen.«
Der Mönch nahm das päpstliche Schreiben in Empfang und las es. Danach wurde, in Abstimmung mit dem König von Spanien, verfügt, daß alle Priester sämtlicher religiöser Orden in Zukunft einzig und allein über Lissabon, Goa und Macao nach Japan reisen dürften, daß allen bei Androhung augenblicklicher Exkommunikation verboten wurde, direkt von Manila aus nach Japan zu segeln, und daß zuletzt sämtliche Priester, die nicht dem Jesuitenorden angehörten, Japan auf der Stelle zu verlassen und sich nach Manila zu begeben hätten.
Pater Perez untersuchte das Siegel und die Unterschrift sowie das Datum, las das Schreiben nochmals sorgfältig durch, lachte dann höhnisch und schob den Brief über den Tisch. »Das glaube ich nicht.«
»Es handelt sich um einen Befehl Seiner Heiligkeit, der...«
»Das ist nichts weiter als wieder einmal ein Ketzerstück gegen die Brüder Gottes, gegen uns und alle Bettelmönche, die den Heiden das Wort Gottes bringen. Mit diesem Trick bleibt Japan uns für immer verschlossen, denn die von gewissen Leuten aufgehetzten Portugiesen werden wider besseres Wissen handeln und uns niemals die entsprechenden Schiffspassagen und Visen geben. *Falls* dieses Schreiben wirklich echt ist, beweist es nur, was ich schon seit Jahren sage: Die Jesuiten bringen es fertig, selbst dem Stellvertreter Christi auf Erden in Rom den Sinn zu verdrehen!«
Dell'Aqua mußte an sich halten. »Ihr habt Befehl abzureisen. Oder Ihr werdet exkommuniziert.«
»Drohungen von Jesuiten haben nichts zu bedeuten, Eminenz. Ihr sprecht nicht mit der Zunge Gottes, habt es nie getan. Ihr seid keine Soldaten Christi. Ihr dient einem Papst, Eminenz, einem Menschen. Ihr seid Politiker, höchst irdische Männer, die sich an den Fleischtöpfen gütlich tun, heidnische Seidengewänder tragen, Land besitzen und über Reichtümer und Einfluß verfügen. Unser Herr Jesus Christus ist im Gewand eines einfachen Mannes auf die Erde gekommen, der sich gekratzt hat, barfuß lief und stank. Ich werde nie abreisen... und meine Mitbrüder auch nicht.«
*»Ihr werdet Japan verlassen!«*
»So wahr mir Gott helfe, ich werde es nicht tun! Aber dies ist das letzte Mal, daß ich hergekommen bin. Wenn Ihr in Zukunft etwas von mir wollt, dann kommt in unsere heilige Mission, kommt und helft den Armen und Kranken, den Erniedrigten und Beleidigten, so wie Christus es getan hat. Wascht ihnen die Füße, wie Christus es tat, und rettet Eure Seele, ehe es dafür zu spät ist.«
»Bei Strafe der Exkommunikation, Ihr habt Befehl, Japan zu verlassen.«
»Kommt, kommt, Eminenz. Ich bin nicht exkommuniziert und werde es nie sein. Selbstverständlich nehme ich das Dokument an, es sei denn, es ist längst überholt. Datiert ist es vom 16. September 1598, vor also fast zwei Jahren. Das muß alles überprüft werden. Was darin steht, ist viel zu wichtig, als daß man es sogleich akzeptieren könnte... und das dauert mindestens vier Jahre. In ein

paar Monaten aber werden wir einen Erzbischof von Japan haben. Einen spanischen Bischof! Die Briefe, die ich aus Manila erhalten habe, berichten, daß der königliche Erlaß mit jeder Post erwartet wird.«
»Unmöglich! Dies hier ist portugiesisches Territorium und *unsere* Ordensprovinz!«
»Es *war* einmal portugiesisch und *war* einmal eine Jesuitenprovinz. Aber das hat sich längst geändert. Mit Hilfe unserer Brüder und dank göttlicher Fügung hat der König von Spanien Euren General in Rom abgesetzt.«
»Das ist Unsinn. Lügen und Gerüchte. Bei Eurer unsterblichen Seele, gehorcht den Befehlen des Stellvertreters Christi!«
»Das werde ich auch. Ich werde ihm heute noch schreiben, das kann ich Euch versprechen. Aber bis dahin erwarte ich einen spanischen Bischof, einen spanischen Vizekönig und einen neuen Kapitän des Schwarzen Schiffes, der gleichfalls Spanier sein wird. Auch das gehört zu dem königlichen Erlaß. Auch wir haben Freunde an einflußreicher Stelle, und endlich haben sie die Jesuiten verdrängt, ein für allemal! Geht mit Gott, Eminenz!« Pater Perez stand auf, machte die Tür auf und ging.
Von seinem Vorzimmer aus sah Soldi ihn gehen und kam dann in aller Eile zurück in dell'Aquas Arbeitszimmer. Voller Besorgnis wegen des hochroten Kopfes seines Oberen eilte er zu der Karaffe und goß dem Pater Visitator ein Gläschen Branntwein ein. »Eminenz?«
Dell'Aqua schüttelte den Kopf und fuhr fort, blicklos vor sich hinzustarren. Im Laufe des vergangenen Jahres hatte es beunruhigende Nachrichten vom Delegaten der Jesuiten am Hof König Philipps von Spanien in Madrid gegeben, die von wachsendem Einfluß der Feinde der Gesellschaft Jesu zeugten.
»Es ist nicht wahr, Eminenz. Spanier können nicht hierherkommen.«
»Es könnte durchaus wahr sein, ohne weiteres sogar.« Dell'Aqua legte die Hand auf das päpstliche Schreiben. »Vielleicht ist dieser Papst bereits tot, unser General tot... selbst der König von Spanien kann längst gestorben sein. Inzwischen...« Er richtete sich zu voller Größe auf. »Inzwischen werden wir uns auf das Schlimmste vorbereiten und um Hilfe beten. Schickt Bruder Michael aus, daß er augenblicklich Herrn Kiyama herholt.«
»Jawohl, Eminenz. Aber Kiyama ist noch nie zuvor hier gewesen.«
»Tragt Michael auf, er soll jedes nötige Mittel anwenden. Hauptsache ist, er bringt Kiyama noch vor Sonnenuntergang hierher. Sodann schickt Martin die Nachricht vom Krieg... er soll sie sofort an Toranaga weitergeben. Ihr schreibt die Einzelheiten, aber ich möchte noch ein paar persönliche Zeilen hinzufügen. Und hinterher schickt jemanden, der Ferriera herholt.«
»Jawohl, Eminenz. Aber was Kiyama betrifft, so kann Bruder Michael doch unmöglich...«
»Sagt Michael, er soll ihm befehlen hierherzukommen... wenn es notwendig sein sollte, im Namen Gottes! Wir sind Soldaten Christi, wir ziehen in den Krieg... in Gottes Krieg. Beeilt Euch!«

# *59. Kapitel*

»Anjin-san?«
Blackthorne hörte den Namen in seinem Traum. Er schien von unendlich weit her zu kommen und hallte in seinem Kopf wider. »*Hai?*« antwortete er.
Dann hörte er, wie sein Name wiederholt wurde, fühlte, wie eine Hand ihn berührte, und er schlug die Augen auf, versuchte, sich im Zwielicht zurechtzufinden. Sein Bewußtsein kehrte zurück, und er setzte sich auf. Der Arzt kniete wieder neben seinem Bett. Kiritsubo und die Dame Ochiba standen in der Nähe und starrten auf ihn herab. Überall im Raum waren Graue, und Öllampen spendeten ein warmes Licht.
Der Arzt sprach wieder zu ihm. Zwar war das Rauschen noch in seinen Ohren und die Stimme ganz leise, aber ein Irrtum war ausgeschlossen: Er konnte wieder hören. Unwillkürlich griff er mit den Händen nach seinen Ohren und drückte sie, um sie zu befreien. Augenblicklich explodierte Schmerz in seinem Kopf.
»Tut mir leid«, murmelte er und wartete, daß die Schmerzen sich legten. »Tut mir leid, Ohren schmerzen, *neh?* Aber ich höre jetzt... versteht Ihr? Hören jetzt... wenig. Verzeihung, was sagen?«
»Die Damen Ochiba und Kiritsubo begehren zu wissen, wie es Euch geht.«
»Ah.« Blackthorne blickte sie an. Jetzt fiel ihm auf, daß sie Festkleidung trugen! Kiritsubos Kimono war weiß, sie trug nur ein grünes Kopftuch dazu. Ochibas Kimono hingegen war dunkelgrün, ohne jedes Muster und ganz schlicht. Ihr langer Schal bestand aus weißem Tüll. »Besser, danke«, sagte er, seine Seele beunruhigt von dem Weiß. »Ja, besser.« Dann bemerkte er das Licht draußen und erkannte, daß es noch vor Morgengrauen sein mußte und keineswegs das Abenddämmer.
»Ja, Anjin-san. Ihr habt einen Tag und eine Nacht geschlafen. Legt Euch bitte wieder hin.« Der Arzt nahm Blackthornes Handgelenk zwischen seine langen Finger und fühlte ihm den Puls, lauschte mit seinen Fingerspitzen den neun Pulsschlägen, den drei an der Oberfläche, den drei in der Mitte und den drei

tief unten, wie die chinesische Medizin es seit unvordenklichen Zeiten lehrte. »Alles scheint in Ordnung, Anjin-san. Keine schlimmen Verletzungen, versteht Ihr? Viele Kopfschmerzen, *neh?*«
»Anjin-san«, sagte Ochiba. »Heute ist Mariko-samas Leichenbegängnis. Ihr versteht ›Leichenbegängnis‹?«
»Ja, Dame.«
»Gut. Das Leichenbegängnis beginnt kurz nach Sonnenaufgang. Es ist Euer gutes Recht, daran teilzunehmen, wenn Ihr wollt. Ihr versteht?«
»Ja. Ich glaube. Ja, bitte, ich auch gehen.«
»Sehr wohl.« Ochiba redete mit dem Arzt, dann verabschiedete sie sich mit einer leichten Verneigung vor Kiritsubo und einem Lächeln für Blackthorne.
Kiri wartete, bis sie fort war. »Alles in Ordnung, Anjin-san?«
»Kopf schlimm, Dame. Tut mir leid.«
»Bitte, verzeiht. Aber ich wollte Euch danken. Versteht Ihr?«
»Pflicht. Nur Pflicht. Leider vergebens. Mariko-sama tot, *neh?*«
Kiri verneigte sich ehrfürchtig vor ihm. »Nicht vergebens. O nein, keineswegs vergebens. Vielen Dank, Anjin-san. Für sie und mich und für die anderen. Ich sage später mehr. Danke.« Dann ging auch sie.
Blackthorne riß sich zusammen und stand auf. Der Schmerz in seinem Schädel war ungeheuerlich. Die Brust schmerzte ihn, sein Magen war in Aufruhr. Vorsichtig setzte er einen Fuß vor den anderen, ging zum Fenster hinüber, hielt sich am Fensterbrett fest und kämpfte gegen das Erbrechen an. Er wartete, ging auf und ab, was jedoch weder den Schmerz noch die Übelkeit vertrieb.
»Es ist alles in Ordnung, vielen Dank«, sagte er und nahm dankbar wieder Platz.
»Hier, trinkt dies! Macht besser. Beschwichtigt *Hara.*« Der Arzt lächelte wohlwollend. Blackthorne trank und wäre fast erstickt an dem Gebräu, das wie alter Vogelmist und halbverrotteter Seetang roch.
»Trinkt! Besser gleich, tut mir leid.«
Abermals würgte Blackthorne, zwang es dann jedoch hinunter.
Dienerinnen kamen und kämmten und frisierten ihn. Ein Barbier rasierte ihn. Für Gesicht und Hände brachte man ihm heiße Tücher, und danach fühlte er sich wesentlich besser. Nur der Schmerz in seinem Schädel blieb. Andere Diener halfen ihm, den festlichen Kimono und den Überwurf mit den flügelähnlichen Schultern anzulegen. Er erkannte ein neues Kurzschwert. »Geschenk, Herr. Geschenk von Kiritsubo-san«, sagte eine der Dienerinnen.
Blackthorne nahm es entgegen und steckte es zusammen mit seinem Langschwert in die Schärpe. Er erinnerte sich, wie Mariko mit dem Rücken zur Tür gestanden hatte, dann an nichts mehr bis zu dem Augenblick, da er über ihr kniete und sie sterben sah. Und dann wieder an nichts mehr bis jetzt.
»Tut mir leid, aber dies der Bergfried, *neh?*« fragte er den Hauptmann der Grauen.
»Ja, Anjin-san.« Der Hauptmann verneigte sich ehrerbietig, steif wie ein Affe und ebenso gefährlich.

»Warum ich hier, bitte?«
Der Hauptmann lächelte und saugte höflich die Luft ein. »Der Herr General hat es so befohlen. Bitte, verzeiht, Ihr versteht?«
»Ja, vielen Dank«, sagte Blackthorne mürrisch.
Als er endlich fertig war, fühlte er sich entsetzlich elend. Etwas *Cha* half für eine Weile, doch dann überwältigte ihn die Übelkeit, und er erbrach sich. Inzwischen war es am Himmel hell geworden. Die Diener gaben ihm zu verstehen, er solle aufstehen, und halfen ihm dann, den großen Raum zu verlassen. Seine Wachen gingen voran, andere folgten ihm. Sie gingen die Treppe hinunter und traten auf den Vorhof hinaus. Eine Sänfte wartete bereits mit weiteren Wachen. Dankbar setzte er sich hinein. Auf einen Befehl des Hauptmanns schulterten die Träger die Tragestangen. Die Wachen umringten ihn schützend, und dann schlossen sie sich der Prozession von Sänften und zu Fuß gehender Samurai und ihrer Damen an, die durch das Gewirr der Gassen aus der Burg hinausführte.
Blackthorne war sich bewußt, daß er beobachtet wurde. Er tat so, als merke er es nicht, und versuchte seinen Rücken so gerade und sein Gesicht so ausdruckslos zu halten, wie es nur ging, und er betete darum, daß die Übelkeit ihn nicht wieder überwältigte und ihn der Schande preisgab. Die Schmerzen nahmen noch zu.
Der Zug schlängelte sich durch die Befestigungsanlagen der Burg und vorbei an Tausenden von Samurai, die schweigend in Reih und Glied Aufstellung genommen hatten. Die Trauernden passierten einen Kontrollposten nach dem anderen und überquerten die fünf Wallgräben. Als sie das Haupttor hinter sich hatten und sich außerhalb der Hauptbefestigungsanlagen befanden, bemerkte er, daß seine Grauen ihre Aufmerksamkeit verdoppelten und jeden ringsum beobachteten, sich immer in größter Nähe von ihm hielten und ihn sehr sorgfältig bewachten. Die Prozession ging über einen großen freien Platz hinweg, über eine Brücke und machte dann auf einem Platz am Flußufer halt.
Dieser Platz maß dreihundert Schritt mal fünfhundert Schritt. In der Mitte war eine Grube von fünfzehn Schritt im Geviert und von fünf Schritt Tiefe ausgehoben und mit Holz gefüllt worden. Über der Grube ragte ein hohes, mit weißer Seide bedecktes Schilfdach, und an den vier Seiten waren Wände aus weißen Tüchern aufgestellt, die von Bambusstangen herunterhingen und genau nach Osten, Norden, Westen und Süden zeigten. Jede Wand wies in der Mitte eine kleine hölzerne Tür auf.
»Durch diese Türen muß die Seele auf ihrem Flug in den Himmel hindurch, Anjin-san«, hatte Mariko ihm in Hakoné gesagt.
»Laßt uns schwimmen gehen oder von etwas anderem reden. Von etwas Schönerem.«
»Ja, selbstverständlich, aber erst laßt mich zu Ende kommen, denn dies ist etwas sehr Schönes. Unser Leichenbegängnis ist für uns von größter Wichtigkeit, und deshalb solltet Ihr darüber Bescheid wissen, Anjin-san, *neh?* Bitte!«

»Schön. Aber warum vier Tore. Warum nicht nur eines?«
»Die Seele muß wählen können. Das ist sehr weise eingerichtet... oh, wir sind sehr weise, *neh?* Habe ich Ihm heute schon gesagt, daß ich Ihn liebe?« hatte sie gesagt. »Wir sind ein sehr weises Volk, daß wir der Seele gestatten zu wählen. Die meisten Seelen wählen die Südpforte, Anjin-san. Das ist die wichtige, wo Tische mit getrockneten Feigen, frischen Granatäpfeln und anderen Früchten stehen, mit Radieschen und Gemüsen und Garben von Reisschößlingen, wenn es die richtige Jahreszeit ist. Und immer eine Schale mit frisch gekochtem Reis, Anjin-san, die ist das Allerwichtigste. Versteht Ihr, die Seele könnte den Wunsch haben zu essen, ehe sie fortgeht.«
»Wenn ich an der Reihe bin, dann stellt mir einen gebratenen Fasan hin oder...«
»Tut mir leid, kein Fleisch... nicht einmal Fisch. Damit nehmen wir es sehr ernst, Anjin-san. Außerdem wird auf dem Tisch immer ein kleines Kohlebecken mit Holzkohlenglut und kostbaren Hölzern und Ölen darin stehen, damit alles wohl duftet.«
Blackthorne merkte, wie seine Augen sich mit Tränen füllten.
»Ich möchte, daß mein Leichenbegängnis am frühen Morgen stattfindet«, hatte sie oft mit größter Ernsthaftigkeit gesagt. »Ich liebe die Morgendämmerung über alles. Und wenn es möglich wäre, sollte es im Herbst sein.«
Ja, dachte er, dabei hast du die ganze Zeit über gewußt, daß du den Herbst nicht mehr erleben würdest...
Seine Sänfte wurde auf einem Ehrenplatz in der Mitte der vordersten Reihe abgesetzt, und er war so nahe, daß er die Tropfen auf den mit Wasser besprengten Früchten sah. Alles war da, so wie sie es gesagt hatte. Ringsumher standen Hunderte von Sänften, und auf dem Platz drängten sich Tausende von Samurai mit ihren Damen. Er erkannte Ishido und neben ihm Ochiba. Sie saßen in ihren prachtvollen reichgeschmückten Sänften und starrten auf die weißen Stoffwände, die sich in der sanften Brise bauschten. Kiyama saß auf der anderen Seite von Ochiba, Zataki in der Nähe zusammen mit Ito. Onoshis verhangene Sänfte war gleichfalls da. Jeder war von zahlreichen Wachen umringt. Kiyamas Samurai trugen Kreuze. Die von Onoshi desgleichen.
Blackthorne sah sich suchend nach Yabu um, konnte ihn jedoch nirgends entdecken. Es waren überhaupt keine Braunen zu sehen. Jetzt blickte Kiyama steinern zu ihm herüber, und als er den Ausdruck in seinen Augen sah, war er froh, daß er seine Wachen hatte.
Nach einer Weile wandte Kiyama den Blick ab, und Blackthorne konnte freier atmen.
Trommelwirbel und Glockenklang sowie der Klang von Metallgongs zerrissen die Luft. Unharmonisch und schrill. Aller Augen wandten sich dem Haupttor der Burg zu. Dann kam aus dem Schlund eine reichgeschmückte Sänfte mit einem Baldachin darüber hervor. Sie wurde von acht Shinto-Priestern getragen, und in ihr thronte ein Oberpriester wie eine Buddhastatue. Andere Priester schlugen vor und hinter dieser Sänfte Metalltrommeln. Es folgten zweihundert

buddhistische Mönche in orangefarbenen Roben, noch mehr weißgekleidete Shinto-Mönche – und dann ihre Bahre.
Sie war reich geschmückt und mit einem Baldachin versehen, alles ganz in Weiß. Auch sie selbst war weiß gekleidet und lag nicht, sondern saß aufrecht darin, den Kopf leicht vorgeneigt, das Gesicht geschminkt und zurechtgemacht und ihr Haar tadellos frisiert. Zehn Braune trugen die Bahre. Vor der Bahre verstreuten zwei junge Priester kleine Rosenblütenblätter aus Papier, die der Wind packte und verstreute, was bedeuten sollte, daß das Leben ebenso vergänglich sei wie eine Blume; nach ihnen kamen zwei Priester, die zwei Speere durch den Staub schleiften, ein Symbol dafür, daß sie Samurai gewesen und daß die Pflicht so unerbittlich wie Stahl. Ihnen folgten vier Mönche mit Fackeln, die nicht brannten. Saruji, ihr Sohn, kam als nächster. Sein Gesicht war so weiß wie sein Kimono. Dann Kiritsubo und die Dame Sazuko, beide in Weiß, das Haar nicht aufgesteckt, sondern offen, allerdings von einem grünen Tüllschleier bedeckt. Das Haar der jungen Frau ging ihr bis zur Hüfte.
Dann kam lange nichts, und zuletzt das, was von Toranagas Garnison noch übriggeblieben war. Manche von den Braunen waren verwundet, und viele humpelten.
Blackthorne sah nur sie. Sie schien zu beten, und es war nichts an ihr, was sie verunstaltete. Er hielt sich aufrecht, denn er wußte, was für eine große Ehre diese öffentliche Zeremonie für sie war, bei der Ishido und Ochiba die Hauptzeugen waren. Freilich linderte das keineswegs seinen Schmerz.
Über eine Stunde lang sprach der Oberpriester Beschwörungsformeln, und die Trommeln ertönten. Dann, in plötzlichem Schweigen, trat Saruji vor, ergriff eine der Fackeln und ging zu jeder der vier Pforten – Osten, Norden, Westen und Süden –, um sich zu vergewissern, daß alles seine Richtigkeit hatte.
Blackthorne erkannte, daß der Jüngling zitterte. Mit niedergeschlagenen Augen näherte er sich der Bahre. Dann ergriff er die weiße Schnur, die daran festgeknüpft war, und geleitete die Träger samt der Bahre durch das Südtor. Die ganze Bahre wurde auf dem Holz abgesetzt. Nochmals feierliche Beschwörungen, dann berührte Saruji mit der ölgetränkten Fackel die Glut eines der Kohlebekken: Sie brannte sofort. Er zögerte, dann schritt er allein durch das Südtor zurück und warf die brennende Fackel auf den Scheiterhaufen. Das ölgetränkte Holz fing Feuer. Rasch wurde ein heller Brand daraus, und bald schlugen die Flammen über drei Meter hoch. Saruji mußte vor der starken Hitze zurückweichen, nahm dann wohlduftende Hölzer und Öle und warf sie ins Feuer hinein. Das zundertrockene Dach brannte lichterloh. Die Stoffwände fingen Feuer. Jetzt war alles in und um die Grube herum ein Flammenmeer – hochleckend, prasselnd, nicht zu löschen.
Die Pfeiler, die das Dach getragen hatten, stürzten zusammen. Ein Aufseufzen ging durch die Zuschauer. Priester traten näher und warfen mehr Holz ins Feuer, und die Flammen schlugen noch höher hinauf, und der Rauch zog in dikken Schwaden ab. Jetzt blieben nur noch die vier hölzernen Türen übrig. Black-

thorne sah, daß die Hitze sie versengte. Endlich gingen auch sie in Flammen auf.

Daraufhin erhob Ishido, der Hauptzeuge, sich aus seiner Sänfte, trat vor und opferte, wie der Ritus vorschrieb, kostbares Holz. Er verneigte sich förmlich und nahm dann wieder in seiner Sänfte Platz. Auf seinen Befehl hin hoben seine Träger die Sänfte auf ihre Schultern, und er kehrte zurück in die Burg. Ochiba folgte ihm. Auch andere verließen den Platz.

Saruji verneigte sich ein letztes Mal vor den Flammen. Dann drehte er sich um und kam zu Blackthorne herüber, stellte sich vor ihn hin und verneigte sich. »Ich danke Euch, Anjin-san«, sagte er. Dann kehrte er zu Kiri und der Dame Sazuko zurück.

»Alles zu Ende, Anjin-san«, sagte der Hauptmann der Grauen grinsend. »*Kami* jetzt in Sicherheit. Wir gehen Burg.«

»Wartet! Bitte!«

»Tut mir leid, Befehle, *neh?*« sagte der Hauptmann besorgt.

»Bitte, wartet!«

Ohne sich um ihre Besorgnis zu kümmern, stieg Blackthorne aus der Sänfte. Der Schmerz machte ihn fast blind. Die Samurai schwärmten aus, um ihn zu decken. Er trat an den Tisch heran, nahm ein paar kleine Stücke Kampferholz und warf sie in das Flammenmeer. Durch den Vorhang der Flammen konnte er nichts erkennen.

»*In nomine Patris et Filii et Spiritus Sancti*«, murmelte er und schlug ein kleines Kreuzzeichen. Dann machte er kehrt und verließ das Feuer.

Als er erwachte, ging es seinem Kopf zwar wesentlich besser, aber er fühlte sich ausgelaugt, und ein dumpfer Schmerz saß immer noch hinter seinen Schläfen und seiner Stirn.

»Wie fühlt Ihr Euch, Anjin-san?« erkundigte sich der Arzt mit einem Lächeln, das sämtliche Zähne sehen ließ, und mit einer Stimme, die immer noch aus großer Ferne zu ihm zu dringen schien. »Ihr habt lange geschlafen.«

Blackthorne stützte sich auf einen Ellbogen und maß schläfrig die Länge der Schatten, die die Sonne warf. Muß jetzt fast fünf Uhr nachmittags sein, überlegte er. Dann muß ich über sechs Stunden geschlafen haben. »Ganzen Tag geschlafen, *neh?*«

Der Arzt lächelte. »Gestern, ganze Nacht und ganzen Tag heute. Versteht Ihr?«

»Verstehe, ja.« Blackthorne ließ sich wieder zurücksinken. Eine feine Schweißschicht bedeckte seine Haut. Gut, dachte er. Kein Wunder, daß du dich besser fühlst.

Sein Lager aus weichen *Futons* war an drei Seiten von kostbaren Wandschirmen umstellt. Sonnenlicht drang durch die Fenster, Fliegen summten, und der Raum, in dem er sich befand, war riesengroß, wunderschön und still. Von draußen waren die Geräusche des Lebens in der Burg zu vernehmen. Die leichte Brise trug einen feinen Rauchgeruch heran. Weiß nicht, ob ich verbrannt wer-

den möchte, überlegte er. *Karma* ist *Karma*. Und wenn du tot bist, bist du tot und wirst nichts von alledem wissen.
»Trinkt, bitte!« Der Arzt gab ihm wieder von dem ekligen Gebräu. Blackthorne würgte, behielt es aber bei sich.
»*Cha*, bitte.« Die Dienerin schenkte ihm ein, und er dankte ihr. Nach drei Schalen war der Geschmack in seinem Mund erträglich.
»Bitte, Anjin-san, wie Ohren?«
»Immer noch Entfernung... Entfernung, versteht Ihr? Sehr Entfernung.«
»Ich verstehe. Eßt, Anjin-san.«
Auf einem kleinen Tablett lagen Reis und Suppe und über Holzkohlen gerösteter Fisch. Sein Magen reagierte zwar noch empfindlich, doch fiel ihm ein, daß er ja seit zwei Tagen kaum etwas zu sich genommen hatte, und so setzte er sich auf und zwang sich, etwas Reis zu essen und die Fischsuppe zu trinken. Daraufhin beruhigte sich sein Magen, und so aß er weiter, bis nichts mehr da war.
»Danke. Hungrig.«
»Ja«, sagte der Arzt. Er legte einen kleinen Beutel mit Kräutern auf einen niedrigen Tisch neben seinem Lager. »Bereitet Euch daraus *Cha*, Anjin-san. Einmal jeden Tag, bis nichts mehr da ist. Versteht Ihr?«
»Ja. Vielen Dank.«
»Es ist mir eine Ehre gewesen, Euch zu dienen.« Der alte Mann gab der Dienerin einen Wink, die das leere Tablett fortschaffte, verneigte sich noch einmal und folgte ihr durch dieselbe Innentür hinaus. Jetzt war Blackthorne allein. Er streckte sich wieder auf den *Futons* aus. Ihm war wesentlich wohler.
»Ich hatte ja bloß Hunger«, sagte er laut. Er trug nur sein Lendentuch. Sein Kimono und der Überwurf mit den flügelähnlichen Schultern lagen immer noch dort, wo er sie hatte liegen lassen, und das verwunderte ihn, wiewohl ein sauberer brauner Kimono neben seinen Schwertern lag. Er hing seinen Gedanken nach. Plötzlich spürte er, daß etwas Fremdes im Raum war. Voller Unbehagen setzte er sich auf und blickte sich um. Dann kniete er sich hin und sah über den Wandschirm hinweg, und ehe er überhaupt wußte, wie ihm geschah, war er aufgesprungen, und sein Kopf schmerzte wieder von der plötzlichen Bewegung, als er den japanischen Jesuiten mit der Tonsur sah, der, Kreuz und Rosenkranz in der Hand, regungslos neben der Haupttür saß und ihn anstarrte.
»Wer seid Ihr?« fragte er unter Schmerzen.
»Ich bin Frater Michael, Senhor.« Die kohleschwarzen Augen blickten regungslos.
Blackthorne trat hinter dem Wandschirm hervor: »Was wollt Ihr von mir?«
»Man hat mich geschickt, mich zu erkundigen, wie es Euch geht«, sagte Michael leise in klarem Portugiesisch.
»Wer?«
»Herr Kiyama.«
Unvermittelt ging Blackthorne auf, daß sie allein waren. »Wo sind meine Wachen?«

»Ihr habt keine, Senhor.«
»Selbstverständlich habe ich Wachen! Wo stecken meine Grauen?«
»Es waren keine hier, als ich herkam, Senhor. Tut mir leid. Ihr habt noch geschlafen.« Michael wies mit gemessener Bewegung auf die Tür. »Vielleicht fragt Ihr diese Samurai.«
Blackthorne raffte seine Schwerter an sich. »Bitte, geht von der Tür fort.«
»Ich bin unbewaffnet, Senhor.«
»Trotzdem, bleibt mir vom Leib! Priester machen mich nervös.«
Gehorsam entfernte der Jesuit sich mit der gleichen entnervenden Gemessenheit. Draußen lehnten sich zwei Samurai gegen das Geländer des Treppenabsatzes.
»Guten Tag«, sagte Blackthorne höflich. Er kannte keinen von ihnen.
Keiner von beiden verneigte sich. »Guten Tag, Anjin-san«, sagte einer.
»Bitte, wo sind meine anderen Wachen?«
»Alle Wachen sind heute morgen zur Stunde des Hasen abgezogen worden. Wir sind nicht Eure Wachen.«
Blackthorne spürte, wie kalter Schweiß ihm über den Rücken rann. »Wachen abgezogen... wer Befehl?«
Beide Samurai lachten. Der eine sagte: »Hier im Bergfried gibt nur der Herr General die Befehle, Anjin-san... oder die Dame Ochiba. Wie fühlt Ihr Euch jetzt?«
»Besser, danke.«
Einer der Samurai rief etwas den Gang hinunter. Wenige Augenblicke später kam ein Offizier mit vier Samurai heraus. Er war jung und etwas verkrampft. Als er Blackthorne erkannte, leuchtete es in seinen Augen auf. »Ah, Anjin-san, wie geht es Euch?«
»Besser, danke. Bitte, verzeiht, aber wo sind meine Wachen?«
»Ich habe Befehl, Euch zu sagen, daß Ihr auf Euer Schiff zurückkehren sollt. Hier ist Euer Paß.« Der Hauptmann holte das Papier aus dem Ärmel, überreichte es Blackthorne und zeigte dann verächtlich auf Michael. »Dieser Kerl soll Euch führen.«
Blackthorne versuchte klar zu denken. In seinem Unterbewußtsein schrie alles: *Gefahr!* »Ja. Vielen Dank. Aber vorher, bitte, muß sehen Herrn Ishido. Sehr wichtig.«
»Tut mir leid. Eure Order lautet, sobald Ihr aufwacht, auf Euer Schiff zurückzukehren. Versteht Ihr?«
»Ja. Bitte, verzeiht, aber sehr wichtig, ich sehe Herrn Ishido. Bitte, sagt das Eurem Hauptmann.«
Der Samurai kratzte sich an seinem Kinn. »Ich werde fragen. Bitte, zieht Euch an!« Zu Blackthornes großer Erleichterung stapfte er wichtigtuerisch davon.
Blackthorne ging wieder in den Raum zurück und kleidete sich rasch an.
Fasse dich in Geduld, sagte er sich. Denk nicht nach, und mach dir keine Sorgen. Es ist ein Versehen. Nichts hat sich geändert.

Der Hauptmann kam zurück in den Raum. »Eure Order lautet, Ihr sollt auf Euer Schiff zurück, Anjin-san. Dieser Priester ist Euer Führer.«
»Ja, vielen Dank. Aber vorher, tut mir leid, muß sehen die Dame Ochiba. Sehr, sehr wichtig. Bitte, fragt Euren Vorge...«
Der Hauptmann fuhr zu Michael herum und sprach kehlig und äußerst raschzüngig auf ihn ein. »*Neh?*« Michael verneigte sich ungerührt und wandte sich an Blackthorne: »Tut mir leid, Senhor. Er sagt, sein Vorgesetzter fragt bei seinem Vorgesetzten nach, aber inzwischen müßtet Ihr die Burg verlassen und mir folgen... zur Galeere.«
»*Ima!*« erklärte der Hauptmann, um allem noch mehr Nachdruck zu verleihen.
Blackthorne wußte, daß er ein toter Mann war. Er hörte sich selbst sagen: »Vielen Dank, Hauptmann. Wo sind meine Wachen, bitte?«
»Ihr habt keine Wachen.«
»Dann schickt bitte zu meinem Schiff! Bitte, laßt meine eigenen Vasallen von...«
»Order, Schiff gehen jetzt! Verstehn, *neh?*« Die Worte kamen unhöflich und ließen keinen Widerspruch zu. »Schiff gehen!« wiederholte der Hauptmann mit einem verschlagenen Lächeln und wartete darauf, daß Blackthorne sich als erster verneigte.
Blackthorne entging dies nicht, und nun wurde alles zu einem Alptraum, alles verlangsamte sich und geschah wie in einem Nebel. Verzweifelt drängte es ihn, sich zu übergeben, sich den Schweiß von der Stirn zu wischen und sich zu verneigen, doch war er sicher, daß der Hauptmann die Verneigung kaum erwidern, vielleicht noch nicht einmal der Höflichkeit Genüge tun würde, auf keinen Fall aber wie ein Ebenbürtiger einem Ebenbürtigen gegenüber, und folglich würde er vor allen Versammelten das Gesicht verlieren. Es lag auf der Hand, daß man ihn verkauft und an den christlichen Feind ausgeliefert hatte, und es blieb ihm nichts anderes übrig, als sich zu verneigen und abzuziehen, und dann würden sie auf ihn warten...
Aber dann war Mariko bei ihm, und er erinnerte sich an *ihr* Entsetzen, an alles, was sie gewollt, und alles, was sie getan, und alles, was sie ihn gelehrt. Er zwang seine Hand an den zerspellten Griff seines Schwertes, stellte sich breitbeinig und herausfordernd hin und wußte, daß sein Schicksal feststand, sein *Karma* unabänderlich war, und, wenn er schon sterben mußte, daß er es vorzog, jetzt mit Stolz zu sterben als später in Schande.
»Ich bin John Blackthorne, Anjin-san«, sagte er, und seine Entschlossenheit verlieh ihm merkwürdige Kraft und genau das richtige Maß an Rüdheit. »General der Schiffe von Herrn Toranaga – aller Schiffe. Samurai und *Hatamoto!* Wer seid Ihr?«
Dem Hauptmann schoß die Röte ins Gesicht. »Saigo Masakatsu aus Kaga, Hauptmann der Garnison von Herrn Ishido.«
»Ich bin *Hatamoto*... seid Ihr *Hatamoto?*« fragte Blackthorne, noch rüder, denn er nahm nicht einmal den Namen seines Widersachers zur Kenntnis, son-

dern sah ihn nur mit einer ungeheuren, unwirklichen Klarheit vor sich – sah jede einzelne Pore, jeden Bartstoppel, jeden Farbfleck in den feindseligen braunen Augen, jedes Härchen auf dem Rücken der Hand, mit der er sein Schwert gepackt hatte.

»Nein, ich bin kein *Hatamoto.*«

»Seid Ihr Samurai... oder *Ronin?*« Das letzte Wort kam herausgezischt, und Blackthorne wußte, daß Männer in seinem Rücken standen, doch das war ihm gleichgültig. Er beobachtete nur den Hauptmann, wartete auf den plötzlichen Todeshieb, hinter dem alle *Hara-gei* stand, die innerste Quelle der Energie, und er war gewärtig, diesen Hieb mit einer ebenso unerhörten Kraft zurückzugeben und zusammen mit seinem Feind einen ehrenhaften Tod zu finden und ihn auf diese Weise zu besiegen.

Zu seiner Überraschung sah er, wie die Augen des Hauptmanns sich veränderten, der Mann sichtlich zusammenschrumpfte und sich tief und ehrerbietig verneigte. Der Mann hielt den Oberkörper gesenkt, bot sich Blackthorne wehrlos dar. »Bitte... bitte, verzeiht meine schlechten Manieren. Ich... ich war *Ronin,* aber der Herr General hat mir noch einmal eine Chance gegeben. Bitte, verzeiht meine schlechten Manieren, Anjin-san.« Seine Stimme verriet, wie beschämt er war.

Blackthorne sah die anderen Samurai an. Wie ein Mann verneigten sie sich und hielten gemeinsam mit ihrem Hauptmann den Oberkörper geneigt und ließen ihm den Sieg.

Nach einem Augenblick verneigte Blackthorne sich steif. Aber nicht wie ein Gleicher vor Gleichen. Sie hielten den Rücken gebeugt, bis er sich umdrehte, und, Michael hinter sich, durch den Korridor auf die Haupttreppe hinaustrat und bis zum Vorhof hinunterschritt. Er verspürte jetzt keinen Schmerz mehr, sondern war nur von einem ungeheuren Glühen erfüllt. Graue sahen ihm nach, und die Gruppe von Samurai, die ihn und Michael bis zum ersten Kontrollposten begleitete, hielt sich sorgfältig außer Reichweite seines Schwertes. Ein Mann wurde ausgeschickt vorauszueilen.

Beim nächsten Kontrollposten verneigte der neue Offizier sich höflich wie ein Ebenbürtiger, und er erwiderte die Verneigung. Der Paß wurde eingehend, aber nicht über Gebühr lange geprüft. Eine neue Eskorte brachte sie zum nächsten Kontrollposten. Niemand stellte sich ihnen in den Weg. Kaum einer der Samurai achtete überhaupt auf ihn.

Allmählich ging ihm auf, daß sein Kopf ihn weniger schmerzte. Sein Schweiß war getrocknet. Er lockerte den Griff am Schwertgriff, nahm die Hand ganz fort und öffnete und schloß sie eine Weile. An einem Brunnen an einer der Mauern blieb er stehen, trank und spritzte sich Wasser über den Kopf.

Die ihn begleitenden Grauen blieben gleichfalls stehen und warteten höflich, während er die ganze Zeit über angestrengt darüber nachdachte, warum er die Gunst von Ishido und der Dame Ochiba verloren haben mochte. Nichts hat sich geändert, dachte er nervös. Er blickte auf und sah, daß Michael ihn anstarrte.

»Was wollt Ihr?«
»Nichts, Senhor«, sagte Michael höflich. Dann ging ein Lächeln über sein Gesicht – ein warmherziges Lächeln. »Ah, Senhor, Ihr habt mir vorhin einen großen Dienst erwiesen, indem Ihr diesen *Cabron* mit seinen schlechten Manieren zwangt, seinen eigenen Urin zu trinken. Ach, hat es gutgetan, das mitanzusehen! – Er«, setzte er noch auf lateinisch hinzu, »ich danke Ihm!«
»Ich habe es nicht für Euch getan«, sagte Blackthorne auf portugiesisch, denn alles in ihm wehrte sich, lateinisch zu sprechen.
»Gewiß. Aber Friede sei mit Euch, Senhor. Wisset, daß Gott wundersame Wege geht! Das war ein Dienst, den Ihr allen *Männern* erwiesen habt. Dieser *Ronin* ist beschämt worden, und er hat es verdient. Es ist eine dreckige Sache, das *Bushido* zu mißbrauchen.«
»Ihr seid auch Samurai?«
»Jawohl, Senhor, ich habe diese Ehre«, erklärte Michael. »Mein Vater war ein Cousin von Herrn Kiyama, und mein Klan lebt in der Provinz Hizen auf Kyushu.«
Der Hauptmann ihrer Eskorte kam zu ihnen zurück. »Bitte, verzeiht, Anjin-san, aber belästigt dieser Bursche Euch?«
»Nein. Nein, vielen Dank.« Blackthorne setzte sich wieder in Bewegung. Abermals wurde in aller Höflichkeit sein Paß kontrolliert, und weiter ging es.
Die Sonne neigte sich, wiewohl bis zum Einsetzen der Dunkelheit noch etliche Stunden Zeit war. Staubteufelchen wirbelten in den winzigen Spiralen der erhitzten Luftströmungen. Sie kamen an vielen Pferdeställen vorüber. Die Pferde blickten nach draußen, Lanzen, Speere und Sättel lagen bereit, und Samurai striegelten die Pferde und putzten das Sattelzeug. Blackthorne war überwältigt von ihrer Vielzahl.
»Wie viele Pferde, Hauptmann?« fragte er.
»Tausende, Anjin-san. Zehn-, zwanzig-, dreißigtausend.«
Als sie den vorletzten Wallgraben überquerten, winkte Blackthorne Michael zu sich heran. »Ihr bringt mich zu der Galeere?«
»Ja. So ist es mir aufgetragen, Senhor.«
»Wer hat es Euch aufgetragen?«
»Herr Kiyama. Und der Pater Visitator, Senhor.«
»Ah, der also. Mir ist es lieber, Ihr sagt Anjin-san zu mir und nicht Senhor, Pater.«
»Bitte, verzeiht mir, Anjin-san, aber ich bin kein Pater. Ich bin nicht ordiniert.«
»Wann geschieht das?«
»Wann Gott will«, sagte Michael zuversichtlich.
»Wo ist Yabu-san?«
»Das weiß ich nicht, tut mir leid.«
»Und Ihr bringt mich wirklich nur zum Schiff und nirgendwo anders hin?«
»Ja, Anjin-san.«
»Und dann bin ich frei? Kann gehen, wohin ich will?«

»Man hat mir aufgetragen, Euch zum Schiff zu geleiten, weiter nichts. Ich bin nur ein Bote, ein Führer.«
»Wo habt Ihr so gut portugiesisch sprechen gelernt? Und Latein?«
»Ich war einer von den vier... den vier Priesterschülern, die vom Pater Visitator nach Rom geschickt wurden. Ich war dreizehn, Uraga-noh-Tadamasa zwölf.«
»Ah, jetzt erinnere ich mich. Uraga-san hat mir davon erzählt. Ihr wart sein Freund. Ihr wißt, daß er tot ist?«
»Ja. Ich war ganz krank, als ich davon hörte.«
»Das haben Christen getan.«
»Mörder haben es getan, Anjin-san. Mörder. Sie werden ihrer gerechten Strafe nicht entgehen, keine Angst.«
Nach einer Weile sagte Blackthorne: »Wie hat es Euch in Rom gefallen?«
»Ich habe es verabscheut. Das haben wir alle. Alles an Rom... das Essen und den Schmutz. Sie sind dort alle nur *Eta*... unglaublich! Wir brauchten acht Jahre, um hin- und wieder zurückzukommen, und ach, wie ich die Madonna gepriesen habe, als wir endlich wieder hier waren.«
»Und die Kirche? Die Patres?«
»Verabscheuungswürdig. Viele von ihnen«, sagte Michael ruhig. »Ich war entsetzt über ihre Moral, ihre Liebchen, ihre Gier und ihren Aufwand, ihre Heuchelei und ihre mangelnden Manieren... über ihre doppelte Moral – eine für die Herde und die andere für den Hirten. Es war alles hassenswert... und doch habe ich unter ihnen Gott gefunden – in den Kathedralen und Klöstern und unter den Patres.« Ohne Arg sah Michael sich um; ein unendliches Zartgefühl durchdrang ihn. »Nur höchst selten, Anjin-san, nur selten habe ich einen Abglanz davon gefunden, das stimmt. Aber ich habe die Wahrheit und Gott gefunden, und ich weiß, daß das Christentum der einzige Weg zum ewigen Leben ist... bitte, verzeiht mir, das katholische Christentum.«
»Habt Ihr die Inquisition erlebt... oder die Gefängnisse... oder die Hexenprozesse?«
»Ich habe viele furchtbare Dinge gesehen. Nur sehr wenige Menschen sind weise... die meisten sind Sünder, und viel Böses geschieht auf Erden im Namen Gottes. Aber es kommt nicht von Gott. Diese Welt ist ein Tränental und nur eine Vorbereitung auf den ewigen Frieden.« Schweigend betete er einen Augenblick, und dann blickte er auf. »Selbst einige Ketzer können gut sein, *neh?*«
»Mag sein«, sagte Blackthorne. Michael gefiel ihm.
Der letzte Wallgraben und das letzte, das südliche Haupttor. Der letzte Kontrollposten; und sein Paß wurde ihm abgenommen. Michael ging unter dem letzten Fallgitter hindurch. Blackthorne folgte ihm. Draußen vor der Burg warteten hundert Samurai – Kiyamas Leute. Er sah ihre Kreuze, spürte ihre Feindseligkeit und blieb stehen. Michael dagegen nicht. Der Offizier winkte Blackthorne weiterzugehen. Er gehorchte. Die Samurai schlossen sich ihm an und nahmen ihn in ihre Mitte. Lastenträger und Händler auf der Hauptstraße stoben auseinander und verneigten sich murrend, bis sie hindurch waren. Ein paar

hielten Kreuze in die Höhe, und Michael segnete sie, führte den Weg den sanften Abhang hinunter, am Begräbnisplatz vorbei, wo die Grube nicht mehr qualmte, über eine Brücke und in die Stadt hinein in Richtung Meer. Unter den Fußgängern, die ihnen entgegenkamen, befanden sich viele Graue und andere Samurai. Wenn sie Michael erblickten, verfinsterte sich ihr Gesicht und sie hätten ihn gezwungen, auf die Seite zu treten, wären nicht die vielen Kiyama-Samurai gewesen.
Blackthorne folgte Michael. Furcht kannte er zwar keine, aber trotzdem war er von dem Wunsch beseelt zu entfliehen. Aber er hätte ja nicht gewußt, wohin und wo sich verbergen – hier an Land. Die einzige Sicherheit für ihn gab es an Bord der *Erasmus*.
»Was geschieht bei der Galeere, Frater?«
»Ich weiß es nicht, Anjin-san.«

Jetzt befanden sie sich in der Straße, die zum Meer hinunterführte. Michael bog um eine Ecke und gelangte auf einen offenen Fischmarkt. Hübsche Mädchen und fette Mädchen, alte Damen und Jünglinge, Käufer und Verkäufer und Kinder – alle gafften sie ihn an und beeilten sich dann, sich vor ihm zu verneigen. Blackthorne folgte den Samurai durch die Stände, Körbe und Bambuskisten mit aller Art Fischen, blitzend, wie sie frisch aus dem Wasser gekommen waren, säuberlich zum Verkauf hingelegt... andere schwammen in Gefäßen, Krabben und Garnelen, Hummer und Taschen- und Panzerkrebse. Niemals so säuberlich in London, fuhr es ihm flüchtig durch den Sinn, weder die Fische selbst noch diejenigen, die sie verkauften. Dann sah er an einer Seite eine Reihe von Ständen mit Garküchen, deren jede ein kleines Holzkohlebecken aufwies, und ihm stieg der appetitliche Duft gesottenen Krebsfleisches in die Nase.
Schweigend gingen sie eine Weile dahin. Blackthorne suchte nach irgendwelchen Wegmarken, um sich zu orientieren. Am Ende dieser Straße war das Ufer. Die See war ruhig und lag träge unter dem Licht der untergehenden Sonne da. Dann erkannte er, wo sie waren, und wies nach links auf eine breite Straße, die von Osten nach Westen verlief. »Laßt uns hier hindurchgehen.«
»Dieser Weg ist kürzer, Anjin-san.«
»Richtig, aber auf Eurem Weg müssen wir an der Jesuitenmission und der portugiesischen Lorcha vorbei. Ich würde lieber einen Umweg machen und ihnen aus dem Weg gehen.«
»Man hat mir aufgetragen, diesen Weg hier zu nehmen.«
»Laßt uns den anderen Weg gehen.« Blackthorne blieb stehen. Der Offizier fragte, was los sei, und Michael erklärte es ihm. Der Offizier winkte ihnen, weiterzugehen... in Michaels Richtung.
Blackthorne überlegte, was er sich damit einhandeln mochte, wenn er sich weigerte weiterzugehen. Man würde ihn zwingen, ihn fesseln oder forttragen oder fortschleifen. So zuckte er mit den Achseln und ging weiter.
Sie kamen auf die breite Straße, die am Ufer entlangführte. Eine halbe *Ri* weiter

lagen die Anlegestellen und Lagerhäuser der Jesuiten, und hundert Schritt weiter konnte er ein portugiesisches Schiff erkennen. Dahinter, etwa zweihundert Schritt weiter, lag seine Galeere. Es war viel zu weit, um Menschen an Bord zu erkennen.
Blackthorne hob einen Stein auf und ließ ihn übers Wasser hüpfen. »Gehen wir ein Stück am Strand entlang.«
»Gern, Anjin-san.« Michael trat in den Sand hinunter. Blackthorne watete durch das seichte Wasser, genoß die Kühle der See und das leise Plätschern der Wellen.
»Eine schöne Stunde am Tag, *neh?*«
»Ah, Anjin-san«, sagte Michael mit plötzlicher freundlicher Offenheit, »es gibt so viele Stunden – die Madonna möge mir vergeben –, wo ich wünschte, ich wäre kein Mönch, sondern bloß der Sohn meines Vaters. Und dies ist eine von den Stunden.«
»Wieso?«
»Ich wünschte, ich könnte Euch wegzaubern, Euch und Euer merkwürdiges Schiff in Yokohama, nach Hizen, zu unserem großen Hafen Sasebo. Dann würde ich Euch bitten, einen Handel mit mir abzuschließen... Ich würde Euch bitten, mir und unseren Kapitänen zu zeigen, wie man mit Eurem Schiff umgeht, und mich überhaupt alles zu lehren, was mit der Seefahrt zusammenhängt. Und dafür würde ich Euch die besten Lehrer im Reich anbieten, Euch im *Bushido, der Cha-no-yu, Hara-gei, Ki, Zazen,* Versenkung und Blumenstecken und überhaupt in allen besonderen, einzigartigen Fertigkeiten zu unterweisen, die wir kennen.«
»Das würde mir gefallen. Warum tun wir das nicht gleich?«
»Das geht heute nicht. Aber Ihr wißt bereits soviel und habt es in so kurzer Zeit gelernt, *neh?* Mariko-sama war eine große Lehrerin. Ihr seid ein würdiger Samurai. Und außerdem besitzt Ihr eine Eigenschaft, die hier höchst selten ist: Unberechenbarkeit. Der Taikō hat sie besessen, Toranaga-sama besitzt sie auch. Versteht Ihr, in der Regel kann man voraussagen, wie wir reagieren werden.«
»Bei Euch auch?«
»Ja.«
»Dann zeigt mir eine Möglichkeit, meinen Kopf aus der Schlinge zu ziehen.«
»Tut mir leid, Anjin-san, aber Euer Kopf steckt in keiner Schlinge«, sagte Michael.
»Das glaube ich nicht. Woher wißt Ihr, daß mein Schiff in Yokohama liegt?«
»Das ist allgemein bekannt. Fast alles über Euch... und wie Ihr Euch für Herrn Toranaga eingesetzt habt, und für die Dame Maria, die Dame Toda... das ist wohlbekannt. Und wird allgemein bewundert.«
»Auch das glaube ich nicht.« Blackthorne hob noch einen flachen Stein auf und ließ ihn übers Wasser hüpfen. Sie gingen weiter. Blackthorne summte ein Seemannslied. Michael gefiel ihm ausnehmend. Bald wurde ihr Weg durch eine Buhne versperrt. Sie mußten sie umgehen und gelangten wieder auf die Straße.

Das Lagerhaus der Jesuiten und die Mission reckten sich trutzig in den sich rötenden Himmel. Er sah die Laienbrüder in ihren orangefarbenen Gewändern am gewölbten Steintor stehen und spürte etwas von ihrer Feindseligkeit. Seine Kopfschmerzen setzten wieder ein.
Wie er es erwartet hatte, strebte Michael auf das Portal der Mission zu.
»Ihr führt mich also nur zur Galeere, eh?«
»Ja, Anjin-san.« Zu seiner Verblüffung gab Michael ihm zu verstehen, vor dem Tor zu warten. »Daran hat sich nichts geändert. Ich bin angewiesen, dem Pater Visitator Bescheid zu geben, wenn ich vorbeikäme. Tut mir leid, aber Ihr werdet einen Augenblick warten müssen.«
Wie vor den Kopf geschlagen sah Blackthorne ihn allein hineingehen. Er hatte erwartet, daß die Mission das Ende seiner Reise sein würde. Erst ein Verhör und der Prozeß mit Foltern, dann ihn an den Generalkapitän übergeben. Er sah zur Lorcha hinüber, die hundert Schritt weiter entfernt lag. Ferriera und Rodrigues standen am Heck, bewaffnete Matrosen drängten sich auf dem Hauptdeck. Hinter der Lorcha machte die Hafenstraße einen leichten Bogen, und er konnte gerade eben seine Galeere erkennen. Männer spähten hinterm Schanzkleid herüber, und er meinte, Yabu und Vinck unter ihnen zu erkennen, doch war er sich nicht sicher. Auch schienen ein paar Frauen an Bord zu sein, doch um wen es sich handelte, erkannte er nicht. Vor der Galeere standen Graue... viele Graue.
Sein Blick kehrte zurück zu Ferriera und Rodrigues. Beide waren bis an die Zähne bewaffnet. Die Seeleute desgleichen. Kanoniere drückten sich in der Nähe der beiden zum Ufer zeigenden Kanonen herum. Er erkannte die massige Gestalt von Pesaro, dem Steuermann, der mit einer Gruppe von Männern das Fallreep herunterkam. Seine Augen folgten ihnen, und das Blut gefror ihm in den Adern. Ein großer Pfahl wurde hinterm Schiff in die festgestampfte Erde getrieben und Holz drum herum aufgeschichtet.
»Ah, Kapitänpilot, wie geht es Euch?«
Dell'Aqua kam durch das Tor. Michael nahm sich fast wie ein Zwerg neben ihm aus. Heute trug der Pater Visitator eine Jesuitensoutane. Seine Größe und der wallende grauweiße Bart verliehen ihm etwas von einem biblischen Patriarchen. Er ist jeden Zoll ein Inquisitor, dachte Blackthorne. Er starrte in die braunen Augen hinauf und fand es merkwürdig, überhaupt zu einem Menschen hinaufsehen zu müssen, und womöglich noch merkwürdiger, Mitleid in seinen Augen zu erkennen. Aber er wußte: Hinter den Augen würde kein Mitleid sein, und er erwartete auch keines. »Ah, Pater Visitator, wie geht es Euch?« entgegnete er.
»Wollen wir weitergehen?«
»Warum nicht?«
Also soll das Verhör an Bord stattfinden, dachte Blackthorne. Er hatte Angst und wünschte verzweifelt, er hätte seine Pistolen im Gürtel. Dann wäret Ihr der erste, der stürbe, Eminenz.

»Ihr bleibt hier, Michael«, gebot dell'Aqua. Dann sah er zu der portugiesischen Fregatte hinüber. Sein Gesicht wurde starr, und er schritt weiter.
Blackthorne zögerte. Michael und die Samurai um ihn herum beobachteten ihn merkwürdig.
»*Sayonara*, Anjin-san«, sagte Michael. »Geht mit Gott!«
Blackthorne nickte kurz und schickte sich an, durch die Reihen der Samurai hindurchzugehen. Er wartete nur darauf, daß sie über ihn herfallen und ihm seine Schwerter wegnehmen würden. Doch ließen sie ihn ungehindert durch. Er blieb stehen und drehte sich um. Sein Herz raste wild.
Einen Moment war er versucht, sein Schwert herauszureißen und sich auf sie zu stürzen. Aber in dieser Richtung gab es kein Entrinnen. Sie würden nicht mit ihm kämpfen. Viele trugen Speere, also würden sie ihn fangen und entwaffnen, ihn binden und dann übergeben. Ich werde mich aber nicht fesseln lassen, schwor er sich. Sein einziger Weg führte nach vorn, und dort war er mit seinen Schwertern hilflos gegen Feuerwaffen.
»Kapitän Blackthorne, kommt nur«, rief dell'Aqua laut.
»Ja, nur einen Augenblick, bitte.« Blackthorne winkte Frater Michael zu sich heran. »Hört, Frater, unten am Strand habt Ihr gesagt, ich sei ein würdiger Samurai. Habt Ihr das ernst gemeint?«
»Ja, Anjin-san. Das und alles andere auch.«
»Dann bitte ich Euch um einen Gefallen, als Samurai«, sagte er ruhig, aber dringlich.
»Um was für einen Gefallen?«
»Ich möchte als Samurai sterben.«
»Euer Tod liegt nicht in meiner Hand. Das liegt allein in Gottes Hand, Anjin-san.«
»Ja. Aber ich erbitte diesen Gefallen von Euch.« Blackthorne zeigte auf den Scheiterhaufen. »Das da geht nicht! Das ist dreckig.«
Verblüfft blickte Frater Michael zu der Lorcha hinüber. Dann sah er den Scheiterhaufen zum ersten Mal. »Heilige Muttergottes...«
»Kapitän Blackthorne, bitte, kommt«, rief dell'Aqua abermals.
Noch drängender sagte Blackthorne: »Erklärt es dem Offizier. Er hat doch genug Samurai hier, um einzugreifen, *neh?* Ihr seid in Europa gewesen. Ihr wißt, wie es dort ist. Das ist doch nicht zuviel verlangt, *neh?* Bitte, ich bin Samurai. Einer von ihnen könnte mein Sekundant sein.«
»Ich... ich werde ihn fragen.« Michael ging zurück zu dem Offizier und redete leise und eindringlich auf ihn.
Blackthorne drehte sich um und konzentrierte seine ganze Aufmerksamkeit auf das Schiff. Er ging weiter. Dell'Aqua wartete, bis er bei ihm angekommen war, und ging dann voran.
Vor ihnen sah Blackthorne Ferriera vom Heck herunterklettern und, die Pistolen im Gürtel und das Rapier an der Seite, übers Hauptdeck stolzieren. Rodrigues beobachtete ihn, die rechte Hand am Griff einer langläufigen Duellpistole.

Pesaro und zehn Mann befanden sich bereits auf dem Pier. Sie lehnten sich auf Musketen mit aufgepflanzten Bajonetten. Und der lange Schatten des Scheiterhaufens reichte bis zu ihm her.
»Guten Abend, Eminenz«, sagte Ferriera, aber seine Augen sahen nur Blackthorne. »Also, Ingeles...«
»Guten Abend, Generalkapitän.« Dell'Aqua zeigte wütend auf den Scheiterhaufen. »Ist das da etwa Eure Idee?«
»Ja, Eminenz!«
»Geht zurück auf Euer Schiff!«
»Das hier ist eine militärische Entscheidung.«
*»Geht zurück auf Euer Schiff!«*
»*Nein!* Pesaro!« Augenblicklich kam Leben in den Steuermann und die bajonettbewaffneten Seeleute. Sie rückten auf Blackthorne zu. Ferriera zog die Pistole. »Also, Ingeles, so sehen wir uns also wieder.«
»Das ist etwas, was mir gar nicht gefällt.« Blackthornes Schwert kam aus der Scheide. Ungeschickt hielt er es mit beiden Händen.
»Heute abend wird es Euch in der Hölle gefallen«, sagte Ferriera mit belegter Stimme.
»Wenn Ihr Mut hättet, dann würdet Ihr kämpfen... Mann gegen Mann. Aber Ihr seid kein Mann, sondern eine Memme, eine Memme ohne Mumm.«
»Nehmt ihm die Waffen ab!« befahl Ferriera.
Augenblicklich rückten die zehn Mann mit gefällten Bajonetten vor. Blackthorne trat zurück, doch er war schon von Bajonetten umgeben. Bajonette stachen nach seinen Beinen, und er hieb auf einen der Angreifer ein, doch als der Mann sich zurückzog, griff ein anderer ihn von hinten an. Dann kam dell'Aqua wieder zu Verstand, und er schrie: »Tut eure Gewehre weg. So wahr mir Gott helfe, ich befehle euch aufzuhören!«
Die Seeleute waren verwirrt und wußten nicht, was tun. Alle Musketen waren auf Blackthorne gerichtet, der hilflos mit hocherhobenem Schwert dastand.
»Zurück, ihr alle!« rief dell'Aqua laut. »Zurück! So wahr mir Gott helfe, zurück! Seid Ihr Tiere?«
Ferriera sagte: »Ich will diesen Mann haben.«
»Ich weiß, und ich habe Euch bereits gesagt, daß Ihr ihn nicht haben könnt. Gestern und heute noch einmal! Seid Ihr denn taub?«
»Ich befehle Euch, umzukehren und zurückzugehen! Ich bin Generalkapitän, Gouverneur von Macao, ranghöchster Offizier Portugals in Asien, und dieser Mann stellt eine Bedrohung für den Staat, die Kirche, das Schwarze Schiff und Macao dar.«
»So wahr mir Gott helfe, ich werde Euch und Eure gesamte Mannschaft exkommunizieren, wenn diesem Mann auch nur ein Haar gekrümmt wird. Hört Ihr?«
Dell'Aqua fuhr zu den Musketieren herum, die verängstigt zurückwichen. Bis auf Pesaro. Der blieb trotzig stehen, die Pistole locker in der Hand. Er wartete nur auf Ferrieras Befehl. »Geht auf Euer Schiff, und macht den Weg frei!«

»Ihr begeht einen Fehler«, sagte Ferriera aufbrausend. »Er ist eine *Bedrohung!* Ich bin Militärbefehlshaber in Asien, und ich sage...«
»Das ist hier eine Kirchenangelegenheit, keine militäri...«
Blackthorne war wie benommen. Er konnte kaum denken oder sehen, denn unversehens explodierten die Schmerzen wieder in seinem Kopf. Eben noch bewacht, gleich darauf nicht mehr, einen Augenblick verraten und der Inquisition ausgeliefert, und jetzt vom Oberinquisitor verteidigt! Das alles paßte nicht zusammen.
Ferriera schrie: »Ich warne Euch noch einmal! So wahr Gott mein Zeuge ist, Ihr begeht einen Fehler, und ich werde Lissabon informieren!«
»Bis dahin befehlt Eure Leute wieder an Bord, oder ich setze Euch als Generalkapitän des Schwarzen Schiffes ab!«
»Das liegt nicht in Eurer Macht!«
»Wenn Ihr Euren Leuten nicht *unverzüglich* befehlt, an Bord zu gehen und den Ingeles ungeschoren durchzulassen, erkläre ich Euch für exkommuniziert... dasselbe gilt für jeden Mann, der unter Euch dient!«
»Bei der Madonna...« Ferriera sprach nicht weiter. Er hatte keine Angst um sich selbst, aber jetzt war sein Schwarzes Schiff in Gefahr, und er wußte, daß die meisten seiner Leute ihn verlassen würden, wenn er nicht gehorchte. Einen Augenblick überlegte er, spielte mit dem Gedanken, ob er den Priester erschießen sollte, aber damit wäre der Fluch nicht von ihm genommen. So gab er nach. »Sehr wohl... zurück an Bord. Alle! Abtreten!«
Gehorsam gingen die Männer auseinander, froh, dem Zorn des Priesters zu entgehen. Blackthorne wußte immer noch nicht, wo ihm der Kopf stand. Dann, im allgemeinen Durcheinander, brach sich Pesaros Haß Bahn. Er zielte. Dell'Aqua sah die tückische Bewegung und sprang vor, um Blackthorne zu schützen. Pesaro drückte ab, doch in diesem Augenblick durchbohrte ihn ein Pfeil, und der Schuß ging daneben. Schreiend brach er zusammen.
Blackthorne fuhr herum und sah sechs Bogenschützen von Kiyamas Leuten, die bereits neue Pfeile auf die Sehnen gesetzt hatten. Michael stand in ihrer Nähe. Der Offizier sprach ein paar barsche Worte. Pesaro gab einen letzten Laut von sich, seine Glieder verrenkten sich, und dann war er tot.
Michael zitterte, als er das Schweigen brach. »Der Offizier sagt, es tue ihm leid, aber er habe um das Leben des Paters Visitator gefürchtet.«
Dell'Aqua lag auf den Knien neben der Leiche von Pesaro. Er machte das Kreuzzeichen über ihm und sprach die heiligen Worte. Die Portugiesen um ihn herum blickten die Samurai finster an und warteten auf den Befehl, die Mörder umzubringen. Weitere von Kiyamas Leuten eilten vom Tor der Mission herbei, wo sie zurückgeblieben waren, und eine Anzahl von Grauen kam von der Galeere her, um die Angelegenheit zu untersuchen. Trotz seines blindmachenden Zorns wußte Ferriera, daß er es nicht auf einen Kampf ankommen lassen konnte. »Alle Mann zurück an Bord! Nehmt Pesaros Leiche mit!« Mürrisch begannen seine Leute ihm zu gehorchen.

Blackthorne senkte sein Schwert, steckte es jedoch nicht in die Scheide. Wie benommen wartete er, erwartete, daß alles sich nur als eine Täuschung herausstellte, daß man ihn gefangennehmen und an Bord schleifen würde.

Auf dem Achterdeck befahl Rodrigues leise: »Alle auf Gefechtsstation! Wir müssen sie zurückschlagen, wenn sie an Bord kommen sollten! Vorsicht! Deckt den Generalkapitän! Und macht das Langboot fertig...«

Dell'Aqua erhob sich und wandte sich Ferriera zu, der arrogant neben dem Fallreep stand, bereit, sein Schiff zu verteidigen. »Für den Tod dieses Mannes seid Ihr verantwortlich!« zischte der Pater Visitator. »Eure fanatische Rachsucht und unheili...«

»Ehe Ihr in aller Öffentlichkeit etwas sagt, was Ihr später bereuen könntet, Eminenz, überlegt es Euch genau«, fiel Ferriera ihm ins Wort. »Ich habe mich Eurem Befehl gebeugt, obwohl ich wußte, daß Ihr einen schrecklichen Fehler begeht, so wahr mir Gott helfe! Pesaro hat sich Eurem Befehl widersetzt, Ihr habt gehört, wie ich meinen Männern befohlen habe, zurückzugehen an Bord! Pesaro hat Eurem Befehl zuwidergehandelt, nicht meinem, und in Wahrheit seid Ihr es, der die Verantwortung trägt, falls überhaupt jemand. Ihr habt ihn und uns an der Ausübung unserer Pflicht gehindert. Ich werde Lissabon informieren!« Er vergewisserte sich, ob sein Schiff gefechtsbereit sei, und ließ dabei die näherkommenden Samurai nicht aus den Augen.

Rodrigues war an das Fallreep herangetreten. »Generalkapitän, bei diesem Wind und bei dieser Flut kann ich nicht auslaufen.«

»Macht das Langboot fertig, damit es uns abschleppen kann, wenn es nötig sein sollte.«

»Das ist bereits geschehen.«

Ferriera rief den Seeleuten, die Pesaro an Bord trugen, zu, sie sollten sich beeilen. Rasch waren alle wieder an Bord. Die Kanone wurde bemannt, wenn auch in aller Heimlichkeit, und jeder hatte zwei Musketen griffbereit neben sich stehen.

Links und rechts auf dem Pier zogen die Samurai sich zwar zusammen, aber sie machten keinerlei Anstalten einzugreifen.

Immer noch unten auf dem Pier, sagte Ferriera herrisch zu Michael: »Sagt ihnen allen, sie sollen auseinandergehen. Hier ist nichts los – das alles geht sie nichts an. Es war ein Versehen, ein schlimmes; aber sie hatten recht, den Steuermann zu erschießen. Sagt ihnen, sie sollen auseinandergehen.« Er haßte, das sagen zu müssen, und hätte sie am liebsten alle umbringen lassen, aber er konnte die Gefahr an der Anlegestelle förmlich riechen, und es blieb ihm keine andere Wahl, als sich zurückzuziehen.

Michael tat, wie ihm geheißen. Die Offiziere wichen nicht.

»Ihr tut besser daran weiterzugehen, Eminenz«, sagte Ferriera bitter. »Aber das ist noch nicht das Ende dieser Angelegenheit... Ihr werdet es noch bedauern, ihn zu retten.«

Auch dell'Aqua spürte, wie spannungsgeladen die Atmosphäre um ihn herum war, doch das focht ihn nicht an. Er machte das Zeichen des Kreuzes und sprach einen Segen, dann wandte er sich zum Gehen. »Kommt, Pilot.«

»Warum laßt Ihr mich gehen?« fragte Blackthorne, dem der Kopf vor Schmerz schier zu platzen schien und der es immer noch nicht wagte, seinen Augen zu trauen.

»Kommt mit, Pilot!«

»Aber warum laßt Ihr mich ziehen? Ich verstehe das nicht.«

»Ich auch nicht«, sagte Ferriera. »Den *wahren* Grund wüßte ich auch gern, Eminenz. Stellt er nicht immer noch eine Bedrohung für uns und die Kirche dar?«

Dell'Aqua starrte ihn an.

»Bitte, Herr Kiyama, überlegt noch einmal. Ich schlage vor, daß Ihr Herrn Toranaga wählt«, hatte er dem *Daimyo* noch gestern über Michael gesagt, der gedolmetscht hatte, da er seinem eigenen Japanisch, das nicht eben glänzend war, nicht so recht traute.

»Dies ist eine unerlaubte Einmischung in innerjapanische Angelegenheiten und liegt außerhalb Eurer Gerichtsbarkeit. Und außerdem muß der Barbar sterben.«

Dell'Aqua hatte sein ganzes diplomatisches Können aufgeboten, aber Kiyama hatte sich nicht erweichen lassen, hatte sich geweigert, sich festzulegen oder seine Haltung zu ändern. Dann, heute morgen, als er zu Kiyama gegangen war, um ihm zu sagen, daß durch Gottes Wille der Ingeles kaltgestellt sei, hatte er einen Hoffnungsschimmer gesehen.

»Ich habe über das, was Ihr gesagt habt, nachgedacht«, hatte Kiyama gesagt. »Ich will mich nicht mit Toranaga verbünden. Von heute an bis zum Schlachtbeginn werde ich beide Widersacher aufmerksam beobachten. Im richtigen Augenblick werde ich mich entscheiden. Und jetzt gestatte ich, daß der Barbar gehen kann... nicht wegen dem, was Ihr mir gesagt, sondern wegen der Dame Mariko, ihr zu Ehren... und weil der Anjin-san *Samurai* ist...«

Ferriera starrte ihn immer noch an. »Stellt der Ingeles nicht immer noch eine Gefahr dar?«

»Gehabt Euch wohl, Generalkapitän, und glückliche Reise! Pilot, ich bringe Euch zu Eurer Galeere... Ist alles in Ordnung mit Euch?«

»Es ist... nur mein... Kopf. Ich glaube... die Explosion... Ihr laßt mich wirklich laufen? Warum?«

»Weil die Dame Maria, die Dame Mariko, uns bat, Euch zu beschützen.« Dell'Aqua setzte sich wieder in Bewegung.

»Aber das ist doch kein Grund. Ihr würdet es doch nicht tun, bloß weil sie Euch gebeten hat!«

»Richtig«, sagte Ferriera. Dann rief er: »Eminenz, warum ihm nicht die ganze Wahrheit sagen?«

Dell'Aqua blieb nicht stehen. Blackthorne schickte sich an, ihm zu folgen, kehrte dem Schiff allerdings nicht den Rücken zu, weil er immer noch Verrat

erwartete. »Das gibt keinen Sinn. Ihr wißt, daß ich Euch vernichten werde. Ich werde Euch Euer Schwarzes Schiff wegnehmen.«
Ferriera lachte verächtlich auf. »Womit, Ingeles! *Ihr habt kein Schiff mehr!*«
»Was soll das heißen?«
»Ihr habt kein Schiff mehr. Das ist tot. Wenn es das nicht wäre, ich würde Euch niemals ziehen lassen, mag Seine Eminenz noch so sehr drohen.«
»Das stimmt nicht...«
Durch den Nebel in seinem Kopf hörte Blackthorne Ferriera es nochmals sagen, hörte ihn noch lauter lachen und noch etwas von einem Unglück hinzufügen, von der Hand Gottes sprechen und – Euer Schiff ist bis auf den Kiel runtergebrannt, also könnt Ihr *meinem* Schiff nichts mehr anhaben, wenn Ihr auch immer noch ein Ketzer und unser Feind seid. Dann sah er Rodrigues, erkannte klar und deutlich das Mitleid auf seinem Gesicht, und sah, wie seine Lippen die Worte formten: Ja, es ist wahr, Ingeles!
»Es ist nicht wahr, kann nicht wahr sein!«
Dann sagte der Inquisitor und Priester wie aus tausend *Leguas* Entfernung: »Ich habe heute morgen eine Nachricht von Pater Alvito erhalten. Es scheint, ein Erdbeben hat eine Flutwelle erzeugt, und diese Flutwelle...«
Aber Blackthorne hörte nicht mehr zu. In seinem Kopf schrie es: Dein Schiff ist tot, du hast es im Stich gelassen, dein Schiff ist tot, du hast kein Schiff mehr, kein Schiff, kein Schiff...
»Es ist nicht wahr! Ihr lügt, mein Schiff liegt in einem sicheren Hafen und wird von viertausend Mann bewacht. Es ist in Sicherheit.«
Jemand sagte: »Aber nicht vor Gott«, und dann redete wieder der Priester: »Die Flutwelle hat Euer Schiff umgeworfen. Es heißt, die Öllampen an Deck wären umgefallen, und Feuer habe sich ausgebreitet. Euer Schiff ist ausgebrannt...«
»Lügen! Was ist mit der Deckwache? Ein Schiff ist nie ohne Deckwache. Es ist unmöglich«, schrie er, aber er wußte, daß der Preis für sein Leben irgendwie sein Schiff gewesen war.
»Ihr seid gestrandet, Ingeles«, reizte Ferriera ihn. »Ihr seid von aller Welt abgeschnitten. Ihr werdet für immer hierbleiben, auf unseren Schiffen werdet Ihr nie eine Passage bekommen. Ihr seid für immer gestrandet...«
So ging das weiter und weiter, und er ertrank. Dann klärte sein Blick sich. Er hörte den Schrei der Möwen und roch den Geruch von Ufer und Meer und sah Ferriera, sah seinen Feind und wußte, daß es eine Lüge war, um ihn in den Wahnsinn zu treiben. Er war felsenfest davon überzeugt, wußte, daß die Priester mit zu der Verschwörung gehörten. »Gott möge Euch zur Hölle fahren lassen!« schrie er und stürzte sich auf Ferriera, das Schwert hoch erhoben. Aber nur in seinem Traum stürzte er vor. Hände packten ihn mühelos, nahmen ihm seine Schwerter fort und setzten ihn zwischen zwei Grauen in Bewegung, durch all die anderen hindurch, bis er am Fallreep der Galeere angekommen war, sie ihm seine Schwerter zurückgaben und ihn gehen ließen.
Es fiel ihm schwer, zu sehen oder zu hören, denn sein Gehirn konnte bei diesen

Schmerzen kaum arbeiten, aber er war überzeugt, es war alles nur ein Täuschungsmanöver, ihn zum Wahnsinn zu treiben. Helft mir, betete er, helft mir. Und dann war Yabu neben ihm und Vinck und seine Vasallen, und er konnte ihre Sprache nicht unterscheiden. Sie geleiteten ihn an Bord, wo irgendwo Kiri war und Sazuko, ein Kind, das auf dem Arm einer Zofe weinte, die Überreste der Braunen aus der Garnison, die das Deck bevölkerten, die Ruderer und Matrosen.

Geruch von Schweiß, Angstschweiß. Yabu redete mit ihm. Und Vinck. Es dauerte lange, ehe er sich konzentrieren konnte. »Pilot, warum in Gottes Namen haben sie Euch laufen lassen...«

»Ich... sie...« Er konnte es nicht in Worte fassen.

Dann fand er sich irgendwie auf dem Achterdeck wieder, und Yabu befahl dem Kapitän-san auszulaufen, ehe Ishido es sich anders überlegte, und gab dem Kapitän Befehl, mit voller Kraft nach Nagasaki zu laufen... woraufhin Kiri sagte: »Tut mir leid, Yabu-sama, bitte erst nach Yedo, wir müssen nach Yedo...«

Die Ruder des flachen Schiffes brachten sie vom Pier fort, gegen die Tide und gegen den Wind, und sie gelangten hinaus in den Strom, die Möwen kreischten hinter ihnen, und Blackthorne riß sich aus seiner Benommenheit heraus und sagte zusammenhängend: »Nein, tut mir leid. Erst Yokohama. Müssen Yokohama!«

»Erst Männer anwerben in Nagasaki, Anjin-san, versteht Ihr? Wichtig! Erst Männer. Habe Plan«, sagte Yabu.

»Nein. Yokohama. Mein Schiff... mein Schiff in Gefahr.«

»Was für Gefahr?« wollte Yabu wissen.

»Christen sagen... sagen Feuer.«

»Was?«

»Um der Liebe Christi willen, Pilot, was ist los?« rief Vinck.

Blackthorne zeigte mit zitternder Hand auf die Lorcha. »Sie haben mir gesagt... mir gesagt, die *Erasmus* ist verloren, Johann. Unser Schiff ist verloren... ausgebrannt.« Dann brach es aus ihm heraus: »O mein Gott, mach, daß das alles nicht wahr ist!«

# Sechstes Buch

# 60. Kapitel

Er stand im seichten Wasser und sah zu dem verkohlten Gerippe seines auf der Seite auf Grund liegenden Schiffes hinüber. Fünfzig Meter weiter draußen lag es da – ohne Masten, ohne Decks, ohne alles, bis auf den Kiel und die Spanten, die rippengleich in den Himmel ragten.
»Die Affen haben versucht, sie auf Strand zu setzen?« sagte Vinck verbissen.
»Nein! Die Tide hat sie hingetragen.«
»Um des lieben Jesus willen, Pilot, warum sagt Ihr das? Wenn man schon 'n gottverfluchtes Feuer an Bord hat und 'n gottverfluchten Strand, dann läßt man sie auflaufen, um das Feuer dort zu bekämpfen! Himmelherrgott, das wissen doch selbst diese gottverfluchten Hunde!« Vinck spuckte in den Sand. »Affen! Ihr hättet ihnen das Schiff nie anvertrauen dürfen! Was fangen wir jetzt an? Wie soll'n wir je nach Hause kommen?«
Der Saké in Vincks Stimme ärgerte Blackthorne. Alles an Vinck ärgerte ihn neuerdings. In der vergangenen Woche hätte er seinen Vasallen beinahe gesagt, sie sollten ihn ohne Aufhebens erdolchen und über Bord werfen, um seinem Elend ein Ende zu machen, als ihm das Geheul und Gejammer und die Anschuldigungen zuviel wurden. Immer jedoch hatte er sein Temperament gezügelt. An Bord war es leicht gewesen, sich zu beherrschen. Aber hier, angesichts der Schmach und der Nacktheit seines Schiffes, war das nicht so einfach.
»Vielleicht haben sie ja versucht, sie auf Strand zu setzen, Johann«, sagte er zu Tode erschöpft.
»Da könnt Ihr Gift drauf nehmen, daß diese Scheißhunde versucht haben, sie auf Strand zu setzen! Bloß haben sie das Feuer nicht gelöscht! Gott verfluch sie alle! Ihr hättet diese Japse nie an Bord lassen dürfen, diese stinkenden, gottverfluchten Affen...«
Blackthorne versuchte, seine Ohren zu verschließen, und konzentrierte sich auf die Galeere. Die hatte ein paar hundert Schritt weiter in Lee des Piers von Yokohama festgemacht. Es war ein warmer sonniger Tag, und es wehte ein angenehmer Wind. Er sah, wie Kiri und die Dame Sazuko unter orangefarbenen Son-

nenschirmen auf dem Vorderdeck saßen und sich unterhielten. Dann blickte er zu Yabu und Naga hinüber, die auf dem Pier auf und ab gingen, wobei Naga redete und Yabu ihm zuhörte, aber beide ganz außerordentlich angespannt wirkten. Dann sah er, wie sie zu ihm herschauten. Er spürte etwas von ihrem Unbehagen.

Als die Galeere vor zwei Stunden die Landspitze umrundet hatte, hatte Yabu gesagt: »Warum hingehen und es ansehen, Anjin-san? Schiff tot, *neh?* Alles zu Ende. Gehen Yedo! Uns auf den Krieg vorbereiten! Keine Zeit jetzt.«

»Tut mir leid... haltet dort! Muß genau ansehen. Bitte!«

»Müssen nach Yedo! Schiff tot... erledigt. *Neh?*«

»Ich wollen. Ihr weiterfahren. Ich schwimmen.«

Zuletzt hatte Yabu nachgegeben, sie hatten angelegt und Naga hatte sie empfangen. »Tut mir so leid, Anjin-san, *Neh?*« hatte Naga gesagt, und seine Augen waren ganz geschwollen vor lauter Schlaflosigkeit.

»Ja, tut mir leid. Bitte, was geschehen?«

»Tut mir leid, ich weiß es nicht. *Honto* nicht. Ich war nicht hier, versteht Ihr? Ich wurde vor wenigen Tagen nach Mishima beordert. Als ich zurückkam, sagten meine Männer Erdbeben, nachts... alles nachts, versteht Ihr? Ihr versteht ›Erdbeben‹, Anjin-san?«

»Verstehe. Ja. Bitte, fortfahren!«

»Kleines Erdbeben. Nachts. Einige Männer sagen, Flutwelle sei gekommen, große Welle. War ein Sturm in der Nacht, *neh?*«

»Ja.«

»Ah, tut mir leid. Sehr dunkle Nacht. Sie sagen, große Welle gekommen. Sie sagen, Öllampen an Deck zerbrochen. Schiff fängt Feuer, *neh?* Alles Feuer, schnell, sehr...«

»Aber die Wachen, Naga-san? Wo Deckwachen?«

»Als ich einen Tag später zurückkam, tut mir sehr leid, *neh?* Schiff erledigt, brennt immer noch dort im seichten Wasser... in der Nähe vom Ufer. Schiff erledigt. Ich hole alle Männer vom Schiff und von der Uferpatrouille dieser Nacht zusammen. Ich verlange Bericht. Keiner ist sicher, was geschehen ist.« Nagas Gesicht hatte sich verdunkelt. »Ich befehle ihnen zu retten... alles an Land zu bringen, versteht Ihr? Jetzt alles oben im Lager.« Er zeigte zum Plateau hinauf. »Wird bewacht. Von meinen Wachen. Dann habe ich sie töten lassen und bin nach Mishima zurückgeritten, um Herrn Toranaga zu berichten.«

»Alle? Alle töten lassen?«

»Jawohl. Sie haben versagt, haben ihre Pflicht nicht getan.«

»Und was hat Herr Toranaga gesagt?«

»Er war außer sich. Ich erbiete mich, *Seppuku* zu begehen, aber Herr Toranaga verweigert mir seine Zustimmung. Eeeee! Herr Toranaga außer sich, Anjin-san.« Fahrig wies Naga über das ganze Ufer hin. »Ganzes Regiment in Ungnade, Anjin-san. Jeder. Alle höheren Offiziere hier in Ungnade, Anjin-san. Nach Mishima geschickt. Schon achtundfünfzig *Seppuku.*«

Blackthorne hatte über diese Zahl nachgedacht, und am liebsten hätte er geschrien: Fünftausend oder fünfzigtausend können mir den Verlust meines Schiffes nicht ersetzen! Aber sein Mund sprach: »Schlimm. Ja, sehr schlimm!«
Dann hatte Naga für eine Weile höchst eindringlich auf Yabu eingeredet, und Blackthorne, immer noch ganz benommen und voller Haß auf diese schreckliche Sprache und voller Haß auf Naga und Yabu und überhaupt auf alle, hatte ihm kaum folgen können und bemerkt, wie Yabu immer unbehaglicher zumute geworden war. Schließlich hatte Naga sich wieder ihm zugewandt und abschließend höchst verlegen gesagt: »Tut mir leid, Anjin-san. Mehr habe ich nicht tun können. *Honto, neh?*«
Blackthorne hatte sich gezwungen zu nicken. »*Honto. Domo*, Naga-san. *Shigata ga nai.*« Unter einem Vorwand hatte er sie allein gelassen und war zu seinem Schiff hinuntergegangen. Er wollte allein sein, war sich nicht sicher, ob diese unbändige Wut in seiner Brust sich nicht doch Bahn bräche, wußte jedoch gleichzeitig, daß er nichts tun konnte, daß er die Wahrheit nie genau erfahren würde und daß er, wie es auch geschehen sein mochte, sein Schiff verloren hatte; daß es den Priestern irgendwie gelungen sein mußte, Menschen zu bestechen oder sie zu überreden oder sie durch Drohungen dazu zu bringen, diese Schandtat zu begehen. Langsam und betont aufrecht war er von Naga und Yabu fortgegangen, doch noch ehe er vom Pier herunter war, hatte Vinck ihn eingeholt und gebettelt, er solle ihn nicht allein lassen. Innerlich hatte er ihn jedoch einfach nicht an sich herankommen lassen.
Dann, unten am Strand, hatten sie unvermittelt vor den grauenhaften Überresten der Köpfe gestanden: Über hundert waren es, die da auf Speeren steckten und der Dünen wegen vom Pier aus nicht zu sehen gewesen waren.
Er betrachtete forschend das Wrack seines Schiffes, und ein Gedanke ließ ihn nicht los: Mariko hatte die Wahrheit erkannt und diese Wahrheit Kiyama oder den Priestern eingeflüstert: ›Ohne sein Schiff kann der Anjin-san der Kirche nichts anhaben. Ich bitte euch, ihn am Leben zu lassen und nur sein Schiff zu töten...‹
Er konnte förmlich hören, wie sie es sagte. Sie hatte recht. Für die Probleme der Katholiken war die Lösung so einfach. Ja. Allerdings hätte jeder andere auch auf diesen Gedanken kommen können. Und wie war es ihnen gelungen, durch die viertausend Wachen hindurchzukommen? Wen hatten sie bestochen? Und womit?
Gott steh mir bei! Ohne mein Schiff bin ich erledigt. Ich kann Toranaga nicht helfen, und sein Krieg wird uns verschlingen.
»Armes Schiff«, sagte er. »Verzeih mir... so traurig, so sinnlos zu sterben. Nach all den vielen *Leguas.*«
»Eh?« fragte Vinck.
»Nichts«, sagte er. Armes Schiff, verzeih mir. Um dich ist es nie gegangen, weder bei ihr noch bei sonst jemand. Arme Mariko! Verzeih auch ihr!
»Was habt Ihr gesagt, Pilot?«

»Nichts. Ich hab' nur laut gedacht.«
»Ihr habt doch was gesagt. Ich hab's doch gehört, verdammt nochmal!«
»Halt's Maul, verdammt nochmal!«
»Eh? Das Maul halten soll ich? Jetzt sitzen wir fest. Sollen wir etwa für den Rest unseres Lebens vor diesen gottverfluchten Heiden auf dem Bauch kriechen? Wo man nichts weiter hört als Krieg, Krieg und nochmals Krieg? Eh?«
»Ja.«
»Ja, sagt Ihr, ja?« Vinck bebte am ganzen Körper, und Blackthorne war auf alles gefaßt. »Es ist Eure Schuld! Ihr habt gesagt, segeln wir zu den japanischen Inseln, und so sind wir hergekommen. Und wie vielen hat es das Leben gekostet! Die Schuld daran tragt Ihr!«
»Ja. Tut mir leid, aber du hast recht.«
»Leid tut es Euch, Pilot? Und wie sollen wir jetzt nach Hause kommen? Das ist Eure gottverfluchte Aufgabe – uns nach Hause zu bringen! Und wie wollt Ihr das anstellen? Eh?«
»Ich weiß es nicht. Ein anderes von unseren Schiffen wird herkommen, Johann. Wir brauchen doch bloß zu warten...«
»Warten? Wie lange sollen wir warten? Fünf verfluchte Jahre? Zwanzig? Himmelherrgott, Ihr habt doch selbst gesagt, all diese gottverfluchten Heiden ziehen jetzt in den Krieg, oder?« Vinck drehte durch. »Sie werden uns allen den Kopf abhacken und aufspießen wie die da, und die Vögel werden uns auffressen...« Ein irres Gelächter schüttelte ihn, und er griff in sein zerfetztes Hemd. Blackthorne sah den Pistolenknauf, und es wäre ihm ein leichtes gewesen, Vinck zu Boden zu schlagen und ihm die Waffe abzunehmen, aber er tat nichts, um sich zu wehren. Vinck fuchtelte mit der Pistole vor seinem Gesicht herum, tanzte, irre Worte hervorstoßend, wie ein Besessener um ihn herum. Furchtlos wartete Blackthorne, ja, er hoffte geradezu auf eine Kugel, doch da nahm Vinck plötzlich seine Beine in die Hand und lief den Strand hinunter. Die Möwen flogen kreischend vor ihm auf. Wie gehetzt lief Vinck hundert Schritt oder noch mehr, dann brach er zusammen, lag auf seinem Rücken, schlug mit Armen und Beinen um sich und stieß eine Flut von Flüchen hervor. Nach einer Weile drehte er sich mit einem letzten Schrei auf den Bauch, sah Blackthorne an und erstarrte. Schweigen.
Als Blackthorne sich ihm näherte, sah er den Lauf der Pistole auf sich gerichtet, und Vinck starrte ihn mit Wahnsinn in den Augen feindselig an. Vinck war tot. Blackthorne schloß ihm die Augen, warf ihn sich über die Schulter und ging zurück. Samurai kamen ihm entgegengerannt, Naga, Yabu an der Spitze.
»Was ist geschehen, Anjin-san?«
»Er hat... er ist...«
»Was? Ist er tot?«
»Ja. Erst Begräbnis, dann Yedo, einverstanden?«
»*Hai.*«
Blackthorne ließ sich ein Grabscheit bringen und bat sie, ihn eine Weile allein

zu lassen. Dann begrub er Vinck oberhalb der Wasserlinie auf einer Kuppe, von der aus man das Wrack unter sich liegen sah. Er sprach das Gebet über dem Grab und stellte ein Kreuz darauf, das er aus zwei Treibholzstücken machte. Es war so einfach, das Gebet zu sprechen – zu oft hatte er es sprechen müssen. Auf ihrer Reise seit der Abfahrt von Holland allein über hundertmal für seine eigene Mannschaft: Jetzt waren nur noch Baccus van Nekk und der Schiffsjunge Croocq am Leben; die anderen stammten von anderen Schiffen, Salamon, der Stumme, Jan Roper, Sonk, der Smutje, Ginsel, der Segelmacher. Fünf Schiffe und vierhundertundsechsundneunzig Mann. Und jetzt Vinck. Alle tot jetzt bis auf sieben von uns. Und wozu?

Um den Erdball zu umsegeln? Der erste zu sein?

»Ich weiß es nicht«, sprach er zum Grab. »Aber daraus wird jetzt nichts mehr.«

Er machte alles sauber. »*Sayonara*, Johann.« Dann ging er zum Wasser hinunter und schwamm nackt zum Wrack, um sich zu reinigen. Naga und Yabu hatte er weisgemacht, das sei so Sitte bei ihnen nach einem Begräbnis an Land. Das müsse der Kapitän für sich tun, wenn kein anderer da sei, und die See sei der große Reiniger vor ihrem Gott.

Er hielt sich an einer der Spanten fest und sah, daß die Muscheln sich bereits darauf festsetzten und der Kielgang in drei Faden Tiefe schon versandete.

Er schwamm an Land. Einige seiner Vasallen warteten mit frischen Kleidern. Er zog sich an, steckte die Schwerter in die Schärpe und ging zurück. In der Nähe des Piers zeigte einer seiner Vasallen in die Luft: »Anjin-san!«

Eine Brieftaube, von einem Falken verfolgt, schlug wild mit den Flügeln, als sie dem heimatlichen Schlag zueilte. Der Taubenschlag befand sich im Dach des höchsten Gebäudes, das sich, ein wenig vom Ufer entfernt, auf einer kleinen Anhöhe erhob. Als sie nur noch dreißig Meter von ihrem Ziel entfernt war, legte der hoch über ihr dahinrasende Falke die Schwingen an und ging zum Sturzflug über. Zwar stoben die Federn auf, als er auf seine Beute prallte, doch brach er ihr nicht das Rückgrat. Laut klagend fiel die Taube, als wäre sie tödlich getroffen, doch dann, kurz über dem Boden, fing sie sich wieder und flog weiter. Durch das Loch im Taubenschlag brachte sie sich in Sicherheit, der Falke stieß ein zorniges Ek-ek-ek aus, und alle frohlockten, bis auf Blackthorne.

Blackthorne kehrte auf die Galeere zurück. Yabu war dort, die Dame Sazuko, Kiri und der Kapitän. Alles war bereit zum Ablegen. »Yabu-san. *Ima* Yedo *ka?*« fragte er.

Aber Yabu gab ihm keine Antwort. Überhaupt achtete niemand auf ihn. Aller Augen waren auf Naga gerichtet, der auf das Dorf zueilte. Der Taubenmeister kam aus dem Haus und ihm entgegen. Naga erbrach das Siegel und las, was auf dem Papierstreifen stand: »Galeere und alle an Bord bleiben bis zu meiner Ankunft in Yokohama.« Die Unterschrift lautete: Toranaga.

In der frühen Morgensonne kamen die Reiter über den Rand des Hügels. Die ersten waren die fünfzig Späher der Vorhut unter Buntaro. Dann kamen die

Bannerträger. Dann Toranaga. Und nach ihm die Masse der Hauptabteilung der Krieger unter Omi. Ihnen folgten dicht gedrängt Pater Alvito und zehn Priesterschüler, und hinter ihnen die Falkner mit den Falken auf der Faust. Bis auf einen großen Hühnerhabicht waren die Falken alle verkappt mit gelben Augen. Sämtliche Samurai waren schwer bewaffnet und trugen Kettenpanzer und Küraß.

Toranaga ritt unbeschwert dahin. Er war nicht mehr niedergeschlagen, sondern wie verwandelt, und er freute sich, daß das Ende der Reise gekommen war. Zweieinhalb Tage war es her, daß er Naga den Befehl geschickt, die Galeere in Yokohama festzuhalten, und in einem Gewaltmarsch von Mishima aufgebrochen war. Sie waren sehr schnell vorangekommen, hatten rund alle zwanzig *Ri* die Pferde gewechselt. An einer Relaisstation hatten keine Pferde bereitgestanden, und der verantwortliche Samurai war abgesetzt und sein Einkommen einem anderen übergeben worden. Er selbst war aufgefordert worden, *Seppuku* zu begehen oder sich den Kopf zu scheren und Priester zu werden. Der Mann hatte den Tod gewählt.

Der Trottel hat doch Bescheid gewußt, dachte Toranaga, schließlich ist der ganze Kwanto kriegsbereit. Immerhin, der Tod dieses Mannes war keine unsinnige Verschwendung. Zumindest wird die Nachricht davon bis in den äußersten Winkel meines Herrschaftsbereichs dringen, und es wird keinen unnötigen Aufenthalt mehr geben.

In vier Tagen wird *der Tag* sein, der zweiundzwanzigste Tag des achten Monats, des Monats zum Betrachten des Mondes. Heute wird sich der Höfling Ogaki Takamoto in aller Form zu Ishido begeben und mit Bedauern verkünden, daß der Sohn des Himmels seinen Besuch aus Krankheitsgründen um ein paar Tage verschieben muß.

Es war so einfach gewesen, diesen Aufschub zu erreichen. Obgleich Ogaki ein Prinz siebten Grades war und seine Abstammung auf den Kaiser Go-Shoko zurückführte, den fünfundneunzigsten Tenno der Dynastie, war er wie alle Mitglieder des Kaiserlichen Hofes verarmt. Der Hof war seit Jahrzehnten auf karge Bezüge angewiesen, die der jeweilige Shōgun, Kwampaku oder die jeweils herrschende Junta des Tages ihm gewährte. Daher hatte Toranaga über Mittelsmänner in aller Bescheidenheit und mit größter Umsicht jährlich zehntausend *Koku* angewiesen, um, wie Ogaki selbst es wünschte, bedürftigen Verwandten unter die Arme zu greifen – und hatte mit aller gebotenen Demut darauf hingewiesen, daß es ihm als einem Minowara, die sich selbst auf Go-Shoko zurückführten, ein Vergnügen sei zu helfen und er darauf vertraue, daß der Erhabene in einem so tückischen Klima wie dem von Osaka sorgfältig auf seine kostbare Gesundheit achte – besonders um den zweiundzwanzigsten Tag herum.

Selbstverständlich gab es keine Garantie, daß Ogaki den Erhabenen überreden oder überhaupt von etwas abbringen konnte, doch war Toranaga davon ausgegangen, daß die Ratgeber des Sohns des Himmels oder der Sohn des Himmels selbst froh sein könnten, einen Vorwand zu haben, die Abreise hinauszuschie-

ben – möglicherweise sogar in der Erwartung, sie zuletzt überhaupt ganz abblasen zu können. Nur ein einziges Mal in drei Jahrhunderten hatte ein regierender Kaiser seine Zuflucht in Kyoto verlassen. Das war vor vier Jahren gewesen, als er einer Einladung des Taikō zur Kirschblüte in der Umgebung der Burg von Osaka gefolgt war, was übrigens zusammengefallen war mit seinem Verzicht auf den Titel Kwampaku zugunsten von Yaemon, wodurch er die Nachfolge praktisch durch den Kaiser hatte besiegeln lassen.
Morgen also werden Ishido und seine Verbündeten gegen mich zu Felde ziehen. Wieviel Zeit bleibt mir dann noch? Wo sollte die entscheidende Schlacht stattfinden? Etwa bei Odawara? Ein Sieg hängt immer auch vom Zeitpunkt und vom Ort der Schlacht ab und nicht nur von der Anzahl der Krieger, über die man verfügt. Sie werden mir mindestens mit dreifacher Übermacht entgegentreten. Aber wie dem auch sei, dachte er, *Ishido kommt aus der Burg von Osaka heraus!* Mariko hat ihn herausgelockt. Zwar habe ich im Schachspiel um die Macht meine Königin geopfert, Ishido hat dafür aber zwei Türme verloren.
Richtig. Nur in dieser letzten Phase hast du mehr verloren als eine Königin. Du hast ein Schiff verloren. Ein Bauer kann eine Königin werden... aber kein Schiff.
Sie ritten in schlankem knochenzermürbendem Trab den Hügel hinunter. Unten lag das Meer und das Dorf Yokohama – und nahe am Ufer das Wrack. Er konnte das Plateau sehen, wo das Musketenregiment samt Pferden und Ausrüstung, die Musketen im Sattelhalfter, feldmarschmäßig zur Inspektion angetreten war; andere, gleichfalls gut bewaffnete Samurai säumten weiter unten am Ufer als Ehrengarde den Weg. Am Rand des Dorfes knieten ihm zu Ehren wartend in schnurgeraden Reihen die Dorfbewohner. Weiter hinten lag die Galeere, auf der die Seeleute mit ihren Kapitänen angetreten waren. Links und rechts vom Pier waren die Fischerboote säuberlich eines neben dem anderen auf den Strand gezogen, und Toranaga nahm sich vor, Naga einen Rüffel zu erteilen. Zwar hatte er befohlen, daß das Regiment abmarschbereit zu sein habe, aber Fischer und Bauern vom Fischfang und von der Arbeit auf den Feldern abzuhalten, das war unverantwortlich.
Er drehte sich im Sattel um und rief einen Samurai heran, dem er befahl, Buntaro Bescheid zu geben, vorzureiten und sich zu vergewissern, daß alles sicher und bereit sei. »Dann geht ins Dorf, und entlaßt die Leute. Sie sollen wieder an die Arbeit gehen – bis auf den Dorfschulzen.«
»Jawohl, Euer Gnaden.« Der Mann drückte seinem Pferd die Sporen in die Weichen und galoppierte davon.
Jetzt war Toranaga nahe genug an das Plateau herangekommen, so nahe, daß er einzelne Gesichter unterscheiden konnte. Er erkannte den Anjin-san und Yabu, dann Kiri und die Dame Sazuko. Seine Erregung wuchs.

Buntaro galoppierte hügelabwärts. Er hatte den Bogen und den Köcher auf dem Rücken. Ein halbes Dutzend Samurai folgte ihm dicht auf den Fersen. Sie bogen

vom Weg ab und kamen auf das Plateau hinauf. Sofort erblickte er Blackthorne, und sein Gesicht wurde noch finsterer. Dann zügelte er sein Pferd und schaute sich um. Ein überdachtes Podest mit einem einzelnen Kissen darauf war für die Inspektion vor dem Regiment aufgebaut worden. Ein zweites, kleineres und niedrigeres stand in der Nähe. Darunter warteten Kiri und die Dame Sazuko. Yabu als ranghöchster Offizier stand an der Spitze des Regiments, Naga zu seiner Rechten, der Anjin-san zu seiner Linken. Alles schien sicher, und Buntaro winkte den Haupttrupp heran. Die Vorhut trabte an, saß ab und nahm um das Podest herum Aufstellung. Dann ritt Toranaga heran. Naga reckte die Schlachtstandarte hoch in die Höhe. Wie ein Mann erscholl aus viertausend Kehlen der Ruf »Toranagaaaa!«, und dann verneigten sie sich.
Toranaga erwiderte die Begrüßung nicht. In absolutem Schweigen nahm er seine Leute in Augenschein. Er bemerkte, daß Buntaro den Anjin-san nicht aus den Augen ließ. Yabu trug das Schwert, das er ihm gegeben, war jedoch sichtlich nervös. Die Verneigung des Anjin-san war korrekt, und er verharrte wie erstarrt darin. Kiri und Sazuko lagen auf den Knien, die Hände flach auf den Tatamis. Jeder einzelne verharrte mit gebeugtem Oberkörper. Toranaga erwiderte die Verneigung nicht, sondern nickte nur und spürte das Beben, das durch die Samurai ging, als sie sich wieder aufrichteten. Gut, dachte er, als er behende aus dem Sattel sprang, froh darüber, daß sie seine Strafe fürchteten. Ein Samurai ergriff die Zügel seines Pferdes und führte es fort, während er zu seinen Damen hinüberging.
»Nun, Kiri-san, willkommen daheim!«
Freudig verneigte sie sich noch einmal. »Vielen Dank, Euer Gnaden. Ich hätte nie gedacht, daß ich noch einmal die Freude erleben würde, Euch wiederzusehen.«
»Ich auch nicht, Dame.« Toranaga ließ etwas von seinem Glück erkennen. Er wandte sich der jungen Frau zu. »Nun, Sazuko-san? Wo ist mein Sohn?«
»Bei seiner Amme, Euer Gnaden«, erklärte sie atemlos und sonnte sich unverhohlen in seiner Gunst.
»Bitte, schickt jemand, daß er unser Kind sofort holt.«
»O bitte, Euer Gnaden, wenn Ihr gestattet... dürfte ich ihn Euch selber holen?«
»Ja, ja, wenn Ihr möchtet.« Toranaga lächelte und sah ihr einen Moment nach, als sie davoneilte. Dann sah er wieder Kiri an. »Alles in Ordnung mit Euch?« fragte er sie.
»Jawohl, Euer Gnaden. O ja... und Euch so voller Kraft zu sehen, erfüllt mich mit Glück.«
»Ihr habt abgenommen, Kiri-chan, seht jünger aus denn je.«
»Tut mir leid, Euer Gnaden, aber das ist nicht wahr. Trotzdem vielen Dank.«
Er grinste sie an. »Was es auch immer ist, es paßt zu Euch. Tragödie... Einsamkeit... von allen im Stich gelassen zu werden... Ich freue mich, Euch wiederzusehen, Kiri-chan.«
»Danke, Euer Gnaden. Ich bin so glücklich, daß *ihr* Gehorsam und Opfer Osaka

aufgeschlossen haben. Sie würde sich unendlich freuen, wenn sie wüßte, daß sie Erfolg gehabt hat, Euer Gnaden.«

»Erst muß ich mit diesem Haufen hier fertig werden, später können wir uns unterhalten. Es gibt viel zu erzählen, *neh?*«

»Ja, o ja.« Ihre Augen funkelten. »Ich habe eine persönliche Botschaft von der Dame Ochiba.«

»Ah? Gut. Aber das muß warten.« Er hielt inne. »Die Dame Mariko... sie hat einen ehrenvollen Tod gefunden?«

»Mariko-sama hat den Tod *gewählt.* Es war *Seppuku.* Hätte sie es nicht getan, sie wäre gefangengenommen worden. Ach, Euer Gnaden, sie war so großartig in diesen bösen Tagen. So mutig. Und der Anjin-san! Wäre er nicht gewesen, sie und wir alle würden in Gefangenschaft geraten und der Schande preisgegeben worden sein.«

»Ah ja, die *Ninja.*« Toranaga stieß die Luft aus, seine Augen wurden kohlenschwarz, und sie erschauerte unwillkürlich. »Es ist jetzt eine ganze Menge, was auf Ishidos Kappe geht, Kiri-chan. Bitte, entschuldigt mich.« Er stapfte hinüber zu dem Inspektionspodest und setzte sich dort nieder. Er war jetzt wieder sehr ernst und drohend. Seine Wachen standen im Kreis um ihn herum.

»Omi-san!«

»Jawohl, Euer Gnaden?« Omi trat vor und verneigte sich. Er schien älter geworden und war hagerer.

»Bringt die Dame Kiritsubo in ihr Quartier, und überzeugt Euch, daß meines in Ordnung ist. Ich werde heute nacht hierbleiben.«

Omi grüßte und schritt davon, und Toranaga freute sich, daß er bei der Änderung des Plans keine Miene verzogen hatte. Gut, dachte er, Omi lernt, oder aber seine Spione haben ihm berichtet, daß ich Sudara und Hiro-matsu heimlich herbeordert habe, so daß ich morgen unmöglich schon abreisen kann.

Jetzt erst wandte er seine ganze Aufmerksamkeit dem Regiment zu. Auf sein Zeichen hin trat Yabu vor und grüßte. Er erwiderte den Gruß höflich. »Nun, Yabu-san! Willkommen daheim!«

»Vielen Dank, Euer Gnaden. Gestattet mir, daß ich sage, wie glücklich ich bin, daß Ihr Ishidos Verrat entgangen seid.«

»Vielen Dank. Und Ihr auch. Es ist nicht gut gelaufen in Osaka. *Neh?*«

»Nein. Meine Harmonie ist gestört, Euer Gnaden. Ich hatte gehofft, den Rückzug aus Osaka anzuführen und Euch Eure beiden Damen zu bringen, Euren Sohn, die Dame Toda, den Anjin-san und Seeleute für sein Schiff. Unseligerweise sind wir beide verraten worden... tut mir leid... dort wie hier.«

»Ja.« Toranaga blickte zum Wrack hinunter, das vom Wasser umspült wurde. Zornig zuckte es in seinem Gesicht, und jeder machte sich auf einen Ausbruch gefaßt. Doch der blieb aus. »*Karma*«, sagte er. »Ja, *Karma,* Yabu-san. Die Nachlässigkeit ist allerdings etwas anderes. Aber jetzt zu Osaka. Ich möchte alles hören, was geschehen ist, genauestens... sobald das Regiment entlassen ist und ich gebadet habe.«

»Ich habe einen schriftlichen Bericht für Euch angefertigt, Euer Gnaden.«
»Gut. Vielen Dank. Aber zunächst möchte ich Euren mündlichen Bericht.«
»Stimmt es, daß der Erhabene nicht nach Osaka geht?«
»Was der Erhabene tut, ist Sache des Erhabenen.«
»Wollt Ihr das Regiment inspizieren, ehe ich es abtreten lasse?« fragte Yabu förmlich.
»Warum sollte ich ihm diese Ehre erweisen? Wißt Ihr nicht, daß es in Ungnade gefallen ist?« fügte er mit schneidender Stimme hinzu.
»Doch, Euer Gnaden. Schrecklich.« Yabu versuchte, Toranagas Gedanken zu lesen, doch es gelang ihm nicht. »Ich war entsetzt, als ich hörte, was geschehen ist. Es klingt unwahrscheinlich.«
»Das meine ich auch.« Toranagas Miene verdüsterte sich, und er blickte zu Naga und den Soldaten hinter ihm. »Ich kann immer noch nicht begreifen, wie man sich als dermaßen unfähig erweisen kann! Ich habe dieses Schiff gebraucht.«
Naga war sichtlich aufgewühlt. »Bitte, verzeiht mir, Euer Gnaden, wünscht Ihr, daß ich noch eine Untersuchung durchführe?«
»Was könntet Ihr tun, das Ihr noch nicht getan hättet?«
»Ich weiß es nicht, Euer Gnaden, nichts, Euer Gnaden, bitte, verzeiht mir!«
»Es war ja nicht Eure Schuld. Ihr seid schließlich nicht hier gewesen. Und habt auch nicht das Kommando geführt.« Ungeduldig wandte Toranaga sich wieder Yabu zu. »Es ist schon sonderbar, wenn nicht gar unheimlich, daß die Uferpatrouille, die Deckwache und die Lagerwache in dieser Nacht ausschließlich aus Männern aus Izu bestanden... bis auf die paar *Ronin* des Anjin-san.«
»Jawohl, Euer Gnaden. Merkwürdig schon, aber nicht unheimlich, tut mir leid. Ihr hattet völlig recht, die Offiziere verantwortlich zu machen, genauso wie Naga-san die anderen zu Recht bestraft hat. Tut mir leid. Ich habe inzwischen meine eigenen Untersuchungen durchgeführt, aber auch nichts weiter erfahren und könnte dem bereits Bekannten nichts hinzufügen. Ich stimme zu, es ist *Karma... Karma*, dem irgendwie durch dreckfressende Christen nachgeholfen wurde. Trotzdem, ich möchte mich entschuldigen.«
»Ah, dann seid Ihr also der Meinung, es war Sabotage?«
»Beweisen läßt sich das nicht, Euer Gnaden, aber mir scheint eine Flutwelle und ein einfaches Feuer eine zu bequeme Erklärung zu sein.«
Zum ersten Mal sah Toranaga Blackthorne direkt an. Der große Mann stand ganz für sich allein da, alles Strahlen war aus seinem Antlitz gewichen. »Anjin-san?«
»Jawohl, Euer Gnaden?«
»Schlimm, *neh?* Sehr schlimm.« Toranaga zeigte auf das Wrack unten. »*Neh?*«
»Ja, sehr schlimm, Euer Gnaden.«
»Wie bald können andere Schiffe kommen?«
»Wann... wann Buddha will.«
»Wir reden heute abend. Geht jetzt. Ich danke Euch für Osaka. Ja. Geht auf die Galeere... oder ins Dorf. Wir reden heute abend, verstanden?«

»Ja. Reden heute abend, ja, verstehe, Euer Gnaden. Vielen Dank. Wann heute abend, bitte?«
»Ich lasse Euch holen. Danke für Osaka.«
»Meine Pflicht, *neh?* Ich habe nur wenig getan. Toda Mariko-san hat alles gegeben. Alles für Toranaga-sama.«
»Ja.« Ernst erwiderte Toranaga die Verneigung. Der Anjin-san wollte schon gehen, blieb jedoch stehen. Toranaga sah zum Rand des Plateaus hinüber, wo der Tsukku-san und seine Priesterschüler gerade angelangt waren und absaßen. Er hatte dem Priester in Mishima keine Unterredung gewährt... wiewohl er ihn sofort über die Vernichtung des Schiffes unterrichtet hatte... und ihn bewußt warten lassen, solange der Ausgang der Dinge in Osaka noch nicht feststand und die Galeere noch nicht in Yokohama eingetroffen war. Erst als beides feststand, hatte er beschlossen, den Priester mitzunehmen und es zum rechten Zeitpunkt zum Zusammenprall zwischen den beiden kommen zu lassen.
Blackthorne fing an, auf den Priester zuzugehen.
»Nicht, Anjin-san. Später, nicht jetzt. Jetzt geht ins Dorf!« befahl er.
»Aber, Euer Gnaden! Dieser Mann mein Schiff getötet. Er ist Feind!«
»Ihr werdet dorthin gehen!« Toranaga zeigte auf das Dorf unten.
»Euer Gnaden, bitte, dieser Mann...«
»Nein! Ihr werdet zur Galeere gehen!« sagte Toranaga. »Und zwar sofort, bitte!« Das macht mehr Spaß, als einen Falken locke zu machen und an die Faust zu gewöhnen, dachte er erregt; er war entschlossen, Blackthorne seinen Willen aufzuzwingen. Mehr Spaß, weil der Anjin-san genauso wild und gefährlich und unberechenbar ist wie ein Falke, immer eine unbekannte Größe darstellt, einzigartig ist und mit keinem Menschen zu vergleichen, den ich je gekannt.
Aus dem Augenwinkel heraus beobachtete er Buntaro, der sich dem Anjin-san in den Weg stellte, bereit und eifrig darauf bedacht, Gehorsam zu erzwingen. Wie töricht, dachte Toranaga flüchtig, und so unnötig. Er ließ den Blick nicht von Blackthorne. Und bezwang ihn.
»Ja, gehe jetzt, Herr Toranaga. Tut mir leid. Gehe jetzt«, sagte Blackthorne. Er wischte sich den Schweiß vom Gesicht und wandte sich zum Gehen.
»Ich danke Euch, Anjin-san«, sagte Toranaga. Er ließ sich seinen Triumph nicht anmerken. Er sah Blackthorne gehorsam fortgehen... gewalttätig, stark, mörderisch – und dennoch jetzt unter Toranagas Willen gebeugt.
Dann besann er sich eines anderen. »Anjin-san«, rief er, überzeugt, daß jetzt die Zeit gekommen war, die Riemen am Geschüh des Falken loszubinden und ihn auf seine Beute anzuwerfen. Es war eine letzte Probe. »Hört, geht hin, wenn Ihr wollt. Ich halte es für besser, den Tsukku-san nicht zu töten. Aber wenn Ihr ihn töten wollt... tötet ihn. Besser aber nicht töten.« Langsam und sehr klar sprach er diese Worte. »*Wakarimasu ka?*«
»*Hai.*«
Toranaga schaute in diese unglaublich blauen Augen, die erfüllt waren von einem unbändigen Haß, und überlegte, ob dieser Raubvogel, auf seine Beute an-

geworfen, je nach seiner, Toranagas, Laune töten oder nicht töten und, ohne zu kröpfen, auf seine Faust zurückkehren würde.
Mit einer Handbewegung entließ Toranaga ihn. Blackthorne machte eine Kehrtwendung und ging nach Norden, auf den Tsukku-san zu. Buntaro ging ihm aus dem Weg. Blackthorne schien überhaupt niemand zu sehen außer dem Priester. Der Tag schien noch drückender zu werden.
»Nun, Yabu-san. Was wird er tun?« fragte Toranaga.
»Ihn töten. Selbstverständlich wird er ihn umbringen, wenn er ihn zu fassen bekommt. Der Priester hat den Tod verdient, *neh?* Ich bin überzeugt, sie stehen hinter diesem Sabotageakt... die Priester und Kiyama, wenn ich es auch nicht beweisen kann.«
»Naga-san?«
»Ich an seiner Stelle würde den Priester und sie alle umbringen, jetzt, wo ich Eure Erlaubnis hätte. Ich habe noch nie jemand gesehen, der seinen Haß so offen gezeigt hätte. Die letzten beiden Tage ist der Anjin-san wie ein Wahnsinniger gewesen, hat vor sich hin gebrummelt, das Wrack angestarrt, dort im Sand zusammengerollt geschlafen, kaum etwas gegessen...« Naga sah wieder hinter Blackthorne her. »Ich bin auch der Meinung, es waren nicht nur die Naturelemente, die dieses Schiff zerstört haben. Und ich bin überzeugt, irgendwie haben die Priester dahintergestanden.«
»Entscheidet Euch!«
»Gleich explodiert er. Seht Euch seinen Gang an... ich glaube, er wird ihn umbringen... ich hoffe, daß er ihn umbringt.«
»Buntaro-san?«
Buntaro, die wulstigen Wangen unrasiert, seine muskulösen Beine hingepflanzt, die Finger an der Bogensehne, drehte sich um. »Ihr habt ihm geraten, den Tsukku-san nicht zu töten, also wollt Ihr nicht, daß der Priester stirbt. Ob der Anjin-san tötet oder nicht tötet, ist mir egal, Euer Gnaden. Mir geht es nur um das, worum es Euch geht. Darf ich ihn daran hindern, wenn er anfängt, Euch den Gehorsam zu verweigern? Das wäre mir aus dieser Entfernung ein leichtes.«
»Könntet Ihr garantieren, daß Ihr ihn nur verwundet?«
»Nein, Euer Gnaden.«
Toranaga lachte leise und brach den Bann. »Der Anjin-san wird ihn nicht töten. Schreien und vor Wut brüllen wird er, zischen wie eine Schlange und mit seinem Schwert rasseln, und der Tsukku-san wird beinahe platzen vor ›heiligem Eifer‹, aber ihn kein bißchen fürchten, sondern zurückzischen und sagen: ›Es war die Hand Gottes. Ich hab' Euer Schiff nie angerührt!‹ Dann wird der Anjin-san ihn einen Lügner schimpfen, woraufhin den Tsukku-san noch größerer ›heiliger Eifer‹ erfüllen wird, und die beiden werden sich für zwanzig Leben hassen. Aber sterben wird keiner. Jedenfalls heute nicht.«
»Woher wißt Ihr das nur alles, Vater?« entfuhr es Naga.
»Ganz sicher weiß ich es nicht, mein Sohn. Nur glaube ich, daß das geschehen

wird. Es ist immer von größter Wichtigkeit, sich die Zeit zu nehmen, die Menschen zu studieren... bedeutende Menschen. Freunde wie Feinde. Um sie zu verstehen. Ich habe sie beide beobachtet. Und sie sind mir beide sehr wichtig. *Neh*, Yabu-san?«
»Ja, Euer Gnaden«, sagte Yabu, den unversehens Unbehagen befiel.
Naga warf rasch einen Blick hinter Blackthorne her. Dieser schritt immer noch zügig, aber nicht überstürzt aus und mochte jetzt siebzig Schritt vom Tsukku-san entfernt sein, der an der Spitze seiner Priesterschüler wartete. Die Brise bauschte ihre orangefarbenen Gewänder.
»Der Anjin-san wird aus drei Gründen nicht töten. Erstens, weil der Tsukku-san unbewaffnet ist und sich nicht wehren würde, nicht einmal mit seinen Händen. Es verstößt gegen ihre Ehre, einen Unbewaffneten umzubringen... Zweitens, weil er ein Christ ist. Und drittens, weil ich beschlossen hatte, daß dies nicht der richtige Zeitpunkt ist.«
Buntaro sagte: »Bitte, verzeiht, ich kann zwar den dritten und sogar den ersten Grund verstehen, aber ist nicht der wirkliche Grund für ihren Haß, daß sie beide glauben, der andere sei kein Christ, sondern vom Bösen... ein Anbeter des Satans? Ist es das nicht, wie sie sich nennen?«
»Richtig, aber dieser Jesus, ihr Gott, hat gelehrt oder soll gelehrt haben, daß man seinem Feind vergeben soll. Das heißt Christ sein.«
»Das ist doch dumm, *neh?*« sagte Naga. »Seinem Feind zu vergeben ist doch dumm.«
»Ganz meiner Meinung.« Toranaga sah zu Yabu hin. »Es ist dumm, seinem Feind zu vergeben. *Neh*, Yabu-san?«
»Ja«, stimmte Yabu zu.
Toranaga sah nach Norden. Die beiden Gestalten waren sich jetzt ziemlich nahe, und jetzt verfluchte Toranaga in seinem Inneren doch, daß er sich zu etwas Unüberlegtem hatte hinreißen lassen. Er war noch sehr auf beide Männer angewiesen, und es gab keinen Grund, den einen oder den anderen aufs Spiel zu setzen. Er hatte den Anjin-san auf seine Beute angeworfen, weil er das persönlich aufregend fand, nicht, damit er töte, und so bedauerte er seine Dummheit. Jetzt wartete er ab, genauso gespannt wie alle anderen.
Der Zusammenprall war kurz, verbissen und haßerfüllt, das hörte man selbst aus dieser Entfernung. Toranaga fächerte sich erleichtert Kühlung zu. Für sein Leben gern hätte er verstanden, was sie tatsächlich sagten. Bald darauf sahen sie den Anjin-san davonschreiten. Hinter ihm tupfte der Tsukku-san sich mit einem farbigen Papiertuch die Stirn.
»Eeee!« rief Naga bewundernd aus. »Wie können wir verlieren, wenn Ihr das Kommando führt?«
»Nur allzu leicht, mein Sohn, wenn das mein *Karma* ist.« Dann fiel ihm etwas anderes ein. »Naga-san, befehlt allen Samurai, die mit der Galeere von Osaka gekommen sind, sie sollen sich in meinem Quartier melden.«
»Yabu-san, ich freue mich, daß ich Euch heil hier willkommen heißen kann.

Entlaßt das Regiment... nach dem Abendessen werden wir reden. Darf ich nach Euch schicken?«
»Selbstverständlich. Vielen Dank, Euer Gnaden.« Yabu grüßte und zog sich zurück.
Jetzt, da sie, bis auf die Wachen, denen er einen Wink gab, sich außer Hörweite zurückzuziehen, allein waren, sah er Buntaro lange forschend an. Buntaro beunruhigte das. Als er es nicht mehr ertragen konnte, sagte er: »Euer Gnaden?«
»Ihr habt mich einmal um seinen Kopf gebeten, *neh? Neh?*«
»Ja... ja, Euer Gnaden.«
»Nun?«
»Er... er hat mich in Anjiro beleidigt. Die Schande ist noch nicht abgewaschen.«
»Ich befehle Euch, diese Schande abzustreifen!«
»Dann ist sie abgestreift. Aber sie hat mich mit ihm betrogen, und das kann ich nicht abstreifen, nicht, solange er am Leben ist. Ich habe Beweise. Ich will ihn tot sehen. Er... bitte, jetzt, wo sein Schiff verbrannt ist – wie kann er Euch da noch nützen, Euer Gnaden? Ich bitte um die Erfüllung eines Lebenswunsches.«
»Was für Beweise?«
»Jeder weiß es. Auf der Reise von Yokosé. Ich habe mit Yoshinaka gesprochen. Jeder weiß es«, fügte er finster hinzu.
»Dann hat Yoshinaka sie und ihn zusammen *gesehen?* Hat sie beschuldigt?«
»Nein. Aber, was er gesagt hat...« Gequält sah Buntaro auf. »Ich weiß es, und das reicht. Als Lebenswunsch, Euer Gnaden, *neh?*«
»Ich brauche ihn lebend. Wäre er nicht gewesen, sie würde den *Ninja* lebendig in die Hände gefallen sein, und die hätten sie der Schande preisgegeben und damit Euch.«
»Als Lebenswunsch«, sagte Buntaro. »Ich bitte darum. Sein Schiff ... ist verbrannt...«
»Ich habe den Beweis, daß er Euch mit ihr keine Schande gebracht hat.«
»Tut mir leid, aber was für einen Beweis?«
»Hört! Was ich jetzt sage, ist nur für Eure Ohren bestimmt... das habe ich so mit ihr verabredet. Ich habe ihr befohlen, sich mit ihm anzufreunden.« Toranaga blickte ihm tief in die Augen. »Sie waren Freunde, ja. Der Anjin-san hat sie vergöttert, aber er hat mit ihr keine Schande über Euch gebracht, und sie auch nicht mit ihm. In Anjiro, kurz vor dem Erdbeben, als sie zum ersten Mal den Vorschlag machte, nach Osaka zu gehen, um alle Geiseln zu befreien... Ishido in aller Öffentlichkeit herauszufordern... alles auf die Spitze zu treiben, indem sie *Seppuku* beging, so daß ihm keine andere Wahl mehr blieb... an diesem Tag beschloß...«
»Dann war das alles geplant?«
»Selbstverständlich. Werdet Ihr denn nie lernen? An diesem Tag befahl ich, daß sie sich von Euch scheiden lasse.«

»Euer Gnaden?«
»Ja, scheiden lasse. Ist das Wort nicht klar?«
»Ja, aber...«
»Von Euch scheiden lasse. Sie hatte Euch seit Jahren wahnsinnig gemacht, und Ihr hattet sie seit Jahren auf übelste Weise behandelt. Was habt Ihr ihrer Ziehmutter und ihren Damen angetan? Hatte ich Euch nicht gesagt, ich brauchte sie, damit sie für den Anjin-san dolmetsche, und trotzdem habt Ihr Euch hinreißen lassen und sie geschlagen... Wenn wir ehrlich sind, hättet Ihr sie damals beinahe umgebracht, *neh? Neh?*«
»Hat sie Euch um die Scheidung gebeten?«
»Nein. Es war meine Entscheidung, und ich habe es ihr befohlen. Aber Eure Gattin hat mich gebeten, diesen Befehl zurückzunehmen. Ich weigerte mich. Daraufhin sagte Eure Gattin, sie werde auf der Stelle ohne meine Erlaubnis *Seppuku* begehen. Ich befahl ihr zu gehorchen. Sie weigerte sich.« Zornig fuhr Toranaga fort: »Eure Gattin hat mich gezwungen, mich, ihren *Lehnsherrn*, meinen Befehl zurückzunehmen und ihn erst nach Osaka durchzusetzen... wobei wir beide wußten, daß Osaka für sie den Tod bedeutete. Begreift Ihr jetzt?«
»Ja... ja, ich begreife.«
»In Osaka hat der Anjin-san ihre Ehre und die Ehre meiner Damen und meines jüngsten Sohnes gerettet. Wäre er nicht gewesen, würden *sämtliche* Geiseln heute noch in Osaka sein, ich tot oder in der Hand von Ikawa Jikkyu, vermutlich in Ketten gelegt wie ein gemeiner Verbrecher.«
»Bitte, verzeiht mir... aber warum hat sie das getan? Sie hat mich gehaßt... Warum hätte sie die Scheidung aufschieben sollen? Sarujis wegen?«
»Um Eurer Ehre willen. Sie wußte, was Pflicht ist. Eurer Frau ging es so sehr um Eure Ehre – selbst nach ihrem Tod noch –, daß es zu unserer Abmachung gehörte, mich einverstanden zu erklären, daß dies eine persönliche Angelegenheit zwischen ihr und Euch und mir bleiben sollte. Niemand sonst sollte jemals davon erfahren, weder der Anjin-san noch ihr Sohn, kein Mensch... nicht einmal ihr christlicher Beichtvater.«
Buntaro begriff alles, und Toranaga entließ ihn. Da erst, nachdem er endlich für einen Augenblick allein war, stand Toranaga auf und streckte sich, erschöpft von den vielen Dingen, die er seit seiner Ankunft erledigt. Die Sonne stand noch hoch, er hatte großen Durst, ließ sich von einem seiner Leibwächter kalten *Cha* einschenken und ging dann hinunter an den Strand. Dort legte er seinen durchgeschwitzten Kimono ab und schwamm. Das Wasser war herrlich und erfrischte ihn. Er tauchte, blieb jedoch niemals lange unter Wasser, um seine Wachen nicht zu beunruhigen. Deshalb tauchte er wieder auf, drehte sich auf den Rükken und ließ sich treiben, blickte in den Himmel hinauf und sammelte Kräfte für die lange Nacht, die vor ihm lag.
Ah, Mariko, dachte er, was für eine wunderbare Frau du bist. Jawohl, *bist*, denn du wirst zweifellos ewig leben. Bist du jetzt bei deinem Christengott in deinem christlichen Himmel? Hoffentlich nicht. Das wäre ein großer Jammer. Ich hoffe,

dein Geist wartet irgendwo hier nur Buddhas vierzig Tage bis zur Wiedergeburt ab. Ich bete darum, daß dein Geist in meine Familie einfährt. Bitte! Aber wieder als Frau... nicht als Mann. Wir könnten es uns nicht leisten, dich als Mann zu haben. Dazu bist du etwas viel zu Besonderes!

Er lächelte. Alles hatte sich in Anjiro genauso abgespielt, wie er es Buntaro erzählt hatte, nur daß sie ihn nie gezwungen hatte, seinen Befehl zurückzunehmen. Wie es sich geziemte, hatte sie ihn *gebeten*, diese Scheidung erst nach Osaka öffentlich bekanntzugeben. Dadurch, daß ich mich damit einverstanden erklärte, habe ich ihr nur unnötige Schande und Streit erspart, mir selbst unnötige Scherereien... und dadurch, daß es jetzt niemand weiter erfährt, was ihr ganz gewiß recht gewesen wäre, gewinnt nur noch jeder. Bin ich froh, daß ich nachgegeben habe, dachte er gütig, und dann lachte er laut. Eine kleine Welle schlug über ihm zusammen, er bekam Wasser in den Mund und schluckte.

»Alles in Ordnung, Euer Gnaden?« rief eine eifrige Wache, die in der Nähe schwamm.

»Ja, selbstverständlich.« Toranaga würgte noch einmal, spuckte den Schleim aus, trat Wasser und dachte, das wird dich lehren, nicht nochmal so selbstgefällig zu sein. Das ist heute schon der zweite Fehler, den du machst. Dann sah er das Wrack. »Kommt, wir schwimmen um die Wette!« rief er seiner Wache zu.

Ein Wettschwimmen mit Toranaga war ein Wettschwimmen. Einmal hatte einer seiner Generäle ihn absichtlich gewinnen lassen. Dieser Fehler hatte den Mann alles gekostet.

Die Wache gewann. Toranaga gratulierte und hielt sich an einer der Spanten fest, wartete, bis sein Atem wieder normal ging und sah sich dann um. Er schwamm in die Tiefe und inspizierte den Kiel der *Erasmus*. Als seine Neugier befriedigt war, kehrte er erfrischt wieder an Land zurück.

Unter einem breiten, schilfgedeckten, von starken Bambuspfeilern getragenen Dach hatte man an guter Stelle ein provisorisches Haus aufgeschlagen. *Shoji*-Wände und Trennwände ruhten auf einem höhergelegenen Fußboden. Die Schildwachen waren bereits postiert. Auch für Kiri und Sazuko, Zofen und Köche war gesorgt.

Zum ersten Mal sah er sein Kind. Offensichtlich wäre die Dame Sazuko niemals so unhöflich gewesen, ihren Sohn sofort aufs Plateau hinaufzubringen, weil sie fürchten mußte, ihn in wichtigen Amtsgeschäften zu stören – was sie ja in der Tat getan hätte.

»Ein schöner Junge«, sagte er stolz und hielt das Baby mit geübter Hand. »Und Ihr, Sazuko, Ihr seht jünger und reizender aus denn je. Wir müssen sofort noch mehr Kinder haben. Die Mutterschaft steht Euch.«

»Oh, Euer Gnaden«, sagte sie. »Ich habe solche Angst gehabt, ich würde Euch nie wiedersehen und Euch nie Euren jüngsten Sohn zeigen können. Wie werden wir denn dieser Falle entgehen... Ishidos Armeen, meine ich?«

»Seht doch nur, was für ein prachtvoller Junge! Nächste Woche werde ich ihm zu Ehren einen Schrein bauen und ihn mit...« – er hielt inne, halbierte die

Summe, an die er zuerst gedacht, und halbierte auch diese Hälfte noch einmal – »... und ihn mit zwanzig *Koku* im Jahr ausstatten.«
»Oh, Euer Gnaden, wie großzügig von Euch.« Ihr Lächeln verriet kein Arg.
»Ja«, sagte er, »das genügt für einen elenden Parasiten von Priester, um ein paar *Namu Amida Butsu* zu sprechen, *neh?*«
»Aber gewiß doch, Euer Gnaden. Soll dieser Schrein in der Nähe von Yedo errichtet werden? Ach, wäre es nicht zu schön, wenn er an einem Bach oder gar einem Fluß stehen könnte?«
Widerstrebend stimmte er zu, obgleich ein solch erlesener Standort mehr kosten würde, als er für seinen launischen Einfall eigentlich hatte ausgeben wollen.
»Oh, vielen Dank, Euer Gnaden.« Die Dame Sazuko sprach nicht weiter. Sie saßen auf einer schattigen Veranda, und Naga kam auf sie zugeeilt.
»Verzeiht, bitte, Vater. Aber Eure Samurai aus Osaka. Wie wollt Ihr sie sehen, einzeln oder alle zusammen?«
»Einzeln.« Dann plauderte Toranaga mit seiner Gattin weiter, die jedoch augenblicklich höflich bat, er möge sie entschuldigen; denn sie wußte, daß er am liebsten sofort mit den Samurai gesprochen hätte. Er bat sie zu bleiben, doch sie bat, er möge sie gehen lassen, und so stimmte er zu.
Eingehend fragte er die Männer aus, siebte das, was sie berichteten, holte gelegentlich einen Samurai noch einmal zurück, um sich bestätigen zu lassen, was andere gesagt. Als die Sonne unterging, hatte er alle gehört. Dann nahm er rasch eine leichte Mahlzeit zu sich – die erste des Tages –, schickte alle Wachen außer Hörweite und ließ Kiri kommen.
»Zuerst sagt mir, was Ihr getan habt, was Ihr gesehen habt und wovon Ihr Zeuge gewesen seid, Kiri-chan.«
Es war Nacht geworden, ehe seine Neugier ganz befriedigt war, obwohl sie bereitwillig erzählt hatte.
»Eeeee«, machte er. »Das wäre aber ums Haar schiefgegangen, Kiri-chan. Ja, das hätte leicht schiefgehen können!«
»Ja«, stimmte Kiri zu. Sie hatte die Hände auf ihrem ausladenden Schoß gefaltet. Dann fügte sie mit größter Zärtlichkeit hinzu: »Alle Götter, große und kleine, haben über Euch gewacht, Euer Gnaden, und über uns. Bitte, verzeiht mir, daß ich am Erfolg gezweifelt, ja, an Euch gezweifelt habe. Die Götter haben über uns gewacht.«
»Es sieht ganz so aus, ja, sehr sogar.« Toranaga schaute hinaus in die Nacht. Die Flammen oder Fackeln wurden von einer leichten Brise hin und her bewegt, so daß der Abend noch schöner wurde. Ein schöner Mond stand am Himmel, Toranaga konnte die dunkleren Flecken darauf erkennen und überlegte wie abwesend, ob sie wohl Land und der Rest Eis und Schnee wären, warum der Mond da war und wer dort oben wohl leben mochte. Ach, es gibt so vieles, was ich gern wüßte, dachte er.
»Darf ich eine Frage stellen, Tora-chan?«

»Was denn, Dame?«
»Warum hat Ishido uns ziehen lassen? Was war der wirkliche Grund? Ich an seiner Stelle hätte es nicht getan... niemals. Warum also?«
»Erst sagt mir, wie die Nachricht lautet, die die Dame Ochiba mir schickt.«
»Die Dame Ochiba sagte: ›Bitte, sagt Herrn Toranaga, ich wünschte in allen Ehren, es gäbe eine Möglichkeit, daß sein Zwist mit dem Erben beigelegt werden könnte. Als Zeichen für die Zuneigung des Erben möchte ich Toranaga-sama gern sagen, daß der Erbe viele Male erklärt hat, er wolle keine Armeen gegen seinen Onkel, den Herrn des Kwanto, führen.«
»Das hat sie gesagt?«
»Ja, gewiß!«
»Sie muß doch wissen... genauso wie Ishido... wenn Yaemon die Standarte gegen mich erhebt, daß ich dann verlieren muß.« Toranaga ballte seine schwieligen Hände zur Faust und schlug damit auf die Tatamis. »Wenn das ein ehrliches Angebot ist und keine Finte, habe ich es halb bis Kyoto und noch ein bißchen weiter geschafft.«
»Ja«, sagte Kiri.
»Zu welchem Preis?«
»Das weiß ich nicht. Mehr hat sie nicht gesagt, Euer Gnaden.«
»Was kann ich Ochiba geben, was sie nicht schon hätte? Ihr gehört Osaka, der Staatsschatz, und Yaemon ist für mich immer der Erbe des Reiches gewesen. Was auch geschieht, Yaemon wird in acht Jahren Kwampaku und tritt das Erbe dieser Erde an. Es gibt nichts, was man ihr noch geben könnte.«
»Vielleicht will sie die Ehe?«
Nachdrücklich schüttelte Toranaga den Kopf. »Nein, sie nicht. Diese Frau würde mich niemals heiraten.«
»Für sie wäre es die beste Lösung, Euer Gnaden.«
»Ochiba und meine Gemahlin? Viermal hat sie den Taikō gebeten, mich in die Große Leere zu schicken.«
»Gewiß, aber das war zu seinen Lebzeiten.«
»Ich bin bereit, alles zu tun, um das Reich zusammenzuschweißen, den Frieden zu bewahren und Yaemon zum Kwampaku zu machen. Ist es das, was sie will?«
Abermals starrte Toranaga zum Mond hinauf, doch jetzt war sein Geist auf ein anderes Rätsel gerichtet, mußte er wieder daran denken, was die Dame Yodoko in Osaka gesagt. Als er nicht sogleich eine Antwort fand, tat er das Problem beiseite, um sich Dringenderem und Gegenwärtigerem zuzuwenden. »Ich glaube, das ist nur eine von ihren Listen. Hat Kiyama Euch gesagt, daß das Schiff des Barbaren zerstört worden ist?«
»Nein, Euer Gnaden.«
Toranaga runzelte die Stirn. »Das überrascht mich, denn er muß zu der Zeit schon davon gewußt haben. Ich habe es dem Tsukku-san sofort gesagt, als ich es erfuhr... und er hat selbstverständlich augenblicklich eine Brieftaube losgeschickt, wenn die auch nur bestätigt haben kann, was sie bereits wußten.«

»Welch eine Heuchelei! Dumm, *neh?*«

»Ja.« In gewisser Hinsicht sehr dumm, dachte Toranaga, in anderer jedoch durchaus nicht. »Nun, vielen Dank, Kiri-san. Nochmals: Ich bin entzückt, daß Ihr gesund wieder hier seid. Wir bleiben heute nacht hier. Und jetzt entschuldigt mich bitte. Laßt Yabu-san holen, und wenn er kommt, bringt *Cha* und Saké, und dann laßt uns allein.«

»Jawohl, Euer Gnaden. Dürfte ich aber wohl jetzt meine Frage stellen?«

»Immer noch dieselbe Frage?«

»Jawohl, Euer Gnaden. Warum hat Ishido uns ziehen lassen?«

»Ach, Kiri-chan, die Antwort ist: Ich weiß es nicht. Er hat einen Fehler gemacht.«

Sie verneigte sich und ging zufrieden fort.

Es war fast Mitternacht, ehe Yabu ging. Toranaga verabschiedete sich mit einer Verneigung wie vor einem Ebenbürtigen und dankte ihm noch einmal für alles. Er hatte ihn zum geheimen Kriegsrat morgen geladen, ihn als Kommandeur des Musketenregiments bestätigt sowie schriftlich als späteren Herrn von Totomi und Suraga, sobald diese Provinzen erobert und in ihrer Hand wären.

»Das Regiment ist für mich von allergrößter Wichtigkeit, Yabu-san. Ihr seid mir allein verantwortlich für Ausbildung und Einsatz. Omi-san kann Verbindungsoffizier zwischen uns sein. Nutzt das Wissen des Anjin-san aus... überhaupt alles. *Neh?*«

»Jawohl, Ihr könnt Euch auf mich verlassen, Euer Gnaden. Bitte, laßt mich Euch untertänigst danken.«

»Ihr habt mir einen großen Dienst erwiesen, indem Ihr meine Damen, meinen Sohn und den Anjin-san sicher hierhergebracht habt. Schrecklich, das mit dem Schiff... *Karma.* Vielleicht trifft bald noch eines ein. Gute Nacht, mein Freund.«

Toranaga schlürfte seinen *Cha.* Er war jetzt sehr müde.

»Naga-san? Wo ist der Anjin-san?«

»Beim Wrack. Mit einigen seiner Vasallen.«

»Was macht er da?«

»Er starrt es nur immer an.« Naga wurde es unbehaglich unter dem durchdringenden Blick seines Vaters. »Tut mir leid, sollte er nicht dort sein?«

»Wie bitte? Oh, nein, macht nichts. Wo ist der Tsukku-san?«

»In einem der Gästehäuser, Euer Gnaden.«

»Habt Ihr ihm gesagt, daß Ihr nächstes Jahr Christ werden wollt?«

»Jawohl, Euer Gnaden.«

»Gut. Holt ihn her.«

Kurz darauf sah Toranaga den hochgewachsenen, hageren Priester unter den Fackeln näherkommen. Er mußte an Yokosé denken.

»Geduld ist sehr wichtig, Tsukku-san, *neh?*«

»Ja, immer. Aber warum sagt Ihr das, Euer Gnaden?«

»Ach, ich mußte gerade an Yokosé denken. Wie damals alles so ganz anders war, vor so kurzer Zeit noch.«
»Ah ja. Gottes Wege sind unerforschlich, Euer Gnaden. Ich freue mich so sehr, daß Ihr immer noch in Eurem eigenen Herrschaftsbereich seid.«
»Ihr wolltet mich sprechen?« fragte Toranaga und betätigte den Fächer. Insgeheim beneidete er den Priester um seinen flachen Bauch.
»Nur um mich für das zu entschuldigen, was vorgefallen ist.«
»Was hat der Anjin-san gesagt?«
»Viele zornige Worte... und Anschuldigungen, ich hätte sein Schiff verbrannt.«
»Und habt Ihr das?«
»Nein, Euer Gnaden. Es war die Hand Gottes. Der Sturm kam, und das Schiff verbrannte.«
»Es war nicht die Hand Gottes. Ihr behauptet, Ihr hättet nichts damit zu tun, Ihr oder irgendein Priester oder irgendein Christ?«
»Oh, ich habe nachgeholfen, Euer Gnaden. Ich habe darum gebetet. Das haben wir alle getan. So wahr mir Gott helfe, ich glaube, dieses Schiff war ein Werkzeug des Teufels... das habe ich Euch immer wieder gesagt. Vielleicht hat die Hand Gottes geholfen.«
»Ach? Wie?«
»Jetzt ist der Pater Visitator nicht mehr abgelenkt, Euer Gnaden. Jetzt kann er sich ganz den Herren Kiyama und Onoshi widmen.«
Barsch sagte Toranaga: »All das habe ich schon früher gehört, Tsukku-san. Inzwischen habe ich gehört, daß Ishido, Kiyama, Onoshi und Zataki ihre Truppen zusammengezogen haben. Ishido wird drei- oder vierhunderttausend Krieger gegen mich ins Feld führen. Was für praktische Hilfe kann der Oberpriester der Christen mir geben?«
»Der Pater Visitator erfüllt sein Abkommen mit Euch, Euer Gnaden. In Yokosé mußte ich berichten, daß seine Bemühungen gescheitert waren. Heute, glaube ich, besteht Hoffnung.«
»Mit Hoffnung kann ich gegen Schwerter nichts ausrichten.«
»Richtig, aber Gott siegt über alles.«
»Ja. Wenn es Gott gibt, kann er über alles siegen.« Toranagas Stimme wurde noch schneidender. »Von was für einer Hoffnung sprecht Ihr?«
»Ich weiß es nicht genau, Euer Gnaden. Aber zieht jetzt nicht Ishido *gegen Euch* zu Felde? Kommt er nicht aus der Burg von Osaka heraus? Ist das nicht auch die Hand Gottes?«
»Nein. Aber Ihr begreift die Wichtigkeit dieses Entschlusses?«
»O ja, sehr sogar. Und ich bin überzeugt, der Pater Visitator begreift sie genauso.«
»Wollt Ihr andeuten, es sei sein Werk?«
»O nein, Euer Gnaden. Aber immerhin: Es geschieht.«
»Vielleicht überlegt Ishido es sich noch anders, macht Herrn Kiyama zum

Oberbefehlshaber, bleibt schmollend in der Burg sitzen und überläßt es Kiyama und dem Erben, sich mir entgegenzustellen?«
»Dazu kann ich nichts sagen, Euer Gnaden. Aber wenn Ishido Osaka verläßt, ist das ein Wunder, *neh?*«
»Ja. Vielleicht.« Dann fügte Toranaga abrupt hinzu: »Ich habe gehört, der Pater Visitator hat Osaka verlassen«, und er war froh zu sehen, daß ein Schatten über das Gesicht des Tsukku-san huschte. Die Nachricht war an dem Tag eingetroffen, da sie Mishima verlassen hatten.
»Ja«, sagte der Priester gerade, dessen böse Ahnungen sich verstärkten. »Er ist nach Nagasaki gereist, Euer Gnaden.«
»Um eine besondere Totenfeier für Toda Mariko-sama abzuhalten?«
»Jawohl, Euer Gnaden, Ihr wißt so viel. Wir sind alle Ton auf der Töpferscheibe, die Ihr dreht.« Alvito war noch mehr auf der Hut; fast wollte er verzagen. »Habt Ihr etwas gegen das Totenamt?«
»Mir ist das gleichgültig. Sie war ein außergewöhnlicher Mensch, und ihr Beispiel verdient es, geehrt zu werden.«
»Jawohl, Euer Gnaden. Ich danke Euch. Der Pater Visitator wird sehr erfreut darüber sein. Er meint jedoch, es sei alles andere als gleichgültig.«
»Das versteht sich doch bei ihm von selbst. Da sie mein Vasall war und außerdem Christin, wird ihr Beispiel nicht unbemerkt bleiben... bei den anderen Christen. Oder bei denen, die daran denken, zum Christentum überzutreten. *Neh?*«
»Ich würde auch meinen, es bleibt nicht unbemerkt. Im Gegenteil, sie verdient ob ihres Opfertodes großes Lob.«
»Dafür, daß sie ihr Leben hingab, auf daß andere leben könnten?« fragte Toranaga dunkel. Er gebrauchte weder das Wort *Seppuku* noch Selbstmord.
»Ja.«
Toranaga lächelte in sich hinein. Ihm war aufgefallen, daß der Tsukku-san Kiyama Achiko mit keinem Wort erwähnte, deren Leichenbegängnis gleichfalls sehr prunkvoll begangen worden war. Er verlieh seiner Stimme etwas Hartes. »Und Ihr wißt von niemandem, der die Sabotage an meinem Schiff befohlen oder an ihr mitgewirkt hätte?«
»Nein, Euer Gnaden... bis auf die Gebete.«
»Wie ich höre, schreitet der Bau Eurer Kirche in Yedo gut voran.«
»Jawohl, Euer Gnaden. Nochmals vielen Dank.«
»Nun, Tsukku-san, ich hoffe, die Mühen des Oberpriesters der Christen möchten bald Früchte tragen. Ich brauche mehr als Hoffnung, und mein Gedächtnis ist sehr gut. Aber jetzt bedarf ich Eurer Dienste als Dolmetsch, wenn ich bitten darf.« Augenblicklich spürte er die Feindseligkeit des Priesters. »Ihr braucht nichts zu fürchten.«
»Oh, Euer Gnaden, ich fürchte ihn nicht, verzeiht. Ich mag bloß nicht in seiner Nähe sein.«
Toranaga stand auf. »Ich erwarte von Euch, daß Ihr den Anjin-san achtet. Seine

Kühnheit ist über jeden Zweifel erhaben, und er hat Mariko-sama viele Male das Leben gerettet. Außerdem ist es doch verständlich, daß er im Augenblick fast blindwütig um sich schlägt... der Verlust seines Schiffes, *neh?*«
»Ja, ja, tut mir leid.«
Toranaga ging zum Strand voran. Wachen mit Fackeln leuchteten ihnen. »Wann bekomme ich den Bericht Eures Oberpriesters über den Zwischenfall mit dem Waffenschmuggel?«
»Sobald er sämtliche Unterlagen aus Macao in Händen hat.«
»Um welche christlichen *Daimyos* handelt es sich?«
»Ich weiß es nicht, tut mir leid...«
»Schade, daß Ihr das nicht wißt, Tsukku-san. Das würde mir viel Zeit ersparen. Eine ganze Reihe von *Daimyos* wären außerordentlich daran interessiert, die Wahrheit darüber zu erfahren.«
Ah, Tsukku-san, dachte Toranaga, du weißt es doch; und ich könnte dich jetzt in die Enge treiben. Während du dich wändest und um dich schlügest wie eine aufgespießte Schlange, würde ich dir schließlich befehlen, bei deinem Christengott zu schwören, die Wahrheit zu sagen, und dann würdest du mit der Sprache herausrücken müssen: »Kiyama, Onoshi und wahrscheinlich Harima.« Aber die Zeit ist noch nicht reif. Noch nicht. Und auch noch nicht, dir zu sagen, daß ich glaube, die Christen hätten nichts mit dieser Sabotage zu tun. Weder Kiyama noch Harima, nicht einmal Onoshi. In der Tat bin ich da ganz sicher. Aber es war auch nicht die Hand Gottes. Es war die Hand Toranagas. Ja. Aber warum? könntest du fragen.
Kiyama hat das Angebot in dem Brief, den ich ihm durch Mariko habe überbringen lassen, klugerweise abgelehnt. Ich mußte ihm beweisen, daß ich es aufrichtig meinte. Womit außer dem Schiff hätte ich das beweisen können... und dem Barbaren...? Vor beiden zitterten die Christen. Eigentlich hatte ich erwartet, beide zu verlieren, doch jetzt habe ich nur eins hergeben müssen. Heute werden Mittelsmänner in Osaka Kiyama und deinem Oberpriester berichten, daß das ein freiwilliges Geschenk von mir an sie sei, ein Beweis für meine Aufrichtigkeit – daß ich nichts gegen die Kirche habe, sondern nur gegen Ishido. Das ist doch ein Beweis, *neh?*
Richtig. Aber könnt Ihr Kiyama je trauen?
Nein. Aber Kiyama ist in allererster Linie Japaner und dann erst Christ. Das vergißt du immer. Kiyama wird mir glauben. Das Geschenk des Schiffes hat etwas Absolutes – wie das Beispiel von Mariko oder der Mut des Anjin-san. Und wie ich das Schiff vernichtet habe? möchtest du wissen.
Das kann dir doch gleichgültig sein, Tsukku-san. Möge es genügen, daß ich es getan habe. Und niemand davon weiß außer mir und einer Handvoll von Vertrauten und dem Brandstifter. Warum ihn? Ishido hat sich der *Ninja* bedient, warum also ich nicht auch? Allerdings: Ich habe mich nur der Dienste eines einzigen vergewissert und habe Erfolg damit gehabt.
»Euer Gnaden?« fragte Alvito.

»Dumm zu versagen, wenn es gilt, ein Geheimnis zu bewahren, zumal, wenn es dabei um etwas so Hochnotpeinliches wie den Schmuggel von Musketen geht«, sagte er brummig, »und christliche *Daimyos* anzustiften, sich gegen ihren Lehnsfürsten, den Taikō, zu erheben. *Neh?*«
»Ja, Euer Gnaden. Falls es stimmt.«
»Aber ich bin sicher, daß es stimmt, Tsukku-san.« Toranaga trieb die Unterhaltung nicht weiter auf die Spitze, jetzt, wo der Tsukku-san ganz offensichtlich sehr aufgeregt war und daher bereit, sein Bestes als Dolmetsch zu geben.
Sie waren mittlerweile am Wasser angekommen. Toranaga ging sicheren Fußes in der halben Finsternis voran. Als sie an den aufgespießten Köpfen vorüberkamen, sah er, wie der Tsukku-san sich furchtsam bekreuzigte, und er dachte, wie dumm, so abergläubisch zu sein...
Die Vasallen des Anjin-san waren aufgesprungen und verneigten sich, längst bevor er bei ihnen war. Der Anjin-san selbst hingegen nicht. Er saß da und starrte trübsinnig hinaus aufs Meer.
»Anjin-san«, rief Toranaga sanft.
»Ja, Euer Gnaden?« Blackthorne erwachte aus seinen Träumereien und erhob sich. »Tut mir leid, Ihr wollt jetzt mit mir sprechen?«
»Ja. Bitte. Ich habe den Tsukku-san mitgebracht, weil ich möchte, daß Ihr alles genau versteht. Verstanden? Damit es nicht so lange dauert und Ihr alles mitbekommt.«
»Ja.« Toranaga erkannte im Schein der Fackeln, wie starr die Augen des Mannes waren und wie unendlich erschöpft er war. Er warf einen Blick auf Tsukku-san. »Versteht er, was ich gesagt habe?« Er lauschte, als der Priester sprach, lauschte dieser böse klingenden Sprache. Der Anjin-san nickte, doch das Anklagende in seinem Blick verschwand keinen Moment.
»Jawohl, Euer Gnaden«, sagte der Priester.
»Dann dolmetscht jetzt für mich wie immer. Alles ganz genau. Zunächst, Tsukku-san, schwört bei Eurem Christengott, daß nichts von dem, was er sagt, jemals einem anderen zu Ohren kommen wird. Wie im Beichtstuhl. *Neh?* Wie heilig. Mir und ihm.«
»Aber, Euer Gnaden, es ist nicht...«
»Entweder Ihr schwört es auf der Stelle, oder ich entziehe Euch und Eurer Kirche für immer meine Unterstützung.«
»Sehr wohl, Euer Gnaden. Ich bin einverstanden, so wahr mir Gott helfe!«
»Gut. Vielen Dank. Erklärt ihm, was Ihr geschworen habt.« Alvito gehorchte, und Toranaga machte es sich auf dem Dünensand bequem. »Und jetzt, Anjin-san, berichtet mir bitte, was in Osaka geschehen ist.«
Stockend fing Blackthorne an, doch bald wurde für ihn alles wieder lebendig, und seine Worte überstürzten sich, so daß Pater Alvito Mühe hatte mitzukommen. Toranaga hörte schweigend zu, unterbrach den Redefluß nicht, höchstens, um ihn behutsam zu ermuntern: Er war der vollendete Zuhörer.
Als der Morgen graute, war Blackthorne mit seinem Bericht fertig. Jetzt wußte

Toranaga alles, was es zu berichten gab... alles, was der Anjin-san zu berichten bereit war, berichtigte er sich.
»Seid Ihr sicher, daß der Generalkapitän Euch auf den Scheiterhaufen gebracht hätte, Anjin-san?« fragte er nochmals.
»Aber ja. Wenn der Jesuit nicht gewesen wäre... Ich bin in seinen Augen ein Ketzer... und Feuer soll einen ›reinigen‹, jedenfalls die Seele.«
»Warum hat der Pater Visitator Euch gerettet?«
»Das weiß ich nicht. Irgendwie hängt das mit Mariko-sama zusammen. Ohne mein Schiff kann ich ihnen nichts anhaben. Oh, selbstverständlich wären sie auch von sich aus darauf gekommen, aber sie muß ihnen den Schlüssel dafür gegeben haben.«
»Was für einen Schlüssel? Woher sollte sie wissen, wie man ein Schiff verbrennt?«
»Das weiß ich nicht. Aber *Ninja* sind in die Burg eingedrungen. Vielleicht haben auch hier *Ninja* die Reihen der Wachen durchbrochen. Jedenfalls ist mein Schiff der Sabotage zum Opfer gefallen. Sie hat den Pater Visitator an dem Tag gesprochen, an dem sie starb. Ich glaube, sie hat ihm gesagt, wie man die *Erasmus* vernichten kann... als Gegenleistung für mein Leben. Aber ohne mein Schiff habe ich kein Leben mehr, Euer Gnaden. Ich bin tot.«
»Ihr irrt, Anjin-san. Vielen Dank, Tsukku-san«, sagte Toranaga und entließ ihn damit. »Ja. Ich danke Euch für Eure Mühe. Jetzt schlaft für eine Weile.« Dann wandte er sich Blackthorne zu. »Anjin-san. Erst schwimmen.«
»Euer Gnaden?«
»Schwimmen?« Toranaga zog sich aus und ging im heller werdenden Licht ins Wasser. Blackthorne und die Wachen folgten ihm. Toranaga schwamm kräftig hinaus ins Meer, dann kehrte er um und schwamm um das Wrack herum. Durch die Kälte erfrischt, schwamm Blackthorne hinter ihm her. Bald kehrte Toranaga ans Ufer zurück. Diener hielten Handtücher und frische Kimonos, *Cha*, Saké und etwas zu essen bereit.
»Eßt, Anjin-san!«
»Tut mir leid. Nicht hungrig.«
»Eßt!«
Blackthorne aß ein paar Happen, dann mußte er würgen. »Tut mir leid.«
»Dumm. Und schwach. Schwach wie Knoblauchfresser. Nicht wie *Hatamoto. Neh?*«
»Euer Gnaden?«
Toranaga wiederholte die Worte rücksichtslos. Dann wies er auf das Wrack. Jetzt war er sich der vollen Aufmerksamkeit des Anjin-san erst sicher. »Das ist nichts. *Shigata ga nai.* Unwichtig. Hört: Anjin-san ist *Hatamoto, neh?* Kein Knoblauchfresser. Versteht Ihr?«
»Ja, tut mir leid.«
Toranaga winkte einem seiner Leibwächter, der ihm eine versiegelte Schriftrolle übergab. »Hört, Anjin-san, ehe Mariko-sama Yedo verließ, übergab sie mir dies

hier. Mariko-sama sagt, wenn Ihr nach Osaka noch am Leben seid... wenn Ihr lebt, versteht Ihr?... bittet sie mich, Euch dies zu übergeben.«
Blackthorne nahm die ihm dargereichte Schriftrolle in Empfang, und nach einer Weile erbrach er das Siegel.

»Was steht in dem Brief, Anjin-san?« fragte Toranaga.
Mariko hatte ihm lateinisch geschrieben: »Er! Ich liebe Ihn. Wenn Er diesen Brief liest, bin ich in Osaka tot und vielleicht meinetwegen auch Sein Schiff. Es ist möglich, daß ich es um meines Glaubens willen opfere, um meine Kirche zu schützen, mehr jedoch noch, um Sein Leben zu schützen, das mir über alles geht... sogar über die Interessen meines Gebieters Toranaga. Es ist möglich, daß ich vor die Wahl gestellt werde, mein Geliebter: *Ihn oder Sein Schiff*. Er möge mir verzeihen, aber ich werde dann Sein Leben für Ihn wählen. Das Schicksal Seines Schiffes ist ohnehin besiegelt... mit oder ohne Ihn. Ich werde Sein Schiff an Seine Feinde ausliefern, auf daß Er lebe! Dieses Schiff ist nichts. *Baue Er ein anderes!* Dazu ist Er imstande... denn wurde Er nicht auch als Schiffsbauer ausgebildet? Ich glaube, Herr Toranaga wird Ihm alle Handwerker zur Verfügung stellen. *Er braucht Ihn und Seine Schiffe*. Und aus meinem persönlichen Vermögen hinterlasse ich Ihm alles Geld, das Er braucht. Möge Er ein neues Schiff und ein neues Leben bauen, mein Geliebter. Hole Er sich das Schwarze Schiff des nächsten Jahres, und möge Er ewig leben. Höre Er, Geliebter, meine christliche Seele betet, Ihn eines Tages in einem christlichen Himmel wiederzusehen, und meine japanische *Hara* fleht, daß ich in meinem nächsten Leben alles sein möge, was notwendig ist, um Ihm Freude zu bringen und bei Ihm zu sein, wo immer Er auch weilt. Er möge mir verzeihen, aber Sein Leben geht mir über alles. Ich liebe Ihn.«
»Was steht darin, Anjin-san?«
»Tut mir leid, Euer Gnaden. Mariko-sama sagen, Schiff nicht nötig. Sagen, neues Schiff bauen. Sagen...«
»Ah! Möglich? Möglich, Anjin-san?«
Blackthorne sah das Interesse im Gesicht des *Daimyo* aufleuchten. »Ja. Wenn bekommen...« – Das Wort für Zimmerleute wollte ihm nicht einfallen. »Wenn Toranaga-sama Männer geben, Männer, die Schiffe machen, *neh?* Ja. Ich kann.« Vor seinem geistigen Auge nahm dieses Schiff bereits Form an. Kleiner, viel kleiner als die *Erasmus*. Zwischen neunzig und hundert Tonnen, an ein größeres würde er sich vorerst nicht heranwagen; denn er hatte noch nie zuvor den Bau eines ganzen Schiffes von Anfang bis zum Ende beaufsichtigt, wiewohl Alban Caradoc ihn nicht nur in der Kunst der Seefahrt, sondern auch in der des Schiffsbaus ausgebildet hatte. Ja, einen Neunzigtonner für den Anfang. Francis Drakes *Golden Hind* muß ungefähr so groß gewesen sein, und überleg einmal, was die alles ausgehalten hat! Die könnte ich mit zwanzig Kanonen bestücken, und das würde ausreichen... »Guter Gott, die Kanonen!«
Er fuhr herum und spähte zum Wrack hinaus. Dann bemerkte er, wie Toranaga

und alle ihn anstarrten, und ihm ging auf, daß er englisch zu ihnen gesprochen hatte. »Ah, tut mir leid, Euer Gnaden. Denken zu schnell. Große Kanonen... dort, in Wasser, *neh?* Muß schnell holen.«

Toranaga wandte sich an seine Männer, um sich gleich darauf wieder Blackthorne zuzuwenden. »Samurai sagen, alles aus Schiff jetzt oben in Lager. Einige Dinge aus Wasser gefischt. Nicht tief hier bei Ebbe, *neh?* Jetzt in Lager. Warum?«

Blackthorne war so leicht im Kopf. »Kann machen Schiff. Wenn ich schwere Kanonen habe, kann ich Feind bekämpfen. Kann Toranaga-sama Schießpulver beschaffen?«

»Ja. Wie viele Zimmerleute? Wie viele brauchen?«

»Vierzig Zimmerleute, Schmiede, Eichenholz, habt Ihr hier Eichen? Dann brauche ich noch Eisen und Stahl. Ich baue Schmiedewerkstatt und brauche Meister...« Blackthorne ging auf, daß er wieder englisch sprach. »Tut mir leid. Schreiben auf Papier. Genau. Und vorher genau nachdenken. Bitte, Ihr gebt Männer zum Helfen?«

»Was Ihr an Leuten und an Geld braucht, sofort. Ich *brauche* Schiff. Wie schnell könnt Ihr eines bauen?«

»Sechs Monate von dem Tag an, da wir es auf Kiel legen.«

»Oh, schneller nicht?«

»Nein, tut mir leid.«

»Später reden wir weiter darüber, Anjin-san. Was sagt Mariko-sama noch?«

»Wenig mehr, Euer Gnaden. Sagt, gibt Geld, um zu helfen, Schiff zu bauen, *ihr* Geld. Sagt, tut ihr so leid, wenn... wenn sie helfen Feind, mein Schiff zu zerstören.«

»Was für ein Feind? Wie hat er Schiff zerstört?«

»Sagt nicht, wer... oder wie, Euer Gnaden. Nichts klar. Nur leid, falls. Mariko-sama sagen *Sayonara*. Ihr *Seppuku* hilft Herrn Toranaga.«

Toranaga lächelte ihn an. »Froh, jetzt alles gut, Anjin-san. Eeeee, Mariko-sama hat recht.« Toranaga wies auf das Wrack. »Neues Schiff bauen, sofort, Ihr versteht?«

»Verstehe sehr.«

»Dieses neue Schiff... könnte gegen Schwarzes Schiff kämpfen?«

»Ja.«

»Ah! Nächstes Jahr Schwarzes Schiff?«

»Möglich. Bis nächstes Jahr kann meine Vasallen als Kanoniere ausbilden. Seeleute nicht.«

»Ihr könnt Euch die besten Seeleute aus dem ganzen Kwanto aussuchen.«

»Dann nächstes Jahr möglich.« Blackthorne verzog das Gesicht zu einem Grinsen. »Ist nächstes Jahr möglich? Krieg? Was ist mit Krieg?«

Toranaga zuckte mit den Achseln. »Krieg oder nicht Krieg... trotzdem versuchen, *neh?* Das ist Eure Beute... versteht Ihr ›Beute‹? Und unser Geheimnis. Nur zwischen Euch und mir, *neh?* Das Schwarze Schiff.«

»Priester werden bald hinter Geheimnis kommen.«
»Vielleicht. Aber diesmal keine Flutwelle oder *Tai-fun*, mein Freund. Ihr werdet aufpassen, und ich werde aufpassen.«
»Ja.«
»Erst Schwarzes Schiff. Dann nach Hause segeln. Mir Flotte zurückbringen. Versteht Ihr?«
»O ja.«
»Wenn ich verliere... *Karma*. Wenn nicht, dann alles, Anjin-san. Alles, was Ihr gesagt habt. Alles... Schwarzes Schiff, Gesandtschaft, Bündnisvertrag, Schiffe! Versteht Ihr?«
»Ja. O ja. Ich danke Euch.«
»Dankt Mariko-sama. Ohne sie...« Toranaga grüßte ihn herzlich, zum ersten Mal wie einen Ebenbürtigen, und zog dann mit seinen Wachen ab. Blackthornes Vasallen waren tief beeindruckt von der Ehre, die er ihrem Gebieter erwiesen. Der Pilot sah Toranaga nach. Innerlich frohlockte er. Dann sah er das Essen. Die Diener fingen schon an, die Reste einzupacken. »Warten! Jetzt essen, bitte.« Im Geist erwog er all die vielen Möglichkeiten, die Toranaga ihm erschlossen hatte. Du hast gewonnen, sagte er sich und hätte am liebsten vor lauter Lust eine *Hornpipe* hingelegt. Doch tat er es nicht. Statt dessen las er ihren Brief noch einmal durch. Und segnete sie abermals.
»Folgt mir«, befahl er und ging zum Lager voran. Im Geist entwarf er bereits das Schiff und die Stückpforten. Herrgott im Himmel, hilf Toranaga, Ishido aus dem Kwanto und aus Izu herauszuhalten, und bitte, segne Mariko, wo immer sie ist, und gib, daß die Kanonen noch nicht allzu sehr verrostet sind. Mariko hatte recht. Das Schicksal der *Erasmus* war ohnehin besiegelt... mit und ohne mich. Sie hat mir mein Leben wiedergeschenkt. Ich kann ein neues Leben aufbauen und ein neues Schiff. Neunzig Tonnen! Mein Schiff wird eine schmalnasige schwimmende Festung sein, schlank wie ein Windspiel, schneller noch als die Schiffe der *Erasmus*-Klasse, ihr Bug wird arrogant vorspringen, und eine bezaubernde Galionsfigur soll es haben, mit einem Gesicht, genauso wie *sie*, mit ihren bezaubernden schmalen Augen und ihren hohen Backenknochen. Mein Schiff wird... Herrgott, da liegt ja noch eine Tonne Material im Wasser, das sich bergen und verwerten läßt. Ein Teil vom Kiel, und einige von den Spanten gewiß auch... außerdem müssen Tausende von Nägeln herumliegen, und aus dem Rest des Kiels machen wir Klampen und Planken...
Ja. Mein Schiff soll wie *sie* sein, schwor er sich. Schmuck, zierlich, klein und vollkommen wie eine Yoshitomo-Klinge, und das sind schließlich die besten der Welt... und die gefährlichsten. Nächstes Jahr wird sie es mit einem Gegner aufnehmen, der zwanzigmal so groß ist wie sie selbst... so wie Mariko es in Osaka getan hat. Und sie wird den Feind aus Asien verjagen. Und dann, im nächsten Jahr und dem Jahr danach, werde ich die Themse mit ihr hinauffahren bis London, ihre Taschen voll Gold und in ihrem Kielwasser alle sieben Weltmeere.
»*Die Dame* soll sie heißen«, sagte er laut.

# *61. Kapitel*

Zwei Tage später prüfte Toranaga die Sattelgurte seines Pferdes. Er rammte der Stute, die ihre Bauchmuskeln ganz locker ließ, das Knie in den Leib und zog den Sattelgurt noch um zwei Löcher strammer. Elende Mähre, dachte er. Er verachtete Pferde, weil sie tückisch, hinterhältig und bösartig waren. Das hier bin ich, Yoshi Toranaga-noh-Chikitada-noh-Minowara, und nicht ein schwachsinniges Kind. Er wartete einen Augenblick und rammte dem Pferd dann noch einmal das Knie in den Leib. Die Stute schnaubte und schüttelte die Zügel, und er zog den Gurt noch fester.

»Gut, Euer Gnaden. Sehr gut!« sagte der Oberjäger voller Bewunderung. Es war ein knorriger alter Mann, kräftig und wettergegerbt wie ein Pökelfaß.

Rings um sie im Stallgang standen Wachen und Falkner mit ihren verkappten Falken und Habichten. Tetsu-ko, der Wanderfalke, saß auf seinem Ehrenplatz. Der einzige Vogel, der nicht verkappt war, war Kogo, der Hühnerhabicht, mit seinen gnadenlosen goldenen Augen, neben dem das Wanderfalkenweibchen sich winzig ausnahm.

Naga führte sein Pferd herbei. »Guten Morgen, Vater.«

»Guten Morgen, mein Sohn. Wo ist Euer Bruder?«

»Herr Sudara wartet beim Lager, Euer Gnaden.«

»Gut.« Toranaga lächelte dem jungen Mann zu. Dann, da er ihn mochte, zog er ihn auf die Seite. »Hört, mein Sohn, statt auf die Jagd zu gehen, schreibt die Schlachtbefehle aus, damit ich sie heute abend nur noch zu unterzeichnen brauche.«

»Oh, Vater!« rief Naga aus. Er platzte förmlich vor Stolz, daß er es sein sollte, der den Fehdehandschuh aufnahm, den Ishido ihnen hingeworfen; indem er mit eigener Hand die gestern im Kriegsrat gefällte Entscheidung ins Werk setzte, derzufolge die Heere Befehl erhalten sollten, die Pässe zu besetzen.

»Weiter: Das Musketenregiment soll morgen in aller Frühe nach Hakoné aufbrechen. Und noch etwas: Heute mittag wird der Troß mit dem Gepäck aus Yedo eintreffen. Sorgt dafür, daß alles vorbereitet ist.«

»Ja, gewiß. Wie bald werden wir kämpfen?«
»Sehr bald. Gestern abend habe ich Nachricht erhalten, daß Ishido und der Erbe Osaka verlassen haben, um ihre Armeen zu inspizieren. Also geht es jetzt los.« Toranaga sah sich um. Sämtliche Falkner und seine Wachen waren bereit. Er rief den Oberjäger zu sich heran. »Zuerst reite ich zum Lager hinauf, dann die Küstenstraße vier *Ri* nach Norden.«
»Aber die Treiber sind bereits in den Bergen...« Der Oberjäger schluckte den Rest seiner Klagen hinunter und versuchte, sich zu fassen. »Bitte, verzeiht mir meine... eeeee... ich muß mir den Magen verdorben haben, Euer Gnaden.«
»Das merkt man. Vielleicht solltet Ihr die Verantwortung an einen anderen abgeben. Vielleicht haben Eure Hämorrhoiden Euer Urteil getrübt, tut mir leid«, sagte Toranaga. Hätte er diese Jagd nicht nur als Vorwand gebraucht, er würde ihn ersetzt haben. »Eh?«
»Ja, tut mir leid, Euer Gnaden«, sagte der alte Samurai. »Dürfte ich... hm... Dürfte ich fragen, ob Ihr in dem Gebiet jagen wollt, das Ihr gestern bestimmt habt, oder... hm... unten an der Küste?«
»An der Küste.«
»Gewiß, Euer Gnaden. Bitte, entschuldigt mich, damit ich die Anordnungen entsprechend ändern kann.« Der Mann eilte davon. Toranaga sah ihm nach. Es wird Zeit, daß er in den Ruhestand geht, sagte er sich ohne Groll. Dann bemerkte er, daß Omi mit einem jungen, schwer hinkenden Samurai, der eine grausame Schnittwunde im Gesicht hatte, in den Stall kam. Der Braune war in Osaka verwundet worden.
»Ah, Omi-san!« Er erwiderte ihren Gruß. »Ist das der Mann?«
»Jawohl, Euer Gnaden.«
Toranaga nahm die beiden beiseite und fragte den Samurai eingehend aus. Das tat er vornehmlich aus Höflichkeit Omi gegenüber; denn er selbst war zu denselben Schlüssen gekommen, als er den Mann gleich am ersten Abend verhört hatte; genauso wie es dem Anjin-san gegenüber reine Höflichkeit gewesen war, als er nach dem Inhalt von Marikos Brief gefragt, denn er hatte längst gewußt, was sie geschrieben.
»Aber, bitte, faßt es in Eure eigenen Worte, Mariko-san«, hatte er gesagt, ehe sie aus Yedo abgereist war.
»Ich soll sein Schiff an seinen Feind ausliefern, Euer Gnaden?«
»Nein, Dame«, hatte er gesagt, als ihre Augen sich mit Tränen füllten. »Nein. Ich wiederhole: Ihr sollt die Geheimnisse, die Ihr mir berichtet habt, noch hier in Yedo dem Tsukku-san zuflüstern, und dann, in Osaka, dem Oberpriester und Kiyama... und ihnen allen nichts weiter sagen, als daß der Anjin-san ohne sein Schiff keine Bedrohung für sie darstellt. Und außerdem sollt Ihr jetzt den Brief an den Anjin-san schreiben – und zwar so, wie ich es gesagt habe.«
»Dann werden sie das Schiff zerstören.«
»Sie werden es versuchen. Selbstverständlich werden sie auch von sich aus auf diese Idee kommen, also verratet Ihr im Grunde nichts, *neh?*«

»Könnt Ihr das Schiff beschützen, Euer Gnaden?«
»Es wird von viertausend Samurai bewacht.«
»Aber wenn sie es trotzdem schaffen... ohne sein Schiff ist der Anjin-san wertlos. Ich bitte um sein Leben.«
»Das braucht Ihr nicht, Mariko-san. Ich versichere Euch, daß er mir mit und ohne Schiff gleich wertvoll ist. Das schwöre ich Euch. Außerdem schreibt in diesem Brief, falls sein Schiff verloren sei: *Bitte, baut ein anderes!*«
»Wie bitte?«
»Ihr habt mir doch gesagt, daß er das kann, *neh?* Seid Ihr da ganz sicher? Wenn ich ihm alle Zimmerleute und Schmiede zur Verfügung stelle?«
»O gewiß. Ach, wie klug Ihr seid! O ja, er hat mir oft erzählt, er sei ein ausgebildeter Schiffsbauer...«
»Gut.«
»Dann glaubt Ihr also doch, daß es den frommen Vätern gelingt, selbst gegen viertausend Mann?«
»Ja. Tut mir leid, aber die Christen werden sein Schiff nicht in Ruhe lassen... oder ihn am Leben, solange es flott ist und jederzeit in See stechen kann. Das Schicksal dieses Schiffes ist besiegelt. Aber nur Ihr und ich wissen darum, daß seine einzige Hoffnung darin besteht, ein neues zu bauen. Helft Ihr mir, Osaka aufzusprengen, dann werde ich dafür sorgen, daß er sein neues Schiff bauen kann.«
Ich habe ihr die Wahrheit gesagt, dachte Toranaga in dieser frühen Morgenstunde in Yokohama inmitten des Pferdegeruchs und des Dungs und Schweißes. Er hörte kaum noch auf das, was der verwundete Samurai und Omi ihm da erzählten, eine so unendliche Trauer für Mariko erfüllte ihn.
»Ich danke Euch, Kosami«, sagte er, nachdem der Samurai geendet hatte. »Das habt Ihr sehr gut gemacht. Bitte, kommt mit mir! Ihr beide!«
Toranaga ging wieder zu seiner Stute und rammte ihr das letzte Mal das Knie in den Leib. Diesmal wieherte sie, aber ihm gelang es nicht, den Gurt noch straffer zu spannen. »Pferde sind, was ihre Hinterhältigkeit betrifft, weit schlimmer als die Menschen«, sagte er und schwang sich in den Sattel. Seine Wachen, Omi und Kosami hinter sich, galoppierte er davon.
Im Lager oben auf dem Plateau hielt er an. Buntaro stand neben Yabu, Hiromatsu und Sudara; letzterer trug einen Wanderfalken auf der Faust. Sie grüßten ihn. »Guten Morgen«, sagte er gutgelaunt, forderte Omi auf, an der allgemeinen Unterhaltung teilzunehmen, und schickte alle anderen außer Hörweite. »Seid Ihr bereit, mein Sohn?«
»Jawohl, Vater«, sagte Sudara. »Ich habe einige meiner Männer in die Berge geschickt, damit gewährleistet ist, daß die Treiber auch in die richtige Richtung treiben.«
»Vielen Dank. Aber ich habe beschlossen, an der Küste zu jagen.«
Sofort rief Sudara eine der Wachen herbei und schickte ihn zu Pferd hinter seinen Leuten her, damit er sie aus den Bergen zurückhole und an die Küste hinun-

terbringe. »Tut mir leid, Euer Gnaden, daran hätte ich denken und darauf vorbereitet sein sollen. Bitte, verzeiht mir.«
»Ja. Also, Hiro-matsu, wie steht es mit der Ausbildung?«
Hiro-matsu, das unvermeidliche Schwert locker in der Hand, blickte finster drein. »Ich halte das immer noch für höchst unehrenhaft und unnötig.«
Yabu entgegnete: »Bitte, verzeiht mir, aber ohne diese Feuerwaffen und diese Strategie sind wir verloren, Hiro-matsu-san. Es handelt sich um einen modernen Krieg, und auf diese Weise haben wir jedenfalls eine Chance, zu gewinnen.« Er sah zu Toranaga hinüber, der nicht abgesessen war. »Ich habe heute nacht erfahren, daß Jikkyu tot ist.«
»Seid Ihr sicher?« Toranaga tat so, als sei er überrascht. Er hatte eine Geheimbotschaft dieses Inhalts bereits an dem Tag erhalten, da er Mishima verlassen.
»Jawohl, Euer Gnaden. Er scheint in letzter Zeit gekränkelt zu haben. Mein Gewährsmann berichtet, er sei vor zwei Tagen gestorben.« Yabu ließ deutlich erkennen, daß er sich hämisch freute. Er schien förmlich über sich hinauszuwachsen. »Euer Gnaden, ist damit nicht unser Weg nach Süden frei? Warum nicht gleich über die Tokaidō-Straße vorstoßen und angreifen? Jetzt, wo der alte Luchs tot ist, ist Izu sicher und Suruga und Totomi sind so hilflos wie ein gestrandeter Thunfisch. *Neh?*«
Nachdenklich stieg Toranaga vom Pferd. »Nun?« fragte er Hiro-matsu ruhig.
Der alte General antwortete sogleich: »Wenn wir uns der Straße ganz bis zum Utsunoya-Paß bemächtigen, alle Brücken in die Hand bekommen und schnell über den Tenryu setzen... alle unsere Nachschublinien sicher sind... dann würden wir damit Ishido den Unterleib aufschlitzen. Dann könnten wir Zataki in den Bergen aufhalten, den Vorstoß auf der Tokaidō verstärken und bis nach Osaka vorstürmen. Wir wären unschlagbar.«
Sudara sagte: »Solange der Erbe an der Spitze von Ishidos Armeen steht, sind wir schlagbar.«
»Der Meinung bin ich nicht«, sagte Hiro-matsu.
»Ich auch nicht, tut mir leid«, sagte Yabu.
»Ich aber wohl«, sagte Toranaga ebenso entschieden und ernst wie Sudara. Er hatte ihnen noch nichts von der Geheimabsprache mit Zataki erzählt. Warum sollte ich es ihnen erzählen? dachte er. Noch ist es keine Tatsache.
Wie willst du es außerdem fertigbringen, deinen Halbbruder Ochiba heiraten zu lassen, wenn du sie gleichzeitig selber heiraten sollst, falls das ihr Preis ist? Freilich ist es höchst unwahrscheinlich, daß Ochiba Ishido fallenläßt. Aber wenn sie es täte: Mein Bruder wird sich dem Unvermeidlichen beugen müssen.
Er sah, daß sie alle ihn anblickten. »Was?«
Sie hüllten sich in Schweigen. Dann sagte Buntaro: »Und was geschieht, Euer Gnaden, wenn wir dem Banner des Erben gegenüberstehen?«
Keiner von ihnen hatte diese Frage jemals in aller Form direkt und vor anderen gestellt. »Wenn das geschieht, bin ich verloren«, sagte Toranaga. »Dann werde ich *Seppuku* begehen, und diejenigen, die das Testament des Taikō und damit

das unbezweifelbar legale Recht Yaemons, das Erbe seines Vaters anzutreten, in Ehren halten, werden sich unterwerfen und um Gnade bitten müssen, *neh?*«
Alle nickten. Dann wandte er sich an Yabu. Er wollte die Sache zu Ende bringen und strömte wieder über vor Herzlichkeit. »Aber noch stehen wir ja nicht auf dem Schlachtfeld, und deshalb machen wir weiter wie geplant. Ja, Yabu-sama, der Weg in den Süden ist jetzt frei. Woran ist Jikkyu denn gestorben?«
»An einer Krankheit, Euer Gnaden.«
»Einer Fünfhundert-*Koku*-Krankheit?«
Yabu lachte, aber innerlich schäumte er vor Wut, daß Toranaga sein Sicherheitsnetz durchbrochen hatte. »Ja«, sagte er, »ich nehme es an, Euer Gnaden. Mein Bruder hat es Euch erzählt?« Toranaga nickte und forderte ihn dann auf, es den anderen zu erklären. Yabu tat, wie ihm geheißen, tat es sogar gern, denn immerhin war es eine kluge und ausgefallene List. Deshalb erzählte er ihnen, wie sein Bruder Mizuno das Geld, das man dem Anjin-san entwendet, dem Gehilfen eines Kochs zugesteckt hatte, der in Jikkyus Küche eingeschleust wurde.
»Billig, *neh?*« sagte Yabu glücklich. »Fünfhundert *Koku* für die Südstraße?«
Hiro-matsu sagte steif zu Toranaga. »Bitte, verzeiht mir, aber ich finde, das ist eine niederträchtige Geschichte.«
Toranaga sagte: »Verrat ist eine Kriegswaffe, *neh?*«
»Ja. Aber nicht die eines Samurai.«
Yabu war empört. »Tut mir leid, Herr Hiro-matsu, aber ich nehme an, das war nicht als Beleidigung gemeint, oder?«
»Nein, das war nicht als Beleidigung gemeint, nicht wahr, Hiro-matsu?« sagte Toranaga.
»Nein, Euer Gnaden«, erwiderte der alte General. »Bitte, verzeiht mir!«
»Gift, Verrat, Betrug und Meuchelmord haben im Krieg immer als Waffen gedient, alter Freund«, sagte Toranaga. »Jikkyu war unser Feind, und er war ein Narr. Fünfhundert *Koku* für die Südstraße ist nichts! Yabu-sama hat mir einen großen Dienst erwiesen. Hier und in Osaka, *neh?* Yabu-san?«
»Ich bin immer bestrebt gewesen, Euch treu zu dienen, Euer Gnaden.«
»Ja. Und deshalb erklärt bitte, warum Ihr Hauptmann Sumiyori vor dem Überfall der *Ninja* erdolcht habt«, sagte Toranaga.
Yabu verzog keine Miene. Er trug sein Yoshitomo-Schwert, und er hatte die Hand wie gewöhnlich am Griff. »Wer behauptet das? Wer beschuldigt mich dessen, Euer Gnaden?«
Toranaga zeigte auf eine Gruppe von Braunen, die vierzig Schritt weiter beisammenstanden. »Dieser Mann dort! Bitte, kommt her, Kosami-san.« Der noch junge Samurai saß ab, kam herbeigehumpelt und verneigte sich.
Yabu funkelte ihn an. »Wer seid Ihr, Kerl?«
»Sokura Kosami von der Zehnten Legion, bis vor kurzem der Leibwache der Dame Kiritsubo in Osaka zugeteilt, Euer Gnaden«, sagte der junge Mann. »Ihr hattet mir befohlen, vor Eurem Quartier Wache zu stehen – und dem von Sumiyori-san – in der Nacht, in der die *Ninja* über uns herfielen.«

»Ich kann mich nicht an Euch erinnern. Ihr wagt es zu behaupten, ich hätte Sumiyori umgebracht?«

Der junge Mann zögerte. »Sagt es ihm!« forderte Toranaga ihn auf.

Daraufhin überstürzten Kosamis Worte sich: »Ich hatte, kurz bevor die *Ninja* über uns herfielen, gerade noch Zeit, die Tür aufzureißen und Sumiyori-san zu warnen, aber er regte sich nicht, tut mir leid, Euer Gnaden.« Er wandte sich an Toranaga: »Es war... er hatte einen leichten Schlaf, Euer Gnaden, und außerdem waren erst wenige Augenblicke vergangen, seit er... das ist alles, Euer Gnaden.«

»Seid Ihr in den Raum hineingegangen? Habt Ihr versucht, ihn wachzurütteln?« Yabu ließ nicht locker.

»Nein, Euer Gnaden, o nein, Euer Gnaden, die *Ninja* kamen ja so schnell, daß wir uns sofort zurückzogen und zum Gegenangriff übergingen. Es war, wie ich gesagt habe...«

Yabu sah Toranaga an. »Sumiyori-san hatte zwei Tage ununterbrochen Dienst getan. Er war erschöpft... wie wir alle. Was soll das beweisen?« wandte er sich an die anderen.

»Nichts«, stimmte Toranaga immer noch freundlich zu. »Aber später, Kosami-san, seid Ihr dann nicht noch einmal zurückgegangen in den Raum, *neh?*«

»Jawohl, Euer Gnaden. Sumiyori-san lag immer noch auf den *Futons*, genauso, wie ich ihn zuletzt gesehen hatte, und... der Raum war unverändert, völlig unverändert, Euer Gnaden, und er war erdolcht worden, mit einem einzigen Dolchstoß in den Rücken. Damals dachte ich, es müßten die *Ninja* gewesen sein, und machte mir weiter keine Gedanken darüber, bis Omi-san mich dann ausfragte.«

»Ah.« Yabu wandte seine Augen seinem Neffen zu, seine ganze *Hara* auf diesen Mann gerichtet, der ihn verraten, und maß die Entfernung zwischen ihnen. »Dann habt Ihr ihn also ausgefragt?«

»Jawohl, Euer Gnaden«, erwiderte Omi. »Herr Toranaga hat mich aufgefordert, alle Berichte noch einmal zu überprüfen. Hier lag immerhin ein merkwürdiger Umstand vor, von dem ich meinte, daß er unserem Gebieter augenblicklich zur Kenntnis gebracht werden müsse.«

»Ein merkwürdiger Umstand? Sonst noch etwas, was merkwürdig gewesen wäre?«

»Auf Herrn Toranagas Befehl hin habe ich mir die Diener vorgeknöpft, die den Überfall überlebt haben, Euer Gnaden. Es waren zwei. Tut mir leid, aber beide sagten, Ihr wäret in Begleitung eines Samurai durch ihr Quartier gekommen, kurz darauf allein zurückgelaufen und hättet ›*Ninja!*‹ gerufen. Daraufhin sind sie...«

»Sie kamen auf uns zugestürmt und haben den armen Kerl mit Schwert und Speer getötet und mich fast überrannt. Ich mußte mich zurückziehen und Alarm schlagen.« Yabu wandte sich Toranaga zu und pflanzte seine Füße fest

auf den Boden, um in besserer Kampfposition dazustehen. »Das habe ich Euch bereits gesagt, Euer Gnaden. Außerdem steht es in meinem schriftlichen Bericht. Was haben Diener mit mir zu schaffen?«
»Nun, Omi-san?« fragte Toranaga.
»Tut mir leid, Yabu-sama«, sagte Omi, »aber sie haben beide gesehen, wie Ihr die Riegel der Geheimtür im alten Kerker aufmachtet, und gehört, wie Ihr zu den *Ninja* sagtet: ›Ich bin Kasigi Yabu.‹ Das allein gab ihnen Zeit, sich vor dem Massaker in Sicherheit zu bringen.«
Yabus Hand bewegte sich. Augenblicklich sprang Sudara vor Toranaga, um ihn zu beschützen, und im gleichen Augenblick blitzte Hiro-matsus Schwert auf und sauste auf Yabus Hals zu.
»Halt!« befahl Toranaga.
Hiro-matsus Schwert hielt inne, seine Selbstbeherrschung grenzte ans Wunderbare. Yabu machte keine Bewegung. Er starrte sie an, und dann brach er in ein überhebliches Lachen aus. »Bin ich etwa ein dreckiger *Ronin*, der seinen Lehnsfürsten angreift? Ich bin Kasigi Yabu, Herr von Izu, Suraga und Totomi. *Neh?*« Er sah Toranaga direkt an: »Wessen werde ich beschuldigt, Euer Gnaden? Gemeinsame Sache mit *Ninja* gemacht zu haben? Lachhaft! Was gehen mich die Hirngespinste von Dienern an? Sie lügen! Oder dieser Kerl hier... der etwas andeutet, was sich nicht beweisen läßt und wo ich mich nicht verteidigen kann?«
»Beweise gibt es nicht, Yabu-sama«, sagte Toranaga. »Da bin ich ganz Eurer Meinung. Es gibt keinen Beweis.«
»Yabu-sama, habt Ihr diese Dinge getan?« fragte Hiro-matsu.
»Selbstverständlich nicht.«
Toranaga sagte: »Ich aber glaube, daß Ihr sie getan habt. Und deshalb geht Ihr aller Eurer Lehen verlustig. Bitte, schlitzt Euch noch heute den Bauch auf. Vor Mittag.«
Dieses Urteil war endgültig. Das war der erhabene Augenblick, auf den Yabu sich sein Leben lang vorbereitet hatte.
*Karma*, dachte er, und sein Gehirn arbeitete mit atemberaubender Geschwindigkeit. Es gibt nichts, was ich tun könnte; dieser Befehl ist Gesetz; Toranaga ist mein Lehnsfürst; entweder sie nehmen meinen Kopf, oder ich sterbe in Würde. Tot bin ich so und so. Omi hat mich verraten, aber das ist mein *Karma*. Die Diener hätten alle umgebracht werden sollen; das hatte zu dem Plan dazugehört, aber zwei sind davongekommen, und auch das ist mein *Karma*. Zeige dich würdig, dachte er und nahm allen Mut zusammen.
»Euer Gnaden«, begann er, und das entbehrte nicht der Verwegenheit, »erstens bin ich dieser Verbrechen nicht schuldig, Kosami irrt sich, und die Diener lügen. Zweitens bin ich der beste Schlachtführer, den Ihr habt. Ich bitte um die Ehre, den Vorstoß die Tokaidō-Straße hinunter anführen zu dürfen... oder in der ersten Schlacht in vorderster Reihe kämpfen zu dürfen... auf daß mein Tod direkt von Nutzen ist.«

Toranaga sagte freundlich: »Das ist ein guter Vorschlag, Yabu-san, und ich stimme aus ganzem Herzen zu, daß Ihr der beste General für das Musketenregiment seid. Aber es tut mir leid: Ich traue Euch nicht. Bitte, schlitzt Euch bis Mittag den Bauch auf.«
Yabu zügelte sein Temperament, das mit ihm durchzugehen drohte, und erfüllte seine Ehre als Samurai und als Führer seines Klans mit der vollständigen Selbstaufgabe. »Ich entbinde meinen Neffen Kasigi Omi-san in aller Form von jeder Verantwortung im Zusammenhang mit dem Verrat an mir und erkläre ihn in aller Form zu meinem Erben.«
Toranaga war nicht weniger überrascht als alle anderen auch.
»Sehr wohl«, sagte Toranaga. »Ja, ich glaube, das ist sehr klug. Ich bin einverstanden.«
»Izu ist das erbliche Lehen der Kasigi. Ich vermache es ihm.«
»Izu könnt Ihr nicht mehr vergeben. Ihr seid mein Vasall, *neh?* Izu ist eine meiner Provinzen, die ich vergeben kann, wie es mir beliebt, *neh?*«
Yabu zuckte mit den Achseln. »Trotzdem vermache ich es ihm...« Er lachte. »Es ist ein Lebenswunsch, *neh?*«
»Ihn zu äußern, habt Ihr jedes Recht. Aber ich schlage ihn Euch ab. Und, Yabu-san, alle Eure letzten Befehle unterliegen meiner ausdrücklichen Zustimmung. Buntaro-san, Ihr seid der formale Zeuge. Nun, Yabu-san, wen wünscht Ihr Euch zum Sekundanten?«
»Kasigi Omi-san.«
Toranaga sah zu Omi hin. Omi verneigte sich. Alles Blut war aus seinem Gesicht gewichen. »Es ist mir eine Ehre«, sagte er.
»Gut. Dann ist ja alles geregelt.«
Hiro-matsu sagte: »Und der Vorstoß über die Tokaidō-Straße?«
»Hinter unseren Bergen sind wir sicherer«, sagte Toranaga. Lebhaft erwiderte er ihre Grüße, sprang auf sein Pferd und trabte davon. Sudara nickte höflich und folgte ihm. Als Toranaga und Sudara außer Reichweite waren, entspannten Buntaro und Hiro-matsu sich, Omi hingegen nicht. Keiner von ihnen ließ das Auge von Yabus Schwertarm.
Buntaro sagte: »Wo soll es geschehen, Yabu-sama?«
»Hier, dort unten am Strand oder auf einem Misthaufen... das ist mir gleichgültig. Nur eins: Omi-san, Ihr werdet nicht zuschlagen, ehe ich nicht die zwei Schnitte gemacht habe.«
»Jawohl, Euer Gnaden.«
»Wenn Ihr gestattet, Yabu-san, werde auch ich als Zeuge beiwohnen«, sagte Hiro-matsu.
»Bringt Ihr den Mumm auf?«
Der General nahm eine drohende Haltung ein, sagte dann aber zu Buntaro: »Bitte, laßt mich rufen, wenn er soweit ist.«
Yabu spuckte aus. »Ich bin bereit. Ihr auch?«
Hiro-matsu fuhr herum.

Yabu überlegte einen Augenblick, dann zog er sein Yoshitomo-Schwert aus der Scheide. »Buntaro-san, bitte, erweist mir einen Gefallen. Gebt dies dem Anjin-san.« Er reichte ihm das Schwert und runzelte dann die Stirn. »Falls es Euch nicht zuviel Mühe macht: Bitte, schickt nach ihm, dann kann ich es ihm selbst übergeben. Und laßt auch diesen stinkenden Priester holen, damit ich direkt mit dem Anjin-san reden kann.«
»Gut. Und welche Vorbereitungen, wünscht Ihr, sollen getroffen werden?«
»Ich brauche nichts weiter als Papier und Tinte und Pinsel für meinen Letzten Willen und mein Todesgedicht. Außerdem zwei Tatamis. Wozu soll ich mir die Knie aufschürfen oder im Dreck knien wie ein stinkender Bauer. *Neh?*« fügte Yabu prahlerisch hinzu.
Buntaro ging zu den anderen Samurai hinüber, die vor unterdrückter Erregung von einem Fuß auf den anderen traten. Sorglos saß Yabu mit untergeschlagenen Beinen da und stocherte mit einem Grashalm in den Zähnen herum. Omi hockte in der Nähe, vorsichtig außer Reichweite von Yabus Schwert. Einem Falken gleich ließ er Yabu nicht aus den Augen, meinte aber jedes Wort, das er sagte, ganz aufrichtig: »Ihr habt Herrn Toranaga einen großen Dienst erwiesen, Euer Gnaden. Die Küstenstraße ist jetzt frei.«
»Ihr werdet nicht zuschlagen, Omi-san, bis ich es befehle.«
»Dürfte ich Euch untertänigst für die Ehre danken, die Ihr mir erweist? Und auch dafür, daß Ihr mich zu Eurem Erben erklärt?«
Yabu senkte seine Stimme. »Ihr hattet recht, mich an Toranaga zu verraten. Ich hätte an Eurer Stelle genau das gleiche getan, wenn es auch lauter Lügen sind. Das dient Toranaga nur zum Vorwand. Er ist immer eifersüchtig auf meine Tüchtigkeit im Kampf gewesen, und darauf, daß ich etwas von den Feuerwaffen verstehe und den Wert des Schiffes richtig einschätzte. Das sind alles meine Ideen.«
»Jawohl, Euer Gnaden, ich erinnere mich.«
»Ihr werdet die Familie retten. Ihr seid verschlagen wie eine räudige alte Ratte. Ihr werdet Izu zurückbekommen, und noch mehr...«
»Ich schwöre, ich werde mein Bestes tun, Euer Gnaden.«
Yabu senkte den Blick auf Omis Schwerthand. Die angespannte Verteidigungshaltung war ihm nicht entgangen. »Glaubt Ihr, ich würde Euch angreifen?«
»Tut mir leid, selbstverständlich nicht, Euer Gnaden.«
»Ich bin aber froh, daß Ihr auf der Hut seid. Mein Vater war wie Ihr. Ja, Ihr seid ihm in vielem ähnlich.« Ohne die geringste ruckartige Bewegung zu machen, legte er beide Schwerter auf den Boden, gerade eben außer Reichweite. »Da. Jetzt bin ich wehrlos. Vor wenigen Augenblicken wollte ich noch Euren Kopf... Jetzt braucht Ihr mich nicht mehr zu fürchten.«
Yabu gluckste leise in sich hinein und saugte an einem anderen Grashalm. Dann warf er ihn fort. »Hört, Omi-san, dies sind meine letzten Befehle als Oberhaupt der Kasigi. Ihr werdet meinen Sohn zu Euch nehmen und ihn einsetzen, wenn er es wert ist, eingesetzt zu werden. Weiterhin: Sucht gute Männer für meine

Gemahlin und meine Gattin, und dankt ihnen in meinem Namen, daß sie mir so gut gedient haben. Was Euren Vater betrifft: Er hat Befehl, augenblicklich *Seppuku* zu begehen.«
»Dürfte ich darum bitten, daß Ihr ihm die Wahl laßt, sich den Kopf zu scheren und Priester zu werden?«
»Nein! Er ist ein viel zu großer Narr... Ihr werdet ihm nie trauen können... Wie kann er es wagen, meine Geheimnisse an Toranaga auszuplaudern! Was Eure Mutter betrifft...« Er bleckte die Zähne. »Ich befehle, daß sie sich die Haare schert, Nonne wird, in ein Kloster außerhalb Izus eintritt und für den Rest ihres Lebens Gebete für die Zukunft der Kasigi spricht. In ein Buddhisten- oder Shinto-Kloster.«
»Jawohl, Euer Gnaden.«
»Gut! Euch befehle ich, mich für die Lügen zu rächen, die Kosami und diese verräterischen Diener vorgebracht haben.«
»Ich werde gehorchen.«
»Gibt es etwas, was ich vergessen hätte?«
Umsichtig vergewisserte Omi sich, daß niemand sie belauschen konnte. »Was ist mit dem Erben?« fragte er vorsichtig. »Wenn der Erbe uns auf dem Schlachtfeld gegenübersteht, verlieren wir, *neh?*«
»Nehmt das Musketenregiment, schießt Euch den Weg frei, und bringt ihn um, mag Toranaga sagen, was er will. Yaemon sollte Euer vornehmlichstes Ziel sein.«
»Das hatte ich mir auch schon gedacht. Ich danke Euch.«
»Gut. Aber besser noch, als die ganze Zeit über zu warten, wäre es, Ihr setztet einen Preis auf seinen Kopf... bei den *Ninja* oder den Amida Tong.«
»Wie finde ich die?« fragte Omi mit zitternder Stimme.
»Durch die alte Vettel Gyoko, die Mama-san. Die ist eine von den wenigen, die wissen, wie man an sie herantritt.«
»Gyoko-san?«
»Ja. Aber seid auf der Hut vor ihr... und den Amida. Bedient Euch ihrer nicht leichtfertig, Omi-san. Rührt sie niemals an, schützt sie immer. Sie kennt zu viele Geheimnisse, und eine Feder ist ein langer Arm, noch aus dem Grab heraus. Sie war ein Jahr lang eine der inoffiziellen Gattinnen meines Vaters... es könnte sogar sein, daß ihr Sohn mein Halbbruder ist. Oh, hütet Euch vor ihr, denn sie kennt zu viele Geheimnisse.«
Yabu lehnte sich vor. Augenblicklich war Omis Argwohn wieder hellwach und sein Schwert fast aus der Scheide. Es bereitete Yabu größte Genugtuung, daß er selbst ohne Waffen noch ein Mann war, vor dem man sich zu hüten hatte.
»Vergrabt dies Geheimnis sehr tief. Und hört, Neffe, bleibt sehr gut Freund mit dem Anjin-san. Versucht, die Herrschaft über die Flotte zu gewinnen, die er eines Tages zurückbringen wird. Toranaga schätzt den wahren Wert des Anjin-san nicht richtig ein. Aber er hat recht damit, hinter seinen Bergen zu bleiben. Das gibt ihm Zeit und Euch Zeit. Wir müssen vom Land herunter und auf

die See... unsere Mannschaften in ihren Schiffen... unter dem Oberkommando der Kasigi. Die Kasigi müssen aufs Meer hinaus, um das Meer zu beherrschen. Ich befehle es.«

»Ja, o ja«, sagte Omi. »Ihr könnt Euch auf mich verlassen. Das wird geschehen!«

»Gut. Und noch eines! Vertraut niemals Toranaga!«

Aus ganzem Herzen sagte Omi: »Das tue ich auch nicht, Euer Gnaden. Das habe ich nie getan und werde ich nie tun.«

Yabu ließ die Luft aus seinen Lungen entweichen. Er hatte mit sich selbst Frieden geschlossen. »Und jetzt entschuldigt mich bitte! Ich muß an mein Todesgedicht denken.«

Omi stand auf, zog sich rückwärtsschreitend zurück; nachdem er schon ein ganzes Stück von Yabu entfernt war, verneigte er sich und ging nochmals zwanzig Schritte rückwärts. Im Kreis seiner eigenen Wachen, also in Sicherheit, setzte er sich wieder hin und begann zu warten.

Toranaga und sein Gefolge trabten die Küstenstraße entlang, die um die ausladende Bucht herumführte. Das Wasser reichte rechter Hand fast bis an die Straße heran. Hier lag das Land tief, war versumpft und wies viele Schlammlöcher auf. Ein paar *Ri* weiter im Norden mündete diese Straße in die Hauptverkehrsader, die Tokaidō-Straße. Zwanzig *Ri* weiter im Norden lag Yedo. Sein persönliches Gefolge bestand aus hundert berittenen Samurai und zehn Falknern mit je einem Jagdfalken auf der behandschuhten Faust. Sudara mit seinen zwanzig Leibwächtern und drei Falknern mit Vögeln bildete die Vorhut.

»Sudara!« rief Toranaga, als sei ihm plötzlich ein Einfall gekommen. »Haltet beim nächsten Gasthaus an. Ich möchte frühstücken.«

Sudara winkte, daß er verstanden habe, und galoppierte voraus. Als Toranaga beim Gasthaus anlangte, verneigten sich lächelnd die Zofen, und der Gastwirt und alle seine Leute beugten den Rücken. Samurai bezogen südlich und nördlich vom Gasthaus Posten, und Toranagas Banner wurden stolz aufgepflanzt.

Im Handumdrehen wurden Nudeln in einer schönen Schüssel aufgetragen. Sie waren genauso gekocht, wie er sie am liebsten hatte; das hatte Sudara dem Wirt vorher verraten. Ohne Umstände nahm Toranaga auf der Veranda Platz, verzehrte diese Bauernmahlzeit mit sichtlichem Appetit und beobachtete die Straße vor ihm. Andere Gäste verneigten sich und gingen ihren eigenen Geschäften nach, stolz darauf, im selben Gasthaus abgestiegen zu sein wie der große *Daimyo*. Sudara inspizierte die Posten draußen und überzeugte sich, daß alles seine Richtigkeit hatte. »Wo sind die Treiber jetzt?« erkundigte er sich beim Oberjäger.

»Einige stehen im Norden, andere im Süden, und außerdem habe ich dort drüben in den Bergen noch weitere Leute stehen.«

Sudara beendete seine Runde und erstattete Toranaga Bericht. »Seid Ihr mit allem zufrieden, Euer Gnaden? Kann ich noch irgend etwas für Euch tun?«

»Nein, vielen Dank.« Toranaga aß die Schüssel leer und trank noch etwas *Cha*.

Dann, ohne die Stimme besonders zu heben, erklärte er: »Ihr hattet recht mit dem Erben.«
»Verzeiht, bitte, aber ich hatte Angst, ich hätte Euch gekränkt. Dabei war es gar nicht so gemeint.«
»Ihr hattet ja recht... Warum sollte ich also gekränkt sein? Wenn der Erbe gegen uns zieht... was werdet Ihr dann tun?«
»Euren Befehlen gehorchen.«
»Bitte, schickt meinen Sekretär her, und kommt mit ihm zurück.«
Sudara tat, wie ihm geheißen. Kawanabi, der Sekretär – einst selbst Samurai und Priester –, der Toranaga auf allen Wegen begleitete, war rasch samt seiner hübschen, in seine Satteltasche passenden Reisekiste mit Papier, Tinte, Amtssiegel und Schreibpinseln zur Stelle.
»Euer Gnaden?«
»Schreibt folgendes: ›Ich, Yoshi Toranaga-noh-Minowara, setze meinen Sohn Yoshi Sudara-noh-Minowara mit allen Einkünften und Titeln wieder als meinen Erben ein.‹«
Sudara verneigte sich. »Ich danke Euch, Vater«, sagte er mit fester Stimme, wiewohl er sich insgeheim fragte: *Warum?*
»Schwört in aller Form, daß Ihr Euch in allem nach meinen Anordnungen und meinem Testament richten werdet... und nach meinem ›Vermächtnis‹.«
Sudara gehorchte. Toranaga wartete schweigend, bis Kawanabi mit der schriftlichen Ausfertigung fertig war, unterzeichnete sie und machte sie dann mittels Amtssiegel zum Gesetz. »Ich danke, Kawanabi-san. Bitte, setzt das Datum von gestern darauf. Das wäre für den Augenblick alles.«
»Verzeiht, bitte, Euer Gnaden, aber Ihr braucht noch fünf Kopien, um die Regelung unumstößlich zu machen: eine für Herrn Sudara, eine für den Regentschaftsrat, eine für das Reichsarchiv, eine für Eure eigenen Unterlagen und eine für die Archive.«
»Fertigt sie sogleich aus. Und gebt mir noch eine Extrakopie.«
»Jawohl, Euer Gnaden.« Der Sekretär verließ sie. Jetzt sah Toranaga Sudara an und blickte ihm forschend in das schmale, ausdruckslose Gesicht. Er hatte das Dekret absichtlich ohne vorherige Ankündigung diktiert, doch Sudara hatte keine Miene verzogen. Weder Glück noch Dankbarkeit, noch Stolz... nicht einmal Überraschung waren ihm anzumerken, und das stimmte Toranaga traurig. Aber warum traurig sein, dachte Toranaga, du hast ja noch andere Söhne, die lächeln und lachen, Fehler machen und schreien und toben und viele Frauen haben. Normale Söhne. Dieser Sohn soll dir nachfolgen, soll nach deinem Tod die Führung übernehmen, um die Minowara fest zusammenzuhalten und den Kwanto und die Macht an andere Minowara weiterzugeben. Um eiskalt und berechnend zu sein – *wie* ich. Nein, nicht wie ich, sagte er sich wahrheitsgemäß. Ich kann bisweilen lachen und manchmal auch Mitleid zeigen, und ich furze gern und teile gern das Kopfkissen, tobe mich aus und tanze und spiele Schach und bin gern Schauspieler, und manche Menschen machen mich auch froh, wie

Naga, Kiri und der Anjin-san. Außerdem liebe ich es, auf die Jagd zu gehen und zu gewinnen, zu gewinnen und nochmals zu gewinnen. Dich jedoch macht nichts froh, Sudara, welch ein Jammer. Nichts. Bis auf die Dame Genjiko. Die Dame Genjiko stellt das einzig schwache Glied in deiner Kette dar.

»Euer Gnaden?« fragte Sudara.

»Ich habe versucht, darüber nachzudenken, wann ich Euch das letzte Mal habe lachen hören.«

»Ihr wünscht, daß ich lache, Euer Gnaden?«

Toranaga schüttelte den Kopf. »Nein.« Er wußte, daß er Sudara dazu erzogen hatte, der vollkommene Sohn zu sein.

Durch Kasigi Mizuno hatte Toranaga bereits ein paar Tage vor dem Ende seines Feindes von der Verschwörung gegen Jikkyu erfahren. Einen Augenblick ließ er sich seinen Plan noch einmal Punkt für Punkt durch den Kopf gehen, aber er vermochte keinen Fehler darin zu entdecken. Dann traf er seine Entscheidung. »Setzt die Regimenter Elf, Sechzehn, Vierundneunzig und Fünfundneunzig in Mishima sofort in Alarmbereitschaft. Und in vier Tagen laßt sie im Eiltempo über die Tokaidō vorrücken.«

»›Blutiger Himmel‹?« fragte Sudara, nun völlig aus dem Gleichgewicht gebracht. *»Ihr greift an?«*

»Ja. Ich warte nicht, bis sie mich angreifen.«

»Dann ist Jikkyu also wirklich tot?«

»Ja.«

»Gut«, sagte Sudara. »Dürfte ich den Vorschlag machen, auch noch das Zwanzigste und Dreiundzwanzigste Regiment hinzuzuziehen?«

»Nein. Zehntausend Mann, das sollte genügen... wenn wir sie überraschen. Für den Fall, daß es mißlingt, muß ich ja immer noch meine Grenzen halten. Außerdem muß Zataki zurückgehalten werden.«

»Ja«, sagte Sudara.

»Wer soll den Angriff leiten?«

»Herr Hiro-matsu. Der Feldzug ist genau auf ihn zugeschnitten.«

»Warum?«

»Weil es sich um einen direkten, einfachen und altmodischen Vorstoß handelt und die Befehle klar sind. Er ist für diesen Feldzug genau der richtige Mann.«

»Aber als Oberbefehlshaber aller Streitkräfte nicht mehr tragbar?«

»Tut mir leid. Aber Yabu-san hatte recht... Die Feuerwaffen haben die Welt verändert. Eisenfaust hat sich selbst überlebt.«

»Wer dann?«

»Nur Ihr, Euer Gnaden. Bis nach der Entscheidungsschlacht rate ich, daß kein anderer mehr zwischen Euch und dieser Schlacht steht.«

»Ich werde es mir überlegen«, sagte Toranaga. »Jetzt reitet nach Mishima, und bereitet dort alles vor. Hiro-matsus Sturmbataillon wird zwanzig Tage haben, um über den Tenryu überzusetzen und die Tokaidō-Straße sicher in die Hand zu bekommen.«

»Bitte, verzeiht mir, aber dürfte ich vorschlagen, daß ihr Endziel noch ein wenig weiter nach vorne verlegt wird... bis an den Rand der Shiomi-Senke? Gebt ihnen alles in allem dreißig Tage.«
»Nein. Wenn ich das befehle, werden einige zwar die Ebene erreichen, aber der größte Teil wird tot sein, und wir sind nicht mehr in der Lage, einen Gegenangriff abzuschlagen oder den Feind zu stören, wenn unsere Streitkräfte sich zurückziehen.«
»Aber Ihr werdet doch gewiß gleich Verstärkungen hinter ihnen herschicken?«
»Unser Hauptvorstoß führt durch Zatakis Berge. Alles andere ist nur eine Finte.«
Toranaga sah seinen Sohn sehr genau an. Aber Sudara ließ weder Überraschung noch Zustimmung, noch Mißbilligung erkennen.
»Ah. Tut mir leid. Bitte, entschuldigt mich, Euer Gnaden.«
»Wenn Yabu tot ist, wer soll dann die Musketen befehligen?«
»Kasigi Omi.«
»Warum?«
»Er versteht etwas davon. Mehr noch: Er ist allem Neuen gegenüber aufgeschlossen, sehr tapfer, sehr intelligent, sehr geduldig... und außerdem sehr gefährlich, gefährlicher noch als sein Onkel. Ich rate Euch, wenn Ihr siegt und er noch am Leben ist, findet einen Vorwand, ihn in die Große Leere zu befördern.«
»*Wenn* ich siege?«
»›Blutiger Himmel‹ ist immer ein letzter Verzweiflungsplan gewesen. Das habt Ihr uns oft gesagt. Wenn wir auf der Tokaidō-Straße geschlagen werden, dann wird Zataki in die Ebenen heruntergefegt kommen. Dann helfen uns auch die Musketen nichts. Es ist ein letzter Plan. Und Ihr habt immer etwas gegen Verzweiflungspläne gehabt.«
»Und der Anjin-san? Was sollte Eurer Meinung nach mit ihm geschehen?«
»Was ihn betrifft, so bin ich einer Meinung mit Omi-san und Naga-san. Man sollte ihn kaltstellen. Ich rate, daß alle Ausländer hinausgeworfen werden. Sie sind eine Pest... und man sollte sie als solche behandeln.«
»Aber dann gibt es keinen Seidenhandel mehr. *Neh?*«
»Man sollte sie auf Nagasaki beschränken, sie sehr sorgfältig bewachen und ihre Zahl möglichst beschränkt halten. Sollen sie einmal im Jahr mit ihrem Schwarzen Schiff kommen. Ist ihr eigentlicher Antrieb nicht Gelderwerb? Sagt der Anjin-san das nicht selbst?«
»Dann ist er also doch nützlich?«
»Ja, sehr sogar. Er hat uns die Augen darüber geöffnet, wie weise die Ausweisungsedikte sind. Der Anjin-san ist sehr klug und sehr tapfer. Aber er ist ein Spielzeug. Er amüsiert Euch, Euer Gnaden, so wie Tetsu-ko.«
Toranaga sagte: »Ich danke Euch für Eure Ansichten. Sobald der Vorstoß läuft, kehrt Ihr nach Yedo zurück und wartet dort weitere Orders ab.« Das sagte er absichtlich und mit großer Härte. Zataki hielt die Dame Genjiko, ihren Sohn und drei Töchter immer noch in seiner Hauptstadt Takato als Geiseln. Auf To-

ranagas Bitte hin hatte Zataki Sudara Urlaub gegeben, allerdings nur für zehn Tage, und Sudara hatte feierlich geschworen, bis dahin zurückzukehren. Zataki war berühmt für seine Engherzigkeit in Sachen Ehre. Zataki würde alle Geiseln ungeachtet bestehender Bündnisse oder Absprachen töten und hatte auch jedes Recht dazu. »In Yedo werdet Ihr weitere Orders abwarten.«
»Jawohl, Euer Gnaden.«
»Ihr werdet sofort nach Mishima aufbrechen.«
»Dann würde es Zeit sparen, wenn ich gleich von hier weiterreite.« Sudara zeigte auf die Wegkreuzung vor ihnen.
»Ja. Morgen schicke ich Euch weitere Anweisungen.«
Sudara verneigte sich, ging zu seinem Pferd und ritt mit seinen zwanzig Wachen fort.
Toranaga nahm die Schüssel nochmals zur Hand und holte noch eine kleine längst kalt gewordene Nudel heraus. »Oh, Euer Gnaden, möchtet Ihr noch mehr?« fragte die junge Zofe, die atemlos herbeigelaufen kam. Sie hatte ein rundes Gesicht und war nicht hübsch, dafür aber offensichtlich aufgeweckt und sehr aufmerksam ... wie er seine Zofen und seine Frauen mochte. »Nein, vielen Dank. Wie heißt Ihr?«
»Yuki, Euer Gnaden.«
»Sagt Eurem Gebieter, er mache gute Nudeln, Yuki.«
Er zwinkerte ihr zu, sie lachte, nahm das Tablett und enteilte. Er mußte seine Ungeduld zügeln und sah die Straße entlang, so weit er blicken konnte, und nahm dann seine Umgebung in Augenschein. Das Gasthaus war gut gehalten, die Fliesenumrandung des Brunnens sehr sauber und der Boden gefegt ... Draußen auf dem Hof und rings um das Anwesen warteten geduldig seine Leute, doch bemerkte er, daß der Oberjäger nervös war, und er beschloß, daß der heutige Tag der letzte dieses Mannes im aktiven Dienst sein sollte. Wäre es Toranaga ernstlich nur um die Jagd gegangen und um nichts anderes, hätte er ihm gesagt, er solle auf der Stelle nach Yedo zurückkehren, hätte ihm ein großzügig bemessenes Ruhegeld gegeben und einen anderen an seine Stelle berufen.
Das ist der Unterschied zwischen Sudara und mir, dachte er ohne Groll. Sudara würde dem Mann befehlen, augenblicklich *Seppuku* zu begehen, womit das Ruhegeld und alle weiteren Ungelegenheiten gespart würden und man gleichzeitig noch sicher war, daß derjenige, der ihm nachfolgte, sich allergrößte Mühe geben würde. Ja, mein Sohn, ich kenne dich sehr gut. Ich setze große Stücke auf dich!
Was mit der Dame Genjiko und ihren Kindern machen? fragte er sich und beschäftigte sich mit diesem außerordentlich wichtigen Problem. Wäre die Dame Genjiko nicht die Schwester der Dame Ochiba – und zwar ihre Lieblingsschwester –, würde ich Zataki erlauben, sie auf der Stelle zu beseitigen und damit Sudara für die Zukunft ein großes Gefahrenmoment aus dem Weg zu räumen. Aber glücklicherweise *ist* Genjiko Ochibas Schwester, somit eine wichtige Figur in dem großen Spiel, und ich darf nicht zulassen, daß das geschieht. Diesmal

muß ich hoch spielen. Deshalb muß ich mir immer wieder klarmachen, daß Genjiko auf andere Weise wertvoll ist... sie ist so gefährlich wie die Rückenflosse eines Hais, setzt sich genauso rücksichtslos für ihre Brut ein wie Ochiba, allerdings mit einem großen Unterschied: Genjikos Loyalität gilt in erster Linie mir, die von Ochiba zuerst dem Erben.
Das wäre also entschieden. Sudara muß vor dem zehnten Tag wieder in Zatakis Händen sein. Eine Verlängerung? Nein. Auf welche Seite wird Zataki springen? Es war weise, Sudara wieder in seine Rechte einzusetzen. Wenn es eine Zukunft gibt, wird diese Zukunft in seinen und Genjikos Händen sicher sein, vorausgesetzt, sie halten sich aufs Wort genau an das ›Vermächtnis‹. Die Entscheidung wird Ochiba erfreuen.
Er hatte heute morgen bereits den Brief geschrieben, den er zusammen mit einer Kopie der Wiedereinsetzungsurkunde noch heute abend an sie abschicken würde. Damit ist eine Gräte heraus, die ihr in der Speiseröhre sitzt und an der sie fast erstickt ist. Nur habe ich diese Gräte absichtlich und genau aus diesem Grunde dort plaziert.
Es ist gut zu wissen, daß Genjiko eines der schwachen Glieder in Ochibas Kette ist, vielleicht sogar das einzige.
Forschend betrachtete er seine Falken. Manche stießen leise Laute aus, andere putzten ihr Gefieder. Alle waren sie in sehr guter Form und verkappt – bis auf Kogo, deren große gelbe Augen hierhin und dorthin schnellten und alles genauso interessiert betrachteten wie er.
Was würdest du sagen, meine Schöne, fragte er sie stumm, was würdest du wohl sagen, wenn ich dir erklärte, ich müsse *ungeduldig* sein und ausbrechen – und daß mein Hauptvorstoß doch die Tokaidō-Straße entlangführen wird und nicht durch Zatakis Berge, wie ich Sudara gesagt habe? Vermutlich würdest du fragen: Warum? Und dann würde ich dir sagen: Weil ich Zataki nicht so weit traue, wie ich fliegen kann. Und ich kann nun einmal überhaupt nicht fliegen. *Neh?*
Dann sah er, wie Kogos Augen sich mit einem Ruck auf das Ende der Straße einstellten. Er spähte gleichfalls in die Ferne und lächelte, als er Sänften und Lasttiere um die Ecke kommen und sich nähern sah.

»Nun, Fujiko-san? Wie geht es Euch?«
»Gut, vielen Dank, Euer Gnaden, sehr gut.« Sie verneigte sich nochmals, und er bemerkte, daß die Brandnarben sie offensichtlich nicht mehr schmerzten. Ihre Glieder waren so geschmeidig wie eh und je, und ihre Wangen waren angenehm gerötet. »Dürfte ich mich erkundigen, wie es dem Anjin-san geht?« sagte sie. »Ich hörte, seine Reise von Osaka hierher sei sehr schlecht gewesen, Euer Gnaden.«
»Er erfreut sich jetzt wieder guter Gesundheit, sehr guter sogar.«
»Euer Gnaden, etwas Schöneres hättet Ihr mir nicht sagen können.«
»Gut.« Er wandte sich der nächsten Sänfte zu, um Kiku zu begrüßen, die fröhlich lächelte, ihn mit großer Zuneigung begrüßte und sagte, wie froh sie sei,

ihn wiederzusehen, und wie sehr er ihr gefehlt habe. »Es ist so lange her, Euer Gnaden.«
»Ja, tut mir leid«, sagte er. Ihre überwältigende Schönheit und ihre Heiterkeit erregten ihn trotz all der vielen Sorgen, die ihn bedrückten. »Es freut mich sehr, Euch zu sehen.« Dann wanderten seine Augen zur dritten Sänfte hinüber. »Ah, Gyoko-san, wie lange es her ist!«
»Danke, Euer Gnaden, danke. Ich fühle mich wie neu geboren, jetzt, da meine alten Augen die Ehre haben, Euch wiederzusehen.« Gyokos Verneigung war makellos. Sie war schlicht, aber gleichwohl außerordentlich kostbar gekleidet. »Wie stark Ihr seid, Euer Gnaden – ein Gigant unter den Menschen«, gurrte sie.
»Ich danke Euch. Auch Ihr seht gut aus.«
Kiku klatschte entzückt in die Hände über dieses geistreiche Geplänkel, und alle lachten mit ihr. »Hört«, sagte er und freute sich für sie, »ich habe Vorkehrungen getroffen, daß Ihr für eine Weile hierbleibt. Und jetzt, Fujiko-san, bitte, kommt mit mir.«
Er nahm Fujiko beiseite. Und nachdem er ihr *Cha* und Erfrischungen hatte reichen lassen und eine Weile über Belangloses mit ihr geplaudert, kam er zur Sache. »Ihr wart mit einem halben Jahr einverstanden, und ich war mit einem halben Jahr einverstanden. Tut mir leid, aber ich muß heute wissen, ob sich daran etwas geändert hat.«
Ihr flaches kleines Gesicht verlor alles Anziehende, als die Freude daraus entwich. Einen Moment fuhr sie sich mit der Zungenspitze über ihre spitzen Zähne. »Wie soll sich daran etwas geändert habe, Euer Gnaden?«
»Unsere Abmachung ist nichtig. Ich ordne es an.«
»Bitte, verzeiht, Euer Gnaden«, sagte sie mit tonloser Stimme. »Ich bin diese Abmachung aus freien Stücken eingegangen und habe Euch vor Buddha und bei dem Geist meines verstorbenen Gatten und meines verstorbenen Sohnes mein Wort gegeben. So etwas kann man nicht als ungeschehen betrachten.«
»Ich befehle es aber.«
»Tut mir leid, Euer Gnaden, aber dann entbindet das *Bushido* mich vom Gehorsam Euch gegenüber. Die feierliche Abmachung war von Eurer Seite aus genauso bindend, und wenn sich daran etwas ändern soll, dann müssen sich beide Seiten ohne jeden Druck damit einverstanden erklären.«
»Worauf ich hinauswollte, Fujiko-san, ist, daß der Anjin-san Euch zeremoniell heiraten sollte.«
»Ein Samurai kann nicht zwei Herren dienen, Euer Gnaden. Meine Pflicht gilt meinem verstorbenen Gatten. Bitte, verzeiht mir, aber ich kann mich mit einer Änderung nicht einverstanden erklären.«
»Wenn man Geduld hat, ändert sich alles. Bald wird der Anjin-san unsere Lebensweise besser verstehen, und dann zieht auch in sein Haus die *Wa*, die Harmonie, ein. Er hat unglaublich viel gelernt, seit er...«
»Oh, bitte, Euer Gnaden, daß Ihr mich nicht mißversteht: Der Anjin-san ist der ungewöhnlichste Mann, den ich jemals kennengelernt habe, und zweifellos

der hochherzigste. Er hat mir große Ehre erwiesen und, ja, ich weiß, daß sein Haus bald wirklich ein Haus sein wird, aber... bitte, verzeiht mir, aber ich muß meine Pflicht tun. Meine Pflicht gilt meinem Gatten, meinem einzigen Gatten...« Sie rang um Fassung. »Es muß sein, *neh?* Es muß sein, Euer Gnaden, oder alle... alle Schande und das Leid und die Entehrung sind bedeutungslos, *neh?* Sein Tod, der meines Kindes, seine Schwerter zerbrochen und in einem *Eta*-Dorf verscharrt... Ohne meine Pflicht ihm gegenüber... wäre unser ganzes *Bushido* nichts weiter als ein unsterblicher Witz!«

»Bitte, beantwortet mir eine Frage, Fujiko-san. Hat nicht Eure Pflicht mir, Eurem Lehnsherrn gegenüber, und Eure Pflicht einem erstaunlich tapferen Mann gegenüber, der einer von uns wird und Euer Gebieter ist, und« – fügte er hinzu, da er meinte, das leichte Glühen in ihren Wangen richtig zu deuten – »Eure Pflicht seinem ungeborenen Kind gegenüber Vorrang vor einer früheren Pflicht?«

»Ich... ich bin nicht schwanger von ihm, Euer Gnaden.«

»Seid Ihr sicher?«

»Nein, sicher nicht.«

Toranaga sah sie forschend an und wartete. Es gab noch so viel zu tun, ehe er fortreiten und Tetsu-ko oder Kogo anwerfen konnte, und darauf freute er sich schon sehr, aber da es dabei nur um sein eigenes Vergnügen ging, war das belanglos. Fujiko hingegen war wichtig, und er hatte sich geschworen, daß er jedenfalls für heute, für diesen einen Tag, so tun wollte, als hätte er bereits gesiegt, als hätte er Zeit und könnte Geduld aufbringen und Dinge regeln, die zu regeln seine Pflicht war. »Nun?«

»Tut mir leid, Euer Gnaden, nein.«

»Dann also nein, Fujiko-san. Bitte, verzeiht, daß ich gefragt habe, aber es mußte sein.« Toranaga war weder zornig noch erfreut. Die junge Frau handelte durchaus ehrenhaft, und als er das Abkommen mit ihr getroffen, hatte er gewußt, daß sich nie etwas daran ändern würde. Das macht uns ja so einzigartig auf Erden, dachte er voller Genugtuung. Ein Handel mit dem Tod ist ein heiliger Handel. Er verneigte sich förmlich vor ihr. »Ich achte Euch ob Eurer Ehre und Eurem Pflichtgefühl Eurem Gatten Usagi Fujiko gegenüber«, sagte er und sprach den Namen aus, der aufgehört hatte zu sein.

»Oh, ich danke Euch, Euer Gnaden«, sagte sie angesichts der Ehre, die er ihr erwies, und ihre Tränen flossen, so überströmend war das Glück, das sie erfüllte; denn sie wußte, diese einfache Geste befreite den einzigen Gatten, den sie im Leben haben würde, von jedem Makel.

»Hört, Fujiko, zwanzig Tage vor dem *letzten Tag* geht Ihr nach Yedo, was auch immer mit mir geschieht. Euer Tod möge auf dieser Reise stattfinden und als Unfall erscheinen. *Neh?*«

»Ja, ja, Euer Gnaden.«

»Das wird unser Geheimnis sein. Nur zwischen Euch und mir.«

»Jawohl, Euer Gnaden.«

»Bis zu dem Tag werdet Ihr weiter seinem Haus vorstehen.«
»Ja, Euer Gnaden.«
»Und jetzt sagt Gyoko, sie möchte herkommen. Ehe ich Yokohama verlasse, werde ich Euch noch einmal rufen lassen, denn ich habe noch andere Dinge mit Euch zu besprechen.«
»Ja, Euer Gnaden.« Fujiko verneigte sich tief und sagte: »Ich segne Euch, daß Ihr mich aus diesem Leben entlaßt.« Dann ging sie.
Sonderbar, dachte Toranaga, wie Frauen sich verändern können wie ein Chamäleon... eben noch häßlich, im nächsten Augenblick anziehend, manchmal sogar schön, obwohl sie das in Wirklichkeit gar nicht sind.
»Ihr habt nach mir geschickt, Euer Gnaden?«
»Ja, Gyoko-san. Was für Neuigkeiten bringt Ihr mir?«
»Alle möglichen, Euer Gnaden«, sagte Gyoko. Ihr sorgsam geschminktes Gesicht verriet keinerlei Angst, und in ihren Augen blitzte es, dabei zogen sich ihr die Eingeweide zusammen. Sie wußte, daß dieses Zusammentreffen kein Zufall war. »Die Vorbereitungen für die Zunft der Kurtisanen schreiten zufriedenstellend voran, die Regeln und Statuten werden aufgesetzt und Euch bald zur Billigung vorgelegt. Im Norden der Stadt liegt ein schönes Areal...«
»Das von mir bereits ausgesuchte Areal liegt weiter unten an der Küste: Yoshiwara.«
Sie beglückwünschte ihn zu seiner Wahl, aber innerlich stöhnte sie. Yoshiwara – Schilf-Moor – war ein von Moskitos verseuchter Morast, der erst entwässert und trockengelegt werden mußte. »Ausgezeichnet, Euer Gnaden. Und Regeln und Statuten für die *Gei-shas* werden ebenfalls für Euch vorbereitet.«
»Gut. Sorgt dafür, daß sie kurz und bündig abgefaßt werden. Welcher Spruch soll das Eingangstor zum Yoshiwara-Viertel schmücken?«
»Lust ist nicht von Dauer – man muß etwas dafür tun.«
Er lachte, und sie lächelte, blieb jedoch weiterhin auf der Hut, obgleich sie es ganz ernst meinte, als sie noch hinzufügte: »Gestattet, daß ich Euch noch einmal im Namen künftiger Generationen danke, Euer Gnaden.«
»Nicht Euret- oder ihretwegen habe ich mich einverstanden erklärt«, sagte Toranaga und zitierte dann einen Satz aus seinem »Vermächtnis«: »Tugendhafte Männer haben im Laufe der Geschichte Häuser zweifelhaften Rufes und Freudenhäuser immer wieder verurteilt, doch die Menschen sind nicht tugendhaft, und wenn ein Staatsmann Freudenhäuser und Kurtisanen verbietet, ist er ein Narr; denn dann werden bald größere Übel aufbrechen gleich einer Pestbeule.«
»Wie weise Ihr seid.«
»Und die Freudenhäuser alle in einem Viertel zusammenzufassen bedeutet, daß man alle, die nicht tugendhaft sind, unter Kontrolle behält, sie besteuern kann und gleichzeitig mit dem versorgen, was sie brauchen. Ihr habt wieder recht, Gyoko-san. ›Lust ist nicht von Dauer.‹ Sie wird rasch schal. Und weiter?«
»Kiku-san ist ganz wiederhergestellt. Es ist ihrer Gesundheit nicht abträglich gewesen.«

»Ja. Das habe ich gesehen. Wie bezaubernd sie ist!«
»Ja, o ja, allerdings hat sie Euch vermißt, Euer Gnaden. Werden wir Euch nach Mishima begleiten?«
»Was für andere Gerüchte sind Euch zu Ohren gekommen?«
»Nur, daß Ishido die Burg von Osaka verlassen hat. Die Regenten haben Euch in aller Form geächtet... welch eine Unverfrorenheit, Euer Gnaden.«
»Auf welche Weise gedenkt er, mich anzugreifen?«
»Das weiß ich nicht, Euer Gnaden«, sagte sie vorsichtig. »Allerdings nehme ich an, er will Euch in die Zange nehmen: Mit Ikawa Hikoju, jetzt, wo sein Vater, Herr Jikkyu, tot ist, über die Tokaidō und mit Zataki über die Koshu-kaidō; aber hinter Euren Bergen seid Ihr sicher. O ja, ich bin überzeugt, daß Ihr ein gesegnetes Alter erreichen werdet. Wenn Ihr gestattet, werde ich alle meine geschäftlichen Tätigkeiten nach Yedo verlegen.«
»Gewiß. Aber versucht herauszufinden, in welche Richtung sein Hauptvorstoß gehen wird.«
»Ich will es gern versuchen, Euer Gnaden. Wir leben in furchtbaren Zeiten, Euer Gnaden, wo Bruder sich gegen Bruder wendet und Sohn gegen Vater.«
Toranagas Augen waren verschleiert, und er nahm sich vor, seine Wachsamkeit über Noboru, seinen ältesten Sohn, zu verdoppeln, dessen Treue letztlich dem Taikō galt. »Ja«, stimmte er zu. »Furchtbare Zeiten. Zeiten großer Umwälzungen. Was Euch betrifft, so seid Ihr und Euer Sohn jetzt reich. Leitet er nicht Eure Saké-Fabrik in Odawara?«
»Jawohl, Euer Gnaden.« Ihre Haut unter ihrer Schminke wurde grau.
»Er macht dort große Gewinne, *neh?*«
»Er ist zweifellos der beste Verwalter in Odawara, Euer Gnaden.«
»Das habe ich gehört. Ich habe eine Aufgabe für ihn. Der Anjin-san wird ein neues Schiff bauen. Die Handwerker und alles Material stelle ich zur Verfügung, und deshalb ist mir daran gelegen, daß die geschäftliche Seite *mit allergrößter Umsicht* betrieben wird.«
Gyoko wäre vor Erleichterung fast zusammengebrochen. Sie hatte angenommen, daß Toranaga sie alle in die Große Leere befördern würde, ehe er in den Krieg zog, oder sie derartig besteuern, daß ihr bald die Luft ausbleiben würde.
»*Oh, ko*, Euer Gnaden, wann wünscht Ihr meinen Sohn in Yokohama? Er wird dafür sorgen, daß es das billigste Schiff wird, das jemals gebaut wurde.«
»Mir geht es nicht darum, daß es billig ist, sondern darum, daß es das beste Schiff wird... zum günstigsten Preis. Er soll unter dem Anjin-san die Oberaufsicht darüber führen.«
»Euer Gnaden, ich garantiere Euch bei meiner Zukunft und meinen zukünftigen Wünschen, daß alles geschehen wird, wie Ihr es wollt.«
»Wenn das Schiff wirklich gut gebaut wird und genauso, wie der Anjin-san es wünscht, und zwar binnen sechs Monaten vom ersten Tag an, werde ich Euren Sohn zum Samurai machen.«

Sie verneigte sich tief, und für eine Weile verschlug es ihr die Sprache. »Bitte, verzeiht einer alten Närrin, Euer Gnaden. Ich danke Euch, ich danke Euch.«
»Er soll alles lernen, was der Anjin-san vom Schiffsbau versteht, damit er es anderen beibringen kann, wenn *er* uns verläßt. *Neh?*«
»Es wird geschehen!«
»Weiter: Kiku-san. Ihre Talente verdienen eine bessere Zukunft, als allein in einem Käfig eingesperrt zu werden... eine unter vielen Frauen.«
Gyoko blickte auf und erwartete abermals das Schlimmste. »Ihr wollt ihren Kontrakt veräußern?«
»Nein, sie soll nicht wieder Kurtisane werden, und auch keine von Euren *Geishas.* Sie sollte in einem vornehmen Haus sein, eine von nur wenigen Damen.«
»Aber, Euer Gnaden, auch wenn sie Euch nur gelegentlich sieht, welch besseres Leben könnte sie sich wünschen?«
Er ließ sich dieses Kompliment von ihr gefallen, doch dann sagte er: »Offen gestanden, Gyoko-san, sie wächst mir zu sehr ans Herz, und ich kann es mir nicht leisten, mich ablenken zu lassen. Sie ist viel zu hübsch für mich und viel zu vollkommen... Bitte, verzeiht, aber das muß gleichfalls eines von Euren Geheimnissen bleiben.«
»Ich stimme zu, Euer Gnaden, alles, was Ihr sagt, ist richtig«, erklärte Gyoko mit Nachdruck, zerbrach sich aber gleichzeitig den Kopf darüber, was wohl die wahren Gründe sein mochten. »Wenn der Betreffende jemand wäre, den Kiku bewundern könnte, würde ich zufrieden sterben.«
»Aber erst, nachdem Ihr in einem halben Jahr das Schiff des Anjin-san unter Segeln gesehen habt«, sagte er trocken.
»Jawohl, Euer Gnaden. Und wann wünscht Ihr, daß mein Sohn in Yokohama erscheint?«
»Das werde ich Euch noch wissen lassen.«
Sie verneigte sich und wankte davon. Toranaga ging schwimmen. Im Norden war der Himmel sehr dunkel, und er wußte, daß es dort heftig regnete. Als er die kleine Reiterschar aus Richtung Yokohama kommen sah, ging er zurück. Omi saß ab und wickelte den Kopf aus. »Herr Kasigi Yabu hat gehorcht, Euer Gnaden – kurz vor Mittag.« Der Kopf war frisch gewaschen worden, das Haar gekämmt, und er stak auf einem Sporn in einem kleinen Sockel.
Toranaga betrachtete einen Feind, wie er es schon zehntausendmal in seinem Leben getan, und überlegte, wie wohl sein eigener Kopf nach dem Tode aussehen mochte – ob man ihm sein Entsetzen oder seinen Schmerz oder seine Angst anmerken würde? Oder ob er Würde zeigen würde? Yabus Todesmaske zeigte nur ungeheure Wut; seine Zähne hatte er herausfordernd gebleckt. »Ist er gut gestorben?«
»Ein besseres *Seppuku* habe ich noch nie erlebt, Euer Gnaden. Herr Hiro-matsu ist der gleichen Meinung. Die zwei Schnitte, und dann noch einen dritten durch die Kehle. Ohne jede Hilfestellung und ohne einen Laut«, fügte Omi noch hinzu. »Hier ist sein Letzter Wille.«

»Ihr habt ihm den Kopf mit einem einzigen Schlag genommen?«
»Jawohl, Euer Gnaden. Ich habe den Anjin-san gebeten, Herrn Yabus Schwert benutzen zu dürfen.«
»Die Yoshitomo-Klinge? Diejenige, die ich Yabu gegeben habe? Hat er sie dem Anjin-san geschenkt?«
»Jawohl, Euer Gnaden. Er hat durch den Tsukku-san mit ihm gesprochen. Er sagte: ›Anjin-san, ich schenke es Euch zur ewigen Erinnerung an Eure Ankunft in Anjiro und zum Dank für das Vergnügen, das der kleine Barbar mir geschenkt hat.‹ Zuerst wollte der Anjin-san es nicht annehmen, doch Yabu bat ihn eindringlich und sagte: ›Keiner von diesen Dreckfressern verdient eine solche Klinge.‹ Zuletzt hat er sie dann doch angenommen.«
Merkwürdig, dachte Toranaga. Ich hatte damit gerechnet, Yabu würde das Schwert Omi vermachen.
»Wie lauteten seine letzten Verfügungen?«
Omi berichtete sie ihm. Wären sie nicht sämtlichst in seinem Letzten Willen niedergelegt worden, den er dem formalen Zeugen seines Todes, Buntaro, übergeben hatte, Omi würde sie nicht alle weitergegeben haben, ja, er hätte noch andere dazuerfunden. Yabu hatte recht, dachte er erbost und nahm sich vor, nie zu vergessen, daß eine Feder einen langen Arm hat, der noch über das Grab herausreicht.
»Um den Mut zu ehren, den Euer Onkel im Tod bewiesen, sollte ich seine Todeswünsche ehren. Ausnahmslos alle, *neh?*« sagte Toranaga, um ihn auf die Probe zu stellen.
»Jawohl, Euer Gnaden.«
Yabus letzte Wünsche waren alle sehr weise. Mizuno war ein Narr und stand Omi nur im Weg. Die Mutter war eine aufreizende, salbungsvolle alte Hexe, die Omi gleichfalls nur behinderte. »Nun dann, wenn Ihr einverstanden seid, soll alles geschehen, wie er es gewollt hat. Außerdem möchte ich auch die Todeswünsche Eures Vaters zur Billigung vorgelegt bekommen. Als Belohnung für Eure Treue werdet Ihr zum Kommandeur des Musketenregiments ernannt.«
»Vielen Dank, Euer Gnaden, aber ich habe solche Ehre nicht verdient«, sagte Omi innerlich frohlockend.
»Naga wird Stellvertretender Kommandeur. Des weiteren ernenne ich Euch zum Oberhaupt der Kasigi. Euer neues Lehen wird das Grenzland von Izu sein, von Atami im Osten bis Nimazu im Westen unter Einschluß der Hauptstadt Mishima mit einem jährlichen Einkommen von dreißigtausend *Koku*.«
»Ja, Euer Gnaden, danke. Bitte… ich weiß nicht, wie ich Euch danken soll. Ich habe diese Ehre nicht verdient.«
»Dann sorgt dafür, daß Ihr Euch ihrer würdig erweist, Omi-sama«, sagte Toranaga gutmütig. »Nehmt die Burg von Mishima augenblicklich in Besitz. Verlaßt Yokohama heute noch. Meldet Euch in Mishima bei Herrn Sudara. Und weiter, dies jedoch nur für Eure Ohren allein: Ich schicke den Anjin-san zurück nach

Anjiro. Er wird dort ein neues Schiff bauen. Ihr tretet Euer augenblickliches Lehen an ihn ab. Und zwar sofort.«
Beide Männer blickten auf, als Kikus perlendes Gelächter herangetragen wurde, und sie sahen sie im Hof das Fächer-Fang-Spiel spielen, mit ihrer kleinen Zofe Suisen, deren Kontrakt Toranaga gleichfalls aufgekauft hatte, um Kiku nach der unglücklichen Fehlgeburt zu trösten.
Omis Gefühle für Kiku waren für jedermann erkennbar, so sehr er auch versuchte, sie zu verbergen. Dann sahen sie, wie sie zu ihnen herüberblickte. Ein bezauberndes Lächeln ging über ihr Gesicht, und sie winkte fröhlich, Toranaga winkte zurück, und sie fuhr in ihrem Spiel fort.
»Sie ist hübsch, *neh?*«
Omi fühlte, wie seine Ohren brannten. »Ja.«
Ursprünglich hatte Toranaga ihren Kontrakt aufgekauft, um Omi von ihr fernzuhalten, weil sie eine von Omis Schwächen darstellte, außerdem eine Belohnung, die man austeilen oder auch vorenthalten konnte, bis Omi bewiesen hatte, wo eine wahre Treue lag. Viele, wenn nicht gar alle von Yabus ausgezeichneten Ideen stammten von Omi. Omi hatte vor einem Monat Einzelheiten über Yabus heimliche Verschwörung mit den Izuer Offizieren im Musketenregiment aufgedeckt, einen Plan, nach dem während der Schlacht Naga und die anderen Offiziere der Braunen ermordet werden sollten.
»Das steht einwandfrei fest, Omi-san?« hatte er ihn gefragt, als Omi es ihm in Mishima heimlich berichtete.
»Jawohl, Euer Gnaden. Draußen wartet Kiwami Matano vom Dritten Izuer Regiment.«
Dieser Offizier hatte den ganzen Komplott aufgedeckt, ihm den Decknamen genannt und ihnen erklärt, wie alles vor sich gehen sollte. »Ich konnte mit der Schande, all dies zu wissen, nicht mehr leben, Euer Gnaden. Ihr seid unser Lehnsfürst. Selbstverständlich sollte ich nicht versäumen, darauf hinzuweisen, daß dieser Plan nur verwirklicht werden soll, *falls es notwendig sei.* Ich nehme an, das bedeutet, falls Yabu-sama während der Schlacht plötzlich zum Gegner übergeht. Tut mir leid, aber Ihr seid das erste Ziel, dann Naga-san und dann Herr Sudara.«
»Wann wurde dieser Plan zum ersten Mal befohlen und wer weiß davon?«
»Kurz nachdem das Regiment aufgestellt wurde. Vierundfünfzig von uns sind eingeweiht... Ich habe Omi-sama eine Liste mit sämtlichen Namen übergeben. Der unter dem Decknamen ›Pflaumenbaum‹ laufende Plan wurde von Kasigi Yabu-sama persönlich bestätigt, ehe er nach Osaka abreiste.«
»Ich danke Euch. Eure Ergebenheit ist lobenswert. Ihr werdet dies Geheimnis für Euch behalten, bis ich es Euch sage. Dann erhaltet Ihr ein Lehen im Wert von fünftausend *Koku.*«
»Bitte, verzeiht, aber ich verdiene nichts, Euer Gnaden. Ich bitte um die Erlaubnis, *Seppuku* begehen zu dürfen, weil ich dieses schändliche Geheimnis so lange mit mir herumgetragen habe.«

»Dazu gebe ich nicht die Erlaubnis. Es geschehe, wie ich es gesagt habe. Wie hoch ist Euer augenblickliches Einkommen?«
»Vierhundert *Koku*, Euer Gnaden. Das reicht.«
»Ich werde darüber nachdenken, Kiwami-san.«
Nachdem der Offizier gegangen war, sagte er: »Was habt Ihr ihm versprochen, Omi-san?«
»Nichts, Euer Gnaden. Er ist gestern aus freien Stücken zu mir gekommen, woraufhin ich sofort zu Euch geeilt bin, es Euch zu berichten.«
»Wollt Ihr mir damit sagen, er sei ein ehrlicher Mann? Dann soll er wirklich belohnt werden. Solche Treue ist wichtiger als alles andere, *neh?*«
»Jawohl, Euer Gnaden.«
»Kein Wort darüber zu irgendwem.«
Omi hatte sich verabschiedet, und Toranaga hatte überlegt, ob Mizuno und Omi diese ganze Verschwörung wohl nur erfunden hatten, um Yabu in Mißkredit zu bringen. Sofort hatte er seine Spione angesetzt, die Wahrheit herauszufinden. Aber die Verschwörung hatte tatsächlich bestanden; und die Vernichtung des Schiffes war ein vorzüglicher Vorwand gewesen, die dreiundfünfzig Verräter, denen mit vollem Bedacht in dieser Nacht die Wachen zugeteilt worden waren, zu beseitigen; Kiwami Matano hatte er mit einem guten, wiewohl bescheidenen Lehen in den hohen Norden geschickt.
»Ohne Zweifel ist dieser Kiwami der allergefährlichste von allen«, hatte Sudara gesagt, der als einziger in die ganze Geschichte eingeweiht worden war.
»Ja. Und deshalb wird er auch sein ganzes Leben lang überwacht werden, und man wird ihm nie trauen. Grundsätzlich ist es doch so, daß in bösen Menschen Gutes steckt und Böses in guten. Es gilt, das Gute zu wählen und sich des Bösen zu entledigen.«
Ja, dachte Toranaga mit großer Genugtuung, du hast ganz gewiß eine Belohnung verdient, Omi.
»Hört, Omi-san, die Schlacht wird in wenigen Tagen beginnen. Ihr habt mir treu gedient. Auf dem letzten Schlachtfeld, nach meinem Sieg, werde ich Euch zum Herrn von Izu ernennen und die Kasigi wieder als erbliche *Daimyos* von Izu einsetzen.«
»Tut mir leid, Euer Gnaden... aber eine solche Ehre habe ich nicht verdient.«
»Ihr seid zwar noch jung, seid aber über Eure Jahre hinaus ein vielversprechender Mann. Euer Großvater war Euch sehr ähnlich, er war sehr klug, nur mangelte es ihm an Geduld.« Wieder das perlende Lachen der Damen. Toranaga beobachtete Kiku, versuchte, zu einem Entschluß über sie zu kommen, jetzt, wo er seinen ursprünglichen Plan verworfen hatte.
»Dürfte ich fragen, was Ihr unter Geduld versteht, Euer Gnaden?« sagte Omi, der instinktiv spürte, daß Toranaga diese Frage von ihm hören wollte.
Toranaga blickte immer noch zu Kiku hinüber, und ein warmes Gefühl stieg in ihm auf. »Geduld heißt, sich zurückhalten. Es gibt sieben Gefühle, *neh?*

Freude, Zorn, Angst, Verehrung, Kummer, Furcht und Haß. Wenn ein Mann diesen Gefühlen nicht nachgibt, ist er geduldig.«
»Ja, Euer Gnaden.«
»Geduld ist etwas, was ein Führer unbedingt braucht... Diese Dame zum Beispiel. Sie lenkt mich nur ab, ist zu schön, zu vollkommen für mich. Für ein solch erlesenes Geschöpf bin ich viel zu einfach. Deshalb habe ich beschlossen, sie fortzugeben.«
»Aber, Euer Gnaden, selbst als eine Eurer niedrigeren Damen...« Omi sprach diese höflichen Worte, doch beide Männer wußten, daß es nur ein allerdings nötiges Lippenbekenntnis war, und Omi betete die ganze Zeit über, wie er noch nie in seinem Leben gebetet hatte, wohl wissend, was möglich war, wohl wissend, daß er niemals bitten durfte.
»Ganz meiner Meinung«, sagte Toranaga. »Aber großes Talent verdient ein Opfer.« Er sah immer noch zu, wie sie ihren Fächer warf, um gleich darauf den ihrer Zofe zu erhaschen. Ihre Fröhlichkeit war ansteckend. Tut mir so leid, Kiku-san, dachte er, aber ich muß dich weitergeben, dich so schnell wie möglich irgendwo unterbringen. Es stimmt wirklich, du wächst mir tatsächlich zu sehr ans Herz, wenn auch Gyoko niemals glauben wird, daß ich die Wahrheit gesprochen habe, und Omi auch nicht und du selbst auch nicht. »Kiku-san hat es verdient, selbst einem Haus vorzustehen und einen eigenen Gatten zu haben.«
»Besser die Gattin des niedrigsten Samurai als Frau eines Bauern oder Kaufmanns, mag er noch so reich sein.«
»Da muß ich widersprechen.«
Damit war die Angelegenheit für Omi endgültig abgeschlossen. *Karma,* sagte er sich, und sein Elend überwältigte ihn. Streif diese Trauer ab, du Narr. Dein Lehnsfürst hat entschieden, und damit Schluß! Midori ist eine vollkommene Gemahlin. Deine Mutter soll Nonne werden, und folglich wird deinem Haus jetzt Harmonie beschert sein.
Soviel Trauer und soviel Glück: zukünftiger *Daimyo* von Izu; Kommandeur des Musketenregiments; den Anjin-san in Anjiro zu wissen, was bedeutet, daß das erste Schiff in Izu gebaut wird... *in meinem Lehen!* Streif deine Trauer ab! Das Leben ist nichts als Traurigkeit! Kiku-san hat ihr *Karma,* ich habe meines, Toranaga hat seines, und mein Herr Yabu hat gezeigt, wie töricht es ist, sich über irgend etwas Sorgen zu machen.
Omi blickte zu Toranaga hinauf. Jetzt war sein Geist klar. »Bitte, verzeiht mir, Euer Gnaden, aber ich habe nicht klar gedacht.«
»Ihr könnt sie begrüßen, ehe Ihr abreitet, wenn Ihr wünscht.«
»Ich danke Euch, Euer Gnaden.« Omi wickelte Yabus Kopf ein. »Wollt Ihr, daß ich ihn bestatte... oder öffentlich zur Schau stelle?«
»Steckt ihn auf einen Speer, mit dem Gesicht zum Wrack.«
»Jawohl, Euer Gnaden.«
»Wie lautete sein Todesgedicht?«
Omi sprach:

*»Was sind Wolken anderes*
*als ein Vorwand für den Himmel?*
*Was Leben anderes*
*als ein dem Tod Entrinnen?*

Toranaga lächelte. »Aufschlußreich«, sagte er.

Omi verneigte sich, übergab den eingewickelten Kopf einem seiner Männer und bahnte sich durch Pferde und Samurai hindurch seinen Weg zum Vorhof.

»Ah, Dame«, sagte er freundlich, aber gleichwohl förmlich. »Es freut mich so sehr, Euch wohl und glücklich zu sehen.«

»Ich bin bei meinem Gebieter, Omi-san, und er ist stark und zufrieden. Wie sollte ich etwas anderes sein als glücklich?«

»*Sayonara*, Dame.«

»*Sayonara*, Omi-sama.« Sie verneigte sich und war sich der Endgültigkeit dieses Abschieds voll bewußt. Eine Träne stieg ihr in die Augen, doch sie wischte sie fort und verneigte sich nochmals, als er davonging.

Sie sah ihm nach, als er sich mit großen, festen Schritten entfernte, und wäre am liebsten in Tränen ausgebrochen, denn ihr war, als müsse ihr das Herz brechen. Doch dann vernahm sie die in ihrer Erinnerung so oft und freundlich wiederholten weisen Worte: Warum weint Ihr, Kind? Wir aus der Schwebenden Welt leben nur für den Augenblick, widmen all unsere Zeit den Freuden der Kirschblüte, des Schnees und der Ahornblätter, des Gezirps der Grillen, der Schönheit des Mondes, wie er abnimmt und wieder wächst und wiedergeboren wird, wir singen unsere Lieder, trinken *Cha* und Saké, kennen uns aus in den Wohlgerüchen und Seiden, liebkosen, um Freude zu bereiten, und schweben, schweben immer. Hört, Kind: nie traurig sein, immer sein wie eine Lilie auf dem Strom des Lebens.

Kiku wischte eine zweite, eine letzte Träne fort. Törichtes Mädchen, Tränen zu vergießen. Weine nicht mehr! Du bist die Gattin des großen *Daimyo* höchstpersönlich, wenn auch nur eine ganz niedrige, inoffizielle Gattin, doch was spielt das für eine Rolle – *wo doch deine Söhne als Samurai geboren werden?* Wenn du weinen mußt, so gibt es gewiß wichtigere Dinge, über die es Tränen zu vergießen gilt. Zum Beispiel über den wachsenden Samen in deinem Leib, der von dem abschleulich schmeckenden *Cha* hinausgespült wurde. Aber warum darüber weinen? Es war ja nur ein »Es« und kein Kind, und wer war sein Vater? Ehrlich?

»Genau weiß ich es nicht, Gyoko-san, tut mir leid, aber ich glaube, es war mein Gebieter«, hatte sie zuletzt gesagt, denn sie hatte dieses Kind so sehr gewollt, hatte gewollt, daß es *Samurai* werden sollte.

»Aber was, wenn das Kind mit blauen Augen und heller Haut auf die Welt kommt? Das ist doch möglich, *neh?* Zählt die Tage!«

»Ich habe sie immer wieder gezählt, ach, wie oft ich schon nachgezählt habe!« Ja, dachte sie wieder, wie weise du bist, Gyoko-san, und wie töricht ich war und verzaubert. Es war nur ein »Es«, und wie vernünftig von uns Japanern, zu wissen, daß ein Kind noch kein richtiges Kind ist, bis zum dreißigsten Tag nach der Geburt, wenn der Geist fest im Körper verankert ist und sein *Karma* durch nichts mehr zu beeinflussen. Ach, wie glücklich ich bin. Ich wünsche mir einen Sohn und noch einen Sohn und noch einen und niemals ein Mädchen. Arme Mädchen! Ach, Götter, Dank Euch, Dank Euch für mein *Karma*, mich der Gunst des großen *Samurai* zu erfreuen, daß meine Söhne Samurai werden, und ach, macht, daß ich mich all dieser Herrlichkeiten würdig erweise...

»Was habt Ihr, Herrin?« fragte die kleine Suisen, die ganz erschrocken war über die Freude, die aus Kiku herauszuströmen schien.

Zufrieden seufzte Kiku auf. »Ich mußte gerade an den Wahrsager denken, und an meinen Gebieter und mein *Karma*, ließ mich nur treiben und schweben...«

Im Schatten ihres scharlachroten Sonnenschirms ging sie tiefer in den Hof hinein, um Toranaga aufzusuchen. Der war fast verborgen von den vielen Pferden und Samurai und den Falknern, doch sah sie, daß er immer noch auf der Veranda war und jetzt seinen *Cha* trank. Fujiko verneigte sich vor ihm. Bald wird die Reihe an mir sein. Vielleicht können wir heute abend ein neues »Es« machen. Ach, bitte...

Draußen vorm Tor bestieg Omi sein Pferd und sprengte mit seinem Gefolge davon, schneller und immer schneller. Der Ritt erfrischte ihn, reinigte ihn, und der beißende Schweißgeruch der Pferde stieg ihm angenehm in die Nase. Er wußte, daß er die große Leidenschaft seines Lebens und alles, was er verehrt hatte, zu ihren Füßen zurückließ. Er war überzeugt, daß er nie wieder eine solche Leidenschaft erleben würde, jene geistvereinende Ekstase, die Mann und Frau entflammte. Aber das mißfiel ihm keineswegs. Im Gegenteil, dachte er mit seiner neugefundenen eiskalten Klarheit, ich segne Toranaga, daß er mich aus der Knechtschaft entlassen hat. Jetzt bindet mich nichts mehr. Weder Vater noch Mutter, noch Kiku. Jetzt bin auch ich zur Geduld fähig. Ich bin einundzwanzig, fast *Daimyo* von Izu, und es gilt, eine ganze Welt zu erobern.

»Ja, Euer Gnaden?« sagte Fujiko gerade.

»Ihr reist direkt von hier weiter nach Anjiro. Ich habe beschlossen, dem Anjin-san statt Yokohama Anjiro zum Lehen zu geben. Das ganze Gebiet zwanzig *Ri* im Umkreis des Dorfes gehört ihm mit einem Jahreseinkommen von viertausend *Koku*. Ihr übernehmt Omi-sans Haus.«

»Gestattet, daß ich Euch in seinem Namen danke, Euer Gnaden. Tut mir leid, aber gehe ich fehl in der Annahme, daß er noch nichts davon weiß?«

»Nein, ich werde es ihm heute sagen. Ich habe ihm befohlen, ein neues Schiff zu bauen, Fujiko-san, einen Ersatz für das verlorene, und Anjiro eignet sich vorzüglich, um dort ein Schiff auf Kiel zu legen. Mit Gyoko-san bin ich übereingekommen, daß ihr ältester Sohn dem Anjin-san alles Geschäftliche abnimmt. Sämtliches Material und die Handwerker werden aus meinem Schatz bezahlt. Ihr werdet ihm helfen, eine Art von Verwaltung aufzubauen.«

»*Oh ko*, Euer Gnaden«, sagte sie sofort beunruhigt. »Die Zeit, die ich beim Anjin-san bleibe, ist nur noch kurz.«
»Ja. Ich werde ihm eine andere Gattin aussuchen müssen... oder Gemahlin, *neh?*«
Fujikos Augen verengten sich, als sie aufblickte. Dann sagte Sie: »Bitte, wie kann ich Euch darin behilflich sein?«
Toranaga sagte: »Wen würdet Ihr vorschlagen? Ich möchte, daß der Anjin-san zufrieden ist. Zufriedene Männer arbeiten besser, *neh?*«
»Ja.« Fujiko dachte nach. Wer würde den Vergleich mit Mariko-sama aushalten? Dann ging ein Lächeln über ihr Gesicht. »Euer Gnaden, Omi-sans augenblickliche Gemahlin, Midori-san. Seine Mutter haßt sie, wie Ihr wißt, und möchte, daß Omi sich scheiden läßt... Midori-san ist eine so bezaubernde Dame.«
»Ihr meint, Omi möchte sich scheiden lassen?« Wieder schien sich eines zum anderen zu fügen.
»O nein, Euer Gnaden, ich bin sogar überzeugt, daß er das nicht möchte. Welcher Mann möchte seiner Mutter schon wirklich gehorchen? Aber so ist nun einmal unser Gesetz, und er hätte sich schon beim ersten Mal scheiden lassen sollen, als seine Eltern es erwähnten, *neh?* Wenn seine Mutter auch ein unangenehmes Wesen hat, weiß sie doch bestimmt, was am besten für ihn ist. Tut mir leid, aber Gehorsam des Sohnes seinen Eltern gegenüber ist nun einmal ein Grundpfeiler unserer Gesellschaft.«
»Sehr richtig«, sagte Toranaga und dachte über diese glückliche Aussicht nach. »Und würde der Anjin-san Midori-san für einen guten Vorschlag halten?«
»Nein, Euer Gnaden, nicht, wenn Ihr ihm die Heirat befehlt... aber, tut mir leid, wird es nötig sein, das zu tun?«
»Oh?«
»Vielleicht findet Ihr Mittel und Wege, ihn dazu zu bringen, selbst auf diesen Gedanken zu kommen. Das wäre sicher das beste.«
»Und Ihr wäret einverstanden mit Midori-san?«
»O ja. Sie ist siebzehn, ihr kleiner Sohn ist gesund, sie stammt aus einer guten Samurai-Familie, und folglich wird sie dem Anjin-san prächtige Söhne schenken. Ich weiß, daß sie meinem Gebieter gefällt, denn Mariko-sama hat mir erzählt, sie habe ihn des öfteren damit aufgezogen. O ja, bei ihr könnte er sich geborgen fühlen. Außerdem sind ihre beiden Eltern tot, so kann es auch von der Seite keine Verstimmung geben, wenn sie einen... wenn sie den Anjin-san heiratete.«
Toranaga spielte mit diesem Gedanken. Auf jeden Fall muß ich dafür sorgen, daß Omi nie ganz zur Ruhe kommt. Der junge Omi könnte zu leicht ein Dorn in meinem Fleisch werden. Nun, zweifellos wird Omis Vater noch sehr entschiedene Todeswünsche haben, ehe er *Seppuku* begeht, und seine Gattin wird darauf bestehen, daß das letzte Bedeutende, was er auf Erden tut, darin besteht, Omi angemessen zu verheiraten. Also wird er sich ohnehin in einigen Tagen

von Midori scheiden lassen. Ja, sie würde eine vorzügliche Gemahlin für den Anjin-san abgeben.

»Wenn nicht, Fujiko-san, wie wäre es mit Kiku? Kiku-san?«

Offenen Mundes starrte Fujiko ihn an. »Oh, tut mir leid, Euer Gnaden, Ihr wollt Euch von ihr trennen?«

»Das ist gut möglich. Nun?«

»Ich würde meinen, Kiku-san würde eine vollendete inoffizielle Gattin abgeben, Euer Gnaden. Sie ist brillant und wunderbar. Allerdings sehe ich auch, daß sie für einen gewöhnlichen Mann eine enorme Ablenkung darstellen würde. Und außerdem, tut mir leid, es würde Jahre dauern, bis der Anjin-san fähig wäre, ihre erlesenen Fähigkeiten als Sängerin oder Tänzerin oder geistreiche Unterhalterin zu schätzen. Als Gemahlin?« fragte sie, mit gerade genug Nachdruck, um ihre absolute Mißbilligung zum Ausdruck zu bringen. »Die Damen der Welt der Weidenruten haben gewöhnlich nicht dieselbe Ausbildung wie die... wie die anderen, Euer Gnaden. Für die Finanzen und das Haus eines Samurai verantwortlich zu sein, ist etwas anderes als das, was in der Welt der Weidenruten gefordert wird.«

»Könnte sie das nicht erlernen?«

Fujiko zögerte sehr lange. »Das allerbeste für den Anjin-san wäre, ihm Midori-san zur Gemahlin und Kiku-san zur Gattin zu geben.«

»Könnten sie es lernen, mit all seinen – nun ja – mit seinen so ganz anderen Vorstellungen zu leben?«

»Midori-san ist Samurai, Euer Gnaden. Es wäre ihre Pflicht. Ihr brauchtet es ihr nur zu befehlen. Und Kiku-san auch.«

»Toda Mariko-sama wäre gewiß die vollkommene Gattin für ihn gewesen, *neh?*«

»Das ist ein höchst ungewöhnlicher Gedanke, Euer Gnaden«, erwiderte Fujiko, ohne seinem Blick auszuweichen. »Ganz gewiß hegten sie beide die größte Hochachtung voreinander.«

»Ja«, sagte er trocken. »Nun, ich danke Euch, Fujiko-san. Ich werde mir durch den Kopf gehen lassen, was Ihr gesagt habt. Er wird in etwa zehn Tagen in Anjiro eintreffen.«

»Vielen Dank, Euer Gnaden. Dürfte ich vorschlagen, daß Ihr den Hafen von Ito und den Kurort Yokosé zum Lehen des Anjin-san hinzufügt?«

»Warum?«

»Ito nur deshalb, falls Anjiro nicht groß genug ist. Vielleicht braucht man für ein so großes Schiff größere Helligen. Vielleicht gibt es die dort... Yokosé, weil...«

»Gibt es sie dort?«

»Jawohl, Euer Gnaden. An... Der Anjin-san interessiert sich für die Schiffahrt. Folglich war es meine Pflicht, über Schiffe und Schiffahrt möglichst viel zu lernen; und als wir hörten, daß das Schiff des Anjin-san vernichtet worden war, habe ich darüber nachgedacht, ob es wohl möglich wäre, ein neues zu bauen,

und wenn ja, wo und wie. Izu ist genau richtig für ein solches Vorhaben, Euer Gnaden. Es dürfte nicht schwerfallen, Ishidos Armeen von Izu fernzuhalten.«
»Und warum Yokosé?«
»Yokosé, weil ein *Hatamoto* einen Ort in den Bergen haben sollte, wo er sich seinem Rang entsprechend zerstreuen könnte.«
Toranaga sah sie eindringlich an. Fujiko schien so fügsam und ergeben, und doch wußte er, daß sie unbeugsam war, genauso wie er, und nicht bereit, in beiden Fällen wirklich zuzugeben, warum, wenn er es ihr nicht befahl. »Richtig. Außerdem werde ich mir durch den Kopf gehen lassen, was Ihr über Midori-san und Kiku-san gesagt habt.«
»Ich danke Euch, Euer Gnaden«, sagte sie untertänig, froh, ihrem Gebieter gegenüber ihre Pflicht getan und Mariko ihre Schuld zurückgezahlt zu haben. Ito der Helligen wegen, und Yokosé, weil Mariko einmal zu ihr gesagt hatte, dort habe ihre »Liebe« eigentlich richtig begonnen.
»Ich bin so glücklich, Fujiko-chan«, hatte Mariko ihr in Yedo gesagt. »Unsere Reise hierher hat mir mehr Freude gebracht, als ich in zwanzig Leben hätte erwarten können.«
Mariko hatte den Anjin-san gerettet, niemand sonst... weder der Christengott noch sonst irgendwelche Götter, und auch der Anjin-san selbst nicht oder Toranaga, niemand... einzig und allein Mariko, Toda Mariko-noh-Akechi Jinsai hat ihn gerettet.
Ehe ich sterbe, werde ich einen Schrein in Yokosé bauen lassen und die Mittel für zwei weitere in Yedo und Osaka bereitstellen. Das wird einer meiner Todeswünsche sein, Toranaga-sama, schwor sie sich, als sie seinen Blick so geduldig erwiderte. Und das Lehen erweitert um Shimoda an der Südküste von Izu. »Wollt Ihr, daß ich sofort aufbreche, Euer Gnaden?«
»Bleibt heute nacht hier und reist dann gleich morgen früh weiter. Aber nicht über Yokohama.«
»Ja, ich verstehe. Tut mir leid, dürfte ich wohl sogleich bei meiner Ankunft im Namen meines Gebieters Besitz von seinem neuen Lehen und allem, was es enthält, ergreifen?«
»Kawanabi-san wird Euch vor Eurer Abreise alle entsprechenden Dokumente übergeben. Jetzt schickt bitte Kiku-san zu mir.«
Fujiko verneigte sich und ging.
Toranaga grunzte. Ein Jammer, daß diese Frau ihrem Leben selbst ein Ende setzen will. Eigentlich ist sie viel zu wertvoll. Und viel zu klug. Ito und Yokosé? Ito verstehe ich ja. Aber warum Yokosé? Und woran hat sie noch gedacht?
Er sah Kiku über den sonnendurchglühten Hof kommen: Ihre Füße in den weißen Tabi tanzten förmlich, und sie sah in ihrem Seidenkimono und unter dem roten Sonnenschirm bezaubernd und elegant aus. Jeder Mann, der sie sah, mußte sie begehren. Ah, Kiku, dachte er, du hättest bleiben sollen, wo du warst, in der Schwebenden Welt, Kurtisane der Ersten Kategorie. Oder noch besser *Gei-sha*. Auf was für eine phantastische Idee diese alte Hexe gekommen ist!

Dann wärest du geborgen! Du würdest vielen gehören, von vielen verehrt werden, Mittelpunkt von tragischen Selbstmorden, gewalttätigen Auseinandersetzungen und enormen Zuwendungen, umschmeichelt und gefürchtet und mit Geld überschüttet, für das du nur Verachtung übrig hättest, eine Legende... jedenfalls solange deine Schönheit dauert. Aber jetzt? Jetzt kann ich dich nicht behalten, tut mir so leid. Jeder Samurai, dem ich dich gebe, holt sich ein zweischneidiges Schwert ins Bett. Sobald deine Schönheit schwindet... ach, deine Stimme wird bleiben, Kind, und dein Witz auch, und trotzdem wirst du bald auf dem Abfallhaufen dieser Welt enden. Verzeihung, aber auch das ist die Wahrheit. Eine weitere ist die, daß die erlauchtesten Damen der Schwebenden Welt am besten in ihrer Schwebenden Welt bleiben, andere Häuser leiten, wenn das Alter über sie selbst kommt, um ihren Kummer ob der verflossenen Jugend in Fässern von Saké zu ertränken, der von ihren Tränen verwässert ist.
So traurig, so unendlich traurig. Wie mache ich es, daß deine Kinder Samurai werden?
Behalt sie doch für den Rest deiner Tage, sagte er sich im Grunde seines Herzens. Sie hat es verdient. Du machst dir nur selbst etwas vor, wie du auch anderen etwas vormachst. Die Wahrheit ist ja, daß du sie ohne weiteres behalten könntest, sie dann und wann zu dir nimmst, sie mehr jedoch sich selbst überläßt, genauso wie dein geliebtes Falkenweibchen Tetsu-ko oder Kogo. Ist Kiku nicht mehr als ein Falke für dich? Geschätzt, ja, einzigartig, ja, aber eigentlich doch nur ein Falke, den du auf deiner Hand kröpfen läßt, damit du ihn auf eine Beute anwirfst und mit einem Federspiel wieder herbeilockst, um ihn nach ein, zwei Jahren wieder freizulassen, damit er für immer verschwindet? Belüge dich nicht selbst, so etwas ist gefährlich. Warum sie nicht behalten? Sie ist doch nichts weiter als ein Falke unter vielen, wenn auch noch so besonders, einer, der sich in größte Höhen aufschwingt, unendlich schön anzusehen und zu beobachten, aber nichts weiter, erlesen gewiß, einzigartig gewiß, und ach, so herrlich, das Kopfkissen mit ihm zu teilen...
»Worüber lacht Ihr? Warum seid Ihr so glücklich, Euer Gnaden?«
»Weil einem das Herz im Leibe lacht, wenn man Euch sieht, Dame.«

Blackthorne legte sein ganzes Gewicht in eine der drei Trossen, die am Kiel des Wracks befestigt worden waren. »*Hipparuuuuuu!*« rief er. »*Ziieeeht!*« Hundert bis auf die Lendentücher nackte Samurai zogen munter an jeder der drei Trossen. Es war Nachmittag und Ebbe. Blackthorne hoffte, das Wrack zu bewegen und es an Land zu ziehen, um alles zu bergen, was jetzt noch zu bergen war. Er hatte seinen ursprünglichen Plan geändert, nachdem er zu seiner Freude festgestellt hatte, daß nach dem Orkan sämtliche Kanonen aus dem Wasser gefischt worden waren und daß sie fast noch genauso vollkommen waren wie an dem Tag, da sie die Gießerei in der Nähe von Chatham in seiner Heimatgrafschaft Kent verlassen hatten. Des weiteren waren fast tausend Kanonenkugeln, viele Kartätschen und viele Dinge aus Metall gerettet worden. Das meiste davon

war zwar verkrümmt und ausgeglüht; aber er hatte alles, was er brauchte, um ein Schiff zu bauen, mehr, als er sich jemals hätte träumen lassen.
»Großartig, Naga-san! Großartig!« hatte er ihn beglückwünscht, nachdem er entdeckt hatte, wieviel gerettet worden war.
Ja, hatte er frohlockt. Jetzt kann *Die Dame* doch noch ein Stück länger und etwas breiter werden, als ich gedacht hatte, und doch wird sie aussehen wie ein Windspiel und überhaupt die Sause aller Sausen sein.
Ah, Rodrigues, hatte er ohne Groll gedacht, bin ich froh, daß du dies Jahr weit fort und in Sicherheit bist und daß es nächstes Jahr ein anderes Schiff geben wird, das ich kapern kann. Sollte Ferriera wieder Generalkapitän sein, wäre das ein Geschenk des Himmels!
»*Hipparuuuuu!*« rief er abermals. Die Taue knarrten, aber das Wrack rührte sich nicht von der Stelle.
Seit jenen frühen Morgenstunden mit Toranaga, da er Marikos Brief in Händen gehalten und kurz darauf entdeckt hatte, daß die Kanonen gerettet worden waren, hatte der Tag für ihn nicht mehr genug Stunden gehabt. Er hatte die ersten Entwürfe gezeichnet, Listen aufgestellt, wieder verworfen und neu aufgestellt, seine Pläne geändert und sich genau überlegt, wie viele Leute und welches Material er anfordern sollte, denn er wollte auf keinen Fall Fehler machen. Und nach der Tagesarbeit hatte er bis tief in die Nacht noch über dem Wörterbuch gesessen, um die neuen Wörter zu lernen, die er brauchen würde, um den Handwerkern seine Anweisungen zu geben und um herauszufinden, was sie bereits konnten. Oft war er verzweifelt und in Versuchung gewesen, den Priester zu bitten, ihm zu helfen, aber er wußte, daß er von ihm keine Hilfe mehr erwarten durfte, die Feindschaft zwischen ihnen jetzt unerbittlich war.
*Karma*, hatte er sich gesagt, ohne daß es schmerzte, und den Priester wegen seines unseligen Fanatismus bedauert.
»*Hipparuuuuu!*«
Wieder stemmten sich die Samurai gegen den Widerstand des Sandes und der See, dann erhob sich ein monotoner Gesang, und sie zogen alle gemeinsam. Das Wrack bewegte sich ein wenig, sie verdoppelten ihre Anstrengungen, dann gab es einen Ruck, das Wrack war frei, und sie alle purzelten in den Sand. Sie rappelten sich wieder hoch, lachten, gratulierten sich und legten sich erneut in die Taue. Aber das Wrack saß abermals fest.
»Ich werde es auftreiben müssen, dann verrichtet die Tide die Arbeit für uns und hebt es hoch«, sagte er laut auf englisch.
»*Dozo?*« fragte Naga, der selbstverständlich nichts verstand.
»*Ah, gomen nasai*, Naga-san.« Mittels Zeichen und Zeichnungen im Sand erklärte er, daß sie ein Floß an den Spanten befestigen müßten. Wie oft er dabei verfluchte, nicht genug Wörter zu kennen! Dann würde die nächste Flut das Wrack flottmachen, und sie könnten es an Land und auf den Strand hinaufziehen, und bei der nächsten Flut wäre es dann ein leichtes, es höher hinaufzuziehen, weil sie bis dahin Rollen darunterlegen konnten.

»*Ah so desu!*« sagte Naga beeindruckt. Als er es den anderen erklärt hatte, waren auch diese voll Bewunderung, und Blackthornes eigene Samurai stapften mit stolzgeschwellter Brust einher.

Blackthorne bemerkte das, und so zeigte er mit dem Finger auf einen: »Wo bleiben Eure Manieren?«

»Wie bitte? Oh, tut mir leid, Euer Gnaden. Bitte, verzeiht mir, daß ich Euch beleidigt habe!«

»Heute noch einmal, morgen nicht mehr. Schwimmt zum Schiff hinaus, und macht die Trossen los!«

Der *Ronin*-Samurai verzagte und rollte mit den Augen. »Tut mir leid, Euer Gnaden, aber ich kann nicht schwimmen.«

Jetzt herrschte Grabesstille am Strand, und Blackthorne wußte, daß alle darauf warteten, was jetzt geschehen würde. Er war wütend auf sich, denn Befehl war Befehl, und ohne es zu wollen, hatte er ein Todesurteil ausgesprochen, das diesmal freilich ungerechtfertigt war. Er überlegte einen Moment. »Toranaga-sama befehlen, alle Männer schwimmen. *Neh?* Alle meine Vasallen schwimmen binnen dreißig Tagen. Besser schwimmen in dreißig Tagen! Ihr, ins Wasser... erste Unterrichtsstunde jetzt.«

Furchtsam watete der Samurai ins Wasser hinaus. Er wußte, daß er ein toter Mann war. Blackthorne folgte ihm, und als der Kopf des Mannes unterging, riß er ihn nicht allzu freundlich hoch und zwang ihn weiterzuschwimmen, ließ ihn mit den Armen um sich schlagen, allerdings nie so, daß es wirklich gefährlich wurde, und zwang ihn, es bis zum Wrack hinaus zu schaffen, wobei der Mann prustete und würgte und sich an ihm festklammerte. Dann zog er ihn wieder landwärts, und zwanzig Schritt vom seichten Wasser entfernt stieß er ihn von sich. »Schwimmt!«

Der Mann schaffte es wie eine halb ertrunkene Katze. Niemals wieder würde er sich vor seinem Herrn aufspielen und großtun. Seine Kameraden klatschten in die Hände, und diejenigen, die schwimmen konnten, rollten im Sand.

»Sehr gut, Anjin-san«, sagte Naga. »Sehr weise.« Er lachte wieder und sagte dann: »Bitte, ich schicke Männer aus, Bambus zu holen. Für Floß, *neh?* Morgen versuchen, alles herzuschaffen.«

»Vielen Dank.«

Blackthorne beschattete seine Augen. Pater Alvito stand auf einer Düne und sah zu ihnen herunter.

»Heute Schluß hier, Naga-san. Bitte, entschuldigt mich einen Augenblick.« Er wollte seine Kleider und Schwerter holen, doch seine Männer brachten sie ihm bereits. Ohne sich besonders zu beeilen, zog er sich an und steckte die Schwerter in die Schärpe.

»Guten Abend«, sagte Blackthorne und ging zu Alvito hinüber. Der Priester sah zwar angespannt aus, aber er hatte auch etwas Freundliches im Blick wie vor ihrem heftigen Zusammenstoß vor Mishima. Blackthorne war um so mehr auf der Hut.

»Euch auch, Kapitänpilot. Ich reite morgen früh fort und wollte nur einen Augenblick mit Euch sprechen. Habt Ihr etwas dagegen?«
»Nein, keineswegs.«
»Was habt Ihr vor? Wollt Ihr es flottmachen?«
»Ja.«
»Glaubt Ihr wirklich, Ihr könnt ein neues Schiff bauen?«
»O ja«, sagte Blackthorne geduldig und zerbrach sich den Kopf darüber, was Alvito wohl wollte.
»Wollt Ihr den Rest Eurer Mannschaft herholen, damit sie Euch helfen?«
»Nein«, sagte Blackthorne nach einigem Überlegen. »Die bleiben besser in Yedo. Kurz bevor das Schiff fertig ist... es ist ja immer noch Zeit, sie herzuholen.«
»Sie leben unter den *Eta*, nicht wahr? Ist das der Grund, warum Ihr sie nicht hier haben wollt?«
»Einer der Gründe.«
»Das kann ich Euch nicht verdenken! Ich hörte, sie sind jetzt sehr streitsüchtig und die meiste Zeit über betrunken. Wißt Ihr, daß es vor ungefähr einer Woche zu einer Schlägerei zwischen ihnen gekommen ist und das Haus niedergebrannt ist? Jedenfalls wird das erzählt.«
»Nein. Ist irgend jemand was passiert?«
»Nein. Aber das haben sie nur der Gnade Gottes zu verdanken. Es scheint, daß einer von ihnen sie beschwichtigt hat. Schrecklich, was die Trinkerei aus den Menschen macht.«
»Ja. Schade um ihr Haus. Sie werden ein anderes bauen.«
Alvito nickte und sah zu den vom Wasser umspülten Spanten hinüber. »Ehe ich aufbreche, wollte ich Euch sagen, daß ich weiß, was der Verlust von Mariko-san für Euch bedeutet. Mich hat das, was Ihr über die Vorgänge in Osaka erzählt habt, unendlich traurig gemacht, aber in gewisser Weise war es auch erhebend. Ich begreife, was ihr Opfer bedeutet... Hat sie Euch jemals von ihrem Vater erzählt, von jener anderen Tragödie?«
»Ja. Etwas jedenfalls.«
»Ah. Dann begreift Ihr es also auch. Ich habe Ju-san Kubo sehr gut gekannt.«
»Was? Ihr meint Akechi Jinsai?«
»Oh, tut mir leid, ja. Ja, das ist der Name, unter dem er jetzt bekannt ist. Der Taikō hat ihn hohnlachend so genannt: *Ju-san Kubo, Shōgun der dreizehn Tage*. Seine Rebellion – von dem Tag an, da er seine Männer um sich scharte, bis zu dem großen *Seppuku* – hat nur dreizehn Tage gedauert. Er war ein prächtiger Mensch, aber er haßte uns, nicht, weil wir Christen waren, sondern Ausländer. Ich habe mich oft gefragt, ob Mariko wohl nur deshalb Christin geworden ist, um uns besser kennenzulernen und uns vernichten zu können. Er hat oft behauptet, ich hätte Goroda gegen ihn aufgehetzt.«
»Und habt Ihr das getan?«
»Nein.«

»Wie war er denn?«
»Klein und mit Glatze, sehr stolz, ein guter General und ein bedeutender Dichter. So traurig, auf diese Weise umzukommen... alle Akechis. Und jetzt auch noch die letzte ihres Stammes. Arme Mariko... Allerdings hat sie durch das, was sie getan hat, Toranaga gerettet, so Gott will.« Alvitos Finger berührten seinen Rosenkranz. Nach einem Augenblick sagte er: »Außerdem, Pilot, möchte ich mich, ehe ich aufbreche, entschuldigen für... nun, jedenfalls bin ich froh, daß der Pater Visitator da war und Euch retten konnte.«
»Wollt Ihr Euch auch wegen meines Schiffes entschuldigen?«
»Nein, für die *Erasmus* nicht, obgleich ich damit gar nichts zu tun hatte. Ich wollte mich nur für diesen Pesaro und den Generalkapitän entschuldigen. Daß Euer Schiff zerstört ist, darüber bin ich froh.«
»*Shigata ga nai*, Pater. Ich werde bald ein neues haben. Eines, das groß und stark genug ist...«
»Um das Schwarze Schiff anzugreifen?«
»Um heimzusegeln nach England... und mich gegen jeden zu wehren.«
»Es wird vergebens sein... alle die viele Mühe!«
»Meint Ihr, Gott wird wieder Seine Hand im Spiel haben?«
»Ja. Oder Sabotage.«
»Wenn auch mein neues Schiff zerstört wird, werde ich eben noch eines bauen, und wenn das zerstört wird, noch eines. Entweder ich baue ein neues Schiff, oder ich bekomme irgendwo eine Koje auf einem anderen, und wenn ich dann wieder in England bin, werde ich das nötige Geld zusammenbetteln oder borgen oder einen Freibeuter kaufen oder stehlen, und dann komme ich zurück.«
»Ja. Ich weiß. Deshalb werdet Ihr nie fortkommen. Ihr wißt zuviel, Anjin-san. Das habe ich Euch schon einmal gesagt, und ich sage es Euch jetzt nochmals, freilich ohne jeden Haß oder Hintergedanken. Ehrlich! Ihr seid ein tapferer Mann, ein würdiger Gegner, einen, den man achten kann. Es sollte Frieden zwischen uns herrschen. Wir werden uns im Laufe der Jahre viel sehen... sofern wir den Krieg überleben.«
»Werden wir das?«
»Ja. Ich fürchte, unsere Schicksale sind miteinander verkettet. Hat Mariko-san Euch das nicht auch gesagt? Mir hat sie es jedenfalls gesagt.«
»Nein. Davon hat sie nie gesprochen. Was hat sie Euch sonst noch gesagt?«
»Sie bat mich, Euer Freund zu sein und Euch zu beschützen, wenn ich könne, Anjin-san. Ich bin nicht hergekommen, um Euch zu reizen oder mit Euch zu streiten, sondern Euch um Frieden zu bitten, ehe ich gehe.«
»Wohin geht Ihr?«
»Erst nach Nagasaki. Es müssen Handelsvereinbarungen zu Ende gebracht werden. Und danach überall dorthin, wo Toranaga sein und gekämpft werden wird.«
»Sie lassen Euch trotz des Krieges ungehindert umherreisen?«
»O ja. Sie brauchen uns... egal, wer gewinnt. Wir sind doch vernünftige Män-

ner, warum wollen wir nicht Frieden schließen... Ihr und ich, oder? Ich bitte Euch um Marikos willen darum.«
Blackthorne schwieg eine Weile. »Einmal hatten wir einen Waffenstillstand, weil sie es wünschte. Gut. Halten wir Waffenstillstand – in Erinnerung an sie.«
Alvito streckte die Hand aus. »Ich danke Euch!«
Blackthorne schüttelte die Hand kräftig. Dann sagte Alvito: »Bald wird in Nagasaki der Pater Visitator ihr feierliches Totenamt zelebrieren, in der Kathedrale, Anjin-san. Ein Teil ihrer Asche wird dort beigesetzt werden.«
»Darüber würde sie sich freuen.« Blackthorne sah eine Weile zum Wrack hinüber, und dann blickte er wieder Alvito an. »Noch etwas... was ich Toranaga gegenüber nicht erwähnt habe: Kurz bevor sie starb, habe ich sie wie ein Priester gesegnet und ihr die Letzte Ölung gereicht, so gut ich konnte. Es war ja niemand sonst da, und sie war katholisch. Ich glaube nicht, daß sie mich gehört hat, und ich weiß nicht einmal, ob sie bei Bewußtsein war. Und bei ihrer Einäscherung habe ich es nochmals getan. Wäre das... könnte das gültig sein? Ich habe versucht, es vor Gott zu tun, nicht meinem, sondern vor Eurem.«
»Nein, Anjin-san. Nach unserer Lehre hat das keine Gültigkeit. Aber zwei Tage vor ihrem Tod hat sie vom Pater Visitator die Absolution erbeten, und er hat sie ihr erteilt, sie war also von allen Sünden reingewaschen.«
»Dann... dann hat sie die ganze Zeit über gewußt, daß sie sterben mußte... was auch geschehen ist, sie hat sich zum Opfer gebracht.«
»Ja. Gott segne sie und nehme sie in Seine Hut.«
»Vielen Dank, daß Ihr mir das gesagt habt«, sagte Blackthorne.
»*Sayonara*, Anjin-san«, sagte Alvito und reichte ihm nochmals die Hand.
»*Sayonara*, Tsukku-san. Bitte, zündet eine Kerze für sie an... von mir.«
»Das werde ich tun.«
Blackthorne schüttelte ihm die Hand und sah ihm nach, wie er davonging: groß und stark, ein würdiger Gegner. Wir werden immer Feinde bleiben, dachte er. Ein Waffenstillstand schadet nicht. Aber wir werden keinesfalls viel voneinander sehen, Tsukku-san. Solange mein Schiff gebaut wird, werde ich deinen Platz als Dolmetsch bei Toranaga und den Regenten einnehmen, und bald wirst nicht mehr du die Handelsgespräche führen, selbst wenn portugiesische Schiffe noch die Seide herüberbringen. Alles das wird sich bald ändern. Meine Flotte wird nur ein Anfang sein...
Zufrieden kehrte Blackthorne zu Naga zurück und verabredete, was morgen geschehen sollte. Dann stieg er zu seinem provisorischen Haus hinauf, dort aß er Reis und dünne Scheiben rohen Fisches, die einer seiner Köche für ihn zubereitet hatte... er fand sie köstlich, nahm noch eine Portion und lachte.
»Euer Gnaden?«
»Nichts.« Aber im Geist sah er Mariko vor sich und hörte sie sagen: Oh, Anjin-san, eines Tage erleben wir es vielleicht sogar, daß Ihr rohen Fisch mögt, und dann seid Ihr auf dem Weg ins Nirwana... dem Ort des vollkommenen Friedens.

Ach, Mariko, dachte er, wie ich mich freue, daß Ihr wirklich die Absolution bekommen habt. Ich danke Ihr.
Für was, Anjin-san? hörte er sie sagen.
Für mein Leben, Mariko, Geliebte. Sie...
Oft sprach er in den folgenden Tagen und Nächten auf diese Weise mit ihr, durchlebte nochmals ihr gemeinsames Leben, berichtete ihr, was heute geschehen, spürte ihre Gegenwart sehr deutlich, ja, so deutlich, daß er sogar über die Schulter zurückblickte und erwartete, sie dort stehen zu sehen.
So zum Beispiel heute morgen, Mariko. Aber statt Euer stand Buntaro mit dem Tsukku-san da, und beide sahen mich mit blitzenden Augen an. Ich hatte zwar mein Schwert, aber er hatte seinen großen Bogen in der Hand. Hast du zugesehen? Du wärest sehr stolz auf mich gewesen, so gelassen war ich, so sehr Samurai, und mein Gesicht unbewegt wie Stein. Über den Tsukku-san ließ er mir steif sagen: »Die Dame Kiritsubo und die Dame Sazuko haben mir berichtet, wie Ihr die Ehre meiner Gemahlin und ihre Ehre verteidigt habt. Wie Ihr sie vor der Schande bewahrt habt. Ich danke Euch, Anjin-san. Bitte, verzeiht mir meinen Mangel an Manieren. Ich bitte um Verzeihung und danke Euch.« Und dann verneigte er sich vor mir und ging davon.
Viele Male hatte Blackthorne sich umgeschaut in der Erwartung, sie hinter sich stehen zu sehen. Sie war immer bei ihm, und er wußte, er würde sie in guten Zeiten und in schweren Zeiten lieben, selbst im Winter seines Lebens noch. Am Rand seiner Träume war sie immer gegenwärtig. Und jetzt waren diese Träume gut, sehr gut sogar; denn außer um sie kreisten sie um Zeichnungen und Pläne und um ihre Galionsfigur, die Segel, wie man den Kiel legte und das Schiff baute, und zuletzt, ach, diese Freude, um das endgültige Aussehen der *Dame* unter vollen Segeln, wie der steife Südwest sie blähte, das Schiff den Kanal hinauflief, das letzte Stück Wegs vor sich. Die Fallen knarrten, die Spiere sich auf einen Backbordschlag einstellten, und dann – »Setzt alle Segel! Toppsegel, Großsegel, Bramsegel und Oberbramsegel!« – sie jede Handbreit Segel ausnutzen lassen, und die Segel flattern beim Halsen zum nächsten Schlag, und dann: »Volle Fahrt voraus!«, wie jedes Stück Leinwand seinem Ruf antwortete, und schließlich, endlich, schön geschwungen, eine Dame von unschätzbarer Schönheit, die vor Beachy Head ein letztes Mal nach Steuerbord halste, um in den Hafen von London einzulaufen...

Sein Gefolge um sich geschart, kam Toranaga die Anhöhe in der Nähe des Lagers heraufgeritten. Auf seiner Faust saß Kogo. Er hatte unten an der Küste gejagt, und jetzt wollte er in die Berge hinterm Dorf hinauf. Die Sonne würde erst in zwei Stunden untergehen, und er wollte die Helligkeit ausnutzen, schließlich wußte er nicht, ob und wann er jemals Zeit haben würde, wieder auf die Beize zu gehen.
Der heutige Tag war für mich, dachte er. Morgen ziehe ich in den Krieg, den heutigen Tag brauchte ich, um mein Haus zu bestellen, mußte ich so tun, als

wären der Kwanto und Izu sicher und meine Nachfolge geregelt... als hätte ich noch einen Winter vor mir und könnte im Frühling dann in Muße wieder auf die Jagd gehen. Aber die Jagd heute war sehr gut.
Zweimal hatte Tetsu-ko zugeschlagen. Sie war wie ein Traum geflogen, nie besser, auch damals nicht, als er mit Naga in der Nähe von Anjiro gejagt hatte... jener herrliche, unvergeßliche Sturzflug, um diesen schlauen alten Tauberich zu schlagen. Heute war ihr ein Kranich zum Opfer gefallen, der viel größer war als sie selbst. Ein Fasan war von den Hunden aufgestöbert worden, er hatte das Falkenweibchen angeworfen, und sie war kreisend in schwindelnde Höhen aufgestiegen. Dann, als der Fasan wieder ins Freie huschte, hatte das sich Hinabstürzen begonnen, das er nie vergessen würde. Sie hatte ihre Beute mit unvergleichlicher Präzision geschlagen.
Jetzt war er auf Hasen aus. Ihm war eingefallen, daß der Anjin-san sich über einen Braten freuen würde. Deshalb hatte Toranaga beschlossen, für Fleisch im Topf zu sorgen. Er trieb sein Pferd zur Eile an, denn er wollte nicht mit leeren Händen zurückkehren.
Seine Vorreiter ließen das Lager links liegen und ritten den gewundenen Pfad bis zum Kamm des Hügels hinauf.
Kritisch ließ er den Blick über das Lager schweifen, suchte nach Gefahrenpunkten, fand jedoch keine. Was er sah, waren Männer, die mit ihren Waffen übten – alles Exerzieren in voller Formation und Schießen war verboten, solange der Tsukku-san in der Nähe war –, und das erfreute sein Herz. Rechter Hand blitzten in der Sonne die zwanzig Kanonenrohre, die sorgfältig geborgen worden waren. In der Tiefe lag das Wrack. Er bemerkte, daß es immer noch an der selben Stelle lag, und er überlegte, wie der Anjin-san es wohl an Land bringen wollte, wenn es sich nicht herausziehen ließ.
Denn an Land bringen wirst du es, Anjin-san, sagte Toranaga völlig überzeugt. O ja. Und du wirst auch dein Schiff bauen, und ich werde es zerstören, wie ich das andere zerstört habe, oder es hergeben, um die Christen noch weiter zu beschwichtigen, die mir wichtiger sind als deine Schiffe, mein Freund, tut mir leid, und wichtiger auch als die Schiffe, die in deiner Heimat warten. Die werden schon deine Landsleute bringen, und den Bündnisvertrag mit deiner Königin desgleichen. Du nicht. Dich brauche ich hier.
Wenn die Zeit reif ist, werde ich dir erzählen, warum ich dein Schiff in Brand stecken mußte, aber dann wirst du nichts mehr dagegen haben, weil dich längst andere Dinge beschäftigen, und du wirst auch begreifen, daß das, was ich dir damals sagte, trotzdem der Wahrheit entsprach: Es galt – dein Schiff oder dein Leben. Ich habe mich für dein Leben entschieden. Das war doch richtig, *neh?* Dann werden wir über die »Hand Gottes« lachen, du und ich. Ach, es war ja so einfach, eine Wache von vertrauenswürdigen Männern an Bord zu bringen, die in einer bestimmten Nacht den geheimen Befehl hatten, überall freizügig Schießpulver zu verstreuen. Naga hatte – unmittelbar nachdem Omi mir Yabus Verschwörung gemeldet – Befehl erhalten, die Wachen neu einzuteilen, so daß

die nächste Strand- und Deckswache ausschließlich aus Männern aus Izu bestand, vornehmlich aus jenen dreiundfünfzig Verrätern. Dann ein einzelner *Ninja* mit einem Feuerstein aus der Dunkelheit, und dein Schiff stand lichterloh in Flammen. Selbstverständlich hatte weder Naga noch Omi eine Ahnung von alledem.

Tut mir leid, aber es mußte sein, Anjin-san. Fünfzigmal, wenn nicht noch öfter, habe ich überlegt, ob ich nicht lieber dein Leben opfern sollte, aber es ist mir gelungen, das doch zu vermeiden. Hoffentlich gelingt mir das auch weiterhin. Warum? Heute ist der Tag der Wahrheit, *neh?* Die Antwort lautet: Weil du mich zum Lachen bringst und ich einen Freund brauche. Ich wage es nicht, mir meine Freunde unter meinen eigenen Landsleuten oder unter den Portugiesen zu suchen. Jawohl, ich werde es bei Vollmond einen Brunnenschacht hinunterflüstern, aber erst dann, wenn ich sicher bin, daß ich allein bin: daß ich nämlich *einen Freund* brauche. Und außerdem dein Wissen. Ehe ich sterbe, will ich alles erfahren, was du weißt. Ich habe dir ja gesagt, daß wir viel Zeit hätten.

Ich möchte wissen, wie man die Erde umsegelt, möchte begreifen, wie ein kleines Inselreich ein Riesenreich zu Fall bringen kann. Vielleicht läßt sich die Antwort auf China und uns übertragen, *neh?* Ja, gewiß, in manchen Dingen hatte der Taikō durchaus recht.

Als ich dich das erste Mal sah, sagte ich: »Es gibt keine ›mildernden Umstände‹, wenn es um Rebellion gegen einen souveränen Herrscher geht. Und du sagtest: ›Doch gibt es die… wenn man gewinnt.‹ Ach, Anjin-san, das war der Augenblick, da ich dich in mein Herz schloß. Du hast völlig recht. Alles ist gerechtfertigt, wenn man gewinnt.

Dumm, besiegt zu werden! Unverzeihlich!

Du wirst keine Niederlage erleben! Du wirst sicher und glücklich in deinem großen Lehen Anjiro sitzen, wo Mura, der Fischer, dich vor den Christen abschirmen wird. Wie naiv vom Tsukku-san zu glauben, einer von meinen Männern, selbst wenn er Christ ist, könnte deine *roteiros* stehlen und sie ohne mein Wissen und ohne daß ich es wollte, den Priestern ausliefern. Ah, Mura, du hast mir jetzt dreißig Jahre treu gedient. Bald wirst du belohnt werden! Was würden die Priester sagen, wenn sie wüßten, daß dein richtiger Name Akira Tonomoto ist und du Samurai bist… auf meinen Befehl hin Spion, Fischer, Dorfschulze und Christ? Staub würden sie furzen, *neh?*

Also keine Angst, Anjin-san, die Sorgen über deine Zukunft überlaß getrost mir! Du bist in guten starken Händen, und ach, was für eine Zukunft ich für dich geplant habe!

»Gattin des Barbaren soll ich werden, ohohoh?« hatte Kiku laut gejammert.

»Ja, nach Ablauf dieses Monats. Fujiko-san hat in aller Form ihr Einverständnis gegeben«, hatte er Kiku und Gyoko nochmals die Wahrheit gesagt und geduldig gewartet, daß das verzweifelte Mädchen seine Fassung wiedergewann und nicht sein Gesicht verlor. »Und eintausend *Koku* nach der Geburt des ersten Sohnes des Anjin-san!«

»Eh, eintau... was habt Ihr gesagt?«
Er hatte das Versprechen wiederholt und sanft hinzugefügt: »Schließlich ist Samurai Samurai, und die beiden Schwerter sind die beiden Schwerter, und seine Söhne werden Samurai sein. Er ist *Hatamoto*, einer meiner bedeutendsten Vasallen, Admiral aller meiner Schiffe, ein enger persönlicher Berater... ja, ein Freund, *neh?*«
»Tut mir leid, aber, Euer Gnaden...«
»*Zuerst einmal* werdet Ihr seine Gattin.«
»Tut mir leid, Euer Gnaden, zuerst einmal?«
»Vielleicht solltet Ihr seine Gemahlin werden. Fujiko-san hat mir gesagt, sie wolle nicht wieder heiraten, aber ich denke, er sollte heiraten. Warum nicht Euch? Wenn Ihr ihm genug gefallt, und ich nehme an, Ihr könntet ihm durchaus gefallen, und Ihr ihn, wie es Eure Pflicht ist, sein Schiff bauen laßt... *neh?* Ja, ich finde, Ihr solltet seine Gemahlin werden.«
»O ja, o ja, o ja!« Sie hatte die Arme um ihn geschlungen, ihn gesegnet und sich ihrer impulsiven schlechten Manieren wegen entschuldigt, weil sie ihn unterbrochen und nicht hatte ausreden lassen, wie es ihre Pflicht gewesen wäre, und dann hatte sie ihn verlassen und sich vier Schritt von jener Stelle entfernt, wo sie sich noch vor wenigen Augenblicken von den Felsen hatte hinabstürzen wollen.
Ah, Frauen, dachte Toranaga amüsiert und voller Genugtuung. Jetzt hat sie alles, was sie will, genauso wie Gyoko... falls das Schiff in der gesetzten Frist fertig wird, und das wird es... genauso wie die Priester und genauso wie...
»Euer Gnaden!« Einer der Jäger zeigte auf ein Gebüsch neben dem Weg. Er zügelte sein Pferd, machte Kogo bereit, lockerte die Riemen seines Geschühs und streckte seine Faust aus... »Jetzt!« befahl er leise. Der Hund wurde losgelassen. Der Hase brach aus dem Gebüsch hervor, suchte Deckung, und in diesem Augenblick warf er Kogo an. Mit unglaublich machtvollen Flügelschlägen schoß sie pfeilgerade hinter ihm her, holte das von Todesangst gehetzte Tier ein. Hundert Schritt weiter im gewellten Hügelland wuchs ein Dornengestrüpp, und hakenschlagend und erstaunlich flink versuchte er sich in Sicherheit zu bringen. Kogo kam immer näher, schnitt Ecken, kam ziemlich nahe überm Boden immer näher heran. Dann war der Habicht über seiner Beute und stieß nach unten, und der Hase schrie auf, fuhr hochspringend herum und wetzte zurück. Kogo verfolgte ihn weiter und stieß wütend ein Ek-ek-ek aus, weil er sein Opfer verfehlt hatte. Nochmals wirbelte der Hase in panischem Schrecken herum, um Deckung zu suchen, und schrie, als Kogo wieder herabstieß und seine Fänge in seinen Rücken und seinen Kopf grub und furchtlos festhielt, völlig ungerührt davon, daß sein Opfer sich angstvoll wand und krümmte. Mühelos brach der Vogel ihm dann das Rückgrat. Ein letzter Schrei. Kogo ließ los, sprang einen Augenblick in die Höhe und schüttelte sein zerzaustes Gefieder, das sich wieder glattlegte, und ließ sich dann wieder auf dem warmen, zuckenden Hasen nieder und grub ihm die Fänge nochmals in den Leib. Jetzt erst stieß er seinen Sieges-

schrei aus und zischte vor Zufriedenheit. Seine Augen waren auf Toranaga gerichtet.
Toranaga trabte heran und saß ab. Dann wirbelte er das Federspiel herum. Gehorsam verließ der Hühnerhabicht seine Beute und nahm dann, nachdem sein Herr rasch das Federspiel verborgen hatte, auf seiner Faust Platz. Toranagas Finger faßten die Bänder des Geschühs, und er spürte die Kraft ihrer Fänge, als sie sich um das stahlbewehrte Leder über seinem ausgestreckten Zeigefinger krallten.
»Eeee, das hast du großartig gemacht, meine Schöne«, lobte er und belohnte den Vogel mit einem Teil des Hasenlöffels, den einer der Treiber abgeschnitten hatte. »Da, friß das, aber nicht zuviel... du hast noch Arbeit vor dir.«
Grinsend hielt der Treiber den Hasen in die Höhe. »Herr, der muß mindestens drei-, viermal soviel wiegen wie sie selbst. Die beste Jagd, die wir seit Wochen gesehen haben, *neh?*«
»Ja. Schickt ihn dem Anjin-san ins Lager.« Toranaga schwang sich in den Sattel und winkte den anderen, daß die Jagd weitergehe.
Jawohl, das hast du großartig gemacht, aber es ist nicht zu vergleichen mit der Aufregung, die einen packt, wenn ein Wanderfalke sich auf sein Opfer stürzt. Ein Habicht ist nicht mehr als das, was er ist, jemand, der für volle Fleischtöpfe sorgt, eine Todeskeule, geboren, alles und jedes zu töten, was sich bewegt. Wie du, Anjin-san, *neh?*
Ja, du bist ein kurzflügeliger Habicht. Aber Mariko, ah, die war ein Wanderfalke!
Sie stand ihm so lebhaft vor Augen, und er wünschte aus ganzem Herzen, Osaka wäre nicht nötig gewesen und sie wäre nicht in die Große Leere eingegangen. Aber es mußte sein, sagte er sich geduldig. Die Geiseln mußten befreit werden. Nicht meine Angehörigen, sondern all die anderen. Jetzt habe ich weitere fünfzig *Daimyos*, die heimlich mit mir verbündet sind. Dein Todesmut und der Mut der Dame Etsu und ihre Selbstaufopferung haben sie an mich gebunden und all die Maedas an meine Seite gebracht und durch sie die ganze Westküste. Ishido mußte nun einmal aus seinem undurchdringlichen Bau herausgelockt und es mußte ein Keil zwischen die Regenten getrieben und Ochiba und Kiyama mußten locke gemacht und an meine Faust gewöhnt werden. All das und noch mehr hast du vollbracht: Du hast mir Zeit gewonnen. Nur wer Zeit hat, legt Schlingen und Köder aus.
Ach, Mariko, wer hätte gedacht, daß eine so kleine Person wie du, die Tochter von Ju-san Kubo, meinem alten Rivalen, dem Erzverräter Akechi Jinsai, derartiges zustande brächte und auf so schöne Weise und mit soviel Würde so ungeheuerliche Rache üben konnte an dem Taikō, dem Feind deines Vaters und seinem Mörder. Ein einziger schreckenerregender Sturzflug wie der von Tetsu-ko, und du tötetest dein Opfer, das mein Feind war.
So traurig, daß du nicht mehr bist. Eine solche Treue verdient eine ganz besondere Belohnung.

Toranaga war jetzt auf dem Hügelkamm angekommen, hielt an und rief nach Tetsu-ko. Der Falkner nahm ihm Kogo ab, und Toranaga liebkoste das verkappte Wanderfalkenweibchen auf seiner Faust ein letztes Mal. Dann nahm er ihm die Kappe ab und warf es an. Er sah ihm nach, wie es sich in großen Kreisen in die Höhe schraubte und nach einer Beute Ausschau hielt, die er nicht aufscheuchen würde. Tetsu-kos Freiheit ist mein Geschenk an dich, Mariko-san, sprach er zu ihrem Geist und sah dem Vogel nach, der höher und höher stieg. Um deine Treue zu mir und unserem wichtigsten Gesetz zu ehren: Daß ein Sohn oder eine Tochter, die sich ihrer Pflicht bewußt ist, nicht ruhen noch rasten darf, solange der Mörder des Vaters noch am Leben ist.

»Ah, so weise, Euer Gnaden«, sagte der Falkner.

»Eh?«

»Tetsu-ko loszulassen, ihr die Freiheit zu schenken. Ich dachte schon das letzte Mal, als Ihr sie fliegen ließet, sie würde niemals wieder zurückkommen, aber damals war ich mir nicht sicher. Ah, Euer Gnaden, Ihr seid der größte Falkner im ganzen Reich, der beste – da Ihr *wißt* und Euch ganz sicher seid, wann der richtige Augenblick gekommen ist, sie dem Himmel zurückzugeben.«

Toranaga gestattete sich ein Stirnrunzeln. Der Falkner erbleichte, begriff nicht, warum, reichte ihm hastig Kogo hin und zog sich schleunigst zurück.

Jawohl, Tetsu-kos Zeit war gekommen, dachte Toranaga mutwillig, aber gleichviel, sie war trotzdem ein symbolisches Geschenk an Marikos Geist und an den Geist ihrer Rache.

Ja. Aber was ist mit den Söhnen all der Männer, die du getötet hast?

Ah, das ist etwas anderes, diese Männer haben alle verdient zu sterben, sagte er sich. Trotzdem bist du selbstverständlich immer auf der Hut, wer auf Reichweite eines Pfeils an dich herankommt... das ist ganz normale Vorsicht. Dieser Gedanke gefiel Toranaga, und er beschloß, ihn seinem »Vermächtnis« hinzuzufügen.

Mit zusammengekniffenen Augen sah er zum Himmel hinauf und beobachtete den Falken, der jetzt nicht mehr sein Falke war. Das Falkenweibchen war ein Geschöpf von unendlicher Schönheit hoch droben. Frei, jenseits aller Tränen, zog es rauschend seine Kreise. Dann packte es irgendeine Kraft, über die er nicht gebieten konnte, ließ es nach Norden fliegen, und es entschwand.

»Ah, Tetsu-ko, ich danke dir! Mögest du viele Töchter bekommen«, sagte er und wandte seine Aufmerksamkeit wieder der Erde zu.

Das Dorf lag sauber in den Strahlen der jetzt tiefstehenden Sonne, der Anjin-san saß an seinem Tisch, die Samurai exerzierten, Rauch ringelte sich von den Kochstellen empor. Auf der anderen Seite der Bucht, zwanzig *Ri* weiter, lag Yedo. Vierzig *Ri* weiter südwestlich lag Anjiro. Zweihundertundneunzig *Ri* weiter westlich lag Osaka und nördlich davon, kaum dreißig *Ri* weit entfernt, Kyoto.

Dort sollte die Entscheidungsschlacht stattfinden, dachte er. In der Nähe der Hauptstadt. Etwas weiter nördlich in der Gegend von Gifu, Ogaki oder Hashima an der Nakasendō, der Großen Nordstraße. Vielleicht dort, wo die Straße nach Süden zur Hauptstadt abbiegt, in der Nähe des kleinen Bergdorfes Sekigahara. Irgendwo dort. Ach, ich könnte mich jahrelang sicher hinter meinen Bergen verschanzen, aber dies ist die Chance, auf die ich immer gewartet habe: Ishidos Hauptschlagader ist ungeschützt.

Mein Hauptvorstoß wird über die Nordstraße vorgetragen werden und nicht über die Tokaidō, die Küstenstraße, obwohl ich zwischen heute und jenem Tag noch fünfzig Mal so tun werde, als würfe ich meine Entscheidung über den Haufen und wählte die andere. Mein Bruder wird mit mir reiten. O ja, ich glaube, Zataki wird sich davon überzeugen, daß Ishido ihn an Kiyama verraten hat. Mein Bruder ist kein Narr. Und ich werde meinen feierlichen Schwur halten und versuchen, Ochiba für ihn zu gewinnen. In der entscheidenden Schlacht wird Kiyama zu mir übergehen, ja, ich denke, das wird er tun, und wenn er es tut, dann wird er über seinen gehaßten Rivalen Onoshi herfallen. Das wird das Signal für die Musketen sein, zum Angriff überzugehen. Ich werde ihre Armeen von den Seiten her aufrollen, und ich werde siegen. O ja, ich werde siegen... weil Ochiba so klug sein wird, niemals den Erben persönlich gegen mich vorgehen zu lassen. Sie weiß, wenn sie das täte, wäre ich gezwungen, ihn zu töten, tut mir leid.

Toranaga lächelte still in sich hinein. In dem Augenblick, da ich gesiegt habe, werde ich Kiyama Onoshis sämtliche Ländereien geben und ihn dazu auffordern, Saruji zu seinem Erben zu machen. Und sobald ich Vorsitzender des neuen Regentschaftsrats bin, werde ich Zatakis Vorschlag Ochiba unterbreiten, die dermaßen außer sich sein wird über eine solche Unverschämtheit, daß die Regenten, um die Erste Dame des Reiches zu beschwichtigen, voller Bedauern meinen Bruder auffordern werden, in die Große Leere einzugehen. Und wer soll an seiner Stelle Regent werden? Kasigi Omi. Kiyama wird Omi zur Beute fallen... ja, das ist klug und so leicht zu bewerkstelligen, weil Kiyama, Herr aller Christen, bis dahin voller Stolz seine Religion herauskehren wird, die ja immer noch gegen unsere Gesetze ist. Die Ausweisungsedikte des Taikō sind schließlich niemals widerrufen worden, *neh?* Ganz gewiß wird Omi gemeinsam mit den anderen sagen: »Ich bin dafür, daß die Ausweisungsedikte wirksam werden.« Und wenn erst einmal Kiyama nicht mehr ist, nie wieder einen christlichen Regenten. Mit Geduld werden wir dann unseren Druck auf diese dumme, aber gefährliche fremde Lehre vergrößern, die eine Bedrohung für das Land der Götter darstellt und immer unsere *Wa* gestört hat... und daher ausgerottet werden muß. Wir Regenten werden die Landsleute des Anjin-san ermuntern, den portugiesischen Handel zu übernehmen. Sobald als möglich werden die Regenten befehlen, daß aller Handel und alle Ausländer sich auf Nagasaki, das heißt, auf einen kleinen Teil von Nagasaki, zu beschränken haben und sehr sorgsam überwacht werden müssen. Und dann werden wir ihnen das Land für immer verschließen... ihnen und ihren Feuerwaffen und ihrem Gift.

Ein Goldenes Zeitalter wird anbrechen. Ochiba und der Erbe werden majestä-

tisch in Osaka Hof halten, von Zeit zu Zeit werden wir ihnen huldigen und weiterhin in seinem Namen regieren – außerhalb der Burg von Osaka. Innerhalb der nächsten drei Jahre etwa wird der Sohn des Himmels mich auffordern, den Regentschaftsrat aufzulösen und für den noch verbliebenen Teil der Minderjährigkeit meines Neffen Shōgun zu werden. Die Regenten werden mich bestürmen anzunehmen, und widerstrebend werde ich das dann auch tun. Nach ein, zwei Jahren werde ich zugunsten von Sudara abdanken und meine Augen fest auf die Burg von Osaka gerichtet halten. Ich werde weiterhin geduldig abwarten, und eines Tages werden die beiden Usurpatoren drinnen einen Fehler machen, und sie werden verschwinden, und irgendwie wird auch die Burg von Osaka verschwinden, auch sie nichts weiter als ein Traum in einem Traum, und dann erst wird das Ziel erreicht sein, der Preis für das große Spiel gewonnen, das ich begann, kaum, daß ich denken konnte, und das erst in dem Augenblick richtig möglich wurde, da der Taikō starb: das *Shōgunat.*
Dafür habe ich mein Leben lang gekämpft und geplant. Ich allein bin der Erbe des Reiches. Ich werde Shōgun sein. Und ich habe eine Dynastie gegründet. All dies ist jetzt möglich, Marikos wegen und des Anjin-san wegen, des Barbaren-Fremdlings, der aus dem Ostmeer gekommen ist.
Mariko-san, es war dein *Karma,* ruhmvoll zu sterben und für ewig zu leben. Anjin-san, mein Freund, dein *Karma* ist es, dieses Land nie wieder zu verlassen. Es ist mein *Karma,* daß ich Shōgun werde.
Kogo, der Hühnerhabicht auf seiner Faust, schlug leicht mit den Flügeln, ließ sich wieder nieder und ließ die Augen nicht von ihm. Toranaga lächelte ihm zu. Ich habe mir nicht ausgewählt, zu sein, was ich bin. Es ist mein *Karma.*

*In diesem Jahr, im Morgengrauen des einundzwanzigsten Tags des neunten Monats – des Monats ohne Götter –, prallten die Hauptarmeen aufeinander. Es geschah in den Bergen, in der Nähe von Sekigahara an der Nordstraße. Das Wetter war schlecht – Nebel, dann Hagel. Bis zum späten Nachmittag hatte Toranaga die Schlacht gewonnen, und das große Gemetzel begann. Vierzigtausend Köpfe wurden genommen.*

*Drei Tage später geriet Ishido in Gefangenschaft, und Toranaga erinnerte ihn freundlich an die Prophezeiung, schickte ihn dann in Ketten zur öffentlichen Zurschaustellung nach Osaka und befahl den* Eta, *die Füße des Generals Ishido fest in die Erde zu pflanzen, so daß nur noch sein Kopf aus dem Boden herausschaute, und Vorübergehende aufzufordern, mit einer Bambussäge am berühmtesten Hals des Reiches zu sägen. Ishido hielt drei Tage durch und starb uralt.*

0
500
Meilen
CHINA
KOREA
JAPAN
Gelbes Meer
Ostchinesisches Meer
PAZIFISCHER OZEAN
FORMOSA
TOKAIDO-STRAS
KOSHU-KAIDO STRASSE
O
H
Sekigahara
Kyoto (Miyoko)
Osaka
TOKAID
PAZI